dtv

Als die Gaukler kommen, schleicht sich der zwölfjährige Balthasar in den Turm der Olaikirche und trinkt heimlich aus dem Becher mit dem Tau, der den Seiltänzern Kraft und Sicherheit geben soll. Vielleicht hat der Trank seine magische Wirkung auch auf ihn ausgeübt, gewiß aber stand ein besonderer Stern über dem Leben des Balthasar Rüssow aus Reval, Kind armer Leute und Verfasser einer ›Chronik von Lyfflandt‹. Als authentische historische Figur aus der zweiten Hälfte des 16. Jahrhunderts wird er hier nicht nur zum Zeugen und Chronisten der politischen Intrigen und sozialen Umwälzungen einer aufregenden Epoche, sondern ist auch selbst in seinen existentiellen Widersprüchen mit Haut und Haar in die Geschichte seiner Zeit verstrickt...

Jaan Kross wurde am 19. Februar 1920 in Tallinn (Reval/Estland) geboren, studierte Jura in Tartu (Dorpat) und wurde im Frühjahr 1944 von den deutschen Besatzern verhaftet. Er war von 1944 bis 1946 als Hochschullehrer tätig, bis er erneut – diesmal von den Sowjets – interniert wurde. Seit 1954 lebt er als freier Schriftsteller und Übersetzer in Tallinn.

JAAN KROSS

DAS LEBEN DES BALTHASAR RÜSSOW

Roman

Deutsch von Helga Viira
und Barbara Heitkam

Deutscher Taschenbuch Verlag

Von Jaan Kross
sind im Deutschen Taschenbuch Verlag erschienen:
Der Verrückte des Zaren (11919)
Professor Martens' Abreise (11974)

Ungekürzte Ausgabe
März 1999
Deutscher Taschenbuch Verlag GmbH & Co. KG,
München
Titel der estnischen Originalausgabe:
›Kolme katku vahel‹

Die ersten beiden Bücher übersetzte Helga Viira,
das dritte und vierte Buch übertrug Barbara Heitkam.
Die erste deutsche Ausgabe erschien 1986
im Verlag Rütten & Loening, Berlin.
Umschlagkonzept: Balk & Brumshagen
Umschlaggestaltung unter Verwendung eines Gemäldes
von Abram Jefimowitsch Archipow
Gesamtherstellung: Ebner Ulm
Gedruckt auf säurefreiem, chlorfrei gebleichtem Papier
Printed in Germany · ISBN 3-423-12563-2

ERSTES BUCH

ERSTES KAPITEL,

darinnen eine Stadt allerlei Wunderdinge erlebt und ein Schlingel zu verstehen meint, wie sie zustande kommen, wobei er möglicherweise minder im Irrtum ist, als man bis heute anzunehmen pflegt

»Ehrenwerte Handwerksleut, fürnehme Stutzer und Bauernvolk! Ernveste hern und frawn von der adell! Förärade och nådigaste borgare! Herbei, herbei, herbei! Ihr erlebt ein Wunder, desgleichen Ihr Euer Lebtag weder gesehen habt noch sehen werdet!«

Der Ausrufer, ein blutjunger Bursche mit Flaum auf dem Kinn, schwitzender Nase und hellen Kulleraugen, riß sich den feuerroten goldbebänderten Hut vom Wuschelkopf. Mit derselben Bewegung wischte sein ausgefranster Ärmel die Schweißtropfen von der Nase, und sein rot-goldener Hut wies mit weit ausholendem Bogen zum blauen Himmel.

»Ein ersam rad! Schöne frawn! Tichtig junkfer! Steinmetzen und Schuhmacher! Herbei, herbei, herbei!«

Eigentlich taten das schrille dreisprachige Heroldsgeschrei und das Hutschwenken himmelwärts gar nicht mehr not, denn die durch die Große Strandpforte zur Reeperbahn hinausdrängende Volksmenge blinzelte ohnehin zum wolkenlosen Lenzhimmel.

Durch die Strandpforte kamen der vor lauter Eile seine Würde vergessende rotwangige Ratsherr Vegesack mit seiner spindeldürren, heute aber rosig angehauchten Frau sowie weitere Ratsherren mit ihren Ehegesponsen, Kaufherren, Krämer, bierbäuchige Meister und sommersprossige Gesellen, aufgeregte Bürgerstöchter mit ihren gewichtigen Mamas, flinke Dienstmägde, blaubewamste Ratssoldaten und das graue Arbeitervolk. Alle gafften unentwegt nach oben und bogen die Hälse nach links.

Weiter rechts hastete ein Haufe Lübecker Matrosen polternd die Anlegebrücke entlang. So etwas hatten auch sie noch nicht zu Gesicht bekommen. Links rannte das Volk von Fischermai in Gruppen die Reeperbahn hinauf, gewaltige Staubwolken auf den Fersen.

Wer sich durch die Pforte gezwängt, die Grabenbrücke überschritten und sich so weit von der Mauer entfernt hatte, daß die Giebel der letzten Stadthäuser in sein Blickfeld traten, sah sämtliche Dachluken offenstehen und aus ihnen runde Augen gen Himmel blicken. Drei Knechte eines Kaufmannshauses waren sogar durch eine Luke auf den Windenbalken geklettert und saßen dort in Reih und Glied, wie Dorfjungen, die auf einem Nix reiten. Dabei starrten sie in die Luft und baumelten über der Leere mit den Beinen, was bei anderer Gelegenheit jeden in Schrecken versetzt hätte. Selbst auf die Mauer des mit Gräben und Zäunen umgebenen Pokkenhauses waren Neugierige gestiegen: Von dort blickten die lilagefleckten nasenlosen Gesichter der Lustseuchigen zum Himmel.

»Ernveste ritter und frawn! Ihr Bauern mit euren Weibern, die ihr gerade in der Stadt seid! Herbei, herbei, her...«

Hier nun merkte der Herold, wie ihn jemand am Rockzipfel zog. Er setzte sich den roten Hut schwungvoll auf und blickte sich um. Neben dem leeren Tranfaß, das er sich als Standort ausgesucht hatte, stand ein zehn- oder zwölfjähriger Junge, zupfte und zupfte.

»Was willst du, Pall?«

»Ich geh hin und guck mal, wie sie's machen!«

»Schau's dir von hier aus an.«

»Hier begreif ich nichts.«

»Von wo willst du denn gucken?«

»Vom Turm.«

»Schlag dir das aus dem Kopf! Die lassen niemanden ran!«

Doch der Junge war bereits den Augen des Herolds entschwunden und in der Menge untergetaucht.

Bis zur Pforte kam er gegen den Strom ziemlich langsam voran. Man kann nicht behaupten, Pall wäre beim Drängeln besonders geschickt oder flink gewesen. Er schlüpfte zwar etlichen Leuten unter der Nase vorbei (»Fuu, du kleener deywel!«) und zwängte sich zwischen anderen hindurch, wobei er sich so dünn machte wie nur möglich (»Wohin, du verflixter Bengel?«), und doch war sein Gebaren eher tolpatschig als gewandt, seine Gestalt eher untersetzt als schlank. Seine breiten Schultern unter dem unansehnlichen sperlingsgrauen Rock hatte er ein wenig hochgezogen, und der aschblonde Haarschopf auf dem runden Kopf wirkte, trotz häufigen Kämmens, wie ein Büschel nachlässig geschnittener Roggenhalme. Seine runden Augen waren grau, grau wie die Stadtmauer an einem Tag wie diesem, da der Himmel ihr einen bläulichen Schimmer verlieh, und sie blickten aufgeweckt und zugleich eigenartig starr.

»Ich guck's mir mal an«, murmelte er und drängelte durch den Torbogen, wo das Getrampel der Menge viel lauter klang. »Ich guck nach ...«

Hier war schon mehr Platz, sogar so viel, daß ein mürrischer diensttuender Ratssoldat just unter den Augen des an der Mauer hängenden Gekreuzigten Pall mit dem Hellebardenstiel eins über den Schenkel versetzte.

»Wohin, Sacramentum!«

Pall lächelte, eher zerstreut als ärgerlich, und murmelte: »Mal nachgucken ...« Dabei huschte er nach rechts, in die Sackgasse an der Breitstraßenmauer.

Dort begegneten ihm nur noch einzelne verspätete eilige Bürger. Eigentlich hätte er sie alle grüßen sollen, aber diese Vorschrift wurde nur in der Vorbereitungsklasse des Triviums ernst genommen. Ein richtiger Quartaner wie er grüßte auf der Straße nur Ratsherren und Schwarzröcke. Als er nach dem Hellebardenstoß seine Würde wiedergefunden hatte, bog er flotten Schrittes um die Ecke und schaute zweihundertfünfzig Ellen hoch, wo der vergoldete Hahn der Olaikirche blitzte. Von dort aus zog sich heute wie ein silbernes Haar das Seil der Gaukler herab und verlor sich weit hinter der Stadtmauer – ein Wunder ohnegleichen, das allgemeinen Gesprächsstoff lieferte.

Den Kopf im Nacken, eilte Pall weiter. Beim spaltweit geöffneten Roßmühlentor blieb er stehen und starrte den Kirchturm an. Einen Moment verschlang er mit den Augen den beängstigend hohen Turmhelm, dann blickte er plötzlich zu Boden. Die wundersamen Gerüche des Mühlentores erreichten sein Bewußtsein. Über das holprige Katzenkopfpflaster flutete aus der Mühle der warme, milde Geruch von frischem Pferdemist, genau wie aus dem Stall seines Vaters am Strand von Fischermai, und ein wenig höher roch es aus dem Spalt ebenso kräftig nach frischgemahlenem Weizen wie in Großvaters Speicher weit hinterm Kurglafluß ...

Als Pall den Blick hob, sah er Menschen herankommen und wurde wieder munter. Flankiert von zwei gebeugten Dienern mit Büchern unterm Arm, schritt geschäftig kein anderer als Superintendent Bock einher! Pall befahl seinem Nacken, sich auf eine Verbeugung vorzubereiten, und legte sich in Gedanken den nach Kerzenwachs schmeckenden lateinischen Satz zurecht: Salve, pater reverendissime. Doch beim »reverend...« verhaspelte er sich vor Schreck, denn er erkannte den Mann zur Rechten von Dominus Bock – es war keineswegs ein Diener, sondern Herr Frolink höchstselbst, Herr Bartholomeus Frolink, mit Spitznamen Panis quotidianus, der vor einer Stunde allen Klassen befohlen hatte: »Nur die Prima und die Sekunda dürfen sich die Gaukler ansehen. Die Kustoden bürgen mir dafür, daß keiner wegrennt! Die Tertia lernt die Augustana, Artikel siebzehn bis neunzehn, auswendig. Die Quarta dekliniert panis quotidianus. An die Arbeit, marsch!«

Trotz seines Schreckens war Pall fast ruhig. Etwas Merkwürdiges zwang ihn, den herannahenden Herren offen gegenüberzutreten. Er empfand riesige Versuchung, herauszufinden, ob sie ihn überhaupt bemerkten. Eine andere, weisere Kraft zog ihn zugleich nach rechts, hinter das spaltweit geöffnete Mühlentor. Er fühlte sich festgenagelt, wie manchmal im Traum, wenn eine Fuhre mit Weinfässern auf einen zurast oder wenn man sich unter den berstenden Gewölben einer Kirche befindet. Die zweite Kraft siegte, und Pall suchte im letzten Augenblick Deckung hinterm Tor. Er preßte das Gesicht so dicht an die rohen Bretter, daß seine Nase grau wurde vom Mehlstaub in den Ritzen, und lauschte. Die

Schritte näherten sich und hätten vorbeigehen sollen, doch die drei blieben unmittelbar vor dem Tor stehen.

Herr Frolink sagte: »Ich glaube es wohl. Athenaeus schreibt, die Seiltänzer von Kyzikos seien von ihren Türmen ebenso ...«

Der Superintendent unterbrach ihn: »Heutzutage sind die Seiltänzer bei weitem nicht so gut wie in der Antike. Und unsere Türme sind viel höher. Meint Ihr, in Kyzikos gab es so hohe Türme wie diesen hier? Nein, nein. Ich glaube nicht, daß sie es zuwege bringen! Das hieße ja fast, der Mensch könne fliegen! Dazu noch ohne Flügel! Mir ist zu Ohren gekommen, vor einigen Jahrzehnten habe ein Ulmer Schneidermeister vom Münsterturm hinabfliegen wollen – er hatte sich eigens dafür Flügel gemacht –, aber er stürzte zu Tode! Es gibt sogar ein Lied darauf:

Laßt die Glocken läuten!
Er verdarb sich mit seinen Lügen.
Der Mensch ist ja kein Vogel,
Der Mensch wird niemals fliegen!«

Drei Paar Sohlen klapperten weiter, und Pall trat hinterm Tor hervor.

Am Haupteingang der Olaikirche hing ein achtpfündiges Vorlegeschloß. Auf der Straße standen etwa ein Dutzend Menschen und starrten mit erhobenem Kinn gen Himmel. Die oberste Luke des Turmhelms war offen, daraus kam das Seil hervor, straff wie eine Saite, und verschwand in schwindelnder Höhe hinter den Dächern der gegenüberliegenden Straßenseite. Jemand rüttelte an einem Pförtchen der Hofmauer links von der Kirche. Es war verschlossen. Pall bog in eine Nebengasse, schlüpfte durch den Torbogen des Kornhändlers Hahnemann in dessen Hinterhof und erklomm einen Holzstapel an der Mauer, der sich im Winter an einem Ende stark gesenkt hatte. Er hatte es bereits halb geschafft, da rollten unter seiner Last etliche zwei Ellen lange Birkenscheite polternd hinab, und der ganze Stapel geriet leicht ins Wanken. Pall preßte sich erschrokken an das Brennholz und spürte, wie die Scheite gegen seine Rippen drückten. Dann zog er sich behutsam hoch und schaute über die Mauer.

Gleich dahinter stand ein riesiger Planwagen. Die beiden Pferde waren ausgespannt, ihre Mäuler steckten in Futtersäcken. Mitten im Hof machten sich vier Menschen zu schaffen, zwei ältere schnauzbärtige Männer und zwei Mädchen. Sie waren dunkelhäutig wie Zigeuner und schienen sich zu streiten. Die beiden Alten krächzten in seltsamen, bald tiefen, bald schrillen Tönen und fuchtelten derart mit den Armen, als brenne ihnen das Hemd am Leibe. Die Mädchen wiederum plapperten drauflos in einer eigenartigen Vogelsprache. Alle vier waren nachlässig und grellfarben gekleidet und wiesen bald zum Wagen, bald zur halbgeöffneten Kirchentür. Zehn Schritt von ihnen entfernt standen zwei dunkelhäutige, auffallend blasse Jungen im Primaner- oder Sekundaneralter, die einander so ähnlich sahen, daß Pall die Augen zudrückte und erneut hinschaute, sich aber überzeugte, daß es nicht ein Bursche war, sondern tatsächlich zwei. Sie standen Hand in Hand da, schwiegen und starrten zu Boden. Plötzlich begann der Planwagen zu schaukeln, heraus kroch ein faßdickes Zigeunerweib und plumpste auf das Hofpflaster. Sie trug ein Bündel merkwürdiger rotweißgoldener Klamotten auf dem Arm und kreischte den Streitenden etwas zu, was sich anhörte wie »Tor da, Donnerwetter!«, schmiß die bunten Sachen einem der Alten zu, gab beiden Mädchen je eine Ohrfeige, trat zu den Jungen, stand eine Weile vor ihnen in sonderbarem Schweigen und schlug über beider Stirnen das Kreuz. Dann stieß sie alle miteinander durch die Nebentür zur Kirche hinein und zog diese hinter sich zu.

Pall kletterte hurtig vom Holzstapel auf die Mauer und schwang sich hinüber, wobei er sich die Hände abschürfte. In der Luft zappelnd, reckte und streckte er sich so lange, bis seine Zehen einen der Eisenspriegel des Wagens erreichten. Doch sein Fuß rutschte von dem Eisen ab und versank in der weichen Plane. Mit gespreizten Beinen stürzte Pall schwer auf den Spriegel und rutschte auf dem Gesäß die gebogene Stange hinab, brennenden Schmerz zwischen den Hinterbacken. Er landete mit den Beinen voran auf dem Pflaster und blieb einen Augenblick betäubt zwischen den großen kotbeschmierten Rädern des Planwagens liegen. Im Wagen regte sich trotz des Krachs nichts. Sogleich richtete sich Pall auf und rannte zur Kirchentür. Hatte die Alte sie von innen verschlossen, dann war alles umsonst … Doch als er auf den Griff drückte, öffnete sich die Tür lautlos, und wieselflink schloß er sie hinter sich.

Er stand im hohen Dämmer des Turmfußes und schlug auf alle Fälle ein Kreuz in Richtung der Pfeiler, hinter denen im Schein farbiger Lichtbündel vergoldete Engel den Altar bewachten. Über die Schulter spähend, trat er einige Schritte nach rechts: Dort befand sich eine winzige Tür, die zur Turmtreppe führte und durch die nicht einmal Pall aufrecht gehen konnte. Beim dritten Schritt blieb er jählings stehen, denn anstatt auf eine Fliese trat er auf etwas Weiches. Er wandte den Kopf zur Seite und preßte die Faust auf den Mund, um nicht aufzuschreien: Sein rechter Fuß stand auf dem Rocksaum des dicken Zigeunerweibes, das am Boden zwischen ihm und der Treppentür kniete und betete. Glücklicherweise kehrte sie das Gesicht der Tür zu und Pall den Rücken. Ihr Hinterkopf mit den schwarzen Haarzotteln nickte zu ihrem kaum hörbaren Gemurmel, den Rücken aber hatte sie – diese Erzpapistin! – dem Altar zugewandt. Ein Weilchen hielt Pall den Atem an. Dann nahm er den Fuß sachte von ihrem Rock und schob sich seitlich Zoll um Zoll zur Treppentür hin. Alles ging nach Wunsch. Die Alte im Auge behaltend, faßte er behutsam nach dem riesigen eisernen Schlüssel im Schlüsselloch und zog daran. Die Tür öffnete sich mühelos, kreischte aber fürchterlich. Im leeren Turmfuß hallte das Echo wie der Schrei einer vom Stein getroffenen Möwe. Die Alte war unglaublich schnell auf den Beinen und faßte nach Palls Rockschoß. Mit einem Sprung rettete sich dieser in die Finsternis hinter der

Tür und stürzte, mit den Händen nach der Mauer tastend, die enge Wendeltreppe empor. Eine Zeitlang verfolgte ihn das schrille Gezeter der Alten, dann brach es jäh ab. Pall hastete weiter und schöpfte endlich bei einer Fensterluke Atem. Dieser Brocken von Weib würde ihm wohl kaum auf der Treppe nachsteigen …

Pall schaute zum Fenster hinaus. Ein Windstoß trug den Geruch von Taubenmist heran. In Nasenhöhe erblickte er die roten Dächer der Häuser und ihre weißen Schornsteine, über ihnen den grauen Nacken des Eppingerturmes mit seinem bemoosten Steinhut. Doch das Wunderseil, das sich in der obersten Fensterecke quer über den Himmel zog, war keinen Deut näher gekommen.

Die Wendeltreppe endete, und eine gute Strecke führten bröckelnde Kalksteinstufen steil empor. Von oben waren keine Schritte zu hören, aber dort mußten die Gaukler sein. Es galt, einen gewissen Abstand einzuhalten. Die Wendeltreppe setzte wieder ein und schien nicht enden zu wollen. Jäh drückte Pall seinen Hintern an die Mauer: Von oben nahte Getöse. Unwillkürlich zog er den Kopf ein. Sonderbarerweise nahm sein Gesäß nicht das geringste Beben der Mauer wahr. Aber das Getöse schwoll furchterregend an und fuhr wie ein Windstoß über Pall hinweg. Zehn Schritt unter ihm huschte eine aufgescheuchte Taube durch den Lichtschein, der durch das Fenster hereinfiel …

Irgendwo hoch oben führte ein Nebengang in die vage Finsternis über den Gewölben, wo wiederum Tauben gurrten und ein wirres, schiffswindenähnliches Gestell aus dicken Balken – wahrscheinlich Glockenstühle – zu erahnen war. Noch höher mündete die Stiege in einen zweifenstrigen Raum, wo in einer Ecke angekohlte Scheite in einem Aschenhaufen lagen, wohl die Feuerstelle eines einstigen Wächters, denn von hier aus waren der am Meer gelegene Stadtteil mit dem Hafen und die Bucht mit den Karlosinseln sowie den Inseln Nargen und Wulf zu übersehen. Die winzigen Häuser waren fast versunken, aber das Wunderseil spannte sich wie zuvor am blauen Himmel in unerreichbarer Höhe.

Pall hastete weiter und erreichte einen ziemlich großen quadratischen Raum. Durch die Ritzen von vernagelten klaftergroßen Fenstern drang von allen Seiten schwacher Lichtschein. Obgleich die Steinmauer noch gute zwei Geschosse höher reichte, begann hier der in den Mauern verankerte Holzbau, und auch die Treppe war von hier an aus Holz. Die bislang recht kühle Luft wurde merklich wärmer. Der säuerliche Geruch des sonnenbeschienenen Helmbleis drang in das staubige Innere des Turmes, der in ein seltsames Balkengewirr auslief. Wo es begann, setzte der graue Bleihelm ein. Einige Klafter trennten jeweils die Treppenabsätze, die sich allmählich verjüngten. Das seltsame Balkengespinst entsproß einem mächtigen vertikalen Achsenbalken wie einem gewaltigen Fichtenstamm, zehnmal dicker als der in Kurgla an der Pforte des großväterlichen Anwesens.

Pall zählte die fast finsteren Treppenabsätze. Am fünften befand sich die erste Helmluke. Auf Ratsbefehl waren heute sämtliche Helmluken geöffnet, damit die Turmtreppe ein wenig Licht erhielt, sonst hätten die Seiltänzer beim Rauf- und Runtersteigen mit ihren Kerzen oder Laternen den Turm in Brand setzen können.

Die fast mannshohe leuchtendblaue Lukenöffnung reichte bis zum Bretterfußboden. Pall ließ das Treppengeländer los und eilte dorthin – und bedrückt von der Weite, in die er blickte, fiel er auf alle viere. Seine Nase berührte fast den Boden, er schloß die Augen und dachte: Verdammt gut, daß Märten ihn nicht sehen konnte, sondern unten für einen Schilling mit seinem goldenen Hut herumfuchtelte ...

Als er die Augen öffnete und sich wieder hinauszublicken traute, bemerkte er zuerst eine braune Rauchwolke über dem hellen Himmel und dem glitzernden Meer, danach die dunklen Wälder von Ziegelskoppel, aus denen der Rauch aufstieg (die Ziegelei qualmte dort schon wieder ein ganzes Jahr), die grünenden Bruchwiesen vom Stadtrand und die grauen Häufchen der Vororthäuser mit den schwarzen Flecken Gartenland. Weit vor den Häusern, auf der sandigen Reeperbahn, wimmelte es von Menschen: Es sah aus, als hätten sich Ameisen auf eine Honigwabe gestürzt. Mitten in der Menge erblickte Pall einen leeren, durch Stricke abgetrennten Sandkreis. Bis dahin waren es mehr als dreihundert Klafter. Mitten im Kreis war ein Pfahl in die Erde gerammt, und von dort erhob sich das Wunderseil in die Lüfte. Es stieg in gerader Linie, wie ein eingefangener Sonnenstrahl, über einen Wiesenstreifen, den Wallgraben und zwischen dem Plate- und dem Eppingerturm über die Stadtmauer, wo es sich bereits mehr als hundertfünfzig Ellen hoch befand. Über den Höfen zwischen Mauer und Kirche reichte es bereits in Palls Augenhöhe, es näherte sich ihm und verlor sich im Himmelsblau. Pall griff mit beiden Händen nach dem Lukenrand und richtete sich vorsichtig auf. Danach lehnte er sich hinaus, so weit er sich getraute, warf den Kopf in den Nacken und guckte in die Höhe. Im Blechhelm, der sich schräg nach hinten neigte, gab es sechs geöffnete Luken übereinander. Bis zur obersten, in der das Wunderseil verschwand, waren es noch fünfundzwanzig Treppenabsätze. Das stand für Pall, der gut rechnen konnte, sogleich fest. Doch kaum richtete er seinen Blick von oben nach unten, hatte er das Gefühl, als vereinten sich das beängstigende Gen-Himmel-Streben des Turmes oben und die gähnende Leere unten zu einer betäubenden, meerwasserfarbenen Flut, die durch sein eigenes hohles Inneres hinabstürzte, immer weiter hinab, und ihn mitriß.

Er nahm sich zusammen, richtete den Blick auf den schwarzen Bleistreif vor seiner Nase am Rand der Lukenöffnung und schlüpfte zurück in das schützende Turminnere.

Der sechste, siebente, achte, neunte Treppenabsatz. Pall haderte ein wenig mit sich selbst und stieg über den zehnten, fünfzehnten und zwanzigsten Absatz, ohne durch die Luken zu schauen. Auf dem vierundzwanzigsten rastete er und horchte nach oben. Er vermeinte ferne Stimmen zu hören, aber es konnte ebensogut der Wind sein.

Auf dem fünfundzwanzigsten, schon recht engen Absatz preßte Pall die Kiefer fest aufeinander und trat behutsam an die Luke. Dort legte er sich bäuchlings hin, so daß seine Hände am Lukenrand Halt fanden, die Augen aber über die Fußbodenkante hinabblicken konnten. Drehte er sich auf die Seite, konnte er sowohl nach oben wie nach unten schauen. Ein blauer Strom von Leere durchfuhr ihn auch hier jedesmal, wenn er den Kopf drehte, die rauhen Fußbodenbretter unter Bauch und Seite jedoch verliehen ihm halbwegs Sicherheit.

Die sechste Helmluke war nur noch dreißig Ellen über ihm. Darin verschwand der Stolz der Revaler Seiler, ein graugelbes daumendickes Hanfseil. Nach Anweisung des Seiler-Laos hatten drei Reepschläger aus Fischermai es gedreht, und der schnurrbärtige Sandro, der Anführer der Gaukler, hatte es Spanne um Spanne überprüft und nicht einen einzigen Höcker entdecken können. Und wie der Seiler-Laos erzählte, hatte Sandro darauf in die Hände geklatscht und laut etwas von einer Mähre gesagt. Aber was eine Mähre damit zu tun hatte, begriff niemand.

Auf einmal vernahm Pall von unten die fernen Rufe der Menge. Er sah die ameisenkleinen Menschen auf der Straße vor der Kirche mit den Armen fuchteln und einige ihre Mützen hochwerfen, derweil die Rufe der Menge auf der Reeperbahn hinter der Mauer zu einem gewaltigen Getöse verschmolzen. Da endlich erriet er, was los war, und blickte nach oben.

Zehn Schritt von der sechsten Luke entfernt stand in der Luft einer der Jungen, die er unten im Hof gesehen hatte. Er trug einen eng anliegenden Anzug, dessen rechtes Oberteil und linkes Hosenbein golden, die übrigen Teile aber weiß waren. So sah er aus wie der Bube im Kartenspiel holländischer Seeleute, das Pall einmal zu Gesicht bekommen hatte. Auf dem schwarzen Haar saß eine kleine weiße Pagenmütze. Die Hände unbekümmert in die Hüften gestemmt, entfernte er sich ruhigen Schrittes durch die Lüfte. Pall sah deutlich, wie er die Sohlen auf das Seil setzte, die Zehen seitwärts ausgestellt. Aber es machte den Eindruck, als spaziere er in der Luft. Eigentlich trug das Seil nicht zur Klarheit bei, sondern machte die Angelegenheit nur noch verworrener. Ohne Seil hätte alles ausgesehen wie ein Mirakel oder Hexerei. Nun mußte man annehmen, hier sei Gewandtheit im Spiel.

Pall maß mit dem Blick den Abstand zwischen dem Jungen und der Straße: Die zweihundertfünfzig Ellen zuckten hin und zurück durch sein Inneres wie eine nasse Schnur. Er krallte sich fest an den Lukenrand und schmiegte sich bäuchlings an den Fußboden, hatte aber dennoch ein unsicheres Gefühl. Indes verwischten sich die Umrisse des Jungen für einen Moment – er hatte sich um sich selbst gedreht, so schnell, daß Pall nicht sagen konnte, ob rechts- oder linksherum. Jedenfalls war das Gesicht des Jungen nun dem Turm zugewandt. Sein Antlitz wirkte noch fahler, als es unten gewesen war. Er lächelte scheinbar gelangweilt und steif, und einen Augenblick dachte Pall, das Lächeln gelte ihm. Er erschrak ein bißchen und lächelte zurück, merkte aber, daß der abwesende Blick des Jungen ihn gar nicht wahrgenommen hatte. Sogleich stand dieser wieder mit dem Rücken zu ihm, breitete die Arme aus und ging weiter. Leicht und federnd lief er geradeaus, in den blauen Himmel hinein, erreichte die Grenze zwischen Himmel und Meer, stieg allmählich hinab zum schillernden Wasser und war bald kaum noch zu sehen.

Pall rutschte weg vom Lukenrand, erhob sich benommen, lauschte, hörte jedoch nichts als das von unten heraufdringende Raunen der Menge. Er betrat die Stiege und schlich weitere vier Geschosse höher. Der neunundzwanzigste Absatz um den auf Ellendicke verjüngten Tragbalken war kaum größer als die aus Stangen errichtete Sommerküche des Kurgla-Hofes, wo Großmutter in den warmen Monaten Suppe kochte. Durch die Decke hörte Pall deutlich das heisere, fremdsprachige Geflüster zweier tiefer Stimmen. Dann wurde mit einem schweren Gegenstand zweimal an die Decke geklopft, und einer der Schnauzbärtigen sagte laut: »Va bene!« Pall wunderte sich, daß diese Zigeuner hin und wieder Latein sprachen, so daß er sie verstehen konnte. Das machte ihm Mut. Er schluckte Speichel hinunter und stieg, so leise es irgend ging, dem Licht entgegen, das durch die Treppenöffnung fiel. Die Stiege endete im Fußboden des letzten Absatzes neben dem Tragpfeiler. Palls Nase war noch nicht in Fußbodenhöhe, als er das Wunderseil entdeckte, das gut zehnmal um den Pfeiler gewunden und kräftig verknotet war. Zwischen Pfeiler und Lukenöffnung, vor einem hellen Himmelsfetzen, stand der Zwillingsbruder des goldenen Kartenbuben in einem ähnlichen, jedoch rot-weißen Anzug. Die Mädchen machten sich an ihm zu schaffen und knöpften sein Gewand auf dem Rücken zu. Einer der Schnauzbärte stand links von dem Jungen, in der Hand eine klafterlange Rohrstange, die an beiden Enden eine apfelgroße Kugel zeigte. Der zweite Schnauzbart war im ersten Moment nicht zu sehen. Aber als Pall eine Spanne höher gestiegen war, sah er rechts von der Treppenöffnung, nahe bei seinem Gesicht, dessen dunkelgrüne Hose. Just am Rand der Treppenöffnung stand ein kleiner Schemel. Darauf saß der zweite Schnauzbart, die Seite Pall zugewandt, einen quartgroßen Silberbecher in der Hand. Nun traten die Mädchen von ihrem roten Buben weg, und das eine sagte: »Pronto.«

Der Schnauzbart von links trat zu dem Burschen und hielt ihm die Stange in Brusthöhe waagerecht hin. Dieser streckte die linke Hand mit abgespreiztem Zeigefinger vor, der Schnauzbart ließ die Stange los, und sie blieb reglos auf dem Finger des Jungen liegen. Bei alledem zeigte das bleiche Gesicht des Jungen das gleiche abwesende, ein wenig starre Lächeln, mit dem sein goldener Doppelgänger soeben durch die Luft geschritten war. Jetzt erhob sich der andere Schnauzbart von seinem Schemel, reichte dem Jungen den Becher und sagte in einer dem Lateinischen ähnlichen, fast verständlichen Sprache eindringlich: »Bevi, che non caschi!«

Der Junge hob die langwimprigen Lider, sein trüber brauner Blick wurde hell und konzentrierte sich auf den Becher, den er behutsam in die Rechte nahm. Er trank mit andächtiger Miene einen Schluck und reichte den Becher zurück. Mit einemmal war Pall alles klar: Ihre wundersame Fähigkeit verdankten sie diesem Getränk! Er war dermaßen erschüttert von seiner Entdeckung, daß er nicht rechtzeitig hätte untertauchen können, wäre der Schnauzbart mit seinem Becher sogleich an seinen Platz zurückgekehrt. Aber dieser streckte die Hand nach hinten aus, stellte den Becher auf den Schemel und begleitete den Jungen zur Luke. Pall spürte auf seiner schweißbedeckten Stirn den Windhauch der Ärmelbewegung. Derweil die beiden Schnauzbärtigen und die Mädchen sich bekreuzigten, der Junge mit der roten Pagenmütze allen den Rücken zukehrte und das gleiche tat, dann seine Stange zur Luke hinaussteckte, quer zum Seil ausrichtete und ins Leere trat – während all dieser Zeit starrte Pall unverwandt den Becher an, der auf dem Hocker stand, nur eine Elle von seinem Gesicht entfernt. Als die Schnauzbärtigen und die Mädchen zur Lukenöffnung traten, um dem Jungen nachzuschauen, als es also im Turm für einen Augenblick dämmrig wurde und alle Pall den Rücken zuwandten, da stieg die Woge der Versuchung so hoch, daß sie über Palls Kopf zusammenschlug ... Eine Mischung vager Impulse: Spieltrieb, der Drang, sich selbst zu erproben, Freude am Wagnis, der Wunsch, das Schicksal herauszufordern, ohne jedoch seine Würde zu verlieren, und gewiß auch ängstliches Widerstreben zwangen ihn zu bedächtigem Handeln. Langsam streckte er die Hand durch einen Schleier erschrockener Engelsgesichter und grinsender Teufelsfratzen, ergriff den Becher, hob ihn an die Lippen und tat einen tiefen Zug. Doch ihm fehlte die Selbstbeherrschung, den Becher auf den Schemel zurückzustellen: Er stellte ihn hastig auf den Boden wie einen glühendheißen Gegenstand und glitt lautlos die Treppe hinab.

Aus unerfindlichem Grund hatte er einen überwältigend scharfen, den Gaumen kühlenden, bis in die Zehenspitzen dringenden Pfefferminzgeschmack erwartet, hundertmal stärker als bei der Hexenschußmedizin, die sein Vater vom Apotheker Bastian erhalten hatte. Seine Einbildungskraft ließ ihn beim Schlucken des Zaubertrankes an dessen Geschmack nicht zweifeln. Er lief zu seinem Schlupfwinkel auf dem fünfundzwanzigsten Absatz, trat an den Rand der Luke und dachte: Hätte ich doch hier ein ähnliches Seil ... Dabei merkte er, daß ihm beim Gedanken an das Seil, das vor seinen Füßen ins Leere führte, und an die Notwendigkeit, auf ihm entlangschreiten zu müssen, die Knie schlotterten. Auch wurde er inne, daß der Zaubertrank kein bißchen stärker nach Minze geschmeckt hatte als Vaters Hexenschußmedizin, eher weit schwächer, ja um der Wahrheit die Ehre zu geben, der Geschmack war kaum spürbar gewesen ... Der Trank hatte beinahe nach reinem, kühlem Quellwasser geschmeckt. Jetzt aber fesselten die Luftzwillinge aufs neue seine Aufmerksamkeit.

Der rote Page befand sich unmittelbar über den Häusern diesseits der Stadtmauer, und der goldene hatte hinter dem Wallgraben kehrtgemacht und schritt nun auf ihn zu. In einer Höhe von hundertfünfzig Ellen, über der Mauer, begegneten sie einander. Der rote streckte seine Stange vor, und der goldene faßte danach. Die Stange parallel zum Seil haltend, drehten sie sich so, daß ihre Körper, die sich im Gesäß ein wenig bogen, gleichsam den Querschnitt eines Schiffes bildeten, das mit dem Kiel auf dem Seil ruhte, wobei die Füße den Kiel, die Arme das Deck und die Köpfe mit ihren Pagenmützen die Reeling darstellten. Vorsichtig die Füße voranschiebend, vollführten sie auf diese Art vier Wendungen, bei denen Pall eine Gänsehaut überrieselte. Und als die Woge der Begeisterung zu ihnen hochschlug, ließ der goldene Page die Stange los, stützte die Hände auf das Seil und machte einen Handstand. Von unten ertönte ein Ach-Ruf aus sechstausend Kehlen – es klang wie das Rauschen der See bei Nordostwind am Hohlufer von Tischer. Und auf dem Kamm dieser gewaltigen Welle des Staunens spazierte der goldene Page auf den Händen zwanzig Schritte vorwärts und zwanzig Schritte rückwärts, das weiße und das goldene Bein leicht vorgeneigt und gespreizt – ähnlich den geöffneten Schenkeln einer Schere.

Pall verfolgte all das dermaßen aufmerksam, daß ihm die Augen weh taten. Dennoch sah er es wie durch die Glasscheiben, die aus unerkennbaren Tropfen zu bestehen schienen und die sein Vater im Vorjahr statt der Schweinsblasen am Kammerfenster angebracht hatte – die rückten die Dinge in die Ferne und ließen ihre Umrisse fließend erscheinen. So wunderbar die Seilkünste auch sein mochten: Pall wußte, das Wunder war anderswo zu suchen.

Er sah den roten Pagen ruhig über der Leere stehen, während der goldene wiederum mit Kunststücken ohnegleichen aufwartete, auf Händen lief, kaum glaubliche Wendungen vollführte und gar – das mochte ein Phantasiegebilde von Palls übermüdeten Augen sein – ein Rad schlug. Dennoch – das Wunder war anderswo zu suchen.

Zwanzig Schritt von Pall entfernt ging der goldene Page am roten vorbei, nahm ihm die Stange ab und spazierte zur Turmluke hinein. Der rote wandte der Kirche den Rücken zu. Seine hageren Schultern hoben sich jäh, als wolle er vom Seil in die Luft springen oder als seufze er tief. Dann streckte er die Arme nach beiden Seiten aus und rannte los. Doch er lief nicht, wie es sein goldener Zwilling soeben getan hatte, in geschmeidigem, verspieltem, fast ruhigem Rhythmus. Nein, er flog mit unvorstellbarem Schwung das dreihundert Klafter lange schnurgerade Seil hinab zur Reeperbahn. Sein Laufschritt brachte das Seil ins Schwingen, und jede Schwingung beflügelte seinen Schritt. Die ausgestreckten Arme schienen ihn wie Flügel in die Lüfte zu heben. In der Ferne, wo das Seil über der graugrünen Erde bereits nicht mehr zu sehen war, glitt er dahin wie eine Schwalbe vor dem Regen. (Doch das Wunder, versteht sich, war ganz woanders zu suchen.) Er erreichte das untere Ende des Seils, flog über den in die Erde gerammten Haltepfosten und lief, das Tempo verringernd, bis zu dem Tau, das den menschenleeren Kreis umgab. Im selben Augenblick wurde das Absperrtau niedergetrampelt, und die vor Begeisterung tosende schwarze Menge verschlang den wankenden rot-weißen Punkt.

Zugleich ertönten von oben Bravissimo-Rufe und wie hinter einem Staudamm hervorbrechendes welsches Gemurmel. Pall vermeinte sogar das Schmatzen von Küssen zu vernehmen. Schritte polterten die Treppe herab. Pall flitzte zur Stiege und eilte den Gauklern voraus. Er hastete, vom Staub hervorgerufenes Hüsteln bekämpfend, die leiterähnliche Treppe hinunter, abwechselnd über dunkle und sonnenhelle Absätze. Aber er nahm fast nichts mehr wahr. Unter seinem wirren Haarschopf kreiste ein einziger Gedanke: *Was* hatten sie getrunken, sie und auch *er*? Seine Haut überlief es sonderbar warm und kühl, und Schweiß brach ihm aus von dem Bewußtsein, daß ein Tropfen dieses Getränks jetzt auch in seinen Adern floß, in jedem Finger und Zeh, unter jedem Fingernagel ...

Er erreichte die niedrige Tür, die zum Turmfuß führte. Die hatte das Riesenweib, das ihm nachgesetzt hatte, so weit offengelassen, daß er hinausspähen konnte, ohne ein Kreischen befürchten zu müssen. Die Alte war nicht mehr da. Die Hoftür des Turmfußes war ebenfalls unverschlossen, und mit einiger Mühe gelang es ihm, durch den Hof und über die Mauer zur Langstraße zu entkommen.

Bei der Großen Strandpforte geriet er in die Menschenmenge, die zur Stadt zurückflutete. Nun war es noch schwerer, sich durchzuzwängen, da alle nach dem Spektakel miteinander stritten und mit den Armen fuchtelten, um die Flughaltung des roten Pagen zu zeigen oder die Wendungen des goldenen nachzuahmen. Oder die Leute gestikulierten einfach nur so – ungläubig und zugleich gezwungen, zu glauben, was sie gesehen hatten.

Irgendwie zwängte sich Pall durch das Gewühl, eilte durch die Pforte und über die vertraut hallende Zugbrücke, sprang über die niedrige, aus Erde und Steinen gefügte Mauer des Rosengartens, die ohnehin nur zur Abwehr der Schweine diente, lief geradeaus zwischen Holunder- und Heckenrosenbüschen, plumpste über die höhere Mauer auf der Seeseite und verschwand kurz darauf zwischen den Bootsschuppen am Strand.

Des alten Mündrich-Mats' Kahn stand an seinem Platz am Strand, auch Hedebüschel lagen herum, mit Steinen beschwert, damit der Wind sie nicht davontrug, aber weder Mats noch sein Bursche Juhan waren zu sehen. Auch Märten schien noch nicht zurück zu sein. Die Tür zum Bootsschuppen stand halb offen, und Pall steckte den Kopf hinein.

»Märten?«

Aus der nach Teer riechenden Dämmerung ertönte behagliches Knabbern und Schlucken. Pall gewahrte einen Haufen Netze an der Wand, Märtens zerrissenes Hosenknie und sein spitzes Kinn, das sich aufs Knie stützte.

»Ha! Bist reingekommen?«

»Jawohl.«

»Mm! Wie war's?«

»Mm ...«

»Nimm! Schmeckt ganz gut. Koste mal.«

Pall biß in eine zähe süße Schote.

»Was ist das?«

»Johannisbrot. Der alte Bastian hat es auch auf Lager. Aber er nimmt einen Schilling fürs Dutzend. Das ist heiliges Zeug.«

»Woher hast du's?«

»Einem Lübecker Maat fiel die Pelzmütze in einen Kuhfladen, als er das fliegende Volk angaffte. Ich hab sie im Graben gesäubert und das dafür gekriegt.«

»Und wieso ist es heilig?«

»Johannes der Täufer hat so was gekaut.«

»Wann?«

»Na, als er in der Wüste war. Hat Tau dazu getrunken.«

Pall knabberte einen Augenblick an seiner Schote.

»Was trinken eigentlich diese fliegenden Menschen, ehe sie aufs Seil treten? Kann man das nicht rausbekommen?«

»Aber freilich! Ich weiß es.«

»Red keinen Unsinn!«

»I wo! Sie trinken auch Tau.«

»Quatsch!«

»Na klar. Hab doch mit ihnen eine ganze Woche zu tun gehabt. Die Mädel radebrechen Deutsch und haben es mir erzählt. An drei klaren Nächten vor dem Spektakel breiten sie zwei eingefettete Kalbshäute an einem ruhigen Ort auf dem Boden aus und sammeln den Tau in einer Kristallflasche.«

»Wieso hat denn gerade Tau solche Zauberkraft?«

»Weil die Sonne den Tau morgens in die Luft hebt. Wenn man genug davon im Leib hat ...«

»Klar. Aber da könnte man ja wer weiß wieviel sammeln ...«

»Hat keinen Zweck. Als sie in Wilna auf dem Seil flogen, mußte es litauischer Tau sein und in Krakau polnischer. Und in Reval hilft nur hierzulande gesammelter. Immer der Tau des Landes, über dem man schwebt. Sonst stürzt man Hals über Kopf runter.«

»Üben muß man wohl auch?«

»Klar. Ungeheuer. Sie üben sieben Stunden täglich. Doch wenn man keinen Tau trinkt, nützt es kaum.«

»Natürlich ... Und wahrscheinlich gehören zum Trank auch Zaubersprüche.«

»Schon möglich.«

Pall war so tief in Gedanken versunken, daß nur Märten vernahm, wie die Trompeter vom Rathausturm Klock zwei verkündeten: tut-tut-tut, tut-tut-tut.

»Gehst du heute nicht mehr zur Schule?«

Ein Schreck – nicht allzu heftig, aber doch unangenehm – lief Pall prickelnd durch die Halsadern in den Kopf und ließ ihn um eine halbe Spanne einschrumpfen, als hätte ihm Rektor Tegelmeister höchstpersönlich die blaugeäderte Hand mit den zwei Silberringen auf die Schulter gelegt.

»N-nein, heute nicht.«

»Morgen wird dir Panis tüchtig die Leviten lesen.«

»Wenn nur Panis, wär's halb so schlimm. Ich geh jetzt nach Hause.«

Er nickte Märten zu und stapfte den Strand entlang davon. Plötzlich hatte er keine Lust mehr, den ganzen Nachmittag zuzusehen, wie der alte Mündrich-Mats seinen Kahn abdichtete und Märten ihm dabei half. Nach Hause zu gehen war aber ebenfalls peinlich ... So ein Pech, daß man eine große Schwester hatte, die einem wegen all und jedem auf den Pelz rückte. (»Den Kleinen hat man doch sicher nicht erlaubt, zu den Gauklern zu gehen? Bestimmt nicht! Aber du warst natürlich da? Gaff den Suppenkessel nicht so an – dein Gewissen ist genauso schwarz. Du hast dort Maulaffen feilgehalten, gelt? Ich sehe es dir an der Nase an. Du mußt ja überall dabeisein. Ein Wunder, daß du nicht in den Olaiturm raufgestiegen bist ... Wirst dir noch mal die Knochen brechen ...«) Nein, abends beim Vater petzen, das tat Annika nicht. Aber dennoch ...

Da vernahm er Märtens Stimme: »Pall! Kommst du am Abend mit angeln?«

Er blieb stehen und kniff die Augen zu ... Märten wußte einen großartigen Angelplatz. Und Pall könnte ihn über diese fliegenden Menschen ausfragen ... Aber das hatte Zeit.

Er wandte sich um. »Nein ... Muß den Donatus büffeln.«

Gemächlich schritt Pall am Wasser entlang nach Fischermai. Er blieb stehen, bemerkte ein flaches Steinchen und ließ es übers Wasser tanzen. Doch der Wellengang war stark, und der Stein hüpfte nur ein paarmal widerwillig hoch ... Wie wäre der Stein wohl gesprungen, hätte er ihn vorher mit diesem Tau benetzt? Plötzlich spürte Pall im ganzen Leib das erschreckende, heiße, triumphierende Kribbeln der Erinnerung. Es war derart ungestüm, daß er über den zur Landungsbrücke führenden gepflasterten Damm kletterte, ohne den Schiffen auch nur einen Blick zu widmen. Beim Weitereilen überließ er sich immer mehr der Wirkung des Zaubertranks. Links wuchs Weidengestrüpp, das die ersten Fischermaihäuser vom Strand aus den Blicken entzog. Zwischen Gestrüpp und Meer standen Bootsschuppen und Trockenstangen für Netze.

Eigentlich müßte ich mal probieren, ob ich's nicht auch kann ... Ein bißchen müßte ich es doch können ... Ich hab ja davon getrunken. Also muß ich es können ...

Da ruhte auf drei mannshohen Pfosten eine etwa dreißig Schritt lange leere Netzstange. Die Stange war eine halbe Spanne stark und ziemlich gerade. Die Häuser standen jenseits des Gestrüpps, weit und breit war kein Mensch zu sehen.

Halb unschlüssig und halb sich seiner Sache gewiß, schwang sich Pall auf die Stange, ging in die Hocke und richtete sich auf. Nichts einfacher als das! Er breitete die Arme aus und tat den ersten Schritt. Den zweiten. Den dritten. Er spürte eine Woge des Selbstvertrauens von den Knien zur Brust steigen, worauf ihm das Atmen wunderbar leichtfiel. Schon hatte er die Mitte zwischen den beiden ersten Pfosten erreicht, und es war durchaus keine Kunst. Die Stange wippte gehörig unter seinen Schritten, doch das störte ihn wenig. Na ja – wenn unten ein kirchturmhoher Abgrund gähnte, lägen die Dinge anders, aber er konnte es, konnte es, konnte ...! Er schritt bis zum mittleren Stützpfosten, trat über die grobe Fuge der Stangenenden und balancierte gemächlich bis zur wippenden Mitte der nächsten. Er stand still, festigte das Gleichgewicht und hob das linke Bein langsam in die Luft.

»Was fällt dir ein, du Taugenichts!« herrschte ihn eine wütende Stimme an.

»Das ist der Bengel vom Rissa-Siimon!« rief eine andere.

»Du Teufelsbrut machst mir die Stange kaputt!«

Pall schaute nach links und erblickte die Fischerhäuser am Meeresstrand sowie Männer und Weiber, die ihm zufuchtelten. Er begriff, daß er von dort aus beim Herumturnen auf der Trockenstange über dem Gestrüpp zu sehen war. Bevor er den linken Fuß vor den rechten auf die Stange setzen konnte, rutschte diese unter seiner dünnen, absatzlosen Sohle weg, und er landete auf allen vieren im Kies des Trockenplatzes.

Durch das Gestrüpp ertönte immer noch Schelten, als er aufstand – wütend über den Sturz, aber froh, daß er nun Bescheid wußte – und, auf dem linken Bein leicht hinkend, davonlief.

ZWEITES KAPITEL,

darinnen ein Sonderling von einem jungen Mann einem nicht minder sonderlichen Bengel eine Lehre fürs Leben erteilen möchte, was ihm lebenslängliche Scherereien einträgt, wobei das, was ihm passiert, zu seiner Zeit ebenso landläufig ist wie heute, seine Einstellung dazu aber offenbar noch landläufiger, als man heute gemeinhin annimmt

Herr Bartholomeus Frolink, mit Spitznamen bekanntlich Panis quotidianus oder einfach Panis (vertraulich manchmal auch Brotkanten genannt), lebte erst das zweite Jahr hier im Marienland. In zartestem Alter durch die Pest verwaist, hatte er die ersten fünfundzwanzig Lenze seines Lebens in verschiedenen norddeutschen Städten bei Verwandten verbracht, die als Schuhmacher und Kaufmannsschreiber ihr Leben fristeten. Er hatte Stiefel besohlen und auf Wachstäfelchen geschriebene Rechnungen auf dem Rechenbrett zusammenklappern helfen, hatte sich durch die Lateinschule durchgehungert und schließlich – just ein Jahr nachdem Herzog Philipp in Greifswald eine protestantische Universität ins Leben gerufen hatte – mit hungrigen Zähnen in die große Theologiesemmel gebissen. Aber aufgegessen hatte er sie nicht. Warum? Wer kann schon genau sagen, warum ein blasser Jüngling mit entschlossener Miene, der gerade in letzter Zeit fröhlich geworden ist und gar versucht, tempore lectionem allerlei Landsknechtslieder zu pfeifen, plötzlich beim Kolloquium stumm bleibt wie ein Fisch? Wer wird je dahinterkommen, warum er der Universität den Rücken kehrt, vor seinem Professor in eine Nebengasse flüchtet, sich mir nichts, dir nichts exmatrikulieren läßt und, die Apostel und drei Grammatikbücher im Bündel, in durchlöcherten Stiefeln und mit einem Stock in der Hand sich auf die Landstraße oder auf ein Schiff begibt, um ins Blaue hineinzuziehen? Und warum er dabei krampfhaft an einem hochgiebeligen Kaufherrenhaus vorbeischaut, wo die Hofköter knurren und die schwere Gardine eines

Oberstockfensters von zarter Hand bewegt zu werden scheint?

Auch die Frage, warum Herr Frolink gerade ins Marienland gesegelt war, ist schwerlich genau zu beantworten. Vielleicht hatte er in einer Kneipe in Greifswald, Rostock oder Stettin (um der Wahrheit die Ehre zu geben, wollen wir nicht verhehlen, daß er zuweilen in eine solche einkehrte), vielleicht hatte er geschwätzige Seeleute beim Bier das dortzulande geläufige Liedchen summen hören:

»Nicht vergebens sagt man: Liefflandt
ist ein Blieflandt,
da sich gantz besonders jetzt
mancher niedersetzt.«

Vielleicht hatte er gehört, es sei dort ein leichtes, ohne abgeschlossene Bildung einen fetten Posten zu ergattern, ob nun als Seelsorger in einem begüterten Kirchspiel oder als Schreiber in einer gefälligen Ordenskomturei. Und Fleisch und Fisch und jedwede Gottesgaben seien dort weitaus billiger und reichlicher zu haben als sonstwo im gewaltigen, jedoch allzeit hungrigen Heiligen Römischen Reich Deutscher Nation. Und daß die Deutschen, die dort bereits Fuß gefaßt hatten, jeden Neuankömmling aus Deutschland dankbar und freudig willkommen hießen, da sie vermeinten, es gäbe ihrer immer noch beunruhigend wenig, obgleich sich dort bereits so viele angesiedelt hatten, daß man zumindest in den Städten vortrefflich mit der deutschen Sprache zurechtkam. Vielleicht war ihm auch aufgefallen, daß sich aus norddeutschen Häfen allerlei lärmende Glücksritter und heimatloses oder gar steckbrieflich gesuchtes Gelichter dorthin absetzte, keiner aber zurückkam. Denn die Ruhe und Ordnung, die der gestrenge Herr Plettenberg dort eingeführt hatte, sollten verläßlich und dauerhaft sein, und der halb heidnische Moskowiter, der einmal etwas auf die Nase bekommen hatte, überschritt nicht mehr seine Grenzen.

Obschon Herr Frolink im Marienland weder Freunde

noch Verwandte besaß, machte er schnell sein Glück. Unversehens fand er sich als ehrwürdiger Schulmeister in einem Trivium wieder, das selbst Lübeck und Bremen zur Ehre gereicht hätte.

Der säuerliche Rektor Tegelmeister hatte es durch Beharrlichkeit so weit gebracht, daß die Schule just im vergangenen Lenz aus ihrer elenden Unterkunft in ein annehmbares Gebäude hatte übersiedeln können. Das Refektorium des vor rund zehn Jahren beim Ansturm des Luthertums niedergebrannten Dominikanerklosters war endlich für die Schule hergerichtet worden. Und der Rat hatte geruht, mit Mitteln nicht zu geizen. Seine Bleibe in der Kammer des ehemaligen Pförtners, eines Laienbruders, konnte Herr Frolink zwar nur befriedigend nennen, weil er genügsam war. Dennoch: Jeden Morgen Klock sechs, wenn er durch den einstigen Klosterhof schritt, um sich zum Unterricht zu begeben, kam ihm das bewußte Landsknechtslied auf die Lippen. Zumindest anfangs.

Zur gleichen Zeit quietschten zwischen den Mauern der riesigen abgebrannten Klosterkirche die Türen der winzigen Katen, und Karrenschieber und Träger, Lagerknechte, Knochenhauer vom Schlachthof und mancherlei niedere Amtsträger, die dort Obdach gefunden, eilten über den jetzigen Schulhof zur Arbeit. Herrn Frolink begegneten alle ausgesucht höflich, wobei ihr Gebaren bisweilen ans Komische grenzte. Von ihnen erntete er schon am zweiten oder dritten Tag allmorgendlich mehr beflissenes Lächeln und unterwürfige Grüße als früher vom gleichen einfachen Greifswalder Volk in einem ganzen Monat. Dabei waren sein Hut, seine Kleider und sein Schuhwerk zunächst durchaus nicht besser als dort. Erst überraschten ihn die Höflichkeit und Aufmerksamkeit, dann belächelte er sie, und schließlich befremdeten sie ihn. Nachdem er das gleiche schon in der ersten Woche in der ganzen Stadt festgestellt hatte, sprach er mit Rektor Tegelmeister darüber.

»Das sind doch Graue, Undeutsche«, erläuterte der Rektor mit dem runzligen Apfelgesicht, als er Herrn

Frolinks verständnislosen Blick bemerkte: »Möchtet Ihr, daß sie noch hochnäsiger werden, als sie es ohnehin sind?«

»Undeutsche? Ja, aber was ist das eigentlich für ein Volk?«

»Das sind Nachkommen der Melanchlenen, die Herodot erwähnt hat. Ihr werdet Euch erinnern. Ein überaus stupides Volk.«

»Und sie taugen nur für niedere Arbeit?«

»Jawohl. Ausschließlich. Das heißt diejenigen ausgenommen, die Verstand genug besitzen, Deutsche zu werden.«

»Und solche üben auch ein besseres Handwerk aus?«

»Mhm.«

Sie hatten den Schulhof verlassen und die Klosterpforte in der Mönchsstraße erreicht, wo sich Herr Tegelmeister umwandte.

»Nun, die vielen Mauern, in denen wir hier nisten – die zeigen Euch, daß die Dominikaner auf recht großem Fuß gelebt haben.« Sie schritten die Mönchsstraße fürbaß zur Stadt, und Herr Tegelmeister hob über dem prächtigen, jedoch zerfallenen Ostflügel des Klosters seinen Stock.

»In diesem schloßähnlichen Gebäude hauste ihr Prior, weiland einer der einflußreichsten Männer der Stadt. Vor hundert Jahren war es Dominus Henricus Carwel, ein Mann, der in Bologna und in Montpellier studiert hat. Wißt Ihr, wer das war? Ein Undeutscher, ein Bauer aus Lüggenhausen, das dem Vogt von Wesenberg unterstellt war. Sein richtiger Name lautete Karwepe, was soviel wie Haarkopf bedeutet. Jeden Tag mußte er sich seine Tonsur scheren lassen, wenn er wollte, daß sie christlich erstrahle. Also …«

Herr Tegelmeister schmunzelte überlegen und bitter, schwang den Stock und ging seines Weges, wahrscheinlich, um sich mit den Herren des Gotteskastens ein weiteres Gläschen Wein zu Gemüte zu führen.

So sah es aus. Emporgekommene Undeutsche konnte es nicht allzu viele geben, da Herr Tegelmeister ein hundert Jahre zurückliegendes Beispiel angeführt hatte. Immerhin, die Menschheit teilte sich im Marienland nicht nur in Arme und Reiche wie überall und auch in Deutschland, sondern zudem in Deutsche und Undeutsche.

Nun, Herr Frolink hatte im Oktober des Jahres siebzehn, als die größte Weltsäuberung einsetzte, noch nicht einmal in den Windeln gestrampelt, und sein Bild von der Welt hatte sich im gewaltigen Prozeß der Spaltung Europas in Lutheraner und Katholiken geformt. Deshalb hätte für ihn eine zusätzliche Spaltung örtlichen Charakters kein besonderes Problem darstellen dürfen. Doch Herr Frolink hatte geflissentlich eine lutherische Bildung genossen, in deren Welt Gut und Böse zwar, der Mode entsprechend, sich in den Haaren lagen, das Gute jedoch insofern mehr Macht besaß, als selbst sein oberster Schriftkundiger das Tintenfaß nach dem Bösen werfen konnte und bestimmt auch traf. Kurz und gut: Die scholastische Sehnsucht nach Harmonie war in Herrn Frolinks Bewußtsein (oder zumindest in seinem Unterbewußtsein) noch dermaßen stark, daß die Spaltung der Menschheit hierzulande in seiner Seele einen eigentümlich unangenehmen Niederschlag bewirkte. Vor allem aber: Der Boden, auf den dieser Niederschlag fiel, war durch das Unrecht gelockert, das er in seinem jungen Leben erfahren hatte. Dennoch: Herrn Frolinks Name paßte haargenau zu seinem Träger. Er neigte nicht dazu, über unangenehme Dinge nachzugrübeln. Und allmorgendlich um sechs Uhr, wenn er durch die wuchtige Bogentür aus frischem Eschenholz die neue Schule betrat, war er mit der Welt in bestem Einvernehmen. Zumindest anfangs.

Er schritt durch den Flur und öffnete die Tür zur Aula. Der dreißig Ellen lange und fünfzehn Ellen breite Raum schillerte in heiterem Morgenlicht. Die Fenster nach Süden waren beim Brand zersplittert, ihre Bleirahmen zum Teil geschmolzen, und der Rat hatte lediglich gewöhnliche graue Scheiben einsetzen lassen. An den vier Nordfenstern dagegen leuchteten in unversehrten

Rahmen altertümliche blau-grün-rote Prunkscheiben. Wie Herr Frolink bald erfahren sollte, hatten diese die täglichen Mahlzeiten der Mönche, oftmals sogar die klirrende Pracht der Landtage der Ritterschaft zu Gesicht bekommen und waren von lautstarkem Gestreite und Gesaufe gerüttelt worden. Heute aber spiegelte sich ihr bunter Schein auf den Nacken der sich polternd erhebenden Schüler des Herrn Frolink.

Herr Frolink schritt über den blankgescheuerten schachbrettähnlichen Fliesenfußboden an den Bänken und den drei starken Pfeilern vorbei, die den Raum in Klassen gliederten, trat an seinen niedrigen Birkenholztisch und musterte die Schüler.

Unter den schweren, rotgerippten, frischgetünchten Gewölben standen zwischen langen, niedrigen, ungestrichenen Bänken und Tischen hundertzwanzig Knaben. Vorn die stets ungekämmten Infimaner mit breibeschmierten Mäulern, in der Mitte der allmählich hochsprießende Jungwald der Quarta, Tertia und Sekunda und hinten die jungen Herren Primaner, die sich meist schon zu Hause mit dem Rasiermesser abquälten. Und in den blau-rot-grünen Lichtbündeln schwebte über ihnen ewig der Geruch von Milch, Haferbrei und gescheuerten Fußböden, von nicht allzu gepflegten Leibern, Stiefelbirkenteer und Frische.

Nach einem Moment der Stille polterte es entsetzlich – und als alle Knaben an ihren Tischen knieten, trat der Kustodius der Primaner zu Herrn Frolink. Beide wandten den Schülern den Rücken zu und knieten gleichfalls nieder; Herr Frolink einen halben Schritt weiter vorn. Der Kustodius begann sehr laut und näselnd: »Pater noster, qui es in coelis ...« Dann polterten die Bänke neuerlich, und das Pflügen auf dem Acker der Weisheit begann.

Herrn Frolink waren fürs erste die Infima und die Quarta anvertraut. Der ersten Klasse der Infima mußte er die Buchstaben beibringen und sie nach Luthers Katechismus Deutsch lesen lehren, die zweite hatte er in der Kunst des Schreibens zu unterweisen. Auch der Rechenunterricht beider Klassen ruhte auf seinen Schultern, denn der Herr Arithmetikus Mönnink begann mit seiner Paukerei erst in der Quarta. Soviel Herr Frolink bei alledem noch Muße fand, mußte er den Infimanern die Anfangsgründe des Lateins eintrichtern. In der Quarta oblag es ihm, die Lateinkenntnisse der Knaben mit der Beharrlichkeit eines Zugochsen voranzutreiben. Und doch befähigte sie das kaum, später als Tertianer unter Herrn Balder die einundzwanzig Artikel des Augsburger Bekenntnisses tags und nachts, vorwärts und rückwärts auswendig aufzusagen, leidlich Latein zu lesen und zu schreiben, zu konjugieren, deklinieren und komparieren. Neben alldem, oder richtiger, obendrein, mußte Herr Frolink den Quartanern das ganze Symbolum Athanasianum einpauken, vom Katechismus und einer Menge Fabeln des Äsop ganz zu schweigen. Außerdem nahm bereits in der zweiten Woche der spindeldürre Herr Balder Herrn Frolink beiseite, kitzelte mit seinen Bartstoppeln dessen Ohr und klagte, Herr Tegelmeister geize dermaßen mit seinem, Herrn Balders, Gehalt, daß er viel Zeit auf das Ausfindigmachen verschiedener anderer Einnahmequellen vergeuden müsse und morgen wie übermorgen nicht zur Stunde kommen könne. Ob Kollege Frolink nicht einspringen könne? Kollege Frolink sprang ein. Herr Tegelmeister wiederum teilte mit, er müsse in der nächsten Woche jeden Vormittag mit den Herren des Gotteskastens um die Gehälter der Schulmeister feilschen (Herrn Frolinks Gehalt inbegriffen!), und befahl diesem, sich eine Woche lang bis zwölf Uhr auch um die Prima zu kümmern. Und Herr Frolink kümmerte sich.

Die Arbeitseinteilung der ersten Wochen wurde bald zur Gewohnheit, und Herr Frolink pflegte sich nicht gegen Bräuche zu wehren. Zumindest nicht anfangs. Ja, die zusätzliche Belastung brachte ihn nicht einmal um seine gute Laune. Denn wohin sollte ein siebenundzwanzigjähriges unbemitteltes Mannsbild in einer fremden Stadt schon gehen? Er konnte sich getrost nach dem Unterricht auf der Junggesellenpritsche seiner Steinkammer ausschlafen und danach die niedere, fleckige, gewölbte Decke anstarren und nachdenken. Zumal Herr Frolink bei seiner Lehrtätigkeit durchaus auch selbst Denkwürdiges hinzulernte.

So hatte er unter anderem bemerkt, daß der Trennungsstrich, der hier die Menschheit unterteilte, keineswegs nur im Schulhof spürbar war, durch den er zur Arbeit ging, oder auf dem Markt, wo er sich gesalzenen Speck und Bohnen kaufte, oder am Fischstrand, wo man preiswert gleich aus den Booten den kleinen sonderbaren silbernen Fisch erhielt, der hierzulande Kilu genannt wurde. Nein, dieser eigenartige Strich ging sogar mitten durch die zwei Ellen starken Mauern des Triviums.

Von seinen Infimanern sprach ein Drittel miteinander diese unverständliche, murmelnde und gewissermaßen salzlose Sprache, die einzige ihm bekannte, die keinen eigenen Namen hatte und meist durch das definiert wurde, was sie nicht war. In der Quarta und Tertia schien sich etwa ein Viertel der Knaben ihrer zu bedienen, in der Sekunda und Prima sprach sie niemand mehr. Anscheinend schickten die Undeutschen ihre Kinder erst in jüngster Zeit häufiger zur Schule, oder diese waren in den höheren Klassen bereits Deutsche geworden – um dem Prioramt gerecht zu werden.

Im allgemeinen hielt Herr Frolink die undeutschen Jungen für stiller, langsamer und linkischer als die deutschen, und sie blieben auch im Lateinunterricht hinter diesen zurück. Einige der hellsten Köpfe seiner Klassen wiederum waren just Undeutsche. Am meisten fiel ihm dieser Balthasar Rüssow aus der zweiten Quarta auf. Das war ein fröhlicher Bengel, ein wenig mundfaul zwar wie die meisten Kinder der Grauen, aber wißbegierig und aufgeweckt. Er war der einzige, der Herrn Frolink von Zeit zu Zeit Fragen stellte. Zum Beispiel anläßlich der Äsop-Fabel vom Gerber, dem sein reicher Nachbar den Gestank übelnahm, bis er ihn endlich nicht mehr bemerkte.

»Herr Lehrer, will diese Fabel besagen, daß sich der

reiche Nachbar des Gerbers einfach an den Gestank gewöhnt hat?«

»Allerdings. Was meinst du?«

Balthasar schob die Unterlippe über die obere, auf der erst nach zweimal zwei Jahren Flaum sprießen sollte.

»Ich denke mir ... vielleicht stank der Gerber gar nicht.«

Oder beim zweiten Hauptstück des Katechismus von Doktor Luther, wo vom christlichen Glauben die Rede ist und es heißt: »Ich glaube, daß mich Gott geschaffen hat, samt allen Kreaturen; mir Leib und Seele, Augen, Ohren und alle Glieder, Vernunft und alle Sinne gegeben hat und noch erhält ...«

»Herr Lehrer, was soll einer sagen, der ein Auge oder Ohr oder Bein eingebüßt hat?«

Solche und andere belanglose Begebenheiten zwischen Erzieher und Zögling hatten in Herrn Frolink tieferes Interesse an diesem rundköpfigen, eigenwilligen Schlingel geweckt. Es war, als hätten sie auf einer unbestimmbaren Ebene miteinander zu tun. Besonders seit sich Herr Frolink nach drei oder vier Monaten einfacher undeutscher Sätze bediente und dank seiner außerordentlichen sprachlichen Begabung bald mit recht natürlicher Aussprache eine einfache Unterhaltung in der Grauensprache führen konnte.

»Guten Morgen, Balthasar!«

»Gu... guten Morgen ... Herr Fro... Herr Lehrer!« Leise, tief erschrocken, mit geweiteten Augen. Aber schon bei ihrer nächsten Begegnung – Herr Frolink schüttelte im Schulflur gerade Regentropfen von seiner abgenutzten Schaube – erklang es ungeniert und ein wenig belustigt: »Guten Morgen, Herr Lehrer!«

»Guten Morgen, Balthasar. Küll täna vihmab! Warte mal ... So sagt man wohl nicht?«

»Ich ... ich weiß nicht. Hab's nie gehört.«

»Wie sagt man denn?«

»Küll täna ... küll täna kallab!«

»Aha! Danke schön.«

Natürlich gab es auch Schwierigkeiten mit ihm, und

nicht nur bei der Beantwortung seiner Fragen. Im vergangenen Jahr war er einen ganzen Tag lang verschwunden, weil ein Pferdedieb gehenkt wurde. Am Morgen hatte er beim Gefängnis hinter dem Rathaus, dem sogenannten Stadtstall, Posten bezogen, war dem zum Tode Verurteilten, dem Henker, den Ratssoldaten und sonstigem Volk auf den Jerusalemberg gefolgt, hatte sich die Hinrichtung angeschaut und danach aus dem Gestrüpp gespäht, wie die Henkersknechte die Leiche begruben und sich wegen eines winzigen Bleikreuzes, das sie in der Hand des Pferdediebes fanden, in die Haare gerieten. Erst vor ein paar Wochen hatte es mit Balthasar neuen Ärger gegeben. Drei Tage nach Himmelfahrt verbreitete sich plötzlich das Gerücht, die Stadt Riga sei abgebrannt. Wer weiß, auf welchem Wege diese Zeitung die Schule erreichte. Jedenfalls verließ Balthasar causa uriendi eilends das Athanasianum und kam erst zur letzten Stunde vom Markt zurück, verschwitzt und fröhlich, und wie sich später herausstellte, mit ziemlich verläßlicher Kunde: Abgebrannt waren eine Kirche des Domstifts, an die hundert Häuser und ein Dutzend Warenspeicher.

Danach knöpfte sich Herr Frolink den Jungen vor und las ihm wieder die Leviten. Seinen Stock gebrauchte er zwar nicht, und Ohrfeigen setzte es auch nicht, denn allzu frisch war die Erinnerung an die Stockhiebe und Backpfeifen, die er selber in der Lateinschule bezogen hatte. Doch am Kragen packte er Pall, um der Wahrheit die Ehre zu geben, recht heftig.

Aber gestern! Gestern, als Herr Frolink allen Klassen eingeschärft hatte: »Nur die Prima und die Sekunda dürfen sich die Gaukler ansehen« – ja, da hatte er mit diesem Galgenstrick einen beiderseits absolut verständlichen Blick gewechselt.

»Verstanden?«

»Verstanden.«

Dennoch hatte sich dieser Teufelskerl aus dem Staube gemacht und war nicht einmal mehr in die Schule zurückgekommen!

Also war Herr Frolink seit dem Morgen verstimmt. Er beobachtete aus einem Augenwinkel, wie sich Balthasar strebsam schnaufend über den Donatus beugte. Aber ihm über sein gestriges Verschwinden Rede und Antwort zu stehen – das kam dem Jungen scheinbar nicht in den runden Kopf.

Als Herr Tegelmeister, der mit den Primanern den Hesiod auf griechisch gelesen hatte, weggegangen war, sagte Herr Frolink: »Balthasar, komm nach dem Unterricht zu mir.« Und er fügte hinzu: »Kustodius, sollte Balthasar vergessen, was ich ihm gesagt habe, so erinnere ihn daran.«

Balthasar saß mit hochroten Ohren bis zum Ende des Unterrichts da, und als die letzten Infimaner mit Geschrei davonliefen und die letzten Primaner sich würdevoll auf den Weg machten, rückte er zum Tisch des Herrn Frolink – ein Junge mit unwahrscheinlich üppigem weizenblondem Struwwelhaar, einen grauen Segeltuchsack an den Schnüren in der Hand, den Blick unverwandt auf seine dreckigen Socken geheftet, die zwei Zoll aus den zu klein gewordenen Schuhen, deren Spitzen abgeschnitten waren, hervorguckten.

»Du bist gestern morgen doch zu den Gauklern gelaufen?«

Pall schaute stumm und reglos zu Boden. Dann nickte sein Rundkopf fast unmerklich.

»Begreifst du, daß das eine ganz große Schweinerei war? Und bereits die dritte!« Herr Frolink hob unwillkürlich die Stimme.

Pall stand reglos und stumm da. Vielleicht hätte er genickt, doch Herr Frolink kam ihm zuvor: »Du hast es wohl noch nicht gehört: Freitag kommen arabische Feuerschlucker in die Stadt! Wirst du sie dir auch ansehen?«

Zwei runde graue Augen blickten Herrn Frolink begeistert an.

»Feuerschlucker …? Vor dem Rathaus?«

»Ach so!« Herr Frolink erhob sich und schlug mit der flachen Hand auf den Tisch, daß ein heftiger Schmerz seine Finger durchzuckte. »Marsch! Bevor das Höllenfeuer des Leichtsinns dich verschluckt – führe mich zu deinem Vater! Ich will mit ihm reden!«

Balthasar erblaßte sichtlich, widersprach aber nicht. Stumm wandte er sich ab und trat vor Herrn Frolink auf den Hof, und diesem bewies Balthasars Schreck, daß seine Disziplinarvisite den Nagel auf den Kopf traf.

Bis zur Großen Strandpforte gingen sie wortlos. Als sie die Brücke überschritten hatten, trat Herr Frolink zu Balthasar und fragte: »Was ist dein Vater?« und bemerkte erst im nachhinein, daß er sich der Grauensprache bedient hatte.

»Fuhrmann«, murmelte Balthasar, und seine Stimme war so trüb, daß man damit den Glanz der ganzen Welt hätte wegwischen können.

»Streng?« fragte Herr Frolink.

Balthasars Schultern zuckten. Das sollte heißen, er wisse es nicht. Aber sein zugepreßter Mund zeugte von einer ganz bestimmten Meinung.

»Verhaut er dich?«

Balthasar schwieg.

»Antworte!«

»Er gibt mir eins hinter die Ohren. Und dann spricht er eine ganze Woche kein Wort.«

Auch Herr Frolink äußerte sich nicht mehr, sondern überlegte, was er diesem fremden Fuhrmann sagen sollte. Daß sein Früchtchen anscheinend beachtliche Anlagen besaß, nur ... würde der Fuhrmann ihn verstehen? Anlagen nicht im praktischen Sinne, sondern in ihrer höheren Bedeutung. Herrn Frolink fiel nicht ein, wie er es in der Grauensprache ausdrücken sollte. Hätte er Balthasar jetzt danach gefragt, so hätte ihn dies dem Jungen höchst unpädagogisch nähergebracht ... Jawohl, erstaunliche Anlagen! Doch die würden bloß vertan, falls sie nicht einhergingen mit Respekt vor der Schule – er wollte nicht sagen, mit Respekt vor ihm als Lehrer und Vorgesetztem. All die kostbaren Gaben Gottes würden glatt verschleudert, wenn sich dem Wissensdrang keine Ordnungsliebe zugesellte. Glatt verschleudert! Und verschleudert würde auch das Geld des Vaters. Na eben! Etliche Kinder der Undeutschen besuchten die Schule auf Ratskosten, aber dieser Fuhrmann zahlte für seinen Sohn zwei Silbermark jährlich.

Längst waren sie zwischen den Holzkaten, Seelbuden und Hofzäunen von Fischermai angelangt. Sie gingen, Balthasar noch immer voran und Herr Frolink hinterher, durch den spärlichen Ahornhain des Friedhofswinkels, passierten die ziemlich trostlose Holzkirche mit dem Schindeldach und das alte Küsterhaus, wo die Kinder des ärmeren undeutschen Volkes unterrichtet wurden, und bogen in eine Gasse ein, die zum Meer führte.

Ja ... Der Besitzer einer solchen Wirtschaft konnte seinen Jungen allerdings auf eigene Kosten zur Schule schicken.

Hinter einem dichten, gleichmäßig hohen Staketenzaun stand links ein Stall aus Kalkstein, in dem gut ein halbes Dutzend Pferde Platz hatte. An dem zur Straße gelegenen Stallende war ein halboffener Schuppen angebaut, in dem einige ordentlich übereinandergestapelte Schlitten standen. Mitten im Hof ragte ein hoher Ziehbrunnen auf, von dem eine Rinne – ein ausgehöhlter Baumstamm – bis zu einem langen Trog vor dem Stall reichte. Rechts vom Brunnen, hinter einem mit Wegerich durchsetzten Rasenstück und einigen blaugrünen Johannisbeersträuchern, befand sich ein langes Blockhaus mit einem Mantelschornstein; unter der Traufe schauten hakenförmige Äste hervor, an denen Krummhölzer, Kummete, Halfter, Riemen sowie Zaumzeug hingen.

Balthasar schritt voran durch die Pforte, trat sich eilig auf drei alten Badequasten, die vor der Schwelle lagen, die Füße ab, warf Herrn Frolink über die Schulter den Blick eines Ertrinkenden zu und verschwand hinter der Tür des Windfangs.

Herr Frolink säuberte nach Balthasars Vorbild seine Sohlen von Straßenkot – ein wenig widerstrebend, weil er es diesem Bengel nachtat – und betrat den Windfang. Für einen Augenblick überkam ihn ein seltsames, unbestimmtes Wohlgefühl, doch er hatte nicht die Muße nachzudenken, wieso; denn Balthasar trat durch die Zimmertür in den Windfang und sagte: »Vater ist nicht da.«

Es war sonnenklar, der Junge schwindelte nicht. Aber in seiner Stimme schwang Hoffnung mit oder gar Triumph, und das brachte Herrn Frolink auf. Zugleich hinderte das Erscheinen des Jungen Herrn Frolink, die Ursache des wunderlichen Gefühls, das ihn berührt hatte, herauszufinden. Auch das verdroß ihn. Und so sagte er, ohne weiter nachzudenken: »Dann warte ich, bis er kommt«, und sie überschritten zusammen die Schwelle.

In der Stube war es viel dämmeriger als draußen, und Herr Frolink kniff die Augen zusammen, damit sie sich daran gewöhnten. Mit geschlossenen Augen sah er plötzlich Muhme Barbas ferne und zeitlose mütterliche Hände vor sich ... Das sonderbare Gefühl war wieder da, schwach und zugleich packend, eigentlich war es gar kein Gefühl, sondern etwas viel Konkreteres ... Und plötzlich begriff Herr Frolink: Es war ein Duft.

Er öffnete die Augen und sah ein Lichtbündel, das aus einem kleinen Fenster auf einen Tisch fiel. Und im Lichtbündel, auf dem blankgescheuerten Tisch, dessen Ecken vor Alter rund geworden waren, entdeckte er, was da duftete: vier längliche Brotlaibe, die Ofenhitze ausstrahlten und wie warme und ruhige, blinde und allwissende Tiere anmuteten.

Beim vierten, dem entferntesten Brotlaib, stützte sich jemandes Hand auf den Tisch. Herr Frolink hob seinen Blick den dazugehörigen Arm entlang in die Dämmerung der niedrigen Stube und schaute in das glühende, sommersprossige und fragende Gesicht eines achtzehnjährigen Mädchens.

»Oh ...« Herr Frolink bemerkte ein Messer in ihrer rechten Hand.

Herr Frolink war von Natur eher zu ernst als übermütig, und er war sich dessen durchaus bewußt. Doch plötzlich lachte er auf und sagte: »Na, Jungfer – du willst mir wohl an die Kehle?«

Das Mädchen musterte ihn stumm. Sie hatte wallendes rotblondes Haar, das reifem Weizen glich (ganz wie der Schlingel Balthasar, fand Herr Frolink), grüne Augen und eine niedliche Stupsnase.

»Ich bin kein Räuber. Ich bin Balthasars Lehrer«, sagte Herr Frolink und blickte sich nach Balthasar um, doch dieser war verschwunden.

»Ach so ... Also Magister Frolink?«

»Mh? Magister ...? Mhm.«

»Oh ... Dann weiß ich ... alles von Euch.«

»Wieso?«

Das Mädchen drückte einen heißen Brotlaib, in den mit drei Fingerspitzen ein kleeblattförmiges Kreuz gezeichnet war, an die Brust und schnitt ein dickes Stück ab – anscheinend war es ohnehin ihre Absicht gewesen.

»Nehmt! Ihr seid gewiß hungrig.«

Herr Frolink fühlte sich langsam, aber rettungslos bis an die Haarwurzeln errötet. Er sah, wie das Mädchen ihn anschaute und lächelte. Und er sah die heiße Krume der ihm gereichten Schnitte ein klein wenig dampfen. Er spürte, wie ihm das Wasser im Munde zusammenlief und er schlucken mußte, denn er hatte außer einer Scheibe Speck und trockenem Brot zum Frühstück nichts zu sich genommen.

»Nun ... Danke ...«, sagte er und biß in das weiche, warme Brot. Er fühlte sich seltsam wohl, und zugleich war ihm alles schrecklich peinlich. Um die Peinlichkeit zu überwinden, sagte er hastig, während er das Brot kaute: »Eigentlich bin ich gekommen, um mich über Balthasar bei seinem Vater zu beschweren.«

»Weil er sich gestern die Seiltänzer angesehen hat?«

»Du weißt es schon ...? Das gehört sich doch nicht!«

»Ihr hättet es allen Klassen gestatten sollen.«

Herr Frolink schaute in die grünlichen Augen des Mädchens – in der Dämmerung wurde er nicht recht klug daraus, ob sie kindlich waren oder gar ein wenig frech – und sog den märchenhaften Duft des warmen Roggenbrotes ein.

»Du weißt nicht, was Schulordnung bedeutet.«

»Warum sollte ich es nicht wissen?«

»Weil du keine Schule besucht hast.«

»Warum sollte ich keine besucht haben?«

»Mädchen tun es doch nicht. Sintemalen undeutsche Mädchen.«

»Etliche vielleicht doch ...«

»Natürlich«, ertönte hinter Herrn Frolinks Rücken Balthasars Stimme. »Annika war zwei Jahre bei den Michaelisnonnen!«

»Scher dich fort!« versetzte das Annika genannte Mädchen und wurde über und über rot wie eine Vogelbeere. »Hier ist die Rede nicht von mir, sondern von dir, und du hast hier nichts zu suchen!«

Die Tür flog hinter Balthasar zu. Herr Frolink schnupperte noch am letzten Happen Brot und sagte langsam: »Ihr seid also ein in einem richtigen Kloster erzogenes Fräulein? Wie seid Ihr da hingekommen?«

»Vater hat mich geschickt.«

Man muß schon sagen, ein eigenartiger Fuhrmann, dachte Herr Frolink und ließ die Augen durchs Zimmer schweifen. In dem großen Raum, der sowohl einem Wohnraum als auch einer Kammer ähnelte, standen außer dem langen blankgescheuerten Tisch und sechs niedrigen Stühlen mit geflochtenen Lehnen noch einige Hocker und Truhen. An der Rückwand war ein ziemlich großer Schrank zu sehen, nach Herrn Frolinks Ansicht die Arbeit eines deutschen Tischlers. Über einer offenen Feuerstelle mit verglimmenden Holzkohlen hing an einem Haken ein Suppenkessel und dampfte gemütlich. Herrn Frolinks Blick wanderte vom Suppenkessel zurück zu der Köchin – da wandte diese den Kopf und lauschte zum Fenster hin. Durch ihr Haar kam ein Ohrläppchen zum Vorschein, und ein Sonnenstrahl fiel darauf. Herr Frolink entsann sich eines anderen Ohres, dessen Perlenschmuck genauso geschillert hatte, sogar ohne Sonne ... Aber genauso und kein bißchen mehr ...

Im selben Augenblick kreischte draußen das große Hoftor, Männerstimmen und Pferdegetrappel ließen sich vernehmen, und Annika flüsterte erschrocken: »Vater kommt ...«

»Sehr gut«, meinte Herr Frolink und wandte sich zur Tür, »dann will ich ...«

»Nein! Beklagt Euch nicht über Balthasar ...«

»Aber deswegen bin ich ja gekommen ...«

»Ich bitte Euch!«

»Warum denn?«

»Vater schlägt ihn tot! Redet von was anderem! Denkt Euch etwas aus ...« Und schon schlüpfte sie zur Feuerstelle, stellte eine große Tonschüssel auf den Hocker und füllte sie aus dem Kessel mit einem gewaltigen Holzlöffel randvoll mit heißer Graupensuppe. Sie hatte die Schüssel kaum auf den Tisch gestellt und vier Holzlöffel mit handfesten Stielen danebengelegt, als aus dem Windfang Poltern ertönte und vier Männer ins Haus traten. Der erste war offensichtlich der Hausherr, ein etwas mehr als mittelgroßer, derbknochiger, ungefähr fünfzigjähriger Mann. Er nahm seinen ausgeblichenen schwarzen Filzhut von den glatten hellen Haaren und sagte mit heiserer Stimme: »Grüß Gott!« Sein Gesicht war sonnenverbrannt, die Stirn hell vom Hutrand. Und als er den Hut an den Haken hängte, bemerkte Herr Frolink verwundert, wie erstaunlich hager er von der Seite war, gemessen an seiner Derbknochigkeit.

Alle vier zogen ihre grauen hausgewebten Jacken aus und begaben sich in ihren hedenen Bauernhemden zum Tisch. Die drei Knechte, zwar jünger als ihr Gebieter, glichen ihm dennoch erstaunlich. Der Hausherr streifte Herrn Frolink mit einem raschen Blick seiner winzigen, überaus hellen, fast weißen Augen und warf seine Frage zwischen Annika und Frolink in die Luft: »Was führt den jungen Herrn her?«

Herr Frolink räusperte sich und sagte: »Ich bin Lehrer in der Mönchsstraße.« Der helle Blick streifte ihn aufs neue, und der Hausherr schien zu überlegen: Ob er wohl wegen meines Bengels hier ist?

»Ich wollte fragen, ob Ihr nicht das Brennholz für die Schule aus dem Wald fahren möchtet?«

»Wozu braucht die Schule im Frühling Brennholz?«

»Der Winter war streng, und wir haben alles verheizt, was herangeschafft war.« Das stimmte aufs Wort. »Nun sind die Mauern feucht vor Kälte.« Auch das stimmte.

»Wo ist das Holz?«

Wie zum Kuckuck hieß doch der Ort? Herr Tegelmeister hatte beiläufig davon gesprochen ... Daß Herr Vegesack aus einem ihm verpfändeten Dorf ...

»Mm, ja-a ... in Kadaka.«

»Warum wird dort abgeholzt? Dort ist es ohnehin kahl genug.«

»Herr Vegesack wollte ...«

»Wieviel Fuhren?«

Herr Frolink hatte sagen wollen: zehn. Aber sein Blick kreuzte sich mit Annikas. Er bemerkte darin schelmische und dankbare Genugtuung und ein flackerndes Lächeln auf ihrer Oberlippe. Da sagte er laut, für sich selbst überraschend: »Vierzig.«

»Mm. Nächsten Freitag fahren wir es raus. Schickt mir morgen mit Balthasar einen Zettel des Schulvorstandes, damit sie mir das Holz rausgeben. – Annika, hol dem Schulmeister einen Löffel. – Geld nehme ich von der Schule keines. Sie ist ja von jeher ein armer Schlukker. Aber dafür brauche ich den Lehrern im kommenden Jahr keinen Proviant zu liefern. Einverstanden?«

Er war inzwischen an den Tisch getreten und hatte fünf gut daumendicke Brotscheiben geschnitten.

»M-nja ... Einverstanden. Gewiß ...«, entgegnete Herr Frolink und rechnete schnell aus, daß bei diesem Handel jedenfalls nicht der Fuhrmann übers Ohr gehauen würde.

»Greift zu«, sagte der Fuhrmann und winkte Herrn Frolink heran.

Die Stühle wurden an das Tischende gerückt, auf dem die Suppenschüssel stand, und die Männer nahmen Platz. Der Hausherr faltete seine riesigen schwieligen Hände auf dem abgewetzten Tischrand, die Knechte taten das gleiche, und Herr Frolink folgte ihrem Beispiel. Derweil die Männer ihre Pranken betrachteten und Annika vor dem Ofen die Hände faltete und ins Kohlenfeuer starrte (das ihre Wagen so hübsch glühen ließ – Herr Frolink bemerkte es aus einem Augenwinkel), sprach der Hausherr das Tischgebet: »Herr Gott, himmlischer Vater, segne uns und diese Deine Gaben, die wir von Deiner milden Güte zu uns nehmen, durch Jesum Christum ...«

Herr Frolink spürte, daß die Männer nach Pferdestall und Hanfseilen, nach Riemen, Birkenteer und Schweiß rochen, und bemerkte, daß ihre Hemdrücken noch jetzt dunkel waren vom Arbeitsschweiß.

»Amen«, sagte der Hausherr. Die Löffel klapperten, einmütig schlürften die Männer ihre Suppe, auch Herr Frolink löffelte fröhlich drauflos. Und obwohl er besorgt überlegte, wer die Suppe auslöffeln sollte, die er sich hier eingebrockt hatte, schmeckte ihm die von Annika gekochte vortrefflich.

Balthasar hockte indes über dem Pferdestall, wo er zwischen Dachgiebel und Heuboden einen zum Meer gelegenen eigenen Mastkorb, eine Kanzel und einen Geschützturm mit einer Steinkatze hatte. Die Rolle der Steinkatze spielte ein innen vermoderter Birkenklotz, einen Fuß lang und ein bis zwei Spannen stark, dessen modriges Mark er ausgehöhlt hatte. Tat man in die hölzerne Höhlung einen faustgroßen Stein – hundert Schritt entfernt am Meer gab es Munition in Hülle und Fülle – und stieß man aus aller Kraft mit einer Holzramme, flog die Kugel durch die Schießscharte – hoppla! – auf den Rasen hinterm Stall, scheuchte einige Möwen vom Misthaufen und rollte fast bis zu den Möhrenbeeten. Die Möwen, die er aufscheuchte, waren bald Reiter der Moskowiter, die, dem Ordensmeister entkommen, vor der Stadt herumschnüffelten, bald dänische Schiffe, die Feuer nach Fischermai spien, bald Tataren in Panzern aus Silberringen, die natürlich auf Raub auszogen. Und wer weiß, wer noch alles. Doch jetzt war die Steinkatze schlicht ein Birkenklotz und die Möwen lediglich Möwen. Balthasar lag bäuchlings im Stroh, das Kinn auf dem hölzernen Geschütz, und wartete. Jeden Augenblick mußte die Tür knarren und Annikas Stimme ertönen: Pa-all! Vater ruft! Reumütig dachte Balthasar an seine Kriegs- und Mordspiele und an den Genuß, den er dabei empfunden hatte. Er überlegte sogar, ob er nicht aufspringen und der Gemeinde von Steinkugeln, die in Reih und Glied auf der Mauer stand, eine gewaltige Predigt vom Triumph über den Teufel der Versuchung halten sollte. Ehrlich gesagt, er hatte Angst, sich zu regen, denn ihm schien, als brächte ihm jede heftige Bewegung den Ruf Annikas näher ... Oder sollte er hierselbst auf dem hölzernen Rücken der Steinkatze die Hände falten und reinen Herzens mit den Worten des Sündenbekenntnisses der Agende beten: Allmächtiger Gott, barmherziger Vater! Ich armer sündiger Mensch bekenne Dir all meine Sünde und Missetat, die ich begangen habe in Gedanken, Worten und Werken (besonders gestern, als ich ...), womit ich Dich jemals erzürnt und Deine Strafe zeitlich und ewiglich verdient habe. Sie sind mir aber alle herzlich leid und reuen mich sehr (und besonders ...). Als er aber in Gedanken mit dem Gebet bis dahin gekommen war, spürte er, daß er unwillkürlich zwischen Wahrheit und Lüge hindurchzuschleichen trachtete. Er ließ das Beten sein. Da vom Hof her noch immer nichts zu hören war und die Spannung ihn restlos zermürbte, beschloß er, sich dennoch in den Mastkorb zu begeben. Also lag er bäuchlings im ersten Mastkorb seiner vortrefflichen Lübecker Kogge, spähte durch die Bretterritzen zum glitzernden nachmittäglichen Horizont und versuchte sich blinzelnd klarzuwerden, ob die wacholderbewachsene Küste der Insel Groß-Karlos Rügen, England oder Dagö sei.

Gerade war er zu dem Schluß gekommen, es handle sich trotz allem um die Küste von England, und wollte das Feuer auf London eröffnen – denn der schreckliche Heinrich mit seinen sechs Frauen hatte den Hanseaten heftig zugesetzt –, als sich die Haustür öffnete. Der Vater trat auf den Hof, und Balthasar biß sich vor Schreck auf die Lippe: Wenn der Alte ihn selbst rufen kam, stand es wahrhaftig schlimm um ihn. Der Alte schritt gewichtig über den Hof zum Stall, und Juhan, Mikk und Peep folgten ihm, wobei Peep wie gewohnt noch am letzten Mundvoll kaute. Pall wurde nicht klug daraus, was das zu bedeuten hatte. Wollte ihn der Alte mit Hilfe der Knechte runterholen ...? Die Männer verschwanden hinter der Mauer. Dann ertönten von unten Rülpser, ein eiserner Gegenstand kratzte über den Kalkstein – und sie kamen aufs neue zum Vorschein. Sie begaben sich schnaufend, der Alte voran, mit Spaten ausgerüstet, zum aufgepflügten Gartenland am Meer, die Erdschollen zerschlagen. Das hatten sie auch gestern bis zur Dunkelheit getan.

Was sollte das nun bedeuten ...? Hatte sich Annika wirklich ein Wunderding ausgedacht, und Herr Frolink hatte den Mund gehalten?

Auf alle Fälle blieb Pall in seinem Mastkorb in sicherer Höhe. Er wandte sich zurück zur englischen Küste und eröffnete ein heftiges Feuer auf London – zwar nur aus den unteren Kanonen und nicht aus der Steinkatze, die er oben bei sich hatte. Er befahl seinen Kanonieren, aufzupassen, daß der Stahlhof nicht getroffen werde. Die Kanonade dauerte selbstverständlich eine gute Weile. Und als er später noch bei Gotland einen dänischen Piraten verfolgt hatte und gerade in die Revaler Bucht einbiegen wollte, öffnete sich unten die Haustür, und Herr Frolink erschien. Er trat, über die Schulter zurückschauend, auf den flachen Granitblock, der als Stufe diente, und schritt, noch immer zurückblickend, weiter. Da er seinen Fuß dabei ins Leere setzte, wäre er fast auf den Fußabtreter gestürzt. Herr Tegelmeister zum Beispiel wäre bestimmt auf dem Bauch gelandet, von Herrn Balder ganz zu schweigen, und beide hätten mit Sacramentum und Deiwel nur so um sich geworfen. Aber Herr Frolink fand sogleich sein Gleichgewicht wieder, wandte sich erneut um und lachte schallend. Dann trat Annika zu ihm auf den Hof, und sie gingen zusammen, Herr Frolink voran und Annika hinterher, bis zu den schwarzen Johannisbeeren. Hinter dem ersten Strauch blieb Herr Frolink stehen, und Annika, drei Schritt von ihm, desgleichen. Herr Frolink sprach leise etwas, und Annika schaute ständig zu Boden. Von Palls Beobachtungspunkt aus schien es, als betrachte sie eifrig die bläulichen Blattknospen der schwarzen Johannisbeeren. Und ihm dünkte, als lächele Annika irgendwie eigenartig und lächele wiederum nicht. Dann trat Herr Frolink zu Annika, und Pall verschlug es geradezu den Atem: Herr Frolink nahm Annikas Hand, hob sie in Höhe seiner schäbigen Halskrause und küßte ihre Finger. Annika zog die Hand weg und rannte ins Haus. Herr Frolink blickte ihr eine Weile nach, wandte sich dann um und verschwand langsam durch die Pforte. Nach einiger Zeit öffnete sich die Tür spaltbreit, und Annika steckte die Nase heraus. Dann schlüpfte sie selbst aus der Tür, ging scheu zum Strauch, bei dem sie soeben gestanden hatte, und schaute lange zur Kirche – dorthin, wo Herr Frolink verschwunden war. Eine große, gewaltige Versuchung überkam Pall ... Als Annika ihre geküßte Hand hinter dem Strauch hervorhob und sie verwundert aus nächster Nähe betrachtete – da öffnete Pall bereits den Mund, um zu schreien: He, Annika! Wie duftet der Kuß? Aber er machte den Mund wieder zu und beschloß zu schweigen. Wie es Annika anläßlich seines Streiches beim Vater getan hatte und Herr Frolink auch. Und überhaupt hatte er plötzlich das Gefühl, als hätte er etwas Todernstes beobachtet.

DRITTES KAPITEL,

darinnen es ums Einlaufen zweier Schiffe in einen gewissen Hafen geht; da aber ihre Ankunft von vornherein bekannt ist, wird mehr darüber gesprochen, was sich am Fahrwasser zum Hafen tut sowie beim Tumult auf dem Kai, und viel weniger davon, was auf den Schiffen vor sich geht

Wenn Pall später an Annikas und Meus' Hochzeit dachte, drängte sich das Geschehen für ihn um zwei große Nenner: die wochenlange Geschäftigkeit, die zu Hause herrschte, und den alten Jakob Kimmelpenning.

Selbstverständlich hatten die Ereignisse eine sehr lange Vorgeschichte. Richtig turbulent wurde es erst, als Muhme Kati von Kurgla als Hausfrau in die Stadt beordert wurde und der Vater erwog, beim Oldermann der Bierbrauer die Genehmigung fürs Hochzeitsbier einzuholen – das war, als Pall in die Sekunda versetzt wurde und die Kastanien im Herbst schon braun waren.

Mit des Tran-Andres Krõõt vom Nachbarhof wirtschaftete Muhme Kati im Haus herum, und zu zweit besprachen und beklatschten sie nicht nur die Angelegenheiten des jungen Paares, sondern aller Verwandten und Anrainer seit Menschengedenken. So hörte Pall den Vater so manches Mal ärgerlich sagen: »Als Mutter noch am Leben war, ging's mit halb soviel Getratsche ...« Wenn Pall in der Hinterkammer über seinem Horaz schwitzte und die Tür ins Nebenzimmer einen Spalt offenstand (man hatte sie zu schließen vergessen, oder er hatte selbst nachgeholfen), so hörte er manches, was er sogleich begriff, und manches, was er nicht auf Anhieb verstand, was mit »O navis, referent in mare te novi« kompariert und kombiniert werden mußte, bis ihm auch in diesen Dingen plötzlich ein Licht aufging. Zumindest wurde ihm nochmals klar, daß die Sache mit Annika und Meus tatsächlich vor drei Jahren an dem Tag angefangen hatte, als er selbst eigentlich die Hauptperson gewesen war. Aber einmal, als Muhme Kati seufzte: »Der Herrgott selbst hat doch das Annikakind geleitet – ein deutscher Herr, und gleich zum Altar«, hörte Pall die

Tran-Krõõt kühl bemerken: »Ha, der alte Siimon hat diesen deutschen Herrn anfangs gar nicht haben wollen!«

»Was hätte er sich sonst wünschen können?« staunte Muhme Kati.

»Für die Dorfleut mag das die Erfüllung aller Wünsche sein«, erklärte die Tran-Krõõt, »für die Tochter eines Städters aber ist nicht jeder deutsche Stutzer gut genug! Früher war's egal, ob der Eidam bemittelt war oder nicht, wenn nur die Tochter aus dem Hause kam und obendrein das Ehegespons eines Deutschen wurde ... Heute ist ein Städter schon ein Herr! Jeder Pistelmachersknecht zieht sich einen Rock aus Hundsleder an, sagt nach rechts ›Jut Morjen!‹, nach links ›Teen marka!‹ und macht von heute auf morgen seinen eigenen Laden auf. Von Siimon ganz zu schweigen! Das ist ein Mann aus Eisen. Er schont weder sich noch andere. Im Sommer schuftet er zwischen Stadt und Hafen und fährt nicht schlecht dabei. Sobald das Meer zufriert, rafft er mit seinen Riga- und Narva-Fuhren Silber zusammen, daß es nur so klingelt! Was aber besaß der Herr Meus zu Anfang? ›Danke schön‹ und leere Taschen! Und so hat Siimon mit der Faust auf den Tisch gehauen, als Annika ihm davon erzählt hat. ›Mädchen, du bist mir zwei Jahre bei den Nonnen auf der Schule gewesen, als Mitgift bekommst du fünfhundert Mark. Obwohl undeutsch, so bist du doch was wert. Dieser junge Mann, der kriegt dich nicht!‹«

»Dann ist also der Herrgott selbst dem Herrn Meus zu Hilfe gekommen?«

»Nun ja, der junge Mann hat Wind in die Segel gekriegt, weil er gescheit ist und unsere Sprache so gut erlernt hat.«

»Siehste, anderen geht's gut, wenn sie Deutsch quatschen können, bei ihm ist's umgekehrt«, gab Muhme Kati ihren Senf dazu.

»In der Stadt wird ja nun schon längst in jeder Kirche auch in unserer Sprache gepredigt. Aber studierte Männer, die sie sprechen können, kann man an den zehn

Fingern abzählen. Und als diese Geißel Gottes, die Pest ...« – sie spuckte dreimal aus – »im vergangenen Jahr den Herrn Bock aus der Olaikirche holte und alle drei Pastoren eine Stufe höher rückten, da wurde unten ein Plätzchen für den Herrn Meus frei. Denn die Obrigkeit vom Gotteskasten fand, wenn er auch arm wie eine Kirchenmaus sei, so tauge er doch zum Pfarrer – wegen seiner Gelehrtheit. Die frohe Botschaft sprach sich natürlich bis zum alten Siimon rum, aber daß er mit Annika darüber geredet hätte, kam ja nicht in Frage – na, Tochter, jetzt liegen die Dinge anders oder so. Er ließ sie ruhig aufs neue als Bittstellerin kommen.«

»Aber dann gab er seinen Segen ...«

»Was brauchte er denn noch? Da sagte er natürlich, na, ein Mann, der die ganze Grauenpfarrei der Olaigemeinde unter sich hat, kann die Tochter des Rissa-Siimon wohl haben.«

Pall las im Nebenzimmer bei Kerzenlicht:

»Quamvis Pontica pinus,
Silvae filia nobilis«,

und ihm schien, Vater hatte recht daran getan, seine Annika, die ihm für den kleinen Schulmeister zu gut gewesen war, dem zum Pastor aufgerückten nicht nachzuwerfen. Überhaupt hatte Pall während der Vorbereitungen zu Annikas Hochzeit ein Alter erreicht, in dem er immer häufiger billigend oder tadelnd Stellung zu Dingen und Menschen bezog. Und Herr Frolink, das heißt Meus, gehörte mit Gewißheit zu denen, die er billigte. Das war bereits seit dem Tage so, als Herr Frolink, das heißt Meus, ihm auf einer dunkelgrauen Schiefertafel mit dem Griffel zeigte, wie man aus einem hakigen deutschen i-Stäbchen ein rundes deutsches a macht. Natürlich hatte Pall Meus besonders ins Herz geschlossen, nachdem er Vater unverständlicherweise nichts von den Gauklern erzählt hatte und als sie später zu zweit, oder vielmehr zu dritt (auch Annika lief in dieser Angelegenheit mehrmals zwischen Schule und Vaterhaus hin und her), die Sache mit dem Brennholz klärten. Zu guter

Letzt hatte Vater zwanzig Fuhren Holz von Kadaka zur Schule gefahren. Aber in jenem Frühling war kein Scheit davon in den Ofen getan worden, denn Herr Tegelmeister hatte, nach dauerndem Gemurre, das Heizen strengstens untersagt. Natürlich weil er sich selbst allmorgendlich gegen die Kälte einen hinter die Binde goß. Was die Jungen anbetraf, so meinte er, spartanische Abhärtung gereiche ihnen nur zum Nutzen. Übrigens, das Wetter wurde bald sommerlich, so daß der frostige Atem der Mauern ihre Nasen nicht mehr triefen ließ.

Aber nun war es jedenfalls soweit, und am Sonntag vor zwei Wochen hatte kein Geringerer als der neue Herr Superintendent höchstpersönlich seinen jungen Kollegen in Christo – just so hatte er gesagt –, seinen jungen Kollegen in Christo Bartholomeus Frolink und Jungfrau Anna Rüssow von der Olaikanzel zum erstenmal aufgeboten.

Seit er in die Stadt gekommen war, also schon seit der Zeit des seligen Koell, gehörte der alte Siimon der Heiligengeistgemeinde an, woselbst auch die verblichene Mallo und die Kinder im Kirchenbuch standen. Vor dem Aufgebot hatte Annikas Bräutigam seine Braut in der deutschen Pfarre eingetragen. Zum Aufgebot im deutschen Gottesdienst in der Olaikirche war auch Siimon gekommen und hatte Pall mitgenommen. Dieser hörte wohl, wie nach der Aufgebotsformel ein leichtes Rascheln durch die Reihen der Kaufherren und Handwerksleute ging. Auch der Vater mußte es gehört haben, denn sein Gehör war für seine mehr als fünfzig Jahre scharf wie das eines Füllens. Aber er ließ sich nichts anmerken. Er saß in seinem Sonntagsrock aus schwarzem Göttinger Tuch da, sein rundes, doch hageres Gesicht war reglos, und er schaute aufmerksam einem Stäubchen nach, das in Höhe seines Gesichts in einem Sonnenstrahl schwebte. Als Pall auf das Rascheln hin seine Augen dem Vater zuwandte, war ihm, als sehe er in den Winkeln der schmalen Lippen des Alten ein Schmunzeln der Genugtuung. Aber wer mochte wissen, ob es wirklich so war.

Gleich am folgenden Montag geschah etwas, dem Pall anfangs keine Bedeutung beimaß. Nach zwölf Uhr, als die erste Hälfte des Schultags mit einem Choral zu Ende ging und die Knaben beim schönen Herbstwetter die Pause im Hof verbrachten, die einen mit Schlägern beim Butterlochspiel, die anderen kauend, die dritten büffelnd, trat der Tertianer Balzer Vegesack zu Pall. Er hatte aschfarbenes Haar, schmale graue Augen in einem ebenso grauen Gesicht und trug einen Anzug aus feinem blauem Stoff. Er war ein lernfauler, widerspenstiger Schlingel, der seit der Infima mit Pall die Schulbank gedrückt hatte und in der Tertia sitzengeblieben war – obwohl er einer Sippe von Ratsmitgliedern angehörte, was man zu deutsch Ratsverwandter nannte, und sein Vater bis vor kurzem Bürgermeister gewesen war. Jedenfalls hatten er und Pall während der ganzen Schulzeit wohl kein überflüssiges Wort miteinander gewechselt. Dieser fünfzehnjährige Ratsverwandte trat nun also zu Pall und sagte grinsend: »Hör mal, du Episkopatsverwandter, weißt du, daß du mein Milchbruder bist?«

Pall setzte den Butterlochschläger vor und blickte in die lachenden schmalen Augen seines Gegenübers. Aber der Ratsherrensohn grinste durchaus freundlich. Und doch berührte es Pall unangenehm. Tief im Innern empfand er Eifersucht wegen der Mutter, an die er sich kaum erinnern konnte und der dieser fremde Bengel einst so nahe gewesen war. Zugleich flackerte Verdruß, vielleicht sogar Minderwertigkeitsgefühl in ihm auf – als hätte der andere bereits an der Brust von Palls Mutter in einem Stutzerrock aus feinem blauem Tuch gestrampelt.

»Weiß ich. Na und?« brummte Pall und hätte den heranwirbelnden Flickenball fast verfehlt. Im letzten Augenblick vermochte er ihn mit seinem Schläger zurückzuhauen. Dieser gelungene Schlag mischte in seine Empörung Triumph. Mit dem Nacken spürte er, daß Balzer breitbeinig hinter ihm stand. Er wollte sich nicht an ihn wenden, wartete aber doch, daß dieser noch etwas sagte. Wahrscheinlich strahlte Palls aufreizend heller

Struwwelkopf genug Herausforderung aus, denn der junge Vegesack fragte: »Weißt du auch, daß du nach mir heißt?«

Eigentlich war nichts dabei. Balzer zumindest konnte nichts dafür. Es bestand keine Veranlassung, ihm dafür eins mit dem Butterlochschläger zu verpassen. Pall war das klar – und doch hätte er es gern getan. Plötzlich hatte er einen Geistesblitz – heureka! Schmunzelnd musterte er den Ratsherrensohn.

»Nach dir, versteht sich! Der dritte Weise aus dem Morgenland, der heißt auch nach dir: Kaspar, Melchior und Balthasar.«

Einige Sekundaner prusteten los – das geschah häufig, wenn Pall etwas sagte. Im selben Augenblick kam ein sommersprossiger Primaner vorbei, den Cicero in der Hand und die Nase im Buch. Balzer Vegesack, der breitbeinig dastand, war ihm im Wege, und Palls Worte, die er nur von ungefähr mitbekommen hatte, tönten in seinen Ohren. Er hob die Nase vom Buch und sprach mit primanerhafter Ruhe zu Vegesack: »Du Scheiße vom Morgenland, mach dich fort!«

Nachher konnte sich niemand mehr erinnern, was Pall eigentlich gesagt hatte. Man entsann sich nicht einmal recht, ob er etwas gesagt hatte. Aber die Scheiße vom Morgenland blieb am Ratsherrensohn haften wie eine Klette. Und schon am nächsten Tag wußte die ganze Schule, der Rüssow-Pall hätte ihn so getauft. Ein scharfblickender Mensch, wäre er Zeuge all dessen gewesen, hätte sagen können, das beweise nur eins: Berührt der Herrgott ein Menschenkind mit seiner Rechten am Schulterblatt, so daß dort ein daumenspitzengroßer Flügelkeimling sprießt, so gießt er im selben Augenblick mit seiner Linken Bleikugeln für selbiges Flügelchen.

Was jedoch die Milch- und Namensbrüderschaft Palls mit Balzer Vegesack anbelangt, so war sie ihm, wie seine Antwort zeigte, wohlbekannt, zu Hause hatte man im Laufe der Jahre öfters davon gesprochen.

Der Gutshof Rasik war damals von den Mönchen, denen er gehörte, an den Kaufherrn Vegesack verpfändet. Und als Rissa-Siimon aus Kurgla vor einem Vierteljahrhundert beschloß, befreiende Stadtluft zu atmen, gelang ihm dieses schwierige Unterfangen, weil der städtische Marstall gerade Fuhrleute brauchte, die für einen aßen und für drei schufteten. Herr Vegesack hatte den stämmigen Bauern »aus seinem Dorf« dort untergebracht und beim Rat ein Wörtchen für ihn einzulegen geruht. Und obschon der ratsverwandte Kaufherr mit dem Marstallfuhrmann wenig zu tun hatte, nahm er im Laufe der Zeit wahr, daß Rissa-Siimon nicht nur einen starken Nacken und einen kräftigen Hals hatte, sondern daß auch, was auf seinem Hals thronte, für einen Fuhrmann reichlich Grips enthielt. Und als der ehemalige Marstallfuhrmann, der bald ein eigenes Unternehmen besaß, fünf Jahre später an einem Sonntag nach dem Gottesdienst in seinem Haus erschien und bat, die Wäschemagd Mallo freien zu dürfen, beriet sich der Kaufherr mit seiner dürren Ehehälfte, worauf diese seufzend zustimmte. Seufzend, weil Mallo zwar den tüchtigsten Mann bekam, der Haushalt von Frau Vegesack jedoch die beste Magd einbüßte. Und als Siimons und Mallos erstes Kind geboren wurde, hatte sich Frau Vegesack gar die Mühe gemacht, dem Käferchen Annika einen Zinnlöffel zu schicken. Als aber der Allmächtige ein paar Jahre darauf der Gattin des Kaufherrn einen Jungen schenkte, die Gabe der Milch aber vergessen hatte, war Mallo in Fischermai gerade vor einer Woche eines Buben entbunden worden. Und obwohl Reval eine große und überaus menschenreiche Stadt war, drang die Kunde vom Kindbett des gemeinen Volkes bis zum hochgiebeligen Haus des Ratsherrn. An Mallo erging die Aufforderung, der Befehl, die Bitte, der Kaufherrngemahlin in deren Armut aus ihrem Überfluß zu helfen. Frau Vegesack war bei der Vergütung keineswegs knikkerig. Sozusagen als Gegenleistung wurde der Fuhrmannssohn nach dem Balg der Herrschaften hochtrabend auf den Namen Balthasar getauft. Die Mutter hatte hinsichtlich des feinen Namens zwar Zweifel gehegt, ob er Gott vielleicht aufdringlich daran erinnern wolle, das Kind des gemeinen Volkes nicht zu vergessen … Doch der Vater hatte bemerkt: »Jeder Name ist aufdringlich. Wieso wäre Mikk oder Mats besser? Wenn wir nun mal aufdringlich sind, so soll Er ihm lieber auf die Beine helfen, als daß Er seine Nase zu Boden drückt.«

Nun aber, siehe da, war dieser Fuhrmanns-Balthasar drauf und dran, seine Nase vom Boden zu erheben. Denn was sonst hatte es zu bedeuten, daß ihn sein Namensvetter mit Bischofsverwandter foppte? Es blieb zwar nicht als Spitzname an ihm haften, aber immerhin traf zu: In einer Woche sollte Balthasar Herrn Pastor Frolinks Schwager werden. Er war bereits in der neuen Wohnung des Herrn Pastors, das heißt Meus', gewesen und hatte mit einem vom Vater gemieteten Fuhrwerk dessen Habseligkeiten aus seiner alten Torwächterbude in die neue Pastorenwohnung gefahren, die nun auch die Wohnstätte der Jungvermählten sein sollte.

Übrigens traf der Scherz mit der Episkopatsverwandtschaft unerwartet ins Schwarze, wie so manch eine Floskel. Allerdings nicht in dem Sinn, daß Meus die Aussicht gehabt hätte, Bischof von Reval zu werden. Aber da die Pastorenhäuser der Olaigemeinde unerklärlicherweise von Einwohnern wimmelten, mußte für Meus durch Vermittlung des Gotteskastens eine Wohnung in einem Privathaus gemietet werden. Zufällig saß einer der Herren des Gotteskastens mit einigen Kaufherren beim Malvasier, und als alle gerade in bester Stimmung waren, kamen sie auf die Wohnungsangelegenheit zu sprechen. Da stellte sich heraus, daß es im neuerworbenen prächtigen Haus des Kaufherrn Weselouwe direkt am Alten Markt freien Raum für eine dem Gotteskasten genehme Miete gab. Aber dieses Haus wurde seit Generationen das Bischofshaus genannt, und nicht ohne Grund, wie ja derartige Namen nie grundlos aufkommen: Vor mehr als hundert Jahren hatte es tatsächlich dem Bischof gehört. Nachdem Pall und Meus die zwei Bücherkisten, die drei Hocker, das Kleiderbündel und die Kleidertruhe in die drei hofwärts gelegenen Zimmer über dem Stall geschleppt hatten, nahmen sie auf den Hockern Platz, um Atem zu holen, und Meus sagte, die frischgetünchten Steinwände mit zusammengekniffenen Augen betrachtend: »Na, Pall, vom Torhüter des Klosters zum Kutscher des Bischofs – das wäre also geschafft.«

Als Balthasar ihm den Livius aus der Kiste abgeschmeichelt hatte, weggegangen war und der leere Wagen durch den Torweg polterte, erhob sich Meus, faltete die Hände im Nacken und ging eine Weile aus einem niedrigen Mansardenzimmer ins andere ...

Hier wird das Ehebett stehen, das der alte Siimon hatte zimmern lassen. Und hier ein Tisch, an dem einfache Speisen verzehrt und abends Gespräche geführt werden, und das ganze Zimmer wird voller Minzenduft sein, der Annika in letzter Zeit anhaftet ... »Spricht Eure Braut auch Deutsch?« hatte der Herr Superintendent gefragt, als er Annika in die Olaigemeinde eintrug. Und an diese Wand wird er sein Schreibpult stellen lassen – von links fällt durch das Schweinsblasenfenster ein Licht, als wäre immerzu Wintermorgen. Aber dieser Fuhrmann, der hat ein Glasfenster ... Und an diesem Pult werden seine Predigten entstehen. So wäre ich ein tönend Erz oder eine klingende Schelle. »Ja-ja-ja«, hörte er die Stimme des Herrn Tegelmeister und spürte im rechten Gelenk dessen flüchtigen Händedruck, »wir wollen hoffen, daß Ihr nichts übereilt habt, jawohl, nichts übereilt, als Ihr alle Revaler Lilien habt stehenlassen ... Ja-ja-ja ...« Und danach viel leiser und vertraulicher: »Wißt Ihr, auch ich bleibe nicht mehr lange in der Schule. Nein! Ich als Rektor bin zwar besser dran, als Ihr es gewesen seid. Dennoch, es ist ein Hungerposten. Sobald einer in der Nikolaikirche das Zeitliche segnet, bin ich – hoppla! – auf der Kanzel! Auf der Kanzel der Deutschen, versteht sich!« Meus schritt durch die niedrigen Zimmer, und ihm war, als überschreite er eine Brücke, vermeide es aber, übers Geländer zu schauen – weil die Brückenpfeiler aus einem Fluß steigen, dessen

Namen er sich nicht zu nennen getraut. Aber das Ehebett wird hier stehen. Hier wird das Kopfende sein. Und hier wird das Kissen liegen, das Annika zur Zeit mit Eiderdaunen stopft. Auf diesem Kissen wird Annikas glückliches Antlitz ruhen. Und sein eigenes glückliches Antlitz ... »Jaja«, hörte er Herrn Balder flüstern und spürte, wie seine Bartstoppeln ihn am Ohr kitzelten. »Keine Angst! Ihr seid nicht der erste! Und auch nicht der letzte, he-he-he! Hättet Ihr als Schulmeister einen solchen Streich ausgeheckt, dann allerdings ... Aber der Herr Pastor kann sich so etwas leisten! Jawohl! Und ein junger Mann, der in Greifswald studiert hat, wird schon wissen, unter welchen Steinen man die größten Krebse findet ... He-he-he! Ich habe gehört – fünfhundert Mark? Na, Ihr habt's ja faustdick hinter den Ohren!« Meus wischte mit dem Ärmel ein staubiges Spinngewebe aus der Fensterecke. Trotzdem: Keine Angst? Warum? Was war denn hierbei ein Streich? Daß ein Pastor ein Mädchen aus diesem Volk zur Frau nahm, dem er dreimal wöchentlich predigte und dessen Angehörige er taufte und beerdigte und traute, auf daß sie sich vermehrten, bis der Tod sie scheide? War das hierzulande wirklich ein Streich?

Ein Streich war es gewißlich. Annika merkte es allein an den Blicken, die ihr aus den Hoftoren von Fischermai nachgeschickt wurden, wenn sie in den letzten Wochen mit neu eingekauftem Nähzeug, große Bogen um die herbstlichen Pfützen machend, in die Stadt ging oder zurück nach Hause eilte. Und derweil sie zu Hause, in ihrer winzigen Jungfernkammer in erschreckend breite Bettücher aus rauhem Linnen mit weißer Seide große, gezackte AF stickte, glaubte sie mitunter, alles sei nur ein Traum. Hin und wieder erschienen Muhme Kati und die Tran-Krõõt einzeln oder gemeinsam auf der Schwelle, um etwas zu erklären oder zu fragen. Muhme Kati bat gern um Erlaubnis für jede Nichtigkeit, für das Abwaschen eines jeden Topfes und betonte so ziemlich aufdringlich Annikas Hausfrauenstand und städtische

Überlegenheit. Die Tran-Krõõt wiederum gab Ratschläge, wie die Wirtschaft hier im Vaterhaus hätte geführt werden sollen und wie sie namentlich im Heim der jungen Eheleute geführt werden müßte – »damit der Herr Meus nicht das Gefühl hat, in eine gemeine Bauernfamilie hineingeheiratet zu haben«.

Annika nickte und antwortete, häufig unaufmerksam und aufs Geratewohl, sie vermochte dem Gerede der Muhmen nicht so recht zu folgen. Und wenn sich die Muhmen mit verständnisvollem Lächeln zurückzogen, schaute Annika blicklos vor sich hin, in der Kehle ein wunderliches Gemisch aus Freude und Angst: als schwebe sie auf einer Wolke, freudig und doch voller Furcht, da ungewiß war, wo die Wolke sie absetzen würde …

Von Zeit zu Zeit kam Pall auf einen Sprung zu Annika. Noch vor einem knappen Jahr, als Annika sich um ihre Mitgift zu kümmern begann, war das Erscheinen des Jungen für sie meist eine Pein gewesen. Er konnte haarsträubende Fragen stellen: »Gestern, als du und Meus in der Dämmerung zum Strand spazierengegangen und im Wacholder verschwunden seid – was habt ihr dort getan?«

Dabei starrten seine Kulleraugen Annika unverwandt an, und seine beflaumten Lippen öffneten sich spöttisch und gespannt. Und Annika, das dumme Ding, wurde vom Halsausschnitt bis zu den Haarwurzeln rot wie eine Preiselbeere und versetzte mit dunkler, gepreßter Stimme: »Sei still!« Dabei hatten sie und Meus im Wacholdergebüsch nichts Unrechtes getan. Oder beinahe nichts. Nur geküßt hatte Meus sie, viele, viele Male …

In der letzten Zeit hatte Pall aufgehört, sie zu necken. Obschon er selbst noch ein grüner Junge war, schien er sie unter seinen Schutz genommen zu haben. Manchmal verteidigte er sie so kurz und wortgewandt, daß es einen geradezu in Staunen versetzte. Zum Beispiel gegen die Tran-Krõõt, deren Neugier noch dümmer wirkte als kürzlich Palls eigene Fragerei.

»Hör mal, Annika, wie ist denn der Herr Meus eigentlich? Ist er so richtig draufgängerisch? Oder eine Schlafmütze? Und was paßt denn von Rechts wegen besser zu einem Gottesdiener?«

Bevor sich Annika zu einer Antwort aufraffte, sagte Pall, der zufällig anwesend war: »Mit wem kann ihn Annika deiner Meinung nach vergleichen? Na?«

Seine Stimme erhielt plötzlich einen zurechtweisenden Befehlston, etwas Gebieterisches, das Annika früher bei ihm nicht bemerkt hatte und das sie wohl auch jetzt nur zum Teil wahrnahm. Jedenfalls schlug Krõõt ihre sonst so schamlosen grauen Augen nieder und erwiderte verhalten: »Ich hab es ja nicht so ...« und machte sich schnaufend an der Esse zu schaffen. Und das war höchst bemerkenswert.

Also blickten Annikas grüne Augen froh von dem Laken auf, als Pall hereinkam und wie ein richtiger alter Brummbär sagte: »Nicht mal mehr zum Lesen kommt man ...« Er steckte Livius' »Ab urbe condita« unter den Deckel von Annikas Mitgifttruhe und fügte hinzu: »Komm! Vater wartet.«

»Wohin?«

»In die Stadt. Zu Kimmelpenning.«

Annika faltete das Bettuch zusammen, warf sich ihren blauen Sonntagsumhang über die Schultern und war voller Eifer bereit. Der Vater setzte sich in der Küche seinen alten Arbeitshut auf, steckte Pall zwei zusammengerollte Leinensäcke unter den Arm, und alle drei traten auf die Vorstadtstraße hinaus.

Der alte Siimon hastete voran, seine Kinder folgten ihm auf den Fersen. Sie umgingen große Pfützen und hüpften über kleinere, so daß graue Hosen und ein blauer Rock über sich spiegelnde herbstliche Himmelsfetzen flitzten. Als die Straße vor der Reeperbahn sacht anstieg und trockener wurde, trat Pall neben den Vater.

»Vater, was für ein Mensch ist dieser Kimmelpenning?«

»Ein Pistelmacher.«

»Und weiter?«

»Was – weiter?«

»Mir scheint, ich hab schon mal von ihm gehört.«

»So? Was denn?«

»Weiß ich nicht mehr. Du hast wohl selbst von ihm erzählt ... Kennst du ihn schon lange?«

»Fast dreißig Jahre.« Siimon tat einen langen Schritt über die nächste größere Pfütze, wartete, bis Pall ihn eingeholt hatte, und sprach im Weitergehen: »Kimmelpenning ist der härteste Stein unter den Grauen von Reval.«

»Er ist wohl der reichste?«

»N-nein, kaum.«

»In welchem Sinne dann?«

Eine Weile gingen sie schweigend. Schließlich sagte Siimon: »Vor einigen Jahrzehnten waren die Zeiten anders. Als dieser Wullenwewer in Lübeck Wind machte – du hast davon gehört? –, da war auch bei uns eine Brise zu spüren. Ein paar Jahre bevor du zur Welt kamst ... Nun, damals schickte zum Beispiel der Rat dem Herrn Plettenberg höchstselbst einen Brief: Was die Bauern anbelangt, so soll er zur Kenntnis nehmen, daß sie einstmals alle frei waren, und zwar noch zur Dänenzeit, und als freie Menschen von der dänischen Herrschaft zum Orden übergewechselt sind und daß ihre Knechtschaft überhaupt weder dem göttlichen noch dem menschlichen Recht entspricht ...«

»Und der Rat schrieb die Wahrheit?«

»Natürlich.«

»Und jetzt?« fragte Pall.

Sie hatten die gepflasterte Straße erreicht, die vom Hafen zur Großen Strandpforte führte, und dort begegnete ihnen der Ratssyndikus Herr Clodt, der sich in Begleitung zweier Ratssoldaten zum Hafen begab. Pall war kein Quartanerbengel mehr wie einst, und Siimon pflegte fremde Herren nicht zu grüßen, so prachtvoll sie auch aussehen mochten. Herr Clodt jedenfalls trug ein federgeschmücktes schwarzes Samtbarett auf dem rötlichen Haar, und seine Schaube aus dunkellila Tuch war mit glänzendem Biberpelz verbrämt. Die Ratssoldaten hatten Befehl, fünf Schritt hinter ihm zu gehen, damit sie seine elchledernen Stiefel nicht mit Straßenkot bespritzten.

»Jetzt«, sagte Siimon, als der Syndikus an ihnen vorbei war, »sehen sie nicht mehr danach aus, als könnten sie jemandem einen solchen Brief schreiben.«

»Aber Kimmelpenning? Was war mit dem?« fragte Pall.

»Mit Jakob? Ja-a ... Er nahm in jener unruhigen Zeit mit dem Rat den Kampf auf, wegen der Rechte der Pistelmacher. Die Pistelmacher waren schon damals meist Stadtgraue. Na, und in deren Angelegenheit hatte ja der Rat einen so schönen Brief an den Ordensmeister geschickt. Aber den Wullenwewer köpften sie in Lübeck, und da haben es sich unsere Herren anders überlegt. Den Pistelmachern wurde hart zugesetzt. Man hat ihnen die Ladenmiete erhöht und gefordert, sie sollen auch Deutsche in ihre Zunft aufnehmen. Aber Jakob trat dagegen auf und hielt in der Olaigilde eine Rede. Dort waren außer den Pistelmachern noch gut zweihundert Stadtgraue versammelt – und ich war dabei, als er den Amtsstab der Pistelmacher krachend auf den Tisch haute und rief: ›Alle Deutschen sind Hundsfotte! Und nachgegeben wird nicht!‹«

»Das hat er gesagt? In der Olaigilde? Sie wären ... Hundsfotte? Na und weiter?«

»Er wurde vor den Rat geladen und gefragt: Alle Deutschen sind also Hundsfotte? Jakob erwiderte, in Deutschland vielleicht nicht, in Livland aber doch. Die einen treiben hier auf Kosten des einheimischen Volkes hundsföttisches Spiel, und wer es nicht selbst tut, schaut zu und billigt es. Also sind alle Hundsfotte. Da sagten die Ratsherren, er soll nach Hause gehen, hundert Mark zusammenkratzen und sie dem Rat als Strafe für die Verleumdung der Deutschen zahlen. Aber Jakob öffnete daselbst seine Hosenklappe, zog seinen Geldbeutel raus und stapelte hundert Rigaer Silberlinge auf den Tisch. Die Herren sagten, er soll sein Geld wieder in den Beutel tun und in die Kämmerei bringen. Aber Jakob machte die Hosenklappe zu und entgegnete, ob nun in die Kämmerei oder auf den Abtritt – das könne der Ratsdiener besorgen, und ging.«

In den großen Ratssaal hatte Pall einmal hineingespäht, als die Primaner dort unter Herrn Tegelmeisters Leitung den Plautus aufführten. Also wußte er wohl, wie es da aussah, wenn hundertfünfzig Wachskerzen flackerten und all die wundersamen Figuren, Salomon und wie sie alle hießen, von den Wandteppichen herabblickten und eine Menge Ratsherren in einer Wolke von Moschus-, Lavendel- und Muskatduft in hohen Sesseln saßen, einen anstarrten und man etwas sagen mußte und das Gefühl hatte, als steckten einem trockene Sägespäne in der Kehle. Um so lebhafter stellte er sich Jakob Kimmelpenning vor, wie er vor dem Ratstisch ungeniert mit seiner Börse hantierte, ihn überkam Bewunderung, und zugleich mußte er lachen.

Nachdem sie durch den Weckengang den Markt erreicht hatten, gingen sie zwischen dem Rathaus und den Marktständen durch und bogen nach links ab. Hier, an der Mauer des Eckhauses der Kleinen Raderstraße, stand ein niedriger, zehn Ellen langer Schuppen aus derben Bohlen, der eigentümlicherweise mit Dachziegeln gedeckt war. Zwei breite Fenster mit Läden und eisernen Leisten, das eine offen und das andere durch Läden verschlossen, blickten über den Platz zum Rathaus wie zwei Augen, die etwas andeuten wollen – das eine einfältig glotzend, das andere schlau zugekniffen.

Die Marktzeit war vorbei, die Verkaufsstände hatte man schon fortgeräumt. Längst waren die Bauern auf ihren Leiterwagen nach Hause gerumpelt. Die Marktknechte fegten mit gewaltigen Besen Stroh, Abfall und Mist weg, auch die Verkaufszeit der Marktläden war eigentlich zu Ende. Aber das wurde nicht so genau genommen. Siimon pochte an die Tür des Schuppens, und sie wurden freundlich hereingebeten. Aber der hochaufgeschossene junge Mann mit kurzgeschorenem Haar, der ihnen entgegentrat, war offensichtlich nicht der Inhaber, sondern einer der drei Ladengesellen des alten Jakob. Er forderte sie liebenswürdig auf, sich umzusehen und die Waren zu wählen, bis Herr Kimmelpenning käme.

Innen war der Laden viel geräumiger, als er von außen wirkte. Den Fußboden bildete das Kopfsteinpflaster des Marktplatzes. An Pfählen befestigt, die bis zur Decke reichten, zogen sich drei pritschenartige Regale um den ganzen Laden. Auf diesen lagen die gewöhnlichsten und die merkwürdigsten Dinge. Siimon nahm auf einer dicken Sohlenlederrolle Platz und sagte zu Annika: »Na, such dir aus, was du brauchst. Aber halte maß, du weißt.«

Während sich Pall in der komischen Fülle des Ladens befremdet umsah, ging Annika überraschend sachlich ans Werk. Sie fand sofort ein Regal, auf dem in Birkenrindeschachteln kleine und große beinerne Knöpfe lagen, zu je einem Dutzend auf Fäden gereiht. Sie trug einige Schachteln zum Fenster, nahm Knöpfe heraus, legte die Schachteln zurück und erkundigte sich beim Gesellen nach dem Preis der mittleren und der kleinsten Knöpfe. Pall schoß es plötzlich durch den Kopf, Annika mache dies alles ganz wie eine junge Pastorengattin – eine Beobachtung, die ihn freute und zugleich betrübte. Aber auf den Regalen und dem Fußboden darunter gab es allerlei erstaunliches Zeug. Annika wählte Perlen und Korallen, Nadeln und Nadeldosen, Spangen und Messingketten. Sie legte auch einige Kissenbezüge beiseite und blieb einen Augenblick bei einem Stapel Windeln stehen, merkte aber, was das für Lappen waren, und ging errötend weiter, um nach Harz und Minze duftende Seife auszusuchen. Pall betrachtete derweil die anderen Regale. Dort gab es dutzendweise Fäustlinge aus Schweinsleder und Handschuhe aus Hundeleder, es gab Wintermützen aus Hasen-, Kalbs- und Schaffell, es gab Rollen gelben holländischen und rotbraunen russischen Leders, einige mit bunten Blumen und Vögeln bestickt, es gab Hosenriemen mit Messingnieten, mit und ohne Spangen, es gab prächtige Dolche mit einer Schneide von ein, zwei und drei Spannenlängen und einem Griff aus Holz oder Bein in metallverzierten Holzscheiden, es gab Kessel, Pfannen, Töpfe, Äxte, Nägel, Leuchter und Pflugschare, es gab Zinnschüsseln, Teller, Bütten und Kannen in jeder Größe, es gab Vorhängeschlösser – winzige für Geldschatullen und riesige, zu groß selbst für kleinere Speicher. Auf dem Boden standen Heringsfässer und Bündel gegerbten Leders sowie Körbe mit Steckzwiebeln und Möhrensamen.

Pall versuchte zum Zeitvertreib abzuschätzen, wieviel all die Herrlichkeit im Laden wohl kosten mochte, und kam zu dem Schluß, selbst der Herr Arithmetikus Mönnink würde darauf eine gute Woche verwenden – da erschien der Ladeninhaber.

Jakob Kimmelpenning war ein alter Mann von mittlerem Wuchs. Sein graumeliertes, rund geschnittenes Haar ähnelte einem nach hinten gebogenen, dünn gewordenen Pinsel. Aus seinem Gesicht mit den rostfarbenen Bartstoppeln und roten Backenknochen blickten rotgeränderte blaue Augen, und die dicke kleine Nase endete wunderlich spitz. Er hatte ein beachtliches Bäuchlein, doch sein graues Wams schlotterte um die breiten, abfallenden Schultern, als wäre er unlängst tüchtig abgemagert.

»Grüß Gott, Siimon!« Er streckte dem Vater die Hand hin, an der ein dicker Goldring blitzte. »Und das ist die künftige Bischofsgattin ...« Er tätschelte Annikas Taille, zog sie ans Fenster und betrachtete sie, drollig schnalzend. Im hellen Licht sahen seine kleinen Augen aus wie zwei blaue Emailknöpfe. »Tja, dieser Pastorenbursch hat Geschmack, das sieht man.« Und schon wandte er sich an Pall. »Das also ist der Sprößling? Na hört mal – das ist ja schon fast ein Mann! Und einen sehr weisen Namen trägt er – wartet mal ...« Er schob seine Unterlippe vor, starrte in die Luft und schnippte mit den Fingern, aber der Name fiel ihm nicht ein.

»Balthasar!« sagte Pall.

»Stimmt!« rief Kimmelpenning. »Und in der Schule soll er sehr gut vorwärtskommen?«

Pall lächelte ein wenig verlegen und zuckte mit der linken Schulter.

»Bis jetzt brauchen wir uns seiner nicht zu schämen«, sagte Siimon und fügte hinzu: »Den Kaufleuten kommt aber auch jeder Dreck zu Ohren ...«

»Warum sonst hocke ich hier am Marktrand? Wo gehandelt wird, muß man die Ohren aufsperren. Na, Jungfer Annika hat wohl ihren Krimskrams beisammen? Dann steigen wir mal runter.«

Kimmelpenning öffnete eine kleine Hintertür zwischen den Regalen in der Steinmauer, und alle vier stiegen ein paar Stufen hinab in einen Halbkeller mit gewölbter Decke und vergittertem Fenster, der mit allerhand feinen Waren vollgepfropft war. Der Ladeninhaber zwinkerte Annika zu, hob den Deckel einer großen beschlagenen Truhe, entnahm ihr einen roten Stoff, legte ihn Annika um die Schulter und ließ ihn über ihre Brust bis auf die Zehen wallen. Der Stoff wogte über Annikas topfblauen Umhang und Rock wie schillernder dunkelroter Wein. Annika sagte bloß: »Oh ...« und schaute ihren Vater begeistert an.

Pall merkte, der Vater war drauf und dran, näher zu treten, um den Stoff zu befühlen, verlagerte jedoch sein Gewicht von den Zehen wieder auf die Fersen, machte nur »Mm ...«, schwieg eine Weile und fragte dann beiläufig: »Was kostet er denn?«

»Das ist Brabanter Taft, und diese Ratslümmel gestatten uns Pistelmachern überhaupt nicht, so was zu verkaufen. Hätte Weselouwe ihn auf Lager – aber er hat ihn nicht, ich weiß es –, er würde dafür drei Mark pro Elle fordern. Bei mir kostet er zweieinhalb. Aber ein alter Freund kriegt ihn für die Hochzeit seiner Tochter für zwei Mark.«

»Zu teuer«, sagte Siimon und schüttelte den Kopf.

»Wie du meinst. Ich dachte, der Kuuse-Kreegor wäre nicht viel reicher als du ...«

»Dieser Schneider? ... Wieso?«

»Ihm kam es zur Hochzeit seiner Kärt auf zehn Ellen nicht an.«

»Mm ... Du gibst ihn mir für anderthalb«, sprach Siimon, eher zum Kellerfenster und Hof hin, und fragte interessiert: »Die Deibel lassen euch die besseren Stoffe nicht verkaufen?«

»Eine Mark und drei Ferding«, sagte Kimmelpenning beiläufig. »Natürlich nicht.«

Mit freudig glühenden Ohren wählte Annika für Meus Filzpantoffeln mit Quasten, Glasperlen und Glöckchen. Kimmelpenning setzte sich, die Taftrolle im Arm, auf den Truhendeckel, und Pall bemerkte, daß sein runzliges Gesicht um die geröteten Backenknochen herum sehr blaß war und auf seiner breiten Stirn mit dem graumelierten Haarschopf Schweißtropfen glitzerten.

»Jetzt wollen sie uns die Kehle vollends zuschnüren«, sagte er.

»Nanu?«

»Jawohl. Der Rat hat beschlossen, Krämer aus Deutschland nach Reval zu holen. Und wenn die da sind, bekommen wir keine Handelserlaubnis mehr.«

»Mm … Hör mal, Jakob – was fehlt dir?«

Kimmelpenning ächzte ein wenig, massierte mit seiner beringten Hand die linke Brustseite und steckte sich ein schwarzes Ding in den Mund, das er vom Regal aus einem kleinen Behältnis nahm. »Zuweilen drückt es mich am Herzen.«

»Mm. Dagegen solltest du das Blut einer grauen Katze mit lauem Bier trinken.«

»Das nützt nichts. Mir helfen nur getrocknete Froschschenkel.«

»Ja, das soll gut sein … Aber warum sind die Ratsherren und die Pistelmacher derart spinnefeind miteinander?«

In Kimmelpennings schlaffes Gesicht floß wieder Blut, und seine blauen Augen blitzten.

»Weil ein Deutscher oder Friese oder wer auch immer alle Dörfer von Harrien, Jerwen und Wierland abklappern und sonstwie seine Ware feilbieten kann – er kommt trotzdem mit leerem Säckel zurück. Macht ein Pistelmacher mit seinen Gesellen denselben Weg, bringt er den dreifachen Gewinst mit. Den Kaufgesellen der Deutschen zieht der Bauer das Fell über die Ohren, oder er zeigt ihnen gar den Arsch, aber für die Pistelmacher hat er ein offenes Herz.«

»Verkauft der Pistelmacher den Bauern billiger?«

»Na ... ein Pistelmacher nimmt, was er kriegt. Warum sollte ausgerechnet er ein Engel sein!«

»Mm ... Und die deutschen Krämer, die herkommen sollen – wie weit ist es damit?«

»Der Rat hat beschlossen, Herr Clodt soll nach Deutschland, an die Stadt Warburg, einen Brief schreiben – väterlicherseits stammt er von dort –, sie möchten zwanzig Krämer schicken. Wenn die hier sind, wird uns der Rat mit Hunden aus unseren Läden jagen.«

»Mm ... Und ihr?«

Jakob kniff seine blauen Augen zusammen. »Auch wir haben unsere Pläne ...«

Unvermittelt blieben seine verkniffenen Augen an Pall haften und wurden rund.

»Hör mal, Balthasar, kannst du das Deutsch, das im Süden gesprochen wird? Das bei ihnen seit Lutherus meist in den Büchern steht? Oder kennst du nur das norddeutsche Geplapper, das hier bei uns üblich ist?«

»Beides.«

»Und wo hast du die süddeutsche Zunge gelernt?«

Pall zuckte mit der linken Schulter, aber Siimon bemerkte: »So was bleibt an ihm von allein haften.«

Kimmelpenning legte die Taftrolle weg, zerrte Siimon zum Kellerfenster und fragte leise: »Sag mal, kann er das Maul halten?«

»Auf ihn ist Verlaß ... Warum fragst du?«

Darauf antwortete Kimmelpenning nicht. Er maß eilig und mit Geraschel zehn Ellen Taft ab, ließ den Gesellen die Rechnung bringen, addierte die Pantoffeln für Meus und den von Annika gewählten ostindischen Kattun hinzu, erhielt eine Summe von einunddreißigeinhalb Mark, spuckte aus und rundete auf dreißig ab, ließ die Sachen in die beiden Säcke stopfen, die Pall unter dem Arm getragen hatte, zählte das von Siimon erhaltene Geld und sagte: »Laß mir den Balthasar für ein Weilchen hier.«

»So? Willst ihn im Laden anstellen?«

»N-nein. Dazu ist er wohl zu langsam. Aber – mal sehen.«

Als Siimon und Annika weg waren – sie nahmen den Sack mit dem Krimskrams mit, den anderen sollte Pall nach Hause tragen –, schloß Kimmelpenning sorgfältig die Kellertür und fragte Pall: »Das mit den Warburger Krämern hast du doch mitgekriegt?«

»Ja.«

»Gut. Dann erklär ich's dir näher. Hör zu.« Er nahm wieder auf der Stofftruhe Platz und fuhr fort, wobei er seine linke Brustseite rieb: »Wir hatten hier in der Königsstraße einen Schuster namens Schröder. Ein Deutscher aus Warburg gebürtig. Sein Bruder ist dort Krämer. So. Aber er selbst, der Schuster, siechte jahrelang dahin. Ein- oder zweimal hat er einem Schreiber einen Brief an seinen Bruder diktiert, und vorgestern – dem Himmel sei Dank! – hat er ins Gras gebissen. Aber in seinem letzten Brief, der das Datum von vorgestern trägt, hat er schreiben lassen – na, weißt du, was?«

»Nein, was?«

»Etwa folgendes: Bei uns gibt es eine Neuigkeit. Unsere Stadt beabsichtigt, von euch aus Warburg Krämer nach Reval kommen zu lassen, und der Clodt-Jodocus, der bei uns den Posten des Syndikus bekleidet, du weißt ja, dieser Milchbart Jobst, der Enkel vom alten Heinrich, der damals durch Getreideschacher reich geworden ist, dieser Jodocus erhält vom Rat für jeden Warburger Krämer zwanzig Mark. Aber du, Bruder, solltest weise sein und nie und nimmer hierherkommen, um dieser Schächerbrut den Beutel zu füllen, denn der Jodocus ist ein mieser Kerl, und das hier ist eine miese Stadt und ein mieses Land, und voller Freude fühle ich in meinem Siechtum, daß mich der Herrgott gar bald zu sich rufen und meinen Augen den Anblick ersparen wird, wie der schlimme Moskowiter dieses Land in allernächster Zeit überrennt und einäschert und seine Völker – die Deutschen vor allem – in Ketten nach Sarmatien schickt, den Wölfen und dem Frost zum Fraße ...«

»Na, wenn der Bruder dieses Schröder dort auch nur einiges Ansehen genießt ...«, sagte Pall.

»Genießt er!« rief Kimmelpenning. »Das ist bekannt!«

»Dann kommt keine einzige Krämerseele aus Warburg hierher.«

»Auf Grund dieses Briefes?«

»Ja.«

»Das mein ich auch«, sagte Kimmelpenning und verkniff wieder die Augen. »Nur ...«

»?«

»Diesen Brief gibt es noch gar nicht.«

»???«

»Gäbe es diesen Brief, dann stünde es ja nicht so schlimm um uns. Die Warburger Krämer würden nicht kommen, was dir ja einleuchtet. Aber Schröder hat vor seinem Tod keinen Brief geschrieben. Uns aber tut so ein Brief bitter not.«

»Ja und ...? Schröder ist doch tot ...«

»Darum muß ein anderer den Brief schreiben.«

»Wer denn?«

»Ich weiß keinen geeigneteren Mann als dich.«

Pall erschrak dermaßen, daß ihm erst später einfiel: Kimmelpenning hatte ihn einen Mann genannt ...

»Aber ich ...«

»Du kannst auch die Sprache des Südens, und die Schröders stammen von dort. Sollten dir einige Fehler unterlaufen, wird es sein Bruder dem hiesigen Schreiber ankreiden.«

»Aber ... Darf man ... Darf man denn so was tun?«

»Ah, ja ... Darüber mußt du mit dir selbst ins reine kommen. Denk also nach ...« Kimmelpenning steckte sich einen neuen Froschschenkel in den Mund und fuhr kauend fort: »Du sollst wissen: Pistelmacher ist in Reval das einzige einigermaßen einträgliche Amt, das Undeutsche bis jetzt ausüben dürfen. Ohne daß sie genötigt sind – wie die Handwerksmeister und Gildenkaufleute –, Vater und Mutter zu verleugnen, Deutsch zu radebrechen und der Kuckuck weiß von welchen versoffenen Seelsorgern für ein Fäßchen Bier oder eine Hammelkeule falsche Papiere zu erstehen, die bestätigen, ihre Eltern wären Deutsche gewesen. Aber jetzt wollen sie uns auch noch dieses Amt streitig machen. Und so etwas – das darf man wohl tun?«

Pall schnaufte vor sich hin und wußte nicht, was er antworten sollte. Kimmelpenning sprach natürlich die lautere Wahrheit. Und dennoch ... Der Allmächtige, dem sie sich allmorgendlich vor dem Unterricht unter Bankgepolter zu Füßen warfen und zu dem er abends häufig zu beten vergaß, wenn er, taumlig von seiner jugendlichen Müdigkeit, auf den Strohsack sank, der Allmächtige mit Seinem unerforschlichen Blick, verborgen hinter dem Wortweihrauch der Pastoren und Lehrer – konnte Er so etwas gutheißen? Und dieser merkwürdig anziehende und gleichzeitig abstoßende Alte, dessen Zunge jetzt den schwarzen Froschschenkel vorschob und der Balthasar aus gerötetem Augenwinkel beobachtete – versuchte ihn durch diesen Alten nicht der Teufel?

Kimmelpenning zog den Froschschenkel mit den Lippen in den Mund zurück. »Na schön. Heute tun sie das mit den Pistelmachern, und du wäschst deine Hände in Unschuld. Aber sobald ihnen das gelungen ist, kommen sie zu deinem Vater, reißen seine Stalltore nieder, nehmen ihm Pferde, Wagen, Schlitten und sein Pferdegeschirr weg und sagen: Siimon, das Fuhrmannsgewerbe ist ab jetzo zu gut für deinesgleichen! Karrenschieber, ja, das darfst du vielleicht noch sein, aber um Pferde zu halten und an Kauffahrten teilzunehmen, darf man nicht mehr aus Harrien stammen, sondern muß aus Deutschland sein. Jawohl! Balthasar, wenn wir nichts unternehmen, reißen sie uns alles aus der Hand und stecken überall ihre Deutschen hin!«

Beide schwiegen einen Augenblick.

»Nun?« fragte Kimmelpenning. »Schreibst du den Brief?«

»Ja. Wenn ich es schaffe«, antwortete Balthasar leise.

Er schrieb den Brief daselbst auf dem höckerigen Tischlein, auf grobem grauem Papier, das Kimmelpenning ihm gab. Es sei nicht verhohlen: Sobald er *Mein lieber Bruder* zu Papier gebracht hatte und nach dem Diktat des Alten zur Sache kam, empfand er sogar ein gewisses Vergnügen, das von Zeile zu Zeile wuchs. Sein Ohr lauschte den Worten des Alten, in Gedanken übersetzte er sie, und seine Hand malte zierliche Buchstaben aufs Papier. Vor seinem Geistesauge sah er die Warburger Krämer diesen Brief mit ernster Miene lesen, einander erschrocken ansehen, die Köpfe schütteln und eilig in ihre Häuser gehen, um die fertigen Reisebündel wieder aufzuschnüren ... Nachdem alles Notwendige niedergeschrieben war, fragte Kimmelpenning: »Na, womit schließen wir?«

Pall fühlte, er hätte warten müssen, bis der Alte seine Frage selbst beantwortete. Aber ein kleines verspieltes Teufelchen führte ihm die Hand, und so schrieb er, ohne das Diktat abzuwarten: *So wahr ich Dein ...* – er wollte schreiben: »bald vor den Herrn tretender«, verzichtete jedoch auf die Nennung des Allmächtigen und schrieb: *...aus dieser Welt scheidender Bruder bin.*

»Wie ist sein Name?«

»Claus.«

Pall schrieb: *Claus.*

»Fertig.«

Nachdem Pall den Brief Kimmelpenning von A bis Z in ihrer eigenen Sprache vorgelesen hatte, kaute der Alte ein Weilchen an seinem Froschschenkel und sagte: »Mnja ... Dort ist an mehreren Stellen alles viel besser ausgedrückt, als ich es konnte ... Wie steht es mit der Schule? In drei, vier Jahren bist du wohl fertig?«

»Ja, müßte ich.«

»Hast du ... hast du nie daran gedacht, in Deutschland zu studieren?«

»Doch ... Aber Vater sagt, er kann es nicht bezahlen.«

»Mnja«, meinte Kimmelpenning, »das ist natürlich teuer. Teurer als das Torgeld zum Paradies ...« Plötzlich trat er zu Pall hin und legte ihm die Hand auf die Schulter. »Lerne! Lerne wie ein Rammbock! Und wenn's soweit ist – komm mit Siimon zu mir. Wir wollen dann zu dritt Rat halten.«

Pall fühlte, daß er danken mußte. Doch die Sache war zu ungewiß und zu überwältigend. Also nickte er bloß und fragte: »Darf ich von dem Brief ... Vater erzählen?«

»Aha ... Du möchtest es wohl?«

»Es wäre besser ...«

»Schön. Vater ja. Aber nur ihm.«

Einige Tage später fuhr Pall mit seinem Vater Heu ein, und als sie am Waldrain von Ziegelskoppel nebeneinander hinter der Fuhre gingen, nutzte Pall die Gelegenheit, den Vater in das Vorgefallene einzuweihen. Siimon hörte zu, nagte an einem Strohhalm und sagte nur: »Mm.« Als Pall fragte, ob das mit dem Moskowiter nur so ein Humbug vom Kimmelpenning sei oder ob dieser wirklich in Livland einfallen wolle, schwieg der Vater geraume Zeit. »Wer soll das wissen«, sagte er schließlich zögernd. »Aber im Osten scheinen sich tatsächlich Wolken zusammenzuballen.«

Darauf erzählte ihm Pall auch das übrige.

»Kimmelpenning hat versprochen, er hilft mir, wenn ich in Deutschland studieren will. Ich weiß nicht, ob ich darauf hoffen darf?«

»Ich glaube, du darfst«, sagte Siimon. »Er ist nun mal so ein Kerl ... Erinnerst du dich an den Susi-Hans? Natürlich nicht, er starb vor etwa fünf Jahren an der Pest. Er war der Sohn von einem Mündrich, besuchte die Stadtschule, übersetzte für die Gemeinde das Gesangbuch und dichtete wohl selbst einige Gesänge in unserer Sprache dazu. Also wäre er der erste Dichter von uns geworden, wenn nicht ... Ja, und ihn hat der alte Jakob auch unterstützt. Ich hab mal gefragt: ›Warum gibst du ihm Geld?‹ Jakob dachte ein wenig nach, lachte und erwiderte: ›Weißt du, wenn dieses Gesangbuch gedruckt wird, werden etliche Knaben und Mädchen bei uns in der Gemeinde konfirmiert, die sonst zur deutschen Gemeinde gegangen wären. Und wer deutsch konfirmiert wird, kauft später bei den Gildenkaufleuten, die anderen – kommen zu Kimmelpenning.‹«

VIERTES KAPITEL,

darinnen ein Junge, fast schon ein Mann, an den unscheinbarsten und gewöhnlichsten Orten wunderbare Dinge und Länder entdeckt, die er abwechselnd für Himmel und Hölle hält, während ein anderer junger Mann, mit dem wir uns ebenfalls nach Kräften befassen, auf Erden fröhlich Geschäfte macht

Ja, die beiden Jungen, die am Morgen des Nikolaustages vom Alten Markt in die Lehmstraße einbogen und an den wenigen Passanten vorbei zum Stadttor schritten, waren eigentlich schon junge Männer. Wenigstens der größere mit den breiteren Schultern, zumal von hinten gesehen. Sein weizengelber Schopf war nach wie vor struwwelig, aber seine leicht abfallenden breiten Schultern sprengten schier die Nähte des grauen Wamses, und die Handgelenke, die ein ganzes Stück aus den Ärmeln herausragten, waren gar nicht mehr jungenhaft, sondern verrieten den Arbeitsmann. Ganz zu schweigen von seinen Fäusten. Einige der herrschaftlichen Dienstmägde und der Badstubenmädchen von Kruwel, die den beiden zu dieser frühen Stunde begegneten und hastig in seine runden grauen Augen blickten, bemerkten gewiß, daß der kupferrote Bartflaum von seinem sonnengebräunten Kinn fast völlig wegrasiert war. Sein Gefährte, kleiner und von hinten viel jungenhafter, war dem Gesicht nach offenkundig der ältere. Dieser Bursche mit dem eckigen Kopf, dem hellen Haar und dem spitzen Kinn war Märten, nun bereits über zwanzig. Mit der frühreifen Furche im Mundwinkel gehörte er zu jenen, die man mit zwanzig für vierzigjährig halten kann und deren Gesichtszüge sich bis zum sechzigsten Jahr fast gar nicht verändern.

Beide trugen leichte Proviantbeutel über der Schulter, und obwohl sie bloß ledernes Stadtschuhzeug anhatten, zeigte ihr aufrechter, gemächlicher Gang, daß sie einen weiten Weg vor sich hatten.

Sie passierten einen gähnenden Stadtwächter, der mit zwei elenden, unterwürfigen Straßenfegern schalt, und traten durch die wuchtige gewölbte Lehmpforte. Weiter gingen sie zwischen engen, hallenden Mauern wie durch eine längliche Steinlade, hinten das Haupttor und vorne das Vortor, an den Ecken Türme und oben, an der Innenseite der Mauern, geteerte hölzerne Wehrgänge. Auf dem linken Wehrgang tummelten sich Landsknechte in gestreiften Hosen und mit prächtigen Schnurrbärten. Sie hatten aus dem Turm ein drei Ellen langes bronzenes Festungsgewehr auf den Wehrgang geschleppt, und einer von ihnen säuberte mit einer Bürste das Flintenrohr. Tschich-tschach-tschich-tschach, bewegte sich die Bürste hin und her, und in den schrägen roten Strahlen der Morgensonne sammelte sich am Rand des Wehrgangs eine bitter riechende Pulverrußwolke.

Auf halbem Wege zum Vortor verlangsamte Pall den Schritt und spuckte aufs Kopfsteinpflaster, ging einen Klafter weiter, kehrte um und spuckte noch mal auf dieselbe Stelle, als hätte er beim erstenmal sein Ziel verfehlt.

»Warum hast du da hingespuckt?«

»Ach, bloß so.«

»Na sag's schon!«

»Der Blutstein!«

»Wessen Blutstein?«

»Der vom Üxkyll.«

»Dummkopf! Der befindet sich im Alten Tor, das zugemauert ist.«

»Weiß ich. Durch den Turm daneben kann man ins Tor rein. Hab mich mal dort umgesehen. Dunkelrot. Und ein Kreuz ist drauf.«

»Warum hast du hier ausgespuckt, wenn er dort ist?«

»Bloß so … Hab ihn mir hergedacht.«

Sie traten durchs Vortor, überquerten den hohen Wall und erreichten über hallende Brücken einen Kiesweg, der zwischen Gärten und verschilften Teichen verlief. Vor etwa zwanzig Jahren hatten hier kleine Vorstadthäuser mit Höfen und Gartenland gestanden. Nachdem man die Katen, als wieder einmal Krieg zu drohen schien, trotz Gejammer und Widerstand hatte niederreißen lassen, legten die Kaufherren auf dem frei gewordenen Gelände ihre Gärten an. Zu den alten Apfelbäumen wurden prächtige Birn- und Kirschbäume gepflanzt, der Flieder sproß von allein, und als die Kriegsfurcht verflog, errichteten die Kaufherren auf den alten Grundmauern leichte Sommerhäuser. Solche durften dort gebaut werden, und man sah ihrer etliche in den knospengrünen Gärten; denn ihre Erbauer waren es, die alle Befehle und Verbote zum Schutz der Stadt erließen, und nicht die Grauen, die sich mit ihren neuen, inzwischen wieder baufällig gewordenen Katen in die Umgebung der Steinbrücke zurückgezogen hatten, wo die Wege von der Karri- und der Lehmpforte zusammenliefen und über den Hargenpescher Bach führten.

Dorthin wandten sich auch Pall und Märten, weil die Narvaer Landstraße, die nach links abbog und etwa zweihundert Schritt weiter zum Meer stieß, so zeitig im Frühling unpassierbar war. Die Straße mit Reisigbündeln zu befestigen war sinnlos. Bei Nordwind überschwemmte die Flut immer wieder den Weg am Meer und den Bruch dahinter. Es stimmte wohl, was die alten Leute erzählten: Vor langer Zeit, als drachenbäuchige Hansekoggen nur selten Reval aufsuchten und die einheimischen Schiffe leicht waren wie Möwen, leichter noch als jetzt die Kähne, hatte sich auf diesem Bruch der Hafen befunden. Aber das Land hob hier allmählich seinen breiten Nacken aus dem Meer, und die fremdländischen Schiffe wollten tief sitzen. So rückte der Hafen immer weiter von den Mauern ab, zunächst hinter die Kleine Strandpforte, wo heute die Fischerboote anlegten, und weiter zum ansteigenden Ufer beim Rosengarten, wo ein richtiges Bollwerk mit Schiffen zu sehen war.

Pall und Märten gingen über die Steinbrücke, unter deren beiden Bögen bedrohlich hoch das graue Frühjahrswasser strudelte. Nach den Häuseransammlungen in der Brückengegend passierten sie die Siechenvorstadt mit der Siechenkirche und den Stein- und Holzbauten des Siechenhauses (in jenem gesondert dastehenden Haus, dessen Bretterdach über dem hohen Zaun zu sehen war, lebten die letzten neunzehn Aussätzigen der Stadt). Vom Fluß hinter dem Siechenhaus trug der Morgenwind den penetranten Geruch der Gerberei heran sowie das leise Gestampf der Pulvermühle und das Gezeter des Pulvermeisters Jürgen. Er brüllte seine Arbeiter von früh bis spät an, und von ihm hieß es, würde er eine Handvoll Schießpulver an den Mund führen und anbrüllen, so finge es Feuer.

Hinter dem Siechenhaus wurde der Weg sehr schlecht, und wo er zum Laaksberg hin anstieg, hatten sie gegen den Sand, der vom Tauwasser unterspült war, hart anzukämpfen. Weiter oben, wo sich der Weg in die scharfe Kante des Glints schnitt, war er erst recht steil. Beiderseits rieselte aus den Kalksteinschichten grünliches, kältehauchendes Wasser. Rechts, hinter der Mühle und dem Kupferhammer, rauschte frühlingshaft der Wasserfall. An den überschwemmten Stellen hüpften Pall und Märten von Reisigbündel zu Reisigbündel, und an der steilsten Stelle schlängelte sich eine von Pferdehufen eingestampfte Rinne von einem Wegrand zum anderen, ähnlich dem Rückenstreifen einer riesigen Kreuzotter.

Oben am Laaksberghang wandten die beiden Burschen den Rücken zur Sonne und blickten zurück. Die Stadt dort unten sah geradezu mitleiderregend klein aus: rote Dachkrümel, ein Maulwurfshügel im grauen Mauerring. Und hier oben dehnte sich beängstigend weit ödes Land. Überhaupt, die Stadt zu verlassen und ländliche Weite aufzusuchen, empfand Pall fast als ein halsbrecherisches Wagnis. So selten er auch nach Kurgla ging – jedesmal beschlich ihn das gleiche Gefühl. Die vertrauten Mauern waren plötzlich nicht mehr da, über sich vermißte er die Wind-, Sonnen- und Regenschutz gewährenden Dächer und Hausecken, und statt der bekannten Gerüche – nach feuchtem Kalkstein, nach Abfall und Pferdeharn in den Straßen, nach Aborten und Rosen in den Höfen – atmete der Wind Wacholder- und Heidekrautdüfte, roch es nach Erde, heißer Frühlingssonne und kühlem Wasser ... Und dann die beklemmende Ferne. Gewiß entsprang dieses Gefühl dem Zusammenwirken gewohnter Vorstellungen mit der ungewohnten Weite. Irgendwo tief im Fleisch und Blut aller Grauen, auch wenn bereits deren Eltern oder Großeltern Städter gewesen waren, lebte ein Wissen, eine Ahnung, eine Erinnerung, daß es gefährlich war, aus der Stadt aufs Land zu gehen. Pall war Städter in der zweiten Generation, sein Vater hatte fast ein ganzes Menschenleben in der Stadt verbracht, und Pall selbst hatte das Licht der Welt in Fischermai erblickt. Aber auch sein Bewußtsein war beeinflußt von den Geschichten über das Schicksal seiner Großväter und Großmütter sowie von neueren und neuesten Erzählungen über Verwandte und anderes ländliches Volk, die immer dasselbe bestätigten: Alles Schlimme ereignete sich auf dem Lande. Menschen wurden aus ihrem Heim vertrieben – auf dem Lande. Menschen wurden verkauft (auch das kam seit einigen Generationen vor) – auf dem Lande. Menschen wurden in die Fremde an fremde Herrschaften verschenkt – auf dem Lande. Menschen wurden beim Würfeln verspielt – auf dem Lande. Menschen wurden gegen Reitpferde, Vorstehhunde und Dachshunde getauscht – auf dem Lande. Gewiß, an Landfreien vergriff sich der Adel nicht. Die Landfreien standen mit dem niederen Adel fast auf einer Stufe, aber wie viele waren es schon. Auf die Leibeigenen und Erbsklaven, zu denen die gesamte Sippe Palls und Siimons gehörte, warteten allerorts in oder vor den Gutsställen Prügelbänke, und mit Sicherheit hatten die meisten von ihnen darauf gelegen und sich die Lippen blutig gebissen.

Vom blaugrauen, frühlingsträchtigen Obersee stob der Schaum bis an den Wegrand, und der Lindastein stand bis zur Brust im Wasser. Unweit vom Ufer schleppten die Männer aus Mõigu mit drei Booten Kaulbarsch- und Barschnetze, und die bewegte Wasserwüste mutete mit den Booten darin noch größer an als ohne sie.

Weggehen konnte der Bauer nicht. Der Gutsherr ließ

es nicht zu, und wer sich erkühnte, das Verbot zu übertreten, wurde von überall her an seinen Herrn ausgeliefert; man verprügelte ihn, legte seine Füße in den Block und seine Hände in Schellen, deren Ketten in Kellerwände eingemauert waren. Von überall her wurde er ausgeliefert. Nur aus der Stadt nicht.

»Märten?«

»Mh?«

»Kommt dir auch die Stadt vertrauter vor als das Land?«

Märten überlegte eine Weile. »Nee … Nein.«

»Nanu? Nicht?«

»Nein. Ein Sperling ist auf dem Lande grau und in der Stadt auch. Er findet sein Korn in der Stadt wie auf dem Lande.«

Der Weg entfernte sich vom See. Über kargen, wacholderbewachsenen, von Huflattich gelb übersäten Grund wanderten sie auf die großen Moore und Wälder am Horizont zu. Dumpf hallte der Kalksteinboden unter ihren Tritten.

»Märten – woher stammt dein Vater?«

»Aus Reval.«

»Kam er denn nicht vom Lande?«

»Ich weiß nicht.«

»Was für eine Sprache sprach er?«

»Mit Mutter die Grauensprache. Soweit ich mich erinnern kann. Aber sonst wohl meist Schwedisch.«

»Hm. Er war Schiffer?«

»Ja.«

»Und hat alle Meere befahren?«

»Wahrscheinlich.«

»Kannst du dich an ihn erinnern?«

»Ein bißchen … An seinen Bart. An sein offenes Hemd. Und an die blaue Möwe.«

»?«

»Die war in seinem Halsausschnitt zu sehen, und ich bekam sie nicht von seiner Haut runter.«

»Ja, so was haben die Seeleute. An Brust und Armen. Hab's im Hafen gesehen. Und wo ist er umgekommen?«

»Mutter hat gesagt, in einer Hafenkneipe, bei einer Schlägerei. In der Stadt Kalle.«

»Wo ist das?«

»Ich weiß nicht. Mutter hat's auch nicht gewußt.«

»Hm. Und deine Mutter ist an der Pest gestorben?«

Märten nickte.

»Wie alt warst du damals?«

»Die Weiber im Waisenhaus behaupteten, sieben.«

Auf dem Kalksteinrücken mit den bläulichen Pfützen wuchsen nun Erlen mit graubraunen Kätzchen, und hier und da im Gestrüpp zeigten sich schwarze oder feuchtgrüne Feldstücke hinter hohen Lattenzäunen. Rechts und links der Straße tauchten einige Dörfer auf, bemoosten Maulwurfshügeln gleich. Die Burschen gingen durch den warmen Mistgeruch, der um die grauen Ställe des Ratsgutes wogte, und dann an dessen weiten Feldern vorbei. In der Ferne schritten vier Sämänner nebeneinander mit dem Wind, den Säkorb auf der Hüfte, und warfen unsichtbaren Hafersamen in kiesreiche Erde.

Links auf einem Hügel, in einem Bruchweiden- und Eichenhain, stand die St.-Jürgens-Kirche mit ihrem stumpfen Turm. Pall und Märten ließen sie hinter sich und kamen an einen Wasserlauf. Ein altersschwacher Steg ohne Geländer führte über den unverhofft wasserreichen dunklen Fluß; die Furt für Pferde mußte sich eine Viertelmeile stromabwärts befinden.

Pall betrat den Steg und blieb stehen. Die sieben rauchfahnengeschmückten Bauernhäuser des Dorfes Waschell hockten verstreut jenseits des Flusses inmitten von Feldstücken, Gestrüpp und Weideland. Das dritte von links, dem Ufer am nächsten gelegen, sah genau wie die anderen aus: ein überlanges Gebäude, dessen Traufen nahezu die Erde berührten, zwei winzige Fenster, die es fast blind erscheinen ließen, und ein strohgedecktes Walmdach, aus dessen eingesunkenem First die Dachsparren hervorschauten. Das war beileibe kein Gut, sondern ein gewöhnliches Hakengehöft. Aber am Stubenende erhob sich zwischen den Sparren über dem

Dachfirst ein gewaltiger Schornstein. Das war der einzige Bauernhofschornstein, den Pall je gesehen hatte, und überhaupt der einzige in Nordwestharrien. Siimon hatte Pall die Geschichte des Schornsteins ein paarmal erzählt, als sie zusammen nach Kurgla gegangen waren. Begonnen hatte die wunderbare Geschichte vor fünfzig Jahren. Und zwar damit, daß Juhan vom Matsi-Hof, ein gewöhnlicher Bengel wie alle anderen auch – vielleicht ein wenig aufgeweckter, wer weiß –, dank der Unterstützung seiner Verwandten, die in der Stadt bei Kaufleuten als Knechte dienten, in die Olaischule aufgenommen worden war. Er hatte sie abgeschlossen und es so weit gebracht, daß er auf Ratskosten in Deutschland studieren durfte. All das war noch in der finsteren Zeit der Papstlehre geschehen. Aber in Deutschland hatte er, wie es hieß, aus Lutherus' eigenem Munde die neue, geläuterte Wahrheit vernommen. Jedenfalls war er nach seiner Rückkehr in ebenjener St.-Jürgens-Kirche der erste Verkünder der neuen Lehre gewesen, das ganze östliche Harrien hatte seinen Predigten gelauscht, und er war mit den papistisch gesinnten Edelleuten heftig aneinandergeraten. Diesen Schornstein hatte er auf Matsi, dem elterlichen Gehöft, errichten lassen, damit seinem Vater, dem alten Juhan, und seinem Weib die Augen nicht mehr vom Rauch tränten, sondern höchstens noch vor Freude, wenn sie schon mal weinen wollten. Fünfundzwanzig Jahre hatte der Herr Kuun, wie er jetzt genannt wurde, auf seiner Kanzel dem Druck der Gutsherren standgehalten, bis er gehen mußte. Längst ruhte der alte Juhan mitsamt seinem Weib unter den Bruchweiden des Kirchhofs, und es hieß, auch Herr Kuun weile schon einige Jahre bei seinem Herrgott. Aber der Schornstein auf Matsi stand immer noch! Auch jetzt rauchte er, und sein zerzauster Rauch segelte mit dem Wind südwestwärts über den Fluß und das Gestrüpp.

»Na, du wagst dich wohl nicht weiter?« fragte Märten hinter Palls Rücken.

»Ich?« versetzte Pall. »Unsinn! Ich habe bloß ...« Er schob seinen Proviantsack mitten auf den Rücken, um sein Gleichgewicht zu wahren, und trat auf den Steg.

Der Fluß dort unten ähnelte einer riesigen blaugrauen Schafherde, die trappelnd dahineilte. Je genauer Pall hinschaute, um so tiefer sank die Herde, um so zahlreicher wurde sie. Zwischen den grauen tauchten hin und wieder schwarze und weiße Schafe auf. Hinter den Stegpfählen scharten sich die weißen und leckten an den Pfählen, bis die grauen sie überfluteten. Hier und da sah man in der Flut der zottigen Rücken einen Streifen braunes oder grünes Gras. Und wo die Sonne die wolligen Nacken berührte, blinkte die Wolle für einen Moment auf ... Oder war es ein Menschenstrom? Eine gewaltige graue Menge? Und in der grauen Menge die schwarzen Röcke der Herrschaften, die braunen der Landsknechte und die grünen Federbüschel an deren Hüten. Und die flatternden weißen Gewänder der Ordensherren auf sich bäumenden Rossen inmitten der Volksmenge und die glitzernden Sonnenstrahlen auf ihren Harnischen ... Und über der endlosen grauen Flut – ein wundersames Schreiten, ein wundersamer flügelloser Flug von einem Ufer zum anderen?

Pall war derart vertieft in seinen Wachtraum, daß er fast sein Gleichgewicht verlor, als er den Blick hob, in die Wirklichkeit zurückkehrte und gewahrte, daß es bis zum Ufer noch zehn Klafter waren. Der Schreck prallte jedoch gegen den gußeisernen Panzer seines Selbstvertrauens – er streckte die Arme nach beiden Seiten aus, beschleunigte den Schritt, kam wieder ins Gleichgewicht und erreichte glücklich das andere Ufer. Märten, der ihm mit kleinen, ruhigen, konzentrierten Schritten gefolgt war, zog erst jenseits des Flusses beim Weitergehen mit gleichgültiger Miene die Hände aus dem Hosenbund.

Nachdem die Burschen die beiden Bauernhöfe des Jänese-Dorfes passiert hatten, bogen sie nach links auf einen Fußpfad, an den sich Pall noch sehr genau erinnern konnte. Dieser führte vorerst durch rotbraunes, teils katzengraues oder knospengrünes Erlengestrüpp und danach über öde Brüche, wo die ohnehin nassen Schuhe der Wanderer endgültig durchweichten, so daß sie sie schließlich mitsamt den Strümpfen auszogen und an den Senkeln über die Schultern warfen. Bald rückten die krüppligen Birken und kränkelnden Fichten zu weichbodigem Dickicht zusammen, und der Pfad schlängelte sich am Waldrain nach Nordost, während sich im Nordwesten flache bräunliche Moossümpfe entrollten.

Sie hatten eine gute Strecke schweigend zurückgelegt, als Pall plötzlich wie versteinert stehenblieb. Er wies nach vorn und flüsterte: »Grauröcke!« Als Märten ihn einholte, sah auch er: Zwanzig Schritt vor ihnen standen zwei frühlingszottige Wölfe auf dem Pfad. Der Rüde war sehr groß, die Wölfin ein wenig kleiner. Das Hinterteil mit dem eingezogenen Schwanz hatten beide dem Gebüsch zugekehrt, die Zähne waren gebleckt, vier grüne Lichter starrten die Wanderer an. Es war klar: Irgendwo in der Nähe befanden sich ihre Welpen.

»Gehen wir zurück«, flüsterte Märten. »Den großen Weg entlang, durchs Gut.«

Natürlich wäre es das vernünftigste gewesen: Im Frühling, wenn es gilt, das Geheck zu verteidigen, ist ein hungriger Wolf noch wütender als im Winter. Trotzdem ging der Gedanke, er müsse zurückweichen, den Grauröcken den Rücken zukehren und die Flucht ergreifen, Pall gegen den Strich. Zumal er nicht recht glauben mochte, daß diese zwei stummen grauen Schemen ihm knurrend und zähnefletschend an die Kehle springen könnten, obwohl er Furcht und Spannung in den Knien spürte. Das kam vielleicht in Waldgeschichten von früher vor, das konnte gestern, morgen, anderswo und mit anderen geschehen – aber doch nicht mit ihm, nicht jetzt und hier … Er gab Märten mit der Linken zu verstehen, er solle schweigen, und zerrte mit der Rechten aus dem Hosenbund ein kurzes, breitschneidiges Messer. Märten neben ihm tat das gleiche. Dennoch hätte es Pall wahrscheinlich nicht fertiggebracht vorzutreten, wenn sich nicht in seinem vor Schreck zwar gedankenleeren, doch fieberhaft arbeitenden Kopf ein seltsamer Trotz festgesetzt hätte: Weichst du jetzt zurück, tust du es dein Leben lang!

»Hurrja-jah!« brüllte Pall, was das Zeug hielt. Die Schemen schnellten wie von einem Windstoß ergriffen hoch und landeten drei Ellen weiter. Pall nahm das Messer zwischen die Zähne und klatschte in die Hände. Es klang, als schlüge man zwei Bretter gegeneinander. Die Wölfe rührten sich nicht. »Hurrja-jah!« brüllte Pall erneut, und Märten echote in einer höheren Tonart. Die Wölfe beeindruckte das nicht. Pall trat, das Messer in Brusthöhe fest in der Hand, vier Schritte auf sie zu. Die Tiere wichen nicht vom Fleck. Pall atmete mit voller Lunge ein, daß es richtig weh tat, und schritt weiter. Dabei schrie er laut die Worte des Doktor Lutherus, die der verblichene Susi-Hans in die Grauensprache übersetzt hatte und die sie alle zwei Sonntage in der Kirche sangen:

»Und wenn die Welt voll Teufel wär
und wollt uns gar verschlingen,
so fürchten wir uns nicht so sehr ...«

»Nicht so sehr ...«, echote Märten mit einiger Verspätung. Pall wußte plötzlich nicht, ob er rufen durfte: Es muß uns doch gelingen! oder ob er damit Gott herausforderte. Er verstummte und blieb stehen, fünf Schritt von den Wölfen entfernt. Die Wölfe standen ebenfalls still. Ihre grünen Lichter blickten starr, ihre Schnauzen waren gekraust, die Zähne gebleckt ... Zum Kuckuck – könnte er sich nur an Großvaters Wolfsspruch erinnern! Wie lautete er bloß? Irgendwo im hintersten Winkel seines leeren Gedankenraumes kreisten merkwürdige Wörter wie Eichhörnchen im Rad: gelingen – apostata – susi – gelingen – apostata – susi ... Ihm war, als sträubten sich die Haare im Nacken des Rüden noch mehr, als werde der Wolf gleich springen.

Da brüllte Märten an seiner Schulter: »Den Wölfen hui, den Teufeln pfui!«, und Pall stimmte ein. Sie schrien: »Hebe dich von mir, Teufel! Du siehst mich nicht, ich sehe dich nicht!« und schritten, mit den Armen fuchtelnd, die Messer in der Hand, auf die Wölfe zu. Als sie sie fast erreicht hatten – Pall meinte den heißen Atem der Tiere im Gesicht zu spüren –, wichen die Wölfe lautlos einige Schritte zurück, und die Burschen gingen, seitlich tretend, an ihnen vorbei. Nach zwanzig Schritten im Rückwärtsgang hörten sie auf zu schreien. Nach dreißig Schritten kehrten sie den Wölfen den Rükken, schüttelten sich – »Uff, so eine Höllenbrut ...!« – und gingen wortlos weiter, schweißbedeckt vor Aufregung und freudig bewegt von ihrer wunderbaren Rettung.

Erst als sie eine gute Strecke zurückgelegt hatten, sagte Pall: »Der Zauberspruch meines Großvaters ist dir eher eingefallen als mir.«

»Bei dir liegt er unter einer Schicht Latein«, sagte Märten, und Pall wußte nicht, ob das Wertschätzung oder Spott sein sollte. Oder beides.

Trotzdem fühlte er sich beschwingt. Nicht, daß er nun glaubte, für immer gegen Rückzüge gefeit zu sein, aber sollten sie jetzt wieder auf Wölfe stoßen, so ...

Märten sagte, als hätte er Palls Gedanken erraten: »Wenn wir wieder auf Wölfe stoßen«, er spuckte sich dreimal über die Schulter, »rückst du ihnen wohl genauso auf den Pelz.«

»Narr!« brummte Pall, erstaunt und verlegen, weil der Freund ihn derart durchschaut hatte. Aber seine Mundwinkel hoben sich ganz von selbst zu einem Lächeln.

Die Sonne stand hoch im Süden, als die Wanderer über dem niedrigen Wald die Fichte des Kurgla-Hofes erblickten und an den Lattenzäunen vorbeigingen, die Ohm Jakobs frischbestellte Felder umgaben.

»Was hat hier wem den Namen gegeben«, fragte Märten, »das Gehöft dem Dorf oder das Dorf dem Gehöft?«

»Im vergangenen Sommer, da lebte Großvater noch, hat er mir erzählt, sein Großvater ist vor dem bösen Soie, vom Gutshof Maardu, hierher in die Wildnis geflohen, auf die Ländereien der Mönche. Die Mönche haben die Sache mit dem Soie irgendwie bereinigt, und er hat hier seinen Hof gegründet – ringsum Storchmoore. Erst hieß das Gehöft Kurkila, später nannten sie es Kurgla. Wo die anderen Bauern hergekommen sind und wie, das weiß ich nicht. Und viele Gehöfte sind's ja auch nicht, Alt- und Neu-Pärtli, Küti, Jaagu – insgesamt fünf Rauchfahnen.«

Die Burschen hatten sich noch nicht einmal richtig umgeschaut – Märten gewahrte nur das lange Gebäude, den kleinen Stall, die Sommerküche und den steinernen Brunnen –, als aus dem Schatten des weit überhängenden Strohdaches, wo die Tennentür dunkelte, ein Mädchen auf den Hof lief. Sie kam aus der Dämmerung ins helle Sonnenlicht und hob die Hand, um die Augen zu schützen. In der anderen Hand trug sie einen hölzernen Kübel oder Melkeimer, offenbar eilte sie zum Brunnen. Plötzlich erblickte sie die Ankömmlinge, blieb mit einem Ruck stehen, rief: »Herrgott! Gutsleute!« und rannte zurück in die Tenne. Pall hatte von ihr nur einen grauen Rock, einen weißblonden Zopf und stramme sonnengebräunte Waden gesehen.

In der Tenne stöhnte eine Kuh, an der Tür erschien Muhme Kati. Sie trug Arbeitszeug, hatte die Ärmel hochgekrempelt und sah aufgeregt aus. Der Anblick der Gäste erfreute sie sichtlich.

»Ah, die Stadtherrschaften sind da! Tag denn auch! Dachte schon, ihr habt uns vergessen ...« Sie rief zur Tenne hin: »Epp, Närrchen! Das ist doch der Stadt-Pall mit seinem Freund. Hol mal schnell Wasser!« Und zu den Burschen: »Wir haben die Epp von Neu-Pärtli hier. Unsere Küüt hat gekalbt, war schon längst fällig – ein schönes schwarzgschecktes Färsenkalb. Aber zu so ungelegener Zeit, kein einziges Mannsbild zu Hause ... Die sind alle weg nach Lammassaar, Neuland roden ...«

»Wozu braucht ihr denn dabei Mannsbilder?« fragte Pall. Da trat Epp mit ihrem Kübel wieder auf den Hof. Bevor sie zum Brunnen abbog, sah Pall in ihrem kleinen geröteten Gesicht hellgraue Augen aufblitzen, nahm ein Nicken wahr, das wohl eine Begrüßung sein sollte, dann wieder den Zopf und die hübsch gerundeten braunen Waden, die der Rocksaum nur bis dahin verhüllte, wo sie zur Kniekehle hin schmaler wurden. Er hörte bloß halb, was Muhme Kati stammelte: »N-nein ... Ihr könnt doch nicht ...« Erst als Epp den vollen Eimer ohne jegliche Mühe aus dem Brunnen zog und gesenkten Blickes zur Tenne ging, fragte Pall: »Was ist's denn, womit du und Epp nicht fertig werdet?«

»Ja, sieh mal ...«, begann die Muhme unschlüssig.

»So sag es doch.«

»Ich weiß nicht ... Vielleicht ...«

»Na was denn?«

»Also, es war eben ein Färsenkalb ...«

»Na und?«

»Im nächsten Jahr möcht ich ein Ochsenkälbchen haben ...«

»Und welcher Zauber soll dazu verhelfen?«

»Wenn ich die Beestmilch der Küüt aufs Feuer setze, muß ein Mannsbild auf den Ofen und ...«

»Und was soll er dort tun?«

Die Muhme schaute Pall durch eine graumelierte Haarsträhne an, blickte zur Seite und bekreuzigte sich.

»Brummen wie ein Bulle ...«

»Und das hilft?«

»Freilich.«

»Hast du die Beestmilch schon aufgesetzt?«

»Noch nicht. Aber Feuer hab ich gemacht.«

»Setz den Topf aufs Feuer. Diesen Spaß kannst du sofort haben.«

»Wirklich?« Die Muhme klatschte in die Hände.

»Warum nicht! Eine Kuh ist ein löbliches Vieh, aber ein Ochs ist eben ein Ochs. Wart nur, Märten und ich steigen beide rauf und erbrüllen dir Zwillingsbullen!«

»Nein! Das dürft ihr nicht. Dann werden's Mißgeburten!«

Die Schafpelze waren vom unebenen Ofen auf die Schlafbänke heruntergeholt, denn es war bereits so weit Frühling, daß man nicht mehr oben schlief. Der höckerige Ofen an Palls Brust und Bauch fühlte sich hart und kühl an wie ein gewaltiger Steinblock. Ein gewaltiger Steinblock in einer seltsamen, dämmrigen Höhle. Unten im Steinblock knisterte Feuer, an seiner rußigen Vorderwand zog blaugrauer Qualm zu den Riegenlatten hoch, und durch diesen Erlenreisigrauch stieg der süße Duft gebackener Beestmilch Pall in die Nase. Die Außentür und das Rauchloch standen offen. Aus den Herdlöchern ragten in den Dämmer zwei Lichtbündel, von der Tür herein ein breiter Lichtkegel. Der Rauch wogte langsam durch das Licht, was den Anschein erweckte, als lägen die Lichtstrahlen in steigender Wasserflut. Im Halbdunkel sah Pall einen drei Spannen hohen Tisch, dessen eines Ende in die Wand eingelassen war, während das andere auf Beinen ruhte, die im Estrich staken. Weiter standen da merkwürdige dreibeinige Hocker, aus verkrüppelten Baumstämmen gehauen, wunderlichen, plattgedrückten Tieren ähnlich, von denen einige ihren Vorderleib hochreckten und sich im Flackern des Herdfeuers zu bewegen schienen. Dann sah Pall, wie vom Loch über der Tür, die zur Tenne führte, ein rußiger Fetzen weggerissen wurde. In der Riegenstube war nun deutlich das leise Muhen einer Kuh, eines Kalbes oder beider zu hören, und das bedeutete für Pall das Zeichen. Er preßte beide Handflächen und den Bauch fest an den Ofen, als verschmelze er mit dem höckerigen Steinhaufen, und hob das Kinn in die Luft. So, fertig. Er schluckte das Gemisch von Aberglauben, Zweifel und sündigem Beben mitsamt dem Lehm- und Rußstaub runter und brüllte laut: »Mhüüüüch! Mhüüööch! Mhüü-öö-öch!«

Obwohl er insgeheim schmunzelte, obwohl er Angst vor Hexerei empfand sowie eine gewisse Sorge, was wohl Epp von seinem Kälberstreich halten könnte, spürte er: Der gewaltige Feldsteinofen brummte kaum merklich mit und mit ihm das ganze höhlenähnliche Haus und der Boden darunter. Er begriff, daß er sich an diesen Augenblick zeit seines Lebens erinnern würde. Er wußte es schon, ehe er das eindringliche Muhen der Kuh vernahm. Diese unmittelbare Antwort auf sein Brüllen erschreckte ihn geradezu, weil sie zu bestätigen schien, daß er die Schwelle zur Magie überschritten hatte.

Pall säuberte gerade draußen vor der Riegentür seinen Rock vom Ofenschmutz, als Ohm Jakob und sein Sohn Jürgen auf den Hof ritten. In seinem hedenen Arbeitsrock, seiner riemenumschnürten Hose, mit dem pilzähnlichen, zottigen Hut auf dem Kopf wirkte er viel älter als Siimon, obwohl er dessen jüngerer Bruder, ja gar an die zehn Jahre jünger war. Ansonsten glichen sie einander sehr, nur war Jakob beweglicher und schmaler, wodurch seine Sehnigkeit noch mehr ins Auge fiel. Auch Pall unterschied sich von Jürgen lediglich durch einen gewissen städtischen Zug, der ihm bereits anhaftete. Das Gesicht des Vetters war wetterhart und braungebrannt, seine Stimme rauher als Palls, die einen immerhin spürbaren Schliff im Chor- und Choralgesang erhalten hatte. Und verglichen mit Jürgens Hedezeug, stammte das verschlissene hausgewebte Tuch von Palls und Märtens Kleidung aus einer völlig anderen Welt. Als aber Pall nach diesem halbbewußten, flüchtigen Vergleich Jürgen die Hand zum Gruß reichte, fühlte er verschämt und zugleich freudig, daß ihre Fäuste gleich stark und hart waren und daß sie zusammengehörten.

»Wieso seid ihr so schnell zurück?« fragte Muhme Kati verwundert.

Ohm Jakob erklärte. Am Morgen waren sie mit den Knechten zu viert nach Lammassaar aufgebrochen. Unterwegs hatten sie den Küti-Jaan getroffen und von ihm erfahren, gestern sei Herr Antonius aus dem Kloster aufs Gut gekommen. Daraufhin seien sie nach Lammassaar geeilt, hätten einen Teil des Reisigs zusammengetragen und kleinere Bäume aufs Neuland gerollt. Jakob habe sofort beschlossen, mittags heimzukehren und aufs Gut zu reiten: Er wollte unbedingt mit Herrn Antonius sprechen.

Die Muhme meinte besorgt: »Tu's lieber nicht ... Es wird ja doch nichts nützen, der Herr Verwalter setzt dir dann nur noch härter zu. Wirst noch auf die Leiter gespannt und kriegst Prügel. Das fehlte gerade noch …«

Eigentlich enthielten Muhme Katis Worte für Pall nichts Neues. All das war ihm längst bekannt: auf die Leiter spannen, auf die Bank werfen, an den Pranger stellen … prügeln … Aber jetzt, wo das – vorerst bloß als Schatten einer Möglichkeit – plötzlich diesem ihm so wohlvertrauten Mann bevorstehen konnte, der sich keine drei Ellen von ihm entfernt befand, jetzt überkam Pall das Gefühl, hinter dem Hofrasen und den wettergegerbten Gesichtern, hinter dem Schweinestall, dem Gras, der Erde und dem Rauchgeruch öffne sich ein Abgrund und er blicke hinab … Wie weiland aus der Luke des Olaiturmes.

»Ich spreche trotzdem mit ihm!« sagte Jakob fast wütend. Dann erläuterte er Pall und Märten: »Der neue Verwalter verlangt, wir sollen unsere Buttervierer an ihn verkaufen und unser bißchen Eisen bei ihm erstehen. Aber diese Dinge hat Kurgla stets in der Stadt verkauft und gekauft.«

»Was hat das schon …«, setzte die Muhme an.

»Das ist unser Recht!« preßte Jakob durch die Zähne.

»Nun ja, in diesem Fall stimmt's«, mußte Muhme Kati zugeben, fügte aber leise hinzu: »In Lammassaar Neuland urbar zu machen, dazu habt ihr keins.«

»So?« rief Jakob heftig, winkte verärgert ab und befahl Jürgen, Sättel zu holen.

Muhme Kati machte den letzten Versuch.

»Warum mußt gerade du es sein, der sich für das ganze Dorf die Karbatsche verdient? Und warum schleppst du Jürgen mit?«

»Genug!« sagte Jakob und folgte Jürgen in den Stall, um den Reden ein Ende zu machen.

Auch die Muhme winkte ab und eilte zurück in die Riege. Pall und Märten schauten einander an. Pall merkte an Märtens Blick – sie dachten beide das gleiche: Blöd, so von außen dem Tun und den Sorgen anderer Leute zuzusehen. Recht ernsten Sorgen, wie's schien. Ein bißchen rumbummeln wäre besser. Pfeifen »Ick bin ein lifflendisch buer, dat leven wird mir suer«. Sich nach dieser Epp umgucken. Oder ob man doch lieber schaut, wie die Dinge auf dem Gut laufen? Scheint wirklich gefährlich zu sein. Am vernünftigsten wär's, sich rauszuhalten. Warum wohl Epps Wangen vorhin so glühten? Ob Herr Antonius unsere Sprache kann? Wie wird Ohm Jakob mit ihm …

Jakob und Jürgen traten aus dem Stall auf den Hof, Jakob trug zwei Sättel, sein Sohn zwei Sattelsäcke mit Stroh. Der Oheim blieb stehen und blickte Pall an, als wolle er etwas sagen, legte aber die Sättel auf den Boden und machte sich daran, den Pferden die Strohsäcke auf den Rücken zu binden.

Am vernünftigsten wär's, ich halt mich raus. Was für ein Kerl der neue Verwalter sein mag? Wahrscheinlich ein Scheusal. Aber wer weiß, vielleicht …

»Ohm Jakob, hast du einen Klepper für mich?«

»Wozu?«

»Ich möchte mit aufs Gut reiten.«

Die Bartstoppeln in Ohm Jakobs Mundwinkeln erhellten sich für einen Augenblick, und Pall begriff: Der Oheim hatte es ihm vorschlagen wollen, sich jedoch nicht getraut.

»Warte hier«, sagte Pall zu Märten. »Oder … Ohm, hast du noch ein viertes Pferd?«

»Allerdings. Aber das ist seit dem frühen Morgen auf dem Gutshof.«

»Laßt gut sein. Es wird ja nicht ewig dauern«, fügte sich Märten. »Ich schnüffle hier in Gottes Natur rum.«

Jürgen holte einen schönen Grauschimmel von der Koppel und Jakob einen dritten Sattel aus dem Stall. Rasch löste der Alte die Steigbügel aus Birkenruten von den Sätteln und ersetzte sie durch Eisenbügel, die er aus dem Stall mitgebracht hatte. Dann verschwanden er und Jürgen im Haus, und als sie wieder zum Vorschein kamen, trugen sie zwar dieselben hedenen Hosen, jedoch nach Rauch und Kerzen duftende Sonntagsröcke aus grobem Tuch, und Jakob hatte gar seinen Kirchgangshut auf.

Durch die Pforte reitend, schaute Pall zurück und sah in der dunklen Türöffnung der Riegenstube unter der zerzausten Strohtraufe Epps rote Wangen und helle Augen.

Sie ritten zwischen Feldern, eine mit Hufspuren übersäte Trift entlang, dann eine Weide zum Fluß hinab. Pall trieb sein Pferd zu Ohm Jakobs Apfelschimmel und fragte: »Wie steht es hier bei euch eigentlich?«

Jakob ließ die Zügel locker auf den Sattel fallen, so daß dazwischen die Jahreszahl zu sehen war, die Pall dort im vergangenen Sommer eingebrannt hatte: 1556.

»Na ... Einen besonderen Grund zum Murren haben wir nicht.«

»So?«

»Als wir noch beim Herrn Vegesack verpfändet waren, wollte der, alles soll bergan gehen, aber mit den Häkern ging's nur bergab. Später lösten die Mönche erstaunlicherweise das Pfand ein und übernahmen das Gut wieder selbst. Das ist schon über zehn Jahre her, und seitdem ist's nicht ganz so schlimm.«

»Wie hoch sind zum Beispiel deine Abgaben?«

»Na, ich muß den Knecht mit Pferd und Wagen aufs Gut schicken.«

»Wieviel Tage im Jahr?«

»Zweihundert.«

»Oho!«

»Aber ich hab ja auch fast zwei Haken Land.«

»Na gut ... Wenn du außer den zweihundert Tagen nichts zu leisten hast, geht's ja noch irgendwie.«

»Doch, da ist eben mehr ...«

»Was denn?«

»Getreide natürlich.«

»Wieviel?«

»Zwanzig Scheffel.«

Pall stieß einen Pfiff aus. Aber Ohm Jakob sagte: »Laß das Pfeifen. Auf Kiviloo verlangt der Herr Bischof für zwei Haken Land dreißig. Und auf den Adelsgütern werden mancherorts sogar vierzig gefordert.«

»Aber die zwanzig Scheffel sind dann auch alles?«

»Nein, wo denkst du hin ...«

»Was mußt du denn noch liefern?«

»Na, Kalbs- und Fohlenschillinge – zwei für ein Kalb und drei für ein Fohlen. Und den Schafszehnt, und ...«

»Jedes zehnte Schaf?«

»Jedes siebte.«

»Wieso denn Zehnt, wenn es jedes siebte ist?«

»Na ja. Aber auf Anija und Vaase wird jedes sechste abgeliefert. Also ...«

»Das ist jetzt alles?«

»Na, dann noch zweimal jährlich ein Anteil Fleisch und Eier und einige Hühner. Und eine halbe Mark Trinkgeld je Haken Land und Metschillinge. Und jedes Jahr zwölf Faden Holz, das der Verwalter in Reval an den Mann bringt, und vier Faden fürs Gut und drei Balken und zehn Zaunpfähle. Und drei Faß Kohlen für die Schmiede. Dazu noch Heu – je Haken ein Fuder. Und zehn Bündel Stroh. Und ein Pfund Leinengarn und zwei Pfund Hopfen und ein Pfund Honig und ein Bund Hanf.«

Pall pfiff aufs neue.

»Du pfeifst. Aber auf den Adelsgütern ist alles dreimal so schlimm. Und die Geldabgaben sind auch höher.«

»Geld mußt du auch noch zahlen?«

»Gewiß doch. Landgeld und Rauchgeld. Und Taufgeld und Hofgeld. Und sechs Schilling jährlich pro Knecht.«

»Auch für den, der auf dem Gut arbeitet?«

»Versteht sich.«

»Dazu kommt Geschenkgeld für den Kaplan, den Marschall und den Koch. Und außerdem der Kirchenzehnt«, sprach Jürgen hinter ihrem Rücken.

»Wieviel macht das denn alles in allem?«

»Gute fünfundzwanzig Mark jährlich.«

»Der Preis von fünf Ochsen?«

»Nun ja.«

Die Pferde durchwateten, mit den Ohren spielend, die Furt, wo ihnen das Wasser bis zum Bauch reichte.

Pall war auf seinem Grauschimmel so tief in Gedanken versunken, daß seine Schuhe und Strümpfe, die er sich inzwischen wieder angezogen hatte, im eiskalten Wasser klitschnaß wurden, bevor er darauf kam, die Füße hochzunehmen.

Als die triefenden Pferde mit zuckender Haut ihren Weg am anderen Ufer fortsetzten, fragte er: »Und was, wenn du den Fronarbeiter nicht aufs Gut schickst?«

»Da setzt es für den ersten Tag zehn Schilling Strafe, für den zweiten zwanzig. Für den dritten muß der Bauer aufs Gut und die Hosen runter.«

»Und all das findest du gar nicht so schlimm?«

»Auf den meisten anderen Gütern ist's schlimmer.«

»Worüber willst du dich denn jetzt beschweren?«

»Der Herr Hasse, der seit dem letzten Herbst unser Verwalter ist, möchte alles zum Schlimmeren wenden. Ganz als wenn unser Gut einem Edelherrn gehörte. Seit dem Herbst geht's allmählich abwärts. Aber das mit dem Kauf und Verkauf ist der erste harte Schlag. Er bietet uns für unser Zeug nur halb soviel, wie wir in der Stadt bekommen. Und für ein Pflugschar fordert er zwanzig Schilling. Aber Kimmelpenning in der Stadt nimmt zwölf. Und wenn wir uns jetzt der Gewalt fügen, macht der Herr Hasse uns das Leben bald zur Hölle.«

»Du meinst, dieser Klosterbruder, der Antonius, wird die Bauern gegen den Verwalter in Schutz nehmen?«

»Das wird sich zeigen.«

Die Strohdächer der beiden Gutsställe waren an mehreren Stellen schadhaft, und die Stalltüren hingen lose in den Angeln. Die Männer aus Kurgla ritten am schmutzigen Ufer eines Karauschenteiches vorbei – gegen Sommer würde ihn gewiß unberührter hellgrüner Entenflott überziehen – und dann an einem Obstgarten, wo etwa zwei Dutzend Bäume mit verkümmerten Knospen schon längst des Schnittes harrten. An der Pforte zum Verwalterhof trat ihnen ein langer Lulatsch mit unstetem Blick und vorgebeugtem Körper entgegen.

»Nein, der Herr Verwalter sieht auf dem Feld nach der Hafersaat. Jawohl – Herr Antonius ist auf dem Gut. Im Verwalterhaus. Im Schreibzimmer des Herrn Verwalters. Natürlich empfängt er. Warum sollte er nicht empfangen.«

Der Bursche verdrückte sich, und die Männer aus Kurgla banden ihre Pferde an Zaunpfähle und schritten zum niedrigen Verwalterhaus mit dem Schindeldach und den Butzenscheiben.

»Warte hier. Pall und ich gehen allein«, sagte Ohm Jakob zu Jürgen. Pall sah den Oheim bereits auf dem Hof den Hut absetzen.

»Kennst du diesen Herrn Antonius?« fragte er leise, während sie durch einen halbdunklen Flur schritten.

»Hab mal mit ihm gesprochen, so vor drei oder vier Jahren«, brummelte Jakob.

Das Schreibzimmer des Herrn Hasse war ein niedriger Raum, dessen Fenster zu einem kleinen Garten ging. Neben dem Fenster an der Wand stand ein Schreibpult, daneben hingen an der nackten Balkenwand einige längliche Rechnungsbücher in schmierigen Ledereinbänden und mehrere Dutzend gestrichelte Rechenstäbe von verschiedener Länge. Am offenen Fenster standen ein plumpes, aus Fichtenholz gezimmertes Sofa, davor einige Hocker und ein kleiner runder Tisch. Herr Antonius ruhte auf dem Sofa. Sein weißes, nicht gerade neues Zisterziensergewand stand am geröteten Hals offen, die weiten Ärmel fielen zurück und entblößten seine rötlich behaarten Arme bis zu den Ellenbogen. In der Hand hielt er ein winziges weißes, in Pergament gebundenes Buch. Er war ungefähr vierzig Jahre alt, weder dick noch mager, und sein völlig bartloses, gleichmäßig gerötetes Gesicht und sein Kopf mit dem geschorenen roten Haarkranz und der rosa Tonsur hätten den schlangenhaft gefährlichen Eindruck, den er machte, vollendet, wären seine blitzenden grauen Bubenaugen nicht gewesen.

Nachdem Pall und Jakob angeklopft hatten und hereingerufen worden waren, sagte Herr Antonius seufzend: »Schon wieder welche ...« Und zu einem jungen Mann mit Pusteln im Gesicht, der am Fußende des Sofas stand: »Frag die Kerle, was sie wollen.« Dabei legte er das winzige weiße Buch auf den Tisch, wo Pall eine große vierkantige grüne Flasche und einen grünen Glasbecher sah. Die Flasche war halb leer.

»Was wollt ihr?« fragte der Dolmetscher.

Pall staunte, wie knapp und klar Ohm Jakob darauf zu antworten wußte. Und wie sachlich er hinzufügte: »Das Gut, das heißt das Kloster, erhält nichts davon. Aber in die Tasche des Herrn Verwalters fließt es reichlich. Und den Bauersleuten fügt es großen Schaden zu und schürt ihren Haß. Denn wir haben seit Menschengedenken das Recht gehabt, unsere Überschüsse nach Belieben in der Stadt zu verkaufen und alles Notwendige dort zu kaufen.«

Nachdem der Dolmetsch seine ziemlich unklare und zusammenhanglose Übersetzung beendet hatte, reckte Herr Antonius seinen roten Schildkrötenhals aus dem Gewand und fragte verdrossen, jedoch mit sichtlichem Interesse: »Ja, worum handelt es sich überhaupt?«

Pall fiel auf, daß er nicht »überhaupt« sagte wie ein echter Deutscher oder Katersasse, sondern »iberhaupt«. Also mußte er seiner Nationalität nach entweder Lette oder Pole oder sonstwer sein. Der Dolmetsch wollte Ohm Jakobs Worte erläutern, aber Pall sah, es war höchste Zeit einzugreifen. Er sagte: »Hochweiser Herr Pater, gestattet, daß ich ...«

Herr Antonius riß die Augen auf und ließ seinen Fuß, der in einer Wollsocke und ledernen Sandale steckte, vom Sofa auf den Boden gleiten.

»Wer seid Ihr?« Er blickte Pall zum erstenmal aufmerksam an.

»Ich bin der Dolmetsch dieses Bauern.«

Herr Antonius richtete sich auf, stellte auch den anderen Fuß auf den Boden, schaute die Männer aus Kurgla forschend an und fragte, wobei seine Oberlippe lächelte und die weißen Zähne blitzten: »Und wo ist sein Knappe? Und sein Stallbursche? Und sein Diener?«

Pall überlegte, was derartiges Gerede bedeuten sollte, und erkannte es als Frotzelei eines Angeheiterten. Er erwog, ob er auf den Spaß eingehen sollte, verzichtete jedoch darauf – wer mochte wissen, wie der Pater es aufnahm – und sagte schlicht: »Vorläufig ist nur der Dolmetsch da. Und dies ist das Anliegen, welches er Eurer Weisheit zu Gehör bringen soll.« Und er legte in klaren Sätzen Ohm Jakobs Beschwerde dar.

»Ist gut. Ich sage Hasse, er soll es in den Dörfern von Rasik beim alten belassen«, sprach Herr Antonius und gähnte leicht. »Genügt das?«

»Ich … Ich glaube schon«, entgegnete Pall.

»Was kann ich denn sonst tun?« sagte Herr Antonius in einem Tonfall, der bezeugte, daß er wirklich nichts weiter tun konnte. Dabei schmunzelte er, als mache ihm seine Hilflosigkeit Spaß. »Ich kann ihm drohen, ihn mit dem Bannfluch zu belegen, wenn er mir nicht gehorcht. Auch wenn er glaubte, das stünde in meiner Macht, pfeift er drauf. Als Lutheraner. Na, bene. Aber jetzt sagt mir, wer Ihr seid?«

Er schenkte den auf dem Tisch stehenden Becher aus der grünen Flasche halb voll. »Trinkt!« Pall zögerte, und Herr Antonius fügte hinzu: »Nur zu! Ich leide nicht an der spanischen Krankheit, die die Deutschen die französische nennen. Hierzulande sollte sie eigentlich die deutsche heißen. Und in Moskau die polnische, in Kasan die Moskauer – und immer so fort. Nach dem Gesetz der Liebe zum Nachbarn. Nicht wahr?« Er wandte sich an den pusteligen Dolmetsch: »Sag dem Alten, er soll rausgehen und warten!«

Nachdem Jakob das Zimmer verlassen hatte, befahl Herr Antonius Pall, sich niederzusetzen, und sprach, während dieser widerstrebend am Fuß des Weinbechers fingerte: »Ihr seid nicht der Sohn dieses Alten. Stimmt's? Aber sicher sein Neffe.«

Pall nickte.

»Na also. Primo. Ihr sprecht gebildetes Deutsch. Aber Ihr seid zu jung, um es anderswo als auf der städtischen Schule erlernt zu haben. Stimmt's?«

Pall nickte.

»Gut. Secundo. Aber in Amt und Würden seid Ihr nicht. Stimmt's? Denn ein junger Beamter würde seinem bäuerlichen Oheim nicht den Dolmetsch spielen. Tertio.«

»Ich besuche die städtische Schule.«

»Aha. Primaner?«

Pall nickte. Er hatte die Hand vom Becher gezogen. Herr Antonius goß ihn voll und sagte, zwischendurch den Wein schlürfend: »Ein gebildeter Este ist etwas so Seltenes, daß er verdammt klug sein muß, wenn er überhaupt vorhanden ist.« Darauf leerte er den Becher bis zur Neige, füllte ihn erneut und schob ihn wieder Pall hin.

»Ihr wißt, daß Moskau beabsichtigt, Livland zu überfallen?«

»Man redet davon.«

»Und daß Ordensmeister Galen krank ist?«

»Auch darüber wird gemunkelt.«

»Und wer wird an seine Stelle treten?«

»Wer weiß ... In Reval heißt es, vielleicht Herr Fürstenberg.«

»Stimmt. Aber in diesem Fall wird Moskau unbedingt zum Krieg rüsten.«

»Warum?«

»Weil Fürstenberg den Moskowitern zu dänenfreundlich ist. Aber ich möchte etwas anderes wissen. Sagt mir, was macht der estnische Bauer im Kriegsfall? Na – zum Beispiel Euer Oheim?«

Pall schwieg.

»Wird er Hasse den Hals umdrehen?«

»Na, na, na ...«, wehrte Pall erschrocken ab.

»Bene«, sagte Herr Antonius lachend, »sagen wir, er tut es nicht. Wenn Hasse ihm gestattet, seine Waren auf den Revaler Markt zu bringen. Er ist ja wohl auch einer der Wohlhabendsten im Dorf, nicht wahr? Aber was machen die Ärmeren, die Bauern der Adelsgüter?«

Palls linke Schulter setzte zum Zucken an wie in seinen Knabenjahren, wenn er etwas nicht wußte, blieb aber unbeweglich, wie es sich für einen Mann geziemte. Um so mehr brachte ihn diese Zwangsbefragung auf: Nicht Mißtrauen allein – auch Trotz regte sich in ihm.

Herr Antonius sagte: »Moskau erklärt Livland für sein Urerbe. Die Dänen beanspruchen es mit einigem Recht für sich. Der Kaiser hat uns den Schweden versprochen. Johan von Finnland will uns einfach kapern. Im Orden dagegen gibt es ein starkes Lager, das Sigismund von Polen für unseren einzigen Retter hält. Sagt, welchen König würde der estnische Bauer wählen?«

Pall merkte, wie Herr Antonius ihn in die Enge trieb. Warum zum Kuckuck sollte er einem Wildfremden Fragen beantworten, die er sich selbst nicht beantworten konnte? Warum zum Kuckuck sollte er sich so etwas gefallen lassen? Etwas in seinem Innern bäumte sich auf. Die Außenwinkel seiner runden Augen wurden plötzlich spitz, aber seine Stimme klang fast einfältig, als er fragte: »Welchen König ersehnen sich die Herren Mönche von Padis?«

Herr Antonius kicherte. »Oh. Wir sind ... Wir sind ein totes Haus. Nur noch elf Mönche, mitsamt Abt. Also hat es überhaupt keine Bedeutung, welchen König wir möchten. Ich will Eure Zeit nicht länger in Anspruch nehmen.« Er gähnte wieder, hob die Beine auf das fichtene Sofa und nahm sein winziges weißes Buch zur Hand. Bevor er es öffnete, sagte er lachend: »Ein gebildeter Este ist genauso mißtrauisch wie ein estnischer Bauer.«

Jakob wartete an der Pforte des Verwalterhofes. Pall war gerade dabei, dem Oheim seine Unterredung mit dem Mönch in groben Zügen wiederzugeben, als Jürgen zu ihnen trat.

»Der Deibel mag wissen, was jetzt aus alledem wird«, sagte er und erläuterte: Auf seinen Vater und Pall wartend, war er, die Hände auf dem Rücken verschränkt, an der Stirnseite des Hauses hin und her spaziert, schließlich zur Seitenfront gegangen und bei der Ecke zum Garten stehengeblieben. Die Rückseite des Hauses versank im Himbeergestrüpp, und durch das offene Fenster hatte Jürgen die Stimme seines Vaters vernommen. Da hatte er sich durch die Sträucher dem Fenster genähert und entdeckt: Sein verfluchter Namensvetter, der Pferdejunge Jürg, den sie an der Pforte getroffen hatten und der bei Hasse diente, kauerte an der Hauswand unter dem offenen Fenster und ließ sich – der verteufelte Schnüffler! – kein Wort des Vaters entgehen. Als später deutsch gesprochen wurde, schlich er vom Fenster weg und richtete sich im Gestrüpp auf. Diese Sprache verstand der Dreckskerl nicht. Aber jedes Wort des Vaters würde er natürlich brühwarm dem Verwalter hinterbringen. Soviel Grips hatte er gerade.

Jakob hörte sich mit verkniffenem Mund an, was sein Sohn zu berichten hatte, band das Pferd los und schwang sich schweigend in den Sattel. Auch Pall saß schon im Sattel, nur Jürgen stand noch neben seinem Pferd, als dieser Kerl, der Pferdejunge, aus dem Garten zu ihnen trat. Er wirkte noch krummer als vorhin und grinste über sein ganzes breites sommersprossiges Gesicht.

»Na ... Äh ... Wie ist's denn verlaufen?«

Jakob wendete schweigend das Pferd und ritt fort. Pall begegnete dem scheelen Blick des Pferdejungen, schaute weg und dachte, von einem peinlichen Gefühl gelähmt: Warum zum Kuckuck habe ich meinen Blick abgewandt? Dann hörte er ein Plumpsen, der Staketenzaun krachte. Jürgen saß im Sattel, der Pferdejunge aber, rücklings an den Zaun geschleudert, bedeckte mit beiden Händen seinen Mund, und zwischen seinen Fingern rieselte Blut.

»Das wirst du mir, Teufel noch mal, bereuen!« zischte er den Davonreitenden nach.

Lerchen tirilierten über dem Morgennebel auf den Wiesen. Der Nebel senkte sich, und das Wetter versprach schön zu werden. Sie gingen im Gänsemarsch über das kühle junge Gras und die meist erst knospenden Butterblumen: Jakob, Jürgen, die beiden Knechte, der Küti-

Jaak mit seiner Alten, Muhme Kati, Epp, Märten und Pall. Sie alle trugen Äxte und Pickhacken über der Schulter und Proviantsäcke auf dem Rücken. Ihr Schritt war hastig, denn sie hatten vor, sechs oder sieben Lofstellen Land zu roden. Pall und Märten hätten eigentlich vorne, bei den Männern, gehen sollen, aber Pall hielt sich gern hinten, um seine Gefährten im Auge zu haben, und Märten leistete ihm Gesellschaft. Vor sich sahen sie die grauen Rücken und kantigen Schultern der Männer und die gesprenkelten Hauben der beiden Weiber sowie Epps offenes helles Haar und tauglänzende Waden. Während einer halben Meile schaute Epp zweimal zurück, und jedesmal fühlte Pall einen merkwürdigen Stoß in den Eingeweiden.

Sie überquerten die sonnengestreifte Wiese und betraten den schattigen Wald. Pall vergaß Arithmetik und Augsburger Artikel. Halb bewußt fühlte er seine Sohlen rund und leicht werden, er setzte sie lautlos nieder, damit kein Ästlein knackte. Schwer zu sagen, worauf das zurückzuführen war: auf die Jagdgewohnheiten seiner Urwaldahnen oder auf die Erinnerung an die Kriegsspiele der Jungen von Fischermai.

Der Wald wurde immer dichter, senkte sich jedoch bald zu einem Flachmoor ab. Schließlich trat aus der Niederung ein schöner schwarzerlen- und birkenbestandener Landrücken hervor.

»Das ist Lammassaar«, rief Epp über die Schulter den Städtern zu.

Jakob war die ganze Zeit vorangeschritten und hatte den Weg gewiesen. Nun, da sie den Landrücken erklommen, nickte er seinem Sohn zu, ließ die Gefährten vorbeigehen und bog im Haselgebüsch nach links. Pall hätte nicht zu erklären gewußt, woher die Neugier stammte, die ihn zwang, Märten mit dem Kinn ein Zeichen zu geben und ihn am Ärmel zu zupfen. »Bleib mal stehen.«

Epps heller Schopf verschwand hinter den anderen Köpfen im Gebüsch. Pall winkte Märten, ihm zu folgen, und ging dem Oheim nach. Er beschleunigte den

Schritt, und bald sahen sie den Rücken des Oheims, der sich durchs Dickicht entfernte. In einem gewissen Abstand folgten sie ihm. Nach etwa hundert Schritt erreichten sie den Südhang des Landrückens. Über den niedrigen Fichten und dürren Birken erhob sich eine verzweigte, von Blitzschlägen stark mitgenommene Eiche. Völlig schwarz und nackt stand sie inmitten des spärlichen Grüns. Nur in der krüppeligen Krone sah man einige Hexenbesen mit rostbraunen Blättern vom Vorjahr. An diesem Baum machte Ohm Jakob halt, und die Jungen zogen sich hinter Haselsträucher zurück. Sie sahen, wie der Oheim den Hut vom Kopf nahm und auf den Boden legte. Dann schlug er seine Rockschöße zurück, knüpfte den blaugestreiften gewebten Gürtel los und breitete ihn vor sich ins Gras. Er kniete auf den Gürtel nieder. Pall sah seine erdigen Schuhsohlen, auf rührende Art an den Fersen gespreizt und an den Spitzen geschlossen. Ihm drängte sich ein Vergleich auf: zwei furchtsame Tiere, die Schnauze der Erde und einander zugewandt, jeden Augenblick bereit zu fliehen. Der Oheim zog sich die Schnur über den Kopf, an der er ein kleines Lägel trug, und die Bewegungen seiner Arme und Schultern ließen vermuten, daß er an dessen Spund fingerte, bis er ihn herausbekam. Pall hörte leise das Gras rascheln: Der Oheim goß den Inhalt des Lägels auf den Boden. Danach stellte er es neben sich hin, hob langsam das Gesicht gen Himmel und die plumpen Hände, die Handrücken nach außen, in Höhe seines zottigen grau werdenden Haares, und Pall sah, wie sich seine krummen Finger mühsam streckten und wieder krümmten. Eine Weile verharrte er reglos, den Blick anscheinend zum knorrigen schwarzen Eichenstamm gerichtet, und erst da hörte ihn Pall leise murmeln. Aber die Worte konnte er beim besten Willen nicht verstehen. Er konnte nicht einmal unterscheiden, ob das Gemurmel überhaupt aus Worten bestand. Schließlich erhob sich der alte Mann, band sich den Gürtel um, hängte das Lägel über die Schulter, nahm den Hut vom Erdboden und trat rückwärts vom Baum weg. Bei den ersten

Haselsträuchern wandte er sich um, setzte sich den Hut auf und entfernte sich auf dem Weg, den er gekommen war. Die Burschen legten sich in den Sträuchern flach auf den Boden, und er ging ganz nahe an ihnen vorbei.

Sobald er im Haselgebüsch untergetaucht war, standen sie auf. Pall bedeutete Märten, er solle dableiben. Mit einem Gemisch befremdeter Verwunderung und neugieriger Spannung näherte er sich der Eiche, vor der Ohm Jakob gekniet hatte. An einigen Grashalmen saßen noch die weißen Schaumspritzer des Opferbieres, und vom Boden stieg kühler, saurer Gerstenduft auf. Pall ließ seinen Blick den knorrigen Eichenstamm entlang bis zur verzweigten Krone gleiten. Er hätte gern gehört, ob das welke Laub dort oben rauschte oder nicht. Doch die Grasmücken zwitscherten ringsum so laut ihr Morgenlied, daß man weder Blätterrauschen noch Stille wahrnahm. Aber als sein Blick am riesigen Viermannstamm hinabglitt, entdeckte er plötzlich inmitten von Schrunden, Auswüchsen und verkohlten Blitznarben ein Antlitz: eine vertikale Stirnfalte, eine Brauenkuppe, eine schwarze Augenhöhle und eine tiefe Runzel vom breiten Nasenflügel zum faltigen Mundwinkel. Einen Augenblick lang sah es Pall mit unverkennbarer Deutlichkeit. Vor Schreck und Staunen bekreuzigte er sich. Hätte er gewagt, einen Blick in sein Inneres zu tun, so hätte er erkannt, daß es sich bei dieser Handbewegung zwar um Abwehr und Selbstverteidigung handelte, aber auch um eine Ehrenbezeigung: Sein Stadt-Ich erschrak über die Begegnung mit dem Teufel, sein schlummerndes Land-Ich war überrascht, weil es einen Bauerngott gab. Sogleich verschwand das Antlitz unwiederbringlich. Wie er es auch in der rissigen Eichenborke suchte, er fand es nicht mehr. Anscheinend hatte das Kreuzeszeichen es zurück in den Baum getrieben.

Als sie Ohm Jakob durch das Gesträuch nacheilten, fragte Pall fast flüsternd – und er war gar nicht so sicher, daß es nur Ohm Jakob war, dessentwegen er flüsterte: »Hast du's gesehen?«

»Natürlich!«

»Ä-ä … Was?«

»Das Heidengebet.«

»Nein … Das Gesicht des Bauerngottes … Im Baum?«

»Das nicht. Hast du's gesehen?«

»Ja … Glaubst du, daß es sie gibt?«

»Die Bauerngötter? Natürlich.«

»Warum glaubst du das?«

»Nicht umsonst predigt man von allen Kanzeln, es gibt keine. Wenn so viel davon geredet wird, gibt es sicher welche. Und du hast ja selbst einen gesehen.«

»Allerdings. Aber wer weiß … Nicht alles ist vorhanden, was man sieht.«

Als sie, Ohm Jakob folgend, das Rodeland erreichten, hatten alle bereits die Arbeit aufgenommen.

Der etwa zwanzigjährige Birkenhain war auf einem Gelände von einigen hundert Schritt Länge und Breite gleich nach der Schneeschmelze abgeholzt worden. Auch hatte man bereits die gefällten Bäume von den Ästen gesäubert und auf zwei Dritteln der Rodefläche die Äste und das abgehauene Gestrüpp zu langen, zwei Ellen hohen Haufen zusammengetragen. Zwischen diesen grauen Ast- und Reisigfeimen, denen kümmerliche Kätzchen einen gelblichen Schimmer verliehen, lagen dunkle Baumstubben sowie helle Reihen ein bis zwei Spannen dicker Birkenstämme. Das Kurgla-Volk hatte sich an der Grenze des fertigen Neulandes und des noch zu rodenden Abschnittes ans Werk gemacht. Sie schleppten Birkenstämme in mehr oder weniger gerade Reihen zusammen und schichteten abgehauenes Gestrüpp, Äste und Baumstümpfe zu Feimen auf, so daß das dickere Ende der Stämme zwischen Zweige und Reisig zu liegen kam, also leichter Feuer fing und besser brannte.

Pall war es peinlich, daß sie später als die anderen kamen, zumal er niemandem hätte sagen wollen, wo sie gewesen waren. Er konnte sich von dem Gesehenen nicht losreißen. Bauerngötter gab es also wirklich? Waren sie für die Menschen, die an sie glaubten, nur ein geheimes Unglück? Oder auch ein geheimer Schatz?

Er hob einen kräftigen Birkenstamm auf die Schulter und schaute sich nach Märten um: Bei der Arbeit hätte er gern die Frage der Bauerngötter weitererörtert. Aber der Kurgla-Knecht Paavel, ein Riese mit flachem Gesicht und gelbem Haar, hatte sich Märten zu Hilfe gerufen, und beide schleppten bereits einen Baum. Pall zerrte seinen Birkenstamm zum nächsten Feimen. Die Last war schwer, drückte seine Füße an den Boden, schaukelte und holperte über die Huckel, unter dem schleifenden Wipfel raschelte das Gras. Als er den Baum von seiner Schulter stieß, krachte und staubte es heftig, und er sah Epp jenseits des Feimens einen Armvoll Äste niederlegen. Von der Last des Baumes befreit, hatte Pall das Gefühl, sein Leib wiege fast nichts, er wachse durch eine süße innere Kraft und seine Füße lösten sich ganz von selbst vom Erdreich.

Als Pall die zweite Birke holen ging, mußte er daran denken, was gestern abend geschehen war. Obwohl – geschehen war eigentlich nichts. Vom Gut zurückgekehrt, hatte sich Pall nach Epp umgeschaut, sie aber nirgends entdecken können. Märten hatte erzählt, er habe mit ihr ein paar Worte gewechselt, sei dann im Dorf umhergeschlendert und habe sie später nicht mehr gesehen. Erst als das Kurgla-Volk zum Abendbrot am kniehohen Tisch Platz nahm, um vor dem Dunkelwerden in aller Eile Brot, Gerstensuppe und frische Beestmilch zu essen, saß sie eine kurze Weile ihm gegenüber am Tisch, und im Dämmer der Riegenstube glitten ihre hellen Augen ein paarmal über ihn hinweg. Als man sich vom Tisch erhob, sagte Epp Muhme Kati dankeschön und machte sich auf den Heimweg. Pall ließ sie an sich vorbeigehen – er stand an der Tür der Riegenstube und schaute auf den Hof, wo in der Abendröte, die wie ein Kupferkessel leuchtete, jede Nadel der großen Fichte zu sehen war. Als Epp aber schon im Hof war und der Windhauch ihrer Bewegung Palls Kinn kitzelte, sagte er: »Bleib noch.«

»Nein«, erwiderte Epp vom Hof her leise. »Ich gehe.«

»Warum?«

»Ich habe Angst«, sagte Epp, fünf Schritt von ihm entfernt stehend.

»Wovor?« fragte Pall, und seine eigene Stimme dünkte ihm fremd.

»Vor dir ...«, entgegnete Epp im Glanz des kupferroten Abendscheins.

»Hm!« war das einzige, was Pall darauf zu antworten wußte.

»Na ja.« Epp flüsterte fast. »Es heißt, du fürchtest dich nicht vor Wölfen. Da muß man ja Angst vor dir haben. Wer weiß, wer du bist.«

Pall begriff: Dieses hastige Halbgeflüster war zwiespältig – einerseits Angst vor dem Werwolf, was vielleicht keine Sünde war, andrerseits eitel Spiel, genannt Vanitas, was mit Bestimmtheit Sünde sein mußte, da es so süß war, es zu empfinden.

Als Pall mit dem zweiten und dritten Baum wiederkam, war Epp mit ihren Zweigen jenseits des Feimens zur Stelle. Und jedesmal, wenn er den Baum von der Schulter warf, hatte er das Gefühl, sich von der Erde zu erheben. Und jedesmal wechselten sie durch die rötlichen, erdigen Stubbenwurzeln und das kätzchenarme Gestrüpp einen seltsam erschrockenen und zugleich ersehnten Blick. Beim drittenmal fragte Pall: »Nun – hast du noch immer Angst vor mir?«

»Ich weiß nicht ...«, antwortete Epp und wandte ihm für einen Augenblick ihr von der Arbeit glühendes Gesicht zu. »Bei Tageslicht nicht.«

Als Pall die vierte Birke holen ging, bemerkte er, daß seine Ärmelnaht geplatzt war. Natürlich, er hatte gerade die schwersten Bäume ausgewählt und sie ohne jegliche Vorsicht auf die Schulter gehoben und abgeworfen. Er hängte das zerrissene Wams am Rand des noch zu rodenden Waldes an eine Birke und reckte sich genießerisch. Die Anstrengung hatte seine Haut erhitzt. Seine Muskeln spielten unter dem rauhen Hemd. In einiger Entfernung arbeiteten die übrigen, von dort waren Hakkenschläge und Stimmen zu hören. Ganz in der Nähe zwitscherte unglaublich laut eine Grasmücke, und der knospende Birkenhain duftete wie noch nicht ausgegorener Met. Und die Wölfe waren zurückgewichen, und die Schnüfflerschnauze blutete, und die Bauerngötter waren da. Und nicht mehr beängstigend, sondern schaurig-süß durchflutete Pall das Bewußtsein, daß alles, was sie hier im Wald taten, verboten war. Jawohl: Sollte jemand auf dem Gut ausplaudern, der Kurgla-Jakob mache in Lammassaar heimlich Land urbar, so würde ihm das Gut im Herbst die ganze Ernte abnehmen. Und noch bevor die Gerste, die hier morgen gesät wird, keimt, müßte Jakob aufs Gut, sein Rücken würde bis aufs Blut gepeitscht, er säße zehn Tage im Keller des Verwalterhauses bei Wasser, Brot und muffiger Mehlpampe und müßte nachher zur Strafe ein Schaf aufs Gut bringen. Tatsächlich aber war dies kaum zu befürchten. Sollte auch ein Neider mit loser Zunge Wind davon bekommen, so würde er wahrscheinlich nicht gleich zu Herrn Hasse rennen, sondern es zunächst dem Wartmann melden. Aber diesen Scheißkerl hatte Jakob in der vergangenen Woche mit einem Spanferkel gespickt. Dennoch arbeiteten die Kurgla-Leute mit verborgener Hast, die langsam sogar zuzunehmen schien. Von Zeit zu Zeit schaute auch Pall zum Wald hin, ob ihnen nicht außer den Bauerngöttern menschliche Geister auflauerten. Er reckte sich nicht nur, weil er die Arbeit an diesem Frühlingsmorgen genoß, sondern auch vor Erregung, die mit dem unmerklich steigenden Arbeitstempo wuchs.

»Also hast du keine Angst mehr vor mir?« fragte Pall und schichtete Reisig auf den soeben abgeworfenen Baum.

»Ich weiß nicht«, sagte Epp und packte von der anderen Seite Zweige drauf. Da Pall schwieg, schaute ihn das Mädchen unter ihrem hellen Haarschopf an. Ihr Gesicht glühte von der Arbeit, ihre linke Wange war erdbeschmiert, und Flöckchen von Birkenrinde flatterten in ihrem Haar. »Ich hab mich an was erinnert. Und da bekam ich wieder Angst.«

»Nanu – an was denn?«

»Wie du auf der Beerdigung vom Großvater warst.«

»Was hab ich denn da gemacht?«

»Als wüßtest du es nicht selbst.«

Aber mit der Beerdigung des Großvaters im vergangenen Herbst stand es so, daß Pall manches davon wußte und manches nicht.

Als der Großvater gestorben war – den stillen, schlichten Alteleutetod unterm Schaffell auf seiner Schlafstätte, was erst am Morgen bemerkt wurde –, wollte Muhme Kati unbedingt, er solle, wie es sich gehört, auf dem Kirchhof begraben werden. Aber die anderen Familienangehörigen hielten das für überflüssig, der Kirchhof sei fern und umständlich zu erreichen und die Kirche überhaupt kostspielig und fremd, der Großvater solle lieber still auf die alte Grabstätte gebracht werden, wie es mit den Toten des Dorfes stets geschehen war, mit Ausnahme des Neu-Pärtli-Juhan und einiger Jüngerer, die in den letzten zehn Jahren bei der Kirche bestattet worden waren. Jakob, schon mehrere Jahre Herr im Hause, mußte die Sache entscheiden. Er meinte, ihm sei es eigentlich gleich: Es könnte Ärger mit dem Pfarrer geben, täte man es auf althergebrachte Art; gäbe es jedoch ein kirchliches Begräbnis, so könnte das Getreide mißraten – schlimm sei das eine wie das andere. Als Pall aus der Stadt zur Beerdigung kam – Siimon konnte nicht kommen, er war mit dem ersten Warentroß des Jahres nach Riga unterwegs –, verfiel Jakob auf eine Lösung, die beide Seiten zufriedenstellen sollte: Der Großvater wird auf der Grabstätte seiner Ahnen beigesetzt, aber Pall, der ja gelehrter ist als so mancher Pfarrer, soll die christlichen Abschiedsworte sprechen.

Pall hatte es getan. Er entsann sich: Großvater liegt in der Kammer in einem schmalen Fichtensarg, und sein Kopf ist mit der Totenmütze bedeckt. Zu seinen Häupten steht auf einem Hocker ein Holzleuchter, und darin flackert eine Wachskerze, denn das Zugloch ist geöffnet, und mit dem kalten Oktoberlicht wirbeln Wind und Schnee herein. Am Sarg stehen Jakob mit Muhme Kati und Ohm Peep und Ohm Taavi aus der Gegend von Kodasoo mit ihren Frauen sowie Jürgen mit seinen Vettern und Basen und Nachbarvolk und Knechte, Mägde und Kinder, insgesamt an die fünfzig Seelen, die engeren Verwandten in der Kammer, die entfernteren vor der Tür zusammengedrängt. In der Kammer duften Fichtenzweige, in der Riegenstube dampft der Gerstenbrei für den Leichenschmaus. Dann tritt er, Pall, zum Großvater. Oh, all das hatte er schon oft und aus nächster Nähe gesehen – als Quartaner und Tertianer, wenn er und zehn andere Schuljungen klar und laut mit dem Herrn Kantor bei Beerdigungen sangen. Aber stets hatte er nur gesungen und nie geredet. Das heißt manchmal schon: gepredigt und Segen- und Gnadensprüche und wohl auch Scheideworte gesprochen – aber immer nur vor den Möwen und Findlingen am Meer oder vor den Steinkugeln oben auf dem Stallboden. Doch jetzt steht er neben Großvater und schaut auf dessen achtzigjährige Hände, steinschwer und für immer befreit, von Muhme Kati über seiner Brust gefaltet, Pall schaut auf sie und kann den Blick nicht von ihnen wenden. Aber er muß beginnen, fünfzig Menschen warten, und er beginnt fast flüsternd: »Was weiß ich Menschenkind von Leben und Tod ...?«

Pall kann sich nicht erinnern, was er gesagt hat. Aber er erinnert sich an das Gefühl: Es war eine Sternstunde der Worte. Auch Epp fällt nicht ein, was er gesagt hat. Aber sie erinnert sich daran, daß sie zum erstenmal im Leben verstanden hat, was bei solchen Anlässen gesprochen wird. Und Epp erinnert sich, im blauen Winterlicht und gelben Kerzenschein der Sterbekammer auf den offenen Gesichtern der anderen das Wunder gelesen zu haben: Alle haben alles verstanden. Epp erinnert sich an das Beben ihrer eigenen Seele. Und seitdem erschauert sie immer wieder, sobald sie an diesen Burschen denkt.

Natürlich fürchtet Epp dieses Erschauern nicht, nein, sie lechzt förmlich danach. Der Bursche, der bei dem Begräbnis seines Großvaters so wundersam gesprochen hat, ängstigt sie nicht, nein, er zwingt sie geradezu, nach ihm hinzuschauen, und sei es heimlich – vom ersten Augenblick an und auch jetzt, hier auf dem Neuland. Doch der Bursche, der gestern auf dem Ofen wie ein Bulle gebrüllt hat und, nach Märtens Erzählung, den Wölfen fast in die Fänge gelaufen ist und sie ins Gebüsch gezwungen hat – das jagt Epp wirklich Furcht ein. So wunderbar verständlich seine Worte bei der Beerdigung des Großvaters auch gewesen sein mochten – plötzlich versteht sie nicht mehr, wo bei ihm das Anziehende beginnt und das Erschreckende endet, inwieweit er ein Heiliger ist und inwieweit ein Hexer …

Pall aber begreift plötzlich: Nicht vom Schleppen der Baumstämme ist ihm heiß, nicht das unerlaubte Roden erregte seine Sinne, nicht der Sieg über die Wölfe läßt sein Herz jubeln, sondern all das macht die Anwesenheit dieses Mädchens.

Ihre Feimen sind fertig. Sie enden fünfzig Schritt vom unberührten Wald. Der Streifen zwischen Wald und Neuland ist sorgfältig von Reisig gesäubert, damit die leichte Brise, die über die Lichtung fegt, das Rodefeuer nicht zu den lebendigen Bäumen trägt. Auch hinter ihnen richten sich die Leute auf, alles scheint zum Brennen fertig zu sein. Der gleichmäßige Ostwind läßt von jedem morgen ausgesäten Korn mindestens ein Dutzend reine Körner erhoffen: Brennt man den Boden bei Nordwind, ist die Gerste voller Unkraut. Das Gestrüpp wird wahrscheinlich gut brennen und keine Feuersbrunst auslösen.

Da ertönen Rufe. Epp und Pall schauen hin und sehen: Ohm Jakob hält die Hände wie ein Rohr an den Mund und ruft: »O-ho-ho! Macht Mittag!«

Darauf holt Pall von der Birke Wams und Proviantbeutel und Epp aus einem Vogelbeerbusch ihren Brotsack. Sie setzen sich nebeneinander in den Schatten eines Reisighaufens auf einen graugestreiften Baumstamm. Pall schneidet von seinem restlichen Stadtbrot für Epp einige Scheiben ab, und Epp gibt Pall von ihrem Dorfbrot zu kosten. Sie nehmen ihre Strömlinge aus den Schachteln und werden bald nicht klug daraus, welche aus Jegelecht und welche aus Fischermai stammen. Weil Pall nichts zu trinken mithat, trinken sie nacheinander aus Epps kleinem, nach Wacholder duftendem Lägel kühlen Birkensaftkwaß. Abkühlung gewährt er ihnen aber nicht, nun wird ihnen erst recht heiß – als hätte sich die Lippenwärme über das Spundloch von einem auf den anderen übertragen und verhundertfacht ... Gott allein mag wissen, woher und wieso diese Stadtburschen, gar solche mit krähengrauem Wams – dessen Schulternaht obendrein geplatzt ist –, woher und wieso sie solch schlimme Scholarenkniffe kennen! Und vielleicht weiß nicht einmal Gott, wie sehr sich diese halblandschen Stadtschlingel dennoch von den echten Scholaren und Handwerksburschen unterscheiden ... Ein Neu-Pärtli-Mädchen von Kurgla hat natürlich keine blasse Ahnung von alldem. Und doch: Drückt ein Scholarenjüngling oder Handwerksgeselle eine Dorfmaid unter des Herrn blauem Himmel plötzlich an sich, küßt sie ab und ist noch zu allerhand bereit, so hat das weiter nichts zu bedeuten ... Aber so ein halblandscher krähengrauer Wolfsschreck kann es mit so viel Feuer tun, daß ihm sein Leben lang heiß von der Erinnerung wird, von der Dorfdirn ganz zu schweigen. Jedenfalls fassen Palls Pranken Epp plötzlich um den Leib, und seine Lippen finden ihre heiße weiche Wange und ihren Mund, der nach Wacholder und Birkensaft schmeckt ...

»Ho-o-o-o!« ruft Ohm Jakob. »Feuer machen!«

Sie schrecken auseinander, und Pall nimmt aus einem Beutel Zündeisen, Feuerstein, Zunder und ein Bündel Stroh. Seine Hände zittern ein wenig – wohl vom schweren Schuften den halben Tag lang. Er ist fast wieder zu sich gekommen. Trotzdem spürt er neben seinem handelnden Ich ein anderes, merkwürdig abwesendes Ich, das zugleich überaus anwesend ist. Dieses andere Ich sieht kaum, wie das Strohbündel in Flammen aufgeht, die weiße Rinde Feuer fängt und sich knisternd zusammenrollt. Dieses andere Ich bemerkt fast gar nicht, wie der trockene Reisighaufen prasselnd lichterloh brennt, wie die Flamme nach frischem Reisig züngelt, der schwarze Rauch des trockenen Holzes sich mit dem grauen des feuchten und dampfenden vermischt und wie über ähnlichen sechs, sieben, acht Feuerstellen Rauch aufsteigt und zu einem großen, funkensprühenden, milchigen Wirbel verschmilzt.

Dieses andere Ich sieht nur Epp.

Später kann er sich an nichts weiter erinnern als an Epps Widerstand und Hingabe. Dann an den Aufbruch. An Ascheflocken in der Luft und Feuerschlangen auf der Erde. An ein Grasbüschel zu ihren Füßen, nach dem eine durchsichtige gelbe Zunge hascht, das tanzend verblaßt und schwindet. An rote Flammenschweife, die im Rauch und auf den Reisighaufen hüpfen und auf den Birkenstämmen Purzelbäume schlagen. An Feuerteufel. An Feuerengel. Und daran, daß es Bauerngötter gibt, daß Schnüfflerschnauzen bluten und Wölfe fliehen. An Himmelschlüssel zwischen lebendigen Birken. Und an Epps rußiges, heißes Gesicht inmitten der Himmelschlüssel. Und an Epps helle Augen, die plötzlich dunkelblau werden und feurige Eichhörnchen sprühen. Und an Epps Leib.

Dieses Jahr ist es Anfang Mai in den Morgenstunden recht kalt, und auf den Saatfeldern von Waschell liegt Reif. Aber Palls und Märtens Rücken dampfen, als sie über den bewußten Steg gehen und auf die Stadt zueilen. Ja, die Gerste wird morgen ohne sie in die warme Asche von Lammassaar gesät … Denn heute nach der Mittagspause muß Pall in der Schule sein. Einen längeren Urlaub hat ihm der Herr Rektor nicht gewährt. Übrigens, der saure Herr Tegelmeister hätte es ihm nie und nimmer erlaubt. Der hätte gewiß die Nase gerümpft, seine wässerigen Augen aufgerissen und gesagt: »Junger Mann! Als Primaner der städtischen Schule mußt du wissen, daß sich der Umgang mit Bauern für dich nicht schickt. Falls du aber unglücklicherweise Verwandte unter ihnen hast, solltest du längst klug genug sein, khm, diesen Beziehungen keinen Vorschub zu leisten. Veto!« Doch glücklicherweise hat sich kürzlich Herrn Tegelmeisters Herzenswunsch erfüllt: Er ist Pfarrer der Nikolaigemeinde geworden. Rektor des Triviums ist jetzt der viel umgänglichere Herr Sum, der seinerseits das Umsatteln vom Pfarramt zur Schule vorgezogen hat. Mit dem freundlichen Herrn Sum versteht sich Pall von Anfang an fast ebenso gut wie mit Meus, als dieser noch Lehrer war. Also ist er heute um zwölf zur Stelle wie ein Kupferschilling ... Übrigens, auch Märten hat es mit den Schillingen: Die bekommt er vom Lagerverwalter des Kaufherrn Krumhusen, wenn er zu Mittag wieder da ist und die Keller der Warenspeicher säubern hilft. Es heißt, der Kaufherr möchte sein Lager aus Narva nach Reval überführen. Dabei ist er sogar Ratsherr von Narva. Aber den Rat von Narva beunruhigen angeblich Kriegsgerüchte. Darüber müßte Märten eigentlich mit Pall sprechen, aber an diesem Morgen mögen die beiden nicht miteinander reden. Nein, gestritten haben sie sich nicht. Aber – Märten weiß natürlich alles. Was Epp anbelangt. Ohne zu fragen. Er fühlt es. Wie es sich für einen Freund gehört. Vielleicht steckt in seinem Schweigen eine Spur zwiefacher Eifersucht: des Freundes und des Nebenbuhlers. Denn Märten ist ein wahrer Freund. Und jeder Bursche ist gewissermaßen des anderen Nebenbuhler. Aber das alles ist unwichtig. Märten versteht: Über Epp kann man nicht sprechen – Spaß wäre unangebracht, und mit Ernst käme man nicht weit. Von etwas anderem zu reden aber wäre läppisch.

Am Eichwald von Lehmja machen sie Rast und beschließen, sich zu stärken. Wie sie auf den Eichenwurzeln sitzen, fällt Pall plötzlich ein: Als sie in aller Frühe aus dem Dorf aufbrachen, lehnte Paavel, der Knecht von Kurgla, am Lattenzaun und beobachtete sie. Sie bemerkten ihn mit einiger Verspätung. Pall rief: »Guten Morgen! Mach's gut! Auf Wiedersehen!« Doch Paavel blieb stumm, stierte nur, den erdfarbenen Hut tief über die spärlichen weißen Brauen gezogen. Warum schaute er so? Aber das geht Pall nichts an. Pall bemerkt, daß

Märtens Proviantsäckel, beim Marsch aus der Stadt recht dünn, jetzt strotzend voll ist. Aber auch das geht ihn nichts an. Er hat mit sich zu tun, um wieder ins rechte Gleis zu kommen. Die Wellen gehen noch hoch: auf dem Kamm die jungenhafte Freude des Welterobe- rers, im Wellental die Höllenangst des elenden Sünders und über dem Meeresnebel und dem Roderauch – Epps glückliches, tränennasses Gesicht, zum Anschauen, Be- dauern, Bewundern. Pall lehnt seinen Rücken an den Baum und drückt die Augen zu. Er sieht zwei schmale dunkelblaue Seen, in denen die roten Eichhörnchen der Rodeflammen hüpfen ...

Als er die Augen öffnet, hat Märten seinen Proviant- sack aufgemacht und zerrt etwas draus hervor – etwas, was wie der graue Widerschein des erloschenen Rode- feuers anmutet.

»Märten! Was ist denn das für eine Hexerei?«

»Mh? Eichhörnchenfelle. Mein Brot ist drunterge- rutscht.«

»Wo hast du die her ...?«

»Vom Küti-Jaan. Kimmelpenning kauft sie.«

»Und was hast du damit zu tun?«

»Ich kriege drei Pfennig pro Stück.«

FÜNFTES KAPITEL,

darinnen ein Bursche, an dessen Kleidern sogar ein Verschnupfter noch den Roderauch wittert, auf wunderbare Weise mitten in die Spielstube hoher Herren gerät und dort ein Kartenspiel beobachtet, bei dem ganze Provinzen gesetzt werden, wobei hinter den Spielern und bald auch am Spieltisch – großer Gott! – gekrönte Häupter sitzen

Selbstverständlich befand sich der Spieltisch der großen Politik nicht in der Kutscher- oder eher Hausmeisterwohnung des einstigen Bischofshauses, wo Meus und Annika wohnten, und erst recht nicht in der einstigen Speisekammer des bischöflichen Hausmeisters. Diese Kammer lag hinter der Küche von Meus und Annika und war, trotz der überhohen weißgetünchten Wände, kaum vier Ellen lang und ungefähr ebenso breit. Die gewölbte Decke fiel seltsam schief ab, denn eigentlich handelte es sich einfach um einen Teil der Küche, der durch eine leichte Ziegelwand abgetrennt war. Und als Pall im Herbst 57 mit Schulbeginn zu Meus und Annika zog, wagte die Schwester nicht einmal, ihm die Kabuse hinter der Küche als Unterkunft anzubieten, sondern meinte, er solle sich in der Diele einrichten. Aber Pall wollte durchaus in die Vorratskammer ziehen, die in Meus' vorratsarmer Familie zur Rumpelkammer degradiert war. Und er hatte seinen Willen durchgesetzt.

Einen Ofen gab es in Palls Kammer nicht. In der kalten Jahreszeit stand die niedrige Brettertür mit den klobigen schmiedeeisernen Angeln zur Küche hin offen, und von der Feuerstelle unter dem Mantelschornstein erhielt der Nebenraum so viel Wärme, daß der junge Mann nicht allzuoft in die Küche mußte, seine Hände über dem Feuer zu wärmen. Auf der Schlafbank schützte ihn Siimons alter Fuhrmannspelz gegen jeglichen Frost. Das Dutzend von Meus und Herrn Sum geliehener Bücher fand auf einem gehobelten Brett am Kopfende der Schlafbank Platz. Auf dem schmalen Tischlein, das er und Meus unter Verwendung von Schmiedenägeln aus Holzstücken gezimmert hatten, wurden seine Stilexerzitien trotz der höckerigen Tischplatte stets die glattesten. Manchmal schüttelte Herr Sum zwar schmunzelnd den Kopf über sie, da er sie zu üppig fand. Aber die Note lautete dennoch: maxime.

Zu Annika und Meus war Pall vor allem darum gezogen, weil der Schulweg von dort bloß dreihundert Schritt maß, vom Vaterhaus in Fischermai aber fast eine halbe Meile. Sowieso ging er schon das zweite Jahr zu Annika Mittag essen. Außerdem war es in der letzten Zeit daheim langweilig geworden. Bücher konnte er natürlich auch dorthin schleppen, aber nach Annikas Weggang war das Haus verödet. Die siebzigjährige Truuta, eine dürre Pfennigfuchserin, die Vater als Haushälterin angestellt hatte, machte das Heim keinesfalls anziehender. Vater selbst war im Winter kaum in der Stadt. Und die jungen Leute von Fischermai, außer Märten, schauten selten mal herein. Zuweilen freilich verirrten sich ein paar Schulkameraden zu ihm nach Fischermai. Ja einmal tauchte sogar eine Rotte von sechs, sieben Kaufmannssöhnen auf, Primaner und einige jüngere, sogar die Scheiße vom Morgenland, also Balzer Vegesack, war dabei. Sie holten Weinflaschen aus ihren Pelztaschen, und Pall war unschlüssig, was er mit den Taugenichtsen anfangen sollte. Er hätte ihnen großspurig zurufen können: »Oh, bitte, bitte – nehmt doch Platz!« Und der alten Truuta im Hausherrenton: »He! Ich habe Gäste! Tisch das Beste auf!« Die Versuchung war, zugegeben, recht groß ... Oder sollte er zu den Jungen sagen: »Na, ihr seid ja nur darum durch die Schneewehen gekrochen, weil ihr einen Schlupfwinkel sucht, von wo das Gerücht über eure Zecherei nicht so leicht Herrn Sum zu Ohren kommt. Ich danke für euer Vertrauen, aber ...« Doch just in diesem Augenblick kehrte unerwarteterweise der alte Siimon heim. Breitbeinig trat er in seinen hochnasigen Seehundsstiefeln mitten ins Zimmer und machte Palls Zaudern ein jähes Ende. »Schuljungen? Jawohl – guten Tag, aber hier wird nicht gesoffen.« Pall erinnerte sich gut daran, wie er, zum Vater hinblikkend, mit sich gehadert hatte, ob er zu ihm sagen sollte:

Warte mal, schau – das ist Balzer Vegesack ... Aber er hatte geschwiegen, obwohl das seiner Würde Abbruch tat, und die Herren Scholaren waren schnaufend abgezogen. Worüber er sich wohl selbst nicht ganz im klaren war: Geschwiegen hatte er, weil er befürchtete, angesichts von Balzer Vegesack könnte Vater womöglich seine großartig gespreizten Seehundsstiefel höflich zusammenziehen und mit seinem schmalen Mund lächelnd sagen: »Ach so ... Na dann ... Versteht sich ...« Und in diesem Fall hätte er, Pall, den Alten bedauert. Und sich selbst auch.

Überhaupt hatte ihn so etwas wie Mitleid unter der niedrigen Balkendecke von Fischermai verfolgt. Ein Gefühl, das ihn eigentlich an das niedrige Haus hätte fesseln sollen, statt dessen aber zur spannenderen Stadtwelt hintrieb. Indem er dem Reiz der Stadt nachgab, fühlte er sich irgendwie sündig, trotzdem erlag er ihm schließlich.

Mit dem Alten war er rasch übereingekommen.

»Also zu Annika? Näher zur Schule? Versteht sich!« Der Vater blickte Pall forschend an und dann an ihm vorbei. »Nun ja. Früher oder später – was macht's. Gut. Ich will mit Meus sprechen, wieviel er für die Schlafstätte und die volle Kost nimmt.«

Meus antwortete dem Alten mit einer angemessenen Stelle aus dem Evangelium des Matthäus: »Und Jesus ging in den Tempel und fing an auszutreiben, die darin verkauften und kauften.«

Darauf zuckte der Mundwinkel des Alten, und er sagte zu Meus: »Ta-ta-ta-ta. Das gilt fürs Gotteshaus.« Und zu Pall: »Also du wirst jetzt für nichts und wieder nichts im Gotteshaus wohnen? Von mir aus.« Noch mal kam der Alte auf die Bezahlung nicht zurück – womöglich überlegte es sich Meus anders –, und so war die Sache entschieden.

Nach dieser grundsätzlichen Übereinkunft wurde auch die Frage des Wohnwinkels schnell gelöst. Die Rumpelkammer hinter der Küche besaß nach Palls Ansicht einen unvergleichlichen Vorzug: Ihr Fenster ging als einziges der ganzen Wohnung zum Alten Markt hinaus. Überraschenderweise befand es sich genau über dem Torbogen an der prächtigen, mit Apostelbildern aus der Zeit der Papstlehre geschmückten Fassade des Hauses. Und obwohl das Fenster kaum eine Quadratelle groß war und sich in einer so dicken Mauer befand, daß Pall sich zum Hinausschauen bäuchlings auf die steinerne Fensterbank legen mußte, so gewährte es doch einen Ausblick auf die ganze Stadt: Man sah sie nicht tief unten, fern und allgemein, sondern – wenngleich pars pro toto – sehr nah und wundersam deutlich.

Drehst du die Nase nach rechts, so siehst du ein Großteil der Leute, die zum Neuen Markt am Rathaus gehen. Ob es sich nun um Verkäufer handelt, die durch die Lehmpforte in die Stadt gekommen sind, oder um Käufer aus den östlichen Stadtteilen – sie alle ziehen über den Alten Markt unterm Fenster vorbei: die Bauern der Dörfer vom Laaksberg und vom Obersee in scharrenden Pasteln, auf knarrenden Wagen mit Bütten, Näpfen und Säcken, mit quietschenden Ferkeln, blökenden Lämmern und muhenden Kälbern, die Handwerksgesellen aus den Nachbarstraßen sowie die Meister und ihre Ehegesponse, die Mägde der Lehm-, Mönchs- und Karristraße in ihren grauen Röcken und in den späteren Handelsstunden die Kaufherrenfrauen, die in feinen Halbschuhen zwischen Stroh und Abfällen, Kuhmist und Pferdeäpfeln hin und her tippeln, wobei sie mit beringten Fingern ihre seidenen Röcke hochhalten. Zumeist strömt all dieses Volk hier nur durch und verschwindet um die Packhausecke, aber viele bleiben auf dem Platz unter dem Fenster stehen und tätigen ihre Geschäfte hierselbst in den Kramläden.

Drehst du aber die Nase nach links, so bietet sich dir ein Bild, das vielleicht noch fesselnder ist. Aus dem Hafen kommen vor das Packhaus schwerbeladene Wagen mit Fässern und Tonnen, Kisten und Warenballen rätselhaften Inhalts, die zuweilen ganz wunderlich duften und manchmal naß sind, weil sie in den Mündrichbooten von Wellen übersprüht wurden. Zwischen den Wagen laufen, mit schwitzendem Gesicht und gekrümmt, Karrenschieber mit unglaublich breiten Warenkarren hin und her, und die Knechte des Packhauses schleppen, auf Tragen oder auf dem Buckel, Säcke und Kisten durch die Bogentüren ins Innere des Gebäudes. Die Fässer rollen dröhnend über die Rollhölzer, die Träger und Fuhrleute rufen, lachen, schimpfen, und die Pferde knabbern Heu. Von Zeit zu Zeit treten Rats- und Kaufherren in kurzen Schauben aus feinem braunem Tuch und mit schwarzen Samtbaretten in Begleitung von Warenlagerschreibern heraus, taxieren Waren und Fuhren, und wenn sie nicken oder den Kopf schütteln oder herumfuchteln, bewegen sich ihre Münder, und diese Bewegung hilft dir, durch den Marktlärm Namen, Mengen und Preise zu erahnen.

»Danzig.«

»Bremen.«

»Amsterdam.«

»Kacheln.«

»Malvasier.«

»Eintausendzweihundert Stück.«

»Fünfzehn Mark das Faß.«

Manchmal zieht von der Ecke des Packhauses über den Alten Markt in Richtung Karripforte eine Prozession, deren Erscheinen die Menschen ihre Hast und ihre Geschäfte vergessen und den Marktlärm plötzlich verstummen läßt: Gerichtsknechte begleiten, düstere Gleichgültigkeit vortäuschend, einen armen Sünder auf seinem letzten Wege, und Henker Brun folgt ihm in wankendem Gang auf den Fersen. Die rote Jacke auf seiner behaarten Brust steht offen, er pfeift leise und wirft dem Marktvolk herausfordernde Blicke zu: An einem solchen Tag schlägt er die Augen nicht nieder, denn an einem solchen Tag ist er der Stadt nützlich. In der eingetretenen Stille – nur die Pferde knabbern in einem fort – hört man die Weiber den armen Sünder beschimpfen: »Oh, dieser Unhold!« oder die Mädchen seufzen: »Oh, welch schöner Mann!« – je nachdem. Die Bettler strecken eifrig ihre Hände aus und schütteln mitleidheischend ihre Mützen, und Schillinge klimpern in ihre Hände und Mützen, denn vor dem niederdrückenden Exempel des Sündenlohnes öffnen sich die Geldbeutel der Städter schon eher.

Gegen Abend läßt die Geschäftigkeit nach. Die Bauernwagen machen sich auf den Heimweg. Die Läden der Verkaufsbuden werden geschlossen. Die Bettler zählen im Schutz der Torlaibungen, sich an den Seiten kratzend, ihren Tagesverdienst und verziehen sich, der eine in den Krug, der andere ins Siechenhaus, graue Oktoberschauer fegen den Platz leer. Nur hungrige Köter schnüffeln in Straßenkot und Marktabfall und zerren an größeren Bissen herum. Aber als wieder blaue Fetzen am Himmel erscheinen und der Regen aufhört, ertönt vom Haus der Großen Gilde her Flintengeknall, Trommelgerassel und Posaunengeschmetter. Sogar hier am Alten Markt klappern die Hoftore, das neugierige Dienstvolk eilt auf die Straße und rennt dem näher kommenden Getöse entgegen. Der Lärm schwillt mächtig an, denn außer den Revaler Trompetern sind die aus Hapsal angeworben und außer den Trommlern der Stadtkompanie die vom Domberg. Bald erschallt Pferdegetrappel, es hört sich an, als sprenge durch die Mönchsstraße ein ganzes Reiterfähnlein heran: Vom Kloster her nähert sich dem Alten Markt der Hochzeitszug des hochwohlgeborenen Ritters Diter Kruse und des hochwohlgeborenen Ritterfräuleins Elsebet Anrep. Vorerst handelt es sich eigentlich nur um den Bräutigamszug. Der junge Ritter, kaum zwanzigjährig, mit hellem Schopf und trunkenen Augen, reitet auf einem prachtvollen Schimmel neben seinem stattlichen Herrn Papa und seiner stolzen Mama, geborene Katharina von Tisenhusen, und ihnen folgen etwa hundert prunkvoll mit goldenen Ketten und Federschmuck ausstaffierte Edelleute. Unter ihnen tänzeln hohe, schwere Hengste oder rührige Rosse, die gleichfalls mit goldenen Ketten, Federn und allem möglichen Tand geschmückt sind, und jedes Tier kostet mehr als neun Schiffslasten Roggen und dient nichts anderem als der Protzerei. Der Bräutigam blickt vergnügt drein, wie es sich für einen Bräutigam geziemt. Aber auch sein Herr Papa trägt eine frohe Miene zur Schau, und das gibt zu denken. Ja, der Herr Kruse senior – er ist allerdings erst knappe vierzig – lacht, daß seine weißen Zähne im breiten weingeröteten Gesicht blitzen, und schaut mit gierigen grauen Augen stolz umher, und keinesfalls sieht man ihm an, was von ihm geredet wird: daß er es ist, der in einigen Wochen an der Spitze von Bischof Hermanns Abgesandten eine überaus verantwortungsvolle Aufgabe zu erfüllen hat. Er muß die sechzigtausend Silbermark, mit denen sich Livland noch einmal mit Gottes Hilfe von diesem schrecklichen Iwan den Frieden erkaufen will, nach Moskau bringen. Freilich, die sechzigtausend sind noch nicht beisammen. Aber der Landtag hat beschlossen, sie zu sammeln: Anders ist Livlands Verderben nicht abzuwenden. Die Beschaffung dieser Summe dürfte nicht allzu schwierig sein. Wenn allein die Hochzeitsgäste, die hinter dem Fräulein Anrep und ihren Eltern jetzt ebenso aufgedonnert von der anderen Seite her über den Alten Markt reiten und sich lärmend zum Haus der Großen Gilde entfernen – ja, wenn diese Hochzeitsgäste ihre goldenen Ketten und Halsbänder, ihre Ringe und Perlen, ihre kostbaren Harnische, Helme, Federn, Sporen und Plättchen hier auf einen Haufen legten und daneben den Preis ihrer Rosse, so wären die sechzigtausend gewiß schon halb beisammen.

Während Pall sich diesen Betrachtungen hingab, knarrte die Küchentür, und Meus trat in seine Kammer. Seitdem Pall ins Haus gezogen war, tat Meus es recht häufig, ja viel häufiger, als man es vom Herrn Pastor der Olaigemeinde erwarten konnte. Der Bauernjunge, sein früherer Schüler, war sein Schwager geworden, in letzter Zeit jedoch schien er gar sein Freund zu werden. Pall schöpfte aus Meus' Freundschaft vor allem die Erfahrung eines Menschen, der aus einer anderen Umgebung stammte und einem anderen Stand angehörte. Die ererbten, im heimatlichen Kurgla wurzelnden Vorstellungen, die Lateinschule und das Stadtleben hatten in Pall die Überzeugung geweckt – die zwar hin und wieder auf inneren Widerstand stieß –, daß alles, was das Bauernvolk tat und dachte, zwar rührend vertraut sein mochte, aber verglichen mit dem Tun der Deutschen jämmerlich war. Die Wolken der gesellschaftlichen Ungerechtigkeit, die stets das Dasein des zur Bildung strebenden Bauern überschatteten und so selten die Sonne – das Gefühl, sein eigener Herr zu sein – durchließen, dafür um so öfter Blitze der Beleidigung und den feinen Regen der Demütigung herniedersandten – diese Wolken kannte Pall natürlich aus eigener Erfahrung. Aber daß diese Wolken durchaus nicht gottgewollt, sondern eine von Menschen erdachte Ungerechtigkeit waren, das machte ihm jetzt Meus eindringlicher klar als je zuvor der alte Siimon. Was Pall von Meus hörte, bestärkte ihn in seiner Überzeugung. Denn obschon in den Hütten von Fischermai häufig in Branntweinbecher und Bierseidel hinein auf den Geiz und den Hochmut der Deutschen geschimpft wurde, so konnte es doch vorkommen, daß einer die Nase aus dem Seidel hob und sich zu fragen getraute: Wer zum Teufel braucht überhaupt die Deutschen hier im Marienland? Oder man hob die Nase gar recht hoch über den Seidel und pries den Bauern, dessen Nacken kräftiger, dessen Gesänge schöner und dessen Grips findiger seien als bei den ledernen Deutschen aus Pommern und Westfalen ... Der fünfzehnjährige Junge aus der Vorstadt, die bäurisch genug war, um die erfolgreichen Katersassen, die Handwerker und fast richtige Deutsche wurden, nicht nur zu beneiden, sondern auch zu verspotten – dieser Vorstadtjunge hatte sich auf Grund der hopfenentsprungenen prahlerischen Geschichten einen Mythos vom nationalen Selbstbewußtsein geschaffen. Der Abiturient des Triviums, der einundzwanzig geworden war und nicht nur Luther, Melanchthon und Livius, sondern auch Sebastian Münsters »Cosmographia« gelesen hatte, mußte sich eingestehen, daß der tröstliche Mythos seiner Flegeljahre erbärmliches Selbstlob gewesen war, und er entsagte ihm mit wehmütiger Überlegenheit. Denn was waren schon die einheimischen Bauernburgen, die es vor zehn Generationen gegeben hatte, im Vergleich zu den deutschen Steinstädten? Was die Volkslieder der Weiber aus Harrien neben den Hexametern des Ovid? Was die armselige Kannel in den Kammern von Fischermai, verglichen mit der Orgel in der Olaikirche?

Doch siehe da – der deutsche Pfarrer nämlicher Olaikirche öffnet die kreischende Küchentür, tritt in seine Kammer, und als Pall sich auf deutsch an den Schwager wendet: »Du kommst zu spät, die Krusesche Hochzeit zu schaun«, antwortet er: »Sprechen wir lieber in eurer Sprache.«

»Ist gut«, erwidert Balthasar, »du willst fortwährend üben!«

»Stimmt«, sagt Meus. »Aber sie ist auch schöner.«

Auf Balthasars ungläubigen Blick hebt er seinen Zeigefinger zum grauen Lichtstreif des Kammerfensters und spricht: »So hör doch: Kyll onn see yx imeline ilos keele – das klingt ja fast wie Pindaros!«

Übrigens weiß Pall: Nach Meus' Ansicht sind die einheimischen Bauern arbeitsamer als die Deutschen. Und wenn man sie ehrlich behandelte, meint Meus, wären sie im Durchschnitt ehrlicher als die hiesigen Deutschen. Und könnten sie ebenso gut essen und hätten sie es ein wenig leichter, so wären sie auch gesünder als diese. Schadhafte Zähne kämen bei ihnen schon jetzt seltener vor als bei den Deutschen. Und ihr üppiges, unbändiges, weizenfarbenes Haar – dessen sich Pall ein wenig schämt, weil er unter Deutschen sofort damit auffällt –, dieses Haar hält Meus einfach für prachtvoll. Natürlich, ist es doch auch das Haar von Frau Anna Frolink. Alle guten Eigenschaften und die Würde des Bauernvolkes sind auch seiner Frau eigen. Darum tritt er so eifrig für sie ein. Und Pall nimmt die anerkennenden Worte von Meus trotz seines jugendlichen Widerspruchsgeistes gierig auf.

An sich wäre es übertrieben, zu behaupten, der von Meus vor sechs Jahren vollführte Streich hätte ihm als

Pastor große gesellschaftliche Unannehmlichkeiten eingetragen. Sowohl der neue Oberpfarrer der Olaigemeinde, Herr von Geldern, ein recht hoffärtiger Herr übrigens, wie auch Walther von der Nikolaigemeinde verhielten sich nahezu tadellos zu ihm. Und doch war mitunter zu spüren, daß sie ihn nicht völlig ernst nahmen, den letzten Schritt in ihrem Wohlwollen nicht taten. Ganz zu schweigen davon, daß auf manch familiärem Weinabend, wo auch die Pastorinnen zugegen waren, Töne anklangen, die nur der sanftmütige Meus kühl nennen konnte. Annika reagierte darauf auf ihre Art. Als sie einmal bei Herrn Walther zu Gast waren, wo sie Frau Geldern mit ihren vier Töchtern trafen, und Frau Geldern über Annikas natürlich nicht fehlerloses Deutsch die Nase rümpfte, blitzten Annikas grüne Augen unergründlich, und sie redete eine der Töchter vor Frau Gelderns Nase an, als sei diese nicht deren Mutter, sondern Großmutter, zu welchem Zweck sie sich obendrein die siebzehnjährige Gertrud auswählte und nicht etwa die fünfjährige Magdalena. »Ach, wollen die Gnädige mich entschuldigen. Bei meiner mangelhaften Sprachkenntnis habe ich unrecht verstanden. Um so mehr, als … Na ja.«

Seitdem gab sich Frau von Geldern Annika gegenüber steinern wie ein Geschützturm. Aber ein Geschützturm mit stummen Geschützen.

Jawohl. Annika bewältigte solche Dinge wunderbar leicht, und es schien, die Anspielungen der Damen auf ihre bäuerliche Herkunft machten ihr nichts aus. Sie überging sie einfach und blieb auch nach dem Tod ihres einzigen, im dritten Ehejahr geborenen Kindchens blühend und heiter. Manchmal, wenn es Pall gelang, sie nicht als seine ältere Schwester, sondern als ein fremdes junges Eheweib zu betrachten, begriff er, daß Annika eine außerordentlich schöne und selbstbewußte Frau geworden war.

Meus schien seine Frau grenzenlos zu lieben. Aber er war keinesfalls so selbstsicher wie sie: Auf die Dauer zermürbten ihn die Spannungen, die der stolzen Haltung

Annikas entsprangen. Was ihm die keimende Freundschaft mit Pall vor allem bot, war nichts anderes als eine sichere Rast während der andauernden, kaum wahrnehmbaren Verteidigungsschlacht um die Würde seiner Frau.

Große gesellschaftliche Unannehmlichkeiten hatte ihm diese Schlacht, wie gesagt, nicht eingebracht, dafür aber graue Haare. Ihrer gab es an seinen hageren Schläfen bereits besorgniserregend viele, als er mit erhobenem Zeigefinger vor seinem Schwager stand und ein wenig pastorenhaft wiederholte: »So hör doch: Kyll onn see yx imeline ilos keele.«

Dann ließ er den Finger sinken und fragte: »Herr Elert ist also im Hochzeitszug seines Sohnes vorbeigeritten? Ach. Sie feiern Hochzeit und prassen und trödeln so lange, daß Iwans Appetit sich verdoppelt haben wird, bis sie das Geld für ihn beisammen haben. Ja, Balthasar: Ich glaube, es gibt Krieg, so oder so.«

»Warum glaubst du das?«

»Herr Krumhusen hat mir aus Narva geschrieben. Er stammt aus meiner Gegend, aus Treptow. Er hat das menschenmögliche getan, diesen Krieg zu verhindern. Aber jetzt ist er beim Großfürsten in Moskau gewesen und hat gesehen, daß nichts mehr zu machen ist. Ja, Balthasar – dieser Krieg ist das Ende des Ordensreiches. Weil ...«

Meus verstummte, und beide lauschten. In selbstsicherem Galopp näherte sich durch die abendliche Stille das Hufgetrappel eines Pferdes, kam über den Rathausplatz zum Alten Markt und hielt vor dem Haus. Der Klopfer an der Eingangstür machte bom-bom-bombom!

Herr Weselouwe hatte geruht, vor einer Woche in sein Haus in der Raderstraße umzuziehen, und im Bischofshaus wohnte nun außer den Frolinks und Pall keine Menschenseele.

»Schau mal nach, wer das ist«, sagte Meus.

Pall reckte den Hals aus dem Fenster, sah aber nichts weiter als den Hintern eines wohlgenährten Rappen und einen leeren Sattel. Der Ankömmling stand auf dem Treppenpodest hinter der dicken Mauer. Aber schon die schwarz-goldene Stickerei auf der Satteldecke besagte, daß es sich um einen gewichtigen Herrn handeln mußte, mit dem man nicht durchs Fenster verhandeln konnte. Pall ließ sich von Meus die notwendigen Schlüssel geben und eilte hinunter. Er öffnete eine kleine Hinterür, die in einen Gang zwischen zwei Bedienstetenzimmern führte, betrat eine geräumige, einer kleinen Kirche ähnliche Diele, wo noch einige holländische Prachtschränke des Herrn Weselouwe standen und sich die rosenbemalte Balkendecke fast im weißen Fußboden aus Padiskalkstein spiegelte. Bom-bom-bom! wiederholte der Klopfer gebieterisch, und Pall öffnete eilends die Tür.

Dort stand der Stadtphysikus Magister utriusque medicinae Doktor Matthias Friesner. Natürlich – er war es, dieser mittelgroße, geschmeidige, brünette Herr mit den leicht ergrauten Schläfen und den kühlen grauen Augen in der kurzen schwarzen Schaube. Aber Pall erkannte ihn kaum. Er hatte nie bemerkt, daß der Herr Physikus eine so gute Figur machte und derart freundlich lächeln konnte.

»Aber ... Herr Doktor ... In diesem Hause ist niemand krank«, sagte Pall.

»Davor bewahre Gott, junger Freund! Aber hier steht der neue Herr des Hauses.«

Der Doktor schritt rasch an Pall vorbei und blieb erst in der Diele am holländischen Tisch aus Sandelholz stehen. Hier machte er auf der linken Ferse eine fesche Chaconnewendung, wobei sein schmaler schwarzer Bartkeil einen Dreiviertelkreis beschrieb, und schaute Pall aus seinen dunkelgrauen Augen lachend ins Gesicht.

»Ja«, sagte er und klopfte mit dem silbernen Knauf seiner Reitpeitsche – tok-tok-tok-tok! – an den Tisch, als wolle er, obwohl er mitten im Haus stand, sich weiter hineinklopfen. »Ich habe dieses Haus gekauft.« Sein Peitschenknauf wies auf die Schränke und den Tisch. »Mit all dem Kram von Weselouwe, der hier noch rumsteht. Und ich sehe«, er schaute sich flüchtig um, »hier ist alles in schönster Ordnung, so daß ich morgen einziehen kann. Damit alles fertig ist, wenn meine Gemahlin aus Üxnurme in die Stadt kommt. Sie hält sich dort auf meinem Gut auf.«

»Oh ...«, stammelte Pall überrascht und erschrocken, »müssen wir denn ... ich meine die Frolinks und ich ... müssen wir uns nun eine neue Wohnung suchen?«

»Aber nein!« rief der Doktor fast entrüstet. »Ich habe vom Herrn Pastor nur das Beste gehört. Ihn kennen in dieser Stadt Tausende Menschen. Und er kennt Tausende. Was nicht weniger wichtig ist. Und er hat eine schöne junge Frau. Ihr aber seid der Bruder der jungen Frau. Ich weiß. Also los! Ich möchte dem Pastorenpaar unter meinem Dach meine Ehrerbietung erweisen.«

Er eilte vor Pall die Hoftreppe hinauf, klopfte bei den Frolinks an, trat ein, ohne die Antwort abzuwarten, küßte Annika die Hand, wie es die Ritter auf den Landtagsfesten zu tun pflegten, bevor sie sich betranken, teilte beiläufig mit, fortan werde der Gotteskasten die Miete der Frolinks ihm als dem neuen Hausherrn zahlen, und blieb danach interessiert vor dem Regal mit Meus' kirchlichen Büchern stehen. Jedoch nahm er keinen der Bände in die Hand, um darin zu blättern. Er fuhr lediglich mit seinem weißen Finger – ritschratsch! – über das braune und weiße Leder der dicken Buchrücken und sagte: »Jaja, tiefe Weisheit, tiefe Weisheit ... Aber was seid Ihr eigentlich, Herr Pastor – Flacianer oder Melanchthonianer?« Und bevor Meus antworten konnte, schaute der Doktor ihn lächelnd an und antwortete selbst auf seine Frage: »Melanchthonianer, versteht sich. Ich schließe dies aus Euren freundlichen Augen. O diese Kriege, diese Zwistigkeiten. Ich kenne das. Ich stamme aus Kassel. Meine Knabenjahre – das war der Bauernkrieg. Ich kenne das. Mein Vater war in Kassel Starstecher. Ein Mann mit unvergleichlich geschickten Händen. Aber Doktor ist er nicht geworden. Ihr wißt selbst: Die Universitäten bevorzugen Kaufherrensöhne oder solche, die eine strenge Lateinschule hinter sich haben. Aber mein Vater war Vorarbeiter in einer

Kohlengrube. Reich ist mein Vater schließlich trotzdem geworden. Denn von hundert Leuten, denen er den Star stach, wurden zehn wieder sehend. Und zufällig gehörte zu diesen Glücklichen der Graf von Laurenburg. Zum Dank überhäufte er Papa Friesner mit Gold. Also konnte der Sohn«, Doktor Friesner zeigte mit seinem weißen Finger auf sich, »sieben Jahre in Marburg und Paris studieren.«

Was Wunder also, daß er zweifacher Magister ist und den Unterschied zwischen Melanchthonanhängern und Flacianern kennt, dachte Pall fast unfreundlich und merkte im selben Augenblick, wie sich der schwarze Bartkeil des Doktors ihm zuwandte.

»Ich kann mich nicht recht erinnern, wer es mir erzählt hat. Möglicherweise Euer Herr Balder, ich habe seine Krätze behandelt ... Der junge Mann hier will ja wohl auch studieren, wie? Theologie, ja? In die Fußtapfen des Herrn Frolink treten? Oder vielleicht in die des Hippokrates?«

Der Redefluß des Doktors war sogar für Meus zu schnell, von Pall ganz zu schweigen. Ehe sie zum Antworten kamen, wandte sich der Doktor bereits zum Gehen und sagte mit feinem Lächeln, wobei er sie mit seinem eindringlichen Blick ansah: »Über all das werden wir uns noch eingehend unterhalten. Wenn wir erst hier unter einem Dach wohnen. Und Freunde geworden sind.«

Unter einem Dach wohnten sie bald. Die Bediensteten des Doktors kamen schon am folgenden Tag, an einem Sonntag, gleich nach der Predigt zum Großreinemachen ins Haus. Der Hausrat kam in fünf, sechs hohen Wagenfuhren Montag vormittag an. Zur gleichen Zeit erschien auf seiner rabenschwarzen Stute der Doktor und erteilte unter den Heiligenbildern des Bischofshauses den Fuhrknechten ausführliche Anweisungen, was wie in welchen Raum zu tragen sei. Als Pall nachmittags aus der Schule kam, hielt ihn der Doktor vor dem Haus zwischen den Wagen an.

»Gut, daß Ihr kommt, junger Freund! Johann – das ist mein Diener – liegt seit gestern mit Fieber im Bett. Helft Ihr mir ein bißchen, ja?«

»Natürlich.«

»Ich habe hier einiges, was vorsichtig behandelt werden muß. Besonders die Kiste hier, in die ich keinen Fremden schauen lassen möchte. Ich trage gleich diese Schatulle nach oben, und dann nehmen wir zu zweit die Kiste. Wartet hier!«

Der Doktor klemmte eine zwei Fuß lange braune Schatulle, die mit roten Blumen verziert war, unter den Arm und schritt eilig ins Haus.

Pall stand zwischen den Fuhrmannsgäulen und betrachtete die leer werdenden Wagen und die längliche, schmucklose Kiste, die er zu bewachen hatte. Was mochte darin sein? Ringsum hielt Marktvolk Maulaffen feil, wie stets in solchen Fällen, und unter den Rufen eines Pferdeknechtes ratterte eine breite Heufuhre, die zur Königsstraße wollte, so dicht an ihnen vorbei, daß die Gaffer mit Deiwelrufen zurücksprangen und das Fuder mit seinen Halmen Palls Rücken und Nacken streifte. Pall trat näher an die Kiste und überlegte mit wachsender Spannung, was dort wohl verborgen sein mochte. Die Träger hatten die letzten Stühle von den Wagen gehoben – acht Eichenstühle mit kunstvollen Schnitzereien – und brachten sie auf ihren Köpfen ins Haus, die Stuhlbeine gen Himmel, damit sie nicht schmutzig wurden. Jemand von den Gaffern pfiff. »Was die wohl kosten mögen – uch! Die hat doch Meister Andreas mit seinen Gesellen gemacht, der hat im vergangenen Jahr das Ratsgestühl für St. Nikolai gezimmert, und das hat tausendsechshundertfünfunddreißig Taler gekostet. Ich weiß es genau.« Nun kamen zwei Träger zurück und faßten nach der Kiste, die Pall bewachen sollte. Sie hoben sie an, und der Pflock, der anscheinend recht lose in der Krampe am Deckelrand saß, rutschte heraus und fiel in den Wagen. »Halt, halt!« rief Pall. »Die bringen der Doktor und ich hinein!« Die Knechte ließen die Kiste schnaufend in den Wagen gleiten, Pall legte die

Hand auf den losen Deckelrand und ergriff mit der anderen Hand den Pflock, um ihn in die Krampe zurückzustecken. Wie es sich gehörte. Aber eine süße Neugier bemächtigte sich seiner: Ich guck mal, was da drin ist. Vorsichtshalber schielte er, ohne den Kopf zu heben, zum Haus – und sah (o Schreck!): Der Doktor stand am geöffneten rechten Fenster des Schreibzimmers und schaute herunter. Pall hatte den Eindruck, daß der Doktor just auf seine Hand blickte, die den Pflock hielt und drauf und dran war, den Deckel anzuheben, den kein Fremder öffnen sollte. Mit einer Leichtigkeit, die ihn selbst verblüfft hätte, hätte er darüber nachgedacht, steckte er den Pflock in die Krampe zurück und wischte mit der Handfläche Heustaub vom Kistendeckel.

Gleich darauf war der Doktor zur Stelle, und sie schleppten die etwa zwanzig Pfund schwere, für ihre Größe zu leichte Kiste ins große Schreibzimmer im Oberstock. Hier zog der Doktor einen Schlüssel aus der Tasche und öffnete in einer Ecke eine eisenbeschlagene Tür, wohinter sich ein mauerbreiter Alkoven verbarg. Die rotgeblümte Schatulle stand bereits dort, und der Doktor sagte, dort müsse sie auch bleiben. Aber die lange Kiste hatte daneben keinen Platz mehr. Also stellten sie sie aufrecht in das Gelaß. Nachdem der Doktor die eisenbeschlagene Tür verschlossen und den Schlüssel in die Tasche gesteckt hatte, fragte Pall: »Aber … Was ist denn in dieser Kiste?«

»Ah!« rief der Doktor. »Eure Neugier hat also doch den Sieg davongetragen! Aber hübsch auf gesetzliche Art und Weise. Jawohl, ich habe gesehen, wie Ihr sie dort unten beim Wagen bezwungen habt.«

Pall hatte keine Ahnung, ob er die Sympathie des Doktors jemals im Leben benötigen würde oder nicht. Auch spürte er kein besonderes Verlangen, sie zu gewinnen. Natürlich besaß er keinerlei Gewähr dafür, daß sie auf diese Art zu gewinnen sei. Er machte sich nicht einmal die Mühe, nach Anzeichen einer solchen Gewähr zu suchen oder auch nur darüber nachzusinnen. Selbstverständlich wußte er – wenn nicht aus Lebens-, so doch aus Schulerfahrung –, daß er jetzt den Blick senken, den linken Fuß einwärts drehen und sich sagen sollte: Aber Jesus Sirach spricht im 11. Hauptstück, im 9. Vers: »Was deines Amtes nicht ist, da laß deinen Vorwitz.« Doch er tat es nicht. Statt dessen schaute er mit seinen grauen Kulleraugen direkt in die schmalen dunklen des Doktors, und im sprießenden Schnurrbart seiner Mundwinkel blitzte ein eigenwilliges Schmunzeln auf.

»Das kam daher, weil ich merkte, daß Ihr es seht.«

Der Doktor trat einen Schritt zurück und musterte ihn lange. So lange, daß man gut und gern bis zehn hätte zählen können. Dann sagte er recht hörbar: »Hm-m ...«

Ein Kenner menschlichen Verhaltens hätte begriffen, daß der Doktor angestrengt nachdachte, während er Pall musterte. Vielleicht spürte es auch Pall. Jedenfalls erschien ihm der Ton, den der Doktor nun plötzlich anschlug, allzu frei und flott. Und so offenherzig, als verberge sich dahinter etwas.

»Ihr möchtet wissen, was in der Kiste ist? Na schön, warum nicht!«

Er nahm den Schlüssel wieder aus der Tasche, klapperte damit vergnüglich im Schlüsselloch und öffnete die eisenbeschlagene Tür sperrangelweit.

»*Euch* wird es kaum überraschen. Khm. Aber ich bitte: zu keinem *anderen* ein Wort! Das würde mir Ungelegenheiten bereiten.«

Der Doktor zog den Pflock aus der Krampe der aufrecht stehenden Kiste und öffnete den Deckel wie eine schmale Tür.

»Hm-m-m ...« Nun war es an Pall, seine Verblüffung mit Gebrumm auszudrücken. In der schwarzgefütterten Kiste stand ein fahlgrauer, feingliedriger Knochenmann mit hängendem Kopf und schaute ihn aus riesigen, leeren Augenhöhlen an.

»Livland ist glücklicherweise ein vernünftiges Land«, sagte der Doktor mit seinem aufreizenden Schmunzeln. »Versteht sich. In meinem lieben Deutschland werden jährlich mehrere hundert Hexen verbrannt. Aber hier hat bislang keine Menschenseele ihr Ende auf dem Scheiterhaufen gefunden. Doch wir wollen die guten Livländer nicht provozieren. Wenn sich in der Stadt das Gerücht verbreitet, daß ich hier dieses reichlich phantastische Ding habe, so bringt das die Gemüter der braven Revaler gewiß tüchtig in Aufruhr. Also für alle Fälle wiederhole ich: Zu keinem ein Wort davon.«

»Aber wozu habt Ihr es überhaupt?«

»Jedenfalls nicht für Zauberei. Zunächst ist das eine Kapitalanlage. Es kostet dreihundert Taler. Jaja. Ich habe es mir aus Kopenhagen kommen lassen. Zweitens: Es gefällt mir, eine solche Rarität zu besitzen. Drittens: Ich kann es mal brauchen, wenn die Gesundheit eines Patienten erfordert, daß sein Arzt einen tiefen Eindruck auf ihn macht.« Sein Schmunzeln flammte auf und erlosch wieder. »Viertens: Man kann daran zuverlässig lernen, wie die Knochen des Menschen zueinander stehen.« Er hob die linke Hand des Gerippes und bewegte sie vor Pall auf und nieder. »Die Ligamente sind aus Silberdraht, aber die Knochen sind alle tadellos an Ort und Stelle, alle zweihundertdreiundvierzig.«

»So etwas ... ist wohl eine große Seltenheit ... wie ich gehört habe?« murmelte Pall.

»Eine überaus große«, sagte der Doktor genüßlich. »Was auch sein Preis beweist. Die medizinische Fakultät in Paris hat zwei, aber die von Marburg zum Beispiel kein einziges. Na, schlafe weiter, Freund«, sagte er, sich an den Knochenmann wendend, schloß die Kiste und danach das Gelaß. »Ach ja – da, für Eure Mühe!« Er drückte Pall einen ganzen Silberferding in die Hand. »Geht jetzt und eßt Euch satt, Frau Frolink erwartet Euch bereits zum Mittagessen, und nachher, wenn Ihr Lust habt, kommt und helft mir noch ein wenig.«

Ehrlich gesagt, warum sollte Pall keine Lust haben? Natürlich hatte er welche. Gleich nach dem Mittagessen kehrte er wieder. Er half dem Doktor, sein Schreibpult ans Fenster zu rücken, sie nahmen aus einer Truhe ein gutes Dutzend medizinischer Bücher und stellten sie auf einen abseits stehenden Tisch im Schreibzimmer. Der

Doktor behauptete, es seien außerordentlich kostbare Bände. Einige schlug er vor Palls Augen auf. Da gab es zum Beispiel den vor mehr als sechzig Jahren erschienenen »Hortus sanitatis« und den ein wenig jüngeren »Liber pestilentialis« und das noch neuere, 1528 erschienene »Feldbuch der Wundarznei«, und alle enthielten wunderliche Holzstiche. Auch war dort das fast nur aus Holzstichen bestehende »Schachbrett der Gesundheit« des Michael Hero. Die Bilder, die Pall allerdings nur flüchtig zu Gesicht bekam, stellten merkwürdige, zuweilen abscheuliche, jedoch ungemein fesselnde Dinge dar. Auf einem Bild zum Beispiel wurde jemandem mit einer kleinen Bügelsäge ein Bein abgesägt. Der Patient lag mit friedlich verklärtem Gesicht in einem Sessel, ein Tuch über die Augen gebreitet, während zwei wichtigtuerisch aussehende Männer an seinem Bein fummelten. Das Bein war fast durchgesägt, aber der große Blutkübel auf dem Fußboden enthielt nur einen Fingerhut Blut. Zu Häupten des selig daliegenden Amputierten war das Wort »Serratura« in die Luft gedruckt. Auf einem anderen Bild, vor dem Hintergrund einer Schlacht zwischen lanzenschwingenden Heeren, saß mitten auf einer Wiese in einem ähnlichen Sessel ein schnauzbärtiger Krieger. Er machte ein Gesicht, als sitze er in der Kirche und blicke zur Kanzel, wo der Pfarrer eine zuckersüße Predigt hält. Während ein Helfer des Feldwundarztes ihn leicht an der Schulter festhielt, zerrte der Doktor aus seiner entblößten behaarten Brust einen widerhakigen Pfeil. Und so weiter und so fort.

Gegen Abend erschien Märten, von Annika zum Schreibzimmer des Doktors hinaufgeschickt. Die Freunde hatten einander mehrere Tage nicht gesehen, und während Pall Uringläser, die riesenhaften Birnen glichen, in das ihm gewiesene Regal stellte, unterhielten sie sich lebhaft. Doch der Doktor kam und gab ihnen keine Muße mehr dazu.

»Ah – da ist ja Euer netter Famulus! Wo arbeitest du eigentlich?« Märten duzte er ohne weiteres. »Also in den Speichern von Krumhusen? Hm. Na, sind seine Nowgoroder Nerzfelle bereits eingetroffen? Ach, die ersten Fuhren sind gestern früh angekommen? Sieh an. Wie war doch dein Name: Märten Bergkam? Jaja. Hm. Hör mal, Märten – es würde dich wohl nicht grämen, wenn du einige Ferding dazuverdienst?«

Gegen so etwas war Märten nie. Schon nach einer knappen halben Stunde machte er sich eifrig im Hof des Bischofshauses zu schaffen. Er unterwies dort zwei aus Üxnurme in die Stadt beorderte Bauern, die einen riesigen Haufen Brennholz hacken und im Schuppen aufstapeln sowie den Stall für die Kutsch- und Reitpferde des Doktors und seiner Gemahlin vorrichten sollten. Der Doktor gab Märten Anweisungen für den nächsten und sogar übernächsten Nachmittag: morgen den Hof – aber bis zum entlegensten Winkel! – von Abfällen und Herbstlaub säubern und mit feinem weißem Meeressand bestreuen. Übermorgen in der vom Herrn Bischof errichteten Kapelle – der in der Hofecke! – Ordnung schaffen und vor allem: mit feinstem Sand das nachgedunkelte steinerne Engelrelief in der Kapelle sauberschrubben – schau, das da!

Kurz, nicht nur Pall, sondern auch Märten war in seinen freien Stunden für ein recht günstiges Entgelt beim Doktor beschäftigt. Emsig zu Werke ging auch der Hausknecht Paap, ein stummer, aber aufgeweckter Kerl, der bereits vor mehreren Jahren aus Üxnurme in die Stadt geholt worden war. Der grauhaarige, gelbgesichtige Diener Johann war ebenfalls ins neue Haus gezogen, doch das Fieber fesselte ihn immer noch ans Lager, so daß der Doktor an ihm keine Hilfe hatte. Die üppige Wirtschafterin Magdalena hatte alle Hände voll zu tun: in der Küche, bei den Wäschetruhen und mit den Laken und Kissenbezügen fürs Himmelbett des Doktorpaares. Alles mußte in peinlichster Ordnung sein, wenn Frau Katharina aus Üxnurme in die Stadt kam. Aber am vierten oder fünften Tag erhielt der Doktor unter mehreren Briefen einen von seiner Gemahlin, in dem sie mitteilte, sie gedenke noch nicht nach Reval zu kommen. Für Pall war diese Kunde eine gewisse Enttäuschung, da er doch rege an den großen Vorbereitungen zur Ankunft der Herrin mitgewirkt hatte. Dem Doktor hingegen schien es keinerlei Kummer zu bereiten. Im Gegenteil. Pall sah zufällig, wie Friesner das Siegel aufbrach, das einen Apfelbaum darstellte, und den Brief las. Als er dann so ganz nebenbei bemerkte, seine Gattin werde vorerst nach Dorpat fahren, schaute er zum Fenster hinaus auf den Alten Markt, und sein feiner schwarzer Schnurrbart schien zufrieden zu sagen: Interessant, interessant, interessant ...

Am Abend saßen Pall und Märten in der Kammer hinter der Küche. Der Oktoberregen trommelte an die dunkle Fensterblase. Märten hockte auf Palls Pritsche und lutschte an dem Schweineschwanz, den Pall für ihn aus Annikas Suppentopf gefischt hatte.

»Geld hat dieser Doktor wie Heu«, überlegte Märten laut. »Wenn Krumhusens Lagerverwalter mir für die Schinderei dort ebenso gut zahlen würde wie der Doktor für das bißchen, was ich hier für ihn tue, dann, hm ...«

Pall setzte hinter seinen Aufsatz über Marcus Claudius Marcellus mit einem siegreichen Gänsefederschnörkel einen Punkt. (Übrigens stellte er darin fest, daß Marcellus' Glück geringer war als sein Unglück. Er hatte zwar das Glück, das Panzerhemd des Virdumarus zu erbeuten – doch was war das schon, verglichen mit dem Mißgeschick, den Kampf gegen einen so gewaltigen Mann wie Archimedes anzutreten? Dieser fiel zwar durch die Hand eines Kriegers von Marcellus, aber die Schande seiner Ermordung blieb für immer an Marcellus' Feldherrnnamen haften.)

»Warum sollte er kein Geld haben!« meinte Pall und betrachtete mit gespitztem Mund die letzten Zeilen seines Exerzitiums. »Bedenke doch, wer seine Patienten sind.«

»Wer denn?«

»Nur die allerwichtigsten Männer. Ich habe schon mehrere Ratsherren bei ihm gesehen: Beelholt, Loop, Bade, Vegesack – der soll mit ihm verwandt sein. Herr

Clodt ist zweimal dagewesen und ein schwedischer Schiffskapitän, in lauter Fischotterfellen. Und heute morgen mußte er in aller Eile auf den Domberg zum Bischof Mauritius höchstselbst.«

»Woran leiden denn diese hohen Herrschaften?«

»Im Bauch des Bischofs sammelt sich Wasser an. Und von Clodt munkelt man, er hätte die Lustseuche. Über die anderen weiß ich nichts. Aber egal, unter drei oder vier Mark macht so ein Herr Doktor keinen Finger krumm. Also ...«

»Er ist zwar Doktor, aber trotzdem verschroben«, sagte Märten gewichtig, an seinem Schweineschwanz lutschend.

»Wieso verschroben?«

»Hm. Scherze treibt er wie ein Hanswurst, ohne jeglichen Sinn.«

»Wieso?«

»Gestern nachmittag holt mich Magdalena aus dem Hof ins Haus: Der Doktor will mich sprechen, ich soll ins Schreibzimmer kommen. Ich wische mir den Kalkstaub von den Latschen, gehe rauf und trete ein – die Tür steht offen. Aber der Doktor ist nicht drin. Ich warte und warte, doch er kommt nicht. Ich will schon Magdalena fragen, wo er ist, als die eisenbeschlagene Tür dort in der Ecke, hinter dem neuen Kachelofen, als die also plötzlich mit greulichem Gekreische aufgeht, ganz langsam zurückklappt und der Doktor auf der Schwelle steht – in schwarzen quergestreiften Klamotten und mit einer riesengroßen runden schwarzen Brille auf der Nase.«

»Und weiter?«

»Er schaut mich an mit einer Miene, als müßte ich das schrecklich spaßig finden. Ich denke, was ist das für ein Unfug, und sage: ›Der Herr Doktor hat mich rufen lassen.‹ Darauf lacht er und fragt, ob ich keine Angst bekommen hätte. ›Warum denn Angst?‹ – ›Oh, wer weiß, wer aus dieser Tür in dieser Aufmachung treten kann?‹ – Na hör mal, welcher Räuber kommt schon am hellichten Tag? So ein Narr.«

Im selben Augenblick rief Annika Pall in die Küche und bat ihn, aus dem Schuppen für den Herd Brennholz heraufzuholen. Als Pall zurückkam, war Märten weg. So hatte Pall einen Grund, warum er Märten über den Sinn von diesem Jux und über das Geheimnis des Nebengelasses nicht aufgeklärt hatte. Dennoch schlief er in dieser Nacht den unruhigen Schlaf eines Heuchlers. Und als er sich am Morgen beim Brunnen wusch, fiel ihm ein, daß er das Morgengebet vergessen hatte. Das Gesicht noch vom kalten Wasser glühend, trat er in die alte Bischofskapelle – zum Beten war er hier noch kein einziges Mal gewesen –, kniete auf einer schiefgetretenen Kalksteinstufe nieder und bat den Engel, den Märten gestern weißgescheuert hatte, um Vergebung für sein Schweigen. Doch nicht dem Engel, sondern sich selbst gelobte er, Märten bei der nächsten Gelegenheit in das Geheimnis des Doktors einzuweihen. Aber er erfüllte dieses Gelübde nicht, wenigstens nicht bei der ersten Gelegenheit. Jedesmal, wenn er beginnen wollte, hörte er deutlich die Stimme des Doktors, sanft, jedoch eindringlich warnend: »Zu keinem ein Wort davon.« Und er hatte nicht etwa geantwortet: Nein, Herr Doktor! Unter dieser Bedingung will ich in Eure Geheimkiste nicht schauen! Er war Feuer und Flamme gewesen und hatte geschwiegen. Qui tacet, consentit. Und er hatte damit in bedeutendem Maße das Vertrauen des Doktors gewonnen, ohne sich dessen bewußt zu sein.

Einige Tage später gab ihm der Doktor vier, fünf Rezepte und schickte ihn zum Apotheker Dyck – ein Gang, den Pall jeden Nachmittag besorgte. Aber diesmal sagte der Doktor, bevor Pall das Schreibzimmer verließ: »Übrigens … Habt Ihr von den Einzelheiten des Poswoler Vertrags gehört?«

»Nein … Von welchem?«

»Nun, unser lieber Ordensmeister und der König von Polen haben ein Verteidigungs- und Angriffsbündnis geschlossen.«

»Davon habe ich gehört. Nun wagt sich der Moskowiter wohl kaum an uns heran …«

»Aber der Vertrag enthält die Klausel, daß er erst in vier Jahren in Kraft tritt.«

»So. Und was bedeutet das?«

»Daß unser lieber Herr Ordensmeister Moskau den Hintern gezeigt und dabei gewußt hat, daß seine Panzerhose geflickt wird. Und daß er sie erst in vier Jahren wieder anziehen kann.«

»Also wird jetzt ...?«

»Also wird sich jetzt kein Narr mehr finden, der dagegen wettet, wenn wir behaupten, daß es zu Weihnachten Krieg gibt.«

»Der Moskowiter wird gegen uns zu Felde ziehen?«

»Unbedingt.«

»Ob er nun gerade im ärgsten Frost kommt ...«

»Hm. Seid Ihr in Moskowien gewesen? Nein? Aber ich. Die Russen kennen so strengen Frost, daß sie an dem livländischen gerade ihre Hände wärmen können. Sobald die Narva und die Sümpfe am Peipussee zufrieren, sind sie da.«

»Aber die sechzigtausend, mit denen der Frieden erkauft werden sollte?«

»Die haben ja unsere Geizhälse noch immer nicht beisammen!«

»Was meint Ihr, was geschieht, wenn der Krieg ausbricht?«

»Der Moskowiter besetzt Livland im Handumdrehen. Wenn wir nicht von außerhalb starke Unterstützung erhalten: Anleihen, Waffen, Kriegsvolk. Und wenn wir keinen Widerstandsgeist aufbringen. Daran hapert es bei uns am meisten.«

»Und von wem könnten wir all das erhalten?«

»Das hängt gewissermaßen auch von uns selbst ab, nicht wahr? Davon, auf wen wir setzen. Na, ich bin hier sozusagen ein Fremder. Aber Ihr als gebürtiger Livländer – wen würdet Ihr um Hilfe ansuchen?«

»Livland ist so zersplittert. Der Orden, die Bischöfe, die Ritterschaften, die Städte ... Und was bin ich schon für ein Livländer. Seit wann zählt man die Esten zu den Livländern? Revaler – das ist schon etwas anderes.«

»Also Ihr als Revaler.«

»Wir sind hier immerhin ein Grenzland des deutschen Kaiserreichs. So bitten wir den Kaiser Ferdinand.«

»Er hat Ärger mit dem Sultan und erst recht mit seinen deutschen Fürsten. Von ihm ist folglich nichts zu erhoffen.«

»Dann den Herzog von Preußen – als Erben des Deutschen Ordens.«

»Herzog Albrecht ist bloß ein Lehnsmann des polnischen Königs. Er vermag nichts. Wenn er sich überhaupt mit Staatsdingen beschäftigt, so intrigiert er heimlich gegen Polen. Das ist alles. Und außerdem zankt er sich mit seinen streitbaren Theologen herum – mit den Osianders und Funkes und wie sie alle heißen.«

»Dann bleibt noch die Hanse ...«

»Mit Livland als Ganzem hat die Hanse nichts zu tun. Und Reval ist allen Hansestädten, die mit Rußland Handel treiben, viel zu lange ein Dorn im Auge gewesen, als daß sie sich seinetwegen die Finger verbrennen möchten.«

»Dann Christian von Dänemark. Die Hoffnungen Fürstenbergs sollen ja auch eher auf ihn als auf Polen gerichtet sein.«

»Stimmt. Aber Christian leidet an Krebs. Ich weiß es. Bornholmer Birkenschwamm hat ihn acht Jahre lang am Leben erhalten. In der Politik ist er ebenso vorsichtig wie mit dem Essen. Ich bin überzeugt: Er wird nicht das geringste unternehmen. Na, da bleibt noch Polen, nicht wahr? Oder besser schon Litauen, das näher bei Livland liegt. Aber Sigismund wird vor Ablauf von vier Jahren keinen einzigen Schritt tun. Davon sind wir ja ausgegangen. Und übrigens: Nach dem Prinzip ›Praemissum semper verum‹ sollten wir berücksichtigen, daß wir nicht nur einen möglichen Helfer des Ordensreiches suchen, sondern auch einen möglichen Erben. Möchtet Ihr, daß das katholische Polen das lutherische Livland als Erbe erhält?«

»Nein. Dann würde ich schon das lutherische Dänemark vorziehen oder ...«

»Oder?«

»Oder Schweden.«

»Ah.«

»Aber das ist ja alles leeres Gerede – von mir hängt es doch nicht im geringsten ab.«

»Falsch! Ihr könnt sagen, daß es nur wenig von Euch abhängt. Aber etwas kann jeder seiner Variante dienen, falls er eine gewählt hat. So, geht jetzt. Sonst wird Herr Dyck heute mit seinen Medikamenten nicht fertig. Natürlich werdet Ihr in der Apotheke und anderswo nicht ausposaunen, daß Ihr zusammen mit Doktor Friesner für Livland einen neuen Herrn sucht. Nicht wahr? Da hatten wir wieder einmal ein kleines ... Skelettgespräch.«

Indessen fiel der frühe Schnee des Jahres siebenundfünfzig und machte den Versuch, als grauer Kot auf dem Grund von Pfützen und zwischen Abfall und Pflastersteinen zu verschwinden. Aber da faßte ihn der Winter beim Wickel und strich seinen mausgrauen Rücken mit frostiger Faust hart und glatt, so daß die Leute, rotnasig und klammfingrig, auf dem über Nacht entstandenen Glatteis immerzu – plumps! und bums! – stürzten. Dem Doktor brachte das städtische Glatteis neue Patienten ein, aber eigentlich weniger, als man hätte annehmen können. Denn Knochenbrüche und Verstauchungen zog sich meist das ärmere Volk zu, und das ließ sich von Kurpfuschern, Badeweibern und Barbieren behandeln. Was aber Doktor Friesner selbst anbelangt, so bewegte er sich auf den vereisten, holprigen Straßen unglaublich geschickt. Wenn Pall ihn manchmal am Nachmittag als sein Famulus begleitete, hatte er seine liebe Not, ihm zu folgen. Übrigens keineswegs leichter fiel es ihm, dem Gedankenflug des Doktors zu folgen, als sie nach einiger Zeit erneut eine Unterhaltung unter vier Augen führten.

»Also das ›Traktat vom Aderlaß‹ habt Ihr bereits gelesen? Gut! Sehr gut! Macht Euch jetzt an den Vesalius, ›De humani corporis fabrica‹. Das ist die Grundlage aller Medizin. Im Frühling seid Ihr mit der Schule fertig und in der Anatomie zu Hause. Dann noch etwa ein Jahr bei mir praktiziert und einige gute Bücher – und marsch, ab nach Marburg zum Medizinstudium! Mit so einer Grundlage schafft Ihr es in drei Jahren. Ich gebe Euch Empfehlungen an Rektor Phrygius mit. Und bei Professor Braunstein werdet Ihr wohnen. Wie? Oh, ein Kinderspiel ... Wer es bezahlt? Ja, wer zahlt denn, wenn Ihr, sagen wir, in Greifswald Theologie studiert? Übrigens könnt Ihr bis dahin auch ein wenig Geld verdienen. Auf welche Art? Nun – auf verschiedene.«

Dabei blieb es damals. Aber nach einer Woche etwa, als Pall sich am Sonntag vormittag nach dem Gottesdienst unter vier Augen mit dem Doktor im Schreibzimmer befand, kamen sie wieder auf Politik zu sprechen.

Hinter den gewellten mattgrünen Fensterscheiben schneite es breit und ruhig. Der Doktor, in roten ziegenledernen Hausschuhen und einer nerzverbrämten roten Hausjacke, stand am Fenster, hob die Harngläser seiner Patienten gegen das Licht, betrachtete sie und machte Eintragungen in ein Buch, das auf seinem Pult lag. Während er mit verkniffenen Augen durch den hochherrschaftlichen Urin den Schneefall beobachtete, sagte er: »Nun, meine Frau schreibt aus Dorpat, daß unsere Abgesandten sich vorgestern endlich nach Moskau aufgemacht haben – Kruse, Hörner und die anderen.«

»Gott sei Dank«, sagte Pall, »dann werden sie den Krieg diesmal noch verhüten.«

»Im Gegenteil. Sie gießen nur Öl ins Feuer.«

»Wieso? Sie bringen dem Iwan die geforderten sechzigtausend und ...«

»Das tun sie eben nicht! Es ist noch nicht allgemein bekannt, aber meine Gemahlin schreibt konfidentiell: Bischof Hermann hat sie ohne Geld losgeschickt. Weil sie das Geld nicht aufgebracht haben. Ergo: Der Krieg ist nur noch eine Frage von Tagen. Er kann ausbrechen, sobald die Abgesandten in Moskau eintreffen und es sich herausstellt, daß sie mit leeren Händen und bloß zum Schwatzen hingekommen sind. Dann bleiben sie als

Geiseln dort – wenn sie Glück haben. Im besten Fall bricht der Krieg gleich nach ihrer Rückkehr aus.«

Er stellte eine neue Glasbirne mit gelbem Bodensatz auf den Tisch und schaute Pall an.

»Nun, habt Ihr Euch für eine Partei entschieden? Das wird sehr bald notwendig sein.«

Pall lächelte verlegen. »Ja … Ich habe darüber nachgedacht. Aber was meint Ihr, wenn es Gott genehm ist, daß der Moskowiter dieses Land erobert, müssen wir uns dann so sehr dagegen wehren? Und wird es überhaupt so schlimm sein?«

»Hm.« Der Doktor räusperte sich. »Natürlich, zum Teil setzt der Moskowiter auf den tiefen Haß zwischen Bauernvolk und den deutschen Herrschaften. Falls er klug genug ist, dürfte er für Euch als Esten nicht gerade unerträglich sein. Selbst wenn man den unausstehlichen Charakter des Iwan berücksichtigt. Aber für Euch als Livländer, als Christen, der aus der Augsburger Quelle getrunken, als Revaler Bürger« – der Doktor hob wieder eine glitzernde Glasbirne mit schwappender goldgelber Flüssigkeit gegens Licht –, »für Euch als Marburger Doktor der Medizin in spe wäre es doch der Untergang des Abendlandes! Also …?«

Ja, Pall hatte inzwischen tatsächlich über diese Angelegenheit nachgedacht. Es war freilich nicht das erstemal. Obwohl er namentlich nach seiner Unterhaltung mit dem Doktor zum erstenmal versucht hatte, sich eine klare Antwort auf die Frage zu geben, wer als künftiger Herrscher Livlands annehmbar wäre. Eine vage Antwort hatte er längst bereit. Wohl darum hatte er damals, vom Doktor so eindringlich befragt, mit dem Kaiser und dem Preußen begonnen und Schweden zuletzt genannt: In diesem Hause – so schien ihm – war es nicht gerade Brauch, die Dinge rundheraus beim Namen zu nennen. Als er sich aber überlegte, warum er Schweden den Vorzug gegeben hatte, blieb er sich die klare Antwort schuldig.

Pall empfand den deutschen Kaiser und den preußischen Herzog als fremd und fern, zugleich aber als unangenehm nah. Er verband mit ihren Namen eine Atmosphäre von lähmender Verachtung, stummem Wutgeschrei und rostigem Harnischgekreisch. Vermutlich, weil er ihr Deutschtum mit dem Machtmißbrauch der hiesigen Deutschen gleichsetzte. Pall spürte den Duft von Fremdländischem und Leichtlebigem, von Hochmut und Weihrauch beim Namen Polens. Was mochte es sonst sein als Polens Papstgläubigkeit, die so duftete? Dänemark erschien ihm am nichtssagendsten unter den künftigen Möglichkeiten, er wußte nicht, warum. Außerdem irgendwie unangenehm. Vielleicht, weil der Herr Fürstenberg angeblich just von dort Hilfe erwartete. Oder aber, weil Dänemarks Könige – das wußte hierzulande jedes Kind – dieses Gebiet einmal für neunzehntausend Silbermark an den Orden verschachert hatten. Das war zwar über zweihundert Jahre her und nun schon belanglos, gewiß. Aber dennoch ...

Gut. Doch wieso eigentlich erschien ihm Schweden besser als die anderen?

Vor allem wohl, weil die Schweden neben den Deutschen die einzigen waren, mit denen Pall persönliche Erfahrungen hatte. Und diese unterschieden sich gewaltig von seinen Erfahrungen mit den Deutschen.

Die Schweden in Reval waren meist Handwerker. Schuhmacher, Zimmerleute, Faßbinder und ähnliches. Bestenfalls noch Goldschmiede. Und sogar betreffs solcher Herrenschweden hatte der Ordensmeister vor einiger Zeit dem Rat einen Warnbrief geschickt: Man solle nicht allzu vielen das Bürgerrecht verleihen. Das war natürlich eine geringere Zurücksetzung, als die Esten sie üblicherweise erlebten. Aber immerhin förderte das Mißtrauen und die Benachteiligung seitens der deutschen Kauf- und Ordensherren das Zusammengehörigkeitsgefühl der Revaler Esten und Schweden, zumal die hiesigen Schweden vor allem Mündriche, Fuhrleute oder einfach Lagerknechte oder sonstige arme Schlucker waren. Meist handelte es sich um Leute, die ganz wie die Grauen in Vorstädten wohnten, graue Röcke und teerige Hosen trugen und abgearbeitete Pranken hatten. Die meisten radebrechten die Grauensprache, wer das nicht konnte, mischte seine »Sprook« mit der Grauensprache – ein Kauderwelsch, das einen zunächst zum Lachen brachte, bei längerem Hinhören aber recht gut verständlich war. Zugegeben, die Stures und Banérs und die anderen, die dem Vernehmen nach im überseeischen Stockholm der Spitze des Schwedenreiches nahestanden – das waren Herren, wie sie überall an der Spitze stehen; von dem vertrauten scharfen Schweiß- oder Bootsteergeruch war bei denen nichts zu spüren. Aber die Halb- und Vollschweden von Fischermai und Bleeksberg empfand Pall fast als seinesgleichen, und ihre Dreikäsehochs, all die schmuddligen, sommersprossigen, rot- oder flachsköpfigen Jöns' und Mats' und Birgits waren ein Stück seiner eigenen Bubenjahre. Noch in der Quarta und gar in der Tertia der städtischen Schule herrschte das ungeschriebene Gesetz, daß sich die Jöns' und Mats' mit den undeutschen Jungen gegen die Deutschen zusammenschlossen, wenn es zu einer Schlägerei kam. Erst in der Sekunda konnte es zur Bildung einer schwedisch-deutschen Streitmacht kommen. Und erst in der Prima wäre das vielleicht zur Regel geworden, wenn die undeutschen Jungen dort noch irgendeine Rolle gespielt hätten. So. Ja, auch Märtens Vater, vor vielen Jahren in der unbekannten Stadt Kalle irgendwo in einer Hafenschenke erschlagen, war Schwede gewesen. Und Märten konnte sich an nichts erinnern als an seinen roten Krausbart und die blaue tätowierte Möwe auf seiner Brust, die er nicht in die Hand nehmen konnte. Dennoch – oder gerade darum – hätte es fast an Verrat gegrenzt, die Dänen oder Polen oder wen immer für besser zu halten als die Schweden. Natürlich trugen auch die Finnen von Fischermai und Bleeksberg dazu bei, einem die schwedische Königsmacht und ihr Wirken näherzubringen. All die Hämaläinens und Nylanders, die in den letzten Jahren aus Finnland übergesiedelt waren, schimpften, was das Zeug hielt, auf das Schwedenreich und alles Schwedische, jeder von seiner Warte aus – über die strengen Kriegs- und Zivilherren, über die hohen Steuern, die miserablen Äcker und törichten Stadt- und Handelsgesetze; aber eins konnte niemand in Abrede stellen: So schlimm die Gutsherren auch sein mochten – das Bauernvolk war in ganz Schweden und Finnland persönlich frei!

Die verdammte Ordensmacht wurde hier im Marienland seit Generationen verabscheut. Hinzu kam: Vater Siimon hatte weder Plettenberg, Brüggeney noch Fürstenberg jemals den Treueid geleistet; denn wann immer der Ordensmeister Reval besuchte, war Siimon mit einem Warentroß unterwegs. Von Pall ganz zu schweigen ...

»Also ... Wahrscheinlich Schweden ...?«

»Prächtig.« Der Doktor stellte die Glasbirne hin und ging im Zimmer auf und ab. »Wir wollen die Vorzüge Schwedens erörtern. Zunächst der König. Kein Halbverrückter wie der Iwan, sondern ein alter, angesehener und überaus vorsichtiger Mann. Iwan nennt ihn zwar verächtlich den Abkömmling eines Talghändlers, aber tatsächlich sind die Wasas von uraltem schwedischem Adel. Was seine Vorsicht anbelangt – freilich, die hemmt ihn oftmals, ebenso wie den Christian, aber um die livländischen Angelegenheiten kümmert sich eigentlich sein jüngerer Sohn. Jawohl. Johan. Der im vergangenen Jahr in Åbo Herzog von Finnland wurde. Jung. Klug. Ein klarer Kopf. Ein entschlossener Regent. Und schließlich und endlich – der nächste Nachbar von Reval. Überhaupt: Je mehr Anhänger eine Regierung in einem Land hat, um so besser paßt sie dort hin. Ja, demnach müßten wir hier estnische Könige haben.« Der Doktor schmunzelte. »Aber Spaß beiseite: Die Deutschen haben bewiesen, daß sie dieses Land nicht mehr regieren können. Wer hat denn hier – der Anzahl nach – den größten Anspruch? Russen gibt es in Reval fünf oder sechs, Polen ebensoviel, Dänen ein paar Dutzend. Aber einem Jöns Matsson oder Mats Jönsson begegnet man an jeder Straßenecke. Jawohl. In den größeren schwedischen Städten leben so viele Deutsche und Dänen, daß nach der Zahl der Schweden Reval die drittgrößte schwedische Stadt ist. Nach Stockholm und Visby. Dazu die benachbarten schwedischen Gebiete – das halbe Dagö und der halbe Kreis Wieck, die alten Ländereien der Lodes in Harrien und die Inseln. Schließen wir auch die Finnen ein – allein bei Euch in Fischermai gibt es einige hundert –, so lebt hier ein gutes Drittel der Untertanen von Herzog Johan. Ja, Balthasar, falls Euch die Zukunft des Bauernvolkes interessiert – in Finnland ist das Bauernvolk vollkommen frei.«

Pall hörte dem Doktor aufmerksam zu und hatte, wie so häufig, seine liebe Not, dessen Gedanken zu folgen. Verwirrt fragte er während einer Pause, wobei er selbst begriff, daß seine Frage kindisch war: »Kennt Ihr diesen Herzog Johan?«

Der Doktor ging schon eine ganze Weile nicht mehr auf und ab, sondern stand beim Ofen, mit dem Rücken an die warmen grünen Kacheln gelehnt. Nun streckte er plötzlich seinen schwarzen Bartkeil vor und antwortete: »Allerdings. Sehr gut.«

Eine Weile genoß er Palls Überraschung, dann fuhr er fort: »Ich habe im vergangenen Jahr den ganzen Juli mit Frau Katharina in Åbo auf seinem Schloß verbracht. Zu seiner Behandlung. Bei ihm war das Gleichgewicht zwischen der gelben Galle und dem Phlegma gestört. Aber jetzt ist er völlig gesund. Hin und wieder schicke ich ihm aus Reval ein Faß griechischen Vino santo gegen die Überproduktion der gelben Galle sowie Butterbirnen aus Padis. Und er seinerseits, er vergütet diese ... kleinen Dienste ... überraschend gut. Aber ...« Der Doktor streckte seine Linke aus und klopfte – tock-tock-tock-tock-tock! – an die eisenbeschlagene Tür hinter der Ofenecke, wobei er Pall ähnlich schmunzelnd anschaute wie vorgestern sein Mitprimaner Wenzel Pepermann, als Pall ihn mit einem Mädchen aus dem »Grünen Frosch« auf die Nonnenstraße heraustreten sah. Pall wußte nicht recht, wie er sich verhalten sollte – weder vorgestern bei Pepermann noch jetzt beim Doktor. Glücklicherweise erschien an der Tür der gelbgesichtige Johann – er war bereits so weit genesen, daß er sich allmählich seinen Aufgaben als Diener widmen konnte – und sagte, der Bischof habe nach dem Doktor geschickt, er fühle sich wieder schlechter. Der Doktor entließ Pall, wobei er nicht ohne Eitelkeit bemerkte: »Bitte, so geht es mir Ärmstem – Herzöge hier, Bischöfe dort. Nun, wir beide werden uns noch öfter unterhalten.«

Aber zu einem neuen ausführlichen Gespräch kam es nicht so bald. Es wurde Weihnachten, und St. Olai und St. Nikolai, die Dom- und die Heiligengeistkirche, die Kirchen vom Siechenhaus und von Fischermai sowie ein halbes Dutzend Stadtkapellen ließen mehrere Tage ihr Glockengeläut über den schneebedeckten Dächern erschallen. Dann stieg der Rauch der Weihnachtsbraten durch die Schornsteine gen Himmel, und im Abenddunkel tanzten Bürger mit feuchtfröhlich glühenden Gesichtern vor dem Rathaus um die im Kerzenlicht strahlende Tanne, so daß der verschneite Kopfsteinpflasterplatz dröhnte. Das neue Jahr kam, und die Bürger wünschten einander zwischen den Schneewehen am Straßenrand und den reifbedeckten Mauern ein glückliches Jahr 1558. Meus, Annika und Pall wünschten es dem Doktor, ganz, wie es der gute Ton dem Hauswirt gegenüber erforderte. Der Doktor ließ ihnen Klarett anbieten, und dort hörten sie auch vom Jürgen aus Meißen erzählen. Als erste hatte die Frau Doktorin über ihn nach Reval geschrieben – übrigens war sie inzwischen von Dorpat nach Riga gereist, für eine oder zwei Wochen, wie der Doktor bemerkte. Vom Meißner Jürgen stand in Frau Katharinas Brief, zunächst reize dieser barfüßige Prophet mit dem eisblauen Blick und feuerroten Bart alle nur zum Lachen. Doch wie zuvor in Memel, Mitau und anderswo, so habe er auch in Riga auf dem Platz vor der Johanniskirche seine Zuhörer vor Grauen erzittern lassen, als er mit dröhnender, überschnappender Stimme prophezeite, Livland werde vom Satan mit den Beulen des Hiob und vom Feind mit den Schrecken des Krieges geschlagen. Ein Teil des versammelten Volkes war vor Entsetzen zum Gebet in die Kirche geflüchtet, Frau Katharina anscheinend desgleichen, darum hatte sie Jürgens Prophezeiungen nicht zu Ende gehört.

Seine Weissagungen indes begannen sich bald zu erfüllen.

SECHSTES KAPITEL,

daraus ersichtlich wird, daß Daten, die später als Anfang von gewaltigen Siegen oder Niederlagen, von Aufstieg oder Niedergang, Geburt oder Tod, jedenfalls von Blutvergießen in die Biographien von Staaten eingehen – daß derartige Daten auch zu Schicksalstagen im Leben des kleinen Mannes werden können, wenn dieser sich leiten läßt von Jugend, Leichtfertigkeit, Zufall, Neugier oder dem Faden, an dem ihn jemand zieht; oder auch von der Überzeugung oder Notwendigkeit oder davon, was er dafür hält – oder von all dieser und vieler anderer Dinge Maxima summa, die zumindest in den hier geschilderten Zeiten keinen besseren Namen hatte als Schicksal

Am Nachmittag des zweiundzwanzigsten Januar, an einem Sonnabend, ließ sich die Dämmerung langsam über der froststarren, diesigen Stadt nieder. Wegen der Kälte hatte das geschäftige Treiben vor den Fenstern des Bischofshauses schon früh aufgehört, und um fünf herum, als hinter den Glas-, Blasen- oder Ölpapierfenstern die ersten Kerzen aufflackerten, hasteten nur noch einzelne Bürger, die sich in die Hände hauchten und die Wangen rieben, mit fröstelnd hochgezogenen Schultern über den Markt.

Pall stand in Doktor Friesners Schreibzimmer, in einen kurzen Pelz gehüllt und eine Hundsfellmütze in der Hand, und wartete. Der Doktor, ebenfalls zum Ausgehen angekleidet, war ins Nebenzimmer gegangen, um etwas zu holen, danach wollten sie zusammen zu den Vegesacks eilen: Der Ratsherr und seine gesamte Familie lagen mit Fieber zu Bett, die Scheiße vom Morgenland inbegriffen.

Pall hörte, wie der stumme Paap durch den knirschenden Schnee zur Pforte stapfte, wie sich diese öffnete und kreischend wieder schloß. Dann vernahm er plötzlich nahendes Hufgetrappel. Und er erinnerte sich lebhaft an den Einzug des Doktors in dieses Haus. An die Nachmittagsstille und das anschwellende Hufgetrappel vom Rathausplatz her und den merkwürdig unbehaglichen Augenblick vor dem Anklopfen. Doch der Reiter, der sich jetzt durch die verstummte Stadt näherte, kam nicht – wie jener im Herbst – vom Rathaus, sondern von der Karripforte her, die Hufeisen klapperten nicht auf nassen Steinen, sondern schlugen dumpf gegen vereisten Schnee, und was das Wichtigste war – er ritt keineswegs mit selbstsicherer Eile, sondern in hastigem Galopp. Wie man derartige Dinge manchmal vorausahnt: Der Reiter hielt wirklich vor dem Bischofshaus. Pall trat zum Fenster und erblickte im Halbdunkel einen Grauschimmel mit schweißgeschwärzten Flanken und im Sattel eine Männergestalt, die dem im Tor stehenden Paap etwas klarzumachen suchte. Dann bog der Mann in den Torweg, und Pall hörte das prustende Pferd – tock-tock-tock! – in den Hof traben. Gleich darauf ertönten Rufe der Wirtschafterin, Schritte auf der Treppe und die Stimme des Doktors. Nicht lange, und dieser kam eilig ins Schreibzimmer zurück, eine Kerze in der einen und einen geöffneten Brief in der anderen Hand. Pall schien, daß seine dunklen Backen leicht glühten.

»Heute früh hat's angefangen«, sagte der Doktor.

»Was?«

»Meine Frau ist wieder in Dorpat und schickt Kunde. Heute im Morgengrauen hat der Moskowiter mit mindestens vierzigtausend Mann vom Kloster Petschur her die Grenze überschritten. Ja. Und ist zwei Meilen weit plündernd und brandschatzend durch das Stift nach Dorpat vorgestoßen. Der Heerführer ist vermutlich der frühere Khan von Astrachan, Shig-Alej. Iwan hat ihm sein Reich genommen, er aber ist zu Iwan übergelaufen. Im Stift hat es keinerlei Widerstand gegeben. In Dorpat hat am Morgen schreckliche Panik geherrscht, und alles wimmelt von Flüchtlingen. Katharina hat heute um die Mittagszeit versucht, über Oberpahlen und Weißenstein nach Reval zu gelangen.«

»Wieso ist es so schnell ...«, begann Pall, aber der Doktor unterbrach ihn.

»Schnell? Ich warte schon zwei Monate darauf!«

»Nein. Ich meine: Wieso ist die Kunde so schnell nach Dorpat und danach hierhergelangt, wo doch die Moskowiter erst im Morgengrauen ...?

»Ein gutbezahlter Reiter macht sechs Meilen die Stunde.«

»Der Komtur und der Rat wissen wohl noch nichts davon?«

»Der Rat kaum. Und der Komtur …« Der Doktor blickte Pall voll an und sagte mit genießerischer Verachtung: »Ihr wißt ja, wie es um die Angelegenheiten des Ordens steht: Die Kuriere sind besoffen, der Hafer verkauft, die Zügel morsch. Doch das mag ihre Sache sein. Unsere Sache ist es …« Der Doktor verstummte, trommelte mit einem Finger auf den Tisch und maß Pall mit einem langen Blick.

Ein rundes, noch ungezeichnetes Jünglingsgesicht, ein wenig aufreizend in seiner Mischung von Diensteifrigkeit und potentiellem Trotz, graue, herausfordernd kugelige, doch zweifellos aufgeweckte Augen, ein etwas spaßiger glanzloser heller Haarschopf, die Figur ziemlich stattlich und breitschultrig für einen so jungen Mann, stämmige, bäurisch gespreizte Beine. Hm. Der Doktor runzelte die Brauen, und seine feinen Nüstern erzitterten im Bemühen, diesen Kerl in dem so verantwortungsvollen Augenblick zu beschnuppern und zu ergründen. Aber im Moschus seines eigenen Halstuchs spürte er wohl kaum Balthasars Harzduft (von Kimmelpennings Seife, die Frau Frolink verwendete) und Pferdestallgeruch (Palls Pelzjoppe war aus Vater Siimons altem Fuhrmannspelz genäht) – die Nüstern des Doktors bebten eher instinktiv, zumal er seinen Entschluß bereits gefaßt hatte.

»Balthasar, reichen Euch zwanzig Mark für die ersten Monate in Marburg?«

»Wie?«

Der Doktor wiederholte seine Frage und fügte hinzu: »Das wäre kein geliehenes Geld, sondern Euer eigenes.«

»Natürlich reicht es.« Narr, ich würde ein halbes Jahr damit auskommen!

»Verdient Euch also die zwanzig Mark!«

»Wie?«

»Ihr werdet unserer gemeinsamen Sache einen dringenden Dienst erweisen. Natürlich bürgt Ihr mit Eurem runden Kopf dafür, daß niemand außer dem Herrgott etwas davon erfährt.«

»Und zwar?«

»Wir wollen die Pelze ablegen. Diesmal müssen die Vegesacks warten. Nehmt Platz.«

Sie legten die Pelze ab, und auf ein Zeichen des Doktors hin setzte sich Pall auf einen der von Meister Andreas geschnitzten Stühle. Der Doktor stand am Schreibpult und sprach, mit dem Finger den Takt dazu schlagend: »Ihr erhaltet einen Brief, den ich jetzt gleich schreiben werde. Ihr nehmt zwei Pferde und einen Schlitten. Paap macht den Kutscher. Er kennt den Weg. Ihr fahrt heute, sofort, übers Meer nach Åbo und händigt meinen Brief dem Herzog aus, und zwar persönlich.«

Der Vorschlag rollte so unverhofft und schnell über Pall hinweg, daß er ihn bei weitem nicht vollständig in seine Denkmühle hineinbekam. Eigentlich erfaßte er nur die Glanzpunkte des Unternehmens: ein großes Abenteuer, das Gefühl, daß man ihm vertraute und er ernst genommen wurde, der erhebende und aufregende Gedanke an die Begegnung mit dem Herzog und selbstverständlich das Geld für Marburg. Das letztere freilich vor allem.

»Gut«, sagte er in einem Tonfall, als handle es sich um eine alltägliche Angelegenheit. »Wenn Ihr dafür sorgt, daß ich mit Herrn Sum keinen Ärger kriege. Und für die Frolinks eine Erklärung findet. Es wird ja mindestens drei, vier Tage dauern.«

»Das regele ich schon. Und Euch lasse ich nicht auf die Bibel schwören, daß Ihr schweigt. Nicht wahr? Ein gescheiter Mensch weiß ohnehin, daß Gott allgegenwärtig ist.«

Nach fünf Minuten ging Paap, zwei der besten Pferde des Doktors am Halfter führend und einen Silberferding als Zulage für die späte Störung in der Tasche, zu Meister Lytke in die Schmiedestraße. Er ließ von den Vorderhufen der Pferde die alten Eisen entfernen und sie mit neuen beschlagen, die spitze Stollen hatten. Kurz bevor die Große Strandpforte um fünf zur Nacht geschlossen wurde, fuhren Pall und Paap über die vereiste Zugbrücke aus der Stadt, ein Pferd vor dem Schlitten, ein Reservepferd hinten angebunden und einige lange Bretter, Bootshaken und Spaten für den Notfall im Schlitten. Der Doktor hatte ihnen gewaltige Reisepelze gegeben, die sie über ihren Joppen trugen, und Pall hatte unter Pelz und Jacke einen Brief mit Friesners Siegel und folgender Adresse: Dem Ehrwürdigen und Hochwohlgeborenen Fürsten und Herrscher Herrn Johan, Erbfürsten des Schwedischen Königreiches und Herzog von Finnland, meinem Gnädigen Herrn.

In Palls anderer Tasche steckte ein Doppel von Doktor Friesners Siegelring. Bis zum Herzog käme Pall kaum gleich durch. Aber bis zu seinem Vertrauten, dem Herrn Henrik Horn, mußte er unbedingt vordringen und ihm diesen Ring zeigen. Dann, so hatte der Doktor versichert, würde ihn der Herzog sofort empfangen.

Es war nach wie vor sehr kalt. Als die Pferde auf dem Weg zum Hafen in vollem Trab dahinliefen, klirrten ihre neuen Hufeisen auf den blankgefahrenen Steinen und sprühten blaue Funken: Der Mond ließ noch auf sich warten, und die Finsternis war dicht. Paap bog vor dem Hafen nach links ein, auf die Straße von Fischermai, und nach einer Weile nach rechts. Wären nicht einige verschneite Steinblöcke im Dunkeln vorbeigeglitten und wäre der Schlitten nicht über unsichtbare Eisstücke am Ufersaum geholpert, so hätten sie gar nicht bemerkt, daß sie das zugefrorene Meer erreicht hatten.

Die Stadt hinter ihnen war in Finsternis gehüllt. Nur im Wachturm hinter dem Bollwerk im Hafen und am Ufer von Fischermai glimmten die Wolfsaugen etlicher Lichter. Über der Eisfläche hing feiner, im Dunkeln grünlich anmutender Dunst, der Himmel aber mußte völlig klar sein, denn bei genauerem Hinschauen sah man die größeren Sterne. Pall wollte Paap fragen, ob er sich nach diesen richtete, und wandte sich ihm bereits zu – da fiel ihm ein, daß Paap leider kein Gesprächspartner war. Doch seine Schulter an der eigenen zu fühlen tat in dieser unwirtlichen Öde sehr wohl. Wenn Pall aufmerksam hinschaute, erkannte er auf dem Hintergrund des dunkelgrauen Schnees Paaps Fellmütze. Sogar die Ohren des Pferdes zeichneten sich vor dem sternenlosen Nordhimmel schwarz ab. Der ruhige Trab der Pferde und das gleichmäßige Ruckeln des Schlittens flößten Pall Vertrauen und Mut ein und wappneten ihn gegen die Verlassenheit, die von der Eiswüste her seine Sinne überflutete. Herrgott! dachte er, laß unser Unternehmen gelingen und unserer Stadt zum Schutz und Trutz gereichen in dieser schweren Zeit, die uns heimzusuchen droht. Pall machte sogar eine Bewegung, um die großen Hundsfellfäustlinge auszuziehen und die Hände unter der rauhen Schlittendecke zu falten, befand es dann aber für unnütz – hier im Dunkeln unter den zwar trüben, aber doch sichtbaren Sternen.

Ob es nun sein Gespräch mit Gott bewirkt hatte oder der Mond, der im Südosten hinter ihnen im Frostnebel am Horizont emporstieg – jedenfalls war der Himmel bedeutend heller geworden, und am Himmelsrand stach aus der dunstigen Finsternis, die über der Stadt lag, die Nadel der Olaikirche in den Mondschein. Auch vor ihnen hatte sich das Dunkel etwas gelichtet: Bei aufmerksamem Hinsehen erkannte man Spuren von Schlittenkufen, und hier und da bemerkte das Auge Abfälle auf dem Schnee. Richtig: Vorläufig folgten sie noch dem Holzfuhrenweg zur Insel Nargen, auf dem erst vor einer Woche der Jahresbedarf von zweihundert Fuhren Brennholz in die Stadt befördert worden war.

Der im Frost zusammengeschrumpfte Vollmond stand in seinem bläulichen Hof hoch am Himmel. Die Dunstglocke über dem Eis wurde im Mondlicht milchig und das Eis streifig von den Schatten der Schneewehen. Da plötzlich hielt Paap das Pferd an und klopfte sich mit dem Handschuh an die Stirn. Das hieß wohl, er hatte etwas vergessen. Paap warf die Fäustlinge in den Schlitten, suchte aus seinem Proviantbeutel einen kleinen Napf hervor, gab Pall mit dem Ellbogen einen

Schubs und strich sich mit der Hand über das Gesicht. Klar: Sie mußten die Gesichter gegen den Frost mit Robbenfett salben. Pall schmierte sich das kälteharte, nach Tran stinkende Fett auf die Wangen und überlegte besorgt, ob er wohl einen Ort finden würde, um es morgen, bevor er zum Herzog ging, abzuwaschen. Derweilen schaute er zu, wie sich Paap einfettete: Dessen großes, derbknochiges, im Mondschein grünliches Gesicht erglänzte silbrig, und während er sich mit der Hand die Backen einrieb, drehte er sein gewaltiges, kantiges Kinn nach rechts und links, und seine winzigen, tiefsitzenden Augen versicherten: Na, jetzt kann er uns nichts mehr anhaben, und wenn er noch so kneift! Darauf drückte er Pall die Zügel in die Hand und machte mit dem Arm zum Horizont hin, wo der Waldstreifen von Nargen dunkelte, brückenbogenartige Bewegungen, legte sich in den Schlitten und fuchtelte wiederum zum Horizont. Pall ließ es sich noch einmal vormachen und begriff: Bis Nargen waren es zwei, drei Stunden Fahrt, diese Strecke sollte er fahren, während Paap schlief. Weiter, bis zur finnischen Küste, waren es sieben, acht Stunden, dann würde Paap fahren, und Pall könnte sich unter der Schlittendecke zusammenrollen. Und schon hatte sich Paap die Decke übers Gesicht gezogen, und unter ihr ertönte Schnarchen, fast ehe Pall das Pferd in Trab gebracht hatte.

Ungeachtet des Fettes biß ihn der Frost nach einiger Zeit in die Wangen. Von Zeit zu Zeit zog er den Pelzkragen vor die Nase und blies warme Luft hinein. Die Pferde waren über und über mit weißen Nadeln bedeckt, und der körnige Schnee sowie das blanke Eis an den freigewehten Stellen knirschten und wimmerten immer lauter unter ihren Hufen. Doch der Waldstreifen von Nargen näherte sich linker Hand zusehends. Auf diese Insel, geheimnisvoll wie alle Inseln, hatte Pall noch nie den Fuß gesetzt. Aber als Kind hatte er vom Stallboden aus stets den Wald gesehen. Auch gab es in Hülle und Fülle Geschichten über die Insel. Der Wald auf der Uferböschung erhob sich nun unerwartet nahe über dem ebenen Eis. Irgendwo dort hatte sich der Garten des Dänenkönigs aus Vater Siimons einstigen Erzählungen befunden. Einen Garten gab es dort allerdings nicht mehr, aber Spuren der alten Hausstätte hatte man dem Vater früher einmal gezeigt, als er noch Fuhrmann im Marstall war und Balken von der Insel in die Stadt brachte. Vor etwa zweihundert Jahren hatte ein dänischer Knut oder Magnus – der Kuckuck mochte wissen, der wievielte – seine leibliche Schwester hierher verbannt, und die Prinzessin hatte einige Jahre im Wald gelebt. Manche Leute behaupteten, seitdem heiße die Insel Naissaar, also Fraueninsel, und nannten sie auch so. Aber das erschien nicht allzu begründet. Erstens lebte die Prinzessin dort nicht lange: Offenbar dünkte ihrem königlichen Bruder die Insel als Verbannungsort nicht sicher genug, er habe sie später ins Kloster von Kärkna gesteckt, das die Deutschen Falkenau nannten, und dort sei sie auch gestorben und begraben. Und zweitens – als Pall vor zehn Jahren den Vater fragte, wofür der König seine Schwester auf die Insel verbannt habe, murmelte dieser: »Wer kennt sich schon mit diesen Königen aus ...« und sprach von etwas anderem. Erst viel später, als die Tertianer der Stadtschule schon in allen Dingen Bescheid wußten, erfuhr Pall, die Prinzessin von Nargen habe Liebe für Frauen empfunden und sei zur Strafe für diese Scheußlichkeit ins Mönchskloster von Kärkna gesperrt worden. Wahrhaftig, wer kennt sich aus mit diesen Königen ... Ihr Wille und ihr Tun sind manchmal so unbegreiflich und abwegig, daß es den Anschein hat, der Teufel verwirre ihre Sinne ärger als die der einfachen Leute. Ein Exempel dafür war der Moskowiter Iwan, der jetzt bei Dorpat wütete und den man in aller Welt einen Sodomiten nannte, was in Reval jeder Kaufherr und Handwerksmeister bestätigen konnte. Natürlich gab es auch Könige, Fürsten und Herzöge mit gesundem Menschenverstand. Zu einem solchen war Rissa-Siimons Pall jetzt zwischen den Eisblöcken der Ostküste von Nargen höchst unverhoffterweise unterwegs.

Er brauchte nicht zu befürchten, der Herzog könnte ihn morgen ungnädig behandeln. Im Gegenteil: Der hohe Herr würde für die Eilbotschaft sogar sehr dankbar sein, da ihn der Kriegsausbruch bestimmt interessierte. Es war nicht ausgeschlossen, ja es wäre nur natürlich, wenn er den vom Doktor versprochenen zwanzig Mark noch etwas hinzufügte. In diesem Fall wäre Palls erstes Semester in Marburg gesichert, ohne Vaters Geldbeutel und Kimmelpennings Unterstützung. Und doch war ihm nicht ganz geheuer zumute, als er sich in Gedanken aus dem behaglich gleitenden Schlitten in fremde Räume, unter den Blick fremder Herrschaften, in unvorhergesehene Situationen versetzte. Aber jetzt gab es kein Zurück mehr.

Pall war vom Holzfuhrenweg, der zur Küste verlief, bei der Südostecke der Insel nach rechts abgebogen und folgte nun, etliche hundert Schritt vom Ufer, einer einsamen Schlittenspur nach Norden. Der Mond ging unter, und das dämmerige Eisfeld wurde immer öder. Doch zugleich war die Luft klarer geworden, so daß die Spitze von Wiems sowie die Insel Wulf und der zwischen ihnen liegende Wulfsund oder Olevisalm, wie das Bauernvolk ihn bis heute nannte, mehr oder weniger deutlich zu sehen waren. Erst wo die Schlittenspur jäh nach links zu Nargen abbog, hielt Pall das Pferd an. Paap richtete sich sofort unter der Decke auf, hielt aus seinen winzigen Augen Umschau, begriff gleich, wo sie sich befanden, und schürzte befriedigt die Lippen. Er ließ die Pferde ein wenig Schnee schlecken und Hafer fressen, zerrte das Branntweinlägel aus dem Heu, trank selbst gegen die Kälte und reichte es Pall, und nach einer halben Stunde hielt Paap wieder die Zügel, und sie fuhren weiter gen Norden.

Wie komme ich morgen beim Herzog zu Rande? dachte Pall, als er unter der Schlittendecke einzuschlafen suchte. Na, irgendwie schaff ich's schon. Gleich fahren wir auf die offene Bucht hinaus. Ob es dort Spalten und Löcher gibt? Kaum, bei diesem Frost und der Windstille. Paap wird schon wissen, was zu tun ist. Auch ich müßte wissen, wie man über Eisspalten kommt. Ich habe doch ... davon ... gekostet ... Ich werde es schon wissen. Parr-purr, parr-purr ... Jetzt, wo Paap die Pferde ausgetauscht hat, klirren ihre Tritte noch lauter.

Nargen war links hinter ihnen in Dunkelheit versunken, der Mond untergegangen, und der Himmel stand voller frostig glitzernder Sternschillinge. Das schwarze Ohrenpaar des Zugpferdes streckte sich dem Horizont zu wie ein spitzes M der Antiquaschrift: Marr-purr, Marr-purr, Marr-burrg, Marr-burrg ...

Etwa um vier Uhr morgens erreichten sie die südlichen Schären. Aber Pall erwachte erst, als der Schlitten – holterdiepolter! – den Landzungenhang zum Festland hochfuhr. Zunächst wunderte er sich, daß überall kieloben verschneite Fischerboote lagen, einige fast so groß wie Schiffe. Doch dann begriff er, daß es sich nur unten am Eis um Fischerboote handelte; weiter oben schlängelte sich der Weg zwischen verschneiten Felsblöcken. Hunde schlugen an, und im Sternenschein sah Pall auf der Landzunge zwei winzige Holzkirchen, dreißig oder vierzig niedrige Blockhäuser und Wände von etwa zehn Häusern ohne Dach und Dachstuhl. Paap bog zu einem Hof ein, der, von einem hohen Lattenzaun umgeben, mitten in einem Birken- und Fichtenhain lag und wo die Hunde besonders laut bellten. Lange klopfte er an die Tür eines niedrigen Blockhäuschens. Schließlich erschien ein Mann mit kantigem Gesicht und hedeähnlichem weißem Haar; er hatte ein altes Soldatenwams übers Hemd gezogen. Offenbar kannte er Paap, da er keine Begrüßungsworte verschwendete, sondern die frühen Gäste stumm ins Zimmer führte. Sie stärkten sich in der geheizten Stube bei Kerzenlicht aus ihren Brotsäcken, während der Finne draußen ihre todmüden Gäule, an deren Schnauzen Eiszapfen hingen, in den Stall führte und gegen neue auswechselte. Pall fragte inzwischen Paap, wie weit sie es noch bis Åbo hätten und wie weit von hier nach Osten Helsingfors läge; denn irgendwo zwischen diesen beiden Orten mußten sie ja an Land gekommen sein. Doch bevor er aus Paaps Gefuchtel klug wurde, kam der Finne zurück, und Pall wandte sich in seinem auf den Höfen von Fischermai erlernten Finnisch mit derselben Frage an ihn.

»Nach Åbo an die dreißig Meilen. Nach Helsingfors? Die Revaler Herrschaften machen wohl Spaß? Das hier ist Helsingfors.«

Dieses mittlere Dorf war also die Stadt, an der König Gustav nun schon acht Jahre baute, um Reval in den Schatten zu stellen. Keine städtischen Häuser, keine Steinkirchen, von Schlössern, Mauern und Türmen ganz zu schweigen. Danach zu urteilen, war der Schwedenkönig nicht sonderlich mächtig. Aber Ländereien besaß er in Hülle und Fülle, allerdings recht spärlich besiedelte. Davon überzeugte sich Pall in den nächsten zehn Stunden. Während der dreißig Meilen, die sie bis drei Uhr nachmittags zurücklegten, führte ihr Weg zwar durch mehrere Dörfer, aber nur zwei davon waren etwas größer und hatten eine Kirche. Übrigens muteten die Kirchen hierzulande recht sonderbar an. Erstens hatten sie keinen Turm: Die Türme waren von den Dächern gehoben und neben die Kirchen gestellt. Aber noch mehr verwunderte Pall, daß die Mauern keinesfalls aus dem dauerhaften, gleichmäßig waagerecht aneinandergefügten dunkelgrauen Kalkstein bestanden, wie es sich seiner Ansicht nach für Kirchenmauern gehörte, sondern aus Feldsteinen und Findlingen, die vom nächsten besten Acker zu stammen schienen und mit weißem Mörtel verbunden waren, so daß die Kirchen an graurotweißgescheckte Kühe erinnerten. Auch die Schlitten und Gespanne der Kirchgänger waren irgendwie eigenartig, im ganzen farbenfroher als zu Hause. Aber die an den Querbalken angebundenen Pferde vor den Kirchen und die Menschen, sofern sie sich während der Predigt im Vormittagslicht zeigten, ähnelten ganz denen im Marienland.

Der Frost hatte plötzlich nachgelassen, aber der Westwind trieb ihnen Schnee ins Gesicht, wodurch es noch eisiger zu sein schien. Sie mußten die Augen zukneifen; ohnehin flimmerte es Pall von der schneebedeckten

Wald- und Felsenwirrnis dieses Landes vor den Augen. Er hielt abwechselnd mit Paap die Zügel und wußte in den Stunden der Untätigkeit nicht, ob er lieber einnikken oder gegen den Schlaf ankämpfen sollte, um zur rechten Zeit munter zu sein, um die Fragen des Herzogs klar zu beantworten und sich alles, was der hohe Herr sagte, für den Doktor fest einzuprägen. Ein paar Stunden nach dem Pferdewechsel in Salo, wiederum in einem Paap bekannten Haus, rasten sie auf einem rege befahrenen Weg nach Westen. Von einem Berghang aus zeigte Paap nach vorn. In der Ferne sah Pall weiß verschneite Häusergruppen und darüber, an der Grenze des hellen Himmels und dunkler Waldstreifen, zwei riesige Steinkolosse – eine Kirche und ein Schloß. Bald führte der breite Winterweg eine Böschung hinab, auf einen zugefrorenen Fluß, auf dem sie in die Stadt einfuhren. Diese begann mit Fischerkaten und ans Ufer gezogenen Booten. Danach sah man an beiden sonntäglich dahindösenden Ufern Reihen von Blockhäusern, die anscheinend Handwerkern gehörten, bald aber bog der Fluß jäh zu einem Hügel mit Steinhäusern, aus deren Mitte sich unvermittelt die riesenhafte Kirche erhob. Die Häuser waren, mit den Augen eines Revalers gesehen, weder prachtvoll noch hoch, und eine Stadt, die der Mauern und jeglicher Wehrbauten entbehrte, kam Pall wie ein Mensch ohne Hosen vor. Die Enge der Straßen dünkte ihm in dieser offenen Stadt sinnlos. Dank der Kirche jedoch wuchs seine Hochachtung vor dem schwedischen Königreich und dem finnischen Herzogtum wieder gewaltig an. Sie hatte zwar einen niedrigeren Turm und war plumper als die Olaikirche, die Pall dank Meus fast für seine eigene hielt, doch insgesamt war sie dermaßen groß und stattlich, daß sie an Wirkung sein heimatliches Gotteshaus übertraf. Um zum Herzogsschloß zu gelangen, mußten sie an der Kirche vorbei, unter einer Brücke durch, eine Viertelmeile flußabwärts und noch ein gutes Stück aus der Stadt hinaus. Das Schloß wiederum machte auf Pall im Vergleich zur Revaler Burg einen mäßigen Eindruck. Es erhob sich an der seichten Flußmündung unmittelbar aus dem Eis und glich einem viereckigen, in der Länge leicht gekrümmten Steinkistenstapel: Drei schmale, hohe Kisten standen Seite an Seite nebeneinander, davor etliche niedrigere, quadratische; ihre Mauern waren, wie hierzulande Brauch, scheckig wie Kühe und – aus der Nähe betrachtet – ungeheuer dick.

Bevor sie rechts an Land fuhren, hielt Pall das Pferd an und rieb sich hinter dem Ufergebüsch sein eingefettetes Gesicht sorgsam mit Schnee ab. Er bekam es zwar mehr oder weniger sauber, aber statt des erhofften Frischegefühls erfaßte ihn Kälte, zumal ihm ein großes Stück Schnee in den Hemdausschnitt gerutscht war und dort zu tauen begann.

Pall brachte das Pferd am stadtwärts gelegenen Tor neben einem hohen Balkenstapel zum Stehen, warf den Pelz in den Schlitten, hieß Paap warten, fragte einen landsknechtähnlichen Soldaten, der ihm im dröhnenden Torweg begegnete, wo die Wachstube sei, fand sie daselbst und marschierte schnurstracks hinein. Er betrat einen Raum mit schweren Gewölben, der aber unverhofft hell war. Die Wände waren mit Blumengewinden und Bildern seltsamer Herren und Damen bemalt, in den Ecken standen, an die Wandbilder gelehnt, Hellebarden, und mitten im Zimmer spielten vier oder fünf Wachsoldaten an einem Tisch Karten. Pall grüßte und sagte, er möchte den Wachtmeister sprechen. Die Soldaten zogen eine Miene, die besagte, daß er ihnen weiß Gott keine Ehrfurcht einflößte. Pall sah sich vor die Wahl gestellt, es mit der Wut zu bekommen oder aber mit der Angst. Das erstere hätte nichts genützt, das letztere konnte er sich nicht leisten, mindestens nicht gleich am Anfang. Also hob er einfach ein wenig die Stimme.

»Ist mein Finnisch nicht deutlich genug? Ich sage Euch also auf schwedisch: Ich bitte den Wachtmeister zu rufen. Ich komme aus Reval und bin in Eile.« Das klang gewichtiger als beabsichtigt, möglicherweise wegen der verdammten kalten Tropfen, die ihm immer noch die Brust hinabrieselten. Doch wider Erwarten wirkte es. Einer der Wachsoldaten schaute ihn scharf an, steckte die Karten in die Manschette seines Puffärmels und schlenderte zur Hintertür des Raumes.

»Hm. Ich schau mal nach ...«

Bald kam er zurück und winkte Pall in den Nebenraum. Ein schwergewichtiger Unteroffizier mit blühenden Wangen saß dort an einem kleinen Tisch und aß sein Mittagbrot, das heißt, er nagte an einer Schweinskeule, schob sich mit einem Holzlöffel Gerstenbrei in seinen roten Schnauzbart und goß aus einem Tonkrug Bier hinterdrein. Den Mund voller Brei, fragte er unerwartet laut in verständlichem Deutsch: »Aus Reval? Was willst du?«

»Ich möchte Herrn Horn sprechen.«

»So? Wer schickt dich?«

Der Doktor hatte gesagt: Ihr versteht – je weniger Ihr mich erwähnt, sei es hier oder dort, um so besser! Während Pall noch überlegte, fragte der Wachtmeister, vielleicht, weil ihm der Herr aus Reval vom vergangenen Sommer einfiel oder weil er sein Wissen zeigen wollte: »Wohl der Doktor?«

»Nun ... Ja ...«

»In welcher Angelegenheit?«

»Mm ... Mit Medikamenten für den Herzog.«

»Dein Kutscher ist draußen?«

»Ja, an der Pforte.«

»Birger! Hei!« brüllte der Wachtmeister in den Vorraum, und der Soldat, der Pall gemeldet hatte, erschien nun recht diensteifrig auf der Schwelle.

»Kümmere dich um seinen Kutscher und das Pferd. Man führe ihn zu Fähnrich Boije. Marsch!«

Pall schritt hinter dem Soldaten her durch den großen Hof der Vorburg. Der Weg bis zum Tor der Hauptburg war zwar frei, im ganzen aber herrschte im Vorhof äußerste Unordnung. Die Mauern waren teils eingerüstet, teils abgerissen, und in die Fassaden des Obergeschosses hatte man neue Fensteröffnungen gebrochen. Auf dem Hof im Schnee standen Steinhaufen und Balkenstapel, und der Wind wirbelte Schnee und Sägespäne durcheinander. Der Winter hatte die Burg bei regester Bautätigkeit überrascht.

Durch das hohe Tor zum Haupthof des Schlosses war für einen Augenblick die gleiche großzügige Halbheit zu sehen, Baugerüste und ungewöhnlich breite Fenster, von farbigen, auf Putz gemalten Mustern eingefaßt. Sie schritten durch einen dämmrigen Gang in einen überwölbten, der Wachstube ähnlichen Raum und trafen auf einen mitten im Zimmer stehenden Fähnrich. Während der Soldat rapportierte, musterte Pall den jungen Fähnrich näher. Man sah gleich, daß es sich um einen Sproß des hiesigen Hochadels handelte: Er war drei, vier Jahre jünger als Pall, und in so jungen Jahren konnte man ohne klangvollen Namen nicht Fähnrich werden. Die schwarze Tuchjacke und die gefältelten weißen Manschetten waren von aufreizender Makellosigkeit, doch der spärliche helle Flaum auf seiner Oberlippe mutete recht freundlich an. Nachdem Pall erklärt hatte, er komme aus Reval und habe von Doktor Friesner eine Botschaft über Herrn Horn an den Herzog persönlich auszurichten, nickte der junge Herr ohne weitere Neugier.

»Warte. Diese Herrschaften sind vorher dran. Danach du.«

Die »Herrschaften« waren fünf oder sechs Bürgerliche, bei näherer Betrachtung mittlere Gildenkaufleute, die hierselbst auf zwei langen Holzbänken saßen. Mehr Bänke gab es im Raum nicht, und auf einer war noch Platz. Pall überlegte einen Augenblick, ob er es dürfe, und setzte sich auf das leere Bankende. Der Mann neben ihm schien von den Wartenden der »herrschaftlichste« zu sein. Was an ihm sofort auffiel: Er las in einem kleinen Notizbuch, das einem Breviarium ähnelte. Wahrscheinlich handelte es sich um private Notizen, aber er las sie durch Augengläser, dergleichen auch einige Kaufherren in Reval verwendeten, die Pall aber noch nie aus nächster Nähe gesehen hatte: zwei nach außen gewölbte Gläser von der Größe eines Silbertalers in zwei schwarzen Ringen, die so dick waren wie – nun, wie eine Raupe und die in der Mitte von einem Draht zusammengehalten und mit Drahthenkeln hinter den Ohren befestigt wurden. Pall betrachtete diese Vorrichtung wohl so eindringlich, daß der Herr ihm sein rosiges, durch die Augengläser merkwürdig eulenhaftes Gesicht zuwandte und in sonderbar klingendem Finnisch sagte: »Wenn meine Ohren mich nicht trügen – aus Reval? Jaja. Wie geht es denn den Revaler Kaufherrschaften? Also alles beim alten? Natürlich. Die genießen dort ja allerlei Vorrechte. Wen von ihnen kennt Ihr? Zum Beispiel Weselouwe? Ja? Na so was, wie winzig macht doch der heutige Handel die Welt Gottes! Hört – so könnt Ihr mir gewiß sagen, wie es bei Euch im kommenden Jahr mit den Butterpreisen aussehen wird?«

»Im Augenblick hängt es natürlich davon ab, wie gekauft wird«, erklärte Pall, »ob pro Pfund, Liespfund oder Pud. Und wie groß die Bütten sind. Der Preis pro Pfund reicht von drei bis sechs Schilling. Aber für den Frühling kann man diesmal kaum etwas voraussagen …«

»Herr Horn läßt den Gildenvorstand bitten«, sagte der Fähnrich, der an der Tür erschienen war.

Palls Nachbar sprang auf und nahm schnell seine Gläser ab. Er schaute Pall aus seinen munteren braunen Augen an und sagte höflich: »Seht, wir werden gerufen. Ihr seid so gut zu Hause in Handelsdingen, von Euch hätte ich gern noch mehr über Reval erfahren. Nichts zu machen. Grüßt Herrn Weselouwe von mir, wenn Ihr nach Reval zurückkommt. Sagt, der Kaufmann Kyrö lasse grüßen.«

Die Gildenherrschaften eilten davon, und Pall kämpfte fast eine Stunde gegen seine Erregung und Schläfrigkeit, bis Fähnrich Boije zurückkam.

»Gehen wir. Herr Horn wartet.«

Sie stiegen verschiedene Treppen hoch und schritten durch einen Gang, wo auf Gerüsten Maler in farbenbeschmierten Kitteln standen und mit langen, feinen Pinseln auf die Wände wundersame Apfelbäume mit Vögeln, Damen und Herren auf den Zweigen malten. Die halbfertigen Damen und Herren blickten überrascht und, wie es schien, mit einiger Angst in das vom Schneegestöber gedämpfte Licht, das durch die großen Gangfenster fiel.

Der Fähnrich führte Pall in Herrn Horns Arbeitszimmer und schloß die Tür hinter ihm. Offen gesagt, der Raum entsprach keinesfalls Palls – natürlich vom Doktor stammender – Vorstellung, aus diesem Zimmer werde eigentlich ganz Finnland regiert. Es war ein ziemlich kleines Zimmer mit einer schweren, gewölbten Decke und nackten, weißgetünchten Wänden. Obwohl Palls Aufmerksamkeit vor allem dem Mann galt, vor dem er erschienen war, prägte er sich auch das ein, was am Rande seines Blickfeldes lag. Wie immer. Doch der dort auf dem hochlehnigen schwarzen Stuhl am langen Tisch mitten in seinem Blickfeld saß, hinterließ nicht den Eindruck eines Mannes, der zwanzig Jahre in der Nähe des Königs verbracht hatte und kürzlich zum Hauptberater des königlichen Lieblingssohnes und zum einflußreichsten Mann einer Provinz von Staatsgröße befördert worden war. Herr Henrik Claesson Horn war etwa fünfundvierzig und fast ebenso sehnig wie Vater Siimon, nur merklich schmaler gebaut. Er hatte ein überaus gewöhnliches, fast bäuerisches Gesicht; ruhige, ein wenig neugierige graue Augen, helles kurzgeschorenes Haar und einen gelben Schifferbart. Mit dem schwarzen Tuchrock und der schmalen weißen Halskrause hätte er fast pastorenhaft gewirkt, wenn er nicht einen Gürtel mit silbernen Nieten getragen hätte. Pall blieb vor ihm stehen und bemühte sich, eine knappe, jedoch ehrerbietige Verbeugung zustande zu bringen, fühlte aber, daß sie plump ausfiel. Wie immer.

»Wer schickt dich?«

»Doktor Friesner.« Pall reichte Herrn Horn den Ring des Doktors. Dieser nahm ihn zwischen die Finger und musterte ihn ein wenig greisenhaft – sorgfältig und von weitem.

»Ist gut. Steckt ihn wieder ein. Ihr habt einen Brief für den Herzog? Gebt ihn mir.«

»Der Doktor hat gebeten, ich soll ihn dem Herzog persönlich geben.«

Pall begriff erst, als er das gesagt hatte, daß es gewissermaßen eine Mißtrauenserklärung gegen den Ratgeber des Herzogs war, und fügte deshalb hastig hinzu: »Es eilt sehr.«

»Jaja. Ist Euch der Inhalt des Briefes bekannt?«

»Ich glaube, im wichtigsten Punkt.«

»Was enthält denn der Brief?«

»Gestern im Morgengrauen ist der Moskowiter in Livland eingefallen. Mit ungefähr vierzigtausend Mann.«

Herr Horn erhob sich.

»Von Narva her?«

»Nein. Von Neuhausen und Dorpat her.«

Herr Horn schien ein wenig erleichtert zu sein, daß der Angriff aus dem Süden erfolgt war. Trotzdem blieb er stehen.

»Gebt mir den Brief.«

Das war zwar ruhig, doch in einem Ton gesagt, der selbstverständlich Gehorsam voraussetzte, und Pall konnte nicht länger darauf bestehen, die Worte des Doktors dem Herzog persönlich zu überbringen.

Es wäre albern gewesen.

Herr Horn nahm den Brief und winkte Pall, mit ihm zu kommen.

»Wartet hier. Ich bringe den Brief sogleich dem Herzog. Sollte er etwas fragen wollen, läßt er Euch rufen.« Er entfernte sich durch eine hohe Seitentür mit Eichentäfelung.

Pall schritt auf dem Steinfußboden des trüb beleuchteten Ganges auf und ab, und sein unsteter Schatten folgte ihm die getünchte Wand entlang.

Natürlich, später mal, zu Hause, wenn man dann sagen kann, man ist beim Herzog gewesen und hat sich mit ihm unterhalten … Den Kindeskindern erzählen … Hm … Sogar wenn man es ewig nur für sich behalten muß, wäre es doch vergnüglich, daran zurückzudenken. Obschon es eine Erleichterung wäre, käme Horn jetzt und sagte: Du kannst gehen, der Herzog hat keine Fragen. Doch andererseits – da ist man nun mal hier und soll nicht sehen, was das für ein Mensch ist. Und falls es gelingt, ihm treffend zu antworten, läßt er vielleicht zwanzig Mark springen, das wären schöne Marburger Monate. Ob Dorpat schon belagert wird? Kanonen soll es dort genug geben, aber es heißt, man hat sich nicht die Mühe gemacht, sie auf dem Wall in Stellung zu bringen. Sonderbar – mein Schatten hier auf der getünchten Mauer. Und Dorpat wird vielleicht schon belagert ...

Die eichene Tür öffnete sich, und an der Schwelle erschien ein schwarzgekleideter Diener.

»Seine Hoheit der Herzog erwartet den Herrn.«

Es gelang Pall gerade noch, die Bewegung zu drosseln, die er tun wollte, um sich nach dem erwarteten Herrn umzusehen. Unverhofft leicht verband er jedoch seinen Schreck mit dem ihn anwandelnden Schmunzeln zu einer undurchdringlich ernsten Miene: Erwartet der Herzog einen Herrn, so soll auch ein Herr bei ihm erscheinen.

Draußen dämmerte es schon, doch dank der großen Fenster war der Vorraum, den sie betraten, überraschend hell. Pall konnte gerade noch überlegen, ob am Gesicht des Herrn nicht noch Robbenfett klebte, als der Diener die nächste eichene Tür aufstieß.

Das Arbeitszimmer des Herzogs glich einem kleinen Saal. In der getünchten Mauer gähnten zwei riesige, fast quadratische Fenster, deren Scheiben weiß vom Schnee waren, und hier gab es sonderbarerweise keine gewölbte Decke, sondern eine glatte, eichene, mit einem Strickmuster für Fäustlinge verziert. Auf dem gelben Bretterfußboden, unweit der Fenster, lag ein schwarzes Bärenfell. Darauf stand ein gedrechselter Stuhl aus hellem Holz und mit hoher Lehne, daneben ein kleiner viereckiger Tisch. Dort saß der Herzog, in einem Anzug aus hell- und dunkelbraunem Samt, den Ellbogen auf den Tisch gestützt, und hielt den Brief des Doktors in der Hand. Pall betrachtete ihn aufmerksam. Er hatte ein rosiges Jünglingsgesicht – zum Kuckuck, er war mindestens ein Jahr jünger als Pall! –, ziemlich freche runde graubraungesprenkelte Augen und einen weichen rötlichen Jünglingsschnurrbart. Herr Horn stand am Tisch des Herzogs, und hinter seinem Rücken zwischen den beiden Fenstern hing ein Gemälde, mehrere Quadratellen groß und in einem Rahmen mit vergoldeten Lorbeerblättern: ein krummbeiniger, von Alter und Rheumatismus gebeugter Mann in prunkvollem schwarzem Samtgewand, mit schräger Stirn, Adlernase und langem Bart – fast wie ihn König Gustav auf den silbernen schwedischen Reichstalern trug. Erst nach all diesen Beobachtungen besann sich Pall auf die Begrüßung und verbeugte sich tief und lange, wobei er, über die anderthalb Ellen breiten Fußbodenbretter staunend, plötzlich begriff: Der riesige Greis an der Wand glich nicht nur dem auf den Talern – er war es.

»Kommt her«, sprach Herr Horn. »Der Herr Herzog hat einige Fragen an Euch.«

Pall gab sich den nötigen Ruck – eines allzu starken bedurfte es nicht mehr –, trat vor und blieb vier Schritt vor den Herren stehen. Zu seiner Überraschung waren Schläfrigkeit und Hunger verflogen. Er schielte neugierig nach der großen Landkarte, die den Tisch des Herzogs zur Hälfte bedeckte, da sie aber verkehrt herum lag, konnte er nicht erkennen, welche Länder sie darstellte (und wer weiß, ob er es hätte erkennen können, hätte sie richtig herum gelegen). Jedenfalls war er gespannt, was sie von ihm wollten. Er hob den Blick und schaute gerade in die draufgängerischen runden Augen des Herzogs, und hätte Herr Horn sich für vergleichende Beobachtungen interessiert, wäre ihm aufgefallen, daß sich der Blick dieser beiden jungen Männer für einen Augenblick glich.

»Wie weit von Åbo ist der Punkt, wo der Moskowiter Livlands Grenze überschritten hat?«

Der Herzog fragte in leidlichem Niederdeutsch. Aber seine Stimme verriet, daß ihn etwas beunruhigte. Pall rechnete schnell: von der Grenze bis Dorpat zehn Meilen (das wußte er noch gut aus Vaters Erzählungen über dessen Pleskau-Fahrt), von Dorpat bis Reval dreißig (das war allgemein bekannt), von Reval bis Helsingfors dreizehn (das hatte er vor der Fahrt von Paap erfragt) und von Helsingfors bis Åbo dreißig (nach den Worten des Finnen in Helsingfors).

»Dreiundachtzig Meilen.«

Der Herzog wandte sich an Horn und sagte auf schwedisch: »Hier steht, daß der Einfall gestern bei Tagesanbruch erfolgte. Folglich wäre die Kunde darüber in dreißig Stunden hierhergelangt. Das kann ich nicht glauben!«

»Der Brief ist unverkennbar echt«, sagte Herr Horn.

»Das wäre ja nur möglich, wenn der Doktor eigene Kuriere und überall Ablösepferde hätte.«

»Zweifelt nicht, Herzog, der Brief ist echt«, wiederholte Horn.

»Man kann alles fälschen!« meinte der Herzog bitter und lebenserfahren.

Jetzt fühlte Pall: Er mußte den Herren ins Wort fallen. Die Zweifel des Herzogs waren nicht nur sinnlos, sondern – wer weiß – vielleicht sogar gefährlich.

»Wenn ich etwas sagen darf – was die Kuriere und Gäule anbelangt ...« Pall bemerkte mitten im Satz, daß der Herzog ihm und Herrn Horn einen leicht erschrokkenen Blick zuwarf und leichte Röte in sein herzögliches Gesicht stieg. Das war natürlich darauf zurückzuführen, daß Pall unbewußt schwedisch gesprochen hatte und der Herzog seine Zweifel vor einem Fremden enthüllt sah. Ein Zurück war jedoch nicht mehr möglich, und Pall fuhr fort: »Was die Kuriere und Ablösegäule anbelangt, liegen die Dinge wirklich so. Die Frau Doktorin war in Dorpat und hat uns sogleich mit einem Reiter Kunde geschickt, die gestern um drei in Reval ankam. Und vor fünf machten wir uns hierher auf den Weg. Wir sind die ganze Nacht hindurch gefahren. Früh um zwei waren wir in Helsingfors und um neun in Salo. Dort wechselten wir die letzten Pferde und ...«

Pall verstummte, denn der Ausdruck, den das herzögliche Jünglingsgesicht nun annahm, machte jegliche weiteren Worte überflüssig. Verdutzt, spitzbübisch, schuldbewußt und froh murmelte der Herzog: »Ah ... Also sind die Nachrichten, die der Doktor mir schickt, die sind also ... Eh ... Nun ja, das ist etwas anderes. Mm ... Wie geht es denn Frau Katharina dort?«

»Sie ist schon mehrere Monate fort aus Reval. Anfangs war sie in Dorpat, dann in Riga und nun wieder in Dorpat.« Pall erwog einen Augenblick das vermeintliche Verhältnis von Wahrheit und Lüge in dem, was er hinzuzufügen beabsichtigte, kam zu dem Schluß, daß die Wahrscheinlichkeit einer Lüge nicht allzu groß war, und sagte mit Nachdruck: »Im Interesse des Herzogs.« Nach einer Pause fügte er hinzu: »Gestern früh wollte Frau Katharina versuchen, über Oberpahlen und Weißenstein nach Reval zu gelangen.«

»Na, ich hoffe, das ist ihr geglückt. So weit im Norden dürfte sich der Moskowiter doch noch nicht herumtreiben. Was meint Ihr?« Der Herzog blickte Pall an, und in seinen runden Augen spiegelte sich Besorgnis – mochte es nun wegen Katharina, wegen Livland oder beider wegen sein.

»Nur wenn der Moskowiter Dorpat umzingelt hat, bevor sie die Stadt verlassen konnte, ist es ihr nicht geglückt.«

»Gut. Wir werden mit dem Doktor Verbindung aufnehmen und erwarten laufend Meldungen.« Der Herzog erhob sich, und Herr Horn trat weg vom Tisch, um sich zusammen mit Pall zu entfernen, als der Herzog sagte: »Einen Moment.«

Er schritt langbeinig zur Wand zwischen den beiden Fenstern und öffnete unter dem Bildnis seines königlichen Vaters ein in die Wand eingemauertes Schränklein, nahm rasch etwas heraus und schloß es wieder. Er kam zu Pall und reichte ihm ein zwei Zoll langes goldenes Kreuz an einer feinen Kette. In der Mitte des Kreuzes, eingefaßt von fünf Goldkrappen, befand sich ein rotes Edelsteinherz.

»Dies soll der Doktor von mir Katharina um den Hals hängen.«

Mit einem Blick zu Herrn Horn fügte er lachend hinzu: »Intersit tamen crux mea inter eos!«

Dann wandte er sich an Pall und fragte: »Intellexistine haec quoque?«

Pall schlug die Augen nieder. Blitzschnell erwog er die möglichen Folgen einer Bejahung und die Gefahr der Aufdeckung einer Lüge, und je mehr sich die Fäden seiner Erwägungen zu einem hoffnungslosen Knäuel verwirrten, um so deutlicher fühlte er, daß Bescheidenheit nicht gerade seine stärkste Seite war. Er hob seinen fast wütenden, stechenden Blick zum Herzog und sagte so laut, daß es ihn selbst überraschte: »Verba quidem, sed non sententiam!«

Als sie wieder in Horns Zimmer waren, winkte ihm der Herr Rat, er solle Platz nehmen, und fragte: »Wesentliches ist Eurer Ansicht nach nicht mehr hinzuzufügen?«

Pall schüttelte den Kopf.

Herr Horn öffnete eine kleine eisenbeschlagene Truhe hinter sich auf einer Bank und nahm aus einer Lade zehn Silbermark. Während er sie zählte, warf Pall einen Blick auf den Tisch und sah an dessen anderem Ende hinter einem Zinnleuchter die Augengläser des Kaufmanns Kyrö. Anscheinend hatte er sie vergessen.

»Und was seid Ihr selbst?« fragte Herr Horn. »Deutscher, Schwede oder ...?«

»Revaler ...« Pall nahm einen inneren Anlauf und führte ein kurzes Duell zwischen Ehrlichkeit und Strebertum, das er jedesmal zu führen hatte, wenn er ähnliche Fragen beantworten mußte. »Das heißt – ein Este aus der Stadt Reval.«

»Und von Beruf?«

»Primaner des Triviums.«

»Ja-a-a?« Herrn Horns Stimme drückte Überraschung aus, er betrachtete Pall von Kopf bis Fuß und fragte: »Habt Ihr dort viele – solche?«

»Acht Stück zur Zeit.«

»Also acht Stück?« Herr Horn lachte gemütlich, doch da wurde an die Tür geklopft. Herr Horn steckte die Hand mit den Münzen in die Tasche und rief: »Herein!«

An der Schwelle stand Fähnrich Boije!

»Verzeihung, Herr Rat, Rodenborg sagt, er hätte seine Brille bei Euch vergessen. Na, da ist sie ja.« Der Fähnrich trat zum Tisch und griff nach den Augengläsern des Herrn Kyrö. Pall erkannte sie unfehlbar: Um den linken Bügel war graues Garn gewickelt, anscheinend war er kaputt.

»Herr Fähnrich, Verzeihung ... Diese Brille gehört Kaufmann Kyrö.«

Der Fähnrich blickte Pall unter hochgezogenen rötlichen Brauen an. »Nun ja, eben«, sagte er und verließ, die Brille in der Hand, mit zackigem Schritt das Zimmer.

»Ja, das ist Herrn Kyrös Brille«, sagte Herr Horn, während Pall verständnislos dreinschaute. »Woher kennt Ihr ihn?«

»Wir haben uns hier unten unterhalten. Als wir darauf warteten, von Euch empfangen zu werden.«

»Ah. Nun ja. Er heißt eigentlich Rodenborg. Ein Deutscher aus Deutschland. Aus Hamburg oder ähnlich. Aber es gefällt ihm so sehr unter unserem Herzog von Finnland, daß er ein richtiger Finne geworden ist. Nicht einmal den Namen Rodenborg will er mehr hören, sondern läßt sich Kyrö nennen. Hier gibt es noch einige dieser Art.«

Herr Horn zog die Hand mit den zehn Mark aus der Tasche und warf einen Blick auf das Geld. Er hatte mit den Jahren in Gelddingen die Gepflogenheiten seines als knickerig geltenden Königs angenommen und sie bis zu einer gewissen provinziellen Vollkommenheit entwikkelt. Er schaute Pall aus dem Augenwinkel an und wartete – jede Spur von Freude hätte ihm genügt, zugunsten des Herzogs und des Königs zehn Mark einzusparen. Aber obwohl es für Pall von höchstem Interesse war, wie Herr Horn ihn belohnen würde, haftete sein Blick am eichenen Tisch, wo die Brille des Herrn Kyrö gelegen hatte, und er dachte: Hier wollen Deutsche Finnen werden, während in unserem Lande ... Auch ich selbst ... Jedesmal, wenn ich gefragt werde, muß ich vorher … Herr Horn aber fühlte, daß er nicht länger zögern durfte. Mit einer Mischung aus Bedauern und Genugtuung räusperte er sich und nahm mit der Linken weitere zehn Mark aus der Truhe.

»Nehmt. Wir wollen hoffen, daß wir uns wiedersehen. Im Interesse des Herzogs. Und daß der starke Westwind«, er schaute zum verschneiten Fenster mit dem Bleirahmen, »keine Risse ins Eis geblasen hat.«

SIEBENTES KAPITEL,

darinnen zwar auch die Schwierigkeiten der Reisenden auf dem Heimweg über das gefahrvolle Eis geschildert werden, vornehmlich jedoch die weit größeren Gefahren, die einem Primaner, der allmählich trocken hinter den Ohren wird, in seinem eigenen Heim auflauern und die um so schrecklicher sind, als sie sich höchst merkwürdig mit hereinbrechenden Ereignissen verflechten, die vom Weltuntergang künden, wobei etliche jener Gefahren überaus verführerisch nach den seligmachenden und unheilverheißenden Früchten vom Baum der Erkenntnis duften

Der Charakter eines Menschen hängt weit mehr vom Geflecht seines Gedächtnissiebes ab, als man gemeinhin annimmt. Oder anders ausgedrückt: Dieses Geflecht stellt wohl im wesentlichen den Charakter des Menschen dar. Dabei verwandelt das Sieb, während es Erinnerungswürdiges von Vergessenswürdigem scheidet, wunderbarerweise und ganz selbsttätig die Spreu in Körner und umgekehrt.

An seine Begegnung mit dem Herzog hätte Pall sich erinnern können wie an das Aufblinken eines Staubkorns im Lichtkreis einer Kerze. Oder wie an einen adelnden Augenblick der Teilnahme an der großen Weltpolitik. Aber in beiden Fällen wäre er nicht er selbst gewesen. Pall fühlte sich danach keinesfalls als gewaltiger Drahtzieher staatlicher Geschicke. Noch weniger fühlte er sich als Staubkörnchen, das einen Moment im herzoglichen Glanz erstrahlt war. Trotz der deutlichen Erkenntnis, daß sie zwei völlig verschiedenen Welten entstammten, hatte er sich bei ihrer Begegnung ebenso groß gefühlt wie der Herzog, ja gar einen halben Kopf größer, wie es der hohe venezianische Spiegel im Zimmer des Herzogs bestätigte, als dieser ihm das goldene Kreuz für Katharina überreichte. Aber da der Herzog keinesfalls in den Lauf der nachfolgenden Geschehnisse eingriff, bildete sich Pall auch nicht ein, mit seiner Reise Gott weiß was für eine gewaltige Tat vollbracht zu haben.

Auch die Rückfahrt hätte sich ihm auf verschiedene

Weise einprägen können. Als wildes Ringen mit dem Schneesturm und mit dem Seewasser, das aus den Spalten aufs Eis der Bucht strömte. Denn nördlich von Nargen hatte der Weststurm das Eis aufgerissen, und die Schollen drifteten nach Osten. Als erster hatte Paap die Drift erahnt und die Schnauze des Pferdes gen Westen gewandt, damit sie nicht nach Wulf oder sonstwohin abgetrieben wurden. Später aber, als sie, durchnäßt und halb erfroren, im Gestöber über die krachenden Spalte und durch die rauschenden Wasserlachen fuhren, wobei es auch noch dunkel wurde, war es wohl eher ihr Fuchs, der sie aus dem grauen Tosen zu der Nordspitze von Nargen führte. Geradenwegs zum wacholdernen Kreuz, das sturmgeschwärzt zwischen Steinen im Schnee stand und an dem ein Opferstock hing, den die nargenschen Schweden Fattingbyssa, das heißt Armenbüchse, nannten: Dort konnte, wer der Seenot entgangen war, ein Dankesopfer darbringen.

Paap begriff diesen Fingerzeig Gottes sofort, trat mit vor Überanstrengung zitternden Knien – er war mit dem Bootshaken vor dem Pferd hergegangen – zu der Sammelbüchse, und während seine nassen Hosenbeine im schneidenden Westwind steiffroren, lallte er gebetartig und steckte einen ganzen Silberferding in den Schlitz. Pall stand beim Schlitten und überlegte. Außer den bewußten zwanzig Mark besaß er noch zwei, die vom Doktor stammten. Mit dem Kleingeld hatte er im Krug an der Brücke von Åbo ein kräftiges Mittagessen und Bier für Paap und sich bezahlt, so daß ihm nur einige Schillinge geblieben waren. Eine ganze Mark in die Büchse stecken? Wer mochte wissen, von wem und wann diese überhaupt geleert wurde und ob die Scherflein je in die Armenkasse von St. Olai kamen, wie es vorgesehen war. Nein, eine ganze Mark, sei es nun von den zweien des Doktors oder seinen eigenen zwanzig, hier in den Wind zu schleudern, das wäre denn doch zuviel des Guten. Er nahm aus dem Schlitten den Hafersack, trat zum Wallach und drückte sein vor Aufregung und Schlaflosigkeit glühendes Gesicht an das zitternde, schneeverklebte Ohr des Gauls. Es war eher ein Gefühl als ein Gedanke, der aus seinem Leib in den Kopf stieg, und kein Wort paßt wohl besser dazu als *Dank*: Gewaltiger, warmer, frohlockender Dank, der gleichsam jemandem hinter ihnen, in der bezwungenen Finsternis, eine lange Nase drehte und der vor allem dem Wallach galt und vielleicht nur in einem flüchtigen Erschauern auch Gott. Dann nahm er aus der Tasche seines Pelzes einen halben Brotlaib, brach ihn in vier Stücke, steckte sie in den Sack zum Hafer und hängte diesen dem Pferd über den Kopf.

Nach drei Tagen und Nächten, die sie im Süddorf von Nargen bei einem schwedischen Fischer verbrachten, konnten sie endlich, am Morgen des achtundzwanzigsten Januar, die vom Weststurm gespaltene und nun wieder zugefrorene Meerenge überqueren. Um die Mittagszeit näherten sie sich vom Strand her dem verschneiten blaurotgoldenen Kreuzwappen der Großen Strandpforte, wobei sie eifrig um sich schauten. Doch zwischen Strand, Hafen und Pforte verriet nichts, daß die Kriegskunde die Stadt erreicht hätte. An die zehn Koggen sowie einige Bordings und Bojers, die Revaler, Wyborger und Danziger Schiffsherrn gehörten, standen ruhig am Bollwerk im Eis, die Masten ohne Takelage und ellenhohe Schneewehen an Bord. Der Schornstein des Siechenhauses rauchte auf alltäglichste Weise, und in den dick verschneiten Sträuchern des Rosengartens hüpften frierende Sperlinge. Rechts von der Strandpforte, unterhalb eines flachen Hügels, der an die abgerissene Gertrudenkapelle erinnerte, machten sich vier Männer auf dem zugefrorenen Graben zu schaffen. An vier von Schnee gesäuberten Stellen hackten sie gemächlich das Eis auf, und ihre Brechstangen klapperten in so tiefer Ruhe, als gäbe es nichts Wichtigeres auf der Welt.

Just als der Schlitten fünfzig Schritt von den Männern über den Graben fuhr, richtete sich einer auf, fuchtelte mit seinem Brecheisen, kam auf den Schlitten zugelaufen und rief: »Hei! Paa-all!«

Pall hielt an, und der Mann trat zum Schlitten.

»Märten? Was treibst denn du hier?«

»Ha! Der Rat hat im vergangenen Jahr Hechte in den Graben gelassen. Nun sollen wir Atemlöcher ins Eis hakken. Ein Schlag ein Schilling. Sonst krepieren zweihundert Hechtbraten. So ein Schaden! Aber warum kommst du aus Üxnurme durch diese Pforte in die Stadt?«

Der Doktor hatte mit Pall verabredet, die Frolinks, die Schule und alle anderen sollten glauben, Pall sei nach Üxnurme gefahren, um dem Verwalter, der an einem Halsgeschwür litt, Medizin zu bringen und nötigenfalls einige Tage nach seinem Befinden zu sehen. Also hatte Märten inzwischen nach ihm gefragt und vom Doktor, von Meus oder Annika die Üxnurme-Geschichte gehört. Tja, nun mußte er sich schon daran halten …

»Ich hab beim Vater in Fischermai reingeschaut.«

»Hat der Verwalter ins Gras gebissen?«

»Nein. Wie kommst du denn darauf?«

»Oder siehst du wegen des Krieges so mürrisch drein?«

»Jawohl. Ich hab davon gehört.«

»Wo?«

»Im ›Goldenen Engel‹ in Kegel.«

»Wann?«

»Na … Heute morgen.«

»Ja, südlich von Dorpat sollen sie fürchterlich hausen. Und bei Narva sind sie auch über die Grenze gekommen.«

»Bei Narva auch? Davon hab ich nichts gehört. Gibt's noch was Neues?«

»Weiter nichts.«

Pause.

»Märten …«

Märten blickte Pall unter der abgenutzten Hundsfellmütze aus seinen aufmerksamen hellen Augen an. »Mh?«

»Ich komm heut abend zu dir. Jetzt bin ich in Eile. Auf Wiedersehen.«

Pall straffte die Zügel und fuhr unter dem Kreuzwappen durch, hinein in die Stadt, deren vertraute, schützende Mauern ihn diesmal für einen Augenblick seltsam bedrückten.

Die einzige merkliche Veränderung in der Stadt – zumindest im Bischofshaus – war eigentlich Frau Katharinas Anwesenheit. Der Diener Johann, der während Paaps Reise den Schnee im Hof fegen mußte, erzählte ihnen davon, sobald der Schlitten vor dem Stall hielt. Und als Pall, der seinen Reisepelz schon im Schlitten abgelegt hatte, durch die Hoftür ins Haus trat, nahm er einen kaum spürbaren, ihm unbekannten Duft wahr. In der Diele, auf der Treppe und dem Innenbalkon sowie im Gang des Obergeschosses wurde der Duft immer stärker und geheimnisvoller. Pall klopfte und stand schnuppernd an der Tür des Schreibzimmers: Das »Herein« des Doktors ließ einen Augenblick auf sich warten. Als Pall eintrat, stand der Doktor mit dem Rükken zum verschneiten Fenster, und Frau Katharina saß beim Schreibpult auf einem dreieckigen Hocker. Sie trug ein schillerndes bernsteinfarbenes Seidenkleid, hatte ein Bein übers andere geschlagen, ihre beringten Hände auf dem Knie gekreuzt und lächelte. Der hellrote Schuh am Fuß des übergeschlagenen Beines schaute kindlich vorwitzig unter dem Kleidersaum hervor, und dieser Schuh war unergründlicherweise das erste, was Pall an ihr auffiel. Erst hinterher registrierte er folgende Einzelheiten. Daß die Doktorin hübsch war und viel jünger als der Doktor, bestimmt unter dreißig. Daß sie tief rotbraunes Haar hatte, über der Stirn glatt und im Nacken zu einer prächtigen Frisur gerichtet. Daß ihre Augen länglich und so dunkelgrau waren, daß sie fast schwarz wirkten, obwohl das Licht ihr ins Gesicht fiel. Daß sie dunkle bogenförmige, wie gemalte Brauen hatte. Daß ihr schmales Gesicht keineswegs rotwangig, sommersprossig und zugleich blaß war, wie häufig bei Rotbraunen, sondern gleichmäßig rosig. Und daß ihr lächelnder Mund vorzutäuschen schien, die Morellen dieses Jahres wären bereits reif. Und daß in den Gesichtern des Doktors und Frau Katharinas etwas stand, was Pall rätseln ließ, ob in diesem Zimmer vor seinem Eintreten geliebelt oder gestritten worden war.

»Aha – Ihr seid zurück! Nun?« rief der Doktor und erklärte seiner Frau: »Das ist der junge Balthasar. Er kommt geradeswegs vom Herzog.«

Sie richtete den Blick ihrer länglichen Augen auf Pall. Und plötzlich wurden ihre Augen fröhlich und rund, und sie sagte: »Genau so habe ich ihn mir vorgestellt.« Ihre Stimme klang wunderbar sanft und vertraut.

»Nun?« wiederholte der Doktor, sich an Pall wendend, und dieser schilderte in ein paar Sätzen seine Reise.

»Aha«, sagte der Doktor, »und der Herzog zeigte sich uns gewogen, wie? Er war liebenswürdig zu Euch?«

»Ja. Mir scheint, für einen Herzog schon.«

Frau Katharina lachte mit dunklem Klang.

»Hat er Euch etwas gegeben?« fragte der Doktor.

»Er selbst nicht. Das tat Herr Horn.«

»Wieviel? Zehn Mark?«

»N-nein. Zwanzig.«

»Oh! Das ist für Herrn Horn außerordentlich. Aber Ihr wart ja auch sehr tüchtig. Und ich will neben Herrn Horn nicht als Geizhals dastehen.«

»Bedenke, Matthias, bei welchem Sturm sie zurückgekommen sind«, sagte Frau Katharina.

Der Doktor schloß die eisenbeschlagene Tür zum Alkoven auf und trat hinein. Pall schaute Frau Katharina an und fühlte sich erröten. Vielleicht, weil er eine passende Erwiderung auf ihren freundlichen Satz suchte und natürlich nicht gleich fand. Nach angestrengtem Nachdenken sagte er: »Eure Reise aus Dorpat wird ja auch kein Vergnügen gewesen sein?«

Sie lachte. »Unter uns gab es fast ein Dutzend solche Ängstlichen wie mich. Und Herren natürlich auch ... Es war recht spaßig.«

All das sagte sie auf unglaublich mädchenhaft leichte, vertraute Art. Als wäre sie keine feine Dame, die sich zum erstenmal mit Pall unterhielt, sondern ein Nachbarmädchen aus Fischermai. Dann blickte sie ihn mit ihren fast schwarzen Augen an und sagte in völlig anderem Ton, erschrocken und beinahe flüsternd: »Gewiß habt Ihr auf dem Meer dem Tod ins Auge geschaut ...?«

Pall machte eine überlegene Handbewegung, und im selben Augenblick kam der Doktor aus dem Alkoven zurück. Obwohl er beim Hineingehen hinter sich die Tür zugezogen hatte, hatte Pall durch den Türspalt doch erspäht, wie er sich aus der rotgeblümten Schatulle neben dem Skelettkasten Silber in die Tasche steckte. Nun legte er ihm fünfundzwanzig Mark auf die Ecke des Schreibpults. Pall nahm den Münzenstapel behutsam in die linke Hand. Dabei streifte sein Blick Frau Katharinas hellroten Schuh, und ihn selbst streifte der Gedanke, es wäre wohltuend, dieses Geld nicht anzunehmen. Zugleich rechnete er sein Marburger Kapital zusammen, und seine Hand steckte das klingende Geld in die Tasche – auch dieses Klingeln hörte sich wohltuend an.

»Ich habe noch etwas vom Herzog.«

Lieber hätte Pall das Kreuz des Herzogs dem Doktor später, unter vier Augen, übergeben: Sollte der Doktor selbst entscheiden, ob und wann er es seiner Frau umhängte oder ob er überhaupt davon zu ihr sprach – damit es, sei es nun an der Kette oder am Wort, zwischen ihnen hänge ... Aber um die Übergabe des Kreuzes zu verzögern, mußte es einen triftigen Grund geben. Unmöglich, es dem Doktor morgen unter vier Augen in die Hand zu drücken und zu sagen: »Ich wollte gestern nicht in Anwesenheit Eurer Gemahlin, Ihr versteht ...« Nein, nein, morgen konnte er nur behaupten, er habe das Kreuz vergessen. Aber so ein Goldkreuz war ein kleines Vermögen. Wenn ein Quart Gold sechs Mark kostete, mußte allein das Kreuz nach dem Gewicht mindestens fünfzig wert sein. Dazu noch der rote Stein. Nie und nimmer würde der Doktor glauben, er hätte so ein Geschenk vergessen können. Er würde erraten, daß Pall ihm das Kreuz nicht vor ihr übergeben wollte, folglich mehr wußte, als sich schickte. Das erstens. Zweitens ... Ja, Pall sah von der Seite Frau Katharinas zierlich in den Nacken gelegten Kopf, ihren roten Kindermund, ihre Augen von Rauchglasfarbe, die jetzt die Schneemuster am Fenster betrachteten – und er verspürte den Wunsch, Frau Katharina möchte wissen, daß Pall wußte. Etwas wußte. Dieser sein Wunsch war Gott sicher nicht allzu wohlgefällig. Aber furchtbar sündig konnte er auch nicht sein. Pall wußte ja wirklich etwas: Er hatte des Herzogs lateinischen Satz gehört und seinen Blick und sein Lächeln gesehen.

»Der Herzog bittet den Herrn Doktor, dies seiner schönen Frau um den Hals zu hängen.«

Pall erschrak, weil er es gewagt hatte, sie im Namen des Herzogs schön zu nennen. Trotz seiner Verwirrung bemerkte er, daß er sich wahrscheinlich geirrt hatte. Nicht darin, daß sie schön war. Nein, daß sie etwas mit dem Herzog gehabt hatte. Denn die Miene des Doktors verriet keine Spur von Unmut. Im Gegenteil: Seine schmalen Augen leuchteten auf, als er das Kreuz von Pall nahm, und er rief in heiterstem Ton: »Kati, sieh, er schickt dir ein goldenes Kreuz und auf dem Kreuz sein Herz – ein Rubin! Das nenn ich einen Ritter! Allein das Herz kostet hundert Mark!«

Sie errötete zwar, als sie mit einem Oh-Ruf zum Doktor lief und mit hell leuchtenden Augen und erstaunt geöffneten Lippen das Kreuz ergriff, es von allen Seiten betrachtete und an der Kette baumeln ließ. Doch die Röte auf ihren Wangen war offenbar helle Freudenröte und durchaus kein dunkles, sündiges Glühen.

»Nun«, rief sie kokett, »tu, was dir unser Herr befiehlt!« Sie reckte ihren schönen Hals und neigte lachend ihre schlanke Gestalt mit dem auffallend prallen Busen vor. Der Doktor öffnete den Verschluß der Kette, legte sie Frau Katharina von beiden Seiten um den Hals und schloß sie im Nacken, so daß das Kreuz genau in der Busenvertiefung funkelte, im weiten viereckigen Ausschnitt. Und dann – der Teufel hole die Herrschaften mit ihren deutschen und französischen Manieren:

Sie leisten sich Dinge, bei denen man nicht weiß, wohin mit den Augen! –, dann umfaßte er sie (anzuheben brauchte er sie nicht, sie war fast so groß wie er) und küßte sie lange auf den Mund. Als wäre kein anderer zugegen. Pall schaute betreten zu Boden, vier, fünf Herzschläge lang, doch dann blickte er wieder hoch. Der Doktor hatte sich gewendet. Er stand fast mit dem Rükken zu Pall, drückte Frau Katharinas emporgehobenes Gesicht an das seine, und über die Schulter des Doktors sah Pall ihr linkes Auge. Zunächst war es geschlossen. Aber dann hob sich das langwimprige Lid langsam, und sie schaute hinter dem Backenknochen ihres Mannes Pall gerade in die Augen. Und ihr Blick war plötzlich so unsinnig schwarz und dumpfdunkel, daß Pall der Atem stockte.

Als der Doktor Katharina aus seiner Umarmung freigab – was dennoch ziemlich bald geschah –, sagte sie auf die gewöhnlichste, das heißt auf die ihr eigene verblüffend ungezwungene Art: »Aber Matthias – wir wollen Herrn Balthasar doch zu Mittag einladen. Er hat uns ja so ein Geschenk mitgebracht. Magdalenas Gänsebraten ist bald fertig.«

»Selbstverständlich«, erwiderte der Doktor ungemein freundlich. »Macht Euch frisch und kommt.«

Pall dankte verlegen und war trotz einigen Befremdens bereit zu kommen. Er sagte sich: Vor allem, weil man sonst nirgends genau erfahren kann, wie sich inzwischen das Kriegsgeschehen entwickelt hat.

Zu Mittag speisten sie in der Diele an einem mittelgroßen runden holländischen Tisch, der noch von Weselouwe stammte, wobei sie auf Stühlen des Meisters Andreas saßen. Der vierte an der Tafel war der grauhaarige, stämmige, rotwangige Ratsherr Beelholt, der eine kurze, graugrüne, nerzverbrämte Schaube über seinem schwarzen Wams trug und mehrere schwere Goldringe an den Fingern hatte. Soviel Pall wußte, hatte ihm der Doktor wegen eines Nierenleidens den Genuß von Fleisch streng untersagt, und der Ratsherr besuchte wegen seiner Krankheit jede Woche den Doktor und dieser zuweilen ihn. Nun aber kaute der Herr Beelholt unter den Augen des Doktors an einem gewaltigen Stück Gänsebraten, das dieser ihm höchstselbst vorgelegt hatte.

Pall hatte sich sorgfältig mit Annikas harzduftender Seife geschrubbt und den Anzug aus schwarzem Göttinger Tuch angezogen, der ihm zu Weihnachten aus Vaters Sonntagsrock für den bevorstehenden Schulabschluß gemacht worden war. Dennoch fühlte er sich verdammt unbehaglich. Nicht so sehr, weil der Tisch mit einem weißen Linnentuch bedeckt war (von einem ähnlichen hatte man in Fischermai zu Annikas Hochzeit gegessen, und in Meus' Haus benutzte man es sogar bei weniger festlichen Anlässen), auch nicht, weil auf dem Tisch lauter silbernes Geschirr stand (ähnliches, zwar plumperes, aber kaum leichteres hatte Palls Vater im Schrank) – nein, das Elend bestand darin, daß die ganze Mahlzeit irgendwie ungewohnt fein und Pall unter den vier Essern der auffälligste war. Vor allem aber: Die Gans, die Magdalena aufgetischt hatte, wurde mit jenen verfluchten Dingern gegessen, die kleinen silbernen Mistgabeln oder dem Dreizack des Neptun glichen und auf deutsch »Gaffel« hießen, in der hiesigen Sprache aber gar keinen Namen hatten. Pall empfand erst dann eine gewisse Erleichterung, als Ratsherr Beelholt seine silberne Forke schwitzend auf den Tisch legte und den Gänsehintern auf ländlich-sittliche Art mit beiden Händen seiner eßlustigen Kaumühle zuführte.

Der Doktor hatte dem Ratsherrn über Palls Fahrt nach Åbo gleich, nachdem sie am Tisch Platz genommen, mit einigem Stolz berichtet. Dieser schien in die Dinge eingeweiht zu sein, wirkte freilich vorsichtiger als der Doktor. Er warf Pall aus seinen wässerigen blauen Augen einen teils prüfenden, teils anerkennenden Blick zu und sagte, dabei von der »Gaffel« einen Happen abbeißend: »Mhm. Nicht übel. Je früher der Herzog erfährt, daß er Fürstenberg nun schnell eine Anleihe gewähren muß, um so besser.«

Später, nachdem der Ratsherr zwei gewaltige Becher Rheinwein und einen dritten voll Malvasier geleert hatte – Frau Katharina füllte jedesmal lächelnd nach – und als er dann dem Gänsebraten auf die eben erwähnte altväterliche Weise zu Leibe rückte, geizte er nicht mit Neuigkeiten. Der Feind hatte vorgestern Iwangorod verlassen, den zugefrorenen Fluß südlich von Narva in der Nacht überschritten und im Kirchspiel Jehwe mehrere Dörfer und Güter niedergebrannt. Aber die von Süden in das Stift eingefallenen Heerhaufen hatten, soweit bekannt, Dorpat noch nicht umzingelt. Sie plünderten nach wie vor in den Ländereien des Stifts, teils auch schon nördlich von Dorpat. Und nachdem sich Herr Beelholt auch den vierten Becher hinter die Binde gegossen hatte – die anderen Tischgenossen waren noch beim ersten –, erzählte er, verächtlich die Unterlippe schürzend: »Stellt Euch vor – der Bischof von Dorpat hat erst vor zwei Wochen dem Ordensmeister einen Brief geschickt, dieser solle sich mit den Kriegsvorbereitungen nicht unnütz beeilen. Na sagt, hol's der Deibel, wie soll man dieses Land unter einer derartigen Obrigkeit überhaupt verteidigen? Der Ordensmeister hat alle Vorbereitungen ohnehin unverzeihlich verschleppt. Zur Zeit ist er übrigens von Wenden nach Fellin unterwegs. Das Ordensheer hat Befehl, sich dort in aller Eile zu versammeln. Aber deren Eile ist ja sattsam bekannt.«

Danach ließ Herr Beelholt Pall noch einmal erzählen, wie Herr Horn die Kriegskunde aufgenommen hatte.

»Sagt, was für ein Gesicht hat er gemacht?«

»Na ... So. Kein besonderes ... Nur aufgestanden ist er.«

»Na bitte!« sagte der Doktor triumphierend.

»Ja!« rief Herr Beelholt. »Sollen sie nur aufstehen, sie alle dort – Horn, der Herzog und auch der alte Gustav. Ja, geb's Gott! Und was für einen Eindruck machte der Herzog?«

»Der Herzog schien ernstlich besorgt zu sein. Wegen Livland ...«, sagte Pall, schaute nach Frau Katharina hin, traf ihren merkwürdig sanftdunklen, fremdvertrauten Blick und verschwieg das Weitere: auch wegen Frau Katharina.

Im selben Augenblick räusperte sich der Diener Johann an der Tür und meldete mit komischem, den ganzen Raum füllendem Flüstern: »Der Herr Stadtsyndikus geruhen ...«

Pall sah, wie Beelholt, der ihm gegenübersaß, den vollen Mund mißfällig zu einem schmalen, an beiden Winkeln abfallenden Strich zusammenpreßte. Der Doktor hob die rechte Braue, doch nur für einen Augenblick, rief »Oh – aber natürlich!« und schritt mit strahlendem Lächeln dem Syndikus entgegen. Herr Beelholt schaute mürrisch in seinen leeren Becher. Plötzlich war Pall, als beschnuppere unter dem Eßtisch ein kleines Hündchen seinen linken Fuß. Gerade dachte er, im Haus des Doktors gebe es doch gar keinen Hund, als er plötzlich einen leichten, aber merklichen Druck auf den Fuß empfand – und während er noch immer verständnislos den Gänseflügelknochen auf seinem Teller anstarrte, bemerkte er auch an der Wade einen Druck. An sich war der Druck weder heiß noch stark, er begann beim Knöchel und endete beim Knie, durchfuhr aber Palls Schenkel, Leiste und Herz und ließ ihn vor Überraschung zusammenzucken. Pall schaute Frau Katharina an. Sie fing seinen Blick mit ihren schelmischen, doch erregten Augen auf und blickte, ohne dabei den Kopf zu wenden, dorthin, woher sich in Begleitung des Doktors Herr Clodt näherte. Zugleich legte sie den Zeigefinger mit dem Siegelring, auf dem ein Apfelbaum eingraviert war, an ihren roten, wie vor Schreck geöffneten und gespitzten Mund: »Tssss ...«

Pall bewegte ein wenig die Lippen, als Zeichen, er hätte verstanden – und Herr Clodt trat ein. Unterwegs zum Tisch warf er seine dunkellila Pelzschaube Johann zu. Dann schritt er mit einem Lächeln, das seine langen Zähne entblößte, zu Frau Katharina und küßte ihr die Hand. Natürlich: der einzige in Reval, der sich auf Staatsgeschäfte verstand, der Bürger mit den feinsten Sitten. Woher dieser Ruf stammte, war ziemlich unklar. Die

Männer konnten ihn im allgemeinen nicht leiden. Für die Grauen, auch für Pall, war der Syndikus ein hochmütiger Kerl, der sich zum niederen Volk derart herablassend verhielt, daß sich sogar unter den echten Patriziern in dieser Hinsicht kaum jemand mit ihm messen konnte. Einige Handwerksmeister und Heringsverkäufer hielten ihn zwar für überaus schlau, aber die maßgeblichen Kaufherren sahen in ihm einen gebildeten Emporkömmling und Neunmalklugen. Aus dem Mund der Söhne, die Pall in der Schule traf, kannte er längst den Standpunkt der Väter. Und daß Herr Clodt den Weibern hätte gefallen können, erschien ebenso ausgeschlossen: Er war lang wie eine Hopfenstange, großnasig, sommersprossig und rothaarig. Sein glattes, unter einem Topf geschorenes rötliches Haar war in den letzten Jahren stark angegraut. Aus der Nähe fiel das besonders auf, und obwohl seine Elchfellstiefel peinlich sauber und sein brauner Tuchrock samt Kragen und Manschetten funkelnagelneu waren, wirkte seine ganze Erscheinung irgendwie verschlissen. Möglich, daß Pall ihn deshalb so sah, weil er voreingenommen war: Zufällig wußte er von Bekannten – den Lohn für nämlichen Rock schuldete Herr Clodt bereits den dritten Monat dem Kuuse-Kreegor, dem Oldermann des Schneideramtes. Und er machte durchaus keine Anstalten, seine Schuld zu begleichen. Die Gerüchte von Herrn Clodts Lustseuche beruhten allerdings nicht auf Wahrheit. Der Ausschlag, der sich vor einigen Monaten auf seiner Stirn gezeigt hatte, war nicht die Corona veneris, sondern eine gewöhnliche Flechte. Der Doktor hatte sie mit Salz behandelt, und sie war schon fast verschwunden. Wäre es wirklich die schlimme Seuche gewesen, hätte er sicher Guajakholzspäne verwendet. Ja, mit diesem Gerücht tat man dem Syndikus unrecht. Und dennoch: Im Vergleich zu ihm war der Doktor mit seinem unerschütterlichen Lächeln, dem allgegenwärtigen schwarzen Bartkeil und dem Prachtanzug aus grünem lombardischem Samt die Eleganz in Person.

Die Stühle um den nicht allzu großen Tisch wurden

zusammengerückt – Frau Katharina saß plötzlich neben Pall –, und Herrn Clodt wurde der Platz rechts vom Hausherrn angewiesen. Frau Katharina wollte für ihn den Gänsebraten aus der Küche zurückbringen lassen, doch der Herr Syndikus lehnte dankend ab, worauf Magdalena Marzipan auftrug. Der Doktor erklärte bereitwillig, die Leckerei sei auf seine Bestellung vom Apotheker Dyck aus Süß- und Bittermandeln sowie dem weißesten Weizenmehl mit Zucker und Rosenwasser hergestellt. Die dickflüssige Masse war zu Blumensträußen gleichenden Laiblein gegossen – in alten, kostbaren Silberblechformen, eigenhändig gefertigt vom berühmten seligen Michael Sittow.

Während Herr Clodt das Marzipan reichlich mit Malvasier hinunterspülte, plauderte er von den verschiedensten Dingen der Welt, von Zeit zu Zeit mehr oder weniger wichtige Fragen einstreuend. In einer merkwürdig abwesenden, beiläufigen Weise erzählte er, der Jürgen aus Meißen sei nun mit seinen Hiobsbotschaften in Pernau angelangt, fragte den Doktor, wer und was Pall sei – aber die Antwort, er sei ein Schüler des Doktors, sein Gehilfe und ein angehender Marburger Hippokrates-Jünger, schien er gar nicht zur Kenntnis zu nehmen. Obwohl er daraufhin einige ziemlich derbe Scholarenwitze erzählte. Auch fragte er, was der Doktor von den Kriegsgeschehnissen halte, wartete aber die Antwort nicht ab, sondern erkundigte sich nebenbei, ob Herzog Johan nach des Doktors Meinung vom Kriegsausbruch unterrichtet sei oder nicht. Pall erstarrte, aber weniger vor Schreck als vor Spannung. Zugleich durchflutete merkwürdig süße Glut die linke Seite seines ganzen Leibes, denn Frau Katharina drückte ihr rechtes Bein heftig an seine linke Wade. Der Doktor füllte gerade aus einer silbernen Zweiquartkanne den Becher des Syndikus, hob aber auf dessen Frage den Blick, schaute ihm – seine Tätigkeit fortsetzend – gerade in die Augen und erwiderte seelenruhig: »Kaum. Woher sollte er auch so schnell ...« Dabei verschüttete er keinen Tropfen, und als der Becher randvoll war, fragte er, den Krug noch in der Hand: »Meint der Herr Syndikus, man sollte es ihm mitteilen? Ich schicke ihm von Zeit zu Zeit Medikamente.« Er stellte den Krug gemächlich auf den Tisch. »Ich könnte dem Herzog Kunde zukommen lassen – sagen wir, auf Wunsch unseres Ratssyndikus, wie?«

»Halt«, rief Herr Clodt mit leichtem Schmunzeln, »was meint denn Herr Beelholt dazu?«

Herr Beelholt hatte sich für eine derartige Frage keinerlei neue Meinung zurechtgelegt und wiederholte, was er schon vor Clodts Ankunft gesagt hatte: »Je früher der Herzog erfährt, daß er jetzt Fürstenberg schnell eine Anleihe gewähren muß, um so besser«, und fuhr sich mit der Zunge über die Lippen, als lecke er etwas Süßes ab: Zufrieden, Herr Syndikus? Denn das war in der gegebenen Situation eine schöne, glatte, dem Orden gefällige Antwort, an der Clodt wiederkäuen sollte. Sogleich aber wurden Beelholts blaue Augen starr vor Verblüffung. Denn Herr Clodt sagte bei einem Schluck Malvasier auf seine lässige Art: »Natürlich geht Fürstenberg den Herzog um eine Anleihe an. Er wird sie aber kaum erhalten. Bis der Herzog zweihunderttausend beisammenhat – um zweihunderttausend wollen sie ansuchen –, verstreicht geraume Zeit. Und es ist ungewiß, ob Herr Fürstenberg dann noch unser Herr ist ...«

Der Doktor brach in Gelächter aus. »Der Herr Syndikus geruht zu scherzen! Der Herzog, denke ich ...«

Der Syndikus schluckte sein Marzipan hinunter. »Ihr glaubt, der Herzog steckt Livland in die Tasche, bevor er mit der Anleihe herausrücken muß?«

»Ha-ha-ha-ha«, lachte der Doktor. »Das glaube ich allerdings nicht!«

»Ha-ha-ha-ha«, lachte der Syndikus. »Ich auch nicht. Das heißt: Herr Fürstenberg ist ein tüchtiger Mann. Unbedingt. Aber der Orden braucht einen noch tüchtigeren!«

»Und wer ist das?« fragte Frau Katharina, dabei mit dem Kreuz des Herzogs spielend.

»Mnja ...«, erwiderte Herr Clodt und schaute Katharina mit weingeröteten Augen an. »Da die gnädige Frau danach fragt ...« Über den Tisch hin ergriff er Katharinas Hand und küßte, sich über die Becher beugend, ihre Finger. »Wenn die gnädige Frau danach fragt, muß ich es ja sagen. Habt Ihr von Herrn Kettler gehört?«

»Ich glaube nicht«, entgegnete Frau Katharina.

»Halt, halt«, rief der Doktor, »das ist ja der Westfale, der vor einigen Jahren – ja zu was wurde er eigentlich gewählt?« Der Doktor schnippte mit den Fingern und dachte angestrengt nach, doch der Quart Wein beeinträchtigte sein sonst hervorragendes Gedächtnis.

»Ich habe nichts von ihm gehört«, murmelte Herr Beelholt.

»Zum Dünaburger Komtur. Anno vierundfünfzig«, sagte Pall. Der Kuckuck mochte wissen, wieso es ihm plötzlich eingefallen war.

»Na seht«, sagte Herr Clodt und schaute Pall flüchtig an. »Aus dem Munde der Säuglinge – wie der Evangelist Matthäus sagt und Doktor Matthias bald sagen wird. Herr Kettler wird demnächst Komtur von Fellin, und gescheite Leute setzen ihren Taler nun auf ihn. Übrigens: Ich möchte Euch mit seinem Sekretär zusammenführen. Ich habe ihn für heute abend hergebeten. Ein Mann namens Henning. Aus Weimar. Zwar Fuhrmannssohn, hat aber an drei Universitäten studiert. Ein kluger Kerl. Heißt sogar Salomon. Kommt selten auch mal beim Pöbel vor.«

Der Wein war alle geworden, und Frau Katharina rief zuerst nach Johann, der nie etwas hörte, dann nach Magdalena, die sie aber selbst, als sie die Kerzen auf den Tisch trug, nach oben zu den Frolinks geschickt hatte, der Pastorin in einer kleinen Kanne ein Schlückchen hinaufzubringen.

»Also helft Ihr mir Wein holen«, forderte sie Pall auf.

Sie griff den leeren Silberkrug vom Tisch, und da noch ein Gast zu erwarten war, einen zweiten aus dem Büfett, reichte beide Pall, nahm aus einem Zinnkandelaber eine brennende Kerze, ging vor Pall in die Küche und durch die niedrige Seitentür die Kellertreppe hinab. Pall nahm wieder ihren Nelken- und Rosenduft wahr, während er hinter ihr herschritt. Leichtfüßig stieg Katharina hinab, sie hielt die Kerze in der rechten Hand und mit der linken ihre Schleppe, um nicht auf den steilen Kalksteinstufen zu stolpern. Über das niedrige, unebene Deckengewölbe glitt der riesige Schatten ihrer Frisur wie ein Hexenbesen.

Auf einem doppelstöckigen Gestell an der Kellerwand lagen an die Dutzend Weinfässer. Pall zog den Zapfen aus dem ihm gewiesenen Faß auf dem Obergestell und fing den hellen, säuerlichen, sonnenduftenden Rheinweinstrom im Silberkrug auf.

»In den anderen kommt Malvasier. Der liegt hier.«

Das Malvasierfaß befand sich auf dem unteren Gestell, dicht über dem Fußboden, und der hohe dreiquartige Krug hatte keinen Platz unter dem Zapfenloch. Aber Frau Katharina war gewitzt.

»Dreht das Faß ein wenig, so daß der Zapfen höher zu liegen kommt!«

Das wäre höchst einfach gewesen. Noch einfacher aber, den Krug schräg unter das Zapfenloch zu halten. Pall jedoch stellte den leeren Krug auf den Steinfußboden, faßte das hundertquartige Eichenfaß an den Gargeln und hob es – hast du nicht gesehen! – auf einen leeren Platz im Obergestell. Nur so zum Spaß. Er hörte seinen Rock, der für den Schulabgang vorgesehen war, in den Schulternähten krachen. Frau Katharina rief: »Oh ...« Und das würzige Märchenaroma des Malvasiers vermischte sich mit ihrem Nelken- und Rosenduft und mit dem des ungegorenen Mets in einem fernen Birkenhain ... Frau Katharina schritt wiederum voran, und Pall folgte ihr, in jeder Hand einen randvoll gefüllten Weinkrug. Der Hexenbesenschatten ihrer Frisur glitt aufs neue über das Gewölbe, und ihre roten Schuhe schauten auf den Stufen hin und wieder unter ihrem bernsteinfarbenen Rock hervor. Auf halber Treppe wandte sie sich plötzlich um. Sie stand zwei Stufen höher als Pall und war somit ein wenig größer als er. Die Kerze hielt sie in Brusthöhe, ihre Augen waren vollkommen schwarz, und in ihnen spiegelte sich das Kerzenlicht, das von Palls Atem flackerte. Katharina trat eine Stufe hinab – sie war jetzt um einen halben Kopf kleiner als er – und blies das Licht aus. Pall gab sich Mühe, in der schwankenden Finsternis die Weinkrüge geradezuhalten. Er merkte, wie der Wein auf die Stiege schwappte. Seine Hände zitterten vor Schreck und fassungsloser Freude, im Bewußtsein der Sündhaftigkeit. Er spürte ihre Finger auf seinem Gesicht und in seinen Haaren. Die heiße Kerze, die Katharina in der Hand hielt, streifte Palls linkes Ohr, ihre heißen Lippen seinen atemlosen Mund. Darauf eilte sie in der Finsternis die Treppe hoch und verschwand im hellen Viereck der Küchentür. Als Pall die Küche betrat, war sie schon in der Diele und hieß den neuen Gast willkommen.

Herr Salomon Henning war eingetroffen.

Pall trat ein und stellte die Weinkrüge auf den Tisch. Geraume Zeit wagte er nicht, Katharina anzusehen. Er nahm zwar neben ihr Platz, sah ihre beringten Finger über den Tisch huschen und dem neuen Gast den Becher reichen (großer Gott, dieselben Finger, die eben noch ...!), hörte ihre sanfte, fröhliche Stimme, aber nur die Stimme und nicht die Worte. Auch den Neuankömmling zu betrachten, war er erst nach einer Weile imstande.

Herr Henning war ein Mann von dreißig Jahren, und für einen Deutschen hatte er sehr helles Haar. Sein Gesicht war weich und rund, sein hellgrauer Blick zahm und dienstbeflissen, aber sein Mund selbstisch und verkniffen. Er trug einen unauffälligen Anzug aus dunkelblauem Tuch. An seiner Kleidung gemessen, stand er irgendwo zwischen Pall und der übrigen Gesellschaft, Pall wohl näher als den anderen. Der Mittelfinger seiner Rechten wies Tintenflecke auf. Die Art, wie er beim Sprechen die linke Hand wiederholt seitlings in der Luft hielt und danach tastend auf die Hüfte legte, bewies, daß er gewohnt war, dort ein Schwert zu wissen.

Herr Henning saß Pall genau gegenüber und führte bereits eine lebhafte Unterhaltung mit dem Doktor. Und obwohl Pall sich jetzt wieder Katharina anzusehen getraute und obwohl ihr schimmerndes braunes Haar keine fünf Spannen von seinem Gesicht entfernt war, folgte er allmählich dem Gespräch zwischen Herrn Henning und dem Doktor. Hin und wieder stieg ein warmer Hauch von Katharinas Rosen- und Nelkendüften in seine Nase. Das ließ sein Herz so laut pochen, daß es kein Wunder gewesen wäre, hätten Becher und Krüge mitgeklungen. Zwischendurch hörte er die eintönig ermüdende Stimme des Herrn Henning: »Mein Herr und Gebieter hat unserem Herrn Ordensmeister schon am sechsten September des Jahres vierundfünfzig gesagt, man müsse sich seiner Meinung nach mit Polen akkommodieren.« – »Mein Herr und Gebieter meint, Herr Radziwiłł sei der einflußreichste Mann des Königreichs. Nicht nur Litauens Großmarschall und des Königs Kanzler, sondern – vergeßt das nicht – auch der Königin Bruder.« – »Als mein Herr und Gebieter unterwegs nach Lübeck am siebten Juni Anno dreiundfünfzig im Gasthaus zu Klingenberg …« – »Als mein Herr und Gebieter im vorvorigen Jahr am achten April aus Dünamünde, verkleidet …«

»Wieso könnt Ihr Euch all diese Daten merken?« erkundigte sich der Doktor.

»Ich notiere sie mir stets.«

»Oh! Wozu?«

»Ich schreibe eine Chronik der Taten meines Herrn.«

»Chroniken der Ordensmeister – ja, die gibt es«, bemerkte Herr Clodt. »Eure wäre also die erste Chronik eines Komturs, wie?«

Herr Henning steckte ein Marzipanblümchen in seinen selbstischen Mund und kniff blinzelnd seine grauen Augen zu.

»Mmm. Kaum. Mein Herr und Gebieter ist erst vierzig Jahre alt.«

»Also«, sagte Herr Beelholt gedehnt und mit sichtlicher Ironie, »wie es bei den Landsknechten heißt – Klock acht Knecht, Klock zwölf Hauptmann?«

Pall hörte nicht mehr, was Herr Henning ihm darauf entgegnete. Bei der Erwähnung der Zeit warf er einen

Blick auf die Wanduhr des Doktors und sah, daß deren pfeilartiger Zeiger schon ein gutes Stück von der schweren römischen Sechs zur Sieben hin gekrochen war. Um sieben aber wurden die Stadttore geschlossen, und jetzt, wo der Feind im Land war, auch die Schlupfpforten. Und plötzlich war es für ihn außerordentlich wichtig, Märten gegenüber sein Wort zu halten. Er murmelte der Gesellschaft einige entschuldigende Worte zu. Der Doktor nickte lächelnd: »Also morgen nach der Schule ...« Seine Stimme war freundlicher als freundlich, wurde aber plötzlich betont deutlich: »Und der Hals unseres Verwalters in Üxnurme ist immer noch stark geschwollen.« Frau Katharina fing Palls Blick mit den zehn Kerzenlichtern ihrer Augen auf und hielt ihn lange fest, bevor sie ihr Gesicht abwandte, um Herrn Beelholt Wein einzuschenken.

Meus beugte sich über sein mit Büchern beladenes Schreibpult. Annika saß mit ihrem Strickzeug ihm gegenüber auf einem dreieckigen Schemel. Eine einzige Kerze beleuchtete beider Arbeit und flackerte im Luftzug, der auch das Hundsfell vor dem Blasenfenster sacht bewegte.

Sie blickten auf, als Pall eintrat, und Annikas Frage schien ihm nicht bar jeden Spottes zu sein: »Woher kommt es denn, daß sie dich zum Mittagessen eingeladen haben?«

»Na ... Weil ich doch hingefahren bin, auf seine Bitte ...«, murmelte Pall und zog sich dabei den Pelz an. »Nach Üxnurme und ...«

»Ist der Verwalter sehr krank?« fragte Annika.

»Na ... Sein Hals ist tüchtig geschwollen.«

»Ist das ein großes Gut?« wollte Meus wissen.

»Nun ... Ja ...«, brummelte Pall. »Was sieht man schon bei diesem Schnee. Aber jetzt geh ich zu Märten. Ich hab ihn am Tag gesehen und es ihm versprochen.«

»Hm«, machte Meus und wollte den Blick wieder ins Buch senken, sagte aber dennoch: »Du kommst zwar in der Schule gut vorwärts. Ich weiß. Herr Balder hat dich kürzlich gelobt. Aber bis zum Abschluß hast du bloß noch ein halbes Jahr. Meinst du nicht, daß … daß auch du ein wenig lernen mußt. Tu quoque, wie Herr Sum zu dir gesagt hat!«

»Ich schaff's schon«, murmelte Pall und wollte gehen, doch Annika rief ihn zurück.

»Hör mal, wenn du sowieso nach Fischermai gehst – und du mußt ja über Nacht dortbleiben –, könntest du nicht mal zu Hause vorbeischauen, vielleicht erfährst du etwas. Vater sollte aus Narva kommen, aber jetzt …«

»Vater? Jawohl, unbedingt.«

Die vereinzelten beleuchteten Fenster in den schwarzen Mauern und die Schatten der Giebeldächer zwischen den Wolken am sternbunten Himmel wiesen Pall den Weg. Aber vor allem wohl die Erfahrung seiner Beine und Sinne. Nicht einmal im Stockfinstern hätte er sich in der ihm bis zum entlegensten Mauerwinkel vertrauten Innenstadt wesentlich verlaufen. Um vor Toresschluß hinauszukommen, eilte er den kürzesten Weg über den Neuen Markt, wo die verschneiten Wasserspeier des Rathauses im Wind kreischten, und durch die pferdeharngetränkten Schneewehen der Kleinen Raderstraße, und als er das Nonnentor erreichte, war die Schlupfpforte noch offen, doch der Schließer schob bereits keuchend den Riegelbalken vors Haupttor.

Auf dem Weg hinter dem Tor hätte er trotz Frost und Wind auch ohne die Hilfe der Fensteraugen des Dombergs erahnt, wo sich dieser befand: Von links, vom Bergfuß her, brachten Windstöße den Gestank von Kot, der im Sommer in den Straßenmüll und im Winter in den Schnee floß. Dann drehte der Wind nach Nordwest, sauste von der Reeperbahn Pall ins Gesicht, und er atmete den reinen Hauch in vollen Zügen ein. Aber seinen Schritt verlangsamte er nicht, denn die Finsternis war ihm auch hier nicht hinderlich. Den über die Reeperbahn nach Ziegelskoppel führenden Holz- und Heufuhrenweg, den rechts nach Fischermai abbiegenden Schlittenweg sowie den gewundenen Fußpfad spürte er sicher unter den Füßen. Allerdings – die Ereignisse der letzten Tage, die nahezu an Hexerei grenzten, muteten ihn hier, in völliger Dunkelheit, besonders unwahrscheinlich an, zumal er heute soviel Wein getrunken hatte wie noch nie zuvor. (Wo hätte er früher auch Gelegenheit dazu gehabt: In seinem Vaterhaus wurde nur Bier getrunken, und auch das nur zu festlichen Anlässen, Wein aber nie. Und wenngleich bei Meus ein winziges Fäßlein Pflaumenwein in der Ecke stand, so hatten sein Schwager, seine Schwester und er nur am ersten Weihnachtsfeiertag und am Neujahrsmorgen aus einem kleinen Zinnbecher davon gekostet.) Und doch war es nicht der genossene Wein aus dem Silberbecher, der ihn so erregte. Natürlich: Er hätte einfach hingehen und Meus beichten können. Als seinem früheren Schulmeister oder jetzigen Anverwandten oder seinem Seelsorger, das war egal. (Ob der Schweigebefehl des Doktors auch für die Beichte galt?) Merkwürdigerweise machten all diese in Meus gleichzeitig vorhandenen Möglichkeiten sich gegenseitig zunichte. Überdies hätten alle drei Meus, jeder auf seine Art, ihn belehrt, ihm Vorhaltungen gemacht, an ihm herumgenörgelt, es gut mit ihm gemeint. Zweifellos. Außerdem war Meus mit seinem besorgten Blick und seinen früh ergrauten Schläfen Pall in der letzten Zeit als Verwandter wie auch seinem Stand nach dermaßen nahegekommen, daß seine Autorität zwangsläufig brüchig wurde. Überhaupt: Warum zum Kuckuck gab es auf der Welt für Pall nur zwei Gattungen von Menschen: Die einen, die er mehr oder weniger – meist nur ganz wenig, aber eben doch – *beneidete*, und die anderen, die er zuweilen recht stark – meist allerdings nur schwach, aber eben doch – *bemitleidete*? Und warum glitten Meus und Annika in seinem Bewußtsein neuerdings, leider Gottes, von der ersten Gattung in die zweite? Wegen Meus' anspruchslos-umsichtiger Haltung im Vergleich zu einer viel beschwingteren, weitergreifenden Weltsicht, von deren Vorhandensein Pall etwas zu ahnen begann? Wegen Meus' und Annikas Kerzenhalter aus Birkenholz im Vergleich zu den Zinnkandelabern des Erdgeschosses? Wegen ihres winzigen Zinnspitzbechers im Vergleich zu den Silberpokalen in der Diele, die von Palls Herzschlag widerhallten? Ja, all das Befremdende und Unmögliche, das Pall in den letzten Tagen erlebt hatte, wurde vollends unglaubwürdig durch Katharinas schwindelerregendes, närrisches Tun. Was bedeutete ihr Kuß?

Pall hastete im Dunkeln dahin, die Ohrenklappen seiner Hundsfellmütze flatterten im Winde. Er schürzte die Lippen und blies seinen heißen Jungviehübermut gegen den Wind. Kalter Weingeruch schlug ihm zurück ins Gesicht. Wer war dieses Weib? Ein Engel? Ein Teufel? Oder einfach ein schamloses Weibsstück, eine Dirne, dergleichen es schon in den Tagen des Plautus gegeben hatte und bis heute gab und die sich weder um das heilige Sakrament der Ehe noch um die Ehre scherten?

Die Wolfsaugen der Katen von Fischermai eilten ihm über den Schneewehen entgegen. Pall aber dachte: Es heißt, einige von ihnen folgen der Stimme ihres Herzens ... Da war die Geschichte des Apothekers Dyck, bei dem Pall in Angelegenheiten des Doktors ein und aus ging. Die ganze Stadt wußte: Dieser hagere Marzipanmeister und Hustentropfenbrauer mit dem gelben Schnurrbart hatte vor einigen Jahren sein Apothekeramt in Dorpat aufgegeben, weil seine Frau ihn verließ und die Umarmungen seines Gesellen Oldekop vorzog. Die einen wußten zu berichten, sie hätte auch nach ihrer kirchlichen Anprangerung gesagt, sie werde der Stimme ihres Herzens treu bleiben. Andere wiederum meinten grinsend, alles sei ihrem Hang zum Wein zuzuschreiben. Oldekop jedenfalls hatte im apothekerlosen Dorpat zwar einen zweifelhaften Ruf, aber immerhin ein einträgliches Amt erworben. Pall stellte sich in der Rolle des Apothekergesellen vor und spürte seine Wangen im Wind erglühen. Was Doktor Friesner auch sein mochte – Pall kannte niemanden, dem er Böses zugefügt hätte. Ihm selbst hatte der Doktor nur Gutes getan, was er auch künftig zu tun beabsichtigte. Eben. Also unterdrückte Pall in sich die schamlose Frage, was geschehen wäre, wenn er auf der Stiege nicht die verdammten Krüge in den Händen gehalten hätte. Im Innersten fühlte er: Die Frage war nicht nur schamlos, sondern auch unsinnig, denn natürlich wäre auf der Stiege ohne die Krüge genausowenig geschehen – du lieber Gott, auf der Treppe eines fremden Kellers, bei offenen Türen, im Beisein des Hausherrn und seiner Gäste. Wenigstens hätte er, Pall, nichts versucht. Nein-nein-nein. Er war kein Apothekergeselle Oldekop. Aber wer mochte wissen ... Vielleicht hätte er sich getraut, seine Arme um Katharina zu legen, wären sie frei gewesen, und dann ... Nein-nein! Und doch war das Bewußtsein süß, daß so eine schöne und bedeutende, so wunderbar duftende Dame mit ihm derart ... Und es war aufregend und sinnverwirrend, daran zu denken, was später daraus werden konnte. Nein-nein-nein. Aber wozu hatte sie das getan? Jedenfalls würde Pall bei Märten auch darüber sein Herz ausschütten.

Der Köter des Mündrich-Mats schlug schon von weitem an, erkannte jedoch Pall am Geruch und steckte ihm seine Schnauze in den Handschuh. Aber Pall trat nicht beim Mündrich-Mats ein, sondern eilte über die herumliegenden Sägespäne zu den Schneewehen in der Hofecke und hämmerte an die Saunatür.

»Hei ...«

Pall trat gebückt durch die kreischende Tür, eilte durch den Schafstallgeruch des Vorraumes, wo sich im Dunkeln mit leisem Blöken Mats' Vieh meldete, und schlüpfte zur nächsten Tür in die spanerleuchtete, rußschwarze Badstube hinein.

Märten, einen alten Pelz über dem hedenen Hemd und die Füße in abgetragenen Hundslederschuhen, erhob sich rasch von einem Schemel. Neben ihm türmte sich ein Haufen Späne und Holzabfälle. Ein Kienspan brannte auf dem Fensterbrett in einem Spanhalter, und auf einer langen Bank unter dem Fenster sah Pall einige frisch geschnitzte weiße Holzschüsseln und glatte weiße Wacholderlöffel sowie etliche Hohleisen, Meißel und

Messer mit derben Griffen. Vor der Bank auf dem irdenen Fußboden lagen große und kleine, angesägte und angeschnitzte Holzstücke herum.

»Du bastelst immerzu?«

»Das Eishacken und Steinefahren – das ist doch bloß Gelegenheitsarbeit, das macht nicht mürbe ... So schnitze ich eben abends.«

»Kimmelpenning nimmt es dir ab?«

»Jawohl.«

Und plötzlich fiel Pall seine erste Begegnung mit Staatsangelegenheiten an Kimmelpennings Tischlein vor vier Jahren ein und wie er Kimmelpenning gefragt hatte: »Darf ich von diesem Brief ... Vater erzählen?« Jetzt war ihm Vater als Beichtiger gar nicht in den Sinn gekommen. Einesteils natürlich, weil der Alte wahrscheinlich gar nicht in der Stadt war. Anderenteils vielleicht, weil auch der Vater mit seinen birkenteergewichsten Stiefeln und seinem nach Pferdeschweiß riechenden Rock, mit seinen immer fahler und älter werdenden Augen unter der Krempe des immer fahler und älter werdenden Hutes – weil Vater, wenn von den zwei großen Gattungen der Beneidenswerten und der Bedauernswerten die Rede war, in Palls Vorstellung leider Gottes in die letztere abzusinken drohte. Und Märten? Märten, der wieder auf dem Schemel saß und Pall unter seinen weißen Brauen prüfend ansah? Er stand, wo er seit jeher gestanden hatte: unter denen, die Pall bemitleidete. Das war klar. Und doch nicht ganz. Weil Märten eine unbegreifliche, aufreizende Überlegenheit ausstrahlte, die ihm Unabhängigkeit verlieh.

Pall begann jäh, damit seine Gedanken nicht zum Vater zurückkehren konnten: »Kannst du dich erinnern, wie der Doktor vermummt aus seiner Geheimkammer getreten ist und dich gefragt hat, ob du keine Angst hast?«

»Sicher doch.«

Der Anfang war gemacht, und Pall erzählte Märten die Geschichte mit dem Skelett. Dann vom wachsenden Vertrauen zwischen ihm und dem Doktor und von den darauf folgenden »Skelettgesprächen« über den Poswoler Vertrag, den Krieg und die künftigen Herrscher Livlands. Wie erwartet, schwieg Märten zumeist. Alles, was er verlauten ließ, war »aha«, »mhm« oder »soso«. Bevor Pall von seiner Finnlandreise begann, machte er eine kleine Pause. Er hob seinen vom Druck des Bankrandes eingeschlafenen Schenkel, schubste mit der Spitze seines Filzstiefels ein Holzstück und nahm es in die Hand.

»Nanu … Du machst ja nicht bloß Löffel?« rief er. Das dreieckige, unten zugespitzte Holzstück zeigte das Gesicht eines schmalschnauzigen Tieres mit gewaltigen Zähnen. »Du heiliger Deibel«, sagte Pall nahezu erschrocken. »Ein richtiger Wolf … Wo hast du dir den so genau angesehen?«

»Damals mit dir.«

»So ein Kerl bist du also. Na ja …« Und dann erzählte er von seinem finnischen Abenteuer, wobei er auch Menschen, ja gar Räume in großen Zügen schilderte. Als er beim Arbeitszimmer des Herzogs angelangt war und den prachtvollen Spiegel erwähnte, erfaßte sein Blick eine handflächengroße Spiegelscherbe, die am Saunafenster an einem rußigen Wandbalken lehnte – ihr herrlich geschliffener Rand schillerte im Licht des Kienspans.

»Wo hast du die her?«

»In Krumhusens Keller unter Abfall gefunden.«

»Mhm«, machte Pall und erzählte sein Finnlandabenteuer zu Ende. »Ja, und heute früh sind wir zurückgekommen. Und schon vor der Strandpforte hast du mich erwischt.«

»Warte«, sagte Märten, zog den Pelz über der Brust zusammen und ging hinaus.

Pall streckte die Beine, dehnte sich und fühlte: Die Last außerordentlicher, geheimer Dinge, für die Schultern eines Mannes fast zu schwer, wurde um vieles leichter, verteilt auf die Schultern zweier Männer. Er wußte im voraus: Märten würde sich setzen und eine ganze Weile schweigen. Danach würde er drei-, viermal »kch,

kch, kch« machen, als hätte er Heustaub in der Kehle, und dabei mit seinem mageren Bauch zucken, als möchte er einen Floh vertreiben und hätte die Hände nicht frei. Und dann würde er kurz etwas sagen, etwas Spaßiges, aber nicht gerade Angenehmes, das jedoch, wie stets bei ihm, einen Funken Wahrheit enthielt. Er würde mit einem Blick Palls Rock streifen, seine dünnen Nüstern blähen und hinwerfen: »Du riechst ja schon selbst nach Herzog.« Oder: »Dieser Doktor ist also nicht nur Arschkieker, sondern auch Staatsmann. Mhm.« Oder ... Na ja, über Frau Katharina würde er auch so manches sagen, nur wußte er noch nichts von diesen Dingen. Das Kreuz des Herzogs hatte Pall in seiner Geschichte vorläufig unterschlagen, um alles hübsch geordnet weiterzuerzählen, wenn Märten zurückkam. Übrigens hatte Märten es hier in der Badstube recht kühl. Pall wollte ein anständiges Feuer machen. Vor dem Ofen lagen Holzscheite, und der Abfallhaufen am Hokker bot genug trockene Späne zum Anzünden. Der Nordwest blies von hinten gegen die Badstube – öffnete Pall die Tür, so würde der Rauch schnell entweichen. Pall faßte nach den Spänen, verletzte dabei seinen Knöchel an einem darin liegenden Klotz, brummte: »Verdammt noch mal!«, ließ die Späne zu Boden fallen und zerrte den Klotz hervor.

Es war Birkenholz und stellte einen menschlichen Kopf dar. Ein richtiges Menschengesicht. Obwohl erst halb fertig, war es deutlich erkennbar: ein schmales Gesicht mit spitzem Kinn, merkwürdig ähnlich dem auf dem Estrich liegenden Wolfskopf und dennoch – Märten, wie er leibt und lebt! Seine gezackten Brauen und die Backenknochen, sein leicht verbitterter, spöttischer Mund. Die Ähnlichkeit verschlug Pall den Atem.

Er schaute über den Spanhaufen und erblickte in der Spiegelscherbe am Wandbalken sein eigenes gerötetes, verdutztes Gesicht. Hier hatte Märten gesessen, über die Späne in den Spiegel geschaut und nach dem Spiegelbild den Klotz behobelt und sein Gesicht aus ihm oder in ihn geschnitten. Und plötzlich fiel Pall ein, wie Märten sich bei seiner Ankunft hastig am Spanhaufen aufgerichtet hatte. Ja, während Pall zu ihm kam, sein Herz auszuschütten, hatte Märten sein birkenhölzernes Gesicht vor ihm in den Spänen versteckt.

Er hörte Märten im Vorraum wirtschaften. Da trat er auch schon aus dem Schafsgeblöke durch die knarrende Tür in die Badstube – mit einer für ihn außerordentlich behaglichen Miene und einem riesigen hölzernen Humpen in der Hand.

»Du steckst zwar heute voller Herrschaftswein, aber einen Zug kannst du schon noch tun. Das ist Bier von der Taufe beim Mündrich-Mats.«

Er reichte Pall den Humpen, setzte sich, machte drei-, viermal »kch, kch, kch« – als hätte er Heustaub in der Kehle. Pall hielt den Humpen in der Hand, ohne zu trinken, aber Märten bemerkte es nicht, sondern sagte: »Kch. Dieser Herzog ist also gar nicht gescheit.«

»So! Woher willst du es wissen?«

»Kch. Wäre er gescheit, hätte er auch was Gescheites gesagt. – Na, trink nur!«

Pall trank zunächst widerwillig und aus Höflichkeit, tat aber dann vier, fünf tiefe Züge gegen den Durst. Nach dem Malvasier des Doktors war das Bier des Mündrich-Mats gerade das richtige: bitter und erfrischend.

»Na, erzähl weiter«, sagte Märten.

»Das ist alles.«

»So-o? Ich dachte ... Na ja. – Hast du die Doktorin gesehen?«

»Natürlich.«

»Wird wohl ein feines Flittchen sein?«

»Hab sie nicht taxiert. – Hör mal, ich geh jetzt.« Pall stellte seinen Humpen auf die Bank.

»Nanu! Als wenn Tollkraut in Mats' Bier gewesen ist. Wohin so eilig?«

»Ich will mal gucken, ob der Alte zu Hause ist. Er sollte aus Narva kommen. Aber beim Doktor haben sie heute erzählt, der Moskowiter ist schon in Allentacken.«

»Sieht so aus. Ja, na dann ... Es heißt, bei Dorpat werden die Deutschen viel ärger von ihnen gepiesackt als das Bauernvolk. Aber natürlich möchte man ihnen nicht in die Quere kommen.«

Pall nickte zum Abschied und begab sich aus der Sauna auf den Hof, ein wenig enttäuscht, daß sein jäher Aufbruch eine derart selbstverständliche Erklärung gefunden hatte. Als er jedoch vom Hof des Mündrich-Mats auf die Straße trat, als er, von einigen trüben Fensteraugen geführt, zwischen den dunklen Schneewehen zum Meer, zum nördlichsten Winkel der Vorstadt wanderte, befiel ihn plötzlich ernsthafte Sorge um den Alten. In der jetzigen Lage konnte sich auf den Landstraßen bei Narva wirklich allerhand zutragen. Die Hinfahrt hatte Siimon vermutlich ohne Scherereien überstanden. Soviel Pall bekannt war, hatte er sich mit fünf Fuhrknechten und acht Pferden auf den Weg gemacht, und bestimmt hatten sich ihnen noch andere Fuhrleute angeschlossen. Sie hatten vor allem Weizen geladen, den einige Revaler Kaufherren von ausländischen Lieferungen des Vorjahres in irgendeiner Speicherecke eingelagert hatten und den ihnen nun die Kaufherren von Narva gern abkauften, um ihn in ihren Magazinen stehenzulassen. Denn während Herr Krumhusen und etliche seiner Zunftbrüder ihre feinen Pelze und sonstige kostbare Ware aus Angst vor dem Krieg nach Reval schickten, kauften sie eifrig Güter des täglichen Gebrauchs und haltbare Lebensmittel. Klar, warum: Im Kriegsfall würde Narva höchstwahrscheinlich belagert werden, und die Preise der gewöhnlichen Güter, beispielsweise des Getreides, würden in wenigen Wochen aufs Zwei-, Drei- oder gar Vierfache steigen. Im letzten Augenblick hatte man Siimon noch eine eilige Staatssendung auf den Schlitten geladen: Herr Franz von Segenhagen, Komtur von Reval, dessen Spitzname Star lautete, weil er gut pfeifen konnte, schickte dem Vogt von Narva, Herrn Schnellenberg, ein Faß Schießpulver. So etwas hätte von Rechts wegen mit einer Staatsfuhre auf den Weg gehen sollen. Aber die Freunde des Stars hatten in letzter Minute ein Plätzchen in der Privatfuhre dafür gefunden.

Pall wußte natürlich nicht mit Sicherheit, ob der Alte

glücklich in Narva angekommen war, doch gab es auch keinen Grund, daran zu zweifeln. Seit jeher war bekannt, daß die Reise von Reval über Valkla, Wesenberg und Jehwe vier Tage dauerte. Am Freitag, dem Einundzwanzigsten, mußte er angekommen sein, und leer zurückkommen würde er natürlich nicht, zumal die Herren von Narva, wie gesagt, ihr Hab und Gut eifrig ins sichere Reval schafften. Die Kaufherren hatten einen guten Riecher, unter ihnen gab es kaum solche, die wie der Bischof von Dorpat gedacht hätten, es sei zu früh, sich auf den Krieg vorzubereiten. An sich waren auch die Geistlichen für ihren Windhundsspürsinn bekannt, und so mutete es seltsam an, was Herr Beelholt heute über den Dorpater Bischof erzählt hatte. Nun ja. Aber gerade die teure Ladung, die auf dem Rückweg auf Siimons Schlitten zu vermuten war, wäre für Plünderer ein fetter Bissen gewesen. Und just der Vierundzwanzigste war der früheste und folglich wahrscheinlichste Tag, an dem er über Jehwe nach Reval unterwegs sein konnte. Denn es war seine Art, die Waren an einem einzigen Tag ab- und aufzuladen, und Rast und Ruhe gewährte er weder den Pferden, den Männern noch sich selbst. Noch immer nicht. Obschon er jetzt bereits – Pall mußte ein wenig rechnen – sein achtundfünfzigstes Lebensjahr angetreten hatte.

Pall sah schon von weitem, daß die Fuhrleute gerade eingetroffen waren. Der Fuhrknecht Madis machte sich mit einer Fackel auf dem Hof zu schaffen, Juhan und Taavet spannten die Pferde aus, und Käsper, Mikk und der alte Siimon schoben die beladenen Schlitten vom Hof unter das Schutzdach. Sie waren anscheinend nach Torschluß angelangt und nicht mehr in die Stadt gekommen, so daß sie die Fuhren bis morgen bei Siimon zu Hause abstellen mußten.

Pall hatte gerade den Lattenzaun erreicht und wollte die Männer auf dem Hof anrufen, als die alte Truuta mit der Sturmlaterne aus dem Haus trat. Sie schloß die Speichertür auf und öffnete sie sperrangelweit. Zur gleichen Zeit brachte Juhan eine Trage zu dem Schlitten, der als einziger noch auf dem Hof stand, und legte sie daneben in den Schnee. Dann hoben der Vater und er ein langes Bündel vom Schlitten auf die Trage und verschwanden damit in der offenen Speichertür. Madis folgte ihnen mit der brennenden Fackel, löschte sie aber vor Betreten des Speichers im Schnee. Und als Siimon und Juhan mit ihrer Last an Truuta vorbeigingen, bekreuzigte sich die Alte.

»Was versteckt ihr hier?« fragte Pall gemacht streng und trat aus der Finsternis in den Lichtkreis von Truutas Sturmlaterne.

Truuta schrie auf.

»Herr Jesus ... Du erschreckst einen ja zu Tode! Als wenn's nicht so schon langt. Wieso bist du hier?«

»Bin eben. Was geht hier vor?«

»Vater ist von der Fahrt zurück. Peep ist tot. Umgebracht.«

Truuta hatte die Sauna geheizt und warme Mehlsuppe, ein großes Stück Salzfleisch und frisches Brot für die Fuhrleute und Pall auf den Tisch gestellt. Diese wortkarge Pfennigfuchserin mußte eine gute Haushälterin sein – eine andere hätte es dem alten Siimon wohl kaum vier Jahre lang recht gemacht. In der heißen Badstube tauten die Männer allmählich auf. Nach und nach, beim Klatschen der Badebesen, beim Klappern der Löffel am Tisch, erzählte Siimon Pall von der Narva-Fahrt, und die Knechte warfen hin und wieder ein Wort ein.

Auf der Hinfahrt hatten sie wirklich Glück gehabt. Nur der Frost war arg gewesen. Doch um so besser waren die Schlitten dahingeglitten. Aber die Scherereien begannen schon in Narva. Spätabends, als Siimon seine Waren längst abgeliefert hatte und seine Schlitten, neu beladen, unter dem Schutzdach der Fuhrmannsherberge standen, wurde er von seinem Strohlager direkt aufs Schloß beordert – und der betrunkene Herr von Schnellenberg ließ ihn im ersten Eifer fast in Ketten schlagen. Es stellte sich heraus, daß im Schloß das Bekehrungsfest des Paulus gefeiert wurde. Doch als man aus diesem Anlaß ein Feuerwerk veranstalten wollte und dafür aus dem Faß, das Siimon am Tag gebracht hatte (es lag noch im Bogengang des Schlosses, während die anderen Vorräte im Keller des Hermannsturmes aufbewahrt wurden), als man also Schießpulver daraus entnehmen wollte, erwies es sich, daß Siimon hundert Pfund mit Erde vermischten Ruß aus Reval mitgebracht hatte. Siimon kam aus dieser bösen Geschichte glücklicherweise ohne Handschellen und vielleicht gar Schlimmeres davon, weil sich unter den Gästen des Herrn Schnellenberg zufällig der Ratsherr Krumhusen befand und weil dieser als alter Bekannter Siimons zufällig gewahr wurde, wie zwei bewaffnete Büttel Siimon in ein Nebengemach des Saales führten und wie der Herr Vogt ihn daselbst anschrie; und er schrie nicht mehr und nicht weniger als folgendes: Siimon habe das Schießpulver an die Moskowiter von Iwangorod verschachert und dem Ordensvogt ein Faß voll getrockneter Schafscheiße in den Keller schmuggeln wollen!

Herr Krumhusen beruhigte den tobenden Gastgeber mit einiger Mühe. Er versicherte, er kenne Siimon gute zwanzig Jahre, und dieser habe ihm stets aufs Haar genau die vom Lieferanten geschickte Ware gebracht. Darauf begann Herrn Schnellenbergs hünenhafter Schnauzbart zu zucken, der Ordensvogt spuckte auf die sechseckigen Fußbodenfliesen einen zünftigen Schloßherrenklecks und meinte, diesen Streich hätte ihm sicher der verflixte Star gespielt. »Wegen einer Mädchengeschichte«, fügte er hinzu und zwinkerte Herrn Krumhusen an, »aber dafür wird er mir vorpfeifen müssen!«

Siimon ließ er jedenfalls laufen, und der Alte machte sich am nächsten Tag in aller Frühe mit seinen Männern auf den Weg nach Reval. Durch das heftige Schneetreiben kamen sie nur langsam vorwärts, und es war bereits Abend, als sie die Fuhrmannsherberge von Jehwe erreichten, eine Viertelmeile von der Kirche nach Reval zu.

Es herrschte schon Nachtruhe, mehrere Dutzend beladene Schlitten aus beiden Richtungen standen unter dem Schutzdach, die abgeschirrten Pferde knabberten an ihrer Streu, und die Fuhrleute hatten sich mit Suppe und Brot gestärkt (sicher nagte Peep noch, wie immer, an seiner letzten Brotschnitte) – da ertönte an der Pforte Gehämmer und fremdsprachiges Geschrei. Wahrscheinlich wäre den vierzig, fünfzig berittenen Tataren, die mit ihren Äxten und Säbeln auf die Pforte einschlugen, der Handstreich gelungen, hätte sich im Hof der Herberge nicht zufällig ein Dutzend Landsknechte aufgehalten, die auf Befehl des Herrn Huin von Wesenberg unterwegs nach Narva zu Herrn Schnellenberg waren, um die Grenze gegen Moskowien zu sichern oder so ähnlich. Als diese sich auf das Geschrei hin hochrappelten, entpuppten sie sich im Schutz des hohen Balkenzaunes immerhin als recht hurtige Männer. Vier oder fünf Tataren, die mit Dolchen zwischen den Zähnen und Säbeln in der Hand über den Zaun sprangen, um die Pforte von innen zu öffnen, rannten, noch bevor sie an den Riegelbalken herankamen, in ihre Hellebarden. Und nachdem zwei Schützen des Landsknechtshäufleins auf dem Heuboden endlich ihre Hakenbüchsen geladen, durch die Dachschindeln gesteckt und zweimal in den Reiterhaufen vor dem Tor geknallt hatten, ertönten von dort Flüche, Schreie und Gestöhn, und die Rosse der Räuber verschwanden in der Dunkelheit, so schnell sie gekommen waren. Da erst bemerkten die Insassen der Herberge in der Finsternis den Brand von vier, fünf Dörfern oder Gutshöfen, der vom Herbergszaun aus zu sehen war. Und da erst entdeckten sie unter den gekrümmten Leibern der Tataren, die auf dem blutigen Schnee lagen, auch zwei Fuhrleute. Der eine war ein Fuhrmann aus Narva, dem der Säbelhieb eines Tataren fast ganz den Hals abgetrennt und der seine Seele bereits ausgehaucht hatte. Der zweite war Siimons Fuhrknecht Peep. Er hielt eine Axt mit blutiger Schneide in der Hand – jetzt erinnerte man sich auch daran, daß einige Fuhrleute den Landsknechten im Handgemenge an der Pforte beigesprungen waren –, aber aus seiner Wamsbrust ragte ein anderthalb Fuß langer Pfeil. Den hatte gewiß einer der Tataren abgeschossen, die während des Handgemenges auf den Zaun geklettert waren.

Siimons Leute trugen Peep ins Haus, legten ihn aufs Stroh und schnitten sein Wams im Spanlicht mit einem Messer auf. Unter dem Wams hatte er eine angebissene Brotscheibe, und der Pfeil war durch diese links ins Brustbein gedrungen. Aber noch war Leben in ihm. Siimon entfernte das blutgetränkte Brotstück vom Pfeil, so behutsam es seine derben Hände zuließen. Danach schnitt er Peeps Hemd auf, faßte sich ein Herz, drückte seine winzigen hellen Augen zu und zog den Pfeil aus der Wunde. Doch nun schoß das Blut heraus, und sie vermochten es mit keinem Lappen, keinem Tuch zu stillen. In einer Stunde war Peep tot.

Am Morgen vor der Abfahrt banden sie ihn auf einen Schlitten, legten Äxte und Spitzhacken gegen Räuber in Reichweite. Auch drei Sensenschneiden, an lange Stangen gebunden, nahmen Siimons Leute mit. Natürlich hätte all das wenig geholfen, wären sie tatsächlich von Plünderern angegriffen worden. Aber schon am Morgen war die Kunde in der Herberge eingetroffen, die Tatarenhaufen hätten sich in der Nacht nach Osten zurückgezogen, und die Trosse aus Reval und Wesenberg, insgesamt an die zwei Dutzend Männer mit Fuhren, hatten sich auf den Weg gewagt und waren am Abend mit heiler Haut in Wesenberg eingetroffen. Und nun lag Peep hier im Speicher aufgebahrt.

Pall zündete die Sturmlaterne an und betrat den Speicher.

An Peep konnte er sich erinnern, so weit sein Gedächtnis zurückreichte. An seltsame Lieder ohne Anfang und Ende, die Peep vor sich hin summte, wenn er manchmal an Feiertagen etwas tiefer in den Bierkrug geschaut hatte. An sperrige bunte Holzkühe, die größer waren als jene, die je ein anderer für Pall gebastelt hatte. An die plumpen Buchstaben vom gespreizten A bis zum eckigen O, die Peep später mit Kohle auf Birkenborke malte, wie es ihm Pall beigebracht hatte. A und O. Alpha und Omega. Anfang und Ende.

Pall stellte die Laterne auf die Bahre und trat gebückt zum Toten, weil der Speicher sehr niedrig war. Truuta hatte Peep gewaschen und ihm ein sauberes hedenes Hemd angezogen. Sein ausgeblichener, ewig störrischer Haarschopf war auf dem Scheitel merkwürdig glatt, und seine spitzen Backenknochen warfen tiefe Schatten. Pall faltete die Hände, doch während seine Lippen das Vaterunser sprachen, entsann er sich der Wölfe auf dem Weg nach Kurgla – und des kindischen Gefühls: Hier, jetzt, mir können sie doch nicht an die Kehle springen … Aber nun heulte der Kriegswolf im Herzen Livlands, und obgleich er noch weit hinter Wäldern und Feldern herumstreunte, griffen seine Zähne nach Palls Vaterhaus.

Alpha und Omega. Anfang und Ende … Der Anfang war da. Und der Anfang war für so manchen auch das Ende. War es gar das Ende für viele? Wie der Jürgen aus Meißen verkündet hatte?

Er trat aus dem Speicher in den Hof und blickte mit merkwürdigem, furchtlos-frostigem Unbehagen auf die kaum sichtbaren Katen und schneeverwehten Gärten in der windigen Finsternis. Vor einer Woche bei Dorpat, vorgestern in der Gegend von Jehwe. Wann wird der Moskowiter vor Revals Mauern stehen? Wann werden die Tataren mit Geschrei durch die brennenden Vorstädte Fischermai, Bleekmai und Siechendorf reiten?

Als Pall zurück ins Haus trat, hatten die Knechte die Mahlzeit beendet und waren fort. Der Vater hatte seinen Stuhl vor den Herd gestellt und starrte ins langsam verglühende Feuer. Eine Weile schwiegen sie, dann sagte der Alte: »So – die Überlandfahrten haben vorläufig ein Ende. Bleibt höchstens noch Riga.« Und nach weiterem Schweigen: »Du sollst jetzt mit diesem Doktor dick befreundet sein. Was meinen denn die helleren Köpfe zum Krieg?«

In diesem: »helleren Köpfe« spürte Pall Zärtlichkeit wie Abweisung. Als Antwort auf die mit Stolz vermischte Zärtlichkeit hätte er alles erzählen wollen, was er wußte. Die abschätzend-abschätzige Abweisung – deren Unterton durchaus nicht unfreundlich, sondern eher bekümmert war – ließ ihn innerlich zusammenzucken. Er betrachtete des Vaters unglaublich große, nackte, knotige, von der Kohlenglut rote Füße, seine ein wenig krummen Waden in den dunkelgrauen Hosen aus Sackleinwand, ebenfalls von der Glut beleuchtet, seine gebeugte Gestalt mit dem runden Kopf, die er in der Dunkelheit mehr ahnte als sah, und sein Gesicht, von dem er lediglich die eisengrauen Bartstoppeln wahrnahm. Und plötzlich empfand er eine merkwürdige Bedrängnis, als laste etwas unendlich Schweres auf seinem Herzen, die ganze klafterdicke Stadtmauer, außerhalb welcher – vom Geheul der Kriegswölfe, von Bränden und Plünderungen bedroht – die Grauen, die Vorstädter, die Fuhrleute, der verstorbene Peep und der Vater hausten, während er, Pall, im Schutz dieser Mauer lebte, mit Ratsherren Malvasier und Marzipan genoß und königliche und herzögliche Angelegenheiten erledigte.

Er sagte ganz leise: »Was schon ... Es heißt, Dorpat wird noch nicht belagert. Sie plündern nur drauflos. Kommt Zeit, kommt Rat.«

ACHTES KAPITEL,

darinnen es im Galopp durch die geschichtsträchtigen Begebenheiten des unbeständigen Friedens und des erneut aufflackernden Krieges geht, wobei vorher, währenddessen und danach minder wichtige Ereignisse ins Auge gefaßt werden, die dem Eulenblick der Klio verborgen geblieben sind, sich aber für den Werdegang eines hartnäckig um Wissen und Weisheit bemühten jungen Mannes als höchst wichtig erweisen – einige auf vorhergesehene, andere dagegen auf völlig unerwartete Weise

Beim Sonntagsgottesdienst am Morgen des vierzehnten Mai war die Nikolaikirche brechend voll. Sogar das Gestühl der Ratsherren, der Großen Gilde und der Schwarzenhäupter war gut besetzt, dicht bei dicht saßen die Leute auf den hinteren Bänken, und in der Vorhalle, wo es keine Bänke gab, drängte sich eine vielköpfige Menge. Denn heute war Schulabgang. Die Schüler standen in einer Gruppe hinter dem Gildengestühl, jedoch nicht alle: Die Primaner saßen, und zwar ganz vorne im Chor, an der Wand rechts vom Altar, hinter den Ratssitzen. Sie waren auf zwei Bänken zusammengepfercht, in der vorderen Reihe die acht Jungen, die heute von der zweiten Prima, das heißt von der Revaler höheren Schule überhaupt, Abschied nahmen.

Der Eingangschoral der kleinen Orgel verstummte. Mit Gepolter erhob sich die Gemeinde zum Gebet und setzte sich wieder. Als die große Orgel rauschend einsetzte, begann Pall Kirche und Menschen zu betrachten.

Das blaurote Licht der hohen bunten Bogenfenster wogte unter dem Gewölbe und an den gelbweißen Wänden, wenn die Sonne hinter den Wolken hervorkam, und es erlosch, wenn sie verschwand. Ihr wechselnder Schein spielte auch am riesigen Messingkandelaber, der, sechs Ellen hoch, neben der Kanzel stand – ein siebenzweigiger Schachtelhalm, der immer wieder funkelnd erblüht und die Blüten verliert. Ebenso erstrahlte und erstarb der Silberglanz der Deckenleuchter und Altarkelche und der zwei Ellen hohen Monstranz Meister Ryssenberchs, die sich neben dem Altar in einem vergitterten und verschlossenen Alkoven befand. Gleicherart versanken in sanften Schatten oder erstrahlten in rotgoldnem Glanz alle fünfzig oder sechzig hölzernen Heiligen des Altars: Männer und Frauen mit faltigen Gewändern, Kronen, Emblemen und Baldachinen, mit Schifferbärten und mit Stupsnasen, wie sie die Lübecker Wäscherinnen haben mochten. All diese zweifelhafte päpstliche Pracht war nur deshalb erhalten geblieben, weil an jenem historischen Tag, als in Reval die große Kirchensäuberung einsetzte – mancherorts nun schon Bildersturm genannt –, weil also an jenem großen christlichen Tag der Äxte und Kehrbesen der Diakon der Nikolaikirche, dieses Aas, aus Angst so viel Abendmahlwein getrunken hatte, daß er wahrhaftig tapfer wurde und zur rechten Zeit in die Schlüssellöcher der Kirchentüren geschmolzenes Blei goß. So gelangten die ergrimmten Feinde der falschen Heiligtümer, obzwar sie die geforderten Schlüssel ausgehändigt bekamen, dennoch nicht ins Gotteshaus. Inzwischen kühlte der heilige Eifer ab – und nun diente die zweifelhafte Pracht dem Tempel des wahren, des Augsburger Geistes, obwohl die Ryssenberchsche Monstranz selbstverständlich hinter Schloß und Riegel stand. Aber vor einem Dutzend Jahren – sogar Pall erinnerte sich noch daran – war sie in der Sakristei versteckt gewesen. Ja, was war denn nun eigentlich wahr und richtig? Natürlich das, was heute galt. Oder vielleicht doch etwas anderes? Monstranzen in allen Kirchen ... Behälter der Hostie, des göttlichen Leibes, allerheiligste Gefäße ... Viele kurz und klein geschlagen, zertrampelt, umgeschmolzen ... Und diese dort – wie durch ein Wunder gerettet, in einer Ecke der Sakristei unter allerlei Gerümpel verborgen und wieder in den Ehrenalkoven gestellt, aber hinter ein Eisengitter. Was ist gut, und was ist schlecht? Was ist falsch, und was ist richtig? Was gereicht dem Herrgott zum Wohlgefallen, um dessen Leibesbehältnis diese Kämpfe geführt worden sind? Pall wandte seinen Blick auf die Nacken der Ratsherren und dachte: Es hätte kaum einen Zweck, sie danach zu fragen.

Er erkannte von hinten die Herren Zoye und Beelholt, Luhr und Vegesack sowie die beiden Boissmann, Vater und Sohn, von denen der letztere in prächtigem ausländischem Kriegerrock kürzlich in seine Heimatstadt zu Besuch gekommen war. Auf der Seite der Ratsdamen saßen in Samt und Seide die Ehefrauen der Erwähnten, meist feist und dennoch welk, und hinter ihnen die Gildendamen mit ähnlichen Gesichtern, darunter, ein wenig weiter hinten – Katharina, eine Kirschblüte in einem Stechapfelbusch. Daselbst thronte, wie stets einem Geschützturm gleich, Frau von Geldern mit ihren vier Töchtern. Sogar ihrer siebenjährigen Magdalena hatte sie ein winziges Gesangbuch in die Hand gedrückt, damit alle sähen, wie klug dieses Kind war. Lesen konnte der Käfer wirklich schon, das Buch in der Hand halten aber nicht: Bereits zum drittenmal ließ sie es fallen, als sie zum Gebet aufstand.

Die derart eindrucksvolle Anwesenheit Frau von Gelderns war darauf zurückzuführen, daß nicht der runzlige, krächzende Walther von St. Nikolai predigte, sondern – im üblichen Pastorenaustausch – der stolze und ein wenig hölzerne Herr Geldern von St. Olai. Dieser hochgewachsene, derbknochige, helläugige Mann stammte eigentlich aus Holland und konnte, wie Pall von Meus gehört hatte, bei einem guten Tropfen und gemütlichem Geplauder sehr fidel und unterhaltsam sein. Und da er oben auf dem Kanzelrand keinen Kelch stehen hatte, wurde Pall klar, daß er auch ohne Wein beschwingt und mitreißend reden konnte. Zum Grundstein seiner Predigt hatte er überaus passend zum Anlaß den 8. Vers aus dem 25. Kapitel des 1. Buches Samuel gewählt: »Frage deine Jünglinge darum, die werden's dir sagen; und laß die Jünglinge Gnade finden vor deinen Augen; denn wir sind auf einen guten Tag gekommen.«

Über die Jünglinge knüpfte Herr Geldern an die Schulabgänger an; denn die Ratsherren und die Pastoren der Nikolaikirche hatten sie gestern geprüft, und sie hatten ihr Wissen bewiesen. Pall und der junge Luhr hatten im Ratssaal zu zweit den ganzen ersten Akt der »Andria« des Terenz auswendig aufgesagt, und Pall hatte zuvor gar den Prolog vorgetragen:

Poeta quam primum animum ad scribendum adpulit,
Id sibi negoti credidit solum dari,
Populo ut placerent quas fecisset fabulas ...

Auch daß die Jünglinge Gnade finden sollten vor dem Herrn, traf ausgezeichnet auf die Schulabgänger zu. Ebenso kamen sie wahrlich auf einen guten Tag zu ihm. Es fiel nicht schwer, einen Tag wie den heutigen gut zu nennen, wo doch der Kriegsbrand in Livland mehr oder weniger eingedämmt war und der Moskowiter sich schon Ende Februar in seine Grenzen zurückgezogen hatte. (Allerdings hieß es, hinter Narva sei wieder etwas im Gange.)

Aber Herr Geldern sprach auch von dem üblen Manne namens Nabal, der sehr reich war und dreitausend Schafe hatte und tausend Ziegen, der aber seine Pflicht David gegenüber nicht erfüllte. Und als Pall seine in den Gesprächen des Doktorhauses hellhörig gewordenen Ohren spitzte, glaubte er in dem üblen Manne Nabal gewisse schlechte Landesherren zu erkennen. Jene, die den im März vom Wolmarer Landtag gefaßten Beschluß geringachteten und die Eintreibung der sechzigtausend Mark für den Ordensmeister, womit vom Moskowiter der Frieden erkauft werden sollte, so lange hinausgezögert hatten, daß es hieß, das Geld sei noch jetzt unterwegs nach Moskau. Auch sprach Herr Geldern von Nabals Weib Abigail, das von hohem Verstande und schön von Angesicht war. »Und sie nahm zweihundert Brote und zwei Krüge Wein und fünf gekochte Schafe und fünf Scheffel Mehl und hundert Rosinenkuchen und zweihundert Feigenkuchen und lud's auf Esel.« Sie ritt David entgegen und sagte ihrem Mann Nabal nichts davon.

Pall versuchte sich den üblen Nabal vorzustellen – aber er war kein brünetter Herr mit schmalen grauen Augen und einem schwarzen Bartkeil, sondern ein

Mann mit unerforschlichem Gesicht und breiter gelblicher Stirn. Abigail jedoch mit ihren hundert Rosinenkuchen war Katharina, wie sie leibte und lebte.

Dann sagte Herr Geldern dort oben, Jehova habe Nabal bestraft und dieser sei gestorben, und David habe die schöne Abigail gefreit, noch ehe er König geworden war. Als Pall sich David vorstellen wollte, so war auch er ein Mann mit unerforschlichem Gesicht und breiter gelblicher Stirn, vielleicht zum Tragen einer Königskrone bestimmt – doch plötzlich war es ein Bursche mit Kulleraugen und weizenblondem Haarschopf. Und als Pall ihn erkannte, schaute er krampfhaft auf die Grabsteine im Fliesenboden und fühlte sein Gesicht erglühen, und er dachte: Herrgott, verschone mich doch mit solchen Gedanken – wenigstens hier, in deinem Heiligtum.

Nein, er hatte diese Kirche nicht gern. Nicht nur, weil sie vornehmlich eine Kirche der deutschen Kaufherren war – neben der Heiligengeistkirche der estnischen Grauen und der Olaikirche der schwedischen, deutschen und estnischen Handwerker. Er wußte nicht, warum der immer wiederkehrende Traum seiner Kindheit von den zusammenstürzenden Gewölben während einer Predigt sich stets in St. Nikolai abgespielt hatte. Doch daß die Geschichte vom Martyrium des heiligen Viktor, die auf dem rechten Altarflügel dargestellt war, ihn seit langem peinigte und fesselte, war ihm voll bewußt.

Der rechte Altarflügel stand einen Spaltbreit offen, und Pall konnte das Bild deutlich sehen. Vorn in der Mitte schlängelte sich geruhsam ein Fluß zu dem fernen Stadtgraben, in dem vor Mauern und Kirchtürmen Enten schwammen. Im Vordergrund, am linken Flußufer, schickten sich zwei absonderliche, marionettenhafte Henkersknechte an, den enthaupteten Körper des heiligen Viktor in den Fluß zu werfen. Der Körper hing zwischen ihnen, und ganz vorn auf dem Rasen lag das lächelnde Haupt des Heiligen. Zehn Schritt flußabwärts am rechten Ufer standen drei Engel: Zwei hielten den enthaupteten Leib des Heiligen aufrecht, der dritte seinen Kopf in Brusthöhe, um ihn anscheinend zurück auf den Rumpf zu setzen, doch der Kopf war und blieb in den Händen des Engels, und der Hals wartete vergeblich auf den Kopf. Pall erinnerte sich an dieses Bild seit unendlich langer Zeit, drei Viertel seines Lebens – und noch immer wartete der blutige Hals auf das Haupt des Heiligen. Und dieser Trick des Malers, zwei aufeinanderfolgende Ereignisse nebeneinander darzustellen, das folgende zehn Schritt flußabwärts vom vorangegangenen – dieser höllische Trick enthielt etwas Unfaßbares, enthielt mehr, als beabsichtigt. Es war, als brauchte man nur einmal um die Ecke zu schauen – und alles, was vorher geschehen war und noch bevorstand, wäre mit einemmal zu sehen: Enthauptete, die in den Fluß geworfen wurden, Gerettete und Geborgene, Henkersknechte und Engel. Doch einen Steg, scheint es, gibt es nicht. Und ein Seil, das Flügellose über den Fluß trägt, gibt es nicht. Schüler, Schulabgänger, »die ihr ins Leben tretet«, sprach Herr Geldern von der Kanzel, und die Orgelbrandung rauschte, und die Gemeinde sang unsicher »Ein' feste Burg«, und der Sonnenglanz war von den Fenstern gewichen, und als die kleine Orgel den Schluß des Gottesdienstes verkündete, erloschen die letzten rotblauen Tupfen an den Gewölben, leise klirrten die Leuchter in der grauen Dämmerung über den Häuptern der Menschen, die das Gotteshaus verließen und sich an der Tür drängelten, und auf die Steinplatten des Kirchhofs plätscherte lichter Regen.

Eine gute Weile wartete man an der Tür, doch da der Regen nicht aufhörte, eilten immer mehr Mutige hinaus. Herr Geldern kam aus der Sakristei, und die Menge wich ehrfürchtig zurück. Der Glöckner, der ihm auf den Fersen folgte, hob bereits in der Kirche einen zwischen zwei Rohrstöcken aufgespannten schwarzen Schirm über ihn. Herr Geldern winkte den sauren Kollegen Tegelmeister und den stets gemütlichen Herrn Sum freundlich an seine Seiten – auch sie fanden noch Schutz unter dem Schirm. Herr Geldern scherzte: »Na,

Doktor Luther selbst soll gesagt haben: Und wenn es Schusterjungen regnet ...« Der Glöckner mit dem starren Gesicht klappte seinen Kragen hoch – und sie traten tapfer in den Regen. Die übrigen Schulmeister rafften ihre Mäntelschöße, zogen ihre Barette tiefer in die Stirn und folgten ihnen, und hundertfünfzig Jungen taten das gleiche. Denn was macht es einem Jungen schon aus, wenn Nacken oder Hose mal naß werden! Die Prozession schritt durch den Kirchhof in die Nikolaistraße und über das unebene Kopfsteinpflaster abwärts. An den Haustüren und in den Torbögen standen Leute und sahen sich den Zug an, hier und da wurden den Jungen durch den rauschenden Regenvorhang Bemerkungen und Grüße zugerufen. Die Jungen wären gern schneller gegangen, denn bis zur Schule war es eine gute Strecke, und gewiß hätten auch Herr Balder und die übrigen gern ihren Schritt beschleunigt, da für die Lehrer in der Schule die Tafel gedeckt war, doch die beschirmten Herren vorne bestimmten das Tempo, und die ihnen folgenden Nacken wurden dunkel, glänzten und troffen. Da wandte sich Herr Sum zu dem Menschenzug und rief, indem er rückwärts weiterschritt: »Mit Gesang!« und stimmte ein Lied an. Schlecht und recht sangen sie das von Herrn Sum persönlich komponierte Lied, das sie häufig geübt hatten: »Erhalt uns Gott, bei deinem Wort ...« Auf dem Neuen Markt – die Spitze des Zuges war schon zwischen Pranger und Rathaus hindurch und wandte sich singend der Apotheke zu – rannte plötzlich ein Ratsdiener, der sich den Rock über den Kopf gezogen hatte, auf den Platz, eilte zu Herrn Geldern und sagte ihm etwas. Der schwarze Regenschirm zuckte, schwankte und blieb stehen. Der Zug, der ihm folgte, staute sich und wurde um die Hälfte kürzer, das Lied verstummte, und hundertfünfzig Menschen standen ratlos im Regen da. Herr Geldern rief: »Der Bürgermeister hat befohlen, hier zu warten!«

Herr Tegelmeister blinzelte, mürrisch wie immer, hinauf in den Regen, steckte die Nase in die nasse Halskrause und schwieg. Herr Balder murmelte: »Was ist das für ein Quatsch ...?« Jemand meinte: »Es muß was geschehen sein!« Die Jungen standen mit hochgezogenen Schultern da, wütend oder grinsend, und Herr Sum sagte: »So gehen wir doch wenigstens in den Bogengang!«

Die Menschen strömten unter das Gewölbe der Arkaden, und während sie dort standen und Wasser von ihren Mänteln klopften, galoppierten drei Reiter vom Domberg durch die Kleine Raderstraße auf den Platz. Sie trugen regennasse Harnische, und beim ersten flatterte ein durchnäßter weißer Ordensmantel darüber, als reite er dem Regen zum Trotz zu einem Festturnier. Sein verdrossenes junges Gesicht wurde sogleich erkannt: Es war der Star höchstselbst. Die Reiter sprangen vor dem Rathaus von ihren Rossen, und ein Ratssoldat lief hinaus in den Regen, um ihre Pferde anzubinden. Als die Herren an den Jungen vorbeigingen, hörte Pall einen von ihnen bemerken: »Schaut – das wäre ein Fähnlein!«

Ein zweiter aber erwiderte: »Neun von zehn sind Rotznasen.«

Doch Herr Segenhagen drückte durch die Zähne: »Nicht schlechter als dem Schnellenberg seine!«

Danach folgte ihnen Herr Sum ins Rathaus, um festzustellen, worum es sich handelte. Er kehrte überraschend schnell zurück und trug eine Miene zur Schau, die vollkommene Stille unter den Arkaden bewirkte. Mit ungewohnt hoher Stimme sagte er ins Plätschern hinein: »Der Rat befiehlt, unseren Schulabgangsschmaus so leise wie möglich abzuhalten und auseinanderzugehen. Vor drei Tagen hat der Moskowiter Narva in Brand geschossen und besetzt.«

Der Wolkenbruch dieses unvergeßlichen Schulabgangstages im Mai achtundfünfzig ließ natürlich nach. Flammend glühte die Sommersonne, und doch hatten alle das Gefühl, sie scheine durch immer finsterer werdende Wolken. Dem alten Ordensschwert, dessen Knauf Reval und dessen beide Schneiden wehrhafte Burgen waren –

im Norden Kida, Tolsburg, Pöddes, Etz, im Süden Weißenstein, Borkholm, Ass und Neuschloß –, diesem verrosteten, doch immer noch mächtigen Schwert war mit dem Fall von Narva die Spitze abgebrochen. Wäre es wenigstens in würdigem Kampf geschehen ... Wie sich herausstellte, hatte der Herr Schnellenberg mit dem hünenhaften Schnauzbart bereits eine Woche vor dem Fall Narvas das Hasenpanier ergriffen! Auch wurde bekannt, daß es unter den Kaufherren von Narva mehrere gab, die den Großfürsten durchaus für keinen unannehmbaren Herrscher hielten. Ja, es erwies sich sogar, daß Iwan, das Allerweltsschreckgespenst, dieser Erzfeind und Sodomit, die altererbten Handelsprivilegien Narvas sofort und unverändert bestätigt und eine Reihe neuer bewilligt hatte! Doch all das war, versteht sich, nur ein Köder, auf den in ganz Livland keine ehrliche Seele hereinfiel. Freilich, die Kaufherren von Narva, die darauf hereingefallen waren – auch sie waren ehrliche livländische Seelen. Wenigstens gestern oder vorgestern oder vor einer Woche oder einem Monat noch. Und die tapferen Krieger, Komture, Vögte und Ritter von Wierland, die sich im siebenten Jahr am Fluß Purtz vor dem schrecklichen Feind koppheister nach Wesenberg zurückgezogen, anstatt gemäß dem Befehl Fürstenbergs schon längst in Rußland zu kämpfen – das waren ja allesamt noch ehrlichere Livländer. Welch rührenden Brief hatten sie in ihrer Herzensnot aus Wesenberg an den Ordensmeister geschrieben!

... aber wir sahen uns gezwungen, vor der schrecklichen Übermacht des Feindes zu weichen, denn bei Tagesanbruch griff der Feind unsere Posten an, erschlug einen und nahm einen anderen gefangen, und da das Geschrei bis zu unserem Lager und Ohr drang, rüsteten wir sofort für eine Schlacht und nahmen die im Alarmfall vorgesehenen Stellungen ein, und Christopher von Monnikhusen und Hinrich Üxkyll gingen mit fünfzig Reitern über den Fluß, um zu erkunden, was gegen den Feind zu unternehmen wäre. Sie sahen eine riesige Menge Bewaffneter und Fahnen und ein großes Heer in drei Schwärmen heranziehen und erkannten deutlich, daß all unsere Streitmacht gegen

dieses Heer nicht aufkäme, geschweige denn es zurückschlagen könnte, da aber unsere Stellungen etwas günstiger waren, hielten wir sie nichtsdestoweniger eine ganze Weile in voller Schlachtordnung und warteten, ob das feindliche Heer uns angreifen würde. Doch da erhielten wir Kunde, der Feind sei aus Neuschloß, das Herr Steinkule ihm vorgestern abgetreten, mit großen Heerhaufen ausgerückt und in unsere alten Positionen von Sembruiken eingedrungen, wobei er die Absicht hege, uns von zwei Seiten in die Zange zu nehmen, worauf wir uns berieten und es für das beste befanden, uns, so gut es ging, nach Wesenberg zurückzuziehen und allda neue Befehle Eurer Gnädigen Fürstlichen Hoheit abzuwarten, weil ja der Feind nicht nur dieses eine Mal, sondern Tag für Tag seine gewaltige Macht und Stärke zeigt und, wie es heißt, noch dieser Tage eine Menge Bauern vom Fluß Purtz zu sich geholt hat, teils gewaltsam, meist aber durch gutes Zureden, wir aber, insgesamt kaum fünfhundert Reiter und zweihundert Landsknechte, zu schwach sind, einem so großen Heer standzuhalten, geschweige denn es zurückzuschlagen ... *

Wie der Doktor drei Tage später genau erfuhr, hatte es im Lager dieser Hilflosen unter Führung Segenhagens, Monnikhusens und Schmertens sechshundert Reiter und vierhundert Mann Fußvolk gegeben, meist Adlige aus Wierland, mit vielen Wagen und sechzehn Kanonen, außerdem zweitausend mehr oder weniger bewaffnete Bauern. Ein Ordensschreiber, der den Rückzug an der Purtz miterlebt hatte und dabei unter ein Pferd geraten war, suchte wegen seiner Quetschungen Doktor Friesner auf, und er war es, der ihm davon erzählte. Auch Pall sprach ein paar Worte mit diesem gleichmütigen, ernsthaften Mann und erfuhr unter anderem, daß er aus Bremen stammte, Schreiber bei Herrn Schmerten in Weißenstein war und Johann Renner hieß.

Freilich, das Ordensheer an der Purtz war tatsächlich nicht Gott weiß wie groß gewesen. Aber die Russen jenseits des Flusses hatten bloß vierhundert Mann gehabt – und das Ordensheer hatte sich zurückgezogen, ohne aus

* Der niederdeutsche Originaltext der authentischen Dokumente befindet sich in den Anmerkungen.

seinen sechzehn Kanonen auch nur einen einzigen Schuß abgefeuert zu haben!

All das war lediglich der Anfang einer Kette niederschmetternder Ereignisse. In den folgenden dreißig Tagen geschah in Livland mehr Unfaßliches als in den letzten dreißig Jahren zusammen. Am fünfzehnten Juni kam plötzlich Herr von Segenhagen mit Christoph von Monnikhusen aus dem Wesenberger Lager nach Reval geritten. Wohin sich Monnikhusen begab, ist unbekannt. Der junge Herr Segenhagen erschien auf schaumbedecktem Roß bei Doktor Friesner und bat ihn unter vier Augen: Der Doktor möchte doch nötigenfalls bezeugen, er, Segenhagen, habe vor und während des Rückzuges an der Purtz fürchterliche Gallensteinbeschwerden gehabt. Was der Doktor ihm darauf erwidert hatte, verriet er Pall nicht, und dieser traute sich nicht, ihn danach zu fragen. Doch Pall gewann den Eindruck, daß der Deckel der rosenbemalten Schatulle des Doktors nach seinem Gespräch mit dem Komtur beim Zuklappen einen dumpferen Laut von sich gab als zuvor.

Am siebzehnten Juni trat in Dorpat der Landtag zusammen und schickte auf Fürstenbergs Drängen einen Hilferuf an Christian von Dänemark. Doktor Friesner fingerte an seinem schwarzen Bartkeil und bemerkte: »Nicht schlecht. Das war zu erwarten. Warten wir noch eine Weile.« Sie brauchten sich keine Woche zu gedulden: Am dreiundzwanzigsten Juni schickte der Ordensmeister ein Hilfeersuchen an Herzog Johan in Åbo. Doktor Friesner ließ die Abendtafel mit Silbergeschirr decken, stieß beim Rheinwein mit Katharina und Pall an, gab seinem Weib unter Palls Augen einen Kuß und sagte: »Die Sache macht sich. Aber unter uns: Wie schnell es gehen wird, ist ungewiß.« In derselben Woche nahmen die Russen nacheinander mehrere befestigte Orte ein. Herr von Üxkyll überließ ihnen nach einigem Widerstand die mächtige Burg Neuhausen – nachdem man mit Bischof Hermanns Wissen versucht hatte, sie dem Feind völlig kampflos in die Hand zu spielen. In derselben Woche zog sich Fürstenberg kampflos aus dem günstig gelegenen Lager von Kirrumpäh zurück, und Fürst Schuiskis sechzigtausendköpfiges Heer rückte von Südosten und Süden ungehindert auf Dorpat zu.

»Was ist das?« fragte der Doktor am dreizehnten Juli an der Mittagstafel und klopfte mit seiner Gaffel an den Zinnteller, der das festliche Silber wieder in den Schrank verwiesen hatte. »Ist das nun Dummheit? Oder Lähmung? Oder Verrat?«

Da er Pall ohne jeglichen Grund eindringlich über den Tisch ansah, erwiderte dieser: »Was kann's schon sein. Es ist das Alter.«

»Wieso? Segenhagen zum Beispiel ist noch nicht einmal dreißig.«

»Nicht er ist alt. Und auch kein anderer. Der Orden an sich.«

»So ... Hm ... Wie meint Ihr das?«

»Na ... So ein Ding wie der Orden ... Oder ein Staat oder so was ... Das ist wie ein Pferd. Oder ein Hund. Oder Wolf. Sie werden alt und kommen nicht mehr hoch. Sie schleppen die Beine nach, lungern rum und kennen weder Ehre noch sonstwas mehr. Nur fressen tun sie, solange noch Leben in ihnen steckt.«

»Ha-ha-ha-ha! Mnja. Wißt Ihr, das habt Ihr wohl beim Äsop aufgeschnappt. Aber ich bin der Ansicht, der Fall an der Purtz verdient höchste Beachtung. Ich glaube, hinter der Lähmung der Ordensgebieter steckt nichts weiter als Angst.«

»Gewiß – Angst vor vierhundert Russen!«

»Aber nein, nicht nur. Das ist ja der Haken an der Sache. Angst vor vierhundert Russen *und* zweitausend Bauern. Wir haben zusammen den Brief gelesen. Ihr werdet Euch erinnern: Die Moskowiter gewinnen die Bauern durch gutes Zureden. Auch von anderswoher kommen solche Nachrichten. Es braucht des Guten nicht viel – hab ich recht? –, um die Bauern zu gewinnen. Und nun stellt Euch vor, Segenhagen hätte den Moskowitern eine Schlacht geliefert – natürlich ist er ein junger Dachs, aber immerhin kein Narr, er kann doch Beobachtungen gemacht haben, von denen wir nichts wissen und die er auch in diesem Brief nicht erwähnt. Jawohl: Er liefert also den Moskowitern eine Schlacht, und seine zweitausend Bauern kehren während des Gefechts den Spieß um! Was dann? Na, und Bauernfähnlein gibt es bei allen Ordensheeren.«

Pall schwieg. Um der Wahrheit die Ehre zu geben – er glaubte nicht allzusehr an die Schlagkraft der Bauernfähnlein, namentlich im Kampf gegen die Feinde des Ordens. Ginge es gegen das Ordensheer selbst, da konnte es wirklich anders sein.

»Balthasar, Ihr kennt sie besser als sonst jemand, sagt aufrichtig: Die estnischen Bauern würden sich jedem anschließen, der sie von den Rittern befreit, auch den Russen? Nicht wahr?«

»Hm … Ein Mönch hat mich vor einem Jahr fast dasselbe gefragt. Ich habe darüber nachgedacht. Jawohl, das würden sie tun. Warum auch nicht! Wo sich sogar die Hälfte der Kaufherren von Narva den Moskowitern angeschlossen hat.«

»Die Bauern kann ich verstehen, die sind ja sowieso halbe Heiden«, sagte Frau Katharina und schnupperte an den Rosen, die ihr der Verwalter von Üxnurme am Morgen, in einen feuchten Lappen gewickelt, geschickt hatte. »Aber von den Narvaer Kaufherren finde ich das empörend.«

Der Doktor lächelte, warf Pall einen Blick zu, als wollte er sagen: Nichts für ungut – Kindereien!, und fragte Katharina: »Die Bauern dürfen deiner Meinung nach ihrem Nutzen gemäß verfahren, ja? Warum also nicht auch die Kaufherren?«

»Matthias … Der Nutzen, der ist ja nicht immer …« Frau Katharinas Blick – ihre länglichen grauen Augen wirkten an diesem Julitag grünlich – streifte Pall und verfing sich in den schwarzen, spöttisch funkelnden Augen des Doktors.

»Unsere Kati will uns weismachen, sie hätte Engelsflügel! Ha-ha-ha! Kaufherren sind auf ihren Nutzen bedacht, Frauen auf was Süßes – so einfach ist das.«

Katharina schaute verwirrt auf den Tisch. Pall schien

es, ihr schlanker Hals erglühe allmählich, und ihm war, als erröte er zusammen mit ihr.

»Kati«, sagte der Doktor, »vergiß nicht: Du bist sechsundzwanzig. Aber du redest, als wärst du sechzehn!«

Oh! Katharina redete nicht nur wie eine Sechzehnjährige, manchmal benahm sie sich auch so. Oder paßte das, was sie mitunter trieb, eher zu einer Sechsundzwanzigjährigen?

Zum Beispiel dieser Unfug Ende Februar ... Der Schultag war zu Ende, die Schüler liefen in kleinen Gruppen die Mönchsstraße hinauf zum Alten Markt und zerstreuten sich dort in alle Richtungen. Aber sechs, sieben Knirpse aus der Quarta begannen vor dem Bischofshaus eine Schneeballschlacht – nach anhaltendem Frost war es mild geworden, ja es taute fast –, und als Pall an ihnen vorbei zur Pforte des Bischofshauses schritt, flog ihm ein harter Schneeball genau in den Halsausschnitt. Voller Primanerwürde wandte er sich um und hätte gewiß einige Buben am Kragen gepackt, wären sie erreichbar gewesen, doch da traf er auf Frau Katharinas stummen, lachlustigen Blick. Sie kam zwischen den Schuljungen über den Alten Markt und klopfte den Schnee von ihrem eleganten Handschuh. Möglicherweise, weil es taute und der Winterschlaf aller Bären zu Ende ging, wurde Pall dreist. Er wartete, bis sie heran war, und fragte fast ärgerlich: »Hätte ich nun diese Kerlchen bei den Löffeln gepackt?«

»Dann hätte ich Euch mein Ohr dargeboten!«

Was sollte er darauf sagen? Oder kürzlich, vorgestern, als der Doktor aus zwei Gründen zu Herrn Clodt gerufen wurde: zu seiner Tochter wegen ihrer Leberwürmer und zum Syndikus und seiner Frau, um einen Becher Klarett auf die großen Erfolge des Herrn Gotthart Kettler zu leeren. Denn am neunten Juli war der Landtag in Walk zusammengetreten, und die Anhänger Kettlers hatten dort alle Niederlagen des Ordens gegen Fürstenberg ausgespielt und Kettler zum Koadjutor des Ordensmeisters, das heißt zu seinem Mitherrscher und

Feldherrn gewählt, also faktisch – da ja gerade Krieg war – zum neuen Ordensmeister. Im Grunde Erpressung, meinte der Doktor und fügte hinzu: »Balthasar, inzwischen habe ich Angaben über Kettler gesammelt. Das ist ein Hochstapler von Format. Außerdem – wenigstens zur Zeit – ein Handlanger der Polen. Für unser schwedisches Unternehmen ist sein Aufstieg ein derartiger Schlag, daß unser Herzog eigentlich munter werden müßte. Bloß ... Na ja.«

Im ganzen war Doktor Friesner aus diesem Anlaß ziemlich verstimmt, was Pall an seiner Lustigkeit merkte. Doch die Einladung des Syndikus nahm er mit strahlendem Lächeln an. Er hieß Frau Katharina ihr grünes Seidenkleid mit den goldenen Lilien anziehen, reichte Pall seinen Gläser- und Instrumentenkasten und befahl ihm, bei Clodt den Mund zu- und die Augen offenzuhalten. Übrigens, unter den Dutzend Gästen in Herrn Clodts prunkvollem Haus in der Breitstraße fiel wohl am meisten Herr Christoph von Monnikhusen auf. Dieser etwa vierzigjährige Mann, sonnengebräunt, zäh und wendig, in prachtvollem braunem Samtgewand, hatte eine derart große, schiefe und dünne Nase, daß Pall unwillkürlich dachte: Den hat wohl der Herrgott nach der Erschaffung versehentlich umgestoßen, und weil der Lehm noch nicht trocken war und Herr Monnikhusen beim Sturz seine Form verloren hätte, faßte Gott vor Schreck ein wenig unbedacht zu, und so erhielt die Nase ihre heutige Gestalt. Aber zum Sturz kam Herr Monnikhusen weder damals noch später, egal, wieviel Bier, Rheinwein oder Klarett er in sich hineinpumpte. Auch einen Bauch schien er davon nicht zu bekommen. Und einen Anflug von Bildung – der ihn allerdings noch hoffärtiger machte, wohingegen andere durch Bildung umgänglicher wurden –, einen Anflug spitzzüngiger, mit lateinischen Sentenzen protzender Bildung bewahrte er sich auch dann noch, als sein Gesichtserker schon hübsch rot schimmerte. Was den Anflug von Bildung und den Nasenschimmer betraf, glich er seinem Bruder in Arensburg, der Bischof und Trunkenbold war.

Pall überlegte, wieso Herr Monnikhusen als stärkste Stütze des dänischen Lagers heute hier bei Herrn Clodt – weiß der Kuckuck wes Geistes Kind – den Erfolg des Polenanhängers Kettler feierte, aber ihm fiel ein, daß ja auch der Doktor hier war ... Übrigens: Nachdem die Rats- und Gildenherren mit ihren Gesponsen zu später Stunde feuchtfröhlich heimgegangen waren, wollten die Herren Clodt und Monnikhusen mit dem Doktor (oder vielleicht auch umgekehrt) noch unbedingt eine Partie Tarock spielen. Aber Monnikhusen war ohne Frau gekommen, Frau Clodt ging immer wieder zu ihrer kranken Tochter, und Katharina sagte, sie langweile sich und sei schläfrig. Da rief der Doktor vom Kartentisch her, Pall solle Frau Katharina nach Hause begleiten.

Als sie aus der Kühle der Steinmauern auf die Straße traten, empfing sie eine unerwartet dunkle und schwüle Julinacht. Die mehrere Wochen währende Dürre hatte eine Wetterwende vorbereitet, und jetzt standen am Sommernachtshimmel schwere lilagraue Wolken. Finster ragten die Hausgiebel mit ihren unbeleuchteten Fenstern in die beklemmende Dämmerung, und die düsteren Lindenkronen über den Hofmauern verbreiteten fiebrigen Duft.

Sie hatten erst einige Dutzend Schritte auf dem holperigen Kopfsteinpflaster getan – die Straße war nach Mitternacht völlig menschenleer –, als von Westen her über den bleiernen Wolkenleibern grünliche Blitze aufflammten und Katharina sich erschrocken an Palls Arm klammerte. Ihr Schreck war nicht gespielt: Pall spürte in ihrem Griff ungeheuchelte Furcht, ehe noch ein unerwartet lauter Donnerschlag über die Dächer rollte.

»Habt keine Angst ...«

»Ich habe keine.«

Katharina ließ Palls Arm los, und dieser empfand sowohl Erleichterung als auch Enttäuschung. Das Grollen hatte sich entfernt, war verklungen. Das Echo ihrer Schritte prallte von den schwarzen Mauern zurück und verhallte in der Gewitterluft wie im Wasser.

»Aber Ihr habt Angst vor mir«, sagte Katharina.

Pall schwieg und spürte in der Kehle einen Klumpen, vor Angst und Freude zugleich. Er begriff: Katharina lockte ihn mit ihren Reden in ein verbotenes, unbekanntes Dickicht von Gut und Böse. Er schluckte den Klumpen herunter und fragte mit erstaunlich unbefangener Stimme: »Ich – vor Euch? Warum?«

»Weil ich vor mir selbst Angst habe.«

»Warum denn?«

Schweigen.

»Balthasar, wieviel Wein habt Ihr heute getrunken?«

»Einen halben Becher.«

»Nur? Ich auch.«

Schweigen.

Jetzt, jetzt – jetzt müßte er etwas sagen. Müßte ihr ein wenig helfen. Nein, das hatte sie wahrhaftig nicht nötig. Oder sie zumindest ein wenig ermuntern ... O nein, o nein, o nein, er müßte schnell von nebensächlichen Dingen sprechen, von etwas Allgemeinem. – Zu spät (wie schön!).

»Balthasar ... Ich möchte, ich hätte mehr getrunken.«

»Warum?«

»Um Euch ... zu erzählen ...«

Jetzt, jetzt – jetzt müßte er ihr sagen: Aber leider hat keiner von uns beiden mehr getrunken. Ihr sagen: Reden ist Silber, Schweigen ist Gold, und – und nicht heiser vor Neugier fragen: »Um mir zu erzählen – was?«

Sie gehen an den dunklen Fenstern der Großen Gilde vorbei und dann durch den langen Bogengang zum kleinen Platz vor dem Gildenhaus.

»Balthasar, *Ihr* seid nie *verzaubert* gewesen, nicht wahr?«

»Ha-ha-ha-ha! Ich – nein. Wahrhaftig nicht.«

»Ich weiß es, Balthasar. Doch Ihr sollt es nicht so sagen, als gäbe es überhaupt keine Verzauberung.«

»Natürlich gibt es Verzauberung. Nur ...«

Nur ist es so, daß *uns jetzt* und *hier* nichts dergleichen widerfahren kann. Nicht einmal, wenn es in der Nähe Zauberer gäbe. Nicht einmal Wölfe würden uns an die

Kehle springen, wenn wir ihnen hier begegnen sollten. Nicht einmal dieser Krieg … Aber das kann er Katharina jetzt nicht erklären.

»Jawohl, Balthasar. Es gibt schreckliche Verzauberungen.« Katharina bleibt am Beischlag des dunklen Gildengebäudes stehen. Sie ist einen Schritt an Pall vorbeigetreten und wendet sich ihm zu. Ihre Augen sind im Halbdunkel kohlrabenschwarz, und in ihrer sonst so sanft vertrauten Stimme knackt etwas wie ein verkohlter Zweig: »Balthasar, ich bin verzaubert.«

»Ihr? So-o …«

Pall sieht im Dunkeln Katharinas große schreckschwarze Augen und ihren feuchtschimmernden Mund, von dem er allzugut weiß, *wie* rot er ist, und unter den kaum sichtbaren Lilien des Seidenkleides wölben sich ihre Brüste, die gewiß üppiger sind, als man ahnen kann, und deren Üppigkeit die Sinne des Landburschen Pall in Aufruhr bringt. Doch der Ovid-Verehrer Pall hat ein wenig Mitleid mit Katharina (oder ersinnt er sich dieses Mitleid als letzten Strohhalm?) – ein wenig Mitleid, weil alles eine solche, man könnte gar sagen profane Wendung nimmt: eine arme verzauberte Dame und der große Zauberer Balthasar … Ach …

»Wollt Ihr etwa sagen, daß *ich* …?«

»Gott im Himmel – nein.« Katharina steht dicht vor ihm. Ihre heißen Hände gleiten über sein verwirrt niedergebeugtes Gesicht – das ist Versuchung und Liebkosung und Beschwörung, alles zugleich. »Großer Gott – nein! Nicht Ihr! Ihr seid gut, so gut, so gut!«

»Wer denn? Wieso denn?«

»O Gott – ich kann es nicht sagen! Hätte ich doch den Mut, den Wein verleiht. Aber nicht Ihr, Ihr nicht …«

Katharina sitzt neben Pall auf der Steinbank des Beischlags und weint. Die alten Bankfliesen sind noch warm von der Tageshitze, Katharina aber ist glühend heiß – vom Tag oder von der Verzauberung? –, und ihr wirres Haar liegt auf Palls Schulter und duftet unsinnig wie ein Nelkenbeet. Unter den bleiernen Wolkenkummen zucken Blitzgarben auf, und Katharina rückt näher an Pall. Mit furchterregendem Poltern rollen Gewitterfässer über das Dach der Heiligengeistkirche. Katharina schmiegt sich an Pall und bebt. Nach dem Donner herrscht atemberaubende Stille, und Pall hört, wie unter seiner vom Spaten-, Axt- und Sensenstiel rauhen Hand die Seide ihres Rockes raschelt, als er ihre Knie an sich drückt. Da hebt Katharina ihr tränennasses Gesicht, öffnet ihre tränenglitzernden Augen, und Pall küßt sie, und sie küßt Pall, und die lila Bleikummen der Wolken kreisen um den Turm der Heiligengeistkirche, und Pall denkt: Erschlägt uns Gottes Blitz nicht auf der Stelle, so ist dieses Weib wahrhaftig ein verzauberter Engel! Und Pall fühlt, wie ihm die letzte Planke seines Tugendbootes unter den Füßen weggleitet – die Planke, auf der die letzten Worte des Doktors eingebrannt sind, die dem Syndikus galten und die er versehentlich erlauscht hat, als er mit Katharina Clodts Haus verließ: »Dieser Junge ist tipptopp.« Doch da erbarmt sich der Herrgott der beiden Sünder, und damit sie sich nicht ins Höllenfeuer stürzen, stößt er mit dem Ellbogen an die Wolkenkummen über dem Gildenhaus, und durch die Dämmerung plätschert kühler Regen auf sie herab.

Pall kehrte aus der vorvorigen Nacht in den gegenwärtigen Mittag zurück. Er blickte von seinem Silberteller auf, sah an Katharina vorbei und sagte zum Doktor: »Ich muß jetzt gehen.«

»Ja«, stimmte ihm dieser sofort bei, »natürlich. Schaut Euch unsere Kaperflotte an und erzählt mir, wie sie ist. Ich könnte es ja auch selbst erfahren. Aber Ihr erregt weniger Aufsehen. Und diese Flotte ist für den Herzog von größtem Interesse.«

»Und doch ist es merkwürdig«, sagte Pall, »daß die Revaler Schiffe denen aus Lübeck an den Kragen wollen. Die Schiffe der Tochterstadt gegen die Schiffe der Mutterstadt. Anstatt … Hm.«

»Wißt Ihr, wie es um derartige historische Familienbeziehungen eigentlich steht, daraus wird man nie recht klug. Mir hat man erzählt, Reval sei überhaupt keine Tochter von Lübeck oder Bremen – und auch nicht von den Dänen gegründet –, sondern eine alte Stadt der Undeutschen. Der Kuckuck mag es wissen – oder Ihr vielleicht. Doch gesetzt den Fall, es *ist* eine Tochter Lübecks. Sagt, was soll die Tochter tun, wenn die Mutter immerzu ihre Schiffe nach Narva zum Moskowiter schickt und ihm für gutes Gold das nämliche Eisen, Blei und Pulver verkauft, mit dem der Moskowiter die Tochter freien will? Jetzt, wo Iwan auch schon Tolsburg hat, geschieht das womöglich recht bald. Ja, was soll die Tochter mit einer solchen Mutter tun? Natürlich, ich verstehe: Geschäft ist Geschäft. Aber Schiffe kapern ist auch Geschäft, nicht? Sogar ein doppeltes: erstens – dem Iwan die Milch abrahmen; und zweitens – den Rahm selber schlecken. Nicht umsonst haben unsere Schmedemanns, Bolemanns und Hochgreves von Fürstenberg Kaperbriefe erbettelt! Nicht umsonst legen sie jetzt ihr teures Geld in diesen Schiffen an.«

»Und warum interessiert das den Herzog so sehr?«

»Die Schiffsleute von Bartholt Buschmann haben ausgeplaudert, wenn die Lübecker Schiffe aus Angst vor ihnen auf dem Umweg durch die finnischen Küstengewässer nach Narva fahren, machen sie nicht viel Federlesens und kapern sie direkt vor den Geschützen von Wyborg. Der alte Gustav fürchtet, solche Geschichten könnten den Moskowiter fürchterlich gegen Schweden aufbringen.«

Na ja und? Was passiert denn dann? dachte Pall, als er zum Hafen trottete. Es gibt einen neuen Krieg zwischen Schweden und Rußland (erst im vergangenen Jahr ist der letzte zu Ende gegangen). Wäre immerhin viel natürlicher als die Kämpfe zwischen Revaler und Lübecker Schiffen. Wenn man in einer so verkehrten Welt wie der heutigen überhaupt noch was für natürlich halten kann.

Die See glitzerte lila in der heißen Sonnenglut, und über Wiems und der Insel Wulf stand blaßgrauer Dunst wie dünner Schießpulverqualm. Erst als Pall den Rosengarten durchquert hatte und über dessen niedrige, zum Meer gelegene Mauer klettern wollte, bemerkte er, daß er nach altbewährter Schulbubenart seinen Weg zum Hafen abgekürzt hatte. Er blieb auf einem flachen, bastionsartigen Hügel inmitten von duftendem Geißblatt stehen, stützte die Ellbogen auf die Mauer und schaute über den Hafen hinweg.

Bis zum Wasser waren es von hier hundert Schritt. Vom beschotterten Uferplatz erstreckte sich in den Meerbusen hinein, zum hohen, hellroten Dach des Brigittenklosters hin, der Stolz der Revaler Reeder – ihr hundertfünfzig Faden langes, aus Feldsteinen und Balken erbautes Bollwerk. An dessen hoher Seeseite hatte man kürzlich in gleichmäßigen Abständen ein Dutzend Bretterbuden errichtet, die Bootsschuppen ähnelten, und Pall wußte: In jeder Bude hockte auf einem Sockel aus eisenbeschlagenen Blöcken eine Kanone, die aufs Meer gerichtet war. An der Innenseite des Bollwerks ruhte auf dicken grün gewordenen Balken eine ungeheuer lange Landungsbrücke, und mitten im Hafen, den das Bollwerk von der Bucht trennte, erhoben sich aus dem Wasser die Mauern eines vierstöckigen Wachturmes mit überdachter Zinnenkrone.

An der Landungsbrücke standen etwa ein Dutzend Schiffe, und aus ihrer Zahl hätte man schließen können, die guten Zeiten des Revaler Seehandels seien noch nicht endgültig dahin. Aber Pall wußte, daß die weiter hinten vertäuten Schiffe nichts mit Handel zu tun hatten, wenigstens nicht in diesen Tagen: Kapern war ja eher Seeraub als Seehandel – zwar vom Landesherrn gutgeheißener Raub, aber nichtsdestoweniger ... Nun ja, was steckt in so einem Nichtsdestoweniger? Baut man auf diesem Nichtsdestoweniger einen Syllogismus auf, so kommt man beispielsweise zu dem Schluß, daß Meister Brun, der durch Vollziehung der Urteile des Vogteigerichts während seiner Amtszeit mindestens hundert Menschen durch Schwert und Strang zum Herrgott befördert hat – daß Meister Brun also nichtsdestoweniger ein hundertfacher Mörder ist. Und die Feldherren, Marschälle, Herzöge, Könige, ganz zu schweigen von den Landsknechten ... Sie alle wären nichtsdestoweniger ... Von Moses bis zum Evangelium nichtsdestoweniger ... Immer schlimmer wurde es, das Nichtsdestoweniger, denn Moses sagte nur: »Du sollst nicht töten«, aber Jesus sprach: »So dir jemand einen Streich gibt auf deinen rechten Backen, dem biete den anderen auch dar.« Jawohl. Doch all die vom Herrgott befohlenen Kämpfe des Alten Testaments und all die gesegneten und verdammten Gemetzel der Neuzeit – was sind sie? Ein Abgrund zwischen Wort und Tat, ein Abgrund im Wort und in der Tat. Aber vielleicht ertönt in den Tiefen des Abgrunds, inmitten von Säbelgerassel und Gestampf, von Schweißgestank, Blutgeruch und Keuchen trotz allem eine Stimme, die Wahrheit und Lüge, Gut und Böse in unserer innersten Erkenntnis auseinanderhält. Diese sonderbare Stimme, von der Melanchthon geschrieben haben soll und die jeder hören kann, der wirklich auf sie lauscht? Gut, philosophieren kann man. Aber alles ausphilosophieren wollen ist sinnlos. Logisches Denken ist für den Verstand dasselbe wie für den Leib der Säbelkampf (den hatte Pall unlängst mit einigen jungen Schwarzenhäuptern im Keller ihres Bruderschaftsgebäudes ausprobiert): Es ist offenbar nützlich, sich darin zu üben, aber gefährlich, aufs Ganze zu gehen. Aufs Ganze gehen bedeutet entweder töten oder getötet werden.

Pall sprang über die Mauer, gelangte auf den Steinweg, der zum Bollwerk führte, ging über das Bollwerk an zwei, drei gelöschten Schiffen aus Rostock oder Wismar vorbei und dann noch einige hundert Schritte über die dröhnenden Planken der Landungsbrücke, durch deren Ritzen er unten braune Wellen schwappen sah. Es roch aufregend nach Salzwasser, Fischabfällen, Teer und Hanf. Nachdem er sich über etliche Taue geschwungen hatte, mit denen die niedrigen Bojers der Kaperer an den Pollern festgemacht waren, stand er am hohen Heck von Kapitän Bartholt Buschmanns Zweimaster »Minerva«. Doch die schachbrettartig karierten Heckfenster lagen zu hoch, als daß Pall herangereicht hätte. Außerdem befand sich der Gesuchte wohl kaum hinter diesen prachtvollen Fenstern. Pall lief an der Bordwand entlang, stieß auf ein Fallreep und war im Handumdrehen an Deck.

Die Wache wurde auf den Kaperschiffen, zumindest im Heimathafen, nicht sonderlich ernst genommen; denn es verging eine geraume Weile, ehe der Wachposten auf der Heckbrücke Pall bemerkte und rief: »Heda! Wat tut not?«

»Ist der Marsenklemer an Bord?«

»Ja und?«

»Bin sein Freund!«

Ein Deckjunge schlurfte den Gesuchten holen, und Pall besah den Zweimaster. Die »Minerva« war ein gewöhnliches Handelsschiff, gute fünfzehn Faden lang und mindestens fünfzig Jahre alt, aber schon mit Kraweelbeplankung und folglich mit glattem Bord, wie bei den neueren Karavellen üblich. In beide Borde des niedrigen Mitteldecks waren kürzlich vier quadratische Löcher gehauen, und bei jedem Loch stand an Deck sprungbereit ein Falkonett. Irgendwie, ohne den Rat in die Angelegenheit einzuweihen, hatte Herr Blasius Hochgreve diese alten Bronzetiere dem städtischen Geschützhof für sein Schiff abgehandelt.

»Sieh mal an – 'n Tag auch!«

Der Marsenklemer Märten Bergkam trat barfuß, braungebrannt und in einer dunkelblauen Matrosenhose aus Segeltuch zu Pall. Von einem hellroten Lappen umwunden, sträubte sich sein störrisches schlohblondes Haar noch ärger als sonst, und an der linken Schläfe hatte der hellrote Lappen einen dunkelroten Fleck.

»Na, wo sind denn die künftigen Studiosusse inzwischen gewesen?«

»Wo bist du gewesen?«

»Wir waren hier ein wenig in Naktion, wie Papa Buschmann zu sagen pflegt.«

»Ihr habt auf See gekundschaftet?«

»Nein, wir waren auf Raub aus.«

»Tsch! Wenn deine Vorgesetzten hören, daß du ihr Handwerk Raub nennst ...«

»Einen Dreck hören sie. Doch komm, steigen wir in meinen Ausguck, von dort kann man gut runterspukken.«

Märten sprang leicht auf die hohe Reling und kletterte von dort die Strickleiter des Untermastes hoch. Pall stand noch auf der untersten Sprosse, als Märten bereits durch die Öffnung im Boden des Mastkorbes schlüpfte und verschwand. Aber dann war auch Pall im Nu oben, nur kam er ein wenig langsamer durch die Luke in den Mars hinein. Umgeben von einem Flechtwerk aus dünnen Stäben und Ruten, saßen sie nebeneinander auf einem Brett, den Rücken an der bewimpelten Marsstenge, ein Paar nackte Füße und ein Paar in ledernen Bauernsandalen auf der von Möwen geweißten Saling. Sie blickten hinab und einander an.

Pall hatte Märten gegenüber ein ziemlich schlechtes Gewissen. Erstens wegen der immer noch ungeklärten Verstimmung im Winter, als Märten den Kopf aus Birkenholz vor ihm versteckt hatte. Und zweitens wegen des Anliegens, das ihn jetzt zu ihm führte. Nein, Märten sollte ihm keinesfalls blindlings erzählen, wie es sich auf Kaperschiffen lebte, wohin sie fuhren und noch zu fahren beabsichtigten. Märten sollte wissen, warum sich Pall dafür interessierte. Auf dem Weg zum Hafen hatte Pall gedacht, er würde ihn einfach erzählen lassen. Aber jetzt, beim Anblick seiner nackten, teergeschwärzten Zehen, beschloß er plötzlich, ihm den Grund seines Kommens zu offenbaren. Doch bevor er den Mund auftun konnte, fragte Märten: »Na, der Doktor will wohl wissen, was unsere Flotte treibt?«

Nach einer Pause der Überraschung sagte Pall in aller Ruhe – was blieb ihm auch anderes übrig: »Allerdings.«

»Ich erzähle es dir also. Soviel ich davon weiß. Ihm selber würde ich kein Wort sagen.«

»Warum nicht?«

»Seine Fresse gefällt mir nicht.«

Danach erzählte Märten Pall von den Angelegenheiten der Kaperflotte, ausführlicher, als es irgendein Kaufherr dem Doktor hätte erzählen können. Daß jener Bojer dort mit den vier Geschützen Benedictus Bock, der andere dem und die Bark jenem gehörte und daß sie soundsoviele Geschütze hätten. Und daß sie gestern hinter der Insel Wrangelsholm mit einem Lübecker Schiff einige Schüsse gewechselt hätten – ein Mastsplitter war Märten ins Gesicht geflogen, daher die blutige Schläfe. Und morgen wollten sie, alle sieben Schiffe, den Anker hieven und sich nördlich der Insel Hogland auf die Lauer legen; denn die Lübecker Schiffe wählten jetzt hauptsächlich diesen Weg. Ebenso die der Moskowiter. (Stell dir bloß vor, auch die haben bereits ein paar Kähne unter Segel gebracht!)

»Und wie lebt es sich so auf diesem Schiff?«

»Wie überall an Bord. Sämtliche Punkte der Schiffsordnung werden vorgelesen, bevor man in die Musterrolle eingetragen wird: Den Vorgesetzten gehorchen, sonst wird man erhängt, über Brot, Essen und Trinken nicht maulen, sonst wird man erhängt, treu Wache halten, sonst wird man erhängt. Und von der Beute, die Gott reichlich bescheren möchte, kein Krümchen für sich behalten, sonst wird man erhängt.«

»Hört sich ja lieblich an ...«

»Wie überall an Bord. Und wer Arm oder Bein verliert, dem läßt Herr Hochgreve neue anwachsen. Bei wem's nicht anwächst, der kriegt auf Herrn Hochgreves Kosten bis an sein selig Ende Gerstenbrot und Salzströmling, soviel sein Herz begehrt.«

Was die weiteren Pläne der Kaperschiffe betraf, so wußte der Marsenklemer natürlich nicht viel.

»Hör mal, Papa Buschmann hat seinen Kaspar als Butteler angestellt. Kaspar war ja dein Schulkamerad. Geh und sprich mit ihm. Er ist an Bord. Wird dir Bier anbieten.«

Da hörten sie von unten Juchzer und Oho-Rufe, auf der Landungsbrücke ertönten Befehle, und vom Bollwerk stach unter Rudergepolter ein Hafenwachboot in

See. Pall und Märten lugten über den Mastkorbrand und erblickten eine Karavelle mit langen blauen schwedischen Wimpeln, die mit vollen Segeln hinter der Halbinsel Groß-Karlos hervorkam und sich schnell dem Hafen näherte. Als Pall bereits unten in einem zwischen Kombüse und Vorratskammer eingeklemmten Kabuff auf Kaspar Buschmanns Koje saß, dieser ihm begeistert von seinen zweiwöchigen Seeabenteuern erzählte und hinter einer Bretterwand den zweiten Humpen Bier auffüllte, sah Pall durch die kaputte Fensterblase: Die Karavelle hatte vor dem Bollwerk ein großes Boot zu Wasser gebracht, und acht Ruderer führten es ganz nahe an der »Minerva« vorbei. Im Bootsheck standen drei Männer, zwei von ihnen waren offenbar Diener, der mittlere aber mit seinem Samtbarett, dem vornehm gestutzten hellen Bart und der kurzen Schaube überm Samtwams schien ein bedeutender Kaufherr zu sein. Das war unverkennbar, da dem ersten Boot noch ein zweites mit acht Ruderern folgte, in dem drei aneinandergezäumte Pferde standen: zwei Füchse mit einfachen Sätteln und ein Schwarzfuchs mit herrlichem nietenverziertem Sattel, der von seinen Gefährten noch schärfer abstach als sein Herr im ersten Boot von seinen Bediensteten. Der Herr im Boot blickte hoch, als hätte er gespürt, daß er beobachtet wurde. Palls Gesicht hinter der zerrissenen Fensterblase bemerkte er natürlich nicht. Aber Pall erkannte unfehlbar das seine und hätte vor Überraschung fast seinen Namen gerufen. Der Ankömmling war kein anderer als Herr Henrik Claesson Horn aus Åbo, Herzog Johans Berater und der eigentliche Statthalter von Finnland.

Die Boote fuhren in der Nähe der Landungsbrücke auf den Kies. Aus dem zweiten wurde ein breiter Holzsteg hinausgeschoben, über den man die Pferde an Land führte. Herr Horn und seine beiden Begleiter standen bereits am Ufer. Dann saßen alle drei auf und galoppierten in die Stadt.

Zuerst wollte Pall seinen Schulkameraden sofort verlassen und ebenfalls in die Stadt eilen, da die unerwartete Ankunft Herrn Horns sicher auf fesselnde Weise mit dem Doktorhaus verknüpft war. Aber er besann sich darauf, daß sein zweckdienliches Gespräch mit Kaspar noch auf ein zweckdienliches Ende wartete, und setzte sich wieder auf dessen Koje. Nein, vor Kaspar plagte ihn kein Bedürfnis nach Offenheit. Mit einiger Überlegenheit – die möglicherweise nicht ganz frei von Neid war –, brachte er den Kapitänssohn erneut dazu, von den Ereignissen der letzten Wochen zu sprechen, und von da war es nur ein Schritt zu den bevorstehenden Abenteuern. Wahrhaftig, Herr Sum hatte Kaspar nicht umsonst in die Tertia zurückversetzt: Kaspar kapierte nie, wer früher dagewesen war, die Griechen oder die Römer, und Herr Sum glaubte nun mal, daß ein Primaner wenigstens so etwas wissen müsse. Vom Butteler der »Minerva« wurde das nicht verlangt, und so war Kaspar Proviantverteiler auf dem Schiff seines Papas geworden.

»Das ist ein Amt, sag ich dir! Den ganzen Tag den Schnurrbart im Bierschoppen. Aber auch ich darf nicht mehr verschütten, als ich mit der Sohle zudecken kann. Sonst heißt es – einen Ferding für die Armen, hoppla! Aber wenn wir erst richtig in Naktion gehen, da gibt's Beute ... Na ja ...«

»Ihr wollt das Meer wohl gänzlich verriegeln?«

»Na klar!«

»Bei Finnland wird's ja doch offenbleiben?«

»Soll ich dir mal was erzählen? Aber häng es nicht an die Ratsglocke ... Vorgestern abend haben sich alle unsere Kapitäne auf der ›Skylla‹ von Schmedemann versammelt. Mein Alter ist ihr – na, Admiral. Khm. Und dort haben sie beschlossen, nach seinem Rat zu handeln: Alle Schiffe, die nach Narva wollen und an die wir rankommen, werden gekapert. Egal, in welchem Gewässer sie segeln. Und wenn sie auf Rädern am finnischen Ufer entlangfahren – hat der Alte gesagt!«

Der rote Abendschein stand noch hoch über der Halbinsel Kakkumägi, als Pall den Hafen verließ. Und als er, für einen halben Ferding Trinkgeld, die Große Strandpforte passierte und zum Bischofshaus eilte, reckten die Häuser, plumpen Vögeln gleich, aus der braungrauen Dämmerung der Straßen ihre rotschimmernden Giebelschnäbel zum rotgestreiften Himmel.

Die Fenster des Bischofshauses waren noch erleuchtet, und die aufregenden Neuigkeiten kamen Pall schon auf der Frolinkschen Treppe entgegen. Der sonst recht langsame Meus, der am Eßtisch saß und seine Erbsensuppe löffelte, fragte, noch bevor Pall eingetreten war: »Hast du schon gehört?«

»Was?«

»Schuiski hat Dorpat umzingelt und beschießt die Stadt mit Bomben.«

»Und wir haben eine viel größere Bombe im Haus«, sagte Annika und tauchte den kurzstieligen Zinnlöffel in die Suppenschüssel, während Meus seinen Löffel besorgt und fragend über der Schüssel in der Luft hielt.

Eigentlich enthielt Meus' Nachricht nichts Unerwartetes; denn Schuiskis riesiges Heer – jetzt sprach man schon von achtzigtausend Mann – war eine ganze Woche lang durch das wehrlose Stift nach Norden gezogen. Und doch mußte Pall einen Augenblick stumm schlukken. Als wäre ihm wieder ein Stück Boden unter den Füßen weggerutscht. Als wäre er um eine Spanne tiefer rettungslos im Sand versunken. Als hätte man ihm gesagt, bei einem Verwandten, dessen fortschreitende Krankheit er mit Bangen verfolgte, hätte die Agonie eingesetzt, was bei den alten Griechen Kampf bedeutete, bei den Ärzten aber, die sich auskannten – den Todeskampf. Denn nach Ermittlungen des Doktors waren Bischof Hermann und seine Räte der Meinung, je leichter der Moskowiter Dorpat erobere, mit um so heilerer Haut und vollerem Geldbeutel kämen sie selbst und alle ihre Domherren davon.

»Und was haben wir im Haus?« erkundigte sich Pall.

»Na, der mächtige Regent oder Statthalter Finnlands sitzt beim Doktor an der Abendtafel. Aber er soll ein schweres inneres Leiden haben. Unser Doktor ist ja in allen Landen so berühmt, daß dieser Herr von ihm behandelt werden will.«

»Aha ... Ich weiß.«

»Schon? Hm. Du weißt auch alles. Aber das weißt du noch nicht, daß der Doktor Johann einen ganzen Kober voll Medikamente aus der Apotheke hat holen lassen. Und daß du gleich, sobald du nach Hause kommst, beim Doktor erscheinen sollst.«

In der Diele stand die reichgedeckte Tafel, doch das Abendessen war schon beendet, Herr Horn saß im Schreibzimmer des Doktors und erfreute sich, wenigstens nach seiner unternehmungslustigen Miene zu urteilen, der besten Gesundheit. Einer seiner Diener stand am Pult des Doktors und schrieb etwas, der andere, anscheinend sein Leibdiener, zog ihm gerade die Stiefel aus.

»Aha – an diesen Jüngling kann ich mich erinnern«, sagte Herr Horn, stolz auf sein Gedächtnis, als Pall, nach dem Anklopfen vom Doktor zum Eintreten aufgefordert, im Zimmer erschien und sich verbeugte.

Pall hätte natürlich höflich schweigen sollen. Aber Herrn Horns »Aha« und sein fast lächerlicher Zustand – ein Fuß bestiefelt, der andere bloß – stachelte Palls Lausbubenübermut an, und das sonnengebräunte, kerngesunde Gesicht, vom hellbraunen Schifferbart umrahmt, verleitete ihn zu dem heiter-unverschämten Gedanken: Na, Onkelchen, dich hab ich in der Tasche ... Er sagte: »Es geht also in Erfüllung, was Ihr mir in Åbo zum Abschied gesagt habt.«

»Was habe ich denn gesagt?«

»Daß wir uns, so Gott will, vielleicht noch wiedersehen« – er machte eine winzige Pause – »im Interesse des Herzogs.«

»Eben, eben, eben«, sagte der Doktor hastig. »Balthasar, geht bitte auch Ihr jetzt zu Dyck und holt uns, na, vielleicht einen halben Quart Mithridat und sagt, auch das wäre für Herrn Horn, der aus Åbo zu mir zur Behandlung gekommen ist. Das heißt, Ihr braucht es nicht lauthals zu verkünden. Aber wir machen auch kein

Geheimnis daraus. Warum sollten wir unseren Ruhm ableugnen! Nicht wahr: Wir lassen unser Licht nicht übermäßig leuchten, aber wir stellen es auch nicht unter den Scheffel!« Als Pall das Schreibzimmer mit einer Verbeugung verließ, folgte ihm der Doktor und fragte: »Was habt Ihr über die Kaperschiffe gehört?«

Daselbst auf der Treppe erzählte ihm Pall, was er von Kaspar Buschmann erfahren hatte, und daselbst auf der Treppe erhielt er vom Doktor zwei weitere Marburger Wochen (er hatte ausgerechnet, daß er dort mit ungefähr einer Mark die Woche auskäme).

Aber als er mit dem Mithridat aus der Apotheke zurückkam, stellte der Doktor den gebrannten Tonnapf, in den Dyck die kostbare dickflüssige Masse gefüllt hatte, lässig hinter sich auf die Pultecke und sagte, wobei er durchs Fenster in die Finsternis starrte: »Aber jetzt, Balthasar, stellt Euer Licht, so tief es geht, unter den Scheffel. Klar? Und besorgt mir diese beiden Briefe. Je unauffälliger, desto besser. Dieser ist für Herrn Beelholt und der hier für Herrn Hans Holstein.« Er fügte hinzu, zu Horn gewandt, der nun elegante Pelzpantoffeln mit hochgebogenen Spitzen an den Füßen trug: »Beelholt ist ein treuer Diener des Herzogs. Ihr kennt ihn. Er ist unser Verbindungsmann zum Revaler Rat. Und Holstein ist der Gildenmeister unserer Großen Gilde.«

Pall machte sich mit den Briefen auf den Weg durch die schlafende Stadt, von deren Abfallhaufen ihn die grünen Augen der Katzen anblitzten und in deren Tortürmen die Schildwachen mit ihren Hellebarden lauter polterten und weniger schnarchten als sonst, da den Landsknechten besondere Wachsamkeit befohlen worden war. Greift man ein wenig vor, so muß man feststellen, daß mit dem Auftrag, diese Briefe zu besorgen, überaus merkwürdige Wochen in Palls Leben begannen. Ihren Hintergrund bildeten die verhängnisvollen Ereignisse, die das Land heimsuchten. Was man im Winter befürchtet hatte und was damals dank Gottes Hilfe ausgeblieben war, geschah nun: Dorpats spröde rotgraue Granit- und Ziegelmauern staubten im Geschützfeuer des Moskowiters. Achtzigtausend Mann belagerten die Stadt. Zweihundert Mann verteidigten sie, doch es hätten gut und gern zweitausend sein können – hätte man es zur rechten Zeit gewollt. Auf erschöpften Pferden, mit verbundenen Köpfen und verrußten Harnischen kamen Flüchtlinge und Boten aus den Gutshöfen um Dorpat. Die Aufregung in Reval wuchs. Kämmereibeamte gingen von Haus zu Haus und sammelten Geld für Wehrbauten. Vom Rat angeworbene Gelegenheitsarbeiter bauten vor der Lehmpforte Tag und Nacht an einem Rundturm. Inmitten all dieser Geschäftigkeit saß Herr Horn im Bischofshaus und kurierte seine Milz. Der Apotheker Dyck verkaufte dem Doktor immer neue Büschel von Efeu- und Alraunblättern und tagaus, tagein das Wundermittel Mithridat, abends brachte Pall den Ratsherren und Meistern der Großen sowie der Kanuti- und der Olaigilde neue Briefe, und mehrere dieser Herren suchten spätabends den Doktor wegen allerlei Beschwerden auf. Und über all diesem Treiben schwebte der Nelkenbeetduft der verzauberten Katharina.

Als am zwanzigsten Juli bekannt wurde, daß Dorpat gefallen war, sagte der Doktor erleichtert: »Na, das sollte die Widerspenstigsten gefügig machen.«

Aber nach wie vor regten sich weder Rat noch Gilden. Nach wie vor sträubten sie sich, Herrn Horn zu bitten, Herzog Johan möge sie gnädigst (und versteht sich, im Interesse des Ordensmeisters!) unter seine Schutzherrschaft nehmen ...

»Das ist das Werk unseres teuren Freundes Monnikhusen«, sagte der Doktor, »und unser noch teurerer Freund Clodt hat unverständlicherweise mit ihm angebändelt. Interessant, wieviel Christian ihnen für ihre Intrige zahlt. Übrigens will man sie bald als Abgesandte der Stadt zu Christian schicken, und Clodt wird wahrscheinlich bevollmächtigt, die Stadt notfalls Dänemark anzubieten. Ihr versteht also: Wir müssen unbedingt einen entscheidenden Vorsprung erzielen ...«

Doch anstatt den entscheidenden Vorsprung zu erzielen, erlitt der Doktor fast eine entscheidende Niederlage. Am Morgen des fünfundzwanzigsten Juli verbreitete sich in der Stadt ein höchst merkwürdiges Gerücht: Bei Tagesanbruch hatte der Ordenskomtur Franz von Segenhagen, mit Spitznamen Star, die Pforten der Domburg geöffnet, und Christoph von Monnikhusen, Bruder des Bischofs von Ösel und Stiftsvogt, war an der Spitze seines Landsknechtsfähnleins einmarschiert. Schon um die Mittagszeit wußte die ganze Stadt: Gleich nach Einnahme der Burg waren Monnikhusens Herolde mit Trompetengeschmetter den Domberg heruntergeritten und hatten dem Revaler Rat einen Brief überbracht. Die schlaftrunkenen Ratsherren lasen ihn und wurden vor Schreck augenblicklich munter, konnten aber nicht recht verstehen, war es nun Traum oder Wirklichkeit oder gar Fieberwahn: Herr Monnikhusen gab bekannt, er hätte sich zum Statthalter des Dänenkönigs in Estland ernannt …

Und über all diesem fieberhaften Hin und Her – der unfaßbare Nelkenbeetduft der verzauberten Katharina … Katharina mit ihrem vertrauten, frohen, hilfeflehenden, unverständigen Blick. Katharina mit Mamsell Magdalena auf dem Markt vor dem Haus, um für den kranken Herrn Horn bekömmliche Lebensmittel einzukaufen (Möhren und frischen Kohl, um Gottes willen keine gelben Rüben! Alle Gemüsehändler wußten, daß Herr Horn keine gelben Rüben essen durfte), Katharina an der Haustür, Katharina auf der Treppe, Katharina an der Mittagstafel, Herrn Horn Apfelmost einschenkend, denn Wein trank Herr Horn nicht, und Pall wurde nicht klug daraus, ob auch das Komödie war …

Am Abend des sechsten August (Ha-ha-ha, als hätte ich vor, eine Chronik meiner eigenen Taten zu schreiben!) betrat Pall den Hof des Bischofshauses. Gerade hatte er oben erzählt, er habe auf dem Markt von Bauern gehört, bald wären Kriegshaufen der Moskowiter vor Reval zu erwarten. Und er hatte Katharina an der Schwelle des Friesnerschen Schlafzimmers erblickt, wo sie prüfte, ob Magdalena das Himmelbett auch schön weich hergerichtet hatte. Denn just dort ruhte sich Herr Horn des Nachts von seinen diplomatischen Anstrengungen aus.

Der Abend war dunkel und schwül. Pall fühlte plötzlich – dieses Gefühl hatte ihn in den Hof getrieben –, daß es niemanden gab, zu dem er jetzt hätte gehen können. Die Frolinks waren nicht zu Hause: Meus war zu einem Sterbenden gerufen worden und Annika zu einem Neugeborenen geeilt. Vater war mit dem Hab und Gut Herrn Krumhusens, der im Frühling aus Narva nach Reval geflohen war, nach Riga unterwegs – mit Gottes Hilfe würde er vielleicht heil zurückkommen. Märten jedoch war spurlos verschwunden. Es hieß, die Schiffe des Herzogs hielten die »Minerva« und noch einen Kaperkahn an der finnischen Küste fest und die Männer wären sogar im Kerker.

Sonderbar, daß ich in dieser unglaublich verworrenen Zeit so wenig an Gott den Herrn gedacht habe.

Palls Sohlen tasteten sich den engen Pfad entlang in den abgelegensten Winkel des Hofes. Er öffnete die Kapellentür, trat mit vorgestreckten Händen ein, fand die kühlen Rockfalten des steinernen Engels und setzte sich in die stockfinstere Ecke zwischen Engel und Mauer. Vom Kloster her erklang Hundegejaul und verstummte plötzlich. Irgendwo hinter der Siechenvorstadt oder dem Obersee grollte ferner Donner.

Herr, was hast Du mit diesem Land und seinen Menschen im Sinn? Hältst Du Deine Hand über diesen Monnikhusen und seinen Streich, von dem der dänische König angeblich noch gar nichts weiß? Oder willst Du uns wirklich dem Moskowiter ausliefern? Und den Plan mit Schweden so oder anders zunichte machen? Obwohl das für das Bauernvolk die vernünftigste Wahl zu sein scheint – deshalb diene ich doch diesem Vorhaben. Herr, ich wage nicht, mit Dir zu streiten: nicht *nur* deshalb – *hauptsächlich* deshalb ... Schon gut, schon gut – *auch* deshalb, Du hast recht ... Und weil dadurch die reine Augsburger Lehre hierzulande am besten verteidigt wird. Denn all die Männer, die durch Deine Erleuchtung diese Lehre schufen, haben sie die einzig wahre genannt. Allerdings weiß ich nicht, ob sie in ihrer verbesserten oder ursprünglichen Gestalt wahr ist. Herr, ich fühle, daß etwas in meinen Erwägungen nicht stimmt. Ja, ich fühle sogar Hohn in alldem. Aber ich finde nicht heraus, wieso. Ich bin von diesen unruhigen Tagen, von dem schwülen Abend erschöpft. Vielleicht sollte ich überhaupt nicht vorwitzig fragen, was Du mit diesem Land im Sinne hast. Vielleicht nur demütig: Was führst Du mit mir im Sinn ...? Weil Du diese Frau auf meinen Weg geschickt hast ... Ich habe mit ihr zehntausendmal in meinem Herzen die Ehe gebrochen ... Du weißt es. Und ich fürchte, bald hält mich die Freundlichkeit ihres Gatten nicht mehr zurück. Sprich, soll ich dieses Haus verlassen und einen neuen Pfad suchen, um Mensch zu werden ...? Du siehst, wie hochmütig ich bin – als sei, wer nicht in Marburg studiert hat, kein Mensch. Soll ich? Danke, danke, daß Du es so deutlich gesagt hast: »Höre auf meine Stimme in dir, aber sei kein Narr ...« Jawohl, ich höre auf Deine Stimme, ja ... Die Stimme, die das Gute und Böse in meinem Bewußtsein scheidet ... Ja ...

Seltsam: Zuerst hatte der Herrgott das Gesicht des achtzigjährigen Kurgla-Großvaters, dann das Gesicht des Bauerngottes, das im Baum verschwunden war, und auch das Gesicht des Herrn verschwand in der Finsternis wie im Baum ...

Pall lauschte – jedoch nicht auf die Worte Gottes, sondern auf leichte, schnelle Schritte, die sich auf den Pfadsteinen näherten. Die Tür kreischte, jemand betrat die Kapelle und blieb außer Atem jenseits des Steinengels stehen. Die Dunkelheit war mit einemmal erfüllt von Katharinas Nelkenduft. Pall sog ihn ein – wer weiß, ob er ihn nur einatmen oder Katharina rufen wollte. Jedenfalls schluckte er den Ruf hinunter, denn weitere Schritte näherten sich und betraten den Fliesenboden der Kapelle. Der Doktor fragte leise: »Bist du hier?«

»Ich habe dir gesagt: Ich kann es nicht tun«, flüsterte Katharina.

»Liebes, du mußt. Du mußt ihn so lange festhalten, bis die Stadt sich entschieden hat. Wenn er weg ist, beschließen sie nichts mehr.«

»Ich kann nicht.«

»Liebes, wieso konntest du es mit dem Herzog?«

»Just wegen des Herzogs kann ich nicht!«

»Nanu ...!«

»Er wird es dem Herzog erzählen!«

»Liebling ... soll ich etwa denken, *du* kennst die Männer nicht? Wir prahlen voreinander mit unseren Huren. Über unsere Damen schweigen wir wie das Grab. Was du für ihn bist, so wird er es halten.«

»Und was bin ich für dich?«

»Für mich bist du meine kleine Kati. Meine kleine Katt. Meine kleine Kratt. Wie immer. Komm, laß uns gehen. Es ist kühl.«

Sie erhoben sich und schritten im Dunkeln zur Tür. Der Doktor sprach: »Du sagst, ich hätte dich verzaubert. Schön. Aber du mich auch. Ich habe in dreizehn Ländern gelebt, doch nirgends bin ich einer Frau mit so erschreckend glatter Haut begegnet ...«

NEUNTES KAPITEL,

darinnen der Eilritt durch bestimmte Lebensereignisse von Staaten und Einzelpersonen, der mit seinen vielen Schlenkern nicht ganz ins achte Kapitel hineinpaßte, fortgesetzt und nach allen Regeln der Dramatik fast bis zu Ende verfolgt wird – vorausgesetzt natürlich, die Geschichte, oder sagen wir schlicht das Leben selbst, reißt diese Regeln nicht nieder wie eine Herde wilder Rosse einen Koppelzaun (aus historischen Höhen betrachtet)

Der Novemberhimmel war kalt und grau wie eine Steinmauer, und oben auf dem kahlen Laaksberg berührten die Wolken fast die Hüte der beiden Reiter. Voran ritt Ohm Jakob auf seinem Apfelschimmel, einer Stute, und hinterdrein Pall auf einem geliehenen grauschwarzen Wallach. Was zu sagen war, hatten sie gestern in der Küche von Meus und Annika besprochen, jetzt hing jeder seinen Gedanken nach.

In Erinnerungen versunken, strich Pall nachdenklich über die dichte Mähne des Pferdes.

Zehn Tage nach dem bewußten Gespräch in der Kapelle ließ Herr Horn seine Fellpantoffeln in den Reisesack packen und zog die Stiefel an. Ob und wieviel er dem Doktor für die Milzkur gezahlt hatte, blieb ein Geheimnis. Pall gab er eine Mark: »Auf unsere alte Bekanntschaft – und in der Hoffnung, daß wir uns vielleicht wieder mal treffen.« Für einen Mann, der als rasch von Entschluß galt, rollte er die Münze sehr lange zwischen den Fingern. Etliche Stunden zuvor war Herr Holstein (wegen heftigen Kopfschmerzes und Blähungen) zum Doktor gekommen und hatte im Namen des Rates und der Gilden vertraulich mitgeteilt, der Rat und die Gilden dankten dem Herzog untertänigst für seine gnädige Bereitschaft, in dieser gefährlichen Zeit die Verteidigung ihrer altererbten Rechte auf sich zu nehmen, *aber* … Noch am selben Morgen bestiegen Herr Horn und seine Begleiter im Hof des Bischofshauses die Pferde. Der Doktor und Katharina standen beim Stall auf einem verblühten Rosenbeet, um ihm das Geleit zu geben. Bevor Herr Horn in den Sattel sprang, küßte er

Katharina die Hand, und Pall, der beide von oben durchs Fenster der Frolinks aufmerksam beobachtete, konnte beim besten Willen nicht feststellen, ob Katharina sich ihm gegenüber als Dame oder anders verhalten hatte. Oh, wir müssen zugeben: Pall hatte sich diese zehn Tage schrecklich den Kopf darüber zerbrochen. Einmal hatte ihn wilde Entschlossenheit gepackt, er hatte sich endlich Gewißheit verschaffen wollen. Zum Beispiel erwog er, tagsüber in Herrn Horns Schlafzimmer zu schlüpfen und sich dort zu verstecken, oder spätabends in den Gang des Obergeschosses zu schleichen und an allen Türen zu horchen, oder durchs Dielenfenster der Frolinks auf den weißgetünchten Dachfirst und von dort über den Weg der brünstigen Kater zu den kerzenbeleuchteten Fenstern Herrn Horns zu klettern. Doch statt dessen setzte er sich mit solcher Wucht auf den Hocker in seiner Kammer, daß die Zapfen krachten, und sagte sich mit festverschlossenem Mund: Was geht mich das Flittchen des Herzogs und der Ratsherren an! Er machte sich an die verdammte »De humani corporis« und fühlte, daß er mit dem Kopf gegen die Wand rannte: So eifrig er auch las, all die Weisheit des Vesalius strömte über ihn hinweg wie Wasser über einen Stein. Da sprang er voller Reue und Zärtlichkeit auf: Wer rettet die unglückliche Katharina vor diesem schrecklichen Doktor, diesem Zauberdoktor, diesem Doktor mit dem rasiermesserscharfen Verstand – vor diesem meinem Wohltäter? Und setzte sich wieder an sein Tischlein und sprach zu sich: Der Doktor hat ihr doch gesagt, sie soll sich aufführen wie eine Dame. Und mit düsterem Lächeln auf seinem jungen, schlechtrasierten Gesicht fragte er die Welt: Was bedeutet dieses Wort? Was bedeutet es in dieser garstigen Zeit? Da krallte er seine Hände, nicht kleiner als seines Vaters Pranken, in den Tischrand und redete sich zu, auf die Stimme des Herrn in seinem Herzen zu lauschen, vor allem aber – kein Narr zu sein ... Und unversehens vertiefte er sich in den Vesalius und merkte, wie dessen Erkenntnisse in seinen Gehirnfurchen aufs neue Wurzeln schlugen, während er seinen eigenen »humanum corpus« an die Bank drückte und seinem »humanum cor« befahl, dem Rhythmus der Worte Gottes zu folgen wie das Schleusentor dem Stampfen der Schießpulvermühle.

Herr Horn war abgereist. Der Doktor schritt einen ganzen Abend lang, sich gewaltig konzentrierend, in seinem Arbeitszimmer auf und ab und verfaßte für den Herzog einen Leitfaden, wie er sich den Revaler Herrschaften zu nähern hätte, damit diese zur Vernunft kämen. Zwei, drei Wochen wartete er auf Antwort. Inzwischen nahm das Leben im Bischofshaus seinen gewohnten Lauf. Pall sah Katharina auf dem Markt vor dem Haus und auf den Treppen der Doktorwohnung und konnte wirklich nicht behaupten, ihr Lächeln sei verkrampft, ihr Blick unstet oder ihre Stimme falsch, wenn sie zum Beispiel in ihrem entwaffnend vertrauten Ton sagte: »Guten Tag, Balthasar! Nett, daß ich Euch im Hof antreffe. Bitte, schließt mir die Stalltür auf. Der Schlüssel geht so schwer, ich bringe es nicht fertig, und ich möchte ein wenig reiten.«

Schwer atmend schloß Pall die Stalltür auf und trollte sich stumm. Wie gesagt: Das Leben im Bischofshaus nahm seinen gewohnten Lauf, die Freuden und Schrekken inbegriffen, die der bewegte Alltag dieses Kriegssommers mit sich brachte. Beispielshalber die Freude darüber, daß der Herzog, um das Wohlwollen der Stadt zu gewinnen, die festgehaltenen Revaler Kaperschiffe freigegeben hatte und diese mit reicher Beute den Hafen anliefen – bereits nachdem Reval dem Herzog durch Herrn Horn einen Korb gegeben hatte. Oder der Schreck darüber, daß Heerhaufen der Moskowiter, eigentlich nur kleine Vor- und Spähtrupps, plötzlich an der Siechenvorstadt auftauchten. Und die zweifelhafte Erleichterung darüber, daß sie sich schnell wieder zurückzogen, als einige hundert Landsknechte mit einigen Dutzend Schwarzenhäuptern ihnen unter mächtigem Kirchenglockengedröhn entgegenrückten.

Am Morgen des achtundzwanzigsten August begegnete Pall Katharina unter dem Torbogen des Bischofshauses. Pall grüßte, und Katharina sagte leichthin: »Matthias macht sich heute um die Mittagszeit auf den Weg nach Åbo. Er muß zum Herzog ...«

Sie hielt inne und musterte ihn gelassen aus ihren länglichen, sich allmählich rundenden Augen. Pall empfand bedrückend deutlich: Während der Abwesenheit des Doktors mußte es zwischen ihm und Katharina so oder anders zu einer Lösung kommen. Er fragte ein wenig heiser: »Auf wie lange?«

»Ich weiß nicht«, erwiderte Katharina. »Auf zwei Wochen oder einen Monat. Und mich nimmt er mit.«

Palls sündige Freudenanwandlung stürzte so jäh in den Brunnen der Enttäuschung, daß sein Gott-sei-Dank-Gefühl gleich hinterhersauste. Er brachte keine Silbe über die Lippen. Katharina blickte zu ihm hoch. Ihr Blick war plötzlich pechschwarz. Sie sagte sehr schlicht, ungefähr wie man sagt »Sieh, es fängt an zu regnen« oder »Es ist schon Abend«: »Denkt an mich, wenn ich nicht da bin. Es täte mir wohl.«

Dennoch kann man nicht behaupten, Pall hätte bis Mitte November nichts anderes getan als an Katharina gedacht. Und schon gar nicht kann man behaupten, es hätte ihm wohlgetan, an sie zu denken.

»Hör mal, du bist uns irgendwie fremd geworden«, sagte Meus an einem Nachmittag Anfang Oktober, vor Palls Schwelle stehend. »Vielleicht scheint es mir auch nur so, weil ich während der Kriegsmonate mehr Arbeit hatte als sonst«, fügte er hinzu, als wollte er seine traurige Beobachtung mildern.

Pall fühlte, daß sein Schwager an eine wunde Stelle in ihm rührte, und schwieg. Meus bückte sich, trat durch die niedrige Tür und setzte sich auf Palls Schlafstatt.

»Ich habe tatsächlich keine Zeit gehabt, mich gründlich mit dir zu unterhalten. Erzähl, welche Pläne du mit deinem Doktor geschmiedet hast. In diesem Jahr ist es ja wohl schon zu spät für deine Deutschlandreise.«

Pall war Meus dankbar, daß er das Gespräch auf seine Zukunft lenkte. Eifrig – wie um etwas gutzumachen – griff er das Thema auf.

»In diesem Jahr gewiß. Der Doktor meint, ich soll noch ein Jahr unter seiner Hand sein. Und bei seinen Büchern. Danach aber geht es, wie er versprochen hat, nach Marburg.«

»Medizin studieren?« fragte Meus, nicht gerade unzufrieden, aber doch ein wenig enttäuscht.

»Allerdings.«

»Hm. Du weißt, ich wollte dich nach Stettin aufs Pädagogium schicken. Zum Theologiestudium. Unter Magister Wolff. Er war mein Freund. – Was sagt Vater zu dieser Medizingeschichte?«

»Vater? Du mußt selbst wissen, was du tust.«

»Wer wird zahlen?«

»Na, auch Vater. Und ich habe selbst Geld. Vom Doktor.«

»Wieviel?«

»Na ... fünfzig Mark.«

»Fünfzig Mark ...? Hm. Der Pastor von St. Olai schuftet für dreihundert Mark jährlich, daß er graue Haare bekommt, wie du siehst ... Und dir hat der Doktor in einem Jahr fünfzig gegeben – für das bißchen, was du für ihn erledigst. Der versteht nicht, mit Geld umzugehen!«

»Wer?«

»Der Doktor. – Und wieviel hoffst du von Vater zu bekommen?«

»Das wird sich zeigen. Im nächsten Herbst fahre ich für mein eigenes Geld hin. Da sind gewiß hundert beisammen. Ich habe ausgerechnet, daß man davon zwei Jahre leben kann.«

»Ich bin damit ausgekommen. Aber du ... du lebst bestimmt auf größerem Fuß.«

»Wieso? Und Vater wird ja auch was schicken. Ich mache jegliche Arbeit, wenn ich dort bei Phrygius wohne, dem mich der Doktor empfiehlt. Ich kann für ihn etwas umschreiben oder korrigieren oder Holz hakken oder Heu mähen. Der Rektor wird ja auch Pferde haben. Vielleicht hat er irgendwo ein Gut. Ich kann ihm versprechen, im Frühling eine Lofstelle Acker zu pflügen, und im Winter höre ich dafür Vorlesungen bei ihm, eine Woche oder, na, einen Tag. Es wird schon irgendwie gehen.«

Meus hatte Pall eigentlich an Hand der Ethik des Aristoteles die Leviten lesen und insbesondere das Thema Vertrauen berühren wollen. Aber als er dazu ein wenig von Pall abrückte – Pall hatte sich neben ihn auf die Pritsche gesetzt – und ihm den Blick zuwandte, verstummte er jäh und schmunzelte unbewußt, zwar nicht sichtbar, aber innerlich: Welch seltsames Volk, diese Bauern ... Zum Beispiel dieser Bursche hier, dieser rundköpfige Hüne mit den derben Gesichtszügen. An Bildung steht er in Reval nur den Studierten nach, und an Wissen übertrifft er sogar manchen von ihnen. Schon Philosoph, aber in vielem noch ein Knabe.

Und blickt einen an aus seinen blauen Kulleraugen, einfältig und verständnisinnig zugleich, und strahlt so was aus, weiß der Kuckuck, was es ist – wie die Badstubenöfen hierzulande Glut –, und offeriert sich dem Marburger Rektor als Kutscher oder Korrektor oder Pflüger ...

»Na, mach's gut. Wir wollen auf Gott hoffen«, sagte Meus, nur noch mit Mühe sein Lächeln unterdrückend, und zog von dannen, ohne Pall die Leviten gelesen zu haben.

Das Leben im Bischofshaus nahm seinen Lauf. Die Herrschaften wollten und wollten nicht zurückkehren. Sie schickten nicht einmal einen Brief. Von Zeit zu Zeit fragten allerlei Herren und Damen nach dem Doktor, und etliche von den wenigen Gästen, die Meus und Annika besuchten, brauchten ihn ebenfalls oder interessierten sich einfach für ihn. Übrigens auch der geräuschvolle Oberpastor Geldern von St. Olai, der einmal im Oktober mit seiner Gemahlin dem jüngeren Kollegen die Ehre seines Besuches erwies (Frau Geldern hatte Annikas einstige Frechheit vergessen – offenbar brachten die Schrecken des Krieges die Menschen einander näher). Herr Geldern sagte, zur Zeit der Herbstnebel habe er stets Kreuzschmerzen, und bedauerte, daß der Doktor noch nicht zurück war. Darauf trank er den Pflaumenwein aus dem einzigen großen Silberkelch der Familie Frolink frohgemut bis zur Neige und kam auf die Geschichte mit Fresemann, dem Pastor vom Harriener St.-Johannis-Kirchspiel, zu sprechen. Ja, bedenkt nur, wir mußten ihn vergangene Woche auf einer Ministeriumsversammlung doch noch seines Amtes entheben! Stellt Euch vor: Er hat das Buch eines Sinnesverwirrers gelesen und ist völlig um den Verstand gekommen. Ein holländischer Priester, Simons benamst, hat es herausgegeben, vor zwei Jahren, unter dem unverschämten Titel »Buch der Grundmauern des christlichen Glaubens«. Allerlei Torheit steht da geschrieben. Man soll beispielsweise die Kinder nicht früher taufen als mit vierzehn Jahren. Fresemann hat auf der Versammlung erklärt, Simons sei vor mehreren Jahren auch hier in Livland gewesen, er habe ihn in Leal predigen hören, und seitdem zweifle er an der Kindstaufe, denn es steht geschrieben, wer da glaubet und getauft wird, der wird selig, aber Neugeborene können nicht glauben. Ob er Kinder, die zwecks Taufe zu ihm gebracht wurden, hat ungetauft gelassen, darauf hat er keine klare Antwort gegeben. Und nun – wie schrecklich – ist ungewiß, ob die von ihm getauften Kinder auch richtig getauft sind! Vor Unmut schüttelte Herr Geldern seine breiten Schultern, dann füllte er seinen Becher aufs neue und nahm sich die Kriegsereignisse vor. Der Moskowiter hat seine Heerscharen aus Livland abgezogen und nur in den Städten Garnisonen zurückgelassen, natürlich geht der Krieg im Frühling wieder los, und – stellt Euch nur vor! – auch einige Dorpater Kaufherren behaupten, unter dem Großfürsten hätten sie es gut und die Revaler seien Narren, weil sie auf Widerstand sinnen. Der Koadjutor, Herr Kettler also, greift den Moskowiter im Stift heftig an, auf Ringen hat er bereits seine Hand gelegt. Und plötzlich fragte Herr Geldern: »Eure schöne Frau Katharina ist mitsamt ihrem Doktor verschwunden wie eine Perle in einem Heuhaufen, wie?«

Pall konnte sich nicht erinnern, was ihm Meus und

Annika darauf geantwortet hatten. Auch Herrn Gelderns Frage wäre ihm natürlich längst entfallen, hätte er nicht bemerkt, wie Frau Geldern dabei zusammenzuckte. Aber Gott mit ihnen …

Vorgestern war Ohm Jakob in die Stadt gekommen und hatte von seinem Kummer erzählt. Nein, ihr Anwesen war noch unberührt, das Vieh wohlauf und das Getreide, soviel ihnen davon verblieben war, hübsch in den Verschlägen. Aber die letzten Mönche von Padis, die noch im Kloster lebten, hatten das Gut Rasik mitsamt Ohm Jakob dem Bischof von Ösel verpfändet, wegen Gott weiß welcher Schulden. Der Herr war neu – weit hinter Land und Meer –, doch der Verwalter, der verdammte Unhold Hasse, war der alte. Und da seine Hände nun nicht mehr durch den Befehl des Herrn Antonius vom vergangenen Jahr gebunden waren, trieb er wieder sein Unwesen: Das Getreide und alles, was von den Guts- und anderen Abgaben übrigbleibt, darf nur ihm verkauft werden. Was gekauft wird, darf nur bei ihm gekauft werden. Ohne seine Erlaubnis in der Stadt herumlungern gibt's nicht! In den Dörfern hatte sich herumgesprochen, daß der Kurgla-Jakob diese Angelegenheit vor anderthalb Jahren ins reine gebracht hatte, und die Männer von Rasik überredeten ihn, auch diesmal Hasse oder sonst jemanden aufzusuchen, um die neuen Einschränkungen für nichtig zu erklären. Da war Ohm Jakob in die Stadt gekommen, um seinen Neffen um Beistand zu bitten. In seinem Dorf gäbe es keinen, der das fertigbrächte, Pall möchte doch kommen und Hasse die Sache klarmachen. Die Männer hätten es versucht, Jakob selbst auch, aber sie hätten nichts erreicht. Hasse habe gesagt, bevor sie noch einmal in dieser Angelegenheit zu ihm kämen, sollten sie bedenken, daß seine Geduld zwar reißen könne, seine Karbatsche aber nicht …

Nachdem Ohm Jakob die Sorgen der Rasik-Leute dargelegt hatte, schnaufte Pall wohl länger als je zuvor. Dann zog er seine Schuhe an und ging zu Kimmelpenning. Er war lange nicht mehr dort gewesen. Der Alte lag krank im Kellergeschoß seines Ladens auf einer Pritsche zwischen den Warenregalen. Aber den Gast erkannte er sofort.

»Sieh mal an, guten Tag, Balthasar! Na, laß hören, wo du all die Zeit gewesen bist!«

Pall erzählte ihm von seinem Anliegen sowie von seinem ungefähren Plan. Der dereinst hier für Kimmelpenning geschriebene Brief, etliche Abschnitte alter römischer Komödien und Gott weiß was noch hatten ihm diesen Plan eingegeben, und Besseres wußte er sich nicht auszudenken.

Kimmelpenning lauschte, bewegte seine blassen Lippen, und seine entzündeten Augenwinkel unter den halbergrauten Haarpinseln verengten sich. »Na, wir versuchen's mal ...«

Er hieß seinen dürren Gesellen für Pall ein Paar beste schwarze juchtene Schaftstiefel holen, erhob sich von seinem Lager, kramte aus einer Lade eine kleine, nur wenig verstaubte Halskrause hervor und aus einer anderen ein schwarzes Barett mit einer grünen Feder, ließ Pall Stiefel, Kragen und Barett anprobieren, musterte ihn, indem er ihn von sich schob, setzte sich auf sein Lager, zog seinen dicken goldenen Ring vom Finger und steckte ihn Pall an.

»So. Hast du ein Schwert?«

»Nein.«

»Hm. Ich auch nicht. Hat Vater eins?«

»Irgendeins sicher ...«

»Irgendeins geht nicht. Warte! Du schreibst ja so flott nach Diktat. Da, nimm.« Er schob Pall ein Blatt Papier hin. »Schreib, aber auf deutsch: Gruß von Kimmelpenning und behüt dich Gott. Schick mir für ein paar Tage das schöne zweischneidige Schwert, das der junge Bolemann bestellt, aber nicht genommen hat. Würde mir zum Nutzen gereichen.« Pall schrieb, Kimmelpenning unterzeichnete mit drei Kreuzen, und der Geselle lief damit in die Schmiedestraße zu Meister Lytke.

Und jetzt ritt Pall durch die Hochmoorwälder von Kurgla zum Gut Rasik. Er saß auf Kimmelpennings schönem Grauschimmel, am geliehenen Sattel glänzten ein paar Silbernieten, an ihm und um ihn war lauter geliehene Pracht, und unter seinem Schulabgangswams schaute ein funkelnagelneues kurzes Schwert mit einem Kupferknauf hervor. Als das Pferd im Unterholz plötzlich prustend den Kopf nach hinten warf, fuhr Pall aus seinen Gedanken auf und sah sich um, ob wieder Wölfe da wären – begriff aber gleich, daß er wie immer an Katharina und den Doktor und den Herzog und Horn und an sich gedacht hatte, und bemüht, dieses Knäuel zu entwirren, hatte er die Mähne des Pferdes, an die er sich klammerte, derart ergrimmt verdreht, daß sich das Tier vor Schmerz bäumte.

»So«, sagte Ohm Jakob und brachte seinen Apfelschimmel zum Stehen. »Ich reite jetzt zurück nach Hause. Rat geben kann ich dir nicht. Tu, was du vermagst und für richtig hältst ...«

Pall hielt neben Jakob an, blickte in sein besorgtes Gesicht und wollte ihm einige ermutigende Worte sagen, fand aber keine rechten, tätschelte dem Apfelschimmel den Hals und ritt weiter.

Jawohl, jetzt hieß es überlegen, wie er das Ding drehen sollte. Obwohl – was war da schon zu überlegen? Er mußte sich einfach auf sein Glück verlassen und, wie Herr Sum zu sagen pflegte, ex improviso handeln. Natürlich konnte er nur hoffen, daß ihm im Verwalterhaus nicht der Pferdejunge Jürgen in den Weg lief, oder wenn doch, daß er ihn nicht erkannte ... Oh, überhaupt fühlte sich Pall in seinem Komödiantenaufzug hier auf diesem halb aufgeweichten, halb vereisten Weg mitten im grauen, rostgestreiften Herbst schlecht und unnatürlich. Zugegeben: Etwas in ihm genoß die Situation. Da war nicht nur die Hoffnung, den Bauern von Rasik durch seinen Streich Nutzen zu bringen, sondern – aus der Nähe besehen – auch die Hoffnung, vor Thalia vielleicht nicht völlig zu versagen.

Als er die Gutsställe erreichte und die Arbeiter, die Streu auf den Stallboden gabelten, ihn mit erschrockenen, mißtrauischen Blicken musterten, war ihm klar, daß nun Eile geboten war. Er gab dem Pferd die Sporen, trabte zur Treppe des Verwalterhauses, band das Pferd an den Staketenzaun und schritt durch den niedrigen Vorraum geradewegs zum Schreibzimmer des Herrn Hasse. Der Pferdejunge war nirgends zu sehen. Auf dem höckrigen Fußboden polterten Palls prachtvolle juchtene Stiefel lauter als beabsichtigt.

»Verwalter Hasse?« Sein Ton war brüsker als unbedingt notwendig.

»Jaja, ich bin's ...«

Palls Auftreten verfehlte offenbar nicht seine Wirkung: Der kleine Mann mit dem unsteten Blick, dem dünnen Hals und dem Gesicht einer wohlgenährten Feldmaus erhob sich hastig. Er hatte zahnstochernd auf demselben Fichtensofa gesessen, wo Herr Antonius im vergangenen Jahr sein Pergamentbuch gelesen und Wein geschlürft hatte. Hasse fragte, nachdem er seine Würde wiedererlangt hatte: »Mit wem habe ich die Ehre?«

Pall nahm sich nicht die Mühe zu antworten. Denn derjenige, in dessen Rolle er ungefähr auftrat, hätte seiner Meinung nach Hasses Frage nicht beantwortet. Außerdem fiel ihm das Lügen schwer. Er nahm rasch, aber gewichtig und breitbeinig auf einem dreieckigen Hocker Platz und bemerkte mit Vergnügen, daß Hasse ziemlich verdattert stehen blieb. Pall fragte recht förmlich: »Ist man auf diesem Gut davon unterrichtet, daß auf der Domburg zu Reval der Statthalter des dänischen Königs Einzug gehalten hat?«

Bevor Hasse antworten konnte,. zuckte es durch Palls Gedächtnis, wie er vor knapp zwei Jahren diensteifrig vor Herrn Antonius gestanden hatte. Einen Augenblick lang empfand er mit besonderer Schärfe den Unterschied zwischen seiner damaligen und seiner heutigen Rolle und wie sehr er sich seither verändert hatte.

Hasse antwortete beflissen: »Versteht sich. Dänemarks Statthalter Monnikhusen. Das ist der leibliche Bruder unsres ehrwürdigen Pfandherrn – ich meine den Bischof von Ösel.«

Pall sagte laut – und schaute dabei durch die grünlichen Butzenscheiben hinaus, denn Hasse bei diesem Satz anzusehen war ihm doch irgendwie unangenehm: »Aber Er weiß nicht, daß die Bauern von Rasik dem Statthalter einen Beschwerdebrief geschickt haben, weil Er ihre alten Rechte beschneidet.« Erst jetzt blickte er Hasse an und sah, wie es in dessen Kopf zu arbeiten begann: Beschwerdebrief? An Monnikhusen? Keine Ahnung, welche Folgen das haben konnte. Kaum welche wahrscheinlich ... in dieser verworrenen Zeit ... Aber wer steckte dahinter? Aha – natürlich wieder dieser, dieser, dieser ... na, dieser verteufelte Kurgla-Jakob und seine städtischen Verwandten, er soll dort welche haben. Eigentlich aber, zum Kuckuck ... Hasse schaute Pall aus seinen unsteten braunen Augen an.

»Aber ... wer seid Ihr überhaupt ...?«

Es war kaum anzunehmen, Hasse könnte die städtischen Verwandten des Kurgla-Jakob mit Pall identifizieren. Und doch mußte Pall so antworten, daß auch späterhin jede Möglichkeit ausgeschlossen blieb, in ihm den Neffen des Kurgla-Jakob, den Fuhrmannssohn, zu vermuten. Überdies fühlte er, wie eine lautlose Woge des Protestes in ihm aufstieg, und dieser Protest, der ihn im vergangenen Jahr bei Herrn Antonius nur widerspenstig gemacht hatte, stimmte ihn jetzt kriegerisch. Ja, er wußte: Er mußte möglichst unverschämt sein. Das war nicht nur das Unterpfand seines Erfolges, sondern auch die beste Selbstverteidigung. Möglicherweise spürte er auch, daß seine Frechheit allein gegen zehntausend Erniedrigungen stand, die seinesgleichen Tag für Tag einstecken mußten. Vielleicht empfand er irgendwo in der Tiefe seines Bauern-Ichs Freude darüber, daß in seiner Gestalt Zehntausende dreist zu sein wagten.

Er schlug mit der flachen Hand auf den Tisch, so daß dieser unter Kimmelpennings Ring krachte.

»Hier frage ich, und Er hat zu antworten! Nicht umgekehrt!«

»Herr, Ihr gebt zuviel auf die Reden der Bauern«, sagte Hasse ruhiger, als es Pall gefallen hätte.

Es stimmte, Pall war ein Herr und durfte den Reden

der Bauern kein allzu großes Gewicht beimessen. Überhaupt fühlte er, es war an der Zeit abzutreten, und zwar mit einem gewaltigen Mörserknall – wenn er bloß ein stichhaltiges Argument fände, das nichts mit der Verteidigung der Bauern zu tun hatte. Verflixt, er hätte sich doch die Mühe nehmen sollen, seinen Auftritt gründlicher vorzubereiten! Aber sieh da! – Gott verließ ihn nicht. Oder war es die weltliche Schule, die sein Geist und seine Zunge im Doktorhaus durchgemacht hatten? Er trampelte kaltblütig und rollengerecht das bißchen Ruhe seines Gegenspielers nieder und donnerte: »Mit Seiner erbärmlichen Habgier treibt Er Monnikhusens treue Bauern dem Moskowiter in die Arme! Weiß Er nicht, was ringsum vor sich geht? Begreift Er nicht, was die jetzige Zeit von einem Gutsverwalter erfordert?« Und bereits aus purer Freude an des Verwalters Demütigung ließ er seinen Angriff in einem verächtlichen, mit tiefer Stimme vorgetragenen »Idiot!« gipfeln. Er schämte sich ein wenig dieses Wortes, denn er sah, wie sich Hasse dabei veränderte: Er wurde weder blaß vor Entsetzen noch blau vor Kränkung, nein, es war das Wort eines hohen Statthalterschaftsbeamten und ergo ohne moralische Eigenschaften, doch offenbar von gefährlicher Schlagkraft. Darum machte sich Hasse lediglich klein, um weniger Angriffsfläche zu bieten. Pall war es trotzdem peinlich. Er erhob sich und schloß brüsk: »Die Bauern auf keinerlei Art provozieren! Jeglicher Fehltritt kommt den Moskowitern zugute! Wenn ein königlicher Gutsverwalter aus Blödheit den Moskowitern Vorschub leistet, wird er verwarnt. Wenn er die Verwarnung nicht beherzigt ...« Ja, was tat man dann eigentlich mit ihm, überlegte Pall – aber der Satz mußte beendet werden, und er legte seine Hand auf den Kupferknauf des geliehenen Schwertes, zog es um ein Drittel aus der Scheide und sprach düster: »... dann wird er geköpft!«

Palls Auftreten verfing mehr, als er zu hoffen gewagt hatte. Der Verwalter flüsterte mit belegter Stimme: »Natürlich, Herr Rat ... Ich konnte ja nicht wissen, Herr

Rat ... Ist klar, Herr Rat ...« Dann fand er seine Stimme wieder und sagte ein wenig lauter: »Geruht der Herr Rat zum Mittagessen dazubleiben? Ferkel am Spieß und Birnenwein und ...«

Aber der Herr Rat ließ das Schwert mit einem Klikken in die Scheide gleiten und marschierte hinaus. Erst als Hasse ihn auf einem schönen Grauschimmel an den Fenstern vorbeireiten sah, fiel ihm ein, er hätte ja diesen so verteufelt wichtigen Grünschnabel hinausbegleiten sollen ... Jetzt war nichts mehr zu ändern. Er spuckte auf die erdigen Stiefelspuren des Herrn Rats und sagte laut vor sich hin: »Na, wenn sich die dänische Herrschaft so anläßt, ist sie keine Hundsrute wert!«

Auf Kurgla gab es kein Ferkel am Spieß, ganz zu schweigen von Birnenwein, doch die Gerstensuppe mit frischem Gerstenbrot und ein wenig Butter schmeckte großartig, und der mit so zweifelhaften Mitteln errungene Erfolg verdarb Pall keinesfalls den Appetit. Am Tisch beim Spanlicht war man ganz unter sich – Ohm Jakob, Muhme Kati, Jürgen und der Knecht Paavel, der nun schon sieben oder acht Jahre auf Kurgla schuftete und längst als Familienmitglied angesehen wurde. Fremde Zuhörer waren bei dem Bericht von Palls heutigem Gutsbesuch wahrlich nicht erwünscht, aber in diesem Kreis erzählte er alles haargenau. Als er zum Schluß kam und davon erzählte, wie er dem Verwalter mit dem Köpfen gedroht hatte, leuchtete in Ohm Jakobs Bartstoppeln ein lautloses Schmunzeln auf, Jürgen verschluckte sich an der Suppe und krächzte eine ganze Weile zwischen Husten und Lachen, Paavel bekam seine Zähne nicht aus der Brotschnitte raus, Muhme Kati aber sagte, vor Schreck und Behagen die Stimme dämpfend: »Ach, du Frechdachs! Da hast du ihm ja schön eingeheizt.«

Ohm Jakob meinte, Hasse wäre nun wirklich das Handwerk gelegt, wo doch ein hoher Beamter aus Reval ihn so streng abgekanzelt hatte. Und das Bauernschinden als Vorschubleistung für die Moskowiter darzustellen – dazu mußte man eben Köpfchen haben, außerdem stimmte es sogar in diesen wirren und trostlosen Zeiten.

Nachdem Pall seinen Bericht beendet hatte, tat der Knecht Paavel zum erstenmal den Mund auf und fragte: »Darf ich nun auch mein liebes Weib hierherrufen, oder …?«

»Großer Gott«, rief Muhme Kati, »wieso denn nicht! Sie kann schweigen wie ein Grab.«

»He, Weib, komm her!« rief Paavel.

Durch die niedrige Tür der kleinen Hinterkammer trat eine Frauengestalt in den dämmrigen Raum, verhielt kurz den Schritt und kam dann entschlossen zum Tisch.

»Guten Tag.«

Beim Gruß trat sie ins Spanlicht – und Palls Augen rundeten sich vor Überraschung.

»Epp? Du? Hat Paavel dich … zum Weibe genommen …?«

Einen Augenblick hatte Pall das Gefühl, als werde ein feiner widerhakiger Pfeil, der zwischen seinen Rippen sitzt und den er fast vergessen hat, plötzlich mit schmerzhaftem Ruck entfernt.

Epp setzte sich, holte einen Löffel unter der Schürze hervor und wollte die Hände zum Tischgebet falten, warf aber vorher Pall einen raschen, im Spanlicht aufleuchtenden Blick zu und sagte: »Warum hätte er mich nicht nehmen sollen?«

Sie legte den Löffel auf den Tisch und faltete die Hände. Danach begann sie Suppe aus der Schüssel zu löffeln.

»Schon lange?« erkundigte sich Pall nach einigem Schweigen.

»Jawohl. Im vergangenen Sommer«, erwiderte Epp.

Pall empfand tiefstes Leid und tiefste Freude zugleich. Sein schlechteres Ich bedauerte es – wie uns allen die Heirat unserer Mädchen leid tut, sein besseres Ich billigte es erleichtert – wie uns alle die Tilgung unserer Schuld aufatmen läßt. Freilich, in der städtischen Hetze hatte Pall selten an Epp gedacht, in der letzten Zeit vielleicht ein wenig häufiger, je nachdem, wie tief er in den Trubel der Kriegs- und Staatsereignisse und in den lastenden, duftenden Schatten Katharinas versank. Ja, ein Mädchen wie Epp hätte natürlich einen angeseheneren Mann bekommen sollen, einen Bauern, einen Handwerker in einem Marktflecken oder gar einen Landfreien. Andererseits … Neu-Pärtli war gewiß ein ärmliches Anwesen, und Paavel, obwohl arm und sicher auch recht stumpfsinnig wie die meisten Knechte, war ehrlich und arbeitsam und von recht angenehmem Wesen, und wenn er und Pall mal ihre Kräfte gemessen hätten, wer weiß, wer den Sieg davongetragen hätte. Trotz dieser großzügigen Zugeständnisse übermannte Pall aufs neue ein Schuldgefühl Epp gegenüber, schmerzvolles Mitleid und das Gefühl allgemeiner Ungerechtigkeit, das hin und wieder mit der Wucht einer Stadtmauer, die die Welt in zwei Teile spaltet, auf seinem Herzen lastete. Dieses Gefühl der Zerrissenheit der Welt war jetzt besonders heftig – der Kummer um diese Knechtsfrau hinter den Hochmoorwäldern, um ihre für immer in sich abgeschlossene Welt, um die Möglichkeiten, die in ihr ungeboren blieben, und das bedrückende Gefühl der Unrechtmäßigkeit seines geliehenen Ringes, der im Spanlicht matt glänzte, und alles Unverdienten, Fremden und Geliehenen in ihm selbst. Und wenn er Muße gehabt hätte, sich sorgsam zu prüfen, hätte er entdeckt, daß hinter seinem Bedauern wie Abendrot die Erinnerung an ihren Sündenfall glühte …

Nachdem eine Weile von diesem und jenem geredet worden war, wandte sich das Gespräch Dingen zu, denen alle Gedanken in dieser schweren Zeit ständig galten. Ohm Jakob seufzte.

»Ja, die Zukunft ist noch niemals so düster gewesen wie jetzt … Man weiß nie, wen man am nächsten Tag zum Herrscher hat.«

Pall blickte seinen Tischgenossen der Reihe nach in die Augen und sagte: »Na, soll auch das unter uns bleiben: Ich habe Hasse zwar mit den Dänen gedroht, aber Dänemark wird wohl nie über dieses Land herrschen – obwohl der Orden in allen Fugen kracht.«

»Meinst du, der Moskowiter wird seine Tatze nach uns ausstrecken?« fragte Jürgen.

»Es gibt auch andere, die ihre Krallen wetzen«, erwiderte Pall, und das klang wissender und geheimnisvoller, als er es selber an diesem kniehohen, weißgescheuerten Tisch hätte hören wollen.

»Wen meinst du?« fragte Jakob und legte seine Brotscheibe auf den Tisch.

»Ich sage euch: Auch der finnische Herzog streckt seine Krallen aus.«

»So-o? Davon hör ich zum erstenmal ...«, sagte Jakob. »Und ist das für unsereins gut oder schlecht?« Seine linke Hand glitt hochkant über den Tisch auf Pall zu und machte halt, als setze sie eine Grenze zwischen ihnen. »Ich rede vom Landvolk, versteht sich ...«

»Wieso soll es nicht gut sein«, antwortete Pall, »wo doch der finnische Landmann vollkommen unabhängig ist vom Adel.«

»Gehört hab ich davon«, erwiderte Jakob leise, »kann's aber nicht glauben. Ein wenig leichter mag es ja sein, falls der Adel vernünftiger ist, aber ...«

Sie sprachen über andere Dinge und verstummten nach einer Weile. In der Stille konnte man hören, wie Epp Suppe vom Boden der Schüssel kratzte. Dann legte sie den Löffel beiseite und sagte: »Hör mal, Pall, ich muß mit dir reden.«

Pall war dankbar für diese vertraute Anrede und wunderte sich zugleich über Epps Selbstsicherheit.

»Laß hören ...«

»Hast du von unserem Pastor gehört?«

»Du meinst den Fresemann von St. Johannis? Er soll Mennonit geworden sein. Das ist eine Sekte irgendwo in Holland. Sie glauben, man soll nicht Kinder, sondern Erwachsene taufen. Und dieser euer Fresemann hat wohl auch aufgehört, Kinder zu taufen. Jetzt ist er seines Amtes enthoben.«

»Na, du weißt ja alles. Aber ... aber ich weiß nicht, ob mein Kind getauft ist oder nicht.«

»So ... ihr habt also ein Kind?«

»Ja. Aber ich zweifle, ob der Pastor es überhaupt getauft hat.«

»Warst du denn nicht dabei?«

»Natürlich doch. Wir waren im März da, bei schrecklichem Unwetter. Aber ich kann mich nicht erinnern, ob er es mit Wasser besprengt hat. Ich hab nicht drauf geachtet, und als später das Gerede über ihn losging, schien mir, er hat es nicht getan.«

»Die Taufformel hast du doch gehört?«

»Eben nicht. Er konnte so gut wie gar nicht unsere Sprache, und falls er was gemurmelt hat, so in einer fremden Sprache.«

»Meinst du? Aber Paavel war ja auch dabei. Und die Taufpaten.«

»Die sind alle genauso klug. Darum möchte ich ...«

»Was?«

»Ich möchte sicher sein, daß das Kind ein Christenmensch ist.«

»Was würde dir diese Sicherheit geben?«

»Wenn du es noch einmal taufst.«

»Gott, warum denn ich? Bringt das Kind zum Pfarrer nach Jegelecht oder Jüri, das ist doch nicht weit. Oder fragt erst den Pfarrer, ob er es überhaupt für notwendig hält.«

»Warum sollen wir es dorthin schleppen! Das macht viel Mühe und kostet viel.«

»Na gut, Lutherus hat gesagt, jedes Mitglied einer christlichen Gemeinde kann es tun. Aber warum gerade ich?«

»Du hast den Kurgla-Alten so beerdigt, daß keiner es je vergißt ...«

Hätte Pall nicht den inneren Zwang verspürt, Epp einen Versöhnungsdienst zu erweisen – oder eher: sich dadurch mit sich selbst zu versöhnen –, so hätte er ihr kaum den Willen getan, obgleich ihm ihre treuherzig-andächtige Erinnerung an die Beerdigung des Großvaters schmeichelte. Aber nun sprach er: »Ja, wenn du das für deine Seelenruhe brauchst ... Und Paavel nichts einzuwenden hat.«

»Nein, warum sollte ich«, brummte Paavel, »sonst haben wir vielleicht einen kleinen Heiden im Hause.«

Epp holte aus der Kammer, die den Knechtsleuten eingeräumt worden war, das in ein sauberes Laken gehüllte Kind. Es war ein strammer Bengel mit hellem Haarflaum und grauen Kulleraugen, wie es sich für Kinder gehört, und Palls Ansicht nach Paavel sehr ähnlich. Muhme Kati schöpfte mit einem kleinen Napf aus einem großen Holzeimer das Taufwasser. Sie, Ohm Jakob und Jürgen standen Pate. Der Junge hieß Tiidrik, und dabei sollte es bleiben. Pall wollte schon fast sagen: Da habt ihr euch aber einen feinen Namen ausgesucht, doch da fiel ihm ein, wie verlegen er selber jedesmal wurde, wenn man seinen feinen Namen verulkte, und er hielt den Mund. Er wußte nicht genau, wie er beginnen sollte, denn getauft hatte er bis dahin niemanden. Auf alle Fälle sprach man leise, doch eindringlich das Vaterunser. Danach nahm er den Jungen auf den Arm, und dieser schrie nicht los, sondern richtete seinen tiefernsten dunkelgrauen Blick unter den leicht gerunzelten weißen Brauen auf ihn. Pall räusperte sich, um zu sagen, wie es in einem solchen Fall üblich war: Und wenn du bis jetzt nicht getauft bist, so taufe ich dich ... Dabei fiel ihm ein, daß er an der Hand, die den Jungen mit dem Taufwasser besprengen sollte, den von Kimmelpenning geliehenen Ring trug. Einen Augenblick erwog er, ob er ihn abstreifen sollte, entschied jedoch, er sei von einem ehrlichen Mann für einen ehrlichen Betrug geliehen, ließ ihn am Finger stecken und sagte feierlicher, als er es selber erwartet hätte: »So taufe ich dich im Namen des Vaters, des Sohnes und des Heiligen Geistes ...«

Er steckte seine Finger in das kühle Wasser und spritzte es in den Haarflaum des Jungen, der zu schreien begann, wie sie es meist tun, wenn mit der Hoffnung auf Erlösung die unabwendbare Angst vor der Hölle in ihr Herz einzieht.

Paavel schaute mit regloser Miene zu Boden, Epp jedoch stand mit fest zugepreßtem Mund da und starrte in die Flamme der Kerze, die Muhme Kati auf dem

Tisch angezündet hatte, und ihr Kinn bebte heftig. Vielleicht war es aber nur der Widerschein der Flamme, die von ihrer aller Atem flackerte, als Pall zum Schluß ein Lied anstimmte und sie feierlich und falsch sangen:

»Jetzt bin ich durch die Taufe,
O Vater, Dein geworden …«

Als Pall am nächsten Vormittag in Reval ankam, war das Doktorpaar endlich da. Katharina sah er nicht, aber das unternehmungslustige Gesicht des Doktors verriet ihm, daß er beim Herzog Erfolg gehabt hatte.

»Ja«, sagte der Doktor, nachdem er Pall durch einen Wink in sein Schreibzimmer gerufen hatte, »wir haben viel Zeit dazu gebraucht. Der Ärger, den die Widerspenstigkeit der Revaler unserem gnädigen Herrn bereitet hat, war ihm auf die Galle geschlagen, und ich mußte sie wochenlang purgieren. Aber jetzt ist alles in Ordnung. Der Herzog schreibt sowohl dem Rat als auch den drei Gilden geduldige und ausführliche Briefe. Das heißt – er hat mich bevollmächtigt, diese in seinem herzöglichen Namen zu schreiben und mit den Stadtvätern zu unterhandeln, wie ich es für das Beste halte. Und wir tun es ein wenig gewandter als Herr Horn. Was sie nicht sofort begreifen, muß allmählich in ihre Köpfe eingetrichtert werden. Wie es so schön heißt: Gutta cavat lapidem. Jedenfalls war der Herzog mit uns zum Schluß überaus zufrieden. Und Knickerigkeit habe ich ihm nie vorwerfen können. Jawohl, aber die größte Neuigkeit habe ich Euch noch gar nicht erzählt …«

Er schaute flüchtig zu Pall und darauf durchs Fenster hinaus, als erwäge er, ob er Pall einweihen sollte oder nicht, entschied sich dafür, geriet aber in den Sog seiner eigenen Vorstellungen und sagte, den Blick zum Fenster gewandt: »Balthasar … Uns eröffnen sich Möglichkeiten, die die Freigebigkeit des Herzogs verdreifachen werden … Wenn Ihr mir nun beistehen wollt, erwerbt Ihr Mittel für Euer ganzes Studium.« Er wandte den Blick ins Zimmer zurück und schaute Pall aus lächelnden, geheimnisvoll wissenden Augen an.

»Was ist denn das für eine Neuigkeit?« fragte Pall.

»Ich habe heute früh einen Brief erhalten. Unser Herr Koadjutor hat den Moskowitern eine Schlacht geliefert, ist aber bei der Brücke von Elva – irgendwo im südöstlichen Stift – vom Pferd gestürzt und hat sich verletzt. Für diesen Herbst hat er den Feldzug beendet – und jetzt kommt er hierher.«

»Nach Reval?«

»Hierher. In mein Haus. Zur Kur.«

»Oh ...«

»Sein Majordomus, der mir den Brief gebracht hat, trifft bereits Vorbereitungen. Er will Buschs Haus nebenan für die Räte, die Leibwache und die Küche mieten. Aber der Koadjutor höchstselbst wird sich mit seinem Sekretär hier niederlassen. Katharina und ich ziehen uns in die drei hinteren Zimmer des Dachgeschosses zurück. Dort müssen blitzschnell Öfen gesetzt werden. Ich habe Johann schon nach Töpfermeister Traube geschickt. Überhaupt: Hier wird es in allernächster Zeit verdammt lebhaft zugehen. Ihr versteht: Die Verwaltung des ganzen Ordensreiches – obschon es auf dem letzten Loch pfeift –, die ganze Verwaltung zieht in dieses Haus ein. Denn Fürstenberg ist ja faktisch im Ruhestand, nicht wahr. Kettler beschließt alles und jedes.«

Der Doktor behielt natürlich recht: Es wurde verdammt lebhaft im Bischofshaus. Die hinteren, halb ausgebauten Zimmer des Obergeschosses wurden rasch instand gesetzt. Die Gehilfen des Töpfermeisters Traube schleppten Holzeimer mit Lehm, Tragen mit Ziegelsteinen und strohgefütterte Kisten mit holländischen Kacheln herbei. Pall half, die Instrumente und Bücher des Doktors in die halbfertigen Dachkammern zu schaffen. Aus mehreren Bürgerhäusern wurden lange Bänke mit geschnitzten Rückenlehnen gebracht und in der Diele an die Wände gestellt. Hier sollten in der nächsten Zeit die Ordensgebieter beraten. Der Apotheker Dyck kam mehrmals zum Doktor geeilt und besprach mit ihm die Zusammensetzung der Medikamente für den Koadjutor. Der Doktor stellte seine Gäule bei den Vegesacks ein und machte seine eigenen Stallungen für die Pferde des Koadjutors frei. Katharina und Mamsell Magdalena klopften am offenen Schlafzimmerfenster die Kissen und Federbetten des Himmelbettes – und das Treiben ringsumher war derart rege, daß Pall nicht dazu kam, über die Aufwallung von Zweifel, Schmerz, Schrecken und – vergeb's Gott! – Hoffnung nachzusinnen, die ihn durchfuhr, als er Katharina sich übers Bettzeug beugen sah ...

Die Nachricht von der bevorstehenden Ankunft des Koadjutors verbreitete sich in Windeseile, und verschiedene Kaufherren erschienen beim Doktor, um ihm ihre Dienste für den hohen Patienten anzutragen. Die wichtigeren empfing der Doktor selbst, zum Beispiel jene, die Schachfiguren aus Elfenbein oder flandrische Samtpantoffeln oder polnischen Honigwein feilboten, die weniger wichtigen, die vom Harnischschmieden, von Segeltuch oder Sohlenleder sprachen, schickte er ins Nebenhaus zu dem dicken, geräuschvollen Majordomus Breitkopf mit dem schwarzen Schnurrbart. Jedenfalls wurde offenbar, daß die Person des Koadjutors trotz der Hinfälligkeit des Ordensreiches noch eine überraschende Anziehungskraft besaß. Natürlich: Sein »älterer Ordensbruder« Fürstenberg ließ sich doch Fürstliche Hoheit nennen und Meister von Gottes Gnaden des Deutschen Ordens in Livland. Die Revaler Kaufherren, überaus wendig im Aufstöbern neuer Käufer für ihre Weizen- und Tranbestände, folgten in ihren Riten, in allen staatlichen und erst recht eidgebundenen Dingen, wenigstens dem Schein nach, stur wie die Käfer dem Althergebrachten. Der Glorienschein fürstlicher Hoheit und der Gnade Gottes haftete nach ihrer Ansicht unweigerlich auch einem Koadjutor an.

Um die Mittagszeit des zweiundzwanzigsten November ritten fünf, sechs Ratsherren und einige Dutzend Schwarzenhäupterbrüder in Paradeuniform dem Koadjutor in die Sandberge an der Pernauer Landstraße entgegen. Den ersten Schneewolken dieses Jahres war schneidender Ostwind gefolgt, der den Herren über die gefrorenen Erdhöcker Eisnadeln ins Gesicht schleuderte. Und obwohl vom Rathausturm keine Fanfaren ertönten und von den Ratsherren nur die Hälfte und von den Schwarzenhäuptern nur ein Drittel zur Stelle war, wirkte die Ankunft des Koadjutors fast, als hätte der Ordensmeister höchstselbst einzutreffen geruht.

Vor und hinter der Kalesche des Koadjutors ritten an die zehn Männer, die schwere Harnische und weiße Ordensmäntel mit großen schwarzen Kreuzen trugen und mit Schwertern und Hellebarden bewaffnet waren. Die Kalesche, von sechs gleichfarbigen Füchsen gezogen, war ein schwarzes Häuschen aus dünnen Brettern mit zwei Türen und zwei Fenstern, das zwischen vier plumpen, hohen Rädern auf einem Riemengeflecht schaukelte. Den Begleitern der Kalesche folgten der persönliche Troß des Koadjutors mit einem halben Dutzend Fuhren, dann vier Fähnlein berittene Landsknechte und schließlich ein Dutzend Wagen mit dem Kram der Knechte. Die Landsknechte, vier- oder fünfhundert an der Zahl, waren mit allen Wassern gewaschene Kerle, meist von der Garnitur, die ihr Anführer Ebert Schlagtodt für den Ordensmeister vom Braunschweiger Herzog angeworben hatte. An Abenteuerlichkeit der Kleidung und der von ihrem Gewerbe geprägten Visagen übertrafen sie bei weitem die städtischen Söldner. Sie trugen Harnische und Wämser, Helme und Hüte, hatten Narben und Bärte, bloße und verbundene Köpfe, es gab Grünschnäbel und Greise unter ihnen. Auffallend zerlumpt waren sie freilich noch nicht, denn der Koadjutor hatte ihnen kürzlich pro Pferd fünfzehn Mark »Bestellung« und pro Kopf einen holländischen Gulden »Laufgeld« gezahlt. Aber ihre in Schlingen hängenden Arme und die verbundenen Köpfe bewiesen, daß ihnen das von den Moskowitern zurückeroberte Ringen teuer zu stehen gekommen war. Und ihre schlappen Schnurrbärte, die sich in der Nähe der Stadtmauer unternehmungslustig aufrichteten, bewiesen ihre feste Absicht, sich fröhlicher Erholung hinzugeben.

Sobald sie die Karripforte passiert hatten, führten die Quartiermeister der Fähnlein ihre Mannen in die für sie eingerichteten Bürgerhäuser, und die Hausherren brummten nur mäßig, denn in der Stadt hatte sich das Gerücht verbreitet, das Säckel des Koadjutors wäre diesmal nicht völlig leer. Die Ordensherren begleiteten die Kalesche Kettlers bis zum Alten Markt und zerstreuten sich – ins Haus von Busch oder Asse, in die Stadt, zu Bekannten oder Verwandten. Die Diener des Koadjutors hoben von einem Wagen eine offene Sänfte, stellten sie neben die Kalesche, und der Koadjutor sprang, auf die Schulter seines Leibdieners gestützt, aus der Kutsche.

Herr Gotthart Kettler trug einen kurzen zobelverbrämten Umhang. Er war über mittelgroß, langbeinig und hatte einen krummen Rücken. Seinen großen runden Kopf bedeckte glattes braunes Haar, und seine großen gelblichen und ein wenig öligen Augen blickten erstaunlich aufmerksam und gebieterisch. Aus seinem spärlichen braunen Schnurrbart und dem dichten Bart schaute ein lachender, roter, weißzahniger Mund. Herrn Gottharts linkes Bein war mit einer grünen Seidenbinde umwickelt, und er hielt es stramm in die Luft. Er winkte den Umstehenden ungezwungen flüchtig zu, klopfte dem herantretenden Doktor jovial auf die Schulter, wobei sein linker Arm auf dem Nacken des Dieners ruhte, und beugte sich mit einem kleinen ausgleichenden Hüpfer auf dem rechten Bein über Katharinas Hand, so daß er mit dem Handkuß galant zurechtkam. Dabei sagte er etwas zu ihr – Pall hörte es an seinem Fenster nicht –, worauf die Herren ringsum in Gelächter ausbrachen. Dann nahm er in der Sänfte Platz und ließ sich von vier Dienern vor dem Doktor und Katharina ins Haus tragen.

Anschließend brachten mit Schwertern bewaffnete Ordensdiener das Gepäck des Koadjutors, eisenbeschlagene Truhen, hinein. Dann traten zwei Männer in leichtem Harnisch aus der Menschenmenge. Der hintere hatte eine Schatulle mit Henkeln in der Hand und Papierrollen unter dem Arm. Sie schritten an den Wächtern auf dem Beischlag vorbei und verschwanden ebenfalls in der Tür. Der erste war unverkennbar Salomon Henning, Sekretär und Chronist des Herrn Kettler. Vom zweiten Mann, offenbar dem Gehilfen von Henning, sah Pall zwar nur eine gerötete Wange unterm Helm, doch merkwürdigerweise kam ihm auch diese irgendwie bekannt vor.

Der Doktor hatte gedacht, der Koadjutor werde sich nach dem Mittagessen von der Reise zu erholen geruhen und die Behandlung werde erst morgen beginnen, doch Herr Kettler verlangte, sofort behandelt zu werden. Also nahmen der Hausherr, die Hausfrau und der hohe Gast lediglich einen schnellen Imbiß zu sich – geräucherten Elenschinken und Danziger Bier aus den Vorräten des Koadjutors sowie Mamsell Magdalenas Pflaumenkonfitüre mit einigen Bechern des bekannten Revaler Klaretts. Danach befahl Herr Kettler dem Doktor, ihn unverzüglich zu untersuchen und ihm zu erklären, worin seine Verletzung bestehe. Also wurde das Bein des Koadjutors dortselbst in der Diele vom Verband befreit. Der Doktor fand auf dem behaarten Schenkel eine breite, halb ausgeheilte Quetschwunde, die bis zur Leistengegend reichte. Vorsichtig betastete er das verletzte Bein, wobei Herr Gotthart ein paarmal die Augen zudrückte und einmal brüllte: »Teufel noch mal! Wein her!«, der ihm auch sofort gereicht wurde. Dann ließ der Doktor Johann und Pall die bewußte Kiste in die Diele herunterholen und aufrecht vor den Koadjutor hinstellen. Die feierlich-saloppe Art, wie der Doktor sie öffnete, verriet Pall sofort, daß es sich hier um einen Fall handelte, wo er seinen Patienten tief beeindrucken wollte. Der Doktor hob den Knochenmann aus der Kiste und ließ diese wegbringen – und der grausige Herr, vom Totentanz in der Nikolaikirche herabgestiegen, stand merkwürdig zerbrechlich und greifbar mitten im Zimmer und schaute den Koadjutor mit gesenktem Kopf an. Pall gewahrte deutlich den Schreck, der in den runden Augen des hohen Herrn aufflackerte und den dieser mit einiger Mühe unterdrückte. Der Doktor tat, als hätte er nichts bemerkt, doch als er neben den Tod trat, um dem Koadjutor eine Vorlesung über dessen Verletzung zu halten, wurde Pall den Eindruck nicht los, daß sich hinter der tiefernsten Miene des Doktors ein triumphierendes Lächeln verbarg: Magst du auch eine fürstliche Hoheit von Gottes Gnaden sein – der Herr der Situation bin ich. Bei seinen Erläuterungen benutzte der Doktor das Skelett neben sich exempli causa, wobei er von Zeit zu Zeit auf dessen linken Schenkelknochen klopfte oder am Kniegelenk manipulierte. Seine Diagnose indes, obwohl mit lateinischen Termini gespickt, war schlicht und klar: Einen Knochenbruch hatte der Koadjutor nicht, wohl aber einen offenen Riß des Schenkelmuskels, die Wunde hatte sich durch falsche Behandlung entzündet und brauchte Zeit zum Heilen. Zunächst mußte jedoch das verrenkte Knie eingerenkt werden, und dies wollte der Doktor sofort und schmerzlos tun.

Herr Dyck, der bereits mit den notwendigen Medikamenten wartete, wurde hereingerufen. Der Doktor gebot ihm, aus seiner Traglade Opium, Tollkrautsamen, Alraunblätter, rohe Maulbeeren, Maiglöckchen, Schierling, Efeu und Seidelbastsamen zu nehmen. All diese Heilmittel mischte Herr Dyck in einem kleinen kupfernen Mörser und betätigte so heftig den Stößel, daß sein Schnurrbart vor Eifer tanzte. Dann preßte er die gestampften Kräuter in einem dünnen Seidentuch aus. Der Doktor schob dem Koadjutor, der auf einer Bank lag, ein Kissen unter den Kopf und legte ihm einen mit dem Kräutersaft getränkten Schwamm auf Nase und Mund.

»Jetzt, Hoheit – bitte tief und ruhig atmen. Tief und ruhig. Nach zehn Minuten nimmt Morpheus Euch in seine Arme, und wenn Ihr erwacht, ist Euer Knie eingerenkt.«

Sein Blick gebot Johann, das Zimmer zu verlassen, und er bat Herrn Dyck und sogar den Sekretär Henning, aus dem Zimmer zu gehen. Als Pall ihnen folgen wollte, sagte der Doktor: »Bleibt hier! Jemand muß sein ... das Bein Seiner Hoheit festhalten.«

Er setzte sich auf einen dreieckigen Hocker am Kopfende des Koadjutors, so daß dieser ihn nicht sehen konnte. Der Koadjutor starrte eine Weile in die dunklen Augenhöhlen des Todes, die auf ihn herabblickten, und schloß die Lider, um ihnen zu entrinnen. Der Doktor sagte langsam: »Bald, sehr bald kann Hoheit wieder Ihre ganze Kraft für das Wohl Livlands einsetzen. Wie schon seit zwanzig Jahren ... Zwanzig, nicht wahr?«

»Zweiundzwanzig Jahre«, verbesserte der Koadjutor, öffnete die Augen und schloß sie wieder.

»Zweiundzwanzig Jahre«, fuhr der Doktor leiser fort, »zweiundzwanzig Jahre. Seit dem Orgelspiel bei der Weihe in der Schloßkirche zu Riga ... Zweiundzwanzig Jahre ... weißes Ordensgewand und ein gesegnetes Schwert ... Jahre der Befehlsausführung ... Jahre des Befehlens ... Zweiundzwanzig Jahre des Aufstiegs. Anfangs wart Ihr ...?«

»Vogt von Doblen«, sagte Herr Gotthart schon ziemlich benommen.

»Und danach seid Ihr aufgestiegen zum ...?«

»Zum Schaffner des Ordens«, murmelte Herr Gotthart.

»Der alle Schätze des Meisters zu hüten hatte, nicht wahr?«

»Alle Schätze ...«, sprach Herr Gotthart ganz leise mit geschlossenen Augen und genießerischem Lächeln.

»Und danach seid Ihr aufgestiegen ...?«

»Zum Komtur von Dünaburg.«

»Und zugleich zum bedeutendsten Verbindungsmann zwischen dem Orden und den europäischen Herrscherhäusern, nicht wahr?«

»So ungefähr ...«, erwiderte Herr Gotthart nach einer Weile noch leiser.

»Und vor zwei Jahren zum Komtur von Fellin«, fuhr der Doktor fort, »und das ist der dritte Mann im Orden!«

»Ja ...«, flüsterte Herr Gotthart.

»Jetzt ist Euch wohl und leicht zumute, nicht wahr? Ihr schwebt, Ihr fliegt fast ...«

»Mm ... ja ... wahrlich ...«

»Und dann seid Ihr zum Koadjutor aufgestiegen«, fuhr der Doktor ebenso leise fort. »Und nun, im nächsten Jahr, steigt Ihr zum Meister auf – das liegt nicht mehr allzu fern.«

»Nein, das liegt nicht mehr allzu fern«, wisperte Herr Gotthart.

»Aber was ist es«, flüsterte der Doktor, »was Ihr erreichen möchtet?«

Die Augen des Koadjutors waren geschlossen. Im bleich gewordenen Gesicht zeichneten sich scharf die frechen dunklen Brauenbögen ab. Der blasse Novembersonnenuntergang warf unter den Schneewolken hervor einen gelben Lichtfleck auf die breite, von kleinen Schweißtropfen bedeckte Stirn, und plötzlich schien es Pall, er habe dieses Gesicht schon früher einmal gesehen. Ihm fiel auch ein, wo: So hatte er sich das Gesicht Davids vorgestellt, als er am Schulabgangstag die Predigt von der schönen Abigail hörte ... David, der die schöne Abigail freite, noch bevor er König wurde. David, auf dessen breiter Stirn das gelbe Zeichen der Königskrone stand. Und als hätte der Zauberdoktor Palls und des Koadjutors Gedanken an Fäden gezogen wie vor zwei Jahren die italienischen Gaukler auf dem Platz der heiligen Gertrud ihre Marionetten, erwiderte Herr Gotthart dem Doktor in gespanntem, stoßweisem Geflüster: »Was ... ich erreichen möchte ... ist ... die Königskrone von Livland ...«

Der Doktor erhob sich mit sieghaftem Lächeln und winkte Pall zu sich. Das Knie des Koadjutors war in zwei Minuten eingerenkt – der Herr stöhnte nur einmal im Traum auf. Der Doktor legte Balsam auf die Wunde und ließ Pall die Diener rufen, die ihren schlafenden Herrn und Gebieter hinauf ins Himmelbett trugen.

Am nächsten Morgen war Herr Gotthart munter und voller Tatendrang, mußte aber noch auf Befehl des Doktors das Bett hüten. Lachend klagte er, er hätte wegen dieser verdammten Wunde zwei Wochen kein Mädchen auf den Schoß nehmen können, und der Doktor tröstete ihn: »Hoheit, mein Balsam ist so wirksam, daß Eure Wunde Euch in dieser Hinsicht bereits übermorgen nicht mehr behindern wird ...«

Zwei Tage lang strömten Leute, die Meldungen überbrachten, Befehle entgegennahmen und ihren Gehorsam beweisen wollten, ins Krankenzimmer des Koadjutors. Am Abend des vierundzwanzigsten November sagte der Doktor zu Pall: »Morgen zur Mittagszeit wird Herr Brun auf dem Jerusalemberg zwei Bauern vierteilen. Dort wird es viele Gaffer geben. Ich möchte, daß Ihr hingeht und beobachtet, wie sich das Volk verhält.«

»Was haben diese Bauern verbrochen?«

»Für die Moskowiter Nachrichten gesammelt. So. Aber jetzt gehe ich und schreibe dem Herzog von der Ankunft des Koadjutors.«

Der Doktor begab sich in sein gegenwärtiges Arbeitszimmer unter dem Dach und schrieb dem Herzog folgenden Brief:

Durchlauchtiger Hochgeborener Fürst, Gnädigster Herr! Eure Fürstliche Durchlaucht seien meines untertänigen und treuen Dienstes für alle Zeit versichert. Ich will Eurer Fürstlichen Durchlaucht untertänig nicht verbergen, daß der Herr Koadjutor am neunten Tag nach Eroberung des Hauses Ringen das große Lager der Moskowiter überrannt, das über 12000 Mann stark war, und sie daraus vertrieben hat. Er hat sie über drei Meilen verfolgt, auf der Flucht über 300 Mann erschlagen und zwei Bojaren gefangen, von welchen er einen höchstselbst angeschossen und gefangengenommen. Derselbige kann gut Französisch, Italienisch und Latein. Im Gemetzel ist der Herr Koadjutor mit seinem Wallach gestürzt und hat sich auf der rechten Seite circa pudenda verletzt, welches wahrlich zu beklagen ist. Aus dieser Ursach hat er sich am 22. November mit Rat und Willen der Ritter und Landsknechte in meine Behausung verfügt (wo er sich auch jetzt aufhält), um seine Gesundheit wiederzuerlangen, welches mit Gottes Hilfe in drei Wochen geschehen wird. Am 23. November hat er alle Knechte und Ritter, ob edel oder unedel, so in Livland geboren sind, bei Verlust von Ehre, Leib und Gut aufgefordert, daß sie vom Obersten des Schlosses Reval sollen abtreten, und denselbigen Tag sind über 105 gehorsamlich erschienen. Er hat auch allen Edlen, Amtsleuten und Bauern gebieten lassen, die zu Schloß Reval gehören, daß niemand dort Dienst oder Zufuhr tun, sondern alles auf sein Haus und Schloß zu Fellin fahren soll, bis auf weiteren Bescheid, was auch also geschieht. Wie es weiter verlaufen wird, davon will ich Eure Fürstliche Durchlaucht schleunigst untertänig verständigen.

Eurer F. D. williger Untertan Matthias Friesner

Dem Brief fügte der Doktor einen Zettel bei:

Außerdem möchte ich Eurer Fürstlichen Durchlaucht nicht verhehlen: Der Herr Koadjutor gestand mir vorgestern in somno factitio, sein endgültiges Ziel sei kein geringeres als die Königskrone von Livland.

Die gefrorene Erde war vom ersten Schnee schwarzweiß gestreift, und das erste Schneegestöber dieses Jahres schnitt grimmig ins Gesicht. Wäre es nicht so kalt gewesen, hätten sich zur Mittagszeit auf dem Jerusalemberg gewiß mehr Leute versammelt. Auch jetzt waren es etliche hundert. Aber heute sah man weit mehr graue Wamsnacken und abgetragene Hundsfellmützen als Samtbarette, Kragen und Pelze aus Nerz, die meist bei ähnlichen Schauspielen vorherrschten.

Pall kam ein wenig zu spät. Er hatte auf Katharinas Bitte Holz in die oberen Zimmer getragen, denn es gab jetzt im Haus mehr zu tun, als die Diener schafften: Johann war mit Befehlen unterwegs, desgleichen die Diener des Koadjutors. Als Pall sich in der kleinen kühlen Dachkammer über den zu Boden polternden Scheiten aufrichtete, hatten er und Katharina ein paar Worte gewechselt, wohl die ersten seit Katharinas Finnlandreise. Katharina stand jenseits der Scheite, die Wange an die Ofenecke gedrückt, und strich mit den Händen über die grünen Kacheln, als möchte sie den kalten Ofenriesen warmstreicheln.

»Ich habe beim Herzog immerfort an Euch gedacht«, sagte sie.

Pall schwieg.

»Aber Ihr habt wohl gar nicht an mich gedacht?«

»Oh ... und wie.«

»Aber das hat mich nicht geschützt ...«

»Wogegen?«

»Gegen die Verzauberung. Gedanken vermögen mich nicht zu schützen.« Sie wurde plötzlich feuerrot und lief aus dem Zimmer. Pall ging in seine Kammer hinter der Küche, öffnete, weil ihm heiß geworden war, das Blasenfenster und starrte in das Schneegestöber, das über den Alten Markt pfiff, und auf die Leute, die zur Karripforte hasteten. Doch er nahm weder den Windzug noch die Menschen auf dem Marktplatz wahr, in seinem Kopf kreiste nur die Frage: Was ist das für ein Zauber, von dem sie spricht? Kreiste der freche, unkeusche, schmerzliche, nackte Gedanke: Was bedeutet – sie dachte beim Herzog immerzu an mich?

Nun aber war er hier am Jerusalemberg und drängelte sich, von der Eile noch ganz außer Atem, durch das Schneegestöber und die graue Volksmenge den Abhang hinan. Und durch seinen frechen, unkeuschen, schmerzlichen, nackten Gedanken hörte er, was in der Menge gesprochen wurde.

»Wie Raubmörder«, murmelte jemand, doch blieb unklar, ob das Zustimmung oder Tadel bedeutete.

»Schlimmer«, meinte jemand, »Mördern wird aus Barmherzigkeit vorher der Kopf abgeschlagen.«

»Vaterlandsverräter!« sagte jemand verächtlich.

»Schönes Vaterland, der Wurstelberg«, murmelte jemand im Schutz seiner Fellmütze.

»Der Großfürst ist auch kein Vaterland«, brummelte ein anderer.

»Maul halten!« wurde gerufen. Denn vorne ertönte eine merkwürdig heisere Stimme, und als Pall sich auf die Zehen stellte, sah er, daß die Hinrichtung begonnen hatte. Von den zwei Verurteilten schrieb man dem jüngeren wohl den größeren Teil der Schuld zu: Er mußte, bevor er an die Reihe kam, gefesselt zuschauen, wie der ältere Bauer starb. Dieser war ein kleiner Mann, barhäuptig und mit verfilztem rötlichem Haar, das Gesicht über und über mit grauen Bartstoppeln bedeckt. Meister Brun hatte ihn das hedene Hinrichtungshemd erst gar nicht anziehen lassen – seine ohnehin jämmerlichen Kleidungsstücke waren durch die wochenlange Schlepperei aus einem Kerker in den anderen und durch die Folter so zerrissen, daß der Herr Henker, in dessen Besitz sie übergingen, sich nicht die Mühe nahm, sie vor Zerfetzen, Blut und Dreck zu bewahren. Der Alte stand im zertrampelten Schnee mitten auf dem von Ratssoldaten umstellten Platz, den Rumpf mit Riemen an einen niedrigen Pfosten gebunden. Fünf, sechs Schritt von ihm standen vier gutgenährte Pferde in schwarzem Geschirr, mit den Hintern zum Pfosten, mit den Schnauzen in alle vier Winde. Jedes Pferd hatte ein Kumt, dessen lange Stränge an einer Extremität des Verurteilten befestigt waren. Neben jedem Pferd wartete ein Henkersknecht mit einer Peitsche. Fünf Schritt von einem der Pferde hatte sich breitbeinig Meister Brun postiert, die rote Jacke auf der behaarten Brust offen, in der Hand ein Schwert. Damit mußte er notfalls den Rissen nachhelfen, die durch das Ziehen der Pferde entstanden. Hinter dem Henker sah man in Amtstracht Pastor Harder von der Siechenkirche, mit Spitznamen Mündrich. Er hatte sein Abendmahlwerk bereits erledigt und kniff jetzt die Augen zu, um nicht zu sehen, was da geschehen sollte. Aber die heisere Stimme, die Pall gehört hatte, kam aus den grauen Bartstoppeln des Verurteilten. Sie verlor sich im Pfeifen des Windes und wurde vom Gemurmel der Menge übertönt, obwohl alle auf sie lauschten. Schließlich begriff Pall, daß der Alte immerzu etwas wiederholte, und endlich erfaßte sein Ohr die Worte.

»Sie haben's befohlen … Sie haben's befohlen …«, stammelte der Alte, »und Brot versprochen … Sie haben's befohlen … und Brot versprochen.«

Meister Brun hob als Zeichen sein Schwert. Die Körper der Henkersknechte zuckten alle gleichzeitig zurück, und vier Peitschenhiebe pfiffen mit einem einzigen Knall durch die Luft. Die Pferde bäumten sich schnaubend auf. Der Alte stöhnte (genau wie der Herr Koadjutor im Traum, als ihm das Knie eingerenkt wurde). Seine gekrümmten Arme wurden geradegezogen, seine Achselnähte krachten, und sein rechtes Bein wurde offenbar aus dem Hüftgelenk gedreht. Sein gelbes Gesicht verfärbte sich grau, aber er schrie nicht, sondern lallte röchelnd weiter. Was er sagte, ging im Rufen und Schreien der Menge unter. Danach klatschten die Peitschen ohne Unterlaß, und die Pferde stürzten wieder in alle vier Himmelsrichtungen. Jacke und Hose des alten Mannes zerrissen. Aus den grauen Lumpen traten seine grauenhaft breitgezogenen bläulichen Schultern hervor, seine Beine wurden unmenschlich lang. Doch die Sehnen des alten Pflügers gaben nicht nach. Und noch immer breitete der Herrgott keine gnadenvolle Finsternis über seinen Verstand. Sein Mund mit den schadhaften Zähnen grinste vor Pein. Sein Leib mußte zerrissen sein, denn aus den Lumpen rieselte Blut in den schmutzigen Schnee beim Pfosten. Er röchelte grauenvoll. Offenbar konnte er kein Wort mehr hervorbringen. Da gab es ein helles Krachen, sein linker Arm löste sich von der Schulter, und das nun ungehemmte Pferd raste auf die nächststehenden Ratssoldaten zu. Aus der riesigen Schulterwunde schoß ein bogenförmiger Blutstrom, und – was niemand mehr erwartet hätte – der alte Mann begann zu schreien. Als habe er erst jetzt, da man ihn wahrhaftig in Stücke gerissen hatte, begriffen, daß etwas Unabänderliches geschehen war.

Pall spürte Blutgeschmack im Mund – nicht, weil er sich vorstellte, das in den Dreck sprudelnde Blut des Gevierteilten sei ihm in den Mund gespritzt. Er schmeckte sein eigenes Blut, das aus seiner zerbissenen Lippe sickerte. Ihm schien, sein Inneres sei zu Stein geworden. Plötzlich wollte er jemand ganz anders sein und anderswo, mit himmelschreiender, starrer Kraft drängte es ihn aus sich selbst hinaus, fort von diesem Ort und diesem Augenblick, fort von sich selbst. Ihn fror entsetzlich. Er spürte seine Augäpfel heiß werden und flüsterte: »Herr Jesus Christ, warum willst Du, daß die beiden Übeltäter immer wieder und immer schrecklicher gekreuzigt werden, wo Du doch ihre Sünden vergeben hast – auf Golgatha und hier ...?«

Er drängelte durch die Menge ins Freie. Dreck, Schnee, Blut, die grauen Blicke der Gaffer und das ausklingende Geschrei des Gevierteilten vermischten sich in seinem Bewußtsein, und ihm schien, er müsse sich übergeben. Als er fast zwischen den letzten Gaffern hindurch war, legte ihm jemand von hinten die Hand auf die Schulter und rief: »Salve, Herr Primaner!«

Pall wandte sich um und schaute in das weingerötete Gesicht eines Mannes. Da erkannte er ihn, das heißt, er erkannte in ihm zwei Menschen auf einmal. Der eine war der rotbackige Gehilfe des Herrn Henning, den er vorgestern auf der Treppe des Doktors gesehen hatte. Der andere – und das war eine Überraschung, die über sein wundes, abwesendes Bewußtsein hinwegglitt wie eine Wolke über den Kopf –, der andere war niemand anders als Herr Antonius aus dem Schreibzimmer des Verwalters von Rasik.

Herr Antonius trug weder ein Zisterziensergewand, wie einst, noch Helm und Harnisch, wie vorgestern, sondern ein Barett aus schwarzem Tuch und das schwarze Winterwams eines Ordenslandsknechts. Sein rotes Gesicht glühte gleichmäßig vom Barett bis in den Halsausschnitt. Er war sichtlich betrunken, weit mehr als damals in Rasik.

»Ja, mein Freund«, verkündete er, »Eurem teuren Landsmann hat man unrecht getan! Bei Gott: ein Ordenspferd, ein moskowitisches Pferd, ein polnisches Pferd, ein schwedisches Pferd! Zum Teufel! Für die Pferde aus Dänemark, Litauen, Finnland und Preußen hat er weder Hand noch Fuß mehr!«

Pall schwieg. Herr Antonius schritt neben ihm her und legte ihm wieder die Hand auf die Schulter.

»Aber wir schweigen. O ja. Ich hab Euch schon damals gesagt: Der Mensch ist nichts als eine Ratte.«

»So was habt Ihr nie zu mir gesagt!«

»Hm? Mag sein. Aber ich weiß es seit zwanzig Jahren. Mich friert verteufelt – Euch auch? Na seht! Zu unserem Rattengespräch: Hierselbst am Tönnisberg ist die Schenke ›Zur grauen Ratte‹. Kommt, wir wollen uns die Nasen wärmen.«

Als sie nach einem kleinen Zinnbecher scharfen Roggenschnapses, von dem ihnen sofort warm wurde, in der dämmerigen Schenke an einem dreckigen Tisch ein paar Salzbohnen aßen, kam Herr Antonius zu seinem Thema zurück.

»Natürlich ist der Mensch weiter nichts als eine Ratte. Kennt Ihr die Geschichte vom Rattenfänger von Hameln? Ja? Na, dann ist Euch die Sache klar. Man stößt in die Fanfaren oder rührt die Trommel, und die Ratten rennen hinter dem Trompeter her in den Fluß oder sonstwohin. Wo ist da der Unterschied? Und wenn eine Ratte meint, es nützt ihr, beißt sie eine andere tot. Tut ein Hund so was? Nie und nimmer! Aber eine Ratte tut es. Und so weiter. Lauter menschliche Züge. Vor allem aber: Ratten wissen im voraus, wann ein Schiff sinken wird. Ich hab's mit eigenen Augen gesehen, im Hafen von Danzig: Plötzlich kommen sie über eine Trosse an den Kai und rennen hintereinander weg, bevor das Schiff in See sticht und untergeht. Höchstens Menschen ahnen manchmal ähnliche Dinge voraus. Allerdings schlechter als Ratten, weil Menschen eigentlich nicht ahnen, sondern sehen. – Na, was ist, zwitschern wir noch einen? Ihr wollt nicht? Ich schon.«

Nachdem der blaugesichtige Wirt ihm mit seinem Burschen einen neuen Becher geschickt hatte, räsonierte Herr Antonius weiter.

»Zum Beispiel ich. Ich hab schon längst gesehen, daß es mit den Zisterziensern abwärtsgeht. In Padis gibt es nur noch sieben Mönche. Das Schiff ist also schon fast gesunken. Darum bin ich von Bord gegangen. Jetzt diene ich dem Orden, bitte sehr!«

»Meint Ihr, dieses Schiff sinkt nicht?«

»Alle Schiffe sinken. Wenn nicht vorher, so pätestens am Jüngsten Tag. Und der Orden sinkt viel früher. Durch Herrn Henning stehe ich den Dingen recht nahe. Aber wir sind Ratten und gehen zur rechten Zeit an Land. Und ich sage Euch – mit einer ansehnlichen Beute.«

»Nanu«, staunte Pall, »ich denke, der Orden sitzt auf dem trocknen.«

»Der Orden vielleicht. Aber der Koadjutor nicht.«

»So-o?«

»Das Geld, das unsere Stände im vergangenen Mai dem Moskowiter geschickt haben, ist ja bei Fürstenberg geblieben, der Moskowiter hat's nicht mehr genommen. Sonst hätte er doch keinen Krieg mit uns führen können. Der Koadjutor hat das Geld Fürstenberg abgeluchst, zur Anwerbung von Truppen und für deren Proviant. Na, auf das Wohl des Koadjutors!«

Er leerte den dritten Becher.

»Wieviel Geld hat denn der Koadjutor zur Zeit?«

»Ha-ha-ha ... Er hat das Gerücht in Umlauf gebracht, er sei zwar knapp bei Kasse, aber nicht völlig blank. In Wirklichkeit befinden sich in den vier eisenbeschlagenen Truhen, die er ins Haus des Doktors mitgebracht hat – na, was schätzt Ihr?« Herr Antonius senkte die Stimme. »In jeder hunderttausend Mark.«

Die Schenke war jetzt voller frierender Gaffer, die von der Hinrichtung kamen, und das Stimmengewirr, der Schnapsgestank und die Dampfwolken verdichteten sich dermaßen, daß es Pall wieder übel wurde. Er ließ Herrn Antonius beim vierten Becher sitzen – wobei er für sich behielt, daß er mit dem Koadjutor unter einem Dach wohnte – und eilte in der Dämmerung durch das schneidend kalte Schneegestöber nach Hause. In seiner Vorstellung spukten auf dem Hintergrund des dunklen Himmels die stieren Augen des Gevierteilten und der Henkerspferde, flatterten die roten Jackenschöße von Meister Brun, und sein Selbstbewußtsein wurde von dem Gefühl einer unbestimmten, doch gewaltigen Mitschuld überschattet: Etwas überaus Wichtiges war falsch – und alle waren einer grenzenlosen Weltsünde schuldig. Er selber mehr als andere, da er es erkannte. Und diese Schuld wurde um so größer, als das Schuldgefühl zerrann und unfaßbar wurde, sobald sich Pall wieder innerhalb der Stadtmauern befand und wieder an Katharina dachte.

Am Abend sagte der Doktor in seinem kleinen provisorischen Schreibzimmer zu Pall: »Übrigens, der Herzog ist wütend auf uns. Nn-ein, weder auf mich noch auf Euch – auf Reval natürlich. Und mit vollem Recht. Er hat ihnen die Kaperschiffe ausgeliefert, damit sie Vernunft annehmen. Aber sie haben Herrn Horn einen Korb gegeben. Nun fordert der Herzog die Schiffe zurück – Buschmanns ›Minerva‹ und Herrn Bocks ›Delphin‹. Sollte der Herzog seine Forderung wiederholen, wollen unsere Kaufherren die Schiffe trotz der Jahreszeit aus Reval wegschicken.«

»Wohin?« fragte Pall, da Märten noch immer auf der »Minerva« war.

»Die ›Minerva‹ wahrscheinlich nach Riga. Und Bocks ›Delphin‹ segelt in diesem Fall nach Stettin. Eine riskante Fahrt, Ende November mit einem so kleinen Schiff. Bock schickt Treppensteine dorthin. Zweihundert behauene Stufen aus Wassalemstein. Ihr wißt – aus dem der Fußboden unserer Diele gemacht ist. Nebenbei bemerkt, in unserer Diele waren gestern wieder vierzig Anhänger von Monnikhusen, um dem Koadjutor den Treueid zu leisten ...« Nervös klopfte er mit einem Finger an den Tischrand. »Wenn es so weitergeht, hat der Koadjutor dem Dänenkönig den Domberg in zwei Wochen ohne einen Flintenschuß wieder abgenommen.«

»Es scheint so«, entgegnete Pall.

»Aber wir würden dem Herzog schlecht dienen, wenn wir es nicht verhinderten«, meinte der Doktor.

»Wie können wir das?«

»Wir müssen uns was ausdenken! Denn vorerst ist dieser Monnikhusen den Interessen des Herzogs weit weniger im Wege als Kettler, will sagen Polen.«

Der Doktor klopfte wieder mit dem Finger an den Tisch. »Merkwürdig«, fuhr er fort, »daß dieser Kettler trotz seiner knappen Mittel noch so eine starke Anziehungskraft besitzt.«

»Er – und knappe Mittel?«

»Natürlich. Das ist ja allbekannt.«

»Ebendarum stimmt es nicht!«

»Oho ... Ihr versteht ja schon was von der Staatskunst! Was wollt Ihr damit sagen?«

»Ich weiß aus sicherer Quelle: Der Koadjutor hat in Eurem Haus vierhunderttausend Mark reines Silber.«

Eine Weile war der Doktor stumm.

»Mm ...«, machte er dann im gewöhnlichsten Tonfall, »das müssen wir prüfen.«

Erst später fiel Pall ein, daß der Doktor, als er von den vierhunderttausend Mark hörte, jäh aufgestanden war – ganz wie Herr Horn in Åbo bei der Nachricht, in Livland sei der Krieg ausgebrochen.

ZEHNTES KAPITEL,

darinnen der im vorigen Kapitel noch immer nicht beendete Ritt nun doch zu Ende geht, und zwar nach allen Regeln der Dramatik, vorausgesetzt natürlich, das Leben selbst trampelt diese Regeln nicht nieder wie ein unverständiges Kalb – aus der Sicht des jungen Mannes betrachtet, dessen Spuren wir vor allem zu folgen bemüht sind

Am Abend des Andreastages, am dreißigsten November, veranstaltete der Doktor in seinem Hause eine Festivität zu Ehren des Koadjutors.

Am selben Morgen rief er Pall nach oben und sprach: »Balthasar, in meinem Haus hält sich eine fast fürstliche Durchlaucht auf, ihr Gefolge geht hier ein und aus, und ihre Leibwache steht vor meiner Tür. Meine Position als Hausherr erfordert, mindestens einige dienstbare Geister mehr zu haben. Herr Dyck hat versprochen, mir seinen Giftmischer Franz zu schicken. Ich brauche noch dringend einen Sekretär. Ihr erhaltet fünfzehn Mark monatlich, bis zur Reise nach Marburg. Einverstanden? Seht, in einer Stadt wie Reval ist ein akademisch gebildeter Mann einfach nicht aufzutreiben. Erstens. Und zweitens – Ihr seid ein trefflicher Bursche. Also zieht Euch am Abend Euren besseren Anzug an und setzt Euch ans untere Ende der Tafel.«

Am oberen Ende der Tafel saß am Abend der Koadjutor in seinem schwarzen Samtwams zwischen dem Hausherrn in einem grünen Samtwams und der Hausherrin in einem weinroten Seidenkleid, und rechts und links von ihnen Rats- und Ordensherren, die ersteren meist mit ihren Ehegesponsen, wie beispielsweise der rothaarige Herr Clodt und der dicke Herr Vegesack, der, wie es hieß, ein entfernter Verwandter des Doktors war. Übrigens, Herr Clodt war schon einige Zeit aus Dänemark zurück. Er hatte dort nichts weiter erwirkt als das Versprechen Christians, eine Abordnung nach Moskau zu entsenden, die vom Großfürsten Frieden für Livland einhandeln sollte. Am oberen Tischende hatte auch Herr Henning Platz genommen, der aus dem festlichen Anlaß ein solides Gewand mit weißem Kragen trug.

Kürzlich war er vom Sekretär zum Ratgeber des Koadjutors aufgerückt und sollte sich in dieser Eigenschaft bald auf eine diplomatische Reise zu Kaiser Ferdinand nach Wien begeben – nicht, um Friedens-, sondern um Kriegshilfe zu erbitten.

Am unteren Tischende saßen geringere Beamte des Ordens und der Stadt, darunter der Ratsschreiber Johann Topff, der im Gesicht einer grauen Katze ähnelte und den Herr Clodt mitzunehmen geruht hatte, und neben Pall der schon fröhlich beschwipste Herr Antonius: Seine von einem rötlichen Haarkranz umrandete Tonsur – aus der Nähe noch gut zu erkennen – war bereits mit rostfarbenen Haarbüscheln überwuchert. Neben ihm auf einer Bank zu sitzen genierte Pall und schmeichelte ihm zugleich. Herrn Antonius brachte diese Nachbarschaft im ersten Moment in arge Verlegenheit, über die er sich jedoch mit einem kräftigen Schluck Rheinwein rasch hinweghalf.

Bürgermeister Packebusch hielt eine angemessene Rede zu Ehren der Genesung des Koadjutors und rühmte die Heilkunst des Doktors – nach einer Woche Behandlung konnte sich Herr Kettler mit Hilfe seines Stockes bereits recht flink fortbewegen –, und die Rede des Bürgermeisters fiel respektvoller aus, als bei der Widerspenstigkeit der Stadt zu erwarten gewesen wäre. Man aß am Spieß gebratene, mit Äpfeln gefüllte Enten und reichte fleißig die Becher herum. Zum Wein kostete man Morsellen und in Zimtstaub gewälztes braunes Ingwerkonfekt, auf Silberplatten serviert, und das Silbergeschirr des Doktors glänzte und klirrte in heiterem Einklang mit dem des Koadjutors. Oben, auf dem Treppenpodest der Diele, spielten vier fremdländische Musikanten von der Domburg, die zusammen mit den übergelaufenen Landsknechten aus Monnikhusens Diensten in die Dienste des Koadjutors getreten waren. Sie stießen nicht ins Horn und rührten nicht die Trommel, nein, sie entlockten Instrumenten aus Italien oder anderen fremden Ländern wundersam süße und schwungvolle Weisen.

Pall betrachtete über die Becher und Kerzen hinweg die bereits weinroten Gesichter, blickte auf das Ehepaar Vegesack – den dicken Herrn und sein dürres Weib – und fühlte plötzlich mit heiterer Bauernfreude die eichenen Bankbretter unter seinem Gesäß: Er war hier, am unteren Tischende, versteht sich, aber dennoch hier – dagegen war die Scheiße vom Morgenland beispielsweise nicht anwesend ... Irgendwo tief in ihm wogte zwar das Gefühl der gewaltigen Weltsünde hoch, verebbte jedoch still – und mit leiser Sorge – vor dem Steinufer seines Selbstbewußtseins; denn auf den Ufersteinen standen mit kantigen Buchstaben die Worte des Herrn aus Palls Kapellengespräch mit seinem Gott: Sei kein Narr!

Nn-ein! Pall wollte kein Narr sein. Aber der Koadjutor war mächtig in Stimmung gekommen und legte seinen linken Arm immerzu auf Katharinas Stuhllehne und plötzlich auch um ihre Schultern. Anscheinend fiel Herrn Antonius die Veränderung in Palls Gesicht auf, jedenfalls neigte er sich zu seinem Ohr und wisperte: »He-he-he ... Kein Wunder. Unser Herr ist bei den Weibern noch draufgängerischer als bei den Moskowitern. Habt Ihr das schöne Lied gehört, das von ihm gesungen wird?«

Die Musikanten auf der Galerie machten gerade Pause, und durch das anschwellende Stimmengewirr und Becherklingen kitzelte Herrn Antonius' Weinfahne Palls Ohr:

»Koadjutor bin ich im Livenland,
mein Nam' ist in vielen Ländern bekannt.
Mich kennt das Dorf, mich kennt die Stadt,
viel übrig mein Herz für Frauen hat.
Ich glüh für sie, ich bin ihnen hold,
sie zu erfreun, geiz ich nicht mit Gold ...«

Wirklich, der Koadjutor wurde von Augenblick zu Augenblick vergnügter. Glucksend trank er seinen Becher leer und knallte den Stock mit dem Elfenbeinknauf zwischen die Schüsseln auf den Tisch, so daß Pall dachte: Klar, warum bei diesem Verrückten der Brauch herrscht, die Schwerter vor der Tür des Festgemachs zu lassen ... Da wandte sich der Koadjutor wiederum zu Katharina, neigte seinen braunen Bart ganz dicht an ihre Wange und sagte etwas zu ihr, worauf sie lächelnd auf den Tisch schaute und errötete. Der Doktor indes, an der anderen Seite des Koadjutors, nippte Wein aus seinem schmalen Silberkelch, und seine rechte Braue stand ein klein wenig höher als die linke. Seine schwarzen Augen funkelten lustig, und sein schmaler Schnurrbart berührte den Kelch wie ein auffliegender schwarzer Vogel.

Ich kann noch verstehen, daß er seiner Frau befohlen hat, zu Herrn Horn freundlich zu sein, davon hätte wirklich das Schicksal der Stadt abhängen können, dachte Pall. Aber warum zum Teufel jetzt ... Und er spürte, wie aus dem Wurzelstock seines Rückgrats, mit dem er soeben noch die behagliche Zuverlässigkeit der Eichenbank empfunden hatte, eine leiblich wahrnehmbare, beklemmende Vorahnung zu seinem Herzen aufstieg. Am anderen Ende des Tisches umfaßte der Koadjutor Katharina aufs neue und küßte sie vor aller Augen – und die schwarzen Augen des Doktors funkelten vor Lachen.

Es war gut, daß Pall beide Daumen auf den Tisch legte und mit beiden Händen den Tischrand zusammenpreßte; denn im selben Augenblick raunte ihm Herr Antonius ins Ohr: »Eure Herrin ist schon den dritten Tag die Geliebte des Koadjutors ... Und mein Herr hat nicht nur der Herrin, sondern auch dem Hausherrn sein Füllhorn geöffnet! Dieser hat offenbar erfahren, daß der Koadjutor auf einem Haufen Silber hockt, und sich ihm selbst angeboten.«

Pall drückte den Tischrand so heftig, daß seine Daumennägel weiß wie Bein wurden.

»Ihr redet Quatsch!« sagte er heiser.

»Lieber junger Mann ... Herr Henning hat ihm gestern im Namen des Koadjutors den Zuträgereid abgenommen. Und ihm dreitausend Mark gezahlt. Für seine

Treue und sein Weib. Ich weiß nur nicht, wie sich die Summe auf beides verteilt.«

Pall schwieg.

»Und warum erzählt Ihr mir davon?« fragte er dann dumpf.

»Na so ... Eure – wie soll ich sagen –, Eure undeutsche Ruhe läßt mir die Galle überlaufen. Oder sagen wir: Ich beneide Euch drum. Ich möchte, daß Ihr wißt, was für einer dieser Euer Herr ist. Und was für eine Eure Herrin.«

Wieder rieselte Musik von der Galerie. Der Ordenskumpan Doktor Geilsheim, ein gewiefter Mann, dessen gieriger Blick und bewegliche Nasenspitze jedes für sich und in verschiedenen Richtungen die Gesellschaft musterten, hielt stehend eine Rede, die niemand im Musikgeklimper und Stimmengewirr verstand. Und plötzlich erschien es Pall, als schicke Katharina ihm, Pall, einen hilfeflehenden Blick. Er drückte die Augen zu und fühlte den Festlärm sich verzwei-, verdrei-, vervierfachen und endlos währen. Dann öffnete er die Augen, wandte sich in seiner vollen Breite Herrn Antonius zu und sagte leise: »Kommt mit. Ich habe mit Euch zu reden.«

Er stand auf, und Herr Antonius tat das gleiche, allerdings ein wenig langsam und unschlüssig, ob er sich widersetzen oder fügen sollte. Pall schob ihn vor sich her durch die Gäste und beförderte ihn recht unsanft in den Gang, der aus der Diele zum Hof führte. Als sich hinter ihnen die Hoftür schloß, fragte Herr Antonius: »Wohin gehen wir?«

Pall antwortete nicht. Er ging voran, und Herr Antonius folgte ihm. Pall stieß die Tür der Kapelle auf, und sie traten ein. Da die zum Hof gelegenen Fenster des Hauses beleuchtet waren und Schnee lag, herrschte in der Kapelle Zwielicht.

Pall sagte leise: »Hier – vor diesem Engel – schwöre, ob das, was du gesagt hast, wahr ist oder Lüge!«

»Hör mal, Bürschlein«, keifte Herr Antonius, »wie komm ich dazu, ausgerechnet dir zu schwören ...«

Pall faßte Herrn Antonius mit der Rechten am Wams

und schüttelte ihn. Er tat es aus purer Unfähigkeit, ihn auf andere Art gefügig zu machen. Herr Antonius war schlaff wie ein Strohsack. Sein Wams krachte in den Nähten.

»Schwöre! Wahr oder unwahr?«

»Ich … ich kann … ich kann natürlich schwören … hick …«, sagte Herr Antonius und schluckte.

»Na?!«

»Ich … ich schwöre … es ist wahr.«

Herr Antonius hatte die Hand erhoben, und obwohl man es im Halbdunkel fast sehen konnte, überzeugte sich Pall, die Rechte immer noch in Herrn Antonius' Wams gekrallt, mit seiner Linken, ob der Schwörende die Hand auch eidgemäß hielt. Pall tastete vom rechten Handgelenk aufwärts und an beiden erhobenen Fingern hoch. Dann stieß er Herrn Antonius gegen die steinernen Knie des Engels und wandte sich wortlos zum Gehen.

»Wartet«, rief Herr Antonius heiser, »solltet Ihr jemandem davon erzählen …«

»Was dann?«

»Dann läßt Euch Herr Henning hinter einer Ecke erschlagen oder der Doktor vergiften!«

Pall stand an der offenen Kapellentür. Herr Antonius sah seine breite schwarze Gestalt auf dem helleren Hintergrund des Hofes und überlegte wohl einen Augenblick, ob dieser Trottel, dieser furchterregende Bauerntölpel ihn wieder am Wams packen würde. Aber der Trottel und furchterregende Bauerntölpel regte sich nicht. Dafür sprach er plötzlich ein Wort, das man bei all seiner Primanerbildung von ihm nicht erwartet hätte – falls man nicht zufällig wußte, daß er sich erst neulich erkühnt hatte, es zu gebrauchen. Er sagte deutlich in drei Silben: »I-di-ot!«

Zwei Stunden stapfte Pall im eisigen Zugwind durch die spätabendliche öde vereiste Stadt, und ihm war, als hätte ihm jemand einen Dolch in die Rippen gestoßen. Unglaublich: Die Mauern, die Türme standen unverändert an Ort und Stelle, die Pforten waren fest verschlossen, wie stets zur Nacht (oder für einen halben Ferding zu öffnen – ha-ha-ha-ha!), und die steinernen Gesichter der Häuser sahen nicht, wie die Böen schmutzigen Pulverschnee um die von Hundeharn verdreckten Ecken trieben. Die Steinmäuler der Häuser sagten kein Wort vom Kehricht, vom Abfall, vom Kot, der in ach so vielen Höfen herumlag (oh, nur wenige Höfe waren so sauber und gepflegt wie der von Friesners – ho-ho-ho-ho!).

Die Königsstraße entlang, die einem wogenden, schneebetupften Kopfsteinstrom ähnelte, kam, vom Glöckner mit Laterne begleitet, ein Pastor in einem langen schwarzen Pelz: Herr Harder, dessen Spitzname Mündrich an seine in Vergessenheit geratene Herkunft erinnerte, war unterwegs, um jemandem das Letzte Abendmahl zu erteilen... Das Letzte Abendmahl für Verurteilte und Henker, für Herrscher und Beherrschte. Verdammt. Zwischen den Mauern hinter dem Süsternkloster flackerten Kerzen in Blasenfenstern, und hinter den Fenstern hüpften kreischende Schatten: Dort praßten die Landsknechte des Koadjutors mit ihren Dirnen. Und im Haus des Doktors praßte der Koadjutor mit seiner ... mhm ...

Zwei Stunden. Aber selbst wenn für ihn eine Welt zusammengestürzt war – länger als zwei Stunden konnte sich ein junger Mann in einem solchen Fall nicht in der mitternächtlichen Stadt herumtreiben. Wenigstens nicht, nachdem er erst kürzlich mit seinem Gott gesprochen und dieser ihm deutlich gesagt hatte: »Höre auf meine Stimme in dir, aber sei kein Narr ...«

Das riesige Prachtfenster der Diele war erleuchtet. Aus dem Hause schallten die Stimmen der Zecher. Die Musik spielte noch immer. Als Pall durch den Torbogen gehen wollte, sprang ein Landsknecht vom Beischlag, schaute ihm aus nächster Nähe ins Gesicht, nickte und sagte zu dem anderen, der auf dem Beischlag mit der Hellebarde fuchtelte, um warm zu werden: »Der Sekretär des Doktors.«

Pall schlug nach diesem Titel krachend die Pforte zu

und trat durch die Hoftür leise auf die Treppe der Frolinks. Aber als erstes nahm er dort wahr, was er schon viele Male wahrgenommen hatte, zum erstenmal bei seiner Rückkehr von der Reise zum Herzog: Katharinas Nelkenduft. Ein Duft, als griffe plötzlich eine Hand nach seinem Herzen. Eine wunderweiche Hand, die seinem nackten Herzen dennoch sehr weh tat ...

Aber sei kein Narr ... Pall schlich mucksmäuschenstill die Stiege hinauf und öffnete die Tür zu dem kleinen Durchgangsraum, der Meus als Arbeitszimmer diente. Jetzt war es dort dunkel und leer.

Über den Hof, aus den Gemächern des Koadjutors, fiel schwaches Licht auf Meus' Bücherregal und Schreibpult. Durch die Tür des hinteren Zimmers waren die Atemzüge des schlafenden Meus zu hören, kurzen Seufzern gleich. Pall öffnete die Tür zur kleinen dunklen Diele der Frolinks und schloß sie wieder hinter sich, öffnete und schloß die Küchentür. Leise zog er die Stiefel aus und stellte sie an die Küchenwand neben seine Tür. In Strümpfen stand er auf den kühlen Fliesen und schnupperte im Dunkeln nach dem Duft, den der Dunst der warmen Herdasche noch verstärkte – und spürte nicht mehr so heftig die Schärfe des Dolches zwischen seinen Rippen. Sich jetzt in seinen Bau verkriechen und überlegen, was geschehen sollte.

Er öffnete behutsam die niedrige, aber schwere und kreischende Brettertür und schloß sie hinter sich. Mit dem Fuß ertastete er den Hocker und setzte sich. Überlegen, was geschehen sollte. Wo doch die ganze Welt randvoll war vom Duft dieses verfluchten Weibes ...

Da flüsterte jemand neben ihm: »Balthasar ...«

»Annika ...! Was ist los? Warum bist du hier?«

»Pst! Das ist nicht Annika. Ich bin es.«

»Katharina«, flüsterte Pall – wenn man einen Aufschrei Flüstern nennen kann.

Der Wind raschelte an der Fensterblase. Von unten drangen die Stimmen der Zechbrüder und die Musik herauf.

»Ihr müßt gehen. Man wird Euch suchen«, sagte Pall

nach einem langen Augenblick. Seine Stimme klang dumpf und hohl.

»Niemand sucht mich!« sagte Katharina leise und hastig. »Matthias meint ...« Sie verhaspelte sich, stieß dann hervor: »Ihr erfahrt es ja sowieso – Matthias meint, ich bin beim Koadjutor.« Sie hielt inne, und man konnte hören, wie ihr ganzer Körper auf jede Bewegung von Pall lauschte. Doch er regte sich nicht, und sie fuhr fort: »Aber der Koadjutor schläft. Ich habe heimlich Matthias' Schlafpulver genommen und es ihm in den Wein gestreut.«

»Und was wollt Ihr von mir?«

Die Antwort mußte Katharina längst bereit haben. Sie flüsterte mit der Sicherheit einer Schlafwandlerin: »Ihr sollt den Zauber bannen, der auf mir lastet. Ich bin Matthias hörig und schlafe immer wieder mit ihm und mit allen Herren, denen er dient und mit denen er mir zu schlafen befiehlt.«

Sie erhob sich von Palls Schlafstatt, auf der sie gesessen hatte, und trat in der Dunkelheit zu ihm. Sie streichelte sein Gesicht mit ihren duftenden, kühlen, zitternden Händen. Aber es war kein Zittern der Begierde. Und da plötzlich fuhr der Teufel in ihn, ein sonderbar zärtlicher und grimmiger, grinsender und lüsterner Teufel. Im Finstern nahm Pall Katharina auf die Arme und schleuderte sie beinahe auf sein Lager. Von geheimer Freude gepeitscht, fetzte er ihr mit seinen plumpen, wilden Bauernpranken die Seide vom Leib. Da hab ich dich, frohlockte der erbarmungslose Teufel, als er sie nahm – Dame und Hure – auf Vaters zerlumptem Fuhrmannspelz! In seiner Heftigkeit war alles enthalten: Minderwertigkeitsgefühl, Eifersucht, Treubruch, Wut, Rache. Und der Teufel vor seiner Pritsche zitierte grinsend die lustig-obszönen Worte aus Apuleius' »Metamorphosen oder Der goldene Esel«: Heu me, qui dirrupta nobile femina bestiis obiectus ... Doch wie inkonsequent sind die armen Teufel des menschlichen Herzens! Palls plumpe, ergrimmte Hände glitten über Katharinas unglaublich zarte Glieder und Brüste – in dreizehn Ländern gibt es keine Frau mit so glatter Haut ... Palls Lippen fühlten Katharinas Tränen, und er spürte, daß Katharina auch seine spürte, und dann fühlte er die steigende Flut ihrer Leidenschaft. Die Finsternis in seiner Kammer wurde dunkellila und grüngetupft, und er flüsterte: »O du Hure und Kind, o du unglückseliges Menschenkind, du Liebe und du Selige, du Schwester der Heiligen Jungfrau.« Er keuchte: »Herrgott, so hast du uns eben geschaffen ...«

Nur ein sehr aufmerksamer Blick – und vielleicht nicht einmal der – hätte in einer finsteren Ecke den Teufel harren sehen, das Kinn in die Hand gestützt, den Ellbogen auf dem Deckel der »Metamorphosen oder Des goldenen Esels«, auf dessen Rand gekritzelt stand: Aber sei kein Narr ...

Als Katharina Pall aus ihrer Umarmung freigab und die Arme unter dem Kopf verschränkte und als seine Küsse ihren Mund freigaben, flüsterte sie: »Ich hatte in einem Brief von Matthias gelesen, daß es dich gibt. Er schrieb: Ein netter Bauernjunge, und mir scheint, mit einem Funken ... In der Nacht darauf erschienst du mir im Traum. Und das warst wirklich du, obwohl ich dich nie gesehen hatte. Im Traum hörte ich die Worte: Wenn er dich liebt, wird der Zauber gebannt, aber er muß es selbst tun. Jetzt weiß ich nicht, ob das hilft – ich habe dich doch bitten müssen, mich zu retten.«

»Aber du hast nicht gesagt, wie«, flüsterte Pall.

»Ja, das habe ich wirklich nicht ...«

Als Pall aus leichtem Schlummer erwachte, atmete die eingedrückte Stelle auf Vaters altem Pelz Nelkenduft, und im Fenstergeviereck graute der Morgen. Pall sah deutlich den harrenden Teufel in der finstersten Ecke der Kammer, das Kinn in die Hand gestützt, den Ellbogen auf dem Deckel der »Metamorphosen«, auf dessen Rand gekritzelt stand: Aber sei kein Narr ...

Pall richtete sich auf, zog das Hemd an und setzte sich auf den Pritschenrand. Überlegen, was geschehen sollte!

Er warf einen Blick auf den wackligen Tisch. Dort lagen drei, vier Papierfetzen übereinander ... Ach ja: Vor einer Woche hatte er begonnen, sich die Ereignisse im Doktorhaus zu notieren, das heißt – die Ereignisse seines eigenen Lebens. Notizen für eine Chronik über sich selbst. Nicht über seinen Herrn. Wozu Chroniken über Herren schreiben, wenn sie Judasse sind! Damit der Windzug die losen Blätter nicht durcheinanderwirbelte, waren sie mit einem Hufeisen beschwert, das er auf dem Alten Markt gefunden hatte. Er nahm es in die Hand und saß reglos auf dem Rand seiner Pritsche. Plötzlich krümmte er sich. Seine Schultern unter dem Hemd rundeten sich, die Sehnen seiner Handgelenke und Ellbogen knackten – er brach das Hufeisen entzwei und sagte laut: »Ich gehe weg von hier!«

In einigen Stunden war alles geregelt.

Nachdem er sich angekleidet hatte, packte er einige Papiere und ein wenig Wäsche in eine mittelgroße Holzkiste, rollte den alten Fuhrmannspelz seines Vaters zusammen und schnallte ihn mit einem Riemen an die Kiste. Er hob sie auf die Schulter, ging in aller Frühe zu Kimmelpenning und erhielt dessen Segen und hundert Mark.

»Wer weiß, vielleicht sterbe ich bald. Wenn du später wieder Geld brauchst, suche beim Rat an. Ich übergebe den Ratsherren zur Ausbildung armer estnischer Jungen tausend Mark. Du verstehst: Ich möchte mehreren helfen! Na, mach, daß du fortkommst. So Gott will, sehen wir uns wieder.«

Von Kimmelpenning ging Pall in die Sakristei von St. Olai. Meus war bereits dort. Pall legte seine Kiste nieder und sagte: »Schreib nun Wolff diesen Brief. Ich fahre zu ihm nach Stettin.«

Meus setzte sich vor Schreck hin.

»Wann?«

»Bei Tagesanbruch.«

»Das ist ja ... Das gleicht ja einer Flucht! Hast du ein Verbrechen begangen?«

»Ich weiß nicht. Vielleicht ...«

»Hm. Und was soll ich ihm schreiben?«

Pall diktierte ihm einen kurzen Brief: *Der Überbringer ist der Bruder meiner Frau. Ich habe ihn in Reval unterrichtet. Unterweise ihn weiter. Ich glaube, er wird meine Hoffnungen nicht enttäuschen.*

»Glaubst du es?« fragte Pall und schaute Meus in die Augen.

»Ja«, antwortete Meus und dachte: Ich bin mir dessen nicht ganz sicher. Vielleicht gar nicht sicher ... Aber im Augenblick scheint der Junge meines Glaubens zu bedürfen.

»Erzähle Annika von meiner Abfahrt.«

»Was soll ich ihr sagen?«

»Denk dir was aus ... Vielleicht schreibe ich euch mal.«

»Und was soll ich den Friesners sagen?«

»Einerlei!«

Sich loszureißen von seinem bekümmerten und niederschmetternd wohlwollenden Blick war schmerzlicher, als Pall gedacht hätte.

Aus der Olaikirche begab er sich zum Hafen und ging zu Märten auf die »Minerva«. Die »Minerva« sollte morgen um die Mittagszeit die Segel hissen, aber die »Delphin« schon im Morgengrauen, denn von Herzog Johan waren neue Forderungen und Drohungen eingetroffen.

Märten nahm Palls Kiste bis zum Morgen in Verwahrung. Er wollte die Sache mit dem Bootsmann der »Delphin« besprechen und wollte Pall schon am Abend aufs Schiff bringen. Aber dieser sagte, er hätte noch in der Stadt zu tun.

Die letzte Nacht schlief Pall in Fischermai. Außer der alten Truuta war niemand zu Hause, Vater und die Knechte waren mit einem Warentroß in Hapsal. Pall ließ sich von Truuta Essen geben und bat, sie solle dem Vater erklären, er habe eine günstige Gelegenheit wahrgenommen, nach Deutschland zu fahren. Dann ging er ums Haus herum, lief am schneegestreiften, vereisten Strand entlang ein Stück nach Ziegelskoppel und zurück und kletterte auf den Stallboden, wo er am hohen Mauerrand seine alten Steinkugeln fand.

Er schlief unter dem niedrigen Bretterdach seines Vaterhauses kurz und traumlos und war schon vor Tagesanbruch mit Truutas Brotbeutel im Hafen.

Märten konnte er beim Abschied nichts Vernünftiges sagen. Am dunklen Kai stopfte ihm dieser seine Kiste unter den einen und von sich aus einen großen Brotbeutel unter den anderen Arm, und der Bootsmann der »Delphin« nahm ihn sogleich mit.

Der Bootsmann, der ihn für fünf Mark als blinden Passagier aufs Schiff ließ, sagte, die Meerengen zwischen dem Festland und den Inseln seien in diesem Jahr bereits zugefroren und die »Delphin« müsse westlich um Dagö und Ösel herumsegeln. Pall dürfe nicht aus dem Laderaum kommen, bevor sie nicht am Leuchtturm von Köppo vorbei wären. Frühestens also übermorgen abend.

Pall legte sich im niedrigen dunklen Laderaum auf die Seite. Er wollte sich Märtens Brotbeutel unter den Kopf schieben und bemerkte, daß einer der zwei Brotlaibe, die er darin vermutete, hart wie ein Klotz war. Er nahm ihn heraus, betastete ihn und erschrak: Seine Hand erkannte die spitzen Backenknochen, die schmalen Wangen und den spöttischen Mundwinkel Märtens. Es war das birkenhölzerne Gesicht des Freundes, das dieser einst vor ihm in den Spänen versteckt hatte.

Dann lag Pall im dunklen Laderaum auf seinem alten Pelz, unter sich harte Treppenstufen aus heimatlichem Kalkstein, bestimmt für irgendeine hohe fremde Stiege, in den Nüstern den Nelkenduft einer Traumgestalt – und er hörte jemanden »Leinen los!« rufen und hörte das Meeresrauschen, immer lauter und lauter, und fühlte, wie alles ins Schwanken geriet, als hätten weder Düfte noch Felsen in der Welt einen Halt.

ZWEITES BUCH

ERSTES KAPITEL,

darinnen ein Kerl von Scholar mit hellem Bartflaum über einige recht handfeste, aber auch über manche kaum spürbare Hindernisse so weit gelangt, daß Leute, die ihm gefallen wollen – leider Gottes gibt es deren nicht allzu viele –, ihn hin und wieder den Herrn Studiosus nennen

Die sturmzerfetzten Wolken über den nackten Dünen der Swinemündung waren vom Morgenlicht eisengrau gesäumt, als die »Delphin« mit gebrochenem Mast und zerrissenem Notsegel vom Meer in den Fluß bog und Stettin stromaufwärts ankreuzte.

Zwei Wochen war das Bojer aus Reval unterwegs gewesen; seit Dagö hatten es die Winterstürme gezaust, es war bei Südgotland fast an den Kalksteinriffen zerschellt und mit knapper Not an den Bornholmer Kreidefelsen vorbeigedriftet, es war kahlgerupft und graugespült, doch die zweihundert aus weißem Wassalemstein gehauenen Treppenstufen lagen wohlbehalten im Laderaum, und an Bord befand sich ein Bursche, der statt dreier vom Sturm ins Meer geschwemmter Deckmatrosen vom blinden Passagier zum Matrosen aufgerückt war und dessen Handflächen vom ungewohnten Reepziehen schwielig und blutig waren.

Als sie nach diesen mühseligen, stürmischen Wochen auf den breiten, ruhigen Fluß einbogen und das mörderische Geschaukel aufhörte, als sie oben bei den Falkonetten der Mündungsbatterie von Swinemünde die Kanoniere des Herzogs von Pommern winken sahen, die das zwischen Winterstürmen unerwartet einlaufende Schiff begrüßten, als sie durch das ruhige Haff segelten, das sich wie die See dehnte, als sie sich am Mittag eines strahlend sonnigen Dezembertages den grünen, schneegestreiften Ufern näherten und eine fast ebenso große Stadt wie Reval mit stolzen Türmen auf dem hohen linken Ufer der grünbeinselten Oder in Sicht kam – da glaubten sie wahrhaftig, nach stürmischen, qualvollen Wochen aus einem bösen in einen schönen Traum zu tauchen.

Unter den Matrosen der »Delphin« gab es etliche, die diese Stadt schon von früher her kannten.

»Schau, das da mit den vergoldeten Wetterfahnen, das ist die Oderburg, wo ihr Herzog hofhält. Und das ist sein Stadtschloß – das prächtige mit den Pfefferkuchengiebeln.«

»Und die Kirche dahinten ist St. Marien, und das ist St. Nikolai und das St. Jakob.«

»Und jetzt fahren wir durch das Schiffsöhr der Großen Holzbrücke, und dort, guck, sind ihre zehn Tore, alle am Fluß in der Backsteinmauer, und am Ufer vor der Mauer wird Markt gehalten, wo wir gleich Moosbeeren kaufen werden – guck, dort, wo sich die Leute zwischen den Zelten und Verkaufsständen drängeln.«

»Sieh, drüben sind die Schiffskais. Die steuern wir an.«

»Und dahinten, jenseits des Flusses, das niedrige Erlengestrüpp und die Hütten und die Kirche der heiligen Gertrud – das ist Lastadie. Dort leben meist Undeutsche.«

»Was für Undeutsche gibt es denn *hier*?«

»Na, Pomoranen oder Wenden oder Kaschuben und wie sie alle heißen.«

Aber das Problem der pommerschen Undeutschen sowie das feierlich-traumhafte Gefühl, endlich an Land gehen zu können, verflüchtigten sich alsbald in den greifbaren Düften und im Stimmengewirr der Ankunft. Der Teerhauch der Schiffsbauplätze, der Tran- und Salzlakengestank der großen, am Fluß gelegenen Heringslager und der erschreckend frische, unerwartete Milch-, Fleisch- und Sauerkrautgeruch des Speisemarktes vermischten sich in den Sinnen der Ankömmlinge mit den Schiffskommandos und dem Marktlärm, mit dem Gewimmel und den Rufen der Neugierigen, die zum Schiffskai des Mehltores gerannt kamen.

An den Augenblick, wo er das Land betreten hatte, konnte sich Balthasar später nicht mehr erinnern. Er war bereits ein gutes Stück mit dem Bootsmann Hans am Marktrand an der Oder entlanggeschritten, als er überrascht den stillstehenden Boden unter seinen Sohlen wahrnahm und ihm bewußt wurde, daß er sich in einem fremden, entlegenen Land befand – obschon die Milch-, Speck- und Heringsverkäufer ringsum die gewöhnlichsten Revaler Gesichter zur Schau trugen und der vom Fluß wehende Wind, milder als in Reval im Weinmond, unter den grauen Giebeldächern wohltuend verständliche Fetzen plattdeutscher Rede heranwirbelte.

Er erinnerte sich an den anerkennenden Handschlag des Bootsmanns Hans – vor dem Verkaufsstand eines stupsnasigen Gemüse- und Beerenweibes – und an dessen gekrümmten Rücken, der im Menschengedränge untertauchte, und an den kleinen, eigenartig geflochtenen Korb aus Weidenruten, den ihm der Bootsmann zum Abschied geschenkt hatte und der voller dunkelroter Moosbeeren war, ganz ähnlich denen aus den Kurgla-Mooren. Und an den giftig-sauren Geschmack einer Handvoll Moosbeeren, der bis in die Zahnwurzel reichte, und an das merkwürdige Verlangen nach Saurem, das ihn zwang, im Gehen noch eine zweite und dritte und vierte Handvoll in den Mund zu stopfen. Und an die seltsame Munterkeit, mit der diese herbe Säure seine Sinne erfüllte, so daß er beschwingt unter dem Greifenkopfwappen und dem dröhnenden Backsteingewölbe des Mittwochtores hindurchschritt und sich in die Stadt begab.

Balthasar entsann sich: Er ging an braunen und rötlichen Fachwerkhäusern vorbei, durch Straßen, die im Vergleich zu den kalk- und kopfsteingepflasterten von Reval zwar irgendwie leichter und leichtsinniger wirkten, aber keineswegs prächtiger. Sogar in der Stadtmitte war ein gutes Drittel der Gebäude nach Revaler Maß eher Buden als Häuser, und zweihundertjährige zwei- oder dreistöckige Bürgerhäuser mit bild- und statuengeschmückten Fassaden sowie kirchenhohen Giebeln – wie Doktor Friesners Haus am Revaler Alten Markt – gab es hier nur wenige.

Balthasar entsann sich: Er ging an dem freilich recht

imposanten Herzogsschloß vorbei (wider Willen erinnerte er sich auch an ein dolchstoßähnliches Gefühl, das ihn beim Gedanken an das Doktorhaus mitten auf der Stettiner Nonnenstraße durchzuckt hatte), jawohl, an dem recht prunkvollen Herzogsschloß, dessen Pracht näher zu bewundern ihm Mauern, Zäune und Gräben verwehrten. Dann kam er zu einem stolzen Bürgerhaus, das mit seiner Auffahrt ungleich prächtiger war als alle Häuser in Reval. Er fragte jemanden und erfuhr, es sei das Hauptwohnhaus der Kauf- und Bankherren Loitz.

Balthasar entsann sich: Er schritt weiter auf den Turm der Marienkirche zu und stapfte zwischen recht armseligen flachen Häusern hindurch in einen großen viereckigen Hof: hinter ihm dieselben niedrigen Häuser, vorn die ungeheure Turmmauer der Marienkirche und die sich an sie schmiegenden Kapellen, Küster- und Glöcknerhäuser, rechts und links aber je ein langes einstöckiges Gebäude mit hohen Fenstern und verblichenem Mauerputz unter gelblichem Ziegeldach.

Balthasar warf den Kopf in den Nacken und beäugte den mehrstufigen Turm der Marienkirche, um den am graubewölkten Himmel ein krächzender Dohlenschwarm kreiste. Ihm fiel ein anderer Hof ein, den er vor langer Zeit gesehen, und ein anderer, wohl noch höherer Turm und ein vergessener Wunderschluck oben in jenem Turm und ein Zauber, eine wunderliche Hoffnung – bis heute war er nicht klug draus geworden, ob er sich darauf verlassen durfte oder lieber darüber lächeln sollte. Und ein Lippenwinkel in seinem Gesicht mit den hellen Bartstoppeln schmunzelte befangen, doch auch überlegen und überzeugt: Na, da ich davon getrunken habe, hilft es mir gewiß auch jetzt ...

Er rückte die Kiste und den zusammengerollten Pelz auf der Schulter zurecht und schritt über den Hof.

»Ach, Magister Wolff?« fragte ein Scholar mit pickeligem Gesicht, der zwischen Pfützen auf ihn zukam, und Balthasar sah, daß seine kecken Augen ihn maßen und abschätzten, bevor er entgegnete: »Der olle Kister Behr hat Magister Wolff gestern zum Abendbrot gefressen –

erschrick nicht – und ihn heute früh wieder ausgeschissen. Was übriggeblieben ist, sitzt dort, links von dieser Tür, im Schreibzimmer des Rectums.«

Der Scholar hatte auf der Straße das Weite gesucht, bevor Balthasar seine fröhlich verdrehten Worte begriff. Doch während Balthasar durch den langen ungepflegten Steingang zur Tür des Rektors schritt, wurde ihm klar, *was für* Spottvögel und Witzbolde unter den Studiosi dieses Hauses zu erwarten waren: meist wohl schlimmere als in der Revaler Schule. Interessant, wie die Herren Lehrer dieses Hauses sein mochten ...

Balthasar entsann sich: Er steht am runden Schreibtisch des Rektors. Auf dem Tisch – ein tintenbekleckster Teller mit einem kupfernen Tintenfaß und ein bronzenes Glöckchen für den Diener, mit der Eule der Minerva als Griff, ein Zinnleuchter mit einem winzigen schwarzen Dochtende mitten in einem geronnenen Wachstropfen, einige zeitweilig beiseite gerückte Bücher und das riesige, in schwarzes Leder gebundene und mit Kupferschlössern versehene Matrikelbuch des Pädagogiums. Und über der Matrikel in der Luft die Hand des Rektors, die aus einem tintenbespritzten Spitzenärmel hervorragt und mit dicken rötlichen Fingern Meus' Sendschreiben hält. Dann hebt Magister, Professor und Rektor Mattheus Wolff den Blick und schaut Balthasar an. Und denkt dabei: Merkwürdig, genau so hätte ich ihn mir vorgestellt, hätte ich von seiner Existenz gewußt – heller, als wir Deutschen im allgemeinen sind ... Freund Frolink hat schon vor geraumer Zeit geschrieben, er habe sich dort in Livland mit einem undeutschen Mädel vermählt, und nach diesem Brief muß das nun ihr Bruder sein. Genau so – ein wenig bärenhaft, widerborstig, mit Salzwasserflecken und nach Teer riechend.

Merkwürdig, denkt Rektor Wolff, obwohl eigentlich nichts Merkwürdiges dabei ist: In seinem Leben hat er bereits so viele verschiedene Gesichter junger Dachse gesehen, daß er sie fast blindlings klassifizieren kann. O ja! Salonstudenten mit Samtkragen und barfüßige

Bettelscholaren. Unbekümmert überlegene oder unverschämt hoffärtige Adelsstutzer aus privilegierten Familien, deren Sprößlinge hier im Alumnat auf Kosten des Herzogs erzogen werden: Putbusse und Putkammers, Manduvels und Zitzewitze. Mehr oder weniger strebsame deutsche Bürgersöhne aus dem Pommerschen, meist übrigens ein ziemlich stumpfsinniges Völkchen (pro Kopf sieben Gulden jährlich), spottlustige und leicht aufmuckende polnische Tagediebe aus dem Stargardischen oder aus den Landen hinter den gewaltigen Wäldern von Landsberg. Kantige und stille, meist überaus fleißige kaschubische oder wendische Handwerker- oder Fischerkinder (wegen ihrer Armut gewöhnlich fünf Gulden jährlich) ...

Magister Wolff betrachtet Balthasar von Kopf bis Fuß und kommt zu dem Schluß: Nur sein barbarisch stupsnäsiges Schuhzeug, der Deibel mag wissen, aus welchem Fell – es handelt sich um Balthasars Seehundsfüße im Finnstiefelschnitt –, nur das hätte ich mir nicht vorstellen können, denn so etwas hab ich noch nie gesehen. Aber irgendwie müssen sich ja die Undeutschen aus Livland von anderen Leuten unterscheiden.

Übrigens, auch Professor Wolff ist so ganz anders als andere Leute. Und wenn diese Begegnung überhaupt etwas Merkwürdiges an sich hat, so nur insofern, als auch Balthasar, obwohl er zum erstenmal im Leben einen Pädagogiumsrektor sieht, im stillen denkt: Komisch – genau so habe ich ihn mir vorgestellt. Bloß verschwommen. So als hätte er in meiner Vorstellung hinter der unebenen Küchenfensterblase von Fischermai gestanden.

Mattheus Wolff ist ungefähr fünfundvierzig Jahre alt. Sein gelblichrotes Gesicht mit den breiten Backenknochen und der sich nach oben verjüngenden Stirn ist fast lutherisch grob geschnitten, und in der Mitte erhebt sich eine überraschend schmale Hakennase mit klar gezeichneten Flügeln. Der verhältnismäßig kleine, klarlinige und etwas herbe Mund ist fest geschlossen. Seine dunklen Brauen sind über der Nasenwurzel zusammengewachsen und betonen den ein wenig unbequemen, forschenden Blick seiner stechenden dunkelgrauen Augen.

Plötzlich macht der Rektor seinen herben Mund auf und sagt mit unverhofft freundlicher Stimme: »A teraz ty přzideš wučič se kolo nas?«

Balthasar schaut ihn einen Augenblick blöd an und erwidert: »Der Herr Rektor möchte verzeihen – ich verstehe diese Sprache nicht.«

»Wieso nicht? Willst du behaupten, du wärest Deutscher?«

»Nein ... das nicht ...«

»Aber eine slawische Sprache verstehst du nicht?«

»Habe ich nie gekonnt.«

»Hm ...«

Balthasar versteht nicht, was los ist, aber er fühlt, daß sich während des entstandenen Schweigens zwischen ihm und dem Rektor langsam ein unsichtbares Fallgitter senkt, wie an einem Stadttor. Nun redet ihn der Rektor auf lateinisch an. Übrigens, einen seltsamen kalten Glanz und stumpfen Klang hat das Lateinische im Vergleich zu anderen, selbst unverständlichen Sprachen. Wie die blankgeputzten ausländischen Tonschüsseln im Geschirrschrank des Doktorhauses.

Der Rektor fragt nach seinem Namen, seinem Herkunftsland und dem väterlichen Beruf, schnauft ein wenig verächtlich zu dem Fuhrmann – Balthasar weiß nämlich nicht, wie Fuhrmann in der Sprache des Cicero heißt, und sagt »Furman«. Aber der Rektor fährt eigensinnig auf lateinisch fort und erkundigt sich nach Balthasars bisheriger Ausbildung. Er fragt immer schneller und grimmiger und läßt Balthasar zwischen den Fragen kaum zu Wort kommen. Verzweifelt kombiniert Balthasar aus seinem kargen Wortschatz die Antworten, und wenn ihm mitten in einem hastig zusammengefügten, halb ausgesprochenen Satz die grammatischen Fehler aus dem vorangegangenen Satz einfallen, hat er das Gefühl, zu ertrinken und Wasser zu schlucken. Doch dem Rektor wird wohl oder übel klar: Dieser stämmige Kerl ist für die zweite Klasse des Pädagogiums dermaßen reif, daß es überflüssig wäre, ihn noch zur Prüfung zum Superintendenten und den Diakonen der Marienkirche zu schicken – wie es das Statut vorsieht.

»Bene«, sagt der Rektor und öffnet die Matrikel mit einer beinahe wütenden Bewegung. »Sieben Gulden jährlich. Dreieinhalb sofort an mich zu zahlen. Und du wirst hier nicht einfach studieren – wie es unsere Adelsjunker tun, von denen drei Viertel überhaupt nichts lernen. Ein Fuhrmannssohn, wenn er es so weit gebracht hat, muß hier so lernen, daß aus ihm etwas wird. Hm.« Er geht vom dozierenden Ton zum erläuternden über: »Wen bilden wir hier für unseren Herzog heran? Schulmeister und Geistliche. Doch ich sage dir gleich: In den fünfzehn Jahren der Existenz unserer Lehranstalt wurden nur wenige Abgänger des Pädagogiums reif für die Kanzel erklärt, ohne ein oder zwei Jahre ihr Wissen an der Greifswalder Universität ergänzt zu haben. Aber das Latein eines Grünschnabels vom Trivium – hm – könnte auch kümmerlicher sein als deins. Und wir halten es für unsere Pflicht, die christliche Kirche an jedwedem Ort zu fördern. Allerdings ist die Ausbildung von Schulmeistern und Kanzleivorstehern für Livland wahrlich nicht Sache des Herzogs von Pommern. Da dich aber Bartholomeus Frolink schickt, hm, so nehme ich dich in die zweite Klasse zum Theologiestudium auf.«

Der Rektor klopfte mit dem Finger nervös auf den Tisch und schloß: »Cubiculum neun. Dort ist eine Pritsche frei.«

Balthasar hatte zwei Lebenspläne gehegt: Theologie, die lange unter der Ägide von Meus selbstverständlicher Gipfel seiner Hoffnungen gewesen war, und Medizin, von Doktor Friesner in seine Zukunftsvorstellungen gepflanzt. Aber den Gedanken an die Medizin hatte er in derselben Anwandlung ausgemerzt, die ihn vor zwei Wochen das Tor des Doktorhauses hatte hinter sich zuschleudern lassen. Und nun entschied Rektor Wolff die Frage seines Lebens und Amtes so einfach, als hätte nie jemand eine andere Möglichkeit erwogen. Balthasar widersprach ihm nicht. Vielleicht fügte er sich dem Beschluß des Rektors aus jener frommen Furcht, die sich hinter seinem jähen Tatendrang verbarg, hinter all dem, was ihn so plötzlich fortgetrieben hatte: Kränkung, Beklemmung, Hingabe, Eifersucht und Hoffnung auf Befreiung. Aus der frommen Furcht heraus, die ihn im Teufelskreis der Faxen und Figuren der großen Welt befallen hatte. In diesem Teufelskreis dünkten ihm die in Fischermai und an der städtischen Schule gängigen Vorstellungen von Gut und Böse auf einmal elend und erbärmlich – wie einst die Herde schwarzer und weißer Holzkühlein, die der verstorbene Peep geschnitzt, die Pall am Strand vergessen und die das Meer blindlings in den Schlamm gespült hatte …

Am Nachmittag zog Balthasar mit Pelz und Kiste in den östlichen Flügel des Pädagogiums ein, wo sich das Internat oder Konvikt befand. Er erhielt eine Holzpritsche und einen Strohsack in einem Sechsjungenzimmer. Der grau überwölkte Raum hatte ein schmales Fenster und Mauern, die Kälte ausströmten. Er war größer als Annikas und Meus' Speisekammer, ihr ansonsten jedoch erstaunlich ähnlich. Ja selbst das schmale Fenster des Cubiculums erinnerte ihn an seine Schuljungenkammer: Dort hatte er den Revaler Alten Markt, ein Herzstück der Stadt, wie auf der Hand vor sich gehabt, hier öffnete sich der Blick über die niedrigen Häuser und Gräben der gegenüberliegenden Straßen zum Hof des Herzogsschlosses mit seinen Schilderhäuschen und der alten Schloßkirche, mit der Apotheke und dem Gefängnis. Auf dem Platz dazwischen stapfte ein Bär, an einen Pflock gekettet, im zertrampelten Schnee hin und her.

Balthasars Zimmergefährten waren fünf pommersche Bürgersöhne: Weger, Bagmiel, Zastrow, Kümmel und Gluck, der erste von ihnen vierzehn und der letzte, zugleich Praefectus cubiculi oder Kammerältester, fünfundzwanzig Jahre alt. Das Pädagogium nahm, wie auch die Universitäten, Schüler ab dreizehn Jahren auf, behielt sie aber nicht länger als acht Jahre.

Übrigens, die erste Begegnung mit seinen »Konkubizen« blieb bis in alle Einzelheiten in Balthasars Gedächtnis haften. Obwohl er wahrscheinlich erst viel später begriff, wie entscheidend sie für seine Zukunft war.

»Guten Tag!«

Die Bewohner des Cubiculums hielten sich zum mittäglichen Pauken gerade im Zimmer auf. Fünf forschende Augenpaare hefteten sich auf Balthasar: Drei – die grauen Augen Wegers und Bagmiels sowie die braunen Kümmels – blickten von Büchern auf, die auf dem Tisch lagen; das vierte, das Augenpaar des dicken Zastrow, schaute dösend vom Strohsack, und das fünfte blinzelte aus dem Gesicht des Praefectus Gluck, der gelangweilt und lässig neben dem Fenster an der Wand lehnte.

»Bin hergeschickt worden. Welche Pritsche ist frei?«

»Sieh einer an! Bist hergeschickt worden? Sollst wohl die Decke verputzen, was?« fragte Gluck, und seine Zimmergefährten bemerkten, wie sein matter Blick in Vorfreude aufleuchtete.

Balthasar betrachtete den Deckenputz, in dem es tatsächlich dunkle Risse gab, blickte wieder Gluck an und entdeckte das Grinsen in dessen Mundwinkeln.

»Nein. Um hier zu wohnen und zu studieren.«

»Oho ...«

Der stämmige Zastrow, das Gesicht vom Schlaf noch stärker gerötet als sonst, kam gemächlich von seinem Strohsack hoch.

»Welche Pritsche ist frei?« fragte Balthasar.

Niemand antwortete.

»Diese vielleicht?« Balthasar zeigte auf die einzige freie Pritsche, gleich links von der Tür.

»Nein«, sagte Gluck. »Das ist die Hochzeitspritsche. Darauf schläft derjenige, der sich ein Mädchen holt. Die Reihenfolge bestimmt das Los.«

»Na, Mädchen sind keine da«, sagte Balthasar und stellte seine Kiste auf die Pritsche. Er zog die Pelzjoppe aus und setzte sich neben die Kiste.

»Die Neuen schlafen bei uns auf dem Fußboden«, sagte Gluck, nahm vom Zinnteller eine Griebe und steckte sie sich in den Mund. Zastrow war nun endgültig aufgewacht, und Weger, Bagmiel und Kümmel ließen ihre Bücher Bücher sein.

»Wie lange denn?« fragte Balthasar und zog sich in aller Ruhe die Fellstiefel aus.

»Solange es uns gefällt«, erwiderte Gluck, an der Griebe kauend. »Je erlauchter der Mann, desto kürzer die Zeit. Deinesgleichen mit dem Gehabe eines Hofrats« – Gluck machte eine leichte Verbeugung in Balthasars Richtung – »kommt bei uns in ein paar Jahren vom Fußboden weg.«

Balthasar saß auf dem Pritschenrand, bewegte seine bestrumpften Zehen und schaute Gluck freundlich schmunzelnd ins Auge. »Euren Jux könnt ihr mit Grünschnäbeln treiben. Mich verschont damit.«

»Primo«, sagte Gluck, »ist zu konstatieren, daß Herr Hofrat den Komment des herzöglichen Pädagogiums nicht kennen. Secundo kann es auf der Hochzeitspritsche nachts zu allerlei Mißverständnissen kommen. Zastrow, stell die Kiste des Hofrats auf den Fußboden. Und ihn auch.« Er wandte sich aufs neue an Balthasar: »Ich hoffe, Herr Hofrat sind nicht von der Sorte, die derartige Mißverständnisse geradezu herbeisehnen?«

Zastrow erhob sich und schritt langsam auf Balthasar zu. Er war groß und für seine zwanzig Jahre sehr bepackt und muskulös. Sein rosiges, an sich wenig anmaßendes Gesicht wirkte im Augenblick ziemlich frech. In seinen Mundwinkeln blitzte überlegene Lustigkeit. Er hob Balthasars Kiste hoch.

»Stell sie zurück«, sagte Balthasar.

Zastrow stellte die Kiste ans Kopfende der Pritsche auf den Fußboden und wandte sich an Bagmiel: »Geh und hol vom Hausmeister für den Herrn Hofrat einen Strohsack. Aber nicht den saubersten. Der kommt auf den Fußboden.«

Bagmiel erhob sich, blieb aber am Tisch stehen, denn Balthasar sagte zu Zastrow: »Stell meine Kiste zurück auf die Pritsche!«

»Herr Hofrat sind gewohnt zu befehlen.« Gluck grinste. »Aber bei uns ...«

»Aber bei euch tut man, was der Rektor befiehlt«, sagte Balthasar, »und der Rektor ...«

»Du willst hier leben«, rief Gluck, »und beginnst damit, uns mit dem Rektum ins Gesicht zu furzen!«

Balthasar sah, es war nicht sehr gescheit, sich auf den Rektor zu berufen. Da er die Verhältnisse hier nicht kannte, hatte er es nicht wissen können. Andererseits war der Schneid der jungen Herren dem Rektor gegenüber kaum allzu groß. Er sagte: »Das Furzen schaffe ich auch ohne den Rektor. Ihr wohl nicht?«

»Schaff dich vor allem weg von hier!« sagte Zastrow und faßte Balthasar unter die Arme, um ihn hochzuzerren.

Balthasar versuchte ihn abzuschütteln und fühlte allmählich Wut in sich aufsteigen: Verfluchte Kerls, wozu dieser ganze Blödsinn? Gerade, wo ich sagen wollte, sie sollen doch vernünftig sein und lieber erzählen, was für Leute sie sind und wie das Leben hier ist. Dummköpfe ... Natürlich, sie wollen den Neuen zum dummen August machen. Dieser Breitgesichtige, der mich hochzerrt, der kann leicht mit mir fertig werden, das fühle ich. Du willst also wirklich mit mir ringen, du Satansbraten. Na, wenn du es durchaus willst, was bleibt mir übrig, du Luder. Balthasar sprang auf die Beine, und von dem unerwarteten Stoß getroffen, prallte Zastrow zurück an die Wand und zerfetzte mit seiner Schulter die kalligraphische Hausordnung des Cubiculums, die dort hing. Im nächsten Augenblick packten sie einander am Genick. Sie wankten zwischen den Pritschen hin und her, und Balthasar merkte nicht ohne Sorge, daß sein Gegner Bärenkräfte besaß. Er war gut einen halben Kopf größer als Balthasar und sicher um vieles schwerer. Vor allem aber: Seine Versuche, Balthasar zu packen und niederzuzwingen, waren für einen so plumpen Kerl erstaunlich schnell. Durch das Getümmel hörte Balthasar die Rufe der anderen.

»Oh – der Herr Hofrat legt sich ins Zeug!«

»Los! Pack zu!«

»Woher kommt der Bulle, der es mit dem pommerschen Bären aufnimmt?«

»Schau einer an: Er liegt noch immer nicht auf dem Arsch!«

»Zastrow! Wie lange wurstelst du noch mit ihm rum?«

Sie torkelten vor und zurück und versuchten, einander ein Bein zu stellen, einander am Gürtel zu fassen oder einander in den Rücken zu fallen, um den Gegner in die Luft zu heben. Balthasar spürte das schweißbedeckte Gesicht Zastrows an dem seinen. Auch seine Haut war naß. In seinen Ohren rauschte das Blut, und durch Aufregung, Getrampel und Geächze empfand er erschreckend deutlich: Zu unterliegen wäre eine untilgbare Schande. Zugleich dachte eine andere Schicht seines Gehirns fieberhaft: Wenn ich ihm bloß hinter den Rücken käme! Er wußte selbst nicht, was er sich davon erhoffte, aber plötzlich gelang es ihm, und als Zastrow ihn von dort mit der Rechten wegzerren wollte – Balthasars Rockschoß zerriß dabei knirschend –, steckte er seinen rechten Arm dem Gegner unter der Achsel durch und bog dessen geröteten Nacken nieder. Zastrow strauchelte und stürzte. Unter dem Doppelgewicht der Ringenden zersplitterte krachend die nächste Pritsche. Beim Sturz stützte sich Zastrow auf die linke Hand, und Balthasar bekam auch seine linke Achsel in den Griff. Er kreuzte seine Pranken auf dem Nacken des Gegners und segnete in Gedanken den verblichenen Peep, der ihm diesen Kunstgriff beigebracht hatte. Zastrow warf sich hin und her und versuchte ihn abzuschütteln. Einige weitere Pritschenteile zerbrachen unter ihnen auf dem Fußboden. Balthasar kniff fest die Augen zu: Jetzt durchhalten und drücken! Dröhnend pulste das Blut in seinen Ohren. Er lauschte dem Pulsschlag und fühlte: Mit Gottes Hilfe reichte die Kraft in seinen Armen. Gesegnet seien die langen, bleiheißen Tage der Heumahd in den Brüchen von Ziegelskoppel und die Tage, an denen er Säcke und Kisten im Hafen geschleppt, mit seinem Vater Fuhren verschnürt und Mist gekarrt und mit den Knechten gerungen hatte. Gesegnet seien die Erde, der Rasen, die Steine und die Birkenwurzeln von Fischermai. Plötzlich ließ die Spannung in den Schultern des Gegners nach, als wäre etwas aus ihnen fortgeströmt. Balthasar öffnete die Augen. Er sah seine eigenen blaugeäderten, weißgefleckten Pranken, den zerrissenen Halsausschnitt Zastrows und dessen dicken, lila angelaufenen Nacken. Er löste seine erstarrten Hände vom Nacken des Gegners und setzte sich auf den Rand seiner Pritsche. Seine Knie zitterten leicht.

»So ein Eisenbeißer – den Zastrow niederzulegen!« sagte Kümmel anerkennend.

Die anderen gossen Zastrow kaltes Wasser über den Kopf und hoben ihn auf seine Schlafstatt. Er kam zu sich, stützte sich auf die Ellenbogen und sagte dumpf, doch in einem Tonfall, der Befriedigung über die eigene Korrektheit verriet: »Bagmiel, stell die verdammte Kiste auf die Pritsche!«

»Ein richtiger Bär!« meinte Wegner mit seiner fast kindlichen Stimme.

Bagmiel tat, was Zastrow befohlen hatte. Aber Gluck sagte überlegen: »Na, wenn man davon ausgeht, wäre der dort der allerstudentischste Studiosus.« Er wies mit dem Kinn zum Fenster des Cubiculums hinaus, wo der Bär des Herzogs an seiner Kette hin und her trottete. »Aber in diesem Hause muß man auch Grips haben, will man sich auf einer Pritsche einrichten, verstehst du?«

Dann sprach er lange etwas in einer Balthasar unbekannten Sprache. Das kam so unerwartet, daß Balthasar anfangs gar nicht hinhörte. Bald aber unterschied er Wörter und dachte bei sich, was für ein Heidensegen von fremden Sprachen heute auf ihn niederbrach – und plötzlich erkannte er den Text: Es war der Anfang des ersten Buchs Mose und die einzige Stelle daraus, die er zum Spaß bei Meus auf hebräisch auswendig gelernt hatte.

»Na – was war das?« fragte Gluck.

Balthasar war drauf und dran, ohne Umschweife mit

seinem Wissen aufzutrumpfen, doch der kleine Teufel, der ihn von Zeit zu Zeit in Versuchung führte, legte ihm plötzlich den Finger auf den Mund. Anstatt einer Antwort rezitierte er in seiner Muttersprache: Ja Jumal ütles: saagu valgus, ja valgus sai. Ja Jumal vaatas valguse sisse, et ta hea oli, ja Jumal tegi vahe valguse ja pimeduse vahele. Ja Jumal nimetas valguse päevaks, aga pimeduse nimetas tema ööks ...

»Und was war das?« fragte Gluck.

»Mose. Ich habe dort weitergesprochen, wo du aufgehört hast.«

»In welcher Sprache?«

»Chaldäisch.«

Den Schaden, den sie beim Ringen angerichtet hatten – zwanzig Schilling für eine neue Pritsche und zwanzig für den Hausmeister, damit er das Maul hielt –, bezahlten Balthasar und Zastrow zu gleichen Teilen, und Balthasars Studentenleben nahm seinen Anfang.

Jeden Morgen um fünf war in ihrer Kammer Wecken. Eigentlich sollte das so vorgehen: Der Praefectus erwacht zur rechten Zeit und weckt die Schläfer mit »Veni, sancte spiritus«. Tatsächlich aber wurden sie von dem kleinen eichkaterähnlichen Bagmiel geweckt, dem Sohn eines wendischen Fährmanns aus Gartz, der im Herbst ins Pädagogium gekommen war und nun jeden Morgen die Aufweckerei mit seiner durchdringend clara voce besorgte – nachdem der Faulpelz Gluck, der verzogene Sohn des herzöglichen Hoforganisten, eine Woche lang mitsamt seinem Cubiculum verschlafen hatte.

Auf dem Gang spritzten sich die mürrisch-schläfrigen Burschen Wasser ins Gesicht. Das Wasser wurde abends aus dem Raderbrunnen, der auf dem Platz vor dem Pädagogium stand, ins Haus getragen, und bei Nordwind überzog sich der Zuber bis zum Morgen mit einer harten Eisschicht. Nachdem die Burschen ihre Gesichter trockengerieben hatten, in ihre Wämser geschlüpft und mehr oder weniger munter geworden waren, trotteten sie aus ihren Kammern. Anderthalbhundert Studiosi schleppten sich aus drei Gängen in den Hof. Mit Getrappel, Geknirsche oder Gepatsche – je nach Wetter und Bodenbeschaffenheit – gingen sie, angeführt von den Praefecti der Kammern, in schneidendem Morgenwind, in Schneegestöber oder Regen, in undurchdringlicher Finsternis oder kühlem Mondschein – dann blinkten Türme und Giebeldächer wie bläuliche Schwertspitzen – hinaus aus dem Pädagogiumshof, um die Straßenecke und zur Tür der Marienkirche hinein.

Im Dämmer der Riesenkirche, wo es im Vergleich zur Außenkälte lau war, döste die Hälfte von ihnen weiter. Sich an den Bänken stoßend, stapften sie im Schein einiger flackernder Kerzen in die Kapelle im Westschiff. Für einen Augenblick weckte Andreas Gluck junior die Dösenden mit einem kurzen Orgelchoral, wiegte sie jedoch gleich wieder in einen um so tieferen Schlummer, dem sie sich im Stehen hingaben. Aus Balthasars Kammer war jedenfalls Bagmiel der einzige, der mitsang. Nach dem Choral sprach einer der älteren Studiosi, der für reif genug erachtet wurde, eine kurze Andacht. Er tat es meist so leise, daß man deutlich das Knurren der hungrigen Mägen hörte, bis der Endchoral des jungen Gluck es gebührlich übertönte.

Sie bekreuzigten sich halb im Schlaf, machten kehrt und trollten sich aus der Kapelle: Wer auf den Bänken druselte, wurde von den Praefecti wach geknufft. Gute hundert Studiosi trabten aus der Kirche, torkelten über die stockfinstere Straße und verloren sich in den vier Auditorien. Das Frühstück, das zugleich auch das Mittagessen war, erhielten sie erst um zehn Uhr. Während der morgendlichen Vorlesungen kauten die wohlhabenderen Burschen bei Küchenmeister Butte halblegal erstandene Brötchen und knabberten Grieben. Den übrigen, die kein Geld hatten, lief das Wasser im Munde zusammen.

Um zehn übertönte die Mittagsglocke kaum noch das Magenknurren, dennoch wurde ihr Geläut sofort vernommen, und die letzten Sätze der Professoren blieben halb in der Luft hängen, während alles den Gersten-,

Rüben- oder Bohnensuppengerüchen des Refektoriums entgegenstrebte.

Im Refektorium stand inmitten der Dampfwolken, die zum Gewölbe aufstiegen, der Professor für Kirchengeschichte, Magister Martin Rühl, ein beleibter braunäugiger Glatzkopf, der über Dasein und Benehmen der Studenten wachte und dafür im Pädagogiumsgebäude ein Quartier erhalten hatte. Mit verächtlichen Bewegungen dämpfte er den Eifer der Hereinstürmenden. Er selbst hatte sich in der Küche des Pädagogiums bereits zweimal den Bauch vollgeschlagen. Der servile Küchenmeister hatte seine Schnitte Brot natürlich mit einer dikken Scheibe Schweinefleisch belegt und seine Schüssel dreimal mit Suppe gefüllt, auf der von einem goldenen Butterstück fröhliche Fettaugen schwammen. Schon allein darum war Professor Rühls posaunenhaftes Tischgebet immer so entsetzlich lang – erst recht, da gut hundert Suppenschüsseln, von Buttes Küchenmädchen und den Küchendienst versehenden Studenten aufgetragen, auf vier langen Tischen dampften und dufteten.

Die Mahlzeit war für die teils noch im Wachstum begriffenen und ewig hungrigen Burschen selbstverständlich zu knapp. Die Bibelsprüche, die Magister Rühls Gehilfe zum Geleit vorlas, machten die Suppe auch nicht fetter. Mit dem Abendbrot, das um fünf aufgetischt wurde, erging es ihnen nicht besser. Zu dieser Stunde hatten sie wieder derartigen Kohldampf, daß der Haferbrei mit Erbsen und Hering, meist sehr salziges Zeug, von den dreiviertel Stof Bier weggespült wurde, als hätte es ihn gar nicht gegeben. Und daß sie reihum aus historischen Werken, den Chroniken des Charrio, aus dem Livius oder dem Justinus, vorlasen – davon wurde niemandem wärmer im Magen. Eher schon von dem bißchen Bier, und manchmal, wenn Rühl gegangen war, bevor die Becher leer wurden, stimmte der eine oder andere im Refektorium sogar ein Lied an:

»So schenke ein, so schenke ein,
Daß uns der Wein nicht nur im Bein,

Nein, auch im Kopfe möge sein,
Der bonum vinum
la – a – ti – num ...«

»Wein« sangen sie natürlich nur des Reimes wegen, denn außer Dünnbier gab es am Konvikttisch nichts. Mit dem »latinum« war es ernst: Die Studenten durften untereinander nur Latein sprechen, und in Anwesenheit der Professoren oder Pedelle hielten sie sich auch daran – wegen der Strafpfennige, versteht sich, die eine deutsche, polnische oder wendische Unterhaltung gekostet hätte.

Und dann die Vorlesungen. Magister Petrus Becker, ehemals Prediger an der Marienkirche, ein graumelierter Sechziger, behend wie eine Ameise, ein unruhiger Frühaufsteher, brachte ihnen ab sechs Uhr früh Hebräisch und Griechisch bei. Das letztere liebte er nach dem Vorbild des Erasmus von Rotterdam und anderer großer Männer so sehr, daß er stets denjenigen eine bessere Zensur gab, die ihn nicht Herr Magister Becker, sondern Herr Magister Artopoios nannten.

Zu Balthasars Rechten saß in den Vorlesungen gewöhnlich die Bohnenstange Kümmel, ein Bursche mit winzigem kurzgeschorenem Kopf und lebhaften Wieselaugen, dessen Papa in der herzöglichen Kanzlei auf der Oderburg Schreiberling war. Links von ihm lümmelte sich – falls nicht als Kopfweh getarnte Faulheit oder, wie Balthasar später merkte, ein gewaltiger Kater es verhinderte – der schwarzgelockte, lasche, wichtigtuerische Andreas Gluck junior. Beide waren schon das vierte oder fünfte Jahr auf dem Pädagogium und kannten sich in den Verhältnissen und Menschen gut aus. Kümmels Papa lief in einem abgewetzten, tintenbekleckten Kanzleirattenrock herum und sah den Herzog höchstens von weitem. Der Vater von Gluck trug das goldbetreßte Prunkgewand des Hoforganisten, und Landesherr Barnim XI. hatte ihm für sein gelungenes Ricercare erst in der vergangenen Woche auf die Schulter zu klopfen und ihm eine Halskette zu schenken geruht. Der Unterschied zwischen den Vätern führte zu Unterschieden im Verhalten der Söhne zu verschiedenen Fakten. Mitunter gerieten sie sogar während Magister Artopoios' Vorlesungen in Streit – durchaus nicht über die griechische Sprache – und redeten schließlich an Balthasars Nacken und Gesicht vorbei so laut aufeinander ein, daß dieser der Vorlesung nicht mehr folgen konnte und Ruhe stiften mußte. Zunächst bat er sie, leiser zu sein, was selten wirkte, sodann knuffte er sie mit den Ellbogen, was nicht immer wirkte, und zuletzt, nachdem sich die Bekanntschaft vertieft hatte, gebot er einfach: »Maul halten!« Wenn er dabei mit der Faust auf den Tisch haute, daß die Tinte aus dem Faß spritzte, der Leuchter hüpfte und drei Schatten an den Gewölben zuckten, wirkte es immer: Kümmel zog den Kopf ein und verstummte. Auch Gluck verstummte, knurrte aber Balthasar vorher an: »Wenn der Bär auf dem Schloßhof mal krepiert, schlag ich vor, dich dort anzubinden.« Jawohl, Balthasars Anranzer brachte sie zum Schweigen, doch auch Magister Artopoios hörte den Lärm. Und dies wiederum suchte Balthasar zu vermeiden. Schließlich wollte er nichts anderes als erfahren, wie dieser verdammte griechische Dual gebildet wurde ... Freilich, oft genug interessierten auch ihn völlig andere Dinge. Was machte es schon, daß Kümmel und Gluck auf Grund der unterschiedlichen Positionen ihrer Väter die Fakten verschieden bewerteten? Balthasar fesselten die Fakten an sich, die erstaunliche Menge von Fakten, von denen die beiden unterrichtet waren, natürlich wiederum dank ihrer Väter. Zum Beispiel erwies sich, daß selbiger Petrus Bekker, auf griechisch Artopoios und in Balthasars Sprache Brotmacher, nahezu ein Ketzer war! Daß man ihn schon vor vier Jahren von der Kanzel der Marienkirche geholt und gerade erst im vergangenen Jahr nach Wittenberg geschickt hatte, damit Melanchthon höchstselbst ihn prüfe. Und daß der Praeceptor Germaniae den Alten kopfschüttelnd wieder nach Stettin abgeschoben und nur Rektor Wolffs Politik der satten Wölfe und der ungeschorenen Schafe ihn schließlich hier zum Lehrer antiker Sprachen gemacht hatte. Unter einer Bedingung: Er solle in Fragen der Theologie um Gottes willen den Mund halten. Auch die frühe Stunde seiner Vorlesungen war durchaus keine Greisenmarotte, sondern die Schikane der prinzipientreuen Melanchthonanhänger gegenüber einem Geächteten.

Fürderhin brachte Balthasar Magister Becker größeres Interesse entgegen, obgleich er begriff, es wäre weiser gewesen, sich von ihm fernzuhalten. Natürlich, Ketzerei war heute, in den aufgeklärten Augsburger Zeiten, kein so schlimmes Vergehen mehr wie in den Tagen der Papstlehre: Ketzer wurden nicht mehr zusammen mit Hexen auf Scheiterhaufen verbrannt. Und doch ging von jenen, die der Irrlehre frönten, ein eigenartiger Zauber aus – als hätten sie sich freiwillig mit Aussatz angesteckt. Sie besaßen die Anziehungskraft vom Schicksal Gezeichneter. Aber Balthasar hatte noch nicht einmal recht ergründet, ob Beckers Ketzertum wirklich oder erfunden war, als er noch Verblüffenderes erfuhr. Etwas, was er eigentlich schon längst gewußt hatte, was aber, laut ausgesprochen, eine neue, erschütternde Klarheit gewann.

Es war Paulus von Rhoda selbst, der es ihnen sagte.

Rhoda, ein siebzigjähriger Patriarch, war dereinst von Luther nach Pommern entsandt worden, um den von seinem Freund Bugenhagen gesäten Reformationssamen zu pflegen. Vor fünfzehn Jahren hatte er das Pädagogium gegründet, jetzt, in hohem Alter, hielt er honoris causa Vorlesungen über die Exegese der Evangelien. Dabei erzählte er gern von seinen Begegnungen mit dem Glaubensvater und dessen Freunden und meditierte mit greisenhafter Bosheit und jungenhafter Aufrichtigkeit über das Weltgeschehen. Was seine Kollegen niemals taten.

An einem derartigen Morgen, als er seinem »Kalk Bewegung machte« (wie Doktor Friesner – Fluch über ihn! – es ausgedrückt hätte), saß Rhoda eine Weile stumm auf dem Katheder, mit geschlossenen Augen, die eine Wange seines gelblichen Gesichts wächsern von der im Zugwind auf dem Pultrand flackernden Kerze, die andere rosig von der Morgenröte, die hinter dem Fenster über dem Konviktdach glühte. Er hatte gerade eine lange Tirade darüber beendet, wie das Zerreißen des Tempelvorhangs zu denken sei. Nach einer Weile streckte er seinen dürren Apostelbart vor und sprach leise, noch immer mit geschlossenen Augen: »Der Vorhang zerriß. Damit das Allerheiligste zu sehen sei.«

Er legte eine Pause ein und fuhr mit seltsamer, stiller Inbrunst fort: »Aber nicht nur der Tempelvorhang ist zerrissen. Die ganze Reformation ist zerrissen. Und abscheuliche Dinge treten zutage. Flacius wettert aus Magdeburg schlimmer über Melanchthon, als Luther je gegen einen gewettert hat – und der Doktor hat sich ja mehr als derb ausgedrückt. Amsdorf speit aus Jena Gift und Galle nach Wittenberg und läßt Universitätsprofessoren einsperren, wenn sie sich zu Melanchthon bekennen. Aber einst saßen sie zusammen zu Luthers Füßen und waren ihm gleich teuer. Und Melanchthon, dieser hellste aller hellen Köpfe, den Deutschland je gehabt, ist alt und krumm und grau geworden durch all dies Gezeter und die Anwürfe. Geht man der Sache auf den Grund, so stimmen die Anschuldigungen insofern, als Melanchthon ja wahrhaftig Synergismus predigt, den Luther abgelehnt hat. Das heißt: Luther behauptete, ein Menschenkind werde gerecht aus Gottes Gnade, wäre aber unfähig, an dieser Gerechtwerdung selbst mitzuwirken. Melanchthon dagegen behauptet: Des Menschen Wille kann ihn Gottes Gnade entweder entfremden oder ihr zuwenden. Die Flacianer zetern, es gäbe nichts Abscheulicheres als den Willen des Menschen und keinen abscheulicheren Menschen als den, der seinen eigenen Willen hätschelt, denn dieser baut dem Satan ein Nest am eigenen Busen ... Und damit haben sie wohl recht ... Aber dennoch ...«

Er verstummte. Die meisten seiner etwa zwanzig Hörer dösten, schnauften vor sich hin oder schauten zum Fenster hinaus. Einige Gänsekiele kreischten beim Versuch, etwas mitzuschreiben. Aber es gab Studenten, die sein merkwürdiger Monolog berührt hatte. Balthasar vergaß gleichsam, daß dies hier nicht die Revaler Schule in der Mönchsstraße und der Mann dort nicht Herr Sum war, dem er manchmal fast wie seinesgleichen Fragen gestellt hatte. Er rief von seinem Platz, um dem Alten den abgebrochenen Satz wieder zuzuspielen: »Aber dennoch …?« Er wartete einen Augenblick. Als der Alte weiter schwieg, fragte er: »Was ist denn nun wahr und richtig?«

»Pilatus«, sagte Paulus von Rhoda und öffnete seine glasigen Greisenaugen, »frag mich nicht danach …« Er schloß aufs neue die Lider und sprach fast im Flüsterton, wahrscheinlich nur zu sich selbst: »Die einzige Wahrheit, die ich in unserer ruchlosen Zeit kenne, ist das Streben nach Wahrheit … Das Streben nach Wahrheit …«, wiederholte er noch leiser, »und Hoffnung …«

Sein gelbliches Gesicht rötete sich auch zur Kerze hin. Vielleicht hatte er es der Morgenröte zugewandt, oder er schämte sich, daß er auf Pilatus' Frage nicht mehr zu sagen gewußt oder zuviel gesagt hatte … Er öffnete jäh die Augen, musterte seine Studenten mit ungläubigem, abwesendem Blick und sagte unerwartet deutlich und laut: »Jungen, mir ist schlecht. Helft mir hinaus.«

Ein paar Rührige eilten zu ihm und führten ihn hinaus. Noch am selben Tag wurde laut, der Rektor habe den Bader rufen lassen und nach einem tiefen Aderlaß sei Rhoda gerettet, aber gelähmt nach Hause getragen worden. Zastrow, der ihn hatte tragen helfen, erzählte, der Schlag habe auch seine Zunge getroffen. Die einzigen Worte, die er auf dem Heimweg verständlich und wiederholt gemurmelt hatte, waren: Streben und Hoffnung.

ZWEITES KAPITEL,

darinnen ein junger Mann die Erfahrung macht, daß die menschliche Seele keinesfalls nach einigem Bereuen geläutert aus der Sünde hervorgeht wie ein Wanderer, der aus dem Regen unter ein Dach tritt und am Feuer trocken wird, sondern daß die Sünde dem Menschen folgt wie sein Schatten – obgleich besagter junger Mann, wie es sich bald zeigt, diese einfache Wahrheit durchaus nicht auf sich beziehen will, sondern im Gegenteil: Durch Vorfälle, die wohl von Satan selbst angezettelt werden, sieht er sich in seinem leichtfertigen und törichten Glauben an sich selbst bestärkt und scheint vollends im eitlen Getriebe der Welt unterzugehen

Rektor Wolffs Vorlesungen über praktische Theologie, Professor Rühls Vorlesungen über Kirchengeschichte, Magister Beckers Vorlesungen über Griechisch und Hebräisch. Und immer und immer wieder Latein – Cicero, Plautus, Terenz, Horaz. Und allerlei Lectores publici mit ihren Mathematikvorlesungen – jawohl, auch das noch, dazu Kosmographie, denn Melanchthon hatte gesagt, dieses Fach flöße jungen Seelen am besten Ehrfurcht vor unserem Herrn ein, wenn es nur richtig unterrichtet werde.

Und dann die Studenten: Kinder, Milchbärte, die »Alten«, das heißt ältere Studenten oder »Pädagogen«, die in der Stadt in Bürgerhäusern in Kost waren und dort meist als Hauslehrer wirkten. Daneben richtige Kinder – zehn-, zwölfjährige Bürgerbengel, die Söhne der Brotherren der »Pädagogen«, die diese mit Zustimmung des Rektors in einige Vorlesungen mitbrachten. Und immer wieder der Mittags- und Abendfraß im warmen, dampfigen Refektorium und das stundenlange Büffeln bei kaltem Wetter ebenda; denn in den Cubiculi gab es keine Öfen. Und die Gottesdienste in der Marienkirche mit dem Knabenchor der Armenschule. Und die Abende oben in der Kammer, hinter deren Fenster der gefesselte Bär des Herzogs an der Kette zerrte. Und das Verfassen von Gedichten zu gegebenen Themata in Penta- und Hexametern. Und das Anhören von Disputationen an Sonnabendnachmittagen im großen Auditorium unter Vorsitz des Rektors, als Respondenten und

Opponenten redegewandte ältere Studiosi in vorher festgelegter Reihenfolge.

Plötzlich, bereits im März – das Tauwasser murmelte in den Gossen, und die ganze Stadt schwamm im Nebel, der von den überschwemmten Flußauen aufstieg –, Balthasars eigene Disputation: »De amore Dei universale«. Sein Opponent war Bade, derselbe pickelige kecke blauäugige Studiosus, den er als ersten auf dem Pädagogiumshof getroffen hatte.

Nur mit äußerster Anstrengung vermochte Balthasar den wortgewandten Schwätzer und Sophisten in die Enge zu treiben, als dieser mit einem verschmitzten Lächeln aus Balthasars Behauptungen Schlüsse zog, die diesem nicht im Traum eingefallen wären: Daß der Mensch aus Gegenliebe zu Gottes tiefer Liebe nicht nur Gott lieben müsse, sondern auch dessen Geißeln – die Seuchen, Tyrannen und Kalamitäten, die Etzels und die Pesten, durch die der liebende Gott ihn aus dem Dikkicht seiner Sünden zu sich heimführe. Balthasar gab sein Bestes, widerlegte den Opponenten und drückte ihn an die Wand wie einen Frosch, wie Kümmel es später darstellte. Dennoch bewertete Rektor Wolff beide Disputanten mit einem »sufficit«. Nicht, weil Professor Rühl und einige andere Lehrkräfte, die mit Flacius sympathisierten, der Meinung waren, theologische Themata seien bei Disputationen überhaupt von Übel, obwohl Melanchthon anders darüber dachte. Nein, Balthasar fühlte: Er erhielt die gleiche schlechte Note wie Bade – den der Rektor nicht ausstehen konnte –, weil der Rektor auch ihn nicht mochte. Der Rektor anerkannte ihn, mochte ihn aber nicht. Warum?

Balthasar stand oben am Fenster des Cubiculums und schaute hinaus. Hinter ihm auf den Pritschen atmeten tief Gluck und Kümmel: Die verdammten Disputationen am Samstagnachmittag schafften den stärksten Mann. Bagmiel schritt zwischen den Pritschen auf und ab und büffelte den Caesarius.

In Balthasars Knien surrte es schmerzhaft – wie stets nach einem Examen. Durch seinen Kopf schwirrten immer noch Disputationsregeln, sein Ohr fing das Plätschern im Rinnstein auf, und sein Auge betrachtete unentwegt den Bären, der, soweit es seine Kette zuließ, an der weißgekratzten Säule hochgeklettert war und, sich zur Seite neigend, in die neblige Frühlingsluft hinein schnupperte. Anstatt sich über die überstandene Disputation zu freuen, empfand Balthasar Enttäuschung und Verlorenheit. Wegen der schlechten Note, wegen der unbegreiflichen Ungerechtigkeit, die, wie ihm schien, hinter dieser Note steckte; ihn beschlich der Wunsch fortzugehen und ein wehes Empfinden, das man an einem feinfühligeren Ort als diesem Pädagogium – und vielleicht in einer feinfühligeren Zeit als in diesem kindlichen, streitbaren und derben Jahrhundert – ein Gefühl der Heimatlosigkeit hätte nennen können.

»Ah – hier steckst du also!«

Es war Bade, sein heutiger Opponent, der jäh die Tür aufstieß und in Balthasars Kammer hereinpolterte. Er blinzelte mit seinen trotzigen blauen Schelmenaugen, bemerkte die kalligraphische lateinische Konvikthausordnung, die wieder an der Wand hing, und rief: »O ihr Lämmchen! Bei euch hängt all diese Scheiße hübsch an der Wand! Pedereque praesumptuose porcorum more precaveant … Wer dagegen verstößt – einen Pfennig Strafe. Hä-hä-hä-hä-häh!« Er ließ einen kapitalen Furz fahren und drückte Bagmiel einen neuen Kupferpfennig in die Hand: »Da, tu ihn in die Kammerkasse.« Darauf wandte er sich an Balthasar: »Hör mal, wenn wir uns heute nicht ordentlich besaufen, sind wir keine zünftigen Bursiariusse, sondern Memmen.« Er machte sich daran, Gluck wachzurütteln. »Der kommt mit! Und Zastrow holen wir aus seinem Küchendienst.« Dann wandte er sich an Bagmiel: »Wir bleiben heute, hm, ein wenig länger als bis neun Uhr weg. Wenn aber Lupus« – damit war Rektor Wolff gemeint – »morgen oder später Wind davon bekommt, stürzt einer im nächsten Küchendienst mit dem Arsch auf den Bratenspieß und bleibt so lange drauf sitzen, bis ihm die Eier schwarz werden. Klar?«

»Klar!« rief prompt und fröhlich Bagmiel.

»Gut.« Bade wandte sich wieder an Balthasar. »Zieh dir deine Philosophenlatschen an und los. Bis zu den besseren Spelunken ist es eine gute Strecke.«

Um dem Pedell vom Dienst nicht aufzufallen, verließen sie das Konvikt einzeln, jeder unter einem anderen Vorwand. Balthasar zum Beispiel brachte seine Stiefel zur Reparatur. Auf der nebligen, glitschigen Straße, wo es nach Frühling duftete, zog er den Kopf zwischen die Schultern und eilte, über Pfützen hüpfend, in den Schutz der schmutzigen Zäune und nassen Mauern, die das Schloß umgaben. In wenigen Augenblicken war er beim Weißen Turm und schritt durch das Schloßbaumtor zum Flußufer. An der Holzbrücke wollten sie aufeinander warten.

Die anderen waren noch nicht da. Balthasar setzte sich auf einen Poller und starrte das öde graue Wasser an, das harmlos und faul an den Anlegebrücken vorbeifloß, den Brückenpfeilern aber drohend um den Hals strudelte.

Balthasar stocherte mit der Stiefelspitze im Straßenkot. Immer deutlicher flackerte in ihm die Frage auf, warum er eigentlich der zweifelhaften Aufforderung des verflixten Bade gefolgt war. Er drückte das rechte Auge zu und musterte mit dem linken die Schiffe, deren Takelung und Borde gerade seetüchtig gemacht wurden – in der nebligen Windstille hallten die Stimmen der Matrosen Hunderte Ellen weit übers Wasser. Mit dem rechten, zugekniffenen Auge spähte er in sich hinein. Er saß hier, weil es Sitte der Disputanten war, nach der Disputation ein Gelage zu veranstalten. Aber bindend war diese Sitte schließlich nicht, erst recht nicht für ihn, Balthasar. Freilich, er hatte vier Monate im Pädagogium ein derartig frommes Leben geführt, daß man ihn wirklich eher eine Memme als einen Bursiarius nennen konnte. Weiß Gott. Zumal die anderen Studiosi alle nasenlang etwas anstellten, was Rektor und Pedelle mit Karzer, Knute und Mahnungen ahnden mußten: Sie brachen Zäune nieder, lärmten auf der Straße, warfen mit Steinen nach den Fenstern der Professoren, nach Juden oder Zigeunern, soffen und trieben Unzucht mit Kneipenmädchen, spielten Würfel und Karten. Studenten, die in Privatwohnungen eingemietet waren, zankten sich mit ihren Wirtsleuten, wobei man so weit ging, einander Spülicht über den Kopf zu gießen. Außerdem – Bade hatte ihm zwar bei ihrem Wortstreit Fallen gestellt, die im offenen Widerspruch zu den Regulae opponentis standen, aber er hatte es mit unverkennbarem innerem Schmunzeln getan (»Du verstehst doch, Einfaltspinsel, ich tu es aus purem Spaß, und wenn du ein denkender Mensch bist ...«), so daß es kleinlich gewesen wäre, sich beleidigt zu fühlen und nicht mitzuzechen. Erst recht, da Bade selbst – Sproß einer vermögenden Lübecker Kaufmannsfamilie, wie es hieß – ihm, dem Sohn eines lumpigen Fuhrmanns, keinesfalls seine jämmerliche Niederlage übelnahm. Allerdings, im Pädagogium genoß Bade einen ziemlich miserablen Ruf. Ein Spötter, der keine Autoritäten anerkennt, hatte angeblich Professor Rühl über ihn gesagt. Worauf Rektor Wolff zustimmend genickt hatte. Tja. Auch Rektor Wolff war nicht schuldlos daran, daß sich Balthasar jetzt auf dem Weg zu den Spelunken von Lastadie befand.

Mit dem Rektor hatte Balthasar nur ein paarmal persönlich zu tun gehabt. Aber jedesmal hatte er mit seinem ganzen Wesen dessen gezügelte, doch tiefe Unzufriedenheit empfunden. Eine unverständliche, stumme Prätention: Junge, du bist nicht das, was ich von dir erhofft habe. Verschiedene Charaktere reagieren auf so etwas verschieden. Balthasar reagierte mit Zugeknöpftheit und Unzugänglichkeit, was Rektor Wolff wahrscheinlich gar nicht bemerkte. Denn wie oft hatte schon ein Studiosus des Pädagogiums Gelegenheit, vor dem Rektor zwischen offenherziger Gesprächigkeit und steinernem Schweigen zu wählen, so daß dieser seine Wahl wahrnahm oder gar über deren Ursache nachsann? Zudem brachte die Haltung des Rektors Balthasar nicht gerade um den Schlaf. Eher taten es Übermüdung und Erregung, zumal dann, wenn er bis spät in die Nacht Olaus

Magnus' kürzlich erschienenes Buch »De gentium septentrionalium veris moribus« las und bei den darin erzählten Werwolfgeschichten an die von Kurgla und Fischermai dachte. Oder wenn seine Phantasie an der Schwelle von Schlaf und Wachsein das Brunnenrad auf dem Platz vor dem Pädagogium ankurbelte und aus allen Eimern scharenweise graue, schwarze und blaue Teufelchen hüpften und sich in der Stadt zerstreuten, so daß Straßen, Mauern und Dachfirste von ihnen geradezu wimmelten. Während er so mit geschlossenen Augen auf seiner Pritsche lag, dem hemmungslosen Strom quälender Vorstellungen ausgeliefert, und wähnte, am nächtlichen Fenster des Cubiculums zu stehen und glühende Sterne über den Himmel und Wolfsrudel über den Schloßplatz jagen zu sehen, da fühlte er, wie sein lang bewährtes Sicherheitsgefühl – Aber mich, hier, jetzt, rühren sie nicht an! – immer mehr dahinschwand. Zuweilen jedoch, häufiger als Werwölfe, Wechselbälge, Zauberspuk und Kometen, raubte ihm das Verlangen, irgendwohin zu fliehen, den Schlaf. Vis in inquiete transformata, wie es Rektor Wolff genannt hätte. Aber der Rektor selbst, vielmehr seine merkwürdig vorwurfsvolle Haltung, beeinträchtigte Balthasars Schlaf wirklich nicht. Seinen Schlaf nicht – dafür aber sein Wachsein. Wenigstens insofern: Hätte er, auf dem Poller sitzend, mit seinem geschlossenen Auge ebenso angestrengt in sich gespäht wie mit dem offenen Auge nach den Schiffen, dem Fluß und nach den kichernden Vorstadtmädchen, die über die Holzbrücke im Nebel von Lastadie verschwanden – ja, hätte er sein Innerstes ebenso aufmerksam betrachtet, so wäre ihm klargeworden: Zum bevorstehenden Trinkgelage und dazu, was darauf folgen würde, kam es einfach nur, damit die Schrift erfüllet würde – wie es so schön hieß. Wirft man mir etwas vor, Tod und Teufel, so soll mir auch etwas vorzuwerfen sein! Wenigstens in meinen eigenen Augen.

Bade, Gluck und Zastrow kamen eilig vom Markt her am Ufer entlang, die Fingerknöchel von der feuchten

Kälte blau, die Wangen glühend rot vor Unternehmungslust. Zusammen überquerten sie die dumpf hallende dreihundert Ellen lange Plankenbrücke. Der Nebel war so dicht, daß man in der Mitte, beim Schiffsdurchlaß, die beiden Ufer kaum erahnen konnte, und über dem schwarzgrauen Wasser wallten Nebelstreifen, als flösse Milch durch die Luft. Am anderen Ufer wandten sich die Burschen, Bade und Gluck stets ortskundig voran, nach links und erreichten bald das Erlengestrüpp am Dunsch gegenüber von Bleekholm, wo Pfade an randvollen Gräben entlang zu kleinen, im Gestrüpp verborgenen Häuschen führten.

»Ich möchte euch nicht unbedingt den Mund wäßrig machen«, erklärte Bade, »aber wo wir hingehen, gibt es eine freundliche Marketenderin. Das kann ich getrost sagen. Sie selber ist natürlich nicht zum Anbeißen, ihre Mädchen dagegen ... Na, da wären wir ...«

Es war eine kleine Kneipe, wo Oderschiffer und im Sommer wohl auch fremde Seeleute verkehrten. Wegen des Nebels und der Sträucher, die vor den winzigen Fenstern wuchsen, brannten drinnen schon Kerzen. Unter der rußigen Balkendecke segelte auf hüpfenden Schatten eine Spielkogge von der Länge einer Elle, ein Schmuck, der sich sogar in einem vornehmeren Wirtshaus gut gemacht hätte. An den wenigen Tischen hockten einige bärtige Männer über Bierkrügen, und hinter der Theke stand die dicke Schankwirtin, in deren rübenähnlichem Gesicht winzige heitere, erbarmungslose Augen blinkten.

Die Burschen begannen mit einigen Kannen Gartzer Bier und gesalzenen Bohnen. Schon die ersten Züge auf nüchternen Magen lockerten ihre Zungen, die Schatten an der dunklen Decke wogten, als mache eine frische Brise die Kogge schaukeln. Gluck und Zastrow stritten sich über etwas, ach ja, darüber, ob es wahr sei, was die Rambiner auf Rügen von einem Schiffsmodell erzählten, das angeblich in ihrer Kirche hing: Es handle sich um das Geschenk eines Luftschiffers, der vor undenklichen Zeiten in seinem Wunderfahrzeug über die Insel gesegelt sei. Gluck meinte, man solle es glauben. Zastrow erklärte das alles für Quatsch, und Bade grinste und spornte den einen wie den anderen zu heftigerem Streit an. Einer der Bärtigen zupfte die Zimbel, ein zweiter summte ein Lied. Balthasar lauschte und dachte mit verschiedenen Teilen seines Denkapparates an verschiedene Dinge. Mit einem, daß Bade, dieser Tunichtgut, ihn heute bei der Disputation zum Narren hatte halten wollen, aber er würde ihm, dem Tunichtgut, verzeihen. Mit einem anderen, daß es dumm wäre, wegen einer so natürlichen Sache wie die, auf die sie jetzt aus waren, die Strafe Gottes zu fürchten. Und mit einem dritten, daß das Rambiner Schiffsmodell vielleicht wirklich von einem Luftschiffer stammte – das erschien Balthasar unvergleichlich interessanter, als wenn die wunderbare Geschichte von dem fliegenden Schiff bloß zusammengeflunkert wäre. Was natürlich viel glaubhafter war, leider.

Bade bestellte Zwetschgenwein, und bald kamen auch die Mädchen. Für jeden Studenten eins. Sie trugen gewöhnliche bunte Fähnchen und hatten ihre Wangen mit roter Beete angemalt. Bade und Gluck zerrten sich zwei von ihnen mit großem Hallo als alte Bekannte auf die Knie. Die zwei übriggebliebenen wollten sich auf Zastrows und Balthasars Bank niederlassen, aber Zastrow, der bereits den Weinbecher bis zur Neige geleert hatte und nun couragiert war, zog das dunkle Flittchen von Balthasars Seite weg und stieß ihm die andere auf den Schoß.

»Nimm dir meinen Kommilitonen. Vor Rothaarigen hab ich Angst. Der da ist selbst fast rothaarig und zahlt den Rothaarigen immer fünf Pfennig drauf.«

Es war ein etwa achtzehnjähriges wendisches Mädchen. Sie hatte ein noch recht unverdorbenes Gesicht, rostbraunes Haar und einen üppigen weißen Leib.

»Wie heißt du?«

»Lada.«

Sie sprach so schlecht Deutsch, radebrechte so komisch und weich, daß Balthasar sie manchmal kaum verstehen konnte. Aber sie besaß genügend wesenseigene oder gewerbebedingte Ungezwungenheit, um dem tolpatschigen Studiosus über das erste Befremden hinwegzuhelfen. Zumal er sehr gern darüber hinwegkommen wollte. Schon schlürften sie zusammen den Wein und bissen in ein zähes graues Brötchen, und Balthasar drückte das Mädchen an sich und genoß dies ebenso wundersam und sündig wie die Gewißheit, daß der Fluß zwischen ihm und dem Stadtteil mit dem Pädagogium unmäßig breit und tief und dunstverhangen war. Und daß sein Heim sich weit weg, in einer anderen Welt befand. Der Wein stieg ihm zu Kopf. Er spielte mit Ladas rotem Haar, lachte heiser und sah sich gleichsam selbst über die Schulter, lächelte verschämt und durchschaute sich: Irgendwo weit hinter seinem eigentlichen Ich und seinem zweiten Ich stand – er sah nicht recht, war es nun Rektor Wolff oder Gott der Herr in Person (jedenfalls glich der eine völlig dem anderen), und betrachtete ihn abfällig: Na, was habe ich die ganze Zeit von dir gedacht! Balthasar zuckte sogar leicht zusammen, zumindest tat es sein zweites oder drittes Ich, als es sich umblickte und in den tadelnden Augen des Rektors oder Jehovas plötzlich die müden weißen Augen des alten Siimon aufleuchten sah, der gebeugt auf einem leeren Fuhrwerk zwischen dem Rektor und Jehova hindurchfuhr, dabei mit der Peitsche aufs Pferd einschlug und sein Gesicht abwandte ...

Später erinnerte sich Balthasar: Er hatte für einen Ferding neuen Wein bestellt und beschlossen, auch für das Mädchen einen Ferding zu geben – mehr würde er nicht vergeuden; er gedachte den alten Siimon durch Sparsamkeit zu bestechen und schämte sich ein wenig seiner Berechnung. Sie hatten den Becher in großen Zügen geleert, waren dann hinausgegangen und eine leiterähnliche Treppe hochgestiegen ... Irgendwo flackerte eine Kerze, staubige Haferstreu duftete süß und erdig, und ein Schaffell roch, oh, ganz anders als der alte Fuhrmannspelz damals ... Seine schmerzlichen Erinnerungen ließen ihn Lada sogar ein wenig derb anpacken, trotzdem sagte sie nachher in ihrer komischen Zwitschersprache: »Nicht alle Studenten sind so nett. Und du bist so schrecklich kräftig ...« Balthasar errötete im Dunkeln, wegen seiner Nettigkeit und seiner Kraft. Dann fragte Lada: »Sag mal, woher kommst du? Du sprichst anders als die Leute hier.«

Und Balthasar antwortete: »Von weit her. Meine Stadt heißt Reval.«

Darauf stützte sich Lada im Dunkeln auf die Ellenbogen und flüsterte: »Reval? Ich sehe mich schon seit zwei Jahren nach jemandem aus Reval um. Früher sollen die Revaler oft hierhergekommen sein, aber ich bin noch auf keinen einzigen gestoßen.«

»Was willst du denn von den Revalern?«

»Na, ich hätte mich erkundigt ...«

»Wonach?«

»Ob sie was von meinem Bruder wissen. Vielleicht weißt du etwas?«

»Du hast dort einen Bruder?«

»Ja, einen älteren Bruder.«

Balthasar überlegte einen Augenblick, was der Bruder dieses kleinen Freudenmädchens in Reval wohl sein mochte – ehrlose Berufe gab es in Hülle und Fülle – Badeknecht, Abtrittreiniger, Totengräber, Henkersknecht ...

»Was macht er dort?«

»Er ... Er ist Abt in einem Kloster.«

»Abt?«

»Mhm.«

»Na so was. Und ich dachte, Ordensmeister.«

»Nein, Abt.«

»Hat er dir geschrieben, daß er Abt ist?«

»O nein. Geschrieben, mir? Du Narr! Ein Bursche von hier ist auf einem Schiff nach Reval gefahren und hat ihn gesehen. Als er zurückkam, hat er's mir erzählt.«

»Das Blaue vom Himmel hat er runtergelogen.«

»Nn-ein. Er hat nicht geschwindelt. Als er vergangenes Jahr wieder nach Reval fuhr, hab ich mit ihm eine Nachricht geschickt. Damals war ich schon in diesem

Haus. Und ich weiß auch, daß das Schiff angekommen und er bei meinem Bruder gewesen ist. Aber zurück ist er nicht gekommen. Die See hat ihn genommen.«

»Trotzdem war er ein Lügenmaul. Abt? Du Närrchen. Wenn du's wissen willst – in Reval gibt es gar kein Kloster.«

»Nicht in Reval. Einige Meilen von der Stadt. Bei den weißen Mönchen.«

Nun verstummte Balthasar vor Überraschung.

»Hat er ... auch so rotes Haar wie du?«

»Jawohl.«

»Heißt er – Antonius?«

»Anton, stimmt. Du kennst ihn also?«

»Hm. Ich kenne ihn.«

»Wirklich? Ein wahres Wunder Gottes!«

»Ich wundere mich auch. Aber weißt du, Abt ist er nicht mehr.«

»Was ist er denn jetzt?«

»Jetzt – ist er Ordensmeister. Oder, na, die rechte Hand des Ordensmeisters.«

»Ach so. Fährst du zurück nach Reval?«

»Erst in drei Jahren.«

»Da kannst du mir nicht helfen. Sonst hätte ich dich gebeten, Anton zu besuchen und ihm zu erzählen ...«

»Was?«

»Von unsrer Mutter ...«

»Was ist mit ihr?«

»Einiges weiß er schon ... Dieser Bursche hat's ihm erzählt. Man hat sie beschuldigt, in der Schenke, wo sie Marketenderin war, also hinterm Passower Tor im ›Grünen Engel‹, dort wären Menschen beraubt worden. Schließlich hat man sie in den Kerker des Herzogs geworfen und uns das bißchen, was wir hatten, weggenommen. Kasimir, das ist unser jüngerer Bruder, der kam trotzdem noch auf die Armenschule. Aber dann hat man über Mutter Hexengeschichten verbreitet, und Kasimir ist von der Schule geflogen. Es half nichts, daß Anton dort mal der beste Schüler gewesen war. Und jetzt ist Kasimir Gott weiß wo. Und ich bin hier gelandet … Na ja, das weiß Anton schon. Aber zu Martini hat sich Mutter im Gefängnis erhängt. Das weiß er noch nicht.«

Bade holte sie gegen vier aus der Streu. Unterwegs brummte Gluck den Choral, den er zwei Stunden später in der Kirche spielen mußte. Zastrow trat im finsteren Gestrüpp einen Schritt vom Pfad weg und versank mit beiden Beinen im eiskalten Wasser. Bis zur Stadtpforte erklärte er achtmal, in der nächsten Woche bekäme er steife Knie. »Deine Zunge könnte gleich steif werden!« knurrte Balthasar.

Für vier Pfennig kamen sie durch die Pforte. Am Fischmarkt brach Gluck einen über die Mauer hängenden Weidenzweig, und sie losten. Bade zog das kürzeste Stückchen und sagte grinsend: »Ihr Hunde! Wieder ich!«

Am Südende des Konvikts blieb er auf der dunklen Straße zurück. Die anderen gingen lautlos zum Eingang, schlichen die Treppe hoch, zogen leise die Stiefel aus und standen mit angehaltenem Atem hinter der Tür. Gluck hätte fast wieder seinen Choral angestimmt, aber Zastrow versetzte ihm noch rechtzeitig einen Rippenstoß. Da ertönte vom anderen Ende des Hauses ein Schlag und Glasgeklirre. Bade hatte die kleine Scheibe des Korridorfensters mit einem Stein zertrümmert. Durch die Tür hörten sie, wie der Pedell, der Nachtwache hatte, polternd von seinem Hocker aufsprang und losrannte. Lautlos öffneten sie mit Glucks Reserveschlüssel die Tür und waren im Nu auf der Treppe zum Obergeschoß. Auf halbem Wege zu ihrem Cubiculum holte Bade sie ein.

»Der Alte hat so lange bei der eingeschlagenen Scheibe rumgezetert, daß ich ganz gemütlich hereinkonnte.« Er musterte Balthasar beim Licht der Kerze, die nachts auf dem Gang brannte, damit man sich nicht an den Mauern stieß, wenn man auf den Abtritt mußte. »Na, omne animal … triste? Und doch verteufelt angenehm, sich mal auszutoben, was?«

Als Balthasar nach einem flüchtigen, fiebrigen Schlaf um sechs in die Kirche gejagt wurde – sonntags wurde eine Stunde später geweckt –, war er überzeugt, der Herr werde ihn für all die begangenen Scheußlichkeiten strafen. Schon dieses wundersame Zusammentreffen zeigte Gottes Zorn: Er hatte ihn vom Teufel just zu jener Lada führen lassen. Hinzu kam ein neuerlicher Frevel: Als Balthasar sein gerötetes, wuschelköpfiges Lümmelgesicht zur kerzenbeleuchteten Maria des Altarbildes hob und inbrünstig betete, sie möchte doch diesen Hexenzauber von ihm nehmen, da erblickte er unter Marias blauem Rock die weißen Schenkel Ladas ...

Balthasar dankte Gott, daß es sonntags zum Frühstück Zwiebelsuppe gab, die seinem Atem mehr oder weniger den verfänglichen Geruch nahm. Aber daß die Strafe diesmal nicht ausbliebe, dessen war er fast sicher.

Zastrow und Gluck hechelten nach dem Frühstück all ihre jüngsten und früheren Heldentaten durch, wobei der sechzehnjährige, vor Neugier bebende Kümmel sie durch eingehende Fragen erfreute. Balthasar verließ sie und machte einen Spaziergang auf den Stadtwällen. Er ging ziemlich schnell, da er beschlossen hatte, eine Runde um die ganze Stadt zu machen.

Noch immer hüllte regloser Nebel die Häuser bis zur halben Giebelhöhe in weiße Schafwolle, über der nun festlich erregend Glockengeläut wogte. Aber am Himmel lichtete sich die Wolkenwolle streckenweise, und von Zeit zu Zeit brannte die Sonne auf die Wetterfahnen der Türme nieder. Vom Weißen Turm oben, wo der Stadtwall am höchsten war, konnte man durch die Nebellücken sehen, daß der unter dem Nebel schwarz schimmernde Fluß sich im Norden fast bis zur Oderburg auf die Auen ergossen hatte. Um die roten Stadttürme kreischten frühlingshaft die Dohlen. Und die Türme schwitzten wie Balthasar selbst. Möglicherweise war die Furcht vor Gottes Strafe doch nur die Schwermut ausgetrunkener Becher des Animal triste?

O nein! Als Balthasar von seiner Runde zurückkehrte,

rief jemand in der Kleinen Domstraße hinter ihm her: »He! Junger Mann!«

Balthasar wandte sich um und erkannte mit Staunen den modisch gekleideten alten Herrn: Es war der Narvaer Ratsherr Joachim Krumhusen. Der Mann, der einst Vater Siimon aus größter Bedrängnis gerettet hatte. Der Mann, den man in Reval des abgekarteten Spiels mit dem Großfürsten von Moskau verdächtigt hatte, der aber als einer der ersten aus Narva nach Reval und aus Reval nach Deutschland geflüchtet war. Der Mann, dessen Habe Vater Siimon zuletzt noch aus Reval nach Riga geschafft hatte.

Es stellte sich heraus, daß Herr Krumhusen nun hier in Pommern lebte, in seiner Geburtsstadt Treptow, und im Auftrag des Herzogs und der Kaufherren Loitz gerade beim Bau einer Salzsiederei war. Und daß er sich im Augenblick zu einer Sonntagsvisite begab – wohin? Zu seinem jungen Freund Rektor Wolff ...

Erschrocken fuhr Balthasar zusammen, denn im Geiste sah und hörte er deutlich, wie Herr Krumhusen eine Viertelstunde später am Mittagstisch des Rektors sagt: »Übrigens, gerade habe ich auf der Straße mit einem deiner Studenten gesprochen! Mit dem Rissaw aus Reval. Ha-ha-ha-ha – der stank nicht nur nach Zwiebelsuppe, nein, auch nach Bier und Wein! Wie ein Bock!« Und Rektor Wolff antwortet überaus ruhig, so daß man ihm die Empörung gar nicht anmerkt: »Soso. Ich danke dir, daß du es mir erzählt hast.« Sobald aber Krumhusen weg ist, schickt er den Pedell nach Balthasar. Natürlich, von Balthasar erfährt der Rektor nichts. Balthasar ist stumm wie ein Fisch. Aber da knöpft sich der Rektor Zastrow und Gluck vor und läßt sie alle drei getrennt einsperren und über die letzte Nacht schriftliche Erklärungen verfassen. Und wenn auch dabei nichts an den Tag kommt – alle schreiben, sie hätten nachts auf ihrer Pritsche gelegen und geträumt, wie der Heiland ein verirrtes Lamm rettet –, läßt er den kleinen Bagmiel rufen. Von selbst geht Bagmiel nicht petzen: Bei diesem verrückten Bade kann man nie wissen! denkt er. Aber wenn er vor den Rektor zitiert wird und Lupus ihn aus seinen verdammten Uhuaugen ansieht und fragt, was er von dieser Geschichte weiß – ja, *was* er weiß, und nicht, *ob* er etwas weiß –, dann plaudert er bestimmt alles aus, und die Nachtbummler bekommen drei Tage Karzer und zehn Knutenhiebe aufgebrummt.

Balthasar verabschiedete sich eilig von Herrn Krumhusen, und um drei Uhr wurde nach ihm geschickt.

Der Pedell begleitete ihn in die Wohnung des Rektors in einem zur Straße gelegenen Haus, wo Balthasar noch nie gewesen war. Natürlich: Der Rektor brauchte wegen eines Trunkenboldes am Sonntag nicht in sein Arbeitszimmer zu kommen.

Lügen hilft nicht und die Wahrheit sagen erst recht nicht, überlegte Balthasar beim Betreten des Hauses. Ergo – Maul halten und sehen, was wird. Wie er vor dem Rektor mit verschlossenem Maul dastehen sollte, konnte er sich nicht recht vorstellen. Aber er war eisern entschlossen, es zu tun.

Die Diele des Rektors mit der dunklen Täfelung, den hellweißen Wänden und der bemalten Balkendecke war prunkvoller, als er erwartet hätte.

»Aha. Augenblick mal. Der Herr Rektor läßt sogleich bitten«, sagte mit schmunzelndem Rattengesicht der Diener Hans. »Na, was haben wir denn ausgefressen ...?«

Balthasar schnaufte und blieb stumm, worauf Hans sich beleidigt umwandte und seine Ankunft melden ging. Gewöhnlich suchten die zum Rektor zitierten Sündenböcke sich bei dessen Hausdiener anzubiedern – nicht wie dieser Rüpel hier.

»Ja, er soll hereinkommen«, erklang es aus dem Schreibzimmer. »Guten Tag. Nimm Platz.«

So ein Pharisäer! Platz nehmen! Sonst machte er kein solches Theater um einen Hintern, der gleich versohlt werden soll.

»Du stammst aus Reval?«

Maul halten, unbedingt. Aber nicken war gestattet.

»Und eine slawische Sprache kannst du nicht?«

Herrgott! Weiß er denn schon, daß es diese Lada gewesen ist ... Maul halten. Und wenn es ums Slawische geht, den Kopf schütteln.

»Mhm.«

Jetzt sucht er nach besonders spöttischen Worten. Gewiß. Nach etwas, womit er all seine Verachtung auf einmal über den Sündenbock ausschütten kann. Was hat er doch zu diesem Wedel gesagt, als er im vergangenen Monat mit Mädchengeschichten hereinfiel? Ein Kalb will sich die Hörner abstoßen. Du hättest deine Exerzitien mitnehmen und sie damit glattscheuern sollen.

»Balthasar, ich habe dir unrecht getan.«

Soll er nur Faxen machen. Vor Gott werde ich mich reuig zeigen. Was er dort redet, kann mir egal sein.

»Ich hätte nicht gedacht, dies könnte dich so widerspenstig machen. Aber ich habe es verdient. Leider!«

Soll er nur reden! Aber ... Was hat er da gesagt? Unrecht getan?

»Jawohl. Ich habe gedacht, alle Völker, die östlich angesiedelt sind, sind Slawen. In Pommern die Wenden und Kaschuben und in Livland deine Esten. Als du mir gesagt hast, du hättest nie ein slawisches Wort gekonnt, glaubte ich, du wärst so ein Nestbeschmutzer, wie es hier so viele gibt. Ich meine die wendischen Jungen aus unserem Pommern, die ihren slawischen Hintern so eifrig in deutsche Hosen stopfen, daß nach ein paar hundert Jahren nicht mal mehr ihre Ohren daraus hervorgucken werden – anstatt ihre wendischen Buxen sauberzuhalten und sich selbst treu zu bleiben. Na ja. Aber heute besucht mich mein alter Freund Krumhusen und sagt: Gerade habe ich auf der Straße einen deiner Studenten getroffen, den Rissaw aus Reval ... Und da kommen wir auf livländische Angelegenheiten zu sprechen, und plötzlich höre ich, daß die dortigen Undeutschen von ganz anderer Art sind ...«

Der Rektor ließ sich von Balthasar ausführlich über Reval und Meus' Lebensverhältnisse berichten und meinte zum Schluß: »Also ist es ihm recht gut ergangen. Was derart ehrlichen Burschen nicht allzu oft widerfährt. Leider. Und ein Weib hat er auch bekommen ...« Er lehnte sich im Stuhl zurück und musterte Balthasar noch einmal vom Scheitel bis zur Sohle. »Ein Weib hat er auch bekommen; nach dir zu urteilen – ein recht ansehnliches.«

Balthasar verließ das Haus des Rektors gegen halb fünf, in der Hand seine alte, abgetragene, aber vom Diener Hans unter Verbeugungen dargereichte Hundefellmütze, im Mund den Geschmack des Ingwerkonfekts der flinken Hausfrau, auf der Schulter den Klaps des Rektors und im Gemüt einen völligen Wirrwarr, ausgelöst durch die zutiefst unergründliche Mechanik der himmlischen Gerechtigkeit.

Bis zum Abendbrot blieb noch eine halbe Stunde, und Balthasar machte einen Rundgang um die wendische Altstadt. Ein scharfer Ostwind hatte den Nebel von der Stadt weggeblasen. Die Wetterfahnen kreischten, in den bebenden Pfützen spiegelten sich die frierenden Frühjahrssterne. Balthasar fröstelte es – vom Wind, von der schlaflosen Nacht, von der Verwirrung. Aber neben der Angst, Gott halte in seiner rechten Hand eine Strafe für ihn bereit – um vieles ernster und schlimmer als zehn Knutenhiebe –, neben dieser Angst hob auch schon die Hoffnung ihren runden Kopf mit dem keimenden Schnurrbart; denn wer unter einem Glücksstern geboren ist, dem würde der Herrgott mit seiner Linken ein Stegbrett unter die Füße schieben, eine Latte, ein Wunderseil, um ihn über die Schluchten der Erbsünde zu führen ... Und nachdem Balthasar im Refektorium Leib und Seele mit zwei tüchtigen Schüsseln heißer Bohnensuppe gestärkt hatte, war er der Hilfe Gottes gegen Gott selbst schon fast sicher.

Jedenfalls: Seit diesem Märzabend behandelte Rektor Wolff ihn nicht mehr wie einen halbwegs anständigen Sproß einer an sich ehrlosen Sippe, sondern wie einen jungen Freund.

Fortan kam es öfters vor, daß der Rektor Balthasar zu sich rufen ließ, wenn Herr Krumhusen wieder mal in

Stettin weilte, um mit den Herren Loitz Angelegenheiten der Salzsiederei zu besprechen, und dabei Wolff einen Besuch abstattete. Von Herrn Krumhusen erfuhr Balthasar, daß der Moskowiter in der zweiten Januarhälfte Südlivland und Kurland geplündert hatte und die Rigaer aus Angst vor Belagerung sogar ihre Vorstädte abgebrannt hatten. Diesmal allerdings zu früh. Außerdem hieß es, der Herr Koadjutor – bei seiner Erwähnung hatte Balthasar ein Empfinden wie jemand, der an eine längst überstandene unangenehme Krankheit erinnert wird –, der Herr Koadjutor also habe während der Fasten mit dem König von Polen in Krakau über eine Unterstützung für Livland verhandelt. Ob daraus Nutzen erwüchse, war noch ungewiß. Balthasar indes hatte einen Nutzen von seinen Zusammenkünften mit Herrn Krumhusen. Vor allem, weil der Kaufherr es ihm ermöglichte, auf mehr oder weniger sicherem Wege Briefe in die Heimat zu schicken: Das Loitzsche Kaufhaus stand noch in Verbindung mit Reval. Und Herr Krumhusen versicherte: Sollte dieser Kontakt abreißen, bliebe noch die Verbindung mit Riga, von dort nach Reval war es ja nicht gar zu weit.

Im Herbst schrieb Balthasar die ersten ausführlichen Briefe an den Vater und an Meus und berichtete über sein Stettiner Leben. An die tieferen Gründe seines Hierseins rührte er nicht. Das war eine verjährte Angelegenheit. Aber sein Konviktleben malte er mit den kraftvollen Strichen eines Federzeichners, wobei er die Freude an der Wortmalerei auskostete. Im Brief an den Vater bat er unter anderem auch um Geld. Nicht, daß er es dringend benötigt hätte, nein. Aber er meinte durchaus ein Recht darauf zu haben, da er vom Vater noch keinen Schilling für sein Studium erhalten hatte. Und was die Notwendigkeit betraf, auch die war schon abzusehen. Denn Livland drohte wieder Krieg, und sämtliche Verbindungen schienen gefährdet. Zudem hatte sich Balthasar im Sommer mehrmals vom verflixten Bade – der Teufel mochte wissen, wie – auf schlüpfrige Pfade locken lassen. Im »Grünen Engel« und anderswo hatte er neben dem reichen Kaufherrensproß nicht als Geizhals dastehen wollen und für seine Revaler Fuhrmannssohnehre alles in allem gute zwanzig Mark springen lassen ... Und als er schließlich im September im Loitzschen Bankhaus seine Rigaer und Revaler Mark gegen pommersche wechselte – denn bei Einkäufen hatte er in letzter Zeit Schwierigkeiten mit dem livländischen Geld gehabt –, da erhielt er ungefähr fünfzehn Prozent weniger, als er nach seinen bisherigen Erfahrungen erwartet hatte. »Das Silbermaß in meinen Münzen ist doch das gleiche. Oder meint Ihr vielleicht, ich hätte was umgeschmolzen?« protestierte Balthasar. »O nein. Aber in den heuer in Livland geprägten Markstücken ist das Silbermaß merklich geringer«, erklärte ein Angestellter mit aufreizend leiser Stimme. »Und wie soll unser Bankhaus feststellen, ob nicht einige Eurer Mark diesjähriger Prägung sind?« Es mochte ja wahr sein, daß der inzwischen zum Ordensmeister aufgestiegene Herr Kettler billiges Geld münzte. Aber außer Zweifel stand, daß die Herren Loitz auf Balthasars Kosten Geschäfte machten.

Das Jahr 1559 verabschiedete sich mit Schlamm und Wind, und das Jahr 1560 kam mit klirrendem Frost. Doch der Winter verlor sich bald in Schneematsch, Regen und Nebel. In der zweiten Aprilhälfte läuteten tagelang die Glocken aller Kirchen, als sei ein Fürst zu seinem Herrn heimgerufen worden, und das ganze Pädagogium ging mehrmals am Tage zum Gottesdienst, um zu trauern und innere Einkehr zu halten. An Lobpreisungen für den großen Toten fehlte es nicht: Der von vielen so oft verfluchte Melanchthon war am 14. April in Wittenberg gestorben. Einige Zeit hatte Balthasar das Gefühl, er habe durch diesen Tod etwas verpaßt, etwas Wesentliches, das er nun niemals sehen oder erfahren würde ... Und dann war auch schon der richtige Frühling da.

Mitte Juni begannen in den Räumen des Konvikts Renovierungsarbeiten, daher dauerten die Sommerferien volle vier Monate. Die Stettiner Bürgersöhne gingen in ihre Vaterhäuser zurück, die Sprößlinge des Landadels fuhren auf ihre Familiengüter, die wendischen Handwerkerkinder zerstreuten sich in der enggassigen Altstadt zwischen Fluß und Heumarkt, in Lastadie und in den nahen Oderdörfern. Im Pädagogium verblieben nur einige Dutzend Studenten, deren Zuhause weit weg war oder die vielleicht gar keins mehr besaßen. Diese suchten sich für den Sommer meist eine Beschäftigung. Einige wurden in den Chor der Marien- oder Jakobskirche gesteckt, für manche fanden die Professoren eine Anstellung als Hauslehrer in der Stadt. Andere gingen als Scholaren in die nächsten Universitätsstädte, um den Sommer zu verleben und zu überleben. Häufig lungerten sie dort einfach auf Pastoraten und in Schulmeisterhäusern rum, vielfach war es eine Bettelei, zwar erhabene, anerkannte Bettelei im Namen des Musendienstes, aber dennoch wenig gottgefällig.

Bade hatte dies alles natürlich nicht nötig. Er brauchte, wie er grinsend mitteilte, auch keinen Beruf. Sein Onkel aus Lübeck versorgte ihn reichlich mit Geld. Im Frühjahr sprach er davon, er wolle in den Sommerferien zu seinem Lübecker Onkel fahren, doch später zog er einen anderen seiner sieben oder acht Onkel vor, die alle in den Hafenstädten der Ostsee Handel trieben: in Barth, Rostock, Wismar, Königsberg und – wahrhaftig! – sogar in Reval. Diesmal fuhr er schließlich zu seinem Wismarer Onkel.

»Eigentlich möchte ich nach Reval fahren«, gestand er Balthasar, »denn dort bin ich noch nicht gewesen, und nach deinen Schilderungen ist das die gemütlichste Stadt der Welt, wogegen mein Wismarer Oheim stinklangweilig ist. Aber in deinem Livland bekriegen sie sich, und zu Kriegszeiten muß man sich immer für jemanden entscheiden. Und das geht mir verdammt gegen den Strich.«

Balthasar blieb an Ort und Stelle. Im »Grünen Engel« hatte er den Oderschiffer Martinus Pad kennengelernt. Dieser hatte seine starken Arme und seine geflickte Hose bemerkt und Balthasar vorgeschlagen, im

Sommer, wenn die Professoren wegfahren, bei ihm als Ruderer zu dienen, für zwei pommersche Mark wöchentlich.

Also ruderte Balthasar von Mitte Juni bis Anfang Oktober in einem breiten Viermannboot von wendischen, Lübecker und dänischen Schiffen Warenkisten und Fässer an die Landungsbrücken und Stettiner Waren auf die Schiffe.

Seine Haut wurde von der Sonne auf dem sommerlichen Fluß erst kupferrot und schälte sich, doch dann färbte sie sich lilabraun, wie bei einem Teufel. Anfangs schmerzten ihn abends ganz scheußlich Schultern und Kreuz, und die Handflächen brannten von Blasen, aber nach zwei Wochen war er dagegen gefeit. Er betrachtete Bug und Heck der Schiffe, ihre Anker und die Galionsfiguren, Waren und Menschen. Er merkte sich dänische und wendische Sätze und erheiterte mit ihnen seine Bootsgefährten. Mittag hielten sie, er und die drei wendischen Burschen, berufsmäßige Ruderknechte, irgendwo im Weidengestrüpp am Ufer von Bleekholm. Balthasar aß, was ihm für angemessene Bezahlung Herrn Buttes Magd Liesel in den Proviantbeutel getan hatte. Nach dem Mittagessen verzehrte er als Nachtisch die Leckerbissen, die ihm Liesel auf eigene Faust mitgegeben hatte, und dann tat er etwas ganz Unanständiges, was ihm die wendischen Burschen nur zögernd nachmachten: Er warf seine Kleider ins Gebüsch, stieg bis zum Hals ins kühle Wasser und schwamm am Schilf entlang ein ganzes Stück wider den Strom und mit dem Strom zurück, tolpatschig wie ein großer Hund, seinen großen struppigen Hundekopf emporreckend. Danach fühlte er sich wundersam frisch, als hätte die heilige Veronika selbst mit ihrem Zaubertuch seine Müdigkeit weggewischt.

Mit Genehmigung des Rektors schlief er in seinem leeren Cubiculum. Nach Feierabend schlenderte er öfters durch die Stadt. Beim Mühlentor musterte er vom Stadtwall aus die unbekannten Bäume und geheimnisvollen Pfade im herzöglichen Lustgarten. Oder er spazierte zur Oderburg, unterhielt sich mit Städtern und Dörflern, ging um das Schloß herum, betrachtete die alten Herzöge und Herzoginnen aus Marmor, die aus den Nischen herabblickten, oder sah dem blühenden, rotbärtigen Herzog Barnim und der Herzogin Anna mit ihrer bauschigen Frisur beim Ausreiten zu oder schaute sich, was noch interessanter war, im Tiergarten des Herzogs um – der Wächter erlaubte es ihm, für Geld und gute Worte. Er beobachtete den Riesenelch mit dem Schaufelgeweih, den Auerochsen mit dem roten Nacken, die vor Unrast halbverrückten Wölfe und die gelbäugigen Luchse in ihren Gitterkäfigen. Doch den Eingang zu der Höhle, wo die pommerschen Herzöge aus dem Geschlecht der Greife angeblich das Namenstier ihrer Sippe mit dem Adlerkopf und der Tigertatze hielten, ein Wundertier, das in seinen Krallen zwanzig Löwen in sein Nest tragen konnte, als handele es sich um einen einzigen Hammel – den Eingang zu der Höhle dieses Wundertieres fand Balthasar nicht. Als er davon mit dem Tiergartenwächter sprach, gab dieser zu verstehen, für drei pommersche Mark würde er Balthasar den Greif zeigen. Aber Balthasar bemerkte das Grinsen im verfilzten Schnauzbart des Alten und ließ sich nicht hereinlegen.

Manchmal, vor den sommerlichen Sonnenuntergängen, die hierzulande merklich kürzer waren als zu Hause, stieg Balthasar auf den Dachboden des Pädagogiums. Der Estrich über den Gewölben atmete Wärme, die teergetränkten Dachsparren dufteten herb, und die durch die Ziegelspalten fallenden Sonnenstrahlen stiegen kaum merklich immer höher und höher an den verstaubten Spinnweben und rauhen Schornsteinen. Unten verklangen die Alltagslaute der Stadt. Der Schatten des herzoglichen Kerkers reichte bis zum angeketteten Bären im Schloßhof, und der Fliegenschwarm um den wund gescheuerten Hals des Bären summte sein Abendgesumm. Die letzten Warenfuhren ratterten mit kreischenden Rädern über die Lange Brücke zu den Salzlagern. Dann kreischten die Sprossen der Dachbodenleiter. Es war Liesel, die Balthasar ein frisches Quarkbrötchen brachte. Sie legte ihm ihre vom ewigen Geschirrspülen feuchten und warmen Hände um den Hals. Ihre schwarzen Haare wogten über seinem hellen Schopf, aus ihrem Halsausschnitt stieg der warme Quarkbrötchenduft ihrer Brüste in seine Nüstern. Durch ihrer beider Haare sahen sie erschrocken die zweitausend roten, sonnenglühenden Dachziegel über sich paarweise Mönch und Nonne spielen.

Abends, wenn der Himmel rot wurde, es auf dem Fensterbrett des Cubiculums aber hell genug war, um ohne Kerze auszukommen, holte Balthasar aus seiner Kiste eine seinem Exerzitienheft ähnliche Kladde mit hartem Deckel, strich eine reine Seite glatt, steckte die Hände in den Hosenbund und schritt pfeifend auf dem Steinboden hin und her – er hatte die fünf leeren Pritschen aufeinandergestellt, um Platz zum Herumgehen zu haben. Schließlich trat er ans Fenster, tauchte seinen Gänsekiel in die Tinte und schrieb zum Beispiel folgendes:

Das Land Pommern ist in neun Hoheitsgebiete gegliedert. Das sind: Wenden, Kaschubien, Stettin, Pommern selbst, Usedom, Gotzgau, Wolgast, Rügen und Barth. Seine alten Grenzen folgen meist Gewässern, und zwar der Weichsel, der Warthe, der Peene und dem Meer. Dieses Land ist reich an Feldfrüchten, Vieh und Fischen. Es ist eben, Berge gibt es hier nicht. Alle bedeutenden Städte liegen am nämlichen Meer, das die Deutschen die Ostsee und die Livländer die Westsee nennen, je nach der Himmelsrichtung, in der es sich von ihnen befindet. Die See gibt hier just denselben goldgelben Augenstein von sich, wie sie es in Preußen, Kurland und angeblich am südlichsten Zipfel von Ösel tut. Aber vom Wichtigsten, der Haupt- und Herzogsstadt dieses Landes, soll im nächsten Kapitel die Rede sein.

DRITTES KAPITEL,

darinnen die bedeutende Haupt- und Herzogsstadt dieses Landes denn doch nicht geschildert wird, weil vom Schritt der gewaltigen Ereignisse auf den Berggraten des Weltgeschehens Sand in die Täler des belanglosen Alltagslebens rinnt und die Pfade der Ameisen unverhofft verändert, wenigstens jener Ameisen, die das Glück haben, nicht verschüttet zu werden, oder denen es gelingt, sich aus dem Sand zu rappeln

Die dreikörbige Karavelle, die bei starkem herbstlichem Südwestwind über die weite Meeresöde nach Nordost segelte, war natürlich nicht die niedrige »Delphin« des Revalers Bock. Das sah man schon von weitem. Bei näherer Betrachtung war der Schiffsname in grün gewordenen Kupferlettern am tief einsinkenden Bug deutlich zu entziffern: »Seejunkfer«. Was, wie die Lästermäuler unter der Schiffsbesatzung versicherten, in diesem Fall allerdings keine Seejungfrau, sondern eher eine alte Seehure bezeichnete.

Dieser betagte, aber noch einigermaßen feste Kahn gehörte dem berühmten Loitzschen Waren- und Bankhaus in Stettin. Und Herr Hans, der Leiter des Riesenunternehmens, der jüngste von vier Brüdern, die von berechnenden Schmeichlern – wovon es leider Gottes unzählige gab – die Fugger des Nordens genannt wurden, also Herr Hans, ein auf allerlei gewagte Geschäfte erpichter Mann, schickte dieses Schiff nun – ja wohin eigentlich? – nach Livland oder gar nach Moskowien? Denn es war schwer zu sagen, wo sich die Stadt Narva zur Zeit befand.

Eine Narva-Reise war selbstverständlich mit Risiko verbunden. Aber die Lübecker, und nicht nur sie, auch die Kaufleute und Reeder mehrerer holländischer Städte machten jetzt über Narva mit dem Großfürsten von Moskau glänzende Geschäfte. Freilich, je glänzender ein Geschäft, um so größer das Risiko. Dieses zu Wasser und zu Lande geltende Handelsgesetz war Herrn Hans Loitz gut bekannt, vielleicht besser als seinen älteren Brüdern. Aber außer furchteinflößendem

Gerede von dänischen, schwedischen und Revaler Kaperschiffen und wer weiß woher stammenden Gerüchten, die vom Großfürsten in Narva eingesetzten Machthaber hätten manche Schiffer und Kaufleute aus dem Westen eingekerkert und ihnen schlimm mitgespielt, außer all diesen Gerüchten sammelte das Warenkontor des Herrn Loitz auch sachliche Auskünfte aus allen möglichen Quellen. Davon ausgehend, meinte der Kaufherr, jetzt, im Herbst des Jahres 1560, müßten die Preise von Eisen, Kupfer und Blei auf dem Markt von Narva außerordentlich günstig sein.

Es war auch tatsächlich eine Kupfer-, Blei- und Eisenlast, die im Takt des Seegangs den Bug der »Seejunkfer« bis zur Brust und ihr Heck bis zum Schulterblatt in die dunklen Wellen drückte und den Hauptmast so stark schwenkte, daß sich der Marsenklemer oben im Korb an den Brüstungslatten festhalten mußte. Dank einigen glücklichen Zufällen, von denen gleich die Rede sein wird, war es ausgerechnet der Studiosus mit dem hellen Bartflaum, der auf diesem hohen Posten zum Marienland segelte. Mit seinen grauen Kulleraugen, die er im hübsch braungebrannten Gesicht wie ein richtiger Seebär zusammenkniff, blickte er zu der sich im Südwesten zwischen Himmel und Meer türmenden dunklen Wolkenwand und machte eine sonderbare Beobachtung: Wenn er das Gesicht zum Wind drehte, war es ihm unmöglich, zu denken oder sich an etwas zu erinnern. So sehr verschlug ihm der Wind den Atem. Der Wind drückte alle Worte und Bilder zurück, die in ihm aufstiegen. Er konnte sich nur im Takt des Mastes zwischen einem Hochgefühl von Kühnheit und jämmerlicher Schwäche wiegen und durch den kühlen Würgegriff des Windes Luft schnappen. Wandte er jedoch das Gesicht zur Leeseite und pustete der Wind ihm durch seinen weizenfarbenen Haarschopf ins Genick, so stiegen die Ereignisse willig aus seinem Inneren in sein Bewußtsein, und die letzten zwanzig Monate seines Lebens traten vor seinem Geist in Reih und Glied an, wie die hundert Studiosi des Pädagogiums bei der Morgenandacht oder danach, wenn des Herrn Rektors Rhetorik über ihren Köpfen wetterleuchtete ... Ja, alle zwanzig Monate. Und die letzten Wochen. Und die letzten Tage vor seiner Abfahrt vor drei Wochen, als Rektor Wolff ihn eines Nachmittags holen ließ und Herr Krumhusen ihn in der Wohnung des Rektors erwartete und mit ihm bei einem Becher Rheinwein folgendes Gespräch führte.

»Balthasar, Euer Vater dort in Reval ist ein überaus tüchtiger Mann. Er hat mir mehrmals Dienste erwiesen. Und hat es nie bereut. Das ist Euch doch bekannt?«

»Allerdings.«

»Na also, und jetzt bin ich der Meinung, auch der Sohn eines solchen Mannes könnte mir einen Dienst erweisen. Und er wird es genausowenig bereuen.«

»Das wäre?«

»Ihr wißt wahrscheinlich, daß mein Sohn Melchior in Narva geblieben ist, als ich vor zwei Jahren im Frühling weggegangen bin. Er ist dageblieben, weil es mir nicht gelang, meinen dortigen Besitz ganz aufzulösen. Überdies wollten wir feststellen, ob man nicht auch unter dem Großfürsten den christlichen Handel weiterbetreiben kann. Mm ... Soweit ich von meinem Sohn erfahren habe – in dieser verworrenen Zeit hapert's ja mit der Nachrichtenübermittlung –, ist es wahrscheinlich möglich. Nebenbei bemerkt, das sage ich Euch hier, in Stettin. In Reval müßte man wohl beteuern, es sei unmöglich, eher käme ein Heide ins Paradies. Aber der Herzog will seine Salzsiederei schnell fertigkriegen. Und dazu brauche ich die Hilfe meines Sohnes und zusätzliches Kapital. Kurz: Ich möchte Melchior aus Narva hierherrufen. Und ihm eine Instruktion schicken, wem und wie er den Rest meines Narvaer Vermögens verkaufen soll. Aber einem Brief will ich in diesen Zeiten meine Anweisungen nicht anvertrauen.«

»Ich soll ihm diese Anweisungen überbringen?«

»Ja, genau das.«

Und nun saß Balthasar oben im mittleren Korb der »Seejunkfer« und versuchte, während der Wind in seinem hellen Haarschopf wühlte, seine Gedanken zu raffen – wie man den Gürtel um den Bauch festzieht, wenn man sich mit einem Auftrag auf den Weg macht. Seine Reise näherte sich ihrem Ende, was soviel hieß, daß er bald ans Ausführen seiner Mission gehen mußte.

Vorgestern nacht hatte der Mond mitunter durch die nordwestwärts eilenden Herbstwolken gelugt und links vom Kurs die schwarzen Felsbrocken der Insel Hogland sichtbar gemacht. Erst so weit ostwärts trauten sich die nach Narva segelnden Schiffe, nach Süden abzubiegen. Nun steuerte die »Seejunkfer« im grauen Mittagslicht einen waldreichen, sandigen Strand an. Stunde um Stunde verrann, und Balthasar glaubte schon fast, der Schiffer sei von Ordensmeister Kettler bestochen und wolle das Schiff auf eine Untiefe treiben. Da endlich zogen sich die sandigen Landzungen zu beiden Seiten zurück, und eine breite Flußmündung empfing sie.

Einige Stunden lang kämpften sie sich bei Querwind und starker Gegenströmung einen oderbreiten Fluß hinauf. Plötzlich erblickten sie an den einander näher rükkenden, immer höher werdenden Ufern rechts das deutsche und links das russische Narva. Rechts eine kleine Stadt mit klobiger Mauer und zwei offenbar zerschossenen Kirchtürmen; die meist niedrigen Stein- und Schindeldächer ragten über die noch niedrigere Stadtmauer und zeigten hie und da verkohlte Dachsparren. Dicht neben der Stadt, auf dem steilsten Felsenhügel, türmte sich in den bleigrauen Himmel die Hermannsfeste, unnahbar und hoffärtig. Links, auf dem Abhang des Jungfrauenberges, breitete sich das gewaltige Iwangorod mit seinen märchenhaft dicken Mauern aus. Und zwischen beiden Städten – der dunkle, von Schaumkräuseln weiß getupfte Fluß, der jahrhundertelang zwei Welten getrennt hatte, jetzt aber zu einer Art Lebensader der geheimnisvollen östlichen Welt geworden war. Ja, der Handel schien hier wahrlich zu gedeihen. Mitten auf dem dunkelgrauen Fluß standen mehrere Dutzend ausländische Schiffe mit klappernden Wimpeln, und bei der Hermannsfeste und bei Iwangorod waren noch viele andere am Kai zu sehen. Als die Schiffe und Kais näher kamen, gewahrte Balthasar Niederländer mit glattrasierten Gesichtern, Engländer mit gestutzten Schnurrbärten sowie russische Kaufleute mit roten Bartschaufeln. Über die hohe Flußbrücke, die beide Festen verband, zogen beladene Wagen auf dicken Rädern, und Zillen tummelten sich zwischen Kais und Schiffen auf dem Strom. Über allem aber – dem finster drohenden Fluß, den merkwürdig ruppigen Mauern und den unwirklich anmutenden, spielzeugähnlichen Schiffen, Wagen und Menschen – wölbte sich der graue Herbsthimmel des Marienlandes. Und unter diesem bleifarbenen Himmel erfüllte ein merkwürdig verhaltenes, fernes, doch gewaltiges Rauschen die Luft.

Dieses Rauschen drang auch durch das geöffnete Dielenfenster des Herrn Melchior Krumhusen.

Das Haus des Kaufherrn an der Ecke der Kirch- und Ritterstraße, fast der Kleinen Strandpforte gegenüber, war vom großen Brand während des Falles von Narva verschont geblieben. Die verrrußten Mauern hatte der Kaufherr frisch tünchen lassen. Auch innen war das Haus in tadelloser Ordnung. Die Diele, im Vergleich zu den prunkvollsten in Reval und Stettin nicht allzu geräumig, war voller kostbarer holländischer und englischer Truhen und erlesenen Zinngeschirrs. An der Wand über dem breiten Eßtisch hing das Konterfei eines alten Mannes mit graumeliertem Schifferbart und scharfem blauem Blick – ein ähnliches hatte Balthasar nur im Arbeitszimmer des finnischen Herzogs gesehen. Freilich, dort stellte es König Gustav dar – der übrigens, wie in Narva erzählt wurde, schwer krank war –, hier jedoch handelte es sich unverkennbar um Papa Joachim Krumhusen. Sohn Melchior ähnelte dem Vater sehr, besonders als sein scharfer blauer Blick unter den rötlichen Brauen hervor Balthasar bei seinem Bericht beobachtete. Balthasar übermittelte, was ihm aufgetragen war. Erstens – dieses Haus mit allem Inventar sowie das ganze Warenlager sollen verkauft werden, und zwar keinem anderen als dem Ratsherrn Heinrich Rönne, mit der Klausel des Rechts auf Rückkauf der Liegenschaften auf erste Forderung. Mit Herrn Rönne hatte Vater Joachim schon längst ein Übereinkommen in dieser Frage getroffen. Und so weiter und so fort. Balthasar zählte lückenlos alle Einzelheiten auf, wobei er eifrig dem saftigen Schweinebraten und den merkwürdigen schlangenähnlichen Fischen zusprach, Lampreten oder Neunaugen genannt. Bevor er dazu überging, dem Sohn die väterlichen Fragen vorzulegen, erkundigte er sich: »Herr Melchior, was ist das für ein seltsames Rauschen, das die ganze Stadt und die Luft erfüllt?«

Er erfuhr (und wunderte sich, es nicht selbst erraten zu haben): Es war der gewaltige Wasserfall der Narva, der eine halbe Meile oberhalb der Stadt, hinter der Kräheninsel, tagein, tagaus so laut rauschte, daß Einheimische nachts aufgeschreckt wären, hätte das Rauschen plötzlich aufgehört, Zugereiste jedoch manchmal wochenlang keinen Schlaf fanden, ehe sie sich daran gewöhnt hatten.

Balthasar dachte, dieses einlullende Rauschen dürfte seine Nachtruhe kaum stören, doch es war ihm nicht vergönnt, in dieser Oktobernacht in Narva überhaupt ein Auge zu schließen. Aber nicht der Wasserfall hinter der Kräheninsel war schuld daran.

Nun stellte er also dem Hausherrn Vater Joachims sämtliche Fragen und schrieb sich alle Antworten sorgfältig hinter die Ohren. An sich sei der christliche Handel in der Stadt des Großfürsten möglich. Der Woiwode lade namentlich die Herren der Lübecker Faktoreien zweimal wöchentlich ins Schloß zu Trinkgelagen, mäste sie wie Freßsäcke, tränke sie wie Saufhälse und verhätschele sie wie Fürstenkinder. Aber der Handel sei letztlich doch einträglicher für den Großfürsten als für die Kaufleute, die ihn betrieben: Die Kaufleute müßten mit Verlusten rechnen, ja hätten schon Verluste erlitten, denn es tummelten sich hier übermäßig viele Händler aus aller Herren Ländern. Ja, ja! Eine lange Brabanter Elle schönen Damastes koste hierzulande einen einzigen Reichstaler, aber versuche einer, ihn in Deutschland unter zwei Talern einzukaufen! Und gute englische Leinwand böte man manchmal um ein Fünftel billiger feil als in westlichen Hafenstädten. Das Angebot sei eben zu groß. Daher sei sogar ein Pfund Unzengold, das in Deutschland bekanntlich nie weniger als fünfzehn Reichstaler gekostet hat, hier zuweilen für bloße zehn Reichstaler zu haben. Freilich, für Kupfer, Blei, Eisen und Schießpulver zahle der Moskowiter immer noch einen Preis, der sämtliche Verluste bei der feineren Ware wettmache, überhaupt raffe er jegliches Zeug, das für den Krieg gebraucht wird, in solchen Mengen an sich, daß alles, was man ihm brachte, nur ein Tropfen auf den heißen Stein zu sein schien. So habe er, Melchior, in den letzten zwei Jahren dreitausend Taler Reingewinn zurückgelegt. Kurzum, geschickte Kaufleute könnten hier leben, ob sie nun aus dem Ausland oder aus dieser Stadt stammten. – Und wie verhalte sich der Moskowiter zum Adel? – Anscheinend gedenke er nicht, ihn auszurotten. Vor zwei Jahren, im Krieg, habe er natürlich vielen den Garaus gemacht, die ihm bei der Eroberung von Schlössern und Gütern in die Quere gekommen sind. Aber jetzt seien bereits einige Taubes und Hastfers auf ihre Güter nach Allentacken und Wierland zurückgekehrt, und manche von ihnen gehen angeblich schon mit wichtiger Miene beim Woiwoden ein und aus.

»Und was mag er mit den Bauern im Sinn haben?«

Das hatte der alte Krumhusen nicht zu fragen befohlen, aber Herr Melchior antwortete auch darauf ausführlich.

»Die Bauern verhätschelt der Moskowiter so, wie es noch nie jemand getan hat. Etliche Gutsbesitzer, die von den Bauern im Krieg festgenommen und unter Anklage vor den Woiwoden geschafft worden sind, hat der Woiwode nach Moskowien bringen lassen. Und die Bauern, deren Häuser im Krieg niedergebrannt sind, haben aus den herrenlosen Gutswäldern hie und da Bauholz erhalten. Erst im vergangenen Frühling hat der Woiwode an die Bauern hier um Narva Saatgetreide aus dem Vorrat des Großfürsten verteilt. Daher haben die Bauern dem Großfürsten mancherorts Treue gelobt.«

»Noch eins: Wie hoch steht beim Moskowiter der Name Krumhusen im Kurs?«

»M-nja«, machte Herr Melchior und nippte an seinem Rheinwein. »Es scheint, Vater Joachim hat ein Wunder vollbracht: Obwohl er voriges Jahr in Livland von seiner Schuld als Vaterlandsverräter amtlich freigesprochen worden ist, gilt auch weiterhin der Gnadenbrief des Großfürsten für ihn und für mich. Vorläufig stehen die Krumhusens beim Woiwoden in solchen Ehren ...« Er hielt inne, schaute sich um und beendete: »... daß diese Ehren mich zuweilen beunruhigen.«

In diesem Augenblick ertönte vom Markt und von der Schloßstraße her Hufgeklapper, und als es sich durch die Ritterstraße schnell näherte, erhob sich Herr Melchior eilig vom Tisch und trat zum Fenster.

»Na ja. Da sind sie. Hm. Ich dachte, der Woiwode schickt seine Diener, mich ins Schloß zu holen, aber er kommt selbst ...«

Offenbar machte Balthasar ein ziemlich verblüfftes Gesicht, denn Herr Melchior fügte rasch hinzu: »Es wäre nicht das erstemal. Übrigens – sagt nicht, Ihr seid aus Reval. Wie die Dinge liegen, sollte man das für sich behalten. Ihr seid Stettiner und bringt mir Grüße von meinem Vater. Genug. Eigentlich fürchte ich diesen Woiwoden nicht. Eher schon diesen ... anderen.«

Herr Krumhusen eilte hinaus, den Dienern Befehle zu erteilen und die hohen Gäste zu empfangen. Diese sprangen bereits aus den Sätteln, die wohlgenährten Pferde schnoben, die Sporen klirrten, das Kalksteinpflaster hallte – und schon betrat Alexej Danilowitsch Basmanow, Woiwode von Narva, in Begleitung seines Sohnes Fjodor und noch eines Herrn sowie des Dolmetschers und des hastenden, katzbuckelnden Herrn Melchior die Diele. Durch das Fenster sah Balthasar vier, fünf Strelitzen auf dem Beischlag Posten beziehen.

Der Woiwode, ein stämmiger Mann von etwa vierzig Jahren, trug einen Kaftan aus schwarzem flandrischem

Tuch. Sein blasses Gesicht mit den kantigen Backenknochen war an der Stirn von schwarzem Haar und am Kinn von einem roten Bart umrahmt – wie von zwei Rasenstücken völlig verschiedener Herkunft –, und an den Ohren vermischten sich auf eigentümliche Weise schwarze und rote Haare. Basmanows Augen waren schmal, stechend und schwarz. Auf den ersten Blick schien es, sie nähmen alles wahr, schaute man aber in sie hinein, gewann man plötzlich den Eindruck, sie blickten überhaupt nirgendshin. Und Balthasar fiel ein, was er über die Bedeutung des Namens Basmanow im Tatarischen gehört hatte – jemand hatte es ihm in Doktor Friesners Haus erklärt, vor zwei Jahren, als die bloße Erwähnung des Eroberers von Narva den Revalern Angstschauer über den Rücken jagte: Entweder bezeichnete der Name das Bild des Herrschers, das die Untertanen anbeten sollten, oder den Untertanen, der das Bild anbetete – der Erklärende hatte selbst nicht gewußt, welche Bedeutung stimmte.

Der junge Fjodor Alexejewitsch Basmanow ähnelte seinem Vater so sehr, daß, daran gemessen, überhaupt keine Ähnlichkeit zwischen Melchior Krumhusen und dem alten Joachim bestand. Der junge Basmanow war ein um zwanzig Jahre verjüngtes Ebenbild seines Vaters, aber trotz dieses offensichtlichen Altersunterschieds wirkte er neben seinem Vater so, als handle es sich um einen Hexenstreich oder um ein böses Omen.

Es läßt sich nicht leugnen: Balthasar empfand Bestürzung und Unbehagen, als er bloße fünf Schritt von diesen Männern stand. Doch da sagte Herr Melchior: »Das hier ist ein junger Mann aus Pommern, aus Stettin, wo unser Kaiser durch seinen Handel auch schon zu Ruhm gekommen ist. Er bringt mir Grüße von meinem Vater.«

»Wie geht es ihm?« fragte der Woiwode in recht verständlichem Deutsch und fügte hinzu, bevor ihm jemand antworten konnte: »Du weißt, Melchior – schätzte mein Kaiser deinen Vater nicht so hoch, ich wäre böse auf ihn. Sehr böse. Weil er das Wohlwollen dieses Taschenherzogs der Gunst unseres allerhöchsten Kaisers vorzieht.«

Während die Gäste mit den Stühlen polterten und am Tisch Platz nahmen, sagte Herr Melchior: »Herr, die Gnade unseres Kaisers weiß mein Vater wohl zu schätzen, aber er ist ein alter Mann und möchte der heimatlichen Erde nahe sein.«

Diesen Satz mußte man dem Woiwoden übersetzen. Er hob ein wenig die rechte Braue und ließ den Dolmetscher antworten: »Vielleicht sind die Kaufleute auf ihre alten Tage so zart besaitet, bei den jüngeren habe ich so etwas nie bemerkt. Ich als Soldat bin immer am liebsten dort, wo ich meinem Kaiser am besten dienen kann.«

Herr Melchior hatte den Tisch schnell abdecken lassen, es hieß, die Moskowiter äßen weder Schweinefleisch noch Neunaugen. Doch alsbald erschien eine gewaltige Zinnschüssel mit geräuchertem Elchfleisch auf dem Tisch, und der Hausherr füllte die Silberbecher mit kühlem Rheinwein, der frisch aus dem Keller geholt worden war. Während Balthasar an einer recht zähen Elchkeule knabberte – hübsch gemütlich und ohne jegliche behindernde »Gaffel« –, dachte er mit einiger Befremdung, wie leicht sich doch das herbe »Großfürst« auf der Zunge des Herrn Melchior in »unser Kaiser« verwandelt hatte ... Lediglich der Großfürst selbst, seine Beamten und beflissensten Untertanen nannten ihn Zar, was dem deutschen Wort Kaiser entsprach. Nun ja, aber hier, jetzt, versteht sich ... Balthasar schickte sich gerade an, seine Befremdung mit dem Wein des Einsehens und der Vergebung zu begießen, und hätte um ein Haar die Tischordnung verletzt, wurde jedoch davor bewahrt. Der Herr, der mit dem Woiwoden und seinem Sohn gekommen war und den Balthasar noch nicht hatte richtig mustern können, obwohl er jetzt neben ihm saß, allerdings gegen das durchs Fenster flutende lilagraue Abendrot, so daß Balthasar eigentlich nur seine breite Silhouette und die schwungvollen Gebärden wahrnahm – dieser Herr also hob seinen Becher und rief in reinstem Deutsch: »Auf das Wohl unseres gnädigen Kaisers!«

Aus Höflichkeit hob auch Balthasar den Becher. Er betrachtete den Herrn über den Kelchrand – und hätte sich vor Verblüffung fast verschluckt. Zweifellos hatte er dieses große Gesicht mit dem gewaltigen Kinn und den spärlichen aschgrauen Haaren schon irgendwann einmal gesehen. Diese kleinen, grauen, flinken, unnahbaren Augen und den breiten, selbstbewußten Genießermund. Trotz des Schreckens und der Überraschung verspürte Balthasar die eigenartige, ein wenig berauschende Freude des Erkennens, als sich sein Gedächtnisbienlein in die Lüfte erhob und flog, schneller als eine Hakenbüchsenkugel, vorbei an allen Revaler und Harriener, an allen finnischen und pommerschen Gesichtern, vorbei, vorbei, an Tausenden Gesichtern vorbei, und schließlich pfeifend einen Kreis um diesen Herrn beschrieb und ihn unter Tausenden wiedererkannte – dank einem Augenblick, da ihn Balthasar durch Meus' Wohnungsfenster auf dem Alten Markt von Reval gesehen hatte.

Balthasar stellte seinen Becher auf den Tisch und hätte fast gefragt, wo denn die gnädige Frau Katharina, geborene von Tisenhusen, weile sowie Junker Diter und seine schöne junge Frau Elsebet, geborene von Anrep, und wieso zum Teufel Herr Kruse selbst plötzlich hier sei und seinen Becher zum Wohl »unseres gnädigen Kaisers« erhebe, den er vor zwei Jahren ein Rindvieh, einen Tyrannen und Menschenfresser geschimpft hatte! Aber ihm fiel noch rechtzeitig ein, daß er ja ein junger Mann aus Pommern, aus Stettin, war, der von den Angelegenheiten dieses Landes keine Ahnung hatte. Doch andererseits, nicht wahr, durfte er darum erst recht seinen ehrenwerten Nachbarn nach allem befragen. Bevor er sich jedoch seine Fragen überlegt hatte, wandte sich Herr Kruse selbst an ihn.

»Ihr seid also aus Pommern? Aus Stettin? Nun, was hört man denn dort so über unseren gnädigen Kaiser? Nein, nein, ganz offen! Immer aufrichtig! Wenn Ihr mit mir redet. Jawohl. Haben denn diese Nürnberger Scheißfurzer ihre Machwerke nicht auch nach Stettin geschickt? Also doch? Habt Ihr sie gelesen? Ha-ha-ha! ›Gar Erschröckliche Newe Zeytungen von dem grausamen Feynd dem Moscowiter‹! Und so weiter. Die gab es zu Dutzenden. Glaubt man in Pommern daran? Ach, Ihr wißt es nicht? Und werden die Drecklieder dieses bestochenen Scheißschreiberlings, dieses Grawingell, auch in Stettin gesungen? Das wißt Ihr auch nicht? Ha-ha-ha-ha-ha!«

Und Ihr? Wer seid Ihr? wollte Balthasar fragen, doch Herr Kruse sagte: »Ich bin der erste Edelmann Livlands, der Grips bewiesen hat. Als alle anderen in Wort und Tat den Westen um Hilfe gegen den Moskowiter angebettelt haben – bei jedem haben sie sich angebiedert, vom preußischen Herzog bis zum Papst, vom deutschen Kaiser bis zum türkischen Sultan; aber bekanntlich haben sie fast nichts gekriegt –, ja, also, schon damals habe ich überall gesagt, im Rat des Dorpater Bischofs wie in der Bierstube des Livländischen Landtags: Meine Herren Schicksalsgenossen! Macht endlich die Augen auf und begreift – unser Schicksal ist Moskowien! Es soll uns aber nicht irgendwo in den öden Wäldern von Pleskau und Wjatka erwarten – die Hälfte der widerspenstigen Dorpater hat unser gnädiger Kaiser jetzt dorthin verschickt –, sondern hier in Livland auf unseren schönen Gütern. Darum tut nichts anderes not, als uns mit unserem gnädigen Kaiser zu akkommodieren.«

Herr Kruse hatte sich gegen seine unsichtbaren Opponenten warm geredet. Glucksend trank er seinen Becher bis zur Neige und fuhr fort: »Aber die Führer des Adels in Livland, die nicht auf mich gehört haben, wohin haben sie Livland gebracht? Narva und Wesenberg sind in der Hand unseres gnädigen Kaisers. Dorpat und Fellin sind in der Hand unseres gnädigen Kaisers.« Also auch Fellin? Das hatte Balthasar noch nicht gewußt. Aber er machte eine Miene, als sagte es einem jungen Stettiner nichts, und Herr Kruse fuhr fort: »Vor einigen Monaten hat unser gnädiger Kaiser die letzten Scharen des Ordens in Härgmäe jämmerlich zerschlagen, aber in Nordlivland trotzen ihm immer noch Reval, Pernau und

Weißenstein auf die schnödeste Weise. Also ist unser gnädiger Kaiser gezwungen, das Land zwischen diesen Städten zu plündern und zu brandschatzen. Und wozu das alles? Damit der Kettler, dieser Hurenbock, dieser Kettenhund des Sigismund, fünf Minuten nach zwölf Ordensmeister werden und polnische Truppen in unsere Burgen einschmuggeln kann. Und damit Magnus, dieser einäugige dänische Kläffer, sich zum Herrscher von Ösel und Wieck ernennen kann! Sagt, was haben ernsthafte Livländer davon, egal, ob es nun Adlige, Bürger oder Bauern sind?«

»Und Ihr ... habt Ihr was von Eurer Voraussicht gehabt?« fragte Balthasar so leidenschaftslos und leise, daß Herr Kruse ihm mit unerschütterlichem Weineifer entgegnete: »Was für eine Frage! Als wenn unser gnädiger Kaiser nicht begreift, wer seiner kaiserlichen Gnade würdig ist!« Jetzt wandte er sich bereits an die ganze Tafelrunde, vor allem aber an den Woiwoden, was erkennen ließ, daß Balthasar nicht der einzige war, der seine Geschichte zum erstenmal ausführlich zu hören bekam.

»Im Sommer vor zwei Jahren, nach dem Fall von Dorpat, war ich mit Weib, Kindern und einigen Kramwagen ein erbärmlicher Flüchtling im Kugelregen. Wie viele andere Menschen im Land. In meiner Verblendung suchte ich die Rettung im Westen, wie alle Deutschen. Die Plünderer unseres gnädigen Kaisers ritten durchs Land. Nachts fuhr ich mit meiner Familie im Schein von Bränden durch unwegsame Gegenden in Richtung Pernau. Aber als wir ans Meer kamen, sahen wir, es war zu gefährlich, auf dem Landweg nach Riga weiterzufahren. In einem Bauernhof am Meer, südlich von Pernau, bei Undeutschen, fanden wir für pures Gold eine Woche lang ein jämmerliches Obdach. Aber Boote und Ruderer, die uns nach Riga weitergeholfen hätten, gab es auch für Gold nicht. Und dann überfielen uns Marodeure unseres gnädigen Kaisers. Nun ja. Es hat keinen Zweck, zu erzählen, was mit meiner zweijährigen Gertrud geschehen ist.«

Herr Kruse hatte inzwischen seinen Becher aufs neue

gefüllt. Er tat einen tiefen Schluck und fuhr fort: »Ich wurde von den Meinen getrennt und entging im Heerlager bei Weißenstein nur durch ein Wunder dem Tod. Als die Soldaten mich nackt auszogen, damit meine Kleider nicht blutig wurden, fanden sie unter meinem Hemd drei dicke goldene Ketten und in der Unterhose einen Leinwandbeutel: Da waren zweihundert Gulden eingenäht. Darauf warfen sie mich gefesselt auf eine Beutefuhre, und es ging weiter nach Pleskau. Ich muß sagen: Gott hat mich erniedrigt, aber er hat mich auch behütet. Denn in der Fuhre war glücklicherweise nicht nur Zinn- und Silbergeschirr – da lagen auch Kalbsfelle. So bin ich unterwegs nicht erfroren. Aus Pleskau wurde ich nach Moskau geschickt und in den Kerker geworfen. Acht Monate habe ich dort in Schimmel und Dreck gelegen. Acht Monate! Und gehungert habe ich auch.«

»Geschieht dir ganz recht, so einer, wie du damals gewesen bist!« sagte der Woiwode und grinste merkwürdig hinter seiner Elchkeule.

Auch Herr Kruse schlug seine weißen Zähne in ein großes Stück Fleisch – entweder bei dem Gedanken an den Hunger oder um dem Woiwoden nicht antworten zu müssen. Mit vollem Munde sprach er weiter.

»Und dann, am Tage der büßenden Maria Magdalena, hat man mich plötzlich aus dem Kerker geholt und mit Bücklingen in die Badstube geführt. Danach steckten sie mich in einen roten Seidenkaftan und brachten mich eiligst zu Kanzler Adaschew. Dort war eine Kommission gerade dabei, die Grenze zwischen den Interessenbereichen von Dänemark und Moskau in Livland festzulegen. Unser gnädiger Kaiser wollte soviel wie möglich von den Dänen kriegen, sie jedoch nicht völlig verärgern. Aber in Moskau gab es damals keinen einzigen, der das Land, das sie untereinander teilten, richtig gekannt hätte. Zufällig gehörte der Kommission Herr Oberfelder an, ein Deutscher aus Deutschland, ein untertäniger Diener unseres gnädigen Kaisers. Ihm war plötzlich eingefallen, daß ich irgendwo in einem Verlies schmachtete. Und seitdem« – Herr Kruse hielt den Becher in seiner vom Elchfett glänzenden, goldberingten Hand, blickte in die Runde und funkelte triumphierend mit seinen weißen Zähnen und unsteten grauen Augen –, »seitdem stehe ich bei unserem allergnädigsten Kaiser in Gnade. Er ließ meine Familie nach Moskau holen. Er hat mir ein Steinhaus unweit vom Kreml geschenkt. Er hat angewiesen, daß seine Küche meine Tafel versorgt. Und er gab mir das Gut Kalleste zurück – es liegt hier, in der Nähe von Dorpat. Außerdem habe ich von ihm das Branntweinverkaufsrecht für halb Moskowien – und das ist so gut, als hätte er mir drei Goldgruben geschenkt.«

Danach wandte sich Herr Kruse direkt an Balthasar: »Ihr kennt dort den Krumhusen. Dieser alte Mann ist der hellste Kopf unter den livländischen Kaufleuten. Erzählt ihm, was ich hier berichtet habe! Sagt ihm, wie die Gnade unseres gnädigen Kaisers aussieht ...« Herr Kruse holte aus seiner Tasche eine Saffianbörse, löste deren Seidenschnüre und schüttete einen Haufen klirrender Goldmünzen auf den Tisch. Goldtaler des deutschen Kaisers, Plettenbergs Portugalöser, sonnenfarbige Ugoren Iwans des Dritten. »Dieser Euer Krumhusen geht beim Herzog von Pommern ein und aus. Da!« Herr Kruse schob ein Dutzend Goldtaler – das war rasend viel Geld – vor Balthasar hin. »Nehmt und sorgt dafür, daß er seinem Herzog berichtet, wie der Kaiser von Moskau die Treue seiner Untertanen lohnt.«

Balthasar zögerte mit der Annahme der Taler, denn wie sollte er ... Aber Herr Kruse drückte ihm das Geld in die Hand.

»Der Herzog von Pommern soll davon allen deutschen Fürsten bis hinauf zu Kaiser Ferdinand berichten! Als Beispiel, wie es dem livländischen Adel unter dem allergnädigsten Kaiser von Moskau ergeht – darüber wird ja jetzt in Deutschland mächtig gezetert. Und wie die Geldbörsen der christlichen Kaufleute hierzulande Fett ansetzen, davon kann Euch Herr Melchior erzählen. Zum Weitererzählen. Wenn Ihr Augen im Kopf habt, seht Ihr es selbst. Und die Bauern, na, diese undeutschen Schmarotzer, die hat unser Woiwode so verhätschelt, daß ich ihm stets sage: Genug! Mach dich nicht zum Narren, Alexej Danilowitsch! Ich weiß nicht, wie der russische Bauer ist, aber unseren kenne ich. Der erinnert sich heute nie und nimmer daran, daß du ihn gestern durch Saatkorn vor dem Hungertod gerettet hast.«

»Falls nötig, bring ich ihm das Erinnern schon bei«, sagte der Woiwode und spülte mit Rheinwein geräuschvoll den Wildbraten hinunter. »Für ihre schönen Augen haben sie von mir noch kein Körnchen Roggen erhalten. Mir geht es nur um den Vorteil unseres gnädigen Kaisers.«

»Dein Wohlwollen hat ihnen Mut gemacht«, sagte Herr Kruse. »In Harrien und Wieck töten sie ihre Gutsherren. Was hat denn unser gnädiger Kaiser davon?«

»Das sind die Gutsherren der Ordensländer. Diese Hundsfotte können sie ruhig totschlagen«, versetzte der Woiwode seelenruhig.

»Aber wenn unser gnädiger Kaiser sich diese Länder holt – und allzu lange wird es nicht mehr dauern«, rief Herr Kruse, »dann geht es dort ja gar nicht ohne sie!«

»Neunmalkluge wie dich gibt's dort dann sicher noch genug«, sagte der Woiwode und schaute aus seinen schwarzen Augen über Herrn Kruse hinweg oder durch ihn hindurch, wer mochte daraus klug werden. »Außerdem«, sagte er kauend, »die Sache mit den Gutsherren wird unser gnädiger Kaiser demnächst im ganzen Staat völlig anders regeln. Schon in den nächsten Jahren.«

»Wie denn?« erkundigte sich Herr Kruse, und Balthasar nahm in seiner Stimme einen Hauch von Bestürzung wahr, so als dächte er: Halt, halt, wahrscheinlich schwindelst du bloß, um mich zu ärgern, aber wer weiß – ich kenne dich, und ich kenne meinen gnädigen Kaiser, bei euch beiden kann man seiner Sache nie sicher sein ...

»Wie er es tut? Sehr einfach! Er nimmt den Bojaren die Hälfte von seinem Reich weg und verschickt sie: Sie sollen in den übrigen Gebieten leben. Die frei gemachten Ländereien erklärt er zu seinem Erbland. Wir haben sogar schon einen Namen für dieses Land: Opritschnina. Über das Land werden seine treuen Heerführer herrschen. Bewährte Männer, die für ihn durchs Feuer gehen.«

»Und den Bojaren zeigt er die kalte Schulter. Besonders den livländischen. Ha-ha-ha-ha!« erklang es wie ein Echo aus dem Munde Fjodor Basmanows.

»Aber doch nicht denen, die ihm hier ehrlich dienen?« bemerkte Herr Melchior fragend, und Herr Kruse näselte: »Versteht sich. Doch damit der livländische Adel zur Vernunft kommen und ihm ehrlich dienen kann, muß man ja vor allem verhindern, daß die verdammten Bauerntölpel ihre Edelleute umbringen.«

»Handelt es sich um einen großen Aufruhr?« fragte Balthasar.

»Anscheinend um den größten seit sechstausendachthundertzweiundfünfzig. Als sie in der Georgsnacht ihre Deutschen erschlugen.«

»Aber das war doch ...«, wollte Balthasar berichtigen, begriff aber, die Jahreszahl entsprach der Zeitrechnung der Russen, die nicht mit der Geburt Christi begann wie bei der übrigen Christenheit, sondern mit der Erschaffung der Welt. Außerdem konnte ein Stettiner Jüngling unmöglich etwas von der Georgsnacht der Esten gehört haben. Darum fragte er: »Weiß man Näheres über den Aufruhr?«

»Drei oder vier Gebiete Estlands meutern«, sagte Herr Kruse. »Besonders die Umgebung von Reval. Die Städte sind die Brutstätten der Widerspenstigkeit, vor allem Reval. Wenigstens ist das bei uns in Livland so. All dieses Lutherische Geschwätz und so weiter. Bei uns sagt man: Was der Städter über die Mauer schmeißt, daraus wachsen auf dem Lande Disteln. Und jetzt ist der Aufstand da. Jedenfalls wüten Tausende Bauern im Land. Es heißt, sie hätten sich einen König erwählt.«

»Einen eigenen König?« fragte Balthasar, erstaunter, als es ein Stettiner Jüngling eigentlich hätte sein dürfen. »Wie? Und wen denn?«

»Einen Bauernkönig.«

»Na, na ...«

»Warum nicht?« Herr Kruse grinste. »Das sieht ihnen ähnlich. Der Ordensmeister, zwei Herzöge – Johan und Magnus, gelt –, drei Könige und zwei Kaiser, unser gnädiger Herrscher mit inbegriffen, sind bereit, über sie zu herrschen. Aber diese blöden Pflugochsen meutern und wählen irgendeinen Scheiß-Madis. Ich sage Euch: Allein daran erkenne ich meine livländischen Bauern.«

Herrn Melchiors Diener räumten die Knochen vom Tisch und trugen Gänse am Spieß und auf russische Art in Öl gekochte Kohlpasteten sowie frisches deutsches Bier in böhmischen Krügen auf.

Der Woiwode leerte seinen Krug auf einen Zug und dämpfte den Eifer der Redenden: »Genug jetzt! Ab ins Schloß!«

Es war nach Mitternacht und stockfinster. Herr Melchior ließ für sich und Balthasar Pferde aus dem Stall holen. Berittene Strelitzen wiesen den Herren im Fackelschein den Weg, durch das Hufgeklapper hörte man das ferne Rauschen des Wasserfalls. Balthasar sah die schmalen, hellen Fassaden und die spitzen Giebel der Häuser aus dem Dunkel tauchen und wieder im Fackeldunst und in der Finsternis verschwinden. Unter dröhnenden Gewölben sprengten sie in den großen Hof der Vorburg und weiter in den engen Burghof, dessen zum dunklen Himmel ragende Mauern im Fackelschein besonders plump und schwerfällig wirkten. Herr Melchior hatte erzählt, der Woiwode residiere zum Zeichen der ewigen Verbundenheit des russischen und des deutschen Narva und beider Hinterländer abwechselnd bald in Iwangorod, bald hier.

Die Stallknechte eilten, ein Gähnen unterdrückend, die Pferde der Herrschaften zu empfangen. Die Ordnung, die im Moskowiterheer, dem Vernehmen nach, ziemlich zu wünschen übrigließ, war jedenfalls hier, in der Nähe des Woiwoden, recht stramm.

Von den Schatten begleitet, die an den Gewölben und auf den Treppen spielten, betraten sie im Licht der Fakkeln den Saal. Das war ein durch zwei Pfeiler in zwei Schiffe geteilter, vom Kerzenlicht beleuchteter Raum, und anscheinend fand dort gerade eins der von Herrn Melchior erwähnten Trinkgelage statt, die der Woiwode für die Kaufherren veranstaltete. Wahrlich, der Woiwode erwies Herrn Melchior eine besondere Ehre, wenn er ihn persönlich abholte und sogar mehrere Stunden bei ihm zu verbringen geruhte, während allerlei Holländer, Engländer und Flamen, von Lübecker Deutschen ganz zu schweigen, insgesamt einige Dutzend Herrschaften, an der vom Hausherrn verlassenen Tafel gebratene Enten und Gänse verzehrten und sie mit den verschiedensten deutschen und sogar französischen Weinen hinunterspülten.

Balthasar hatte bei Herrn Melchior mit der ganzen Gesellschaft mehrmals den Becher gehoben, und obwohl er dabei jedesmal sehr zurückhaltend gewesen war, bewirkte der Wein immerhin, daß er sich an diesem traumhaft neuen Ort und in dieser neuen Lage leichter zurechtfand, als er es sonst vermocht hätte. Anscheinend hatte er Aufsehen erregt, weil er zusammen mit dem Woiwoden eingetroffen war. Jedenfalls, sobald sich die bereits ziemlich lauten Stimmen ein wenig legten und das Spiel der vier, fünf Musikanten auf dem Altan leiser wurde, suchten seine Tischnachbarn eine Unterhaltung mit ihm anzuknüpfen, obwohl es sich um Herrschaften in hermelinverbrämten Schauben, mit silbernen Halsketten und Samtbaretten handelte.

»Wir sind aus Lübeck. Jawohl. Mit Leinwand und Zinn. Hauptsächlich. Woher seid Ihr? Ah, aus Stettin! Von Loitz – ja, ja, ja. So grüßt den Herrn Hans! Von wem? Von Bade. Wie? Bade – justament.«

Und von der anderen Seite: »Ihr seid von den Loitzens? Seht an! Auch die wollen ihr Teil. Natürlich. Hier reicht's für alle. Und was habt Ihr dem Großfürsten gebracht? Kupfer? Aha. Das einträglichste Geschäft. Und Herrn Krumhusen kennt Ihr auch? Na, der ist ja ein besonderer Günstling des Herrn Woiwoden. Halt, halt, kommt, probiert mal – ich bin aus Schiedam. Ist Euch doch bekannt? Und wir haben stets auch Schiedamer Genever auf Lager. Hier – kostet mal!«

Balthasar trank aus dem dargereichten Becher den wundersam duftenden, feurigen Wacholderschnaps, und plötzlich entstieg seiner Erinnerung mit zauberischer, schmerzlicher Kraft der Wacholderduft eines Bierkruges in Fischermai. Und der Geschmack des Löffels, den Märten aus Wacholder geschnitzt hatte, und die krausen, von Feuchtigkeit dunkelgrünen Wacholderbüsche auf dem grauen Geröll von Karlos – an einem trüben, windstillen Tag, als ihre Beeren reif waren und einen mit reifen, dunklen Augen anschauten ... Der Herr aus Schiedam erzählte, wie schwer es war, von der Nordsee her hier Handel zu treiben – wegen des Sundzolls, den König Friedrich jetzt so stark erhöht hatte, daß ... Doch Balthasar sog den Duft aus dem Becher ein und betrachtete zerstreut die angeheiterten Kaufleute und Herrn Kruse, der allen lauthals etwas erzählte, und den Woiwoden, der seinen schwarzen Kaftan abgelegt hatte und mit starrer Miene über etwas lachte, und seinen Sohn, der einem Musikanten die dreisaitige Geige wegschnappte und etwas sang, und Balthasars Nüstern weiteten sich, und statt der Worte des Herrn aus Schiedam hörte er Annikas leise Stimme, die erzählte, was sie von der verstorbenen Mutter über den Wacholder gehört hatte: Der Wacholder sei ein heiliger Baum, und seine Beeren seien heilig, weil Jesus auf jeder Wacholderbeere das Zeichen des Kreuzes gemacht habe, und darum schützten die Wacholderbeeren vor Seuchen, Krieg und Blitz ...

»Mit dem Zoll käme man noch zurecht«, sagte der Herr aus Schiedam. »Aber erst die Schwierigkeiten diesseits des Sundes! Wie seid Ihr an Reval vorbeigekommen?«

Bei dieser Frage zuckte Balthasar fast zusammen.

»Wie ich an Reval vorbeigekommen bin ...?«

Beinahe hätte er gesagt: Oben im mittleren Mars, und dabei habe ich angestrengt in die Ferne gestarrt, ob ich nicht die Spitze des Olaiturmes überm Meer sehe. Umsonst, versteht sich, denn wir segelten so weit nordwärts, daß nicht einmal die Insel Großwrangelsholm in Sicht kam … Aber er antwortete nur: »Leidlich.«

»Kaperer haben Euch nicht belästigt?«

»Nein.«

»Na ja, der eine hat eben Glück, der andere nicht. Diese Lübecker Herrschaften, seht, dort, links am Tafelende, die haben unterwegs nach Narva zwei Schiffe und eine Menge Matrosen und Knechte verloren.«

Unterwegs nach Narva … Balthasar hätte sagen können, sein Vater habe unterwegs nach Narva zwar kein Schiff, aber einen Knecht verloren, der für ihn, Balthasar, so gut wie ein älterer Bruder gewesen war. Doch er schwieg und atmete den Wacholderduft des Genevers. Und als ein Engländer rechts von dem Herrn aus Schiedam mit diesem in seiner Balthasar wenig verständlichen Sprache eine Unterhaltung begann, dachte Balthasar: Gewiß war es dieser Saal, wo der Vogt Schnellenberg Ende Januar vor zwei Jahren ein Fest feierte … Balthasar erhob sich von der Tafel – hier gab es nun schon so viel Bewegung und Platzwechsel, daß es niemandem auffiel – und schaute in ein paar kleine Nebenzimmer des Festsaales. In einem dieser Zimmer hing ein Heiligenbild, von dem jemand vor einer Weile erzählt hatte, es sei eine auf Basmanows Wunsch angefertigte Kopie des wundertätigen Bildes vom heiligen Nikolaus, jenes Bildes, das während der großen Feuersbrunst von Narva mitten in der Glut heil geblieben und dann in einem Festzug nach Moskau gebracht worden war. An dem Bild erkannte Balthasar den Raum. Aus Vaters Erzählung wußte er: Ein Heiligenbild hatte auch damals hier gehangen, natürlich kein russisches, sondern ein katholisches. Doch der Raum war zweifellos derselbe, dessen war sich Balthasar plötzlich sicher: Dort, auf diesen sechseckigen Kalksteinfliesen, hatte der alte Rissa-Siimon gestanden und Herr Schnellenberg hier, wo Balthasar jetzt stand, und der Vogt hatte den Vater angeschrien und gedroht, ihn in Ketten zu schlagen … Das Lämpchen vor dem Heiligenbild beleuchtete den Raum nur dürftig, deutlich zu erkennen war bloß die schwarze Silhouette des Heiligen vor der vollmondähnlichen Aureole aus Goldblech, und die drei Schattenstreifen der drei Lampenketten vierteilten den Fußboden. Balthasar musterte die sechseckigen grauen Bodenfliesen. Aber die Spuren von Vaters Robbenfellstiefeln hätte er auch bei hellichtem Tage nicht mehr gefunden ... Und doch waren sie hier gewesen – große Schneespuren, an den Spitzen ein wenig breiter als an den Hacken, Spuren eines alten Mannes, der seine Füße setzt, als trüge er die Last von einem halben Schiffspfund auf dem Rücken.

Hinter Balthasar wogte das Tischgespräch der Festgäste, das nach dem Lied des Woiwodensohnes wiederaufgelebt war.

»Ein Pud Waren von Narva nach Nowgorod bringen – im Winter drei, im Sommer fünf Kopeken ...«

»Und von Nowgorod nach Moskau – im Winter neun, im Sommer gute dreißig ...«

»Ihr müßt wissen: kein einziges Zarenfest ohne Fjodor Basmanow!«

Aber dann löste sich aus einer Gesprächswoge eine deutliche Männerstimme und sprach zwischen zwei Wogen in die Luft: »Katharina ...«

Natürlich, natürlich: Das war der Kanzelbariton des Herrn Kruse, der sogleich in seinem eigenen Gelächter unterging, und genannt hatte er selbstverständlich sein ehrbares Eheweib, geborene von Tisenhusen, das wahrscheinlich zu dieser Stunde in seinem vom allergnädigsten Kaiser geschenkten Steinhaus an der Moskauer Kremlmauer unruhig träumte. Und doch legte sich der aus der Luft niederschwebende Name als federleichter Zusatz auf die merkwürdige Last, die sich unbemerkt am Hebel der Entschlußmaschine Balthasars angesammelt hatte ...

Es war noch völlig dunkel, als er und Herr Melchior aus der Burg zurück in die Ritterstraße ritten, voran ein Strelitze mit einer Fackel. Herr Melchior zündete in der Diele eigenhändig eine Kerze an.

»Siehst du«, sagte er, ihn unerwarteterweise vertraulich duzend, »solche Freundschaftsgelage muß ich ein paarmal wöchentlich mitmachen ...« Er war wider Willen beschwipst und sah müde und ungehalten aus. Dennoch kam Balthasar zur Sache.

»Herr Melchior, ein paar Worte, ehe Ihr schlafen geht.«

»Ich?« Er gähnte. »Du tust es doch auch ...«

»Ich erbitte in einer Angelegenheit Eure Hilfe.«

»Ja-a-ach ... Ich helfe dir in jeder Angelegenheit. Aber erst heute mittag.«

»Nein. Bitte gleich.«

»So? Was willst du denn?«

»Ich fahre nicht mit der ›Seejunkfer‹ nach Stettin zurück. Ich möchte zuerst nach Reval.«

Herr Melchior wollte sagen: Lieber Junge, das ist eine Schnapsidee. In diesen Zeiten! Diesseits von Wesenberg ist es nicht viel sicherer als jenseits. Aber jenseits – du hast es ja gehört – ist der Teufel los. Doch sein vor Überraschung nüchtern gewordener Blick sah Balthasars geschürzte Lippen, die Stirnfalte zwischen seinen weizenfarbenen Brauenborsten, und er sagte: »So-o? Ich verschaffe dir vom Woiwoden einen Durchlaß bis Wesenberg. Wenn du unterwegs und überhaupt vorsichtig in deinen Reden bist, auch beim Gebrauch meines Namens. Und wenn du es dir bis zum Morgen nicht anders überlegst. Was ich dir raten möchte. Und jetzt zu Bett!«

»Ich habe mir alle Möglichkeiten überlegt«, sagte Balthasar. »Jetzt ist es am besten, zu Fuß zu gehen, in der Nähe der großen Landstraße, möglichst unauffällig, in Bauernkleidung.«

»Jeder Soldat des Woiwoden oder des Ordensmeisters kann dich aufspießen, wenn es ihm Spaß macht. Und jedes aufständische Rudel ebenfalls.«

»Ein wenig Glück muß man schon haben. Dazu Bauernkleidung. Und die erbitte ich mir von Euch.«

»Von mir? Bauernkleidung?«

»Ich wage es nicht, sie mir in der Stadt zu verschaffen. Das könnte auffallen. Man würde fragen: Was hat ein Stettiner Bursche in Bauernkleidung westlich von Narva zu suchen?«

»Hm ...«, machte Herr Melchior. »Und woher soll ich sie nehmen?«

»Ihr laßt Eure Diener welche beschaffen. Vielleicht gibt es sogar welche im Hause. Ich glaube, der Weg, den ich zu Euch unternommen habe, ist ein altes Wams und Hut und Bauernlatschen wert.«

Das bestritt Herr Melchior nicht. Die Sonne war noch nicht aufgegangen, sondern hatte den aschgrauen Oktoberhimmel über den Wäldern von Joala kaum rot gefärbt, als ein stämmiger junger Bauer aus der Karripforte von Narva trat. Er trug einen alten Rock und Bastschuhe, und auf seinem Struwwelkopf saß ein völlig verblichener alter Hut. Zweimal blieb er stehen, wandte sich um und schaute zurück. Das erstemal, nachdem er hinter der Pforte zwischen drei, vier zum Markt fahrenden Bauernwagen die öde, kotige Straße betreten hatte. Er musterte den Wappenstein über der Pforte. Wie die Inschrift zeigte, war der Stein dort angebracht worden, als Balthasar elf Jahre alt gewesen war. Er betrachtete die beiden Stadtwappen: die Fische und Rosen sowie den Helm mit Kreuz und Visier. Dann folgte sein Blick einem bärtigen Mann, der einen Karren mit hölzernen Kannen, Bütten und Löffeln aus den Ruinen der Vorstadt auf die große, in die Pforte mündende Straße schob und sich seltsamerweise zwischen den Tortürmen bekreuzigte.

Das zweitemal wandte sich der junge Bauer um, als er an den unkrautüberwucherten Ruinen der Vorstadt vorbei war, wo zwischen den Trümmern neue Hütten standen und in den Gemüsegärten nasse Kohlköpfe blinkten. Dann bog der Weg durch ein herbstbuntes Erlengebüsch in einen schwarzen Fichtenwald ab, und als der junge Bauer abermals zurückblickte, sah er im Morgengrauen die ganze Stadt vor sich liegen. Die beiden Rundtürme an den großen Mauerecken im Südwesten und Nordosten erhoben sich über dem zum Fluß abfallenden Gelände wie zwei riesige kübelförmige dunkelgraue Steinköpfe mit schläfrigen Schießschartenaugen in den flachen Gesichtern. Von Rundturm zu Rundturm wand sich, mit spitzmützigen Türmen an den Ecken und Stadtpforten, die zinnenbewehrte Mauer – ein steinerner Gürtel, der das Häuser- und Dächergewirr umschlang. Rechts von den beiden Kirchtürmen ragte über die Dachgiebel die hohe, dunkle Westmauer der Burg und darüber der Hermannsturm – vor dem Himmel, der die Farbe blanken Schmiedeeisens hatte, mutete er an wie ein kantiger Reckenhals ohne Kopf auf kantigen Reckenschultern.

Der Bauer schaute eine Weile aus seinen Kulleraugen auf die Stadt und lauschte dem mächtigen, aber kaum noch hörbaren Rauschen, das vom unsichtbaren Fluß über das ebene Land bis hierher zum Wald drang; es war, als rausche der eisengraue Himmel. Dann machte er kehrt, wandte sich nach Westnordwest und verschwand zwischen gelbgetupften Birken und leberbraunen Erlenbüschen, als wäre er nimmer dagewesen.

VIERTES KAPITEL,

darinnen der junge Mann, dessen Kommen und Gehen wir möglichst bis in die Wurzeln zu verfolgen suchen, zu dem Schluß gelangt, er müsse sich gerade hier und jetzt in den rasenden Strudel der Ereignisse stürzen, die das Leben anscheinend für ihn bereithält: Dabei irrt er einerseits gründlicher, als bei voreiligen Schlüssen in diesem Alter allgemein üblich (stets will man, kaum daß man vom Leben gekostet, summieren, degustieren, deduzieren, anstatt sich zu gedulden und abzuwarten, was Gott auf dem Grund unseres Kelches für uns bereitet hat), andererseits behält er trotzdem recht, denn an so Wunderlichem teilzuhaben ist ihm später niemals mehr beschieden

Rechtzeitig irgendwo ankommen heißt unweigerlich, dort zur Unzeit eintreffen – betrachtet man es unter einem anderen Gesichtspunkt. Rechtzeitig irgendwo ankommen setzt Dutzende rechtzeitige Aufbrüche voraus – oder nicht rechtzeitige, wenn die Ankunft zur Unzeit erfolgt.

Wie dem auch sei – als Balthasar am Morgen des fünften Tages plötzlich von der großen Revaler Landstraße nach links abbog, auf einen kaum sichtbaren Fußpfad, der über die Jägala-Brücke führte und sich dann durch braungesprenkeltes Erlengestrüpp gen Süden schlängelte, da ahnte noch niemand, außer vielleicht Gott dem Herrn selbst, ob dies vor Seinem himmlischen Antlitz einst als recht oder unrecht befunden würde.

Eigentlich war Balthasars Wanderung nach Reval für ihn selbst ein unerwarteter Seitensprung, zu dem er sich entschlossen hatte in einem Augenblick, als ein Gewirr vieler seltsamer Stimmen in ihm die Stimme seiner Ratio übertönte, so daß er nicht mehr begriff, in welches Horn am lautesten gestoßen wurde: War es der breite Schalltrichter der Neugier oder das hohl tönende Horn des Heimwehs oder gar die rote Rohrpfeife der sündigen Begierde, auf welcher der Teufel der Lüsternheit und Eitelkeit fingerte? Ja, vielleicht war es überhaupt nicht unser barmherziger Herr, sondern der Böse mit den verkniffenen Augen und dem geifernden Mund, der Balthasar in diesen vier Tagen so väterlich beschützt und vor jeder Unbill bewahrt hatte, während er teils auf der Landstraße, teils durch Gestrüpp nach Reval zog, hellgraue, kupfergestreifte Morgenröte im Rücken und dunkelgraue, blutige Sonnenuntergänge vor Augen.

Er war über die Lichtung von Laagna gewandert, wo er inmitten herbstlicher Felder wahrhaftig nicht nur Brandstätten, sondern auch etliche frische Balkenwände sah. Er hatte in den Blauen Bergen von Vaivara am Weg bäuchlings in einem Fichtendickicht gelegen, als eine Hundertschaft bärtiger moskowitischer Soldaten westwärts vorübersprengte, so daß die Erde dröhnte und der Straßenkot nach allen Seiten spritzte; sie trugen zwiebelförmige Helme aus Eisenblech – ihr Anführer gar ein Panzerhemd –, und ihre geschulterten Armbrüste hatten merkwürdig gedrungene, bauchige Bügel. Vorsichtshalber schlug er durchs Gestrüpp einen Bogen um das vor zwei Jahren abgebrannte Dorf Türsamäe. In der Abenddämmerung seines ersten Wandertages ging er über die menschenleere Pühajõe-Brücke, deren zerstörte Steinbögen notdürftig mit frischen Kiefernbalken geflickt waren. Im Wald, unweit davon, entdeckte er ein verlassenes, halb ausgebranntes Bauernhaus und hörte eine Quelle plätschern. Er trank aus der Hand Quellwasser, aß Gerstenbrot dazu und knabberte an der Hirschkeule, die er aus der Küche des Herrn Melchior als Wegzehrung mitbekommen hatte. Er dankte Gott für die leidliche Wanderung und schlief in dem halbverwüsteten Gehöft, ja er schlief sogar recht angenehm; denn in der Tenne fand er einen Haufen halbwegs trokkener Streu, die vom Brand verschont geblieben war. Im Morgengrauen wusch er an der Quelle sein Gesicht, betete, aß ein wenig und machte sich auf den Weg. Er wählte den nördlichen Weg am Strand, den er für kürzer und sicherer hielt als die Landstraße von Jehwe. Bei Sonnenaufgang gelangte er an das Hochufer, eine ungeheuer steile Kalkfelswand. Dort blieb er stehen, blickte um sich und gab sich mit genußvollem Schauder dem Kältegefühl hin, das Höhe und Weite in seiner Brust auslösten – wobei vielleicht die vage Erinnerung an etwas Wesentliches mitschwang. Denn der Steilhang, an dessen Rand er sich gewagt hatte, war dreimal so hoch wie das höchste Steilufer der Oder und vielleicht sogar ein wenig höher als der Turm unter dem Helm der Olaikirche, doch die Höhenwirkung dieser Steilküste war um vieles gewaltiger – weil gleich am Fuße des Steilhanges das geröll- und schaumumkränzte Meer begann, und es lag nicht nur tief unten, sondern dehnte sich unter dem eisenfarbenen Morgenhimmel bis zum Horizont und blinkte fast schwarz zwischen den grauen Streifen des Frühnebels. Balthasar stand also hoch oben an Livlands nördlichstem Rand und empfand in seinem kühlen und zugleich warmen Herzen halb unbewußt ein merkwürdiges Gefühl des Bis-an-den-Rand-Gehens und In-die-Tiefe-Dringens. Er blickte gen Westen, wo das Ufer ein wenig nordwärts strebte und fünf, sechs Meilen weiter der Hafen von Maholm liegen mußte. Und er dachte: Bis Tolsburg, das als nördlichste Burg des Ordens gilt, sind es von Maholm weitere fünf, sechs Meilen westwärts, aber wahrscheinlich befindet sich auch Tolsburg noch unter der Herrschaft des Großfürsten …

Den ganzen Vormittag wanderte Balthasar den häufig dicht am Rande des Steilhangs verlaufenden Pfad entlang. Zum erstenmal sprach er mit Bauern: mit vier Männern, die mit geschulterten Rudern und Netzbündeln auf dem Rücken vor ihm über den Weg eilten und auf kaum sichtbaren Stufen im Fels zum Meer abstiegen. Balthasar sah sie sich an: Nein, diese mageren Männer mit den sorgenvollen Mienen würden ihm nichts tun. Er rief: »He! Grüß Gott!« Die Männer blickten sich erschrocken nach ihm um, offenbar bereit, den Felspfad wie Steinböcke hinabzuspringen. Doch als sie sahen, daß der Fremde allein war und keine Waffe, sondern einen Stab mit einem Bündel über der Schulter trug, blieben sie stehen. Balthasar ging näher und sprach zu ihnen vom Felsrand. Sodann kletterte er auf dem halsbrecherischen Pfad vorsichtig zu ihnen hinab und wechselte ein paar Worte mit ihnen. Nach einer Weile stiegen sie weitere zehn Faden hinab und setzten sich auf

Kalksteinvorsprünge, noch immer zehn Faden höher als die Wipfel der Fichten, die sich aus dem Geröll am Meeresstrand emporstreckten. Frage folgte auf Frage, Antwort auf Antwort, und Balthasar brachte die Männer so weit, daß sie ihm recht viel erzählten, wenn auch nur in knappen Worten ... Sie kamen aus dem Dorf Saka. Der Krieg hatte diese Gegend vor zwei Jahren zweimal überrollt, Güter, Dörfer und Kirchen hatten gebrannt, die Gutsherren waren geflohen und die Bauern in die Wälder gezogen und wieder zurück in ihre Dörfer. Einige Edelleute waren trotz allem dageblieben und genossen auch bei den Russen hohes Ansehen. Herr Renz von Etz, der unter dem neuen Herrscher die Bauern schlimmer als zuvor gepiesackt hatte, war von seinen eigenen Bauern im vergangenen Jahr erschlagen worden, wofür das ganze Kirchspiel dem Woiwoden von Narva Strafe hatte zahlen müssen, drei Schilling pro Kopf. Hoch über dem mittägig dunstigen grauen Meer, einen halben Schritt von der schwindelnden Leere, erzählten die Männer Balthasar, wie die Revaler Kaperschiffe im vorigen Jahr die Stranddörfer Wierlands bis Narva hin geplündert hatten. Auch hier in Saka waren die Kaperer an Land gekommen, hatten aus Hakenbüchsen geknallt, Katen angezündet und Speicher ausgeraubt. Die Männer erklärten: Wir zahlen jetzt dem Woiwoden von Narva Fisch- und Getreidezehnte, klar, daß die Revaler uns plündern. »Sind sie mit großen Schiffen dagewesen?« fragte Balthasar, und die Männer erwiderten: »Nix da. Mit diesen offenen Booten, die die Leute von Maholm Tröge nennen.« Und Balthasar dachte: Falls Märten damals noch zur Kaperflotte gehört hat, so ist er jedenfalls nicht hiergewesen.

Aber vom großen Aufruhr, der im Westen – in Harrien und Hapsal – entbrannt sein sollte, wußten die Leute aus Saka nur so viel, daß ein Dolmetscher der russischen Obrigkeit von Wesenberg auf der Durchfahrt nach Narva den Männern aus Purtz gesagt habe, die Bauern des Ordens hätten in Harrien gemeutert und sich einen König auserkoren. Auch habe der Dolmetscher gefragt, ob die Hiesigen ihnen nicht zu Hilfe eilen wollten.

Außerdem erzählten die Saka-Männer Balthasar, in Purtz habe sich im halbfertigen Schloß der Taubes ein russischer Heerhaufe einquartiert. Darum machte Balthasar einen Umweg durch den Wald im Norden. Unweit der Flußmündung entdeckte er einen Kahn und überquerte mit Hilfe einer Stange den Fluß. Weiter ging er durch das vor zwei Jahren fast abgebrannte Dorf Kestla. Von dort wollte er zur Kirche von Nigula, aber da es inzwischen dunkel geworden war, übernachtete er in einem Heuhaufen beim Dorf Raudna, und als er um die Mittagszeit des nächsten Tages die Kirche von Nigula erblickte, stellte er schon von weitem mit Schrecken fest, daß von ihr nur noch verrußte Mauern übrig waren – ebenfalls eine Folge des Krieges vor zwei Jahren. Danach wählte er wieder die nördliche Wegabzweigung, um weit um die Stadt Wesenberg (oder richtiger, wie er erfuhr, um die Burg und die Stadtruinen) herumzukommen. Männer aus dem Dorf Pada wiesen ihm einen kürzeren Weg: auf abgelegenen Pfaden durch gewaltige Moore und Einöden und nördlich von Kohala über den Fluß Sämi. In Halljal erhielt er beim Küster der halb abgebrannten Kirche des heiligen Mauritius ein Nachtlager, hörte jedoch keinerlei Neuigkeiten. Er bekam nur so viel heraus, daß der Pastor vor einigen Wochen aus Angst vor den Russen, Gutsherren und Bauern nach Reval geflüchtet und der einem halbverhungerten Dachs ähnliche Küster aus Angst vor der Strafe Gottes seinen Amtspflichten treu geblieben war und nun hier ausharrte. Von seiner mehrfachen Furcht geplagt, blieb der Küster angesichts der heiklen Fragen völlig stumm.

Hinter Halljal tauchte Balthasar tief in die endlosen Fichtenwälder Wierlands, wo – von Narva her gesehen – das Niemandsland hinter Wesenberg begann. Hier stöberte er in dem Haselnußwäldchen am Wegrand herum, aß sich satt und stopfte seinen leeren Brotsack mit herrlichen reifen Nüssen voll. Und hier, bei der Loobu-Mühle, stieß er auch auf die ersten Zeichen des großen Aufruhrs. Im Mühlenhof waren weder Wagen noch Kornfuhren zu sehen. Dort stand ein Dutzend gesattelter Pferde und machten sich ebensoviel seltsam bewaffnete Bauern zu schaffen. Ein halbes Jahrhundert lang hatten die Bauern keine Waffen tragen dürfen, doch aus den Speicherwinkeln und von den Dachböden waren diese keineswegs völlig verschwunden. Zumal Herr Fürstenberg bei Kriegsausbruch, das Verbot mißachtend, beim Ordensheer Bauerntrupps bilden und ihnen Waffen aushändigen ließ, allerdings wenige und erbärmliche. Die lange und bunte Geschichte dieser Bewaffnung war nun deutlich an den Waffen des Bauernhaufens abzulesen, die zum Teil an der Wand beim Mühlentor lehnten: Da sah man alles mögliche, von zwei leicht verrosteten Hellebarden und drei vorsintflutlichen Dorfschmiedschwertern bis zu kurzen, an Latten befestigten Sensen sowie Holzbeilen und einem altersschwarzen Morgenstern. Einen Augenblick stand Balthasar unschlüssig im Gebüsch: Wegen der Waffen kam ihm der Bauernhaufe ziemlich bedrohlich vor. Aber dann blähte heftige Neugier die Segel seines Vertrauens, und er trat aus dem Buschwerk und ging zu den Männern. Sein Auftauchen schien sie nicht weiter zu beunruhigen. Natürlich, was konnte ihnen ein Bursche mit bloßen Händen tun? War er ein Kundschafter des Ordens? Kaum – wo es doch hier in Wierland vorgekommen war, daß Bauern, die dem Ordensheer Nachrichten über den Moskowiter zutrugen, auf Befehl der Ordensherren erhängt wurden: aus Furcht, es könnte sich um eine Falle handeln. Ein Kundschafter des Moskowiters? Wennschon, welche Unbill konnte ihnen daraus erwachsen? Ein Landstreicher? Na schön! Wo hätte es zu dieser Zeit keine gegeben? Wäre er Manns genug, käme er mit … Nein – dieser Bursche war keine Gefahr für sie. Und folglich auch sie für ihn nicht. Pure Lust am Niedermetzeln, die in solchen Zeiten oft genug hinter den Heldentaten berufsmäßiger Krieger stecken mochte, kam bei Bauern kaum in Betracht. Kurzum, Balthasar trat zu den Männern. Er blickte auf ihre sonnengebräunten, stoppeligen Gesichter, ihre haßerfüllten, verdrossenen oder kindlich-kühnen Augen, ihre Wämser und breitrandigen Hüte, ihre Pasteln und Bastschuhe und sah, daß einer der Männer einen verbundenen Kopf hatte und an den Füßen prächtige Landsknechtstiefel trug, dergleichen man nicht freiwillig auszog. Balthasar grüßte, sprach sie an und erfuhr, daß sie aus Halljal und teils aus den Dörfern hinter Ilumäe stammten und unterwegs waren ...

»Wo wollt ihr denn hin?«

»Dorthin ... nach Südwesten.«

»Ja-a ... Und was wollt ihr da?«

»In den Krieg wollen wir! Siehst's ja. Bist wohl aus den Wolken gefallen? Komm doch mit!«

Der junge Mann mit dem verbundenen Kopf, anscheinend ihr Anführer (er wurde Vatku Vilbo genannt), sagte: »Ich dachte, du bist aus Tõrma. Dort haben sie's gestern erfahren ...«

»Nein«, erwiderte Balthasar. »Ich bin aus dem Dorf Kurgla, Kirchspiel St. Johannis. Vielleicht habt ihr von so einem Ort gehört?«

Da meinte einer der Männer: »Bist also ein Ordensmann reinsten Wassers – wer soll denn sonst gegen die Deutschen ziehen, wenn nicht du?« Und ein anderer: »Klare Sache! Zufällig haben wir sogar ein freies Pferd.«

Für ein Weilchen schloß Balthasar die Augen, um seine Überraschung zu meistern. Er hörte, wie das Wasser untätig den Mühlendamm hinabrauschte, wie die Pferde fraßen und durchs trockene Erlenlaub wateten und wie ein Bauer auf dem Schleifrad im Mühlenhof seine Speerspitze schliff: tschich-tschach, tschich-tschach, tschich-tschach ... Balthasar dachte: Das hieße ja, morgen mittag nicht zu Hause zu sein, weder die Häuser von Fischermai noch die Mauern von Reval zu sehen, auch Vater, Annika, Meus, Märten und Kimmelpenning nicht, keinen! Das hieße ja ... gar nicht in Katharinas Nähe zu kommen, und wäre es auch indirekt ... Balthasar öffnete die Augen und schüttelte den Kopf.

»Nein … Ich muß morgen mittag in Kurgla sein. Ich schließe mich dort den Männern an.«

»Na dann – Gott befohlen!« sagten die Männer.

Und Balthasar antwortete: »Gott befohlen!«

Er ging durch das Dorf Vahastu, wo man ihm erzählte, der Moskowiter sei erst vor einigen Monaten, aus Wesenberg kommend, hier vorbeigezogen und habe den Gutshof Kolk, den der dänische König unergründlicherweise für sein Eigentum hielt, schrecklich zugerichtet. Bis zum Abend wanderte Balthasar weiter. Als es dunkel wurde, suchte er Zuflucht in einem alten, verfallenen Fischerhäuschen am Kahalasee; glücklicherweise entpuppte sich der drohende Platzregen nur als eine Husche, die ein paar Tropfen auf das vermoderte Schilfdach prasseln ließ. In der Frühe beschwichtigte er seinen knurrenden Magen mit Nüssen, dankte Gott für alles Bisherige und erbat sich einen weiteren leichten Wandertag. Durch nassen, wattigen Nebel eilte er auf Reval zu, vorbei an der abgebrannten Kirche von Kuusalu, am zerschossenen Schloß von Kyda und an den halbverlassenen Dörfern Valkla und Kaberla. Und dann plötzlich änderte er seinen Entschluß …

Wer tiefer und vor allem unvoreingenommener in menschliche Herzen blickt, wird vielleicht schmunzeln und sagen: Natürlich bog Balthasar keinesfalls deshalb von der Revaler Straße ab, weil er bei der Loobu-Mühle leichthin und unter einem gewissen Zwang behauptet hatte, er ginge nach Kurgla (das war ihm auch selbst bewußt), sondern eher, weil er so unbedingt nach Reval gelangen wollte. Denn sein Begehren, Reval zu erreichen, war, wie häufig bei ungestümen Wünschen der Fall, nicht bloß wegen der Schwierigkeiten, die einem Wanderer in dieser mehr als verworrenen Zeit äußere Kräfte bereiten konnten, derart heftig – nein, eher wohl wegen der Hindernisse, die er in sich selbst überwinden mußte. O ja, für das leidenschaftliche Gemüt Balthasars war Katharina ein Name, dessen Erwähnung nicht nur ein Feuerwerk von Begierde und Wiedereroberungsdrang, von Zärtlichkeit und Mitleid auslöste, sondern auch einen Sturm unangenehmer Gefühle und tiefer Verachtung – vielleicht vor allem: in Verachtung verwandelte Eifersucht. Und hätte jemand tief in Balthasars Seele zu blicken vermocht, so könnte dieser Jemand – die nach Kurgla hinstrebenden Nebelstreifen entwirrend – vielleicht sogar behaupten, außer dem seltsamen inneren Widerstand, der Balthasar plötzlich den Weg verlegte, sehe er durch den grauen Oktobernebel, durch die nassen Wacholdersträucher, die verzweigten Kieferntatzen und braunen Erlenzipfel die todernsten Augen Epps im Kerzenschein schimmern, wie bei der Kindtaufe vor zwei Jahren. Jedenfalls war Balthasar plötzlich überzeugt, es wäre mehr als niederträchtig, jetzt, wo er aus Narva über dreißig Meilen zurückgelegt hatte, in einer Entfernung von einer Meile an Kurgla vorbeizurennen …

Als Balthasar die Äcker von Kurgla erreichte, empfand er plötzlich Angst, Angst, die unter der Oberfläche seines Denkens geglommen hatte und ihm erst jetzt, da sie von ihm wich, bewußt wurde: Gott sei Dank – das Gehöft steht noch da, die Dächer sind heil! Doch als er durch die Pforte Ohm Jakobs Hof betrat, mußte er sich wahrhaftig die Augen reiben: Dort sah es aus, als habe der Bauernhaufe von der Loobu-Mühle, inzwischen um das Doppelte angewachsen, ihn wer weiß wo und wie überholt und sei vor ihm hier eingetroffen … Erst nachdem Ohm Jakob ihn vom Brunnen her lange gemustert und schließlich, heiser vor Unglauben, gerufen hatte: »Grüß Gott, Pall … Ist das Spuk, oder bist du's wirklich?«, erst da wich die Sinnestäuschung von Balthasar, und er sah: Fast das ganze Volk von Kurgla hatte sich in Ohm Jakobs Haus und Hof versammelt. Die Männer waren in gleicher Weise bewaffnet wie die in Loobu – Jakob selbst, Jürgen und Paavel, der Küti-Jaak mit seinem Knecht, die beiden Pärtli-Bauern mit ihren Söhnen und Knechten sowie Fremde, wahrscheinlich aus Antla und von noch weiter her. Zudem Mädchen, alte Weiber und Frauen; Epp mit ihrem zweijährigen Knirps war dabei, auch mehrere andere hatten ihre Bälger bei sich.

Insgesamt ein Viertelhundert oder mehr Menschen. Ein Dutzend Pferde war gesattelt. Vier Wagen mit Hausrat standen vor dem Speicher, und die Pferde waren schon eingespannt.

»Was ist hier los?« fragte Balthasar.

»Du siehst ja – wir ziehen in den Krieg«, erwiderte Jakob finster.

»In den Krieg? Das ganze Dorf – mitsamt den Weibern?«

»Was bleibt uns denn übrig?« rief Jakob heftig. »Weiber und Kinder werden in ein Versteck gebracht, und die Männer stoßen zum Bauernheer. Wir haben heute früh auf dem Gut Rasik Herrn Hasse und seinen Bruder umgebracht.«

»Ihr? Wer?«

»Wer genau, das wird niemand mehr erforschen. Aber sie haben dran glauben müssen. Und sein Neffe und dessen Kumpan, ein Mönch aus Padis, die gerade dort waren, sind uns durch die Lappen gegangen. Sie sind nach Reval davongesprengt und haben gedroht, sofort mit Landsknechten vom Domberg zurückzukommen und die Dörfer der Mörder dem Erdboden gleichzumachen – Kurgla vor allen Dingen.«

Balthasar versicherte ihm, von den Städtern sei in so einer Angelegenheit, besonders in diesen bewegten Zeiten, weder Einmischung noch Rache zu befürchten. Aber die Männer von Kurgla schienen es besser zu wissen. Natürlich, die Städter würden keinen Finger rühren, das war klar. Doch Herr Plate oder der geharnischte Joachim, wie er auch genannt wurde, Hauptmann der Ordensknechte vom Domberg, war in letzter Zeit ein häufiger Saufkumpan des Herrn Hasse gewesen und hatte mit seinen Rottmeistern und seinem Profos alle nasenlang in Rasik gezecht. Herrn Hasses Bruder gehörte ja zu Plates Rottmeistern. Folglich … Ja, die Männer hatten beschlossen, Frauen und Kinder sofort ins große Wolfsmoor zu schaffen, anderthalb Meilen südlich von Kurgla, auf die Kieferninsel, wo man schon früher aus ähnlichem Anlaß Zuflucht gesucht hatte. Das

Kleinvieh, das langsamer ging als die Lastpferde und das Fußvolk, war schon seit dem Morgen mit den Hirten unterwegs. Und die Männer? Die Männer würden nach Kangla, Limu und Nabala reiten, Kundschafter vorausschicken und gen Südwesten ziehen. Dort sollte sich das Heer des Bauernkönigs versammeln.

»Hör mal«, sagte Balthasar, der nach Ohm Jakob ins Haus getreten war und sich nun in der leeren, der wenigen Kleidungsstücke und des Eßgeschirrs beraubten Stube erschrocken und befremdet umsah – Ohm Jakob zerrte gerade die letzten Schaffelle vom Ofen, um sie in den Wagen zu packen –, »hör mal, Ohm Jakob, wie steht es eigentlich um diesen ... diesen König der Bauern? Ich hab schon in Narva davon gehört. Gibt es ihn wirklich?«

»Warum soll es ihn nicht geben?« brummte Jakob. »Er ist gewählt und vorhanden. Wäre ja nicht das erstemal. Na schön, seit dem letzten sind sechs oder sieben Geschlechter dahingegangen.« Er blieb im Vorhaus stehen und wandte sich Balthasar zu. »Du kommst also von Narva?«

»Jawohl.«

»Aus Deutschland nach Narva und ...?«

»Mhm.«

»Und von hier gehst du nach Reval?«

»Das hab ich vor.«

»Nun ja ...« Jakob wandte sich ab und betrat den Hof. Er schritt mit den Schaffellen über den herbstlichen, von Kamille und Wegerich durchwucherten Rasen, der von vielen Füßen zertrampelt war, und Balthasar folgte ihm. Auf halbem Wege, beim Brunnen mit der Kalksteineinfassung, blieb Ohm Jakob stehen und wandte sich Balthasar wieder zu. Er schaute ihm in die Augen, doch ganz und gar nicht so wie einst vor Jahren, als er sich nicht zu sagen getraut hatte, wie froh er wäre, wenn Balthasar mit ihm aufs Gut käme. Er sagte: »Und ich hab mich schon gefreut und gedacht, du bist nach Reval gekommen und von dort aufs Land und gehst jetzt mit uns.« Ohm Jakobs stoppeliger Bart, der damals, vor drei Jahren, aufgeleuchtet hatte, als Balthasar sich erbot, ihn aufs Gut zu begleiten, blieb düster und eisengrau. Er schaute an Balthasar vorbei und fuhr fort: »Natürlich. Was geht dich ein Bauernaufstand an!«

Ohm Jakobs Worte waren unerwartet, ja befremdlich hart. Balthasar war gewohnt, in ihm den vorsichtigen Bauersmann zu sehen, der seinem allmählich verstädternden Neffen wachsende stille Ehrerbietung entgegenbrachte, eine Ehrerbietung, die möglicherweise übertrieben war einem jungen Kerl wie Balthasar gegenüber. Enthielten seine Worte nicht gar eine Spur Feindseligkeit? Wie bei jemandem, der sich selbst gram ist wegen seines geringen, vor dem Recht der großen Welt nichtigen Rechts und der trotzdem dieses sein Recht wütend verteidigt ... Natürlich – jetzt, hier war etwas Ungeahntes im Gange, und die Ereignisse schienen Jakob in dieser Angelegenheit einen ganz festen Standpunkt zu verleihen. Offenbar war es das Elend des Augenblicks, das seinen Blick kalt und seine Worte hart werden ließ. Aber diese Worte an sich – waren sie gerecht oder nicht?

Was geht dich ein Bauernaufstand an?

Und Balthasar entschied sich.

Hätte sich später jemand die Mühe gemacht, die Motive seines Entschlusses zu überprüfen und aneinanderzureihen, und hätte er sich später nicht selbst befleißigt, das Geschehene aus seinem Gedächtnis zu löschen, so könnte man folgende Überlegungen anstellen:

Primo. Es wäre leichter gewesen, zu antworten: »Ich gehe nicht mit«, wenn Jakob gefragt hätte: »Kommst du mit?«, anstatt für ihn zu entscheiden: »Du kommst natürlich nicht mit.«

Secundo. In gewissem Maße – ob man es nun für Unglück oder Schande oder Verblendung oder sonstwas hält – ging ihn der Bauernaufstand doch etwas an. Schon allein, weil er alle auf Kurgla etwas anging. Ja, was hatte er, Balthasar, überhaupt in diesem Augenblick auf Ohm Jakobs Hof zu suchen, warum hatte ihn Gott – oder vielleicht der Teufel? – in diesem Augenblick dorthin geschickt, wenn all dies ihn nichts anging?

Tertio. Es war rasend interessant, dabeizusein, zu erfahren, zu begreifen, was hier eigentlich geschah. Was wollten sie? Was erhofften sie? Wer und was war dieser ihr wunderlicher König?

»Jakob, weißt du etwas von Vater und den anderen in Reval?«

»Ich war vergangene Woche bei Siimon.«

Quarto. In den Sattel steigen und mit Jakob mitreiten, einige Meilen. Um schnell zu erfahren, was er in Fischermai gehört hatte.

Balthasar ließ seinen Blick über den Hof schweifen. Mit jener besonderen Klarheit, mit der man unvergeßliche Bilder in sich aufnimmt, registrierte er, wie der Bauer von Alt-Pärtli sich bückte und den Bauchgurt seines Pferdes festschnallte, wie eine unbekannte junge Frau ihr schreiendes Kind durch Stillen zu beruhigen suchte, wie der Küti-Jaan ihn, Balthasar, mit verkniffenen Augen betrachtete, wie sich sein Gesicht aufhellte und er ihn erkannte, denn wahrscheinlich war ihm ihr gemeinsames Roden in Lammassaar eingefallen. Auch Balthasar entsann sich deutlich jenes Tages. Er ließ seinen Blick über das flache Gesicht des Knechtes Paavel gleiten, und ...

Quinto. Er schaute Epp an. Und Epp schaute ihn an. Und zerrte zugleich ihren – wie hieß er doch gleich? –, ihren Tiidrik außer Reichweite der Hufe eines stampfenden Fuchses. Im selben Augenblick sagte Jakob (Herrgott, warum hast Du ihn gerade in diesem Augenblick dies sagen lassen – oder war es der Teufel, der es tat?): »Paavel, nimm ein Pferd, reite nach Peningi und sag ihnen, wir machen uns jetzt auf den Weg. Und nimm die Männer mit zu uns nach Kangla.«

Da löste Balthasar seinen Blick von Epps Augen und wandte ihn Jakob zu.

»Hast du einen Klepper für mich?« fragte er.

Mit denselben Worten wie vor drei Jahren. Als sie zusammen zu Herrn Antonius ritten, um Beistand gegen Hasse zu erbitten.

»Ja«, donnerte es fast aus Jakobs Mund. Obwohl auch

er keine Ahnung hatte, wen sie diesmal um Unterstützung angehen sollten. Und obwohl er sich noch weniger als Balthasar vorstellen konnte, wie stark die Kräfte waren, gegen die sie in ihrer Unvernunft antreten wollten.

Die Frauen stiegen auf die Wagen oder hinter ihre Männer auf die Pferde. Die Mädchen liefen neben den Fuhren, und die Männer ritten im Schritt vor dem Wagenzug. Der eine oder andere schaute kurz und stumm über die Schulter zurück, bis der leberbraune Erlenhain und der junge Fichtenwald die über ihre plötzliche Verödung bestürzten Häuser verdeckten.

Balthasar lenkte seine mausgraue Stute zu Ohm Jakob, um möglichst rasch die Neuigkeiten aus Reval zu erfahren. Jawohl, Siimons Gesundheit lasse gelegentlich zu wünschen übrig, aber er selbst meine dazu: »Zur rechten Zeit geht es mit mir bergab. Das zweite Jahr schon werden in der Stadt fast keine Waren mehr befördert, und Frachtfuhren über Land sind unmöglich geworden – wegen der Plünderungen und des allgemeinen Aufruhrs.« Ansonsten war in Fischermai vor einer Woche alles beim alten gewesen. Annika? Und Meus? Großer Gott – wußte Balthasar denn nichts? Meus ... Meus ruhte schon seit dem vergangenen Herbst auf dem Friedhof. Jawohl – Anfang November, beim ersten Frost, hatte die Pest wieder einmal Reval heimgesucht ... Nicht schlimm diesmal, nur ein paar Dutzend hatten das Zeitliche gesegnet. Nein, Annika war, Gott sei gepriesen, verschont geblieben und lebte wie eh und je in der Wohnung am Alten Markt, zusammen mit derselben Piret, die in der letzten Zeit als Magd bei ihnen gedient hatte.

Für einen Augenblick schnürte es Balthasar die Kehle zu – obgleich er das Gefühl hatte, Jakobs schicksalsschwere Worte glitten an seinem Bewußtsein vorbei. Wie die nebelbenetzten braunen und gelben Herbstzweige über sein Gesicht ... Gütiger Gott, Meus tot ... Balthasars Eifer, nach Reval zu kommen, vorläufig zwar abgelenkt, aber dennoch vorhanden, erlosch um ein Drittel oder mehr, zerwehte wie die nassen Blätter, mit denen die Baumkronen die Menschen und ihre Pferde im Regen überschütteten. Meus tot ... So blieb die Schuld ungetilgt – die Schuld des Herzens, die Schuld des guten Willens, die Balthasar jedesmal heimgesucht hatte, wenn er die Augen zudrückte und im braunen Schimmer der geschlossenen Lider Meus' wohlwollende, besorgte Augen vor sich sah. Überhaupt: lauter Schulden, Schulden, Schulden, unbezahlte, ungetilgte ... Und jetzt diese unerwartete wunderliche Wanderung ins Wolfsmoor, unabsehbaren Gefahren entgegen. Flüchtende Frauen, Kramwagen, Bauern aus Kurgla und Antla, jeder mit einem Schlachtmesser im Gürtel und auf je vier Mann ein in Lindenbast gewickeltes uraltes Schwert, mit einem Strick um die Hüfte gehängt. Schulden ... Wessen Schulden gedenken sie wem mit diesen Schwertern zu begleichen? Bei wem werden dadurch neue Schulden gemacht – schwere, die nie getilgt werden können, und winzige, die das menschliche Herz in seiner alltäglichen Tretmühle übersieht, die aber in der großen Rechnungsführung des Herrn vermerkt werden?

Balthasar hielt seinen Grauschimmel an, ließ Ohm Jakob vorausreiten und wartete, bis Muhme Kati mit dem Wagen, auf dem Epp und Tiidrik saßen, ihn einholte. Mit einer kleinen wärmenden Freude bemerkte er: Während alles in der Gegend verändert schien, die Menschen abgenutzt, die Häuser kümmerlicher, die Wälder licht und trotz des Herbstes farblos, sah Epp genauso aus wie vor drei Jahren. Als wäre die Zeit der Ängste und Mühen an ihrem kleinen frischen Gesicht und ihren schimmernden Augen spurlos vorübergegangen. Balthasar blickte sie an und suchte nach Worten, die seine Schuldenrechnung nicht erhöhten, fühlte aber, solche Worte gab es nicht – und schwieg. Bis Epp ihm in die Augen sah und fragte: »Wieso bist du just in so einem Augenblick gekommen?«

Da fühlte Balthasar, er könnte vielleicht einen winzigen Teil seiner Schuld tilgen, wenn er in diesem ungewöhnlichen Augenblick eine ermutigende, sichere Haltung an den Tag legte, und wäre sie auch geflunkert. Er sagte: »Nicht wahr, gerade im richtigen Augenblick, man könnte sich keinen passenderen aussuchen. So hab ich euch alle angetroffen – und dich und deinen Jungen gesehen. Wer weiß, wann es sich wieder so ergibt ...«

Epp schien ihm zuzulächeln – oder auch nicht. Und ihr Lächeln, das vielleicht gar keins war, verriet ihm: Merkwürdigerweise hatten seine Worte seine Schuld an ihr vergrößert. Er verstummte, sagte dann: »Nun, wir reden noch miteinander«, obwohl er nicht wußte, worüber. Er winkte Epp und Muhme Kati und dem ernst dreinschauenden Tiidrik zu und drückte dem Pferd die Fersen in die Flanken.

»Erzähl jetzt, wie das mit Herrn Hasse eigentlich gekommen ist. Und überhaupt – was hier im Marienland los ist«, sagte er zu Jakob, als sein Grauer den Apfelschimmel des Oheims eingeholt hatte. Und während der Meile, die noch bis zum Wolfsmoor verblieben war, erfuhr er alles. Jakob erzählte ihm knapp, aber klar, was er wußte. Was mit Hasse geschehen war, wußte er vollständig und aus eigenem Erleben. Hasse hatte die Männer von Kurgla und Antla heute früh aufs Gut beordert und befohlen: Jedes Anwesen soll gleich morgen anderthalb Maß Hafer pro Haken Land für die Streitrosse des Ordensheeres aufs Gut schaffen. Und nächste Woche hätten sie ihm – in Münze oder Proviant – Wehrgeld für Reval zu liefern. Dabei zählte er die Namen der Bauern auf, die eine, anderthalb oder zwei Mark zahlen mußten. Die Männer, ungefähr fünfzehn, standen in einem Haufen vor dem Verwalterhaus, Hasse stand auf der Treppe, die Karbatsche in der Hand. Und da plötzlich tat Jakob seinen Mund auf. Er tat ihn auf – ja, wer weiß, warum? Wohl weil er vor einigen Tagen bei Siimon von einem seltsamen Brodeln unter den Bauern gehört hatte. Davon, daß Läuflinge und anderes loses Volk sich dem Hörensagen nach vielerorts zusammenrotteten. Daß Bauern Rigaer Herrschaften bei Päsküll auf der Landstraße beraubt und erschlagen hatten. Daß die Gutsherren, die nach dem Abzug der letzten Moskowiter Plündertrupps auf ihre Güter zurückgekehrt waren, bereits wieder aus

West- und Südharrien nach Reval flohen. Aus Angst vor den Bauern. Denn dort in den Dörfern gärte es, und immer lauter erscholl der Ruf: Schlagt die Herren tot, es ist Zeit! Deshalb, jawohl, und weil schon früher ähnliche Gerüchte im Dorf umgelaufen waren und weil Jakob mit vielen von denen, die vor dem Verwalterhaus neben ihm standen, gestern und vorgestern, beim Umtrunk anläßlich des Schafschlachtens zu Michaelis, darüber gesprochen hatte ... Aber vom Totschlagen wollte Jakob auf Hasses Hof gar nicht erst anfangen. Er sagte nur: Wozu der Hafer, sie hätten doch seit Kriegsanfang kein einziges Streitroß zu sehen bekommen. Und was das für Wehrgeld sei, wo die einzigen Wehrleute, die man in den Dörfern kenne, die Kriegsknechte des Ordens seien, die den Bauern ihre Schafe geraubt hätten. Darauf murrte und meuterte der Männerhaufe so laut, wie man es noch nie erlebt hatte. »Ja, was ist das für Wehrgeld, he?! He-he-he! Hurengeld für die Ordensherren! Dafür geben wir nichts her!« Und so weiter ... Da versetzte Herr Hasse einem Bauern aus Antla, der ihm am nächsten stand, eins mit der Karbatsche. Dieser aber faßte die Karbatsche an der Schnur und versuchte sie Herrn Hasse aus der Hand zu zerren. Einige lachten laut, und jemand warf einen Stein nach Hasse. Hasse ließ den Karbatschenstiel fahren, sprang einen Schritt zurück, griff unter sein Wams – und zog, na, ein Schießeisen mit kurzem Lauf hervor, wie sie die städtischen Landsknechte zuweilen im Gürtel trugen, fingerte daran, bis es knallte, und jagte dem Knecht des Kurgla-Jaak ein Stück Blei durch den linken Oberarm. Aber seltsamerweise erschreckte der Schuß nur Herrn Hasse selbst – vielleicht, weil aus dieser Pistole, oder wie das Scheißding sonst hieß, sowieso kein zweiter Schuß rauszulokken war. Wilde Wut und Beherztheit packte die Männer. Der verwundete Knecht stand stöhnend und mit blutendem Arm unter ihnen. Da ergriff jemand seine zu Boden geworfene Mistgabel – auch andere Knechte trugen welche auf der Schulter, doch mit Gottes Willen hatte just diese eiserne Zinken – und stieß sie Herrn

Hasse mit blindwütiger Kraft in den Bauch, so daß er ihn an den Türpfosten des Verwalterhauses nagelte. Hätte sein Bruder, der Rottmeister, der aus Reval zu Besuch gekommen war, ein wenig gezögert, wären sich die Bauern mit Schrecken ihrer Tat bewußt geworden, und es wäre vermutlich bei einer einzigen Mordtat geblieben. Aber der Bruder hatte die Stimme, den Knall, den Lärm und Herrn Hasses Geschrei gehört und kam im selben Augenblick herausgerannt – da hieb ihm jemand eine Hacke über den Schädel. Erst nachdem die Fenster des Verwalterhauses eingeschlagen, Herr Hasse am Türpfosten endgültig getötet worden war und das Strohdach des Hauses Feuer gefangen hatte – all das geschah wie im Traum und gleichsam von selbst –, erst da sprangen Hasses Neffe und der Mönch aus Padis durch ein weiter hinten gelegenes Fenster in den Garten, rannten zu den Pferden und flüchteten nach Reval. Die Bauersleute trugen aus dem brennenden Verwalterhaus die besten Stücke, auch die Taschenbüchse des Herrn Hasse verschwand von der Treppe. Die Amtsleute des Gutes, der Wartmann und die Zehnter, ließen sich nicht blicken. Schließlich hatten die Bauern die Tore der Gutsställe aufgerissen und die Herde ins Freie gelassen, ein halbes Dutzend Pferde genommen, vier oder fünf Fronarbeitern, die gerade Heu zu den Ställen fuhren, zugerufen, jetzt hätten die Bauern Macht und Befugnis, und waren eiligst vom Gutshof verschwunden.

Und jetzt standen sie am weiten Rand des Wolfsmoores mit seinen flimmernden Blänken und dürren Kiefern. Der Küti-Jaan ritt an die Spitze des Zuges, führte ihn eine viertel Meile über immer stärker wankenden Sumpfboden und brachte ihn zwischen Sumpfporst und Kiefernwurzeln an einem braunen See zum Stehen. Dann trieb er sein Pferd bis an die Brust ins rote, eisenhaltige Wasser und ließ es vorsichtig nach links und rechts treten. Das Tier fand im Wasser den Anfang eines alten Balkenweges, und Jaan ließ es sich weitertasten. Das derbknochige Pferd watete – bald bis zu den Knien, bald bis an die Brust im Wasser – zwischen schwimmenden, wurzeldurchwobenen Torfinseln quer durch den See und änderte dabei mehrmals überraschend die Richtung. Die Reiter waren von ihren Pferden ins Wasser gesprungen und stützten vorne und hinten die Wagen, die auf den jahrhundertealten Balken dahinwankten. Der Zug folgte dem Pferd des Küti-Jaan, ganz hinten gingen ein paar Männer und zerrten die schnaubenden, aneinandergebundenen Pferde vorwärts. Nach einer viertel Meile bog der Weg zu einem mit jungem Nadelwald bewachsenen, steinigen Ufer, und bald war der feste Boden der Kieferninsel erreicht. Dort lag, hinter dichtem Buschwerk verborgen, eine alte Moorsiedlung mit einem Wall aus riesigen Kalksteinblöcken. Die bis zu den Lenden durchnäßten Männer eilten sogleich den Frauen zu Hilfe. Die Fichten und Kiefern, die innerhalb des Walles wuchsen, wurden gefällt, und binnen weniger Stunden entstanden aus Zweigen und Kalksteinklumpen, die man aus dem Wall brach, vier feste Wohnhütten. Sie wurden sorgfältig abgedichtet, denn niemand konnte wissen, wie lange die Flüchtlinge hierbleiben mußten, und täglich war Schnee zu erwarten. Übrigens, die Unterkünfte wurden auch deshalb so schnell fertig, weil im unebenen Rasen des Siedlungshofes alte Hüttenreste erhalten waren, die wer weiß wie lange auf neuerliche Verwendung gewartet hatten.

Die uralte Mutter des Küti-Jaan hielt die sieben oder acht Bälger der Flüchtlinge wie eine Gänsehirtin mit einer langen Rute in Schach, damit sich niemand im Dickicht verlief oder im Moor ertrank. Alle anderen, die Hände und Füße regen konnten, machten sich an den Hütten zu schaffen. Balthasar baute natürlich mit Jakob, Jürgen, Muhme Kati und Epp. Jakob und Jürgen wechselten bei der Arbeit nur die nötigsten Worte. Aber Muhme Kati plapperte drauflos. Als Balthasar einen mächtigen, an einer Seite moosgrünen Kalksteinblock vom Wall stemmte und über den nassen Rasen heranschleifte, sagte sie, während sie Bülten zwischen die Steine stopfte: »Als du heute unseren Hof betreten hast, da hab ich gedacht: Wenn er sich auch Bauernkleidung angezogen hat, mit uns in den Krieg ziehen wird er nicht. Aber sieh einer an! All die Bücher und die deutsche Luft sind dir nicht ins Mark gedrungen ...«

Offen gesagt behagte es ihm nicht, daß seine Bildung für null und nichtig erklärt wurde. Aber in einer tieferen Gehirnschicht freute er sich spitzbübisch, daß ein gewisses geheimes Band noch bestand und dieses kindlichkluge Dorfweib ihn in Epps Anwesenheit zu den Ihren gezählt hatte. Ja, er stapfte mit einem neuen Steinblock durchs Gras und dachte: Wie gut, daß es die Bauerngötter trotz allem noch gibt. Denn schließlich und endlich: Sein Trivium, sein Deutsch und sein Latein sowie seine Studiosusehre konnte ihm niemand nehmen. Aber in dieser – wie sollte er es sagen –, in dieser Welt der Erde, der Strohdächer und der Laubhütten, in der Welt der Bauerngötter nicht dazugezählt zu werden, das hätte allerdings in der Macht dieses Weibes mit dem hellen Blick gestanden. Trotz der pitschnassen Bastschuhe und der durchweichten Hose war Balthasar in diesem Augenblick so freudetrunken, daß er nicht mehr erwog, wie groß seine Schuldenlast durch seine Worte würde; durch die Fichtenzweige, die sie auf die in Dachsparren verwandelten Äste stapelten, schaute er Epp an und fragte: »Epp, erinnerst du dich noch an unseren letzten Rodetag in Lammassaar?«

Epp musterte ihn durch die dunklen Fichtentatzen. Ihr Gesicht war von der schweren Arbeit gerötet, und in ihren Augen konnte er sehen, daß es Abend wurde. Epp schüttelte gemächlich den Kopf. Und schaute Balthasar in die Augen. Ihr Kopfschütteln besagte: Ob ich mich erinnere? O nein, o nein, o nein! Aber ihre unergründlichen Augen staunten: Wie kann man so etwas überhaupt fragen? Oder war die Antwort ihrer Augen doch bloß eine Vorspiegelung seiner Eitelkeit?

Als das Hüttenlager einigermaßen fertig war, senkte sich bereits der graue Oktoberabend herab, und die Männer sahen sich gezwungen, die Nacht auf der Kieferninsel zu verbringen. In einer tiefen Mulde mitten auf dem Siedlungshof wurde ein Feuer angezündet – um sich die kalten Hände und nassen Kleider zu wärmen und zu einem Stück trockenen Brotes und einem Happen Fleisch einen Schluck heißes Wasser zu trinken, bevor man sich auf die feuchten Fichtenzweige bettete. All dies geschah eilig, damit das Feuer gelöscht wäre, bevor es gänzlich dunkel wurde und man den Feuerschein weithin sehen konnte.

Dann lagen sie nebeneinander im Stockfinstern wie die Heringe im Faß, stumm vor Aufregung und Müdigkeit, erschüttert von der jähen – wenngleich leise erahnten – und so tödlich einfach verlaufenden Wende in ihrem Leben. Rechts von Balthasar schnaufte Jürgen gar bald erleichtert los. Links atmeten Jakob und Muhme Kati das wachsame Atmen bejahrter Menschen. Zwischen Muhme Kati und der mit Fichtenzweigen gepolsterten Wand lag Epp mit ihrem Sprößling. Balthasar wußte einfach, daß sie dort war. Daß sie dort ist. Draußen prusteten die Pferde. Die Kühe, vor Einbruch der Nacht auf der Insel eingetroffen, muhten leise im Regen. Die frisch geschnittenen Fichtenzweige unter den Schläfern und über ihren Köpfen dufteten im Geniesel stark nach Harz. Wie bei einem Begräbnis. Wie zur Kirchweih. Aber als Balthasar, überreizt und doch halb schläfrig, ein paar tiefe Atemzüge tat, spürte er durch den stets ein wenig kirchlichen und jenseitigen Duft von Fichtenharz und die allzu irdischen Gerüche muffig-feuchter Kleidungsstücke, nassen Gerbleders, schwitziger und erschöpfter Leiber einen merkwürdigen Duft, einen irdischen und zugleich traumhaften: den Duft junger Birken im Frühlingswald von Lammassaar.

Nicht einmal Muhme Kati, geschweige denn sonst jemand erfuhr jemals, daß einer kümmerlichen Birke hinter dem Wall im Geniesel die jungen Zweiglein brannten, weil ihr mehrere Handvoll noch nicht vergilbter Blätter abgerupft worden waren. Und daß Epp sich mit den zerkrümelten Blättern eingerieben hatte und ihr Gesicht, Hals, Schultern und Brüste davon glühten.

Als das Teufelsdutzend, also die dreizehn Männer aus Kurgla und Antla, um die Mittagszeit in Kangla ankam, trafen sie dort weder Paavel noch die Bauern aus Peningi an. Das Gut war geplündert und angezündet worden, aber danach hatte es Menschenhand oder göttliche Fügung gelöscht. Jedenfalls waren die Balkenwände des Herrenhauses heil, die leeren Fensterrahmen jedoch rußgeschwärzt. Im Dorf fanden die Kurgla-Männer außer einem uralten blinden Weib keine Menschenseele. Der Alten schärften sie ein, den Peningi-Bauern auszurichten – falls diese auftauchen sollten –, daß die Kurgla-Männer nach Nabala weitergezogen seien. Als sie um die Mittagszeit durch den geplünderten Gutshof von Nabala ritten und sich gen Westen wandten – südwärts durch die großen Wälder führte kein Weg –, da schlossen sich ihnen beim Dorf Tõdva acht Männer auf drei Pferden und zwei Mistwagen an. Ihre Waffen waren eine Menge Mistgabeln und Äxte und ein gutgeschliffenes Schwert mit abgebrochener Spitze. Die Männer aus Tõdva meinten, es wäre Sünde, nach Süden zu ziehen, ohne eine halbe Meile westwärts auf dem Gut Sack nachzuschauen, ob es dort nicht etwas gäbe, was ihre jämmerliche Rüstung ergänzen könnte. Ohm Jakob überlegte kurz. Balthasar beobachtete mit Staunen – eigentlich schon seit zwei Tagen –, wie Ohm Jakob, dem sich die Seinen und Wildfremde ohne weiteres fügten, Eigenschaften eines Anführers entwickelte, die zwar nur infolge der Notlage ans Licht traten, jedoch, von Gott gegeben, schon längst unter seinem hedenen Hemd geschlummert hatten. Jakob überlegte eine Weile und blickte seinen Haufen an.

»Das ginge schon …«

Das Gut Sack war noch nicht geplündert, aber jeglichen Vorrats und aller Habe bar. Die Herrschaften hatten sich natürlich davongemacht. Lediglich ein pensionierter Diener, ein alter Mann mit einem Holzbein, war noch da. Dieser führte auf Forderung Ohm Jakobs die Bauern ins Haus. Sie sahen sich das Blockhaus mit der Steintreppe, dem Strohdach und dem Schornstein an. Alle

Zimmer und Kammern waren leer. Auf dem Kalksteinboden vor dem gekachelten Kamin, der für ein Landgut überraschend prächtig war, lag ein schweres Schüreisen. Jürgen nahm es als Waffe auf die Schulter. Auch die Speicher und Ställe hallten vor Leere. Die Herde hatte man nach Reval getrieben, die Vorräte ebenfalls dorthin geschafft. Von den Pferden lag vergilbter Mist aus der vergangenen Woche vor dem Stall.

»Na, und wie ist das mit dem roten Hahn?« fragten die Männer aus Tõdva einander und Jakob, als sie durch das Tor im niedrigen Palisadenzaun hinausritten.

»Wozu das ... Arbeit von Bauernhänden«, erwiderte Jakob, und damit war die Sache entschieden.

»Tut nichts«, meinte ein Bursche aus Tõdva, als sie von Sack gen Süden nach Haggers einbogen. Ein komischer Kerl mit lebhaften blaugrauen Augen, kellenförmigem Mund und eigensinnigem Kinn, an dem ein strohgelber Bart sproß, so dünn, daß ein Haar dem anderen nachjagte. Balthasar erkannte auf Anhieb: Es war ein Großmaul und Dorfkrakeeler, allerdings von jener unverbesserlichen Sorte, denen selbst im Himmel meist vergeben wird; denn sie krakeelen nicht nur dort, wo sie Nutzen davon haben, sondern in einem fort und überall, bis sie auf dem Scheiterhaufen verbrannt, gehängt oder aufs Rad geflochten werden. »Tut nichts«, sagte dieser Bursche mit heiserer, fröhlicher Stimme. »Noch vor Haggers machen wir jede Menge Beute. Wir gucken uns mal Üxnurme an, da kommen wir sowieso vorbei.«

Seit dem Morgen umschloß Balthasars Sinne die graue, gläserne Hülle einer sonderbaren Gleichgültigkeit, eigentlich recht unerwartet angesichts der nach Blut schmeckenden Vogelfreiheit, in die er sich nun mit den Bauern stürzte. Nachdem er sich den Kurgla-Männern angeschlossen hatte, nein, erst seit heute früh, nach dem Verlassen der Kieferninsel, als Epp ihm zum letztenmal aus dem Schatten der jungen Kiefern zuwinkte und als seine Stute bereits weit im rötlich gestreiften See watete, bis zur Brust im Wasser – ja, seit dieser Stunde sah Balthasar alles Geschehene wie aus der Ferne. Wälder und Gestrüpp, leere und halbverlassene Dörfer, das ganze trostlose, nebelverhangene, unruhige herbstliche Land driftete gleichsam an ihm vorbei und über ihn hinweg. Am Morgen hatten sie zwei Haufen gen Südwesten ziehendes, dürftig bewaffnetes Fußvolk getroffen, aus dem Gebüsch kamen Fahnenflüchtige, auch zugrunde gerichtete Häkner, Fronbauern und Fronknechte schlossen sich ihnen an. Sie erzählten, die Männer vieler Dörfer zögen nach Südwesten, in den letzten Tagen seien wieder mehrere auf Landstraßen und in Krügen erwischte Deutsche erschlagen und beraubt worden. Die Gutsherren aus Harrien seien nach Reval und die aus Wieck nach Hapsal und Lode geflüchtet. Ein zehntausendköpfiges Heer der Moskowiter habe noch vorgestern Burg Weißenstein in Jerwen belagert, das ein grüner Kerl von einem Ritter namens Oldenbokkum, erst kürzlich zum Burgvogt ernannt, nun schon einen ganzen Monat hartnäckig verteidige – obwohl um die Stadt herum Tag und Nacht höllischer Kanonendonner grolle, der meilenweit zu hören sei. Der Bauernaufstand sei in Harrien und Wieck besonders ausgedehnt und wachse von Stunde zu Stunde. Das alles hatte Balthasar am Morgen erfahren. Und doch lagen seine Sinne seit dem Morgen unter der gläsernen Hülle der Gleichgültigkeit. Als habe er von all diesen Dingen nur im Traum gehört und als seien sie von selbst und irgendwo jenseits geschehen. Doch plötzlich hatte ein Kellenmaul aus Tõdva einen Stein auf diese Glashülle geschleudert …

Wir gucken uns mal Üxnurme an!

Allmächtiger Gott! Irgendwo hier mußte es ja liegen, Doktor Friesners Üxnurme. Das Gut, für dessen Verwalter Balthasar angeblich Medizin gegen eine Halsdrüsengeschwulst gebracht hatte, während er tatsächlich im Auftrag des Doktors nach Åbo zum finnischen Herzog gefahren war. Hier irgendwo war es, wo sich Katharina so gern im Sommer aufhielt und woher ihr der Verwalter in nasse Tücher gehüllte Rosen nach Reval schickte.

»Was wollen wir uns denn dort angucken?« fragte Balthasar möglichst gleichgültig.

»Na alles! Wir nehmen es uns richtig schön vor«, sagte das Kellenmaul und grinste. »Da gibt's sicher allerhand zu holen.«

»Wem gehört das Gut?« wollte einer von den Kurgla-Leuten wissen.

»Dem Priisner. Diesem Revaler Arschkieker«, erwiderte das Kellenmaul.

Jakob warf Balthasar einen überrascht-wissenden Blick zu. Der Name Friesner war ihm in Verbindung mit seinem Neffen offenbar geläufig, doch er sagte kein Wort.

Allmächtiger Gott, was tun? Was tun? Was tun?! Oder gar nichts tun? dachte Balthasar. Ihm war, als stünde er unter dem berstenden Gewölbe eines von gewaltigen Arkaden umgebenen Rondells – in jede Himmelsrichtung könnte er fliehen, keine Arkadenpforte ist verschlossen, wenigstens hofft er es, aber er kann sich nicht entscheiden. Mit zunehmendem Getöse sinkt das Deckengewölbe immer tiefer und tiefer. Allmächtiger Gott, in jede Richtung könnte er laufen. Vor die Schar reiten und rufen: »Leute! Laßt es sein! Auf Üxnurme vergeuden wir bloß Zeit. Was für Waffen kann es denn auf dem Gut dieses Schurken geben? Harngläser, und auch die kaum. Als Kriegsknüttel taugen die nicht ...« Vor die Schar reiten und rufen: »Gut so, Leute! Los! Plündern! Niederbrennen! Dieses Judasnest in Schutt und Asche legen ...« Ruhig mit der Schar reiten und sagen: »Jawohl. Ist es beschlossen, die Güter im Marienland dem Erdboden gleichzumachen, Üxnurme liegt auf unserem Weg – warum sollen wir es verschonen?«

Er ritt mit der Schar. Er ritt sogar fast an der Spitze. Er schwieg. Stechend klar sah er die von den wackeligen Rädern der Bauernwagen ausgefahrenen Spuren, die grauen Schmutzwasserstreifen im schwarzen Schlamm, die nassen roten, gelben und braunen Blätter, den schweren, ausgefransten Himmel und jedes einzelne weißgraue Haar auf dem Nacken des Pferdes. Jeder Schritt, jeder Hufschlag des Pferdes auf der weichen Erde war wie ein Beilhieb, der den Weg zwischen ihm und etwas Fürchterlichem, Unabwendbarem verkürzte. Er betete inbrünstig: Herr Jesus! Mach, daß sie nicht da sind! Keiner von beiden! Du durchschaust mein Herz, ich flehe Dich an: keiner von beiden! Aber ist es wirklich Dein Wille, so sei nur der Doktor dort. Wenn es schon sein muß, so mag es ihn treffen. Warum sollte er entrinnen, wo überall Totschlag herrscht? Und ist es wirklich Dein unergründlicher Wille, ich möge einer seiner Totschläger sein, so sei es ... so muß ich mich fügen. Obwohl ich es nicht möchte ... Aber ich flehe Dich an: Mach, daß Katharina fort ist! Jesus Christus, mach, daß sie nicht da ist!

Sie war nicht da. Keiner von beiden war da. Aber ihre Spuren waren weiß Gott noch warm! Als die Männer die verschlossene Tür des übrigens ganz schlichten, strohgedeckten Herrenhauses aufbrachen und in die niedrigen Stuben eindrangen, da strömte Balthasar von allen Balkenwänden Katharinas unverkennbarer bittersüßer Nelkenduft entgegen. Jawohl – die Spuren waren buchstäblich noch warm: Im Steinherd der Diele schwelte Feuer. Auf einem runden Tisch am kleinen bleigerahmten Glasfenster standen vier Zinnbecher und eine grüne Zweiquartflasche, noch zu einem Drittel gefüllt. Das Kellenmaul aus Tõdva leerte sie gierig, und sein Adamsapfel hüpfte hastig auf und nieder. Balthasar empfand bei diesem Anblick ein gewisses Mißfallen, vielleicht auch nur Mitleid. Er schaute weg, trat in den Gang hinter der Diele, und sein Blick fiel durch die offene Tür der herrschaftlichen Schlafkammer. Eine weinrote, seidene Daunendecke war eilig übers Bett geworfen. Auf dem derben linnenen Kissenbezug sah er deutlich eine Vertiefung – zwei Vertiefungen ... Deibel noch mal ... Der Gang führte Balthasar zur Hintertür des Hauses. Er hörte, wie auf dem Hof krachend die Türen des Speichers aufgebrochen wurden, und sah die Kurgla-Leute und mit ihnen das eifrig befehligende Kellenmaul geräucherte Schafshälften auf die Treppe des Herrenhauses schleppen. Fünf oder sechs Bauern des Gutes leisteten ihnen bereitwillig Hilfe. Balthasar öffnete den

Drehriegel der Hintertür und trat in den Garten. Unter den leeren braunblättrigen Apfelbäumen lagen schwarze Beete, wanden sich dornige Rosensträucher. Von ihnen stammten wohl die Rosen, die Katharina ... Plötzlich hörte Balthasar hinter sich leise Schritte. Bevor er sich umwenden konnte, faßte ihn jemand um die Schultern und bedeckte seine Augen mit den Händen, ein lautloses Lachen pustete ihm in den Nacken. Erschrocken fuhr er herum – und schaute in das freudestrahlende Gesicht des stummen Paap.

»Du hier?«

Paap nickte schnell und lange und drückte zur Betonung der Bejahung seine winzigen Augen zu. Balthasar hatte schon im Doktorhaus und auf der Reise nach Finnland bemerkt: Dieses hagere Gesicht mit dem starken Kinn kannte nur zwei Ausdrucksformen – Versteinerung, die ebenso undurchdringlich war wie der graue Kalkstein (wenn Paap beschlossen hatte, nichts zu wissen und nichts zu verstehen), oder die allen Stummen eigene gequälte Beweglichkeit beim Versuch, etwas zu sagen. Jetzt riß er seine kleinen eisengrauen Augen weit auf, klopfte sich an die Brust, klopfte Balthasar an die Brust, zeigte mit den Händen zu den Männern, die im Hause herumwirtschafteten, und zum Fichtenwald, der dunkel hinter den Apfelbäumen aufragte. Balthasar kannte sich genügend in seinen Gesten aus, um ihn zu verstehen. Ich gehe mit euch, hatte Paap gesagt.

»Waren der Doktor ... und die Doktorin gerade hier?«

Paap nickte heftig, zeigte mit der rechten Hand nach Osten, hob drei Finger der Linken und fuchtelte mit der Rechten in nördlicher Richtung. Also – erst heute um die Mittagszeit hatte ihnen ein Bote aus Sack Nachricht gebracht, und sie waren nach Reval geflüchtet.

»Der Verwalter auch?«

»Mhm-hm.«

»Gibt es auf dem Gut Waffen? Für unsere Leute?«

Paap kratzte sich am Hinterkopf, hob ratlos die Arme. Doch dann fuchtelte er abermals mit seinen gewaltigen

Pranken vor Balthasars Nase herum, und dieser verstand ihn. Zusammen mit Jürgen und Paap begab sich Balthasar auf den Dachboden des Herrenhauses. Dort fanden sie unter Heu zwei schöne alte Ritterschwerter und eine anständige Lanze mit weiß Gott in welchem Krieg blankgescheuertem Knauf. Sonst nichts. Aber auch das war nicht zu verachten. Lebensmittel gab es in den Speichern eine solche Fülle – frisches Roggenmehl, mit Ingwer eingemachte Äpfel und geräuchertes Hammel- und Wildschweinfleisch –, daß man wählen mußte, was man mitnahm. Jedenfalls waren die Wagen der Tõdva-Männer beim Verlassen des Gutes viel schwerer als bei der Ankunft. Zumal nun auch fünf, sechs Mann aus Üxnurme, die mit geplündert hatten, auf diesen Wagen saßen. Paap holte aus dem Fichtenwald hinter dem Garten drei Pferde: eins für sich, zwei für Jakob und seine Leute. Balthasar ließ die Männer durch die Pforte an sich vorbeireiten und wartete auf Paap. Als sich die Schar im Erlenwald verlor und das Gekreische der Lederräder verklang, Paap aber noch immer nicht auftauchte, um auf den wartenden grauen Wallach zu steigen, ritt Balthasar in den Hof zurück. Im selben Augenblick hastete Paap aus der demolierten Tür des Herrenhauses, zwei große eiserne Pfannen mit glühenden Kohlen in der Hand.

Zunächst begriff Balthasar nicht, was Paap im Sinn führte, doch dann wußte er es – wußte es, noch ehe Paap die eine Pfanne auf die Treppe gestellt und mit der anderen über eine angelehnte Leiter zur Bodenluke des Herrenflügels hinaufgeklettert war. Er drückte dem Pferd die Sporen in die Flanken, um Paap aufzuhalten – und bremste sofort wieder, so daß sich das Pferd prustend aufbäumte. Paap hatte seine Pfanne ins knisternd trockene Heu gesteckt, das augenblicklich Feuer fing. Rauch stieg noch nicht auf, aber durch die Luke sah Balthasar die Flamme. Sogleich schleppte Paap seine Leiter über den Hof zum Stall. Er trieb, mit seiner Kohlenpfanne fuchtelnd, fünf dürre rotgraue Kühe mit gekappten Hörnern aus dem Stall. Sie blieben erschrocken muhend, die Hintern einander zugewandt, mitten auf dem Hof stehen. In diesem Augenblick flammten die Spreu im Stall und das Heu auf dem Stallboden hell auf.

Etwas vom Widerschein dieser unaufhaltsam wachsenden Feuersbrunst blitzte in Paaps winzigen Augen, als er sein Pferd zu Balthasar führte und dann neben ihm durch die Pforte ritt. Aber Paaps flaches graues Gesicht trug seine undurchdringlichste Miene zur Schau. Besonders als Balthasar zu ergründen suchte, warum gerade er dem Gut den roten Hahn aufs Dach gesetzt hatte. Vielleicht verstand Paap die Frage wirklich nicht. So, beim schnellen Ritt. Aber vielleicht hätte er sie in seiner Stummheit – oder auch ohne dieses Hindernis – ohnehin nicht recht beantworten können.

Sie verbrachten die Nacht unweit der Kirche von Haggers im fast verlassenen Haridorf, bei vier oder fünf wildfremden Bauernfamilien, wo sie im wilden Strudel des Aufruhrs wie alte Bekannte aufgenommen und mit halbgegorenem Freiheitsbier bewirtet wurden. Die Männer von Haridorf grölten dazu ein merkwürdiges neues Lied:

»Deutsche werden Fraß der Dohlen,
Von den Gütern bleiben Kohlen.
Unser werden Wald und Boden.«

Nach drei Krügen Bier stimmte Balthasar in den Gesang ein – auf einer Armvoll Streu liegend wie die anderen, auf die Ellbogen gestützt, im Kienspanlicht, müde, verwirrt, mit stoppligem Kinn, von sonderbarer kriegerischer Angriffslust erfüllt und zugleich seltsam schlaff.

Als sie am Morgen nach Adila weiterzogen, waren sie fünfzig Mann. Nachmittags, als sie dort ankamen, fanden sie eine verglühende Brandstätte vor. Die verkohlten schwarzen Wandbalken des Herrenhauses lagen kreuz und quer auf dem rußbedeckten Fundament und schwelten auf glimmenden Kohlenhaufen. Vom Verwalterhaus und den Ställen waren ebenfalls nur noch Brandreste da. Ein halbes Hundert Bauern, zumeist vom Bier, das sie im Speicher gefunden hatten, gehörig betrunken, rannte hin und her, torkelte durch den Hof oder starrte in die Glutnester, den roten Feuerschein im Gesicht. Unter ihnen ein Dutzend Frauen: Die jüngeren und wütenderen schafften den herausgetragenen Hausrat fort, die älteren, verängstigteren zerrten die Männer vom Ort des Aufstandes weg. Denn hier war es sehr hart zugegangen, vor der Brandlegung hatte es eine richtige Schlacht gegeben. Nachdem der Moskowiter vor zwei Wochen seine Plündertrupps aus Wieck abgezogen und hier vorbeigeführt hatte, hatten sich die regeren Gutsherrschaften wieder aus Reval und Lode auf ihre Güter zurückgetraut, um nachzusehen, ob und was von diesen noch übrig war. Herr Risebitter von Adila war einer der ersten gewesen. Als sich das Bauernvolk gleich darauf nach langem Gären auflehnte, geruhte er in seinem Herrenstolz auf seinem Gut zu verbleiben. »Es ist nicht das erstemal, daß diese Ochsenherde raunzt. Und falls ihnen die Schweinereien des Moskowiters Auftrieb gegeben haben – die Peitsche bringt sie wie eh und je zum Kuschen.« Aber diesmal tat sie es nicht. Die Bauern zogen am Morgen aufs Gut und forderten, Herr Risebitter solle auf der Treppe erscheinen, und als er nicht kam, brachen sie die Tür des Herrenhauses auf, drangen in die Zimmer ein und erschlugen Herrn Risebitter bei seinem Küchenherd mit einer Axt. Den Herrn Verwalter, der zu seinem Herrn stürzte, wohl um sich dessen Schwert zu holen, durchstachen sie an der Schwelle mit ebendiesem Schwert. Den Wartmann Joosep erwischten sie ebenfalls; die einen wollten ihn mit einem Holzscheit totschlagen, die anderen aber fanden, für so einen Hundsfott und Verräter seines Volkes wäre das ein zu leichtes Ende. Darauf wurde der dürre, vor Angst lallende Wartmann zum Stall auf die Prügelbank geschleift, dort so lange geprügelt, bis er sich nicht mehr rührte, und neben die Bank in die blutige Streu geworfen. Später beschlossen einige ältere Männer, die drei Leichen in den leeren Hundezwinger zu schaffen, den einzigen Bau, der nicht angezündet worden war, damit sie gleich bei der Hand wären, wenn jemand sie womöglich doch noch in geweihter Erde beisetzen wollte. Aber inzwischen war der Wartmann Joosep zu sich gekommen und vom brennenden Stall weggekrochen, wie es ein blutiger Pfad bewies. So fand Balthasar im alten Hundezwinger nur Herrn Risebitter und seinen Verwalter. Herr Risebitter trug ein kurzes Leinenhemd, sein Kopf war an der linken Schläfe gespalten und sein Haar, sein Bart und seine Schulter mit erstarrtem Blut beschmiert. Dem Verwalter sah man es nicht an, daß man ihm ein Schwert in den Leib gejagt hatte; denn die Schöße seines topfblauen · Rockes waren über dem Bauch zusammengelegt, und auf die Blutlache neben ihm hatte jemand eine Handvoll Streu getan. Aber beider Gesichter zeigten eine merkwürdige verwunderte, starre Miene. Und beide waren barfuß. Nicht nur ihre Kleider und ihre hochschaftigen Jagdstiefel, sondern auch die Strümpfe – des Verwalters wahrscheinlich aus Linnen genäht, Herrn Risebitters natürlich aus Wollgarn gestrickt – waren Beute der Bauern geworden. Die nackten Zehen der Toten, wenigstens diejenigen eines so hohen Herrn wie Jürgen Risebitter, kamen Balthasar in ihrer leblosen Nacktheit sonderbar unheimlich vor. In ihrer stolzen Hilflosigkeit und ihrer All-Überlegenheit wirkten sie sogar unheimlicher als die gähnende Schläfenwunde. Und mit einem leichten Schauder des Grauens und der Begeisterung entsann sich Balthasar jener Worte des Apostels, die ihm immer falsch erschienen waren: »Und was schwach ist vor der Welt, das hat Gott gewählt, daß er zu Schanden mache, was stark ist. Und das Unedle vor der Welt und das Verachtete hat Gott erwählt und das da nichts ist, daß er zunichte mache, was etwas ist. Auf daß sich vor Ihm kein Fleisch rühme.«

Auf daß sich vor Ihm kein Fleisch rühme ... Aber heißt nicht jegliches Greifen zum Schwert, daß sich das Fleisch vor Ihm rühmt?

Noch am selben Nachmittag berührte dieser Gedanke Balthasars Herz, als tippe ihm jemand mit einem Schwert an die linke Brustseite: zu jener Stunde, als er mit dem Schwert in der Hand drei Meilen südwestlich von Adila in der Balkendiele des Gutes Limandu stand, umgeben von den Männern aus Kurgla, Antla, Tõdva und Üxnurme, von hiesigen und wer weiß woher stammenden Bauern, im fischgallengrünen Dämmerlicht – das machten die kleinen grünlichen Fensterscheiben –, inmitten von Ächzen, vereinzelten keuchenden Flüchen, vereinzelten schrillen Rufen und spärlichem Schwerterklang. Rühmte sich hier das Fleisch vor Ihm? – Aber nein, nein! Obwohl die Unedlen und Verachteten, die da nichts waren, hier zu fünfzig enggedrängt Schulter an Schulter standen und obwohl einer, der etwas war – Herr Jacob von Üxkyll, der Besitzer des Erbgutes, in hohen Stiefeln und braunem Tuchrock, hochgewachsen, blaß, mit roten Wutflecken im verzweifelten Gesicht, auf der linken Wange eine blutende Wunde von einem verspätet abgewendeten Schwerthieb –, obwohl also dieser eine Edelmann völlig allein fünfzig Bauersleuten gegenüberstand: Trotzdem war das, was hier geschah, kein Rühmen des Fleisches vor Gott! Es war ein Aufbegehren Schwacher gegen Starke. Sie hatten Herrn Üxkyll an die Wand gedrückt. Sie hatten Herrn Üxkyll in die Ecke der Balkenwand gedrängt. Aber die Ecke, die ihn umschloß, schützte ihn zugleich von drei Seiten vor den Angreifern. Zu entrinnen hoffte er nicht mehr, die Ecke gab ihm einige Minuten Aufschub. Er hatte versucht, sich durch das Gedränge zu kämpfen und durch den Haupteingang zu entkommen. Er hatte bestimmt fünf, sechs Mann erschlagen und mindestens ebenso viele verwundet. Aber auszubrechen hatte er nicht vermocht. – Sonderbar. Was ist nur plötzlich über diese schnaufende Viehherde gekommen? Wo man sie doch sonst durch Androhung von fünfzig, ach was, fünfzehn, manchmal nur fünf Karbatschenhieben im Dreck auf die Knie zwingen konnte? – Vielleicht wäre ihm der Ausbruch sogar gelungen, denn diese Herde besaß so wenig Waffen und wußte kaum mit ihnen umzugehen, aber seine Frau Hedwig hatte hinter ihm gestanden. Beide hatten gewußt: Auch wenn sie hinauskämen, fänden sie keine Pferde mehr vor. Dies alles war so plötzlich über sie hereingebrochen, es war wie ein furchtbarer, sinnloser Traum. Und dann hatte Hedwig von ihnen einen Schlag auf den Kopf bekommen – damit sie zu kreischen aufhörte – und war besinnungslos in den stinkigen grauen Haufen gezerrt worden. Natürlich, er hätte seine Frau töten sollen. Aber seine Hand erhob sich nicht im rechten Augenblick, und dann war es zu spät. Und nun war es endgültig zu spät. Er selbst hatte – das sagte ihm der Ansturm der Bauern und sein ermüdendes Handgelenk –, er selbst hatte in diesem Katz-und-Maus-Spiel noch ein, zwei Minuten Zeit. Er schonte seine Kräfte und hielt sich die Angreifer mit vereinzelten Hieben drei, vier Schritt vom Leibe. Sonst konnte er nichts tun. Da wagte sich ein Mann von links zu weit vor. Herr Üxkyll stach ihm mit dem Schwert in die Schulter, und der Mann wurde von seinen Gefährten zurückgerissen, bevor er den Kämpfenden vor die Füße stürzte. Sogleich schob die Menge einen neuen vor. Herr Üxkyll sah ihn nicht allzu deutlich, Schweiß rann ihm in die Augen, und Müdigkeit ließ die Gesichter vor seinem Blick verschwimmen. Zumal der Mann vielen anderen glich: ein stämmiger Bursche mit roggenblondem Haar und wütenden Glotzaugen, vielleicht nicht ganz so wütenden wie bei den meisten. Dieser drang mit einem schweren, in einer Dorfschmiede geschmiedeten Schwert auf ihn ein. Herr Üxkyll parierte seinen ersten Hieb. Das fiel ihm natürlich nicht schwer – man bedenke: vierhundert Jahre von Geschlecht zu Geschlecht Fechtübungen. Aber er spürte: In dem langsamen, wohlbedachten Hieb des bullenstarken jungen Bauern stak eine Kraft, die keinesfalls von verbissenem Ingrimm fehlgeleitet wurde. Und wie der Mann Herrn Üxkylls Parade ermüdend in die Länge zog – hol's der Teufel! –, das bewies, daß er nicht zum erstenmal ein Schwert in der Hand hielt. Und daß er die Situation einschätzen konnte. Ihre Schwerter kreuzten sich aufs neue, und Balthasar dachte: Verfluchte Neugier. Pure Neugier hatte ihn soweit gebracht. Aus purer Neugier war er unter die Belagerer des Herrenhauses geraten. Pure kindische Neugier hatte ihn

Schritt um Schritt durch den Männerhaufen dorthin getrieben, wo in einem dämmerigen Raum Schwerter klirrten und vielleicht etwas so Seltenes zu sehen war wie ein Gutsherr, der von Bauern getötet wird ... Und nun befand sich Balthasar in der ersten Reihe der Totschläger Jacob Üxkylls. Er focht neben drei anderen Bauern und hütete sich, unbedacht vor das schnelle Schwert seines Gegners zu stürzen. Er musterte seinen Widersacher. Das einzige, was er eigentlich gewollt hatte. Dabei wechselte er mit ihm einige Hiebe. Mit Schrecken sah er sich an der wortlos beschlossenen Hinrichtung Herrn Üxkylls beteiligt, an dieser seltsamen, fürchterlichen Angelegenheit, von der die keuchende Dämmerung erfüllt war. Verfluchte Neugier ... In Herrn Üxkylls Augen, die jetzt aus schmalen Schlitzen blickten, in seinem rasselnden Atem hinter den fest zusammengebissenen Zähnen gewahrte Balthasar Verzweiflung, Trotz und mit aufreizender Kunstfertigkeit gepaarten vierhundertjährigen Dünkel, womit er immer noch stolz die Hiebe der Bauern parierte ... Balthasar fühlte, wie gleichsam zwei Wellen abwechselnd über ihn hinwegwogten und ihn voranstießen: Wut gegen diesen Trotz, diesen Dünkel, diesen blinden, Menschen für Vieh haltenden Stolz und der barmherzige Wunsch: ein Ende, schneller ein Ende! Zugleich aber hielt ihn die Angst vor dem Rühmen des Fleisches zurück ... In einem solchen Augenblick, den man auf lateinisch secundum nennt, dachte er von sich: Ich, ich bin weder Fisch noch Fleisch, weder Krieger noch Mann Gottes ... Da fühlte er das Gedränge hinter sich heftiger werden, jemand stieß die anderen zurück, arbeitete sich nach vorne, brüllte: »Männer! Was soll die Trödelei, verdammt noch mal! Stirb, du Schweinehund!« Balthasar spürte gleichsam die aufgerissenen Augen des Kellenmaules und dessen gefletschte Zähne im Nacken – sein eigenes Schwert krachte gerade an das des Herrn Üxkyll –, da sauste etwas über seine rechte Schulter, so nah an seiner Wange vorbei, daß es eine blutige Schramme hinterließ, und eine verrostete Hellebardenspitze drang Herrn Üxkyll am Sternum in den

Hals – kreischend glitt die scharfe Barte über die linke Klavikula. Herr Üxkyll röchelte und schwankte nach vorne, das Kellenmaul riß die Hellebarde aus seinem Hals, und der Blutstrom, der aus seiner durchschnittenen Halsschlagader schoß, traf Balthasar nur deshalb nicht, weil er unter Aufgebot aller Kräfte beiseite sprang. Dann brach Herr Üxkyll zusammen, und Füße in Pasteln und Bastschuhen trampelten über ihn hinweg.

Balthasar erinnerte sich an Geschrei und Tumult, ans Klirren splitternder Fensterscheiben und Rufe: »Feuer! Feuer! Feuer!« Er sah sich auf dem Hof stehen, und ringsum brannten die Gutsgebäude. Nur das ein wenig abseits liegende Verwalterhaus war nicht in Brand gesteckt worden, und vor dessen Tür tummelten sich mehrere Dutzend Bauersleute. Mitten auf dem Hof, vor Balthasar und der ihn umgebenden Männerschar, loderte knisternd ein drei Ellen hoher Scheiterhaufen aus Brennholz und Hausträmmern. Es war windstill und diesig, und die Flammen über den brennenden Gutsgebäuden muteten an wie vor Schreck zu Berge stehendes rotes Haar. Vom Scheiterhaufen flutete schwarzweißgestreifter Rauch zu den niedrigen Wolken empor: Als nehme der Herrgott Jacob Üxkyll, dessen Leichnam dort verbrannt wurde, in Wohlgefallen als Opfer an.

Balthasar stand da und nahm kaum wahr, wie einige Reiter vor das Verwalterhaus sprengten, absaßen und hineingingen, während ein paar Männer vor der Haustreppe auf und ab zu schreiten begannen. Er starrte auf den Scheiterhaufen und dachte: Ohne mich wäre Üxkyll nicht gefallen, wenigstens in jener Minute nicht. Ja, hätte sein Schwert nicht an meinem festgesessen, so hätte er die Hellebarde des Kellenmaules abwehren können. Also …

In diesem Augenblick sah Balthasar Ohm Jakob aus dem Verwalterhaus treten und über den breiten Hof zum Scheiterhaufen kommen. Der Flammenschein auf seinem knochigen Gesicht zeigte, daß die Herbstdämmerung hereingebrochen war.

»Da bist du ja. Komm mit«, sagte Ohm Jakob. Und

Balthasar wunderte sich abermals, welch natürlichen Befehlston – sogar ihm gegenüber – seine ruhige Stimme in diesen drei Tagen angenommen hatte.

»Wohin?«

»Dorthin.« Der Onkel zeigte zum Verwalterhaus.

»Warum?«

»Der König ist da. Er will mit dir reden.«

»Der König? Er ist hier? Und er will ... mit mir?«

»Ja, das will er.«

»Wieso ist er plötzlich hier? Und was will er?«

»Das erfährst du von ihm.«

Balthasar schritt vor seinem Oheim zum Verwalterhaus. Und wäre Jakob kein alter Bauer, sondern ein alter Höfling gewesen, so hätte er aus Balthasars raschem, selbstbewußtem Schritt gefolgert: Wenn der Kerl so weitermacht, ist er bald Kammerherr. Aber Ohm Jakob war ein alter Bauer und kannte seinen Neffen von der Wiege her. Darum blickte er mit verkniffenen Augen auf Balthasars breite Schultern, auf sein bäuerisch langes Haar und dachte: Ist noch ein richtiges Fohlen ... Schaut sich mit seinen Kulleraugen alles an und möchte seine Nase überallhin stecken, wo was los ist. He-he-he-he!

Im Gehen fragte Balthasar: »Wie soll ich mit ihm reden?« und empfand diese Frage selbst als merkwürdig. Weil ausgerechnet er sie stellte, der beim finnischen Herzog gewesen war und mit den Söhnen pommerscher Hofleute studiert hatte. Und weil er sie Ohm Jakob stellte, der sein Leben lang die Äcker von Kurgla und Rasik gepflügt hatte. Trotzdem – hier mußte sich Ohm Jakob besser auskennen ... Selbst das Wort »König« klang hier unangebracht. Hier konnte es doch nicht bedeuten, was es bedeutete. Und doch war es das, was es war ...

»Hm. Wie du mit ihm reden sollst? Menschlich. Er war Schmied in Alaküla. Einfüßling. Wie sollst du schon mit ihm reden!«

Als Balthasar die drei Steinstufen zum Verwalterhaus hochsteigen wollte, vertraten ihm zwei Männer in Pasteln, aber mit Schwertern bewaffnet den Weg.

»Halt, wohin?«

»Der König hat mich rufen lassen«, antwortete Balthasar und dachte: Nanu, das ist ja wie die Leibwache des Koadjutors auf der Treppe des Doktorhauses ... Aber es war doch nicht ganz so, denn auf seine klare und ziemlich heftige Antwort traten die beiden Schwertmänner verlegen beiseite, und einer sagte: »Na, dann geh.«

Balthasar betrat in Begleitung des Oheims die Diele des Verwalterhauses und schaute sich um. Im Herd brannten Dachlatten, die man von der Brandstätte geholt hatte. Zwei Bauern machten sich bei einem großen Eisenkessel zu schaffen. Aber das Wasser darin mußte wohl noch ganz kühl sein, denn als einer der Männer aus einem breiten Holzscheffel einen Mehlstrom in den Kessel rinnen ließ, rief der andere: »Halt, du Dummkopf! Wer kocht denn Schlunze mit kaltem Wasser!« Der Gerügte hörte zwar mit dem Mehlschütten auf, brummte aber: »Ach! So kommen wir ja nie zum Essen!«

An einem niedrigen Tisch bei einem winzigen Blasenfenster saßen fünf, sechs Bauern auf zwei langen Bänken. Sie trugen Schwerter, mit einem Strick am Gürtel befestigt. Auf dem Tisch lagen komischerweise eine Sackpfeife und vier, fünf Kuhhörner übereinander. Die Tür zur großen Hinterkammer stand offen. Einige Bauern kamen von dort und eilten durch die Diele in den Hof, andere betraten die Kammer, woher eine Stimme ertönte: »Nehmt die Pferde! Reitet durch die östlichen Dörfer, ungefähr im Umkreis von drei Meilen, und sagt allen Männern, sie sollen übermorgen früh hier in Limandu sein.«

In diesem Augenblick trat das Kellenmaul aus Tõdva vom Hof in die Diele und marschierte erhobenen Hauptes in die Königskammer. Als Balthasar die abrückenden Boten an sich vorbeiließ, wandte sich dieselbe entschlossene, klare Stimme bereits an das Kellenmaul.

»Aha. Du bist es also, der dem Herrn Üxkyll den Garaus gemacht hat? Wie heißt du? Schön. Ich nenne dich

Kelle. Du wirst Hauptmann meiner Leibknechte. Bisher war es der Odalemme-Jaanus, aber Herrn Üxkylls Schwert hat ihn vorhin umgebracht. Einverstanden?«

Balthasar und Jakob traten durch die offene Tür in die Kammer, ohne an den Türpfosten zu klopfen; denn Balthasar hatte bemerkt, daß alle anderen ebenfalls ohne Klopfen eintraten. Und man muß sagen: Als Balthasar den König musterte, fühlte er sich mehr denn zuvor bewogen, ihn ernst zu nehmen, aber auch, ihn zu beschmunzeln und zu ergründen, ob er nun wirklich ein König war oder nicht.

»Jawohl, warum nicht!« erwiderte das Kellenmaul rasch. »Wenn der König selbst es befiehlt. Ha-ha-ha-ha! Aber was soll ich mit den Knechten anfangen?«

»Sie zusammenhalten. Es sind zwölf Mann. Sie haben gute Schwerter, eine Sackpfeife und Signalhörner. Du gibst meine Befehle an sie weiter. Und führst sie, wenn es ernst wird. Mit Waffen kannst du doch umgehen?«

»Gewiß doch, zum Deibel ... Ob's eine Lanze ist oder ein Schwert oder eine Armbrust – na weißt du ...«

»Schon gut. Geh jetzt, und schau zu, daß du deine Leute satt kriegst.« Das Kellenmaul verließ wortlos, aber gewichtig strahlend den Raum.

Inzwischen hatte Balthasar Muße gehabt, sich umzuschauen. Auf einer langen Bank an der schwarzen Balkenwand saßen im Dämmerlicht vier schweigende Männer mit ernsten, hölzernen Gesichtern, die Schwerter mit einem Strick gegürtet, auf den Knien zottige Hüte. Verwundert sah Balthasar: In die Hüte waren rundum sechs Löcher gestochen und darin spannenlange grüne Eichenzweige gesteckt. Der Einfüßling und Schmied aus Alaküla, nun König der Bauern, war ein Mann von ungefähr vierzig Jahren und knapp mittelgroß. Er stand mitten in der Kammer und blickte zu einem kleinen Fenster mit einer zerrissenen Blase. Sein rundes, bartumkränztes Gesicht war vom Brandschein gerötet – wie wohl unlängst noch von der Essenglut bei seiner alltäglichen Arbeit irgendwo in einer verrußten Schmiede. An den Füßen trug er erbeutete Schaftstiefel. Doch aus den

Stiefeln kamen zerbeulte Hosenbeine hervor, die unter einem kurzen halb dörfischen, halb städtischen Wams aus hausgewebtem Tuch verschwanden. Als er sich Balthasar zuwandte, ihn mit seinen heiteren blauen, flammengesprenkelten Augen anblickte und dann einen Schritt näher trat, so daß seine Umrisse sich vom Kammerdunkel abhoben, da bemerkte Balthasar, daß dieser kleine Mann außerordentlich breitschultrig und kräftig war.

»Da bist du ja schon mit ihm.« Das galt Ohm Jakob.

Nun musterte er Balthasar.

»Du bist also dieser studierte Mann, der sich um die Angelegenheiten des Landvolkes kümmert? Ja-ha. Also, auch das kommt vor. Na, setzen wir uns.«

Außer einem Bett ohne Decken und Matratze, das vom Herrn Verwalter stammte, einem runden Tisch und der Wandbank befand sich im Zimmer nur noch eine schmale, klafterlange Bank. Der König setzte sich rittlings auf das eine Bankende und winkte Balthasar zu, er solle sich in gleicher Weise auf das andere setzen. Balthasar tat es – und wurde nicht klug, wo er diesen König einordnen sollte. Gehörte er zu denen, die er bemitleidete, oder zu denen, die er beneidete? O ja, sicher war er, Balthasar, diesem kleinen untersetzten Mann in vielen Dingen weit überlegen. Der König wirkte auch ein wenig komisch: fast ebenso lang wie breit, vierkantig, dazu dieser drahtige, rötliche Rundbart und der knorrige Wuchs. Aber der schnelle Blick seiner blauen Kinderaugen, seine knappe Rede und seine flinken Bewegungen ließen ihn trotz all seiner Bäuerlichkeit und seiner eisengefleckten Pranken, die gewiß ein halbes Pud wogen, aufregend gescheit erscheinen. Na ja, es mußte schon etwas an ihm sein, daß man gerade ihn an die Spitze dieses unübersehbaren Unternehmens gestellt hatte.

»Höre, wozu wir dich brauchen«, sagte der König. »Wir schicken Abgesandte nach Reval. Erstens, damit sie den Stadtgrauen von unserem Vorhaben erzählen. Daß wir die Gutsherren von unserem Land hinwegfegen wollen. Daß wir jetzt – na, gute fünftausend Mann sind. Und wer möchte, soll sich uns anschließen. Zweitens, was eigentlich die Hauptsache ist: Die Abgesandten sollen vor den Rat treten und fordern, man soll uns aus dem städtischen Geschützhof Kanonen, Kugeln und Pulver gegen wehrhafte Burgen geben. Und eine halbe Fahne Knechte. Die wollen wir unter den Bauernscharen verteilen, damit sie ihnen das Kriegshandwerk beibringen. Unsere Abgesandten sollen die drei gescheitesten Männer sein, die wir hier in aller Eile auftreiben können. Dein Jakob ist darunter. Du bist der vierte, und dich brauchen wir für beides. Ich habe gehört, du stammst aus Fischermai. Die Leute dort glauben dir viel eher als den Maulwürfen von den Gütern. Und vor dem Rat sollst du deine Gefährten beim Reden unterstützen und vor allem gut zuhören und dir alles gut merken, was der Rat über die Sache sagt. Ihr müßt die Ratsherren bitten, euch sofort zu antworten, und sie werden die Sache in eurer Anwesenheit besprechen. Gewiß vermuten sie nicht, daß jemand ihre Gespräche versteht. Aber wir müssen wissen, worüber sie reden. Das wär's. Ihr kommt so schnell wie möglich zurück. Und zwar hierher, nach Limandu. Findet ihr mich nicht mehr vor, so wird man euch mitteilen, wohin ihr reiten sollt. Das ist alles. Kommt im Morgengrauen her, du und Jakob. Die anderen Abgesandten kommen auch. Vier meiner Leibknechte begleiten euch nach Reval. Ich gebe euch gute Pferde.«

Der König erhob sich. Balthasar ebenfalls. »Und wenn sie uns wirklich Geschütze geben – was machen wir dann?«

»Sucht in der Stadt Männer und Pferde aufzutreiben, die sie hierherbringen. Na – und noch etwas. Uns stehen ernste Schlachten bevor, aber es wäre komisch, wenn ich damit in den Kampf ziehe ...« Der König wies auf den runden Tisch, wo ein unförmiges hutähnliches Ding lag, das Balthasar schon vorhin entdeckt hatte: Es war nicht einfach ein zottiger eichenlaubverzierter Bauernhut wie die auf den Knien der Männer, die an der Wand saßen. Balthasar trat an den Tisch und erkannte erst aus allernächster Nähe: Der Hut glich den anderen, aber er war doppelt. Auf einen kleineren eichenlaubbesteckten war ein größerer gestülpt, ebenfalls mit Eichenlaub, und die Zweige des unteren Hutes schauten zwischen beiden Krempen hervor.

»Diese Tüte kann ich ja tragen – die Ältesten haben es so beschlossen.« Er wies mit dem Kinn zu den Männern an der Wand. »Aber für einen ernsthaften Krieg kauf mir in der Stadt einen anständigen Helm«, beauftragte er Balthasar. »Kein Ding mit wunder welchem Visier, sondern einen einfachen, tiefen Eisenhut. Ich habe jetzt keine Zeit, mir selber einen zu schmieden. Nun – eine Hülse könnte dran sein, um Hahnenfedern zu befestigen. Damit mich jeder sieht, wenn es not tut. Morgen gebe ich dir das Geld dafür.«

Er nahm seine drollige, an eine kleine knorrige Eiche erinnernde Hutkrone vom Tisch und stülpte sie Balthasar auf den Kopf.

»Paßt sie?«

»Jawohl!«

»Schau dich also bei den Plattnern um. Unsere Schädel haben die gleiche Größe.«

FÜNFTES KAPITEL,

darinnen der junge Mann, den wir jetzt wohl einen jungen Aufrührer nennen sollten, feststellt: Je tiefer ihn die steigende Flut der Ereignisse in ihre wilden Strudel reißt, je näher sie ihn an den großen Wasserfall trägt, wo alles wirbelnd in den Abgrund stürzt (um eine gute Strecke stromabwärts wieder zu einem scheinbar befriedeten, grauen Zeitenstrom zusammenzufließen), um so traumhafter werden die Ereignisse selbst, auch wenn bisweilen hinter ihnen wohlvertraute Zäune, Türme und Meeresufer auftauchen, auch wenn in dem eisen-, kalk-, blut-, asche-, erd- und meerfarbenen Wirbel bekannte Gesichter vorbeihuschen, erschrockener, ratloser, starrer, rätselhafter als gewöhnlich – wie eben bei Hochflut

Mit den Kurgla-Leuten zu reiten und ihnen beim Herrichten eines Verstecks zu helfen, mit dem Heer der Aufrührer dahinzusprengen, beim Plündern und Brandschatzen zuzusehen, die Gedanken, Reden und Blicke der Bauern zu beobachten, mit ihnen Rebellenlieder zu grölen, ja mit einem todgeweihten Gutsherrn Schwerthiebe zu tauschen – all das mußte einem jungen Mann von ruhigem Gemüt, der überdies immer mehr verstädterte und in einem fremden Land studierte, all das mußte ihm unwahrscheinlich, ja gespenstisch erscheinen. Aber immerhin war er dabei sein eigener Herr geblieben, der kommen und gehen konnte, wann es ihm beliebte ... Ganz anders hingegen verhielt es sich mit seinem jetzigen Ritt: Auf seinen Schultern, seinem Gewissen lastete als schwere Bürde Auftrag und Befehl des sonderbaren eichenlaubbehüteten Waldkönigs. Und rundum, vorne, rechts und links, auf nassen Pferden, die durch Pfützen und Schlamm wateten und über Kalkstein galoppierten – die Abgesandten des Königs, die grauen Wämser schwarz vom Herbstregen, die durchweichten Hüte in die gespannten, regennassen Gesichter gezogen. Rechts von Balthasar ritt Jakob. Seine Nähe verlieh der Lage Wahrhaftigkeit und flößte Balthasar Selbstvertrauen ein, erhöhte jedoch zugleich seine Verantwortung, da Jakob immerhin ein gewöhnlicher Bauer war, der die Unmöglichkeit und Möglichkeit ihrer außergewöhnlichen Mission noch weniger abschätzen konnte als Balthasar. Rechts von Balthasar ritt ein wortkarger fünfzigjähriger Bauer mit schlauem, gelblich funkelndem Blick, der bei der kurzen Beratung frühmorgens beim König, wo die Abgesandten ihre letzten Anordnungen erhalten hatten, der Ohulepa-Leemet genannt worden war. Dieser Mann hatte, nach Jakobs Auskunft, mehrere Jahre bei einem Ratsverwandten in Reval als Knecht gedient, war jedoch nach dessen Tod wieder unter seinen früheren Gutsherrn geraten und hatte auf Ohulepa alle Arten von Prügel und Blöcken ausprobieren müssen. Zum Abgesandten war er sowohl wegen der Prügel auf dem Gut als auch wegen seiner Revaler Erfahrungen gewählt worden. Aber der Gruppe voran galoppierte, das Schwert an der Hüfte, den Hut im Nacken und einen grünen Eichenzweig am Hut (als sei er und nicht der Ohulepa-Leemet das Haupt der Gesandten) – voran galoppierte, jawohl, mit weit aufgerissenen Augen und vor Lachen oder Spannung gebleckten Zähnen das Kellenmaul aus Tõdva. Er war überhaupt nicht als Abgesandter vorgesehen gewesen. Aber bei der morgendlichen Beratung hatte sich plötzlich herausgestellt, der dritte Mann war – der Teufel mochte es wissen, einige sagten, in der Nacht an kaltem Fieber erkrankt, andere behaupteten, einfach verschwunden, aus Angst vor der Verantwortung natürlich ... Und da war im letzten Augenblick das Kellenmaul vorgetreten und hatte sich als Ersatz angeboten. »Meinetwegen«, hatte der König gesagt. Balthasar aber mußte daran denken, was Rektor Wolff – wie traumhaft fern waren Rektor Wolff und das Pädagogium, waren Stettin und Deutschland und die ganze wirkliche Welt –, was Rektor Wolff einmal in einer Vorlesung über römische Geschichte bei der Abhandlung des späten Kaiserreiches bemerkt hatte: Bereits als die Präfekten der Prätorianer in Regierungsdingen mitzureden begannen, war das Ende Roms abzusehen ... Die Präfekten der Prätorianer und das Kellenmaul aus Tõdva ... Hä-hä-hä-hä-hä! Bei diesem Vergleich mußte jeder vernünftige Mensch lachen, sogar hier, in diesem Hexenkessel von Regen und Dreck, Hast und Erschöpfung. Überhaupt war alles dermaßen verworren, seltsam und verdreht, daß man es, dachte man darüber nach, lächerlich fand – und zugleich unheimlich. Diese Unmöglichkeit und Möglichkeit des Geschehenden. Dieser fiebrige Drang, irgendwohin zu hasten, sich irgendwohin tragen zu lassen, wo das Ganze doch so schrecklich unklar war und jede Einzelheit so merkwürdig klar ... Zwei nasse Dohlen, die mit Geraschel von der Brandstätte des Kruges von Päsküll aufflatterten ... Die dröhnende Brücke von Päsküll mit den Kalkroststreifen an der Steinbrüstung, die beim schnellen Vorübertraben zu langen, blutbraunen Linien verschmolzen ... Und die Aussichtslosigkeit ihres Rittes – oder gab es dennoch Hoffnung? Irgendeine Verbindung (das hatte Balthasar bei der Beratung im Kienspanlicht herausgehört) schien mindestens zu einem der Ratsherren zu bestehen – zu Herrn Schmedemann.

Der graue Nordosthimmel über den fernen grauen Stadttürmen und der süß ins Herz stechenden Spitze der Olaikirche wurde vom Abend dunkel, und der Schein des regenverdeckten Sonnenuntergangs ließ die Türme am bewölkten Himmel deutlicher hervortreten. Begleitet von Hundegekläff, ritten sie durch den Matsch der Tönnisbergvorstadt und bogen auf einen Weg zum Hafen ein. Er war zwar teils mit Holzknüppeln gepflastert, doch bei Wasseradern dennoch bodenlos. Sie erreichten den sandigen Reeperbahnhang, ritten zwischen den nassen, leeren Reepschlägereien hindurch und eilten weiter. Obwohl Balthasar hätte anhalten und die altvertrauten mächtigen Mauern begrüßen wollen, die er hinter sich lassen mußte. Obwohl er die violette, in der dunkelbraunen Abenddämmerung versinkende Weite des Meeres hätte atmen wollen, die sich hier oben seinem Blick auftat. Sie ritten die Reeperbahn im Norden wieder hinab, und der Meeresrücken versank im Schatten eines dunkelbelaubten Erlen- und Ahorngehölzes mit entblätterten Wipfeln. Nach einigen Minuten schlugen abermals Hunde an, die Reitersleute befanden sich zwischen den Häusern von Fischermai mit ihren Strohdächern und nassen Lattenzäunen. Die ein wenig beängstigende Weite des Meeres war wieder da, rauschte leise hinter den Häusern. Und Balthasar spürte sie einen Augenblick beklemmend und beseligend bis zum Mund, bis zu den Augen steigen: Nie und nirgendwo war sie ihm so nahe gewesen wie hier.

Acht Pferde ritten mit Getrappel vorbei, in den Höfen belferten die Hunde, beidseits wurden erschrokken einen Spaltbreit Haustüren und Fensterläden geöffnet – barmherziger Gott, in diesen unsicheren Zeiten konnte man nie wissen, wann und woher Plünderer und Brandstifter in die Vorstädte einbrachen. Es grenzte überhaupt an ein Wunder, daß der Revaler Rat bisher so viel Kaltblütigkeit besessen hatte, Fischermai nicht niederbrennen zu lassen. Denn sobald die Moskowiter Burg Weißenstein erobert hätten, durfte man sie auch vor Reval erwarten, und aus Angst vor der Belagerung war die Stadt gern bereit, alles vor ihren Mauern niederzumachen, was dem Feind Obdach oder auch Material für Belagerungsbauten, Blockhäuser und anderes bieten konnte. Asche vor den Stadtmauern macht den Belagerern Beine, pflegte man in wehrhaften Städten zu sagen. Vier- oder fünfmal, so hatte es Balthasar von Vater Siimon gehört, war Fischermai in den letzten dreihundert Jahren in Schutt und Asche gelegt worden. Und aus Asche neu erstanden.

Sie bogen in Siimons Hof ein, und statt – oder neben – der beglückenden Nähe des Meeres spürte Balthasar plötzlich die wohltuende Anwesenheit aller liebenswerten kleinen Dinge: Die Dächer und Mauern und der Rasen waren hier. Krummhölzer und Halfter hingen an der Hauswand wie eh und je. Der Badebesen von der vergangenen Woche lag wie eh und je vor dem großen schwarzen Eingangsstein als Fußabtreter und gemahnte, gedemütigt und treu, an die Wärme heimischer Badstuben.

Zwei Knechte, Käsper und Laar, eilten aus dem Haus und kümmerten sich um die Pferde. Es war schon so dunkel, daß keiner von beiden Balthasar erkannte. Freilich, nicht einmal sein Vater erkannte ihn im Zwielicht: wegen seines Stoppelbartes und seiner Bauernkleidung. Und natürlich auch, weil er ihn unter den Ankömmlingen nicht vermutete. Der alte Siimon prüfte die acht Männer mit einem scharfen Blick aus seinen kleinen, fast weißen Augen. Ja, sein Blick war scharf wie ehedem. Aber selbst in dem dämmerigen, nur vom Herdfeuer erleuchteten Zimmer war zu erkennen, wie stark er in den zwei Jahren gealtert und zusammengesunken war. Und wie sehr er seinen vorsichtigen, unzufriedenen Mund verkniff, als er dem selbstgefälligen Kellenmaul ins Wort fiel und dann, nach Jakobs Bericht, zu diesem sagte: »Warum mußtest du dich auf eine so zweifelhafte Geschichte einlassen?«

Nun ja, von Hasses Ermordung wußte der Vater natürlich nichts. Insofern waren seine mißbilligenden Worte verfehlt. Aber im Kern stimmten sie. Und doch ...

Hätte sich Balthasar die Muße genommen, eingehend über seine Lage nachzudenken und seine Worte auf die Waagschale zu legen, ehe er sie aussprach, so hätte er sich jetzt verwundert gefragt: Was sind das wohl für Naturen, die sich, egal wie, aber jedenfalls aus eigenem Antrieb in eine Sache verstricken, die sie, bei einigem guten Willen, sogar für ihre eigene halten können, die sie jedoch aufgeben, sobald sich Schwierigkeiten zeigen und zu dräuenden Gewitterwolken zusammenballen? Da sagen sie dann plötzlich: Von nun an wasche ich meine Hände in Unschuld. Ich danke euch, Brüder, daß ihr mir vor Augen geführt habt, auf welche schlimme Sache ich mich eingelassen habe ... Was sind das wohl für Naturen?! Und er hätte gedacht: Ich kann nicht so handeln. Dazu bin ich – ja, ich weiß nicht einmal, wie ich es ausdrücken soll – entweder zu starrsinnig oder vielleicht zu schwach. Wenn ich mich zu einer Sache bekannt habe, so vertrete ich sie auch (möglicherweise sogar dann, wenn man mich gegen meinen Willen darein verstrickt hat – ausgenommen, es ist ein Judaswerk). Ja, ich vertrete sie. Blicke ich jedoch auf den Grund meines Herzens, so fürchte ich, der Herr findet an dieser meiner Art kein Wohlgefallen: Da ich es vor allem wohl aus Stolz tue, den mir der Böse eingegeben hat. Würde ich nämlich meine jetzige Lage mißlich nennen, so gäbe ich damit zu, ein Schlappschwanz gewesen zu sein und nicht das getan zu haben, was ein ganzer Kerl hätte tun müssen. Oder aber Gottes Züchtigung verdient zu haben – und dieses Eingeständnis fällt ja auch nicht leicht ... Ja, ich bin wohl einer von jenen (um die Eigenliebe ad absurdum zu führen), die der Meinung sind, das Heer, in dem sie zufällig marschieren, kämpfe allein darum für eine gerechte Sache, weil sie dort mitmarschieren!

Aber Balthasar nahm sich nicht die Muße zum Nachdenken. Er rückte sein stoppelbärtiges Gesicht aus der Dämmerung in den Feuerschein und rief: »Vater – Jakob hat nicht anders können! Keiner von ihnen kann anders« (»von uns« sagte er denn doch nicht).

»Pall ...?« Der Alte krallte seine gewaltigen Pranken in die Stuhllehne, hinter der er stand, und starrte Balthasar aus seinen kleinen weißen, plötzlich starr gewordenen Augen an. »Wo kommst du denn her?«

»Aus Narva. Ich bin von Deutschland mit einer Botschaft Krumhusens nach Narva gereist. Zu seinem Sohn.« Und um den Alten gnädiger zu stimmen, fügte er hinzu: »Für gutes Geld. Ich erzähl dir davon später. Jetzt müssen wir ...«

»Na dann setz dich. In deinem Vaterhaus«, sagte der Alte und setzte sich ebenfalls, und als er sah, wie sich das Kellenmaul vom Tisch einen Stuhl mit Rückenlehne heranzog, während die anderen stehen blieben, sprach er: »Und die anderen auch, Jakob und alle, nehmt unter meinem Dach Platz! Truuta! Hol ihnen was zu essen. Sie sind lange unterwegs gewesen. Und jetzt erzählt, was ihr vorhabt.«

Während Truuta den Suppenkessel erneut aufs Feuer stellte, Brot schnitt und die Hände über dem Kopf zusammenschlug (»Jesus, das ist doch Pall ...thasar ... Woher der wohl kommt?«), erzählten die Männer Siimon von ihrer Absicht. Der Ohulepa-Leemet, der in leisem Singsang sprach, als fürchte er fremde Ohren, und das Kellenmaul, das dem einen geräuschvoll zustimmte, dem anderen lauthals widersprach und den dritten einfach polternd überging, und auch Jakob und Balthasar. Sie redeten nacheinander und durcheinander, und Balthasar bemerkte, daß sich in Siimons rundem, knochigem Gesicht kein Muskel regte; wohl aber veränderte sich der Ausdruck seiner kleinen Augen, während er beim Zuhören abwechselnd den Sohn und die übrigen anblickte. Jakob inbegriffen. Mit Vorsicht und Ablehnung begegnete der Alte den Reden des Kellenmauls, Leemets und auch Jakobs über den großen Aufruhr (»Weiß man, weiß man!«), die Freiheit des Landvolkes (»Na-na-na-na …«) und die Vernichtung der Gutsherren (»Aufschneider! Sollten lieber das Maul halten …«), aber die Worte seines Sohnes ließen ihn unwillkürlich aufhorchen, er taute ein wenig auf und war widerstrebend bereit, den Männern zu glauben … Hätte der Alte seinen schmalen Mund aufgetan, hätte er wohl schnaufend und brummend gesagt: Du Krabbelkäfer, du unruhiger Geist, du Tudiosus … Ho-ho-ho … Du gelehrter Milchbart, du hast also auch mit dieser Sache zu tun? Nicht nur diese ungebildeten Männer – auch du meinst, daß dieser Dorfschmied von König … hm … das Schicksal des Landvolkes möglicherweise zurechtschmieden könnte? Mnja …

Jedenfalls, nachdem die Erbsensuppe verzehrt war und Siimon seine Lippen mit dem Handrücken abgewischt und ein kurzes Dankgebet gesprochen hatte, befahl er Truuta, Stroh für die Männer hereinzuholen und Balthasar in seiner Knabenstube ein Lager zu bereiten. Käsper aber sollte das Pferd satteln.

Siimon ritt in die Stadt. Nach Mitternacht kehrte er zurück. Er rüttelte Balthasar auf dessen einstiger Quartanerpritsche wach. Die anderen Abgesandten erhoben sich vom Stroh und kamen an die Schwelle von Balthasars Kammer. Siimon zündete einen Kienspan an und berichtete. Er war zu Kimmelpenning gegangen und hatte den Alten überredet; denn lagen die Pistelmacher auch noch so tief im Streit mit dem Rat – Kimmelpennings Geldbeutel verlieh ihm dort stets Gewicht, erst recht unter den gegenwärtigen Umständen, wo er, wie der Magistrat wohl wußte, durch seine Aufkäufer Verbindungen zu den Bauern von Harrien und Wierland unterhielt. Trotz der späten Stunde hatten Kimmelpenning und Siimon Herrn Vegesack aufgesucht und auch ihn herumbekommen. Glücklicherweise waren die Ratsherrschaften in diesen Zeiten ohnehin besorgt und aufgeregt und eher dankbar als ärgerlich, brachte man in ihre erregtbedrückte Stimmung Neuigkeiten, sei es zu noch so später Stunde. Kimmelpenning und Vegesack waren sogleich zum Vogt geeilt und hatten für die Abgesandten der Bauern Geleitschutz erwirkt. Natürlich wurde auch Bürgermeister Packebusch von allem in Kenntnis gesetzt. Dann, um elf herum, war zufällig der Gehilfe des Ratsschreibers auf einen Becher Wein bei Herrn Vegesack erschienen (!) und hatte, so ganz nebenbei, die Vermutung geäußert, der Rat würde die Krakeeler und Störenfriede vielleicht wirklich empfangen, und zwar morgen früh um sieben.

Darüber mußte Balthasar trotz seiner Schlaftrunkenheit, Aufregung und Müdigkeit denn doch schmunzeln. Um sieben Uhr! Das bewies eindeutig, wie erpicht die Ratsherren darauf waren, zu erfahren, was die Bauernboten ihnen zu sagen hatten. Hätte um fünf Uhr früh der Feind die Stadt eingekesselt, so hätten sie sich um halb sechs versammelt. Wenn es um einen Verdienst von zehntausend Mark ginge – um sechs. Aber in jedem anderen Fall erst um acht oder gar um zehn Uhr ... Und ehe Balthasar mit einem für den schweren Augenblick erstaunlichen Genuß wieder in Schlaf sank, dachte er: Was für ein wunderliches altes Tier war doch diese seine Stadt ... Sie konnte unbeweglich an Ort und Stelle verharren, jahrelang kein Lebenszeichen von sich geben – zum Beispiel auf einer ihr vorgelegten Bittschrift hokken –, genau wie jenes Tier mit dem grauen Steinschalenrücken im Tiergarten des Herzogs von Pommern, das Schildkröte genannt wurde und angeblich den ganzen

Winter hindurch reglos auf einem Kohlblatt sitzen konnte. Sie, diese Stadt, konnte in ihrer steinernen Schale am Ufer des brausenden Flusses Historia dösen, bei Gott, ohne die Nase, ohne eine Pfote aus dem Stein herauszustecken, genau wie jenes wunderliche Geschöpf Gottes, aber dann plötzlich erwachen und ihren sehnigen Hals jäh vorschnellen lassen, vor Wut, Hunger, Neugier oder wer weiß warum, und zubeißen mit den erstaunlich zähen Muskeln ihres grauen steinernen Maulwerks …

Am nächsten Morgen im Dunkeln, als sich die vier Abgesandten zur Stadt aufmachten – die vier Bauern, die zu ihrem Schutz mitgekommen waren, blieben in Fischermai –, nahm der Vater Balthasar beiseite und fragte: »Hm. Meinst du nicht, du tätest weiser daran, nicht mitzugehen?«

»Warum?«

»Man könnte dich in der Stadt erkennen.«

»Na und?«

»Tja … Für heute habt ihr Geleitschutz. Und für morgen auch. Aber was der Rat nach einem Monat oder gar nach einem Jahr von den Fürsprechern der Aufrührer hält, weiß niemand zu sagen.«

»Wenn die Stadt sich mit den Bauern verbündet …?«

»Wenn sie es nicht tut …«

»Na, du hast es ja auch gewagt, für die Bauern einzutreten. Und Jakob wagt es auch …«

»Jakob ist ein alter Mann und lebt auf dem Lande. Er bleibt auch auf dem Lande. Aber du bist jung und möchtest in dieser Stadt leben. Und zu Ehren kommen, so Gott will.«

»Wer soll mich schon erkennen! In dieser Aufmachung hat mich hier noch nie jemand gesehen. Dazu mit einem so stoppligen Kinn. Zudem weiß außer dir und Jakob kein Mensch, daß ich überhaupt in Reval bin.«

»Jetzt noch nicht. Aber wenn du schon hier bist … Besuchst du Annika?«

»Auf jeden Fall. Aber sie bleibt stumm. Wenn ich es ihr sage.«

»Sie allerdings. Aber wer weiß, wen du noch ... Na, geh. Du läßt ja doch nicht davon ab.«

Balthasar lächelte dem Alten ein wenig verlegen und ein wenig nachsichtig zu und eilte den anderen nach.

Siimon trat gleich nach Balthasar aus dem Windfang. Er trat von der kalten schwarzen Steinstufe auf den nassen Badebesen und folgte dem Sohn gemächlich bis zur Pforte. Seine nackten Sohlen fanden mühelos die als Wegfüllung in den Schlamm gestampften Steine. An der Pforte blieb er stehen, die Arme über der Brust gekreuzt, und schaute, wie sein aus dem Abenddunkel jäh aufgetauchter Sohn im Morgendunkel hinter dem Lattenzaun des Tran-Andres verschwand. Er stand gedankenversunken da und kratzte sich mit dem Zeigefinger der rechten Hand den linken Unterarm. Und hätte jemand außerhalb der Staketenpforte vor ihm gestanden und ihn eingehend beobachtet, so hätte dieser Jemand vielleicht bemerkt, wie Siimons krummer Finger vom rauhen Joppenärmel um Daumenlänge in die Luft stieg, dort haltmachte und sich bewegte – als winke er lautlos jemanden zurück. Und nur ein Beobachter mit Katzenaugen und von schnellem Begriff hätte vielleicht erraten, daß der Finger des alten Mannes ein Kreuz in die Dunkelheit schlug.

Nach den Gesichtern der Ratsherren zu urteilen, waren sie keinesfalls besonders neugierig, zu erfahren, was die Bauernboten ihnen zu berichten hatten. Nur eines verriet ihre Neugier: daß die Herren consules et proconsules trotz der frühen Stunde fast vollzählig erschienen waren. Von vier Bürgermeistern drei, darunter der wortführende Bürgermeister Packebusch, und von vierzehn Magistratsmitgliedern zehn, insgesamt dreizehn Mann, außerdem der Syndikus Clodt, so unverändert, als hätte man ihn zwei Jahre lang in Essig mariniert (was nur die Haare bleicht), und sein Gehilfe, der kleine Herr Loop mit dem greisenhaften Kindergesicht, der stets ein wenig zerlumpt aussah. Balthasar wußte nicht, ob er das Ratsaufgebot für ein Teufelsdutzend halten sollte oder nicht. Aber daß ihn in diesem sparsamen Kerzenlicht niemand erkennen würde, darüber war er sich mehr als sicher. Denn Erkennen ist häufig eine Frage der allzusehr erwarteten oder nicht erwarteten Begegnung. Und die wenigen im Saal, die wußten, daß es einen jungen Mann wie Balthasar überhaupt auf Gottes Erden gab (auch sie hätte man erst nachdrücklich daran erinnern müssen) – von diesen wenigen konnte wohl keiner auch nur vermuten, daß er sich hier unter den struppigen Aufrührern befand. Er selbst erkannte die Hälfte der Herrschaften natürlich sofort, obwohl sie alle die gleichen flachen Amtsbarette aus schwarzem Samt und die gleichen dunkelblauen Tuchgewänder mit weißem Hermelinkragen trugen, dazu ihre Amtsschilder, eine halbe Spanne im Durchmesser, an einer Kette am Halse. Die Ratsherren saßen an den Wänden des kleinen Ratssaales auf langen Bänken mit geschnitzten Lehnen, während die Bürgermeister mit Herrn Packebusch in der Mitte an der Stirnwand Platz genommen hatten, die Gesichter zu den drei hohen Fenstern gewandt, hinter denen sich die spitzen Giebel der Häuser am Markt und der Turm der Heiligengeistkirche schwarz gegen den kalten, rosig gestreiften Himmel abhoben. Auf der Ratsherrenbank links saß zuvörderst der dicke und stets verdrießliche Herr Vegesack; seine winzigen Augen blinzelten zu den Bauern hin, wobei er seinen kleinen, früh zahnlos gewordenen Mund bewegte. Übrigens war Herr Vegesack der einzige, der kein silbernes Amtsschild am Halse trug. Ferner sah Balthasar dort den sauer dreinschauenden Herrn Beelholt, unseren alten Bekannten aus dem Doktorhaus, Herrn Boissmann und Herrn Dehn sowie eine Reihe unbekannter, erfahrener, schlauer, zäher Greisengesichter, dann noch Herrn Pepersack, der seinem Namen zum Spott spindeldürr war, und einen alten Mann mit gelber Haut, der so leicht aussah, als wäre er aus Stroh. Den Bauern bot der Rat natürlich keine Sitzplätze an. Sie blieben zwischen der Saaltür und dem Tisch der Bürgermeister stehen, Schulter an Schulter, vier breite, bärtige Gesichter nah aneinander, und vier Paar Pasteln und Bastschuhe standen fest auf dem eichenen

Fußboden des Ratssaales. Am Ende des Bürgermeistertisches, die Seite den Bauern zugewandt und ganz dicht bei ihnen, saß Herr Clodt, doch war er, wie Balthasar längst wußte, überaus kurzsichtig, so daß Balthasar nicht zu befürchten brauchte, von ihm erkannt zu werden.

Sodann öffnete Herr Packebusch seinen breiten Krötenmund und sagte zu Herrn Loop, der dolmetschen sollte (obwohl kaum jemand von den Ratsherren einen Dolmetscher brauchte): »Sag ihnen, bevor sie dem ehrenwerten Revaler Rat mitteilen, in welcher Angelegenheit sie vor ihm erschienen sind, möchte der ehrenwerte Rat wissen, primo: In wessen Namen sie reden, und secundo: Was für ein Ziel hat der von ihnen verursachte ungeheure Tumultus, sofern dieser überhaupt ein Ziel haben kann.«

Die vier Abgesandten standen so dicht aneinandergedrängt, daß Balthasar das ganze Häuflein erschauern spürte, als man sich an sie wandte. Er hörte den Ohulepa-Leemet zweimal trocken schlucken, bevor dieser leise und heiser, aber doch recht glatt und fließend entgegnete: Sie sprächen im Namen des vom Bauernheer gewählten Königs, aber das wäre so gut wie im Namen aller aufständischen Bauern, was aber ihr Ziel anbelange, so möchte sich der ehrenwerte Rat zunächst vor Augen führen, wie lange und hart das Landvolk unter der Ungerechtigkeit der Gutsherren habe leiden müssen. Und daß die Bauern noch zur Dänenzeit freie Männer gewesen und als freie Männer unter die Herrschaft des Ordens geraten seien, was der ehrenwerte Rat in seinen Briefen an den Herrn Ordensmeister erst vor zwei Jahrzehnten bestätigt habe. (Schau mal an, dachte Balthasar, was Vater mir vor vielen Jahren erzählt hat, ist also auch Leemet und den anderen bekannt!) Und wie lange und in welch tiefem Elend gerade Reval den Läuflingen aus den Dörfern Schutz und Schirm und Luft zum Atmen gewährt habe – was mit solchem Nachdruck geschehen sei, daß der ehrenwerte Rat einige Edelleute für das den Bauern angetane Unrecht sogar habe köpfen lassen ... Balthasar schien es, die Herren, die Leemet zuhörten, empfanden durchaus keine Begeisterung bei der Erwähnung ihrer Heldentaten, sondern rutschten unruhig hin und her. Leemet redete weiter von Prügelbänken und Fußblöcken, und Balthasar hob den Blick von den hölzernen, doch aufmerksamen Gesichtern der Ratsherren zu den Gobelins an den Wänden hinter ihrem Rükken. Die Kerzen in den hohen Kandelabern flackerten heftig in der warmen Luft, die von der Heizung unter dem Fußboden hochstieg. Das Geflacker spiegelte sich auf den Gesichtern der Ratsherren als scheinbares Zukken, und auch die Ritter und Reitersmänner auf den Gobelins, die Harnisch- und Turbanträger, die Kriegsknechte mit den Schwertern und die Harfe spielenden Damen, die Lustwandelnden, Eilenden, Knienden, der ganze Zug des weisen Salomo zum Gihon und seine Salbung zum König, Salomo in Erwartung der Braut und Salomo bei der Urteilsfällung, so undeutlich all das auch dort oben zu sehen war – es erhielt im Flackerlicht Leben. Insbesondere Salomo auf seinem Richterstuhl mit seltsam leuchtenden roten Knien und schlotternden blauen Füßlingen. Und mit Zepter und Krone. Es war kein Zottelhut mit Eichenlaub, sondern eine echte goldene Königskrone, älter als zweitausend Jahre. Dort oben wahrscheinlich aus goldenen Teppichfäden gewebt ... Balthasar hörte Leemet leise sprechen: »Und diese Plage und Pein ist nicht geringer, sondern schlimmer geworden, und es ist nicht anzunehmen, die Gutsherren würden von sich aus jemals die Bürde des Landvolkes erleichtern ...« Noch hatte Balthasar seinen Gedanken nicht zu Ende gedacht (daß der Ohulepa-Leemet sich einfach nicht getraute, das Ziel der Aufrührer zu nennen), als er neben sich die kreischende, schartige Stimme des Kellenmauls aus Tõdva vernahm. Sie war sogar ein wenig schriller als sonst. Denn als sie über die taunassen Kopfsteine durch die Süsternpforte zum Rathaus gegangen und an der Kneipe »Zum grünen Frosch« vorbeigekommen waren, da hatte der Krugknecht gerade die Kellertür aufgeschlossen, und das Kellenmaul hatte vorgeschlagen, einzutreten und sich einen Schoppen zu genehmigen. Die anderen hatten den Augenblick nicht für geeignet befunden, aber das Kellenmaul hatte sie angeblafft, er denke nicht dran – Teufel noch mal! –, wegen dieser Ratskerle den halben Tag oder noch länger Durst zu leiden, war allein in den Keller gestiegen, hatte seine Schillinge auf die Theke gehauen und zwei Schoppen hinuntergestürzt. Also rief er jetzt hier, unter den Gewölben des Ratssaales mit dem furchterregenden Echo, noch schriller als sonst: »Leemet! Geh nicht drum rum wie die Katze um den heißen Brei! Der Brei ist heiß, jawohl! Und wird immer heißer! Den Hals umdrehen – dem ganzen Adel! Das ist unser Ziel! Und das schaffen wir, mit oder ohne Hilfe der Stadt. Denn die Junker haben aus Angst vor dem Moskowiter sowieso die Hosen voll!«

»Frage sie«, sagte Herr Clodt zu Herrn Loop und schob seine Unterlippe weit vor, so daß seine langen unteren Zähne bis zum Zahnfleisch entblößt wurden, als hätte er etwas ungemein Saures im Mund, »frage sie: Wenn sie den Adel umbringen – sei es mit oder ohne Hilfe der Stadt –, welchem König wollen sie sich dann unterwerfen?«

»Allerdings, das möchten wir gern wissen!« rief Herr Beelholt und hob seine grauroten Brauenbüschel.

»Ja, wem?« Einer der Balthasar unbekannten Ratsherren, ein sehniger Greis, beugte sich eifrig vor, und Balthasar erkannte jetzt auch ihn: Es war Ivo Hoye, der vor zwei Jahren den dänischen König um Hilfe für die Stadt gebeten hatte.

Natürlich: In der Anfrage des Herrn Clodt erkannte Balthasar die Frage des Herrn Kettler und dahinter die des polnischen Königs. Wie es hieß, war Herr Clodt nun schon eher Herrn Kettlers Berater als Syndikus von Reval. Und hinter Herrn Beelholts Frage standen Herzog Johan und der alte Gustav, der, wie Balthasar in Narva zu Ohren gekommen war, gerade jetzt krank oder gar im Sterben lag. Folglich stammte Beelholts Frage nach dem Willen Gottes vielleicht schon von König Erik. Und Herr Hoye, versteht sich, spitzte die Ohren in Sachen des Königs von Dänemark ... Balthasar fiel Äsops Fabel vom Krebs, Schwan und Hecht ein, und um nicht zu lachen, mußte er den Blick von den Ratsherren wenden. Während Leemet den Herren antwortete, betrachtete Balthasar das große Wandgemälde, das die ganze rechte Längswand des Saales ausfüllte. Er betrachtete es mit Schrecken. Denn er sah es zum erstenmal – und es stellte Reval dar, aber Reval während einer fürchterlichen Feuersbrunst.

Der Maler hatte die Stadt vom Hafen her dargestellt. Die Vorstadthäuser an der Mauer im Vordergrund und sogar die Apfel- und Kirschbäume der Gärten loderten in hellen Flammen. Über die Mauern schossen an Dutzenden Stellen Feuergarben und schwarze Rauchschwaden, die aus den brennenden Steinhäusern kamen, es sah aus, als hätten riesige Teerfässer Feuer gefangen. Das Fürchterlichste aber war: Vor dem schwarzen Rauch standen inmitten gezackter Flammen die Kirchtürme, aufgeschreckten roten Eichhörnchen mit Feuerbüscheln an den Ohren gleich. Erst kürzlich hatte Balthasar etwas sehr Ähnliches gesehen. Und den Steinsockel der Olaikirche herab rieselten – nahezu wie am Jüngsten Tag – glänzende Bäche geschmolzenen Bleis. Leemet sagte: »Welchem König wir uns unterwerfen ...«, doch das Kellenmaul unterbrach ihn: »Warum, zum Teufel, sollen wir uns überhaupt jemandem unterwerfen, ha?! Ist denn ein Mann hierzulande ein Weib oder was, daß er sich unbedingt jemandem unterwerfen muß!« Dann sprach Leemet weiter: »Wenn und wie und ob, das wollen wir uns sorgfältig überlegen und uns in dieser Angelegenheit mit dem ehrenwerten Magistrat beraten, wie sich ja auch der ehrenwerte Magistrat in dieser Angelegenheit mit mehreren Königen beraten hat und es in dieser Stunde mit Gustav von Schweden tut ...« Aber auf einer schwarzen Tafel unter dem Brandgemälde stand in spitzen weißen Buchstaben:

> Ind Jar Vertein hundert XXXIII do geschach
> In Meye op den elfften dach,

All Reuel brande und de Dom mede,
Garden und Schünen buten der stede,
Kercken und Clöster verbranden all,
Orgeln, Klocken und Volck ane tall,
Bidde wy Gott all unse dage
Dat he uns bescherme vor sodan plage.

Währenddem sprach Herr Packebusch durch Herrn Loops Mund: »Bis jetzt schien uns, eure Stammesgenossen sind überaus bereit, sich unserem Hauptfeind, dem Moskowiter, zu unterwerfen, und warum sollten wir in diesem Fall euer Vorhaben dulden?«

Darauf erwiderte Jakob: »Unser Hauptfeind ist der deutsche Gutsherr. Und der Moskowiter ist der Hauptfeind dieses unseren Hauptfeindes. Aber dieser unser Hauptfeind ist auch Reval nicht freund, wie allen seit jeher bekannt ist. Noch heute, dreißig Jahre nach der großen Reformation, hört man in dieser Stadt die Adelsherren singen, wenn sie sich mit Bier noch größeren Dünkel angetrunken haben, sie wollen die Stadttölpel so zurichten, daß Blut in den Gossen fließt!«

»Und was wollt ihr jetzt von uns?« fragte Herr Packebusch.

Der Ohulepa-Leemet erklärte, sie wollten eine halbe Fahne Kriegsknechte mit allem Notwendigen – um sie auf die Bauerntrupps zu verteilen, damit sie den Bauern das Kriegshandwerk beibrächten.

Die Ratsherren berieten sich miteinander, auf deutsch, versteht sich.

»Das wäre ja noch schlimmer, als eine halbe Fahne Männer dem Moskowiter zu schenken!« rief Herr Clodt.

»Nicht unbedingt«, meinte der Herr aus Stroh. »Möglicherweise wäre das sogar sehr schlau. Das würde bedeuten, all die Tausende am Gängelband der Stadt zu haben ... gewissermaßen.«

»Ach, Schmedemann, Ihr habt Euch von Eurem Neffen Franz auf gefährliche Pfade leiten lassen!«

Herr Schmedemann entgegnete: »Ich behaupte ja nicht, die Grauen würden meutern, wenn wir die Bauern abweisen. Ich behaupte nur: Sollte unter den Grauen ein Aufstand ausbrechen – und das ist jeden Tag möglich –, dann fließt hier Blut. Was aber Franz betrifft, das ist ein Hitzkopf und ein Seichbeutel dazu. Gott sei Dank nimmt ihn wohl keiner ernst.«

Herr Beelholt bemerkte: »Sollte Herr Erik den schwedischen Thron besteigen, gibt es dort, dem Hörensagen nach, eine recht bauernfreundliche Regierung.«

Herr Boissmann rieb sich mit seiner goldberingten Faust das fleischige Kinn. »Also – mit dem Bauern anbändeln ... Mnja ... Ihm ein Messer in die Hand drükken, damit er dem Ritter die Eier absäbelt ... Ich denke, wir sollten es uns gründlich überlegen ...«

Einer der Ratsherren ließ verlauten: »Aber er säbelt dem Ritter die Eier ab! Und die Gurgel dazu! Das kann man nicht zulassen.«

Jemand begann: »Damals in Deutschland ...«

Aber Herr Clodt unterbrach ihn: »Damals in Deutschland war es ganz anders. Dort meuterten deutsche Bauern, und einige deutsche Städte unterstützten sie. Aber wer meutert hier?«

»Und was möchtet ihr noch?« fragte Herr Packebusch über Herrn Loop.

»Stücke aus dem städtischen Geschützhof. Gegen wehrhafte Burgen«, erwiderte Leemet. Wie es in der Versammlung beim König beschlossen war.

»Ho-ho-ho-ho!« lachte Herr Clodt.

»So-so-so-so!« sekundierte ihm Herr Packebusch. »Aber ihr versteht sie ja nicht einmal zu handhaben!«

»Ihr wißt sie nicht einmal anzufordern«, präzisierte Herr Dehn, Aufseher des städtischen Geschützhofes. »Ihr könnt sie nicht einmal nennen, nicht wahr, wenn wir wissen wollen, welche Geschütze ihr braucht. Na bitte?«

Die Abgesandten schwiegen. Denn der einzige Geschützkundige unter ihnen war leider jener Mann gewesen, der in der vergangenen Nacht an kaltem Fieber erkrankt oder vor Angst ausgerissen war. Gewiß, im Bauernheer gab es noch mehr Leute, die bereits im

Koadjutorkrieg laden und zielen gelernt hatten. Aber die zu suchen, hatte man gestern im Morgengrauen keine Zeit mehr gehabt, oder man war einfach nicht darauf verfallen. Und der Eitelkeitsteufel, der Beelzebub, der aufs Risiko erpicht war, jener, der Balthasar zum Beispiel vor vielen Jahren, am Tag des großen Seilkunststücks angestachelt hatte, aus dem Schutz des Roßmühlentors zu treten und Herrn Bock und Meus, den beiden nun schon Entschlafenen, mit wehenden Rockschößen entgegenzustürzen (was er damals allerdings nicht getan hatte) – dieser Teufel stand plötzlich hier im Ratssaal neben Balthasar und führte ihn in Versuchung. Anstatt mitsamt den Dummejungenstreichen zu verschwinden, hatte der Versucher mit den Jahren an Kraft gewonnen. Oder mindestens an Schlauheit, mindestens an der Fähigkeit, sich selbst zu rechtfertigen: Balthasar, du kannst doch deine Bauern sich nicht dermaßen bloßstellen lassen! Sieh nur, welche Überheblichkeit im kastanienbraunen Bart des Herrn Dehn sitzt, welche Erleichterung ... Und sieh, mit welch saurer Miene Herr Schmedemann euch anstarrt, als wäre er wirklich bereit, euch Geschütze zu geben, und Herr Beelholt ebenfalls (von dem man das gar nicht erwartet hätte). Und wie Herr Clodt grinst und siegreich seine Zähne bleckt! Du verstehst doch etwas von Kanonen! Du hast dich in den meisten Türmen, Befestigungen und Rondellen dieser Stadt rumgetrieben und hast dir in Stettin und auf der Oderburg die Artillerie des Herrn Barnim angeschaut ... Ergo. Und Balthasar hörte sich mit ruhiger Stimme sagen, als sei diese Angelegenheit gründlich beraten und längst beschlossen: »Dolmetscht den Herren: Wir möchten vier anständige Haubitzen, mit diesen burgundischen, nun ... Untersätzen.« Das Wort »Lafette« ließ sich in der Bauernsprache nicht sagen, und seine Deutschkenntnisse durfte er nicht verraten. »Außerdem acht Falken. Dazu zweihundert Blei- und hundert Eisenkugeln je Geschütz.«

In diesem Augenblick bemerkte er, wie sich Herr Vegesack aufrichtete von seinem geschnitzten Sitz, dessen

Armlehne die Gestalt eines zungenlosen Mannes darstellte, was, wie Balthasar gehört hatte, einen Schweiger versinnbildlichen sollte. Herr Vegesack schien auf ihn, Balthasar, zu blicken und ihm mit den Händen zuzufuchteln. Doch dann begriff er: Das Fuchteln ging an ihm vorbei und galt anscheinend jemandem, der an der Saaltür aufgetaucht war. Balthasar wandte sich um und sah gerade noch eine Gestalt hinter der Tür verschwinden. Er fuhr fort: »Wir meinen, Reval würde kaum schwächer, wenn es von seinen mindestens zweihundertfünfzehn Geschützen diese zwölf hergibt, aber wir wären viel stärker.« Mit ärgerlicher Befremdung, doch dem Gefühl, es sei verzeihlich, bemerkte er, daß er gesagt hatte: »Wir wären stärker«, aber er konnte nicht weiter darüber nachdenken, denn wieder öffnete sich die Saaltür, und zwar auf eine Art, daß sich alle Ratsherren zu ihr hinwandten. Der alte weißhaarige Ratsdiener trat ein, derselbe, der die Bauern in den Saal geführt hatte. Er eilte zu Herrn Packebusch, flüsterte ihm etwas ins Ohr und reichte ihm ein versiegeltes Schreiben. Herr Packebusch öffnete es und las. Sein Gesicht verriet, daß es wichtige Neuigkeiten enthielt. Der Diener entfernte sich gleich wieder und schloß die Tür hinter sich. Herr Packebusch hob den Blick vom Brief und sagte auf deutsch: »Meine Herren und Brüder! Ein Schiff aus Åbo hat unseren Hafen angelaufen und Kunde von unseren Botschaftern aus Schweden gebracht: Der Herr hat König Gustav am Neunundzwanzigsten des vergangenen Mondes in Stockholm zu sich gerufen.«

Balthasar beobachtete die Mienen der schweigenden Herrschaften. Sie waren undurchsichtig. Wenigstens für ihn.

Herr Beelholt sagte: »Also müssen wir die Glocken läuten lassen.«

Herr Clodt rief: »Wieso? Wo steht denn geschrieben, wir müßten es im Todesfall fremdländischer Herrscher tun? Bei aller Verehrung für den verblichenen König sollten wir nicht vergessen: Für unseren Herrn Ordensmeister wäre dieses Geläute kein Ohrenschmaus.«

Herr Schmedemann ergänzte: »Und für Herrn Sigismund noch weniger, nicht wahr … Aber gerade deswegen …«

Ein heftiger Streit bahnte sich an. Herr Packebusch hob die Hände. »Meine Verehrtesten … Nicht jetzt! Wir müssen die Sache natürlich sofort besprechen … Herr Loop, sagt diesen Bauern: Unerwartete Ereignisse zwingen den Rat, sich mit anderen Fragen zu beschäftigen. Ihre Bitte ist uns bekannt. Sie sollen sich morgen um acht wieder vorstellen. Um sieben. Wir geben ihnen dann Bescheid.«

Als die Bauern aus dem Rathaus auf den Markt traten, war es bereits Morgen: Über den grau und blau gefleckten Himmel trieben zerfetzte Wolken, wie nach einem Regen. Die meisten Verkaufsbuden und Kellerläden waren geschlossen. Etwa ein Dutzend Bauernwagen hatten dennoch ihr bißchen Ware auf den Markt gebracht. Für das Chaos hinter den Stadtmauern war das erstaunlich viel, doch in Anbetracht der unverschämt gestiegenen Lebensmittelpreise wiederum wenig, weshalb sich die Käufer um die Wagen drängelten. Balthasar bemühte sich, möglichst unauffällig zu den Fuhren zu schauen, da ihm wahrlich nichts daran lag, von den zwischen den Marktständen herumschwirrenden Frauen und Mägden zufällig erkannt zu werden. Aber während er sich schnaufend an ihnen vorbeischob, empfand er für sie – wie sollte man es ausdrücken? – so etwas wie Bewunderung, Mitleid und Zärtlichkeit. Freilich, es war ein flüchtiges, unbestimmtes Gefühl, aber es galt ihnen, den alten und jungen Frauen, den Mädchen, die für ihre Herren, Männer, Väter und Kinder Erbsen, Zwiebeln und Kohl einkauften, sich mit ihren leeren Körben an die Wagen herandrängten und die vollen Körbe auf die Hüfte hoben und heimgingen. Hätte Balthasar Zeit gehabt, dieses Gefühl in Worte zu fassen, so hätte er wohl etwas Mitleidig-Bewunderndes gesagt über diese aeterna mulier, die immer und ewig (ob Burgen brennen oder Schlachten toben, ob Throne wanken oder das Schicksal von Staaten auf dem Spiel steht), die immer und ewig Feuer im Herd macht, den Kessel aufs Feuer stellt, auf dem Markt Erbsen, Zwiebeln und Kohl kauft – so daß Erbsen, Zwiebeln und Kohl fast zu einer heiligen Opfergabe werden und der Kohltopf zum heiligen Opfergefäß und das Herdfeuer zum heiligen Opferfeuer, bis in alle Ewigkeit ... Aber Balthasar kam nicht dazu. Nicht, weil die Bauern von ihren Wagen die Hälse nach den Abgesandten reckten und mehrere Käuferinnen sie anstarrten. Nicht, weil der städtische Wäger, der, die Arme in die Seiten gestemmt, an der Tür der Waage stand, seinem bäuerlichen Waagekerl mit dem Ellbogen einen Knuff gab und ihm hörbar zuraunte: »Schau! Die Abgesandten der Aufständischen. Deine Blutsbrüder ...« Nicht darum. Sondern weil eine Männerstimme, die er kannte und doch nicht gleich erkannte, plötzlich rief: »He! Balthasarius perditus! Sieh mal an, welcher Bande du dich angeschlossen hast.«

Bevor Balthasar sich umwenden und dem Mann ins Gesicht schauen konnte, erkannte er ihn: an dem seltsamen Tonfall seiner Stimme, die zugleich marktschreierisch und spöttisch und salbungsvoll klang. Und obwohl der andere ihn nicht ihrzte, sondern wegen seines Aufzugs duzte.

»Mm ... Tag, Herr Antonius ...«

Er wandte sich an Jakob und sagte leise: »Geht in Kimmelpennings Laden. Ich komme nach.«

Die Bauern entfernten sich, und Herr Antonius sagte: »Welch eine Überraschung! Beim Doktor hieß es, du bist zum Studium nach Marburg gefahren. Oder sonstwohin. Also – schon Magister? Ha-ha-ha-ha! Und jetzt im Staatsrat dieses Bauernkönigs, was? Ha-ha-haha!«

»Wie geht es denn dem Herrn Antonius? Und dem Herrn Henning und so weiter?«

»Glänzend, glänzend. Aber hör mal, dieser Bauernaufstand, das ist ja ein Gespensterschiff! Wie kann sich eine vernünftige Ratte auf so was einschiffen?«

»Ist Herr Henning auch in Reval?«

»Nein. Er ist mit dem Ordensmeister in Dünamünde. Aber wir wollen von dir sprechen …«

Balthasar spürte: Das war boshaft gemeint. Das hochrote Gesicht des Herrn Antonius, sein kleiner spöttischer Mund, seine ein wenig vorquellenden gelben Augen und das vergnügte Spiel der Finger seiner linken Hand am Schwertknauf – alles war boshaft. Es verriet, daß sein einstiger erniedrigender Eid in der Kapelle des Doktors Herrn Antonius unvergeßlich im Gedächtnis haftete. Er drückte sein linkes Auge zu und musterte Balthasar aus dem rechten von unten bis oben unter seinem schwarzen Herrenbarett hervor. Hämisch blitzten seine weißen Zähne.

»Na ja, für deine Pflugochsennatur war der Doktor ein allzu gewiefter Herr. Außerdem hat dich seine Gemahlin weit mehr interessiert als das, was für seinen Herzog dabei rausssprang. Ha-ha-ha-ha-ha! Und jetzt kommst du also aus Marburg? Wie bist du denn zu diesem Klüngel gestoßen?« Er zeigte mit dem Kinn dorthin, wo die Bauern verschwunden waren. »Oder warst du inzwischen nicht in Marburg, sondern in Pleskau? Auf der Spitzelschule der Moskowiter? Sie haben dort so eine Schule, ich weiß es. Dort ausgebildete Bauern treiben sich hier öfters rum. Die wir auf dem Jerusalemberg vierteilen halfen – die waren auch von dort. Erinnerst du dich?«

»Allerdings.«

»Nachher saßen wir ganz gemütlich in der ›Grauen Ratte‹ und haben uns in die menschliche Natur vertieft. Ha-ha-ha-ha! Komm, laß uns in die ›Wolfskuhle‹ hinter der Heiligengeistkirche gehen. Das ist eine noch gemütlichere Spelunke.«

»Ich komme nicht.«

»Du kommst, du kommst, mein Täubchen. Die Sache liegt nämlich so: Durch mich kann unser Freund, der Ordensmeister, auf schnellstem Wege erfahren, was deine Aufständischen im Schilde führen!«

»Von mir erfahrt Ihr gar nichts.«

»So? Aber der Doktor hat von dir so allerlei für seinen Herzog erfahren.«

Balthasar schwieg.

»Na siehst du. Und jetzt bist du mit Haut und Haaren diesem euren Dreckskönig verfallen. Vox sanguinis. Ha-ha-ha-ha! Aber wenn ich im Namen unseres rechtmäßigen Landesherrn deine Hilfe erbitte, sträubst du dich. Ja, ein Bauer bleibt eben ein Bauer, hat er auch noch so viel den Terenz gebüffelt. Ich sage dir als Freund: Komm, nehmen wir Platz, trinken wir einen Becher. Und du erzählst mir alles, wonach ich dich frage.«

»Nein.«

»Schön. Falls nicht, so rede ich. Ha-ha-ha-ha! Diese deine Blutsbrüder, die haben genug Güter abgebrannt und Adlige umgebracht, um dafür zerquetscht zu werden wie Wanzen. Selbstverständlich werden sie zerquetscht. Ich habe schon gesagt: Diese Angelegenheit ist ein Gespensterschiff. Und dann wird dieser dein König gevierteilt. Und seine Räte ebenfalls. Genau wie die Kerle damals auf dem Jerusalemberg, an die du dich so gut erinnerst. Verstehst du: Willst du mir nicht antworten, so erfährt der Ordensvogt, daß einer der Abgesandten gar kein anonymer Bauerntölpel war, sondern …«

»Wir haben Geleitschutz.«

»Dummkopf! Nicht jetzt. Dann, wenn sie am Boden liegen, morgen, in einer Woche, in zweien. Ich sage dir: Selbst wenn du mit heiler Haut aus diesem Schlamassel rauskommst und sie dich nicht vierteilen, bist du in dieser Stadt unmöglich. Also komm.«

Balthasar hörte hinter sich Pferde prusten. In der feuchten Morgenluft hörte er das Marktgemurmel, die Schritte der Käufer auf den Pflastersteinen, die Flüche der Ratssoldaten, die über den Platz zur Wachablösung trotteten. Es roch nach Sauerkraut, nach Heu, nach Pferden. Und auf diesem märchenhaft wirklichen Platz inmitten dieser wirklichen Stimmen und Gerüche spürte er um und vor und über sich die unglaubliche, unabwendbare Drohung des Herrn Antonius. Sollte er … sollte er ihm nicht blitzschnell die Faust in diese rothaarige Schläfe rammen? Nein. Das zöge fürchterliche Unannehmlichkeiten nach sich. Sollte er nicht das kurze

Feuereisen des Herrn Hasse unter dem Wams hervorholen? Nein. Noch schlimmere Unannehmlichkeiten. Und plötzlich fiel ihm ein, was eigentlich die ganze Zeit während dieses Gesprächs im Kellergewölbe seiner Vernunft geschlummert hatte. Nein, er wollte diesen Weg nicht beschreiten, wahrhaftig nicht. Aber die Notwendigkeit, es zu tun, war in wenigen Augenblicken absolut geworden. Auch die Versuchung zu diesem Spiel war überaus groß.

Balthasar schaute sanft in Herrn Antonius' gelbe Augen, im stillen unsicher, welche Wirkung seine Worte haben könnten, die einzige taugliche Waffe gegen diesen falschen Mönch, diesen falschen Ritter, diesen Marktsatan, und er schämte sich ein wenig der erhofften Wirkung seiner Worte. Die ihm bekannten Umstände hatten ihm höchst unerwartet den rettenden Dolch in die Hand gedrückt. Er warf fast gleichgültig hin: »Herr Antonius, Ihr meint wohl, Eure Mutter sitzt noch immer im Kerker des Herzogs Barnim.«

»Was ... Was redest du da?« fragte Herr Antonius, sichtlich erschrocken, doch Begriffsstutzigkeit vortäuschend.

»Ihr hofft, es gelingt ihr, die Hexerei zu leugnen ...«

»Was redest du?« rief Herr Antonius heiser.

»... und bloß wegen Räuberei verurteilt zu werden. Mitnichten! Sie hat gestanden. Durch eine Tat gestanden.«

»Wieso?«

Herr Antonius starrte Balthasar aus seinen gelben Glotzaugen an, in die ein merkwürdig unschlüssiger Ausdruck trat.

»Vergangenes Jahr zu Martini hat sie ihre Seele dem Herrn empfohlen. Durch eine Schlinge, die Er ihr selbst um den Hals legen half.«

»Was? Was sagst du? Bist du der Teufel?!«

»Einerlei. Ich sage: Wenn Ihr auch nur ein Wort verlauten laßt, daß Ihr mich hier mit den Bauern gesehen habt, weiß man in Dünamünde in drei Tagen, daß Ihr der Sohn einer Räuberin und Hexe seid.«

Fast hätte er hinzugefügt: ... und der Bruder eines Freudenmädchens. Aber er ließ es bleiben. Nicht nur, weil die Gradatio seiner Hiebe dadurch geschwächt worden wäre. Auch wegen dieser rothaarigen Lada, die ihm die armselige Süße der Sünde geschenkt hatte.

Herrn Antonius' starre Grimasse wechselte unter Balthasars Blick zweimal die Farbe. Zuerst wich auf seltsame Weise die Röte von seinen Wangen: Das feine lila Netz der Adern wurde sichtbar und das Gesicht selbst dunkel. Dann stieg die frühere gleichmäßige, vom Halsausschnitt bis zum Nacken reichende Röte in sein Gesicht zurück. Wer das Mienenspiel der beiden von früher her kannte, hätte gewiß bemerkt, daß Herr Antonius sich schneller anpaßte, als es Balthasar je in einer neuen Lage gelang. Zugleich ließen sich »Umstellung und das Neuladen des Geschützes« von Herrn Antonius' Gesicht besser ablesen als von Balthasars hölzernen Zügen, selbst an den Tagen, wo sein Kinn sorgfältig rasiert war. Herr Antonius sagte (wobei er ihn plötzlich wieder zu ihrzen anfing): »Hm. Spielt Ihr dieses indische Figurenspiel? Schach, meine ich.«

»Schlecht«, brummte Balthasar – was weniger eine strenge Selbsteinschätzung als eine Geringschätzung der Frage und dadurch des Fragenden ausdrücken sollte.

Doch Herr Antonius knüpfte in aller Gemütsruhe an die Antwort an: »Na, dann wißt Ihr ja, was man bei einem Stand der Figuren, wo beide Spieler voreinander vollkommen geschützt sind, sagt. Natürlich vorausgesetzt, daß keiner von beiden eine Dummheit begeht.«

»Nein.«

»Aha. Aber auf deutsch gibt es dafür kein Wort. Man sagt: Remissum. Ha-ha-ha-ha! Ergo: Remissum. Grüßt Euren König von mir. Und seid meinetwegen ebenso unbesorgt, wie ich Euretwegen zu sein gedenke.«

Er winkte Balthasar vertraulich zu und spazierte durch die Menge zum Alten Markt. Balthasar tat einen tiefen Atemzug, in dem sich Triumph und Zweifel mischten und der ihm die Marktgerüche zurückbrachte. Dann eilte er zu seinen Gefährten in Kimmelpennings Laden.

Die Ladentür war von innen mit einem Drehriegel verschlossen. Erst nach zweifachem Anklopfen öffnete sie Kimmelpennings hochaufgeschossener Geselle und führte Balthasar aus dem Laden in den Kellerraum. Und dann stand er wieder unter dem niedrigen, dunklen Gewölbe, wo er sich das erstemal in Stadt- und Staatsangelegenheiten eingemischt, also den Brief an den Bruder des Schuhmachers Schröder in Warburg geschrieben hatte und wo er sich jetzt wieder wegen Stadt- und Staatsangelegenheiten aufhielt, aber diesmal nicht bloß, um den Gänsekiel zu führen: Es ging um Geschütze, Leben und Tod.

Im Licht, das durch das kotbespritzte Fenster drang, sah man, daß nicht nur der Keller in den letzten Jahren kleiner, düsterer und ärmer geworden war (mehrere Warenregale standen völlig leer); auch der alte Kimmelpenning war merklich zusammengeschrumpft. Sein spärliches weiches Haar erinnerte jetzt an einen grauen Pinsel mit weißen Streifen. Aber die entzündeten Augen leuchteten noch immer wie blaue Emailknöpfe aus seinem müden Gesicht, und die Handbewegung und das Schulterklopfen, womit er Balthasar begrüßte, waren sachlich, vertraut und schnell, so als sei Balthasar nicht vor zwei Jahren, sondern vor zwei Stunden bei ihm gewesen.

Kimmelpenning sprach gerade zu den Bauern: »Ihr habt ja selbst gesagt: Euch scheint, einige Ratsherren neigen möglicherweise dazu, euch Geschütze und Landsknechte zu geben. Stimmt. Soviel ich weiß, ist es nicht die Mehrheit, natürlich nicht, aber einige gibt es. Schmedemann und Beelholt und vielleicht auch Boissmann. Ich sage euch: Brächten es die Bauern jetzt fertig, auch ohne Geschütze etwas auszurichten, was in der Stadt Aufsehen erregt und unseren eigenen Grauen, unseren Ich-weiß-von-Nichts an die Nieren geht, so daß sie ihre Stimme erheben, dann wäre es nicht unmöglich, die Stadt dazu zu bringen, sich mit dem Landvolk zu verbünden.« Er wandte sich zu Balthasar: »Nun, was hat der Herr Studiosus Neues zu erzählen?«

Balthasar hatte seine große Neuigkeit noch nicht an

den Mann bringen können. Nun sagte er: »Die Ratsherren haben einen Brief erhalten – just, als wir dort vor ihnen standen: König Gustav ist am Neunundzwanzigsten vergangenen Monats in Stockholm verschieden.«

Die Männer, Leemet auf einem Warenfaß, Jakob auf einer Juchtenlederrolle und das Kellenmaul auf einem leeren Regal sitzend, zeigten sich von Balthasars Nachricht nicht sonderlich beeindruckt.

Das Kellenmaul sagte: »Gute Fahrt!« und spuckte aus.

Leemet brummte: »Soso ... Da kommt eben ein neuer, Erik oder sonsteiner ...«

Jakob fragte so ziemlich nebenhin: »Und was soll uns das bringen?«

Balthasar entgegnete: »Herr Schmedemann hat gemeint, in Schweden gibt es eine bauernfreundliche Regierung, wenn Erik den Thron besteigt.«

Kimmelpenning zog die Oberlippe hoch, auf so komische Art, als täte ihm irgendwo was weh, und sagte: »Das gilt für Schweden und für die Zukunft, vielleicht ... Aber für uns und in diesem Augenblick ist der Tod des Königs schlimm.«

»Wieso denn?« fragte das Kellenmaul abfällig.

»Der Revaler Magistrat ist ohnehin ratlos und uneins. Um so mehr lähmt ihn jegliche Veränderung, die unabsehbare Folgen haben könnte. Die Ratsherren sehen sich darin bestärkt, keinerlei Entschlüsse zu fassen, die Achseln zu zucken und den Kopf in den Hermelinkragen zu ziehen. Ihr fordert von ihnen Haubitzen und Falken für die Mauern von Lode ... Ich sage euch: Nehmt ihr Lode mit eigenen Kräften ein, so macht euch der Rat die Tore seines Geschützhofes wahrscheinlich auf ... Aber so ... Und jetzt hat auch noch der schwedische Gustav ins Gras gebissen ... Hm ...«

Kimmelpennings jüngerer Geselle, ein Bursche mit weißblondem Haar und blauen Marderaugen namens Niglas, den sein Herr in die Stadt nach Eßbarem geschickt hatte, kam mit einer tüchtigen Ladung Brot und geschmortem Rindfleisch zurück. Auf seines Herrn

Wink hatte er aus dem Laden ein großes Bierlägel mitgenommen, es sich über die Schulter gehängt und im »Grünen Frosch« oder in der »Wolfskuhle« oder sonstwo füllen lassen. Nach der Mahlzeit machten die Bierschoppen die Runde, wurden gesalzene Bohnen geknabbert; nachdem die Männer Kimmelpenning schlecht und recht erklärt hatten, wo und wie sich das Bauernheer versammeln sollte, und als das Kellenmaul schon hopfenberauscht loskrakeelte (»Vor diesem Lumpenpack werden wir nicht katzbuckeln!« – »In einer Woche sind wir zehntausend Mann!«), da ließ Kimmelpenning Niglas andere Pistelmacher holen, den Vannakuli-Jaan und den Saxapette-Andres. Den älteren Gesellen schickte er in aller Eile zu einigen Vorstandsmitgliedern der Olaigilde. Darauf nahm er aus dem bewußten Holznäpfchen im Regal einen getrockneten Froschschenkel und steckte ihn sich in den Mund (Balthasar dachte: Interessant, wieviel tausend Stück er in den letzten Jahren gegessen hat!). Er gab Balthasar ein Zeichen, ihm zu folgen. In der hinteren Wand zwischen den Regalen verbarg sich hinter einer Schlittendecke eine Tür, die Balthasar bis dahin nicht bemerkt hatte. Er trat nach Kimmelpenning durch die niedrige Tür und stieg einige Stufen hoch in einen gewölbten Halbkeller, wo der alte Mann offenbar wohnte. Eine schlichte, unordentliche Bettstatt mit einer Katzenfelldecke, eine Feuerstelle mit erloschenen Scheiten, einige mittelgroße eisenbeschlagene Truhen, ein paar Hocker, ein Tischlein mit einem Zinnteller und einer angebissenen Brotscheibe darauf, ein gewöhnlicher Zinnleuchter – und daneben ein spannenhoher, leicht nachgedunkelter Becher aus schwerem Silber, der unter dem Gewölbe mit den Nässeflecken unverhofft und eindrucksvoll daran erinnerte, um was für einen Mann es sich bei dem Inhaber des Zimmers immerhin handelte.

Kimmelpenning stellte den Teller auf den Herdrand, wischte mit dem Ärmel die Brotkrümel vom Tisch, nahm aus der kleinsten eisenbeschlagenen Truhe einige Oktavbogen, legte sie samt Tinte und Feder auf den

Tisch und füllte den Silberbecher aus einem Holzgefäß, das in der Ecke stand, mit Wein.

»Nimm Platz.«

Balthasar setzte sich und sagte: »Nanu? Claus Schröder ist wohl von den Toten auferstanden? Soll ich seinem Bruder wieder einen Brief schreiben?«

Kimmelpenning schob Balthasar den Becher hin. »Koste mal. Nein, ich trinke nicht. Gebe Gott, deine heutige Arbeit trägt ebenso reiche Früchte wie der Brief an Schröder. Aus Warburg ist damals kein Mensch hierhergekommen.«

»Und was soll ich heute tun?«

Der Alte nahm aus der Truhe vier, fünf größere Blätter und legte sie vor Balthasar hin. Sie waren von gewohnter Hand mit feinen, verschnörkelten Buchstaben vollgeschrieben.

»Du hast gewiß von den zwölf Artikeln gehört, die die deutschen Bauern bei ihrem großen Aufstand verbreitet haben – vor mehr als dreißig Jahren?«

»Gelesen habe ich sie nicht. Aber von ihnen gehört – das ja. Falls du die allerbekanntesten meinst … Ein Mann namens Hipler soll sie niedergeschrieben haben, ein ausgerückter Grafensekretär, der mit den Bauern gemeinsame Sache gemacht hat.«

»Wer sie ursprünglich aufgeschrieben hat, weiß ich nicht. Aber jetzt möchte ich, daß einer, der hierzulande mit den Bauern gemeinsame Sache macht, der ausgerückte Sekretär eines Herrn Doktors – hö-hö-hö-hö! –, sie in die Bauernsprache übersetzt.«

Balthasar hatte ein wenig vom dargebotenen Wein genippt. Es war guter heller Rheingauer, zwar ein wenig sauer – er zog den Mund zusammen wie Traubenkirschen –, doch von Kundigen geschätzt, weil er, mäßig zu sich genommen, angeblich den Kopf klar machte. Balthasar schob den Becher zu Kimmelpenning hin und nahm die Blätter in die Hand.

Der aufrührerischen Bauern Artikel de Anno 1525, stand darüber. Weiter ging es in feiner Schrift auf niederdeutsch: *Dem christlichen Leser Friede und die Gnade Gottes durch Christus. Es sind viele Widerchristen, die jetzt von wegen der versammelten Bauernschaft das Evangelium. zu schmähen Ursache nehmen, sagend* ... Und so weiter.

»Wo hast du das her?«

»Ich habe sie von alten Ratsurkunden abschreiben lassen.«

»Heimlich?«

»Hm ... Versteht sich.«

»Und ... wer hat es getan?«

»Na schön, ich sage es dir. Vielleicht ist es mal nützlich, du weißt es. Aber du mußt auch dann schweigen, wenn du gerädert wirst. Sekretarius Topff vom Untergericht.«

Balthasar erinnerte sich deutlich an das graue Katzengesicht dieses sanftschlauen Mannes an Doktor Friesners verhängnisvoller Festtafel. Er fragte: »Und wozu brauchst du die Artikel?«

»Na ... waren sie in Deutschland so berühmt, da taugen sie wohl auch hier im Marienland, um einiges auszusprechen, was noch nie ausgesprochen worden ist. Gewiß, mehrere Jahrzehnte sind vergangen. In Deutschland hatten sich damals viele Städte mit den Bauern verbündet. Das gemeine Volk voran und die Hälfte der Ratsherren hinterdrein. Da werden wohl diese Artikel die Sache ins Rollen gebracht haben. Vielleicht geschieht das auch hier bei uns ... Entscheide selbst, was davon für uns taugt und was nicht.«

Es dämmerte bereits, als Balthasar hinter sein Tagewerk einen raschelnden Strich setzte. Den ganzen Tag war er eifrig dabeigewesen und hatte wenig Muße gehabt, durch das niedrige, dreckbespritzte graue Fenster dem Marktvolk, den stolzen Bürgern und schönen Städterinnen bei ihrem Tun und Treiben und Lustwandeln zuzusehen. Aus dem Deutschen in die einheimische Sprache zu übersetzen erwies sich als eine überaus eigenartige und mühevolle Aufgabe. Erst recht, wenn man, wie er jetzt, die estnischen Sätze zu Papier bringen mußte. Es war, als ziehe man jemandem mit größter Mühe seine

Kleider vom Leibe und stecke ihn in ein fremdes Gewand, wobei dieser Jemand – wie stets bei Vermummung – irgendwie nicht derselbe blieb ... Das glatte deutsche Wams mußte der glatten deutschen Rede vom Leibe gezogen und durch eine rauhe Bauernhose, durch ein lumpiges Hemd und eine zerfetzte Jacke ersetzt werden, so daß diese Rede – das heißt ihr Kern und Sinn – nicht mit nacktem Arsch dastünde, sondern bis über die Hinterbacken hübsch bedeckt wäre ... Aber vertrauter wurde die Rede dadurch nicht. Keinesfalls etwa, weil das Schreiben in der einheimischen Sprache wer weiß was für eine Zauberkunst gewesen wäre. Freilich, für viele deutsche Wörter gab es keine entsprechenden in der einheimischen Sprache. Auch konnten manche einheimischen Laute mit den deutschen Buchstaben, die er verwendete, nicht richtig wiedergegeben werden, während für andere gleich mehrere vorhanden waren, so daß für ein und denselben Laut bald der eine, bald der andere, bald sogar ein dritter Buchstabe in die Feder wollte, und welcher zuerst da war, der schlüpfte aufs Papier. Aber eine Zauberei war es nicht gerade: So schrieben alle Seelenhirten, die dem Volk in dessen eigener Sprache predigten, na ja, alle vielleicht nicht, aber die gewissenhaftesten auf jeden Fall. In Reval Harder, Huhn, Mönnick und der verstorbene Meus. Dieser hatte es mit besonderer Sorgfalt getan: seine Predigten vorher entworfen und manchmal sogar ganz aufgeschrieben. Über seine Schulter hatte Balthasar eigentlich zum erstenmal gesehen, wie die Sprache seines Volkes von jemandes Hand in Schriftzeichen auf Papier floß. Doch erst wenn man die Zeichen vorlas, wurden sie das, was sie sein sollten: lebendiges, vertrautes Wort. Wie jetzt, wo sich Balthasar seine eigenen geraden, ungeschlachten Zeilen halblaut vormurmelte. Übrigens war es um diese Artikel der deutschen Bauern seltsam bestellt. So manches darin wurde ungewohnt deutlich ausgesprochen, und man spürte: Hinter derart selbstbewußten Behauptungen mußten Tausende Kopf an Kopf stehen. Aber zugleich wurde alles oder beinahe alles angstvoll zurückgenommen. Tatsächlich. Von Zeit zu Zeit fuhr eine eiserne Lanzenspitze aus den Worten hervor, aber sie wurde nicht dem, gegen den sie gerichtet war, in den Leib gestoßen, sondern sogleich mit eigenen Händen verbogen und versteckt, und man bat demütig um Vergebung.

Es sind viele Widerchristen, die jetzt von wegen der versammelten Bauernschaft das Evangelium zu schmähen Ursache nehmen, sagend: Das sind die Früchte des neuen Evangeliums? Niemand gehorsam sein, an allen Orten sich erheben und aufbäumen, mit großer Gewalt zu Hauf laufen und sich rotten, geistliche und weltliche Obrigkeiten zu reformieren (»reformieren« – wie, zum Kuckuck, sollte man das übersetzen?), *auszurotten, ja vielleicht gar zu erschlagen?* ... Allerdings! Aber gleich weiter hieß es: *Allen diesen gottlosen, freventlichen Beurteilern antworten diese nachfolgenden Artikel, zum ersten, daß sie diese Schmähung des Gotteswortes entkräften, zum anderen, daß sie den Vorwurf des Ungehorsams, ja der Empörung aller Bauern christlich abwehren* ... Im dritten Artikel hieß es: ... *ist der Brauch gewesen, daß man bisher behauptet hat, wir seien Eigenleute, was zum Erbarmen ist, in Anbetracht dessen, daß uns Christus alle mit seinem kostbaren Blutvergießen erlöst und losgekauft hat, den Hirten ebenso wie den Höchsten, keinen ausgenommen. Darum ergibt sich aus der Schrift, daß wir frei sind, und deshalb wollen wir es sein.* Jawohl, aber daneben: *Nicht daß wir völlig frei sein und keine Obrigkeit haben wollen. Das lehrt uns Gott nicht. Wir sollen den Geboten gemäß leben und nicht in freiem fleischlichem Mutwillen, vielmehr Gott lieben, ihn als unseren Herrn in unserem Nächsten erkennen und alles das tun, was wir auch gern hätten, wie uns Gott beim Nachtmahl als sein Letztes geboten hat. Wenn wir nun aber nach seinem Gebot leben sollen, zeigt und weist uns dieses Gebot etwa an, daß wir der Obrigkeit nicht gehorsam sein sollen? Vielmehr sollen wir nicht allein der Obrigkeit gehorsam, sondern wir sollen demütig gegen jedermann sein, auch gegen unsere erwählte und gesetzte Obrigkeit (so uns von Gott gesetzt ist) in allen gebührenden und christlichen Dingen freiwillig Gehorsam üben.* Ja, was in den Artikeln klar ausgedrückt war, wurde daselbst absichtlich wieder verwirrt ... Wie im siebenten Artikel: ... *wollen wir uns künftig von der Herrschaft keine weiteren Lasten auflegen lassen, sondern unter den Bedingungen, unter denen die Herrschaft gebührender Weise einem ein Gut verleiht, soll er es besitzen laut der Vereinbarung zwischen Herrn und Bauern. Der Herr soll ihn nicht weiter zwingen noch dringen, auch darüber hinaus keinen Dienst noch anderes von ihm umsonst begehren, damit der Bauer solch Gut unbeschwert also ruhig gebrauchen und genießen möge.* Jawohl, doch ebenda: *Wenn aber dem Herrn Dienste vonnöten wären, soll sich ihm der Bauer willig und gehorsam vor anderen erzeigen* ... Nein, nein, mochte es in Schwaben oder Thüringen vor dreißig Jahren so oder anders gewesen sein – bei uns hier in Livland ist mit diesen Artikeln nichts mehr anzufangen. Wir könnten nur neue Artikel schreiben: Wir haben beschlossen, von nun an keine Fron mehr zu leiden und kein Joch zu tragen. Wir haben beschlossen, die Herrengeschlechter in diesem Lande auszurotten – es sei denn, die Herren kehren freiwillig in das Land zurück, aus dem ihre Väter oder sie selbst gekommen sind; diejenigen aber, die sich widersetzen und es nicht tun, werden getötet und zertreten wie gestern Herr Üxkyll. Oder könnten unsere Artikel (Ha-ha-ha-ha! Ich denke ja schon so, als seien es auch meine Artikel, als hätten die alten Bauernlumpen, die mir Melchior Krumhusens Hausmeister verschafft hat, mich völlig verhext!), oder könnten unsere Artikel ebenso zwiespältig sein wie diese? Tobten doch auch wegen der deutschen Artikel einst Feuersbrünste in Dörfern, Städten und Provinzen, wurde ein gewaltiger, schrecklicher, blutiger Krieg geführt. Und nun sind abermals Artikel und Ausführung so weit voneinander entfernt wie Himmel und Erde – was ist das bloß für ein Fluch! *Dem christlichen Leser Friede und die Gnade Gottes durch Christus* ... Und Tausende abgeschlagene Köpfe und Tausende abgeschnittene Nasen. Und Galgen entlang der Landstraße, meilenweit ... Das hatte ein Träger aus den Stettiner Salzlagern, ein weiland von Mühlhausen geflüchteter Mann, Balthasar erzählt. Aber Balthasar kam wieder nicht dazu, den merkwürdigen, anscheinend unvermeidlichen Widerspruch zwischen Wort und Tat, Schrift und Leben zu durchdenken. Keinesfalls nur, weil der historische Zeitpunkt und der gegebene Moment seines persönlichen Lebens solche Gedanken nicht zuließen, sondern vor allem, weil Kimmelpenning, an seinem Froschschenkel nagend, eintrat und die fertige Übersetzung mit anerkennendem Nicken an sich nahm.

»Niglas bringt sie jetzt zur Olaigilde. Dorthin sind die Zunftvorstände und eine Menge einfacher Leute bestellt worden. Die Artikel sollen ihnen vorgelesen werden. Und du selbst – was hast du vor?«

»Ich gehe zu Annika. Nach Meus' Tod war ich ja noch nicht dort ... Und Meus war immerhin mein, na, wie soll ich es sagen ...«

»Mnja. Übrigens ...« Kimmelpenning schenkte den Becher voll Rheinwein, nahm einen Schluck und schob ihn Balthasar hin. »Du hast gesagt, es sei eure Aufgabe, wo irgend möglich den Städtern den Bauernaufruhr zu erklären. Und sie zum Mitgehen aufzurufen.«

»Ja, und?«

»Kannst du nicht heute abend, zu später Stunde, ins Gildenhaus kommen? Nachdem sie untereinander die Artikel und das derzeitige Geschehen erörtert haben. Um ihnen eine richtige Predigt oder Rede zu halten oder wie man das nennen soll. Darüber, was die Stadtgrauen jetzt tun und zu wem sie halten sollen.«

»Du meinst, das wäre nötig?« fragte Balthasar, am Wein nippend.

»Ja, das meine ich.«

»Und was soll ich ihnen sagen?«

Kimmelpenning schob seinen gelbgrauen Bartstummel vor, straffte sich und schien größer zu werden: Offenbar redete er über Dinge, die er lange erwogen hatte.

»Du sollst sagen: Wollen die Stadtgrauen nicht völlig auf den Hund kommen und alle ihre Vorhaben scheitern sehen, wollen sie ihre kleinen Läden behalten, ihre recht annehmbare Arbeit weitertun und nicht zu Schlimmem gezwungen sein und gar aus der Zunft gejagt werden, wenn sie sich nicht für Deutsche ausgeben – kurz, wenn sie noch einige Rechte behalten und neue erwerben wollen, so sollen sie jetzt den Bauernaufruhr unterstützen, so gut sie können.«

»Hm.« Balthasar nippte am Wein. »Du selbst willst es ihnen nicht sagen?«

»Ich rede sowieso mit ihnen. Aber ein Mann wie du ist etwas anderes ... Natürlich: Legst du dort vor hundert oder anderthalbhundert Mann dein Anliegen dar und rufst sie zum Aufstand gegen die Herrschaften auf und dieser Bauernkrieg mißlingt dann doch, so wirst du in dieser Stadt künftig nicht ...«

»Ich weiß.«

»Ja – und was hältst du davon?«

»Ich ... ich meine, ich sollte kommen. Aber vorher möchte ich zu Annika gehen.«

»Hm.«

»Und weißt du, ich möchte nicht in diesen Klamotten vor sie hintreten. Sie würde erschrecken. Ihr Bruder, der Student. Aus Deutschland. Und plötzlich ... Auch später, im Gildenhaus ... Findest du nicht was Schickliches für mich?«

»Hm. Bestimmt doch.«

SECHSTES KAPITEL,

darinnen der junge Mann, den wir als Helden darzustellen bestrebt sind (versteht sich, wegen unseres Unvermögens, ohne Helden auszukommen), uns diese wohlgefällige Absicht überaus schwer macht, während ein lasterhaftes Weib seine vielleicht bedeutendste Tat vollbringt; doch all das ist belanglos, denn das Boot, in dem dies geschieht, kreist zwar einige Herzschläge lang im Strudel, wird aber dennoch unrettbar zu dem großen Wasserfall getragen, dessen Rauschen sich von Sekunde zu Sekunde nähert

Als es dunkel wurde, machte sich Balthasar auf den Weg zu seiner Schwester. Er trug den schwarzen Tuchanzug von Kimmelpennings Sohn, der vor zwei Jahren gestorben war. Im Dunkeln unsichtbar, schaute aus seinem Rockausschnitt der kleine weiße Streifen eines Hemdkragens hervor. Die hohen Juchtenlederstiefel, in denen er einherschritt, hatten einst einem dänischen Schloßrat gehört. Seinen Bart hatte Balthasar nun, nach neun Tagen, gestutzt. Zu seinen Gunsten – wenn es auch letzten Endes zu seinen Ungunsten ausschlagen sollte – müssen wir feststellen: Er ging nicht über den Alten Markt zur Pforte des Doktorhauses; denn die Dämmerung war noch nicht so dicht, daß man ihn durch des Doktors Fenster nicht hätte bemerken und erkennen können. Balthasar machte einen Umweg durch die Schmiede-, die Mauer- und die Karristraße und näherte sich der Pforte des Doktors, ohne an den Fenstern des Hauses vorbeizugehen. Sie stand offen. Er gelangte unter den Torbogen, dann auf die Hintertreppe. Ihm stockte der Atem, denn er spürte leichten Nelkenduft. Niemand hätte es gesehen, wenn er hier einen Atemzug lang stehengeblieben wäre, doch er tat es nicht. Er eilte, immer drei Stufen auf einmal, die Treppe der Frolinks hoch und ging durch die Diele in die Küche, wo Feuer im Herd brannte. Dort erhob sich eine fremde strohblonde Frauensperson und blickte ihn erschrocken an.

»Ah«, sagte Balthasar, »guten Abend. Du bist wohl die Piret, nicht wahr?«

»Ja, die bin ich … Und wer ist der junge Herr?«

»Hm. Wo ist Frau Frolink? In der Schlafkammer?«

»Nein. Sie ist nicht da.«

»Wieso nicht?«

»Sie ist nicht zu Hause.«

»Nein? Wo ist sie denn?«

»Woher soll ich es wissen ...«

Balthasar schaute dem Mädchen in die vom Feuerschein blinkenden Augen und entschied: Sie weiß es, aber sie sagt es nicht. Warum sagt sie es nicht? Wer weiß. Er war zu lange fort gewesen, um sich hier noch auszukennen. Dennoch glitt ein leichter Schatten von Eifersucht durch sein Bewußtsein: Er kommt von fern her über Meere und Länder – und seine Schwester ist nicht da! Die Schwester ist weiß Gott wo! (Möglicherweise sollte seine Enttäuschung etwas vorbereiten und rechtfertigen, was sich in diesem Hause zutragen konnte ...) Allerdings: Warum sollte diese Maid einem Wildfremden von den Gängen ihrer Herrin erzählen, wenn dieser Fremde ihre Frage nach seinem Namen einfach überhörte!

»Und wann kommt sie wieder?«

»Das weiß ich nicht.«

»Nanu! Bleibt sie am Ende auch die Nacht über weg?«

»Kann sein ...«

»Wohin geht sie denn so?«

»Woher soll ich es wissen ...«

»Du wirst es schon wissen.«

»Betreut die Gemeinde des verstorbenen Herrn ... Macht Krankenbesuche, oder ...«

Balthasar stand mitten in der Küche und blickte auf die niedrige Tür aus behauenen Kiefernbrettern, deren gestrichelte Holzmaserung unter der weggescheuerten und neu entstandenen Rußschicht im flackernden Feuerschein bald aufleuchtete, bald dunkel wurde, als verberge sie mal ernst, mal verspielt, was sich hinter ihr befand: die Kammer, die Balthasar in den letzten Schuljahren bewohnt hatte; das Fenster, durch das der Herzschlag der Stadt geblinkert, und den kleinen Tisch, an dem er mit Gott, dem Teufel und sich selbst gehadert hatte; die Pritsche, auf der er viele sonderbare Träume gehabt hatte, auch den letzten, tollen Traum, der Wirklichkeit gewesen war ... Mit vierundzwanzig Jahren spürt man keine Rührung bei der Begegnung mit der eigenen Vergangenheit. Erst recht nicht, wenn diese Vergangenheit keine zwei Jahre alt ist. Dennoch verlagerte Balthasar sein Gewicht von den Zehen auf die Fersen zurück und verzichtete darauf, an die Schwelle seiner Schulbubenkammer zu treten. Sicher stand hinter diesen verrußten Türbrettern wieder Annikas alter Webstuhl, wie vor Palls Einzug in dieses Haus. Als wüßte das Haus nichts mehr von Balthasars einstiger Anwesenheit in seinen Mauern. Als wüßte nur er allein, daß er hier gelebt und merkwürdige Träume gehabt hatte. Und einen ganz tollen Traum ... Nein, nein, nein! Gleich verläßt er dieses fremd gewordene Haus. Er legt sich in Kimmelpennings Laden auf die harten Juchtenlederrollen und lauscht, wie das abendliche Leben der Stadt hinter dem kotbespritzten Kellerfenster in der Nacht verklingt. Die Bürger eilen mit klappernden Schuhen nach Hause, Haufen von Ratssoldaten, die ein Liedchen summen, lösen sich ab bei der Nachtwache, in den Türen und Rondellen, im Rathausturm verkündet ein Trompeter die neunte Stunde ... Aber er, Balthasar, stiert das niedrige, im Dunkeln unsichtbare Deckengewölbe an und denkt, was er den besorgten Männern auf der Gildenversammlung sagen soll ... Wollt ihr, daß euch noch einige Rechte verbleiben, wollt ihr neue Rechte erwerben, so unterstützt den Bauernaufstand, so gut ihr könnt ... Oh, er fühlt: An Worten und Begeisterung wird es ihm nicht fehlen! Oder an Zuversicht. Nein, auch an Zuversicht nicht ... Revaler, hört auf mich! Ich bin einer von euch. Ihr alle seid meine Väter, Brüder, Verwandten. Wir kennen uns lange und gut. Und die Leute, die in den Dörfern, woher wir oder unsere Väter stammen, die freche Gewalt der Gutsherren abzuschütteln suchen – auch sie gehören zu uns ...

»Hm. Ist der Doktor zu Hause?«

»Nein.«

»Woher weißt du es?«

»Von Mamsell Magdalena. Vorhin hat man ihn ins Brigittenkloster geholt.«

»Nach Brigitten? Na schön. Vielleicht komme ich morgen früh noch mal bei Frau Frolink vorbei.«

Balthasar stieg die Treppe hinab. Er tat es schnell und leise, er wollte das Haus unbemerkt verlassen. Wirklich. Aber ehe er die Hälfte der hohen, schmalen Steinstufen hinter sich hatte, wußte er, daß er nicht unbemerkt davonkäme. Es war eine merkwürdige Vorahnung, von der Art, wie sie die Tiere auf den Brüchen am Meer befällt: Sie ahnen Überschwemmungen voraus, wimmernd trotten Elchkälber landeinwärts, und junge Riesenhechte, die lange am Grund wasserarmer Flüsse gedarbt haben, schwimmen, wie die Fischer erzählen, schon zeitig der Flut entgegen. Unten angekommen, öffnete Balthasar die Tür zum Torbogen und stand an der Schwelle Katharina gegenüber.

Er trat einen Schritt zurück und ließ sie an sich vorbei ins Haus. Dann schlug er die Tür zu, lehnte sich dagegen und schaute Katharina an.

Er fühlte, wie sein Denken von einem sonderbaren, wachsenden, alles verschlingenden inneren Ausbruch gelähmt wurde. Hätte er nachdenken können, so hätte er nicht ohne Staunen festgestellt, daß es jubelnder Dank war, jubelnder Dank und gedämpfter Zweifel, jubelnder Dank an den Herrn, der ihm Katharina geschickt hatte. Jubelnder Dank, weil der Herr alles, was darauf folgen mußte, billigte. Und tief unter der Dankeswelle eine Spur Zweifel: Vielleicht treibt der Teufel mit mir sein Spiel?

Balthasar schwieg.

»Du …«, sagte Katharina. Das klang wie ein winziger Schrei, in die raschelnde Seide des Flüsterns gekleidet. »Du bist doch in Deutschland …«

Sie wich zur Diele zurück, und Balthasar folgte ihr. Hinterher wußte er selbst nicht, woher das Licht gekommen war, das Katharinas Augen aufleuchten ließ: rund, schwarzgrau, überrascht ... In der Diele trat sie an den runden holländischen Tisch, auf dem in einem Kandelaber drei Kerzen brannten, und drehte sich zu Balthasar um. Ihre Augen, noch schwärzer als zuvor, waren nun schmal und ihre unteren Lider fast gerade. Sie sagte: »Matthias ist nicht zu Hause ...«

»Ich weiß, ich weiß«, murmelte Balthasar. Ich weiß, ich weiß, dachte er, diese wunderliche Frau, diese tolle Frau, Hure und Engel, die sich vor zwei Jahren auf Vaters alten Fuhrmannspelz gelegt hat, damit ich sie vom Zauber befreie, ist nun hier, um mich vom Zauber zu befreien ... Wieso? Welcher Zauber bannt mich denn? Ho-ho-ho-ho! Keinerlei Zauber, versteht sich ... Aber warum war er dann in Narva plötzlich zusammengezuckt, als Herr Kruse zufällig »Katharina« sagte – zusammengezuckt, als habe jemand sein Herz geöffnet wie eine Schatulle mit einem Druck auf den Geheimknopf? Einerlei, einerlei ... Jetzt war Balthasar hier. Und dieses Weib war hier. Und Balthasar trat zu ihr, trat mit polternden Juchtenlederstiefeln in ihre Nelkenduftwolke und sagte heiser: »Katharina ...«

»Matthias ist nicht zu Hause, und ich darf Euch doch nicht ...«, flüsterte sie und schlüpfte hinter den Tisch. Hinter denselben holländischen Tisch von Weselouwe, an dem Balthasar einst ein heißes Verlangen aus den Lenden in die Brust gestiegen war, weil Katharina ihn mit ihrem rechten Bein berührt hatte ...

Matthias ist nicht zu Hause – im ersten Augenblick hatte Balthasar das als Lockruf ausgelegt. Versteht sich. Zumal er ihre grauschwarzen Augen an der Tür zum Torbogen vor Überraschung hatte aufleuchten sehen. Matthias ist nicht zu Hause – jetzt, wo sich dies plötzlich als Zurückweisung entpuppte, suchte er für einen Augenblick die tiefere Bedeutung dieser Worte zu erfassen, vermochte es aber nicht (vielleicht gab es auch gar keine), suchte Katharinas Blick, faßte aber auch diesen nicht hinter ihren halbgeschlossenen Lidern im Flackerlicht der Kerzen. Warum wies sie ihn zurück? Mit welchem Recht? Er folgte Katharina. Er lachte, leise, derb, unbeholfen, lachte über ihre Tugendbeflissenheit. Im Herzen lachte er aber nicht über die Möglichkeit, Katharina könnte ihrem Entzauberer dank einer wunderbaren Fügung wirklich die Treue bewahrt haben …

»Warum darfst du denn nicht?« murmelte er und zog sie heftig an sich. »Bist du denn gegen Matthias' Zauberei schon so gefeit, daß du …?«

Katharina riß ihr Handgelenk aus seiner Pranke und eilte zur Dielenstiege.

»Nein! Nein! Nein!«

»Katharina … Was treibst du für ein Spiel mit mir?«

Balthasar stürzte ihr nach. Er nahm sie auf die Arme. Er sah es in ihren langen, schwarzen, geraden Augenspalten blitzen. Er sah ihre kleinen Schuhe aus rotem Saffian unter dem braunen Hausrock zappeln. Er erstickte Katharinas zähen, stummen, federnden Widerstand mit seinen Fuhrmanns-, Schiffer- und Kriegerhänden. Doch sobald er seinen Griff lockerte, sträubte sie sich wieder, ernsthaft, unnachgiebig, bereit, ihm weh zu tun.

»Katharina – was ist denn? Nach dem, was du mir …«

Er zwang mit der Rechten Katharinas Arme zur Ruhe und drückte mit der Linken ihre zappelnden Knie an sein Herz. Ein Mißverständnis? Niedertracht? Spaß? Spiel? Gott sei Dank, daß sie nicht schrie. Der Diener Johann war mit dem Doktor unterwegs – und Paap bei den Aufrührern in Limandu –, doch im Hause befand sich die Wirtschafterin Magdalena. Auch hätte man das Geschrei im Nachbarhaus und auf dem Marktplatz gehört. Balthasar stieß die Tür zum Schlafzimmer der Friesners mit der Schulter auf. Später erinnerte er sich daran, daß es gerade die Schulter gewesen war. Und daß er vor der Tür einen Herzschlag lang überlegt hatte, ob er es nicht mit dem Fuß tun sollte. Und sich dann für den Schulterstoß entschieden hatte. Und gewußt hatte, daß er damit jemanden bestechen wollte. Aber nicht gewußt, wen.

Er schleuderte Katharina aufs Himmelbett, in die babylonischen Kissen des Doktors, des Herrn Horn, des

Ordensmeisters, und der Teufel mochte wissen, wes noch! Er zwang sie, die sich immer noch stumm wehrte, in der nach Nelken und Koriander duftenden Finsternis nieder. Erst nachher fiel ihm ein, wie sehr sich Katharinas Widerstand von der wütenden Starre unterschied, die er einigemal bei Mädchen erlebt hatte, wenn sie Ursache hatten, ihn nicht zu wollen. Katharina hatte ihm so plötzlich nachgegeben, daß er – post factum errötend über seinen Vergleich und noch mehr über seine Sittsamkeit oder Prüderie – sich wie ein Belagerer vorgekommen war, der sich mit einem Mauerbrecher den Weg durch ein Tor bahnt, das nicht verschlossen ist, wobei die belagerte Festung ihre Fahnen mit Jubelgeschrei dem Sieger vor die Füße legt.

»Du bist zu mir zurückgekehrt ...«, flüsterte Katharina, als Balthasar ihr eine Atempause gewährte; denn er hatte alle seine Eroberungskünste spielen lassen, von seiner jugendlichen Gier und von der Freude an der eigenen Kunstfertigkeit beflügelt – auch von der Eitelkeit des jungen Heerführers. Was er nicht selbst auf dem Schlachtfeld erprobt hatte, davon hatte er aus Ovids weisem Buch eine Ahnung erhalten – Gluck junior hatte es eines Tages zur erbaulichen Lektüre ins Cubiculum mitgebracht (ohne Wissen von Gluck senior, der es sich aus Herzog Barnims Bibliothek geliehen hatte). Balthasar hatte, trotz seiner guten Lateinkenntnisse, bei weitem nicht alles verstanden. Aber immerhin vieles und ganz gewiß das Wichtigste:

> Si vox est, canta, si mollia brachia, salta:
> et quecunque potes dote placere, place ...

»Warum bist du aus Deutschland zurückgekehrt?« flüsterte Katharina.

Ich darf es nicht sagen. Nein, nein! Schon gar nicht ihr ... Aber noch hielt Balthasar Katharina in den Armen, ihre Hände kosten seinen Hals, ihre Finger spielten mit seinem Nackenhaar; unter der Decke trennte sie nichts, und ihre Beine waren zu einem Kollier verflochten – zwei derbe Hanfstengel, zwei geschmeidige

Flachshalme. Balthasar sagte: »Ich komme nicht aus Deutschland.«

»Woher denn?«

»Von den aufrührerischen Bauern.«

Katharina schwieg einen Augenblick. »Komisch ...«, flüsterte sie, »sie sind zwar deine Blutsbrüder, und trotzdem ... Wohin gehst du denn jetzt?«

Nicht reden. Wozu? Morgen weiß es der Doktor. O nein – er nicht. Wenigstens nicht von Katharina. Und falls doch – das ist ja keine Geheimversammlung, heute nacht in der Gilde. Dennoch – wozu? Trotz allem sagte er: »Von hier in die Olaigilde.«

»Und was machst du dort?«

»Dort haben sich die Häupter der Stadtgrauen versammelt.« Er verstummte. Er fühlte: Wenn er es laut aussprach – »Ich will sie aufrufen, sich den Bauern anzuschließen« –, war dies vielleicht doch ein wenig mehr, als er mit gutem Gewissen in der Gildenstube sagen konnte ... Die Vereinigung der Stadtgrauen mit den aufständischen Bauern – das hieß ja, etwas sichtlich Höheres zu etwas leider viel Niedrigerem herabziehen. Jawohl ... Aber das war es ja, was Balthasar all die letzten Tage mit sich selbst tat. Warum, darüber hatte er anscheinend immer noch nicht richtig nachdenken können. Doch die Gleichsetzung der Stadt- und Landgrauen enthielt neben der Erniedrigung für die Stadt auch eine Erhöhung – für Balthasars eigene Sippe, mit der er sich verbunden fühlte ... Ja, allmächtiger Gott: Glühte nicht in diesem gewalttätigen, verzweifelten, unmöglichen, aber in dieser wirren Zeit vielleicht auch möglichen Gedanken noch ein anderes Fünkchen, eine zweite feurige Leidenschaft: Gewalt – süße Herausforderung und blendende Versuchung, Gewalt, die recht tut und die Gleichheitsbotschaft des Evangeliums wahr macht ...? In einer Stunde im Gildenhaus – ho-ho-ho-ho! –, um die Häupter der Stadtgrauen mit ihrem, offen gesagt, oft so kleinlichen Städterstolz, ihrer Raffgier und ihrer Vorsicht durch das Ansinnen zu verblüffen, sich dem Aufstand Tausender trutziger Bauern anzuschließen … Und jetzt hier, in Doktor Friesners Schlafzimmer: Katharina versuchen – und durch sie alle ihresgleichen mit ihrer peinigenden Überheblichkeit und Vornehmheit. Gegen ihre Vornehmheit seine knorzige bäurische Ungeschlachtheit setzen, gegen ihre Überheblichkeit die vereinten Kräfte der Land- und Stadtgrauen – diese graue, diese dunkelgraue, diese schwarze, rauschende Woge, die die Knie der Vornehmen und Stolzen erzittern läßt …

»Jawohl«, sagte er. »Die Häupter der Stadtgrauen sind im Gildenhaus versammelt. Ich will sie aufrufen, gemeinsame Sache mit den Bauern zu machen.«

Er spürte Katharina von sich abrücken und dann nach oben gleiten, damit ihr Mund an seinem läge. Sie flüsterte heiß und nelkenduftend: »Du bist verrückt! Das darfst du nicht! Der Aufruhr wird erstickt wie alle bisher. Und dann mußt du diese Stadt für immer meiden …«

»Schweig!«

»… wenn du nicht willst, daß sie dich rädern und vierteilen.«

»Hör auf mit dem dummen Gejammer!«

Er schrie Katharina so heftig an, weil er sich bewußt war, daß ihre Worte sich bewahrheiten konnten.

Eine Zeitlang schwieg sie. »Ist gut. Verzeih. Wann gehst du?«

»Wenn es zehn geblasen hat.«

»Da haben wir noch Zeit. Warte, ich hole süßen Mosel.«

Katharina erhob sich splitternackt vom Bett, fand in der Dunkelheit ein Kleidungsstück, ging hinaus und kam nach einer Weile zurück. Balthasar tastete nach dem großen Zinnbecher in ihrer Hand. Abwechselnd schlürften sie aus ihm, und bald wurde vom Rathausturm zehn Uhr geblasen. Balthasar stellte den Becher im Dunkeln auf den Fußboden.

»Jetzt muß ich gehen.«

Katharina schwieg. Balthasar tappte nach seinen Kleidern.

»Katharina, was hat das zu bedeuten? Bring mir meine Kleider zurück! Sofort!«

»Nein! Gott ist mein Zeuge, ich bin nicht Potiphars Weib, nicht darum tue ich es! Aber ich sehe, anders kann ich dich nicht zur Vernunft bringen.«

»Hör mal, ich habe ihnen mein Wort gegeben!« rief er, obwohl er es ja, wenn man die Sache genau nahm, gar nicht getan hatte. Nur ...

Katharina schwieg. Und da Balthasar nicht vor ihr hinknien und sie anflehen konnte (worauf der grinsende Teufel im finsteren Zimmerwinkel wartete, um noch genüßlicher in sich hineinzugrinsen) und da es Balthasar schien, er habe keine andere Waffe gegen dieses Weib als seine törichte Kraft, packte er ihre biegsamen, nackten, wunderglatten Arme mit seinen steinharten Pranken.

»Hole meine Kleider, oder ich drücke dich so, daß du morgen große blaue Flecke an den Armen hast. Und Matthias sieht sie ...«

Katharina schwieg. Wahrhaft erbost über den Narrenstreich, den sie ihm gespielt hatte, preßte er ihre Arme so, daß sie eigentlich hätte schreien müssen, drückte sie wie mit Zangen und murmelte, obwohl er sich selbst seiner Protzerei schämte: »Na, du kennst mich noch nicht!«

»Nein«, hauchte Katharina, »und du mich noch weniger.« Balthasar drückte fester zu. Katharina flüsterte: »Du möchtest, daß ich schreie. Aber ich kann nicht. Sonst kommt Magdalena gerannt.«

»Hol meine Kleider!« befahl Balthasar.

Katharina schwieg, aber Balthasar fühlte am Zucken ihrer Schultern, daß sie heftig den Kopf schüttelte.

Und dann – Gott allein weiß, was es war: Vor zweihundert Jahren hatte sich angeblich halb Europa angesichts des Schwarzen Todes selbst kasteit, im wollüstigen Begehren nach Vergebung seiner Sünden. Möglicherweise enthielt Katharinas Bewegung einen Anflug dieses Strebens nach Erlösung. Balthasar fühlte sie sich eng an ihn schmiegen. Ihre Brustwarzen glitten an seiner nackten Brust um eine Spanne aufwärts, als sie sich auf die Zehenspitzen stellte und ihre glühenden Lippen sich an seinem Hals entlang bis an seine Kehle tasteten. Einen Augenblick dachte Balthasar an Ritter Tannhäuser im Venusberg, an den Zauber der Walpurgisnacht und an Bagmiels Erzählungen von wunderschönen toten Frauen, die in Slawendörfern aus ihren Gräbern stiegen und das Blut Lebendiger saugten – und doch wurde er plötzlich weich, und der Freudenausbruch des Nachgebens und Wiederverschmelzens zuckte berauschend durch seinen Nacken, sein Rückgrat und seine Knie …

Der graue Luchs des Morgengrauens reckte sich schon über dem Dachfirst, als Balthasar erwachte: von Katharinas Küssen auf seinem Gesicht und dem scharfen Schmerz, den sie auf seiner rechten Wange hervorriefen. Die Wunde von der Hellebardenspitze des Kellenmauls, die er eigentlich schon vergessen hatte, machte sich warnend bemerkbar. Anscheinend drohte sie zu vereitern.

Balthasar zog die Kleider des verstorbenen Sohnes von Kimmelpenning an, die Katharina nun flink herbeigeholt hatte. Mit tastenden Fingern streichelte sie sein Gesicht, als wollte sie sich in der Dunkelheit sein eigensinniges Kinn und seinen ein wenig verlegenen Mund einprägen.

»Ich möchte, du beeilst dich. Und ich möchte, du gehst überhaupt nicht fort … Ich weiß nicht einmal, wohin dich dein Weg führt.«

»Heutzutage weiß kaum jemand, wohin ihn sein Weg führt …«

Balthasar drückte Katharinas heißes Gesicht mit seinen harten Händen. Er gab ihr einen Abschiedskuß. Einen sündenbewußten, vergessensbeflissenen, flüchtigen. Er mußte sich beeilen. Des Doktors wegen und um vor sieben Uhr Kimmelpennings Laden zu erreichen und sich die von Krumhusen beschafften Lumpen anzuziehen. Er befreite sich aus Katharinas Armen. »Ja, ja, ja! Leb wohl! Gott sei uns gnädig. Auf Wiedersehen? Wer weiß. Niemand weiß etwas …« Er schlüpfte durch den Torbogen in das frühe Marktgemenge. Oh, er war schon mit Leib und Seele draußen, schon inmitten seiner Bauern auf den holprigen Steinen, unter dem kalten Oktoberhimmel, zwischen den rauhen Mauern, schon im Ratssaal vor dem großen Brandgemälde in Erwartung des Bürgermeisterbeschlusses… Er eilte durch die entzaubernden Morgengeräusche – Türenknarren, Räderrattern, Schuhgeklapper, Bohlengeschleife auf Kalksteinfliesen, Getrappel von Ratsknechtsstiefeln, Pferdeschnauben, Hundegekläff, unverständliche Wortfetzen, unverständliche und verständliche Wörter. Und mehr und mehr verflüchtigte sich in diesem Lautgewirr Balthasars Erregungs- und Müdigkeitsvision, nämlich: Einer von beiden – er wußte nicht, ob der empfindsame Bauernbursche oder der hämisch grinsende Beelzebub – sei in dem fremden dunklen Zimmer vor dem Schandbett des verworfenen fremden Weibes geblieben und halte nun, da Balthasar schon weit weg war, die heißen Knie dieser törichten Frau, dieser Hure und dieses Engels, umschlungen …

Jetzt mußte doch dem Sündenfall eine Strafe folgen. Oder nicht? Trotz allem nicht? Ja, gedachte er jenes nebligen, sündenträchtigen Morgens, als ihn der alte Herr Krumhusen in der Kleinen Domstraße von Stettin angesprochen hatte (worauf keinesfalls, wie erwartet, Demütigungen und eine Tracht Prügel folgten, sondern dank Gottes unergründlichem Willen die Gunst des Rektors und all das, was letztlich zu seinem Hiersein geführt hatte), ja, gedachte er jenes Morgens, so durfte er sogar hoffen, der heutige Tag würde ihm nur Erfolge bescheren … Aber Gottes Wege sind unerforschlich, und gerade dann, wenn sich unser Herz in blinder Anmaßung das Beste erhofft – so unverdient es uns selbst erscheinen mag –, kann es der Ratschluß des Höchsten sein, uns in unserem jämmerlichen Heuschreckenstolz zu geißeln …

Der Auftakt des Tages gestaltete sich tatsächlich so, daß Balthasars sündiges Herz vor Erleichterung einen

Hüpfer machte – obwohl er, hätte er die Sache ernster genommen, eher traurig oder gar erschrocken hätte sein sollen. Während Leemet, Jakob und das Kellenmaul aufbruchbereit im Laden auf ihn warteten, Balthasar aber in Kimmelpennings Kellerkammer beim Kerzenlicht eilig die Kleider wechselte und Kimmelpenning vom Laden her eintrat, sagte Balthasar mit gespielter Ruhe, die sein schlechtes Gewissen verbergen sollte: »Wie du siehst, bin ich gestern nicht mehr dazu gekommen, im Gildenhaus zu reden ...«

»War auch besser so ...«, meinte Kimmelpenning bedrückt. »Denen hätte nicht einmal der Prophet Hesekiel Taten abgerungen.«

Heute hatten die Ratsherren nicht mehr geruht, ihren Morgenschlaf oder ihr Frühstück zu unterbrechen. Nur Herr Packebusch und natürlich Herr Loop waren anwesend. Und folgendes hatte Herr Loop den Bauern mitzuteilen, als sie wieder Kopf an Kopf unter dem hohen Gewölbe des Saales standen – nach Rauch, Erde, Korn und Schweiß riechend, mürrisch vor Trotz und Verwirrung und starr in der Ahnung ihres Scheiterns: »Der ehrenwerte Rat läßt euch sagen: Ihr seid töricht! Wißt ihr nicht, daß Herren, Könige, Herzöge, Landes- und eure Gutsherren inklusive von göttlicher Vorhersicht bestimmt werden? Und daß, ergo, derjenige, der sich gegen seinen Herrn erhebt, gegen seinen Gott meutert?«

(Aha! Das ist wohl alles? Mehr braucht er jedenfalls nicht zu sagen. Freilich – war ja zu erwarten. Unverständlich, wieso sie überhaupt auf den Gedanken gekommen sind, die Antwort könne anders ausfallen ... Wer weiß, vielleicht ist der Doktor schon aus dem Kloster zurück? Und Katharina reicht ihm an der Tafel sein Frühstück? ... Und Küsse?)

»Aber wenn ihr schon so jämmerlich wenig von Gottes Gebot versteht, was ja nicht weiter verwunderlich wäre, da ihr von höheren Dingen nichts wißt und Bäume und Sträucher, schändliche Holzgötzen und Steine anbetet, wenn ihr schon Gottes Gebot so gar nicht versteht – seid ihr denn wirklich dermaßen von Blindheit geschlagen, daß ihr euch nicht selbst fragt: Was könntet ihr hier, zwischen den Heeren von fünf gesalbten Herrschern, mit eurer geringen Kraft, ohne die Kenntnis der Kriegskunst und so gut wie mit bloßen Händen ausrichten?«

(Freilich, das hat auch Herr Antonius gesagt. Schade, daß es wahr ist und daß er recht behält. Ausgerechnet er ... Daß ausgerechnet seinesgleichen so oft recht behält ... Aber vielleicht fügt es Gott dennoch anders? Obwohl Er es einst in Deutschland nicht zuließ – könnte Er nicht zu einer anderen Zeit und an einem anderen Ort, jetzt, hier, in Livland, wo das Unrecht noch viel lauter zum Himmel schreit, könnte Er es nicht hier zulassen, daß der Stolz der Adelsherren zu Staub zertreten wird? ... Jetzt zieht dieser Doktor mit dem Gesicht eines Höllenknechts Katharina auf seine Knie und ahnt nichts ... Wirklich, die Männer hier im Saal entscheiden darüber nicht. Sie können den Bauern nur die Geschütze verweigern. Aber das konnten wir uns denken. Auch der König hat gestern früh gesagt: »Große Hoffnungen sollten wir nicht hegen. Aber unversucht dürfen wir es auch nicht lassen.« Jetzt war es versucht. Sie halten uns für unwürdig, mit uns von Geschützen auch nur zu reden. Als hätten sie unsere Forderung nie gehört. Aber der Aufruhr geht weiter. Wir sind fünftausend. Das Kellenmaul behauptet, in einer Woche wären wir zehntausend. Und Kimmelpenning sagt, wenn wir Lode ohne Geschütze erobern könnten ...)

»Darum: Kommt zur Vernunft und laßt ab von euren Ruchlosigkeiten. Gott wird jene bestrafen, die euch Unrecht zugefügt haben. Tut nichts, wofür Er euch züchtigen müßte. Obgleich es in dieser Zeit schwer für euch ist, euren rechtmäßigen Landesherrn zu veranlassen, über eure Gutsherren Recht zu sprechen – der Revaler ehrenwerte Rat läßt euch sagen: Wenn ihr mithelft, das Land zu befrieden, wird unser von Gott bestallter Herr und Meister auch eure Beschwerden erhören und prüfen!«

(Hm. Unser von Gott bestallter Herr und Meister … Aber ihr verhandelt mit drei Königen, wem sich zu unterwerfen für euch günstiger wäre … Euer Reval? … Mein Reval? … Euer Reval strotzt vor Verrat … Mein Reval regelt lobenswert schlau und beflissen seine Angelegenheiten … Was ist das für ein erstaunlicher Widerspruch? … Und wo ist die Wahrheit? Dieser Rauchgeruch, dieser Schweißgestank, dieser Duft von Getreidespeichern um mich herum und an mir selbst … Ihr – sie – ich …)

Hier sagte Herr Packebusch auf deutsch: »Vergiß den Brief des Meisters ja nit.«

Und Herr Loop fuhr mit erhobener Stimme fort: »In dieser Angelegenheit haben wir gestern abend einen Brief des Meisters aus Riga bekommen …«

Er nahm aus einer auf dem Fußboden stehenden bemalten Schatulle eine Briefrolle, fuchtelte mit dem Wachssiegel, das an ihr hing, vor der Nase der Bauern herum und sagte: »Befühlt! Das ist das Petschaft des Meisters!«

Zu Balthasars Mißfallen nahm es der Ohulepa-Leemet tatsächlich zwischen zwei Finger und strich mit dem Daumen darüber. Und zu Balthasars Gefallen spuckte das Kellenmaul denn doch nicht auf das Siegel. Herr Loop entrollte den Brief und hielt ihn den Bauern vor die Augen.

»Und hierin hat unser Landesherr klar und deutlich gesagt: Die Bauern sollen sich zerstreuen und nach Hause gehen, sie sollen ihre Herren nicht töten und nicht ihre Vögte, sondern das Korn dreschen, das noch ungedroschen ist, damit das Land und seine Verteidiger zu essen haben. Dann will ich dafür Sorge tragen, daß alle ihre Beschwerden gegen die dreist gewordenen Gutsherren geprüft werden und gottgefällig Recht gesprochen wird zwischen ihnen und ihren Herren und daß ihnen ihre Rechte verbleiben von Kind zu Kindeskind …«

Balthasar starrte das vollgeschriebene Pergament an. Er suchte mit seinem Blick zu erfassen, was dort geschrieben stand, konnte aber nur die ersten und letzten Zeilen und einzelne Wörter entziffern:

An den Rat von Reval und Dünamünde.

Liebe Getreuen, Euere Schreiben, so Ihr an uns ergehen lassen, haben wir von Euerem Abgefertigten empfangen, und deren Inhalt ... die Entsetzung des Hauses Wittenstein ... daß wir keine Mühe gesparet ... vom Kaiserl. Majest ... Reichstag zu Speier ... Präsidien des K. M. von Polen für die Stadt Reval ... uns zu sonderem Gefallen ... Datum ut supra ...

Als sein schlingender Blick es nicht einmal mehr hoffte, erfaßte er am Anfang des letzten Abschnitts auch die Stelle über die Bauern und sah, daß dort nichts anderes stand als die Zeilen: *Auch begehren wir gnädiglich, Ihr wollet die Bauern mit Ernst vermahnen, daß sie sich ihres Aufruhrs entschlagen und ihrer Arbeit warten mögen ...*

Deutlicher als deutlich: Kein einziges Wort von Rechten und Kindern und Kindeskindern.

Herr Loop ließ den Brief vor Balthasars Stielaugen sinken, rollte ihn zusammen und legte ihn zurück in die Schatulle.

»Das ist alles, was der ehrenwerte Revaler Rat für notwendig erachtet, euch zu antworten.«

Keinerlei schriftliche Antwort. Kaum ein Protokoll. Obwohl es Balthasar schien, Herr Loop hätte von Zeit zu Zeit etwas aufs Papier gekritzelt. Aber grundsätzlich keine Verhandlungen über Geschütze – mit Aufständischen, gottbewahre! Und Balthasar fühlte staunend: Daß sein Reval, seine liebe alte Schildkröte, sich diesem so vagen Unternehmen nicht anschloß, war wohl wieder einmal eine lebenskluge Schildkrötenstarre. Und bei Gott – als überlegen kühle Haltung *seiner* Stadt war sie ihm sogar angenehm ... Aber daß diese Stadt der Ratsherren und Kaufherren, diese jämmerliche Feste der Hoffart der Koopherren und Bräupfannen, seine Bauern und ihn betrog und zurückwies, wühlte in seinem Herzen den bitteren Bodensatz der Kränkung auf. Er drückte die Augen zu. Und sah mit geschlossenen Augen jenes Wunderding in der ehernen Kiste, das er an Bord der »Seejunkfer« mit offenen Augen hatte betrachten können – die Bussole, deren himmelweise Nadel unschlüssig zu zittern begann, sobald Geschützmeister Klaus sie von der einen Seite mit einem kleinen eisernen Amboß und von der anderen mit einem Hammer neckte …

So oder so, ihr Werk war getan. Sie traten aus dem Ratssaal, aus dem Zwielicht von Kerzenschein und Morgenröte ins frühe, kühle Licht des Platzes hinaus. Hier in der Stadt, im Schutze der Mauern, glänzten die Steine von Feuchtigkeit, aber außerhalb der Stadt waren die Bülten sicherlich leicht gefroren. Der Nordwind jagte rußschwarze Wolkenfetzen über den kalten kupferfarbenen Himmel, und der Thomas auf dem Rathausturm streckte nun schon das dreißigste Jahr seinen Speer mit dem blechernen Wimpel, diesmal gen Südwesten, dorthin, wohin die Bauern nun eilten. Sie beeilten sich nicht nur, weil sie sich unter den kaltschnäuzigen Städtern und verdrossenen Ratssoldaten plötzlich unsicher fühlten – als sei nach dem Scheitern ihres Unterfangens das ihnen gewährte Geleit gesperrt, als seien sie nun, da sie keine Verhandlungen mehr mit der Stadt führten und nicht mehr das Schicksal des Landes erörterten, Verbrecher geworden. Vor allem beeilten sie sich, weil ihr König es ihnen geboten hatte. Und zum Kuckuck noch mal – irgendwie galt dieses Gebot auch für Balthasar! Auch für ihn. Obwohl er doch mit der ganzen Angelegenheit der Bauern – na ja. Und obwohl man ihm im Befolgen von Geboten keinen besonderen Eifer nachsagen konnte, bedachte man, wie oft er Herrn Frolinks, Rektor Wolffs und, gottbewahre, Gottes eigene Gebote übertreten hatte … Aber mit diesem breitköpfigen, helläugigen Dorfschmied, mit diesem stämmigen Eichenlaubkönig, war es ein anderes Ding: Hier ging es ja auch um die Sache des so kläglich heiser redenden und doch so ernst zu nehmenden Leemet, des geräuschvollen, dummkühnen Kellenmauls und des alten, müden, hölzern aussehenden Jakob – der so sehr Vater Siimon glich. Um die Sache all der Tausenden Grauen. Und ein scharfsichtiger

Beobachter hätte vielleicht noch hinzugefügt: Auch um die Sache Epps. Jedenfalls steckte irgendwo tief unter Balthasars morgendlich fröstelnder Haut die vage Ahnung, er könnte, wenn überhaupt, Gottes Züchtigung nur durch die Treue zu dieser Sache von sich abwenden. Wobei der nämliche scharfsichtige Beobachter auch bemerkt hätte, daß diese Sache für Balthasar eine geheime, ja vernunftwidrige Anziehungskraft besaß, die um so stärker wurde, je hoffnungsloser sich die Dinge entwikkelten.

Sie gingen über den Markt. Das Kellenmaul hatte wer weiß wo bereits seinen Frühschoppen geleert und schüttelte zu den hohen Rathausfenstern die Faust.

»Ich sage: Sie werden uns ihre Geschütze noch demütig anbieten, diese Scheißfurzer. Rädern sollte man sie!«

»Leise!« beschwichtigte ihn Leemet. »Sind wir erst in Fischermai, dann kannst du nach Herzenslust krakeelen.«

Sie waren bereits bei der Großen Gilde, als Balthasar etwas Wichtiges einfiel. Etwas, wovon er eigentlich nicht wußte, wie und ob er es überhaupt in der gegenwärtigen Lage tun sollte. Jedenfalls sagte er: »Männer, wartet auf mich bei Vater Siimon. Ich bleibe noch ein Weilchen in der Stadt.« Er wies seinen Mitstreitern den Weg zur Großen Strandpforte und ging über den Markt zurück.

Der König hatte befohlen, ihm in Reval einen Helm zu kaufen. Einen Helm, wie er sich für einen König geziemte. Schwere Schlachten standen ihnen bevor. Aber das Geld, das der König ihm gestern früh dafür hatte geben wollen, war im Eifer des Gefechts vergessen worden.

Balthasar schritt gedankenversunken an der Waage vorbei. Mitten im Marktvolk, direkt unter dem Galgen, blieb er stehen. Er wollte schon bei Kimmelpenning einkehren: Dieser hätte ihm die zwei, drei oder – da das Geld im Werte sank – die vier, fünf Taler für den Helm geliehen. Vielleicht auch einfach gegeben. In solchen Sachen war man sich beim alten Kimmelpenning nie sicher. Aber plötzlich leuchtete Balthasars rötlicher Bart in den Mundwinkeln auf, und er begab sich rasch in die Schmiedestraße. Er stapfte an der Nikolaikirche und am Nadelöhr vorbei und hielt auf die Holzhäuser zu, die im letzten, von der Not gekennzeichneten Jahrzehnt unweit der Alten Pforte entstanden waren. Im Torbogen eines nach wie vor wohlhabenden, aber sichtlich verfallenden Steinhauses machte er halt, zog an der Tür – sie war offen – und trat ein.

Die Schmiede des Leinhard Platensleger junior war ein geräumiges Kalksteingebäude mit zwei Gewölben und einem gewaltigen Mantelschornstein über der Schmiedeesse, in einem Hof, der sich zur Raderstraße hin erweiterte. Für eine Schmiede jedenfalls ein recht ansehnlicher Bau. Und eigentlich war es ja auch nicht die Schmiede des ziemlich leichtlebigen jungen Leinhard, der hier erst das zweite oder dritte Jahr das Regiment führte: Hammerhaus, Esse und Amboß gehörten seinem Vater, Leinhard senior. Mehrere Jahrzehnte hatte der alte Leinhard hier unter den verrußten Gewölben mit seinen Gesellen Harnische gehämmert, die Reval in vielen Ländern hinter vielen Meeren Ruhm eingebracht hatten. Er war nicht nur der Plattner der Revaler Ratsknechte. Auch der Domberg und dessen Offiziere hatten ihre Harnische meist bei ihm bestellt. Vor allem sie hatten seinen Namen bis Narva, Riga und weiter hin bekannt gemacht. Aber nachdem der verstorbene Ordensmeister Plettenberg höchstselbst bei einem Revalbesuch sich auf seine alten Tage von Leinhard einen Harnisch hatte machen lassen, hatte sich dessen Schmiederuhm dermaßen verbreitet, daß er ihm um ein Haar zum Verhängnis geworden wäre. Bald darauf hatte Großfürst Wassili Iwanowitsch von Moskau einen Boten zu Leinhard geschickt und ihm angetragen, nach Moskowien überzusiedeln. Für ein blendendes Jahresgehalt, das ihm in purem Gold ausgezahlt werden sollte. Dieser fürchterlichen Versuchung hatte Leinhard mit Gottes Hilfe widerstanden. Doch hatte ihn der Teufel immerhin verleitet, vier überaus kunstvolle, polierte und gravierte Harnische heimlich dem Großfürsten zu verkaufen. Offiziell hatte er sie zwar an einige Herren in Dorpat verkauft (manche Leute behaupteten sogar, es seien Domherren gewesen), von wo die Harnische, in Schleppkähnen russischer Kaufleute versteckt, über Pleskau nach Moskowien geschickt worden waren. Aber wer wußte das schon genau … Möglicherweise war alles nur eine Intrige seiner für die Ehre und den Vorteil Revals einstehenden oder bloß neidischen Amtsbrüder. Im Ratsgericht war die Anklage gegen den alten Leinhard jedenfalls völlig im Sande verlaufen: Man konnte doch einen Revaler Plattner nicht dafür verantwortlich machen, wohin seine Harnische aus Dorpat gebracht wurden!

Die Stadt – das wußte Balthasar schon, seitdem der Sohn seines Vaters Platz am Amboß eingenommen hatte – hielt den jungen Leinhard für erheblich wachsamer und prinzipientreuer, als sein großzügiger Alter es gewesen war. Nach Ansicht seiner Amtsbrüder hatte er allerdings nicht so geschickte Hände wie dieser. Bei ihm verhielt es sich ähnlich wie in vielen anderen Zünften und bei vielen anderen Leuten: Wer begreift oder auch nur ahnt, daß seine Stärke nicht im erlernten Amt besteht, der versucht den Kampf um die Ehre, die Rechte und die allgemeine Ordnung der Zunft oder gar aller Zünfte zu seiner Herzensangelegenheit zu machen. Das heißt insbesondere zu seiner Zungenangelegenheit. Und jammert und krakeelt sich in den Vorstand der Zunft und sogar der Gilden hinein …

Leinhard Platensleger junior fehlten anscheinend die Voraussetzungen für den großen Erfolg. Andererseits: Obschon seine Harnische angeblich zu schwer und an den Ellbogen und Kniegelenken unbiegsam waren, sollten seine Helme ziemlich gut sein. Jedenfalls trat dieser Leinhard junior, ein sehniger, etwa vierzigjähriger Mann mit rotem Schnauzbart, um so griesgrämiger und gewichtiger vor den bastbeschuhten Bauernlümmel, eine funken- und biergefleckte Lederschürze vorgebunden, die Hände in die Hüften gestemmt, und stierte Balthasar aus trüben grauen Augen an.

»Was willst du?«

Balthasar spürte den Geruch des Schmiedefeuers, blickte in die große, gewölbte Rußhöhle, wo Flammenschein zuckte. Er betrachtete den sausenden Blasebalg, den ein Junge mit nacktem, schwitzendem Leib unaufhörlich trat, und die Gesellen, von denen einer mit einer langen Schmiedezange das rotglühende Bruststück einer Rüstung drehte, während ein zweiter es mit einem feinen Hammer bearbeitete. Und obgleich die Arbeit der Plattner auf den ersten Blick eher dem Treiben von Hexen oder Homunkulusmeistern glich, sagte Balthasar unbeirrt in die Hammerschläge und das Blasebalggesause hinein: »Ich möchte Eure Helme aufprobieren und den besten kaufen.«

»Wa-as?« Nein wirklich! Diese Bauernlümmel – und die Stadtgrauen gleich nach ihnen – sind in der letzten Zeit einfach unausstehlich. Wie kommt so einer überhaupt darauf, einen Helm kaufen zu wollen? Erscheint in der Schmiede von Leinhard Platensleger und will Helme aufprobieren! Helme – auf seinem verlausten Kopf!

»Wenn Ihr einen großen mit einem schönen Kamm findet, den noch Euer Vater hergestellt hat, den nähme ich am liebsten.«

»Deibel! Wer hat dir beigebracht, mich zum Narren zu halten?«

»Niemand. Zum Narren halten? Da sei Gott vor. Ich will nichts anderes als Helme aufprobieren und den besten kaufen.«

»Womit willst du, Scheißkerl, einen Helm bezahlen?«

»Mit gutem Geld, versteht sich.«

»Ha! Falls du es noch nicht weißt, so laß dir gesagt sein: An gemeine Bauern verkauft Leinhard Platensleger seine Erzeugnisse nicht.«

»Aber an Verräter deutscher Herkunft, wie?«

»Du hast ein freches Maulwerk. Wen meinst du ...?«

»Es sind also so viele, daß es schwer zu erraten ist, wen ich meine. Zum Beispiel Herrn Monnikhusen, als er hier den Statthalter der Dänen spielte.«

»Hm. Herr Monnikhusen war zumindest ein Herr.«

»Und blieb Euch für die Rüstung dreihundert Mark Silber schuldig. Aber ich zahle in barem Geld. Und in Gold.«

»So? Woher hast du das Gold?«

»Was hat das für eine Bedeutung ... heutzutage?«

»Doch, es hat, du Gauner! Ich lasse meine Gesellen dich festnehmen und zum Vogt bringen! Wegen Raubes!«

»Der Vogt würde Euch schön strafen: Seit gestern früh habe ich seinen Geleitbrief.«

»Aha, also bist du einer der Abgesandten dieses Bauernkönigs? Na, in diesem Fall sage ich erst recht nein!«

Balthasar angelte seine Geldbörse mit dem Gold des Herrn Kruse unter seinen hedenen Lumpen hervor. Sollte das Gold gut angelegt werden, so war dies das rechte Unternehmen dazu. Er ließ die glitzernden Taler Kaiser Maximilians im Rhythmus des Hammers unter den gierigen Blicken der Gesellen und des Blasebalgjungen in seine linke Handfläche gleiten: klapp, klapp, klapp – zwei, drei, vier, fünf. Zugleich wunderte er sich, wieso er zu einem derart hoffärtigen, ironischen Auftreten gegenüber dem immerhin achtbaren Meister fähig war.

»Na? Ihr verkauft nicht?«

Leinhard Platensleger schürzte seine wulstigen Lippen unter dem roten Schnurrbart zu einem Rohr. Er sog die Wangenhaut zwischen seine Zähne, so daß in seinen Backen zwei bläuliche Grübchen entstanden.

»Nein.«

Na schön. Als gäbe es in Reval keinen anderen Plattner ... Aber irgendwie war die Bezwingung Leinhards für Balthasar nun schon eine Frage der Notwendigkeit geworden. Vielleicht gar des Aberglaubens. Ja, in der dunklen Hinterkammer seines Bewußtseins empfand er: Ob er Leinhard unterlag oder ihn bezwang, bedeutete ein gutes oder ein böses Omen. Darum beschloß er jetzt, das Spiel zu ändern. Herrgott: ehrliches oder falsches

Spiel – war das heutzutage von Belang?! Nein, nein, nicht so. So nicht. War das von Belang, wenn der Verlauf einer so wichtigen Sache davon abhing? Also.

Balthasar packte Leinhard Platensleger am Schürzenträger. Wahrhaftig, Gott allein wußte, woher ihm derartige Eingebungen im rechten Augenblick kamen! Oder war es wiederum Gottes großer Widersacher, den er danach hätte fragen sollen? Balthasar packte Leinhard am Schürzenträger und zerrte ihn seitlich an sich heran – genau wie ein hoher Herr, der dem Meister etwas ins Ohr flüstern, sich aber nicht an seiner Schürze beschmutzen möchte. Während des ehrlichen Spiels mit Leinhard hatte sich Balthasar überaus sicher gefühlt. Seine Universitäts- und Auslandsweisheit, seine kurze, aber reiche Lebenserfahrung hatte er heimlich in seinem Pulverfaß gehortet. Jetzt sagte er schnell: »Leinhard. Mot ick iedem Schapkopp van Hantwerker allet klar maken?! Man ys by den Upprorischen tho ervaren, wat se driven. Unde man brukt enen Helm!«

Damit hatte Balthasar seinen Böllerschuß abgeknallt, obwohl es flüsternd geschehen war und in Leinhards Ohr. Weitere Feuerreserven besaß er nicht, auch fühlte er sich, offen gesagt, nicht mehr allzu sicher. Er starrte besorgt auf Leinhards aufklappenden Mund, aber Gott sei gepriesen: Sein Schuß hatte doch eine Bresche in die Mauer geschlagen. Und für Herrn Kruses fünf Maximiliantaler (ha-ha-ha!) holte Leinhard, stumm nickend und katzbuckelnd, einen schönen Helm mit hohem Kamm, ochsenledernem Futter und einem Kinnriemen. Der Helm saß bequem und fest auf Balthasars Kopf, würde also auch dem König passen.

Balthasar verbarg ihn notdürftig unter seinem Rockschoß und beschloß, in Kimmelpennings Kramladen einen Sack oder ein Laken zu erbitten, um den Helm einzuwickeln. Mit diesem prächtigen Stück Kriegsrüstung wäre er zu sehr aufgefallen. Kimmelpenning war nicht da, aber Niglas brachte Balthasar einen geeigneten Fetzen Stoff – und zugleich etwas, was sein Herr Balthasar zu übergeben befohlen hatte, falls dieser vorbeikäme.

Es war eine hochbetagte, aber noch völlig brauchbare lederne Satteltasche. Balthasar wäre nicht er selbst gewesen, hätte er nicht sogleich nachgeschaut, warum sie so prall war. In der Tasche befanden sich ein Paar Stiefel, ein Hemd und Kleidungsstücke: eine schwarze Hose aus Göttinger Tuch und ein Rock des verstorbenen Jakob Kimmelpenning junior – die Kleider, die er heute nacht getragen hatte. Und durch den Gerbledergestank der Tasche und den scharfen Beifußgeruch stieg unverkennbar Nelkenblütenduft in Balthasars erschrockene Nüstern …

Erst am späten Morgen machten sie sich aus Fischermai auf den Weg; denn Balthasar hatte die Stadt nicht verlassen wollen – Gott mochte wissen, wie lange er fortbliebe –, ohne bei Mündrich-Mats vorbeizuschauen und sich nach Märten zu erkundigen. Aber er traf Märten selbst: an der Tür der von ihm bewohnten Badstube, wie stets in seinem alten Pelz und den abgewetzten Robbenfellstiefeln. Trotz Balthasars Bauernkleidung erkannte Märten ihn sofort, ließ sich aber die Überraschung nicht anmerken, genau wie es Balthasar erwartet hatte.

»Aha. Du bist wieder mal im Lande. Na, komm rein.«

Sie traten in die Badstube und setzten sich auf die Bank neben dem großen Spanhaufen.

»Nein, die Kaperflotte ist aufgelöst. Der Meister hat für dieses Jahr keine neuen Geleitbriefe gegeben. Er hat Angst, die Schweden zu sehr zu verärgern. Nein, ich war schon im vergangenen Jahr auf keinem Schiff mehr. Was ich hier mache? Ich schnitze Löffel und … Was anderes? Nee, nichts. Na, für einen Kanten Brot reicht's. Und du? Das ist wohl eine viel buntere Geschichte, was? Wohin soll ich kommen? Hm … Wart mal, steck dir eine Schote in den Mund.« Er reichte Balthasar Johannisbrot, das er sich trotz seiner Armut leistete, was, wie Balthasar längst bemerkt hatte, wahrscheinlich seine einzige Schwäche war. »So, und nun erzähle.«

»Was ist da groß zu erzählen. Komm mit, zum Bauernheer.«

»Du bist also beim Bauernheer?«

»Na ja ... Sozusagen. Und du komm auch. Hier versauerst du ja. Einen Schilling je Löffel! Geld hab ich genug. Von meinem Vater leihen wir ein Pferd für dich.«

»Und was soll ich dort tun?«

»Dort? Ich frage: Was tust du hier?! Eine Butterbütte ist noch das höchste, was du vollbringst. Aber dort – na, du kriegst eine Forke oder ein Schwert in die Hand und hilfst mit. Vielleicht kehrt sich das Unterste zuoberst.«

»Einen Dreck kehrt sich was. Falls doch, so wird's noch beschissener«, sagte Märten voll unerschütterlicher Lebensweisheit und spie in die Späne. »Aber mitkommen ... Hm.«

»Ich bringe dich zum Bauernkönig!«

»Bist wohl sein Kumpan?«

»Allerdings.«

»Kch.«

»Na?«

»Na ... Mitkommen könnte ich ja, mir deinen König angucken. Wenn du mir unterwegs von deinen Deutschlandabenteuern erzählst.«

Neun Pferde sprengten über die bräunlichen Fluren, durch dunkle Wälder und rostrotes Gestrüpp gen Südwesten, unter ihren Hufen knirschte der Kies und dröhnte der Kalkstein. Leemet saß zusammengesunken und schwieg. Jakob saß gespreizt und schwieg. Das Kellenmaul hatte sich ein Bierlägel an den Sattelknopf gehängt, tat hin und wieder einen Schluck und wurde von Meile zu Meile kriegerischer.

»Deibel noch mal! Mit bloßen Händen, sag ich, mit bloßen Händen nehmen wir dieses verdammte Lode! Aber ich sag euch: Mit bloßen Händen tut gar nicht not. Der König hat mir damals in der Nacht erzählt, als die Ordensleute von Härgmäe türmten, sind zwei ihrer Haubitzen mit allem Drum und Dran im Moor versunken, irgendwo in Richtung Pernau. Der König hat gesagt, er kennt die Stelle, er hat schon vor einer Woche Leute mit Pferden hingeschickt, die sollen sie holen. Also beschießen wir die Mauern von Lode. Wir brechen in die Burg ein. Zum Teufel! Wir trampeln alles nieder – all diese Satansbrut! Zu Hunderten haben sie sich dort versteckt. Und eins sag ich euch: sie haben dort so viel Zeug, daß keiner, der dort Beute macht, noch am Hungertuch nagen wird ...«

Das magere, stoppelige Gesicht des Kellenmauls war fleckig vor Wut und Eifer, seine kleinen grauen Augen funkelten, und seine heisere Stimme überschlug sich.

Es war schon völlig dunkel, als sie mit ihren Pferden, denen der Schweiß aus allen Poren trat, das Verwalterhaus von Limandu erreichten. Hier fanden sie zwei Leibknechte des Königs vor. Das Heer war vor drei Tagen vollzählig nach Lode weitergezogen, und der König war ihm vorgestern gefolgt. Da der zweite Knecht heute abend aus dem Heerlager vor Lode nach Limandu zurückgekehrt war – um die Rückkunft der Revaler Abgesandten abzuwarten –, wußte er mehr als genug zu erzählen.

Die aus dem Moor geholten Geschütze waren bei den Burgbelagerern angekommen. Kundige Männer hatten sie von Torferde und Rost gesäubert und eingeschmiert. Dann hatten sie, im Schutz dichten Gestrüpps und eines Erdwalls, die Burg unter Feuer genommen. Eine Kanone war gleich beim ersten Knall geborsten und hatte drei Mann in blutige Fetzen gerissen. Doch die zweite hatte am ersten Tag sieben oder acht gewaltige eisenbereifte Steinkugeln ausgespien. Die Mauer hatten sie zwar nicht getroffen, auch den großen vierkantigen Pfortenturm nicht. Aber einige Kugeln waren aufs Dach der Wohnräume im nördlichen Flügel gefallen und hatten, nach dem Geschrei zu urteilen, das dort ausbrach, tüchtig Ärger gestiftet. Die Zahl der Belagerer war den Knechten nicht bekannt. Im Erlengestrüpp des Vaikna-Flusses hatten die Kämpfer eine Unmenge Reisigbündel fertiggemacht, und in der zweiten Nacht der Belagerung war es gelungen, sie von Nordosten in den äußeren Stadtgraben zu bringen. Auf einer Beratung beim König hatte man sogar erwogen, an einer passenden Stelle einen Minengang zum inneren Grabenufer auszuheben. Ein

Minenmeister hätte sich im Heer vielleicht gefunden – ein Mann aus Leal, der den Koadjutorkrieg mitgemacht hatte, behauptete, dazu imstande zu sein –, aber es war kein Schuß Pulver für die Mine aufzutreiben. Und so beschloß man, dieses Vorhaben bis zur Rückkehr der Revaler Abgesandten aufzuschieben.

Diese indes sanken im Verwalterhaus von Limandu zu Tode erschöpft ins Stroh. Balthasar schlief fast beim Kauen ein, obwohl ihm die von Truuta mitgegebene Schweinskeule, die er getreu mit Märten teilte, vorzüglich schmeckte. Er hatte Märten am Abend von seinen Abenteuern in Deutschland erzählen wollen, tagsüber, bei der pausenlosen Hast, war er nicht dazu gekommen. Aber jetzt war auch Märten dermaßen müde, daß er nicht einmal mehr sein ewiges »Kch, kch« hervorbrachte. Durch den süßen Duft des Brotkantens in seiner Hand und das Strohgeraschel hörte Balthasar wie von weit her Märtens schnaufenden Atem und die verklingenden Reden des königlichen Leibknechts: Die Belagerer zu führen sei überaus anstrengend, da die meisten zu glauben schienen, man brauche weiter nichts zu tun, als in Haufen rumzulungern und abzuwarten, bis die Stadt vor Hunger ihre Pforten öffne. Vorgestern, als vom westlichen Rundturm Kanonenbeschuß eingesetzt habe und die Kugeln unter die Belagerer geplumpst seien, da hätten sich viele Männer ins Gestrüpp geflüchtet, was ja an sich kein Wunder sei; viel schlimmer sei allerdings, daß sich der geflohene Haufe später nicht mehr im Heer habe blicken lassen.

Die ganze Nacht hörte Balthasar im Traum Kanonenkugeln sausen, irrte durch eine traurige Wüstenei und suchte verzweifelt nach einem schützenden Busch, mit einer Angst, die er zu verhehlen bemüht war und die ihn vielleicht nicht überwältigt hätte, wäre irgendwo auch nur eine Spur von Gesträuch zu sehen gewesen. Aber der graue Kalkstein war völlig verödet, und er konnte sich nirgends vor den sausenden Kugeln und seiner Angst verkriechen.

Als er in aller Frühe erwachte, meinte er, er habe wohl

im Schlaf den Wind rauschen hören. Aber als sie aufsaßen, um nach Lode weiterzureiten – bis dahin waren es über zwei Meilen –, sah er, daß außerordentlich ruhiges Wetter herrschte. In der reglosen Morgenhelle wirkten die grauen Felder mit dem durchweichten, lagernden Korn und die rostfarbenen Wälder mit den entlaubten Wipfeln merkwürdig starr und stumm. Obwohl der Himmel bewölkt war, glitzerte im fahlen Licht der Glasstaub des ersten Schnees auf dem leicht gefrorenen Gras. Und als die Abgesandten unter Getrappel und Geraschel durch das welke Laub eines dichten Birkenwaldes ritten, bemerkte der hinten reitende Balthasar, daß sich wahrlich kein Lüftchen regte: Einzelne gelbe Birkenblätter kreisten lautlos in der Luft und fielen auf die grauen Gestalten der Reiter. Ja, es ist der Laubfalltag, dachte Balthasar, der Morgen des 14. Oktober. Der Laubfalltag. Aber sogleich kam er davon ab und hielt sich im Sattel selbst die Rede, die er vorgestern nacht im Gildenhaus zu halten versäumt und schon den ganzen gestrigen Tag still für sich gehalten hatte, beim Ritt durch die herbstlichen Wälder und Regenschauer, durch das lederbraune Land ... Revaler! Hört auf mich! Ich bin einer von euch. Ihr alle seid meine Väter, Brüder, Verwandten. Wir kennen uns lange und gut ... Die Rede, die sich im Laufe des gestrigen Tages immer mehr mit einer neuen vermischt hatte – mit einer, die er vor Lode dem Königsheer halten könnte ... Wollt ihr, daß euch noch einige Rechte verbleiben? Wollt ihr neue Rechte erwerben – Bauern, Brüder ... Nun ja, er war natürlich ein Städter. Er war etwas anderes. Dank seiner Gelehrtheit gehörte er zum Herrenstand. Freilich. Aber sein Blut, seine Wurzeln, seine Sprache, in der er bis jetzt dachte (und bis zum Tode denken würde), wenn es nicht gerade um allzu weise und schwierige Dinge ging, ja, die Erde, die seine Sippe an ihren Sohlen trug, die Bauerngötter (an die er natürlich nicht glaubte, gottbehüte, aber wer weiß, wer weiß, immerhin hatte er deren Gesicht einmal in der Rinde einer alten Eiche mit eigenen Augen gesehen) – all das, ja, all das gab ihm wohl das

Recht zu sagen: Bauern, Brüder! Zum erstenmal seit zweihundert Jahren ist es wieder so weit, daß mehrere tausend zwar schlecht ausgerüstete, aber immerhin bewaffnete Männer sich zusammengeschlossen haben. Sie gewöhnen sich langsam daran, daß ihre Führer Bauern sind. Sie wissen – zwar unklar, aber doch –, was sie wollen. Oder eigentlich – was sie nicht wollen! Sie verfügen sogar über eine bronzene Haubitze, die sie gegen die Mauern der Adelsherren richten können. Sie haben diese Mauern vor sich, als deutlichstes aller Ziele! Brüder! Feuer gegen diese Mauern – aus dem einen jämmerlichen Rohr und dem Dutzend Hakenbüchsen, das wir haben! Tragt Reisig in die Gräben! Verborgen in Erdhöhlen, im Schilf, im Gestrüpp, bäuchlings am Boden – flechtet Strickleitern! Klettert auf die Mauern! Trotz Wind, Hakenbüchsengeknall und Angst, unter Siegesgeschrei ... Brüder! Zwingen wir Lode, die Tore zu öffnen, so tun sich die Revaler Pforten von selber auf! (Gott weiß, ob das stimmt!) Und dann werden nicht nur die Herren der Großen Gilde die Angelegenheiten der Stadt entscheiden, sondern auch wir – die Grauen! O Brüder! Schon der Gedanke, wie wir dann hier leben werden, ist wunderbar ...

Ja, aber wenn die Gutsherren erschlagen oder nach Deutschland geflüchtet sind und in Reval bauernfreundliche Bürger und die Grauen das Sagen haben – wer soll dann über dieses Land herrschen? Oder sollen auch wir links und rechts nach Männern Ausschau halten, die für dieses Amt begabt sind? Wie es unsere jetzigen Herren mit lächerlichem Eifer tun? Sollen auch wir Abgesandte nach Dänemark und Schweden, nach Finnland, Polen und Moskau entsenden? Und zu Hause lauter »Bauernkriege« zwischen den verschiedenen Entsendern von Abgesandten entfachen? Denn nach Ansicht jedes Entsenders sind alle übrigen Entsender für dreißig Silberlinge gekauft ... Oder soll dieser Einfüßling, dieser Schmied als Alaküla, dieser König – was in unserer Sprache nichts weiter als Heerführer bedeutet –, soll er König dieses Landes werden, im eigentlichen, im biblischen und ausländischen Sinn dieses Wortes? Werden wir ihn schließlich zum Herrscher über dieses Land erheben? Und stellen wir uns vor – wer kann uns das verbieten? –, daß er auf dem Revaler Domberg Einzug hält, dort den Helm abnimmt, der jetzt an meinem Sattelknopf in einem Stück Stoff baumelt, und sich eine Krone auf den Kopf setzt? Ha-ha-ha-ha-ha! ... Aber an all das muß später gedacht werden. Jetzt gilt es, auf die Mauern zu klettern.

»Diese Deibel sind recht hoch ... Verdammt noch mal!«

Märten hatte sein Pferd angehalten, und während die Gefährten vorausritten, verweilten er und Balthasar oben auf dem Hügel, reckten sich in den Sätteln und blickten nach Südwest. Knapp eine Viertelmeile entfernt erhoben sich von einer flachen, flußumschlungenen Heuschlaginsel die gelblichgrauen Mauern und die plumpen Türme von Lode mit ihren schweren, alten Ziegelhüten.

Schweigend betrachteten sie die trutzige, in sich gekehrte Steinmasse der Burg. Auch die anderen, die am Fuß des Hügels haltgemacht hatten, schwiegen. Selbst das Kellenmaul begnügte sich damit, im Bogen auszuspucken.

Das Quadrat der Burg, durch Gräben begrenzt, war von einer sacht zum Fluß abfallenden, etwa zweihundert Schritt breiten Wiese mit Bülten und Haselsträuchern umgeben.

Aus dem Gestrüpp und vom Waldrand um die Wiese herum stiegen Rauchfahnen von Lagerfeuern in die windstille, dunstige Luft auf und verwandelten sich in reglose graue Pilze. Vom Belagererheer selbst und seinem Tun war vom Hügel aus nichts zu sehen. Gerade als sich Balthasar im Sattel zu Märten hinwandte, um ihm etwas wie eine Entschuldigung zuzubrummen, weil er ihn so unüberlegt in dieses zweifelhafte Unternehmen verwickelt hatte (wie zweifelhaft es war, wurde ihm beim Anblick der jämmerlichen Rauchpilze und des mächtigen Kalksteinkolosses auf einmal klar) – gerade in diesem Augenblick gewahrten sie ein Bauernheer, das aus dem Dickicht westlich der Burg hervortrat.

»Die Männer aus Leal kommen uns zu Hilfe!« rief des Königs Leibknecht, der die Gruppe führte.

Zugleich wurde es im Gestrüpp östlich der Burg lebendig. Obgleich aus den Schießscharten graue Rauchschwaden aufstiegen und es dumpf aus Geschützen und Hakenbüchsen durch den reglosen Nebel knallte – allerdings nur vereinzelt –, waren Gruppen von Stadtbelagerern diesseits des Gestrüpps zu sehen, und ihr ferner Jubel schluckte das Schußgeknall.

Die Abgesandten gaben ihren Pferden die Sporen und ritten den sanften Hang hinab. Sie tauchten in einen welkenden, rotgefleckten Birken- und Espenwald. Das Hufgetrappel ihrer Rosse und ihre anspornenden Rufe übertönten den von der Burg herüberschallenden Lärm. Als ihr Weg sie nach sechs oder sieben Minuten auf die Wiese vor der Burg hinausführte, sahen sie:

Die graue Front der Männer aus Leal, an die vierhundert Mann, näherte sich langsam von Südwesten, sonderbarerweise weit auseinandergezogen und nicht im Schutz des Gestrüpps, sondern über die offene Wiese. Die nordwestliche Flanke des Heeres bewegte sich in bedrohlicher Nähe der Burg. Dort, wo der Wald in Gestrüpp überging, löste sich aus der Mitte der Belagerer ein Haufe von gut hundert Mann mit etwa zehn Reitern an der Spitze und strebte, parallel mit dem südöstlichen Graben, zweihundert Schritt von der Mauer über die Wiese auf das Heer aus Leal zu. In diesem Haufen befand sich der König, sein rostrotes Pferd und sein Eichenlaubhut waren deutlich zu erkennen. Die Abgesandten bogen vom Kiesweg, der zum Burgtor führte, auf die Wiese, drückten ihren Pferden die Sporen in die Weichen und ritten zwischen den Leal-Leuten und dem Belagererheer, das sich schlecht und recht im Buschwerk versteckt hielt, zur Königsschar, die quer über den immer schmaler werdenden Wiesenstreifen zwischen den beiden Heeren trabte.

Die in Flußnähe weich nachgebenden Bülten

schmatzten unter den Hufen der Pferde. Für Augenblicke verschwand die näherschreitende Männerfront hinter einem Haselgebüsch. Das Kellenmaul riß sein Schwert in die Höhe und rief den Anrückenden etwas zu. Da fiel Balthasar etwas Befremdliches auf: Die Häuflein der Belagerer rechts vom Gebüsch fuchtelten mit ihren Schwertern und Forken und riefen dem Heer aus Leal Begrüßungen zu – aus der Ferne verstand Balthasar sie nicht –, doch die Leal-Männer blieben merkwürdig stumm. Ihre deutlich erkennbaren Schwerter, Mistgabeln und an Pfähle gebundenen Sensen starrten seltsam ziellos in die Gegend, und ihre Träger stapften auf dem bültigen Boden schwer und schleppend voran, als sänken ihre Füße in die Erde. Kein einziger von ihnen schwenkte den Hut und grüßte die Belagerer.

Der Königshaufe hatte bereits die Hälfte des Weges zurückgelegt. Der König riß sich den eichenlaubgeschmückten Hut vom Kopf, winkte damit den Männern aus Leal und rief ihnen etwas zu. Im selben Augenblick hoben vier Reiter aus seinem Geleit ihre Kuhhörner an die Lippen und bliesen traumhaft und dennoch laut, so daß es von den nebligen Wiesen widerhallte: »Tutulutututulutu-tutulutu-tutulutu …«

Balthasars Befremden über die Männer aus Leal wäre noch gewachsen, hätte er Zeit gehabt, wahrzunehmen, daß diese nichts zu hören schienen. Doch da bemerkte er an der linken, zur Burg gewandten Flanke des anrükkenden Heeres ein Gewühl. Nanu! Dort schoben sich doch hinter den ersten Reihen Pferde vor! Allmächtiger, was war denn das?! Das Kuhhorngeblase brach jäh ab, die Begrüßungsrufe der Belagerer verstummten, die Burg stellte den Beschuß ein, und durch die linke Flanke der beiseite gedrängten Leal-Männer stampfte auf die weite Wiese ein grauschwarzgeschecktes, gleißendes, hundertfüßiges Tier – ein Vierhundertfüßler, ein schwertförmiges, stacheliges, ehernes Ungeheuer mit einem Kamm aus Pferdemähnen und Helmbüschen …

Einen Augenblick lang wunderte sich Balthasar, wie und woher sich wohl die Bauern ein so gewaltiges helmbewehrtes, gepanzertes Ritterheer zu Hilfe geholt hatten. Und ob es wirklich schon so weit war, daß selbst livländische Ritter gemeinsame Sache mit den Bauern machten. Was ja bisher mehr als ausgeschlossen galt ... Was aber vor dreißig Jahren in Deutschland geschehen war. Balthasar mußte an die Geschichten denken, die er in Stettin über Götz von der eisernen Hand und seinen Haufen gehört hatte. Nur einen törichten Augenblick lang ... Dann brach die Erbwahrheit dieses Landes über ihn herein, als sei der kantige Torturm von Lode dort im Nebeldunst in die Luft gestiegen und hier über seinem Haupt auf die Wiese niedergestürzt – eine Lawine fadenbreiter grauer Kalksteinblöcke ... (Ein Wunder, daß er danach scheinbar ungerührt im Sattel bleiben und noch sehen und fühlen konnte!) Jesus Christus, warum läßt Du so etwas zu! Das Heer von Leal war nichts anderes als eine von den Rittern durch Drohung – mit Totschlag, Vergewaltigung und Niederbrennen der Dörfer – zusammengetrommelte Herde von Sklavenseelen. Herr Jesus Christus, warum läßt Du immer noch so etwas zu? Eine Herde erbärmlicher Sklavenseelen, deren Sklavenleiber – und ist diese Verachtung nicht doch ungerecht? –, deren Sklavenleiber die Ritter deckten, die weiß der Teufel woher gekommen waren und nun vor der Nase der Belagerer dem König und den Ältesten in Speerwurfweite gegenüberstanden.

•Das geharnischte Ritterheer, strahlend, ausladend und kompakt wie der eiserne Handschuh eines Riesen, rückte traumhaft schnell zwischen der Königsschar und den Belagerern im Buschwerk vor und stürzte sich auf den Königshaufen. »Ehre der Heiligen Jungfrau!«

Der eherne Keil drang ins Fußvolk ein wie eine Axt ins Holz. Einige Ritter wurden aus dem Sattel gestoßen; dennoch erreichte die Axtschneide sekundenschnell die Reiter, die den König umgaben. Gejohle, Schreie, Pferdewiehern, Röcheln. Klatschende Schwerthiebe in Menschen- und Pferdeleiber. Verzweifeltes Klirren von Bauernwaffen gegen stählerne Harnische. Aus dem Belagererheer stürzten einige Dutzend Männer zu Fuß und zu Pferde über den höckerigen Boden zum Königshaufen. Manche von ihnen versuchten auf halbem Wege abzuschwenken oder zurückzulaufen. Der König schwang sein Schwert und rief den Leal-Männern, die erstarrt dastanden, etwas zu. Die Abgesandten sprengten, durch Haselbüsche voneinander getrennt, zur Königsschar … In Balthasars Schläfen wummerte es wie eine Sturmglocke, und während eines visionären Augenblicks wußte er mit untrüglicher Deutlichkeit, was man hätte tun müssen. Das Lealer Heer von links mit Geschrei nach vorne! Das Belagererheer, mindestens dreihundert, vierhundert, fünfhundert Mann – raus aus dem Gestrüpp! Und dann mit geballter Kraft von beiden Seiten auf die Ritter los. Offenen Auges, ohne Opfer zu fürchten, in ihre Speere und Schwerter rennen, sich an die Schweife, Bügel und Zügel der Pferde klammern, auf die Pferdebeine einhauen, im Schutz zerhackter Leiber, ein reißender Strom der Todesverachtung, fünf schicksalsschwere Minuten lang über dem Tod stehen, auf den Schultern der Sterbenden – und die Ritterschar wird von den grauen Leibern erstickt, und die Pforten von Lode öffnen sich in einem Tag oder einer Woche, und der König … Im selben Augenblick erhielt der König einen Schwerthieb auf seinen Eichenlaubhut und sank hintenüber auf die Kruppe seines rostbraunen Pferdes … Allmächtiger, hätte er doch wenigstens schon den Helm aufgehabt! Die Masse der Ritter stob über den niedergemachten Königshaufen hinweg und wandte sich den Abgesandten zu. Vierzig Schritt vor ihren Lanzenspitzen brachten diese ihre Gäule zum Stehen und flohen, jeder, wohin er konnte. Balthasar sah Ohm Jakobs kantigen Rücken und Märtens weißblonden, an die Ohren des Pferdes geschmiegten Kopf … Nur das Kellenmaul ritt weder zur Seite noch zurück. Dieser wahnwitzige Kerl – Balthasar sah es über die Schulter, während er nach rechts zu einem dichten Gestrüpp flüchtete –, dieser wahnwitzige Kerl gab dem Pferd die Sporen, hob sein Schwert und raste mit Gebrüll auf die Ritter zu. Seine grauen Augen waren blutunterlaufen, in den stoppeligen Winkeln seines verzerrten Mundes stand Schaum, sein Geschrei übertönte das Hufgetrappel und die heiseren Kampfrufe der Herren.

»Hurensöhne! Auf Leben oder Tod!« Er erreichte die Ritter, wich der ersten Lanze aus, traf mit seinem Schwert, das er in beiden Händen hielt, einen Ritter am eisernen Nacken, schleuderte den eisernen Mann vom Roß und wurde, von drei Lanzen durchbohrt, aus dem Sattel gehoben. »Hu-u-u-r...«

Balthasar lenkte sein Pferd in den Schutz der Sträucher und blickte zurück, um nach Märten Ausschau zu halten. Da sprengten die Ritter jenseits der Haselbüsche an ihm vorbei. So nahe, daß vom Wind ihrer Bewegung das rotgefleckte Laub vor des Pferdes und seinem Gesicht erzitterte.

Hinter den ersten Reihen des Ritterheeres, von den Pferden der Geharnischten umdrängt, sah Balthasar ein Dutzend gefangene Bauern. Nach ihren blutigen Köpfen oder gar ihrer Bewußtlosigkeit zu urteilen, waren sie verwundet. Einige waren bereits an Pferde gebunden, anderen wurden gerade, beim Vorbeireiten, die Hände auf den Rücken gefesselt. Balthasar sah auch den König: Er hing quer über dem Rücken eines fremden grauen Pferdes. Ein dünner Hanfstrick war ihm mehrmals um Brust, Bauch und die auf den Rücken gedrehten Arme geschlungen. Eine Hanfschlinge würgte seinen Hals, und das Strickende steckte in der eisenbehandschuhten Faust eines in der Mitte der ersten Reihe reitenden Mannes. Er hielt es straff und zerrte des Königs großen Kopf mit dem weizenfarbenen Haar zur Seite (die Eichenkrone war natürlich unter die Füße der Pferde gerollt), so daß Balthasar dessen Gesicht nicht sehen konnte. Unter den Gefangenen entdeckte er mindestens zwei Männer, die als Älteste an der Versammlung beim König teilgenommen hatten. Unter den Rittern sah er keine Bekannten. Schon deshalb nicht, weil nur einzelne die Visiere hochgeklappt hatten. Wie der Mann, der den König am Strick hinter sich herzog. Aber als dieser Ritter näher kam, erkannte ihn Balthasar durch das rotgefleckte, zitternde Hasellaub dann doch: an der unverwechselbaren, von Gottes Fingern schmalgedrückten Adlernase, die im kampf- und weingeröteten, aber dennoch nüchtern hoffärtigen Gesicht saß. Es war der Stiftsvogt des Bischofs von Ösel, Christoph von Monnikhusen, derselbe Herr, den Balthasar vor zwei Jahren in Herrn Clodts Haus getroffen und der sich wenig später selbst zum Statthalter des dänischen Königs in Estland ernannt hatte; jetzt diente er dem im April in Arensburg gelandeten Herzog Magnus (den Herr Kruse in Narva den einäugigen dänischen Kläffer genannt hatte) ... Herr Christoph Monnikhusen, dessen Ratgeber zu sein Balthasar vorgetäuscht hatte, als er einst Herrn Hasse in Rasik wegen der Bauern Angst eingejagt hatte ...

Der falsche Statthalter zog mit den Rittern und Gefangenen zehn Schritt entfernt an ihm vorbei. Der falsche Herr Rat drückte sich im Gestrüpp an den Hals des Pferdes, und das kluge Tier stand reglos da, als halte es jemand mit starker Hand fest – wer mochte wissen, ob es der himmlische Jehova oder der Gott der hiesigen Moore war.

Zwanzig Schritt weiter gebot Herr Monnikhusen seinen Rittern Halt. Sie wandten sich zum Dickicht, wo sich die Belagerer versteckt hielten. Auf Herrn Monnikhusens Wink richtete sich ein knappenähnlicher Mann, der einen schönen leichten Harnisch trug, in den Steigbügeln auf und rief, ein wenig heiser und schrill, ein wenig bellend, aber in einwandfreiem Estnisch: »Bauern! Euer König ist erschlagen! Eure Ältesten sind erschlagen! Viele aus eurem Heer liegen hier auf der Wiese in ihrem Blut! Wer von euch bis heute mittag weg und nach Hause geht, dem wird seine Verblendung verziehen. Wer aber danach noch hier im Dickicht gefunden wird, soll festgenommen und auf Burg Lode gevierteilt werden.«

Das Deckungsheer aus Leal stand in einem grauen Haufen hundert Schritt entfernt. Herrn Monnikhusens Pferd scharrte ungeduldig im Gras, und der Verkünder

der Vergebung und Vierteilung stand gespreizt in den Steigbügeln mitten in dem Schweigen, das seinen Worten gefolgt war und das nur durch das Stöhnen der an die Pferde gebundenen Gefangenen unterbrochen wurde. Da ertönte irgendwo im Dickicht der dunkle Knall einer Hakenbüchse. Der Verkünder griff sich an die Brust – hell klickten die eisernen Finger gegen den Panzer –, sank mit einem Aufschrei auf die Kruppe des Pferdes und blieb schließlich in den Bügeln hängen.

»Ack dat is der Rebellen Antwort?« rief Herr Monnikhusen; für sein schmächtiges Aussehen hatte er eine unglaublich gewaltige Stimme. »Landfahne! Links – vorwärts! Ehre der Heiligen Jungfrau!«

Balthasar schmiegte sich an den Hals des Pferdes und hielt den Atem an. Einen Augenblick erwog er: Sollte er nicht die kurze Feuerwaffe des Herrn Hasse aus dem Wams reißen – er wußte damit umzugehen – und auf Herrn Monnikhusen abfeuern? Sinnlos. Selbst wenn er träfe, selbst wenn die Kugel den Harnisch des Herrn Monnikhusen durchschlüge – was nie und nimmer zu erwarten war –, selbst dann wäre nichts mehr zu retten. Nicht einmal im Fall von Monnikhusens Tod würde die Ritterlandfahne den Kopf verlieren, wie es mit den Bauern geschehen war …

Da wandte sich das Ritterheer mit der Geschlossenheit und Geschwindigkeit einer Riesenaxt nach links und drang hundert Schritt in das am Rande lichtere Dickicht. Äste knackten, aus dem Gestrüpp ertönten Schreie, Schwertgerassel, Pferdeschnauben, Flüche in beiden Sprachen. Balthasar wagte nicht, sich zu bewegen, denn die hintere Front des Ritterheeres stand abwartend dicht neben ihm am Rand des Haselgestrüpps.

Der Angriff dauerte höchstens fünf Minuten. Dann kehrten die Angreifer aus dem Dickicht zurück. Die Schwertklingen einiger Ritter an der Flanke waren rot. Einer ihrer Gäule sank röchelnd nieder und rang mit heraushängenden Gedärmen mit dem Tod. Einige schleppten ein halbes Dutzend Gefangene aus den Büschen.

Wieder ritt der falsche Statthalter an Balthasar in Windhauchnähe vorbei. Wieder hielt der falsche Rat im Gebüsch den Atem an und suchte mit den Augen den König, sah aber keinen der früheren Gefangenen. Offenbar befanden sich diese an der linken Flanke des Keils, jetzt aber zog hier die rechte Flanke des Ritterheeres vorbei.

Balthasar wendete das Pferd und trieb es ins Dikkicht ... Ein falscher Statthalter ... Eine falsche Friedenserklärung ... Ein falscher Rat ... Ein falscher Freiheitskämpfer ... Falsch! Falsch! Falsch! ... Jesus Christus, sag mir: Ist alles wirklich nur Verderben, Schmach und Lüge? Gibt es nur eine Wahrheit: Wie das Kellenmaul schreiend in die Lanzen zu rennen?

Balthasar setzte über die zertrampelten Feuerstellen, ritt zwischen den am Feuer Erstochenen hindurch. Der Helm im hedenen Tuch, der an seinem Sattelknopf baumelte, schlug an sein rechtes Knie. Nasse, mitunter kahle Äste peitschten sein Gesicht. Schauer liefen ihm über den Rücken: Ihm war, als schmierten ihm die Zweige Blut ins Gesicht. Aber mitten in diesem unbarmherzigen rauschenden Sturz in den Abgrund rappelte sich sein Denken, das zähe Tier, wieder hoch. Quer vor ihm rannte ein Dutzend Bauern, gebückt und schweigend, ostwärts in den Wald. Er wollte sie rufen, blieb aber stumm. Er überlegte, ob er die versprengten Heerhaufen im Dickicht suchen sollte, und entschied: Wozu? Was hätte er ihnen sagen können? Er überlegte: Sollte er nach den Abgesandten, nach Märten forschen? Doch wozu? Die Abgesandten waren in alle Himmelsrichtungen geflohen, Märten ritt gewiß wieder nach Reval. Aber Balthasar erwartete dort nichts als der Galgen. Er beschloß, im Schutz des Gestrüpps nordöstlich um die Burg zu reiten und nach Hapsal abzubiegen. Seine Knie zitterten, er verspürte entsetzlichen Hunger. Er begriff: Nachdem die Ritter hinter dem vermeintlichen Hilfsheer aufgetaucht waren, hatte er alles so erschreckend klar vorausgesehen, daß ihn das Geschehene nicht mehr vollends niederschmettern konnte ...

Balthasar ritt ins Dickicht, und die nassen, blutbespritzten Zweige schlossen sich hinter ihm. Als sei er niemals dort gewesen.

SIEBENTES KAPITEL,

darinnen die Abenteuer eines gewissen jungen Mannes beinahe in der Wechselfolge seiner eigenen Überlegungen und Erinnerungen auf einen Erzählfaden gereiht werden, winzigen bunten Muscheln gleich, die einzeln zu klein sind, um in ihnen das Meeresrauschen zu hören, alle zusammen jedoch – wer weiß? Wobei wir sie hier (ohne ihretwegen ins wirkliche Meer zu steigen) nur in der Hoffnung auffädeln, dies könnte uns in unserer Mär am ehesten weiter- oder, richtiger, zurückführen

Die hohe Spitze des grüngefleckten Turmhelms stand auf sechzehn schlanken Pfeilern, zwischen denen graugrünes Sonnenlicht und wolkenbeschattete Erde bis zum dunstigen Horizont zu sehen waren, während sich unten um den Turmfuß wie eine Traube die Stadt mit ihren roten Dächern zusammenschloß. Schon allein die Pfeiler besagten, daß es sich nicht um Reval und die Olaikirche handeln konnte. Auch der Höhenunterschied zeigte es. Der Bremer Turm des heiligen Ansgar war zwar einer der gewaltigsten hierzulande, doch gute zwanzig Klafter niedriger als der Olaiturm. Aber er war hoch genug, um beim Herumschauen ein Kribbeln unter dem Herzen hervorzurufen.

Die beschiffte, jetzt sommerblaue Weser, wohl noch breiter als die Oder bei Stettin, teilte das Land von Südosten nach Nordwesten, und ein bogenförmiger Wallgraben schnitt von den Vorstädten und Feldern einen Uferstreifen ab, der an eine Schüssel mit roten Erd- oder Vogelbeeren erinnerte. Eher Vogelbeeren, dachte man an den bitteren Beigeschmack des schwerwiegenden Anlasses, der Balthasar zur Selbstbesinnung hier heraufgeführt hatte. Oder an den Schauder, der ihn hier oben durchfuhr, als er den Blick am glitzernden Band der Weser entlang nach Nordwesten gleiten ließ und sich die Namen der Flußdörfer ins Gedächtnis rief: Rabbinghausen, Gröpelingen, Mittelsburen und – ganz hinten am dunstigen Horizont – *Vegesack* …

Balthasar setzte sich auf ein Balkenende gleich neben den Glocken. Es gab ihrer zwei. Offenbar war es die kleinere, die der Kirchenvorsteher Puttemann die Glocke des heiligen Vitus genannt hatte, als sie am Sonntag vor drei Wochen zu dritt – Puttemann, Herr Sum und Balthasar – in die Kirche gekommen waren und die Glocken gerade geläutet hatten. Die größere, unten drei Ellen breit und größer als Balthasar, war also demnach der Große Brummer – wie Herr Puttemann sie bezeichnet hatte.

Balthasar streifte mit einem Blick die Türme der Dom-, Marien-, Jakobs- und Stephanskirche und holte aus seinem Wams Annikas Brief, um ihn noch einmal zu lesen. Der Wind strich wispernd über die Glocken, die lautlos zu dröhnen schienen, und der graue Briefbogen flatterte, als zittere er vor Begier, gelesen zu werden. Annika schrieb:

Lieber Bruder Balthasar!

So Gott will, wird dieser Brief Dich erreichen, denn obwohl Du Dir nicht die Mühe gemacht hast, uns zu schreiben, habe ich durch Seinen Willen zweimal über Dich Nachricht erhalten ...

Der Brief war in deutscher Sprache verfaßt und mit federgewohnter Hand zu Papier gebracht, folglich also nicht von Annika selbst, sondern von einem Menschen geschrieben, dem sie ihr Vertrauen schenkte.

... das erstemal eine, die uns sehr erschreckt und bekümmert hat, die zweite Nachricht aber hat uns große Freude beschert in unserem an Trübsal letztlich so reichen Dasein, obwohl sich diese Freude in Gram verkehrte. Zuerst schrieb Herr Wolff aus Stettin an unseren Vater, er hätte Dich auf Empfehlung meines verstorbenen Meus als Schüler aufgenommen, mehrere Jahre unterrichtet und angeleitet und gar für besser als seine anderen Schüler gehalten und Dir auch Geld geliehen, als Du in den verworrenen Zeiten keins von zu Hause bekamst, aber im Januar des jetzigen, also des Jahres 1562, seist Du aus Stettin auf schamlose Weise in unbekannte Richtung geflohen, ohne daran zu denken, daß Du ihm elf Taler schuldig bist – die er zu bezahlen und nach Treptow an Herrn Krumhusen zu schikken bittet ...

Herrn Wolff elf Taler schuldig ... Als hätte ich es vor

ihm oder jemand anderem oder Gott leugnen wollen. Aber woher hätte ich das Geld damals nehmen sollen? Und woher soll ich es jetzt nehmen ... Herrn Wolff elf Taler schuldig ... Nicht nur elf Taler, liebe Annika; denn es ist goldwahr, was Herr Wolff schreibt: Mehrere Jahre unterrichtet und angeleitet und gar für besser als die anderen gehalten ... Aber sag, was hätte ich sonst tun sollen? Ich hatte ja alles ausgeben müssen, um mich nach jenem Laubfalltag aus einer gewissen Sache zu ziehen, von der du, liebe Schwester, keine Ahnung hast. Der ganze Rest von den verdammten und dennoch gesegneten Talern des Herrn Kruse ging drauf: Dank dieser Barschaft – und in den von Kimmelpenning geschenkten Kleidern und Stiefeln – gelangte ich über Hapsal und Arensburg nach Riga und von dort zurück nach Stettin. Aber meine Hoffnung, für meine gelungene Narva-Reise sogleich reich belohnt zu werden – Herr Krumhusen hatte es doch fest versprochen –, erfüllte sich nicht. Herr Krumhusen war weder in Stettin noch in Treptow. Herr Krumhusen war nach Lippe oder Salzburg oder der Kuckuck weiß wohin gereist – wie immer, um Erfahrungen im Salzsieden zu sammeln –, war irgendwo dort erkrankt und kam nicht zurück. Dabei hatte ich all mein Geld, das ich nach zweieinhalb Jahren Pädagogium – und den Umtrieben mit Bade – noch besaß, in die Vorbereitungen auf die Narva-Reise gesteckt (ein anständiges Paar Hosen, ein neues Wams, beides fast ungenutzt, und eine Abschrift des Mark Aurel, fast ungelesen, das alles ist bei Krumhusen junior geblieben). Zu Weihnachten sechzig, als ich wieder in Stettin eintraf, saß ich völlig auf dem trockenen. Aber gebeten habe ich Herrn Wolff um das Geld nicht. Nein, er hat mich gefragt, ob ich welches brauchte: Ihm sei aufgefallen, ich hätte in meinen Gürtel neue Löcher gestochen – und nicht etwa, weil er mir zu eng geworden wäre. Da habe ich ihm meine Verlegenheit eingestanden. Und er, freundlich zu mir, wie stets in der letzten Zeit, bot mir eine Anleihe an: einen Taler monatlich, solange ich es benötige, rückzahlbar in einem Jahr, also im

Jänner zweiundsechzig. Leichtsinnigerweise nahm ich sein freundliches Angebot dankbar an. Leichtsinnig war es deshalb, weil ich ihm meine Schuld von Krumhusens oder von dem aus der Heimat erhaltenen Geld zu bezahlen hoffte; andere Möglichkeiten, an die ich früher gedacht hatte, sah ich nicht. Einen Acker, den ich zur Begleichung meiner Schuld hätte pflügen können, besaß der Rektor nicht, Schriften, deren Korrektur ich hätte lesen können, verfaßte er nicht, und seinen Klepper, auf dem er hin und wieder ritt, versorgte sein Diener Hans, der ihm auch Kutscherdienste leistete.

Meine alte Berechnung – eine Mark pro Woche – wollte gar nicht mehr stimmen. Merkwürdigerweise war das Leben in Stettin so teuer geworden, als hätte der Livländische Krieg bis dorthin übergegriffen. Aber irgendwie hielt ich mich mit diesem Geld zwei Semester über Wasser, in der Hoffnung, Herr Krumhusen käme bald zurück. Ohne neue Löcher in meinen Gürtel zu stechen – aber auch ohne die alten wieder in Gebrauch zu nehmen. Doch als Herr Krumhusen sich nicht blicken ließ und auch aus Reval kein Pfennig eintraf (offenbar sind meine Briefe verlorengegangen), meine Schuld bei Herrn Wolff hingegen auf zehn Taler anwuchs, mußte ich etwas unternehmen. Zumal mit dem Jahr zweiundsechzig auch das Studiengeld fällig wurde, das für mich zwar längst von fünf Taler auf vier herabgesetzt worden war, aber um so weniger durfte ich die Zahlung hinauszögern. Auch schuldete ich manch anderem eine Mark, zum Beispiel Herrn Butte für Schweinegrieben und Suppe. Natürlich hätte ich Bade anpumpen können. Ihm hätte es nichts ausgemacht, mir fünf, sechs Taler hinzuschmeißen. Aber das zu tun, konnte ich mich nicht überwinden. Obwohl meine Geldverlegenheit zum großen Teil auf die von Bade angestifteten Lustbarkeiten zurückzuführen war: Ich wollte doch bei den Gelagen des Kaufmannssprößlings nicht als armer Schlucker dastehen. Also, wiewohl Bade fast mein Freund war ... Aber dann, Anfang Dezember, als ich mich schon ganz jämmerlich fühlte und wirklich nicht mehr wußte, wie ich dem kommenden Jahr und Herrn Wolff ins Auge schauen sollte, schickte Gott einen neuen Lector publicus, uns die Weisheiten des Euklid beizubringen. Selbiger kam aus Wittenberg und fragte jeden von uns, woher er stamme, und als ich ihm Reval nannte, sagte er, er selbst sei in dieser Stadt nicht gewesen, habe aber kürzlich einen Mann von dort getroffen. Eine Woche vor seiner Abfahrt sei ein freundlicher Magister der Theologie aus Reval nach Wittenberg gekommen, um in doctorem zu promovieren, und habe sogar das Mietzimmer in der Fischergasse bezogen, das er, unser Lektor, freigegeben habe. Als ich nach dem Namen dieses Mannes fragte, entgegnete der Lektor, es sei Herr Johann Sum, ehemaliger Rektor des Revaler Triviums.

Am selben Abend entschied ich mich. Herr Sum hatte mich stets geachtet (so etwas spürt man), was mich wiederum angespornt hatte, mich von meiner besten Seite zu zeigen. Von ihm konnte ich Rat und Hilfe erhoffen – ja ich mußte es geradezu, da Gott mir doch auf so eigenartige und eindeutige Weise kundgab, Herr Sum sei hier ... Das heißt eigentlich dort. Denn von Stettin nach Wittenberg – wie der neue Lektor auf meine unauffällige Frage erklärte – waren es an die fünfzig Meilen.

Am folgenden Nachmittag machte ich mich auf den Weg. Ein leichtes Bündel und ein dicker Wanderstab waren mein Gepäck. Und ein zeitweilig wankender, aber letztlich doch zäher Glaube an Gottes Hilfe und vor allem an mein Glück beflügelte mich.

So stand es, meine Teure, um meine schamlose Flucht. Und ich erdreiste mich, zu meinen, sie sei schon allein darum nicht so schamlos gewesen, weil sie mit einem so bitteren Risiko verbunden war: Hätten des Rektors Fahndungsbriefe oder mein ungetreues Glück mich nach Stettin zurückbefördert, so hätte mein nackter Hintern vor dem ganzen Pädagogium zwanzig Hiebe bezogen. Oder man hätte mich für einen Monat bei Wasser und Brot in den Karzer gesteckt und mir außerdem noch eine Geldstrafe aufgebrummt. Für Flucht wegen Schulden! Ja – so manches Ding ist auf Gottes Erden läppischer als läppisch.

Aber der Brief des Herrn Wolff (von dem ich Dir trotz Deiner Flucht an die Adresse der Stettiner Hochschule schrieb, denn wohin sonst hätte ich schreiben sollen), dieser Brief hat unseren Vater glücklicherweise nicht mehr erreicht. So kann ich Dir zum Trost sagen: Herrn Wolffs Nachricht über Dich hat ihn während seines kurzen Siechtums nicht mehr betrüben und seine Tage nicht verkürzen können, was sonst wohl leider geschehen wäre. Ich weiß nicht, ob eine Tochter so etwas von ihrem Vater sagen oder denken darf, sei es vor oder nach seinem Tode, aber da Du so weit weg bist und ich sonst zu niemandem davon sprechen kann, sage ich es doch: Unser Vater war zeitlebens auf seine eigene und die Ehrlichkeit der Seinen stolzer, als es sich vielleicht für einen wahren Christen geziemt, und eine derartige Nachricht hätte ihn getroffen wie Gottes Geißel. Aber zum Glück erhielten wir das Schreiben erst, eine Woche nachdem unser Vater am vierten April, heuer war es der Karfreitag, um drei Uhr, zur selbigen Zeit, als unser Heiland seine Seele am Kreuze aufgab, zu seinem Herrn heimgegangen war.

Vater ist tot.

Ich weiß es seit heute früh, als Herrn Sums Diener mir diesen Brief aus der Sakristei brachte. Seltsam, die Nachricht traf mich nicht allzu schwer, vielleicht, obwohl sie in dem Maße unerwartet war, wie es der Tod eines betagten Mannes überhaupt sein kann. Nur einmal verspürte ich beim Lesen einen Stich im Herzen – so als stäke unbemerkt ein Messer in meiner Brust und als hätte etwas dessen Knauf berührt. Weiter nichts. Aber glauben kann ich es noch immer nicht ... Daß seine flinken, hellen, abschätzenden Augen nicht mehr sind. Seine barsche, vom Rufen der Pferde schartig gewordene Stimme. Seine besorgten, witzigen, ein wenig albernen und hilflosen väterlichen Fragen, seine Versuche, Brücken zu bauen, die wie Streicheln wider den Strich waren und deren Aufhören dennoch wie Verrat anmutet ... Vater ... Vergib mir ... Ich kann jetzt nicht. Siehst du, ich bin hier oben – ja, so wunderbar hoch bin ich gekommen –, hier oben in allen Winden der

Welt ... Wenn ich einmal Zeit habe, wenn ich Fuß gefaßt habe, wenn ich Muße habe, meine Gedanken und mein Herz zu prüfen, dann komme ich zu dir, unbedingt. Aber nicht jetzt, nicht hier ... Dort, hinter der alten Kirche von Fischermai auf der Kieshöhe, zwischen den namenlosen Hügeln, dort ... Einen schönen Grabstein lasse ich dir setzen, mit einer hübschen Inschrift: In hoc loco requiescet in pace Dei Simon Rissa, vectuarius (oder heniochus oder wie? – noch immer weiß ich nicht, wie Fuhrmann auf lateinisch heißt) Revaliensis.

Nein, nein, keine Sorge, Alter, keinen Stein ... Ich höre dich schon brummen: »Sieh lieber zu, Junge, daß du deine Schulden bezahlst.« Gut, gut ... Annika schreibt:

Die nächste Nachricht, die ich über Dich erhielt, kam vor einer Woche von Deinem früheren Schulmeister Herrn Balder, und wie er mitteilt, haben in Deinem Leben inzwischen recht große erfreuliche Veränderungen stattgefunden, aber auf welch wunderlichem Wege Du bis dahin gelangt bist, ist für mich ein unerklärlich Ding.

Auf welch wunderlichem Wege? Meine Teure, im ersten Eifer bin ich diesen Weg elf Tage zu Fuß gegangen ... Mein siebenmal geflicktes Stettiner Schuhzeug war elend, und bis Eberswalde lag in diesem Jahr schon Schnee. So mußte ich mich nach jeder Meile an den Wegrand setzen und meine Zehen warm reiben und trockenes Heu suchen und in die Latschen stopfen. Südlich von Eberswalde erwarteten mich herbstlich aufgeweichte Straßen. Da der Grund dort meist sandig ist, war der Weg nicht gerade bodenlos, aber immerhin eklig. Auch hatte ich dauernd Hunger. In den Schenken am Wege konnte ich mir eine einzige karge Mahlzeit täglich leisten. Aber zum Glück fand ich noch an den schon entlaubten Birnbäumen am Straßenrand unglaublich große hellgrüne und schwarzgesprenkelte Birnen. Die letzten Rübenmieten auf den Feldern boten neben den süßen Birnen auch kräftigere Kost. Ein paarmal gelang es mir, mich auf Kosten anderer Wirtshausgäste satt zu essen: Wenn ich auf Männer stieß, die von Livland gehört hatten und Näheres über das dortige Geschehen erfahren wollten. Ein paar Kaufherren in Lederhosen, die nach Danzig unterwegs waren, bestellten mir in einer Bernauer Schenke nach einigen Schoppen Bier sogar eine Schweinskeule. So sehr gefiel ihnen meine Rede, besonders was ich vom Handel und von den Preisen in Narva erzählte. Aber es blieb mir versagt, diese Schweinskeule zu essen. Bevor sie vom Spieß auf den Tisch kam, mischten sich drei Kerle, die Landsknechten glichen, in unser Gespräch, und ihr Anführer erklärte, sie stünden als ehrliche Knechte im Sold des Brandenburger Kurfürsten und meine Reden seien nichts als verlogene, erbärmliche Lobhudelei, die dem Weltschrecken und Sodomiten, dem Großfürsten von Moskowien, gelte, und wer sich so etwas gern anhöre oder so daherschwatze, sei zumindest ein Diebsgesicht. Ich versuchte zu erklären, ich spräche nur über das bißchen, was ich vor einem Jahr mit eigenen Augen gesehen hätte (hier klopften die nach Danzig reisenden Kaufleute mir auf die Schulter, und einer rief dem Koch zu, meine Schweinskeule solle doch endlich auf dem Tisch erscheinen) – aber, sagte ich, ich könne selbstverständlich auch davon erzählen, was ich gehört hätte, und das sei vielleicht mehr: Wie das Heer der Moskowiter zum Beispiel in Livland mit Flüchtlingen vollgestopfte Kirchen in Brand gesteckt hat – zum Beispiel in Jehwe anno achtundfünfzig – und die Hälfte der Leute an Rauch erstickt und die Überlebenden gepfählt worden sind. Aber während die Landsknechte mir darauf ihr Wohlwollen zeigten und sich über die Kaufleute lustig machten, holte der hitzigste Kaufherr mit seinem leeren Schoppen in meiner Richtung zum Schlag aus und schmiß ihm dem nächsten Landsknecht direkt in die feuerrote Fresse. Worauf natürlich das folgte, was in so einem Fall unvermeidlich ist: Die Knechte und die Kaufleute fielen übereinander her, und der Tisch, an dem mir beim Warten das Wasser im Munde zusammenlief, wurde in tausend Splitter geschlagen, bevor mein Braten gar war. Und da ich keinen Grund sah, mir in diesem fremden Streit Beulen zu holen und zuletzt gar dem Krüger den zerschlagenen Hausrat zu bezahlen – wozu ich ohnehin nicht imstande war –, schlängelte ich mich eilig an den Raufenden vorbei und machte mich aus demselben Bernau in der Abenddämmerung mit leerem Magen, aber Gott sei Dank mit heiler Haut davon.

Diese kleinen Städte des Landes Brandenburg ähneln in vielem den kleinen Städten Livlands, nur sind die Häuser meist aus Ziegelsteinen errichtet, die dort Backsteine genannt werden und nicht Tegel wie in Livland. Auch die brandenburgischen Dörfer wüßte ich mit nichts anderem als mit Livlands Kleinstädten zu vergleichen: In beiden gibt es neben Steinbauten und Ziegeldächern meist auch Holzhäuser und Strohdächer. Aus Bernau machte ich mich also eilends auf den Weg, und wie gewöhnlich übernachtete ich draußen in einem Heuhaufen. Am nächsten Morgen wanderte ich durch die einzige große, fast ebenso große Stadt wie Reval, die Berlin heißt. Bald erreichte ich wieder die grauen Stoppelfelder und die sandigen Rübenäcker Brandenburgs und danach große braune Kiefernwälder. Im Süden, auf die Grenze des sächsischen Kurfürstentums zu, wichen die Kiefernwälder mehr und mehr Buchenwäldern, und diese waren für einen wie mich, der sie früher nicht gekannt hat, wundervoll anzusehen: die Baumstämme glatt und weißgrau, fast als hätten gewaltige Wassermassen sie jahrelang umspült; der Boden, rotbraun vom gefallenen Laub, hallte und raschelte unter meinen Tritten.

... aber auf welch wunderlichem Wege Du bis dahin gelangt bist, ist für mich ein unerklärlich Ding.

Zugegeben, für mich selbst auch. Und ich kann nur sagen, es muß Gottes eigene Hand gewesen sein, die mich gelenkt und geleitet hat.

Am Morgen des elften Wandertages bog ich zusammen mit fünf oder sechs nach Wittenberg ziehenden Scholaren und Handwerksgesellen einige Meilen südlich von Treuenbrietzen von der Landstraße ab, um nicht in die Hände der Grenzwachen zu fallen oder hinter ihren

Schranken zu bleiben. Wer weiß, warum die anderen vor den Wachen Angst hatten. Jeder wird seine eigenen Gründe gehabt haben. Meiner war, daß der Fahndungsbrief des Pädagogiums aus Stettin hier angekommen sein konnte. Jedenfalls war unser aller Angst so groß, daß Scholaren wie Gesellen mucksmäuschenstill durchs Gestrüpp schlichen, anstatt zu krakeelen oder einander am Kragen zu packen, was ja sonst gang und gäbe ist.

In einem Kieferndickicht, in dem auch feuergelbe Birken wuchsen, überschritten wir glücklich die Grenze von Sachsen, und um die Mittagszeit trafen wir in der Stadt ein, deren Name wegen all der in ihr stattgefundenen großen und heiligen Ereignisse wenigstens von sämtlichen mir bekannten Kanzeln und Kathedern klangvoller verkündet wird als Bethlehem, Jerusalem, Korinth und Ephesos zusammen ...

Seltsam kam mir diese Stadt vor, weil sie für den Ankömmling aus dem Norden überhaupt keinen Eingang bietet und ich durch riesige Wallwerke und an Grabenufern entlang um die halbe Stadt marschieren mußte, bis ich das Coswiger Tor erreichte. Trotz seines gewaltigen Ruhms ist Wittenberg eigentlich eine recht winzige Stadt. Aber es ist ja von jeher bekannt, daß das riesige Babylon längst nicht mehr besteht, während das kleine Nazareth weiter gedeiht, obwohl es angeblich ein klägliches Nest sein soll.

Also betrat ich Wittenberg durch das Coswiger Tor. Die Fischergasse fand ich bald, zwischen den Cranach-Häusern und dem Elbtor an der flußwärts gelegenen Mauer, und dank Gottes Gnade traf ich auch gleich Herrn Sum an, in der kleinen Kammer des Kürschnerhauses, wo vor ihm der neue Stettiner Lektor gewohnt hatte.

Als ich auf sein »Herein!« eintrat, saß er am Mittagstisch und nagte an einer Gänsekeule, und ein Weinbecher stand vor ihm, und er trug ziemlich mitgenommene Pantoffeln aus rotem Saffianleder, was ich sofort bemerkte, da er die Beine behaglich auf einer kissenbelegten Fußbank ausgestreckt hatte. Er warf mir aus seinen runden braunen Augen einen ziemlich unwirschen Blick zu und fragte, an seiner Gänsekeule nagend: »Na – was ist?«

»Vielleicht erinnert sich Magister Sum ... aus Reval ...«

»Oho! Jawohl!« rief er, als er mich erkannte. »Balthasar! Balthasar – das bedeutet: der, den Baal schützen soll.« Er musterte mich aufmerksam, und sein früh ergrauter Ziegenbart verzog sich zu einem Lächeln. »Wahrlich, Baal scheint dich nicht verhätschelt zu haben. Setz dich, iß. Erzähle.«

Ich setzte mich, aß und schüttete ihm mein Herz aus. Und ich muß sagen: Ich war sogar ein wenig enttäuscht, wie leicht Herr Sum meine sündhafte Elftalerschuld und meine heimliche Flucht nahm.

»Ho-ho-ho!« lachte er. »Und wegen dieser Schuld bist du wie von der Tarantel gestochen durch ganz Deutschland gerannt! Das bringen wir in Ordnung. Mitsamt Zinsen. Klar.«

Natürlich, für ihn, der angeblich in Hannover oder Osnabrück reiche Verwandte besaß und vor kurzem wahrscheinlich ein Gut geerbt hatte, waren elf Taler eine Lappalie.

»Und was willst du hier in Wittenberg anfangen?«

»Was nützt hier ein bloßer Wille!«

»Na? Ein, zwei Semester studieren?«

»Natürlich ... Aber ...«

»Auch das läßt sich einrichten. Wenn es dein ernster Wille ist. Und du ...« Hier legte Herr Sum eine Pause ein, betrachtete mich seltsam abschätzend und fuhr auf lateinisch fort. Ich gab mir alle Mühe, zu begreifen, was ich mir ihm gegenüber hatte zuschulden kommen lassen; denn mir fiel meine erste Unterhaltung mit Herrn Wolff ein. Aber Herr Sum war nach wie vor freundlich. Nach einer Stunde gemütlichen lateinischen Geplauders, das mir bei Gänsebraten und einem Becher Wein sowie infolge der gewaltigen Erleichterung keinerlei Schwierigkeiten bereitete, schickte Herr Sum mich zunächst ins Bad, und obgleich die Badestuben Deutschlands den

Saunas von Reval nicht das Wasser reichen können – tüchtiges Schwitzen und Badebesen sind hier unbekannt, und das ganze Vergnügen besteht im Planschen mit heißem und kaltem Wasser –, fühlte ich mich hinterher wie neugeboren. Nicht in dem Sinne, als wäre ich aller Sünden bar, das muß ich zugeben. Denn mit der hübschen Bademagd Gertrud mit dem Lämmchengesicht war ich für denselben Abend, acht Uhr, beim Augustinerkloster verabredet. (Herrgott, vergib mir, daß mein erster Gang zu diesen Mauern, in denen Doktor Luther, an Deinem Werk arbeitend, jahrelang gelebt hat, nicht zu einem edleren, sondern just zu so einem Zweck stattfand ...) Trotzdem, für unrein hielt ich mich deshalb nicht, da wir doch beide heiß vor Sauberkeit waren und nach scharfer Harzseife dufteten. Gertrud kannte in der hinteren Mauer des Klosters eine im Gebüsch verborgene Nische, deren Boden mit einer dicken Schicht welken Buchenlaubs bedeckt war. Und dieses im Finstern pechschwarze Laub, von dem ich wußte, daß es eigentlich feuerrot war – es raschelte unter uns anders, ganz anders und dennoch beinahe ebenso wie das Heu auf dem Dachboden von Fischermai, wenn ... Ach, Annika – jetzt plaudere ich meiner großen Schwester schon meine Mädchengeschichten aus, und ich sehe sogar von hier, wie sich deine Madonnenstirn verfinstert ... Ta-ta-ta-ta-ta ...

Der Hauswirt von Herrn Sum besorgte mir auf dessen Bitte dortselbst in der Fischergasse ein Zimmer beim blaunasigen Gerber Manger, und Herr Sum führte mich auch zu Rektor Fabricius. Das Theologiekollegium fand ich alleine. Herr Sum schickte auch meine Schuld, die elf Taler, an Herrn Wolff und vereinbarte mit dem Rektor, daß ich mein Studiengeld in Raten bezahle; er gab mir sogar eine Arbeit, die mich vor dem Verhungern bewahrte und die ich neben dem Besuch der Vorlesungen verrichten konnte: Er ließ mich die fertigen Hauptteile seiner Dissertatio in sieben Exemplaren abschreiben, damit seine Freunde sie lesen und erörtern konnten, ehe er sie einem Drucker aushändigte. Das tat ich abends und nachts neben vielerlei anderem. Das andere freilich: an Wittenbergs berühmten Stätten herumstreifen und die berühmten Prediger der Stadtkirche anhören; das waren Marktbuden und Studentenspäße, die Wirtshäuser von Piesteritz und die Fischer von Strengkolk, die Elbschiffer – und Gertrud und noch so manches. Tausend Dinge. Vormittags saß ich im Kolleg. Bei Pomeranus junior, dem Sohn des berühmten alten Pomeranus, also Bugenhagens. Dieser, der Sohn, sah aus, als hätte man ihn aus der Flachsröste gezogen, auch mit seiner Weisheit war es meines Erachtens nicht weit her – er schien mehr der Sohn eines berühmten Vaters zu sein als ein gescheiter Kopf. Vor allen Dingen hörte ich aber – das hatte mir Herr Sum empfohlen – die Vorlesungen des winzigen, buckligen Paulus Eberus, den das ganze reformierte Deutschland nach Melanchthons Tod für einen der bedeutendsten Erben des Geistes und der Autorität des großen Philipp hielt – sofern von dieser arg gerupften Autorität noch etwas übrig war. Eberus sei, so hieß es, durch einen Sturz in der Kindheit bucklig geworden. Er hatte ein hageres, runzliges Knabengesicht, grauen Haarflaum und einen dünnen Hals; und wenn er sich einmal zu einer schwungvollen Tirade hinreißen ließ, so daß aus seinen weiten Ärmeln die zerbrechlichen Handgelenke fuhren und der Talar um seinen Buckel flatterte, dann gemahnte er an einen kleinen schwarzflügeligen Vogel, der auf den Fußboden des Kollegiumssaales gefallen und durch Tritte verstümmelt worden ist. Ich kann nicht beurteilen, wie klug er eigentlich war. Aber in ihm saß ein guter Wille, der für mehrere Heilige gereicht hätte. Von dem knarrenden Katheder, von dem Luther selbst vor einigen Jahrzehnten seine harten drastischen Wahrheiten herniedergedonnert hatte, predigte Eberus mit hoher, eintöniger Stimme unermüdlich, nicht das sei wichtig, was die Flacianer von den Melanchthonianern unterscheidet, sondern was für das Luthertum gemeinsam ist. Wenn nicht anderswo, so ganz gewiß in diesem Kolleg (aber auch anderswo: in der Kirche, im Krug, auf der Straße und auf dem Markt) wurde mir klar: Mindestens hier in Deutschland war die Reformation endgültig gespalten. Wie es uns der alte Rhoda schon in Stettin gesagt hatte. Aber nicht nur an den alten Rhoda mußte ich bei diesem Getue um das Flicken der zerissenen Hosen denken, sondern eher noch an jemand anderen: an meinen geneppten und gänzlich verschollenen Freund – den wolfsgesichtigen Märten, dessen Birkenholzkopf ich in meinem Bündel nach Wittenberg mitgeschleppt hatte, entweder weil es mir leid getan oder weil ich mich nicht getraut hatte, ihn zurückzulassen. Er fiel mir ein, dieser Querkopf, dessen Gedanken dem einträchtigen Denken anderer Leute ungefähr so folgten, wie ein teuflisch kreischendes Messer nach einem christlichen Mahl den letzten Rest Tunke von der Pfanne kratzt. Specialiter erinnerte ich mich an seine Antwort auf meine Frage, ob er glaube, daß es die Bauerngötter gebe: »Natürlich. Nicht umsonst predigt man von allen Kanzeln, es gibt keine.«

Kurz, ich hatte einen Monat oder anderthalb an der Wittenberger Universität studiert, als ich eines Nachmittags wieder bei Herrn Sum hineinschaute, die Abschriften eines neuen Hauptteils seiner Dissertatio unterm Arm. Er nahm sie in Empfang und legte sie auf den Tisch, aber anstatt mich aufzufordern, das Wams an den Haken zu hängen, warf er sich seine Schaube über und setzte sich das Barett auf.

»Komm, gehen wir ein wenig spazieren.«

Durch die Dämmerung spazierten wir am Kanalufer entlang zur Universität, und ich dachte, Herr Sum würde mir die Neuigkeiten mitteilen, die ich im Kerzenlicht der Stube in seinem Gesicht gelesen zu haben glaubte. Statt dessen fragte er plötzlich: »Sag, welches ist eigentlich dein Standpunkt in der Frage der Ubiquität unseres Heilands?«

Um der Wahrheit die Ehre zu geben: In dieser Frage hatte ich keinerlei Standpunkt. Vor Überraschung stapfte ich ein wenig unbeholfen über das von nassen schwarzen Ahornblättern glitschige Pflaster. Ich forschte in meinem Gedächtnis: Jawohl, unter anderen hatte ich sogar ein Schriftstück von Timann oder jemand anderem gelesen. Also war ich mit Gottes Hilfe ausreichend unterrichtet, um was für eine Frage es sich handelte. Letzten Endes ging es um die Grundfrage der langwierigen Abendmahlstreitigkeiten: Ob das beim Abendmahl dargereichte Brot wahrhaftig Christi Leib war. Die Frage, derentwegen Flacianer und Melanchthonianer seit zwölf Jahren einen wütenden Kampf miteinander führten. Aber was meinen Standpunkt anbetraf ... Nun, manchmal schien mir (nicht, daß ich der Frage nicht auf den Grund zu dringen vermochte, sondern ich kam einfach nie dazu – Gott vergebe mir, sollte dies Lästerung sein), mir schien also, daß diese Frage von gleichem Gewicht war wie jene der päpstlichen Haarspalter, über die Doktor Luther aus vollem Halse gelacht haben soll: Ob auf einer Nadelspitze ein Teufel oder siebentausend Teufel Platz haben ... Und daß es in dem verbissenen Kampf um diese Frage eigentlich um völlig andere Dinge ging, denen ich aber noch nicht auf die Spur gekommen war.

Wir spazierten zurück zur Stadtkirche, deren helmlose Türme wie zwei schwarze, niedergebrannte Kerzen dastanden, zwei riesige erloschene Kerzen vor der über der Schloßvorstadt verglühenden Abendröte (zur Zeit des Schmalkaldischen Krieges hatte man die Turmhelme abgerissen, um auf den Sockeln Geschütze in Stellung zu bringen, und jetzt gab es dort weder Geschütze noch Helme).

Ich sagte: »Dieser Timann schreibt« – sogar an den Titel seines Buches konnte ich mich jetzt erinnern, und daß ich diesen gleich anbrachte, war natürlich pure Eitelkeit, gegen die ich zwar ständig ankämpfe, der ich aber wieder einmal nachgab – »in seinem ›Farrago sententiarum et caetera‹, Christus sitze zur Rechten Gottes, Seines Vaters, und sei – da Gottes rechte Hand allgegenwärtig ist – ergo ebenfalls allgegenwärtig. Timann sagt expressis verbis, Christi Leib sei in jedem Apfel und in jeder Birne ...« Wir hatten gerade den Markt erreicht und schritten über den Platz an einem dunklen Haufen

Pferdemist vorbei, daher war ich versucht zu sagen: »... und in jedem Pferdeapfel«, aber ich empfand es als Lästerung, natürlich nicht Timanns, sondern Christi, zumal in Herrn Sums Gesellschaft. Ich fuhr fort: »Aber wenn geschrieben steht: Er sitzt zur Rechten Gottes, Seines Vaters, so gibt es meiner Meinung nach zwei Auslegungen: Entweder das hat nichts zu bedeuten – was man vom Wort des Evangeliums nicht annehmen darf –, oder es bedeutet, daß Er nicht zur Linken Seines Vaters sitzt! Und wie die Herren Ubiquisten diesen Widerspruch bewältigen, möchte ich gern sehen. Solange sie es mir nicht gezeigt haben, glaube ich, daß Brot und Wein Christi Leib und Blut sind. Aber wieso sie es sind, darüber grübele ich lieber nicht nach.«

Herr Sum schwieg eine Weile, und ich fragte mich, ob meine halbwegs blödelnde Antwort ihn vielleicht verärgert hatte: Von seinen früheren Lehrern weiß man ja nie, was sie ertragen können. Aber da sagte Herr Sum: »Balthasar, der Bremer Bürgermeister Büren und der Vorstand der dortigen Kirche des heiligen Ansgarius haben mir angeboten, ihr Pastor zu werden.«

»Und Ihr?« fragte ich erschrocken mit dumpfer Stimme.

»Ich bin entschlossen zu gehen.«

Vorbei mein schönes Leben, dachte ich. Schade. Verflucht schade! Gerade in der letzten Woche hatte ich insgeheim überlegt, ich könnte gar meinen Magister machen, wenn es mir gelänge, hier noch drei Semester durchzuhalten. Dann hätte ich, egal, wo, als Kanzelkandidat immerhin gewaltige Vorzüge im Säckel ... Aus, vorbei. Und nicht mehr elf, sondern sechzehn Taler Schulden. Jetzt bei Herrn Sum.

»Es ist mir nicht möglich, meine Schulden zu bezahlen«, sagte ich bitter, aber offen.

»Nicht davon wollte ich reden«, erwiderte Herr Sum.

»Und in Sachen der Ubiquität habe ich nichts weiter vorzutragen«, fuhr ich gekränkt fort. Herr, vergib mir – konnte ich denn Deinen wundersamen Ratschluß erahnen?

»Balthasar, diese Bremer Herren schreiben mir, ich soll mir für die Kirche des heiligen Ansgarius hier in Wittenberg einen vernünftigen Hilfspastor suchen, der Melanchthonianer ist.«

Ich schämte mich meines gekränkten Tones (von wem und mit welchem Recht durfte ich fordern, Herr Sum möge in Wittenberg bleiben und mich weiter unterstützen?), und um meinen Fehl wiedergutzumachen, erwog ich, wen von den jüngeren Professoren und Lectores publici ich Herrn Sum empfehlen sollte.

»Nun, hier gibt es doch genug taugliche Männer ...«

»Ich glaube«, sagte Herr Sum, »ich habe diesen tauglichen Mann bereits gefunden.«

»Kenne ich ihn auch?«

»Jawohl, ein wenig.«

»Wer ist es?«

»Du selbst.«

Annika, Liebes, ich will nicht verhehlen, daß ich eine ganze Weile keinen Laut hervorbrachte. Aus Furcht, ich könnte Herrn Sum mißverstanden haben. Oder er habe mich aus unerklärlichem Grunde zum besten gehalten. Wir schritten weiter zur Schloßkirche. Ein abendlicher Dohlenschwarm, wie man ihn dort häufig sieht, flog krächzend und raschelnd um die Schloßtürme. Ein zerlumpter Bettler kam uns entgegen und streckte seine zittrige Hand aus. Herr Sum bemerkte ihn nicht, ich aber drückte ihm einen halben Pfennig in die Hand ... Herr, das ist entweder ein lächerliches Mißverständnis oder eine bedauerliche Hänselei – womit habe ich das verdient? ... Aber wenn es nun doch stimmt? Und womit könnte ich das verdient haben?

Ja, und als Herr Sum weitersprach, wurde mir klar, daß ich weder das Opfer eines Irrtums noch eines bösen Scherzes war: Herr Sum hatte wirklich mich erkoren. »Und warum auch nicht?« überlegte er auf so selbstverständliche Art, daß ich es bald selbst glaubte: Ja, warum schließlich nicht? Ich hatte im Revaler Trivium eine umfassende Bildung genossen. Ich hatte drei Jahre lang am Stettiner herzöglichen Pädagogium studiert, und es gab kaum jemanden, wie Herr Sum versicherte, der sich in so kurzer Zeit so gründliches Wissen angeeignet hatte. Nun konnte ich alldem, wenngleich kein ganzes, so doch immerhin ein Wittenberger Semester hinzufügen. Auch würden wir vermutlich erst im Frühjahr nach Bremen fahren, und dann könnte man schon, drückte man ein Auge zu, von zwei Wittenberger Semestern sprechen ... Überhaupt fand Herr Sum – und ich widersprach ihm nicht –, ich würde mich, verglichen mit den durchschnittlichen jungen Kanzelfüchsen, in diesem Amt allemal bewähren. Aber was das anbelangte, daß ich in der prächtigsten Kirche von Revals Mutterstadt auf die Kanzel steigen sollte, nun, darauf brach Herr Sum in schallendes Gelächter aus.

»He-he-he-he, sag, Freund, warum dürfen sich die jungen Dachse aus Ober- oder Nieder-Viehland stets in den Kanzeln der Revaler Olai- oder Nikolaikirche breitmachen – damit möchte ich keinesfalls deinem lieben Schwager zu nahe treten, der ja auch wohl aus Danzig stammte! Warum soll nicht auch einmal ein Bursche aus dem Revaler Fischermai von der Bremer Ansgariuskanzel Gottes Wort verkünden? Die Leute sollen nur hören! Ein ernstes und derbes Wort! Voller Lebenssaft und Erdgeruch.« Und so fort – ich weiß nicht einmal mehr, liebe Schwester, was er gesagt und was ich mir hinzugedacht habe.

Liebe Schwester, du verstehst gewißlich, daß meine weitschweifigen Überlegungen hier oben im Turme nicht dazu dienen sollen, dir, die du mich ja sowieso nicht hörst, von meinen Erlebnissen zu erzählen: Eigentlich will ich damit einen schweren Entschluß um ein paar Minuten hinausschieben. Aber jetzt hat dieser feuchte Nordwest, sei er noch so sommerlich, alles Nebensächliche aus meinem Busen fortgeweht, und nun komme ich endlich zur Sache.

Ende April, als der hiesige spärliche Schnee schon längst weg war und die Elbauen grünten, machten wir uns nach Bremen auf: aus dem Hafen bei der großen Leipziger Brücke, in der Heckkajüte eines Flußkahns mit hohem Mast und niedrigem Bord, in Gesellschaft eines heiseren Kapitäns und nach Teer riechender Schiffer. Aber diese lange Schiffsreise beschreibe ich dir ein andermal: die Burgen und Städte, an denen wir vorbeisegelten, und all die Schranken, an denen uns die Lanzenträger von allerlei Grafen und Herzögen anhielten, prüften und verzollten. Nur eines kann ich nicht schweigend übergehen: Was ich unterwegs in Magdeburg zu sehen und zu hören bekam. Dort stiegen wir auf ein anderes Schiff um, das uns weiter flußabwärts bringen sollte, und da es befrachtet wurde, hatten wir einige Tage Aufenthalt. Also ging ich am Sonntag morgen in den herrlichen Dom, um den berühmt-berüchtigten Matthias Flacius zu hören. Dieser war einige Jahre in Jena Professor gewesen und vom Herzog entlassen worden. Jetzt, während des wachsenden Streites um die Erbsünde, war er in seine alte Kirche predigen gekommen. So etwas konnte ich mir doch nicht entgehen lassen. Überhaupt: In Magdeburg sah ich zum erstenmal, daß es auch größere und prächtigere Städte gibt als Reval, und in selbiger Domkirche wurde mir klar (was ich ja schon längst wußte, aber solange ein rechter Mann etwas nicht mit eigenen Augen gesehen hat, beeilt er sich nicht, es sich einzugestehen), daß die Revaler Olai- und Nikolaikirche denn doch nicht die gewaltigsten der Welt sind ... (Übrigens: Auch wenn man es gesehen und sogar ausgesprochen hat, braucht man es meines Erachtens nicht auf dem Markt zu verkünden, sei es auch nur aus Achtung vor sich selbst.) Ich hörte mir also die Predigt des Flacius an.

Vor zehn Jahren soll im Magdeburger Dom während seiner Predigten stets ein derartiges Gedränge gewesen sein, daß selbst an den hintersten Mauern, vor der Gottesmutter, die auf einem Drachen steht, und unter der steinernen Prozession der klugen und törichten Jungfrauen die Menschen einander niedergetrampelt hätten. Jetzt war die Kirche halb leer. Obschon viele Augen während der gepfefferten Tiraden des Flacius (vom »Schlangengezücht Wittenbergs« und »dem Drachen des Zwinglianertums, der das heilige Grab des Lutherus mit Melanchthons niederträchtiger Hilfe vollgeschissen« und so weiter), obschon, jawohl, viele Augen während dieser derben Worte, wie ich bemerkte, aufleuchteten und die Zähne vor Haß knirschten. Nach Ansicht dieser Leute waren einzig sie der Lehre Doktor Luthers ergeben, während Melanchthon mit seinen Spitzfindigkeiten über den Menschen und dessen Willen und über die rein symbolische Bedeutung vieler heiliger Handlungen ihnen schlimmer als Judas deuchte ... Flacius war klein von Wuchs, hatte kalte braune Glotzaugen und ein pokkennarbiges Gesicht. Seiner Herkunft nach Illyrier, sprach er noch immer mit fremdem Akzent, wobei er seine Sätze eigenartig monoton und wichtigtuerisch zerhackte. Mir blieb unverständlich, was an ihm anziehend sein sollte, abgesehen von seinem Ruf, ein unerschütterlicher Lutheranhänger zu sein, und dem reichlichen Gebrauch unflätiger Wörter, worin er selbst den Doktor übertraf. Seine gesamte Praedicatio, zumal wenn er sich der Erbsünde zuwandte ... Aber ich will dich lieber mit der Dogmatik des Flacius verschonen, Annika. Ich sage nur noch: Seine ganze Predigt war derart, als hätte es nie einen Melanchthon, einen Peucer oder Erasmus gegeben. Und als hätte Luther, der alte Streiter mit der Donnerstimme, nur das gesagt, wozu er sich in verzweifelter Bedrängnis und Wut hinreißen ließ. Als wir die Kirche verließen und Herr Sum mich nach meiner Meinung über Flacius' Predigt befragte und ich ihm offenherzig antwortete, drückte er meinen Ellbogen und machte: »Pssst!«

Und als ich dann, allerdings leiser, bemerkte, Flacius habe doch als Professor vom Herzog den Laufpaß bekommen, sagte Herr Sum, nachdem wir aus der Menge der Kirchgänger heraus waren: »Um den Laufpaß steht es so: Heute kriegt man ihn, und morgen nimmt man ihn zurück. Genauso steht es um eine halbleere Kirche ... Ich nehme an, du hast die Mienen der alten Flacianergarde bemerkt?«

»Allerdings.«

»Na siehst du. Also ist der Sieg des Melanchthonismus in Sachsen noch gar nicht so sicher ...«

Ich muß sagen: Als wir auf dem immer breiter werdenden Fluß, der sich zusehends belebte, in Richtung Hamburg weitersegelten, als ich am frühen Morgen aus unserer Kajüte auf Deck stieg, die süße, feuchte Luft einatmete und die Morgenröte über dem rechten Ufer glühen sah, als ich dem Geplätscher im Heck lauschte, den Geruch der geteerten Taue einatmete und mit den Fußsohlen die Schiffsbewegung fühlte, da spürte ich mit Leib und Seele: All die Zänkereien und das Auf und Ab – sei es im Namen noch so heiliger Dinge – sind nicht das Eigentliche unter Gottes Himmel, obwohl ich noch nicht weiß, was das Eigentliche und Wahre ist ... Aber mir fiel dieses Urteil natürlich leicht, da ich doch meinem unverdienten und unverhofften Aufstieg entgegensegelte.

Und dann waren wir an Ort und Stelle. Im prachtvollen, freundlichen Bremen, wovon ich so viel zu erzählen hätte, daß ich hier gar nicht erst damit anfange. Herr Puttemann, ein freundlicher Herr mit apostolischem Haarkranz und Tonsur und einer Stupsnase, nahm uns in seinem prunkvollen Haus auf, und am elften Sonntag nach Trinitatis muß ich hier in der Kirche des heiligen Ansgarius meine Probepredigt halten. Unterstützt von Herrn Sum und Herrn Puttemann, habe ich beschlossen, meine Predigt auf den Worten des 18. Kapitels des Lukas-Evangeliums aufzubauen, angefangen mit dem 9. Vers: »Er sagte aber zu etlichen, die sich selbst vermaßen, daß sie fromm wären, und verachteten die andern, ein solch Gleichnis: Es gingen zwei Menschen hinauf in den Tempel, zu beten, einer ein Pharisäer, der andere ein Zöllner ...« Und jetzt sitze ich hier oben im Turm auf einem Balken und lausche dem Zischeln des Windes in den Glocken und lese deinen Brief, der mich heute morgen erreicht hat.

Aber inzwischen hat sich hier in Reval und in ganz Estland ungeheuer viel verändert, was Du ja sicher schon gehört hast und wovon ich Dir auch in dem Brief schrieb, den ich nach Stettin geschickt habe. Am vierten Juni vergangenen Jahres, nach langen Verhandlungen im Magistrat, holte Dein Bekannter, der Herr Horn, das Heer des neuen schwedischen Königs Erik in Reval von den Schiffen, und die Stadt und ganz Harrien haben sich feierlich selbigem König unterworfen, worauf die Glocken sehr vieler Kirchen läuteten. Aber die Domburg hat sich nicht im Guten gefügt, und so war Herr Horn gezwungen, auf den Bastionen und an den Gräben Kartaunen in Stellung zu bringen, und unter Glockengeläute ballerten die Geschütze los. Die Glöckner ermüdeten, aber die Kanoniere nicht. Zwei Wochen dauerte der schreckliche Beschuß, Tag und Nacht, und in unserer Küche bröckelte der Putz von der Decke, und erst als die Burg mächtig beschädigt und der Stür-den-Kerl völlig zerschossen war, unterwarf Herr Oldenbokkum die Burg und sich selbst den Schweden und erhielt das Recht des freien Abzugs für sich und alle Ordensknechte (von denen die Hälfte allerdings gleich bei den Schweden in Sold trat), worauf wiederum drei Tage lang die Glocken aller Kirchen läuteten, die Geschütze aber endlich schwiegen. Jetzt freuen sich in Reval alle, die auf die Schweden gewartet hatten, während viele Anhänger der Dänen oder Polen sich noch lauter gebärden als die Schwedenfreunde und auf dem Markt und vor den Kirchen lauthals »vår unge Majestät« und »våra träffliga officerare« preisen. Aber eigentlich schreibe ich Dir wegen des Erbteils, das Vater Dir hinterlassen hat und das Du antreten mußt. Mir als Witwe ohne nennenswertes Vermögen hat er die Hälfte seiner Barschaft, 150 Mark in Silber, und unser Vaterhaus hinterlassen (wo Du stets, sei es vorläufig allein oder später, wenn ich vielleicht auch dorthin umgezogen bin, neben mir leben kannst, wenn dessen Strohdach für Dich noch gut genug ist). Dein Erbteil besteht nach dem Testament aus dem übrigen Geld in der obengenannten Höhe und aller beweglichen Habe, dem Hausrat, dem Tafelsilber und dem Vieh (Pferde, Kleinvieh, Schweine und Sterken), dessen Wert Vater meinem Anteil gleichgesetzt hat, und so ist es auch. Und nun harrt dieses Vermögen, wie ich gesagt habe, hier Deiner Verfügung.

Ja, es stimmt, ich habe mich beim ersten, flüchtigen Lesen nicht geirrt: Ich bin meiner Schulden ledig! Und dieses ärmliche alte Häuschen, das bei Vaters Todesnachricht in meiner Vorstellung zu Asche zerfiel, kommt nun mit all seinen Geschehnissen, Stimmen und Gerüchen aus dem Nichts zurück und steht vor meinem inneren Auge unter den alten, im Wind schaukelnden Weiden vor dem weißbezahnten grauen Meer. Eine niedrige graue Tür aus behauenen Brettern, eine Tür mit einer Wacholderklinke, und sie steht offen ... Sie ist da ... Ich kann, wenn ich will ... Freilich ist es dumm, auch nur daran zu denken. Ich stehe hier so gut wie sicher in der Kanzel. Mit der Probepredigt werde ich keinerlei Schwierigkeiten haben. Das ist eine reine Formsache. Erstens. Zweitens werde ich diese Formsache zur Ergötzung und zu voller Zufriedenheit des Domkapitels und sämtlicher Gemeindeherren hinter mich bringen. Natürlich. Erst vor wenigen Monaten haben sie sich von der Schreckensherrschaft des berühmten Museus und aller Flacianer freigekämpft. Jetzt wollen sie melanchthonischer sein als Melanchthon selbst und sagen mir Dank für die versöhnenden Worte des heiligen Lukas. Denn im Geiste der Versöhnung soll ich die Lukas-Worte auf Wunsch der Domherren interpretieren. Unter uns gesagt, wenn schon Lukas, so hätte ich ans 19. Kapitel, Vers 45 anknüpfen und predigen wollen: »Und er ging in den Tempel und fing an auszutreiben, die da verkauften.« Was meiner Ansicht nach in einer großen Handelsstadt stets am Platze ist, hier aber hätte ich zudem auf die unverschämte Habgier des verjagten Museus anspielen können (wovon ganz Bremen bis heute noch tuschelt) – und hätte endlich auch der Qual meiner langjährigen Schuldenlast einen gewissen Ausdruck verliehen, wenigstens für mich selbst ... Aber als ich mich den Herren der Gemeinde mit diesem Text vorstellte, schüttelten sie den Kopf und brummten abweisend, und sogar Herr Puttemann sagte: »Mm – wir meinen, das ist nicht nötig ...« Herr Sum zwinkerte mir zu und pflichtete ihnen bei. Aber ich fühlte plötzlich, daß sie und ich ... Natürlich: Ich bekomme eine Wohnung in der Sögestraße, in einem Haus, das der Kirche gehört. Die

Wohnung wurde mir schon vorige Woche gezeigt und ist jedenfalls erheblich besser als eure. Jetzt tüncht ein Maurer die Decken, und ein Zimmermann bessert die Wandtäfelung der Diele aus. Außerdem erhalte ich vierhundert Mark jährlich. Die ersten hundert werden mir gleich nach der offiziellen Billigung der Probepredigt ausgezahlt. Also (und das ist wohl das Wichtigste, nicht wahr): Ich werde auch hier meiner Schulden ledig. Sogar eher als dort. Jawohl. Auch hier. Aber dort eben auch ... Und vielleicht sogar irgendwie vollständiger. Ich vermag nicht klar zu sagen, wieso, aber ... Natürlich, entschließe ich mich, Hals über Kopf nach Hause zu fahren (ho-ho-ho-ho!), so darf ich doch die Wiederholung eines solchen Wunders nicht erhoffen: Daß man mich etwa in Reval, hast du nicht gesehen, in die Kanzel der Olai- oder der Heiligengeistkirche beruft ... Ich würde selbstverständlich irgendwohin aufs Land geschickt, zu einer ins Moor geflüchteten Gemeinde mit einer verwahrlosten Kirche, auf ein zerfallenes, vielleicht gar abgebranntes Pastorat, wie es sie jetzt in Livland noch mehr gibt als vor einigen Jahren: die Wände schief, die Öfen zertrümmert, die Türen aus den Angeln gehoben, die Fenster kaputt, innen und außen der Schwamm, die Dachsparren wie Gerippe vor dem grauen Himmel, die Dächer in den Mägen halbverhungerter Kühe, die Kühe von den letzten Plünderern gefressen ... In Reval wäre es da schon anders ... Aber dorthin kann ich ohnehin kaum fahren, wenn ich berücksichtige, was du mir weiter schreibst und was mich vorhin, als ich von hier oben zum Meer blickte, beim Namen eines fernen Dorfes erschauern ließ.

Ich muß Dir noch von einem eigenartigen Gerücht schreiben. Als Witwe finde ich Beschäftigung für meine Hände und Halt für mein Herz, indem ich weiter tue, was ich als Pastorsfrau an Meus' Seite für meine Pflicht ansah: Kranken und Sterbenden in ihrer Qual Erleichterung zu bringen. In diesem christlichen Streben steht mir Gott insofern bei, als die Angehörigen der Verstorbenen und die Genesenen zufrieden mit mir sind und mich auch vornehmeren Familien empfohlen haben, Deutschen und sogar Ratsverwandten. So kam ich ans Krankenbett unseres alten Bekannten Herrn Vegesack, an das er seit dem Herbst gefesselt war und von dem er sich nicht mehr erhob. Einige Tage vor seinem Tod erzählte er mir, Du, Balthasar, hättest Dich im Jahre sechzig unter den Bauern befunden, die von der Stadt Unterstützung für die Aufständischen forderten. Er hätte Dich mit eigenen Augen unter den Aufrührern im Revaler Rathaus gesehen. Als er mir davon erzählte, war er bei vollem Bewußtsein. Ich sagte ihm, sein Auge müsse sich wohl geirrt haben, unmöglich hättest Du Dich damals in Reval aufhalten können, auch hättest Du, falls Du doch in der Heimat gewesen seiest, nie und nimmer gemeinsame Sache mit den aufständischen Bauern gemacht (was ich in meinem Herzen gar nicht für so unmöglich halte, wenn ich Dein erstaunlich leichtfertiges und eigensinniges Wesen in Betracht ziehe und Deine Art, aus kindischer Neugier überallhin Deine Nase zu stecken – aber das verschwieg ich). Herr Vegesack sagte, wobei ein saures Kaufherrenlächeln über sein gelbes Gesicht glitt: »Ist auch am besten so.« Er drückte ein Auge zu und schloß: »Selbst wenn es anders gewesen sein sollte ...« In den paar Tagen, die ihm noch verblieben, sprach er kein Wort mehr darüber, dann wurde er aus dieser Welt abberufen, und ich weiß bis heute nicht, was ich davon halten soll. Nun ist mir weh ums Herz, weil Du so fern bist und anscheinend dort zu bleiben gedenkst, aber ich bin auch ruhig Deinetwegen.

Liebes, das klingt ja fast, als sollte ich um deiner Seelenruhe willen in der Fremde bleiben! Meinst du ernstlich, die Rückkehr bedeutet für mich einen Sprung in unabsehbare Gefahren? Aber höre: Ob ich während des Aufruhrs dort war oder nicht, ist de facto völlig unwesentlich. Ein Ratsherr hat etwas auf seinem Totenbett gefaselt, und ob er auch jemand anderem davon erzählt hat, ist ungewiß (denn wen interessiert das schon!), und jetzt liegt er unter der Erde. (Erstaunlich, daß er mich damals trotz allem erkannt hat ...) Muß ich mich darum ewig von Reval fernhalten? Wie! Für die Bremer Marmorkanzel des heiligen Ansgarius taugen, nicht aber für die Birkenholzpulte des Marienlandes? Ehrlich gesagt, ich fühle mich versucht, überaus versucht, aber, nun ja ...

Sonst geht es uns wie eh und je, und obwohl es außerhalb der Stadtmauern noch recht unruhig ist, habe ich über unsere Verwandten, Freunde und Bekannten keine besonderen Neuigkeiten zu berichten. Die Kurgla-Leute waren während des Aufruhrs und noch lange danach verschwunden, sollen aber jetzt wiedergekehrt sein. Ohm Jakob soll sein im vergangenen Jahr abgebranntes Haus (ob wohl die große Fichte an der Ecke der Steinmauer den Brand überstanden hat?) neu aufgebaut haben, zusammen mit Jürgen und dem neuen Knecht – der Knecht Paavel, an den Du Dich vielleicht noch erinnerst, soll beim Aufruhr ums Leben gekommen sein ...

Paavel ums Leben gekommen ... Das heißt, Epp ist ...

Und Doktor Friesner reist trotz aller Gefahren ständig zwischen Reval, Åbo, Riga und Mitau hin und her. Herr Horn soll gesagt haben, weder Herr Johan noch Herr Gotthart können den Doktor an den Galgen bringen: Jeder müsse ihn zur Hälfte dem anderen zum Erhängen überlassen. Frau Katharina aber lächelt sanft wie eh und je ...

Annika ... Sieh her, ich stehe von dem Balken auf und gehe mit der Sonne an der Steinbrüstung entlang um die Glocken. Unten liegen die gelbroten Dächer dieser gewaltigen fremden Stadt. Links sind Wind und Wolkenschatten und sonnenglitzerndes Land. Rechts summen lautlos die Glocken. In der Hand halte ich deinen Brief, der im Wind zittert wie eine lebendige Meise ... Und ich bekenne vor mir und dir: Gäbe mir Gott jetzt ein Zeichen, sagte eine Stimme hier oben zu mir: Balthasar, warum willst du in dieser fremden Stadt, in diesem fremden Land den Anker werfen? Warum willst du dich in die fremden Streitigkeiten mischen, von denen dieses Land zur Zeit brodelt? Wo man dir doch, ehe du den Mund öffnen konntest, um zu sagen, was du in deinem Herzen für meinen Willen hältst, wo man dir, jawohl, schon vorher gebot, was du für meinen Willen halten sollst! Balthasar, du bist fünfundzwanzig Jahre alt, also alt genug, um an das Grab deines Vaters und an die Wiege deiner Kinder zu denken. Balthasar, wäge sorgfältig auf der Waagschale deines Herzens, ob es nicht bloße Eitelkeit ist, die dir die Marmorkanzel hier unten in der Kirche so begehrenswert erscheinen läßt, daß du dich nicht zu fragen wagst: Wie groß ist in deinem Bestreben hierzubleiben der Wunsch zu dienen (jaja, mir, aber auch dem Silber, leugne es nicht!), verglichen mit dem Verrat an den vielen fernen, stummen Dingen, die leichter zu verraten sind als ich – und das Silber? Erwäge, ob du dich wirklich fürchtest, nach Hause zurückzukehren, weil ein verstorbener Ratsherr Annika – mag sein, nicht nur ihr – etwas über dich erzählt hat? So wäre dein Hierbleiben nichts weiter als Flucht? Balthasar – glaubst du denn überhaupt nicht mehr an die Kraft des Wundertranks, den du einst getrunken hast, in jenem noch höheren Turm als dieser hier? Balthasar …

Aber keine Stimme ertönt. Nur der Wind pfeift lauter. Ich mache immer kleinere Kreise um die Glocken, als möchte ich schneller an irgendein Ziel kommen. Dann bleibe ich bei dem Großen Brummer stehen. Ich drücke die Augen zu. Ich sage: Herrgott, wenn Du jetzt Deinen Mund auftätest und mir sagtest: Balthasar … Aber ich höre keine Stimme. Nur die Glocken summen. Da öffne ich die Lider – Annika, solche Zeichen gibt es –, ich öffne die Lider und lese in Augenhöhe, mit daumenlangen Buchstaben in die Bronze der Glocke gegossen (vielleicht ist es der Name des einstigen Glockengießers, einerlei): BALTHASAR.

Balthasar stieg rasch die Turmtreppe hinunter und durchquerte, ohne sich umzusehen, die leere St.-Ansgari-Kirche. Der kleine Marmorknecht, der sich dort über die liegende Grabfigur des Ratsherrn Gröpelingen neigte, schaute ihm verständnislos und fast schmunzelnd nach.

Am selben Abend sagte Balthasar in Herrn Puttemanns Haus zu den Rats- und Gemeindeherren: »Meine überaus wohlwollenden Gebieter und Freunde (jetzt endlich getraue ich mich, Euch so zu nennen): Eure mehr als freundliche Absicht läßt sich nicht verwirklichen. Gott hat anders entschieden. Ich habe einen Brief erhalten. In Reval ist mein Vater verstorben. Ich muß nach Hause reisen und mein Erbe antreten.«

»Schade«, meinte Herr Sum, und Balthasar war fast gekränkt, wie leichthin er dies zu sagen schien. »Schade. Aber natürlich mußt du gehen.«

»Falls dieses Erbe groß genug ist«, bemerkte Herr Puttemann, »wie ich annehmen muß, obwohl es mich wundert.«

Die Herren fragten nicht, wie groß das Erbe war, und Balthasar hielt es nicht für notwendig, es ihnen zu erklären.

Herr Sum machte im Hafen ein Schiff ausfindig, das Bremer Kaufherren gehörte. Es trug den Namen »Neptunus« und sollte am nächsten Mittag auslaufen, um möglichst noch durch den Sund zu kommen, bevor König Christian diesen aufs neue für die Bremer Schiffe schloß, wie er gedroht hatte. Balthasar einigte sich mit dem dickbäuchigen Kapitän Holt und ging am Morgen zeitig zu den Schiffskais von Schlachte. Herr Sum begleitete seinen jungen Freund sogar, was man bei seiner Art, alles leichtzunehmen, gar nicht erwartet hätte.

»Ich schicke Euch meine Schuld bei der ersten Gelegenheit«, sagte Balthasar. »Mit dem Reisegeld macht es achtzehn Taler.«

»Schon gut, schon gut. Bei der ersten oder zweiten oder dritten Gelegenheit, nicht wahr. Und grüß von mir die Revaler Bekannten, Tegelmeister, Balder und wie sie alle heißen. Und halt dich wacker. Eigentlich solltest du mich um Verzeihung bitten, weil du dich aus dem Staube machst, aber dazu bist du zu stur …«

»Aber Herr Sum, mein Vater hat doch wirklich …«

»Natürlich. Trotzdem würdest du nicht weggehen, wenn du nicht wolltest. Wahrscheinlich hoffst du kindischerweise, zu Hause selbst entscheiden zu können, was gottgefällig ist. Ich hab doch gesehen, wie sich deine

Miene versteinerte, als wir den von dir gewählten Text für untauglich erklärten ... Na, diese kindische Hoffnung wird mit den Jahren vergehen. Und wer weiß, vielleicht fällt es dir dort in deiner Bärenstadt auch wirklich leichter als hier, ein Mensch zu werden, dem man den Hals nicht in jede Richtung zu drehen versucht. Außerdem hast du gewiß noch andere Gründe. Ich glaube, auch Weiber sind im Spiel. Aber das Wichtigste ist wohl, daß du einfach noch nicht deutsch genug bist.«

»Wieso?«

»Nicht deutsch genug, um dich von Amsterdam bis Narva und von Krain bis Bergen zu Hause zu fühlen. Aber immerhin, vergiß nicht: Ich bleibe dein Freund. Du bist ein merkwürdiger Kerl, unter meinen Schülern hat es keinen ähnlichen gegeben. Na ja ...«

Sie hatten den Kai und also die näheren Mündrichboote erreicht. Die dreikörbige, schwerbeladene »Neptunus« stand mit halb aufgerollten Segeln zweihundert Ellen weit mitten im Fluß.

»Na ja. Es wird eine gute Weile dauern, bevor ihr den Anker lichtet. Gott befohlen! Ich spaziere zurück in die Stadt.«

»Grüßt Herrn Puttemann von mir und sagt ihm noch einmal meinen Dank.«

»Schon gut, schon gut.« Herr Sum musterte ihn mit einem kurzen wohlwollenden Blick und verschwand hinter den Arbeitern, die aus dem nächsten Mündrichboot in einer lebendigen Kette Salzsäcke auf den Kai luden. Balthasar wollte Herrn Sum nachschauen, aber ein fünf Pud schwerer Sack bewegte sich gerade von Mann zu Mann und verdeckte Herrn Sum zwanzig Schritt lang, und als der Sack schließlich niederplumpste, war Herr Sum zwischen den Warenhaufen untergetaucht.

Erst als Balthasar mit seiner Kiste und seinem Bündel (er besaß kaum mehr als einst an Bord der »Delphin«) in einem Mündrichboot zur »Neptunus« fuhr, fiel ihm ein: Herrn Puttemann hatte er persönlich gedankt und nun auch Herrn Sum gebeten, ihm zu danken, aber Herrn Sum selbst hatte er zu danken vergessen.

Na schön. Ich hole es in einem Brief aus Reval nach, nahm er sich vor.

Das sich achtern teilende Wasser, die am Ufer entfliehende und sich dem Blick öffnende Stadt mit ihren tausend schwarzen oder leuchtenden Fensteraugen sowie der plötzlich auftauchende Gedanke an die ungeheure Dauer und die Gefahren der beginnenden Reise drückten Balthasars Herz für einen Augenblick an die dünnen, teerigen Bretter, hinter denen der bodenlose Fluß murmelte. Gottes Welt erschien ihm plötzlich so unendlich groß, daß er glaubte, der soeben versprochene Dankesbrief könnte nur durch ein Wunder über Meere und Länder in die Hände des Empfängers gelangen ... Doch gar bald mußte Balthasar erleben, daß Gottes wundersamer Wille dieser riesigen Welt plötzlich die Maße eines Ameisenhaufens verleihen konnte.

Balthasar bezahlte dem bärtigen Mündrich seine Pfennige und kletterte die wankenden Sprossen des Fallreeps hoch, auf das tröstend breite Deck der »Neptunus«.

»Na, da ist ja unser Herr Pastor«, brummte der Bootsmann mit kupferrotem Gesicht, als sie sich, über Taubündel steigend, zum Kapitän begaben. »Na, das ist ja fein! Jetzt können wir noch im Bauch des Skagener Seedrachens Gottes Segen erhalten.«

Antworte ich ihm darauf nicht, dachte Balthasar, so bleibt er Herr der Lage. Und er entgegnete todernst: »Das könnt ihr. Nur müßt ihr euch still verhalten, damit der Drache euch nicht schon vorher ausfurzt.«

Der Bootsmann machte nur »Mm«. Mit Behagen und Anerkennung.

Kapitän Holt saß auf einem Tranfaß vor der Achterbackkajüte. An der Tür war ein kleiner Klapptisch aufgestellt, und davor hockte auf einem Klappschemel ein Mann mittleren Alters mit aschblondem Haar im Topfschnitt und kritzelte etwas auf ein Blatt Papier.

»Aha, der Herr Pastor«, sagte Holt und streifte Balthasar mit einem forschenden Blick. Er fand anscheinend, daß das Amt dieses Mannes (Herr Sum hatte vorgestern gesagt: Pastor der Ansgarikirche) und seine Kleidung sowie sein Reisezeug (das einfache, recht abgetragene schwarze Wams, die klobige Holzkiste und das Bündel, die der Bootsmann neben ihn hinstellte) nicht recht zueinander paßten. Deshalb sagte er: »Der Bootsmann zeigt Euch Eure Koje ...« Da ihm aber dieser Empfang denn doch zu knapp vorkam – immerhin hatte er es mit einem Geistlichen zu tun –, fügte er erläuternd hinzu: »Ich selbst, Ihr seht, kann nicht – ich plage mich mit dem Notarius ab. Zur Beglaubigung einer alten Schuld. Vor einer langen Seereise ...«

Darauf hob der Notar sein Gesicht vom Papier und schaute Balthasar an. Und Balthasar erkannte ihn sofort – durchzuckt von jenem süßen Erinnerungsblitz, der ihn stets erfreute, vielleicht dank der Beobachtung, daß er in dieser Hinsicht vielen Leuten überlegen war, offenbar auch dem Herrn Notar. Während er noch in seinem Gedächtnis nach dem Namen des Mannes stöberte, sagte er: »Der Herr Notarius erkennt mich wohl nicht wieder? Wir sind einander begegnet. In Reval, in Doktor Friesners Haus. Als Ihr Schreiber beim Herrn Schmerten wart und ein Pferd des Ordens Euch gequetscht hatte. Im Sommer achtundfünfzig.«

»Stimmt. Beim Doktor bin ich wirklich gewesen. Aber an Euch erinnere ich mich nicht. Vielleicht, wenn ich mal in meinen Aufzeichnungen nachsähe ... Wie lange seid Ihr fort aus Livland?«

»Ich ... M-m-m ... seit Herbst achtundfünfzig.«

»Also noch länger als ich. Ich bin im Herbst sechzig weggefahren. Vor dem großen Bauernaufruhr. Also könnt Ihr mir nichts Neueres erzählen?«

»Neueres? Nein.«

Nachdem Balthasar sein Zeug in seiner Koje neben der Steuermannskajüte verstaut hatte, kam er zurück. Auch an den Namen des Notars konnte er sich nun erinnern. Dieser streute gerade Sand auf sein Dokument, der notarielle Schuldschein des Kapitäns war fertig.

»Herr Renner ist wohl jetzt Notarius in dieser Stadt?«

»Vorläufig bin ich nur Stellvertreter. Ihr geht zurück

nach Livland, wie ich höre? Nun ja, ich war nur fünf, sechs Jahre dort. Aber winkt den Mauern des Domberges meinen Gruß zu. Obwohl ja nun der Schwede darin sitzt. Und auch den Mauern von Weißenstein. Solltet Ihr dorthin kommen und sollte dort noch etwas stehen.«

Im Bug begann das Ankertau unter den rhythmischen Rufen der Seeleute zu knarren. Achtern kletterte der Herr Notarius das Fallreep hinab in das wartende Boot. Sein Klapptisch, sein Sitz und seine Schreibzeugschatulle wurden ihm hinabgereicht.

Und als die »Neptunus« flußabwärts glitt und das Focksegel aufging und Wind fing, erhob sich Notarius Renner im Boot, wer weiß, warum – er hatte ja bloß fünf, sechs Jahre in Livland gelebt und dort kein Glück gefunden –, und winkte dem jungen Mann mit dem breiten Nacken und dem hellen Schopf zu, der an der Reling stand und den Weg in dieses trotz allem unvergeßliche Land antrat.

nach [illegible]

[illegible]

[illegible] wurde durch

[illegible]

[illegible] und [illegible]

[illegible]

[illegible]

[illegible]

[illegible]

[illegible]

[illegible] erhob sich [illegible]

[illegible]

[illegible] und [illegible]

[illegible] der

[illegible] den [illegible] immer

[illegible] angestimmt.

DRITTES BUCH

ERSTER TEIL

ERSTES KAPITEL,

darinnen unser Held vor allem etwas vollbringt, was unwiderlegbar beweist, daß er über Rahmen und Denkweise des jungen Schlingels hinausgewachsen und nun wirklich ein Mann geworden ist; inmitten all der Hast des Lebens findet er dennoch die Zeit, sich zu erinnern, wie er dorthin gekommen ist, wo er jetzt steht, und hört nicht auf, sich darüber zu wundern; letzteres zeugt freilich davon, daß sein Erwachsensein noch nicht allzu dauerhaft und noch nicht sehr fest in ihm verankert ist

Dieses Haus war natürlich unnötig groß und ungemütlich leer. Und zwar das Pfarrhaus der Heiligengeistkirche, hier im östlichen Teil des Hofes, zwischen den Gebäuden der Schule und des Siechenhauses und der Rückseite der Ratsapotheke. Die mächtigen Kalksteinmauern eines Hauses, das einzustürzen drohte. Seine niedrigen Fenster mit den Bleirahmen schauten über den kleinen, uralten Friedhof hinweg in die hohen Kirchenfenster mit den gemeißelten Fensterkreuzen aus Stein, als wetteiferten Pfarrhaus und Kirche, wer von ihnen eher den Blick abwenden müsse.

Das Haus war zur gleichen Zeit erbaut worden wie die Kirche und somit fast zweihundertfünfzig Jahre alt, und sein Erbauer hatte sicher gewußt, daß er keine Kaufmannswohnung und keine Lagerräume baute, sondern die Wohnung des Seelsorgers der Ratskirche für die Grauen und einen Raum für Amtshandlungen. Der Baumeister hatte sich indes nicht die Mühe gemacht, für das Haus eine besondere Form oder eine besondere Anordnung der Zimmer zu ersinnen. So daß sich dieses Haus im Grunde genommen nicht von den gewöhnlichen Kaufmannshäusern in Reval unterschied. Und keinesfalls zu den prächtigsten gehörte. Denn man muß sagen, daß die Heiligengeistgemeinde seit ihrem Bestehen hauptsächlich eine Gemeinde von Undeutschen war. Da aber die Heiligengeistkirche unbegreiflicherweise infolge irgendwelcher jetzt schon vergessenen Umstände zugleich auch als Ratskapelle fungieren mußte, war das Pfarrhaus nicht schlechter ausgefallen als die Häuser einiger Kaufherren der Großen Gilde von, nun, sagen wir, mittlerem Wohlstand.

Bis zu den Tagen der großen Glaubensläuterung hatten viele Seelsorger der Heiligengeistkirche, so Johann von Gotland und nach ihm auch andere, wenn das erforderlich war – und manche gar über das unbedingt Notwendige hinaus –, ihre haushälterische Hand an das alte Gebäude gelegt, wie alte Rechnungen bezeugten. Und wollten wir unser Haus mit einem Schiff vergleichen (und was ist denn ein Haus anderes als eine Kogge, eine Karracke oder eine Karavelle, wenn auch mit Bordwänden aus Stein, hinter denen die schutzlosen Menschenseelen mit vollen Segeln durch den schrecklichen Ozean Zeit fahren – durch alle vom Bösen entfesselten Stürme und über alle von seinen Spießgesellen ausgestreuten Riffe hinweg geradeswegs auf die Gestade des himmlischen Vaters zu!), wollten wir also unser Haus mit einem Schiff vergleichen, dann könnten wir sagen: Dieses Haus des Oberhirten der Heiligengeistgemeinde erinnerte wahrhaftig an ein Schiff, das durch die Zeiten der großen Glaubensläuterung hindurch zu unseren Tagen der reinen Glaubenslehre hingesegelt war und dabei wunderbarerweise die Deckkabine gänzlich unversehrt hinübergerettet hatte, ebenso die Galionsfigur. Und wenn wir nun doch zugeben müssen, daß das Haus zu zerfallen begann, so ist das, wie schon gesagt, keinesfalls der Saumseligkeit seiner Herren zuzuschreiben. Wußten doch die Alten im Siechenhaus, zahnlos zwar, aber mit »Haaren auf den Zähnen« – wenn sie zuvor ihre Zunge mit einem Schluck Bier geschmiert hatten –, allerlei zu erzählen, was man nicht nur hier, im Hof hinter der Heiligengeistkirche, feststellen konnte, sondern auch anderswo. So erzählten sie, seitdem in den Gotteshäusern die gereinigte Glaubenslehre verkündet werde, seien die Kirchen selbst (und die angrenzenden Gebäude, von denen ja hier die Rede ist) vielerorts ohne

Aufsicht geblieben und daher mancherorts nach und nach einfach zu Ruinen geworden. Erik von Schweden, der nun bereits das fünfte Jahr, wenn schon nicht über ganz Livland, so doch wenigstens über Reval herrschte, war noch nicht dazu gekommen, sich dieser Sache anzunehmen. Natürlich, die Glaubenslehre war wichtiger als Stein, Putz und Farbe. Das stand außer Zweifel. In Livland war das Glaubensbekenntnis zum Glück bis auf den heutigen Tag rein und unberührt geblieben: Alle diese Wiedertäufer, Mennoniten, Mistwagen, Wasserträger, Sioniten und was es da in Deutschland sonst noch gab, hatten ihren Unflat hier nicht verbreiten können. Trotzdem dachte Pall mitunter: Wie dem mit der Abschaffung des seinerzeit zum Teufelswerk erklärten kirchlichen Pomps auch gewesen sein mag, die Pfarrhäuser jedenfalls werden heute längst nicht mehr so in Ordnung gehalten wie früher. Wenn auch an und für sich Schlichtheit dem Herrn zweifellos wohlgefällig ist ... Übrigens, wer weiß, vielleicht verhielt sich alles auch nicht ganz so. Vielleicht hatte er selbst, nun ihn diese Dinge unmittelbar angingen, seine Ansicht darüber geändert? Immerhin war er nicht mehr der übermütige Sprößling des Fuhrmanns Siimon Rissa aus Fischermai, nicht mehr der lang aufgeschossene Primaner der Revaler Lateinschule und der nach Brot und Wissen lechzende Gnadenbrotempfänger bei einem armen Teufel von Adjunkten. Ja, auch nicht mehr der Diakon der Heiligengeistkirche, was er die letzten zwei Jahre über gewesen war. Jetzt war er der Herr Pastor der Heiligengeistkirche, der vor drei Wochen ordinierte und eingeführte Herr Pastor Balthasar Rüssow, der, wie er auch schon gehört hatte, einfacher und weit ehrerbietiger: *unser Senior* Balthasar ... genannt wurde. Falls das nicht nur Speichelleckerei und Lobhudelei war, die man manchmal so schwer von ehrlichen Worten unterscheiden kann ...

So daß unser Senior Balthasar (hm!), als er jetzt zwischen den Grabsteinen hindurch auf die Tür seiner neuen Behausung zuschritt (man müßte das Laub und die regenbespritzte Erde von diesen Platten fegen – he-he, das heißt: fegen *lassen*!), mit diesem Haus sowohl vollauf zufrieden als auch ernstlich unzufrieden war. Zufrieden mit der gottlosen Höhe seines spitz zulaufenden Daches, dessen sonnenbeschienener, leuchtender grauer Giebel sich bis zum Windenbalken – jedenfalls jetzt zur Mittagszeit – über den dichten dunkelblauen Schatten erhob, den das Kirchendach warf. Zufrieden mit dem Fenster in der Diele, das aus vierundachtzig winzigen Scheiben bestand. Zufrieden mit den dicken Fenstergittern, die man vom Hof aus durch die Scheiben sehen konnte – als würden in seiner Diele, wie in den Kaufmannshäusern, wer weiß was für teure überseeische Waren aufbewahrt und zur Schau gestellt. Zufrieden auch mit der Fichtenholztür in der bogenförmigen Kalksteineinfassung; den schweren Schlüssel zu dieser Tür zog er jetzt unter der Schaube hervor, aus der Tasche seines Leibrocks ... Ganz unzufrieden aber war er damit, daß, man sehe nur, sich das Ziegeldach auf der Nordseite neigte, durchbog und an vielen Stellen Moos angesetzt hatte, der Septemberregen also schon eine ganze Woche lang ungehindert den Dachboden hatte überfluten können. Höchlich unzufrieden war er mit den Rissen in den Wänden von Pferde- und Viehstall. Unzufrieden mit der glanzlosen, verblichenen Farbe der einst gelben Eingangstür, unzufrieden mit den unansehnlichen Hauswänden, deren Putz stellenweise abgebröckelt war, so daß es aussah, als hätte das Haus Schorf im Gesicht. Verteufelt unzufrieden ... Ja-a, es war eine Menge zu tun, um das Haus in Ordnung zu bringen und zu verschönern, woher aber sollte man in der heutigen schlechten, bettelarmen Zeit das Geld dazu nehmen ... Von den Herren des Gotteskastens, des kirchlichen Schatzamtes, viel zu erbitten kam ihm nicht zu, besonders jetzt nicht, wo er selbst an der Spitze der Verwaltung stand. Und diese jämmerlichen fünfzig Mark, um die man sein Jahresgehalt im Amt des Pastors erhöht hatte, waren bei den jetzigen irrsinnigen Preisen (noch dazu, wenn man etwas bauen und umbauen wollte) so gut wie gar nichts! Ein Tropfen auf den heißen Stein.

Und nicht bloß diese fünfzig. Alle seine vierhundert Mark im Jahr waren dreiundsiebzig, höchstens vierundsiebzig Taler wert! Was konnte er damit schon ausrichten, wenn er allein für diese neue Türschwelle den Steinmetzen einen ganzen Taler zahlen mußte. Oder wenn man für einen Stof Abendmahlswein einen Ferding verlangte …

Balthasar wollte schon den zwei Pfund schweren Schlüssel ans Schlüsselloch setzen, als ihm plötzlich einfiel: Er brauchte ja nur mit dem Hämmerchen zu klopfen – poch-poch-poch –, und augenblicklich würde man ihm die Tür von innen aufschließen … War doch in seinem Hause die Dienstmagd Barbara, die er zusammen mit dem Haus vom seligen Herrn Schinckel übernommen hatte. Gerüchten zufolge die Witwe eines – vor fünfzehn Jahren in wer weiß was für einem Scharmützel getöteten – Ratslandsknechtes, war sie, damals noch blutjung, Schinckels Haushälterin geworden, und man weiß schon, was noch … Die Barba von heute war eine derbknochige Frau mit flinken Augen und glattem Gesicht, die jeden Sonnabend ihre aschblonden Haare auf glühendheiße Eisenstücke wickelte, so daß es im ganzen Haus, bis zum Dachboden, versengt roch. Die oft heftig atmete, so daß sich ihre hohen, spitzen Brüste unter der weißen Leinenschürze auffällig hoben und senkten. Die gern Fragen stellte und ein Schwätzchen machte, wenn sie auch – offenbar dank Herrn Schinckels Erziehung – mehr oder weniger maßhielt. Eines aber stand außer Zweifel: Sie wußte, was man sich so in der Stadt erzählte.

Balthasar klopfte nicht erst, er öffnete die Tür mit seinem Schlüssel. Vielleicht, um sich dafür zu bestrafen, daß er – wie ihm auf einmal schien – mehr als nötig auf die wogenden Brüste der Dienstmagd sah … Er sperrte das knirschende Schloß auf. Warf der herbeigeeilten Barba die Schaube auf die Arme – wäre sie jetzt doch lieber nicht zu Hause gewesen …

Sie sagte: »Man hat zweimal nach dem Herrn Pastor gefragt.«

»Wer?«

»Nun, dieser Mann, den der Pastor als Glöckner nimmt, Märten oder wie er ...«

»Ah ... Was hat er gesagt?«

»Er hat versprochen, abends wiederzukommen.«

»Hm. Und wer noch?«

»Vom Kürschner ist jemand dagewesen. Hat gesagt, daß der Pelzmantel für den Herrn Pastor fertig ist.«

»Schon? ... Hm.«

Mit einer Kinnbewegung schickte er die Magd zurück in die Küche an den Herd, er selbst aber blieb mit gespreizten Beinen mitten in der Diele stehen.

Ja-a. Die Diele war leer. Bloß gut, daß sich an den Wänden Bänke türmten, die die Gemeinde hier abgestellt hatte, sonst wäre überhaupt nichts darin gewesen. Freilich, viele Möbel hätte der Pastor in der Diele ohnehin nicht unterbringen können, war es doch heutzutage üblich, hier die Konfirmation zu vollziehen. So daß ihm ein Überfluß an Möbeln fürs erste kein Kopfzerbrechen bereitete. Ja, und was hatte er aus seiner früheren Diakonswohnung schon groß in dieses Haus mitbringen können? Ein paar jämmerliche Kisten mit Kleidern und Büchern. Ein Bett. Das Pult, an dem er schrieb. Drei Schemel. Einige Zinnteller und -schüsseln. Das war alles. Selbst das vom Vater ererbte Silber, selbst das hatte er verkaufen müssen, um seine Schulden bei Herrn Sum und anderen zu bezahlen ... Doch trotz ihrer Leere war die Diele schön: der glatte, nur hier und da rissige Kalksteinfußboden, die sauberen, geweißten Wände, die breite Innentreppe aus Eschenholz und die weiße Balkendecke mit dem bunten Ornament: seltene rosa Blumen und grüne Blätter. Um keinen Deut schlechter als die Diele bei Rektor Wolff in Stettin, die ihm einst so prächtig vorgekommen war. Und keinesfalls kleiner. Obwohl man schon vor langer Zeit an der Nordseite eine Trennwand gezogen und ein Drittel der Diele abgeteilt hatte, das jetzt einen selbständigen Raum bildete und als Sakristei diente, für die sich in der Kirche selbst offenbar kein Platz gefunden hatte. In die Sakristei führte vom Hof eine separate Treppe. Der Pastor aber konnte durch eine Seitentür von der Diele aus in die Sakristei gelangen.

Balthasar trat auf die Tür zu und schaute nach rechts und nach links. Rechts war die Sakristei, gleichfalls fast leer, mit einigen Möbeln der Gemeinde darin. Ein Schreibpult – neben dem Fenster, von dem aus man die nordöstliche Ecke der Kirche, das Küsterhaus und das rote Dach der Mädchenschule sah, beschienen von der Herbstsonne, die ihre sich wiegenden, durchsichtigen Füßchen hierher, ins Fenster, streckte, um über den Kalksteinfußboden zu gehen. Auf dem Pult das Kirchenbuch mit den kupfernen Ecken. (Es machte Spaß, darin zu blättern und die verschiedenen Handschriften zu lesen, die von Böckhold, von Wanradt, von Koell und die von Killonius: Der eine schrieb zierlich, der andere schwungvoll ... Fünfzig Jahre Taufen und Hochzeiten der Grauen, Geburten und Sterbefälle.) Links in der Sakristeiwand, hinter einem verschlossenen Eisentürchen – die Nische, wo die Gemeindegelder (wie wenig es doch war) und wichtigere Papiere aufbewahrt wurden. Zur Linken befanden sich die Diele – zusammen mit der Sakristei konnte sie gut und gern einen kleinen Hochzeitssaal abgeben – und die Treppe, die prächtige, breite, gerade Treppe mit dem kühnen Bogen, die ihn gleichsam einlud, hinaufzusteigen in die kleine Kammer neben dem Schlafzimmer, wo er sich ein richtiges Schreibzimmer einzurichten gedachte.

Aber ehrlich gesagt, für seinen Begriff war dieses Haus trotz aller Mängel verblüffend prächtig und solide, und sein Selbstgefühl hüllte ihn ein wie ein leichtes, warmes Wollgewand, durch das, da es nicht dick genug war, von Zeit zu Zeit der kalte Lufthauch des Unglaubens drang ... An und für sich aber blies der Wind nicht gar so eisig und zudem immer seltener ...

Nein, in den drei Wochen war Balthasar in diesem Haus noch nicht *völlig* heimisch geworden. Aber mit seinem neuen Leben hatte er sich, in den letzten drei Jahren ans Vorwärtskommen gewöhnt, doch schon etwas angefreundet. Einige Ereignisse vielleicht ausgenommen, zu denen es gekommen war, nachdem er, aus Bremen zurückgekehrt, im Revaler Hafen an Land gegangen war und sich mit seiner Kiste und seinem Bündel nach Fischermai aufgemacht hatte … Letzteres hatte ihn recht lebhaft daran erinnert, wie er vor fünf Jahren aus ebendiesem Hafen abgefahren war. Jedenfalls besaß er bei seiner Rückkehr keineswegs mehr Sachen als damals bei der Abreise. Eher umgekehrt: In jener frühen Morgenstunde, da er vom naßgespritzten Kai auf das Deck der »Delphin« gehuscht war, um die weite Reise anzutreten, hatte er wenigstens zwei gute Säcke mit Brot gehabt. Zurückgekehrt aber war er ohne einen einzigen. (Bloß Märtens Gesicht aus Birkenholz hatte er wieder mit nach Hause gebracht, wenn auch nur, weil es ihm peinlich gewesen war, es jemandem zu schenken oder einfach irgendwo zu »vergessen«.) Bei der Abreise hatte er hundertsechzig Silbermark im Beutel gehabt. Zurückgekehrt war er mit zweihundertachtundzwanzig Mark Schulden (hundert bei Kimmelpenning und hundertachtundzwanzig bei Herrn Sum). Allerdings erwartete ihn in Reval eine Erbschaft. Er hoffte, daß ihm nach Begleichung der Schulden noch einige Dutzend Mark verbleiben würden. Und außerdem brachte er *Bildung* mit … Auf mehr jedoch als bestenfalls auf das Amt eines Diakons (schwerlich das eines Pastors) irgendwo im Norden des Marienlandes, in einer halbzerfallenen, abgelegenen Kirche mit einer halb in die Wälder auseinandergelaufenen Gemeinde durfte er freilich nicht hoffen. Auch nicht, wenn ihm im Vergleich zu den Reihen der prächtigen, mehrgeschossigen Bremer Häuser, die sich über eine halbe Meile hinzogen und im Fluß spiegelten, die innerhalb der Steinmauern zusammengepreßten schrägen Dächer Revals, das seinem Herzen lieb und teuer war, jetzt mehr als dürftig vorkamen. Zu hoffen war um so weniger, als die Stadt unter König Erik offenbar die letzten Reste ihres früheren, wenn auch schon recht verblaßten Wohlstandes eingebüßt hatte. Selbst mit der Kiste auf der Schulter sah er, während er vom Hafen nach Fischermai eilte, daß Herr Horn die Mauern der Oberstadt, die seine Kanonen durchlöchert hatten, nicht wieder hatte instand setzen lassen. Und daß das Siechenhaus neben der Großen Strandpforte in Trümmern lag. Und daß die Soldaten von Seiner Majestät Erik, König von Schweden, Herzog von Estland et cetera (einige Abteilungen dieser Soldaten luden an der Pier Fässer aus einer schwedischen Karracke), ihrer Kleidung und ihren Gesichtern nach zu urteilen, wohl schon ein halbes Jahr lang keinen Sold mehr bekommen hatten ...

Gleich nach seiner Ankunft in Fischermai hatte sich Balthasar, umsorgt von Annika, ein paar Tage ausgeruht. Natürlich hatte Annika unzählige Fragen an ihn. Aber das konnte nicht verwundern, zog man die fünfjährige Trennung, die fernen Städte und Länder, die er gesehen hatte, die Menschen und Schulen mit den merkwürdigen Namen und, nicht zuletzt, Annikas Wißbegier in Betracht. Später mußte Balthasar dann auch auf *jene* Frage antworten. Wobei diese, dem Ton nach zu urteilen, in dem sie gestellt wurde, für Annika die wichtigste Frage überhaupt war. Jedenfalls glaubte das Balthasar.

Zu zweit saßen sie in dem alten, zu ebener Erde gelegenen Zimmerchen, in dem Balthasar einen Großteil seiner Schuljahre zugebracht hatte. Den ganzen ersten Tag, die halbe Nacht und den Morgen des folgenden Tages stellten sie einander pausenlos Fragen und beantworteten sie. Und im Ergebnis der bildreichen Antworten und fast sichtbaren Schilderungen Balthasars kam es Annika beinahe so vor, als sei sie selbst aus fernen Ländern zurückgekehrt. Und Balthasar dachte, er werde sich bald wieder heimisch fühlen. Denn anscheinend hatte sich hier inzwischen nicht Gott weiß wieviel verändert. Obwohl der Vater gestorben war und mit seinem Tode auch sein Fuhrmannsgewerbe ein Ende gefunden hatte. Gestorben war auch Kimmelpenning. Und Meus. Und die alte Truuta. Und der Doktor und die Frau Doktor waren vor einem Jahr nach Mitau übergesiedelt. (Ach, ja?) Weil Herr Kettler es unter dem polnischen König mittlerweile zum Herzog von Kurland gebracht hatte. (Ja, weiß ich.) Und dem Doktor war bei den Schweden der Boden unter den Füßen heiß geworden ... Übrigens munkelte man, Kettler habe den Doktor hinter Schloß und Riegel gebracht: Natürlich hatte Mitau ihn verdächtigt, Beziehungen zu Stockholm zu unterhalten. Und immer noch – diese alten Bretterwände, dieser Geruch nach Rauch und Ruß, Brot, Teer und gegerbtem Leder, diese niedrigen Decken. (Herrgott, selbst diese drei zolllangen Ästchen in den behauenen Balken über seiner einstigen Schlafstelle waren noch da. Diese Ästchen, die ihm als Kind in Dämmerstunden, wenn er dalag und zur Decke starrte, stets wie Augen und Mund vorgekommen waren – Augen und Mund eines Hausgeistes oder Engels, des Kurglaer Großvaters oder eines irdischen oder himmlischen Gottes ...) Von alledem ging etwas aus, was ihm das deutliche Gefühl gab, geborgen zu sein ... Oh, Balthasar wußte, es war eine kindische Empfindung, trotzdem ... Und dann diese seine »erwachsene Schwester«, jetzt eine Frau von vierunddreißig oder fünfunddreißig Jahren, die nach Fichtennadelseife duftete, ein schlichtes graues, dem Gewand einer Begine nicht unähnliches Kleid trug, eine aufreizend schöne und kühne und im Grunde genommen von sich überzeugte Wittib, eine *vornehme* Frau (denn was sonst war die Wittib eines Pastors), bei der sich Balthasar nicht nach ihren weiteren Lebensplänen, geschweige denn danach zu erkundigen wagte, ob sie nicht einen Nachfolger für ihren seligen Mann im Auge habe ... Da nun fragte Annika: »Pall, hast du meinen Brief erhalten, in dem ich dir von Vaters Tod schrieb, ich hatte ihn nach Stettin geschickt?«

»Nein.«

»Und den ich nach Bremen geschickt hatte, hast du den bekommen?«

»Gewiß, ich hab's dir doch gesagt.«

»Ja-a ... Und jetzt sag mir – stimmt das, was mir Herr Vegesack auf dem Totenbett erzählt hat, das, was ich dir geschrieben hatte?«

Statt einer Antwort fragte Balthasar: »Und hat dir außer Vegesack noch jemand dergleichen vorgeschwatzt?«

»Nein. Das weiß ich genau. Ich habe mir alle Einzelheiten ins Gedächtnis gerufen, alle, die mit seiner Erzählung zusammenhängen. Über dich habe ich kein Wort gehört. Ich erinnere mich nur, daß an jenem Tag, als man die Bauernführer aus der Nähe von Lode nach Reval brachte und sie auf dem Jerusalemberg räderte – es waren elf –, Vater zu mir ins Doktorhaus kam und unter anderem auch davon sprach, wo *du* wohl sein könntest. Ich aber sagte, du seist doch in Deutschland. Worauf er meinte, ja, da seist du wohl. *Du warst doch damals nicht hier?*«

Balthasar wußte, daß er jetzt eine Antwort geben mußte, bei der er auch künftig bleiben konnte. Und er wußte, wäre Annika eine Minute früher auf diese Frage zurückgekommen, der leichte Glücksrausch, in dem er sich befand, seit er wieder daheim war, hätte ihn zur Offenheit getrieben. Jetzt aber, da ihm einen Augenblick zuvor klargeworden war, daß der Vater der Tochter nicht die Wahrheit gesagt hatte, glaubte er, dies sei auch ihm erlaubt. Ohne sich vorwerfen zu müssen, daß er etwas verheimlichte (wenngleich das natürlich eines Judas würdig war!); denn zuviel zu wissen gereicht dem inneren Frieden manchmal durchaus nicht zum Vorteil. Weder nutzt es demjenigen, der weiß, was die anderen nicht wissen, noch dem, der es nicht weiß.

»Ach, war ich hier?« Balthasar blickte der Schwester in die Augen. Vielleicht schaute er absichtlich so lange. Damit die Schwester, sofern sie klug genug war, seine Antwort so oder so deuten konnte. »Nicht, daß ich wüßte.«

»Aha«, meinte Annika mit der ihm vertrauten und darum doppelt aufreizenden unverfrorenen Sanftmut, »dann weiß ich.«

»Was weißt du?«

»Nun, daß du nicht hier warst.«

Mehr sprachen sie nicht darüber. Sie hatten auch gar

keine Zeit dazu. Balthasar mußte sich schleunigst in die Stadt begeben und dem Ministerium seine Ankunft melden. Er wollte das so bald als möglich tun. Damit die ein, zwei Monate des Wartens, in deren Verlauf sich herausstellen sollte, ob und wo man ihm eine Kanzel anbot, möglichst bald anbrachen. Er sprach in der Sakristei der Olaikirche, der alten vertrauten Meusschen Sakristei, beim Sekretär des städtischen Ministeriums vor. Wonach er kaum eine Woche warten mußte. Während dieser Zeit ließ er sich übrigens von Herrn Balder einspannen und spielte mit ihm gänzlich unbekannten Schülern den Megaronid in Plautus' »Dreigroschenstück«. Außerdem stand und fiel mit ihm, da er der Gehilfe des nicht allzu eifrigen Herrn Balder war, die gesamte Aufführung. Ja, er hatte die Vorstellung im Ratssaal kaum über die Bühne gebracht, als ihn – tags darauf – Herr von Geldern zu sich bestellte. Gewiß geschah das deshalb so bald, weil Herr von Geldern geruht hatte, sich die Szenen aus Plautus im Ratssaal anzusehen.

Balthasar hätte nie geglaubt, daß es so schwer war, eine Unterredung mit ihm zu erreichen. Freilich, Herr von Geldern hatte inzwischen eine verblüffende Karriere gemacht. Jetzt, unter den Schweden, war er nicht mehr und nicht weniger als beinahe Superintendent von ganz Estland. Allerdings waren die Grenzen der schwedischen Besitzungen recht unbestimmt, zudem änderten sie sich tagtäglich. Eines aber blieb unbestreitbar: Herr von Geldern war die wichtigste Person unter den hiesigen Klerikern, de facto episcopus, vor kurzem von König Erik selbst in diesen Rang erhoben. In Balthasars Erinnerung, wenigstens soweit er sich des kurzen Zusammenseins im Hause von Meus und Annika entsann, war Pastor von Geldern ein äußerst liebenswürdiger Herr, jedenfalls solange man beständig seine Verdienste hervorhob. Daß aber Balthasar der Erbschaftskasse des verstorbenen Kimmelpenning hundert Mark schuldete, nun, erstens war das kein Verbrechen (Ich möchte wissen, ob wenigstens einmal jemand, der in Deutschland studiert hat, ohne Schulden zurückgekehrt ist), und zweitens ahnte hier niemand auch nur, daß er bei Kimmelpenning Geld geborgt hatte. Ebensowenig wie von seinen Schulden bei Herrn Sum. Rektor Wolff hätte natürlich, bevor ihm Herr Sum das Geld schickte, einen Brief an den Revaler Rat schreiben und sich über Balthasar beklagen können; in diesem Fall wäre Herr Geldern im Bilde. Was an und für sich peinlich wäre, aber schließlich war die Angelegenheit längst bereinigt und verjährt. Von all dem anderen ahnte Herr Geldern nicht einmal etwas ... Er ahnte nicht, wie oft der Böse den Studenten Balthasar vom Pfade der Tugend abgebracht und in das Dickicht der Schändlichkeit und den Sumpf der Unzucht gelockt hatte (wie das der Gehörnte mit Studenten meist tut). Also wußte Herr Geldern auch nicht, wie erstaunlich verschlungen Balthasars Studentenpfad gewesen war (nach den Worten eines Mannes, der nun schon unter der Erde lag) ... Trotzdem konnte es nicht schaden, auf der Hut zu sein. Denn Balthasar durfte kaum darauf bauen, daß der Herr ein zweites Mal ein ebensolches Wunder mit den Waagschalen seiner Befürchtungen und Hoffnungen vollbrachte wie einst, als er zu Rektor Wolff beordert wurde und einen gehörigen Rüffel für seine sittenlosen Streiche erwartete, statt dessen aber, man denke nur, beinahe freundschaftlich behandelt wurde.

Darauf durfte er schwerlich hoffen ... Und nichtsdestoweniger hatte Gott eine weitere Geschichte dieser Art in petto! Und sogar eine noch erstaunlichere!

Herr Johann Robert von Geldern empfing Balthasar im Olaipastorat in der Breitstraße, wo sich auch seine Kirche und seine Wohnung befanden und wo auf seine Anordnung hin die Superintendentur untergebracht worden war. Er ließ Balthasar nicht erst auf der Stelle treten und warten, bevor er ihm Aufmerksamkeit schenkte, wie es Personen von hohem Stande mit Grünschnäbeln zu halten pflegen. Balthasar war kaum eingetreten, als er auch schon die Gänsefeder aufs Pult legte und sich ihm freundschaftlich zuwandte.

Gewiß, Herr Geldern war ein wenig gealtert und grau

geworden. Und doch war das derselbe herablassend-wohlwollende Herr, den er bei Meus und Annika gesehen hatte, derselbe starkknochige Mann mit den hellgrauen Augen; er trug eine prächtige, mit Nerz besetzte Schaube. Freilich, es war recht kühl in seinem Arbeitszimmer mit den hohen Gewölben und den dicken Wänden. Herr Geldern mußte auch nicht erst in seinem Gedächtnis kramen, um sich zu erinnern, ob und wo er Balthasar vor dem gestrigen Tag schon einmal gesehen hatte. Er erkannte ihn sofort, bekreuzigte und segnete ihn, mit der erstaunlichen hochmütigen Leichtigkeit, mit der Träger eines hohen Ranges diese Zeremonie vollziehen.

»Ja, ja, ich erinnere mich Eurer. Wir sind uns bei unserem Freund Frolink begegnet, den der Herr so früh zu sich gerufen hat. Was für einen wohlschmeckenden, starken Pflaumenwein er uns vorgesetzt hat! Erinnert Ihr Euch? Der Doktor und Katharina waren damals noch in Finnland ...«

Herr Geldern geruhte, sich aufs liebenswürdigste mit Balthasar zu unterhalten. Das stimmte. Doch Herr Geldern war nicht nur leicht ergraut, er war auch etwas hochmütiger, ja man muß schon sagen – *noch* hochmütiger geworden. Denn in den Winkeln seiner gleichsam abschätzenden und abwägenden Augen blitzte von Zeit zu Zeit etwas auf, und es war dies nichts anderes als leiser Spott (Ach, das ist also unser nächster Bauer, der Anspruch auf eine Kanzel erhebt! – Oder etwas in der Art). Auch in seiner Stimme klang bisweilen leise Ironie an. Jenes bequeme, wenn auch keineswegs angenehme Freundspiel, zu dem sich hochmütige ältere Männer im Umgang mit weit jüngeren mitunter herablassen. Weiß Gott, wo Balthasar die Lebenserfahrung gesammelt hatte, jedenfalls dachte er: Sie spielen meist dann, wenn ihre Absichten in bezug auf den Partner nicht die allerbesten sind.

»Soso, nun seid Ihr also in die Heimat zurückgekehrt. Ja-a. Von den Bremer Angelegenheiten habt Ihr sehr interessant erzählt. Bei uns gibt es übrigens, Gott sei Dank, keine Kirchenzwiste. Der Krieg hingegen dauert immer noch fort. Jetzt haben wir natürlich eine starke Macht im Lande. Aber es ist noch gar nicht so lange her, da war unser klägliches Dasein so von Hoffnungen und Ängsten geschüttelt, daß selbst die gescheitesten Leute Torheiten begingen. Ich meine unseren früheren Freund, den Doktor. Jetzt dient er Kettler und dem polnischen König. Wußtet Ihr das? Ihr, Ihr habt natürlich nichts damit zu tun. Zu jener Zeit wart Ihr ja schon lange in Deutschland. Ich weiß. Und auch seine Frau, das arme Ding, trifft keine Schuld. Selbstverständlich ... Also, Ihr seid zu uns zurückgekehrt, und wir sollen Euch eine Kanzel geben. Nun, Ihr könnt Euch wohl denken, in welchem Zustand unsere christliche Kirche in Harrien und Jerwen gegenwärtig ist. Freie Stellen haben wir natürlich viele. Mehr als die Hälfte der Kanzeln ist verwaist. Aber mehr als die Hälfte der Gemeinden existiert auch nicht mehr. Weil Moskau und Polen, Dänemark und die tatarischen Horden, die Hofleute und allerlei Parteigänger und Eiferer – weil sie alle nur an sich denken. So daß dort, wo man etwas weiter weg ist vom Heer Seiner Majestät, unseres schwedischen Königs, und wo er nur schwer auf Ruhe und Ordnung achten kann, so daß dort, wie man so sagt, gleich ein Gutshof in Flammen steht, sobald ein Dorf zu brennen aufhört. Und mit den Kirchen ist es dasselbe. Die einen hat der Krieg verwüstet, die anderen die Zerstörungssucht. Ganz zu schweigen von den Pfarrhäusern. So daß ...«

Balthasar schoß es durch den Kopf: Na, jetzt ist schon klar, womit er schließen wird.

»So daß ... ich Euch etwas Glänzendes nicht anbieten kann. Wir sollten indes stets eingedenk sein, daß ein junger Mann, der seinen ersten Baum auf dem Acker Gottes pflanzen geht, wissen muß, was Jehova seinen Vorfahren gesagt hat: Im Schweiße deines Angesichts sollst du dein Brot essen.« (Gleich wird er hinzufügen, und bei der jetzigen Lage mit Fug und Recht hinzufügen – oh, solche älteren gewichtigen Herren, zum Teufel mit ihnen, sprechen immer mit Fug und Recht, selbst wenn sie nur einen Deut von diesem Recht haben! –, gleich wird er hinzufügen, und das mit vollem Recht: Im Schweiße Eures Angesichts, im Schweiße von Qualen und in dem Bewußtsein, daß auch Euer Blut vergossen werden kann, wenn es Gott gefällt …)

Statt dessen aber sagte Herr Geldern: »So daß es wahrhaftig ein Fingerzeig des Allerhöchsten ist, der im vergangenen Monat alles so gefügt hat, daß wir Euch jetzt zum zweiten Diakon bei Bushauer ernennen können.«

Balthasar schoß es sofort durch den Kopf: Unter den livländischen Pastoren gibt es doch haufenweise Namensvettern, noch aus jenen längst vergangenen Zeiten, als hier eine Pfarrei zu erhalten gleichbedeutend mit einer Beute war und derjenige, der als erster zur Teilung herbeigeeilt war, sofort alle auch nur irgendwie fähigen Verwandten und Vettern kommen ließ und außerdem bemüht war, den Söhnen so früh wie möglich ein Amt zu verschaffen. Nur in seltenen glücklichen Ausnahmefällen verbergen sich hinter diesen Namen Leute, die etwas taugen … Aber Bushauer? Bushauer? … Er entsann sich nur eines einzigen Mannes mit einem solchen Namen – dieser war vor fünf Jahren Diakon an der Revaler Heiligengeistkirche gewesen, ein kleiner, einem gut aufgegangenen Gerstenfladen ähnelnder, etwas einfältiger Mann. Aber in welchem Kirchspiel gab es noch einen Bushauer? In Haggers? Nun, das ist noch nicht der schlimmste Krähwinkel, wenn auch die Kirche dort gewiß abgebrannt ist. Nein, dort war ja dieser, wie hieß er doch gleich, Bu … Bü … Bünemann … In Ambla? Nun, schlimmstenfalls wird auch das gehen. Obwohl das bestimmt ein völlig ausgeplünderter Landstrich ist … Aber nein. Dort war doch dieser … na … Buddenbrock!

»In welcher Kirche ist das, Eure Eminenz?«

»In der Heiligengeistkirche.«

»*Welcher* Heiligengeistkirche?«

»Im ganzen Episkopat gibt es nur in Reval eine Heiligengeistkirche. Und an ebendiese denke ich. Ha-ha-haha. Wohin sollte ich jemanden wie Euch wohl sonst schicken?«

Am Tage vor jenem Samstag, da Balthasar zum erstenmal in der Heiligengeistkirche predigen sollte, wurde er auf die Reeperbahn gerufen, um einem Kranken das heilige Abendmahl zu verabreichen. Das heißt, eigentlich hatte man den Pastor gebeten zu kommen. Aber Schinckel hatte Fieber, wie in letzter Zeit oft, und er wußte nicht einmal, ob er am nächsten Morgen imstande sein würde, über den Kirchhof bis zur Kirche zu gehen, um Balthasars Predigt beizuwohnen. Und Bushauer war gleich beim ersten Glatteis in diesem Winter hingefallen und hatte sich leider den Knöchel verrenkt. So daß also Balthasar den Gang übernehmen mußte. Auf dem Rückweg blies ein scharfer Nordwind, seinen leichten Halbpelz aus Hundefell eisig durchdringend, und um dem Wind zu entgehen, kehrte Balthasar in der Hafenschenke »Zum grauen Seehund« ein. Vor dem Kamin, inmitten lärmenden Volkes, nahm er Platz. Er hatte schon ein halbes Glas Pflaumenwein genossen, als eine trunkene Stimme ein Lied anstimmte. Dies hörend, verstummte die ganze Schenke augenblicks und begann zu lauschen.

Balthasar erkannte den Sänger sofort. Dieser einbeinige alte Bettler mit den graubunten Stoppeln im Gesicht, der sich, weiß der Teufel wo, eine Art Zimbel verschafft hatte, war kein anderer als der Hafenbettler Lunt-Laos, ein Bewohner des Siechenhauses, früher einmal Geselle bei einem Seilermeister. In dem Maße jedoch, wie die Revaler Schiffahrt in Verfall geriet, hatte er sich immer mehr dem Trunk ergeben und war schon völlig am Boden gewesen, als der Moskowiter vor fünf, sechs Jahren seinen unverhofften Angriff auf die Stadt unternahm. Zusammen mit seinesgleichen war Lunt-Laos ausgezogen, sich auf den Sandbergen für Reval zu schlagen. Eine Kugel aus einer Hakenbüchse hatte ihn getroffen, er hatte das rechte Bein verloren und konnte von Glück sagen, daß er überhaupt noch lebte. Jetzt hinkte Laos durch den Hafen und über den Marktplatz, hockte in den Wirtshäusern und brüstete sich beim Bier mitunter seines Handwerkerruhms. So erzählte er, wie man bei ihm für diese ... nun, diese fliegenden Italiener, die Seiltänzer, das Tau aller Taue bestellt hatte, kein einziger Meister hatte sich zugetraut, dieses so geschwind zu drehen ... Wurde Laos das Glück zuteil, einmal ein bißchen mehr trinken zu können, unterhielt er die Besucher der Schenken mit selbstverfaßten oder irgendwo aufgeschnappten Kneipenliedern, lauten und verworrenen Liedern, die von beißendem Spott strotzten. Dieser unanständigen Lieder wegen steckte man ihn von Zeit zu Zeit ins Gefängnis, in den Turm hinter dem Marstall, wo man ihm den Fußblock anlegte. Da es aber einigermaßen seltsam war, dieses einbeinige Männlein an Krücken im Fußblock zu halten, und da sich an seine Lieder im nachhinein niemand mehr erinnern konnte, auch er selbst nicht, ließ der Vogt ihn stets wieder laufen. Dabei pflegte er ihm die Worte mit auf den Weg zu geben: »Wenn du unverbesserlicher Spitzbube dich nun schon mal dem Suff ergeben hast, verlottert bist und bettelst, statt ehrlich zu arbeiten, dann gib doch dein früheres Handwerk lieber ganz auf, sonst drehst du dir noch einen Strick für deinen eigenen dürren Hals!« Wie dem auch sei, jetzt grölte Laos ein Lied, das Balthasar sofort erkannte; augenblicklich stellte er sein erst halb geleertes Glas auf den Tisch und lauschte ... Nun ja, schließlich durfte sich im heutigen Reval, dem Reval König Eriks, niemand mehr über dieses Lied aufregen.

»In Livland der Oberregente, der war ich,
In Christi Gefilde verkehrte ich's wahrlich.
Den Kettler, den kannten sie alle. Man lief
Zu ihm zu Gericht und verneigte sich tief.
Und denkt einer heute an mich noch mitunter,
Im Guten nur denkt er dann meiner, darunter
Besonders die Jungfraun, ja jede, die hier,
Und sei's auch nur einmal, allein war mit mir.
Entsetzlich sind, Gott ist mein Zeuge, die Sünden,
Vergebung werd nie wohl ich Elender finden.
Mit Ruten geschlagen, verflucht und gehaßt,
Steck bis an die ... Ohren ich tief im Morast.«

J-ja, hier gab es einige Zeilen, die Herr Antonius Balthasar damals nicht vorgesungen hatte. Doch was dann folgte, war völlig neu und ganz und gar unerhört:

»Umgang in Reval hatt ich mit 'nem Paar.
Er war ein Arzt, doch kein simpler, fürwahr,
Schröpfte mich schrecklich. Und wenn's mal nicht
reichte,
Holt' er den Rest bei den Schweden sich leichte.
Ausgenutzt hat er mich feste, oho,
Aufgeschlitzt, eingeschmiert, so und auch so.
Nur noch bei mir war er, kaum noch zu Hause …
Dafür war ich bei dem Weibchen zum Schmause.
Schön war sie! Zwischen den Schenkeln, so weiß,
War da ein Plätzchen – wie Feuer so heiß.
Fein war der Ort und dazu so verschwiegen,
Seiner Gewalt mußt ich immer erliegen.
In ihrem Bann stand ich! Wie war ich froh,
Als sie mit mir dann nach Riga entfloh.«

Da wieherten schon alle, die zum Aufwärmen in die Schenke gekommen waren – bärtige Seeleute, Mündrichknechte, ja selbst einige hochnäsige Schwarzenhäupterbrüder –, so einmütig los, daß Laos seinen unterdessen ausgetrunkenen Bierkrug hinschob, damit man ihn wieder fülle. Dann fuhr er fort:

»Retten kann nichts mich vor Unglück und Schande!
Heimwärts den Doktor ich eilends entsandte,
Leute und Gut sind der Liebsten vermacht,
Kommt es ans Sterben, ist alles bedacht.
Heute, da wart ich mit unschuld'ger Seele,
Daß nun der Herrgott zu sich mich befehle.«

Die neue Lachwelle erreichte zwar nicht die Stärke der vorangegangenen, dennoch begrub sie Balthasar völlig unter sich – ebenso wie der Wirtshauslärm, der das verstummende Lachen ablöste. Balthasar stürzte den Pflaumenwein hinunter und schlug die Tür des »Grauen Seehundes« hinter sich zu. In diesem Lied war nichts gewesen, was er nicht gewußt hätte. Ja: Katharina hatte mit Kettler geschlafen ... Ob nur in Reval oder auch in Riga, das war für ihn jetzt belanglos ... Und trotzdem: Es zu wissen war etwas ganz anderes, als zu hören, wie man Lieder darüber sang. Auf solche Weise und noch dazu an solchem Ort – das war mehr, als er ertragen konnte. Zuzuhören, wie man sich daran ergötzte und schallend lachte ... Ach ... Balthasar rannte zur Großen Strandpforte, er spürte, wie der bittere Wein und die brennende Scham als glühender Strom zu seinem Herzen fluteten, wie der kalte Nordostwind und die eisige Gehässigkeit seinen Rücken peitschten ... Die Schwerter von Scham und Zorn kreuzten sich klirrend in seinem Innern ... Schweißgebadet betrat er die Große Strandpforte, er hatte Schüttelfrost. Vielleicht war Herrn Schinckels Fieber auf ihn übergegangen?

Nein, Fieber hatte Balthasar nicht. Doch die ganze Zeit überlief es ihn bald heiß, bald kalt. Diese Empfindung wollte nicht weichen. Bis zum Samstagmorgen, bis zu seiner Antrittspredigt war sie jedenfalls noch nicht vorübergegangen. Ebendeshalb hatten sich ihm dieser Tag und die Predigt ohne Einzelheiten eingeprägt, wie durch einen Nebel. Alles kam ganz anders, als er erwartet hatte. Der Eindruck war nicht so stark wie an jenem fernen Tage, als er zum erstenmal die wunderbare Wirkung seines Wortes gespürt hatte, in jenem unvergeßlichen Augenblick im Kurglaer Haus am Sarge seines Großvaters.

Überraschend hatten Fröste eingesetzt, die Februarfröste des Jahres 1563, und in der Kirche war es kalt. Ein Nebel, ganz wie in einer Eishöhle, dachte Balthasar, während er durch die nordöstliche Seitentür in die Kirche trat, und begab sich zur Kanzel ... Der Dunst vom warmen Atem der zottigen, bootsgrauen Menge in Wämsern, Jacken, Umschlagtüchern, Schafpelzen ... Oh, er mußte sich ja auf die Worte konzentrieren, die er seiner Predigt zugrunde gelegt hatte – den 13. Vers des 88. Psalms Davids, den er von der Bibel Doktor Luthers selbst in die hiesige Sprache übersetzt hatte. »Mögen denn Deine Wunder in der Finsternis erkannt werden? Oder Deine Gerechtigkeit in dem Lande, da man nichts gedenket?« Über das göttliche Wunder wollte er sprechen, das bis jetzt die Stadt bewahrt – sie gestraft und trotz allem gerettet hatte. Selbst wollte er das vom Herrn vollbrachte Wunder spüren, kraft dessen *er*, Siimon Rüssows Sohn Pall, von der Kanzel der Heiligengeistkirche herab darüber sprach ... Ja. Er hatte vor, ihnen von Vorzeichen, von göttlicher Gerechtigkeit auch im Schicksal dieses armseligen Landstrichs zu sprechen, wo man nichts im Gedächtnis bewahrte ... Doch statt dessen dachte er, als er die Kanzel bestieg: Diese Menge da heult und röchelt wie einst der Schneesturm auf dem Eis des Meerbusens, und diese Treppe knarrt in der kalten Kirche wie an einem fernen eiskalten Morgen der Holzzaun in Fischermai ... Sieh einer an, dort sind ja Tran-Andres (ein gelbes Gesicht, ein ergrauter Bart) und seine flinke Krõõt und der inzwischen baumlang aufgeschossene Päärn und Taavet und Käsper, Vaters ehemalige Fuhrknechte, und noch Dutzende andere vertraute Gesichter aus Fischermai ... Hunderte von Gesichtern ... Und dann dachte er noch: In diesem Landstrich, wo man nichts im Gedächtnis bewahrt, müßte man die Ereignisse aufzeichnen, damit man nicht vergißt, was hier geschehen ist (nur die schamlosen Kneipenlieder sollte man verbieten!) ... Und als er da oben, auf der Kanzel, die Knie beugte und wieder aufstand und zu sprechen begann, da spürte er, wie durch seinen frierenden Körper gelbe Iltisse der Scham (dieses schändlichen Liedes wegen) liefen, spürte er, daß die Kälte seinen Mund verschloß. Und die Worte, die er dann doch hervorbrachte, erreichten diese graue Menge nicht, sie hingen zwischen ihm und ihnen in der Luft, schwebten über dem Dampf ihres Atems ...

Das Liedchen über Katharinas Demütigung und seine erste Predigt blieben in Balthasars Erinnerung seltsam verbunden. Doch in der Hektik der ersten Arbeitsmonate (nicht selten schleppte er auch noch Schinckels und Bushauers Bürde) – in dieser Hektik und Hast hatte er kaum Zeit gefunden, das ihm so unverhofft zuteil gewordene Glück, ein Amt bekommen zu haben, gebührend zu würdigen. Und wenn er ehrlich war, so wußte er bis heute nicht, worüber er sich mehr wundern sollte: darüber, daß er Diakon an der ehrwürdigen Revaler Heiligengeistkirche geworden war, oder darüber, was ihm Monate später widerfahren war.

An einem windigen Frühjahrsmorgen des Jahres dreiundsechzig ließ ihn der Schreiber der Superintendentur dringend in die Große Gilde zu einer Beratung der Herren des Gotteskastens bitten. Weiß der Teufel, was der Anlaß dazu sein mochte. Auf diesen Beratungen wurden die verschiedensten Angelegenheiten erörtert, die mit dem Gehalt und der Wohnung der Geistlichen, mit Reparaturen aller Art, mit der Unterhaltung der Pastorate und der Bewirtschaftung der Kirchenländereien zusammenhingen. Balthasar kam zu spät, und er hatte sich kaum auf die Kante einer Bank gehockt, als auch schon das Dutzend Pastoren und Gemeindeältester – sie alle kannte er zumindest vom Sehen – mit Herrn Geldern an der Spitze in den Kleinen Saal der Gilde einzog und auf den geschnitzten Stühlen an den Wänden entlang Platz nahm. Als Herr Geldern an Balthasar vorüberkam, flüsterte er ihm durch eine Wolke von Moschusduft zu: »Balthasar, sagt nicht nein, wenn ich ja sage!«

Die Möglichkeit, das Gebet, welches die Beratung eröffnete, zu sprechen, gewährte Herr Geldern dem Pastor der Nikolaikirche, Tegelmeister. Sich selbst ersparte er diese Mühe. Im Anschluß an das Gebet sangen alle mit geschulten Stimmen einmütig, aber mit professioneller Gleichgültigkeit »Ein' feste Burg ist unser Gott«. Inbrünstig zu singen, dazu bestand keine Veranlassung, waren sie hier doch ganz unter sich. Dann nahm Herr Geldern das Wort: »Dank der Hilfe des Allmächtigen ist unser Gotteskasten seit langem ein aus Rohr geflochtenes Kästlein, in dem die Gelder unserer Revaler christlichen Kirche, wie weiland der Säugling Mose, heil und unversehrt durch den von Krokodilen wimmelnden Fluß der Zeit schwimmen. Alte Menschen ermüden jedoch nicht nur am Steuerruder großer Schiffe, sondern auch am Ruder unseres Gotteskastens. Daher wollen wir heute einer Bitte unseres Mitbruders, des Herrn Lambert, willfahren und ihn von den Pflichten des Oberkustos unserer Finanzangelegenheiten befreien, damit er in den letzten Jahren, die der Herr ihm noch zu schenken gedenkt, nur noch für seine Gemeinde zu sorgen habe. Denn Lambert kann auf mehr als siebzig Jahre zurückblicken, und seine Augen können Schillinge nicht mehr von Ferdingen unterscheiden, was an und für sich natürlich nicht weiter schlimm ist, mit der Zeit aber doch eher Verwirrung in unseren Rechnungen stiften als unserem guten Namen im Munde schlechter Menschen dienlich sein kann. Nun denn, von heute an mag er sich nur noch seiner Gemeinde widmen. Unterscheidet man doch den Samen des Herrn vom Samen des Teufels nicht mit dem leiblichen, sondern mit dem geistigen Auge, und mit diesem kommt er, zu unserer Freude, noch vollauf zurecht.«

Die Ablösung des Herrn Lambert war augenscheinlich von vornherein beschlossene Sache. Keiner der Herren des Gotteskastens spitzte auch nur die Ohren. Geräuschvoll schleuderte der Wind Sand gegen die blau-rot-gelben Scheiben des Gildensaales, ein so heftiger Wirbelsturm hatte sich unterdessen erhoben. Harpe von der Olaikirche unterstützte Herrn Geldern, indem er »Amen« sagte. Worauf sich Herr Lambert, hüstelnd, mühsam von seinem Sitz erhob. Er kniff die graubewimperten Augen zusammen, zog den Schatullenschlüssel sowie das Siegel aus der Tasche und legte beides auf das kleine Tischchen neben dem Sessel des Herrn Geldern. Dann verbeugte er sich vor den Versammelten, halb mit der Hüfte, halb mit dem Hintern, und sagte: »Demütig danke ich dem Allmächtigen und meinen ehrenwerten Mitbrüdern für die Unterstützung, die sie mir bis jetzt erwiesen haben.«

Danach ging er watschelnd, aber noch recht rüstigen Schrittes auf Balthasar zu und setzte sich neben ihn.

Was übrigens Herrn Lamberts Dankbarkeit dem

Herrgott und seinen Mitbrüdern gegenüber betrifft, so war sie, allem Anschein nach, aufrichtig. Hatte doch Balthasar schon des öfteren sagen hören, wie groß das Durcheinander im Schatzamt sei. Dazu hatte es aber nur kommen können, weil Lamberts Augen nicht nur keine Schillinge von Ferdingen, sondern auch keine Silbertaler von schwarzen Ochsen unterscheiden konnten.

Herr Geldern fuhr fort: »Folglich brauchen wir für die nächsten drei Jahre an Lamberts Statt einen neuen Mann. Wir alle wissen sehr wohl, daß die Pflichten eines Schatzmeisters alles andere als leicht sind, sie sind zeitraubend und erfordern äußerste Gewissenhaftigkeit. Darum meine ich, es hat keinen Sinn, diese Pflichten einem unserer sehr würdigen, ehrenwerten älteren Mitglieder zu übertragen, sind diese doch ohnehin in ihren Gemeinden stark in Anspruch genommen, und je ernsthafter sie sich ihnen widmen, um so stärker sind sie an Händen und Füßen gebunden. Und so wollen wir denn für unser Schatzamt einen *jungen* Mann wählen. Einen, der schon Gelegenheit hatte, sich von seiner guten Seite zu zeigen, und der willens ist, sich von einer noch besseren zu zeigen. Auf dessen Hände wir schauen können, ohne uns schämen zu müssen, und hinter dem wir mit Segen und mit der Peitsche stehen werden. Ich denke, unser junger Freund Balthasar Rüssow ist in jeder Hinsicht der dafür geeignetste Mann. Deshalb habe ich ihn hierher zu uns rufen lassen.«

Herr Geldern hatte kaum angefangen, von der Notwendigkeit eines neuen Mannes zu sprechen, als Balthasar sich auch schon, einen Moment lang vielleicht, erkühnte, etwas zu mutmaßen. Nichtsdestoweniger war er von dem, was er da hörte, so verblüfft, daß er das, freilich nur wenige Augenblicke währende, Murmeln und Schnaufen, das Herrn Gelderns Worte begleitete, nicht sogleich wahrnahm. Er hatte nicht die geringste Ahnung, wie es auf derartigen Versammlungen zuging und wie groß die Möglichkeit war, daß ein so unerhörter Vorschlag des Herrn Geldern gebilligt wurde. Als das Schnaufen verstummte und keinerlei Einwände laut wurden, sagte sich Balthasar: Ich weiß, warum sie Geldern zustimmen. Wegen der Gerüchte, daß er Beziehungen zu sehr hochgestellten Persönlichkeiten in Stockholm hat. Zu jemandem aus der nächsten Umgebung König Eriks. Darum haben sie seinen unerhörten Vorschlag geschluckt. Aber warum hatte Herr Geldern ihn gemacht? Balthasar kam nicht dazu, sich diese Frage zu stellen, weil in diesem Moment jemand hüstelte. Aha, das war der an Schnupfen leidende, ewig unzufriedene Herr Tegelmeister, jetzt Hauptpastor der Nikolaikirche, einst jedoch Rektor von Balthasars Schule. Nach jenem äußerst ehrerbietigen Hüsteln sagte er: »Sehr geehrter Herr Superintendent, Eure Wahl ist zweifellos höchst glücklich. Immerhin – sollte man nicht unserem Auserwählten Zeit geben, reifer zu werden und Erfahrungen in Geschäftsdingen zu sammeln? Ich frage nur ... nun, sagen wir, zum Schutze des Erwählten, wenn ich mich so ausdrücken darf. Und natürlich auch um des Selbstschutzes willen. Darum meine ich, es wäre vielleicht *noch* besser, wir würden mit unseren Finanzangelegenheiten einen Mann betrauen, dessen persönlicher Besitz uns dafür bürgt, daß er mit Liegenschaften und Geld umzugehen versteht, damit es nicht immer wieder dazu kommt, daß kirchliches Geld mit dem Geld des Schatzmeisters in einen Topf geworfen wird ...«

Herr Geldern unterbrach ihn lächelnd: »Lieber Tegelmeister!« Balthasar begriff, daß die Liebenswürdigkeit, mit der das gesagt wurde, bedeutete: Schluß mit dem Räsonieren! »Lieber Tegelmeister, der geeignetste Mann ist der, der nichts besitzt, was leicht mit dem Inhalt des Kästchens vermischt werden könnte. Am allerbesten ist, wenn man sofort sieht, daß der Mann auf einmal etwas besitzt, was für ihn unerschwinglich wäre, so daß wir sogleich Rechenschaft von ihm fordern können, woher er es hat!« Geldern wandte sich Pall zu. »Ist Balthasar Rüssow bereit, das Amt des Schatzmeisters zu übernehmen, sofern wir beschließen sollten, ihm diese Bürde aufzuerlegen?«

Balthasar stand auf, um Antwort zu geben. Man muß

sagen, daß er, trotz der ihm eigenen Bedächtigkeit, seiner anfänglichen Verwunderung Herr geworden und wieder völlig zu sich gekommen war.

Das kirchliche Schatzamt war fraglos eine unwahrscheinlich verwickelte und komplizierte Angelegenheit. Dreißig- bis vierzigtausend Mark Hypotheken auf ein halbes Hundert städtischer Häuser. Prozente. Renten. Pachtzins. Die Siechenhausdörfer mit ihren Einnahmen und Ausgaben. Das Gehalt für die Pastoren und Diakone, Kantoren, Küster, Glöckner und Kirchendiener. Wohnungen. Reparaturen. Die Verpflichtung, darauf zu achten, daß alles einging und nichts in andere Kanäle floß, daß jeder das Seine erhielt ... Es war zum Verzweifeln.

Immerhin, sollte er damit fertig werden (du liebe Güte, er, der er noch nie mehr als eine Mark in der Woche ausgegeben hatte!), sollte er damit fertig werden, dann wäre er in gewisser Beziehung der erste Mann nach Herrn Geldern ... Sollte er ... Aber wenn die anderen ihm das zutrauten, wenn anscheinend sogar Herr Geldern ihm das zutraute (Wieso eigentlich? Weil er eine gehörige Portion Menschenkenntnis besitzt, und warum noch?), weshalb sollte er *selbst* da an sich zweifeln? ...

Er hörte die Schritte der zum Markt Gehenden und vom Markt Kommenden über den kopfsteingepflasterten Platz poltern, hörte, wie der Wirbelsturm seine Kreise zog, Marktkehricht über den Weckengang fegte und gegen die blau-rot-gelben Fenster des Gildensaals schleuderte ... Beinahe zornig sagte er: »Meine Herren, Ihr habt zu entscheiden.« Formaliter verhielt es sich tatsächlich so. Sie hatten zu entscheiden, nicht Herr Geldern. »Ihr selbst. Mir bleibt indessen nur das eine zu sagen: Unter Euch wird sich vielleicht nicht einer finden, der weniger als ich für diese Aufgabe taugt.« Sagte er »vielleicht«, dann konnte das tatsächlich mehr oder weniger stimmen. Zumindest brauchte er sich seiner Worte nicht zu schämen. Denn alle, die jetzt hier saßen, waren länger im Dienst als er: der eine im Rat, der andere in der Kirche. »Aber unter Euch wird sich nicht einer finden, der sie mit größerem Eifer tun würde, sollte sie, diese Aufgabe, ihm übertragen werden.«

Balthasar setzte sich. Und obschon er sich auf seinen Platz nahezu fallen ließ, schämte er sich, ehrlich gesagt, schon, bevor er die Bank berührte, seiner Antwort. Obwohl ihm einige Herren aus dem Schatzamt beifällig zunickten. Er fühlte, daß die Komposition seiner Antwort, die Tatsache, daß er zuerst contra und zum Schluß pro gesprochen hatte und nicht umgekehrt, recht durchsichtig bezeugte, wie er nach diesem alles andere als ruhigen Posten lechzte …

Zweifellos hatte er es jedoch nicht seiner Antwort, sondern nur Herrn Geldern zu verdanken, daß ihn das Kollegium des Revaler Gotteskastens an jenem Morgen als Oberkustos der Geldkasse bestätigt hatte.

Später hatte es ihn schon nicht mehr sonderlich überrascht, daß nach dem Tode Schinckels nicht der kleine Bushauer, Diakon wie er, der sich das neunte Jahr ergeben in seinem Amt abplagte, sondern ausgerechnet er, Balthasar, zum Pastor der Heiligengeistkirche ernannt worden war.

Ja. Es hatte ihn schon nicht mehr sonderlich überrascht. Braucht der Mensch in seiner Jugend denn viel, um an seine Tüchtigkeit zu glauben? Nein, nein – nicht seine Tüchtigkeit in den Augen Gottes und nicht mit dessen Maß gemessen. Sondern seine Tüchtigkeit im Vergleich zu denen, neben denen in der Hast des Lebens zu sein ihm vorherbestimmt war. Überdies hatte Balthasar unbegreiflicherweise seit langem Grund, zu glauben, er sei etwas Besonderes, schon als er noch im väterlichen Gemüsegarten am Ufer von Fischermai Steine ausbuddelte, schon als er noch Quartaner der Lateinschule war, schon damals auf dem Turm der Olaikirche … Wie konnte er da zweifeln, ob er es wert war, Herrn Schinckels Nachfolger zu werden! Er konnte Zeugnisse verschiedener Schulen vorweisen. Auch das der Stettiner Schule, das ihm Herr Wolff doch noch geschickt hatte. Und abgesehen von allem anderen: Von ihm ging echter Wittenberger Geist aus! Bis zum Magister hatte er es freilich nicht gebracht. Um jedoch Herrn Schinckels Platz einnehmen zu können, war auch das, worüber er verfügte, mehr als genug. Sogar der Superintendent zollte ihm Respekt (er selbst war schließlich auch ein Wittenberger!). Manchmal war sich Balthasar übrigens keineswegs so sicher, daß jener ihn respektierte ... Beispielsweise als Herr Geldern nach einer der regelmäßigen Sitzungen des Ministeriums vor Balthasar stehenblieb und scheinbar freundschaftlich, zugleich aber recht barsch fragte: »Nun, wie steht es mit uns armen Sündern – ha-ha-ha? Wie sorgen wir dafür, daß der Herr etwas hat, wofür er uns vergeben kann?« Eine unbegreifliche spöttische Note war darin angeklungen, und Balthasar hatte keine Antwort gefunden.

Immerhin wußte Balthasar, daß Herr Geldern verschiedentlich gut von ihm gesprochen hatte. So über seinen Eifer in den Angelegenheiten des Schatzamtes, die unter Balthasars Händen ins Lot gekommen waren, wenn auch unter großer Mühe seinerseits. Und besonders über Balthasars Fähigkeit, mit seiner Grauengemeinde umzugehen, mit ihrer kindlichen Denkweise, ihrem rauhen Wesen, ihrem Eigensinn fertig zu werden. Nun ja, dieses letzte Lob konnte man natürlich so oder so verstehen ... Wie auch immer, Balthasar sprach mit seinen Grauen in deren eigener Sprache jedenfalls besser als irgendein anderer Revaler Prediger. Besser als Harder, der die Sprache seiner Eltern so sehr vergessen hatte, daß er fortwährend stotterte und sich sein Stottern auch noch als Verdienst anzurechnen schien. Und besser als Mönnick, besser als Bushauer, ja sogar besser als Jürgen Kur von der Siechenkirche: Vom Lande, aus Pattik oder zumindest aus jener Gegend stammend, hatte Kur seinen schlichten bäurischen Dialekt unverfälscht durch die Rostocker höhere Schule gebracht und sprach diesen nicht nur von der Kanzel herab, sondern auch auf dem Markt und auf der Straße. Im Vergleich zu seiner Sprache aber war Balthasars noch urwüchsiger und noch reicher. Alle Worte und Eigentümlichkeiten dieser

Sprache, der direkte und bildliche Ausdruck, ihre Flüche und ihre Lieder, ja, ja, sämtliche Versuche Balthasars, zu allem mit der Zunge vorzudringen, alles deutlich und fühlbar im Kehlkopf zu formen und es dann – uff! – fliegen zu lassen, was ihm besonderes Vergnügen bereitete. Und wie er bald merkte, bereitete es auch seiner Gemeinde Vergnügen. Obwohl er sie für Gleichgültigkeit, für Betrug und Geiz, für den abscheulichen Geist des Ränkeschmiedens und für tausend andere Untugenden viel strenger ins Gebet nahm, als das der selige Schinckel getan hatte, wenn er sie in seinem gebrochenen Estnisch abkanzelte.

In Belehrungen allein erschöpfte sich Balthasars Arbeit mit seiner Gemeinde indessen nicht. Es gab Augenblicke, da sich, angesichts seelischer Leiden oder Herzensfreuden, die Grenze zwischen den Schafen und ihrem Hirten so sehr verwischte, daß Balthasar erschrak: Immerhin war er ja ein Mann, der an den höheren Schulen Deutschlands studiert hatte, immerhin war er ja trotz allem ein »Herr«, nun ja, nun ja, kein solcher wie Harder oder sonst jemand, der in seinem Herrentum päpstlicher war als der Papst, aber immerhin war ja auch er ein »Herr«! Und die Leute von der Reeperbahn, aus Bleeksberg, Fischermai und Hermapöll ebenso wie die Städter – die Bewohner der Gesindestuben, der armseligen Knechtshütten –, sollten sie es nicht wenigstens nach außen hin beachten ... Entweder, weiß Gott, es beachten oder es vergessen ... Am besten wäre es, wenn sie es nach außen nicht vergäßen und ihn behandelten wie einen richtigen Herrn. Und wenn er dabei auch noch fühlen dürfte – nicht immer, das wäre zu beschwerlich, aber in Momenten, wo er das innere Bedürfnis verspürte –, wenn er fühlen dürfte, daß sie ihn in diesen niedrigen Häuschen, diesen rußgeschwärzten Ställen, in den stickigen Stuben hinter den Schweinsblasenfenstern, beim Licht des Kienspans oder der Fischtranfunzel, bei der Hochzeitstafel oder beim Leichenschmaus, an der Wiege oder am Grabe, bei den Klagen über ihr vergangenes oder künftiges Leben und über erlittenes

Unglück oder bei den Jubelrufen nicht nur als Herrn, sondern auch als einen der Ihren ansahen.

Ungefähr so verhielt man sich ihm gegenüber dann auch bald. Um so weniger Grund hatte er, sich über seinen Aufstieg zu wundern. Trotzdem, dieses Haus hier, in dem er seinen mit dem Verstand so gut erklärbaren Erfolg mit eigenen Augen sah, mit seinen Sinnen spürte (nun, da er in der Tür zwischen Diele und Sakristei stand und bald nach rechts, bald nach links schaute, war sein Erfolg für ihn auf einmal identisch mit den bis zur halben Höhe geweißten, einen halben Klafter starken Steinmauern, mit den Gewölben über seinem Kopf, mit den Treppen) – ja, dieses Haus hier kam ihm immer noch seltsam, um nicht zu sagen fremd vor ... Nun ja-a, zumindest eine Sache, die ihm ein Recht auf die prächtige Diele geben konnte, hatte er schon in Angriff genommen: Er mühte sich darin mit den Jungen aus der Heiligengeistschule ab, lehrte sie singen. Schinckel hatte das, was vor vielen Jahren der verstorbene Heiligengeistpastor Beseler begonnen hatte, völlig vernachlässigt. Dieser Reinhold Beseler nämlich war ein fürsorglicher, emsiger Mann gewesen; das von ihm in die einheimische Sprache übertragene und auf seinen Wunsch gedruckte Evangelium benutzte die Gemeinde bis auf den heutigen Tag. Er hätte auch einen Psalter in der hiesigen Sprache herausgegeben (in manuscripto hatte er diesen schon halb fertig gehabt, doch vierundfünfzig hatte die Pest ihn selbst zu Gott abberufen, ebenso wie seinerzeit Hans Susi, dessen Übertragungen Beseler auch größtenteils in seinem Manuskript verwandt hatte) ... Diesem Beseler nacheifernd, versammelte Balthasar also jetzt jeden Dienstag und Freitag in den Nachmittagsstunden die älteren Schüler der Heiligengeistschule hier in der Diele. Die an den Wänden übereinandergestapelten Bänke wurden heruntergehoben und in Reihen aufgestellt. Und die zwei Dutzend Jungen, Knirpse und halbwüchsige Burschen in grauen Röcken, die zwei Dutzend kahlgeschorenen Köpfe mit leuchtenden Augen und Brei am Kinn, jene, die Gott mit Stimmen ausgestattet hatte, die wenigstens ein bißchen gefälliger klangen als die der anderen, nahmen schnaufend und polternd darauf Platz. Küster Caur, ein kleiner Mann mit den blauen Triefaugen einer Tragödienmaske und einem schmuddeligen Bärtchen, das an den Sterz eines weißen Huhnes erinnerte, setzte sich an das winzige, aus einer Rumpelkammer der Nikolaikirche ausgeliehene Harmonium. Und wenn Balthasar ans Pult trat und unter dessen Deckel das alte Manuskript des seligen Beseler, das genaugenommen das noch ältere Manuskript des seligen Hans Susi war, hervorholte, dann kam es ihm so vor, als stehe da vor ihm er selbst, der Pall von einst, verschwitzt, schmutzig, in abgetretenen Schuhen, nach Haferbrei und Jugend duftend, nur ein dutzendmal wiederholt. Er begann: »Ihr Buben! Ich sage es euch noch einmal. Indem die Gemeinde euch nacheifert, soll sie singen lernen, so singen lernen, daß man sich ihrer nicht zu schämen braucht, daß der Gesang allmählich zu einem wahren Ohrenschmaus wird, für Gott und Menschen! Sprecht mir im Chor nach:

O Gott, mach, daß hienieden
Von nun an herrsche Frieden!
Vergib uns alle unsre Schuld,
Die Toren schütz in deiner Huld
Vor Hoffart und vor Tücke!«

Die Jungen sprachen ihm diese Worte nach, schlecht oder gut, wie sie es verstanden – einmal, zweimal, dreimal, viermal, und während Caur auf dem Harmonium hämmerte, das erst krächzte, dann aber doch ansprach, worauf sich die hellen Stimmen geflissentlich emporschwangen, dachte Balthasar: Siehst du, in dieses kleine Lied des Doktor Luther hat Hans Susi eine so schöne Harmonie gelegt, wie man sie bis dahin im Estnischen nicht gekannt hat und wie sie, sagen wir, im Deutschen auf ihre Art die Strophen des Rigaer Waldis oder des Nürnberger Sachs angenehm macht. Und wie sie in Kirchenliedern vielleicht nur in besonders gelungenen Strophen von Luther selbst anzutreffen ist … Auch dachte er: Warum muß es sein, daß der Herr mitunter den klügsten Kopf zu sich ruft, der doch zu seiner Ehre etwas begonnen hat – zu sich ruft, noch ehe das Begonnene Früchte tragen konnte? Von Hans Susi hat mir einst der alte Siimon erzählt. In der Gemeinde und in der Schule erinnert man sich bis heute an Geschichten über seinen bewunderungswürdigen Verstand. Sogar auf dem Totenbett, als ihn die Pest würgte, hat er noch genügend Kraft und geistige Klarheit aufgebracht, um zu verfügen, daß sein vom Vater, einem Fischhändler, ererbtes Geld, das für sein weiteres Studium bestimmt gewesen war, nicht einfach als Erbe an die Verwandten fallen sollte. Die Mutter sollte davon auf Lebenszeit eine Unterstützung erhalten, der größte Teil des Geldes aber beim Rat von Reval verbleiben und davon der junge Mann studieren, der sein – Hansens – nicht zu Ende geführtes Werk fortsetzen würde; dieser würde sich früher oder später schon finden. Und Hans Susis Worte, die Strophen aus seinen Worten, sind bis heute ein Bollwerk der Lauterkeit und Klarheit, zu dem die Gemeinde, dem Jungenchor nacheifernd, mit wechselndem Erfolge strebt ... Und dabei ist er, als er starb, ganze zwanzig Jahre alt gewesen ... Nach derartigen Betrachtungen kam Balthasar die Diele hier im Pfarrhaus weit mehr unangemessen prächtig vor, als sie es im Grunde genommen war.

»Barber!«

So und nicht anders, etwas barsch und kurz, pflegte man die Frauen zu rufen, die bei der Taufe den Namen der heiligen Barbara empfangen hatten. Allerdings nur dann, wenn sie den niederen Ständen angehörten. Nicht so adlige Jungfrauen, man nehme nur diese unglückselige Barbara Tisenhusen aus Rannu, über die damals, in Balthasars Schulzeit, noch vor Krieg und Aufruhr, so viele Gerüchte im Umlauf gewesen waren.

»Barber, deck den Tisch!«

»Ist schon gedeckt, Pastor.«

Balthasar trat aus der Sakristeitür zurück in die Diele. Es stimmte. Der kleine runde Tisch war an das aus vierundachtzig Scheiben funkelnde Fenster gerückt. Auf dem Tisch stand eine Zinnschüssel mit einem dampfenden Braten, bei dessen Anblick ihm das Wasser im Munde zusammenlief, und neben der Schüssel der Krug aus Wacholderholz, den Jakob aus Kurgla mitgebracht hatte, gefüllt mit Bier. Barber hatte an seiner Statt in der Wirtschaft einen deutschen Fayencekrug benutzen wollen, Balthasar aber wies sie an, auch weiterhin den aus Wacholderholz zu verwenden. Weil darin das Bier einen angenehm bitteren Geruch habe. Der Tisch war also gedeckt. Und auf dem Steinsitz in der Fensternische lag ein Hundefell. Wie jeden Tag in den letzten Wochen.

»Setz dich und iß mit mir!«

Das war eine so unverhoffte und, vielleicht, so sehnlichst erwartete Aufforderung, daß Barbers ruhelose graue Augen vor Verwunderung rund wurden.

»Ich ... ich hab schon gegessen ... Der Herr Pastor ist so lange ausgeblieben ... Aber, gewiß ... danke ... ich ...«

»Komm, komm. Und bring zwei Gläser. Von den größeren. Füll sie bis zum Rand mit rotem Wein. Du weißt, mit dem, den ich im Fäßchen in der Sakristei aufbewahre.«

Er dachte: Dem nämlichen, den ich beim heiligen Abendmahl zu trinken gebe. Und von dem ich schon ein ganzes Glas abgegossen habe. Sagt man doch: Sperr einem dreschenden Ochsen nicht das Maul zu. Und zwanzig Stof davon sind bei Timmermann noch nicht bezahlt.

Barber trat an den Tisch, die Gläser in den Händen. Mit einem Lappen hatte sie sich die am Herd schweißnaß gewordene Stirn abgewischt, mit einem Kamm das aschblonde Haar gestrählt. Ihr ruhiges, unbewegliches Gesicht war leicht gerötet, sie sah geflissentlich zu Boden, hob jedoch, allen Bemühungen zum Trotz, den Blick immer wieder zu Balthasar auf.

»Setz dich.«

Barber stellte die Gläser auf den Tisch und setzte sich auf einen Zipfel des Hundefells. Erst da begriff Balthasar: Aus irgendeinem Grund hatte er angenommen, die Frau werde sich aus der Küche einen Schemel mitbringen. Das Hundefell stammte von keinem allzu großen Tier, und Barbers Hintern war nicht so klein, daß sie beide, Barber und er, Platz auf dem Fell gehabt hätten. So daß Balthasar nichts anderes übrigblieb, als entweder halb auf dem nackten Stein zu sitzen oder ganz dicht bei der Dienstmagd ... Na schön. Er rückte auf den nackten Stein hinüber und faltete die Hände zum Gebet ... Herr, segne ... Er sprach die Worte des Gebets nicht laut. Und wer weiß, ob er sie in Gedanken sprach. Denn ihm gefiel selbst nicht, was er sich da ausgedacht hatte. Doch daß Barber neben ihm auf dem Fell saß, trieb ihn noch mehr dazu. Ja, am meisten trieb ihn dazu, was ihn zugleich auch zurückhielt. Daß nämlich Barber ihn mit Augen ansah, als sei sie die Wittib eines Meisters, der ihr Haus und Werkstatt hinterlassen hatte, eine Schmiede, eine Gerberei oder was auch immer, mit sämtlichem Gerät und Material und allen Auftraggebern, so daß sie nunmehr eine ungebundene Frau war, die man nehmen konnte, und Balthasar gleichsam der frühere Geselle ihres seligen Mannes, der schon Meister und schon ins Haus eingezogen war, aber noch nicht geruht hatte, *alle* seine Pflichten der Wittib gegenüber zu erfüllen; denn schließlich war es doch gleichgültig, ob man zuvor vor dem Altar gestanden hatte oder nicht ... Gewiß, ehrsame Handwerkerwitwen taten es, dem Gebot der Tugend folgend, seit eh und je erst nach der Trauung, aber mit diesem kräftigen jungen Mann wäre sie – die Barber des schon vergessenen Klaus Schreilaut, die Barber des seligen Herrn Schinckel –, du liebe Güte, ja, mit ihm wäre sie willens, auch ohne das Sakrament der Ehe auf Gottes Gnade zu vertrauen ... Sie mochte sein, was sie wollte, dieser von Bauern abstammende Fuhrmannssohn brauchte sie jedenfalls nicht über die Achsel anzusehen ...

»Na, trinken wir. Damit uns warm wird. Dieses Haus ist irgendwie ungemütlich.«

Sie leerten ihr Glas jeder zur Hälfte. Balthasar reichte

Barber ein Stück Schweinebraten und nahm sich dann selbst ein ordentliches Stück. Da sie nicht an der festlichen Tafel Doktor Friesners saßen, wo man Herzöge nachäffte, verzichteten sie auf den Gebrauch der Gabel.

Balthasar spürte, wie ihm der Wein zu Kopfe stieg und sich durch alle Adern ergoß, wie sich sein Körper und sein Geist erwärmten. Die Kälte und die Feindseligkeit dieser Frau gegenüber gebaren einen unklaren Gedanken: »Nun, Barber, sag, was gibt es Neues bei uns? Was redet man so in der Stadt über unsere Pastoren?«

Zum erstenmal in den drei Wochen, die der neue Pastor in diesem Hause lebte, hatte er sich solcherweise an Barber gewandt. Die ersten persönlichen Worte. Barber entdeckte auf einmal, daß es in diesem unendlich festen Mauerwerk ein Tor gab. Und dieses Tor hatte sich plötzlich einen Spaltbreit geöffnet ... Warum sollte sie nicht mit schnellen, eifrigen Schritten hineingehen?

Neuigkeiten? Du liebe Güte, was soll es bei uns schon für besondere Neuigkeiten geben ... Über die Pastoren, über ihr Leben und ihre Angelegenheiten redet man zu jeder Zeit. Man redet so und auch so ... Natürlich im Flüsterton, wie über Herren immer ... Klar, daß ihr, Barber, allerlei zu Ohren kam. Schließlich stand sie ja auf vertrautem Fuß, wenn schon nicht mit den Pastorenfrauen, so doch mit ihren Wirtschafterinnen und jedenfalls mit ihren Mägden, hier und da auch mit den Küsterfrauen und ganz gewiß mit den Frauen der Kantoren und Glöckner. Also ...

Balthasar hätte sie am liebsten geradeheraus gefragt: Sag, und was denkt man in der Stadt darüber, daß jetzt ich an Schinckels Statt bin? Aber er wagte nicht, gleich mit der Tür ins Haus zu fallen. Er beschloß, das Haus durch die Seitentür zu betreten (und ahnte nicht, daß er dabei geradewegs an den heißen Herd gelangen und ihm der Schweiß ausbrechen würde). Wie er wußte, war Herrn Gelderns Mamsell, ein redseliges Mädchen von vierzig Jahren mit Namen Grete, die Schwägerin und Freundin seiner Dienstmagd. Er stieß mit Barber an und fragte: »Und was tut sich im Hause unseres frischgebakkenen Bischofs?«

Vor sechs Monaten war Herr Geldern mittels aller geistlichen Weihen und königlichen Erlasse in den Rang eines wirklichen Bischofs erhoben worden. Barber tat zusammen mit Balthasar einen großen Schluck. Vor Freude, daß man sie nach etwas gefragt hatte, worüber sie tatsächlich eine Menge erzählen konnte, seufzte sie aus voller Brust und rückte sogar näher an ihren Herrn heran (wer weiß, vielleicht, ohne es selbst zu bemerken). Er aber heftete den Blick (sich dessen sehr wohl bewußt) auf die herausfordernd spitzen Punkte ihrer Brüste. Barber sagte: »Oh, im Hause des Herrn Bischofs herrscht jetzt eitel Sonnenschein. Nun schon das dritte Jahr ...«

»Aber es ist ja noch kein Jahr her ...«

»Ach, davon spreche ich nicht. Die Bischofsmütze auf dem Kopf des Herrn Robert, das ist eine Sache für sich, eine so wichtige Sache, daß ... Nun ja, wie sollte ich mich in diesen Dingen nicht auskennen, wo doch mein Herr Schinckel selbst vielleicht ... hätte der Herr ihn nicht zu sich gerufen ...« Das bewies natürlich, wie wenig Barber im Bilde war, schon weil sie allen Ernstes von Herrn Schinckels Aussichten, Bischof zu werden, sprach, was völlig lachhaft war, weil der Pastor einer Revaler Grauengemeinde nie und nimmer Bischof werden konnte. Aber auch, weil sie sich einbildete, Balthasar könnte das glauben. »Ja, wenn ihn nicht der Herr zu sich gerufen hätte. Aber ich wollte davon erzählen, daß im Hause unseres Bischofs wieder Frieden herrscht und die Sonne scheint, nach vielen düsteren Jahren mit Gewitterwolken. Wie es zwischen Eheleuten immer ist, wenn der Frau der Stein vom Herzen fällt, den ihr Mann darauf gewälzt hatte – egal, ob es sich um ein Bischofspaar, ein Pastorenpaar oder einen Tölpel von Landsknecht mit seinem jungen Weib handelt. Und ob Gott mit Hilfe eines Zufalls den Stein herunterstößt oder ob der Mann das selbst tut, was, ehrlich gesagt, zwar selten, aber doch manchmal vorkommt ...«

»Ich verstehe nicht, wovon du redest!«

»Ich rede davon, daß unsere Frau Bischof viele Jahre lang unter einer schweren Last litt, die der Herr Bischof ihrem Herzen aufgebürdet hatte. Oder, sagen wir, der Teufel. Unter uns: Man kann das auch so ausdrücken. Ja, und überhaupt ist unsere Unterhaltung hier – der Pastor meint es gewiß auch selbst – genauso, als wär's im Beichtstuhl. Ja-a. Wenn der Hausfrau etwas das Herz abdrückt, dann scheint im Haus nie die Sonne, dann ist es darin trostlos, und alle im Hause fühlen sich unbehaglich. Wenn man aber ihr Herz von der Bürde befreit und die Wolken vertreibt, dann läßt die Sonne nicht auf sich warten, dann läßt sie das ganze Haus so erstrahlen, daß ...«

Barber hatte schon ziemlich tief in ihr Weinglas geguckt, außerdem hatten sie zu Fleisch und Roggenbrot Bier getrunken. So daß die Magd den Hausherrn schon mehrmals mit ihren leicht vorstehenden grauen Augen angeblitzt hatte, was sicher heißen sollte, daß auch in diesem Hause die Sonne scheinen könnte. Der Hausherr aber fragte sie: »Von was für Wolken und Steinen redest du?«

»Na von denen, die der Frau Bischof vom Herzen gefallen sind, als dieser Doktor mit seiner Gemahlin von Reval zu Kettler übergesiedelt ist.«

»Und was hat das mit der Frau Bischof zu tun?«

»Du liebe Güte, die Katharina, diese liederliche Hexe, hat doch unserem Bischof so den Kopf verdreht, daß ... Ja, ebenso und vielleicht noch schlimmer, als es in den Tagen der päpstlichen Finsternis alle diese Dirnen und Huren mit den Bischöfen gemacht haben sollen ...«

»Katharina ... mit Herrn Geldern?«

»Gewiß doch. Der Pastor kann das nicht wissen. Der Pastor war zu jener Zeit in Deutschland. Außerdem redet man darüber auch nirgends anders als im Geldernschen Hause. Ich aber weiß es schon lange, von Grete. Bis heute haben sich die Wolken noch nicht völlig verzogen. Noch im vorigen Jahr war die Frau Bischof in großer Sorge, als Herr Robert sich aufmachte, um seine

Harriener Kirchen zu inspizieren, und sich dann herausstellte, daß er für drei Tage nach Pernau gefahren war, just eine Woche bevor die Polen es den Schweden wegnahmen.«

»Und wieso war die Frau Bischof deshalb bekümmert?«

»Aber das ist doch klar! Frau Friesner sollte gerade zu dieser Zeit aus Mitau nach Pernau kommen.«

»Noch im vorigen Jahr?«

»Freilich. Aber für die Frau Bischof war das eine kurze Sorge. Dergleichen müssen die Ehefrauen hochgestellter Herren ertragen. Sogar die von weniger hochgestellten. Die Klugen unter ihnen sind klug genug, keinen Lärm zu schlagen. Auch unsere Frau Bischof sagte: ›Wegen dieser Hexe spielt mein Alter bis heute den Dummen, setzt er sein Leben aufs Spiel und reitet durch Kriegswirren in die vom Feind belagerten Städte. Nicht genug damit – auf Verlangen dieser Hexe gibt er sogar ihren früheren Liebhabern eine Kanzel. Ich aber danke Gott, daß sie sich von allein von hier weggeschert hat!‹«

Auf Verlangen dieser Hexe gibt er ihren früheren Liebhabern eine Kanzel … Hm … Irgendwie peinlich, das zu hören. Irgendwie ehrenrührig … Wieder irgendwelche Liebhaber … Nun, Balthasar war, mit Gottes Hilfe, über diese Dinge erhaben. Schon lange. Aber trotzdem interessierte es ihn, wer das wohl sein mochte.

»Und wen … wen hält denn die Frau Bischof …« Hier stockte er auf einmal, der Schluß der Frage entglitt ihm plötzlich, nur mit Mühe konnte er sich sammeln. »… für ihre … früheren … Liebhaber?«

Mitten im Satz gestockt hatte er, weil er sich seiner Begriffsstutzigkeit schämte, doch dieses Gefühl verflüchtigte sich sofort als etwas ganz Belangloses und wich der Niedergeschlagenheit der Erkenntnis. Der Niedergeschlagenheit der Gewißheit.

Nein! Nein! Es konnte nicht sein!

Auf jeden Fall war es die Niedergeschlagenheit der Möglichkeit.

Balthasar stellte das Glas hin und starrte die geweißte, grau gewordene Wand an. Das also war es, was sich hinter der erstaunlichen Liebenswürdigkeit des Herrn Geldern und hinter Balthasars so seltsamem Erfolg verbarg … Das, und keineswegs seine Vorzüge …

Im Grunde genommen hörte er schon nicht mehr, was Barber da irgendwo weit weg plapperte.

»Ach, *wen* sie gemeint hat? Das weiß ich wahrhaftig nicht. Schließlich gibt es in der Stadt auf den Kanzeln wenigstens zwei Dutzend Leute, dazu kommen noch die in den Landgemeinden. Ich weiß nicht mal, ob Grete was bekannt ist. Aber wenn es der Pastor wünscht, werde ich gleich morgen alles herausfinden …«

»Nicht nötig«, knurrte Balthasar. »Das führt doch zu nichts …«

Er hatte schon begriffen, daß er Barbers Erzählung nicht als leeres Weibergeschwätz am Herd oder über dem Waschzuber abtun konnte. Einer Erinnerung wegen, die ihm plötzlich vor Augen stand … Es war dies das Gesicht der Frau Geldern, ein flüchtiger Ausdruck auf diesem Gesicht, bei jenem einzigen Besuch, den die Gelderns vor sechs oder sieben Jahren (o Gott, wie lange war das her!) Meus und Annika im Doktorhaus abgestattet hatten. Herr Geldern hatte damals von seinen Kreuzschmerzen geredet und, als er erfuhr, daß der Doktor abgereist, daß er in Finnland war, gefragt: »Und Katharine, seine schöne Frau, ist zusammen mit ihm verschwunden wie eine Perle im Heuhaufen?« Und da hatte Balthasar gesehen, wie sich das Gesicht der Frau Geldern verzerrte, wie darauf jener besondere unglückliche und wütende Ausdruck erschien, den man nur bei einer Frau antrifft, die sich vor Eifersucht verzehrt.

Also war das alles wahr. Und er, Balthasar, hatte Amt und Stellung nicht seines Verstandes, seiner Gewissenhaftigkeit wegen erhalten, sondern weil … O Gott, und er, Narr, der er war, hatte seinen Aufstieg und seine Erhöhung einem göttlichen Wunder zugeschrieben, einem Wunder, verdient durch regen Geist und eiserne Arbeit … Nun aber war es offenkundig geworden, daß dies eher der Satanslohn für seine unzüchtigen Handlungen war …

Er schob den Mittagstisch so heftig von sich, daß ein Tischbein auf der Fuge zwischen den Fliesen knirschte.

»Genug!«

Er kehrte sich nicht im geringsten daran, daß Barber vor Verwunderung große Augen machte. Am liebsten hätte er zur Seite geschaut, doch absichtlich starrte er der Frau ins Gesicht. Er erhob sich. Ihm war, als sei seine Kleidung mit Unflat beschmutzt. Als müsse er sie sich vom Leibe reißen und ins Feuer werfen. Und als müsse er unbedingt etwas tun, irgendwohin gehen, etwas unternehmen. Und sich von dem Anblick der Dienstmagd befreien. Er knurrte: »Räum den Tisch ab. Ich gehe zum Kürschner.«

Erst als er die halbe Apothekerstraße hinter sich gelassen hatte, bemerkte er, daß er barhäuptig und nur im Leibrock ausgegangen war. Und daß er vergessen hatte, Geld einzustecken, um dem Kürschner den Pelzmantel zu bezahlen. *Wenn* er dort hingehen würde. Denn der Gang zum Kürschner erschien ihm auf einmal zu unwichtig, um deswegen umzukehren und Geld zu holen. Jetzt wollte er nur vorwärts gehen. Nur vorwärts und nicht gleich irgendwo ankommen. (Außerdem hätte er das Geld aus der Schatulle mit den Gemeindebeiträgen nehmen müssen; denn er selbst besaß nur ganze anderthalb Mark, ein Pelzmantel aber kostete an die zwanzig Mark. Und das, obwohl es ein ganz gewöhnlicher war: an der Oberseite einfaches Göttinger Tuch, darunter dünnes rötliches Kalbsfell.)

Raschen, entschlossenen Schrittes ging er die Apothekerstraße hinunter, die Arme auf dem Rücken, die Zähne fest zusammengebissen, die Augen fast zu. Er hatte die Mönchsstraße erreicht, stürzte in den Klosterhof, stürmte geräuschvoll durch die Menge der Schüler, die kreischend einem Lumpenball nachjagten, daß der Schlamm nur so nach allen Seiten spritzte. Vielleicht dachte er dabei: Zwanzig Jahre haben vor dem Angesicht Gottes nichts zu bedeuten. Mit dem Kinn erwiderte er einige Grüße, der größte Teil aber blieb unerwidert, weil er sie nicht bemerkte. Hinter dem Kloster bog er in die Mauerstraße ab und ging aufs Geratewohl weiter in Richtung Bremer Turm ... Nein, nicht Zorn war es, der ihn vorwärts trieb. Es war Verzweiflung, Verzweiflung darüber, daß er nicht aus seiner Haut konnte ... Also: Einige, vielleicht überhaupt alle, ja, ja, natürlich alle, wußten, daß Balthasar Rüssow Pastor der Heiligengeistkirche geworden war durch die Gnade (ja, die Gnade – ei, ei!) ebenjener Frau Friesner, über die man in den Revaler Kneipen zotige Lieder sang ... Und das war in ihm und um ihn herum. Er konnte das nicht aus sich herausreißen und sich nicht daraus ... Rechts, unmittelbar aus den Radspuren und Pfützen des schmutzigen Pflasters, erhob sich die Stadtmauer ... Mauer ... Mauer ... Mauer ... Er schien sich zu weiden an dem Gefühl der Ausweglosigkeit, das von dieser schweren, dunkelgrauen, fünfzehn Ellen hohen Mauer ausging ... Dann kam das zur Kleinen Strandpforte hin abfallende Kopfsteinpflaster in Sicht, und die inneren Tortürme und der Torbogen selbst, und dahinter – der zwischen die Schutzmauern hineingezwängte graue Mauerfortsatz und an seinem Ende – das Außentor und das leuchtende herbstliche Grün der Gärten jenseits des Grabens. Doch Balthasar trat nicht aus dem Tor, sondern eilte an ihm vorüber und die Mauerstraße entlang weiter in Richtung Hattorp. Vielleicht protestierte er innerlich gegen dieses Tor, widersprach doch sein Vorhandensein dem Gefühl der Ausweglosigkeit, das ihn jetzt beherrschte ...

Rasch ging er an den seltenen Passanten vorüber, ohne die Gesichter zu bemerken, und kehrte wohl zum zwanzigsten Male zu dem Gedanken zurück: Mein ganzer Aufstieg und meine Stellung sind nun für immer mit dem Rock dieser Dirne verbunden ... Gegen seine Gewohnheit nahm er nicht die Gerüche wahr, die aus den Häusern und Torwegen drangen: nach Wacholder- und Espenspänen aus den Böttcherwerkstätten, nach Lohe aus den Gerbereien, nach Eisenstaub und Kohlendunst aus den Schmieden ... Er dachte: Ja, ich habe Angst, daß der Nelkenduft dieser Dirne mir nicht mehr aus der Nase geht, soviel ich auch schnaube und mich schneuze ...

Bei den Häusern des Herrn Brockhusen bog er nach links ab, um den Sandberg hinaufzusteigen und zur Olaikirche zu gehen, und just in diesem Moment wurde rechts das Tor des ehemaligen russischen Gasthofes aufgestoßen, und fünfzig Schritt vor Balthasar strömte eine Hundertschaft buntgekleideter königlicher Soldaten auf die Straße. Ja, richtig: Den früheren Gasthof des Moskowiters hatte der Rat jetzt der schwedischen Garnison zur Verfügung gestellt. Der Rat hatte *sogar* erlaubt, in den zerfallenen Kaufmannshäusern Öfen zu setzen. Er hatte es erlauben *müssen*, denn die Schweden waren die Herren. Was dem Moskowiter, als einem Fremden, von jeher kategorisch verboten gewesen war: Bekam dieser das Recht, in Revaler Häusern Öfen zu setzen, dann konnte er sich ganz und gar hier niederlassen; gab es aber keine Öfen in den Häusern, dann zog er für den Winter nach Hause, zu sich auf den Ofen ... Die schreiende, lachende, gähnende Menge, die da über die Straße stampfte, reizte Balthasar ein wenig. Er verhielt seinen Schritt, um den Söldnern die Möglichkeit zu geben, anzutreten und vor ihm davonzumarschieren. Er dachte: Diese in Stockholmer Schenken angeworbene Phalanx ist also ein Viertel vom Heer des alten Herrn Horn, dem Heer, das für unsere Sicherheit garantieren soll? Ja, so unsicher wie jetzt haben wir noch nie gelebt ... König Erik führt gleichzeitig Krieg mit den Dänen, den Polen und dem Moskowiter, und die hiesigen befestigten Burgen gehen schon viele Jahre lang nur von einer Hand in die andere über. Das Merkwürdigste aber ist wohl, daß Herzog Johan, Herrn Horns Herzog und, sozusagen, *mein* Herzog, auf Schloß Gripsholm als Gefangener seines Bruders Erik im Kerker sitzt ... Balthasar blieb stehen, von links trug ein Windstoß den Geruch der Brockhusenschen Pferdeställe herüber, einen freudigen, unverhofften, an die Kindheit erinnernden, beinahe heimatlichen, beinahe Fischermaier Geruch, ganz den, der von Vaters Arbeitskleidung ausgegangen war ... Er dachte: Wenn ich auch nur einen Funken von jener Tüchtigkeit in mir habe, an die zu glauben ich mich unterfing – ist sie dann jetzt dahin, falls diese Katharina tatsächlich bei Geldern ein Wort für mich eingelegt hat? Vorne zogen die Landsknechte mit Hauptmann, Profoß und den Rottmeistern als ungeordneter Haufen den Berg hinan, und Balthasar schritt hinterher. Er dachte: Was kümmert mich das Geschwätz dieses Weibes? Nein! Mich betrifft das, was vielleicht irgendwer irgendwo gesagt hat, ganz und gar nicht! Mag es auf den ersten Blick auch so scheinen ... Denn niemand kann mir auch nur ein bißchen davon nehmen, was ich in mir trage. *Wenn* ich etwas in mir trage. Ich werd's ihnen schon noch zeigen ... Er beschleunigte seinen Schritt, da ihm der langsame Zockeltrott der Söldner auf die Nerven ging. Ich werd's ihnen schon noch zeigen, bei Gott ... Er hatte die Marschierenden eingeholt und bahnte sich einen Weg durch die Rotten. Bei Tage, auf einer Stadtstraße, konnte das einem Mann natürlich nicht gefährlich werden. Abgetragene Bauernröcke. Bunte Komödiantenlappen. Gesprächsfetzen, die nach Bier und Zwiebelsuppe rochen: »Fünf Taler und ein neues Leinenhemd ist ein Dreck, wenn man Karten spielt ...« – »Und was für ein Weib die im ›Grünen Frosch‹ haben, im Hinterzimmer, m-m-m ...« – »Ob hier oder in Deutschland, ob in Finnland oder in Ingrien – überall drischt man genauso aufeinander los ...« Die flachen Gesichter von Bauernburschen. Aschgraue Augenbrauen. Weißlicher Flaum auf den Wangen. Schwere Kinne, nach oben gezwirbelte Schnurrbärte, streitsüchtige Visagen. Schlaue, stumpfe, anmaßende, spöttische Blicke. Abwechselnd alte und frische Schmarren von Schwerthieben auf den sonnenverbrannten Backenknochen, weiß der Teufel, wo erhalten – in Blekinge, Småland, auf Schiffen bei Lübeck, auf den dänischen Inseln, auf Gotland, in Ingrien, bei Hapsal, Pernau oder Weißenstein, bei Scharmützeln in den Stadttoren von Reval ... Balthasar ging zwischen den Söldnern hindurch, und mehr oder weniger höflich machten sie ihm Platz. Er dachte: Ich habe einiges, ich habe schließlich einiges, womit ich es mir und den anderen zeigen kann ... Wenn ich mich nur daranmache, wie ich es im Sinn hatte ... Wenn Gott mir hilft ... Immer schneller ging er durch die Schatten ihrer Hutfedern, durch ihr Stiefelgetrappel, durch den Teer- und Schweißdunst. Einer erkannte ihn wohl, brummte: »Oho, der Herr Pastor rennt, wie aus dem Mörser geschossen ...« Ein anderer rief: »Als ob er uns eine Predigt halten will und vorher noch die Frau des Glöckners besuchen. Ho-ho-ho ...«

Balthasar begriff: Natürlich – jetzt, ohne Waffen, gingen sie in die Kirche des Frauenklosters, die man zur Garnisonskirche gemacht hatte. Er dachte: Geht nur, geht, mag man euch die Leviten lesen ... Betet. Läutert eure Seelen. Solche wie ihr haben alle eine rabenschwarze Seele ... Für einen Augenblick fühlte er, um wieviel reiner und besser er war als dieses grobe Pack – und schämte sich dieses Gefühls. Doch er unterdrückte die Scham. Scham war jetzt nicht angebracht ... Freudetrunken dachte er (wer weiß, woher das plötzlich kam): Ja, alles, was in mir, alles, was um mich herum ist ... diese Männer, ihre Gesichter, Handlungen, Worte, Gerüche ... und all die anderen Kriegshaufen, die dieses Land zerstampfen ... ihre Hauptleute, Feldmarschälle, Herzöge, Könige ... und diese Stadt, in deren Mauern das Poltern ihrer Stiefel widerhallt ... und die Bewohner dieser Stadt – die Bürger und die Grauen, Männer und Frauen, ihr ganzes Leben und das ganze Land rings um diese Stadt, bis hin zum Horizont und hinter dem Horizont ... Alles in mir und um mich herum – ich habe es nicht von Katharina erbettelt, sondern es ist mir vom Herrgott geschenkt ... Er ging an dem kahlgeschorenen Riesen von Profoß vorüber und überholte den wippenden Federbusch am Hut des Hauptmanns. Einen Augenblick lang schaute er in dieses junge Gesicht mit dem gerade erst sprießenden rötlichen Schnurrbärtchen. (Irgendwo hatte er es schon mal gesehen – aber wann, wo?) Er war zwischen ihnen hindurchgegangen und stand nun auf der leeren Straße. Er hörte, wie sie hinter seinem Rücken nach rechts, in den Klosterhof, abbogen. Eilig schritt er auf den Nonnenturm zu, und auf einmal fiel ihm ein: Dieser Hauptmann mit dem rötlichen Schnurrbart war kein anderer als Boije – derselbe Fähnrich Boije, dem er vor acht Jahren im Empfangszimmer des Herzogs in Åbo begegnet war ... Hm ... Auch Herr Horn hatte sich schließlich nur dank seiner ungewöhnlichen Gerissenheit vor den Verdächtigungen König Eriks gerettet – alles wegen seiner engen Freundschaft zum Herzog, der jetzt als Abtrünniger, als Landesverräter galt und dessen Vertrauten, geringeren Leuten, man den Kopf abgeschlagen hatte – oder man ließ sie auf andere Weise den königlichen Zorn spüren. Zu ihnen gehörte augenscheinlich auch dieser Bursche, der mit zwanzig Jahren Fähnrich, mit achtundzwanzig aber erst Hauptmann war, während andere es zum Feldmarschall gebracht hatten. Was für merkwürdige Geschichten, wert, im Gedächtnis bewahrt zu werden, passierten doch in diesem Land, wo man nichts im Gedächtnis bewahrte. Balthasar eilte am Fuße des Hügels entlang auf die Pforte am Langen Domberg zu und spürte mehr, als daß er dachte: All das ist in mir, und manchmal komme ich mir vor wie eine übervolle Kelter, und mir scheint, ich muß beginnen, all das aus mir herauszupressen ...

»Ach, guten Tag, Herr Balthasar! Meister, Herr Balthasar ist gekommen, seinen Pelzmantel abzuholen!«

Da erst bemerkte Balthasar, daß er in ein Haus getreten war und mitten in der Werkstatt des Kürschners Gandersen stand, wo gemeinsam mit dem Meister zwei Gesellen eifrig am Werke waren.

Gandersen saß am offenen Fenster rittlings auf einer langen Bank, den Bauch an einem in der Bank verankerten Holzpfosten, an dem ein zwei Ellen langes Schabeisen, gebogen wie der Vordersteven einer Kogge, befestigt war. Der Meister hatte einen schönen schwarzbraunen Dachs in Arbeit: schrapp-schrapp, schrapp-schrapp!

rieb er den Balg auf dem rauhen Eisenwanst hin und her, so daß sich das helle Nachmittagslicht, das in den Raum fiel, in Wolken säuerlich riechenden Gerbstaubes brach. Auf dem Tisch neben der Treppe, die in die Stube führte, schmierten Gandersens Gesellen einen Fuchsbalg mit Fett ein. Einer von ihnen, der stupsnasige Peeter, hatte den eintretenden Balthasar begrüßt und dadurch die Aufmerksamkeit auf ihn gelenkt. Durch das offene Fenster sah man, wie auf dem am Hügelhang gelegenen Hof, zwischen Haus und Stall, vier Lehrbuben mit dünnen Stöckchen die Kleie aus auf Brettern befestigten Hunde-, Wolfs- und wer weiß was noch für Bälgen klopften. Klatsch! Klatsch! Klatsch! Klatsch! Bei jedem Schlag stiebte gleichsam eine Handvoll feiner Schneeflocken in die Luft.

Meister Gandersen kletterte recht behende für sein Alter von der Arbeitsbank und eilte Balthasar entgegen. Anders durfte es, ehrlich gesagt, auch gar nicht sein. Denn Balthasar, obschon bäuerlicher Herkunft, war immerhin ein Geistlicher. Und der Geistlichkeit gegenüber verhielt sich ein Handwerker stets höflich, sogar wenn er selbst als wohlhabend und achtbar galt und auch schon bei Jahren war, wie in diesem Fall. Abgesehen davon muß man sagen, daß der Kürschner Gandersen von der Raderstraße, ein fünfzigjähriger Mann mit schwarzen, ein wenig schrägen Augen und herbem Tatarengesicht, ein Deutscher aus Deutschland, aber schon seit langem Einwohner dieser Stadt, seinem Wesen nach nicht allzu hochmütig und schroff war. Er kannte seinen Platz. Unter den Meistern dieser Stadt nahm er, dem Wohlstand wie dem Einfluß nach, eine Mittelstellung ein. Nun, vielleicht etwas darüber. Aber nicht mehr. Und natürlich auch nicht weniger. So daß seine höfliche Eile gerade das war, was sich für einen vernünftigen Meister einem solchen Auftraggeber gegenüber geziemte. Sofort befahl er Peeter, der den Fuchsbalg einfettete, sich die Hände zu waschen und den Pelzmantel des Pastors herzubringen, selbst aber wechselte er mit Balthasar einige passende Redensarten darüber, daß der September in diesem Jahr wetterwendisch sei wie der April … Und erst als Balthasar in seinem neuen Pelzmantel in der Mitte der Werkstatt stand, eingehüllt von Wolken verschiedenartigen Staubs und flimmernder Härchen, inmitten von braunen, rötlichen, gelben und bunten Fellen, und der Meister und die Gesellen feierlich einen Schritt zurücktraten und die herbeigeeilten Lehrbuben mit der Zunge schnalzten – schau, was für ein schöner Pelzmantel und wie prächtig er, mit Gottes Hilfe, gelungen ist –, erst da fiel Balthasar ein, daß er kein Geld bei sich hatte.

Er spitzte die Lippen und überlegte angestrengt, wie er sich mit einigem Anstand aus der Klemme ziehen könnte. Da half alles nichts, um des lieben Anstands willen mußte er das Geld aus der Gemeindeschatulle borgen … Er sagte: »Jemand muß mit mir kommen. Ich will ihm das Geld für die Arbeit geben.«

»Peeter wird sowieso mit Euch gehen«, meinte der Meister. »Der Pastor wird doch nicht selbst seinen Pelzmantel nach Hause tragen!«

»Aber nein, weshalb denn … Ich werd ihn einfach anziehen«, brummte Balthasar. Zu spät fiel ihm ein, daß erstens seine Anspruchslosigkeit nicht seinem Stand entsprach (er verstand es immer noch nicht, der zu sein, der er war!) und zweitens der Meister denken konnte, dies sei ein Versuch, die Bezahlung hinauszuschieben. Statt aber das Gespräch in andere Bahnen zu lenken, beharrte er: »Natürlich. Es ist ja schon kühl. Deshalb bin ich auch nur im Rock hergekommen.«

»Wie der Pastor will, aber mit dem Geld eilt es mir nicht so … Ihr seid ja nicht irgendwer.«

Just in diesem peinlichen Moment hörte Balthasar hinter sich jemand die Treppe herunterkommen – tapp, tapp, tapp –, und eine Frauenstimme, eine angenehme, zarte Stimme, sagte: »Vater, ich gehe zu Birgit in die Langstraße. Schicke gegen zehn jemand hin, der mich abholt.«

»Höre, Elsbeth«, sprach Meister Gandersen über Balthasars Schulter hinweg, »wenn du in die Richtung gehst, dann geh doch zusammen mit Herrn Balthasar, er wird dir zwanzig Mark für mich geben.«

Also drängt es doch, und er meint doch, daß ich irgendwer sei, dachte Balthasar und drehte sich um, um einen Blick auf die Tochter des Hausherrn zu werfen. Dort, wo die Treppe einen Bogen beschrieb, stand ein junges Mädchen (Ach, Elsbeth heißt sie?), auf einer Seite von einem hellen Lichtbündel beleuchtet, auf der anderen in dämmerigen Schatten getaucht ... Oh, wie verblüffend ähnlich sie dem Vater sieht (solche Töchter gelten als glücklich), dasselbe Gesicht wie der Vater und trotzdem ein ganz anderes ... Auch die Tochter hatte besondere Augen, keine schrägen wie der Vater und erst recht keine schwarzen, sondern durchsichtige, grünlichgraue und von merkwürdiger länglicher Form. So mußten die Augen aussehen, über die man gesagt hatte – er erinnerte sich nicht, wo genau, sicher bei Ovid: oculi amygdalae.

Übers Haar hatte Elsbeth ein durchsichtiges grünes Umschlagtuch aus orientalischer Seide geworfen, um die Schultern eine dunkelgrüne Schaube aus feinem Tuch und selbstverständlich (immerhin war sie ja die Tochter eines Kürschners!) mit schönem rötlichbraunem Nerz besetzt, ihr Mund jedoch – weich, aber mit klaren Konturen – war in diesem Moment leicht geöffnet vor Verlegenheit.

Balthasar sagte: »Das würde mir großes Vergnügen bereiten und könnte mich rasch von der Schuld für den Pelzmantel befreien.«

Er riß sich den Kragen auf, steckte die Hand unter den Mantel und streichelte mit dem Handrücken das angenehm geschmeidige und wunderbar glatte Kalbsfell.

»So laßt uns gehen. Euer Vater hat mir einen so warmen Pelzmantel gemacht, daß mir heiß darin wird.«

»Gut«, sagte Elsbeth, »ich will nur noch in mein Zimmer gehen und die Börse holen. Zwanzig Mark – das ist ja ein ganzer Haufen Silber.«

Sie raffte den Saum der Schaube hoch und eilte

leichtfüßig die Treppe hinauf. Balthasar aber dachte: Hm, mit irgendeinem Landsknechtsfähnrich oder mit einem Bruder von den Schwarzenhäuptern oder gar mit einem Gesellen würde Meister Gandersen seine hübsche sechzehn- oder siebzehnjährige Tochter nicht mitschikken. Einem Geistlichen aber entschließt sich der Vater sie anzuvertrauen. Natürlich werden wir dieses Vertrauen nicht mißbrauchen ... Und dieses sich von selbst verstehende Sumptio des Alten, das man schon Confisio nennen könnte, ist vollauf begreiflich und sogar angenehm und ... und trotzdem ... Elsbeth kam, mit den Schuhchen klappernd, die Treppe herunter, und Balthasar verabschiedete sich mit einem »Gott helf« von den Arbeitenden.

Als sie zusammen auf die vom Dämmerlicht übergossene Straße traten (an der Kreuzung hörte man das Rad des städtischen Brunnens knarren, Eimer klirrten im Wind, der Wasserstrahl plätscherte, und die Wasserholenden unterhielten sich), war es Balthasar ziemlich heiß geworden. Er sagte zu Elsbeth: »Wart ein Weilchen« und ging über die naßgespritzten Pflastersteine zum Brunnen, erbat sich von jemandem einen Krug, schöpfte aus dem nächsten Eimer und trank: einen Schluck, einen zweiten, einen dritten, einen vierten. Über den Krug hinweg betrachtete er das Mädchen ... Es kam ihm vor, als habe sich ihr nicht eben dunkelhäutiges, aber auch nicht ganz schneeweißes Gesicht leicht gerötet. Und ihr Haar (vom Wind war ihr das Tuch in den Nacken gerutscht, Elsbeth band den Knoten auf und das Tuch wieder um den Kopf), ihr Haar erinnerte ihn in dem Moment, als die herbstliche Abendsonne vom Kiek-in-de-Kök-Turm her zwischen den Häusern aufglänzte, an den Wipfel einer sich im Winde wiegenden Weide: Auf der einen Seite sind die Blätter dunkel, auf der anderen hell, so daß man ihre wahre Farbe bei einem solchen Wetter überhaupt nicht bestimmen kann ... Balthasar tat den neunten, den zehnten, den elften Schluck. Ja. Elsbeth Gandersen, Ehrenwort, war ein nettes Mädchen – er tat den zwölften Schluck des durchsichtigen, erfrischend kalten Wassers (als brauchte er es für irgendeine Zauberei). Und als sie zusammen weitergingen, da spürte Balthasar, daß die Anleihe bei der Gemeindeschatulle irgendwie doch nicht nach seinem Geschmack war. Dieses Gefühl und das Vergnügen, neben Elsbeth herzugehen, sowie die Widersprüchlichkeit dieser beiden Empfindungen machten Balthasar verlegener, als ihm lieb war ... Sie waren schon auf dem Rathausplatz angekommen, als er fragte: »Elsbeth, du hast gewiß die Buchweisheit gelernt?« Und dachte im selben Moment: Nun, mir, einem Mann geistlichen Standes, wird sie diese Frage nicht verübeln. Darf man hoffen. Aber offen gestanden kann einem schwerlich etwas Dümmeres einfallen, als ein hübsches Mädchen so etwas zu fragen ... Elsbeth jedoch gab ihm ganz höflich zur Antwort: »Agnes hat mich lesen gelehrt. Sie ist drei Jahre älter als ich ...«

»Deine Schwester?«

»Ja. Und vier Winter lang hat mich der Vater zu den Nonnen geschickt.«

»So-o«, meinte Balthasar respektvoll. (Mit diesem Mädchen konnte man also über dieses und jenes reden.) Und um den Eindruck der ersten Frage wieder zu verwischen: »Und was gefällt dir am besten – Terenz zu lesen, dich mit der Wirtschaft zu befassen oder zu tanzen?«

Abermals gab ihm Elsbeth eine höchst verständige Antwort: »Terenz lesen junge Mädchen nicht. Wenn ich tanze, dann natürlich das Tanzen. Und wenn ich mich mit der Wirtschaft beschäftige, dann die Wirtschaft. Wir sind an Hausarbeit gewöhnt. Maijke allein schafft es nicht. Wir haben eine große Wirtschaft und Vieh und ...«

»Wer ist Maijke?«

»Die Haushälterin. Und Hausfrau ... Unsere Mama ist schon lange tot. So lange, daß ich mich nicht einmal an sie erinnern kann ...«

Sie bogen zu den Gräben ab und gingen auf die Außentreppe des Pfarrhauses zu. Balthasar schloß die Tür auf. Und sagte – mit so großer Verspätung, daß seine Worte gleichsam vor der Tür in der Luft hingen: »Ebenso wie meine Mutter.«

Sie traten in die Diele. Elsbeth konnte natürlich nicht wissen, daß in der Wandnische der Sakristei, hinter dem Eisentürchen, von wo Balthasar die Markstücke, die er brauchte, nehmen wollte, die Gemeindegelder aufbewahrt wurden. Trotzdem mochte Balthasar sie nicht vor ihren Augen dort herausholen.

»Elsbeth, macht es dir etwas aus, hier einen Augenblick zu warten?«

Er sah sich um, wo er das Mädchen hinsetzen könnte. Die zusammengeschobenen Gemeindebänke standen längst wieder an der Wand. Außerdem waren sie gewiß staubig. Barber hatte den Tisch abgeräumt und in die Ecke gerückt. Auf dem Sitz an der Wandnische lag noch immer das Hundefell. Balthasar nahm Elsbeth bei der Hand und führte sie zur Nische. Es bestand keine Notwendigkeit, ihre Hand in die seine zu nehmen, aber der Geistliche war es so gewohnt. Und die Mädchenhand in seiner riesigen Pranke war angenehm geschmeidig und lächerlich klein. Für eine sorgsame Hausfrau sogar mädchenhaft zart …

»Hierher!«

Elsbeth setzte sich auf das Fell und wartete, bis der Pastor die zwanzig Mark aus der Sakristei brachte. Und man muß sagen, Balthasar spürte keinen sonderlichen Widerstand mehr in seinen Händen, als er sich die Markstücke auf die flache Hand zählte.

»Nimm. Und sag dem Vater danke schön für den Pelzmantel. So Gott will, werden wir uns wiedersehen!«

Er begleitete Elsbeth hinaus, schloß die Tür ab und stand eine Minute lang sinnend mitten im Zimmer. Eine lange Minute. Richtig, *das* wollte er auch tun.

Drei Stufen auf einmal nehmend, lief er die Treppe hinauf und betrat das für Schreibarbeiten bestimmte kleine Zimmer im Obergeschoß.

Es war dies eine quadratische Kammer mit rauhen

weißen, zwei Ellen dicken Wänden, ihr Fenster ging auf den Hof des Siechenhauses und auf die Hinterhöfe der äußersten Häuser der Mönchsstraße hinaus. An Einrichtungsgegenständen gab es in der Kammer lediglich rechts, in der Ecke am Fenster, ein altes Pult mit rissigem Deckel und ihm gegenüber, auf dem zerschrammten Dielenfußboden, einen dreibeinigen Schemel. Und noch etwas, was man nicht einmal zum Hausgerät zählen konnte: in der Wand über dem Pult ein beim Weißen mit Kalk bespritztes, einen Quadratfuß großes Eisentürchen. Balthasar wußte nicht, was Herr Schinckel dahinter aufbewahrt hatte. (Vielleicht die Gemeindegelder, damit er diese nicht allzu parat hätte, wie das unten der Fall war ...) Er, Balthasar, jedenfalls bewahrte dort etwas anderes auf ... Oh, im Grunde genommen etwas, was noch nichts war. Woraus aber, das hatte er heute auf einmal gefühlt, etwas werden mußte ... Er zog den kleinen Schlüssel heraus, den er an einer Schnur um den Hals trug, und schloß das Eisentürchen auf. Immerhin hielt er seine Aufzeichnungen für so wichtig, daß er sie nicht irgendwo herumliegen ließ, auf dem Pult oder sonstwo ... Und mochten sie auch nicht ganz so wichtig sein (empfand er doch Verlegenheit und den Wunsch, ob der darauf verschwendeten Zeit zu schmunzeln), so waren sie jedenfalls verdächtig, nein, eher gefährlich, sollten sie Barber oder sonst jemandem unter die Augen kommen. Er legte einen Stoß kleiner grauer, an den Rändern ausgefranster Papierbögen auf die Pultkante – einige Dutzend, vielleicht gar an die hundert. Dann nahm er drei, vier der obersten Bögen und breitete sie in einer Reihe aus. Voller Vergnügen und Zweifel las er die holprigen, schlecht leserlichen Zeilen, sich selbst dabei erkennend und sich, wie ein Außenstehender, über sich wundernd.

(Was ich vom Vater hörte, der das mit eigenen Augen gesehen hat:)

Anno 1536, zu Lichtmeß, ist Meister Herman van Brüggeney zu Reval eingeritten, und da ist ihm gehuldigt worden. Als *aber der Meister im Rathaus zu Gast gewesen, hat sich ein großes Unglück zwischen dem Adel und der Bürgerschaft zugetragen. Denn einer vom Adel und ein Kaufgeselle, die wollten dem Meister zu Ehren auf dem Markte ein Rennspiel abhalten. Als aber der Geselle den Edelmann aus dem Sattel stach, begann es die anderen vom Adel ganz sehr aufzuregen, daß ein Kaufherr vor den Augen des Landesfürsten und der übrigen Stände den Preis von der Bahn tragen sollte, und sie haben unflätige Reden hören lassen, daraus zwischen dem Adel und den Bürgern samt ihrem Anhange ein groß Uneinigkeit und Tumult entstanden ist, so daß sie vom Leder gezogen und man nichts anderes als eitel Mordgeschrei gehört hat. Der Meister auf dem Rathause gebot Friede mit Hand und Mund, warf seinen Hut vom Haupte und Brot vom Tische mang das aufrührerische Volk, um es zu beruhigen, das half aber alles nicht. Auch wurden die Gildestuben und Bierhäuser hastig zugeschlossen, auf daß die wenigen, so darinnen waren, nicht herauskommen und die Unruhe verstärken sollten. Endlich ist dieser Auflauf von Thomas Vegesack, dem Bürgermeister, welcher ein ansehnlicher Mann gewesen, besänftigt worden.* *

(Was die ganze Stadt weiß, wovon ich aber noch zusätzlich von meiner Schwester Annika und dem alten Tran-Andres erfahren habe:)

Anno 1564 im Dezember ist Christoffer, Markgraf zu Baden, mit seiner Gemahlin Frau Cecilia, des schwedischen Königs Erik und Herzog Johans Schwester, von Stockholm nach Reval gekommen. Und als sie spät gegen Nacht vor Reval auf die Reede gekommen sind, haben sie sich bei Fischermai an Land setzen lassen und sind den Strand entlanggegangen, auf den Willen Gottes vertrauend, welcher sie zu dem Stege hinter Tran-Andres' Gemüsegarten geführt hat, so daß sie geruhten, sich zusammen mit ihrem Gefolge dorthin zu begeben, und die Nacht unter dem Dache von Andres und seiner Krõõt verbringen wollten. Da ist Krõõt, der die Knie vor Schreck einknickten, zu Annika gestürzt und hat sie angefleht, die hohen Gäste bei sich zu beherbergen, weil, wie sie sagte, sie ein schöneres Haus habe und selbst eine Dame sei. Annika aber hat geant-

* Der niederdeutsche Originaltext der authentischen Chronikzitate und der authentischen Dokumente befindet sich in den Anmerkungen.

wortet, sie wolle dem Willen des Herrn nicht zuwiderhandeln und sich die Unruhe ersparen … (Was mich gar nicht wundert, weil ich meine Schwester kenne.)

(Was mir hinter vorgehaltener Hand Leute erzählt haben, die Bescheid wissen:)

Daß Herzog Johan aus Liebe zu seiner Gemahlin, der Schwester des polnischen Königs Sigismund, sein Vaterland verraten; um ihrer schönen Augen willen hat er seinem Schwager hundertzwanzigtausend Taler geborgt, während zur selben Zeit sein leiblicher Bruder gegen ebenjenen Bruder seiner Frau zu Felde gezogen …

Balthasar drehte sich um und schaute aus dem Fenster. Er betrachtete die in der Nachmittagssonne rot schimmernden, schwarzbäuchigen, gleichsam in Harnischen steckenden Herbstwolken; wie von Lagerfeuern beschienen, zogen sie über die Dächer von Norden nach Süden, und Balthasar fiel ein, was er noch nicht zu Papier gebracht hatte:

Bevor man Herzog Johan nach Stockholm brachte, damit der Reichstag ihn zum Tode verurteile (der König sollte die Möglichkeit erhalten, seinem Bruder gegenüber Gnade walten zu lassen und ihn zu lebenslänglicher Haft zu verdammen), war er Gefangener auf seinem eigenen Schloß, in Åbo … O Gott, vielleicht in denselben Gemächern, gewiß in denselben, wo Balthasar ihn vor acht Jahren gesehen hatte … Und nachdem der Herzog zusammen mit seiner jungen Frau von Åbo nach Schweden gebracht worden war, entdeckten Beamte König Eriks in diesen Zimmern das Bild seiner schönen Catharina (nein, nein – nicht der Gemahlin Friesners, sondern dieser Herzogin, seiner Jagiellonin), das der Herzog dort eigenhändig an die Wände gemalt hatte …

Was für ein Gesicht diese Frau wohl haben mag, die der Herzog auf den Wänden abgebildet hat und um derentwillen sein Bruder, der König, den Herzog einen Verräter genannt und gesagt haben soll: Um dieser Frau willen verdienst du das Schwert, denn ihretwegen hast du dem Glauben, dem Staat und dem Geschlecht deines Vaters abgeschworen, Verräter! …

Balthasar kehrte dem Fenster den Rücken zu und starrte die weiße Wand seiner Kammer an. Während er die rauhen grauweißen Blätter in der Hand hielt, dachte er, zutiefst beunruhigt und gleichzeitig irgendwie unbekümmert: Werde ich es letztlich schaffen, all die Gedankenfetzen über die Ereignisse in diesem Lande, die ich schon begonnen habe aufzuzeichnen (als hätte ich nicht auch so genug Arbeit, Sorgen und Scherereien!), zusammenzutragen, werde ich es schaffen, allmählich daraus etwas zu verfassen, was mit Gottes Hilfe Gestalt, Gewicht und Beweiskraft annimmt und von Wahrheit und lebendigem Geist beseelt ist?

Und da glaubte er, er werde, wenn er nur angestrengt hinschaue, auf der geweißten Wand das sehen, was ihm Antwort auf seine Frage gab ... Und weil er vorausgesetzt hatte, daß er etwas sehen würde, tauchten vor ihm auf der rauhen weißen Wand für einen Augenblick der in flüchtiger Verwirrung halb geöffnete Mund und die länglichen, durchsichtigen und doch dunklen, grüngrauen Augen dieser Kürschnerstochter, dieser Elsbeth, auf.

ZWEITES KAPITEL,

darinnen, noch bevor der Hahn dreimal gekräht hat, über die Stadt die gewiß verdiente Strafe hereinbricht und ein Mann, von blindem Starrsinn und Zorn überwältigt (die, falls sie nicht vergessen, vielleicht einmal als erhaben gelten werden) und zugleich im tiefsten Innersten von Schrecken erfaßt (was vielleicht überhaupt nie bekannt werden wird), versucht, sich den Weg durch die unstete und unsichere Zeit zu bahnen

Am 19. August 1570 wehte in Reval seit dem frühen Morgen der Nordwestwind; seltsam gleichmäßig, hatte er fast Sturmesstärke, und dennoch brachte er vom rötlichen Dunst des Horizonts, von der blauschwarzen, wogenden Meeresweite nicht so sehr Frische als vielmehr drückende Schwüle an die Küste von Fischermai.

Der Wind trieb hohe Wellen her. Das zitternde Gras schmiegte sich an den Boden, die Netze auf den Trokkenstangen flatterten, und in den Angeln knarrend, pendelte die offene Tür im Windfang des Fuhrmanns Ants hin und her. Doch der abgerissene Singsang, der aus zwei Dutzend Kehlen in den Hof drang (»… und wieder … ta-auft … ein Lämmchen man …«), übertönte dieses Knarren völlig.

Das niedrige Zimmerchen des Fuhrmanns Ants konnte das anderthalb Dutzend Menschen kaum fassen. Das Lied, das sich für einen Augenblick auf grauen, stumpfen Flügeln zur rußgeschwärzten Zimmerdecke emporgeschwungen hatte, brach mit einem Mißton ab und verhallte. Von den Gesichtern der Fischer und Fuhrleute, der Mündriche, Hafenarbeiter und ihrer Frauen, von diesen hölzernen, im Halbdunkel rötlich schimmernden Gesichtern wich die Grimasse, die Münder schlossen sich. Piret, Ants' Frau, drängte sich mit ihrem Säugling zwischen den Gästen hindurch und legte das gurrende Bündel, von nun an ein Mitglied der Gemeinde, in die an einer biegsamen Stange aufgehängte Wiege. Der Fuhrmann Ants murmelte verwirrt einige Worte, die indes völlig am Platze waren: »Ich bitte jetzt den Herrn Pastor als ersten an unsere bescheidene Tafel. Hm. Es sind schwere Zeiten heutzutage ...« Die Leute traten zur Seite, um den Pastor durchzulassen, und Balthasar dachte, während er an den Tisch trat: Ja, unsere Zeit ist nicht nur schwer – sie ist grausam. Überdies hat sie abscheulich viele Gesichter. Und je unsinniger sie wird, desto ausschweifender werden die Familienfeiern. Und das nicht bloß in den Häusern der von den Deutschen abstammenden Städter, nein, auch in den Familien der Grauen. Nicht von ungefähr hat der Rat schon vor etlichen Jahren (wann war das doch gleich?) den Revalern allzu üppige Hochzeitsfeiern untersagt. Aber wer kehrt sich schon daran! Einen Erlaß gegen die üppigen Taufen gibt es bislang noch nicht. Hier jedoch, an der Tafel des Fuhrmanns Ants, was ist hier schon üppig? Einige Holzschüsseln mit gekochten Schweinehaxen, ein irdener Napf mit Scheiben vom Seitenteil eines riesigen Hechtes, zwei, drei Häufchen gut gebräunter, goldgelber Fladen aus Hafermehl und das Fäßchen Bier, das in der Ecke zischt ... Balthasar lief das Wasser im Munde zusammen, in der Kehle spürte er Durst, hatte er doch seit dem Morgen noch keinen Bissen gegessen. Seiner Pflicht in diesem Hause war er nachgekommen, wie es sich gehörte. Er hatte das warme, flaumbedeckte Köpfchen des Säuglings mit Weihwasser besprengt, hatte ihn auf Wunsch des Vaters und der Mutter auf den Namen Mats getauft und sein Gesichtchen bekreuzigt. Darauf hatte er Eltern und Gevattern ermahnt, einen guten Christen aus dem Knäblein zu machen. Und während er das tat, waren dieses still gewordene halbdunkle Zimmer, die vom grauen Licht der beiden Fenster erleuchtete, auf die Gäste wartende Tafel, der Kreis der ehrerbietigen Leute und irgendwo mitten darin das kaum hörbare Geplärr des Kindes – all dies war Balthasar irgendwie unglaubwürdig vorgekommen: hier an der offenen Küste, dem zähnefletschenden Meer gegenüber, vor den Mauern der von Furcht gelähmten Stadt (erst gestern hatten räuberische Haufen – Moskowiter und Hofleute – von den Stadttoren vierhundert Stück Vieh auf einmal fortgetrieben). Ganz zu schweigen von den Gerüchten, von denen die Stadt, im Schlafen wie im Wachen, die ganze letzte Woche lang geplagt worden war: Angeblich habe der Großfürst diesen einäugigen Dänen, den Magnus, zum König von Livland ernannt und diesem Milchbart obendrein noch seine leibliche Schwester zur Frau gegeben, und jetzt rücke Magnus mit seinem riesigen Heer (niemand wußte genau, woher – ob aus Wesenberg, Narva, Nowgorod, Pleskau oder Oberpahlen), jedenfalls rücke er mit einem riesigen Heer von Deutschen, Russen und Tataren heran, um die Stadt Reval einzunehmen und sie für ihren Widerstand grausam zu bestrafen …

»Bitte zu Tisch, Herr Pastor«, sagte Piret, und Balthasar zuckte sogar zusammen, da ihm einfiel, was er heute noch alles erledigen wollte – zusätzlich zu den Dingen, die er unbedingt tun mußte.

Er schluckte den Speichel hinunter und sagte: »Liebe Taufgemeinde, es tut mir sehr leid, aber meine Zeit ist knapp bemessen.« Und zum Hausherrn gewandt: »Von dem Bier da würde ich gern trinken, während du mir die Schuld bezahlst.«

Ants zapfte ihm einen großen Krug aus dem Fäßchen ab. Die Hausfrau meinte: »Gib dem Glöckner auch so einen.«

Während sie beide, Balthasar am Tisch, Märten etwas weiter hinten, im Stehen ihre Krüge leerten (setzte sich doch dieser emsige Pastor nicht einmal an den Tisch), zählte sich der Hausherr die fünf Ferding für die Taufe auf die flache Hand.

»Möge Gott euer Mahl segnen. Christus wird auch ohne mich mit euch sein, so ihr wollt, daß er unter euch ist. Gebt nur acht, daß die Männer nicht zu tief ins Glas schauen. Und daß ihr alle öfter zum Abendmahl geht.«

Balthasar schritt durch die Gästeschar zur Tür, der Fuhrmann Ants und Märten folgten ihm. An der Wiege neben der jungen Mutter, die dem Neugeborenen gerade trockene Lappen unterlegte, blieb Balthasar stehen. Er konnte nicht anders, er berührte mit der Fingerspitze den nackten samtweichen Popo des Knäbleins.

Auf der Schwelle des Hauses gab Ants ihm die fünf Ferding.

»Nanu? Warum nur fünf?«

»Wieviel denn sonst?«

»Von dir bekomme ich acht.«

»Warum so viel? Toomas Kuslappu hat doch auch fünf bezahlt.«

»Und wieviel Pferde hast du?«

»Vier ...«

»Na siehst du. Und Toomas hat nur zwei. So daß es nur recht und billig wäre, zehn von dir zu nehmen.«

Balthasar zog eine abgewetzte Geldbörse aus Ziegenleder (sie war völlig leer) aus der Tasche und wartete, bis der Fuhrmann Ants ihm schnaufend noch drei Ferding auf die Hand legte.

Der Pastor und der Glöckner traten eilig aus Ants' Lattentor und gingen mit großen Schritten auf einem holprigen Kiesweg dahin, der an der Kante des Abhangs entlang zur Stadtmauer führte – Balthasar, seine Rockschöße flatterten im Winde, vorneweg, Märten zehn Schritt dahinter, den Riemen des Kastens mit den Taufutensilien über der Schulter. Nach fünfzig Schritten, an einer Wegbiegung, schaute Balthasar sich um: Von hier aus hatte man einen guten Blick auf das alte Haus des seligen Siimon, rechts, das letzte auf der Huntipäh-Landzunge, direkt am Meer; in dem rötlichen Sonnendunst heute war es ganz grau und in den Boden gewachsen. Von hier oben sah es so aus, als werde sich das blauschwarze Meer jeden Augenblick über sein niedriges Dach ergießen. Das alte Haus, in dem Balthasar nichts mehr zu suchen hatte, denn Annika hatte es siebenundsechzig verkauft, als sie überraschend heiratete und in die Oberstadt übersiedelte. Nun aber verschwand das Haus hinter Märten, genaugenommen hinter dem an seiner Schulter baumelnden Kasten. Märten hatte Balthasar eingeholt ... Du liebe Güte, natürlich, das war immer noch derselbe Märten Bergkam. Auf dem Kopf schimmerte weiß das abstehende Haarbüschel, auf dem spitzen Kinn wuchsen ein paar starre, weißliche Barthaare, und er hatte noch immer dieselben scharfen blauen Augen im sonnenverbrannten, wetterharten schmalen Gesicht (weiß Gott, woher er im halbdunklen Glockenturm, wo er die Glockenseile zog, so viel Sonne nahm, daß sich sein Gesicht schälte, als sei er immer noch Marsenklemer auf der »Minerva« des Herrn Buschmann und segle im offenen Meer). Immer noch derselbe Märten. Nur sein Gesicht war noch spitzer geworden und ähnelte noch stärker jenem aus Birke geschnitzten ... Das heißt, es war jetzt immer so, wie es früher nur manchmal gewesen war ... Zum Beispiel damals, am Morgen jenes grauenvollen Tages, als der vom Blut gerötete Birkenwald Märten für ganze Jahre Balthasars Augen entzogen hatte.

Jetzt aber wirkte sein Gesicht sehr konzentriert und glühte vom schnellen Gehen: Gewiß, er war seither älter geworden ... um wieviel? Du liebe Güte – um zehn Jahre!

»Warte, Pall ... Als ich zu Ants kam, da hattest du schon angefangen ... Ich konnte dir's nicht mehr sagen. Ich bin vorhin an der Apotheke vorbeigekommen ... Herr Dyck hat mir erzählt, er ist in den Rat zu Herrn Boissmann bestellt und soll Beruhigungstropfen mitbringen.«

»Warum denn?«

»Es soll die Nachricht eingetroffen sein, daß Magnus jetzt tatsächlich kommt.«

»Ja-a? Na dann ... Hm ...«

»Er soll dem Rat einen Brief geschickt haben ...«

»Magnus?«

»Na ja doch.«

Nach dieser Unterhaltung beeilten sie sich noch mehr. So daß die Männer, die am Ufer neben einem Teerkessel Boote abdichteten, als sie nach oben schauten und sie erblickten, Grund hatten zu murmeln: »Der Junge von Siimon Rüssow, der rennt, als müßte er immer sieben taufen.« Neben den Netzstangen zupften Frauen angetrockneten Schlamm aus den Netzen, der Wind zauste ihre Haare und Kopftücher, Schultertücher und Röcke; mit dem Handrücken strichen sie sich die Haarsträhnen aus den Augen und verdeckten dabei mit dem Handgelenk rasch ein spöttisches Lächeln; sie steckten die Köpfe zusammen und tuschelten. Oh, man weiß, worüber. Ein so vortrefflicher und hartnäckiger Mann, sagten sie, dem im Gesicht schon längst kein Flaum mehr wächst, sondern ein Bart, und wahrscheinlich verdient er ein schönes Stück Geld ... Aber eine Frau hat er bis heute nicht gefunden ... Es heißt, er geht in Kruwels Badstuben, die Mädchen begrapschen. Für einen wie ihn ist es nicht so einfach, eine Frau zu finden. Weil die echten Deutschen es ihm glatt abschlagen und ihm ihre Tochter verweigern könnten, er mag Prediger sein, soviel er will. Und alles nur, weil seine Wurzeln hier, im Geröll von Fischermai, festsitzen und er auch nicht die Absicht hat, sie hier rauszureißen ... Und die Töchter der Grauen aus der Vorstadt passen nicht für ihn ... Obwohl seine leibliche Schwester einst für einen reindeutschen Prediger gut genug gewesen ist.

Links, hinter den Hütten und Gemüsegärten, rauschte, hoch aufwirbelnd und ganz weiß gestreift, das Meer. Schmutzige Vorstadtkinder liefen den Wanderern über den Weg und glotzten sie aus den Toren an. Hunde bellten und liefen, ihnen das Geleit gebend, an den Lattenzäunen entlang. Wergfetzen, die der Wind von dort hergetrieben hatte, wo man Boote flickte, kullerten wie Schaum über den Boden, und der gleichmäßige, drückende, fieberhaft wühlende Wind blies ihnen, die sie eilig auf die Stadt zuschritten, in den Nacken.

Durch das Nonnentor hatten sie die Stadt betreten und näherten sich bereits über die Mäealusstraße der Pforte am Langen Domberg, als Märten plötzlich fragte: »Hör mal, was ist denn das für ein Herr, der dich da anstarrt?«

Und es überraschte ihn nicht sonderlich, daß seine Frage Balthasar, nun, wie soll man sagen, gleichsam von irgendwoher zurückbrachte. Wußte doch Märten noch aus seinen Kinderjahren, daß Balthasar, wenn er etwas anschaute, mehr sah als andere. Daß er aber manchmal, wenn er in Gedanken versunken war, mit Blindheit geschlagen schien.

»Was für ein Herr?«

Balthasar blickte nach rechts, am Kramladen vorbei, und gewahrte vor der Pforte drei Reiter auf tänzelnden, wohlgenährten Rossen, sie warteten, daß man ihnen aufschloß. Natürlich: Die Pforte am Langen Domberg war ja die letzten zwei, drei Monate Tag und Nacht verschlossen gewesen – nach dem Aufruhr und den Unruhen, die auf den bewaffneten Handstreich des Claus Kursell gefolgt waren und angedauert hatten, bis Anfang Juni sein eigener Kopf und die Köpfe seiner engsten Freunde blutüberströmt auf die Pflastersteine im Schloßhof gerollt waren ... Nun mußte also jeder, der in die Oberstadt wollte, warten, bis die Wache herauskam, ihn musterte und dann das Eichentor mit den eisernen Nieten hochzog.

»Der da, der Mittlere. Auf dem Rappen.«

»Sieh mal einer an, das ist ja Tönnis Maidel. Dem das Maidelsche Gut in Haggers gehört. Er hat dem polnischen König gedient und ist vor kurzem nach Hause zurückgekehrt. Jetzt ist er bekanntlich ein großer Anhänger der Schweden.«

»Wenn er erst vor kurzem heimgekehrt ist, dann ist es begreiflich«, meinte Märten so verächtlich, daß er wohl herzhaft ausgespuckt hätte, würde sich nur eine Lücke in der aufreizend dichten Zahnreihe gefunden haben.

Balthasar fügte hinzu: »Er hat auch schon das Haus erhalten, das ihm sein Vater vermacht hat. In der Oberstadt, hinter der Domkirche. Tja-ja ... Ein andermal, wenn ich Zeit habe, erzähle ich dir mehr. Dieser schlaue Bursche ... Jetzt aber« – sie waren bereits auf dem Rathausplatz, hinter dem neuen Waagehaus –, »jetzt muß ich den Stadtvätern einen Besuch abstatten ...«

In seinen Taschen wühlend, blieb er unschlüssig stehen, direkt unter dem Galgen.

»Nimm!« Balthasar reichte Märten einen der Tufferdinge, den er unter großer Mühe vom Grunde seiner Tasche heraufbefördert hatte. »Laß dir bei Dyck ein halbes

Glas geben und unterhalte dich. In zwei Stunden komm nach Hause und erinnere mich, daß es Zeit für mich ist.«

Balthasar begab sich quer über den windigen Platz zum Rathaus. Vor dem Bogengang fegten die Marktknechte Abfälle zusammen. Die Besen wirbelten dichte Staubwolken auf, die sich sofort mit dem Kehricht vermischten, der sich im Winde drehte. Vor dem Rathaus hatte man den Kehricht schon zu vier großen Haufen zusammengefegt, weiter hinten aber war der Platz noch mit den täglichen Marktabfällen übersät. Hier muß gesagt werden: Hätte jemand die unendlich vielen, bis an die Knie schlammbespritzten Beine auf dem Platz gemustert und dabei das grobe Schuhwerk und die schnellen Schritte Balthasars bemerkt, so würde er, der Beobachter, wahrscheinlich mit spöttischem Lächeln darauf aufmerksam gemacht haben, wie dieser Mann Abfallhaufen, Kuhfladen und Hundekot umging: ohne hinüberzuspringen, aber auch ohne draufzutreten, leicht von der Richtung abweichend, jedoch die Rathaustür, auf die er zusteuerte, nicht aus den Augen verlierend. Und der Beobachter würde wohl gesagt haben, für den Gehenden selbst sei diese Art zu gehen etwas, für das es bislang weder in der griechischen noch in der lateinischen, weder in der deutschen noch in der hiesigen Sprache ein entsprechendes Wort gebe. Dieses sollte erst zweihundert Jahre später erfunden werden, in einem Königreich auf einer Hälfte der Insel, auf der die Königinnen beider Hälften jetzt, wie es heißt, in einer diesem Wort völlig unähnlichen Gegnerschaft leben, und dieses Wort lautet »Sport«.

Es war gerade Beratungspause, und die meisten Ratsherren hatten sich zum Mittagessen nach Hause begeben. Im Hinterzimmer des städtischen Schatzamtes aber fand Balthasar den Ratsherrn Johann Boissmann und mehrere seiner Amtsbrüder.

M-ja, im Vergleich dazu, wie Herr Boissmann in der Nikolaikirche an Balthasars Schulentlassungstag oder wie er noch an jenem gespenstischsten aller gespenstischen Tage, an jenem *nie gewesenen* Tag ausgesehen hatte, als Balthasar hier nebenan, im Ratssaal, den Abgesandten des Bauernkönigs gespielt hatte (den Abgesandten *gespielt hatte*, Abgesandter *gewesen war* – gespielt hatte, gewesen war, im Traum, in Wirklichkeit ...), im Vergleich dazu hatte sich Herr Boissmann bis zur Unkenntlichkeit verändert. Der stattliche Herr in mittleren Jahren war würdevoll und alt geworden. Die grünlichen Säckchen unter den schmalen schwarzen Augen waren heute dunkler als die ganze letzte Zeit.

Die Ratsherren begrüßten Balthasar mit Handschlag, und Herr Sandstede, jener geschäftige und kecke Herr mit dem leicht ergrauten Haupt, den man jetzt in Reval überall hinsandte, wie einst Herrn Clodt, der aber im Umgang mit dem Schwert geschickter war als in der Kunst des Redens, äußerte: »Herr Balthasar, habt Ihr schon gehört, daß Magnus bald vor unseren Mauern stehen wird?«

Hier dürfte die Bemerkung am Platze sein, daß Balthasar in den letzten Jahren nicht selten Gelegenheit gehabt hatte, sich mit Ratsherren und, Ehrenwort, mit weit einflußreicheren Männern zu unterhalten, als es die Revaler Bürgermeister und Ratsmitglieder waren. Hielten sich doch die Herren Horn, Tot und die übrigen königlichen Heerführer und Statthalter unbedingt für etwas Besseres als die Stadtväter (obwohl viele von ihnen bestrebt waren, sich das nicht anmerken zu lassen). Ja, mit ihnen allen hatte Balthasar des öfteren Umgang gehabt und gesprochen. Trotzdem hatte er sich bis heute nicht von der kindischen Versuchung frei machen können, bei Gelegenheit zu zeigen, daß er von diesem oder jenem Ereignis, mit welchem dieser oder jener Herr ihn überraschen wollte, schon Kenntnis hatte und daß die Neuigkeit, mit der er sich zu Balthasar herabließ, ihn, Balthasar, nicht nur nicht verblüffte, sondern völlig kaltließ. Weiß der Teufel, vielleicht kam das nicht so sehr daher, daß er noch ein junger Hahn war, als vielmehr daher, daß er innerlich immer noch nicht ganz das Gefühl der Ungleichheit zwischen ihm, dem Jungen aus Fischermai, und diesen Herren überwunden hatte. Wie dem auch sei, jedenfalls stützte er sich jetzt, im städtischen Schatzamt, mit den Händen auf die anderthalb Fuß breite Fensterbank aus Stein und sagte kühl: »Das erzählt man sich von Magnus schon lange.«

»Aber nein! Jetzt ist es wirklich an dem«, bestätigte Herr Sloyer, Besitzer eines prächtigen Schnurrbarts und oberster Hauptmann der städtischen Kriegsknechte, und fing, wie es seine Art war, zu blinzeln an. »Vorgestern hat Magnus in Oberpahlen seinen Adel zu den Fahnen gerufen.«

»Nun«, meinte Balthasar, »so läge unser Schicksal also in Gottes Hand.«

»Und in unseren eigenen«, fügte Herr Sloyer hinzu.

»Was im Grunde genommen oft ein und dasselbe ist«, brummte Balthasar und beugte sich zu Herrn Boissmanns behaartem Ohr herab: »Ich würde gern mit Euch reden.«

Sie traten in den anstoßenden Ratssaal, er war leer, doch als Herr Boissmann gleich neben der Tür stehenbleiben wollte, lenkte Balthasar ihn weiter – aus Furcht vor dem Bild von der großen Revaler Feuersbrunst, unter das Herr Boissmann sich hatte stellen wollen, aber gewiß in gleichem Maße auch aus Furcht vor der offenen Tür zum städtischen Schatzamt, die noch allzu nahe war. Sie begaben sich zum Großen Bürgersaal und warfen einen Blick hinein. In diesem fast zehn Ellen hohen Raum war jetzt, während der Pause, niemand. Auf dem Eichenfußboden zwischen den Säulen kreuzten sich von drei Seiten einfallende zitternde Lichtschwerter, sie drangen durch die zehn hohen blanken Fenster. Balthasar ließ Herrn Boissmann inmitten der funkelnden Schwerter stehen, kehrte um und schloß die Tür zum Ratssaal. Während er zu Herrn Boissmann zurückkehrte, dachte er (doch irgendwie flüchtig, weil er heute schon die ganze Zeit in Eile war): Was habe ich da gerade erst von Beruhigungstropfen für Herrn Boissmann gehört ...?

Er sagte, ohne lange Einleitung, wie er es für gewöhnlich in den Fällen hielt, wo er nicht befehlen durfte, aber auch nicht bitten und betteln mochte: »Herr Boissmann, jetzt brauche ich dieses Schreiben von Magnus.«

Herrn Boissmanns schweres Kinn zuckte.

»Dieses Schreiben? ... Nein, nein ... Herr Balthasar ... Das kann ich für Euch nicht ...«

»Nanu? Warum denn nicht?«

Bis jetzt hatte Herr Boissmann ihm noch nie etwas abgeschlagen. Freilich, übermäßig oft hatte Balthasar ihn nicht mit Bitten belästigt, ihm dieses oder jenes Ratspapier zu zeigen. Übermäßig oft nicht. Doch gerade Herr Boissmann war es gewesen, an den sich Balthasar vor einem Jahr mit seinen Schwierigkeiten gewandt hatte. Im Grunde genommen rein zufällig. Wie derartige Annäherungen wohl meist zustande kommen. Wiederholte, doch flüchtige Berührungen, weiß der Teufel, wo – auf Taufen oder Hochzeiten bei den Holthusens oder den Korbmachers oder irgendwo sonst. Und letzten Endes hatte er die Überzeugung gewonnen, daß man sich diesem Manne vielleicht anvertrauen könne ... Den entscheidenden Schritt in dieser Richtung hatte Balthasar trotzdem beinahe zufällig getan. Im vergangenen Jahr, an jenem schrecklichen Sonntag (es war am zehnten Juli gewesen), als sich eine dänische Raubflotte im Morgennebel der Reede näherte, in den Hafen eindrang und mehr als ein Dutzend Schiffe ins offene Meer schleppte. Den ganzen Tag über, vom Morgengrauen bis zur Dämmerung, hatte zwischen Stadt und Schiffen ein entsetzliches Kanonenduell stattgefunden. Im Feuer des Gegners hatte man ein Dutzend der größten Kartaunen auf die Bastion im Rosengarten gerollt und sie aufs Meer gerichtet. An jenem Tag war Balthasar dreimal zur Stadtmauer gegangen, um sich mit eigenen Augen ein Bild von der Lage zu machen und die Schiffe zu sehen, und als es dämmerte, hatte er dort Herrn Boissmann getroffen, der in der gleichen Absicht hingekommen war.

Sie standen nebeneinander auf der nicht sehr hohen Mauer in der Nähe der Kanonen und schauten auf das im Nebeldunst leicht violette nächtliche Meer hinaus.

Das Geschwader Admiral Muncks sowie die aus dem Hafen geraubten Schiffe waren in der Dunkelheit nicht auszumachen. Kein Lichtschimmer war auf dem Meer zu sehen. Keine Kanone feuerte. Neugierige Städter geisterten in der Dunkelheit zwischen Büschen und Mauer herum. Nebenan aber spien die Kanoniere unter rußigen Schnurrbärten ihren nach Pulver schmeckenden Speichel aus und wiesen von Zeit zu Zeit die Vorübergehenden zurecht, sie sollten nicht die Ruhe stören, sondern lieber lauschen helfen, ob nicht Ruderdollen auf dem Meer knarrten: Das hätte nämlich bedeutet, daß der Däne versuchte, im Schutze der Nacht seine Leute auszuschiffen, um weiterzurauben. Doch nichts war zu hören, nichts außer dem Plätschern der Wellen, unten, rings um die abgeriebenen Pfähle der Hafenbrücke. Die von den eisernen dänischen Kanonenkugeln herrührenden Schrammen auf dem steinernen Teil des Olaiturms waren in der Dunkelheit nicht zu erkennen. Die beiden Männer stiegen von der Mauer, und als sie sich auf der glatten bronzenen Seite eines Geschützes niederließen, um noch ein wenig das Meer zu beobachten, spürte Balthasar selbst durch die Hosen hindurch, wie heiß die Kanone nach dem abendlichen Schießen war. Da nun fragte Balthasar, während er mit den Händen den Bronzerücken der Kartaune betastete (die Kanoniere waren gerade weggegangen), ob der Ratsherr nicht auch glaube, daß es an der Zeit sei … in einer so alten und mächtigen Stadt wie Reval, die das Schicksal schon so oft geprüft habe und auch fürderhin prüfen werde, die in vieler Hinsicht beklagenswert und dennoch dem Herrn wohlgefällig sei, ob er, Herr Boissmann, nicht auch glaube, es sei an der Zeit, alles, was sich mit dieser Stadt und diesem Land begeben habe, zum Beispiel auch das, was jetzt geschehe, zu Papier zu bringen?

Als der Ratsherr mit unerwartetem Eifer und völligem Verständnis reagierte, ohne sich erst lange zu besinnen: »Das stimmt ja wirklich … Nun, gewiß doch … Unbedingt …« – da gestand ihm Balthasar, daß er sich schon eine ganze Weile damit beschäftige … Der Ratsherr wollte sofort wissen, wie Balthasar das mache. Und als sie zusammen in die Stadt zurückkehrten und sich durch die Langstraße tasteten (in der dichten Dämmerung waren mit ihnen bald hier, bald dort neugierige Städter unterwegs, einzelne Trupps von Ratssoldaten marschierten, befehlsgemäß ohne Fackeln, hinter ihnen her, und das Poltern ihrer Stiefel hallte in den nächtlichen Mauern wider, sie gingen die Wache im Rosen- und Papageiengarten ablösen), da erklärte Balthasar Herrn Boissmann, in seinen Aufzeichnungen verfolge er die ungeschminkte Wahrheit. Es gehe ihm nicht um die Interessen der Anhänger des Ordens, Polens, Dänemarks oder Schwedens. Und natürlich auch nicht um die verschiedenen Ansichten des Adels über die Geschicke des Vaterlandes. Nicht einmal um diese oder jene gestrigen oder heutigen Ansichten der Stadtväter. Er habe nichts als die reine Wahrheit im Auge. Da meinte der Ratsherr, ja, so und nicht anders müsse man eine solche Sache anpacken. Und fügte beiläufig hinzu (was Balthasar Mut machte, den nächsten Schritt zu tun, überdies näherten sie sich zu diesem Zeitpunkt der Heiligengeistkirche, und die Wände *seiner* Kirche verliehen Balthasar endgültige Entschlossenheit), ja, der Ratsherr fügte hinzu, daß Balthasar ihm für diese Beschäftigung besonders geeignet erscheine. Am geeignetsten von allen, die in Reval dafür in Frage kämen. Vornehmlich deshalb, weil er als Geistlicher mit unserem Herrn, dem höchsten Maßstab himmlischer und irdischer Wahrheit, vertrauteren Umgang habe als irgendein anderer, der schreibe. Und zweitens wegen der stadtbekannten saftigen Reden und Äußerungen Balthasars, die ihm gewiß ebenso vortrefflich von der Feder flössen wie von den Lippen. Was alle bestätigten, die seine Predigten gehört hätten, er selbst jedoch habe noch keine Gelegenheit gehabt, einem in hiesiger Sprache abgehaltenen Gottesdienst in der Heiligengeistkirche beizuwohnen. Und drittens auch noch deshalb, weil Balthasar, als ein Mann, der aus den Reihen des gemeinen Volkes dieser Stadt komme, frei von allem Standesdünkel sei, welcher den Blick des Wahrheitssuchers abstumpfe. (Diesen Worten nach zu urteilen, konnte man meinen, daß Herr Boissmann selbst, der einem alten Ratsgeschlecht angehörte, den eigenen Standesdünkel als Fessel empfand ...) Nach diesen Worten blieb Balthasar am Eingang zu seiner Kirche, unter der großen, aus Lübeck gelieferten Turmuhr stehen (die Nächte waren schon so dunkel, daß die vergoldeten Zeiger nicht verrieten, wie spät es war) und sagte: »Aber um unfehlbar die Wahrheit schreiben zu können, müßte ich von Zeit zu Zeit die wichtigsten Papiere aus der Ratskorrespondenz einsehen können.«

»M-ja. Das verstehe ich vollkommen«, versetzte der Ratsherr und machte das noch fehlende gefährliche Schrittchen, »und Ihr möchtet, daß ich Euch in dieser Angelegenheit behilflich bin?«

»Ganz recht.«

Das Poltern der Soldatenstiefel war hinter der Großen Strandpforte verhallt. Doch vom Rathaus her hörte man neue Kriegsknechte sich nähern. Auf Antwort wartend, lauschte Balthasar und verspürte im Mund einen leichten Pulvergeschmack.

»Hm ...«, meinte der Ratsherr, »ich glaube, um der Ehre unserer Stadt und ihres guten Namens willen muß ich das wohl tun. Unter der Bedingung, daß das für uns beide eine ... hm ... nun, sagen wir, eine Art Beichtgeheimnis sein wird. Denn nicht alle unsere Ratsherren ...«

»Gerade darum wollte auch ich Euch bitten.«

Getreu ihrer Abmachung hatte Herr Boissmann Balthasar im Laufe des letzten Jahres drei- oder viermal wichtige Ratspapiere gezeigt. Beim letztenmal hatte Balthasar mit allen Einzelheiten den Bericht seines alten Bekannten, des Herrn Kruse, über die in Wesenberg stattgefundenen Aprilverhandlungen zwischen den Abgesandten des Moskowiters und Reval nachschreiben können. Und nun? Heute? Jetzt?

Jetzt, im Bürgersaal, trat Herr Boissmann mit zwei schweren Schritten durch die Lichtschwerter auf Balthasar zu. »Lieber Rüssow, ich sag Euch«, begann er und ging augenblicklich zur einheimischen Sprache über. Und Balthasar konnte durchaus nicht begreifen, was das war – ein wirklich ganz niederträchtiges Abrücken (was es hiesigen Gepflogenheiten zufolge sehr wohl sein konnte) oder, im Gegenteil, ein Beweis für ein besonderes Vertrauensverhältnis, was es, dem Ton nach zu urteilen, eher war. »Lieber Rüssow, ich sag Euch – jetzt ist nicht die Zeit zum Spielen.«

»Wie denn? Ihr und ich, wir haben also bis jetzt nur gespielt? Soll ich Euch etwa so verstehen?«

Herr Boissmann blickte anfangs nicht auf, doch dann schob er die Unterlippe vor und sah Balthasar voll an.

»Nun – man wird es ja ohnedies erfahren. Alle werden es erfahren … Und ein Mann wie Ihr noch vor den anderen.«

»Was erfahren?«

Herrn Boissmanns Stimme klang so, als sei sein Mund mit trockenem Rost vollgestopft.

»Ihr habt ja die neusten Nachrichten gehört. Magnus wird morgen oder übermorgen vor der Stadt stehen …«

Nun, um so mehr müssen wir …, wollte Balthasar sagen.

»Und Heinrich, mein Sohn …« Da schoß der Roststöpsel aus Herrn Boissmanns Kehle, und er schloß fast schreiend: »… ist einer der einflußreichsten Männer in Magnus' Lager!«

»Hm …«, sagte Balthasar, »dergleichen habe ich auch schon gehört.«

»Ach, habt Ihr! Ja. Dann werdet Ihr wohl verstehen, daß von nun an auch wir nicht mehr so handeln können wie bisher.«

»Warum?«

Natürlich spürte Balthasar – nicht ganz klar, aber doch deutlich genug –, welchen Wurzeln Herrn Boissmanns plötzliche Ablehnung entsprang, welche Fasern und Fäden sie mit dem verräterischen Schritt seines Sohnes und mit seiner eigenen seltsamen Lage verbanden. Aber er unterdrückte den Wunsch zu verstehen.

Und sei es auch nur, weil Verständnis in gewisser Hinsicht dem Eingeständnis gleichgekommen wäre, daß Heinrich Boissmanns Verrat und die Taten seines Vaters – und folglich auch seine, Balthasars – verwandt waren ... Absurdissime! Er trieb diesen Gedanken in sich zurück, noch bevor er ihn überhaupt ganz begriffen hatte, und fuhr fort: »Ich verstehe gar nichts. Ich meine, Ihr müßtet, je mehr das Verhalten Eures Sohnes es erschwert, die Wahrheit in unserer Stadt und in unserem eigenen Schicksal zu verstehen, und erst recht, wenn Ihr an das heutige und an die kommenden Geschlechter denkt, ja, desto mehr müßtet Ihr ...«

»Ich weiß selbst, was ich muß und was nicht! Auch Euch rate ich: Gebt diese Sache auf. Verbrennt Eure Aufzeichnungen! Die Stadt muß jetzt zusammenhalten! Und nicht der Wahrheit irgendwelcher zufälligen Ereignisse nachjagen.«

Herr Boissmann war so erregt, daß er wieder zum Deutschen überging, doch wer eine empfindliche Haut hatte, konnte hinter seinen letzten Worten den Schrei spüren. Ja, Herr, steh uns bei, unsere Haut wird sich gewiß für immer ihre krankhafte Empfindlichkeit bewahren, solange es Menschen unter uns gibt, deren Leib (und damit natürlich auch ein Teilchen der Seele) Prügeln ausgesetzt war, mag uns selbst bisher auch noch keine Rute berührt haben ... Balthasar sagte – und von dem Bemühen, dem Ratsherrn Gerechtigkeit widerfahren zu lassen, vibrierten in seinem Inneren gleichsam die Schalen einer winzigen Waage, ähnlich der, auf der Herr Dyck in seiner Apotheke Rubinpulver und Mehl aus Haifischzähnen abwog –, Balthasar sagte: »In diesem Fall weiß ich auch ohne Euren freundlichen Rat, was ich zu tun habe und was nicht. Leider kann ich Euch nicht für mehr danken als für das, was Ihr schon für mich getan habt.«

Er machte auf dem Absatz kehrt und ging aus dem Bürgersaal. Dabei flog seine kurze schwarze Schaube hoch, und sein komischer rotblonder Haarschopf blitzte. Wer weiß, ob nicht mancher dachte, seine zackigen

Schritte paßten besser zu einem Hauptmann der Landsknechte als zu einem Pastor der Heiligengeistkirche.

Was er aber weiter tun sollte, wußte er nicht, auch wenn er soeben das Gegenteil erklärt hatte. Nein, unter den Ratsherren würde er niemanden finden, an den er sich, wie bisher an Herrn Boissmann, wenden konnte. Er ließ sie alle an seinem geistigen Auge vorüberziehen: Hünerjäger, Sandstede, Luttern, Schröder, Klüting – harte, aufgeblasene, hochmütige Männer, manchmal, bei einem Glas Wein, allerdings herablassend und leutselig, jetzt aber, in diesem für die ganze Stadt kritischen Augenblick, alles andere als zugänglich ... Möglich natürlich, daß es ihm gelänge, sich einigen von ihnen – beispielsweise Bürgermeister Korbmacher – nach einem gewissen Studium und einer guten Vorbereitung zu nähern ... Doch Balthasar mußte Magnus' Brief sofort haben, augenblicklich ... Warum eigentlich so dringend? Oh, natürlich aus purer Dummheit ... Er stieg die Treppe hinunter und schritt den Bogengang hinter den Säulen entlang. Er ging auf und ab und suchte mit der beharrlichen Wut eines Mauerbrechers nach einem Ausweg ... Er sah, wie drei Hauptleute der städtischen Landsknechte zum Rathauseingang ritten und schneller als sonst vom Pferd sprangen. Er sah, wie Ratsherr Winter, dem die städtische Artillerie unterstand, über den Platz durch den wirbelnden Kehricht eilte, offensichtlich noch am letzten Bissen kauend. Der Rat mußte unverzüglich die mit den Kriegsnachrichten verbundene Beratung fortsetzen ...

Balthasar lief unter den Bögen auf und ab und spürte, wie töricht es doch gewesen war, sich auf seinem Weg diesen Knoten zu knüpfen. Weiß Gott, warum er das getan hatte, getan in dem Moment, als Herr Boissmann ihm einen Korb gab. Wie man das nicht selten in dergleichen Fällen tut, um sich anzustacheln (oder zu beflügeln?). Er hatte eine Wechselbeziehung hergestellt: Wenn er diesen Brief nicht sofort erhält, braucht er gar nicht erst zum alten Gandersen zu gehen. Wenn er den Brief nicht abgeschrieben bekommt, wird Gandersen auch nicht einwilligen, ihm Elsbeth zu geben. Balthasar hatte schon vor drei Tagen beschlossen, daß er gerade heute abend hingehen und Gandersen bitten wollte … Welche Torheit … (Nein, nein, jetzt war nicht der Augenblick, sich in Betrachtungen über Elsbeths Augen, Bewegungen, Haare und ihren Duft zu verlieren …) Er mußte sich trotzdem Zugang zu den Ratsbriefen verschaffen! Oder sollte er tatsächlich seine Arbeit aufgeben? Die Papiere ins Feuer werfen? Des Zusammenhalts der Stadt wegen? (Ach, die Wahrheit über das, was vor sich geht, macht also die vereinten Anstrengungen zunichte? Ach, Wahrheit und Verrat sind also dasselbe?) Nun … Im selben Moment gewahrte Balthasar einen Mann, der von der Apotheke her den Rathausplatz überquerte und an den Buden der Pistelmacher vorbei in Richtung Rathaus ging; dieser schwerfällige und doch flinke, nicht sehr große Mann schlängelte sich zwischen den Haufen der Marktabfälle hindurch. Balthasar drehte sich um und ging ihm am Bogengang entlang entgegen – langsamer, als der Mann näher kam.

Für einen Augenblick verschwand jener hinter einer Säule und tauchte dann wieder im nächsten Bogen auf. Einmal, ein zweites, drittes, viertes Mal – und jedesmal war er näher als beim vorigen Mal und jedesmal größer. Balthasar dachte bei sich: Wenn wir uns an der Ecke des Platzes von Angesicht zu Angesicht gegenüberstehen, wird er so groß sein wie ein Riese … Aber nein. Als sie sich unter dem Rathausturm, jenseits des achten Bogens, an der Mündung des Altmarktes trafen, hatte sich dieser Mann keineswegs in einen Riesen verwandelt, er war derselbe kleine Herr Johann Topff mit dem Katzenschnäuzchen geblieben. Immer noch derselbe, den Balthasar an der Festtafel bei Doktor Friesner zum erstenmal aus der Nähe gesehen hatte, an der Festtafel, wo sie die Ehre gehabt hatten, mit dem Herrn Koadjutor (hm) zusammenzusitzen, an jenem schicksalhaften Abend in Balthasars Leben … Immer noch derselbe Johann Topff, den Balthasar jetzt schon viele Jahre lang in der Stadt, um das Rathaus herum und im Rathaus selbst herumspazieren sah. Immer noch derselbe. Indes der Koadjutor Herzog geworden war, hatte es Herr Topff lediglich vom einfachen Sekretarius des Untergerichts zum Schreiber beim Stadtsyndikus gebracht – später, nachdem Herr Clodt endgültig aus Reval zu den Polen übergewechselt war (man munkelte, Sigismund habe ihn sogar in den Adelsstand erhoben) und man den einem runzligen Kürbis ähnelnden Herrn Dellinkhusen zum Revaler Syndikus berufen hatte. Immer noch derselbe Herr Topff mit dem Gesicht einer grauen Katze, dem weichen Gang und dem gleichsam wackelnden Kopf, den er, Balthasar, allein schon deshalb kannte, weil er, wenngleich kein allzu wichtiger Ratsbeamter, der Ratskapelle angehörte und somit ein Pfarrkind der Heiligengeistkirche und folglich Balthasars Pfarrkind war ... Und noch etwas, fern wie ein Traum, war Balthasar im Gedächtnis geblieben ... Das war doch schließlich und endlich derselbe Herr Topff ...

»Gute Gesundheit, Herr Balthasar.«

»Salve, salve! Zu Euch wollte ich gerade ...«

»Ja-a-a-a? Dann bitte ich Euch in meine Höhle.«

»M-m ... Ich komme in einer Viertelstunde.«

»Ach so? Bitte, bitte ...«

Balthasar ging über den Platz zum Weckengang, bog um die Apotheke, nickte ins Fenster des Laboratoriums Herrn Dyck zu, überquerte rasch den Kirchhof, und schon war er zu Hause. Er trat in die Sakristei, zog einen Schlüssel aus der Tasche, schloß das Türchen der wohlbekannten Wandnische auf, nahm fünfzig Silbermark heraus und steckte sie in die Tasche. Zehn Minuten später trat er – auf der Seite, wo das Gefängnis war – durch eine Kellertür in das Warenlager unter dem Rathaus und stieg von dort aus über eine Treppe in der dikken Wand zu Herrn Johann Topffs Kammer hoch, die hinter dem Schatzamt lag.

Poch-poch-poch!

»Her-ein ...«

Ein tintenbeflecktes Pult, zwei, drei Schemel, ein einfaches Regal aus Kiefernholz mit Urkundenrollen. Einige schmiedeeiserne Schatullen für die wichtigeren Papiere. Ein schweres, niedriges grauweißes Gewölbe.

»Nehmt Platz, Herr Pastor. Womit kann ich Euch dienen?«

Selbst die Stimme von Herrn Topff glich der einer Katze.

»M-m … Unser ehemaliger Statthalter Herr Horn hatte, meines Wissens, die Angewohnheit, stets so zu beginnen: ›Ich bin Kriegsmann und komme gleich zur Sache.‹ Ich bin zwar kein Kriegsmann, ganz im Gegenteil sogar. Aber auch ich komme gleich zur Sache.«

Die Hände auf den Knien gefaltet, saß Herr Topff auf einem Schemel Balthasar gegenüber. Voll mißtrauischer Erwartung spitzte er sein winziges Mündchen inmitten der grauen Barthaare. Kaum machte Balthasar eine Pause, um Luft zu holen, bevor er zur Hauptsache kam (man konnte es auch für eine rhetorische Pause halten) – da begann der tintenbeschmutzte Daumen von Herrn Topffs rechter Hand unruhig um den sauberen der linken zu kreisen.

Balthasar sagte: »Herr Topff, ich möchte eine kleine Abmachung mit Euch treffen.«

O Allmächtiger, wieviel dergleichen mag wohl in der Welt schon vorgekommen sein und künftig noch vorkommen! Die fällige Erklärung, wie man einen einmal Gestrauchelten abermals auf die schiefe Bahn bringt, dürfte also kaum für jemanden von besonderem Interesse sein. Mit Ausnahme derjenigen, die sich für Variationen interessieren. Die sich gerade für bestimmte Menschen zu einer gegebenen Zeit an einem gegebenen Ort interessieren … Oder anders ausgedrückt, sich dafür interessieren, wie das im Zimmer des Schreibers des Revaler Schatzamtes am neunzehnten August Anno Domini 1570 geschehen ist … Wie der eine Mann sich vor allem klarmacht, daß dieses Collegium oder diese Sodalitas, oder wie man es sonst nennen mag, welchem er dient und welchem er einen Eid geleistet hat (das heißt dieses städtische Amt, nicht wahr?), im Grunde genommen keineswegs höher steht als jenes andere, dessen ehrenwertes Mitglied (noch dazu für dreißig oder vierzig vorzügliche, echte Mark!) ihm jetzt vorschlägt ... Was vorschlägt? Genaugenommen, zu entscheiden, welches von ihnen höher steht – dieses oder jenes, das heißt die Stadt mit ihren Kaufherren, die mit Häuten, Salz, Tran und Getreide handeln, oder doch unser Seelenhirte, was gleichbedeutend ist mit dem sacrum ministerium aller unserer Seelenhirten, von Reval und Stockholm bis hin zu Wittenberg. Variationen ... Wie der eine Mann *selbst* begreift, daß das Silber, das man ihm für die richtige Wahl bietet ... Du liebe Güte, aber das ist ja ganz unwesentlich ... Wie er denkt: Dieses bewußte Ministerium besitzt in unseren Tagen des reinen Glaubens zwar nicht mehr die geheime Macht, die es in den Tagen der päpstlichen Finsternis hatte ... Trotzdem bleibt es, so nahe, wie es dem Herrn steht, auch heute, ja, auch heute noch, die wichtigste Sodalitas ... Und wie dieser Mann, der innerlich schon ganz Zustimmung ist, sich immer noch stellt, als sei er nicht einverstanden. Macht doch der andere Mann, der aus dem Ministerium, ein bäurisch stämmiger Kerl mit einem Gesicht wie aus Holz, eine Miene, als ob ihm ein gewisses Zaudern sogar gefalle ... Variationen ... Wie dieser andere beiläufig zu verstehen gibt (und sofort verstanden wird), daß Stadt und Ministerium letztendlich ein und dasselbe seien und sich Herr Topff deshalb überhaupt keine Sorgen zu machen brauche, um so weniger, als alles bereits in den Händen seines eigenen Pastors sei ... Und wie dann dieser andere, bäurisch Stämmige, da er nicht begreift (oder nicht begreifen will), daß die Ablehnung des Herrn Schreibers nur äußerlich ist, plötzlich seine Karten – o nein, nicht aufdeckt, er lüftet nur für einen Moment ein klein wenig ein schicksalhaftes Eckchen (vielleicht, um jenen dadurch zu zerschmettern): »Aber Ihr habt das doch auch früher getan. Und durchaus nicht nur für die Auserwähltesten und mit der Macht Betrauten ...«

(Herrgott, diese Teufel wissen wirklich alles! ... W-wwie? Für *wen* denn? ...)

»Nicht nur für gekrönte Häupter. Sondern sogar für die aufrührerischen Bauern. Erinnert Ihr Euch? Anno sechzig? So daß unserer Abmachung jetzt nichts im Wege steht, sondern, im Gegenteil, alles dafür spricht.«

Variationen ... Wie der eine Mann augenblicklich versteht: Das ist nichts anderes als eine Mahnung: Was man für einen Diener des Herrn tut, hat ja auch einiges zu bedeuten ... Und so weiter. Und dafür werden gewisse Sünden vergeben, wenn nicht sofort, dann doch am Jüngsten Tag ... Variationen ... Wie der andere Mann, eine genaue Kopie des Magnusschen Briefes unter dem Arm, über den Marktplatz, den man inzwischen sauber gefegt hat (so sauber, wie es Märkte überhaupt sein können), nach Hause eilt, wie dieser Mann triumphiert und gleichzeitig ein seltsam peinliches Gefühl empfindet ... Ohne ganz zu begreifen, daß dieses peinliche Gefühl nichts anderes ist als der geheime Wunsch, sich die Hände mit starker Fichtennadelseife zu waschen – dieselben Hände, die er, erfaßt von Siegesfreude, sich gern reiben würde, müßte er nicht fürchten, die Rolle zu zerknüllen, die unter seinem Rockschoß verborgen ist ... Wie dieser andere Mann rasch das Gefühl der Peinlichkeit überwindet, da er offensichtlich blind an die Wahrheit jener Worte glaubt, die zwanzig Jahre zuvor ein Spanier gesprochen haben soll, von dem er fast gar nichts weiß, nur, daß von ihm der Satz stammt: Finis sanctificat media ... Und dieser andere Mann frohlockt (Hab ich's doch bekommen ... Und habe auch die Zusage für die Zukunft ...), frohlockt, blind glaubend, daß er wisse, wie hoch die Welt morgen oder gar übermorgen sein Ziel bewerten wird ... Blind glaubend, daß, sollte heute oder morgen wirklich jemand ein Körnchen Wahrheit in seiner Arbeit finden, dies das Resultat seiner angestrengten Bemühungen sein wird und nicht bloß das Werk eines glücklichen Zufalls.

Balthasar schloß sich in seinem Schreibkämmerchen ein, drehte die Sanduhr um, rollte die von Herrn Topff angefertigte Abschrift des Briefes auf und begann beim Geräusch des herabrieselnden Sandes zu lesen:

Was Wir, Magnus, von Gottes Gnaden, König von Livland, Herr der Estnischen und Lettischen Lande, Erbe von Norwegen, Herzog von Schleswig, Holstein, Stormarn und Dithmarschen, Graf von Oldenburg und Delmenhorst, allen Einwohnern der Stadt Reval vermelden, welche der gesamten Christenheit Nutz und Frommen, des bedrängten und zerrütteten Livlands Bestes, Freiheit und wahrhaftige Wohlfahrt suchen sowie ihren und aller ihrer Nachkömmlinge ewigen Schaden, Unheil, Verderb, Untergang und viel unschuldiges Blutvergießen verhüten wollen:

Nachdem dieses bedrohte und zerrüttete Livland von mancherlei Nationen erbärmlich zerrissen und seine leidgeprüften Bewohner mit lautem Gestöhn den Allmächtigen um eine deutsche christliche Obrigkeit angefleht, so haben Wir gleichfalls vom Anfange Unserer Regierung an aus vollem Herzen die Güte Gottes um Mittel und Wege angerufen, wodurch das arme Land seine rechten Verhältnisse wiedererlangen möchte, und sehr viele Mittel versucht, aber infolge göttlicher Verhängnisse seit so vielen Jahren keine gefunden, bis der Kaiser, Großfürst und Herrscher aller Russen mit Siegeln und Briefen als auch durch gewöhnliches Küssen des Kreuzes, nach dem unerforschlichen Willen des Herrn, seine Gnade bekundet und mit Uns beschlossen, Uns zum Könige über ganz Livland zu setzen, worüber uns E. K. Maj. öffentlich erkläret: Daß der Großfürst Uns ganz Livland gibt, entweder durch Gewalt oder durch Transaktion, desgleichen er sich mit dem Heiligen Römischen Reich wider die Türken und alle Feinde der Christenheit verbinden will. Über Livland soll keine Obrigkeit herrschen und regieren, ausgenommen Wir, Unsere Erben oder in Ermangelung derselben die Krone von Dänemark oder Holstein ewiglich. Und es soll auch kein Russe Macht haben über Livland, allein der Kaiser und Großfürst soll und will den Namen eines Schutzherrn haben, welcher bei diesem Schutze sein ganzes Kaisertum, ja auch sein kaiserliches Leben einzusetzen durch Kreuzküssen gelobet. Dafür sollen und wollen Wir ihm, dem Kaiser und Großfürsten, eine gar geringe und nicht gedenkenswerte Erkenntlichkeit erweisen, welches in Schriften gefaßt und durch Kreuzküssen besiegelt, derwegen uns der Kaiser und Großfürst zur Vollführung des Kreuzküssens vorab mit beiwohnendem

Kriegsvolke ausgestattet, den schwedischen Feind aus Livland zu vertreiben.

Wenn sich die Stadt Reval, was Wir dem Rat und der Gemeinde auch früher schon geschrieben haben, in Güte Uns, Unseren Erben oder in Ermangelung derselben der Krone von Dänemark oder dem Hause von Holstein unterwirft, soll sie nicht allein die alten Privilegien erhalten, sondern auch zu Wasser, zu Lande und andernorts mit herrlichen ewigen nützlichen und ersprießlichen neuen Privilegien beschenkt werden …

Jaja … In dieser ganzen Eloquenz machte sich deutlich die brillante Schönrednerei von Herrn Schröpfer, Magnus' wichtigstem Ratgeber, bemerkbar. Neue, *zu Wasser, zu Lande und andernorts* … Wo denn noch? In den Wolken? In Luftbildern und im Wind? … Ha-ha-ha … Vor allem aber wollte Balthasar das abschreiben. Er hatte nicht vor, sich gleich ans Kommentieren zu machen, wenigstens nicht heute. Heute hatte er verteufelt wenig Zeit.

Balthasar las und schrieb abwechselnd. Wenn er las, war das Rieseln des Sandes in der Uhr zu hören – ein kaum wahrnehmbares Rauschen. Schrieb er aber, dann übertönten das Kratzen seiner flinken Feder und das Knarren des alten Pultes mit dem rissigen Deckel den Sandstrahl.

Im Falle aber Reval zu seinem ewigen Schaden und Nachteil, zu Untergang, Verderb, Blutvergießen und Mord Lust und Liebe hat, so soll es wissen, daß der Kaiser und Großfürst seine ganze kaiserliche Macht daransetzen, es verheeren, verwüsten und in ewige Servitut und Dienstbarkeit bringen wird …

Was aber die Lügengeister ausstreuen, daß dieser Krieg zum Besten des Großfürsten geschehe, ist lauter Geschwätz, Lug und Trug, davor Wir die Revaler christlich warnen möchten, und die Lügengeister sollen es in Kürze mit ihrem Blute bezahlen. Sollten alle Unsere christlichen Warnungen aber nicht helfen, so wollen Wir Uns vor dem lieben Gotte und der ganzen Christenheit wegen alles künftigen Unheils entschuldigt haben …

Also: Wenn ihr in unsere Arme kommt, werden wir euch mehr lieben als uns selbst. Kommt ihr aber nicht, dann werden wir euch mit dem Gesicht in den Dreck werfen und bis aufs Hemd ausplündern. Wer aber frech lügt, wir täten das um unseres eigenen Vorteils willen, dem schlagen wir den Kopf ab ... Nun, was soll's, das alte Lied.

Balthasar hatte dieses aufschlußreiche Dokument sogar früher abgeschrieben, als Märten aus der Apotheke zurück war. Der Kasten mit den Taufutensilien hing noch immer über seiner Schulter. Aber Märten roch leicht nach Klarett, und er brachte ganz frische Neuigkeiten mit, die er in der Apotheke aufgeschnappt hatte und die von keinem anderen stammten als von einem Reitereiobristen. Dieser war vom bischöflichen Gut in Fegefeuer nach Reval geflohen, war unterwegs vom Pferd gestürzt und zu Dyck gekommen, um eine Lösung aus Schlangenasche gegen die Prellung zu trinken.

Magnus war angeblich vorgestern von Oberpahlen aus nach Norden aufgebrochen und hatte sich auf der Narvaer Straße mit dem Heer vereinigt, das von Wesenberg nach Westen zog. Jetzt mußte er mit seinem Feldlager bei Fegefeuer stehen – er soll etwa fünfundzwanzigtausend Mann unter seinen Fahnen haben. Russen, Tataren, Mordwinen. Und auch ein paar Dänen. Und – notabene! – etliche tausend Livlanddeutsche.

Balthasar faßte an sein quadratisches Kinn ... Ja. Für viele der hiesigen Gutsherren besaß Magnus eine unbegreifliche Anziehungskraft. Während Balthasar sein Kinn befühlte, dachte er, er habe in dem ganzen Durcheinander heute vormittag derartige Bartstoppeln bekommen, daß er, wollte er sich jetzt zu seiner Braut und seinem zukünftigen Schwiegervater begeben, gewiß zuvor mit dem Messer über die Bartränder fahren müsse ... Und trotzdem – woher hatte Magnus diese Anziehungskraft? Dieser Milchbart von königlichem Geblüt ... Aber nein, Magnus war schließlich schon dreißig, und wie lange bleibt ein junger Mann denn ein Milchbart? Er war ein König ohne Königreich, über den man ringsum – auf den Märkten, in den Wirtshäusern, in den meisten Ratsherrenhäusern, ja sogar von den Kanzeln herab – Gott weiß was erzählte: Magnus soll von Geburt an einäugig sein, er soll Ziegenhufe haben! Weiter hieß es, er sei so etwas wie ein Zwitter und seiner Natur nach weder Mann noch Weib … Obwohl der Großfürst immerhin seine Base Eufemia mit ihm vermählt hatte! … Ja, Magnus' Anziehungskraft war verwunderlich … Nun, immerhin war er ja ein christlich-deutscher Regent. Auch stand, Gerüchten zufolge, der Kaiser des Heiligen Römischen Reiches hinter ihm … Und Magnus und der Großfürst brächten selbstverständlich ganz Livland Frieden für alle Zeiten … Wenn das nur nicht der Frieden war, der zwischen Fischer und Fisch eintritt, sobald der Fisch den Köder geschluckt hat? … Aber schließlich war ja in Magnus' Lager nicht nur dieser Schröpfer mit seinem salbungsvollen Geschwätz und nicht nur unser alter Bekannter Herr Kruse mitsamt Taube, die man seit den Wesenberger Verhandlungen stets in einem Atemzug nannte, und nicht nur Herr Heinrich Boissmann … Als Fähnlein- und sonstige Führer unterschiedlichen Ranges waren dort auch viele livländische Adlige aus berühmten Geschlechtern, man nehme nur Reinhold Rosen aus Rannu oder Johann Maidel aus Wollust, recht weitsichtige Leute (man konnte wohl ihre Landsknechtsredlichkeit in Zweifel ziehen, für blind aber durfte man sie denn doch nicht halten!). Eine unverkennbare und unbestreitbare Vorliebe für Magnus hatte natürlich auch der Großfürst selbst … Der Großfürst, von dem man solche Greuel und Schrekken zu berichten wußte (so schlimme, daß ihn das eigene Volk schon seit etlichen Jahren den »Schrecklichen« nannte). Übrigens war unter den Greueltaten eine, die Balthasar erbeben ließ, als er davon hörte. Besonders nahe geht uns doch stets das – sei es nun gut oder böse –, was wenigstens in gewisser Weise uns selbst oder uns bekannte Personen betrifft. Und hier handelte es sich um den früheren Woiwoden von Narva Alexej Basmanow und seinen Sohn Fjodor – Leute, die Balthasar bekannt waren, sei es in Wirklichkeit, sei es vom

Traum her –, und ihr Schicksal raubte ihm, sobald er nur an sie dachte, die Ruhe, bei Tag und bei Nacht ... Wie berichtet wurde, hatte der Großfürst auf die schändliche Zuträgerei und Verleumdung seines Maljutas, dieses Moskauer Persson, hin befohlen, Vater und Sohn Basmanow, die als seine treuesten Diener galten, zu ergreifen. Sie wurden verdächtigt, in den Großen Nowgoroder Aufstand verwickelt zu sein, durch den sich Nowgorod aus dem Moskauer Staate hatte lösen und sich Freiheit und verflossenen Glanz zurückgewinnen wollen. Und dann hatte der Großfürst den älteren Basmanow auf schrecklichste Weise foltern lassen, denselben Mann mit den schwarzen Augen, den Balthasar zuerst im Hause Melchior Krumhusens, später auf dem Festmahl in Hermannstadt gesehen und der gesagt hatte, mit einer Stimme, daß es Balthasar kalt über den Rücken lief: »Ich als Soldat bin immer am liebsten dort, wo ich meinem Kaiser am besten dienen kann ... Mir geht es nur um den Vorteil unseres gnädigen Kaisers ...« Dem jungen Fjodor Basmanow hatte der Großfürst mit unvorstellbaren Foltern gedroht und zum Beweis seiner Treue verlangt, daß jener vor seinen, also des Großfürsten, Augen den eigenen Vater ersteche, und das Messer dazu, so sagte man, hatte ihm der Großfürst selbst in die Hand gedrückt. Und der schwarzäugige, dem Vater unheilverkündend ähnliche Sohn, der auf jedem Festmahl des Großfürsten getanzt, gesungen und gespielt hatte – er hatte sich als rechter Jammerlappen erwiesen und den ungeheuerlichen Wunsch erfüllt. Der Großfürst aber hatte beliebt, alldem mit abscheulichem Vergnügen zuzuschauen – wie Dutzenden, Hunderten ähnlicher Greueltaten. Man erzählt ... O Herr ... Aber man erzählt doch, daß Magnus einäugig sei und Ziegenhufe habe ... Und dann die Gerüchte (wieso Gerüchte – es ist hinlänglich bekannt!), was alles zur Zeit König Eriks in Stockholm und Uppsala auf das teuflische Betreiben Perssons, dieses schwedischen Maljutas, geschehen ist ... Herzog Johan wurde eingekerkert, Dutzende der angesehensten Adligen hingerichtet ... Und jetzt ist König Erik selbst ins Gefängnis gesteckt worden, von Herzog Johan, unserem jetzigen gnädigen König Johan III. ... Bei Gott, es ist, als gehöre diese Welt nicht mehr unserem Herrgott, sondern seinem großen Widersacher, der hämisch lachend alles seinem Willen beugt, der auf Ehrlichkeit pfeift, den Mörderdolch auf dem Schleifstein der Treue schärft und auf dem blauen Feuer des Zweifels aus der Nächstenliebe ein unbekanntes, geruch- und geschmackloses Gift bereitet ...

Nein, nein, nein ... Jetzt darf ich daran nicht denken. (Nicht jetzt ... Und nicht beim nächstenmal ... Nur nicht heute, aber wann dann? Ich weiß nicht. Irgendwann. Aber nur jetzt nicht!) Denn jetzt will ich aufbrechen, um *das* zu Ende zu führen, wovon in großem Maße alles Weitere abhängen kann. Ja. In großem Maße. Ich sage nicht, völlig. Oh, vielleicht sollte ich heute, wenigstens heute, doch sagen: völlig? All mein irdisches Glück! Völlig! In dem Maße, wie der Mensch vorauszusehen vermag, was er wünschen und worum er den Herrn bitten darf.

Balthasar wandte sich vom Pult ab, verschränkte die Arme auf der Brust und ging auf dem abgenutzten, rauhen Fußboden des engen Zimmerchens auf und ab.

Sagen wir doch lieber einfach: in großem Maße ... Sagen wir: Gebe Gott, daß mir das gelingt ... Oh, diese Unterhaltung mit Dir, Herr, ist so aufrichtig, daß man sie führen kann, während man mit verschränkten Armen im Zimmer auf und ab geht ... Verlangst Du doch in diesem Fall nicht, daß ich die Knie beuge und die Hände falte. Herr, mach, daß mir das gelingt ... Wenngleich ich vielleicht bedenken sollte, ob Du es nach den heutigen neuen Kriegsnachrichten nicht für angezeigt hältst, diese Sache aufzuschieben ... Schließlich hat Elsbeth schon in der vorigen Woche den Vater auf den heutigen Tag vorbereitet. Und der alte Gandersen hat, noch bevor diese Nachrichten eingegangen sind, alles erwogen. Ich darf natürlich nicht hoffen, daß er von Magnus' Anrücken noch nichts gehört hat. Gewiß hat er davon gehört. Und ich muß, diesen Nachrichten zum

Trotz, seinen Widerstand brechen. Ich werde es schaffen! Werde es schaffen! Gerade heute, wo Du mir trotz allem gezeigt hast, daß ich auf Dich bauen kann: Du hast zugelassen, daß Herr Boissmann die Schulter weggenommen hat, die meinem Vorhaben als Stütze diente, und als es schon so aussah, als werde gleich alles zusammenbrechen, da hast Du einen anderen und, wie es scheint, sogar geeigneteren Mann auf meinen Weg geführt und ihn bewogen, ja zu sagen ...

»Märten!«

Entschlossenen Schrittes stieg Balthasar die Treppe hinunter und war schon aus der Tür getreten, als irgendwoher aus dem Inneren des Hauses Märten auftauchte.

»Ich gehe jetzt. Du weißt, wohin. Halte mir also die Daumen.«

»Je nun. Was soll's ...«

Balthasar blieb auf der neuen steinernen Schwelle, die einen vollen Taler gekostet hatte, stehen und drehte sich mit dem ganzen Körper um.

»M-m-m ... Sag mir ehrlich: Dir gefällt nicht, daß ich Elsbeth Gandersen nehme?«

Märten sah seinen Herrn, seinen alten Freund, an. Es schien, daß seine scharfen Augen unter den hellen borstigen Augenbrauen Balthasars rückhaltloser Offenheit Anerkennung zollten. Er kam vom Hof, wo er zwischen den Kieselsteinen neben der Mauer Unkraut gerupft hatte; jetzt hob er seine rechte Hand, die eine erdbeschmierte Hacke hielt, und rieb mit dem Handgelenk sein borstiges Kinn, und es sah aus, als tue er das, um nichts sagen zu müssen.

»M-m-m.« Das war wie ein Echo jenes Zögerns, das Balthasars Frage vorangegangen war. »M-m-m ... Sie gefällt mir, vollkommen ...«

»Aber?«

»Aber wenn du es durchaus wissen willst: Das ist ein hirnverbrannter Einfall!«

Die Worte waren Märten unversehens zorniger, schärfer entfahren, als man das hätte erwarten sollen. In seiner Stimme lag beinahe Groll.

Balthasar zog die Augenbrauen hoch. »Wart mal, ich verstehe nicht. Dir gefällt also gerade nicht, daß dir das gefällt? Ist es so?«

»Was bist du doch für ein verteufelt heller Bursche. Genau so ist es. Haargenau so.«

Märten lächelte jenes unergründliche Lächeln, bei dem Balthasar bis heute nicht gelernt hatte, die Grenze zwischen Zustimmung und Spott richtig zu erkennen. Und da fühlte er irgendwie undeutlich, daß er einen Augenblick lang beinahe gedacht hatte: Nahm sich dieser Bursche, dieser Kirchenglöckner, dieser Spitzbube und zugleich sein alter Freund, seinem Prinzipal gegenüber nicht zuviel heraus? Aber noch bevor ihm dieser Gedanke richtig bewußt wurde, unterdrückte er ihn voller Scham. Er fragte vorsichtig und hitzig zugleich, sich über sein Vertrauen freuend: »Sag klipp und klar, was dir gefällt und was nicht.«

»Mir gefällt, daß du soweit bist. Sonst würdest du es noch lange mit allerlei Dirnen halten. Was einem Glöckner erlaubt ist, sich jedoch nicht für einen Pastor schickt. Du hast wohl drei Jahre lang dieses Mädchen angegafft. Und sie dich. Oder noch mehr als das.«

»Nun, und was stört dich daran?«

»Na – daß mir keine einzige einfällt, die besser zu dir passen würde.«

»Du meinst, die ich nehme, müßte *besser* zu mir passen?«

»Ich weiß nicht. Ich frage nur: Warum gerade sie? Sie ist hübsch, das gewiß. Aber doch nicht die erste Schönheit in der Stadt. Wohlhabend. Das ja. Aber auch nicht die Reichste in der Stadt. Nicht im geringsten. Solche Mädchen gibt es in Reval hundert oder gar zweihundert.«

»Ach du! Du hast doch selbst gesagt, daß du keine kennst, die besser zu mir passen würde. Und nun sind es auf einmal zweihundert!«

»Versteh doch: die *ebenso gut* zu dir passen würden. Warum gerade sie?«

»Weil ich sie liebe.«

»M-m-m ...«

»Und sie mich auch. Und von diesen zweihundert kennt mich keine einzige.«

»M-m-m ...«

»Und warum muß es deiner Meinung nach eine andere sein? Und was für eine?«

Balthasar wußte natürlich, daß seine Fragen ganz sinnlos waren. Märtens Antworten würden an seinem Entschluß nicht das geringste ändern. Es war schon lächerlich, das auch nur zu denken. Allein wohl jeder junge Mann (und wenn er auf Freiersfüßen geht, fühlt sich jeder jung, selbst so ein Bursche, der schon bald fünfunddreißig wird und sich wahrlich genug in der weiten Welt herumgetrieben hat), jeder Mann, der auf Freiersfüßen geht, interessiert sich, wenn er nicht wie ein Engel frei von Eitelkeit ist, für die Meinung seines alten Freundes. Mag dieser Freund ihm auch untergeordnet sein und ihm deshalb manchmal unmerklich zum Munde reden; mag er sich auch, dieser Mann, in der zwar unsichtbaren, jedoch bestehenden Entfremdung als Sünder, ja als Verräter vorkommen ... Die Argumente seines Freundes interessieren ihn trotzdem: in einigen Fällen, um ihnen beizupflichten, in anderen, um sich zu rechtfertigen und zu widersprechen, bis sie entkräftet sind.

»Was für eine? Kch. Wenn du's wissen willst, kch: eine von zweien.«

»Na, sag's schon.«

»Entweder irgendeine Kurglaer Dorfschönheit. Nun, so wie einst deine Epp. Oder ein Fräulein von Geldern.«

Als Balthasar den Namen Epp hörte, schwieg er eine Weile. Vor Verwunderung, daß ihr Name gefallen war, und auch, weil er voller Schreck und Freude vorhergesehen hatte: Gleich wird er Epp nennen. Ebenso, wie er früher manchmal erraten hatte, wohin Märtens wilde Gedankensprünge diesen führen würden.

»Was für ein Fräulein von Geldern?«

»Na, eine von den Töchtern unseres Bischofs. Woher soll ich sie alle kennen.«

»Du bist ein Narr … Warum denn gerade so?«

»Weil du dir eine Frau – kch – entweder von dort nehmen mußt, woher du gekommen bist, oder von dort, wohin du gehst. Aber nicht so, daß du irgendwo dazwischen – kch – rumpantschst.«

»Ha-ha-ha-ha! Ich hab's ja gesagt, du bist ein Narr. Ich gehe. Leg mir für den Abend Federn, Kerzen und eine Schere bereit. Und stell ein bißchen Wein hin. Am Abend, wenn ich einen Teil der Arbeit fertig hab, wollen wir uns vor dem Schlafengehen einen Schluck genehmigen.«

Im Friedhofstor, auf der Seite, wo der Weckengang lag, wurde Balthasar angehalten.

»Herr Pastor, wir wollen Euch um Erlaubnis bitten …« Im Grunde genommen hatte Balthasar diese Leute schon erkannt, ehe sie noch den Mund auftaten: Matmann, den Schulzen von Fischermai, und drei Kirchenälteste der dortigen Gemeinde – in der Hand ausgeblichene Hüte, sonnengegerbte, erschrockene, besorgte Gesichter. »Ja, um Erlaubnis … Seht, wir haben dort um die Ecke, vor der Kirche, einen Wagenzug stehen, dreiundvierzig Wagen – Korn und Mehl der Einwohner von Fischermai …«

»Erlaubnis wozu?«

»Die Leute wollen am Ort bleiben, in Fischermai. Und wenn nötig, in einer halben Stunde in den Stadtmauern sein. Na, aber den Proviant bringt man dann nicht mehr fort. Deshalb bitten wir um Erlaubnis, daß wir unsere Säcke über den Gewölben der Heiligengeistkirche aufstapeln dürfen.«

Sie schauten gleichzeitig an den engen Mauern des Weckengangs entlang zum nadelschlanken Kirchturm hinauf. An seinen beiden Seiten ragten aus den Schallöchern in den Dachfirsten die Balken und Räder der Winden hervor. Matmann meinte: »Vielleicht weiß der Herr Pastor nicht, daß die Leute von Fischermai seit alters ihre Vorräte über den Gewölben der Heiligengeistkirche vor dem Krieg in Sicherheit gebracht haben. Einen anderen Platz dafür haben wir nicht.«

Balthasar brummte: »Was ist das für ein Geschwätz. Vielleicht weiß der Herr Pastor nicht ... Woher stammt denn der Herr Pastor selbst?«

Balthasar wußte: Um die Unannehmlichkeiten und Scherereien mit dem Korn und Mehl der Vorstadtleute kam man während der Belagerung nicht herum. Die Erlaubnis dazu hatten sie stets erhalten, um so weniger durfte er sie verweigern. Zudem mußte er sich jetzt beeilen. Er sagte: »Gott helfe euch. Der Glöckner hat die Schlüssel. Sagt ihm, ich hätte es erlaubt.«

Balthasar ging durch den Weckengang zur Langstraße, um sich den Wagenzug mit dem Korn anzusehen, der vor der Kirche stand. Dreiundvierzig Fuhrwerke, das stimmte, doch die Fracht war weit umfangreicher, als er angenommen hatte, denn es handelte sich größtenteils um geräumige Fuhrwerke. Außer den Kornsäcken hatte man auch den Hausrat der bessergestellten Einwohner von Fischermai auf die Wagen geworfen. Schön. Die Kirchengewölbe würden auch das noch aushalten. Balthasar grüßend, nahmen die Fuhrleute den Hut ab.

»Guten Tag, Männer! Matmann und die Kirchenältesten holen die Schlüssel. Der Glöckner wird euch empfangen. Schafft alles nach oben. Sonst könntet ihr es leicht einbüßen. Wenn morgen Magnus vor der Stadt erscheint. Gebt nur acht, daß ihr alles ordentlich nachzählt. Damit es später keine Beschwerden gibt.«

Er winkte den Fuhrleuten und machte sich auf zur Raderstraße. Die vergoldeten Zeiger der großen Kirchturmuhr zeigten, daß er sich um eine Viertelstunde verspätet hatte.

An der Ecke der Raderstraße angelangt, sah er, wie durch die Pforte am Langen Domberg zwei unwahrscheinlich lange »Nashörner«, mit den hölzernen Rädern polternd, die Straße hinunterfuhren. Sie wurden von vier Pferden gezogen, die man gerade durch einen Peitschenhieb wendete; die Rohre nunmehr auf den Rathausplatz gerichtet, ratterten sie weiter.

»Warum bringt man die Kanonen her?« erkundigte

sich Balthasar beim Hauptmann der Landsknechte, der die Geschütze begleitete.

»Die hat Herr Winter vom Schloßhauptmann bekommen. Sie werden für das Rondell an der Karripforte gebraucht. Morgen früh müssen sie dort aufgestellt sein.«

»Also hebt morgen der Tanz wahrhaftig an?«

»Ist anzunehmen.«

Balthasar ging weiter und dachte: Ich muß mich beeilen. Wenn man wirklich gegen Morgen den Feind erwartet, wird daheim eine Anweisung vom Ministerium liegen, am Abend einen Gottesdienst abzuhalten. Im Gehen schloß Balthasar die Augen. Er hörte, wie in der Kleinen Raderstraße die Peitschen knallten, die Landsknechte fluchten und die Kanonen polternd und knirschend weiterfuhren. Mit geschlossenen Augen sah er im braunen Nebel die verschwitzten Gesichter der Fischermaier Fuhrleute neben ihren Fuhrwerken vor der Kirche; hinter und über ihnen aber ließen sich langsam heranrollende dunkle Wogen mit schäumenden Wellenkämmen aus Armbrüsten und Wimpeln ahnen – die Wogen des Magnusschen Heeres, das mit unverständlichen Rufen, nach Leder, Schweiß, Pferden und Pulver riechend und Staubwolken aufwirbelnd, von Fegefeuer auf Reval zurückte.

Zwanzig Schritt vor Gandersens Haus blieb Balthasar stehen und pumpte soviel Luft in die Lungen, als hineingehen wollte. An Elsbeth denken, an Elsbeth, Elsbeth und an nichts, an nichts anderes ... Ein komischer Augenblick fiel ihm ein. Vor einem Jahr war das wohl gewesen, eine Woche bevor er Elsbeth zum erstenmal – seine Liebe gestanden hatte, wenn man das so nennen darf.

Beschwingten Schrittes war er durch die Schmiedestraße heimwärts geeilt, nach der Erfüllung seiner Pastorenpflichten von irgendwoher zurückkehrend, Elsbeth aber war mit einem Lebensmittelkorb vom Altmarkt her die Königsstraße heraufgekommen. Schon von weitem hatte sie ihn, gesenkten Hauptes, sehr artig und lebhaft gegrüßt, wie sich das für ein sechzehnjähriges Mädchen einem Pastor gegenüber schickt. Wären sie unverändert schnell weitergegangen, so wären sie an der Ecke, neben Lytkes Schmiede, in zehn Schritt Entfernung aneinander vorbeigegangen. Doch unversehens war Balthasar stehengeblieben und dann auf Elsbeth zugetreten, hatte ihr die Hand auf die Schulter gelegt und am hellichten Tag, mitten im Gewimmel der in den Markt mündenden Straße, beim lauten Pochen von Lytkes Schmiedehämmern gesagt: »Elsbeth Gandersen, ich finde, du bist das schönste Mädchen in dieser Stadt.«

Du liebe Güte, für einen nicht mehr ganz jungen Pastor geziemte sich das irgendwie nicht. Um so mehr, als der Pastor das nicht so ganz ernst meinte. Womöglich war ihm das einfach nur herausgerutscht, weil ein wundervoller Frühlingsmorgen war; vielleicht war das eine unzulässige Handlung, ein gewisser Scholarenleichtsinn, ein Köder, mit dem man verantwortungslos Herz und Gedanken eines unschuldigen Mädchens fing und dann ans Gängelband nahm …

Als Antwort darauf war das unschuldige Mädchen errötet und hatte die unschuldigen Äuglein niedergeschlagen. Dann aber hatte sie sie, wie es sich gehörte, wieder aufgeschlagen, die schönen, tiefen, dunkelgrauen Augen, in denen Lichtpünktchen aufflammten, hatte den Pastor angesehen und leise, ganz wie es sich geziemte (so daß man nicht wußte, wieviel Freude und wieviel Mißfallen in ihrer Stimme mitschwang), gesagt: »Herr Balthasar … Ich muß mich sehr wundern …«

Eine Woche darauf war Balthasar Elsbeth abermals begegnet, und zwar auf der Hochzeit beim Böttchermeister Falck. Und nachdem die Musikanten schon viele Male gespielt hatten und die Gläser schon viele Male mit rotem Wein gefüllt worden waren, hatte er sich zu dem Mädchenohr hinabgebeugt und gefragt: »Erinnert sich Elsbeth, was ich ihr am vergangenen Samstag Ecke Nikolaistraße gestanden habe?«

Beim Flimmern der vielen Kerzen hatte Elsbeth Balthasar in die Augen geschaut, und ihr eigenartiger voller, bald traurig-kühler, bald kindlich-warmer Mund hatte ein wenig spöttisch gelächelt. Dabei hatte sie den Kopf geschüttelt und sich abgewandt, wobei ihre Nakkenlocken Balthasars Nase streiften ... Und Balthasar hatte gespürt, wie von dieser Berührung durch seinen ganzen Körper, von den Nasenflügeln an, das prikkelnde Gefühl der Genugtuung gelaufen war, und er hatte selbst lachen müssen und gedacht: Offen gestanden, es sieht ganz danach aus, als hätte mich dieses Mädchen jetzt schon am Gängelband ...

Nun, da er sich an all das erinnerte, mußte er laut lachen. Nun, da er in Gandersens Werkstatt trat, ihn die Gesellen und Lehrlinge grüßten und er die Treppe hinaufstieg. Mußte lachen, als er inne wurde, daß ihn dieses Mädchen am Gängelband hatte. Weil er das aber selbst begriff und es ihm behagte, war er im Grunde genommen schon damit fertig geworden und also frei ...

Er stieg die Treppe empor, auf deren Stufen er Elsbeth zum erstenmal erblickt hatte, und fühlte, daß er sogar hätte pfeifen mögen ... Allein er blieb stehen und rief von der Mitte der Treppe hinunter, in das Gemisch aus Stärkepuder, Wolle und Sonnenflecken, in Gandersens Werkstatt: »Peeter!«

Und als Peeter, der jüngste Geselle, auf die Treppe zukam, beugte sich Balthasar über das Geländer aus Eschenholz, von den Händen einer oder mehrerer Generationen dieser ihm eigentlich fremden Familie glattpoliert, und fragte: »Hör mal, kannst du schreiben? Ein bißchen? Na also. Schreib mir bis morgen auf einem Stück Papier die Bezeichnungen aller Felle auf. Aller, die Kürschner bearbeiten und die das hiesige Volk trägt. Fuchs-, Wiesel-, Kalb-, Hundefelle et cetera. Und schreib, wieviel jedes kostet. Damit ich an Hand des Preises die Güte beurteilen kann. Da, nimm ...«

Aus der Börse schüttete er Peeter die sieben Tufferdinge des Fuhrmanns Ants auf die flache Hand und eilte die Treppe hinauf, zuletzt drei Stufen auf einmal nehmend.

DRITTES KAPITEL,

darinnen ein Mann zunächst Erinnerungen an die anfänglichen Erfolge seiner einst so vielversprechenden Vorhaben nachhängt (obwohl der Zeitpunkt, ja selbst der Ort für diese Erinnerungen alles andere als passend sind); später jedoch wird er von einem heftigen Windstoß in die reißende Flut der Heimsuchungen geschleudert, mit denen diese unglückliche Stadt zu überfluten der barmherzige Gott, den man nach menschlichem Dafürhalten so oft unbarmherzig nennen müßte, für unerläßlich hält, als sei der schreckliche Feind vor ihren Mauern nicht schon Strafe genug

»Elsbeth, morgen sollte ja unsere Hochzeit sein ...«

Nur mit Mühe riß sich Balthasar von Elsbeths warmem, im Geschmack an Mohn erinnerndem Mund los, nach einem langen und für einen so reifen Mann recht stürmischen Kuß. Er ließ die Augen über das glühende Gesichtchen des Mädchens gleiten und starrte dann auf das kleine Fenster in der dicken Wand des Mädchenzimmers.

Es dämmerte. Durch die Scheiben sah er – gleichsam durch erstarrten gelblichgrauen Regen – hinter der Hofmauer und hinter der unsichtbaren Raderstraße das schräge verschneite Dach der Nikolaikirche. Und als Balthasar aufmerksam lauschte (infolge langer Gewöhnung schon ohne jede Furcht, sachlich und interessiert), hörte er im Nordosten ein durch Dächer und Mauern gedämpftes, doch deutlich vernehmbares Grollen: Oben auf dem Laaksberg, neben der alten Kupfergießerei, donnerten seit dem Mittag die Kartaunen des Moskowiters, die Reval beschossen; so war es die letzten drei Monate beinahe jeden zweiten Tag, die letzten drei Wochen aber beinahe täglich gewesen. Einige Herzschläge später krachte es kurz, man wußte nicht genau, wo, wahrscheinlich neben dem neuen Siechenhaus. Elsbeth, die, starr vor Schreck, in seinen Armen lag, zuckte zusammen, als sei ihr ein Stein vom Herzen gefallen, wie ein Mensch, der nach dem Aufflammen eines Blitzes die Herzschläge zählt und Erleichterung verspürt, wenn es gedonnert hat. Und das, obwohl die steinerne Kanonenkugel diesmal nicht allzu weit von hier niedergegangen war.

»Aber der Vater kann doch nicht jetzt ... während der Belagerung ...«

Das diente als Rechtfertigung für die dumme Verzögerung. Die der Herrgott selbst vorgesehen hatte, die aber trotzdem dumm war. Und damit dieser merkwürdige Mann, der nach Schafwolle, Pferdestall und Korn roch (wenn auch zugleich nach Eichenrindentinte, Kerzen- und Siegelwachs), der seltsam bäurisch und dabei so feinfühlig war – damit er sich nicht verschmäht fühlte und nicht glaubte, seine Braut sei mit diesem Aufschub einverstanden, schlang Elsbeth die Arme fester um seinen unbeugsamen Nacken und bemühte sich, mit ihren länglichen leuchtenden Augen seinen wieder ins Zimmer gerichteten Blick aufzufangen.

»Du verstehst doch ...«

Natürlich verstand Balthasar. Er war nicht der einzige Bräutigam in Reval, dessen Hochzeit auf unbestimmte Zeit verschoben war, weil der Feind schon den dritten Monat vor den Stadtmauern stand. Allein in Balthasars Gemeinde gab es deren vier. Seinem Schwiegervater jedoch bereitete *diese* Folge der Belagerung offenbar wenig Kopfzerbrechen. Balthasar spürte mit allen Fasern seines Herzens: Elsbeth liebte ihn, und die entstandene heikle Lage bedrückte sie, war ihr peinlich, der alte Gandersen aber genoß diesen Aufschub wahrscheinlich sogar. Ja-a, an das entscheidende Gespräch, das er vor drei Monaten, am neunzehnten August, mit dem Alten geführt hatte, konnte sich Balthasar noch in allen Einzelheiten erinnern.

»Herein«, war es als Antwort auf sein Klopfen hinter der stärkebestäubten Tür der Kammer erklungen, wo der Alte arbeitete.

»Guten Tag, Meister.«

»Tag, Herr Pastor.«

An den Kalksteinwänden des niedrigen gewölbten Raumes waren Leinen gespannt, auf denen Kalbs-, Hunde- und Nerzfelle hingen, die sich an den Rändern zusammengerollt hatten und verblüffend lang geworden waren – sie sahen irgendwie komisch, wie lebendig aus und zugleich kläglich, wie es Felle immer sind: etwas Totes, das man nicht ganz hat sterben lassen.

Der Alte saß mitten in der Kammer vor einem zerschrammten, holprigen Tisch von einem Klafter Länge und glättete einen dichten leuchtendroten Fuchsbalg, der mit gespreizten Pfoten vor ihm lag.

»Nun, wie ist das Fuchsfell heuer?«

Der Alte sah Balthasar mit seinen schwarzen Augen von der Seite an.

»Dünn, dünn. Man merkt, daß der Fuchs gehungert hat. Und was hat der Herr Pastor vom Magnusschen Heer gehört?«

»Wahrscheinlich steht es morgen früh vor der Stadtmauer. Darum bin auch ich in Eile.«

Daß er *darum* in Eile war, stimmte natürlich nicht. Balthasar wußte, daß der Schritt, den er unternahm, jetzt, im Getöse des herannahenden feindlichen Heeres, leicht als unschicklich empfunden werden konnte. Aber er hatte es sich nun einmal in seinen runden Kopf gesetzt, sich gerade heute mit dem Alten auszusprechen. Und Elsbeth hatte den Vater gewiß vorbereitet. Sonst hätte er nicht gleich vom Hunger geredet ... Sieh mal einer an, er hielt es nicht einmal für nötig, zu fragen, womit es der Pastor so eilig hatte ...

Nein. Er wollte, daß dieser junge Draufgänger eine Weile vor dem schweren Kürschnertisch stand, wollte ihn möglichst lange auf der Speerspitze undurchsichtigen Schweigens halten. Denn Gott der Herr wußte (und Balthasar wußte es längst): Mochte dieser Mann auch ein Diener Gottes sein, wodurch er formaliter den vornehmsten Bürgern gleichgestellt war, mochte man ihn auch allenthalben »Herr« titulieren (außer Personen geistlichen Standes wurden nur noch Ratsherren so angeredet, nicht einmal alle Mitglieder der Großen Gilde hielt man dessen für würdig) – Balthasar war dennoch nicht der Mann, den der alte Gandersen jetzt mit freundlichen Augen ansehen würde. Und da Balthasar dies alles klar war, ließ er das Schweigen nicht länger dauern als zwei Herzschläge und sagte: »Meister Gandersen, ich bitte Euch um die Hand Eurer Tochter Elsbeth.«

Das Übliche. Aber Elsbeth war das Nesthäkchen des alten verwitweten Vaters. Im vorigen Jahr hatte er Agnes hergeben müssen. Sie war in den Armen Bäcker Horstmanns. Nun hatte sich Elsbeth diesen Bauernpastor in ihren hübschen dummen Kopf gesetzt. Als ob es in der Stadt nicht Hunderte schöner deutscher junger Männer gäbe. Doch da war nichts zu machen. Auch konnte er ihr gar nicht allzu böse sein: Den Dickkopf hatte die Tochter von ihm geerbt. Und doch – kam durch diese Ehe nicht Bauernblut ins Haus und in die Adern der Gandersen? Wenn auch Agnes' Vermischung mit Bauern von Übel war, so war sie doch mehr indirekt und gar nicht damit zu vergleichen, was Elsbeth vorhatte ... Ja. Ein rechter Verdruß für den alten Gandersen war es, daß Agnes mit ihrem Horstmann im selben Bett lag und am selben Herd stand, wo vor ihr eine Bäuerin gelegen und gestanden hatte – die selige Eebo Horstmann. Die dieser Saufbold, der Bäckermeister, wenn er am Totengedenktag beim Bier rührselig und kampflustig wurde, bis heute vor allen Hausgenossen nicht genug loben konnte: Sie sei eifriger gewesen als Agnes und auch hübscher ... Schweinerei! Und was geschah jetzt? Ja, gewiß, Elsbeths Entscheidung konnte man von zwei Seiten betrachten. Einerseits stand Elsbeth im Begriff, einem ehrenwerten Kürschnermeister bäurische Enkel zu gebären ... Pfui! Andererseits hatte Elsbeth vor, ihren einfachen alten Vater zu den Herren vom städtischen Ministerium zu erheben, die in Wittenberg studiert hatten ... Nun ja, man konnte es drehen und wenden, wie man wollte – ändern konnte man hier schwerlich etwas. Wenn nur eine Verzögerung irgend etwas bewirken würde ...

»Setzt Euch!«

Balthasar zog einen dreibeinigen Schemel unter dem Tisch hervor und setzte sich. Als sei es selbstverständlich. Was Gandersen nicht sehr behagte: Die Unzufriedenheit war ihm an den Brauen abzulesen. Gandersen streichelte den Fuchsbalg.

»Ich will nicht verhehlen, Elsbeth hat es mir gesagt. Aber« – seine Hand mit den vom Fellegerben bräunlichen Fingerspitzen ruhte auf dem Fuchsschwanz, und seine schrägen schwarzen Augen streiften Balthasar mit einem flüchtigen Blick – »ich hatte nicht erwartet, daß ein Geistlicher in einer für die Stadt so schweren, man kann wohl sagen schicksalhaften Stunde von Heirat sprechen würde.«

Oho ... Er gab zu verstehen, ja sagte unumwunden: Dieser Geistliche weiß nicht, was ihm ziemt. Na wennschon.

»Das wäre dort, wo man heiratet wie beim Mummenschanz am Katharinentag, in der Tat unangebracht. Ein ernsthafter Mann nimmt sich *so* keine Frau. Für einen ernsthaften Mann ist eine Heirat ein noch schicksalhafterer Augenblick, wie der Meister sich so schön ausgedrückt hat, als die Belagerung einer Stadt. Wie oft im Leben heiratet ein Mann? Einmal. Und nur, wenn der Herr sein Weib zu sich ruft, dann ein zweites Mal, nun, es kann vielleicht auch ein drittes Mal geschehen. Aber nicht öfter. Und wie oft in seinem Leben wird eine Stadt belagert? Dutzende von Malen!«

(M-ja. Auf den Mund gefallen war er nicht. Das sah man. Die Worte prasselten nur so aus ihm heraus, mit Geklopf und Geraschel wie Stoff aus einem Webstuhl. Aha, der Meister kann sich also zuweilen auch schön ausdrücken ...)

»Wie stellt der Pastor sich das denn vor? In einer solchen Stunde?«

»Wenn der Meister, wie ich zu hoffen wage, sich nicht weigert, mir sein Kind zu geben, so wäre die Sache principaliter entschieden. Wir könnten dann die Frage der Mitgift erörtern. Die Hochzeit aber würden wir natürlich so lange aufschieben, bis klar ist, ob es eine Belagerung geben wird oder nicht, oder so lange, bis sie vorüber ist.«

»Vorüber ... Aber Magnus hat ja fünfundzwanzigtausend Mann! Na und wenn er die Stadt einnimmt, was dann?«

Das Schicksal der Stadt machte Gandersen Sorgen. Er wollte, daß dieser bauernhafte Herr, immerhin ein Mann, der sich auskannte, Balsam auf seine inneren Ängste goß: Ganz grundlos die Aufregung! könnte er sagen. Magnus wird sich den Kopf an unseren Mauern und Türmen einrennen, wenn er es überhaupt wagt, uns anzugreifen! Solche Worte zu hören wäre angenehm ... Und darauf zu sagen: Ihr redet Unsinn, Herr Pastor. Magnus, der vom Großfürsten gesandt ist, rückt doch, wie es heißt, mit nie gesehenen Kanonen an. So daß wir im voraus nichts wissen können. Ja. Und es kann durchaus geschehen, daß er die Stadt einnimmt. Und was dann?

Dieser Tölpel aber machte nicht einmal den Versuch, die Bürgergefühle des Meisters zu beruhigen, unverfroren erklärte er einfach: »Auch in diesem Fall würden wir die Belagerung ja schon hinter uns haben.«

»Aber würden wir dann überhaupt noch am Leben sein?«

»Sollten wir nicht mehr am Leben sein, brauchen wir auch nichts mehr. Wenn wir aber mit Gottes Hilfe am Leben bleiben – glaubt der Meister, wir würden dann keine Pelzmäntel aus Kalbsfell mehr tragen? Und es würde niemand mehr eine Frau nehmen? Und niemand einen Mann?«

»Wißt Ihr was, laßt uns darüber sprechen, wenn die Belagerung vorüber ist ...«

So. Dieser vermaledeite Alte entglitt seinen Händen. Wenn Balthasars Kraft nicht ausreichte, weiter mit ihm zu kämpfen, würde ihm nichts anderes übrigbleiben, als Elsbeth zu Hilfe zu rufen, um mit ihrem Vater fertig zu werden.

»Meister, ich möchte an das erinnern, was Euch Elsbeth heute morgen in dieser Angelegenheit gesagt hat.«

»Was? ... Elsbeth? ... Mir?« Ach, sieh mal einer an, er weiß schon genau, was sie mir in dieser Angelegenheit gesagt hat. »Was hat sie mir denn gesagt?«

»Sie sagte: Vater, glaube nicht, daß es mir damit eilt, weil ich eine Sünde vertuschen müßte. Ich bin ein anständiges Mädchen, und er ist ein anständiger Mann. Aber sicher stehen uns allen harte Tage bevor, und ich bitte dich, lasse mich nicht im ungewissen in dieser schweren Zeit.«

Ja. Wort für Wort. Der Vater erinnerte sich, wie Elsbeth, als sie das sagte, ihr Gesicht in sein rauhes Halstuch schmiegte, wie der Duft ihres am Abend zuvor mit Fichtennadelseife gewaschenen Haars ihm in die Nase stieg und wie sein altes Herz gerührt zu klopfen begann.

Der Alte bedachte Balthasar mit einem ärgerlichen Blick: Das gebildete Wesen und die Bäuerlichkeit dieses Herrn, die schlauen hervorstehenden Augen, der harte spöttische Mund, der sehnige Körper, die Selbstsicherheit und Gesundheit dieses Fremdlings waren nicht nach seinem Geschmack ... Und doch konnte all das annehmbar werden, denn Elsbeth hatte ihn sich selbst erwählt ... O Teufel ...

»Maijke! He! Maijke!«

Hinter beiseite geschobenen Hundebälgen tauchten das breite Gesicht und der zerzauste Kopf der Haushälterin und Hausfrau in der Kammertür auf.

»Maijke, bring uns Klarett!«

Im Handumdrehen hatte Maijke eine Flasche mit Klarett und feine silberne Pokale auf den Tisch gestellt. Silberne deshalb, weil sie, eine in den Angelegenheiten dieses Hauses erfahrene Frau, sofort begriffen hatte, was für eine Unterredung der Hausherr da mit diesem Herrn Pastor hatte, und natürlich auch wußte, von welcher Entscheidung die Aufforderung, Klarett zu bringen, zeugte.

Gandersen schenkte die Gläser voll. Er stand nicht auf und umarmte Balthasar nicht, wie er es eigentlich hätte tun müssen. Säuerlich lächelnd, sah er den Schwiegersohn mit leicht zusammengekniffenen schwarzen Augen an und sprach mit einer Duldsamkeit, Dankbarkeit, Achtung und Gewandtheit, die Balthasar überraschen mußten, obwohl das an und für sich ... Nun ja ... Gandersen, ein Glas Klarett in der Hand, sagte: »Daß Elsbeth einen Mann geistlichen Standes zum Ehemann bekommt, ist eine große Ehre für mein Haus. Daran gibt es nichts zu deuteln. Daß gerade du es bist, das ist schon ihre Sache. Stoßen wir an.«

Sie stießen an. Balthasar schwieg. In einem solchen Augenblick konnte der Schwiegervater erwarten, daß sein redegewandter Schwiegersohn etwas sagte. Balthasar gab dem Schwiegervater indes zu verstehen, daß dieser Schwiegersohn nichts dem Augenblick Angemessenes zu sagen wünschte. Beiden war klar: Es war eine gelinde Beleidigung als Antwort auf eine ebenso gelinde Beleidigung. Und jeder dachte: Wenn der eben begonnene Wettstreit im Stockkampf oder im Messerwerfen weiter andauert – werde dann ich letztlich die Oberhand behalten? Gandersen gab sich die Antwort: Unbedingt! – und ahnte dunkel, warum er dessen so sicher war. Denn, mein Gott, diese ganze schöne, alte, ehrwürdige deutsche Stadt Reval und die Ordnung selbst waren auf seiner Seite ... Auch Balthasar gab sich die Antwort: Unbedingt! Wenn Elsbeth hinter mir steht. Und wo sollte eine Ehefrau wohl sonst stehen?

Dann begann das Feilschen um die Mitgift.

Natürlich hätte Balthasar nachgiebiger sein können. Hätte einfach auf jeden Streit verzichten können. Im Grunde genommen kamen für ihn in diesem Falle, so schien es ihm, nur zwei Möglichkeiten in Betracht. Entweder überhaupt nichts zu fordern und sich damit zu begnügen, wunschlos glücklich zu sein, weil er Elsbeth bekam, ein Mädchen, das mit seiner unfaßbaren Sanftmut und deutlich spürbaren inneren Festigkeit ganz nach seinem Herzen war. Zu erklären, daß ihm das genüge. Oder aber zu sagen: Halt! Warum eigentlich soll sich mein Schwiegervater, ein ziemlich reicher Mann – im Vergleich zu einer solchen Kirchenmaus, wie ich es bin, sogar hundertmal reicher –, auf Kosten meiner Sorglosigkeit bereichern? Wieso denn? Schließlich kommt jedes Quentchen Mitgift ja nicht nur mir, sondern auch seiner eigenen Tochter zugute! Zu sagen: Halt! Und soviel wie möglich herauszuschlagen ... Beide Möglichkeiten waren nach seinem Geschmack. Seine

Wahl fiel auf die zweite. Wenngleich die Waagschalen lange geschwankt hatten, bevor sie stillstanden.

Sie stritten sich, bis sie sich einigten. Gandersen begann damit, daß er sich des langen und breiten, mit Vergnügen, ja sichtbarem Trennungsschmerz über dieses schöne alte Haus ausließ, das an einem so guten Platz stehe – unweit der von allen geachteten Nikolaikirche und des städtischen Geschützhofes. Balthasar widerstand diesen schlauen Reden mit kühler Höflichkeit.

»All das stimmt. Von dem Haus wird aber später die Rede sein. Denn dieses Haus *erbt* Elsbeth. Nicht wahr? Jetzt aber reden wir über die Mitgift.«

Der Alte war nicht beleidigt. Er hatte in seinem Leben genug windige Grünschnäbel gesehen, um jetzt belustigt die Unnachgiebigkeit seines Schwiegersohnes beobachten zu können. Doch hatte er nicht die Absicht, allzu lange mit einem so viel jüngeren Mann zu feilschen.

»Bargeld? M-m-m. Eine gewisse Summe werde ich natürlich geben. Aber du weißt ebensogut wie ich, was für Zeiten wir jetzt haben. Statt Pelzmützen bestellen sich alle Helme, statt Pelzmänteln – Harnische. Und dann, bedenke, was für einen Augenblick du dir für unsere Unterhaltung ausgesucht hast, es ist ja noch ganz ungewiß, was weiter wird. Also zweihundert Mark, und damit basta!«

Worauf der Schwiegersohn, dieser Kanzelhund, entgegnete: »M-ja. Das ist genau die Hälfte von meinem Jahresgehalt. Und das ist jämmerlich genug.«

Der Alte erschrak ein bißchen, als er sich vorstellte, was wohl Elsbeth zu seinem Angebot sagen würde, das man jämmerlich genannt hatte. Rasch sagte er: »Es versteht sich von selbst, daß Elsbeth alle Schmuckstücke erhält, die noch in der Schatulle ihrer Mutter sind. Die Hälfte ist voriges Jahr Agnes zugefallen, aber der verbleibende, Elsbeths, Teil ist nicht kleiner. Meine Kati liebte schönes Silber ...«

Gandersen bückte sich, streckte die Hand zum Tischende aus, holte aus einer eisenbeschlagenen Truhe das Schmuckkästchen der seligen Kati und stellte es auf den Tisch. Es war eine mit rot-grünen Blumen verzierte Schatulle mit doppeltem Deckel. Langsam und vielsagend – halb wie ein gerührter Greis, halb wie ein Jahrmarktsziseleur – entnahm ihm der Alte Halsketten und Anhänger.

»Alles, was hier drin ist.«

»All das zusammen ist etwa vierzig Taler wert«, meinte der Schwiegersohn gelassen. »Aber würdest *du* das verkaufen?«

»Verkaufen? Natürlich nicht. Schließlich hat das meiner Kati gehört.«

»Siehst du. Auch ich würde es nicht verkaufen. Schließlich gehört das meiner Elsbeth. Ganz zu schweigen davon, daß deine Kati längst tot, meine Elsbeth aber quicklebendig ist. So daß diese Schmuckstücke weder für dich noch für mich einen Wert haben.«

»Das heißt, wie verhält sich das? …« Gandersen verstand nicht gleich. Oder tat so, als verstünde er nicht.

Und Balthasar fiel eine bildhafte Erklärung ein. Etwas Belehrendes und, weiß Gott, durchaus hierher Passendes, eine Mischung der Geschichte von Pygmalion, Midas und noch etwas. Wie auch immer, jedenfalls bediente er sich ihrer.

»Wie sich das verhält? … Nun, wenn du glaubst, daß diese Schatulle ein so großes Gewicht in Elsbeths Mitgift hat, so handelst du wie jener König, der seine Tochter, die aus purem Gold war, verheiraten wollte und dem Bräutigam zuredete: Nimm sie mit der einen Hand als Frau, mit der anderen als Goldbarren.«

Gandersen vermochte Balthasars Gedankengang nicht zu folgen. Seiner Meinung nach waren sich alle Freier in einem gleich: Alle wollten sie von den Vätern sowohl die Töchter als auch die Goldbarren haben … Er sagte: »Was … Was sollen wir denn, deiner Meinung nach, tun? Unser Gespräch beenden, ohne uns einig geworden zu sein?«

»Aber nein. Das nun gewiß nicht. Doch die Ausgaben

für die Hochzeit, die der Vater der Braut zu tragen hat, müssen – nun – angemessen sein.«

»Hm. Wieviel soll denn das sein? ...«

»Mindestens vierhundert Mark.«

»*Vierhundert* Mark ... In der *heutigen* Zeit?«

Den Alten überlief ein Zittern. Einerseits fraglos infolge seines Geizes. Andererseits aber war es das Gefühl des alten Handwerkers für Maß. Oh, er wußte nur zu gut, wie diese städtischen Grauen mit ihren Hochzeiten großtaten! Die Festgelage dauerten bei ihnen, diesen halben Bettlern, stets drei Tage. Und offenbarte nicht die Neigung dieses ehemaligen Grauen, auf großem Fuß zu leben (noch dazu auf Kosten seines Schwiegervaters!), denselben abscheulich fremden, kindischen Geist: Ach, sei's drum!, der, wie es hieß, in letzter Zeit viele Handwerker ergriffen hatte, halbe ebenso wie echte Deutsche?

»Für die Mitgift zweihundert Mark, für die Hochzeit – vierhundert, das wäre eine ganz anständige Summe Bargeld. Vergiß nicht, der Kurs der Mark war noch nie so niedrig wie heute.«

»Wo denkst du hin! Von vierhundert kann gar keine Rede sein.«

»Ach so? Dann ist wohl ein Kürschner so viel ärmer als andere Handwerker?«

»Na, weißt du ...«

»Oder Elsbeth Gandersen schlechter als, sagen wir – man könnte viele Mädchen nennen – nun, sagen wir, als Schneider Mats' Krõõt?«

»Was denn, Schneider Mats hat vierhundert für die Hochzeit seiner Tochter ausgegeben?«

»Natürlich. Das weiß ich genau. Sie sind meine Pfarrkinder.«

»Hm.«

Der Alte hätte am liebsten ausgespuckt. Doch auf den Arbeitstisch zu spucken ging nicht an. Und um auf den Fußboden spucken zu können, hätte er mitsamt dem Schemel zur Seite rücken müssen ... Bevor er sich jedoch dazu aufraffte, fiel ihm ein, daß er in diesem

Augenblick nicht nur auf die unverschämten Forderungen dieses Kirchenwolfs, sondern auch auf das Leben, das Glück und die Zukunft der jüngsten Tochter Meister Gandersens gespuckt hätte ... Da war nichts zu machen. Der Widerstand des Alten erlahmte. In diesem Zugeständnis lag für ihn sogar ein Körnchen wonniger Freude an der Nachgiebigkeit, die ihn auch früher gehindert hatte, in alttestamentarischer Strenge die eigenen Interessen zu verteidigen ...

»Schön. Aber nicht vor dem Martinstag. Wenn wir dann noch am Leben sind und die Belagerung schon aufgehoben ist.«

Und nun war der Martinstag da. Und sie waren am Leben. Die Belagerung aber dauerte noch fort. Überdies hatte sie in den letzten drei Wochen mehr und mehr an Heftigkeit zugenommen. Besonders seit dem sechzehnten Oktober, als den Belagerern vom Großfürsten entsandte besondere Leute – die Opritschniki –, fünftausend an der Zahl, zu Hilfe gekommen waren: Sie hatten den schönen Ziegelskoppelwald abgeholzt und an seiner Statt auf der Halbinsel ein Lager aufgeschlagen. Und dann war der Tag gekommen, den Balthasar bis zu seinem Tode nicht vergessen würde: der achtzehnte Oktober.

Ja-a, in den ersten sieben Wochen der Belagerung hatte man noch geglaubt, die Stadt werde durchhalten können. In der achten Woche war aus Stockholm Proviant gekommen; im Schutze von Kriegsschiffen hatte man diesen ausladen und ohne Verluste in die Stadt bringen können: einige hundert Fässer Mehl und Butter und – was noch viel wichtiger war – Pulver, Eisen und Blei. Dieses freudige Ereignis hob die Stimmung der Belagerten, und deshalb war, als die Opritschniki dicht an die Stadt herankamen, auch niemand sonderlich erschrocken. Tags darauf jedoch schickte Herr Sandstede seine Männer in die entvölkerte Vorstadt Fischermai, um sie in Brand zu stecken. Selbstverständlich ohne Wissen der Stadtbewohner. Weil ganz Reval mit Flüchtlingen aus Fischermai vollgestopft war, sie hausten um die Olaikirche herum und hinter der Heiligengeistkirche, in allen Höfen und Hinterhöfen, in Kellern und Katen der Quappenstraße. Und weil die Bewohner von Fischermai Leute waren, die in ihrer Verblendung womöglich mit Sandstedes Entscheidung nicht einverstanden gewesen wären und Gott weiß was unternommen hätten; schließlich waren sowohl Fischermai als auch Süstermai – mehr als zweihundert Wohnhäuser mit allen Nebengebäuden – bislang völlig unversehrt geblieben. Während Magnus von Osten, Nordosten und zuletzt auch vom Tönnisberg her, wo er Bollwerke errichtet hatte und von wo aus er die Stadt beschoß, unausgesetzt angriff, gab es vom Meer her im Grunde genommen noch keine Belagerung. Anfang Oktober, noch vor dem ersten Schnee, war es den Leuten aus Fischermai mehrmals gelungen, im Morgennebel durch die Große Strandpforte zu gehen, in ihren Gemüsegärten die Rüben auszugraben und die Ernte in die Stadt zu schaffen. Jetzt war der Keller unter dem Altar der Heiligengeistkirche mannshoch mit Rüben gefüllt, und die vom Schulzen der Vorstadt dazu ermächtigten Leute gaben sie täglich an das Volk aus. Am Abend des sechzehnten Oktober aber erschien der Ratssoldat Berend Leichtblut, der, aus Westfalen gebürtig, ein Jahr zuvor die Witwe von Madis Valgepea aus Fischermai geehelicht hatte, auf Bitten seiner Frau bei Balthasar und erzählte ihm, unter dem Siegel des Beichtgeheimnisses: Zehn Ratssoldaten, darunter auch er, hatten Befehl erhalten, sich mit dem Profoß ihres Fähnleins morgen vor Tagesanbruch zur Großen Strandpforte zu begeben, Eimer mit Teer, Werg, Feuerstahl und Zunder mitzunehmen und sich bereit zu halten, auf ein Kommando über das Tor zu klettern, nach Fischermai zu laufen und es sofort von mehreren Seiten, wo es sich machen lasse, in Brand zu stecken. Dabei war ihnen befohlen worden, so lange darüber zu schweigen, bis sie zurück wären. Noch am selben Abend suchte Balthasar im Rat Herrn Sandstede: Er fand ihn in der Tür zum Kleinen Saal, wo jener mit der Erörterung verschiedener Fragen beschäftigt war, die Fähnriche anschrie, Sold auszahlte und sich um irgendwelche Kanonen stritt ... Balthasar fragte: »Sagt, Herr Sandstede, haltet Ihr die Entscheidung, Fischermai niederzubrennen, für richtig?«

»Zweifellos«, entgegnete Herr Sandstede, »aber es wundert mich, woher Herr Balthasar das weiß.«

Darauf blieb Balthasar die Antwort schuldig, er meinte nur: »Ich verstehe. Ihr befürchtet, der Moskowiter könnte die Hütten niederreißen und aus den Balken an der Strandpforte Blockhäuser errichten. Aber er hat ja den ganzen Wald von Ziegelskoppel abgeholzt und nur den dritten Teil davon für Lager und Erdhütten verbraucht. Zwei Drittel liegen im Schnee, das kann man von den Kirchtürmen aus mit bloßem Auge sehen. So daß er ohnedies genug Material für Blockhäuser hat.«

Worauf Herr Sandstede mit herablassendem Lächeln erwiderte: »Ja, das stimmt. Aber Ihr vergeßt, daß er das Holz von Koppel drei viertel Meilen weiter schleppen müßte als von Fischermai.«

Da spürte Balthasar, wie sein Herz gefror und Haß gegen diesen säbelrasselnden Herrn in ihm aufstieg, der Kriegsmann geworden und Gutsherr geblieben war, und sehr scharf, wie er sonst nur mit Spitzbuben sprach, die zur Schandbank in der Kirche verurteilt waren, fragte er: »Ist dieser Unterschied von drei viertel Meilen wirklich so groß, daß es sich deshalb verlohnt, zweihundert Behausungen und ein Gotteshaus in eine Brandstätte zu verwandeln? Das frage ich Euch, Herr Sandstede.«

Als Antwort darauf setzte Herr Sandstede seinen Helm auf (er wollte schleunigst zur Karripforte und sich das Feuergefecht anschauen), ließ das Visier herunter, und durch die Schlitze im Eisen, das seinen Mund schützte, ertönte seine veränderte Stimme: »Ja, Herr Pastor. Dieser Unterschied ist groß genug. Wenn mich mein Gedächtnis nicht täuscht, seid Ihr, Herr Balthasar, durch den unerforschlichen Willen Gottes selbst von dort gebürtig. Infolgedessen müßtet Ihr begreifen – Ihr seid ganz und gar nicht der Mann, der das Recht hätte, das Schicksal dieser Ansammlung von Hütten zu entscheiden.«

»Warum denn nicht?«

»Weil Ihr, wie ich sehe, die Interessen der Stadt, die höheren Interessen, bedenkenlos diesem Flohnest opfern würdet.«

Balthasar beschloß: Auf der Stelle gehe ich jetzt in die Oberstadt und bitte, daß Herr Leion – unser neuer Statthalter, der in der vorigen Woche eingetroffen ist – diese Entscheidung rückgängig macht. Er kennt mich freilich nicht – wie ehedem Herr Horn –, doch wir wollen hoffen, daß er den armen Leuten gegenüber trotzdem nicht so hochmütig ist wie die Deutschen. Und Balthasar sagte: »Nun, in diesem Fall möchte ich wissen, was Herr Leion darüber denkt.«

Herr Sandstede klappte das Visier hoch und blickte Balthasar spöttisch lächelnd an. »Ihr könnt Euch die Mühe sparen, auf den Berg zu steigen. Ich habe das heute morgen mit ihm abgesprochen. Und als ich ihm sagte, daß man meiner Meinung nach Fischermai dem Erdboden gleichmachen müsse, entgegnete er: Ebendiesen Rat wollte ich heute der Stadt geben.«

Am achtzehnten Oktober vor Tagesanbruch kamen sie aus unerfindlichen Gründen mit ihrem schrecklichen Werk nicht zu Rande. Doch schon am Mittag gewahrte man von der Stadt aus, wie an der verschneiten Küste die drei, vier der Stadt am nächsten gelegenen Hütten vor dem Hintergrund des dunkelgrauen Meeres in Rauch aufgingen, und sogleich zeigte sich noch an sechs, sieben anderen Stellen Rauch ... Viele der in die Stadt geflohenen Bewohner von Fischermai versuchten durch die Große Strandpforte auszubrechen, aber das Tor war verschlossen, und an die Mauern an der Meerseite, von wo aus man die beste Sicht gehabt hätte, ließ man sie nicht heran.

Balthasar stieg zusammen mit Märten die Wendeltreppe zum Glockenturm der Heiligengeistkirche hinauf. Von hier aus konnte man den Brand in Fischermai sehen wie auf der flachen Hand. Aus dem siebten, achten, zwanzigsten Haus stiegen hohe Rauchsäulen auf. Nicht der ruhige Rauch der Küchenherde, der am Stadtrand stets zu den niedrigen Gotteswolken aufstieg, der stille, graue, Opferrauch des täglichen Lebens; über der toten Vorstadt stand schrecklicher, mit weißen Streifen durchsetzter schwarzer Rauch (schwarz – vom brennenden Teer, weiß – vom feuchten Stroh der Dächer). Unten, an der Heiligengeistkirche vorüber und durch den Weckengang, rannten lärmend Leute aus Fischermai. Durch den einsetzenden Schneefall drangen aus der Enge der Steinmauern und Ziegeldächer Fetzen von Wehklagen und Verwünschungen. Schneewolken bedeckten den Himmel, über dem Meer war es dunkel geworden, aus den brennenden Fenstern und Dachböden flogen rote Hähne … Balthasar spürte, die abscheuliche Vermischung von Furcht und Erregung machte seinen Körper feucht, und zu seiner Verwunderung ertappte er sich dabei, daß er immer noch mit dem hochmütigen Herrn Sandstede stritt. Ach, jene, deren Behausung, deren Vaterhaus jetzt brennt, dürfen also nicht ihre Stimme zur Verteidigung ihres Lebens, ihres Heims erheben? Denn die höheren Interessen der Stadt sind ihnen unverständlich? Ach, die höheren Interessen sind also nur solchen begreiflich wie diesem sächsischen Ritter Sandstede oder diesen brandenburgischen Bierfässern Sloyer, König und ihresgleichen. (Er spürte undeutlich, bemühte sich jedoch, nicht darüber nachzudenken: Herrn Leion ließ er außerhalb seiner Ekliptik. Ihn nannte er nicht einmal bei sich. Um ihn und sich zu schonen, was im Grunde genommen bedeutete: den König, die festgelegte Weltordnung und sich.) O Herr, wenn man schon von höheren Interessen spricht, dann sind das doch einzig und allein Deine Interessen – wie wir ja durch unseren Heiland wissen, Du bist mit den Armen und Erniedrigten. Wollte ich aber jetzt aus diesem schrecklichen Anlaß die Glocken läuten lassen, brauchte ich die Erlaubnis dieser Herren …

»Märten! Steig hinunter! Spute dich! Ruf Tran-Andres' Päärn zu Hilfe. Läutet die Glocken! Läutet, daß es dröhnt!«

»Die Feuerglocke?«

»Die Feuerglocke! Und die Sterbeglocke! Beide auf einmal!«

Märten stieg rasch hinab, und augenblicklich erscholl Glockengeläut, und bei diesem Geläut schaute Balthasar auf die brennende Vorstadt. Das Haus des Mündrich-Mats und die Kate, in der Märten vor seiner Übersiedlung hierher, ins Pfarrhaus, gewohnt hatte, waren hinter der Anhöhe von Huntipäh seinen Blicken entzogen. Das Haus aber, das einst dem verstorbenen Siimon Rüssow gehört hatte, das letzte auf der Landzunge, dicht am Wasser, konnte, wer es kannte, auch in der Dämmerung sehen. Und Balthasars Augen nahmen wahr, wie gleich daneben Tran-Andres' Kate Feuer fing und wie der frische Ostwind von ihrem Dach flammende Strohbündel auf Siimons Dach warf. Und wie sich das Feuer über die Latten von Andres' Zaun an Siimons Stall heranpirschte. Und wie die halb in den Boden gesunkenen, verkauften, vielleicht verratenen Häuser vom Feuer erfaßt und Teil der riesigen lodernden Flamme wurden ... Hier, neben Balthasar, dröhnten die Glocken. Die kleine Seifertsche: ding-dong-ding-dong-ding-dong-ding-dong; Kemmings große Glocke aber alle sechs, nein, jetzt alle zehn Herzschläge: bim-bam-bim-bam ... Und Balthasar starrte hin, bis ihm die Augen weh taten, vor Schmerz kniff er sie zusammen und dachte daran, was jetzt dort brannte und was er für immer verlor ... Vor allem erinnerte er sich an die aus Stöckchen verfertigte Kuh, und diese Erinnerung verdrängte ganz widersinnig alles andere ... Die Kuhherde, die einst, vor langer, langer Zeit, Peep für ihn gebastelt und die er vor dreißig Jahren am Strand vergessen hatte – sie war während der Flut Gott weiß wohin getragen worden, doch er, Pall, hatte diese eine Kuh gefunden und aus Angst, sie aufs neue zu verlieren, hinter eine Dachschindel auf dem Stallboden gesteckt und dann bis zum heutigen Tag nie wieder an sie gedacht ...

Viele Stunden lang wütete der Brand. Es schneite leicht. Nur die Kirche hatte man aus irgendeinem Grunde nicht angesteckt, sie stand auf dem Friedhof, abseits von den Häusern, und hatte von allein kein Feuer gefangen.

Gegen Mitternacht gab es dann keine Vorstadt mehr, nur noch eine siebenhundert Klafter lange, in der Dunkelheit schwelende purpurrote Wunde.

Diese Wunde spürte Balthasar immer noch in seinem Innern. Zwar brannte sie jetzt nicht mehr so wie in den ersten Tagen, wenn der Nordostwind blies und es von der riesigen Brandstätte brandig roch, es war vielmehr, als schmerze eine Leere, und zuzeiten erinnerten ihn schmerzhafte Nadelstiche daran, daß er einen Teil des eigenen Körpers eingebüßt hatte, wenn auch vielleicht keinen sehr wichtigen ... Auch von der Nachricht, die Leichtblut ein paar Tage darauf gebracht hatte, war ihm nicht leichter geworden: Nicht der Zufall hatte die Kirche gerettet und keine vorherige Entscheidung, sondern ein Befehl Herrn Sandstedes, den die Soldaten an der Großen Strandpforte eine halbe Stunde vor der Brandlegung erhalten hatten. Aber das war so wenig, selbst wenn man es auf Balthasars Einmischung zurückführen konnte ... Die häßliche Lage, die nach dem Brand am achtzehnten Oktober entstanden war (wenn auch im Rat behauptet wurde, die Lage habe sich stabilisiert), hatte in noch stärkerem Maße als die Erfolge des belagernden Gegners Balthasars Hoffnung auf ein baldiges Ende der Belagerung untergraben. Mehr noch: Wenn schon Balthasar, der diesseits der Mauer seine Wohnstatt hatte, so dachte, wie mußte es da erst in den echten Fischermaiern aussehen, deren Wunde gewiß noch mehr brannte und denen die Zukunft noch düsterer erschien. Jeden Tag konnte sich Balthasar aufs neue davon überzeugen. Für die Zeit der Belagerung hatte das Ministerium befohlen, täglich Gottesdienst abzuhalten, samstags und sonntags sogar zweimal am Tag. Und jedesmal war die Kirche brechend voll. Wenn vor den Mauern der Stadt der Feind wütet und über dem Kopf Kanonenkugeln pfeifen, dann ist der Mensch seinem grausamen Gott am nächsten. Es kam vor, daß tatsächlich das Verlangen nach Gottes Wort die Menschen in die Kirche trieb. Meist aber suchten die notleidenden, obdachlosen armen Teufel im Gotteshaus die Wärme des gemeinsamen Atems und den gegenseitigen Beistand, den die Schulter des Nächsten verhieß ... Waren doch mit dem Einsetzen der Fröste die Vorstadtbewohner, die eine Zuflucht in den Nebengebäuden der Bürgerhäuser oder in Hofwinkeln unter freiem Himmel gefunden hatten, in eine schier ausweglose Lage geraten. Und die Kirche, deren Mauern sich noch nicht mit Eis bedeckt hatten, wobei Balthasar auch die Ausgaben für Kerzen noch nicht allzusehr gekürzt hatte, wärmte und tröstete um so mehr, je voller sie war ... Zudem war die Kirche der einzige Ort, wo der Aufenthalt als lobenswert angesehen und einem nicht als Vergehen angerechnet wurde (wie in den Wirtshäusern und Bierstuben, wo es gleich zu hören war, wenn sich fünf, sechs oder mehr Fischermaier zusammenfanden). Und Flüchtlinge gab es allein aus Fischermai, mitsamt Frauen und Kindern, mehr als tausend. Die hinfälligsten und kränklichsten Greise hatte Balthasar unter dem Schirmdach des Siechenhauses hinter der Heiligengeistkirche unterbringen können. Einigen ihm besser bekannten Familien – Tran-Andres und seiner alten Krōōt sowie den Kindern des verstorbenen Mündrich-Mats nebst ihren Frauen, Männern und Kindern – hatte er vor der Kälte vorübergehend Obdach in den Nebengelassen der Kirche, ja selbst in der Diele des Pfarrhauses gewährt, und er hatte das, offen gesagt, eher getan, damit sich um ihn herum und in ihm selbst kein Murren erhob – eher aus Pflichtgefühl als aus Mitleid. Die Flüchtlingsfrauen ließ er arbeiten. Die Kräftigeren unter ihnen kochten täglich aus dem Mehl, das über den Kirchengewölben lagerte, auf dem Herd und mit dem Holz des Pastors mehrere Kessel Wassersuppe und gaben sie im Hof an die Darbenden aus. Und fast jeden Tag ging Balthasar, neben allen anderen Aufgaben, aufrichten und trösten ... O Gott, Unruhe und Scherereien hatte man mit ihnen mehr als genug. Offen gestanden, allzuoft traf man andächtige Ruhe und Seelenstärke bei ihnen nicht an. Doch vielleicht entstand dieser Eindruck deshalb, weil Ruhe, Zuversicht und Glaube an Gott um so weniger auffallen, je tiefer sie sind ... Was ihm aber an der neuen Gemeinde auffiel und ihn von Tag zu Tag mehr erzürnte, war bei den einen klägliches Gejammer (»Oh, wir Erdenwürmer, von der zornigen Ferse des Herrn in den Staub getreten ...«), bei den anderen erbärmliche Großtuerei (»Wartet nur, ich nehm dieses ganze Teufelspack und schüttle es, daß es sich in die Hosen scheißt ...«) und bei den dritten völlige Gleichgültigkeit (»Was brauchen wir schon, wir wärmen uns den Wanst mit einem Schluck Bier und – juchheidi!«). Für all das hätte ihnen Balthasar am liebsten tüchtig den Kopf gewaschen ... Müßiggänger vor dem Auge des Allerhöchsten.

Doch es war seine Pflicht, jene zu trösten und aufzurichten, die sehr litten. Und selbst nicht den Mut sinken zu lassen. Inmitten dieser ganzen Wirrnis, Not und Ungewißheit. Und Elsbeth zu trösten und zu beruhigen. Und selbst durchzuhalten.

»Elsbeth, aber du liebst mich doch?«

Er fragte dies in angenehmer Gewißheit, bisweilen jedoch auch mit aufkommender Unruhe. Mitunter überwog in Erwartung der Antwort die Unruhe – hier, in diesem erstaunlich fremden und verblüffend realen kleinen Zimmerchen mit den weißgetünchten Wänden, dem schmalen Mädchenbett, dem Tischchen und dem Schemel ... Hier, durch Elsbeths Haar hindurch, das Stuckoval der Fensternische über der Steinbank berühren, auf der sie saßen; an der gegenüberliegenden Wand, über dem Tisch, war ein Lichtfleck – ein winziges trübes Spiegelchen, auf dem Tisch Äsop, in octavio, Anno 1547 von Burkhard Waldis in Frankfurt gedruckt und in helles Leder gebunden. Daß es dieses Buch in dieser Kammer gab, überraschte Balthasar einen Augenblick. Dabei war es sein eigenes Bräutigamsgeschenk, das er Elsbeth mit einem etwas unbescheidenen Gedanken dargebracht hatte: Mochten andere Freier ihren Bräuten Hausschuhe und Taschentücher, Brustbinden aus Flor mit Seidenbändern schenken – alle diese Dinge würde er ihr auch irgendwann einmal schenken, jetzt aber – das da ... Ja, und trotzdem erwartete er die Antwort hier, im winzigen Oberstübchen des Kürschnermeisterhauses, voller Unruhe; als er Elsbeth den Arm um die Taille legte, spürte er plötzlich, wie sie zusammenzuckte – es erdröhnte wieder eine Kanonensalve.

»Liebst du mich?«

»Gewiß, Balthasar.«

Mit zärtlicher Nachsicht, die gleichsam andeutete, wie nichtssagend doch Worte im Vergleich zu der Wahrheit waren, die sich hinter ihnen verbarg. Und die um der Liebe willen den Worten ihre eitle Besorgtheit verzieh.

Balthasar küßte Elsbeth abermals. Und fühlte, daß er gewissermaßen in Gottes und der Welt Schuld stand für all das Gute, das ihm trotz allem zuteil geworden war. Und er schämte sich seiner Zweifel, seiner Sorge um die Zukunft, seiner Müdigkeit ... Denn was konnten der Morgengottesdienst, die Ratschläge und Tröstungen in den Dutzend Flüchtlingshütten, die Taufe in der Quappenstraße im Schafstall (wie bei der Geburt unseres Heilands!), das Hinundherrennen an der Mauer und das Betrachten des feindlichen Heeres, der neuen Befestigungen und des Gesamtbildes der Belagerung, die Gespräche mit Herrn Schleyers Fähnrichen und Furieren – was konnte all das einem Mann schon ausmachen, wenn seine Liebste *solche* dunkelgrauen, von schwarzem Wimperngeflecht überschattete Augen hatte, wenn von ihm nichts verlangt wurde als die Fähigkeit, geduldig zu warten, wenn er heil und gesund war und das ganze Leben noch vor sich hatte, wenn er sich nicht nur bei seiner Gemeinde, sondern auch in der Stadt immer größerer Achtung erfreute. Und wenn daheim, oben in seinem Arbeitszimmer hinter der eisernen Tür, schon zweihundert Seiten lagen, auf denen Ereignisse verzeichnet waren, die in diesem Lande geschehen waren und die heute geschahen, Seiten, die nur darauf warteten, daß er all das ausfeilte, miteinander verband und ergänzte.

Poch-poch-poch-poch!

Sie fuhren auseinander, Balthasar ging die Tür öffnen. Vor der Tür stand Maijke.

»Herr Pastor, der Märten, Euer Glöckner oder was er sonst ist, steht unten. Er sagt, daß man nach Euch verlangt.«

Märten wartete auf der verschneiten Außentreppe. Der alte Tibi-Toomas war von der Kleinen Strandpforte ins Pfarrhaus gekommen und hatte gebeten, der Herr Pastor möge um Christi willen kommen, um das heilige Abendmahl zu reichen. Ja, Märten hatte alles Nötige mitgebracht.

Bevor Balthasar dem Ruf folgte, ging er noch einmal nach oben. Er sagte: »Elsbeth, ich bin gleich wieder da.«

Er wußte selbst nicht, warum er das sagte. Einfach so. Weil er ohnedies vorgehabt hatte, noch einmal zu Elsbeth zu kommen, nun aber schon wegen etwas anderem. Denn mit einemmal, in einem nicht greifbaren Augenblick, war irgendwo ganz tief in seinem Innern der Entschluß gereift: Ich warte nicht länger! Er stieg die Treppe hinunter, und schon stellte er sich vor, wie er sie wieder hinaufsteigen würde. Er dachte: Nicht deshalb habe ich mich bis jetzt geduldet, weil es in meinen Augen Sünde ist, wenn das geschieht, bevor der dicke Gerstenberger in der Nikolaikirche die Segensworte über uns gesprochen hat ... Er trat auf die verschneite Straße und ging dem hüpfenden Lichtkreis von Märtens Laterne, dem Bimmeln von Märtens Glöckchen nach, durch die in den Schneewehen ausgetretenen Rinnen, und eilte im Geiste denselben Weg zurück. Nicht nur, weil er an das dachte, was Elsbeth gewiß als Sünde ansehen würde ... Mit den Augen verfolgte er den Flug einer rechts vorüberschwirrenden Kanonenkugel des Moskowiters, sie flog hinter dem Bremer Turm hervor quer über die Stadt, bevor sie irgendwo in Richtung des Turmes Goldener Fuß aufschlug ... Sondern auch, weil Elsbeth, nach all den Frauen, die er besessen hatte, sein

Weib werden sollte. Weil sie ganz anders sein sollte, nicht so wie all jene ... Aus dem Brockhusenschen Torweg kamen – eine lärmende Schar – fünf, sechs Jungen und Mädchen in Lumpen und Strohmasken gelaufen, weiß der Kuckuck, mit was für einer Farbe beschmiert. Im schwachen Licht der Laterne wirkten sie alle trostlos gelb – die Verkleideten, die Teufelchen. »Ah, ihr haltet den Brauch des Martinstages ein«, flüsterte Balthasar versöhnlich ... Was sollte man von Kindern verlangen, wenn selbst erwachsene Männer unbedenklich diese dumme Tradition befolgten. Da – die zwei Henkersknechte dort liefen heute abend in schwarzen Umhängen durch die Stadt, klopften an die Haustüren und sammelten Almosen. Um Schillinge bettelnd, sagten sie: »Ich bin der arme Doktor Martin Lutherus ...« Unbegreiflich, woher dieser dumme Brauch stammte. Und warum das Ministerium nicht verlangte, daß der Rat einen so unwürdigen Mummenschanz untersagte ... Aber *wie lange* mußte denn ein Mann warten (noch dazu einer, dem ex officio von Gott und den Menschen das Recht gegeben war, Sünder und Gerechte zu vereinigen und zudem noch Absolution zu erteilen), wie lange mußte ein solcher Mann denn warten? Und seine Braut warten lassen! Wie lange durften der Moskowiter und seine deutschen und dänischen Hunde einen noch bedrängen und zum Narren halten? ... Aus der Dunkelheit tauchte, prustend vor Lachen, ein Schwesterchen vom »Roten Kloster« auf, Arm in Arm mit einem Landsknecht, der sich vor lauter Bier kaum auf den Beinen halten konnte, und verschwand wieder in der Finsternis ... »Da schau her, die Dirne«, brummte Balthasar. »Der Landsknecht soll bestimmt irgendwo hinterm Hattorp oder im Stolting Wache halten ...« Aber Balthasar winkte auch hier versöhnlich ab (und schämte sich sofort: Seine Großzügigkeit war nichts anderes als Bestechung, Bestechung). Sei's drum ... Sollte er in dieser heiklen Lage verharren und sich und seine Braut dabei unglücklich machen? Letzteres war wohl nur zum Teil richtig, denn nahm er Elsbeth wider alle Schicklichkeit, ohne den vorgeschriebenen Segen, machte er sie womöglich noch unglücklicher. Werd einer aus einem Mädchen schlau ... Vielleicht war jedes Mädchen – auch Elsbeth – innerlich ebenso zwiespältig wie Balthasar selbst: die Seele bereit, anständig und sittsam zu warten, der Leib aber – alle Hindernisse niederzureißen ... Bis ein Geist erschiene (warum Teufel? warum Gott? – ein dem Menschen begreiflicher, reifer, nachsichtiger Geist, gleichviel, ob göttlich oder teuflisch), der die Entscheidung träfe und sagte: Seele! ... Eine Schar Männer von der Bürgerwehr schritt hinter ihren Rottmeistern her, vor ihm durch die Schneewehen der Querstraße: Größtenteils waren dies Gesellen, außerdem einige ältere, dickwanstige Meister – auf den Schultern schief und krumm die Hellebarden, um die Beine kreuz und quer die Schwerter. Eine Braut hatte jungfräulich vor den Altar zu treten ... Dieses alte Gezeter der katholischen Tugend inmitten all der papistischen Schweinereien jener Zeit ... Wo Mose sogar von einer nicht verlobten Frau so grenzenlos einfach gesagt hatte: »Wenn jemand an eine Jungfrau kommt, die nicht verlobt ist, und ergreift sie und schläft bei ihr ..., so soll, der bei ihr geschlafen hat, ihrem Vater fünfzig Silberlinge geben und soll sie zum Weibe haben.« Was wir ja auch tun werden.

Tibi-Toomas' Behausung war eine gewöhnliche Holzkate im Hof von Kaufmann Hehn, der alten russischen Kirche gegenüber; man mußte einen langen Torweg passieren, zwischen Holzstößen und Haufen von Plunder, durch Schuppen, Ställe und den Abtritt hindurch. Toomas mit seinem spärlichen Ziegenbärtchen und seine hinkende alte Frau führten Pastor und Glöckner in einen entfernten Winkel der Hütte, spärlich beleuchtet von den im Herd glimmenden Kohlen. Der Alte legte einen Kienspan auf die Glut, und dieser flammte auf. Die, um derentwillen man Balthasar hergebeten hatte, lag auf dem Fußboden, auf Stroh. Ein fünfzehnjähriges Flüchtlingsmädchen mit Namen Liso, wahrscheinlich aus einem Ort am Bleeksberg, wie Toomas berichtete. Seit Beginn der Belagerung hause sie unter ihrem, seinem und seiner Frau, Dach und habe Hehns Mamsell geholfen und dafür zu essen bekommen. Sie war bewußtlos und atmete schwer und röchelnd. Balthasar berührte ihre Stirn und erschrak. Die Stirn war heiß wie Feuer. Toomas sagte: »Gestern früh hat sie bei Herrn Hehn die Fußböden geschrubbt. Im Speicher oder sonstwo ist sie aus Dummheit in die Vorratskammer unter dem Fußboden gestürzt und hat sich am Lukenrand die rechte Seite zerschunden, bis rauf zu den Achseln. Und gestern abend hat sie dann das Bewußtsein verloren ...«

Balthasar befahl Märten, den kleinen Tisch frei zu machen und, wie es sich gehörte, mit weißer Leinwand zu bedecken, dann legte er Wein und Brot darauf. Alles, wie es sein mußte, wenn er auch sah, daß er Liso unmöglich mit den Sakramenten versehen konnte. Er kniete vor der Kranken nieder, die anderen folgten seinem Beispiel. Laut und vernehmlich sprach er das Vaterunser, die anderen murmelten es ihm nach. Im Geiste schob er Elsbeths Antlitz von sich fort. Er betrachtete das auftauchende und zugleich erlöschende Gesicht des Mädchens, das offenbar im Sterben lag, und betete inbrünstig. Das konnte er immer noch, auch wenn es mitunter eher eine Anstrengung von Augenbrauenmuskeln und Kopfhaut, eher eine Anstrengung des Willens war als der Seele und des Herzens.

Zu trösten, nicht mit lauter Salbaderei, sondern, wie es in den Kirchenvorschriften hieß, mit sparsamen Worten, brauchte er hier niemanden. Denn die Kranke hörte ihn nicht, und Toomas und seiner Alten nützte es nichts. Balthasar nahm, was ihn selbst überraschte, Lisos mit kaltem Schweiß bedeckte Finger, faltete diese, indes er sie zwischen seinen Händen hielt, zum Gebet und begann: »Barmherziger Gott, unser himmlischer Vater, durch Deinen Sohn Jesus Christus hast Du uns verheißen: Wo zwei unter euch eins werden auf Erden, worum es ist, daß sie bitten wollen, das soll ihnen widerfahren von meinem Vater im Himmel. Um diese Deine Verheißung bitten wir Dich: Erhöre uns mit dieser Liso, Deiner in Christo getauften ...« – was man wohl annehmen durfte – »... Magd.« Doch fortzufahren: ... die Dich, Ewiger, und Deinen Sohn und den Heiligen Geist offen vor uns anerkannt hat – das wagte er schon nicht mehr und sagte darum zum Schluß nur: »Erbarme Dich ihrer, und solltest Du sie wirklich zu Dir rufen, so schenke ihr durch unseren Herrn Jesus Christus, Deinen Sohn, die ewige Seligkeit. Amen.«

Er betete inbrünstig, in dem Glauben, durch sein Gebet diesem kranken Mädchen, Elsbeth und sich selbst zu helfen. (Bestechung! Bestechung!) Erst als er das Gebet beendet hatte, bemerkte er, daß die drei Haubitzen vom ersten Rondell an der Karripforte nun, in der Abenddämmerung, aus vollem Halse den Feind anbellten.

Mit zusammengebissenen Zähnen bekreuzigte er die Kranke gewissenhaft, wenn auch nicht mit der bischöflichen Leichtigkeit des Herrn Geldern, die sich ihm für immer eingeprägt hatte. Er erhob sich von den Knien. Die Ferdinge, die ihm Tibi-Toomas zaghaft reichte, wies er zurück. (Bestechung! Nein, nicht er besticht mich mit diesem Geld, ich besteche mit meiner Zurückweisung, aber *wen*?)

Als sie bei der Kanutigilde angelangt waren, sagte er zu Märten: »Geh zum Barbier Dietrich. Ich ließe ihn bitten, nach dieser Liso zu sehen. Vielleicht hilft es, wenn er sie zur Ader läßt.«

Elsbeth flüsterte verzweifelt, doch gottlob nicht nur verzweifelt: »Du liebe Güte, Balthasar ... Darf man denn das ...«

»Man *darf*!« sagte Balthasar.

»Wo du doch von einer Sterbenden kommst!« flüsterte Elsbeth.

Balthasar schwieg. Dann sagte er (und hätte ihn jemand in diesem Augenblick gesehen, als er Feuer schlug, um die Kerze anzuzünden, so hätte dieser Beobachter beim harten Aufblitzen in Balthasars Augen den Schalk entdeckt): »Aber ich habe zwei Taufen morgen früh ...«

Er zündete die Kerze an, nahm den Leuchter in die Hand und schaute Elsbeth ins Gesicht, das in diesem Moment ganz eigentümlich war, und wie es ihm schien, seltsam abwesend und aufmerksam zugleich. Auf ihren Wangen gewahrte er Spuren von Tränen. Er wollte sagen: Geliebte, Geliebte – und sagte es nicht. Denn er spürte plötzlich, das wäre nicht in dem Maße die Wahrheit, wie er gewollt hätte, sonst hätte er vielleicht doch noch gewartet ... Er schwieg. Ihm war klar, daß er etwas sagen mußte, aber er wußte nicht, was. In diesem Moment klopfte es. Als er zur Tür ging, war er sogar dankbar für dieses Klopfen. Jedenfalls ein paar Augenblicke lang ... Vor der Tür stand wieder Maijke. Und wieder war unten Märten, der den Herrn Pastor unbedingt sprechen mußte. Balthasar ging nach unten.

Als er, zurückgekehrt, auf der Schwelle stehenblieb, saß Elsbeth auf dem Schemel vor dem Tisch mit Burkhards Bändchen, über dem das winzige trübe Spiegelchen hing, und ordnete die zerzausten Haare. Elsbeth hatte im Spiegel Balthasars Gesicht gesehen. Nein, sie konnte es nicht sehen. Zu klein war der Spiegel, zu dunkel war es im Zimmer. Doch seltsamerweise fuhr sie herum und wollte auf ihn zustürzen ...

»Balthasar, was ist geschehen?«

»Komm nicht näher!«

»Jesus Christus, sag, was ist geschehen?«

»Dieses Mädchen ist gestorben. Sie hatte die Pest.«

Das schreckliche Wort war ausgesprochen. (Oh, Elsbeth hatte es geahnt, hatte Schlimmes vorausgeahnt, als sie sich Balthasar hingab, auch wenn sie nicht wußte, was diese Vorahnung bedeutete.) Die Geißel des Herrn hatte in unmittelbarer Nähe zugeschlagen. Obwohl diese entsetzliche Heimsuchung an und für sich nicht gar so unerhört oder undenkbar war ... Aber noch nie hatte sie Balthasar so unmittelbar betroffen. Auch neunundvierzig nicht, als die Pest mit vielen Hunderten von Menschen auch den Superintendenten Bock hingerafft hatte. Allerdings konnte sich Balthasar noch gut an die Verwirrung erinnern, die damals in der Stadt geherrscht hatte, und an die endlosen Reihen der Armensärge auf dem Friedhof. Und an die Pestwärter mit den schnabelähnlichen Masken. Im Jahre achtundfünfzig, als er nach Stettin kam, war die Pestseuche dort schon im Abklingen gewesen. Und einundsechzig, als die Pest Meus dahinraffte, hatte sich Balthasar in Deutschland aufgehalten. Sechsundsechzig hatte sie hier, in Reval, nur einige Dutzend Menschenleben gefordert, wenn auch in den Dörfern das Faulfieber mit voller Kraft gewütet hatte. Und jene sieben oder acht Toten aus der Heiligengeistgemeinde waren Pfarrkinder des seligen Bushauer gewesen ...

»Wasch dir auf der Stelle Gesicht, Mund und Hände mit Essig! Und räuchere das Zimmer aus! Mit Lorbeer. Und Wacholder. Auf Wacholder vertrauen die Leute vom Lande am meisten. Ich gehe. Und komme erst wieder zu dir, wenn klar ist, wie es um mich steht ... Das wird sich, denke ich, in drei Tagen herausstellen.«

»Balthasar, das ist die Strafe Gottes für unsere Sünde ...«

Er blieb auf der Stelle stehen: »Nun, und wenn sich, was ich befürchte, die Pestilenz in der Stadt ausbreitet, heißt das dann, daß der Herr die ganze Stadt unsere Sünde entgelten läßt? Ja?«

O Gott! Die Art dieses Mannes, der nach Pferdestall und Korn roch, dieses Mannes mit den merkwürdig fremden Gerüchen, dieses ungestümen, sündhaften, geliebten Mannes, Gottes Taten mit menschlicher Vernunft zu messen, zeugte nicht von übermäßiger Frömmigkeit ... Das erschreckte und flößte doch auch wieder Mut ein ... Und wenn sich die Krankheit wirklich ausbreitet? Herr, was soll ich dann tun? ... O Gott, was für Gedanken! Ich will nichts, überhaupt nichts ... Dieses und alles andere und mich selbst überlasse ich Gottes Willen ... Ich bitte nur, daß *ihn* die Seuche verschont ... Und daß auch er auf die Vorsehung Gottes vertraut, ohne zu versuchen, nach Art der Tuchhändler Gottes Entscheidungen mit der Elle zu messen und Schlüsse zu ziehen ...

Aber der Herr hatte die Entscheidung schon getroffen – die Pestilenz fiel über die Stadt her. Als ob tatsächlich der Beweis für Balthasars und Elsbeths Unschuld gefordert würde.

Am dritten Tag gab es in allen Gemeinden bereits mehrere Dutzend Pesttote. Unter ihnen waren auch der alte Tibi-Toomas und seine Frau. Jetzt trat der Tod ungewöhnlich schnell ein. Der Mensch wachte morgens mit Fieber auf, ihm war, als werde sein Kopf von einem eisernen Reif zusammengepreßt. Nachmittags spürte er, wie es immer heftiger gegen diesen Reif klopfte und der Reif sich immer stärker erhitzte. Gegen Abend schwollen bei dem einen die Leisten, bei dem anderen die Achseln. Nachts fiel der Kranke in Ohnmacht. Am nächsten Morgen platzten dann die braun gewordenen Beulen, und eine unwahrscheinliche Menge Eiter floß heraus. Erleichterung aber, geschweige denn Genesung, brachte das höchstens einem von zwanzig – neunzehn gaben schon am dritten Tag gegen Morgen den Geist auf, und es schien, ihre leibliche Hülle habe sich in Eiter verwandelt und sei verkohlt ... Nach einer Woche zählte man etwa hundert Tote, nach zwei Wochen dreihundert, zu Weihnachten hatte ihre Zahl sechshundert erreicht. Die ersten Wochen beerdigte man sie bei Glockengeläut. Dann verbot Herr Leion das Läuten. Nur während der Predigt durften die Glocken noch geläutet werden. Beerdigt werden mußte in aller Stille. Damit der Feind vor den Stadtmauern nicht erfuhr, daß es so viele Tote in der Stadt gab, und nicht noch dreister wurde. Durch Androhung des Gewerbeverbotes zwang der Rat drei Barbiere, die Obliegenheiten von Pestwärtern zu versehen und die Pestkranken zu behandeln. Damit die Barbiere die Seuche nicht in ihre Familien trugen und nicht in der Stadt verbreiteten, brachte man ihnen das Essen in ein zerfallenes, bei der Schmiedepforte an die Mauer gebautes Holzhäuschen. Dort sollten sie so lange wohnen und sich von den Menschen fernhalten, bis die Strafe wieder von der Stadt genommen wäre. Einerseits war es für die Bekämpfung der Seuche sogar gut, daß die Stadt belagert wurde: Die Pestwärter konnten sich nicht aus dem Staube machen, wie früher so oft während einer Pest. Andererseits war es schlecht, daß man die Toten nur diesseits der Mauer beerdigen konnte und von den Lebenden jene nicht aus der Stadt herauskonnten, die man zu anderer Zeit hätte fliehen lassen. Jetzt mußten alle in der umzingelten Peststadt bleiben, wie in einem brennenden Haus, dessen Türen verschlossen und Fenster vergittert sind, und warten, daß der Herr Wolken und Regen schickt, der das Feuer löscht, oder aber samt und sonders verbrennen. Doch die Revaler waren genaugenommen schlimmer dran als die Bewohner eines brennenden Hauses. Brennt es in einem Haus, kann man etwas unternehmen: Ein guter Hausherr hat auf dem Dachboden Fässer mit Wasser vorrätig, und im Haus werden sich Beile finden, um das brennende Holz zu zerhacken und stückweise durch die Fenstergitter zu werfen. Auch Hilferufe können Rettung bringen, wenn die Nachbarn herbeieilen und die Türen aufbrechen. Was aber können die unglückseligen Bürger einer belagerten Stadt gegen die Pest unternehmen? Einzige Antwort auf ihre Hilferufe wären noch dichtere Pfeilwolken, entsetzlicher Kanonendonner und heulende Schüsse von Hakenbüchsen; es sei denn, die Belagerer würden (was Gott verhüte!) aus den Hilferufen deutlich die Bereitschaft heraushören, sich zu ergeben ... Und wenn das Volk auch irgendwelche fragwürdigen Mittel kannte, die eine Ansteckung verhüten sollten, so waren diese doch nur jenen zugänglich, vor deren angesehenem Namen und prallem Geldbeutel Herr Dyck seine Gelehrsamkeit und seine Kästen auftat: Bei ihm konnte man Walnüsse, Mandelmilch und getrocknete Pfifferlinge haben. Oder – und das war die wirksamste Arznei – zur innerlichen Einnahme das aus siebzig Elementen zusammengesetzte Pulver Electuarium theriacum, das man mit Rosenwasser oder spanischem Wein hinunterspülte ... Für die armen Leute aber, unter denen die Pest anscheinend besonders heftig wütete, waren alle diese Mittel so unerreichbar, daß es nicht einmal lohnte, darüber zu reden ... Und das galt nicht nur für die Arzneien, sondern auch für die Lebensweise, die während der Pest empfohlen wurde. Wie sollten wohl in Hütten, Kammern und Kellerlöchern zusammengepferchte Menschen regelmäßig spazierengehen, reiten, drückende Schwüle meiden, um Mist und Stallgeruch einen Bogen machen, bei trokkenem und kühlem Wetter die Fenster offenhalten, Lorbeer- und Wacholderrauch einatmen, Gesicht und Hände so oft wie möglich mit Essig waschen, sich sowenig wie möglich – gottbewahre! unter Leuten aufhalten und noch viel weniger in die Badstuben, in die Sauna gehen, geschweige denn mit denen in Berührung kommen, die sich vielleicht schon angesteckt hatten ... So daß den armen Leuten nichts anderes blieb, als auf das bloße Ausräuchern der Räume zu vertrauen, am meisten aber auf das Gebet.

Balthasar konnte natürlich nicht behaupten, gar keine Mittel gegen die Pest zu besitzen. Gewiß, für Theriak fehlte ihm das Geld. Das war klar. Aber Frauen aus seiner Gemeinde hatten ihm mehrere Säckchen mit getrockneten Pfifferlingen gebracht. Auch für Essig fanden sich immer noch ein paar Groschen. Wenn er auch keineswegs sicher war, daß die Flüssigkeit, die ihm Herr Dyck verkaufte, tatsächlich Vierräuberessig, oder anders ausgedrückt, Essig gegen die Pest war. Denn dieser mußte verschiedene teure Öle (Lavendel-, Rosmarin-, Zitronenöl und weiß der Kuckuck was noch) enthalten. Schwerlich hatte Herr Dyck all das in solchen Mengen vorrätig, um die lebhafte Nachfrage während einer Seuche befriedigen zu können ... Auch Wacholderzweige zum Ausräuchern besaß Balthasar nicht in Hülle und Fülle. Doch, zum Glück, immerhin etliche – weil er es sich seit drei, vier Jahren zur Gewohnheit gemacht hatte, sich beim Dampfbad mit Wacholderruten zu bearbeiten. Jetzt lagen in seiner Sauna so viele kahle Ruten, daß er die Hälfte davon Gandersen schicken konnte, damit dieser sein Haus ausräuchere. Ganz ohne alle Mittel gegen die Pest war Balthasar also nicht. Zudem besaß das Gebet eines Mannes wie er größere Macht und mußte besser schützen als das Gebet gewöhnlicher sündiger Menschen, die dem Herrn völlig fernstanden. Und dennoch kam er sich, namentlich zu Beginn des Unheils, der Gefahr gegenüber nackt und schutzlos vor. Dies um so mehr, als sein Pastorenamt von Tag zu Tag schrecklicher und schwerer wurde ...

In der Stadt hatte man die Pflichten des Pestpastors in der zweiten Pestwoche Bussow übertragen, dem Pastor des St.-Johannis-Siechenhauses, der gleich zu Beginn der Belagerung in die Stadt geflohen war, während seine Kirche mitsamt dem Siechenhaus nun schon den dritten Monat in der Hand des Feindes war. Doch Bussow wurde kaum mit den Sterbenden unter den Flüchtlingen und deren Bestattung fertig. Für die Gemeindemitglieder der Heiligengeistkirche war Balthasar der Pastor pestilentiarius. In den ersten Tagen hatte er täglich zwei, drei, vier Tote gehabt; am ersten Weihnachtstag waren es siebzehn ...

In der morgendlich kalten Finsternis, beim Flackern der Kerzen – es waren jetzt nur noch wenige – hoch von der Kanzel in die trostlose Dämmerung der Kirche hinab die uralten Worte der Hoffnung sprechen, gerichtet an die Gemeinde, dieses nach Buße lechzende riesige rauchgraue, sich verzweifelt windende Tier ... Noch dazu so sprechen, daß sie diese Worte nicht, wie Spreu, für unfruchtbar ansah, sondern darin wirklich Nahrung für Herz und Verstand fand in dieser schrecklichsten aller Zeiten ... »Und der Engel sprach zu ihnen: Fürchtet euch nicht; siehe, ich verkündige euch große Freude, die allem Volk widerfahren wird; denn euch ist heute der Heiland geboren, welcher ist Christus, der Herr, in der Stadt Davids ...« Wahrlich, ich sage euch: auch uns, auch uns, den Einwohnern Revals! (Oh, möchten meine Worte jene stärken, an die ich sie richte, wie sie auch mich selbst stärken, denn woher sollte ich Kraft schöpfen, wenn nicht aus meinem Glauben ...) Jaja, auch uns, die wir auf unserem Angesicht im Schnee, im Straßenkot, unter Kanonenkugeln, die wir bäuchlings auf der Erde liegen, im Eiter der Krankheit, unser geistiges Antlitz aber, erfüllt von Glauben und Hoffnung, wagen wir zum Lichte deiner Geburt zu erheben ... (Dort, links neben der Säule, ist es unruhig ... Im Halbdunkel kann ich nicht erkennen, was dort vorgeht. Ist jemand umgefallen? Es sieht aus, als schleppe man jemanden aus der Kirche. So ist es ... Jemanden, mit dem die Pest im Gotteshaus abgerechnet hat ... Darf man denn das? Einen Sterbenden ... Im Namen des Lebens fort vom Altar, fort aus dem Gotteshaus? Ich weiß nicht, ich weiß nicht ... Wenn ich auch selbst mit Bangen sehe, wie ihr Atem zu mir aufsteigt, und ich mich frage, wer von ihnen schon die Contagio der Krankheit in sich trägt.) Die Orgel beginnt zu spielen, dumpf und unsicher. Ungeschickte Jungen, städtische Schüler, treten heute ihre Bälge; die es sonst taten, sind weggelaufen. Auch der Organist ist neu, ein ehemaliger Musikant aus Fischermai, der erst den dritten Tag die Register der Orgel der Heiligengeistkirche ausprobiert. Nachdem wir vorgestern meinen Küster Caur der Erde übergeben haben ... »Es ist ein Ros' entsprungen ...« Tausend kummerheiseren, stumm gewordenen Kehlen entrang sich, der Orgel folgend, das Lied: »Das Blümlein, das ich meine ...« Dieser einzige, auf den wir all unsere Hoffnung setzen in dieser unheilschwangeren Stunde, der einzige, auf den wir noch hoffen können ... Hebe dich hinweg, Satanas, warum flüsterst du mir ins Ohr: Und wenn bei dieser Rose so viele Dornen von der Pest vergiftet sind? »Mitten im kalten Winter, zum Ruhme unsres He-errn ...« Ein Ruhm, von dem einem, mißt man ihn mit menschlichem Maß, vor Angst die Zähne klappern ... Doch dem Menschen kommt es nicht zu, den Herrn zu messen, er hat seine Pflicht zu erfüllen ... Die unglücklichen grauen Gesichter, die grauen Gestalten an den Türen hinterm Altar. Hinter ihnen, auf dem schmalen verschneiten Friedhof, hinter den eisbedeckten grauen Häusern, unter dem blutroten Streifen am grauen Himmel – wieviel waren es heute morgen? Fünf, sechs, sieben, acht, neun graue Särge, am Rande der Gräber zwischen den Erdschollen festgefroren … Worte des Geleits. Immer wieder. Beim Pfeifen des Windes. In gelbe verweinte Gesichter hinein … Heute wenigstens nicht bei Kanonendonner. Warum nur der Moskowiter heute nicht schießt … Das Poltern gefrorener Erdschollen auf den Sargdeckel … Von Woche zu Woche … Das Poltern gefrorener Erdklumpen auf den eigenen frierenden Körper … Schwere Minuten am Krankenbett. Neben Sterbenden auf eitriger Streu in Elendshöhlen … Worte des Trostes, Worte, nichts als Worte … O Gott, nützen sie etwas? Sie müssen … Ja, sie nützen! Hunderte von Malen hatte er mit eigenen Augen gesehen, wie schreckliche Leiden nachließen, wenn er die Hände der Sterbenden in die seinen nahm und sprach: »Deine Sünden werden dir vergeben«; wie brechende Augen sich belebten, um dem Wunder entgegen zu erlöschen, wenn er ihnen, innerlich bebend, sagte: »Auferstehung und das ewige Leben …« Und dabei seine eigene Todesangst … Graue, bleifarbene, schwarze Todesangst, bisweilen von leuchtend violetten Wunden durchlöchert … Allmächtiger Gott, vor diesem Entsetzen hatten die Pestwärter das Weite gesucht, hatten aus der Stadt fliehen wollen. Und der Rat erklärte ihren Versuch auch gar nicht erst mit der Absicht, ins Lager des Feindes überzulaufen (was er unter anderen Umständen unweigerlich getan hätte). Erst recht nicht, weil, Gerüchten zufolge, auch beim Feind die Pest ausgebrochen war. Den Pestwärtern wurde befohlen, ihre Obliegenheiten weiterhin zu versehen; die Pestilenz machte es unmöglich, sie aufzuhängen. Die Nachsicht ging so weit, daß man ihnen sogar Gehilfen beigab – drei Mörder, die im städtischen Stall auf den Galgen gewartet hatten. Der Vogt versprach, ihnen das Leben zu schenken, wenn sie unter Anleitung der Pestwärter ehrlich ihre Pflicht erfüllten und von der Ansteckung verschont blieben, was ein Fingerzeig Gottes sein würde … Aber war denn seine, Balthasars, Arbeit leichter als die der Pestwärter und ihrer Gehilfen? Die Pestwärter hatten wenigstens lange Lederhandschuhe an, wenn sie die geplatzten Eiterbeulen behandelten oder jene öffneten, die nicht von allein aufgehen wollten. Vorm Gesicht trugen sie eine Ledermaske mit langer Nase in Form eines Rohrs, welches sie, beugten sie sich über einen Kranken, abwenden konnten, um nicht den üblen Körpergeruch des Kranken und seinen Odem einatmen zu müssen. Im Rohr befand sich ein essiggetränkter Spund; durch diesen ging auch die Luft … Wenn aber Balthasar einem Pestkranken die Hand auf die Stirn legte oder, neben ihm betend, seine heißen, schweißnassen oder kalten Hände in die seinen nahm, damit durch ihn der Geist des Herrn und Trösters auf den Kranken übergehe, konnte er das nicht gut in Handschuhen tun, damit zwischen ihm und dem Kranken Ziegenleder war! Und wenn er sich über ihre Gesichter beugte, damit sie Christi Worte »Heute wirst du mit mir im Paradiese sein« vernahmen, konnte er diese Worte der Ermutigung, die der Heiland am Kreuz gesprochen, doch nicht durch eine lederne Schutznase und einen essiggetränkten Lappen murmeln … Allmächtiger Gott, dabei preßte jedesmal die steinerne Hand des Entsetzens Balthasars Brust zusammen! Und jedesmal war er bedrückt und schämte sich, weil ihn diese Furcht überkam, weil die Worte des Herrn, die seine Lippen sprachen, um dem Sterbenden zu helfen, außerstande waren, sein eigenes Entsetzen niederzuringen … Oft quälte ihn eine unheilkündende, teuflische Auslegung dieser Worte; sobald sie ihm durch den Kopf schoß, zuckte er zusammen, wie vor ungreifbaren, scheußlichen Vögeln … »Heute wirst du mit mir im Paradiese sein« – du, der du in einer Stunde oder zwei starr und steif bist? … Bezieht sich dieses »mit mir« nicht auch auf den, der jetzt hier, auf einem eitrigen Lumpen, am Boden kniet und, keuchend vor Entsetzen, beim Beten die eisernen Glieder der Kette betastet, die ihn an seinen Platz fesselt: Erfülle deine Pflicht, erfülle deine Pflicht … Und sich dennoch, selbst auf diesem schmerzensreichen Weg, gegen die Freude sträubt, heute noch ins Paradies zu kommen?

Hinsichtlich der irdischen Mittel war Balthasar gegen die tödliche Krankheit also weniger gefeit als die Pestwärter. Ja, so gesehen, überließ ihn der Rat der göttlichen Vorsehung, im Grunde genommen stand er auf der gleichen Stufe wie die Mörder. Weder Balthasar noch die Mörder, die Gehilfen der Pestwärter, hatten einen anderen Schutz als einen essiggetränkten Lappen zum Abwischen von Gesicht und Händen, wie ihn während einer schrecklichen Pestseuche vor mehr als hundert Jahren auch Jacob Montpellier in seiner Stadt benutzt hatte. Was aber Balthasars Entsetzen vor der Pest betraf, so muß man sagen, er stumpfte in diesen Wochen allmählich ab.

Das mochte zum Teil daher kommen, daß er immer mehr auf den Herrgott vertraute, der ihn bis jetzt bewahrt hatte. Schwerlich war das eine Folge des unerträglichen Elends, das er tagtäglich sehen mußte. Vielmehr rührte seine Furchtlosigkeit einfach daher, daß er müde war und die ständige Gefahr, krank zu werden, ihn abgestumpft hatte. Diese Gefahr, die überall auf ihn lauerte und die so wenig greifbar war, daß sich vor ihr in acht zu nehmen bedeutete, seinen Geist ebenso zu verbrennen, wie die Krankheit den Körper verbrannte ... Wie auch immer, Balthasar stellte fest, daß er die Schwelle eines Pesthauses jetzt mit anderen Empfindungen überschritt als in den ersten Tagen der Seuche. Hatte er in den ersten Wochen, einem Ruf oder einer Anweisung folgend, eine verpestete Behausung aufgesucht, so war er beim Anblick des gelben Kreuzes, das die Pestwärter mit Ocker an den Türpfosten gemacht hatten, jedesmal erbebt. Und war er ins Haus getreten (manchmal hatten ihn die verweinten, vor Entsetzen starren Angehörigen des Kranken empfangen, manchmal waren seine Schritte in einem leeren, verlassenen Hause verhallt, und er hatte lauschen müssen, damit das Stöhnen ihm in der Dunkelheit den Weg zum Krankenlager wies; bisweilen war er auch zu einem schon erkalteten Leichnam gekommen), war er in ein solches Haus getreten – gleichviel, ob es ein Elendsloch war oder die geräumige Wohnung eines Handwerkers –, so hatte er jedesmal das Gefühl gehabt, in eine Falle getappt zu sein. Als sei er, wie ein Iltis, in einen Käfig geraten, aus dem es kein Entrinnen gab. Als sei die Tür hinter ihm zugefallen und er müsse nun im Käfig bleiben: über sich einen Stein, der ihn plattzudrücken drohte, jedoch aus irgendeinem Grund nicht sofort fiel, sondern sich vor seinen Augen langsam herabsenkte ... In der dritten Woche kam es Balthasar dann so vor, als gebe es in den verpesteten Häusern, in die er ging, keine Rückwand. Als hänge der glitschige Fußboden (der gefrorene und halb aufgetaute Schmutz von den Stiefeln der Pestwärter, die Spuckflecke ihrer Gehilfen, der Pesteiter) über einem bodenlosen Abgrund. Der kleinste unvorsichtige Schritt – und er rutschte hinein ... Dabei quälte ihn die Furcht abzustürzen nicht mehr so stark wie früher, geblieben aber war das Gefühl des Entsetzens. Doch in diesem Entsetzen lag sogar eine gewisse unerklärliche Faszination ...

Vielleicht war es auch die Scham, die Balthasar Mut verlieh. Er schämte sich, daß er immer noch am Leben war. Daß er noch immer die Möglichkeit hatte, spätabends oder nach Mitternacht, nachdem er Gesicht und Hände mit Essig gewaschen und sich einen Weg durch die schlafenden Hausbewohner gebahnt hatte (auch sie hatte die Krankheit bis jetzt verschont), die Treppe hinaufzusteigen und die Tür seines Schreibzimmers hinter sich abzuschließen ... Schämte sich, daß er immer noch die eiserne Tür in der Wand öffnen, die grauen Seiten auf dem Pult ausbreiten und sie bei Kerzenlicht lesen konnte – als könnte darauf etwas sub specie aeternitatis Wichtiges festgehalten sein ... Daß er sogar die Feder nehmen und die Aufzeichnungen fortsetzen konnte:

Anno 1571, den 12. Januar, ist noch ein Haufe von Russen mit großem Geschütze und Feuermörsern angekommen, und sie haben den 13. Januar gegen Nacht zwischen St. Johannis und der Kupfermühle in großer Kälte geschanzt und in selbiger Nacht angefangen, in die Stadt zu schießen, und Kugeln von 16 und 25 und auch von 6 Pfund hineingeschossen. Aber sie haben nicht viele Leute verletzt, sondern allein einen Büchsenschützen auf dem Walle und zwei arme Frauen, livländische Schwestern, mit einem Schuß erschossen.

Den 16. Januar hat der Russe eine andere Schanze vor der Lehmpforte, auf dem Bleeksberg, errichtet, daraus die Feuerbälle und Steinkugeln in die Stadt geschossen und nicht ein Haus oder einen Menschen beschädigt.

Den 17. Januar hat der Russe das schöne Spital oder Pokkenhaus vor der Großen Strandpforte eingenommen und etliche Geschütze dorthin gebracht und sich darin verschanzen wollen. Aber die Revaler haben ihm nicht lange Frist gegeben, sind stracks denselbigen Tag mit großer Macht ausgefallen und haben sich mit den Feinden geschlagen. Aber dieweil die Russen einen großen Vorteil an den großen Bauten innehatten, da eine starke Mauer an der einen und ein starkes Plankwerk an der anderen Seite herumging, woraus sie große Waffen steckten und viele Revaler verletzten, da haben die Revaler wieder in die Stadt zurückweichen müssen und einen gefangenen Deutschen mitgebracht. Als sie nun denselbigen examiniert und alle Kundschaft aus ihm heraus hatten, sind sie stracks gegen den Abend in einem dichten Haufen zum anderen Male wiederum ausgefallen und haben selbiges Pockenhaus gestürmt, die Feinde mit Gewalt hinausgeschlagen und ihrer viele umgebracht und das Haus angesteckt und geschliffen.

Den 30. Januar haben die Revaler die Kirche in Fischermai niedergebrannt, die Kirche, welche im Oktober ein gewisser Mann offenbar doch hatte retten können, und sogar die Brandstätte dem Erdboden gleichmachen lassen, ich sage: aus Torheit und ohne jede Not.

Den 3. Februar hat der Russe über 2000 Schlitten, mit Raubgut vollgeladen, aus dem Lager nach Rußland geschickt.

Den 22. Februar hat der Russe noch eine Schanze auf der Reeperbahn vor der Großen Strandpforte erbaut, daraus er greulicher geschlagen und mehr Steinkugeln und Feuerbälle in die Stadt geworfen als vorher, aber keinen sonderlichen Schaden getan, nur einen Büchsenschützen auf dem Olaiturm und einen schwedischen Landsknecht und einen Hofknecht auf dem Süsterwall erschossen.

Den 25. Februar entschlief im Herrn der aus Schweden gebürtige Adjunkt der Nikolaikirche, Heinrich Harder, ein *scharfsinniger Prediger, der sich an der Pest angesteckt, als er Kranken das heilige Abendmahl gereicht. Wiewohl er mit den Pestkranken weit weniger zu tun hatte als etliche andere … (Bis Ende des Monats hatte die Pestilenz in allen Gemeinden zusammengenommen fast tausend Menschen dahingerafft, worüber offen zu reden der Rat verbot.)*

Ja, möglich, daß es in gewisser Weise gerade sein Gewissen war, das Balthasar allmählich Mut verlieh. So daß er mitunter im ernstesten Moment, wenn er mit einem Sterbenden betete, nicht nur für jenen, sondern auch für sich beten mußte: »Herr, hilf mir, vertreibe aus meinem Herzen den teuflischen Stachel kleinlicher Schadenfreude …« So auch, als man ihn an einem der letzten Februartage ans Sterbelager von Herrn Martin Loop rief.

Dieser gehörte, als einstiger Gehilfe des Ratsschreibers, zur Heiligengeistkirche. Viele Jahre lang hatte Balthasar ihn gleichsam nicht bemerkt (Herr Loop war jetzt, wie auch Herr Topff, schon lange im Ruhestand), trotzdem erkannte er ihn sofort. Selbst mit dem von der Pest angeschwollenen Hals, der ihn stark entstellte, war Loop immer noch derselbe: greisenhaftes Kindergesichtchen und unverändert klägliches Benehmen. Wie an jenem einem Traum gleichenden frühen Morgen im Kleinen Saal des Revaler Rathauses, als er den struppigen, stoppelbärtigen Bauern den Brief des Ordensmeisters Kettler unter die Nase hielt und ihnen das an der Rolle baumelnde Wachspetschaft in die Hände drücken wollte, damit sie es befühlten. Als er ihnen ins Gesicht log, der Brief enthalte ein – in Wirklichkeit nicht vorhandenes – Versprechen: »Dann will ich dafür Sorge tragen, daß alle ihre Beschwerden gegen die dreist gewordenen Gutsherren geprüft werden und gottgefällig Recht gesprochen wird zwischen ihnen und ihren Herren und daß ihnen ihre Rechte verbleiben von Kind zu Kindeskind …« Eine vor zehn Jahren ausgesprochene und obendrein nicht von Herrn Loop ersonnene Lüge, heuchlerische Worte, trügerische Träume, von der steinernen Walze der Zeit zu Staub zerrieben, in etwas verwandelt, was noch weniger war als Staub. Und dennoch ...

Herr Loop lag auf einem zerknüllten Bett unter einem Baldachin; der sieche Leib war seltsam auseinandergezogen, die knochige Brust unter dem violetten Hemd gespannt, das graue Kinn nach oben gereckt, die Winkel des zahnlosen, schwarzen, halboffenen Mundes hingen herab (wie bei dem kleinen Löwen mit dem Hundeschnäuzchen, der auf dem Bezug eines Ratssessels mit Simson kämpfte). Balthasar flößte ihm aus dem Becher Abendmahlswein ein und sprach: »Deine Sünden werden dir vergeben ...« Und dachte dabei: Herr, Du dort oben, über den Wolken, Du vergibst ihm – vergib denn auch mir, daß ich unten, mitten im Staub, in dem wir alle kriechen, ihm nicht ganz vergeben kann ... In diesem Moment tat Herr Loop pfeifend seinen letzten Schnaufer und regte sich nicht mehr. Dabei blickte er Balthasar mit verzweifelten Augen an, als hätte er seine Gedanken gelesen und sei fortgegangen, bevor Balthasar seiner Starrköpfigkeit Herr geworden ...

Vielleicht war Balthasar, weil er Herrn Loop gegenüber ein schlechtes Gewissen hatte, zum Bäcker Slachter in der Ritterstraße, an dessen Sterbelager er am Abend desselben Tages stand, besonders aufmerksam.

Viele Jahre kannte er diesen gleichsam in Milch eingeweichten Alten mit dem welken bleichen Gesicht und den schütteren grauen Haaren. Und im vorigen und vorvorigen Jahr war ihm unter den Sekundanern und Primanern der Lateinschule Slachters Sohn Michel aufgefallen. Nicht lange vor Ausbruch der Seuche, ja auch jetzt noch, während der Pest, hatte Balthasar über Märten bei Slachter des öfteren Brötchen mit Kardamom bestellt und sie seinem Schwiegervater ins Haus geschickt. (Gewisse Tricks des höflichen Bräutigams kennt eben auch ein Ungehobelter!) Nun, da er am Bett des Bäckers stand, rechnete er erleichtert nach, an welchem Tag er das letztemal Kardamombrötchen bestellt hatte: Es war vor acht Tagen gewesen. Gott sei Dank, damals mußte der Meister noch gesund gewesen sein.

Balthasar reichte dem Alten das heilige Abendmahl. Vom Leib und Blut des Herrn schien diesem für einen Moment leichter zu werden, schien das Fieber nachzulassen. So daß Balthasar zusammen mit dem Kranken betete. In deutscher Sprache, was sich bei Slachter von selbst verstand. Als das Gebet zu Ende war, ließ der Alte Balthasars Hand nicht los. Im Gegenteil, noch fester umklammerte er sie mit seinen fieberheißen, vom ständigen Umgang mit Teig seltsam glatten Fingern und flüsterte plötzlich auf estnisch: »Pastor ... eine Bitte ... Ich habe noch etwas auf dem Herzen ... bevor ich ... Ich habe Euren Vater gekannt – den alten Siimon ... Er war ein Mann, der sein Wort hielt ... Nur Gott der Herr hört uns ... Ich bin in Reval ein Deutscher geworden ... Und bin doch ein Hiesiger ... Aus dem Johanniskirchspiel in Harrien ... woher auch Siimon stammte ... Allerdings nicht aus Kurgla ... Aus Hallinap. Aber auch Ihr seid ja ... ein deutscher Herr ... Ihr riecht kein bißchen mehr nach Dorf ... Und mein Sohn Michel ... Ihr erinnert Euch doch von der Lateinschule her an ihn? ... Auch ihm ist es gelungen, ein Deutscher zu werden ... Die Rostocker Hohe Schule ... Ich bitte Euch ... wenn er zurückkommt ... er hat weder Verwandte noch Freunde in der Stadt ... kümmert Euch um ihn ... Versprecht mir das.«

»Ich verspreche es«, sagte Balthasar bewegt. Nicht nur, um seine Hand schneller aus der des Alten zu befreien oder um Gott zu beschwichtigen und den Hochmut wiedergutzumachen, den er am Bette des Herrn Loop gezeigt hatte, sondern weil er sich wirklich an den angenehmen Michel Slachter erinnern konnte.

Als man Balthasar am nächsten Morgen die Nachricht brachte, der alte Slachter sei in der Nacht verschieden, bekräftigte er im Geiste das Gelübde, Michel beizustehen. Und gewann daraus (wie so oft in ähnlichen Fällen) ein klein wenig Lebensmut hinzu. Übrigens, was diesen betraf, so wußte Gott allein, wovon dieses Rinnsal gespeist wurde und wieso es selbst beim größten Entsetzen nicht versiegte. Wahrscheinlich war es nicht nur das Gewissen, sondern auch die Hoffnung, die sich über ihn grämte. Blinde menschliche Hoffnung. Dieselbe Hoffnung, die stets nach dem rettenden Strohhalm greift, diesen aber im Grunde genommen nicht braucht, die selbst viel größer ist als ein Strohhalm, zumindest nicht kleiner als ein guter Bambusstock, mit den Bleikugeln der Sorge als Gleichgewicht an den Enden, um über das schwindelerregende Seil der Turmgaukler zu gehen ... Oder die selber dieses schwindelerregende Seil ist, um darauf zwischen Leben und Tod zu balancieren. Und vielleicht ist sie gar der Seiltänzer, die Hoffnung, die doch der Mensch selbst ist?

Wie auch immer, jedenfalls konnte sich Balthasar am Abend einmal mehr etliche Zuber heißen Wassers mit Teerseife über den Kopf gießen, seinen vom Dampf aufgeweichten, brennenden Körper mit gequollenen Wacholderruten bearbeiten, sich alle sieben Kranken- und Sterbelager und die neun Beerdigungen des Tages vom Leibe peitschen, sich aus den Waden die Müdigkeit vom Klettern auf alle Türme und Wehrgänge der Stadtmauer schlagen, aus dem Hinterkopf die Schlaflosigkeit vertreiben. Konnte saubere Kleider anziehen, die den Duft des rauchenden Lorbeers lange bewahrten, und sich in die Raderstraße in Gandersens Haus begeben ... Und oben in Elsbeths Zimmer in der Fensternische auf der Steinbank sitzen (während Elsbeth an der gegenüberliegenden Wand unter dem Spiegel saß – denn Balthasar hatte das Gelübde getan, sie nicht mehr anzurühren, bis sie getraut wären; hatte das Gelübde freiwillig getan, um sich zu strafen, das heißt, um dem Herrn mit mehr Recht die Rettung vor Tod und Krieg abzuhandeln und letztendlich doch zum Altar zu gehen).

Ja, es kam vor, daß er spätabends dort war. Oder zusammen mit dem Hausherrn und den Gesellen unten, in der Gandersenschen Diele, wohin ihnen Elsbeth auf Geheiß des Vaters einen Krug durchsichtiges, mit Ingwer gemischtes Bier brachte – das sollte das Herz ordentlich gegen die Krankheit stärken. Balthasar trank zur Herzstärkung und beobachtete, wie sich das Kerzenflämmchen in Elsbeths dunkel, ja schwarz gewordenen Augen spiegelte, wie ihr im flackernden Lichtschein braun schimmerndes Gesicht immer brauner und durchsichtiger wurde, gleichsam immer ferner und dennoch immer begehrenswerter. Und er befleißigte sich, während des allgemeinen Geplauders etwas zu erzählen, was den Abglanz eines Lächelns auf Elsbeths allzu ernste Lippen zaubern konnte. Natürlich erkundigte sich Balthasar, wie die Dinge in Gandersens Haus stünden. Nein, mit Gottes Hilfe hatte die Seuche bis jetzt einen Bogen um sie gemacht, obwohl gleich nebenan, in den Häusern der Ritter- und Raderstraße, mehrere Dutzend Menschen gestorben waren. Zur Gerberei hinter dem Bleeksberg gab es seit Beginn der Belagerung keinen Zugang mehr. Daher hatte sich der alte Gandersen genötigt gesehen, hier im Hof, in der massiven Scheune, etliche Gerberfässer in die Erde eingraben zu lassen. Der vorzügliche Eichengeruch vom Gerben der Häute war es auch (ganz zu schweigen natürlich vom Willen Gottes), der, nach Gandersens Ansicht, die Krankheit bis jetzt von seinem Hause ferngehalten hatte.

Balthasar seinerseits erwähnte neue Fälle des Faulfiebers, soweit er davon gehört hatte (mit Gottes Hilfe schienen es in der dritten Woche weniger geworden zu sein), und verbreitete sich erfreut und zuversichtlich über diesen oder jenen Fall der Genesung, der ihm bekannt geworden oder den er sogar selbst erlebt, wie zum Beispiel die Geschichte mit seinem eigenen Glöckner und Famulus, seinem alten Freund Märten Bergkam.

Irgendwann Mitte Februar, an einem der Tage, da die Seuche am heftigsten wütete, waren Märten und er, von Sterbenden irgendwo an der Schmiedepforte kommend, auf dem Heimweg gewesen. Schweigsam, fast gänzlich stumm gingen sie dahin, wie immer in der letzten Zeit. Plötzlich blieb Märten an der Ecke Ritter- und Schmiedestraße stehen und lehnte sich an die Mauer. Es war Nacht, und der Widerschein der Laterne tanzte auf seinem Gesicht, so daß man nicht erkennen konnte, wie

Märten aussah; er drückte Balthasar die Laterne und das Glöckchen in die Hand und sagte: »Pall, geh nach Hause. Ich komme nicht.«

»Warum nicht?«

»Mir ist schlecht. Ich gehe ... dorthin ... um die Ecke. Ins Siechenhaus. Sie werden mich schon einlassen.«

»Du bist verrückt! Was hast du?«

»Na was schon ...«

»Gehen wir nach Hause«, sagte Balthasar, vor Schreck war ihm die Kehle wie zugeschnürt.

Er faßte Märten unter. Zu seinem Entsetzen spürte er, wie dieser sich von der Mauer löste und aufs Pflaster rutschte; der Kasten mit den Abendmahlsutensilien, der an seiner Schulter hing und den er gerade hatte abnehmen wollen, polterte auf die Pflastersteine, wie Steine auf einen Sarg.

»Ich will nicht. Wozu? Dein Haus ist noch rein. Im Siechenhaus aber sind sowieso mehr als ein Dutzend Kranke.«

»Laß uns nach Hause gehn«, meinte Balthasar. Er hob Märten auf und lehnte ihn gegen die Mauer.

»Hol's der Teufel, ich hab doch gesagt, ich geh nicht. Du hast das Haus voller Leute. Bring mich bis zur Tür des Siechenhauses.«

Balthasar führte Märten zum Siechenhaus. Auf sein Klopfen kam der Nachtwächter heraus, dann der Verwalter. Balthasar befahl, Märten einen guten Platz zu geben. Er sagte zu ihnen: »Schweigt. Fünftausend Menschen sind von zwei Fischen satt geworden, da werdet ihr doch wohl sauberes Stroh und einen eigenen Winkel für ihn finden!« Während sie das taten, war Märten schon fast bewußtlos. Als sie ihn aufs Stroh gebettet hatten, nahm Balthasar eine Kerze und untersuchte ihn. Die Leistengegend war geschwollen und blau angelaufen. Vor Schmerz biß Märten die Zähne zusammen und murmelte: »Geh nach Hause ... Soll Päärn die Glocken läuten ... Dann werd ich ... überall ...«

Balthasar befahl, einen Pestwärter zu holen, und dieser öffnete Märten die Beulen. Am Morgen, als Balthasar ihn besuchen kam, war der Kranke besinnungslos. Sein Gesicht war spitz und bleich geworden. Der Mund war verzerrt, die Augen fest geschlossen und dabei zornig zusammengekniffen, als blicke er in eine unsichtbare Sonne. Balthasar hatte dergleichen in letzter Zeit mehr als genug gesehen, um endgültig abzustumpfen. Trotzdem war ihm, während er an Märtens Lager stand, als verliere er einen Teil seiner selbst; zum erstenmal hatte ihn diese Empfindung während des Brandes in Fischermai überkommen, und jetzt beherrschte sie ihn völlig ... Aber was blieb ihm übrig, als ebenso fest wie sein sterbender Freund die Zähne zusammenzubeißen und sich zu sagen: Und doch ist alles, was Gott tut, wohlgetan; ich glaube, ich glaube, ich glaube, credo, credo, credo, quia absurdum – und die letzten Worte auszuspeien ... Er wollte Märten auf den Tod vorbereiten, doch der war bewußtlos, so daß er ihm die Sakramente nicht reichen konnte. Er faltete Märten die erkaltenden Hände auf der Brust, beugte sich über sein bleiches Gesicht und sagte: »Sprich mir nach: Herr, in Deine Hände ...«, wurde aber sogleich inne, daß Märten ihn nicht hörte, und brach mitten im Satz ab. Nicht nur, weil der Freund seine Worte nicht vernahm. Auch, weil ihm ein Strahl teuflischer Hoffnung aufleuchtete: Wer weiß, vielleicht hängt davon, ob ich mitten im Satz aufhöre oder ihn beende, etwas ab ...

Am nächsten Morgen kam Balthasar wieder, aber Märten war schon in der Nacht gestorben, und man hatte ihn vor Tagesanbruch begraben.

In jener Nacht hatte Pastor Bussow drei im Siechenhaus gestorbene Pestkranke der Erde übergeben. Ein frisch aufgegrabener Flecken Erde neben dem Assauweturm, ganz dicht an der Mauer, von den Füßen der Stadtverteidiger zertrampelt, war das einzige, was der Verwalter Balthasar zeigen konnte. Balthasar betrachtete dieses mit Kieselsteinen bedeckte Stückchen Erde und hätte am liebsten geschworen: Hier lasse ich, so Gott will, eine Steintafel aufstellen, auf der stehen soll: Hic requiescit in pace Dei Märten Bergkam Aedituus Sancti Spiritus. Doch im selben Moment fiel ihm ein: Auf dem Grabe des Vaters – nur die Asche der Kirche von Fischermai schützte es jetzt davor, vom Fuße des Feindes zertreten zu werden – stand schon lange ein Stein, die versprochene Inschrift aber war bis heute nicht eingemeißelt ... Einen zweiten Schwur tat er nicht.

Und das war gut so. Am elften Tag nach Märtens Tod, morgens gegen zehn Uhr, stand Balthasar in der Sakristei des Pastorats. Er hatte das Wandschränkchen aufgeschlossen und nochmals das Testament des Bäkkermeisters Slachter gelesen, das der Verstorbene ihm anvertraut hatte, hatte es dann zurückgelegt und das Wandschränkchen wieder abgeschlossen. Laut Testament hatte Slachter ihm fünfhundert Mark zur Aufbewahrung hinterlassen. In diesem Moment klopfte es an der Tür. Balthasar drehte sich um und sah zum erstenmal in seinem Leben einen Geist. Märtens Geist. Nach Grab riechend und unwahrscheinlich mager. Durchsichtig grau. Weil es aber *Märtens* Geist war, erschrak Balthasar nicht sonderlich. Selbst aus dem Grabe kommend, konnte Märten ihm nichts Böses wünschen ... Eines aber war Balthasar sofort klar: Das unverhoffte Erscheinen des Geistes (noch dazu zu dieser Tageszeit) konnte nur bedeuten, auch seine, Balthasars, Stunde hatte geschlagen. Er bekreuzigte sich, und sein Hirn erfaßte wie mit einem großen Fischernetz in einem einzigen Augenblick sein ganzes Leben, kreuz und quer – von Huntipäh und dem Kurglaer Rodeland bis hin zu den Universitäten und Herzogsschlössern, Lode und der Kanzel der Heiligengeistkirche. Und dennoch, dieses Netz hatte wohl zu große Maschen, um die vorbeihuschenden Fischchen aus dem unergründlichen funkelnden grauen Wasser zu ziehen. Alles floß gleichsam wieder ins Meer zurück, während sich das Netz selbst zusammenzog und in einen faustgroßen Klumpen verwandelte, der nun unter seinem Hemd hämmerte.

»Warum bist du hierhergekommen?«

»Wohin sollte ich wohl sonst gehen?«

»Hat dich Rüssow denn nicht nach christlichem Ritus beerdigt?«

Vielleicht war Märten doch nicht gekommen, um ihm die Todesstunde zu verkünden … Vielleicht war er um seiner selbst willen gekommen, wegen irgendwelcher Verstöße gegen den Ritus, die wiedergutzumachen Balthasar helfen sollte.

»Aber er hat mich ja gar nicht beerdigt.«

»Wie das? Man hat mir doch gesagt …«

»Sagen kann man viel! Ich verstehe, du glaubst, ich bin ein Geist. Aber ich lebe. Da, faß an …« Der Geist trat auf Balthasar zu und hielt ihm die rechte Hand unter die Nase. Da Balthasar zögerte, sie zu berühren, packte Märtens Geist ihn am Arm und schüttelte ihn tüchtig. »Na, siehst du – beinahe ein Skelett, das stimmt, und inwendig trotzdem quicklebendig!« Balthasar schwieg, und das Gespenst fuhr fort: »Dummkopf, glaubst du es noch immer nicht? Na, dann schau her: ein schönes Gespenst, das Suppe löffelt!«

Da erst bemerkte Balthasar, daß der Gast aus dem Jenseits in der linken Hand eine Schüssel mit Suppe hielt (als er über den Hof ging, hatte er sie dem Suppenverteiler abgeluchst). Jetzt zog er einen Zinnlöffel unter dem Rockschoß hervor und begann im Stehen gierig zu löffeln.

»Den zweiten Tag schon hab ich nichts im Magen, wie ein Floh auf einem Toten …«

»Erklär mir, wie geht das zu?«

Zu erklären gab es indes nicht viel. Balthasar hatte dem Siechenhausverwalter eine halbe Mark in die Hand gedrückt, damit er für Märten einen eigenen Winkel und ein Bett auftrieb (im Siechenhaus kamen derzeit auf hundert Plätze mehr als dreihundert Pflegebedürftige). Doch kaum war Balthasar aus der Tür gewesen, da hatte der Verwalter den halbbetrunkenen Nachfolgern der barmherzigen Samariter befohlen, Märten ins große Siechenzimmer zu schaffen, aus dem man eben jemanden in die Totenkammer getragen hatte. Am nächsten Morgen, als Märten bewußtlos lag, glaubten die Samariter (nun schon total betrunken, anders hätten sie diese Arbeit nicht ertragen), bei dem, den sie in die Totenkammer getragen, handle es sich um den von Herrn Balthasar hergebrachten Kranken. Daß ein Pestkranker noch ein paar Tage weiteratmete und sich dann auch noch aufsetzte und um Essen bat, dergleichen kam äußerst selten vor, höchstens in einem von zwanzig Fällen ... Balthasar dachte: Franziskaner, Jünger des heiligen Rochus, Beginen, Kölner singende Brüder – alles natürlich katholischer Unsinn reinsten Wassers. Doch was würde den Leidenden heute Erleichterung bringen, gäbe es diesen Unsinn nicht? Er fragte: »Aber Mann, warum hast du mir keine Nachricht gegeben, als du wieder zu dir gekommen bist?«

»Wozu. Wenn Gott entschieden hat, daß ich noch nicht krepieren soll.«

Ja, Märten war von den Toten auferstanden. Märten hatte die Pest überstanden. Märten war am Leben. Und Balthasar bereitete es großes Vergnügen, diese Geschichte im Gandersenschen Hause zum besten zu geben, besonders wenn Elsbeth zugegen war. Gern erzählte er sie wieder und wieder, nicht nur, weil sie alle, auch ihn, tröstete und ermutigte, sondern auch, weil sie wirklich den Schatten eines Lächelns auf Elsbeths Lippen zauberte.

Er erzählte sie um so lieber, als er gleichzeitig behaupten konnte: Gewisse Anzeichen zeugen davon, daß Magnus der Belagerung überdrüssig ist. Zweifellos. Und in seinem Lager wütet die Pest ebenso heftig wie hier in der Stadt. Vielleicht noch schlimmer. Man sagt, auch seinen Kanzler Conradus Burmeister habe die Pest ins Jenseits befördert. Alle Quartiermeister, Fähnriche und Brandmeister haben mir versichert, der Ansturm des Feindes sei weit schwächer als Anfang des Monats. Mag er auch noch in der vorigen Woche an der Großen Strandpforte neue Blockhäuser errichtet haben (vorgestern hat man sie wieder zerstört!), mögen selbst jetzt noch einige Kanonen die Stadt beschießen, wie wir hören. Trotzdem dürfen wir sagen: Wir können zuversichtlich sein.

Hoffnungsvoller denn je konnte Balthasar (immer noch oder schon wieder) – war er nachts durch die frischen, sonderbarerweise nach Frühling duftenden Schneewehen hinter der Kirche heimgekehrt – zwischen den Schläfern hindurchschlüpfen und nach oben zu seinem Schreibzimmer eilen. Konnte seine grauen Blätter hervorholen und an dem knarrenden Pult bei Kerzenlicht eine leere Seite vollschreiben …

Es hat aber während dieser Belagerung noch viel mehr Schlachten und Scharmützel an der Mauer gegeben, welche alle zu beschreiben unnötig ist, und allenthalben, ob nun zu den Toren oder gar zum Tönnisberg, sind Kriegsleute, junge Gesellen, Hausknechte und Jungen hingelaufen wie zum Tanz …, schrieb er und fühlte zugleich, daß in seinen Worten (also auch in ihm selbst, in seinem Bewußtsein, seinem Fleisch und Blut) eine sträfliche Leichtfertigkeit steckte, eine Oberflächlichkeit, die die Peitsche verdiente … Trotzdem schrieb er weiter. Keine Zeile, kein Wort, das er geschrieben, mochte er ausstreichen …

VIERTES KAPITEL,

darinnen wir uns ganz unverhofft und zu unserer eigenen Überraschung in gewisser Weise von dem Manne entfernen, dem wir getreulich gefolgt sind, und nun schon auf anderen Spuren wandeln. Insbesondere auf den Spuren hoher, knarrender Elchlederstiefel über einen alten, aber tadellos erneuerten Kalksteinfußboden, zwischen Wänden, die mit geschnitzten altertümlichen Wappen geschmückt sind – auf den Spuren von Stiefeln, Herzen, Erinnerungen, Bestrebungen und Intrigen, von denen jener unbeugsame Mann, dem unser Augenmerk bis dato galt, unerachtet seiner kindlichen Neugier nur eine verschwommene und höchst unvollständige Vorstellung hat

»Hermann, Jürgen! Der Vater wartet schon!«

Das war die Stimme des Hofmeisters Fabian. Sie kam wohl aus der Tür, die zum Hof hin offenstand. Von oben, aus dem weit geöffneten Fenster, beobachtete der Vater, wie die Jungen hinter dem Haus hervorliefen. Natürlich, sie waren ja in dem engen kleinen Hof auf der Meerseite gewesen, wo sie mit stumpfen Schwertern geübt hatten (um andere handhaben zu lernen). Seit dem Mittag war das Schwerterklirren an sein Ohr gedrungen, ebenso die Freudenrufe der Jungen, als sie in einer Pause über die Brüstung hinweggespäht und auf dem Meer drei Schiffe, drei schwedische Karracken, gesichtet hatten, die bei Nargen in den Meerbusen einbogen. Gottlob, seit dem Frühjahr bestand wieder Schiffsverkehr mit Stockholm. Die Jungen waren noch voller Eifer beim Schwerterschwingen, kamen aber, wie es sich gehörte. Umgehend – trapp-trapp-trapp. Weil Fabian sie gerufen hatte: Es sei schon Zeit, der Schatten vom Domturm falle auf die Hagebuttensträucher mitten im Hof. Auch waren sie gespannt, was ihrer harrte. Der Vater verlangte nicht, daß Fabian sie »Junker Hermann« und »Junker Jürgen« nannte. Wenn ihm auch mitunter schien, das würde sich ziemen. Dies schien ihm, sobald ihm einfiel, daß man in Spanien solche jungen Leute unbedingt mit »Don« anredete … Aber der Vater hatte schon lange eingesehen, daß hier nicht Granada war, nicht einmal Sizilien, sondern unser rauhes und in seiner Schlichtheit auf seine Weise stolzes Livland ... Gut so ... Die Jungen gehen über den Hof. Hermann und Jürgen. Fünfzehn und dreizehn. Der erste wird wohl schon bald ein Mann sein. Prächtige, gut gebaute Jungen. Nicht besonders klug. Etwas ungehobelt, ein bißchen zu laut (in der vorigen Generation gebärdeten sich solche jungen Hengste nicht ganz so wild wie heute), aber bald werden sie erwachsen sein und vollauf tauglich, dem König zu dienen, der für sie der beste ist ... Na, und für unser Livland sind sie geschliffen genug ... Schließlich stammt ja ihre Mutter aus dem alten angesehenen böhmischen Geschlecht derer von Schnideck ... Und auch der Vater ... immerhin schon in der dritten Generation ... Teufel, haben denn viele junge Edelleute einen *solchen* Vater vorzuweisen?

Die Jungen klopften an (nie betraten sie Vaters Zimmer, ohne anzuklopfen), und Herr Tönnis Maidel drehte sich zu seinen Söhnen um.

»Guten Tag, Vater.«

»Guten Tag, Jungs. Setzt euch.«

Die Jungen setzten sich auf die massive dunkle Holzbank an der leuchtendweiß getünchten Wand. Vom Paneelsims nahmen sie gewachste Tafeln und Griffel, um Fragen aufzuschreiben, sollten sich welche ergeben, und Fragen ergaben sich immer. Die Jungen rochen nach Staub und Schweiß, aber auch nach Wißbegier. Jaja, nach Wißbegier auch. Gott sei Dank. Es wäre töricht, ihnen die Geschichte seines Lebens, exempli causa, zu erzählen, wenn sie dabei am liebsten gegähnt hätten ...

»Hermann, wo sind wir letztes Mal stehengeblieben?«

»Beim Kaiser. Auf dieser Insel, wie heißt sie doch gleich ...«

»Mallorca«, sagte Jürgen.

Herr Maidel schaute aus dem Fenster. Vor dem lichten Junihimmel erhob sich über die roten Dächer des Bischofssitzes der blaugraue Turm der Domkirche, über den Rand der Bleikuppel spazierten Tauben. In der Ferne sah man unter dem hellen Himmel grünes dunstverhangenes Land und die undeutliche Linie einer

Straße durch die Viehweiden vor der Stadt, der Straße nach Hark, Kegel und Padis ... Herr Maidel runzelte die Stirn und schloß die Augen. »Richtig. Und euer Vater war damals zwanzig Jahre alt, er fuhr das erste Jahr unter spanischer Flagge. Vorgestern habe ich euch erzählt, wie ich dort hingekommen bin. Aus eigenem Antrieb, mit Erlaubnis eures Großvaters und auf den Rat des Komturs von Reval. Zuerst nach Deutschland, zum Heer des Herzogs von Braunschweig. Er warb zu jener Zeit Soldaten für Kaiser Karl an, und er brauchte junge Adlige, um Offiziere aus ihnen zu machen. Von Deutschland kam ich nach Holland. Dort steckte mich Admiral Pérez in die Flotte. Seiner Ansicht nach mußten alle Livländer gute Seeleute abgeben. In solchen Dingen ist der Zufall ja immer das Wichtigste. Im Frühjahr einundvierzig, als der Kaiser zu seinem großen Feldzug in die barbarischen Länder rüstete, da war ich schon auf der ›Despejado‹ im Mittelmeer. Eine kleine, sehr schnelle Galeere. Achtzehn Faden in der Länge, drei in der Breite und einen ganzen Faden Tiefgang. Mit vierzig Rudern, an jedem vier Ruderer. Im Bug Kanonen, ein Zwölfpfünder und zwei Sechspfünder. Und euer Vater befehligte sie. An sich war das Schiff mehr ein Vergnügungs- als ein Kriegsschiff. Wie Galeeren überhaupt. Unsere aber sollte vor allem die Verbindung zwischen den Segelschiffen aufrechterhalten, die Truppen beförderten. Zwei Masten. Dreieckige lateinische Segel, rot-gelb gestreift. An den Rahen, wie auf allen kaiserlichen Schiffen, rot-gelbe Wimpel, vier Faden lang.

Nun denn. Mein Kapitän war, wie ich euch schon sagte, Enrique Cortez. Enkel des ältesten Bruders vom berühmten Hernando, hieß es. Etwas älter als ich, aber bestimmt ein noch größerer Grünschnabel. Capitano natürlich auf Grund der Verwandtschaft. Hm.

Also. Eine ganze Woche lang lag die ›Despejado‹ auf der Reede von Palma de Mallorca. Die Offiziere fuhren hin und wieder mit einem Caique in die Stadt. Nichts Besonderes. Weißgetünchte Wände. Enge Gassen. Eine mächtige Kathedrale, ein uraltes Castillo, billige Kneipen. Schöne Mädchen natürlich auch, unter dem Rebozillo huschten die schwarzen Augen nur so hin und her. Etwas weiter weg erhoben sich Berge, apfelsinenfarben, wenn die Sonne unterging. Ach ja – ihr habt ja noch nie eine Apfelsine gesehen ... Dicht am Meer lagen Salzgruben, von ihren Dämpfen bekam man Fieber. Nun, endlich traf, von Sardinien kommend, der Kaiser persönlich mit der Vorflotte ein. Gleich wurde es zu eng in der Bucht. Boote, Rudergeplätscher, Verwünschungen, Musik, Schreie. Kostete es auch große Mühe, an Land zu kommen, stand auch eine doppelte Wache vor den acht Toren, so waren doch alle Schank- und sonstigen Wirtschaften in Palma ... Hm. Na ja ... Am fünfzehnten September stachen wir in See. Der Bischof persönlich kam an der Spitze einer Prozession in den Hafen, um das kaiserliche Flaggschiff zu besprengen, und beim Glockengeläut der sieben Kirchen liefen wir aus.

Ihr könnt euch vorstellen, was für ein Bild das war! Zweihundert große und hundert mittlere Kriegs- und Frachtschiffe nebst siebzig Galeeren. Die mächtigste Flotte, die das christliche Europa je gegen die Ungläubigen unter Segel gebracht hatte. Und was für eine Streitmacht wir an Bord der Schiffe hatten! Zwanzigtausend Mann deutsches, spanisches und italienisches Fußvolk und zweitausend Ritter zu Pferde. Die Blüte und das Salz der Adelsgeschlechter Deutschlands, Spaniens, Italiens, Maltas und Rhodos'. Und was für Heerführer! Kaiser Karl selbst. Und mit ihm wer? Alba! Cortez! Seisenegg! Gonzaga! Und der alte Andrea Doria als Großadmiral. Jungs, ich muß euch sagen, euch werden alle möglichen Verleumdungen über diese Leute zu Ohren kommen. Daß Kaiser Karl zeitlebens eine kranke Leber hatte, daß er selbst nie etwas entschieden hat. Oder daß er dumm war und sich mit Zähnen und Nägeln an jede von ihm getroffene unsinnige Entscheidung klammerte. Wenn er überhaupt mit einer so schwierigen Sache wie einer Entscheidung fertig wurde. Oder daß Herzog Alba in Holland jetzt die Leute zu Tausenden pfählen läßt und aufs Schafott treibt. Oder daß Cortez' in eisernen Harnischen steckende Soldaten die nackten Mexikaner wie Vieh abschlachten. Und daß Andrea Doria fünfmal den Herrn gewechselt hat, für den er kämpfte ... Aber hört ihr lieber auf das, was euer Vater über diese Leute sagt. Denn ich habe sie alle nicht nur mit eigenen Augen gesehen, ich habe auch Seite an Seite mit ihnen gekämpft. Und ich sage: Das waren Perlen in der Krone der Ritterschaft unseres Jahrhunderts! Alba zum Beispiel. Wann und wo hätte man je einen gesehen, der dem Monarchen ergebener war! Und Cortez! Er kannte keine Müdigkeit, als ob in seinem Harnisch kein Mensch steckte, sondern eine Zaubermaschine. Und Doria! ... Wie unvergleichlich erfahren in allem! Was aber all die Beschuldigungen betrifft, die so lauthals gegen diese Männer erhoben werden, so sei mir die Frage gestattet: Was hätte Alba mit diesen Käsehändlern, die sich wider ihren König empörten, denn sonst tun sollen? Und wie sonst hätte Cortez seinerzeit mit seinen siebenhundert Mann – mehr hatte er ja in Mexiko nicht –, wie sonst hätte er seinem Kaiser einen ganzen Erdteil zu Füßen legen können? Wie er selbst zu Karl gesagt haben soll (zu mir hat er es auch gesagt): einen ganzen Erdteil – wie einen grünen Teppich, auf dem trotz allem viel weniger Blutflecken sind als Goldstickerei.

Also. Am Fünfzehnten gingen wir unter Segel. Und am Zwanzigsten hätten wir an Ort und Stelle sein können. Selbst die langsamsten Segler hätten das schaffen können. Hätte uns das Wetter nur ein wenig begünstigt. Denn von Mallorca nach Algier sind es ja, in unseren livländischen Meilen gemessen, bloß etwas über fünfzig Meilen. Wir aber brauchten allein bis Cabrera drei volle Tage ... Ja-a. Doria hat den Kaiser inständig gewarnt, zu so später Jahreszeit sei den Launen des Mittelmeeres nicht zu trauen. Aber der Kaiser hat natürlich nicht auf ihn gehört. Der Kaiser sagte: ›Andrea, greisenhafte Vorsicht gereicht dem Manne nicht zur Zierde ...‹ Doria war damals schon über siebzig, in diesem Alter hocken Leute aus weniger festem Holz schon zu Hause ... Jedenfalls hatten wir vom ersten Tag an das Gefühl, seine Prophezeiung habe unser Vorhaben verhext.

Der Himmel über uns war grau, wie eine feuchte Grabtafel aus Revaler Stein. Und das dunkelgraue Meer wurde immer dunkler, je weiter wir nach Süden kamen. Der Wind aber wehte nur so lange, bis wir uns an Cabrera vorübergeschleppt hatten. Dann trat völlige Flaute ein, und die Segler kamen nicht mehr vom Fleck. Wir verlegten uns aufs Rudern, und unsere Flotte zog sich über mehrere Meilen auseinander ... Die Galeeren bewegten sich bei abscheulicher, drückender Hitze nur durch Ruderkraft vorwärts. Jungs, ihr könnt euch nicht vorstellen, was für ein Gestank dort herrschte!«

»Vater, was hat denn gestunken? Das Meer?«

»Dummkopf. Der Gestank kam von den *Ruderern.* Bei Wind spürte man ihn nicht so. Besonders nicht bei dem üblichen Seiten- oder Heckwind. Wenn aber eine Galeere bei windstillem, schwülem Wetter volle Fahrt macht ... Du merkst zwar, daß das Schiff vorwärts fliegt, aber der Kot, Urin und Schweiß dieses Abschaums stinken entsetzlich ... Die Offiziersräume im Heck schwammen denn auch die ganze Zeit im Strom dieses Gestanks. Unser Capitano Enrique, der im Duft andalusischer Rosen aufgewachsen war, mußte sich dreimal am Tag übergeben. Ich habe keine so zarte Nase. Trotzdem erklärte ich, ich müßte in der Nähe meiner Kanonen sein, und übersiedelte in den Bug, zum Bootsmann und zum Chirurgen. Dort war es erträglich. Nur die echten Hidalgos hielten eine solche Übersiedelung für unter ihrer Würde. Na ja. Am vierten Tag abends aber kam Sturm auf. Der erste Sturm. Er tobte drei oder vier Tage lang und trieb uns fast bis Sizilien zurück. Dann folgte wieder eine Woche zum Eierausbrüten: Man sah mit bloßem Auge, wie der Schimmel auf dem Brot wuchs. Hinterher wieder eine Woche lang Sturm. So kam es, daß wir diese Entfernung nicht in fünf Tagen, sondern in fünf Tagen und einem Monat zurücklegten. Und niemand zweifelte mehr daran, daß unser Unternehmen verhext sei. Nur, daß es unser Admiral getan hatte, wollten wir partout nicht glauben. Denn hatte er auch auf seiten der Franzosen gegen unseren Kaiser und auf seiten des Papstes gegen die Franzosen und auf seiten des Kaisers gegen den Papst und die Franzosen gekämpft, so doch nicht mit den Muselmanen gegen die Christen. Verhext hatten uns natürlich die Ungläubigen selbst. Die Zauberer von Numidien, Kabylien und den Atlasbergen, dort waren alle Märkte, alle Höhlen und Klüfte voll von ihnen, die Ungläubigen hatten ihre Dämonen gegen uns geschickt! Daß wir kamen, wußten sie selbstverständlich schon lange. Schließlich sahen wir fast jeden Tag ihre Segelschiffe am Horizont.

Nun, am zwanzigsten Oktober waren wir endlich an Ort und Stelle. Am Morgen erblickten wir das Küstengebirge. Seltsame graue Abhänge unter grau verhangenem Himmel. Statt einer Stadt – ein verschwommenes weißes Häuflein von Ameiseneiern. Freilich, der Haufen war ziemlich hoch. Seine Spitze reichte bis zur halben Höhe des grauen Abhanges. Natürlich segelten wir nicht geradewegs auf die Kanonen am Fuße der Stadt zu. Wir bogen rechtzeitig nach links ab und liefen eine halbe Meile weiter südlich in eine Bucht ein.

Im Schutze der Kanonen ruderten unsere Truppen ans Ufer. Die ›Despejado‹ mit ihrem Tiefgang von einem Faden fuhr selbstverständlich in der ersten Reihe mit. Ich stand an Bord neben unseren drei Kanonen und feuerte. Alle unsere Schiffe spuckten ihr Eisen gleichzeitig ans Ufer. In einem einzigen Augenblick feuerten gewiß tausend Kanonen auf einmal – das war ein Mehrfaches dessen, was nötig war, um uns beim Anlaufen des Ufers zu decken. Die wenigen spärlichen Abteilungen türkischer Reiter nahmen auch sofort Reißaus.

Da ließ mich Capitano Cortez zu sich rufen. Ich muß sagen: Er war recht bleich. Auf dem Tisch in seiner prächtigen Kajüte aber stand ein Glas Malaga, und ich glaubte, er mache sich über mich lustig, als er sagte: ›Dionysio, ich habe einen Auftrag für dich. Heute gegen Morgen hatte ich einen Traum. Meinem Onkel Hernando droht hier an Land großes Unglück!‹ Er verstummte, denn die Kanonen machten einen Höllenlärm. Als es wieder etwas ruhiger wurde, flüsterte er mir ins Ohr: ›Nur eines kann ihn retten, es wurde mir im Traum gezeigt. Schau, das ist eine heilige Reliquie. Die Spitze eines Pfeils, den man dem heiligen Sebastian aus dem Leib gezogen hat. Wenn der Onkel diese Reliquie auf der Brust trägt, ist er gegen Schwert und Kugel gefeit.‹ Er reichte mir eine schöne Schatulle aus Holz, in der die Pfeilspitze lag. ›Onkel muß man beschützen, verstehst du. Wenn sie selbst nicht daran denken. Besonders dann, wenn es Onkel sind, die sich später zeitlebens an die erinnern, die sich um sie gesorgt haben. Ich selbst aber kann nicht an Land gehen. Darum mußt du ihm diese Schatulle überbringen. Erzähl ihm von meinem Traum und meiner Sorge um ihn. Et cetera.‹

Nun, ich sagte: ›Wird gemacht, Capitano. Nur, warum, wenn ich fragen darf, wird gerade mir dieser Auftrag zuteil?‹ (Schließlich war ich mit diesem jungen Herrn nicht sonderlich befreundet.) Er aber entgegnete: ›Gerade dir, weil du Katholik bist, wie es sich für einen Adligen gehört, und andererseits, weil du aus einer vom lutherischen Unglauben verseuchten Gegend kommst und folglich an Reliquien wenigstens so viel zweifelst, daß du sie nicht stibitzt.‹

Ha-ha-ha! Nun, Befehl ist Befehl. Auf dem Schiff zu bleiben war gefährlicher. So schien es jedenfalls. Nun, ein Leutnant, der so schnell wie möglich Kapitän werden will, sucht kein ruhiges Plätzchen. Unter den Spaniern war Hernando Cortez der berühmteste Name. Und für einen jungen Mann kann die Berührung mit großen Leuten nur von Vorteil sein. Wenn er Köpfchen hat. Und wenn diese Leute wirklich richtige Herren sind, merkt euch das.

Ich sprang in ein Caique, und vier Ruderer fuhren mich. Bis zum Ufer waren es ganze dreihundert oder vierhundert Ellen. Ihr könnt mir glauben: Sogleich lebte der böse Zauber wieder auf. Ich war kaum ins Boot gestiegen, als es zu regnen begann. Nach dem zehnten Ruderschlag goß es so stark, daß Flotte und Ufer außer

Sicht kamen. Mein Ziegenfellwams war im Nu völlig durchnäßt, und wahre Sturzbäche gingen von meinem Hut nieder.

Unweit der Mündung eines kleinen Flüßchens legten wir an, und ich schickte das Boot zurück, denn mir war klar: Vor morgen konnte ich den Auftrag nicht ausführen. Die ersten von unseren an Land gegangenen Soldaten, auf die ich bei dem Platzregen stieß, waren Seiseneggs Deutsche. Sie sagten mir, die Spanier seien irgendwo weiter nördlich. Wegen des Regens konnte man noch immer nichts erkennen. Ich betrat das Feldlager der Deutschen, ringsum herrschte fürchterliches Gefluche und Gebrülle, da die Männer ihre Zeltplanen nicht finden konnten und immer nasser wurden. Ich befand mich, wie sich erwies, im nördlichen Teil ihres Lagers und versank beständig in gräßlichen Moor- und Salzlöchern (später erfuhr ich, es waren die unweit vom Meer gelegenen Hammasümpfe). Bis zum Gürtel durchnäßt, fand ich schließlich den Weg aus dem Sumpf und übernachtete zusammen mit einigen Offizieren in einem verlassenen Araberhaus. Am anderen Morgen stieß ich jenseits der Hammasümpfe auf das Lager der Spanier. Don Hernando aber war mit seinen Abteilungen schon in Richtung Stadt gezogen.

Den lieben langen Tag jagte ich hinter ihm her. Durch eine Wirrnis aus Deutschen, Italienern und Herzog Albas Spaniern. Durch Felsenlabyrinthe und über aufgeweichte Wege. Wobei in der Umgebung der Stadt, hinter den Anhöhen, den ganzen Tag über bald heftigere, bald schwächere Scharmützel entbrannten. Das Wetter aber war noch immer unverändert, hin und wieder regnete es, und jetzt war der Regen eisig kalt. Die Wolken schleppten sich an den Bergkämmen entlang, in den Schluchten aber heulte der Wind. Obendrein war ich so hungrig, daß ich die Schäfte meiner eigenen Stiefel hätte essen mögen.

Erst nachmittags holte ich westlich der Stadt, am Berge Sidi Medjabar, Don Hernando ein.

Es sah so aus, als bereitete der Pfeil des heiligen Sebastian ihm Vergnügen. Er steckte ihn an den Busen, fragte mich über seinen Großneffen aus und erkundigte sich, ob ich schon zu Mittag gegessen hätte. Das war ein echter Feldherr! Sogar beim Pfeifen der Kugeln fand er Zeit dazu. Und mit der anderen Hand zeigte er seinen Capitanos, wie sie die Araber umzingeln sollten.

Ach, wie er aussah? Ein Estremaduraer Adliger. Damals schon an die Sechzig. Äußerlich war nichts Besonderes an ihm. Ergrauter Ziegenbart. Braune Augen. Gelbe Zähne. Aber mir fiel auf: Wem er lange in die Augen sah, der schlug den Blick nieder. Er hatte ein heiseres Lachen, und wenn er lachte, lachten alle mit. Nicht, weil es komisch war, sondern aus Respekt. Nun, ich sagte, ich wolle sofort wieder ans Ufer, um aufs Schiff zurückzukehren. Doch er widersprach: ›Dort gibt es nichts für Euch zu tun. Hier aber müssen wir die Stadt einnehmen. Bleibt bei mir!‹

Ich hatte nichts dagegen, wie ihr Knirpse euch wohl denken könnt. Don Hernando sagte: ›Wir müssen uns mächtig anstrengen, bevor wir die Stadt belagern können. Auf ihren verfluchten morastigen Wegen bleiben unsere Kanonen zu oft stecken. Und ich verstehe nicht, warum, zum Teufel, hat man uns keine Pferde mitgegeben? Hinter jedem Hügel wimmelt es von arabischen Reitern!‹

Ja. Er befahl, einen Helm und leichte Waffen für mich zu beschaffen. Alles paßte mir. Nur an den Handgelenken war der spanische Harnisch zu eng für meine livländischen Knochen. Ich war unter den Spaniern, die gegen Abend zum Berg Medjabar durchbrachen. Diese verdammten Araber hatten sich verdrückt, bevor wir mit ihnen die Klinge kreuzen konnten. Der Westteil der Stadt aber war von dort deutlich zu sehen. Ihr Graben war flach und mit Abfällen zugeschüttet, die Mauer an der Außenseite ganze dreißig Fuß hoch. Abends kratzte ich eine geschlagene Stunde lang den Dreck von mir ab, bevor ich mich, wie befohlen, in Don Hernandos Zelt einfand.

Was dort geschah? Man setzte uns ein kärgliches

Abendessen vor. Wie bei den Spaniern immer. Don Hernando war ein richtiger Asket. Nebenbei gesagt, jeder manierliche Mensch, selbst wenn er alles andere ist als ein Asket, hat nur Verachtung dafür übrig, wie man in Livland schlingt.

Don Hernando aber interessierte nur die *Macht.* Sogar mehr als Gold. Und Gold auch nur, weil es metallgewordene Macht ist. Doch ich war so hundemüde, daß ich mich längst nicht an alles erinnern kann, was da gesprochen wurde. Es waren auch mehrere Offiziere zugegen, die Seite an Seite mit ihm in Mexiko gekämpft hatten, und die Anwesenden baten Don Hernando, zu erzählen, was dort geschehen war. Mir fielen fortwährend die Augen zu, und ich kniff mir in die Schenkel, um nicht einzuschlafen. Ich weiß noch, man sprach über die entsetzlichen Menschenopfer der Azteken, über Pyramiden inmitten blutiger Seen und davon, wie entsetzlich verräterisch dieses Volk sei. So verräterisch, daß man bei ihnen hart durchgreifen müsse. Ebenso wie hier in Livland bei den Undeutschen. Und wieviel Gold sie hätten. Doch wieviel Gold er ihnen für den Kaiser abgenommen hatte und wieviel für sich selbst, das sagte Don Hernando nicht.

Don Hernando versprach, uns am nächsten Abend, wenn die Stadt endlich in unserer Hand wäre, von der ›Nacht des Unheils‹ zu erzählen. Von jener Nacht im Jahre zwanzig, wo er sich, jeden Fußbreit Boden mit Blut besprengend, mit seiner winzigen Abteilung aus der aufrührerischen Hauptstadt der Azteken den Weg gebahnt hatte und entkommen war. So daß jene Schrekkensnacht für sie alle die Nacht eines großen Triumphs geworden war.

›Hier, in Algier‹, bemerkte einer seiner Capitanos, ›brauchen wir weder auf solchen Triumph zu hoffen noch auf solches Unheil. Leider. Und zum Glück natürlich.‹

Dann sprach man auch über die algerischen Angelegenheiten. Wir seien ja in Afrika, um der frechen Piraterie der Algerier auf dem Meer ein Ende zu machen. Das war allen klar. Die christliche Welt dürfe diese Greuel nicht länger hinnehmen. Bei Don Hernando wurde erzählt (ich weiß noch, daß wir schrecklich darüber lachten): Die Muselmanen sollen erklärt haben, daß sie einen heiligen Krieg gegen uns führen, da die Christenhunde ihre angestammten Gebiete an sich reißen und ihnen die Freiheit der ehrlichen Seefahrt nehmen wollen …

Ich erinnere mich noch gut an das besondere, märchenhafte Gefühl, mit dem ich im Nachbarzelt einschlief … Ich hörte, wie der Wind in den Gebirgsschluchten heulte, wie die Zeltbahn im Winde flatterte und die Wachen die Parole riefen. Ich aber dachte an Mexiko. An Kabylien und an Livland. Und an dieses Steinhaus am Rande der Revaler Oberstadt, wo fünf Generationen unseres Geschlechts gelebt haben …«

»An das hier, in dem wir jetzt sitzen?«

»Nun ja … Und an die ganze große Welt, wo diese Herren Helden- und Wohltaten vollbracht hatten. Und wo nun auch ich war … Wie ein Pfeil auf einer gespannten Bogensehne … Und daran, daß ich den Pfeil des heiligen Sebastian nicht mehr an meiner Brust trug. Wer weiß, vielleicht bot er einem doch irgendeinen Schutz … Tags darauf wurde mir klar, daß gegen die dortigen Zauberer und Teufel heilige Reliquien kein bißchen helfen. Wenigstens nicht bei ihnen zu Hause. Denn in unserem spanischen und italienischen Heer wurden gewiß einige Wagenladungen von diesem heiligen Gut mitgeführt …

Am nächsten Morgen sandte der Kaiser einen Herold in die Stadt: ›Seid nicht töricht, ergebt euch!‹ Ihr Oberbefehlshaber Hascen Aga aber spuckte als Antwort auf diese Worte aus – zwar nicht dem Herold ins Gesicht, sondern sich vor die Füße – und sagte: ›Nimm meine Antwort und bring sie deinem Kaiser!‹ Später freilich wurde klar, auf *wen* und auf *was* er gehofft hatte. Denn seine achthundert Türken und fünftausend mauretanischen Lumpen – alles, worüber er verfügte – konnten kein Rückhalt für seinen Hochmut sein.

Zum Abend berief der Kaiser den Kriegsrat ein. Don Hernando befahl mir, sich seinem Gefolge anzuschließen. Der Kaiser hatte mitten in unseren Linien Quartier bezogen, eine halbe Meile südlich des spanischen Lagers. Sein Zelt stand auf der Spitze eines Hügels, der (das erfuhr ich später) Kudiat es Sawun hieß, was Seifenberg bedeutet. Wie uns zum Hohn, daß wir nicht vorrücken konnten, sondern wie auf Seife weit zurückrutschten ...

Nun, und da man einen Leutnant nicht zum Kaiser einlädt, blieb ich mit den rangniederen Offizieren draußen. Wir saßen ab und schauten uns um. Ich war ziemlich nahe und sah, wie der Kaiser aus dem Zelt trat und seine Heerführer begrüßte. Den baumlangen Alba und den dicken Seisenegg, Gonzaga und die übrigen. Karl selbst war auch ein hochgewachsener, würdevoller Mann. Vor Müdigkeit grün im Gesicht, mit schwarzen Stoppeln auf dem Kinn. Als hätte er vor lauter Kriegssorgen vergessen, sich zu rasieren.

Als sie im Zelt waren und ich nichts mehr zum Anschauen hatte, sah ich nach oben, und, bei Gott, ich erstarrte. Über den Bergen zog von Süden her eine so kohlrabenschwarze und brodelnde Wolkenwand auf, wie ich sie nie gesehen habe, weder vorher noch nachher. Ich wollte schon zu den anderen sagen: Hört und seht doch nur!, biß mir aber auf die Zunge. Denn für einen Mann schickt es sich nicht, unter Männern aufgeregt oder gar der Furchtsamste zu sein. Nun erst sahen auch die anderen Offiziere zum Himmel und begannen sich zu bekreuzigen. Einer meinte: ›Gleich kriegen wir's von dort ...‹ Und schon brach das Unwetter los ... Das kaiserliche Zelt hielt anfangs zwar noch stand, doch der kaiserliche Wimpel – ein goldener Adler mit einem goldenen Kreuz –, der auf dem Dach des Zeltes wehte, wurde vom Wind heruntergerissen und, wie ein zerfetzter Drachen, über den schmutzigen Abhang des Berges getrieben ... Erst nach etlichen hundert Schritt fing man ihn wieder ein, auf einem Muselmanenfriedhof, wo Seiseneggs Leute ihr Lager aufgeschlagen hatten. Diese brachten ihn im Laufschritt auf den Berg zurück, so daß alles wieder an seinem Platz war, als der Kaiser und sein Rat eine halbe Stunde später herauskamen. Doch selbst wenn der Kaiser erfahren hätte, was vorgefallen war, hätte er das nicht als Omen angesehen: Er hatte die Entscheidung schon getroffen, bevor er mit dem Rat darüber sprach, und beschlossen, im Morgengrauen die Stadt zu stürmen.

Mit der Hand sein Barett festhaltend, damit der Wind es nicht herunterriß, schaute er zum Himmel, ziemlich finster, muß man sagen. Auf einmal lächelte er und meinte: ›Seht nur, was für einen Sturm uns Gott zu Hilfe schickt, um die Muselmanen zu erschrecken!‹

Alle lächelten tapfer. Nur glaube ich nicht, daß viele diesen Sturm und diese Wolken für das Werk Gottes hielten ... Drei Viertel des Himmels waren mittlerweile völlig schwarz, und wollte man sich Gehör verschaffen, mußte man den Wind überschreien. Karl aber geruhte zu wünschen, daß ihm die rangniederen Offiziere vorgestellt wurden. Von uns waren dort, zwischen den Zelten, mehrere Dutzend versammelt. Der Kaiser trat auf uns zu und sagte jedem irgend etwas ...«

»Dir auch?« fragten Hermann und Jürgen wie aus einem Munde, und Herr Maidel erhob sich zur Erinnerung an dieses große Ereignis vor Vergnügen (mochte diese Erinnerung auch ihre Achillesferse haben) und schaute aus dem Fenster in die Ferne, über den im Abendlicht funkelnden Harkschen See und die bischöfliche Viehkoppel hinweg. Dann richtete er den Blick wieder ins Zimmer und sah seine Söhne an: »Freilich. Er trat auf mich zu. Er stand ebenso dicht vor mir, wie ihr jetzt sitzt. Und der Wind wehte mir Moschus- und Knoblauchdüfte ins Gesicht. Don Hernando sagte: ›Das ist Don Dionysio Maidel, er dient in der Flotte Eurer Majestät. Jetzt steht er mir zur Verfügung.‹«

»Und was hat der Kaiser zu dir gesagt?« fragten die Jungen aufgeregt.

»Er fragte mich, wo ich zu Hause sei. Ich stand vor ihm stramm und antwortete: ›In Livland, mein Kaiser.‹

Da redete er mich auf deutsch an: ›Von so weit her? Löblich. In meiner Jugend diente bei mir ein Maler aus Livland. Aus der Stadt Reval. Michiel Zittoz. Habt Ihr von ihm gehört? Nein? Haha! Ein Prophet gilt nichts in seinem Vaterlande! Sehr geschickter Meister. In gewisser Hinsicht gefiel er mir besser als meine anderen Maler. Besser sogar als Tizian. Aber Maidel? Das ist ja auch kein deutscher Name?‹

›Doch, mein Kaiser!‹

›Und was bedeutet er?‹

›Das ist ein Fisch.‹

›Auf *deutsch*?‹

›Jawohl, mein Kaiser!‹

›Hm. Auch ein Kaiser lernt nie aus …‹

Dann ging er weiter durch den Sturm, zu den nächsten Offizieren. Die anderen aber sahen mich neidisch an. Denn mit keinem von ihnen hatte er geruht, sich so lange zu unterhalten.«

»Vater«, fragte Hermann, »haben wir denn einen deutschen Namen?«

Und Jürgen setzte hinzu: »Ich hab sagen hören, daß …«

»Jungen«, sprach Herr Maidel eindringlich, und das sollte derartigem Gerede ein Ende machen, »wenn euer Vater das dem Kaiser des Heiligen Römischen Reiches versichert hat, ist unser Name deutsch. Und jetzt will ich weitererzählen.

Don Hernando, seine Offiziere und ich ritten zum Berg Medjabar zurück. Der Wind blies uns in den Rükken und trieb uns einfach vorwärts. Auf halbem Wege wurde es stockfinster. Und nun entlud sich ein Wolkenbruch. Der schrecklichste, der je auf mich niederging. Der Sturm peitschte uns durch, und wir wurden naß bis auf die Knochen. Im Zelt herrschte ein so starker Durchzug, daß wir keine Kerzen anzünden konnten. Auf dem Boden stand das Wasser wohl einen halben Fuß hoch. Und als wir darangingen, Fackeln zu suchen, schrie jemand auf: ›Seht! Seht!‹ Wir eilten hinaus, und … Ehrenwort, im Orkan, im Halbdunkel jagten unheimliche schwarze Riesenvögel über uns hin ... Es waren fünf oder sechs. So niedrig flogen sie, daß wir uns auf alle viere niederließen. Denn das konnten nur die ungeheuerlichen arabischen Vögel Rok sein, die mit den Klauen einen Löwen packen können, als sei das eine Maus! Wir bekreuzigten uns und krochen zurück, um die Fackeln zu suchen, und da riß der Wind ein Ende unseres Zeltes vom Pfahl. Im selben Augenblick wurden die übrigen Pfähle aus dem Boden gerissen, der Wind ergriff das Zelt und trug es davon. Es flog durch die Luft, sich anklammernd und klatschend, und der Wind schleppte es ganz fort. Nun, und die Vögel – das waren die Zelte unseres Fähnleins, das am Fuße desselben Berges lagerte ... Der Wind war so heftig, daß er uns umwarf. Und enthielt so viel Wasser, daß wir glaubten, ersticken und ertrinken zu müssen. Sich auf die Erde niederzulassen war unmöglich. Wir versuchten es. Über den Boden jagten tosende, bis zu einem Fuß tiefe Bäche. Und ich muß euch sagen, Jungs, selbst in dieser schrecklichen Lage verlor Don Hernando nicht den Kopf. Von einer Unterhaltung konnte keine Rede sein. Don Hernando schrie mir direkt ins Ohr, und ich verstand: ›Die Spieße! Mit der Spitze in die Erde! Halten!‹

Wir waren acht oder neun Mann. Wir stürzten zu den Bächen und tasteten mit den Händen nach dem Platz, wo das Zelt gestanden hatte. Wir ertasteten vier, fünf Spieße und Hellebarden. Drückten sie mit der Spitze in den steinigen Boden und standen da, uns an den Griffen und aneinander festhaltend. Hinabzusteigen und nachzusehen, was mit unserem Fähnlein geschah, daran war gar nicht zu denken. Auf die Spieße gestützt, kämpfte ich mich zu Don Hernando durch: ›Don Hernando ... was wird ... mit unseren Schiffen?‹

›Wenn Doria ... rechtzeitig ... in See gestochen ist ... hat man wohl einige retten können ...‹

Nach einer Stunde waren wir bereits völlig entkräftet. Und da setzte Donner ein.«

»Was für ein Donner?«

»Ein ohrenbetäubender Gewitterdonner.«

»Und die Blitze?«

»Es gab keine Blitze. Blitze sind die Waffe Gottes. Dort aber waren ja Teufel am Werke. Ungeheures Donnerrollen in völliger Finsternis. Und da erbebte die Erde. So daß auch die Spieße ins Wanken gerieten, an denen wir uns festhielten. Wir waren wie Bremsen auf dem Rücken eines riesigen Pferdes, das mit der Haut zuckte. In der Dunkelheit sausten Steinbrocken an uns vorüber. Sie jagten dahin wie schwarze Katzen, denn hören konnte man sie nicht. Bei diesem Höllenlärm bebte dreimal die Erde.«

»Und wie lange jedesmal?« fragten die Jungen. Lebten sie doch auf einer Erde, auf der zwar viele erbebten, die aber selbst nicht wußte, daß sie erbeben konnte.

»Wie lange? Nun, uns kam es so vor, als habe es jedesmal mindestens eine Viertelstunde gedauert. Wißt ihr, wenn unter euren Füßen die Felsen erzittern, vergeht eine ganze Ewigkeit von einem Herzschlag bis zum anderen. Nur meinem ärgsten Feinde wünsche ich, so etwas durchzumachen.«

»Und dann?«

»Dann ließ es allmählich nach. Trotzdem dauerte der Sturm noch bis zum nächsten Mittag. Und bei Tagesanbruch sahen wir, was aus unseren Schiffen geworden war. Im Morgengrauen konnte man vom Gipfel des Medjabar mit bloßem Auge die Bucht erkennen. Ich und noch einige Männer stiegen auf den Berg, um uns umzusehen. Auf dem Meer war kein einziges Schiff. Das ganze Ufer aber war mit Schiffstrümmern übersät. Und am Ufer nahmen Türkenrotten diejenigen auf die Speere, die sich hatten retten können. Denn auch diese hatten eine Menge Wasser geschluckt und waren halb tot. Zum Sturm auf die Stadt überzugehen, davon konnte gar keine Rede sein. Im Gegenteil, von der Stadt aus fiel Hascen Aga mit seinen Leuten über uns her. Wir aber waren von den Greueln dieser unsrer ›Nacht des Unheils‹ so betäubt, daß er uns mit seinen wenigen Tausenden anfangs zum Rückzug zwang. Allerdings gelang ihm das um so leichter, als in unserem ganzen Heer schon Gerüchte kursierten, wir hätten keine Flotte mehr … So gelähmt waren wir von der Zauberei, daß es uns unerhörte Anstrengungen kostete, die Türken abzuwehren. Der Kaiser persönlich war unter den Kämpfenden. Das Gesicht grünlich, die Augen fiebrig. Don Hernando war stockheiser vor lauter Schreien, Seisenegg schwitzte sich mindestens fünf Pfund von seinem Bierbauch herunter, und schließlich zog sich Hascen mit seinen Abteilungen in die Stadt zurück. Trotzdem war unsere Lage, kann man sagen, alles andere als rosig. Man spürte: Die Leute waren so hungrig, daß sie ihren Vorgesetzten jeden Augenblick die Gurgel durchschneiden und zu den Muselmanen überlaufen konnten. Denn bei einem Söldner gehen Treue und Gerechtigkeit durch den Magen. Und dennoch sollte sich der alte Doria als unser Retter erweisen. Woran ihr denken solltet, wenn ihr über alte Leute urteilt.

Gegen Abend kam zu den Italienern ein Boot und brachte die Nachricht, die Flotte sei nicht völlig untergegangen. Gesunken seien hundertvierzig Kriegs- und Frachtschiffe sowie fünfzehn Galeeren, darunter auch die ›Despejado‹. Ertrunken seien etwa achttausend Mann. Die unversehrt gebliebenen Schiffe habe der alte Andrea schon sammeln können und erwarte uns mit ihnen am Kap Matifu. Ja, nur waren es von der Stadt dorthin drei Tagesmärsche.

Irgendwie schlugen wir uns trotz allem durch – durch die drei Tage, durch dieses gräßliche Land und durch die dreimal verfluchten Türken, die uns alle Augenblicke angriffen und beschossen. Der Schlamm auf den Straßen reichte uns bis an die Knie. Die Bergflüsse hatten die Brücken weggeschwemmt. Gras und Wurzeln waren unsere einzige Nahrung.

Tja. Bei der Abwehr der türkischen Attacken hatte ich das Glück, Don Hernando aufzufallen. Als ich von einem Scharmützel zurückkehrte, sagte er laut und vernehmlich: ›Don Dionysio, von Eurer Tapferkeit werde ich dem Kaiser berichten!‹«

»Und hat er?« wollten die Jungen wissen.

»Hm – ich weiß nicht. Jedenfalls hatte ich keinerlei Nutzen davon. Denn dieses Versprechen ... Nun, am vierten Tag langten wir endlich am Kap Matifu an und begannen in die Boote zu steigen. Unversehrt zwar, aber mehr tot als lebendig. Denn je mehr der braune Fleck unserer Truppen auf dem grauen Sand zusammenschmolz, um so wütender attackierten uns die Türken. Der Kaiser wollte, dem Brauch der Kapitäne folgend, unter den letzten sein, die abzogen. Für Don Hernando geziemte es sich nicht, vor dem Kaiser ins Boot zu steigen. Das war klar. Und mir nicht, vor Don Hernando. Das war auch klar. Während wir in den Booten Platz nahmen, deckten uns unsere Schiffe durch Kanonenfeuer. Doch die Kugeln schlugen hinter den uns bedrängenden Janitscharen ein. Sonst hätte der Beschuß unserer Schiffe unseren eigenen Leuten gefährlich werden können. Es war also alles andere als leicht, in diesem verfluchten barbarischen Land die Anker zu lichten. Nun, zu guter Letzt waren von uns kaum noch hundertfünfzig Mann da, um den Abzug des Kaisers zu decken. Aus Arkebusen von den Booten und vom Ufer wurde derart auf den Gegner gefeuert, daß es nur so rauchte – jedenfalls war die oberste Pulverschicht in den Pulverbüchsen wohl schon mehr oder weniger getrocknet. Da sprengte von rechts ein Haufe wutschnaubender türkischer Reiter auf uns zu, geradewegs über das sandige Ufer ... Und Don Hernando hatte vorgestern versprochen, dem Kaiser von meiner Tapferkeit zu berichten. Jetzt aber war der Kaiser selbst hier! Er ritt ins Wasser und stieg vom Steigbügel aus ins Boot. In voller Größe stand er darin und winkte zum Ufer hinüber. Es sah aus, als winke er mir ... Und euer Vater beschloß: Der Kaiser soll sich mit eigenen Augen überzeugen, was für ein Kerl dieser Leutnant Maidel ist, von dessen Tapferkeit ihm Don Hernando berichtet hat (oder das jetzt um so eher tun kann) ... Ich rief ein Dutzend Männer zu mir und warf mich den türkischen Reitern entgegen.

Nun, ich kann euch sagen: Damals war ich zwanzig Jahre alt. Jetzt werde ich bald fünfzig, und ich würde nicht mehr so vorgehen. Aber wäre ich noch einmal zwanzig, ich würde wieder so handeln. Denn ein junger Edelmann muß zu kühnen Taten bereit sein. Wenn ihm das Schicksal Gelegenheit gibt, sich vor den Augen des Kaisers auszuzeichnen.

Bis heute erinnere ich mich noch an die Glotzaugen des ersten Janitscharen, an sein Pferd und das Knirschen unserer gekreuzten Schwerter. Zugegeben, oft gehen solche Handstreiche trotzdem besser aus als damals meiner.

Als ich das Licht Gottes wiedersah, blutete meine Schläfe von einem fürchterlichen Schwerthieb. Was schließlich kein Wunder war: Sie waren zu Pferde, ich zu Fuß. Ihrer waren mehrere Dutzend, hinter mir her aber schleppte sich nur ein Dutzend durchnäßter Landsknechte …

Mit verbundenem Kopf baumelte ich auf der Kruppe eines türkischen Pferdes. Büsche jagten an meinen Augen vorüber. Durch sie hindurch schimmerte das Meer. Und Schiffe – Schiffe irgendwo in weiter Ferne. Ich war ein algerischer Gefangener. Ja. Zusammen mit Hunderten kaiserlicher Soldaten. Meine Gefangenschaft dauerte fünf Jahre. Bis die Trinitarier endlich das Geld brachten, um mich loszukaufen. Genug für heute.«

Hermann fragte: »Und dann hast du dem polnischen König Sigismund gedient?«

»Ja. Beiden Sigismunden. Vater und Sohn.«

Herr Maidel erhob sich und reckte seinen sehnigen Körper. Seine Söhne standen bereits. Jürgen fragte: »Und bei ihnen hast du dich bis zum Obristen hochgedient, nicht wahr?«

»Ja, bis zum Obristen der Rczeczpospolita. Aber davon erzähle ich euch ein andermal. Jetzt muß ich unseren Statthalter aufsuchen, und heute abend werden einige Herren bei mir zu Gast sein.«

Hermann fragte, vielmehr wollte fragen: Aber Vater, dort in Algier, dort … Als Berend noch unser Hofmeister war, hat er mal gesagt …

Der vom Vaterstolz erfüllte Herr Maidel, der die

Söhne zur Tür begleitete, blieb plötzlich, zusammenzukkend, stehen: »Und was hat euch diese Pestbeule Berend gesagt? Raus mit der Sprache!« Herrn Maidels Stimme schrillte im Falsett. »Etwa, daß euer Vater in Algier die Gänse der Muselmanen gehütet hat? Das? Ja? Ich weiß! Aber ich sage euch, das ist eine schändliche Verleumdung! Gott hat diesen Haderlumpen schon gestraft. An der Pest ist er verreckt! Und merkt euch: All dieses Gerede vom Gänsehüten – ich weiß, auch andere haben das erzählt – ist nichts als eine gemeine Lüge! Ein livländischer Edelmann wird sich nie so weit erniedrigen! Gutsverwalter bei Hascen Aga – das ja, das war ich, weil er mich selbst darum gebeten hat! Und sollte noch jemand in eurer Gegenwart etwas von Gänsen schnattern, schickt ihn zu mir. Ich dreh ihm den Hals um. Wenn ihr erst Männer seid, werdet ihr das selbst besorgen! So. Jetzt gehe ich. Der Statthalter hat mittags nach mir geschickt.«

Um genau zu sein, nicht der Statthalter selbst hatte nach ihm geschickt. Herr Maidel verschmähte eine gewisse Ungenauigkeit jedoch nicht, besonders wenn das für ihn von Vorteil war. Zudem wußte keiner genau, *wer* in Reval gegenwärtig Statthalter des Königs war ... Bis achtundsechzig war das der alte Herr Horn gewesen. Mochte dieser mit seinen finnisch-schwedischen Bauernmanieren auch nicht der bequemste Mann für den Adel gewesen sein, in Regierungsgeschäften war er, zugegebenermaßen, ein schlauer Fuchs. Als aber Johan III. den Thron bestieg, da hatte sich Herr Horn, einst Johans engster Vertrauter, der sich allerdings inzwischen von ihm losgesagt hatte, ganz unerwartet den königlichen Zorn zugezogen. So daß man eiligst Dobbeler, später dann Oxenstiern nach Reval entsandt hatte. Letzterer war gleichfalls abberufen worden, noch dazu mitten in der kürzlichen Aufregung im Zusammenhang mit der Belagerung Revals. An seiner Statt war Herr Hans Björnson Leion ernannt worden. Und alle diese Veränderungen zeugten, wie Herr Maidel, der sich gerade die

Stiefel anzog, glaubte, nur von der Unsicherheit und vom Argwohn des Königs. Und folglich davon, daß für den Adel die Zeit gekommen war, wieder festen Fuß auf estnischem Boden zu fassen. Um so mehr, als Herr Leion, trotz seines Löwen- und Bärennamens, hornloser war als sein Vorgänger mit der Ochsenstirn. Jetzt hielt sich ebendieser Herr Leion schon einige Monate in Stockholm auf. Und in der vorigen Woche war der Sohn des alten Horn – Karl Henrikson – in Reval eingetroffen und hatte sich im Schloß in der Oberstadt niedergelassen. Die einen sagten – um den Sessel des Statthalters wieder für seinen Vater frei zu machen. Die anderen sagten – um sofort nach Finnland weiterzureisen und dort für den Vater ein Amt vorzubereiten. Denn Henrik Horns Angelegenheiten waren wieder ins Lot gekommen, jedenfalls in Stockholm, und er hatte das Vertrauen des Königs zurückgewonnen. Karl Henrikson war es denn auch, der Tönnis Maidel heute zu sich ins Schloß bestellt hatte. Der junge Horn war erst zwanzig Jahre alt. Aber man durfte nicht vergessen, er war der Sohn seines Vaters. Es hieß, er habe glänzende Fähigkeiten. Doch von Söhnen einflußreicher Leute sagt man das oft. Oder genau das Gegenteil. Will man den Gerüchten glauben, sind die Söhne maßgeblicher Persönlichkeiten stets entweder Helden oder Tagediebe. Herr Maidel hatte die Stiefel schon an den Füßen. Er dachte: Mein Hofmeister Fabian sagt mir auch, daß Hermann und Jürgen sehr begabte Jungen sind. Dieser unverschämte Berend aber, der an der Pest krepiert ist, der hat, jedenfalls hinter meinem Rücken, gesagt, sie seien schwer von Begriff, Flegel und Tölpel und Hermann trinke gern einen über den Durst … Hm … Doch was jetzt zählt, ist, daß der alte Herr Horn beim König wieder dasselbe Vertrauen genießt wie vor fünfzehn Jahren … Wie zu der Zeit, da der König noch Herzog von Finnland war und Herr Horn ihn nach Polen begleitete, um ihm die schöne Schwester des polnischen Königs, unsere jetzige Königin, freien zu helfen … Und damals in Wilna, bei der großen Parade aus Anlaß der Brautwerbung, hatte sich Obrist Maidel Herrn Horns aufmerksames Bauerngesicht ins Gedächtnis eingeprägt.

Deshalb befahl Herr Maidel jetzt, den blankgestriegelten Fuchs zu satteln und zur Auffahrt zu bringen. Obwohl es bis zum Schloß ganze zweihundert Schritt waren. Aber hier maß man ja der Form, in der Adlige miteinander verkehrten, zuwenig Bedeutung bei. Allzuwenig! Kein Wunder aber auch! Die hiesigen Herren waren nicht durch die Schule von Valladolid oder Krakau gegangen. Und das Hofhalten in Stockholm, dessen sich die Söhne dieses (wie der Großfürst von Moskau gesagt haben soll) Fetthändlers Gustav befleißigten, war nicht mehr als ein ungeschickter Ansatz. Jedenfalls in den Augen des alten livländischen Adels ...

Man geleitete Herrn Maidel durch den altertümlichen Kapitelsaal in einen kleinen gewölbten Raum neben dem Arbeitszimmer des Statthalters. So daß der Ort, wo Karl Henrikson ihn empfing, Maidel keinen Aufschluß gab, ob die Horns im Begriff standen, hierherzukommen oder von hier fortzugehen. Übermäßigen Hochmut konnte man aber diesem jungen Herrn nicht nachsagen. Denn er ließ einen auf seinen Ruf herbeigeeilten einflußreichen Ritter Estlands nicht lange warten.

»Ah, Herr Maidel. Sehr schön. Setzen wir uns. Wenn Ihr erlaubt, komme ich gleich zur Sache.«

Diese Worte, die er so offensichtlich vom Vater übernommen hatte, konnten ein spöttisches Lächeln hervorrufen, desgleichen der junge Mann selbst, ein Knabe, viel kleiner und gedrungener als sein Vater, ein goldgelbes Schnurrbärtchen unter der rosigen Nase. Aber Herr Maidel lächelte nicht. Immerhin hatte er Herrn Horn junior vor sich. Waren dessen Vorfahren wirklich vor zweihundert Jahren noch einfache Bauern gewesen? Nun, schließlich nicht bloß seine ... Und jetzt bedeutet dieser Knabe beinahe die persönliche Anwesenheit des Königs. So daß Herrn Maidel, hätte er sich mit den Augen eines Unbeteiligten gesehen, gewiß aufgefallen wäre, wie er, Maidel, innerlich gewissermaßen ein bißchen federte. In ihm rang die prickelnde Versuchung des hochmütigen älteren Adligen, geringschätzig zu lächeln, mit dem erregenden Drang des in Unterwürfigkeit geübten Mannes, nach oben zu katzbuckeln … Herr Horn sagte: »Ich habe heute einen Brief von Henrik Claesson erhalten. Ich möchte Euch mit seinem Inhalt vertraut machen.«

Aha. Er spricht von seinem Vater wie von einem Fremden. Nun, solche Burschen möchten immer ihre Selbständigkeit herauskehren. Ich werde ihn gleich sehr schön in den Sohnesstand zurückversetzen – he-hehe! – und dabei vielleicht irgend etwas erfahren.

»Euer Vater … schreibt … in seiner Eigenschaft als unser zukünftiger Statthalter?«

»Er schreibt in seiner Eigenschaft als königlicher Ratgeber. Über hiesige Angelegenheiten. Herr Leion ist bekanntlich in Stockholm erkrankt. Und der König hat nun bei Henrik Claesson angefragt, wen von den Hiesigen er als Admiral des nach Reval zu entsendenden Flottenteils empfiehlt. Henrik Claesson hat alles erwogen und schlägt Euch vor. Der König ist einverstanden. Und er wünscht, daß Ihr es wißt. Damit Euch freisteht, anzunehmen oder abzulehnen. Ja. Ich frage Euch, um es dem König zu melden. Im Falle Eurer Einwilligung hättet Ihr Euch unverzüglich nach Stockholm zu begeben, um dem König den Eid zu leisten.«

Wie … Wie …? Wäre das möglich? *Mich*? … Übrigens, warum auch nicht? Warum nicht? Einen Geeigneteren können sie hier tatsächlich nicht finden. Und trotzdem … Dieses stürmische Jüngelchen fängt ohne jede Einleitung ein solches Gespräch an … *Mich*? Offen gestanden, meine Einstellung zu diesem schwedischen Geschäftemacher … Ha-ha-ha! Der alte Horn sieht wohl nicht mehr durch … Übrigens, wie sollte er auch? Schließlich hab ich ihm ja nicht gebeichtet … Daß ich von Sigismund keineswegs aus Liebe zu Johan hierhergekommen bin, sondern nur aus Liebe zu meinen Gütern in Maidla und Pernurm, die sich der Staat, hätte ich noch ein wenig gezögert, unter den Nagel gerissen hätte … Jetzt aber … Soll ich sofort dankend ablehnen? … Dieser Bursche sagt dann natürlich: Ach so. Schade. Ich werde es übermitteln – und das wäre zunächst alles. Aber einige Zeit später würde ich merken, daß man irgendwelche Tisenhusens und Tuves zu Beratungen einlädt, zu denen man mich nicht bittet … Und dann kann es plötzlich geschehen, daß … nun, zum Beispiel irgendein Pfandbrief, aus dem hervorgeht, daß ich viele Kegeler Dörfer und Mühlen als Pfand genommen habe, bei irgendeinem Tisenhusen oder Tuve Verdacht erregt … Und mir wird eine Zivilklage angehängt, von der man nicht weiß, wie sie ausgeht, und dann wird dieses Bettelgesindel hingehen und auspacken. Das kann dem Statthalter, ja sogar dem König zu Ohren kommen. Zuerst ein Fall, dann ein zweiter, ein dritter …

Dieser Bursche sagt: »Henrik Claesson hat dem König berichtet, vom ganzen estnischen Adel hat niemand soviel Kriegserfahrung gesammelt wie Ihr, besonders zur See. Auf den Schiffen Kaiser Karls gegen die Franzosen, Türken und Algerier, auf Sigismunds Schiffen gegen die Hanse und Dänemark und im polnischen Landheer auch gegen den Moskowiter.«

»Ja. Das stimmt«, meinte Herr Maidel, »trotzdem muß ich es mir überlegen …«, und er versuchte das Zucken der scharfgeschnittenen Mundwinkel in seinem rauhen rötlichen Gesicht mit der Narbe zu unterdrükken. Denn er stellte sich gerade lebhaft vor, wie sein Ansehen bei den ehrenwerten estnischen Rittern steigen würde, wenn ihn der König zum Admiral des Revaler Geschwaders ernannte …

Und während Herr Maidel überlegte, überlegte auch Karl Henrikson: Na, diesen Kerl haben wir schon völlig am Gängelband – soweit ich mich darauf verstehe, in menschlichen Gesichtern zu lesen. Der Vater schreibt: *Lobe seine Erfahrung als Soldat, denn* die *hat er, und* eitel *ist er sehr. Der König braucht ihn durchaus nicht seiner Kriegserfahrung wegen, sondern weil er auf Grund seiner weiten Reisen und seiner geschickten Zunge und darüber hinaus in Ermangelung besserer Kandidaten unter den estnischen Adligen einer der Geeignetsten ist. Überdies könnte in der jetzigen so unruhigen*

Zeit, da sich diese adligen Köpfe nicht nur auf Krakaus, sondern auch auf Moskaus Seite schlagen, der Aufstieg dieses Herrn einen gewissen Einfluß auf die allgemeine Stimmung der dortigen Ritterschaft nehmen …

Da erhob sich Herr Maidel und sagte, ohne besondere Feierlichkeit und verhältnismäßig leise, aber doch entschlossen und deshalb etwas heiser: »Teilt Eurem Vater für den König mit: Ich bin einverstanden. Wann sticht das Schiff in See?«

»Übermorgen früh.«

»Schön. Ich werde nach Stockholm reisen. Den Brief für Euren Vater könnt Ihr mir mitgeben.«

Im Tor seines Hauses sprang Herr Maidel aus dem Sattel, warf dem Pferdeknecht die Zügel zu, überquerte den mit Steinen gepflasterten schachtartigen Hof im Stechschritt, trat ins Haus und schloß hinter sich die Tür seines Arbeitszimmers mit den Fenstern zum Meer.

Er setzte sich auf die leicht von der Nachmittagssonne erwärmte Steinbank in der Fensternische. Rückte sogar das Tischchen mit der Rolle der nicht zu Ende geschriebenen Bauernordnung von sich ab. (Den dritten Monat schon schwitzte er über einer Sammlung von Gesetzesartikeln, damit denn doch eines Tages eine strenge und klare Ordnung, die hiesigen leibeigenen Bauern, diese Dickschädel, betreffend, zu Papier gebracht wäre und man sie der Ritterschaft zur Inkraftsetzung vorlegen könnte … Jetzt würde diese Arbeit einstweilen liegenbleiben. Weil es eine wichtigere Aufgabe gab. Hm.)

Herr Maidel streckte die Beine in den neuen gelben Elchlederstiefeln auf dem Bärenfell aus. Der rechte Stiefel drückte seinen großen Zeh. Das Bärenfell würde die nackten Füße so angenehm gekitzelt haben, doch für einen Adligen schickte es sich nicht, tagsüber die Stiefel auszuziehen. Zudem war er zu sehr von seinen Gedanken in Anspruch genommen.

M-ja. Vielleicht hätte er doch nicht auf den Vorschlag der Schweden eingehen sollen? Vielleicht wäre es besser gewesen, sich nicht zu binden? Und abzuwarten … Schließlich und endlich war ja die Hälfte des Maidelschen Geschlechts dem polnischen Sigismund untertan und hatte Besitzungen entweder in Polen oder bei sich in Kurland; dank Herzog Kettler bekleideten nicht wenige Maidels in Polen einflußreiche Ämter. Seine, Tönnis', eigenen Kinder würden bald von ihrem Onkel die riesigen Piltener Ländereien erben. Und sein werter Neffe Johann aus Wollust – im Kopf natürlich Stroh, Glupschaugen, ein Schafskopf mit roter Bauernvisage – stand jetzt an der Spitze eines Hofleute-Fähnleins. Von hier, aus der Nähe von Reval, hatte man ihn freilich vertrieben, aber bei Magnus, diesem königlichen Kläffer, der in Oberpahlen nicht verzagte, war er einer der wichtigsten Leute und somit auch beim Großfürsten, und wenn nötig, beim dänischen König selbst ... Hier aber, bei den Schweden, hatten die Maidels wenig zu sagen. Obwohl in Harrien und in Jerwen – Herr Tönnis begann an den Fingern abzuzählen – elf Güter auf sieben Maidels kamen ... (Namentlich in den letzten nun schon bald zweihundert Jahren hatten die Maidels das Wort Gottes beachtet und wahr gemacht, das da lautet: Ich will deinen Samen also mehren, daß er vor großer Menge nicht soll gezählt werden. Ja, die Kinder des Fleischers Willeken hatten sich über das ganze nördliche Livland ausgebreitet!) Doch kein einziger Maidel war in unmittelbarer Nähe des Statthalters. Ganz zu schweigen von der engsten Umgebung des Königs in Stockholm ... So daß Tönnis heute im Grunde genommen im Interesse des ganzen Geschlechts gehandelt hatte ... Und bei Lichte besehen war das nicht so sehr eine Selbsterhöhung als ein Selbstopfer (jaja, genau so!). Wer sich vorzustellen vermochte, was für ein neidisches Zischeln jetzt in der Ritterschaft anheben würde, konnte keinen Augenblick daran zweifeln ... Allerdings ein angenehmes Zischeln für das Ohr eines Mannes mit Lebenserfahrung. Besonders wenn er im voraus wußte, daß es im fischblütigen Livland nicht zu einem Nahkampf mit Dolchen kommen würde, wie das zum Beispiel in Spanien ohne weiteres möglich war. Und trotzdem ein abscheuliches und in gewisser Weise gefährliches Zischeln – weil er nur zu gut wußte, daß darin, gerade wie nach einem tüchtigen Platzregen, das Unkraut der Intrigen wieder die schönsten Blüten treiben würde ... Die Zoyes würden zu den Wrangels laufen, die Wrangels zu den Üxkylls, die Üxkylls zu den Tisenhusens: Ritter, Brüder, habt Ihr schon gehört?! Warum gerade er? Er, bei dem man nicht mal weiß, von wem er abstammt! Hm ... Schön. Aber er wollte sich wenigstens das Vergnügen machen und ihnen das heute selbst mitteilen!

Herr Tönnis klatschte in die Hände, und als der Kammerdiener angeschlurft kam, befahl er ihm, seine Gemahlin zu rufen. Frau Maidel ließ nicht auf sich warten, denn sie wußte aus Erfahrung, daß Tönnis manchmal sehr wenig Geduld hatte. Und Tönnis betrachtete, wie stets, seine noch recht junge und schöne Margarethe mit widersprüchlichen Empfindungen, halb vergnügt, halb gereizt. Diese Frau von wenig mehr als dreißig Jahren mit dem ihrem Alter unangemessen hochmütigen Gebaren; die silbernen Truhen ihrer Mitgift hatten einst in Polen Tönnis veranlaßt, besonders aufmerksam und verläßlich zu sein. Die Frau, deren in den Fürstenhäusern des südlicheren Braunschweig erworbene Manieren Tönnis bis heute bezauberten, erzürnten und befangen machten ... So daß vielleicht seine heutige Übereinkunft mit Herrn Horn ... Nein, nein! Nicht aus dem Wunsche heraus, seiner hochmütigen, vornehmen Frau gesellschaftlich ebenbürtig zu werden, war er darauf eingegangen, nein! Natürlich konnte solch unsinniger Gedanke bloß wieder diesen Tuves, Tisenhusens und anderen Neidhammeln kommen und entschlüpfen ... Mochte er auch eine geborene von Schnideck an seiner Seite haben – was für ein Unterlegenheitsgefühl sollte ihn, den Besitzer dreier Güter, kaiserlichen Leutnant, königlichen Obristen, wohl gezwungen haben, darauf einzugehen? Dummheiten. Nur die Familieninteressen. Umfassender: die Interessen des Geschlechts. Und die Livlands selbstverständlich. Denn im Grunde genommen war König Johan hier jetzt die einzige Kraft, die Recht und Ordnung aufrechterhielt. (»Jetzt« bedeutete natürlich: gerade jetzt. Nicht mehr und nicht weniger.)

»Margarethe, ich war im Schloß. Der König läßt über den jungen Horn anfragen, ob ich einverstanden bin, Admiral des königlichen Geschwaders in Reval zu werden.«

»Oh ... Und was hast du geantwortet?«

In Frau Margarethes Stimme klang ein leichter Aufschrei an. Er bewies, daß Tönnis, wenn er den Vorschlag der Schweden angenommen hatte, um seiner Gemahlin einen Gefallen zu tun, dieses Ziel in gewisser Weise erreicht hatte, was aber die anderen Ziele anging – wer konnte das schon wissen? Mit der äußeren Anerkennung dieser Tat in der Zukunft sah es ähnlich aus. Denn das rosige, wie Wassalemstein geäderte Gesicht der Frau Maidel zeigte nur für einen Moment Begeisterung. Herr Maidel sagte: »Ich dachte ... hm ... an das Schicksal unseres Landes. Und an die Lage unseres Geschlechts hier, am Rande des Wasastaates ...«

»Nun?«

»Ich habe entschieden, daß das meine Pflicht ist.«

»Soso ... Und du fürchtest nicht, daß dich deine Admiralsehre in diesem mittellosen Staat mehr kosten wird, als sie dir einbringt?«

»Pch-pch-pch-pch.« Tönnis brach in Lachen aus (denn er hatte in den Augen seiner Frau Verwunderung und Befriedigung aufblitzen sehen). »Wenn ich *dich* die Einnahmen und Ausgaben berechnen lasse, dann brauchen wir das nicht zu fürchten.« Er wurde wieder ernst. »Aber fürs erste müssen wir ein wenig dafür ausgeben. Schon heute. Weise an, daß unseren Gästen abends ein Festschmaus vorgesetzt wird. Der ihren Freßgewohnheiten entspricht. Schinken, Elchbraten, Mandelfladen, Rheinwein. Etwa so. Aber du weißt ja selbst. Damit sie meine Neuigkeiten fressen und dann hinunterspülen. Sonst bleiben sie ihnen in der Kehle stecken.«

Wäre dieser kleine Mann, der am selben Abend zur Dämmerstunde aus der Unterstadt kam und an die

Pforte des Maidelschen Hauses klopfte, wo man ihn einließ, in den Hof auf der Meerseite führte und ihn auf der Steinbank unter den Hagebuttensträuchern sitzen ließ, bis man ihn dem Herrn meldete – wäre dieser kleine Mann früher gekommen und hätte er gehört, was für Unterhaltungen vor Tisch und während des Zechgelages zwischen den Herren geführt wurden, er würde bei seiner höllischen Aufmerksamkeit vieles bemerkt haben und hätte dann später mit der ihm eigenen Sanftmut und Unangreifbarkeit diesem und jenem manches erzählen können.

Davon, wie an die zwanzig Ritter, einander begrüßend, schnaufend und plaudernd, sich in der Diele versammelten und auf und ab gingen. Davon, wie sie dort saßen – die Angeseheneren in Sesseln mit hohen Lehnen, wie zu Hause die dürren Beine ausgestreckt oder die hervorstehenden Knie ungezwungen gespreizt; die Jüngeren – auf etwas weniger stabilen Schemeln, über die Bären- und Elchfelle gebreitet waren, vor dem halboffenen Kamin, in dem der Hausherr eigenhändig die Holzscheite in Brand setzte ... Und davon, wie beim Auflodern der Flamme plötzlich auffiel, daß sie sich zufällig nicht so gesetzt hatten, wie es sich geziemte ... Daß Herr Zoye und Herr Hastfer und noch ein dritter und vierter links vom Feuer saßen, Herr Üxkyll mit seinen Vertrauten aber rechts vom Feuer, Herr Tuve mit den Seinen beinahe in der Mitte, und Tisenhusen aus Metsamõisa, dessen Schwester mit dem allen bekannten berüchtigten Elert Kruse verheiratet war, hinter Tuve etwas weiter links. Das mochte Zufall oder Absicht sein, doch bei Lichte besehen, hatten sie sich per partes gesetzt, ihren Sympathien entsprechend: für Polen, für Dänemark, für Schweden, für Magnus, für Moskau ...

Ja. Wäre dieses sattsam bekannte Männlein rechtzeitig erschienen, so hätte es später diesem oder jenem von denen, die gern alles wissen wollen (natürlich gegen klingende Münze), erzählen können:

Daß man auch diesmal, da Tönnis Maidel von jeher als ehrenwerter livländischer Ritter und Mensch bekannt war, der sich von keinem Herrn kaufen ließ und in dessen Haus man die Geschicke des Landes erörtern konnte, ohne ein Blatt vor den Mund nehmen zu müssen, daß man auch diesmal, wie eh und je, unverzüglich an die Erörterung ebenjener Frage ging.

Davon, wie Herr Maidel befahl, Weinkrüge und Becher zum Kamin zu bringen. »Soviel ich weiß, will Frau Margarethe uns geräuchertes Wildschwein vorsetzen, und saurer Rheinwein macht am besten den Magen dafür frei.«

Wie Herr Zoye, Wein schlürfend, bemerkte: »Herr Johan hält, mit Gottes Hilfe, unsere Stadt fest in seiner Hand. Soviel ist gewiß ...« Und wie jemand darauf einwandte: »Aber ringsum im Land ist niemand mehr seiner Habe und seines Lebens sicher.« Und wie als Antwort darauf Herr Tuve, seinerseits am Wein nippend, sprach: »Allein die Inselbewohner mit ihrem Herzog Magnus leben jetzt nicht übel ...« Und wie man ihm sofort entgegenhielt: »Aber nicht etwa, weil Magnus die Inselbewohner schützt, sondern weil ihnen das Meer als Schutzgraben dient. Überdies unterstehen sie genaugenommen eher dem dänischen König als dem Herzog.« – »Aber rings um Oberpahlen plündern des Herzogs Knechte das Land schrecklich aus.« – »Und in Dorpat rüsten die Leute des Großfürsten wohl schon wieder zu einem Angriff!« – »So daß wir uns meiner Meinung nach nichts Besseres wünschen können, als daß die Polen aus Pernau weiter nach Norden vordringen, und sofort wäre alles klar.« Und wie jemand ausrief: »O Herr – tausend in purem Silber dem, der uns sagt, welcher Herrscher hier letztendlich siegen wird!« Und wie man ihm entgegnete: »Na-na-na, dir juckt wohl das Silber im Beutel ...« Und wie man sich dann an den Hausherrn wandte: »Hör mal, Tönnis, du bist doch ein kluger Kopf ... Und von der weiten Welt hast du vielleicht mehr gesehen – hm – als viele von uns. Wie denkst du darüber?« – »Jaja, was rätst du uns?«

Und wie Tönnis da sagte: »Liebwerte Brüder, mich dünkt, wir sollten zuvörderst einen Schluck tun, um der

Freude willen, die jeder von uns empfindet, wenn er in Gesellschaft der tapferen Ritter Livlands ist!«

»Wahr gesprochen!«

Und wie die schwertgewohnten sehnigen Pranken, die stumpfen Pratzen der Würfelspieler, die weichen Hände der Freßsäcke einmütig die Becher erhoben. Die nassen Lippen kamen in Bewegung. Auf grauen, rötlichen, schwarzen Schnurrbärten erglänzten gelbe Weintropfen. Und auf den rauhen, herrschaftsgewohnten und doch so verschiedenen Gesichtern erschien die gleiche, irgendwie kindliche Einmütigkeit und Bereitschaft zu glauben: »Wahr gesprochen! Tapfere Ritter Livlands sind alle ...«

Und wie just in dem Moment, da man im Namen der Brüderlichkeit laut schmatzend den Wein einsog, Frau Margarethe eintrat. Und wie die höflicheren Herren, die näher mit der Frau des Hauses bekannt waren, sich von ihren Plätzen erhoben und über den Steinfußboden polterten, um sie zu begrüßen oder gar auf die weiße Stirn zu küssen. Und wie Tönnis zwischen den Augenbrauen und Schnurrbärten der Ritter hindurch einen Blick seiner vornehmen Frau auffing und ihr mit dem linken Auge zuzwinkerte, so daß die Fältchen auf seinem Gesicht für einen Augenblick mit der großen, von einem Schwerthieb herrührenden Narbe verschmolzen und Frau Margarethe daraus nur eines entnehmen konnte: Gleich wirst du sehen, wie mir alle diese Herren in den Hintern kriechen ... Und wie Tönnis fortfuhr: »Wenn ihr mich aber fragt, was ich in der heutigen Zeit raten würde, so kann ich nur sagen, wie ich selbst gehandelt habe. Denn gewiß handelt jeder so, wie er es für richtig hält. Der König hat mir heute vorschlagen lassen« – er machte eine kleine Pause und klopfte sodann nach jedem Wort mit dem leeren Silberbecher auf den Kamin –, »Admiral des königlichen Geschwaders in Reval zu werden.«

»*Dir*? ... Admiral? ... Red keinen Unsinn ... Aller Revaler Kriegsschiffe? ... Teufel noch mal ... Tatsächlich? Und du ...?«

»Ich habe den Vorschlag von allen Seiten erwogen.«
»Versteht sich. Und was hast du geantwortet?«
»Daß ich einverstanden bin.«

Ja. Und dieses sattsam bekannte Männlein hätte berichten können, wie gleich danach Frau Margarethe die Gäste zu Tisch bat. Im richtigen Moment, damit die Ausrufe und das Gemurmel, die auf Tönnis' Mitteilung folgten, im Rücken der Stühle und im Gepolter des Aufstehens untergingen. (»Ach, Tönnis, das hättest du nicht tun dürfen ...« – »Sieh mal einer an ...« – »Allerhand! Ein Griff – und er hat den Hasen im Sack!«) Es hätte auch erzählen können, wie gegen Ende des Mahls der Entschluß des Hausherrn immer mehr und lauter gelobt wurde, wie die Becher klirrend aneinanderstießen, wie die unzufriedenen Stimmen einfach übertönt wurden oder sich zurückhielten. Da immer vernehmlicher Worte der Billigung erklangen, sprach man bald hier, bald da seine Gedanken offen aus: »Nun, was soll's, Tönnis, wir Wrangels haben immer gesagt: So einen wie dich haben wir keinen zweiten! Ein Livländer und doch im königlichen Kriegsrat! Als Admiral wirst du ihm doch jetzt angehören? Also kannst du den Stockholmer Fiskusbeamten wenigstens klarmachen, wie es sich mit unseren Steuern an den Staat verhält ...«

Und dergleichen mehr.

Doch, o weh! Wie schon gesagt, als das sattsam bekannte Männlein mit dem Gesicht einer grauen Katze an Maidels Tür kam und man es zur Steinbank im Hof auf der Meerseite führte, da waren die Gäste längst gegangen, und man hatte die Tische, an denen sie gegessen, abgeräumt und die Knochen und Schwarten von den Steinfußböden gekehrt.

Selbstverständlich ließ Herr Maidel das Männlein warten. Was in Anbetracht ihrer unterschiedlichen Stellung auch ganz natürlich war. Ließ es sogar länger warten als nötig. Und heute viel länger, obwohl das Männlein auf Maidels persönlichen Wunsch nur abends in dieses Haus kam ... Trotzdem kann man nicht sagen, daß man es *erniedrigend* lange warten ließ – nein, nein.

Es hörte die Schritte des Hausherrn auf dem Sandweg knirschen und stand sofort auf: »Ehrenwerter Herr Maidel, das bin ich – zu so später Stunde.«

»Ich sehe, ich sehe«, sagte Herr Maidel lebhafter, als dies sonst seine Art war, und dem Betrachter konnte scheinen, daß sein strenges Gesicht auf einmal die violette Röte des Abendhimmels widerspiegelte. Hat Wein gesoffen, die Kanaille, erkühnte sich das Männlein zu denken.

»Nun, was bringt Ihr mir heute?«

»Eine brandneue Sache. Die Botschaft des kaiserlichen Gesandten an den Revaler Rat. Das Protokoll vom vergangenen Dienstag.«

»Das Sendschreiben Maximilians? Das Offenbürger überbracht hat?«

»Das nämliche.«

»Ah, ich hab schon davon gehört: viel Lärm und nichts dahinter.« Herr Maidel gähnte und nahm das Blatt Papier entgegen, das ihm das Männlein reichte. »Aber wenn Ihr es nun schon einmal mitgebracht habt ... Etwas Belangvolleres habt Ihr nicht?«

»Ich wüßte nicht, was ...«

»Im Rat ist alles beim alten?«

»Gewiß, jetzt ...«

»Und dieser Rüssow, kommt er immer noch zu Euch spionieren?«

»Fleißig.«

»Was interessiert ihn?«

»Alles. Wie immer. Die Ausrüstung des Heeres. Handelsgeschäfte. Ernennungen.«

»Nun, aber *solche* Sachen werdet Ihr ihm doch nicht zeigen?« Herr Maidel hielt dem Männlein mit dem Katzengesicht die Abschrift von Offenbürgers Protokoll unter die Nase.

»Gottbehüte – nein!« sagte der Mann mit dem Katzengesicht fast erschrocken und machte pf-pf-pf. Als blase er etwas von dem Papier, das man ihm vors Gesicht hielt, wer weiß, etwas Eingebildetes oder etwas, was tatsächlich dort war, vielleicht ein Krümchen von der

Abendmahlsoblate, die gewisse Finger hinterlassen hatten ... Und biß sich sofort auf die Lippen, um das spöttische Lächeln zu verbergen, das um seine Mundwinkel spielte. Denn dieses nach Herrn Maidels Meinung nichtssagende und selbstverständlich wertlose Papier war auf einmal so wichtig, daß ...

»Schön. Wartet hier. Ich habe doch ganz vergessen ...«

Herr Maidel ließ das Männlein mit dem Gesicht einer grauen Katze in den Büschen stehen und ging ins Haus zurück. Er hatte so viel Wein getrunken, daß er vergessen hatte, das Geld für diesen Mann einzustecken. Und Herr Topff stand in den Heckenrosen und wartete.

Vom Pferdestall des Herrn Maidel drang Gewieher herüber. Ein Nachtvogel raschelte in den Zweigen. Im Graben unter dem Berg schrien Stockenten und Gänsesäger. Herr Topff stand in den Heckenrosen und dachte: Und ich kenne nicht einmal die Namen der Wasservögel. Woher soll ein Stadtmensch die auch kennen? Hab zwanzig Jahre in ein und demselben Haus gewohnt, in Marquards Haus, hinter dem Frauenkloster. Was dort im Graben schnattert, sind alles Enten ... Und was hier in der Dämmerung so duftet, das sind die Heckenrosen. Sie haben schon große Knospen ...

Er streckte die Hand aus und führte die duftenden Zweige mit den Knospen an die Nase. Ein Zweig stach ihm in die Hand.

Deiwel, eine Rose hat Dornen. Das sollte auch ein Stadtmensch wissen. Die Krone des Heilands war ja auch aus Dornen ... Nein, nein ... *Erniedrigend* lange hat mich Maidel nicht warten lassen, nein ... Aber ab wann eigentlich ist Warten *erniedrigend* und bis wann noch nicht? Das hängt natürlich von dem ab, der einen warten läßt ... Sieh mal an, was schwirrt denn hier noch herum? Ein Mistkäfer! Ja-a, gute Augen müssen sie haben, um jetzt noch rumzuschwirren, ist ja schon ganz dunkel. Nein, Maidel ist zu mir, wie sich's gehört. Schreit mich nicht an und überhaupt ... Versteht sich. Ohne mich kommen sie nicht aus. Die Ritterschaft will über die städtischen Angelegenheiten auf dem laufenden sein. Was ist daran verwunderlich? Sind schließlich die Herren des Landes ... Sie könnten mir ja auch sagen: Wenn nicht du, dann ein anderer. Hm. Woher sollten sie einen anderen nehmen, durch dessen Hände so viele Schriftstücke gehen und der alles ebenso unauffällig bewerkstelligt? Jeder andere hätte längst mit den verdienten Talern geprahlt und wäre ertappt worden. Ich nicht. Ich will weiter nichts als in aller Stille Geld anhäufen und Marquard das Haus abkaufen. Wenn ich in den Ruhestand gehe, will ich im eigenen Haus wohnen und auf eigenem Land Rosen züchten ... Summsumm ... Er fliegt zurück ... Wenn er sich bloß nicht in meinen Bart verirrt, der Gottseibeiuns! Tsch-tsch! ... Aber im großen und ganzen: Schwer zu sagen, wohin ich lieber gehe – hierher oder dorthin, hinter die Heiligengeistkirche ... In Herrn Maidels Augen bin ich ein nützlicher Gegenstand. Der aber, hinter der Heiligengeistkirche, der glaubt, ich sei eine verirrte Seele, deren Verirrungen ihm nützlich sind. Und er kauft sie mir ab (bis heute weiß ich nicht, von wessen Geld) und erteilt mir Absolution ... Sehr bequem, nicht mal zur Beichte muß ich, denn der Beichtvater weiß ja schon alles ... Und er ist großzügiger als dieser Herr hier ... Schwer zu sagen, was mir mehr zuwider ist – daß Maidel das Geld immer hierher auf die Bank legt, statt es mir in die Hand zu geben, oder daß Herr Balthasar, wenn er mir das Geld in die Hand drückt, sich manchmal an mir festklammert und mich mir nichts, dir nichts zu schütteln anfängt, so daß meine Ferdinge über den Boden rollen und ich mich beim Einsammeln verbeugen muß, ob ich will oder nicht ... Bauer bleibt eben Bauer! Ich weiß nicht mal, was mir mehr zuwider ist ... Aber eingefädelt hab ich das schlau: Sollte ich straucheln, beschützt mich Maidel vor der irdischen Macht, Rüssow vor der himmlischen. Sie müssen schon für mich eintreten, sonst sitzen sie selbst in der Patsche.

Herr Maidel kehrte in den Hof zurück. Im Hause hatte er, um den Durst zu löschen, wieder Wein getrunken, und als er den Mund aufmachte, roch er noch säuerlicher als zuvor. »Hier, für Eure Mühe.« Er legte eine kleine Säule von Ferdingen auf die Steinbank zwischen sich und Topff. »Und was diesen Rüssow betrifft ... laßt ihn nicht aus den Augen. Klar? Und sollte etwas sein – kommt sofort zu mir. Erzählt er immer noch, er sammle aus purer Neugierde Angaben? Nur für sich?«

»Jaja.«

»Das ist natürlich leeres Gewäsch. Findet heraus, für wen er arbeitet: für Sigismund, Gotthart, Frederik, Magnus, Iwan oder für den Herrn Statthalter und unseren König Johan – für wen? Heutzutage muß man das einfach wissen. Aber allzu wichtig braucht man ihn auch nicht zu nehmen. Klar?«

»Klar. Schon lange, Euer Ehren.«

Herr Maidel nickte – Herrn Topff die Hand zu geben, hielt er allerdings für überflüssig – und ging ins Haus zurück. Herr Topff harkte das Silber von der Bank in seine Tasche. Das war gerade das Silber, mit dem er Marquard die steinernen Einfassungen des Nordostfensters im Obergeschoß abkaufen wollte. O ja, schon lange hatte er das heißbegehrte Haus in Teile aufgegliedert und spielte dieses Spiel: Mit dem für kleine Dienste erhaltenen Silber kaufte er dieses oder jenes Einzelteil des Hauses. Jetzt steckte er sich die steinernen Einfassungen des Nordostfensters in die Tasche und beugte sich kein bißchen unter ihrer Last, wie Leute sonst, die eine Bürde zu schleppen haben ... Er sagte dem Diener Bescheid, damit der ihn aus dem Tor ließ und hinter ihm abschloß. Er merkte nicht einmal, daß auch das Geschnatter im Graben hinter Tor und Mauer geblieben war und nur das behutsame Schlurfen seiner eigenen Schritte in den dämmerigen Mauern der Häuser und der Domkirche widerhallte. Denn er überlegte: Jetzt habe ich schon die Einfassungen der beiden Nordostfenster – des oberen für das Geld, das jetzt in meiner Tasche klimpert, des unteren (sogar mitsamt dem Kalksteinsims und den schmiedeeisernen Gittern) für Herrn Balthasars Taler gestern. Nur die Scheiben fehlen noch, o Gott, vergib mir Sünder …

Und als der kleine Mann mit dem Katzengesicht, für einen Schilling in die Pforte am Kurzen Domberg eingelassen, die steilen Kalksteinstufen hinunterstieg, spürte er auf einmal die zwei steinernen Fensterpfeiler auf seiner Schulter, jeder drei Ellen lang. Doch trotz ihres Gewichts fiel es ihm lächerlich leicht, sie zu tragen … Zwei behauene Steinpfeiler, beide seltsamerweise auf einer Schulter, und das ließ ihn noch gebückter gehen als sonst. Zwei Pfeiler, und sie lagen nicht, wie es vernünftig gewesen wäre, nebeneinander, sondern einer quer über dem anderen wie ein *Kreuz* … Und auf einmal saß ihm die Angst vor dem Jüngsten Tag im Nacken: In seiner Anmaßung hatte er sich erdreistet, sich bei seinem schamlosen Gang mit Jesus Christus, dem Kreuzträger, zu vergleichen, mochte ihm der Satan diesen Gedanken auch nur einen Augenblick lang eingegeben haben … Und sofort blieb er neben dem Nikolaipfarrhaus auf der Friedhofserde stehen, wo seine Füße in dem lehmdurchsetzten, von den Frühjahrsschauern streifigen Sand versanken. Er bekreuzigte sich …

FÜNFTES KAPITEL,

darinnen wir zu dem Manne zurückkehren, dem zu folgen das eigentliche Ziel unserer Erzählung ist; darinnen ferner der Versuch unternommen wird, Rechenschaft über sein Leben abzulegen, in dem Maße, in dem er sich selbst (natürlich unvollkommen, wie jeder Mensch) über dessen Beweggründe, Grenzen und Ziele im klaren ist; ein Kapitel, in welchem wir auch am Leben seiner Stadt nicht vorübergehen – an diesem Zappeln von Krebs, Hecht und Schwan in der Zeit und an der Stelle, die ihnen zugewiesen: Krebs und Hecht bleiben im ungewissen darüber, daß sie nur zum Teil (und folglich ganz und gar nicht!) diejenigen sind, die bestimmen, wohin sie mit ihrer geringen Beute schwimmen dürfen, denn aus der Stromschnelle können sie ohnedies nicht heraus; doch auch der Schwan weiß nicht, daß es nicht von ihm abhängt, in welche Himmelsrichtung er mit seinem Anteil fliegen kann, sondern letztendlich der aus den Sturmwolken herniederfahrende Wind alles entscheidet

Was aber meint ein Mensch, wenn er stehenbleibt, sich umsieht und die Worte Samuels: »Bis hierher hat uns der Herr geholfen ...« nachspricht?

Ist er seinem Wesen nach mürrisch und selbstsüchtig und neigt er dazu, in bezug auf sich, vielleicht auch auf andere, den aus bitterer Lebenserfahrung erwachsenen Zweifel wichtig zu nehmen, so werden die Worte Samuels in seinem Munde bedeuten: Bis hierher hat er uns irgendwie geholfen, doch dürfte das Weitere wohl kaum so leicht zu erreichen sein. Handelt es sich dagegen um einen Menschen (mit Gottes Hilfe kommt dieser Kasus häufiger vor), dessen Denken und Fühlen auf die Hoffnung gerichtet sind, ähnlich wie die Blüten des Heliotrops auf die Sonne, so bedeuten diese Worte in seinem Munde das, was sie auch in Samuels Munde bedeuteten. Dieser sprach sie nach einem großen Sieg über die Philister, als er auf dem Schlachtfeld den Stein Eben-Ezer, auch Stein der Hilfe genannt, aufstellte. Bis hierher – und wir wollen hoffen, auch fürderhin ...

Einen großen Sieg über die Philister konnte Balthasar keinesfalls für sich verbuchen. War überhaupt jemand berechtigt, von einem großen Sieg zu sprechen – und Anlässe dazu gab es nach Magnus' Abzug monatelang und länger mehr als genug –, so war das zweifellos die

Stadt Reval selbst, die Stadt in ihrer Gesamtheit. Seine, Balthasars, Rolle dabei war winzig klein. Immerhin, eine gewisse Rolle hatte er gespielt. Wer dabei indes die Hauptrolle gespielt hatte (Herrn Sloyers Ratsknechte oder die Schwarzenhäupterbrüder, die Stadtsöldner oder der Rat, den nichts hatte erschüttern können, die Herren Oxenstiern oder Leion oder die Schloßgarnison), darüber war man mehr und mehr geteilter Meinung. »Oben« trank man während dieser Wortgefechte den Wein stofweise und überschrie sich gegenseitig, »unten« aber leerte man zuerst unzählige Krüge Bier und zog dann mit denselben Krügen den Gegnern eins über den Schädel (glücklicherweise beförderte man niemanden ins Jenseits), um diesen unwissenden Dickschädeln die reine Wahrheit einzuhämmern ...

Doch immerhin, einen Philister hatte auch Balthasar besiegt. Freilich darf man das wohl kaum als einen irgendwie bedeutsamen Sieg ansehen. Denn wie wir schon wissen, formaliter hatte er ihn schon lange vorher errungen, und zwar den Sieg über keinen anderen als den Kürschnermeister Hans Gandersen von der Raderstraße, oder anders ausgedrückt, über seinen Schwiegervater, der immer mürrischer dreinschaute.

Im Frühjahr war das gewesen, nach der Aufhebung der Belagerung, während des großen Siegestaumels. Als Fenster, Türen und Pforten, Ankerplätze und Straßen, als alles sofort wieder offen war, wenigstens bis hin zu den nächsten Dörfern außerhalb der Stadtgrenzen. Als die Städter, und keineswegs nur die Buben und Mädchen, vor allem wohl die Handwerksburschen, aber auch ehrsame Meister und ihre Frauen, ja selbst Gildenvorsteher und Bürgermeister mit ihren Gemahlinnen mehrere Tage hintereinander bei freudigem Kirchenglockengeläut durch Schnee und Schlamm unter strahlendem Märzhimmel zum Laaksberg strömten. Strömten, um von dort oben einen gerührten Blick auf ihre alte heldenmütige Stadt zu werfen und mit einem Stockende oder der Stiefelspitze in den Bergen von Asche zu stochern, die vom Magnusschen Lager übriggeblieben waren.

Damals, im Eifer der Dankgebete und Siegesmähler, also zum günstigsten Zeitpunkt, geschah es denn auch. Balthasar erschien im Hause des Kürschnermeisters und sagte: »Jetzt.«

Der Meister schnaufte und schaute an ihm vorbei – vorbei an dem in diesen Kriegs- und Pestmonaten noch sehniger Gewordenen, aber dennoch vor Gesundheit strotzenden, dem Aufdringlichen, doch leider mit gutem Grund auf sein Recht Pochenden, vorbei an diesem Kanzelhund. Dann blickte der Alte ihm gerade ins Gesicht und entgegnete mit leicht bebender Stimme, die vielleicht verriet, daß er in diesem seinen Schritt nicht nur die Erfüllung eines Versprechens sah, sondern auch ein Dankesopfer an Gott, weil die Pest ihn und die Seinen verschont hatte und weil die Belagerung vorüber war: »Schön. Wenn ich's dir nun mal versprochen habe.«

Immerhin, bis es zur Festsetzung des Hochzeitstages kam, hatte Gandersen noch so viel zu feilschen, zu schulmeistern und hinauszuzögern, daß die Hochzeit erst Mitte Juli stattfand. Balthasar dachte: Geradeso, als sei Elsbeth nicht seine Tochter, sondern sein Geldsack und als wolle er, bevor er ihn abtrat, noch für ein, zwei Monate mehr Prozente erhalten …

Endlich hatte man, mit Gottes Hilfe, in allem völlige Klarheit erzielt. Der Ehekontrakt enthielt alle Einzelheiten. In dem für die Hochzeitsfeier bestimmten Saal der Großen Gilde waren die Festtafeln für fünfzig Personen gedeckt. Annika, jetzt die Frau des Domschullehrers Winkler, hatte das übernommen und obendrein zu dem in der Gilde vorhandenen Geschirr noch ihre eigenen sowie Herrn Winklers Schüsseln und Gläser mitgebracht. Beizeiten hatte man Brautjungfern und Brautführer eingeladen, hatte man für diesen Abend die Ratsspielleute bestellt, vier Männer mit Instrumenten, und ihnen, um das Musizieren mit geziemendem Gesang zu unterstützen, jene sechs Knaben aus der Heiligengeistschule an die Seite gestellt, für die Balthasar aus diesem Anlaß neue Röcke und Hosen hatte nähen lassen. Zwar

war für das Hochzeitsmahl nicht Gott weiß was für unbekanntes Mandelgebäck und Marzipankonfekt bestellt worden, doch gebratenes Ochsenfleisch, gebratene Hechte und Gänse gab es in Hülle und Fülle, auch an Bier sollte kein Mangel sein. Für die weibliche Hälfte der Gesellschaft standen in der Vorratskammer der Gildenküche mehrere Fäßchen mit Malvasier bereit ... Balthasar konnte nicht einmal sagen, warum alles derartige Ausmaße angenommen hatte. Schließlich hatte er die vierhundert Mark für seine Hochzeit – für Elsbeths und seine Hochzeit, nota bene! – mehr aus Übermut aus seinem Schwiegervater herausgepreßt! Doch unter den Händen von Frau Horstmann als der älteren Schwester der Braut und Maijkes als der Hausfrau war dann im Hause des Schwiegervaters die Hochzeitslawine ins Rollen gekommen. Ihre riesigen Ausmaße gingen Balthasar seltsamerweise gegen den Strich und doch auch wieder nicht ... Diese Ausmaße widersprachen der einfachen Grundlage seiner Gewohnheiten. Gewiß, er hatte diese Grundlage auch selbst überschritten, indem er beschloß, seine Hochzeit nicht, sagen wir, in der Kanutigilde, sondern im Saal der Großen Gilde zu feiern. Er war Geistlicher und hatte, hergebrachtermaßen, durchaus das Recht dazu. Das stimmte. Trotzdem gab es auch andere Leute seines Formats, das heißt von Bauern abstammende Revaler Pastoren, zum Beispiel Huhn und Mündrik und wen sonst noch, die auf diese Extravaganzen verzichtet hatten. Denn mochte das auch noch so rechtens sein – irgendwie unverschämt war es doch. Obendrein hatte er sich zu Malvasier, zu Spielleuten und allerlei anderen Absonderlichkeiten überreden lassen. Nicht gerade überreden lassen, aber er hatte sich doch in gewisser Weise blind und taub gestellt, wenn seine Schwägerin Agnes und Maijke, ja selbst Elsbeth beschlossen, mit diesem und jenem mehr Aufwand zu treiben, als das, sollte man meinen, dem Bräutigam lieb war ... Eines jedenfalls freute ihn: Er hatte verboten, übermäßig viel Süßigkeiten zuzubereiten. Und noch etwas freute ihn: Das bei den Süßigkeiten eingesparte Geld, ja mehr als das, über ein Viertel jener vierhundert Gandersenschen Mark hatte er in seiner Blindheit den sechs Schuljungen in den Rachen geworfen (wie angeblich sein Schwiegervater gesagt hatte), indem er sie in neue Röcke und Hosen steckte …

Wie auch immer, am 14. Juli 1571, gegen zehn Uhr morgens, zu einer Stunde, da sich der dichte Morgennebel zwar schon gelichtet, aber noch nicht völlig zerstreut hatte und wie mit feuchten Händen in den Mauern das Echo der Worte auffing, gab in der Olaikirche Bischof von Geldern den Bräutigam – seinen nicht mehr Gott weiß wie jungen Bruder im Dienste am Herrn – und dessen Braut Elsbeth, Tochter des Kürschnermeisters Gandersen, von nun an Balthasars Weib vor Gott und den Menschen, zusammen. Und da es der Herr Bischof immerhin mit einem Amtsbruder zu tun hatte, beschränkte er sich nicht darauf, nur das Jawort entgegenzunehmen und die Ehe für geschlossen zu erklären, er hielt dem Brautpaar auch eine kurze Predigt. Hielt sie auch für die Schaulustigen unter den Mitgliedern der Olaigemeinde – und das waren weit mehr, als Balthasar erwarten konnte. Auch die Hälfte der Heiligengeistgemeinde war in der Kirche, jedenfalls war die Hälfte der Frauen seiner Gemeinde gekommen, um der Trauung beizuwohnen, ganz zu schweigen vom neuen Heiligengeistküster Meckius, den Kirchendienern, mit Päärn, Tran-Andres' Sohn, an der Spitze, und vom Glöckner Märten, irgendwo dort hinten, mit der Schulter an eine Säule gelehnt, die Augen zusammengekniffen, eine Schote Johannisbrot zwischen den Zähnen. Von den einstigen Bewohnern von Fischermai sah man gewiß deshalb eine solche Menge in der Kirche, weil die Leute größtenteils noch immer in ihren Zufluchtsorten in der Stadt hausten (nur einige, nur die Eifrigsten, hatten sich auf den Brandstätten am Stadtrand schon eine Hütte zusammengezimmert). Nun ja, *diese* verstanden natürlich nicht, was Herr Geldern auf deutsch zu den Jungvermählten, namentlich zum Bräutigam, sagte. Und die anderen konnten es nicht hören: weil die morgendliche

Feuchtigkeit auch in die Kirche gedrungen war, was die Worte, wie schon gesagt, dumpf und feucht machte. Gut möglich, daß allein Balthasar ganz begriff, was Herr Geldern eigentlich meinte (und natürlich auch Annika, die mit ihrem emsigen grauköpfigen Winkler sittsam links vom Altar saß, als einzige Anverwandte des Bräutigams) ... Jaja, auch Annika begriff wohl, was Herr Geldern meinte, als er mit seiner geschulten Kanzelstimme, gedämpft, fast im Flüsterton und, bei aller Feierlichkeit, unmerklich boshaft sagte: »Und es freut mich, unseren lieben jungen Amtsbruder, der heute mit seiner schönen Braut vor dem Altar steht – es freut mich, ihn an die Worte des Apostels Petrus erinnern zu können, an den 3. Vers aus dem 4. Kapitel des 1. Briefes: Denn es ist genug, daß wir die vergangene Zeit des Lebens zugebracht haben nach heidnischem Willen, da wir wandelten ... Nun, aber unser junger Mitbruder weiß selbst am besten, worin wir, Petri Worten zufolge, wandelten ...«

Balthasar stand neben Elsbeth auf der Kalksteinstufe des Altars, blickte auf den Saum des dunkelblauen Gewandes, den Saum, der über dem grauen Stein schillerte, sich hob und senkte, zu leben schien, und preßte Elsbeths Hand. Preßte sie so, daß es schmerzte. Vor Hilflosigkeit und Niedergeschlagenheit, weil Herr Geldern ihn mit dieser dreimal verfluchten Ironie natürlich an seine sündhaften Abenteuer mit Frau Friesner und Gott weiß was für Laster noch erinnern wollte, denen seine Vorfahren und er selbst gefrönt hatten. Denn was Herr Geldern weggelassen, Petrus aber aufgezählt hatte, lautete: ... da wir wandelten in Unzucht, Lüsten, Trunkenheit, Fresserei, Sauferei und greulichen Abgöttereien ... Unzucht, Lüste – schön ... Aber Sauferei? Hatte Balthasar darin viel gesündigt? Und Abgöttereien ... In bezug auf ihn war das mehr als absurd ... (Sofern hier nicht auf etwas angespielt wurde, woran er manchmal insgeheim tatsächlich dachte: Ich möchte wohl wissen, was es mit den hiesigen Göttern auf sich hat. Wo sind sie geblieben – wenn es sie je gegeben hat? Und gibt es sie nicht auch jetzt noch irgendwo? Wo ich doch immerhin *einen* mit eigenen Augen gesehen habe, wenn auch vor langer Zeit? Und wo doch alle Landleute ringsum sie auch weiterhin anbeten, mögen sie sich auch noch so christlich gebärden?) Doch er preßte die Hand seiner Frau nicht nur, weil er entrüstet war. Sondern auch, weil er wußte, wie fern ihm das alles lag, woran man ihn erinnern wollte (oder doch wenigstens das, woran er sich selbst erinnerte), und am liebsten laut gelacht hätte. Aber auch vor übergroßer Freude preßte er Elsbeths Hand, aufrichtiger Freude (deren Aufrichtigkeit er just hier, auf der Altarstufe, empfand, die er genoß und zugleich für unmännlich hielt), jedenfalls vor Freude darüber, daß diese warme bebende Hand, die er drückte, endlich hier war und unwiderruflich ihm gehörte.

Und diese tiefe Freude half ihm, die ganze Abgeschmacktheit und Peinlichkeit des Hochzeitstages zu überstehen. Erst am Abend, als der Gildensaal von Hochzeitsgästen wimmelte, die Instrumente kreischten, die Stimmen der Sänger erklangen und Balthasar, der noch nichts gegessen hatte, einen Gänseknochen abnagte, einen Krug Bier hinunterstürzte, ja sogar mit seinem Schwiegervater ein Glas Wein trank, begann er sich allmählich wieder als Mensch zu fühlen. Besonders nachdem Elsbeth und er, den Reigen eröffnend, als erstes Paar den großen Tanz im Rhythmus der Chaconne tanzten. Dieser Tanz war nichts als ein ziemlich sinnloses Schreiten in einer Reihe, wobei sich die Paare von Zeit zu Zeit voreinander verbeugten. (Ein richtiger Tanz mit Sprüngen, so daß seine Hände auf Elsbeths Hüften ruhten, beim schrillen Ton der Sackpfeife inmitten dieser Violas à la gambe oder wie sie sonst hießen – ha-ha-ha-ha! –, daran war auf der Hochzeit eines Stadtpastors gar nicht zu denken ...) Trotzdem konnte er auch bei diesem Tanz der vornehmen Gesellschaft Elsbeth mit seiner ganzen Bräutigamsleidenschaft und -ungeduld bei der Hand halten, sie an sich ziehen und ihr in die sanften, dunkel gewordenen, beim Kerzenlicht blitzenden Augen schauen ... Und sich natürlich mit vielen unterhalten: mit seinem neuen Schwager Godert, dem bewußten Horstmann, seines Zeichens Bäckermeister, einem geräuschvollen Mann mit rötlichem Quadratschädel, der, nebenbei gesagt, schon angeheitert war und fortwährend versuchte, Küster Meckius' rundliche Frau zu umarmen, bis ihm Balthasar Einhalt gebot. Ferner mit dem aufreizend schulmeisterhaften Pastor Walther von der Nikolaikirche, der auf einmal vor Balthasar katzbuckelte. (Der Grund dafür war unschwer zu erraten: Der Bischof höchstpersönlich hatte geruht, zu Balthasars Hochzeit zu kommen, überdies nicht allein, sondern mit der ganzen Familie, mit seiner Gemahlin und drei Töchtern. Also nicht bloß, weil er die jungen Leute getraut hatte, und nicht bloß, weil er der Prinzipal des Bräutigams war, sondern auch als Amtsbruder, als Bekannter, jaja. Und wenn man sah, wie betont leutselig und wohlwollend sich der Bischof mit Balthasar unterhielt, mit welch ausgezeichnetem Appetit er dem Gänsebraten zusprach und dazu Bier trank, dann, ich bitte Euch, war er offenbar in keiner anderen Eigenschaft hier als der eines ehrwürdigen Freundes des Bräutigams ...) Es versteht sich von selbst, daß Balthasar auch mit dem Bischof ein paar passende Worte wechselte und, nicht genug, vielleicht auch einige nicht so ganz passende ... Ja, unerachtet seiner Erfolge im Amte, unerachtet seiner Reife und von nun an auch der Gesetztheit des verheirateten Mannes, hatte Balthasar bis dato keineswegs das uralte kindische Prinzip »Gleiches mit Gleichem« überwunden, obschon ihn sein Amt verpflichtete, darüber erhaben zu sein und den Leuten den evangelischen Geist einzuflößen. O weh! Statt sich wahrhaft christlicher Duldsamkeit zu befleißigen, war er innerlich streitsüchtig gestimmt und schalt sich selbst: Warum mußt gerade du die andere Wange hinhalten, warum muß gerade ein Bauernpastor alles schweigend hinnehmen, während sein Bischof gar nicht daran denkt! (Balthasar sah wohl ein, es war unredlich, hier ins Feld zu führen, daß er ein Bauernpastor war, und damit seine Kleinlichkeit und Unvernunft zu bemänteln, doch diese Einsicht ließ ihn nicht anders handeln. Vielmehr veranlaßte sie ihn, sich provokatorisch die Beweggründe für seine Unvernunft klarzumachen: Ach, da kommt dieser Halunke, der den großen Herrn spielt, im heiligen Augenblick der Trauung zu mir, um mich für meine Dummejungenstreiche abzukanzeln. Statt die Zunge im Zaum zu halten und sich an seine eigenen bischöflichen Sünden zu erinnern, die er im selben Pfühl begangen hat wie dieser dumme Junge ...) In dieser Verblendung befangen, spitzte Balthasar die Lippen, und seine runden Augen verengten sich schamlos von dem spöttischen Lächeln, das um seinen Mund spielte, als er sagte: »Der Umstand, daß Serenissimus gerade diese Worte des heiligen Petrus ausgewählt haben, wo es nicht *du*, sondern *wir* heißt, nicht du hast zugebracht, sondern wir haben zugebracht, nicht du wandeltest, sondern wir wandelten ... Das war vortrefflich. Und so ermutigend. Für unsere sündigen Seelen.«

Statt einer Antwort schluckte Herr Geldern lange, aber Balthasar wartete nicht erst, bis jener sich zu einer Entgegnung aufraffte, sondern wandte sich an die Gemahlin des Bischofs: »Wenn die gnädige Frau nicht dagegen und dieses junge Mädchen einverstanden ist, würde ich gern ein Tänzchen mit ihr wagen.«

Die gnädige Frau hatte nichts dagegen. Das Mädchen errötete bis über beide Ohren. Zwischen den Säulen des Gildensaales führte Balthasar die Bischofstochter zum Tanz. Als sie, bei den Klängen der Violen eine Acht vollführend, an der Mittelsäule wieder zusammentrafen, begann Balthasar: »Erinnert sich Fräulein Magdalena ...«

Sie aber unterbrach Balthasar: »Aber Herr Pastor, ich bin doch nicht Magdalena! Ich bin Agneta. Magdalena ist meine jüngste Schwester.«

»Wirklich?« wunderte sich Balthasar und wäre fast errötet. »Aber ich habe ... wieviel doch gleich? Dreizehn Jahre lang geglaubt, Ihr seid Magdalena. Seit jenem Tag, an den ich Euch erinnern wollte: seit dem Mai achtundfünfzig, seit dem Tage, da ich die Lateinschule beendete. In der Nikolaikirche hielt Euer Vater die Predigt, Ihr aber saßt dort mit Eurer Mutter ... Ich weiß noch, wie jemand sagte: ›Die kleine Magdalena, des Pastors Tochter ...‹«

»Die kleine Magdalena lag damals noch nicht einmal zu Hause in der Wiege. Dort in der Kirche, das muß doch wohl ich gewesen sein.«

»Wahrscheinlich habt Ihr recht«, stimmte Balthasar zu, »aber wo ist denn die kleine Magdalena heute?«

»Ach, sie ist ja fast noch ein Säugling. Acht Jahre alt. Sie ist daheim und quengelt: Ich wi-ill auf die Ho-ochzeit des Herrn Balthasar! Aber Mama hat gesagt, solche kleinen Mädchen hätten dort nichts zu suchen. Und ich habe Magdalena versprochen, daß sie im Herbst, auf meiner Hochzeit mit Herrn Joachim, Brautjungfer sein darf.«

»Ach, wenn ich recht verstehe, heiratet Ihr demnach im Herbst Herrn Joachim, meinen Amtsbruder?«

»Ja-a. Am Martinstag.«

»So ist das also. Darum tanzt Joachim so eifrig mit Eurer Mama.« Das sagte Balthasar zu Agneta. Zu sich selbst aber sagte er: Man muß sich folglich in der Töchterwirtschaft seines Prinzipals besser auskennen. Auch wenn man verheiratet ist. Erstens aus Höflichkeit und zweitens: Viel hätte nicht gefehlt, und ich hätte Joachim vor seiner Braut eine langweilige Hopfenstange genannt ...

Die Violen waren verstummt, und statt der Spielleute bestiegen nun die sechs Sängerknaben in den schwarzen Röcken das Treppenpodest. Die Tanzenden kehrten an die Tische zurück. Als Balthasar und Agneta an den Tisch traten, sang oben der Korbflechter Peeter mit so hellem Diskant, daß nach und nach auch die Stimmen der Hochzeitsgäste verstummten:

In meyner bolen garten,
Dar sten drey bomelyn.
De eyne, de dreget muschatenblomen,
De ander negelkyn ...

Balthasar nahm von einer Schüssel auf dem Tisch die beiden größten Lebkuchen in Form eines Herzens, jeder ein halbes Pfund schwer.

»Fräulein Agneta, den hier eßt auf meine Gesundheit und auf Euer Glück. Und diesen anderen bringt der kleinen Magdalena. Als Trost. Weil sie nicht auf meine Hochzeit durfte.«

Wonach Balthasar noch einen guten Krug mit seinem Schwager Winkler trank. Wenn dieser noch recht jugendliche, aber schon grauhaarige Mann schluckte, tanzte sein Adamsapfel auf und ab, und das weckte Balthasars Mitgefühl, zugleich aber war ihm fröhlich und behaglich zumute ... Mit anderen Worten, die Welt wurde allmählich immer leichter. Nicht, daß die Hochzeitstafeln angefangen hätten zu schaukeln und sich in die Luft zu erheben. Oder daß die Hochzeitsgäste – vornehme Herren in festlichen Gewändern mit geschlitzten Puffärmeln und gesetzte Männer und Frauen mit Gold- und Silberschmuck (überwiegend allerdings mit Silberschmuck) – vor Balthasars Augen verschmolzen wären und in der Luft geschwebt hätten. Nein, nein. Er sah sie alle zusammen klar und jeden einzelnen deutlich. Vor dem weltlichen Vordergrund, den dunkelblau-grünbraunen Kaufleuten und Handwerkern, hoben sich die schwarzen Kleider seiner Amtsbrüder ab, dahinter aber, völlig an ihrem Platz und kunterbunt – die kurzen Jakken der Kirchendiener. Ach was, in Wirklichkeit war die Welt gar nicht so übel ... Jetzt verdroß es Balthasar kaum noch, daß ihm sein Schwiegervater am Hochzeitstage nicht, wie versprochen und im Ehekontrakt festgelegt, die Schatulle mit dem Silberschmuck von Elsbeths Mutter ausgehändigt, sondern etwas gemurmelt und Balthasar vertröstet hatte ... Schön ... Und Balthasars Neigung, von Zeit zu Zeit Behauptungen über die Welt und die Menschen aufzustellen und generaliter ins Feld zu führen, trat in diesem betäubenden Durcheinander und dieser Unruhe wieder einmal zutage ... Balthasar musterte die Gäste und dachte: In der Tat, der Garten der lebendigen Geschöpfe unseres Herrgotts ist doch noch bunter als beim Herzog von Pommern in Stettin … Schau, dieser mein Schwager gleicht aufs Haar einem großen, dürren, grauen Hasen. Nur weiß ich nicht, ob er ein tapferes Herz hat, wie es ja die Hasen haben sollen. Schließlich verkauft Apotheker Dyck denen, die eine Mixtur gegen alle möglichen Ängste haben möchten, nicht umsonst getrocknetes Hasenherz …

Abermals führte Balthasar seine junge Frau zum Tanz und dachte dabei: Schau, mein Nachbar dort, der Herr Dyck, tanzt so flott mit seiner Gemahlin, just wie ein alter schnurrbärtiger Seehund mit einer riesigen grauen Katze: Bei ihm zittert der dünne Schnurrbart, und bei ihr, die ihren guten Ruf eingebüßt hat, fliegt der blaue Seidenschleier nur so … Aber könnte ich eine Frau zurücknehmen, die von mir, sagen wir, zu meinem Küster Meckius gelaufen, dafür von der Kirche zur Schandbank verurteilt und dann abermals zu ihm ins Bett gekrochen wäre – könnte ich sie zurücknehmen, wie dieser Herr Dyck seine Frau zurückgenommen hat? Nein, niemals. Aber ich werde das ja auch nie im Leben nötig haben.

»Balthasar, warum hast du mich plötzlich so gedrückt?«

»Vor Freude, daß du bei mir bist.«

Von Zeit zu Zeit achtete Balthasar auch darauf, daß es bei der Hochzeitsfeier gesittet zuging: Er hieß Märten, den Organisten der Siechenkirche zur Ruhe zu bringen. Dieser Dummkopf grölte, als die Musikanten spielten, in seiner Bierseligkeit so laut, daß er sogar die Violen übertönte. Und der Böttcher Falck, den Balthasar, nebenbei gesagt, nur deshalb zu seiner Hochzeit eingeladen hatte, weil er auf Falcks Hochzeit Elsbeth näher kennengelernt hatte, dieser Christian Falck mit dem prachtvollen Schnurrbart, hochrot im Gesicht, fing an, den König (versteh einer, welchen – ob einen fremden oder den eigenen Johan) zu rühmen und, fordernd, man solle ihm zuhören, mit der Faust auf den Tisch zu schlagen, so daß das Geschirr klirrte und das Eichenholz krachte und sich schon der zweite Krug Bier über den

Tisch ergoß. Da ging Balthasar auf diesen Tropf zu, obwohl Falck einer der Vorsteher der Heiligengeistkirche und folglich deren Stütze und obendrein auch Ratsmitglied der Kanutigilde war, und sagte streng: »Christian, die Leute sind hier, um sich zu vergnügen, nicht aber um Allotria zu treiben. Scher dich fort!«

Und Meister Falck ging wutschnaubend fort. Dem Pastor und Bräutigam zu widersprechen, wagte er nicht.

Ja. Im Haus mußte unbedingt Ordnung herrschen. Wie sonst hätte Balthasar erst in der letzten Woche dort oben, in seinem Zimmer, am knarrenden Pult auf den grauen Blättern schreiben und dabei fühlen können, daß gerade diese Eintragung eine der lebendigsten und genauesten war, die er je zu Papier gebracht hatte.

Da geschah ein unmäßiges Saufen, besonders bei den Dienern der Ordensherren und Edelleute, wobei der eine dem anderen ein halbes oder ganzes Maß Bier zutrank auf einen Zug; er hielt den einen Krug am Munde, reichte einen zweiten aber hin, daß man ihn fülle, bis er sie alle in einem Zug geleert hatte. Und ein solches Schwelgen geschah auch nicht ohne Bierverschwendung, denn die Diele der Gildenstube war von dem verschütteten Bier so naß geworden, daß man überall Heu auf den Boden streuen mußte, wenn man darauf stehen, gehen oder tanzen wollte.

Der Fußboden des Gildensaales war, mit Gottes Hilfe, auf Balthasars Hochzeit beinahe makellos rein. Balthasar tanzte auch mit seiner Schwägerin Agnes und dachte dabei: Diese Bäckersfrau ist viel verschlossener und strenger als Elsbeth. Betrachtet man sie aus der Nähe, dann sieht man, daß die ein, zwei Jahre Ehe mit Godert Sorgenfalten in ihren Mundwinkeln hinterlassen haben. Und doch wirkt sie noch frisch und jung. So daß man sagen kann: Wenn Elsbeth ebenso alt ist – also in sieben Jahren – und dann nicht schlechter aussieht, geht das noch an. Überdies habe ich keinesfalls vor, für die gleichen Sorgenfalten in ihren Mundwinkeln zu sorgen ... Später tanzte Balthasar auch mit seiner Schwester Annika und dachte: Freilich, sie wird mir immer fremder. Und doch ist sie ein altvertrautes Teilchen meines Fleisches und Blutes und meiner Kindheit, hier, in diesem Getümmel, das die Gefühle betäubt … Und da fragte Annika ihn ganz überraschend, so überraschend, daß er nicht mitbekam, ob und in welchem Maße sie in ihrer Frage den einstigen spöttischen Ton der älteren Schwester anschlug: »Na, wie steht es, Pall? Ist man *jetzt* auf dem Gipfel seines Glücks?«

Ein Weilchen verging, bis Balthasar antwortete: »Warum denn nicht!« Und er spürte selber, daß seine Antwort, wie soll man sagen, sogar aufrichtig wirken konnte …

In der Tat – warum denn nicht?

Die kleine Strafe dafür, daß er in seiner Ungeduld der demütigenden Einflüsterung des Fleisches nachgegeben und vor der Trauung mit Elsbeth gesündigt hatte, wagte er nicht für ungerecht zu halten. Und keinesfalls konnte er als große Strafe ansehen, was ihm zuteil wurde. All seiner behutsamen Mühe zum Trotz hatte er erst nach Ablauf von zwei Wochen das erreicht, wonach ein Mann sagen darf, es sei ihm gelungen, für die Frau den Apfel vom Baum des Paradieses zu holen …

Jetzt, am fünfzehnten Morgen seines Ehelebens, stand Balthasar, barfüßig, in einem bis zu den Waden reichenden braunen Hausmantel, im Schlafzimmer des Pfarrhauses, die kräftigen Beine über den unebenen, ellenbreiten Fußbodenbohlen gespreizt, und betrachtete das Gesicht der schlafenden Elsbeth. Den in unbewußtem Lächeln halb geöffneten, feuchten, lebensvollen Mund und die leicht überschatteten, von den Lidern bedeckten Augen.

Balthasar wollte sich über seine Frau beugen, er suchte auf dem Bettrand einen Halt für seine Hände und fand keinen. Um sie nicht zu wecken, wenn er sich aufstützte, stemmte er die Arme in die Hüften und neigte sein Gesicht über Elsbeths Antlitz. Er sog den Duft ihres aufgelösten Haares ein und die Wärme, die aus ihrem Hemdausschnitt stieg. Er näherte seinen Mund ihren Augen, die hinter den Wimpern schlummerten, und empfand beinahe schon die kitzelnde Berührung. Doch er berührte sie nicht mit den Lippen, er fürchtete, Elsbeth zu wecken. Er schmunzelte, richtete sich auf, legte die quadratischen Fäuste auf die Schultern und spreizte die Ellenbogen ab. Aus voller Brust atmete er die Stäubchen im Sonnenlicht und den Geruch der Steinmauern und Daunenkissen ein und breitete die Arme aus, daß es knackte, der Rock aufging und die muskulöse Brust entblößt wurde, unter den rötlichen Härchen waren auch zwei, drei graue.

Lange reckte und streckte er sich, dann ging er aus dem Schlafzimmer und stieg die Treppe hinab, die aus der Diele nach unten führte. Im Hof wandte er sich auf das Pochen der Axt hin zur Sauna und zur Scheune hinter dem Haus. In einem hedenen Hemd hackte Märten hier Holz für den Kessel. Balthasar wünschte ihm einen guten Morgen und sagte »Gott helf!«, er wollte schon vorübergehen, blieb aber stehen.

Irgendein flüchtiges, grundloses Schuldgefühl mochte ihn dazu veranlaßt haben. Aber es wäre ja dumm, sich die Schuld daran zu geben, daß *er* der war, der er war, der andere aber vor seiner, Balthasars, Sauna auf einem Hauklotz Holz hackte ...

Balthasar stand da und lauschte, wie jenseits der Mauer im Siechenhaus, nach dem Gebet um das tägliche Brot, dumpfe Stimmen einen Choral sangen, und schaute Märtens gleichmäßigen, genauen und irgendwie ein wenig dreisten Schlägen zu ... Gott allein weiß, ob in seiner Frage eine kaum merkliche Spur von Neid lag oder ob er ganz frei von Neid war, als er fragte: »Märten, und du hast nicht vor, ein Nest zu bauen?«

»Noch nicht.« Märten sah, während er ein neues Holzscheit spaltete, Balthasar flüchtig an.

»So. Du hast mir einmal gesagt – es ging um die Kruwelschen Bademägde –, ein Glöckner darf, was für einen Pastor Sünde ist. Erinnerst du dich?«

»Ja.« Märten hieb die Axt in einen Holzklotz.

»Vielleicht wird das auch für einen Glöckner allmählich Sünde?«

»Willst du mich loswerden?«

»Was soll der Unsinn?«

»Wenn ich für dein frommes Haus zu sündig bin.«

»Dummkopf du. Wo denkst du hin?«

Es schien, als sei es jetzt schon Märten, der, grinsend und flapsend, den ihm in die Hand gegebenen Faden spannte. Sein schmales, unbewegtes Gesicht blieb dabei trotzdem ernst.

»Hm. Die Welt ist groß. Auf Huntipäh liegen halbverkohlte Balken rum, soviel man will. Es ist keine große Kunst, sich dort eine Hütte zusammenzuzimmern.«

»Und es tut dir nicht leid, fortzugehen?«

»Aber ich will ja gar nicht fortgehen.«

»Na, warum schwatzt du dann dummes Zeug ...« Balthasar brachte die Rede auf etwas anderes. »Sag lieber, ich will dich schon seit ein paar Tagen danach fragen und bin nie dazu gekommen: Stimmt es, daß man von der Holzschnitzerzunft gekommen ist, um dich zu beschnüffeln?«

»Es stimmt.«

»Wozu das? Und wer?«

»Na ja, dieser aufdringliche Schwätzer Meldorp hat rumerzählt, ich hätte der Kirche von Wrangelsholm meinen Schnickschnack verkauft.«

»Was war denn das für ein Schnickschnack?«

»Ein winziger Mose aus Lindenholz.«

»Und wozu haben die von Wrangelsholm ihn gebraucht?«

»Sie haben dort eine Kanzel auf vier Beinen – Mose, Josua, Elias und Jeremia. Aber der Mose ist entzweigegangen. Sie hatten Angst, der Pastor bricht mitsamt der Kanzel zusammen.«

»Und wie sind sie auf dich gekommen?«

»Ich hab im Fischhafen ihren Glöckner getroffen. Er und ich, wir haben einen halben Krug Bier getrunken, bei mir, hier, in deiner Badstube. Er hat den Alten gesehen, der noch nicht fertig war. In der Woche darauf sind dann ihre Kirchenvorsteher von Wrangelsholm gekommen, um ihn sich anzuschauen, und haben beschlossen, ihn zu kaufen.«

»Und warum sind sie nicht in die Zunft zu den Holzschnitzern gegangen?«

»Na, Meldorp oder ein anderer hätte für so ein Stück zwanzig Märker genommen. Mir aber haben sie nur zwei Mark geboten.«

»Und du hast ihnen den Mose trotzdem verkauft?«

»Nichts hab ich verkauft. Hab vorausgesehen, daß die Zunft Lärm schlägt.«

»Na, was will man dann von dir, wenn du ihn nicht verkauft hast? Zeig mir, wie er aussieht.«

»Was soll ich dir zeigen? Jetzt ist er ja doch bei ihnen dort.«

»Wie ist er da hingekommen, wenn du ihn nicht verkauft hast?«

»Hab ihn so weggegeben. Aber das beweis ihnen erst mal ...«

»Nun, das kann man schon beweisen.«

»Weiß der Kuckuck. In den Block werden sie mich dafür nicht gleich legen, denke ich. Aber diese dumme Rechtfertigung ist noch schlimmer als der Fußblock!«

»Reg dich nicht auf. Ich spreche mit jemandem von der Zunft. Oder wenigstens mit dem Oldermann der Kanutigilde. Und dem Pastor von Wrangelsholm kann ich auch schreiben. Ich schreib, sie sollen dir zehn Mark schicken. Einverstanden?«

»Nein, das laß lieber. Ich werde das Geld nicht nehmen!«

»Schön. *Das* tu ich also nicht.«

Balthasar schritt von der Sauna zurück in Richtung Haus, ging daran vorüber und schlenderte mit bloßen Füßen über die noch morgendlich kalten Kalksteinplatten zwischen den Grabhügeln. In seinem Bewußtsein war etwas, was ihm Verzeihung, Befreiung gab, etwas Tröstliches: Er konnte für Märten eintreten ... Vom Friedhof ging er zum Weckengang, wo just eben die Bäcker ihre halb im Keller gelegenen Läden aufmachten (der eine hatte Mönchskapuzen gebacken, ein anderer Fladen, dieser Brezeln, jener Semmeln), und bot ihnen Gelegenheit, ihn zu grüßen und sich zu wundern, daß er barfuß umherspazierte. (Mögen sie schauen, soviel sie Lust haben! So sind wir nun mal, und warum sollen wir nicht so gehen, wenn es uns so gefällt?) Beim Bimmeln des Türglöckchens trat er in die noch leere Apotheke des Herrn Dyck.

Balthasar setzte sich neben dem Fenster an ein Tischchen, wo man gewöhnlich Wein trank, unter dem an der Decke hängenden Balg eines gelbbäuchigen Krokodils, und beobachtete durch die mittlere, nicht bemalte Scheibe des bunt angestrichenen Fensters das frühmorgendliche Markttreiben, die Hausfrauen und Mägde vor den Marktbuden, das Gedränge rings um die Bauernwagen. Wahrhaftig, das Reval belagernde Heer hatte im Winter das ganze Harriener Land leer gefegt und ratzekahl gefressen. Trotzdem, so erstaunlich es auch sein mochte, hatten sich auf dem Grunde seiner Kornkammern, in versteckten Speicherwinkeln, noch einige Vorräte gefunden, um sie auf den Markt zu bringen ... Trotzdem herrschte noch reges Leben und Treiben in den auf Kalkstein und Sumpf erbauten Dörfern des Revaler Landes. Wenigstens in denen, die der Belagerer nicht eingeäschert hatte. Wie er diesmal, zum Glück, auch Kurgla verschont hatte. Dennoch hatte der Krieg Ohm Jakob sehr geschadet. Das stimmte. Magnus – Bischof, Herzog oder König, was immer er sein mochte – sah Rasik mit all seinen Dörfern als sein Pfand, ja als sein Eigentum an. Und Mitte Januar hatten die Heerführer Befehl erhalten, ins Lager zum Laaksberg vom Rasiker Land – Kurgla, wo man durch Sümpfe und Wälder sonst kaum hingelangt wäre, nicht ausgenommen – die Hälfte allen Viehs und aller Vorräte zu bringen. Noch gut, daß es nur die Hälfte war, andere Dörfer hatte man restlos ausgeplündert. Um aber diesen Befehl, die Hälfte der Vorräte abzuliefern, zu erfüllen, war man dreimal gekommen, und Jakob war von seinen acht Kühen und Kälbern nur ein einziges Stück Rindvieh geblieben. Mit allem übrigen eßbaren oder sonst brauchbaren Gut war dasselbe geschehen. Jene hundert Mark (die Hälfte seines Jahresgehaltes, die Hälfte von Elsbeths Mitgift), die er dem Onkel, der am Ambrosiustag in der Stadt weilte, großmütig in die Hand gedrückt hatte, waren den Kurglaern also höchst willkommen gewesen. Auch Balthasar kam das, offen gestanden, sehr gelegen. Für ihn war es gewissermaßen die Erfüllung einer Pflicht seiner Blutsverwandtschaft gegenüber. So hatte er das bei sich genannt. Jetzt, da er aus dem Fenster auf die über den Markt eilenden Leute schaute, spürte er, wie ebendieses Blut, sein eigenes Blut, angenehm und leicht in seinem morgenfrischen Körper pulsierte. Und als Herr Dyck auf das Bimmeln des Glöckchens hin aus dem Laboratorium trat, da vernahm Balthasar ohne jede Gereiztheit, ja mit einem gewissen Vergnügen dessen überfreundliche Stimme: »Oh, guten Morgen, guten Morgen! So früh schon auf den Beinen, Herr Balthasar? Und tut es Euch nicht leid … von der Jungvermählten, he-he-he … Habt Ihr eine trockene Kehle bekommen? Sofort! Aus einer Flasche, die ich specialiter für Euch aufgehoben habe!«

Herr Dyck brachte ein ziemlich großes Glas und eine dunkelgrüne rechteckige Flasche. Mit einem gebogenen Messer schnitt er die Wachskuppe vom Flaschenhals ab und füllte das Glas mit funkelnder hellgrüner Flüssigkeit.

Balthasar schnupperte daran. Gott in den Wolken wußte, was das für Apothekerdüfte waren. Es ließ sich schwer sagen, wonach dieses Getränk roch – wahrhaftig, unter all diesen Wohlgerüchen fehlten weder Zimt noch Pfeffer, weder Vanille noch andere edle Gewürze. So, als sei das keine livländische Apotheke neben dem Brot- und Fischmarkt, sondern, sagen wir mal, der Laderaum jenes Spaniers, der angeblich schon im vorigen Jahr von den nach ihrem König, dieser katholischen Meerkatze Philipp, benannten Inseln zurückgekehrt war – nun ja, der Laderaum dieses Schiffskapitäns, wie hieß er doch gleich … Aha, Legaspi – ha-ha-ha-ha! Und während sich Balthasar noch freute, daß ihm der wer weiß wo gehörte Name eingefallen war, dämmerte es ihm endlich, was für ein Duft von Herrn Dycks Getränk ausging: Es roch nach Beifuß und Minze, hauptsächlich nach Minze, und vielleicht nach noch irgend etwas …

»Tut es Euch nicht leid, die Jungvermählte zu verlassen? … Obendrein – was für eine! Wie die Königin von Saba, sag ich, als sie noch blutjung war … Und ein so liebenswürdiges Betragen! Auch munkelt man, der Papa sei viel reicher, als man annehmen sollte … Ja … So daß Ihr, Herr Balthasar, jetzt Reichtum in der Tasche, eine junge Frau in den Armen und immerzu Maigrafenfest habt!«

Was übrigens den Reichtum von Elsbeths Papa betrifft, so war am Abend des Hochzeitstages der schon beschwipste Märten zu Balthasar gekommen, um offen mit ihm zu reden. Und er hatte erzählt: Als er während des Tafelns die Gilde verlassen habe, um aus dem »Grünen Frosch« noch Likör für die weibliche Hälfte der Gäste zu holen, habe er gehört, wie sich zwei an der Gilde vorübergehende Herren, dem Äußeren nach Kaufleute, unterhielten. Der eine habe gemeint: »Schau, jetzt verpraßt dieser Bauernkerl auf der Hochzeit das Geld seines Schwiegervaters!« Und der andere habe ihm beigepflichtet: »Schon durch die Mitgift hat er den alten Gandersen bis aufs Hemd ausgeplündert.«

»Und was hast du darauf gesagt?« hatte Balthasar gefragt.

»Ich hab hinter ihrem Rücken losgekichert. Zusammengezuckt sind sie, so sind sie erschrocken.«

»Und was hast du ihnen *gesagt*?«

»Na, was soll man Dummköpfen schon sagen … Ich hab gesagt, selbst wenn es so wäre, die Zeit kommt, wo sich an diesen Bauernkerl alle erinnern werden … Während Euch, gnädige Herren, und mich dazu nicht mal der Schöpfer selbst auf seinen Fluren wird finden können – he-he-he-he!«

»Hm. Glaubst du, alle werden sich erinnern?«

»Na, wenn irgendwann mal deine Chronik fertig ist, dann bestimmt …«

Nun, Balthasar kränkte weder der Hinweis auf den Reichtum seines Schwiegervaters noch das süßliche, unter dem Schnurrbart versteckte Lächeln bei dem hochtrabenden Geschwätz über die Königin von Saba (das ist mir vielleicht ein Frauenkenner – hängt seit zwanzig Jahren an einem einzigen Weiberrock!). Genüßlich kostete er Herrn Dycks hellgrünes Getränk und dachte, von kühlwarmem Zauber erfaßt: Was ist das bloß für ein Geschmack? Woran erinnert mich das nur? Und plötzlich fiel ihm ein: Dieser Minzgeschmack, dieser Beifußgeschmack, von dem einem heiß wurde und kalt zugleich – es war derselbe, den er einst, in der Kindheit, hoch oben auf dem Olaiturm gar zu gern gespürt hätte. Doch umsonst, damals hatte sich dieser Geschmack nicht eingestellt, und hätte er es, er würde Balthasar die Kunst verliehen haben, ohne Flügel zu fliegen … Derselbe Geschmack!

Langsam schluckte Balthasar Herrn Dycks Liquor hinunter, spannte dann die Schultermuskeln, schob die Unterlippe vor und stieß den Beifuß-Minze-Duft durch die Nase aus. Bedächtig sprach er: »M-m-m. Bis hierher hat uns der Herr geholfen.«

In diesem Augenblick vernahmen sie Schritte auf der Außentreppe. Das Türglöckchen bimmelte abgerissen, denn die schwarzgekleidete Frau, die eingetreten war, machte die Tür hinter sich nicht zu … Hier dürfte die Bemerkung angebracht sein: Immer und in allen Fällen, wo vermutlich der Teufel die Regie irgendwelcher Szenen auf den Brettern des Welttheaters ganz an sich reißt und mit dem Regiestab wie mit einer Geißel – klitschklatsch – alles durchpeitscht, was wir noch kurz davor für den eingefangenen und in Worte gekleideten Geist gehalten haben – immer und überall, wo es sich um derartige Fälle handeln könnte, sollte jedermann, der Balthasars Leben so oder so zu entwirren sucht, auch an diesen Augenblick in der Revaler Ratsapotheke, am frühen Morgen des Olafstages, denken.

»Helft mir …«, röchelte die Frau.

»Was habt Ihr?« fragte, über sie gebeugt, der Apotheker.

»Schmerzen und … O Gott!«

Der Apotheker strich ihr die Haare aus der Stirn.

»Frau Friebe! Sie ist aus unserem Haus … Aber sie ist nicht wiederzuerkennen! Was habt Ihr?«

Die Frau versuchte zu antworten, doch außer Stöhnen kam nichts über ihre Lippen. Balthasar wollte sie aufheben und auf die Holzbank an der Wand betten, doch Herr Dyck zog ihn am Ärmel: »Wartet! Rührt sie nicht an!«

Er trippelte, sehr schnell für sein Alter, ins Laboratorium und war im Handumdrehen zurück. Für Balthasar aber war schon dieses sein Fortgehen die erste der drei Stufen der unabwendbaren Schicksalsleiter. Jede Stufe war die teilweise Verwirklichung der schrecklichen Erwartung: Die erste war der herabhängende Schnurrbart im erschrockenen Gesicht von Herrn Dyck, als er, ins Laboratorium gehend, Balthasar angesehen und dieser gespürt hatte, wie Frage und Antwort ihm das Herz zusammenpreßten: Heißt das, daß … Ja, ich fühle, das heißt es … Dann die Rückkehr des Apothekers, schon ohne das bleiche, erschrockene Menschengesicht, statt dessen – eine schwarze Ledermaske mit einem Vogelschnabel … Also ist es wahr? … Und hierauf: der Apotheker vor der Kranken auf den Knien (er hatte Lederhandschuhe mit hoch hinaufreichenden Schutzärmeln übergestreift und tastete nun Hals und Achseln der Liegenden ab). Und als er sich wieder erhob: seine erschrockenen weit aufgerissenen braunen Augen in den Schlitzen der Maske … Und sein Nicken … O Herr, nicht nur die Schrift muß sich erfüllen, auch die Vorahnungen! Die Sturmwolken hinter dem Horizont der allzu kecken Sonnentage müssen aufziehen und den Himmel überfluten, um sich auf jene zu ergießen, die der Blitz treffen wird.

Unter der Maske hervor sagte Herr Dyck mit hohler Stimme: »Ja. *Diese* Strafe hat uns erneut heimgesucht …«

Und wieder, wieder und wieder – morgens, mittags und abends Sterbegeläut über der Stadt … (Jetzt brauchte man wenigstens nicht mehr ohne Glocken zu beerdigen.) Und auf den Gesichtern der Menschen, die so schnell wie möglich vorüberzugehen suchten, wieder der Ausdruck erschrockener wilder Tiere ... Wie-der! Wie-der! Doch jetzt, in der stickigen Windstille der Sommerhitze, war der Gestank noch unerträglicher als während der Winterseuche, und geheime, drückende Angst vor der Ansteckung machte sich breit. Freilich, manchmal befiel die Krankheit die, auf welche der strafende Finger Gottes hindeutete. Aber manchmal befiel sie auch jene (freilich nicht gegen den Willen Gottes!), die die Seuche zusammen mit den Miasmen der Krankheit, die sich überall verbreiteten, einatmen mußten oder mit denen verkehrten, die sich schon angesteckt hatten, äußerlich aber noch trügerisch gesund wirkten, oder mit ihnen aus einem Gefäß aßen und tranken oder gemeinsam ein Dampfbad nahmen oder sonst irgendwie mit ihnen zusammenkamen. Mit denen, die gesund aussahen ... Ganz zu schweigen von denen, die krank aussahen, und von den Toten ... Abermals diese ... diese schon vertraute Empfindung des Todes. Das Gefühl, daß man nach all den Begegnungen des Tages mit Gesunden und Kranken, Lebenden und Toten, kam man nach Hause und berührte Elsbeth, die tödliche Gefahr schon in sich trug ... Im Vergleich zur Winterseuche war jetzt aus irgendeinem Grund das Gefühl, Zielscheibe sein zu können, weit stärker, weit ausgeprägter, weit begreiflicher ...

Natürlich mußte Balthasars in Erfüllung gegangener Traum, o Gott, mußte sein Glück, das ihm, allem zum Trotz, unverhofft und, wie Balthasar insgeheim wußte, unverdient in den Schoß gefallen war, ein gleichsam unhörbar-hörbarer Appell sein ... In den schwülen Augustnächten, nachdem er sich in der höllisch geheizten Sauna mit Wacholderruten gepeitscht hatte, öffnete er das Nordfenster des Schlafzimmers und lauschte durch Elsbeths Atem in die zur Nacht still gewordene Stadt ... Ja-a, der Geruch der Grundmauern dieses Hauses, diese Ruhe, diese Dunkelheit, die immer dichter wurde, je näher der Herbst rückte, der Duft der Pilztinte auf der frischen Kopie von Bomhowers »Schöner Historie«, der von dem Tischchen zwischen Fenster und Bett kam (die Kopie hatte er unmittelbar vor Ausbruch der Seuche für zehn Mark in Riga erstanden), dieses liebliche Antlitz im aschfahlen Widerschein, der schlanke heiße Leib, der ihm gehörte, den er nahm und der sich ihm mit Leidenschaft und nach dem Gebot der Pflicht hingab – all das, all das war wie ein unhörbar-hörbarer Appell, der den Mann im schwarzen Hut beschwor fortzugehen. Jenen Mann, den man angeblich vor einem Monat von einem Lübecker oder Raseborger oder Danziger Schiff in ein Boot hatte umsteigen sehen, das an Land fuhr. Der jetzt nachts durch die Stadt ging und mit dem Finger mit Ruß Kreuze an die Haustüren malte, damit drei Tage später die Pestwärter sie mit Ocker umrandeten und sichtbar machten … Für Balthasar war all das wie eine leidenschaftliche Beschwörung: Komm nicht! Komm doch nicht! Als Antwort darauf mußte dieser Mann bestimmt kommen …

O Gott, aber wie natürlich war doch der Gedanke an den Tod für Elsbeth! Anfangs hatte es Balthasar sogar in Erstaunen versetzt. Dann hatte er sich geärgert und abermals gestaunt, nur noch viel mehr als am Anfang.

Da die Seuche diesmal nicht von einer Belagerung begleitet war, konnten alle, die mehr als andere von der Angst gequält wurden, krank zu werden, die Stadt verlassen und gehen, wohin es ihnen gefiel. Sofern sie einen Ort wußten, wo man dem aus der Peststadt Geflohenen nicht die Tür vor der Nase zuschlug. Und sofern sie wähnten, daß man auf freiem Feld den Kopf eher auf den Schultern behielt und den Vagabunden und Räubern, den Hofleuten, den Russen, Tataren, Schweden, Polen und einheimischen Bauern leichter entkam als den Klauen des Pesttodes in dieser sicheren Stadt.

Seelsorger und Pestwärter hatten selbstverständlich an Ort und Stelle zu bleiben. Zu Elsbeth aber hatte Balthasar gleich nach Ausbruch der Seuche gesagt: »Ich bringe dich fort aus der Stadt. Wohin? Hinter Sümpfe und Wälder, wo die Krankheit, so Gott will, nicht hinkommt. Vier Meilen östlich der Stadt. In das Dorf, aus dem meine Sippe stammt. Ich habe dort einen Onkel mit Frau und Sohn. Du weißt doch. Die Dorfleute leben freilich in einer Hütte ohne Schornstein und mit Lehmfußboden, das ist wahr. Aber doch mehr oder weniger menschlich. Sie können dir auch einen silbernen Löffel zur Suppe geben. Pack alles Nötige in einen Korb. Märten sattelt die Pferde. Ich bringe dich selbst hin.«

Als Antwort darauf war Elsbeth auf Balthasar zugegangen, hatte sich auf die Zehenspitzen gestellt, ihm die heißen Arme um den Hals geschlungen und erwidert: »Ich fahre nirgendwohin.«

»Aber auf dem Lande ist es viel ungefährlicher. Wenn du wenigstens unter einem anderen Dach als diesem leben würdest, aber du siehst ja selbst: Jeden Tag muß ich Kranke besuchen und Tote beerdigen ...«

»Liebster, glaubst du wirklich, jemand könnte dem Willen Gottes entrinnen? Unser Schicksal liegt in seiner Hand. Ich bleibe hier.«

Und als Balthasar in einiger Verwirrung sie verwundert anschaute (kannte er doch Frauen von Ratsherren, die ihren Männern unaufhörlich die Ohren voll jammerten, weil diese sie nicht schnell genug aus der Stadt fortbrachten), hatte Elsbeth rasch gesagt: »Liebster, glaube nicht, ich weigerte mich, weil ich nicht zu den Bauersleuten in die Hütte ohne Schornstein will. Und wenn du der Bischof von Reval wärst und mich in den Bischofspalast nach Fegefeuer schicken wolltest – ich würde bei dir bleiben. Weil mein Gebet, wenn ich neben dir bin, den Herrn eher überzeugen wird, als betete ich fern von dir.«

Das war das erstemal gewesen, wo Balthasar und Elsbeth unterschiedlicher Meinung waren; Elsbeths Entschluß hatte wie der dumpfe Schlag eines Beils auf einen Stein geklungen. Doch er hatte nicht weiter nach den Gründen für die Hartnäckigkeit seiner Frau geforscht. Immerhin war es eine heldenmütige Hartnäckigkeit, und schließlich hatte Elsbeth ja beschlossen, bei ihm zu bleiben. Abgesehen von allem anderen hatte sie auch recht. So unwiderlegbar recht, daß Balthasar – als er zwischen den Worten des Trostes und dem Erdschollengepolter auf den Särgen die Zeit dazu fand – in seinem Zimmer auf einer Kante des knarrenden Pultes, sich auf die Lippen beißend, auf das nächste graue Blatt schrieb: *In der Stadt Reval hat sich dieselbe Seuche zuallererst auf der Apotheke bemerkbar gemacht und danach sich in der ganzen Stadt ausgebreitet, und sind daran viele Leute, jung und alt, gestorben. Alldieweil sich die Seuche erstlich auf der Apotheke gezeigt hat, wo alle Leute Trost, Hilfe und Heilmittel dagegen zu suchen pflegen, ist solches ohne Zweifel ohne Gottes Verhängnis nicht geschehen. Sintemal Gott der Allmächtige dadurch hat anzeigen wollen, daß die Heilmittel bei den drei Hauptplagen, nämlich Pestilenz, Krieg und teure Zeit, womit Gott die ungehorsamen Lande und Städte zu strafen pflegt, nichts gelten und daß in solchen Nöten keine besseren Heilmittel, vermöge göttlichen Wortes, gefunden werden als Bitten und Beten und ein andächtig Gebet zu Gotte dem Allmächtigen um Linderung solcher Strafe.*

Ja, das stimmte. Und trotzdem, Waschen mit Essig, Wacholderrauch, Pfifferlinge vor dem Frühstück, Mittag- und Abendessen – an all das hielt sich Balthasar während der Seuche dennoch. Denn den Geschützten schützt Gott. Würde der Herr nicht einen, der ihn um Hilfe bat und ihm dabei selbst mit allen den Menschen zu Gebote stehenden Mitteln, wenn schon nicht den halben Weg, so doch ein Viertel des Weges entgegenkam, würde der Herr einen solchen Bittsteller nicht zuallererst unter seinen Schutz nehmen?

Elsbeth weigerte sich nicht, von Balthasars Mitteln gegen die Pest Gebrauch zu machen. Sie badete die Hände in Essig. Achtete darauf, daß die Wohnräume und die Sakristei morgens und abends blau vor Wacholderrauch wurden. Dreimal am Tag aß sie lächelnd die zwischen den Zähnen knirschenden Pfifferlinge. Doch Balthasar wußte wohl, sie tat das alles nur, um ihrem Mann eine Freude zu machen. Elsbeth vertraute einzig und allein auf den Herrgott. Anfangs hatte, wie schon gesagt, Elsbeths Unerschrockenheit, die von ihrer Hoffnung auf den Herrn lebte, Balthasar nur in Erstaunen gesetzt. Als aber Elsbeth, statt Märten oder Tran-Andres' Päärn oder auch den Kirchendiener in dieses oder jenes Pesthaus nach Balthasar zu senden (denn um den Pastor zu neuen Kranken oder Sterbenden zu rufen, kam man in die Heiligengeistkirche) – als Elsbeth selber erschien, um ihm Bescheid zu geben, als sie den vom Tode Gezeichneten die Schlafstatt richtete, ihnen den Schweiß von der Stirn wischte, den Wasserkrug an den Mund hielt (alle diese Handlungen schickten sich zwar für eine echte Pastorengattin, doch nicht bei Pestkranken), da wurde ihre Unerschrockenheit, nach Balthasars Meinung, zu einer unnötigen Versuchung Gottes. Und er konnte nicht umhin, sie zu tadeln: »Herzchen, man darf den Willen Gottes nicht dergestalt auf die Probe stellen. Siehst du das denn nicht ein?«

Elsbeth aber erwiderte: »Wenn du so denkst, dann müßtest auch du am Bette der Kranken und Sterbenden doppelt so vorsichtig sein.«

Balthasar schaute aus dem Fenster, das auf die Nonnenstraße hinausging, blickte über die Schornsteine des Siechenhauses hinweg.

»Meine Pflicht ist es, die Obliegenheiten meines Amtes zu erfüllen. Wenn ich dieses und jenes ein wenig langsam tue, dann deshalb, weil es mir peinlich ist, ständig vor der Gefahr davonzulaufen ... Du aber mühst dich umsonst, es der heiligen Katharina von Siena gleichzutun. Du vergißt, die Zeit der Heiligen ist vorüber!«

Zu einer längeren Verstimmung zwischen ihnen hatte das indes nicht geführt. Vielleicht, weil Elsbeth vorsichtiger wurde, vielleicht auch einfach deshalb, weil im Oktober, nach den ersten Nachtfrösten, die Krankheit in der Stadt allmählich zurückging. Will man aber schon von Wölkchen sprechen, die mit zunehmendem gegenseitigem Kennenlernen zwischen den Jungvermählten in diesem Pestherbst aufzogen, so hatte das einen ganz anderen Grund.

Die Seuche war noch nicht abgeklungen. Balthasar erinnerte sich, daß gerade die Glocken der Nikolaikirche laut für den Kaufmann Deters und einige andere läuteten, als Elsbeth überraschend zu ihm nach oben ins Arbeitszimmer kam und hinter ihm stehenblieb.

»Verzeih bitte ...«

Allein schon das Kommen seiner Frau zeugte davon, daß irgend etwas geschehen war. Er riß sich von seinen grauen Blättern los und drehte sich ein wenig erschrokken zu ihr um, denn die Tage waren so, daß der Mensch auf alles gefaßt sein mußte.

Nein, krank sah sie nicht aus. Aber vielleicht tat ihr etwas weh? Elsbeth sah Balthasar mit fast schwarzen Augen unverwandten Blickes an.

»Balthasar, warum muß ich erst in der Stadt davon hören? Warum hast du es mir nicht selbst gesagt: Du hast einen Prozeß mit meinem Vater?«

Hm. Das war natürlich schlimm. Schlimm, daß Elsbeth in der Stadt davon erfahren mußte. Schlimm, daß er die Aussprache über das heikle Thema anfangs aufgeschoben, dann aber, als die Krankheit über die Stadt hergefallen war, immer wieder vergessen oder den Augenblick für ungünstig angesehen hatte. Noch schlimmer war freilich, daß es überhaupt so weit kommen mußte, daß der alte Gandersen vor den Rat zitiert wurde ... Doch schließlich und endlich, wo stand geschrieben, daß Balthasar sich auch fürderhin gefallen lassen mußte, daß der Schwiegervater ihm selbst nach der dritten Mahnung noch nicht die Schatulle mit dem Silber von Elsbeths Mutter ausgehändigt hatte? Horstmann hatte er Agnes' Hälfte sofort gegeben. Bei Balthasar aber schob er es auf die lange Bank und machte Ausflüchte. Wenn er noch irgendeinen unerwarteten wirtschaftlichen Verlust oder einen anderen triftigen Grund gehabt hätte ... Nein, anscheinend gefiel es ihm einfach, die Schatulle mit der Mitgift seiner seligen Kati von Zeit zu Zeit aus der Truhe in der Ecke der Kürschnerwerkstatt zu holen und die Kettchen und Armbänder seiner Frau auf der Hand abzuwiegen! Balthasar aber sollte auch noch gute Miene zum Geiz seines Schwiegervaters machen. Der Alte, seht ihr, hängt daran … Nun ja, vielleicht hätte es Sinn gehabt, dieser Empfindsamkeit Glauben zu schenken und sich selbst rühren zu lassen – jetzt, in der Zeit der abermaligen Heimsuchung durch die Pest und der Prüfung der Herzen … Aber den Schwiegervater beim Ratsgericht verklagt, das hatte Balthasar nicht. Herr Boissmann hatte ihn lediglich irgendwann im Vorbeigehen aus Höflichkeit gefragt: »Ah, Herr Balthasar! Wie lebt es sich in dieser abscheulichen Zeit … in der jungen Familie?« Hatte ganz zufällig gefragt, es war an der Ecke der Königsstraße gewesen. Worauf Balthasar erwidert hatte: »Recht gut. Für eine Zeit wie diese, wo du Gott morgens von ganzem Herzen dafür dankst, daß sich bei deinen Hausgenossen noch keine Beulen gezeigt haben …«

»Anders ausgedrückt, wie man so sagt, ein Fest während der Pest, was?« hatte Herr Boissmann gefragt, mit einem Grinsen auf dem gelben Gesicht.

Balthasar hingen derartige Bemerkungen zum Halse heraus. Auch zürnte er Herrn Boissmann wegen seiner Absage im vorigen Jahr, obwohl er vielleicht in Gestalt des Herrn Topff auf eine weitaus ergiebigere (allerdings auch teurere) Quelle gestoßen war. Doch das war ja schließlich nicht Herrn Boissmanns Verdienst. Am liebsten hätte Balthasar dem Grinsen auf Boissmanns gelbem Pferdegesicht widersprochen, und das auf der Stelle, an der Ecke der Königsstraße … Nur nicht sich erniedrigen und sagen: Oh, was für ein beklagenswertes Leben ich doch habe. Vielmehr zu verstehen geben: Was seid ihr doch alle – Ratsherren und Meister, Kornhändler und Kürschner –, was seid ihr doch für eine dickschädlige verstockte Bande … Und so war er denn herausgeplatzt: »Was ist das schon für ein Fest, wenn einem der Schwiegervater nicht mal das Silber als Mitgift gibt, wie es im Kontrakt ausgemacht ist!«

Weiter hatte Balthasar nichts gesagt. Aber dem Herrn, dem nichts verborgen bleibt, der dem Menschen ins Herz sieht, entging auch nicht, daß in dem kantigen Gehirnkasten Balthasars bei diesen Worten eine Überlegung aufblitzte: Wenn Herr Boissmann davon weiß, kann er dem Vogt sagen, er möchte meinen Schwiegervater in den Rat zitieren und um eine Erklärung bitten. Und Herr Boissmann tut das bestimmt, hat er doch noch vom vorigen Jahr mir gegenüber ein schlechtes Gewissen ...

Und so war es denn auch gekommen.

Als Gandersen auf Vorladung des Vogts im Rat erschien und erfuhr, was man von ihm wollte, da holte er natürlich sofort die Schatulle, spuckte auf den Fußboden und stellte sie vor dem Vogt auf den Tisch. Die nach Tadel klingende Frage, wie es denn käme, daß er, ein ehrsamer Meister und ehrlicher Mensch, sich so kindisch seinen Verpflichtungen entzogen habe, beantwortete der Alte nur mit einem Schnaufen. Und damit, daß er beim Verlassen des Saales unverschämt die Tür zuschmetterte. Die Ratsherren sahen das wohl, erörterten aber gar nicht erst, ob sie es hier mit mangelndem Respekt zu tun hatten: Zum Teufel mit ihm! Die Zeiten sind schwer, er ist gereizt und schlechter Laune.

Doch, nebenbei gesagt, niemand sah, was gleich darauf vor der Tür, die Gandersen zugeschlagen hatte, geschah (wobei das hier nur zur Sprache kommt, damit wir erkennen, wie schwer es ist, den Menschen ins Herz zu schauen und sie in Gute und Böse einzuteilen).

Herr Topff, der mit Elsbeths Schatulle nach Gandersen den Saal verlassen hatte, schlüpfte an ihm vorbei und sagte mit seiner Katzenstimme sanft: »Wenn der Meister auf ein Minütchen zu mir kommen wollte ...«

Sie stiegen die rechte Seitentreppe hinunter und nahmen in dem wohlbekannten Archivraum mit den niedrigen Gewölben Platz. Gandersen im Grunde genommen nur, weil der Ratsschreiber diese verflixte umstrittene Schatulle unter dem Arm trug und weil seine Einladung einen geschäftlichen Grund haben mußte.

Herr Topff öffnete den mit Blumen verzierten Deckel und spielte ein bißchen mit diesen Kati oder Elsbeth oder, hol ihn der Teufel, Rüssow gehörenden Schmuckstücken. Gandersen schnaufte und wartete, was man von ihm wolle. Herr Topff sagte langsam: »Ein übler Streich von seiten Eures Schwiegersohnes ...«

»Ein abscheulicher ...«, murmelte Gandersen zwischen den Zähnen.

Herr Topff kaute an den Lippen und sagte, allerdings fast im Flüsterton, wobei er aber trotzdem gleich in medias res ging, wie es der frühere Herr Vizestatthalter zu tun pflegte, dessen Worte ihm aus irgendeinem Grund plötzlich einfielen: »Wißt Ihr, Meister, ich bin zwar kein Kriegsmann, aber ich komme gleich zur Sache. Sagt mir, m-m-m ... Ich möchte wissen – was ist er für ein Mensch, Euer Schwiegersohn?«

Gandersen schob die Unterlippe vor und erwiderte recht höhnisch: »Was für ein Mensch ... Ein Diener Gottes.«

Herrn Topffs Hand, die mit einem Kati, Elsbeth oder Balthasar gehörenden silbernen Ring spielte, stockte in der Luft. Herr Topff kniff ein Auge zusammen und fragte, während er mit dem anderen Gandersen durch den Ring hindurch ansah, leise zurück: »Ein Diener Gottes? ... Ja. Aber *wem* dient er noch?«

Gandersens schräge schwarze Augen traten aus den Höhlen, und verständnislos starrte er Herrn Topff an. Er spürte, wie der graue Schnurrbart sein Ohr berührte. Hörte, wie Herr Topff ihm irgend etwas erklärte. Mit leiser Stimme und gerade deshalb besonders eindringlich. Herr Topff sprach von der übermäßigen Neugier seines Schwiegersohnes für alles auf der Welt, was einen richtigen Geistlichen doch keinesfalls etwas angehe. Der Meister habe das doch auch selbst bemerkt. Nicht wahr?

Gandersen hüstelte – hm – hm – und dachte: Das könnte dir so passen. Mir ist nur aufgefallen, daß er ein kluges Köpfchen hat und sich darum in seinen Angelegenheiten gut auskennt.

Herr Topff aber sprach schon von dem ganz verdächtigen Interesse dieses Bauernpastors (man denke nur!) für die Korrespondenz des Rats, für die Waffen- und Proviantvorräte der Stadt. Offenbar interessiere das alles nicht ihn selbst (denn um Kinder zu taufen und Verstorbene zu beerdigen, brauche man das doch wohl nicht zu wissen), sondern jemand anderen (das begreife der Meister ja auch selbst). In einer so schicksalhaften Zeit, wie wir sie erleben ... Das Schicksal unserer Stadt und ganz Livlands ... in wessen Händen letztendlich! Ihr als Deutscher ... Und was ist er? Ihr seht ja selbst, was für einen niederträchtigen Bauerncharakter er hat ...

»Hm. Hm.«

»Aber Ihr werdet ja doch wegen alledem Eure Tochter nicht von Euch stoßen?«

»Elsbeth? Was ist das für eine Frage?«

»Aber nein, natürlich keine Frage. Klar. Ihr werdet demnach, wenn Ihr nicht mehr zürnt, manchmal wieder im Hause Eurer Tochter sein. Und die Tochter natürlich bei Euch?«

»Gewiß, so Gott will ...«

»Nun ja. So Gott will, daß die Pestilenz uns verschont.« Gandersen spürte, wie Herrn Topffs Schnurrbart sich wieder seinem Ohr näherte. »Wenn der barmherzige Gott uns erhält, dann hab ein Auge auf ihr Haus. Wer dort ein und aus geht. Was dort getan und worüber gesprochen wird. Und heißt Eure Tochter auch achtgeben. Für *welchen* Herrn Euer Schwiegersohn ...«

Gandersen erhob sich. Er hieb die vom Gerben braune Greisenfaust auf den mit Tinte übergossenen Tisch des Herrn Topff und sagte schroff: »Ach so! Ihm nachspionieren soll ich. Und meine Tochter auch?«

Er suchte nach einer passenden Erwiderung, fand keine, kehrte Herrn Topff den Rücken zu, überlegte noch, fand aber trotzdem keine, spuckte auf den Fußboden des Archivs, und diesmal war der Spuckfleck weit größer als der erste, neben dem Ratstisch. Dann ging er und schmetterte die Tür zu, geradeso wie eben erst – oben, als er den Saal verlassen hatte.

Doch von dieser Geschichte wußte Balthasar nur, was sich oben im Saal zugetragen hatte. Er wußte das vom Ratsdiener Johann, der zu seiner Gemeinde gehörte; er, Johann, war auf Anordnung des Gerichts beauftragt worden, Balthasar die umstrittene Schatulle ins Pfarrhaus zu bringen. Auch Elsbeth wußte nicht mehr. Jetzt aber stand sie vor ihrem Mann und warf ihm vor: »Balthasar, warum hast du es mir nicht gesagt?«

Balthasar sah ein: Vermutlich hatte er nicht aufs beste gehandelt. Immerhin, verklagt hatte er den Schwiegervater nicht! Und er hatte ihn gewiß auch nicht beleidigen wollen (mit der Zeit hätte er das Silber bestimmt herausgegeben), sondern nur reizen wegen des dummen Hinausschiebens. Jetzt aber mußte er sich vor seiner Frau rechtfertigen ... Er hätte erklären müssen: Herzchen, dieses Gerede, ich sei zum Gericht gelaufen, ist nur dem Anschein nach wahr oder auch ganz unwahr. Jaja! Es war ein reiner Zufall, daß (nun, so ganz rein war der Zufall nicht gewesen!) ... Jedenfalls habe ich mit deinem Vater nicht vor dem Richtertisch gestanden, weil ... Pfui Teufel! Er spürte, wie seine Gereiztheit die Fäden der Selbstverteidigung verwirrte, wie sie sich zu einem abscheulichen festen Klumpen zusammenballten, den er weder hinunterschlucken noch ausspucken konnte. In ihm explodierte etwas, und um der Gerechtigkeit willen wählte er statt der Verteidigung den Angriff: »Sollte ich etwa zu dir kommen, um deinen Vater zu verklagen?«

»Also hast du ihn doch beim Ratsgericht verklagt?«

Balthasar setzte sich geräuschvoll über die noch mögliche Verneinung hinweg.

»Weil er unseren Vertrag nicht erfüllt hat!«

»Nun ja ... Ich weiß nicht ... Schließlich bist du ein Geistlicher ...«

»Ach, so ist das! Wegen meines Amtes soll ich wohl alles verstehen und verzeihen, mich in alles schicken, lächeln, beipflichten und die linke Wange darbieten, wenn man mich auf die rechte schlägt!« Balthasar fragte hitziger als beabsichtigt: »Und deshalb gilt eine mir gegebene Unterschrift nicht?«

»Ich weiß nicht ... aber ...« Elsbeth sagte das ganz leise, so leise, daß es Balthasar irgendwie weh tat, fortzufahren, und um den Schmerz zu betäuben, sagte er noch lauter: »Er ist seinem Handwerk nach ein Schafscherer, und ich soll also der Bauernhammel sein, den er schert?«

Und die Kränkung ob der Ungerechtigkeit verwandelte sich in Balthasars Bewußtsein in einen Strom, der den Damm zu durchbrechen suchte. Er dachte: Wir alle, Mündrik und Bussow und ich, mit einem Wort, die Pastoren der Grauen, erhalten ein miserables Gehalt, das miserabelste in ganz Nordeuropa, unsere seelsorgerische Arbeit aber ist die schwerste. (Heute abend muß ich noch in zwei Pesthütten das heilige Abendmahl reichen!) Und wieviel geht bei mir obendrein für Bücher, Handschriften und Nachforschungen drauf, die ich für die Chronik brauche, welche ich schreibe (mag das vielleicht auch töricht sein).

Er zog die Pultschublade heraus, öffnete das Eisentürchen der Wandnische. Schublade und Nische waren vollgestopft mit Bänden in ledernen und hölzernen Einbänden und mit Handschriftenrollen. Er sagte: »Liebste, du weißt doch, wieviel heutzutage ein Pfund Mehl, Graupen, Erbsen und Fleisch kostet. Aber kannst du dir vorstellen, wieviel all das kostet?«

»Gewiß kann ich das, aber ... Oh, wie viele du davon hast! Das hätte ich nicht gedacht ... Aber was tust du damit?«

Noch am selben Abend, als sie in dem Ehebett lagen, welches sie der Witwe des alten Mützenmachers Tochwell abgekauft hatten, erzählte Balthasar Elsbeth von seiner ... wie soll man sagen, von seiner vielleicht sinnlosen Arbeit, die für ihn mittlerweile kein Zeitvertreib mehr war, sondern Herzenssache, ja die wichtigste Sache überhaupt ... Zudem sollte die durch dieses Gespräch ausgelöste erneuerte Vertraulichkeit die unangenehmen Minuten der Entfremdung des Tages auslöschen.

»Weißt du, Elsbeth ... ich habe eine ganz besondere Arbeit angefangen ...«

Er wußte nicht gleich, wie er fortfahren sollte, und dachte statt dessen: Dieses Bett hat in seinem Leben (wenigstens vierzig Jahre lang) unendlich viele Unterhaltungen zwischen Tochwell und seiner Frau mit angehört: über Filz, Leder, Hutformen, Borte, Fäden, Futter, über die Dankbarkeit und Undankbarkeit der Auftraggeber … (Es ist schön, wenn du eine Frau neben dir hast, die dein Helfer, zuweilen sogar deine Hand ist.) Aber von einer so sinnlosen Arbeit, wie ich sie jetzt schildern will, ist hier gewiß nie geredet worden …

»Vielleicht ist dir aufgefallen, daß ich oft nicht über der Predigt und nicht über den Kirchenbüchern schwitze. Und des Abends nicht nur die Heilige Schrift lese, sondern auch Bücher, die ich für teures Geld erwerbe …«

Doch da packte Balthasar sich am Zügel, riß sich zurück: Halt! Wozu darüber reden … Und widersprach sich selbst: Aber warum habe ich es denn Märten erzählt, und meiner eigenen Frau … Deshalb, weil du sicher sein kannst: Märten schweigt auch auf der Folterbank, wenn du ihn darum gebeten hast … Elsbeth aber ist eine Frau. Und ihrer Birgit, dieser Plaudertasche, Gerberstochter aus der Langstraße, die ich im Grunde genommen nicht kenne, könnte Elsbeth das in einem Augenblick besonderen Stolzes (oder eher noch – in einem traurigen Augenblick) ausplaudern. Und dann macht tags darauf, aus einem so harmlosen Anlaß heraus, die ganze Stadt Wind: Rüssow von der Heiligengeistkirche schreibt eine große livländische Chronik …

»Was wolltest du mir denn sagen, Balthasar?«

Jenseits der winzigen Fensterscheiben hatte der Abend des Frühwinters bleigraue Wolkentürme auf die wie ein Tatarensäbel gebogene Mondsichel gerückt … Dieses Gespräch abbrechen! Abbrechen, so schade es auch sein mag! Es ihr später einmal sagen …

»M-m … Ich wollte dir erzählen, daß ich eine etwas merkwürdige Arbeit angefangen habe: die Erforschung der Geschichte der hiesigen Länder und Staaten. Und daß diese Arbeit höllisch teuer ist und Zeit erfordert. Beschäftigt, wie ich bin, kann ich ihr nicht viel Zeit widmen. Besonders nicht in solchen Monaten wie denen, die jetzt mit Gottes Hilfe vorüber sind … Und doch ist es höchst interessant, alles zu erfahren: Was für ein Kampf hier stattgefunden und um wessen Vorteil es ging … Hm. Gerade fällt mir ein: Als ich in der Sauna war, hab ich entdeckt, der Kübel, in dem man die Wacholderruten in kochendes Wasser einweicht, ist leck. Man muß es morgen Märten sagen, er soll ihn instand setzen … Ach ja, Märten hat nicht unterdessen nach mir gefragt? Ist gekommen? Was hat er gesagt? Nichts? Hm. Hast du gehört, was bei Dorpat geschehen ist? Nein? Was für einen Streich Kruse, Revals alter Freund, mitsamt seinem Taube ausgeheckt hat? Mit einem Fähnlein Hofleute haben sie versucht, Dorpat den Russen zu entreißen! Man stelle sich vor, Kruse, der jahrelang in Livland honigsüße Lieder darauf sang, wie vorteilhaft es sei, sich dem Großfürsten zu unterwerfen … Es heißt, sie hätten bei Dorpat die Hucke voll bekommen und sich jetzt den Polen an die Brust geworfen. Da siehst du, was *Worte* wert sind. Aber Einzelheiten weiß ich nicht.«

Elsbeth hörte Balthasar zu. In der Dunkelheit ruhte ihre Hand unter der Bettdecke auf der Brust ihres Mannes. Mit den Fingern fuhr sie durch die Härchen (vor Zärtlichkeit, aus Zerstreutheit, vielleicht auch ein wenig, um ihn zu necken, weiß Gott, was hier überwog), ihre Hand war wie ein Vogel, der pickt und überlegt, ob es sich lohnt, hier ein Nest zu bauen oder nicht … Ein Wolkenturm hatte den Mond gefangengenommen. Elsbeths Augen waren nicht zu sehen. Nur ihr Gesicht konnte man in dem dunklen Leuchten ahnen. Sie sagte: »Ich wundere mich, Balthasar, wieviel Weltliches du doch an dir hast …«

Die Predigt war gehalten. Diesmal offensichtlich eine langweilige. Obwohl es der erste Fastensonntag war. Das 4. Kapitel des Evangeliums des Matthäus vom 1. bis zum 11. Vers, »Die Versuchung Jesu durch den Teufel in der Wüste, auf der Zinne des Tempels«. Dann ließ Meckius die Orgel ertönen. Die Schüler oben auf der Empore sangen mit Gefühl, wie Balthasar ihnen befohlen hatte, und ein rollender Wasserfall brauste im verschneiten Licht der Fenster über der Grauengemeinde.

Balthasar kehrte auf die Kanzel zurück, und in die Menschen kam Bewegung.

Die Abkündigungen sollten heute Wichtigeres enthalten als nur Aufgebote, Aufforderungen und Ermahnungen.

»Liebe Gemeinde! Mit Gottes Hilfe ist die Pest diesmal in Reval und im Harriener Land fast wieder abgeklungen. Aber man darf kaum erwarten, daß ihr dadurch bessere Christen geworden seid, als ihr es vor den Schrecken der Seuche wart. Ich frage: Ist es überhaupt möglich, daß ihr auf einen Schlag gute Christen werdet?«

(Er wußte sehr wohl: Für die Erziehung der Gemeinde war eine solche Behauptung alles andere als gut. Doch nicht die Gemeinde wollte er mit diesen Worten belehren, er wollte ihre Herren kränken; seit dem Beginn des Gottesdienstes saßen oben auf der Empore zwei Herren – wer weiß, was sie in dieser Bauernkirche zu suchen hatten, noch dazu an einem gewöhnlichen Sonntag. Der eine war Herr Tönnis Maidel und der andere gewiß einer der Tisenhusen.)

»Ja-a. Ich frage, wie kann man von euch verlangen, daß ihr euch schnell bessert, wenn jene, die auf Erden als Herren über euch gesetzt sind, nicht einmal wünschen, daß ihr gute Christen werdet? Denn sie meinen: Je rückständiger das Leben des Bauern ist, je weniger er die Sakramente heiligt, je mehr uneheliche Kinder er zeugt, die man um so leichter um ihr Erbe prellen kann, um sich mit ihrem Anteil – mag er auch noch so klein sein – die eigenen Taschen noch voller zu stopfen … Nun ja, all das trifft wohl mehr für die Landleute zu. Aber zu euch spreche ich deshalb davon, weil unsere Lage hier, in der Stadt Reval, nicht viel besser ist.«

Balthasar schwieg einen Augenblick und überlegte, wie er fortfahren sollte: sich noch einiges von der Seele reden oder es hinunterschlucken und zur Sache kommen? Er sah, wie Herr Maidel Herrn Tisenhusen anstieß, hör mal, mochte er sagen, was nimmt sich dieser Kirchenbauer heraus, nicht nur gegen den Adel, sondern auch gegen die Stadtväter (oder etwas in der Art) ... Er sah, wie beide Herren – den Mund unter dem Schnurrbart halb offen, Feindseligkeit in den Augen – warteten, was er weiter sagen würde. Aber, aber! Nach fast zehn Jahren, in denen er ehrlich und hart gearbeitet und Gottes Wort befolgt hatte, brauchte er, wenn er auf der Kanzel stand, kein Blatt mehr vor den Mund zu nehmen! Freilich, zu weit dürfen wir auch nicht gehen, das ist immer von Übel, wir wollen also auf irgendeine Weise zur Sache zurückkommen.

»Auf dieser großartigen Holzschnitzerei, die um ihrer Schönheit und vortrefflichen Kunst willen hier seit den Tagen der papistischen Glaubenslehre aufbewahrt wird ...«

Balthasar drehte sich zum Altar um und deutete auf die vergoldeten Figuren der Maria und der sie umgebenden Apostel samt dem Bürgermeister Hagenbeck, der vor neunzig Jahren Notke, den Altarschnitzer, gebeten hatte, ihm einen Platz unter den Aposteln zu geben.

»Früher war da auch noch der Heilige Geist dargestellt, in Gestalt eines Täubchens, wird doch hier die Ausgießung des Heiligen Geistes gezeigt. Nach der großen Glaubensläuterung aber hat man, seht ihr, das Täubchen hierher unter den Vorsprung der Kanzel gehängt, und es ist nicht mehr als bloß ein Stückchen Holz, das ...«

Balthasar ließ seine Blicke umherschweifen. Dann griff er nach einem an der linken Säule lehnenden Stock mit eiserner Spitze (darauf hatte der Kirchendiener eine Fackel gesetzt, um den Kronleuchter anzuzünden). Er nahm den Stock und klopfte mit dem rußgeschwärzten Ende gegen den vergoldeten Kropf des Täubchens.

»Bloß ein Stück Holz, das sich, wie ihr hört, nur mit einem Klopfgeräusch äußert. Denn der Geist muß im Menschen sein. Und ich frage: Woher soll denn der Geist auf euch niederfahren, wie kann der Geist der Weisheit und Mäßigung, der Geist der Erkenntnis von

Gut und Böse in euch eindringen, wenn wir keine Schulen haben, die ihm den Weg bahnen. Selbst hier, in unserem Reval, ist es damit sehr schlecht bestellt! Wir wissen ja, daß unsere Heiligengeistgemeinde eine einzige winzige Schule hat, die den Grundunterricht für Städter bäuerlicher Herkunft durchführt. Aber – wie ist sie, diese Schule!«

Balthasar ersparte sich die Schilderung. Die meisten wußten das selbst: drei Dutzend Jungen, halb soviel Mädchen in zwei Kammern mit längst abgebröckeltem Putz, wo die Kinder den ganzen Winter über mit dem Atem ihre Fäuste wärmten, damit die Griffel aus den erstarrten Händen nicht auf den Boden fielen. Dazu Küster Meckius, der zwischen der Jungen- und der Mädchenklasse hin und her eilte, jammernd, schimpfend und mit der Rute um Ordnung bemüht, und der, wenn Zeit blieb, versuchte, ihnen etwas beizubringen ...

»Doch selbst diese armselige Schule hat denen, die sie besuchten, genutzt und durch sie – ein wenig auch uns allen. Mit Gottes Hilfe ist aus unserer Heiligengeistschule hin und wieder ein armer Bursche auf die Schule in der Mönchsstraße gekommen und von dort sogar auf die höhere Schule nach Deutschland. Damit aber in dieser Schule, die also doch etwas taugt, auch weiterhin nach Kräften unterrichtet werden kann, müssen wir darin die Öfen instand setzen lassen, damit sich die Kinder nicht erkälten, und die Treppe erneuern, damit sich die Kleinen nicht die Beine brechen. Und damit der Küster mehr Eifer in schulischen Dingen an den Tag legt, müssen wir ihm wenigstens den Stoff für neue Hosen bewilligen. Und noch vieles andere. Darum will ich auch diesmal alle Eltern von Schulkindern, auch von künftigen, bitten, ihr Scherflein beizutragen ... Der bittende Mund des Opferstockes ist geöffnet!«

Balthasar stieg von der Kanzel herab. Meckius' Finger entlockten der Orgel hohe unruhige Töne. Er hatte Balthasars Worte über den Hosenstoff gehört, und deshalb waren seine Triller hoffnungsträchtig, sie sollten sagen: Wartet! Wartet! Geht noch nicht aus der Kirche! Und allmählich begaben sich die Menschen – die Last der Armut und Knauserei abwerfend, die Gräben von Trägheit und Widerborstigkeit übersteigend – einzeln, paarweise und schließlich alle gemeinsam zum Opferstock. Von rechts, vom Altar her, drängte sich Balthasar quer durch die Menge und ermunterte sie: »Hurtiger! Kühner! Freigebiger! Öffnet eure Geldbörse! Was ihr der Schule gebt, gebt ihr Gott!«

Wer die Hände beobachtete, die ihr Scherflein in den Schlitz des Steinkrugs mit dem schweren Schloß fallen ließen (die derben Arbeitspranken der Knechte, Träger und Fuhrleute, die von Tauen und Rudern schwieligen Hände der Seeleute und Mündriche, die Hände der Schmiede mit den bläulichen Punkten in die Haut eingedrungener Eisenspäne, die rauhen Fäuste der Steinmetze, ewig grau vom Kalksteinstaub oder rotgeädert vom Granitstaub, die von der Eichenrinde braunen Hände der Gerber, die von der Ahle zerstochenen Nägel der Schuster und Pistelmacher ...), wer sie beobachtete und den Klang der von ihnen eingeworfenen Münzen hörte, dem bot sich das hoffnungslos bunte Bild der Armut und der Wohlhabenheit, der Knauserei und der Freigebigkeit ...

Als Balthasar schon auf den Hof gehen wollte, sagte in der Altartür jemand hinter seinem Rücken: »Einen Augenblick, Rüssow!«

Jaja. Nicht »Einen Augenblick, Pastor!«, nicht »Einen Augenblick, Herr Balthasar!«. Er wandte den Kopf. Es war Tönnis Maidel.

»Auf zwei Worte.«

Man kann nicht sagen, daß Balthasar sonderlich erstaunt gewesen wäre. Zwei Worte sind zwei Worte. Offen gestanden – seit er Maidel in der Kirche entdeckt hatte, wartete er schon im Unterbewußtsein auf sein Erscheinen. Nur kam er jetzt ein bißchen plötzlich.

»Gehen wir über den Hof.«

Sie schritten über den im Schnee ausgetretenen Pfad, zwischen den niedrigen Grabhügeln hindurch. (Er mußte sich entschließen: Soll ich als erster gehen oder dem Herrn den Vortritt lassen und hinterhergehen? He, sich nur nichts vergeben! Natürlich geh ich als erster. Was ist er eigentlich für mich! Für die Matrosen mag er Admiral sein, soviel er Lust hat. Möchte wissen, was er will.)

Sie traten in die Sakristei, Balthasar immer noch vorneweg. Er bot Herrn Maidel einen Platz an und sah sich um. Nun ja, alles war so, wie es eben war. Vom Deckengewölbe war ein Stück Putz abgefallen. Die Sitze waren vom Alter rissig, speckig und schmutzig. Der Feldsteinofen in der hinteren Wand war natürlich nur lauwarm. Den Kalksteinboden hatte die Magd an diesem Morgen gewischt, gerade so viel, daß man die Spuren sowohl des Aufwischlappens als auch der Füße der Besucher sah … Wer war denn vor der Predigt hiergewesen? Ach ja, viele natürlich, und dann noch dieses Hermapöller Weib, die Madli; ihr Mann, Nachtwächter beim Heringshaus, hatte ein Schwein gestohlen … Freilich, die Kinder waren hungrig, aber trotzdem … O Teufel! … Alles war so, wie es war …

Balthasar legte die Bibel aufs Pult und drehte sich zu Herrn Maidel um. Dieser hatte sich nicht gesetzt. Sie standen einander gegenüber. Und hätte sie ein Dritter dabei gesehen, er könnte sagen: Auf den ersten Blick wirkte es, als seien sie einander freundlich gesinnt! Und dieser Dritte müßte schon eine gehörige Portion Menschenkenntnis besitzen, um zu behaupten: Und trotzdem ist ihre Freundlichkeit ebenso verschieden wie sie selbst. Hinter dem sanften Glanz der Neugier, der von Balthasars rötlichem Schifferbart ausging und sich auf seinem Gesicht ausbreitete, verbarg sich (bewußt oder unbewußt) die Selbstverteidigung des Dorfmenschen jenem anderen gegenüber. Während die Liebenswürdigkeit in Herrn Maidels barscher Stimme (über die er sich selbst ein wenig wunderte) die Drohung und die von vier Adelsgenerationen ererbte Fähigkeit, mit dem Schwert zu handeln, verbergen sollte …

»Nun, was habt Ihr auf dem Herzen?«

Herr Maidel hatte sich schon in der Kirche seinen

Schachzug überlegt. Schon, als sein Freund Bodo Tisenhusen und er auf der Empore gesessen und die unverschämten Worte dieses Bauern vernommen hatten. Immerhin war dieser grobe Kerl nicht der erste estnische Emporkömmling in dieser Stadt, der es zum Pastor gebracht hatte. In den Schlangennestern der Vorstädte waren noch mehr seines Schlages ausgebrütet worden. Doch nur er allein war ein so großer Narr. Und jetzt wollte Herr Maidel seinerseits ihm höchstpersönlich auf den Zahn fühlen.

»Wißt Ihr, wenn die Pest wiederum so nahe bei einem wütet, dann tauchen, ob man will oder nicht, menschliche Fragen auf.«

Sieh mal einer an! Sollte jetzt auf einmal der Bauernpastor das Orakel sein, das menschliche Fragen beantwortete? (Einen Augenblick lang vielleicht schmeichelte sich Balthasar mit dem Gedanken, Herrn Maidel könnten tatsächlich menschliche Fragen gekommen sein, auf die, wie jener meinte, Balthasar besser zu antworten vermochte als andere. Aber nein. Schwerlich. Und selbst wenn er das gedacht haben sollte, dann nur den vierten Teil eines Augenblicks ...)

Poch-poch-poch-poch!

Balthasars erste Anwandlung war, zu rufen: Kommt später wieder. Wer klopft da? Ich bin beschäftigt! Aber das schluckte er sofort hinunter. Im Grunde genommen hatte er nichts dagegen, daß man sie störte. Hier war dieser Herr mit seinen Fragen. Dort kamen andere, und auch sie hatten ihre Fragen. Er, Balthasar, Seelsorger und Lehrer, würde sie ihnen der Reihe nach beantworten. Wie Salomo gesagt hatte: »Reiche und Arme müssen untereinander sein; der Herr hat sie alle gemacht.«

»Ja. Was gibt es?«

»Ich wollte meine Schuld bezahlen, die Kirchensteuer ...«

Aha ... Das ist – wie heißt sie doch gleich? – Kerstin. Das emsigste Vögelchen aus dem Roten Kloster. Daß wir gerade ihr erlauben, den Herrn Admiral bei seinen Fragen zu stören, das ist denn doch starker Tobak ...

Hm-hm-hm … Aber was kann uns dieser Herr schon anhaben? Sich beim Rat über unsere Vermessenheit beschweren? Auf solche Fußtritte reagiert der Rat wie ein Sandsack, auf den man mit dem Knüttel losdrischt. Oder vielleicht geht der Herr Admiral mit seiner Beschwerde zum Statthalter? Nicht wegen eines solchen Unsinns. Und wenn er sich doch beschwert, dann ebenso im Vorübergehen wie ich mich bei Boissmann über meinen Schwiegervater … Herr Leion wird mich kaum aus diesem Anlaß kommen lassen. Oder der Admiral wendet sich nach Stockholm, an den König? Wetteifert mit dieser unglückseligen Dirne! He-he-he-he …

»Man stört uns hier ein wenig … Na, zeig sie her, deine Schillinge! Wenn Jesus keinen Ekel empfand, daß ihm eine Sünderin die Füße wusch, dann wird auch deinen Schillingen nichts anhaften.«

Für den Besuch beim Pastor hatte die Dirne die Rübenfarbe von den Wangen gewaschen, und man sah nun: Sie hatte auch eigenes Wangenrot. In ihrem sauberen Rock sah sie überhaupt ganz manierlich aus … Natürlich fragte Balthasar nicht: Hör mal, du Hure, die Geschäfte gehen wohl nicht schlecht? Aber er konnte sich nicht dafür verbürgen, daß er nicht gefragt hätte, wäre Herr Maidel nicht zugegen.

Das Mädchen knotete ein Flickenbündel auf und förderte die Schillinge zutage.

»Na, und jetzt mach, daß du fortkommst.« Balthasar schüttelte die Münzen in die Pultschublade. »Also entstehen Fragen? Und warum wendet Ihr Euch damit nicht an den Seelsorger der Domkirche?«

Herr Maidel bemerkte die Beleidigung nicht, die man ihm mit der Dirne angetan. Wirklich nicht? Oder schluckte er die Beleidigung einfach? Und was noch merkwürdiger war, jetzt setzte er sich sogar. Gelassen schlug er das in einem Stiefel aus hellem Elchleder steckende Bein über das andere. Er gab sogar eine sachliche Antwort: »Wenn Ihr dabei an unseren Bischof denkt« (Geldern war vor zwei Wochen in die Oberstadt übergesiedelt), »so ist dieser, wißt Ihr, nach seiner eigenen Meinung eine so bedeutende Persönlichkeit, daß er nur das sieht, was ihm gefällt. Und nur darüber spricht er auch mit mir. Seine subalternen Amtsbrüder in der Domkirche aber, Querlemann und wie sie alle heißen, die sprechen mit mir nur über das, von dem sie meinen, daß es *mir* gefällt. Sie würden mir nicht die Wahrheit sagen. Selbst wenn sie ihnen bekannt wäre. Mit Geldern mag es sein, wie es will, aber diese seine Subalternen sind ja auch ... nun, sagen wir es offen, ziemlich beschränkt. Sie können dir nur einen Vers aus der Heiligen Schrift anbieten und diesen irgendwie mit deinem Kasus in Verbindung bringen. Weiter kennen sie nichts auf der Welt. In meinen Fragen sind irdische und himmlische Dinge unlösbar miteinander verbunden. Wenn Ihr es wissen wollt, gerade deshalb bin ich zu Euch gekommen. Ich brauche einen Seelsorger, der, nun ... der klug genug ist, um zu sehen, was auf Erden, fernab vom Glokkengeläut seiner Kirche, vor sich geht. Und der dabei nicht von mir abhängt. Von keinem abhängt als von seinem eigenen Gewissen.«

»M-m-m-m!«

Herr Maidel stand auf. Vielleicht war er gar nicht so dünkelhaft. Vielleicht ließ – wie Herr Maidel selbst sich ausdrücken würde – nur dieser dumm-naive und zugleich scharfe Gegenblick ihn so erscheinen, den man unter den borstigen, geraden Augenbrauen hervor auf ihn abschoß. Vielleicht machte ihn der ein wenig unsicher. So daß sogar etwas Drohendes in seine Stimme kam.

»Selbstverständlich ist das, was ich hier sage, für Euch so gut wie ein Beichtgeheimnis. Klar?«

»M-m-m-m.«

»Der Allmächtige hat uns mit der Pestilenz heimgesucht.« Herr Maidel begann neben dem Pult auf und ab zu gehen, blieb von Zeit zu Zeit stehen und wandte kein Auge von Balthasar. »Aber warum hat er das getan?«

Balthasar schwieg, und Herr Maidel stellte weiterhin Betrachtungen an: »Ich glaube, um uns zu veranlassen, über unsere Sünden nachzudenken. Damit wir darüber erschrecken. Richtig?«

Jetzt stand Herr Maidel vor Balthasars Pult, er schlug die Schöße der kurzen schwarzen Schaube zurück und kreuzte die Arme über der Brust. Die nach der neuesten Mode geschnittenen Schlitzärmel seines dunkelblauen Tuchrockes taten sich an den Ellbogen auseinander, und in den Öffnungen wurde ein gelbes Hemd aus Ziegenleder sichtbar.

Ein einziger Mensch und drei Kleider. Die eigene Haut war das vierte.

»M-m-m-m.«

»Nehmen wir den Kriegsmann«, fuhr Herr Maidel fort, »Recht und Sünde sind bei ihm nicht voneinander zu trennen: Er kämpft für eine Sache, die dem Herrn wohlgefällig ist, mithin ist das die gerechteste Beschäftigung. Aber wenn diese Gott nun mißfällt? Ihr versteht mich? Nun – der Kriegsmann unserer Zeit, so einer wie ich, hier in unserem Lande – wie soll der handeln? Ihr begreift immer noch nicht? Zwölf Jahre schon befehden fünf Herrscher einander unseres Landes wegen. Die Zwistigkeiten können noch ein Jahr, noch zwei, noch zehn Jahre andauern. Wir wissen nicht, wie lange. Eines aber wissen wir bestimmt: Einer der fünf wird letzten Endes über die anderen triumphieren. Einer wird als Sieger hervorgehen. Einen hat der Herr auserwählt. Für den Kriegsmann aber ist es am wichtigsten, vorher zu wissen – wen!«

Sieh mal einer an. Mir ist seltsamerweise noch nie aufgefallen, daß der Kriegsmann das als gar so wichtig ansieht.

»Warum ist denn das für den Kriegsmann wichtig?«

»Weil, wenn er nicht jenem Herrn dient – womöglich viele Jahre lang und mit großem Eifer dient –, nicht jenem Herrn, den Gott auserwählt hat, sondern jenem, dessen Banner, nach Gottes Willen, man in diesem Lande zerfetzen und in den Schmutz treten wird, wenn der Kriegsmann also einem solchen Herrn dient, dann handelt er den Wünschen Gottes und seinem Ratschluß zuwider! Und er tut das jahrelang, und je eifriger er ist, desto schrecklicher und verhängnisvoller ist seine Sünde? Stimmt's?«

Ich verstehe nicht, worauf er hinauswill. Aber der Glut seines Hasses nach zu urteilen, ist dieses Gespräch für ihn so wichtig, daß es schon lächerlich wirkt. Und eine Logik hat er, alle Achtung. Geradeso, als hätte er Aristoteles studiert … Unsinn. Schließlich bin auch ich nicht bis zu Aristoteles vorgedrungen. Ich weiß nur, daß Tönnis' Logik ernstlich keinen Pfifferling wert ist … Seiner Logik zufolge kommen alle Pechvögel unbedingt in die Hölle, die Sieger aber in den Himmel! Nu-un – gar so einfach teilt der Herr seine Herde nicht in zwei Hälften …

Balthasar sprach so gleichgültig wie möglich.

»Ihr meint also – ja, gewiß, das ist tatsächlich so –, der fernen himmlischen Vorsehung zufolge muß das durchaus nicht unser König Johan sein, sondern, sagen wir, Sigismund oder Iwan oder Frederik … Oder Magnus, der schon versucht hat, seine Kräfte an uns zu erproben?«

»Genau. Bei aller Ergebenheit für die schwedische Krone müssen wir den Tatsachen ins Auge sehen. Polen ist stärker. Moskau auch. Dänemark ist schlau und gerieben, und es hat alte Ansprüche auf das Estenland. Wir wissen nicht, auf welche Weise es mit Moskau zu einem Einverständnis kommen kann. Magnus – das ist eine Variante. Und daß unsere Stadt bei all diesem Wirrwarr jetzt Johan untertan ist, das will noch nichts besagen, wenn man in die Zukunft schaut. Und Ihr versteht, daß bei diesem höllischen Durcheinander letztendlich der erzadligste Adlige in die Lage geraten kann, in der die Führer unserer Hofleute jetzt schon sind.«

»In was für eine Lage denn?«

»Habt Ihr denn nicht gehört, wie man sie verspottet? Bei Tisenhusen hat man es gestern abend beim Wein erzählt. Wollen sie noch einmal schwören, heißt es, dann müssen sie kopfstehen und mit den Zehen schwören; denn mit jedem Finger haben sie schon irgend jemandem einen Eid geleistet ... Und mir ist klargeworden: Damit uns nicht das gleiche widerfährt, müssen wir die Absichten unseres Herrn vorhersehen können. Und ich glaube, *Ihr* seht sie vorher.«

»M-m-m. Also ... wer? Von den fünf Herrschern?«

»Genau.«

Was, zum Teufel, setzt er mir so zu? Ich würde es ihm sowieso nicht sagen, selbst wenn mich Gott heute nacht erleuchten würde ... Aber ich weiß es ja selbst nicht. Woher und warum sollte ich es, nach Meinung dieses Herrn, wohl wissen? ... Ich weiß nur eines: Die Herrscher, die dieses Land zerstampfen, sind mit ihren Spießgesellen gekommen und gegangen. Jesus Christus, schließlich habe ich all das erst neulich selbst gelesen ... Schwertbrüder, Dänen, Schweden, der Orden (der ist freilich dreihundert Jahre alt, aber das ist letztlich gleich – nichts als rostige Bruchstücke und Aasgestank). Das Volk aber bleibt. Bleibt immer hier auf dieser Erde. Jenes Volk, zu dem ich, wie mir zuweilen scheint, nicht mehr gehöre ... Und mit dem ich mich doch eins fühle ... Mit dem Volk, das aus dieser Erde hervorgegangen ist und wieder zur Erde wird und abermals aus ihr hervorgeht ... Teufel, jetzt sieht mich dieser Tönnis mit zusammengekniffenen Augen an und versucht ein freundliches Gesicht zu machen, aber ich traue seiner Freundlichkeit nicht ... Nicht soviel ... Ein hochmütiger, unverschämter Mann. Jedesmal, wenn er mir auf der Straße begegnet, starrt er mich an, mit einem Blick, als müßte ich mich vor ihm verneigen und ihn grüßen! Und im Konzept seiner »Bauernordnung« (sein Hofmeister Fabian, der Freund von Annikas Winkler, hat dieses Konzept abgeschrieben), da sagt dieser Tönnis kurz und bündig, des Bauern Los sei ein Leben in völliger Knechtschaft und Rechtlosigkeit.

»Mn-ja. Seht, Herr Tönnis, ich weiß auch nicht, wen der Herr ausersehen hat, letztendlich unser Herrscher zu werden. Da habt Ihr Euch vertan. Auch ich weiß das nicht. Aber ich glaube, eine Sünde, die Ihr vielleicht aus Unwissenheit begeht, wird Euch am Jüngsten Tag vergeben werden ...« (Genug, genug! Die Zunge im Zaum halten! Nein, ich kann nicht. Ich *muß* es aussprechen ... Ich weiß, das ist Eitelkeit, Schwäche, Torheit ... Aber ich muß es ihm ins Gesicht sagen, dem ersten unter der Ritterschaft, schließlich hat das ja einige Jahrhunderte lang niemand getan ... Vielleicht nur manchmal, unter der Rute ... Ich fühle, die Versuchung ist stärker als ich.) »Aber es gibt eine große Sünde, die Euch auch am Jüngsten Tage nicht vergeben wird, das weiß ich.«

»Nanu! Und die wäre?«

»Daß Ihr den Bauern aussaugt und davon lebt. Und ihn nicht als Menschen anseht.«

»Hört mal ...«

Poch-poch-poch-poch!

»Herein!«

Auf der Schwelle stand eine kleine, in Lumpen gehüllte, verweinte Frau mit unsteten Augen. Eine von denen, deren übermäßige Dreistigkeit die Wirkung der Tränen halb wiederaufhebt, eine, die zum Fenster hereinkommt, wenn man sie zur Tür hinausjagt, und jammert und bettelt und weiterflennt und manchmal auch ihr Ziel erreicht.

»Pastor, ich bin wieder hier, um für meinen Paap zu bitten. Wenn der Pastor noch ein einziges Mal für ihn bitten wollte ...«

Dieser Sprung vom Allgemeinen zum Konkreten, von den Ungerechtigkeiten in diesem Land zur Not eines Lumpen erzürnte Balthasar, doch machte er ihn zugleich auch lachen. Sowohl die Frau als auch diese Geschichte selbst ärgerte ihn, a priori und überhaupt. So daß sich Zorn und Lachen zueinander verhielten wie zwei zu eins; drei zu eins, nachdem er Maidel die Vorwürfe ins Gesicht geschleudert hatte; wie vier zu eins, wenn man Maidels Anwesenheit in Betracht zog. Und Balthasar herrschte sie an: »Ah, wieder das Weib dieses Schweinediebs! Höre, daß man dich nicht zur Witwe macht, darum habe ich den Vogt schon gebeten! Willst du, daß ich noch etwas sage, dann kann ich nur hinzufügen: Fünfzig Stockhiebe sind für deinen Mann noch zuwenig! Verstehst du? Die Kinder hungern! Sacramentum! Wenn man in Livland für alle hungrigen Kinder Schweine stehlen würde, haben wir binnen vierundzwanzig Stunden kein einziges mehr. Hundertfünfzig Stockhiebe sollte er bekommen! Und ihr wollt aus der Gegend von Rasik stammen! Scher dich fort!«

Die Frau stürzte zur Schwelle zurück. Balthasar sah, auf der Pultkante lag ein Taler. Er ließ sich keine Zeit, zu überlegen, daß die Frau wohl doch nicht so arm oder daß ihr der Buckel dieses Diebes Paap erstaunlich viel wert war ... Er geriet außer sich. Statt den Taler so weit wie möglich fortzuschleudern, fegte er ihn mit dem Handrücken auf den Fußboden. Er schrie: »Scher dich fort von hier, mitsamt deinem Taler!«

Madli hob die Münze vom Fußboden auf und lief aus der Sakristei. Mit einem Ruck drehte sich Balthasar um und sah Herrn Maidel an, sah in dessen spöttisch lächelndes Gesicht mit dem knochigen Kinn. Herr Maidel sagte: »Da seht Ihr es – sie ist ja auch kein ...«

»Kein was ...?«

»Auch kein Mensch. In unserem Sinne ...«

Balthasar fragte sich diesmal nicht, wie er es manchmal tat, was die Pause in Herrn Maidels Satz zu bedeuten hatte. Er fragte sich nicht, inwieweit das richtig war, inwieweit man diesem auf die Probe stellenden oder Brücken bauenden Eingeständnis zustimmen konnte, fragte sich nicht, was die Worte »in unserem Sinne« bedeuten sollten. Balthasar legte los, mit schallender, gewichtiger, doch nicht zu lauter Stimme. Dachte er freilich später an seine Worte, dann erinnerte er sich, daß er zum Schluß beinahe geschrien hatte.

»Hört, Herr Maidel! Ihr wißt sehr gut, daß ich einer von ihnen bin. Ergo bin ich auch kein Mensch – in Eurem Sinne! Was für eine Wahrheit, zum Teufel« – er schlug mit der flachen Hand auf das Pult, und das kleine bronzene Kruzifix, das vor ihm stand, fiel zu Boden –, »was für eine Wahrheit, zum Teufel, wollt Ihr denn von mir erfahren?«

Balthasar stellte das Kruzifix abrupt, daß es krachte,

an seinen Platz, und Herr Maidel sagte ebenso abrupt: »Gut. Wir wollen nicht drum herumreden. Wofür Ihr Euch haltet, ist Eure Sache. Ich aber will wissen, für wen Ihr schon mehrere Jahre lang hier in Reval Angaben sammelt?«

»Ach so, daher weht der Wind«, meinte Balthasar. Er trat auf Herrn Maidel zu. »Das kann ich Euch aufrichtig sagen.« Er stemmte die Arme in die Seiten. Die beiden gleich großen breitschultrigen Männer standen sich, einen halben Schritt voneinander entfernt, gegenüber. Balthasar sah Herrn Maidel fröhlich in die Augen und sagte ungewöhnlich ungezwungen, mit großem Vergnügen und sprühender Jovialität, die er weiß der Teufel woher nahm, nur erheblich lauter, als es sich eigentlich gehörte: »Für mich selbst. Klar?«

Vielleicht geriet Herr Maidel für einen Augenblick aus der Fassung. Jedenfalls fragte er mit verständnislos geweiteten Augen: »Aber weswegen?«

»Wegen der dummen Neugier«, erwiderte Balthasar.

Herrn Maidel reichte es. Länger als fünf Herzschläge lang sollte dieser Bauerntrampel ihn nicht zum Narren halten dürfen. Er machte auf dem Absatz kehrt und schlug zornig die Tür hinter sich zu.

Einen Moment lang stand Balthasar unbeweglich da. Dann verschränkte er die Arme über der Brust und wippte eine Weile von den Fersen auf die Zehen. Er spitzte die Lippen und kniff die Augen zusammen. Er überlegte mit dem Ingrimm eines Sturmbocks, dann schaute er, mit zusammengekniffenen Augen, zur Ofenbank in der vorderen Wand: Wahrhaftig, ein Stein am Rand bewegte sich ... hob sich ... wurde heller ... bekam Zotteln und löste sich von der Wand. Er sah Märtens Kopf mit den störrischen Haarwirbeln und dessen Gesicht, etwas betreten und finster.

»Eh ... Verzeih bitte ... Mir war kalt, ich bin hergekommen, um mich ein bißchen aufzuwärmen, und dann war's mir irgendwie peinlich, als ihr reinkamt ...« Vom Ofen kletternd, fuhr er fort: »Aber hättest du es ihm nicht trotzdem sagen müssen?«

»Was?«

»Na, daß du für deine Chronik ...«

»Geh mir bloß! Geh mir bloß los! Du kannst dir nicht vorstellen, was dann geschehen wäre!«

»Und so hält er dich jetzt für weiß der Teufel wessen Spion ...«

»Soll er. Weiß er nicht, wessen Spion ich bin, so weiß er auch nicht, ob er mir zusetzen oder mich in Ruhe lassen soll. Aber von meiner Chronik ... ihm ... kein Wort!«

Balthasar konnte sich gut vorstellen, was geschehen wäre, hätte er Herrn Maidel das verraten ... Herr Maidel hätte seine rötlichgrauen Brauen zusammengezogen und mit aufmerksamer Verwunderung gesagt: Oho! ... Wahrscheinlich wäre das sogar ein beifällig-herablassendes Oho gewesen. Denn wie sollte sich Herr Maidel für Geschehnisse in seiner Heimat und für das, was man darüber geschrieben hatte, nicht interessieren. Es wäre ein aufmerksames und ein wenig beunruhigtes Oho gewesen ... Denn eine so unendlich verantwortungsvolle Arbeit wie die Führung einer ernst zu nehmenden Chronik (ja, einer ernst zu nehmenden Chronik, versteht sich, es ging hier nicht um irgendeine Tintenkleckserei) – eine so verantwortungsvolle Arbeit konnte doch der erste beste, dem es ja an staatlicher Weisheit gebrach, niemals richtig machen, mochte er in seiner Bauerngemeinde auch Pastor sein. Vor allem nicht ohne die rechtmäßige Erlaubnis der Regenten des Landes, deren Tun und Lassen in seiner Chronik darzulegen er sich unterfing. Und erst recht nicht, wenn neben ihm keine von den Regenten bevollmächtigten Berater standen. Solche, die mit ihren staatsklugen Augen alles abwägten und aussiebten, was er über sein Land erforscht, zusammengetragen und niedergeschrieben hatte. Damit zu guter Letzt nichts gedruckt wurde als die reine Wahrheit, nachdem alle Mutterkörner und Spreu entfernt waren. Genauer: nachdem auch ein gewisser Teil der Wahrheit entfernt war. Weil wir meinen: Alles auf der Welt ist unter einem gewissen Blickwinkel Wahrheit.

Doch wäre es naiv, zu glauben, man müßte nun in einer ernst zu nehmenden Chronik über alles schreiben ... Denn die höchste Wahrheit ist die: Eine ernst zu nehmende Chronik zu führen heißt ganz und gar nicht, das Papier mit Wahrheit jeder Art vollzuschmieren, mag diese Wahrheit auch nicht falsch sein ... O ja, Herr Maidel war ein Mann der leichten Feder und der gewandten Rede, und deshalb stellte Balthasar sich vor, was jener noch alles hätte sagen können ... Balthasar, wir können uns die Reise eines Landes in der Zeit doch wie die Reise eines Schiffes übers Meer vorstellen. Die Reise eines Schiffes zu einem von Gott bestimmten, unbekannten, aber sicheren Hafen, den es anlaufen wird. Natürlich findet diese Reise nicht nur an Sonnentagen statt, nicht nur bei frischem Wind, wo die Meilen funkelnd unter dem Kiel hervorzischen. Salzige Wellen, die auf uns herniederbrechen, Hagel ins Gesicht, manchmal quälender Durst, Seeräuber bei uns an Deck und Ungerechtigkeit und Lebensgefahr und Verzweiflung, auch das kommt vor ... Wir aber, wollen wir Chronisten sein, müssen die Wahrheit des Kapitäns von der Wahrheit der Rudersklaven unterscheiden können, die in ihrer Unwissenheit dazu neigen, alles zu schmähen und zu bekritteln. Schreiben kann man natürlich über alles. Warum auch nicht? In gewisser Hinsicht muß der Chronist das sogar tun, will er nicht unweigerlich fade werden. Aber er muß maßhalten können, sonst wird aus seiner Arbeit ein Murren über den Herrgott oder ein Knurren wider die Herren, die der Allerhöchste selbst erwählt hat. Ja-a. Wer eine Chronik schreibt, muß die himmlische und die irdische Harmonie kennen. Nur dann kann man die Niederschrift einer Chronik dulden. Infolgedessen ...

»Märten, warum lachst du?«

»Kch-kch-kch. Ich denke, wahrscheinlich hast du recht.«

»Und warum lachst du dann?«

»Ich hab mir vorgestellt ...«

»Was?«

»Wie ich mitten auf dem Altmarkt eine drei Klafter hohe Säule aufstelle und erkläre, ich will daraus eine Figur schnitzen, na, wie sie in Bremen steht, du hast es mir selbst erzählt ...«

»Du denkst an den Roland? Aber der ist doch aus Stein.«

»Egal. Und ich sage, ich will die Figur weder Roland noch Olaf oder Kalev nennen – das könnte nur irgendwelche Ratsherren oder Herren von der Kanuti- oder Olaigilde interessieren –, sondern ›Livland‹ ... Klar, daß im Handumdrehen hundert Leute zur Stelle wären, um mich zu belehren, was für ein Gesicht mein Livland haben muß ...«

Balthasar ging zwischen den beiden Fenstern in der Sakristei auf und ab und freute sich nach dem trostlosen Morgen an dem angenehmen Geschmack des gegenseitigen Verstehens, der ein bißchen dem Geschmack des Johannisbrotes ähnelte.

»Weißt du«, sagte er, »ich könnte streiten. Ganz zu schweigen von mir oder von dir, aber selbst der selige Sittow hätte schreckliche Unannehmlichkeiten gehabt, wäre ihm ein so verrückter Gedanke gekommen und hätte er beschlossen, eine Arbeit auf dem Unerwarteten aufzubauen – der Streich ist vollbracht, die Arbeit fertig, und sie hat das Gesicht ihres Schöpfers ...«

ZWEITER TEIL

SECHSTES KAPITEL,

darinnen aus dem Brunnen des Vergessens Dinge hervorgeholt werden, die nie hätten geschehen dürfen und vielleicht auch nie geschehen sind; in ihm läßt man den Mann, auf dessen Spuren wir wandeln, verwirrt an der Grenze zwischen seinem Gestern und seinem Morgen stehen und zwingt ihn, sich zu einem hoffnungslosen Versuch zu entschließen (mit welchem er indes wunderbarerweise zurechtkommt): die Beständigkeit seines vorgestrigen und gestrigen, heutigen und morgigen Ichs zu empfinden und zu verhehlen, zu leugnen und gleichzeitig deutlich zu spüren

»Im Namen des Vaters, des Sohnes und des Heiligen Geistes taufe ich dich auf den Namen Balthasar!«

Der Taufende, leiblicher Vater des Täuflings, benetzte seine Finger in einem winzigen silbernen Kelch mit Weihwasser und besprengte damit das runde rötliche Köpfchen des Kindes. Und obwohl Balthasar junior während der Taufe von Frau Geldern, der Witwe des Bischofs, persönlich gehalten wurde und obwohl seinen Vater, als er das Wasser weihte, erhebende Gedanken erfüllt hatten, stimmte das Bübchen, von den kalten Tropfen berührt, ein solches Geschrei an, daß die Diele des Pfarrhauses davon widerhallte. Das war offensichtlich ein Beweis für die gewaltige Lebenskraft und den scharfen Verstand des Neugeborenen. Balthasar senior aber fiel merkwürdigerweise die allererste Taufe ein, die er einst vollzogen hatte. Wann war das doch gleich gewesen? Du liebe Güte, vor fünfzehn Jahren schon, an jenem von seltsamem Triumph gekrönten Tag, als er Herrn Hasse Angst eingejagt und später dann in Kurgla über einem niedrigen, kniehohen Tisch im großen Zimmer auf Epps merkwürdige Bitte hin den Knaben getauft hatte, der ihr und dem flachgesichtigen Paavel geboren worden war …

An diesen auf seine Weise andächtigen und komischen Augenblick konnte er sich um so besser erinnern, als Epp nun schon die vierte Woche in der Stadt, unter seinem Dach, wohnte. Eigentlich hatte Balthasar gewollt, daß Muhme Kati kam, um Elsbeth zu helfen, als sie die letzten Wochen schwer ging. Muhme Kati aber hatte über Kreuzschmerzen geklagt und an ihrer Statt Epp geschickt – ein junger Mensch, hatte sie gemeint, sei flinker. Elsbeth war es sogar lieber gewesen. Und Balthasar dachte, er wisse wohl, warum, obwohl er sich hütete, sich den Grund einzugestehen. Wenn Elsbeth schon mit den bäurischen Verwandten ihres Mannes zu tun haben mußte (in gewisser Weise ließ sich das nicht umgehen), dann war es besser, es kam nicht die Tante, der Balthasar in häuslichen Angelegenheiten gewiß ein gewisses Stimmrecht zugestanden hätte, nicht ein Dorfweib, auf das man um Balthasars willen irgendwie Rücksicht nehmen mußte, sondern eine Frau, die, obschon eine Verwandte vom Lande, doch mehr eine Bedienstete war.

Jetzt jedenfalls stand Epp, auf Anordnung Balthasars, hier, hinter den ehrenwerten Gevattern, inmitten der ehrenwerten Gäste. Und warum auch nicht? Sie trug ein anständiges dunkelblaues Kleid aus einem im Laden gekauften Stoff, an den Füßen rote Schuhchen aus gegerbtem Leder und um den Hals sogar eine kleine silberne Münzkette.

Balthasar begann:

»Jetzt bin ich durch die Taufe,
O Vater, dein geworden ...«

– denselben Choral, den man vor fünfzehn Jahren bei der Taufe von Epps Tiidrik gesungen hatte, der ersten Taufe, die er vollzogen hatte. Oh, natürlich sang man ihn hier und jetzt unvergleichlich besser als damals. Aber auch Balthasar selbst konnte nun auf eine zehnjährige Erfahrung als Pastor und täglichen sängerischen Schliff verweisen. Desgleichen waren jene, die da jetzt mit ihm zusammen getragen den Choral sangen, größtenteils sängerisch geschult: die Frau Bischof, die sich mit ihrem schrillen Sopran selbst vor den Spielleuten von Jericho nicht hätte zu schämen brauchen, sein Schwager Winkler mit seiner Annika, sein Amtsbruder Walther mit seiner jungen Frau und Küster Meckius samt seiner

Ehehälfte. Dabei streichelte der dröhnende Bierbariton des Oldermanns der Kanutigilde Dehn sie alle wie ein Handschuh aus Kalbsleder … Und dennoch, gerade in der Glätte ihres Gesanges war etwas, was Balthasar nicht ganz gefiel. Dieses Etwas wäre ihm, hätte er tiefer in sich selbst hineingeschaut, als eine gewisse strafwürdige Leichtigkeit und Herablassung erschienen. Im Vergleich zu jenem erstaunlich fernen, ungeschickten und eifrigen Gesang, mit dem die Kurglaer ihm auf Tiidriks Taufe mit ihren rauhen Stimmen gefolgt waren. Und im Vergleich zu jener unbekümmert jungen und selbstsicheren Posaune, als die er ihnen vorangeschritten war.

Die Frau Bischof höchstpersönlich trug den getauften Säugling nach oben, zu Elsbeth ins Schlafzimmer. Die Wehmutter hatte der jungen Mutter streng verboten, das Bett zu verlassen, obwohl die Entbindung schon eine ganze Woche zurücklag. Denn das Auf-die-Welt-Kommen von Balthasar junior war schwer und blutig gewesen und keineswegs so leicht wie die Geburt der Zwillinge – Anna und Elisabeth – im Januar vergangenen Jahres, obwohl damals mehr Veranlassung bestanden hatte, Komplikationen zu befürchten.

Die Gäste gratulierten der Wöchnerin, äußerten höfliche Wünsche und begaben sich wieder nach unten, der Junge war auf Elsbeths Armen still geworden. Sie bat Balthasar, ihr einen sauberen Lappen für das Kind zu geben, doch konnte er diesen in der Truhe nicht finden und holte Epp von der Treppe zurück. Die fand das Gewünschte im Handumdrehen, und Balthasar junior bekam, einen sauberen Lappen um den Popo, die mütterliche Brust. Balthasar senior blieb am Fußende des Bettes stehen, um zuzusehen … und fragte Epp: »Hast du ihn in dein Hemd gewickelt, als er geboren wurde?«

»Wie werd ich denn …«, murmelte Epp leise. Mit flüchtigem Lächeln sah sie Balthasar in die Augen, blickte dann zaghaft Elsbeth an und ging hinaus.

»Wozu sollte ihn denn Epp in ihr Hemd wickeln?« forschte Elsbeth.

Balthasar antwortete – und je länger seine Erklärung

wurde, um so schneller haspelte er die Worte herunter, spürte er doch, daß seine Antwort mit jedem Wort komischer, sinnloser und törichter wurde.

»Nun, es gibt da so einen Kniff, damit aus einem Jungen ein Mann wird – ein starker Mann. So einer, der in jeder Hinsicht nach dem Herzen der Frauen ist, verstehst du ...«

Elsbeth sagte mit einem Ausdruck, in dem mehr lag als nur Unduldsamkeit Balthasars unziemlichen Worten gegenüber: »Ihr werdet mir das Kind noch verhexen – mit eurem Dorfhokuspokus!«

Dabei drückte sie Balthasar junior so heftig an sich, daß der Kleine die Brust fahrenließ und abermals losplärrte, als habe er wirklich Grund, Zauberei zu fürchten.

Balthasar lachte über Elsbeths Worte, sie waren zu unsinnig, um ihnen zu widersprechen, er lachte gereizt, verließ das Schlafzimmer und schloß die Tür hinter sich. Er ging nach unten. Leerte mit den Gästen ein Glas Wein, das ihm Meckius' Hausfrau kredenzte (leerte es so rasch, daß es gewiß schon an Unhöflichkeit grenzte ...), verabschiedete sich von den Gästen und geleitete sie hinaus.

Schönen Dank allen, dat ir gekommen seyt,
Und den ersamen Paten in sonderheyt ...

Er ging in sein Schreibzimmer und schloß die Tür ab. In den letzten Jahren hatte er die von ihm selbst bemerkte Fähigkeit erworben, auf dieser Schwelle ein Großteil der täglichen Mühsal und der Unzufriedenheit mit sich selbst abzuschütteln und sich hier geistig und seelisch auf die Dinge zu konzentrieren, über die er entweder gerade etwas las oder über die er schreiben wollte. Er beherrschte die Kunst, sich in diesen geweißten Wänden souverän zu fühlen. Jetzt aber wollte die Gereiztheit nicht von ihm weichen. Die tiefe Unzufriedenheit damit, daß diese letzte Taufe sich durch irgend etwas wesentlich von jener ersten unterschied, die er, ein Knabe noch, vollzogen hatte ...

Hier, neben dem schmalen Fenster, aus welchem man über den Dächern des Siechenhauses und den Klostermauern das ständig wechselnde Bild des nordöstlichen Himmels beobachten konnte (der Frühlingshimmel heute, kupfern schillernd und dunkelblau gestreift, war eiskalt), hier hatte er gelernt, die Dinge unbestechlich und bis auf den Grund zu sehen und sich selbst auch – soweit ein Mensch dazu überhaupt imstande ist. Darum konnte er sagen: Das Kind von Epp und Paavel, das hatte er damals getauft, nachdem er einem Feind Angst eingejagt, ihn zum Schweigen gebracht hatte und deshalb erfüllt gewesen war von einem unerklärlichen, rückhaltlosen Glauben an sich selbst, wie das in der Jugend zu sein pflegt ... Heute aber war er selbst ... Ja, heute war er selbst erschrocken. Also waren vielleicht seine Gereiztheit, seine Unzufriedenheit, die Empfindung, sich nicht recht wohl in seiner Haut zu fühlen, keineswegs auf die Häufung zufälliger Unannehmlichkeiten (einschließlich Elsbeths wiederholter Anspielungen auf seine bäuerliche Herkunft) zurückzuführen, sondern einfach auf Angst? Nein, Unsinn! Nach all den fast tagtäglichen Ängsten, an denen die letzten Jahre auch nach der großen Belagerung und der zweimal ausgebrochenen Pestilenz so überreich gewesen waren.

Man denke doch nur: In ganz Livland herrschte ein sinnloses Durcheinander von Kampf, Mord und Totschlag und Plünderung. Außerhalb der festen Stadtmauern konnte des Morgens niemand wissen, was mit ihm am Abend sein würde: Ob er bei Sonnenuntergang die Hände falten und dem Herrn dafür danken wird, daß er diese Stunde erlebt, oder ob ihn, bis aufs Hemd ausgeplündert, in einem Straßengraben die Aasgeier fressen ... Und daß der Mensch in einem derartigen blutigen Chaos noch auf etwas hoffte, daß er sich jeden Morgen aufs neue die Tarnkappe Hoffnung aufsetzte, als werde er mit dieser Kappe in Not und Gefahr tatsächlich unsichtbar für den Feind, daß der Leichtgläubigere eine Woche später diese Kappe sogar gegen eine andere vertauschte – all das war nichts anderes als dem

Menschen eigene unverbesserliche Kinderei ... Mein Gott, vergangenen Herbst hatte der Herzog von Södermanland mit einem frischen Heer kommen sollen, um dem Moskowiter Einhalt zu gebieten, und die, die darauf vertrauten, hatten es sofort ausposaunt. Der Herzog aber war nicht gekommen, und das schwedische Heer, das er Herrn Åkesson sandte, hatte ganze fünftausend Mann gezählt (und von zwei Fischen und fünf Broten allein waren diese fünftausend im darbenden Reval nicht satt zu bekommen). Im Dezember aber war bei Weißenstein plötzlich der Großfürst von Moskau selbst mit achtzigtausend Mann erschienen! Auch in diesem Fall hatte es Gott gefallen, die Schweden mit Blindheit zu schlagen. Mit solcher Blindheit, daß sie nicht einmal vermuteten, dieses riesige Heer könnte sich Jerwen nähern. So daß der Großfürst am ersten Januar die Burg Weißenstein genommen, sie sich also gewissermaßen zu Neujahr geschenkt hatte. Freilich erst nach einer entsetzlichen Kanonade – die Herr Åkesson, der just zu diesem Zeitpunkt mit den fünftausend des Herzogs Oberpahlen umzingelte, in seiner Blindheit für das Neujahrsschießen der Weißensteiner hielt. (Man munkelte, der Großfürst habe befohlen, den Statthalter von Weißenstein, Hans Boije, sicher der jüngere Bruder des Balthasar bekannten Göran Boije – gottbewahre! –, am Spieß zu rösten ...) Und dergleichen Woche für Woche, Monat für Monat: die grauenhafte Schlacht beim Fall von Weißenstein, der entsetzliche Fehlschlag in Neuenhof, das völlig hilflos übergebene Karkus – ein sinnloser Verlust, der sich gleichzeitig in einen unbegreiflichen Sieg bei Lode verkehrt hatte (wo allerdings einige höchst ehrenwerte Revaler Männer, darunter auch Michel Sloyer, das Haupt der städtischen Kriegsknechte, ihr Leben ließen) – all das hatte sich Balthasar bemüht auf seinen grauen Blättern ausführlich und sorgfältig zu Papier zu bringen ...

Wie dem auch sei, es war töricht, nun, wo all das schon längst zum Alltag gehörte, von einer durch Angst hervorgerufenen sinnlosen Zaghaftigkeit seinerseits zu sprechen ... Allerdings hatte der Herr gerade heute morgen, vor der Taufe des auf den Namen des Vaters getauften Sohnes, das geschehen lassen, was geschehen war.

Gestern abend hatte Balthasar gehört, in Reval sei, aus Deutschland kommend, ein Schiff eingetroffen – das erste Frühjahrsschiff dieses besonders kalten Jahres dreiundsiebzig. Übrigens hatte das Schiff sogar in der Revaler Bucht gegen Eisschollen ankämpfen müssen. Worüber man sich in einem so schrecklichen Jahr nicht zu wundern brauchte, wenn man sich vor Augen hielt, daß man noch vor zwei Wochen, fast Mitte Mai, über das Eis von Porkkala zum Nordende von Nargen und von dort, über die Bucht, nach Reval hatte gehen können. Unter den mit dem ersten Schiff Angekommenen waren auch die Söhne einiger Revaler Kaufleute und mehrere Schwarzenhäupterbrüder. Einige von ihnen, hieß es, waren vor einem Jahr, während der schrecklichen Bartholomäusnacht in Frankreich, in der Stadt Paris gewesen und hatten mit eigenen Augen die ungeheuerlichen Greueltaten der Papisten gesehen. Und davon – ganz zu schweigen von sonstigen überseeischen Neuigkeiten, die aus weiter Ferne zurückgekehrte Leute zu berichten wissen – hatte Balthasar unverzüglich hören wollen.

Darum war er heute morgen, gegen acht Uhr, in die Langstraße zu den Schwarzenhäuptern geeilt, um die Ankömmlinge zu finden, bevor dieses so leichtfüßige Volk wieder wer weiß wohin verschwand.

Balthasar war durch den morgendlich leeren Saal gegangen, wo er sich in seiner Jugend einige Monate lang mit den Anfangsgründen im Umgang mit dem Schwert vertraut gemacht hatte. Er dachte (und wußte, wie ungehörig dieser Gedanke bei seiner jetzigen Stellung und Würde war): Verteufelt schade, daß ich nicht mehr von der Fechtkunst erlernt habe! In unserer Zeit sollte man geschickter darin sein, als ich es bin ... Ein Diener wies ihm den Weg, und im Refektorium hinter dem Saal fand er zwei der gestern eingetroffenen Schwarzenhäupterbrüder bei einem Krug Bier. »Salve! Servus!« – Das gab eine Überraschung! Dank der unerforschlichen wunderbaren göttlichen Vorsehung waren es sogar Leute, die er gut kannte! Der werte Kaspar Buschmann, einst sein Schulkamerad, jetzt Schiffseigner und Kaufmann, wohlbeleibt und hochrot im Gesicht, jedenfalls ein weitgereister guter Bekannter. Dann war da noch – nach so vielen Jahren! – Balzer Vegesack, nicht allein Balthasars Klassenkamerad, sondern auch sein Milchbruder ... Immer noch derselbe schlitzäugige, käsige Nörgler. Jetzt war nicht mehr nur, wie früher, seine Haut grau, auch sein spärlicher Haarpinsel war grau geworden, und trotzdem – er war immer noch der alte. Und prompt fiel Balthasar wieder ein: Scheiße vom Morgenland! Auch an das komische Gefühl erinnerte er sich, das er gehabt hatte, weil man ihn fälschlicherweise für den Urheber dieses Spitznamens hielt. Und an das Bewußtsein gegenseitiger Feindseligkeit, das er schon in den Schultagen in Balzers Nähe empfunden hatte.

Was indes die überseeischen Neuigkeiten betraf, so hörte er von Kaspar nicht viel Gescheites. Ja. Im französischen Königreich und sogar in Paris war er, seinen Worten zufolge, Ende August vergangenen Jahres gewesen. Oh, was für eine Stadt! Wer nicht dort gewesen sei, könne sie sich nicht einmal im Traum vorstellen ... Kaspar war damals auf einer kleinen Antwerpener Karracke gefahren, welche, darauf wartend, beladen zu werden, am Südkai des Flusses Seine oder wie er hieß vor Anker lag. Sie hatten Burgunder in Fässern und anderes an Bord genommen ... Eine schrecklich gewinnbringende Ware ... An die Nacht der blutigen Hochzeit aber könne er sich nur noch sehr dunkel erinnern. Da er – hi-hi-hi – nicht im Hochzeitshause des Prinzen und der Prinzessin gewesen sei, von wo gewiß auch diese blutige Taufe ausgegangen war. Sondern, du verstehst schon, in einem ganz anderen Haus ... Oh, Teufel! Weiber gibt es da! Wer sie nicht kennt, sag ich, läßt sich die nicht mal träumen ... Das sage ich dir, Balthasar, als meinem ehemaligen Klassenkameraden, so daß es deine heutigen

Pastorenohren gar nicht berührt – he-he-he-he … Nein, allerdings hab ich dort in der Nacht von der Straße her Geschrei und Schwerterklirren gehört. Und am Morgen, als ich zum Kai ging (ich hatte es nicht weit, mein Venusberg stand in der Nähe des Flusses), lagen etliche Leichen am Boden … Ach, zweitausend sind in jener Nacht in Paris ermordet worden? Was du nicht sagst? Nun, aber was bedeuten schon diese zweitausend! Für eine Stadt wie Paris, in der dreihunderttausend leben! …

Welche Rolle bei diesem Mord an den Protestanten der König gespielt hatte, welche die Königsmutter und das in seiner Blindheit dem Papst ergebene Volk, darüber wußte Kaspar nichts zu sagen. Ebensowenig, dachte Balthasar, wie er seinerzeit Herrn Sum sagen konnte, wer früher da war, die Griechen oder die Römer … Über die anderen Neuigkeiten, von denen Balthasar vage dieses oder jenes gehört hatte, wußte Kaspar noch weniger als er selbst. Beispielsweise darüber, daß die Holländer darauf verfallen waren, Tauben zu verwenden, um Nachrichten aus ihren größtenteils von den Spaniern belagerten Städten zu übermitteln. Oder daß im vorigen Jahr ein Däne vom alten Herrewadkloster aus zum Himmel geschaut und einen bis dahin unbekannten hellen Stern im Sternbild der Kassiopeia entdeckt hatte …

Balzer Vegesack ließ über diese Dinge noch weniger verlauten als Kaspar. Mit dem Unterschied, daß sein schiefes spöttisches Lächeln, immer noch dasselbe wie früher, nicht den Eindruck machte, als schweige er aus Unwissenheit. Eher konnte man glauben, er verfüge über irgendwelche specialiter nur ihm bekannten Informationen. Vielleicht aber – wie sollte man das noch wissen – hatte Balthasar ihm das auch im nachhinein angedichtet. Ach nein. Bestimmt nicht. Denn schlimme Vorahnungen dieser Art hatte Balthasar auch früher schon gehabt.

Als er den ihm hingeschobenen Krug Bier geleert hatte und schon gehen wollte, nahm ihn Balzer Vegesack beiseite, so daß Kaspar sie nicht hören konnte. Er lehnte sich mit dem Rücken gegen eine schöne achtflächige Säule aus Kalkstein und begann: »Balthasar, ich wollte dich schon lange fragen, aber es hat sich nie so recht ergeben – mal hast du dich in der Weltgeschichte rumgetrieben, mal ich –, sag, was zum Teufel hattest du im Herbst sechzig bei diesen Abgesandten der aufrührerischen Bauern zu suchen?«

Balthasar spürte, wie es ihn kalt überlief: Die Kälte stieg bis zu den Knien, bis zu den Hüften, bis zur Brust, bis über den Kopf und flutete dann zurück (sicher brauchte man Balzers Worte nicht so verteufelt ernst zu nehmen ...). Er spürte: Der Kopf war, Gott sei Dank, wieder frei von der lähmenden Furcht. Dann wich die Furcht von seinem erstarrten Herzen (hier, in ebendiesem Saal, habe ich die Anfangsgründe des Schwertduells begriffen: angreifen, zurückweichen, ausweichen ...). Gleichzeitig fühlte er: Etwas längst schon Vergessenes war auf unheildrohende Weise wieder lebendig, war durch Balzers Frage erneut Wirklichkeit geworden.

Balthasar fragte mit leicht gesenkter Stimme, was jener schwerlich bemerken konnte, doch mit überaus echtem Unverständnis, das schwerlich wie Verstellung wirkte: »Was sagst du da? Bei wem soll ich gewesen sein?«

»Spiel nicht den Dummen. Bei denen, die die Bauern geschickt hatten. Die im Herbst sechzig zu Verhandlungen mit dem Revaler Rat herkamen. Und du warst dabei! Ich hab dich mit eigenen Augen gesehen.«

»Balzer, du hast geträumt.«

»Geträumt, während ich an der Tür zum Ratssaal stand, ja?«

»Was hattest du denn dort zu suchen?«

»Mein Alter hatte am Morgen, als er in den Rat ging, in der Eile seine Amtskette vergessen. Meine Mutter entdeckte sie am Nagel in der Kammer. Und schickte mich ins Rathaus, ich soll sie dem Alten bringen. Mamas dumme Sorgfalt! Das geht doch nicht, hat sie gesagt, die anderen sitzen mit ihren Medaillen da und Papa ohne. Ich kam hin und warf einen Blick in den

Saal. Der Alte sah mich und machte mir mit der Hand ein Zeichen: Komm nicht rein, sollte das heißen, stör nicht! Aber *dich* hab ich bei den Bauern gesehen.«

»Unsinn ...«

»Daran gibt es gar keinen Zweifel. Du hattest freilich Bauernlumpen an und einen Stoppelbart. Aber ich kann auf die Bibel schwören, das warst du.«

»Balzer, du redest dummes Zeug. Ich war ja damals in Deutschland.«

»Versteht sich, daß du das nicht zugibst. Alle ihre Führer hat man gehenkt oder gerädert. Elf Mann. Auf dem Jerusalemberg. Ich bin hingegangen, um zu sehen, ob du nicht darunter bist. Und in Lode und Arensburg hat man noch mehr gerädert und aufgehängt, so daß ich es schon verstehe und du selbst noch besser. Ha-ha-ha-ha! Das gäbe ein Spektakel, wenn herauskäme: Der Herr Pastor der Heiligengeistkirche hat vor dreizehn Jahren gemeinsame Sache mit den Rädelsführern all dieser Räuber und Aufrührer wider den Landfrieden gemacht ... Wie wäre das? Ein Abgesandter von Mördern auf einer Revaler Kanzel? Ein starkes Stück! Ein Abgesandter von Mördern oder ihr Anführer, du weißt selbst, das macht keinen Unterschied ...«

»Hör auf, Balzer! Blut ist wirklich, wie es heißt, dicker als Wasser, aber das ...«

»Balthasar! Du redest genau wie mein seliger Alter! Als ich ihm sagte, ich hätte dich erkannt – er selbst hat natürlich nichts gemerkt –, hat er auch gemeint: Blut, heißt es, ist dicker als Wasser, aber daß ein junger Mann bei gesundem Verstand einen solchen Weg betreten kann, vermag ich nicht zu glauben ...«

»Ach, du hast diesen Unsinn auch deinem Vater erzählt? ... Na, und was hat er noch gesagt?«

»Er – nichts weiter. Du weißt ja, er war alles andere als redselig.«

Bedankt seist du, o Herr: *Das* hat der alte Vegesack seinem Sohn nicht gesagt, daß ihn gerade mein Vater überredet hatte, freies Geleit für die Abgesandten der Bauern zu erwirken!

»Mich würde interessieren, wem du diesen Unsinn noch aufgetischt hast?«

»Niemandem. Hältst du mich für einen Schwätzer?«

»Wenn du so was daherredest – was bist du sonst, deiner Meinung nach?«

»Ha-ha-ha! Ein wahrheitsliebender Mensch bin ich. Wenn mich manche vielleicht auch nicht leiden mögen. Aber das interessiert mich nicht. Weißt du, was mich interessieren würde?«

»Na?«

»Was du für ein Gesicht machst, wenn du, ein Diener Gottes, dem Vogt vor Gericht schwörst, du hättest nie etwas mit dieser Sache zu tun gehabt.«

»Ha-ha-ha-ha!« Balthasar hörte, daß er etwas lauter lachte als nötig. »Was für ein Gesicht sollte ich denn, deiner Meinung nach, machen? Ein ganz normales. Wenn der Vogt so dumm sein sollte und mich danach fragt. Das heißt, wenn du so dumm sein solltest, hinzugehen und ihm diesen Unfug zu erzählen ... Schlaf nur vorher erst deinen Rausch aus! Du hast mehr Bier getrunken, als dir zuträglich ist. Schließlich hast du lange alles mögliche getrunken, das schwächer ist als Revaler Bier.«

»Ich bin völlig nüchtern, Balthasar.«

»Nehmen wir's mal an. Obwohl du, das weiß ich noch, auch in nüchternem Zustand in der Mönchsstraße manchmal haarsträubenden Unsinn erzählt hast.«

»Ich hätte ...?«

»Genau. Das kannst du: lang und langweilig Unflat zusammendrehen, als sei er Werg und du ein Seiler. Geh und schlaf deinen Rausch aus!«

»Du willst es also nicht zugeben! Hättest du es, als alter Freund, offen zugegeben, ich hätte dir keinen Strick daraus gedreht.«

»Balzer, wenn du wirklich glaubst, du hättest damals *mich* gesehen, so sage ich dir, du irrst dich.«

»Meinst du?«

»Was heißt, meinst du!«

»Hm. Angenommen, ich hätte mich im Rathaus geirrt. Hätte dein Gesicht verwechselt. Bei den Bauern ist das möglich. Einfach ein ähnliches Gesicht und basta. Aber dann erkläre mir etwas anderes.«

»Was denn?«

»Ich habe es dir schon gesagt. Ich bin zum Jerusalemberg gegangen. Und zwar deinetwegen. Nicht, um die Hinrichtung selbst zu sehen, sondern am Abend die Leichen. Bevor man sie in die Grube warf. Sie lagen am Fuße des Berges in den Erlenbüschen, und die Henkersknechte schaufelten ein Grab. Mehrere Wächter bewachten die Büsche, um die Neugierigen fernzuhalten. Die Menge hatte sich zerstreut, nur noch einige Leute drückten sich dort herum. Ich steckte den Männern, die die Grube schaufelten, einen Ferding zu, und sie ließen mich an die Leichen heran. Nun, *du* warst natürlich nicht darunter. Aber, ich muß dir sagen, es war ein grauenhafter Anblick. Blutüberströmte Leiber, gebrochene Arme und Beine, blau angelaufene Gesichter, in Stücke gerissene Lippen. Mir drehte sich jedenfalls der Magen um. Und als ich dort in den Büschen hockte, kam ein Greis zu den Toten. Er zahlte der Wache, ich hab nicht gesehen, wieviel, jedenfalls so viel, daß sie aufhörten, ihn anzuschreien, und sogar dienstfertig wurden. Er befahl, die Toten auf den Rücken zu drehen und ihnen die Haare aus der Stirn zu streichen, er selbst aber starrte aufmerksam in jedes Gesicht.«

»Und was …«

»Dann bekreuzigte er sich und ging. Und steckte den Wächtern im Fortgehen noch eine Mark zu, das hab ich gesehen – eine ganze Mark, dann ging er munter fort. Denn der, den er gesucht hatte, war zum Glück nicht darunter.«

»Na und?«

»Weißt du, wer dieser Alte war?«

»Na wer?«

»Dein Vater.«

»Hm …«

»Erkläre mir, *wen* er dort gesucht hat!«

Balthasar schloß die Augen und lauschte. Er wollte

die Laute der Außenwelt hören. Die Schritte der Vorübergehenden. Das Rattern der Räder auf dem Kopfsteinpflaster, das Knarren der Wagenachsen. Das Kläffen und Knurren der streunenden Hunde. Die Unterhaltung von Menschen, mochten es auch nur unverständliche Gesprächsfetzen sein. Die befreienden Stimmen der Außenwelt. Er hob die Lider und sah Balzer in die Augen – die schmalen, kalten, abwartenden Augen (wie bei einem Alchimisten, der Eisen mit Säure übergossen hat und nun voll zuversichtlicher Neugier beobachtet, was im Kolben geschieht). Er sagte: »Hör mal, mein Lieber, selbst wenn es stimmt – ich kann meinen Vater schließlich nicht fragen, er liegt unter der Erde –, selbst wenn es stimmt, daß er dort war, woraus schließt du dann, er hätte gerade mich gesucht? Wir haben in der ganzen Umgegend Verwandte genug.«

»Nun ja, da hast du verdammt recht. Wenn man dem auch gegenüberstellt, daß ich dich eine Woche davor mit eigenen Augen im Ratssaal in Lumpen unter ebendiesen Aufrührern gesehen hatte. Verstehst du, wenn ich diese beiden Umstände nebeneinanderstelle – dich im Saal und deinen Vater dort in den Büschen, wie er aufmerksam und besorgt die Gesichter der Toten betrachtet, dann muß man schon ein ausgemachter Dummkopf sein, um nicht zu begreifen. Dein Vater fürchtete, *dich* dort zu finden. Nun?«

»Nun?«

»Du gibst es nicht zu?«

»Balzer, ich sage dir aus alter Freundschaft, wie wir es in der Schule hielten: Laß die Hosen runter, und scher dich fort!«

Nach dieser Unterhaltung war Balthasar gegangen, seinen Sohn zu taufen. Und jetzt stand er oben in seinem Arbeitszimmer. Er nahm die grauen Blätter aus der Nische hinter dem Eisentürchen. Hielt sie ein Weilchen in der Hand und begann sie durchzublättern. Er suchte etwas darin. Mit seinen Gedanken aber war er immer noch bei jener unerquicklichen Unterhaltung vom Morgen unter den eleganten Gewölben der Schwarzenhäupter.

Freilich, soviel wußte er noch vom Lübecker Recht und den hiesigen Gerichtsbräuchen, um wenigstens von einem mehr oder weniger überzeugt zu sein. Selbst eine unter Eid abgegebene Erklärung Balzer Vegesacks reichte nicht aus, ihn auf dieser Grundlage vor Gericht zu stellen und angeblich begangenen Landfriedensbruchs und der Plünderung anzuklagen ... Das war absurd. Oder der einstigen Mittäterschaft bei der Ermordung ... Zum Beispiel des Herrn Üxkyll in Limandu. Ach-ch-ch ... Selbst eine unter Eid abgegebene Erklärung Balzer Vegesacks (sofern dieser eine solche auf Verlangen des Vogts schriftlich niederlegte) bedurfte einer Vielzahl überzeugender Bestätigungen. So vieler, daß man sich wirklich keine allzu großen Sorgen zu machen brauchte. Herr Krumhusen war in Pommern gestorben und der Aufenthaltsort seines Sohnes unbekannt. Herrn Wolff freilich konnte man, schlimmstenfalls, in Greifswald finden ... Und er würde bestätigen: Ja, der Schüler des Pädagogiums, wie hieß er doch gleich – Riss oder Rüsso –, war im Herbst des unruhigen Jahres sechzig nicht in Deutschland ... Herr Wolff würde sich nämlich genau erinnern, daß der selige Kaufmann Krumhusen, ein alter Freund des Herrn Wolff, im Spätsommer jenes Jahres seinen jungen Freund, ebendiesen Rüssow, in irgendwelchen Handelsgeschäften, nein, nein, nicht nach Reval geschickt hatte, aber nach Narva. Jawohl, nach Narva. Auf jeden Fall aber nach Livland, ja, das stimme ... Und zurückgekehrt sei er von dort (Herr Wolff würde sagen: Oh, daran erinnere ich mich noch genauer, denn damals fingen die Unannehmlichkeiten in unseren finanziellen Beziehungen an!), zurückgekehrt sei er von dort erst Ende sechzig oder gar Anfang einundsechzig ...

Balthasar überlegte und untergrub, vom Eifer der Angst getrieben, den Boden unter den eigenen Füßen: Gerät eine derartige Mitteilung des Herrn Wolff auf den Tisch des Revaler Gerichtsvogts Schröder ... Und gehen zu alledem noch Erklärungen von diesem fatalen Rotkopf, das heißt von Herrn Antonius ein ... Es ist durchaus möglich, daß dieser in Mitau um Herzog Gotthарts Palast herumschwänzelt. Wenn man den fragt (er dürfte sich kaum noch über den Tod seiner Mutter grämen), dann wird er sich mit dem größten Vergnügen daran erinnern, wie wir, er und ich, uns in Reval auf dem Marktplatz neben dem Schandpfahl trafen, als ich zusammen mit den Bauern aus dem Rathaus kam ... Und heute morgen habe ich diesen vermaledeiten Schelm Balzer dummerweise selbst auf den Gedanken gebracht, daß rings um die Stadt meine Verwandten leben ... Ohm Jakob würde ... über sich und besonders über mich mit Gottes Hilfe schweigen wie das Grab, selbst unter der Folter. Aber schlimmstenfalls fragt man bei den anderen Leuten in Kurgla nach, und mit den Jahren hat sich dort bestimmt dieses und jenes herumgesprochen. Man kann nicht von jedem erwarten, daß er (wenn man ihn beschimpft, anschreit und ihm mit Folterinstrumenten vor der Nase rumfuchtelt) standhaft genug ist, sich hinter einer Mauer des Leugnens und der Vergeßlichkeit zu verschanzen ... Und plötzlich spürte Balthasar, wie sich sein Herz zusammenkrampfte, sich aber sofort wieder ausdehnte und wie eine Handvoll heißen, kochenden Blutes durch seinen Körper strömte: *Katharina!* ...

Nein-nein-nein! Selbst wenn Balzer persönlich nach Riga fuhr, um Katharina zu befragen, oder die Beamten des Vogtes zu ihr schickte – Katharina würde lächelnd verschweigen, daß sie in ebenjenen Tagen mit Balthasar zusammengetroffen war (und daß Balthasar ihr selbst gesagt hatte, aus wessen Lager er kam – a-a-ach!). Katharina würde nichts sagen. Das stand fest. Natürlich, sowohl um ihrer selbst als auch um Balthasars willen. Gar zu gern hätte er gewußt, um wessentwillen in erster Linie. (O Gott, wie erbärmlich eitel sind wir doch, selbst im reifen Alter, als Prediger, als ein gelehrter und verheirateter Mann, wenn wir, von der Taufe unseres ersten Sohnes kommend und obendrein noch nach dieser niederträchtigen Drohung, denken können: Oh, wie süß wäre es, zu wissen, daß diese Frau, wenn sie einen Meineid leistet, dies zwar auch um ihretwillen, vor allem aber um unseretwillen tut!)

Balthasar trat ans Fenster. Er sah auf den Hof des Siechenhauses hinab: Die Dreiecke der Häusergiebel wechselten mit den umgestürzten Dreiecken des kalten klaren Himmels. Gelbe Giebel, dunkelblaue Dreiecke. Oder – gelbe Hügel und dunkelblaue Trichter von Seen dazwischen. Oder – steinerne Kelchstiele und dazwischen die abgebrochenen Kelche aus dunkelblauem Glas. Oder – die dreieckigen Zähne eines Drachens. Gelbe unten, blaue oben. Im Biß zusammengepreßt. Heute war der Tag der Drachenbisse. Aber heute war auch der Tag der Taufe seines ersten Sohnes … Irgendwo weit weg, im Schlafzimmer, hinter der von gegabelten schmiedeeisernen Angeln gehaltenen Tür weinte leise sein Sohn, und über die Treppe ging Epp … Was würde Epp sagen, wenn man sie fragte? Daß Balthasar tatsächlich in jenem Oktober in Bauernkleidern zu ihnen nach Kurgla gekommen war … Und ihnen geholfen hatte, das Kleinvieh in den Wald zu treiben, und eine Nacht mit ihnen auf der Kieferninsel geschlafen hatte, in einer Hütte aus Nadelzweigen, wo es aus unerfindlichen Gründen betäubend nach Birkenblättern duftete …

Unsinn! Epp würde niemandem etwas sagen. Sie bestimmt nicht. Es wäre dumm, sie jetzt belehren zu wollen … Weil ja auch niemand fragen würde! Balzer, dieser vermaledeite Giftzahn, sein Klassenkamerad, Milchbruder und obendrein auch noch Namensvetter, würde seinen Rausch ausschlafen … Hatte ihn vielleicht schon ausgeschlafen und schämte sich nun für jenes niederträchtige Gespräch, mit dem er Balthasar bloß hatte ärgern wollen! Es konnte ja nicht Gottes Wille sein, daß … Und wenn doch?

So gut kannte Balthasar die Artikel des Lübecker Rechts und die Bräuche des Revaler Kriminalgerichts nun auch wieder nicht. Und selbst für einen Kenner wären sie wohl kaum folgerichtig genug, um danach zu entscheiden: Ließ sich der Fall, der Balthasar vor Gericht bringen konnte, heute, zwölf Jahre danach, wie man sagte, als vetustate abolescendum ansehen? Konnte man ihn als verjährt betrachten? Übrigens, das wäre ohne Belang. Denn das Unangenehmste war nicht, daß der Fall vor den Vogt kommen konnte. Gerüchte würden sich verbreiten – und das war keineswegs besser! Nein, ehrlich gesagt, Gerüchte waren doch noch ein bißchen besser als ein Prozeß. Für den Revaler Pastor der Heiligengeistkirche und das ehrenwerte Mitglied des städtischen Ministeriums wäre da freilich kein großer Unterschied …

Man stelle sich vor: in den Pfarrhäusern und Vorhallen der Kirchen, bei den Tafelrunden der Ratsherren und beim Bier in den Gilden, in den Werkstätten der Handwerker, in den Wirtshäusern, auf dem Markt, im Laden, in den Bürgerhäusern – von der Küche bis zum Schlafzimmer –, überall Gesichter, belebt von Schreck und Vergnügen über die Neuigkeit. Du liebe Güte! Habt Ihr schon gehört? Dieser grobe Kerl, dieser Bauer, dieser falsche Deutsche mit den Stieraugen, man sagt, während des Bauernaufruhrs … Während des Aufruhrs – jaja! – immer vorneweg beim Morden und Rauben … Als erster hat er den roten Hahn … Gottbewahre – der Anführer der Meuterer aus den Wiecker Wäldern ist jetzt Pastor der Revaler Ratskapelle … Ich hab's ja schon immer gesagt: Der ist nicht astrein … Jesus Christus, wenn schon so was möglich ist, dann ist das Ende der Welt wahrhaftig nahe … Ach, und es wundert mich auch gar nicht, was kann man von so einem Grobian schon …

Genau so … Und was das Dümmste war, es ließ sich nicht leugnen, ein Körnchen Wahrheit würde dieses Getratsch enthalten. Jedenfalls in den Augen Gottes …

Ach, da waren sie ja! Ohne es zu merken, hatte er unter den Chronikblättern die gefunden, die er suchte, und sie beiseite gelegt: Jene Seiten unter seinen grauen Blättern, die er noch einmal hatte lesen wollen, als er an seinem Körper gleichsam eine Geschwulst wahrnahm, hervorgerufen durch das morgendliche Gespräch mit Balzer.

Er riß das Fenster auf, ihm war auf einmal heiß. Er hörte (und hörte auch wieder nicht) das Holpern der Salzwagen, die mit ihrer Last die Heiligengeiststraße hinunterfuhren, und die Schreie der Schüler in der Pause, die der kalte Ostwind vom Klosterhof über die Dächer herübertrug. Balthasar las:

Bauernaufstand 1560

Denselben Herbst, als es so seltsam im Lande stand, ist auch ein großer Aufruhr der Bauern in Harrien und Wieck ausgebrochen, welche nämlichen Bauern sich gegen den Adel aufgelehnt haben, weil sie dem Adel großen Zins und Abgaben entrichten und schweren Hofdienst tun mußten und doch gar keinen Schutz von ihm in der Not erhielten … Und dieser schutzlose Zustand währt viele Jahre, und mit jedem Tage dünkt ihnen die Vergangenheit freudloser, und sie sehen, daß die armen Bauern auch von den jetzigen Regenten des Landes nichts Gutes zu erwarten haben, und so haben sie sich darüber erhoben, diesmal besonders erbittert; von Harrien und Wieck aus hat der Aufstand so weit um sich gegriffen, daß aus Jerwen, ja gar aus den Landen, die dem Woiwoden von Narva untertan, vom Nordwesten Wierlands, aus Ilumäe, Loobu und anderen Orten, heimlich bewaffnete Scharen von Bauern zum großen Bauernheer nach Wieck geströmt sind …

Den letzten langen Satz las Balthasar erschrocken noch einmal. Er tauchte die Feder in die Tinte und strich ihn durch, und zwar so, daß nichts mehr zu entziffern war. Weiß Gott, vielleicht sollte er das nicht tun? Aber es dünkte ihn plötzlich bodenlos leichtsinnig, in seinem Hause, unter Selbstgeschriebenem, so offenkundige Beweise (verflucht seien sie!) gegen sich selbst aufzubewahren. Denn schon die Namen Narva, Ilumäe, Loobu, Wieck wiesen wie mit dem Finger den Weg, den er damals gegangen war!

Und sammelte sich dieses Heer vor allem südlich und südwestlich von Harrien. Und um nicht bloß eine meuternde Herde zu sein, sondern eine richtige Führung zu erhalten, versammel-

ten sich erwählte Leute – einer von jeder Rotte – an einem Orte, wo die Bauern vor mehr als dreihundert Jahren Rat gehalten haben sollen (wie Henricus de Lettis vermeldet). Und dort, in Raikküla auf Pakkamäe, an einem besonderen, von Gott mitten im Walde erschaffenen Kalksteinhange, hoben bei Sonnenaufgang mehr als dreihundert Mann ein lautes Streiten an. Als aber der Mittag anbrach, verkündeten sie, wen sie zum König gekürt hatten …

Herrgott – solche Einzelheiten konnte nur einer kennen, der entweder selbst dabeigewesen war oder es sich hatte von den Leuten erzählen lassen, die den König wählten. Also von solchen, die nicht nur mit den Aufrührern in Berührung gekommen waren, nicht nur mit ihnen Umgang gehabt, sondern auch ihr besonderes Vertrauen genossen hatten …

Zu ihrem Könige aber ernannten sie einen Schmied, aus Alaküla gebürtig, einen sehr klugen Mann, und sie setzten ihm einen besonderen Königshut auf, zottig und doppelt so hoch wie gewöhnlich, mit grünen Eichenzweigen geschmückt …

Balthasar schloß fest die Augen. Er dachte: Nein, der Königshut war kein Traum gewesen, wie ihm zuweilen scheinen wollte … Also war, wie er sich anhand seiner alten Aufzeichnungen überzeugen konnte, auch der König kein Traum gewesen …

Und der König erwählte sich daselbst Leibwächter, zwölf Männer mit guten Schwertern, und Herolde, etliche Spielleute mit Hirtenhörnern. Er ernannte Hauptleute für die kleineren Scharen und gab jedem seiner Legaten ein Eichenblatt mit dem Abdruck seiner winzigen Zange als Erkennungszeichen …

Also war all das kein Traum gewesen … Aber darüber schreiben durfte er, Balthasar, nicht! Und alles, was er früher darüber geschrieben hatte, mußte er ausstreichen, damit man es nicht mehr lesen konnte! Wegkratzen, daß keine Spur davon blieb! Er durfte nur wissen, was auch andere wußten. Leute, die selbst am Aufstand teilgenommen und ihre Haut gerettet hatten, würden natürlich darüber nicht schreiben … Man konnte also annehmen, niemand würde je auch nur ein Wort darüber zu Papier bringen. Abgesehen von den wenigen, die sich beiläufig abfällig darüber äußern würden. Und abgesehen vielleicht von irgendeinem mehr oder weniger Abseitsstehenden, der das Schriftstück eines Dummkopfes kannte, welcher zufällige Informationen über jene Tage zusammengetragen hatte ... Ja, vor zehn Jahren in der Stadt Bremen, auf einem Schiff auf der Weser, da hatte doch Herr Renner, der Notarius mit den kleinen Äuglein und dem Iltisgesicht, zu Balthasar gesagt, er besitze Aufzeichnungen über die Geschehnisse in Livland ... Vielleicht auch über den Bauernaufstand, wenngleich er wohl gesagt hatte, er sei noch vorher von dort abgereist – wie übrigens auch Balthasar ... Schön. Mochte der Notarius schreiben, was er wußte! Aber nicht Balthasar! Mochten jene schreiben, und Gott helfe ihnen, die nur davon gehört hatten! Und im Namen des Allerhöchsten der schweigen, der es mit eigenen Augen gesehen hatte!

Deshalb gedachten sie, dem Adel nicht mehr gehorsam zu sein oder jenen Hofdienst zu leisten, sondern wollten dessen ganz frei und enthoben sein und den Adel ganz vertilgen und ausrotten.

Nun, das war allen zu gut bekannt, als daß man es ausstreichen müßte. Mochten die Revaler Ratsherren (dieselben, mit denen wir versucht haben – hm –, mit denen die Aufrührer versucht haben, ein Bündnis zu schließen), mochten sie auch bis auf den heutigen Tag glauben, daß die Bauern, wenn es hoch kam, einige Dutzende oder sogar Hunderte von Deutschen töten konnten, aber sie würden nie den Gedanken zulassen, daß Bauern fähig wären, sich ein so weitreichendes Ziel zu stellen wie die Ausrottung des Adels ... Ho-ho-ho! In jenen Tagen waren sich die Edelleute dessen keineswegs so sicher gewesen! Als ihre Nachbarn in ihrem Blute stöhnten, als die Welle des Aufruhrs sie fortspülte, als ihre Güter ausgeplündert und ihre Häuser in Brand gesteckt wurden, zweifelten sie nicht im mindesten daran, daß ihre Ausrottung beschlossene Sache sei ... Jaja, so mancher hatte noch die heiseren, rauhen Schreie des Entsetzens, der Verwunderung und des Sieges im Ohr, ein anderer erinnerte sich an die funkelnden Augen des Kellenmauls aus Tõdva! An die empörten, kindlichen, unbesonnenen, andere begeisternden, weit aufgerissenen Augen der Teilnehmer an der Verwüstung. Wer sich an Hunderte solcher Augen erinnerte, wer im Lande Tausende solcher Augen vermuten konnte, im Herbstnebel, inmitten dichten Gestrüpps, dem mußten die Unterhaltungen lachhaft erscheinen, die im nachhinein jene führten, die ihren Hintern im Schutze der Mauern wärmten ... Darüber schreiben aber durfte er, Balthasar, nur in den allgemeinen, gleichgültigen Worten des Außenstehenden.

Und sind also in ihrem Vorsatz fortgefahren und haben etliche Höfe gestürmt, auch einige vom Adel, die sie auf den Höfen zu Hause fanden, erschlagen und umgebracht, nämlich Jacob Üxkyll von Limandu ...

Balthasar fuhr kaum merklich zusammen, zog die Lippen ein und preßte den Mund zusammen, der in dem rötlichen Bart zu einem Schlitz mit herabhängenden Enden wurde ... Dann begannen die Enden des Schlitzes leicht zu zucken. Und wäre das nicht im Schatten seines Bartes geschehen, so hätte man behaupten können, er lächle schelmisch ... Er nahm die Feder und strich *Limandu* durch. – Ich muß diese Geschichte so oder so um ein Viertel kürzen und umschreiben. Überdies darf der Name *Limandu* überhaupt nicht erwähnt werden ... Er kratzte sich mit der rechten Hand, die die Feder hielt, hinter dem Ohr und schrieb über dem Durchgestrichenen: *Lummat.* Weiß Gott, wie er darauf kam ... Sollte jemals irgendwer vermuten, ich hätte etwas mit Limandu zu tun gehabt, so kann ich sagen, bei mir käme nicht einmal ein solcher Ortsname vor, weil ich alle Namen nur vom Hörensagen kannte.

Und es haben die nämlichen Bauern ihre Legaten nach Reval geschickt, mit der Stadt Frieden und Freundschaft zu machen. Und mit diesem Auftrage betrauten sie auf der Zusammenkunft bei ihrem Könige drei der vernünftigsten oder eifrigsten Leute, die man in der Eile fand, und gaben ihnen einen jungen Mann bei, der Deutsch sprach ...

O Gott! Er mußte damals völlig blind gewesen sein, wenn er sich zu derart klaren Hinweisen auf sich selbst hatte hinreißen lassen. Weg damit! Daß keine Spur zurückblieb! Auf ewig ins Tintendunkel mit diesem eitlen, diesem kopflosen jungen Mann, dessen kindlicher Leichtsinn ihn sogar heute noch verleitete, Dummejungenstreiche zu begehen! Nicht nur sorgfältig alle Blätter über diesen Aufstand durchlesen, sondern auch überall das Ich des Schreibers entfernen! Erbarmungslos, überall in der Chronik, wo er mit seinem Ich daherkam. Zuvörderst natürlich aus allem, was mit diesem Aufstand zusammenhing ... Wie zum Beispiel diese unsinnig lange und ausführliche Schilderung der Unterredung der Bauernabgesandten mit dem Revaler Rat und ihre Kommentare dazu ... Wer hatte sie hören können? Wer konnte davon wissen? Besonders wenn, nebenbei gesagt, die einzige Seite, auf der Herr Loop seinerzeit die wichtigsten Punkte der Unterredung festhielt, wenn diese einzige Seite (wie Herr Topff völlig glaubwürdig versicherte) schon eine Woche darauf, Ende Oktober sechzig, aus dem Protokollband gerissen und verbrannt worden war ... (Also hat der Rat seinerzeit dasselbe getan, wars ich jetzt tue – geschwänzter Fuchs ich – ha-ha-ha!) Mit dem Schwanz die eigenen Spuren verwischen ... Ja. Nur bin jetzt ich jener unglückselige Fuchs, den die Schützen umzingeln, zumindest lauert mir dieser Schuft Balzer mit einem Bogen auf, dessen Pfeile um die Ecken schießen. Damals aber – pst! – war ich einer von denen, um derentwillen die Ratsherren die Spuren mit den Schwänzen verwischten, und deshalb möchte ich, all meiner Not und Drangsal zum Trotz, vor Verdruß am liebsten lachen ... J-ja. Aber woher konnte ich all das wissen, worüber ich hier schreibe:

So daß die Legaten der Bauern beschlossen, nicht länger auf den Revaler Rat einzureden, sondern zu ihrem Heer bei Lode zurückzukehren und dem Könige zu raten, Schloß Lode zu umzingeln, um es ohne Revals Hilfe im Sturm zu nehmen, wonach Reval, wie sie glaubten, ihren Bitten eher Gehör schenken würde.

Fort! Fort! Fort! Mit dem Fuchsschwanz verwischen! Aber was war das hier?

Herr Monnikhusen befahl, die Führer des Bauernaufstandes, die ihm bei Lode in die Hände gefallen, im ganzen neunzehn Mann, sofort nach dem Sieg über die Belagerer zu rädern, ihren König aber brachte er in einer Schaluppe zu Herzog Magnus nach Arensburg. Den König befragte man fünf Tage und fünf Nächte hintereinander ...

Balthasar lehnte sich mit dem Rücken an die steinerne Schmiege des Fensters und starrte auf den Schatten, der auf den Putz der gegenüberliegenden Wand fiel ... Allmächtiger Gott, wo hören die Erinnerungen auf? Wo fangen die Träume an? Die Erinnerungen an das, was vor dreizehn Jahren war, die in diesen Jahren geträumten Träume ... Erinnerungen wachsen, Pflanzen gleich, im Boden des wahren Lebens und treiben Blüten – eine leuchtender und blendender als die andere. Die Erinnerungen fließen in die Träume ein, und die Träume erlangen die Unbestreitbarkeit von Erinnerungen, besonders jene, die, wer weiß, warum, immer wiederkehren. Ihre bedrückende und kaum faßbare Klarheit läßt einen mit einem Seufzer der Erleichterung in einem Zimmer erwachen, das im Wachen erfreulich schützt ... Träume, die ihn gleich nach jener großen Flucht verfolgt hatten, später dann – in Stettin, in dem trostlosen Zimmer des Konvikts in Wittenberg, in der Kammer des Gerbers Manger, im gastlichen Haus des Herrn Puttemann in Bremen; sie verließen ihn nicht, kamen auch hier zu ihm, im Obergeschoß seines Pfarrhauses, nur selten allerdings im Ehebett, neben Elsbeth ... Und dazu noch all das, was wirklich geschehen war ...

Wirklich geschehen war? Ja, gewiß, das war wirklich geschehen, daß er nach dem Gefecht am dreizehnten Oktober, morgens gegen neun Uhr, fast aufs Geratewohl durch das Dickicht in Richtung Hapsal gesprengt war. Daß er irgendwo im feuriggelben Birkendickicht seine Bauernlumpen in die Büsche geworfen und aus der Satteltasche ein reines Hemd und den schwarzen Tuchanzug des verstorbenen Kimmelpenning junior genommen und sich all das angezogen hatte. Daß er wieder in den Sattel gesprungen und weitergejagt war und plötzlich gespürt hatte, wie der Königshelm gegen sein rechtes Knie schlug. Daß er ihn ins Dickicht des verblühten Antoniuskrautes hatte werfen wollen. Daß er aus der Talsenke auf einen Abhang geritten, neben einem schwarzen, vom Blitz verkohlten Eichenstumpf abgesessen war und mit ebendiesem Königshelm im Kies eine Grube für den Helm gegraben hatte. Daß er ihn unter dem toten Baum im jungen Eichengehölz beerdigt, mit der Hand die Grube mit Kies zugeschüttet, sich die Hände an einer Quelle gewaschen hatte und weitergehetzt war. Daß er sich mit einem in der Schenke von Lähtru geliehenen Messer rasiert hatte. Und bei Tage, gegen drei Uhr, nachdem er sich zuvor bekreuzigt, durch die Revaler Pforte in Hapsal eingeritten war. Durch ein halbverbranntes Tor, in eine Stadt, die einen Monat davor fast bis auf die Grundmauern niedergebrannt war.

Er ritt durch die Stadt (unwahrscheinlich lange Burgmauern mit den Spuren des kürzlichen Kanonenfeuers, Brandstätten anstelle von Holzhäusern, rußbedeckte Mauern von Steinhäusern und leere Fensterhöhlen oder schlecht und recht geflickte Türen – hin und wieder Gesichter, die in den Ruinen auftauchten, meist erschrokken). Ohne vom Pferd zu steigen, sprach er mit zwei, drei Städtern und begriff: Noch niemand hatte auch nur die leiseste Ahnung von der Schlacht bei Lode. Man fragte ihn besorgt, ob ihm auf der Revaler Landstraße keine Bauern begegnet wären und ob sie nicht auf dem Wege nach Hapsal seien, und er konnte ihnen nichts über das Bauernheer berichten. Im Hafen Wieck aber, am Kai, fand er, der unerforschlichen göttlichen Vorsehung zufolge, einen Herrn mit dicker Nase und erschrockenem Schnurrbart, der gerade ein großes Boot oder, sagen wir, ein kleines Bojer bestieg, das nach Arensburg fuhr. Das war Poll, Verwalter Johann Üxkylls, des Hofmarschalls von Herzog Magnus. Der nach Hapsal gesandt worden war, um nachzusehen, was nach dem jüngsten Raubzug des Moskowiters aus den Wiecker Gütern des Herzogs geworden war. Und der jetzt zurückeilte, um seinem Herrn zu melden: Sowohl Fickel und Haeska als auch die anderen Güter hatte man geplündert und niedergebrannt. Seine Fragen aber (die der aus Reval gekommene junge Mann seltsamerweise nicht beantworten konnte) ließen vermuten, daß seine Eile auf den Wunsch zurückzuführen war, vor dem Bauernaufstand zu fliehen. Doch wer mochte dieser Revaler Bursche sein? Der fröhliche gesprächige Sohn irgendeines Handwerkers, ein Scholar mit ganz unaufmerksamen Augen, der wer weiß wie in dieser Zeit der Wirren in seiner Heimatstadt aufgetaucht war und jetzt nach Deutschland, auf seine Schule in Greifswald oder Rostock oder sonstwo, zurückeilte? Herr Poll nahm ihn gern mit nach Ösel. Und von Arensburg, der Hauptstadt unseres jungen Herrn Herzogs und Bischofs, würden gewiß, trotz der vorgerückten Jahreszeit, noch Schiffe nach Dänemark und Deutschland gehen. Hier im Hafen, an der Landungsbrücke, verkaufte dieser offenbar recht leichtsinnige Revaler junge Mann seinen stark abgetriebenen, aber noch recht guten Braunen für einen annehmbaren Preis an den Hafenvogt und sprang an Bord des niedrigen Segelschiffes, als schon die Leinen losgemacht waren.

Am vierten Tag, am Morgen des siebzehnten Oktobers, lief das Bojer in den Arensburger Hafen neben dem Schloß ein. Und der junge Mann ging schnellen Schrittes über den Kiesweg durch das schreiend rostgelbe Schilf und betrat den Boden. Aufmerksam betrachtete er den grauen Riesenbau des Schlosses hinter der steinernen Rundmauer mit den beiden Türmen, den inmitten der Mauern aufragenden Langen Hermann, einen hohen Turm mit scharfer Spitze, auf dem sich ein Wimpel aus funkelndem gelbem Messing drehte. Ein Wimpel von einer Länge, als habe man dort einen Streifen Uferschilf befestigt. Der junge Mann ging und ging. Er hatte nasse Kleider am Leib – eine Herbstwelle, die das Deck überflutete, hatte ihn bis auf die Haut durchnäßt –, und in den Knochen steckten ihm die drei Nächte Seereise und obendrein der vorangegangene Schlafmangel. Ihm war, als gehe er im Halbschlaf. Als seien diese gewissermaßen aus dem Meer aufsteigenden Wände des riesigen Schlosses mit seinem Messingwimpel am grauen Himmel ein Traum. Und die Siedlung hinter dem Schloß, mit ihren Ziegel-, Stroh- oder Rasendächern, mit dem kopfsteingepflasterten Markt, mit der Kirche, mit ihren schmutzigen Straßen und ihren Vorgärten – das war erst recht ein Traum. Als sei er selbst gleichsam durch ein Wunder vor der schrecklichen, irgendwohin entschwindenden Wirklichkeit hinter die schöne Schutzmauer des Traumes entschlüpft, bewege sich jetzt mit der Sorglosigkeit eines Schlafwandlers und empfinde, gleich einem unbeteiligten Beobachter, ein unbekümmertes Vergnügen darüber, daß er nicht nachdachte und nicht wußte, was weiter werden würde, es aber jemanden gab, dem das gewiß schon längst bekannt war …

Und um mit diesem Jemand Zwiesprache zu halten, ging er am Markt in die Laurentiuskirche – ein kleines dämmeriges Gotteshaus, das, wie er schon auf dem Schiff gehört hatte, Herzog Magnus nach der Zerstörung Hapsals durch den Moskowiter in den Rang einer Domkirche erhoben hatte.

Vor dem Altar beugte der junge Mann das Knie; er hob das von Wind und Meersalz glühende Gesicht zu dem traurigen, vom Kerzenruß dunkel gewordenen Antlitz des Kruzifix aus Ahornholz und sprach, fast ohne die vom Schlafmangel aufgesprungenen Lippen zu bewegen: »Allmächtiger Gott, Du weißt, ein Mensch kann vor Deinen Augen nicht bestehen. Betrachte ich all das, was dort geschehen ist, woher ich komme, nur von einer Seite, dann sehe ich den himmelschreienden Widerspruch zwischen Deinem Wort und allem, was geschehen ist. War doch all das nichts anderes als klägliche Prahlerei des Fleisches vor Dir. Betrachte ich das aber nicht mit den Augen der Vernunft, sondern denen des Herzens (ich weiß selbst nicht genau, mit welchen ich es betrachten sollte), dann erlaube ich mir, Dich zu fragen: War das nicht ein Versuch verzweifelter Menschen jenes Landes (wie ich hier, jenseits des Meeres, wohl sagen muß), jenes Landes, die dortigen Umstände an die Wahrheit Deines Evangeliums anzunähern? ... Obwohl die dazu nötigen Mittel, ja, ich muß zugeben, wenigstens ein Teil dieser Mittel den Menschen (auch mir) vom Teufel zugesteckt wurden – ich denke an Schwerter, Latten, Sensen, brennende Fackeln et cetera ... Aber ich weiß nicht, welche anderen Mittel man hätte gebrauchen können ... So daß eine menschliche Seele ohne Deine Hilfe Deine Wahrheit unmöglich völlig begreifen kann. Eines aber begreife ich selbst – Du hast mich heil und unversehrt vor dem blutigen Ende bewahrt, und dafür nimm, o Herr, den aufrichtigen Dank Deines zuweilen widerspenstigen und doch demütigen Dieners an ...«

Während der junge Mann diese Worte sprach, spürte er, wie es hinter seinem Rücken unruhig wurde. Einer flüsterte etwas, ein anderer redete laut, und die vier, fünf Mann, die in der ansonsten leeren Kirche standen oder kniend beteten, gingen eilig hinaus. Der junge Mann folgte ihnen und sah, wie in dem Regen, der unterdessen eingesetzt hatte, Leute über den Marktplatz zum Schloß liefen. Er gesellte sich zu ihnen, da er begriff, es gäbe etwas zu sehen ... Im Trab lief er mit einer Schar Arbeitsleute über das schmutzige Kopfsteinpflaster und hörte: Im Hafen waren Boote mit den Heerführern des Herzogs eingetroffen. Das Bauernheer auf dem großen Land war zerschlagen worden. Die auf dem Festland gefangengenommenen Bauernführer hatte man aufgehängt oder auf die Folterbank gespannt. Den Bauernkönig aber hatte man nach Arensburg gebracht. Jetzt würde man ihn aus dem Hafen ins Schloß führen ...

Der junge Mann langte bei strömendem Regen mit den anderen an der westlichen Ecke des Außengrabens an, der das Schloß umgab, just in dem Moment, als Landsknechte und Ritter um die Ecke bogen und die Zugbrücke betraten. Vor allem entdeckte der junge

Mann mit Schrecken unter ihnen seinen alten Bekannten – den lauten und hageren Herrn Christoph Monnikhusen, der einigen geharnischten Rittern voranritt. Gleich darauf erblickte er auch den König: Die Hände auf den Rücken gebunden, schritt er zwischen den Wächtern. Sein Gesicht aber konnte der junge Mann nicht sehen; denn ausgerechnet in diesem Moment drehte der König den Kopf nach rechts und blickte auf die regendunkle Spitze des vierzig Ellen hohen mächtigen Eckturms. Und schon waren sie vorüber. Der junge Mann versuchte, sich hinter ihnen quer durch die Menge zu schlängeln, um ihnen am anderen Abhang des Grabens nachzueilen – alles aus dem plötzlich unsinnigen Wunsch heraus, das Gesicht des Königs zu sehen. Doch ein nach Zwiebeln riechender Landsknecht versperrte ihm mit der Hellebarde den Weg und rief: »Halt, junger Mann!« Rief es zwar nicht so grob, wie er Bauern anbrüllte, aber doch beredt genug, um den jungen Mann zum Stehen zu bringen. So trottete er denn hinter dem Zug her und betrat zusammen mit den neugierigen Gaffern – Dienern und Badewärtern in hausgewebten Hosen und Röcken – die erste Brücke. Und erst unter den hallenden Gewölben des Torturms bemerkte er, daß die anderen schon zurückgeblieben waren und er als einziger zur Vorburg weiterging – zur gleichen Zeit, da Ritter, Landsknechte und Gefangener, die zweite Brücke passierend, sich dem inneren Graben näherten und im Tor der inneren Ringmauer verschwanden. Er folgte ihnen. Er schritt über die naßgeregnete, schlüpfrige Balkenbrücke, unter sich die vom Regen graue, blasige Wasserfläche des Innengrabens. Er dachte: Wenn nötig, sage ich, ich suche Herrn Poll, den Verwalter des Hofmarschalls Üxkyll, mit dem ich aus Hapsal gekommen bin ... Doch als der junge Mann das nächste Tor passiert hatte und in der Vorburg war (wenn ich schon einmal hier bin, werde ich doch nicht umkehren!), als er ins Schloßtor trat und im tiefen Schacht des Innenhofes stehenblieb, war von den Ankömmlingen weit und breit nichts mehr zu sehen. Die verschnörkelten Kalksteintreppen mit den hölzernen Geländern waren leer, leer auch die nassen Fenster. Nur ein Soldat und ein paar Diener liefen im Regen über den Hof. Der junge Mann wollte schon umkehren, als er bemerkte, daß am Kellereingang, rechts von der Tür, zwei Landsknechte mit blanken Schwertern an der Seite standen: Der eine hatte Narben von einem Säbelhieb im Gesicht, der andere Spuren von Blattern.

Der junge Mann ging um das Schloß herum, ging durch die Siedlung und lenkte seine Schritte ins Uferröhricht. Er schlenderte über den Marktplatz, stromerte in der Nähe des Zollamtes und im vorderen und hinteren Hafen herum. Er war bis auf die Haut durchnäßt. Als ihn der Schüttelfrost packte, kam er für eine Weile zu sich, und ihm war, als steckten in ihm gleichsam zwei Menschen: einer, der in seltsamem Halbschlaf fieberhaft umherging, dessen Gedanken, wie Ameisen, versuchten, über die gläserne Wand der Unmöglichkeit nach oben zu kriechen, und sich immer aufs neue unten wiederfanden. Während der zweite sich unterhielt: auf dem Marktplatz, auf dem Kai im Hafen, im Wirtshaus »Zu den drei Möwen«, die Schiffseigner und Kapitäne ausfragte und zu guter Letzt herausbrachte: In vier oder fünf Tagen würde ein Arensburger Bojer die Anker lichten. Ja, nach Riga. Wobei jenem ersten die abenteuerlichsten Pläne durch den Kopf gingen. (Du liebe Güte, woran sich doch ein Mensch nach dreizehn Jahren erinnert … Und jetzt etwa nicht, jetzt etwa nicht?) Die abenteuerlichsten Pläne: die Wächter – den Landsknecht mit der Narbe und den zweiten, den Pockennarbigen – in die Schenke zu locken, sie betrunken zu machen und in den Keller einzudringen … Das Schlafapfelpulver zu beschaffen, das Katharina dem Koadjutor gegeben hatte, und sie einzuschläfern … Mit dem Schiffskapitän eines Bojers handelseinig zu werden … Kindische, vor Ausweglosigkeit törichte Gedankensprünge.

Abends, gegen neun Uhr, saß der junge Mann bei einem Krug Bier in der Schenke »Zu den drei Möwen«, seine nassen Kleider trockneten am Herd, und er hörte, wie beim Bier einige Bewohner der Siedlung und zwei, drei Diener aus dem Schloß mit mißtönender Stimme ein Lied sangen. Hörte den Platzregen und den Wind, wenn jemand, in die Dunkelheit gehend oder in die Schenke kommend, die Tür auf- oder zumachte. Mit dem nächsten nassen Windstoß kamen denn auch wirklich *sie* – der Landsknecht mit der Narbe und der Pokkennarbige, geradeso als hätte der junge Mann sie, in sein dunkles Würzbier starrend, hierhergehext.

Sie schimpften über den Wind. Ihr Abendbier hatten sie schon zweimal im Schloß beim Abendbrot erhalten, aber sie bestellten noch mehr. Man sah, daß sie hier Stammgäste waren, die anderen kamen herbei, um ihnen zuzuhören. »Oh, du heiliger Strohsack! Bis jetzt haben wir dem Herzog um Wassersuppe und lumpigen Sold gedient, Sold, den man uns noch dazu nicht auszahlt. So daß wir uns schon zusammengerottet hatten und rebellieren wollten … Aber seit heute morgen sind wir – wißt ihr, was? Königliche Leibwächter! Ho-ho-ho! … Ja. Und der König ist wie ein Stier, so ein kleines Stierlein, sag ich euch … Jaja! Bei Gott! Die spanischen Stiefel haben sie ihm angelegt … Ich weiß, *wie* Meister Schwarz sie zuzuschnüren versteht. Er aber … Nun, dieser königliche Narr schnauft bloß …«

Hier nun warf der junge Mann den vorletzten Maximiliantaler des Herrn Kruse auf den Tisch, bestellte für die Landsknechte Rheinwein, und beim zweiten Glas wurde ihm erzählt:

Man hatte den König zunächst in den Keller unter dem Tor und dem Langen Hermann gesperrt. Doch dort war er nicht lange geblieben. Schon bald hatte man ihn nach oben in den Kapitelsaal zum Herzog und seinen Ratgebern geführt. Neben dem Herzog hatten die Herren Behr und Monnikhusen, Üxkyll und Schröpfer und noch andere gestanden. Und sie alle hatten mächtig gewiehert, wenn sie die einfältigen Antworten dieses Hornochsen vernahmen oder wenn er gar nichts sagte. Der Herzog hatte ihn gefragt, ob er glaube, daß seine Spießgesellen noch auf freiem Fuß seien. Er aber hatte gesagt, er kenne keinen von ihnen mit Namen. Und als der Herzog gefragt hatte, zu welchem der Revaler Ratsherren sie Verbindung gehabt hätten, hatte er geantwortet, zu keinem. Und als man ihn gefragt hatte, was sie von Reval gewollt hätten, hatte er gesagt: ein Bündnis. Und als der Herzog gefragt hatte, was Reval ihnen geantwortet habe, hatte er erwidert, das wisse er nicht, weil er seine Boten nicht mehr gesehen habe. Und als man ihn gefragt hatte, wer denn seine Boten gewesen seien, hatte er wieder gesagt, das wisse er nicht. Und als der Herzog gefragt hatte, was denn das Ziel ihres ungeheuerlichen Aufruhrs gewesen sei, hatte dieser Dummkopf geantwortet: den hiesigen Adel mit Stumpf und Stiel auszurotten. Der Herzog hatte dem Dolmetscher befohlen, seine Frage zu wiederholen. Und als dieselbe Antwort kam, da hatte der Herzog zuerst mit den Fingern auf den Armlehnen des weißen Bischofssessels getrommelt und ihn dann fragen lassen: »Aber zu welchem Herrscher wäret ihr denn gegangen, wenn euer Plan geglückt wäre?« Worauf jener entgegnet hatte: »Zu keinem.« Da war der Herzog in lautes Lachen ausgebrochen und hatte gerufen: »Ach, so ist das! Also bist *du* ihr erblicher König und Souverän! Demnach muß ich mich vor dir verneigen.« Und er war aufgestanden und hatte sich tief vor ihm verneigt. »Ich bin ja nur ein Herzog und der Sohn eines toten Königs, du aber bist ein lebendiger König!« Dann war er auf diesen Lumpen zugegangen und hatte ihm mit seiner herzoglichen Hand eins in die Schnauze gehauen. »Wegbringen! Rührt ihn nicht an! Das besorge ich selbst. Und Meister Schwarz.«

Man hatte den König in den Keller des Sturwolt zu Meister Schwarz gebracht und befohlen, sofort den dritten Grad anzuwenden: Daumenschrauben samt spanischen Stiefeln, Strecken auf der Leiter und glühendes Eisen. Der Pockennarbige erzählte: »Er hatte keinen Blutstropfen im Gesicht, als er dort stand, bevor sie anfingen. Aber seine Kraft! Ich hab selbst gehört, wie er sagte (soviel hab ich auf dieser verfluchten Insel von ihrem Kauderwelsch gelernt): ›Wenn ich einen Laut von mir gebe, Vater, so hilf, daß ich es nicht mit dem Vorderende tu ...‹«

Der junge Mann spürte, wie es ihn kalt überlief, als er sich das vorstellte, und er dachte: Wen hat er wohl gemeint, als er »Vater« sagte? Nur den himmlischen Vater? Oder seinen leiblichen Vater, den er doch wohl gehabt haben muß? Oder den heidnischen Donnervater, zu dem in den Dörfern bis heute noch immer viele beten?

Und der Landsknecht mit der Narbe brummte: »Ein Teufel ist er! Schwarz hat sich anderthalb Stunden mit ihm abgeplagt. Und als man ihn von der Leiter band, ist er sofort, wie ein Stein, in seinen eigenen Dreck geplumpst ... Aber ein *Wort* haben sie aus ihm nicht rausgekriegt. Weder am Morgen noch am Abend. Ach, hol ihn der Teufel! Jedenfalls wird morgen in der Stadtkirche ein Dankgottesdienst abgehalten.«

Allmächtiger Gott, wo hören die Erinnerungen auf? Wo fangen die Träume an?

Der junge Mann hatte sich im Hinterzimmer der Schenke im Stroh zusammengerollt, er lauschte darauf, wie der Wind vor der Fensterblase pfiff und in der Esse heulte, bei besonders heftigen Windstößen. Auf einmal ging die Tür auf, und sein alter Bekannter, Herr Monnikhusen, trat ein. Vor dem jungen Mann blieb er stehen: in eisernen Stiefeln, den Widerschein der Herdkohlen rings um die schwarzen Nasenlöcher. Er hieß den jungen Mann aufstehen, legte ihm freundschaftlich die Hand auf die Schulter und sagte: »Balthasar, Ihr habt so ungewöhnlich viel Gutes für den Herzog und die Könige getan, für Johan, Gotthart, Erik und Euren Bauernkönig auch, ich weiß, ich weiß, nur Gutes ... Gutes ... Erweist nun auch unserem armen Herzog Magnus einen Liebesdienst! Und dadurch auch Eurem Bauernkönig. Jawohl. Ihr habt so große Erfahrungen als Dolmetscher. Gehen wir. Fragt Euren König, warum er uns nicht auf unsere Fragen antwortet.«

Und der junge Mann verließ die »Drei Möwen«, zusammen mit Monnikhusen. Es hatte aufgehört zu regnen. Hinter den Wolken lugte der Mond hervor. Bei Mondlicht gingen sie über eine Lichtung mit Röhricht, purpurrot wie Leber, dann passierten sie die mehrere Klafter dicke Mauer ... Und nun war der junge Mann im Verlies beim König (bald schien ihm, daß er mit Herrn Monnikhusen, bald, daß er allein da war). Die Fugen zwischen den Kalksteinblöcken waren eine Elle dick, sie schimmerten silbrig im Mondlicht. Der junge Mann bückte sich in das Dunkel eines Winkels, ließ sich vor irgend etwas auf die Knie nieder, er wußte nicht, war es ein Mensch oder eine Kalksteinplatte, und sagte leise, fast im Flüsterton: »König, dein Schweigen hilft dir nicht. Deine Leiden sind umsonst. Du kannst alles sagen. Jaja. Nur eins darfst du nicht sagen: daß du mich kennst. Das nicht. Alles andere ja. Alles, alles. Warum sprichst du nicht?« Zum Entsetzen des jungen Mannes öffnete das, was dort auf dem Fußboden lag, den Mund – war es wirklich ein Kalksteinblock, so hatte er einen Riß bekommen – und sagte: »Gelehrter Knabe, heißt es in den Gesetzen des Kriminalgerichts eures Kaisers« (merkwürdigerweise sagte er *eures* Kaisers) »Karl V. denn nicht: Wer alles aushält und dennoch nicht bekennt, muß freigelassen werden?« Dann war der junge Mann wieder in der Schenke; in seltsamer Niedergeschlagenheit, die ihm das Herz im Leibe umdrehte, warf er sich aufs Stroh: überwältigt von Mitleid und vom Haß auf seine eigene Schwäche und den kindischen Irrtum seines Königs, dem er nicht mehr helfen konnte ...

Wo hören die Erinnerungen auf, wo fangen die Träume an?

Am Freitag, dem achtzehnten Oktober, stand der junge Mann während des Dankgottesdienstes in der Laurentiuskirche nicht weit von der Kanzel und folgte der Predigt des Hofpastors Schröpfer. Der dicke kahlköpfige Mann in dem wunderlichen roten Ornat ergoß mit affektierter Begeisterung seine Tiraden über die Brüstung der Kanzel hinweg auf die Nacken der bischöflichen Räte, Offiziere, Söldner und einheimischen Handwerker. Gewaltige Tiraden über diese Bauernwölfe im grauen Schafpelz, die jetzt aber alle erschlagen seien! Mit Hilfe des göttlichen Schwertes Erzengel Michaels in Gestalt unseres allergnädigsten jungen Herzogs Magnus! Und der Hydra des Räuberaufruhrs sei nun endlich im Namen unseres Herrn Jesus Christus von unserem heißgeliebten jungen Bischof, gemeinsam mit Herrn Monnikhusen, das Haupt mit der falschen Königskrone abgeschlagen worden …

Hier nun musterte der junge Mann ebendiesen Magnus eingehend. Den Herzog und Bischof. Dieses zwanzigjährige Bürschlein, von dem man sagte, es sei der erste dänische Prinz, der in Wittenberg studiert habe … Diesen Knaben mit dem schmalen, bleichen Gesicht und den entzündeten blauroten Lippen, der im wehenden Bischofsmantel zum Altar schritt und mit gellender Stimme ein Dankgebet sprach. Und der dann lächelnd den Bettlern vor der Kirche hundert Mark in Silberschillingen hinwarf, als sei er der römische Kaiser persönlich …

Am Abend des Achtzehnten erschienen die königlichen Wächter wieder in der Schenke »Zu den drei Möwen« und erzählten. »Heute war es genau wie gestern. Am Morgen hat man ihn gefoltert und bei Sonnenuntergang. Und kein einziges Wort.« Am Neunzehnten dasselbe. Auch am Zwanzigsten. Nur daß er sich am Zwanzigsten, es war ein Sonntag, schon nicht mehr auf den Beinen halten und nicht mehr selbst bis zum Kapitelsaal gehen konnte. So mußten sich denn der Herzog und sein Rat nach unten verfügen. Nicht in den Kerker, dort hätten sie nicht alle Platz gehabt, sondern in den Sturwolt-Keller, wo Meister Schwarz sein Werk verrichtete …

Das Bojer, das nach Riga ging, war noch nicht beladen, der junge Mann aber hatte sich erkältet, wälzte sich im Fieber auf dem Stroh in der Schenke »Zu den drei Möwen« und verwünschte die Verzögerung der Abreise. Im tiefsten Innersten jedoch dankte er, wer weiß, warum, dafür Gott.

In der Nacht auf den zweiundzwanzigsten Oktober (er

hatte sich schon längst die unsinnige Bürde des Chronisten aufgehalst, sich sogar die Daten seiner eigenen Traumerscheinungen zu merken), in dieser Nacht drang der junge Mann abermals zum König vor. Diesmal sogar gegen den Willen des Herrn Monnikhusen. Jener versuchte, ihn in der Tür der Schenke aufzuhalten. Er kämpfte mit Herrn Monnikhusen auf der Schwelle der »Drei Möwen«, geradeso wie Jakob mit dem Engel an der Furt des Jabok. Er schleuderte Herrn Monnikhusen auf einen alten Mühlstein im Meldedickicht und rannte davon, damit dieser ihn nicht einholte. In der Dunkelheit erkannte er die Pfosten einer Netzstange. Mit Mühe schwang er sich hinauf und lief auf der Latte entlang, dann über das Seil der Seiltänzer bis zum Messingwimpel. Von dort glitt er über das Dach des Langen Hermann und durch die Deckengewölbe in das Verlies zum König. Schwer atmend, sagte er: »König! Vergiß, daß ich früher anders gesprochen habe! Ich weiß nicht, was mit mir war. Sage ihnen nichts! Kein Wort! Nein, ich sage das nicht um meinetwillen. Ich weiß nicht einmal, warum ich das sage. Aber versprich mir beim Namen Gottes, daß du nichts sagen wirst!« Da endlich wandte ihm der König sein Gesicht zu. Und der junge Mann gewahrte verwundert: Es war nicht der König, sondern der stumme Paap, der Knecht von Doktor Friesner! Paap, den er zuletzt auf des Doktors Gut Üxnurme gesehen hatte, als dieser das Dach in Brand steckte, und den er später im namenlosen Durcheinander des großen Aufstandes aus den Augen verloren hatte ... Der junge Mann rief: »Gott, wie kommst auf einmal *du* hierher?!« Und der stumme Paap öffnete hilflos und siegesgewiß den stummen Mund und deutete mit riesigen, im Dunkel emporgereckten Händen auf diesen Mund, ärgerlich, daß er dem jungen Mann nicht antworten konnte, und seiner Peiniger spottend ...

Im Morgengrauen schickte der Schiffskapitän des nach Riga fahrenden Bojers nach dem jungen Mann. Mit fiebergetrübtem Kopf erhob er sich vom Stroh und bestieg das Boot, das ihn zum Schiff brachte. Gegen zehn Uhr morgens stand der junge Mann auf Deck an der Reling, seine Stirn wurde immer heißer, das Bojer aber schaukelte, in Erwartung eines günstigen Windes, immer noch auf der Reede der Insel Laisma. Über ihm stand der unbewegliche graue Himmel, und an den Himmelsrändern ragten, über dem kalten bleifarbenen Meer, die Küsten von Loodenin, Romser und Abro auf. Von Norden, vom Schloß und von der Siedlung her, drang Glockengeläut herüber. Vereinzelte Glockenschläge, bei einer Entfernung von einer halben Meile und bei einem Wetter, wo man jedes Knarren einer Ruderdolle, jedes Hüsteln deutlich hundert Ellen weit hörte. Und dem jungen Mann fiel auf, daß die Seeleute wie angewurzelt an Deck standen: Sie schauten zum Ufer westlich der Siedlung und bekreuzigten sich.

»Was ist das?«

»Die Glocke von Kellemäe. Sie vierteilen den Bauernkönig.«

Der junge Mann stieg in das Bugteil hinunter und legte sich auf die Tranfässer. Ihm war, als dröhnten der geteerte Rumpf des Schiffes und sein eigenes zuckendes Herz zusammen mit dieser Glocke, dröhnten und dröhnten, bereit zu zerspringen, bis der endlich aufgekommene Nordostwind das Bojer in die offene See hinaustrieb und, Gott sei Dank, das Rauschen der Wellen das Glockenläuten übertönte ...

Balthasar stieß sich mit den Schulterblättern von der Wand ab, warf den Kopf zurück und reckte das Kinn über den Nebel dreizehn Jahre alter Bilder von Traum und Wirklichkeit.

Er kniff die Augen zusammen, so stark, daß unter seinen Lidern ein dunkelgrauer, rotgestreifter Schmerz zu hämmern begann, öffnete die Augen wieder und starrte die weißgetünchte Wand seines Zimmerchens an. Was sollte er nur tun? Zu Balzer gehen und bitten: Tu mir den Gefallen, sag von diesen alten Dingen nichts dem Vogt oder einem anderen, du begreifst doch selbst ... So vielleicht? Nein! Selbst dann nicht, wenn er genau wüßte, es würde etwas nützen. Er hingegen war im Grunde genommen fast sicher, daß ein solcher Schritt von seiner Seite Balzer eher ermuntern als zurückhalten würde … Ergo, was blieb Balthasar übrig, als untätig zu warten, einfach Tag für Tag weiterzuleben und zu warten, ob Schröder seinen Schreiber nach ihm sandte (man sollte doch meinen, daß er trotzdem nicht die Büttel nach ihm schicken würde). Und wenn dann Balthasar in der Vogtei erschien, würde Schröder ihn etwas verlegen ansehen, dann aber widerwärtig rasch zu seinem gewohnten vornehmen Ton zurückfinden, und seine schmalen Lippen würden, die Worte über dem blauen Kinn kauend, sprechen: »Herr Balthasar, man belästigt mich hier mit einer dummen Geschichte, aber sie geht von einer Stelle aus, daß ich sie, wißt Ihr, nicht einfach als leeres Geschwätz von Stadtdirnen abtun kann. Darum möchte ich, daß Ihr mich und auch Euch selbst durch einen Eid davon befreit …«

Was blieb Balthasar anderes übrig, als zu warten? Zu warten und zu beten! Herr, mach, daß ich nicht vor diesem kurzsichtigen Fettwanst stehen muß, die Hand auf der Bibel, einen Meineid schwören und hernach vielleicht trotzdem mit Schimpf und Schande aus Reval fortgehen muß, wenn, all meinen Schwüren zum Trotz, Gerüchte aufkommen … Herr, ich bitte Dich, verschließe mit Deiner Hand dieses unflätige Rattenmaul, damit seine verdammte Zunge schweigt …

Hier muß man jedoch sagen: Zur selben Zeit, als Balthasar auf solche Weise mit Gott Zwiesprache hielt und sich vollkommen Herr seiner Worte fühlte, empfand er etwas Seltsames. Er *sah* fast, wie sich nach seinen barschen, aber ehrlichen Worten in entgegengesetzter Richtung ganz andere Worte bewegten, schamlose, einfach ungeheuerliche, eines Landsknechts mit fieser Visage würdig … Sah, wie die erste Wortreihe versuchte, die zweite zurückzustoßen. Die aber trappelte schadenfroh und geräuschvoll vorbei: Noch besser, Herr, nimm ihn zu Dir, diesen Lumpen Balzer, nimm ihn ganz zu Dir, damit er nicht länger Deine Erde mit den Füßen tritt …

Allmächtiger Gott, vergib mir meinen ungeheuerlichen Gedanken! Ich weiß selbst nicht, wie dieses söldnerhafte Mißachten des Nächsten sich meiner Seele bemächtigen konnte … Ach, aber was ist das schon für ein Nächster! Wirklich! Sag, o Herr, was für einen Nutzen hast Du von ihm? Oder ein anderer … Allmächtiger, ich bitte Dich, nimm durch die Kraft Deines Geistes die Gedanken an diesen unglücklichen Verblendeten von mir … Und doch: Hat auch nur irgend jemand einen Nutzen von dieser »Scheiße vom Morgenland«? Jetzt ist er hierhergekommen, um den Reichtum, den ihm der Vater hinterlassen hat, durch seinen hinfälligen Leib zu jagen und in Dreck zu verwandeln … O gnädiger Gott, rette meine Seele vor diesen gemeinen Worten. Nein, nein … Ich bitte Dich nur, halte Balzer Vegesack zurück. Doch Dich, den Allerhöchsten, um ein Wunder zu bitten gilt ja auch als Sünde und Verworfenheit. Ich weiß aber: Es wäre ein Wunder, wenn er schwiege … Also ist es wohl schon besser, wenn ich Dich bitte, daß Du ihn zu Dir nimmst … Himmlischer Vater, vergib mir, irgendwo in meinen Gedankengängen verbirgt sich ein jämmerlicher Sophismus … Vor zwei Wochen ist in Tiigiveski die Frau des Müllers Maret gestorben, und in der Siedlung sterben auch jetzt noch, bald hier, bald da, Menschen, so daß … Und warum muß es unbedingt die Pest sein, an der mein Milchbruder … O Gott! Rette mich vor diesem schrecklichen Teufel. Er ist es, der mir diese Gedanken eingibt … Nein! Nein! Ich trachte Balzer Vegesack nicht nach dem Leben! (Ich kann ja schließlich nicht mit dem Schwert auf ihn losgehen! Der Ruf, geschickt im Umgang mit dem Schwert zu sein, wäre ja für mich nicht besser als der, den mir, wie ich fürchte, sein Geschwätz anhängen wird …) O nein, nein, Allmächtiger, ich denke nicht daran, einen Mörder zu dingen, der, sagen wir, ihm in einer Wirtshausschlägerei einen Messerstich versetzt … (Ich möchte wohl wissen, ob Märten das täte, wenn ich's ihm sagte?) Teufel und Lästerer, wo bist du, wie kannst du es wagen, mir diese unsinnigen Gedanken einzugeben? Wo bist du, damit ich dreimal vor dir ausspucken kann: pfui! pfui! pfui! – ins Fenster ... wenn du aus diesem bläulichen kalten Glanz hinter der steinernen Einfassung zu mir hereinschaust! Pfui! – dorthin, in den aschgrauen Schatten hinter dem Pult, wenn du dort stehst, Unsichtbarer, und meiner spottest ...

Balthasar ging auf den Hof und tauchte die Hände bis über die Handgelenke in die sich schwarz abhebende Tonne mit Regenwasser. Sie stand dort, wo die unter dem steinernen Vordach aufgehängte Traufe abgebrochen war. Lange hielt er die Hände in das eiskalte Wasser. Dann wusch er damit Gesicht und Bart. Er richtete sich auf und spürte, daß er gleichsam eiserne Handschuhe mit hohen Ellbogenschützern übergestreift hatte, um dem Teufel eins überzuziehen, und gleichsam ein eisernes Visier vor dem Gesicht heruntergelassen hatte, um dem Versucher entgegenzutreten! Ein Visier von klarer Reinheit: Herr, ich schwöre Dir, weder in Gedanken noch durch die Tat werde ich diesen Balzer Vegesack, diesen Lumpen – meinen Milchbruder, diesen Schurken, dieses Aas, meinen Namensvetter, diesen ausgemachten Halunken –, auch nur mit einem Finger anrühren! Aber an Dich, o Herr, wende ich mich mit denselben Worten, mit denen sich im Garten von Gethsemane Dein Sohn an Dich wandte. Mein Vater, ist's möglich, so gehe dieser Kelch an mir vorüber; halte Balzer zurück, doch nicht, wie ich will, sondern wie Du willst ...

Ja. Sein Gebet *half*. Aber vielleicht auch nicht? Oder sogar im Gegenteil?

Zwei Wochen darauf, an einem Dienstag, einem regnerischen, grauen und doch schon nach Frühling duftenden und wie vor einem Gewitter warmen Morgen klopfte es an die Tür der Sakristei. Balthasar zuckte zusammen. Wenn er es auch nicht glaubte und herablassend dabei lächelte, so dachte er doch an Schröders Büttel. Er sagte: »Her-ein!« Und der da eintrat und die Regentropfen von den Kleidern schüttelte, war natürlich kein Bote vom Vogt. O nein. Es war Herr Joachim Walther von der Nikolaikirche, Balthasars Amtsbruder und seit dem vergangenen Frühjahr Schwiegersohn der verwitweten Frau Bischof. Joachim, ein hagerer und kränklicher, hoch aufgeschossener Mann mit leiser Stimme und seltsam rüstigem Gang, begegnete Balthasar schon seit einiger Zeit, schon seit dessen Hochzeit, mit besonderer Zuvorkommenheit und Höflichkeit. Doch konnte man seine betonte Höflichkeit nicht als bloße Speichelleckerei abtun. Jetzt war er, wie er sagte, nur auf einen Sprung hereingekommen, um ein wenig zu verschnaufen und abzuwarten, bis der Regen vorüber war, und natürlich, um zur Geburt des Sohnes zu gratulieren.

Neben der Tür der Sakristei schüttelte Joachim die regengesprenkelte Schaube über dem Steinfußboden ab und breitete sie auf der Lehne einer alten Holzbank zum Trocknen aus. Er erkundigte sich nach Balthasars und seiner ganzen Familie Gesundheit, und nachdem er die Antwort (»Mit Gottes Hilfe sind alle gesund, und Elsbeth ist schon wieder auf den Beinen, wenn auch nach der Entbindung noch nicht völlig genesen«) erhalten hatte, da schürzte Joachim besorgt den Mund.

»Es sieht aus, als ob die Contagio wiederkommt«, meinte er.

»Wieso?«

»Je nun, Balzer Vegesack, der vor kurzem aus fernen Ländern zurückgekehrt ist, du kennst ihn ja, er gehört zu meiner Gemeinde. Am Sonntag ist er krank geworden, gestern abend haben sich Beulen gebildet, und heute am frühen Morgen hat er den Geist aufgegeben.«

»Den Geist aufgegeben? O Gott …«

Balthasar stand auf und drehte sich zu Joachim um, der mußte es ihm noch einmal wiederholen. Die Nachricht war zu verblüffend, als daß er sofort daran geglaubt hätte. Einzelheiten, er wollte Einzelheiten wissen! Dann aber verstummte Balthasar. Denn als er sich zu Joachim umgedreht hatte, war sein Blick über die Tür geglitten, die auf den Hof führte: Die Türöffnung in der Wand war fast drei Ellen tief, und in dieser Öffnung stand ein undeutlicher Morgenschatten, grau und fest wie ein Bauernrock. Und Balthasar hatte deutlich gesehen, daß ein winziger – kleiner als zwei Ellen – dunkelblauer Teufel (dem ums Zweifache verkleinerten Doktor Friesner derart ähnlich, daß es schon ungehörig war) aus dem Schatten sein spitzes Bärtchen hervorgestreckt und sich vor ihm, Balthasar, bis zur Erde verneigt hatte, wie ein ehrerbietiger, aber spottlustiger Diener.

SIEBENTES KAPITEL,

darinnen der Mann (und mit ihm zuweilen auch ein anderer) sich auf dem Meer und auf dem Festland bewegt und eigentlich in der Richtung, welche ein unbeteiligter Beobachter als die Erfüllung seines Schicksals bezeichnen könnte. Er selbst aber empfindet diese Bewegung ebenso undeutlich wie ein Mensch, der aus einem Boot, das ihn trägt, nicht mehr sieht als die Kämme der nächsten Wellen, während er den Horizont und die Ufer ringsum und die Gewitterwolken darüber nur in dem Maße erraten kann, in dem ihm sein Erraten Flügel verleiht und ihn zu Möwen und Wolken emporträgt

Dachte Balthasar jetzt, im Oktober sechsundsiebzig, an seine damalige Furcht zurück, so kam sie ihm sogar seltsam vor. Na schön. Gut, daß sein Milchbruder und Namensvetter Balzer Vegesack, auch »Scheiße vom Morgenland« genannt, Friede seiner Seele, überraschend an der Pest gestorben war. Gestorben, als die Seuche in der Stadt schon fast abgeklungen war. Doch was war schon Besonderes daran? In Reval waren während der letzten Jahre Hunderte an der Pest gestorben. Und Tausende starben daran jahraus, jahrein in der christlichen Welt (ganz zu schweigen von der heidnischen).

Natürlich war Balzer aus dem irdischen Jammertal nicht erst geschieden, nachdem der Tod wieder einmal die Stadt verlassen hatte, und nicht nur just bevor er, Balzer, in bezug auf Balthasar eine verhängnisvolle Dummheit beging, in einem Augenblick, wo Balthasar nahe daran gewesen war, sich nach einem Mörder für ihn umzusehen – ein törichter, kindischer Gedanke freilich ... Schließlich hängt der Tod vom Menschen ebensowenig ab, als wenn ein Eichelhäher über ihn hinwegfliegt und ihm auf den Kopf mistet. Folglich war es ebenso kindisch, in Balzers Tod einen besonders gefährlichen Dienst des Versuchers zu erblicken ... Warum sollte nicht die fürsorgliche Hand Gottes dahinterstekken? War sie es denn nicht, die Balthasars Schifflein mit allen seinen Angehörigen so sicher wie an einem Seil durch diese schweren Zeiten gezogen hatte? So daß es weit besser gefahren war als dieser wie toll unter seinen

Füßen schlingernde Trog, diese Jalle oder Jolle oder wie sie sonst hieß, die Balthasar jetzt von der Insel Wrangelsholm nach Reval brachte.

Nein, es war alles andere als eine Vergnügungsreise, von der er zurückkehrte. Er hatte eine wichtige Pflicht erfüllt: Auf Bitten der Kirchenältesten der Wrangelsholmer Gemeinde und ihres Pastors Vulpius hatte er den neuen Glockenturm der kleinen St.-Laurentius-Kirche geweiht ... An einem merkwürdigen Ort stand diese Kirche, vom Dorf dorthin mußte man eine Viertelmeile durch einen dunklen Tannenwald gehen: Sie stand inmitten von Triebsand am Ufer des Meeres. Den alten Turm hatte im vorvorigen Jahr ein Blitz in Rauch aufgehen lassen, nun aber war der neue fertig geworden. Und daß sie glaubten, Balthasars Segen könnte Blitzschlag besser abwenden als der ihres eignen Vulpius, nun, das war ... Na ja ... Der Dorfschmied hatte ihnen aus Kupfer für den Turm einen komischen gespreizten Hahn gemacht, und sie hatten ihn oben angebracht, damit er auf die Wipfel der Tannen, den sandigen Strand und die fernen Riffe schaue. Und heute in der Kirche, als die Windstöße die Moosfränschen zwischen den Balken erzittern ließen und durch das Meeresrauschen seltsamerweise das Rieseln des Sandes über die Außenwände zu hören war, hatte Balthasar ihnen vom Krähen des Hahns und von Christi Worten erzählt, die dieser zum Apostel Petrus gesprochen: »Ehe der Hahn krähen wird, wirst du mich dreimal verleugnen.« Und von der unabdingbaren Pflicht des Menschen, dem Herrn die Treue zu halten, wie unsagbar schwer uns, die wir hier auf Erden leben, die Kreuzesbürde der Versuchungen und Gefahren auch werden mag. Natürlich. Doch Treue nicht nur zu Gott allein. Treue auch zum König. Das ist bekannt. Doch nicht nur zu ihm. Treue zu unserem Nächsten. Jaja. Doch nicht zum Nächsten schlechthin. Treue zum Eheweib, das uns gegeben ist. Oder zum Ehemann. Das unbedingt. Aber auch Treue zu sich selbst. Das besonders. Und über diese wiederum Treue zu Gott. So daß sich der Kreis schließt. Geradeso wie ein Ring von

Menschen, die einander an den Händen halten, von der linken Hand Gottes bis zu seiner rechten ... Weiß Gott, warum er ihnen davon sprach. Schwerlich begriffen sie viel – diese Männer und Frauen, die noch wetterhärtere, noch unbeweglichere, noch stumpfsinnigere Gesichter hatten als jene, welche ihm tagtäglich zuhörten. Schließlich hätte er ihnen ja auch von etwas Verständlicherem erzählen können, zum Beispiel davon, wie der Apostel Petrus Fische fing.

Zum Mittagessen waren sie ins Dorf zurückgekehrt. Niedrige Häuschen mit Schilf- oder Rasendächern, Staketenzäune mit schmutzigen Möwen und weiß bekleckten Torpfosten. Findlinge. Kahle braune Hagebuttensträucher mit im Winde schaukelnden scharlachroten Früchten. Im Hause des alten, stets heiseren Vulpius setzte man ihnen das Mittagessen vor: gekochter Hecht und Eier mit Speck. Beim Essen zerbrach man sich den Kopf, womit eigentlich die Bekanntschaft der Leute von Wrangelsholm mit dem Herrn Pastor der Heiligengeistkirche angefangen habe. Und fand heraus: mit dem Mose, den Märten Bergkam, Heiligengeistglöckner und Freund von Herrn Balthasar, geschnitzt hatte und der nun schon das dritte Jahr die Nordwestecke der Kanzel stützte. Wozu der Glöckner und Schnitzer selbst, der am linken Tischende saß, die Stirn runzelte und in seinen schon leeren Bierkrug schnaufte: kch-kch-kch. Als die Dämmerung dichter wurde, brachte man Talglichte ins Zimmer, und Balthasar erzählte den an der Tafel Sitzenden von dem großen Exempel, das der Herr der ganzen getauften Welt gegeben habe. Er habe die Stadt Reval gedemütigt und mit Füßen getreten, indem er Pest und Kriegsnöte herabsandte, sie dann aber wunderbarerweise aus dieser, wie es schien, hoffnungslosen Notlage errettet ... Dergleichen, fügte er hinzu, habe das hiesige Inselvolk glücklicherweise nicht erlebt, wenigstens nicht mehr seit der Zeit, da es sich unter den schwedischen Königen von der Vorherrschaft der Seeräuber befreite. Das dürfe die Leute hier indes nicht hochmütig machen. Zum Schluß sangen sie bei flackerndem Kerzenlicht »Ein' feste Burg ist unser Gott« – anfangs unsicher und tastend, gegen Ende jedoch voller Inbrunst, und die Gäste verließen das Haus des Pastors.

Da ging auch Balthasar hinaus. Er hörte, wie die Kieselsteine unter seinen Füßen knirschten und die Zweige der Hagebuttensträucher seine Stiefel zerkratzten. Aufs Geratewohl ging er bis zu einem flachen Stein und ließ sich darauf nieder. Er lauschte in die Dunkelheit.

Der Wind hatte sich gelegt. Das Meer an der Ostküste war noch nicht zur Ruhe gekommen, wenn auch sein Rauschen nicht durch den Tannenwald bis hierher drang. Im Westen, zwischen den kleinen Inseln, war es totenstill. Balthasar stützte sich mit den Händen auf die kalte rauhe Fläche, um sich in der Dunkelheit doch wenigstens an irgend etwas festzuhalten, und dachte: Diese Geschichte mit Reval, als großes Beispiel göttlicher Barmherzigkeit, das ich schon früher angeführt und heute dort, bei ihnen im Zimmer, wiederholt habe – stimmt sie denn überhaupt? Ist die wunderbare Errettung der Stadt, wie ich sie genannt habe, wirklich gar so wunderbar, und sollte man sich darob in Lobesreden ergehen, wenn sie um einen so hohen Preis erkauft wurde: Tausende von Pest- und Kriegstoten, Berge von Asche und Trümmern jenseits der Stadtmauern und entsetzlich verheertes Land ringsum? ... Im Vergleich dazu sind unberührte, wenn auch gottverlassene Inselchen wie dieses hier wirklich ein Wunder ... Und auf einmal spürte Balthasar, wie die unermeßliche Stille dieses abgelegenen Ortes und die schwarze Finsternis der Oktobernacht zu wachsen anfingen und ineinanderzufließen, wie sie ihn gleichsam verschlangen und riesengroß wurden. Im leichten Rausch des mit Furcht vermischten Ergötzens dachte er: Herr, in dieser unergründlichen Finsternis, in diesem unendlichen Schweigen, welche man in den Mauern der Stadt nie antrifft, gib mir ein Zeichen ... Damit ich weiß, daß Du immer noch Deine schützende Hand über das Land und über mich hältst und daß das, woran ich selbst geglaubt und was ich anderen weisgemacht habe, die Wahrheit ist ... (Im Dorf waren die letzten Lichter erloschen. Stumm war das kalte Gras. Kein Funke, kein Laut ...) Doch auf einmal vernahm er ein Geräusch. Von Nordosten kam es, von der Höhe, vom Himmel herab. Das Rauschen von Engelsfittichen. Es kam näher. Wurde stärker. Es war so echt und wurde so stark, daß beinahe ein Lufthauch Balthasars Gesicht streifte ...

Im nächsten Moment begriff er: Es war ein Schwarm Seegänse, der aus Finnland oder von den östlichen Inseln her übers Meer flog. Ein Vogelschwarm, von dieser Insel unterwegs nach Westen. Doch zugleich auch ein Zeichen. Ein so deutliches, daß sich ein deutlicheres schwerlich ersinnen ließ. Jedenfalls, wenn es einem Manne gegeben wurde, der, wie man annehmen darf, mit der Heiligen Schrift vertraut war. Denn schließlich hieß es ja im 5. Vers des 31. Kapitels des Buches Jesaja: »Und der Herr Zebaoth wird Jerusalem beschirmen, wie die Vögel tun mit Flügeln, schützen, erretten, darin umgehen und aushelfen.«

Im ersten Morgengrauen waren sie vom Westufer der Insel Wrangelsholm, von der Muustakoopa-Bucht ausgelaufen und in See gestochen und hofften jetzt, mit Anbruch der Dunkelheit den Hafen von Reval zu erreichen, sofern die kräftige Nordwestbrise bei Tagesanbruch nicht abflaute. Hofften es um so mehr, als sie mittags bereits an der Aegnaer Bucht vorübergefahren waren und nun, das westliche Ende von Grasholm umschiffend, nach Süden abdrehten. Vor ihnen öffnete sich die Revaler Bucht, und beim Anblick des mit weißen Wellenkämmen übersäten schwarzen Wassers wurde ihnen ganz flau im Magen. Doch ihnen zum Trost und zur Ermutigung tauchte hinten, wo sich die Bucht verengte, am fernen Ufer, die nadelförmige Turmspitze der Olaikirche auf.

Von Zeit zu Zeit grub sich das Boot mit seinem geteerten Bug bis zum Deck in die Wellen, wenngleich diese für den mit Stürmen reich gesegneten Herbst dieses Jahres anfangs recht niedrig waren und der Himmel hier und da sogar blau. Die drei Wrangelsholmer saßen, der eine am Steuerruder, die anderen an den Segeln, schweigend da, sei es, weil sie alle Hände voll zu tun hatten, sei es aus Respekt. Märten schwieg aus Gewohnheit. Das Meer brodelte, die mit grauen Flicken besetzten geschwellten Segel knatterten im Wind, die Möwen schrien. Balthasar saß auf einem Tranfaß, den von Wasserspritzern nassen Rücken am ersten Mast. Er fühlte, das Schlingern, das sich bis dahin ständig verstärkt hatte, war nun, da die Inseln hinter ihnen lagen, nicht länger bedrohlich, sondern ganz normal. Und der verheißungsvolle Wechsel – hoch auf die Wellenkämme, hinunter in die eisigen Wellentäler – ließ ihn an die erschütternden Ereignisse der letzten Zeit denken, die sich drohend über seinem Haupt zusammengeballt hatten und die er nun, mochte Gott ihm vergeben, schon wieder als ganz alltäglich empfand. Dieses ganze endlose, unüberschaubare blutige Chaos, das schon jahrelang in seinem unglücklichen Land herrschte (Moskowiter, Tataren, Polen, Schweden, Schotten, Hofleute, Plünderer und Räuber) und dessen Wellengipfel fortwährend vor den Bordwänden der Stadt rauschten, wenn Haufen von Moskowitern und Tataren (mitunter gar ein zehntausendköpfiges Heer) wieder einmal in die Randbezirke der Stadt einzudringen versuchten. So daß Reval, namentlich seit dem Frühjahr, mit Flüchtlingen aus den Dörfern überschwemmt wurde, die Mark nur noch den zwölften Teil eines Talers wert war – schlechter hatte sie noch nie gestanden –, die Pastoren Verhungerte hätten beerdigen müssen und der Rat bereit gewesen wäre, sich jedem x-beliebigen zu unterwerfen, gäbe nicht dieser unsichere Seeweg, auf dem sie sich jetzt Reval näherten, der Stadt Rückhalt und Nahrung.

Eingewiegt vom gleichmäßigen Schaukeln auf den Wellen, mußte Balthasar wohl eingenickt sein. Denn als er wieder seine Blicke schweifen ließ, da glühten die kalten Wolken über den Karlosinseln vom Sonnenuntergang. Im aufgefrischten Wind hatten sich die Wellenkämme blutrot gefärbt, und die Spitzbogenfenster des

Brigittenklosters links auf dem Quergang – soweit sie nach dem Raubzug vom letzten Frühjahr noch heil waren – funkelten wie bei einem Brand. Bis zum Bollwerk und zu den Schiffen, bis zum Zollgebäude am Ufer war es nur noch eine viertel Meile. Wäre es übrigens mehr gewesen, sie wären gewiß in den Sturm geraten. Der Nordwestwind hatte unterdessen an Stärke zugenommen. Um so tröstlicher war es, allmählich näher kommend, auf die prächtige und unerschütterliche Stadt mit den weißschimmernden Mauern und den blitzenden Fenstern der Kirchen zu schauen. Wie angenehm war es doch, bei Gott, nach der Möwenfreiheit der Inselbewohner wieder in diesem unerschütterlichen Horst aus Stein zu sein und sich angesichts dieser stolzen, unverschämten und dreisten Türme (unter denen der Heiligengeistturm keineswegs an letzter Stelle stand!) sicher zu fühlen … Und dort, unter dem Turm des Gotteshauses, lag *sein* Haus, *sein* Horst aus Stein. Inmitten aller Unrast und Gefahren dieser verrückten Welt. Elsbeth und die Kücken warteten auf ihn, der Tisch war schon gedeckt …

»Märten!«

Über die Tranfässer kroch Märten zu Balthasar.

»Märten, was meinst du, ob Ohm Jakob die Sauna geheizt hat?«

»Ich denke schon … Übrigens, Pall, in diesem Durcheinander mit der Fahrt zur Insel hab ich am Samstag vergessen, dir zu sagen, daß tags zuvor, am Freitagabend, als du bei Schenkenberg warst, dieser junge Herr gekommen ist und nach dir gefragt hat.«

»Was für ein junger Herr?«

»Slachter.«

»Was für ein Slachter?«

»Michel. Na, der Sohn von diesem Bäcker. Er ist aus Deutschland zurückgekehrt.«

»Oh … Nun, da werden wir also Neuigkeiten aus dem Ausland hören. Und so Gott will, ganz bald.«

Balthasar brauchte Michel an diesem Abend bei dem stürmischen Wind nicht erst zu suchen, Michel war zu ihm gekommen. Als Balthasar und Märten eintraten, saß er in der Diele des Pfarrhauses, die in hohen Stiefeln steckenden Beine übereinandergeschlagen, und plauderte mit Elsbeth. Er stand sofort auf und kam Balthasar ehrerbietig entgegen. Mit der Höflichkeit des viel Jüngeren und gleichzeitig mit der erfreulichen Ungezwungenheit des Amtsbruders. Ja, Amtsbruder Balthasars oder, sagen wir, Anwärter darauf war dieser Bursche, der die Rostocker Universität absolviert hatte.

»Alles, was recht ist ... ein richtiger Herr«, meinte Balthasar, Michel vergnügt nach Gebühr würdigend, nachdem er ihn zuvor etwas spöttisch von Kopf bis Fuß betrachtet hatte. Denn aus dem mit Schrammen bedeckten Knirps aus der Ritterstraße, an den Balthasar eine vage Erinnerung hatte, aus dem klapperdürren Primaner des Triviums, an den er sich noch gut erinnern konnte, war, das sah man auf den ersten Blick, ein stattlicher junger Mann geworden. Ein hochgewachsener schlanker Jüngling, in einem schwarzen Anzug aus ziemlich teurem Tuch. Hellblondes Haar, das die Ohren bedeckte, ein anziehendes Gesicht mit himmelblauen Augen. Am Finger – ein Siegelring aus massivem Silber. Auch spürte Balthasar: Durch die Wolke von Meer-, Fisch- und Trangerüchen, die Märten und er ins Zimmer mitgebracht hatten, kam von Michel ein Duft nach teurer deutscher Seife.

»Nun, Märten und du, ihr wollt sicher in die Sauna«, meinte Elsbeth. Ihrem und Epps gerötetem Gesicht sah man an, daß die Frauen schon gebadet hatten.

»Versteht sich, nach unserer salzigen Taufe. Nur einen Augenblick noch.«

Er führte Michel in die Sakristei, schloß die Tür und bedeutete dem jungen Mann, sich auf die Bank zu setzen. Er selbst blieb neben dem Pult stehen.

»Darüber, wie du jetzt leben und womit du beginnen wirst, reden wir später. Das habe ich deinem Vater versprochen. Hat dich mein Brief in Rostock erreicht?«

»Ja.«

»Dann weißt du also Bescheid. Die fünfhundert Mark

deines Erbes verwahre ich. Du bekommst sie natürlich sofort, wenn du sie brauchst. Nicht morgen, aber ...«

»Herr Balthasar ... Wir wollen nicht davon sprechen ... Das ist ...«

»Warum sollten wir uns fürchten, davon zu sprechen? Schuld ist Schuld. Mehr gibt es darüber auch nicht zu sagen. Und jetzt ab in die Badstube!«

Balthasar schleppte Michel mit in die Sauna: Wir werden doch einen solchen Gast nicht um das Vergnügen bringen! Und woher sollte ich die Geduld nehmen, auf seine Erzählung so lange zu warten, bis ich tüchtig geschwitzt habe ... Ha-ha-ha!

Auf der Schwitzbank, beim Lichte eines in eine Sturmlaterne gesteckten Kerzenstummels, im Dunkel der rußbedeckten Wände, von Zeit zu Zeit Dampf machend, fragte Balthasar Michel aus. Vor allem – wo habe der junge Mann jetzt in Reval eine Bleibe gefunden? In der Oberstadt? Oho ... Im Hause des alten Reinhold Tisenhusen? Sieh mal einer an. Wie er denn in dieses vornehme Haus geraten sei? Ach, der junge Wolter Tisenhusen und er hätten zusammen studiert und seien zusammen aus Rostock zurückgekehrt, Wolter habe sich allerdings mehr mit der Jurisprudenz beschäftigt. Soso ... Nun, wie ist es – wolle Michel einen echten Rutenbesen? Oder ziehe er es vor, sich mit Birkenpfötchen zu streicheln? Ach, man könne es versuchen? Na, versuchen wir es ...

Balthasar holte einen Wacholderrutenbesen aus dem kochenden Wasser, und die drei nackten Männer begannen einander so eifrig die Rücken zu peitschen, daß die Badstube bald von schmatzenden Geräuschen erfüllt war. Märten peitschte Balthasar, Balthasar – Michel, Michel – Märten. Balthasar stachelte Michel auf: »Warum so sanft? Hau ordentlich zu, damit er auch was davon hat! Was ist das sonst für ein Vergnügen ...« Märten brauchte er nicht erst zu belehren, der verstand seine Sache und bearbeitete Balthasars Schultern entsprechend. Und dafür, daß Michel seinen Spaß hatte, sorgte Balthasar schon selbst. Erst als er sah, daß sich Michels Mund verzerrte, begriff er, daß er, als er den bloßen Nacken des Bäckersohns und Herrn Pastors peitschte, des Guten – he-he-he! – wohl ein wenig zuviel getan hatte.

»Na, das genügt! Dein Buckel ist jetzt prächtig weich.«

Man muß indes sagen: Als sie auf der Bank saßen und vor Lust stöhnten, als ihnen der Schweiß in Strömen herunterlief und Michel sich kaltes Wasser über den Kopf goß, um die Fragen ordentlich beantworten zu können, kam Balthasar sehr bald dahinter, daß Michel, der sich über die ausländischen Neuigkeiten verbreitete, keineswegs so ein Dummkopf war wie zum Beispiel Kaspar Buschmann. Michel hatte sogar schon die »Magdeburger Centurien« des Flacius studiert. (Nebenbei gesagt, als Balthasar erklärte, es sei unwahrscheinlich, daß ein solcher Schwätzer wie Flacius, den er selbst erlebt habe, ein ernst zu nehmendes Buch schreiben könne, da sagte Michel weder ja noch nein. Und Balthasar dachte: Schau, was für ein gescheiter und aufrechter Bursche. Er hat mir nicht beigepflichtet, wie es irgend so ein geschwätziger Grünschnabel getan hätte.) Und als sie über den kranken Kaiser Maximilian und seinen Sohn Rudolf sprachen, da meinte Michel, wenn Rudolf, was durchaus wahrscheinlich sei, Kaiser würde, so dürfte Livland noch weniger Veranlassung haben als bisher, auf Hilfe und Trost seitens Wiens und Prags zu hoffen. Ein Prager Student – Jurist, im vorigen Jahr in Rostock immatrikuliert –, dessen Vater enge Beziehungen zu den Herren vom Hradschin unterhielt, hatte Michel versichert, dieser Kaiser von morgen habe nur ein einziges Interesse im Leben: im Staub der Bibliothek oder in der Kunstkammer zu hocken und mit seinen Astrologen und Alchimisten die Geheimnisse des Makro- und Mikrokosmos zu erörtern. Er habe sogar mehrere Jahre lang sein Schloß auf dem Hradschin nicht verlassen ... Und Stephan, Fürst von Transsilvanien, der im vorigen Jahr in Krakau zum polnischen König gekrönt worden war und von nun an über Riga und den südlichen Teil von Livland herrschte, sei zwar ein guter Soldat, Katholik natürlich, aber, zur größeren Sorge der unglücklichen Livländer, auch noch ein Freund und Gönner der Jesuiten. So daß es der lutherischen Kirche im polnischen Livland übel ergehen werde, wenn zu den jetzigen Nöten von Krieg und Verheerung auch noch Konfessionsstreitigkeiten hinzukämen ... Und nachdem sie schon mit einem Kübel kaltes Wasser aus der an der Rückwand des Pfarrhauses stehenden Tonne geschöpft, sich damit begossen und im Vorraum der Sauna saubere Hemden angezogen hatten, erfuhr Balthasar noch, man habe im vergangenen Jahr in Frankreich den Sohn des berühmten Nostradamus mit dem Schwert hingerichtet. Und er hatte noch von Glück sagen können, daß es das Schwert war. Denn was er begangen hatte, war unerhört. Er soll anhand der Sterne prophezeit haben, eines schönen Tages, wahrscheinlich im März, werde die Stadt Salon in Flammen aufgehen. Da das indes nicht eintraf, hatte er sie selbst in Brand gesteckt. Und die Stadt war zur Hälfte abgebrannt. Damit sich seine Prophezeiung erfülle ...

Später saßen sie am Tisch – sauber und frisch, müde und wie neugeboren, Elsbeth neben Balthasar (die Kleinen lagen oben in ihren Betten), und Epp trug Pökelfleisch auf. Pökelfleisch, das mehr oder weniger gewässert wurde, bis es genießbar war. Für frisches Fleisch mußte man in diesen abscheulichen Zeiten ein Heidengeld bezahlen. Zu Ehren des seltenen Gastes hatte Balthasar ein Fäßchen Rheinwein anzapfen lassen. Und jetzt lauschten alle bereits interessiert den Erzählungen des Gastes über die Stadt Rostock und – mit besonderem Vergnügen – über Begebenheiten aus dessen eigenem Studentenleben. Um so mehr, als Michel ein guter Erzähler war. Nur von Zeit zu Zeit hielt er inne und lauschte auf etwas, was die Ohren der am Tisch Sitzenden schon lange neben seiner klangvollen Stimme hörten, und besonders deutlich, wenn er verstummte: Das war der Nordwestwind, der sich zu einem Sturm ausgewachsen hatte. Sie hörten, wie er um die Kirche heulte, wie er über die Dächer in den Hof einfiel, die Graberde gegen die Westfenster des Pfarrhauses schleuderte. Er ließ die Wetterfahnen knarren und schlagen und die Bleirahmen in den Fenstern der Diele tönen …

Michel erzählte Balthasar von dem großen Kampf der Stadt Rostock gegen den Herzog von Mecklenburg und den dänischen König – bis hin zur Belagerung im vorvorigen Jahr, als die Stadt kapituliert hatte. Und Michel setzte hinzu (wer weiß, vielleicht auch, um sich selbst zu trösten, weil er hierher zurückgekehrt war, in das gequälte Livland): »Man darf also nicht glauben, nur vor Revals Mauern gehe es drunter und drüber, nur hier gebe es Krieg und Raubüberfälle, anderenorts aber herrsche allenthalben Frieden und Gottes Segen. Ihr wißt, die Stadt Rostock ist jetzt derart hoch an den Herzog von Mecklenburg verschuldet – man spricht von hunderttausend Goldstücken –, daß die Lage dort keinesfalls rosiger ist als hier. Auch wenn Rostock auf lateinisch Rosarum urbs heißt.«

Worauf Balthasar schmunzelnd erwiderte: »Wir werden deine Worte als Trost nehmen. Um so mehr, als ich jüngst von einem klugen Mann gehört habe, der Name unseres Reval komme von dem Worte räbal, was ›Lumpen‹ bedeutet. Einigen wir uns darauf, daß das Leben in Rostock nicht gar so rosig und in Reval nicht so lumpig ist.«

Michel berichtete Balthasar natürlich auch von den Theologie- und Lateinvorlesungen der Gebrüder Chyträus und von den Ergüssen des berühmten Caselius zur griechischen Philosophie. Elsbeth aber erzählte er davon, daß es in Rostock bei den vornehmeren Studiosi Brauch sei, Musikanten zu dingen, damit diese des Nachts unter den Fenstern ihrer Liebsten spielten. Es komme vor, daß in ein und derselben Straße der Musikantenhaufe des einen Verehrers dem eines anderen in die Haare fahre, und Gott verhüte, daß sie sich dann schlügen: die Musikanten mit den Geigen, die Verehrer mit den Schwertern.

»Jaja. Und natürlich unter den Fenstern der schönsten Mädchen …« Über Zinnteller, Pokale und Leuchter hinweg umfaßte Michel Elsbeth und Balthasar mit seinem freundlichen Lächeln und fügte hinzu: »Wir müssen es einfach für ein Glück erachten, daß wir in Reval derlei Brauch nicht haben. Sonst wäre seinerzeit vor dem Hause des Herrn Gandersen in der Raderstraße fortwährend Blut geflossen und die Geigen nur so gesplittert …«

Als Antwort auf diese Worte schlug Elsbeth, der Gelegenheit angemessen, schweigend die Augen nieder. Eine Weile hörte man in der Stube nur das Heulen des Windes, bis Balthasar in Gelächter ausbrach. »Da schau her, wie man in der Rosarum urbs lernt, Komplimente zu drechseln … Geradeso, als spielte man mit Stöckchen. Erinnerst du dich? Das Stöckchen muß fliegen, aber man darf es nicht berühren. Ha-ha-ha-ha!«

Michel hatte sich jedoch schon Märten zugewandt und schilderte diesem die vortrefflichen Eigenschaften des Rostocker Biers. Wie wunderbar stark und dunkel es sei, wie weit man es in alle Himmelsrichtungen bringe, selbst bis nach Dänemark, und wie viele Jahre es, so man es richtig aufbewahre, frisch bleibe.

Gegen neun Uhr standen sie von der Tafel auf, und Balthasar meinte, Michel könne bei ihnen übernachten – wozu solle er sich bei diesem Sturm in die Oberstadt bemühen. Michel aber sagte tapfer, mit Gottes Hilfe werde er dennoch aufbrechen; denn was bedeute für einen jungen Mann schon Sturm in den Mauern einer Stadt. Nun, mochte es denn so sein. Balthasar war einverstanden. Sofern Michel am Morgen wiederkäme, um seine Pläne mit ihm zu besprechen. Und sofern Tran-Andres' Päärn die Laterne nähme und mit ihm ginge.

Eine halbe Stunde später kehrte der Laternenträger zurück und sagte, er habe den Gast bis zur Hausschwelle geleitet und ihn Tisenhusens Kammerdiener übergeben. Auf dem Platz vor der Domkirche aber habe der Wind die Laterne ausgelöscht; und er habe sich, gegen den Sturm ankämpfend und über die heruntergefallenen Dachziegel stolpernd, nur mit Mühe nach Hause getastet.

Balthasar griff nach einer Kerze und begab sich nach oben in sein Arbeitszimmer. In der Sauna hatte er sich die Müdigkeit aus den Knochen gepeitscht, und nach dem halben Glas Rheinwein und den interessanten Neuigkeiten aus der weiten Welt war sein Kopf besonders klar und leicht. Er holte seine grauen Blätter hervor. Sah der Flamme zu, wie sie von den Windstößen, die durch die Fensterritzen ins Zimmer drangen, flackerte, und vertiefte sich in die letzte, noch unbeendete Aufzeichnung.

Nachdem die Russen und Tataren ohne Unterlaß in Jerwen, in Harrien und vor Reval wüteten und tobten und viele Gefangene wegführten und auch oft bei Tag und Nacht Unruhe vor der Stadt Reval stifteten, daß also die Sturmglocke ohne Unterlaß gehen mußte und viele Bauern allenthalben aus dem ganzen Lande mit ihrem Gesinde kahl und bloß nach Reval geflohen waren, so daß alle Gärten, Scheunen und Winkel ganz voll Bauern gewesen und große Not und Hunger sie zu drücken begonnen, da haben die schwedischen Regenten in dem Hause zu Reval für ratsam angesehen, daß man den Bauern erlaube, Raub auf des Russen Landen in Livland allenthalben zu holen. Da wurde ihnen zu einem Hauptmann erwählt Ivo Schenkenberg, ein Münzergesell …

Vergangenen Freitag, vor der Fahrt nach Wrangelsholm, war Balthasar in die Karristraße zu Ivo Schenkenberg gegangen. Man hatte gemunkelt, Ivo sei mit seiner Fahne wieder in Reval. Doch dieser war nicht dagewesen, sein junges Weib aber zum Stiefvater ihres Mannes gegangen, dem Münzmeister Gulden. So hatte sich denn auch Balthasar dorthin, in die Kannengießerstraße, begeben. In der Hoffnung, Näheres über Ivos Taten und Pläne zu erfahren. Und hatte auch wirklich etwas erfahren. Wenn schon nicht über seine Pläne, so doch immerhin über seine Taten.

Ha-ha-ha-ha! Der alte Paul Gulden behandelte nun schon mehrere Monate lang, seit man seinen Stiefsohn zum Hauptmann der in die Stadt geflohenen Bauern gemacht hatte, diesen Faulpelz und Tunichtgut beinahe mit Hochachtung. Früher hatte er, wie jeder wußte, nicht genug über Ivo herziehen können. Der Teufel muß mich geritten haben, pflegte er zu sagen, mir mit der Gertke auch noch diesen ausgemachten Taugenichts, dieses Großmaul aufzuladen! Jetzt aber hatte der Meister seiner herausgeputzten Schwiegertochter befohlen, Balthasar und ihm selbst einen Krug Bier zu bringen (er machte den Eindruck, als hätte er selbst dem Bier schon vorher fleißig zugesprochen), und besorgt und würdevoll gesagt: »In der vorigen Woche ist er mit seinen Leuten nach Jerwen gezogen. Und bislang sind wir noch ohne Nachricht von unserem jungen Heerführer.«

Dies gesagt, hatte der Alte einen Zug aus dem Krug getan und mit sichtlichem Vergnügen – die kleine blumenkohlähnliche Warze an der Spitze seiner Knollennase hatte dabei gezittert – hinzugefügt: »Die ersten zwei Feldzüge waren, wie ja bekannt ist, ein Spiel mit dem Tod, aber du kannst dir nicht vorstellen, *was* er alles erbeutet hat! Ringe, Silbergeschirr, Atlasröcke! ... Wenn du wüßtest, was für einen wackeren Haufen er aus diesen Milchbärten vom Lande zusammengebracht hat.«

Wieder hatte er einen Schluck Bier genommen und, nun schon erbittert, geschlossen: »Aber diesen vermaledeiten Eisenhosen in der Oberstadt – na, den Rittern –, denen verzeih ich das nie ...«

»Was?«

»Daß sie Ivo verspotten. Klar, weil sie neidisch sind, diese rotznasigen Fratzen!«

»Woraus ersieht man das?«

»Hast du nicht gehört, was sie ihm für einen Spitznamen gegeben haben?«

»Nein.«

»Hannibal der Armen ...«

Hm. Doch um auf diesen grauen Blättern über den windigen Gesellen mit dem Schnurrbärtchen und den Glotzaugen zu schreiben, um zu begreifen, *was* er eigentlich war – ein Heerführer, ein Abenteurer oder ein ganz gewöhnlicher Räuber von etwas größerem Format (gab es denn jetzt einen wesentlichen Unterschied zwischen diesen drei Begriffen?) –, mußte Balthasar selbst mit Hannibal reden. Überhaupt sollte man lieber erst abwarten, wohin diese Sache mit der Bauernfahne und deren Taten führen würde ... Heute aber hatte Balthasar ohnehin etwas anderes vor.

Einiges andere ... Hier, in diesem Zimmerchen mit den dicken Wänden, mit dem Ofen, der erst im vergangenen Jahr mit grünen Kacheln verkleidet worden war, dessen Wärme er mit dem Rücken empfand. Und der Herbststurm vor den Fenstern, der heftigste jetzt, während der ganzen Zeit der Totengedenktage, nach der glücklichen Überfahrt von Wrangelsholm, machte diese Stunde in seinem Haus, die Stunde an seinem Herd, diese *Familienstunde*, besonders behaglich und heiter ...

Balthasar barg die Blätter in der Wandnische und ging über den dunklen Treppenabsatz hinüber ins Schlafzimmer.

Elsbeth saß auf einem Schemel vor dem kleinen Tischchen, das zwischen den Kinderbettchen – Balthasar junior rechts, die Mädchen links – an der weißgetünchten Wand stand. Sie hatte den Kerzenstummel auf dem Zinnuntersatz angezündet und das aufgeklappte Gebetbuch aufrecht davor hingestellt, damit das Licht die Kinder nicht blendete. Ihr schönes, makelloses, nachdenkliches, traurig-frohes Profil, dieses ihm bis zum letzten Wimpernschlag vertraute Gesicht, beim Lichte der durch das Gebetbuch abgeschirmten Kerze, und der grünliche Widerschein der Flamme rings um den Schopf aufgelöster dunkler Haare. Elsbeth wandte den Kopf und lächelte Balthasar über die Schulter hinweg zu. Er trat von hinten zu ihr, tauchte die Arme in ihr Haar und legte ihr die Hände auf die Schultern. Mit dem Handrücken spürte er die kitzelnde Berührung der Haare, mit den Fingern die seidenweiche warme Haut im Halsausschnitt und durch das steife Nachthemd die Hügelchen ihrer Schlüsselbeine. Elsbeth stand auf und drehte sich zu Balthasar um. Während sie sich umdrehte, zog sie mit der rechten Hand die Bettdecke höher über den kleinen Balthasar, dann schaute sie mit halb geöffnetem Munde und zustimmendem Lächeln von unten nach oben auf ihren Mann.

Balthasar hätte seiner Frau gern irgend etwas allumfassend Gutes gesagt, etwas, was uneingeschränktes Vertrauen zwischen ihnen herstellte. Denn er *war* ja glücklich mit Elsbeth ... War ja ... Er umarmte seine Frau. Blickte in ihre mandelförmigen dunklen Augen mit den Lichtpünktchen, dann sah er nach rechts und nach links, auf die Kinder, die im schwankenden Schatten des Gebetbuches schliefen. Er sagte: »Kinder zur Welt zu bringen ist eine schwere Qual ...«

»Eine schwere, das stimmt ...«, entgegnete Elsbeth flüsternd. Und Balthasar gewahrte, wie sich die Lichtpünktchen in ihren Augen dankbar weiteten, »aber auch eine freudige ... Wenn sie dann geboren sind.«

»Warte ...«

Balthasar ging in sein Arbeitszimmer zurück, zog unter dem Hemd den Schlüssel hervor, der um seinen Hals hing, und schloß das wohlbekannte Eisentürchen auf. Er holte daraus ein hinter den grauen Blättern und Handschriftenrollen liegendes Heft mit lederüberzogenem Holzeinband im Format von zwei Oktaven hervor. Das Heft, das sorgfältig ausgewählte, schon ausgefeilte und korrigierte, größtenteils neu abgeschriebene Teile seiner Aufzeichnungen enthielt. Damit kehrte er ins Schlafzimmer zurück. Er setzte Elsbeth auf das Hundefell, das das Ehebett bedeckte, stellte die Kerze auf das Tischchen neben dem Bett und legte seiner Frau das Heft auf die Knie.

»Schau, woran ich in den letzten Jahren ... voller Qual und Freude arbeite.«

Über Elsbeths Schulter hinweg sah er, wie sie das Heft aufschlug und wie vom stürmischen Wind aus den Fensterritzen unruhig das Licht auf der ersten Seite zu hüpfen begann. Er dachte: Und doch, man muß zugeben, im Grunde genommen bin ich noch kein besonders guter Livrarius, ganz zu schweigen vom Illuminator … Mochten wenigstens die spitz zulaufenden Buchstaben auf dem ersten Blatt unverhohlen seinen Wunsch verraten, gedruckte Majuskeln nachzuahmen:

CHRONICA DER PROUINTZ LYFFLANDT,
DARINNE VORMELDET WERDT …

Elsbeth blätterte noch immer.

»Und das hast alles *du* geschrieben?«

»Wie du siehst.«

»Aber warum gerade *du*?«

»Es hat sich kein anderer gefunden …«, sagte Balthasar etwas verwirrt und bemerkte erst hinterher, daß er, als er dies sagte, mit der rechten Schulter gezuckt hatte. Ganz so wie einst in der Schule in der Mönchsstraße, wobei er verlegen irgend etwas Unbestimmtes gebrummt hatte, statt Herrn Frolink (der in jenen alten Zeiten noch nicht Meus gewesen war) klipp und klar zu antworten.

»Und *wozu* schreibst du das?«

»Nun … damit … wie soll ich dir das sagen …«

Elsbeth fuhr fort, die Seiten durchzublättern.

Balthasar sah, wie unter ihren Fingern die Überschriften der letzten Aufzeichnungen vorüberhuschten: *Magnus' Hochzeit im Jahre 1573, Die vergeblichen Hoffnungen der Livländer, Die letzten Intrigen gegen Reval.* Und auf einmal war es ihm peinlich, auszusprechen, was er bezweckte … Herrgott, woher sollte er schließlich wissen, wie die Hochzeit von Magnus tatsächlich gewesen war oder worauf, summa summarum, die Livländer hofften oder von wo die Intrigen gegen Reval ausgingen? Ja. Er glaubte plötzlich, daß es gerade im Hinblick auf die jüngsten Ereignisse töricht wäre, vom Zweck seiner Arbeit zu sprechen (anders war es mit lange zurückliegenden Begebenheiten, die alle gleichermaßen vergessen hatten), doch er schluckte das herunter und sagte bloß: »Nun, damit die Wahrheit über Geschehenes bewahrt wird …«

Als er das gesagt hatte, empfand er seine Unverschämtheit noch stärker: Großer Gott, wenn selbst der Heiland Pilatus nicht geantwortet hat, wie konnte dann er, Balthasar, wissen, was Wahrheit war! Und dennoch, dennoch ... Er überlegte, wie er fortfahren sollte, um die Anmaßung abzuschwächen, und sagte: »Nun, damit alles bewahrt wird ... damit man in Zukunft alles seihen, prüfen und abwägen kann ...« Mit dem Kinn deutete er auf die Kinderbetten und schloß mit einem Lächeln, das vor Verlegenheit irgendwie streng war: »Für sie, die Kinder ... und die anderen, die nach uns kommen ...«

Elsbeth schaute vom Heft auf.

»Aber ... ist das nicht gefährlich?«

»Warum?«

Fragend zog Balthasar seine geraden Brauen hoch, als sei der Gedanke, das könnte gefährlich sein, gänzlich neu für ihn ... Du lieber Gott, einfach erstaunlich, wie untrüglich die Frauen das wittern, selbst wenn sie sonst von einer Arbeit oder Tätigkeit kaum etwas verstanden ... Natürlich war die Führung einer Chronik eine höchst gefährliche Beschäftigung. Nicht umsonst trug Balthasar den Schlüssel zur Wandnische stets um den Hals. Nicht umsonst pflegte er schon jahrelang Neugierigen die stereotype Antwort zu geben, er erforsche aus bloßer Langeweile und um des eigenen müßigen Interesses willen weit zurückliegende livländische Angelegenheiten. Und nur sehr selten interessiere er sich für irgendwelche vorjährigen oder gestrigen Ereignisse. Ebenso wie wir alle ...

»Ich weiß nicht«, meinte Elsbeth unschlüssig, »aber wenn du sagst, daß dein Werk die Wahrheit bewahren soll, nun – die wird ja nicht allen gefallen, die die Macht haben ...«

Balthasar hörte, wie auf dem Hof, zur Kirche hin, der Wind am Tor rüttelte – trach-trach-trach! Seine Pfarrkinder, die zur Hälfte, ja zu drei Vierteln abergläubisch waren, hätten gewiß geglaubt, da versuchten Gespenster in den Hof einzudringen ... Als das Klopfen und Poltern am Tor schon unverhältnismäßig lange dauerte, sagte er: »Elsbeth, Liebste, was heißt – nicht allen gefallen? Schließlich gefällt ja auch unser Gesicht nicht allen. Sobald wir nur ein Gesicht haben. Ein Gesicht und keine Gildenfestmaske, die wir je nach dem wechseln, zu welcher Seite wir uns umdrehen. Und irgendwelche nichtigen Intrigen, die man wegen dieser meiner Arbeit gegen mich spinnen kann, die brauchen wir nicht gar so ernst zu nehmen. Wenigstens nicht, solange niemand weiß, daß ich eine Chronik schreibe. Niemand außer dir und einigen meiner engsten Freunde.«

Balthasar nahm das Heft, trug es in sein Arbeitszimmer und schloß es in der Nische hinter dem ein Zoll dikken Eisentürchen ein. Er kehrte ins Schlafzimmer zurück, nahm Elsbeth – wie sie war, nur im Hemd – auf die Arme und schlug mit einer einzigen Bewegung das Hundefell zurück. Elsbeth rief: »Ich muß nachsehen, ob sich die Kinder aufgedeckt haben! Die Nacht ist so stürmisch ...«

Balthasar hielt Elsbeth auf den Armen und schaute sie mit runden, von der Kerzenflamme funkelnden Augen an.

»Ich sehe selbst nach.«

Er ließ Elsbeth aufs Bett gleiten und deckte sie mit dem Fell zu. Dann zog er die Deckchen über Balzer und die Mädchen bis zum Kinn. Mit der Hand fuhr er über die drei seidenweichen Köpfchen und die warmen feuchten Nasen. Er trat auf seine Frau zu und blickte ihr in die dunklen Augen: In ihnen flackerte das Kerzenflämmchen. O Herr, die Stadt ist von Seuchen ergriffen, vor den Mauern steht der Feind (er löschte die Kerze und begann sich zu entkleiden), in der Gemeinde herrschen Zaudern und Aberglauben, die Führung der Chronik ist mit Qualen und Gefahren verbunden, nur Du allein, Herr, weißt, ob und was für Intrigen ringsum geschmiedet werden ... Und er mit seinem stillen, unerreichbaren, vortrefflichen Weib war glücklich! War ja glücklich? War ja. War er? Zweifellos ...

Was mögliche, ja sogar schon bestehende *Intrigen* betraf, nicht nur mit seinen Bitten um der Chronik willen verbundene, so irrte Balthasar hier viel weniger, als er wohl selbst annahm.

Vor einer Stunde hatte Päärn Michel Slachter unweit der Domkirche in der Oberstadt, vor der Freitreppe des Tisenhusenschen Hauses, dem Kammerdiener übergeben. Michel war freudig die Treppe hinaufgelaufen, der Diener ging indes nicht mit der Kerze hinter ihm her. (Mag er auch ein Freund des jungen Herrn Wolter sein, ich aber kann mich an seinen Vater noch aus jener Zeit erinnern, wo dieser für Wein und Schwein nur ein Wort kannte: Weyn und Weyn – ist doch alles eins! Dieses langen Tölpels wegen steig ich also nicht nach oben, strapazier ich meine alten Knochen nicht ...) Michel indes, der mit einem einzigen Satz die Treppe hinaufgestürmt war, empfand innere Hochstimmung. Vom Kampf gegen diesen großartigen Sturm, der hier, in den Mauern der Stadt, natürlich nicht gefährlich war, ihn aber unten, an der Ecke Nonnenstraße, und oben, auf dem Schloßplatz, dennoch beinahe vom Boden losgerissen hätte.

Michel ging schnell ins Gästezimmer, das man ihm im Hause der Tisenhusen überlassen hatte. Ertastete den Feuerstahl, schlug Feuer und zündete eine Kerze an. Sein niedriges Bett, das kleine Tischchen und der Reisekasten am Kopfende tauchten aus der Dunkelheit auf. Und die auf die weißgetünchten Deckengewölbe gemalten Girlanden ergrünten plötzlich in der Dämmerung, und hier und da erglühten sogar rote Blumen. Michel warf das Barett, das er den ganzen Weg über mit der Hand hatte festhalten müssen, auf das Elchgeweih und blieb mitten im Zimmer stehen. Gewiß war das der salzige Sturmwind vom Langen Domberg und vom Schloßplatz, der so viel Luft in seine Lungen gepumpt hatte, daß sie nun nicht lautlos entweichen konnte. Michel ließ sie hinaus, indem er vor sich hin sang ...

»Aha«, sagte jemand hinter seinem Rücken.

Michel drehte sich um und erblickte Wolter, der am Türpfosten lehnte.

»Begreiflich«, meinte der befriedigt, und auf seinem knochigen Gesicht, dem Gesicht eines Windbeutels, lag ein spöttisches Lächeln.

»Was ist begreiflich?«
»Daß du dieses Liedchen singst.«
»Was für ein Liedchen?«
»Hast es wohl gar nicht gemerkt?«
»Nein ...«
»Na, dieses da:

Ik spreke und rade in minen mud:
Man kan teyne ovelle lyden
umme eyn gud ...«

»Na und?«
»Du bist bei diesem Rüssow gewesen?«
»Und was weiter?«
»Dieser Rüssow hat eine schöne und junge Frau. Begreiflich. Wie ich gesagt habe.«

Michel drehte sich zu Wolter um und lachte unwillkürlich und zugleich irgendwie verlegen. Ein grünschnäbliges Lachen, weil es dem Ernsten in Michel irgendwie peinlich war, daß man ihn mit einer allgemein bekannten Frau in Verbindung brachte, dem Eitlen in ihm aber mächtig schmeichelte.

Am Morgen, als man Michel zu Tisch bat und er zusammen mit den Herren Tisenhusen frühstückte, als er seine Schnitte Roggenbrot und das Stück Fleisch am liebsten so schnell wie möglich verschlungen und den Krug Bier rasch hinterhergekippt hätte, um in die Unterstadt zu Balthasar zu eilen und sich mit den Plänen für sein weiteres Leben zu beschäftigen, da war die erschütternde Neuigkeit im Tisenhusenschen Hause schon bekannt.

Jetzt, in der achten Morgenstunde, war der Sturm nur noch halb so stark. Um zwei Uhr nachts aber, auf seinem Höhepunkt, waren in der Oberstadt zu Tönnis Maidel aus dem Hafen Reiter gekommen und hatten dem Admiral die ungeheuerliche Nachricht überbracht: Der Sturm hatte das Bollwerk losgerissen und ins Meer getragen! Wahrhaftig! Den hundertfünfzig Klafter langen größten Stolz der Revaler, die unerschütterliche Schutzwehr ihres Selbstvertrauens, ihr unversperrbares

Tor zur See hatte das Meer verschlungen, als habe es dies nie gegeben ...

Als Michel ins Pfarrhaus kam, war Balthasar schon aus dem Hafen zurück. Ja. Der aus Balken bestehende Teil des Bollwerks, mitsamt dem Haus der Hafenwache, war verschwunden. Man konnte noch von Glück sagen, daß der zur Verteidigung der Stadt bestimmte Schiffsverband – zwei Schiffe mit Kanonen nebst einer Inselgaleere – auf Tönnis Maidels Befehl, kaum daß der Sturm begonnen hatte, in den inneren Hafen gesteuert worden, dort vor Anker gegangen und unversehrt geblieben war. Ein aus Stockholm mit Proviant eingetroffenes Schiff war zusammen mit dem Bollwerk fortgetragen worden und in der Bucht gesunken, zwei Handelsschiffe von Raseborg waren vom Bollwerk losgerissen und beim Zuckerberg an Land getrieben worden. Noch eine Nachricht brachte Balthasar aus dem Hafen mit: Ein Viertel des Bollwerks war, zusammen mit dem Haus der Hafenwache, in Lillep, in der Nähe des Gehöfts des städtischen Rickmakers, südlich des Brigittenflusses, aufgetaucht, wo es auf eine Sandbank aufgelaufen war. Drei Hafenwächter waren nicht im Haus gewesen, sie waren ertrunken, die beiden anderen aber, die sich mit Strikken am Dach hatten festbinden können, hatte man gerettet, wenn auch mehr tot als lebendig.

Opfer des großen Unglücks im Revaler Hafen waren hauptsächlich Wächter und Seeleute von den Schiffen. Insgesamt waren etwa dreißig Menschen ertrunken, der Wert der gesunkenen und zerschellten Schiffe, Bojers und Mündrichboote sowie der damit untergegangenen Waren wurde auf mehrere tausend Mark beziffert, der Bau eines neuen Bollwerks aber würde mehrere zehntausend Mark kosten. Und das, obwohl man den größten Teil der Balken, die das Meer in den folgenden Wochen an den Strand von Wiems warf, in die Stadt transportieren und beim Bau verwenden konnte.

In den folgenden Wochen wechselten schwere Stürme mit unwahrscheinlich heftigen Schneestürmen, so daß der Turm der Siechenkirche abgetragen wurde. Am

Donnerstag vor dem Martinstag fiel in Reval und ganz Harrien in wenigen Stunden so viel Schnee, daß Hunderte von Bauernschlitten in den Schneewehen steckenblieben und Säuglinge, die Frauen zur Taufe in die Stadt brachten, erfroren. Hinter all diesen Absonderlichkeiten aber stand als rätselhaftes, erschreckendes Omen das Verschwinden des Bollwerks. Wer in diesen Wochen fleißig die Kirche besuchte, konnte feststellen: Von allen Kanzeln wurde ein und dasselbe gepredigt. Gewiß habe der Herr keine Strafe, die für diese Stadt mit ihrem Hochmut und ihren Lastern ausreiche! Siehe – wir mit unserer menschlichen Vernunft haben gemeint: Komme, was da wolle, unser stolzes Tor zur See bleibt uns immerdar, und keine Belagerung kann uns überwinden! Der Herr aber hat uns gesagt: Und diesen euren letzten Trost, eure Hoffnung und Stütze will ich euren Händen entreißen, um eure verhärteten Herzen zu erweichen ... Querlemann in der Domkirche, Elard in der Michaeliskirche, Gerstenberger in der Nikolaikirche, Schroeder in der Olaikirche und Bushover in der Siechenkirche – alle wiederholten das wie aus einem Munde. Balthasar sagte, offen gestanden, von der Heiligengeistkanzel herab dasselbe. Nur Ohren, die ihm mit besonderem Eifer lauschten (wenn es solche überhaupt gab), konnten bemerken, daß Balthasar zu diesem noch ein Quentchen hinzufügte: Ja-a, der Herr hat uns unser stolzes Bollwerk genommen, für welches die ebenmäßigsten Kiefern von Nargen gerade gut genug waren, welches uns als Brücke von hier, aus unserem Jammertal, in die weite Welt diente, woher uns irdische Hilfe kommt, die uns Trost bringt und Mut verleiht. Doch siehe, der Herr hat uns trotz allem nicht verlassen. Er spricht: So ihr ehrlich, tapfer und tätig seid, werde ich euch beistehen!

Nebenbei, nur der Herr allein wußte, ob Balthasar das sagte, weil sein Glaube an Gott so übermächtig war oder weil er so fest auf das Leben baute oder aus großer Liebe zu den Menschen. Ober aber, vor allem, der eigenen erbärmlichen Furcht und inneren Schwäche zum Trotz.

Denn in diesem Winter hatten die Revaler allen Grund, sich mit Ängsten zu quälen und den Mut sinken zu lassen. Just als das aus Stockholm gesandte Schiff mit Proviant, Pulver und Blei unterging, als klar wurde, daß die vom Rat in Danzig angeworbenen Landsknechte wegen des Krieges, der gegen den polnischen König entbrannt war, die in Lübeck angeworbenen aber wegen der entsetzlichen Stürme auf der Ostsee nicht kommen würden, just da wurde in der Stadt bekannt, wahrscheinlich kämen die Heerhaufen des Großfürsten ...

In der Folge rückten auch die Einwohner der Stadt näher zusammen, wie das für sorgenbeladene Menschen ganz natürlich ist. Jedenfalls die ernsthafteren, ans Gemeinwohl denkenden Menschen. Während fragwürdige, raffgierige Naturen immer unverantwortlicher handelten. Wie stets betrachtete man Michel, der in seiner Heimatstadt weder Verwandte noch eine Familie besaß, im Hause Balthasars natürlich als zur Familie gehörig. Ganz zu schweigen davon, daß Balthasar ihm gegenüber nicht nur eine Schuld, sondern auch die moralische Verpflichtung hatte, ihm hilfreich zur Seite zu stehen. Dennoch verspürte Balthasar vom ersten Tage an, da Michel in seinem Hause erschienen war, im Herzen eine, wie soll man sagen, gewisse Bitterkeit. An der Michel selbst völlig unschuldig war.

Eine Woche nach dem großen Unglück mit dem Bollwerk saßen Balthasar und Michel frühmorgens, noch vor Morgengrauen, in der Sakristei. Elsbeth hatte jedem von ihnen einen Krug Bier gebracht und sich sofort wieder zurückgezogen, und nun waren sie dabei, Michels Lebenspläne zu erörtern. Balthasar konnte schon sagen, daß Michel gegenwärtig weder in Reval, geschweige denn irgendwo in der Umgebung der Stadt auf eine Kanzel hoffen durfte. Denn allein aus Harrien waren im letzten Monat fünf oder gar sechs Pastoren in die Stadt geflüchtet – alle wegen dieser ewigen Plünderungen, zu denen es tagaus, tagein jenseits der Stadtmauern kam. Und wie um diese Worte zu illustrieren (ähnlich wie ein Farbdruck von einer Graviertafel es tut), begann auf einmal die Glocke der Antoniuskapelle auf dem Tönnisberg durchdringend zu läuten, und vom Süden her, offenbar aus der Richtung des Zeghenturmes und des Assauweturmes, krachten die Schüsse von Hakenbüchsen.

Die Männer liefen auf die Apothekerstraße hinaus und erblickten auf den Stufen der Apotheke Märten. Der wußte schon von den Leuten, die vorübereilten, daß ein Haufe berittener Plünderer zum Rondell an der Karripforte durchgebrochen war und Vorübergehende in seine Gewalt gebracht hatte. Das Gewehrfeuer hatte sie vertrieben, jedenfalls hatte man die Verwundeten in die Stadt schaffen können. Balthasar und Michel hatten kaum wieder in der Sakristei Platz genommen und die unterbrochene Unterhaltung wiederaufgenommen, als, atemlos vom raschen Lauf und bleich vor Schreck, Peeter, Meister Gandersens Geselle, erschien. Der Meister lasse den Herrn Schwiegersohn bitten, sich sogleich zu ihm zu bemühen. Drei Knechte des Meisters seien in den Händen der Räuber gewesen, und einer von ihnen liege anscheinend im Sterben.

Balthasar machte Michel mit der Hand ein Zeichen. »Gehen wir. Du kennst meinen Schwiegervater?«

»Freilich. Schon lange. Ich bin ja selbst aus der Raderstraße ...«

Sie warfen sich die mit Hundefell gefütterten Schauben um die Schultern. Man muß sagen, im Vergleich zu Balthasars Schaube stammte bei Michels Schaube das Pelzfutter von einem wohlgenährten Hund, und die Außenseite war aus glatterem Stoff. Nur dürfte wohl keiner von ihnen Zeit gefunden haben, das zu bemerken. Raschen Schrittes folgten sie Peeter durch die vom ersten Schnee schwer passierbaren Straßen zum Hause des Kürschners. Balthasar ging durch die Werkstatt, klopfte an die Zimmertür und trat ein.

»Guten Tag!«

Um der Gerechtigkeit willen muß man sagen, all die Jahre nach jener dummen Geschichte mit Elsbeths Silber hatte Balthasar mit seinem Schwiegervater in Frieden gelebt. Allerdings in einem rauhen und kühlen Frieden. Doch war es immerhin ein Frieden gewesen, bei dem durch die Ritzen im Steinfußboden allmählich das Gras gegenseitiger Achtung sproß. Und bei dem man sogar einige Anzeichen der Erwärmung hätte feststellen können, hätte sich Balthasar nur die Mühe gemacht, darauf zu achten. Anzeichen einer Erwärmung oder doch wenigstens der Duldsamkeit diesem Schwiegersohn, Balthasar, gegenüber. Namentlich nachdem der andere Schwiegersohn, Godert, wegen Prügelns seiner Frau Agnes vor den Rat zitiert worden war, wo man ihm einen öffentlichen Tadel ausgesprochen hatte ... Im Suff konnte dergleichen auch in vornehmeren Familien vorkommen, erst recht also im Hause eines Bäckermeisters – im Hause dieses Bierschlunds und Streithammels. Und trotzdem hatte die Geschichte von Godert und Agnes den Handwerkern lange Zeit Gesprächsstoff geliefert – die einen hatten mitfühlend darüber gesprochen, die anderen sich darüber lustig gemacht. Der zweite Schwiegersohn des Meisters, der Bauernpastor aber, hieß es, behandele seine Frau jedenfalls ehrerbietig, was er auch immer sein möge. Und deshalb beantwortete Meister Gandersen den Gruß des Schwiegersohns mit einem annehmbaren: »Tag, Balthasar.«

»Wo hast du deine Verwundeten?«

»Dort, über den Hof. Peeter führt dich hin.«

»Schau, ich habe dir für diese Zeit einen Gast mitgebracht.« Balthasar trat von der Tür zurück und zog Michel mit ins Zimmer.

Gandersen sah mit seinen schrägen schwarzen Augen in Michels lächelndes Gesicht – und auf einmal erwiderte sein finsteres gelbliches Greisengesicht das Lächeln des jungen Mannes.

»Das ist aber eine Überraschung! Der junge Herr Slachter ist wieder da ...«

Der Alte stand vom Tisch mit den Wolfsbälgen auf und trat mit ausgebreiteten Armen auf Michel zu. Balthasar ging lachend in die Werkstatt zurück, schloß die Tür hinter sich und folgte, sogleich wieder ernst geworden, Peeter über den Hof, um nach den Blessierten zu sehen. Angemerkt sei, die Unterhaltung mit den verwundeten Knechten seines Schwiegervaters in den Kellergewölben, wohin man ihn sofort geführt hatte, war so aufschlußreich und löste so viele widersprüchliche Fragen bei ihm aus, daß er Michel völlig vergaß.

Die drei Knechte mit den blutigen Notverbänden – zwei hatten leichte Wunden, die man ihnen mit Dolch oder Schwert beigebracht hatte, der dritte aber hatte eine schwere Kopfverletzung, die offensichtlich von einer Hellebarde herrührte – lagen in dem niedrigen Keller auf Stroh. Als die Tür knarrte, drehten sie sich stöhnend um und sahen Balthasar an. Und ihm wurde klar, auch dieser durch eine Hellebarde verwundete Mann hatte, jedenfalls fürs erste, einen Geistlichen nicht so dringend nötig (als daß Gandersen oder vielmehr seine Maijke vor lauter Schreck gleich den eigenen Familienpastor hätte rufen müssen). Denn auch bei diesem Mann mit der von der Hellebarde herrührenden Wunde war das Leben nicht am Verlöschen; in Erwartung des Barbiers, nach dem man geschickt hatte, damit er sie ordentlich verbinde, gab er von allen drei Befragten die klarsten Antworten: »Nein, es dämmerte schon, und obendrein schneite es auch noch, wir konnten nicht einmal erkennen, wer sie waren ...«

»Bloß die geknickten Augenbrauen und die Pelzmützen sind mir in diesem Durcheinander aufgefallen. Tataren wahrscheinlich ... Oder Russen.«

»Und auch Deutsche, diese Hofleute – die Schufte waren auch dabei. Ich hab ihr ›Deiwel!‹ mehrmals deutlich gehört.«

»Und ein Rotbärtiger, mit einem Messer in der Hand, sagte immer ›Goddam‹ oder so was Ähnliches. So hat doch dieses Schottenpack geredet, das hier vorvoriges Jahr sein Unwesen getrieben hat.«

»Dann hat man sie also doch nicht alle bei Wesenberg aufgerieben. Ein Teil hat damals Fersengeld gegeben. Einige haben sich aufs Rauben verlegt.«

»Meiner Ansicht nach waren auch unsere Schweden

dabei, diese Küchenschaben – Deserteure oder sonstwas. Die gibt's hier ja auch in allen Schattierungen ...«

»Nun, ich wüßte nicht, daß Schweden ...«

»A-ch, die sind doch alle gleich ...«

»Aber die zwei, die uns den Geldbeutel abnahmen, das waren Polen.«

»Mag sein. Der Anführer fluchte in reinstem Estnisch. Warum zum Teufel, schrie er, wir nichts weiter hätten als lumpige Kalbsfelle ... Wir sind ja diese Felle für den Meister kaufen gegangen, klar, daß wir auf dem Rückweg keinen Groschen mehr hatten. Und da haben sie dann auf uns losgedroschen ...«

»Es sieht also ganz so aus, als hätten sich alle hiesigen Völker zu einer einzigen Bande zusammengetan?« forschte Balthasar.

»Sieht so aus ...«

»Aber vielleicht haben sie bloß fremde Wörter gebraucht, und in Wirklichkeit kamen alle aus unseren Dörfern?«

»Könnte natürlich sein ...«

Als Balthasar später, wieder daheim, an diese Unterhaltung zurückdachte, stellte er verwundert fest, daß irgend etwas an dieser an sich schrecklichen Geschichte, an diesem im Grunde genommen infernalischen Durcheinander seine Mundwinkel unwiderstehlich zucken ließ. Er spitzte die Lippen, um das unangebrachte Grinsen zu unterdrücken, und führte sich ganz bewußt die schreckliche Seite all dessen vor Augen. In welch katastrophalem Zustand mußte das alltägliche Leben im Lande sein, wenn so etwas möglich war? Und wie groß mußte die schreckliche Versuchung sein, die auf dem unglücklichen einheimischen Volke lastete, Gott vorzuwerfen, er erlaube allen gebetenen und ungebetenen Völkern, herzukommen und die Einheimischen auszuplündern ... Was für eine satanische Allegorie lag doch in der schon vorausgesetzten Antwort der Opfer auf seine, Balthasars, Frage: »Vielleicht kamen in Wirklichkeit alle aus unseren Dörfern?« Daraufhin war es aus dem Haufen blutdurchtränkter Lumpen auf dem fauligen Stroh erklungen wie etwas, was sich von selbst verstand und niemanden mehr wunderte: »Könnte natürlich sein.« Und ein daraus entspringendes unschönes Gefühl des Stolzes kitzelte Balthasars Mundwinkel: Sieh mal einer an, wie stark sie doch noch sind, daß sie sich selbst ausplündern können …

Balthasar wußte nicht, hatte ihm den letzten Gedanken der Teufel eingegeben, der ihn versuchen wollte, oder hatte ihn Gott selbst herabgesandt, damit er ablasse von dem spöttischen Hochmut der Mißbilligung. In der Sakristei blieb er neben dem beinahe schon schwarzen Tischchen aus Ahornholz stehen, an dem Michel und er vor einer Stunde gesessen hatten, als das Geläut der Sturmglocken einsetzte. Er betrachtete die beiden auf dem Tisch stehengebliebenen irdenen Bierkrüge, seinen bis auf den letzten Tropfen geleerten und Michels, aus dem nur ein Drittel fehlte, und das gelbliche Gesicht seines Schwiegervaters fiel ihm ein. Wie hatte sich dieses doch verändert, als Balthasar Michel ins Zimmer zog. Das stets verschlossene Gesicht des Alten hatte sich bei Michels Anblick plötzlich verklärt. Die schwarzen und, wie zur Selbstverteidigung, stets giftigen Augen waren freudig aufgeleuchtet. Sogar seine vom Gerben braunen, gleichsam an sich raffenden Hände hatte der Alte ausgebreitet, um den Sohn eines deutschen Meisters von seiner Straße willkommen zu heißen …

Nein, nein, Michel konnte nichts dafür, daß Balthasars Kehle, als er sich plötzlich das Gesicht seines Schwiegervaters vorstellte, wie zugeschnürt war. Es mochte töricht sein, aber das war nichts anderes als Eifersucht … Oder doch jedenfalls eine unerwartet heftige Bitterkeit. Nicht, weil der Alte Michel gegenüber die Bereitschaft hatte erkennen lassen, Freundschaft zu schließen. (Du lieber Gott, warum denn nicht! Er war ja tatsächlich ein Bursche aus ihrer Straße, ein netter junger Mann, der viele Jahre in der Fremde gelebt und zu einer Zeit heimgekehrt war, wo weit mehr Leute fortfuhren als ankamen.) Nicht deshalb, sondern wegen jener Leichtigkeit und Selbstverständlichkeit, mit der Michel als einer von ihnen anerkannt wurde. Eine Anerkennung, die Balthasar in all den Jahren nicht erfahren hatte. Trotz aller, wie man so sagt, schweigenden Anerkennung der Grashälmchen, die aus dem Steinfußboden des Familienfriedens sprossen ... Nein, natürlich, Michel durfte man nicht die Schuld daran geben. Vielleicht empfand Balthasar das innere Bedürfnis, Michels Unschuld zu betonen, vielleicht sogar das Bedürfnis, mit dem Schwiegervater um Michels Gunst zu wetteifern, all das mochte Balthasar veranlaßt haben, Michel bei den folgenden Besuchen besonders freundlich zu empfangen. Die November- und Dezemberabende des Jahres sechsundsiebzig, als draußen der Schneesturm wütete, verbrachte Michel, wie selbstverständlich, im Hause des Heiligengeistpastors, aß mit allen zusammen mit einem Stück Fleisch schmackhaft gemachten Haferbrei und unterhielt sich. Elsbeth erzählte er, in Deutschland, namentlich in der vornehmen Gesellschaft, werde derzeit die jetzige Mode von der Mode der Spanier verdrängt. So daß die Rostokker Herren vom Rat und Rektorat bei feierlichen Anlässen schwarze Anzüge trügen, eng und steif wie ein Krähenflügel. Die Frauen aber – Stehkragen bis hinauf zum Kinn.

»Was hier, zum Glück, noch nicht Mode ist!« setzte er hinzu und schielte mit den lachenden hellen Augen auf den quadratischen Ausschnitt von Elsbeths Kleid. Der eigene Blick ließ ihn erst erröten, als er die Nase in den tiefen Bierkrug gesteckt hatte, so daß sicher niemand etwas bemerkte.

Balthasar erörterte bei den abendlichen Gesprächen mit Michel das Schicksal der Stadt. In diesem Winter war es abermals ungewiß – man erwartete den Einfall des Moskowiters. Manchmal aber überließen sie sich Erinnerungen an das Leben in der Mönchsstraße, wie Jungen aus derselben Schule (was sie ja auch waren), vor allem gedachten sie jenes einzigen Falles, da die Schule sie zusammengeführt hatte.

»Im Frühjahr dreiundsechzig, erinnerst du dich? Ich

war aus Deutschland zurückgekehrt und wartete auf eine Stelle, und du warst ... Um wieviel Jahre bist du jünger als ich? Um zwölf – jetzt, wo du dich so lange dort in Deutschland herumgetrieben hast, kommt es mir vor, als sei der Altersunterschied größer geworden ... Nun, zu jener Zeit warst du schon in der Obersekunda. Und konntest Latein besser als die meisten Primaner. Überhaupt warst du ein pfiffiger und aufgeweckter Bursche. Und Balder hat nicht umsonst gerade dir die Rolle des Callicl in den ›Drei Münzen‹ gegeben. Erinnerst du dich?«

»Freilich!«

»Na, das müssen wir begießen!«

Sie tranken Bier und riefen sich Gerüche und Gesichter der fernen Schuljahre ins Gedächtnis. Im Hintergrund der Diele, im hohen Kamin, toste das Feuer. Die Holzscheite, die der alte Jakob ausgesucht hatte, loderten so stark, als bestünden sie nur aus Harz. Dazu kam noch das Wetter. Der Wind heulte im Schornstein, er saugte geradezu, als wollte er, ehe man sich's versah, nach Funken und Rauch auch das Feuer mitsamt den Holzscheiten einsaugen ... Die Männer tranken Bier, und auf einer ans Feuer gerückten Bank saß Elsbeth. Sie lauschte der Unterhaltung der Männer und genehmigte sich von Zeit zu Zeit gleichfalls ein Schlückchen Bier; um die Schultern trug sie (im Zimmer war es trotz allem kühl) einen leichten warmen Pelzumhang, des Vaters Geburtstagsgeschenk vom Vorjahr. Während sie der Unterhaltung lauschte, bemühte sie sich, eine neue schwierige Kunst zu erlernen, die Frau Brigitte Holthusen im vorigen Jahr aus Deutschland mit- und den Freundinnen beigebracht hatte: Auf dünnen Stäbchen aus dem Holz eines wilden Apfelbaumes – Märten hatte sie zurechtgehobelt und mit Asche blankpoliert – strickte sie für den kleinen Balthasar eifrig Strümpfchen aus weicher grauer Wolle ...

»Wie sollte ich mich nicht erinnern«, meinte Michel, »Ihr wart Megaronid, ich Callicl. Ha-ha-ha ... Der Rat war vollzählig zugegen. Alle mit Frauen. Verschiedene

Herren vom Ministerium und den Gilden. Herr Holthusen sagte mir erst vorgestern, seit ebenjenem Mal könne er sich meiner entsinnen.«

»Und Herr Balder selbst, erinnerst du dich, war Harmid«, sagte Balthasar. »Weil die Faulheit ja vor ihm auf die Welt gekommen sei und weil er, wie er sich selbst ausdrückte, wohl schwerlich einem der Knaben eine so große Rolle eintrichtern könnte, da wolle er sich schon lieber selbst daran wagen.«

»Und Ivo Schenkenberg – er kann damals noch keine fünfzehn gewesen sein – spielte den Betrüger Sikofant. Erinnert Ihr Euch?«

»Als sei es gestern gewesen!«

»Als Ivo die Schule beendete, spielten wir ›Miles gloriosus‹. Ich war Pleusiel, er Bramarb. Ha-ha-ha! Der Zufall ist mitunter ein Vorzeichen, glaubt Ihr nicht?«

»Wie das?«

»Nun, ich habe gehört, dieser Ivo spielt bis auf den heutigen Tag den Prahlhans Bramarb, indem er in der Rolle eines Räuberhauptmanns auf Raub auszieht ...«

Sieh mal einer an! Ein geistreicher Bursche, dachte Balthasar. Laut aber sagte er, auflachend: »Ha-ha-ha ... Vielleicht ist es an dem. Die Zeit wird lehren, was für ein Spiel er spielt ... Und weißt du noch, wie du und ich im Saal standen?«

»Hinter der hölzernen Trennwand.«

»Ja, die hinten im Saal, an der Wand, aufgestellt war ...«

»Und darauf war eine Straße in Athen gemalt. Gemalt oder hingekleckst«, fügte Michel etwas geringschätzig hinzu. »Ein Bürschchen, ein Lehrling von Meister Krafft, hatte sie für Herrn Balder um einen Krug Bier hingepinselt.«

»Das stimmt«, pflichtete Balthasar bei, »wir aber fanden es vortrefflich. Weiße Mauern und weiße Säulen ... Und du und ich, wir standen hinter der Trennwand und warteten, daß es beginnen sollte, erinnerst du dich? Wir guckten durch die Ritzen in den Saal, und uns tränten die Augen, so stark roch die weiße Farbe nach Hanföl.«

»Daran kann ich mich nicht erinnern«, meinte Michel. »Wir selbst aber hatten irgendwelche weißen Togen an.«

»Stimmt. Annika hatte sie genäht, meine Schwester Annika. Herr Balder hatte sie gebeten – zum Andenken an Meus, das heißt an Herrn Frolink. Und Annika heftete die Togen aus dem Leinen zusammen, das noch aus ihrer Mitgift stammte. Später hat man sie natürlich wieder aufgetrennt, und sie sind in Annikas Truhe zurückgewandert.«

»Und an den Füßen hatten wir etwas Merkwürdiges, erinnert Ihr Euch?«

»Kothurne. Wie sollte ich mich nicht erinnern! Märten hatte sie auf meine Bitte aus Birkenklötzen für uns zurechtgehauen. Ich hatte die Riemen daran angenagelt. Und wir warteten, daß Herr Balder uns das Zeichen gäbe ...«

»Er gab es uns mit der Hand, und polternd traten wir auf die Athener Straße, und Ihr begannt ... Ich erinnere mich nicht genau, wie das ...«

Aber Balthasar erinnerte sich. Zwar richtete er sich nicht zu voller Größe auf, zwar stellte er kein Bein vor, doch einen Augenblick lang lauschte er auf das Heulen des Windes, runzelte die Stirn, sah zwischen den flakkernden Kerzen hindurch Michel an und schmetterte mit Stentorstimme:

»Nae amicum castigare ob meritum noxiam
Immoene est facinus, verum in aetate utile
Et conducibile. Nam ego amicum hodie meum
Concastigabo pro conmerita noxia
Invitus, ni id me invitet ut faciam fides.
Nam hic nimium morbus invasit bonos:
Ita plerique omnes iam sunt intermortui.
Sed, dum illi aegrotant, interim mores mali,
Quasi herba inrigua –«

und so weiter.

»Und was heißt das?« wollte Elsbeth wissen. Sie ließ die Stäbchen sinken, zog ihren Pelzumhang fester um sich und sah Balthasar mit ihren mandelförmigen Augen an.

»Nun, das heißt etwa folgendes.« Und Balthasar übersetzte eilig: »Den Freund für einen Fehltritt zu tadeln, den er begangen, ist eine heikle Sache, doch rechtzeitig getan, vielleicht sogar nützlich, und deshalb will ich heute meinen Freund wegen schweren Verschuldens tadeln. Und ist das auch ganz und gar nicht nach meinem Herzen, so muß ich es doch tun, um unserer Freundschaft willen ...«

»Von was für einem Verschulden ist dort die Rede?« fragte Elsbeth.

»Nun«, versetzte Balthasar, »Megaronid glaubt, Callicl habe ihn, seinen Freund, hintergangen und sich hinter seinem Rücken zum Herrn in seinem Hause gemacht ...«

Dabei packte Balthasar Michel über den Tisch hinweg bei den Schultern, schüttelte ihn und lachte laut: »He, Callicl! Wie gut, daß du trotzdem ein ehrlicher Bursche warst! Na, stoßen wir an!«

Nachdem sie angestoßen hatten, erhob sich Balthasar vom Tisch: »Schön. Ich will heute noch ein Weilchen arbeiten.«

Er nahm eine der drei Kerzen, nickte Elsbeth und Michel zu und stieg die Treppe hinauf. Jener merkwürdige Gesichtsausdruck, mit dem Elsbeth ihm nachsah und Michel anschaute, rührte nicht von der Furcht her (daß sie zu zweit in dieser trotz des im Kamin brennenden Feuers trostlosen Diele zurückgeblieben waren – du liebe Güte, schließlich kannte Elsbeth Michel von klein auf und war in den letzten Wochen mehrmals mit ihm allein geblieben und hatte sich mit ihm unterhalten). Dieser merkwürdige Gesichtsausdruck – Helft mir! Nein, beachtet mich nicht! – kam vom Schreck über einen plötzlichen Gedanken, der Elsbeth fast unmerklich kam, ihr jedoch auf einmal bewußt wurde: Im Vergleich zu Michel war ihr Balthasar ein bäurischer, grober, ungehobelter Mensch. Und daran war auch nichts zu ändern. Selbst dem Herrgott gegenüber legte Balthasar weniger Ehrfurcht an den Tag. Jaja. Setzten sie sich zum Abendbrot und sprach Balthasar das Tischgebet, dann sah Elsbeth (und heute nicht zum erstenmal), mit welch inbrünstigem, ehrfurchtsvollem Gesicht Michel die Worte des Gebetes flüsterte, während Balthasar sie einfach murmelte. Hätte er sie nicht auf deutsch gemurmelt, so hätte man denken können, er spreche mit seinem Jakob darüber, wie der Kirchenvorplatz vom Schnee zu räumen sei ... Nein, nein, natürlich war Balthasar kein Bauerntölpel im üblichen Sinne des Wortes! Und der Vater mit seinem Altersstarrsinn war ungerecht zu ihm ... Vorgestern wenigstens, als er zu seiner Tochter zu Besuch gekommen war und – mit ihr allein geblieben – über Michel gesagt hatte: »Dieser Michel ist ein bemerkenswert netter junger Mann, sogar von deinem Mann, diesem Bauern, spricht er so ehrerbietig, daß ...« Dieser nette junge Mann hatte auch gefälligst ehrerbietig von Balthasar zu sprechen. Zu sprechen und zu denken. Und wenn irgend jemand Balthasar auch einen Vorwurf machen konnte, dann jedenfalls ... O Gott ...

Dieser nette junge Mann ließ seinen silbernen Fingerring funkeln, hüstelte und deutete auf die Treppe, die ins Obergeschoß führte. »Bereitet Herr Balthasar die Sonntagspredigt vor?«

Elsbeth schaute in Michels klare hellgraue Augen und dachte krampfhaft: Er soll ehrerbietig von ihm denken! Mit Achtung! Mit Hochachtung ... Und leidenschaftlich sagte sie, froh, das mitteilen zu können: »Nein ... Er schreibt doch eine große livländische Chronik. Schon mehrere Jahre lang. Bald wird sie fertig sein!«

Michel hörte ihr ernst zu, in sein Gesicht trat Verwunderung, und er erwiderte, gleichfalls ernst, mit tiefer Ehrfurcht (geradeso, wie es Elsbeth gewollt hatte): »Wie groß ist doch Gottes Gnade, wenn es Herrn Balthasar vergönnt war, diese Arbeit so weit zu führen. In Zeiten wie den heutigen, voller ungeahnter Nöte, in den hiesigen Ländern ebenso wie in entfernteren ...«

Später dann, als Michel, nachdem er zuvor angeklopft hatte, Balthasars Arbeitszimmer betrat, um sich vom Pastor zu verabschieden, sagte er: »Übrigens, Eure Gemahlin hat mir von Eurer großen Arbeit erzählt. Ich möchte Euch Erfolg wünschen! Eine ernst zu nehmende Chronik der Ereignisse – das ist ja so wichtig, ihre Bedeutung läßt sich heute noch gar nicht ermessen. Und ich hoffe, auch ... auch mir wird hernach vergönnt sein, einen Blick hineinzuwerfen, bevor Ihr sie ...«

Balthasar senkte den Blick auf die Zeilen, die er gerade vom nächsten grauen Blatt in sein Heft abgeschrieben hatte.

Anno 1576 überfielen drei kurische Edelleute überraschend die Feste Amboten, welche dem Herzog Magnus von Holstein zur Verfügung stand. Der Kastellan war nicht daheim, da gaben sich diese drei als dessen Verwandte und Freunde aus, verlangten, daß die Frau des Kastellans sie einließe, und bemächtigten sich dergestalt des Schlosses ...

Balthasar schaute auf, und sein recht finsterer Blick wurde weich, als er dem von Michel begegnete. Vielleicht wirkte jener verklärte, anerkennende Blick nach, mit dem sein Schwiegervater diesen langen Burschen angesehen und den Balthasar als kränkend empfunden hatte, vielleicht hatte er sich daran erinnert. Vielleicht verlangte ein inneres Lämpchen hinter seinen zerzausten rötlichen Brauen danach, Michel noch stärker zu erwärmen ... Jedenfalls sagte Balthasar freundlich: »*Du?* Selbstverständlich! Du sollst einen Blick hineinwerfen. Vielleicht bitte ich dich sogar, mir beim Abschreiben zu helfen. Was würdest du dazu sagen?«

»Herr Balthasar ... das wäre für mich wirklich ... eine große Ehre ...«

Nach der langen Zeit, über die wir uns beugen müssen, um die damaligen Ereignisse zu verfolgen, ist es leider schon unmöglich, zu erkennen, ob und in welchem Maße der frohlockende Regisseur Teufel diesmal die Hand im Spiel hatte. Unmöglich, festzustellen, ob er die Unterhaltung zwischen Michel und gewissen einflußreichen Herren in der Oberstadt in dem hohen, spitzgiebligen Haus der Tisenhusen wirklich an jenem Schneesturmabend, eine halbe Stunde nach Michels Weggang aus der Heiligengeistpfarrei, inszenierte oder ob er das einige Tage später oder eine Woche später oder sogar zu Beginn des bitter kalten Januar siebenundsiebzig tat. Nur eines ist unbestreitbar: Eine solche Unterhaltung fand statt. Einmal, an einem frostigen Winterabend, rief Wolter Michel nach unten: »Komm her. Vater will mit dir reden.«

Als Michel in die Stube trat, saßen da am runden Tisch vor einem Glas Wein Wolters Papa mit der großen Nase und den Fischaugen und sein – wer weiß, von welcher Seite – Verwandter und Busenfreund (Michel hatte ihn bereits zweimal von weitem im Hause gesehen), der Admiral Maidel, ein langer, knochiger Mann mit rotem, wetterhartem Gesicht. Wolter, der Michel hergebracht hatte, war übrigens im Handumdrehen wieder verschwunden. Michel achtete nicht darauf. Denn man bot ihm einen Platz am Tisch an, man stellte ein drittes Glas hin, so daß er sich vor ehrfurchtsvollem Staunen nur mit einer Hinterbacke auf dem Schemel niederließ.

Herr Tisenhusen sah ihn mit seinen Fischaugen hinter den fleckigen Lidern starr an und sagte: »Michel, mein Freund Tönnis hier und ich haben des öfteren die Frage Eurer Berufung auf eine Kanzel erörtert. Doch jetzt, wo der Moskowiter, allem Anschein nach, wieder unsere Stadt heimsuchen will, müssen wir diese Frage bis zu besseren Tagen aufschieben. Aber Ihr könnt sicher sein, wir kümmern uns um Euch.«

Michel erschrak – hieß das nicht, daß man ihn jetzt, bis zu diesen besseren Tagen, einfach auf die Straße setzte? – und sagte: »Ich bin meinen Herren und Wohltätern dafür außerordentlich dankbar. Ich weiß gar nicht, *wie* ich Euch dafür ... Jedenfalls versichere ich Euch, ich werde, sollte ich dereinst auf einer Kanzel stehen, meine Pflichten mit aller Sorgfalt erfüllen ...«

»Jaja. Auch wir hoffen das.« Der Herr Admiral öffnete den schmallippigen Mund. »Und deshalb wäre es uns lieb, könntet Ihr uns schon vorher ein paar kleine Dienste erweisen.«

Selbstverständlich! Schließlich lebte er hier unter Herrn Tisenhusens Dach und genoß in seinem Hause nun schon zwei oder gar drei Monate ganz umsonst Gastfreundschaft, ohne irgendwelche Pflichten zu haben. Er hatte Wolter mehrmals gesagt, er könne das nicht so einfach annehmen. Folglich ...

»Mit dem größten Vergnügen!«

»Gut«, meinte Herr Maidel. »Zuallererst wollen wir vereinbaren: Alles, worüber hier gesprochen wird, bleibt unter uns. Klar?«

»Natürlich!«

»Gut. Und damit Ihr Euch das auch merkt ...« Herr Maidel gab Herrn Tisenhusen mit dem schweren Kinn ein Zeichen (es sah ganz so aus, als habe Herr Maidel hier das Sagen), und Herr Tisenhusen klatschte in die Hände. Der von Rheuma geplagte Kammerdiener tauchte erstaunlich schnell von irgendwoher aus der Dunkelheit in dem von Kerzen beleuchteten Raum auf, und der Hausherr flüsterte etwas in sein staubiges Ohr. Der Diener hinkte hinaus und legte einen Augenblick später einen in helles Pergament gebundenen Band vor ihn hin.

Ja-a. Erinnern wir uns, Doktor Friesner hatte, als er vor zwölf Jahren den jungen Balthasar zu Herrn Johan nach Åbo sandte, da er die Welt und die Menschen gut kannte, auf seine halb ketzerische Art gesagt: »Nun, auf die Bibel lasse ich Euch nicht schwören. Ein gescheiter Mensch weiß ohnehin, daß der Herr allgegenwärtig ist.« Hier und heute aber verfuhr man anders. Was keineswegs bedeutete, daß die im Tisenhusenschen Hause zu erledigenden Angelegenheiten (wenigstens vom Standpunkt der großen Welt aus) im Vergleich zu denen des Doktors wichtiger gewesen wären. Oder daß sich in Livland in den letzten Jahrzehnten strenge christliche Sitten und Gebräuche eingebürgert hätten. Wenn diese kleine hier vollzogene Zeremonie überhaupt etwas zu bedeuten hatte, so nur eines: daß man hier oben, in der Oberstadt, in diesem steinernen Horst mit seinem verknöcherten Geist, ein feierliches Verschließen des Mundes denn doch für wirksamer hielt als ein gewöhnliches. Oder, wer weiß, vielleicht meinten diese Herren (die ja schließlich auch eigene Lebenserfahrung besaßen), das Bäckerbürschchen, das da vor ihnen saß, werde durch einen Schwur stärker gebunden sein. Was Doktor Friesner von Pall offenbar nicht geglaubt hatte ...

Als Herr Tisenhusen Michel die Bibel zuschob und für einen Moment die kupfernen Schließen öffnete, um zu zeigen – der berühmte Lufft in Wittenberg hatte sie gedruckt –, begriff Michel, daß er in einem solchen Augenblick aufzustehen hatte. So legte er denn die Linke auf das kühle Pergament, die Rechte aber, mit vor Schreck leicht zitternden Fingern, reckte er zu den dunklen Deckenbalken und zu dem in die Steinwand eingemeißelten Tisenhusenschen Wappen mit dem Stier empor und sprach eilfertig: »Ich schwöre auf die Heilige Schrift, alles, worüber meine Gebieter und Herren mit mir sprechen werden ...« Dabei dachte er aber: Sonderbar, wovon kann wohl die Rede sein? Etwas Ehrenrühriges kann es freilich nicht sein. Von seiten so ehrbarer und wohlwollender Leute. »... mit mir sprechen werden, bleibt unter uns. Amen.« Dann dachte er noch: Und sollte es geschehen, daß ich meinen Schwur breche, wird dieser Stier von der Wand herabsteigen und mich auf die Hörner nehmen.

Doch wovon die Rede sein und was für Haken die Sache haben würde, wurde ihm schneller klar, als er erwartet hatte. Denn kaum saß er wieder, da legte Admiral Maidel die Karten auf den Tisch.

»Michel, Ihr verkehrt im Hause dieses ... Rüssow von Heiligengeist.«

»Ja ... Ich ...«

»Folglich ist Euch schon längst aufgefallen, daß er eine – nun – äußerst neugierige Person ist.«

»Ich weiß nicht ... Vielleicht, gewiß ...«

»Bestimmt. Wir wissen, daß er alle möglichen Informationen über Reval und sämtliche Provinzen sammelt. Manchmal mehr, manchmal weniger eifrig. Und das schon mehrere Jahre lang. Ich weiß, er ist Euer Seelsorger. Aber jetzt ist wieder jeden Tag eine Belagerung seitens des Moskowiters zu erwarten. Und in einer solchen Stunde müßt Ihr – als Deutscher – auf der Höhe Eurer Aufgabe stehen. Versteht Ihr? Wir verdächtigen diesen Rüssow keineswegs, daß er hier bei uns in der Stadt, nun, sagen wir, ein Heinrich Boissmann ist, der sich einen Talar übergestreift hat. Aber wir wissen nicht, für wen er arbeitet. Er verkehrt mit allen Ratsherren. Mit Rücksicht darauf, daß Ihr etliche Jahre in Deutschland verbracht habt, räume ich ein, daß Ihr nicht gehört habt, in welche Lager sich unsere Ratsherren gespalten haben – er verkehrt sowohl mit unseren ›schwedischen‹ als auch unseren ›polnischen‹, sowohl mit den ›dänischen‹ Ratsherren als auch mit den ›Magnusschen‹, also mit den ›Moskowiter‹ Ratsherren. Johann Boissmann, sagt man, sei ein alter Freund von ihm. Und seitdem in der Oberstadt die Horns schalten und walten, geht er auch bei ihnen ein und aus. Angeblich sind sie noch ältere Freunde von ihm. Und wenn am Ankerplatz fremdländische Schiffe anlegen, läuft er im Hafen herum. Und geht in die Wirtshäuser und zu den Schwarzenhäuptern. Wir müssen in Erfahrung bringen, nur im stillen und ohne Aufhebens, wessen Mann er ist.«

Man muß sagen, Michel wurde, als Herr Maidel Balthasars Namen auf den Tisch legte, im ersten Moment innerlich heiß vor verlegenem Schreck, gleich darauf aber wurde er von flammender Entrüstung ergriffen. Augenblicklich erkannte er, in welch fatalem Irrtum diese Herren befangen waren. Sein Wissen aber verlieh ihm eine derartige Überlegenheit, daß er, zwar sanft, aber beinahe spöttisch, sagte: »Wessen Mann – das heißt wessen Spion?« Und als das ausgesprochen war, wurde er vollends kühn und fühlte sich so leicht und frei, daß er in lautes Lachen ausbrach. »Ha-ha-ha-ha! O nein, meine ehrwürdigen Wohltäter. Herr Balthasar ist niemandes Spion! Er sammelt die Informationen nur für sich …«

»Mit diesem Ammenmärchen kann er doch weder uns noch *Euch* …«

Michel war so voller freudigen Selbstvertrauens, daß er (was ganz unerhört war) sich nicht vom Admiral unterbrechen ließ.

»Jaja!« rief er. »Das ist die Wahrheit! Herr Balthasar schreibt eine große livländische Chronik!« Und in der danach eingetretenen Stille setzte er hinzu: »Und so Gott will, wird sie bald fertig sein.«

Das Schweigen, das seinen Worten folgte, ließ Michel bemerken, daß sich seine freudige Erklärung nicht im Gesichtsausdruck seiner Wohltäter widerspiegelte. Im Gegenteil. Herr Tisenhusen stellte das Glas, das er in der Hand hielt, geräuschvoll auf den Tisch zurück, Herr Maidel pfiff durch die Zähne – als habe ein Windstoß plötzlich eine Ritze gefunden und sei ins Haus eingedrungen. Langsam sagte er: »Ein Chronist kann ein gefährlicherer Feind sein als ein Spion. Ein Spion handelt nur, solange er existiert. Und es kommt häufig vor, daß er auf einmal verschwindet.« Herr Maidel zog einen der vier silbernen Leuchter mit einer brennenden Kerze zu sich heran und blies sie – pff! – aus. »Eine Chronik aber, sofern sie gedruckt ist, ist etwas Bleibendes.«

»Nun, was macht das schon? Wenn sie die Wahrheit enthält?« fragte Michel, nicht ohne Stolz, daß er für seinen verehrten Pastor eintreten konnte.

»Seht mal«, sagte Herr Maidel mit gußeiserner Härte, der man nicht beikommen konnte, »da wären wir wieder beim Thema: wessen Wahrheit?«

»Das ist doch klar. Wenn sie aus Herrn Balthasars Feder kommt. Unsere christliche, evangelische Wahrheit. Die Wahrheit Seiner Majestät, unseres schwedischen Königs. Die Wahrheit der Herren über unser Livland.«

»Und das ist, Eurer Meinung nach, so einfach? Seid Ihr dessen völlig sicher?« fragte Herr Maidel augenzwinkernd, was Michel in seinem Eifer nicht bemerkte (und wer kann sagen, daß er es überhaupt bemerkt hätte).

»Vollkommen.«

»Ihr habt also sein Manuskript gelesen?«

»Nei-ein ... das kann ich leider nicht behaupten.« Offen gestanden, all seiner Bona-fide-Zuversichtlichkeit zum Trotz war es Michel schrecklich peinlich, daß er so viele Worte über ein Werk machte, das er, wie er hier zugeben mußte, selbst noch nicht einmal gesehen hatte ... Und gerade deshalb, vielleicht aber auch aus dem ihm eigenen unglückseligen Eigensinn heraus, dem eitlen Bewußtsein, daran teilzuhaben, sowie in dem Wunsch, seinen verehrten Pastor zu beschützen, Gott, das natürlich auch, sagte er: »Aber Herr Balthasar hat mir versichert, er werde sie mich lesen lassen. Noch bevor er sie abschließt!«

»O-oh«, machte Herr Maidel, und seine Stimme war noch tiefer, als sie bis dahin gewirkt hatte. »Dann ist alles viel einfacher. Ihr werdet seine Chronik lesen und uns von Zeit zu Zeit Bericht erstatten.«

»Ich ... nun, ja ...«

Herr Tisenhusen schob Michel das Glas zu und sprach äußerst freundschaftlich, damit der keinen Widerspruch duldende Ton des Herrn Admirals (der sich schließlich an einen Geistlichen wandte, welcher auf seine baldige Inordinierung wartete und dem diese Herren, so Gott wollte, noch helfen würden ...), damit dieser Ton einem ganz anderen Platz machte.

»Herr Slachter, Ihr versteht doch: Es ist durchaus möglich, daß wir Herrn Balthasar ganz zu Unrecht verdächtigen. Aber die führenden Köpfe der Ritterschaft müssen trotzdem – wenigstens in großen Zügen – wissen, was man über unser Livland schreibt, um es später der ganzen Welt zu präsentieren. Um so mehr, als Herr Balthasar, unseres Wissens, niemanden um Erlaubnis zu seiner Arbeit gefragt hat. Wir glauben, daß Ihr Euch hinsichtlich dieser Chronik nicht irrt. Doch der Glaube ist nur eine feste Hoffnung, wie es in Doktor Luthers Katechismus heißt, nicht wahr? Wir aber wollen völlige Gewißheit. Und außerdem wird das Herrn Balthasar nicht weniger nützen als uns. Also – leeren wir darauf unsere Gläser bis zum Grund!«

»Ja ... Das verstehe ich vollkommen«, sagte Michel beflissen und dachte, weinschluckend: Also wollen sie Herrn Balthasar selbst nicht fragen. Herr Balthasar könnte ihnen seine Arbeit zeigen, warum auch nicht. Soweit ich ihn kenne, könnte er sie aber auch zum Teufel schicken. Warum sollte ich da, wenn ich mit seiner Erlaubnis und auf seine Bitte die Arbeit lese, warum sollte ich ihnen da nicht sagen, daß es ein hervorragendes und sachliches Werk ist. Im Grunde genommen ist das jetzt einfach meine Pflicht! Und wenn die Herren wünschen, daß ich Herrn Balthasar nichts davon sage, sei es drum. Denn sie werden ihre Gründe haben. Schließlich sind es einflußreiche Herren und ehrenwerte Leute. Und außerdem, gerade von ihnen hängt in vieler Hinsicht meine ganze Zukunft ab …

Und gleichsam Michels Gedanken abschließend, sagte Herr Maidel: »Übrigens, wir werden vielleicht in der Kirche der Revaler königlichen Garnison noch eine Diakonstelle schaffen können – ich glaube, fürs erste wäre sie Euch wohl recht.«

»Herrgott … Mir recht sein?!« Um darauf zu antworten, stand Michel sogar auf – wie vorhin, als er das Schweigegelübde leistete. »Meine Gebieter und Wohltäter … ich … begreife nicht einmal, womit ich solches Glück verdient habe …«

»Ihr habt es noch nicht verdient«, meinte Herr Maidel kühl, »ich glaube jedoch, Ihr werdet es schaffen.«

In derselben Nacht kniete Michel Slachter auf der Stufe einer Steintreppe, doch wußte er nicht, wo sie sich befand. Bald glaubte er, unter den riesigen grauen Gewölben der Muttergotteskirche in Rostock zu sein und oben säuselten, in hohen Tönen, leise die Orgelpfeifen. Bald vermeinte er an dem steilen Abhang eines unbekannten Berges zu knien, vielleicht sogar an der Ecke der Raderstraße und der Straße am Kurzen Domberg, die zur Revaler Oberstadt führte und wo es in Wirklichkeit keine Treppe gab, unter einem erstaunlich niedrigen grauen Himmel, und das, was er zunächst für eine Orgel gehalten hatte, sei ein Dohlenschwarm oder der Herbstwind und auf derselben Treppe, eine Stufe höher, stehe, mit dem Rücken zu ihm, eine Frau. Michel konnte nicht sagen, ob diese Magdalena war, die Tochter des Rostocker Professors Chyträus, ein Mädchen mit einem prachtvollen Schopf dunkler Haare, nach der er sich mehrere Jahre lang verzehrt hatte, oder Martha, ein Mädchen aus einer Rostocker Schenke am Mönchstor, in deren Armen er sündigen Trost in der Einsamkeit von Körper und Seele gesucht hatte. Martha oder Magdalena, diese oder jene, er, Michel, wußte jedenfalls etwas über sie, er streckte die Arme nach der Frau aus und wollte ihr das, was er wußte, sagen, doch hatte er es auf einmal vergessen ... Die Frau drehte sich um, und Michel sah, es war Elsbeth Rüssow ... Und mit einem Schlag war ihm klar: Das hatte er die ganze Zeit gewußt und sagen wollen – Elsbeth Rüssow, Elsbeth Gandersen, das stille, sonnengebräunte, hochmütige, unerreichbare Mädchen aus der Raderstraße, das mit den Jungen Schneeballschlachten machen und in der Hitze des Gefechts kreischen konnte ... Und das jetzt aufgeblüht war wie ein Olivenzweig. Aufgeblüht ... Aber warf der Zweig nicht seine Blüte ab, wie es – wo? – wohl im Buche Hiob heißt? Und Michel nahm Elsbeth bei der Hand und begann ihre Finger zu küssen. Und küssend glitt er immer höher, er spürte – o Gott –, wie er mit dem Mundwinkel ihren Trauring am Ringfinger berührte. Vor Schreck brach ihm der Schweiß aus, er küßte den Handrücken, erreichte das Handgelenk und küßte immer höher und höher. Er dachte: O Herr, ich will bis zum Ende gehen, und so werde ich zu guter Letzt ... Da erwachte er auf seinem niedrigen Bett im Gästezimmer des Tisenhusenschen Hauses, jenseits der vereisten Fensterscheiben pfiff über die Dächer des Domberges hinweg der Schneesturm ...

In Schweiß gebadet vor Angst und Freude, wachte er auf und hörte den Wind heulen und dachte in der Dunkelheit: Ich danke Dir, o Herr, daß du alles so glücklich gefügt hast; ich kann den Willen dieser einflußreichen Herren erfüllen und erfülle dadurch auch eine Pflicht Herrn Balthasar gegenüber (»diesem Rüssow« gegenüber, wie sie sagen, und gewiß nicht aus Liebe zu ihm).

So ist es doch ... Was aber seine Frau, was Elsbeth betrifft ... O Herr, das ist ja das Wunder aller Wunder: Der Name dieser Frau gärt in mir wie der Weihnachtsmet meiner Kindheit, wird immer duftender, süßer und stärker – sollte das etwa nicht Dein Wille sein, o Herr?

ACHTES KAPITEL,

in welchem wir in den Furchen des Charakters und der Umstände des Lebensweges dieses Mannes weiter vorrücken und uns auf steinigem Boden wiederfinden, wo auf ohnedies unfruchtbarem Kalkstein obendrein noch Berge von – grauen, schwarzen, rostroten – Findlingen und Felsbrocken aufgetürmt sind, auf denen man sich – Vorsicht! – so leicht die Beine brechen kann und die nicht einmal einem Grashälmchen Nahrung bieten. Nicht zu einer Stunde finden wir uns dort wieder, wo niedrige Hagelwolken den Boden mit ihrer schaumig weißen Saat bestreuen, sondern wo rauchende Steinkugeln darauf niedergehen, und entdecken dennoch ein Gräslein, das, seiner selbst nicht bewußt, in den Spalten des Steines lebt, entdecken, daß es ihm sogar gelungen ist, einige Findlinge zu zersplittern ... Indes wir verzichten auf die Entscheidung, was richtig ist, die Hände zusammenzuschlagen und zu rufen: O Gott, was für ein erstaunliches Gewächs! Oder zu seufzen: O Allerhöchster, wie schrecklich ist doch die Zeit und wie unfruchtbar der Boden!

Nun wären es also schon sechs Jahre ... Sechseinhalb. Mit Gottes Hilfe bald volle sieben ...

Darauf zu sprechen gekommen war man vorgestern, am Antoniustag, während des Geplauders auf der Hochzeit von Arent Schulz, Schreiber beim Schatzamt. Auf einer Hochzeit, die man eilends gefeiert hatte, um sie nicht aufschieben zu müssen, wenn sich der Moskowiter der Stadt näherte. Auf der man sich nach Kräften bemüht hatte, das Streben der Stadt nach christlicher Einheit (vor der erwarteten Prüfung erdacht, um Gott zu beschwichtigen) zur Schau zu stellen, und zwar mit allem Nachdruck. Allein schon dadurch, daß man einem einfachen Ratsschreiber gestattete, seine Hochzeit in der Großen Gilde zu feiern, und daß sogar einige Ratsherren – Wangersen, Wilber, Schröder und noch andere – durch ihr Erscheinen zeigten: Wir alle, von den Patriziern bis zu den einfachen Handwerkern und Landsknechtsrotten, sind vor dem Angesicht Gottes und den Kanonen des Moskowiters eine einzige Familie ... An der Hochzeitstafel bemerkte der alte Wilber nach dem dritten Becher mit zitternden Wangen: »Ist eine Ehemühle glücklich in Gang gesetzt, braucht man sich die ersten sechs Jahre gewöhnlich nicht um sie zu sorgen.

Wenn es ihr vorherbestimmt ist, daß ihr etwas ins Getriebe gerät, dann am ehesten im siebenten Jahr ...« Hier nun war die Rede sogleich auf andere, brennendere Probleme gekommen: Daß, so konnte man hören, mit dem Anrücken des Moskowiters die Stadt in eine ganz schlimme Lage käme, und das durch die Schuld zweier Landsknechte, Munzard und Kock, zweier Verräter, die, wie man jetzt sicher wußte, vor einigen Wochen zum Moskowiter übergelaufen waren und ihm natürlich alle starken und schwachen Stellen in der Verteidigung Revals verraten hatten.

Heute morgen beim Essen waren Balthasar wieder die Worte des alten, krummbeinigen, etwas sabberigen, aber lebenserfahrenen Wilber über die sieben Jahre in den Sinn gekommen. Heute, um sieben Uhr morgens, als er bei Kerzenlicht in der Diele an der Stirnseite des langen Eßtisches saß und den auf Schweinespeck gebratenen Haferbrei mit einem Schluck Bier hinunterspülte, die Aufgaben des vor ihm liegenden Tages überdenkend (bis neun bei sich oben Schreibarbeiten, Eucaedius lesen, um neun in der Sakristei die Taufe der beiden Zwillingsmädchen von Toomas Kullis vom Klosterhof, um zehn Michel mit den nächsten abgeschriebenen Kapiteln, gegen zwei zu Topff gehen et cetera), als er über den Bierkrug aus Wacholderholz und den Zinnlöffel hinwegschaute, wägte und seine Familie und die Hausgenossen betrachtete, waren ihm wieder diese Worte eingefallen ... Als er sah, wie alle am Tisch saßen, er selbst – an der Stirnseite, mit dem Rücken zum Herd mit der ummauerten Esse; zur Linken – Märten, dann Tran-Andres' Päärn, Epp und der kleine Balzer, zur Rechten – Ohm Jakob, Muhme Kati und dieser Tiidrik, hinter ihm die beiden Libellen, die Mädchen Elisabeth und Anna, und ihm gegenüber – Elsbeth. So daß sich von ihm bis zu Elsbeth und von Elsbeth bis zu ihm der weißgescheuerte Familientisch erstreckte, gerade wie eine Achse, wie eine Haspel, wie eine Mühlenwalze, um die sich, nun schon das siebente Jahr, das Leben dieses Hauses drehte ... Märten, mit seinem spitzen Gesicht und dem spärlichen fahlweißen Haar, der wortkarge alte Freund, dessen Sticheleien man sich schon gefallen lassen mußte, war er doch trotz allem ein Teilchen von einem selbst. Päärn, der freundliche, breitgesichtige Bursche, der immerzu unter seinem rötlichen Borstenhaar Lieder vor sich hin sang; für einen Kirchendiener war er etwas schwer von Begriff, dafür jedoch stets bereit, seine langen Schritte dorthin zu lenken, wohin man ihn schickte. Und Epp (die jetzt schon ein halbes Jahr oder länger ständig hier, in Balthasars Haus, wohnte, seit man ihnen im vergangenen Frühjahr in Kurgla den roten Hahn aufs Dach gesetzt hatte). Du mein Gott, schließlich wurde sie bald vierzig, und für eine Bauersfrau, noch dazu eine Witwe, war das bekanntlich keine Jugend mehr. Dennoch schien von allen, die am Tisch saßen, der Zahn der Zeit an ihr am wenigsten genagt zu haben. Ihr kleines pralles Gesichtchen war noch immer rotwangig, vielleicht schon von der Purpurröte des Herbstes überhaucht, die Augen himmelblau und klar ... Nach ihr kam Balzer, das Nesthäkchen, Balthasarius minissimus, die schon bald vierjährige Stubsnase, im drolligen, von Elsbeth gestrickten kurzen Röckchen. Zu Elsbeths Linken saßen die Zwillinge Anna und Elisabeth, in der vorigen Woche waren sie fünf geworden, etwas blutarm, etwas verschnupft, im großen und ganzen aber nette Käferchen. Dann folgte ebenjener Tiidrik, der strenggenommen nicht zu diesem Haus gehörte, Epps und des seligen Paavels Sohn – immerhin schon zwanzig Jahre alt und offen gestanden für einen simplen Bauernburschen überraschend wohlgebaut, dabei sogar ein wenig größer als Balthasar. Er konnte lesen und wohl gar mit der Feder kratzen. Bis vor kurzem hatte er in Rasik im Speicher geholfen, jetzt aber war er in die Stadt übergewechselt, zu Ivo Schenkenberg, in dessen Fahne, und wurde mitsamt den Schenkenbergschen Räubern in der Stadtverteidigung unterwiesen. Nun kamen Muhme Kati und Ohm Jakob – seit dem Brand in Kurgla waren sie hier –, beide in abgetragenen Sonntagskleidern (wie denn auch anders, schließlich konnte man ja bei vornehmen Leuten nicht in seinen Dorflumpen herumlaufen). Beide waren schon hochbetagt, aber doch noch rüstig. Ohm Jakob hatte man, der Bürgersitte zum Trotz, sogar den Platz zu Balthasars Rechten angewiesen – gewiß zum Andenken an Siimon, um irgend etwas wiedergutzumachen, irgend jemanden zu besänftigen, man weiß ja ... Balthasar gegenüber saß Elsbeth. Vor dem Hintergrund des Fensters mit den winzigen, vom Schneesturm zugeschütteten Scheiben; in den Schneenestern der unteren Scheiben war Dunkel, nichts als Dunkel, oben – die Kreise der kaum grauenden Morgendämmerung. Elsbeth, die Balzer und den Mädchen die Nase putzte. Elsbeth, die Epp fortschickte, noch Brei zu holen. Elsbeth, die traurig-vergnügt mitteilte, die Morgengrieben von heute seien schon aufgegessen. Elsbeth, die Päärn befahl, in die Vorratskammer zu gehen und die leeren Krüge mit Bier zu füllen. Elsbeth im undeutlichen Flimmern der Kerzen ... Du lieber Gott, sieben Jahre ... Nach den morgendlichen Minuten der Intimität bewahrte Balthasars harter rötlicher Bart noch den Thymianduft von Elsbeths warmem Leib ... Freilich, *diese* Minuten nicht mitgerechnet, konnten zwei Menschen nie ganz eins sein. Und doch hatte er sieben Jahre lang mit Elsbeth ein untadliges, ruhiges Leben geführt. Mochten auch irgendwelche aufziehenden Wolken (abgesehen natürlich von jenen riesigen schwarzen, die die halbe Welt bedeckten und mit denen Gott ihnen Kriege, Seuchen, Unheil gesandt hatte und senden würde), mochte auch irgend etwas dieses Leben verdüstert haben, so doch bloß Belanglosigkeiten. Eigentlich nur eines. Ja, nur eines. Das, offen gestanden, aus geringfügigen Anlässen und nur selten zutage trat. So selten, daß Balthasar, Ehrenwort, bisher keine Zeit drauf verwandt hatte, sich daran zu erinnern und sich damit zu belasten. Balthasars Schwiegervater sowie die ganze engere und weitläufigere Verwandtschaft der Gandersen und mit ihnen im Grunde genommen das ganze *deutsche* Reval meinte, an Elsbeths Seite sei ganz und gar nicht der, der dort hingehörte. Ganz und gar nicht der. Trotz aller Achtung, die er genoß, trotz seiner ehrenvollen Tätigkeit und trotz seines – warum sollte man es verschweigen – anständigen und mannhaften Benehmens. Und alles, weil er nicht dort herkam, woher er hätte kommen müssen: aus einem guten Hause. Mochte dieses auch keinen roten Heller wert sein, Hauptsache, es war ein *deutsches* Haus! Er aber entstammte (worüber viele in der Stadt hinter seinem Rükken so redeten, daß auch er es hören mußte) irgendeiner Jauchegrube, einem Geschlecht von Sklaven, die man gegen Jagdhunde und Kleinvieh tauschte ... Wenn auch freilich über Reval, Wittenberg und Bremen kommend. So daß man seine Herkunft schon vergessen könnte, würde er nur selbst ein bißchen dazu tun, sie vergessen zu machen! Würde er nur selbst – o Herr! – nicht auch noch damit nahezu prahlen ... Doch was, zum Teufel, hätte er denn tun sollen? Wie? Ohm Jakob, Muhme Kati und Epp die Tür des Heiligengeistpfarrhauses vor der Nase zuschlagen? So daß sie gehen konnten, wohin es ihnen gefiel? *Ihn* ging das nichts an? Oder sie (wenn er sie schon, unbedachterweise, unter sein Dach aufgenommen hatte) in den Vorraum der Sauna im Hof schicken, Hafersuppe essen ... Nein, nein, nie hatte Elsbeth das von ihm verlangt. Nicht einmal Veranlassung gegeben, solche Gedanken bei ihr zu vermuten. Und sei es auch nur, indem sie das Gespräch auf Städter gebracht hätte, die dergleichen taten, man hätte einige nennen können ... Zumindest den Bäcker Leveken, der seinen Gesellen befohlen hatte, dem Bruder seines Großvaters, der mit seiner ganzen Familie aus Jegelecht in die Stadt geflohen war, die Tür zu weisen: Mochte sich der Bauerntrottel auf der Stelle fortscheren und sich nicht einfallen lassen, aus Dummheit zu verbreiten, der deutsche Bäcker Leveken sei ... was für ein Verwandter war er denn für ihn? Aha, sein Großneffe ... Nein, nein, nicht einmal fragend angesehen hatte Elsbeth Balthasar, als dieser die Kurglaer Verwandten an den Familientisch setzte. Trotzdem konnte Balthasar nicht seine Hand dafür ins Feuer legen, daß Elsbeth für sie eintreten würde, sollte er versuchen, seine Frau auf die Probe zu stellen, und jene in die Sauna schicken … Denn auf der glatten Haut ihres Einvernehmens waren winzige, kaum wahrnehmbare Pickelchen zum Vorschein gekommen. Vorgestern wenigstens, als Michel während des Abendläutens bei Balthasar erschienen war.

Mit jugendlichem Ungestüm war Michel in die Diele des Pfarrhauses getreten – seine Wangen glühten vom Schneesturm, auf den Wimpern lag Rauhreif –, hatte neben der Tür den Schnee von der Mütze geschüttelt und war höflich auf die Dame des Hauses zugegangen, um ihr zur Begrüßung die Hand zu geben. »Guten Abend, gnädige Frau! Oh, wie schön ist es doch, dem Wolfsrachen des Frostes zu entrinnen und zu Euch in die Wärme zu kommen!« Sich von Elsbeth und vom Herd abwendend, trat Michel sodann auf Balthasar zu, der neben der Treppe saß.

»Guten Tag, Herr Balthasar! Einen tüchtigen Winter hat uns Gott heuer beschert!«

In diesem Augenblick kreuzte der kleine Balzer, das Käferchen, Balthasarius minissimus, trapp-trapp-trapp, Michels Weg. »Onkel, hast du mir heute wieder Leckerli mitdebracht?«

»Aber gewiß doch. Natürlich hab ich.« Und Michel zog in ein Läppchen eingewickelte süße Honigkügelchen aus der Tasche seines Pelzmantels.

»Na, gib dem Onkel mit dem Händchen einen Patsch auf die Hand!« sagte Balthasar.

Der Junge suchte mit den Augen nach einem Fleck, wo er die Süßigkeiten hinlegen könnte, um die Hände freizubekommen. Er wickelte sie in das Läppchen und nahm dessen Ende zwischen die Zähne. Dann patschte er mit seinem Händchen lächelnd und vergnügt mehrmals auf Michels Hand – patsch-patsch-patsch – und brachte damit seine Dankbarkeit zum Ausdruck.

»Balzer«, sprach Elsbeth, die am Herd aufpaßte, wie Epp im Kessel Hopfen rührte, »ich habe dir doch gesagt« – von weitem klang ihre Stimme mütterlich sanft und in dieser Sanftheit besonders vorwurfsvoll –, »nur bei Papa darf man mit den Händchen patsch machen. Und bei Papa auch nur, wenn niemand da ist!«

»Und bei Onkel Jakob darf man«, krähte Balzer.

»Ja, bei Onkel Jakob auch«, willigte die Mutter ein.

»Und bei Tante Kati auch«, sagte der Junge.

»Bei Tante Kati auch.«

»Und bei Epp auch!«

»Bei ihr auch. Aber bei anderen nicht. Merke dir das.«

»Und beim Küster darf man nicht? Beim Küster?«

»Nein, nein!«

»Aber bei Märten darf man?«

»Nun, genug. Geh und spiel mit deinem Pferdchen.«

Der Junge lief, ein Honigkügelchen im Mund, in den Gang hinter dem Herd, unter dessen Gewölbe er auf seinem Holzpferdchen galoppierte, Ritterturniere veranstaltete und hoch zu Roß die wunderbaren Reisen der Kaufleute und Kaufgesellen nachvollzog. Manchmal ächzte er sogar, wenn er die schweren Fuhrwerke anschob, und schrie mit heiserer Stimme die Pferde an. Es verschlug ihm den Atem, so eifrig half er, die im Morast steckengebliebenen Wagen herauszuziehen – ebenso, wie sein Vater als Kind all das mit dem gleichen Vergnügen, zusammen mit Balzers Großvater, getan hatte. Einmal hatte der Kleine mehrere Stunden lang auf der dritten Treppenstufe neben der Vorratskammer gesessen, von Wölfen umringt. Ebenso wie im vorvorigen Jahr Onkel Tiidrik, der im frühen Winter im Wald, zwischen Kurgla und Rasik, vor ein Rudel Wölfe geraten und nur deshalb mit dem Leben davongekommen war, weil er bis zu einem riesigen Opferstein hatte laufen und hinaufklettern können – der Findling war mehr als fünf Ellen hoch. Von dort oben hatte er gehört, wie die zwei Dutzend Wölfe röchelten, heulten und mit den Krallen am Stein kratzten, und hatte so lange in ihre grünen Augen geschaut, bis Ohm Jakob mit Leuten aus dem Dorf und mit Hunden, seine Spur verfolgend, ihn entdeckte …

Balthasar und Michel aber stiegen die Treppe hinauf

und gingen in Balthasars Arbeitszimmer. Balthasar schob Michel einen dreibeinigen Schemel hin und nahm selbst auf einem solchen Platz. Aus den Augenwinkeln den anderen Mann abschätzend und mit einem Lächeln in den Mundwinkeln gleichsam um Entschuldigung bittend, sprach er: »Ich nahm an, man dürfe auch bei dir mit dem Händchen patsch machen. Schließlich bist du ja im Grunde genommen auch ein Bauer.«

»Wer hat Euch das gesagt?«

Michel hatte die Frage nicht sofort gestellt und Balthasar schon geglaubt, dieser werde auf seine Bemerkung überhaupt nicht eingehen. Aber Michels – sehr höflicher – Ton war so, als wolle er Balthasar widersprechen.

»Dein eigener Vater«, sagte Balthasar.

»Bei welcher Gelegenheit?« fragte Michel, als schenke er Balthasars Worten keinen Glauben. Und Balthasar begriff, er wollte die Worte seines Vaters auf irgendeine Weise in einen Scherz verkehren.

»Auf dem Totenbett«, sagte Balthasar.

Nein, darauf erwiderte Michel nichts. Er widersprach nicht und versuchte auch nicht, es als Scherz hinzustellen. Er schwieg. Ein Bein über das andere geschlagen, zeichnete er mit den Fingern Kreise auf dem rechten Knie. Schließlich meinte er lächelnd: »Hat nicht der Apostel gesagt: Es ist kein Unterschied unter Juden und Griechen? ... Was für eine Bedeutung hat das schon für uns, wenn wir Wittenberg und Rostock hinter uns haben!«

»Es hat wohl Bedeutung«, entgegnete Balthasar langsam, mit spöttischem Lächeln, doch ein aufmerksamer Zuhörer hätte Wahrheitsdurst und die Süße der Versuchung herausgehört, »es hat wohl. Warum sonst möchten einige Juden so gern Griechen sein?«

»Was für Juden?«

»Nun, alle möglichen ... Zum Beispiel der alte Maidel. Die Wurzeln seines Geschlechts sind rein bäurisch. Aber sag das mal dem Herrn Admiral ... So stolz ist er auf seine Herkunft, daß er seinen Söhnen sogar Vorlesungen darüber hält. – Einiges von dem, was in seinem Hause vorgeht, kommt mir manchmal zu Ohren. – Mütterlicherseits sind sie unbestreitbar seit vielen Generationen Deutsche. Und trotzdem stammen sie alle vom Fleischer Willeken aus der Quappenstraße ab. He-he-he! Vor den Söhnen aber umschifft der Herr Admiral diese Klippe nicht mit vollen Segeln, sondern durch Lügen: Die Maidels sind aus Westfalen gebürtig! Ja, hätten sie, diese Nestbeschmutzer, noch einen deutschen Familiennamen, wie du und ich! Aber bei ihnen sieht man ja schon am Wappen, wer sie sind: drei Gründlinge, drei unglückliche Fischlein in einer Reihe.«

Da Michel nichts erwiderte, holte Balthasar seine grauen Blätter mit den letzten Kapiteln der Chronik aus der Wandnische. »Nun, schreib jetzt diese ins Buch« – er legte ein Quartheft vor Michel aufs Pult –, »während ich den Gottesdienst abhalte ...«

So war es vorgestern gewesen. Und heute war es ebenso. Mit dem Unterschied, daß er heute nicht in die Kirche ging, den Abendgottesdienst abzuhalten, sondern zu Herrn Topff, die neuesten Ratsneuigkeiten zu hören. Als er durch die Schneewehen auf dem Friedhof, dem Weckengang und dem Rathausplatz schritt, dachte er: Wie steht es wirklich um Elsbeths und meine Ehemühle? Nachdem sie sich nun schon – der vorgestern gehörten Weisheit des alten Wilber zufolge – sieben Jahre lang gedreht hat? Bei Gott, er hatte keinerlei Anzeichen entdeckt, daß ihr Mühlrad ins Stocken geriet. Und das Wasser – wenn man so sagen durfte –, das Wasser, das die Mühlsteine trieb, im Mühlbach unter dem Wehr, war ganz und gar nicht versiegt ... Freilich, Elsbeth hatte mitunter ein etwas unzufriedenes Gesicht, irgendwie versteinert und gezwungen: bei all dem Kindergeschrei, den Wirtschaftssorgen, den kranken und leidenden Gemeindemitgliedern, bei dem Geldmangel, mit dem die Pastorenfamilie immer wieder zu kämpfen hatte in dieser – wenn man an die Preise dachte – unwahrscheinlich teuren, in dieser abscheulichen Zeit. Hielt man die Einkünfte eines Pastors dagegen. Ein irgendwie versteinertes Gesicht … Aber auch Balthasar war bisweilen härter und rauher, als er selbst wollte. Und verglich er nicht manchmal, wenn auch nur flüchtig, sein Weib mit den früheren sündigen Freuden? Fand er in Minuten der Feindseligkeit nicht, Katharina (Herr, vergib mir!) sei in irgend etwas geschickter gewesen? Kam ihm ihr unvergeßlicher würziger Nelkenduft nicht aufregender vor? Und in gewissen erstaunlichen Augenblicken am Morgen, an der Grenze zwischen Schlafen und Wachsein, mehr im Schlaf als im Wachen, wollte es Balthasar scheinen, daß, ungeachtet der kindlichen Sprödigkeit, Flüchtigkeit und Verschwommenheit, durch die er sich, wie an etwas unendlich Fernes, an die Flammen und die Düfte des Lammassaarer Morgens erinnerte, jenes Morgens, als etwas Unvergleichliches geschehen war – daß die Berührung mit Epps glühender Wange, der Geschmack des Birkensaftes, der Erdgeruch des Rasens und der Duft der Schlüsselblumen durch Epps Haar hindurch, daß all das aus einer anderen, besseren Welt war …

Herr Topff hatte keine besonderen Neuigkeiten, außer dem immer hartnäckigeren Gemunkel, der Moskowiter werde bald kommen. Aber die Gerüchte, er ziehe in Wesenberg Heerhaufen zusammen, waren so oft wiederholt worden, daß sie niemanden mehr erschreckten. Obwohl, wenn man sie erneut und aus erster Hand hörte, die gedrückte Stimmung natürlich nicht gerade verflog.

Bis zum Mittagessen arbeitete Michel in Balthasars Zimmer, und nach dem Mittagessen (Bohnensuppe mit Pökelfleisch) brachte er seine Arbeit nach unten. Sie setzten sich vor den geheizten Herd (Elsbeth mit einem Wollknäuel, Stricknadeln und noch nicht fertiggestrickten Socken für die Mädchen), und Balthasar blätterte im Heft vergnügt die letzten von Michel in Schönschrift vollgeschriebenen Seiten durch.

»Oho-o! Alle acht Kapitel! Nun, wie sind sie, deiner Meinung nach?«

Dies sprechend, zog Balthasar eine Mohrrübe aus der

Tasche, die Epp aus dem Keller, aus der Sandkiste, mitgebracht und saubergescheuert hatte. Er wollte schon an der Mohrrübe knabbern, schlug aber doch nicht die Zähne in sie – die angenehm saftige, den Geschmack von Erde und Frische bewahrende –, er wartete Michels Antwort ab.

»Erstaunlich gewandt!« rief Michel leidenschaftlich und sah Balthasar mit seinen himmelblauen Augen entzückt ins Gesicht. So daß Balthasar bei allem Mißtrauen gegen Lobpreisungen Michels Begeisterung für völlig aufrichtig halten mußte.

»Erstaunlich gewandt«, wiederholte Michel. »Und Verdächtiges ist, meiner Meinung nach, überhaupt nicht darin.«

Balthasar hatte die Mohrrübe schon in den Mund schieben wollen, tat es jedoch abermals nicht.

»Nach wessen Meinung ist denn etwas Verdächtiges darin?«

Michel blickte auf den Tisch, dann wieder Balthasar in die Augen.

»Nun, wer weiß, wer alles was vermuten könnte. Ihr glaubt doch selbst nicht, daß jeder, der das liest, alles, bis zum letzten Wort, gutheißt ... Sogar nach meiner Meinung ...«

»Sogar nach *deiner* Meinung ...?«

»Könnte doch dieses und jenes dort, nun ... vielleicht milder ausgedrückt werden.«

Balthasar bemerkte, daß Michel, als er dies sagte, Elsbeth einen Mitgefühl heischenden Blick zuwarf, daß Elsbeth von den Stricknadeln aufsah und Michel zunickte.

»Versteht mich nicht falsch, Herr Balthasar«, meinte Michel, »ich denke nur daran, daß ... Mit einem Wort, daß sich um jede ernst zu nehmende Chronik unweigerlich Geschrei erhebt. Das ist unvermeidlich. Aber schließlich könnten wir dem ja in gewissem Maße vorbeugen und, ohne die Wahrheit zu opfern, etwas dafür tun, daß nicht allzu laut geschrien wird.«

»M-m-m ...«

Am liebsten hätte Balthasar gesagt: Lieber Junge. Ich

bin nicht darauf aus, Geschrei herauszufordern, aber ich werde mir auch keine allzu großen Sorgen machen, wenn es sich erhebt (und das wird es unweigerlich, wie du selbst gesagt hast). Ich werde dir sagen, was ich will. Ich will bis zur äußersten zulässigen Grenze gehen. Bis zur äußersten Grenze, die die Welt hinnimmt, ohne mir den Hals umzudrehen. Ich stelle mir vor ... In meiner Schilderung schreit im alten Livland am lautesten die Ritterschaft. Diese meine Bilder zeigen die Väter unserer jetzigen Herren. Und auch unsere Herren selbst. Wenn ihre Lebensweise in manchem besser geworden ist, dann nicht, weil sie sich etwa gebessert hätten, sondern weil sie verarmt sind. Und die Herren Geistlichen werden gleichfalls Lärm schlagen. Denn jedem ist klar: Alles, was ich über die Gebresten der katholischen Zeit schreibe, trifft ganz genau auch in unserer Zeit auf alles zu, wo es einen Grund dafür gibt. Ganz zu schweigen von der Unzufriedenheit, die alles hervorrufen dürfte, was ich über die lutherischen Pastoren sage. Die Gutsbesitzer werden ach und weh schreien, weil ich gewagt habe, ihre Gemeinheiten beim Namen zu nennen. Und weil ich von den Bauern hier und da als von Menschen spreche. Ich zweifle nicht, meine ehrerbietigen Worte über die städtischen Armen gehen den Patriziern verteufelt gegen den Strich. Ebenso wie die Tatsache, daß ich der Weisheit des Rates nicht genügend das Hosianna singe. Und schließlich und endlich können sie alle zusammen (in solchen Dingen werden sich alle Gehässigen schnell einig) – der Adel, die Stadt und, ihnen nach, auch die Bauern – mich dafür in Acht und Bann tun, daß ich ihnen in moribus gar zu sehr den Kopf zurechtrücke. Ha-ha-ha-ha! Erstens tue ich das aus voller Überzeugung. Das ist nötig. Wenn man überhaupt noch glaubt, daß der Mensch fähig ist, sich zu bessern. Und zweitens belehre ich sie auch aus Schlauheit. Denn im Namen des christlichen Ideals darf man aussprechen, was sonst weit größeren Unwillen hervorriefe. Im Reich Gottes verzeiht man Wehklagenden ihre Klagen. Aber versuch nur, irgend etwas über das irdische Reich zu sagen … Seinem Herrscher genügen deine Lobpreisungen nie, und alle anderen – der eine knurrend, der andere fauchend – packen dich bei den Waden. A-ch … Als hätte ich nicht selbst genug daran gedacht … Aber ist man schon einmal losgegangen, so ist umkehren, ohne bis zum Äußersten gegangen zu sein, dasselbe, als gehe man auf den Abtritt und ziehe dann die Hosen nicht hoch … Freilich: Wo genau die letzte Grenze verläuft, da kann jeder nur von seiner eigenen Lebenserfahrung ausgehen. Mich aber dünkt, daß man zuerst …

»M-m-m.«

Balthasar sagte nichts. Er hieb die Zähne in die Mohrrübe, biß ein Drittel auf einmal ab und kaute drauflos, daß es knirschte.

»Elsbeth, meinst du auch, ich müßte in diesem und jenem milder sein?«

»Ich habe ja nur einzelne Abschnitte gelesen«, sagte Elsbeth ganz leise, »und ich verstehe nicht allzuviel von diesen Dingen. Aber wenn du mich fragst – ja, Balthasar, ich meine es auch.«

»M-m-m.« Wieder wandte er sich an Michel.

»Aber du meinst – etwas, was Argwohn hervorrufen könnte, ist trotz allem nicht drin?«

Ein Mensch, der ihn gut kannte (wie zum Beispiel Elsbeth), hätte gezögert, seine Frage für ganz aufrichtig zu halten. Klang nicht leiser Spott darin an? Michel aber widersprach sehr überzeugt: »Nein, nein. Verdächtiges gibt es nicht.«

»M-m-m. Und was verstehst du unter verdächtig? Da ja die ganze Chronik so empörend brüsk ist?«

Elsbeth fiel das Knäuel von den Knien und rollte Balthasar und Michel vor die Füße. Michel bückte sich hastig danach, und Balthasar dachte: Schau, wie ein wohlerzogener junger Mann handelt! Oder kriecht er nur auf dem Boden herum, um mir nicht gleich antworten zu müssen? Und als Balthasar sich das klargemacht hatte, erkannte er auf einmal, er empfand Michel gegenüber eine gewisse Feindseligkeit. Daß er sich aber selbst hätte bücken und das Knäuel aufheben können, das fiel ihm erst so spät ein, daß er sogar grinste: Elsbeth hätte vollkommen recht, wenn sie mich für ein grobes Mannsbild hielte ... Und in gewissen dummen Momenten, wie diesem, tut sie das sicher auch. Nach außen schien es jedoch, als beziehe sich Balthasars Grinsen auf Michels kategorische Antwort.

»Über verdächtig oder nicht verdächtig denke ich im Sinne des Augsburger Glaubensbekenntnisses und der Formula Concordiae. Besonders vom Standpunkt der letzten Torgauer Fassung aus ...«

»Halt, halt«, sagte Balthasar, immer noch grinsend, »schließlich schreibe ich ja keine dogmatische Abhandlung. In dieser Hinsicht kann meine Arbeit also keinesfalls verdächtig sein. Ja-a – aber wenn ich dir bekenne« – sein Lächeln wurde ernster, war aber bei den ersten Worten trotzdem noch bemerkbar –, »wenn ich mir überlege, wie ich zu den Zwistigkeiten zwischen Melanchthonianern und Flacianern stehe – dann sehe ich, daß ich schon längst nicht mehr weiß, auf wessen Seite die Wahrheit ist. Ehrenwort. In Stettin hat man uns gesagt, Melanchthon verteidige den freien Willen des Menschen. Und das war, meines Erachtens, richtig. Jetzt aber sind die Melanchthonianer mitsamt den Kalvinisten bis über beide Ohren im Sumpf der Prädestinationslehre versunken. Schon damals, in Wittenberg und Magdeburg, hat Flacius einen kläglichen Eindruck auf mich gemacht: ein vorlauter, hohlköpfiger Schwätzer. Im Ernst. Und geräuschvoll, gerade wie eine Elster, die sich Luthers Schatten an den Schwanz geheftet hat. Doch heute ist ein großer Teil des protestantischen Deutschland auf seine Seite übergegangen. Und ich muß gestehen, gewisse grausame Züge des Flacianismus sind sogar nach meinem Herzen, wenn ich an die Belange der livländischen Kirche denke. Trotzdem stehe ich zwischen den beiden feindlichen Lagern, genau wie Buridans Esel ... Und weißt du, in meinem eselhaften Unverstand habe ich schon angefangen, alle als Esel anzusehen, die gemäß der Formula Concordiae heulen, und glaube ihren Worten nicht mehr im geringsten.«

Balthasar bemerkte, daß sich auf Michels Gesicht Verwirrung breitmachte, die zwischen der Bereitschaft, laut aufzulachen, und Schreck schwankte, doch er trug Michels Verlegenheit nicht Rechnung und führte seinen Gedanken in einem Zuge zu Ende.

»Ich traue nur noch der Heiligen Schrift. Wie ich sie selbst verstehe. Und dem eigenen Gewissen. Und weißt du – in der Frage der bona opera halte ich es sogar mehr mit den Katholiken. Wahrhaftig. Meines Erachtens redet Amsdorf blühenden Unsinn, wenn er sagt, gute Werke seien beinahe ein Übel! Nein! Gute Werke sind vonnöten. Für den, der sie vollbringt, ebenso wie für den, um dessentwillen sie vollbracht werden. Aber natürlich nicht solche, die im Grunde genommen dem Kauf dieser erbärmlichen Ablaßzettel gleichkommen. Sondern wirklich gute Taten, die die Menschen brauchen. Und, inter alia, die Führung einer Chronik ist, glaube ich, eine solche Tat. Ja. Und jetzt gehe ich nach Fischermai und weihe Peeter Hobusepeas neue Hütte auf Huntipäh. Er hat mich darum gebeten. Wenn die Hütte fertig wäre. Und jetzt ist sie endlich fertig. Obwohl es Grund zu der Befürchtung gibt, daß man Peeter morgen, aus Furcht vor dem Moskowiter, befiehlt, sie niederzureißen.« Balthasar zog sich bereits neben der Tür seinen alten Pelzmantel aus Kalbsfell an. »Und ich glaube, wenn es mir gelingt, die Hütte zu weihen, kann man auch das als bonum opus ansehen, selbst wenn Peeters Hütte wirklich abgetragen werden muß.«

Märten, den Kasten am Riemen über der Schulter, stand schon auf der Außentreppe. Während sich Balthasar noch den Pelzmantel anzog, ging er mit raschen Schritten auf Elsbeth zu, steckte die Hand aus der rötlichen Manschette, drehte am Kinn ihr Gesicht zu sich und schlug ihr mit zwei Fingern leicht auf Wange und Stirn und auf die andere Wange. Man wußte nicht recht, was er eigentlich tat: ob er scherzhaft schlug, streichelte oder ob er sie im Weggehen kaum merklich bekreuzigte.

Nur ein sehr aufmerksamer Beobachter mit einer regen Phantasie hätte das für ein Kreuzzeichen halten können. Elsbeth jedenfalls sah in der Berührung ihres Gesichtes durch ihren Mann etwas, was man, geschähe es unter vier Augen, leicht als Zeichen der Zuneigung hätte deuten können. Als ein etwas treuherziges und linkisches Getändel. Und wäre das im Schlafzimmer geschehen, so wäre Elsbeth wohl ein bißchen ärgerlich geworden, aber im Augenblick damit versöhnt gewesen ... Die Geste hätte sie durch ihre Derbheit erzürnt und durch ihre Verläßlichkeit angezogen. Doch hier, in der Stube, vor den Augen eines immerhin fremden und obendrein wohlerzogenen jungen Mannes (eines Burschen von ihrer Straße) war das unpassend, peinlich, ja sogar irgendwie demütigend ... Aber schließlich kannte sich Balthasar in derlei Dingen nicht aus.

Balthasar ging. Seine und Märtens rasche Schritte durch den knirschenden Schnee verloren sich hinter der Kirchenecke. Im Herd loderte es, und beim Knistern der Flammen hörte man, wie Balthasarius minissimus im Gang hinter der Küche von Zeit zu Zeit rief: »A-aber! A-aber! 'dammter Gaul! Wieder is der Schlitten in einem Sneehaufen!«

»Balzer! Laß doch das dumme Spiel!«

Elsbeth merkte selbst, daß ihre Stimme schärfer klang, als ihr das in Michels Gegenwart lieb sein konnte. Doch schließlich war das wieder dasselbe dumme Fuhrmannsspiel, das ihr jedesmal einen Stich ins Herz gab. Wie sie sich auch zu trösten suchte, sie machte sich nur etwas vor: Der kleine Balzer war die ganze Zeit darauf versessen, seinen bäurischen Großvater nachzuahmen. Den Großvater, den er überhaupt nie gesehen hatte, den man in der Familie schon hätte vergessen können, aber Balthasar hatte dem Jungen offenbar allzuviel von den starken Fäusten des Großvaters, von seinen derben Späßen, von seinen abenteuerlichen Fuhrmannsreisen erzählt ... Und wer weiß, vielleicht ahmte Balzer gar nicht den Großvater nach, sondern den Vater. Auch der hatte ja seine Jugend neben seinem Vater und dessen Bauernknechten verbracht. Hatte ein Fuhrmannsleben geführt. Und jetzt drang das ganze bäurische Erbteil des kleinen Balzer mit den Verwandten vom Lande, die in die Stadt geflohen waren und nun in diesem Hause lebten, ganz unmittelbar in ihr tägliches Leben ein. Diesen fremden Geruch – nach Rauchstube, Pferden, Erde und Kornkasten –, Balthasars Geruch, an den sich Elsbeth einst gewöhnt hatte und der ihr lieb geworden war (später hatte sie ihn dann wohl gar nicht mehr wahrgenommen), strömten jetzt die Wände des Pfarrhauses aus. Natürlich hätte Elsbeth von Zeit zu Zeit gern jemandem ihr Herz ausgeschüttet … Doch wem? Birgit, die Gerberstochter von der Langstraße, zwar eine Plaudertasche, aber doch ihre Busenfreundin von früher Kindheit an bis zu den ersten Ehejahren, war nicht mehr hier. Im vorvorigen Jahr hatte sie einen schwedischen Leutnant geheiratet und sich mit ihrem Mann in Stockholm niedergelassen. Schwester Agnes? O nein! Die lebte mit ihrem groben und rücksichtslosen Godert, offen gestanden, recht unglücklich, wenn auch in den letzten Jahren nach außen mehr oder weniger schicklich. Doch in ihrem Unglück strich Agnes gerade Elsbeth gegenüber das tadellose Deutschtum ihres Mannes, ihres Hauses und der ganzen Familie heraus, um damit ihre Würde zu verteidigen … Der Vater? O Gott! Nein! Der Vater war der letzte, bei dem sich Elsbeth über den Kummer beklagt hätte, den ihr die bäuerliche Herkunft ihres Mannes verursachte … Im Grunde genommen war es gar nicht das Bedürfnis, sich zu *beklagen*, das Elsbeth bisweilen empfand. Vielmehr wollte sie darüber reden, um ihre Befürchtungen zerstreuen zu lassen … Und – hätte sie einen vertrauenswürdigen Menschen vor sich – um Rat bitten, was sie tun solle, um diese mit der Zeit weniger zu spüren.

»Liebe gnädige Frau, sagt, was bedrückt Euch?«

Allmächtiger … Dieser Michel sah durch sie hindurch, als sei sie aus Glas! Elsbeth sah ihn erschrocken an und wollte gleich wieder wegschauen, doch der Blick der aufmerksamen himmelblauen Augen ließ sie nicht los. Denn in diesen Augen war kein Falsch, nur eine ernste, teilnahmsvolle Frage.

»Ich sehe, es sind nicht allein die Schwierigkeiten, die jetzt die ganze Stadt durchmacht. Euch bedrückt irgendeine häusliche Sorge? Seid nicht böse über meine Frage … Schließlich sind wir, Ihr und ich, Kinder derselben Straße.«

»Ach, mein Gott, die allgemeinen Schwierigkeiten natürlich auch …«

Elsbeth starrte auf Michels große eckige Hand auf der Kante der Bank, nicht gar so groß, nicht über und über mit rötlichen Haaren bedeckt, sondern nur mit einzelnen hellen Härchen. Sie sah den silbernen Siegelring am Mittelfinger, und auf einmal spürte sie: Wäre dieser Ring aus Gold, es wäre Protzerei und würde sie von Michel abstoßen, doch sein dicker und schlichter, wenn auch teurer Silberring war erstaunlicherweise gleichsam ein Unterpfand für seine Freundschaft und Ehrlichkeit … Wer weiß, warum – vielleicht auf Grund seiner Ähnlichkeit mit einigen Silbersachen der Eltern, die sie als Kind gesehen hatte und an die sie sich durch den Schleier des Vergangenen genaugenommen nicht mehr erinnerte … Eine Bekräftigung der Ehrlichkeit und Freundschaft, die Gott selbst vor Elsbeths Augen aufleuchten ließ und denen er ihr Herz erschloß. Elsbeth überwand sich unvermittelt und fragte, erschrocken über die eigene aufgeregte, dumpfe Stimme: »Michel … Ihr seid doch … mein Freund? Und auch Balthasars Freund?«

»Außer allem Zweifel … gnädige Frau … Elsbeth … Ihr seid doch, meiner Meinung nach …« Michel konnte, so redegewandt er sonst war, in diesem Augenblick nicht aussprechen, was er sagen wollte, und sprach von anderem. »Herr Balthasar ist in dieser Stadt ein Mann, der … der größten Staunens wert ist …«

»Jaja … Aber wenn Ihr fragt, was mir Sorgen macht … Seht, Balthasar ist doch … und da kann er gar nichts tun … ich sage das nur, weil er auch selbst so von sich spricht. Er ist ja immerhin … kein Deutscher – er ist ja ein Bauer …«

»Nun ja-a … Aber, Frau Elsbeth …«

»Jaja. Es ist so. Und die ganze Stadt weiß das. Hier, in diesem Haus, leben wir ja schon lange mit Esten zusammen. Da ist Märten, und da ist Tran-Andres mit seiner Familie ... Jetzt aber ist das ganze Haus voll von unseren Verwandten vom Lande. Ihr seht es ja selbst. Hier spricht man mehr estnisch als deutsch. Und alle Sitten und Gebräuche, Essen, Kleidung, Gerüche – alles hat sich hier völlig vermischt. Und wenn das noch lange so weitergeht, wenn das überhaupt immer so ist, mache ich mir langsam Sorgen: Was werden, nach Sprache und Sitten, unsere Kinder sein? Ihr hört ja, wie Balzer einen estnischen Fuhrmann spielt. Und gestern kamen Anna und Elisabeth zu mir und sagten: ›Mutter, back uns Rakatist!‹ Und als ich fragte, was das sei, sagten sie: ›Wir wollen Lätakaid haben!‹ Ich verstand sie erst nicht, ja erschrak sogar, mir schien, daß sie mich um Kuhmist baten. Sie sagten mir, ich sei eine Deutsche und dumm ... Und Epp oder Tante Kati würden ihnen sofort Lätakaid backen ... Das sind Plinsen, wie man sie auf dem Lande ißt ...«

»Liebe gnädige Frau«, meinte Michel sachlich, »laßt mich Euch sagen: Ihr quält Euch umsonst. Diese Welle der Dörfler hier in der Stadt und in Eurem Hause wird wieder zurückfluten. Natürlich, Herr Balthasar ist ja ... ich verstehe. Aber glaubt mir: Zu guter Letzt werden Schule und Leben aus Euren Kindern so reine Deutsche machen, daß nicht einmal eine Spur bäurischen Geistes in ihnen zurückbleibt. Und im Hause auch nicht. Wie Kinder aufwachsen, hängt vor allem von der Mutter ab. Von der Frau in der Familie. Elsbeth ... Ihr seid eine kluge Frau, Ihr müßt mehr Einfluß nehmen auf dieses Haus und seinen Geist. Und auf Herrn Balthasar auch. Auf seine Arbeit, meine ich ...«

»In welchem Sinne?«

»Nun, damit seine Folgerungen in der Chronik hier und da milder werden. Wie wir gesagt haben. Und damit er selbst den Formulae der Kirche gegenüber ehrerbietiger ist. Herrn Balthasar würde das nur zum Vorteil gereichen.«

»Oh, davon verstehe ich nichts.«

»Aber wenn Ihr Gott um Rat bittet. Und Euer eigenes Herz ...«

Wieder sah Elsbeth in Michels helle Augen. In diesen Augen spiegelten sich der weiß schimmernde Widerschein des Schneesturms vor dem Fenster und die blutrote Glut des Herdfeuers. In der Luft aber lag der eben erst ausgesprochene Name Gottes, der alle Worte rein machte.

»Und Euch auch? ... Werdet Ihr mir helfen, Michel?«

»Immer! Jederzeit! In allem!«

Mit welch erstaunlich beschwörender Erregung dieser junge Mann – einst ein Junge von der Raderstraße – sprach. Er stand auf. Ergriff Elsbeths Hand. Drückte sie an seine heißen Lippen und das rauhe helle Schnurrbärtchen, küßte ihre Hand. Herrgott ... so heftig und so lange, als wollte er, daß sein Mund etwas nicht aussprach, in sich verschloß ... Dann ließ er Elsbeths Hand los und sagte hastig: »Aber jetzt muß ich gehen.«

Und bevor sie noch antworten konnte, war er schon im Pelzmantel und zur Tür hinaus.

Auch abends hätte Elsbeth weder ihm auf seine merkwürdige Erregung noch sich selbst antworten können, ob es ihr schrecklich war oder eher angenehm ...

Elsbeth betrachtete die schlafenden Kinder. Sie beugte sich über ihre Bettchen. Atmete den Kückenduft ihrer Haare ein, löschte die Kerzen und legte sich zu Bett, um zu warten, bis Balthasar käme. Beunruhigt dachte sie: Vielleicht beschwört Balthasar durch die Schärfe seiner unglückseligen Chronik Unheil über sich und seine Angehörigen herauf? Balthasars Worte, die dieser zu Michel über das schwachköpfige Verhalten weiser Theologen gesagt hatte, machten ihr angst, und in diesem kalten Zimmer, zwischen den kühlen Leintüchern und unter dem dünnen Hundefell, überlief sie ein Schauer des Entsetzens ... Eines aber war unverkennbar: Michel war bereit, ihr mit Rat und Tat zur Seite zu stehen. (»Immer! Jederzeit! In allem!«) Im Guten wie im Schlechten ... Das heißt – wie? Nur im Guten natürlich! Nur im Guten ... Balthasar vor sich selbst, nun ja, vor seiner Derbheit schützen. Nur im Guten. Und diese Gedanken trösteten Elsbeth, und ihr wurde wohl zumute in diesem kalten dunkeln Schlafzimmer, allen Schwierigkeiten in der Stadt und häuslichen Sorgen zum Trotz. So wohl, als habe sie roten, mit Nelken gewürzten Glühwein getrunken, von dem einem irgendwo tief innen heiß wird, selbst wenn man vor Kälte mit den Zähnen klappert.

Als Balthasar aus dem Arbeitszimmer ins Schlafgemach kam und sich neben seine Frau legte, schlief sie schon längst. Er hatte ein schlechtes Gewissen, weil er so lange ausgeblieben war. Elsbeths aufgelöstes Haar kitzelte sein Gesicht. Ganz sacht fuhr er mit der Hand über ihren kalten Rücken, weckte sie indes nicht. Er starrte in die Dunkelheit. Offenbar hatte sich irgendwo durch Schneesturm und Wolken das Mondlicht einen Weg gebahnt, denn das eisbedeckte Fenster schimmerte immerhin undeutlich blau, und dieses kaum wahrnehmbare Leuchten und das Rauschen des Windes draußen verdrängten aus Balthasars Bewußtsein das flüchtige Schuldgefühl, das er Elsbeth gegenüber empfand. An seine Stelle trat erneut die alte Sorge um die Stadt, die dort, in beklemmendem Schlaf und Alptraum, einem ungewissen Schicksal entgegenging ... Balthasar mußte wohl eingenickt sein. Jedenfalls war ihm, als habe er eben erst eine nächtliche verschneite Ebene gesehen, über deren Schneewehen Schwärme zottiger Sterne huschten, und oben, am Himmel – einen grauen Wolf, der in den Krallen einer Vorderpfote den blutroten Mond hielt ... Geradeso, wie der Kaiser den Reichsapfel, das Symbol seiner Macht ... Balthasar spürte, seine Kehle war wie ausgedörrt und sein Leib in Schweiß gebadet, als sei ihm heiß. Er ließ die nackten Füße auf den Steinfußboden hinunter und schlug Feuer, um eine Kerze anzuzünden. Er warf den Nachtmantel um, ließ den Blick über Elsbeths schwarz schimmernden Haarschopf gleiten und ging, die Kerze in der Hand, aus dem Schlafzimmer.

Er stieg die Treppe hinunter, durchquerte die Diele und trat in den Gang hinter dem Herd im nördlichen Teil der Küche. Doch ging er nicht die fünf Schritte bis zu den Stufen der Vorratskammer, er blieb stehen. Hatte er doch vor der Treppe Epp entdeckt, die sich auf den Ellbogen von ihrem Strohsack aufrichtete ... Gewiß doch! Er hatte es vergessen ... Er selbst hatte sie ja geheißen, vorläufig hier zu schlafen. Des Morgens räumte Epp ihr Lager fort, damit es nicht im Wege war, wenn man in die Vorratskammer wollte. Wie es jetzt Balthasar im Wege war, der hergekommen war, sich die trockene Kehle mit irgend etwas anzufeuchten.

»Du bist das«, sagte Balthasar und sah Epp in die vom Kerzenlicht beleuchteten Augen. »Warum schläfst du nicht?«

Epp gab keine Antwort.

»Bring mir einen Krug Bier.«

Epp schlüpfte unter der gestreiften Bettdecke hervor. Sie trug ein Hemd, das ihr bis zur halben Wade reichte. Vom Regal über dem Herd nahm sie einen Krug aus Wacholderholz.

»Wenn der Herr Pastor mir die Kerze geben würde.«

Vor einem halben Jahr, als sie hierher, ins Haus, kamen und anfingen, ihn Herr Pastor zu nennen, hatte er allen Kurglaern befohlen, ihn zu duzen. Man muß allerdings zugeben, ohne eine gewisse innere Anstrengung war das nicht abgegangen. Er hatte sich zureden müssen: Christliche Ehrlichkeit und der Geist der Bescheidenheit gebieten das. Schließlich wußte jeder, daß auch Herr Huhn seine Verwandten aus Vaskjala angewiesen hatte, ihn zu duzen. Und war etwa Harder, mit Spitznamen Mündrich, Balthasar nicht schäbig vorgekommen, als dieser, der seine Muttersprache und seinen Stammbaum vergessen hatte, seinen Brüdern befahl, Deutsch zu lernen? Nicht, damit sie gebildeter wurden, sondern damit sie ihrem Bruder – dem Pastor – keine Schande machten ...

»Schon wieder!« sagte Balthasar. »Was für ein Herr bin ich für dich!«

»Nun, dann gib mir die Kerze!«

Epp erhielt sie und lief flink, ganz wie ein junges Mädchen, die drei hohen Steinstufen hinauf. Und Balthasar ertappte sich bei dem Gedanken: Dieselben schlanken und strammen Beine … die seinen Blick gefesselt hatten an jenem traumfernen Frühlingstag auf dem Hof in Kurgla.

Epp kam mit dem Licht und dem überschäumenden Bierkrug zurück und blieb vor Balthasar stehen. Sie wollte ihm schon das Bier reichen, doch plötzlich sagte sie: »Wart mal …«

»Warum?«

»Ich will es umgießen.«

»Worein?«

»Na … in einen städtischen Krug.«

Sie stand vor Balthasar mit dem Krug und der Kerze. Die Kerze hielt sie ganz dicht an der Brust und schaute zu Balthasar hoch: Ihr glatter Hals und ihr rosiges Kinn waren vom Licht beleuchtet, auf den Lippen lag – man wußte es nicht genau – etwas wie ein spöttisches Lächeln, auf den Wangen ein dichter Schatten, in den hellen Augenhöhlen schimmerten die Augen … Und Balthasar fiel ein lange zurückliegender wonniger und schmachvoller Augenblick ein. Einen Herzschlag lang erwartete er vielleicht sogar, Epp würde die Kerze löschen, wie es einst Katharina auf der Treppe vor dem Jungen mit den Weinkrügen in den Händen getan hatte …

Aber er wußte, Epp würde das nicht tun, ebensowenig wie er selbst. Sie würden die Kerze nicht ausblasen, die von ihrer beider Atem flackerte.

Balthasar knurrte: »Laß …«

Mit der Linken preßte er Epps schweren blonden Zopf am Nacken zusammen, mit der Rechten aber nahm er ihr, ohne hinzuschauen, den Krug aus der Hand.

»Willst du Bier?«

Epp antwortete nicht. Doch Balthasar war es, als spürte er mit der Hand, die den Zopf festhielt, ein kaum merkliches Nicken der Zustimmung. Er hob den alten Krug aus Wacholderholz an ihren Mund. Merkte, wie dabei zu ihren Füßen Bier auf den Steinfußboden schwappte ... (Vielleicht sollte man hier sagen: Nur Gott allein wußte, ob das rein zufällig geschah – wie anzunehmen ist. Wie man auch annehmen muß. Weil man doch nicht annehmen darf, das Bier sei absichtlich verschüttet worden ... Denn das – allmächtiger Gott! – hätte ja bedeutet, daß es als Opfergabe – von wem?! – von einem Hirten christlicher Seelen – für wen?! – für Satan vergossen wurde. Aber nicht doch, warum? Nein, nein! Sondern als Opfergabe für den Hausgeist Haldjas, den irdischen Gott, der, wenn auch vergessen, doch noch da war. Balthasar hatte ihn schließlich mit eigenen Augen gesehen, freilich vor langer Zeit. Am Morgen jenes Schlüsselblumentages, als sich diese Frau, dieses Mädchen ihm hingegeben hatte ... im Gras, inmitten der Himmelsschlüssel, der ersten Blüten des Frühlings, unter den Birken, im Rausch des brennenden Rodelandes ... Doch all das war nicht diesseits der Mauer geschehen, nicht in diesem Leben, all das hatte weder etwas mit Jehova zu tun noch mit dem Ministerium, weder mit der Kirche noch mit der Kanzel. Nein, mit Jehova doch ... Wie alles auf der Welt ... Schön. Aber mit jenem fernen und duldsamen Jehova, der es auch dem irdischen Gott überließ, dergleichen zu vergeben. Wenigstens denen zu vergeben, die den irdischen Gott mit eigenen Augen gesehen haben ... Nein, nein, das ging Jehova überhaupt nichts an!)

»Trink!«

Epp nahm einen großen Schluck.

Dann setzte Balthasar den Krug an und tat ebenfalls einen Schluck. Hielt inne und starrte über Epps Kopf hinweg in die Dunkelheit (vielleicht würde jemand etwas sagen – um in diesen ersten Schluck einen besonderen, verborgenen Sinn zu legen). Sodann leerte er den Krug in wenigen Zügen bis auf den Grund.

»Gute Nacht.«

Er ließ Epps Haare los. Nahm ihr die Kerze aus der

Hand, ging mit heftigen, raschen Schritten zurück, begleitet vom Schatten, der über die Dielenwände hüpfte, und stieg, ohne sich umzuschauen, die Treppe hinauf. Auf halbem Wege aber – zwischen ihm und Epp lagen schon die Balken und der riesige steinerne Turm des ummauerten Schornsteins – blieb er stehen und dachte: Sieh mal einer an, der Herr hat mich wegen der Opfergabe für den irdischen Gott (denn was war es sonst?) nicht durch Blitzschlag neben dieser Bierlache zerschmettert ...

Vielleicht hatte der Herr Balthasar nur deshalb nicht bestraft, weil er die ganze Stadt zu prüfen gedachte. Und das, obwohl leichtsinnige Geister schon zweifelten, daß die Prüfung überhaupt hereinbrechen werde.

Am 22. Januar 1577, gegen neun Uhr abends, war der Marktplatz, den schneeverklebte Sturmlaternen und im Winde zitternde Fackellichter erleuchteten, schwarz von zusammengeströmten Städtern; in dem Schneetreiben über dem Platz läutete die Glocke der Heiligengeistkirche Sturm.

Balthasar stand – mit Küster Meckius, Märten, Apotheker Paduel und seinem Gesellen Suirke – auf den Stufen der Apotheke. Meckius hatte in der Eile (Märten hatte ihm die Nachricht von der Schwelle aus in die Kirche zugerufen) eine graue Wolldecke über Kopf und Schultern geworfen und sah darunter aus wie ein erschrockener stachliger Igel. Paduel, der vor kurzem vom Barbier zum Apothekenbesitzer aufgestiegen war, hatte auf dem Kopf eine hohe Kapuze aus Wolfsfell und steckte in einem Pelzmantel, als habe er vor, die halbe Nacht auf seiner Treppe zu verbringen. Suirke, der seinem Herrn leuchtete, nahm die Laterne fortwährend aus einer Hand in die andere, er war mit bloßen Händen in den Frost hinausgehastet ... Dann sahen alle, wie sich ein Ratssoldat durch die Menge drängte und hinter der Ecke des Weckengangs verschwand, natürlich mit irgendeiner Anweisung für den Kirchenglöckner. Und schon erdröhnte am dunklen Firmament die Glocke zum letztenmal; Tran-Andres' Päärn hatte mit dem Läuten aufgehört. Da tauchten in der Rathaustür, auf der anderen Seite des Platzes, Laternen und Menschen auf, und Balthasar ging ihnen entgegen, zusammen mit dem dorthin strömenden Volk. Die Ratsdiener stießen die Andrängenden beiseite und rollten zwei leere Tranfässer in die Mitte des Platzes, neben den Fässern schritten, zwischen Laternenträgern, die Bürgermeister Sandstede und Korbmacher durch den Schnee: Schließlich mußten sie sich ja auf irgend etwas stellen, um die Revaler von dem in Kenntnis zu setzen, was sie erfahren hatten. Bürgermeistern geziemte es nicht, das vom Fuße des Galgens aus zu tun. Vor die Fässer stellten die Diener niedrige Schemel, die als Stufen dienen sollten. Bürgermeister Sandstede, schon den Helm auf dem Kopf, sprang mit der Behendigkeit des alten Soldaten auf das Faß. Bürgermeister Korbmacher halfen von hinten zwei Diener hinauf. Sandstede klatschte in die Hände, und der ratlos lärmende und wogende Platz verstummte, um zu lauschen. Herr Sandstede rief in den von Fackeln verräucherten Schneesturm: »Revaler! Jetzt ist er schon hier bei uns!«

Natürlich wußten alle, was er meinte. Aber man wollte Einzelheiten hören, die allein dem Rat bekannt sein konnten, und die ersten Anweisungen der Bürgermeister.

Herr Sandstede nahm einem Diener die Laterne ab, die dieser hoch über dem Kopf hielt, und führte sie an seinen vom Bart überwucherten Mund, als glaubte er, seine Stimme werde durch das Licht weiter zu hören sein.

»Mitbürger! Brüder! Vor zwei Stunden hat sich der Moskowiter mit einem unübersehbaren Heer der Kirche von Jegelecht genähert und dort sein Lager aufgeschlagen. Morgen können wir ihn vor unseren Mauern erwarten, und er wird Kanonen aufstellen, um uns zu beschießen. Was uns nicht allzusehr schrecken soll, denn wir machen das nicht zum erstenmal durch. Doch wir müssen uns mit aller Ernsthaftigkeit und Aufmerksamkeit darauf vorbereiten. Denn soweit die Leute, die uns die Nachrichten brachten, sehen konnten, ist die Artillerie des Gegners diesmal besonders zahlreich. Das erste ist also: Geht in eure Häuser und macht die Dachböden von allem Brennbaren frei. Schafft Wasser und Sand hinauf. Das zweite: Wer in der Nähe der Stadt einen Garten, Scheuern oder andere Gebäude hat, begibt sich im Morgengrauen unverzüglich dorthin und reißt Bauten und Zäune nieder. Wer bis morgen mittag nicht alles abgerissen hat, zahlt zwanzig Mark Strafe. Die abgetragenen Bretter, Bohlen und Balken schafft unbedingt in die Stadt. Jetzt, bei dem grimmigen Frost, ist es bei uns bereits schlecht mit dem Brennholz bestellt. Aber das ist für keinen von uns eine Neuigkeit! Das dritte: Waffenfähige Männer – schärft die Schwerter! Wer noch vom Jahre siebzig her einen Harnisch in der Rumpelkammer liegen hat, putzt ihn blitzblank! Überprüft Bogensehnen und Feuerwaffen! Und kommt morgen in den Rat zu Claus Holste, euch in die Fahne einschreiben! Damit ein jeder seine Obersten und seine Pflichten kennt!«

Der mit Menschen angefüllte Platz hörte zu und schnaufte. Doch das Schnaufen war so leise, daß es das Heulen des Schneesturms und das Knistern der Fackeln nicht übertönte.

Dann sprach der auf dem zweiten Faß stehende Herr Korbmacher von der Notwendigkeit, sparsam mit den Lebensmitteln umzugehen. Niemand könne wissen, wie lange es Gott gefallen werde, die Stadt durch Belagerung zu prüfen. Wenn auch, dank der Weitsicht der Bürgermeister und des Rats, diesmal besonders große Vorräte an Korn und Pökelfleisch angelegt worden seien. Herr Korbmacher beteuerte, der Rat werde ein scharfes Auge auf Fleischer, Kornhändler und Bäcker haben, damit sich diese an christliche Preise hielten.

»Außerdem, liebe Revaler! Mitbürger! Brüder! Wir sollten eingedenk sein: Mäßiges Fasten während eines Krieges schadet nicht der Gesundheit und hält das Schwert scharf. Jetzt aber wünsche ich uns allen Mut im

Herzen und daß uns die Hand Gottes vor dem Feind beschütze …«

Balthasar aber, statt an der Schwelle entscheidender Tage oder Wochen oder Monate an ernste Dinge zu denken, ertappte sich dabei, daß ihm ein lausbübischer Gedanke durch den Kopf schoß: Was für eine fatale Ironie! Die größten Dickwänste behaupten öfter als andere, daß Hunger nützlich sei, und obendrein haben sie viel mehr recht, als wenn das Dünne sagten …

Die Kühneren stellten den Bürgermeistern Fragen: »Wenn wir die Scheuern abtragen und die Bohlen zum Verheizen in die Stadt bringen sollen, wo nehmen wir dann die Pferde her? Ergeht Anweisung, uns welche aus den städtischen Pferdeställen zu geben?«

»Ich hab das Haus voller Flüchtlinge – wird man den großen Familien Mehl geben?«

»Mein Bein ist im Kniegelenk steif. Alle wissen das. Wie soll ich da …«

Die Bürgermeister klatschten in die Hände und entgegneten: »Alle Fragen werden wir klären und alles regeln, doch jedes zu seiner Zeit! Jetzt aber geht, mit Gottes Hilfe, auseinander und haltet die Ehre der Revaler hoch.«

Und das Gestapfe der vielen Füße durch die Schneewehen, das Knarren und Schlagen der Tore und Türen verbreiteten in der ganzen nächtlichen winterlichen Stadt Unruhe und Kriegsangst. Aber auch Klarheit: Das, was ein Großteil der Bevölkerung als letztendlich unvermeidlich angesehen hatte, war nun eingetreten.

Ein, zwei Wochen später ging es dann richtig los. Das erste wütende Feuer auf die Stadt aus mindestens dreißig Kanonen mit bis zu fünfundfünfzig Pfund schweren Eisenkugeln. Der erste Beschuß mit Feuerkugeln aus Mörsern. Die ersten Brände in der Stadt. Das halb niedergebrannte neue Siechenhaus. Schüsse ins Fenster der Nikolaikirche während des Gottesdienstes. Dem Willen des Herrn gemäß wurde in dem zum Bersten vollen Gotteshaus wunderbarerweise nur ein Mann verwundet …

Zur gleichen Zeit wurde die ganze Stadt von Entsetzen ergriffen: Man hatte das Brigittenkloster geplündert und zerstört! Dann, Anfang Februar, wieder tägliche Scharmützel und wechselseitiger Beschuß. Und tägliche Befragung von Heerführern, Quartiermeistern und einfachen Soldaten, Ausschauhalten von allen möglichen Beobachtungspunkten aus, tägliches Besteigen der Türme und Wehrgänge – um sich ein möglichst klares Bild davon zu machen, wie die Belagerung verlief.

Jenseits der Mauer, im verschneiten Land, befanden sich fünf Lager des Gegners: auf dem Laaksberg, neben den Steinbrüchen, auf den Sandbergen, hinter dem Tönnisberg und in der Nähe des Kalksteinofens. In weiter Ferne, rings um die Lager, wimmelte es wie Insekten, unerreichbar für die Stadt- und Schloßkanonen. Näher daran: die Verteidigungsnester der Belagerer, Bastionen aus Sandkörben und Blockhäuser, die jede Nacht wie Pilze aus dem Boden schossen und mit jedem Morgengrauen dichter an die Stadt herangerückt waren. Hinter den Bastionen tauchten vom Tönnisberg und von Schwarzenbek her oft Reiterhaufen auf, mit spitzen Helmen, mit Hakenbüchsen oder Arkebusen, und sprengten schreiend hin und her. Am grauen Winterhimmel rauchten die Schweife feuriger zottiger Sterne. Gegenseitige Kanonade – bei Schneefall, bei Windstille und bei heftigstem Schneesturm. Bald hörte sie auf, bald hob sie von neuem an und bellte in Richtung Stadt – zur Stadtmauer und zum Graben hin, von der Dicken Margarethe bis zu des Teufels Großmutter und zum Langen Hermann; in Richtung der Belagerer – die Bastionen entlang, von Hermapöll bis zur Domkoppel ... Diesseits der Mauer aber, auf Plätzen, Straßen und vor den Kirchen, herrschte das unvermeidliche Alltagstreiben. Dem Kanonendonner jenseits der Mauer, dem Kugelpfeifen am Himmel zum Trotz war es recht kühn und sorglos – oder einfach schon zur Gewohnheit geworden. Die Revaler gingen ohne überflüssige Hast. War das Krachen gar zu arg, zogen sie die Köpfe ein oder schauten zum Himmel empor, manch einer drückte sich dichter an die

Häuserwände. Trupps von Bürgern, die zu den Wehrgängen auf Wache zogen. Lärmende bunte Stadtsöldner und ihre Hauptleute mit den Federbuschhüten rieben sich, alles auf der Welt verfluchend, die erfrorenen Ohren ... Dort, durch die Karristraße, am Waagehaus vorüber, in Richtung Marktplatz trug man einen von den Rädern genommenen Karren, ein blutüberströmter Mann lag darauf. Das war Kollon, ein Hauptmann der Schloßlandsknechte, bei einem Ausfall zur Bastion auf dem Tönnisberg hatte ihn eine Kugel getroffen. Die Hälfte seiner Leute – von denen, die am Leben geblieben waren – zog eine erbeutete Feldschlange hinter ihrem Hauptmann her. Das Geschütz bewegte sich auf vor Kälte kreischenden Holzrädern – trrch-trrch – durch den vereisten Mist und Kehricht, Kollon aber, noch immer betrunken, zappelte auf der Tragbahre herum und verblutete, ein Liedchen trällernd, vor den Augen der erschrocken seufzenden Menge ... Dann erschienen von irgendwoher, zwischen Wächtern mit blanken Schwertern, zwei gefangengenommene Moskauer Bojaren, von hinten stieß man sie mit dem Griff einer Hellebarde vorwärts: rötliche Bärte mit Eiszapfen daran, um die Schultern Zobelpelze, die man ihnen noch nicht heruntergerissen hatte ... Und ihnen allen in die Quere – He! Fort da! Platz gemacht für die Feuerwehrleute! – kamen Hannibals Mannen, mit Schüreisen, Brandhaken und Eimern.

All das mit eigenen Augen zu sehen war Balthasar natürlich nicht möglich. Doch vieles erzählte ihm jeden Tag Tiidrik. Bei der Mittagstafel im Pfarrhaus, wohin der junge Mann, der die dem Schenkenbergschen Fähnlein der Dörfler übertragenen Obliegenheiten eines Feuerwehrmannes versah, wenigstens einmal am Tag zum Essen lief. Mit seinen vier Untergebenen jagte Tiidrik vom Morgen bis Mitternacht kreuz und quer durch die ganze Stadt – von der Pferdemühle zu Bolemanns Badstube und von der Karripforte zum Nonnentor. Er machte die Feuerbälle auf den Straßen unschädlich, half, sie von den Dachböden herunterzuwerfen, half,

Dachsparren, Dachlatten und Überdeckungen zu löschen, die von dem brennenden Schwefel und Kolophonium in Brand geraten waren.

Balthasar unterhielt sich gern mit Tiidrik. Dieser berichtete von allem, was er in der Stadt hörte und sah, und nicht allein begeistert und leidenschaftlich, sondern auch genau. Er selbst ebenso wie seine Erzählungen rochen nach dem Schwefelfeuer, das er gelöscht hatte, und nach den zum Löschen benutzten nassen Ochsenhäuten. An Ausfällen hinter die Stadtmauer aber, die Ivo mit seinem Fähnlein fleißig unternahm, hatte sich Tiidrik bis jetzt noch nicht beteiligt.

»Warum nicht?«

Balthasar fragte dies an einem trostlosen Februarmorgen, er war gerade aus dem Siechenhaus zurück, wo er verwundeten Bauern das heilige Abendmahl gereicht hatte; seit dem Morgen ohne Essen, schlang er heißhungrig die bei Tisch von Epp servierte Mehlsuppe hinunter, die in den letzten Tagen ganz dünn geworden war. Tiidrik, mit Ruß beschmiert und müde von der Nachtarbeit, tat dasselbe am anderen Tischende. Balthasars »Warum nicht?« ließ seinen Zinnlöffel in der Luft stocken, er selbst aber antwortete nicht. Zuckte nur schroff mit der rechten Achsel. Diese eigensinnige Bewegung ärgerte Balthasar, und zugleich erkannte er etwas darin. Und von diesem Erkennen durchflutete eine heiße Welle seinen ganzen Körper: Er hatte sich selbst erkannt. Sich als Jungen oder schon als Halbwüchsigen, der vor allen möglichen Herren (Antoniusse, Balders, Friesners, Wolffs), die ihn langweilten und nicht begriffen, stand und auf ihre Fragen nicht antworten wollte … Dieses Erkennen rührte Balthasar irgendwie, und daß er gerührt war, erboste ihn noch mehr. So fragte er denn, vielleicht sogar ein bißchen nörglerisch: »Gehörst wohl zum Schlage der Egoisten?«

»Nein …«

»Warum gebrauchst du dann nicht das Schwert? Ebenso wie Schüreisen und Brandhaken? Man sagt, Hannibals Burschen seien ganz versessen darauf!«

»Weil … ich überlegt habe …«

»Was denn?«

Tiidrik schaute ihm mit seinen dunkelgrauen Augen direkt ins Gesicht. Seine rechte Wange zierte, oberhalb des hellen Flaums, ein breiter Rußstreifen, über der rechten Augenbraue auf der Stirn sah man die Spur einer Brandwunde.

»Ich habe überlegt: Ist denn das Gebot aufgehoben?«

»Welches Gebot?«

»Du sollst nicht töten.«

A-ah … Dieser Bursche – Sohn des flachgesichtigen Paavels und, leider, Epps – war ein mehr als drei schwedische Ellen langer Bursche, der Gott weiß wo lesen und schreiben gelernt hatte. Der dank seiner Mutter Balthasars Hausgenosse geworden war und an seinem Tisch die immer dünner werdende Suppe aß (das Mehl in der Stadt ging zur Neige). Und jetzt stieß dieser Bursche mit seinen Fragen Balthasar dasselbe Schwert in die Brust, das er nicht zur Verteidigung der Stadt benutzen wollte … Oder vielmehr den Schatten dieses Schwerts, durchsichtig und so scharf, daß man es fast nicht spürte. Stieß es ihm mit seinen Fragen in die Brust und drehte es auch noch um, sah selbst aber Balthasar besorgt in die Augen.

Wahrhaftig – war es hier in der Stadt, in Tagen, da man Stunde um Stunde um Waffenglück flehte, etwa keine Gotteslästerung, Schadenfreude zu empfinden wegen Gottes Gebot, nicht zu töten? … Merkwürdig, nur ganz junge Menschen (und längst nicht alle, nur einige der Jüngsten) wagten es, sich und aller Welt solche Fragen zu stellen. So wie vor zwanzig Jahren Balthasar, an einem wer weiß warum unvergeßlichen heißen Tag mit violettgrauem Dunstschleier, auf dem Weg zum Hafen im noch nicht zerstörten Rosengarten. Was sind denn all die vom Herrgott befohlenen Kämpfe des Alten Testaments – hatte er sich gefragt – und all die gesegneten Gemetzel unserer Zeit? Ein Abgrund zwischen Wort und Tat, ein Abgrund im Wort und in der Tat? … Ja-a. Doch sogar manche dieser jungen Leute nahmen sich alsbald am Zügel ... Wie das auch er an diesem unvergeßlichen Tag getan hatte, als er von der Einfriedung des Rosengartens aufs Meer schaute: Na schön, philosophieren kann man natürlich. Aber alles ausphilosophieren wollen ist sinnlos. Aufs Ganze gehen bedeutet, zu töten oder getötet zu werden ... Ja-a. Und waren diese ach so jungen Leute erst etwas reifer, dann griffen sie doch zum Schwert – sei es auch nur aus purer Neugier. Mochte ihr Herz aus Furcht vor dem Herrn wegen der Prahlerei des Fleisches auch zusammenzucken ... Und waren sie schließlich Männer und Bürger der Stadt, Familienväter und Amtspersonen, so fragten sie nicht mehr, auch wenn es ihr Beruf war, das Evangelium zu preisen, um wieviel größer der himmelschreiende Widerspruch zwischen Wort und Leben in ihnen selbst geworden war. Sie stiegen von der Kanzel, von der herab sie mit Christi Worten gerufen hatten: »Ich aber sage euch: Liebet eure Feinde«, gingen in ihr Schreibzimmer und schrieben auf graue Seiten:

Und da lagen auf allen Türmen, Wällen und Rondellen die Büchsenschützen mit großem Geschütz in Bereitschaft und schossen dazwischen, daß man mit Lust hat die Feinde hinfallen und taumeln sehen ...

Und der Mensch merkt selbst gar nicht, wie Wasserpflanzen (hellgrün wie die Farbe der Hoffnung des Altarvorhangs) die Zweifelsquelle seiner Jugendjahre überwuchern – immer noch in der blinden Hoffnung, es handelten ja viele noch schlechter als er und die Sünden würden ja vergeben ... Der Mensch merkt nicht, wie diese Quelle immer mehr verschlammt ... Bis da so ein Bursche kommt, der ganz unverschämt mit der einen Achsel zuckt (noch dazu ein Bursche, der Balthasar wegen seiner von der Mutter ererbten Wesenszüge sogar gefällt), mit dem Schwert seiner Frage den Schlamm der Beschwichtigungen durchbohrt und den schwarzen Grund nach oben kehrt.

»Deine Arbeit als Feuerwehrmann ist auch wichtig ... Aber meinst du nicht ...« Balthasar senkte die Stimme, von der Hälfte des Satzes an hob er sie wieder und schloß, lauter als beabsichtigt: »... daß die Ablehnung von Schwert und Muskete jetzt sogar nach Verrat riecht?«

Tiidriks Suppenschüssel war leer. Für einen Moment hatte er die Hände gefaltet. Jetzt stand er an der anderen Seite des Familientisches, die großen, mit Brandblasen bedeckten Hände auf die Tischkante gestützt. »Das Evangelium lehrt also Verrat?«

Allmächtiger Gott, woher nimmt ein Bauernbursche diese höllische Logik? Und diesen ungeheuren Dünkel, um die Dinge dergestalt auf den Kopf zu stellen? (Oder – sie auszusprechen?!!)

»Tiidrik ...«

»Pastor ... Es wäre schön, wolltet Ihr mich nicht anschreien. Es reicht, wenn Schenkenberg das tut. Schließlich hab ich ja nichts verbrochen, ich *frage* bloß. Und möchte Euch noch mehr fragen. Heute nacht geht die Hälfte unseres Fähnleins kämpfen, an der Johannisbrücke. Meint Ihr, ich sollte auch gehen?«

Balthasar hörte beinahe, wie ihm die Vorahnung ins Ohr flüsterte: Wenn dieser Junge geht, wird er heute nacht von einem Pfeil getroffen! Und er dachte: Sollte das geschehen und er fallen (wie die Nacht davor acht und in der vorigen Woche dreiundzwanzig gefallen sind), wie soll ich dann Epp in die Augen sehen? Aber, Herr, dein Wille geschehe, was bedeutet der Tod eines Menschen, wenn die Leute zu Dutzenden, ja zu Hunderten ums Leben kommen? Zu Tausenden, rechnet man auch die Feinde mit – und warum sollte man sie nicht mitrechnen? Schließlich sind sie ebensolche Menschen wie wir. (Ha-ha-ha! Falls wir sie zu unserer eigenen Rechtfertigung als Menschen ansehen dürfen.) Herr, wahrhaftig, es ist nicht leicht, diesem Knaben zu antworten. Balthasar sagte: »Du warst heute nacht auf Posten. Geh dich ausruhen! Wir reden am Abend darüber.«

Später wollte es Balthasar immer scheinen, daß es gerade an diesem Morgen, gerade nach dieser Unterhaltung, an die Dielentür geklopft hatte und auf sein »Herein« (wobei er sich umdrehte) Michel über die Schwelle getreten war, in eine Wolke frostigen Dampfes gehüllt, ein Bündel und einen Reisekasten in der Hand. Das eine wie das andere stellte er auf den Steinfußboden und sagte: »Möge Gott dieses Haus segnen. Von oben, von den Tisenhusen, bin ich weggegangen. Das Essen ist sehr knapp. Sogar bei ihnen. Es war mir peinlich.«

Ob nun Michels fünfhundert ererbte Mark, die Balthasar hatte, den Ausschlag gaben oder die letzte Bitte des alten Slachter, seinen Sohn zu unterstützen, oder einfach christliche Nächstenliebe oder alles zusammengenommen (was am wahrscheinlichsten ist) – jedenfalls wurden nicht erst viele Worte gemacht. Balthasar sagte bloß: »Dann wirst du also unter meinem Dach wohnen.« Und weiß Gott, vielleicht hätte ein Menschenkenner behauptet, daß sich in Balthasars Entschluß in gewisser Weise die gerade erst stattgehabte Unterhaltung mit Tiidrik niederschlug, die Unduldsamkeit gegenüber Tiidriks Dreistigkeit und die eigene Unentschlossenheit, dessen Frage – bleiben oder gehen – zu beantworten. Denn jeder Mensch möchte duldsam und entschlossen sein ... Jedenfalls setzte Balthasar hinzu: »Mein Schwager – Bäcker Godert Horstmann, du kennst ihn ja – hat uns bis jetzt Mehl aus seinen Kornkästen verkauft. Sündhaft teuer zwar, aber immerhin. Bohnen und Erbsen hat Elsbeth noch auf dem Boden der Truhe. Und ein Tröpfchen Milch melken wir aus unserer Kuh auch noch heraus, wenn auch mit Mühe und Not. Und überhaupt, wir sind so viele im Haus – man denke nur, neun Mäuler am Tisch –, daß es auf einen mehr oder weniger gar nicht ankommt.«

Balthasar rief Elsbeth vom Herd.

»Elsbeth, empfange einen Gast. Michel wird von nun an bei uns wohnen.«

Auf der Stelle wurde beschlossen, Michel im Obergeschoß unterzubringen, in dem Zimmer auf der Apothekenseite, wo Balthasar ein winziges Positiv stehen hatte, mehr ein Gegenstand des Stolzes oder eher der Zuversicht als ein nützliches Ding. Balthasar hatte schon lange keine Zeit mehr gefunden, darauf zu spielen.

Einst – er war schon verheiratet –, in einer leichtsinnigen Minute, in der Minute der Hoffnung, er werde Zeit haben, hatte er für dieses Instrument hundertfünfzig Mark zum Fenster hinausgeworfen. Was aber Michels Unterbringung in einem Zimmer des Oberstocks betrifft, so war nichts Besonderes daran. Fälle, daß Steinkugeln, noch dazu aus den größten Mörsern, in einem festen, mit Kalkstein verkleideten Gebäude mit rasengedecktem Dach die Decke durchschlugen, hatte es höchstens zwei oder drei gegeben. Und man durfte immerhin auf den Herrgott vertrauen, daß das mit dem Pfarrhaus der Heiligengeistkirche nicht geschehen würde. Elsbeth meinte, sogar die Kinder und sie selbst könnten, unerachtet des Beschusses, auch weiterhin im Oberstock schlafen. Denn sie war, jetzt ebenso wie während der Pest, felsenfest davon überzeugt, daß uns das Unheil sowieso widerfährt, wenn uns der Herr zur Zielscheibe erwählt. Außerdem wurde aus den großen Mörsern bislang nur tagsüber geschossen.

Balthasar hieß Ohm Jakob augenblicklich ein weiteres Bettgestell und aus behauenen Brettern einen Bettboden zusammenzimmern. Märten füllte auf dem Dachboden eine Matratze aus grobem Stoff mit feinem Heu. Epp wurde befohlen, zwei dicke Wolldecken zu bringen, damit Michel es wärmer habe – im Orgelzimmer gab es keinen Ofen –, und zu guter Letzt musterte Elsbeth selbst den Raum mit dem Auge der Hausfrau. Sie hatte kaum den Staub vom Deckel des schwarz gewordenen Positivs wischen können, als Michel eintrat, mit Bündel und Kiste. Er stellte seine Habseligkeiten mitten im Zimmer auf den Fußboden und sagte, so wie er war, immer noch im Pelzmantel: »Liebe Frau Elsbeth! Von ganzem Herzen Dank, daß Ihr in dieser schweren Zeit einen Obdachlosen in Eurem Hause aufnehmt. Ein so wahrhaft christliches Werk wird Gott Euch nicht vergessen.«

Elsbeth schritt an Michel vorüber auf die Tür zu. Ihr Blick glitt über ihn hin, und etwas verwirrt, murmelte sie unter verlegenem Lächeln: »Wie könnten wir denn anders ... Ich hoffe, Ihr werdet Euch unter unserem Dach einleben ... Auch wenn dieses Zimmer so ungemütlich ist. Laßt die Tür offen. Dann kommt von unten Herdwärme herein.«

Die Kiste, die auf dem Boden stand, hinderte Michel, beiseite zu treten, um Elsbeth den Weg freizugeben. Sie mußte so dicht an ihm vorübergehen, daß ihr Haar sein Gesicht streifte. Jedenfalls kam es Michel so vor. Einen Augenblick später, als Elsbeth schon auf dem Treppenabsatz stand, fuhr er sich mit der Hand übers Gesicht und starrte verwundert auf seine Handfläche. Dann warf er den Pelz ab und setzte sich nachdenklich auf den Schemel vor der Orgel. Elsbeth aber trat vom Treppenabsatz auf die Treppe, stieg sie halb hinunter und blieb stehen. Sie spürte, wie es sie vor Schreck heiß überlief, und ertappte sich bei dem Gedanken: Ach, Gott wird das nicht vergessen? ... Möglich. Ich weiß nicht. Aber wird sich nicht ein anderer viel lieber daran erinnern?

Natürlich, der andere müßte das Registrierbuch aufschlagen. Oder doch wenigstens interessiert die Brauen hochziehen und verfolgen, was denn jetzt geschehen würde ... Jetzt, wo das Mädchen und der Bursche aus derselben Straße so wunderbar unter einem Dach hausten; die junge deutschstämmige Frau und der junge Mann wer weiß welcher Herkunft; die Mutter, die sich nicht ohne Grund Sorgen machte, ihre Kinder könnten Bauernlümmel werden (die ihrem Vater gegenüber, unausgesprochen, ein schlechtes Gewissen hatte, weil sie ihm einen unpassenden Schwiegersohn gebracht hatte, und in gewisser Weise auch ihrem Mann gegenüber, dem sie bemüht war, mit dem Leib gut zu dienen, dem sie aber, möge Gott ihr vergeben, dennoch mit dem Herzen fernstand, ferner, als sie dürfte), und der eingedeutschte junge Mann mit seiner Bildung, seinen vornehmen Manieren, dem silbernen Siegelring und der Bereitschaft, ihr im Guten wie im Schlechten mit Rat und Tat zur Seite zu stehen (bei dem namenlosen süßen Wonnegefühl irgendwo zwischen Magen und Herz – zwischen dem Verlangen, heilig zu sein, und der Furcht, sündig zu werden, zwischen der Hoffnung auf die ewige

Glückseligkeit und dem Entsetzen vor dem Ende der Welt) ... Während sich der Herr des Hauses Gott weiß wo herumtrieb: auf der Kanzel oder im Lazarett des Siechenhauses, bei Sterbenden oder Neugeborenen, im Rathaus bei Herrn Sandstede oder auf dem Domberg bei den Herren Horn, Vater oder Sohn, die jetzt beide königliche Statthalter waren, auf dem Mauergrat und auf den Türmen rings um die Stadt, indes Mauer und Türme zitterten wie in einem Fieberanfall und von den Kugeln erbebten, welche die Revaler abschossen, und von denen, die auf sie abgeschossen wurden.

An diesem Tag verstummte die Kanonade gegen Abend, und Elsbeth begab sich, nach einigen Wochen Unterbrechung, zum Vater. Er war nicht daheim. Elsbeth ließ sich das nicht verdrießen. Sie ging durch die leere Werkstatt (alle drei Gesellen hatte man zur Verteidigung der Stadt eingezogen) und saß ein halbes Stündchen in ihrem alten Zimmerchen. Sie strich über die Decke auf dem jetzt leeren Mädchenbett und betrachtete sich in dem handgroßen Spiegelchen, das sie eines Risses wegen nicht einmal ins neue Haus mitgenommen hatte.

Dann trat sie auf die Straße und schlenderte ziellos durch den knirschenden Schnee in Richtung Zeghenturm, einfach, um die klare Winterluft zu schnuppern, die angesichts der ersten erregenden unruhigen Vorzeichen des Frühlings schon milder geworden war.

Einige der Vorübergehenden grüßten sie. Die einen mochten sie erkennen, die anderen taten es wegen ihrer Kleidung. Denn Gandersen hatte, trotz seines Geizes, in einem eine freigebige Hand: Er sorgte auf jede Weise (sicher kraft seines Handwerks und wohl auch, um es dem Schwiegersohn zu zeigen) dafür, daß es Elsbeth nicht an Pelzen fehlte. Elsbeth genierte sich sogar ein bißchen wegen ihres Otternmantels und des Muffs aus Wieselfellen – sie zu tragen war bei den heutigen Entbehrungen und Nöten, fast konnte man schon von Hunger sprechen, irgendwie sündhaft, erinnerten sie doch an die früheren, ach so ruhigen Zeiten ...

Nach kaum hundert Schritten blieb Elsbeth stehen. Zwischen elenden Hütten, die nach Süden zu immer stärker zerstört waren, auf einem kleinen, eingeschneiten Platz schrien und hüpften Kinder. Ein Dutzend mochte es sein. Neben einem Zaun hatten sie aus Schnee eine hohe Bastion errichtet. Sechs oder sieben Knaben (vielleicht waren auch Mädchen darunter) in grauen, unförmigen Kleidern, die ihnen um den Leib schlotterten, verteidigten die Befestigung. Ein ebensolches Heer belagerte die Bastion. Die zum Frühling hin gewöhnlich blassen Kindergesichter waren gerötet, die Nasen – feucht vor Eifer, die Augen – weit aufgerissen. Die kleinen Fäuste – die Handschuhe lagen im Schnee – waren blau vor Kälte. Durch die Luft flogen im Frost auseinanderfallende Schneebälle und laute Rufe. Vom Wall – nach unten: »Ihr Iwans kriegt den Arsch voll!«, »Den Tataren schlagen wir die Fressen ein!« Und von unten – nach oben: »Schert euch fort aus der Stadt, ihr Jense! Den Schweden die Pest an den Hals!«

Elsbeth sah ihnen mit gemischten Gefühlen zu. Ihr mütterliches Lächeln sagte vorwurfsvoll: Was können die Kinder anderes tun, als die Unvernunft der Erwachsenen nachzuahmen ... Ihr kindliches, ihr mädchenhaftes Ich pumpte die Lunge voll mit Winterluft, die nach Frühling duftete, und verlangte ungestüm nach etwas Vergessenem, aber immer noch Gegenwärtigem.

»Frau Elsbeth – erinnert Ihr Euch?«

Elsbeth drehte sich um und begegnete Michels lächelnden Augen.

»Erinnert Ihr Euch, wie wir hier mit Schneebällen Krieg gespielt haben? In der Stadt war damals noch das Heer des Ordensmeisters. Ihr wart sieben, ich zwölf. Und Ihr habt bei uns in der Festung die Schneebälle gemacht. Erinnert Ihr Euch? Bis Maijke Euch wegführte, damit Ihr Euch nicht die Finger erfriert ...« Er bemerkte, daß Elsbeth keine Handschuhe anhatte. »Oh, werdet Ihr sie nicht jetzt erfrieren?« Und nahm Elsbeths Hände in die seinen. »Erinnert Ihr Euch?«

»Ich erinnere mich«, sagte Elsbeth leise, machte ihre

Hände frei und steckte sie in den Muff. Und auf einmal begriff sie verwundert: Das Wort, das sie innerlich ausrief, als ihre Hände in Michels warmen Händen lagen, war nicht »ungehörig« gewesen. An Schicklichkeit hatte sie überhaupt nicht gedacht. Das Wort, das ihr lautlos entschlüpfte, war »unüberlegt« gewesen, denn ihr waren die Straßenpassanten und die Fenster eingefallen.

Unüberlegt! – das war es, was Elsbeth über das Vorgefallene dachte, als sie nach Hause gingen. Michel, einen Schritt hinter ihr, rief sich und ihr voller Begeisterung Geschichten aus der Raderstraße ins Gedächtnis, und sein Atem streifte von Zeit zu Zeit Elsbeths Nacken. Doch sie gingen schon nicht mehr durch die Raderstraße. Elsbeth wollte nicht, daß man aus dem väterlichen Hause sah, wie Michel sie begleitete. Sie gingen durch die Ritterstraße bis zur Schmiedestraße und kehrten auf dieser zur Stadtmitte zurück. In der Quappenstraße.

»Wißt Ihr, einst zu Neujahr ... Mein Vater pflegte Apotheker Dyck Safranbrötchen zu schicken und dieser uns – kleine Marzipanplätzchen ... Wißt Ihr noch?« (Ecke Königsstraße.) »Dann kam Euer Vater mit Maijke, Agnes und Euch zu uns ... Ich Dummkopf aber habe nur Eure Schwester Agnes bewirtet, sie war in meinem Alter, und ...« (Zwischen Galgen und Waagehaus.) »... und Ihr wart erst sieben Jahre alt ... Und zwölfjährige Jungen, wie ich einer war ... wissen noch nicht, was für eine herrliche Blume aus einem kleinen Mädchenknöspchen werden kann.«

Elsbeth schien nicht zu merken, daß sie ihre Schritte immer mehr beschleunigte; über den Markt zum Wekkengang lief sie schon fast. Ein aufmerksamer Beobachter hätte bei ihrem Anblick vielleicht gefragt: Wovor läuft sie weg? Oder sogar – in was läuft sie hinein?! Ein seltsames Gefühl verfolgte Elsbeth von der Spielzeugfeste aus Schnee an; ihr war die ganze Zeit, als versinke sie in etwas Unabwendbarem und offensichtlich Schlechtem. Sie hatte keine Zeit, die Überlegung zu Ende zu führen, denn immer beharrlicher redete sie sich ein:

Was ist schon Unüberlegtes daran, wenn ich mit Michel durch die Stadt gehe? Schließlich hat Balthasar ihn selbst zu uns ins Haus genommen. Und wenn Michel mir jetzt begegnet, wenn er wie ich durch die Straße seiner Kindheit gebummelt ist?

Als Balthasar sie empfing, merkten sie seinem Gesicht sofort an, daß etwas geschehen war. Natürlich freute Elsbeth sich nicht, aber ihr fiel doch ein Stein vom Herzen, so als sei sie vor etwas Entsetzlicherem gerettet worden, als Balthasar sagte: »Hannibals Profoß hat mir eine Todesnachricht gebracht. Tiidrik ist gefallen.«

Ja. Tiidrik hatte dennoch mit Hannibals Leuten den Ausfall unternommen. Er war nicht mehr zu Balthasar um Rat gekommen. Und Balthasar hatte vergessen, zu Tiidrik zu gehen und mit ihm zu reden. Denn man hatte ihn am Abend an einen sehr wichtigen Ort gerufen: Dem gesamten städtischen Ministerium war befohlen worden, im Schloß zu erscheinen. In dem mit Wasa-Wappen geschmückten Saal des Statthalters nahmen die elf Revaler Seelsorger von Herrn Henrik Horn Verhaltensregeln entgegen: Belehrt von den Kanzeln herab die Stadtbevölkerung, erstens, gegen das leere Geschwätz anzugehen, der Feind lege Minengänge unter der Stadtmauer an und die Mauer werde schon bald an irgendeiner Stelle, wo man es nicht erwartet, in die Luft fliegen. Zweitens ist den Gerüchten entgegenzutreten, die spärlichen Proviantvorräte in Stadt und Garnison seien restlos aufgebraucht. Selbst wenn es dem Feind gelingen sollte, im Hafen alle im Eis festliegenden Schiffe zu vernichten, sei auch das nicht weiter schlimm, denn es gebe sowieso keine Möglichkeit, von diesen Schiffen Proviant in die Stadt zu bringen. Und bis das Meer wieder offen sei, sei der Feind längst abgezogen. Die Pastoren hätten den Gemeindemitgliedern zu versichern: Aus den Nachrichten, die der Statthalter erhalten hat, geht eindeutig hervor, daß der Moskowiter an Abzug denkt.

Schroeder von der Olaikirche, mit Entengesicht und Schweinsäuglein, meinte, als Erwiderung sei ein kleines Wort des Dankes angebracht. Darüber, wie dankbar die

Stadt Herrn Horn und seinem Sohn für die Fürsorge sei und wie entzückt von ihrem persönlichen Mut! Und gleichzeitig zutiefst beunruhigt, daß sich so hochgestellte Persönlichkeiten der Gefahr aussetzten, indem sie beständig an den Schloßmauern zu finden seien und eigenhändig die Kanonen aufs Ziel richteten! (Was sie, wollte man den Gerüchten glauben, tatsächlich taten.) Und mit welch großer Freude Ministerium, Rat und Bürger sich die Worte des Herrn Statthalters zu Herzen nähmen und unverzüglich an die Ausführung der Order gehen würden. Er redete dreimal länger, als Herr Horn zu sprechen geruht hatte. So daß Balthasar genügend Zeit hatte, Beobachtungen anzustellen. Der junge Karl Henrikson, den er früher nie aus der Nähe gesehen hatte, war etwa fünfundzwanzig Jahre alt, hastig und beweglich, mit rundem Kopf, merkwürdig gestutzten Haaren und rötlichem Flaumschnurrbart, aber auch schon mit dem Ansatz zu einem Bauch. Sein Vater hatte sich kaum verändert. Nur Haare und Gesicht waren in den Jahren, die er in Ungnade zugebracht hatte, grau geworden. Sekundenlang schien es Balthasar, als hätten die Gesichtskonturen von Herrn Horn senior ihre Klarheit eingebüßt, was Balthasar, wie ihm erinnerlich war, mehr als einmal bei Leuten bemerkt hatte, die bald darauf das Zeitliche segneten … Aber obwohl schon über sechzig, war Herr Horn nach wie vor resolut. Kurzerhand unterbrach er die Rede Magister Schroeders, als dieser innehielt, um Luft zu holen, dankte ihm für seine Worte und entließ die Pastoren. Dabei drückte er jedem die Hand und sagte Balthasar ein paar passende Worte, übrigens so laut, daß zumindest die Umstehenden sie hören mußten: »Herrn Balthasar kenne ich schon seit langem. Ja, bedeutend länger als die anderen Männer dieses Kollegiums.«

Die Pastoren, in Pelzmänteln, Mützen und Ohrenklappen, gingen in Begleitung von Fackelträgern, die man ihnen gestellt hatte, durch die Schneewehen zur Pforte am Kurzen Domberg. Vielleicht war Herrn Horns letzter Satz der Grund, daß Elard von der Michaeliskirche, Cothenius von der Olaikirche, ja selbst der dicke Gerstenberger von der Nikolaikirche, indes sie durch die Schatten, die das Fackellicht erzeugte, über den Schnee stakten, Balthasar so beredt erklärten, was für vortreffliche und tapfere Statthalter Seiner Majestät des schwedischen Königs Reval in Gestalt der Herren Horn besitze ...

Möglich, daß Balthasar zum Teil gerade dieser Reden wegen vergessen hatte, abends mit Tiidrik zu sprechen. Ja vielleicht sogar beschlossen hatte, es zu vergessen. Vielleicht sah Balthasar voraus, daß ihn sein Gang ins Schloß und die Gespräche über die letzte siegreiche Anstrengung zur Verteidigung der Stadt und den Mut ihrer Verteidiger bewogen hätten, Tiidrik zu sagen: »Geh! Warum bist du so kleingläubig? Wo die Horns und alle übrigen des Sieges und der Vergebung so gewiß sind.« Vielleicht ahnte Balthasar, daß ihm *dann*, wäre Tiidrik etwas zugestoßen, noch schwerer ums Herz gewesen wäre als jetzt.

Denn auch jetzt überkam ihn unvermittelte Trauer. Natürlich hatte er Epp die Hand gedrückt, hatte ihre Stirn bekreuzigt und sie mit den Worten Jeremia getröstet: »Rahel weint über ihre Kinder und will sich nicht trösten lassen über ihre Kinder, denn es ist aus mit ihnen. Aber der Herr spricht also: Laß dein Schreien und Weinen und die Tränen deiner Augen ... Sie sollen wiederkommen aus dem Lande des Feindes.« Balthasar hatte hinzugesetzt: »Und wenn nicht leibhaftig, so doch ihr Geist ...« Aber Epp hatte ihn so vorwurfsvoll und störrisch angeblickt, mit Augen, bereit loszuweinen, daß er verstummt war. Und jetzt schaute er, wurde er Epps ansichtig, manchen Tag zur Seite und spürte, an Tiidriks Tod war er schuld. Schuld sogar daran, daß man des Nahkampfes und des Feuergefechts wegen Tiidriks Leichnam von der Johannisbrücke nicht hatte in die Stadt bringen können. Und Balthasar bemitleidete nicht nur Tiidriks Seele, nicht nur Epp, nicht nur sich selbst, es schmerzte ihn – seltsamerweise – unsäglich, daß dieses aufgeweckte Bürschlein mit seinem kindlich ungelenken Verstand nicht mehr da war. Vielleicht war hier unmerklich auch ein wenig Neid im Spiel, Neid, daß dieser Jüngling Gott näher war als alle anderen.

Anfang März, es war an einem Donnerstag, feuerte der Feind schon vor Morgengrauen aus den Kartaunen, er gab etliche heftige Salven auf den Wall vor der Karpforte ab, dann verstummte er. Gegen neun stieg Elsbeth, schon im Pelzmantel, nach oben und fragte, ob Balthasar sie nicht zur Nikolaikirche begleiten möchte. Elsbeth wollte hören, wie Magister Sunschein predigte. Balthasar, über Papiere gebeugt, murmelte, er sei leider verhindert. Doch Elsbeth verbot er nicht zu gehen. Er riß sich von den grauen Blättern los und sah seine Frau mit spöttisch-lausbübischer Freude an, was Elsbeth stets (oder zumindest in letzter Zeit) reizte. Er sagte: »Geh du nur. Ich aber muß noch zum Wächter vom Hellemannturm und dann in die Oberstadt, zu Annika. Aber geh nicht allein. Das Schießen kann wieder anheben. Nimm jemanden mit, Märten oder Jakob. Oder Michel.«

Märten war zum Seiler gegangen. Es mußten Seile für die Kirchenglocken geflochten werden. Und der alte Jakob hatte schon das Pferd vor den Schlitten gespannt und zog sich gerade den Hundepelz an – er wollte zum Rententurm, zu einem Kaufmann, bei dem Balthasar gewesen war, um Brennholz – es ging zur Neige – hinzuzukaufen. So daß Michel, der just in dem Moment, als Elsbeth einen Begleiter suchte, in die Diele trat, augenblicklich zurück nach oben stürzte, seinen Pelzmantel holte und frohgemut mit Elsbeth zur Kirche ging.

Während der Belagerung besuchten nur wenige Leute die Gottesdienste. Der Spitzbogen des Mittelfensters rechts, vor sechs Wochen von einer Kanonenkugel getroffen, war noch immer zerbrochen, und durch das ochsenhautgroße Loch des steinumfaßten Fensters mit den bunten Scheiben drang Schnee in die Kirche. Elsbeth kniete auf dem beschneiten Boden und betete inbrünstig: »... führe uns nicht in Versuchung, sondern erlöse uns vom Übel ...« – und spürte im Nacken den Atem von Michel, der hinter ihr kniete.

Magister Sunschein, des dicken Gerstenberger Adjunkt, im vorigen Jahr aus Åbo hierhergerufen, war ein gebräunter Mann mit auseinanderstrebenden Augenbrauen und Stentorstimme, den die einflußreichen Bürger (und keineswegs nur ihre Frauen) bereits für einen scharfsinnigen Geistlichen hielten. Heute wiederholte er im Grunde genommen seine Predigt vom achten Sonntag vor Ostern. Sie behandelte die Tugendlosigkeit und die Tugend derer, die dem Wort Gottes lauschten.

Die dem Wort Gottes lauschten – die Tugendlosen und die Tugendhaften –, trugen Pelzmäntel und Pelze, die Hände hatten sie vor Kälte in Handschuhen, Ärmeln und Muffs versteckt, die Köpfe in die Schultern gezogen, die Pelzkragen hochgeklappt; alle waren in Dampfwolken gehüllt. Einige saßen auf den Bänken (an denen man hier und da Kerben von Steinsplittern sah), andere standen dichtgedrängt vor der Kanzel um eine mit Brettern abgedeckte Grube herum, eine Grube von vielleicht vier Ellen Breite und einer halben Elle Tiefe. Und Elsbeth dachte plötzlich: Um die Grube herum, als erwarteten sie, daß die nächste Kugel wieder dort einschlüge. Der tote Tiidrik hatte allerdings behauptet, so etwas käme nie vor …

Von oben, von der Kanzel herab aber sagte Magister Sunschein: »Von den Tugendlosen sind jene am unglücklichsten, deren Herzen wie Erde am Wege sind: Auf sie fällt Samen, doch die Unachtsamkeit der Vorübergehenden und ihr schwerer Schritt zerstampfen sie, bevor die Saat aufgehen kann. Die Sorgen unseres täglichen Lebens zerstampfen sie – kleine und größere, bis hin zu unserer heutigen größten Sorge um die Stadt und ihr Schicksal. Und doch darf man selbst diesem keine größere Bedeutung beimessen als der Pflege von Gottes Wort in uns selbst.«

Zu diesen Unglücklichsten gehöre ja ich, erkannte Elsbeth erschrocken. O Gott! Die Sorgen, von denen er spricht – das sind Essen für die Familie in unserer Hungerzeit, Betten, Kissen, Hemden, Kleider … Nun, und natürlich auch die Angst um die Stadt, die Befürchtung, der Feind könnte uns verschlingen. Und all meine Sorgen um die Kinder, daß Menschen aus ihnen werden, vor denen man in der Stadt Achtung hat, daß sie nicht in der namenlosen Menge der Dorfleute untergehen, wie das hier sogar mit Kindern aus adligen Familien geschehen ist ... Und meine Hilflosigkeit gegenüber meinem Mann, dessen ich müde bin und der neben mir herlebt; an guten Tagen ergötzt er sich an mir, als sei ich eine Goldamsel, die er gezähmt, an schlechten denkt er nicht einmal an mich. Und das beständige Zusammenzucken beim Krachen ihrer Kanonen, o Gott, da schießen sie wieder ...

Und wirklich, von der Bastion hinter dem Tönnisberg feuerten abermals Kartaunen auf die Stadt, und von Süden prasselten Kugeln gegen die Mauer. Wie war das nur möglich? Wo doch alle behaupteten, die Revaler Mauer sei für Geschosse unerreichbar, da sie ganz trefflich vom Wall geschützt werde ... Und doch bin ich nicht die Tugendloseste der Tugendlosen; denn ich weiß: Meine Sorgen hat Gott vorherbestimmt! Und je gewichtiger sie sind, desto unerschütterlicher ist Sein Wille. So daß mir mitunter scheint: Je schwerer meine Sorgen sind, desto leichter kann ich sie tragen.

»Doch die Schlechtesten unter den Tugendlosen«, fuhr Magister Sunschein beim Donnern der Kartaunen fort, »sind die, deren Herzen wie ein Acker sind, der bestellt, aber unmutig ist ob der erschöpfenden Anstrengungen, die das Fruchttragen erfordern wird, die Freude empfinden, so sie sehen, wie allerlei zwitschernde bunte Vögel darüberhin fliegen und die ausgesäten Körner aufpicken, bevor sie keimen können. Diese Vögel aber sind: Eitelkeit, Hochmut, Selbstgerechtigkeit und heimliche sündhafte Begierden ...«

Jetzt spricht er von mir, dachte Elsbeth zusammenfahrend und spürte, wie Sunscheins Worte sie gleichsam von den Stufen einer steilen Treppe hinabstießen. Eitelkeit – das bin ich, ich, mit meinem ganzen hochmütigen Gebaren, statt daß ich ... Und Hochmut – auch das bin natürlich ich. Selbstgerechtigkeit – was sonst habe ich hier eben erst getrieben? Heimliche sündhafte Begierden … O Gott! Sie vergrub das Gesicht im Otternkragen, damit Michel, der an sie herangerückt war, nicht merkte, wie sie jäh errötete. Und mit einemmal wurde Elsbeths Niedergeschlagenheit so drückend, so quälend, daß sie weder die Worte der Predigt hörte noch das immer häufiger werdende Krachen der Salven. Vielleicht ließ die wachgerufene Furcht sie fliehen? Jedenfalls erhob sie sich und eilte aus der Kirche. Elsbeth sah sich nicht nach Michel um, sie spürte, daß er ihr folgte. Spürte, wie Michel ihre Hand ergriff. Und dachte: Ich muß mich frei machen, aber ich kann nicht … Elsbeth bemerkte: Sie hatten die Kirche durch die Antoniuskapelle verlassen. Richtig. In der Erregung war sie unwillkürlich hierher, zum Vater, geeilt, um der Predigt und dem immer stärker werdenden Krachen zu entrinnen, zu den Kindern, die sie vorgestern zum Großvater gebracht hatte (die Mädchen wühlten gar zu gern in den Säcken mit den Pelzresten). Aber plötzlich fand Elsbeth es unpassend, mit Michel zum Vater zu gehen. So bog sie denn nach rechts ab. Hinter dem halbverbrannten Dach des Siechenhauses und dem Marstall hatten Kanonenkugeln die Stadtmauer durchschlagen, die doch unerreichbar sein sollte … Elsbeth hörte, wie Michel sagte: »Sie schießen auf die oberen Stockwerke von Kiek-in-de-Kök.« Im selben Augenblick erkannte sie den kleinen verschneiten Platz südlich der Kirche, zwischen den gedrängt stehenden Häusern, und neben der Mauer die Kinderstadt aus Schnee, um die vor einigen Tagen ein Dutzend Kinder Krieg geführt hatte. Die Schneestadt war verwaist, der Wall zertreten. Elsbeth hörte, wie Michel flüsterte: »Elsbeth … seht nur … Die Stadt ist gefallen …«

Sein Flüstern hatte etwas Erschreckendes, war ihr doch, als bedeute es etwas anderes. Als beziehe es sich nicht auf die gefallene Spielzeugstadt aus Schnee, an der sie eher vorüberrannten als -gingen, und ebensowenig auf die richtige Stadt, in der sie jetzt waren und die man versuchte einzunehmen. Zwischen zwei Salven sagte sie, keuchend vor Erregung: »Aber das darf nicht geschehen ...« Und begriff: Ihre Worte bedeuteten etwas anderes.

Sie liefen durch das Nadelöhr zur Schmiedestraße und bogen zum Markt ab. Elsbeth hörte Michels hastige Worte: »Elsbeth ... Aber wenn Gott es so beschlossen hat? Hört Ihr ... wie heftig die Kanonen ...«

Sie wandte den Kopf und erblickte an ihrem schändlich prächtigen Nerzkäppchen neben einer Haarsträhne, nahe der eigenen Wange, Michels dem Erzengel Michael gleichendes, vor Erregung glühendes Gesicht und seine leuchtenden Augen.

»Elsbeth ... ich weiß ... Gott hat es beschlossen ...«

In diesem Moment drang von oben, aus der grauen Schneewolke, ein tiefes und doch schrilles Heulen. Elsbeth schoß es durch den Kopf: Warum rege ich mich so auf, wenn es Gott selbst bestimmt hat? Und da flog eine Mörserkugel hinter der Ecke der Königsstraße hervor und schlug so nahebei in ein Ziegeldach ein, daß ihnen die Scherben klirrend vor die Füße in den Schnee fielen.

Im Haus schrie jemand verzweifelt auf. Hinter ihnen aber krachten die Salven immer entsetzlicher. Elsbeth warf einen Blick über die Schulter und sah, daß rings um die zerschlagene Turmkappe von Kiek-in-de-Kök Steinstaub aufstieg und die runde Kuppel aus Kopfsteinen entblößt war. Irgendwo in Richtung der Großen Gilde schlug eine weitere Kanonenkugel in ein Dach ein.

»Michel, ich habe Angst ...«

»Hab keine Angst, Elsbeth! Ich weiß – Gott hat es so beschlossen!«

Sie liefen um die Apotheke herum und waren schon im Tor der Kirchenmauer. Auf der Südostseite hatte ein Geschoß das Dach des Pfarrhauses durchschlagen. Im Schnee neben der Mauer lag ein Haufen zerbrochener Dachziegel. Im Dach selbst aber klaffte ein schwarzes, vier Ellen großes Loch, an seinen Rändern ragten aufgerissene Dachsparren und -latten in die Luft. Elsbeth hörte: Man rief ihr etwas aus dem Fenster der Apotheke zu, aber sie konnte nicht verstehen, was es war. Sie sah

Menschen zwischen Pferdestall und hinterem Tor hin und her laufen und aus der Seitentür der Kirche in den Hof treten, aber sie begriff nicht, wer die Menschen waren. Sie spürte, wie jemand ihre Hand preßte – Michel –, er sagte irgend etwas. Sie hörte die Worte nicht. Sie lief auf die Tür zu und zog daran. Die Tür war nicht verschlossen, und Elsbeth stürzte ins Haus.

Die Balkendecke in der Mitte der Diele hatte sich durchgebogen, wohl eine oder anderthalb Ellen tief. Auf dem Boden lagen Erde und Haufen von Ziegelschutt, der von der Decke herabgestürzt war. In der Öffnung zwischen den Balken, durch die aufgerissene Decke des Oberstocks, schimmerte ein Streifen hellen Himmels. Elsbeth spürte: Michel nahm sie bei den Schultern und drehte sie zu sich um. Sie schaute in Michels leuchtende Augen und hörte, wie er sagte: »Elsbeth ... das ist ein Fingerzeig Gottes. Alles bricht zusammen ... Die Mauern, die Gewölbe, die Schwüre ... Elsbeth ...«

Elsbeth aber, die ihn nicht hörte, dachte: Habe ich mich denn wirklich durch ein Gelübde gebunden, habe ich mir denn wirklich gesagt: Wenn es unser Haus trifft, glaubt Gott also, daß mein Leben unter diesem Dach verlogen ist, und in diesem Fall kann ich ... darf ich ... Nein! Unmöglich! Aber vielleicht doch? Und wieder spürte sie Michels zupackende Hände, hörte sie seine Worte: »Elsbeth, ebenso wie Maria in Bethanien mit ihrem Haar die Füße des Heilands getrocknet hat, will auch ich ... immer ... überall ...« Und da fühlte Elsbeth auf ihren Lippen Michels Lippen ... seinen heißen Kuß, der ihr den Atem benahm ... O Gott, warum nur spürte sie darin den teuflischen Geschmack der Alraunwurzel? Herr ... warum nur war er ... war es ihr ... so gar nicht unangenehm?

Beim dritten, vierten, fünften Herzschlag riß sie sich aus Michels Armen los.

»Ich muß zu den Kindern!«

Ihre Stimme war dumpf und klang trotzdem fast wie ein Schrei. Sie lief aus der Diele, Michel – ihr nach.

Aus der klaffenden Öffnung zwischen den Balken rieselte eine Handvoll Erde auf den Boden, nicht, weil Michel in der Eile die Tür hinter sich zugeschlagen hatte. Nein – von einer Bewegung da oben, über der zerstörten Decke.

Dort oben richtete sich Märten über der Kanonenkugel auf, die den Fußboden durchschlagen hatte und in eine Vertiefung gerollt war. Ein Weilchen stand er neben der Kugel, mitten in Balthasars und Elsbeths Schlafzimmer, am Fußende ihres zur Seite gekippten Bettes – die abgeschabte Mütze aus Hundefell schief auf den Kopf, ein Ende des Hosenriemens, mit dem er die Kugel gemessen hatte, in der Hand, das andere Riemenende pendelte und klirrte gegen den abgebrochenen Bettgiebel. Gebückt stand er da. Das schmale Gesicht war unbeweglich. In dem Licht, das durch die Decke hereinfiel, wirkte Märten einen Augenblick lang beinahe alt. Selbst nachdem er den Riemen wieder umgebunden, die Schnalle geschlossen hatte und auf den Treppenabsatz getreten war, war sein Schritt noch nicht wieder jugendlich leicht, wie sonst, Märtens Alter zum Trotz.

Märten stieg die Treppe hinunter. Stellte sich, die Arme auf dem Rücken verschränkt, mitten in die Diele und starrte auf die durchgebogene Decke.

»Kch ...«

Schritte ertönten, er drehte sich um. Es war Balthasar, der, von der Straße kommend, ungestüm eintrat.

»Da hat es uns also doch erwischt! Ich weiß, alle sind heil und unverletzt. Warst du daheim, als es geschah?«

»Nein, aber ich bin gleich danach gekommen. In jenem Augenblick war niemand im Haus.«

»Ich schau mal nach, wie es oben aussieht«, meinte Balthasar, schon von der Mitte der Treppe aus.

»Hör mal ... Balthasar ...« (Reden? Schweigen? Reden? Schweigen? Reden? Schweigen? Oh, Teufel ... Ich werd's mir noch überlegen!)

»Balthasar, dieser Brocken ... dürfte wohl seine vierhundert Pfund wiegen.«

»Unsinn«, sagte Balthasar von oben, »schwerere als zweihundertfünfundzwanzig haben sie nicht ...«

NEUNTES KAPITEL,

worinnen der Mann, der samt seinen Hausgenossen Krieg und Pestilenz glücklich überstanden hat, noch immer, ohne es selbst zu wissen, inmitten nicht minder schrecklicher Gefahren wandelt und ihnen erstaunlicherweise entgeht. Dabei ahnt er nicht einmal, was für Wunder ihm widerfahren mußten, damit er zu guter Letzt von seiner großen Arbeit (oder seiner großen Torheit) sagen kann: Endlich ist die Spreu vom Weizen getrennt, und wenn ich auch fürchte, daß eine Menge Unkraut zurückgeblieben ist, wenn mich auch der Gedanke bedrückt, daß ich mit der Spreu auch Weizenkörner hinauswerfen mußte, so habe ich sie doch jetzt mit eigener Hand dem Wind Gottes anvertraut, damit sie auf fruchtbaren Boden fallen und die Früchte tragen, von denen ich träumte …

Von hier, vom Dachfirst des Pfarrhauses aus, sah man, daß jetzt, im zeitigen Frühjahr, das Meer eisfrei war bis zum Horizont. So weit man die blaue Wasserfläche zwischen dem nördlichen Rand des Kirchendaches, dem Giebel der Kanutigilde und dem Lippenturm sehen konnte. Und über den roten Dächern kräuselte sich der Rauch aus den rußgeschwärzten und den gekalkten Essen so lustig im Wind unter dem buntgrauen Himmel, als hätten Brennholzmangel, Sorgenlast und anderes Ungemach nie die Herde und Herzen in dieser Stadt bedrückt.

Das zusammengekniffene Auge von Märten – dem einstigen Marsenklemer – gewahrte natürlich von hier oben auf vielen Dächern die Spuren der Zerstörungen und die Reparaturen, obschon seit dem Ende der Belagerung ein ganzes Jahr vergangen war. Sogar im Dach des Pfarrhauses war das Loch, das die Kanonenkugel geschlagen, bis heute nur schlecht und recht mit Brettern abgedeckt, und nun erst besserte man es an dieser Stelle mit neuen Dachziegeln – Mönchen und Nonnen – aus. Weshalb denn Märten jetzt auch zwischen Himmel und Erde hockte.

Ja-a. Länger als ein Jahr gab es nun schon keine Belagerung mehr. Für diesmal. Im vergangenen März hatten sich die Heerhaufen des Großfürsten von der Stadt zurückgezogen. Nach einer entsetzlichen siebenwöchigen

Kanonade. (Balthasar hatte Märten aus seinem Heft vorgelesen, wieviel und was für Haubitzen, wieviel Kartaunen und Mörser ihr Feuer auf die Stadt gespien und wieviel Kugeln jede Kanone vorrätig gehabt hatte; doch wenn jemand meint, aus alldem könnte der Mensch etwas lernen, frage er am besten Balthasar.) Der Feind war abgezogen, das stimmte. Doch die unheilverkündende Gewitterwolke hing weiterhin über der Stadt. In solcher Zeit wäre es offensichtlich naiv, zu erwarten, sie würde verschwinden. Zur Fastenzeit war eine unbekannte Brustkrankheit aufgetreten – sie war qualvoll, befiel die Menschen plötzlich und hatte viele dahingerafft. Obwohl sich diese Krankheit nicht so weit ausbreitete wie die Pest, war ihre Wirkung doch mitunter entsetzlich gewesen. Mitten im Dankgottesdienst, den man anläßlich der Beendigung der Belagerung abhielt, mitten im dröhnenden Dankgesang hatte einen Jungen im Kirchenchor der Würgeengel überfallen, und er war erstickt: Als habe Satan Macht erhalten, ihm mit den Klauen an die Gurgel zu fahren, weil er es wagte, zum Ruhme des Herrn zu singen ... Und zu Sommersanfang hatte die Stadt schreckliche Kunde erhalten: In Pleskau rüstete der Großfürst, schon mit einem neuen Heer, wieder zum Feldzug. Also hatte sich Reval, sich bekreuzigend, auf neue, Entsetzen einflößende Prüfungen vorbereitet. Dann aber war bekanntgeworden, daß die Geißel des Krieges diesmal in anderer Richtung zum Schlag ausholte: Der Großfürst zog mit seinem unermeßlichen Heer zu den befestigten Städten des lettischen Livland. Von dort waren denn auch bis in den Herbst hinein fortwährend Gerüchte über verschiedene grauenhafte Geschichten gekommen, bis zu einem vorher nie dagewesenen Freitod: Heinrich Boissmann hatte mit dreihundert Mann aus Wenden einen Pulverturm in die Luft gesprengt ... Nun ja, übrigens – in welchem Katechismus hieß es denn, daß die Welt besser sein müsse, als sie ist?!

Märten saß oben, auf dem einst weiß getünchten, mit der Zeit grau gewordenen Dachfirst, oberhalb des Loches. Für alle Fälle hatte er sich einen Strick um den Leib gebunden und dessen anderes Ende an einer Dachsparre festgemacht. Er brachte neue rote Dachziegel an, einen am anderen, in den Reihen der alten, vom Kalk braun gewordenen, hier und da auch grauen, mitunter gar mattgrünen, und befestigte sie an den Querlatten über der gähnenden, tiefen Leere des Dachbodens. Dachziegel und den Eimer mit dem Mörtel hatte er gleich zur Hand, auf der Hucke, mit den Griffen am Firstbalken angehakt. Eine zweite ebensolche Hucke mit Ziegeln hatte ihm Päärn schon von unten gebracht, über drei übereinandergestellte Leitern.

Nun ja ... Vielleicht lag in diesem Einvernehmen mit der Welt, was im Grunde genommen bedeutete, sie aufzugeben, eine gewisse Herausforderung an den Herrgott. Märten kam es beinahe so vor. Aber es kümmerte ihn nicht. Warum auch? Schließlich dürfte diese oder jede andere Herausforderung von Märtens Seite für Gott zu unbedeutend sein, als daß er ihn, Märten, zur Strafe noch mehr ärgern würde. Noch mehr, als er ihn – den halben Obdachlosen und halben Säufer, zu einem Viertel Holzschnitzer und zu drei Vierteln Glöckner – nun schon bald fünfzig Jahre ärgerte. Ihn, den durch die Pest völlig niederzuwerfen und dann wunderbarerweise genesen zu lassen dem Herrn gefallen hatte (für die Genesung gebührte ihm natürlich Dank). Kch ... Aber schließlich konnte Märten ja nicht, nur weil *er* gerettet worden war, glauben, dadurch sei die ganze Welt genesen und habe sich der echten und der eingebildeten Eiterbeulen an ihrem Leib entledigt ... Warum gab es dann auch weiterhin Unheil auf der Welt (dachte man an Blutvergießen, Krankheiten, Dürre, Unrecht, dachte man daran, daß allerlei Räuberpack gedieh, ehrliche Menschen aber dahinkümmerten). Wie sollte so einer wie er – zu drei Vierteln Glöckner – darauf antworten?! Wenn die klügsten Leute das nicht vermochten. Ganz offensichtlich nicht vermochten. Auch Balthasar nicht. Trotz seiner ganzen Stettins und Wittenbergs, trotz all der Bücher und Handschriften. Ja, trotz der Tatsache, daß ebendieser Balthasar bei all seinem Verstand und seiner einflußreichen Stellung doch mehr oder weniger derselbe alte Freund und Stammesgenosse blieb, der er für Märten von klein auf gewesen war. Mehr oder weniger. Soweit das der unvermeidliche Unterschied in ihrer Stellung zuließ …

Und hatte es etwa sein alter Freund, also Balthasar, immer leicht in dieser vom Krieg grindig gewordenen Stadt, unter diesem halb gedeckten Dach … Nicht nur in dem Sinne, daß die Gemeindesteuern nicht in die Kasse eingingen, daß schon lange eine Schuld für Abendmahlswein über ihm schwebte, die Herren des Gotteskastens aber den Heiligengeistpastor noch länger auf sein Gehalt warten ließen als die Pastoren von Olai, Nikolai und Michael, man weiß ja, ein Seelsorger der Grauen … Nicht nur in diesem Sinne. Man brauchte bloß zusammenzuzählen, was Märten sonst noch alles bemerkt hatte … Bei klugen Leuten ist es schließlich oft so: Je weiter etwas von ihnen weg ist, desto besser sehen sie es, doch was vor ihrer Nase vorgeht, kann ihrer Aufmerksamkeit völlig entgehen. Man nehme nur diesen Dänen, von dem Balthasar so begeistert erzählt hatte, wie hieß er doch gleich … Brahe wohl. In allen Angelegenheiten des Tierkreises kannte der sich aus wie in seiner eigenen Westentasche, doch wie sich die Staatsräte des Königs hinter seinem Rücken über ihn lustig machten, merkte er überhaupt nicht, hieß es. War es denn mit Balthasar nicht dasselbe? Im Sternenkram dieses Dänen wußte er Bescheid wie kein zweiter, und besser als jeder andere begriff er, wie die Nachbarfürsten Livland umschmeichelten. Daß sich aber in seinem eigenen Haus dieser vornehme Michel alle Mühe gab, seine Frau herumzukriegen, und beständig um sie herumscharwenzelte, das sah er nicht … Kch … Auch wenn wir beide, er und ich, aus Fischermai sind und ich ihm vor dreißig Jahren gewiß gesagt hätte, daß es ein Flegel auf sein Mädchen abgesehen hat – dem Glöckner geziemt es nicht, zum Herrn Pastor zu gehen und ihn mit der Nase draufzustoßen …

Mit der Maurerkelle klatschte Märten der Nonne Mörtel auf den Bauch, legte von oben einen Mönch darauf und drückte ihn mit der Hand an. »Daß ihr Dirnen mir hier gut liegt und zweihundert Jahre aushaltet, allen Stürmen, Frösten und Kanonenkugeln zum Trotz ...«

Manchmal tat es beinahe weh, Balthasar, den zähen alten Freund, anzuschauen ... Wie er, mit weit aufgerissenen Augen, doch mit Scheuklappen, unbeirrbar vorwärts stapfte, immer nur auf sein Ziel los. Gerade wie ein Deichselpferd in einer Pferdemühle dem Haferbüschel nach, das der Treiber vor seiner Nase angebunden hat – es geht nur und geht. Mit dem Unterschied, daß Balthasar sein eigener Treiber und sein eigener Verlokker war. Nun ja ... Aber aus dieser seiner Lockspeise würde wohl was Vernünftiges entstehen – wenn einer, der zu drei Vierteln Glöckner war, über die Arbeit urteilen durfte (noch dazu nur anhand von Auszügen), die der Herr Pastor geschrieben hatte.

Gewiß, hätte Märten an jenem Tag, da die Kanonenkugel ins Dach einschlug, nicht den einen einzigen verflixten Kuß gesehen, so hätte er Michel in diesem ganzen Jahr nichts weiter vorwerfen können. Ein geschärftes Auge konnte nach jenem Vorfall höchstens bemerken, wie sich Herrn Slachters Wangen röteten und sein Gesicht belebte, wenn er mit der Frau des Hauses zu tun hatte. Und nur ein erfahrenes Ohr konnte wahrnehmen, wie Michels Stimme vor Erregung bebte, wenn er sich an Elsbeth wandte. Und Elsbeth? O du Gottseibeiuns ... Anscheinend war es leichter, hebräische Buchstaben zu entziffern, als zu begreifen, was in einer Frau vorging. (Ebendeshalb sagte sich ein kluger Mann, wenn er an ein Mädel geriet: »Manche ist mir lieb zum Zeitvertreib, ungestört mit ihr mich zu erfreuen; doch häng ich mein Herz nie an ein Weib, dann wird auch der Abschied mich nicht reuen ...« Weil sich alles übrige so schwer berechnen und das eigene Leben so schwer an ein anderes anpassen läßt, daß sich das Spiel nicht lohnt ... Wie hart ist manchmal das Holz, an dem man schnitzt, mit Auswüchsen und Beulen bedeckt – besser, man läßt die

Finger davon. Und doch – kein Holzklotz ist mit einem Weib zu vergleichen, nicht mal der störrischste. Holz hobelt man so lange, bis es schließlich die Form bekommt, die man haben will. Sich mit einem Weib abzuplagen ist hingegen die nutzloseste Sache von der Welt.) Nun, aber auch solche Männer gab es zur Genüge, die der Frau freie Hand ließen, hereinfielen und selbst zu Dienern wurden ... Schön, mochte sein alter Landsmann Balthasar mit ihnen dienen. Freilich, ein Pantoffelheld war er nicht, nein. Irgendwie hatte er seinen ungebeugten Nacken bewahrt und trug den Kopf mehr oder weniger hoch. Aber das kam wohl daher, so schien es wenigstens, daß man ihm in letzter Zeit nicht sonderlich diente ... Was Elsbeth anging (ach du heiliger Strohsack – was kümmern den Glöckner die Angelegenheiten des Herrn Pastors!), was Elsbeth anging: Danach zu urteilen, wie inbrünstig sie oft zwischen den Bänken in der Heiligengeistkirche betete, konnte man meinen, sie habe Ursache, die Gnade Gottes zu erflehen (pfui, als ob das wahrhaftig meine Sache wäre!). Merkwürdig war auch, was Märten am ersten Tag des Jahres achtundsiebzig beobachtet hatte. Wenn das nichts heißen wollte! Am ersten Januar mittags, nach dem festlichen Morgengottesdienst und einem leichten Mittagessen zu Hause, wollte Balthasar mit Elsbeth auf das Neujahrsfest in der Großen Gilde.

Märten erinnerte sich genau: Balthasar stand mitten in der Diele und wartete auf seine Frau. Tuchanzug und Kalbsfellmantel, die er anhatte, waren ziemlich abgetragen, die Mütze mit den Ohrenklappen hielt er in der Hand, er selbst aber – baumlang und mit wucherndem Bart – war freudig erregt. Vielleicht, weil er bei all seiner Arbeit einmal Zeit für die Familie fand, auch wenn er jetzt nur zum Fest in die Gilde ging. Wie hart war das vergangene Jahr gewesen – Belagerung und sonstiges Ungemach. Und doch war es auch das Jahr eines großen Sieges. Inmitten der heillosen Wirrnis, die im Lande herrschte, hatte die Stadt standgehalten, trotz allem. Und wie düster die Prophezeiungen für das angebrochene Jahr achtundsiebzig auch sein mochten (der riesige gelbschwänzige Komet – noch schrecklicher als der vom Propheten angekündigte vor zwanzig Jahren – hatte wohl kaum umsonst bis kurz vor Weihnachten wochenlang am Himmel gehangen, einem gewaltigen Tatarensäbel gleich), die Achtundsiebzig konnte dennoch, so Gott wollte, die Zahl sein, die auf der ersten Seite von Balthasars Opus gedruckt stehen würde ... Den Anbruch eines solchen Jahres mußte man einfach feiern.

Also, Balthasar stand mitten in der Diele und klopfte sich, wartend, mit der Mütze auf den Pelzmantel. Elsbeth kam. In einem prächtigen Otternmantel mit einem Nerzmuff, der an einem Band an ihrem Handgelenk hing. Ernst wie immer. Besonders in letzter Zeit. Mit einem Hauch von Wehmut in den Winkeln des sanft geschwungenen Mundes. Vielleicht waren einfach die durchlebten Jahre daran schuld, die unseren Gesichtern ihren Stempel aufdrücken, vielleicht die noch nicht allzuweit zurückliegende schwere Zeit, vielleicht aber auch ein heimlicher Kummer, weiß Gott. Den Duft von Rosenwasser um sich verbreitend, wie oft in letzter Zeit.

Märten, der den Herd in der Diele heizte (damit das Haus zum Abend nicht auskühlte), hob den Kopf und sah, daß sich Balthasars Nasenflügel vor Vergnügen weiteten, als er den Duft spürte, den seine Frau mitgebracht hatte. Da kam Michel von oben herunter, er wohnte immer noch hier, seit er, während der Belagerung, hergezogen war. Und gerade das nahm ihm Märten, ehrlich gesagt, am meisten krumm. Obwohl Märten mit eigenen Ohren gehört hatte, wie Balthasar zu Michel sagte: »Du kannst unter meinem Dach wohnen bleiben, brauchst nicht wegzugehen. Wozu?«

Aber da war Michel schon unten, in der Diele. Derselbe Michel wie immer – keine Frage. Nur daß natürlich auch er zum Fest in die Gilde wollte, sie hatten vor, zusammen hinzugehen. War Michel auch kein Mitglied des Ministeriums (in der Garnisonskirche hatte man noch immer nicht das Amt eines Adjunkten geschaffen), so hatte man ihn doch zum Fest eingeladen. Er trug Stiefel mit hohen Schäften und eine kurze pelzgefütterte Schaube mit Fuchsfellbesatz, das rote Barett aus Wieselfell hatte er keck in den Nacken geschoben – und als er unten die Frau des Hauses gewahrte, nahm er das Barett höflich ab. Im selben Moment schaute Märten Elsbeth ins Gesicht. Und Michel auch. Wie verzaubert starrten sie einander entzückt an. Sekundenlang blieb Michel neben der Tür stehen. Elsbeth aber wich unwillkürlich einen Schritt zurück und griff nach dem Arm ihres Mannes – So, gehen wir, Balthasar! –, doch gleichzeitig wandte sie einige Herzschläge lang kein Auge von Michel.

Über dem Dachsims tauchte Päärn mit zehn Dachziegeln auf und hob das mit rötlichen Bartstoppeln bedeckte, verschwitzte und fröhliche Gesicht zu Märten empor. Der schwang ein Bein über den Dachfirst, auf dem er rittlings saß, und stieg die Leiter hinunter, Päärn entgegen, um ihm die Last abzunehmen. Da knarrte im Haus die Tür des Hintereingangs, und Epps Stimme rief vom Hof: »He, Männer! Kommt runter! Der Herr ruft.«

»Ja, sofort!« erwiderte Päärn munter, packte Märten die Hucke mit den Dachziegeln auf die Schultern und stieg hinab. Märten aber brummte, während er mit seiner Bürde auf den Dachgrat kletterte: »Na ... Wenn er ruft, dann wollen wir mal sehen, was er will ... Ich verstehe bloß nicht, was passiert ist, daß er einen am helllichten Tage von der Arbeit abhält.«

Es mußte tatsächlich etwas geschehen sein. Das sah Märten, als sie über die Schwelle der Diele traten, auf den ersten Blick. Die Hausgenossen saßen, wie sonst während der Mahlzeiten, an dem langen, sorgfältig gescheuerten Familientisch, doch stand nichts darauf. In der Decke über ihren Köpfen waren die Bohlen schon eingezogen, die Fugen aber noch nicht verschmiert. Nur die Erwachsenen waren um den Tisch versammelt, die Kinder – die Zwillingsmädchen und der kleine Balthasar – fehlten. So daß Michel, sieh mal an, den Platz zu Elsbeths Rechten erhalten hatte. Zweifellos war das ein purer Zufall, und außer Märten bemerkte es schwerlich jemand. Ebensowenig wie den in sich gekehrten, fast gequälten Blick des alten Jakob und Muhme Katis (weshalb hat man *uns* aus so einem Anlaß zum Tisch geschleppt?) und die etwas salbungsvolle Miene des eingeweihten Meckius und Michels helle Hundeaugen, die gegen seinen Willen ständig zu Elsbeth hinübersahen. Und das von Michels Blick sekundenlang warm gewordene Gesicht Elsbeths, das jedoch gleich wieder streng wurde, als sie aufstand, um einen Krug Wein und Gläser auf den Tisch zu setzen.

Aber Märten hatte nicht die Zeit, die Gesichter der am Tisch Sitzenden eingehend zu betrachten und sich darüber klarzuwerden, was in letzter Zeit auf diesem Hause lastete und aus welchem Grund wohl sich alle hier am Tisch zusammengefunden hatten. Denn nun kam Balthasar von oben herunter. Sein bronzefarbener Bart mit den eisgrauen Büscheln neben den Ohren stand vor und rahmte den eigenartigen, freudig-trotzigen Mund ein. In der Hand hielt er ein Buch. Balthasar ging an seinen Platz, den Platz des Hausherrn an der Stirnseite der Tafel. Er legte das Buch auf den Tisch und sah der Reihe nach jedem seiner Hausgenossen ins Gesicht. Er sagte: »Meine Freunde! Manchem von euch ist es schon aufgefallen, und wer es nicht gemerkt hat, der mag es jetzt erfahren ...« Auf estnisch hatte er begonnen, wie er von der Kanzel herab zu reden und sich mit seinen Gemeindemitgliedern zu unterhalten pflegte (zudem verstand kaum die Hälfte seiner Zuhörer hier in der Diele Deutsch), dann aber meinte er, Elsbeths, Michels und Meckius' wegen deutsch sprechen zu müssen, und setzte seine Rede in einer Mischung beider Sprachen fort ... Bis er jedoch zu dem Schluß gelangte, alle am Tisch müßten hinlänglich Estnisch verstehen, und darum aufhörte, sich ins Deutsche zu übersetzen. »Die vielen Jahre, die wir hier zusammen wohnen, habe ich über einem großen Werk gesessen – und mich nicht wenig geplagt«, fügte er für die hinzu, die keinerlei Vorstellungen von seiner Arbeit hatten, »und zwar über einer sogenannten Chronik, also einem Zeitbuch der Ereignisse, die in unserem teuren, leidgeprüften Livland geschehen sind. Vielleicht«, fuhr er fort, »hat mir oft die Zeit gefehlt, alles zu tun und an alles zu denken, was für den Hausstand nötig ist.« Nein, er würde sich nicht möglicher Versäumnisse wegen bei ihnen entschuldigen (er wäre ein Narr, wenn er's täte – dachte Märten). Balthasar nahm das Buch vom Tisch und sagte ganz einfach: »Jetzt habe ich diese Arbeit endlich fertiggestellt. Was weiter mit ihr wird, ist schon Sache, sagen wir, vor allem unserer Seeleute und der deutschen Drucker und, nicht zuletzt, jener, die das Buch, so Gott will, werden gedruckt lesen können, mit einem Wort, so vieler, daß wir das schon als Sache des Herrn selbst ansehen müssen. Jetzt aber möchte ich, daß ihr mit mir ein Glas Wein darauf leert, daß ich den Schlußpunkt gesetzt habe.«

Er legte das schwarz eingebundene Buch im Quartformat auf den Tisch zurück und füllte eigenhändig nacheinander acht Gläser mit hellem Rheinwein. Beim Glukkern des Weines konnte man hören, wie jenseits der Kirche Fuhrwerke mit allerlei Ladung vorbeiholperten und wie die Wetterfahne über dem Siechenhaus im Frühlingswind knarrte.

»Nun denn ...«

Die Frauen nippten bloß, Päärn, Jakob und Michel nahmen einen Schluck, während Märten und Balthasar ihre Gläser in einem Zug leerten. Balthasar sagte: »Märten, hier ist Geld, geh zu Elken. Ich habe in der vorigen Woche ein maßgerechtes Kästchen bei ihm bestellt. Aus Wacholderholz. Bezahl's ihm, und laß es dir geben.«

Der Tischler Elken brachte Märten das von Herrn Balthasar bestellte Kästchen. Es war eine gute Spanne lang, ebenso breit sowie eine halbe Spanne hoch und aus dünnen, durch Einschnitte und Zapfen vorzüglich verbundenen Wacholderbrettchen gefertigt, von innen und außen mit feinem Sand abgeschliffen und glatt wie Seide. Märten dachte: Gerade so, als wüßte der alte Elken, der wie ein Seehund aussieht, ganz genau, was das wert ist, das in dieses Kästchen kommt, und wie lange es unterwegs sein wird ... Mit dem Kästchen unter dem Arm verließ Märten Meister Elkens Werkstatt, wo es nach Knochenleim roch und Hobelspäne herumlagen; er war schon die Außentreppe zur Kanonengasse hinuntergestiegen, als der Meister ihm nachrief: »He, hör mal, Glöckner ...«

»Was gibt es?«

»Dieser ... na, der Herr Slachter aus eurem Haus hat vorgestern noch ein zweites Kästchen bei mir bestellt. Haargenau das gleiche. Das hab ich auch fertig. Nimmst du das nicht mit?«

Haargenau ein zweites solches Kästchen? ...

Kch. Aber was ging Märten das Kästchen an, das Michel bestellt hatte. Balthasar hatte ihn geheißen, nur das zu bringen, das er jetzt unter dem Arm trug. Mochte Michel sich sein Kästchen selber holen. Schließlich war er nicht dessen Laufbursche. Nur – wozu brauchte Michel haargenau das gleiche Kästchen?

»Nein. Ich nehme dieses. Von dem anderen weiß ich nichts.«

Märten schlenderte durch die Kanonengasse bis zur Breitstraße, schlängelte sich zwischen den zur Pferdemühle fahrenden kornbeladenen Fuhrwerken hindurch und ging dann ziemlich lange durch die Breitstraße auf den Turm hinter dem Siechenhaus und die am buntgrauen Himmel aufragende Oberstadt zu. Kaum nahm er Häuser, Mauern, Türen, Treppen, Wagen und Fußgänger wahr. Er dachte: Zum Teufel noch mal – als ob alle diese Angelegenheiten von Pastoren und Kandidaten einen Glöckner etwas angehen! Und doch ... Wozu braucht Michel haargenau das gleiche Kästchen? Und hätte ein Vorübergehender gesehen, wie Märten ging, er hätte wohl in den Bart gebrummt: Was ist mit diesem dürren Heiligengeistglöckner los? Der Rumpf strebt aus Leibeskräften vorwärts, die Beine aber bleiben zurück, als wollten sie Zeit gewinnen ...

An der Ecke Lang- und Pferdekopfstraße, genau gegenüber dem früheren Bethaus der schottischen Landsknechte, blieb Märten vor Schreck wie angewurzelt stehen. Doch erschrak er nicht, weil ihm das schlimme blutige Ende der Schotten eingefallen war. Erschrecken ließ ihn der unverschämte Gedanke, der ihm auf einmal, Gott weiß, wieso, durch seinen Kopf unter dem struppigen hellen Haarschopf geschossen war. Ja-a, ein solcher Wurf gelingt manchmal ganz unverhofft. Die Jäger gehen. Die Hundeknechte und achtzig absichtlich nicht gefütterte, ausgehungerte Hunde umzingeln das Wäldchen. Die Ketten der Treiber dringen immer tiefer ins Dickicht ein. Die Treiber schreien, die Jagdhunde bellen, die Jagdhörner tönen. Menschen, wohin man sieht. Der Wolf aber schießt wie ein Blitz zwischen den Hunden hindurch, und weg ist er. Wie ein Gespenst. Wenn er überhaupt da war ... Und ein andermal ist es so: Ein Mensch geht mutterseelenallein durch einen Wald, von dem kein Ende abzusehen ist. Er geht nicht einmal auf den Pfaden, sondern der Nase nach, ins dichteste Gestrüpp (wer weiß, womit er wittert – ob mit den Nasenflügeln oder der Haut über den Backenknochen oder mit den Brauenhärchen). Bleibt unter einer Eiche stehen, schaut nach oben: Dort sitzt denn auch wirklich so ein gelber Teufel in den Zweigen – gib acht, daß er dir nicht in den Nacken springt ...

Märten stieß das Tor zum Hof des Bethauses auf. Schaute sich um und ging hinein, zog ein Messer aus dem Hosengürtel und ritzte im Boden des Kästchens, dicht an der Kante, ein Zeichen ein. Für alle Fälle. Eine Kerbe, an der man dieses Kästchen sogar im Dunkeln durch Betasten von anderen, ebensolchen unterscheiden konnte.

Als er ins Pfarrhaus kam, erkundigte er sich im Vorübergehen bei Epp nach Michel. Sie sagte, Herr Michel sei vor kurzem weggegangen und anscheinend sehr in Eile gewesen.

»Ah!« sagte Balthasar hinter dem Pult und drehte sich zu Märten um, der in sein Zimmerchen getreten war. »Gib es her!«

Balthasar nahm das Kästchen. Er streichelte es mit

ein wenig spöttischem Vergnügen. Dann stellte er es auf die breite Fensterbank aus Steinfliesen. Nahm das eingebundene Manuskript vom Pult und probierte, ob es Platz im Kästchen hatte.

»Paßt haargenau!«

Aus der Nische hinter dem Eisentürchen zog er einen Brief mit Wachssiegel hervor.

»Das ist meine Anweisung, wie gedruckt werden soll. Daß sie schöne Lettern aussuchen sollen und Rot fürs Titelblatt nehmen, damit es nach etwas aussieht. Und daß sie hundertfünfzig Bücher einbehalten sollen, um ihre Unkosten zu decken.«

Balthasar legte den Brief in das Manuskript, unter den schwarzen Ledereinband, und holte dann ein Hämmerchen aus der Pultschublade und acht dünne Nägel. Noch einmal schlug er das Buch auf und vergewisserte sich, ob der Brief darin lag. Nun klappte er den Deckel zu, setzte an dessen Ende einen Nagel an und nahm in die andere Hand das Hämmerchen. Er sah Märten mit einem eigentümlichen Blick an, in dem leiser Spott war und Zweifel.

»Nun, wir werden ja sehen, ob das ein Sarg ist oder eine Wiege.«

Dann nagelte er rasch den Deckel zu, an den Ecken und Kanten, und gab das Kästchen Märten.

»Trag es geradewegs in den Hafen. Gib es dem Kapitän der ›Barbara‹. Du kennst ihn. Er wird im Augenblick die Anker lichten.«

Märten steckte das Kästchen unter den Rockschoß und ging aus dem Zimmer. Vor der Tür, im dunklen Korridor, blieb er stehen, schloß die Augen und überlegte. Überlegte schnell und scharf: Am klügsten ist es, zu tun, wie mir geheißen. Schnurstracks in den Hafen – und damit basta. Kann schon sein, daß das Gespenst des Luchses, das mir erschienen ist, wirklich ein leerer, lächerlicher Wahn ist. Bloß, bring ich das Kästchen jetzt gleich aufs Schiff, wird nie jemand erfahren, ob es da gewisse Pläne gegeben hat und was für welche. Deshalb … Wenn auch Balthasar gesagt hat – das weiß ich noch –,

Wissen sei manchmal von Übel … Er stieg die Treppe hinab.

»Epp, ist Michel zurück?«

»Ja. Gerade eben. Ist in sein Zimmer gestürzt. Dort ist er auch.«

Märten ging wieder nach oben. Im halbdunklen Korridor kam er sich vor, als sei er mit Gewalt darauf aus, an einer Schaubudenvorstellung mitzuwirken, an der außer ihm vielleicht niemand teilnahm. Dieser Gedanke brachte ihn derart auf, daß er kräftig ausspuckte, sich vor die Füße. Dann huschte er geräuschlos zur Tür von Michels Zimmer und preßte das Auge ans Schlüsselloch. Ein kalter Luftzug wehte ihn an, doch nicht er war es, der ihn blinzeln ließ, es war das Bild, das sich ihm bot. Erstaunlicherweise war es genau das, was er zu sehen erwartete! Michel saß seitlich von der Tür an seinem kleinen Tisch am Fenster. Der Doppelgänger des Kästchens stand auf dem Tisch, und Michel stopfte hastig ein Buch in schwarzem Einband hinein und nagelte dann den Deckel zu.

In der Dunkelheit vor der Tür richtete sich Märten auf. Und während er das tat, spürte er, wie sein Kopf aus dem Halbdunkel der zauberischen Vision kampflustig-fröhlich in die Klarheit eines übersichtlichen Spiels tauchte. Sollte er Balthasar rufen? Anklopfen und bei Michel eintreten? Nein. Michel würde sofort sagen: Meine Lieben, worüber wundert ihr euch? Das ist doch ganz begreiflich! Ich habe bei Elken das Kästchen gesehen, das Herr Balthasar bestellt hatte. Es hat mir so gefallen! Und käme mir für das und das Buch zustatten. Ich habe mir das gleiche machen lassen und es auf den Tisch gestellt. Zum Andenken an das gastfreundliche Haus von Herrn Balthasar. Schließlich werde ich vielleicht bald Pastor in Goldenbeck oder Lode sein (dergleichen hatte man neulich tatsächlich gemunkelt) … Märten ging von der Tür weg und blieb auf dem Treppenabsatz stehen. Er biß sich mit den unteren Zähnen auf die Oberlippe, daß der Schnurrbart knirschte. Und sagte laut: »Oh, du Mottenlarve in Jesu Kreuz …«

Er stieg die Treppe hinab und flüsterte Epp in das von Feuer und Dampf gerötete Ohr: »Ruf Michel, daß er dir hilft. Ruf ihn auf den Hof. Nur für einen Moment. Sag, du hättest mich rufen wollen, aber nicht gefunden. Und sonst, sagst du, sei niemand weiter im Haus. Sag, er soll dir ein Fäßchen mit Pökelfleisch aus dem Keller holen oder was du willst.«

Märten versteckte sich in dem Gang hinter dem Herd. Er hörte nicht, was Epp zu Michel sagte, jedenfalls gingen sie sofort auf den Hof. Mit einem Satz war Märten in Michels Zimmer. Hier ließ sich nirgends etwas verbergen. Im Nu hatte er das Kästchen unter dem Bett entdeckt. Um die Kästchen auszutauschen, genügte eine Handbewegung. (Wirklich, um dieses Lumpen willen würd ich solche Tricks nicht wagen ... Weiß der Teufel, vielleicht tät ich's auch nicht für Pall ... Aber schließlich hat er mir selbst erzählt, daß er sich mal mit Hasse ein ähnliches Schelmenstück geleistet hat, wegen der Bauern von Rasik ... Und immerhin geht es jetzt um *so* eine Sache! ...) Als Michel und Epp ins Haus kamen (sie hatten einen schweren Backtrog in die Küche getragen), stand Märten mitten in der Diele, das ausgetauschte Kästchen unter dem Arm. Gleichsam nicht an Michel gewandt, sagte er: »Da hätten wir es jetzt. Ich soll es auf der Stelle auf ein Rostocker Schiff bringen.«

Er sah Michel von der Seite an, und ihm war, als lese er Bestürzung auf dessen Gesicht. Märten dachte: Ich möchte doch wissen, was er jetzt tut. Wird er mir anbieten, an meiner Statt in den Hafen zu gehen? Oder wird er mich begleiten und versuchen, sich unterwegs etwas auszudenken? Aber ich werde ihm keine Zeit lassen. Was husten werd ich ihm – ha-ha-ha-ha!

Er hielt Michel das Kästchen direkt unter die Nase.

»Herr Michel, haltet es doch mal einen Moment. Ich geh mir bloß meinen Pelzmantel anziehen. Im Hafen weht heute bestimmt eine kräftige Brise.«

Als Märten Michel das Kästchen reichte, schien es ihm, als bemerke er in Michels Gesichtsausdruck und in der Bewegung, mit der jener das Kästchen entgegennahm, Verwunderung und Eifer – so greift man nach entglittenem Glück, das unverhofft wiedergekehrt ist.

Aus seiner Kammer bei der Sauna zurückgekehrt, schon in Pelzmantel und auf den Hinterkopf geschobener Pelzmütze, traf Märten Michel an, wie er lächelnd immer noch am selben Fleck, an der Stirnseite des Tisches, dastand. Doch neben der Bodenkante des Kästchens, das er Märten reichte, ließ sich die eingeschnittene Kerbe unfehlbar ertasten.

Märten hatte nicht die Zeit, sich sofort vorzustellen oder länger darüber nachzudenken, ob das nicht auch bedeuten konnte, daß Michel in sein Zimmer gelaufen war, seinerseits das Kästchen vertauscht und jetzt Märten als seinem Mitwisser das falsche ausgehändigt zu haben glaubte, während er das richtige bei sich im Zimmer unter dem Bett wähnte ... Nebenbei gesagt, wem konnte das nützen? Doch im Grunde genommen war das jetzt egal ... Märten steckte das ihm hingereichte Kästchen zu sich, registrierte im Vorübergehen verächtlich Michels gleichsam entschuldigendes Lächeln (kch, zwei Gauner, Auge in Auge) und meinte: »Na, jetzt wird sie gedruckt, paß auf, und kein Teufel kann mehr seine Pfote drauflegen.«

Drei Stunden später, es dämmerte schon, betrat Michel, ohne anzuklopfen, das Pfarrhaus vom Hof her. Er sah, in Küche und Diele waren die Fenster dunkel, also war dort niemand. Das machte er sich zunutze und lief gebückt die Treppe hinauf. Er war gekommen, um seine Sachen zu holen und das Haus zu verlassen. Nach *dem*, was ihm heute widerfahren war, blieb ihm nichts anderes übrig, als zu verschwinden. Zu verschwinden, ohne Herrn Balthasar unter die Augen zu kommen ... Denn etwas Fatales und völlig Unbegreifliches war geschehen.

Eine Stunde nachdem Märten den Doppelgänger des Kästchens (auf den Rat des Admirals Maidel bestellt und mit Michels Katechismus anstelle Balthasars Manuskript ins Spiel gebracht) zum Hafen getragen hatte, hatte Michel in der Oberstadt Herrn Maidel das richtige Kästchen ausgehändigt.

Großer Gott, Du weißt, daß Michel zu guter Letzt, man kann sagen, sogar leichten Herzens darauf eingegangen ist, anfangs aber hat er ja mit Dir gerungen. Denn – so hatte Herr Maidel gesagt – die bei der Konfirmation erworbene Auffassung von Gut und Böse hatte Michels Zustimmung allzu langsam reifen lassen. Obwohl man ihm, mit Rücksicht auf seine durch bürgerliche Herkunft bedingte Beschränktheit, nur tröpfchenweise beigebracht hatte, was man von ihm wollte. In solchen Dingen kannte Herr Maidel sich aus. Anfangs hatte er nur gewollt, daß Michel, den Herr Balthasar sowieso mit seinem Werk bekannt machen würde, nun auch seinerseits Herrn Maidel damit bekannt machte, und weiter nichts. Etwas später hatte der Admiral Michel dann Fragen zur Chronik gestellt, auf die zu antworten manchmal sogar komisch gewesen war. Aber Michel hatte das gemeistert: Weil er dies, wie Herr Maidel sagte, im Interesse des Vaterlandes tat, um mögliche künftige Unannehmlichkeiten zu verhüten ... Herrgott, schließlich waren ja die Interessen des Vaterlandes eine Sache, der zu dienen ein Untertan des Staates verpflichtet war. Wie dürfte er sonst auf das tägliche Brot und die Gunst übergeordneter Personen hoffen. Doch vor allem nützten ja auch Herrn Balthasar die Unannehmlichkeiten nicht, die künftig entstehen konnten. Das war die reine Wahrheit. Und zweitens hatte Herr Balthasar ja auch gar keinen Grund, Unannehmlichkeiten wegen seines Werkes zu fürchten (was war dort schon im Grunde genommen: Spitzen gegen den Adel, das ja – aber kaum persönlicher Natur, und zudem lag alles unter ehrlicher lutherischer Tunke). Außerdem würde Herr Balthasar um so weniger Grund haben, etwas zu fürchten, je klarer das Bild war, das sich Herr Maidel, dank Michel, von seiner Arbeit machen konnte. So war es. Folglich diente Michel, indem er diese Aufgabe übernahm, nicht nur den Interessen der Krone, nicht nur dem König, sondern auch einer gottgefälligen Sache. Er konnte dadurch seinen zwar etwas ungehobelten, aber doch achtbaren und würdigen Lehrer schützen, jaja, und besser als irgendein anderer. Herr Maidel hatte Michels kurze und lobende Mitteilungen über Inhalt und Charakter der voranschreitenden Chronik mit gleichbleibendem Interesse und Vertrauen zur Kenntnis genommen. Eines Tages hatte er lächelnd bemerkt, ein junger Mann, der seinem Lehrer eine solche Hochachtung entgegenbringe – noch dazu, wo er in dessen Frau verliebt sei (Allmächtiger, dieser Umstand, der Michel erröten machte, konnte ihm nur aus dem Geschwätz Wolter Tisenhusens bekannt sein) –, ein solcher junger Mann verdiene es offenbar tatsächlich, daß Herr Maidel eine passende Stelle für ihn gefunden habe und ihn näher an sich binden wolle ... Sagen wir, das Amt des Pastors auf Schloß Lode? Weil das Amt eines Adjunkten der Revaler Garnison immer noch nicht geschaffen, Herr Maidel aber durch die Gnade Seiner Majestät des Königs zum Verwalter des königlichen Lehens in Lode ernannt worden sei ... Und trotzdem hatte diese Unterhaltung am Donnerstag abend Michel im ersten Moment einen Schreck eingejagt.

Michel hatte sich, seiner Gewohnheit gemäß, zu Wolter begeben, bei Wolters Papa aber saß Herr Maidel und schlürfte Klarett.

»Nun, Michel, wie sind die Erfolge unseres Herrn Chronisten?«

»Derart, daß schon das Kästchen bestellt ist.«

»Was für ein Kästchen?«

»In dem die Chronik nach Deutschland geschickt wird, um gedruckt zu werden.«

Sonst hatte Herr Maidel, wenn er sich mit Michel unterhielt, gesessen, ihn aber stehen lassen. Diesmal jedoch hieß er ihn sogleich Platz nehmen, stand selbst auf und begann im Zimmer auf und ab zu gehen. Hierbei nun setzte er Michel den Trick mit dem Vertauschen des Kästchens auseinander – so, so und so, sagte er, müsse man das machen ...

»Junger Mann, ich vertraue Euch vollkommen. Und Herrn Balthasar – m-m – auch. Aber dort, wo ich mich zu verantworten habe ...« – Michel kam nicht dazu, zu überlegen, wo das war – beim Statthalter oder bei den Landesräten –, »kann ich schließlich nicht sagen: Die Arbeit von Herrn Balthasar mag zwar einige Grobheiten enthalten, aber sie ist ein gutes, wertvolles und akzeptables Werk … doch gelesen, gelesen habe ich sie nicht. Ich hoffe, Ihr versteht das?«

»Vollkommen.«

Er verstand. Natürlich. Schließlich war er selbst – vor nicht allzu langer Zeit – den Herren Maidel und Tisenhusen gegenüber in der gleichen Verlegenheit gewesen. Trotzdem kam ihm Herrn Maidels Streich, jedenfalls im ersten Moment, denn doch etwas … nun, sagen wir, zu unfreundlich vor … Ehrenwort. Denn womit sonst fing das Stöbern in fremden Angelegenheiten, das Schnüffeln und Spionieren an, wenn nicht mit solchen Finten! Doch als sein unsicheres »Aber …« vor Herrn Maidel in der Luft hing, blies der es sofort beiseite: »Oh, nein! Alles, was Ihr tut, tut Ihr mit reinem Herzen. Zum Wohle unseres Livland und zum Wohle Herrn Balthasars. Nicht wahr? Ich sage Euch: Eine derartige Übereinstimmung der Interessen des Vaterlandes und folglich der Interessen der Krone mit den eigenen Interessen ist äußerst selten.«

»Ja-a. Wahrhaftig, gewiß, das …«

Er hätte natürlich sagen können: Schön, Herr Maidel, Ihr lest die Chronik durch, und wir schicken sie nach Rostock. Als hätte sie diesen Abstecher in die Oberstadt gar nicht gemacht. Solltet Ihr aber etwas darin finden, nun, ich weiß nicht, was, das nach Eurer Meinung oder nach Meinung der Ritterschaft oder der Krone oder nach Meinung aller drei nicht so ganz richtig ist – ja, was dann?

Oh, vielleicht hätte Michel das auch gefragt. Aber Herr Maidel blieb vor dem sitzenden Michel stehen, legte ihm freundschaftlich die Hand auf die Schulter und sagte: »Michel, wenn Ihr diese Sache geschickt durchführt – die Frage der Ehre und der Verantwortung nehme ich völlig auf mich –, seid Ihr schon nächsten Monat Pastor bei mir auf Schloß Lode. Fürs erste.«

Wie sollten da Michels Zweifel nicht verfliegen, wenn ein Mann von altem Adel (obgleich Herr Balthasar ihm gesagt hatte, Maidel sei der Ururenkel eines von Bauern abstammenden Revaler Fleischers), wenn ein königlicher Admiral und Lehensverwalter die Verantwortung in puncto Ehre ganz von Michel und vollständig auf sich nahm? Wenn es also nichts Ehrenrühriges war, sondern ein reiner Dienst am Vaterland (vielleicht nur in besonderer Form), wenn man dadurch mögliche Unannehmlichkeiten von Herrn Balthasar abwendete und es also – wie man es auch drehte und wendete – eine durch und durch ritterliche Tat war; denn schließlich schützte er ja, indem er Herrn Balthasar schützte, auch Elsbeth ...

In der Oberstadt, in seinem Arbeitszimmer mit Blick aufs Meer, riß Herr Maidel Michel das Kästchen ungeduldig aus der Hand und suchte im Pult nach einem Messer, um den Deckel zu öffnen (der wolkenlose, klare Himmel im Westen spendete noch Licht genug, so daß man keine Kerze anzuzünden brauchte). Herrn Maidels Ungeduld berührte Michel unangenehm. Aber im Grunde genommen zeugte das wohl nur davon, daß dem Admiral viel daran lag, Balthasars Manuskript in die Hand zu bekommen. Folglich durfte Michel annehmen, dem Admiral einen großen Dienst geleistet zu haben. Ein angenehmes Bewußtsein. Obwohl, hätte Michel mehr Zeit gehabt, er würde bestimmt gewünscht haben, sein Dienst für den Herrn Admiral wäre kleiner. Aber man ließ ihm keine Zeit. Im Handumdrehen hatte Herr Maidel das Messer gefunden, und mit Hilfe Herrn Tisenhusens senior, der neben dem Kamin gesessen und sich zu diesem Zweck vom Hocker erhoben hatte, erbrach er das Kästchen. Da nun entdeckten beide Herren, was wir schon wissen: Nicht das Manuskript von Balthasar Rüssows Livländischer Chronik hielten sie in den Händen, sondern Michel Slachters lutherischen Katechismus.

Herr Maidel brüllte: »Was soll das heißen?«

Und Michel erkannte den eigenen Katechismus, den man vor seinen Augen aus dem Kästchen gezogen hatte, aber er war unfähig zu antworten. Unfähig auch, zu begreifen, warum Herr Maidel ihn anbrüllte. Vor allem wohl deshalb, weil der Plan, den er, Maidel, ausgeheckt hatte, Michels wegen auf unbegreifliche und erschrekkende Weise fehlgeschlagen war, oder vielleicht auch, weil Herr Maidel kein richtiger Adliger war, sondern tatsächlich von einem Dorffleischer abstammte ... Denn die Herren Tisenhusen – auch Wolter war plötzlich aufgetaucht – schrien nicht los, sie lachten nur schallend.

»Ach! Ihr seid einfach ein Tölpel!« polterte Herr Maidel – und noch mehr in der Art. »Alles, wozu Ihr imstande seid, ist, wie Euer Vater Brötchen zu backen! Und vielleicht noch mit Rüssows Frau zu schlafen, nicht aber wichtige Staatsgeschäfte zu besorgen – das nie und nimmer!« Und dergleichen mehr. Um sich zu schonen, hütete sich Michel später wohlweislich, sich an Maidels Worte genau zu erinnern.

»Herr Maidel! Gott ist mein Zeuge, ich habe nicht die mindeste Ahnung ...«

»Aber er hat Eure Freundschaft doch von Anfang an durchschaut! Die ganze Zeit hat er Euch nicht aus den Augen gelassen. Und Euch im entscheidenden Moment reingelegt wie den letzten Dummkopf!«

»Wer?«

»Na, Euer biederer Rüssow!« schrie Herr Maidel weiter. Dann, indem er seiner Stimme einen spöttischen Ton verlieh, meinte er: »Ein Mann, der, wie Ihr mir hier einmal so klug weisgemacht habt, herzlich wenig von den komplizierteren Angelegenheiten des wahren Lebens versteht.«

»Aber meine Achtung vor ihm, meine Freundschaft, wenn ich so sagen darf, waren aufrichtig! Einzig und allein deshalb habe ich auch nicht mit seiner Frau ...« Du liebe Güte, das hätte mir nicht herausrutschen dürfen, aber es stimmt, daß ich nur deshalb nicht ...

»Ach, nicht geschlafen?« fragte Herr Tisenhusen senior unter Lachen und riß seine Fischaugen unvorstellbar weit auf. »Na wißt Ihr, wenn Ihr nicht mit ihr geschlafen habt, dann bestimmt nicht aus Achtung vor ihrem Mann. Sondern weil die Dame nicht geruht hat, Euch zu rufen. Eine überaus simple Ursache für die Tugend eines Mannes von Eurem Schlag, der in Eure Lage gerät, ha-ha-ha-ha!«

»Meine Herren«, rief Michel verzweifelt. »Ich versichere Euch, das war der Teufel!« Dies sagend, bekreuzigte er sich. »Kein anderer konnte eine solche Umwandlung direkt unter meinen Händen bewirken.« Doch da ging Michel ein Licht auf: War es nicht tatsächlich dieser Teufel von einem Glöckner gewesen, dieser Gauner, wenn es auch unbegreiflich war, wie? Doch die Vermutung, ein solcher Mann könnte ihn übertölpelt haben, sprach er hier, in diesem Hause, besser nicht aus. Und an jedem anderen Ort erst recht nicht.

»Ganz egal!« brüllte Herr Maidel immer noch mit sich vor Wut überschlagender Stimme. »Ob es Teufel oder Engel sind, die Eurem Herrn Rüssow dienen, ein solcher Tölpel wie Ihr durfte sich nicht mit ihnen einlassen! Man denke nur, wäre ein geschickter Mann an Eurer Stelle gewesen – diese vermaledeite Chronik wäre nie erschienen!«

Ach, sieh mal einer an, dachte Michel und begriff, dies war in gewissem Sinne ein höchst bedeutsamer Umstand. Er ging der Sache indes nicht auf den Grund, diese seine Empfindung war irgendwie beiläufig, flüchtig und oberflächlich. Also war Herrn Maidels Verständnis und Nicken zum Zeichen der Zustimmung, wenn ich ihm einen Überblick über die Kapitel gab und vom edelsinnigen Geist der Chronik sprach – also war das alles nur ein Spiel. Die Entscheidung hatte Herr Maidel längst gefällt. Und das Lesen hatte ihn darin natürlich nur bestärkt ... Wie denn sonst! Und müßte ich nicht letztendlich Gott dankbar sein, daß mir der Teufel diesen Streich gespielt hat ... O Gott, ich verstehe nichts mehr ...

In dieser Bestürzung und unter solchen Nackenschlägen dachte Michel wahrscheinlich nicht daran, daß es infolge dieses unerklärlichen Mißerfolges mit seinen Aussichten auf die Kanzel in Lode vorbei war. Doch wer weiß, vielleicht schoß ihm dieser Gedanke trotzdem durch den Kopf, aber er war klug genug, in einem so ungünstigen Augenblick von seinem Amt lieber zu schweigen. Wenn der Zorn des Admirals verraucht und er etwas ruhiger geworden war, ließe sich vielleicht noch etwas retten …

Doch der Admiral selber schwieg leider nicht: In einiger Entfernung am Fenster stehend, mit dem Rücken zu Michel, sagte er, auf die Konsonanten drückend, höchst verächtlich: »Ihr – auf meinem Schloß Pastor? Nie und nimmer!«

Dann drehte er sich um, warf Michel einen besonders stechenden Blick zu und kreuzte die Arme über der Brust, mit der rechten Handfläche dabei das Ende der Narbe auf dem unerschütterlichen Kinn verdeckend. »Gut. Ich nehm Euch für Lode als Schreiber. Mehr nicht. Und daß Ihr Euch unauffällig aus der Stadt davonmacht. Für alle Fälle.«

Nun stieg Michel also, glücklicherweise von keinem bemerkt, trotzdem jedoch behutsam, die Hintertreppe des Pfarrhauses hinauf und schloß die Tür des Zimmers hinter sich, das noch immer sein Zimmer war. Im Halbdunkel ließ er sich auf dem Schemel vor dem Positiv nieder und stützte sich mit den Ellenbogen auf die Tasten. Er preßte das Kinn in der Hand zusammen, schloß die Augen und versuchte seine Gedanken zu sammeln. Aber in seinen Gefühlen herrschte ein bedrückendes und nicht enden wollendes Durcheinander. In den Ohren klangen ihm die beleidigenden Grobheiten Herrn Maidels und das Gelächter der beiden Tisenhusens. Vor seinen zusammengekniffenen Augen drehten sich pausenlos abwechselnd weiße Kästchen und schwarze Bücher im Quartformat. Bis sich aus dieser kreisförmigen Bewegung langsam, nein, kein Gesicht, nicht einmal eine Gestalt, sondern einfach eine Empfindung herauslöste, mit dem tröstlichen, alles entscheidenden und süß-geheimnisvoll allem Sinn verleihenden Namen *Elsbeth.*

Schließlich hatte er ja von Elsbeth zum erstenmal gehört, daß Balthasar an einer Chronik arbeitete. Und ob nun gleich oder etwas später, jedenfalls hatte er sehr bald gedacht: Wenn man mir erlaubte, mich mit dem Werk von Herrn Balthasar zu beschäftigen (einen besseren Sekretär dürfte er ja gar nicht finden), so könnte ich oft in Elsbeths Nähe sein ... Und da, unerforschlich sind die Wege des Herrn, hatte Balthasar ihn selbst um das gebeten, was sein ganzes Trachten war. Die Liebe zu Elsbeth hatte ihn bewogen, sich der Arbeit ihres Mannes anzunehmen, das heißt, Elsbeths Mann vor jenen Herren zu beschützen. Jaja. Und die Achtung vor Herrn Balthasar selbst natürlich auch. Vor allem aber die Liebe zu Elsbeth. Aus Liebe zu Elsbeth war er ins Pfarrhaus gekommen, hatte sich von Balthasar unter seinem Dach aufnehmen lassen, nicht, weil es ihm in der Hungerzeit den Tisenhusen gegenüber peinlich war. Aus Liebe zu Elsbeth war er noch immer hier ... Aus Respekt vor Herrn Balthasar natürlich auch ... Großer Gott, hatte er nicht ein Recht zu fragen: Würden wohl viele an seiner Stelle Elsbeths Mann solche Achtung bewahrt haben wie er? Hätten sich wohl viele so lobenswert gehütet, auch nur bei sich über Balthasar zu denken: Ein Bauerntrottel, der von allem auf der Welt mehr weiß als von seinem eigenen Weib!

Er, Michel, aber hatte daran wahrhaftig nur soweit gedacht, als er dachte, daß er daran nicht einmal dachte ... (Bei jedem Verzicht auf solche Gedanken muß sich auf der Himmelswaage das Gewicht der leuchtenden Tugend auswirken ...) Und doch war er in einer so dummen Klemme und floh aus dem Hause seiner Liebe. Gott sei Dank, daß er sie trotz allem noch hatte, seine Liebe ... Und Elsbeths abwesendes edles Gesicht und ihr anwesendes zärtliches und strenges Gesicht, das aufreizende, mädchenhaft störrische Kopfrucken, mit dem sie die auseinanderfallenden Haare von der Stirn zurückwarf, ihre leichten, sicheren Bewegungen und die Sehnsucht nach einer besseren Welt in den mandelförmigen dunklen Augen – alles so geliebt, daß es weh tat ... Und der nicht weniger als alles andere geliebte Blick, der immer erschrockener, verwunderter und eindringlicher wurde, der Blick, mit dem Elsbeth ihn jetzt beständig ansah ...

Michel hörte, wie das Positiv unter seinen Ellenbogen nachgab und zu klingen begann, so angestrengt dachte er nach.

Und ist auch meine Liebe zu ihr nicht ganz ohne Sünde – denn ich habe sie sündig geküßt und mehr als einmal begehrlich angeschaut –, so hatte ich doch keinerlei sündhafte Absicht ... O Gott, und wenn mir im letzten Monat, in den Tagen der Hoffnung auf Lode, auch so etwas in den Sinn gekommen ist und ich mich manches Mal morgens im Halbschlaf gesehen habe – in kurzem Talar und hohen Stiefeln, wie ich im Tor des Schlosses von Lode stehe und Elsbeth vom Pferd helfe, Elsbeth, die aus Reval zu mir geflohen ist und mir atemlos die Arme um den Hals schlingt ... Oh, so erröte ich ja sogar hier in der Dunkelheit, wenn ich daran denke ... Aber lassen sich zu solchen Gedanken etwa nicht menschlich verständliche Analogien finden, und sei es nur im Leben meiner Amtsbrüder – von der vierzig Jahre alten Geschichte Wanradts von Heiligengeist bis hin zu den bischöflichen Schwächen des seligen Herrn Geldern ... Allmächtiger Gott, Du weißt ja – hierher, wo ich bin, hat mich meine ehrliche Liebe zu Elsbeth geführt. Darum wage ich zu sagen: Meine Geschichte ist noch lange nicht die schrecklichste ... Und in Lode werde ich immerhin ein Stück Brot haben. Freilich, ich mußte Demütigungen seitens hochgestellter Männer hinnehmen, doch zu demütigen – das ist ja ihr Privileg. Das Recht zu demütigen ist ihnen gegeben, weil sie hochgestellt sind. Und darin, daß es ihnen gegeben ist, besteht auch ihre Höhe. Natürlich! Und worin noch?

Vorsichtig schlug Michel Feuer, zündete eine Kerze an und stellte den Leuchter auf den Boden, in den Schatten, der von der Tischkante fiel. Dann zog er seine Kiste unter dem Bett hervor und öffnete sie. Kauernd musterte er seine kläglichen Habseligkeiten – einen alten Tuchrock, Hemden, Strümpfe, aus blauem Wollstoff genäht und von Motten zerfressen –, musterte sie, ohne zu sehen, und dachte: Überwinden aber kann ich alles nur auf einem Weg (nicht umsonst hab ich auf der Universität Theologie studiert): besser als sie alle in der Liebe zu sein ... Wie hat doch dieser boshafte Witzbold Tisenhusen gesagt: Wenn Ihr nicht ... dann nur, weil die Dame Euch nicht gerufen hat – Saukerl ... Aber bei Gott, hätte sie mich gerufen ... Ich wäre gegangen ... Wenn *sie* die Brücken gebaut hätte, dann hätte ich – wäre ich gegangen – Herrn Balthasars Ehre so gut wie gar nicht verletzt ... A-ch, sie hätte mich wirklich schon lange rufen können, könnte es auch jetzt noch ...

Michel hörte Schritte vor der Tür. Er überlegte, ob er nicht die Kerze ausblasen sollte, kam aber nicht dazu, einen Entschluß zu fassen. Er fuhr über seiner geöffneten Kiste auf und drehte sich zu Elsbeth um. An der Schwelle des Siegestaumels schoß es ihm jäh durch den Kopf: Bin ich denn ein Zauberer? Doch als er Elsbeths Gesicht sah, erschrak er. Sie hatte die Tür hinter sich geschlossen und sich mit dem Rücken dagegengelehnt. Sie sagte, fast flüsterte sie: »Michel, ich bitte Euch – geht fort.«

Michel wußte, er müßte sagen: Zu diesem Zweck bin ich jetzt in diesem Zimmer. Seht, ich packe meine Kiste. Ich gehe bestimmt fort. Es tut mir leid, aber es muß sein. Statt dessen rief er aus, in halb gespieltem, halb echtem Schreck: »Fortgehen? Warum?«

»Ich halte das nicht länger aus ... Über Balthasar gehen in der Stadt auch so schon allerlei niederträchtige Gerüchte um. Ich kann meinerseits nicht noch mehr Veranlassung dazu geben. Ihr müßt das verstehen ...«

»Also auch Ihr ... Auch *du.*« Michels Stimme war dumpf vor Enttäuschung und Kränkung. Und wurde sogleich stockend vor Erregung. »Wünscht Herr Balthasar auch, daß ich gehe?«

»Nein. Ich bitte darum ...«

Gott sei Dank, dachte Michel, also hat ihm noch niemand, weder der Teufel noch dieser Glöckner, gesagt ... Er trat auf Elsbeth zu und packte sie bei den Schultern, er sprudelte heraus, was er empfand oder, weiß Gott, empfinden wollte.

»Elsbeth, ich liebe dich doch. Du weißt es. Weißt es längst. Und du liebst mich auch. Ich weiß es. Warum jagst du mich dann fort – statt ...« Er preßte Elsbeths Unterarme, ihre Biegsamkeit und Weichheit versetzten ihn in Erregung, auch daß sie einem anderen gehörte, wo sie doch ihm gehören könnte. Eindringlich und leidenschaftlich, gebieterisch und beschwörend sagte er: »Elsbeth, wir wollen Gott und uns selbst nichts vormachen – wir lieben uns!«

Elsbeth schwieg. Michel zog sie an sich, und der Schatten des Tischbeins huschte über ihr Gesicht, das grünlichgrau war vom Kerzenlicht. In diesem Augenblick wurde die Tür hinter Elsbeth aufgerissen, auf der Schwelle stand Balthasar.

Elsbeth stieß Michel zurück. Aber sie schrie nicht auf. Sie stand zwischen ihnen, neben ihnen, die Hände vors Gesicht geschlagen.

Balthasar sah sie eine Weile an. Er sagte nichts. Nur: »Hm.« Wie man auf etwas Unbegreifliches und Nutzloses reagiert. Oder auf einen sinnlosen, unbegreiflichen Schicksalsschlag, wie er den Menschen manchmal trifft. Dann wandte er sich Michel zu. Ganz tonlos sagte er, er schien zu flüstern: »Fort aus meinem Hause!«

Mit einem Fußtritt schleuderte er Michels offene Kiste zur Schwelle. Als Michel sich bückte, um die Kiste zu schließen, offenbar, um nicht Balthasars Blick zu begegnen, lief Elsbeth aus dem Zimmer.

Michel kniete vor seiner Kiste, versuchte mit zitternden Händen, sie abzuschließen. Balthasar stand schweigend hinter ihm. Doch auf dem schartigen Fußboden unter seinen Füßen knarrte eine Bohle. Michel aber, bei all seiner entsetzlichen Niedergeschlagenheit, suchte sich vorzustellen, wie er sich über der Kiste aufrichten (er brauchte nur mit dem Schlüssel ins Schlüsselloch zu treffen und ihn umzudrehen ...), wie er aufstehen und mit einem Lächeln sagen würde, welches Mißverständnisse überspielen sollte: Herr Balthasar, Gott wird unser Richter sein ... Und doch fühlte er, er würde es kaum wagen, Gott zum Richter anzurufen, selbst wenn Herr Balthasar ihn jetzt nur für die Elsbeth gemachte Liebeserklärung hinausjagte und, so Gott wollte, vom Kästchen noch nichts wußte ... Jaja! Gott würde er, Michel, alles sagen – *fast* alles – und erklären! Aber nicht hier, nicht in diesem Haus, vor dem steinernen Bauerngesicht dieses Herrn Balthasar, dessen Anwesenheit er mit dem Hinterkopf spürte, nicht jetzt, nicht in diesem unglückseligen Augenblick ... Da hörte er das Rascheln eines Nerzrockes und begriff, Elsbeth stand wieder auf der Schwelle. Das verlieh ihm Kraft. Er schloß die Kiste ab. Er nahm sie unter den Arm und stellte sich auf die Beine, mit dem Rücken zu Balthasar.

»Nehmt!« sagte Elsbeth, die vor ihm stand, und reichte ihm eine mit Blumen verzierte Schatulle. »Ich weiß, er schuldet Euch fünfhundert Mark. Nehmt. Es ist der Schmuck meiner Mutter. Die Hälfte der Schuld ist damit wenigstens bezahlt.«

Michel, die Kiste unter dem linken Arm, trat über die Schwelle auf die Treppe. Er war gezwungen zu gehen. Das stimmte. Aber er wollte würdig fortgehen. Würdig, um Elsbeths und um seiner selbst willen. Wollte Balthasar überlegen sein, wenigstens in diesem unglückseligen Augenblick ... Er sah in Elsbeths bleiches Gesicht, in ihre dunkel gewordenen Augen. Warf einen verzweifelten Blick auf die ihm hingereichte Schatulle. Seine rechte Hand wollte sich schon ausstrecken, um sie entgegenzunehmen. (Ich habe ein Recht, die Schuld zurückzuerhalten. Und habe es jetzt, wo ich mich unter die fragwürdige Obhut von Herrn Maidel begebe, besonders nötig. Außerdem werde ich Elsbeths Schmuck haben ...) Doch eine andere Überlegung hielt seine Hand zurück. (Wird Elsbeth morgen nicht meinen, ich hätte mich erniedrigt, indem ich die Schatulle in solch einem Augenblick nahm?) Wir werden nie erfahren, welche dieser Überlegungen schließlich die Oberhand gewonnen hätte, und schuld daran war Balthasar. Ohne Michel anzusehen, ging er schroff an diesem vorbei. Wer kann sagen, was ihn jetzt bewegte. Und glaubt man, es seien blinde Eifersucht, kalte Berechnung und das hochmütige Verlangen abzurechnen gewesen, so weiß der Herrgott allein, in welchem Verhältnis sie sich verbanden. (Ob: Ich werde nicht dulden, daß die Hände von meiner Frau und von diesem da gleichzeitig ein und dasselbe berühren! Oder: Nicht so viel von meinem Eigentum bekommst du! Oder: Schön, mag er diese silbernen Klunkern nehmen! Aber er soll auf allen vieren vor mir über den Boden kriechen und sie einsammeln …) Gott weiß, in welchem Verhältnis sich all das in Balthasars Bewußtsein, in seinem Fleisch und Blut verband. Doch sicher spielte all das mit, als er, ohne Michel eines Blikkes zu würdigen, an diesem vorbeischritt, die Schatulle ergriff und sie auf die Treppe schleuderte. Die Schatulle ging auf, der Deckel flog zur Seite, und etliche Pfund Silber ergossen sich über die Treppe. Einige Herzschläge lang rollten die zerrissenen Kettenglieder klappernd über die Stufen nach unten.

Der Schreck und das Klappern des Silbers ließen Michel einen Augenblick lang wie angewurzelt stehen. Als aber das Klappern aufhörte, schaute er zurück. Mit den Augen eines Ertrinkenden. Mit den Augen eines Rettung Suchenden. Auf Elsbeth mit langem schmerzlichem Blick (Liebste, ich weiß: *Du* bist nicht schuld an unserem blinden Unglück … Ich weiß: Wir lieben uns. Aber ich weiß nicht, was aus uns wird …) und auf Balthasar mit kurzem schmerzlichem Blick. Darin mischten sich blitzschnell die Bitternis der Demütigung und die Bereitschaft dessen, der die Oberhand gewonnen hatte, zu verzeihen, so daß man nicht sagen konnte, welches dieser Gefühle letztendlich über das andere triumphieren würde.

Michel, Mütze und Kiste unter dem Arm, stürzte davon, Elsbeths Geschmeide nach, und schloß die Stubentür hinter sich – bei aller Eile unerwartet leise.

ZEHNTES KAPITEL,

welches auf die Kettenschnur unserer Erzählung aufgefädelt wird. Erstens, weil wir es uns zur Gewohnheit gemacht haben, die einzelnen Teile mit einer Seereise zu beschließen, sei es auch nur mit einer, die gerade erst begonnen hat. Zweitens vielleicht, um Balthasars Schuld Märten Bergkam gegenüber zu verringern, und nicht zuletzt vielleicht auch deshalb, weil die Geschichte, die in diesem Kapitel schwarz auf weiß zu lesen ist, wenigstens nach Meinung Balthasars, große Bedeutung für ihn hat

Der erste Monat nach jenem denkwürdigen und unglückseligen Tag im Pfarrhaus war gewiß der bedrükkendste. Wegen der grauen Mauer des Schweigens, die unversehens zwischen Balthasar und Elsbeth entstanden war.

Elsbeth schwieg natürlich, weil sie sich schuldig fühlte. Das war unverkennbar. Denn sie hatte geduldet, daß ein fremder junger Mann ihr von seiner Liebe sprach, sie hatte ihn nicht angeschrien: Schweigt! Laßt diese unschicklichen Reden ... Ja sie hatte den jungen Mann sogar aussprechen lassen, auch sie liebe ihn, hatte diesem Unwürdigen nicht ins Gesicht geschleudert: Das ist Lüge, Lüge, Lüge! Mehr noch. Während der junge Mann in ihrem Hause lebte, hatte es Momente gegeben, da sie in Minuten der Zweisamkeit mit ihrem Mann ihrer sündigen Phantasie erlaubte, sich vorzustellen, der heiße Atem über ihr gehe nicht von ihrem Gatten aus, sondern von diesem fremden jungen Mann. Und in der Dunkelheit hatte ihr der Teufel vor ihren geschlossenen Augen dessen vor Liebe strahlendes Gesicht vorgegaukelt ... Doch hätte nur Schuldbewußtsein allein sie beherrscht, sie wäre am zweiten oder dritten Tag nach Michels Weggang zu ihrem Mann ins Arbeitszimmer gekommen, wäre auf dem schartigen Fußboden niedergekniet, hätte sich an seine Beine geschmiegt und ihre Schuld bekannt, wie es sich für ein ehrliches und gehorsames Weib, das Rat bei Gott gesucht hat, zweifellos gehörte. Nichts dergleichen tat Elsbeth. Sie fühlte: Aus dem geraden Stämmchen demütigen Schuldbewußtseins ragten nach allen Seiten die spitzen Äste widersprüchlicher Empfindungen, und jedesmal, wenn das biegsame Stämmchen des Schuldbewußtseins bereit war, sich zu beugen und die Strafe hinzunehmen, spürte Elsbeth, wie sich in ihrem Inneren gleichsam Stacheln aufrichteten.

Hatte denn Balthasar Michel nicht selbst unter ihr Dach geholt? Hatte denn Michel nicht Balthasars Schutz genossen? War denn Michel nicht sein Vertrauter gewesen und, abgesehen davon, auch sein Gläubiger? Und war denn Balthasar selbst nicht der, der er war, nicht so, wie er war, so daß sie mitunter zusammenzuckte, im Grunde genommen ein Fremder in dieser schönen und ihrem Wesen nach deutschen Stadt Reval? ... Hatte Balthasar denn nicht selbst manchmal seine Frau geradezu ermuntert, indem er sie in Michels Gesellschaft ließ? Hatte er Michel etwa nicht zum Begleiter seiner Frau gemacht? Wie auch an jenem verhängnisvollen Tag, als Michel gewagt hatte, sie unter dem eingestürzten Dach des Pfarrhauses zu küssen ... Und obwohl Elsbeth nicht vergessen hatte, daß es an jenem Donnerstagmorgen geschehen war, als sie aus der Nikolaikirche von Sunscheins Predigt über die Rechtfertigung begangener Sünden wegliefen – obwohl sie es nicht vergessen hatte (oder vielleicht gerade deshalb!), überschritt sie nicht die Mauer des Schweigens, da sie nun einmal zwischen ihr und Balthasar aufgerichtet war. Balthasar seinerseits tat das natürlich auch nicht. Darin war er unerbittlich: Schwieg in einem solchen Fall die Frau, dann der Mann erst recht. Und jeder von ihnen blieb auf seiner Seite der grauen Mauer, und jeder suchte auf seine Weise mit seiner Niedergeschlagenheit fertig zu werden, die das Pfarrhaus erfüllte wie die aschgraue Dämmerung einer Sonnenfinsternis.

Freilich, in Gegenwart der Hausgenossen entstanden in der grauen Mauer Luftlöcher und Öffnungen, in Form von »Ja«, »Nein«, »Danke«, »Nun gut«. Und als Papa Gandersen zum Schwiegersohn zu Besuch kam (von Zeit zu Zeit tat er das, um den kleinen Enkelinnen eine Puppe aus Katzenfellresten zu schenken und mit durchdringenden Augen das Leben der Tochter zu betrachten), da war Elsbeth so wie schon viele Wochen lang nicht mehr. Als sie das Mittagsmahl beendet hatten, trat sie von hinten an den noch am Tisch sitzenden Balthasar heran, legte ihm die Hände auf die Schultern und fragte, fast bis zu seinem Ohr herabgebeugt: »Soll ich euch den Klarett in die Sakristei bringen oder nach oben, ins Arbeitszimmer?«

»M-m-m ... In die Sakristei«, erwiderte Balthasar und merkte, wie sich der Mühlstein, der auf ihm lastete, an einer Seite hob. Einen Augenblick lang genoß Balthasar das Gefühl der Erleichterung (und wunderte sich sogar, daß dieses ihn plötzlich so stark beherrschte), dann spürte er, wie sich der Stein mit neuer Wucht auf ihn legte. Weil er in Elsbeths Fingern, in ihrer Bewegung die Unsicherheit fühlte und in ihrer Stimme das Gekünstelte. Er begriff, von Elsbeths Seite war das lediglich der Wunsch, dem Vater die in ihren Beziehungen eingetretene Veränderung zu verheimlichen.

Hätte Balthasar seine große Arbeit nicht schon abgeschlossen, er würde sich jetzt selbstvergessen darin vergraben haben. Aber ach, die Chronik war geschrieben und segelte jetzt, Neptuns Gnade anheimgegeben, schaukelnd nach Rostock ... Oder war schon an Ort und Stelle, auf daß die dortigen Buchdrucker sie zerstückelten und benagten ... Und jedesmal, wenn Balthasar an sie dachte (und das geschah mehrmals am Tage, manchmal dachte er auch nachts an die Chronik, wenn er in der Dunkelheit auf dem Ehebett lag, eigensinnig mit dem Rücken zu Elsbeth und aufgebracht, daß sie, wie ihm schien, so gleichmäßig atmete), jedesmal kam es ihm vor, als stürze er in ein Nichts. Ihn erschreckte, daß es nicht mehr in seiner Macht stand, auch nur die geringste Kleinigkeit an seiner Arbeit zu ändern! Und dabei hatte er einige ernste Fehler darin zugelassen. So hatte er im sechsten Kapitel des ersten Teils erwähnt, Reval sei im Jahre 1223 gegründet worden, obwohl seinen eigenen Auszügen zufolge, die er in der vorigen Woche wiedergefunden hatte, bei Henricus de Lettis das Jahr 1219 angegeben war ... Manchmal saß er, einfach, um allein zu sein, dabei aber nicht über die Beziehungen zwischen seiner Frau und Michel nachzugrübeln, oben in seinem Zimmer und blätterte in den grauen Bögen. Dann konnte es geschehen, daß er sogar zusammenzuckte, wenn er sah, wie unverschämt anmaßend doch einige seiner Behauptungen waren und auf welch unsicheren Füßen sie standen, wo es um Ereignisse längst vergangener Tage ging ... Und wie unendlich matt waren darin doch Stimmen, Farben und Gerüche im Vergleich zum wahren Leben und zur Beschreibung dessen, was er mit eigenen Augen gesehen hatte. Und wie hatte er in seiner Schilderung einige von ihm ermittelte Zusammenhänge verzerrt. Jaja. Besorgt und sich über sich selbst wundernd, entdeckte er, wie heldenhaft sich in seiner Darstellung dieser Münzerssohn mit dem roten Schnurrbart ausnahm, dieser Prahlhans und Schreihals Ivo Schenkenberg, samt seinen Feuerwehrleuten und Räubern ... Balthasar biß sich auf die Lippen, kniff die Augen zusammen und wandte sich, schonungslos Klarheit fordernd, an die geweißten Wände seines Zimmers mit der Frage, *warum* er denn so geschrieben habe. Und sieh da – er erhielt Antwort. In erster Linie sei das geschehen, weil es ihm überhaupt gefallen habe, überall, wo irgend möglich, in sein Flechtwerk etwas über Bauern einzuflechten. Und in dem von ihm erlebten Chaos, das in und um Reval herrschte, in dem Völkergemisch – aus Deutschen, Schweden, Dänen, Russen und Schotten – habe er auch ein *gewisses* Häuflein von Bauern als eine Kraft darstellen wollen, die über das Schicksal ihrer Stadt und ihres Landes mit entschieden hatte ... Was die Bauern genaugenommen auch gewesen waren! Specialiter jedoch Hannibal und seinen Mannen ein Loblied zu singen, dazu hatte Balthasar ein besonderer Umstand bewogen – es war nicht allein eine gewisse Wiedergutmachung Tiidrik gegenüber, der in Hannibals Abteilung gefallen war. Das auch. In noch stärkerem Maße aber hatte ihn Eigensinn dazu getrieben ... Ehrenwort! Er hatte es diesem schmachbedeckten Michel Slachter zum Trotz getan. Jaja. Dieser Trotz hatte sich schon vor einem Jahr bei ihm eingestellt; hervorgerufen hatten ihn Michels geringschätzige Erzählungen über seinen Schulkameraden Ivo. Das hätte Balthasar nun gewiß nicht zu reizen brauchen, ja, er hätte ganz ruhig mit Michel darüber lachen können, denn ein Körnchen Wahrheit enthielten diese Erzählungen immerhin. Natürlich war Ivo ein Schreihals und Streithammel, der mit den Heldentaten prahlte, die er selbst und seine Leute vollbracht haben wollten, wobei er schrecklich übertrieb. Als aber Michel zum zweiten- und zum drittenmal lachend wiederholte: »Ivo spielt auch weiterhin den Bramarb, diesen Miles gloriosus, den er schon als Schuljunge auf den Theaterbrettern gespielt hat«, da hatte das bei Balthasar aus irgendeinem Grund Abwehr ausgelöst … War aber die Rede auf Ivos Fähnlein gekommen und die Herkunft seiner Leute erörtert worden, was während der letzten Belagerung nicht selten geschah, hatte Balthasar mehr als einmal Michels ihn peinlich berührende, leise und darum noch verächtlicher klingende Bemerkungen anhören müssen. (»Nun ja, dieser Bauernhaufen ist durchaus imstande, sein Schäfchen ins trockene zu bringen, denn im Grunde ihres Herzens sind sie mehr Räuber als alle übrigen Beutemacher hier …«) Und Balthasar hatte sich damals vorgenommen (jetzt sah er sich in alldem ganz objektiv): Ich werde nicht mit diesem Lumpen streiten – um Elsbeths, Meckius', um seiner selbst willen, der, gottbewahre, nicht das Bauernblut zugibt, das er in sich hat. Wegen all dieser beleidigten, die Verwandtschaft leugnenden »Wo denkt Ihr hin!«, »Wie kommt Ihr darauf!«, die mir – schweigend oder schnaufend – widersprechen. Er hatte verächtlich die Lippen geschürzt, ironisch gelächelt und geschwiegen. Doch hier in seinem Arbeitszimmer, auf seinen grauen Blättern (später dann auch in der Chronik, hol's der Kuckuck) hatte er vielleicht ein bißchen zu dick aufgetragen. (*Zum dritten hat der ehrbare Rat eine Fahne Harriener Bauern, über 400 Mann, stolze, unver-*

zagte Kerls und meist Hakenschützen, mit geringer Besoldung angeworben, welcher Bauern Hauptmann Ivo Schenkenberg war, eines Revaler Münzmeisters Sohn, ein freudiger, beherzter junger Mann, der sein bäurisches Kriegsvolk nach deutscher Ordnung und deutschem Brauche auf allerlei Befehle und Ämter abgerichtet hat. Und selbige Bauern, nebst den deutschen und schwedischen Landsknechten, begehrten nichts lieber, als Tag und Nacht mit den Russen zu scharmützeln, wobei sie denn auch oftmals den Sieg errungen haben, deswegen Ivo Schenkenberg von Mißgünstigen »Hannibal« und seine Bauern »Hannibals Volk« benannt worden sind. Und in diesem Stil weiter darüber, daß Hannibals Leute, verglichen mit all den fremdländischen Räubern, die geschicktesten waren, sei es auch nur, weil sie besser als die Fremden alle Pfade in den Waldsümpfen und -dickichten kannten ...) Aber wenn er mit Michel gestritten, ihn mitunter gar angefahren hatte (wer weiß, wann Michel das erfuhr, schließlich ja nur aus der Chronik, die irgendwann erscheinen würde), so hatte er es wohl nicht nur wegen Michels Dünkel getan, sondern vielleicht auch aus anderen Gründen, die nichtiger, womöglich aber auch triftiger waren. Wie auch immer, den Schatten an der Wand fragte er gar nicht erst danach. Vielleicht umging er diese Frage bewußt. Denn er mochte wohl fühlen: Die Antwort, die ihm der Schatten geben würde, konnte ganz sonderbar ausfallen ... Fragte er: Nehmen wir an, ich tat es, um ihn zu reizen? Doch warum sollte ich diesen Gauner, diesen Anwärter auf eine Kanzel wohl reizen? Dann würde ihm der Schatten von der geweißten Wand zuflüstern: Aus Eifersucht. Jaja. Hast du etwa nicht schon, als Michel zum erstenmal ins Pfarrhaus kam, bemerkt, wie windbeutlerisch höflich dieser Schuft zu Elsbeth war, mit welcher Bewunderung er sie alsbald ansah und wie schließlich auch Elsbeth das zu merken schien und diesem Taugenichts allmählich nachgab? Oder letzteres vielleicht doch nicht? Was Balthasar zu hören geglaubt hatte, als er die Tür zu Michels Zimmer öffnete und sah, wie Elsbeth und Michel auseinanderfuhren (»Wir lieben uns doch!«) – vielleicht war es etwas anderes, ein ähnlich klingender Satz, oder es war überhaupt nichts gesagt worden? Weiß der Kuckuck, weiß der Kuckuck …

Dieser Zustand der Unsicherheit bewirkte, daß sich Balthasar – in was schon, wenn nicht in seine tägliche Arbeit vergrub. Und deren gab es auf einmal unwahrscheinlich viel: Gottesdienste, Trauungen, Taufen, Beerdigungen, Gebete am Krankenbett, das Anhören seelischer Nöte, Belehrungen, Konfirmationen, die Inspektion der Schule, Scherereien im Kollegium (wenn auch die Verantwortung für die Finanzangelegenheiten der Kirchenkasse schon vor zehn Jahren von Balthasars Schultern auf andere gelegt worden war), Ratschläge, Trostworte, Vergebung der Sünden, Ermahnungen … So daß er sich anfangs schier verwunderte, woher er bis jetzt neben der Führung der Chronik zu alldem die Zeit genommen hatte. Bis er plötzlich bemerkte – es mochte eine Woche später sein –, daß ihm Zeit blieb: nutzlose, graue, untätige, bedrückende Zeit. So fand er sich im Frühjahr achtundsiebzig mehr als einmal auf der Schwitzbank in der Sauna des Pfarrhauses wieder, hinter sich die rußgeschwärzte Balkenwand, vor der Nase einen Holzlöffel oder irgendein anderes Märtensches Erzeugnis sowie duftende Haufen von Espen-, Ahorn- und Wacholderspänen … Oder im »Grünen Frosch« in der Nonnenstraße, am Tisch im Zimmer für bessere Gäste. Und ihm gegenüber – bald auf der anderen Seite des Spänehaufens, bald auf der anderen Tischseite im Wirtshaus – der alte Freund, der scharfsichtige Märten, das gelbliche Keilbärtchen neben dem Bierkrug, unter vielen »kch« Balthasars Fragen nach dem Verlauf jener lange zurückliegenden Seereise Märtens beantwortend.

In der Chronik hatte Balthasar darüber geschrieben: *Anno 1562 im November ist Herzog Johan von Finnland, des schwedischen Königs Bruder, samt seiner fürstlichen Gemahlin, Frau Catharina, Schwester des Königs zu Polen Sigismund August, durch Livland nach Reval gekommen, nachdem er kurz zuvor zu Wilna in Litauen mit dem hocherlauchten Fräulein Hochzeit gehalten hat. Und als sie etliche Tage zu Reval der Ruhe gepflegt hatten, ist er den 4. Dezember, samt seiner Gemahlin, an Bord des Schiffes gegangen und nach Åbo in Finnland gesegelt.*

Jaja. Die Ankunft »seines« Herzogs in Reval hatte er doch in die Chronik aufgenommen, obwohl er bei vielen Ereignissen seiner Tage, die er nicht mit eigenen Augen gesehen und nicht mit eigenen Ohren gehört hatte, im allgemeinen auf eine Schilderung verzichtete. Und bekanntlich auch bei jenen Ereignissen, mit denen er allzuviel zu tun gehabt hatte.

So betrachtet, war der Besuch, den der Herzog von Finnland und der jetzige gnädige König Johan III. vor sechzehn Jahren Reval abgestattet hatte, in jeder Hinsicht eine fragwürdige Geschichte. Erstens war Balthasar zu jener Zeit in Deutschland, in der Stadt Lübeck, gewesen und hatte selbst nach einem Schiff Ausschau gehalten, das nach Livland fuhr. Erst einen Monat nach der Abreise des Herzogs war er in Reval angelangt. So daß er nicht der Richtige war, die Ankunft des Herzogs genauer zu schildern, und eigentlich darauf hätte verzichten müssen, wie auf vieles andere auch. Zweitens war Märten, der alte Dickschädel, sein Wahlbruder, gewissermaßen bis über beide Ohren in die herzogliche Reise verwickelt gewesen. So daß er, Balthasar, auch aus diesem Grunde besser daran getan hätte, über den hohen Gast zu schweigen. Besonders auch, weil die Einzelheiten, die Balthasar mit den Jahren erfuhr, für eine Chronik ohnedies nicht taugten, betrafen sie doch nur hochgestellte Persönlichkeiten.

Wie auch immer, jetzt erwachte bei Balthasar auf einmal ein brennendes Interesse für dieses Ereignis. Weiß Gott, wodurch hervorgerufen. (Nebenbei gesagt, vielleicht dadurch, daß die Aufzeichnung dieser Geschichte in der Chronik, verglichen mit ihrem tatsächlichen spannenden Charakter, auffällig nichtssagend war. Auch war er beim Nachdenken darüber, »was wir geschrieben haben und was wir hätten schreiben können«, von Zeit zu Zeit versucht, sich selbst zu geißeln.)

Natürlich war es sogar nach sechzehn Jahren schwierig, mehr über die Seereise des Herzogs in Erfahrung zu bringen, und Balthasar hatte manchmal das Gefühl, er ziehe in der Sauna und am Tisch im »Grünen Frosch« gleichsam die Worte aus Märtens zottigem Bart wie ein Vogelfänger die Vögel, ein Vogelfänger, der Finken und Bachstelzen von der Leimrute löst und sie in Freiheit setzt ... (Wie war das zu verstehen – in Freiheit? Damit aus diesen flaumigen Knäueln Lebewesen wurden, die sich ihrer Federchen freuten, der Fähigkeit, zu fliegen und zu singen, mußte man sie in Bier einweichen, in der Sonne trocknen und mit dem Bürstchen eines Goldschmieds glattstreichen ...)

Alles, was Balthasar bis jetzt über die lange zurückliegende Reise des Herzogs hatte in Erfahrung bringen können, was er in diesen Jahren von Leuten gehört, was Märten beiläufig erwähnt und was Balthasar aus ihm herausgefragt hatte, reihte er nun, von diesem merkwürdigen Interesse getrieben, zu einer Kette auf, verband die Enden miteinander, und so sah das Ergebnis aus:

Im Herbst zweiundsechzig wurde in der Stadt auf einmal überall gemunkelt, der Herzog reise mit seiner jungen Frau von Riga nach Reval. Sie hätten einen Riesentroß mit Hab und Gut und ein ganzes Heer von Begleitern, dem sowohl unser früherer Statthalter Henrik Claesson, der den Herzog auch nach Polen begleitet hatte, als auch unser jetziger Statthalter, Herr Graf Svante Sture, und weiß der Kuckuck wer noch angehöre. Und im Schloß in der Oberstadt, konnte man hören, bereitete man Hals über Kopf die Gemächer für die hohen Gäste vor. Für die nicht ganz so hohen aber schrubbte man in den Revaler Wirtshäusern Fußböden und Flure. Und beim Rascheln des Besens erzählte man sich, der Herzog sei ein Bild von einem jungen Mann mit aufgezwirbeltem Schnurrbart und seine Gemahlin sei von königlicher Abstammung und schön wie eine Lilie ... Oder wie Märten sagte: »Kch. Wie sollten sie denn sonst sein, diese Leute? Bei ihnen sind alle Männer kleine heilige Georgs und alle Frauen – Rosenknospen.«

Sie näherten sich Reval auf der Pernauer Landstraße.

Und wer in der Stadt nichts Besseres vorhatte, der schritt eilig die Armesünderstraße und die Jerusalemstraße entlang, und einige gingen wohl gar bis zu den Sandbergen am See, um die Ankömmlinge willkommen zu heißen. Die Bürgermeister Rotert und Pepersack sowie der Ratsherr Beelholt samt dem Vorstand der Schwarzenhäupter allen voran. Man weiß ja, ein derartiger Eifer war für sie Ehrensache und geziemte sich von Amts wegen. Wartend thronten sie mit recht saurer Miene unter herabrieselndem nassem, mit Regen vermischtem Schnee auf ihren Pferden, bis sich an der Wegbiegung, zwischen den windgebeugten Kiefern, das Gefolge zeigte. Und da hättet ihr sehen sollen, wie die Gesichter all dieser Herren vor Liebenswürdigkeit, Unterwürfigkeit und Eifer zerflossen! Die zurückgedrängte Menge der Neugierigen aber sperrte vor Bewunderung das Maul auf. Denn auf die geschlossene Equipage mit den goldenen Quasten, in der der Herzog mit seiner Gemahlin fuhr, auf die Kutschen der Statthalter folgten – auf Wagen und zu Pferde – nicht weniger als hundertfünfzig Mann Gefolge: Herren und Damen, Hofmeister, Ratgeber, Sekretariusse, Pagen und Edelfräulein, Landsknechte, Diener, Dienerinnen, Köche, drei katholische Priester und vier Zwerge, eine Elle hoch, in samtenen Mänteln, sowie viel anderes Volk. Doch Mäntel und Quasten, Rüstungen und Muffs waren, wie das Gefieder von Raben, vom nassen Schnee, der schon eine geraume Weile fiel, total durchnäßt, aller Rücken mit weißen Schneeflocken bedeckt und ebenfalls naß – zum Auswringen naß.

Das Gefolge machte halt. Die Stadtväter sprangen aus dem Sattel in den Schlamm und begaben sich schleunigst zur herzoglichen Equipage. Der Herzog und noch einige Herren schwangen sich sofort auf bereitgehaltene Pferde und ritten den Revalern wohl an die fünfzehn Schritt entgegen. Hier erlaubte der Herzog dem Grafen Sture, ihm die Stadtväter vorzustellen, hörte kopfnickend ihre Begrüßungsreden an und geleitete sie zu seiner Equipage. Aus dem Fenster reichte ihnen Frau Catharina die Hand mit sechs goldenen Ringen und drei goldenen Armbändern, und mit nassen Bärten küßten sie diese …

All das hatte Märten mehr oder weniger gesehen. Übrigens wäre er von sich aus wohl kaum hingelaufen, um sich den Herzog und seine Gemahlin anzuschauen, obwohl Balthasars große Wißbegierde vielleicht auch ihn ein wenig angesteckt hatte. Doch der Torstholmer Hans – Kapitän eines Zweimasters, bei dem Märten damals als Rudergänger sein Brot verdiente – wartete mit seinem Schoner im Revaler Hafen auf Fracht. Er war es auch, der Märten gesagt hatte: »Weißt du was, geh und schau dir diese Herrschaften an. Erzählst es dann uns allen …«

Ebendeshalb war Märten zu den Sandbergen getrottet. Auf Balthasars Frage aber, wie denn der Herr Herzog ausgesehen habe, entgegnete Märten: »Kch! Schließlich hast ja du ihn öfter aus der Nähe gesehen.«

Und auf die Frage nach Frau Catharina meinte er: »Ach, aber ich hab sie dort kaum zu Gesicht gekriegt. Später hab ich sie freilich aus der Nähe gesehen. Kch. So eine mit den gelben Augen einer Waldziege und mit Schnupfnase. Eine vornehme Dame, alles, was recht ist.«

Märtens Worten zufolge hatte sich der ganze herzogliche Jahrmarkt sodann nach Reval begeben und sich, nach Rang und Stand getrennt, in der Ober- und Unterstadt verteilt; mehr hatte er die ganze Woche lang nicht mit ihnen zu tun gehabt.

»Nun, aber was für Gerüchte gingen denn in der Stadt um?«

»Kch. Wann wären in der Stadt wohl keine Gerüchte umgegangen?«

»Nun, und diesmal?«

»Wer soll sich die merken?«

»Aber, aber, du wirst sie dir schon gemerkt haben!«

»Kch. Was hat man damals nicht alles geredet. Damals war er als Herzog noch Anfänger. Und heute …«

Nach und nach fiel Märten auch das ein, woran sich selbst Balthasar nur wie durch einen Nebelschleier erinnerte: Herzog und Herzogin von Finnland, das heißt unseren jetzigen gnädigen König Johan III. von Schweden und die schwedische Königin, hatte man damals, im Herbst zweiundsechzig, nicht einmal ins Stadttor von Riga eingelassen … Natürlich war das bekanntgeworden, kaum daß der Herzog in Reval eintraf, und auf den Gesichtern einiger Ratsherren war augenblicklich das geflissentliche Begrüßungslächeln gefroren. Freilich, im Gegensatz zu Reval war Riga keine Stadt Seiner Majestät des Königs von Schweden. Riga versuchte Polen, Moskau und Stockholm gegenüber seine Unabhängigkeit zu bewahren und unbemerkt zu bleiben. Im Verhalten Rigas zum Herzogspaar kam natürlich Furcht zum Ausdruck, keineswegs Widersetzlichkeit. Und doch: Wenn Riga den Bruder des schwedischen und die Schwester des polnischen Königs nicht in seine Tore einließ, sondern sie, sich windend vor Höflichkeit, zu einem Nachtquartier auf ein Landgut vor den Stadttoren geleitete, dann mußten, nach Meinung Rigas, die Feinde des Herzogspaares also nicht nur überaus mächtig sein, sondern auch äußerst empfindlich. Wer waren denn seiner Meinung nach diese Feinde? Allein aus Furcht vor Moskau wären die Rigaer wohl kaum so vorsichtig zu Werke gegangen …

Moskau zu fürchten, hatte Riga natürlich allen Grund. Und das Herzogspaar um so mehr. Denn ein weiteres Gerücht, das sofort in Reval die Runde machte, besagte, das herzogliche Gefolge habe es zwischen Fickel und Marjamäe schrecklich eilig gehabt und im Marjamäeer Pfarrhaus, wo sie übernachteten, hätten des Herzogs Büchsenschützen die ganze Nacht über angekleidet und bewaffnet Wache gehalten, Pulver im Horn und in der Tasche Kugeln. Und alles, weil man dem Herzog unterwegs die Warnung überbracht hatte: Aus Fellin oder sonstwoher zieht ein viele hundert Mann starker Haufen des Moskowiters nach Westen, um den Herzog und seine Gemahlin samt ihrer ganzen Begleitung gefangenzunehmen.

»Na ja«, sagte Märten, »den Großfürsten wurmte es ja

schon jahrelang, daß die Frau des Herzogs, unsere Königin also, nicht die Seine geworden ist …«

Doch wen die Rigaer im Zusammenhang mit dem Herzog, außer dem Großfürsten, noch fürchteten, hätte Balthasar gewiß nie erfahren, wäre nicht eine Woche später Märten das widerfahren, was ihm nach dem Willen der Vorsehung widerfahren sollte.

Der Schoner des Torstholmer Hans lag im Hafen auf dem inneren Ankerplatz, am Bauholzkai. Tagtäglich ging Hans zum Kaufmann Luhr oder versuchte diesen im Hafen abzufangen, um doch noch eine Ladung Ziegelsteine zu erhalten, die Segel zu setzen und heimwärts zu segeln, bevor sich das Meer mit einer Eisdecke überzog. Aber die Sache mit der Ladung wurde von Tag zu Tag verschoben. Und zwar deshalb, weil der Kaufmann Luhr, trotzdem er mehrmals täglich in den Hafen kam, hier ein weit wichtigeres Geschäft hatte.

Die prächtige »Ursus Finlandicus«, die Schiffseignern aus Åbo gehörte und mit der Herzog Johan auf Freite ausgefahren war, war bis Danzig gesegelt und aus unerfindlichen Gründen in Polen geblieben. In Reval machte sich Herr Horn eiligst auf die Suche nach einem neuen Schiff, mit dem der Herzog nach Hause reisen könnte. Und, man denke, aus dem Dutzend schon an den Winterpollern vertäuten Schiffen wählte er ausgerechnet die Herrn Luhr gehörende »Olaf« aus. Es war dies ein recht geräumiger Dreimaster, jedenfalls fanden alle Begleiter des Herzogs nebst seinem sämtlichen Hab und Gut ohne weiteres darauf Platz. Die Pferde wollte man später auf Schonern übersetzen. Hans aber und seine Leute, mit ihnen auch Märten, warteten immerzu und taten nichts, als von ihrem niedrigen Deck aus den Hafen zu betrachten. Sie konnten sehen, wie auf der »Olaf« die Zimmerleute pochten und die Maler pinselten und wie dort mit dem Kapitän auch Herr Luhr geschäftig hin und her lief.

Des Abends ließ Hans seinen Kahn in Märtens Obhut (die Besatzung bestand ja nur aus fünf Mann) und begab sich, an dem langen Ankerplatz mit den Mündrichbooten vorbei, ins Zollamt, um mit dem Oberzöllner und seinen Leuten zu würfeln und Bier zu trinken, denn der Oberzöllner war auch aus Torstholm gebürtig. An manchen Abenden kamen Burschen von der »Olaf« ins Zollamt: Weil dieses schöne Schiff, das man noch schöner zu machen suchte, schon eine Woche lang gegenüber dem Zollamt lag und darauf wartete, daß Herzog und Herzogin samt ihrem Gefolge geruhen würden, an Bord zu gehen. Wenn die Würfelspieler von Zeit zu Zeit aus dem Fenster schauten, geschah es wohl, daß in der Dunkelheit Leute mit Laternen über das Deck der »Olaf« oder über die Fallreeps geisterten, und dann sahen sie, wie die hin und her huschenden Laternen die zu Ehren des Herzogs frischgestrichenen Geländerpfeiler und anderes mehr aufleuchten ließen – man hätte glauben können, dort stünden vergoldete Flaschen in einer Reihe. Und ging einer der Spieler zwischen zwei Gläsern Bier zum Kai, um seine Notdurft zu verrichten, so hörte er außer dem Plätschern der Wellen zwischen den vereisten Brückenpfeilern, wie auf der »Olaf« an den in die Dunkelheit aufragenden Masten die fünf Ellen langen Wimpel knatterten. Und das hörte man schon einige Tage lang.

Am zweiten Dezember nachmittags legte das Zollboot an Hansens Schoner an. Der Zollwächter befahl Hans, sich anständig anzuziehen und sich ins Zollamt zum Oberzöllner zu begeben.

»Weiß der Teufel, was sie auf einmal von mir wollen … Anständig anziehen …«

Als man aber Hans eine Stunde darauf zu seinem Schiff zurückbrachte, war ihm sein nach Teer riechender Rock zu eng geworden, wollten ihm seine in Robbenlederstiefeln steckenden Beine nicht mehr gehorchen. Ein leichter Duft von Wacholderschnaps ging von ihm aus.

»Nun, Märten, ich hab mein Fell für dreißig Mark verkauft. Und deins auch.«

Tags darauf sollte sich der Herzog nebst Gemahlin,

sämtlichen Begleitern und aller Habe auf der »Olaf« einschiffen. Im Zollamt war Hans nicht nur vom Kapitän der »Olaf«, sondern auch von Herrn Horn persönlich erwartet worden. Dort hatte sich nämlich herausgestellt, daß die »Olaf« hier, in fremden Gewässern, nicht wagte, mit einer so verantwortungsvollen Fracht, wie sie sie anderntags an Bord nehmen sollte, auf eigene Verantwortung zu segeln. Auf den Rat der Vorgesetzten von Hafen und Zollamt hatte Herr Horn befohlen, den Torstholmer Hans zu rufen. Er hatte Hans zehn Fragen gestellt und sich letzten Endes überzeugt, daß dieser rotbärtige kerngesunde Mann mit den unsteten Augen tatsächlich dreißig Jahre zwischen den Häfen der Süd- und der Nordküste des Meerbusens westlich Finnlands hin und her gesegelt war. Herr Horn hatte eingewilligt, Hans dreißig Mark zu zahlen, sofern der für die Zeit der Seereise das Steuer der »Olaf« in seine Hände und die Last der Verantwortung auf seine Schultern nahm.

»Und was hast du dort über mein Fell gesagt?« erkundigte sich Märten.

»Ich hab gesagt, ich würde mir meinen Steuermann zu Hilfe nehmen.«

»Sieh mal einer an! Und was bekommt der Steuermann dafür?«

»Nun, Herr Horn zahlt mir nach den dreißig Jahren, die ich zur See gefahren bin, eine Mark pro Jahr. Du aber hast ja noch nicht mal vier Jahre um, die Kaperfahrten und die Zeit, die du bei mir gefahren bist, mit eingerechnet. So daß drei Mark für dich mehr als genug sind.«

Diese Einzelheit hatte Märten Balthasar früher vorenthalten. Und nun, wo sie nach sechzehn Jahren zur Sprache kam, in der Pastoratssauna beim Löffelschnitzen oder im »Grünen Frosch« zwischen zwei Schlucken Bier, äußerte Balthasar über diesen Schiffer bitter: »Ein schöner Geizhals ...«

Märten meinte dagegen: »Na, schließlich konnte er ja keine Mark pro Jahr drauflegen, weil ich mich schon mit nassen Hosen mit jemand aus Fischermai auf dem Meer rumgetrieben habe.«

Wie auch immer, am nächsten Morgen war Märten mit seinem Schiffer auf die »Olaf« übergesiedelt und hatte vom hohen Deck ihres Hecks zugesehen, wie die herzogliche Gesellschaft an Bord ging.

Der Herzog und seine Gemahlin trugen Gewänder aus grünem Burgundersamt, die in der Farbe an Grashüpfer erinnerten, darüber einen Kapuzenmantel aus fester grauer Seide, der vor dem feuchten Herbstwind schützte. Sie ritten nebeneinander auf zwei Grauschimmeln an der Spitze ihrer Höflinge den unwahrscheinlich langen Ankerplatz entlang auf das Fallreep der »Olaf« zu. Der Herzog sprang unverweilt aus dem Steigbügel und half seiner Gemahlin, die seitlich, nach Damenart, im Sattel saß, vom Pferd und an Bord des Schiffes. Aus der Nähe sah man, daß die im kalten Wind zitternde Herzogin, obschon geschminkt und mit geschwärzten Augenbrauen, doch erheblich älter war als ihr Mann. Sie lächelte den Begleitern mühsam zu und zog den Herzog sogleich fort in die Heckkajüte.

Herr Horn und die anderen Herren begaben sich nach dem Herzogspaar gleichfalls an Deck. Ihnen folgten in endloser Reihe Priester, Hoffräulein, Zwerge, diesen wieder die polnischen Diener der Herzogin mit den schweren Truhen der Mitgift. Übrigens, als Märten diese Truhen erwähnte, entsann sich Balthasar, wie er einst selbst von oben, aus einem Fenster in Doktor Friesners Haus, der Ankunft des Koadjutors zugesehen und wie man diesem Truhen mit Hab und Gut ins Haus nachgetragen hatte. Und Balthasar fiel auch sein Gedanke von damals ein: Besitz macht den Menschen wie durch Zauberei mächtig, zugleich aber ist er ein entzaubernder, häßlicher Buckel, zu schwer, um ihn allein zu schleppen, weshalb man ihn denn auch seinem Eigentümer in Teilen nachträgt ... Außerdem erinnerte er sich an einiges andere, was schon vor zwanzig Jahren seine Mundwinkel hatte spöttisch zucken lassen: Empfand er Reichtum nicht einfach deshalb als Buckel, weil er selbst so gerade gewachsen war, weil seine höckerlosen Schulterblätter auch nicht die leiseste Spur von Hügelchen aufwiesen? ... Du lieber Gott, wenn ihn überhaupt jemals Ansätze von Flügeln gejuckt hatten, dann höchstens vor zwanzig Jahren, als er noch keinen einzigen Schilling Schulden hatte, sondern in seiner Tasche der Grundstock seines Studentenkapitals klimperte und in seinem Kopf der Plan pulsierte, auf die Universität zu eilen ... Jetzt aber hatte er noch nicht einmal die Dachziegel bezahlt, die er zur Ausbesserung des Daches hatte kommen lassen. Er saß vollständig auf dem trockenen, und von der Chronik, sollte sie überhaupt jemals erscheinen, war eher Verdruß zu erwarten als Einnahmen. Die verschiedenen Schulden beliefen sich insgesamt auf etwa sechshundert Mark. Fünfhundert davon schuldete er *diesem* ... und der Gedanke an Elsbeth gab ihm einen Stich ins Herz.

Nach den Truhen aber waren die Landsknechte mit Hellebarden und Schwertern an Bord gegangen und nach ihnen – die Revaler Kaufherren mit ihren Kaufgesellen, die im Winde flatternde Tuchstücke, Rollen gegerbter Häute und Pelzballen schleppten. In kleineren Kästen mit Griffen aber trugen sie Silbergeschirr oder gar Goldschmuck – alles, um den Herzog und die Herzogin in Versuchung zu führen und ihre Waren zu verkaufen. Mit einem Wort, bis zum Anbruch der Dunkelheit rannten am Kai Leute hin und her, es herrschte ein unbeschreibliches Gedränge. Im Morgengrauen aber stachen sie in See.

Die Sonne ging so blutrot auf, und der böige Südwestwind blies so heftig, daß man mit dem Auslaufen besser noch gewartet hätte. Doch der Herzog hatte nun einmal seinen Entschluß gefaßt und kundgegeben, und Herrscher mußten ja immer so tun, als hätten sie Wetter und dergleichen mit dem Herrgott abgesprochen. Märten sagte: »Aber ich weiß nicht, ob der Kapitän der ›Olaf‹ überhaupt gewagt hätte, dem Herzog mit einem solchen Vorschlag zu kommen. Hans sagte in meiner Gegenwart zum Kapitän, man brauche das, was uns von den Karlosinseln her gegen die Bordwand blase, noch nicht als Sturm anzusehen. Mittags aber riet er schon nicht mehr, sich gegen den Wind zu erleichtern. ›Warum?‹ fragte der Kapitän. ›Sonst kriegt man's in den Hals!‹ erwiderte Hans.«

Sie lichteten also die Anker und befahlen den Lotsenbooten, die »Olaf« aus dem Hafen zu führen. Und sollte der Kapitän noch irgend etwas gesagt haben, so hörte es jedenfalls niemand, weil die Batterien im Hafen und die Kanonen auf den Stadttürmen so begeistert Salut schossen und der Wind derart heulte, daß noch lange hinterher nichts anderes in den Ohren Platz hatte.

Hätten sie, zwischen Surup und Nargen durchfahrend, Kurs auf Westen gehalten, hätten sie den Südwestwind direkt von vorn gehabt. Deshalb beschloß der Kapitän der »Olaf« – auf Hansens Rat –, auf Nordnordwest zu gehen, im Schutze des Ostufers von Nargen, und nördlich der Insel nach Nordwesten abzudrehen.

Noch bevor der südöstliche Ausläufer der Insel sie etwas zu schützen vermochte, erlebten sie einen wahren Hexentanz. Unmittelbar hinter den Karlosinseln wurden die Wellen so hoch, daß das Schiff bis zum Vordersteven darin versank, und von backbord wurde das Deck derart überflutet, daß das Wasser darauf einen Fuß hoch stand. Anfangs aber machten alle muntere Gesichter, und der Kapitän ging aufs Heck, zum Herzog in die Kajüte, um zu erklären (er wußte, daß der Herzog das gern sah), im Finnischen Meerbusen gebe es im Herbst sehr oft solches Wetter und für die Seeleute sei das – nach dem Willen Gottes – eine alltägliche Sache. Märten sagte: »Aber es war ja anfangs auch kein solcher Sturm, wie es ihn nur einmal in hundert Jahren gibt. Sondern so, wie er sich bei uns alle fünf Jahre wiederholt.«

Nachmittags versperrte ihnen der Sturm die Sicht auf das Südende von Nargen. Der Wind hatte den Himmel leer gefegt. Die Sonne schien. Und auf einmal war so hohe See, daß die Herren Höflinge mit grünen Gesichtern an Deck stürzten, um frische Luft zu schnappen.

Märten, der gerade mit einer Glasscherbe den Griff eines kleinen Suppenlöffels glattschliff, sagte: »Und weißt du, wer noch bei uns an Bord war – ich hab ihn erkannt, obwohl er unten an der Reling stand.«

»Wer?«

»Doktor Friesner.«

»Oho!« rief Balthasar aus und sprang vor Verwunderung vom Schemel, so daß unter dem Sitz Wind hervorpfiff. »Das hast du mir früher verschwiegen. Und was tat er dort?«

»Was er immer tat. Der Herzog hatte ihn in Riga aufs Schiff gelockt. Um die erlauchte Gesundheit zu bedoktern.«

Im Schutze der Insel verlief, nach Meinung der ganzen Gesellschaft, die Seereise so fröhlich, daß der Herzog die Herzogin aufs Heck führte, um einen Blick auf die dunkelvioletten und schäumend weißen Wellenkämme zu werfen. Es war seltsam anzusehen, wie er dabei seiner Gemahlin, die sich kaum auf den Beinen halten konnte, den Arm um Schultern und Taille legte und sie stützte, ihr leise Mut einflößte (anscheinend hatte sie sehr unter der Seekrankheit zu leiden) und wie ihre Haare seinen Mund kitzelten, wenn er ihr ins Ohr flüsterte. Und wie er sie aufs Ohrläppchen küßte, ohne vom Torstholmer Hans Notiz zu nehmen, der daneben stand, die breit gespreizten Beine fest auf dem Deck, und mit weit aufgerissenen Augen über dem Steuerrad aufs Meer starrte, aber natürlich auch alles sah, was in seiner Nähe geschah. Dumm war auch: Die Dame selbst nahm gleichfalls keine Notiz von der Anwesenheit Fremder. Die Kammerdiener stellten für sie an der Reling zwei Stühle nebeneinander, die Herzogin befahl, sie noch dichter zusammenzurücken, setzte sich neben den Herzog und legte ihm den Kopf auf die Schulter.

»Hm«, meinte Balthasar, »demnach ist diese Ehe nicht nur aus Gründen der Staatsräson geschlossen worden?«

»Kch. Wahrscheinlich nicht«, versetzte Märten und steckte eine Handvoll gesalzener Bohnen in den Mund. »Aber ich sage nur, was ich selbst gesehen habe.«

Balthasar nahm einen Schluck Bier und spürte, wie dieser bittere Schluck sich in sein Inneres ergoß und seinen lächerlichen Verdruß gleichsam ein wenig linderte, aber doch nicht ganz fortspülte: Balthasar versuchte sich zu erinnern, ob ihm Elsbeth auch nur einmal in Gegenwart Fremder den Kopf auf die Schulter gelegt hatte. Aber kein einziger derartiger Fall in all den acht Jahren ihres Ehelebens wollte ihm einfallen.

Lange hatten Herzog und Herzogin dort aber nicht gesessen. Bald ging ihnen, trotz ihrer Pelzmäntel, der Wind durch und durch, und es kam wieder stärkerer Seegang auf. Sie erhoben sich von den Stühlen, und die Kammerdiener – selbst unter dem Schlingern leidend – geleiteten sie bei den Längs- und Querrucken des Ruders bis zur Treppe, die nach unten führte. An der Treppe ließ der Herzog seine Frau für einen Moment in der Obhut eines Dieners, blieb, breitbeinig und sich an der Barriere festhaltend, stehen und bedeutete Märten, der neben Hans stand, er möge herkommen.

»Und was wollte er von dir?«

»Ach, nichts weiter. Er ließ die Reling los und begann in seinen Taschen zu wühlen. Wär um ein Haar lang hingeschlagen. Aber ich traute mich nicht, ihn zu stützen. Wie sollte ich wissen, ob man ihn anfassen darf.«

»Na, na ...«

»Freilich. Irgendein höfischer Popanz hätte bestimmt losgebrüllt, was meine Pfoten da zu suchen hätten ... Das hätte mir gerade noch gefehlt. Aber er griff selbst nach der Reling und hielt sich auf den Beinen. Und zog einen Silbertaler aus der Tasche.«

»Für dich?«

»Für wen sonst. Drückte ihn mir in die Hand und sagte: ›Geh und steck ihn dem Rudergänger in die Tasche. Damit er sich Mühe gibt!‹«

»Ha-ha-ha-ha!« lachte Balthasar. »Auf diese Weise geht dir dein Lebtag der Lohn durch die Lappen ...«

Und Mühe mußte sich der Rudergänger der »Olaf« schon geben, denn kaum waren sie an dem nördlichen Ausläufer von Nargen vorüber, da biß sich der Sturm an

Backbord fest, und es hob ein noch wahnwitzigerer Tanz an als am Morgen. So daß sie die Großsegel am Fock- und am Großmast fast ganz rafften, lavierten und mit Hilfe der Gaffel am Besanmast versuchten, mehr oder weniger den Kurs beizubehalten. Und trotzdem war Hans sehr in Sorge, der Südweststurm könnte sie zu guter Letzt auf die tückischen Revaler Untiefen treiben. Die Vertrauten des Herzogs versuchten gar nicht erst, sich bei diesem Durcheinander an Deck zu zeigen, abgesehen davon, daß von Zeit zu Zeit einer der mutigen Herren, zur Freude der Möwen, zur Reling stürzte, die Augen herausgequollen, als hätte er eine Kröte verschluckt.

Bald wurde es dunkel. Und um so entsetzlicher tobte der Hexentanz. Wasserstaub und Sturmnebel verhängten das ganze Meer, und undurchdringliche Winterfinsternis brach herein. Was aber wohl das Ungewöhnlichste war: In der Dunkelheit spürte man besonders deutlich, wie der Orkan wütete, wie das Schiff knarrte und sich auf die Seite legte, wie es hin und her geworfen wurde, trotzdem man, außer einigen schaukelnden Sturmlaternen, einigen kreisenden Bullaugen und Lichtflecken auf heulenden Tauen und nassen Decks, nichts sehen konnte.

Gegen elf Uhr abends stand der Kapitän der »Olaf« mit seinem Rudergänger oben neben Hans, und sie beratschlagten, wie weit man sich, in Anbetracht des Sturmes, links halten müsse. Den Kurs bestimmen konnte man nur, wenn man davon ausging, wie stark der eiskalte Wasserstaub einem die linke Wange verbrannte, und nach dem Laut, den die Bordwände von sich gaben, wenn die Wellen das Schiff zusammenpreßten. Der Kapitän der »Olaf« schrie, das Tosen des Meeres übertönend, Märten ins Ohr, er solle zum Koch des Herzogs hinuntergehen und dem Schiffer und ihm etwas Heißes bringen.

»Und was war weiter?« forschte Balthasar.

»Nichts. Ich ließ sie dort mit zwei Laternen am Steuer und ging selbst nach unten.«

»Und hast du den Herzog und seine Frau gesehen?«

»Hab ich. Hab durch das Fenster der Heckkajüte geguckt.«

Mit einer Verbeugung stellte der Schankwirt ein Glas Rheinwein vor Balthasar auf den Tisch, und Balthasar schob es Märten hin.

»Nun?«

»Nichts weiter. Sie saßen in der Kajüte auf einer Holzkoje. Das Schiff schlingerte so stark, daß sie sich an der Koje und aneinander festhielten. Die polnischen Priester der Herzogin knieten auf dem Fußboden und hielten mit Mühe einen Feldaltar oder was sie da hatten, und zwei Schiffszimmerleute nagelten ihn am Boden fest. Es sah ganz so aus, als wollten sie eine Messe halten. Und da krachte es.«

»Wie ging denn das vor sich?«

»Erst pfiff es so eigenartig, und dann krachte und polterte es höllisch.«

»Was war denn genaugenommen geschehen?«

»Das hab ich nicht gleich mitgekriegt. Aber es kam von oben, und ich stürzte zurück an Deck. Eine Laterne war zerschellt, die andere brannte noch. Die Steuerplattform war zum Teil zerbrochen, und der Besanmast hing, wie abgehauen, mit der ganzen Takelage und den Tauen über den Rand der Plattform, mit dem anderen Ende über Bord. Und vier Mann lagen auf dem Dach der Deckkabine und streckten alle viere von sich. Später stellte sich raus: Der Rudergänger der ›Olaf‹ weilte schon an himmlischen Gestaden, mein Schiffer aber kam gegen Morgen zu sich.«

»So daß also du das Steuerruder in den Händen hattest?«

»Nun ja. Hab es abwechselnd mit ihrem zweiten Steuermann gehalten.«

»Und da geschah das denn auch gewiß.«

»Na, zuerst herrschte ein unfaßlicher Lärm und Wirrwarr. Als sie die Wanten abhackten und die Masten über Bord warfen.«

»Nun, und was war dann?«

»Teufel noch mal! Das hab ich dir doch schon alles erzählt. Aus Dummheit. Und du bist der einzige, der es weiß ...«

»Erzähl's mir jetzt noch mal!« Balthasar ließ nicht lokker und starrte Märten seltsam abwartend an. »Wann war das?«

»Na, ein paar Stunden später wohl. Als ich allein am Steuerruder stand. Der Marsenklemer war auf dem Fockmast. Wenn er noch dort war ... Nachdem der Besanmast gebrochen war. Und der Deckwächter war auf dem Bug.«

»Na und weiter?«

»Weiter sah ich, wie ein Mann zu mir nach oben geschlichen kam. Ich sagte ja, eine Laterne brannte noch.«

»Und was hat dieser Mann dir gesagt?«

»Was er gesagt hat ... Du weißt es doch ... ›Dreh‹, sagte er, ›nach Nordosten ab, in Richtung des Sturmes. Damit wir gegen Morgen hinter der Insel Kougschär sind, dort erwarten uns die Schiffe des Großfürsten. Sie werden uns ins Schlepptau nehmen und nach Narva bringen ...‹«

»Und was hat er dir dafür geboten?«

»Kch. Er klatschte sich auf die Hosen, daß es klimperte, und gab mir eine Münze, damit ich draufbeißen konnte. Echte Revaler Silbermärker. Darin kenn ich mich aus. Eine Laterne brannte ja noch.«

»Wieviel hat er dir versprochen?«

»Dreihundert.«

»Oho ... Und was hat er noch gesagt?«

»Na, daß der Großfürst durchaus das Recht hätte, die Herzogin für sich zu verlangen. Daß die Herzogin von ihrem Bruder dem Großfürsten versprochen worden sei, und wenn der Großfürst die Herzogin bekäme, würde in Livland ewiger Friede einkehren und in ganz Osteuropa auch. Und daß ganz Rußland zum Christentum bekehrt werden würde ...«

»So! Und das alles sollte für dreihundert Mark besorgt werden?«

»Na ja.«

»Und du?«

»Ich überlegte – warum er mich nicht niederschlägt und selber das Steuerruder nimmt.«

»Aber was hast du ihm gesagt?«

»Dasselbe.«

»Wahnsinniger … Und er?«

»Er lachte mir ins Ohr und sagte, er sei doch ein Kaufmann …«

»Und deshalb hast du ihn erkannt?«

»Aber nein. Ich sag doch, eine Laterne brannte noch.«

»Und das war wirklich Melchior Krumhusen?«

»Ganz sicher. Ich kenne ihn schon seit der Zeit, als er nach Reval kam, um in den Warenlagern seines Vaters Ordnung zu schaffen. Schließlich hab ich dort bei ihnen die Speicher und Keller saubergemacht. Erinnerst du dich, im Jahre siebenundfünfzig?«

»Ich erinnere mich. Und trotzdem, was hast du ihm geantwortet?«

»Was ich geantwortet habe … Ich hab gesagt, so was will überlegt sein. Kommt wieder, hab ich gesagt, wenn es drei schlägt. Dann sag ich's.«

»Und er ist gekommen.«

»Kch. Teufel. Gekommen und auch wieder nicht gekommen.«

»Wie das? Das hast du mir nicht erzählt.«

»Nein, hab ich nicht. Die dumme Geschichte ging so weit, daß … Na, ich blieb dort oben, versuchte mich auf den Beinen zu halten und drückte auf das Steuerruder, was das Zeug hielt. Damit wir doch irgendwie den Kurs beibehielten. Nordwestkurs also. Solche Sturzwellen klatschten aufs Deck, daß es krachte. Die Luft war dicht geworden, der Wasserstaub hing geradezu darin. Alle Polen der Herzogin hatten sich unten in der Kajüte versammelt und plärrten ihre Laudamus. Durch den Lärm war es kaum zu hören. Und da sah ich, Krumhusen krabbelte wieder die Treppe rauf. Ich dachte: Schau, der Dummkopf. Hat nicht warten können, bis es drei schlägt – und ich hab noch nicht mal die Andeutung einer Antwort parat ... Und dieser Krumhusen schleppte sich zu mir, wobei er sich an einem Tau festhielt – aber weißt du: Es war dein alter Freund Friesner.«

»Ach, du heiliger Strohsack! Was wollte denn der?«

»Kch. Dasselbe.«

»Das heißt?«

»Na ja. Auch, daß ich das Schiff auf einen anderen Kurs bringe. Nach Westen sollte ich abdrehen. Im Interesse des Herzogs. König Erik wolle mit seinem Bruder reden. Und wenn er nicht auf der Stelle mit ihm reden könnte, würden in ganz Schweden, Polen und Livland entsetzliche Kriege und Leiden anheben.«

»Und du könntest das alles verhindern?«

»Kchm.«

»Für welche Summe?«

»Er versprach mir auch dreihundert. So wahr ich hier sitze.«

»Na und du?«

»Ich sagte, kommt, sagte ich, wenn es drei geschlagen hat, ich muß mir die Sache überlegen.«

»Und was hast du beschlossen?«

»Kch-ch-ch. Ich dachte lange nach. Dann ertastete ich irgendwo ein Stück Tau. Im Handumdrehen hatte ich das Steuerruder festgebunden und eine Axt aus der Kiste genommen. Ich ging hin und hackte ein Stück aus der Treppe, die nach oben führte.«

»Ja und dann?«

»Ich schleppte das Stück zur Reling und warf es über Bord. Ohne Treppe würde bei diesem Seegang keiner von ihnen kommen.«

Balthasar schwieg ein Weilchen. Schließlich fragte er: »Und am Morgen?«

»Am Morgen waren wir zwar halb untergegangen, aber schon in der Nähe von Ekenäs, bei den Inseln Jussarö oder wie sie heißen, und das war herzogliches Gebiet.«

Wieder schwieg Balthasar, und Märten löffelte allein aus der Schüssel Kabeljausuppe mit Zwiebeln, die der

Herr Pastor beim Schankwirt bestellt hatte. Zu guter Letzt fragte Balthasar: »Und was wurde aus dieser ganzen herzoglichen Gesellschaft?«

»Du weißt es doch. Man brachte sie in Booten an Land, sie ruhten sich ein wenig aus und reisten weiter nach Åbo.«

»Und dein Hans und du?«

»Hans lag eine Woche im Pfarrhaus von Inkoo krank darnieder. Schmierte sich mit Friesnerschen Salben ein. Und dann kehrten wir von Raseborg aus mit einer Schaluppe nach Reval zurück.«

»Den Doktor und Krumhusen hast du nicht mehr gesehen?«

»Nein.«

»Und die drei Mark hast du von Hans bekommen?«

»Bis auf den letzten Schilling.«

»Und trotzdem – warum hast du zweimal dreihundert ausgeschlagen? Ich verstehe nicht, warst du dem Herzog so ergeben?«

»Wieso ergeben ... Aber schließlich bin ich ja angeheuert worden, um ihnen zu helfen, nach Åbo zu kommen.«

»Aber immerhin, was hast du gedacht, als diese dich anwerben wollten? An irgend etwas hast du doch dabei gedacht?«

»Nun, als Herr Krumhusen mit mir sprach, da dachte ich: Na ja, schön, aber diese Frau Catharina wird ihren Kopf trotzdem nicht dem Großfürsten auf die Schulter legen. Und der Großfürst, wenn ihm der Herzog in die Hände fiele, wird diesen bestenfalls in einen Kerker werfen, schlimmstenfalls aber pfählen lassen.«

»Nun, und als Friesner kam?«

»Da dachte ich: Nun, dem König muß wohl viel daran liegen, den Herzog in die Hand zu bekommen, wenn er so viel Geld dafür ausgibt, daß der Doktor ganze dreihundert Mark davon mir anbietet. Und dann dachte ich noch: Anscheinend haben sie, die Turteltäubchen, sie mögen sein, wie sie wollen, vom König auch nichts Besseres zu erwarten als vom Großfürsten ...

Man munkelte doch schon lange so was, und knappe sechs Monate später saßen sie ja tatsächlich beim König hinter Gittern ... Ich aber dachte: Ich will ihre große Liebe nicht zugrunde richten ... auch wenn das vielleicht wirklich ein Befehl unseres gnädigen Königs ist ...«

Balthasar schob den Bierkrug fort. In seiner Stimme klang unversehens eine streitsüchtige Note an, sogar eine recht scharfe, als er fragte: »Heißt das, es war ihr – wie du gesagt hast – Geturtel, warum du sie geschont hast? Hat das ihre Haut gerettet?«

Über die Suppenschüssel hinweg sah ihn Märten mit seinem hellen Blick an und sagte dann irgendwie verteufelt leichthin, nicht greifbar und verständnisvoll: »So ist es. Falls man nicht meint, es war ein Fingerzeig Gottes.«

»Schön«, brummte Balthasar und winkte ab (denn was sollte er mit diesem Narren von einem Glöckner machen). »Hast du dir überlegt, als sie dich kaufen wollten, daß dreihundert vielleicht einfach zuwenig sind? Und wieviel sie dir hätten bieten müssen, damit du ihren Wunsch erfüllst?«

»Kch. Aber wenn ich ihren Wunsch nicht erfüllt habe, heißt das, dreihundert sind zuwenig. Das ist klar. Und darüber – *wieviel* ... ja-a. Ich hab gedacht, beim einen wie beim anderen: Was, wenn der Gauner mir statt dreihundert dreitausend geboten hätte? ... Das ganze estnische Land ist für neunzehntausend verkauft worden – du hast es mir einmal selbst gesagt. Hätten sie mir also für eine einzige Wendung des Schiffes in eine andere Richtung, nach rechts oder nach links, ein Sechstel von dem geboten, was das estnische Land wert ist – wäre ich da auf diesen Handel eingegangen?«

»Nun?«

»Weißt du, ich hab darüber nachgedacht: Ich hätt's nicht getan. Man merkte zu deutlich, wie König und Großfürst drauf versessen waren, dieses Schiff in die Hand zu bekommen. Aber es wär ein Mordsspaß für mich gewesen, sie anzuführen und mir ihr dummes Gesicht vorzustellen. Kch.«

»Ho-ho-ho-ho-ho!« lachte Balthasar und wollte schon einen Schluck Bier nehmen, doch der Krug war leer, und das ließ sein Lachen schallend und noch lauter klingen. »Und was für einen Anteil hatte denn an deinem Entschluß, daß man dich angeheuert hatte, um ihnen zu helfen, nach Åbo zu gelangen – wie du vorhin gesagt hast?«

Mit schmal gewordenen, spöttischen Augen starrte Märten seinen alten Freund und Herrn über die völlig leergeputzte Suppenschüssel hinweg an.

»Kch-ch-ch …« In der ganzen Zeit, die sie hier saßen, war dies das beredteste »Kch«. Märten polterte los: »Zum Teufel, schließlich hatte ich dort keine Apothekerwaage zum Abwiegen von Rubinpulver und Mäusedreck, daß ich sagen könnte, was für einen Anteil!«

Balthasar ließ Märten eine halbe Mark da, um davon Fischsuppe, Wein und Bier zu bezahlen. »Du bekommst noch etwas heraus. Laß dir dafür noch einen Krug geben. Zur Erinnerung daran, wie du damals am Steuerruder gestanden hast. Ich gehe mir ein bißchen die Beine vertreten.«

Balthasar schob sein schwarzes Samtbarett in den Nakken und trat aus dem niedrigen, vom Kienspan verrußten Kellergewölbe des »Grünen Frosches« auf die menschenleere Nonnenstraße. Es war Ende Mai, doch der Abend wirkte trostlos. Der kupferfarbene Himmel über den Klostertürmen verhieß eine Nacht, wo gegen Morgen das Geschirr am Brunnen glasig wurde, sich die Apfelblüten vor Tagesanbruch braun färbten und die Risse in den Wänden weiß wurden.

Nach Hause gehen wollte Balthasar noch nicht. Zu Hause war Elsbeth, war die Notwendigkeit, sich von ihr fernzuhalten oder sie einfach zu übersehen. Das eine wie das andere war unangenehm genug. Freilich, zu Hause gab es noch das Zimmer oben und dort unter dem Pultdeckel etliche Bände. Einige von ihnen lohnte es sich gewiß zu lesen, namentlich »Eis heauton« von Mark Aurel in der bekannten Amsterdamer Ausgabe. Schon vor achtzehn Jahren hatte er, wie er sich erinnerte, versucht, ihn zu bewältigen, doch erst jetzt mehrmals mit besonderem Vergnügen darin gelesen … Aber heute würde sein Zimmer natürlich nicht geheizt sein, und an einem so frostigen Abend war es darin bedrückend kalt … Jaja: Zu Hause waren auch die Kinder. Aber wer weiß … Neulich hatte sich Balthasar dabei ertappt, daß er sich auf recht sonderbare Weise mit diesen Käferchen abgab. Vorgestern morgen zum Beispiel entdeckte er sich plötzlich in der Sakristei auf dem Fußboden, auf einem Hundefell sitzend, in der Rechten ein Messer, in der Linken ein Stück von einem Erlenzweig, den er aus dem Holzschuppen mitgebracht hatte. Balzer, Anna und Elisabeth standen um ihn herum, und er zeigte ihnen, wie man aus Erlenholz Kühe machte, keine gewöhnlichen, sondern solche, denen statt der Beine Stöckchen eingesetzt wurden. Und daneben – vor den Augen ihres verdutzten Schöpfers und dreier munterer Hirtenkinder – weidete auf dem Hundefell schon eine fertige Herde, darunter einige ansehnliche rötlich-grüne kleine Bullen …

Balthasar erhob sich vom Boden – der *Vater* entfernte sich auf einmal von den Kindern, verlegen, beinahe gekränkt … Und nicht nur, weil Elsbeth und Epp durch die halboffene Tür der Sakristei seinem Treiben mit den Kindern zusahen. Gekränkt, daß diese drei lieben Frätzchen auf dem Fußboden, durch deren Plappern, Wärme und Lebhaftigkeit er sich in ihre Kinderwelt hatte entführen lassen, in ebensolchem Maße, Teufel, ja, in noch stärkerem Maße Elsbeths Fleisch und Blut waren – jaja! Elsbeths in noch stärkerem Maße als sein eigenes. Also war jede Annäherung an die Kinder zwangsläufig auch eine Annäherung an Elsbeth, die selbst nicht geruhte, sich ihm zu nähern oder eine Annäherung an ihn, ihren Mann, zu suchen … Elsbeth belehrte und unterwies die Kinder natürlich wie früher (und soweit Balthasar das beiläufig feststellen konnte, sogar häufiger und auffallender als zuvor), doch das bedeutete keineswegs, daß sie versuchte, über die Kinder ihrem Mann näherzukommen. Nein, nein. Denn erstens war es überhaupt Sache der Frauen, sich mit den Kindern abzugeben. Und zweitens waren die Kinder, wie schon gesagt, trotz allem in stärkerem Maße auf die Frauen ausgerichtet ... Jedenfalls in hac re. Da war nichts zu machen.

Also nach Hause ging Balthasar nicht. Aber er schlenderte nicht gern unnütz umher, selbst dann nicht, wenn er im Gehen überlegte, stromerte nicht gern ziellos umher – wozu er jetzt manchmal sogar Zeit gefunden hätte. Und als eilte er mit einem bestimmten Ziel irgendwohin, ging er die Nonnenstraße entlang in Richtung der Olaikirche, anscheinend genau wissend, wo er Märtens Geschichte überdenken wollte.

An der Ecke der Speicherstraße kam er an einem städtischen Brunnen vorüber, an der Ecke der Kanonenstraße an einem zweiten. Zwei oder drei Leute, die Wasser schöpften, grüßten ihn. Er ging und ging – links die Häuser im kalten blaugrünen Schatten, rechts die Häuserfassaden im trostlos fiebrigen Abendlicht. Als er an der Olaikirche vorüberkam (die Türen standen weit offen, und tief im Innern der Kirche jubilierte die Orgel in den höchsten Tönen), blieb er stehen und schaute nach oben. Neben dem Turm sah Balthasar nichts am kalten, klaren, kupferfarbenen Himmel. Natürlich überraschte ihn das nicht – dennoch, in einem Winkel seines Herzens war er enttäuscht, daß dort nicht mehr das Wunderseil der Seiltänzer hing ... Balthasar bog in die Zollstraße ein und schritt bis zur Langstraße. Je weniger er sich über das Ziel im klaren war, desto entschlossener ging er weiter. Ja es schien, als beschleunigte er seine Schritte immer mehr. Unversehens blieb er stehen. Aus der offenen Kellertür der »Drei Schwestern« sprang ein gestreifter schwarzer Kater auf die Langstraße, Balthasar direkt vor die Füße, jagte schräg über die Straße und huschte ins Katzenloch im Hof des Kaufmanns Reppelen, dem letzten rechts. Im Grunde genommen hatte Balthasar schon vorher gewußt, wohin er wollte.

Er stieß das Hoftor des Kaufmanns Reppelen auf, ging durch die widerhallenden Torbogen auf den Hof, in dem seine Schritte dröhnten, und verbeugte sich dreimal vor der Familienwäsche, grauen und weißen Rökken, Unterhosen und Laken, die auf Leinen quer über dem Hof hingen. Der Kater war verschwunden, aber Balthasar wußte nun schon genau, wohin sein Weg führte. Er trat aus dem hinteren Tor Reppelens, überquerte die Straße und blieb vor der Tür des gewaltigen Stolting stehen – einer Eichentür mit Eisenbeschlägen.

Er wußte: Ganz gleich, welcher der Unteroffiziere der städtischen Landsknechte die Wache befehligte, hinein käme er auf jeden Fall. Wenigstens im Stolting gab es eine Wache, in vielen anderen Türmen hatten die Ratsherren, dem Brauch der Friedenszeit gemäß, schon Korn-, Salz- und Tranvorräte gelagert. So kam es denn auch. Mochte Balthasar den stimmgewaltigen Wachhabenden, der ihm die Tür öffnete, auch nicht kennen, dieser erkannte Balthasar sofort.

»Oho-ho! Was ist, steht wieder der Moskowiter vor den Toren? (Und wir haben es nicht gewußt!) Na, aber wieso klettert der Pastor denn dann wieder hinauf, um Rundschau zu halten? Klettert nur, klettert, solange die Beine Euch tragen. Und sei es bis zu den Stufen des Herrgotts.«

Eilig klomm Balthasar die hohen schmalen Stufen der Wendeltreppe empor, wobei er sich mit den Händen gegen die rauhen Wände stützte. Von dort oben wollte er einen Blick auf alles werfen. Wollte die Stadt betrachten. Vielleicht wollte er oben Märtens merkwürdige Seereise überdenken. Jetzt aber, etwas atemlos, inmitten der dämmerigen Treppenwände, inmitten der von irgendwelchen Insekten benagten, nach Kalksteinstaub, trockenem Taubenmist und vorjährigem Flintenpulverruß riechenden Gänge, dachte er zum tausendsten Male: Bin ich also wirklich ein betrogener Ehemann? Hat man mir tatsächlich Hörner aufgesetzt?

Jedesmal, wenn er sich diese Frage stellte, spürte er, wie jemand mit Fingern in Eisenhandschuhen in seinem Inneren wühlte. Hier und jetzt aber fragte er sich, nach der schon zum tausendsten Male wiederholten Frage, zum erstenmal: Aber es könnte doch sein, daß ich mir vor lauter Widerborstigkeit und Dickköpfigkeit selbst Hörner aufgesetzt habe? Und daß Elsbeth mir keine Veranlassung dazu gegeben hat?

Im vierten Stock des Turms blickte Balthasar auf die massiven Hinterteile der Haubitzen, die auf Balkenlafetten ruhten, im fünften – auf die in Schießscharten eingelassenen, auf Stützen montierten Festungsgewehre. Er kletterte noch eine Weile und fand sich plötzlich in einem runden Raum mit Balkendecke wieder. Balthasar stieg eine Leiter mit zehn Sprossen empor, stieß mit Nacken und Schulter eine Luke in der Decke auf und steckte den Kopf hinaus.

Nein, bei Gott, Elsbeth hat mir keine Veranlassung dazu gegeben.

Er zwängte sich durch die Öffnung, sprang auf den mit Kalksteinplatten ausgelegten Boden und schaute sich um. Beim größten Teil der Festungstürme hatte man zu Beginn der Belagerung schleunigst die Dächer abgetragen. Damit sie der Feind nicht zerstörte und anzündete, aber auch, um Geschosse und Katapulte nach oben zu schaffen und auf den flach gewordenen Türmen aufzustellen. Mit dem Bau neuer Dächer hatte man im vergangenen Jahr, als die Belagerung vorüber war, gerade erst begonnen. So war denn auch der Stolting bis heute ohne Dach, und Balthasar stand jetzt auf dem Kalksteinfußboden unter freiem Himmel. Innerhalb des zwei Eilen hohen und drei Ellen dicken steinernen Ringes; der Abstand von seinem einen Rand bis zum anderen betrug nicht weniger als zwölf Ellen. Balthasar stützte sich mit den Händen auf, machte einen Klimmzug und setzte sich auf die Kante des Ringes. Erst hier sah er sich richtig um.

Freilich, das war nicht sein alter Turm mit dem Wunderseil, der alte Turm des Vorgefühls von einem Flug ohne Flügel. Dieser Turm war natürlich nicht der Olaiturm, der jetzt hinter seinem Rücken stand und damals, wie ihm im nachhinein schien, dicht unter dem Himmel hin und her geschwankt und nach Teer gerochen hatte. Dieser Turm hier war viel niedriger. Und dennoch – mit seinen fast senkrechten Wänden und seinem ungeheuren Fundament erhob er sich direkt aus der Stadtmauer, und sein steinerner Rumpf war Teil des steinernen Fleisches der Stadt. Ein Teil dieser abendlich rauchfarbenen Stadt unter dem grünlichen, gleichsam mit Rauhreif bedeckten Abendhimmel.

Doch was wäre, wenn Balthasar jetzt nach Hause ginge und Elsbeth einfach und ohne Umschweife fragte: Liebst du ihn?

Aber Balthasar wußte im voraus (er hatte schon lange gelernt, im Handumdrehen die Antworten, Fragen und Gedankensprünge fremder Menschen zu erraten, und wußte eine Stunde vorher, was ihm seine eigene Frau antworten würde), er wußte im voraus: Elsbeth würde ihn mit ihren merkwürdigen mandelförmigen dunklen Augen ansehen und verneinend den Kopf schütteln. Und dann würde Balthasar seine Frau fragen, und gewiß nur, um sie und sich selbst auf die Probe zu stellen: Warum liebst du ihn denn nicht?

Und Elsbeth würde antworten – auch das wußte Balthasar: Weil ich deine Frau bin.

Und er, Balthasar, würde weiter überlegen, er wußte schon, was er überlegen würde …

Jetzt aber, hier oben, dachte er: Diese rauchfarbene Stadt im Rauhreif des Abends. Über dem Meer hinter Kakkumägi gelber Sonnenuntergang. Bald hier, bald dort die bläulichen Steinmauern der Höfe und zwischen den Dächern die im Schatten rötlichen und im Licht glühenden luftig-grünen, vor Kälte zusammengeschrumpften Knospen an den Apfelbäumen. Und hier, gleich vor den Mauern der Stadt, der eherne Streifen des Meeres. Desselben Meeres, über das einst Märten in den Sturm gesegelt ist … Und auf einmal wußte Balthasar: Das war ein und dasselbe. Ganz genau dasselbe. Ein Schiff auf See. Eine Stadt, ein Land in der Zeit … Dieser Turm, der Stolting, war wie ein steinerner Dansker in der steinernen Wand des Steuerbords eines riesigen Schiffes. Die Kette der Türme hier unten – der Rosenkranz oder die Dicke Margarethe und die Strandpforte –

waren sein Bug und Bugspriet. Und die Oberstadt dort links war das Heck. Die Kirchtürme waren die Masten. Der Olaiturm war der Großmast. (Strenggenommen war der Olaiturm nur der Fockmast, Großmast müßte der Heiligengeistturm sein! Na schön ...) Hinter dem Meer an den Gestaden – Herzöge, Großfürsten, Könige. Und an Deck er – er, der hierher, auf Deck, gekommen war, um das Schiff durch die Zeit zu führen ... Zwischen den Einbanddeckeln seiner Chronik. Nicht in den Hafen eines Herzogs oder Großfürsten oder Königs ... In den Hafen der *Wahrheit* ... (Dessen Längen- und Breitengrade der Heiland trotz allem Pilatus nicht genannt hatte ...) Ja, an Deck war er, Balthasar Rüssow, der sich ans Steuerruder klammerte, und viele, die man in der Dunkelheit nicht erkannte, die ihn überreden wollten abzudrehen ... Märten hatte ihm ja bald, nachdem er Michel fortgejagt hatte, gesagt, diese heimtückische Schlange habe versucht, die Chronik zu stehlen. Im großen und ganzen konnte man ahnen, für wen ... Und waren offene Käufer eines neuen Kurses bis jetzt auch nicht aufgetaucht, so nur, weil sie noch nichts von seiner Chronik wußten! Bedankt seist Du, o Herr! Dieses Märtensche Schiff auf See und diese Stadt in der Zeit (in seinem Buch) – was für eine parabelförmige Parallele das doch war ... Nur, sein alter Freund Märten hatte die Antwort vor sechzehn Jahren gegeben, während er, Balthasar, vielleicht erst noch antworten mußte ... Doch was er denken würde, wenn er die Antwort seiner Frau hörte, war ihm schon lange klar.

Er würde denken: Elsbeth hätte mir natürlich auch antworten können: Weil ich dich liebe. Aber ich habe acht Jahre gelebt, ohne daß sie mir in Gegenwart Fremder den Kopf auf die Schulter gelegt hätte. Warum kann ich dann nicht auch weiter mit ihr leben, wo sie doch bekennt: Ich liebe ihn nicht, weil ich deine Frau bin? Mir genügt das. Wenn ich noch meine Chronik habe.

Und wenn ich Kraft sammeln muß, um die Antwort zu geben ...

Er sprang auf den Fußboden. Kehrte das Gesicht der Mauer zu und sah aufs Meer hinaus. Mit den Handflächen stützte er sich auf die rauhe Mauer und neigte Kopf und Schultern, so daß der Mauerrand Stadttore, Küstenstreifen und Hafen seinem Blick entzog und zwischen Mauer und Horizont nur der graue und – in Richtung des Sonnenuntergangs – honiggelbe Wasserstreifen blieb.

Er dachte, vielleicht sogar laut, denn hier konnte ihn niemand hören, außer den Möwen und dem Herrgott.

Ich muß Kräfte sammeln, um antworten zu können. Und jetzt gehe ich heim und setze mich mit der früheren spöttischen Miene zu Elsbeth aufs Bett, schaue ihr in die Augen und frage: Liebst du ihn?

Und sie wird den Kopf schütteln, und ich werde fragen: Und warum nicht?

Und sie wird sagen: Weil ich deine Frau bin.

Und ich werde sagen: Nun, so sei meine Frau.

Und sie wird es sein.

VIERTES BUCH

ERSTER TEIL

ERSTES KAPITEL,

darinnen ebenjener Mann mit dem unbeugsamen Nacken, der im Grunde genommen jahrelang an nichts anderes gedacht hat als an die Freude, den um ihn herum auf den Steinen verstreuten Samen der Wahrheit zusammenzuscharren (und daran, daß er zugleich auch unvermeidlich alte Blütenblätter zu fassen bekam und daß die Saatzeit schnell vorüberging), zwischen den Zähnen plötzlich das Knirschen reifer Körner und mit dem Gaumen ihren bis dahin nicht gekannten Geschmack spürt, dahinter aber das Vorgefühl von unausweichlicher Bitterkeit

Durch die offenen Fenster des Zollhauses sah man: Die gestern aus Rostock angelangte »Barbara« lag, dreihundert Ellen entfernt, zwischen Anlegeplatz und Bollwerk vor Anker, und die drei schwer beladenen Mündrichboote, die im Augustregen vom Schiff hierher, an Land, fuhren, wurden bei den Windstößen aus Nordost von Wasser überflutet. Das Dutzend Kaufleute, hergebeten durch die morgendliche Benachrichtigung des Zollvogts, Kaufleute, für die, den Schiffspapieren zufolge, Fracht eingetroffen war, hatte sich trotz des regnerischen Wetters rechtzeitig an Ort und Stelle eingefunden. Da sah man die Herren Luhr und Lanting, Stahl und Holthusen und noch einige. Die Umsichtigeren unter ihnen hatten leinene Regenmäntel um die Schultern geworfen und die Rechnungsbücher in den Rock gesteckt, die Gediegeneren, so einflußreiche Männer wie Luhr und Holthusen, ihre Lagerschreiber mitgebracht. Diese trugen denn auch die Rechnungsbücher.

Auf der Schwelle des Zollhauses schüttelte Balthasar die Regentropfen ab, trat in das geräumige Gebäude – einen Fachwerkbau mit niedriger Balkendecke – und näherte sich den am Fenster versammelten Kaufleuten. Er hörte Herrn Stahl ausrufen: »Und wer kann sich dafür verbürgen, daß wir das Schlimmste schon überstanden haben?«

Herr Lanting klagte: »Herrgott, man denke nur – innerhalb von zwanzig Jahren ist die Mark um volle zwei Drittel im Kurs gesunken!«, und Herr Luhr bemerkte: »Das Maß Rheinwein hat sich jedenfalls im Vergleich zum Vorjahr um acht Prozent verteuert ...«

Balthasar sog den Duft von Moschus, Fichtennadelseife und ebenjenem so teuer gewordenen Rheinwein ein, der von den Kaufherren ausging (an dem regnerischen Morgen konnte man in der Hafenluft alle diese Gerüche so deutlich wahrnehmen, daß es schon komisch war), und dachte: Von einer Notzeit zu sprechen ist in der Tat gerechtfertigt. Du liebe Güte, schließlich sind die Brotläden in der Stadt schon den zweiten Monat ganz einfach geschlossen – es gibt kein Mehl. In der Kirche knurrt den armen Leuten der Magen wie die Luft in den Blasebälgen der Orgel, diese Herren aber sehen bei alledem aus wie das blühende Leben – wenn man sie ausgeschlafen und in frischer Luft aus der Nähe betrachtet.

Und als hätten die Herren Balthasars spöttische Gedanken gelesen, verstummten sie mit einemmal, und einen Augenblick lang konnte man hören, wie die Schweinsblase im offenen Fenster des Zollhauses knatterte. Herr Holthusen fragte: »Ah, Herr Balthasar, was für Waren habt Ihr denn für Euch oder für uns bestellt?«

Herrn Holthusens eckiges Gesicht unter dem Lederbarett sah ganz freundlich aus, und überhaupt war das im Grunde genommen ein recht vernünftiger Mensch, Oldermann der Großen Gilde und obendrein noch Bürgermeister. Doch Balthasar mußte an die Hungersnot denken, die im Frühjahr in der Stadt geherrscht hatte und der mehr als hundert Menschen unter den ärmsten und schwächsten Flüchtlingen, aber auch unter den Revalern selbst zum Opfer gefallen waren, an die Hungersnot, die in Balthasars Haus die Mehllade bis auf den Grund geleert hatte, und er mußte auch an seine abgezehrten Hausgenossen denken. Er sah die wohlgenährten, glatten (in Erwartung der Antwort auf Holthusens Frage gleichsam zum Lächeln bereiten) Gesichter der

Kaufleute und sagte: »Für mich einen Kasten Geduld. Für Euch und die Stadtväter aber drei Fässer Gerechtigkeit.«

»Oho!« Herr Luhr räusperte sich. »Und wie steht es, ist das eine gar so gewinnbringende Ware?«

»Gewiß«, entgegnete Balthasar, »ich werde glänzende Geschäfte damit machen. An dieser Ware herrscht beständig Mangel, es gibt davon weniger als Mehl, und sie verteuert sich schneller als Rheinwein.«

Die Herren lachten jovial und nahmen ihre Gespräche über Heringe, Schmiedeeisen, Tuch und Brokat wieder auf, und Balthasar blieb, was ganz natürlich war, davon ausgeschlossen. Bevor ihm das jedoch bewußt wurde, kamen unter dem Schutzdach an der Westseite des Gebäudes geräuschvoll Karrmänner und Träger hervor und eilten mit ihren Tragen und Karren zum Steg, wo die Mündriche bereits festmachten.

Nach einigem Durcheinander (das Tor des Zollhauses steht sperrangelweit offen, Träger und Karrmänner hasten hin und her, Fässer, Zuber, Kästen, Säcke und Pakete werden bewegt, Kaufleute und Schreiber rufen einander etwas zu, der Zollvogt Stamm hat einen Packen Kaufmannsbriefe in der Hand, bei ihm sind seine beiden Aufseher, der eine von ihnen trägt die Schatulle mit dem Wachssiegel, und ihm auf dem Fuße folgt der Schiffer Rank, Kapitän der »Barbara« – grauschwarzer Bart und eine Stimme wie eine rostige Trompete –, mit den Frachtscheinen) und erst nach ärgerlich langem Hin und Her erhielt Balthasar endlich seine drei Fässer. Und schon waren sie auf Siimon Silks Karren geladen, und neben Siimon schritt Balthasar höchstpersönlich, an den Kaufmannswagen vorbei, über das Kopfsteinpflaster mit seinen schlammigen Pfützen, dem Regen entgegen, auf die Große Strandpforte zu. Dabei erinnerte er sich etwas verwundert, ja sogar trotzig: Er hatte Holthusen und ihnen allen eine bissige Antwort gegeben. Jaja. Und doch hatte er es nur Herrn Holthusen zu verdanken, daß er die Fässer bekam. Auf seine, Balthasars, Bitte hin und seinem festen Versprechen vertrauend, sie umgehend im Packhaus dem Stadtsyndikus Dellinkhusen vorzuzeigen, hatte Holthusen dem Vogt befohlen, sie herauszugeben.

Balthasar gebot Siimon, um das Rathaus herumzufahren und die Fässer ins Packhaus zu schaffen, während er selbst das Rathausgebäude betrat, um hier mit Dellinkhusen zu einer Einigung zu kommen. Dabei konnte er sich nicht darüber klarwerden: War diese Forderung höherer Ratsweisheit zuzuschreiben, wegen der sich zu grämen nicht lohnte, mochte sie auch noch so unbegreiflich sein, oder sollte er sie als kränkende Ungereimtheit ansehen – schließlich durften die Kaufleute ja auch alle ihre Eisenwaren, Weine und Tuche in die Stadt bringen, ohne erst den Rat benachrichtigen zu müssen ...

Der Stadtsyndikus Dellinkhusen, jetzt schon bald an die Fünfzig, war dick und hatte ein breites, bleiches Gesicht. Von Zeit zu Zeit schien ihn Schläfrigkeit zu überkommen, und doch, rätselhafterweise, machte er dabei sogar einen gescheiten Eindruck. Deshalb, mehr noch wegen seines flaumigen Backenbarts, nannte ihn Balthasar bei sich den Zottigen Kürbis. (Vielleicht auch, weil sich bei Seneca Verse darüber finden, wie Kaiser Claudius sich in einen Kürbis verwandelte. Was aber nun Frau Dellinkhusen mit ihren umflorten Augen betraf, so hatte er sagen hören, sie sollte eigentlich Messalina und nicht Magdalena heißen ...) Balthasar mußte dem Zottigen Kürbis also zweimal sein Anliegen vortragen, und da wurde dieser plötzlich lebhaft. »Was höre ich da? Die *Chronik*? Fertig? In Rostock gedruckt? Und jetzt bei uns im Packhaus? Die Livländische Chronik? In drei Fässern zu je fünfzig Stück?« Er spitzte die Lippen und atmete mehrmals aus: Pf-pf-pf-pf. »Na, wißt Ihr, Herr Balthasar, wenn man Euch so ansieht, muß man sich wirklich wundern ...«

Herr Dellinkhusen warf, über sein Wams, einen Regenmantel um die Schultern und begleitete Balthasar. Siimon Silk zeigte ihnen inmitten großer Rostocker Bierfässer die kleinen Fäßchen, die er hatte hierherrollen müssen. Durch ein Zeichen rief Herr Dellinkhusen den Aufseher des Packhauses zu sich. Der öffnete mit einem Eisenhaken den Boden eines Fäßchens, und der Syndikus zog eines der in Stroh verpackten, prächtig in grauweißes Leder eingebundenen Bücher heraus ... Worauf auch Balthasar die Hand in das Fäßchen steckte. (Eigentlich hätte der Rostocker Drucker, der immerhin vierhundertfünfzig Bände für sich behalten hatte, eine weichere Verpackung finden können als das stachlige Stroh. Und doch war vielleicht gerade Stroh die passende Windel für das Strohgeschöpf seines Geistes?) Nun hielt er also sein Buch in der Hand ...

Offen gesagt, der Band wog etwas weniger, als er erwartet hatte. Trotzdem war es ein ganz respektables Buch. Und jetzt existierte es also unbestreitbar ... Er schlug es auf. Betrachtete das Titelblatt. Führte das Buch an die Nase und beschnupperte es. Von den roten Großbuchstaben ging ein süßlicher Geruch aus, die Seiten selbst aber rochen, als er sie dicht neben seiner Nase unter dem Daumen durchschlüpfen ließ, durchdringend nach Druckerschwärze ... Aufs Geratewohl schlug er das Buch auf und las:

Daß aber die Russen in einer Feste so wacker streiten, hat folgende Ursachen. Erstens, daß es ein arbeitsam Volk ist und in der Not zu allerlei gefährlicher und schwerer Arbeit Tag und Nacht unverdrossen bereit und daß sie Gott bitten, für ihren Herrn selig sterben zu dürfen. Zum andern ist es von Jugend an zu fasten und mit geringer Speise sich kümmerlich zu behelfen gewohnt; wenn es nur Wasser, Mehl, Salz und Branntwein hat, kann es sich lange genug damit behelfen, was ein Deutscher nicht kann. Zum dritten: Wenn sie eine Feste, und sei sie noch so klein, mit Willen aufgeben, dürfen sie wohl nicht wieder in ihr Land kommen, denn sie werden alle mit großem Spotte umgebracht, und in fremden Landen können und mögen sie nicht bleiben. Deshalb halten sie sich bis auf den letzten Mann und lassen sich lieber alle erwürgen als mit Geleit in ein fremdes Land bringen. Aber einem Deutschen ist es gleich, wo er sich aufhält, wenn er nur genug zu fressen und zu saufen hat ... *

* Der niederdeutsche Originaltext der authentischen Chronikzitate und der authentischen Dokumente befindet sich in den Anmerkungen.

Balthasar spürte, wie sein Herzschlag aussetzte ... O Gott, das war ja unerhört! Schwarz auf weiß stand da so etwas über einen jahrhundertealten Feind, es sah ganz so aus, als habe er diesem Lob, dem Deutschen aber Verachtung zollen wollen.

»Sehr interessant«, hörte er Dellinkhusen, der neben ihm das Buch durchblätterte, bemerken. »Und Ihr habt die Absicht, es in Reval zum Verkauf zu bringen?«

»Die habe ich«, erwiderte Balthasar, verschwieg jedoch, was er dabei dachte: Gewiß ist für diese Absicht das Gericht zuständig ...

»Und wieviel gedenkt Ihr für jedes zu nehmen?« fragte Herr Dellinkhusen.

»Nun«, meinte Balthasar zögernd, »es ist immerhin in Leder gebunden. Darum dachte ich: einen halben Taler.«

Der Syndikus barg das Buch unter dem Rock, steckte die weiße Hand in die Brusttasche, zog einen Lederbeutel aus dem Wams und reichte Balthasar eine Silbermünze – einen halben Taler. »Ich nehme ein Exemplar mit. Wir machen uns damit vertraut, und der Rat fällt dann seine Entscheidung. Das heißt, ob er die Erlaubnis zum Verkauf erteilt oder nicht. Ihr versteht doch: Wenn es hier noch vor vierzig Jahren Scherereien wegen Koells Katechismus gegeben hat, muß man mit einer Chronik auch in unseren Tagen besonders vorsichtig sein. Also ...«

Im ersten Moment begriff Balthasar nicht einmal, was die ausgestreckte Hand des Syndikus zu bedeuten hatte, bis der sagte: »Jaja! Gebt es her!« Er nahm Balthasar das Buch aus der Hand. »Dieses legen wir jetzt zu den anderen und versiegeln das Ganze. So lange, versteht Ihr, bis die Entscheidung des Rats vorliegt.«

Dellinkhusen steckte Balthasars Exemplar in das Fäßchen. Der Aufseher setzte das herausgenommene Deckelbrett wieder ein und brachte dem Syndikus ein Stückchen Wachs. Der teilte das Wachs in zwei Hälften, preßte mit dem Daumen je einen kleinen Fladen an beide Enden des Brettes und drückte auf jeden sorgfältig das Ringpetschaft mit den drei städtischen Löwen. (Drei mißtrauische Hofhunde, drei Zerberusse, dachte Balthasar.)

»Das wär's. Wir benachrichtigen Euch rechtzeitig. Einige Wochen werden natürlich vergehen.«

Er winkte Balthasar irgendwie von oben herab zu und schritt mit dem Gang eines Senators davon.

Balthasar blickte auf den zerstampften, schlammbedeckten Kalksteinfußboden des Packhauses.

So wenig war er hier, in dieser Stadt, also Herr über sein eigenes Werk. Nun, das hätte er vorher wissen sollen. Umsonst hatte er, einem Kind gleich, sich vorgestellt, wie er mit dem Buch nach Hause eilte, wie er es abends, oben in seinem Zimmer, las, dabei, wer kann sagen, wie oft, zusammenzuckte wegen der (verteufelt zahlreichen!) selbstverschuldeten Fehler und sich doch wieder und wieder wunderte, daß das Buch existierte. Wie er es Elsbeth auf den Nachttisch legte ... Und wie er tags darauf mit seinem Buch in Elblings Buchladen in der Schmiedestraße ging, um die Verkaufsbedingungen auszuhandeln. Er hätte klüger sein und vorhersehen müssen, daß der Rat ... Aber wer weiß: Vielleicht war es sogar besser so? Er brauchte abends zu Hause nicht drei dutzendmal über seine schon gedruckten Fehler zu erschrecken, er *konnte* es gar nicht ... Und wenn die Ratsherren dann seine Arbeit gelesen hatten und er ihre Erlaubnis in der Tasche hatte (weiß der Teufel, ob sie sie erteilen würden, begannen sie erst einmal in dem Buch herumzustöbern ...), wenn er die Erlaubnis schließlich hatte, durfte er bei allem Murren (und davor würde er sich gewiß kaum retten können!), das sich gegen sein Buch erhob, den Schutz des Rats in Anspruch nehmen. Er schaute auf den schmutzigen Boden des Packhauses und hing, umgeben von der grauen Luft des Lagerraumes, seinen Gedanken nach. Fast spöttisch dachte er: Ach so, auf diese Weise erkaufe ich mir also die Aussöhnung mit ihren niederträchtigen Machenschaften ...

Abrupt drehte Balthasar sich um und verließ das

Packhaus. Hätte man ihn später gefragt, ob der Regen zu diesem Zeitpunkt aufgehört hatte oder noch andauerte, er wäre die Antwort schuldig geblieben. Er überquerte den Altmarkt und bog aufs Geratewohl zur Karripforte ab. Balthasar war so gereizt, daß er von dem dumpfen Gemurmel vor ihm zusammenzuckte. Allerdings konnte er auch sonst, hörte er dergleichen, einen leichten Schauer des Entsetzens nicht unterdrücken. Im Torweg gewahrte er einen Haufen Sackleinwand, und daraus streckte sich ihm eine Hand mit Fingerstummeln entgegen. Es ziemte sich nicht, an dem verstümmelten Bettler vorüberzugehen, ohne ein Almosen zu geben. Aber stehenzubleiben, um in den Taschen nach Schillingen zu suchen, hätte erfordert, diese, vielleicht unsinnige und selbstsüchtige, Gereiztheit zu unterdrücken. Da spürte Balthasar, daß er den Dellinkhusenschen halben Taler, feucht vom Schweiß, noch in der Hand hielt ... Er hätte ohnehin nicht gewußt, was er damit machen sollte. So warf er denn die schwere Silbermünze dem Bettler in den Schoß, murmelte: »Möge der Herr dir deine Sünden vergeben ...« und fügte (um sich selbst durch Demütigung zu läutern) hinzu: »... und mir die meinen.« Dann sagte er (dabei an Dellinkhusen und die Ratsherren denkend und außerstande, seine Schadenfreude zu unterdrücken): »Und besonders ihnen die ihren.«

Was blieb ihm anderes übrig, als nach Hause zu gehen und zu warten. Und sich zu bemühen, den Hausgenossen freundlich und fröhlich zu begegnen, so als habe er keine besonderen Sorgen, und eifrig in seiner Gemeinde den Dienst zu versehen. Die Predigt für den nächsten Sonntag zu schreiben, specialiter zum 26. Vers des 3. Kapitels der Klagelieder des Jeremia: »Es ist ein köstlich Ding, geduldig sein und auf die Hilfe des Herrn hoffen ...« Und des Abends Mark Aurel zu lesen, namentlich seinen Dank an Maximus für das Vorbild an Bewahrung von Selbstbeherrschung, Zielstrebigkeit und Gutherzigkeit, besonders bei Krankheit ... War denn ein solches Warten nicht bloß eine Krankheit, in den

Körper des Wartenden von denen hineingetragen, die ihn zu warten zwangen?

Einige Wochen, hatte Dellinkhusen gesagt. Doch der Herbst, der diesen erbärmlichen Sommer abgelöst hatte und selbst kaum besser war, ging zu Ende. Bald würde es Oktober sein. Vorgestern hatte es den ersten starken Herbststurm in diesem Jahr gegeben, die halbe Nacht hatte er die Wetterfahnen knarren lassen und von den Dächern Ziegelsteine aufs Straßenpflaster geschleudert. Die Sturmnacht verschlief Balthasar, tags darauf aber, als der Sturm nachgelassen hatte, rannte er in noch größerer und ständig zunehmender Unruhe umher. In freudiger und zugleich besorgter Unruhe: Gerade am Abend vor dem Sturm war die »Vineta« seines Schulfreundes Buschmann in Reval eingelaufen und hatte einen Brief vom Drucker Ferber aus Rostock mitgebracht.

Ferber teilte mit, wovon er Balthasar auch früher schon, als er diese drei Fässer schickte, in Kenntnis gesetzt hatte: Der Abmachung zufolge hatte er von den ihm zustehenden Exemplaren der Chronik ein Drittel in Rostock behalten, zwei Drittel aber in verschiedene Städte Norddeutschlands geschickt, vor allem in die Hafenstädte – von Danzig bis hin nach Bremen. Und dann folgte eine Mitteilung, die im vorhergehenden Brief noch nicht hatte stehen können: Jene hundertfünfzig Exemplare, die Ferber in Rostock behalten hatte, waren binnen fünf Wochen vergriffen gewesen. Und von Druckern und Buchhändlern aus anderen Städten, in die er die Chronik gesandt hatte, gingen laufend Briefe ein mit der Forderung nach zusätzlichen Exemplaren.

Ferber schrieb wörtlich:

Von dieser Eurer Chronik sind in den letzten beiden Monaten, angefangen bei Danzig und Lübeck, ja selbst in Bremen, mehr Exemplare verkauft worden als von Bodins Buch »Über die Republik« im Vorjahr und mehr als von Fischarts eben erst erschienenem berühmtem »Philosophischen Ehzuchtbüchlein«. Infolgedessen habe ich, Eure Zustimmung als natürlich voraussetzend, beschlossen, im Oktober dieses Jahres weitere tausend Exemplare der Livländischen Chronik zu drucken. Solltet Ihr meinen Brief so rechtzeitig in Händen haben, daß Ihr mir noch irgendwelche neuen Geschichten als Ergänzung schicken könntet, so wären diese höchst willkommen. Denn für den Verkauf wäre es nützlich, vermöchten wir mit Recht auf dem Titelblatt mitzuteilen, die Ausgabe sei durch gewisse neue Mitteilungen ergänzt worden.

All das ging Balthasar natürlich sozusagen wie Honig hinunter. Auch wenn er es nicht mehr schaffte, Ferber Ergänzungen zu schicken. Doch nicht dieser Umstand beunruhigte ihn, sondern ein ganz anderer Gedanke ... Sollte der Rat ihm tatsächlich den Verkauf der Chronik in Reval untersagen, so wäre das gewiß schlimm. Aber doch sozusagen eine interne Angelegenheit – zwischen ihm und dem Revaler Rat. Natürlich würde er kämpfen müssen, damit man das Verbot aufhob. Vor allem galt es, das Ministerium auf seine Seite zu bringen. Das Ministerium in corpore mußte dem Rat versichern, daß Balthasar Rüssows Chronik ein ernst zu nehmendes Werk im Sinne des reinsten Augsburger Glaubens sei. Und dann mußte er nach und nach die Ratsherren umstimmen, mußte mit ihnen streiten und ihnen klarmachen: Mögen in meiner Arbeit auch noch so viele *andere* Fehler sein, von *denen* jedoch, derentwegen mir der Rat den Verkauf der Chronik in Reval untersagt hat, ist darin nichts zu finden. Oder doch wenigstens nicht genug, um die Handhabe für ein Verbot zu bieten ... Was für Fehler aber konnten, nach Meinung der Ratsherren, Grund für ein solches Verbot sein? O Gott, mitunter schien es ihm eine unendliche Vielzahl von Gründen zu geben: Nicht wenige Fehler betrafen die zeitliche Abfolge. Sie resultierten aus seinem recht großzügigen Umgang mit den Quellen, daraus, daß er sich Ursachen allzu frei zusammenreimte (das war dort und dort, und das geschah aus dem und dem Grund – aber woher sollte er auch den tieferen Zusammenhang der Ereignisse kennen?). Na schön. Mit Gottes Hilfe würde es ihm vielleicht doch noch gelingen, den Ratsherren die Verkaufserlaubnis abzutrotzen. Seiner Meinung nach hatte er in der Chronik trotz allem die Grenze dessen, was man aussprechen durfte, nicht überschritten. Und alle diese Scherereien und dieser ganze Streit beträfen dann nur ihn selbst und die ehrenwerten Ratsherren. Ja, aber erführen diese ehrenwerten Ratsherren gleichzeitig, daß er – ein Civis Revaliensis! – das von ihnen für verdächtig gehaltene und verbotene Buch in mehreren tausend Exemplaren in zehn Städten Norddeutschlands hatte verkaufen lassen, ohne ihnen ein Sterbenswörtchen davon zu sagen, so würden sie gewiß ein unvorstellbares Geschrei erheben.

O Teufel ... Er könnte natürlich heute zu irgendeinem der vierzehn Ratsherren gehen, soweit er sie kannte. Angefangen beim Bürgermeister Holthusen bis hin, sagen wir, zum alten Beelholt, dem Balthasars Bekanntschaft mit Herzog Johan, dem jetzigen König, noch in guter Erinnerung sein mußte. Und der, das heißt der alte Beelholt, seit Juni, als sein Sohn Adam bei Oberpahlen mit den Moskowitern das Schwert kreuzte und dann in ihre Gefangenschaft geriet, viel leutseliger war als jemals in seinem einstigen Hochmut ... An einige Personen, die vor allen anderen in der Lage gewesen wären, ihm zu helfen, konnte sich Balthasar freilich nicht mehr wenden. Beispielsweise nicht mehr an den alten Boissmann. Denn der weilte schon ein Jahr lang nicht mehr unter den Lebenden. Ja, der alte Boissmann war bereits während der ersten Belagerung der Stadt erkrankt und hatte darum gebeten, ihn aus dem Rat zu entlassen. Gewiß nicht so sehr, weil ihm seine Gesundheit, als vielmehr, weil ihm sein Sohn Sorgen machte, der zu Magnus übergewechselt war. Und einige Wochen nach dem verhängnisvollen und sonderbaren Tod des Sohnes war auch der Alte selbst gestorben. Einige Wochen nachdem man in Reval mit einem Schauder des Entsetzens erfahren hatte, was im September 1577 bei Wenden geschehen war.

Iwan hatte die Stadt Wenden belagert, gemeinsam mit dem von ihm selbst ernannten König von Livland, Magnus, und hatte diesem befohlen, in seinem Lager zu erscheinen. Und Magnus kam auch und wurde vom

Großfürsten in irgendeiner zerstörten Kate auf verfaultes Stroh geworfen, um daselbst sein Schicksal zu erwarten. Unterdessen hatte die Stadt Wenden dem Großfürsten ihre Tore geöffnet. Das Schloß Wenden aber leistete weiterhin Widerstand, und der Großfürst befahl, es im Sturm zu nehmen.

Am vierten oder fünften Tag beschlossen die Verteidiger des Schlosses, sich lieber samt Frauen und Kindern in die Luft zu sprengen, als sich zu ergeben. Und da war es denn auch Boissmann junior, der sie alle im Pulverturm versammelte und mit ihnen den Herrn um Vergebung bat, worauf er Feuer in das Pulver unter ihren Füßen warf. Und der Turm explodierte mit dreihundert Mann. Der Großfürst aber ergrimmte darob so, daß er verbot, die Leichen zu beerdigen, mochten diese ruhig eine Beute der Hunde und Raubvögel werden.

Ergo konnte Balthasar nicht mehr zum alten Boissmann gehen. Aber er konnte beispielsweise den Zottigen Kürbis aufsuchen und ihn fragen, wie es mit der Chronik stehe und ob man nicht etwas unternehmen könne, um die Entscheidung zu beschleunigen. Oder er konnte sich ins Rathaus begeben, zu ebenjenem Topff. Mein Gott, wie oft in diesen Jahren war er rüstigen Schrittes die Stufen emporgestiegen, die zum Zimmer des Gerichtsschreibers führten. Oder er konnte Märten zum neuen Ratsdiener schicken: dem gewandten und flinken Gregor Kuuse junior, Mitglied der Heiligengeistgemeinde; dieser war der Sohn des im vorvorigen Jahr in Fischermai verstorbenen Schneidermeisters, und er wollte gar zu gern an eine schwedische Universität ... Auf der Straße nahm dieser Bursche vor Balthasar schon die Mütze ab, wenn der noch zwanzig Schritt entfernt war, und in der vorigen Woche war er gekommen, um zu beichten, was ihn bedrückte. Er hatte bekannt, Herr Tisenhusen habe ihn am vergangenen Freitag in die Oberstadt rufen lassen und ihm gesagt, so geschickt, daß er nichts gesagt zu haben schien und doch alles klar war, Gregor möge ihm berichten, was im Rat vor sich gehe, und in zwei Jahren bekäme er dann das Geld für die Universität ... Gregor hatte Balthasar gefragt, was er antworten solle. Balthasar war lange in der Sakristei auf und ab gegangen und hatte aus dem Fenster geschaut, auf das Wabenmuster des Ziegeldaches der Kirche und die Regenwolken darüber. Und hatte gedacht: Ich könnte ihm sagen: Lieber junger Mann, manches, was du im Rathaus hörst, könnte und müßte sogar auch mancher Ritter wissen, aber manches sollte niemand wissen. Es gibt also keine allgemeingültige Antwort auf deine Frage. Du tätest also am besten daran, würdest du Herrn Tisenhusen antworten: Ich will mich bemühen. Und kämst dann jedesmal zu mir und sagtest mir, was du ihnen mitzuteilen gedenkst. Und ich würde dir raten, was du im Einvernehmen mit Gott und im Interesse der Stadt erzählen darfst und was nicht ... Er hatte gedacht: Weil ich die Chronik möglicherweise weiterführen will, wenn sie so gut angekommen ist, wie ich gehört habe, und dann wäre dieser Bursche ... Statt dessen hatte er weiterhin in das hübsche Gesicht des Schneidersohnes gestarrt, der da in der Sakristei auf dem Bankende saß, und ihm war die Beerdigung Kreegor Kuuses senior vom vorvorigen Jahr eingefallen – der schmale graue Sarg des alten Kreegor, sein kleines runzliges Gesicht, das immerhin vermuten ließ, es habe vor vierzig Jahren ebenso ausgesehen wie das dieses Jungen, des Ratsdieners, dort im regentrüben Licht am Fenster der Sakristei. Und noch deutlicher erinnerte er sich an die auf der Brust gefalteten mageren Hände des alten Kreegor. Eigentlich nur an seine grauen Fingernägel und die gelben Finger ... Und genaugenommen sogar nur daran, wie viele blaue, von Nagelstichen herrührende Pünktchen der Alte an den Fingern der rechten Hand gehabt hatte ... Und da war Balthasar vor dem jungen Gregor stehengeblieben, hatte ihm die Hand auf die Schulter gelegt und gesagt: »Lieber junger Mann. Die Stadt ist unsere leibliche Mutter. Der Adel aber bemüht sich, unser Stiefvater zu werden. Ein schlechter Stiefvater. Verkaufe deine leibliche Mutter nicht an diesen schlechten Stiefvaterkandidaten. Gib Tisenhusen keine Antwort. Sollte er dich aber nicht in Ruhe lassen, sag, du hast der Stadt einen Eid geschworen. Was nun das Geld für die Universität betrifft ...« Hier hatte Balthasar zu seinem eigenen Erstaunen die Lippen bewegt, irgendwie fremd und doch vertraut, und gemeint: »Nun, m-m-mja ... Komm in zwei Jahren damit zu mir ... So Gott will, werden wir gemeinsam Rat schaffen.« Und dann erst war ihm klargeworden: Mit diesem komischen Kauen an den Lippen hatte er ja den alten Kimmelpenning nachgeahmt, der so an seinem Froschschenkel kaute; es war das Echo seiner Unterhaltung mit ihm, besonders der einen, sehr lange zurückliegenden über die Universität.

Jedenfalls könnte Balthasar auch den jungen Gregor fragen, ob er nicht gehört habe, was die Ratsherren so über seine Chronik sagten. Doch jedesmal, wenn er sich dazu durchgerungen hatte, irgendwohin zu eilen, um der Sache auf den Grund zu gehen, hinderte ihn etwas daran – vielleicht Stolz oder Starrsinn, vielleicht auch Hilflosigkeit oder etwas, was man bei Balthasar gar nicht vermutet hätte, und zwar *Schüchternheit.*

Balthasar wartete beinahe zwei Monate. Hinter dem Schleier gespannten Wartens kam es in dieser Zeit zu mehreren Ereignissen, die er unter anderen Umständen sicher auf seinen grauen Blättern festgehalten hätte, doch in seiner kaum bezähmbaren Unruhe nahm er sie lediglich zur Kenntnis. Obwohl er sich geschworen hatte, künftig jedes Geschehnis aufzuschreiben, sollte mit Gottes Hilfe mit der Chronik alles gutgehen. Zum Beispiel, daß Mitte September schwedische Landsknechte, deutsche Hofleute und Städter, insgesamt drei Schwadronen und vier Fähnlein, unter Führung Herrn Jürgen Boijes aus Reval in Richtung Pernau aufgebrochen waren, um den Moskowiter zu suchen (was an und für sich eine ganz alltägliche Sache war), und daß sie irgendwo bei Pernau gehört hatten, dort läge polnisches Kriegsvolk unter dem Woiwoden Andreas Zapiecha, und daß die Schweden Kuriere zu den Polen gesandt und sie aufgerufen hatten, sich mit ihnen gegen den Moskowiter zu vereinigen, was bis dahin ohne Beispiel war ... Und daß der Moskowiter unterdessen von Dorpat auf Wenden vorrückte, es jedoch keine ausführlicheren Nachrichten darüber gab.

Etwas über seine Chronik aber erfuhr Balthasar am siebten Oktober morgens. An ebendiesem Morgen gegen halb zehn kam, die Mütze mit beiden Händen umfassend, Topff zu ihm in die Sakristei. Und eine Stunde später, Topff war kaum gegangen, bugsierte Märten den Ratsdiener Gregor durch dieselbe Tür: »Erzähle«, sagte er, »dem Pastor deine Neuigkeiten selbst. Was bin ich schon für ein Nachrichtenbote!«

Nachdem Balthasar Topffs sanftes Säuseln und Gregors verworrenen, erstaunlichen Bericht angehört und zur Präzisierung der Einzelheiten den einen wie den anderen gründlich ausgefragt hatte, begab er sich in sein Arbeitszimmerchen, trank zur inneren Erwärmung einen Klarett, legte die Arme auf das tintenbefleckte Pult und starrte aus dem Fenster auf die gelben Häusergiebel und die blauen Dreiecke der Drachenzähne am Himmel. Und auf einmal stand ihm das Bild der frühen Morgenberatung des Rats deutlich vor Augen.

Sie hatten sich um sieben Uhr bei Kerzenlicht im Ratssaal versammelt, wie zu einer ganz gewöhnlichen Besprechung. Von den vierzehn Ratsherren waren zwölf anwesend, von den vier Bürgermeistern drei. Lange und eingehend erörterten sie höchst profane, doch außerordentlich wichtige Fragen: die Einführung einer Zollgebühr für Bier im Interesse der städtischen Bierbrauereien, das Ausschachten einer Gosse für die Ableitung des Spülichts vom Rententurm bis zu dem ins Meer führenden Graben. Und faßten den Beschluß, deutsches, pommersches und sonstiges ausländisches Bier nicht mit Einfuhrzoll zu belegen, weil andernfalls die einheimischen Bierbrauer unter dem Schutze der Zollgebühr eine noch dünnere Brühe brauen könnten als bisher. Was die Gosse betraf, so wurde beschlossen, zuvörderst festzustellen, ob sich in der Vorstadt hinter dem Nonnentor wirklich so viel Abwasser ansammle, daß eine Gosse als notwendig anzusehen sei. Nachdem diese Beschlüsse durch Hammerschlag des den Vorsitz führenden Bürgermeisters Korbmacher bekräftigt waren, legte der Bürgermeister das Hämmerchen beiseite und sagte, vermutlich mit etwas mehr »äh« und »hm« als gewöhnlich, da sich dem wohllöblichen Rat eine solche Frage, soweit bekannt, wenigstens in diesem Jahrhundert zum erstenmal stellte: »Jetzt haben wir hier noch eine ... äh ... Sache. Es geht darum, ob wir die Erlaubnis erteilen, die Livländische Chronik des Rüssow von Heiligengeist zum Verkauf zuzulassen.«

Als die etwas verwunderten Fragen einiger Ratsherren laut wurden, die nicht begriffen, wovon die Rede war, erteilte Bürgermeister Korbmacher dem Syndikus Dellinkhusen das Wort, und der erklärte dem Rat alles, was er über diese Angelegenheit wußte. Und der Gesichtsausdruck der Ratsherren – wie man sich vorstellen kann – wechselte währenddessen ständig. Dellinkhusen schloß: »Ehrenwerte Herren, bei der Führung aller städtischen Geschäfte habe ich selbstverständlich nicht die Zeit gefunden, dieses Buch zu lesen« – möglicherweise war es tatsächlich an dem –, »jedoch Herrn Topff angewiesen, das für uns alle zu besorgen, und Herr Topff ...«

An dieser Stelle wurde Dellinkhusen von dem pokkennarbigen Ratsherrn Schröder unterbrochen: »Aber Ihr habt es trotzdem auch selbst gelesen?«

Worauf der Syndikus erwiderte: »Jaja ...« Dabei tat er, was er häufig tat: Er spitzte den Mund und stieß – pf-pf-pf – die Luft aus, als wolle er auf heiße Suppe blasen, um sie abzukühlen. »Ich habe es gelesen. Aber natürlich nicht von A bis Z.«

Schröder fragte mit dem Eigensinn eines alten Gauls: »Nun, und welchen Eindruck habt Ihr gewonnen?«

Dellinkhusens Gesicht war undurchdringlich (wie es bei einem Kürbis ja auch sein muß). Auf die Suppe pustend, sagte er: »Wer von uns wüßte nicht, daß unser Herr Balthasar – pf-pfff – sich auszudrücken versteht.«

»Schön«, bemerkte einer der drei Bürgermeister, »hören wir, was Herr Topff uns zu berichten hat.«

Hier nun sprang der kleine Topff mit seinem grauen,

noch grauer gewordenen Katzengesicht schnell von dem Eichenschemel neben der Saaltür und erhob sein freundliches Katzengesichtchen zu den Ratsherren.

Rein menschlich wäre es natürlich interessant, zu erfahren, wie sich Topff in diesem Moment fühlte. Man muß indes sagen, daß Balthasars große, aber vielleicht etwas langsame Einbildungskraft versagte, als er sich das vorzustellen versuchte. Er wußte, Topff erfreute sich in der bescheidenen Stellung eines städtischen Beamten allgemeiner Wertschätzung, und erst vor kurzem hatten ihn die Ratsherren, eingedenk seiner großen Erfahrung, gebeten, nicht in Pension zu gehen, sondern im Dienst zu bleiben. Er wußte, Topff träumte von nichts anderem, als die Rosenbeete auf dem Hof des Marquardschen Hauses zu kaufen. Er wußte, Topff gebührten bei der Abfassung der Chronik, wenn schon nicht die entscheidenden, so doch jedenfalls erhebliche Verdienste. Und durch den Mann seiner Schwester war er informiert, daß Topff des öfteren auch in der Oberstadt, im Hause des Herrn Maidel, weilte ... Aber gerade weil Balthasar so viel über ihn wußte, fiel es ihm um so schwerer, sich vorzustellen, was Topff in diesem Moment empfunden haben mochte. Balthasar dachte plötzlich (und mußte dabei über sich selbst schmunzeln): Offenbar ist auch ein Zeitbuch über ein Land um so leichter zu schreiben, je weniger man als Schreibender über dieses Land weiß. Gerade weil ich mit den Jahren so manches über Livland erfahren habe, war es so schwer für mich, die Chronik zu schreiben ...

Topff aber mochte im Ratssaal mit seiner sanften heiseren Stimme zweifellos etwa dies gesagt haben: »Ehrenwerte Herren, dem mir erteilten Befehl gemäß habe ich die so überraschend erschienene Schrift des uns allen bekannten Herrn Balthasar mit großer Sorgfalt gelesen. Mit aller Sorgfalt, sofern mein ... nun ... mittelmäßiges Auffassungsvermögen es mir gestattet, ein so weitläufiges Werk ganz zu verstehen. Und vor dem Herrgott ebenso wie vor Euch, ehrenwerte Herren, muß ich mir die Freiheit nehmen, zu sagen, daß diese ... hm ...

Schrift unseres Herrn Balthasar – wie man es auch ansieht – in mancherlei Hinsicht trefflich geraten ist. Obwohl die Aufgabe, die er sich gestellt hat – meiner bescheidenen Meinung nach –, für einen einzelnen in der Tat einfach zu groß ist, sie könnte Gott selbst in Versuchung führen ... Er beginnt bei lange zurückliegenden Geschehnissen in Livland und setzt die Schilderung bis in die Gegenwart fort. Wobei und infolgedessen ... hm ... man feststellen kann, daß die entferntesten, am weitesten zurückliegenden Ereignisse, wie soll man sagen, bei ihm lehrreich und pietätvoll beschrieben werden. Aber natürlich trotzdem etwas spärlich – das stimmt. Gestrige und jüngste Begebenheiten indes sind leicht durchschaubar und faßlich dargestellt. Dafür jedoch manchmal ... gewissermaßen ... ärgerniserregend. Und möglicherweise ist nicht alles notwendig, manches im Sinne der Wahrheit sogar fragwürdig, wenn auch andererseits natürlich ...«

Etwa an dieser Stelle hob Herr Korbmacher die Hand mit den beiden goldenen Ringen in die Luft und sagte: »Brüder, mir scheint, so kommen wir nicht weiter. Wir dürfen voraussetzen: Jedes Buch – die Heilige Schrift ausgenommen – enthält viele menschliche Unzulänglichkeiten. Doch unter diesen Unzulänglichkeiten gibt es einen Hauptmangel. Was, Herr Topff, ist, Eurer Meinung nach, der größte Mangel dieser Rüssowschen Chronik?«

»Oh, ja«, sagte Topff erfreut, als habe man ihn erst jetzt an die Quelle der richtigen Antwort herangeführt, »ich habe eifrig über den Hauptmangel dieses Buches nachgedacht und bin, ehrenwerte Herren, zu dem Schluß gelangt, daß es insgesamt drei Hauptmängel aufweist! Erstens spricht er, meiner Ansicht nach, denn doch *zu* milde von unserem Hauptfeind, dem Moskowiter. Wenn wir uns vergegenwärtigen, an was für Ausdrücke wir in allen deutschen Zeitungen gewöhnt sind: Antichrist, Menschenfresser, Sodomit und dergleichen. Dieser Rüssow aber schreibt größtenteils einfach Großfürst ...«

Hier bemerkte jemand, gewiß Herr Schröder: »Das ist natürlich schlecht. Wenn es absichtlich geschah.«

Doch Herr Luhr sagte: »Nun, ich nehme an, er gibt dem Moskowiter aber auch die gebührenden Namen?«

Und Topff, der eben erst wehmütig und gewichtig zu Schröders Worten genickt hatte, gab lebhaft zur Antwort: »Das tut er, das tut er – selbstverständlich. Natürlich. Andrerseits, wenn man es recht bedenkt ...«

Wieder bemerkte jemand (bestimmt derselbe Herr Luhr – offensichtlich war er überhaupt ein größerer Narr, als man hätte meinen sollen): »Und trotzdem reicht es gewissermaßen nicht aus, ja?«

Topff stieß auch prompt in sein Horn: »Trotzdem ... wie soll man sagen ... es reicht nicht aus ... wenn auch ...«

Nun wollte jemand wissen, was denn der zweite Hauptmangel des Buches sei, und Topff erwiderte mit neuem Eifer: »Ehrenwerte Herren, als diesen muß man, meiner Meinung nach, ansehen, daß Herr Balthasar dort zuviel ... wie soll ich sagen ... Jedenfalls spricht er ganz überflüssigerweise voller Lob und Mitgefühl über seine Esten, sei es nun über die in der Stadt oder die auf dem Lande ...«

Ratsherr Pepersack sagte: »Das ist Herrn Balthasars Privatvergnügen. Das können wir ihm hingehen lassen. Seine Herkunft ist uns bekannt. Im übrigen sind die Esten für uns kein Problem mehr. Wie sie es noch in unserer Jugendzeit waren. So daß wir, wenn er sich darin mit einiger Hochachtung über unseren ehrenwerten Rat äußert ... wie ich wohl annehmen darf? Hat er seine Arbeit dem Revaler Rat gewidmet?«

Hier nun erhob Topff beide Arme zu den Deckengewölben mit den schwankenden Schatten, die das Kerzenlicht warf, und sagte mit säuselnder Stimme: »Leider nein! Leider nein! Und gerade das ist der dritte Mangel seiner Arbeit ...«

Hier reagierten sicher alle Ratsherren lebhaft: »Wie? Nicht? Und trotzdem möchte er, daß sein Buch in Reval zum Verkauf zugelassen wird? Unerhört! Ach so ... Und wem hat er sie gewidmet? Dem König etwa? So ein Heuchler! Vielleicht Herrn Pontus? Wie? Herrn Pontus? Schmeichler!«

Herr Topff schüttelte geduldig den Kopf. »Nein-nein-nein-nein, ehrenwerte Herren. Er hat sein Buch dem ehrenwerten Rat von Bremen gewidmet.«

Wie schade, daß Balthasar nicht sehen konnte, welchen Ausdruck die Gesichter der Ratsherren dabei annahmen. Einen sehr unterschiedlichen natürlich. Das konnte man sich ja denken ... Müller, Reyer, Wilber et cetera, steife, alteingesessene Revaler, waren verärgert ... (Und *wir* sollen ihm erlauben, hier zu verkaufen? – Das ist mehr als bloß ein bäurischer Streich ...) Einem gewissen Teil der Ratsherren, und sicher dem zahlreicheren (zum Beispiel dem alten Beelholt und anderen, Leuten mit fernerliegenden oder persönlicheren Sorgen), war die Frage der Widmung ziemlich gleichgültig. Gewidmet oder nicht – ist das nicht egal? Einen Gewinn hat die Stadt von dieser Widmung ohnehin nicht zu erwarten. Und sollte er dieses Buches wegen je Schutz benötigen – was nicht ganz ausgeschlossen ist, wenn seine Feder ebenso unerbittlich ist, wie seine Predigerzunge sein soll –, dann mag er den getrost bei den Bremern suchen. Bremen gilt ja sowieso als unsere Mutterstadt.

Beim dritten und zahlenmäßig kleinsten Teil handelte es sich vermutlich um Herrn Luhr und noch einige, die Balthasars Schelmenstück von etwas unbekümmerter Staatsweisheit veranlaßte, sich zu räuspern oder zu schneuzen oder den Mund mit dem Bart zu verdecken, damit man nicht merkte, daß sie auf einer ernsthaften Ratssitzung grinsten ... Dann zog Bürgermeister Korbmacher das Fazit, und zwar so, wie zu erwarten war: »Nun, Brüder, wißt ihr, der Bremer Rat ist auf jeden Fall ein Adressat, an dem es nichts zu deuteln gibt. Um so mehr, als, sollte irgend jemand Anstoß an diesem Buch nehmen, unsere Verantwortung bei einer solchen Widmung auf jeden Fall geringer ist.«

Da aber stellte der kleine rotgesichtige Bartholomeus

Rotert mit den unsteten braunen Augen unvermittelt die schicksalhafte Frage: »Hört mal, Topff, es heißt, dieser Rüssow sei von Zeit zu Zeit groß darin, Dreistigkeiten über unseren Adel zu sagen. Das, was er in seiner Sprache der bäurischen Gemeinde erklärt, wiegt nichts im Vergleich zu deutsch gedruckten Worten. Hält er diesbezüglich maß, wie ist Euer Eindruck?«

Mit unerschütterlicher Freude, gefällig sein zu können, entgegnete Herr Topff: »Ehrenwerte Herren, bei der Lektüre war ich nach Kräften bemüht, gerade diese Frage nicht außer acht zu lassen. Und ich muß sagen: Hätte man mich geheißen, mir vorzustellen, welche Ansichten dieses Buch bei unseren würdigen Ratsmitgliedern hinsichtlich der Äußerungen über den Adel hervorrufen könnte, so sind es, meinem bescheidenen Dafürhalten nach, jedenfalls sehr unterschiedliche Ansichten ...«

Herr Rotert hatte offensichtlich beschlossen, die Erlaubnis zum Verkauf von Balthasars Buch nicht zu unterstützen oder sie gar zu hintertreiben.

»Ihr meint also, Topff, einige unter uns müßten der Ansicht sein« – er wandte sich an die Ratsherren –, »ich verstehe Euch, trotz aller Notwendigkeit, den Bürgern unserer Stadt den Rücken zu stärken« – und wieder zu Topff –, »müßten der Ansicht sein, dieses Buch sei zu vermessen in bezug auf unsere Herren in der Oberstadt, als daß wir es im Namen des Revaler Rates billigen und zum Verkauf freigeben könnten? Haben wir das so zu verstehen?«

Herr Topff zog den Kopf in die Schultern, kniff die Augen so zusammen und preßte die Lippen derart fest aufeinander, daß drei Striche mit nach unten hängenden Enden entstanden, und schüttelte kaum merklich den Kopf. Ebensogut konnte man meinen, sein grauer Kopf zittere vor Aufregung oder er nicke eifrig. Dann öffnete Topff den Mund und sagte zur Bekräftigung seines Zuckens rasch: »Ja-ja-ja-ja-ja ...«

Herr Rotert fuhr fort: »Wenn das so ist – und soeben haben wir gehört, daß es so und nicht anders steht –, müssen wir, meiner Meinung nach, vor allem das Buch selbst lesen. Oder wenigstens unter den Mitgliedern unseres Rates die entsprechenden Leute aussuchen, die es lesen. Und bis dahin können wir, so meine ich, nichts entscheiden.«

Herr Topff nickte noch immer. Aus der Richtung der mehr oder weniger gleichgültigen Mehrheit ließ sich schon Gemurmel vernehmen. Sagte Bürgermeister Pepersack nicht sogar etwas wie: Na, was soll's ... Vor lauter Angst kann man sich auch in die Hosen machen, und wenn man zu vorsichtig ist, bringt man nichts zuwege ... Topff aber nickte und nickte.

In diesem beinahe schicksalhaften Moment sagte Herr Luhr, Topff sogar ein wenig nachäffend: »Obwohl andererseits, Herr Topff, was die Ehre und das Selbstbewußtsein unserer Stadt Reval angeht, alles, was Herr Balthasar dort über den Hochmut unserer Herren in der Oberstadt sagt, nun ... ehrlich gesagt, auf sie zutrifft, nicht wahr?«

Da öffnete Topff die Augen. Er sah Herrn Luhr und vielleicht auch noch einige andere mit plötzlich kindlich runden Augen an und sagte, den Kopf etwas zur Seite gelegt: »Obwohl andererseits ... ehrlich gesagt ... wahrhaftig ...«

Und nun zog der den Vorsitz führende Bürgermeister Korbmacher, der gewiß gleichfalls ein wenig in sich hinein schmunzelte, Bilanz: »Brüder, wir haben nach den Hauptmängeln dieses Buches gefragt. Topff, dessen Gründlichkeit wir kennen, hat uns vier oder fünf Versäumnisse des Autors aufgezählt, woraus wir den Schluß ziehen können, daß es in diesem Buch anscheinend keinen besonderen, keinen verhängnisvollen, keinen Hauptmangel gibt. Da man uns hier gleich vier oder fünf genannt hat, können das also nur mehr oder weniger zweitrangige Mängel sein. Jetzt sagt uns, Topff, muß der Revaler Rat, wenn das Buch zum Verkauf gelangt, ernsthaftere Unannehmlichkeiten befürchten, sagen wir, seitens des Ministeriums? Nein? Logisch. Seitens der schwedischen Obrigkeit? Seitens des Statthalters Karl

Henrikson oder Herrn Boijes oder Herrn Pontus'? Oder seitens des Königs selbst? Nein?«

Topff beteuerte: »Nein-nein-nein-nein ... Nur, daß ...«

»Nur was?«

»Nur, daß wir – wie soll man sagen – gewohnt sind, den König größtenteils, nicht wahr, als Unsere Allergnädigste Königliche Hoheit von Schweden zu titulieren ... Herr Balthasar aber schreibt einfach König ...«

»Aber er schreibt das doch selbstverständlich voller Ehrerbietung?« fragte Herr Korbmacher und legte Herrn Topff damit in gewisser Weise die Antwort in den Mund.

»Selbstverständlich ... selbstverständlich ...«, echote Topff sofort, so daß einer der Ratsherren, der alte Wilber vermutlich, lospolterte: »Wir haben auch keinen Grund, mehr als nötig zu katzbuckeln!«

»Also«, fragte Herr Korbmacher, »gibt es jemanden unter den Ehrenwerten, der gegen den Verkauf des Buches ist?« Und da er außer Schnaufen nichts hörte, konstatierte er: »Nein.«

Herr Rotert knurrte: »Nun, ich allein werde mir auch nicht den Mund verbrennen ...«

Und Herr Topff (der auf Ratssitzungen kein Stimmrecht besaß) faßte seinerseits das Ganze erfreut zusammen: »Niemand unter den Ehrenwerten ist dagegen! Bemerkenswert! ... Ich werde diese frohe Botschaft im Namen des ehrenwerten Rates gleich unserem Herrn Balthasar bringen.«

Und jetzt hatte Balthasar diese Nachricht also von zwei Seiten. Hatte sie schon die zweite Woche. Schon die dritte Woche. Aber bei Worten war es nicht geblieben, auch das Buch selbst hatte er jetzt in den Händen. Am selben Tag noch, am siebten Oktober morgens, erbrach er Dellinkhusens Siegel, zog ein Exemplar heraus und ging damit zum Buchhändler Elbling. Er wurde mit dem schmalgesichtigen alten Geizhals auch handelseinig: Elbling würde seine Chronik verkaufen, für einen halben Taler das Stück, und dafür drei Prozent Umsatzprovision erhalten. Natürlich waren drei Prozent unverschämt viel ... Doch als Balthasar merkte, für zwei Prozent würde der Alte nicht einwilligen, und um ihn zu zweieinhalb zu überreden (was an sich möglich schien), wäre allzu große Mühe und Überredungskunst nötig, da stellte sich bei ihm, das heißt bei Balthasar, eine fast abergläubische Empfindung ein: Weiter zu feilschen hätte Undankbarkeit Gott gegenüber bedeutet. So einigten sie sich denn mit Handschlag auf drei.

Tran-Andres' Päärn rollte die Fässer aus dem Packhaus zu Elbling. Hier im Laden, der vollgestopft war mit Stößen von Schreibpapier und Bänden von Melanchthon, Waldis, Amman und Nostradamus, die in Bücherregalen standen, holte Balthasar noch zwölf Bücher aus einem Fäßchen. Er klemmte sie sich unter die Achsel, trug sie nach Hause und legte sie in seinem Arbeitszimmer in den Wandschrank hinter dem Eisentürchen.

Am selben Abend, als er mit Märten und Päärn schon ein tüchtiges Dampfbad genommen hatte, Elsbeth, die Kinder und Epp aber noch auf der Schwitzbank saßen, zog Balthasar ein Exemplar aus dem Wandschrank – bei Kerzenlicht versuchte er, den am besten eingebundenen Band auszuwählen – und legte ihn im Schlafzimmer unter Elsbeths Kopfkissen. Er stellte eine Kerze in den Leuchter, den er eigenhändig am Kopfende des Bettes angebracht hatte, um im Liegen lesen zu können, entkleidete sich und legte sich nieder. Vom Fußboden neben dem Bett nahm er tastend die letzte Amsterdamer Ausgabe der »Selbstbetrachtungen«, um weiter darin zu blättern, und begann zu warten. Er hörte, wie mit Hagel vermischter Regen ans Fenster klopfte, und dachte: Elsbeth, Epp und die Kinder laufen bei solchem Regen bestimmt über den Hof, so schnell sie können ... Er stellte sich die kalten Tropfen auf ihren erhitzten Gesichtern vor, blätterte weiter und las:

Betrachte die ganze Natur, wovon du nur ein winziges Stücklein bist, und das ganze Zeitmaß, von welchem nur ein kurzer und kleiner Abschnitt dir zugemessen ist, und das Schicksal, wovon das deinige nur einen Bruchteil bildet ... Asien,

Europa – Winkel der Welt; der ganze Ozean – ein Tropfen des Alls! Der Athos – ein winziger Erdhaufen des Weltganzen; die ganze Gegenwart – ein Augenblick der Ewigkeit! Alles klein, veränderlich, verschwindend! ... Die Zeit ist ein Fluß, ein ungestümer Strom, der alles fortreißt. Jegliches Ding, nachdem es kaum zum Vorschein gekommen, ist auch schon wieder fortgerissen, ein anderes wird herbeigetragen, aber auch das wird bald verschwinden ... Balthasar hörte, wie Elsbeth und die Kinder mit den Holzsohlen ihrer Hausschuhe polternd die Treppe heraufstiegen ... Er las: *Eitle Prachtliebe, Bühnenspiele, Herden von Klein- und Großvieh, Fechterspiele – ein Knochen unter die Hunde, ein Brokken in einen Fischbehälter geworfen, die mühsame Lastträgerei der Ameisen, das Hinundherlaufen erschrockener Mäuse, Gliederpuppen, an einem Draht herumgezerrt ...* Er legte den Mark Aurel auf den Fußboden zurück. (Wozu muß ich heute, wo ich immerhin die Siegesfreude eines Christen empfinden kann, wozu muß ich da heute den Kummer eines weisen und melancholischen heidnischen Kaisers teilen?) Er schloß die Augen, als sei er beim Lesen eingeschlafen, und sah durch die Wimpern, wie seine Frau und die Kinder ins Zimmer kamen, wie Elsbeth ihnen etwas zuflüsterte (Pst! Vater schläft!), wie sie den Kleinen gebot, in die Betten zu klettern, und mit ihnen das Nachtgebet sprach, wie sie in dem kalten, zugigen Zimmer die erhitzten Kinder sorgfältig zudeckte und, bevor sie das braune Hauskleid ablegte, vor dem winzigen Spiegel ihr feuchtes Haar kämmte ... Elsbeth saß vielleicht eine Elle entfernt von dem Kissen, unter dem die Chronik lag. Balthasar dachte: Entdeckt Elsbeth das Buch, bevor sie die Kerze am Kopfende ausbläst, bedeutet das, mit der Chronik und mit uns selbst wird alles gut werden ... Und Elsbeth fand es wirklich, bevor sie das Licht löschte. Als sie ihr Haar gekämmt und ihre Kleider abgestreift hatte, setzte sie sich, mit dem Rükken zu Balthasar, in dem sauberen Leinenhemd, das sie nach dem Bad angezogen hatte, auf den Bettrand. Elsbeths Hand stieß an das Buch, und sie zog es unter dem Kissen hervor.

Im ersten Moment schien sie zu glauben, es sei irgendeines der Bücher ihres Mannes. Balthasar spürte an ihrer Bewegung, daß sie es beiseite legen und die Kerze ausblasen wollte, und er war schon drauf und dran, sie durch einen Ausruf daran zu hindern – um das schlechte Omen abzuwenden. Doch da warf Elsbeth einen zweiten Blick auf den Band, fuhr mit der Hand über das nagelneue, fast weiße Kalbsleder und schlug das Buch auf.

»Oh …«

Noch einmal las Elsbeth aufmerksam das Titelblatt. Mit vor Staunen halb geöffnetem Mund drehte sie sich zu Balthasar um und sah ihn an – jedoch nur flüchtig, und Balthasar konnte sich nicht schlüssig werden, ob er den gespielten Schlaf aufgeben und »erwachen« oder sich weiterhin verstellen sollte. Elsbeth legte sich unter die mit Hundefell eingefaßte Bettdecke. Mit dem Ellbogen stützte sie sich auf das Kissen und machte sich ans Lesen, immer noch mit dem Rücken zu Balthasar; ihr feuchtes, nach Fichtennadelseife duftendes Haar streifte fast sein Gesicht.

Aber ein gründliches Lesen war das nicht. Sie blätterte nur in dem Buch, verweilte hier und da ein wenig. So ging es wohl zehn, fünfzehn, zwanzig Minuten lang. Balthasar sog die Wärme des Frauenkörpers ein, der noch den Geruch der Birkenzweige bewahrte, er genoß ihr Interesse an seinem Werk. Doch immer lauter trommelten die Hagelschauer. So lange, bis Balthasar etwas spürte, das – wer weiß, ob er es selbst so genannt hätte – in diesem Augenblick (der Freude zum Trotz, die Elsbeths Interesse ausgelöst hatte) nichts anderes war als Eifersucht auf das eigene Buch.

Balthasar drehte Elsbeth an den Schultern zu sich um.

»Nun?«

Mit belustigtem Lächeln und vor Verlegenheit schelmischem Blick sah er seiner Frau in die Augen.

Elsbeth sagte – entweder, weil die Kinder schliefen, oder aus Respekt vor dem Buch – beinahe im Flüsterton: »Es ist also gedruckt ... Und wie kam das auf einmal so überraschend?«

Balthasar erzählte ihr flüchtig von der Ratssitzung am Morgen, ertappte sich bei einem verächtlichen und allzu triumphierenden Tonfall, versuchte ihn zu unterdrücken und brachte, verwirrt ob der eigenen Demut, die Sprache auf die geschäftliche Seite der Frage.

»Jedenfalls erhalten wir nach dem Verkauf – ich denke, das Buch wird bei Elbling rascher vergriffen sein, als er glaubt – etwa zweitausend.«

Elsbeth rief aus: »Du liebe Güte, dann können wir ja alle unsere Schulden begleichen!«

Balthasar fragte: »An welche Schulden denkst du?«

»Nun, du hast ja gesagt, du müßtest diesem, wie heißt er doch gleich ... Jaakob Limper zwanzig Mark für Mehl und Heringe bezahlen und Anders fünfzig für den Abendmahlswein. Und für die Dachziegel, da weiß ich nicht, wieviel ...«

Balthasar dachte: Ich werde dich nicht fragen, aber ich fürchte, du hast in diesem letzten, bettelarmen Jahr auch bei deinem Vater Schulden gemacht. Werde nicht fragen, weil ich nicht will, daß du es abstreitest und mich belügst. Und ich frage dich auch nicht, an welche Schuld du außerdem gedacht hast. Weil ich nicht möchte, daß dein Mund den Namen dieses Lumpen Michel ausspricht ... Er sagte: »Ja. So Gott will, werden wir in wenigen Monaten unserer Schulden ledig sein.«

Er zog Elsbeth an sich. Preßte sie an sich. Mit dem ganzen Körper spürte er Elsbeths ihn noch immer erregende Weichheit und Biegsamkeit. Er rieb den Bart, den er sich vor Freude zerzaust hatte, an der heißen Wange seiner Frau, maß mit dem Blick die Tiefe der sich bald schließenden, bald öffnenden Quellen ihrer Augen und löschte die Kerze. Als er Elsbeth packte und, sie küssend, ihren Kopf auf das Kissen drückte (wie Jakob Rahel und Lea, Bilha und Silpa auf einmal), berührte er in der Dunkelheit mit der Hand sein Buch und hörte, wie es unter Elsbeths Kopfkissen hervor polternd auf den Steinfußboden fiel ... Und während er mit zweifachem

Kuß in seine Frau eindrang, dachte er: O Gott, ich weiß nicht, ist es etwas Armseliges oder etwas Großes, was wir hier tun – links von uns auf dem Boden in der Dunkelheit die anderthalbtausend Jahre alten Gedanken des römischen Kaisers und rechts der Buchembryo eines in der Welt unbekannten Menschen?

Noch immer lagen sie ohne Licht nebeneinander, und jeder hörte das ruhiger werdende Atmen des anderen, Elsbeths Nacken ruhte an Balthasars Schulter. Er aber lauschte darauf, wie der gefrierende Regen ans Fenster klopfte, und dachte: Gegen Morgen wird der Erdboden sicher weiß sein. Schon begann er das Gefühl des völligen, oder sagen wir lieber, fast völligen Einsseins zu begreifen, in das die lichten Augenblicke ihres Ehelebens mündeten, als sich Elsbeth an seiner linken Schulter rührte – anscheinend hatte sie ihr Gesicht Balthasar zuwenden wollen, es aber dann doch nicht getan. Und in der Dunkelheit fragte sie: »Aber du hast in deinem Buch nichts abgeschwächt … wie man dir geraten hatte?«

»Abgeschwächt?« Später schien es Balthasar, als habe seine Stimme seltsam dumpf geklungen … »*Wer* hat mir das denn geraten?«

»Oh … ich erinnere mich nicht«, erwiderte Elsbeth in der Dunkelheit, »aber ich weiß, man hatte es dir geraten.«

Natürlich erinnerte sich Elsbeth! Es war unmöglich, daß sie sich nicht erinnerte! Aber sie wollte Michels Namen nicht nennen! Das war es. Doch warum wollte sie nicht? Weil auch sie meinte, daß dies der Name eines Schufts sei und Balthasar und sie einen ekelhaften Geschmack im Munde bekämen, sprächen sie ihn aus? Oder gerade weil (Balthasar spürte, wie ihm bei diesem Gedanken das Blut in den Adern gefror) Elsbeths Gaumen beim Namen des Herrn Michel Slachter eine sündhafte Süße empfinden würde? So daß dies nicht der Geschmack des Abscheus, sondern der Lüsternheit wäre?

Balthasar hatte schon tief Luft geholt, um, ohne Rücksicht auf sich oder Elsbeth, geradeheraus zu fragen.

Doch dann schien ihm wieder: Sprach er den Namen dieses Lumpen aus, nannte er Michels Namen, so wäre jener unglückselige Schuft aufs neue in seinem Haus zugegen. Mit der linken Hand ertastete Balthasar eine Strähne von Elsbeths Haar und wickelte sie um die Finger, daß es knirschte. Dann, als er sich wieder völlig in der Gewalt hatte, sagte er mit einer Stimme, die ganz und gar nicht mehr matt war: »Wir haben nichts zu befürchten. Sofern wir durch den Willen Gottes die Wahrheit geschrieben haben. Und sofern der Rat geruht, uns zu unterstützen.«

Am Morgen waren die mit grauen Kopfsteinen gepflasterten Straßen tatsächlich weiß, weiß leuchteten auch die roten Ziegeldächer und die Böschungen der mit einer Eisschicht überzogenen Stadtgräben. Und weiß blieb auch alles diesen ganzen Winter über. Obwohl eine so frühe Winterhelligkeit, nach Balthasars Ansicht, trostlos war und nichts Gutes verhieß, lösten diese weißen Wochen doch eine düstere Zeit ab und brachten frohe Botschaft. Herrn Boije war es tatsächlich gelungen, sich bei Wenden mit Zapiecha zu vereinigen und nach vielen Jahren einen derartigen Sieg über den Moskowiter zu erringen (mein Gott, eigenen Berechnungen des Moskowiters zufolge, hatte dieser mehr als sechstausend Gefallene zu beklagen!), daß in diesem Jahr, dem Jahre 1578, die Kriegshandlungen eingestellt werden mußten.

Auch traf in den letzten Oktobertagen aus Rostock der nächste Brief für Balthasar ein. Der Drucker Ferber teilte mit, die zweite Ausgabe der Chronik sei sogar etwas früher als geplant aus der Presse gekommen. Und Balthasar machte sich jetzt keine Sorgen mehr, sondern war freudig erregt, als er das Postskriptum las:

Ich hoffe, Herr Balthasar, Ihr habt nichts dagegen einzuwenden, daß ich Euch nach Reval nicht 500 Exemplare dieser Ausgabe schicke, wie es zwischen uns vereinbart war, sondern 200. Die übrigen 300 Exemplare werde ich zusammen mit meinen eigenen in verschiedene Städte Deutschlands senden, an alte wie neue in letzter Zeit hinzugekommene Interessenten, deren es nicht wenige gibt, oder ich werde sie in Rostock verkaufen und Euch zu Beginn des neuen Jahres das bare Geld schicken …

Balthasar hatte im Laufe dieser Wochen Gelegenheit gehabt, sich im Zusammenhang mit seiner Chronik zu beobachten. Und obwohl er sich einerseits bemühte, diesen Beobachtungen keine Bedeutung beizumessen oder sie als lächerlich abzutun, waren sie ihm anderseits auf ihre Weise angenehm.

Jedenfalls schien ihm – natürlich konnte dieser Eindruck auch nur die Frucht seiner Eitelkeit sein –, daß einige Ratsherren, wenn sie ihn auf der Straße trafen und grüßten, ihn jetzt aufmerksamer ansahen als bisher. Eine Ausgeburt seiner Phantasie konnte aber keinesfalls sein, was Ratsherr Klüting ihm am vergangenen Montag gesagt hatte, als sie nach einer Beratung im Schatzamt gemeinsam auf die Straße traten: »Wißt Ihr, ich bin gestern einfach interessehalber in die Heiligengeistkirche gegangen, um Eure Predigt zu hören. Nachdem ich in der vorigen Woche Eure Chronik gelesen hatte. Ja, wißt Ihr, das ist ein tolles Stückchen …«

Und Herrn Klütings Ton machte nicht den Eindruck, als sei er im Zweifel, wo er Balthasars »Stückchen« einzuordnen habe, gegen wen es gerichtet sei … Oder wer weiß …

Vor einer Woche hatte Balthasar ein Exemplar der Chronik aus dem Wandschränkchen mit der eisernen Tür genommen, es unter den Rock gesteckt und sich auf den Weg zur Raderstraße gemacht: Er wollte dem Schwiegervater trotz allem ein Buch geben oder vielleicht, weiß Gott, den Alten einfach mit der Nase darauf stoßen. Er trat ins Haus und hörte die hohe Stimme von Peeter, dem Altgesellen seines Schwiegervaters, der durch Wolken von Stärkestaub den ihm lauschenden jüngeren Gesellen verkündete: *»Bei solchen Hochzeiten hat man keine geringe Hoffart mit köstlichen Kleidern und Geschmeiden geübt. Dann hatten die Vornehmsten Röcke an, die mit Luchs-, Leoparden- und Marderfell gefüttert waren, und die Gemeinen mit Futter aus Wolfs-, Hermelin- und Fuchsfell …«*

Diese Worte kamen Balthasar merkwürdig bekannt vor; er trat unbemerkt näher und sah: Die Kürschner saßen an ihren Arbeitstischen – die einen hantierten mit dem Ausklopfer, die anderen mit dem Schabeisen –, und Peeter hielt mit weit aufgerissenen Augen und glühendem Gesicht Balthasars Chronik in der Hand und las ihnen das Kapitel über Livlands gute alte Zeiten vor. Feierlich holte Peeter Luft, klopfte mit den Fingerknöcheln auf das Buch und sagte: »Und woher weiß er das alles? Von uns, zu uns ist er fragen gekommen! Ich habe ihm doch alle Preise aufgeschrieben und noch vieles andere mehr. Bloß, daß er die hier nicht erwähnt hat …«

Balthasar sagte laut: »Guten Abend!«, bahnte sich einen Weg durch die Kürschnergesellen, die in etwas gespieltem Erschrecken aufsprangen, durchquerte die Diele und klopfte an die Tür von seines Schwiegervaters Arbeitskämmerchen.

Das Buch rief bei diesem indes keinerlei äußerlich sichtbare Anerkennung hervor. Oder – da Balthasar selbst nicht klar war, inwieweit er das überhaupt wünschte – sagen wir lieber: Wäre das seine Absicht gewesen, er hätte sie nicht erreicht. Erstens, weil der Alte mindestens schon zwei Wochen früher vom Erscheinen des Buches und seinem Verkauf erfahren hatte. Ein derart verspätetes Geschenk für den Vater der Ehefrau (und was war das auch für ein Geschenk, ein Buch, das nicht einmal soviel wert war wie ein Luchsfell!) konnte eher als ein Zeichen von Nachlässigkeit gedeutet werden denn als Aufmerksamkeit für den Schwiegervater. Doch Balthasar registrierte: Mochte der alte Gandersen, als er die Chronik in die Hand nahm und das Titelblatt aufschlug, auch nicht strahlen, ihn nicht mit verwunderter Miene ansehen und nicht ausrufen: Mein lieber Schwiegersohn! Ich habe ja all die Jahre gewußt, daß du ein Mensch bist, der zu einer Tat fähig ist, die dem Mut und Verstand eines Mannes alle Ehre macht … Jaja, obwohl der alte Gandersen statt dessen nur sagte: »Hm-m. Ich habe davon gehört …«, wischte er sich doch, bevor er es nahm, die Hände an seiner Segeltuchschürze ab. Auch sein Gesicht ließ nicht erkennen, daß er gekränkt wäre. Denn vorgestern abend war er in der Kanutigilde gewesen und hatte Bier getrunken – an einem Tisch mit Kürschnern, Gerbern und Sämischgerbern. Und dort war die Rede auf Balthasars Buch gekommen (woraus man den Schluß ziehen konnte, daß der eine oder andere Revaler Handwerksmeister es schon gelesen hatte), und der alte Gandersen hatte ziemlich hochmütig und mit unverkennbarem Wohlbehagen in der Stimme gesagt: (Balthasar war das heute auf Umwegen schon zu Ohren gekommen) »M-ja-a. Die Mitgift meiner Elsbeth beginnt, wenn auch mit Verspätung, zu guter Letzt doch noch Zinsen zu tragen ...«

Am nächsten Morgen schaute Balthasar in Elblings Laden hinein. Vor allem wollte er in Erfahrung bringen, ob die Exemplare der zweiten Ausgabe schon aus Rostock eingetroffen seien. Denn er hatte den alten Elbling bevollmächtigt, die auf seinen, Balthasars, Namen im Hafen eingehenden Bücher in Empfang zu nehmen. Zweitens wollte sich Balthasar unter anderem auch danach erkundigen, ob schon viele Bücher verkauft seien und wieviel Geld er folglich zu bekommen hätte. Wenn möglich, würde er sich dieses Geld gern aushändigen lassen. Denn die verschiedenen Schulden, die Elsbeth erwähnt hatte, und andere, die ihm selbst keine Ruhe ließen, machten ihm immer häufiger zu schaffen. Die Revaler Brot- und Weißbrotbäcker hatten schon vor einigen Wochen wieder ihre Läden geöffnet (man hatte in dem völlig verheerten Harrien etwas Spreustaub auftreiben und von den zerstampften Handtuchfeldern doch noch einiges zusammenkratzen und in die Stadt bringen können). Aber der Preis für Brot und Backwaren war, entgegen dem Verbot des Rats, nach wie vor unvorstellbar hoch. Und aus dem Weinkeller des Herrn Stahl oder des Herrn Luhr hatte Balthasar in einer Anwandlung von Leichtsinn (anläßlich des Erscheinens und Verkaufs seiner Chronik) ein Fäßchen Rheinwein in den Keller des Pfarrhauses schaffen lassen – gleichfalls auf Kredit ...

Er stand vor Elblings Laden an der Ecke Schmiede- und Quappenstraße. In diesem kleinen, mit der Stirnseite auf die Straße hinausgehenden Gebäude hatten vor zehn Jahren noch Schmiedemeister Dietrichs Kühe gebrüllt und seine Schafe geblökt. Der von irgendwo aus Westfalen gekommene Elbling hatte den ganzen Mist herausbringen, in der Mauer eine Tür zur Straße durchbrechen lassen und dort ein so ungewöhnliches Unternehmen wie einen Buchladen eröffnet. Bei diesem bis heute einzig dastehenden Geschäft, behaupteten die einen, könne sich der Alte kaum über Wasser halten, lebe er von der Hand in den Mund, die anderen meinten, er futtere sich dabei ganz still und heimlich heraus wie die Ziege im Gemüsegarten.

Balthasar hatte kaum einen Blick auf die niedrige Tür und das winzige vergitterte Fenster geworfen, als er sich angeredet hörte und den Sprecher natürlich schon an der Stimme erkannte, bevor er sich umgedreht und das freundliche, ein wenig gelbe Gesicht seines Schwagers, des Domschullehrers Winkler, erblickt hatte.

»Guten Tag, Balthasar! Kommst wohl nachschauen, ob deine Bücher alle schon verkauft oder doch noch ein paar übriggeblieben sind? In der vorigen Woche, weißt du, habe ich mir auch eines gekauft. Annika und ich haben bis vorgestern jeden Abend darin gelesen; ich muß sagen: einfach bemerkenswert!«

»Nun ja, das sagt ihr«, meinte Balthasar schmunzelnd, »aber hattest du keine Gelegenheit, zu hören, was die echte Oberstadt darüber denkt? Meine Freunde, die Maidels, und die übrigen?«

Nein, darüber hatte der Schwager noch nichts gehört. Obwohl doch Fabian, früher Hofmeister der Maidel-Jungen und jetzt gleichfalls Lehrer an der Domschule, von Zeit zu Zeit sowohl bei den Maidels als auch bei Winkler und Annika zu Gast war. Aber dem Lächeln nach zu urteilen, das aus dem Ziegenbart des alten Elbling zu seinen hervorstehenden Augen kroch, als Balthasar mit seinem Schwager in den Laden trat, durfte man annehmen, daß Balthasars Geschäfte nicht schlecht gingen.

Elbling führte Balthasar und Winkler zu einem Tischchen hinter den Regalen mit Büchern und Papieren und legte eine ausführliche Abrechnung vor Balthasar hin. Die zweite Ausgabe der Chronik war zwar noch nicht eingetroffen, und wer weiß, ob sie noch ankam, bevor das Meer zufror. Aber von den vierhundertsiebenunddreißig Exemplaren der ersten Ausgabe, die Elbling zum Verkauf erhalten hatte, waren – o Wunder! – im Laufe von vier Wochen hunderteinundzwanzig verkauft worden! In der ersten Woche – acht, in der zweiten Woche – neunzehn, in der dritten – einundvierzig und in der vierten – dreiundfünfzig. Besonders in der vierten Woche hatte eine gehörige Portion die Mauern der Stadt verlassen – und das, obwohl fast der gesamte Landadel sich in der Oberstadt aufhielt, in den Steinhorsten, in die sie der Krieg getrieben hatte, das heißt in ihren Stadthäusern, obwohl auch die Landpastoren und -küster größtenteils in Revals Mauern Zuflucht gesucht hatten und die mehr oder weniger befestigten Städte – Hapsal, Lode, Fickel und Padis – schon das zweite Jahr in der Hand der Moskowiter waren, ganz zu schweigen von den weiter östlich gelegenen, und das Land zwischen diesen Städten mit den Gütern und Dörfern, soweit sie – wie durch ein Wunder – nicht niedergebrannt waren, im Grunde genommen Niemandsland war …

In einigen erst stark verwüsteten, dann aber wieder befestigten und bis heute nicht erneut heimgesuchten Landgütern jedoch waren Verwalter und Amtsleute wieder zur Stelle. In den Siedlungen – in Kegel, Leal, Werder und auch anderswo – übten einzelne Handwerker trotz allem heimlich ihr Handwerk aus, und ihre Gesellen zogen auf den Spuren der Heerhaufen von Ort zu Ort. Einige Händler gingen das Wagnis ein und fuhren die Walddörfer und -güter ab. Sie zahlten hohe Preise für Lebensmittel, die man unter Trümmern oder einem Erdhaufen hervorgezogen hatte, und in manchem Landgut oder Pfarrhaus boten sie wohl auch mitunter ein einzigartiges Buch feil … Denn sogar mancher Pastor hatte es in den letzten Monaten gewagt, in sein Kirchspiel zurückzukehren. Jedenfalls hatte auch dieses ganze zerstreute und eingeschüchterte Volk jenseits der Stadtmauer in der letzten Woche zwanzig oder dreißig Exemplare von Balthasars Buch gekauft ... Nach Abzug der drei Prozent für Elbling standen Balthasar also vierhundertvierundsechzig Mark und dreißig Schilling zu. Diese Summe hatte Elbling bis auf den letzten Schilling genau in einem mit einer Seidenschnur zugebundenen Lederbeutel beiseite gelegt. Der Alte steckte Balthasar die Börse zu und bat ihn, die Summe unbedingt zu überprüfen, da er sich beim Geldzählen geirrt haben könne. Balthasar setzte sich auf einen dreibeinigen Schemel an das wacklige Tischchen und machte sich daran, das Geld nachzuzählen. Elbling verschwand hinter einer Tür, die in die Innenräume führte. Winkler stand im selben Raum vor den Regalen mit Büchern und Waren, das heißt mit Bibeln, Katechismen, Melanchthons und Terenz sowie Stößen von Schreibpapier, und blätterte in Ammans »Ständebuch«. Balthasar aber zählte die Münzen und dachte: Vierhundertsechzig Mark – das ist zwar viel weniger, als ich diesem verfluchten Michel schulde, aber auch dieses Geld ist einfach ein Geschenk des Himmels. Denn um die Wahrheit zu sagen, ich habe im Geiste natürlich immer die möglichen (offensichtlich sogar die höchstmöglichen) Einnahmen aus der Chronik errechnet, trotzdem ist mir die Chronik in finanzieller Hinsicht stets nur wie eine Spielerei vorgekommen ... Jetzt aber liegt eine derartige Summe in reinem Silber – kleine klirrende Häufchen – vor mir auf dem Tisch, und mir steht noch der Anteil für anderthalb Auflagen zu, sofern alles andere auch so leicht verkauft wird ... Herrgott – mehr als dreieinhalbtausend Mark ... Schulden aber haben wir jetzt, Michels fünfhundert mitgerechnet, nicht mehr als anderthalbtausend.

Da wurde auf der anderen Seite der Bücherregale die auf die verschneite Schmiedestraße führende Tür jäh aufgerissen, jemand trat ungestüm in den Laden – durch die Lücken zwischen den Büchern hindurch streifte ein Hauch Straßenluft Balthasars Stirn –, und eine hohe, atemlose Stimme fragte: »Ist Herr Elbling hier?«

Hinter den Bücherregalen hervor gab Winkler zur Antwort: »Er ist irgendwo im Haus. Muß aber jeden Augenblick kommen.«

Anscheinend hielt der Ankömmling Winklers Stimme für die des Gesellen oder Lehrlings. Aufgeregt fragte er: »Hört mal, habt Ihr noch das Zeitbuch dieses Herrn Balthasar von Heiligengeist?«

Winkler und Balthasar schauten gleichzeitig in die Lücke zwischen den Katechismen und den Äsops. Beide waren diesem Mann im kurzen schwarzen Wams, mit dem roten Gesicht und dem wie abgehackten Kinn schon des öfteren in der Stadt begegnet. Doch wer er war, darauf konnte sich keiner von ihnen besinnen. Winkler sah Balthasar in die Augen und sagte: »Dieses Buch des Herrn Balthasar wird sehr gern gekauft, doch glücklicherweise sind noch einige Exemplare da. Und zufälligerweise ist gerade sogar Herr Balt…«

Herr »Balt« hielt auf dieser Seite der Regale Winkler den Mund zu, der Rotgesichtige auf der anderen Seite aber sagte schnell: »Ich habe Befehl, für meine Herrschaft zwei Bücher zu kaufen. Eins für sie selbst, das heißt für die Zoyes hinter der Domkirche, und das zweite für die Tuves am Schloßplatz. Sie sind mit meiner Herrschaft verschwägert.«

»Und warum interessiert sie dieses Buch so?« fragte Balthasar.

Der Rotgesichtige erwiderte: »Weißt du, ich selbst gebe mich ja mit diesem gedruckten Zeug nicht ab. Das ist Sache der Herren. Aber bei uns zu Hause ist die Hölle los. Ich weiß nicht, von wem sie es gehört haben – man sagt, diese Chronik, oder wie sie sonst heißt, sei, Herr, erbarme dich, die schändlichste Lüge und Verleumdung auf der Welt …«

Da kehrte Herr Elbling in den Laden zurück, Zoyes Majordomus erhielt von ihm gegen einen Taler zwei Exemplare der Livländischen Chronik und eilte damit zu seiner Herrschaft und deren Schwägern. Balthasar schüttete die vierhundertvierundsechzig Mark in die Tasche, Zoyes Taler aber – dieser letzte Taler, der mit einem festen Beinamen für die gekaufte Sache verbunden war, blieb in Elblings ziegenledernem Beutel mit der Seidenschnur liegen und wartete, daß mehr hinzukam.

Für die schändlichste Lüge und Verleumdung auf der Welt.

ZWEITES KAPITEL,

darinnen man verfolgen kann, wie sich zu den Lasten, die auf dem unbeugsamen Nacken des Mannes ruhen, zu den ohnedies schweren Lasten, die er nicht zu bemerken scheint (oder vielleicht gibt er sich auch nur den Anschein, als bemerke er sie nicht – man kann ja nie wissen, was bei einem Menschen Verstellung ist und was nicht), noch eine weitere gesellt, die eigentlich unbedeutend sein müßte, seltsamerweise aber schwerer auf ihm lastet als vieles andere, und das nicht nur deshalb, weil sie ihn plötzlich vor die Frage stellt, wem er sich letztendlich zugehörig fühle

In der Hölle muß natürlich alles schlecht sein, denn was wäre das für eine Hölle, gäbe es dort auch nur ein bißchen Gutes? Im Himmel aber hat alles gut zu sein, das weiß man. Welcher Makel würde es wagen, sich dort blicken zu lassen? Auf Erden – zwischen Himmel und Hölle – muß folglich ein göttliches Gleichgewicht zwischen Gut und Böse herrschen. Sollte man meinen. Nur daß die Handlungen der Vorsehung über den Verstand eines Menschen gehen, selbst wenn er Rektor der Wittenberger Universität ist. Was soll man da also von einem Pastor der Revaler Bauerngemeinde verlangen …

Balthasars rötlicher, halbergrauter Bart war an den Rändern mit Seifenschaum eingeschmiert, und das etwas stumpfe Messer entfernte, knirschend, rasch einen Seifenstreifen und begradigte so die Linie. Hinter dem auf die steinerne Fensterbank gestellten Spiegel hervor schlugen Balthasar aus den Fensterritzen Windstöße des kalten Schneesturms ins Gesicht. Man schrieb Anfang März.

O Herr, offenbar darf man, um das göttliche Gleichgewicht zu verstehen, Zeit und Taten nicht aus allzu großer Nähe betrachten. Offenbar muß man sie genügend ex longinquo atque generaliter … betrachten. Denn schließlich kann nicht immerfort und überall zur selben Zeit ein Gleichgewicht bestehen … In irgendeinem Augenblick, an irgendeinem Ort herrscht göttliche Ordnung, und dann tritt wieder der Teufel auf den Plan. In *einem* Augenblick gewinnt das göttliche Prinzip die

Oberhand, in einem *anderen* – das teuflische. Um aber das Gleichgewicht in dem zu erkennen, was sich in unserem unglücklichen Livland tut, muß man schon aus wer weiß was für göttlicher Ferne schauen. Aus der Nähe hat es den Anschein, als herrsche, dem Willen Gottes gemäß, in diesem Land nichts als teuflische Gewalt.

Wer von ferne beobachtet, könnte sagen: Die ganze Geschichte Livlands und also auch Revals im verflossenen Jahr 1579 hätte sich völlig anders, hätte sich noch viel schlechter gestalten können. Denn ein riesiges Tatarenheer mit Iwan an der Spitze war schon in Pleskau gewesen und hatte gen Livland ziehen wollen, um dessen Widerstand endgültig zu brechen. Da aber hatte der polnische König, mochte er auch ein Freund und Gönner der Jesuiten sein, in ebenjenem verhängnisvollen Monat Juli, wie auf einen Fingerzeig Gottes hin, gemeinsam mit dem Schwedenkönig einen großen Krieg gegen den Moskowiter angefangen, so daß Iwan Livland völlig vergaß, für diesmal wenigstens.

Wer aber aus göttlicher Höhe auf nahe Ereignisse herabblickt oder sie von innen her betrachtet, kann folgendes nicht übersehen: Mitten in diesem letzten Sommer plünderten mehrere tausend Tataren Harrien maßlos aus. Und die Revaler, die irgend etwas mit den Dörfern jenseits der Wälder verband, hatten Gewissensbisse, daß sie im Schutze fester Mauern lebten. So gingen sie, und mit ihnen auch Balthasar, in all diesen Wochen zur Stadtmauer: am Tage, um von dort Ausschau zu halten, ob und wo Rauch von Bränden, nachts, ob Feuerschein zu sehen sei. Und in der sich verdichtenden Dämmerung vieler Julinächte sahen sie es auch wirklich in der Ferne brennen. Balthasar mußte sich eingestehen: Bei aller Niedergeschlagenheit empfand er doch jedesmal Erleichterung, wenn das Feuer im Westen, Südosten oder Südwesten aufloderte. Und mit Sorge sah er, wie sich der Feuerschein von Osten nach Süden, zur anderen Seite der Laaksbergebene, bewegte. Die Stadt war noch immer mit Flüchtlingen aus den Dörfern vollgestopft, die Wochen der Raubzüge hatten noch mehr Unheil gebracht, und der um Kurglas Schicksal besorgte Balthasar ging durch die Armenhäuser und die Katen, die man in aller Eile auf den Revaler Höfen zusammengezimmert hatte, und erkundigte sich, welche Gewalttaten begangen worden seien und wo …

Und da erreichte die Stadt die Nachricht von einer schrecklichen Pest, die zur gleichen Zeit in Riga und Stockholm wütete; folglich konnte man sie jeden Moment auch hier erwarten. Denn man mußte die ankommenden Schiffe in den Hafen lassen, sei es auch nur, um der Kugeln und des Pulvers, die sie der Stadt brachten, habhaft zu werden. Allein in Stockholm waren, so hieß es, schon zehntausend an der Pest gestorben. Und wenn Balthasar zum Hinke- oder zum Düwelsturm ging, um im Dunkel der Nacht die Brände zu beobachten, oder wenn er nachts zu jemand gerufen wurde und dann mit Märten dorthin eilte, immer wieder vor Entsetzen erschauernd (obschon doch Märten ein Krümchen vom Leib des Herrn in seinem Kasten hatte), musterte er die stummen Türbögen und dunklen Torwege daraufhin, ob nicht von irgendwoher der Mann mit dem schwarzen Hut hervorschlüpfte.

Und dann gingen die wolkenbruchartigen Regenfälle nieder, die in diesem Sommer alles überschwemmten. Wochenlang zogen über Reval, über Harrien und Wierland Wolken hinweg, schleiften gleichsam über Dächer, Erdboden und Rasen. In den Dörfern verfaulten die Feldfrüchte und verwandelten sich in schwarze Dreckklumpen, auf den Landstraßen versanken die Pferde bis an den Bauch im grauen dünnflüssigen Schlamm; anderthalb Monate lang ergoß sich pausenlos Regen in den aufgeweichten, ausgewaschenen Boden, in das wildbewegte, die Küsten überflutende Meer. Und just in dieser unseligen Zeit begann der alte Herr Horn mit der Belagerung der Stadt Narva. Stiefel und Wams der Landsknechte sogen sich mit Wasser voll und quollen auf, das Hemd verschimmelte ihnen auf dem Rücken. Auch stellte sich bei den Belagerern der Hunger ein – berittene Tatarenrotten hinderten sie daran, die umliegenden Gebiete auszuplündern, die Proviantschiffe unter dem Oberbefehl der Admirale Fleming und Maidel aber kamen und kamen nicht. Allein durch den Hunger verlor das Heer des Herrn Horn eintausendfünfhundert Mann, und im September mußte es unverrichteterdinge nach Reval abziehen. Die Stadt, die des Krieges überdrüssig war, wurde nun also von hungrigen, stets zu Gewalttaten bereiten Söldnern überschwemmt. Herr Horn selbst fiel im Ergebnis der fehlgeschlagenen Operation bei Narva erneut in Ungnade, und der König nahm ihm mit einem Schlag alle seine Privilegien und Ämter. Balthasar empfand das wie ein ihm persönlich zugefügtes Unrecht ...

In dem nämlichen Sommer ereignete sich auch die unglückselige Geschichte mit Ivo Schenkenberg, demselben Ivo, von dem Balthasar immer noch nicht sagen konnte, was er eigentlich wirklich war, dieser Bursche: ein prahlerischer Bramarb an der Spitze einer großen Räuberbande (wie Michel, verflucht möge er sein!, gemeint hatte) oder der gewandteste Freischärler seiner Zeit, der Stolz der Revaler Grauen.

Im Juli desselben schicksalhaften Jahres 1579, als jene wolkenbruchartigen Regenfälle niedergingen, zog Schenkenberg mit vierhundert Mann abermals aus Reval in Richtung Wesenberg, um den Moskowiter in ein Gefecht zu verwickeln. Und ging in die Falle der eigenen Ruhmsucht, noch mehr aber in die der blinden, unbesonnenen Tapferkeit seines Bruders Christopher. Denn als Ivo an geeigneter Stelle ein Lager aufschlagen und den Moskowiter aus dem Schutze der Wesenberger Mauern in offenes Gelände locken wollte, nannte ihn sein Bruder Christopher (der, um sich Mut zu machen, zweifellos die Kehle tüchtig angefeuchtet hatte) einen Feigling und marschierte mit einer kleinen Rotte allein gegen den Moskowiter. Da war Ivo (in gewisser Weise jedenfalls) gezwungen, sich diesem Handstreich anzuschließen, der das unglückselige Ende des gesamten Hannibalschen Heeres zur Folge hatte: Christopher starb einen tapferen, aber sinnlosen Tod; einige Leute flohen nach Reval und brachten sich dort in Sicherheit; der größere Teil des Heerhaufens aber wurde aufgerieben oder geriet bei Wesenberg in Gefangenschaft; Hannibal selbst fiel mit sechzig anderen verwundet den Russen in die Hände.

Die jungen Frauen der Schenkenbergs und vieler anderer, doch nicht nur sie, sondern auch die Revaler Schank- und Badstubenmädchen, vergossen nicht wenige Tränen. Einige Ratsherren suchten den alten Schenkenberg auf, um seine Söhne zu preisen, vor allem Ivo, und um ihr Mitgefühl zu bekunden. Andere aber, wie die Herren Rotert und Schröder und noch einige, schnaubten nur verächtlich. Im Herbst – gerade während der Mißerfolge des Herrn Horn – kam die Nachricht, Iwan habe das Angebot abgelehnt, Ivo gegen drei Fürsten auszutauschen, und Ivo Schenkenberg sei auf Befehl des Großfürsten mitsamt seinen Leuten in Pleskau gehenkt worden. Nun wurden die Herren Rotert und Schröder, und sie nicht allein, sondern der gesamte, in der Oberstadt ansässige Adel, nicht müde, laut und schadenfroh zu verkünden: Klar! Nur Einfaltspinsel und Leute mit Stroh im Kopf konnten ein solches bäurisches Heer aufstellen und sich einbilden, in einem wirklichen Krieg damit etwas auszurichten! *Uns* war die Torheit dieses Unterfangens von Anfang an klar!

Nach anderthalbjähriger Pause holte Balthasar im Herbst des Jahres 1579 – er erinnerte sich: Es war am Abend des Tages der Glaubensläuterung, und ein Schneesturm tobte – aus der Wandnische hinter dem Eisentürchen wieder seine grauen Blätter hervor und legte darauf die Geschichte des Ivo Schenkenberg nieder. Zum Schluß schrieb er, während er seine quadratischen Kinnbacken zornig zusammenbiß:

Da Ivo Schenkenberg gefangen war, ist eine solche Freude, solches Frohlocken bei allen Russen, sowohl in Livland als auch in Rußland, gewesen, als wenn sie einen Landesfürsten gefangen hätten. Nicht lange danach haben sie ihn mit dreißig anderen Gefangenen nach Pleskau zum Großfürsten geführt, wo er für seine Freilassung drei einflußreiche Bojaren oder Adlige los-

zugeben anbot. Aber es hat nichts geholfen, sondern er ist samt seiner Gesellschaft jämmerlich umgebracht worden, was den Revalern kein gering Leid bereitete ...

Den *wahren* Revalern natürlich. Aber Balthasar hatte es für überflüssig gehalten, das hinzuzufügen. Er erinnerte sich noch gut, in welchem Anfall von heimlicher Erbitterung er diese Zeilen geschrieben und wie seine Feder geknirscht hatte, als er das Wort »Landesfürst« hervorhob (mochte Ivo auch ein Schreihals oder Gauner gewesen sein), vielen Ratsherren und dem gesamten Adel zum Trotz, der in der Oberstadt Zuflucht gesucht hatte und in dessen Augen der tote Hannibal keinen Pfifferling wert gewesen war ... Und nicht zuletzt auch diesem Lumpen Michel zum Trotz, der darin, wie noch in vielem anderen, mit ihnen einer Meinung gewesen war, daß ihn der Teufel hole ...

Und überhaupt, gewissermaßen seit diesem Federgekratze hatte Balthasar wieder begonnen, die grauen rechteckigen Blätter mit den ausgefransten Rändern auf seinem Pult auszubreiten und Notizen darauf zu machen. Und noch heute, noch jetzt, am letzten Februarmorgen 1580, erinnerte sich Balthasar so deutlich an das damalige Knirschen seiner Feder, das den Schelm Ivo mit einem Landesfürsten auf die gleiche Stufe gestellt hatte, daß er zur Bekräftigung am liebsten mit der rechten Hand in die Luft geschlagen hätte, wäre das beim Rasieren nicht unmöglich gewesen. Doch seine Hand zuckte, und er schnitt sich ins Kinn ...

Balthasar beugte den Kopf nach rechts, ertastete auf dem Fensterbrett das Näpfchen mit Alaunpulver, das für alle Fälle dort stand, und während er seine Wunde damit betupfte, dachte er: Können wir denn hoffen, hinter all diesem Unglück und Unheil das göttliche Gleichgewicht zu begreifen? Von was für einem Gleichgewicht zeugt denn beispielsweise der Umstand, daß ich mit Gottes Hilfe meine Schulden begleichen konnte? Mit Ausnahme der fünfhundert Mark für Michel, diesen Lumpen, die nur deshalb noch nicht bezahlt sind, weil der Dummkopf aus meinem Blickfeld verschwunden und schon ein Jahr lang nicht mehr in Reval ist. Ja. Nur deshalb und wunderbarerweise nicht, weil ich kein Geld hätte ... Und dabei war mir, um die Wahrheit zu sagen, der Geldmangel stets auf den Fersen, wie mein eigener Schatten. Jetzt habe ich dort, hinter dem grünen Eisentürchen, mehr als tausend Mark in reinem Silber, und noch einmal soviel darf ich im Frühjahr aus Rostock erwarten ... Und dennoch, Herr, erbarme Dich, legte ich dieses ganze Silber in die eine Waagschale und in die andere all die Beanstandungen an meiner Chronik, die ich mit eigenen Ohren gehört habe oder durch Hörensagen kenne, all das, worüber man murrt und laut oder leise schimpft, so wäre dieses Silber nur ein knappes Gegengewicht. Ganz zu schweigen von allem anderen, das man jetzt mit der Linken in die Waagschale werfen müßte, Livlands Los nicht ausgenommen, bis hin zum letzten Schicksalsschlag, der meine Familie getroffen hat.

Balthasar wusch sich über dem steinernen Waschbekken das Gesicht und hörte durch die fallenden Tropfen hindurch, wie Epp in Straßenstiefeln mit Eisenbeschlägen die Treppe heraufstieg. Sie kam auf seine Tür zu.

Poch-poch-poch.

»Herein!«

»Es ist alles bereit, wir erwarten den Pastor.«

»Ich komme gleich.«

Zehn Minuten später ritten sie im Galopp unter dem gewölbten Torweg des Küsterhauses hindurch auf die Heiligengeiststraße und fanden sich eine Viertelstunde darauf, nachdem sie die Kleine Strandpforte passiert hatten, jenseits der Stadtmauer im weißen Schneesturm wieder, Balthasar, Epp, Märten und Päärn auf vier Pferden: zwei waren aus Balthasars Stall, eines, das Epp ritt, aus Kurgla und das vierte von Balthasars neuem Nachbarn, dem Apothekergesellen Belaváry, geliehen. Um sich gegen Wölfe und nötigenfalls auch gegen Menschen zur Wehr setzen zu können, trugen die Männer kurze Schwerter unter dem Rockschoß, und in Balthasars Brusttasche steckte die kurze Pistole des Rasiker

Verwalters Hasse, die lange vergessen gewesen, aber doch noch vorhanden war.

Sie ritten einen von Schlittenkufen durch Schneewehen ausgefahrenen Weg entlang, der über den zugefrorenen Stadtgraben und die Teiche dahinter, durch die Siechenvorstadt mit ihren im Schnee versunkenen Häusertrümmern und über das schwarze, blanke Glatteis auf der Brücke führt. Der Schneesturm hatte die Stadt hinter ihnen augenblicklich verschlungen. Als sie zum Laaksberg hinaufritten, kämpften sich die Pferde, bis an die Brust einsinkend, durch Schneewehen. Auf dem Eis des Obersees entdeckten sie abermals Schlittenspuren – dem Wetter und allem auf der Welt zum Trotz waren am Morgen Bauern zum Markt gefahren – und ritten durch das graublaue Schneegestöber weiter nach Osten. Glücklicherweise hatten sie den Wind im Rücken, so daß sie die Augen nicht zu schließen brauchten, doch Balthasar spürte bald, daß auf dem offenen See der Westwind sogar seinen Pelzmantel durchdrang.

Jürgen war also tot ... Und nicht einfach tot, was normal und sogar begreiflich gewesen wäre. Man hatte ihn *ermordet* ... Gewiß, ein Mord war in der heutigen Zeit nichts Besonderes, o Gott, ganz und gar nicht. Und trotzdem war Balthasar wie vor den Kopf geschlagen, als Epp gestern – es dämmerte schon – in den Hof der Heiligengeistkirche geritten kam und die Nachricht von Jürgens Tod brachte.

Ermordet. Der einzige Sohn von Ohm Jakob, der Kurglaer Jürgen, mit dem Balthasar in der Kindheit ihm so gut in Erinnerung gebliebene Sommermonate verbracht hatte. (Der unvergeßliche Geruch der verräucherten Balkenwände. Die Sonne, die vom Strohdach herabschien. Die Sonne über dem wilden, mannshohen Farnkraut. Die Sonne in den Harztränen an den Fichtenstämmen. Und im Schlaf das Tönen ihres gemeinsamen Birkenrindenhorns ...) Jürgen, den er, Balthasar, in seinen fünfzehn Jahren an der Heiligengeistkirche bestimmt nicht öfter als vier-, fünfmal gesehen hatte. Aber jedesmal, wenn sie zusammentrafen, hatte er eine merkwürdige Verlegenheit empfunden, zum einen, weil er sich von ihm, seinem Vetter, unterschied, zum anderen, weil er gewissermaßen dessen Doppelgänger war. Jürgen mit seiner Seele, die noch rätselhafter war als Ohm Jakobs, das heißt seines Vaters. Denn der alte Jakob hatte in diesen letzten fünfzehn Jahren des Wirrwarrs und der Gefahren, zählte man alle Monate und Wochen zusammen, immerhin ein ganzes Jahr mit seiner Kati unter Balthasars Dach gelebt. Nicht so Jürgen. Der war in dieser Zeit oft in der Stadt gewesen – bald brachte er ein Ferkel auf den Markt, bald erwarb er ein Pflugschar oder Mohrrübensamen. Wenn er auf dem Markt war, hatte er vielleicht hundertfünfzig Schritt zum Pfarrhaus seines Vetters zu gehen, und doch kehrte er dort nicht ein …

Mitunter schien es Balthasar, er unterscheide sich von Jürgen durch das, was er mit viel Mühe erreicht hatte und was Anerkennung verdiente, also dadurch, daß er in der Welt herumgekommen war und viel gesehen, daß er studiert hatte, daß er ein Städter war. Dann aber meinte er wieder, alle seine Vorzüge seien wenig wert und das einzige Echte und Unverfälschte an ihm mache ihn dem Vetter merkwürdig ähnlich: die breiten Schultern, die muskulöse, kräftige Gestalt, der komische dunkelblonde Haarschopf, der anscheinend auch mit den Jahren gar nicht daran dachte, zu ergrauen, das eckige Gesicht mit den strengen, ausdrucksvoll funkelnden grauen Augen, nur daß Jürgens Gesicht ein wenig brauner und wetterhärter aussah … Das war natürlich töricht … Aber viel törichter war etwas ganz anderes – und sicher war Balthasar gerade deshalb so sehr erschrocken und wurde von schlimmen Vorahnungen verfolgt.

Während der Pastor und Chronist, der um städtische Belange bemühte Mann ging, handelte und sprach, hatte er von Zeit zu Zeit gleichsam wie durch ein Zimmerfenster in sein Inneres geblickt, in das dämmrige Kämmerchen seines Denkens. Einige Male hatte er, wie bei Kerzenlicht und durch Butzenscheiben hindurch, sich selbst gesehen, und wenn er dabei an Jürgen dachte, hatte er, weiß der Teufel warum und weiß der Teufel wem, versichert: Warte. Ich bessere mich. Ich bessere mich ganz bestimmt … Um so mehr, als ich glaube und ahne, ich weiß selbst nicht einmal, weshalb: Solange der Herr ihn behütet, bin auch ich vor Unheil sicher.

Über den Mord wußte Balthasar anfangs nur, was er von Epp gehört hatte.

Nach den Raubzügen der Tataren im Vorjahr und dem Brand im Dorf hatten die Familien von Alt-Pärtli und Neu-Pärtli eine Weile auf der Kieferninsel in den alten Kalkstein- und Erdhöhlen gehaust, und die ganze Familie vom Gehöft Küti, und mit ihnen auch Jürgen und seine Frau, die er sich von der Küste von Ihasalu geholt hatte, sowie ihre drei Kinder hatten sich im Lammassaarer Wald, gleich neben ihrem Feld, Hütten gebaut. Zu der Zeit, als Jakob, Kati und Epp bei Balthasar in der Stadt waren. Jetzt hatten alle vier Familien die Brandstätte des Dorfes, die aus Resten rauchgeschwärzter Balken und Rasen erbauten Hütten, die im Schnee versinkenden winzigen Erdhügel in der trostlosen weißen Einöde zu neuem Leben erweckt – Balthasar mußte sich eingestehen: Sie waren noch gottverlassener, als er sich das in der Stadt vorgestellt hatte.

Am Montag jener Woche war ins Dorf – wenn man das noch als Dorf bezeichnen konnte – vom Landgut Rasik jener pockennarbige Kerl mit dem verwachsenen Körper gekommen, der Pferdejunge Jürg, Balthasar erinnerte sich an ihn … Was für ein Junge war er denn jetzt noch mit seinem grauen abstehenden Bart. Er kam mit zwei dem Gut gehörenden Schlitten angefahren, in seinem Gürtel steckte eine Axt, und er hatte Anweisung, im Kurglaer Wald Brennholz zu schlagen und zum Gut zu bringen, Brennholz für das Gut … Jürgen war ihm schon wer weiß wie lange ein Dorn im Auge. Balthasar entsann sich: Wenn nicht früher, so ganz bestimmt seit damals, als er, Balthasar, mit Ohm Jakob zum Gut geritten war, um bei Herrn Antonius Recht zu suchen … (Jaja, an diesen Tag, an seinen Besuch in Kurgla, erinnerte sich Balthasar sogar sehr genau.) Und damals hatte Jürgen dem Pferdejungen Jürg tatsächlich die Fresse eingeschlagen, weil der das Gespräch der Kurglaer belauschte ... Hatte es natürlich in ohnmächtigem Zorn getan, was für Jürg erst recht ein Grund war, auf ihn wütend zu sein. Nicht umsonst hatte der ja auch mit blutendem Mund gemurmelt: Das wird dir noch leid tun ... Aber, Herrgott, wieviel Zeit war seitdem vergangen? Mehr als zwanzig Jahre.

Der Bursche hatte sich diese ganze Zeit über auf dem Gut bei Hasse (unseligen Angedenkens) nützlich gemacht und auch dem nächsten Verwalter als Speichellecker, Zuträger und Kriecher gedient. Offensichtlich hatte er es auf Grund seiner völligen Unwissenheit und Beschränktheit nicht weiter gebracht als bis zu diesen Ämtern. Am Montag war er also in Kurgla aufgetaucht. Den halben Tag hatte er im Wald, einige hundert Schritt von Jürgens Behausung entfernt, den Buckel krumm gemacht und Holz geschlagen, dann die beiden Schlitten mit mächtigen Holzscheiten beladen und sich, als es zu dämmern begann, auf den Rückweg nach Rasik begeben.

Und bald darauf – keine halbe Stunde später – kam der alte Hund Harmi mit den Wolfsohren heulend nach Kurgla gerannt, packte den ältesten von Jürgens drei Söhnen, den fünfzehnjährigen Peep, beim Rockschoß und zerrte ihn ins Dickicht, wo der Junge ganz in der Nähe des Pfades eine Blutlache und den mit Schnee bedeckten, noch warmen Leichnam seines Vaters mit einer schrecklichen Wunde am Hinterkopf erblickte. Gott hatte es gewollt, daß Jürgen entdeckt wurde, bevor sich die Dämmerung verdichten und der gerade erst einsetzende Schneesturm die Spuren verwischen konnte. Die Abdrücke der weiten, ungleichmäßigen Schritte eines Menschen in Pasteln, auch ohne Hund ganz deutlich auszumachen, führten von Jürgens Leiche zum Pfad, auf diesem hundert Schritt ins Waldesinnere und dann durch Schneewehen zu der Stelle, von wo die Fahrspur von Jürgs Schlitten zurück zum Gut verlief.

Die Frauen trugen Jürgens Leichnam ins Dorf. Madis, der junge Besitzer von Küti-Jaans Gehöft, der

Knecht Toomas von Neu-Pärtli und Jürgens Sohn Peep sprangen in die Sättel, nahmen drei kurze Schwerter mit, die hinter den Brettern der Zimmerdecke verborgen gewesen waren, und setzten dem Mörder nach. Noch vor Anbruch der Dunkelheit holten sie ihn ein, nicht im Wald, sondern auf halbem Wege zum Gut. Sie nahmen ihm die Axt ab und brachten ihn mitsamt den Schlitten ins Dorf. Sicher hatten sie ihn verprügelt, doch die Vollziehung der Todesstrafe wollten sie dem Gericht überlassen. Oder Gott. Darum fesselten sie ihm mit einem Strick Hände und Füße und sperrten ihn über Nacht in den alten Keller des Kurglaer Hofes, verrammelten den Eingang für alle Fälle mit Steinen und ließen Harmi, mit einer Kette zum Schutz gegen die Wölfe um den Hals, als Wache zurück – wer weiß, vielleicht in der Hoffnung, der recht mitgenommene Mann werde bis Tagesanbruch erfroren sein. Am Morgen aber entdeckten sie, daß dem Hund die Kehle durchgeschnitten und der Keller leer war.

Die Schlitten mit dem Brennholz brachten sie nach Rasik und berichteten dem Verwalter, genauer gesagt, seinem Vertreter, was vorgefallen war. Doch der zottige alte Lylpe in seinem abgetragenen Pelz, der sich von den Bauern nur insofern unterschied, als er in schiefgelaufenen Landsknechtsstiefeln umherhumpelte, sah mit völlig gleichgültigem Gesicht an den Kurglaern vorbei und zuckte die Achseln. Nein, seines Wissens sei Jürg nicht zum Gut zurückgekehrt. Und was den wer weiß wodurch hervorgerufenen Mord ohne Zeugen (sogar der Hund, der die Spuren entdeckte, sei ja tot!) beträfe, was könne der Verwalter hier schon tun? Zu einer Zeit, wo das Gut sowieso halb niedergebrannt sei, wo die Leute sich größtenteils in den Wäldern versteckten, wo die hiesigen Besitzungen, Gerüchten nach und Papieren zufolge, von den Padiser Herren an Magnus und den dänischen König gefallen und dann für schwedisch erklärt worden seien und wo man seit dem vorigen Sommer außer berittenen Tatarentrupps und roten Hähnen keine andere Obrigkeit zu sehen bekäme …

In dem zerstörten Dorf sprangen die Städter aus dem Sattel. Der Schneesturm hatte nachgelassen, die untergehende Sonne kam für einen Augenblick aus den Wolken hervor und dehnte alle Schatten – die der Pferde und der Menschen – an den verschneiten Katen entlang bis hin zum Wald aus.

Epp führte die Männer zu einer armseligen Hütte. Sie war aus den nicht völlig verbrannten Balken der Südecke ihres alten oder, genauer gesagt, neuen Hauses errichtet worden. Balthasar stapfte durch die Schneewehen und wunderte sich: Nichts ringsum war wiederzuerkennen, am wenigsten der unter dem Schnee begrabene Hof. Er mußte sich gründlich umsehen, um zu begreifen, wo früher Zäune und Gebäude gewesen waren, und um den Platz zu bestimmen, an dem er stand; nur die alte Tanne am Tor war erhalten geblieben, allerdings waren an der Nordseite ihre unteren Äste verkohlt.

Sie zwängten sich durch die niedrige Tür und legten die Sättel auf den Fußboden. Peep führte die Pferde unter das Schutzdach zwischen Stirnseite der Hütte und Schneewehen. In dem halbdunklen, elenden Zimmer, in dem die Luft zum Schneiden war, kamen Balthasar Jakob und Kati entgegen, beide stark gealtert, mit gelbgrauen Gesichtern und vom Rauch geröteten Augen, in zerlumpten und zerrissenen Schafpelzen und, wie es Balthasar vorkam, noch entkräfteter als im vorigen Frühjahr, als sie aus der Stadt ins Dorf zurückgekehrt waren. Balthasar drückte ihre harten, steifen Hände. Dann entdeckte er hinter ihnen Piret, Jürgens Eheweib, eine kleine untersetzte Frau mit flachsblonden Haaren. Am Kinn hob er ihr Gesicht zu sich empor und bekreuzigte die verweinten Augen. Er sagte: »Piret, dir und uns allen hat der Herr eine schwere Prüfung auferlegt. Wir wollen beten und hoffen, daß er uns jetzt vergibt ...« Später begriff er, er hatte das wider Erwarten leise und dumpf gesagt und war aus irgendeinem Grund damit zufrieden gewesen, daß seine Worte nicht geschmeidig und wohltönend klangen.

Sie gingen zurück auf den Hof, und Piret öffnete an

der Stirnseite der Getreidedarre die knarrende Tür zur Spreukammer, die an Angeln aus Wurzeln hing. Der Sarg stand in einer Art Grotte, deren Wände aus Gott weiß was für Resten zusammengestückelt waren. Der Sarg füllte sie fast völlig aus, so daß sie nur zu dritt – Piret, Epp und Balthasar – darin Platz fanden. Gestern hatte Jakob vier je drei Ellen lange Tannenbretter, eins für den Sargdeckel, zwei für die Seitenwände und eins für den Boden, sowie dicke Bretter für das Kopf- und das Fußende zurechtgesägt und dann daraus den Sarg gezimmert. Von Epps und Pirets Händen mit Schneewasser gewaschen, lag vor ihnen Jürgen in einem sauberen Leinenhemd, den Kopf auf einem Häuflein Hobelspäne. Erst als sich Balthasar über das Gesicht des Toten beugte, sah er: Jürgens rötliche Haare, kaum weniger dicht als Balthasars, wiesen trotz vereinten Bemühens von Epp und Piret am Hinterkopf Blutspuren auf. Das von einem graugesprenkelten Bart eingerahmte bleiche Gesicht aber war überraschenderweise ganz friedlich. Nur um den zusammengekniffenen Mund spielte – als aus der einen Spaltbreit geöffneten Tür Abendlicht über das Gesicht huschte – etwas, was sanfter Vorwurf und Verzeihung zugleich war: Nun, alles hätte auch anders kommen können, nicht wahr? Doch im Grunde genommen ist das ohne Bedeutung … Aber das wie gewöhnlich bei Toten etwas heller und durchsichtiger gewordene Gesicht, in das Balthasar schaute – Herrgott, das war ja dasselbe Gesicht, das er heute morgen im Spiegel auf dem Fensterbrett in seinem Arbeitskämmerchen gesehen hatte, war ja aufs Haar genau sein eigenes Gesicht … Aber ist es schließlich nicht gleichgültig, wer von uns hier ermordet liegt und wer sich noch über vieles Unbegreifliche wird wundern müssen …

Balthasar blickte auf und sah Piret und Epp an. War auch ihnen diese ihn verwirrende, gleichsam schicksalhafte Ähnlichkeit aufgefallen? Aus den Augen der Witwe rannen Tränen, sie hatte wohl kaum etwas bemerkt, Epp aber sah Balthasar von der anderen Seite des auf Holzblöcken stehenden Sarges her mit seltsam abwesendem Blick an. Genaugenommen schaute sie an ihm vorbei in das Abendlicht, das durch die halboffene Tür hinter Balthasars Rücken auf ihr Gesicht fiel und dessen Züge – den klar gezeichneten, vor Kummer leicht geöffneten Mund und die dunkelgrauen Augen – erstaunlich deutlich sichtbar machte. Balthasar sah Epp unverwandt an, und ihm kam ein merkwürdiger, wichtiger Gedanke, den er beschloß in der Stadt zu Papier zu bringen, denn in der letzten Zeit schrieb er solche Gedanken von Zeit zu Zeit für sich selbst auf ... Und damit ihn dieser hier unangebrachte Gedanke jetzt nicht länger ablenkte, faltete er die Hände und sagte, während er auf den vorwurfsvollen und doch auch Vergebung gewährenden Mund seines Vetters blickte: »Herr, Du hast es für richtig befunden, diesen guten Menschen auf so verhängnisvolle und gewaltsame Weise zu Dir zu nehmen ... Nun, da seine Seele vor Deinem Gericht steht, vergib ihm wie ein Vater seine irdischen Sünden ... Und wiegen die irdischen Sünden eines einfachen Menschen seiner Art bei Deiner göttlichen Strenge auch schwer, so schwer wie die schwersten Steine auf den Feldern, die er nebenher stets zu entfernen bemüht war, sind doch, bei Deiner göttlichen Liebe, seine Sünden trotzdem leicht wie Staub ... Lehre mich aber Worte des Trostes für seine unglückliche Witwe und seine verwaisten Kinder, denn ich fürchte, mit meinem eigenen Verstand vermag ich diese nicht zu finden ...«

Dann saßen sie beim Licht des Kienspans bei dem von Tante Kati aufgetragenen Abendbrot, unter der niedrigen Decke aus Resten geborstener, mit Rasen abgedichteter Bretter, auf Holzklötzen um eine lange Bank herum, auf der frische Fladen aus Hafer, geerntet von dieser schon Dutzende Male ausgeplünderten und doch wunderschönen Erde, sowie Scheiben dunklen Ziegenfleisches lagen – von einem Tier, das Jürgen selbst vor drei Tagen hinter Lammassaar gefangen hatte. Es waren die Stücke, die er beiseite gelegt hatte, um sie den Bewohnern von Küti und Pärtli als Jagdgeschenk zu bringen, und nun bewirtete er sie damit bei seinem eigenen Leichenschmaus.

Nach dem eiskalten, bittersauren Dünnbier bot Balthasar allen einen Schluck Spiritus aus dem Glasfläschchen des Apothekers Belaváry an; er musterte die am Tisch Sitzenden. Den krumm gewordenen Jakob – und doch waren sie einst gemeinsam (aber waren das wirklich sie gewesen?) während des unglückseligen Bauernaufstandes über den dumpf tönenden Harriener Kalkstein geritten. Balthasar schaute die verblühte, ganz grau gewordene Tante Kati an, deren Kopf beständig zitterte, blickte in Pirets leidverzerrtes Antlitz, schaute die Männer von Küti und Pärtli mit ihren Familien sowie die Nachbarn an, die sich eingefunden hatten, um den städtischen Herrn Pastor, einst ein Junge fast aus ihrem Dorf, zu hören und zu sehen ... Und er musterte Epp, die anstelle der trauernden Piret und der gebrechlichen Tante Kati unauffällig die Obliegenheiten der Hausfrau versah, die Schüssel mit der Grütze und die Schöpfkelle mit dem Dünnbier herumreichte.

»Wer weiß, vielleicht wendet sich in Livland schließlich doch noch alles zum Guten ...«, meinte Balthasar und spürte, mit welcher Aufmerksamkeit die Bewohner der Hütte seine Worte in sich aufnahmen. Und wie er, während er seine Hoffnungen vor ihnen ausbreitete, gleichzeitig abzuwägen suchte, wie vollwertig und sicher diese seine Worte seien, und fühlte, sie waren sehr zweifelhaft. Trotzdem sagte er, zu ihnen und zu sich selbst: »Wie man hört, hat sich jetzt der schwedische König unserer Sache angenommen.«

»Auf welche Weise?« fragte der hagere Jaan von Alt-Pärtli, dessen Gesicht dem eines Elchbullen glich, beinahe spöttisch. Dennoch legte er die gekrümmte kurzfingrige Hand ans Ohr, damit ihm auch ja kein Wort von dem entging, was Siimons gelehrter Sohn sagen würde.

»So, daß es mit dem kraftlosen Picken und Stechen, womit Boije und unsere anderen Kriegsobersten bisher den Moskowiter geplagt haben, jetzt vorbei ist und das Spiel richtig losgeht.«

»Und woher will man die Spieler dafür nehmen?« forschte der alte Jakob. »Wo doch die Schweden bloß soviel Kriegsvolk haben, wie die Katze auf dem Schwanz wegträgt ...«

»Fähnlein würden wie Pilze aus dem Boden schießen«, erwiderte Balthasar, »wenn man nur Geld hätte, sie zu bezahlen. Nicht mit den Leuten, sondern mit dem Geld hat es bei den Schweden bis jetzt gehapert. Nun aber sind in dieser Hinsicht große Veränderungen bei ihnen vor sich gegangen.« Und Balthasar erzählte, was er in Reval von verschiedenen einflußreichen Männern gehört hatte.

»Herr Horn ist wegen des Mißerfolgs im Vorjahr als Heerführer abgesetzt worden. An seiner Statt hat der König einen anderen ernannt und ihm viel weitreichendere Vollmachten gegeben. Und zwar hat er Herrn Pontus de la Gardie ernannt. Einen französischen Adligen, der an vielen Kriegen teilgenommen hat. Mit seiner Kriegskunst kann es zwar nicht weit her sein – 1574 ist er bei einem Geplänkel mit Schotten und Deutschen bei Wesenberg arg in die Patsche geraten –, doch besteht Grund zu der Annahme, daß wir es mit einem erstaunlich schnell handelnden und hartnäckigen Menschen zu tun haben. Und eins ist klar: Der König hat dem neuen Heerführer seinen Geldkasten liebenswürdig geöffnet, und so weit, wie es früher nie der Fall war. Denn Herr Pontus genießt des Königs uneingeschränktes Vertrauen. Was man von den anderen Heerführern schon lange nicht mehr sagen konnte. Herr Pontus ist der Vertraute des Königs, und dies um so mehr, als er selbst mit dem König verwandt ist. Er ist der Schwiegersohn des Königs: der Ehemann seiner natürlichen Tochter, Sophie von Gyllenhielm. Herr Pontus operiert bereits in Finnland und zieht dort Heerhaufen zusammen. Und wenn alles gutgeht, wird der neue schwedisch-französische Besen den Moskowiter aus Livland hinausfegen ...«

Jakob sagte: »Dieses Gefege hin und zurück haben wir hier schon oft genug erlebt ...«

Balthasar aber fuhr unbeirrt fort: »Darum muß der Befehlshaber unseres Revaler Kriegsvolks, Herr Ulfsparre, Mut fassen und sich zu einem Feldzug entschließen, um dem Moskowiter alle Schlösser in Wieck zu entreißen, die sich ihm in dieser Zeit ergeben haben ...«

Während Balthasar die Kurglaer musterte und ihnen all dies sagte (er redete sich ein, daß er, mochte einiges an seiner aufgekeimten Hoffnung auch oberflächlich und unbegründet sein, ihnen mit seinen Worten doch nicht mehr vormachte als sich selbst – sich selbst vielleicht sogar noch mehr als ihnen, denn er hatte sich schließlich einmal mit König Johan unterhalten, sie aber ließ der König völlig kalt), während er also sprach, suchte er sich zu erinnern, welcher wichtige Gedanke ihm durch den Kopf geschossen war, als er vor Jürgens sterblichen Überresten stand ...

Balthasar erkundigte sich bei den Kurglaern nach Einzelheiten des Brandes im Vorjahr und danach, wie sie jetzt lebten. Im vorvorigen Jahr hatten sie sich, wie er schon von Jakob und Kati wußte, nur deshalb retten können, weil sie in der Dämmerung den Feuerschein des brennenden Gutes sahen, begriffen, was da vor sich ging, und augenblicklich zur Kieferninsel liefen, wobei sie mitnahmen, soviel sie nur konnten. Das Dorf war niedergebrannt – schließlich handelte es sich um Tataren –, den Menschen jedoch kein Haar gekrümmt worden. Was indes ihr jetziges Leben betraf: Räuber kamen noch immer bisweilen, aber in Kurgla hoffte man, sie würden sich, so Gott will, in diesem schneereichen Winter diesseits des Waldes nicht blicken lassen, da sie es vorzogen, auf den großen Straßen zu bleiben oder doch in deren Nähe ... Und weiter? Du liebe Güte, was sollte ein Bauer schon erwarten oder besprechen ... Wenn sich nur jemand fand, der dem Brandschatzen, Rauben und Morden ein Ende machte! Sofern es sich überhaupt lohnte, darauf zu hoffen ... Man konnte meinen, so etwas käme nur den älteren Leuten in den Sinn ... Jakob sagte bedächtig: »Ich habe schon seit langem ein aufmerksames Auge auf die Waisen des seligen Jürgen, sie alle sind Kinder unserer unruhigen Zeit. Ich habe zu ihnen gesagt: Bevor mein Kopf grau wurde, ist alles mögliche vorgekommen, Plünderungen gab es, Blut floß, wir hausten in den Höhlen der Kieferninsel und haben viel durchgemacht, Mord und Gewalttaten aber sind keine alltägliche Sache gewesen, bei der man ungestraft davonkam. Ich erzähle ihnen das also, die Jungen aber machen große Augen. Und da fragt Peep doch plötzlich: Hör mal, Großvater, du sagst, es hat früher weder Mörder noch Marodeure und Leuteschinder gegeben, wer ist dann aber plündern gekommen?«

Balthasar hörte ihnen zu und versuchte, während er in ihre Gesichter schaute, sich an den wichtigen Gedanken zu erinnern, der ihm vorhin durch den Kopf geschossen war. Er betrachtete den zerzausten grauhaarigen Jakob, der mühsam mit zahnlosem Mund ein Stück Ziegenfleisch zerkaute, Katis erschreckend gelbes Gesicht und die jüngeren Waisen – Jungen von zehn und zwölf Jahren in löchrigen, zerlumpten Schafpelzen –, sah ihre blaugefrorenen Gesichter, die zottigen flachsblonden Haare und hellen Augen, betrachtete auch ihren ältesten, fünfzehnjährigen Bruder. Im Gesicht ähnelten alle drei mehr dem Vater als der Mutter, auch was Haltung, Wuchs und Körperbau betraf, waren sie ganz Jürgens Söhne. Der älteste hatte, wie sie sagten, den Mörder seines Vaters fast zu Tode geprügelt, so daß Toomas von Alt-Pärtli ihn zurückreißen mußte. Er war schon ein erwachsener, breitschultriger Bursche mit Flaum auf der Oberlippe ... Gleichzeitig strengte Balthasar sein Gedächtnis an und suchte sich zu besinnen, an wen er ihn erinnerte – an jemanden oder etwas vor unendlich langer Zeit, wobei er nicht wußte, war es Traum oder Wirklichkeit gewesen, bis er begriff, daß eine unfaßbare Ähnlichkeit zwischen diesem Jungen und dem Kellenmaul aus Tõdva bestand, und zwar in dem trotzigen, sinnlosen Spiel der rebellischen Augen, das in Balthasars Erinnerung lebte, seit der Bursche aus Tõdva zähnefletschend und singend neben ihm durch einen düsteren herbstlichen Fiebertraum geritten war, einen Tag bevor er sich auf die Lanzen des Adelsheeres stürzte und darauf aufspießte … Daran erinnerte Balthasar sich. Doch der wichtige Gedanke, der ihm vorhin an Jürgens sterblichen Überresten gekommen war, hatte sich verflüchtigt, und während er weiterredete, sah er alle ein wenig ratlos an und dachte: Für *diese* Zuhörer sind meine Worte vielleicht zu klug. Er musterte seine Kurglaer Verwandten, die Familien aus Küti und den beiden Pärtli-Höfen – das Dutzend Erwachsener und das halbe Dutzend Kinder, die sich hier, in dieser höhlenähnlichen Hütte, um den Tisch versammelt hatten. Doch als er Epp anblickte, fiel ihm der vergessene Gedanke wieder ein, weil er ihm gekommen war, als er Epp in der Spreukammer an Jürgens Sarg sah … als er den Widerschein des Abendlichts auf Epps ruhig-traurigem, gealtertem und immer noch schönem Gesicht gewahrte. Er spürte, wie es ihn in dem vom Dampf menschlichen Atems erfüllten kalten Zimmer heiß überlief. Aus der Brusttasche zog er einen weißen Lappen, den er mitgenommen hatte, weil ihm im Frost, im Wind und von dem Rauch in der Holzhütte immer die Augen tränten und die Nase tropfte. Er machte einen Knoten in das Tuch, um den Gedanken nicht zu vergessen: Kannst du dir die Frage nicht beantworten, ob du ein Mädchen nur begehrt oder ob du sie geliebt hast, laß zwanzig oder dreißig Jahre vergehen. Ist sie alt und häßlich geworden, so war es bloß Lüsternheit. Erscheint sie dir aber immer noch schön, dann war es Liebe …

Sie schliefen auf Stroh, das man auf dem Lehmboden ausgebreitet hatte, um einen schlecht und recht zusammengefügten, rußbedeckten, nur mäßig warmen Haufen Steine herum, der den Kurglaern in ihrer Not als Herd diente.

Am Morgen, als über den Wipfeln des Waldes schon die Sonne stand, die man des Schneesturms wegen nur ahnen konnte, stellten Märten, Päärn und die Männer aus dem Dorf den Sarg mit dem Leichnam inmitten der Schneewehen vor der Hütte auf Holzklötze. Alle umringten ihn. Beim Heulen des Schneesturms sangen sie

Balthasar die Beerdigungslieder nach. Das Dutzend Menschen öffnete den Mund kaum. Mit dem Schnee verwehte der Wind auch ihre heiseren, hilflosen Stimmen. Dann nagelten die Männer den Sarg mit großen schmiedeeisernen Nägeln zu und trugen ihn auf den Schultern durch die Schneewehen, einige hundert Schritt weit bis zum Friedhof hinter dem Dorf – zu jener Ahnengrabstätte, wo vor dreiundzwanzig Jahren ein Grünschnabel von Quartaner geholfen hatte, den Leib des Kurglaer Großvaters zu bestatten.

Im ersten Moment hatte es den Anschein, als wüte der Schneesturm irgendwo auf der anderen Seite des Waldes und als herrsche in dem weißen Kreis inmitten des verschneiten Tannendickichts Windstille. Doch Balthasar bemerkte sofort, daß sich die Wipfel der höheren Bäume im Wind bogen, von den Kämmen der Schneewehen feiner Schneestaub aufstieg und das gestern inmitten großer Grabdenkmäler ausgehobene flache Grab bis zum Rand mit Schnee gefüllt war.

Während Jürgens Söhne ins Dorf liefen, um die Spaten zu holen, die man daheim vergessen hatte, nahm Balthasar eine Handvoll halbgefrorenen Sandes, segnete den Sand, streute ihn auf die Schneewehe und weihte so den Boden für den dahingegangenen Christen. Für alle Fälle, vielleicht schon zum zweitenmal, denn er konnte sich nicht erinnern, ob er bei der Beerdigung des Großvaters daran gedacht hatte. Seither würde das auch schwerlich ein anderer getan haben, obwohl man in den Jahren, die seitdem vergangen waren, hier viele Einwohner von Kurgla, Antala und anderen nahe gelegenen Dörfern begraben hatte. Deren Beerdigung war sicher ebenso prosaisch gewesen wie die heutige; schließlich war jede Fahrt auf den großen Straßen mit unnötigen Gefahren verbunden, und die nahe gelegenen Kirchen – die von Johannis und Jegelecht – lagen schon viele Jahre lang in Schutt und Asche, auf den Friedhöfen trieben sich Wölfe herum, und die Pastoren waren teils in der Stadt, teils unter der Erde oder wer weiß wo noch …

Dann standen alle zwölf an dem gelblich schimmernden, inzwischen vom Schnee befreiten Grab um den Sarg herum, und Balthasar begann: »Was habe ich, ein Menschenkind, vom Leben und vom Tod gewußt?«

Es waren dieselben Worte, die er vor dreiundzwanzig Jahren bei der Beerdigung des Großvaters gesprochen hatte. Natürlich hatte er absichtlich dieselben gewählt – um sich Mut zu machen. Weil er in diesem weißen Tannenwald, der seine Stimme fast völlig verschluckte, auf einmal empfand, wie hoffnungslos unveränderlich und zugleich erschreckend wandelbar die eigenen Worte doch waren ...

Vor einem Vierteljahrhundert, an jenem trostlosen Oktobermorgen, in dem kalten, nach Rauch riechenden Zimmer des alten Kurglaer Hauses, war in diesen Worten sein kindliches, fast furchtloses Nichtwissen um das Mysterium von Leben und Tod zum Ausdruck gekommen. Er wußte noch: Die Aufrichtigkeit seiner Worte hatte sogar ein wenig dünkelhaften Stolz auf diese Unwissenheit enthalten. Und zugleich die selbstverständliche Hoffnung, mit der Zeit, ja, über kurz oder lang, werde er alles erfahren ... *Heute* stand ihm dasselbe schon zum Gott wer weiß wievielten Male bevor (er bedeckte die Augen, sah durch die geschlossenen Lider, wie der Schnee von den Schneewehen aufstiebte, und überschlug rasch, wie viele Tote es in gewöhnlichen Jahren, in Kriegen und bei Seuchen gegeben hatte), vielleicht zum zweitausendsten Male (merkwürdig, bis heute hatte er nie versucht, sie zu zählen). Er begriff: Seine Unwissenheit war noch ebenso groß wie vor einem Vierteljahrhundert, doch empfand er kein bißchen Stolz mehr und keine Hoffnung, irgendwann irgend etwas zu erkennen ... Ihm war, als sei er lange, lange, mit Mühe einen Fuß vor den anderen setzend, durch diesen weißen Schnee gestapft und als täten ihm vor Müdigkeit die Beine weh. Nun hat er das offene dunkelgraue Meer erreicht, das ohne Ende ist. Aber er soll über dieses Meer gehen, als wisse, der ihm das geboten hat, nicht, daß er, Balthasar, nicht Steg noch Flügel sein eigen nennt ...

Und er geht – und das einzige, was er noch hat, ist der etwas schwankende, o Gott, so schwankende Glaube, der Gebieter könne trotz allem nicht wollen, daß er und mit ihm diese Menschen hier zugrunde gingen, sondern habe nur vor, sie zu prüfen.

Damals hatten ihn die Unwissenheit und die Hoffnung auf Erkenntnis beflügelt, und er hatte so gesprochen, daß einige sich bis heute daran erinnerten. *Heute* verschlossen ihm Unwissenheit und die Unmöglichkeit, etwas zu erkennen, den Mund – seltsamerweise gerade hier, im Mittelpunkt des weißen Schneekreises, über dem unebenen, hier und da schon mit Schnee bedeckten Sarg, als er in ihre erstarrten und dennoch von Hoffnung erfüllten Gesichter blickte ... Nein, es war keine Sternstunde der Worte! Und obwohl er durch die von den Tannenzweigen rieselnden Schneeflocken Epps vor Kälte und Erwartung gerötetes Gesicht sah – oder vielleicht gerade deshalb –, konnte er nichts sagen als nur ganz gewöhnliche Worte: »Das war ein anständiger, geschätzter Mensch ... Möge Gott seinen Mörder strafen ... Und in unserer dunklen Zeit die schützende Hand über seine verwaisten Kinder halten ... Möge ihm die Erde leicht sein; sie, die Erde, hat dieser würdige Mann aufopfernd mit seinem Schweiß gegossen ...« Und auf einmal hätte er am liebsten gesagt: ... nicht nur Dir zum Opfer, o Herr (Du weißt es, und Du mußt es verstehen), sondern auch den alten Göttern zum Opfer ...

Doch bei einem christlichen Begräbnis geziemte es sich nicht, dergleichen zu sagen! Balthasar ließ den Satz unbeendet und verstummte. Dann sagte er dumpf »Amen« und gab den Männern, Märten, Päärn und den Bauern, ein Zeichen, daß sie den Sarg ins Grab hinabließen. Als sie es dann, bei immer stärker heulendem Schneesturm, zuschaufelten, stimmte Balthasar den alten Lutherschen Psalm mit den Worten des seligen Hans Susi an: »Es wolle Gott uns gnädig sein«, und die übrigen fielen in den Gesang ein. Mit allen anderen kehrte er ins Dorf zurück.

Er blieb nicht zu ihrer bescheidenen Leichenfeier, segnete nur das Mahl, ließ sein Spiritusfläschchen herumgehen und trank selbst einen Schluck, bevor er sich in den Sattel schwang und dem wütenden Schneesturm, der ihm den Atem benahm, entgegenritt, dem Weltschmerz entgegen, der bis jetzt selten in so düsterer Gestalt zu ihm gekommen war.

Im Grunde genommen erwartete er, auf dem Weg in die Stadt von einem Rudel Wölfe angefallen zu werden, und umklammerte in der Tasche Hasses Waffe. Wölfe griffen sie nicht an. Als er jedoch im Morgengrauen mit Märten und Päärn in den Hof der Heiligengeistkirche ritt und in die Sakristei trat, war Kärt Smit aus Bleekmai schon dort.

Herrgott, Balthasar hatte einen Ritt unternommen, von der Stadt aufs Land und zurück. Hoch zu Roß war er aus seinem jetzigen, wahren, endgültigen Sein in sein längst vergangenes Sein, aus der mächtigen geschützten Stadt dorthin, in das kleine, in Schnee und Elend versinkende Dorf geritten und zurückgekehrt hinter die einen Klafter starken Mauern mit ihren Rondells und Wehrgängen. In sein wahres Sein war er zurückgekehrt ... Die Hinterlassenschaft jenes anderen oder vielmehr ersten, unvergeßlichen und zählebigen Seins aber harrte hier bereits seiner!

Der mittelgroße, stämmige Kärt Smit mit dem weißen Gesicht und dem trotz aller Schwerfälligkeit hartnäckigen grauen Blick, ein aus Rasik gebürtiger Fuhrmann, der in Bleekmai ein Häuschen und die Ruinen eines Pferdestalls sein eigen nannte, ein Pfarrkind aus Balthasars Gemeinde, war natürlich nicht hier, um der Gerechtigkeit zum Siege zu verhelfen – so gut kannte Balthasar seine Schäfchen –, sondern vor allem, weil er fürchtete, sonst noch größere Unannehmlichkeiten zu bekommen.

»Pastor, in mein Haus ist gestern abend ein Bauer gekommen ... mit Namen Jürg, Pferdejunge genannt, vom Landgut Rasik ... Vielleicht kennt der Pastor ihn ... Und er erzählt, er ist mit irgendwelchen Kurglaer Bauern aneinandergeraten. Sie sollen ihn angegriffen und gehörig verprügelt haben, wie er sagt, ohne daß er irgendeine Veranlassung dazu gegeben hat. Beim Licht des Kienspans hat er mir seine Beulen und blauen Flecke gezeigt, und ich konnte mich davon überzeugen, daß sie ihn anständig verbleut haben ... Und als er sich verteidigte, sagt er, hat er einen von den Kurglaern durch Zufall mit dem Beil verwundet.«

»Und was wollte er von dir?« fragte Balthasar.

»Daß ich beim Rat um Geleitschutz für ihn nachsuche. Damit er ohne Furcht vors Ratsgericht treten und seine Unschuld beweisen kann. Seht, hier ...« Kärt reichte Balthasar ein kleines Blatt Papier. »Das da hat er mir gegeben, damit soll ich zum Ratsherrn Rotert gehen.«

Balthasar las den mit deutschen Krakeln bedeckten Zettel:

Hochverehrter Ratsherr und Gebieter! Gewährt meinem Rasiker Bauern Jürg seine Bitte um Geleit, denn wegen seiner Ergebenheit ist er ein Opfer der Heimtücke der hiesigen Bauern geworden. Ihr dankbarer und ergebenster Diener

Hans Lylpe, Amtmann von Rasik

»Aha ...« Balthasar sah Kärt an. »Und warum bist du nun zu mir gekommen, statt zu Rotert zu gehen?«

»Ich hab gedacht, weil es sich hier um Kurglaer Bauern handelt, ist es für mich am besten, wenn ich zum Pastor gehe und es ihm erzähle.«

Es schien also doch Gottes Ratschluß zu sein, ihm, Balthasar, diese Last aufzubürden. Offen gestanden, er hatte gehofft, der Mord an seinem Vetter vom Lande wäre für ihn eine erledigte Geschichte, bliebe bei den Kurglaern, in ihren winzigen Lehmhütten jenseits der Stadtmauer, hinter dem Wald ... Hatte es gehofft, obwohl er mit eigenem Munde und von ganzem Herzen den Herrn um Bestrafung des Mörders angefleht hatte – um eine Strafe, der die gerechte Hand Gottes den Missetäter unterwürfe, ohne daß er, Balthasar, sich einzumischen brauchte ... Jetzt aber zeigte sich, das Wichtigste in seinem Gebet war fast augenblicklich erhört worden, seine Reservatio aber unbeachtet geblieben. Ihm war nicht einmal Zeit gelassen, ein Weilchen auf einer Holzbank in der Sakristei auszuruhen … Nun, was sein muß, muß sein. Er rief: »Kärt, ich komme gerade von der Beerdigung des Mannes, den er mit dem Beil erschlagen hat! Verstehst du, nicht um Geleit mußt du für ihn nachsuchen, vielmehr darum, daß man ihm jeglichen Schutz entzieht! Das heißt, Ketten und der Tod von der Hand des Henkers sind es, wonach du für ihn trachten sollst. Denn das war ein offensichtlicher Mord! Warte …«

Er ließ den Fuhrmann mitten in der Sakristei stehen, ging durch die Diele in die Küche, gebot Elsbeth, zwei Krüge Bier einzuschenken, das Bier dann in einem Kupfertopf auf kleines Feuer zu stellen und angewärmt in die Sakristei zu bringen. Schnaufend kehrte er zurück, setzte sich aber nicht und bot auch Kärt keinen Platz an … Jürg befindet sich also jetzt in Kärts Haus? Offensichtlich schläft er im Pferdestall? Jaja … Von den Erlösern hat nur ein einziger in einem Stall geschlafen, doch *wie viele* Räuber … An den Erlöser müssen wir uns halten … Aber auch diesen *einen* Räuber darf ich, Balthasar, nicht aus meinen Händen lassen … Nein!

Elsbeth brachte die warmen Bierkrüge in die Sakristei und stellte sie auf den Tisch, einen davon schob Balthasar Kärt hin: »Trink! Warmes Bier bringt sofort das Blut in Wallung. Damit du nicht kleinmütig wirst.«

Als sie, immer noch im Stehen, die Krüge zur Hälfte geleert hatten, sagte Balthasar: »Laß uns das Bier austrinken und auf der Stelle zum Rat gehen. Holthusen ist gewiß noch dort. Und Luhr auch. Wir werden Holthusen bitten, daß er für Jürg das Geleit sperrt. Luhr aber, daß er gleich seine Leute zu dir schickt, um Jürg in Gewahrsam zu nehmen.«

Balthasar sah deutlich, wie des Fuhrmanns schwerfälliger Verstand von stummer Widerspenstigkeit erfüllt wurde … Herr, warum gerade ich? Ich weiß davon nichts. Und will auch nichts wissen. Weder vom Geleit noch vom Sperren des Geleits … Bin ich nicht überhaupt in einer dummen Lage? Wo er mich doch um Beistand gebeten hat ... Und ich soll helfen, ihm die Büttel auf den Hals zu schicken?

Balthasar hatte Kärts Gedanken gelesen. Während er sein Bier austrank, äußerte er: »Zweifle nicht! Ich sage dir: Dieser Mann ist ein gemeiner Mörder.«

»Aber *mir* ist das ja schließlich nicht genau bekannt, so daß ich ...«

Balthasar sagte und schlug dabei mit dem leeren Bierkrug auf den Tisch: »Ich habe dir das jetzt schon zweimal gesagt. Du willst doch wohl keinen Mörder verstekken, nehme ich an?«

Kärt murmelte: »Natürlich nicht, gottbewahre ... Aber was soll ich im Rat sagen?«

»Nichts. Reden werde ich«, entgegnete Balthasar. »Gib mal den Brief von diesem Rasiker Amtmann her.«

Kärt reichte Balthasar das Stück Papier. Balthasar zerriß es in vier Teile, die Fetzen knüllte er zusammen und warf den Klumpen in eine Ecke: »Das wär's. Dieser Wisch existiert nicht mehr. Komm!«

Er ließ Kärt vorangehen, damit der sich unterwegs nicht verdrückte – was aber eigentlich unwahrscheinlich war. Kärt würde kaum wagen, sich einem solchen Befehl des Pastors zu widersetzen. Dennoch mußte ihn Balthasar ab und zu in den Rücken stoßen, damit er schneller ging, namentlich als sie, aus dem Weckengang kommend, über den Rathausplatz den in den Schneewehen ausgetretenen Pfad entlanggingen.

Herr Holthusen war tatsächlich noch im Rathaus. Der junge Kuuse geleitete Balthasar und, freilich mit einigem Zweifel, auch Kärt ins Bürgermeisterzimmer hinter dem Saal. Herr Holthusen bot dem Herrn Pastor, und mit Rücksicht auf diesen auch Kärt, einen Platz auf der geschnitzten Holzbank an der Wand an und setzte sich selbst neben sie beide. Balthasar erzählte dem Bürgermeister in knappen Worten, worum es sich handelte, und faßte zusammen: »Ergo, wir – Kärt Smit und ich – bitten, ihm das Geleit zu sperren und alle Schritte zu unternehmen, die sich daraus ergeben.«

Herr Holthusen stülpte die Unterlippe vor, kaute eine Weile daran und sagte schließlich: »M-ja. Da Ihr, Herr Pastor, uns das auf diese Weise – sub fide pastorali – mitgeteilt habt, müssen wir natürlich die Konsequenzen daraus ziehen.« Er rief den Schriftführer sowie den Ratsdiener. Dem ersten befahl er, das Geleitbuch zu holen, um eine Eintragung darin vorzunehmen, dem zweiten, auf der Stelle den Gerichtsvogt zu ihm zu bitten.

Herr Hermann Luhr – jüngster Ratsherr und ein sehr lebhafter Mann, dessen Gesicht an einen Fuchs erinnerte und der als Gerichtsvogt, wenigstens nachdem der finstere und vierschrötige Schröder dieses Amt innegehabt hatte, etwas fehl am Platze schien – war zur Stelle, noch bevor der Schreiber von unten mit dem Buch heraufkam. In kargen Worten setzte der Bürgermeister dem Vogt alles auseinander. Während der Schreiber in das Buch eintrug, was der Bürgermeister ihm sagte, fragte Herr Luhr: »Und was hat der Fuhrmann Smit dazu zu sagen?«

Balthasar wollte an Kärts Statt antworten: Der Mann, der den Mord begangen hat, was ich, wie Ihr schon wißt, bezeuge, befindet sich unter seinem Dach …

Doch Kärt sah den Bürgermeister rasch an, schlug die Augen nieder und erklärte, zu Boden blickend, ohne zu stocken: »Also das ist so, ehrenwerte Herren: Er ist gestern abend zu mir gekommen und hat mich um Obdach gebeten, weil ich auch aus Rasik bin – aber ich hatte ihn fünfzehn Jahre nicht gesehen –, und da habe ich ihn nach christlichem Brauch in mein Haus aufgenommen. Er hat mir sofort von dem Streit mit den Kurglaern erzählt und gesagt, er hat einen von ihnen mit dem Beil erschlagen. So verworren hat er erzählt, daß mir der Verdacht gekommen ist, ob er nicht einen Mord verübt hat … Und als ich zum Herrn Pastor gegangen bin und ihm das – um meines Seelenfriedens willen – berichtet habe, hat sich rausgestellt, ich habe ganz recht gehabt … Und darum bezeuge ich das jetzt gemeinsam mit dem Pastor, damit … weil zwei Zeugen gebraucht werden.«

Balthasar hörte sich des Fuhrmanns überraschenden Redefluß mit gemischten Gefühlen an – mit Genugtuung und freilich auch mit Unbehagen. Über letzteres wunderte er sich selbst, doch Kärt wandte seine Augen ab.

Die Eintragung im Geleitbuch war vorgenommen, und der Bürgermeister las sie laut vor: »*Anno 1580, den 3. März, wurde das Geleit gesperrt dem Jürg Pferdejunge wegen eines Totschlages, den er an Jürgen Kurgla aus gleichnamigem Dorfe, wo er Holz gehauen, begangen. Durch Herrn Balthasar, Pastor zu Heiligengeist, und Gerdt Smit, Fuhrmann in Bleekmai, erwirkt und den Vorsitzenden, Herrn Johan Holthusen, gutgeheißen.*«

Balthasar sagte: »Richtig. Aber *eine* Korrektur muß doch noch vorgenommen werden. Dort steht ›Totschlag‹. Es war indessen Mord. Das behaupte ich. Weil ich weiß: Vor mehr als zwanzig Jahren hat der Mörder in meinem Beisein gedroht, sich an dem Mann zu rächen, den er jetzt ermordet hat!«

Der Bürgermeister erwiderte: »Wißt Ihr, Herr Pastor, ob Mord oder Totschlag, darüber wird das Gericht befinden. Und was die Strafe betrifft, zwischen der Carolina und den Revaler Bräuchen besteht kein großer Unterschied. Besonders nicht für einen Mann wie den, um den es hier geht. Habe ich recht, Kollege Luhr?«

»So ist es«, bestätigte Herr Luhr, »wir sind eine friedliche Stadt. Und in beiden Fällen wird der Verbrecher entweder geköpft oder aufgehängt. Vierteilen kommt bei Mördern nicht zur Anwendung. Wenigstens nicht bei gewöhnlichen Mördern.« Er rief einen Unteroffizier der Büttel und befahl ihm, sich mit Kärt Smit nach Bleekmai zu begeben, im Namen des Rats Jürg zu verhaften und ihn in den Städtischen Stall zu bringen. Kärt Smit bekreuzigte sich und ging mit dem Büttel. Herr Luhr wandte Balthasar seine spitze dünne Nase und die rötlichen Augenbrauen zu und erkundigte sich aufreizend langsam: »Apropos, Herr Balthasar, warum nehmt Ihr so warmen Anteil an der Ermordung dieses Bauern?«

Balthasar hatte sich schon erhoben, um fortzugehen. Mürrisch sah er Luhr an, der einen Kopf kleiner und bestimmt viel jünger war als er, und fragte sich, was an dieser Frage Ahnungslosigkeit, heuchlerischer Spott war und was echte Unwissenheit ... Er knurrte: »Wer sollte sonst Anteil nehmen?«

»Sie gehören schließlich nicht zu Eurer Gemeinde. Der Mörder nicht und auch nicht der Ermordete!«

Da fiel Balthasar ein: Er hatte ja weder Holthusen noch Luhr reinen Wein eingeschenkt ... Und so sagte er jetzt (fast fuhr er sich und sie an): »Aber der, den man ermordet hat, jener Bauer – er ist doch ein Blutsverwandter von mir, mein Vetter!«

»Ach so verhält sich das ...«, meinte Herr Luhr verwundert. »Also ist es kein leeres Geschwätz, was man über Euch sagt und in Zusammenhang mit Eurer Chronik schreibt.« Der Ratsherr – dafür war er schließlich Vogt – sah Balthasar mit unverhohlenem Interesse an, und dieser sagte, vom Schreien zum Brummen übergehend: »Ich weiß nur manches von dem, was darüber geredet und geschrieben wird. Es ist eine ganze Menge Unrat dabei. Aber es ist nicht gelogen, wenn man behauptet, ich hätte Bauernblut in meinen Adern. Was unserem ehrwürdigen Rat im großen und ganzen natürlich auch bekannt sein dürfte.«

»Nun ja, im allgemeinen schon«, versetzte Herr Luhr, »aber mich interessiert, wie Ihr selbst dazu steht. Hier, in der Stadt, gibt es schließlich viele Leute, die von diesem Blut nicht weniger in sich haben als Ihr, die das aber erst gestehen würden, wenn Meister Schanz ihnen hier im Kellergewölbe die Daumenschrauben zeigt.«

»Mit mir hätte Schanz da keine Scherereien«, gab Balthasar zur Antwort. Wäre Herr Luhr nicht zu träge gewesen, sich in Balthasars Erwiderung hineinzudenken, er hätte zugeben müssen, daß diese spöttisch, verzagt und feierlich in einem klang ... Offensichtlich tat Herr Luhr das aber nicht, tat es um so weniger, als Balthasar sofort hinzufügte: »Übrigens würde ich, bevor Schanz diesem Jürg die Daumenschrauben anlegt, gern mit ihm, das heißt mit Jürg, sprechen.«

»Morgen früh werde ich ihn ohne Daumenschrauben

verhören«, sagte Herr Luhr. »Vielleicht kommen wir überhaupt ohne sie aus. Jedenfalls wird sich das morgen herausstellen. Kommt also um acht Uhr früh hierher zu mir in den Rat.«

Auf dem Heimweg und später, als Balthasar vor dem Eingang zur Kirche kräftig aufstampfte, um den Schnee von den Stiefeln zu schütteln, und dann, als er oben aus einer Ecke seines Arbeitszimmers in die andere wanderte, dachte er: Es ist allgemein bekannt, daß der Gerichtsvogt kurzen Prozeß macht. Selten ist es vorgekommen, daß man einen vor Gericht gestellten, eines Verbrechens Verdächtigen im städtischen Gefängnisturm hat verschimmeln lassen. Etwas anderes ist es natürlich mit Verbrechern, deren Schuld außer Zweifel steht und die dazu verurteilt sind, im Kerker zu verfaulen. Das Revaler Niedergericht verfährt also von Zeit zu Zeit recht eigenmächtig mit den Angeklagten. Der Umstand, daß jetzt, unter Herrn Luhr, die Untersuchungen derart zügig geführt wurden, rief bei Balthasar im Grunde seines Herzens sogar eine gewisse Unruhe hervor ... Selbst spät in der Nacht noch, als er Elsbeth liebkoste, stand ihm immerzu das wächserne Gesicht seines Vetters vor Augen. Natürlich hatte er seiner Frau von dem Ritt nach Kurgla erzählt. Doch was sich inzwischen ereignet hatte, verschwieg er ihr lieber. Auch von dem bevorstehenden Morgenspaziergang zum Vogt sagte er ihr nichts. Zu seinem Verdruß und seiner Verwunderung beschäftigte ihn das alles im Traum noch mehr. Im Traum verfolgte er Jürg, den Pferdejungen, einen grabenähnlichen, im Schnee ausgetretenen Pfad entlang. Dabei steckte sein, Balthasars, Körper nur zur Hälfte in dem vom Schwiegervater genähten und mit Kalbsfell gefütterten Pelzmantel, und Balthasar fror, weil seine andere Körperhälfte bloß mit dem leichten Leinenhemd seines Vetters bekleidet, die Haut unter dem Hemd aber schweißnaß war ... Es kam ihm so vor, als habe dieser Traum ihn einige Male aufwachen lassen, doch immer, wenn er wieder einschlummerte, träumte ihm dasselbe. Er ging und ging hinter Jürg durch den Schnee und wartete, daß der sich umdrehte und ihm über die Schulter hinweg sein Gesicht zeigte, das sich Balthasar jetzt, nach über zwanzig Jahren, überhaupt nicht mehr vorstellen konnte. Während Balthasar ihm folgte, hielt er in der Hand dieses zwar große, aber leichte, aus trockenem Holz gefertigte und mit schwarzer Farbe angestrichene Kreuz, das gewöhnlich in der Diele vor der Sakristei an der Wand lehnte und bei feierlichen Begräbnissen dem Leichenzug vorangetragen wurde. Balthasar trug es Jürg nach. Mit zusammengekniffenen Augen sah er in die um das Kreuz tanzenden Schneeflocken und beschwor die Sonne, aus den Wolken hervorzukommen, damit er das Kreuz so halten könne, daß dessen Schatten nicht auf ihn selbst fiel, sondern auf Jürg …

Als er um acht Uhr morgens im Rat anlangte, sagte Herr Luhr zu ihm: »Geht und redet mit ihm so, wie Ihr möchtet. Ich unterhalte mich am Abend noch einmal mit ihm. Nur, dem Verhör heute früh nach zu urteilen, kommen wir anscheinend ohne Daumenschrauben nicht aus. Er behauptet, man habe ihn aus alter Feindschaft heraus sofort angegriffen, kaum daß er morgens dort angekommen sei. Und am Abend, nachdem er den ganzen Tag Holz für das Gut gehackt habe, sei eben dieser Jürgen – Euer Verwandter also – aufgetaucht und habe ihn aus dem Wald jagen wollen, der, wie Jürgen gesagt haben soll, nicht dem Gut gehört, sondern ihm. Jürgen habe ihn mit der Faust ins Gesicht geschlagen – dort hat er tatsächlich Beulen – und er habe sich verteidigt, bis er schließlich Jürgen einen starken Schlag mit dem Beil versetzt habe.«

Das Stück Papier mit der von Herrn Luhr erteilten Erlaubnis öffnete Balthasar die Tür des Städtischen Stalls hinter dem Rathaus. Man führte ihn in ein Kellerloch mit einer Eisentür. Von oben, vom Gewölbe, sah durch zwei vergitterte Fensterchen, jedes zwei Handbreit groß, der graue Morgen herein.

Das Kinn zwischen den angezogenen Knien vergraben, saß Jürg, an die Wand gelehnt, auf dem Kalksteinfußboden. Der Gefängniswärter schloß hinter Balthasar die Tür des Kerkers ab, und nun blickte dieser in Jürgs pockennarbiges, mit blauen Flecken übersätes, zerschlagenes Gesicht, das Gesicht eines Mörders.

»Jürg, im Namen des Herrn frage ich dich: Warum hast du das getan?«

Balthasar sah, wie der Mann, der auf dem Boden hockte, das von einem grauen Bart überwucherte Gesicht hob und ihn, unter dichtem, zerzaustem Haar hervor, mit seinen Glotzaugen anstarrte, sah, wie sein Unterkiefer vor Schreck herunterklappte. Doch schon im nächsten Moment, buchstäblich vor Balthasars Augen, verhärtete sich sein Gesicht. Die gehetzten Augen mit dem stechenden Blick schlossen sich halb, und der Mund wurde merkwürdig schief vor störrischer Anspannung. Er sagte, ein wenig erschrocken, doch mit abgrundtiefer Verachtung: »Komm rein, komm rein ... Vor dir hab ich keine Angst ... Ich fahre sowieso zur Hölle ... mich kriegst du also nicht.«

Balthasar wiederholte die Frage: »Erklär mir doch, warum hast du das getan?«

Jürg meinte: »Sieh mal an, wie du dich inzwischen rausgefuttert hast, ganz glatt bist du im Gesicht ... Und einen Pelzmantel haben sie dir angezogen ... Ist es draußen etwa auch so kalt wie hier?«

Balthasar spürte etwas Ungutes in Jürgs Worten, grübelte aber nicht weiter darüber nach, sondern wiederholte nur, noch hartnäckiger: »Sag, warum hast du das getan? Weswegen?«

Jürg drückte sich mit dem Rücken noch fester an die Wand und neigte den Kopf zur Seite, wie bei dem Versuch, einem Schlag auszuweichen. Dabei aber zog er die Unterlippe ein wenig hoch und entblößte zahnloses Zahnfleisch. »Sieh her! Deswegen, weil ich seit damals ohne Zähne rumlaufen muß, und das zeitlebens. Verstehst du! Wegen des verdammten Stolzes von dir und deiner Sippe! Als könnten alle anderen euch nicht das Wasser reichen ... als wärst du selbst ... du selbst derjenige aus eurer Sippe, der es zum Herrn gebracht hat!«

Verwirrt vor Entsetzen, wich Balthasar zur Tür zurück. Mit der Rechten bekreuzigte er den Kerker und murmelte dabei: »Möge der Allmächtige sich deiner erbarmen!« Mit der zur Faust geballten Linken aber klopfte er hinter seinem Rücken an die mit Eisennieten übersäte Tür. Der Gefängniswärter ließ ihn hinaus.

Balthasar trat auf die enge Straße hinter dem Rathaus. Schneeflocken rieselten herab, und von einem Haufen dampfender Pferdeäpfel schwirrte ein Dutzend Spatzen hoch. Durch die Ritzen in der Tür des Rathauskellers, wo Gemüse feilgeboten wurde, drang ein merkwürdig frischer Duft nach Mohrrübenerde. Balthasar schaute in die Höhe und erblickte hinter den Butzenscheiben den jungen Gregor Kuuse, der von innen mit einem um einen Stock gewickelten Lappen die Fenster des Ratssaales putzte ... Von den beiden Enden der engen Straße kamen Menschen, man hörte die lebensvollen Laute der Stadt. Und dennoch wirkte dieser ewige alltägliche Frieden wie ein Trugbild – oder aber war ein Traum, was er eben erst im Keller erlebt hatte? Denn es konnte ja nicht sein, daß beides gleichzeitig existierte ...

Balthasar suchte Herrn Luhr gar nicht mehr auf. Nein. Zuerst mußte er allein mit dem fertig werden, was er erfahren hatte ...

Völlig überraschend hatte Balthasar also über alles Aufschluß erhalten. Wie sich erwies, war er mit seiner Behauptung völlig im Recht gewesen. Allen menschlichen und juristischen Kriterien zufolge hatte Jürg einen Mord begangen. Einen unglaublichen, grausamen Mord. Denn dieser war die Frucht eines grenzenlosen tückischen Hasses, der – unvorstellbar! – jahrzehntelang geglimmt und sich nicht nur gegen Jürgen gerichtet hatte, nein, gegen dessen ganze Sippe, gegen alle seine Blutsverwandten. Und, sonderbar genug, am meisten gegen Balthasar ... Von einer gewissen Warte aus konnte man also meinen, Jürgen sei um Balthasars willen gestorben, sei ein Opfer gewesen ... Natürlich war das Unsinn. Wie auch immer, die von Balthasar erhobene Beschuldigung, hier sei ein Mord geschehen, unterlag keinem Zweifel.

Balthasar beschrieb einen Kreis: Er ging durch die Kannengießer-, die Nonnen- und die Breitstraße, dann über Schneewehen und Eisgebilde hinweg durch den Große-Gilde-Gang. In der Diele des Pfarrhauses kam ihm Elsbeth entgegen; sie stieg die Treppe herunter und blieb eine Stufe höher als er stehen. Aufmerksam sah sie ihren Mann an: »Was hast du, Balthasar?«

»Was soll ich haben? Nichts. Übrigens hat man Jürgens Mörder in der Stadt festgenommen.«

Elsbeth sagte: »Na, Gott sei Dank. Dieser Galgenvogel hätte noch wer weiß was anrichten können.«

Balthasar nahm seine Frau bei den Schultern und blickte ihr in die länglichen dunklen Augen. Lächelnd meinte er: »Na, na, na ...« Sein Blick glitt über die klaren Konturen von Elsbeths Zöpfen, über ihre Ohren, ihren Hals, die schmale weiße Halskrause bis zu den Rüschen auf den Schultern – auf einmal sah er, wie sich seine großen Finger in den Falten vergruben, und schaute sie eine Weile mit leisem Zweifel an, als sei er nicht sicher, ob das seine Finger waren ...

Balthasar bat Elsbeth, ihm warmes Bier nach oben, in sein Zimmer, zu bringen. Er wartete, bis sie wieder gegangen war, dann leerte er den Krug bis auf den Grund und schaute aus dem halb vereisten Fenster.

Die Schneewolken, die von hier aus bleifarben aussahen und an den Rändern blutrot, verschwanden allmählich hinter den Vorderfronten der Häuser der Mönchsstraße, über Balthasars Kopf aber senkte sich der unerbittliche, eisengraue, frostige Himmel auf die Straße herab, als ob ... als sei das der Mund eines Toten ... Was für ein teuflischer Vergleich ...

Morgen in aller Frühe wird man dem Jürg also Eisenstifte unter die Fingernägel treiben ... Und da Jürg Herrn Luhr gegenüber seine Missetat geleugnet hat, wird die Folter nicht nur eine Formsache sein ... Sie ist ... nun ... auch rein menschlich ist sie unvermeidlich ... Denn was sonst soll man mit einem verstockten Mörder machen? Dem Gespenst seines Opfers (das kennt ja sowieso die Wahrheit!), dem gesteht er, daß er einen blutigen Mord begangen hat, auf den Galgen oder gar das Rad steht … Dem Gerichtsvogt aber lügt er vor, er sei angegriffen worden und habe in Notwehr gehandelt, was der Carolina und den alten Revaler Rechtsbräuchen zufolge überhaupt nicht als strafbar gilt.

Morgen früh wird man also seine Handgelenke mit Riemen an Armlehnen festbinden, die Finger aber in bewegliche Blöcke mit Aussparungen stecken. In die Aussparungen sind angespitzte Eisenstifte eingesetzt, so lang wie Hechtzähne – und verrostet vom früheren Gebrauch … Und nun beginnen Meister Schanz' Knechte, die Hälften der Blöcke zusammenzuschrauben – k-r-r-r! – und ein paar schreckliche Herzschläge später wieder: k-r-r-r!, und die Stifte bohren sich in die Finger und unter die Nägel. Blut tropft auf den Fußboden. Die Blöcke aber pressen die Daumengelenke unter unwahrscheinlichem, heftigem, wahnsinnig machendem Schmerz immer stärker zusammen …

»Aber, allmächtiger Gott, wenn es anders nicht geht?«

Balthasar legte seine Hände vor sich aufs Pult und musterte sie eingehend: Hände, fast ebenso groß wie die seines seligen Vaters Siimon, kantig, für den Hakenpflug geschaffen und zu riesig für die Gänsefeder, während langer Jahre verzärtelt, sauber, unter den Fingernägeln rein geschabt und trotzdem immer noch zu muskulös und schwer. Die Daumen aber – an seiner Pranke wirkten sie wie etwas dreiste, selbstbewußte Jungen, schräg und einzeln stehende unabhängige Jungen, die Fingernägel wie graue eckige Gesichter, die (er kniff die Augen zusammen und betrachtete die Nägel seiner Daumen von weitem) an wer weiß wessen knochige Gesichter erinnern konnten, von den hellen kleinen Monden wie von Haar umrahmt …

Balthasar hörte, wie Madle, ein mageres Mädchen aus Jalgimäe, seit dem vorigen Jahr Dienstmagd in ihrem Hause, die Treppe heraufstieg, klopfte und sagte: »Die Frau bittet zum Mittagessen …«

»Jaja. Ich komme gleich.«

Balthasar ging in die Mitte des Zimmers, preßte das

Kinn in der Hand zusammen und versuchte, den Gedankenfaden wiederzufinden, der ihm entglitten war. Mit dem Daumen rieb er seinen Bart, die kurzen harten Haare knirschten, der entglittene Gedanke war zum Greifen nahe, aber er konnte ihn nicht fangen.

Elsbeth saß mit den Kindern schon am Tisch, und der Duft der mit geräucherter Schweineschwarte gekochten Bohnensuppe stach Balthasar zusammen mit der Herdwärme schon auf der Treppe in die Nase. Dankbar lächelte er Elsbeth zu (denn im Gegensatz zu ihm mochte sie keine Bohnensuppe). Er ging hinter dem Rücken seiner Frau vorbei, streichelte im Vorübergehen die glattgekämmten Köpfchen der Mädchen und versenkte seine Hand in den rötlichen Haarschopf des kleinen Balthasar. Und dann, als er den Zinnteller mit der Suppe schon fast leer gegessen hatte und den Löffel mit den auf dem Tellerboden zusammengekratzten Bohnen zum Munde führte, sah er plötzlich seinen Finger, der genau vor seinen Augen den Griff des Zinnlöffels hielt – und er verspürte einen seltsamen schmerzlosen Schmerz in der Leistengegend ...

Sie hatten das Mittagessen kaum beendet, als Balthasar hinter das Nonnentor gerufen wurde, ans Bett des Mats Taevalill, der schon lange krank war. In der Sakristei zog er unter dem Notenständer das Heftchen hervor, in das er die ihm unentbehrlichsten (oder ihn am stärksten zum Nachdenken veranlassenden) Abschnitte aus der Heiligen Schrift einzutragen pflegte, nach dem Beispiel des Doktor Luther in die einheimische Sprache übersetzt, um sie bei den Pfarrkindern seiner Gemeinde gebrauchen zu können.

Balthasar folgte Mats' bleicher Schwiegertochter: Sie ließen das Nonnentor hinter sich und gelangten durch die zwischen Wall und Mauer angewehten Schneewehen hindurch zu den Häuschen am Stadtrand, die hier in den letzten Jahren anstelle der während der Belagerung zerstörten wie Pilze aus dem Boden geschossen waren. In eines von ihnen führte Mats' Schwiegertochter den Pastor.

Balthasar fand sich in einer ziemlich gewöhnlichen Behausung wieder. Ein von Schmutz schlüpfriger Lehmboden, lehmverschmierte Wände aus beklemmend grauen, vom Feuer beschädigten Balkenresten, das gelbliche Halbdunkel des Schweinsblasenfensterchens, der trostlose Geruch nach zerschlissenen Stiefeln, vermodernder Kleidung und verbrauchter Luft. Die vom Herdfeuer erhellten dunklen Gesichter der Hausgenossen, die hölzern-steinernen Backenknochen der Männer und die etwas weicheren Umrisse der Frauen- und Kindergesichter ... In der Ecke lag auf einer Bettstelle der bis zum Skelett abgemagerte Hausherr, Zehentmann der Steinmetze, seit dem Vorjahr ans Bett gefesselt; in seinem knochigen Greisenantlitz leistete die Strenge noch immer Widerstand und wollte nicht der Versöhnlichkeit des Sterbenden weichen ... Balthasar hatte munkeln hören, im Taevalillschen Hause bestehe zwischen Schwiegervater und Schwiegersöhnen unversöhnliche uralte Feindschaft, und es hatte ganz den Anschein, als herrsche sie um das Sterbelager herum ebenso wie auf diesem selbst. Balthasar setzte sich auf den dreibeinigen Schemel am Bett des Kranken, nahm seine kalte, schwielige Hand und begann mit ihm zu beten. Doch als Balthasar, in zerrissene alte Lumpen und den herumliegenden Heumulm hinein, die ersten Worte des Trostes sprach, spürte er: In diesem Haus, wo es kalt war für den Leib und trostlos für die Seele, durfte er über nichts anderes reden als über die große Liebe zum Herrn, den einzigen Hort, Stecken und Stab für den Sterbenden wie für die Lebenden. Erklänge doch nur in ihnen selbst – in dem, der fortging, und denen, die hierblieben – die Musik der Sprache von Liebe und Vergebung, als Antwort auf das Alles-Verzeihen des Herrn ... Zu diesem Zweck begann er in seinem Heftchen eine passende Stelle zu suchen. Unruhig blätterte er die winzigen Seiten durch, bis er sie fand ... Aha – Brief des Paulus an die Epheser, 31. Vers des 4. Kapitels. Und er las dem sich auf den Tod vorbereitenden kranken Greis mit dem unversöhnlichen Gesicht und den hinter seinem Rücken abweisend schweigenden Hausgenossen vor: »Alle Bitterkeit und Grimm und Zorn und Geschrei und Lästerung sei ferne von euch samt aller Bosheit. Seid aber untereinander freundlich, herzlich und vergebet einer dem anderen, gleichwie Gott euch vergeben hat in Christo.«

Später fand er, gleichfalls dort, noch eine passende Stelle im Brief des Paulus an die Kolosser und las auch diese vor: »Und vertrage einer den anderen und vergebet euch untereinander, so jemand Klage hat wider den anderen; gleichwie Christus euch vergeben hat, also auch ihr.« Jaja. Aber irgendwo in seinem Heft mußten Worte stehen, die dem Augenblick noch angemessener waren. Er erinnerte sich: Vor kurzem hatte er sie dem weisen Buch Jesus Sirachs entnommen und sie am Ende einer Seite mit kleinen Buchstaben niedergeschrieben ... Da waren sie. Die Schrift war sehr klein, er hielt das Heftchen so weit wie möglich von den Augen ab und las in der dumpf hallenden Luft des Zimmers laut vor: »Wer sich rächet, an dem wird sich der Herr wieder rächen und wird ihm seine Sünde auch behalten.« (Nein, das war nicht ganz das Richtige ...) »Vergib deinem Nächsten, was er dir zu Leide getan hat, und bitte dann, so werden dir deine Sünden vergeben.« (Auch das war immer noch nicht das Richtige ...) »Ein Mensch hält gegen den andern den Zorn, und will bei dem Herrn Gnade suchen.« (Das schien es zu treffen – oder war es doch noch nicht das, was in diesem Augenblick not tat?) Während er, das Heft in der ausgestreckten Hand, las, bemerkte er plötzlich, daß er es bald in die eine, bald in die andere Hand nahm, weil die sonderbaren, riesigen Daumen, die ihm fremd vorkamen und doch ihm gehörten, bestrebt waren, sich unter dem unteren Rand der dicht beschriebenen Seite zu verbergen ... Er las: »Er ist unbarmherzig gegen seinesgleichen, und will für seine Sünde bitten. Er ist nur Fleisch und Blut, und hält den Zorn.« Als er bis zu dieser Stelle gekommen war, ertappte er sich plötzlich dabei, daß er nicht auf das Heft, sondern nach unten starrte; ihm war, als höre er Blut auf den Lehmfußboden tropfen ... Erschrocken und eilig schloß er: »Gedenke an das Ende und laß die Feindschaft fahren, die den Tod und das Verderben suchet; und bleibe in den Geboten ...«

Balthasar las die letzten Sätze rasch und undeutlich. Er bekreuzigte das unbewegliche, erstarrte Gesicht und das stumme Zimmer und trat in den Windfang. Dieselbe Frau mit dem verweinten Gesicht, die ihn hergebracht hatte, Taevalills Schwiegertochter, folgte ihm auch vor die Tür und hielt ihm in Schnee und Halbdunkel Geld hin. Balthasar packte die Frau bei den Schultern, drehte sie mit dem Gesicht zur Tür um und stieß sie fast in den Windfang zurück. Durch das Schneegestöber ging er mit großen Schritten zurück in die Stadt, und aus dem verworrenen Strom seiner Gedanken schälten sich die Sätze heraus, die er gleich im Rat sagen würde: Herr Luhr! Laßt das Geleitbuch bringen. Und streicht meine Forderungen von gestern! Vollständig und ausnahmslos! Desgleichen alles, was der Fuhrmann Smit gesagt hat. Weil er im Grunde genommen nichts weiß. Das aber, was ich darüber erfahren habe als Verwandter des Erschlagenen, als sein Geist ... Ah, Ihr versteht mich nicht? Ist auch nicht nötig! Alles, was ich erfahren habe, geht nur mich an und den Herrgott ... Der Verbrecher sitzt im Städtischen Stall. Verfahrt mit ihm, wie Ihr es für richtig haltet, soll es meinetwegen bloß Totschlag gewesen sein, aber verzichtet auf meine Erklärungen ... und auf die Daumenschrauben – in diesem Fall ist das doch möglich?

Auf dem Pfad, der auf dem Kamm des Walles ausgetreten war, kämpfte er sich dem Schneesturm entgegen, und plötzlich fühlte er: Dieser Tag lastete seit dem Morgen auf ihm wie ein stündlich wachsender, fester werdender Berg von gefrorener Erde ... Nun hatte er ihn mit seinem Entschluß gleichsam in zwei Teile gespalten, hier auf dem Kamm des Walles, in eine rechte und eine linke Schneewehe, und sich so frei gemacht ... Er öffnete die Lippen – in dieser Schneedämmerung kam ihm niemand entgegen – und spürte, wie der Hauch des warmen Schneesturms in seinen Mund strömte und die glühenden Schneeflocken ihm Gaumen und Kehlkopf kitzelten ... Gott sei Dank ...

In den von Epp gestrickten Fausthandschuhen drückte er die Daumen gegen die Handflächen. Er preßte die Finger zusammen und dachte: Epp wird mich verstehen ... Doch warum eigentlich? Wo mir der Grund für meine Handlungsweise doch offenbar selbst nicht klar ist ...

Er stieg die glitschige, mit tauendem Schnee bedeckte Treppe zum Vogt hinauf. (Spuren von Jürg waren hier, auf der Treppe, natürlich nicht ... Aber vielleicht doch? Sofern Herr Luhr befohlen hatte, ihn jetzt, nach dem Mittagessen, zu ihm zu bringen.)

Balthasar fand Herrn Luhr in seinem Zimmer mit den Gewölben, in den Zähnen stochernd. Er rief: »Herr Luhr! Laßt das Geleitbuch bringen ...«

»Was ist geschehen?« Der Ratsherr mit dem Fuchsgesicht sah Balthasar spöttisch und erstaunt an. »Beantragt Ihr wieder, daß man jemandem das Geleit sperrt?«

»Nein, nein. Ich bin wegen dieses Jürg hier ...«

Der Ratsherr wurde ernst. »Ach so. Nun, der Fall wäre erledigt. Wie? Ihr wißt es noch nicht?«

»Nein ...«

»Er hat sich erhängt. Am Morgen, nachdem Ihr bei ihm wart, habe ich ihn im Gefängnis aufgesucht und ihm offiziell mitgeteilt, daß ihm, falls er nicht im Laufe des Tages gesteht, morgen früh um fünf Uhr die Daumenschrauben angelegt werden. Danach habe ich mich in mein Zimmer begeben und mich mit diesem, wißt Ihr, Bruder von Ivo Schenkenberg befaßt, der aus Versehen einen Mann erschlagen hat. Dann bin ich nach Hause gegangen, Mittag essen. Ich hatte mir noch nicht mal die Zähne gereinigt, da kam der Gefängnisprofoß angelaufen, keuchend vor Schreck ... Der Mörder habe seine Unterhosen in Streifen gerissen und sie am Fenstergitter befestigt. Natürlich mangelnde Aufmerksamkeit seitens der Wache ... Aber, Herr Balthasar, ich hoffe, Ihr verlangt nicht, daß ich der Schlafmütze deswegen Daumenschrauben anlegen lasse?«

Spätabends, als Balthasar, in der Ecke seines Arbeitszimmers, auf dem dreibeinigen Schemel saß, legte er die schweren Hände auf die Knie und betrachtete sie eingehend. Dann reckte er die Daumen empor und bewegte sie, wobei der rechte laut knackte. Er musterte sie beim Licht der Kerze, die seitlich auf dem Boden stand; nun krümmte er die Daumen, versteckte sie in den Fäusten und sagte zu seinem Herrn: Allmächtiger, mach doch, daß ich verstehe, was, Deinem Willen nach, mit mir geschehen ist ... Mach, daß ich verstehe, wie ich denken und handeln muß, damit das so mit Deinen Ansichten übereinstimmt, wie menschliches Handeln oder Denken dem Deinen nur folgen kann ...

Als ich von dem Mord erfuhr, als ich Jürgens Leiche sah, sein blutbeflecktes Haar und ihre ganze Armut, konnte ich an nichts anderes denken als an Deine Worte, die Du Mose gesagt hast: »Den Totschläger soll man töten nach dem Mund zweier Zeugen. *Ein* Zeuge soll nicht aussagen über eine Seele zum Tode. Und ihr sollt keine Versühnung nehmen für die Seele des Totschlägers; denn er ist des Todes schuldig, und er soll des Todes sterben.« O Herr, es ist doch wahr, daß ich nur so *gedacht* habe, handeln, anders gesagt, diesen Jürg ausfindig machen oder ihm nachjagen, hätte ich ja nie gekonnt ... Aber wenn Du selbst Kärt Smit geradewegs in mein Haus geschickt hast, dann habe ich doch so gehandelt, wie ich, Deinen Worten zufolge, handeln mußte. So schien mir jedenfalls ... Nun ja, vielleicht hat mich ein wenig auch jener merkwürdige Gedanke angetrieben (wer hätte ihn mir eingeben sollen, wenn nicht Du, o Herr?), auf Grund meiner besonderen Ähnlichkeit mit Jürgen gehe mich der Mord an ihm auch besonders an ... Ich muß jedoch gestehen: Als Herr Luhr die Daumenschrauben zum erstenmal erwähnte, habe ich nicht einmal darauf geachtet. Am Morgen bin ich dann in den Kerker gegangen – und Du weißt, was dort geschehen ist ... Ich habe erfahren, daß ich in gewissem Maße (mag das auch noch so absurd sein) selbst an Jürgens Tod schuld bin (meine Gedanken sind wirr, ja, aber darum nicht weniger wahr). Ich bin schuld; denn ich bin einer der Gründe für den sündhaften Stolz Jürgens und aller Kurglaer ... Und als mir die Daumenschrauben einfielen und jedesmal, wenn ich wieder an sie dachte, war mir, als zerschneide man mir den Leib mit einem Rasiermesser ... Und da habe ich mich ganz anderer Worte entsonnen, der Worte, die Du durch Deinen Sohn und Apostel gesprochen hast: Ihr habt gehört, daß da gesagt ist: Auge um Auge, Zahn um Zahn. Ich aber sage euch: Liebet eure Feinde; segnet, die euch fluchen; tut wohl denen, die euch hassen; bittet für die, so euch beleidigen und verfolgen.

Und da habe ich beschlossen, meine Erklärungen zurückzunehmen ...

Herr, ich gestehe, vielleicht wollte ich das nur tun, weil ich glaubte, sie würden ihn dort sowieso umbringen und ich könnte so die Sünde, an Folter und Daumenschrauben schuld zu sein, von meiner Seele nehmen ... Vielleicht hast Du, weil Dir das mißfallen hat, geschehen lassen, was geschehen ist ... O nein! Du hättest Jürg nicht zu ewigen Qualen verdammt, um mir auf diese Weise eine Lehre zu erteilen! Nicht wahr? Es wäre seltsam, so etwas anzunehmen ... Um so mehr, als ich nicht einsehen kann, worin der Sinn dieser Lehre bestünde ... Herr, als ich beschloß, meine Forderung zurückzunehmen, da spürte ich ganz deutlich, *Du* warst es, der mir Kraft und leichten Schritt verlieh ... Doch als ich hörte, er habe sich erhängt, da hatte ich das Gefühl und habe es noch immer, als sei meine Hoffnung zu Schande geworden, jaja, als trüge ich selbst eine Schlinge um den Hals und das Ende des Stricks sei unerreichbar, als habe jener Entflohene es in der Hand ...

DRITTES KAPITEL,

darinnen wir einen Blick in die Kammer und in das Herz eines leichtsinnigen jungen Mannes werfen. Eines verderbten jungen Mannes, wie viele meinten, aber wir sollten uns fragen: Wäre es nicht gottgefälliger zu sagen – eines unglücklichen jungen Mannes? Und zugleich wird vielleicht sogar weit mehr einigen anderen Männern und Frauen in Kammern und Herz – und auf die Finger – geschaut, in Augenblicken, wo sie selbst das gar nicht vermuten

Der junge Mann, der auf Befehl von Herrn Maidel an einem kalten Frühlingsabend des vorvorigen Jahres eilends aus Reval geflohen war, konnte das heißbegehrte Amt eines Schreibers zunächst partout nicht erlangen. Denn der Moskowiter hatte 1576 bei seinem großen Einfall in Wieck den Schweden Schloß Lode entrissen, ohne daß es ihn viel Mühe gekostet hätte. Zwar zog er sich, nachdem er ebenso leicht Hapsal eingenommen hatte, wieder zurück, verließ mit seinem fast sechzigtausend Mann zählenden Heer diese Gegend und begab sich in den von ihm eroberten Osten, doch ließ er in den befestigten Wiecker Städten Garnisonen zurück. Der russische Sotnik von Lode hatte für den jungen Herrn Slachter keine Verwendung als Schloßschreiber. Und Herr Maidel dachte gar nicht daran, ihn ohne Notwendigkeit, nur so, nach Lode zu schicken. Trotzdem wurde Herr Slachter schließlich gerade dorthin beordert …

Berendt Schulte, Amtmann der Waldungen von Schloß Lode, hatte in der Schlacht um das Schloß auf seiten der Schweden gekämpft und war gefallen. Darum brauchte man einen anderen Verwalter, der die örtlichen Gegebenheiten gut genug kannte, um in den nahe gelegenen Dörfern Proviant beschaffen zu können, was soviel bedeutete, wie auf diesem Land zu wirtschaften. Einige Verwalter der Wiecker Güter, ja sogar einige Gutsherren begriffen das; sie kamen dem Befehl des Woiwoden nach und verließen ihre Besitzungen nicht. Der Hilfsamtmann zu Lode, ein Mann namens Munt, hatte dem russischen Woiwoden sicher kein sonderliches Zutrauen eingeflößt. Da er jedoch in der teilweise niedergebrannten Ortschaft geblieben war, der Aufforderung, ins Schloß zu kommen, Folge leistete und schnaufend dem Vorschlag zustimmte, den man ihm in Ermangelung eines geeigneteren Mannes gemacht hatte, legte der Woiwode die Pflichten des verstorbenen Schulte auf die etwas krummen Schultern von Munt. Herr Maidel aber versah Michel, als er ihn an jenem eiskalten Frühlingsabend wegschickte, mit genauen Instruktionen. Sie waren um so genauer, als Herr Maidel, während er sie erteilte, vor Entrüstung schnaubte. Michel sollte Munt in der Siedlung aufstöbern – Gerüchten zufolge hauste dieser in einer halbverbrannten Schenke, die jetzt als Amtmannswohnung diente. Er sollte ihn anweisen, den Russen von der Ernte der umliegenden Dörfer sowenig wie möglich abzuliefern, darauf zu achten, daß die Bauern ihre Vorräte versteckten, überhaupt sich davon leiten zu lassen, daß der Schwede die Moskowiter bald aus dem Land jagen und die Vorräte selbst benötigen würde. Herr Maidel funkelte Michel an und schleuderte ihm über die Schulter hinweg ins Gesicht: »Das betrifft nicht nur Roggen und Hafer. Sondern auch die Ehrlichkeit. Die Treue. Das gilt auch für Euch. Wenn Ihr nämlich in meinem Auftrag dort dem Munt auf die Finger seht. Ist das klar?«

»Natürlich ...«, murmelte Michel, der einen Hoffnungsschimmer aufleuchten sah. Dabei schossen ihm zwiespältige Gedanken durch den Kopf: Trotz meines Versagens gibt er mir die Möglichkeit ... Aber wie soll ich denn dort, unter den Augen des Moskowiters, unbemerkt und ohne mich einer Gefahr auszusetzen ... Er bat Herrn Maidel um entsprechende Anweisungen, doch der Admiral herrschte ihn nur an: »Zerbrecht Euch selber den Kopf! Eine Amme kann ich Euch nicht mitgeben.«

Worauf Michel mit einer Kühnheit, die ihn selbst wunderte, sagte: »Herr Maidel, ich habe mir überlegt – der Goldenbecker Pastor Ficke hat doch schon vor einiger Zeit in Reval Zuflucht gesucht. Wenn ich nun in Lode sagen dürfte, daß ... daß ich als Geistlicher gekommen sei, um Ficke zu vertreten ...«

Herr Maidel maß ihn von oben bis unten und entgegnete höhnisch: »Allzu leicht bringt Ihr Euch in Sicherheit. Vor Rüssow wie vor mir ... Euch juckt wohl schon der Rücken, einen Talar möchtet Ihr anlegen, was?« Er zog die Brauen zusammen und dachte einen Augenblick nach. »Meinetwegen. Ihr dürft es sagen. Sollte es nötig sein. Vorübergehend an Fickes Statt. Und wenn sich dort Herrschaften finden, die in Reval nachfragen ... Na, dann werde ich mich selbst darum kümmern.«

Doch dem unerforschlichen Ratschluß Gottes zufolge kam Michel in Goldenbeck – wider Erwarten für diesen unruhigen Ort zu dieser bewegten Zeit – ziemlich gut unter, anfangs wenigstens. Zunächst fand er Munt auch wirklich in der halbverbrannten Schenke, deren Fenster mit Brettern zugenagelt waren. Der rotbärtige Munt, der beständig die Augen verkniff, machte einen sehr heruntergekommenen Eindruck. Michel zeigte ihm das Ringpetschaft mit den drei Fischen des Herrn Maidel und richtete ihm die persönlichen Anweisungen des Admirals und Gutsbesitzers aus. Munt hörte sie nicht nur mit verkniffenen, sondern mit zugekniffenen Augen an. Die Anordnungen hatten immerhin die Wirkung, daß er Michel unter seinem Dach aufnahm. In der darauffolgenden Woche sagte er beiläufig zum Loder Sotnik, in ihrem Dorf müsse ein so gelehrter Mann in einer derart schlechten Unterkunft hausen, und dabei wäre es dem Eifer und Gehorsam der Bauern gewiß sehr förderlich, wenn jemand in der Erntezeit schnell ihre Kinder taufen und ihre Toten beerdigen könnte. Und besonders, wenn man ihnen wieder in ihrer Sprache sagen könnte, daß sie Gott geben sollten, was Gottes, vor allem aber dem Kaiser, was des Kaisers sei!

Der Sotnik kraulte sich den Bart und knurrte: »Meinetwegen ...« Worauf Michel den Glöckner der Goldenbecker Kirche aufsuchte und ihm Munts Anweisung überbrachte, in den Fenstern der nach Westen gelegenen Zimmer des zwar ausgeraubten, aber nicht niedergebrannten Pfarrhauses Schweinsblasen einzusetzen und die Fußböden zu kehren. Als das alles geschehen war, siedelte Michel ins Pfarrhaus über. Und ließ weithin bekanntmachen, schon am nächsten Sonntag werde ein Gottesdienst stattfinden. In der verwüsteten Kirche, wo man alles Silber gestohlen, den Altar beraubt und die Fensterscheiben zertrümmert hatte, fanden sich viele Menschen ein.

Die Dorfbewohner aus Goldenbeck und Lode nahmen Michel gut auf. Denn der fremde junge Mann sprach die hiesige Sprache weitaus geläufiger als der nach Reval geflohene Herr Ficke. Dieser hier redete fließend und verständlich, nicht schlechter als sie selbst. Und legte ihnen gegenüber nicht so ein hochmütiges, erhabenes Gebaren an den Tag wie jener. Herr Slachter gab sich anders. Eifrig war er und eher zu wenig als zu sehr von sich überzeugt …

Doch woher sollte Michel auch Selbstsicherheit nehmen, wenn er, obwohl schon beinahe Pastor, so sehr von der wetterwendischen Gnade des Zufalls abhing … Jaja, wenn er über Hufgetrappel erschrak und vor die Tür lief, um durch die auf den Hügeln wachsenden Disteln zum riesigen Goldenbecker Wald zu spähen, ob da nicht Räuber von den Gütern oder Dörfern kamen. Oder zum Schloß hinüberzublicken, zu den Moskowitern, die mit wer weiß was für Absichten und Gelüsten zur Kirche gerannt kommen konnten … Doch der Herr hielt sie von Goldenbeck fern. Und obwohl Anno 1580 in der ohnehin fast entvölkerten Ortschaft etliche Menschen von der furchtbaren Pest hinweggerafft wurden und Michel sie beerdigen mußte, bewahrte Gott ihn selbst vor der Krankheit.

Und dann muß man noch sagen: Bei aller inneren Unsicherheit, wobei aber seine Gedanken an die Zukunft vielleicht nicht so demütigend und schmerzlich waren wie die Erinnerungen an zurückliegende Ereignisse, schickte er heimlich mehrere zärtliche, eindringliche Briefe nach Reval: *Liebe Elsbeth! Auch Du kannst ja nicht alles vergessen haben, was wir einander gestanden … in jenem unglückseligen Augenblick, da uns das Schicksal so unbarmherzig trennte …*

Mein Gott, er wußte ja nicht einmal, ob diese Briefe Elsbeth erreichten und er auf Antwort hoffen durfte, doch in seiner unsicheren Lage und einsam, wie er war, gab er seine Absicht, Elsbeth zu erobern, keinesfalls auf. Mit dem Gedanken, sie zu gewinnen, mit diesem sinnlosen oder zumindest hoffnungslosen Gedanken tröstete er sich täglich. Besonders des Abends, wenn er die mit wochenaltem Schmutz bedeckten zerrissenen Stiefel auf den Boden warf, den knarrenden, vermoderten Fensterrahmen aufstieß und den Duft der Heckenrosen einsog, die der Glöckner auf sein Geheiß unter dem Fenster gepflanzt hatte und die nun schon den zweiten Sommer ihre Blütenblätter von der Farbe des Morgenhimmels verstreuten …

Bis eines schönen Julimorgens eine halbe Meile nördlich des Pfarrhauses Kanonen losdonnerten und die Bauern des Dorfes zur Kirche gelaufen kamen: Aus Reval sind die Schweden angerückt und haben das Schloß umzingelt!

Die Kanonen donnerten den ganzen Morgen über. Um die Mittagstunde trieben schwedische Reiter Michels Kuh aus dem zum Pfarrhaus gehörenden Stall … Natürlich! Segne das Mahl der Tapferen, o Herr! Unseren Befreiern verweigern wir das wenige, das wir besitzen, nicht …

Nachmittags wurden noch etliche starke Salven auf das Schloß abgegeben, und man konnte hören, wie als Antwort darauf von dort eifrig Doppelkartaunen feuerten. Manch einer kam aus dem Dorf ins Pfarrhaus, um zu besprechen, was werden solle, wenn der Schwede das Schloß belagerte und die Bevölkerung der Umgebung sein mehrere tausend Mann starkes Heer wer weiß wie lange versorgen mußte … Doch völlig überraschend ergab sich der Woiwode schon am folgenden Morgen Herrn Karl Henrikson, und er selbst, seine Frau und seine Kinder wurden in Gefängniswagen, sogar getrennt, nach Reval geschafft. Herr Henrikson postierte auf der Straße ein Dutzend Kanonen, und sein erstaunlich kleines Heer zog im Eilmarsch an der Kirche vorüber und verschwand in Richtung Leal, eingehüllt in riesige dichte Staubwolken.

Doch aus dem Schweif dieser Wolken löste sich ein Reiter, wendete sein Pferd und ritt zum Pfarrhaus. Neben der schief gewordenen Eingangstür sprang er aus dem Sattel.

»Herr Slachter, wenn ich nicht irre? Ihr sollt Euch im Schloß einfinden, Befehl des Admirals.«

Jaja. Mit Henrikson oder ihm doch auf dem Fuße folgend war Herr Maidel in Lode aufgetaucht. Und nicht nur er. Am nächsten oder übernächsten Tag kehrte auch Pastor Helwig Ficke aus seinem Revaler Asyl nach Goldenbeck zurück, und Herr Maidel befahl Michel – mit unverhohlenem Spott –, das Pfarrhaus umgehend für Ficke frei zu machen.

»Unter dem Moskowiter konntet Ihr hier in der Kirche schalten und walten, unter mir aber werdet Ihr, um es so weit zu bringen, noch tüchtig arbeiten müssen. Und zwar als Schloßschreiber. Wie ich Euch ja sagte. Was? Geistlicher im *Schloß*? Ihr wagt es auch noch, davon zu sprechen? Nein! Und sei es auch nur, weil ich nicht daran denke, ein solches Amt im Schloß einzuführen. Ich halte mich hier nur vorübergehend auf. Und meine Familie erst recht. Die übrigen Hausgenossen müssen sich mit Ficke begnügen. Einen *Schreiber* aber brauche ich sofort.«

Tags darauf übersiedelte Michel in den Westflügel des Schlosses, das heißt in ein Dienstbotenzimmer, ein vom Moskowiter verschmähtes Kämmerchen, und erhielt Anweisung, sich jeden Morgen um acht Uhr im Arbeitszimmer des Admirals und Eigentümers des Lehnsgutes einzufinden. Der Admiral hatte diesen Raum von unerhörten Ausmaßen im ersten Stock des östlichen Waffenturms unter dem berghohen steinernen Pilzdach für sich herrichten lassen. Einen runden Saal, der aussah wie die Scheibe einer riesigen Kohlrübe. Früher Sitz des bischöflichen Gerichts. Unterhalb des Fußbodens sah man an Schießscharten vier breite Rückseiten nach Osten gerichteter Doppelkartaunen, oberhalb des Fußbodens – acht einen Klafter tiefe Fensternischen, auf deren Sitzen Bären- oder Wolfsfelle lagen. An den Wänden standen Truhen mit schmiedeeisernen Ecken und die silberne Rüstung des Admirals mit Filigranschmuck. In der Mitte, auf gedrechselten Füßen – ein langer Tisch, der noch von der Zeit des Woiwoden her Spuren des Sandes bewahrte, mit dem man ihn vor den Mahlzeiten gescheuert hatte, und auf dem sich jetzt Papierstapel und -rollen türmten.

»Ah, Michel, ich möchte Euch Eure Pflichten erläutern.«

Mit seinen Sämischlederstiefeln aufstampfend, schritt Herr Maidel auf dem sechseckigen Kalksteinfußboden auf und ab. Was nun Michel betraf, hier fiel auf: Sprach der Admiral über Aufgaben im allgemeinen oder über sich selbst, so sah Michel aus dem Fenster, und sein Blick schweifte über die kleinwüchsigen Buschwälder am Horizont. Kam der Admiral jedoch auf *ihn* zu sprechen, dann hefteten sich Michels Augen auf die gelben Stiefelspitzen des Admirals, und mehrmals ertappte er sich bei dem Gedanken: Woher rührt der graue Fleck auf der Spitze des rechten Stiefels – ich möchte wohl wissen, was oder wen er damit getreten hat?

»Nebenbei gesagt, Michel, in Eurem Charakter gibt es zwei unvereinbare Widersprüche: Ihr seid ein Tolpatsch und doch auch wieder ein pfiffiger Bursche.«

Der Admiral strömte einen Geruch von Moschus, Unverschämtheit und Schwung aus. Mit einem Wort – den Geruch von Macht.

»Michel, Ihr habt einfach Schwein. Nach jenem tollen, niederträchtigen Streich, den Ihr und ich ausgeheckt hatten. Und hier, in Lode, habt Ihr ebenfalls nichts Besonderes geleistet. Munt hätte den Woiwoden auch ohne Euch nicht übermäßig gemästet. Und in Fikkes Pfarrhaus habt Ihr gelebt wie die Ratte – wenn schon nicht im Kornkasten, so doch jedenfalls in der Müllgrube. Ihr werdet Eure Streiche also noch büßen müssen.«

Michel stand an dem ihm angewiesenen Platz, vor

dem Pult an der Wand. Er spürte, wie seine Ohren glühten, seine Augen aber an den Stiefeln des Admirals hingen. Ihm fiel auf: Folgte sein Blick den Stiefeln nach links, zur Eichentür, krampfte sich sein Herz vor Kränkung zusammen (mein Gott, in welchem Ton er mit mir spricht, als hätte ich nicht an der Universität studiert, als wäre ich nicht schon fast ein inordinierter Pastor). Wandten sich seine Augen, den Stiefeln des Admirals folgend, nach rechts, zum Fenster, von dem aus er eben noch die Wälder betrachtet hatte, erstickte unwillkürlich ein Seufzer der Freude die Kränkung in ihm, und er dachte mit großem spitzbübischem Vergnügen: Er braucht einen so gebildeten Mann wie mich, er wird mich nicht fallenlassen …

Der Admiral sagte: »Ja. Die letzten zwei Jahre über war ich so von Staatsgeschäften und Kriegspflichten in Anspruch genommen – in Reval, Stockholm, Finnland und bei Narva –, daß ich noch nicht dazu gekommen bin, diesen Schund zu lesen, den der Rüssow verzapft hat. Ehrlich gesagt, ich habe es vermieden, ihn zu lesen. Ich hatte keine Lust, mir von diesem Bauern die Laune verderben zu lassen – wo sein unverschämtes Machwerk infolge Eurer Dummheit nun schon einmal erschienen ist.«

Der Admiral blieb an der Mitte des langen Tisches stehen. »Jetzt aber, Michel, befassen wir uns mit einer wichtigen Arbeit, die ich bereits vor langer Zeit in Angriff genommen habe. Wir bringen die von mir verfaßte Bauernordnung endgültig zu Papier. Ich werde die Paragraphen aus meinem Konzept vorlesen – ich habe schon viele Jahre lang dazu Notizen gemacht. Jetzt aber wollen wir sie ausformulieren. Damit ich sie den Führern unserer Ritterschaft vorlegen kann …«

Michel dachte: Aha. Der Herr Admiral ist also nicht sicher, daß er sich auch *schriftlich* so gut ausdrücken kann. – Er sagte, mit einer Stimme, in der Demut und Selbstsicherheit zugleich mitschwangen: »Leges und Institutiones habe ich zu meinem Bedauern nicht studiert, ganz zu schweigen von den Bauernrechten in Livland.

Doch diesbezüglich wird der Herr Admiral gewiß keiner Ratschläge bedürfen. Mit Exercitia styli aber habe ich mich mehrere Jahre lang unter Anleitung des jedermann bekannten Chyträus beschäftigt ...«

»Und jetzt«, sagte der Admiral und verzog den Mund in Richtung seiner Narbe, »erhaltet Ihr, unverdienterweise, die Möglichkeit, zu zeigen, was Ihr seid – wie ich schon sagte, ein Tolpatsch oder ein pfiffiger Bursche.«

»Und was werden die Führer der Ritterschaft mit dieser Ordnung tun?« fragte Michel.

»Sie wird auf unseren Landgütern des vereinigten estnischen Herzogtums zum Gesetz erhoben. Um im Haus Ordnung zu schaffen mit unserer Herde dickköpfiger Bauern. Die Führer der Ritterschaft nehmen sie an, und Herr Pontus wird sie pro forma bestätigen. Die zivile Macht bei uns liegt jetzt gleichfalls in seinen Händen. Soweit er neben seiner Tätigkeit als Kriegsoberster dafür Zeit erübrigen kann.«

Im Grunde genommen gab Herr Maidel Michel einfach seine Notizen – er selbst war zu sehr mit der Einrichtung der Lehensverwaltung beschäftigt –, und Michel saß, oder richtiger gesagt, stand eine volle Woche an seinem Pult, um sie durchzusehen. Denn, ehrlich gesagt, des Admirals schriftliche Ausdrucksweise war derart hilflos, daß man hätte lachen können, und jedenfalls durchaus nicht mit seiner mündlichen zu vergleichen. Mit der Zunge hackte und stach dieser Herr geradezu wie mit einer Hellebarde – trach-trach! Mit der Feder aber – ha-ha-ha-ha! –, mit der Feder warf er alles in einen Topf. Man nehme nur die Präambel dieser »Bauernordnung«, die Michel schier zur Verzweiflung brachte.

ORDNUNG DER BAUERN *wie sie sich gegen ihre Obrigkeit verhalten sollen, mit aller Gerechtigkeit, Zins, Zehenden, Versetzung, Verbustung, Verkauffungen, und alle andere zufällige Nutzbarkeit, Herrn-Gerechtigkeit, mit Gewichte, Grentz-Scheidinge, Maße zu verfälschen, Speise, Getränke und alles, was der Obrigkeit in Wacken, Arbeit, Ausgaben, Lieferung zufället und gehöret, nichts außen bescheiden, Strasse und*

Poen der Brüche dabey, die Gnade aber stehet bei jeder Obrigkeit.

Einen so verworrenen Mischmasch auch nur etwas logisch zu ordnen war eine höchst komplizierte und obendrein riskante Angelegenheit. Denn Herr Maidel hatte Michel keinen Hinweis gegeben, wie weit er, Michel, bei seiner Bearbeitung von dem Entwurf abweichen dürfe. Den Admiral aber konnte er nicht danach fragen, dieser war selten in seinem Arbeitszimmer anzutreffen. Er hatte sich Karl Henriksons Heer angeschlossen und befand sich, Gerüchten zufolge, irgendwo bei Leal oder Fickel. Angeblich inspizierte er in Lode die staatlichen Lehnsgüter. Natürlich war der Text des Admirals in den Fällen, wo der Inhalt konkret und direkt war, ziemlich verständlich. Besonders dort, wo Verbote, Befehle und Strafen aufgezählt wurden, die die Bauern zu gewärtigen hatten:

Es soll sich keiner verdreisten oder unterstehen, zu verläugnen gebauete Felder, als Busch-Acker, Lombsen, Rödinge, Huer-Acker und dergleichen, dar die Obrigkeit Zinß und Zehnden vor gebühret; welcher darüber beschlagen wird, ist der besäeten Plätzen mit sammt dem Korn an die Obrigkeit verfallen: dem Amptmann ein Marck, in die Küchen ein Schaaf une 14 Tage bey Waßer und Brod im Gefängniß. Und so weiter und so fort ... *Es soll auch keiner dem Pastoren seine Zins und Zehenden, was er von seinem Lande geben soll jährlichen, nicht unterschlagen, bey Straff mit Ruthen. Es soll auch keiner mächtig seyn zu verlehnen oder zu versauffen jenig ding, an Viehe, Pferde, Ochsen, Kühe, Schaaffe, Bock oder Ziege, Korn, Honig, Wachs, Wild, Wildwahren und dergleichen: er soll es im Hofe erstlichen praesentieren. Wer Gräntze verfälschet, wenn er upflöget, Grentz-Kreutz oder Zeichen auf andere Stätte bringet oder verkehret, der soll nach Landrecht am Halses gestraffet werden, oder mit 40 Marck. Hierzu gehöret muthwillige Anzündung und Brand der Gräntze und Wildnißen.*

Michel war befohlen worden, sein Pult aus dem riesigen Raum des Herrn Maidel in das kleine Nebenzimmer mit dem schlitzähnlichen Fenster hinüberzuschaffen, und dort schwitzte er die ganze Woche über der Schreibaufgabe für den Admiral. Von Zeit zu Zeit geschah es, daß Herr Maidel bei Michel eintrat, ihm über die Schulter sah, auf sein eigenes umgearbeitetes Geschreibsel, das auf dem Pult lag, und etwa so fragte: »Was meint Ihr, Michel, genügt es, ihnen mit dieser Strafe zu drohen? Damit sie schweigen und ihre Arbeit verrichten?«

Und wenn sich der verwirrte Michel, nach einer Antwort suchend, zum Admiral umdrehte, verzog der seinen Mund zur Narbe hin, kniff auf derselben Seite das Auge zu und sagte, Michel dabei unverwandt ansehend: »*Ihr* müßtet das doch wissen.«

Und wenn Michel das unbehagliche Gefühl schlimmer Vorahnung unterdrückte und zurückfragte: »Warum gerade *ich*? Schließlich habe ich ... noch nie im Leben mit Bauern zu tun gehabt ...«, dann entgegnete der Admiral – und, wie es Michel schien, mit trägem teuflischem Vergnügen: »Stimmt. Aber Eure eigene Haut müßte sich trotzdem erinnern, was ein Bauernfell zu diesen Strafen sagt.«

Da ließ Michel den Kopf hängen und verstummte. Er fragte nicht erst mit gespielter Ahnungslosigkeit, warum gerade seine Haut sich daran erinnern müsse. Denn den wohlunterrichteten Revaler Herren war seine Herkunft nur zu gut bekannt. So lächelte er bloß, wobei – jedenfalls kam es ihm so vor – seine eine Wange weiß, die andere rot wurde, und erwiderte: »Ich bin der Sohn eines Revaler Bürgers ... und ... nachdem ich Student der Rostocker Universität war, glaube ich nicht, daß ich solche Erinnerungen haben könnte ... oder haben müßte.«

Der Admiral sah ihn durchdringend an und entfernte sich, irgend etwas vor sich hin knurrend. Und da fiel Michel die Feder aus der vor Schreck zitternden Hand, und er schaute aus dem schmalen Fensterchen, hinaus auf das sommerlich graugrüne Land, das sich bis hin zum Goldenbecker Kirchturm erstreckte, der ihm wunderbarerweise beinahe überlassen und dann auf demütigende Art wieder weggenommen worden und der ihm nun Anlaß war, sich daran zu erinnern, was man ihm angetan hatte.

Er dachte: Ich habe geschwiegen. Und gut so … gut, daß ich nicht fragte: Herr Admiral, was das betrifft, wie ein Bauernfell die Strafen Eurer »Bauernordnung« aufnimmt, solltet Ihr da nicht lieber Eure eigene Haut fragen? Wenn man an den Fleischer Willeken denkt, der, wie ich in Herrn Balthasars Hause hörte, einst in Reval lebte.

Allmählich ließ die Kränkung nach, die Michel bei jeder Demütigung aufs neue empfand. Er tröstete sich mit der traurigen Weisheit, daß in derart unruhigen und vernunftwidrigen Zeiten wie den heutigen ein Mann ohne Protektion, sei er auch noch so gelehrt, oft Ärgeres erdulden müsse. Und daß der Herrgott ihn zwar tüchtig geplagt, aber dennoch nicht hatte zugrunde gehen lassen, wenn er auch, um ihm, Michel, beizustehen, die Hand dieses Herrn, der Ohrfeigen verdient hätte, auserkoren hatte …

Abends saß Michel in der Julidämmerung an dem holprigen Tisch seiner Kammer in dem der Dienerschaft vorbehaltenen Flügel des Schlosses, den die Hofmauern derart verdunkelten, daß er schon lange vor Mitternacht eine Kerze anzünden mußte, und schrieb mit einem Stoßseufzer: *Elsbeth, ich sehe ja ein: Mit offenen Augen betrachtet, ist unsere Situation hoffnungslos. Zugleich aber glaube ich: Die Wege des Herrn sind mitunter unerforschlich … Bei unserer letzten Begegnung habe ich aus Deinem beharrlichen Schweigen die beglückende Gewißheit gewonnen (es wäre sündhaft und beleidigend, von einer ehrbaren, in christlicher Ehe lebenden Frau eine offene Antwort auf meine Liebeserklärungen und Fragen zu erwarten – Dein unverbrüchliches Schweigen hat mir alles gesagt), und darum darf ich hier, in meiner Einsamkeit, dennoch meinen Träumen nachhängen, und das ist mir Trost in dem strengen Hause des Herrn Maidel.* Michel biß sich auf die Unterlippe und schrieb: *Obwohl Herr Maidel mir mit völliger Ehrerbietung begegnet.* Er verzichtete darauf, sich zu fragen, wozu er das eigentlich hinzugefügt hatte, ob zur Bekräftigung des tröstlichen

Traumes oder aus einem anderen Grund. Dann ließ er seine Lippe in Ruhe und schrieb weiter: *Und so träume ich denn, ich sei endlich Pastor der Goldenbecker Kirche, wo mir Gott in den Tagen des Moskowiters eine Zeitlang erlaubte, von der Kanzel zu predigen, es mir jetzt, in den Tagen unserer Freiheit und unseres geretteten Daseins, jedoch nicht mehr vergönnt. Träume, dieses erbärmliche Goldenbecker Pfarrhaus sei in Ordnung gebracht worden: Das zerzauste Stroh auf dem Dach ist geglättet, die Fenster haben neue Läden, zu beiden Seiten der Treppe blühen Blumen, und in den aufgeräumten Zimmern duftet es nach Sauberkeit und frischen Kardamombrötchen, und Seele, Herz und Leib dieses ganzen gesegneten und glücklichen Lebens bist* Du … *Zu träumen, wie Du und ich im Garten zwischen den jungen Apfelbäumen spazierengehen und daß es nichts mehr gibt, was Dich jetzt von mir fernhält – weder Schuld noch Gebote, weder Deinen schwerfälligen Mann noch die graue Stadt Reval, wo, wie ich mit Sorgen höre, die Pest in den letzten Monaten wieder Opfer fordert …*

Als tags darauf gegen Abend Karl Henriksons Truppen in Lode auftauchten, ruhte dieser nicht zu Ende geschriebene Brief in Michels Schatulle. Im Hof vor dem Schloß holperten staubige, schmutzbedeckte Wagen mit Kanonen über das Kopfsteinpflaster, Landsknechte mit verbundenen Köpfen, aber gezwirbelten Schnurrbärten riefen einander in den hallenden Torwegen etwas zu. An den Spitzen ihrer Hellebarden wehten Siegeswimpel, für die der Batist hatte herhalten müssen, der, mit anderem Hab und Gut, von der Frau des Woiwoden im Lealer Schloß zurückgelassen worden war … Am vierten Tag der Belagerung hatten die Schweden mit Feuerkugeln das Schloßtor in Brand gesetzt. Diese bis dahin nie gesehenen, mit einem feurigen Gemisch gefüllten Kugeln hatten die hölzernen Innenbauten so lichterloh brennen lassen, daß der Woiwode augenblicklich Parlamentäre entsandt hatte, mit dem Anerbieten, den Widerstand aufzugeben, sofern man ihnen freien Abzug ohne Waffen zusichere. So waren denn die Moskowiter samt Frauen und Kindern und über ihren Köpfen schaukelnden Ikonen in Richtung Fellin abgezogen, Karl Henrikson hatte ein halbes Fähnlein zurückgelassen, um das Schloß zu bewachen und nötigenfalls Ordnung zu schaffen, er selbst aber wollte nach Reval und machte jetzt Rast in Lode.

Am Abend zechten im Loder Schloß, im Kapitelsaal aus den Zeiten des Bischofs, die angesehensten Gutsherren des staatlichen Lehens, alle möglichen Üxkylls, Wrangels und Lodes, zusammen mit den schwedischen Offizieren. Michel aber holte rechtzeitig, noch vor Beginn des Gelages, ein Pferd aus dem Stall, um über die vom Hochwasser überfluteten Wiesen davonzupreschen. Er redete sich ein: um möglichst weit weg zu sein von dem Lärm des Soldatenlagers im Schloß. Jaja, um nicht daheim zu sein, falls der Admiral ihn zur Tafel bitten wollte. Natürlich nicht etwa, um abwesend zu sein, sollte Herr Maidel vergessen, ihn einzuladen …

Michel ritt über den mittleren Hof und durch die Vorburg, im Vorübersprengen gewahrte er die Kanonenwagen mit ihren dicken Rädern und die nach Pulver und Tod riechenden Halbkartaunen und die Feldhaubitzen darauf. Der Gedanke, wieviel es hier für Herrn Balthasar zu sehen und zu tun gäbe, ließ ihn zusammenzucken. Durch die offenen Küchenfenster des Garnisonsflügels sah er, wie von den am Bratspieß steckenden rotblauen Leibern geschlachteter Tiere zischend das dürftige Fett der Hungerzeiten tropfte und wie die Landsknechte schwerfälligen Schrittes zu den Fourieren vor der Küchentür gingen und sich in einer Reihe anstellten, um die doppelte Schöpfkelle Abendbier in Empfang zu nehmen. Viele Männer hatten noch einen verbundenen Kopf und im Gesicht Spuren von Brandverletzungen oder auch Ruß vom vorgestrigen Feuer bei der Einnahme von Leal, ihre Augen aber blitzten freudig in Erwartung des Saufgelages, denn sie hatten die Erlaubnis erhalten, ebenfalls ein kleines Fest zu feiern.

Michel ritt auf dem krachenden Brettersteg über die Gräben und bog zu den Uferwiesen ab, wo unter den Hufen des Pferdes Wasser schmatzte. Er schloß die Augen und hörte, wie ein paar dumme, verirrte Möwen schrien – hier, etwa eine Meile vom Meer entfernt; gewiß hatte sie das Band des Flusses ins Innere des Festlandes gelockt. Er schloß die Augen und stellte sich beim Schmatzen der Hufe angestrengt vor, daß, oooh!, daß Elsbeth hier neben ihm ritt, jaja, auf einem ausgezeichneten Apfelschimmel, in einem mit Silberplatten verzierten Damensattel, so einem, wie er ihn in Reval bei der Gemahlin des Admirals Maidel gesehen hatte. Doch wie oft er auch die Augen schloß, jedesmal, wenn er sie öffnete, war Elsbeth nicht an seiner Seite … So bog er denn nach einer Weile auf den Pfad ab, der zur Kirche führte, und beschloß: Ich schaue für ein Stündchen bei Herrn Ficke herein, vielleicht bietet er mir ein Glas Rheinwein an – man munkelt ja, er habe welchen aus Reval mitgebracht –, und unterhalte mich freundschaftlich mit ihm. Damit er nicht denkt, ich grolle ihm, weil er mich von der Kanzel gedrängt hat … Man sollte meinen, Michels Versöhnungsabsicht müsse Gott gefallen, doch der vereitelte sie. Denn im Pfarrhaus, an der Schwelle der Tür, die noch vor kurzem Michels Tür gewesen und erst jetzt, wie es sich gehörte, auf Angeln gesetzt worden war, teilte ihm Fickes Dienstmagd mit, der Herr Pastor sei heute abend vom Admiral ins Schloß eingeladen … In leichtem Trab ritt Michel langsam durch das Dorf, von dessen Häuschen nach mehreren Kriegen höchstens ein Viertel übriggeblieben war. In der halbverbrannten Schenke kehrte er gar nicht erst ein, denn Munt hatte man sofort ins Schloß beordert und ihm befohlen, sich im Amtmannsflügel, in einem Zimmer mit Gewölben, häuslich einzurichten … Michel ritt zum Schloß zurück, und sein Pferd beschleunigte allmählich den Schritt. Auf dem mit Kopfsteinen gepflasterten Hof saß Michel ab, gab den Gaul einem Pferdejungen, machte die Tür neben einem offenen Fenster auf, aus dem trunkene Stimmen drangen, ging in seine Kammer und holte den halbfertigen Brief an Elsbeth aus der Schatulle.

Er hatte noch kein Wort zu Papier gebracht, als es klopfte und der Diener Kaspar seinen rötlichen

Schnurrbart zur Tür hereinsteckte. Michel legte den unvollendeten Brief in die Schatulle zurück und begann sich vor einer Spiegelscherbe in Ordnung zu bringen; er rückte die schmale Halskrause zurecht, um sich den Gästen an der Tafel des Admirals in tadellosem Äußeren zu präsentieren. Außerdem konnte er dadurch, daß er sich zur Wand drehte, vor dem Diener sein Lächeln verbergen, das allzu zufrieden wirkte …

Der Diener sagte: »Herr Slachter, der Admiral befiehlt, daß Ihr Euch im Morgengrauen bereit haltet. Er begibt sich mit dem Herrn nach Reval. Und Ihr habt Befehl, mit ihm zu reisen. Aufgebrochen wird morgen, eine Stunde nach Sonnenaufgang.«

Der Diener ging, und Michel ließ sich langsam auf einen Schemel sinken.

Herrgott … nach Reval … Das kam so überraschend, war so erschütternd, daß ihm die Kränkung wegen der ehrenrührigen Behandlung, die Enttäuschung, nicht zum Festmahl eingeladen zu sein, im Grunde genommen gar nicht bewußt wurde. Die Alternative, nach Reval zu reiten oder nicht, drängte alles übrige in den Hintergrund.

In den zwei Jahren seines Lebens fern von Reval und Balthasar hatte sich Michel in Gedanken ganz, fast ganz von dem Schuldbewußtsein frei gemacht, spioniert und einen Diebstahl versucht zu haben. Denn Michel hatte, obwohl das vielleicht schwer oder gar nicht zu beweisen war, in der lautersten, sagen wir, in der besten Absicht gehandelt.

Dennoch sah er jetzt voraus, woran er auch früher schon oft gedacht hatte, wenn er von einer Reise nach Reval träumte: Sollte der Zufall oder eigene Absicht ihn mit Balthasar zusammenführen, würde er aufhören, an seine Unschuld zu glauben. Selbst wenn man annahm, Herr Balthasar habe an jenem unglückseligen Tag, da alles zusammenbrach, die Schatulle hingeworfen, ohne schon von dem Streich mit dem Kästchen zu wissen – jemand anders hatte ganz gewiß davon gewußt, und zwar der, der sich seinerseits Michels Winkelzug zunutze machte, sei das nun der Teufel selbst oder sein Spießgeselle in Gestalt des Glöckners ... Und jetzt wußte möglicherweise auch Herr Balthasar von Michels damaligem Versuch.

Gleichzeitig schoß Michel ein spöttischer, beinahe frecher Gedanke durch den Kopf: Hört mal, aber je mehr ich an meiner Ehrlichkeit zweifle, desto ehrlicher bin ich doch, desto gewissenhafter in Fragen der Ehre ...

Bei dem Gedanken an die Reise nach Reval fühlte er sich trotzdem fast ebenso wie Dutzende Male vorher, wenn er an ein mögliches Zusammentreffen mit Balthasar dachte, das heißt, er fühlte sich, als habe man ihn mit Brennesseln ausgepeitscht ... Daß er der sündhaften Liebe zu Balthasars Frau schuldig war, gab er gern zu. Auch die Tatsache, daß Balthasar sie bei verdächtiger (wiederum jedoch harmloser, wenn auch nicht ganz harmloser) Vertraulichkeit ertappt und offensichtlich auch gehört hatte, wie er Elsbeth seine Liebe gestand – auch das konnte Michel schließlich nicht leugnen. Und jetzt, hier auf Schloß Lode, in seiner Schreiberkammer, zum offenen Fenster, auf das Viereck des blutroten nächtlichen Julihimmels starrend, spürte er: Je weniger er sich das selbst verhehlte, desto stärker riß ihn die steigende warme Flut der Liebe vom nüchternen Boden los ... Natürlich, dachte Michel, könnte ich dem Admiral sagen: Ich reise nicht! Für die lächerlichen hundertfünfzig Mark im Jahr, die Ihr mir versprochen habt, von denen ich aber noch keinen einzigen Schilling erhalten habe, spiele ich nicht Euren Laufburschen! Aber er ging nicht zum Admiral, um seine Weigerung zu erklären. Im Tosen der warmen Welle, die ihn über den Erdboden erhoben hatte, empfand er es eher wie eine ihm unter den Hintern geschobene Stütze, wie eine Bank im Boot, wenn der Admiral ihm befahl, sich morgen nach Reval aufzumachen, wo er vielleicht Elsbeth wiedersehen würde ... Hatte er diese beiden Jahre nicht versucht, das zu tun, so auch, weil es mit Gefahr verbunden war. *Einmal* war es ihm geglückt, sich von Reval nach Goldenbeck durchzuschlagen und beim Woiwoden keinen Verdacht zu erregen. Beim zweitenmal hätte es leicht geschehen können, daß er, der Spionage für den Schweden verdächtigt, auf eine Lanze gespießt wurde und sich in dem ratzekahl ausgeplünderten Land kein Hund fand, der seine Stimme zu seiner Verteidigung erhob. Jetzt aber, wo Macht und Besitz auf Dutzende von Meilen westlich und südwestlich Revals wieder in den Händen des Schweden waren, jetzt mußte er sich unbedingt nach Reval aufmachen ...

Am nächsten Tag gegen Mittag kamen vorn, über dem jungen Föhrenwald auf den Sandbergen und durch den Lanzenwald der Reiter, die Türme von Reval in Sicht. Am Ende des Gefolges von Karl Henrikson und Herrn Maidel ritt Michel durch die Rigaer Pforte in die Oberstadt ein, wo er dem Admiral, auf sein Zeichen hin, in dessen Haus folgte.

Der Admiral wechselte Anzug und Pferd und ritt sofort zum Schloß, Karl Henrikson nach; sie beide sollten Herrn Pontus, dem Statthalter und Kriegsobersten, ausführlich über den Zustand der in Wieck eroberten Schlösser und über den Kriegsverlauf berichten. Ohne sich umzuwenden, sagte der Admiral über die Schulter hinweg zu Michel, bei Herrn Pontus werde man wahrscheinlich auch den Plan für die Eroberung Hapsals besprechen, wo, so seltsam das sei, bis auf den heutigen Tag der Moskowiter sitze.

Michel war jedenfalls nicht zu Herrn Pontus gebeten worden, um diese oder eine andere Frage zu erörtern. Er aß mit der Gemahlin und den Söhnen des Admirals zu Abend und berichtete ihnen von der umfangreichen Verwaltungstätigkeit des Admirals in Lode, von den heldenmütigen Kämpfen des schwedischen Heeres und von seinem eigenen schweren und gefährlichen Leben unter dem Joch des Moskowiters. Beiläufig stellte Michel fest: Als er, auf Frau Maidels Fragen antwortend, berichtete, vorgestern sei in Lode ein großes Zechgelage gewesen, an dem keine Damen teilgenommen hätten, verlor die Admiralsgattin, diese Frau mit einem Gesicht wie aus rosa Stein, das Interesse an seinen Worten und entband ihn vom weiteren Erzählen. So begab er sich denn in den inneren Flügel, wo man ihm ein Zimmer zugewiesen hatte, zog die verstaubten Straßenstiefel von den Füßen und nahm den immer noch unvollendeten Brief zur Hand. Während er auf die abendlichen Geräusche lauschte, die vom Haus und aus dem Pferdestall des Admirals herüberdrangen, wo die Pferde Hafer fraßen, schrieb er: *Elsbeth, die Wege des Herrn sind wahrlich unerforschlich, wie ich Dir schon des öfteren schrieb. Völlig überraschend befinde ich mich nun hier, in Reval, in der Oberstadt zwar, aber doch ganz in Deiner Nähe. Ich bin heute zusammen mit Herrn Maidel angekommen. Er will mich in seiner Nähe haben, damit ich Schreibarbeiten für ihn erledige. Die Schreibarbeit, die ich am liebsten mag, ist jedoch dieser Brief an Dich, an dem ich nun schon einige Tage schreibe und den Deine Augen in Bälde sehen sollen, obwohl meinen früheren Briefen dieses Glück vielleicht nicht beschieden war. Wenn Du diese Zeilen in den Händen hältst und Deine wunderschönen dunklen Augen sie lesend streifen, mach, darum bitte ich Dich, daß ich meine Zeilen nicht um das Glück beneiden muß, das ihnen zuteil geworden, schenke es auch mir. Mach, daß ich ihnen für unser gemeinsames Glück danken kann – komm und laß mich Dir in die Augen blicken!*

Michel las das letzte noch einmal durch. *Unser gemeinsames Glück* – das hieß: mein und meiner Zeilen Glück, vielleicht aber auch: Dein und mein gemeinsames Glück. Der ausgeklügelte Doppelsinn freute ihn, am liebsten hätte er unbändig gelacht. Er fühlte, wie sich die anmaßende sündhafte Frage allmählich in Worte kleidete ... Sag, Elsbeth, hat dein ungehobelter Mann je in seinem Leben ... Michel spürte, wie er innerlich gegen diese Frage ankämpfte, konnte sie jedoch nicht unterdrücken, und beim Mahlen der Pferde des Admirals fragte er laut: Hat dein Mann dir je in seinem Leben so zärtliche Worte geschrieben? Falls er, mit der Grobarbeit an der Chronik beschäftigt, überhaupt die Zeit gefunden hat, ein paar Zeilen an dich hinzukritzeln, wenn er fern von daheim weilte ...

Um derart schamlose Fragen zu vermeiden, wandte sich Michel wieder dem Brief zu: *Elsbeth, mit meinem ganzen glühenden Herzen bitte ich Dich: Komm morgen, also am Dienstag, gegen zehn Uhr abends, in die Nikolaikirche! Ich werde dort sein. In der Antoniuskapelle. Von weitem wenigstens möchte ich Dich sehen. Aber ich würde, vergönnst Du es mir, Dir gern von all dem Wonnevollen und Quälenden erzählen, das in meinem Herzen vorgeht, vor allem, was sich während dieser langen Zeit darin angestaut hat. Ich möchte, daß unsere Begegnung, die manch einer vielleicht sündhaft nennen dürfte, in einem Gotteshaus stattfindet, unter den Augen des Herrn, an demselben heiligen Ort, wo wir so oft als Kinder weilten und wo wir auch an jenem Tag zusammen waren, als der Allerhöchste uns das Zeichen gab, daß wir im Recht sind, als unsere Lippen sich zum erstenmal vereinigten …*

Am Morgen nahm Michel den Hausdiener des Admirals beiseite, dessen Gesicht ihm das größte Zutrauen einflößte, steckte ihm zwei Silberferding zu und beschwor ihn, den versiegelten Brief noch am selben Tag so unauffällig wie möglich Elsbeth Rüssow auszuhändigen.

Der Admiral hatte sich schon früh am Morgen wieder ins Schloß begeben. Bis zum Mittagessen mühte sich Michel über Papieren ab, und zwar im Zimmer des Admirals, wo es herb nach verbranntem Lorbeer roch, mit dem der Raum des Morgens vorsorglich gegen die Pest ausgeräuchert wurde. Nach dem Mittagessen aber hielt es Michel nicht länger im Maidelschen Hause.

Für alle Fälle wischte er noch einmal den Reisestaub von den Stiefeln, legte eine in der Satteltasche mitgebrachte saubere Halskrause um und machte sich am Langen Domberg entlang auf den Weg in die Unterstadt. Am quadratischen Turm der Pforte machte er dem inneren Kampf zwischen der Furcht vor Balthasar und dem Wunsch, Elsbeth wiederzusehen, ein Ende. Statt durch die zu Heiligengeist führende Landstraße zu gehen, bog er in die Raderstraße ein und lenkte seine Schritte zur Nikolaikirche. Mit anderen Worten, statt vielleicht unweit von Heiligengeist, im Weckengang etwa, Elsbeth zu begegnen, mit größerer Wahrscheinlichkeit jedoch Balthasar – denn der hatte die Gewohnheit, Kreise zu ziehen –, beschloß Michel, die Nikolaikirche aufzusuchen, zu beten, Erinnerungen daran nachzuhängen, wie er dort beim letztenmal mit Elsbeth zusammengewesen war, und sich das bevorstehende Wiedersehen mit ihr auszumalen.

Er ging die von Sonnenlicht überflutete, nachmittäglich heiße Straße entlang, an zufälligen Passanten vorüber, die ihm keinerlei Beachtung schenkten, und trat in die kühle, fast menschenleere Kirche.

Das bei seinem letzten Besuch noch von Kanonen zerstörte mittlere Südfenster war jetzt repariert, das Loch im Steinfußboden des Mittelgangs zwischen den Bänken, das ein Geschoß aufgerissen hatte, zugemacht. Doch als er an der Stirnseite der mit prächtigen Schnitzereien geschmückten Holzbänke stehenblieb und die Augen über das hölzerne Antlitz des Apostels Petrus schweifen ließ, entdeckte er an Gesicht und Bart dieselben von Steinsplittern herstammenden Kerben, die er schon vor vier Jahren berührt hatte, als er dort neben Elsbeth stand …

Er überlegte, ob er weitergehen solle, um am Altar zu beten, oder es besser unterließ, und gestattete der Bescheidenheit, die Oberhand zu gewinnen. So begab er sich denn zwischen den Bänken hindurch nach links und beugte neben einer einzeln stehenden Säule das Knie. Freimütig wollte er Gott sein Herz ausschütten, um am morgigen Abend erleuchtet und geläutert zu sein. Ein wenig erleuchteter und geläuterter jedenfalls. Denn der Herr würde ihn verstehen … Er faltete die Hände und mochte wohl schon »Vater unser, der du bist im Himmel …« gesagt haben, als er auf einmal stockte, denn er hörte unweit von sich die Tür der Sakristei knarren und Schritte näher kommen. Er spähte hinter der Säule hervor und sah: Der erste, der kam, war der Pastor von Nikolai, Gerstenberger. Als dann der zweite, mit dem sich der dicke Gerstenberger unterhielt, vor der Säule auftauchte, stellte sich, dem unerforschlichen Ratschluß Gottes zufolge, heraus: Es war Balthasar.

Die Pastoren steuerten auf die Ausgangstür zu. Ins Gespräch vertieft, kamen sie geradewegs auf Michel zu, und der konnte nur hoffen, sie möchten völlig von ihrer Unterhaltung gefesselt sein. Gerstenberger hätte ihn vielleicht auch nicht bemerkt, und wenn doch, schwerlich erkannt, obwohl er seinerzeit flüchtig mit Michel bekannt gewesen war. Innerer Trotz hinderte Michel daran, sich zu ducken, um sein Gesicht zu verbergen. Unverwandt sah er die näher kommenden Männer an, und Balthasar erkannte ihn natürlich auf den ersten Blick. Er blieb stehen, sagte zu Gerstenberger: »Wir unterhalten uns morgen weiter« und trat auf Michel zu. Lange starrten sie einander an – der eine breitbeinig, die Arme in die Seiten gestemmt, der andere unschlüssig, ob er weiterhin knien oder aufstehen solle, und darum in halb gebückter Stellung verharrend. Balthasar sagte: »Beten kannst du später. Jetzt gehen wir zu mir. Ich will dir die Schuld bezahlen.«

Michel erhob sich von den Knien. Ihm fiel auf, Balthasar hatte ihn angesprochen, ohne ihn eines Grußes zu würdigen. Doch vor Freude, überhaupt angeredet und offensichtlich zu Balthasar nach Hause eingeladen worden zu sein, vor Freude darüber, was daraus folgen könnte, schenkte er der fehlenden Begrüßung keine oder fast keine Beachtung. Michel war aufgestanden. »Herr Balthasar ...«

Er begriff plötzlich, was der gesagt hatte. »Ich will dir die *Schuld* bezahlen.« Ihm war sofort klar, was eine Summe von fünfhundert Mark in seiner jetzigen erbärmlichen Lage für ihn bedeutete. Um ein Haar hätte er Balthasars Hand ergriffen, um sie dankbar zu drükken, doch fiel ihm gerade noch rechtzeitig ein, daß das Elsbeths ungehobelter Mann war. Also unterdrückte er diese Anwandlung, klemmte den Daumen in den Handteller und zog die Hand zurück. Während er hinter Balthasar aus der Kirche ging, murmelte er: »Das ist in der Tat ein Fingerzeig Gottes, Herr Balthasar ... Gestern mittag bin ich in Reval angekommen ...« Er wollte hinzufügen: Und ich konnte mir nicht schlüssig werden, ob ich Euch aufsuchen sollte oder nicht, fand es jedoch unpassend und meldete mich darum nicht. Auf einmal bemerkte er, daß sie zwar schon in die Schmiedestraße eingebogen, Herr Balthasar, der voranging, ihn bis jetzt aber noch keines Wortes gewürdigt hatte. Er begriff, er mußte selbst irgend etwas sagen, mußte erklären, daß er diese Jahre in Lode verbracht, in der Goldenbecker Kirche gepredigt hatte und jetzt in Herrn Maidels Diensten stand. Doch er fühlte, er würde sich lieber die Zunge abbeißen als in Balthasars Gegenwart diesen Namen aussprechen, fühlte, es war besser, nicht über sich selbst, sondern über ihn, über Herrn Balthasar, zu reden – nein, nein, natürlich nicht, um sich anzubiedern, sondern aus reinem Herzen.

»Herr Balthasar, Ihr seid inzwischen der berühmteste Mann in der Stadt geworden ...«

Balthasar drehte sich nicht um, er ging, immer drei Schritt vornweg, über die Kopfsteine des Rathausplatzes, durch den Geruch von Pferdemist hindurch, der – es war Markttag gewesen – über dem Platz hing. Und Michel wußte nicht recht, hatte Balthasar als Antwort auf seine Worte »Hm« gesagt oder nichts erwidert.

Sie traten ins Pfarrhaus, Michel hinter Balthasar. Doch nicht durch die Diele in die Wohnräume, sondern durch die Seitentür in die Sakristei. Balthasar deutete auf eine alte Holzbank, dieselbe, auf der sie vor einigen Jahren, als Michel aus Deutschland zurückgekehrt war, nebeneinander gesessen, Bier getrunken und Michels Lebenspläne besprochen hatten ... Michel setzte sich; mit den Nasenflügeln versuchte er, Elsbeths Duft einzufangen, doch es roch lediglich nach Tinte, Staub und dem mit einem nicht ganz sauberen Lappen gewischten Steinfußboden. Balthasar blieb mitten in der Sakristei stehen und sagte: »Ich wünsche, in Gegenwart eines Zeugen zu bezahlen.«

Michel sah Balthasar in die Augen und entgegnete, aller Unsicherheit zum Trotz, etwas vorwurfsvoll: »Herr Balthasar, nehmt Ihr wirklich an, ich könnte sonst ...«

Balthasar, der sich schon zur Tür umgedreht hatte,

sagte mit einer sehr alltäglichen Stimme: »Das wäre dir durchaus zuzutrauen.« Mit diesen Worten stieß er die Tür zur Diele auf und rief (O Gott! Und wenn nun auf einmal ...? Nein, natürlich nicht!): »Madle!«

Und als die Dienstmagd vor Michel auf der Türschwelle auftauchte, gebot Balthasar ihr (O Gott, also doch ...): »Geh und richte der Frau aus, sie möge in die Sakristei kommen.«

Als Balthasar gesagt hatte: Das wäre dir durchaus zuzutrauen, war Michel von der Bank aufgestanden. Nun setzte er sich wieder, und ihm war, als werde er abwechselnd rot und blaß. Doch sollte er sich auch verfärbt haben, Balthasar wäre das ohnehin nicht aufgefallen ... Denn er hatte Michel den Rücken zugekehrt, die Schlüssel aus der Brusttasche gezogen, das eiserne Türchen der Wandnische aufgeschlossen und eine kleine Holzschatulle herausgeholt. Jetzt stellte er sie aufs Pult, begann Taler und Markstücke zu zählen und sie am horizontalen oberen Pultrand zu kleinen Säulen aufzuschichten.

Bevor sich Michel darüber klarwerden konnte, was er Elsbeth sagen würde, wenn sie kam, und wie er sich in ihrer und ihres Mannes Gegenwart verhalten sollte, trat die nichts ahnende Elsbeth in die Sakristei.

»Was möchtest du, Balthasar?«

Balthasar sagte (ein hellhöriger Mensch hätte gewiß gefunden, daß er etwas *zu* ruhig und unerschütterlich sprach): »Ich zahle unsere Schuld zurück, schau her, an wen.« Mit dem Daumen deutete er auf die Bank.

Elsbeth wandte sich um und blickte Michel an. Barmherziger Gott, Elsbeth, mit ihrem gebräunten, heiteren Gesicht, in einem Kleid von der Farbe blühender Zichorien, war noch schöner, als Michel sie in Erinnerung hatte. Sie war nicht sehr überrascht, doch ihre Augen leuchteten auf. Also hatte sich Herrn Maidels Diener seines Auftrages bereits entledigt und den Brief ausgehändigt. Michel stand auf, sprach, rief aus: »Frau Elsbeth ... Guten Tag ... Herr Balthasar hat mich hergebeten ... wegen dieser Schuld ... Wie geht es Euch?«

Elsbeth hob die Hände zum Ausschnitt ihres Kleides

und zupfte mit den Fingern der Linken an den Fingern der Rechten. Sie erwiderte ziemlich leise, aber doch ganz deutlich und lebhaft: »Uns ... wie immer ... Gott sei Dank sind alle gesund ... Und wo wart Ihr?«

Am Pult stehend, sagte Balthasar: »Das spielt jetzt keine Rolle. Elsbeth, ich habe dich als Zeugin hergebeten. Als Zeugin dafür, daß ich ihm die Schuld bezahlt habe.«

Und an Michel gewandt: »Komm her und zähl nach.«

Unschlüssig, wie widerstrebend, wandte Michel ein: »Warum denn, Herr Balthasar? Ich vertraue Euch doch ...«

Balthasar sagte in seinem gefährlich ruhigen Ton: »Aber ich vertraue dir nicht. Zähl nach!«

»Wozu?« Die Frage klang allerdings nicht sehr beharrlich.

Michel trat ans Pult und begann das Geld zu zählen, erst voller Bitterkeit und zerstreut, dann jedoch immer aufmerksamer.

»Diese Häufchen enthalten je hundert Mark?«

»Ja.«

»Aber es sind doch *sechs*? Und noch mehr?«

»Sechshundertdreiundzwanzig und eine halbe Mark.«

»Aber warum? Wo es doch nur fünfhundert waren?«

Balthasar sagte: »Die Schuld betrug fünfhundert. Plus Zinsen für vier Jahre. Zehn Prozent im Jahr.«

»Zehn Prozent? Herr Balthasar ... nur ein Wucherer nimmt solche Zinsen!«

Unerschütterlich streckte Balthasar seinen rötlichen, einer Bürste gleichen Bart vor. »Oder derjenige, der auf Zinsen leiht, zahlt sie.«

»Aber warum? Was soll das heißen?«

»Das soll heißen, daß der Prozentsatz um so höher ist, je fremder Schuldner und Gläubiger einander sind.«

»Herr Balthasar, ich *bitte* Euch ...«

»Streich das Geld ein und sei still.«

Balthasars spöttischen Tons wegen auf das Geld zu verzichten, das fiel Michel denn doch nicht ein. Die Schuld zurückzuerhalten bedeutete für ihn, Gott erbarme sich, wenn er sparsam war, ein einige Jahre von allen spottlustigen Herren unabhängiges Leben ... Er schüttete die Münzen in seinen ledernen Geldbeutel und sah Elsbeth dabei beschwörend an. Und bemerkte nicht einmal, *wie sehr* Elsbeth erbleicht war und wie ihre Augen glänzten. So beharrlich blickte er in diese Augen hinein und suggerierte Elsbeth dabei stumm: Komm, bei unserem Herrgott bitte ich, komm morgen abend ...

Mit zitternden Fingern zog er die Schnur des nunmehr prallen Geldbeutels zu. Balthasar sagte mit besonders schadenfrohem Tonfall: »Das wär's. Vielen Dank, daß du so geduldig gewartet hast!«

Auf einmal fragte Elsbeth, und ihre matte Stimme nahm dabei den Klang von splitterndem Glas an: »Balthasar, warum demütigst du ihn?«

»Oho!« polterte Balthasar los. »Ich war schon fest entschlossen, nicht davon zu sprechen! Aber wenn du anfängst, ihn zu verteidigen ... Schau ihn dir an! Schau ihn dir gut an! Ein hübscher Bursche! Ein untadeliger Bursche! Ein stattlicher Bursche! Nicht wahr? Zu guter Stunde gezeugt! Aber was ist er? Was war er hier in meinem Haus? Ein Zuträger! Ein Dieb!«

»Allmächtiger Gott ... Herr Balthasar ...«

»Schweig! Und du, Elsbeth, schau ihn dir an! Ich habe ihn die Chronik abschreiben lassen. Erinnerst du dich? Er hat hier an unserem Tisch gesessen und unser Brot gegessen. Und gelesen, was ich geschrieben hatte. Und es mit honigsüßer Stimme gelobt. Abends aber ist er hingegangen und hat den Maidels und Tisenhusens Bericht erstattet!«

Elsbeths wegen versuchte Michel krampfhaft, Würde zu bewahren, und das gelang ihm sogar – er rief aus: »Herr Balthasar, beim Namen Gottes versichere ich Euch: Ihr seid falsch unterrichtet! Ich habe ihnen nur von Eurer Arbeit erzählt, um ihre Zweifel zu zerstreuen!«

Balthasar schlug mit der Faust aufs Pult. »Du lügst! Um mit ihrer Hilfe nach oben zu kommen! Und dann, als ich das Manuskript fertig hatte, als ich im Begriff stand, es nach Rostock zu schicken, weißt du, Elsbeth, was er da getan hat? Er hat sich haargenau dasselbe Kästchen bestellt, eins von seinen alten Büchern hineingelegt und versucht, die Kästchen zu vertauschen – verstehst du? Damit ich sein Buch nach Rostock schicke, er aber mein Manuskript zu seinen Auftraggebern tragen kann, damit die es verbrennen! Aber der Herrgott hat es nicht zugelassen!«

Elsbeth fragte tonlos: »Michel, ist das wahr? Das kann doch nicht wahr sein ...«

»Ganz und gar nicht, damit es verbrannt wird, Frau Elsbeth, glaubt mir ...«

»Du willst deine Judastat beschönigen?« rief Balthasar aus.

»O Gott, alles war ganz anders ... Ich sehe, Herr Balthasar, ich sehe, Ihr wollt mich nicht anhören ... Aber irgendwann vielleicht ... Frau Elsbeth ...«

»Genug!« unterbrach ihn Balthasar. »Die Schuld hast du erhalten. Und auf deine Lügen können wir verzichten. Geh!«

Michel wartete in der Nikolaikirche von zehn bis Viertel zwölf. Elsbeth kam nicht. Als Michel kurz vor Mitternacht wieder in der Oberstadt war – mit einem Gefühl, als trage er erloschene Asche in der Brust –, wurde er sofort zum Admiral gerufen. Herr Maidel sagte zu ihm: »Herr Pontus hat meine Berichte gutgeheißen. Ich habe von ihm Anweisungen, Lode betreffend, erhalten. Morgen früh kehren wir dorthin zurück.«

»Herr Admiral, ich habe mir überlegt ...« Michel wollte sagen, daß er die Möglichkeit, dem Admiral auch weiterhin zu dienen, überdacht und mit der anderen Möglichkeit, nämlich in Reval zu bleiben und zu warten, bis das Ministerium eine Kanzel für ihn fand, verglichen habe. Und daß er dazu neige, sich zugunsten dieser anderen Möglichkeit zu entscheiden. Allerdings hatte er nicht die Absicht, zu erklären, daß er als sein eigener Herr in Reval bleiben könnte, weil Herr Balthasar ihm eine Schuld, oder genauer gesagt, das väterliche Erbe zurückerstattet hatte. Der Admiral aber redete weiter, und Michel kam nicht einmal dazu, das auszusprechen, was er hatte sagen wollen.

»Heute waren übrigens die Führer unserer Ritterschaft bei mir.«

Der Admiral hob den Pultdeckel hoch, nahm ein Buch aus dem Pult und warf es so vor Michel auf den Tisch, daß es fast den Kerzenhalter umgerissen hätte. »Da!«

Michel schlug das Buch auf. Es war die »Chronica der Prouintz Lyfflandt« von Balthasar Rüssow. Gedruckt hatte Michel sie noch nicht gesehen.

Der Admiral sagte: »Die Herren von der Ritterschaft bitten darum, daß ich dieses schändliche Buch lese. Es scheint wirklich *noch* schlechter zu sein, als ich dachte. Und sie meinen, unsere Ritterschaft müsse dagegen einschreiten. Sie sind der Ansicht, es sei angebracht, daß *ich* einen öffentlichen Brief gegen diesen Rüssow schreibe. Hm. Ich glaube nicht, daß das bei meiner staatsmännischen Tätigkeit und meiner beschränkten Zeit jetzt gar so wichtig ist. Trotzdem habe ich ihnen versprochen, diesen Unflat zu lesen.«

Michels Wunsch, dem Admiral den Dienst aufzukündigen, blieb unausgesprochen. Einfach deshalb, weil ihn der Admiral im geeigneten Augenblick nicht hatte zu Wort kommen lassen. Vielleicht aber auch aus dem Gefühl heraus, daß die erloschene Asche in seiner Brust nach den Worten des Admirals aufs neue zu glimmen anfing. Oder weiß Gott, warum Michel seinen Wunsch im nächsten Moment bereits als unpassend empfand.

Am Donnerstag nach dieser Unterhaltung stand Michel morgens in dem ihm für Schreibarbeiten zugewiesenen Loder Zimmerchen neben dem bischöflichen Gerichtssaal, also dem Arbeitszimmer des Admirals. Er hob den Blick von den Fragmenten der »Bauernordnung«, die vor ihm auf dem Pult lagen, und schaute aus dem Fenster. Dort, wo der Fluß einen Bogen beschrieb, wirkte der Erlenwald, im Feuer der Morgensonne, grau. Im Westen hingen phantastisch hohe Wolkentürme unbeweglich am dunstigen Himmel, scheinbar unbeweglich, denn während der letzten Stunden waren sie, für den Nachmittag ein Gewitter verheißend, merklich gewachsen und näher gekommen. Michels Kammer mit den dicken Steinmauern war kühler als die Außenluft, dennoch standen ihm Schweißtropfen auf der Stirn, das Gesicht zeigte die Blässe fehlenden Schlafs, unter den Augen lagen dunkle Ringe, und der sanft gezeichnete Mund war fest zusammengekniffen. Michel wandte den finster gewordenen Blick vom Fenster ab, zurück ins Zimmer, schob die Aufzeichnungen zur »Bauernordnung« zu einem Haufen zusammen und zog darunter den nächsten nicht zu Ende geschriebenen Brief hervor.

Elsbeth, am Dienstag hatte ich mit allen Fasern meines Herzens darauf gewartet, daß Du zur Nikolaikirche kommst, und Dein Ausbleiben war schrecklich. Denn nach der erniedrigenden Szene mit Balthasar, die ich vor Deinen Augen hinnehmen mußte, hätte ich Dein Kommen, die Möglichkeit, mit Dir zu sprechen, so dringend gebraucht wie die Luft zum Atmen. Ich verstehe: Die mir ins Gesicht geschleuderten Beschuldigungen mußten Dich so erschüttern, daß Du nicht kommen mochtest. Und so bleibt mir jetzt erst recht kein anderer Weg als ein Brief, um Dir dieses Zusammentreffen von Ereignissen zu erklären. Elsbeth, ich möchte Deiner Liebe würdig sein, und darum darf mein Verhalten keine Zweifel an meiner Aufrichtigkeit bei Dir wecken.

Du erinnerst Dich, vom Herbst des Jahres 1576 an lebte ich bei den Tisenhusens in der Oberstadt und weilte immer häufiger in Eurem Haus, denn Balthasar hatte mich eingeladen und mir seine Hilfe zugesagt, und ich meinerseits konnte ihm bei seiner Arbeit helfen. Ich kam aber auch – und das will ich vor Gott offen bekennen –, weil Du mich sofort bezaubert hattest.

Die Tisenhusens und ihre Freunde brachten bald die Sprache auf Balthasar, und erschrocken vernahm ich: Sie hatten sein seit langem bestehendes Interesse für alle Seiten des Lebens von Reval und Livland entdeckt und waren der festen Überzeugung, er sei der geheime Spion irgendeines Staates, der die Hand nach diesem Land ausstreckt. Und sie fragten mich, ob ich wisse, für wen er spioniere! Gott sei Dank konnte ich diesen schrecklichen Verdacht lachend widerlegen. Ich wußte ja, woran

Balthasar arbeitete, zuallererst von Dir, aber auch, weil ich Balthasar bei der Arbeit half und wir gemeinsam seine Chronik lasen. Schließlich hatte mich niemand schwören lassen, Stillschweigen darüber zu bewahren, selbst dann, wenn ich dadurch die Ruhe und Sicherheit meines verehrungswürdigen Lehrers und folglich auch Deine verteidigen könnte. Doch nun sagten die Herren von der Oberstadt, ein Chronist könne sogar gefährlicher sein als ein Spion, je nachdem, worüber er in der Chronik schreibe und was er verschweige. Weil mir nun aber Herrn Balthasars Werk genau bekannt war und die Arbeit am letzten Teil vor meinen Augen geschah, schien es mir, ich sei von Gott selbst gesandt, ihre Zweifel zu zerstreuen. Denn wenn ich auch einige grobe Ausdrücke und die Naivität des Herrn Balthasar nicht leugnen konnte, so standen seine guten Absichten und der reine, ungetrübte Augsburger Geist für mich doch außer Zweifel. Ich wurde nicht müde, das nachzuweisen und nach Möglichkeit Beispiele anzuführen. Du könntest mich fragen, warum ich denn Balthasar nichts davon sagte. Ich tat es nicht, weil ich mir lebhaft vorstellen konnte, wie sehr ihn schon der bloße Gedanke, man verdächtige ihn und versuche ihn zu bespitzeln, daran gehindert hätte, sich seiner Arbeit zu freuen, wie dieser Gedanke den häuslichen Frieden gestört und folglich auch Dich gequält hätte. Und ich wollte Dich doch so gern davor bewahren. Schließlich noch diese letzte Geschichte mit dem Kästchen, die Balthasar offenkundig für besonders verdammungswürdig hält. Ja, ich gebe zu, vor Balthasar, vor Gott und vor Dir: Ich habe die Kästchen vertauscht, und auf welche Weise der Herr diesen Tausch rückgängig gemacht hat, ist mir bis heute ein Rätsel. Doch bevor Du mich ob dieser Handlung verurteilst, bitte ich Dich inständig, Dir einiges vor Augen zu führen und zu berücksichtigen. Das Kästchen zu vertauschen, hatten mir die Herren von der Ritterschaft geraten. Sollte ich mich etwa moralisch über sie erhaben dünken, indem ich für unwürdig erklärte, was sie im Interesse des Landes für vertretbar und notwendig erachteten? Die Interessen des Landes wahrzunehmen und infolgedessen zu erkunden, was über die Vorgänge in diesem Land geschrieben und der ganzen Welt mitgeteilt wird, dazu haben sie, die uns von Gott bestimmten Herren, jedenfalls ein legitimes Recht. Trotzdem hätte ich, eingedenk unserer

Kindheit in der Raderstraße und wegen meiner geradlinigen Denkweise, es vielleicht nicht getan, wenn mir nicht einige offensichtliche Umstände ins Auge gefallen wären. Vor allem, als ich beabsichtigte, den Herren in der Oberstadt Balthasars Manuskript auszuhändigen. Er hatte es ja schon fertiggestellt, ins Kästchen gelegt und wollte es abschicken, um der ganzen Welt Kunde davon zu geben. Es spielte also keine Rolle mehr, ob sie das Manuskript in handschriftlicher oder gedruckter Form lasen oder ob sie die tausendsten, die zehnten oder die ersten Leser waren. Dennoch fragte ich mich: Könnten sie nicht im Manuskript irgend etwas ihnen Unliebsames entdecken und, hätten sie es einmal in Händen, seinen Druck verhindern? Darauf gab ich mir zur Antwort (denn so groß war mein Glaube an den besonderen Wert dieser Arbeit): Sollten ihnen, was ich allerdings nicht annehme, solche Zweifel kommen, so kann ich sie mit Gottes Hilfe zerstreuen und den Herren ihren Irrtum klarmachen – geduldig, geschickt und ohne sie mit Grobheiten zu verärgern, was unvermeidlich wäre und fatal werden könnte, wenn ich mich weigerte, all das mitzumachen, wenn sie dann von Balthasar, über den Statthalter etwa, verlangten, daß er ihnen das Manuskript zeigt, und wenn Balthasar es dann selbst vor ihnen verteidigen müßte. Nicht, wie Balthasar mir in Deiner Gegenwart vorgeworfen hat, um das Manuskript verbrennen zu lassen, wollte ich es ihnen bringen, sondern um seine Vorzüge zu beweisen und ihm nötigenfalls über alle möglichen Klippen hinwegzuhelfen. Vielleicht habe ich, als ich so handelte, das getan, wovon Jesus Sirach gesagt hat: »Wer bald glaubt, der ist leichtfertig.« Aber ich war, als ich mir das mögliche Wortgefecht mit den Herren vorstellte, von freudiger Kühnheit erfüllt. Ich wage zu behaupten: Ich fühlte mich wie David, als er auf Goliath losging. Mein Stein war die Wahrheit, die Schleuder – meine noch ungebrochene Achtung vor Herrn Balthasar, der Kraftquell meiner Hand und meiner Kühnheit – meine Liebe zu Dir.

Michel tauchte die Feder ins Tintenfaß und schrieb: *Um meiner Liebe willen …* Weiter kam er indes nicht. Er hörte, wie Herr Maidel die Steintreppe heraufstieg, und verbarg den Brief wieder unter Papieren.

Auf der Schwelle von Michels Kammer blieb der Admiral stehen. Er trug dunkelblaue Tuchhosen, sämischlederne gelbe Stiefel und, der Schwüle wegen, nur ein weißes Leinenhemd mit offenem Kragen, sein wettergebräuntes Gesicht glühte von der Hitze und vom Wein, den er offenbar zum Frühstück getrunken hatte. Nebenbei gesagt, zechte er ziemlich oft, wie übrigens sein ganzer Stand, doch war er wenigstens nie sinnlos betrunken, und niemand hatte ihn je auf schwankenden Beinen gesehen.

Der Admiral sagte: »Gehen wir zu mir. Dort ist es kühler.«

Michel folgte ihm in sein saalähnliches Arbeitszimmer. Auf den mitten im Raum stehenden langen Tisch schleuderte der Admiral ein Buch, und Michel wußte, ohne hinzusehen: Es war die Rüssowsche Chronik.

»Nun, ich habe es gelesen«, meinte der Admiral und begann auf der Diagonale des runden Steinfußbodens, zwischen dem nordöstlichen und dem südwestlichen Fenster, auf und ab zu gehen. Er erklärte: »Es versteht sich von selbst, daß er ein *Lump* ist!«

Man muß sagen: Dieses Wort ließ Michel zusammenzucken. Von dem Schlag zuckte er zusammen, der alle früheren Hoffnungen, seine Herren von den Tugenden seines Lehrers zu überzeugen, zunichte machte. Zusammenzucken ließ ihn im Grunde genommen die Demütigung, der er ausgesetzt war, und gleichzeitig die Genugtuung, daß diese Demütigung ihn aller Verpflichtungen enthob … O Gott, dieses Wort war wie der Stich eines Messers in eine Eiterbeule … Schmerzhaft, weil das Messer in lebendes, wenn auch von Krankheit entstelltes Fleisch eindrang, was den Schmerz noch verstärkte; fast wollüstig erleichternd, weil der Eiter, der dumpfen Schmerz im ganzen Körper und im Bewußtsein verursachte, nun herausfließen konnte …

»Man stelle sich vor, was er schreibt! Unsere Ritterschaft war seit Generationen eine Herde von Säufern, Wüstlingen und gemeinen Gewalttätern, die dem ehrlichen und tüchtigen, aber bettelarmen hiesigen Volk zur Last fiel! *Wörtlich* sagt er das natürlich nicht, doch Dutzende von Malen geht es ganz eindeutig aus seiner Erzählung hervor. Und er behauptet unumwunden, das Unheil der letzten Jahre habe Gott unserem Livland zur Strafe für die Sünden seiner Herren gesandt! Dagegen sind diese Taugenichtse, seine Esten hier in der Stadt, bei ihm sämtlich wie ausgesucht: alle stolz, ehrlich, arbeitsam und unermüdlich! Wo immer sich eine Gelegenheit bietet, beschreibt er mit gehässigem Vergnügen Räuberbanden, die durchs unglückliche Land streifen. Seine Bauern setzt er aufs Pferd und macht sie zu Anführern, die in Räuber verwandelten Adligen aber läßt er am Schwanze der Pferde dieser Anführer hinterherhüpfen!«

Der Admiral sprach crescendo, schließlich blieb er vor Michel stehen und stemmte drohend die Arme in die Seiten.

Michel starrte zu Boden. Dann fragte er, aus irgendeinem Grund leise: »Also ... schreibt Ihr nun?«

»Was soll ich schreiben?«

»Nun ... den *Brief* – gegen ihn?«

Der Admiral kreuzte die Arme vor der Brust und begann wieder im Zimmer hin und her zu gehen.

»Es gibt jetzt Wichtigeres als dieses schändliche Buch. Den Brief kann auch ein anderer schreiben ...«

Michel kniff die Augen zusammen. Ihm war, als stehe er an einem Abgrund, ohne Halt unter den Füßen, und schwanke im Wind, der heftig und böig war und Michel erschauern ließ, weil er bald von hier, bald von dort – bald von rechts, bald von links – blies. Von rechts hieß: Bedankt seist Du, o Herr ... Von links aber: Vergib mir, Gott – es tut mir leid ...

Der Admiral sagte: »Eure Abstammung von Handwerkern erklärt natürlich in gewissem Maße Eure Begriffsstutzigkeit. Trotzdem ist Eure Naivität einfach unglaublich ... Ihr habt versucht, mir weiszumachen, Euer Rüssow sei ganz harmlos ...«

Mit zusammengekniffenen Augen belauerte der Admiral Michel und atmete ihm den Geruch von saurem Rheinwein ins Gesicht.

Und Michel erkannte plötzlich, er würde ohne Halt auf dieser seltsamen, gefährlichen Höhe bleiben, wohin ihn der Zufall geführt hatte, wenn er sich nicht hinunterstürzte, jetzt sofort, gleich, gleich – mit grauenvollem, doch wollüstigem Schauder im Herzen ... O Gott, er wollte ja auch eigentlich nichts Besonderes sagen ... Und doch begriff er im Unterbewußtsein sehr wohl, was er tat ... als er ganz leise, vielleicht sogar mit leisem Spott bemerkte: »Nun, was der Rüssow da schreibt, ist doch geradezu harmlos ...«

»Was heißt das?«

»...im Vergleich zu dem, was er sagt ...« O Gott, habe *ich* das geäußert? Also ist meine Wahl getroffen, ein für allemal ... Aber schließlich habe ich nur die Wahrheit ausgesprochen! Herr Balthasar, Ehrenwort, sagt manchmal Dinge ... O Herr, welche Bedeutung hat schon, was *er* sagt, angesichts dessen, was ich soeben gesagt habe ... Was bin ich denn jetzt? Was heißt hier *jetzt*, vielleicht bin ich es schon längst ... Meine Mutter, an die ich mich nicht erinnere, mein Vater, der an der Pest gestorben ist, mögen sie mir doch sagen ... Was für ein Unsinn! Schließlich ist das ja die Wahrheit! *Wahrheit!* Und warum hat der Mann sich nicht gescheut, den anderen in Gegenwart der Frau, die ihm die Liebste ist, zu verleumden und einen Betrüger zu nennen, während er, der Verleumdete, nicht einmal die Wahrheit aussprechen darf ... Wo doch sogar die Herren des Landes ihn danach fragen? Ist doch unwichtig, was er damit erreichen will – Wahrheit bleibt Wahrheit! Herr, vergib mir ...

»Ja. Was sagt er denn?«

Da, sie fragen schon ... Und ich werde antworten! Werde die Wahrheit sagen. Weil ich keine andere Wahl mehr habe. Glücklicherweise. Oder vielleicht habe ich doch eine. Natürlich! Nein, nein, nein – nun nicht mehr ... Ach, wäre Elsbeth jetzt hier ... Mein Gott ...

»Nun, zum Beispiel ... er behauptet, das ganze Geschlecht der Maidels stamme von Bauern ab, von Esten.«

Einen Augenblick lang sah der Admiral Michel schweigend an, mit offenem Mund – er schien vergessen zu haben, ihn zu schließen. Dann herrschte er ihn an: »Wie kann er es wagen?«

Michel bequemte sich nicht zu einer Antwort, und so fragte der Admiral noch leiser, mit gesenkter Stimme – entweder weil er sich überschrien hatte oder weil er fassungslos war: »Mit welchem Recht wagt er es ...?«

»Angeblich hat er alte Schriftstücke gesehen. Im Ratsarchiv.«

»Hm.«

Der Admiral ging zum südwestlichen Fenster, verschränkte die Arme vor der Brust und sah eine Weile hinaus. Sein Nacken zwischen dem Kragen des weißen Hemdes und dem graugescheckten Haar schien mehr als sonst gerötet zu sein. Dann, ohne sich zu Michel umzudrehen, zischte er durch die Zähne: »Geht!«

Eilig stieg Michel die in der Mauer des Wachturms eingehauene Treppe hinab. Kaspar, der Bursche des Admirals, ein Mann mit flinken, hastigen Bewegungen, der etwas von einer Schabe hatte, begegnete ihm auf dem Kopfsteinpflaster des Innenhofes. Er wunderte sich, warum der Herr Schreiber plötzlich den Kopf in die Schultern gezogen hatte und warum er seinen, Kaspars, Gruß nicht erwiderte – dieser mißglückte Pastor und halbe Sekretär des Admirals aus dem Winkel hinter dem Zimmer des Schloßherrn. Es hätte sich jedenfalls für ihn geziemt, zurückzugrüßen, und bis jetzt hatte er es auch immer getan, etwas verspätet allerdings, damit jedem klar war, wer als erster zu grüßen hatte. Mit Krügen klappernd, kam Michel im Torweg der Amtmann Munt entgegen, die dritte Woche bereits mit sauber rasiertem Kinn und einem im Bewußtsein seiner Wichtigkeit aufgeblühten Gesicht. Schon in zehn Schritt Entfernung begann er in Erwartung eines Grußes zu blinzeln. Als er an Michel vorüber war, drehte er sich um und fragte sich grinsend, was dem höflichen Schreiber widerfahren sein mochte, daß er auf einmal vorübereilte, ohne den Schloßamtmann zu grüßen. Schließlich hatte unter dem

Moskowiter kein anderer als er, Munt, Michel geholfen, die Kanzel zu erklimmen, und sich mit ihm abgemüht wie mit seinem eigenen Kind … In Munts ziemlich stumpfsinnigem, etwas plattgedrücktem Gesicht spiegelte sich sogar leise Unruhe: Hatte der Admiral etwa irgendwelche Beschuldigungen gegen den Amtmann vorzubringen? Es konnte, sagen wir, eine Beschwerde von jemandem eingegangen sein, dem es vielleicht verdächtig vorkam, daß er, Munt, sich allzu gut mit dem Woiwoden der Moskowiter verstanden hatte – wer wußte schon, daß der Woiwode insgeheim seit langem mit dem Schweden liebäugelte …

Michel ging an denen, die ihn grüßten, und denen, die einen Gruß von ihm erwarteten, vorüber, als habe er Scheuklappen vor den Augen, er trat durch das Tor der Vorburg und überquerte die Grabenbrücke. Das Klopfen der eigenen Sohlen auf dem Kopfsteinpflaster, der Modergeruch aus dem Graben und das Krachen der Hängebrücke unter seinen Schritten drangen nur wie aus weiter Ferne zu ihm. Er bog ins Gebüsch an der linken Grabenböschung ab und ging noch etwa hundert Schritt. Dann setzte er sich mit angezogenen Beinen auf eine Bülte, schlang die Arme um die Knie und preßte das Kinn darauf. Selbst jemand, der besser formulieren konnte als Michel, wäre in arge Bedrängnis geraten, hätte er Michels inneren Zustand in Worte kleiden sollen. Er hätte nicht sagen können, ob sich Michel etwa so fühlte, als versuche er eine ihn spürbar bedrückende und zugleich nicht zu fassende, durchsichtige Mauer fortzuschieben, oder als warte er auf ihr Näherrücken, um sich daran festhalten und hochziehen zu können …

Als Michel die Augen öffnete und sich mit dem Handrücken den Schweiß von der Stirn wischte, erblickte er neben sich eine Kamillenstaude mit angewelkten – schließlich war Sommermitte – Köpfen. Er riß einen Blütenstengel ab und sah zu, wie über den Büschen drohende blauschwarze Wolken am Himmel dahinzogen, und lauschte auf das ferne Donnerrollen. Auf einmal ertappte er sich dabei, daß er langsam die weißen

Blütenblätter der Kamille abzupfte und dabei flüsterte: Er schreibt – er schreibt nicht, er schreibt – er schreibt nicht. In diesem Moment hörte er, wie man ihn irgendwo, hinter den Büschen, rief. Er stand auf und sah, der schabengleiche Admiralsbursche Kaspar kam auf ihn zu und winkte ihm. Michel ging ihm entgegen, und als sie beieinander waren, sagte Kaspar: »Ich habe gesehen, wie Ihr vor kurzem in diese Richtung gegangen seid, und mir gedacht, Ihr könntet nicht weit sein. Der Admiral befiehlt Euch sofort zu sich ...«

Der keuchende Michel stürmte die Treppe mit den hohen Stufen hinauf und ging durch sein Kämmerchen ins Arbeitszimmer des Admirals. Der stand da, gleichsam eingerahmt vom südwestlichen Fenster, vor dem Hintergrund der Gewitterwolke, die Arme auf der Brust verschränkt, einen Pokal mit Wein in der Hand.

»Ich habe mich entschieden. Ich *schreibe* ...«

Michel spürte, wie in seinem Inneren Scham und Triumph miteinander rangen. Er unterdrückte die Scham, zum Triumph gesellte sich ein leiser wehmütiger Beigeschmack von Bedauern, und er dachte: Wie bei jedem ehrlichen Menschen, wenn er einen Sieg errungen hat ... Der Admiral schloß: »Ihr bekommt also, was Ihr wollt.«

Das schluckte Michel. Und verbarg es irgendwo zwischen Scham und Triumph. Der Admiral sagte: »Holt jetzt Euer Papier und legt es hier auf mein Pult. Und eine Feder auch.«

»Wie? Ich ...?«

»Natürlich Ihr. Ich werde reden, Ihr schreibt.«

Michel verschlug es den Atem. Doch er bezwang sich. Und sagte trotzdem, obwohl er die Sinnlosigkeit seiner Worte einsah: »Er wird ja meine Handschrift erkennen ...«

»Na und? Was ist, habt Ihr Angst?« fragte der Admiral. »Ihr könnt Eure Handschrift verstellen, wenn Ihr dazu imstande seid. Und ich setze meine Unterschrift darunter.«

Michel ging in seine Kammer und nahm mehrere

Blatt Papier. Gar zu gern hätte er gewußt, warum ihm der Admiral befohlen hatte, Papier zu holen, wo doch in seinem Pult ein ganzer Stoß für Briefe zurechtgeschnittenen, sauberen Papiers lag ... Michel zählte, wie viele Blätter er nahm – eins, zwei, drei, fünf, sieben –, drei legte er in die Schublade zurück. Im Grunde genommen wußte er nicht einmal, warum er das tat. Hätte er Zeit zum Nachdenken gehabt, er würde begriffen haben: in der Hoffnung, der Admiral werde sich um so kürzer fassen, je weniger Papier er, Michel, nahm ... Michel überlegte, ob es besser wäre, wenn er dazu das Papier des Admirals und dessen Feder benutzen könnte, sah aber sofort ein, daß das völlig belanglos war. Er legte die Feder, die er schon in der Hand hielt, zurück aufs Pult, trat ans Fenster und warf einen Blick durch die Butzenscheiben. Hinter der drei Ellen breiten steinernen Fensterbank, jenseits des grünlichen Glases, irgendwo tief unten, färbten Regenschauer die rotgrauen Dächer des Nordostflügels des Schlosses blutigrot ... Michel dachte: Schön. In den Abgrund springen werde ich deswegen nicht ... Er kehrte dem Fenster den Rücken zu, schloß die Augen, bekreuzigte sich und sprach: »Herr, Du weißt – alles, was ich tue, tue ich wegen dieser schrecklichen Ungerechtigkeit, die mir widerfahren ist. Und zweifellos gibst Du selbst mir die Gelegenheit zur Abrechnung, die sich mir jetzt bietet ... Wäre es anders ... Du siehst doch: In dieser ganzen Geschichte zwischen Herrn Maidel und Herrn Balthasar spiele ich *jetzt* eine so untergeordnete Rolle, als gäbe es mich gar nicht ... Um eines aber bitte ich Dich doch und bitte so demütig und inständig, wie Dich noch nie jemand um etwas gebeten hat: Mache, daß Elsbeth niemals erfährt, daß ich teilhatte an diesem Brief! Richte es so ein, Herr, und ich schwöre Dir, ich werde alles tun, was in meinen Kräften steht, um diesen Brief abzuschwächen ...«

Nach dem Gebet gewannen Michels Schritte eine merkwürdige Sicherheit. Er trat in Herrn Maidels Zimmer, breitete alle Utensilien aus, rüstete sich zum Schreiben und dachte bei sich: Herr, vergib mir ...

Der Admiral sagte: »Wir schreiben auch eine Kopie. Ich schicke den Brief nicht nur an ihn, sondern auch an den Revaler Rat. Fangen wir an!«

Er leerte den Pokal bis auf den Grund und stellte ihn klirrend auf die steinerne Fensterbank. Michel dachte: Es hat geklirrt, als hätte er mit dem Schwert gegen das unbewegliche Visier eines Gegners geschlagen ... Herr Maidel begann:

»An Balthasar Rüssow, den verlogensten Prediger in ganz Europa ...«

Michels Ohren begannen zu glühen, er schrieb, dabei eifrig seine Handschrift verstellend, sie eckiger machend, und dachte: Hier kann ich weder etwas ändern noch abschwächen, er würde es sofort merken.

Der Admiral fuhr fort: *»... welchen Titel Ihr, ein Verleumder und Ausbund von Ehrlosigkeit, unbestreitbar durch Eure bäurischen Streiche verdient habt, der unseres lieben löblichen Vaterlandes so treulos und leichtfertig, mit so groben, erlogenen, schmählichen, unerhörten, erdichteten Lügen sollte gedenken und sie in der ganzen Welt ausschreien, unter ehrlichen Leuten aussprengen und in öffentlichen Druck bringen.«*

Michel schrieb und spürte, die Luft wurde ihm immer knapper. Krampfhaft suchte er mildere Worte für »Ausbund von Ehrlosigkeit« und »bäurische Streiche«. Doch in der Eile und vor lauter Niedergeschlagenheit fand er keine, fand sie um so weniger, als in der trüben Wolke inneren Widerstrebens und Zweifelns – zum Teil sogar gegen seinen Willen –, o Gott, eigensinnige Funken schadenfrohen Triumphes aufglimmten: Nun bekommt Balthasar endlich sein Fett ...

»Das aber habt Ihr mehrfach gethan, ohne Ursache, mit giftigem, bübischem, angeerbtem Frevel, Haß, Neid und unbilliger Verfolgung, treulosen Gemüthes an deutschem Geblüte; welches keinem aufrichtigen, frommen, fleißigen Seelsorger nimmer wohl angestanden hat und auch sein Tage nicht erhöret ist, in keinen Schriften und Büchern auch nicht erfunden, daß sich von Gott berufene, ehrliche Kirchendiener Gottes solcher großen verlogenen Leichtfertigkeit sollten ihrem Amt zuwider beflissen haben, als Ihr nun als ein unvernünftiger Bauernochse gethan

habt, ohne jenigerlei Fürsten, Herren, Ritter oder Grafen Rath, Willen, Freiheit oder Zulaß; von welchen doch alle löblichen Scribenten, geistliche wie weltliche Bücher zu schreiben oder in den Druck zu befördern, ein jeder in Sonderheit Zulaß und günstigen Willen zu haben sich befleißigen. Ich erachte aber, dies Buch ist ergangen mit des Wartmanns von Päskülls Freiheit ...«

Michel blickte auf. Er hatte diese gehässig-anmaßende, bosheitstrunkene Tirade vorüberrauschen lassen und sie zu Papier gebracht. Seine Stirn war feucht. Im Nebel seiner Ablehnung blitzten immer häufiger erhitzte Fünkchen einer sieghaften Freude auf. Er machte letzte Versuche, sie zu löschen. Sah in das puterrote Gesicht des auf und ab gehenden Admirals.

»Herr Admiral, aber wieso mit Erlaubnis des Wartmanns von *Päsküll*?«

Nein, nein! Rache als Wiederherstellung der Gerechtigkeit – gut und schön. Doch die Fakten mußten stimmen, das war etwas, worauf Michel stets achtete. Darum machte er gerade an dieser Stelle den Mund auf ... Der Admiral blieb mitten im Zimmer stehen und fragte: »Stammt er etwa nicht von dort? Ist er denn nicht der Sohn von Pärtel Rüssow aus der Päsküller Wacke, die zu den Ländereien des Revaler Schlosses gehört?«

»Ganz und gar nicht«, sagte Michel eifrig und dachte: Das müßte Elsbeth hören, wie ich ... »Er ist der Sohn des Revaler Fuhrmanns Siimon Rüssow vom Rasiker Landgut ...«

»Na wennschon ...« Der Admiral winkte ab. »Schreibt, wie ich gesagt habe! Das ist ohne Bedeutung! Ich werde doch nicht auf seinen mistigen Spuren von einem lumpigen Dorf ins andere reiten! Schreibt weiter: *»... wie denn das Sprichwort sagt: ›Wie der Teufel ist, so hat er auch ein Kind‹, dessen Knecht und Scribent seid Ihr jetzt geworden ...«*

Michel spürte mit dem Schmerz der Unvermeidlichkeit, wie er immer mehr in die wonnige Tiefe sündhafter Siegesfreude versank und sich gleichsam selbst in Teufelsbrut und einen Schmierfinken verwandelte ... O

Gott, das war doch einfach der Zwang des Versuchers – es bedeutete, einer Frau völlig verfallen zu sein, auf den Flügeln der Sünde ihr nachzuschweben und sich in ihr zu verlieren (wenn der Verstand einem auch sagt, daß sie eine Dirne ist) ... O Gott, Michel sah, nur wußte er nicht, ob mit dem inneren Blick oder mit seinen wirklichen Augen: Die feurigen Funken im Nebel seines Selbstgefühls stiebten immer stärker empor, bis alles in kupferfarbenen Höllenflammen aufloderte. Davon beleuchtet, schrieb er, ganz im Banne eines teuflischen, nie gekannten Gefühls von Befreiung und Leichtigkeit, zitternd vor Erregung, während kitzelnde Schweißtropfen ihm über die Brust liefen.

»... weil Ihr nicht Acht hattet auf königliche Gnade und fürstliche Freiheit, da doch alle Scribenten der Wahrheit von denselbigen hohen Potentaten beschützt und gehandhabt werden. Darum haben sie den fürstlichen Titel, daß sie Schützer, Schirmer, Trost, Spiegel, Aufrichter, Erretter und Vermehrer sind aller Tugend, Ehre und ehrlichen Namen an Landen, Städten und Graffschaften der Edelen und Edelleute. Ohne diesen fürstlichen Beistand, Hilfe, Rath und Zulaß mag oder kann keiner nächst Gott zu solchen Tugenden kommen, oder sich unterstehen, von irgend welchen Landschaften oder Fürstenthümern zu schreiben oder in den Druck zu verfertigen, als was der aufrichtigen Wahrheit gemäß und keinen löblichen Landschaften zu nahe ist.

Das aber habt Ihr wenig geachtet und Euch viel weniger der königlichen Gnade und Freiheit bekümmert, sondern aus eigenem Gutdünken und bäuerischem, heidnischem, giftigem Gemüthe diese Lügenchronik oder des Teufels Alkoran mit aller Leichtigkeit vorgenommen und zusammengebracht und nicht bedacht, so manchen ehrlichen Mann, ja auch Frauen und Jungfrauen, edel und unedel, ja auch die löblichen Kriegsleute mit Lügen nahmhaftig in die Welt zu bringen. Ehrlichen Kriegsleuten, deren es Gott lob viele giebt, seid Ihr in der Schmähschrift und in dem verächtlichen Buch nicht wenig durch unverschämte Erdichtungen zu nahe getreten. Dies solltet Ihr wegen des löblichen Predigtamtes unterwegs gelassen und einem anderen losen, leichtfertigen Buben befohlen haben. Nun finde ich aber unter diesem Haufen, was doch einer, der ein ehrlich Gemüthe in sich hat, wohl anders bedacht und sich des alten Sprichwortes erinnert hätte: ›die Welt bleibt den unnützen Scribenten Nichts schuldig.‹ «

Hinter dem Rücken des Admirals, am Horizont, den man vom nordwestlichen Fenster aus sah, schlugen offenbar ferne Blitze ein, ebenso fern wie der Schauer des Entsetzens, den Michel empfand, als er sich einen Lidschlag lang mit den Augen eines Unbeteiligten sah, sich, der da im Turm des Herrn Admirals und Lehnsverwalters stand und solches über seinen früheren Lehrer schrieb.

»Was aber über Euch in kurzen Tagen beschlossen ist, für Eure gehabte Mühe und bübische Arbeit, wird die Zeit auch geben. Gott gebe einem Jeden seinen rechten Lohn. Es mag Einer sagen, wäre die böse Arbeit ungethan geblieben, er hätte nimmer keinen bösen Lohn erhalten. Ja wahrlich, davon sage ich auch, hättet Ihr die Bibel und andere schöne und edle Dinge vorgenommen, deren man Gott lob in deutscher Sprache genug findet, es wäre viel rühmlicher gewesen. Aber ich achte, es wird mit Eurer Gelegenheit also sein, daß Ihr die Untugend vor der Tugend liebet. Achte, es war, wie die Fabel Aesopus meldet von einem Hahnen, der einst einmal eine schöne Perle im Misthaufen fand, da sprach der Hahn: Ach du schönes Dingelein! was machst du hier und liegst hier so jämmerlich? Wenn dich ein Kaufmann fände, der würde deiner froh und du würdest zu großen Ehren kommen, aber du bist mir und ich dir nicht nütze, ich finde ein Körnlein oder Würmlein und lasse ihm alle Perlen, magst bleiben, wo du bist.

Diese Fabel meldet, daß alle Kunst, Ehre und Tugend, löbliche Bücher bei Bauern und groben Knollen unwerth sind, wie denn alle Kunst und Weisheit bei denselben verachtet ist, wie man spricht: Kunst geht nach Brod.« Und so weiter und so weiter. *»Oder seid Ihr von denen einer, die zween Herren zugleich dienen können, dem Rathhause und der Kirchen?«*

Und so weiter und so weiter und so weiter. Der Admiral war in Rage geraten. Er rief den Diener und befahl ihm, einen großen Becher Wein zu bringen. Den leerte er zur Hälfte. Sein strenges, purpurrotes Gesicht bedeckte sich mit Flecken. Seine Stimme wurde noch lauter, und als er diktierend an Michel vorüberging und voll ins Licht trat, sah der, wie Maidel bei den heftigsten Worten Speichel aus dem Mund spritzte.

»... *dieweil ich Euren Lügen-Alkoran ganz durchgelesen habe und alle Lügen und Unbilligkeit notiret, welches ich zuvor kein Mal mit Gelegenheit habe thun können. Dieweil ich viel lose Narrheiten in Eurem Buche gefunden, habe ich um Erhaltung der Wahrheit dies Brieflein an Euch gehen lassen, nebst dem Lügenbuch, damit Ihr nicht gar in Eurem bäurischen groben Vornehmen weiter verharret, damit Ihr ersehen und erfahren sollt, daß noch Leute in der Welt leben, die auch noch etwas verwahret haben von alten Geschichten, ja auch noch wohl daneben gedenken, was in 40 Jahren, Gott gebe 50, sich in Livland zugetragen hat, damit die rechte Wahrheit noch allenthalben in allem Guten zu Tage komme. So will ich meines Theiles so viel zu dem Alkoran thun, als sich dazu gebührt, und was auf solche leichtfertige Schreiber, als Ihr einer seid, gehört. Das soll meinem lieben Vaterlande zu Ehren geschehen und Euch und den Eueren zum Schimpf und zum Gedächtniß. Und soll Eurer auch wieder zum Besten gedacht werden, wie man solcher Leuteschänder und gemeiner Ehrendiebe zu gedenken pflegt, und der Alkoran soll erst recht umgekehrt werden, damit die losen, leichtfertigen Lügen mögen an den Tag kommen. Dazu habt Ihr Verstand genug, und ich thue Euch wieder, was Euch nicht lieb ist und was die helle Wahrheit mit sich bringt.*

Datum Lode ...

Was für ein Datum haben wir heute?«

Seltsamerweise konnten weder er noch Michel sagen, ob man den fünften, den sechsten oder gar den siebenten August schrieb, und so winkte der Admiral denn ab und fuhr Michel an: »Unwichtig. Schreibt: ... *Lode, den Tag, den Gott gab, Anno 81.*«

Er trat ans Pult, entriß Michel die Feder und unterzeichnete, Tinte verspritzend: *Toenisz Maidel.*

»Und morgen schreibt Ihr für diese Revaler Tranhändler, also für den Rat, eine Kopie.«

Am selben Abend kam die Nachricht, Herr Pontus habe gestern oder vorgestern mit der Belagerung von

Hapsal begonnen, wo noch die letzten Moskowiter verblieben waren. Einige von der Wache des Loder Schlosses stiegen auf den hohen Torturm, um dort oben, unter den in den zerfetzten Wolken aufleuchtenden Auguststernen, durch die Dachluken zu schauen und zu lauschen. Sie beteuerten, von Westen, das heißt von Hapsal her, klängen wirklich ferne Kanonenschüsse herüber. Doch die Schüsse und die Unterhaltungen auf dem Hof unter seinem Fenster nahm Michel nur mit halbem Ohr wahr. Nachdem er die Kerze gelöscht hatte und nun an dem kleinen Tisch in seinem Kämmerchen saß, war er mit seinen Gedanken ganz woanders.

Von dem seltsamen Fieber, das ihn befallen hatte, als er den Brief schrieb, war seine Haut noch feucht, und in dem Zimmer mit den Steinwänden fröstelte es ihn trotz des schwülen Abends, weil er entsetzt dachte: O Gott, wie schnell das alles gegangen ist! Nicht ein einziges Wort habe ich ändern können, ich habe meinen Schwur nicht gehalten und Herrn Maidels Brief nicht abgeschwächt. Dabei wäre es doch möglich gewesen, da Herr Maidel seine Unterschrift unter den Brief gesetzt hat, ohne ihn durchzulesen … Und Michel erkannte auf einmal: Er war von dem – wirklichen oder erdachten, das wußte Gott allein – verlockenden Berggipfel der Herstellung der Gerechtigkeit fortgetragen und hierher, in dieses beklemmend reale Loch, verschlagen worden … Unter das schwere Gewölbe mit der niedrigen Tür, auf den schlüpfrigen Kalksteinfußboden, sechs mal acht Ellen groß. Vor die schrundige Wand, die einem die Haut abzuschürfen drohte, auch wenn man sie im Halbdunkel gar nicht sah. Und vor die Fensteröffnung über dem Tisch, die wie ein tiefer Steinkasten wirkte, der dort, in der Tiefe, anstelle des Kalksteins zufällig eine graue Glasscheibe hatte. Diese befand sich so dicht über dem gepflasterten Hof, daß der Regen am Nachmittag sie mit Schlamm bespritzt und undurchsichtig gemacht hatte … Michel fühlte mit einemmal, wie ihm Entsetzen die Kehle zuschnürte: Und wenn Elsbeth es nun doch erfährt …?

Unter der Last dieses schwarzen Berges von Furcht glitt er vom Schemel auf den Steinfußboden, verschränkte kniend die schweißnassen Finger, preßte den Kopf an die zerschrammte Tischkante, und die Scharten schnitten schmerzhaft in seine feuchte Stirn. Vielleicht tauchte irgendwo ganz tief in seiner Phantasie sogar eine Dornenkrone auf, als er betete: »Herr, mein Gott! Ich weiß, ich bin schwach – ich habe mit dem Brief nicht getan, was ich gelobt hatte. Doch ich bitte Dich … bestrafe mich, wenn Du willst … (Sollte mich diese Strafe ereilen, werde ich auf der Suche nach Rettung wieder mit einem Gebet zu Dir kommen, schließlich hast Du selbst es so eingerichtet) bestrafe mich, wenn Du es für notwendig hältst, aber mache jetzt, mache dieses eine Mal, mache unbedingt, daß Elsbeth nicht erfährt, was ich getan habe …«

VIERTES KAPITEL,

darinnen, wenn auch vielleicht mit Verspätung, der Versuch gemacht wird, die Dinge wieder mit anderen Augen zu sehen. Dabei überzeugt man sich zu guter Letzt, daß die Ereignisse unerbittlich ihren Lauf nehmen und die oberflächliche Vorstellung, man könne ihre Richtung ändern – sei es durch Widerspenstigkeit, sei es durch Ergebenheit –, die menschliche Seele so lange in die Irre führt, bis ein nach Meinung der Ungläubigen blinder, nach Meinung der Gläubigen heiliger Zufall sie gewissermaßen blendet

Über dem Sandhaufen, vor der Bank im Hof des Pfarrhauses, glänzen die sorgfältig gekämmten und wieder zerzausten rötlichen Locken der Mädchen in der Sonne – Elsbeth kann gar nicht verstehen, wie hierher, in diesen von Mauern umschlossenen Hof, so viel Sonne kommt, daß die Köpfchen der Mädchen derart leuchten. Es ist angenehm, sie anzusehen. Angenehm und irgendwie beunruhigend. Denn der Sonnenstreifen, der sich über den Sand bis zur Steinbank hinzieht, ist nur ganz schmal. Wenn Ebbe und Anna die Puppenwiege – sie haben zusammen eine – stärker schaukeln und ihre Köpfchen tiefer in den Schatten neigen, verlieren die Haare sofort ihren Glanz ...

Balzer ist bereits eine Woche beim Großvater in der Raderstraße. Auch schon ein siebenjähriger kleiner Rakker. Er spielt zu gern mit den Fellresten zu Füßen von Großvaters Gesellen. Nun, an die Lohbottiche hinter dem Bleeksberg kann der Großvater jetzt jederzeit heran, und er benutzt sie auch wieder; die zu Hause, im Hof, während der Kriegszeit in den Boden eingelassenen Bottiche aber sind fest mit Deckeln verschlossen. Man braucht also nicht zu befürchten, daß Balzer hineinfällt und ertrinkt. Im Hause des Großvaters lernt er bestimmt Deutsch sprechen, während das tägliche Leben in seiner Familie in einem Mischmasch von Deutsch und Estnisch abläuft. Kürschner zu spielen paßt jedenfalls besser zu ihm als das Fuhrmannsspiel von einst. Trotzdem sähe Elsbeth es gern, wenn auch Balzer hier wäre, bei den Mädchen ...

Elsbeth sitzt an der Nordwand des Hauses auf einer Holzbank, und der Sonnenstreifen, der auf den Friedhofsboden zwischen Kirche und Apotheke fällt, zieht sich von den im Sand spielenden Mädchen bis zu Elsbeths Füßen hin. Vor ihr steht ein niedriges Tischchen, das sie aus der Vorratskammer mitgebracht hat, und darauf ein großer Bastkorb mit sieben oder acht Pfund reifer schwarzroter Kirschen. Peep, der Enkel des Kurglaer Jakob, hat das Naschwerk heute morgen hergebracht, als er auf den Markt ging. Und Balthasar mußte diesen helläugigen derbknochigen Bauernburschen natürlich in sein Zimmer führen und sich dort eine, anderthalb Stunden mit ihm unterhalten. Den Gast zu überreden, zum Mittagessen wiederzukommen, hat er aber nicht geschafft. Ist auch besser so. Denn bis heute fühlt sich Elsbeth, im Hause oder bei Tisch, Balthasars ländlichen Verwandten gegenüber befangen ... Jetzt sitzt sie hier und muß die Kirschen von den Stielen befreien. Da sie so reif sind, daß mit den Stielen auch die Steine herausgehen, entfernt sie diese gleich mit. In Honig gekocht, kann man die Kirschen im Winter gut den Kindern geben, wenn sie Husten oder Halsschmerzen haben. Sie legt Steine und Stiele gesondert nach links, auf ein Stück Birkenrinde, die Saft verströmenden Kirschen von der Farbe geronnenen Blutes aber nach rechts, in eine große dunkelblaue glasierte Schüssel. Von Zeit zu Zeit scheucht Elsbeth die Mädchen fort, die zuviel Kirschen auf einmal aus dem Korb nehmen und in den Mund stopfen. Allerdings schiebt sie mit von den Kirschen roten Fingern hin und wieder selbst ein, zwei süßsaure Früchte in den Mund. Elsbeth empfindet ihre Herbheit stärker als ihre Süße. Sie spürt, wie ihr der Kopf herabsinkt, sie ist müde von all der Plackerei an diesem heißen Tag und hängt ihren Gedanken nach ... Balzer sollte eigentlich hiersein, bei den Mädchen ... Welchen Halt hat man denn sonst in all diesen Lebensängsten, bei diesem nutzlosen Tun und Treiben, wenn nicht die Kinder?

Als Mädchen darf man natürlich von Gott weiß was

träumen. Mit zehn Jahren sogar davon, Christi Braut zu werden und die Sehnsucht der Kranken und Leidenden nach dem Paradies zu nähren. Allerdings hat es dafür in Reval in den letzten beiden Jahrzehnten keine richtige Möglichkeit mehr gegeben. Ins Kloster gehen, um von gebildeten alten Frauen Schulweisheit zu erlernen, konnte man ja noch. Aber von den jungen Frauen, die in Elsbeths Kindertagen, auch jetzt noch, unter dem Schutz der Zisterzienserinnen lebten, erzählte man sich die ungehörigsten Dinge.

Mit zwölf Jahren beginnen die Mädchen auf einen Prinzen zu warten. Mein Gott, ganz wie im Märchen warten sie, sagen wir, auf einen Grafensohn ... Der sich bei einem Schiffbruch vielleicht als einziger hat retten können und, von niemandem erkannt, in die Stadt kommt ... Wie beispielsweise der blonde Arnulf aus ich weiß nicht welchem Roman, aus dem ihnen der Großvater an Herbstabenden am Herd erzählt hat ... Von irgendwoher, vom Kreuzbergufer, kommt er in die Stadt, und er trägt nichts bei sich, nicht einmal einen Harnisch hat er an, er ist traurig und sprüht doch vor Edelmut ... Und hier, direkt vor der Olaikirche, begegnet einem hübschen Revaler Mädchen in seiner Gestalt ihr Schicksal und ihm in Gestalt dieses Mädchens das seine. Sodann gelangt dieser Grafensohn, mit Gottes Hilfe, wunderbarerweise wieder zu Glanz und Ansehen und führt seine Auserwählte zum Altar. Jaja, mit zwölf warten die Mädchen auf einen schönen Prinzen ... Und danach ... Elsbeth erinnert sich noch gut, wie sie mit Birgit, der Tochter des Sämischgerbers von der Langstraße, dieses Spiel spielte: Sie maßen alle jungen Männer der Stadt an ihrem Traumprinzen ... Schüchtern errötend, erzählten sie einander, wie ihr Bräutigam aussehen müsse, und prustend, kichernd und achselzuckend meinten sie, in Frage käme weder dieser noch jener junge Fant mit Flaum anstelle eines Schnurrbarts. Auch nicht der mit einem richtigen Schnurrbart, der ihnen einen Blick zugeworfen oder gewagt hatte, sie anzusprechen. Erst recht nicht der, den die Eltern in ihrer Gegenwart bisweilen erwähnten – über den lohnte es nicht einmal zu reden, er war entweder beschränkt oder zu nichts zu gebrauchen oder einfach komisch, hi-hi-hi ... Das geht so lange, bis zumindest denen, die der Herr nicht ausersehen hat, alte Jungfern zu werden, das Unvermeidliche widerfährt ... Um Birgit hielt Torsten an, Torsten mit dem pickligen Gesicht, der meist nach Bier roch, zu jener Zeit Leutnant beim jungen Herrn Horn. Dabei war er weiß Gott nicht das Ideal eines Bräutigams und von ihnen nicht einmal in die engere Wahl gezogen worden. Jetzt hat er Birgit in Stockholm als Hauptmannswitwe zurückgelassen. Elsbeth weiß das aus früheren Schreiben; heute kommen immer seltener Briefe. Und wie Elsbeth von einigen ihrer ehemaligen gemeinsamen Freundinnen gehört hat – o Gott, man stelle sich das bloß vor –, führt Birgit nun ein lustiges Leben. Wer hätte das gedacht ...

Steine und Stiele nach links, Kirschen nach rechts ... Doch über die Freundin spotten, weil Torsten den Träumen vom Grafensohn in ihren heimlichen Gesprächen so lachhaft wenig entsprach, darf Elsbeth nicht ... Weil damals auch für sie ein schicksalhafter Augenblick kam ... Wann war das doch gleich? O Gott, zwölf Jahre sind seit der Zeit vergangen, da der eckige Pastor von Heiligengeist (den Elsbeth bis dahin kaum bemerkt hatte, oder weiß Gott, weiß Gott ... den sie, weil er bei ihrem Vater einen Pelzmantel nähen ließ, auch seines Alters wegen – sie schätzte ihn auf mindestens vierzig – eher mit ihrem Vater in Verbindung brachte als mit sich selbst), da dieser Mann mit dem hellen Haarschopf und dem steifen Schifferbart – alles andere als ein Grafensohn – an einem Frühlingsmorgen bei Lytkes Schmiede auf sie zutrat, ihr die Hand auf die Schulter legte und sagte: Elsbeth Gandersen, ich finde, du bist das schönste Mädchen in dieser Stadt ...

Auch jetzt, trotz der Müdigkeit von der heutigen Plackerei und der Kopfschmerzen, die von der Hitze des Tages herrühren, spürt Elsbeth, wie ihr Herz bei dieser Erinnerung zusammenzuckt. Ihr werden die Knie schwach, ebenso wie damals, an der Ecke der Schmiedestraße, so mächtig wirkt die Vergangenheit auf sie ... Wieder zu sich gekommen, fühlt sie sich von einem unerklärlichen wonnigen, beseligend-sündhaften Verlangen ergriffen, dem Wunsch, das möge noch einmal geschehen, das und Gott weiß was noch ... Und dann – sie erinnert sich – hatte er endlich, auf ihr eigenes Drängen hin, die Einwilligung ihres Vaters erhalten, und sie wurde die Frau dieses fremden Mannes, der schuld ist, daß ihr die Knie schwach werden ... Dann kamen die Kinder zur Welt. Dann folgten Belagerungen, Beschießungen, Pestzeiten, doch sie blieb vom Schlimmsten verschont, der Herr bewahrte sie und ihre Angehörigen. Mit ihrem Mann wurde sie immer vertrauter – o Gott, bei stürmischer Sinnenfreude war die Fremdheit immer weniger zu spüren, fast gar nicht mehr. Doch völlig verlor sie sich nie. Im Gegenteil, sie kehrte wieder – Gott weiß, wann, jedenfalls nach der Geburt der Kinder. Als sich ihr Mann ganz seinem Zeitbuch widmete, ergriffen Fremdheit, Niedergeschlagenheit und Einsamkeit immer mehr von ihr Besitz, und Rettung davor fand sie nur in den täglichen Sorgen und bei den Kindern, ihren Läppchen, Hemdchen, Strümpfchen ...

»Mama, Grete hat in der Sonne Kopfschmerzen bekommen. Wir bringen sie ins Zimmer, legen sie ins Bett und geben ihr Zuckerwasser.«

Anna und Ebbe ziehen die Puppenwiege – dieses von Märten aus dünnen Kiefernbrettchen zusammengezimmerte Gebilde auf Kufen – hinter sich her, schleppen sie polternd über die steinerne Schwelle und verschwinden im Haus, Elsbeth bleibt allein im Hof.

Bienen – oder sind es schon die Vorboten des Herbstes, die Wespen? – summen im Gestrüpp der Heckenrosen gleich an der Mauer, summen über den letzten Blüten, die schon die Blättchen verlieren. Küster Mekkius' lehmgrauer Hund bleibt unter dem steinernen Bogen des auf die Heiligengeiststraße führenden Tors stehen, schaut Elsbeth unter dem zottigen Schlappohr hervor an und hebt an dem steinernen Torpfosten das

Bein. Dann sieht Elsbeth jemanden schlurfenden Schrittes ins Tor treten. Daß der Hund den Ankömmling nicht anbellt, sondern nur knurrt, sagt ihr, es kann kein Fremder sein. Sie erkennt den Eintretenden auf den ersten Blick: Es ist Rein Ruunis, ein sechzigjähriger Mann, der jenseits der Mauer im Siechenhaus lebt. Seine Augen sind schwach geworden, und er kann nicht mehr wie früher die hölzernen Umlegetäfelchen für die Kalender der Küstenfischer schnitzen. Doch für eine Schüssel Suppe hilft er jetzt, wenn Not am Mann ist, dem Hausverwalter des Siechenhauses, nimmt ihm Laufereien ab.

»Wenn mich meine Augen nicht täuschen, sitzt da die Frau Pastor. Wißt Ihr, die alte Hebo Härjapea bei uns im Siechenhaus, die vorgestern krank geworden ist und der die Frau Pastor eine Arznei aus der Apotheke gebracht hat – es sieht ganz so aus, als ob sie stirbt ... Ihr einziger Wunsch ist, daß man den Pastor ruft. Wir sagen ihr, was kann so eine alte Schachtel wie du schon gesündigt oder getan haben, sie aber bleibt dabei: Ruft ihn, um Christi willen ... Darum bin ich hier ...«

Elsbeth entgegnete: »Ich habe keine Ahnung, wo der Pastor ist. Geh durch den Hinteraufgang ins Haus und frage da, vielleicht weiß es Madle. Oder der Glöckner. Wenn er dort ist. Sieh noch in der Sakristei nach. Für alle Fälle auch in der Apotheke.«

»Danke, danke, hast ein gutes Herz ...«

Der schon etwas stumpfsinnige Rein schleppt sich zum Hinteraufgang, in Kleidern, die armseliger sind als bei Bewohnern des Siechenhauses sonst, und tritt ins Haus. Das Summen der Insekten und die merkwürdigen Laute der glutheißen Stadt an diesem Sommernachmittag umfangen Elsbeth von neuem, ihr ganzes Leben auf dieser Welt ist wieder hier, zwischen den grauen Mauern, bei ihr ... Diese Kirschen sind irgendwie besonders sauersüß, sie machen die Zähne stumpf wie Traubenkirschen, Elsbeth wird von ihrem herben Geschmack beinahe übel, am liebsten würde sie Quellwasser nachtrinken. Steine und Stiele nach links, Kirschen nach rechts ...

Und auf einmal trat Michel in ihr Leben ... O Gott – sie, Elsbeth, hat Balthasar schließlich vor einigen Jahren gesagt (und Balthasar glaubte bestimmt, das gelte fürs ganze Leben): Nein. Ich liebe diesen Mann nicht. Weil ich deine Frau bin ...

Natürlich ist Elsbeth seine Frau. Was aber Michel betrifft und ihre Liebe zu ihm, die Michel durch seine angenehmen, wenn auch verbotenen Briefe bei ihr zu wekken sucht, wirklich, wer weiß, wer weiß ... Denn es ist so ungeheuer schwer, so unwahrscheinlich ermüdend, ganz allein der Familie, den Bekannten, im Grunde genommen der gesamten Stadt gegenüberzustehen. Das ist, als stünde man der ganzen Welt gegenüber ... Alle, die Balthasar nahestehen, sind für Elsbeth Fremde ... Märten ist ein Stück von Balthasars Kindheit, und deshalb kann man ihn nicht gut entfernen. Dasselbe gilt für Päärn, obwohl er Balthasar nicht so viel bedeutet. Oder man nehme nur die Dienstmagd Madle ... O Gott, Elsbeth kümmern Madles Angelegenheiten nicht, und jede Eifersucht liegt ihr fern, zumal Märten diesem flachshaarigen Mädchen schöne Augen macht, aber schon weil Balthasar und sie die gleiche Sprache sprechen, haben beide ärgerlich viel miteinander gemein ... Und dann diese Hunderte, ja Tausende Esten in der Stadt, mit denen Balthasar wahrscheinlich viel Plackerei hat, die er jedoch trotzdem als die Seinen ansieht. Elsbeth dagegen sind sie unangenehm und lästig, sie verwirren sie, ihr sind sie fremd ... Und das ganze unzählige Volk jenseits der Stadtmauern, vor allem die Kurglaer Verwandten. Wie dieser Jürgen. Als man ihn erschlug, war Balthasar völlig außer sich und tat der ganzen Stadt in offiziellen Schreiben kund, jener sei sein Verwandter und Blutsbruder ... Oder Epp ... Wie Elsbeth bemerkt hat, sieht Balthasar sie mitunter auf eine besondere Weise an, wer weiß, ob mit freundschaftlicher Zärtlichkeit oder sonstwie, so daß Elsbeth wirklich eifersüchtig werden müßte ...

Nein, zum Vater gehen und sich über ihre Einsamkeit beklagen kann Elsbeth nicht. In der ersten Zeit, als sich diese erschreckende Empfindung einstellte, verbot der Stolz ihr, das zuzugeben. Dabei hätte der Vater sie gerade damals verstanden. Jetzt wird sie bei ihm nur auf Unverständnis stoßen. Nicht etwa, weil der alte Gandersen öffentlich erklärt hat, er habe seine Einstellung geändert. Er ist ja keineswegs gekommen und hat Tochter und Schwiegersohn für sein früheres recht hochmütiges Gebaren um Verzeihung gebeten. Doch als der Schwiegersohn, wie soll man sagen, Anstoß erregte und bekannt und wohlhabend (vor allem sicher deshalb) wurde, legte Gandersen ihm gegenüber größere Duldsamkeit an den Tag. Zu große sogar, wie Elsbeth in den letzten Jahren beobachtet hat. Ja, irgendwie zeigt er sich entgegenkommender und beflissener, als es der Tochter lieb ist. Vor einer Woche erst … Elsbeth weiß noch, wie peinlich ihr die greisenhafte Hilflosigkeit, das Gebrabbel und zustimmende Nicken des Vaters war, als er hier, bei ihnen am Tisch, während des Abendessens Balthasar beipflichtete, der lauthals und grob – wie das seine Art ist, wenn er sich ärgert – die Herren von der Ritterschaft bezichtigte, sie machten aus der Oberstadt, aus dem Dansker von Herrn Pontus' Schloß, den Revalern auf den Kopf und einige Ratsherren mit ihnen. All das sagte Balthasar, obwohl Haak, Küster an der Domkirche, zufällig gerade bei ihnen war und beim Abendessen zu Balthasars Linken saß. Jedes Wort, das hier gesprochen wurde, mußte folglich am anderen Morgen in der Oberstadt bekannt werden … Trotzdem stimmte der Vater Balthasar zu …

Für Elsbeth hätte es also wenig Sinn, mit ihrer Einsamkeit zum Vater zu gehen. Und zu Agnes – erst recht nicht. Obwohl die Schwester Mutterstelle an Elsbeth vertreten hat. Jetzt, in ihrem unglücklichen Leben mit Horstmann, hat sie sich völlig von Elsbeth abgekapselt. Die reindeutsche Frau Bäckermeister, die verheimlicht, was ihr Mann im Suff anstellt, und das deutsche Blut und die deutsche Würde verteidigt … Und die angeblich (wer weiß, ob es stimmt, man kennt ja die Lästermäuler) behauptet hat, Elsbeths Mann rieche, egal, was er sei, nach den Pferdeställen seines Vaters, des Fuhrmanns. Wenn überhaupt jemand das Recht hat, so zu sprechen, Agnes jedenfalls nicht! Aber ihr muß man das nachsehen, aus schwesterlicher Liebe nachsehen. Schließlich ist das in ihrem Munde bloß trauriger menschlicher Neid ... Zweifellos. Denn hier in der Stadt stellt Balthasar trotz allem mehr dar als Agnes' Säufer Horstmann; besonders in letzter Zeit hat sich Balthasar so merkwürdig hoch hinaufgeschwungen. Und zur Verwunderung von Elsbeths Verwandten, die das nicht fassen können, hat er auch sie, Elsbeth, mit emporgehoben ... Das letztemal vor einigen Wochen. Als Herr Pontus – o Gott, Herr Pontus persönlich mit seiner königlichen Gemahlin! – die maßgebendsten Leute im estnischen Land ins Schloß zu einer Feier einlud! Und als Balthasar plötzlich zu ihnen gezählt wurde! Alle waren mit ihren Frauen gebeten, und Balthasar führte Elsbeth ins Schloß ...

Steine und Stiele nach links, Kirschen nach rechts ... Oh, der Kopf zerspringt mir noch vor Schmerz, aber ich muß die Kirschen aussteinen. Währenddessen will ich mir ins Gedächtnis rufen, wie es dort damals war ... Mein Gott, was für eine gewaltige Pracht ... Ein Saal, groß wie eine Kirche. Zuerst war das Tageslicht da. Dann das purpurne Abendrot, das durch die schmalen, ungeheuer hohen Fenster fiel. Und noch später – Wachskerzen. Mehr als hundert Menschen. Mir wurde ganz schwindlig ... Landräte Alle Üxkylls und Taubes und Maidels und noch etliche andere. Mit Gemahlinnen. Um uns herum Seide und Samt. Und was für Ohrringe, Ketten, Ringe ... Im Vergleich zu ihnen gaben sich die schwedischen Offiziere viel bescheidener und schlichter. Die einflußreicheren waren gleichfalls mit Gattinnen erschienen. Auch sie bunt und farbenfroh. Neben diesem verschlafenen, dick gewordenen Boije wirkte seine Frau geradezu wie ein weißer Schwan. Und dann waren da die Kaufleute aus der Unterstadt mit ihren Ehehälften. Die Bürgermeister und Ratsherren. Alle Truhen mit Gewändern und Schmuck hatte man geöffnet. Doch von den Revaler Geistlichen waren nur vier geladen! Der Dompropst Dubberch, Gerstenberger von Nikolai, Walther von der Olaikirche und Balthasar! Über Balthasars Anwesenheit wunderte sich so mancher. Man konnte sogar Bemerkungen hören. Diese etwa: Reval ist schon das siebente Jahr ohne Bischof, und Dubberch hat man immer noch nicht geruht zu ernennen. Wer weiß, vielleicht muß man jetzt Rüssow als Kandidaten für dieses Amt betrachten? Worauf einer der Ratsherren bemerkte: Na, unser Grauenbischof ist er ja schon.

Herr Pontus und Frau Sophie, seine junge Gemahlin von königlichem Geblüt, empfingen alle freundlich und unterhielten sich beim Abendessen mit vielen, sogar mit uns, namentlich Herr Pontus mit Balthasar. Frau Sophie ist sehr freundlich für eine so hochgestellte Dame. Eine große Frau mit rundem Gesicht und weißer Haut. Legte sie ihr dunkelrotes Brokatkleid ab und zöge sie das graue Gewand einer Städterin an – schon stünde die nette, flinke junge Frau irgendeines Töpfers vor einem. Aber Herr Pontus ist ein erstaunlicher Mann. Nur wenig größer als seine Frau. Sehr feingliedrig. Das Gesicht ist ganz bleich, Haar und Bart pechschwarz. Und der Mund in dem schwarzen Bart sieht frisch aus und so rot, daß es bei einem sechzigjährigen Mann geradezu absonderlich anmutet. Träfe man ihn an einem einsamen Ort, man könnte sich erschrocken fragen, ob da nicht der Teufel kommt ... Doch wenn er spricht, ist es still. Und alles lächelt. Nicht nur die Frauen. Balthasar auch. Herr Pontus wollte mit allen französisch reden. Aber das konnte niemand. Allein Tönnis Maidel versuchte es. Herr Pontus meinte jedoch, die katalonische Sprache sei ihm nicht geläufig. Schwedisch spricht Herr Pontus nur gebrochen. Obwohl er dem schwedischen König schon fünfzehn Jahre dient. Den Revaler Herren hielt er eine kurze Rede in schwedischer Sprache. Über die Treue und die großen Siege. Die schon errungenen und die, die es noch zu erringen gelte. Ich weiß nicht, worüber noch. Mit Balthasar aber unterhielt er sich auf lateinisch. Was er wohl an Balthasar findet. Er und Frau Sophie. Sie redete schwedisch mit Balthasar. Ich habe nicht verstanden, was für einen Unsinn er ihr erzählt hat: von hauchdünnem chinesischem Tongeschirr, das jetzt auch in Italien hergestellt wird. Und Frau Sophie lachte, wer weiß, warum, schallend. Fast wie ein Backfisch. Die ganze Zeit, während sie sich mit uns unterhielten, war ich verlegen und wie gelähmt, mir brach sogar der Schweiß aus – wie auch jetzt wieder. Balthasar aber war ganz in seinem Element, soviel habe ich begriffen … O Herr, vergib mir, doch ich muß gestehen: Je angesehener und wohlhabender Balthasar wird, um so unbegreiflicher ist mir sein ungerechtes Verhalten Michel gegenüber … Denn *unredlich* kann Michel nicht gewesen sein! Das geht aus seinen Briefen hervor. Und noch deutlicher aus seinen Augen in dem zerquälten Gesicht, als er mich anschaute, während Balthasar ihn in meiner Gegenwart verspottete … Mein Gott, auch jetzt krampft sich mein Herz zusammen, wenn ich daran denke: Balthasars Anklagen haben mich so erschüttert, daß ich am Abend nicht zur Nikolaikirche gehen konnte. Erst am nächsten Tag gewann ich meine Fassung zurück, und nun, nachdem ich die ganze Nacht hindurch Michels verzweifelte Augen vor mir gesehen habe, glaube ich wieder an seine Redlichkeit …

Dann hörte ich, er sei am Morgen darauf mit Herrn Maidel abgereist … Das bedrückt mich bis heute. Besonders nach seiner Beichte im letzten Brief. Ich muß an Michel Balthasars und meine eigene Ungerechtigkeit wiedergutmachen … Denn er liebt mich wirklich, der arme Junge. Und wenn ich es recht bedenke – Gott weiß es sowieso –, als Michels Frau wäre ich hier, in dieser Stadt, nicht so einsam. Mein Gott, es tut gut, daran zu denken, aber es schickt sich nicht, das weiß ich wohl. Um so klarer ist, daß ich vor Gott meine Ungerechtigkeit Michel gegenüber und meine Gedanken sühnen muß. Ich habe es ja versucht, und nicht erst seit der vorigen Woche! Herr, Du weißt es ja, den ganzen vergangenen Winter über, von der schrecklichen Pestseuche an bis zum Frühjahr, bis Mitte des Sommers sogar, habe ich Kranken und Sterbenden beigestanden, so daß Balthasar es schon müde wurde, mich zurückzuhalten. Vor wenigen Wochen noch, auch gestern erst …

Elsbeth sieht jemanden in das Tor, in den leicht violetten Schatten des Hofes treten. Im ersten Moment fragt sie sich verwundert, wieso Rein Ruunis wieder an derselben Stelle steht, von wo aus er soeben ins Haus gegangen ist … Aber da beginnt Meckius' Hund zu bellen und springt den Ankömmling an, so daß der sich seiner mit seinem Knotenstock erwehren muß. Elsbeth erkennt den Mann, und vor Schreck benimmt es ihr den Atem, denn man kann ihn vom Haus, von den Hoffenstern aus, sehen! Es ist der grauhaarige, schon gebückte Diener des Herrn Maidel! Derselbe, der Elsbeth Michels letzte Briefe gebracht hat. Auch jenen unerwarteten, in dem Michel Anfang voriger Woche mitteilte, er sei in Reval und bitte sie, am Abend in die Antoniuskapelle von Nikolai zu kommen, obwohl es sich dann so fügte, daß er davor auf Balthasars Einladung hin selbst im Pfarrhaus erschien … Und den letzten Brief von Michel aus Lode, in dem er Balthasars entsetzliche Anschuldigungen vollständig widerlegt und von seiner Liebe zu ihr spricht, o Herr, noch schöner als im Lied der Lieder … Herrn Maidels Diener pirscht sich über den mit Kopfsteinen gepflasterten Hof an Elsbeth heran, kehrt den Fenstern den Rücken zu, zieht eine Papierrolle aus seinem schwarzen Gewand und reicht sie wortlos Elsbeth. Und schon ist er hinter dem Tor verschwunden. Bellte der Hund ihm nicht nach und hielte Elsbeth nicht Michels Brief mit dem Siegel M. S. in den Händen, so könnte sie glauben, niemand sei hiergewesen …

Elsbeth sieht den Brief an. Schreck durchfährt sie, angenehm und durchdringend, dem Geschmack der Kirschen vergleichbar, ein Schreck, den sie immer verspürt, wenn sie diese Briefe erhält, ein Schreck, in dem sich stets das Empfinden von Sünde und Freude, Ruheverlangen und Furcht mischen. Und gerade, als sie auf der Papierrolle bestürzt Flecken gewahrt, die von ihren mit Kirschsaft beschmutzten Fingern herrühren und wie

Blutspuren aussehen, als sie in böser Vorahnung zusammenzuckt – gerade da taucht Madle in der Tür auf.

»Frau ...«

Du liebe Güte, Madle ist gewiß kein Mädchen, von dem man argwöhnen müßte, sie interessiere sich für die Briefe ihrer Herrin oder werde dem Herrn davon erzählen. Trotzdem hat Elsbeth das Gefühl, bei etwas Verbotenem ertappt worden zu sein. Sie sucht einen Platz, wo sie die Papierrolle vor fremden Augen verbergen könnte, und steckt sie, im Schutze des Kirschenkorbes, in die Tischschublade zwischen Hackmesser und Fleischbeilchen.

»Kommt bloß und seht nach, Frau, mit den Mädchen stimmt etwas nicht. Sie sind ins Zimmer gekommen und haben ihre Grete schlafen gelegt. Zugedeckt, als sei sie krank geworden. Und jetzt sind sie selbst in die Bettchen gekrochen, und ihre Wangen glühen wie Feuer.«

Elsbeth steht auf. Hastig spült sie sich in der Tonne mit dem Regenwasser die Hände ab und eilt ins Haus. Oben, im Schlafzimmer, neben Gretes aus Brettchen und Sackleinen gemachter Wiege, liegen die Mädchen in den beiden kleinen Betten (in die sie wer weiß warum von selbst geklettert sind), ihre Gesichter, Arme und Beine kommen Elsbeths kalten Händen erschreckend heiß vor. Bei dem Gedanken, sie könnten ernstlich krank sein, zieht sich Elsbeths Herz vor Entsetzen zusammen, zugleich aber auch aus einer besonderen, fast freudigen Anwandlung von Dank heraus, Dank für die ihr von Gott gewährte Möglichkeit, Buße zu tun. Und sie – jajaja! –, sie will diese Möglichkeit wirklich nutzen! Sie wird alles tun, was sie vermag. Nur um eines bittet sie Gott: Anna und Ebbe sollen nicht leiden müssen, schließlich will der Herr ja nicht sie prüfen, strafen und läutern, sondern durch sie ihre Mutter ... Außer den Bettdecken breitet Elsbeth noch Hundefelle über die Mädchen, denn diese zittern vor Schüttelfrost. Ebbe klagt über Halsschmerzen. In einem steinernen Mörser preßt Elsbeth darum eine Handvoll Moosbeeren aus, welche einige Pfarrkinder im Vorjahr gebracht haben, mischt den Saft mit einem vollen Löffel Honig, einem Geschenk der Einwohner von Wiems, übergießt das Gemisch mit heißem Wasser und gibt es den Kindern zu trinken. Sie haben sich gewiß erkältet. Natürlich ist es eine Erkältung. Vorgestern gegen Abend, als sich Elsbeth in die Oberstadt zu Winkler und seiner Annika begab (zu Annika natürlich, um von ihr ein neues Rezept für das Marinieren von Pfifferlingen zu erfahren ... aber auch, um im Winklerschen Hause zu hören, was man über die Reisen der Maidels in die Stadt und zurück erzählt), ging ein heftiges Gewitter nieder. Die Mädchen – diese Dummerchen fürchten ja weder Donner noch Blitz – haben derweil unter der Dachtraufe gestanden, sind pitschnaß geworden und bis zum späten Abend in den feuchten Kleidern herumgelaufen ... Kein Wunder, daß sie sich erkältet haben. Vielleicht *ahnt* Elsbeth schon etwas, wissen kann sie zu diesem Zeitpunkt jedenfalls noch nicht, daß die Prüfung, die ihr der Herr auferlegt hat, unvorstellbar grausam ist, daß sie im Grunde genommen von ihr verlangt, sich zwischen Michel und Balthasar zu entscheiden ... Elsbeth ruft Madle nach oben, ins Schlafzimmer, und schickt sie über die Straße zur Apotheke. Um den neuen Apotheker, diesen netten Herrn Belaváry, zu ihren Töchtern zu holen. Um ihm auszurichten, er möge die besten Arzneien gegen Erkältung mitbringen, und seien sie auch noch so teuer ... Elsbeth selbst setzt sich an die Bettchen der schluchzenden Mädchen, tröstet sie und verspricht, ihnen etwas Interessantes vorzulesen. Aus der Tischschublade nimmt sie einen kleinen weißen Band – o Gott, es ist Balthasars Bräutigamsgeschenk von einst, in den zwölf Jahren schon merklich grau geworden: die Frankfurter Ausgabe von Burkhard Waldis. Sie schlägt ihn aufs Geratewohl auf – das soll einen die Mädchen, Balthasar, Michel und sie selbst betreffenden orakelhaften Sinn haben – und liest:

»Ein Bächlein sucht mit böser Miene
Der Wolf, daß es als Tränke diene.

Er sucht den ganzen Tag, und da
Ist nun der Bach, ein Fluß beinah.

Und hastig macht er sich ans Saufen,
Doch da sieht er ein Schäfchen laufen.

›Du trübtest‹, hört man laut ihn schrein,
›Das Wasser mir, was fällt dir ein?‹

›Ach Herr, glaub nicht, ich sei voll Tücke,
Wenn ich am Wasser mich erquicke‹,

Spricht scheu das Lamm, ›indes ich spür,
Du möchtest rächen dich an mir.

Doch trüb den Quell und stör ich dich,
Trink unterhalb der Strömung ich?‹«

Ebbe fragt nichts, atmet nur schwer und schluchzt auf. Anna stellt im Flüsterton die Frage: »Und was wurde aus dem Schäfchen?«

Elsbeth bricht der kalte Schweiß aus, aber sie verschweigt dem kranken Kind, daß der Wolf die unwiderlegbare Wahrheit der Worte des Schäfchens mißachtet und es, seiner ewigen Gefräßigkeit und Mordgier folgend, verhöhnt und gefressen hat ... Elsbeth schont das kranke Kind und sich selbst und lügt Anna, einer heimlichen Furcht gehorchend, vor: »Dann ... dann hat der Wolf das Schäfchen um Verzeihung gebeten. Jaja. Hat den Schwanz eingezogen und sich getrollt. Das Schäfchen aber ist vergnügt auf die kleine Wiese am Bach gesprungen, um Kräuter zu rupfen. Und das Gras war ganz weich, süß und kühl ...«

Mein Gott, was ist das doch für eine erbärmliche Lüge! Ein Wolf räumt niemals das Feld. Die Mädchen werden mit jeder Minute schwächer, werden immer heißer und hilfloser. Madle kehrt von der Apotheke zurück und berichtet: »Sie haben mir gesagt, der Herr Apotheker macht mit seinem Lehrling einen Krankenbesuch, und die Apotheke ist jetzt geschlossen.«

Elsbeth schickt Madle zum Löwenschedeturm, zum Ratsbarbier Ensing. Damit wenigstens er kommt! Sofort kommt … O Herrgott … Vielleicht ist Balthasar in der Sakristei oder in der Kirche?

»Nein, der Pastor ist nicht da. Der alte Rein aus dem Siechenhaus hat schon nach ihm gefragt. Der Pastor ist zu einem Kranken gegangen, um ihm das letzte Abendmahl zu geben. Irgendwo hinter Hermapöll.«

»Dann hole ihn. Lauf schon!«

Madle verschwindet. Elsbeth aber denkt: hinter Hermapöll … Das letzte Abendmahl geben … Zu einer Stunde, wo … Doch selbst das Vorgefühl, was für eine Stunde das ist, kleidet sie noch nicht in Worte. Statt dessen spürt sie, wie sich in ihrem Innern Unduldsamkeit Balthasar gegenüber regt und in ihr Bewußtsein einzudringen sucht, doch Elsbeth kommt dieser Regung zuvor und erstickt sie … Einen Augenblick meint sie offenbar, schon mit diesem Sieg habe sie sich Rettung vor der Last des eisigen Entsetzens verdient … Träte sie jetzt zu den Mädchen, rückte die Hundefelle über ihnen zurecht, steckte die Hand unter ihre Bettdecke und befühlte ihnen Hals und Achseln … Sie steht zwischen den Betten und betrachtet die unbegreiflich abwesenden und vom Fieber leicht violetten Gesichtchen, lauscht auf den röchelnden Atem. Sie sieht ein, wie erbärmlich und unwürdig ihre hochherzige Anwandlung ist, Balthasar seine Abwesenheit zu verzeihen, wie erbärmlich und unwürdig angesichts des Lebens ihrer beiden Kinder … Und schon läßt sich Elsbeth zwischen den Bettchen auf die Knie nieder und betet: Barmherziger Gott! (Nun, da Elsbeth sich an den Herrn wendet, nennt sie bereits alles beim Namen. Als sie nur an sich dachte, vermied sie das, um das Unheil nicht noch heraufzubeschwören.) Barmherziger Gott, gib, daß meine Kinder nicht die Pest haben! Ich flehe Dich an! Herr, wenn Du machst, daß ihr Fieber nur von einer Erkältung herrührt, wenn sie genesen, gelobe ich Dir, nie, nie mehr an Michels strahlende Augen zu denken! Ich werde nicht an ihn denken, Herr, wenn Balthasar in mich eindringt … Du hast mir Balthasar gegeben, und ich schwöre Dir: Bis zur Stunde meines Todes werde ich ihm treu sein, nicht nur mit dem Leib wie bisher, sondern auch in meinen Gedanken, immer und unwandelbar … Herr, ich will alles tun, was Du von mir verlangst, sieh, ich liege hier im Staub zu Deinen Füßen … Wie Du über mich beschließt, so soll es sein … Elsbeth spürt, wie ihr von dem Demutsrausch schwindlig wird. Sie flüstert – und gewiß ist das der Anfang der Rückkehr zu ihrem Mann: Schicke doch jetzt Balthasar zu mir, so schnell wie möglich, denn ohne ihn, vergib mir, Herr, habe ich Angst, vor Dir zu stehen …

Zu diesem Zeitpunkt biegt Balthasar gerade von der Schmiedestraße zum Rathausplatz ab. Ein Fähnrich der Landsknechte auf dem Schloß, welcher soeben das Tor der Oberstadt passiert hat, durch die Kleine Ritterstraße geritten ist und sich nun gleichfalls auf dem Platz befindet, sprengt auf Balthasar zu, zügelt sein Pferd und reicht ihm einen Brief. Im hellen Licht des Nachmittags, umgeben von Kehricht und Mist, die nach dem Markttag übriggeblieben sind, sieht Balthasar, daß der Brief das Maidelsche Siegel mit den drei Fischen trägt. Er sieht auch, daß der Fähnrich ihm höflich salutiert, kehrtmacht, zum Rathaus reitet, dort absitzt, seinen Braunen an einen Pfahl bindet und mit haargenau dem gleichen Brief eilig das Gebäude betritt.

Just um diese Zeit kommt Apotheker Belaváry vom Altmarkt her auf den Rathausplatz und steuert rasch auf die Apotheke zu. Unweit davon trifft er mit Balthasar zusammen. Herr Belaváry lächelt mit seinem schwarzen Schnurrbart und grüßt höflich: »Salve, Herr Balthasar!« Und Balthasar erwidert vergnügt: »Salve, Meister Johann!« Er bleibt stehen und fügt hinzu: »Wißt Ihr, Meister Johann, ich würde gern auf einen Sprung zu Euch hereinschauen, ein Gläschen Wein trinken und« – er hebt die Papierrolle empor – »lesen, was mir gewisse Herren schreiben.«

»Mit dem größten Vergnügen«, entgegnet der flinke Ausländer, Magyar oder was er sonst ist, und hat im Handumdrehen das Schloß aufgesperrt. Er läßt Balthasar den Vortritt, wie es sich einem Gast gegenüber ziemt. Mag er auch adliger Abkunft sein, hier, in der Fremde, ist er nicht viel mehr als ein Krämer.

Nun sitzt Balthasar also in der Apotheke auf der schwarzen Holzbank unter dem gelben Bauch des ausgestopften Krokodils. Herr Belaváry bringt eine grüne Flasche, füllt zwei helle Römergläser bis zum Rand mit goldglänzendem Wein und plappert dazu in seinem komischen gebrochenen Deutsch jener Gegend, in der sich der Fluß Bodrog und das Hegyallja-Gebirge befinden und woher auch dieser Wein stammt. Balthasar schlürft das Getränk jenes unbekannten Landstrichs und hört mit halbem Ohr, was der fremdländische Name dieses Weines bedeutet: Scheibenhonig oder Honignektar, süßer Sonnenstrahl oder etwas in der Art, und daß dies der beste aller süßen Weine sei ... Balthasar schlürft das – vielleicht nicht allerbeste, aber wirklich gute – süße Getränk und liest Herrn Maidels Brief. Und hätte er es bemerkt, so würde er sich sehr gewundert haben: Der Schluck in seinem Mund blieb erstaunlicherweise süß, während er sich, immer wieder zusammenzuckend, des Admirals Gallenbecher durch die Kehle des Nachdenkens rinnen ließ.

... Schmäher, treulos, leichtfertig, grob. Erlogen. Unerhört. Bübischer angeerbter Frevel, Haß, Neid. Bäurisches, heidnisches, giftiges Gemüt ... Lügenchronik. Schmähschrift. Verächtliches Buch. Unverschämte Erdichtungen ... Bübische Arbeit ... Leuteschänder ... Bauer, grobe Knolle ...

Balthasar sitzt in der Apotheke und sieht auf die gespreizten Krokodilspfoten über seinem Kopf, ohne sie im Grunde genommen zu bemerken. Er schluckt den Wein, ohne seinen Geschmack wahrzunehmen, und spürt verwundert, daß sein Körper und alle Glieder heil sind, obwohl es ihn bald heiß, bald kalt überläuft.

Übrigens – was hat er denn eigentlich erwartet, wieso fühlt er sich jetzt wie verprügelt? War er wirklich so naiv, anzunehmen, der Adel werde seine Chronik billigen? Oder die Herren von der Oberstadt würden sie nicht bemerken? Oder doch wenigstens so tun? Weder das eine noch das andere. Das ist sonnenklar. Zumal er ja längst gehört hat, daß gegen seine Chronik alles mögliche geschrieben worden ist. Herr Heinrich von Tisenhusen, der sich Balthasar lediglich wegen seines abstehenden grauen Bartes eingeprägt hat, einst Ratgeber des Rigaer Bischofs und einer der tonangebenden Tisenhusen in dieser Gegend, soll eine große Abhandlung verfaßt haben. Er und noch ein anderer, dessen Namen man Balthasar nicht nennen konnte, haben angeblich die Chronik geschmäht. Selbst Elert Kruse hat aus diesem Anlaß eine Menge Tinte verspritzt. Balthasar weiß natürlich nicht, in wie vielen Abschriften dieses ganze Geschreibsel während der anderthalb Jahre von Landratshaus zu Landratshaus gewandert und bei den Mitgliedern des estländischen und des livländischen Landtages von Hand zu Hand gegangen ist. Die Arbeit von Herrn Kruse, dem eifrigsten dieser Autoren, ist, Gerüchten zufolge, sogar in Riga gedruckt worden. Und das alles haben die Herren Adligen gelesen und erörtert und natürlich gutgeheißen, schlagen doch alle diese Schriften in dieselbe Kerbe. Die Herren Adligen haben in Balthasars Chronik gewühlt wie in seinen Eingeweiden ... Und keiner von ihnen oder ihresgleichen hat in seinen Ergüssen auch nur ein Wort zur Verteidigung von Balthasars Chronik geschrieben, kein einziges ermunterndes, billigendes, teilnahmsvolles Wort. Es wäre töricht, auf ein einziges Wörtchen der Dankbarkeit zu hoffen in Dingen, die Livland betreffen ... Wie Balthasar zu Ohren gekommen ist, tadeln sie ihn allesamt wegen verschiedener Fehler, und was noch schlimmer ist, sie zeihen ihn nicht nur der Nachlässigkeit, sondern werfen ihm auch vor, Ereignisse absichtlich falsch dargestellt zu haben. Nebenbei gesagt, Herr Elert Kruse stößt ins selbe Horn ... Aber es lohnt nicht, auf ihn auch nur einen Gedanken zu verschwenden. Ein böses Lächeln stiehlt sich aus Balthasars störrischem Bart zu den Mundwinkeln. Denn es steht doch so: Ist der eifrigste Schreihals eines Heerlagers der größte Schelm, wenn schon nicht von ganz Europa, so doch jedenfalls von diesem Erdenwinkel und, wie jeder weiß, ein Galgenstrick, so darf man doch wohl von diesem einen auf das ganze Lager schließen? Ja. Aber bisher hat Balthasar von alldem nur gehört. Ihm haben diese Herren ihre Schriften nicht geschickt, und er ist ihnen nicht nachgejagt. Die Neugier hat ihn dazu gedrängt, sein Stolz es ihm jedoch verboten. Nun aber hält er Tönnis Maidels Schmähschrift in der Hand. Schwarz auf weiß, auf glattem deutschem Papier, mit höllisch abgezirkelten Buchstaben, und das ist bereits etwas Neues und ganz Abscheuliches ...

Balthasar fragt: »Habt Ihr meine Chronik gelesen, Herr Belaváry?«

Der Apotheker gießt im Nachbarzimmer irgendeine Mixtur aus einer Flasche in die andere und schüttelt den Kopf. »O nein, Herr Balthasar, leider nein. Wißt Ihr, ich übe mein Handwerk hier, in Reval, erst seit einem Jahr aus. Ich glaube, Ihr könnt Euch nicht einmal vorstellen, in welch vernachlässigtem Zustand ich die Apotheke von meinen verehrten Vorgängern übernommen habe. Ich meine vor allem Suirke und Linpeker. Und Herr Hamer, der bei uns als der Oberste gilt, hat gleichfalls alles meiner Fürsorge anvertraut, wie Ihr gewiß schon bemerkt habt. Bis jetzt bin ich also nur dazu gekommen, die Instruktionen der Ratsapotheke und die Rezeptbücher zu studieren, leider. Aber ich will Eure Chronik unbedingt lesen, denn ich habe so viel Gutes über sie gehört, daß ...«

Balthasar sagt, teils mit aufrichtiger, teils mit gespielter Widerborstigkeit: »Ta-ta-ta-ta ...« Und denkt: Wäre doch wenigstens ein kleiner Teil deiner Apothekenkunden und der Kranken, die du kurieren gehst, Adlige oder Bürgermeister, Ratsherren oder Kaufleute ... Doch es sind hauptsächlich Handwerker und Krämer oder ganz gewöhnliche Arbeiter. Adlige erörtern ihre Angelegenheiten nicht mit einem Apotheker, mag dieser auch bei sich daheim, in Ungarn, selbst ein Adliger sein. Die Stadtväter und die Herren Kaufleute aber behelligen mich nicht sonderlich. Mein Buch macht sie nur schweigend schnaufen. Der eine oder andere läßt wohl auch ein gutes Wort darüber fallen. Und was dir von allen übrigen zu Ohren kommt, ist möglicherweise so, daß du es mir wie Honig ums Maul schmieren kannst ...

»Aber wißt Ihr auch, wer nach Meinung unseres Adels jetzt hier bei Euch sitzt?«

(O Teufel, es war völlig überflüssig, ihn das zu fragen und selbst angelaufen zu kommen, um ein Schwätzchen mit ihm zu halten. Früher oder später wird er es sowieso von jemandem erfahren. Später wäre jedenfalls besser. Aber die Frage ist nun einmal, kampflustig und von vornherein spöttisch, in die wer weiß wonach riechende Apothekenluft geworfen, sei es drum!)

Und Belaváry, der Ausländer, der sich noch unsicher in den unbekannten Verhältnissen und in der fremden niederdeutschen Sprache bewegt, jedoch bestrebt ist, sich in allem zurechtzufinden, erwidert mit freudigem Begreifen: »Wer hier bei mir sitzt? Unser hochverehrter Herr Pastor von Heiligengeist! Wer sonst?«

Balthasar lacht. »He-he-he! Ein gemeiner Ehrendieb! Ein Skribent des Teufels! Ein Bauer, ein eingefleischter Lügner und Flegel! Ein Bauernochse! Ein Muselman und Heide zugleich!«

Triumphierend blickt er dem Apotheker in die vor Verwunderung weit aufgerissenen schwarzen Augen. Er gewahrt bei ihm unter dem Schnurrbart ein Schmunzeln – der Apotheker versucht seine Worte als Scherz zu nehmen, aber das Schmunzeln erlischt, und sein hilfloses Verschwinden reizt Balthasar, Öl ins Feuer zu gießen und dem Apotheker noch andere Unverschämtheiten aus Herrn Maidels Brief mitzuteilen. Doch dann winkt er ab. »Ihr seht also, die Meinungen gehen auseinander. So sehr, daß man keine davon ernst zu nehmen braucht.«

»Nun«, gibt Herr Belaváry hinter seinen Flaschen hervor zur Antwort, »jetzt werde ich Euer Buch so bald wie möglich lesen. Ich muß nur überlegen, von wem ich es bekommen kann.«

Balthasar widerstrebt es zu sagen: Natürlich von mir ... Er hat sich zwar das Pferd des Apothekers ausgeborgt, aber schließlich nicht, um dem Apotheker seine Meinung darüber mitzuteilen ... Balthasar trinkt den Wein aus, und ganz benebelt von dessen Süße, denkt er: Was vermag ich schon gegen Tönnis Maidel und seine Bande auszurichten? Ich kann ihn doch nicht fordern und die Klinge mit ihm kreuzen! Das verbieten mir sowohl mein Ungeschick im Umgang mit Waffen als auch mein Rang. Sagen wir, erst mein Rang, dann mein Ungeschick (gut, daß man sich hinter seinem Amt verstekken darf). Ja, was kann ich gegen ihn unternehmen? Nichts, nur dulden ... Und wenn meine Geduld zu Ende ist? Wenn ich morgen die Kanzel besteige und mir alles von der Seele rede? Wenn ich meinen Grauen sage: Liebe Pfarrkinder! Solltet ihr auch drei Viertel meiner heutigen Predigt nicht verstehen, ich halte sie trotzdem – damit sie sich von hier aus in der ganzen Stadt verbreitet. Denn ich frage: Hält dieser Herr Admiral, dieses Orakel der Ritterschaft, es für unmöglich, daß sein Dünkel den Geduldsbecher eines Menschen, vielleicht sogar der ganzen Stadt, zum Überlaufen bringen könnte? (Was die ganze Stadt betrifft, da ist wenig Hoffnung ...) Meint dieser Herr, der sich anscheinend für den Schah von Persien hält: Was vor mehr als fünfzig Jahren seinem teuren Anverwandten widerfahren ist (also Johann von Üxkyll, der enthauptet wurde), könnte sich nie mehr wiederholen? Als Vergeltung für den Tod eines gemarterten Bauern, für die Ehre eines geschmähten Predigers! Ach, all das hängt zu sehr vom zufälligen Interessenspiel einflußreicher Personen ab ... Dennoch: Mit welchem Recht – göttlichem oder menschlichem – bezichtigt ein von Fleischern abstammender Adliger einen ehrlichen Verkünder des Evangeliums des Heidentums? Mit welcher Berechtigung heißt er sein Buch einen Lügenkoran? (Statt es eine kleine Bibel der Ereignisse dieses Erdenwinkels zu nennen ...)

Natürlich sind das alles Phantastereien. Von derartigen Tiraden gegen einen königlichen Admiral von der Kanzel der Heiligengeistkirche herab kann nie die Rede sein. Niemand wird Herrn Maidel für seinen Brief zur

Verantwortung ziehen (obwohl es sich doch nicht nur um einen persönlichen Brief handelt, eine Kopie davon ist an die Ratsherren gegangen, damit die ihn wiederkäuen!). Sollte Balthasar trotzdem versuchen, die Worte, die ihm durch den Kopf geschossen sind, von der Kanzel zu verkünden, so stünde er tags darauf als armer Sünder vor den bestürzten Gesichtern und furchtgeweiteten Augen der Herren vom Ministerium ... (Aber lieber Mitbruder! Wie konntet Ihr nur ... Von der Kanzel herab so über einen königlichen Admiral ... Egal, ob das Wahrheit oder Lüge ist – wir dürfen Euch nicht länger in der Heiligengeistkirche belassen, wir müssen Euch fortschicken, irgendwohin weit weg. Damit Ihr der Obrigkeit aus den Augen kommt, versteht Ihr – ja-ja-ja. Das liegt in Eurem eigenen Interesse! Auf die Insel Wrangelsholm etwa, schließlich habt Ihr dort den Glokkenturm geweiht ...) Balthasar denkt: Und wenn ich Tönnis nun einen Antwortbrief schriebe? Etwa so: An den aufgeblasensten Halbadligen keineswegs von ganz Europa (dazu kennen wir den europäischen Adel zu gut!), aber sicher von ganz Livland ... (Als sei der livländische Adel anders oder als sei Livland noch ganz, heute, wo man es in vier Teile zerrissen hat, wie die Henker Christi Kleider oder jenen unglücklichen Alten, dessen Hinrichtung auf dem Jerusalemberg mir schon zwanzig Jahre lang nicht aus dem Sinn geht.) An den aufgeblasensten Adligen in ganz Livland! Glaubt er nicht, ein rasselnder Schwertträger in eisernen Hosen könne ganz schön hereinfallen, wenn er sich unterfängt, einem kundigen Autor Äsop zu interpretieren? Verbirgt sich in seinen eisernen Hosen nicht *Furcht*? Er geht durch unbekanntes Land, Schritt für Schritt, immer weiter und weiter (während er den Gegner, um sich Mut zu machen, unter dem Visier hervor als Bauern, Lügner und Heiden beschimpft); noch ein Schritt – und die eisernen Stiefel versinken im Moor, die eisernen Strümpfe füllen sich glucksend mit trübem Wasser, noch ein Schritt, und – gluck-gluck-gluck-gluck! – es gibt keinen königlichen Admiral, kein Ritterorakel mehr! Na? Was für dumme Bilder ... Trotzdem: Bedeutet Äsops Geschichte von dem Hahn und der Perle im Misthaufen nicht vielmehr, daß die Perle Glück hat, wenn ein kluger Hahn sie entdeckt und nicht anrührt, damit ein Kaufmann kommt und sich über sie freut? Aber wie ärgert sich die Perle, findet sie ein alter Gockel, der mit seinem Schnabel auf sie loshackt und blau anläuft vor Wut, als er erkennt, er hat keine Assel vor sich, die komisch davonzukrabbeln versucht und die man mit Behagen verspeisen kann – nein, weit gefehlt!, es ist etwas Seltsames, Festes, Funkelndes ... Bilder, Bilder, eins törichter als das andere. Ich kann gar nichts machen. Nichts, als es geduldig hinnehmen ... Ich sollte auf alles pfeifen! Sollte hier, bei diesem Apotheker mit dem schwarzen Schnurrbart, einen Quart süßen Wein kaufen, ihn am Abend vor dem Schlafengehen mit Elsbeth aus demselben Becher trinken und abwarten: Kommt Zeit, kommt Rat ...

Welcher Rat kommt und wann, das im voraus zu wissen ist dem Menschen nicht gegeben ...

Um diese Zeit hat Elsbeth oben im Schlafzimmer zwischen den Bettchen der Mädchen ihr Gebet verrichtet und erhebt sich von den Knien. Nein, nein, sie ist noch nicht fertig. Als sie drei Schritte auf das Kopfende der Bettchen zu macht, vor Gretes quer davor hingestellter Wiege stehenbleibt, sich bückt und die Hände ausstreckt, um unter den Hundefelldecken die von der Krankheit glühenden Kinderkörperchen zu befühlen – mit der Linken Annas, mit der Rechten Ebbes –, sind ihre Augen geschlossen, sie nähert sich ihnen tappend. Dabei wiederholt sie mit solcher Inbrunst, daß es den Anschein hat, alles Leben in ihr habe sich in der pochenden Stirn konzentriert, während ihr zwischen den Betten niedergebeugter Körper in der Luft zu hängen scheint: »Herr, ich bitte Dich! Ich bitte Dich! Ich flehe Dich an.«

Sie hat die Augen fest zusammengekniffen und betastet die erschreckend heißen Hälse und Achseln der

Kinder. Und die Unruhe, groß wie der Himmel, der blinde Steinklumpen der Unruhe in ihrem Inneren ... lüftet sich am Rand ein wenig, ein Hoffnungsstrahl, aus dem Herzen kommend, bricht unter diesem Rand hervor ... bahnt sich den Weg zum himmlischen Vater, der irgendwo in der Finsternis über dem schwarzen Himmelsgewölbe seine Hand ausstreckt, mit den Fingern das zitternd zu ihm aufstrebende Fädchen von Elsbeths Gebet nimmt und sie mit seinem barmherzigen Auge anblickt ... Da aber spüren Elsbeths Finger – erst bei Anna und gleich darauf auch bei Ebbe – unter der Bauchdecke heiße, feste Pestbeulen, noch im Anfangsstadium, doch jeden Zweifel ausschließend.

Einen Augenblick verharrt sie in gebückter Stellung, allein im Dunkel ihrer geschlossenen Augen. Sie fühlt, wie sich in diesem armseligen Zimmer mit lautlosem Getöse der Himmel auf ihren gebeugten Nacken herabsenkt. Und daß er sich – und das ist noch schrecklicher – weit offen herabsenkt und über Elsbeth offenbleibt ...

Allmächtiger, Du hast mich also nicht erhört. Vergib doch Deinem dummen Kind, o Herr, es hat zu hoffen gewagt, sein Gebet werde so einfach erhört werden, wie es sich das in seiner kindlichen Einfalt vorstellte ... Herr, ich verstehe, in Deiner schonungslosen Liebe willst Du mich läutern. Ich verstehe, Du möchtest, daß ich vor Balthasar wieder rein bin. Selbst um einen so schrecklichen Preis ... Elsbeth erhebt sich von den Knien und denkt: Du solltest lieber mich statt ihrer nehmen ... In diesem Augenblick verspürt sie einen unerträglichen Schmerz in Schläfen und Augen, und ein versengender, ihr den Atem benehmender Hitzestrom durchdringt sie. Er entsteht im Herzen, steigt, ihr fast das Bewußtsein raubend, zum Kopf, und augenblicklich wird ihr die ganze unterdrückte, seit dem Morgen angestaute schmerzliche Wehmut verständlich. Elsbeth begreift untrüglich und deutlich: Der Herr hat entschieden! Er wird die Mädchen zu sich nehmen und mich mit ihnen ... Sie weiß das schon, bevor sich ihre suchenden

Finger zum Kleiderausschnitt tasten und hinter den Ohren, zwischen den Adern am Hals und in den Vertiefungen der Schlüsselbeine die Pestknötchen entdecken.

So seltsam es ist: Eine Minute lang vielleicht hat Elsbeth unter dem doppelten Blitzschlag des Gottesurteils regungslos dagestanden, doch als die Minute um ist und sie weiß, der Blitzschlag hat auch sie getroffen, wird ihr sogar leicht ums Herz ... Himmlischer Vater, ich danke Dir, daß Du mir vergibst und mir vergönnst, mich vor Balthasar wieder rein zu fühlen. Und – so schwer es auch sein mag – ich danke Dir, daß Du mit meinen Kindern auch mich zu Dir nehmen willst ... Balthasar wird es hart treffen, aber Du wirst ihm die Kraft geben, den Verlust zu verwinden. Nur – mache doch, daß sich die Pestbeulen bei mir, wie bei meinen Mädchen, am unteren Teil des Körpers bilden, damit die Krankheit nicht mein Gesicht entstellt. Ich möchte gern, daß Balthasar mich schön in Erinnerung behält ...

Der Kopfschmerz läßt ein wenig nach, trotzdem ist alles klar. Beinahe völlig gefaßt, zwingt sich Elsbeth, alles Nötige zu tun. Sie öffnet die Tür einen Spaltbreit und ruft Madle von unten herauf. Sie befiehlt der Magd, auf der Schwelle stehenzubleiben, und sagt zu ihr, leise, fast im Flüsterton, damit es die Mädchen nicht hören: »Komm nicht näher, Madle, jetzt ist diese Krankheit auch in unserem Haus. Die Mädchen haben sie und ich auch.«

Die Magd flüstert: »Herr, erbarme Dich ...« Elsbeth fährt leise fort: »Das hätte schon lange vorher geschehen können – bei der schweren Seuche, die seit dem Herbst wütet ... In der Stadt hat sie ja mehr als hundertfünfzig Häuser heimgesucht. Dem Herrn hat es gefallen, daß sie erst jetzt zu uns kommt – und darin liegt seine große Gnade, Madle, du wirst das nicht verstehen.«

Elsbeth befiehlt, Wacholderzweige zum Ausräuchern abzuschneiden und sie in den Zimmern zu verbrennen. Sie befiehlt, den eisernen Dreifuß mit den brennenden Zweigen zur Schlafzimmertür zu bringen. Befiehlt, allen Hausgenossen Essig zu geben, auf daß sie sich Hände und Gesicht damit waschen. Sie befiehlt, einen Krug mit kaltem und einen Krug mit heißem Wasser auf das Treppenpodest vor die Schlafzimmertür zu stellen, damit sie den Mädchen zu trinken geben oder ihnen die Lippen anfeuchten kann. So Gott will, wird sie heute bis zum Abend noch selbst damit zu Rande kommen. Ferner befiehlt sie, Päärn solle sich erkundigen, ob der Apotheker Belaváry oder der Ratsbarbier Ensing schon zurück sind, und einen von ihnen mitbringen, damit er die Kranken untersucht und sagt, wann die Beulen zu öffnen sind. Wenn auch diese Operation bei der jetzigen Seuche noch niemandem geholfen hat ... Und dann bittet sie Madle noch, Märten zu Gandersen zu schicken und ihn zu warnen, damit ja keiner von ihnen ins Pfarrhaus kommt. Schließlich bittet sie Madle, Balthasar, wenn er nach Hause kommt, Bescheid zu sagen, damit er weiß, was geschehen ist. Und sich vorsieht ...

Während Madle, stumm vor Schreck, davonstürzt, um die Anweisungen auszuführen, kämpft Elsbeth gegen den nächsten entsetzlichen Schmerzausbruch an, der sie gezwungen hat, sich aufs Bett zu setzen. Dann aber steigt sie, sich an der Steinmauer festhaltend, mit vor Schwäche einknickenden Knien die Treppe hinunter und geht in den Hof.

Schwer zu sagen, inwieweit es von dieser entsetzlichen, schnell fortschreitenden Krankheit selbst herrührt und inwieweit von dem Bewußtsein, krank zu sein – jedenfalls tut Elsbeth der Sonnenschein auf den Steinmauern weh, und der Hof erscheint ihr fremd und fern. Sie nimmt ausgesteinte und nicht ausgesteinte Kirschen vom Tischchen und wirft sie in die Müllgrube an der Mauer – alles zusammen, Kirschen und Kirschsteine, den Bastkorb und die dunkelblaue irdene Schüssel. So ist es richtig: Alles, was ich berührt habe, muß schnellstens verscharrt werden ... Wie aus weiter Ferne fühlt sie: Natürlich ist es furchtbar, daß ich das selbst mache. Trotzdem – die Barmherzigkeit des Herrn kennt keine Grenzen, wenn er mir erlaubt, das selbst zu tun, denn das heißt, der Herr hat mir vergönnt, mich zu läutern ...

Sie geht zum Tischchen zurück, stützt sich darauf und ruht ein Weilchen aus. Als der nächste Schmerzanfall und das den Blick trübende Herzklopfen etwas nachlassen, öffnet sie die Schublade, in der Hackmesser und Fleischbeilchen liegen. (Noch von zu Hause, aus meiner Mitgift ... Lebt wohl ... Ihr werdet mich überdauern, andere Hände werden euch halten und benutzen ... Verzeiht, daß dieser Brief hier, bei euch, war ...) Sie nimmt die Rolle mit Michels Brief aus der Schublade und wankt damit die Treppe hinauf. Während sie nach oben steigt, denkt sie: Ich könnte hinuntergehen und ihn in den Herd werfen, könnte Michel um Verzeihung bitten und den Brief zwischen die vom Mittagkochen her noch schwelenden Holzscheite stecken, bestimmt ist noch Feuer im Herd ... Aber es ist sicher besser, wenn ich mich von den unteren Räumen fernhalte. Und ich möchte auch nicht, daß Madle oder Päärns rothaarige Kiido, die uns jetzt das Essen kocht (und die nach meinem Tod hier als Köchin bleiben wird, so seltsam es auch ist, daran zu denken), daß sie sehen, wie ich irgendwelche Briefe verbrenne. Das Gerede darüber würde im Hause weiterleben wie das Echo meiner letzten Schritte ... Während sich doch der Himmel über mir aufgetan hat und der Herr jede meiner Bewegungen verfolgt ... Hätte Madle wenigstens den Dreifuß mit dem brennenden Wacholder schon vor die Schlafzimmertür gestellt, ich würde den Brief einäschern – Herr, gib, daß das Feuer bereits dort ist –, und es wäre mir vergönnt, mich zu läutern, bevor ich vor Dich hintrete ...

Aber Madle hat es eilig, erst einmal ihre anderen Aufträge zu erledigen, und von dem Feuer, mit dem Elsbeth Michels Brief aus ihrem erlöschenden Leben ausbrennen könnte, um rein in die Ewigkeit zu treten, ist auf der Treppe nichts zu sehen. Auch nicht hinter der Tür im Schlafzimmer, wie Elsbeth einen Moment lang hofft. Mitten im Raum bleibt sie stehen und holt tief Luft. Über sich spürt sie den schrecklich offenen Himmel, in den Schläfen aber Hammerschläge und zwischen den Adern am Hals schmerzhaften, würgenden Druck. Und da nimmt ihr Ohr das Schluchzen der fast bewußtlosen Mädchen wahr.

»Herr, steh mir bei ...«

Sie steckt Michels Brief unter ihr Kopfkissen und nimmt – der Ohnmacht nahe von dem Fieber, das sie schüttelt – den Krug mit dem Moosbeerenwasser, tränkt einen Lappen damit und feuchtet den Mädchen die Lippen an.

Als sie das Bewußtsein wiedererlangt, ist es schon Nacht. Auf dem Tischchen am Fenster brennen Kerzen, unweit des Bettes lodern im Kohlenbecken knisternd Wacholderzweige. Elsbeth möchte den heißen Eisenreif von der Stirn abwerfen und den glühenden Eisenkragen vom Hals reißen, aber die Hände gehorchen ihr nicht. Aus der Dunkelheit kommt Balthasar mit langschnäbligen Vögeln (o Gott, Elsbeth weiß von Kindesbeinen an, was das für Vögel sind, kann sich nun jedoch nicht daran erinnern), und die Vögel sagen laut und vernehmlich zu ihm: »Bei den Mädchen machen wir alles Nötige im Morgengrauen. Bei der Frau – nicht vor morgen mittag.«

Der Himmel steht völlig offen, Balthasar jedoch muß, wer weiß warum, trotzdem die Tür aufmachen, um die Vögel hinauszulassen. Die langschnäbeligen schwarzen Vögel mit den unsteten Augen entschweben flügelschlagend, Balthasar aber kehrt zu Elsbeth zurück. Sie möchte ihn am liebsten ganz fest an sich ziehen. Ein schrecklicher Gedanke kommt ihr: Herr, wenn ich nun schon so bald vor Dir erscheinen muß, wäre es doch gut, könnte ich Arm in Arm mit ihm vor Dich hintreten ... Zugleich aber möchte sie diesen Gedanken und ihren Mann von sich weisen. Den Gedanken, weil Elsbeth durch das Kissen spürt, wie Michels Brief unter ihrem Kopf brennt ... und solange er dort liegt, ist keine Läuterung möglich. Ihren Mann aber, weil er leben muß – um Balzers willen, der sich, Gott sei Dank, beim Großvater aufhält und am Leben bleiben wird, und auch, weil jemand auf Erden zurückbleiben muß, der sich der glücklichen Augenblicke ihrer Liebe erinnert ... Doch

Elsbeths Hände heben sich weder, um ihren Mann an sich zu ziehen, noch, um ihn zurückzustoßen, sie bringt kein Wort heraus.

Da tritt Balthasar selbst auf sie zu. Ganz dicht kommt er heran. Mit einem essiggetränkten Lappen wischt er ihr das Gesicht ab. Er schmiegt sich mit dem stachligen Bart an die heiße Wange seiner Frau. (O Gott, ginge er doch fort, möglichst weit fort von mir ... Meine Krankheit ist doch ansteckend, und dieser unglückselige Brief, man kann sein Rascheln ja durchs Kissen hören ...)

Dann sieht Elsbeth vor ihren Augen Balthasars Lippen, die etwas sagen. Und durch das Klopfen ihres Blutes hindurch nimmt sie die Worte wahr – einen Augenblick lang ist die ganze winzige Welt der flackernden Kerzenflamme unter dem weit offenen schwarzen Himmel erfüllt von Balthasars merkwürdigen Worten: »Vater unser, der Du bist im Himmel ...«

Hoffnungsvoll und doch erschrocken begreift Elsbeth, Balthasar erteilt ihr das letzte Abendmahl. Er nimmt von dem Tischchen neben dem Bett einen kleinen Becher und führt ihn an ihre Lippen. Sie empfängt daraus ein paar Tropfen Abendmahlswein; er ist in ihrem Mund, das Blut Christi ist in ihrem Mund, sonderbar und gallenbitter ... Trotzdem denkt Elsbeth: Der ganze schreckliche Schmerz in Schläfen und Handgelenken scheint, Gott sei Dank, fort zu sein, und nun könnte sich endlich die sühnende Gleichgültigkeit allem gegenüber auf der Welt einstellen und auch diesen Brief fortfegen, wo ich mich vor dem Herrgott doch schon von ihm losgesagt habe ... Der Herr aber hat es anders beschlossen ... Balthasar stellt den Becher mit dem Wein auf den Tisch, tritt wieder auf Elsbeth zu, berührt ihr Gesicht – Elsbeth weiß nicht recht, ob mit der Hand oder mit der Wange – und rückt das Kissen unter ihrem Kopf zurecht. Und da sieht Elsbeth ganz dicht vor ihrem Gesicht Balthasars Hand und in seiner Hand Michels Brief, den er entdeckt hat ... Und Balthasars Augen, die das noch nicht erbrochene Siegel mit den

Initialen M. S. sehen und auf Elsbeths Augen gerichtet sind, jedoch an ihnen vorbeischauen ... Durchs eigene Sterben hindurch fühlt Elsbeth, sie ist nicht fähig, etwas zu tun, muß es aber. Wenn der Brief nach ihrem Tod in Balthasars Händen bleibt (Elsbeth weiß nicht, was darin steht, aber sie kann es sich denken), wenn er ihn liest und ihn nach ihrem Tod in seinem Herzen bewahrt, so hätte also doch der Teufel den Sieg davongetragen ... Um der eigenen Seligkeit und Balthasars weiteren Lebens willen muß Elsbeth etwas unternehmen! Sie tut das einzige, was sie noch vermag: Sie blickt Balthasar mit allen ihr verbliebenen, schwächer und schwächer werdenden Kräften an. So lange, bis er seine Frau ansieht, mit leer gewordenen Augen. Mit letzter Kraft saugt Elsbeth Balthasars Blick in sich ein und führt ihn mit den Augen nach links, nach links, noch mehr nach links. Auf halbem Wege reißt sich Balthasars Blick von ihren Augen los, und Elsbeth beginnt von vorn ... Die flakkernde, verlöschende, von Schmerz erfüllte Welt der Kerze unter dem schwarzen, weit geöffneten Himmel ... Elsbeths dritter Versuch gelingt: Mit ihrem Blick führt sie Balthasars Augen bis zu dem im Kohlenbecken brennenden Wacholderfeuer, und beide schauen sie auf Michels Brief in Balthasars Händen. Er hat begriffen. Elsbeth aber schließt die Augen und betet: »Herr, nimm ihn an die Hand, damit er ... sich über mich und über sich selbst erheben kann ...«

Und der Herr tut es wirklich. Denn als Elsbeth die Augen wieder aufschlägt, hat Balthasar schon einen Sieg über sich errungen. Nur Gott allein weiß, was Balthasar ihm in dieser endlos langen Minute gesagt hat ... Mag sein, er hat bloß gemurmelt (bei seinem geradlinigen, schroffen Charakter ist das gewiß am wahrscheinlichsten): Siehe, Du nimmst mir jetzt mein Weib und läßt mich als Witwer zurück, für längere oder kürzere Zeit, wie es Dir gefällt, auf daß ich mich an unser gemeinsames Leben erinnere. Und mein Weib bittet mich, den Brief, den ihr dieser Lump geschrieben hat, zu verbrennen, ohne ihn zu lesen. Ich bekenne Dir, Herr, groß ist die Versuchung, ihn zu öffnen, zu erfahren, was darin steht, und mir dadurch vielleicht Schmerz zuzufügen. Aber, Herr, wenn mich mein Weib mit brechenden Augen darum bittet und wenn ich zwölf Jahre in diese Augen geschaut und, trotz der Zweifel, die sie in mir wachriefen, tagein, tagaus gefühlt habe, mit welch wonnigem Erschauern sie meine Brust erfüllen ... Nicht Schwäche ist es also, wenn ich meine Neugierde ihrer letzten Bitte zum Opfer bringe und sage: Sei es denn ... Vielleicht hat er dem Herrn nur diese Worte zugeflüstert. Oder auch andere (besonders nach seinen merkwürdigen Qualen, die ihm des Pferdejungen Jürg bitteres Los bereitet hat, durchaus denkbar) ... Herr, ich weiß, Elsbeth und ich, wir sind vor Dir zwei gleiche Teilchen des Erdenstaubs, zwei gleiche Aschestäubchen im Tosen Deines Feuers. Kann uns etwas in Deinen Augen retten und hältst Du es für möglich, Dich unser zu erbarmen und uns zu schonen, so nur, wenn wir uns gegenseitig verzeihen ... Vielleicht waren es auch keine Worte, die Balthasar im Halbdunkel flüsterte, während er mit der Linken Elsbeths schwächer werdende Finger drückte und mit der Rechten Michels Brief ins Feuer steckte – vielleicht war es nur zusammenhangloses Gemurmel: ... Geist der Barmherzigkeit ... ich danke Dir, daß Du Dich meiner erbarmst ... und mir die Kraft gegeben hast, großmütig zu sein ... auf daß wir Deiner Milde würdig sein können ...

Das letzte, was Elsbeth, schon das Bewußtsein verlierend, dachte, war: Herr, *jetzt* nimm mich zu Dir, so rasch wie möglich. Bevor die Krankheit mein Gesicht verunstaltet hat. Damit es Balthasar nicht unangenehm ist, mich anzusehen ...

Elsbeth verschied im Morgengrauen, noch bevor die Pestwärter kamen. Als Ensing mit seinem Famulus das Haus betrat, atmeten die Mädchen noch. An ihnen verrichteten die Pestwärter ihre hoffnungslose Arbeit. Die Kinder starben, eine Stunde nachdem man ihnen die Beulen geöffnet hatte.

»Mich holt die Pest nicht mehr, wo ich sie schon mal hatte«, meinte Märten und blickte stirnrunzelnd in die Morgensonne.

»Wem sie nicht bestimmt ist, an dem geht sie vorüber«, sagte Balthasar und bekreuzigte sich inbrünstig. Er war leicht zusammengezuckt, hatte er doch unbeabsichtigt die Äußerung wiederholt, mit der einst Elsbeth ihre Furchtlosigkeit vor der Pest bekundet hatte.

Zu zweit, ohne Madle oder Kiido zu Hilfe zu holen, wuschen sie die Toten. Balthasar sagte: »Ich möchte den sehen, der es wagt, deine Hilfe als ungehörig zu betrachten.«

Märten zimmerte im Hof drei Särge zusammen, aus trockenen Tannenbrettern, die auf dem Boden über der Sauna gelegen hatten. Zu zweit trugen sie die in Leintücher eingehüllten Leiber der Toten auf den hinteren Hof und betteten sie in die drei Särge. In der Sauna verbrannte Märten die Matratzen und Kissen aus ihren Betten, den Fußboden im Schlafzimmer und die Treppen besprengten Balthasar und er mit Kalkwasser. Dann hoben Päärn, Märten und Balthasar zu dritt gleich hier, hinter der Kirche, am Ende des Friedhofs, ein großes Grab aus. »Hoben aus« ist eigentlich übertrieben: Ihre Spaten stießen die ganze Zeit auf Gott weiß aus welchen Zeiten stammende Mauerreste. Nachdem Märten und Päärn ihre Spaten an Kalksteinbrocken stumpf gemacht hatten, stieg Balthasar in das halb ausgehobene Grab hinab. Mit Brecheisen, Keil und schwerem Hammer zermalmte er die Kalksteinklumpen und dachte dabei: Vor dreißig Jahren hat mich der Vater für einen Sommer als Tagelöhner zu Murru-Madis auf den Laaksberg geschickt. Dort habe ich gelernt, Keile in die Spalten des Kalksteins einzuschlagen, nur hätte ich nie geglaubt, daß mir dieses Können zustatten kommt, wenn ich Frau und Töchter begrabe …

In der Dämmerung beerdigte Balthasar in diesem Grab unter den Fenstern der guten Stube seine Familie. Auf dem winzigen Friedhof hatten sich überraschend viele Leute eingefunden, hundert vielleicht oder mehr, was bei Beerdigungen von Pesttoten eine Seltenheit war. Hauptsächlich handelte es sich um Pfarrkinder aus Balthasars Gemeinde. Aber auch Elsbeths Verwandte hatten sich eingefunden: Agnes und Godert und der alte Gandersen, ein gebrochener und gebeugter alter Mann; seine vom Gerben gelbe Hand ruhte auf dem Nacken des vom Weinen verschwollenen Balzer. Doch weder Verwandten noch Fremden erlaubte Balthasar, das Haus zu betreten: Alle, für die keine zwingende Notwendigkeit bestand, sollten sich mindestens eine Woche lang von dem verpesteten Haus fernhalten.

Die Schläge der Glocke hallten in dem engen Schacht des Hofes wider, als sei die Dämmerung, die von den Mauern fortstrebte zum lilafarbenen Augusthimmel, selbst zu einer riesigen Glocke geworden.

Dann hielt Balthasar eine kurze Rede, kürzer noch als in solchen Fällen üblich. Darüber, daß es die Pflicht jedes Christen sei, gleich, welche Prüfung ihm der Herr auferlegt habe und wie schwer diese sei, das Knie zu beugen und zu beten, sich dann aber wieder aufzurichten und, auf Gott vertrauend, seine Pflichten zu erfüllen. Solange der Herr das wünsche, also bis ans Ende seiner Tage. Was nun aber die unerwartete, gefährliche Menschenansammlung betraf, so dachte Balthasar mit einer Nüchternheit, die den Himmel zu bestechen suchte: Einesteils sind sie natürlich Elsbeths, unserer Kinder und meinetwegen hier. Zum anderen aber auch, weil die häufigen Todesfälle schon der Vergangenheit angehören – während der letzten Woche sind in der Stadt nur elf Menschen gestorben. Nach Monaten so vieler Tode zieht es die Lebenden zum Tod.

Was aber das Niederknien in der Stunde der Prüfung, das Beten und Wiederaufrichten anbelangt, so tat Balthasar, nachdem er spätabends schweigend mit Märten in die Sauna gegangen war, weder das eine noch das andere.

Auf dem Fußboden seines Schreibzimmerchens breitete er einen alten Pelzmantel aus, denselben, mit dem – als er ihn abholte – Elsbeth in sein Leben getreten war, und ohne Licht zu machen, warf er sich auf das abgewetzte Kalbsfell. Mit den Rippen spürte er die Unebenheiten der Dielen, und als er sich mit der Wange auf die Schulter stützte, fühlte er mit der Hand die kalte, rauhe Steinmauer an seinem Gesicht. Auf einmal begriff er erschrocken: Sein aus der Demut erwachsener Seelenfrieden, entstanden in Elsbeths letzten Augenblicken, war dahin. Er begriff, daß er ein Gefangener war, Gefangener dieser Mauern, der bleiernen Müdigkeit, die völlig von ihm Besitz ergriffen hatte, Gefangener der Todesangst, Gefangener seines Verlusts – eines Verlusts, der so ungerecht, so unerwartet und so schwer war, als habe man ihm ohne Gerichtsurteil die Hand abgehackt und als schäme er sich vor sich selbst und vor dem Gericht, dem Richter den Stumpf hinzuhalten ... Und augenblicklich verstand er: Schlaf, blinder, tiefer Schlaf war das einzige, wohin er vor seiner vierfachen Gefangenschaft fliehen konnte. Und er fiel in den Schlaf wie ein Stein ins Meer.

FÜNFTES KAPITEL,

darinnen noch einmal die Vorstellung entsteht, die schicksalhaften Momente im Leben von Staaten und Fürstentümern könnten so gewaltig sein, daß alles, was im Leben von Menschen geschieht, im Vergleich damit nicht mehr ist als Staub über den Felsen oder Gischt über den Wogen, wobei es jedoch eher so scheint, als sei die Ameise Mensch mit ihrem Sandkörnchen oder das Geißeltierchen Mensch in seinem Wassertropfen dennoch das einzige Maß von Felsen und Wellen

»Als Verkünder der Augsburger Lehre muß ich in dem jetzigen Krieg der Schweden und Polen gegen den Moskowiter naturgemäß auf seiten der Schweden sein! Denn unter dem Moskowiter wäre unsere lutherische Kirche – von allem anderen ganz zu schweigen – neben seiner Kirche jedenfalls eine zweitrangige Angelegenheit. Und der Pole würde sich – das sieht man schon an Lettland – augenblicklich daranmachen, uns in papistischer Soße zu rösten! Ich bin also, wenn du so willst, schon kraft meines Amtes auf der Seite des Schweden. Obwohl unser oberster Gebieter unter ihm Herr Pontus ist – dieser böse Geist, der bis auf den heutigen Tag dem katholischen Glauben anhängt ... Vor zwei Jahren war er in Rom bei Papst Gregor XIII., und was meinst du, worüber er mit ihm gesprochen hat? Wie man Jesuiten nach Schweden bringen kann! Jaja. Und von ihm, das heißt von Herrn Pontus, weiß man, daß er selber wohl überhaupt kaum an etwas glaubt ... Meinetwegen. Mir geht etwas ganz anderes gegen den Strich ... Halt mal! Darauf trinken wir ...«

Balthasar hörte auf, in der Sakristei neben dem kleinen Tisch auf und ab zu gehen, er schob Märten einen Bierkrug aus Wacholderholz zu und setzte sich selbst mit dem zweiten auf einen Schemel an den Tisch.

»Weißt du, diese Siegesschreie unserer Speichellekker ... Daß sie der Teufel hole – all die Monate, in denen Herr Pontus Narva und Iwangorod eingenommen, und die ganzen letzten Wochen, in denen er Weißenstein und Oberpahlen zurückerobert hat, hört man in

Reval nichts anderes als Hurrarufe zu Ehren Stockholms ... Das wäre ja noch nicht so schlimm. Aber im Sommer, als der polnische König den Großfürsten bei Narva beim Schlafittchen gepackt und ganz Livland für sich gefordert hat – was ist da geschehen? Damals hat die Hälfte dieser Herren von der Oberstadt behauptet, niemand anders als Polen werde Livland retten. Mit eigenen Ohren habe ich gehört, wie die Tuves und Hastfers schrien, König Stephans Stirn sei vom Licht Gottes beschienen ...«

Märten rieb sich mit dem Handgelenk sein helles Borstenhaar, stellte den bis zum Grund geleerten Krug auf den Tisch und nahm seine abgetragene Schaffellmütze vom Knie.

»Dieses Licht Gottes wandert bei ihnen von einem Kopf auf den anderen. Wie eine Schaffellmütze. Ich gehe jetzt und heize die Sauna.«

Er machte verächtlich »kch« und verließ die Sakristei. Balthasar aber schaute durch die regentropfenbesäte Fensterscheibe auf die nasse Kirchenmauer, auf das vom herabströmenden Schneeregen weiß gestreifte Grab (das Grab an der Apothekenmauer, das er hundertmal gesehen hatte, dessen Anblick ihm schon vertraut war und ihn doch noch immer heftig schmerzte). Er dachte erstens, daß es bei so abscheulichem Wetter nichts Besseres gebe als ein Schwitzbad, und zweitens, daß Märten zu manchen Dingen, die wirklich seine Unzufriedenheit erregten, nur verächtlich »kch« machte. Drittens, daß Herrn Pontus' staunenswerte Berühmtheit nun schon fast ein Jahr lang andauerte.

Vor sechs oder sieben Jahren aber war Herrn Pontus' Kriegsruhm, so groß er damals auch sein mochte, völlig zum Teufel gegangen. Als er nämlich mit Heerhaufen, die sich aus Deutschen und Schotten rekrutierten, versuchte, die in der Hand des Moskowiters befindliche Stadt Wesenberg einzukreisen, sein Kriegsvolk jedoch meuterte. Dann war er ein, zwei Monate Gouverneur von Reval, worauf er sich nach Schweden begab oder sonstwohin, um des Königs Befehle auszuführen. Hier, in Reval, vergaß man ihn. Im vorigen Winter jedoch sang auf einmal ganz Livland Loblieder auf Herrn Pontus. Als er im Februar während eines schrecklichen Schneesturms plötzlich wie aus heiterem Himmel bei Wesenberg auftauchte, zusammen mit seinem fünftausend Mann starken Heer und Dutzenden von Kanonen! Doch erst als die von Feuerkugeln in Brand gesetzten hölzernen Teile der Festung lichterloh brannten und der Moskowiter gegen freien Abzug von allein auf Wesenberg verzichtete, wurde klar, welchen Weg Herrn Pontus' Heer genommen hatte: Es war mit Kanonen und Troß aus Wyborg gekommen – fünfzig Meilen übers Meer über Seiskari und das ingrische Kolkapäa und von dort weiter, zu den Gestaden Wierlands – über offenes Eis, durch heftigen Schneesturm, nur nach dem Kompaß! Aus mancherlei Gründen war das bewundernswert. Schon allein der Marsch über das Eis! Niemand hatte bis dahin je von Derartigem gehört. Und die Eroberung von Wesenberg mit Feuerkugeln war von solcher Wucht, daß sich das drei Meilen entfernte Tolsburg den Schweden kampflos ergab. Besonders großen Eindruck machte Herr Pontus auch dadurch, daß er, nachdem er Wesenberg eingenommen, den dort befindlichen Russen samt Frauen und Kindern – insgesamt tausend Mann – erlaubte, mit ihren Ikonen ungehindert nach Narva abzuziehen. Im vorigen Sommer hatte er nacheinander ähnliche blitzschnelle Heeresverschiebungen vorgenommen, so daß auch in Reval, wie in Finnland schon längst, abergläubische Leute von Zauberei sprachen. Herr Pontus, so munkelten sie, sei mit dem Teufel im Bunde, und der Höllenfürst habe ihn im Tausch gegen seine Seele mit übernatürlichen Kräften ausgestattet. Mit der Fähigkeit, in eiserner Rüstung auf einer Wolke über Land und Wasser zu fliehen, seine Soldaten in Schneeflocken oder Hagelkörner zu verwandeln, fünftausend Mann in einen Sack zu stopfen und im Flug auf dem Rücken zu tragen, sie am gewünschten Ort aus dem Sack zu schütten, nur ihm bekannte Beschwörungsworte zu sprechen und sich auf einem Rappen an die

Spitze einer gewaltigen Infanterie, Reiterei und Artillerie zu setzen, deren Kanonenschlünde Feuer spien ... Ob nun mit oder ohne Hilfe des Bösen, Herr Pontus hatte es in diesem August wirklich fertiggebracht, in Stockholm, Helsingfors, Reval und bei Hapsal zu sein, im Verein mit Karl Henrikson Hapsal dem Moskowiter zu entreißen, wieder nach Reval zu jagen, mit zwölftausend Mann nach Narva zu marschieren und es am sechsundzwanzigsten August einzukreisen. Und hier vollbrachte Herr Pontus nun seine größte, erschütterndste, erfreulichste und fragwürdigste Heldentat. Am vierten September gingen die Schweden daran, die Stadt von allen Seiten zu bombardieren. Und bestimmt waren ihre neuen Durchschlagskugeln ebenso wirksam wie die Feuerkugeln. Denn nach zweitägigem Beschuß zeigten sich in den Mauern von Narva (Balthasar erinnerte sich, wie mächtig diese waren) die entscheidenden Löcher und Risse. Am sechsten September schickte Herr Pontus seine Soldaten zum Sturm vor und verkündete dabei: »Alles, was ein jeder, der in die Stadt eindringt, binnen vierundzwanzig Stunden zusammenrauben kann, soll seine persönliche Beute sein.«

Wer weiß, ob sich Herr Pontus darüber klar war, was für eine teuflische Triebfeder er damit in Gang setzte. Nicht ganz, sollte man meinen. Nicht ganz, denn seine Kriegserfahrungen hatte er vorwiegend in Frankreich und Italien gesammelt, das aber sind Länder nicht nur mit einem milderen Klima, sondern auch mit milderen Kriegssitten. Obwohl es wahrscheinlich erfunden war, daß Herr Pontus an Kämpfen in Schottland, Sachsen, Dänemark, Schweden, Finnland und Rußland teilgenommen hatte – mangelnde Erfahrung konnte man schwerlich zu seiner Entschuldigung anführen. Wie auch immer, auf seine Aufforderung hin drang das Heer mit ungeheurer, unaufhaltsamer Gewalt in Narva ein und hatte die Stadt binnen vierundzwanzig Stunden ganz und gar ausgeplündert. Dabei wurden zweitausend Schützen und fünftausend Zivilpersonen getötet, darunter Frauen, Kinder und Greise. Obwohl man sich in Reval erzählte, Herr Pontus habe vom König Order gehabt, Wehrlose zu schonen. Nach diesem beispiellosen Sieg und dieser unerhörten Bluthochzeit schrieb Herr Pontus an den König (und dank eines Zufalls, über dessen Unverhofftheit Balthasar sich jetzt nicht den Kopf zerbrechen mochte, waren ihm Herrn Pontus' Worte bekannt geworden):

Die groben Hände der Soldaten ergriffen Besitz von Mauern und Festungen. Sie erschlugen alles, was sich ihnen in den Weg stellte, und drangen in die Stadt ein. Frauen und Kinder kamen um, niemand wurde geschont, wie das in solchen Fällen immer ist. Denn die rauhen Söldner konnten sich, als der Zorn die siegreiche Waffe in ihrer Rechten zusammenpreßte, in ihrer Gewalttätigkeit nicht zügeln. Kaum zwei Stunden waren vergangen, da lagen schon alle, bis auf den letzten Mann, tot am Boden, insgesamt mehr als siebentausend …

Balthasar hatte hin und her überlegt und doch nicht begriffen, was hinter diesen Worten steckte: Waren es bloße Feststellungen eines Heerführers, oder bargen sie Selbstzufriedenheit? Oder doch Gewissensbisse wegen des vergossenen Blutes? Diese verfluchten Worte schienen alle Möglichkeiten offenzulassen. Balthasar hätte Herrn Pontus am liebsten dafür getadelt, daß er, der doch in seiner Jugend ein Priesterseminar besucht hatte, in seinem Bericht an den König so gar keine christliche Trauer über die Unvermeidlichkeit des Blutvergießens im Kriege zeigte, in diesem Fall eines unnötig maßlosen …

Da aber traf Balthasars mißbilligender Gedanke auf eine Erinnerung, die ihn verwirrte … Wie hatte denn seine eigene Einstellung dazu ausgesehen, als er während der Belagerung von den Revaler Mauern und Türmen aus die Kämpfe ringsum verfolgte – er, der kein Feldherr, ja nicht einmal ein gewöhnlicher Söldner mit der siegreichen Waffe des Zornes in der Rechten war, sondern ein Verkünder des Evangeliums? Nur selten hatte er sich einzureden versucht (und das war ihm auch gelungen), die bei Geplänkeln auf den Zugangswegen verwundeten und in die Stadt gebrachten Magnusleute,

Deutsche, Russen, Dänen und Mordwinen sowie die Revaler Handwerksgesellen, seien vor dem Herrgott alle gleich oder doch beinahe ... Öfter aber, jedenfalls oft, hatte er die Freude darüber, daß der Feind in Not war, nicht unterdrücken können. Wie das ja auch unverhohlen aus der Chronik hervorging ... Im 100. Kapitel etwa, wo er die Ereignisse der zweiten Belagerung der Stadt im März des Jahres 1577 beschrieb:

Da lagen auf allen Türmen, Wällen und Rondellen die Büchsenschützen mit ihren großen Stücken in Bereitschaft und brannten dazwischen, daß man mit Lust hat die Feinde hinfallen und taumeln sehen und tot im Schnee liegenbleiben ...

»Hm.«

Wenn er schrieb, daß man sie *mit Lust hat hinfallen und taumeln sehen und tot im Schnee liegenbleiben*, so hatte er im März 1577 wirklich mit Lust den Tod der Feinde mit angesehen. Das konnte er nicht leugnen. Jetzt aber, im Oktober 1581, fand er diese Lust, aus der er in zwei Ausgaben der Chronik kein Hehl gemacht hatte, irgendwie ungebührlich ... Erst recht, da er, Balthasar, schließlich nicht bloß in seiner Jugend Theologie studiert hatte, sondern auch kein eingefleischter Kriegsmann war wie Herr Pontus, sondern Geistlicher und allein schon deshalb Verfechter der christlichen Barmherzigkeitslehre ... Desto ungehöriger erschien Balthasar in diesem Augenblick, da er sinnend am regennassen Fenster der Sakristei stand, seine einstige Freude darüber, daß in Herrn Pontus' Bericht an den König, der ihm erst unziemlich vorgekommen war, kein Wort von Lust angesichts der siebentausend Gefallenen stand ... A-a-ch!

»Epp!«

»Ja-a? Brauchst du etwas?«

»Laß auftragen und bitte alle zu Tisch!«

Ja. Seit Mitte Oktober war Epp wieder in der Stadt. Den ersten Monat nach dem Tod von Elsbeth und den Mädchen hatte Balthasar versucht, mit Kiidos und Madles Hilfe auszukommen. Mit dem Haushalt waren sie noch einigermaßen fertig geworden. Denn schließlich konnte im Haus nicht mehr Arbeit sein als vor jenem schrecklichen Jüngsten Gericht. Man brauchte den Mägden sogar weniger Vorschriften zu machen. Trotzdem gab es mehr Sorgen und Arbeiten der verschiedensten Art, als man hätte meinen sollen. Obwohl Märten und Päärn, wie früher, alles erledigten, was außerhalb des Hauses zu tun war: Sie hielten die Gebäude im Hof und die Gerätschaften instand, kümmerten sich um das Spalten und Herbringen des Brennholzes, um den Gemüsegarten hinter Süstermai, hinter der am Rand der Bischofskoppel gelegenen schmalen Weide für die Kuh und das Pferdchen, die anzuschaffen Balthasar im vorigen Jahr für gut befunden hatte. Im Pfarrhaus fiel aber besonders viel Frauenarbeit an: das tagtägliche Reinemachen des großen Hauses (der Fußboden in der Diele war allein mehr als vierhundert Quadratellen groß), dazu kam der Fußboden in der Sakristei, auf dem tagein, tagaus schmutzige Schuhe herumtrampelten. Dann das Essen und Trinken für sieben Hausgenossen und obendrein noch für die Besucher, die sich unfehlbar zu den Mahlzeiten einfanden, und das bedeutete – ein Fäßchen Bier und eine Kanne Dünnbier. Keller und Vorratskammer, damit nichts verdarb und man jederzeit holen konnte, was benötigt wurde. Kleidung, Leib- und Bettwäsche, Ausbessern, Waschen, Mangeln, Bleichen, Nähen. Außerdem das Kochen von Waschseife. Zu den Arbeiten im Haus kam noch der Stall: das Melken der Buntscheckigen, das Füttern der Schweine ... Balthasar sah ein, zwei Frauen konnten das nicht schaffen, schon deshalb nicht, weil sich die im großen und ganzen ziemlich rührige Kiido noch um Päärn und seine Kate im Hinterhof des Armenhauses kümmern mußte, und Madle, die sonst kein Wässerchen trüben konnte, immer häufiger in Märtens Kammer bei der Sauna verschwand. Weder die eine noch die andere war mit ganzem Herzen bei der Hauswirtschaft, was, nebenbei gesagt, bei Mägden überhaupt nur sehr selten vorkam. Mitunter machten sie ein und dieselbe Arbeit zweimal, während etwas weit Wichtigeres ungetan blieb. Was aber gänzlich fehlte, war die mütterliche Fürsorge für Balzer.

Schon bald nach Elsbeths Tod hatte Balthasar gemerkt, daß seine Hauswirtschaft nicht mehr wie am Schnürchen lief. Nach einigen Wochen entdeckte er dann, wie kläglich einsam der siebenjährige Balzer in dem großen Haus war. Bekümmert und im Bewußtsein seiner Schuld Elsbeth gegenüber erinnerte er sich, wie selbstverständlich ihre Fürsorge für den Jungen gewesen war. Bedauern stieg in ihm auf, Schmerz über nicht Wiedergutzumachendes, vielleicht auch ein Gefühl der Dankbarkeit Elsbeth gegenüber, Dankbarkeit, daß sie Balzer mit solcher Gewissenhaftigkeit zu einem künftigen deutschen Herrn erzogen hatte ... Unendlich viele waren es gewesen, diese oft nur kleinen mütterlichen Sorgen um den Jungen, die Balthasar jahrelang kaum bemerkte, weil er sie tagtäglich vor Augen hatte. Da waren die einfachen kurzen Morgengebete, die stets geduldigen Ermahnungen, sich zu waschen, Strümpfe anzuziehen, zu essen, das sanfte, beständige, oft lästige Beibringen von höflichen Manieren, all die kleinen Bekundungen von Zärtlichkeit, das Streicheln, das aufmunternde Klopfen (Elsbeth war viel liebevoller gewesen als in Bauernfamilien üblich), aber auch die Drohung, Rutenstreiche auszuteilen, mit denen sie die Kinder bisweilen strafte, nur weit weniger schmerzhaft, als es die Eltern in Balthasars Kirchgemeinde taten – all die mütterlichen Belehrungen bis hin zu dem Gute-Nacht-Gebet, das sie gemeinsam mit den Kindern sprach.

Balthasar sah wohl: Trotz Kiidos Betriebsamkeit und Madles lautlosem Hinundhereilen begann seine Hauswirtschaft zu zerfallen, und Balzer entbehrte vieles von dem, was ein Kind braucht. Sicher dachte Balthasar nicht an das, was er selbst entbehrte – an jenem kalten, grauen Nachmittag, an dem der Himmel sich nur hin und wieder aufhellte, in dem Augenblick, als von oben aus dem unbewohnten kleinen Zimmer traurige, disharmonische Töne an sein Ohr drangen. Schon von der Türschwelle aus erblickte er Balzer, der vor dem vergessenen Positiv saß, mit den Fußspitzen kaum das Pedal erreichen konnte und den Tasten mit seinen Fingerchen eine nur schwer zu erkennende Melodie entlockte, die ihm die Mutter oft vorgesungen hatte:

> Ick wyl my sulven trosten
> Unde wessenn wol gemeyt:
> Dem ick to jar de leveste wass,
> Dem byn ick worden leyt.

Angestrengt schaute der Junge auf seine sich tastend bewegenden Hände, seine Lippen aber waren zu einem schmalen blassen Streifen mit herabhängenden Mundwinkeln zusammengepreßt, als tue ihm etwas weh. Balthasar trat ins Zimmer, ließ sich vor dem Positiv auf der Bank nieder, von der Balzer erschrocken aufsprang, nahm den Sohn auf den Schoß und sagte, im Herzen vielleicht einen schon längst ausgereiften Wunsch und dadurch selbst verwirrt: »Balzer, möchtest du nicht, daß die Kurglaer Tante Epp zu uns kommt und sich um dich und unser Haus kümmert?«

Überraschend gab der Knabe schnell und entschlossen zur Antwort: »Ich habe selbst schon daran gedacht. Natürlich soll sie herkommen.«

Er sah den Vater an, mit lebhaft und hell gewordenen Augen. Dunkelgrauen Augen mit blauen Tupfen. Wie der Herbsthimmel. Der auch ein Frühlingshimmel sein kann. So dunkel waren die grauen Tupfen und so hell die blauen.

Tags darauf bot sich Balthasar die Gelegenheit, dem Kirchendiener von St. Johannis gegen entsprechenden Lohn ein Briefchen nach Kurgla mitzugeben. Und einige Tage später langte Epp mit ihrer kleinen Kleidertruhe auf dem Fuhrwerk eines Antlaer Bauern an.

Balthasar sagte: »Gut, daß du gekommen bist. Das war christlich gehandelt. Ich will mich nicht beschweren, weder über Madle noch über Kiido. Trotzdem sind Balzer und ich schlimm dran. Begreifst du: Hunderte von Kleinigkeiten, die ich von Dienstmägden nicht verlangen kann, wenn sie nicht von selbst daran denken. Und Hunderte anderer Kleinigkeiten, von denen ich nichts verstehe. Aber du verstehst es. Das weiß ich ... Zwanzigmal am Tag fragen sie mich nach allem möglichen Unsinn. Da kommt Kiido und klopft an die Tür der Sakristei: Pastor, was soll ich in die Schafschwanzsuppe tun, Lorbeerblatt oder Pfeffer? Doch nun bist du hier und wirst ihr sagen, was sie nehmen soll: das eine oder das andere oder das eine und das andere!«

Mag sein, daß Balthasar bei diesen Worten flüchtig dachte: Ich habe wohl nicht ganz das passende Beispiel gewählt. Epp dürfte kaum allzuviel von Gewürzen verstehen, die man in der Stadt verwendet. Aber immerhin hat sie insgesamt anderthalb Jahre unter meinem Dach verbracht und, von Elsbeth angeleitet, in der Hauswirtschaft geholfen ...

Jedenfalls wusch Epp Balzer noch am selben Abend in der Sauna den Kopf. Läuse hatte der Junge noch nicht, aber die lange nicht gewaschenen und wie bei seinem Vater dunkelblonden, ins Rötliche spielenden Haare hatten sich schon zu Weichselzöpfen verfilzt. Bevor sie aus der Sauna zurück waren, hatte Balthasar bereits Anweisung gegeben, wo Epp unterzubringen sei. Er befahl Madle, das kleine Zimmer aufzuwischen, in dem das Positiv stand, und die ehemalige Bettstelle Michels (zum Teufel mit ihm!) für sie herzurichten. Dann trug er eigenhändig die Truhe mit Epps Kleidern nach oben, in das ihr zugedachte Zimmer, und sagte allen Hausgenossen: »Von nun an haben wir wenigstens wieder eine Herrin im Hause.«

Jetzt aber war Dezember, ein windiger und in diesem Jahr nasser Dezember, und alle hatten sich auf Balthasars Geheiß rechtzeitig an der Mittagstafel eingefunden. Balthasar saß am Kopfende, auf dem Platz des Hausherrn. Die Plätze rechts von ihm hatten Epp, Balzer und Madle eingenommen, die links von ihm – Märten, Päärn und Kiido. Der Platz Balthasar gegenüber, am anderen Tischende, war verwaist.

Balthasar sprach ein kurzes Tischgebet. Er wußte, er hatte die Hausgenossen eine Stunde früher als sonst zu Tisch gebeten, aber nicht gesagt, warum. Genaugenommen spielte hier alles mögliche mit (gewiß begriff er das auch selbst): seine Verurteilung von Herrn Pontus' unchristlichem Bericht, die Bestürzung über seine eigenen, noch länger zurückliegenden unchristlichen Äußerungen, die Absicht, beim Mittagessen seine gedrückte Stimmung zu zerstreuen. Ja, er fühlte sich nicht wohl in seiner Haut.

Und hatte er etwa keinen Grund, aufgeregt und sogar beunruhigt zu sein?

Vor einer Woche war Topff zu ihm ins Pfarrhaus gekommen, Topff, sein einstiger Helfer und Zielscheibe von Spötteleien, ein mißgünstiger Mensch und im Grunde genommen weiß der Teufel wer. Bei einem Krug Bier erzählte er Balthasar mit leiser Stimme: Der Ratsherr Rotert hatte ihm, Topff, vor kurzem den Auftrag gegeben, die Schriften zu lesen, die gegen die Chronik von Herrn Balthasar verbreitet wurden – übrigens hatte Rotert gesagt: »von diesem Schreihals von Heiligengeist« –, Abschriften davon anzufertigen und sie ihm vorzulegen. Damit er die Ratsherren nach seinem Gutdünken damit bekannt machen konnte. Den Bierkrug vor sich haltend, flüsterte Topff, es sollte ihn nicht wundern, wenn dergleichen Sachen vor allem Herrn Balthasar selbst interessieren würden. Darum habe er – so sagte er – »besondere Stellen daraus auch für Herrn Balthasar« herausgeschrieben. Außer Zweifel stand natürlich, daß Topff das in der Hoffnung auf eine entsprechende Belohnung getan und in Gedanken bereits von dem zu erwartenden Silber für das Marquardsche Haus, sagen wir, ein gutes schmiedeeisernes Haustürschloß oder eine Platte mit einer glatten Öffnung für den Dansker erworben hatte …

Topff irrte sich nicht. Balthasar schob, wenn auch mit dem Handrücken und dabei schnaufend, zehn Mark zu Topffs Bierkrug hin und steckte die dichtbeschriebenen Blätter in die Brusttasche. Man muß jedoch sagen: Balthasar schnaufte erst recht, als er sich – Topff war gegangen – oben in seinem Arbeitszimmer daranmachte, diese Abschriften zu lesen. Vor allem deshalb, weil auf der Hälfte dieser Blätter der unverschämteste Teil abgeschrieben war, das heißt der überwiegende Teil des ihm schon bekannten Schreibens von Tönnis Maidel. Folglich hatte er die Hälfte dieser verfluchten zehn Mark zum Fenster hinausgeworfen. Bei den anderen Seiten war es wenigstens Neues, das ihn schnaufen ließ, obwohl auch dieses Neue nur relativ war, denn in großen Zügen kannte er die Anwürfe Tisenhusens, Kruses, Taubes und der anderen schon. Und es sah ganz so aus, als handele es sich hier gewissermaßen um die wiedergekäuten Äußerungen von Tönnis Maidel.

Herr Heinrich von Tisenhusen schrieb: ... *wie sich auch seine Unbedachtsamkeit hinreichend darin zeigt, daß er seine Landsleute und Verwandten, die estnischen Bauern, wenn sie bisweilen nur etliche Moskowiter erschlagen sowie geraubte Bullen und Kühe nach Reval zurückgebracht hatten, allzu hoch achtet und nur beiläufig erwähnt, daß selbige mehr als einmal gegen ihre ordentliche Obrigkeit rebellierten, einige jämmerlich ermordeten, des Ihrigen beraubten und allerlei Aufruhr und Betrügerei nach ihrer Art im Lande anrichteten. Hier läßt er das Urteilen und Richten (wie er es sonst in anderen Dingen tat). Und auf diesen Zweck war auch die ganze Beschreibung seiner Chronik gerichtet: (nämlich auf die Verachtung und Herabsenkung des Adelsstandes und auf die Erhebung seiner Blutsfreunde, der Bauern)* ... *Man muß sich nur wundern, daß der Adel von Harrien und Wierland, ehrliche und verständige Leute, von ihm solange eine derart grobe und unverschämte Verunglimpfung hingenommen und die Stadt Reval einen solchen Verleumder in ihrem Dienst belassen hat, was anderenorts gewiß nicht geschehen wäre* ... *Wundern muß man sich insonderheit, daß er über die unmenschliche Tyrannei, die der Moskowiter just zu dieser Zeit übte, nicht etwas mehr und weitläufiger geschrieben hat, und es muß ihm entweder an richtigen Berichten solcher greulichen und erbärmlichen Geschichte gefehlt haben, oder die Ursache dafür ist, daß er es vielleicht nicht übers Herz bringen konnte, den Moskowiter, dem er zuvor in allen Sachen recht gegeben hatte, dieser Tyrannei und daß er einige Sachen zu weit getrieben hat, zu beschuldigen* ...

M-ja. Friß oder spuck es aus ...

Und Elert Kruse, sieh mal an, begann sogar mit dem Ausdruck höflichen Bedauerns darüber, daß Balthasar offensichtlich nicht über alle alten Quellen verfügt habe, deren er für die Arbeit bedurft hätte. Das traf natürlich zu. Aber schon bezichtigte ihn Herr Kruse, den Feind voreingenommen dargestellt zu haben, und vergaß die Weisheit, daß jedem Menschen von jeher Sympathie und Antipathie eigen sind. Alles, was er konnte, war, Tönnis' hämische Worte auf seine Weise aneinanderzureihen: ungehobeltes Tier in Menschengestalt, grober Bauernkerl, bübischer Tölpel ... Und mit solchen Komplimenten kämpfte Herr Kruse, der Verfechter der Gerechtigkeit, ho-ho-ho!, führte er *seinen* Krieg für *seine* Wahrheit! Jeder kämpfte – erbärmlicherweise – für die *seine*! Der letzte Dorpater Bischof Hermann sei ein mutiger Mann und gründlicher Kenner der religiösen Wahrheiten gewesen und keineswegs ein Dummkopf (wie dieser bübische Tölpel schreibt), den die bischöflichen Räte nur deshalb zum Bischof gemacht hätten, um ungehindert ihren Willen durchsetzen und prassen zu können. Auch zerre dieser Tölpel in seinem Buch ganz ungehörige Nachrichten über die Herkunft des Bischofs ans Licht (Balthasar hatte natürlich geschrieben, daß jener der Sohn eines Schuhmachers war), während Bischof Hermann von den Gestaden des Rheines gebürtig und Sohn ehrbarer deutscher Eltern sei, wohingegen der Chronist selbst – wie jedermann wisse – von Undeutschen, von Bauern abstamme. Seine Bestätigung finde das auch darin, daß er niemanden so lobe und preise wie gerade die Bauern, alle anderen Stände aber herabsetze und verachte, so daß er selbst nichts anderes sein könne als bäuerlicher Herkunft ...

Außerdem schrieb Herr Kruse natürlich, der Zar (in dessen Arme er, Kruse, Livland noch vor einigen Jahren mit Lobliedern gedrängt hatte) sei ein Betrüger, der schrecklichste Unhold von der Welt und ein Sodomit, sein und seines Freundes Taube Wohlleben und Reichtum unter dem Zaren aber seien nicht die Frucht von

Verrat gewesen, sondern die unerforschliche Gnade Gottes …

Trotz dieses hanebüchenen Unsinns kam Balthasar das Lachen an. Auch daß noch ein dritter oder vierter Herr im wesentlichen dasselbe behauptete (*sie* seien keineswegs große Speichellecker und versoffene Schlagetots, sondern durch und durch wackere und tapfere Männer, während man längst wisse, was man von dem Chronisten zu halten habe), auch das wunderte Balthasar nicht mehr im geringsten.

Er schleuderte die Seiten von sich, und ein Teil davon zerstreute sich über den Fußboden. Beinahe laut dachte er: Nein. Minutenlange Treue macht eine Dirne noch nicht zur anständigen Frau. Selbst Körnchen von Wahrheit, sofern es solche in diesem schmutzigen Wortschaum gibt, machen diese Herren noch nicht zu ehrenwerten Menschen. Offen gestanden, ich könnte auf alle ihre Tintenspritzer pfeifen, hätte Topff mir nicht gesagt, Herr Holthusen sehe sich jetzt gezwungen, die von mir beim Adel erregte Unzufriedenheit auf einer Ratssitzung erörtern zu lassen.

Balthasar hatte Topff gar nicht erst gefragt, wie, seiner Meinung nach, der Rat darüber denke: Eine klare Vorstellung hätte er aus dem Schnurren dieses alten Katers ohnehin nicht gewonnen. Außerdem wollte er natürlich, daß Topff glaubte, ihn, Balthasar, beunruhige das nicht, ihn lasse das gleichgültig … Die Ratsherren sprachen also schon über ihn, und das Problem würde, weiß der Teufel, vielleicht wirklich im Rat erörtert werden. Eine Woche oder länger lebte Balthasar mit diesem Bewußtsein. So als habe er dort, wo das Herz war, ein Geschwür und sitze darauf. Dabei beobachtete er mit besonderem, bitterem Vergnügen, daß Ratsherren, die Rotert ganz sicher in seine Intrigen hineingezogen hatte, Schröder, König und andere, die ihm in dieser Zeit begegneten, ganz unterschiedliche Gesichter machten, wenn sie mit ihm sprachen, der eine ein völlig harmloses, ein anderer ein besonders wohlwollendes, als hätten sie nicht die geringste Ahnung von der bevorstehenden gehässigen Erörterung. Balthasar spürte darin den sie miteinander verbindenden empörenden Schwur, der ihn demütigte und außerhalb der Stadt stellte. Grollend versuchte er, seinen stachligen Gedankenknäuel zu entwirren, es gelang ihm jedoch nicht. Er dachte: Wenn die sogenannten ehrenwerten Herren, die mich ihren geschätzten Freund genannt haben, untereinander meine Angelegenheit (die für mich wichtigste Angelegenheit!) besprechen, das vor mir aber hinter höflichen Floskeln verbergen und wenn mir dieser käufliche Kater die Wahrheit, soweit ich sie kenne, gegen Entgelt ins Haus gebracht hat, zeugt dann gegen diese Herren nicht schon allein, daß ... Ja, gegen sie spricht schon, daß sie so geheimnisvoll tun, daß sie mir etwas verschweigen – aber im Grunde genommen was und warum?

O Teufel! All das wäre ja noch gar nicht so schlimm. Aber gestern morgen war Gregor Kuuse junior ins Pfarrhaus gekommen. Er gab das Amt des Ratsdieners auf und ging nach Uppsala an die Universität, und das Geld zum Studium, die von Balthasar erhaltenen zweihundert Mark, hatte er in der Tasche. Gewissermaßen aus Dankbarkeit dafür (es war natürlich töricht, so zu denken – Gregor erfüllte lediglich einen Auftrag) war er in die Sakristei gekommen und hatte mitgeteilt, höflich, ehrerbietig und sogar ein wenig beunruhigt: Balthasar solle sich Dienstag früh, morgen also, um zehn Uhr, im Rat einfinden! Wegen der Chronik und in Zusammenhang damit aufgetauchter Fragen ...

Balthasar bemerkte, die anderen hatten ihr Mahl schon beendet und warteten nun, daß der Hausherr ihnen erlaube aufzustehen. Mit den Worten des Tischgebetes, die er vor sich hin murmelte, gestattete er ihnen, sich zu erheben, und erhob sich gleichfalls. Neben dem Tisch blieb er stehen und dachte: Ich würde gern wissen, was wir heute gegessen haben. Es wollte ihm einfach nicht einfallen! Erst oben in seinem Zimmer, als er zum Pult ging und mit dem Fuß die schon eine Woche auf dem Boden herumliegenden Seiten darunterschob, spürte er im Mund außer dem Geschmack von Galle auch den von salzigem Schweinefleisch und geschmorten Kohlrüben und begriff, wie sehr ihn diese Wahrnehmung beunruhigte und wie eng das Schreibstübchen plötzlich geworden war angesichts seines durch Aufregung hervorgerufenen Bewegungsdranges.

Balthasar stieß die Tür auf und trat auf den Treppenabsatz. Er stand im Halbdunkel, ringsum duftete es nach Bierwürze – Kiido und Madle hatten vor kurzem Malz mit kochendem Wasser übergossen –, und da fiel sein Blick auf die halb geöffnete Tür des Zimmerchens mit dem Positiv.

Er riß sie auf. Dieselbe Tür, auf deren Schwelle er vor drei Jahren etwas gehört und vielleicht sogar gesehen hatte – etwas, was ihn eine Zeitlang an Elsbeths Treue zweifeln und ihn einige Augenblicke die Möglichkeit oder Unmöglichkeit, die Ehebande aufzulösen, erwägen ließ ... Daran aber dachte er jetzt überhaupt nicht. Nicht im mindesten ...

Er sah: Epp saß auf dem Schemel neben ihrem Bett mit der braunweiß gestreiften Decke, irgendein schafgraues Balzer gehörendes Kleidungsstück auf den Knien; sie wandte dem Eintretenden ihr Gesicht zu. Epp hatte dasselbe dunkelblaue Sonntagskleid von städtischem Schnitt an, das sie in Balthasars Haus täglich trug. Hinter ihrem Rücken schien die Abendsonne durch die Butzenscheiben, ein Strahl fiel auf ihr glattgekämmtes kastanienbraunes Haar, und Balthasar dachte unwillkürlich: Es sieht aus, als hätte Epp einen schmalen polierten Halbreif aus Kupfer auf dem Kopf.

Balthasar fragte gleich: »Was machst du da?«

Epp erwiderte: »Ich flicke die Ärmel an Balzers Hemdchen. Bei einem solchen Schlingel halten die Sachen nicht lange.« Es lag eher Billigung als Vorwurf in ihren Worten. Balthasar stellte das sofort dankbar fest. Er wollte ihr gleichfalls etwas Nettes sagen. So meinte er: »Na großartig. Bist ein Prachtmädchen!« – und spürte, sein Lob war vielleicht etwas überschwenglich ... Aber, wenn man recht bedenkt, wieso eigentlich? Wenn man recht bedenkt – nicht im geringsten! Er blieb auf der Schwelle stehen, einfach, um nicht gleich wieder den beunruhigenden Gedanken an morgen nachhängen zu müssen.

Auf einmal fragte Epp: »Hör mal, Balthasar, sag mir, was du hast. Der Verlust von Frau und Kindern – ich weiß ... Aber bereitet dir jetzt nicht noch anderes Sorgen?«

Einen Augenblick schwieg Balthasar.

»Wieso? Man sieht es mir also an?«

»Ja!«

»Demnach mache ich wohl einen ganz gebrochenen Eindruck. Oder du mußt sehr scharfe Augen haben.«

»Schon gut«, meinte Epp und wies mit mütterlicher Nachsicht seinen halb scherzhaften Ton zurück. »Was ist geschehen?«

Balthasar schaute aus dem Fenster. »Nichts weiter, Lappalien. Gewisse Leute zerreißen sich das Maul über mein Zeitbuch. Das geht vorüber ...«

Er fühlte, wie oberflächlich diese Selbsttröstung war, wieviel Mut sie ihm auch gab ... Balthasar wandte den Blick ins Zimmer zurück und sah Epp an – das Licht machte ihn blinzeln.

»Studierst wohl meine Sorgen, was?« Er setzte sich auf Epps gestreiftes Bett. »Aber ich möchte über etwas anderes mit dir sprechen. Erinnerst du dich, Epp, wie wir uns kennengelernt haben? Hast du es nicht vergessen?«

Gerechter Gott, fünfundzwanzig Jahre lang hatte er Epp nicht danach gefragt. Obwohl er das während dieser Jahre, mitunter sogar monatelang hintereinander, oft genug hätte tun können. Dabei hatte er sie in all den fünfundzwanzig Jahren fragen *wollen* – freilich mit bald nachlassendem, bald wieder erwachtem Interesse ... Fragen wollen, um Wonne zu empfinden. Aus Eitelkeit. Aus dem Wunsch heraus, sein Herz in Erregung zu versetzen. Vor Zärtlichkeit für den einen wahren, unfaßbaren Lichtblick im stachligen Gestrüpp der Jahre. Doch jedesmal, wenn er den Mund öffnete, um zu fragen, hatte er es nicht gewagt. Vor allem sicher, weil er sich schuldig fühlte und darum verwirrt war. Zwar hatten ihn Epps Heirat und die Geburt des Kindes, dessen Vater Paavel war, in erheblichem Maße seiner Verpflichtung enthoben. Doch nicht völlig. Nicht ganz schuldlos war er auch an Tiidriks Tod ... Offen gestanden, Balthasar erinnerte sich heute nur noch vage, was er damals gesagt hatte und was nicht – ja, offenbar hatte er eben nichts gesagt in jenem Augenblick, der, wie ihm später schien, ausschlaggebend war für Tiidriks Entschluß, in den Kampf, das heißt in den Tod zu gehen. Doch er wußte noch, daß er sich eingeredet hatte: Ich bin nicht schuld daran! Und da niemand Balthasar Tiidriks Tod zur Last legte, mußte es wohl sein eigenes Schuldgefühl gewesen sein, gegen das er sich verteidigte ... Noch mehr aber hatte er sich stets gehütet, Epp an den Tag auf dem Lammassaarer Neuland zu erinnern, aus dem Empfinden heraus, man könne nicht wissen, was dabei herauskäme, wenn sie sich beide gleichzeitig und gleich stark daran erinnerten ...

Gott weiß, warum er seine fünfundzwanzig Jahre alte Frage nun plötzlich doch ausgesprochen hatte: »Erinnerst du dich ...«

Das kleine weißgekalkte Zimmer war auf einmal völlig von der Frage ausgefüllt, und die Frage heischte eine Antwort. Balthasar schwieg und fürchtete im Unterbewußtsein, Epp könnte entweder allzu abweisend oder allzu träumerisch antworten. Beides wäre ihm peinlich gewesen ... Epp aber gab nur ein Wort zur Antwort, ein einziges Wort. Sie sagte: »Ja.«

Und sie sprach es wahrhaftig angemessen aus. Nicht so leise wie einen jahrzehntelang unterdrückten Seufzer und nicht so deutlich, daß es kränkend oder leichtfertig gewirkt hätte. Trotzdem war es klar genug gesagt. Wenn auch nicht sehr laut.

Balthasar drängte es, Epp in die Augen zu blicken, um darin zu lesen, was das Wichtigste war an ihrem »Ja«: das Leise oder das Klare? Er packte sie bei den Schultern, drehte sie zu sich um und spürte, er würde sich, sollte Epp sich nicht sträuben, nicht beherrschen können ... Balthasar fragte, und all das, was auf Leib und Seele einstürmte, ließ seine Stimme schroff klingen: »Epp, ich will wissen, wie du dich daran erinnerst.«

Und da gruben sich Balthasars Augen und Mund in das feste, schafgraue Hemdchen oder Röckchen seines Sohnes. Epp hielt den Stoff in der Luft, zwischen ihren Gesichtern, die sich einander genähert hatten, und sagte auf der anderen Seite davon: »Warte ... Und diese Herren, die etwas gegen dich im Schilde führen, was können sie dir anhaben? Schlimmstenfalls?«

»Ach so ...« Balthasar ließ Epps Schultern los und stand auf. Er wußte nicht, sollte er gekränkt sein oder gerührt, daß sie ihn zurückgehalten hatte. Er sagte: »Nun, schlimmstenfalls entfernt man mich von der Kanzel der Heiligengeistkirche.«

Das *sagte* er, dachte aber dabei, ein Gutteil seiner Worte sei sicher (und hoffentlich) großtuerische Übertreibung der Gefahr.

Epp ließ Balzers graues Kleidungsstück auf die Knie sinken. »Kann es wirklich so weit kommen?«

Balthasar stülpte die Unterlippe vor und entgegnete langsam: »Nun, weißt du ... Ich glaube nicht ...«

Epp fragte sehr leise: »Aber *wenn* sie es tun, was dann?«

»Was dann? Dann schicken sie mich in irgendeinen Krähwinkel und geben mir die Kanzel dort. Als Strafe. Irgendwohin, auf die Insel Wrangelsholm etwa. Weißt du, wo das liegt?«

Wider Erwarten bejahte Epp: »Gewiß. Jürgens Piret stammt aus Ihasalu. Sie ist oft dort gewesen. Es soll eine ganz kleine, aber schöne Insel sein.«

»Ja, schön ist sie. Ich war auch mal dort. Aber dorthin versetzt zu werden, wenn man auf der Kanzel von Heiligengeist gestanden hat, ist, als stürzte man vom Revaler Rathaus in einen Schwei...« Nein, »Schweinestall« zu sagen gehörte sich nicht, denn auch diese winzige Kirche, deren Glockenturm er geweiht hatte, war ein Gotteshaus. So schloß er denn: »Nun, sagen wir, in einen Schafstall.«

Epp blickte in ihren Schoß und sagte: »Wenn du nicht böse wirst ...«

»Dann?«

»... dann möchte ich dir sagen – der Heiland wurde auch nicht in einem Rathaus geboren. Sondern in einem Schafstall.«

Balthasar trat auf Epp zu. Vor Verwunderung schwang Unsicherheit in seiner Stimme mit. »Warum sagst du das? Willst du mich belehren? Oder trösten? Epp ...«

Er packte die Frau bei den (unter dem dünnen dunkelblauen Kleid merkwürdig prallen – ganz anders als bei Elsbeth – und doch erstaunlich fraulich-biegsamen) Unterarmen. Hob sie vom Schemel hoch. Preßte sie an sich. Wer weiß, ob ihm dabei einfiel, daß er auf denselben Dielenbrettern stand, auf denen vor drei Jahren Michel gestanden, Elsbeth an sich gezogen und ihr irgend etwas zugeflüstert hatte, etwas, was Balthasars Ohr vielleicht entgangen war.

»Epp, ich möchte dir sagen ...«

Trapp-trapp-trapp-trapp! klapperten kleine Holzschuhe über den Treppenabsatz, näherten sich der Tür. Der Junge stieß sie auf, und Balthasar ließ Epps Arme los.

»Unten ist dieser graue Kater aus dem Rathaus, Papa. Er will mit dir reden.«

»So-o ... Geh hinunter und sag ihm, ich komme gleich.«

Das ernste Kindergesichtchen verschwand hinter der Tür. Balthasar kehrte zu Epp zurück, legte ihr den linken Arm um die Taille und wollte mit der Rechten ihr Gesicht an sich ziehen, um es zu küssen, aus Dankbarkeit für ihre Fürsorge und Liebe, die er spürte, und für jene unverhoffte Gefühlsregung, die ihre Nähe wieder in ihm geweckt hatte. Epp aber stemmte die Hände gegen seine Brust, schob ihn fort und flüsterte dabei: »Geh, Balthasar, geh so, daß ich Gott bitten kann, er möge dich gegen sie in Schutz nehmen ...«

Balthasar wollte ihr widersprechen, tat es jedoch nicht. Er lächelte sogar. Wenn auch nur für sich. Er streichelte Epps glattes Haar. Vielleicht bemerkte er (vielleicht auch nicht), daß der Kupferreif in Epps Haaren erlosch, wenn er seine Hand darauf legte, und von neuem aufleuchtete, wenn er sie fortnahm. Er ließ seine Hand über Epps Haare gleiten – das war Segen, Lob und Beschwörung in einem: Soll es so sein, nur glaube ich nicht, daß mich der Herr deshalb weniger in Schutz nähme …

Balthasar (war er von Ärger und Unruhe erfüllt oder schmunzelte er vor sich hin?) ging hinunter und stieß an der Tür der Sakristei auf den Ankömmling.

Topff setzte sich auf die Holzbank und begann vor seinem Bierkrug umständlich die Kopien neuer Verleumdungsschriften zu entfalten. Dabei flüsterte er beinahe entzückt: Balthasar könne, wie er doch wohl verstehe, heute abend die letzten Augenblicke der günstigen Gelegenheit nützen, die sich ihm biete, weil er, Topff, seit langem Hochachtung für ihn empfinde. Er, Balthasar, könne im voraus erfahren, wessen ihn die Herren Adligen ziehen und woran, leider, die Stadtväter Anstoß nähmen. Anhand dieser Abschriften, die er, Topff, aus Ehrerbietung und Respekt angefertigt habe, vermöge er, Balthasar, das alles festzustellen und seine Argumentation zu erarbeiten. Herr Balthasar könne sich also rechtzeitig überlegen, womit er sich, aus dem Gefühl der Ergebenheit heraus, einverstanden erklären wolle und wogegen er etwas einzuwenden beabsichtige – soweit er, Topff, ihn kenne, werde er das sicher tun. Oder welche Beschuldigungen er ins Lächerliche zu ziehen gedenke. Wie er, Topff, den von ihm seit jeher verehrten Herrn Balthasar kenne, werde der sogar mehr Punkte als lächerlich hinstellen wollen, als man klugerweise tun sollte …

Balthasar sah Topffs neue Abschriften flüchtig durch. Aha, da war noch ein Tisenhusen, der ihm Vorwürfe machte. Und Hastfer. Und Lode. Er lauschte Topffs aufreizend sanftem Gemurmel, sah, wie behutsam sich der vom Bier nasse zahnlose Greisenmund in dem Ausschnitt der grauen Borstenhaare bewegte, und begriff: Der Alte wußte offensichtlich, wovon er sprach, wenn er es auch in der Hoffnung auf Gaunerlohn tat. Doch alle seine Worte, ebenso das, was Balthasars Augen auf den neuen Seiten flüchtig wahrnahmen (... *dieser Lump von einem Chronisten, der nur infolge der unverzeihlichen Nachlässigkeit des Revaler Rats* et cetera), kamen ihm nur manchmal zum Bewußtsein und verflüchtigten sich gleich wieder ... Hätte er sich die Mühe gemacht, seine Empfindung mit etwas zu vergleichen, so wäre ihm sicher dies eingefallen:

Im Frühjahr vor vierzig Jahren, während eines besonders starken Hochwassers, als der Obersee die Stadt bis an den Mündungsarm überflutete (was angeblich nur zwei-, dreimal in hundert Jahren vorkommt) und der sonst so lammfromme Hargenpescher Bach plötzlich wie eine graublaue Herde schaumbedeckter, wiehernder Pferde durch die Siechenvorstadt raste und zwischen den Hermapöller Katen hindurch brüllend zum Meer strebte, hatte er, Pall, an der Siechenhausbrücke ein Boot ins Wasser gestoßen und sich von der Strömung treiben lassen. Damals empfand er ihm bis dahin unbekanntes Entsetzen, das ihm die Kehle zuschnürte – als nämlich das Boot wie ein Hobelspan in einem Strudel herumgewirbelt und dann fortgerissen wurde, während Steine und Uferpfosten – krach-krach-krach! – gegen Bordwände und Kiel donnerten. Empfand unbekannte Todesangst und gleichzeitig eine ganz besondere, berauschende Freude, Freude darüber, unaufhaltsam in einem fliegenden Kasten über alle Pfosten und Steine hinwegzujagen ... Bis er die sandige Mündung erreichte und die rasende Fahrt auf den Meereswellen ein Ende hatte, wonach er in seiner Nußschale mit dem Bruchstück eines Ruders nur unter großer Mühe den Hafen erreichte ... Die Stöße, die das Boot damals trafen, waren ungeheuer laut gewesen, und auf der Fahrt hatte es unvergleichlich nach Lehm, Erde, Fischgedärm, fließendem Wasser und Wind gerochen. Nun aber waren die Stöße völlig lautlos, und das, was ihn trug, strömte einen leichten Geruch nach Birken mit winzigen Blättern aus oder nach Birkenblättern, die aus unerfindlichem Grund im Oktober noch nicht verwelkt waren.

Balthasar stand auf. Er ließ Topff bei seinem Krug Bier sitzen, holte von oben, aus seinem Zimmer, die früheren Abschriften und legte sie in der Sakristei auf den Tisch. O Teufel ... Vielleicht war sein Jungenherz vor vierzig Jahren in dem Strudel wirklich versucht gewesen, das abgebrochene Ruder – das einzige – vom Boden des Bootes aufzuheben und über Bord zu werfen, nur um zu sehen, was dann geschehen würde ... Jedenfalls hatte sein Knabenverstand ihm verboten, so zu handeln. Jetzt aber hinderte ihn sein Mannesverstand nicht (oder wenigstens nicht ganz), das halbe Ruder (das ebensoviel taugte wie ein heiles ...) über Bord zu werfen ... Aus den Kopien der vorigen Woche wählte er fünf Seiten mit Auszügen aus dem ihm schon bekannten Schreiben Tönnis Maidels und schob sie Topff zusammen mit dem schäumenden Bier über den Tisch zu.

»Die da kann ich nicht brauchen. Die ganze Geschichte besitze ich dank der Liebenswürdigkeit des Herrn Admirals vollständig. Ich muß also die fünf Mark, die ich Euch dafür bezahlt habe, auf die heutigen Abschriften anrechnen. Das heißt, wir sind quitt.«

Topff trank sein Bier aus, steckte die zurückerhaltenen Blätter wortlos unter den Rockschoß und entfernte sich schnaufend. Balthasar aber dachte, beflügelt von dem merkwürdigen Durcheinander dieses Tages, durch die drohenden Schläge seines Gehirns hindurch: Soll er doch! Soll er doch gehen, noch dazu mit einem Gesicht, als grübele er nur darüber nach, wie er mich vergiften könnte ... Aber daß er mir wegen der lumpigen fünf Mark, um die ich ihn, seiner Meinung nach, geprellt habe, ernsthaft schaden wird, glaube ich nicht. Und wenn Gott will und wir morgen unsere Trommel retten (warum sollte der Herr mich derart versuchen und nicht wollen), so spielt es keine Rolle mehr, daß ich jetzt der Versuchung nicht widerstanden und Stöckchen auf dem Katerkopf von Vater Topff zerbrochen habe (was für ein idiotisches Wortspiel mir da in den Sinn kommt) ...

Balthasar schritt in der Sakristei auf und ab, öffnete die Eingangstür und betrat die Außentreppe, die zum

Friedhof führte. Die mit Kalksteinsplittern vermischte Erde war feucht von dem gerade erst niedergegangenen Schneeregen. Die längst auf die Grabsteine herabgefallenen braunen Blätter der großen Linde im Hof der Apotheke rochen in der Winterluft süßlich nach Herbst. Jenseits der nassen Mauern, irgendwo im Westen zwischen mächtigen dunkelblauen Wolkenmassen, ging die Sonne unter, das sah man auch an den Wolken über dem Kopf, hier, im tiefen steinernen Schacht des Friedhofes. Aus der Kirche aber drangen, gedämpft durch Mauern und Fenster, die Töne der Orgel herüber, ihnen folgte der holprige Gesang von Hunderten Stimmen.

Richtig – vormittags hatte Bürgermeister Holthusen die Anweisung über den Platz geschickt: In der Heiligengeistkirche ist am Abend ein Dankgottesdienst zu zelebrieren! Noch einer nach all den Gottesdiensten, die sie in den letzten drei Monaten zu Ehren der siegreichen Besetzung von Narva, Iwangorod, Jamma, Koporje und schließlich Weißenstein hatten abhalten müssen, diesmal zu Ehren der Einnahme von Oberpahlen. Am vergangenen Mittwoch hatten sich Schloß und Siedlung Oberpahlen Herrn Pontus oder seinem Heer oder doch wenigstens dessen Schlußtruppen ergeben. Schön. Nur könnten fünf Dankgottesdienste hintereinander dem Herrn schließlich lästig fallen, wenn sie ein und derselbe durchführte. Außerdem mußte Balthasar über wichtige Fragen nachdenken, über die morgige Ratssitzung zum Beispiel. Darum hatte er schon vormittags seinem neuen Adjunkten, Ostmann, befohlen, den Abendgottesdienst abzuhalten. Nebenbei gesagt, Priidik Ostmann, Sohn eines Revaler Schuhmachers, aus der Nähe von Kohila stammend und Ratsstipendiat der Greifswalder Universität, war ein eifriger hellhaariger Bursche. Nur hatte Balthasar während der drei, vier zurückliegenden Wochen bemerkt, daß seine Augen mit den weißlichen Wimpern manchmal gerötet waren. Das hätte man der intensiven Lektüre der Heiligen Schrift bei Kerzenlicht zuschreiben können, wäre dem Munde des Herrn Adjunkten nicht ein starker Geruch nach billigem Bier entströmt.

Doch selbst in solchen Fällen redete er klar und vernünftig, das stimmte. Auch jetzt, in der Kirche, erhob sich sein angenehmer Tenor über all die dünnen Stimmen der Gemeinde.

Tuck-tuck-tuck.

Märten war es, der da in der Diele hinter der Tür stand. Als Balthasar auf sein Klopfen antwortete, kam er durch die Sakristei zu ihm auf die Außentreppe heraus.

»In der Sauna hab ich tüchtig eingeheizt, es wird Zeit zu gehen. Na, kommst du?«

Balthasar warf einen Blick auf die Möwen, die auf dem Dachgrat saßen, schob die Unterlippe vor und meinte: »Weißt du, warte, bis Päärn mit dem Läuten fertig ist, und geh mit ihm. Ich will mir noch ein bißchen die Beine vertreten und nachdenken. Ich komme später. Sag auch Ostmann, er kann baden, wenn er will. Mit Meckius zusammen.«

»Und die Frauen?« fragte Märten.

»Die auch.«

»Kch.«

Märten ging ins Haus. Balthasar kehrte in die Sakristei zurück und nahm die kurze, mit Wolfsfell gefütterte Schaube vom Kleiderrechen, denn es war ein windiger Abend, rabenschwarz und so eisig, daß er sogar das Lederbarett aufsetzte.

Als er aus dem Tor, das an das Siechenhaus grenzte, auf die Straße trat, hatte er nicht die geringste Vorstellung, wohin er gehen sollte. Ebensowenig wußte er, worüber er nachdenken wollte. Über die morgige Ratssitzung? Schön. Aber was konnte er sich hier Besonderes ausdenken?

Er bog von der Heiligengeiststraße nach links ab, in die Langstraße, ging bis zur Pforte am Langen Domberg, wandte sich dann nach rechts, zum Kloster, eilte mit seinem zielstrebig wirkenden, schnellen Schritt am Nonnentor vorüber und wanderte, nach wie vor zerstreut, an der Mauer entlang, der Sonne nach und dem Zugwind entgegen, durch Straßen, die an Rinnen erinnerten.

Natürlich würde er morgen auf der Sitzung als erstes sagen, die verehrten Ratsherren möchten beachten, daß jene Herrschaften, die über die Chronik herzögen, in ihren Schriften *eigene* Interessen verfolgten – gemeinsame Interessen, nicht die eines jeden im einzelnen. Wenn diese auch noch so überzeugend über einige seiner Fehler schrieben (es wäre töricht, zu behaupten, der römische Papst mache keine Fehler, was könne man da von einem Chronisten erwarten) – dieses ganze Geschrei gegen seine Chronik werde im Interesse des *Adels* erhoben. Darum sei es auch gegen die Stadt gerichtet. Woraus folge, der ehrenwerte Rat sollte Balthasar gegen die Schreihälse in Schutz nehmen, nicht aber versuchen, ihn im Verein mit jenen an die Wand zu drücken …

Diesen vielleicht nicht sonderlich tiefschürfenden, aber weiß Gott richtigen Gedankengang hatte Balthasar schon am Turm Goldener Fuß, spätestens am Löwenschedeturm zu Ende gebracht. Er schritt weiter gegen den scharfen Nordostwind an, der nach Pferdemist und Meer roch. Während er die Strecke zwischen dem Lippen- und dem Reeperturm zurücklegte, dachte er: Und daß ich dem Moskowiter angeblich wohlgewollt und ihn im besten Licht gezeigt hätte? Nun, wer die Sache auch nur etwas unvoreingenommen ansieht, dürfte feststellen: In der Chronik habe ich mich sehr bissig über den Moskowiter geäußert, und völlig zu Recht, wie ich meine. Denn ein so verrückter Raufbold, wie es der Großfürst zweifellos ist, kann auch kein anderes Heer haben … Hinter dem Reeperturm dachte Balthasar: Und daß ich in der Chronik nicht so viele Untaten des Moskowiters gezeigt habe, wie es die meisten livländischen Adligen gern gesehen hätten – wißt Ihr, meine ehrenwerten Revaler Ratsherren, woher das kommt? Daher, glaube ich, daß der Moskowiter zwar in manchem grausamer war als andere, die dieses Land zerstampft haben, daß sie alle aber – er, der Pole, der Däne, der Deutsche und der Schotte, ja auch der Schwede –, daß sie alle im großen und ganzen gleich sind! Sie sind sämtlich Eroberer, Gewalttäter und Diebe! Denn, bedenkt …

Er war schon zwischen dem Plate- und dem Eppingerturm angelangt und schaute zu den im Lichte der untergehenden Sonne dunkel gewordenen, leicht blutrot schimmernden Wolken empor ... Jedesmal wenn er auf dieser Straße zwischen Plate und Epping stand, blickte er, erbebend vor Vergnügen und vor Bedauern, nach oben, zum leeren Himmel, der manchmal blau war, manchmal grau, manchmal dämmerig und kalt wie jetzt. Das Vergnügen rührte von der Erinnerung an das Wunderseil her, das eines Tages unglaublicherweise die Höhe bezwungen hatte, das Bedauern daher, daß der Himmel heute leer war. Trotzdem, unbewußt, empfand er wohl auch Genugtuung darüber, daß das Seil, das sich damals bis in den Himmel erstreckt hatte, auf bestimmte Weise auch jetzt weiterexistierte, dort und anderswo ...

... sind sämtlich Diebe! Balthasar erinnerte sich wieder an seinen Gedanken von vorhin und lachte laut auf, denn er überlegte dabei: Sieh mal an, sogar der Wind hält mir den Mund zu, damit ich das morgen nicht den Ratsherren erzähle. Sie würden mich sonst, mit den Adligen um die Wette, mit dem Gesicht auf die Kopfsteine stoßen ...

Er hatte die Stadt schon fast umrundet, als er, zwischen dem Mägde- und dem Marstallturm dahinschreitend, dachte: Bestimmt bin ich nicht länger als eine Stunde gegangen. Also liegen daheim auf der Schwitzbank in der Sauna erst Märten und Päärn. Ostmann und Meckius aber haben noch kein Bad nehmen können! Nach Hause zurückzukehren und mit ihnen in die Sauna zu gehen oder allein in der Diele auf und ab zu wandern oder in seinem Zimmer zu hocken und auf das Heulen des Windes zu lauschen, dazu hatte er keine Lust. Er trat in die Pforte am Langen Domberg, bog zur Oberstadt ab und beschleunigte seine Schritte. Trotz seiner niedergedrückten Stimmung bemerkte er seltsamerweise mit besonderem Vergnügen, daß er beim Bergaufgehen auf den schlüpfrigen, vereisten Kopfsteinen überhaupt nicht außer Atem geriet, als sei er – man denke nur – noch jung ...

Zwischen Domkirche und Schloß bog er in eine enge Gasse ein und schlug mit dem Klopfer gegen eine Pforte. Man ließ ihn ein, und er trat in das auf dem Hof stehende Haus, in die enge Lehrerwohnung seiner Schwester und seines Schwagers.

Annika wohnte mit Winkler noch immer in demselben Häuschen im Hof der Domschule. Aber Winkler war jetzt kein Lehrer mehr.

Die Eheleute hielten Dämmerstunde. Annika zündete die Kerzen an, und Johann stellte Krüge mit Bier auf den Tisch. Zu dritt nahmen sie im mittleren Zimmer Platz, und Balthasar sah nach fast anderthalbjähriger Unterbrechung Schwester und Schwager wieder aus der Nähe. Seine noch immer schöne, wenn auch an den Schläfen ergraute Schwester und den Schwager, der nur noch aus Haut und Knochen bestand. Und das erste, was er fragte, war: »Sag, Johann, wie ist es dir gelungen, dein neues Amt zu ergattern?«

»Von Ergattern kann keine Rede sein ...«, gab Winkler zögernd zur Antwort, setzte aber das Gespräch über seine – wenn auch verspätete – Karriere fort, verstohlen schmunzelnd und seine Zufriedenheit schamhaft hinter dem Bierkrug verbergend. Nachdem er sein Bier ausgetrunken hatte, legte er Annika den Arm um die Schultern und sagte scheinbar scherzhaft, zugleich aber heftig: »Es war für mich die letzte Gelegenheit, auf einen grünen Zweig zu kommen. Ich bin bald fünfzig, und die Hälfte dieser Zeit habe ich mich mit Schuljungen abgeplagt. Du weißt ja selbst: Die Jungen werden ein bißchen klüger, der Lehrer aber um kein Jota reicher! Ich hatte mich schon lange nach einer Arbeit umgesehen, wo ich meiner Frau wenigstens ein bißchen Silber kaufen kann, nicht wahr, Anna? Du bist immerhin die Witwe eines Pastors und Schwester eines Schriftstellers von europäischem Format ...« Annika lächelte ausweichend und nachsichtig. (Balthasar dachte: Meine ältere Schwester behandelt ihren Mann, ungeachtet seiner jetzigen Stellung, etwa so wie einst ihren jüngeren Bruder ...) Winkler indes fuhr fort: »Nun hat Herr Pontus im Schloß

Wohnung genommen und begonnen das Land zu regieren. Einige meiner früheren Schüler aus der Domschule aber, jetzt schon ausgewachsene Herren – Vietinghoff, Kleypol und noch so mancher –, haben unter ihm allerlei Ämter bekommen. Weißt du, ich war stets bemüht, zu meinen Jungen mehr oder weniger höflich zu sein. Wenn es auch gehörige Rotznasen darunter gab. Doch sie sind von mir seltener gescholten worden, als sonst in der Schule üblich. Und den Hintern habe ich ihnen noch seltener verbleut. Einige haben das, zu Verstand gelangt, offensichtlich nicht vergessen. Nur wenige leider, aber immerhin. Hin und wieder kommt das vor. So auch jetzt. Herrn Pontus' Korrespondenz erfordert einen Mann, der Sprachen kennt, und einige Herren – frühere Schüler von mir – haben ihm mich empfohlen. Schließlich habe ich schon vor längerer Zeit, unter nicht geringen Mühen, auch die schwedische Sprache erlernt. An und für sich bloßer Weitblick. Du hast es ja ebenso gemacht.«

»Na, ich habe sie keineswegs aus Weitblick erlernt«, meinte Balthasar. »Ja, ich habe sie nicht einmal gelernt.«

»Was redest du da … Wie hast du sie dir dann angeeignet?«

»Man kann sie hier doch an jeder Straßenecke aus der Luft aufschnappen.«

»Weißt du, du magst sie ja mit Hilfe des Heiligen Geistes aus der Luft aufgeschnappt haben. Ich habe mich jedenfalls sechs Jahre im Schweiße meines Angesichts damit abgeplagt …« Balthasar hatte den Eindruck, als vermischten sich in Johanns Ton auf komische Weise die Bereitschaft, ihm beizupflichten, und schulmeisternder Lehrerstolz auf die eigene Mühe. »Ja, ja«, erklärte der Schwager, »Lexica, Grammatica, Exceptiones.«

»Sechs Jahre lang täglich drei Stunden abends oder nachts …«, sagte Annika, und Balthasar wußte nicht so recht, zuckte der Mundwinkel seiner Schwester vor etwas verächtlicher Befriedigung oder vor Freude darüber, daß sie ihrem Mann hatte Gerechtigkeit widerfahren lassen.

»Und jetzt«, meinte Johann, »spreche und schreibe ich das Schwedische ebenso fließend wie du. Vielleicht sogar noch besser. Und sie zahlen mir sechshundert Mark im Jahr.«

»Also fast doppelt soviel wie mir. So lange, bis sie mir nicht einmal mehr das zahlen«, versetzte Balthasar. Er schwieg eine Weile und fügte dann hinzu: »Demnach geht auch die Korrespondenz, die Herr Pontus in Latein führt, durch deine Hände – beispielsweise über den Fall von Neuschloß, Weißenstein und Oberpahlen?«

»Größtenteils«, sagte der Mann seiner Schwester nicht ohne Genugtuung. »Einen prächtigen Abschnitt daraus habe ich dir ja neulich im Vertrauen zitiert.«

»Jaja ...«

Vor zwei Monaten war das gewesen, als Johann ins Pfarrhaus kam, um den Schwager zum Fall von Narva zu beglückwünschen. Offensichtlich hatte er befunden, das schicke sich für einen frischgebackenen Beamten des Statthalters. Balthasar hatte bloß geknurrt: »Jaja, hm. Herr Pontus, kann man sagen, ist ein großer Heerführer ...« Sie waren zu Balthasars Zimmer hinaufgestiegen, um die Unterhaltung fortzusetzen. Als Johann erwähnte, bei der Einnahme von Narva seien siebentausend Menschen umgekommen, hatte Balthasar es angezweifelt, Johann aber das Konzept des Berichts von Herrn Pontus aus der Tasche gezogen (»Ich selbst habe das nach seinem Diktat geschrieben!«) und es laut vorgelesen. Balthasar hatte Johann das Schriftstück aus der Hand genommen und vor seinen Augen den Text abgeschrieben, auf seine grauen Blätter. Der Schwager hatte nichts dazu gesagt, ihn aber auch nicht daran gehindert.

Nun hing abermals das entscheidende Wort, Herrn Pontus' Korrespondenz betreffend, beunruhigend in der Luft. Balthasar wartete, was der Schwager diesmal sagen würde. Denn Johann kannte er nur recht oberflächlich, und seine Antworten konnten verschiedenartiger sein als die Federn in einem Hahnenschwanz ... Es war möglich, daß er Balthasar entgegenkam und, über den Bierkrug hinweg, etwa dies äußerte: Übrigens, lieber Schwager, solltest du die Absicht haben, dein berühmtes Werk weiterzuführen, solltest du, über mich, etwas benötigen – bitte, bei hinreichender Diskretion – jederzeit! Oder, wenn auch nicht »Bitte, jederzeit!« (bei einem Jahresgehalt von sechshundert Mark und auf der Suche nach silbernem Schmuck für Annika), so doch wenigstens: Balthasar, wenn du willst ... Nun, ich denke, wir werden uns schon einigen. – Oder er konnte, um seines spät erreichten Wohlergehens und seines Seelenfriedens willen, bemerken: Wenn es das ist, worauf du hinauswillst, so muß ich dir sagen: Daß ich dir einmal etwas gezeigt habe, geschah aus einer bloßen Anwandlung heraus, verstehst du. Rechne in Zukunft nicht mit mir ...

Doch Johann tat weder das eine noch das andere noch das dritte. Er ließ die Frage von Herrn Pontus' Korrespondenz in der Schwebe und trank schlürfend sein Bier. Er sagte nichts, möglicherweise überlegte er, vielleicht verstand er die Andeutung nicht – wie sollte Balthasar das wissen. Aber warum schwieg er, Balthasar, im geeigneten Moment und verzichtete auf den Versuch, dem Schwager einen solchen Vorschlag zu machen? Hätte er sich das gefragt, seine Antwort würde gelautet haben: Ich schweige, um für das, was mir morgen bevorsteht, die Gnade Gottes zu verdienen. Denn vom Standpunkt der christlichen Lehre aus war Balthasars Vorschlag, auch seiner eigenen Meinung nach, ziemlich fragwürdig. Allerdings hätte er Johann auch dies sagen können: Lieber Schwager, du bist ein denkender und gebildeter Mensch, du weißt: Ganz gleich, wie tief jemand in Dinge einzudringen versucht, weiter als bis zur Oberfläche wird er nicht kommen. Folglich ist auch mein Zeitbuch nur ein klägliches Rutschen über die Oberfläche des Seienden. Aber ich weiß, und du weißt es auch: Ich bin wirklich bestrebt, zur Wahrheit der hiesigen Geschehnisse vorzustoßen. Und einen Mann wie dich brauche ich nicht erst daran zu erinnern, was Doktor Luther schreibt: Amicus Plato, amicus Socrates. In diesem Fall müßte man wohl besser sagen: Amicus rex, amicus Pontus! Sed praeponeranda veritas! Wenn du an mein

Wahrheitsstreben glaubst, bist du für mich deines Amtseides völlig ledig, und das so sehr, daß wir auf das Beichtgeheimnis verzichten können. Zu dem wir aber Zuflucht nehmen könnten, solltest du das wünschen ...

Ja, selbst bei dieser Argumentation hätte Balthasar in seinem Vorschlag ein Körnchen moralischer Fragwürdigkeit gefunden ... Deshalb führte er den Schwager nicht in Versuchung. Im Grunde genommen nicht einmal deshalb, sondern in der Hoffnung, Gott werde auf der morgigen Ratssitzung das sittlich einwandfreie Verhalten seines Knechtes nicht vergessen, werde ihm um so mehr Schild und Stab gegen Herrn Rotert sein ...

Balthasar schwieg einen Augenblick und brachte die Sprache dann auf anderes. Darauf, daß der Krieg Livland jetzt verlassen habe und im Lande Frieden herrsche – Frieden nach über zwanzig Kriegsjahren. Doch sei das ein unerhört teurer Frieden, und zwar infolge eines bis dahin nie gekannten Proviantbedarfs. Herr, erbarme Dich, der Preis für die Last Roggen betrage sechzig Mark, für das Liespfund Rindfleisch – acht Mark. Daß man das schwedische Salz jetzt billiger einkaufen könne, falle nicht ins Gewicht, wenn das, was man salze, so wahnsinnig teuer geworden sei ...

Zu guter Letzt konnte Johann der Versuchung nicht widerstehen und hieß Annika Becher mit Rheinwein auf den Tisch stellen: Trotz der Teuerung konnten sie sich dieses Getränk jetzt leisten. Und sie hofften, demnächst aus dieser engen kleinen Wohnung in eine geräumige im Schloß selbst umziehen zu können.

Nachdem sie die Becher zur Hälfte geleert hatten, holte Johann aus dem Schlafzimmer eine lange silberne Halskette – wer weiß, ob sie nach seinem Geschmack war, wohl eher nach Annikas –, die der Silberschmied am Marktplatz gefertigt hatte, und legte sie der undurchdringlich lächelnden Annika um den Hals. Balthasar dachte: Erstaunlich, wie spurlos die Zeit an manchen Frauen vorübergeht. Trotz vorrückenden Alters bleibt ihr Körper geschmeidig und ihr Gesicht frisch, als könnten ihnen die Jahre, irgendeiner Zauberei zufolge, nichts oder doch nur wenig anhaben …

Balthasar stand auf. Ganz überraschend, würde es ihm später sicher scheinen. So als habe ihm plötzlich jemand (ein guter oder ein böser Geist?) gesagt, *jetzt* sei genau der richtige Zeitpunkt.

»Nun, ihr Lieben, heute habe ich mich nach langer Zeit wieder einmal völlig bei euch verplaudert.«

»Wohin mußt du denn so eilig?« Annika wollte ihn zurückhalten. Balthasar aber war schon im Begriff zu gehen. Er drückte die glatte Hand des Schwagers mit den schlanken Fingern und tätschelte Annika die Wange.

»Nein, nein. Ich habe heute noch zu lesen und zu schreiben …«

Balthasar ging das noch stärker vereiste, noch glitschiger gewordene Kopfsteinpflaster des Langen Dombergs hinunter, nicht gerade übereilig, aber doch schnellen Schrittes. Nahe der Raderstraße kam ihm am Torturm, dem Glöckner nachhastend, der dicke Gerstenberger von Nikolai entgegen. Beim Schein der Laterne erkannte dieser Balthasar.

»Ah, Kollege, Ihr habt gewiß schon gehört: Herr Pontus ist heute Abend mit seinem Heer in die Stadt zurückgekehrt. Man hat ihn erst in der nächsten Woche erwartet, und plötzlich ist er schon hier. Da braucht man sich nicht zu wundern, wenn ihm das dumme Volk übernatürliche Kräfte zuschreibt!«

Balthasar blieb stehen. Hätte Gerstenberger ihm die Laterne ans Gesicht gehalten, er würde vielleicht bemerkt haben, daß Balthasar einen Moment lang die Augen zusammenkniff, als versuche er sich an etwas zu erinnern … Und er erinnerte sich: Ja – dieselbe Ecke. Und Gerstenberger. Und die brandneue Nachricht. Von der mein Schwager noch keine Ahnung hat. Ich möchte gern wissen, mit welchen Heeresteilen Herr Pontus heimgekehrt ist. Und was für Garnisonen er wohl in den eroberten Städten zurückgelassen hat? Noch mehr würde mich interessieren, mit welchen Absichten er gekommen ist. All das könnte ich, mangels besserer Gelegenheit, auf der Stelle Gerstenberger fragen – es wäre ja möglich, daß der Pastor der Nikolaikirche noch irgend etwas gehört hat. Aber Balthasar fragte nichts. Ihm war, als huschten seine Gedanken in einem winzigen Glaskasten in der Dunkelheit an ihm vorbei. Ich könnte diesem hochmütigen dicken Pastor sagen: Hm. Ich danke Euch für die Nachricht. Doch ich weiß es schon. Der Mann meiner Schwester hat es mir erzählt. Er führt Herrn Pontus' Korrespondenz. Ja, das könnte ich sagen. Aber ich tue es nicht. Denn auch das wäre gelogen. Johann ahnt noch nichts von Herrn Pontus' Ankunft. Natürlich würde ich mir kein Gewissen daraus machen, Gerstenberger ein bißchen anzuschwindeln, ob das nun Sünde ist oder nicht. Doch abgesehen davon wäre es auch eine Dummheit. Nichts als Angabe. Und, wenn man etwas weiterdenkt, vielleicht unbedachtes Geschwätz. Sollte Johann nämlich zustimmen, mir künftig Informationen zu liefern ... Balthasar knurrte: »Ah. Schon zurück. Dann werde ich morgen früh wohl mehr hören. Jetzt habe ich an anderes zu denken ...«

Sicheren Schrittes ging er in der dichten, eiskalten Finsternis den Langen Domberg hinab nach Hause, geleitet von dem verschwommenen Licht, das hier und da aus einem Fenster fiel, über holperiges Kopfsteinpflaster, vorbei an den Steintafeln vor den Hauseingängen. Ging mit der Sicherheit eines Schlafwandlers, hatte er sich doch alle diese Steine und Schlaglöcher im Unterbewußtsein tausendmal eingeprägt.

Er schloß die Tür zur Sakristei auf, warf in der Dunkelheit Mütze und Schaube auf den Kleiderrechen und begab sich durch die Diele, in der kein Licht brannte, nach oben, ins Schlafzimmer. Er zündete eine Kerze an, hängte das Wams an einen Haken, warf das Oberhemd auf das Kopfende des Bettes, desgleichen das Unterhemd und die Hosen auf den Schemel, die Stiefel unters Bett. Steckte die Füße in die hölzernen Hausschuhe, warf sich den zottigen braunen Schlafrock um (einst hatte ihn der zu dem Gedanken veranlaßt: Das ist haargenau die Kutte eines Dominikanermönches, aber sie soll mich trotzdem nicht in einen »Hund Gottes« verwandeln ...) und stellte die Kerze in die Laterne.

All das tat er ohne Hast, aber auch ohne zu trödeln. Hätte er sich mit den Augen eines anderen sehen können, ihm wäre vielleicht nur dies eine aufgefallen: Seine Atemzüge waren dabei merkwürdigerweise tiefer als gewöhnlich. Fast ebenso tief wie damals auf dem steinigen Hof in dem möwenreichen Fischermai, damals, vor dreißig Jahren, als er, ein junger Springinsfeld, seine Kräfte mit Peep gemessen, deutlich gefühlt hatte, daß er wieder einmal besiegt war, und sich mit dem Gedanken getröstet hatte, nach langem Kampf sei auch eine Niederlage ein Sieg ...

Balthasar stieg die Treppe hinunter, überquerte den mit Steinen gepflasterten Hof und spürte, wie der kalte Nachtwind unter seine Kleidung drang, bis zu den Knien, bis zum Gürtel, als wate er durch eiskaltes Wasser. Er stieß die Pforte zum Ankleideraum der Sauna auf. Nach rechts führte eine Tür in Märtens Kammer; ein Schloß hing davor, der Bewohner des Zimmers war gewiß bei Madle, auf dem Dachboden des Küsterhauses. Nach links ging eine ebenso niedrige, einem Mann nur bis zur Brust reichende Tür in die Badstube. An der Rückwand des Ankleideraumes stand ein Kalksteinherd mit eingemauertem Kessel für das Wasser. Balthasar stellte die Laterne auf den Herdrand, und als er einen Blick auf die Tür zur Badstube warf und sein – vom Boden bis zur Decke reichender – Schatten auf die Tür fiel, sah er, daß Licht aus dem Türschlitz drang.

Gott allein ist bekannt, was sein Knecht Balthasar an diesem Abend wußte, worauf er hoffte, was er erwartete, vermutete und ahnte. Und wer ihm ins Ohr flüsterte: *Jetzt* ... Diesen ganzen windigen, beunruhigenden, merkwürdigen Abend über, mit bald erwachender, bald wieder in der Lüsternheit untergehender Sorge um morgen: Noch nicht ... noch nicht ... noch nicht ... *Jetzt* ... Gebückt trat er durch die niedrige Türöffnung, schloß die Tür hinter sich und richtete sich auf; sein Haarschopf reichte bis an die Wärme ausströmende Decke.

Jaja, der, welcher ihm das *Jetzt* zuflüsterte, hatte recht gehabt.

Auf der Schwitzbank, drei, nein, zwei Schritt von Balthasar entfernt, saß, sinnverwirrend entblößt, Epp in der schwülen Dämmerung. Sie hielt einen Wacholderzuber an den Schultern und goß steil warmes Wasser über sich.

Nun war der Zuber leer. Das Wasser floß laut tropfend von der oberen Schwitzbank auf die untere.

»Du …«, flüsterte Epp. Sie stellte den leeren Kübel hin. Verdeckte mit den Armen die Brüste und musterte Balthasar, verlegen, verwirrt, aufmerksam. Balthasar aber starrte sie an – noch und noch, mit verzweifeltem Blick, der begierig war, völlig in sich aufzunehmen, was er sah, und für immer … Dieses kleine runde glühende Antlitz, das im Dampf der Badstube, im flackernden Schein der Laterne wunderbarerweise so ganz dem glich, das er einst im flimmernden Licht des Neulandes geschaut hatte. Dieser leuchtende, unfaßbar geschmeidige, kräftige Körper, den Balthasar nie zu Gesicht bekommen, den er damals (und sicher war er da trotzdem völlig anders gewesen) in den Schlüsselblumen nur hatte ahnen können. Und den zu sehen immer sein sehnlicher Wunsch war …

Epp schob sich nach links – Balthasar sah es –, verdeckte mit dem linken Arm beide Brüste und streckte den rechten aus. Sie langte nach der Laterne, die in der Ecke auf der Schwitzbank stand, öffnete das Glastürchen und blies das Licht aus.

Völlige Dunkelheit. Zu tief, um zu fragen, warum sie das getan hatte. Um sich zu verstecken oder um sich hinzugeben?

In der Dunkelheit packte Balthasar sie, die Heiße, Feuchte, bei den Armen und legte sie auf die Bank zurück. Er wußte: Die heißen, nassen, biegsamen, gleichsam lebenden Espenbretter unter seinen Knien waren nicht hart. Aber er dachte, die Espenleiste am Kopfende könnte Epps Nacken vielleicht weh tun. So stöberte er mit der rechten Hand herum und ertastete auf einer

Stufe den Zuber mit in heißem Wasser eingeweichten Rutenbesen, der, wie er sich erinnerte, dort stehen mußte. Er nahm mehrere Rutenbesen, hob Epp sachte bei den Schultern empor und schob ihr die Birkenruten mit den Blättern unter Kopf, Nacken und Rücken. Er fand ihren Mund und spürte, während er ihn küßte, wie ihn aus ihrem nassen Haar warmer Birkenduft anwehte. O Gott – fast derselbe Wohlgeruch, den die ganze Welt ausgeströmt hatte, an jenem unerreichbar fernen, heiteren Morgen. Freudig drang Balthasar in Epp ein, und aufstöhnend ließ sie ihn gewähren. Ihr Gesicht war eben erst mit warmem Wasser gewaschen (Balthasar schien: als hätte sie sich mit Meerwasser übergossen), gierig sog er den Duft der vom Dampf aufgeweichten Birkenblätter ein und dachte, wenn man das so nennen konnte: Genau so ... Nur Gutes ... Immer will ich ...

Dann, als sie im warmen Dunkel dalagen und dem Wind lauschten, der um die Mauern von Hof und Totenacker pfiff, fragte Balthasar: »Fürchtest du nicht die Sünde, die wir begangen haben?«

Er spürte, wie Epp den Kopf schüttelte und ihre nassen Haare seine Schulter kitzelten. Sie flüsterte: »Mit dir nicht.«

Angesichts der erstaunlichen Beruhigung des Körpers und der fehlenden Zweifel im Herzen empfand Balthasar plötzlich selbstsüchtige teuflische Neugier: Rührt Epps Sorglosigkeit daher, daß sie mich liebt? Oder ist es der naive Glaube, mit einem Geistlichen zu sündigen sei nur halb so schlimm? Etwas verwirrt durch den Hintersinn seiner Frage, forschte Balthasar leise: »Und wäre ich nicht der, von dem man glaubt, er dürfe Sünden vergeben, wie dächtest du dann?«

»Dann würde ich mir bestimmt noch weniger Sorgen machen als jetzt.«

Wieder erhob sich Balthasar leicht über Epps Gesicht, umarmte sie und flüsterte: »Komm ... Komm noch einmal ... in die Lammassaarer Birken ... Erinnerst du dich, wie es war ... So ist es nie mehr gewesen, weder vorher noch nachher ... Bis heute ...«

In vollen Zügen atmete er den süßen Duft der Birkenruten ein. Seine Lippen glitten über Epps Wangen, und vor seinen fest geschlossenen Augen war die Welt sinnbetörend hellgrün … Sicher gab es auch dunkle Flecke darauf … Vielleicht die Kohlen des Rodefeuers, in die man morgen schon etwas säen mußte … Vielleicht die schwarze Kleidung der Ratsherren morgen … Oder einfach die Dunkelheit – als Balthasar die Augen öffnete.

Er schloß sie jedoch gleich wieder und flüsterte in das helle Grün: »Dir, Epp, kann der Herr nichts vorwerfen. Überhaupt nichts. Und sollte er mich tadeln – Grund dazu hat er natürlich –, so werde ich seine Unzufriedenheit freudig ertragen.«

SECHSTES KAPITEL,

darinnen das Schicksal dem uns wohlbekannten Mann Gelegenheit gibt (ohne zu fragen, ob und inwieweit er fähig ist, diese beim Schopf zu packen und sinnvoll zu nutzen) – Gelegenheit, zu begreifen, was Ehrerbietung und Freundschaft wert sind, wie außergewöhnlich kostbar folglich das Vertrauen sein muß, das man als Gegengabe schenkt, und wie vorsichtig der Schenkende sein muß, um später nicht mit leeren Händen dazustehen; doppelt schwer trifft das jene, deren Herz leer ist, und mag von Glückspilzen, die ihr Herz mit beiden Händen zusammenpressen müssen, damit es ruhiger schlägt, überhaupt nicht bemerkt werden

Mein Gott, Balthasar war durchaus nicht überpünktlich. Vielleicht nicht einmal pünktlich genug. Er brachte es fertig, zur Predigt eine Viertelstunde zu spät zu kommen. Oder eine halbe Stunde früher, als man ihn erwartete, zu einer kirchlichen Zeremonie zu erscheinen. Wochen-, ja jahrelang konnte er seine großen und kleinen Schulden, finanzielle wie moralische, vergessen. An diesem dämmerigen Morgen aber verließ er das Pfarrhaus kurz vor zehn und ging im dichten Hagel zwischen den Grabsteinen hindurch, die weiße Streifen trugen.

Ihm war klar: Zu spät zu kommen war unangebracht. Sich zu früh einzufinden wäre töricht. Töricht, auf einer Eichenbank zu hocken oder unter den Augen des jungen Kuuse vor der Tür des Ratssaales auf und ab zu schreiten und so zu tun, als sei ihm diese ganze Geschäftigkeit der Ratsherren, die seine Person betraf, eher amüsant als unangenehm, auf jeden Fall aber gleichgültig. So kam es, daß er die Stufen des Rathauses mit, wie man wohl nicht umsonst sagt, *königlicher* Pünktlichkeit hinaufstieg, das heißt genau in dem Augenblick, als auf dem Turm Berend, der Hornist, seine mattglänzende kupferne Trompete von der Galerie aus in den Hagel hielt und durch das Heulen des Windes und das Prasseln der Hagelkörner zehnmal »tut-tut-tatatut« blies.

Unruhe hatte sich Balthasars bemächtigt, eine Viertelstunde bevor er aus dem Pfarrhaus trat. Um Peinlichkeiten zu vermeiden und nicht zu früh zu erscheinen, sondern mit ebenjener königlichen Pünktlichkeit, verließ Balthasar den Hof der Heiligengeistkirche, ging durch die Langstraße bis zur Olaikirche und zur Großen Strandpforte und von dort über die Hinterhöfe des Klosters, durch die Mauerstraße und die Lehmstraße zurück zum Rathaus. Nun, wo er gleichzeitig mit dem »tut-tut-tatatut« die vom Schneematsch glatten Stufen hinaufstieg, spürte er: Der durchdringende Wind, der durch die steilen gepflasterten Straßen pfiff, und der Hagel, der ihm bald Nacken, bald Gesicht peitschte, hatten seinen Körper und Geist sündhaft kampflustig und munter gemacht.

Der Ratsdiener, der ihn oben vor dem Kleinen Saal empfing, war keineswegs Gregor Kuuse junior, sondern merkwürdigerweise ein ihm völlig unbekannter Mann mit kreisrund geschnittenem dunklem Haar, kleinen Augen und erstaunlich gleichgültigem Gesicht.

»Hat Gregor den Dienst aufgegeben?« erkundigte sich Balthasar.

»Heute morgen schon«, erwiderte der neue Ratsdiener mit unangenehm gepreßter und zugleich dumpf rollender Stimme.

Balthasar dachte: Wenn man so will, kann man den Umstand, daß Gregor Kuuse ausgerechnet heute morgen durch einen anderen, mir noch dazu völlig unbekannten Mann ersetzt wurde, wenn nicht als schlechtes, so doch als fragwürdiges Vorzeichen deuten. Desgleichen die Tatsache, mit welcher Grabesstimme dieser neue Mann spricht. Aber Balthasar wollte es nicht so deuten. Warum auch? An einem Morgen, wo die Erinnerung an das grüne Dunkel der Nacht und den Birkenduft, der von Epp ausging, die Sorgen des Tages von ihm fernhielt.

Herr Rotert würde ihm natürlich schaden wollen. Wozu er das nötig hatte oder wer ihn dafür bezahlte, wußte man nicht. Bestimmt hatte er einige andere auf seine Seite gebracht. Vielleicht sogar viele. Nahm man jedoch alles zusammen: Warum sollte der Revaler Rat ihn behelligen? Waren auch etliche Ratsherren in ihrer

Blindheit dazu bereit – was konnten sie ihm schon anhaben? Wo doch Epp heute nacht geflüstert hatte: *Mit dir* fürchte ich nicht die Strafe für das, was wir tun ... Und dann noch: Weil ich nicht glaube, daß der Herr das als Sünde ansieht. Und gestern am Tage, als Balthasar beiläufig erwähnte, man könnte ihn von der Kanzel der Heiligengeistkirche entfernen und in die Verbannung schicken, da hatte Epp doch tatsächlich gesagt: Wrangelsholm soll eine schöne kleine Insel sein.

Balthasar schüttelte die Hagelkörner vom Barett und vom Kragen der Schaube und wollte an dem neuen Diener vorbei auf die Saaltür zugehen, doch der versperrte ihm den Weg und sagte: »Der Bürgermeister läßt Euer Ehrwürden bitten zu warten, bis man Euch ruft.«

»Welcher Bürgermeister?«

»Herr Holthusen«, erwiderte der neue Diener mit dumpfer, aber fester Stimme.

»So? Na schön. Wie ist dein Name?«

»Peter. Peter Krämer.«

Aha. Dieser Mann war ihm also doch nicht ganz so unbekannt, wie er zunächst geglaubt hatte. Gregor Kuuse hatte ihn einmal als seinen möglichen Nachfolger erwähnt. Krämer hatte wohl auf mehreren Stadtgütern als Schreiber gearbeitet und war zwar ein Trunkenbold und Tölpel, aber auch der Neffe der Frau des Ratsherrn Stempel. So werden bei uns Ämter vergeben, dachte Balthasar, nicht nur hohe, sondern auch niedrige, die gleichwohl Vertrauensstellungen sind. Zum Beispiel die des Ratsdieners. Gregor Kuuse hatte hier nur ein oder anderthalb Jahre ausgehalten. Denn nicht, weil jemand klug ist, stellt man ihn hier an, sondern um Vertraute um sich zu haben. Durchweg Ratsverwandte. Ha-ha-haha!

»Geh schon und sag ihnen, daß ich da bin!«

Der Diener schüttelte den Kopf: »Nein, ich gehe nicht. Sie wissen selbst, daß Ihr hier seid. Weil Berend zehn Uhr geblasen hat.«

Sieh mal an, solche Leute behalten immer recht ... Mit möglichst gleichgültigem Gesicht trat Balthasar ans

Fenster, sah auf den Platz hinab und meinte: »Na schön. Sollen sie unter sich bleiben. Was steht noch zur Debatte?«

»Nichts weiter. Nur das, weshalb man den Pastor hierhergebeten hat.«

»Und wann haben sie angefangen?«

»Um acht Uhr.«

Hm. Hätte der Feind gedroht, heute die Stadt zu umzingeln, sie wären um sechs Uhr zusammengetreten. Hätte ein Herbststurm heute nacht wieder das Bollwerk ins Meer getrieben – um sieben. Vielleicht auch erst um acht. Meine Angelegenheit muß ihnen also wirklich zu schaffen machen. Daß sie sich zwei Stunden vor meinem Kommen versammelt haben, ist schon eine ganz besondere und unerhörte Begebenheit.

Durch die die Umrisse verzerrende Fensterscheibe betrachtete Balthasar den Weckengang, die Apotheke und die Heiligengeistkirche auf der anderen Seite des Marktes. Natürlich sah er auch den Kirchturm – der grauweiße Sockel und die grünlichschwarze Kuppel hoben sich deutlich von der blaugrauen Schneewolke ab. Das Pfarrhaus wurde jedoch völlig vom Giebel der Apotheke verdeckt, und das schien Balthasar plötzlich ein schlechtes Vorzeichen. Die Gedanken, die ihm dabei kamen, waren etwa die: Sieh mal an, die Kirche bleibt freilich stehen, mein steinerner Horst gleich daneben aber wird ins Nichts versinken. Unruhe, Niedergeschlagenheit, ja Furcht befielen ihn – bis auf einmal spitzbübische Freude sein Herz erfaßte, weil ihm ein schelmischer Gedanke durch den Kopf schoß: In der Sauna dort auf dem Hof hinter dem Pastorat, von hier aus doppelt durch Mauern verdeckt und darum nicht zu sehen, war heute nacht etwas geschehen, was ihm durchaus Mut machen konnte. Mut angesichts des fragwürdigen Plans, den man hinter dieser Tür im Saal gegen ihn faßte. O Gott! Der wonnevolle, heiße Atem von Epps halbgeöffnetem Mund auf seinen dürstenden Lippen und in seiner Nase. Seine Arme um Epps heißen Leib geschlungen. Epps in seinem Haar vergrabene Finger. Denn war es nicht so: Die Schnalle von Balthasars Gürtel, der ein Vierteljahrhundert offengestanden hatte, war heute nacht fest geschlossen worden. Er konnte nun freudig und gelassen vor jedermann hintreten. Oder, wie es in einem Psalm Davids hieß: »Du hast mir meine Klage verwandelt in einen Reigen; du hast mir meinen Sack ausgezogen und mich mit Freude gegürtet.«

Balthasar schaute – sein Gesichtsausdruck war eigensinnig und lebhaft geworden – in Richtung des Bürgersaals und begegnete dem undurchdringlichen Blick des Dieners. Peter Krämer saß auf einem kleinen Eichenschemel vor der geschlossenen Tür, hinter der die Ratsherren tagten – Barett und Hände auf den Knien, das eckige graue Gesicht unbeweglich, die schwarzen Stiefel mit dem Stiermaul dumm und zuverlässig nebeneinander auf dem Fußboden. Seine Augen aber blickten bald Balthasar an, bald an ihm vorbei. Balthasar gewahrte die aufreizende Reglosigkeit des Ratsdieners – bei längerem Hinsehen hätte er sicher begriffen, *was* ihn an Krämer nicht nur reizte, sondern in gewisser Weise auch erschreckte: die so ungewöhnlich große Alltäglichkeit dieses ganz alltäglichen Mannes.

Er musterte den Ratsdiener und Ratsverwandten, diesen erbärmlichen Dummkopf. Trotz seines Erschreckens empfand er: Ich verurteile sie – Peter, der mich, stur einen Befehl befolgend, vor der Tür warten läßt, und mit Peter den gesamten Rat, der zwei Stunden lang erörtert, ob er mich dulden soll oder lieber vernichten, und der obendrein noch möchte, daß ich ihm bei der Entscheidung helfe. Ich verurteile sie und verstehe, nein, ich verstehe nicht, habe nur das dunkle Gefühl, daß ich mich selbst verurteile, indem ich sie verurteile. Denn verdamme ich sie, weil sie den entfernen wollen, den sie nicht als ihresgleichen ansehen können, bin ich auch nicht ihresgleichen. Vermag es gar nicht zu sein! Wie könnte ich einer von ihnen sein, wenn ich – nach ihrer Meinung jedenfalls – nicht dorthin gehöre, wo ich durch den Willen des Zufalls hingeraten bin? Aber dieser Mechanismus des Hingeratens hat, wie ich weiß, ganz simple Hebel: Sage ich ihnen, was sie in meinen Augen sind, zertreten sie mich ganz bestimmt. Gebe ich zu, daß sie im Recht sind, lassen sie mich vielleicht ungeschoren. Aber vernichte ich durch dieses Eingeständnis in gewisser Weise nicht mich selbst? Und wer sagt denn, daß sie überhaupt eine Rechtfertigung von mir erwarten? Meine ganze Sorge ist einfach töricht! Wo ich doch heute nacht vom Himmel ein Zeichen erhalten habe! Daß ich einen Gürtel besitze und ein Schwert daran befestigt ist, das Schwert der Argumente, das Schwert der Wahrheit. Ich werde gehen und mit ihnen *spielen* (du hast lange genug auf der Welt gelebt, sei also kein Kind und glaube nicht, du könntest mit ihnen spielen ...), gehen und mit ihnen spielen.

Unterdessen hatte sich hinter Peter Krämers Rücken die Tür zum Kleinen Saal einen Spaltbreit geöffnet, und Topff flüsterte dem Diener ins Ohr, so daß auch Balthasar es hören konnte: »Der ehrenwerte Rat läßt Balthasar Rüssow bitten.«

Der Diener sprang auf und wiederholte: »Der werte Rat ... läßt ... Balthasar ... bit...«

Das Dutzend Männer hat in ungezwungenen Posen auf drei langen Bänken mit Lehnen Platz genommen – links von der Fensterwand, rechts davon und ihr gegenüber. In der Mitte, mit dem Rücken zu den Fenstern, sitzt Bürgermeister Holthusen. Vor sich hat er ein Tischchen mit Papierrollen. Balthasar tritt in die Mitte des von den Bänken gebildeten Quadrats und bleibt, einige Schritt vom Tisch des Bürgermeisters entfernt, im kalten Licht der Fenster stehen. (Dieser Kleine Ratssaal ist dennoch groß genug, daß man sich, in seiner Mitte stehend, in sicherem Abstand von den an der Wand Sitzenden wähnt.)

Herr Holthusen bewegt, soweit Balthasar das trotz des Schattens sehen kann, die Lippen und starrt vor sich ins Weite. Der eine oder andere Ratsherr spielt mit seiner silbernen Amtskette. Von rechts blickt der kleine rotgesichtige Herr Rotert Balthasar mit seinen braunen

Augen herausfordernd an. Links leckt sich Herr Luhr mit dem Ende seiner spitzen Zunge die dünnen Lippen und schaut mit etwas verächtlichem Interesse zu ihm her. Einen Augenblick lang schlägt Balthasar die Augen nieder und denkt, mehr oder minder bewußt, während er im Geiste zugleich den ersten Satz seiner Ansprache an die Ratsherren in Worte kleidet: Gewiß stehe ich jetzt am selben Fleck, an dem ich an jenem Oktobermorgen fast auf den Tag genau vor zweiundzwanzig Jahren stand, zusammen mit diesen unglücklichen Bauern, gehüllt in ihre Lumpen und in eine stinkende Wolke aus Schweiß, Erde und Rauch, am selben Fleck. Nur fühlte ich mich damals nicht so schrecklich allein (wenn das überhaupt ich war). Auch war im verschwommenen Licht der Kerzen alles viel undeutlicher als jetzt. Denn heute ist, trotz der bläulichen Hagelwolke, wenigstens der äußere Rahmen der Handlung bedrückend klar.

Balthasar schaut auf und öffnet den Mund, um zu sagen: Der ehrenwerte Rat hat mich hergebeten, und ich würde gern wissen, *warum* er mir diese Ehre zuteil werden läßt. Es ruhig und kühl zu sagen und in personam tertiam, um gleich die Distanz zu schaffen, die man für die Ungebundenheit des Spiels braucht.

Aber man gibt ihm keine Gelegenheit dazu.

Herr Holthusen reißt den Blick von dem Schriftstück vor sich los, sieht Balthasar in die Augen und sagt leise: »Lieber Rüssow, es tut uns sehr leid, daß das alles in einer für Euch so schweren Zeit geschieht.«

(Warum schwer für mich? Wo das doch an einem für mich so wonnevollen Morgen geschieht?)

»Schließlich sind noch keine drei Monate vergangen, seit der Tod ...«

(O Gott! O Gott! Ich habe wirklich harte Strafe verdient, wenn sie mich an meine Trauer erinnern müssen, während ich an meinen Morgen der Wonne denke ...)

Herr Holthusen deutet auf die Papiere vor sich und fährt fort, fast ebenso leise, wie er begonnen hat: »Seht, hier sind empörte Briefe ...« Herr Holthusen kehrt die auf die Papierrollen weisende Hand um und hebt sie mit dem nach oben ragenden Daumen zum grauen Deckengewölbe empor, als wollte er hinzufügen: Leider sind sie hier. Uns bleibt also nichts anderes übrig, als zu tun, was wir tun.

Herr Holthusen spricht weiter: »... empörte Briefe, die der Rat zu Eurer Chronik erhalten hat.«

Balthasar hebt die linke Hand und fällt dem Bürgermeister ins Wort. Er fragt: »Wirklich *erhalten*? Oder nur zum Teil erhalten, größtenteils jedoch eifrig *gesammelt*?«

»Natürlich auch gesammelt«, gibt Herr Holthusen gelassen zu. »Der Rat muß schließlich wissen, was man in der Welt über Bücher denkt, die mit Erlaubnis der Stadt verkauft werden.«

»Hat sich der Rat auch die Mühe gemacht, darauf zu achten«, forscht Balthasar, »wer diese Leute sind, die da die Meinung der Welt, wie Ihr sagt, zu kennen glauben?«

Während Balthasar das fragt, weiß er schon, daß seine Absicht, mit dem Rat eine Disputatio zu führen, zum Scheitern verurteilt ist. Jaja, er spürt schon (und in der unteren Körperhälfte, in den Knien und im Nacken, besonders im Nacken, ruft das bei ihm das seltsame Gefühl hervor, gelähmt zu sein, ein Gefühl, das er sich zunächst nicht eingesteht): Sie haben beschlossen, ihn fallenzulassen.

»Ich verstehe, was Ihr meint«, sagt Herr Holthusen. »Natürlich stammen diese Briefe von Adligen. Gegen Eure Chronik protestiert hauptsächlich der Stand, mit dem die Stadt lange Zeit so manche Lanze gebrochen hat. Aber die Männer, die die Briefe geschrieben haben, sind, mit Ausnahme einiger Personen vielleicht, genaugenommen nur eines einzigen, ich meine den unausstehlichen Herrn Elert Kruse, sämtlich höchst ehrenwerte Leute.«

Mit der Rechten – zwei massive Goldringe schmükken sie – nimmt der Bürgermeister Papierrollen vom Tisch, entfaltet sie und reicht sie Balthasar mit der von silbernen Ringen übersäten Linken. »Seht, hier habe ich den Brief Heinrich von Tisenhusens.«

»Ich weiß.« Balthasar nickt und denkt: Auf ein Haar der Herr Loop vor zweiundzwanzig Jahren. Am selben Fleck hat er mir den Brief des Ordensmeisters unter die Nase gehalten. Nur daß Loop log und heuchelte, während der Bürgermeister jetzt die reine Wahrheit spricht ... Doch im Grunde genommen ist sein Geschwätz ebenso verlogen wie das von Herrn Loop, dem ich seine Sünden nicht vergeben konnte, nicht einmal auf dem Totenbett ...

»Und hier sind die Briefe von Herrn Hastfer und Herrn Taube«, fährt der Bürgermeister fort.

Balthasar nickt. »Ich weiß. Ich weiß.«

»Und da habe ich den Brief des königlichen Admirals Maidel.«

Balthasar nickt wieder. »Ich weiß.«

»Ist Euch auch bekannt ...« Herr Rotert ist es, der dies sagt, er zieht die Augenbrauen hoch und fragt ziemlich scharf und laut mit schulmeisterlichem Vergnügen: »Ist Euch auch bekannt, daß der Adel Herrn Maidel zu seinem nächsten Marschall wählt? Wißt Ihr das?«

»Oho«, meint Balthasar und bekennt: »Nein, das weiß ich nicht.« Über die Köpfe der Ratsherren hinweg blickt er zu der Hagelwolke draußen und denkt: Interessant, sehr interessant. In estnischen Landen findet die Ritterschaft also allmählich eine gemeinsame Sprache mit der Staatsmacht und schließt sich hinter ihrem Rücken zusammen. Natürlich! Was könnte vorteilhafter für die Ritter sein? Die ersten Resultate sind schon greifbar: Die Stadt, die alte Stadt mit ihrer schildkrötenhaften Unbeugsamkeit, einer Unbeugsamkeit, auf die ich immer stolz war, senkt vor dem Adel ihre alten Paniere ...

Unterdessen wird Balthasar von seinem Beobachterstand auf dem Rand der Hagelwolke zurück in den Saal geholt, denn Herr Holthusen fährt fort: »Ihr wißt ja selbst, lieber Rüssow, in Eurer Chronik gibt es sowohl Irrtümer als auch Einseitigkeiten.«

(Irrtümer ... Jaja, viele Irrtümer, wie zum Beispiel den, daß die Dänen nicht 1223 nach Reval gekommen sind, wie ich fälschlicherweise behauptet habe, sondern

1219. Ich habe das sehr bedauert, für sie aber ist *das* nicht mehr als Flohdreck, ich weiß.)

»... sie müssen also jedenfalls«, fährt der Bürgermeister fort, »Grund zur Unzufriedenheit haben, und nicht wenig.«

Da plötzlich packt Balthasar wieder seine unglückselige Streitsucht. Abermals unterbricht er den Bürgermeister und ruft aus: »*Sie* – meinetwegen! Aber *Ihr* – der wohllöbliche Revaler Rat ...« Nein, ich werde ihnen nicht unter die Nase reiben: der Rat, dessen Mitglieder mich mehr als einmal liebenswürdig in ihre feinen Häuser einluden, an den Tisch nötigten und sogar ihren Frauen und Töchtern erlaubten, mit mir zu plaudern. So mancher von Euch hat mit mir ernsthaft über das Schicksal der Stadt geredet und im Gespräch – jaja, auch nach dem Erscheinen der Chronik – mehr oder weniger geheime Auskünfte über die Lage und Absichten der Stadt gegeben, wohl wissend, was ich damit machen könnte. Ihr habt mich aufs freundlichste »unser lieber Stadtgenosse, unser werter Freund, unser hochgelehrter Confrater« genannt. Nicht jeden Tag natürlich. Durchaus nicht immer. Doch bei einem Becher Wein ist es schon zuweilen vorgekommen ... Nein, ich werde sie nicht daran erinnern. Sondern einfach sagen: »*Ihr* habt doch selbst in corpore vor drei Jahren hier, unter denselben Gewölben, meine Chronik gebilligt. Oder sollte ich mich da irren?«

»Nein, nein, Ihr irrt Euch nicht«, gibt Herr Holthusen zu, an und für sich, wo immer das möglich ist, ein ehrlicher Mann und mehr dem Kornhandel zugetan als dem Streit bei Beratungen. Darum gelingt es ihm offensichtlich auch nicht gleich, seinen Gedanken weiterzuführen.

In diesem Moment vernimmt Balthasar hinter seinem Rücken einen kläglichen leisen Anruf. Er wirft einen Blick über die Schulter, sieht und hört: Topff, seine langjährige Schmach und Stütze, sein Schatten und Homunkulus, den er bei seinem Eintreten nicht einmal bemerkt hat, springt von seinem Platz neben der Tür auf, streckt beschwörend die Arme gegen ihn aus und sagt, an ihm vorbei, mit heiserer Stimme zu den Ratsherren: »Oh-oh-oh-oh, Herr Balthasar! Vor drei Jahren habe ich selbst in diesem Saal das Sitzungsprotokoll geschrieben: die Abflußrinne in Süstermai, die Erhöhung des Bierzolls und Eure Chronik. Was nun letztere betrifft, muß ich sagen: Von in corpore kann nur sehr, sehr bedingt die Rede sein. Manche Ratsherren waren schon seinerzeit der Meinung, und auch ich persönlich – omnes senatores werden sich erinnern –, auch ich persönlich habe bereits damals gefunden ...«

Aha, denkt Balthasar. Wenn Topff *so* redet, heißt das, sie haben ihre Entscheidung schon getroffen. Aber was haben sie beschlossen? Den Verkauf der Chronik zu verbieten? Sollen sie nur. Wo schon einige tausend verkauft sind! Den finanziellen Verlust, den ich erleiden würde, bliebe etwas unverkauft, könnte ich schon verschmerzen. Oder haben sie entschieden, die Chronik einsammeln und ins Feuer werfen zu lassen? Ha ... Den Bürgern von Reval – aber nur ihnen – dürfen sie befehlen, die Chronik ins Rathaus zu tragen. Sollen sie es versuchen! Nicht einmal ihre eigenen werden sie herbringen ...

Der zweite Bürgermeister, Korbmacher – er ist ein braver Mann, der, soviel Balthasar weiß, schon vor drei Jahren die Entscheidung des Rats in die richtige Bahn gelenkt hat –, hebt jetzt beide Handflächen zu den Schultern und stößt mit gespreizten Fingern etwas von sich fort. Topff begreift sofort, es sind seine, Topffs, Worte, die er wegschiebt, und augenblicklich verstummt er. Bürgermeister Korbmacher aber wendet Balthasar sein ernstes, müdes Löwengesicht zu und sagt: »Lieber Rüssow, Ihr seid ein kluger Mann. In mancher Hinsicht sogar klüger als wir. Ihr müßt verstehen: Die *Zeit* verlangt von jedem Opfer. Der Adel in Estland – und in ganz Livland – ist Eurer Chronik wegen nicht gut auf die Stadt Reval zu sprechen. Ob und wieviel Grund er dazu hat, wollen wir gar nicht untersuchen. Danach fragt niemand. Wir müssen daran denken, daß wir, daß es sich Reval in der heutigen Zeit nicht leisten kann, die

Beziehungen zum Adel derart zu verschlechtern. Vor fünfzig Jahren konnten wir Johann Üxkyll noch den Kopf abschlagen lassen. Aber die Zeiten haben sich geändert.«

Balthasar merkt, man hat ihm den Anknüpfungspunkt für eine Gegenfrage in die Hand gegeben, allzu verführerisch, als daß er es über sich brächte, Korbmachers müdes, wohlwollendes Gesicht zu beachten und lieber den Mund zu halten. Er spürt, wie seine Augen sich verengen und ihm von der Erinnerung an Epps Liebkosungen (oder vielleicht davon, daß er gekränkt ist?) heiß wird, als er, beinahe schmunzelnd, fragt: »Bedeutet das, man müßte nach Meinung des wohllöblichen Rats jetzt mir den Kopf abschlagen?«

Die Gesichter der Ratsherren – gelblichgrau im fahlen, sich langsam golden färbenden Morgenlicht – sehen unzufrieden aus, zu lange sitzen sie auf der Beratung. Auf einmal werden sie – nicht alle, aber doch einige: Holthusens, Korbmachers, Luhrs und anderer – von einem Lächeln erhellt. Nein, nein, niemand kann sagen, der wohllöbliche Revaler Rat verstehe keinen Spaß!

Dennoch, warum haben sie den Spaß so gut verstanden? Warum fühlen sie sich so unbehaglich, und warum sind sie so freundlich? Woran denken sie?

Herr Holthusen meint lachend: »Ha-ha-ha-ha! Nein, lieber Rüssow, Euren Kopf wollen wir nicht auf den Richtblock legen. Nicht einmal im Traum denken wir an so etwas.«

»Was hat der Rat dann beschlossen?« fragt Balthasar und fügt hinzu (o Gott, natürlich, damit für das Schlimmste, das sie beschließen könnten, kein Platz mehr bleibt): »Verbietet der Rat den Verkauf der Chronik in Reval?«

»Nein, nein«, entgegnet Herr Holthusen und hört plötzlich auf zu lächeln. »Wozu? Wir haben bei Elbling nachfragen lassen: Alle Exemplare sind verkauft. Auch die der zweiten Auflage, von der im vorigen Jahr noch einige Bücher am Lager waren. Und die Ritterschaft weiß das auch. Mit einem Verkaufsverbot wäre also niemandem gedient.«

»Wollt Ihr den Revalern dann vielleicht befehlen, die von ihnen erworbenen Bücher ins Rathaus zu bringen?« forscht Balthasar (er hat immer noch denselben hilflosen Hintergedanken) und ergänzt: »Und sie den Henkern überantworten, damit sie sie verbrennen?« (Vielleicht erwähnt er Henker und Verbrennen in derselben kläglichen Hoffnung, den Rat dadurch vom Schlimmsten abzuhalten.)

Herr Holthusen wendet Balthasar sein joviales Gesicht mit den hervorstehenden Backenknochen und dem großen Mund zu und sagt: »Wißt Ihr, wir haben das in Erwägung gezogen und finden, dabei käme wenig heraus.«

»Was für eine Entscheidung geruht der Rat mir dann zu verkünden?« fragt Balthasar, und schlimme Vorahnung färbt seine Stimme dumpf.

Herr Holthusen läßt die Glieder seiner Amtskette durch die Finger gleiten und blickt Balthasar in die Augen: »Das ist keine Entscheidung. Vielmehr eine Bitte. Zunächst. Seht, es geht nicht nur um Eure Chronik. Sondern auch um Eure Person. Darum möchten wir Euch bitten: Verzichtet auf die Kanzel der Heiligengeistkirche. Sagt meinetwegen, Ihr wollt Euch ausruhen, reisen, was auch immer, laßt Euch selbst etwas einfallen. Damit wir Euch nicht über das Ministerium von der Kanzel entfernen müssen. Ihr versteht doch. Zwanzig Jahre habt Ihr dieses Amt inne. Vor drei Jahren hat der Rat Eure Chronik gebilligt. Daraus machen wir kein Hehl. Auch jetzt … möchten wir nicht …«

Balthasar steht neben Holthusens Tisch, er kneift die Augen zusammen. Dieser Kelch ist also nicht an ihm vorübergegangen. Sie haben ihm doch ein Messer in den Leib gejagt. Das längste, das sie besitzen. Schlimmer noch: Man hat ihm das Messer in die Hand gedrückt, damit er es sich selbst in den Leib stößt. Er steht da. Mit den starken Fäusten auf den Bürgermeistertisch gestützt. Die Ratsherren schweigen. Unter den Fenstern des Rathauses ertönen die Geräusche der Stadt. Balthasar spürt, wie ihm vom Kragen seines Wamses, von dem Hemd, das er am Morgen angezogen hat, reiner Birkenduft in die Nase steigt. Das kommt daher, begreift er, daß ich den Kopf gesenkt halte. Er wirft ihn in den Nakken und öffnet die Augen. »Und wenn ich nicht verzichte?«

»Dann müssen wir mit dem Ministerium sprechen, da hilft alles nichts.«

Herr Rotert sagt mit unverhohlener Freude – aber Balthasar weiß das auch ohne ihn: »Das Ministerium wird tun, was der Rat wünscht.«

Balthasar fragt: »Und was wird das Ministerium mit mir anfangen, wenn ich von der Heiligengeistkanzel entfernt worden bin?«

Herr Rotert antwortet für alle: »Das ist Sache des Ministeriums, und mit dessen Angelegenheiten seid Ihr besser vertraut als wir. Wird irgendwo in einem Dorf die Kanzel vakant, bittet um Erlaubnis, diesen Posten besetzen zu dürfen. Wir werden dem bestimmt nichts in den Weg legen.«

Balthasar spürt, wie sich seine Nasenflügel blähen, wenn ihm der Duft seines Hemdes in die Nase steigt. Er könnte ausspucken, hier, vor dem Ratstisch, wie einst der alte Kimmelpenning ausgespuckt haben soll. Könnte ihnen sagen: Schön. Ich gehe. Ihr aber werdet weiterhin in Euren Ratsherrensesseln hocken! Und nicht merken, daß Ihr die Hosen voll habt und im Dreck sitzt. Könnte Dubberch und Gerstenberger (immerhin sind es Amtsbrüder!) aufsuchen und ihnen sagen: Hört, der alte Vulpius von Wrangelsholm hat schon im Frühjahr das Zeitliche gesegnet, die kleine Kanzel dort ist vakant …

»Herr Rüssow!« Das kommt von links. Diese ziemlich hohe, immer etwas ironische Stimme gehört dem Gerichtsvogt Luhr. Der Vogt und Ratsherr mit dem Fuchsgesicht sagt mit seinen glänzenden Lippen, und irgendwie geht ihm das mühelos von der Zunge: »Meiner Meinung nach könntet Ihr durchaus verzichten. Der finanzielle Verlust wäre für Euch nicht größer, als wenn man Euch absetzte. Aber soweit braucht Ihr es nicht kommen zu lassen. Immerhin seid Ihr mit Eurer Chronik ein wohlhabender Mann geworden. Der Ruhm des Chronisten bleibt Euch. Welche Bedeutung hat sub specie aeternitatis, daß hier gegen Euch Intrigen gesponnen werden? Oder daß wir Euch vorübergehend preisgeben? Sofern Ihr auch weiterhin an Eurer Chronik schreibt. Ihr habt doch angedeutet – damals, wißt Ihr noch, als Ihr wegen der Ermordung Eures Verwandten zu mir kamt –, daß Ihr sie fortsetzen wollt. Ich sage Euch: Möchtet Ihr die Chronik weiterführen, so könnt Ihr, wenn Ihr die Kanzel verlaßt, nur gewinnen. Ihr habt dann die Unabhängigkeit, die ein Chronist braucht. Also überlegt es Euch. Abgesetzt zu werden ist doch noch ein bißchen schlimmer.«

Herr Holthusen greift die Worte des Gerichtsvogts dankbar auf: »Lieber Rüssow, dasselbe möchten auch wir Euch sagen. Bedenkt es. Geht nach Hause. Besiegt Euch selbst. Ihr müßt uns nicht sofort eine Antwort geben. Morgen. Übermorgen. Überübermorgen. Wenn Ihr einen Entschluß gefaßt habt.«

Balthasar dreht sich um und geht. Ohne ausgespuckt zu haben, denn er ist ein gebildeter Mensch, ein Geistlicher, wenn auch von diesem wohllöblichen Rat verkauft und verraten. Darum geht er, ohne Verbeugung, ohne Gruß.

Mit den Backenknochen spürte er, wie feucht die kühle frische Luft war. Abwesend blickte er auf das Markttreiben ringsum. Neben den Bauernkarren gewahrte er von dem scharfen Wind und dem Platzregen verfrorene Gesichter. Über den Verkaufsbuden flatterten die Schutzdächer aus Segeltuch. Die Türen der Läden, die nassen Mauern mit ihren Augen aus Glas oder Haut – alles war merkwürdigerweise genau so, wie es zu dieser Stunde, an einem Wintertag mit solchem Matschwetter, sein mußte. Trotzdem kam es ihm irgendwie sonderbar vor. Er, Balthasar, befand sich *hier*, aber ihm schien, als sei er zur selben Zeit irgendwo anders oder, genauer gesagt, nirgends. Als beobachtete er von dort, aus diesem Nirgends, einen seit langem bekannten und doch erstaunlich fremden Platz und diesen noch bekannteren und noch fremderen Mann, der, die kräftigen Hände unter der Schaube auf dem Rücken haltend, den rötlichen, graugestreiften Bart dem Wind entgegenstreckend, zwischen Händlern und Marktbesuchern hindurchschritt.

Balthasar ging durch den Weckengang an der Heiligengeistkirche vorüber. Mit dem Kinn erwiderte er die Grüße. (Sie grüßen mich noch, weil die Ratsherren erst das Protokoll lesen müssen. Auf dem Markt ist meine Geschichte noch nicht bekannt.)

Er kam an den schönen reichen Häusern in der Langstraße vorüber, an Winklers Haus, Sandstedes Haus, am Hause der Clodtschen Erben, an Luhrs Haus. Bis Mittag, spätestens am Abend, würde seine Geschichte in allen diesen Häusern die Runde machen.

Vor der Großen Strandpforte blieb er stehen und betrachtete das dunkle steinerne Kruzifix, hoch in einer Mauernische; es mutete ihn vertraut an und fremd zugleich. Die mageren Schultern des Heilands waren schwarz vom Regen, doch zwischen den Dornen seiner Krone schimmerte etwas hell, eine Handvoll Schneeflokken vielleicht. Als habe Christus hier, an der Mauer hängend, graues Haar bekommen. Balthasar schaute nach oben und dachte: Tausendmal habe ich diesen Heiland gesehen. Mehr als tausendmal. Immer, wenn ich durch das Tor hinausgegangen bin. Oft auch, wenn ich hereingekommen bin und mich dabei umgedreht habe. Zum erstenmal – das weiß ich noch – hat er meine Aufmerksamkeit gefesselt, als man mich am Tag der Himmelsflieger vor seinen Augen mit einem Hellebardenstiel schlug und davonjagte ... Auch heute hat mich der Heiland dort sofort wieder in seinen Bann gezogen. Er möchte mir etwas sagen. Aber auf sein Gesicht fällt ein Schatten (wie auf ein anderes, das ich gern erkennen wollte und nicht erkennen konnte – ich weiß nicht mehr, wessen Gesicht das war), so seltsam, daß ich nicht verstehe, was er mir sagen möchte ...

Balthasar ging durch den windigen Torweg, dann über die Brücke und das zum Meer hin abschüssige Kopfsteinpflaster. Zu seiner Rechten, unter den dunklen Schießscharten der Dicken Margarethe, wucherte das stachlige Gestrüpp des früheren Rosengartens, zur Linken lag der bis zum Rand mit bleigrauem Wasser gefüllte Graben, standen die schwärzlichen Lindenstümpfe im menschenleeren, hier und da mit Schnee bedeckten Papageiengarten auf dem Gertrudenhügel. Balthasar mochte sich wohl fünfzig Schritt von der Mauer entfernt haben, da stürzte sich von hinten der Südwestwind auf ihn und drückte ihn nach rechts, zum Hafen. Balthasar aber bog, quer zum Wind, zwischen den zitternden Schlammpfützen der Fischermaier Straße hindurch nach links ab. Vielleicht waren seine Füße einen Augenblick lang unschlüssig, ob sie nicht nach Fischermai gehen und auf den Brandstätten umherschlendern sollten, auf denen fünf Jahre lang nichts gewachsen war als Augentrost, wo nun aber schon neue Hütten entstanden, hier aus bernsteingelben neuen, dort aus verkohlten schwarzen Balken, die letzte auf der nordwestlichen Landzunge dicht am Meer, mitten auf Siimons ehemaligem Hof ... Trotzdem (oder vielmehr gerade deshalb) bog Balthasar unverhofft von der Fischermaier Straße nach rechts ab und war nach fünfzig Schritten am Wasser angelangt.

Das wütende, winterlich graue Meer hatte hohen Seegang. Das Wasser überflutete das Geröllufer, zischende Wellen stiegen drohend auf und rollten zu dem leicht violetten vorjährigen Rasen. Sie wären noch weiter gekrochen, hätten sie sich nicht selbst ein Hindernis geschaffen – einen ellenhohen Wall aus angeschwemmten schwarzen Algen. Es sah aus, als sei die ganze Fischermaier Küste von einem Trauerband umgürtet. Ähnlich dem, das in der Stettiner Marienkirche auf der Altardecke gelegen hatte, als Melanchthon dahingegangen war. (Und nun hat das Fischermaier Ufer Trauer angelegt, weil ich für die Kanzel gestorben bin ... Hm ...)

Er stand fast im Wasser, seine groben, durchnäßten

Stiefel aus Juchtenleder patschten in den schwarzen Algen, er betrachtete das schwärzlich schimmernde dunkelgraue brausende Wasser, die sich hebenden und senkenden Wellen, den niedrigen Horizont dahinter und die schwarzen Streifen der Inseln am Horizont. Balthasar schaute zu ihnen hinüber und dachte mit erstaunlicher Gleichgültigkeit: Ich stehe an demselben Fleck, von dem aus ich an einem kalten dämmerigen Abend vor dreiundzwanzig Jahren aufs Eis hinausgefahren bin und meinen erstaunlichen Weg begonnen habe. Damals kam ich von dort, aus der Stadt hinter mir, als ihr geheimer Gesandter, kann man sagen. Heute bin ich durch dasselbe Tor gekommen – als was? Als ein von der Stadt Verfemter. Ich kann nirgendwohin gehen, nicht einmal aufs Eis. Vor mir ist nur das schwarze Wogen …

In diesem Augenblick spürte Balthasar, wie ihn der Wind duckte, ihm die Haare vom Nacken zu den Schläfen blies und die Schöße seiner Schaube zusammenrollte, als wollte er ihn durch das Band der Algen in die schwarzen Wellen jagen.

Auf einmal gab ihm dieser scharfe und doch Fieberglut verströmende Wind einen Gedanken ein, einen wahnwitzigen, unvergleichlichen Gedanken: Ja, warum nicht? Wahrhaftig – warum nicht? Sie ist doch dort! Jenseits dieses Wassers, das mich zu verschlingen droht. Jenseits der ebenen Insel dort am Horizont. Hinter noch schwärzerem, noch stärker tosendem Wasser. Eine ganz flache kleine Insel. Von dieser schändlichen Stadt aus kaum zu sehen. Sofern man nicht von der Spitze eines Turmes herabschaut. Und die Kanzel in der winzigen Laurentiuskirche ist seit dem Frühjahr verwaist …

Ja, warum nicht! Nun erst recht! Unbedingt! Nach allem, was sich heute morgen – und heute nacht – herausgestellt hat. Ich sollte es der Stadt heimzahlen, daß sie mich angespuckt hat. Sollte zu Epp gehen und sagen: Geliebte … O Herr, wäre das denn gelogen? Schon fünfundzwanzig Jahre lang ist es insgeheim für mich die Wahrheit … Geliebte, heute nacht bist du zum zweitenmal vor Gott mein Weib geworden. Werde es nun auch vor den Menschen! Dieser undankbaren Stadt zum Trotz könnte ich Dompropst Dubberch persönlich bitten, Epp und mich zu trauen ... Nein, nein. Nicht aus Trotz heraus soll das geschehen, sondern um wahre Befreiung und Versöhnung zu erlangen. Aus Trotz nur insoweit, als so mancher in der Stadt das unweigerlich annehmen wird. Ja, um der Befreiung und Versöhnung willen. Hier, an diesem Ort und in diesem Augenblick höre ich beim Heulen des Windes die Worte meines Gottes. So wie er mit Mose beim Rauschen des brennenden Dornbusches gesprochen hat ... Balthasar biß die Zähne zusammen und murmelte: »*Beschlossen!*« Er spürte, wie es ihm heiß über Rücken, Nacken und Schläfen lief, und dachte: O Gott, welche Erleichterung ... Nicht ewig und überall Steine und nichts als Steine, an die der Mensch sich gewöhnt, denn der Stein schützt ihn und wird mit der Zeit willkommen. Kein Kopfsteinpflaster mehr unter den Füßen, keine Mauern ringsum, kein Gewölbe über dem Kopf – nichts als freier Himmel, Hütten, Findlinge und Lattenzäune, wie einst in der reinen Welt der Kindheit. Kein Sichverstecken hinter einem Lächeln mehr, keine heuchlerischen Grimassen, kein Verschlucken der Hälfte – warum der Hälfte? – aller wahrhaft aufrichtigen Worte, weil es sich angeblich so gehört. Nur das mit Geröll bedeckte Ufer und die Wölbung der Insel. Ich weiß noch, wie sie aussieht. Dunkelblau von den Wacholder- und rot von den Ebereschenbeeren. Nur das Rauschen des Meeres. Offene, ehrliche menschliche Gesichter. Und Epps ernstes, kleines, immer noch frisches, rosiges Antlitz. Herrgott, dieser Weg *muß* Dir doch wohlgefällig sein! Warum sonst hättest Du gerade heute nacht erlaubt ...

Balthasar drehte sich um und schritt, gegen den Wind, die Uferböschung hinan, auf das Stadttor zu. Man konnte meinen, er habe es schrecklich eilig. Dort, wo auf der Fischermaier Straße das Kopfsteinpflaster anfing, blieb er eine Weile stehen, geduckt, weil ihn Windstöße trafen, dann drehte er dem Südwest den Rücken zu und murmelte: »Ja, ich muß einen Moment verschnaufen, ich kann schließlich nicht wie ein einjähriges Kalb zu Epp laufen und nicht wie ein Ochse, der das Joch abgeworfen hat, zu Dubberch.«

Er ging auf dem Kopfsteinpflaster noch etwa fünfzig Schritte in Richtung Hafen und kehrte in der Schenke »Zum grauen Seehund« ein.

In dem niedrigen Raum saß um den Tisch vor der Theke eine Horde Matrosen von zwei, drei Schiffen aus Åbo oder Stockholm. Von Balthasars Eintreten nahmen sie nicht die geringste Notiz. Balthasar begab sich ins Innere der dämmerigen Schenke, wo es leer war, und setzte sich an ein Tischchen. Der Schankwirt, Jakob Härjapea, ein Mann mit Hängeschnurrbart und scharfem Blick, wischte mit dem Hemdsärmel die Bierspritzer von seiner Lederschürze und stellte Balthasar den von ihm gewünschten Quart Rheinwein auf den Tisch. Er ließ das nicht den Jungen tun, sondern brachte den Wein selbst, und nicht in einem irdenen Krug, sondern in einem versilberten Kupferbecher. Er setzte diesen nicht achtlos hin, sondern mit einer tiefen Verbeugung.

»Für den Herrn Pastor – den besten Wein. Zwei Leutnants des Königs, die gestern mit Herrn Pontus' Heer gekommen sind, haben gerade vorhin einige Krüge davon geleert. Sie sagen, sie hätten seit zehn Jahren nichts Besseres getrunken.«

Balthasar sah über den Becher hinweg.

»Also bevölkern Herrn Pontus' Leute schon die Schenken?«

»Versteht sich. In den Schankwirtschaften der Stadt soll es von ihnen nur so wimmeln. Hierher, hinters Tor, verirren sie sich seltener. Trotzdem ist ein Häuflein heute früh zu mir gekommen, um Bier zu trinken. Sie waren unterwegs, um sich einzuschiffen.«

Schön. Balthasar winkte ab, brummte dem redseligen Jakob etwas zu, damit der sich entfernte, und versank in Gedanken. Was ich Epp sagen will, weiß ich schon. Aber wie ich das Dubberch beibringe, darüber muß ich mir noch den Kopf zerbrechen – das mit der Kanzel auf Wrangelsholm. Uns zu trauen, werde ich ihn nicht bitten. Wozu habe ich seit dem Frühjahr einen Adjunkten? Ostmann wird das bestens besorgen. Oder sogar Mekkius. Warum sollte er das eigentlich nicht können? Er würde uns mit seiner munteren näselnden Stimme predigen und vorsingen. Und das müßte nicht unbedingt in der Kirche geschehen. Es geht auch in der Sakristei. Oder sogar bei uns in der Diele. Bevor wir wegfahren. Damit die Revaler Kläffer, die hierbleiben – ho-ho-ho! –, etwas haben, worüber sie knurren können, denn zu kläffen wird es nichts geben. Natürlich hätte ich sie gern winseln hören, weil sie ihr Gekläff unterdrücken mußten – wenn nämlich Dubberch höchstpersönlich in der Olaikirche unsere Vermählung bekanntgegeben hätte. Die Vermählung dieses Lumpen, den man irrtümlicherweise hier in der Stadt hat zu Amt und Würden kommen lassen, jetzt aber, mit Gottes Hilfe, fortjagt! Samt dem Bauernweib, seiner Dirne und Konkubine. Doch nein. Es ist beschlossene Sache: weder das eine Extrem noch das andere! Weder Dubberch soll uns trauen noch Meckius! Keine Ohrfeige für Reval, aber auch keine demütigende Trauung durch einen Küster. Ostmann wird das besorgen. Und für Dubberch brauche ich mir nichts auszudenken. Der dürfte ohnehin ahnen, was sich hinter meinem Wunsch, nach Wrangelsholm zu gehen, verbirgt. Er hat schon Wind davon bekommen, sollte man meinen, daß der Rat mich fortjagt. Was noch dahintersteckt, braucht er nicht zu wissen. Und ich muß nichts erklären.

Balthasar sah, er hatte den Wein schon ausgetrunken, und spürte, wie sich vom Magen aus Wärme durch seine Adern ergoß, zum Nacken und zu den Schläfen hin. Er dachte: Bliebe noch zu überlegen, wem ich vorschlage, mich, Epp und den Jungen zu begleiten. Vor allem – Märten. Das alte graue Wölflein. Der Freund, den ich fortwährend vergesse. Aber wird er auch mit mir fahren? Sicher. Sofern ich auch Madle mitnehme. Wen brauche ich noch, wenn ich eine Frau habe – und einen Freund? Beide kenne ich einige Jahrzehnte, beide habe ich erprobt und kann mich auf sie verlassen! Was die übrigen betrifft, Päärn etwa, Tran-Andres' Sohn, und seine Kiido ... Kenne ich Päärn auch von Kindesbeinen an, ich werde ohne ihn auskommen. Notgedrungen. Denn auf der Insel zahlt man mir vielleicht nur lumpige hundert Mark im Jahr. Leben werden wir von dem Silber müssen, das ich von Elbling für die Chronik erhalten habe. Neues Geld kommt nicht mehr hinzu, im Gegenteil, es wird von Tag zu Tag weniger. Die dortige Kirchengemeinde – einige hundert Pfarrkinder nur – ist ärmer als die letzte Kirchenmaus. Wir können nicht hoffen, etwas von ihnen zu erhalten. Doch was brauchen wir schon? Wir werden ein bescheidenes, gottgefälliges Leben führen. Hinter dem strohgedeckten Pfarrhaus, neben Haufen von Steinen, gibt es gutes Land für einen Gemüsegarten. Märten und ich graben es um, Epp bearbeitet den Boden und sät Mohrrüben. Pflanzt Kohl- und Steckrüben. Am Haus stehen, glaube ich, Apfel- und Kirschbäume. Brot und Fisch kaufen wir im Dorf. Ich werde dem Inselvolk ein treuer Seelsorger sein. Soweit ich es vermag. Warum zweifle ich? Schließlich kann ich dort mein eigener Herr sein, *endlich* mein eigener Herr (es gibt da weder Ratsherren noch Bürgermeister oder Inspektoren), und wenn Epp, mit der mich Gott schließlich doch noch vereint hat, neben mir ist ... Die Chronik kann ich da natürlich nicht fortsetzen. Denn über das Meer dringt dorthin keine Kunde von unseligen Schurkereien und Morden um der *Macht* willen. Aber ich habe auch noch andere graue Blätter auf Lager. Sie zu überarbeiten und zu ergänzen, kann mir auf der Insel niemand verbieten, im Gegenteil: Das Leben an der mit Geröll übersäten Küste und in dem kleinen Gotteshaus, ungestört von fremder Umgebung und angeregt von denen, die mir am nächsten stehen, muß mich zu vielem anregen. So zu dem, was ich einmal aufgeschrieben habe: Kannst du dir die Frage nicht beantworten, ob du ein Mädchen nur begehrt oder sie geliebt hast, laß zwanzig oder dreißig Jahre vergehen. Ist sie alt und häßlich, heißt das, es war nur Begehrlichkeit. Ist sie für dich aber immer noch schön, dann war es Liebe. Oder, worüber ich auch nachgedacht habe: *Was* muß das erst sein, wenn sie dir nach dreißig Jahren noch schöner erscheint als früher. Oder noch so ein kluger (ha-ha-ha-ha-ha!) Gedanke, ich will ihn daheim gleich niederschreiben ...

Balthasar erhob sich. Nun erst bemerkte er, daß ein Dutzend von Herrn Pontus' Söldnern, geräuschvolle buntgekleidete Leute, in die Schenke hereinströmte, Schemel und Tische ans Herdfeuer rückte und es sich bequem machte. Den Fetzen ihrer lautstarken Unterhaltung entnahm Balthasar, daß ein Teil von ihnen zur Revaler Fahne Kaspar Tisenhusens gehörte, während es sich bei den übrigen um Olaf Eriksons Schweden und Finnen handelte. Einer gab mit kreischender Stimme Einzelheiten über die Einnahme von Oberpahlen zum besten, ein anderer verwünschte die jetzigen Winterquartiere der Fahne. Offen gestanden, Balthasar fühlte sich versucht, hierzubleiben und ein Gespräch mit den Landsknechten anzufangen. Doch schon im nächsten Moment wandte er sich ab, zwängte sich zwischen den Soldaten hindurch und trat ins Freie.

Er durchquerte die Diele des Pfarrhauses, ohne jemandem zu begegnen, und stieg, immer zwei Stufen auf einmal nehmend, die Treppe hinauf. Vielleicht dachte er dabei flüchtig: Diese Fußböden, Decken, Treppen, diese getünchten grauweißen Wände, dieses ganze Haus, das ich jetzt verlasse, nein, aus dem man mich vertreibt ... Er trat in sein Arbeitszimmer, holte die grauen Blätter aus der Pultschublade, tauchte die Gänsefeder in die Tinte und schrieb auf, was ihm an dem Tisch im »Grauen Seehund« eingefallen war. Während er auf dem Heimweg gegen den Wind ankämpfte, hatte er für seine Gedanken eine, wie ihm schien, gute rhythmische Form gefunden. Balthasar ging auf den Treppenabsatz und roch den Duft von Graupensuppe, der von unten aus der Diele kam. Er stieg die Treppe hinab und war noch nicht an ihrem Ende angelangt, als er Epp in der Diele am Herd sich über den Suppenkessel beugen sah.

»Komm rauf, Epp!«

Balthasar kehrte in seine Kammer zurück und wartete. Epp trat durch die angelehnte Tür des Zimmerchens. An Balthasars Gesicht versuchte sie die Antwort auf ihre Frage abzulesen, doch alles, was sie sah, war eine ihr unbegreifliche jungenhafte Lebhaftigkeit. Epp fragte leise und eindringlich: »Was haben die Ratsherren über dich beschlossen?«

Balthasar zog sie an sich, nahm ihr kleines, vor Aufregung, Verwirrung, Freude und vom Herdfeuer gerötetes Gesicht in seine großen Hände und drückte einen langen Kuß auf ihre Lippen. Sein Kuß war sündhaft und nahm doch die Sünde fort. Gierig sog er den ihn umgebenden Duft von Birkenruten, Teerseife und den Dampf der Graupensuppe ein.

Als Epp den Mund wieder frei hatte, wiederholte sie ihre Frage: »Sag, was haben sie mit dir gemacht?«

Balthasar winkte ab. Er stützte sich mit den Händen auf die steinerne Fensterbank, zog sich hoch und setzte sich (sieh an, ich bin ja noch jung ...). Streckte die Hand aus und nahm das eben erst geborene Kind seines Geistes vom Pult.

»Hör zu!«

Und geriet plötzlich in Verlegenheit, als er merkte, daß er seinen Gedanken auf deutsch niedergeschrieben hatte und ihn nun für Epp ins Estnische übersetzen mußte. So drückte er ihn aus: *»Zu der Zeit, da Isaak geboren wurde, war Abraham mehr als doppelt so alt wie heute morgen die Frau, die Gott für mich bewahrt und mir zu guter Letzt doch noch gesandt hat. Wir müssen jetzt also auf diese nicht einmal halb so große wunderbare Gnade warten.«*

Balthasar schaute von seinem Blatt auf, er sah etwas verwirrt aus, und um das zu verbergen, blickte er Epp besonders eindringlich an. Sie flüsterte fast: »Ich begreife das nicht.«

Balthasar kam es jedoch so vor, als zucke ihr Mundwinkel in verstehendem Lächeln. Darum sagte er: »Du begreifst sehr gut. Sarah hat auch gelacht und das Gott gegenüber abgeleugnet.«

Epp forschte: »Sag, was haben sie auf der Ratssitzung mit dir gemacht?«

Balthasar sprang vom Fensterbrett und packte Epp bei den Schultern. Statt darauf zu antworten, sagte er: »Ich möchte dich bitten, meine Frau zu werden, Epp.«

Er spürte, wie die Frau in seinen Armen zusammenzuckte und einen Augenblick lang von ihm fortstrebte. Daher hielt er es für angebracht, eilig hinzuzufügen: »Meine richtige, mir angetraute Frau ...«

Daraufhin, genauer gesagt, danach und völlig unabhängig davon, gab Epp wieder nach und schmiegte sich an ihn. Dabei sah sie ihm in die Augen und schüttelte langsam den Kopf. Aufrichtig erschrocken, fragte Balthasar: »Warum willst du nicht?«

»Du verstehst doch«, erwiderte Epp leise, »daß ich mich nicht dazu eigne, an deiner Seite die Frau Pastor von Heiligengeist zu sein.«

Balthasar fühlte: Er könnte, ja er müßte ausrufen: Wieso? Warum eignest du dich nicht, wo ich dich erwählt habe? Aber er tat es nicht. Denn er sah ein, Epp hatte recht. Recht jedenfalls darin, daß es unerträglich schwer für sie wäre, die Frau des Heiligengeistpastors zu sein, waren ihr doch die deutsche Sprache und der deutsche Geist jener Welt, zu der sie plötzlich gehören würde, völlig fremd. Eine Qual wäre für sie der unvermeidliche tägliche Umgang mit Menschen, die ihre Stellung als Pfarrersfrau für sich als beleidigend empfinden und sie dadurch auf Schritt und Tritt kränken würden. Viel schlimmer, als man das einst mit Annika – nach der Heirat mit Meus – hatte machen können. Balthasar unterdrückte seinen Ausruf. Er hätte natürlich sagen können: Merkwürdig, zur Frau eines Pastors taugst du nicht, aber mit ihm *schlafen* kannst du? Doch auch diese Bemerkung unterdrückte er. Obwohl er im allgemeinen ein ziemlich dickes Fell hatte, spürte er doch: Sagte er das, so wäre er Epps erster und größter Beleidiger. Darum meinte er nur: »Aber ich bin nicht mehr Pastor von Heiligengeist!« Und empfand plötzlich, daß er das, zu seiner eigenen Verwunderung, fast stolz gesagt und daß der Schreck darüber, es ausgesprochen zu haben, sich gleich verflüchtigt hatte. Geblieben war hier, in seinem Arbeitszimmer, zwischen den Gesichtern, Epps und seinem, die sich einander genähert hatten, nur seine jungenhafte Freude über die Gelegenheit, sie verblüffen zu können.

»Sie haben dich aus Heiligengeist fortgejagt?« erkundigte sich Epp im Flüsterton.

»Nein, nein. Sie haben mich gebeten, selbst zu gehen.«

Epp schwieg eine Weile.

»Und was wirst du jetzt tun?« fragte sie noch leiser.

»Jetzt heirate ich dich. Wenn du einverstanden bist. Dann fahren wir nach Wrangelsholm. Du hast gestern doch gesagt, es sei eine schöne kleine Insel. Das stimmt. Ich habe dir doch gesagt, ich bin dort gewesen.«

Epp blieb stumm.

»Nun, taugst du zur Frau des Pastors von Wrangelsholm? Wenn ich dich bitte?« forschte Balthasar.

Epp schwieg. Balthasar bemerkte, Epps Hals und Brust waren bis zum Kleidausschnitt hin von Röte übergossen. Ihre Lippen aber waren bleich, als sie fragte: »Und du … bittest … wirklich … darum?«

»Selbstverständlich«, erwiderte Balthasar. Er fühlte, seine Antwort bedeutete weit mehr, als er mit diesen Worten ausgedrückt hatte. Hinter ihnen stand die erstaunliche, erschreckende und beflügelnde Bereitschaft, sich in etwas hineinzustürzen, in das graue, hohe, alles überflutende Meer etwa.

Epp sah ihn an. Sah ihn an und nickte. Und sagte zu ihm etwas. Sagte es ganz leise und sicher etwas Bejahendes. Zweifellos. Doch was es war, konnte Balthasar nicht hören. Denn erstens hatte sie sehr leise gesprochen. Und zweitens …

Später wollte Balthasar immer schwören, just in diesem Augenblick hätten die Glocken der Domkirche und kurz darauf auch die von Nikolai zu läuten begonnen: ding-dong-ding-dong-ding-dong. Balthasar war überrascht und sah Epp verwundert an: Woher haben sie im selben Moment erfahren, was du mir gesagt hast? Warum lassen sie deshalb auf einmal die Glocken läuten? Erst als eine Minute später die Glocken seiner Heiligengeistkirche, nach ihnen die der Olaikirche, dann auch entferntere in das Geläut einstimmten, begriff Balthasar, etwas anderes als seine geglückte Brautwerbung mußte der Anlaß dafür sein.

Sie fuhren auseinander und liefen schnell die Treppe hinunter, um zu erfahren, was geschehen sei. Auf der Schwelle der Sakristei kam ihnen mit ausgebreiteten Armen Küster Meckius entgegen.

»O nein! Nicht die Tataren! Nicht die Moskowiter! Kein Brand und keine Pest! Frohe Kunde! Herr *Pontus* ...«

Meckius, der manchmal auch in der Kirche beim Gesang außer Atem kam, wurde die Luft knapp. Balthasar dachte: Sieh mal an, auch der hier ist schon rein närrisch vor Treue zum Staat ... Dann hatte Meckius Luft geholt und fuhr fort: »Herr Pontus ist soeben an der Spitze seines Hauptheeres in die Stadt eingezogen. Vor einer Viertelstunde sind berittene Boten aus dem Schloß gekommen. Damit die Glöckner sich bereit halten. Erst vor wenigen Minuten hat uns der Befehl erreicht. So daß wir den Pastor noch nicht benachrichtigen konnten.«

SIEBENTES KAPITEL,

darinnen wir nicht versuchen, irgend etwas zu beweisen, sondern nur unablässig den entscheidenden Wendungen im Leben des von uns beobachteten Mannes auf den Fersen oder mit ihnen auf gleicher Höhe sind, wobei anhand der gezeigten Beispiele deutlich werden sollte, *wie* unüberlegt in den Augen der Zeit menschliche Entscheidungen sein können, die das innere Wesen von Erhöhung und Erniedrigung, von Ausgefülltsein und Entleertsein, ja selbst von Gut und Böse betreffen

Gestern nach dem Mittagessen hatte Balthasar Epp mit einigen ihm bekannten Bauern aus Peningi nach Kurgla geschickt, damit sie auch das letzte ihrer bescheidenen Habe in die Stadt hole.

Und gestern abend hatte er Märten in die Sakristei gerufen und ihm alles erzählt. So und so stehe es. Er wolle auf die Insel fahren mit Epp, Balzer und Madle. Ob Märten sich ihnen anschließen wolle? Märten schob daraufhin eine Schote Johannisbrot in den Mund und meinte: »Kch. Wohin sollte ich wohl sonst gehen. Drei Viertel meines Lebens habe ich an deinem Rockzipfel gehangen. Und wenn du auch Madle mitnimmst.«

Balthasar schüttelte Märten die widerspenstige Hand und sagte, auf der Insel werde er umgehend seine und Madles Verlobung bekanntgeben. Worauf Märten mit den Augen funkelte und knurrte, erst einmal sollten Balthasar und Epp heiraten. Dann war er gegangen, um seine Siebensachen zu packen.

Heute hatte sich Balthasar schon frühmorgens beim ersten dichten Schneefall dieses Jahres in der vom Weiß des Schnees erhellten Dämmerung in die Oberstadt aufgemacht, um Dompropst Dubberch, dem ersten Mann im Ministerium, seine Angelegenheiten vorzutragen: Wie Euer Hochwürden natürlich schon wissen, hat mir der wohllöbliche Revaler Rat empfohlen, in Zusammenhang mit meiner Chronik auf die Kanzel der Heiligengeistkirche zu verzichten … Ergo verzichte ich darauf. Und bitte das Ministerium, mir die Kanzel in der Laurentiuskirche auf der Insel Wrangelsholm anzuvertrauen. Punktum.

Doch als Balthasar dann in der Oberstadt nach links, hinter die Kirche, abbog, wäre er fast mit einem kleinen Mann mit riesiger schwarzer Pelzmütze zusammengeprallt. Auf den ersten Blick sah er, das war kein anderer als sein Nachbar aus der Unterstadt, Herr Belaváry, der leichtfüßige Apotheker, den man in der Stadt seit kurzem der Einfachheit halber Herrn Burchard nannte. An einem Riemen über der Schulter hing dem Apotheker ein Kasten mit Arzneien.

»Mit dem Dompropst wollt Ihr sprechen? Oh-oh, ein sehr ungeeigneter Zeitpunkt. Ich komme gerade von ihm. Er muß das Bett hüten. Starke Erkältung und Fieber. Seine Brust ist belegt, und er hat die Stimme verloren, er kann kein Wort laut sprechen. Nicht vor nächster Woche. So Gott will und meine Behandlung mit heißem Bier und Katzenurin anschlägt.«

Balthasar machte auf dem Absatz kehrt und trat zusammen mit dem Apotheker den Rückweg an. Er hatte beschlossen: Wenn es nun einmal Gottes Wille ist, daß Dubberch krank darniederliegt, begebe ich mich gleich nach Nikolai zu Gerstenberger, dem nach Dubberch zweiten Mann im Ministerium. Er knurrte vor sich hin: »So ist es sogar besser. Den Dompropst kenne ich lange nicht so gut. Und dicke Leute sind liebenswürdiger als dünne, sagt man.«

Balthasar schlug dem Apotheker vor, vom Langen Domberg nach rechts abzubiegen und die Abkürzung über den Kurzen Domberg zu nehmen, um Zeit zu sparen. Doch der Apotheker lächelte und schüttelte den Kopf.

»Nein, nein, Herr Pastor, ich habe keine Eile.« Dann warf er Balthasar unter seiner Pelzmütze hervor einen schlauen Blick zu und meinte schmunzelnd: »Ich bin ja auch nicht mehr der Jüngste.«

Balthasar ließ den Apotheker über die verschneiten Kopfsteine des Langen Dombergs stiefeln, während er selbst nach rechts abschwenkte. In wenigen Sätzen war er die in der Steinmauer eingehauenen Kalksteinstufen hinuntergelaufen und stieß nun mit der Schulter die ganz von eisernen Nieten bedeckte Eichentür am Kurzen Domberg auf. (Was heißt hier: nicht mehr der Jüngste! Dabei ist dieser Bursche fünf oder sogar zehn Jahre jünger als ich!)

Die Treppe, die einst von hier aus zwischen den letzten Häusern der Raderstraße nach unten geführt hatte, war in den letzten Jahren eingestürzt, ihre hölzernen Teile waren verfault oder schon verheizt, die steinernen weggeschleppt worden. Und stiegen die Jungen aus der Ober- oder Unterstadt auch jetzt noch manchmal dort hinauf oder hinunter, dann bloß im Sommer oder höchstens, wenn die Hausknechte der am Hang stehenden Häuser sich die Mühe gemacht hatten, die steilen vereisten Rinnen mit Sand zu bestreuen. Heute, an dem ersten Morgen, wo es derart glatt war, wagte sich kein vernünftiger Mensch hier hinunter, schon gar nicht jemand im gesetzten Alter.

An der Tür blieb Balthasar stehen, warf einen Blick in den fünfzig oder sechzig Ellen tiefen vielstufigen Abgrund, angefüllt mit einem Gemisch aus Sand, Schnee und Steinen, und dachte: Komme ich hier heil hinab, geht auch alles andere gut.

Er sprang auf die ersten schräg stehenden, abgebrochenen und mit Eis bedeckten Kalksteinstufen, glitt aus und drohte zu fallen, konnte sich aber auf den Beinen halten. Dann flog er sieben, acht Ellen nach unten und versank bis zur Hälfte seiner Stiefelschäfte in dem Brei aus Schnee und Sand. Mit den Händen an Kalksteinvorsprüngen festgeklammert, hing er da, dann kletterte er weiter. Auf halbem Wege verlor er fast den Halt unter den Füßen, bekam jedoch mit der Linken eine Wurzel zu fassen und blieb wieder auf den Beinen. Die letzte steile Strecke legte er rutschend wie auf Schneeschuhen zurück. Zusammen mit dem kalten Wind, der ihm durch Mark und Bein ging, freute er sich darüber, daß Epp nicht gesehen hatte, wie er hier heruntergeschlittert war. Doch ein bißchen tat es ihm auch leid. Als er Gerstenbergers Zimmer im Nikolai-Pfarrhaus betrat, kam es ihm im ersten Moment selbst so vor, als sei er durch den Schornstein hineingelangt.

Der Hauptpastor von Nikolai empfing Balthasar im Morgenrock, dessen Schöße auf dem Bauch übereinandergeschlagen waren. Sein Gesicht war schweißgebadet und sah sorgenvoll aus.

»Jaja. Ich habe gehört, was der Rat über dich beschlossen hat. Nun, das ist ihre Angelegenheit. Man muß sie schließlich auch verstehen. Aber weißt du, mein Lieber, heute habe ich keine Minute Zeit. Du scheinst noch nicht im Bilde zu sein? Morgen. In Nikolai. Ein großer Dankgottesdienst. In Anwesenheit von Herrn Pontus persönlich und sämtlichen Heerführern und zivilen Größen. Ich soll eine Predigt halten, zum 5. Buch Mose, 20. Kapitel. Sage mir bitte, wie ich das anstellen soll!«

»Was ist daran schwierig?« fragte Balthasar.

Gerstenberger nahm die aufgeschlagene Bibel vom Tisch.

»Du weißt wohl nicht, wovon dort die Rede ist? Am Anfang geht es ja noch, lies: ›Wenn du in einen Krieg ziehst wider deine Feinde und siehst Rosse und Wagen eines Volkes, das größer ist als du, so fürchte dich nicht vor ihnen; denn der Herr, dein Gott, der dich aus Ägyptenland geführt hat, ist mit dir.‹ Das trifft tatsächlich auf sie zu. Herr Pontus hatte immer viel weniger Leute als der Moskowiter. Jedenfalls heißt es so. Doch was machst du daraus, wenn Mose weiter sagt: ›Aber die Amtleute sollen mit dem Volk reden und sagen: Welcher ein neues Haus gebaut hat und hat's noch nicht eingeweiht, der gehe hin und bleibe in seinem Hause, auf daß er nicht sterbe im Krieg und ein anderer weihe es ein. Welcher einen Weinberg gepflanzt hat und hat seine Früchte noch nicht genossen, der gehe hin und bleibe daheim, daß er nicht im Krieg sterbe und ein anderer genieße seine Früchte. Welcher ein Weib sich verlobt hat und hat sie noch nicht heimgeholt, der gehe hin und bleibe daheim, daß er nicht im Krieg sterbe und ein anderer hole sie heim.‹ Verstehst du: Sage ich, Mose rede Unsinn, stellt Dubberch mich an den Pranger! Erkläre ich aber, Mose habe recht, findet Herr Pontus sicher, daß ich die Moral der Söldner untergrabe. Du bist doch ein ebenso alter Hase auf der Kanzel wie ich! Wie soll ich mich verhalten? Rate mir!«

Balthasar musterte Gerstenbergers aufgedunsenes, von einem Doppelkinn geziertes, vor Aufregung feuchtes, aber im großen und ganzen freundliches Gesicht. Er unterdrückte den Neid, der in ihm aufsteigen wollte. Neid, daß gerade Gerstenberger ein so ehrenvoller Auftrag zuteil geworden war. Unterdrückte auch eine leise Schadenfreude über die hilflose Ratlosigkeit seines Amtsbruders ... Du liebe Güte, wie schlecht doch ihre Hirne arbeiten. Als ob man mit diesem Text nicht manipulieren könnte ... Balthasar sagte: »Lieber Kollege. Diese Worte Mosis treffen merkwürdigerweise genau auf mich zu.« Er sagte das nicht spöttisch (oder jedenfalls nicht nur), denn von den Worten, die so genau ins Schwarze trafen, hatte er ein seltsames Gefühl in den Kniekehlen bekommen.

»Ich und kein anderer bin der Mann, über den Mose spricht. Ich habe ein neues Haus gefunden, es jedoch noch nicht eingeweiht. Und einen Weinberg gepflanzt. Aber seinen Saft noch nicht genossen. Ich habe mir ein Weib verlobt, es jedoch noch nicht heimgeholt. Und auch ich werde nicht im Krieg sterben. Denn ich meine, es ist klüger, in seinem Haus, bei seinem Weinberg und seinem Weib zu bleiben. Darum rate ich dir nichts. Aber ich habe eine Bitte an dich: Dubberch ist krank. Entscheide du im Namen des Ministeriums, daß mir die Kanzel auf Wrangelsholm anvertraut wird.«

Gerstenberger legte die Bibel auf den Tisch, und seine schütteren Augenbrauen krochen nach oben.

»Auf Wrangelsholm? Warum? Dort wird ja gar kein Pastor gebraucht.«

»Wieso?« fragte Balthasar. »Der alte Vulpius war doch dort? Und der ist im Frühjahr gestorben!«

»Ach«, meinte Gerstenberger zögernd und gleichsam abwehrend, »Vulpius war mit irgendwelchen Revaler Ratsherren verschwägert. Und hatte dort auf seine alten Tage, als er schon nicht mehr im Amt war, seine

Pfründe. Im übrigen hat auf Wrangelsholm immer der Pastor von Jegelecht den Gottesdienst gehalten. Der wird das auch weiterhin besorgen. Dich? Nach Wrangelsholm? Nicht mit meiner Zustimmung! Überleg doch selbst: Vulpius hat hundertfünfzig Mark jährlich erhalten. Dir müßten wir mindestens hundert zahlen. Dem Pastor von Jegelecht für seine gelegentlichen Fahrten dorthin jedoch nur fünfzig. Wir würden für dich also völlig umsonst fünfzig Mark im Jahr vergeuden. Wie du aber weißt, haben wir eine Zeit so großer Siege, daß für das Lebensnotwendigste kein Geld da ist.«

Dieser zwölfte Dezember war für Balthasar also ein Tag zwiespältiger Empfindungen. Was er sich in den Kopf gesetzt hatte, begann zu zerrinnen. Dubberch würde Balthasars Bitte vielleicht erfüllen. Aber sicher war das nicht. Erst recht nicht, wenn er von Gerstenbergers Ablehnung erfuhr. Und wer weiß, wann Balthasar Dubberch sprechen konnte. Vielleicht wirklich in einer Woche, vielleicht auch erst später, sollte sich des Apothekers Katzenurin als wirkungslos erweisen. Dann aber konnten die Küsten vereist sein oder der Ostwind die Meerengen zwischen den Inseln mit Treib- und Schlammeis verstopft haben, und kein Boot würde nach Wrangelsholm durchkommen. Bis das Meer wieder eisfrei war, konnten etliche Wochen ins Land gehen. Die mußte Balthasar in Reval abwarten. Gewiß, in wenigen Tagen kehrte Epp aus Kurgla zurück, und dann konnte man dieses verödete Haus ertragen, solange es nötig war. Unangenehm würde es nur sein, durch die Stadt zu gehen und mit der Gemeinde zu verkehren.

Balthasar stapelte seine Bücher aufeinander – es waren vierzig – und band sie mit Hanfschnüren zusammen. Er musterte die Möbel und wählte im Geiste aus, was er mitnehmen wollte. Gelang es nicht, ein einigermaßen geräumiges Boot zu finden, würde er fürs erste einen Teil der Sachen in der Stadt lassen müssen, später konnte Märten sie holen. Balthasar warf einen Blick in Sauna, Keller und Vorratskammer. In einem Winkel entdeckte er Balzers alte Wiege und ertappte sich bei dem Gedanken, ob er sie nicht mitnehmen sollte. Dann kehrte er in sein Zimmer zurück und brachte für den Rat eine Erklärung zu Papier, daß er auf die Kanzel verzichte. So klar wie möglich. Und respektlos kurz. Lange überlegte er, *wer* als Überbringer vorzuziehen sei. Der zerzauste Päärn? O Teufel, nein, ein Glöckner war für sie noch zuviel der Ehre! Rein Ruunis, der halbblinde Gehilfe des Siechenhausverwalters? Oder – ho-ho-ho! – Kerstin aus dem Roten Kloster, die immer pünktlich in die Sakristei kam, um ihre Kirchensteuer zu bezahlen? Dann drängte es Balthasar, an etwas Läuterndes zu denken. Er setzte sich auf die Holzbank in der Ecke der Diele, rief den kleinen Balzer, nahm ihn auf den Schoß, beschnupperte sein Haar und erzählte ihm von dem Leben, das sie jetzt führen würden: »In einem alten gemütlichen Holzhaus, weißt du, nicht in so einem steinernen Riesenkasten wie diesem. Die Mauern sind aus dicken braunen Balken, verstehst du. Und die sind wie alte treue Tiere, die sich auf den Boden gelegt haben, damit uns warm ist. Zum Schutz gegen den Wind haben sie sich die Seiten mit grauem Moos gepolstert. So einen engen Hof mit steinernen Mauern, wo keine Sonne hinkommt, kennt man dort gar nicht. Dort gibt es einen wunderschönen verschneiten Garten, und auf den Schneewehen darin sieht man Fuchsspuren. Alte Apfelbäume stehen dort, auf die kannst du klettern. Hinter dem Apfelgarten liegen Findelsteine. So groß wie kleine Berge. Im Winter kann man von ihnen weit aufs eisbedeckte Meer hinaussehen. Auf dem Eis gibt es Seehunde. Robben und Meerhasen, wie man sie auch nennt. Groß, gefleckt, schnurrbärtig und zottig. Und Junge haben sie. Komische Junge mit Flossen. Die können sich nur mit Mühe fortbewegen. Manchmal werden sie – sich von einer Seite auf die andere wälzend – zu uns in den Hof kriechen. Dem Geruch der Milch oder der Fischeingeweide nach. Wenn es Frühling wird, bellen sie auf dem Eis im Meer und trompeten durch die Nase: nnnng-nnnng. Das hört sich an wie das höchste Mi auf dem Positiv. Und dann, wenn das Meer schon offen ist, kommen auch die Meerschweine. Die haben Ferkel. Weißt du, wie die aussehen? Nicht? Sie sind drei Ellen lang und fast ebenso dick. Und solche ausgelassenen Schelme. Wenn wir aber dort, auf den Steinen, von wo aus wir aufs Meer hinaussehen, ganz besonderes Glück haben, weißt du, was dann geschehen kann? Vielleicht entdecken wir irgendwo auf dem Meer Leviathan, über den Hiob geschrieben hat.«

Für Balthasar selbst aber brachen die Leiden Hiobs am Morgen des dreizehnten Dezember an.

An jenem Morgen – es war der Lucientag – ertönten unter dem schneereichen Himmel die Kirchenglocken in der ganzen Stadt früher als sonst. Balthasar wußte: Dieses Läuten verkündet den Beginn des feierlichen Gottesdienstes in Nikolai. Scharen festlich gekleideter Städter waren übrigens schon vor dem Einsetzen des Glockengeläuts zur Kirche geströmt. Ach, sei es, wie es sei, aber die Zeremonie in Nikolai mußte er einfach sehen ...

Balthasar hatte sich auch gestern Sorgen gemacht, wie man ihm in der Stadt begegnen würde. Am Morgen aber war alles gutgegangen. Und dann hatte er bis zum Abend in seinen vier Wänden gehockt. Heute jedoch war er kaum die Außentreppe hinuntergestiegen und ein paar Schritte über den Friedhof gegangen, als er Küster Meckius mit seiner rundlichen Ehehälfte vorsichtig die Stufen zum Hof herabkommen sah – vielleicht zog es auch sie zur Nikolaikirche. Bei Balthasars Anblick ließ Meckius seine Frau auf der Treppe stehen, eilte mit seinem Watschelgang die letzten Stufen herab und steuerte fast im Laufschritt auf Balthasar zu. Sein teigiges, stets gutmütiges und erschrockenes Gesicht wirkte plötzlich noch viel teigiger und erschrockener als sonst. Komisch und kläglich zugleich war Meckius anzusehen.

»Herr Balthasar, aber das ... das stimmt doch nicht?«

»Was denn?«

»Meine Frau hat heute morgen im Brotladen gehört ... Ich weiß nicht mal, hat sie mir davon erzählt oder habe ich nur schlecht geträumt?«

»Wovon?«

»Daß Ihr unsere Kirche verlassen müßt!«

»Das stimmt.«

»Herr, erbarme Dich! Was soll dann aus uns werden!«

Meckius' Kummer wirkte völlig aufrichtig. Doch womit konnte Balthasar ihn trösten? Er entgegnete (und bedauerte selbst, daß seine Antwort so nichtssagend war): »Ihr werdet alle sehr gut weiterleben. Genau wie ich. So Gott will.«

Balthasar ging über den Friedhof und bog um die Ecke der Apotheke. In dem verschneiten Fenster des Laboratoriums gewahrte er Belavárys Gesicht mit den hervorstehenden Backenknochen. Der Apotheker grüßte ihn mit einem Kopfnicken und winkte ihm zu. Aus Gewohnheit blieb Balthasar stehen. Sie tauschten des Morgens oft Grüße und Neuigkeiten durchs Fenster aus. Diesmal aber öffnete der Apotheker nicht bloß das Fenster, er kam – so, wie er war, angetan mit einer Lederschürze – durch den Hinterausgang in den Hof gelaufen, obwohl es schneite.

»Ist es wirklich wahr, Herr Balthasar, daß sie Euch Eurer Chronik wegen aus der Kirche entfernt haben?«

»Es ist wahr.«

Herr Belaváry schaute unter seinen schwarzen Augenbrauen hervor nach rechts und nach links und sah dann Balthasar voll ins Gesicht.

»Ich habe die Chronik gelesen. Und muß sagen, sie sind Dummköpfe.«

Herr Belaváry sagte das nur halblaut und nicht, ohne sich zuvor vergewissert zu haben, daß kein Fremder zuhörte. Aber er sagte es. Und für den Pächter der Ratsapotheke wollte das viel heißen.

Balthasar klopfte ihm auf die Schulter und schwenkte schnell nach rechts ab. Am Brotladen vorüber ging er auf den Rathausplatz und schloß sich den – gruppen-, paarweise oder einzeln – zur Nikolaikirche strömenden Menschen an. Er schritt schneller aus als viele andere und überholte sie daher oft. Und damit begannen seine Qualen.

»Hört mal, Rüssow, man hat mir gesagt ...« Das war ein Balthasar unbekannter Kaufmann mit gerötetem Gesicht, ein fideler und ziemlich dreister Ausländer, wie es Balthasar schien, der zum Frühstück offenbar mindestens zwei Quart Rheinwein getrunken hatte. »Hört mal, was führen diese Tranhändler hier gegen Euch im Schilde?«

Das hörte sich wie Anteilnahme an. Schon möglich. Wie aber sollte Balthasar darauf reagieren? Er konnte sich an dem heimlichen Gedanken ergötzen, sein Abschiedsgesuch mit Kerstin aus dem Roten Kloster ins Rathaus zu schicken. Doch hier, mitten auf dem Rathausplatz, so, daß es ein Dutzend neugieriger Ohren hörte, zu sagen: Mein Herr, die hiesigen Tranhändler entfernen mich von der Kanzel, weil sie den Verstand von Tranhändlern haben? Nein, es wäre eines Civis Revaliensis unwürdig, so mit einem unbekannten Herrn zu sprechen. Oder zu erklären: Sehr geehrter Unbekannter, meine Beziehungen zum Revaler Rat gehen nur ihn und mich etwas an! Nein, nein – eine so hochfahrende Antwort hatte dieser Unbekannte nicht verdient. Und auch der Revaler Rat verdiente es nicht, daß er sich ihm gegenüber so förmlich gab! Balthasar verbarg also seine Verwirrung hinter einem spöttischen Lächeln, tat, als höre er schlecht, und ging vorüber. Und schon packte ihn jemand durch die Schaube am Ellbogen. Es war Lange, Oldermann der Steinmetze von der Kanutigilde, eins von Balthasars Schäflein (das heißt bis heute). Lange zog seinen eckigen Kopf in die breiten Schultern, als wollte er ihn in der weißen Sonntagshalskrause verschwinden lassen, und flüsterte: »Ein schreckliches Unrecht hat man an Euch begangen.« Im nächsten Moment bereits hatte er Balthasars Ellbogen losgelassen und war enteilt.

Sich stoßend und drängend, flutete die Menge vom Rathausplatz in die Nikolaistraße. Balthasar blieb an der Ecke stehen, um Ausschau zu halten, und sah sich plötzlich dem Ratsherrn Schröder gegenüber.

»Ah, Herr Rüssow. Ihr seid beim Ministerium vorstellig geworden, ich weiß. Aber Ihr müßt dem Rat mitteilen, daß Ihr weggeht.«

Herr Schröder hastete weiter, der Kirche zu, und hinter Balthasars Rücken sagte jemand: »Endlich haben sie ihm auf seine kotige Zunge getreten ...«

Gelächter erschallte. Eine weitere Bemerkung fiel, doch konnte Balthasar sie des Stimmenlärms und Glokkengeläuts wegen nicht verstehen.

In diesem Augenblick begann die feierliche Prozession der von Ratsbeamten begleiteten Bürgermeister und Ratsherren. Sie bewegte sich von unten, vom Rathaus her, die vereiste Pflasterstraße durch die zur Seite weichende Menge herauf. Von oben, von der Raderstraße, ließ sich Hufgetrappel vernehmen, und eine Phalanx von Reitern mit bunten Standarten an lanzenförmigen Stangen, die die Federn auf den Hüten überragten, bog in die Straße ein.

Durch die sich lichtende Menge hindurch strebte Balthasar dem Paradies der Nikolaikirche zu. Er hörte jemanden sagen (o Gott, das konnte natürlich reiner Zufall sein): »Sieh an, sieh an, jetzt muß er sich endlich aus dem Staub machen.« Indessen näherte sich der Ratsherrenzug dem Paradies, allen voran – die Herren Holthusen und Korbmacher. Herr Rotert – er trug einen Federhut wie die Adligen – ging ungeniert neben den Bürgermeistern, die übrigen folgten ihnen in einigem Abstand und umgaben sie, wenn sie stehenblieben. Um sie herum aber scharwenzelte mit wehenden Rockschößen der noch immer auf seinem Posten ausharrende, eifrige, dienstbeflissene Herr Topff; an jeden hatte er eine Frage, jedem, wie stets, etwas zuzuflüstern.

Die von oben herabgesprengten Reiter waren mittlerweile auf dem Platz vor dem Paradies angelangt – hundert mehr oder weniger hohe Herren mochten es sein, die da gesattelte tänzelnde Pferde ritten. Behandschuhte Hände hielten die breitkrempigen Hüte fest, denn unterdessen war Wind aufgekommen und der sachte Schneefall in Schneetreiben übergegangen. Über ihren Köpfen aber flatterten im einsetzenden Schneegestöber die Standarten der königlichen Fähnlein. Als die Kriegs- und Landesherren sich den Ratsherren genähert hatten, saßen sie ab. Da war der schwächlich wirkende Herr Pontus, ganz in schwarzen Samt gekleidet – zwischen dem Samt des Ausschnitts und der Ziegenwolle des schwarzen Bartes prangte eine weiße Halskrause. Da sah man den imposanten, dickwanstigen Herrn Boije, den behenden, gewandten Karl Henrikson Horn. Da war der hagere sehnige Tönnis Maidel in kurzer dunkelblauer Schaube. Tönnis Maidel – jetzt auch noch Schloßvogt in der Oberstadt – befand sich in fataler Nähe von Herrn Pontus, dem obersten Gebieter und Statthalter. Unter den Fähnleinführern entdeckte Balthasar verschiedene schwedische und finnische Herren, die ihm nur flüchtig bekannt waren – Sparre, Brahe und Fleming –, und gleich darauf auch die ihm wohlbekannten Kriegsobersten Estlands: Herrn Reinhold Nieroth, Johann Anrep (den Bruder von Elert Kruses Schwiegertochter, bei den Schweden gleichwohl hoch geachtet und geehrt) und natürlich Herrn Kaspar Tisenhusen – den Neffen jenes Herrn Tisenhusen, der über Balthasars Chronik hergezogen war.

Die vom Pferd gestiegenen Reiter und die vom Rathaus kommenden Herren vereinigten sich, Grußworte wechselnd, im Paradies und betraten gemeinsam die Kirche, die Herren von der Oberstadt aber doch noch etwas vor den Ratsherren. Ging auch niemand mit Schwert ins Gotteshaus, die Sporen waren noch an den Füßen und klirrten ungeniert zum Klange der Kirchenglocken.

Die Fähnleinführer blieben mit ihren Standarten, Pferden und Waffenträgern in Reih und Glied draußen stehen. An den wohl eine Elle großen Quadraten der Fahnen wehten die blaurotgoldenen Wappen Uplands und Gotlands, Nylands und Estlands, die die Zugehörigkeit der jeweiligen Fähnlein auswiesen, blitzten die goldenen Lettern J. R., was Johannes Rex bedeutete. Balthasar fiel dabei der jetzt völlig unpassende (vielleicht aber, wer weiß, in einem versteckten, nicht zu fassenden Sinn gerade hier, vor Nikolai, unter dem herabfallenden Schnee besonders passende) Teil der Inschrift auf dem Kreuz ein, an dem man Christus gekreuzigt hatte: I. N. R. I.

Fast unmittelbar hinter denen, die die Macht hatten, und gemeinsam mit den Herren von der Großen Gilde und ihren Gemahlinnen betrat Balthasar die Kirche und begann sich zwischen den Bänken zum Mittelgang durchzuarbeiten. Plötzlich fühlte er sich von starkem Unwohlsein befallen. Nein, nein, es war nicht jenes sich unverhofft einstellende und rasch vorübergehende Herzklopfen, das er in letzter Zeit manchmal verspürte, sondern etwas Gefährlicheres, Längeranhaltendes. Er wußte sofort, woher das kam. In der letzten Zeit hatte er bemerkt, daß er, um ein Buch mit kleiner Schrift lesen zu können, dieses weit von den Augen abhalten mußte, während er alles in der Ferne Liegende dafür anscheinend um so besser sah. Erstaunlich deutlich nahm er daher auch den Blick von Tönnis Maidel wahr, der ihn, aus der ersten Reihe vor der Kanzel, über die linke Schulter hinweg anstarrte. Den blaugrauen Blick, der scharf war wie die Schneide einer Axt und mit hochmütiger Verwunderung zu fragen schien: Wer hat dir erlaubt, dich noch immer hier herumzutreiben?

In diesem Augenblick kam, in der andrängenden Menge lavierend, Topff durch den Quergang auf Balthasar zu und flüsterte ihm, an seiner linken Seite angelangt, ins Ohr: »Wie gut, daß ich Euch getroffen habe. Mit Euren Angelegenheiten steht es zum besten. Jaja.« Und als Balthasar ihn zweifelnd ansah, meinte er: »Es gibt Menschen, die bis zu ihrer Todesstunde wie Kinder an das Gute glauben.« Erklärend setzte Topff hinzu: »Ihr braucht Euren Verzicht nur schriftlich mitzuteilen. Herr Holthusen läßt Euch ausrichten: Wenn nötig, stellt er Euch ein Zollboot zur Verfügung, damit Ihr auf die Insel fahren könnt, auf die Ihr zu wollen scheint.«

Vielleicht hätte Topff ihm noch mehr gesagt, doch just in diesem Moment drückte der Küster von Nikolai oben, auf der Galerie, mit dem Anlaß angemessenem

Feuereifer auf die Pedale und Tasten der Orgel, und auf die Gemeinde, die sich von den Bänken erhoben hatte, ergoß sich das Te Deum laudamus. Balthasar fühlte plötzlich, daß seines Bleibens hier nicht länger war. Er drehte sich um und verließ die Kirche. Halb im Unterbewußtsein dachte er: Es ist, als sei ich schon in dem Zollboot, als schwelle der Wind all der Gespräche von heute morgen meine Segel und trage mich unaufhaltsam fort von hier …

Balthasar sah zu, wie seine Füße durch den in das Paradies gewehten zerstampften Schnee stapften. Dann durch den lockeren Schnee der irgendwohin führenden Straßen. Später durch den grellweißen, noch unberührten Schnee einer mit Kopfsteinen gepflasterten Gasse. Genaugenommen wußte er nicht, wo er sich befand. Das heißt, er wußte es schon, aber irgendwie unbestimmt. Er dachte: All das ist ganz unwichtig. Übermorgen kehrt Epp in die Stadt zurück. In wenigen Tagen fahren wir fort. Und niemand kann uns verbieten, glücklich zu sein …

Balthasar schloß die Augen, und da erblickte er mitten im Schnee das zugefrorene Auge einer Quelle und in seinem zitternden Spiegel – Epps kleines glühendes Gesicht. Später fand er sich schon außerhalb der Stadt wieder, hinter dem Turm Achter Grusbeke an der Mauer, auf einem Seitenvorsprung sitzend, den Rücken in einer Vertiefung zwischen Mauer und Turm. Er starrte auf den Graben mit den schneebedeckten Böschungen und die Gärten mit den elenden Hütten und Katen dahinter und wußte nicht, wie lange er dort gesessen hatte. Doch auf der dem Winde abgekehrten Seite waren Schulter und Ärmel von einer fingerdicken Schneeschicht bedeckt, und er fühlte sich völlig durchfroren. Balthasar beschloß heimzugehen. Wenn er dieses Haus neben dem Heiligengeistfriedhof, das er bald verlassen mußte, noch sein Heim nennen durfte. Wäre Epp schon zurück, so wäre es noch sein Heim (sieh an, wieder dieses unangebrachte und nichtssagend gewordene Wort), dieses Gebäude wäre noch sein Haus … Um das Gefühl, sein Zuhause sei ihm fremd, zu verdrängen, bog Balthasar vom Friedhof ab und trat in die Kirche. In *seine* Kirche, die in Wirklichkeit schon nicht mehr die seine war.

In dem leeren Gotteshaus beteten fünf oder sechs Leute. Einige standen bei Balthasars Eintreten auf und grüßten ihn. Vielleicht wußten sie noch nichts. Aber es war anzunehmen, daß sie es wußten. Derartige Neuigkeiten verbreiteten sich wie ein Lauffeuer. Immerhin war er hier achtzehn Jahre lang Seelsorger gewesen, auch bei ihren Eltern und ihren Kindern, sie hätten ihn trotzdem gegrüßt. Ganz bestimmt wußten sie schon, daß man ihren Pastor einer ungehörigen Schrift wegen fortjagte ... Er ging nach vorn und setzte sich auf das Ende der zweiten oder dritten Bank von links und sagte, während er auf die vergoldeten Figuren der Ausgießung des Heiligen Geistes blickte und sie doch nicht sah, zu seinem Gott: »Himmlischer Vater, gewiß muß ich Dir dafür danken, daß Du mir diese prächtige, sicher allzu prächtige Kirche nimmst. Aber ich kann nicht glauben, daß diese Bierpumpe Ostmann die geeignetere Person ist. Alle Deine Ratschlüsse zu verstehen ist den Menschen jedoch nicht gegeben. Namentlich gilt das für jene, die sein eigenes Leben und Schicksal betreffen. Darum – fällt es mir auch schwer – möchte ich Dir, Herr, doch dafür danken, daß Du mir zwar diese Kirche nimmst, mir dafür aber eine andere gibst. Wie ich heute den Worten dieses Schurken Topff entnommen habe, ist Holthusen einverstanden. Was bedeutet, Gerstenberger und das Ministerium sind es auch. Du gibst mir dieses Kirchlein dort auf der Insel, damit ich mich mit Deiner Hilfe bemühe, Deinen Geist darin hochzuhalten. Nicht minder habe ich Dir dafür zu danken, daß Du mir in Gestalt dieser achtenswerten und ehrlichen Frau die Liebe schenkst. Ich ersehe hieraus, daß ich diese Liebe um so höher schätzen muß, als ich sie in der Erniedrigung erfahre ...«

Balthasar hörte in der Nähe ein Geräusch, er öffnete die Augen und fuhr leicht zusammen. Fünf Schritt von ihm entfernt, ging ein Mann auf die Altarstufe zu und kniete auf dem Steinfußboden nieder. Balthasar erkannte ihn auf den ersten Blick, an seinem Gesicht und seiner Hand. Es war Hinke Savijärve, der vierzigjährige Fischer aus Schwarzenbek, dessen linke Gesichtshälfte und linke Hand während der letzten anderthalb Monate gleichsam von einer Kalkschicht überzogen und rauh geworden waren. In der Stadt hatte das zu Angst und Befürchtungen Anlaß gegeben. Vor einer Woche nun hatte der Rat angeordnet: Der Apotheker Burchard und der Ratsbarbier Ensing haben, im Verein mit Hinkes Seelsorger, diesen in der nächsten Woche zu untersuchen und zu entscheiden, ob er weiterhin mit Frau und Kindern zusammenleben darf oder als aussätzig anzusehen und in einem Asyl unterzubringen ist.

Das ist jetzt schon Ostmanns Sache, dachte Balthasar. Er betrachtete Hinkes weißes Gesicht und die wie mit Kalk eingeschmierte linke Hand – ihre weißen Finger waren krampfhaft mit den vom Gerben braunen Fingern der gesunden Hand verflochten –, seine unbeweglich auf den Steinboden gehefteten Augen und seinen zum Strich zusammengekniffenen Mund, der sich kaum merklich in inbrünstigem Gebet bewegte. Balthasar bedauerte auf einmal, daß es ihm an Glauben und Kraft mangelte, um aufzustehen, zu dem Kranken hinzugehen und die Worte des Heilands zu sprechen: Sei rein, ich will es! Und ein Wunder würde geschehen ... Doch schon im nächsten Moment empfand er brennende Scham, daß er gewagt hatte, das zu denken. Um der Scham Herr zu werden, fragte er sich: Was will Gott damit sagen, daß er mir diesen des Aussatzes verdächtigen Menschen sendet, damit er neben mir betet? Gerade jetzt, da man mir, der ich doch sein Richter sein sollte, dieses Richteramt nimmt und mich gewissermaßen selbst wie einen Aussätzigen behandelt? Oder ist das reiner Zufall? Aber was heißt hier Zufall, wo man doch sagt, auch ein Spatz falle nicht vom Dach, wenn es nicht Sein Wille sei?

Balthasar wäre gern noch etwas sitzen geblieben, doch

da hörte er Schritte hinter sich und spürte Märtens Atem am Ohr.

»Balthasar, ein schwedischer Offizier steht vor der Tür und fragt nach dir.«

»Dann soll er hereinkommen. Was will er?«

»Er kommt nicht herein. Er trägt ein Schwert am Gürtel. Zum Statthalter soll er dich bringen.«

Balthasar schloß die Augen. Er spürte, wie seine Zähne knirschten. Er dachte: Auch dieser Kelch geht nicht an mir vorüber. Ich habe es geahnt, als ich heute morgen den Dohlenschwarm von Herren sah, die Herrn Pontus umringten, als ich begriff, sie würden sich die Gelegenheit, gegen mich zu intrigieren, nicht entgehen lassen. Aber *wie* tief wollen sie mich denn noch in den Schmutz treten? Herr Pontus wird mir doch nicht etwa auf ihr Betreiben hin die Kanzel auf der Insel nehmen? Tut er das, nimmt er mir auch Epp!

Balthasar stand auf. Er legte Märten die Hand auf die Schulter. Schön. Mal sehen, was sie *noch* von mir wollen.

Sie gingen den Langen Domberg hinauf, auf vereisten weißen Kopfsteinen, Balthasar vornweg, der Grünschnabel von Fähnrich mit dem dürftigen rötlichen Schnurrbärtchen links, anderthalb Schritt hinter ihm.

Herrn Pontus' Empfangszimmer – ein langgestreckter Raum mit Gewölbe – lag neben dem Arbeitszimmer des Statthalters, das, wie Balthasar wußte, schon fast ein Saal war. Der Fähnrich forderte Balthasar auf, zwischen den auf den Innenhof des Schlosses hinausgehenden Fenstern Platz zu nehmen und zu warten. Er sagte: »Wenn der Sekretär herauskommt, melde ich, daß Ihr hier seid.«

Einen Augenblick lang dachte Balthasar, ohne selbst recht daran zu glauben: Vielleicht richtet es Gott so ein, daß dieser Sekretär der Mann meiner Schwester, Winkler, ist und mir das irgendwie zustatten kommt ... Er ließ sich auf der mächtigen Bank aus schwarzem Eichenholz nieder und registrierte mit gleichgültiger Verwunderung: Zu dieser, auf den Gottesdienst folgenden, Stunde herrschte hier, in Herrn Pontus' Empfangszimmer, ein heidnisch reges Leben und Treiben. Offiziere kamen und gingen. Besucher, die von Herrn Pontus empfangen zu werden wünschten oder herbeordert waren, saßen unter den dämmerigen Gewölben. Irgendwelche Leute, darunter auch Schreiber, traten ein und durch Seitentüren wieder heraus. Balthasar aber achtete nicht darauf, er versuchte herauszufinden, *was* der Statthalter von ihm wollen könnte. Am wahrscheinlichsten schien, daß Herr Pontus Balthasar in mehr oder weniger höflicher Form (dem höflichen Ton ihrer ersten Unterhaltung nach war das zu erwarten) und vielleicht sogar mit Bedauern davon in Kenntnis setzte, er werde im estnischen Herzogtum auf Wunsch der Ritterschaft die Chronik einziehen und vernichten lassen. Schlimmstenfalls befahl er dem Ministerium, Balthasar die Kanzel auf Wrangelsholm nicht zu geben. Was bedeutete, auch keine andere im estnischen Land, soweit es Schweden botmäßig war. Nun, in den ersten Jahren werden wir, Epp, Balzer und ich, nicht Hungers sterben. Doch was könnten wir in diesem Fall tun? Vielleicht auf die Insel Ösel übersiedeln, unter den Schutz und Schirm der Dänen, wie es vor einem Dutzend Jahren Kur von der Siechenkirche gemacht hat, als er sich mit dem Rat überwarf ... Schön. Ich denke darüber nach, wenn es soweit ist. Jedenfalls bleibe ich jetzt nicht mehr lange im ungewissen. Und hinterher bin ich auf jeden Fall frei.

»Herr Balthasar, kommt doch zu uns!«

Diese fast flüsternde und doch sehr deutliche und beharrliche Frauenstimme kam irgendwo von links. Im Halbdunkel erkannte Balthasar das mit den Jahren hart gewordene, aber immer noch entschlossene Gesicht der Frau Geldern. Neben der Bischofswitwe saß ein junges Mädchen mit angenehmem Gesicht, eine der fünf Töchter natürlich, gewiß Magdalena, die jetzt schon achtzehn sein mußte. Da sie Balthasars Geschichte zweifellos gehört hatten, ließ sich eine Unterhaltung nicht vermeiden. Schließlich konnte er schlecht sagen: Ich danke Euch, gnädige Frau, aber ich bleibe hier lieber allein sitzen.

Also setzte er sich zu ihnen. Die Bischofswitwe, Frau

Geldern, bemerkte natürlich: »Ich muß sagen, es ist unerhört, was unsere Stadt mit Euch macht, Herr Rüssow! Als wüßten sie nicht, daß Ihr der einzige Livländer seid, den das ganze baltische Deutschland kennt.«

Gott sei Dank war das alles, was sie über Balthasar zu sagen geruhte. Denn sie kam sofort auf ihre eigenen Angelegenheiten zu sprechen.

»Aber in unserem Land wundert mich gar nichts mehr! Ungerechtigkeit über Ungerechtigkeit! Glaubt Ihr, ich hätte es leicht gehabt? Alle diese zehn Jahre über als Witwe mit acht kleinen Kindern?«

Begreiflicherweise wandte Balthasar nicht ein, daß von den acht kleinen Kindern zwei Söhne schon mehrere Jahre lang ihre eigenen Pfarrgemeinden hatten und die Tochter Agneta seit mindestens zehn Jahren eine Frau Pastor war. Balthasar schwieg also, Frau von Geldern aber fuhr immer lauter fort: »Ich will gar nicht davon reden, wie man mit uns allen umgesprungen ist, darüber schweige ich lieber. Ich spreche nur davon, was man jetzt mit uns macht. Ihr versteht, trotz unserer Armut muß ich für Magdalena eine anständige Mitgift zusammenbringen.«

Obwohl es im Raum dämmerig war und Balthasar seinen eigenen Gedanken nachhing, bemerkte er doch, wie Magdalena bei diesen Worten ihrer Mutter hold errötete. Frau von Geldern aber redete und redete: »Unsere Kollotaer Mühle, die der selige Johann den Zoyes abgekauft hat, wäre dafür durchaus geeignet. Denkt nur: achthundert Mark! Und nicht heute bezahlt, sondern damals, einundachtzig, als die Mark noch etwas wert war! Nun aber erklärt Arwid Zoye – er kommt ganz nach seinen Eltern – mir, einer unvermögenden Witwe, vor dem städtischen Gericht, Johann sei seinem Vater dieses Geld schuldig geblieben! Versteht Ihr, von mir und meiner Magdalena fordert er Geld für *unsere* Mühle! Statt den vor zehn Jahren getätigten rechtmäßigen Kauf zu bestätigen, wie es sich gehört hätte! Das Ratsgericht aber käut diesen Fall wieder, bald so, bald so, und wagt nicht, unser unanfechtbares Recht anzuerkennen! Und jetzt kann ich unglückliche Frau nur noch auf Herrn Pontus hoffen. Denn Herr Pontus ist ungewöhnlich klug und überaus gerecht.«

Während dieser Unterhaltung war Magdalena immer tiefer errötet und zupfte nun an der Ärmelrüsche ihrer in Rage geratenen Mama. Die aber tätschelte der Tochter beruhigend die Hand und erklärte: »Magda mit ihren kindlichen Vorstellungen versucht mich zurückzuhalten. Irgendwie, meint sie, würden wir schon zurechtkommen. Aber wie denn? Kinder können die ganze Tragweite solcher Dinge nicht begreifen. *Ihr«* – das war an Balthasar gerichtet –, »Ihr kämpft für Euch selbst. Ihr seid ein Mann, noch dazu ein starker Mann ...« Die Witwe rückte geziert von Balthasar ab und maß ihn unter schwarzen Wimpern hervor mit schnellem Blick von oben bis unten. »Ihr werdet Euer Recht ganz bestimmt durchsetzen. Erst recht müssen schwache Witwen und Waisen ihr Recht bekommen. Wie ich schon sagte: Herrn Pontus' gerechtes Herz und seine allgemein bekannte Weisheit ...«

Die letzten Worte sprach Frau von Geldern crescendo, denn gerade in diesem Moment steuerte der Sekretär (natürlich hatte Gott nicht gewollt, daß es Winkler war), der soeben von Herrn Pontus kam, auf sie zu. Die Bischofswitwe erhob sich von der Bank und zog Magdalena hinter sich her, um ihm entgegenzugehen. Der Sekretär aber breitete bedauernd die Arme aus.

»Die Damen werden gebeten, sich noch etwas zu gedulden. Pastor Rüssow ...«

Balthasar stand auf und entschuldigte sich bei Frau von Geldern und ihrer Tochter dafür, daß der Statthalter ihn vor ihnen rufen ließ. Als Frau Gelderns gleichsam schützendes Geplapper verstummt war, fühlte er, daß er jetzt unweigerlich der letzten Demütigung entgegenging.

Von diesem Tag und den darauffolgenden blieben Balthasar vor allem drei Ereignisse im Gedächtnis. Diese aber ganz deutlich, bis hin zur letzten qualvollen Einzelheit.

Das erste war seine Unterhaltung mit Herrn Pontus.

Balthasar trat in das riesige Arbeitszimmer des Statthalters und verbeugte sich leicht, so leicht, wie es sich jemand in seiner Lage erlauben kann. Dann richtete er sich auf und wartete. Noch von Herrn Horns Zeiten her kannte er den langen, mit Wachs auf Hochglanz polierten Tisch, den Stuhl mit der hohen Lehne am Ende des Tisches. Hinter dem Tisch – nur früher rechts und nicht links wie jetzt – die eiserne Rüstung des Statthalters und obersten Gebieters (nun aber kleiner, dunkel von Patina und reicher mit Silberfiligran geschmückt). Herr Pontus (in seinem schwarzen Samt und mit seinem, Ehrenwort, etwas teuflischen Gesicht!) kam Balthasar nicht entgegen und reichte ihm nicht die Hand (was Herr Horn keinesfalls versäumt hätte). Aber schließlich war Herr Pontus der Mann der unehelichen Tochter des Königs und darum gewissermaßen selbst eine königliche Person. Und Herrn Pontus gegenüber hatte Balthasar keine fast in seine Knabenzeit zurückreichenden Verdienste aufzuweisen. Zudem war die Angelegenheit, wegen der man ihn hergebeten hatte, alles andere als angenehm.

Herr Pontus wies Balthasar einen Stuhl in seiner Nähe an. Balthasar dachte: Ich könnte dich auch stehend anhören. Dennoch trat er an den Tisch und hockte sich auf eine Stuhlkante. Herr Pontus fragte: »Conventi sumus? Nonne?«

Balthasar erwiderte: »Ja. Eure Hoheit haben mich und meine verstorbene Frau im August dieses Jahres einer Einladung ins Schloß gewürdigt.«

Herr Pontus sprach ihm nicht sein Beileid zum Tode seiner Frau aus (was Herr Horn bestimmt getan hätte), doch Balthasar dachte flüchtig: Gott sei Dank! Mir wäre es peinlich, das zu hören, während ich an Epp denke ... Herr Pontus sagte: »Dann sollten wir auch völlig aufrichtig zueinander sein.«

Balthasar schwieg eine Weile und dachte: Unsere einzige Begegnung reicht dafür eigentlich nicht. Herr Pontus aber setzte hinzu: »Ich komme also gleich zur Sache.« Balthasar konnte kaum ein spöttisches Lächeln unterdrücken: Ha-ha, alle Regenten und Statthalter der Welt kommen wohl gleich zur Sache ...

»Ich habe Eure Chronik gelesen«, sagte Herr Pontus.

Balthasar dachte: Da wären wir also bei der Sache. Und jetzt folgt das Unvermeidliche ... Hätte er bis ins kleinste analysieren können, was er fühlte, er hätte zugeben müssen: Er war bestrebt, über den Dingen zu stehen, die da kamen. Bemüht, im rauschenden Meer Zuflucht zu suchen, sei es auf der Landzunge Huntipäh oder am südwestlichen Riff der Insel Wrangelsholm. Dennoch blieb er auf der Hut.

Herr Pontus fuhr fort: »Aus Eurem Buch habe ich vieles erfahren. Über die Provinz, die ich im Namen des Königs regiere.«

Balthasar schwieg.

»Und nun höre ich, einige Herren dort unten ...« – mit seiner schmalen gelblichen Hand machte Herr Pontus eine etwas verächtliche Bewegung, die offensichtlich der Unterstadt und der gesamten unteren Welt galt – ... »bereiten Euch Schwierigkeiten. Stimmt das?«

Balthasar dachte: Es ist nicht meine Sache, richtigzustellen, daß diese Schwierigkeiten vor allem einige Herren hier oben machen. Er nickte. »Es stimmt.«

Herr Pontus sagte leichthin, doch erstaunlich deutlich: »Ergo biete ich Euch den Schutz des Königs gegen sie an.«

»Wie war das? Gegen *wen*?« fragte Balthasar.

»Gegen jene, die Euch von der Kanzel entfernen möchten. Et cetera.«

(Was ist das für ein sinnloses Gerede? Was für ein Unsinn? Den Schutz des Königs? Das kann nicht sein. Unmöglich, daß er nicht weiß, vor wem er mich wirklich schützen müßte! Nein, nein – das alles sind Hirngespinste. Dennoch, sollte er es nicht wissen, mag er es von mir erfahren ...) Balthasar sagte: »Das heißt Schutz gegen die Ritterschaft Estlands? Mit Eurem Schloßvogt an der Spitze?«

»Hm-m«, machte Herr Pontus, und es ließ sich

schwer sagen, ob das Zustimmung war oder Widerspruch. »Wir würden dem Revaler Rat offiziell befehlen, Euch in Ruhe zu lassen. Sollte irgend jemand den Rat dazu angestiftet haben, muß er aus unserem Befehl die entsprechenden Schlußfolgerungen ziehen.«

Herr Pontus erhob sich mit überraschend schneller Bewegung, ging um den Tisch herum und kam auf Balthasar zu. Er zog sich einen in der Nähe stehenden Stuhl heran und ließ sich darauf nieder. Mit seinen hartnäckigen schwarzen Augen sah er Balthasar ins Gesicht. Er sagte leichthin, doch nachdrücklich: »Eure Chronik ist das wert! Sie hat nur einen einzigen Mangel. Jaja. Ihr beabsichtigt doch, die Chronik fortzusetzen, nicht wahr?«

»Nein, nein.«

»Warum nicht? Ihr müßt sie unbedingt fortsetzen. Und diesen Fehler korrigieren. Auch in dem bereits geschriebenen Teil. Besonders jedoch im folgenden.«

»Was ist denn das für ein Fehler?« wollte Balthasar wissen.

»Seht mal«, meinte Herr Pontus, »Ihr sympathisiert darin stark mit Euren Nichtdeutschen. Nun, meinetwegen. Alle anderen aber – Schweden, Deutsche, Russen, Dänen, Polen – schert Ihr, offen gesagt, über einen Kamm. Das ist falsch. Und schlecht. Versteht doch. Die Schweden und die Verdienste der schwedischen Krone solltet Ihr herausstreichen. Nicht plump und nicht übermäßig. Aber gerecht. So, wie es ist. Aus Eurer Schrift muß hervorgehen, daß dieses Land für alle anderen nur eine Kolonie wäre, Schweden es jedoch als Teil seines eigenen Staatskörpers betrachtet. Denn so ist es doch.«

Herr Pontus saß ziemlich nahe bei Balthasar. Ihre Knie berührten sich fast. Er legte Balthasar seine Hand mit dem goldenen Siegelring aufs Knie. »So will es der König. Und wenn Ihr Euch danach richtet ...« Er erhob sich und trat an das nach Norden hinausgehende riesenhohe Fenster und die unwahrscheinlich dicke Wand. »Kommt her.«

Balthasar stand auf und begab sich zu Herrn Pontus.

Gemeinsam gingen sie zwischen den Steinbänken in der Fensternische hindurch und schauten durch die mit Bleifassungen versehenen grünlichen Butzenscheiben über der steinernen Fensterbank. Tief unten lag, schon außerhalb der Stadt, das vom Schnee weiße Land, zogen sich die grauen Ameisenpfade der Menschen hin, bis zum schwarzgrauen Meer. Wo das schwärzlich schimmernde Meer und der dunkle Himmel zusammentrafen, sah man weiße Inseln. Irgendwo dort hinter Wiems und Grasholm war noch ein Streifen, von hier aus unsichtbar ... Herr Pontus sagte: »Alle diese Herren, die Euch da unten anfeinden, werde ich zwingen, Euch für Eure Chronik eine *Steuer zu zahlen.*«

(Was redet er für einen hanebüchenen Unsinn. Das kann doch nicht sein Ernst sein! Aber schließlich sagt er das ja direkt zu mir und sieht mich dabei mit klaren Augen an.)

»Aber wieviel sollen sie zahlen?« überlegte Herr Pontus gelassen. Und ohne zu zögern, meinte er: »Sagen wir, entsprechend der Anzahl der zu stellenden Pferde zahlt jeder jährlich einen halben Taler pro Pferd – all die Herren Maidel und die übrigen. Und mit dem Geld käme auch der Respekt zu Euch.«

(Herr, mein Gott, sollte es möglich sein, daß sie alle – von denen einer hochmütiger ist als der andere – dazu schweigen? Mit den Zähnen knirschen, aber *schweigen?*)

»Und die Kanzel von Heiligengeist würde ich behalten?«

»Selbstverständlich.«

Balthasar blickte durchs Fenster in die Weite. Ein spöttisches Lächeln ließ seine Mundwinkel zucken, er war außerstande, es zu unterdrücken.

Herr Pontus fragte: »Nun, woran denkt Ihr?«

Balthasar drehte sich zu ihm um und schaute auf diesen gebräunten, dunkelhaarigen Mann hinunter, der einen halben Kopf kleiner war als er. Immer noch spöttisch lächelnd, meinte er: »Wie Christus mit dem Teufel auf der Kirchentreppe ...«

Herr Pontus brach in fröhliches Lachen aus. »Na, wißt Ihr, ich habe nicht mehr vom Teufel an mir als Ihr vom Erlöser. Obwohl man sich, wie ich gehört habe, hier erzählt, ich hätte einen geheimen Pakt mit dem Teufel und handelte des Nachts auf dem Laagnaberg bei Narva mit der Haut toter Soldaten.«

»Gottbewahre!« rief Balthasar aus, ehrlich gesagt, ein wenig erschrocken. »So ein Unsinn! Was jedoch« – er drehte sich mit dem ganzen Körper zu Herrn Pontus um – »Euren liebenswürdigen Vorschlag betrifft ... warum macht Ihr ihn?«

»Die Frage ist nur natürlich«, meinte Herr Pontus, »und verdient eine offene Antwort. Und ich werde sie geben. Primo, weil Eure Chronik, tut Ihr, was ich sage, nichts von ihrer Farbigkeit einbüßt, sondern vom staatlichen Gesichtspunkt aus *noch* vollständiger und *noch* richtiger wird. Secundo – das ist ein wenig komplizierter. Seht mal, im Ergebnis unserer Siege hat der estländische Adel beschlossen, mehr zur Krone zu halten. Es bleibt ihm nichts anderes übrig. Denn, offen gesagt, Pferd und Reiter können sich nicht getrennt bewegen. Weder für den einen noch für den anderen wäre das ratsam. In einer Hinsicht aber irrt die estländische Ritterschaft: wenn sie nämlich annimmt, *sie* sei der Reiter, die Krone aber das Pferd, das den Reiter zum Ziel bringen müsse. In Wirklichkeit verhält es sich genau umgekehrt. Der König ist der Reiter, die Ritterschaft das Pferd. Ich will das der Ritterschaft klarmachen. An Beispielen der Machtanwendung. Euer Fall eignet sich dafür par excellence.«

Herr Pontus trat vom Fenster zurück, was bedeutete, das Gespräch sei beendet. Sie gingen auf die Tür zu und blieben stehen. Herr Pontus sagte: »Morgen teilt Ihr mir Eure Entscheidung mit. Solltet Ihr zustimmen, rede ich übermorgen mit Holthusen. Dann beginnt Ihr die dritte Ausgabe vorzubereiten. Und denkt daran: Pro veritate numquam melior solvere.«

Bis in alle Einzelheiten erinnerte sich Balthasar an die Unterredung mit Herrn Pontus. Und merkwürdig: auch an den Blick Magdalena von Gelderns, als er, vom Statthalter kommend, an den bischöflichen Damen vorüberging und ihnen Glück wünschte.

Das zweite, was sich Balthasar genau ins Gedächtnis eingeprägt hatte (jedenfalls kam es ihm so vor), war seine Unterhaltung mit einem Fischermaier Bürschchen in der zweiten Hälfte desselben Tages. Doch hätte hier sicher allzuviel zusammentreffen müssen, damit die Unterhaltung tatsächlich so verlief – in dieser Form konnte sie wohl nur bis zu einem gewissen Grad Wirklichkeit sein. Im wesentlichen war es wohl eher eine Ausgeburt seines Gewissens. Doch schwerlich halten wir wirklich Geschehenes für wichtiger als das, was, wie wir glauben, mit uns vorgegangen ist.

Am dreizehnten Dezember gegen Abend, nach dem Gespräch mit Herrn Pontus, machte Balthasar einen Spaziergang, um sich alles durch den Kopf gehen zu lassen, und kam bis hinter die Große Strandpforte. Vielleicht war es anfangs seine Absicht gewesen, zum Meer hinunterzuschlendern und eine Weile am Wasser zu stehen, am selben Fleck, an dem er, ausgestoßen von der Stadt, beschlossen hatte, auf die Insel Wrangelsholm zu übersiedeln. Er war jedoch noch keine fünfzig Schritt gegangen, als er nach links abbog und Fischermai zustrebte. Balthasar schritt an alten Brandstätten und neuen Hütten vorüber, ohne sie recht zu bemerken. So versunken, daß er das neue Haus im ehemaligen Hof seines Vaters Siimon hätte übersehen und nicht näher betrachten wollen, war er aber doch nicht. Und da – er war schon um das Kap von Huntipäh herumgebogen – begegnete ihm ein zehnjähriger Junge. Das Bürschlein hüpfte am Strand entlang über vom Schnee bepudertes Geröll und warf Steinchen in das blaugraue Wasser.

Den fremden Mann bemerkte es erst, als der schon hinter ihm stand. Zum Weglaufen war es zu spät.

»Wie heißt du?« fragte Balthasar.

»M... Mats«, stammelte der Junge und blieb verwirrt stehen.

»Was ist dein Vater?« forschte Balthasar. Einfach so, um von den eigenen Gedanken loszukommen.

»Fuhrmann«, gab der Junge zur Antwort.

»Aha.« (Natürlich einer von den Knirpsen, die ich vor zehn Jahren getauft habe. So vergeht die Zeit. Nun sind sie bereits herangewachsen, und trauen werden sie schon andere. Denn uns beruft man ab – damit wir vor Gott Rechenschaft darüber ablegen, wie wir mit dem uns geschenkten Pfund gewuchert haben ...) Er sagte: »Auch ich bin der Sohn eines Fuhrmanns.«

»Du bist doch unser Pastor«, meinte der Junge.

»Ach ja. Gewiß, noch bin ich es«, gab Balthasar zu. »Und du? Was willst du einmal werden?«

»Pastor.«

Der Junge hatte so rasch geantwortet, daß das gewiß eine schon längst entschiedene Frage war.

»So. Aber wie kannst du das werden?« (Immer noch zerstreut, nur um die Unterhaltung fortzusetzen.)

»Vater sagt, er will den Braunen verkaufen, dann kann ich.«

Der Doppelsinn der Worte ließ Balthasar zusammenzucken. Mit dumpfer Stimme, seine Erregung unterdrückend, fragte er: »Und um den Braunen tut es dir nicht leid?«

»Er muß ja noch nicht morgen verkauft werden.«

»Das ist gut«, meinte Balthasar und vertiefte sich in das fatale Spiel des Doppelsinns der Worte. »Aber ich muß meinen Braunen morgen verkaufen.«

Der Junge starrte ihn mit weit aufgerissenen Augen an. »Du bist doch schon Pastor?«

»Trotzdem, siehst du ...«

Sie verstummten. Balthasar wartete auf die nächste Frage des Jungen. Denn wie sonst sollte sich die Schrift erfüllen, sollten sich die Gleichnisse bewahrheiten? Der Junge fragte: »Tut es dir leid, daß du ihn verkaufst?«

Balthasar nickte.

»Hast du kein anderes Pferd?« wollte der Junge wissen.

Balthasar schüttelte den Kopf.

»Na ja«, meinte der Junge. »Vater hat noch einen Grauen. Aber du ... dann verkauf ihn doch nicht!«

In unvergeßlicher Erinnerung war Balthasar geblieben, was er dem Jungen geantwortet hatte, schreiend fast: »Aber ich will ja im Sattel bleiben, verstehst du!« Das war nicht sehr laut gesagt, aber doch so, daß der Junge einen Schritt zurückwich und Balthasar sich seiner Antwort zu schämen begann. Er klopfte dem Jungen auf die Schulter und fügte hinzu, schon in dem Versuch, alles auf der Welt zu belächeln, den Jungen und sich selbst: »Und weit wegreiten ...«

Der Junge aber murmelte: »Mutter ruft mich.« Und lief in Richtung der grauen Hütte davon.

Woran sich Balthasar später nur in groben Zügen erinnerte, war sein am selben Abend erfolgter Besuch bei Winkler, dem Mann seiner Schwester. Am selben Abend noch, um es schneller hinter sich zu haben. Balthasar trat in die kleine Schullehrerwohnung bei Winklers (die Übersiedlung ins Schloß hatte noch nicht stattgefunden), deutete mit dem Zeigefinger der linken Hand auf Winklers Brust und sagte: »Morgen, wenn du ins Schloß gehst, suche Herrn Pontus auf und richte ihm von mir aus: ja!«

Mit dem Ärmel wischte er sich die schweißnasse Stirn ab – ihm war heiß, Johann hatte mächtig eingeheizt –, knurrte: »Alles Gute!« und ging.

Das dritte, was sich seinem Gedächtnis eingeprägt hatte, war ein Augenblick an der Küste von Ihasalu eine Woche danach.

Am Morgen nachdem Balthasar Herrn Pontus sein Ja hatte übermitteln lassen, erzählte er alles Märten: »Ich bleibe in der Heiligengeistkirche, und Herr Pontus wird denen, die mich beschimpfen, den Mund stopfen.« Er befahl Päärn, Ostmann in die Sakristei zu rufen, und sagte ihm in Märtens Beisein: »Nächsten Sonntag bietest du von der Heiligengeistkanzel herab diese Frau und mich zum erstenmal auf.« Und an Märten gewandt:

»So. Jetzt reite auf der Stelle nach Kurgla und berichte Epp, was du erfahren hast. Und bring sie in die Stadt. Stopft Herr Pontus nur meinen Feinden das Maul, mit den Zungen, die über Epp herziehen, will ich schon selbst fertig werden!«

Am übernächsten Tag kehrte Märten zurück und teilte mit, Epp werde nicht kommen. Sie bitte, ihr zu verzeihen, daß sie das Balthasar nicht selbst sage, aber es falle ihr zu schwer. Sie habe ihm ja erklärt, daß sie sich nicht als Frau für den Pastor von Heiligengeist eigne.

Diese Nachricht hatte Märten Samstag abend gebracht. Am Sonntag hielt Balthasar den Gottesdienst ab, und am Montag fand eine Beratung im Ministerium statt (alle Amtsbrüder waren die Freundlichkeit selbst: »Wir haben gehört, du bleibst? Gelobt sei Gott!«). Dienstag morgen führte Balthasar ein Pferd aus dem Stall und barg Hasses Pistole an der Brust. Dann legte er sie jedoch in die Schatulle zurück – eine Waffe, an der Blut von einem Verbrechen klebte, wollte er nicht mit auf eine solche Reise nehmen. Statt dessen steckte er ein altes Messer in den Stiefelschaft, für den Fall, daß ihm Wölfe begegneten, und machte sich auf den Weg nach Kurgla. Und erfuhr, Epp sei Samstag mittag von hier fortgegangen. Zu Verwandten von Jürgens Piret nach Ihasalu. Für die erste Zeit.

Augenblicklich brach Balthasar, über St. Johannis und Hallinap, in nördlicher Richtung auf. In der Dämmerung – der Wind hatte unwahrscheinlich aufgefrischt – erreichte er das Jegelechter Pfarrhaus. Pastor Jacoby, ein junger Mann, der dieses Amt erst vor kurzem angetreten hatte, bestimmte ihn, über Nacht zu bleiben. Der hohe Seegang habe die Landzunge Ihasalu wieder in eine Insel verwandelt, und abends, bei Dunkelheit und Sturm, sei es unmöglich, in der halb zugefrorenen Meerenge den Weg zu finden.

Am Morgen ritt Balthasar über scharfe Eisschollen, die seinem Pferd die Fesseln blutig scheuerten, durch das Wasser, das dem Gaul bis an den Bauch reichte. Um die Mittagsstunde gewahrte er hinter einem Tannenwald, dicht am Meer mit seinen sich türmenden Eisschollen, die sechs oder sieben Rauchfahnen des Dorfes Ihasalu. Doch der Bruder von Piret, der Witwe Jürgens, erklärte ihm: »Ja, diese Frau ist vor drei Tagen zu uns gekommen. Und schien auch den Winter über hierbleiben zu wollen. Eine Bauersfrau, glaube ich, auch wenn sie wie eine Städterin aussieht. Aber zufälligerweise hatten gerade viele Boote von den nördlichen Inseln an unserer Küste angelegt. Die Männer von den Booten haben Fisch und Seehundsfelle verkauft und Lebensmittel für den Winter eingekauft. Aus Angst vor dem Sturm und dem Packeis sind sie vorgestern in See gestochen. Mit ihnen auch diese Frau.«

»Aber *wohin* denn, um Gottes willen?«

Das wußte niemand zu sagen. Die einen meinten, nach Wrangelsholm oder der Insel Rammu. Andere versicherten, Boote von Wrangelsholm seien nicht dabeigewesen, sie vermuteten, die Frau sei auf die Insel Koips in derselben Meerenge gefahren oder weiter östlich nach Pedasaar. Dritte sprachen gar von der Insel Kougschär, wo sich heuer einige Robbenjäger niedergelassen hätten. Vierte nannten die Insel Ekholm weit im Osten.

Zu diesem Zeitpunkt war gerade die frühe Dämmerung des Thomastages angebrochen. Des kürzesten Tages im Jahr.

Balthasar stand auf einem schneebedeckten Sandhügel nahe dem Dorfe Ihasalu und starrte auf die in der Dunkelheit verschwindenden, kaum noch zu sehenden Inseln am Horizont und auf die vom Nordoststurm hergetriebenen, unaufhaltsam weiterdriftenden, angreifenden weißen Eisblöcke. Er lauschte der merkwürdigen, gleichsam heiseren Unterhaltung der sich aneinander reibenden Eisschollen. Dem kaum hörbaren Gemurmel des Meeres, das nicht zufrieren wollte und doch dazu verurteilt war. Aber vielleicht rauschte in seinen Ohren auch nur das Blut und die Müdigkeit.

Habe ich denn nicht alles getan, was in meinen Kräften stand? Doch, das habe ich. Wirklich! Kein Boot bringt mich weiter durch dieses Eis. Wohin könnte ich mich auch wenden? Und wozu, wenn sie nicht will? Sie ist irgendwo dort – Herr, ich glaubte doch, diese Frau sei mein Leben –, wenn nur der Sturm nicht das Boot versenkt, auf dem sie sich befindet. Sie ist irgendwo dort, an einer verschneiten Wacholderküste – wirklich in Freiheit, wie eine Möwe … Was ist im Grunde genommen der Triumph der Schwachen über die Starken? Und triumphieren sie – sind sie dann noch schwach und ihres Triumphes würdig? Und wenn Gott mir die Möglichkeit gegeben hat, als Schwacher einen Sieg über die Starken zu erringen – würde da ein Verzicht auf den Triumph nicht Ungehorsam gegen ihn sein? Und wenn der Triumph um den Preis des Opfers erfolgt, den mein Herz dafür zu zahlen hat? … Doch dafür hält die estländische Ritterschaft den Mund. O Gott, alle diese Herren kramen, wie befohlen, lächelnd ihre Taler heraus für das abscheulichste Lügenbuch auf der Welt, sind aber mucksmäuschenstill dabei. Man hört sie nur leise mit den Zähnen knirschen. Ebenso knirschen wie diese Eisschollen …

Balthasar erinnert sich: Er führte seinen Braunen aus dem Stall und wendete ihn mit dem Maul in Richtung Reval.

»Ich stehe in der Dunkelheit, das stimmt. Wir wollen jedoch hoffen, daß die Kreatur Gottes auch in der Finsternis ihren Weg findet …«

ZWEITER TEIL

ACHTES KAPITEL,

darinnen der Mann, der sich schon alt dünkte, einen Augenblick lang über seinen jüngsten, eines jungen Mannes würdigen Streich nachsinnt und darinnen ihn alles ringsum, alles, was hinter und was vor ihm liegt, veranlaßt, beunruhigt und zweifelnd über vieles nachzudenken, bis hin zu der Frage: Habe ich jetzt nicht, wenn auch spät, den Höhepunkt meines Lebens erreicht?

Bewegte sich Balthasar im Herbst 1583 am leuchtenden Leitfaden des letzten Jahres in Gedanken rückwärts – also nicht zu Minotaurus hin (gottbewahre!), sondern zur bernsteinäugigen Ariadne –, suchte er zu begreifen, womit alles angefangen hatte, so kam er stets zu den Augen von der Farbe dunklen Bernsteins. Zu ihrem Blick, der ihn, ehrlich gesagt, immer ein wenig entmutigte ... Trotzdem war es so unendlich schön, Erinnerungen nachzuhängen. Etwas verlegen wurde er, wenn ihm einfiel, wann er diesen Blick zum erstenmal bemerkt hatte ... Das war, nachdem er der jetzt spurlos verschwundenen Epp bereits versichert hatte, sie heiraten und sich mit ihr auf jener Insel niederlassen zu wollen, nachdem Epp bereits nach Kurgla gefahren war, um ihre wenigen Habseligkeiten zu holen. Ja, zur nämlichen Zeit. Just in dem Augenblick, als er, Balthasar, nach seiner Unterhaltung mit dem Teufel (ha-ha-ha-ha!) die Kirchentreppe hinunterstieg, das heißt Herrn Pontus' Arbeitszimmer verließ, einen überwältigenden, ungehörigen und reizvollen Vorschlag in der Tasche. Im selben Moment fing er diesen Blick auf, hielt ihn fest und erwiderte ihn – wie er glaubte. Auf dem Weg ins Arbeitszimmer des Statthalters kam Frau von Geldern mit ihrer Tochter an ihm vorüber, und er machte ihnen eine Verbeugung. Als sie – die Mutter vornweg – schon an ihm vorbei waren, hatte er sich aus irgendeinem Grund umgedreht. Und bemerkt, daß sich die Bischofstochter auf der Schwelle zum Arbeitszimmer des Statthalters gleichfalls umschaute.

Erinnert hatte er sich an diesen Blick allerdings erst einige Wochen später. Wenige Tage nach dem entscheidenden Gang in die Oberstadt war er doch noch nach Kurgla gejagt, um Epp in die Stadt zurückzuholen, und von Ihasalus öder Küste mit leeren Händen und leerem Herzen zurückgekehrt. Und dann fehlte ihm die Zeit, an die Augen der Bischofstochter zu denken; denn der Dezembersturm, vor dem er im Pfarrhaus von Jegelecht Zuflucht gefunden hatte, wütete in Reval noch heftiger als auf dem Lande. Im Hafen gingen mehrere Schiffe unter, und einige Dutzend Menschen ertranken, größtenteils schwedische Soldaten – sie hatten über das schon seit längerem eisfreie Meer nach Stockholm fahren wollen und dabei den Tod gefunden. Unter den Ertrunkenen, die in den folgenden Tagen an die vereisten Küsten zwischen dem Hafen und der Mündung des Hargenpescher Baches gespült wurden, war auch ein Dutzend Pfarrkinder der Heiligengeistgemeinde: Schiffer, Mündriche und Hafenwächter. Balthasar mußte sie beerdigen, ihre Verwandten trösten, eine Bleibe für ihre Kinder suchen und Erbschaftsangelegenheiten regeln. Nach Epps unerklärlicher Flucht tat er das alles mit gleichsam versteinertem Herzen. Auf Grund dieser inneren Erstarrung konnte er seinen Triumph auch nicht voll auskosten, als ihm Ratsherr Schröder bei seinem Besuch im Rathaus (wegen der Erbschaftsangelegenheiten) freundlich die Hand drückte, als hätten er und der Rat nie etwas gegen Balthasar gehabt. Oder als Gerstenberger von der Nikolaikirche, der ihm in der Königsstraße begegnete, ihn als erster grüßte und ausrief: »Na siehst du, wir haben deine Angelegenheit doch noch zum Guten gewendet!« Oder als Bürgermeister Korbmacher nach der Beerdigung der Sturmopfer auf der Gedächtnisfeier in der Kanutigilde, wenn auch mit gesenkter Stimme, jovial bemerkte: »Wie schön, Herr Balthasar, daß man uns bei Eurer Verteidigung von oben unterstützt hat. Für Euch ist das natürlich kein Geheimnis mehr. Nun, gedenken wir der Toten, und trinken wir auf die Versöhnung der Lebenden.«

Selbst dabei hatte der Triumph für Balthasar einen schalen Beigeschmack.

Weihnachten kam, unerwartet eisig. Balthasar hielt den Gottesdienst ab, aß daheim zu Mittag und ging, als die Dämmerung hereinbrach, mit Balzer zum Rathaus. Sie wollten sich ansehen, wie an der Spitze der Tanne, die auf dem Pflaster aufgestellt war, wo der Schneesturm sie umtobte, die wenigen Lämpchen mit den roten und blauen Glasscheiben von Zeit zu Zeit knarrten und aufleuchteten. Wieder daheim, empfand er auf einmal ganz deutlich, wie ungemütlich dieses Pfarrhaus doch wirkte – obwohl Weihnachten war oder vielleicht gerade deshalb – und wie allein er mit seinem Sohn darin war. Aber noch nicht einmal dann dachte er an Magdalena Gelderns seltsamen Blick. Er tat es erst am zweiten Feiertag, als er von der Bischofswitwe einen Brief mit der Einladung erhielt, am zweiten Weihnachtstag um zwei Uhr bei ihnen Mittag zu essen, sofern er nichts Besseres vorhabe.

Und da erinnerte sich Balthasar endlich an den Blick der Bischofstochter. Daran, wie ihm die gertenschlanke Magdalena auf der Schwelle zum Statthalterzimmer ihr von prächtigem dunklem Haar umrahmtes Gesicht zugewandt hatte – ihr schönes, stolzes, kindliches Gesicht – und wie ihre flackernden bernsteinfarbenen Augen zu sagen schienen … Ja, was? Als Balthasar Frau Gelderns Einladung in die Pultschublade legte und durch das schneebedeckte Fenster in das Schneegestöber hinaussah, war ihm jedenfalls, als hätte sie gesagt: Die Mühle von Kollota, von der Euch Mama zu meiner Schande erzählt hat, fällt mir sowieso als Mitgift zu. Aber Ihr, Herr Bischof der Revaler Grauen – seid Ihr denn kein Mann, daß Ihr nicht bemerkt, was ich auch ohne sie wert bin?

Balthasar ging zu den Gelderns und tat sich dort an der Weihnachtsgans gütlich. Am Neujahrsferkel. Und an den Fladen der drei Weisen aus dem Morgenlande. In Gesellschaft Magdalenas, ihrer Mutter, Brüder und Schwestern sowie deren Gatten und Gattinnen. Der älteste Bruder, Johann Robert – er hieß wie sein Vater und stand dem seligen Bischof an Hochmut nicht nach –, frischgebackener Pastor der St.-Jürgens-Kirche, hatte sich auf Drängen seiner sonst so trägen Frau herbemüht, um die Feiertage bei seiner Mutter zu verbringen. Magdalenas zweitältester Bruder, Jürgen, der in seiner Beweglichkeit an einen Ausländer erinnerte und nach Moschus duftete, war vor kurzem von einer deutschen oder holländischen Universität in die Heimat zurückgekehrt, um sich hier ein Amt zu suchen. Ferner war da noch der jüngste Bruder, Gabriel, ein hübscher Jüngling, hochgewachsen, brünett, den ersten Flaum auf den Lippen; er wollte sich im Frühjahr nach Deutschland und Holland begeben, um dort zu studieren und sich in der Welt umzusehen. Dann folgten die Männer von Magdalenas Schwestern. Da war der vor Dienstbeflissenheit nach wie vor leicht gebückte Joachim Walther von der Olaikirche mit seiner lebhaften Gemahlin Agneta, die – halt, halt! – zwölf Jahre älter war als Magdalena. Bei ihrem Anblick ertappte sich Balthasar bei dem Gedanken: Sollte Magdalena in zwölf Jahren noch ebenso rank und schlank sein wie ihre Schwester Agneta jetzt, so wäre das nicht übel. Aber ich sehe voraus, sie wird dann noch schöner sein. Nun kamen Magdalenas zweitälteste Schwester, die selbstbewußte Frau Gertrud mit dem üppigen Busen, und ihr so früh am Tage schon nach Wein riechender Mann Jürgen Stahl – jüngster Bruder und Teilhaber des reichen Kornhändlers von der Nonnengasse. Das alles – die Geschäftigkeit und das Geplauder – wurde von Frau Geldern beherrscht, die mit gerötetem Gesicht Stücke von Gans und Ferkel sowie Fladen auf die Teller legte. Dabei gab sie sich stolz und klagte, welche Mühe es sie dieses Jahr – zum neuntenmal – wieder gekostet habe, ihre Witwenpension zu erkämpfen und ihrer Familie dieses Haus hinter der Domkirche zu erhalten. Und wie ungerecht es sei, daß man Johann seinen rechtmäßigen Anteil am Landgut von Fegefeuer vorenthalte. Sie erzählte, daß Herr Pontus (»ein unübertrefflicher Ritter und Ehrenmann!«) ohne weiteres verfügt habe, Magdalena die Kollotaer Mühle als Mitgift zu überschreiben. Daß jedoch der Rat im

Verein mit der Ritterschaft Magdalenas Anspruch auf das Landgut in Hanijögi bestreite und sich Begründungen aus den Fingern sauge, eine dümmer als die andere. Und was für schwarze Tage ihr armen Witwe zuteil geworden seien …

Mein Gott, einem fünfzigjährigen Mann fällt es nicht mehr so leicht, derart vielen unbekannten oder kaum bekannten Menschen Wohlwollen entgegenzubringen. Weil er Worte, Gesichtsausdruck und Gesten immer noch sehr genau wahrnimmt und sie schon längst völlig durchschaut. Doch all das erträgt er bedeutend gelassener als ein junger, leicht entflammbarer Grünschnabel, der, sobald er mit Frauenzimmern in Berührung kommt, die Fassung verliert. Ist ein Mann fünfzig, reagiert er nicht mehr so empfindlich. Er läßt sich nicht anmerken, daß er beeindruckt ist und die Zeit vergessen hat, sondern genießt lächelnd die angenehmen Seiten der Umstände.

Balthasar wußte, Frau von Geldern hatte ihre Magdalena ihm zugedacht. Natürlich war ihm klar, daß Frau von Geldern sich für diesen Plan erst erwärmt hatte, nachdem in den bestunterrichteten Häusern der Stadt durchgesickert war, Herr Pontus protegiere ihn, Rat und Ritterschaft zum Trotz … Schön. Aber *Magdalena* hatte ihn schließlich schon vorher, ohne die Absicht ihrer Mutter zu kennen, auf der Schwelle von Herrn Pontus' Arbeitszimmer angesehen, so angesehen, daß es ihm schier die Sprache verschlug.

Balthasar erinnerte sich: Nachdem er, mittags und abends, des öfteren bei Frau von Geldern gespeist hatte, anders gesagt, nachdem Magdalena ihm wiederholt zugeblinzelt und ihn mit etwas spöttischen und doch freundlichen Worten bedacht hatte, nachdem es zu schüchternen, kaum merklichen Annäherungsversuchen gekommen war, geschah es eines Tages im Mai, vor anderthalb Jahren … Balthasars Familie hatte gerade gefrühstückt. Balzer war schon vor einer Stunde zur städtischen Schule geschickt worden, um in der dortigen Quarta von sechs Uhr morgens an »silva – silvae – silvarum« zu büffeln. Päärn ging das Ziegeldach mit Brettern flicken, Kiido räumte den Tisch ab. Märten sagte: »Ich habe das Pferd auf dem Hof stehen. Ich will vom Waldhüter Stangen holen und mir dann den Zaun vornehmen.«

Balthasar stand auf. Gleich jetzt, am frühen Morgen, überdachte er den Plan für den angebrochenen Tag. Zunächst: ins Arbeitszimmer gehen und einige Thesen für die Sonntagspredigt zu Papier bringen. Dann Gerstenberger in der Sakristei von Nikolai aufsuchen und ihm als einem Vertreter des Ministeriums anraten, Ostmann, dem Adjunkten der Heiligengeistkirche, das Jahresgehalt auf hundert Mark aufzubessern. Auf dem Rückweg im Rathaus vorbeischauen und den Zehentmann der städtischen Pflasterer bitten, einige Männer herzuschikken, um das Pflaster vor der Kirche instand zu setzen, weil sich die Leute auf den nach dem Tauwetter gelokkerten Kopfsteinen sonst noch die Beine brechen würden. Um neun Uhr in der Sakristei sein und Peeter Härjasilma, den er dorthin bestellt hatte, weil er ständig seine Frau prügelte und in ganz Bleekmai Händel suchte, deshalb ins Gewissen reden. Ihm erklären, daß er, Balthasar, es langsam satt habe, Peeter immer wieder die Leviten zu lesen, ohne daß es je etwas nutze ... Balthasar schaute aus dem Fenster, sah dann Märten an und sagte, für sich selbst überraschend: »Stangen holen? Ich komme mit.«

Die hölzernen Räder des im Siechenhaus geliehenen Wagens holperten über das Kopfsteinpflaster. Graue und gelbe Mauern, fleckig von der Frühjahrsnässe, mit Augen aus Glas oder Haut glitten vorüber. Zwischen schwarzen Dachbalken und roten Dächern schlängelte sich ein bunter Streifen Himmel hindurch. Im Nonnentor dröhnte bei der Durchfahrt des Wagens der Wehrgang. Dann rumpelte das Fuhrwerk die Pflasterstraße unterhalb der Oberstadt entlang, bis die Wagenräder auf dem ungepflasterten Weg jenseits des Nonnengrabens wohltuend geräuschlos dahinrollten.

Sie hatten das sumpfige Ufer der Ziegelskoppel-

Bucht bereits zur Rechten liegenlassen und die Brücke über den Mustjögi passiert. Auf einer nassen Wagenspur waren sie nach links abgebogen, zu einem Erlenwald mit winzigen Blättern, während der hohe grünbraune Stadtwald schon hinter ihnen lag. Da fragte Märten plötzlich: »Kch ... Na, was wolltest du mir sagen?«

Balthasar hätte auf diesen Scharfblick gern verzichtet. Er antwortete nicht gleich. Doch den Wunsch, sich auszusprechen, abzuleugnen wäre einem alten Freund gegenüber einfach kindisch gewesen ... Denn der alte Freund war dieser Iltis da mit den Flicken an den Ellbogen und dem von aschgrauem Haar überwucherten Nacken, hier, neben ihm auf dem Wagen – leider und glücklicherweise. Balthasar mußte unwillkürlich schmunzeln, als er erwiderte: »Ein alter Dummkopf bist du ... Weißt du noch, was du zu mir gesagt hast, als ich mich mit dem Gedanken trug, Elsbeth zu heiraten?«

»Wer kann sich an alles erinnern, was er mal gesagt hat.«

»Du hast mir geraten, Elsbeth nicht zu nehmen. Und wenn ich schon heiraten wollte, dann Epp oder ein Fräulein von Geldern.«

Märten kratzte sich mit dem Ende des Peitschenstiels den Nacken und knurrte: »Na und, war der Rat vielleicht schlecht?«

»Schlecht oder nicht«, meinte Balthasar, »aber du hast recht behalten.«

»Du hast Epp doch gar nicht genommen.«

Balthasar fixierte Märtens Gesicht mit den scharf hervortretenden Backenknochen. »Und du glaubst, daran sei ich schuld?«

Er fühlte: In seinen Worten war mehr Kränkung angeklungen, als er wollte. Die Frage der Schuld hätte ihn eigentlich nicht verletzen dürfen, denn für sich hatte er sie längst beantwortet. Worin bestand denn seine Schuld? Er hatte doch, ohne zu zögern, getan, was er konnte, ja mehr als das (bei entsetzlichem Sturm war er von Kurgla nach Jegelecht geritten und von dort aus am

Meer entlang noch weiter), um Epp zu finden und sie davon zu überzeugen, eine vernünftige Entscheidung zu treffen! Nein, nicht er hatte auf Epp verzichtet, Epp hatte ihm einen Korb gegeben. Er wollte sie zurückhalten, obwohl sie recht hatte, wenn sie fürchtete, sich nicht als Gattin des Pastors von Heiligengeist zu eignen … Weitgehend recht jedenfalls … Er, Balthasar, aber war um seiner Jugendliebe willen darüber erhaben gewesen. War bereit, alle Anspielungen und Vorwürfe des deutschen Reval zu ertragen. (Oh, wenn man Erfahrung hatte, konnte man sich das ausmalen: »Na, jetzt hat dieser Bauer von Heiligengeist ja die Richtige gefunden … Habt Ihr schon gehört? … Wenigstens sündigt er nicht mehr mit einer deutschen Frau … Aber wie kann er es wagen, vor den Augen der ganzen Stadt mit einem Bauernweib …« – »Und von ihr steigt er dann auf die Kanzel, jedenfalls an jedem Thomastag und bei der Beerdigung der Ratsbeamten, wie es Brauch ist, und hält unseren Ratsherren Predigten in deutscher Sprache …« – »So oder so – es ist eine Schweinerei!«) All das hätte Balthasar mit Freuden auf sich genommen. Um seiner *Liebe* willen war er aufrichtig bereit gewesen, sich über alles hinwegzusetzen. Epp aber war trotzdem … (Wie soll ein Mann die Furcht überwinden, die eine Frau empfindet?) Hätte sie sich wenigstens von Balthasar an die Hand nehmen und vernünftig mit sich reden lassen. (Doch wie soll ein Mann die Furcht einer Frau überwinden, ohne ihr Gewalt anzutun? Ach, warum nur versucht der Teufel den Menschen mit solchen Sophismen?)

»Woher soll ich wissen …«

»Was wissen?«

»Na, wer schuld war …«

»Wer kann das sagen«, meinte Balthasar, »vielleicht war keiner von uns schuld. Wenn Gott es so gewollt hat.«

Mittlerweile hatten sie den Holzschlag erreicht und luden nun von dem dort stehenden Stapel Erlenstangen, sechs bis sieben Ellen lang, auf den Wagen. Aus demselben Haufen zog Märten auch ein Dutzend Weidenrutenbündel und steckte sie hinter die Seitenstäbe des Wagens, dann spannte er das Pferd aus.

»Ich reite zum Waldhüter und gebe ihm den Schein vom Rat. In einer halben Stunde bin ich zurück.« Er setzte den Fuß in den Sattelriemen, schwang sich aufs Pferd, und – trapp-trapp-trapp! – schon war er im Erlenwald verschwunden.

Es war zu feucht, um sich ins Gras zu setzen. Aber vielleicht hatte sich Balthasar in der Stadt, bei all dem Hocken in Gildesesseln und auf Ministeriumsbänken eine so selbstverständliche Sache wie das Sitzen im Gras abgewöhnt. Er ließ sich auf dem Stapel Zaunlatten nieder und lauschte dem Zwitschern der Vögel in den Sträuchern. Er kniff die Augen zusammen – die helle Morgensonne blendete ihn – und schaute in den netzartigen Schatten, den der Erlenwald auf das Jungholz mit den Blüten dazwischen, auf die glänzenden grünen Pfützen warf. Dann streckte er sich auf den Latten aus, verschränkte die Arme unter dem Kopf und starrte in die Wolken. Hier, wo er sich nicht auskannte, mußte er erst nachdenken und seinen Standort bestimmen, um zu begreifen, daß die Wolken von Südwesten kamen. Das heißt aus Richtung Padis und Lode (o Gott, bis heute ließ ihn dieser Name zusammenfahren!). Aus Richtung Arensburg, Pommern, Bremen ... Kamen sie von dort, war das gute Wetter gewöhnlich nur von kurzer Dauer. Im Sommer und Herbst jedenfalls. Im Frühjahr aber, wer weiß ...

Ein Vogel flog geräuschvoll durch den Erlenwald und ließ sich am Rande des Holzschlages nieder; Balthasar richtete sich auf, um zu sehen, was für ein Vogel das war. Die schöne, große, grüngraue Waldtaube mit dem roten Bauch spazierte im hellen Maigras umher. Und im selben Moment entdeckte Balthasar den Fuchs. Dieser hielt sich wohl fünfzehn Schritt von der Taube entfernt hinter einem Baumstumpf versteckt, auf der dem Winde abgekehrten Seite, und beobachtete den Vogel; seine Lunte war gestreckt, die rechte Vorderpfote gekrümmt und hing in der Luft. Der Fuchs wartete offenbar, bis der Vogel näher kam und besser zu erreichen war. Kaum hatte ihm die Taube den Rücken zugekehrt, da sprang der Fuchs auf sie zu, aber nur bis zum nächsten Baumstumpf, hinter dem er – auf halbem Wege, die Pfote wie vorhin in der Luft – wie angewurzelt stehenblieb. Jetzt war er nur noch sechs Schritt von der Taube entfernt. Balthasar überlegte fieberhaft: Sollte er wünschen, daß der Fuchs den Vogel fing oder der ihm entwischte? Worin lag der Sinn des einen oder des anderen?

In diesem Moment flog die Taube auf, und der Fuchs verschwand im Gebüsch. Gleich darauf hörte Balthasar das Trapp-trapp-trapp-trapp des zurückkehrenden Märten.

Sie spannten das Pferd ein und machten sich auf den Rückweg. Sie gingen neben dem Wagen her, bald über Lichtungen im Dickicht, bald durch offenes Gelände. Als sie die Brücke über den Mustjögi erreicht hatten, meinte Balthasar: »Und jetzt stellt sich heraus, du bist schuld.«

»Woran?«

»Daran, daß ich heirate.«

»Wieso denn?«

»Soll sich das geschriebene Wort erfüllen, muß es das gesprochene auch. Vor zwölf Jahren hast du mir geraten, eine Geldern zu heiraten.«

Märten sah Balthasar von der Seite an.

»Kch. Also kein Rauch ohne Feuer?«

»Man redet wohl schon darüber?«

»Wann täte man das nicht ...«

»Hm. Und was sagst du dazu?«

Märten kratzte sich mit dem Peitschenstiel den sonnenverbrannten Nacken.

»Ist es das Fräulein Magdalena?«

»Ja.«

»Kch. Was soll ich da sagen?«

»Du könntest schon. Immerhin handelt es sich um deinen alten Freund.«

Märten spuckte aus. Durch die Lücke in der oberen Zahnreihe ging das schon lange recht gut.

»Na schön. Die Herrschaften hier würden dich nicht als Schwiegersohn haben wollen. Wer mehr ist als ein Handwerker, für den bist du ein Bauer. Die Gelderns aber stammen aus Holland. Die kümmert das wenig. Also ...« – er sah Balthasar mit blitzenden Augen an – »nur zu! Etwas anderes wäre es, wenn Herr Pontus eine Tochter hätte. Sei es auch nur eine uneheliche.«

»Was faselst du da?«

»Wieso fasele ich? Für Herrn Pontus war es angemessen, die illegitime Tochter des Königs zur Frau zu nehmen. Für dich wäre es angemessen, seine illegitime Tochter zu heiraten. Sogar die legitime. Warum nicht? Aber er hat ja nur zwei Knirpse von zwei und drei Jahren.«

Neben dem Fuhrwerk hergehend, erreichten sie die Stadt. Bei den Vorstadtgärten am Nonnenwall entluden sie den Wagen. Und machten sich daran, die dem Pastor von Heiligengeist und seinen Hausgenossen gehörenden Beete von neuem mit einem Zaun zu umgeben. Balthasar spitzte Wacholderpfähle an und trieb sie mit dem Beilrücken in den Boden. Er ächzte im Takt der Beilschläge, das Hemd klebte ihm am Rücken. Von Zeit zu Zeit verschnaufte er, kniff die Augen zusammen, spürte, wie ihm kitzelnder Schweiß über die Wange in den Bart rann, und lauschte den Schlägen von Märtens Axt, dem Schurren der Stangen auf dem Erdboden und dem Gesang der Lerchen. Zwischen zwei schräg eingeschlagenen Pfählen paßten sie die Erlenstangen ein, dicht an dicht, und Märten verband sie mit Weidenbast. In den nahe gelegenen Gärten waren hier und da einige Weiber – Frauen von Fuhrleuten und Mündrichen oder Mägde von Kaufleuten – mit derselben Arbeit beschäftigt. Die eine oder andere beeilte sich, dem Herrn Pastor einen Knicks zu machen, und Märten knurrte Balthasar an: »Hör mal, hast du es nötig, dich hier abzurackern?«

»Wieso?«

»Die Leute aus deiner Gemeinde sehen dir zu und halten dich für einen Dummkopf.«

»Dumme für einen Dummkopf, Kluge für klug«, knurrte Balthasar und mühte sich weiter am Zaun ab. Am selben Tag, einem Freitag, und am folgenden, dem Samstag, holten sie noch fünf oder sechs Fuhren Zaunlatten von dem Holzschlag und machten vom Morgen bis zum Abend den Buckel krumm. Den Abendgottesdienst am Samstag ließ Balthasar Ostmann halten, während er selbst mit Märten bis zur Dämmerung hinter dem Nonnenwall werkelte. Endlich – es war schon fast Abend – hatten sie das Tor fertiggestellt, die Angeln geflochten und den Torflügel eingehängt. Als Balthasar Ringe aus Weidenruten über die Torpfosten zog, sagte er: »Märten, ich habe beschlossen: Für die Klugen mag ich klug sein, für die Dummköpfe dumm, aber diesen Streich leiste ich mir.«

Bevor es jedoch soweit war, wusch er Peeter Härjasilma tüchtig den Kopf, ging zu Gerstenberger und den anderen, um für Ostmann mehr Gehalt herauszuschlagen (ohne großen Erfolg; das galt sicher auch für die Belehrungen, die er Peeter Härjasilma erteilt hatte), und kam den ganzen Sommer über – wie es schien, mit besonderem Eifer – allen seinen Verpflichtungen als Pastor nach. Und bat den (immer noch nicht zum Bischof von Estland ernannten) Dompropst Dubberch, Magdalena von Geldern und ihn aufzubieten und sie am 8. September 1582 – dem Tag der Drei Engel – vor dem Altar der Domkirche zu trauen.

Am Abend dieses Tages wurde im Saal der Großen Gilde – jetzt war das schon selbstverständlich – Balthasars und Magdalenas Hochzeit gefeiert. Und Balthasar erhielt diese schöne langbeinige junge Frau zu eigen, die er nun als rechtmäßiger Besitzer nicht müde wird im Schlafzimmer des Pfarrhauses anzusehen, wie ein Mann – will er nicht der Sünde verfallen – nur die eigene Frau ansehen darf ...

Magdalena macht Toilette. Sie sitzt auf dem dreibeinigen Schemel vor dem Spiegel – sie hat einen Faltenrock an und ein weißes, von schmalen Trägern gehaltenes Hemd – und kämmt ihr wunderschönes dunkles

Haar. Weiß schimmern ihr langer schlanker Hals und die etwas abfallenden Schultern durch den dichten Haarschopf. Sie hebt die Hände zum Nacken, um das Haar zu scheiteln. Ihre Unterarme sind voller, als man bei einer so schlanken Frau vermuten würde, und wenn sie die Arme hebt und sie ausbreitet, hat es den Anschein, als halte die Septembersonne Feuer an den Flaum unter ihren Achseln ... Und auf einmal wird es Balthasar schrecklich peinlich. Ihm ist eingefallen: In der Tiefe dieses von schwarzen Punkten übersäten Spiegelchens hat sich, unter Tausenden nicht mehr vorhandener und doch existierender Bilder seines Lebens, die sich im Laufe der vielen Jahre darin spiegelten, auf Tausende von Arten auch Elsbeths in Vergessenheit geratenes Gesicht gespiegelt ... Ein Gesicht, ebenso wie jetzt Magdalenas, lebhaft, mit halbgeöffnetem Mund, und doch ganz anders, selbst in den leidenschaftlichsten Augenblicken sogar noch bei der reifen Frau so verlegen und schüchtern, wie Magdalena niemals war. Im Grunde genommen sind sie beide kleine Mädchen – nur ist die eine ein schamhaftes, die andere ein kühnes Kind. Balthasar bedrückt es auf einmal, sich an der Seite dieses kühnen Kindes an jenes schamhafte zu erinnern. Erst recht schmerzt es ihn (fast erschauert er dabei), unter jenen Tausenden von Bildern auch einige ganz flüchtige zu sehen – und dann noch das Gesicht einer nicht mehr jungen Frau, das Balthasar immer als kindliches Antlitz im Gedächtnis behalten wird und das ihm, wie er sich eingesteht, von allen das liebste ist ...

Am Abend des achten September aber wurde im Saal der Großen Gilde Balthasars und Magdalenas Hochzeit gefeiert. Denkt er heute daran, so heißt das vor allem, daß er diese Hochzeit (und sei es nur den Hochzeitssaal) mit seiner ersten Heirat vor zwölf Jahren vergleicht. Er hat dabei seltsam widersprüchliche Empfindungen. Freude fühlt er und Pein, Genugtuung und Scham. Auch Scham, denn die vierhundert Mark, die seine erste Hochzeit kostete, machten nur ein Viertel der Kosten für die Pracht der zweiten Hochzeit aus. Scham, obwohl er diesmal zwölf statt sechs Schüler zur Hochzeit neu einkleiden ließ ... Er kann sich von diesem Gefühl der Scham nur dadurch frei machen, daß er die Augen vom Spiegel abwendet, sich zu Magdalenas Schulter hinabbeugt, mit der Nase ihr Haar wegschiebt und sie, neben dem rechten Ohrläppchen, auf den Hals küßt.

Jetzt aber kleidet sich Magdalena nicht zu einer Hochzeit an, sondern zu einer Gedächtnisfeier. Denn der September dieses Jahres 1583 hat einigen hochgestellten Persönlichkeiten den Tod gebracht.

Vor einer Woche, am Donnerstag morgen, begannen die Revaler Glocken zu läuten: als erste die der Domkirche, dann die in der Unterstadt, darunter auch die Glokken der Heiligengeistkirche, gleich hier, neben dem Pfarrhaus. Denn aus dem Hafen war eine schwarz umrandete Papierrolle ins Rathaus getragen und von dort den Kirchen die Kunde gesandt worden: Am dreizehnten September ist in Stockholm unsere gnädige Königin Catharina Jagiellonica entschlafen. Diese erzkatholische Königin an der Seite eines halbkatholischen Königs im ach so protestantischen Schweden ... Als Balthasar die Predigt für den Gedenkgottesdienst vorbereitete, ließ er Märten in sein Arbeitszimmer rufen und sagte: »Erzähl mir noch mal, wie unsere verstorbene Königin war. Du hast sie doch mit eigenen Augen gesehen.«

Märten reagierte darauf mit seinem bekannten »Kch« und erwiderte: »Wo denkst du hin? Das war vor zwanzig Jahren oder so. Und was hab ich da schon gesehen! Wie sie und ihr Mann, der König also, bei dem Sturm oben in der Deckkabine herumgetaumelt sind. Mehr nicht. Wenn du daraus eine Predigt machen willst, dann tu's. Kch.«

Darauf baute Balthasar auch seine Predigt auf. Denn es ziemte ihm nicht, zu sagen, was er vielleicht gern gesagt hätte: Daß die verblichene Königin, dem Johannesevangelium zufolge, das für die christliche Kirche gefährliche und furchtbar heidnische Rom verkörpert hatte. Daß sie, obwohl an und für sich liebenswert, länger als ein Jahrzehnt die Inkarnation des papistischen Rom gewesen war, das für Estland und die lutherische Kirche ganz Schwedens einen ebensolchen Greuel darstellte wie einst das heidnische Rom für die urchristliche Kirche ... Nein, nein: Über die katholischen Intrigen der Königin durfte Balthasar nicht sprechen. Diese waren so weit gegangen, daß man erst vor kurzem gemunkelt hatte, der König selbst sei zum papistischen Glauben übergetreten. Daher redete Balthasar von ganz anderem. Davon, daß der vom Herrn aus Lehm erschaffene Mensch, ob nun nach göttlichem Willen gesalbt oder nicht, dem Apostel Petrus zufolge Gras sei und seine ganze Herrlichkeit verdorre wie des Grases Blume (auf diesen Gedanken mochten Balthasar vor allem die grünen Samtgewänder der Königin gebracht haben, von denen Märten einst erzählt hatte). Der Mensch sei nur ein Grashalm, der verwelke, vorher aber sich neige und wiege und in dem von Gott gesandten Wind zittere, je höher er wachse, desto stärker ...

Die Gedenkgottesdienste waren kaum vorüber, der Herbsthimmel hatte nach dem aufgeregten Glockengeläut kaum Zeit gehabt, in seinem alltäglichen Grau zu erstarren, da schreckten ihn von neuem Sterbeglocken auf. Nein, durch Gottes Gnade nicht für König Johan. Aber für seine – wenn auch uneheliche – Tochter läuteten diese Glocken. Sophie von Gyllenhielm, Herrn Pontus' junge Frau, hatte ihr drittes Kind zur Welt gebracht und war im Kindbett gestorben.

Als Frau des Statthalters war diese Sophie de la Gardie in den Augen der Stadt eine bedeutendere und jedenfalls realere Persönlichkeit gewesen als die Königin dort jenseits des Meeres. Als Gemahlin von Herrn Pontus, von dem jeder wußte, daß er wortkarg und streng war und unbedingten Gehorsam verlangte. Viele hatten sich vor Sophie besonders tief verneigt, natürlich weil sie als des Königs Tochter galt. Andere hatten ihr herzlich zugelächelt, weil sie mütterlicherseits eine von ihnen war – die Enkelin eines armen Kaufmanns. Ihr Sympathie entgegenzubringen fiel um so leichter, als der König sie öffentlich als seine Tochter anerkannt und vor vier

Jahren in Vadstena ihre und Herrn Pontus' Hochzeit mit königlichem Pomp gefeiert hatte. Kannte das Volk Frauen von so hohem Stand sonst als hochmütig oder ausschweifend, die Frau von Herrn Pontus in Reval zeichnete sich durch Bescheidenheit aus.

Den Gedenkgottesdienst heute morgen in der Domkirche hatte natürlich Dubberch gehalten. Beim Geläut sämtlicher Glocken der Stadt war der Eichensarg von Frau Sophie in der Kirche beigesetzt worden, in einer Gruft links vom Altar. Unter den beim Begräbnis anwesenden wohlunterrichteten Personen ging das Gerücht um, Herr Pontus habe bereits Leute nach Stockholm gesandt mit dem Auftrag, in oder außerhalb Schwedens einen Künstler zu suchen, der imstande sei, das Grab seiner Gemahlin würdig auszuschmücken.

Nach der Beerdigung flutete das Volk aus der Kirche. Herr Pontus, heute natürlich in schwarzem Samt (wie übrigens fast immer), bewegte sich, umgeben von seinen Heerführern und den hiesigen Adligen, auf den Ausgang zu. Die Herrschaften in Schwarz oder Grau und die Lawine der gewöhnlichen Menge – das Gotteshaus konnte all die Menschen kaum fassen – ergossen sich aus den Gängen zwischen den Bänken und den Quergängen, vereinigten sich im Hauptgang gleichsam zu einem mächtigen Fluß und strömten Herrn Pontus nach.

Inmitten der Menge drückte Balthasar Magdalena die Hand und spürte vergnügt, daß sie seinen Händedruck erwiderte. Sie ließen sich im Menschenstrom vorwärts treiben. Fortwährend mußte Balthasar Grüße erwidern. Sie waren bereits die wenigen Stufen vor dem Haupteingang hinaufgestiegen, über die man auf die Straße gelangte – so sehr war die Kirche in dreieinhalb Jahrhunderten in den Boden gesunken –, da bemerkte Balthasar: Hier auf der Treppe hasteten Beamte hin und her, Schriftstücke in der Hand, und teilten einigen der Vorübergehenden etwas mit. Und schon drängte sich, die Ellbogen gebrauchend, jemand zu Balthasar und Magdalena durch; es war kein anderer als Winkler, der

Mann seiner Schwester. Er hielt Balthasar ein Blatt Papier unter die Nase und zeigte mit dem Finger – unter dessen Nagel Tinte war – darauf: »Schaut her!«

Unter einem Dutzend anderer Namen las Balthasar: »Balthasar Rüssow und Frau.«

»Ja. Da siehst du es«, erklärte Johann verwundert und mit gebührendem Respekt, »man lädt dich um fünf Uhr ins Schloß ein. Zum Leichenschmaus. Mit Gemahlin.« Und schon verabschiedete er sich. »Kommt bloß nicht zu spät. Die angesehensten Leute werden dort sein. Nein, nein, mich hat man nicht gebeten ...«

Magdalena hatte es während der Beerdigung einige Male heiß überlaufen, ihr Kleid war schweißdurchnäßt, und sie meinte ein anderes anziehen zu müssen. Außerdem blieben bis zur Gedächtnisfeier noch zwei Stunden. Also schleppte sie Balthasar nach Hause, um sich umzukleiden.

»In diesem Aufzug kann ich nicht hingehen, Balthasar! Überleg doch selbst, die höchstgestellten Damen der Stadt und der ganzen Provinz werden dort sein. Und ich war noch nie im Schloß. Nur damals, als du und ich uns dort begegnet sind. Du warst gewiß schon öfter dort.«

»Na ja«, brummte Balthasar, »manchmal schon. Unter Herrn Pontus zweimal, rechnet man auch jenes Mal mit, wo wir uns getroffen haben ...« Er fürchtete die Macht des Wortes und setzte darum nicht hinzu: Das erstemal war ich dort einige Wochen vor Elsbeths Tod.

»*Jenes* Mal ...?« rief Magdalena mit reizend gespielter Empörung aus. »Aber das war doch das wichtigste Mal!« Sie meinte natürlich Balthasars zweiten Besuch im Schloß. »Jetzt aber« – sie musterte ihren Mann mit prüfendem Blick – »könntest du einen sauberen Kragen umlegen. Aus Achtung für die Ehre, die man dir erweist.«

Und nun sind sie also hier, im Schlafzimmer. Balthasar hat schon längst eine neue Halskrause um. Magdalena aber reibt sich, mittels einer Hasenpfote, gerade erst die Achseln mit in Rosenwasser aufgelöstem Mandelmehl ein. Dann macht sie sich daran, ihr Haar herzurichten – die schon aus der Truhe geholte Trauerhaube aus schwarzen Seidenbändern liegt auf dem Kopfkissen. Während sie sich das Haar aufsteckt, sagt sie: »Du mußt bei Herrn Pontus in hohem Ansehen stehen.« Sie dreht sich zu ihrem Mann um, der hinter ihr steht, und sieht ihn unter dem einem Vasenhenkel gleich gebogenen Arm hindurch an, mit einem Blick, der zu drei Vierteln respektvoll ist, zu einem Viertel aber spöttisch. »Ehrenwort. Nach Vaters Tod hat man niemanden aus unserer Familie mehr zum Statthalter eingeladen. *Du* aber führst mich jetzt zu ihm. Daheim haben mir alle – außer meiner Mutter – eingeredet, meine Ehe mit dir sei eine, wie sagt man doch gleich, Mesalliance. Nur Mama meinte: Er wird noch im Sessel meines seligen Johann Robert sitzen!«

Balthasar sagt, halb ironisch, halb ernsthaft: »Und du hast es geglaubt und mich genommen.«

»Unsinn«, flüstert Magdalena, zieht Balthasars Gesicht an ihre Schulter und schlingt die Arme um seinen Hals, »ich habe *selbst* erkannt, was für ein Mann du bist.«

Balthasar hebt Magdalena vom Schemel und hält sie in der Luft, dann trägt er sie, die immer noch die Arme um seinen Hals geschlungen hat, zum Ehebett. Mit dem Ellbogen fegt er die Haube vom Kissen auf den Boden, geht und legt den schmiedeeisernen Riegel vor die Tür.

Der sündigen Stunde wegen treten sie etwas verspätet in den Saal, in dem Herr Pontus die Gedächtnisfeier abhält.

Dieser relativ kleine Raum mit den hohen Fenstern und den beiden Säulen, mit den weißgetünchten Wänden und den rot-schwarzen Gewölberippen befindet sich im Ostflügel des Schlosses. Jedenfalls ist es nicht der Saal, in dem Balthasar einmal mit Elsbeth war. Auch sind nur wenig Gäste da. Fünfzig vielleicht oder noch weniger. Aber es sind ausgewählte Leute, das stimmt. Der Angesehenste, neben dem Gastgeber selbst, dürfte

Herr Karl Henrikson Horn sein, der in diesen Jahren zum Mann gereift ist. Mein Gott, er muß ja auch schon dreiundvierzig, vierundvierzig sein ... Wie lange ist es doch her, daß er, noch den ersten Flaum auf den Lippen, zusammen mit seinem Vater die Stadt gegen den Moskowiter verteidigte ... Jetzt hat er einen richtigen Bart und ein in den jüngsten Schlachten männlich gewordenes Gesicht. Außer Herrn Horn sind vor allem hohe Heerführer von Herrn Pontus hier: der verschlafene, schwerfällige Göran Boije, der sehnige Arvid Stålarm mit der Visage eines alten Schurken, der schnurrbärtige, gewandte, Befehle im Handumdrehen ausführende Hans Wachtmeister (alles Leute, mit denen Balthasar aus diesem oder jenem Anlaß früher schon zusammengetroffen ist und die bedeutend jüngere Frauen haben). Auch Herr Tönnis Maidel mit Frau Margarethe fehlt nicht. Dabei weiß man nicht recht, in welcher Eigenschaft Tönnis hier ist, als Herrn Pontus' Heerführer (unlängst hat er mit der Hauptfahne des Statthalters an Kämpfen in Finnland teilgenommen), als Schloßvogt der Oberstadt oder als Anführer der Ritterschaft in Estland. Ritter mögen sieben oder acht hier sein: Tisenhusen, Taube, Hastfer und noch einige, alle mit ihren Frauen. Von der Geistlichkeit natürlich der bleiche Dubberch, der immer aussieht, als habe er Essig geschluckt, und der dicke Gerstenberger, beide gleichfalls mit Gemahlin. Und Balthasar mit Magdalena ... Dann sind da, als Vertreter der Stadt, die Bürgermeister Holthusen und Korbmacher sowie die Ratsherren Rotert, Reyer und Luhr, sämtlich mit Gattin. Magdalena verschlägt es den Atem, so überwältigt ist sie: Was für prächtigen Schmuck die Damen, trotz des traurigen Anlasses, an den schwarzen Kleidern und den weißen Hälsen tragen! Sie bedauert zutiefst, nicht die von den Geldernschen Großmüttern geerbte goldene Brüsseler Doppelkette umgelegt zu haben. Und Balthasar fällt auf, daß die Kragen, die die Herren, der Mode folgend, tragen, im Vergleich mit seiner schmalen altmodischen Halskrause so breit sind, daß ihre kostbaren Schädel auf weißen, an Margeriten (im Volksmund Hühnerbürzel genannt) erinnernden Holztellern zu liegen scheinen ...

Balthasar und Magdalena gehen in den Saal. Sie verneigen sich. Feierlich. Ohne zu lächeln. Wie es die Situation erfordert. Man erwidert ihre Verneigung mit gleichfalls feierlichem, aber freundlichem Kopfnicken. Allerdings bleibt diesem und jenem vor Verwunderung der liebenswürdige Mund offen. Auch Herr und Frau Maidel nicken ihnen zu. Da entdecken sie inmitten der Gruppen plaudernder Gäste Herrn Pontus. Balthasar führt seine Frau zu ihm. Während Magdalena auf Herrn Pontus zugeht, denkt sie: Ich habe keine Angst vor diesem rabenschwarzen Alten, diesem gelbgesichtigen Doppelgänger des Bösen! Aber es ist doch gut, daß Balthasar mich an der Hand hält. Und daß er immer weiß, wohin man gehen und was man tun muß, wenn vielleicht auch nicht alles immer gelingt.

Grüßend verneigen sie sich vor Herrn Pontus. Balthasar sagt: »Meine Frau Magdalena, geborene von Geldern, Tochter des früheren Bischofs von Estland, möchte Euch ihr Beileid zu dem schweren Verlust aussprechen, den Ihr erlitten habt. Erlaubt mir, mich dem anzuschließen.«

Herr Pontus lächelt. Mit gelblichen, aber erstaunlich guten Zähnen. Er mißt sie mit seinem, wie häufig bei Südländern, öligen und doch ungemütlich schneidenden Blick. »Ich danke Euch«, sagt er zu Magdalena. »Es freut mich, Frau Rüssow kennenzulernen.« An Balthasar gewandt: »Um so mehr, als *Ihr* mich nicht vergessen habt.«

Bevor sich Balthasar über die Bedeutung von Herrn Pontus' letztem Satz klarwerden kann, klatscht dieser schon leicht in die Hände. Der gedämpfte Lärm der Unterhaltungen verstummt, und Herr Pontus sagt: »Meine Herrschaften, ich bitte, die Plätze einzunehmen« – mit der schmalen gebräunten Hand deutet er auf zwei Reihen Eichenbänke im südlichen Teil des Saales – »und die Gedenkrede von Propst Dubberch anzuhören.«

Natürlich Dubberch ... Gott sei Dank, daß sie für so

etwas Dubberch haben, denkt Balthasar. Und ganz entfernt, ganz undeutlich kommt ihm, für einen Augenblick vielleicht – nein, nicht der Gedanke, nur sein Schatten: Die Gedenkrede auf Frau Sophie könnte auch ich halten. Könnte und könnte auch wieder nicht. Denn schon allein die Tatsache, daß ich mit Magdalena jetzt hier bin, übersteigt alles Zulässige!

Die Gesellschaft begibt sich ins südliche Ende des Saales, die Damen und Herren nehmen ihre Plätze ein. Die Bänke, schwarz, mit hohen geschnitzten Rücken- und Armlehnen, bieten jeweils Platz für acht Personen. Sogar für zehn, würden dort nur Männer sitzen, die sich dicht nebeneinander niederlassen, und würden sie nicht liebenswürdigerweise der eigenen Gattin oder der des Nachbarn mehr Platz als nötig einräumen. Als sie sich schon gesetzt haben – es hat sich wie von selbst ergeben, daß sie auf derselben Bank sitzen wie Dubberchs Gemahlin und Gerstenberger nebst Frau –, bemerkt Balthasar plötzlich auf der anderen Seite des Ganges zwischen den Bänken, zwei Schritt von sich entfernt, Herrn Maidels knochiges rötliches Gesicht.

Dubberch wendet sich den Sitzenden zu, hebt die gefalteten Hände auf die Höhe seiner Halskrause, die schmal ist wie Balthasars, steckt die Daumen (mehr aus Zerstreutheit als vor Aufregung – vermutet Balthasar) in die Kragenrollen und beginnt mit seiner geschulten und doch farblosen Stimme: »Wir lesen aus der Apostelgeschichte des Lukas ...« Alle erheben sich geräuschvoll wie in der Kirche, Dubberch aber fährt fort: »... angefangen beim 36. Vers des 9. Kapitels: Zu Joppe aber war eine Jüngerin mit Namen Tabea (welches verdolmetscht heißt Rehe), die war voll guter Werke und Almosen, die sie tat. Es begab sich aber zu der Zeit, daß sie krank ward und starb. Da wuschen sie dieselbe und legten sie auf den Söller ... Und da Petrus sie alle hinausgetrieben hatte, kniete er nieder, betete und wandte sich zu dem Leichnam und sprach: Tabea, stehe auf! Und sie tat ihre Augen auf, und da sie Petrus sah, setzte sie sich wieder. Er aber gab ihr die Hand und richtete sie auf und rief die Heiligen und die Witwen und stellte sie lebendig dar. Und es ward kund durch ganz Joppe, und viele wurden gläubig an den Herrn. Amen.«

Durch eine Handbewegung (ohne die Daumen aus seinem Kragen zu nehmen) gibt Dubberch zu verstehen, das Zitat sei beendet und die Zuhörer dürften sich wieder setzen. Dubberch spricht wirklich so, wie Balthasar es sich schon gedacht hat. Des langen und breiten erklärt er, warum er im Zusammenhang mit dem Tode der gütigen und unvergeßlichen Frau Sophie an die Geschichte von der gottesfürchtigen Tabea erinnert habe. Selbstverständlich wegen ihrer zahllosen stillen Tugenden, denn Frau Sophie sei nicht nur durch ihren irdischen Vater eine Frau von königlichem Geblüt gewesen, sondern in ebensolchem, vielleicht sogar noch größerem Maße durch ihren Glauben an die ewige Seligkeit. Et cetera. Die Zeit der Apostel sei, dem Willen Gottes zufolge, vorüber, und man könne nicht mehr tun, was Petrus mit Tabea getan habe, nämlich durch Beten die unvergeßliche Heimgegangene wieder zum Leben erwecken. Dafür werde sie ewig leben, nicht nur im Himmel, sondern auch hier, auf Erden, im Gedächtnis ihrer Angehörigen und allen Volkes dieses Landes. Balthasar hört dem schmerzerfüllten Propst, offen gestanden, ziemlich gleichgültig zu. Trotzdem achtet er darauf, ob der sich etwa verheddert. (Natürlich haben sie Dubberch rechtzeitig davon unterrichtet, daß sie eine kleine Predigt von ihm erwarten, und der Propst hatte Zeit, diese gebührend vorzubereiten. Dennoch macht sie nicht allzuviel her.) Balthasar wägt Dubberchs Predigt mit dem Vergnügen des scharfsinnigen Kenners und denkt: wie ein Schuhmacher über einen Schuh, den ein anderer genäht hat; der Abstand zwischen den Nähten und ihre Richtung läßt vermuten, welche Melodie der Schuhmacher gepfiffen hat, als er die Naht nähte … Nun kommt Dubberch auf die besondere Gnade Gottes zu sprechen, die diesem Land dadurch zuteil geworden war, daß an der Seite des erlauchten Statthalters und großen Bezwingers des Moskowiters, Herrn Pontus de la

Gardie, diese liebevolle, unschätzbare Frau gestanden habe, die jetzt, dem unerforschlichen Ratschluß Gottes zufolge und so weiter und so weiter ... Balthasar drückt Magdalenas warme Hand und mustert die gleichmütigen Gesichter der Männer ringsum und die niedergeschlagenen Augen der Frauen, die bei einer flüchtigen Drehung des Kopfes den Blick abschätzend über die Gewänder der anderen schweifen lassen. Schaut Balthasar nach rechts, sieht er zwei Schritt von sich entfernt Tönnis Maidels zustimmend geschlossenes rechtes Auge mit den rötlichen Wimpern, das fast in der von einem Schwerthieb herrührenden tiefen Narbe verschwindet ... Dubberch sagt, Frau Sophie habe ihren Mann gewiß zu vielen heroischen Taten beflügelt und ihm durch ihre Liebe und Kraft bei den Feldzügen gegen den Feind Halt gegeben ... Balthasar denkt: Vorsicht! Besonders an dieser Stelle! Hier kann man ins Fettnäpfchen treten: Herrn Pontus' Taten, ließe sich folgern, sind nicht so sehr sein Verdienst als vielmehr das seiner Frau, was bedeutet: vollbracht mit dem Geld seines Schwiegervaters. Dubberch begreift offensichtlich selbst, daß er sich mit seiner Predigt auf dünnes Eis begibt, dünner noch als das, auf dem Herr Pontus im Frühjahr 1581 bei seiner Rückkehr aus Finnland einbrach (und nur wie durch ein Wunder dem Tode durch Ertrinken entging). Jedenfalls bringt der Propst die Sprache schnell auf etwas anderes, er spendet Herrn Pontus nun Trost in seinem unsäglich schweren Leid. Er findet aber, wie Balthasar scheint, nicht die rechten Worte. Einen besonderen Trost erblickt der Propst nämlich darin, daß Frau Sophies Geschichte hierzulande gewiß den christlichen Glauben stärken werde, so wie die Geschichte der gottesfürchtigen Tabea ihn in der Stadt Joppe gestärkt habe. Das grenzt schon an Dummheit! Als ob Sophies Tod die gleiche Wirkung haben müßte wie die Auferstehung Tabeas kraft des Gebetes des Apostels Petrus ...

Damit schließt Dubberch. Er fordert alle auf, sich zu erheben und mit ihm in den Choral einzustimmen (in angenehmer Verwirrung hört Balthasar, wie falsch der alte Tönnis singt): »Jetzt steht sie da vor Deinem Thron ...«

Als der Gesang verstummt ist, sagt Herr Pontus: »Nun bitte ich die teuren Gäste zu Tisch. Schenken wir die Becher ein und leeren wir sie auf das Andenken der Entschlafenen bis zum Grund.«

Die lange, quer zum nördlichen Saalende stehende Tafel ist mit Tischläufern bedeckt und biegt sich unter der Last der Speisen. Sicher Elch- und Schweinefleisch, Geflügel, gebratener Fisch und in Essighonig gekochte Äpfel. Die Becher – altes Silber mit glanzlos gewordenen Wappen – haben die Diener bereits gefüllt. Als die Gesellschaft sich zwischen dem Tisch und den Bänken ohne Rückenlehne aufgestellt hat, erhebt Herr Pontus am rechten Ende der Tafel seinen Pokal. »Gedenken wir der unvergeßlichen Tochter unseres Königs Johan!«

Der größte Teil der Männer leert die Becher bis zum Grund. Nicht so die Frauen, sie nehmen einen Schluck oder nippen nur ein bißchen. Dann setzen sich alle an den Tisch. Herr Pontus sagt: »Herr Gerstenberger könnte ein passendes Tischgebet sprechen!«

Die Gesellschaft ist verstummt, und Gerstenberger beginnt. Währenddessen denkt Balthasar: Gerstenberger – das wundert mich nicht. Denn Dubberch hat schon seine Schuldigkeit getan. Wen sollte Herr Pontus sonst auffordern, hier, an dieser Tafel, ein Gebet zu sprechen? Gerstenberger scheint nichts davon gewußt zu haben. Aber muß man einem Pastor, noch dazu einem solchen alten Hasen auf der Kanzel, so etwas vorher sagen, auch wenn es sich darum handelt, an der Tafel des Statthalters ein Gebet zu sprechen? Gerstenbergers Gesicht, das vor Vergnügen förmlich aufblüht, verrät: Man muß nicht. Er läßt einige Sätze über die gottesfürchtige Frau Sophie in das Gebet einfließen und seine Gedanken in die Vergangenheit schweifen, hält aber mehr oder weniger zur richtigen Zeit den Mund und sagt amen. Und nun beginnt das Festmahl.

Oh, mit diesen Gabeln – den gleichen wie vor fünfundzwanzig Jahren an Doktor Friesners Tisch, wo sie noch eine Neuheit darstellten – sollte man hier schon umgehen können. Denn hier, an diesem teuflischen Ort, ist die Tafel in gewissem Sinne beinahe königlich ... Herr Pontus, dem auffällt, daß nicht nur die Gäste an dem Tischende, wo die Bürgermeister speisen, sondern auch die in seiner Nähe sitzenden Adligen mit den Gabeln nichts Rechtes anzufangen wissen, meint lächelnd: »Versucht es, meine Herrschaften! Sie sind sehr bequem. Bei meinem Freund Henri von Bourbon werden sie längst täglich benutzt.«

Balthasar erinnert sich: Tatsächlich, Winkler hat neulich erzählt, Herr Pontus erhalte Briefe von diesem künftigen König von Frankreich, unter denen stehe: Vostre bon amy Henri.

Die hinter den Gästen stehenden Diener haben die Becher neu gefüllt, nun trinkt jeder nach eigenem Belieben. Und schneller als erwartet zeigt sich in den Unterhaltungen und im Benehmen der Tafelnden der diesem Ereignis angemessene weltliche Schwung. Balthasar trinkt sich nie einen Rausch an, nicht einmal einen kleinen Schwips, wie man im »Grünen Frosch« sagt. Aber er genießt den Schluck Wein, der Auge und Verstand hell macht, mit Behagen. Und nun betrachtet er mit heiterem Blick die Gesichter um sich her – Magdalenas blitzende Augen und ihr gerötetes, glückliches Kinderantlitz, Frau Luhrs fahl werdendes, schalkhaftes Gesicht rechts von sich und die Gesichter der Offiziere und ihrer Frauen ihm gegenüber. Nicht zuletzt auch Herrn Maidels blaurote Visage, die weit weg ist und doch in entmutigender Nähe von Herrn Pontus' schmalem gebräuntem Gesicht ... Jaja. Balthasar betrachtet Gesichter und Umstände mit heiterem Blick. Trotzdem durchschaut er weder die einen noch die anderen ... Was bedeutet es, daß er plötzlich hier, an dieser Tafel, sitzt? Zu seinem gestiegenen Ansehen hat zweifellos seine Chronik beigetragen, vor allem aber Magdalenas bischöfliche Abkunft. Trotzdem ... Und was bedeutet der unerklärliche Widerspruch zwischen dem äußeren und dem inneren Wesen der Welt? Zum Beispiel ... Immerhin ist Henri von Bourbon ja wohl der Führer der französischen Hugenotten, und die sind zwar keine Lutheraner, aber doch Protestanten. Und dieser Heinrich schreibt (Winklers Worten zufolge) Herrn Pontus freundschaftliche Briefe und drängt ihn, den schwedischen König, den »König der richtigsten Religion«, zu bewegen, die französischen Hugenotten in ihrem Kampf gegen den römischen Papst zu unterstützen. Dabei ist dieser schwarzbärtige Herr Pontus vor einigen Jahren auf Wunsch unseres Königs (gutunterrichtete Leute wissen das) zu ebendiesem Papst gereist, um mit ihm zu beraten, wie Jesuiten nach Schweden geholt werden könnten. Was unseren »König der richtigsten Religion« angeht, so halten sich hartnäckige Gerüchte, daß er vor kurzem heimlich zum papistischen Glauben übergetreten sei. Und dieser schwarzbärtige Herr Pontus dort rechts soll seinen König seinerzeit ...

Herr Pontus nimmt die Gabel aus dem Mund und klopft mit dem Griff an den silbernen Becher. Die Gesellschaft verstummt, und Herr Pontus sagt mit seiner etwas säuselnden, fast samtweichen Stimme: »Meine Freunde. Sicher haben alle, die an diesem Tisch sitzen, im Laufe ihres Lebens – sei es in Schweden, sei es in Finnland oder Estland – auf diese oder jene Weise mit der seligen Frau Sophie Umgang gepflogen und könnten darüber berichten. Viele der hier Anwesenden sind auch mit ihrem Vater, dem König, in Berührung gekommen und könnten davon erzählen. Eloquentia ist indes nicht Sache von Soldaten und Kaufleuten, sondern das Brot des geistlichen Standes. Das gilt besonders jetzt, da ein Geistlicher in unserer Mitte weilt, der einst häufig mit unserem König zusammengetroffen ist und ihm Dienste geleistet hat, früher als irgendeiner von uns, möchte ich sagen.« Er hat die Gabel umgekehrt, so daß die Zinken nach vorn zeigen, und weist damit in die entsprechende Richtung, und alles schaut dorthin. »Balthasar Rüssow wird jetzt ein paar passende Worte sprechen.«

Zehn Herzschläge lang sitzt Balthasar regungslos auf seinem Platz: Woher kennst du Teufel die Taten meiner

Knabenzeit? Und warum posaunst du sie jetzt aus, damit sich die Frauen der Adligen und der Ratsherren die Mäuler darüber zerreißen? Doch genaugenommen hat Herr Pontus nichts Bestimmtes gesagt, nur geheimnisvolle Andeutungen gemacht. Ich verstehe nicht, was das soll ... Halt, halt! Ich habe vorhin meinen Gedanken nicht zu Ende gedacht: Damals, als gewisse Herren (ich kenne nur zwei Namen – de Morney und Ruthwen) eine Verschwörung gegen König Johans III. Thron und Leben anzettelten, soll auch unser schwarzbärtiger Gastgeber mit den später Hingerichteten konspiriert, es aber verstanden haben, seine Spuren zu verwischen ... O Gott, ich muß doch überlegen, was ich sagen soll. Frau Sophie loben hieße Pontus' Licht unter den Scheffel stellen und umgekehrt. Aber sie hatten und haben, allen Gegensätzen zum Trotz, einiges gemeinsam! Und darüber zu sprechen, hat Dubberch, der im Grunde seines Herzens ein alter Junggeselle ist, nicht verstanden! Jetzt kann ich mir das zunutze machen. Ich habe mir schon zurechtgelegt, was ich sagen werde! Herr, ich danke Dir, daß Du mich nicht verlassen hast ... Balthasar steht auf. Blickt in erstaunte Gesichter. Und sieht: Bei den einen ist das Erstaunen beinahe freimütig, bei den anderen – herablassend, bei dritten – hochmütig. Herr Maidel wirkt nicht erstaunt. Seine Augen sind geschlossen (trotzdem ist er hellwach!), die Lider aber zucken. Balthasar denkt: Was ich ihnen sage, trifft den Nagel auf den Kopf, ja – und es ist derart grundlegend, daß ich es ohne Unterwürfigkeit sagen muß. Er beginnt: »Ehrenwerte! *Zwei* ewige Leben schenkt Gott denen, die er dessen für würdig erachtet. *Eines* – unserer unsterblichen Seele dort« – Balthasar beschreibt mit der Hand einen Bogen von unten nach oben und zurück, der Himmel und Hölle einschließt (den Himmel, in dem Frau Sophie jetzt vielleicht wirklich ist, und die Hölle, in die bestimmt die Lederhändler vom Laagna-Berg kommen) –, »das *andere* ewige Leben aber schenkt der Herr unserem vergänglichen Leib hier auf Erden. Denn wir glauben: Wer mit Nachkommen gesegnet ist« – diesem Schwarzbart, dem auf der Schwelle zum Greisenalter noch Kinder beschert wurden, muß das doch schmeicheln –, »stirbt mit dem Tode auch körperlich nicht, er lebt in seinen Nachfahren weiter, und wenn Gottes Segen auch künftig auf seinem Geschlecht ruht – bis zum Jüngsten Tage, bis zur Auferstehung von den Toten. Über Generationen hinweg beobachtet Gott zufrieden, wie die Bestrebungen der Eltern sich in den Kindern verwirklichen, schwinden oder sich wandeln. Darum: Wer ein geliebtes Weib verloren hat, bedarf des Trostes, bei einem solchen Trauerfall kann auch der Seelenstärkste ihn nicht entbehren. Wem sein Weib aber drei Söhne hinterlassen, wem der Herr in Seiner Barmherzigkeit nach dem Tode der Mutter auch das letztgeborene, noch ganz hilflose Kindlein erhalten hat, der sei getrost, denn er kann sagen: Herr, meine Augen haben Deinen Segen gesehen. Und ebendas darf sich in seiner Trauer auch unser Gastgeber, Herr Pontus, sagen.«

Er setzt sich. Ihm zu applaudieren, verbietet die Situation. Doch er hört: Am oberen Tischende, wo Herr Pontus sitzt, bemerkt jemand (ist es nicht Herr Horn?): »Goldene Worte der Weisheit!« Balthasar denkt: Interessant, daß dieser junge Mann meine Worte als erster verstanden hat … Da ergreift Frau Luhr, mit Fingern, an denen goldene und silberne Ringe stecken, Balthasars Hand und sagt, daß es alle an der Tafel hören können: »O Gott, wie schön Ihr zu reden wißt. Aber ist es denn auch erlaubt, zu glauben, daß unser *Leib* ein ewiges Leben hat?« Balthasar erwidert: »Warum denn nicht? Wenn es *stimmt*!« Und denkt, was ich sage, ist kindisch. An vieles, was stimmt, was wir mit eigenen Augen sehen, wagen wir kaum zu denken, geschweige denn, daß wir darüber sprächen … In diesem Augenblick erklingt dort in der Ferne Herrn Pontus' sanfte, auf einmal sehr klare Stimme. Er sagt, nicht lateinisch, wie er mit Balthasar unter vier Augen redet, sondern in dem Kauderwelsch aus Schwedisch und Deutsch, dessen er sich bedient, damit ihn auch alle verstehen: »Ich danke Euch, Herr Balthasar. Eure Worte sind mir ein großer Trost. Und wenn Ihr nichts dagegen habt, möchte ich mit ihnen auch unseren König trösten. Über den Verlust seiner unvergeßlichen Tochter. Damit trösten, daß sie dem König drei treffliche Enkel hinterlassen hat. Und des Königs irdische Unsterblichkeit durch sie noch länger dauern wird. Mit Eurer Erlaubnis, Herr Balthasar, werde ich in dem Brief an den König hinzufügen, daß dieser so überaus tröstliche Gedanke von Euch stammt.«

Balthasar murmelt: »Das wäre eine große Ehre für mich ...« Er spürt, wie eine unbegreifliche, gleichsam aus dem Boden wachsende Strömung um ihn herum entsteht. Balthasar gewahrt verwirrte und nickende Gesichter, Gesichter mit erzwungenem Lächeln, und ihn befällt ein leichter Schwindel. Er wirft Magdalena einen Blick zu, der nicht nur: Na, wie bist du zufrieden? fragt, sondern auch: Kannst du mir nicht helfen? ... Er sieht: Seine Frau schaut ihn an, mit fast schwarz gewordenen, vor Entzücken brennenden Augen, wie er sie bei ihr noch nie bemerkt hat, jedenfalls nicht bei so hellem Tageslicht. Sie füllt zwei Becher, für Balthasar und sich, erhebt den ihren und flüstert ihrem Mann zu: »Ich wünsche dir Glück!«

Als Balthasar den Becher ergreift, entdeckt er, daß auf seiner mattglänzenden silbernen Oberfläche – vielleicht eine Arbeit von Ryssenberch persönlich – eine Frauengestalt eingraviert ist, die etwas in der ausgestreckten Hand hält, einen bauchigen Pokal mit Wein vermutlich. Balthasar führt den Becher an die Lippen, und nun, dicht vor seinen Augen, verschwimmen die Figuren. Als er den Becher zurück auf den Tisch stellt, hat sich der Gedanke, der ihm plötzlich durch den Kopf geschossen war, verflüchtigt. Er reicht Magdalena einen besonders schönen, in Honig und Essig gekochten Apfel. Und erst viel später fällt ihm ein: War auf diesem Pokal nicht Eva abgebildet, wie sie Adam den Apfel reicht?

Am Bürgermeisterende der Tafel spricht man gerade über die fromme Gabe, mit der Frau Sophie vor ihrer letzten Niederkunft die Siechenkirche bedacht hat. Auch über den letzten Tanzabend in der Großen Gilde. Und das gefährliche Ansteigen der Kornpreise in der letzten Woche, als klar wurde, wie die Ernte in diesem Jahr ausgefallen ist. An dem Ende der Tafel, wo die Adligen sitzen, erörtert man eifrig, was für ein vortrefflicher junger Mann Julius Gyllenhielm gewesen sei, der jüngere Bruder der heimgegangenen Frau Sophie, den der König, trotz seiner nur zwanzig Jahre, zum Statthalter in Åbo ernannt hatte und der im vorigen Jahr ganz unerwartet gestorben war. Arvid Stålarm erklärt hitzig (bis ihm Herr Pontus kaum hörbar zu schweigen befiehlt; der Befehl wird auch prompt befolgt), der König beabsichtige, nach Ablauf des dreijährigen Waffenstillstandes mit dem Moskowiter, Nowgorod zu erobern ... Und von Zeit zu Zeit lobt jemand Balthasar für die soeben gehaltene Rede. So zum Beispiel Frau Rotert: »Was Ihr uns gesagt habt, Herr Rüssow, ist so tröstlich ... Also werden Bartholomeus und ich nicht nur im Himmel ewig leben, sondern durch unsere Agnes auch hier auf Erden.« Bartholomeus selbst aber wendet die flinken, hervorquellenden braunen Augen ab und schweigt. Mehr kann man von ihm auch nicht verlangen, wenn man bedenkt, wie er gegen Balthasar und seine Chronik gegeifert hat ... Balthasar sitzt da, die Eichenbank wie einen Halt unter sich spürend, und denkt: Mag es auch noch so verwunderlich sein, ich bin jetzt hier! Natürlich bloß an dem Ende der Tafel, wo die Bürger sitzen, aber immerhin an *dieser* Tafel ...

Er nimmt Magdalenas warme, glatte Hand, die sich ihm entgegenstreckt, drückt sie und hält sie in der seinen. Er merkt, zu dem angenehmen Siegesgefühl gesellt sich allmählich etwas, was nichts Gutes verheißt, was Unruhe hervorruft, etwas Schlechtes. Und begreift nicht, woher diese Empfindung kommt ...

»Schaut nur, was für ein wundervoller purpurroter Himmel!« ruft Frau Boije. Sie sieht aus wie eine große weiße Gans, die heute ein schwarzes Federkleid angelegt hat. Mit der von goldenen Armbändern geschmückten

Hand deutet sie zu den Fenstern. Und der höfliche Herr Pontus bestätigt: »Ihr habt recht, Madame. Aber den Sonnenuntergang sollte man sich von den westlichen Fenstern aus ansehen. Das muß jetzt ein prächtiger Anblick sein.«

»Zeigt uns den Sonnenuntergang doch von dort aus, Herr Pontus!« Frau Boije ist Feuer und Flamme. Balthasar denkt: Will diese weißhäutige üppige Frau dem hageren schwarzen Herrn Pontus den Kopf verdrehen?

»Natürlich gern, Madame«, versetzt Herr Pontus und sagt einladend: »Meine Herrschaften, möchte jemand von den westlichen Fenstern aus den Sonnenuntergang bewundern?«

Die Gäste erheben sich von ihren Plätzen.

»Nein, nein, das ist kein Muß«, wehrt Herr Pontus ab.

Statt der fünfzig Gäste, die im Begriff waren, aufzustehen, erhebt sich nun ein Dutzend, um den Hausherrn zu begleiten. Mit einer Handbewegung fordert Herr Pontus auch Balthasar dazu auf, der sich ihnen eigentlich nicht anschließen wollte.

»Herr Balthasar! Frau Magdalena! Kommt doch auch!«

Rüstigen, federnden Schrittes geht Herr Pontus voran: Sein schmaler Rücken ist von Samt umhüllt; das kohlschwarze, sich leicht kräuselnde Haar am Hinterkopf sticht von dem weißen Streifen des Kragens ab; in hohen schwarzen Stiefeln stecken magere Waden. Mit Stiefeln polternd oder Schuhchen klappernd, mit Kleidern raschelnd, eilt ihm das Dutzend Männer und Frauen nach, schneller als gewöhnlich, denn langsamer zu sein hätte bedeutet, nicht mit Herrn Pontus Schritt zu halten. Der bleibt stehen.

»Einen Augenblick. Gehen wir ein wenig nach links.«

Und durch verschiedene Räume des Schlosses führt er sie zu den Fenstern, die nach Westen zeigen.

»Seht dort« – er deutet auf die zerstörten Gebäude an der Westmauer und das sich daneben türmende Bauholz –, »da will Meister Poliensis aus Krakau einen großen repräsentativen Saal errichten. Stellt Euch vor: fünfzig Ellen lang und an der Hofseite eine Auffahrt, wie es sich für ein Schloß gehört. An der Außenwand eine Galerie für die Trompeter. Comme il faut. Dieser verfallene provinzielle Hort der Macht soll eine Gestalt annehmen, die eines bedeutenden Staates würdig ist. Die Zeit dafür ist reif. Nun denn. Ich bitte ...«

Sie bewegen sich in umgekehrter Richtung durch den Kreuzgang und wenden sich vom Westflügel zum alten Dormitorium. Herr Pontus geleitet die Gäste durch hohe, trostlos graue Räume mit Pilaren, sie folgen dem Hausherrn in ein in einem Vorsprung der Westmauer gelegenes Zimmer, kleiner als die anderen, aber noch groß genug. In der Mitte steht auf dem Steinfußboden ein leeres Kanonengestell. Drei große Fenster gibt es – eins geht nach Norden, eins nach Süden, eins nach Westen. In allen dreien spiegelt sich die riesige Feuersbrunst des Sonnenuntergangs mit den glühenden blutroten Wolken.

»Oh, das ist ja geradezu eine Apotheose Eurer beispiellosen Siege!« ruft am Westfenster Frau Boije aus und stützt sich dabei auf Herrn Pontus' rechten Arm. Balthasar, der mit Magdalena am Nordfenster steht, sieht sich nach Herrn Göran Boije um, aber der ist nicht mitgekommen, und so fühlt er sich wie befreit von der Mitverantwortung für Frau Boijes Worte und Handlungen ...

Eine Weile stehen Magdalena und er zwischen dem nördlichen und dem westlichen Fenster und schauen in beide Richtungen: nach unten, wo die untergehende Sonne die fernen Gegenstände bis hin zu den Fischerhäusern des Ziegelskoppel-Ufers in rötliches Licht taucht, und nach oben, wo der Himmel über der grauen Erde und dem grauen Meer in Flammen zu stehen scheint. Für den nach Norden und nach Süden Schauenden teilt die Schloßmauer den Weltenkreis genau in zwei Hälften, so daß die Stadt wie abgeschnitten wirkt. Einen Moment lang ist das Balthasar sogar lieb.

Ihm ist lieb, daß die Türme der Stadt nicht zu sehen sind, daß sie nicht den Blickwinkel einengen. Könnte man von hier aus den Turm der Olaikirche wahrnehmen, wäre offenkundig, um wieviel höher sie ist als die Fenster hier. (Vielleicht denkt Balthasar im Unterbewußtsein: Vor langer Zeit einmal, als ich dort hinaufkletterte, war ich bedeutend weiter oben als jetzt.) Wer weiß. Als Antwort auf das allgemeines Entzücken bekundende Geschwätz sagt Herr Pontus: »Nun also. Den Sonnenuntergang hätten wir genug betrachtet. Karl« – das ist an Herrn Horn gerichtet, der sie begleitet hat –, »führe die Gäste in den Saal zurück.«

Aha, denkt Balthasar mißbilligend: Herr Pontus möchte mit Frau Boije hierbleiben, um sich mit ihr zu vergnügen ... Aber nein. Lächelnd, so daß man seine gelben Zähne sieht, übergibt Herr Pontus Frau Boije galant an Herrn Horn, der ihr seinen Arm bietet, und läßt die Gäste sich entfernen. Als Balthasar den anderen mit Magdalena folgen will, legt Herr Pontus ihm die Hand auf die Schulter.

»Einen Moment.«

Zu dritt stehen sie neben dem leeren Kanonengestell. Herrn Pontus' schwarzer Lockenkopf wird vom rötlichen Abglanz der untergehenden Sonne umloht. Er sagt: »Eine kurze Unterhaltung auf der Kirchentreppe, Herr Balthasar. Hoffentlich fühlt Ihr Euch hier wohl.« Er sieht Magdalena lächelnd in die Augen. Und diese erwidert mit blitzenden Augen feurig, mein Gott, zu feurig: »Über die Maßen, Herr Pontus! Wir sind Euch ja so dankbar für die Einladung. Hier ist es unendlich interessant. Kaum auszudenken, wenn dann noch der große Staatssaal fertig sein wird.«

»Ja, seht«, sagt Herr Pontus lächelnd, »heute hat unsere Trauer allem etwas Weihevolles verliehen. Beim nächsten Mal wird das sicher Freude sein. Doch dieses ganze Vergnügen« – abrupt dreht er sich zu Balthasar um und schließt fast im Flüsterton – »kann nur dann von Dauer sein, wenn Herr Balthasar sein Versprechen hält.«

»Was für ein Versprechen?« fragt Magdalena verwirrt.

»Daß die ergänzte Ausgabe seiner Chronik spätestens Mitte des nächsten Jahres erscheint.«

Balthasar wehrt ab: »*Das* habe ich nicht versprochen!«

Herr Pontus entgegnet milde: »Aber jetzt wünsche ich das expressis verbis, mein Freund.«

Herr Pontus führt Magdalena und Balthasar in den Saal zurück. Als sie ihn schon betreten haben und, auf ihre Plätze zusteuernd, auseinandergehen, winkt Herr Pontus ihnen beiden vor aller Augen zu und sagt lächelnd: »Sie ahnen, worüber ich mit Euch gesprochen habe, und das kann, so meine ich, Eurer Reputation nur dienlich sein!«

NEUNTES KAPITEL,

darinnen man den Eindruck gewinnen kann, als stünden die Stürme im menschlichen Wasserglas den schiffeversenkenden, küstenzerstörenden Meeresstürmen in nichts nach, betrachtet man die Dinge nur unter entsprechendem Blickwinkel; und als sei die Eiskruste auf dem Wasser im Glas dem Meereseis mindestens ebenbürtig, wenn nicht gar mächtiger: Immerhin kann sie das Glas sprengen, während das Eis auf dem Meer außerstande ist, das mit der Erdschale des Meeres zu tun ...

Ich weiß: Das ist die Fischermaier Küste hinter dem Haus meines Vaters Siimon. Ich habe alles sofort erkannt. Kaum daß ich den Raum verlassen hatte. Wenn ich auch auf merkwürdige Weise hinausgelangt bin. Nicht durch die Tür, sondern durch die zum Meer zeigende Wand. Die alte Balkenwand am Kopfende meines Bettes hat sich nicht einmal aufgetan, sondern mich einfach durchgelassen, als sei sie aus Luft. Kaum war ich am Ufer, habe ich schon alles erkannt: das dunkelgraue Meer, den verschneiten Geröllstrand, die Möwenspuren im Schnee, die gefrorenen Beete, die reifbedeckten Kohlblätterhaufen. Und die beiden Findlinge. Nun gehe ich auf den kleineren von ihnen zu, über gefrorenen Boden erst, dann über Kies. Zu dem, den ich immer den Schwarzen nannte. Eigentlich ist alles genau so, wie es sein muß. Und doch anders. Ganz fremd. Nicht schrecklich, aber fremd. Ich berühre den Findling. Aber meine Hände sind völlig gefühllos. Ich spüre nichts. Trotzdem stütze ich mich mit den Händen auf den steinernen Nacken des Findlings und sehe nach, was mit dem größeren Findling geschehen ist. Eigentlich weiß ich alles schon im voraus. Nur in Worte kann ich es nicht kleiden. Der große Findling steht zehn Schritt nördlicher als der kleine. Den Grauen haben wir ihn genannt. Er mißt sieben Ellen in der Länge und vier in der Höhe. Es ist derselbe, von dem ich einst aufs Meer hinaussah. Doch jetzt wirkt er anders. Man hat ihn aufrecht hingestellt. Er scheint Schultern zu haben. Und einen Kopf. Und ein Gesicht, das dem in den Boden eingesunkenen

Steinriesen bis an die Leistengegend reicht. Dieses Gesicht ist deutlich zu erkennen. Anders als jenes (ich weiß nicht mehr, wessen), das ich so gern erkannt hätte und das zur Seite gedreht war. Das Gesicht des Grauen – sofern er überhaupt eines hat – sehe ich so deutlich wie nur möglich. Aus sieben Ellen Höhe. Ein unregelmäßiges Gesicht ist es. Mit breiten Backenknochen. Mir scheint nur, es hat noch keine Augen. Vielleicht nicht einmal einen Mund. Und das alles sehe ich vor dem Hintergrund des rauhen Märzhimmels. Ich weiß, das ist Märtens Arbeit. Denn Märten selbst steht auch hier. Auf halbem Wege zwischen mir und der nicht fertiggemeißelten Figur des Grauen. Wenn ich es auch leugne, ich habe Angst. Weil Märten barfuß auf dem Ufergeröll steht. An den Füßen hat er alte zerrissene Stiefel und am Leibe nichts als ein Hemd mit aufgekrempelten Ärmeln. Schaut er in meine Richtung, sehe ich, was ich schon im voraus weiß: Er hat ein Knabengesicht. Aber Stoppeln darin. Und die sind grau. Seine hellen Augen haben einen unguten weißen Schimmer, und in seinen Mundwinkeln gewahre ich Schaum. Mir ist schon klar, daß er den Verstand verloren hat. Seine mageren nackten Arme sind bis zu den Ellbogen blaugrau. Vor ihm auf dem Boden liegt ein Haufen noch triefenden, eben erst vom Grunde des Meeres heraufgeholten, schwarzen Tons. Seine Hände sind damit beschmutzt. Und nun erkenne ich auch, was er tut (obwohl ich das schon ahnte). Mit allen fünf Fingern nimmt er diesen schwarzen dünnflüssigen Ton und preßt ihn zusammen. Der Ton quetscht sich zwischen den Fingern hindurch und tropft auf Märtens nackte Füße und den Schnee daneben. Gewinnt Märtens zerrüttetes Hirn den Eindruck, er halte einen geeigneten Klumpen in der Hand, so holt er aus und schleudert ihn – klatsch! – dem Grauen an die Brust. Wieder und wieder!

Ich möchte ihm zurufen: Hör mal, was machst du da? Aber ich kann nicht. Meine Zunge gehorcht mir nicht. Mir ist, als träumte ich. Ich vernehme mein eigenes Stöhnen. Und weiß, es verhallt in mir. Ich möchte schreien: Wenn du diesen Stein schon vom Schlaf erweckst, wenn du ihn schon aufrecht hingestellt, wenn du schon begonnen hast, ihm Form zu geben, warum *beschmutzt* du ihn dann? Ich möchte mit den Armen fuchteln, damit er mich bemerkt. Aber ich kann nicht. Meine Arme lassen sich nicht heben, sie sind bleischwer. Ich kann die Arme nicht bewegen. Märten jedoch nimmt Ton von dem Haufen, knetet ihn in seinen Händen und wirft abermals. Mir ist klar: Ich bilde mir nur ein, das Sausen und Aufklatschen der Tonklumpen zu hören. Ich höre nichts. Alles geschieht völlig lautlos. Auch das eigene Stöhnen höre ich nur in meinem Inneren. Aber ich sehe, wie die schwarzen Tonbrocken dem Grauen ins augenlose Gesicht fliegen. Sehe, wie ihm der Ton von den Augenbrauen auf die Wangen und von den Wangen auf die Brust tropft – wenn seine Brauen, seine Wangen und seine Brust nicht bloß Höcker auf dem Stein sind. Ich spüre, wie mein Stöhnen mir den Atem benimmt und wie ich – Gott sei Dank – allmählich vom Meeresgrund aufsteige …

Doch genaugenommen hatte Balthasar gar keinen Grund, Gott zu danken. Er war erleichtert, als er erwachte, das stimmt. Wie das nach einem Alptraum stets der Fall ist. Man kommt an die Oberfläche und atmet im Schutze der Wirklichkeit. Das frühe Licht des Maienmorgens ließ die Umrisse der bräunlichen Balken an der Schlafzimmerdecke besonders deutlich hervortreten. Sekundenlang wirkte diese Decke wie ein Floß, das dem aus dem Meer Aufgetauchten Halt verhieß. Aber schon im nächsten Moment stürzte sie mit ihrer Wirklichkeit auf den aus dem Schlaf Erwachten herab: Richtig – *diese* Decke, *dieses* Zimmer, *dieses* Haus, *dieses* Ich und *dieser* Tag! Und meine Pflichten an diesem Tag …

Balthasar schleuderte die Bettdecke beiseite und setzte jäh die nackten Füße auf den rissigen Fußboden. Ach, zum Teufel … Er schaute sich um und warf einen Blick zum Bett. Gut, daß Magdalena nicht aufgewacht war. Ruhig und irgendwie unschuldig und siegesbewußt schlummerte seine Frau in der Pracht ihrer aufgelösten dunklen Haare. Balthasar dachte: Herr, vergib mir meine Unduldsamkeit – sie schläft siegesbewußt und unschuldig. Siegesbewußt, weil ich das vollbringen gehe, wozu sie mich immer gedrängt hat. Und unschuldig, weil sie keine Schuld trägt an dem, was ich vollbringen will und was sie mich vollbringen heißt. Denn sie hat keine Ahnung, worum es sich handelt. Ich habe sie in nichts eingeweiht. Sie weiß nur, daß ich dem ach so liebenswürdigen Herrn Pontus versprochen habe, die Chronik für eine neue Ausgabe vorzubereiten. Aber ich habe ihr dabei verschwiegen, wie ich das anstellen muß (Weltanschauung in schriftlichen Arbeiten ist Männersache). Darum hat mir Magdalena auch nur das eine gesagt: Daß sich ein ehrlicher Mensch nicht so lange Zeit lasse mit der Erfüllung seiner Versprechen ... Und daß mir das nur zum Vorteil gereichen könne.

Jaja, ein paarmal hatte Balthasar – bemüht, sich seine Unzufriedenheit nicht anmerken zu lassen – Magdalena brummig geantwortet, das habe noch keine Eile. Denn er war, jedenfalls noch vor der Unterhaltung auf der Gedächtnisfeier, fest entschlossen gewesen, sich mit der neuerlichen Herausgabe und Ergänzung der Chronik Zeit zu lassen. Er hatte sich eingeredet (ohne es selbst so recht zu glauben), Herrn Pontus ein Schnippchen geschlagen zu haben. Herr Pontus hatte verfügt, ihm die Heiligengeistkirche zu lassen, und an dem vierten Teil der Chronik würde er zwei, drei oder gar vier Jahre arbeiten. Was konnte in dieser Zeit nicht alles geschehen! Zu hungern würde er mit seiner Familie jedenfalls nicht brauchen. Von den ersten beiden Ausgaben war ihm noch so viel Geld verblieben, daß er es nicht nötig hatte, sich wegen des versprochenen Tributs der Ritterschaft mit der dritten Ausgabe zu beeilen.

Jene Unterhaltung aber hatte Balthasar klargemacht, Herr Pontus würde ihm, erschiene die neue, ergänzte Ausgabe der Chronik nicht bis zum Sommer 1584 (oder sagen wir, wenigstens bis Ende dieses Jahres), die Heiligengeistkirche wegnehmen. Seltsam: Das, worauf er vor zwei Jahren, blutenden Herzens zwar, doch fast frohlokkend, selbst verzichtet hatte, mochte er heute nicht mehr missen. Aus hundert Gründen. Weil das dem Adel und den Ratsherren einen Triumph verschaffen würde, der den schützenden Damm durchbräche. Und natürlich auch wegen des Verlustes der Kirche selbst. Wegen seines von Jahr zu Jahr (manchmal sogar von Tag zu Tag) gewachsenen Ansehens, um das es mit einem Schlage geschehen wäre, sobald dieser Schwarzbart geruhte, den Herren Rotert, Tönnis und anderen einen Wink zu geben, daß er ihn, Balthasar, nicht mehr brauche. *Dann* wäre er sicher nicht einmal mehr für Wrangelsholm gut genug. Und schließlich konnte er auch Magdalenas wegen nicht verzichten. Jeder nur einigermaßen vernünftige Mensch in seiner Lage wird das zweifellos verstehen. Ebenso wie Epp, ihrer Ansicht nach wenigstens, nicht an seine Seite gehörte, wenn er auf der Kanzel von Heiligengeist herrschte, taugte er, verjagt von dieser Kanzel, auch nicht zum Ehemann für eine Bischofstochter.

Darum ging er jetzt das vollbringen, wozu er sich nach langem und zornigem Nachdenken durchgerungen hatte.

Mit einem Zipfel der Bettdecke bedeckt er Magdalenas entblößte Brust. Dann wirft er seinen alten braunen Schlafrock über, seine Dominikanerkutte, wie er ihn früher genannt hat. Mag er darin diesmal ruhig ein Hund Gottes sein. Aber wie lange kann er das bleiben?

Er schlüpft in die mit grauem Filz gefütterten Hausschuhe aus Seehundsfell, schlurft in die Vorratskammer, zapft sich einen Krug voll Bier ab und leert ihn in einem Zug bis zur Hälfte. Als er so dasteht, mitten auf dem rissigen Fußboden der Diele, vor den in die Vorratskammer führenden Stufen, muß er plötzlich daran denken, wie er hier einmal mit Epp gestanden und zu seiner eigenen Verwunderung Bier auf den Boden gegossen hat. Doch wie groß ist seine Überraschung erst, als seine Hand wieder ganz von selbst zuckt, auch ohne daß eine Frau dabei ist, die sich dem Gott der Erde verwandt fühlt. Er entleert den noch halbvollen Krug auf den rissigen Fußboden und denkt dabei erschrocken und zornig: Damit er mir, wenn nötig, hilft, verständlich zu machen, was ich tue, was dasselbe ist, wie tragbar zu machen, was ich tue …

Er geht hinauf in sein Arbeitszimmer und legt die Chronik vor sich aufs Pult. Nicht aus der Pultschublade nimmt er sie, sondern oben aus dem Wandschrank hinter dem verschlossenen Eisentürchen. Fehlen im Haus jetzt auch Langfinger, so hat es sie hier doch früher gegeben. Eigentlich sollte ihm das nun gleichgültig sein. Gäbe es sie auch – hol's der Teufel! –, er könnte ihretwegen ruhig sein. Jetzt verrichtet er ja selbst ihr Werk …

Raschelnd gleiten die Seiten unter seinem Daumen hindurch. Mit roter Tinte ist auf manchen etwas gestrichen, auf anderen etwas eingefügt. Das sind seine Berichtigungen. Ihre Zahl ist nicht allzu groß. Etliches hat er natürlich unkorrigiert gelassen, hat es einfach vergessen. Wie es dem Menschen mit Korrekturen manchmal so geht. Am Schluß des Buches hat Balthasar eigenhändig vierzig oder fünfzig engbeschriebene Seiten eingeheftet. Den neuen und vierten Teil der Livländischen Chronik, die Einleitung. Darin reibt er den Revaler Herren unter die Nase, sie selbst seien es gewesen, die ihn ermunterten, die ersten Teile dieser Chronik zu schreiben, hätten sich dann aber törichterweise ob der geschriebenen Wahrheit entrüstet. Er vergibt darin den ehrenwerten, neunmalklugen und ach so wohlwollenden Revaler Herren christlich ihre Kleinlichkeit und Überheblichkeit. Und er tut darin das, was sie bei den ersten Teilen vergeblich von ihm erwartet haben und nun, an den Lippen kauend, zur Kenntnis nehmen werden: Er widmet ihnen diesen vierten Teil. Da ist er also. Siebzig längere oder kürzere Kapitel, versehen mit einer ganz knappen Anmerkung. Geschrieben hat er diese Kapitel in den letzten Jahren und bei der Auswahl seiner Niederschriften in gewisser Weise Herrn Pontus' kritische Bemerkungen beherzigt. Vor zwei Wochen hat er diesen Band Winkler gegeben, als der kam und ihm seine Arbeit abforderte, damit Herr Pontus sie lesen könne ... Wofür dieser verteufelte Schwarzbart nicht alles Zeit findet! Dabei soll er zu einer Reise nach Finnland gerüstet haben, nun aber, wo Iwan IV. im März so plötzlich das Zeitliche gesegnet hat, wegen des neuen Großfürsten von Moskau mit dem Nowgoroder Statthalter korrespondieren ...

Eine Woche darauf, jedenfalls noch in den letzten Apriltagen, hat ihm sein Schwager das Buch zurückgebracht. (Wie unerträglich schwül es heute ist, man bekommt kaum Luft in diesem Zimmer! Balthasar zerrt so lange an dem gequollenen Fensterrahmen, bis sich das Fenster weit öffnen läßt, bis er mit Gesicht und Brust die erfrischende Kühle des frühen Morgens spürt ...) Winkler hat ihn wissen lassen, was Herr Pontus dazu geäußert hat: Acceptabile. Nur noch ein Dutzend Seiten specialiter in laudo regis ducorumque Sueciae.

Nun hat er also auch dieses Letzte getan. Hat ein Dutzend Lobeserhebungen geschrieben. Auf den grauen Blättern, die er jetzt dem eisernen Schrank entnimmt, vor sich auf dem Pult ausbreitet und liest. Ein Lob für Johan III. von Schweden. Die Siege der Schweden bei Narva, in Rußland und Livland. Noch ein Lob für Johan III. Lob für Carolus von Södermanland. Lob für die schwedischen Gouverneure. Lob für das schwedische Volk. Lob für die Schweden sonstiger Wohltaten wegen ... Aus dem Gefühl heraus, mit der Nase darauf gestoßen worden zu sein wie ein junger Hund, hat er diese Lobeshymnen zunächst mit bissiger Ironie gewürzt, bald jedoch eingesehen, daß das zu weit ginge und kein Spaß mehr wäre. So hat er auf ironische Bemerkungen verzichtet. Zurückgeblieben sind nur einige Spuren, die er selbst kaum noch als ironisch empfindet.

... Was die Gaben des Leibes und Verstandes anbelangt, hat Gott der Allmächtige an diesem Hochverehrten Könige (d. h. Johan III.) auch gar nichts vergessen ... Man hat auch keine Blut- oder Rachgier groß an ihm bemerkt ... Zur selbigen Zeit ist auch eine schwedische Kriegsmacht durch Wyborg in Rußland eingefallen, hat dort fast den ganzen Herbst gelegen

und unablässig geraubt, gemordet und gebrandschatzt ... Das Kriegsvolk des Schwedenkönigs hat zusammen mit einem kleinen Haufen Polen bei Wenden über sechstausend der vornehmsten und besten Kriegsleute des Moskowiters erschlagen ... Der Hochverehrte Johannes III. hat dem Moskowiter Kecksholm abgenommen und über zweitausend Menschen darin erschlagen ... Hat dem Moskowiter die Stadt Narva im Sturm abgenommen und über siebentausend Russen darin erschlagen ... Derwegen er auch aus herzlicher Zuversicht und Hoffnung zu Gott allewege den Wahlspruch geführt hat: Deus protector noster, welchen er auch auf alle seine Münzen hat schlagen lassen ... Die lobenswerten schwedischen Gouverneure haben sich der Haussorge und des Landes Wohlfahrt etwas besser angenommen als die vielen Ordensherren ... Und obwohl zu Reval oftmals viele Tausende schwedische Kriegsleute gelegen und ihrer alle Bürger- und Gildehäuser sowohl auf dem Domberg als auch in der Stadt voll waren, desgleichen auch alle Wohnungen und Winkel außerhalb der Stadt, und obwohl ihrer oft mehr waren als Bürger und Einwohner der Stadt zusammengenommen, so hat man doch kein unbillig Wort, auch keine gewaltsame Tat ihrerseits gehört oder gespürt ... Die livländischen Lande sind bereits zu Zeiten des Deutschen Ordens, größtenteils aber vom Moskowiter verheert und verwüstet worden, wozu dieser langwierige Krieg des Moskowiters wider den schwedischen König auch nicht wenig beigetragen hat ... Derhalben hat man aus Schweden alle Jahr den ganzen Krieg über Proviant mit vielen Schiffen nach Livland gebracht, nicht nur für die Schlösser und Festungen, sondern für alle schwedischen Kriegsleute, und so viel, daß alle zu den Schlössern gehörenden Bauern, alle Fuhrleute der Stadt Reval und auch alle Wagen und Pferde vom Schloß immerzu genug daran zu fahren hatten ...

In den letzten Tagen hat er diese ursprünglich spöttischen Ausfälle so gut wie irgend möglich in die üblichen gemäßigten Lobesreden gezwängt. Was ihm, offen gestanden, nicht sonderlich schwergefallen ist. So als habe nicht er, sondern ein anderer sich vor seinen Augen mit diesen letzten grauen Blättern abgeplagt. Balthasar hat sich dabei zuweilen auf die Unterlippe gebissen und gedacht: Es versteht sich von selbst, daß ich unter den gegebenen Umständen gegen den Moskowiter bin. Aber die Forderung dieser Revaler Herren, ich solle ihn noch stärker schmähen, hat mich damals störrisch gemacht, so daß viele mich schon für einen Anhänger des Moskowiters hielten ... Unter den gegenwärtigen Umständen bin ich natürlich auf seiten der Schweden. Doch wenn man mir den eisernen Handschuh auf den Nacken legt und mich mit dem Gesicht in den Dreck der Lobpreisung stößt, benimmt es mir den Atem ... Besonders wenn ich mich frage, ob künftige Generationen (was wäre das für ein Chronist, der nicht an sie denkt?) verstehen werden, daß ich diese Seiten nur unter Zwang geschrieben habe? Werden sie beispielsweise begreifen, daß die Verherrlichung Eriks XIV. und Johans III. auf den folgenden Seiten spöttisch gemeint ist? Wird ihnen auffallen, daß ich in den ersten Teilen über Eriks entsetzliche Bluttaten, in diesem letzten Teil aber über Johans Tausende sinnloser Morde geschrieben habe? Werden sie merken, daß ich zwei *Brüdern* Lob und Dank zolle, von denen jeder die Anhänger des anderen umbrachte und ein Bruder den anderen in den Kerker warf (ich habe ja darüber berichtet!), zwei Brüdern, von denen der erste sich ärgerte, daß er den zweiten nicht ermorden ließ? Auch darüber habe ich zu Beginn geschrieben, aber werden sie es auch merken? Und begreifen? Oder wenn sie sehen, daß ich von dem Ärger des ersten, den zweiten nicht getötet zu haben, erzähle – werden sie da nicht meinen, ich hätte auch darüber schreiben müssen, daß der zweite den ersten vergiftete, indem er ihm Arsen in die Erbsensuppe streute?

In den letzten Tagen ist es ihm so vorgekommen, als sei dieser Märtyrer ein anderer, während er als Herr seiner Entscheidungen von oben auf fremde Qualen herabblicke. Nun aber steht er am offenen Fenster, betrachtet seine auf die steinerne Fensterbank gepreßten ungeschlachten Hände und fühlt: Der Herr seiner Entscheidungen und der Mann mit dem bekümmerten, in den Dreck gestoßenen Bauerngesicht sind ein und derselbe – das bin ich! Es überläuft ihn kalt. Nein, die künftigen Generationen werden ihn nicht verstehen. Er aber muß gehen und tun, was er tun soll.

Balthasar wendet sich vom offenen Fenster und dem graubunten Himmel über dem Dach des Siechenhauses ab. Er tritt ans Pult, nimmt die Chronik, trennt die zusammengenähten zusätzlichen Seiten am Ende heraus und steckt die in den letzten sechs, sieben Tagen geschriebenen Einzelblätter zwischen die anderen. Eins hierhin, das andere dorthin, drei, vier zusammen noch irgendwohin. Er tut das mit zusammengebissenen Zähnen, ruckartig und schnell, seine Hand gehorcht ihm nur mit Mühe. Vielleicht beeilt er sich so, weil er spürt: Halte ich diese Seiten noch länger in der Hand, zerknülle ich sie ... Dann holt er ein Kästchen aus dem Pult. Nach Maß angefertigt bei Elken (o Gott, was ihm dabei alles in den Sinn kommt!). Er stößt die Tür auf, die auf den Treppenabsatz führt, und ruft: »Madle! Ma-adle!«

»Ja, Pastor?«

Das Mädchen hat unten Feuer im Herd gemacht und kocht nun für die Familie Haferbrei zum Frühstück. Balthasar sagt: »Geh und hol mir Märten. Aber gleich.«

Er legt die Chronik in das Kästchen und nagelt den Deckel zu. Er steht hinter dem Pult und lauscht mit geschlossenen Augen dem noch nicht verhallten Echo der Hammerschläge. Märten lehnt in der Tür.

»Guten Morgen. Was gibt es schon so früh?« Da fällt sein Blick auf das Kästchen, und er begreift. »Das da?«

»Ja, ja.« Balthasar nickt. »Sie muß wieder zum Hafen geschafft werden. Zum Kapitän der ›Gabriel‹. Diesmal wird sie nach Pommern in die Stadt Barth gebracht.«

»Zum Druck?«

»Ja. Der Herzog von Pommern hat im vorvorigen Jahr eine große neue Druckerei in Barth gegründet. Man wird sie dort drucken, falls ...« Er streift Märten mit einem flüchtigen Blick und schließt dumpf: »... falls ihr nicht das widerfährt, was der früheren um ein Haar widerfahren wäre.«

»Bei allen Teufeln – dazu kommt es nicht!« entgegnet Märten. »Jetzt habe ich sie ja schon in den Klauen.«

»Nun ja-a«, meint Balthasar gedehnt, »aber selbst wenn du sie nicht besonders festhieltest, es fände sich niemand mehr, der sie stiehlt und seinen Katechismus in das Kästchen legt.«

Man kann sagen, was man will: Eine fast fünfzig Jahre währende Blutsbrüderschaft, mögen ihre Bande auch schwächer geworden sein, ist und bleibt eine wunderbare Sache. Märten fragt auf einmal leise: »Pall« – er nennt Balthasar Pall, was er schon lange nicht mehr getan hat –, »soll ich sie auf dem Weg zum Hafen ... nicht lieber verlieren?«

»Nein«, erwidert Balthasar und schaut durch das offene Fenster zum graubunten Himmel über dem Dach des Siechenhauses. »Jetzt schleudern wir sie gemeinsam dem alten Grauen ins Gesicht. Und hoffen, daß künftige Regenfälle nach und nach das Ihre tun.«

Bei dem aus Haferbrei bestehenden Frühstück, zu dem Märten direkt aus dem Hafen kommt, das Gesicht vom raschen Gehen und vom Seewind erhitzt – beim Frühstück sitzt Balthasar schon wieder ganz gelassen da. Ebenso gelassen, wie er in diesem Sommer morgens Dutzende Male bei Hafer-, Gersten- oder Erbsbrei gesessen hat. Zusammen mit seiner schönen Magdalena, dem mächtig in die Höhe geschossenen Balzer und den Hausgenossen, die Gott sei Dank immer noch dieselben sind: Märten und Madle auf der einen, Päärn und Kiido auf der anderen Seite. Bestimmt sitzen Märten und Madle, Päärn und Kiido hier am Tisch zu nah bei ihm – oder auch zu weit entfernt –, als daß er die Spuren der Zeit auf ihren Gesichtern bemerken könnte: die Furchen in Märtens Mundwinkeln, die Krähenfüße unter Päärns Augen, Madles welkendes, hellhäutiges Gesicht und die grauen Fäden in Kiidos dichtem rötlichem Haar. Magdalena und Balzer dagegen scheinen gerade nahe genug bei Balthasar zu sitzen, damit dieser sehen kann, wie prächtig seine Frau in der letzten Zeit aufgeblüht ist, was für einen klugen Blick der Junge hat und wie erwachsen er geworden ist …

Balthasar tut es wohl, die beiden zu betrachten, denn Stiefmutter und Stiefsohn kommen – zur tiefen Befriedigung des Vaters – hervorragend miteinander aus. In anderen Fällen, auch in vielen Familien seiner Gemeinde, gestalten sich die Beziehungen zwischen Stiefmutter und Stiefkindern längst nicht so gut. Gewiß, an Magdalenas Verhalten Balzer gegenüber findet Balthasar manches befremdlich. Aber das liegt wohl einfach an seinem Alter, vielleicht auch (wie er gern zugibt) an seinen bäurischen Gewohnheiten. Magdalena behandelt den Jungen nicht wie eine Mutter ihren Sohn, sondern eher wie die ältere Schwester ihren jüngeren Bruder. Den elfjährigen Jungen beeindruckt das mächtig. Auch Magdalena selbst vergißt von Zeit zu Zeit, daß sie zweiundzwanzig Jahre alt und die Gattin eines Pastors ist.

Ja. Vor einer Woche haben Balthasar, Magdalena und der Junge – auch Märten und Madle waren mit – einen Ausflug aufs Land gemacht. Mit fünf Reitpferden. Zwei der Pferde stammten aus seinem eigenen Stall, zwei aus dem von Apotheker Belaváry, und das fünfte gehörte Magister Sunschein von Nikolai. Unternommen hatte er diesen Ritt, um sich mit dem Pächter seiner Mühle in Kollota über die Reparatur des Wehrs zu einigen und dabei gleich eine Stippvisite zu dem nahe gelegenen Hanijögi zu machen. Er wollte sich vom Zustand des kleinen Landgutes überzeugen, das Magdalena zu guter Letzt doch noch zugesprochen bekommen hatte, und sehen, womit die Felder in diesem Jahr bestellt waren. Sie ritten über Vaskjala, wo die St.-Jürgens-Kirche steht, und blieben auf Einladung von Magdalenas Bruder Johann und seiner Frau zum Mittagessen im Pfarrhaus. Das aber zog sich derart in die Länge, daß sie dort auch übernachteten und ihre Reise erst am nächsten Morgen vor Sonnenaufgang fortsetzten. Mit dem Kollotaer Müller wurden sie schnell einig. Er sollte das vom diesjährigen starken Eisgang gesprengte Wehr sofort ausbessern lassen. Balthasar aber versprach, dafür im nächsten Jahr auf die hundertzehn Mark Pacht zu verzichten. In Hanijögi hatte er mit dem Verwalter, Pärtel Tüll, zu reden, einem schmuddeligen alten Männchen, das Magdalena zusammen mit Gut und Inventar geerbt hatte. Über Felder, Mist und Saatgut und die vier Kühe. Auch darüber, daß von den zwanzig erwachsenen Bauern, die den Urkunden zufolge zum Gut gehörten, nur noch neun am Leben und an Ort und Stelle waren und darum auch nur die halbe Arbeit geschafft hatten. So ein Gespräch dauert natürlich seine Zeit. Bevor es jedoch begann, schleppte Balzer Magdalena auf eine Anhöhe am Fluß hinter der strohgedeckten Hütte des Verwalters: Sie spielten mit dem Lumpenball, den er in der Satteltasche mitgenommen hatte.

In Begleitung des Verwalters ging Balthasar das Dorf ab und sprach mit den beiden Familien, die sich noch Hanijögi zugehörig fühlten. Während dieser Stunde plagten ihn die widersprüchlichsten Empfindungen. Er fühlte sich abgestoßen und angezogen zugleich, wußte nicht, sollte er sich bei den Bauern wie ein Fremder vorkommen oder wie einer von ihnen. Dieses mehr oder weniger schnell vorübergehende Gefühl hatte er stets, wenn er mit Bauern zusammentraf. Als er endlich zurückkehrte – Madle hatte unter dem Kirschbaum schon weißes Linnen ausgebreitet und die Speisen darauf geordnet (das Haus des Verwalters war zu schmutzig, als daß man dort hätte frühstücken können) –, spielte Magdalena am Fluß immer noch mit Balzer Ball. Ihre Wangen waren gerötet. Die Augen glänzten. Die Schuhe lagen auf der Erde. Ihre Frisur hatte sich auf der linken Seite gelöst, und die Haare flatterten nun wie eine über die Schulter geworfene schwarze Mähne. Sie hatte Rock und Unterkleid geschürzt, so hoch, daß die Beine bis zur halben Wade entblößt waren.

Balthasar machte Magdalena deshalb keine Vorhaltungen. Nach einer beim Müller in Kollota schlaflos verbrachten Nacht – das Klappern des Mühlrades war gar zu ungewohnt – führte Balthasar seine junge Frau aus der Familie eines Bischofs am nächsten Morgen nach Kurgla.

So seltsam es scheinen mag, Balthasars Frau, die ja vornehmer Abkunft und sogar eine geborene »von« war, nahm an seiner bäuerlichen Herkunft keinen Anstoß. Nicht so wie einst Elsbeth, die dem Handwerkerstand entstammte. Seine Herkunft kam ihm nebensächlich vor, seit er Magdalena näher kannte. Vielleicht schon seit der Begegnung in Herrn Pontus' Empfangszimmer. Bei gründlichem Nachdenken aber wäre er vielleicht zu der Überzeugung gelangt, etwaige Minderwertigkeitsgefühle endgültig erst überwunden zu haben, nachdem er Herrn Pontus gegenüber sein Versprechen vom Frühjahr eingelöst hatte, sein Versprechen, das die Chronik betraf ... Offenbar hatte Balthasar endlich eingesehen: Er war nun einmal, wie er war, und so mußte man ihn auch nehmen. Ihn kümmerte nicht mehr, welchen Duft eine junge Frau bevorzugte, auch wenn es die eigene war: Moschus, den er in einem irdenen Fläschchen aufbewahrte und mit dem er sich morgens den Hals parfümierte, oder Mistgeruch, den einige liebenswürdige Revaler nicht müde wurden (und nie werden würden) ihm hinter vorgehaltener Hand zuzuschreiben.

»Schaut her – das ist mein neues Frauchen!«

Balthasar sagte es laut in Ohm Jakobs und Muhme Katis fast taube aschgraue Ohren hinein. Er stand mitten auf dem Kurglaer Hof im Gras, vor dem neuen Haus, das unter großen Mühen am südlichen Ende des früheren Grundstücks errichtet worden, aber nur halb so groß war wie das alte Haus. Magdalena schüttelte die steif gewordenen Greisenhände mit den ungelenken Fingern eifriger und herzlicher als nötig. Jedenfalls kam es Balthasar so vor. Während sie die Alten begrüßte, legte sie Balzer den linken Arm um die Schultern, als ob sie sich hinter dem Jungen verstecken wollte. Aber immerhin.

»Und das ist Piret«, meinte Balthasar, »die Witwe meines Vetters, deren Mann man ... du weißt sicher ...«

»Ja, ja«, bestätigte Magdalena. Sie versuchte estnisch

zu sprechen. Das gelang ihr so, daß sie in Reval jeder verstanden hätte, für die meisten hiesigen Ohren aber waren ihre Worte nicht verständlicher als das Zwitschern der schwarzköpfigen Grasmücke. Sie schüttelte die flinke Hand der zusammengeschrumpften abgemagerten Piret und erklärte: »Das ist die Frau, deren Mann man vor einigen Jahren umgebracht hat. Du hast dich in der Stadt dieses Falls angenommen. Mama hat einige Male davon gesprochen.«

»Na, sie kennst du ja schon und sie dich auch«, sagte Balthasar.

Sie – das waren die Söhne des ermordeten Jürgen, drei an der Zahl. Sie hatten abstehende rötliche Haarschöpfe, sonnenverbrannte Backenknochen und helle Augen, trugen Werghemden und waren barfuß. Barfuß gingen genaugenommen nur Joonas und Laur. Peep hatte Pasteln an den Füßen. Er war schon neunzehn und jetzt Herr auf Kurgla. Neben ihm, die Augen zusammengekniffen – vor Verlegenheit und weil die Sonne sie blendete –, stand die junge Herrin von Kurgla, Aale, aus dem Dorf Peningi. Dünn wie ein Grashalm. Vor zwei Wochen, am Georgentag, hatte sie ins Haus eingeheiratet.

Magdalena wollte auch Peeps junger Frau etwas Nettes sagen, doch Aale verstand kein Wort von der wunderlichen Sprache der unbekannten Dame und blieb ihr darum die Antwort schuldig. Ja, dachte Balthasar, diesen Ort hier kennt Magdalena längst dem Namen nach. Ebenso diese Leute. Die Jungen hat sie sogar schon in Reval kennengelernt – im vorigen Jahr kurz vor Weihnachten hatte er sie auf dem Markt getroffen, ins Pfarrhaus mitgenommen und Magdalena vorgestellt. Aber sie alle auf einem Haufen zu sehen, und nicht nur sie, denn auch die Bewohner der anderen Höfe, von Küti-Jaani und Neu-Pärtli, waren herbeigeeilt – sie alle auf einmal zu sehen, hier, inmitten der rauhen Balkenwände, inmitten üppig wuchernder Melde und Zäunen aus angekohlten Latten, den Geruch, den ihre Kleider ausströmten, wahrzunehmen, ihre Lumpen aus Werg zu sehen, die erdfahlen Gesichter der Alten und die wie versteinerten oder hochmütigen der Jüngeren, die unschuldigen Kinder, die spottlustigen Knaben und die Frauen, die furchtsam blickten wie Waldtiere – Herr, vergib mir, das ist etwas ganz anderes! Muß ja etwas anderes sein.

Bis zur Allee, die zum Pfarrhaus der St.-Jürgens-Kirche führte, schwieg Magdalena. Doch als sie sich schon Johanns gläserner Veranda näherten, als sie diese schon sehen konnten, trieb Magdalena ihr grauschwarzes Pferd an Balthasars Fuchs heran, ganz dicht. Über die rechte Schulter hinweg sah sie ihm in die Augen (da sie im Damensattel ritt, also seitlich saß, hatte sie ihm den Rücken zugekehrt), streckte von ihrem Pferd einen Arm zu ihm hinüber, schlang ihn um seinen Hals und meinte: »Du bist wirklich ein besonderer Mensch.«

Und obwohl Balthasar nicht ganz verstand, was seine Frau damit hatte sagen wollen, saß er des Morgens weiterhin mit gelassener Miene am Tisch, bei Gersten- oder Haferbrei, und beobachtete seine Hausgenossen. Ebenso gelassen war er auch während einer Mahlzeit im Spätsommer, als er – nach dem Dank für das Essen – vom Tisch aufstand und sagte: »Du weißt es sicher noch nicht, Magdalena.« Dabei fiel ihm ein, daß er die Neuigkeit ja selbst erst gestern erfahren, sie seiner Frau aber aus irgendeinem Grund vorenthalten hatte. »Nach zwölf Jahren hat man endlich geruht, einen Nachfolger für deinen seligen Vater zu ernennen.«

»Oho!« rief Magdalena aus. »Ein neuer Bischof ist ernannt? Wer ist es denn? Doch Dubberch?«

Balthasar schüttelte den Kopf. Magdalena fragte weiter: »Wer denn? Ja, wenn Gerstenberger noch lebte … Sunschein etwa? Das kann nicht sein, er ist nicht lange genug Hauptpastor.«

»Auch nicht Sunschein«, erwiderte Balthasar und konstatierte befriedigt, daß die Gedanken seiner Frau in die richtige Richtung gingen …

Auf einmal verstummte Magdalena, als habe es ihr die Sprache verschlagen, und rief dann aus: »Du liebe Güte – doch nicht etwa *du*?«

»Auch nicht ich«, versetzte Balthasar. Im nachhinein wollte ihm scheinen, er habe das irgendwie wegwerfend gesagt und nicht einmal über Magdalenas Vermutung gelacht. »Nein, nein, es ist ein Finne. Uns völlig unbekannt. Ein Finne aus Åbo. Christian Agricola. Der Sohn eines berühmten finnischen Bischofs. Und noch recht jung, sagt man. Dreißig oder ein bißchen darüber. Schon vor zwei Jahren war von seiner Ernennung die Rede. Doch damals ist er nicht gekommen, und alle haben ihn vergessen. Jetzt ist er hier. Gestern hat er seine Papiere dem Ministerium vorgelegt. Und nun wünscht er mit mir zu sprechen. Ich gehe zu ihm.«

Auf dem Weg in die Oberstadt suchte er sich noch einmal darüber klarzuwerden, welche Gefühle die Ernennung des Bischofs bei ihm ausgelöst hatte.

Wenn man schon Dubberch nicht zum Bischof ernannt hatte, konnte sich jedenfalls niemand übergangen fühlen. Denn Dubberch war das fünfte Jahr Propst der Oberstadt, und für Revaler Verhältnisse bedeutete das soviel, wie Nachfolger des Bischofs zu sein. Verfügte Dubberch auch nicht über große Geistesgaben, so war er doch ein würdiger Diener Gottes. Aber er war auch ein Pedant, sogar über die Maßen, und an dieser seiner Eigenschaft schien er, nebenbei gesagt, auch gescheitert zu sein. An seiner mürrischen Hartnäckigkeit, mit der er vom Adel Spenden für die Dorfkirchen forderte. Sunschein aber war selbstverständlich noch nicht lange genug Hauptpastor von Nikolai, um ernsthaft in Betracht zu kommen. Das hatte Magdalena ganz richtig erkannt. Was aber ihren Ausruf betraf, er selbst könnte zum Bischof ernannt worden sein (o Gott, ihm war nicht entgangen, *wie* lebhaft und verlangend dieser Ausruf war!), hol's der Teufel – leuchtete denn nicht jedem ein, daß ein Pastor der Grauen, wie lange er auch im Dienst, was für ein angesehener Mensch er auch sein mochte, hier, in dieser Stadt, nicht Bischof werden konnte? Schon gar nicht, wenn er seiner Herkunft nach selbst ein Grauer war. Wiederum, wenn es sich um einen für diesen Landstrich so ungewöhnlichen Menschen wie einen Chronisten handelte, den noch dazu halb Deutschland kannte, spielte es auch dann noch eine Rolle, daß er kein Deutscher war? Sollte das immer noch ein Hindernis auf seinem Wege sein? Wo doch ein in der ganzen Welt bekannter Mann wie David Chyträus ihm persönlich geschrieben hatte Reverendo & Clementissimo Domino Baldasaro Russovio, Doctori ecclesiae Revaliensi fratri carissimo und seine Chronik über den grünen Klee gelobt hatte?

Und was das Schlimmste ist, dachte er schmunzelnd, schon auf dem Platz vor der Kirche: Lassen meine Gedanken, die Haken schlagen wie ein Hase, nicht erkennen, daß nicht nur Dubberch mit seinem essigsauren Gesicht die getroffene Wahl mißbilligt, sondern erbärmlicherweise auch ich?

Als Unterkunft dienten dem Herrn Bischof Agricola samt seinem Schreiber und seinem Diener fürs erste drei auf die Straße hinausgehende Zimmer im Hause des Bischofs, was de facto auch heute noch bedeutete – im Geldernschen Hause. Bevor Balthasar also zum Bischof vordrang, begegnete er im Flur seiner äußerst erregten Schwiegermutter, die ihn in weithin hörbarem Flüsterton bat, so schnell wie möglich dafür zu sorgen, daß der Herr Bischof aus *ihrer* Wohnung in eine andere übersiedele. Balthasar merkte ihren Worten eine gewisse Unzufriedenheit mit dem Schwiegersohn an, die daher rührte, daß er sie enttäuscht hatte, doppelt enttäuscht: Er hatte es nicht fertiggebracht, selbst Bischof zu werden, und ihr daher obendrein Ungelegenheiten im Zusammenhang mit der Einquartierung des fremden Bischofs aufgehalst.

Und nun empfing dieser Knabe Balthasar also.

»Heu! Es collega Russovius, nonne? Gaudeo, gaudeo!«

Er eilte Balthasar entgegen, reichte ihm eine heiße, fest zupackende langfingrige Hand und sah ihn mit klaren, eifrigen Augen an, die grau waren wie Wasser. In der Tat, man konnte ihn nur einen Knaben nennen. Das schmale, bleiche Gesicht, die kurzen, sehr hellen Haare, seine Schlaksigkeit und dabei überraschende Beweglichkeit ließen ihn zehn Jahre jünger erscheinen, als er in

Wirklichkeit war. Balthasar mußte unwillkürlich lächeln: Frau Gelderns Opposition ließ ihn in gewisser Weise mit diesem Knaben fühlen, und die Jugend des Bischofs löste gegen seinen Willen fast väterliche Gefühle bei ihm aus. Der Bischof bot Balthasar Platz an, setzte sich selbst und eröffnete die Unterhaltung. Er sprach immer noch lateinisch, was den Unterschied zwischen dem Du und dem Ihr sofort beseitigte.

»Siehst du, das Schreiben des Königs über meine Entsendung nach Reval hat eine Weile auf sich warten lassen. Aber in den letzten anderthalb Jahren, während ich in Finnland weilte und auf meine Abreise wartete, habe ich mich für die hiesigen Geschehnisse interessiert. Um nicht in eine mir völlig fremde Umgebung zu kommen. Das Bischofsamt in Reval auszuüben übersteigt sicher meine Kräfte. Meine Ernennung habe ich der Hochachtung des Königs für meinen seligen Vater zu verdanken. Als ich mich auf meine Arbeit als Bischof von Estland vorbereitete, habe ich auch deine Chronik gelesen. Und begriffen, wie sehr dir das Herz blutet von allem, was hier geschieht. Darum erhoffe ich mir von dir besondere Unterstützung. In der nächsten Woche kommen die Vertreter der Ritterschaften Harriens, Wierlands, Jerwens und Wiecks nach Reval. Sie wollen sich zu einer einzigen Körperschaft zusammenschließen, der Ritterschaft des estnischen Herzogtums. Ich will warten, bis das geschehen ist. Besteht diese vereinigte Ritterschaft dann formaliter, schicke ich ihr meinen ersten Hirtenbrief. Ich möchte ihn ganz offen abfassen. Möchte die Dinge beim Namen nennen. Denn der Kirche gegenüber verhält sich der Adel nirgends so herzlos, hart und geizig wie hier. Und nirgends ist er so unmenschlich zu den Bauern. Dir aber liegt aus verständlichen Gründen das eine wie das andere – die Kirche und die Bauern – ebenso am Herzen wie mir.« Oho, über meine Herkunft ist dieser Knabe also im Bilde! Und er hat sich, ohne es direkt zu sagen, zu dem bekannt, was man von seinem eigenen Vater erzählt: daß er nämlich der Sohn eines einfachen Fischers gewesen sei. »Darum mußt du das

Konzept meines Hirtenbriefes lesen, und ich möchte mich darüber mit dir beraten. Denn mir scheint, *du* hast die Dinge beim Namen genannt, mehr als irgendein anderer in diesem Land.«

Balthasar spürte, die dankbaren Worte dieses Jungen taten ihm über die Maßen wohl. Er war geschmeichelt, versuchte dieses Gefühl zu unterdrücken und sagte mit Nachdruck: »Aus Erfahrung weiß ich, Eminenz, daß man die Wahrheit hier nur dann aussprechen darf, wenn der König den, der sie ausspricht, in Schutz nimmt.«

»Richtig, aber das ist überall so«, erwiderte der Bischof aufreizend hastig und altklug. »Doch wer die Wahrheit sagt, kann, sofern er mit Gottes Hilfe den Schutz des Königs genießt, diesen in verschiedenem Grade nutzen. De sententia mea protectionem regis maximaliter esse excercenda.«

In der darauffolgenden Woche kamen in der Oberstadt die Abgesandten der Ritterschaften zusammen. Aus diesem Anlaß hielt Bischof Agricola seinen Antrittsgottesdienst. Im großen Schloßsaal fanden drei Tage lang Versammlungen statt, einige in Anwesenheit der Herren de la Gardie und Boije, einige, um die Unabhängigkeit der Ritterschaften zu unterstreichen, ohne sie. Am dritten Tag wurde der Zusammenschluß der Ritterschaften bekanntgegeben. Drei Tage lang konnte man in der Stadt – in Gildesälen und Bierstuben, in Kirchen und Läden, auf den Straßen und auf dem Markt – weit mehr Prachtentfaltung sehen als sonst im Sommer, obwohl es infolge der bettelarmen Zeiten im Vergleich zur Zusammensetzung früherer Landtage eine recht gemischte Gesellschaft war. Morgens und tagsüber sah man die Frauen, Töchter und Söhne der Ritter, da viele mit Familie zum Landtag gekommen waren, gegen Abend fanden sich auch die Besitzer der Landgüter mit Frau und Kindern ein.

Doch bald schon strömten alle diese Menschen mit den Federhüten, Halskrausen, Seidenkleidern, Schleiern, prächtigen Ärmeln – die Männer trugen manchmal sogar Kettenhemden –, samt Pferdeknechten und Lakaien auf dem hinteren Wagentritt, samt Köchen und Dienern größtenteils zurück in die Dörfer, wo sie gewöhnlich den Sommer verbrachten. Den Ton in Reval angeben konnten nun wieder der hochnäsige Herr Kaufmann und der besorgte Handwerker und, wie es in letzter Zeit nicht selten geschah, der königliche Landsknecht, mochte dieser in seinem Äußeren und seinem Benehmen auch denkbar unköniglich sein.

Noch waren in den Schloßsälen nach dem Abschlußbankett des Vereinigungslandtages die Bierlachen auf den Fußböden nicht getrocknet, da ließ Bischof Agricola Balthasar zu sich in die Oberstadt rufen und legte ihm das Konzept seines Hirtenbriefes vor. Nebenbei gesagt, geschah das wieder im Bischofshaus, diesmal jedoch in dem auf den Garten hinausgehenden Schreibzimmer. Das Haus stand Seiner Eminenz mittlerweile vollständig zur Verfügung. Balthasar selbst hatte dem Ministerium dabei geholfen; denn das Verlangen seiner Schwiegermutter, im Bischofshaus bleiben zu wollen, war ihm unbillig erschienen. Er hatte schnell einige Räume des Hauses in der Raderstraße frei machen lassen, das nach Elsbeths Tod in seinen Besitz übergegangen war, und darin die Bewohner des Hauses an der Pferdemühle untergebracht. Das Haus an der Pferdemühle gehörte zu Magdalenas Mitgift, und Balthasar hatte die Schwiegermutter bewegen können, dahin umzuziehen.

Was nun Geist und Sprache des Konzepts des bischöflichen Hirtenbriefes betraf, so war beides ganz nach Balthasars Herzen. Nur enthielt der Entwurf natürlich nicht bloß Stoff für einen Hirtenbrief. Betrachtete Balthasar die Dinge nüchtern und ausgehend von seiner Lebenserfahrung, so war es ein ganzes kindlich-kühnes Bischofsprogramm für Jahrzehnte. Dieser Knabe schrieb, selbstverständlich seien vor allem die Adligen verpflichtet, den Wiederaufbau der im Kriege zerstörten Kirchen zu übernehmen. Und darauf zu achten, daß ihre Bullen, Kühe und Schweine nicht die wenigen noch erhaltenen Kirchen so abscheulich verunreinigten und entehrten, wie er das bei seiner jüngsten Reise durch das Land mit eigenen Augen gesehen habe. *Denn,* so schrieb dieser Knabe, *in ebenjenen Gotteshäusern haben die Adligen selbst die heilige christliche Taufe empfangen, und hier möchten sie in wohltuender Ruhe auch ihre Köpfe senken. Doch was möchten sie dann sehen? Gewiß nicht Haufen von Schweinemist!* Und weiter schrieb er, vakante Kanzeln sollten künftig durch Kandidaten besetzt werden, die nicht ausschließlich nur der Adel, sondern auch die Städte vorschlügen. Alle Kandidaten seien dem Bischof oder seinem Vertreter, dem Propst von Reval, vorzustellen, sie müßten ihre Papiere und Zeugnisse beibringen, damit klar ersichtlich sei, um wen es sich handle. Die Herren der Landgüter aber sollten den Bauern vor allem freie Zeit geben und sie samstags rechtzeitig von der Arbeit fortlassen. Jede Bauernwirtschaft sei verpflichtet, jährlich eine Wacke Roggen an die Kirche zu zahlen, jeder Einfüßling ein Külimit; davon und von den Abgaben des Adels seien die Kirchen in Ordnung zu halten und die Kirchhöfe einzufrieden. Die Pastoren hätten sich fleißig ihrer Aufgabe anzunehmen. Wer von ihnen nicht fließend Estnisch spräche, dem sei ein Tadel zu erteilen und zur Erlernung der Sprache eine Frist von einem Jahr zu setzen. Überhaupt müßten die Seelsorger auf ihre Eignung hin überprüft werden. Daraufhin, ob sie übergescheite Predigten hielten oder aber vielleicht sorg- und sinnlos daherschwafelten. Es sei darauf zu achten, daß sie nicht länger predigten als eine Stunde, damit sie sich nicht fortwährend wiederholten. Und darauf, ob etwa sittenlose Menschen oder Trunkenbolde unter ihnen seien, denen es mehr um Zecherei und Rafferei ginge als um die Gemeinde. Darauf, daß die Gemeindemitglieder ihre Kinder unbedingt in die Schule schickten. Und darauf, daß man, da es unter den Dorfkindern nicht wenige mit guten Anlagen gäbe, die begabtesten herausfinden und sie in die Revaler Domschule oder in die städtischen Schulen von Hapsal oder Narva schicken solle, damit die nächste Generation besser unterrichtet werde als die jetzige und es zu dem

Zwecke gebildete Menschen aus dem Volke gebe, die mit der estnischen Sprache aufgewachsen seien. Et cetera et cetera. Und es müsse nicht nur jede Kirche umfriedet sein, sondern jede Gemeinde solle auch ein Haus für die Kranken haben. Es folgten noch viele andere, die Unterhaltung der Kirchen, die Inspektionen und die jährliche Bischofssynode betreffende Einzelheiten. Alles war klar und streng und voller Eifer auf dem Papier dargelegt.

Ja. Balthasar las. Und sah aus dem Fenster des bischöflichen Arbeitszimmers auf die Gärten zwischen den Mauern, wo, schon ganz wie im Herbst, die leuchtendblaue Zichorie blühte. Er hielt Herrn Agricola gegenüber nicht mit seiner Meinung hinter dem Berg.

»Was du hier geschrieben hast, Eminenz, könnte auch aus meinem Munde oder meiner Feder stammen. Hm. Würde man dieses Material sichten und ordnen und vielleicht noch durch dieses oder jenes ergänzen, ergäbe das, so meine ich, drei Dokumente, nicht eines: erstens den Hirtenbrief, den Eure Eminenz zu schreiben wünscht, zweitens die Grundlagen einer Kirchenordnung im Episkopat und drittens Vorschriften für die Kircheninspektion.«

Was Balthasar dem Bischof jedoch nicht sagte, war dies: Dennoch, mein junger Freund, fürchte ich, sie werden, bevor du den vierten, was sage ich, den zehnten Teil von dem verwirklichen kannst, was du da schreibst, nein, bevor du überhaupt etwas tun kannst – sie werden dich, sobald sie dahinterkommen, was für ein Mensch du bist, mit allen Mitteln bekämpfen. Sie werden dir weismachen, in allem deiner Meinung zu sein, dir aber trotzdem auf Schritt und Tritt widersprechen. Und natürlich werden sie die königliche Unterstützung untergraben, die du anscheinend genießt, indem sie dein Tun in Zweifel ziehen, erst beim Statthalter, dann in Stockholm. Mit spöttischem Lächeln werden sie behaupten, du gäbest dich wie ein Kind unfruchtbaren Phantasien hin. Und bleibt dies wirkungslos, erklären sie dich zu einem gefährlichen, leichtfertigen Menschen. Fruchtet auch das nichts – aber gewöhnlich tut es das! –, werden sie kommen, mit Talern und Rundstücken klappern und versuchen, dich zu kaufen. Das einzige, womit sie hier gegen einen Bischof nicht vorgehen, sind Dolch und Gift. Statt dessen töten sie dich nach und nach – durch Entnervung, Ignorieren, Verleumdung, Hochmut …

Was Balthasar zwar deutlich fühlte, aber weder dem Bischof noch sich selbst eingestand, war eine beunruhigende, merkwürdige Mischung von Mitgefühl und Neid auf diesen Knaben, weil der bereit schien, sich so, sehenden Auges und ohne nach dem Ergebnis zu fragen, in den Kampf zu stürzen. Offen gestanden war es ein derart seltsames Gemisch von Mißbilligung und Entzükken, daß unklar blieb, warum Balthasar den Bischof nicht zur Vorsicht mahnte: weil er es für unangebracht hielt oder einfach aus Mitleid. Jedenfalls beschränkte er sich darauf, zu knurren: »Die Schwierigkeiten lassen sich natürlich vorhersehen.«

Worauf dieser Knabe, kaum merklich und, wie es Balthasar schien, fast töricht lächelnd, entgegnete: »Anders kann es doch gar nicht sein.«

Dann verwelkte die Zichorie unter Herrn Agricolas Fenster, und die Linden an den Mauern übersäten den Boden mit rostbraunen Blättern. Aber bevor noch der erste Schnee fiel, hörte Balthasar, der Bischof habe seinen Hirtenbrief an den estländischen Adel gesandt. Der Brief war von den Ritterschaften der Provinz erörtert worden und hatte beispiellose Unzufriedenheit und Spott hervorgerufen. Mitte Oktober, als ein heftiger Schneeregen niederging, kam ein Diener ins Pfarrhaus und brachte einen Brief. Darin bat der Bischof Balthasar, sich am Vormittag des nächsten Tages zu einem Gespräch bei ihm einzufinden. Als Balthasar aber tags darauf in der Oberstadt anlangte, sagte ihm der Diener, der Bischof liege krank darnieder und werde ihn rufen lassen, sobald er genesen sei. Doch man ließ ihn nicht rufen. Eine Woche später erfuhr Ostmann, Herr Agricola sei ernstlich krank. Er habe eine langwierige Brustkrankheit, die sicher um so länger dauern werde, als er lachend eine ihm von Herrn Burchard angeratene Kur mit Hundeurin abgelehnt habe.

Dann bedeckte Schnee die Erde, taute wieder auf und verwandelte sich in Matsch. Eines Morgens kam Märten in die Sakristei gestürzt, in solcher Eile, daß er sich nicht einmal die Füße an der Strohmatte vor der Tür abwischte.

»Du weißt es wohl noch gar nicht!« Unter dem Rockschoß zog er ein in weißes Leder gebundenes Buch hervor und legte es etwas respektlos vor Balthasar aufs Pult.

Balthasar schlug es auf. Er zuckte zusammen, vor Freude (daß es erschienen war) und vor Schreck (daß es *schon* erschienen war), und las: *Chronica der Prouintz Lyfflandt ... dorch Balthasar Russowen Reualiensem ... mith allem Flyte auersehen, corrigeret, verbetert, und mith velen Historien vormehret dorch den Autorem süluest. Gedrücket tho Bart in der Förstlicken Drückereye dorch Andream Seitnern. MDLXXXIV.*

»Woher kommt das auf einmal?«

Märten sagte: »Elbling verkauft sie seit heute morgen. Ein ganzes Dutzend hat er sicher schon verkauft.« Dabei musterte er den Freund mit einem Blick – oder kam es Balthasar nur so vor? –, als wolle er feststellen, welches Gefühl bei dem Chronisten in diesem Moment überwog: Freude oder Schreck.

Die Fässer mit der Chronik waren, wie sich herausstellte, diesmal ohne Behinderung durch den Zoll und ohne Ratszensur zu Elbling gelangt und zum Verkauf freigegeben worden. Mehr noch: Erst nach wütendem Protest seitens Elblings hatte der Rat seine Anordnung, die Chronik auch von den Buchbindern Ohm und Lang verkaufen zu lassen, rückgängig gemacht.

Balthasar behielt das Buch. Er vergaß, zu fragen, wieviel Elbling für ein Exemplar verlangte, um dem Freund das Geld erstatten zu können. Sobald Märten gegangen war, nahm er das Bändchen wieder in die Hand und schlug es auf, mal hier, mal dort.

Und las: ... *daß ich des Hochlöblichen und weitberühmten Johannes III., Königs zu Schweden, trefflicher königlicher*

Wohltaten gegen Livland allhier gedenke ... Herrgott, es hat sie doch wirklich gegeben! Wenigstens die Taten, die hier gemeint sind, ja, die gab es, und viele waren auch wirklich christlich und vernünftig, nur, ach ... *Die Hochlöbliche Krone von Schweden hat sich aus christlicher Liebe der armen verlassenen und trostlosen Stadt Reval erbarmt ... Die tapferen ritterlichen Männer und Kriegsobersten und Kriegsleute ... Der Hochlöbliche König hat aus väterlicher Fürsorge ... Ritterliche Gouverneure und Kriegshelden ... Die gerechten Mittel und hohen königlichen Tugenden des Hochverehrten Königs ... Der Hochlöbliche Fürst Carolus, Herzog zu Södermanland, des Hochverehrten Königes Herr Bruder ... Der schwedischen Gouverneure und Regenten Mühe, Arbeit und Sorge ...*

Balthasar starrte in den Schneeregen hinaus, der die graue Kirchenmauer peitschte und sie bald gestreift, bald beinahe schwarz erscheinen ließ. Nur daß er das schwerlich bemerkte. Ihm war, als versteinere sein Gesicht allmählich, von den Kinnladen bis hinauf zu den Backenknochen. Dabei fiel ihm ein, daß Herr Sum (wer weiß, was in diesen Jahren aus ihm geworden war), der ihnen in der Schule von verschiedenen Dingen erzählte, die ganz und gar nicht zum Unterricht gehörten, einmal erklärt hatte, wie man ohne Hilfe eines virtuosen Bildhauers oder Künstlers das genaueste Abbild eines menschlichen Gesichts herstellen könne. Man steckte einem Menschen Strohhalme in die Nase, damit er atmen konnte, und übergoß sein angefeuchtetes Gesicht mit dick werdendem Gips. Und ließ diesen dort erstarren. Nahm man dann dem Betreffenden später die Gipsmaske ab, konnte man diese mit Bronze ausgießen, und das Gesicht wurde so verewigt ...

Das Jahr 1585 war mit wechselndem Frost und Tauwetter angebrochen. Der Bischof genas langsam. Anfang Februar ließ er Balthasar zu sich rufen und las ihm einen Brief vor, den er dem König geschrieben hatte. Er enthielt die inständige Bitte, der König möge die Autorität des Bischofs – nebenbei gesagt auch beim Statthalter – gegen den hiesigen Adel stärken.

»Denn die Ritterschaften und ich«, sagte Herr Agricola, während er Balthasar den Brief vorlas, fast erfreut, »sind jetzt geradezu wie Hund und Katze.«

Ungefähr zur selben Zeit erschien Winkler im Pfarrhaus, und nicht nur, um des kalten Wetters wegen in Gesellschaft von Balthasar und Magdalena heißen Rheinwein zu trinken. Sondern auch aus einem anderen Grund. Er wartete für alle Fälle, bis er mit Balthasar allein war, und berichtete dann halblaut und in fliegender Hast: »Herr Pontus hat die neue Ausgabe deiner Chronik gelesen. Ein erstaunlicher Mensch! Nicht wahr? Sogar jetzt, wo alle Staatsfäden in seinen Händen zusammenlaufen, findet er noch Zeit dafür.«

Balthasar dachte: Merkwürdig, denselben Eindruck hatte auch ich von Herrn Pontus, als er sich zum erstenmal mit meiner Chronik beschäftigte. Doch mir scheint, in den begeisterten Worten meines sehnigen Schwagers klingt Lobhudelei an ... Winkler fuhr fort: »Er hat sie gelesen. Und seine Meinung zu äußern geruht. Ich kenne seine Art und habe darum gleich begriffen: Er hat das getan, damit ich dir seine Ansicht hinterbringe. Was du damit anfängst, ist deine Sache. Wenn du weißt, *von wem* sie stammt, dann ...«

»Und wie lautet seine Meinung?« fragte Balthasar ironisch.

»Ich habe mich bemüht, mir alles so genau wie möglich einzuprägen«, entgegnete der Schwager aufgeregt. »Immerhin sind es die Worte eines so bedeutenden Mannes, weißt du. Herr Pontus hat wörtlich gesagt: Hört, Winkler, Euer Schwager ist eine interessante Persönlichkeit. Ziemlich ungehobelt. Die lobenden Kapitel hat er hinten an seine Chronik angehängt. Die Hirten meines Vaters in Languedoc pflegten, wenn ich mich recht erinnere, einer störrischen Kuh, um sie zu reizen, sieben Glöckchen um den Hals zu hängen. Der Melkertrag wurde dadurch nicht geringer. Das Geläut aber war unvorstellbar. Dasselbe tut Euer Schwager. Er lobt König und Herzog und wen nicht noch alles über den grünen Klee. Aber er unterläßt, was kein *unbedeutender*

Schmierfink in seiner Lage unterlassen hätte – mich hat er mit keiner Silbe gerühmt. – Nach diesen Worten«, fuhr der Schwager fort, »lachte Herr Pontus lautlos und begann von anderem zu sprechen.«

Dieses Urteil von Herrn Pontus konnte man natürlich so auffassen, als habe dieser in hochfahrender Weise einmal mehr auf Balthasars unverbesserliches bäurisches Gebaren hinweisen wollen. Aber man konnte es auch ganz anders deuten, nämlich dahingehend, daß Balthasar, Herrn Pontus' Meinung zufolge, kein unbedeutender Schmierfink war, sondern ein ernst zu nehmender Schriftsteller. Doch welche Bedeutung hatte Herrn Pontus' Urteil genaugenommen …

In den folgenden Monaten ergaben sich für Balthasar im Ergebnis seines Tuns und seiner Arbeit sowie seines Befindens natürlich ebenso viele wesentliche und weniger wesentliche Umstände wie für andere in ähnlicher Lage auch: Gerüchte, die Lasten der persönlichen Pflichten und die gelegentlichen Freuden, der Gesichtsausdruck der Angehörigen, ihre Worte, Bewegungen, Stimmungen, erfreuliche und unerfreuliche Begegnungen mit weniger nahestehenden Menschen oder Fremden, wie sie uns unsere berufliche Arbeit ins Haus bringt oder zu denen es uns selbst in Erfüllung unserer Pflichten verschlägt. Eine Rolle spielt letztendlich auch, was wir essen und trinken, was für ein Wetter uns Gott heute beschert hat, aus welcher Himmelsrichtung die Wolken kommen und welche Farbe sie haben und ob in der Luft bloß Staub flimmert oder auch Lindenpollen, ob Sprühregen oder Schneeflocken. Alles Gegenwärtige, das uns an Vergangenes erinnert … Bei alledem kamen Balthasar von Zeit zu Zeit auch Herrn Pontus' dunkelhäutiges Teufelsgesicht und sein doppelsinniges Urteil über ihn selbst und seine Chronik in den Sinn. Hätte aber jemand Balthasars Befinden, seine Tätigkeit und die Umstände, die ihn zu seinem Tun bewogen, besonders die nebensächlichen, näher unter die Lupe genommen, ihm wäre aufgefallen: An einem heiteren, klaren, sonnigen Abend zum Beispiel, als die Luft voller Lindenblütenstaub war – und als Balthasar sich obendrein daran erinnerte, daß Herr Pontus ihn um ein Haar einen großen Schriftsteller genannt hatte –, hieß er Magdalena das weinrote Seidenkleid anziehen und die goldene Doppelkette der Geldernschen Großmütter umlegen und ging mit ihr in die Große Gilde, na, sagen wir mal, auf die Hochzeit von Herrn Holthusens Tochter. Und erzählte dort Magdalena und den anderen Gästen beispielsweise, daß der große Staatssaal in der Oberstadt bis zum Herbst nächsten Jahres fertiggestellt werden solle ... Dabei fiel ihm dann ein, daß dieser alte Sünder Märten und seine Madle ja noch immer nicht in christlicher Ehe verbunden waren, und er erschrak, daß er dergleichen bis jetzt unter seinem Dach duldete. Nun ja, Bischof Agricola bedachte in seinem Entwurf einer Kirchenordnung das bei der Landbevölkerung verbreitete Zusammenleben ohne Trauschein mit starken Ausdrücken und hatte vor, diese Mode mit Stumpf und Stiel auszurotten. Was natürlich ein hoffnungsloses Unterfangen war und eine der naiven Übertreibungen des Bischofs. Doch hier, in der Stadt, in Balthasars eigenem Hause, mußte diesem sündhaften Treiben sofort ein Ende gesetzt werden ... So erklärte er denn eines schönen Samstagabends im Spätherbst des Jahres 1585 in der Sakristei den spöttisch grinsenden Märten und die zu Tränen gerührte Madle zu Mann und Frau. Doch ganz beglückt war er davon nicht. Noch weniger beglückt war er, als ihm der respektvoll lächelnde Topff in einem klingenden Geldbeutel aus Tuch eine Summe brachte, die der Adel dem Statthalter geschickt und die dieser an den Rat weitergeleitet hatte. Sie belief sich auf etwas mehr als tausend Mark.

»Wofür?«

Balthasar ahnte, wofür, fragte aber trotzdem. Und Topff antwortete fast im Flüsterton, wobei er sich mit besonderem Vergnügen verbeugte: »Wenn ich recht verstanden habe, hochverehrter Herr Balthasar, ist dies der Euch für die Chronik zustehende Tribut der estnischen Ritterschaft für das laufende Jahr.«

Herr Pontus hatte also Wort gehalten. Und diese Summe, dreimal mehr, als Balthasar für sein Predigeramt erhielt, sollte, wie ihm klargeworden war, von nun an jedes Jahr bei ihm eingehen, bis ans Ende seiner Tage oder doch, solange Herr Pontus hier den König vertrat. Hm. Aber schließlich hatte auch er, Balthasar, sein Herrn Pontus gegebenes Wort gehalten! Und das würde noch länger Früchte tragen, vielleicht sogar noch nach seinem Tod …

O Teufel, Bischof Agricola schrieb und hatte Balthasar vorher schon davon erzählt, daß in Hapsal und Narva städtische Schulen eröffnet und die Kinder der Einheimischen dorthin geschickt werden sollten. Er hatte auch schon begonnen, diese Schulen ins Leben zu rufen. Das war wieder eine der schönen naiven Übertreibungen dieses Knaben – wo es doch hier, in der Heiligengeistschule im Herbst so stark durch das schadhafte Ziegeldach geregnet hatte, daß wochenlang kein Unterricht stattfinden konnte. Nach dem Besuch von Topff ließ Balthasar Ende September, gleich am ersten klaren sonnigen Morgen, Küster Meckius in sein Arbeitszimmer heraufkommen und gab ihm zweihundert Mark. Aus ebenjenem Tuchbeutel, den er hinter dem Eisentürchen des Wandschrankes verwahrte. Von diesem Geld solle Meckius das Dach und die Öfen der Schule ausbessern lassen, bevor die Winterfröste einsetzten. Als der ihm, unter vielem »M-m« und »Äh«, seinen Dank abstatten wollte, sagte Balthasar fast böse: »Schon gut. Wenigstens etwas Reales.«

An trüben Herbstabenden aber, wenn im Schornstein der Südwestwind heulte und die Wetterfahnen auf dem Pfarrhaus angsterregend knarrten, wenn im Bodensatz des Bieres Fischgalle zu sein schien, rief sich Balthasar ins Gedächtnis, daß Herr Pontus ihn mit seinen Languedocer Hirtenjungen auf eine Stufe gestellt hatte. Dann küßte er Magdalena nur flüchtig aufs Ohrläppchen, begab sich, ohne erst eine Einladung des Bischofs abzuwarten, zu diesem in die Oberstadt und erörterte mit ihm bis Mitternacht (Märtens und Madles Heirat zum

Trotz), wie die Pastoren nicht kirchlich getraute Pfarrkinder, die das heilige Abendmahl empfangen wollten, zu tadeln hätten, bevor sie ihnen den Leib Christi gaben und Absolution erteilten. Oder er unterbreitete dem Bischof (repariertem Dach und instand gesetzten Öfen zum Trotz) seine eigenen Vorschläge. Der Bischof solle den Pastoren der bessergestellten und volkreicheren Kirchgemeinden einen Hirtenbrief schicken und sie darin auffordern, verläßliche und gescheite Küster mit untadeligem Ruf zu suchen und im Pfarr- oder Küsterhaus einen geeigneten Raum oder sogar ein dafür geeignetes Gebäude ausfindig zu machen und dort eine Küsterschule für die Gemeindekinder zu eröffnen. Wie das, dem Hörensagen nach, vor dem großen Krieg in einigen Gemeinden ja auch schon geschehen sei. Der Bischof hörte sich das alles an, die Hände im Nacken verschränkt, die Augen geschlossen. Beim Licht der Kerzen bemerkte Balthasar, wie seine Lider zitterten, als er sagte: »Frater carissime, von Zeit zu Zeit bewahrst du mich vor überstürzten Entschlüssen. Mitunter aber bist du selbst unbezähmbarer, als ich zu sein wage.«

Am Morgen des zweiten Oktober, als nach überraschendem Kälteeinbruch sich die Erde unter dem kalt gewordenen Himmel wieder mit raschelnden gelben Blättern bedeckt hatte, war Balthasar mit Märten hinter dem Bleeksberg gewesen, um der kranken Frau des Gerbers Peeter die Sterbesakramente zu bringen. Sie waren vielleicht zwanzig Schritt von der Brücke entfernt, in der Nähe des Siechenhauses, als, aus der Stadt kommend, eine glänzende Reiterschar hinter den Häusern am Fluß hervorsprengte und auf die Brücke zuhielt. Ein halbes Dutzend prächtiger Reiter war es, allen voran ritt Herr Pontus, neben ihm der Ratsherr Rotert. Ihnen folgten noch andere und hinter den maßgebenden Leuten auch solche, die eine untergeordnete Stellung bekleideten. Auch Schreiber waren dabei: Tatsächlich gewahrte Balthasar unter ihnen sogar das magere, dienstbeflissene Gesicht seines Schwagers Winkler. Den Zug beschlossen etwa fünfzig Reiter, von den Herren offensichtlich zu ihrem Schutz und als Ehrengarde mitgenommen.

Unter lautem Hufgetrappel ritten die Herren auf die Brücke, um den Fluß zu überqueren. Balthasar und Märten – sie waren gerade an der Brücke angekommen – blieb nichts weiter übrig, als beiseite zu treten und sich zu verneigen. Dicht vor Balthasar zügelte Herr Pontus seinen Rappen, hob den linken Arm und gab den anderen dadurch ein Zeichen, gleichfalls anzuhalten, so daß auf der Brücke dichtgedrängt Pferde mit ihren Reitern standen. Balthasar richtete sich auf. Er sah Herrn Pontus an. Beim Morgenlicht wirkte dessen Gesicht gelber als sonst. Herr Pontus fragte lächelnd: »Was meint Ihr, Herr Balthasar, ist es ein gutes oder schlechtes Vorzeichen, daß wir beim Übergang über diesen Rubikon« – mit der behandschuhten Hand deutete er auf das graue Wasser – »Euch begegnet sind?«

Balthasar hörte, wie sich die Wellen – der Fluß führte jetzt im Herbst Hochwasser – an den Stützpfeilern brachen, und dachte: Seltsame Frage. Was soll ich dir Teufel darauf antworten? Er sagte: »Ein gutes.«

»Um so besser.« Über Herrn Pontus' Gesicht huschte ein kaum wahrnehmbares spöttisches Lächeln. »Ich bin auf dem Wege nach Narva. Um mit dem Abgesandten des Zaren Fjodor Friedensverhandlungen zu führen. Gebt uns Euren Segen!«

Balthasar drehte, soweit das möglich war, seinem alten Widersacher Herrn Bartholomeus Rotert die linke Seite, ja fast den Rücken zu, hob die rechte Hand und machte in der Luft das Kreuzzeichen über Herrn Pontus' Brust. Was heißen sollte, er habe, indem er Herrn Pontus segnete, allen seinen Segen erteilt, allen mit Ausnahme Bartholomeus Roterts. Mochte das begreifen, wer konnte ...

Herr Pontus sprengte mit seinen Begleitern in Richtung Laaksberg davon. Balthasar und Märten aber eilten zurück in die Stadt. Zwar kam es Balthasar im Laufe des folgenden Monats von Zeit zu Zeit in den Sinn, daß es seine Christenpflicht gewesen wäre, auch Herrn Rotert den Segen zu erteilen, doch maß er dem weiter keine Bedeutung bei.

Und dann kam der Abend des vierten November. Der Himmel war grau, es dämmerte schon. Obwohl schon die dritte Woche Schnee den Erdboden bedeckte, schien es um fünf Uhr dämmeriger zu sein als sonst. Da tauchte im Nordosten plötzlich eine ungewöhnlich schwarze Wolke auf, bewegte sich vom Laaksberg her auf die Stadt zu und trieb dichten nassen Schnee vor sich her. Balthasar merkte nur, daß es im Zimmer dunkler geworden war, und zündete eine Kerze an, damit Balzer sich nicht die Augen verdarb, wenn er ihm den Cäsar vorlas. Märten aber, der gerade Holz für den Kamin in die Stube gebracht hatte, rief, sie sollten sich bloß einmal ansehen, was für ein Wetter draußen sei. Balzer ließ augenblicklich sein Buch im Stich und rannte hinaus. Balthasar eilte dem Jungen nach. Zu dritt standen sie mitten auf dem Hof und schauten zum immer schwärzer werdenden Himmel empor. Balthasar selbst war es, der vorschlug: »Steigen wir auf den Turm.«

Als die Männer Balzer auf die Galerie des Glockenturms gefolgt waren, bedeckte die schwarze Wolke bereits den ganzen Himmel im Osten, ihr vorderer zerfetzter Rand hatte fast den Zenit erreicht. Märten meinte: »Als ob Herr Pontus mit allen seinen Heerscharen aus Narva zurück nach Reval fliegt.«

Der Schnee, der aus dieser Wolke fiel, hatte die Vorstadt samt dem Siechenhaus völlig eingehüllt, und Revals Türme im Nordosten befanden sich bereits im weiß schimmernden Wirbel des nassen Schnees. Da fielen auch schon die ersten Flocken auf die Galerie, und die Grenze des heftigen Schneefalls lag nun direkt über dem Heiligengeistturm. Märten – er hatte offenbar Bier getrunken – streckte den Arm aus und beschwor mit weit aufgerissenen Augen die auf seinem Handteller schmelzenden Schneeflocken:

»Und ich warte wie benommen,
Daß die Lanzenträger kommen,

Feuerraben, Geister Schwall,
Aus dem Schnee, von überall!«

Er schaute von seiner flachen Hand auf und sah Balthasar an, enttäuscht und siegesbewußt zugleich. »Siehst du, Schmelzwasser und keine Spur von einem Teufel!« In diesem Moment brach die Wolke auseinander, und um den Turm herum wirbelte ein die Augen blendendes Himmels- oder Höllenfeuer. Ein Krachen hob an, so ohrenbetäubend, als würden hier, auf der Galerie, zwanzig Kartaunen gleichzeitig abgefeuert.

Während man in den Kirchen für einen guten Ausgang der Verhandlungen betete, ließ dieses merkwürdige Vorzeichen Zweifel aufkommen und sorgte in der Stadt mehrere Tage lang für Gesprächsstoff. Balthasar aber plagte nach Märtens seltsamen Worten ein noch größerer Zweifel. Am vierten Tag dann traf in Reval die Hiobsbotschaft ein.

Am Abend des fünften November hatte Herr Pontus, aus dem Lager kommend, in dem die Friedensverhandlungen stattfanden, an der Spitze der schwedischen Gesandten sein in der Pljussa-Mündung ankerndes Schiff bestiegen, um nach Narva zurückzukehren. Der Verhandlungsort – drei, vier Zelte standen dort – befand sich auf dem höchsten Punkt der großen Narva-Schleife, der Mündung der Pljussa gegenüber. Man war hier schon zum drittenmal zusammengetroffen, um über den Frieden zu reden. Anfangs hatte es kaum Hoffnung auf eine Übereinkunft gegeben, doch am Morgen des fünften November schien sich das Blatt zu wenden. Im Ergebnis eines ermüdenden und hartnäckigen Wortgefechts durften die von Hoffnung erfüllten Gesandten an Deck ihres Schiffes erleichtert aufatmen. Tags darauf würde höchstwahrscheinlich eine Einigung zustande kommen: Zar Fjodors Beauftragte hatten sich bereit erklärt, den Waffenstillstand um vier Jahre zu verlängern, unter der Bedingung, daß Schweden Estland behielt, dafür jedoch auf sämtliche Eroberungen östlich der Narva verzichtete. Und plötzlich – so erzählten alle nach Reval zurückgeeilten Herren –, plötzlich hatte das Schiff, eine Stütze der alten Peipussee-Flotte, ein Leck bekommen. Kaum war der Ruf ertönt, das Schiff sei leck, da wurde es auch schon vom Wasser überflutet, so als hätte man mehrere Bohlen im Schiffsboden gleichzeitig aufgerissen. Dutzende von Menschen, viele in schweren Rüstungen, stürzten von der dem Land zugekehrten Seite, wo sich das Leck gebildet hatte, zur gegenüberliegenden, und das Schiff kenterte. Kenterte mitten auf dem eiskalten vierhundert Ellen breiten Fluß mit seiner reißenden Strömung, eine Meile oberhalb des Hafens Kulgu, an menschenleeren Ufern, als es schon fast dunkel war.

Siebzehn Menschen ertranken. Darunter auch Herr Pontus, dessen Leiche ans Ufer gespült und erst am nächsten Tag entdeckt wurde. Außer ihm kamen Otto Taube, Brun Dücker, Moritz Duve und der Revaler Ratsherr Bartholomeus Rotert um. Bei den Moskowitern löste Herrn Pontus' Tod unbeschreiblichen Jubel aus. Tags darauf, als sie, zu den Friedensverhandlungen versammelt, davon erfuhren, begannen sie am Ufer und zwischen den Zelten laut Kirchenlieder zu singen, zu Ehren von St. Nikolaus dem Wundertäter.

Das Wasser, das schon zweimal versucht hatte, Herrn Pontus zu verschlingen – 1576 bei Bornholm, als sein Schiff auf ein Riff auflief und er darin eine Viertelstunde um sein Leben kämpfte, und 1582, als er im Finnischen Meerbusen im Frühjahr in ein Eisloch stürzte und gezwungen war, sein Pferd zu opfern, um sich selbst zu retten –, das Wasser hatte ihn also doch noch verschlungen, wenn auch bloß das Wasser der Narva. Es hatte ihn aufgenommen samt Bartholomeus Rotert und den anderen, ohne überhaupt zu fragen, wen von ihnen Balthasar gesegnet hatte und wen nicht.

Eine Woche darauf kehrte auch sein Schwager Winkler aus Narva zurück. Die Verhandlungen über die Verlängerung des Waffenstillstandes auf Grund des Vertrages mit dem Moskowiter waren auf Weihnachten verschoben und Herrn Pontus' sterbliche Überreste bis zu ihrer Überführung nach Reval auf seinem auf halbem

Wege dorthin gelegenen Landgut Kolk gelassen worden. Außerdem gab Winkler bei einem Glas Wein gewisse Einzelheiten des Schiffsunterganges preis, über die man sonst besser schwieg und die vielleicht auch Winkler für sich behalten hätte, hätte ihn nicht nach dem eiskalten Bad ein heftiger Husten geplagt. Übrigens, erst als Balthasar diese Einzelheiten kannte, begriff er endgültig, *wie* offensichtlich ihm Gott mit dieser Geschichte einen Fingerzeig gab, nachzudenken und zu handeln.

Das Leck hatte Herrn Pontus' Schiff an jenem Abend keineswegs auf unbegreifliche Weise und wer weiß wovon bekommen. Für dieses Unglück gab es einen ganz offenkundigen, verhängnisvollen Grund. Und daran, daß Herr Pontus ertrank, war auch keineswegs seine Schwäche nach einem gerade erst überstandenen Gallenleiden schuld – wie die Beamten des Statthalters befehlsgemäß sagen sollten. Betrunken war er gleichfalls nicht. Der frohen Stimmung, die an Deck des Schiffes herrschte, und des schneidenden Windes wegen hatte er allerdings erlaubt, zwei kleine Fässer Wein anzuzapfen. Man könnte nun meinen, ohne diesen Wein wären die einen im Wasser weniger hilflos, die anderen aber vorsichtiger gewesen. Das Unglück selbst rührte jedoch daher, daß jemand nach dem Anzapfen der Fässer gerufen hatte (niemand wußte genau, wer, Winkler vermutete, es sei Herr Pontus gewesen), das Schiff solle, wo man sich Narva doch in so froher, siegessicherer Stimmung nähere, sich selbst zu Ehren Salut schießen!

»Und weißt du, alle schrien auf einmal: Salut!« sagte Winkler. »Salut zu Ehren von Herrn Pontus! Zu Ehren des Königs! Zu Ehren des Allerhöchsten! Zu unser aller Ehre! Salut! Mein Gott, schließlich standen ja vier Kanonen an Deck. Vier ausgewachsene Haubitzen, die auf dem Meer, wo man mit hohen Wellen rechnen mußte, für diese Nußschale zu schwer gewesen wären, waren für See- und Flußschiffe bestimmt. Die Artilleristen, die ebenfalls Wein getrunken hatten, machten sich ans Werk; das Schiff fuhr, Schüsse abgebend und Feuer speiend, ein buntes Feuerwerk, an den unbewohnten bewaldeten Ufern entlang. Und brach auf einmal einfach auseinander.« Winkler sagte achselzuckend: »Wie ein Floß, weißt du, bei dem plötzlich die Balken auseinanderrutschen!«

Balthasar stellte sich das alles so deutlich vor, als sei er selbst mit dem Schiff untergegangen. War das etwa kein Fingerzeig für ihn, endlich die Wahl zu treffen, zu der er sich in den letzten Jahren und besonders in den letzten Monaten nicht hatte durchringen können? Die Wahl zwischen zwei Dingen, wovon das eine der Geist von Pontus de la Gardie war.

Personifizierte Herr Pontus hier etwa nicht sowohl den König und die Königsmacht als auch die Aussöhnung mit dieser Macht, den Dienst für diese Macht und das Liebäugeln mit ihr? Balthasar, der Bedauern empfand, zugleich aber auch Freude über seine Befreiung, dachte: Die jährliche Abgabe der Ritterschaft für die Chronik habe ich ein einziges Mal erhalten. Nun, wo Herr Pontus tot ist, wird es natürlich niemandem auch nur im Traum einfallen, mir diesen seltsamen Tribut weiter zu entrichten. Und dann dachte Balthasar noch: Herr Pontus hätte sich ja auch ein Jahr früher zu Gott oder zum Satan scheren können. Er erschrak selbst über seine schamlosen, unchristlichen Gedanken. Trotzdem, wenn die Vorsehung schon Herrn Pontus' plötzlichen Tod beschlossen hatte, so hätte er wirklich sterben können, bevor ich diese letzten Tonklumpen in die Chronik stopfte ... Nun hatte Gott Herrn Pontus doch zu sich gerufen, Balthasar bei dieser Gelegenheit die Eitelkeit hochmütiger menschlicher Segenswünsche klargemacht und ihm – das war die Hauptsache – mit erstaunlicher göttlicher Klarheit zu verstehen gegeben, er solle nicht nach oben schauen, nicht auf den König oder seine Statthalter, deren vertrauter Umgang mit ihm Balthasar stets geschmeichelt und doch auch wieder schmachvoll gedünkt hatte! Sondern er müsse um seines eigenen Seelenheils willen mit aller dem Menschen verfügbaren Hingabe und Inbrunst an die Unglücklichen und Erniedrigten denken. Nicht nur an die unter den Revaler

Grauen, die immerhin durch Mauern, wenn schon nicht vor allem, so doch wenigstens vor dem schrecklichsten Unheil, wie beispielsweise vor Räubern und Wölfen, geschützt waren, sondern auch an die Unglücklichen jenseits der Stadtmauern, von denen er letztendlich selbst abstammte ... Den Geist der Sorge um sie verkörperte niemand! Absolut niemand, wenn man Bischof Agricola, diesen Knaben, und Balthasar selbst nicht mitrechnete!

Mehrere Tage lang stand er oben hinter seinem Pult und fertigte Entwürfe für den bischöflichen Brief zu den Küsterschulen an. Immer wieder zerknüllte er die Blätter, die er vollgeschrieben hatte, und warf sie in die Ecke. Bald schien ihm, das von seiner Feder Verfaßte könne den schüchternen und stumpfsinnigen Dorfpastoren verfrüht und übereifrig vorkommen und sie darum abschrecken. Bald schämte er sich der Demut und Leisetreterei der eigenen Worte.

Am fünfzehnten November langten mehrere Schlittenwagen mit den Leichen der meisten Ertrunkenen in Reval an. Als Märten Balthasar die Nachricht brachte, auch Herrn Roterts sterbliche Überreste seien hierher überführt worden, beschloß Balthasar nach einigem Kampf zwischen seinem selbstsüchtigen und seinem großmütigen Ich, die noch nicht beendete Arbeit für eine Stunde beiseite zu legen und in die Olaikirche zu gehen. Um wenigstens Herrn Roterts sterbliche Hülle zu bekreuzigen und das zu vollbringen, was er für den Lebenden nicht hatte tun wollen. Er führte seine Absicht aus und verließ dann das Gotteshaus, bevor das Beerdigungszeremoniell beendet war. Sein Schwager Walther aber blieb noch bei den Ratsherren und ihren Frauen in der bis zum Bersten gefüllten Kirche und sang, an der im Boden klaffenden Grube stehend, mit allen anderen weiter. Als Balthasar wieder auf der Straße stand, durch die der Nordwind fegte, sah er zum Himmel (dem trostlosen Novemberhimmel rings um den Turm der Olaikirche, dem völlig leeren Himmel ohne Wunderseil und Seiltänzer), und auf einmal begriff er, warum er es so eilig gehabt hatte, Herrn Rotert vor den Augen der ganzen Stadt Absolution zu erteilen: Weil er hoffte, wenn er, Balthasar, dem Ratsherrn die erbärmlichen und hartnäckigen Intrigen gegen seine Chronik wenigstens an seinem Sarg verzieh, so werde Gott bereitwilliger den von ihm verfaßten Brief zu den Küsterschulen unterstützen – und das andere, was er noch vorhatte.

Jenes andere war freilich einstweilen bloße Vorahnung, kein fester Plan. Trotzdem dachte er: Vor dem Kriege, während der Ordenszeit, die – Herr, erbarme Dich! – in meinen Kindheitserinnerungen viel zuverlässiger und milder erscheint als die heutige, von Kriegsnöten geplagte unsichere Zeit, damals also hat der kleine Pistelmacher Kimmelpenning ganz allein dem Rat die Summe von tausend Mark zur Verfügung gestellt, damit unbemittelte estnische Kinder zur Schule geschickt werden konnten. Warum soll es jetzt, wo wir uns schon so oft befreit haben, vom Orden, von den Dänen, den Polen und dem Moskowiter, wo es uns unter dem allerheiligsten Zepter Seiner Majestät Johans III. wohl ergeht, nicht möglich sein, sagen wir, ein bischöfliches Stipendium für solche Schüler zu stiften? Denn die gibt es immer! Selbst wenn es solche hungrigen, aber eifrigen Jungen, die es noch weiterbringen wollen, in der städtischen Schule von Reval oder anderorts derzeit scheinbar nicht gibt – ist es dann nicht unsere vornehmste Pflicht, sie zu *suchen*? Während der Konfirmation, bei Schulrevisionen, überall muß man diesen aschblonden oder hellbraunen, diesen zerlumpten und ungekämmten Kerlchen aufmerksam in die Augen sehen und die auswählen, denen der Herr seinen göttlichen Funken in den grauäugigen Blick gelegt hat! Muß sie fördern, anspornen, belehren und ihnen die Rute geben, um Menschen aus ihnen zu machen, edelmütige Menschen – Herr, Du weißt, es ist kein Hochmut, was aus mir spricht, denn jeder kann ein niedrigdenkender oder ein hochherziger Mensch werden! Edelmütige Menschen, damit sie dann auch ihre Brüder und Schwestern und sonstigen Verwandten mitziehen und auch sie zu Menschen mit edler Gesinnung werden.

Vor Weihnachten suchte Balthasar zweimal den Bischof auf und setzte ihm das in beredten Worten auseinander. Der Bischof hörte ihm zu, die Hände im Nacken verschränkt, die Augen geschlossen, wie gewöhnlich. Dann sagte er: »Dieser Gedanke findet sich auch in meinem Entwurf einer Kirchenordnung. Entsinnst du dich? Doch nun, wo ich dasselbe aus deinem Munde vernehme, begreife ich, warum das Revaler Ministerium – daran erinnerst du dich sicher auch – zu meinem Plan nur geschnauft hat. Und warum die Führer der Ritterschaften – davon weißt du nichts, aber ich habe es gehört – erst wie gelähmt waren, dann aber losfauchten. Trotzdem, Frater carissime, sage ich: Nun erst recht!«

Zu Weihnachten und Neujahr war der Bischof erkältet, und seinen Gottesdienst übernahm Dubberch. Am Dreikönigsfest, als Dubberch den Bischof in der Domkirche vertrat, konnte er dort nicht auch noch seinen eigenen Gottesdienst durchführen. Darum ersuchte er Magister Sunschein von Nikolai, das für ihn zu tun, Sunschein wiederum bat Balthasar, ihn in der Nikolaikirche zu vertreten. Balthasar hieß Magdalena, Balzer und Meckius samt seiner rundlichen Ehehälfte sich in die erste Reihe setzen und hielt ihnen und den Deutschen von Nikolai, den Herren Kaufleuten und ihren Frauen, eine Predigt. Das 2. Kapitel des Matthäusevangeliums von Anfang an, alles, wie es sich gehörte. Als er jedoch bei den Worten angelangt war: »Und gingen in das Haus und fanden das Kindlein mit Maria, seiner Mutter …«, da wich er von dem Text, vielleicht auch von seinem geplanten Gedankengang ab und fragte: »Aber was war das denn für ein Haus? Kein Königs-, kein Fürsten- und kein Rathaus, wie wir wissen. Es war ein ganz gewöhnlicher Schafstall …« Hier zuckte Balthasar leicht zusammen. Ihm war eingefallen: Auf den Gedanken, den er sich anschickte zu entwickeln, hatte ihn einst die verschwundene Epp gebracht. Dann aber fuhr er fort: »… ein gewöhnlicher Schafstall und sicher armseliger als die meisten Ställe bei uns in Reval, vielleicht sogar erbärmlicher als die Dorfställe in unserem

Land, denn diese evangelischen Ereignisse geschahen in einer warmen Region. Doch worauf wir unser Augenmerk richten sollten: Gott hat seinen einzigen, als Sohn eines Zimmermanns geborenen Sohn in einem Schafstall das Licht der Welt erblicken lassen! Und viele Männer, die sein mächtiges Werkzeug und seine Fackel waren, hat er in ähnlich ärmlichen Verhältnissen aufwachsen lassen. Überlegt selbst: Doktor Luther ist der Sohn eines einfachen Bergmanns, Melanchthon der eines Waffenschmieds, eines gewöhnlichen Handwerkers, Erasmus der Sohn einer armen Wäscherin ...« Er schwieg eine Weile und dachte: Man sagt zwar, Erasmus' Mutter sei die Tochter eines Arztes gewesen, aber daß sie angeblich eine Wäscherin war, habe nicht ich ersonnen. Und gerade diese Version brauche ich hier. Er hegte noch Zweifel: Irgendwie ziemt es mir nicht, diese Beispiele anzuführen. Jemand könnte denken: Gleich wird er erklären: Und ich bin der Sohn eines Revaler Fuhrmanns! Aber ich werde das unterlassen und etwas ganz anderes sagen! Denn mein Herz befiehlt mir, das zu sagen. Wer sollte es sonst tun? Und er sprach von der Pflicht der Christen, besonders so wohlhabender, wie sie es seien, die Augen offenzuhalten – gleich den drei Weisen aus dem Morgenland, die darum auch die Sterne von Bethlehem gesehen hätten –, die Augen offenzuhalten und den Kindern armer Eltern hier in dieser Stadt und diesem Land Aufmerksamkeit zu schenken und zu helfen – sie zu nähren, zu kleiden und zur Schule zu schicken! Denn vielleicht habe der Herr eines der hiesigen Kinder zu seinem Werkzeug und zur Fackel dieses Landes auserkoren! Et cetera. Mochte das verstehen, wer konnte ...

Am 20. Januar 1586 wurden Herrn Pontus' sterbliche Überreste bei starkem Frost von Kolk nach Reval überführt und in der Domkirche neben Frau Sophie beigesetzt. Das Beerdigungszeremoniell vollzog Dubberch, denn der Bischof war noch immer nicht gesund. Oder er hatte sich vor Herrn Pontus' Abreise mit diesem überworfen – wie der griesgrämige, nach Bier stinkende

Mündrik aus Fischermai nach der letzten Sitzung des Ministeriums gemurmelt hatte. Wie dem auch sei, die Kirche war jedenfalls zum Bersten voll. Immerhin war Herr Pontus der große Bezwinger der Moskowiter, zudem hatte ihn Gott auf so ungewöhnliche Weise und in einem so bedeutsamen Augenblick abberufen. Den Gottesdienst hielten Dubberch, Sunschein und Balthasars Schwager Walther ab. Es sang der gemischte Knabenchor der Domschule und der städtischen Schule (dieser Chor war eine Idee des Bischofs). Als der Sarg in die Gruft hinabgelassen wurde, läutete der Glöckner die Glocken. Das war das Signal für die Schloßkanoniere. Genau im richtigen Moment wurden auf der Mauer rings um das Schloß mehrere Dutzend Kanonen abgefeuert, und ein mächtiger Salut (aber schwerlich mächtiger als der, den wir auf dem Turm von Heiligengeist gehört haben, dachte Balthasar) donnerte zwölfmal und übertönte das Glockengeläut aller Kirchen der Stadt (das Schloß stürzt davon trotzdem nicht ein).

Nach der Beerdigung von Herrn Pontus stattete Balthasar dem Bischof nur einen einzigen Besuch ab. Im Grunde genommen ging er zu ihm, um seine Last mit einem anderen zu teilen, was die Last bekanntlich erleichtert. Er hatte mit einigen Pastoren über das Stipendium für unbemittelte Schüler gesprochen. Vor allem mit den beiden Pastoren der Grauen, mit Mündrik und Kuhn. Sie hatten ihm geantwortet: Lieber Mitbruder, bei aller Achtung, die wir für dich empfinden, für dich als großen livländischen Schriftsteller, und so dankbar wir dir sind, daß du unsere Bitten um Erhöhung unseres Gehalts stets unterstützt und als erster unterschrieben hast, ohne daß es freilich etwas genützt hätte – bei alledem müssen wir dir doch sagen: Du bemühst dich umsonst! Woher sollten wir, die am schlechtesten bezahlten Leute des Ministeriums, wohl Geld für dieses Stipendium nehmen? *Du*, so hatten sie gemeint, du wärst dazu natürlich in der Lage. Wo du schließlich, wenn auch gemeinsam mit deinen Verwandten, drei vortreffliche massive Häuser dein eigen nennst und deine Frau ein wenn auch kleines und vernachlässigtes Landgut und eine Mühle besitzt und du außerdem wer weiß was für Einnahmen aus der Chronik beziehst – *du* könntest das gewiß …

Balthasar sagte: »Du weißt ebenso gut wie ich, Eminenz, diese Sache würde mir mehr abverlangen als ihnen. Aber daß sie, selbst einmal arme Schüler, überhaupt keinen Schilling opfern wollen, das ist traurig.«

Der Bischof, dieser Knabe, lächelte darauf nachsichtig und altklug, als verstehe er wer weiß wieviel vom Geiz, von der Kleinlichkeit und dem kurzen Gedächtnis der Menschen. Er meinte: »Mir scheint, wir müssen ein Beispiel geben. Du hast von Kimmelpenning gesprochen und seinen tausend Mark. Dem heutigen Kurs zufolge müßte das Stipendium mindestens fünftausend betragen. Wenn ich mein Jahresgehalt bekomme, man ist es mir bisher schuldig geblieben, legen wir zu zweit den Grundstock dazu. Ich bringe tausend ein.«

Balthasar sagte: »Oh! Vom Jahresgehalt dürfte Eminenz kaum …«

Der Bischof entgegnete gleichsam wegwerfend: »Warum nicht? Ich habe weder Frau noch Kind. Und keine großen Ausgaben. Nun, darüber reden wir noch!«

Am achtzehnten Februar brachte der Diener des Bischofs Balthasar die Nachricht, er möge sich morgen um zwei Uhr bei Seiner Eminenz einfinden.

Der nächste Tag, an dem Balthasar in die Oberstadt ging, war gewiß der kälteste im ganzen Winter. Die Sonnenuhr neben dem Kircheneingang zeigte Balthasar, er war eine Viertelstunde zu früh gekommen. So vergrub er denn die Hände tief unter der Pelzschaube, ging am Haus des Bischofs vorüber und begab sich, etwas nördlich davon, über einen zwischen Speichern und Ställen im Schnee ausgetretenen Pfad auf den Hof (früher, als die Gelderns noch hier wohnten, war er oft hiergewesen). Er erklomm den westlichen Ausläufer der Anhöhe und blickte hinab. Hinter ihm erhob sich die riesige Kirchenmauer, und der Turm mit der grünlichen Bleikuppel ragte, über das niedrige Dach des Bischofshauses hinweg, in den klaren, von Frostdunst überzogenen Himmel. Vor ihm, hinter einer steinernen Schranke, ganz weit unten, erstreckte sich vom Stadtgraben bis hin zum Meer weißes, vor Kälte dampfendes Land. Gleich vorn, in der Vorstadt hinter dem Nonnenwall, und in der Ferne, in Fischermai, zeichneten sich schwarz die Hütten ab. In die vom Frost leuchtend blaue Weite strebten Rauchfahnen, bizarren, schlanken und doch festen weißen Pflanzen gleich, die sich vor seinen Augen verästelten. Noch tiefer vergrub Balthasar seine Hände unter der Schaube, so daß die Finger sich zwischen Rock und Fell trafen. Er verschränkte die Arme, schloß die Augen und lauschte: dem fernen Bellen eines Hundes unten in der Vorstadt und dem Knirschen von Schritten im Schnee jenseits des Bischofshauses. Balthasar sprach: »Herr, Du weißt, was dieser Knabe gesagt hat: Er möchte sich nach Möglichkeit die Unterstützung des Königs zunutze machen. Und Du weißt auch, ich will mich nach Möglichkeit der Unterstützung dieses Knaben versichern. Darum, heißt Du meinen Versuch gut, so bitte ich Dich, gib mir ein Zeichen!«

Mit geschlossenen Augen stand er vor der Steinschranke und wartete. Dann dachte er: Sollten in der Ferne auf dem Meer Menschen oder Pferde zu sehen sein, die von den Inseln oder sonstwoher nach Reval unterwegs sind, ist dies das erwartete Zeichen. Er öffnete die Augen; das Meer war leer bis zum Horizont. Balthasar stand dort so lange, bis der Frost sich in seine Wangen verbissen hatte. Jetzt war die Viertelstunde bestimmt schon um, und er mußte sich zum Bischof begeben. Als er, auf die Straße zustrebend, den in den Schneewehen ausgetretenen Pfad entlangging, am Schafstall des Bischofs vorbei, krachte in dessen Wand auf einmal ein Balken, als habe hinter der Ecke jemand eine Muskete abgefeuert. Doch das war schwerlich ein Zeichen Gottes …

Herr Agricola empfing Balthasar freundschaftlich, mehr denn je. Balthasar durfte sich also mit Fug und Recht als geschätzter Freund seines jungen Prinzipals fühlen. Der Bischof befahl dem Diener, für Balthasar einen Becher Rheinwein zu bringen, für ihn selbst aber einen Krug mit Ebereschensaft gemischten Mets. Während er diesen schluckweise trank, sprach er im Tone eines Verschwörers. Er habe vor, die Ankunft des neuen Statthalters abzuwarten. Herr Boije, der jetzt dessen Obliegenheiten wahrnehme, bleibe hier und werde auch weiterhin Kriegsoberster sein. Aus Stockholm habe man ihm mitgeteilt, daß Herr Gustav Gabrielsson Oxenstiern zum neuen Statthalter der estnischen Lande ernannt worden sei. Diesen kenne er, der Bischof, von Wittenberg her, und er werde sich gleich nach dessen Ankunft zu ihm verfügen, um mit ihm über die Stipendiengelder zu sprechen. Bis dahin aber würden sie beide mit ihren Tausendern den Grundstein zu diesem Gebäude legen.

In diesem Augenblick klopfte es an die Tür. Der Bischof rief: »Herein!«, und sein Schreiber trat ins Zimmer. Er schloß die Tür hinter sich und sagte leise: »Der Führer der Ritterschaft, Herr Maidel, wünscht von Eurer Eminenz empfangen zu werden.«

»Er soll eintreten, herein mit ihm!« rief der Bischof gereizt. Man merkte ihm an, er kannte den Grund für Herrn Maidels Kommen, und darum war er erregt.

Balthasar erhob sich. »In diesem Fall lasse ich euch besser allein.«

»Bleib«, sagte der Bischof. »Er ist zu einem Zeitpunkt erschienen, wo du hier bist. Ich habe ihn nicht gerufen. Und du bist Mitglied des Ministeriums. Setz dich.«

Der Schreiber führte Herrn Maidel herein und entfernte sich. Tönnis machte dem Bischof eine leichte, sehr förmliche Verbeugung, sah Balthasar lange abwägend an und nickte ihm dann zu. Der Bischof forderte Maidel mit einer Handbewegung auf, Platz zu nehmen, und dieser setzte sich. Und kam auch gleich zur Sache: »Eure Eminenz! Ich bin hier im Namen der estnischen Ritterschaft. Um gegen die Art und Weise zu protestieren, in der Euer Propst Dubberch Kircheninspektionen durchführt!«

»Einen Moment«, unterbrach ihn der Bischof. »Dubberch hat die Pfarrgemeinden Eurer stattlichen Lehnsgüter in Lode inspiziert. Die estnischen Lande und die Ritterschaft insgesamt betrifft das jedoch nicht. Ergo würde ich Euch raten, nur als Lehnsmann von Lode zu protestieren.«

»Ich bin anderer Meinung«, widersprach Tönnis auffahrend. »Dubberchs Vorgehen ist ein gefährlicher Präzedenzfall für das ganze Herzogtum. Stellt Euch vor: Während ich in Lode gerade die Bauernordnung in Kraft gesetzt habe, um die Bauern ein für allemal zu ducken – tut man das nicht, kommt es sofort zu den uns hier wohlbekannten Greueln«, er sah Balthasar, fast Unterstützung heischend, an, »währenddessen also fordert Euer Dubberch die Bauern in Pönal auf, ihre Söhne in die Domschule zu schicken!«

Etwas theatralisch hob der Bischof die rechte Hand, und Balthasar gewahrte, daß rote Flecken auf seine bleichen Wangen getreten waren.

»Herr Maidel, wir führen hier keine Plautussche Komödie auf. Verzichten wir also auf törichte Übertreibungen!« Ojemine, dachte Balthasar besorgt und vergnügt zugleich, das haut besser hin als das, was ich Tönnis an den Kopf geworfen habe! Der Bischof aber fuhr fort: »Mir ist genau bekannt, was Dubberch gesagt hat. Daß die Pastoren die aufgewecktesten und verständigsten Bauernsöhne aussuchen und Mittel und Wege finden sollen, sie auf den Eintritt in die Domschule vorzubereiten. Er hat es auf meine Anweisung hin getan. Von nun an wird das ein unabdingbarer Punkt der Inspektionsordnung sein! Und wenn die Pastoren diese Aufgabe übernehmen sollen, muß die Dorfbevölkerung davon Kenntnis haben!«

Herr Maidel verfärbte sich und setzte eine hochmütige Miene auf.

»Wenn das so ist, gibt es nichts, worüber wir noch zu reden hätten«, sagte er, jedes Wort deutlich artikulierend, und wollte sich erheben.

»Doch, es gibt etwas«, entgegnete der Bischof und bedeutete ihm mit einer Handbewegung, sitzen zu bleiben.

»Allerdings handelt es sich um etwas anderes. Dubberch hat am vergangenen Samstag und Sonntag Pönal inspiziert und Euch von dort aus mitgeteilt, was Ihr ohnehin schon seit zwei Wochen wußtet: daß er am Mittwoch mit der Inspektion in Goldenbeck beginne und Euch bitte, an Ort und Stelle zu sein. Euch, Pastor Salomo und den Pastor Eures Schlosses, Slachter. Doch als Dubberch dort eintraf, hatte man niemanden aus der Gemeinde eingeladen. Salomo und Slachter aber waren am Vortage zusammen mit Euch weggefahren.«

Herr Maidel rief: »Von Salomo und Slachter weiß ich nichts! Mich hatte Herr Boije für diesen Tag durch Kurier nach Reval beordert.«

Der Bischof schlug mit den mageren Fingern auf den Tisch, derart heftig, als wären sie aus Holz, und rief aus: »Lüge! Ich habe mich hinterher bei Herrn Boije erkundigt. Ihr habt Euch von allein bei ihm eingefunden. Und es nicht einmal für nötig gehalten, mit ihm auszumachen, daß auch er lügt!«

Balthasar saß regungslos auf seinem Platz und hörte, aufgeregt und gleichsam berauscht, wie Herr Maidel aufspringend sagte: »Herr Bischof, was erlaubt Ihr Euch!«

Und dieser Knabe erwiderte: »Ich werde mir erlauben fortzufahren! Als Dubberch erkannte, daß Ihr jede Inspektion von vornherein unmöglich gemacht habt, verlangte er von Eurem Verwalter Pferde, um weiterreisen zu können. Euer Verwalter aber entgegnete ihm auf Euer Geheiß: Wenn der Herr Propst ohne unsere Pferde hierhergelangt ist, mag er auch getrost weiterhin auf sie verzichten!«

»Wieso auf mein Geheiß, wie kommt Ihr darauf?«

Der Bischof gab keine Antwort. Er erhob sich und sagte: »Ich möchte Euch fragen, Herr Maidel, was Euch zu solchem Hochmut unserer christlichen Kirche gegenüber veranlaßt?« Balthasar spürte, wie sein Herz vor Schreck und Begeisterung im Halse klopfte. Er konnte gerade noch denken: Wie bei einem Spatzen, dem man eine Handvoll Weizen hingeworfen hat ... Da sprach der Bischof schon weiter: »Ihr sollt in Algier bei einem Bey Gänse gehütet haben? Aber mit unserer Kirche springt Ihr um, als wärt Ihr selbst ein algerischer Bey! Ich habe Euch jedenfalls gewarnt. Ihr könnt gehen.«

Balthasar kniff die Augen zusammen und dachte: Herr, daß du dies alles hast meine Augen sehen und meine Ohren hören lassen, das ist ja das Zeichen, das Zeichen …

Offensichtlich war Herr Maidel noch nie in einer solchen Lage gewesen. Jedenfalls nicht, seitdem er keine Gänse mehr hütete. Mit hastigen Schritten ging er steifbeinig hinaus, wortlos. Der Bischof stand mitten im Zimmer an seinem Tisch und sah ihm nach. Tönnis Maidel schlug die Tür zu, und seine hölzernen Schritte hallten, sich entfernend, auf dem Steinfußboden des Korridors wider. Balthasar erwartete, daß der Bischof sich zu ihm umdrehen und etwas sagen würde. Aber er drehte sich nicht um. Unbeweglich stand er da in seinem langen schwarzen Hausrock mit eigensinnig in den Nacken geworfenem aschblondem, weißlich schimmerndem Kopf. Und plötzlich krümmte er sich. Balthasar sah nur seinen Rücken. Der Bischof machte den Eindruck eines Menschen, den ein Schlag in die Herzgrube getroffen hat. Er begann seltsam zu husten. Preßte die Hände vor den Mund. Hustete wieder, und durch seine Finger floß eine große Lache scharlachroten Blutes auf den weißen Fußboden.

Balthasar wollte ihn stützen, aber der Bischof schüttelte den Kopf, streckte die linke Hand aus, nahm ein Glöckchen vom Tisch und läutete damit dem Diener. Er hatte kaum die Bank erreicht, von der eben erst Herr Maidel aufgestanden war, und sich gesetzt, als der Diener auch schon in der Tür stand. Dieser für gewöhnlich schwerfällige finnische Bursche hatte sofort begriffen, was geschehen war. Er sah, daß die Blutung nicht zum Stillstand kam. Was er tat, zeigte deutlich, er machte das nicht zum erstenmal mit. Er stürzte ins Zimmer, öffnete den gewölbten Deckel der in der Ecke stehenden Truhe und stellte eine große Zinnschüssel neben den Bischof auf den Boden. Dann lief er, ohne ein Wort zu sagen, hinaus. Der Bischof stützte sich auf die Armlehne der Bank und hielt das Gesicht über das Becken. Balthasar spürte sein Herz hämmern – er hörte, wie der Bischof nach Luft rang und ein Blutstrahl auf den klirrenden Boden der Schüssel rieselte. Er fragte: »Was kann ich tun? Soll ich Burchard holen?«

Der Bischof schüttelte den Kopf. Dann brachte er mühsam hervor: »Man holt ihn schon. Du … warte. Wenn es nicht aufhört … reichst du mir die Sakramente …«

Im Handumdrehen war der Diener mit einem irdenen Krug zurück und gab seinem Herrn zu trinken.

»Was ist das?« fragte Balthasar.

»Essig«, antwortete der Diener.

Der Bischof trank mit winzigen Schlucken, aber es schien nicht zu helfen. Der Diener brachte ein Kissen und schob es dem Bischof unter die Schultern. Balthasar saß in einer Ecke des Zimmers und versuchte zu beten, aber des Bischofs unterdrückter Husten und der bald versiegende, bald von neuem spritzende Blutstrahl hinderten ihn, sich zu konzentrieren. Ihm war, als fragte er nur immerzu durch die geschlossenen Lippen: »Allmächtiger … wofür … wofür?«

Eine Stunde verging, bis Burchard kam. Der Bischof hatte etwa drei Pfund Blut verloren, er war bewußtlos, und der Apotheker konnte sein Erschrecken nicht verbergen. Mit Hilfe des Dieners brachte er den Bischof auf derselben Bank in eine halb liegende, halb sitzende Stellung, knöpfte ihm Rock und Hemd auf und versuchte, ihm eine Arznei einzuflößen. Balthasar konnte nicht sehen, wieweit ihm das gelang. Dann brachte der Diener auf Burchards Anweisung von der Dachtraufe abgeschlagene Eiszapfen und Schnee. Der Apotheker zerhackte das Eis zu kleinen Stückchen und ließ den Bischof sie schlucken. Dann nahm er eine Handvoll Schnee und legte sie dem Kranken zwischen Hemd und Rock auf die Brust. Balthasar trat neben den Apotheker und ergriff die Hand des Bischofs. Die Augen des Kranken waren geschlossen, aus seinem Mund sickerte noch immer Blut und floß auf den weißen Lappen auf der Brust, den der Diener schon zum drittenmal gewechselt hatte. Balthasar lag die Frage auf der Zunge, ob er nicht das letzte Abendmahl erteilen solle, aber er wollte noch abwarten. Die Frage konnte schließlich wie ein Todesurteil klingen ... Das Gesicht des Bischofs hatte sich während der anderthalb Stunden seltsam verändert. Es war noch bleicher geworden. Backenknochen und Nase traten spitz hervor wie bei einem Knaben. Auf einmal schlug er die Augen auf, sah Balthasar an, und sein Blick war völlig klar. Beinahe streng flüsterte er: »Jetzt.«

Auf ein Zeichen von Balthasar reichte ihm der Diener einen neuen Becher Wein und Abendmahlsbrot, das er einer Schatulle gleich hier im Arbeitszimmer des Bischofs entnommen hatte. Balthasar segnete Brot und Wein, auf daß sie Jesu Leib und Blut würden. Die Hand des Bischofs haltend, betete er mit ihm, und als er die Worte des Sakraments sprach, war ihm, als achte der Bischof, streng und neugierig, darauf, ob er diese Worte auch, ohne zu stocken, hersagte. Der Bischof nahm ein Stückchen Brot in den Mund, Balthasar hielt ihm den Becher an die Lippen und sah: Als der Kranke am Wein nippte, rann ihm mit diesem auch Blut aus dem Mund. Balthasar dachte: Jetzt hat sich das Blut dieses Knaben Christian Agricola völlig mit dem Jesu Christi vermischt ... Er fühlte, das war ein verbotener und doch wahrer Gedanke. Und er konnte sich nicht klarwerden, was daran das Wesentlichere war, das Verbotene oder das Wahre ...

Gegen halb fünf verschied der Bischof, Balthasar drückte ihm die Augen zu und verließ sein Haus. Geistesabwesend, wie er war, bemerkte er kaum, wie der Diener ihm die Pelzschaube reichte. Als er wieder zu sich kam, stand er in weitgeöffneter Schaube hinter dem Schafstall vor der Steinschranke, unter den Tausenden funkelnden Sternen am frostigen Himmel. Seine Hände waren starr von der Kälte, und es kam ihm so vor, als sei er inwendig voller Eis. Er schlug die Schaubenschöße übereinander, steckte die steif gewordenen Hände unter den Pelz und machte sich auf den Heimweg.

Als er, vom Hof auf die Straße tretend, den Platz erreicht hatte, stellte er fest, daß er, ohne es selbst zu merken, weiter nach rechts gegangen war als sonst und nun diesseits des Landskronturmes in der kalten, nur von den Sternen erhellten Finsternis vor Herrn Maidels Haus stand. Er stand dort und dachte undeutlich, so als habe der Frost auch sein Gehirn mit einer Eisschicht überzogen: Hätte ich jetzt den richtigen Stein zur Hand, ich schleuderte ihn gegen diese vereiste Mauer, und das Haus würde auseinanderbrechen – wie das Schiff unter Herrn Pontus' Füßen. Aber ich habe nicht den richtigen Stein, auch keinen anderen, und der Platz liegt so tief in Eis und Schnee, und das ganze Land friert, und ich selbst bin völlig durchgefroren, und meine Hände sind so steif, daß es hoffnungslos ist, einen Stein zu suchen, einen richtigen oder einen anderen, hoffnungslos …

ZEHNTES KAPITEL,

darinnen das im Vordergrund ablaufende königliche Spiel infolge seiner ungewohnten Nähe so entscheidend erscheint, daß angesichts des Fernen, Königlichen nun auch der von gewöhnlichen Sterblichen gebildete Hintergrund besondere Aufmerksamkeit heischt. Dies um so mehr, als die Menschen aus der Umgebung des von uns beobachteten Mannes fast nie in den Vordergrund gelangen, auch er selbst nur höchst selten

Jenes im Vordergrund ablaufende königliche Spiel war im Reval des Frühherbstes 1589 grandioser als je zuvor, vielleicht sogar grandioser als jemals danach. Betrachtet man die äußere und die innere Seite dieses Spiels gesondert, so kann man feststellen: Die äußere vermochten alle zu sehen und zu verstehen. Die innere aber, das heißt, was sich im verborgenen abspielte, war nur wenigen zugänglich und wahrscheinlich auch den Spielern selbst nicht völlig verständlich. Nebenbei gesagt, schenken wir dem hier nur deshalb mehr Beachtung als gewöhnlich, weil sich der königliche Vordergrund ohnehin unweigerlich auf den Hintergrund oder, anders ausgedrückt, auf das Leben der Stadt auswirkte.

Alles auf der Welt ist bekanntlich unvergänglich, denn eine Kette von Ursachen und Folgen reißt nie und nirgends ab. Jeder Anfang und jedes Ende sind etwas Relatives. Und relativ ist auch dies: Das königliche Spiel oder, wenn man so will, das Drama begann genaugenommen am 2. Dezember 1589.

An diesem Tage verschied in Grodno nach einjähriger Krankheit der boshafte, gelbgesichtige Stephan Báthory, ursprünglich nur ein unbedeutender transsilvanischer Fürst, dann zehn Jahre lang der mit harter Hand regierende König von Polen. Obschon ein Freund der Jesuiten, hatte er Livland doch vor dem Zugriff des Moskowiters bewahrt.

Gerüchten zufolge hatte Königin Anna, seine Witwe, noch am selben Tag Boten nach Danzig entsandt, mit der Anweisung, ohne Rücksicht auf schneidende Kälte und Eisschollen so schnell wie möglich nach Schweden zu segeln, vor König Johan hinzutreten und ihm im Namen der verwitweten Königin zu sagen: Lieber Schwager, der polnische Thron ist frei. Du aber hast, außer deinen unehelichen Kindern, von meiner seligen Schwester Catharina, die ihr dort die Jagiellonica nanntet, noch einen Sohn, Sigismund, legitim geboren und von seiner Mutter im reinen katholischen Glauben erzogen! Und er ist schon zwanzig Jahre alt. Erlaube ihm, sich um den polnischen Thron zu bewerben! Ich will seinen Anspruch hier schon durchsetzen.

Man erzählte, König Johan habe sich auf diese Worte hin lange seinen rötlichen, bis zum Gürtel reichenden Bart gekrault, ihn in zwei Hälften geteilt und geschnauft. Tiefe Zweifel quälten ihn. Wie sollte Sigismund später, nach dem Tode seines Vaters, gleichzeitig im lutherischen Schweden und im katholischen Polen herrschen? Was konnte bei einer Personalunion so unterschiedlicher Länder Gutes herauskommen? Eher schon Schlechtes ... Die Verlockung war indes stärker als die Zweifel. Denn ein Bündnis zwischen beiden Ländern wäre für die westlichen Ambitionen des Moskowiters ein weit wirksameres Hindernis gewesen als die getrennten Operationen Schwedens und Polens bisher. Das zum ersten. Zweitens – und vielleicht gab das den Ausschlag – erschien ein erst vom Vater, dann vom Sohn, später von deren Nachkommen gesteuertes Bündnis Schweden–Polen als die günstigste äußere Form einer künftigen großen Annäherung von Lutheranertum und Katholizismus. An der Spitze eines solchen Bündnisses zu stehen, davon hatte der finstere Rotbart zwanzig Jahre lang geträumt, wenn er seine polnisch-litauisch-italienische Frau in den Armen hielt!

Der Vater gab seine Zustimmung. Und der Sohn war willens, seine Ansprüche auf den polnischen Thron geltend zu machen. Der Unterstützung der verwitweten Königin und des Großkanzlers Zamoyski hatte es Sigismund zu verdanken, daß er trotz der vielen Prätendenten, zu denen auch der österreichische Erzherzog und der russische Zar Fjodor zählten, ernsthaft in Betracht kam. Doch da stellten die Polen eine Bedingung: Sie würden Sigismund wählen, wenn dieser die unter schwedischer Oberhoheit stehenden estnischen Lande Polen überließ. Auf einmal erwiesen sich die Gebiete zwischen Reval und Weißenstein, zwischen Dagerort und Narva für die Wasas, die Habsburger, die Zamoyskis und Sforzas als Angelpunkt verschiedener Manöver, die sich von Lappland bis Rom erstreckten. König Johan stampfte mit dem Fuß auf und schrie: »Niemals!« Doch schon tags darauf riet er, den Polen Versprechungen zu machen, allerdings nur unbestimmte ...

Man überredete die verwitwete Königin, als Pfand für diese unbestimmten Versprechungen ihre gesamte bewegliche und unbewegliche Habe anzubieten, und im August 1587 wurde Sigismund zum König gewählt. Als er sich im September einschiffte, um die Krone in Empfang zu nehmen, gab ihm sein Vater die Mahnung mit auf den Weg: »Nur nicht Estland abtreten!«

Nach seiner Ankunft in Danzig weigerte sich Sigismund, an Land zu gehen, bevor man ihn nicht der Verpflichtung enthob, Estland an Polen abzutreten. Vier Tage lang wurde darum gestritten, und vier Tage lang setzte Sigismund keinen Fuß von Bord. Schließlich einigte man sich darauf, daß der König diese Frage bei der Eidesleistung zunächst einfach ausklammern und der Meinungsaustausch darüber vor der Krönung in Krakau fortgesetzt werden sollte. Sigismund war noch zu inkonsequent und unerfahren, um die Verhandlungen selbst leiten zu können. Bei der Führung der politischen Gespräche standen ihm die Herren Brahe, Sparre und andere Schweden zur Seite. Aus Furcht vor ihrem König waren sie so hartnäckig, daß die Polen noch einmal nachgaben. Man vereinbarte, auf die Frage der Übergabe dieser Gebiete an Polen erst zurückzukommen, wenn Sigismund auch den eigenen, den schwedischen Staat regierte. Einen Monat später jedoch überreichte Sigismund seinen schwedischen Staatsräten einen versiegelten Brief. Darin stand, daß er, Sigismund, sollte er später auch gezwungen sein, die Übergabe Estlands an Polen betreffende Befehle zu erteilen, nicht die Absicht habe, diese durchzusetzen oder jemanden wegen Zuwiderhandelns zu bestrafen.

Das Land aber, an dessen Schicksal sich alle diese Zwistigkeiten entzündeten, ließ man praktisch mehrere Jahre lang darüber in Unkenntnis. Estland lebte sein übliches jammervolles Leben. Die Ruinen wurden von Brennesseln überwuchert, die vernachlässigten Felder von Gestrüpp. Denn die siebzigtausend Menschen, die nach dem Krieg von den dreihunderttausend übriggebliebenen waren, konnten wirklich nicht mehr tun, als in ihren Kräften stand. Und wenn die Schweden unterdessen in einem Memorandum an König Johan schrieben: *Där som förr varit åker och ång, där växer nu stora skogen, och de, som i många år varit välbehållna bönder, löpa nu kring landet med käppen och säcken*, so traf das in noch weit größerem Maße auf die estnischen Verhältnisse zu. Sollten bei einer derartigen Verheerung die Worte »zu sich kommen« oder »sich aufrappeln« angebracht sein, so darf man sie in gewisser Weise auch auf dieses Land anwenden. Es war nämlich zu beobachten, daß sich auf den vernachlässigten Ländereien hinter dem Gestrüpp bald hier, bald dort wieder Menschen zu regen begannen. Der eine legte Bettelsack und -stab beiseite, der andere hieb das Räuberbeil, das er während dieser Zeit geschwungen hatte, in einen Baumstumpf. Die Menschen spannten sich selbst oder auch ein Öchslein, das sie wie durch ein Wunder aufgetrieben hatten, vor den Hakenpflug und machten sich aufs neue daran, Furchen durch die Steine zu ziehen und sie mit ihrem Schweiß zu benetzen. Sie ahnten nicht, daß die Frist des Waffenstillstandes mit den Moskowitern, in dessen Schutz sie wieder pflügen und säen konnten, in den letzten Tagen des Jahres 1589 ablief und ihnen dann, sollte es nicht gelingen, ihn zu verlängern, selbstverständlich neue Verwüstungen drohten.

In Estland wußte man nicht, wie erbittert seinetwegen gestritten wurde. Selbst die Herren des Landes hatten nur vage Vermutungen und fügten bei einem Krug Bier die Bruchstücke von Gerüchten zusammen. An die Kirchen war Anweisung ergangen, Dankgebete für die Errettung des allergnädigsten Königs Johan zu sprechen, während man in vertrauenswürdigen Kreisen erörterte, wie man ihn nötigenfalls am gefahrlosesten an den polnischen König, seinen eigenen Sohn, verraten könne ... Selbst die Bestunterrichteten kraulten sich jedoch, wenn sie solche Reden führten, den Nacken und meinten, das sei ja alles schön und gut, aber Johan und Sigismund wie auch sie selbst hätten die Rechnung ohne Herzog Karl von Södermanland gemacht. König Johan wolle seinen jüngeren Bruder von allen Staatsgeschäften fernhalten, soweit das möglich sei. Das sehe man auch hier. Was jedoch der Herzog selbst wolle, sei unklar.

Ebenso viel oder ebenso wenig wie die Herren des Landes wußten über den Stand der Dinge vielleicht auch noch einige andere. Einige, denen die Neugier längst zur Gewohnheit geworden war, bei denen sie sich, trotz der tiefen Unzufriedenheit der letzten Zeit, in ein selbsttätig weiterwirkendes Interesse verwandelt hatte. Und die auch unter den gegebenen Umständen über unersetzliche Quellen verfügten. Wie zum Beispiel Herr Topff, der, obwohl schon im Ruhestand, doch eine Menge hörte und gewohnheitsmäßig jederzeit gern zu Diensten war. Oder Balthasars Schwager Winkler. Letzterer gehörte auch nach Herrn Pontus' Tod noch der Kanzlei des Statthalters an; er hatte dort die kurze Regierungszeit von Herrn Gabrielsson überdauert und diente jetzt getreulich Herrn Gustav Banér. Zwar war er eher wortkarg als ein Schwätzer, trotzdem erzählte hin und wieder auch er interessante Neuigkeiten. Was Balthasars sonstige Quellen betraf, so gab es da einige Ratsherren und Kaufleute, die sich in den letzten Jahren ihm gegenüber recht gesprächig gezeigt hatten. Und das um so lieber, als ihnen immer klarer wurde, Balthasar war nicht bloß eine Schrulle des seligen Herrn Pontus gewesen: Die Ritter zahlten ihm sowohl zu Herrn Gabrielssons als auch zu Herrn Banérs Zeiten die staatliche Abgabe weiter. Besonders liebenswürdig behandelte ihn in letzter Zeit Herr Heinrich Lohn, ein tatkräftiger und unternehmender Kaufmann, den man – obwohl er der jüngeren Generation angehörte – in der Stadt schon als Ratsherrn sah. Nebenbei gesagt: Wenn Balthasar verglich, wie ihn der Zottige Kürbis, das heißt der Ratssyndikus Dellinkhusen, vor elf Jahren an seiner Chronik nur hatte schnuppern lassen und wie lobend und ehrerbietig vor kurzem Lohn mit ihm gesprochen hatte, so fielen ihm unwillkürlich die von Gott weiß wem stammenden alten und immer noch gültigen Worte ein: Tempora mutantur, nos et mutamur in illis.

Doch vor nicht allzu langer Zeit hatten sich auch Balthasar und der Zottige Kürbis miteinander unterhalten. Und zwar am Geburtstag des bewußten Herrn Lohn in dessen Haus in der Badstubenstraße; der Herr Kaufmann hatte geruht, Balthasar und Magdalena zum Abendbrot dorthin einzuladen.

Sie saßen neben dem Zottigen Kürbis und seiner Gattin mit dem umflorten Blick. Frau Gertrud, Herrn Lohns schöne Ehehälfte mit ihrem etwas bitteren Lächeln, und die hübsche Pflegetochter der Lohns, Anna, gingen nach dem Abendessen von einem Gast zum anderen und boten Rheinwein und Süßigkeiten an. Balthasar ließ sich von Anna den Becher mit Wein füllen und ein Tablett mit Süßigkeiten präsentieren. Er sah die freundliche Mundschenkin an und dachte dabei: Schau an, was für aufmerksame Augen sie unter den geraden Brauen hat und was für rotes Haar. Mädchenbrüste, aber Hüften – üppig wie bei einer Frau. Früher einmal hätte so eine mich fesseln können, heute nicht mehr. Nicht im geringsten. Gerade in diesem Moment flüsterte der Zottige Kürbis Balthasar ins Ohr: »Eine Frage, Herr Balthasar, specialiter an Euch als unseren Chronisten! Wißt Ihr, warum in Reval plötzlich so viel gebaut und verschönt wird? So viel, daß Meister Aken es allein nicht mehr schafft? Kennt Ihr ihn?«

Ach ja, Balthasar wußte, Meister Aken war der Deutsche mit dem knochigen Gesicht, den man vor einiger Zeit hatte kommen lassen, um den noch immer unvollendeten Staatssaal in der Oberstadt fertigzustellen. Er nickte, und Dellinkhusen fuhr fort: »Euch sage ich es, denn *Ihr* solltet solche Neuigkeiten vor allen anderen erfahren. Man hat uns Nachricht gegeben: Im Herbst dieses Jahres wollen Vater und Sohn, das heißt König Johan und König Sigismund, nach zweijähriger Trennung zusammentreffen, und zum Ort ihrer Begegnung haben sie Reval auserkoren. Könnt Ihr Euch das vorstellen?«

Balthasar trank genüßlich einen Schluck Rheinwein und dachte: Die Könige kommen also nach Reval. Der Zottige Kürbis spricht von einer Begegnung zwischen Vater und Sohn. In Wirklichkeit treffen sie jedoch zusammen, um unter anderem auch das Schicksal unseres Landes zu erörtern. Tja ... Einst hätte ihn eine derartige Nachricht brennend interessiert, jetzt nicht mehr. Nicht im geringsten. Nachdem Gott ihm durch Christian Agricolas Tod zu verstehen gegeben hatte, daß ... Nachdem ihn dieser ganz offensichtliche und gnadenlose Fingerzeig in eine Art Lähmung versetzt hatte. Eine Empfindung, die einige Monate währte, viele Monate – bis daraus, wie er selbst merkte, Gleichgültigkeit erwuchs. Seiner täglichen Arbeit war dieses Gefühl zwar nicht hinderlich, aber er kam sich darin wie in einer hölzernen Rüstung vor. Unter dem Schutz dieses Panzers lebte er seit zwei Jahren. Balthasar stellte den Becher, den er in einem Zug geleert hatte, auf den Tisch und fühlte, wie sich der Wein im Körper verbreitete. Er fragte: »Und was ist der eigentliche Zweck ihres Kommens? Welche Fragen gedenken sie zu erörtern?«

»Fragen? Das weiß man nicht«, entgegnete Dellinkhusen. »Der König möchte einfach seinen geliebten Sohn wiedersehen.«

»Weil dieser ihn an seine selige Catharina erinnert«, bemerkte Frau Dellinkhusen, die sich, an ihrem Mann vorbei, zu Balthasar hinüberbeugte und ihn mit ihrem sinnlichen Blick ansah. »Die neue Königin soll dem König auf die Nerven gehen, sie ist zu jung für ihn.«

Das also steckt, nach Meinung dieser Frau mit dem zweifelhaften Ruf, hinter Johans staatsmännischem

Schritt, schoß es Balthasar durch den Kopf. Unter dem Tisch drückte er Magdalenas Hand, die sich ihm entgegenstreckte, und auf einmal machte ihn der Gedanke betroffen: Vielleicht ist auch Magdalena für mich zu jung? Obwohl ich das nicht bemerkt habe. Es sei denn, mir ist etwas entgangen? Vielleicht sogar etwas ganz Alltägliches und Wesentliches? Unsinn! dachte er und spürte die vertraute Wärme von Magdalenas Fingern, die er umklammert hielt. Natürlich kommt Johan, der mit den Jahren immer strenger wird, nicht nach Reval, weil er plötzlich Vatergefühle hätte – das ist Unsinn! Er kommt als König und mit eindeutigen Absichten. Und daß sie sich gerade Reval ausgesucht haben, zeugt ganz offensichtlich davon, wie wichtig die Angelegenheiten sind, die sie erörtern wollen. Man sagt schon lange, daß Johans belehrende Hinweise anläßlich der Wahl und Thronbesteigung seines Sohnes, in Schweden »Lateinischer Brief« genannt, in krassem Widerspruch zur »Pacta conventa«, das heißt der offiziellen Urkunde über seine Wahl, stünden. Und daß die Frage, wem Estland gehöre, den Kern dieses Widerspruchs bilde. Die Könige treffen gerade deshalb in Reval zusammen, um das zu erörtern – und dazu ihre gemeinsame Haltung zu Moskau. So ist es und nicht anders. Darauf gehe ich jede Wette ein. Nur gibt es unter den in Reval Herrschenden niemanden, der nach einigem Nachdenken nicht selbst darauf käme und darum anderer Meinung wäre als ich.

Unter den Leuten in Reval, die ihren Verstand gebrauchten, fanden sich keine Andersdenkenden (wenn man von der Gattin des Zottigen Kürbis mit ihrem allseits bekannten Ruf absah). Hätte sich aber dennoch jemand gefunden, der anders dachte, und wäre er wirklich mit Balthasar eine Wette eingegangen, so hätte Balthasar diese Wette verloren. Bis sich das jedoch schließlich herausstellte, bereitete sich die Stadt auf die Ankunft der Könige vor, mit von Monat zu Monat wachsender Spannung.

Meister Aken, der mit seiner Schar von Steinmetzen

und Zimmerleuten im Staatssaal des Schlosses wütete, erhielt Befehl, sich zu sputen. Und Herr Banér übermittelte ihm König Johans persönliche Anweisung, dafür zu sorgen, daß in den für die Begegnung vorgesehenen Räumen besonders viel Licht sei! Balthasar erfuhr das von seinem Schwager. Ihm fielen dabei die riesigen Fenster ein, die man vor dreißig Jahren auf Geheiß des jungen Herzogs Johan in den Mauern des Schlosses von Åbo hatte einbauen lassen. Aber auch seine eigenen Fenster im Pfarrhaus, wo er an trüben Tagen, kaum daß die Dämmerung hereinbrach, eine angezündete Kerze aufs Pult stellte, weil der Text sonst vor seinen Augen verschwamm. Er wußte nicht recht, was diese Forderung des Königs nach Licht eigentlich zu bedeuten hatte. Waren es Reste der wilden Leidenschaft seiner italienischen Jugend? Oder war es die Sorge des eigenwilligen Greises, seine Sehkraft könne nachgelassen haben?

Bevor Aken die Zimmerleute im Staatssaal eine neue Balkendecke einziehen ließ und bevor die Maler die Wände mit neuen Kränzen und Girlanden verzieren konnten, tat er etwas Einmaliges. Wie aus dem Wunsch heraus, seinen Namen in nie dagewesener Weise zu verewigen, und gleich dreifach, befahl er, in der Westmauer des Schlosses drei unerhört große Fenster einzuhauen, jedes, einem Tor gleich, vier Ellen breit und zehn Ellen hoch, damit die Abendsonne zu den Königen in den Saal scheinen könne. Die Westmauer war anschließend zwar nur noch halb so gut gegen Kanonenkugeln gefeit, doch Licht würden die Könige nun wohl genug haben.

Nach Reval kam um dieselbe Zeit, aus Danzig oder Königsberg, ein noch recht junger, etwa fünfundzwanzigjähriger Mann von kräftiger Statur und mit blondem Schnurrbärtchen, der ruhig lächelnd mitteilte, er sei Bildhauer und habe in Holland und Frankreich studiert. Seine hochmütigen Revaler Zunftgenossen – die Dietriks, Meldorps und andere – hatten seinen spaßigen Namen noch nicht gebrauchen und ihn noch nicht wegscheuchen können (er hieß nämlich Arent Passer, was lateinisch ist und Arent Sperling bedeutet), da begab er sich schon in die Oberstadt und legte Herrn Banér seine Papiere vor. Das hatte zur Folge, daß man für ihn am Domplatz unverzüglich ein ganzes Haus frei machte und fortan pausenlos Briefe von Reval nach Ösel gingen. Herr Banér schrieb höchstpersönlich an den dänischen Statthalter in Arensburg, Mattias Budde. Bevor überhaupt Antwort eintraf, wurde dem Brief bereits ein Schiff nachgesandt. Und einen Monat später schafften Schloßpferde und städtische Pferde auf Wagen, die sich unter der Last bogen, Dutzende Fuhren von Blöcken und Platten aus dem schönsten hellgrauen Jaagurahuer Stein zum Haus am Domplatz. Arent Passer selbst aber wanderte, einen Zollstock und andere Meßgeräte in der Hand, zwischen Werkstatt, Wohnhaus und Kirche hin und her. Den Herren aus der Umgebung des Statthalters sagte er mit dem ihm eigenen harten, kehligen holländischen Akzent: »Liebe Herren, bis zur Ankunft der Könige bleibt ein Monat. In so kurzer Zeit ein Grabmal für Herrn Pontus im Wert von tausend Talern zu errichten ist unmöglich. Das begreift jedes Kind. Eine solche Arbeit erfordert fünf Jahre, nicht einen Monat.«

Die Herren fragten daraufhin, was sie denn nur tun sollten. Und der selbstbewußte »Sperling« gab ihnen zur Antwort: »Fünf Jahre warten!«

Winkler konnte nicht sagen, wem von ihnen auf einmal die folgende Idee gekommen war: »Aber den Entwurf für das Grabmal habt Ihr schon fertig, Meister Passer?«

»Gewiß.«

»Und anhand dessen fertigt Ihr ein möglichst getreues Modell aus Holz an?«

»Natürlich. Im Maßstab eins zu vier. Ich werde es hier in der Diele aufstellen.«

Die Unterhaltung fand in der Diele von Meister Passers Haus statt.

»Dann fertigt es doch im Maßstab eins zu eins an. Wir erstatten Euch die zusätzlichen Ausgaben. Sorgt dafür, daß Euch alles Nötige geliefert wird. Holz. Und Farben. Graue Ölfarbe, schwarzer Lack. Und unbedingt

Gold. Streicht es an und stellt es in der Kirche auf, am vorgesehenen Platz.«

Jemand murmelte (Winkler konnte nicht sagen, wer): »Tatsächlich ... Der König sieht nicht mehr sehr gut.«

Herr Banér sagte: »Hm. Und wenn er das Grabmal mit der Hand berührt und den Schwindel merkt?«

Einer fand die Lösung: »Oh, wir stellen den ganzen Fußboden mit frischen Blumen voll und spannen eine Schnur!«

Herr Kleypol bemerkte: »Auf die Schnur wird er treten.«

Jemand erwiderte: »Aber nicht auf die Blumen.«

Kleypols Zweifel waren noch immer nicht zerstreut. »Und wenn er plötzlich über die Blumen hinweg mit dem Stock an das Monument klopft und das hohl klingt?«

Herr Boije äußerte kaltblütig: »Nun, so sagen wir ihm, daß es ein Modell ist. Schließlich begreift jedes Kind ...«

Winkler hatte dabei gedacht: Ein Kind schon, aber ein König?

»Wie die Herren wünschen«, hatte Meister Passer gemeint, sich aber schwerlich gefreut. In aller Ruhe maß er nun zusammen mit den Steinmetzen auf dem Hof Steinblöcke aus, und in der Diele sägten und hobelten die Zimmerleute. Gleichzeitig jedoch führte der Meister nach und nach die Schnitzereien an dem Holzmonument aus.

Am frühen Morgen des vierten August lief eine schnelle Galeere in den Hafen ein und brachte die Nachricht: Die königliche Flottille befindet sich in der Nähe von Odensholm und wird morgen nachmittag in Reval eintreffen. Jaja: mehr als zwei Dutzend Schiffe! König und Königin. Drei Viertel des Hofstaats. Der halbe Staatsrat. Und ein sechs- oder siebentausend Mann starkes Heer!

Im Schloß wie im Rathaus klatschte man in die Hände und rief aus: Welche Ehre! Hatte man sich jedoch gegenseitig den Rücken gekehrt, murmelte man: Was für ein Tollhaus!

Jeden Augenblick konnte auch König Sigismund eintreffen.

In Ober- und Unterstadt wurde den Gildenältesten und Kirchenvorstehern befohlen, sich im Schloß oder im Rathaus einzufinden und unverzüglich zu klären, wie viele Landsknechte jeder Hausbesitzer bei sich unterbringen wolle. War einer bereit, drei aufzunehmen, sollte man ihm bedeuten, der König in seiner Gnade gebe ihm sechs, sagte einer großspurig fünf, sollte er mit zehn beglückt werden. Und so weiter. Denn angesichts einer so hohen Ehre, wie sie der Stadt jetzt zuteil wurde, galten die üblichen Bestimmungen für Einquartierungen nicht.

Auf den Straßen las man die Bettler auf und steckte sie in die Siechenhäuser. Von den Böschungen der städtischen Gräben entfernte man die Katzen- und Hundekadaver und verscharrte sie. Die Hausbesitzer wurden angewiesen, vor der Stirnseite ihres Hauses die Straße zu kehren. Für so manchen bedeutete das, mehrere Fuder Mist wegzuräumen. Auf die Hänge der Oberstadt, unter die an den Mauern hängenden Dansker, wurde in aller Eile Erde gekarrt und der Kot damit großräumig zugeschüttet. Auf der Rosenkranzbastion im Hafen errichteten Zimmerleute und Maler nächtelang Triumphbögen. Am Morgen wurden an die Ratssöldner neue dunkelblaue Leibröcke verteilt, und die Barbiere schabten ihnen das Kinn, ob sie wollten oder nicht.

Gegen fünf Uhr erschien dieses dunkelblaue Fähnlein an der Anlegestelle und drängte unnütze Schaulustige möglichst weit zur Seite. Die Unentbehrlichen aber wurden zur Anlegestelle durchgelassen: der Statthalter mit seinen Vertrauten, die Anführer der Ritterschaften, die Bürgermeister, Ratsherren, städtischen Beamten, die Ältesten des Ministeriums, der Schwarzenhäupter und der Gilden. Balthasar ließ Magdalena und Balzer in der Menge zurück, winkte ihnen zu und begab sich dann gemeinsam mit den anderen Herren vom Ministerium zum Ankerplatz. Die ausgewählten Persönlichkeiten der Stadt und des Landes standen dort, ebenso wie die tausend Leute am Ufer, über anderthalb Stunden dichtgedrängt in der sengenden Nachmittagssonne. So lange, bis sich die hohe, mit langen dunkelblauen Wimpeln und den Wappen der Wasa geschmückte, mit vergoldeten Geländern prunkende »Svenska Örnen« aus der hinter dem Bollwerk ankernden Flottille löste und, unter anhaltendem Kanonensalut vom Bollwerk her, in den Hafen einlief. Das Schiff kehrte der Anlegebrücke die Seite zu, und seine nach Teer und Schwefel riechende Bordwand, Takelung und Mastkörbe verdeckten den nach oben schauenden Revalern den halben Himmel.

Das Fallreep wurde heruntergelassen, und die Herren Banér und Boije, Admiral Maidel und die Bürgermeister Holthusen und Korbmacher gingen den König begrüßen. Propst Dubberch, der als Oberhaupt des Ministeriums eilte, sich ihnen anzuschließen, wurde vom Fallreep verdrängt. Balthasar wußte nicht recht, welches Gefühl bei ihm überwog: Schadenfreude, daß der Emporkömmling Dubberch abgeblitzt war, oder Kränkung, weil man das Ministerium gedemütigt hatte. Was die Demütigung betraf, hier tröstete er sich schließlich mit dem etwas hochmütigen Gedanken: Warum sollen ehrliche lutherische, genauer gesagt, Augsburger Pastoren es gar so eilig haben, diesen König willkommen zu heißen? Immerhin hat er fünfzehn Jahre lang versucht, ihnen eine halbkatholische Liturgie aufzuzwingen, und, zumindest in Schweden, auch damit Erfolg gehabt.

Noch eine weitere Viertelstunde standen die ausgewählten Vertreter der Stadt und des Landes am Ankerplatz. Erwartungsvoll und mehr oder weniger schweigend. Denn in so erlauchter Gesellschaft hielt man sich mit Bemerkungen besser zurück. Nur Ratsherr Wilber rief beim Anblick der Kanonen des Schiffes: »Das sind ja vielleicht Mordsdinger!« Und Dubberch mit seinen Raffzähnen meinte, auf die vergoldeten Balustraden gemünzt, hüstelnd: »Blattgold haben sie bei den Schweden anscheinend genug ...« Balthasar dachte: Es wäre viel interessanter, zusammen mit Magdalena und Balzer in der Menschenmenge zu stehen und zu hören, was das Volk sagt.

Eine Viertelstunde später stieg, begleitet von seinem Gefolge, der König das Fallreep herunter. Vielmehr der, von dem es hieß, er sei der König. Das aber konnte man kaum glauben. Denn der Mann mit den spindeldürren Beinen in dem königlichen braunen Samtanzug und dem federgeschmückten Samtbarett war ein *Greis*. Und hatte nichts gemein mit jenem Herzog von Åbo, dem Jüngling von einst, mit dem sich Balthasar vor dreißig Jahren unterhalten hatte. Auch wahrhaft Königliches war wenig an ihm, sah man von der prächtigen Kleidung und diesem ungewöhnlich langen feuerroten graugesprenkelten Bart eines Berggeistes ab – dort, in den rostbraunen Eisenerzbergen seines Schwedens, mochten Geister mit solchen Bärten hausen. Seine bleichen Lippen in dem Bart, der einem Bösewicht, einem Fabelwesen zu gehören schien, konnte man kaum wiedererkennen, so runzlig und verbittert waren sie. Nur der Blick der müden Augen, der über die am Fallreep stehende Menschenmenge glitt, mochte noch an die eigensinnigen Augen des Jünglings erinnern. Das zierliche blonde Mädchen in den prächtigen Gewändern, das dem König folgte und dessen Hand er, auf das Fallreep zuschreitend, an seiner Schulter hielt wie ein in der Luft gefangenes Vögelchen, mußte die Königin sein. Gunilla Bjelke. Einundzwanzig Jahre alt. Johans neue Frau.

Als der König oben am Fallreep stehenblieb, riefen die Leute um Balthasar herum, alle durcheinander und mit dünnen Stimmen: »Hurra! Salve!« und »Leve kung Johan de Tredje!«, was eher peinlich wirkte. Balthasar konnte nur mit Mühe ein spöttisches Lächeln unterdrücken. Er machte ein todernstes Gesicht und dachte: Schlecht vorbereitet. Man hätte uns unter Leitung des Küsters von der Siechenkirche (er hat das lauteste Organ in ganz Reval) eine Woche lang auf dem Rathausplatz üben lassen sollen.

Der König reagierte nicht auf die Rufe. Er war inzwischen das Fallreep heruntergeklettert. Und kaum hatte er die Anlegebrücke betreten, ließ er auch schon die Hand seiner Gunilla los und schien sie vergessen zu haben. Er wandte sich auch nicht zu den Spalierbildenden um. Flüchtig winkte er ihnen zu und ging rasch vorüber. Drei Schritt entfernt hörte ihn Balthasar schroff zu dem ihm folgenden Herrn Banér sagen: »Warum zum Teufel habt Ihr bis jetzt noch nicht König Sigismund hier empfangen?«

Soweit Balthasar das von seinem Platz aus verstehen konnte, erwiderte jener ehrerbietig: »Aber er ist doch noch ... Seine Majestät der König von Polen haben noch nicht geruht einzutreffen, Eure Majestät.«

Zusammen mit den übrigen Schaulustigen folgte Balthasar dem König über die Hafenbrücke zum Ufer. Über die Köpfe der anderen hinweg beobachtete er, wie sich König und Königin samt ihrem hochmütigen Gefolge zur Großen Strandpforte begaben und in der Menge verschwanden. Glücklicherweise entdeckte er in dem sie begleitenden Menschenstrom Frau und Sohn. Magdalena bemerkte ihn nicht. Balthasar ergriff ihre Hand; erschrocken sah sie sich um und lachte dann hell auf. Er dachte: Der König hat die Hand seiner Gunilla ärgerlich losgelassen, ich aber halte Magdalenas Hand fest ... Gleichzeitig legte er Balzer den Arm um die Schulter und spürte verwundert, der Junge hatte breite, fast männliche und für einen sechzehnjährigen Burschen überraschend starke Schultern. Darin war er dem Vater nachgeraten, und das freute diesen.

»Na, wie hat euch unser König gefallen?« fragte Balthasar.

»Ich habe mir vor allem die Königin angeschaut«, entgegnete Magdalena und versuchte – nein, versuchte nicht –, ihre Hand aus der Balthasars zu befreien, »und mich gewundert: Sie ist ja noch ein halbes Kind.«

»Ich habe mir die Königin auch angesehen. Besonders aber den König«, sagte Balzer, und Balthasar dachte: Recht so, recht so – *noch* hauptsächlich den König, aber auch *schon* die Königin. Der Junge meinte etwas enttäuscht: »Aber königlich ist an diesem König nur der Bart.« Balthasar fuhr zusammen und sah sich um, ob nicht ein mißgünstiges Ohr in ihrer Nähe den respektlosen Satz des Jungen aufgeschnappt hatte, um ihn sich zu merken. Dabei fragte er sich: Bei Gott, woher nehmen diese Milchbärte (aber das Wort »Milchbärte« hätte, laut ausgesprochen, bei ihm eher einen gutmütigen als vernichtenden Klang gehabt) nur diese Überheblichkeit? Doch schon im nächsten Moment wurde er noch verwirrter. Ihm fiel nämlich ein, daß sein Sohn fast wörtlich das ausgesprochen hatte, was ihm selbst vor zehn Minuten durch den Kopf geschossen war.

Inmitten der Menschenmenge ging Balthasar mit Magdalena und Balzer zur Großen Strandpforte. Mit der einen Hand hielt er die warmen Finger seiner Frau umklammert, mit der anderen spürte er, durch das schweißnasse Hemd hindurch, die von Sonne und jugendlichem Ungestüm erhitzten Schulterblätter des Sohnes. Er sagte: »Nun, wir werden ja sehen, was jetzt in Reval geschieht.«

Aber nichts geschah. Nur einige Dankgottesdienste für die der Stadt durch König Johans Kommen zuteil gewordene Ehre und Gnade fanden statt. Und je länger dieses völlige Fehlen von Ereignissen währte, desto mehr gewann man den Eindruck, als sei gerade das bezweckt. Der König verkroch sich im Schloß. Er empfing niemanden, jedenfalls nicht offiziell. Ging nirgendwohin. Nicht einmal in die Domkirche. Die verwelkten Blumen rings um das vergoldete hölzerne Grabmal von Frau Sophie und Herrn Pontus hatte man schon mehrmals durch frische ersetzt. Allerdings waren Abgesandte des Königs, die mit dem Moskowiter Verhandlungen über die Verlängerung des Waffenstillstandes aufnehmen sollten, nach Narva aufgebrochen. Man munkelte übrigens, daß die ihnen zur Einschüchterung des Moskowiters mitgegebenen Fähnlein – einige tausend Mann – offenbar gegen den Willen des Königs ständig Händel suchten und fluchten, weil man ihnen den Sold schuldig geblieben war. Was der König aber wirklich tat: Er ließ die ganze Pernauer Landstraße entlang bis zur livländischen Grenze Boten postieren, mit dem Befehl, ihm Nachricht zu geben, sobald sein Sohn, König Sigismund, in Sicht käme.

Drei Wochen lang nahmen Spannung und Befremden von Tag zu Tag zu. Von Winkler und den Ratsherren war zu hören, die schlechte Laune des Königs sei schier unerträglich geworden. Höflinge und offizielle Persönlichkeiten wiederholten den Ausspruch des königlichen Leibarztes: Die Revaler Regenfälle haben bei Seiner Majestät zu einem merklichen Übergewicht der schwarzen über die gelbe Galle geführt ... Gegen Ende der dritten Woche kamen von der Pernauer Landstraße Reiter angesprengt. Sie brachten die Nachricht, daß der polnische König am Morgen des vierten September in Reval eintreffen werde.

Es sei bemerkt, daß diese Wochen Balthasars Gleichgültigkeit besiegt und seine Neugier geweckt hatten. Jedenfalls so sehr, daß er sich an diesem regnerischen Mittag zum Turm Kiek-in-de-Kök aufmachte und von dort aus den Einzug des polnischen Königs in die Oberstadt beobachtete.

Eine Viertelmeile war der Vater dem Sohn entgegengeritten. Sigismunds drei-, viertausend Heiducken hatten in den Vorstadthäusern Quartier bezogen. Nur etwa fünfzig Reiter folgten den Königen, ihren Hofmarschällen und Ratgebern in die Oberstadt. Sigismund, der die Menge überragte, wirkte auf den ersten Blick wie ein schlanker junger Mann; seine orientalische Bräune und seine Hakennase ließen ihn jedoch, wenigstens für hiesige Begriffe, viel älter erscheinen als dreiundzwanzig.

Am zweiten Tag nach Sigismunds Ankunft teilte König Johan seinen schwedischen Staatsräten mit, sein Sohn werde zugunsten des österreichischen Erzherzogs Ernst auf den polnischen Thron verzichten und zusammen mit seinem Vater von Reval aus die Heimreise antreten. Es hieß, Johan habe sich auf die von einigen Räten schüchtern geäußerten Bedenken hin mit erhobener Stimme gegenteilige Ratschläge verbeten. Angeblich hatte er gesagt: Mögen sie sich merken, daß mir Entscheidungen, die ich ohne ihren Rat getroffen habe, immer weit mehr Glück gebracht haben. Sigismund erwiderte auf die Fragen der erschrockenen Räte: Nein, nein, er gedenke keineswegs, auf seinen Staat zu verzichten, er wolle nur auf dringenden Wunsch seines Vaters den bevorstehenden Winter im Lande seiner Vorfahren verbringen. In der Heiligen Schrift stehe schließlich, daß die Söhne die Wünsche der Väter achten sollten, doch bei Salomo heiße es auch: Ein kluger König ist des Volkes Glück ...

Während im Schloß schwierige und in die Sackgasse führende Verhandlungen stattfanden, war die Luft in den Vorstädten, die von schwedischen und polnischen Söldnern nur so wimmelten, trotz der späten Jahreszeit schwül wie vor einem Gewitter. Zwischen Landsknechten und Heiducken kam es ständig zu Raufereien und Handgemengen. Nicht nur in den Schenken, sondern auch an Grabenböschungen und auf Wiesen. Die Landsknechte hielten sich für die Verteidiger, ja die Herren des Heus in den Schobern und Scheunen, die Heiducken aber brauchten es, um ihre Pferde füttern zu können. Die Folge davon war, daß die Landsknechte die Heiducken mit Fausthieben traktierten, diese jedoch die Landsknechte in ihre Quartiere schleppten und gefangensetzten.

Johan rief die Vertreter der Ritterschaften Estlands und Revals zu sich. Diese kamen, ehrlich gesagt, äußerst verlegen ins Schloß. Sie nahmen an, der König werde sie fragen, wem die Provinz angehören wolle – Schweden oder Polen; was unter diesen sonderbaren Umständen bedeutete – dem Vater oder dem Sohn, doch in den Ritterschaften wurden auch propolnische Stimmen laut. Aber alles, was Johan ihnen sagte, war, das Land müsse des Moskowiters wegen auch weiterhin bis an die Zähne bewaffnet bleiben und für die Unterhaltung des verstärkten Heeres die nötige Menge Proviant liefern. Den Herren Banér und Boije blieb also nichts anderes übrig, als den Schlössern der Provinz Befehl zu geben, die

Hälfte ihrer Lebensmittelvorräte nach Reval zu bringen. Daraufhin rollten über die von den Septembergüssen bodenlos gewordenen Straßen schmutzverkrustete, vom Regen durchnäßte Fuhrwerke in die Stadt. Begleitet wurden sie von Bauern, die später noch finsterer als bei der Herfahrt auf den leeren knarrenden, rumpelnden und wackligen Wagen in die Dörfer zurückkehrten, um den Inhalt der Speicher ihres Gutsherrn in die Schlösser zu schaffen und diese dadurch teilweise zu leeren. Und um dann aus ihren eigenen kläglichen Vorratskästen alles bis zum letzten Körnchen in die Speicher der Gutsherren zu karren …

Da wurde verkündet, der König gebe einen Empfang. Am Abend des zwölften September, einem milden dämmerigen Abend, zogen die nach Moschus duftenden Bürgermeister und Herren von der Gilde und ihre nach Rosen duftenden Ehehälften die halbdunkle Straße am Langen Domberg hinauf. Vor dem Schloß stießen die Ritter samt ihren Gemahlinnen zu ihnen, und die ganze Menge, die Adligen selbstverständlich vornweg, stieg die neuen, unerhört prunkvollen Treppen zum neuen Rittersaal empor. Da der Mensch dazu neigt, Eigentümliches im Wiederholungsfall schon als selbstverständlich anzusehen, war Balthasar nicht mehr sonderlich überrascht, daß Magdalena und er sich unter den Eingeladenen befanden. Denn der Abstand von dem Schwiegersohn und der Tochter eines Königs – Herrn Pontus' und seiner Gattin – zum König (oder sogar zu zwei Königen) ist nicht gar so unüberwindlich.

In dem riesigen Saal vermischte sich der Geruch des frischen Kalkes mit dem Moschusduft, den die Männer ausströmten, den süßen Wohlgerüchen ihrer Frauen und dem Zwiebel- und Knoblauchgestank, wenn jemand hüstelte. Das angeregte Geplauder dieser zweihundert Leute hatte sich in Erwartung des königlichen Festmahls in gedämpftes Flüstern verwandelt. Durch die riesigen Westfenster erblickte man die schweren Abendwolken mit ihrem kaum merklichen rosa Widerschein. Es sah aus, als hingen schwelende graue Gobelins mit unverständlichen Figuren und Landschaften von der Decke zum Fußboden.

Magdalena drückte Balthasar begeistert die Hand und flüsterte: »Pall« – sie kannte Balthasars Kindernamen und nannte ihn nur in besonderen Augenblicken so –, »Pall, ich habe mich wirklich einige Male über dich geärgert. Hier im neuen Schloß haben schon Feste stattgefunden, du aber hast dich nie darum bemüht, daß man uns einlädt. Doch für das hier heute sei dir alles verziehen.«

Der Saal konnte die Gäste bequem fassen. Diener zündeten die Kerzen an, dann erst hielten Könige und Königin Einzug.

Nach spanischer Mode schwarz gekleidet, ließen sie sich am Ende des Saals auf mit silbernen Platten verzierten und mit grünen Kissen ausgelegten Eichenbänken, einem improvisierten Thron, nieder. Johan saß in der Mitte, sein roter, bei Kerzenlicht eher kupferfarben wirkender Bart schien eigens für diesen Anlaß nach zwei Seiten gekämmt zu sein. Sigismund hatte den Platz zu seiner Rechten, Gunilla den zu seiner Linken. Man konnte das Ganze daher mehr für einen Familienempfang halten als für einen königlichen Empfang. Zeremonienmeister dirigierten die Schar der Gäste, die sich in einer Reihe langsam auf den König zubewegten, um vor ihm stehenzubleiben und ihm ihre Reverenz zu erweisen. Ein Beamter des Statthalters mit ausgezeichnetem Gedächtnis stand neben der Königsbank und nannte laut die Namen der sich Verbeugenden. Ein anderer, noch besser informierter Beamter – er hatte ein solches Fuchsgesicht, daß Balthasar ihn irrtümlicherweise einen Augenblick für den Ratsherrn Luhr hielt – stand hinter der Bank. Halb verdeckt von ihrer Rückenlehne, hielt er irgendwelche Papiere in der Hand. Von Zeit zu Zeit warf er einen Blick darauf, steckte schnell seine spitze Nase in des Königs Bart und flüsterte ihm etwas ins Ohr. Worauf der König sein gleichbleibend glänzendes königliches Gedächtnis demonstrierte und sich – bald auf deutsch, bald auf schwedisch, bald auf lateinisch – an den wandte, der sich gerade vor ihm verneigte.

»Dieter Taube? Richtig, richtig. Du warst beim Revaler Fähnlein im Heer von Graf Pontus, Anno einundachtzig, nicht wahr? Oder …? Ah, Michael Klüting? Ratsherr? Jaja, Wir erinnern Uns: Du warst bei Unserer Krönung in Uppsala unter den Revaler Gesandten.« Sein Gedächtnis hat das also neunzehn Jahre lang bewahrt! Das königliche Spektakel mit dem Gedächtnis belustigte Balthasar, fast hätte er gegrinst. Er konnte gerade noch denken: Balzer, dieser Schlingel, brächte es fertig, laut herauszuprusten, da stand er auch schon mit Magdalena vor der Königsbank. Und als sie sich, so gut sie es verstanden, vor den Königen verneigten, hörte er den Zeremonienmeister sagen: »Der Pastor der Revaler Heiligengeistkirche Balthasar Rüssow und Frau, Eure Majestät. Der Pastor ist der berühmteste Chronist unserer Zeit in der Provinz.«

Als Balthasar seine Verbeugung (hoffentlich tief und lange genug, dachte er) gemacht hatte und sich wieder aufrichtete, sah er, wie der Beamte hinter dem Rücken des Königs gerade seine an Luhr erinnernde Nase aus Johans Bart nahm. Und der König sagte, sehr laut, auf deutsch: »Jaja. Eine gute Chronik. Der vierte und letzte Teil ist sogar ausgezeichnet. Was bei einem so umfangreichen Werk selten vorkommt. Denn oft beginnt es gut, aber das Ende läßt meist zu wünschen übrig.«

Balthasar stand da und dachte: Meinetwegen, das lassen wir uns gern gefallen. Das schadet uns nicht. Es nützt uns sogar. Solange Johan auf dem Thron sitzt, wird die Ritterschaft mir jedenfalls den jährlichen Tribut entrichten … An die Königin gewandt, meinte Johan: »Schau nur, Gunilla, was für eine schöne junge Frau er hat!«

Balthasar dachte: Auch das erlauben wir. Das tut uns ebenfalls keinen Abbruch, im Gegenteil, es erhöht unser Ansehen. Denn dergleichen bekommen Revaler Frauen aus dem Munde eines *Königs* nicht oft zu hören …

Anscheinend hatte auch Magdalena das begriffen. Sie

errötete, knickste erneut und flüsterte: »Eure Majestät sind zu gütig …«

»Nicht im geringsten! Und sagt ruhig: *Ihre* Majestäten, Madame!« Sigismund lächelte Magdalena galant zu. »Ihr seid bezaubernd, auch darin stimme ich mit meinem Vater völlig überein.«

Wenn Balthasar sich später an diesen Augenblick erinnerte, und das tat er, Gott möge ihm verzeihen, mehr als einmal, schämte er sich, daß das Lob der Könige Magdalena in seinen Augen tatsächlich gleichsam reizender, glatter und geschmeidiger gemacht hatte. Was jedoch Sigismunds völlige Übereinstimmung mit seinem Vater betraf, so hielt diese nach dem Empfang nur eine einzige Woche vor. Verstehe einer die Entscheidungen und Überlegungen gesalbter Häupter.

Einige Tage nach dem Empfang im Staatssaal erhielt Sigismund aus Krakau eine alarmierende Nachricht: Hinter Kiew waren Tatarenhorden in Polen eingefallen! Etliche ohnehin verunsicherte Räte Sigismunds reisten daraufhin Hals über Kopf in die Heimat, um den Widerstand gegen die Eindringlinge zu organisieren. Manche vermutlich nicht so sehr aus dem Wunsch heraus, ihre Pflicht in Polen zu erfüllen, als vielmehr, um möglichst weit weg zu sein von ihrem König, der unbegreiflicherweise auf den Thron verzichten wollte. Denn Sigismund blieb in Reval. Sein Vater hatte erklärt, mit den Tataren möge sich ruhig der Österreicher Ernst herumschlagen. Er, Johan, hege keinerlei Feindschaft gegen sie. Im Gegenteil, die Tataren seien seine langjährigen Bundesgenossen gegen Moskau. Sein Sohn aber »pfeife« auf die Tatareninvasion und ganz Polen. Drei Tage später jedoch verlautete, König Sigismund werde unverzüglich nach Polen zurückkehren. Johan hatte dem überraschenderweise zugestimmt. Und zwei Tage darauf reiste Sigismund mit seinem gesamten Hofstaat und Heer überstürzt ab. Anscheinend, damit sein Vater es sich nicht doch noch anders überlegte. Jedenfalls geruhte er nicht, dem Sohn wenigstens über eine kurze Wegstrecke das Geleit zu geben.

Am zweiten Oktober schiffte sich König Johan im Revaler Hafen ein. Die Hälfte seiner Staatsräte ließ er in Reval zurück. Niemand wußte, wozu. Die Laune des Königs bei der Abreise war derart schlecht, daß er es nicht einmal für nötig hielt, sich von seinen Begleitern zu verabschieden und der Königin, als sie an Bord gingen, seinen Arm zu reichen.

Zwei Wochen danach, an einem Tag, an dem es leicht schneite und früh dunkel wurde, nahm man im Heiligengeistpfarrhaus, erst beim Schein der untergehenden Sonne, dann bei Kerzenlicht, das Abendbrot ein, früher als sonst. Märten und Madle aßen, seitdem sie getraut waren, für sich, in dem kleinen Zimmer an der Sauna. Päärn und Kiido hatten sich mittags auf den Weg nach Fischermai gemacht, um dort Bekannte zu besuchen. Am Tisch saßen also nur Balthasar, Magdalena und Balzer. Balzer war nun schon völlig erwachsen. Du liebe Güte, Melanchthon hatte es in seinem Alter jedenfalls schon zum Bakkalaureus oder gar zum Magister gebracht. Balzer schien zwar nicht so einen klugen Kopf zu haben wie Melanchthon, aber mit Gottes Hilfe war er alles andere als dumm, nicht geschwätzig und kein Kind mehr. So stellte Balthasar denn die Frage: »Wißt ihr übrigens, warum König Johan der Abreise seines Sohnes plötzlich doch zugestimmt hat?«

»Nein. Warum denn?« erkundigte sich Magdalena.

»Ich war zwar nicht dabei«, sagte Balthasar, »aber ich habe gehört, es seien Herzensangelegenheiten im Spiel. Und ich glaube, das stimmt auch. Erstens redet Winkler nicht bloß so daher, und zweitens, was sonst hätte einen Mann von solchem Format wie Johan so wankelmütig machen können? Er soll fest entschlossen gewesen sein, Sigismund mit nach Hause zu nehmen. Aber da ist auf einmal die Nachricht vom Einfall der Tataren in Polen gekommen. Zugleich ist auch bekanntgeworden, daß sie Sigismunds Vertrauter, Stallmeister Liljesparre, gebracht hat. Dieser sehr gut aussehende junge Mann soll, bevor Johan Gunilla heiratete, ihr Auserwählter und sogar mit ihr verlobt gewesen sein.«

Dieses Thema stieß bei Balzer anscheinend noch nicht auf sonderliches Interesse. Er schob seinen Schemel beiseite, daß es auf dem Steinfußboden knirschte, und ging hinaus. Magdalena aber fragte eifrig: »Was könnte das denn für eine Rolle gespielt haben?«

»Johan hat begriffen: Kommt Sigismund nach Schweden, folgt ihm der gesamte Hofstaat und somit auch Liljesparre. Das aber könnte die königliche Ehe zum Gespött der Leute machen. Dann nämlich, wenn die Königin diesem jungen Mann gegenüber nicht die nötige Zurückhaltung an den Tag legt.«

Magdalena zuckte die Achseln.

»Johan könnte diesen Liljesparre doch einfach nach Polen zurückschicken. Oder sonstwohin.«

»Keineswegs«, widersprach Balthasar, »ich weiß, das würde er nicht tun.«

»Und warum nicht?«

»Du liebe Güte, sein Stolz würde es ihm verbieten! Sein Stolz als König. Und als Mann. Er müßte sich selbst und in gewisser Weise auch den anderen eingestehen, daß dieses Bürschchen, dieser Milchbart ihm gefährlich ist, *so* gefährlich, daß er sich gezwungen sieht, ihn aus der Nähe der Königin zu entfernen. Er könnte das tun, hätte er diesen Grünschnabel bei irgend etwas Verbotenem ertappt, aber nur so, aus Vorsicht – das würde bedeuten, aus *Furcht*! Nein!«

Magdalena lachte. »Ha-ha-ha. Was sind die Männer doch wunderlich. Und Könige bestimmt besonders!«

Diese fröhliche Behauptung, diese von Lachen begleitete Erklärung, die Männer seien wunderlich, die Frauen aber vernünftig, das heißt ganz anders als die Männer, und diese könnten die Frauen überhaupt nicht verstehen (letzteres war allerdings nicht gesagt worden) – all das erhöhte für Balthasar, in dessen Herz sich mit den Jahren Bitterkeit angestaut hatte, Magdalenas erregenden und gewinnenden Liebreiz fast ebensosehr wie neulich das Lob der Könige. Das in Reval selbstverständlich sofort in aller Munde gewesen war. Man hatte Bemerkungen hören und von den Augen und Lippen ablesen können, Bemerkungen, die Balthasar und Magdalena hinterhergeschickt wurden, bald bissige, bald schmeichlerische, bald zähneknirschende Bemerkungen: »Sieh mal an, Rüssows Frauchen, das der König gelobt hat.«

»Der Mann besitzt Häuser und Güter, hat eine Kanzel, warum soll er sich da nicht eine hübsche Frau angeln?«

»Man hat ihn selbst für das Buch gelobt, also ...«

»Vor einigen Jahren wollte man ihn ebendieses Buches wegen noch aus der Stadt jagen.«

»Es ist schon so, wie Gott sagt: Wer hat, dem wird gegeben. Weiß der Teufel, warum das so eingerichtet ist!«

Doch die Auswirkungen ihrer Begegnung mit den Königen beschränkten sich keinesfalls auf diese Reden oder das, was sie in den Hausgenossen des Heiligengeistpfarrhauses auslösten. Vielleicht fiel das niemandem auf, aber die merkwürdigen Streitigkeiten zwischen König Johan und seinem Sohn öffneten Balthasar die Augen über seinen eigenen Sohn.

Auf den ersten Blick schien das Verhalten der Könige eher ein warnendes Beispiel zu sein. Denn man erzählte sich in Schloß und Rathaus, dann auch schon öffentlich, die Ratgeber hätten ihren Appell an den König mit den Worten geschlossen: »Et vincat affectum ratio«, und der König habe sie deswegen angeschrien. Balthasar fiel ein Ausspruch des Ekklesiastikus ein, der sinngemäß besagte: Lieber ein armer, aber kluger Jüngling als ein alter, aber unvernünftiger König, der keine Ratschläge annehmen will. Das Beispiel des Königs vor Augen, dachte Balthasar also im ersten Moment: Jeder Vater sollte sich hüten, sich und seinen Sohn zum Gespött zu machen, aber mich und Balzer habe ich, Gott sei Dank, nicht dazu gemacht. Doch sogleich schoß ihm der Gedanke durch den Kopf: Ehrlich gesagt, habe ich ihn in all den Jahren kaum bemerkt. Seit langem nicht mehr – seit der Zeit, als er mir, ein Knirps noch, öfter unter die Augen kam, weil er in Elsbeths Nähe war; als er manchmal, im Vorübergehen, einen Klaps erntete, gewissermaßen als ein Teil von Elsbeth und mir selbst, der mich schmunzeln machte und mir das angenehme Gefühl gab, daß es meine Pflicht sei, mich um ihn zu kümmern. Seit der Zeit, als das mutterlose Kind mich nach Elsbeths Tod in dem trostlos öden Haus meine Einsamkeit doppelt stark empfinden ließ …

In Balzers Knabenjahren hatte sich Magdalena um ihn gekümmert, und für Balthasar waren diese Jahre wie im Fluge vergangen. Nur hin und wieder, in einzelnen Augenblicken nur, hatte er Balzer um sich gehabt. Oder er hatte aus anderen Zimmern gelegentlich Satzfetzen über zerrissene Hosen, Schrammen auf den Knien, ein blutunterlaufenes Auge aufgeschnappt … »Vater, wenn ich dem Feind glühende Kohlen auf den Kopf lege, tut ihm das weh, nicht wahr?« – »Natürlich.« – »Aber es soll ihm doch auch weh tun?« Gelegentlich gab es Versuche, gelegentliche Fragen über Gott und die Welt zu beantworten … Manchmal war da Balzers schweißnasser zerzauster Kopf gewesen und sein glühendes zerschrammtes Gesicht in Balthasars Händen, ein Staubkorn, das ihm der Vater mit einem Zipfel seines Taschentuches aus dem Auge entfernte. Hin und wieder hatte er Balzer auf dem Positiv spielen hören, oben, im einstigen Zimmer von Michel (dieser Lump ist also jetzt Pastor im Loder Schloß von Tönnis Maidel und hat sich, wie man erzählt, obendrein endgültig dem Suff ergeben). Später übte der Junge unter Meckius' Anleitung in der Kirche. Einige Jahre danach hatte sich plötzlich herausgestellt, daß Balzer ein ganz passables Latein sprach. Darauf folgten eine Zeitlang Stunden (als regelmäßig geplant, aber nur gelegentlich durchgeführt) mit obligatorischen Belehrungen über Cäsar, Cicero und Seneca. Dann wieder lange Monate, ja Jahre, in denen Balthasar den Sohn nicht beachtet hatte. Und nun diese seltsame Äußerung von Vaterliebe beim König … die im ersten Moment in *einer* Hinsicht als Warnung diente, später, als Erinnerung, in ganz *anderer* Hinsicht: Ich habe den Jungen im Grunde genommen nicht bemerkt, und jetzt lebt in meinem Hause statt eines Kindes ein denkender Mensch.

darinnen Dinge geschehen, deren tiefere Bedeutung dem Außenstehenden vielleicht ebenso verständlich ist wie dem aus der Nähe Betrachtenden, die jedoch nur in einzelnen Augenblicken durch den hölzernen Panzer – wie er das selbst genannt hat – des von uns beobachteten Mannes gelangt, wobei er ganz deutlich die Schwertschläge spürt und die im Panzer entstehenden Risse, spürt, wie die Klinge sich in seinen Körper bohrt und diesen bis zum Knochenmark durchdringt

An einem Septemberabend heizte Päärn in der kühlen Diele den Kamin an. Päärn und nicht Märten, denn Märten, zu dessen Pflichten das früher gehört hatte, war nun schon den zweiten Monat ein unabhängiger Mann, und zwar Verwalter des Heiligengeistsiechenhauses. Er wohnte jetzt mit seiner Madle jenseits der Mauer in einem winzigen, aber massiven Gebäude auf dem Hof des Siechenhauses. Die Frage, ob er die neue Arbeit übernehmen solle oder nicht, hatte Märten übrigens selbst entschieden, ohne Balthasar um Rat zu bitten – was Balthasar im ersten Moment nicht nur aus der Fassung brachte und verwunderte, nein, sogar kränkte. Wenn Märten auch gesagt hatte, als sei es ganz selbstverständlich: »Wie lange soll ich denn noch deinen Reserveglöckner spielen? Wo Päärn die Glocken schon längst allein läutet. Und wenn mal Not am Mann ist, findest du mich dort, auf dem Hof des Siechenhauses, vielleicht fünfzehn Schritt weiter weg als bisher.«

Das stimmte. Und stimmte auch wieder nicht. Daß Märten fortgegangen war, um Verwalter zu werden, bedeutete in gewisser Weise ein Fortgehen im vollsten Sinne des Wortes, ja es kam nach diesen fünfzig Jahren fast einem Verrat gleich … Nun ja. Doch verbieten konnte Balthasar es ihm auch nicht. Er hätte es verhindern können, gewiß. Hätte zum Patron des Siechenhauses, dem Ratsherrn Klüting, gehen und erklären können: Ich habe gehört, Ihr seid mit meinem, wie soll ich sagen, mit meinem Freund und Homunkulus übereingekommen, daß er Verwalter des Siechenhauses wird.

Gebt diesen Gedanken auf! Er ist dafür nicht geeignet, nicht im mindesten! Nein, nein, lesen kann er, und Eure kleinen Rechnungen versteht er auch auf der Wachstafel zu summieren. Sollte seine Unterschrift benötigt werden, macht er nicht etwa drei Kreuze hin, sondern schreibt fein säuberlich »Märten Bergkam«, das stimmt. Und er ist der pünktlichste und ehrlichste Mensch, den ich kenne. Aber auch ein so eigensinniger Kauz, daß ich ihn mir als Verwalter des Siechenhauses einfach nicht vorstellen kann. Jaja! Und auf die erstaunte Frage des Ratsherren, warum ein so ehrlicher Mann denn trotzdem nicht für dieses Amt tauge, hätte Balthasar mit reinem Gewissen antworten können: Wißt Ihr, er braucht auf dem Hof unter dem Brennholz nur einen Ahornkloben oder einen anderen geeigneten Klotz zu entdecken, schon schleppt er ihn fort und schnitzt einen Pferdekopf daraus. Und tut drei Tage und drei Nächte lang nichts anderes, ißt und trinkt nicht! Versteht doch! Ob an diesen drei Tagen Eure Pferde im Siechenhaus gefüttert und getränkt oder auf der Weide von Wölfen zerrissen werden, darum schert er sich nicht! Ratsherr Klüting hätte darauf sicher geantwortet: Ach, so ist das! Ja, dann – dann natürlich nicht!

Aber Balthasar brachte es nicht fertig, Märten hinter dessen Rücken anzuschwärzen. Auch nicht, zusammen mit Märten zu Klüting zu gehen und das alles in seiner Gegenwart auszusprechen. Nein, nein, er konnte diesem Iltis gegenüber keine Gewalt anwenden ... Denn man mußte auch Märten verstehen. Drei Jahre schon war er ein verheirateter Mann und suchte nun endlich Unabhängigkeit. Nur, daß er sie auf diese Weise suchte, so völlig auf eigene Faust ... Sicher konnte er nicht anders. Konnte es um so weniger, als er, dieser alte, fast sechzigjährige Narr, es geschafft hatte, seiner Madle ein Kind zu machen, und sie war noch keine dreißig.

Den Kamin in der Diele heizte jetzt jedenfalls Päärn. Balthasar hatte Kiido Anweisung gegeben, drei Becher Rheinwein hierher, ins kalte Zimmer, zu bringen, und setzte sich nun mit Magdalena und Balzer auf die Bank vorm Kamin. Er riet Frau und Sohn, die Schuhe auszuziehen und die bestrumpften Füße ans Feuer zu halten. Dann sagte er: »So. Und jetzt erzählt, wie es euch dort ergangen ist.«

Zu erzählen gab es genug. Denn Magdalena war schon im Frühjahr mit dem Schiff nach Stockholm gefahren, um eine Erbschaft anzutreten, die ihr von einem dort verstorbenen Onkel, einem Tranhändler, zugefallen war. Der eigensinnige alte Junggeselle und Griesgram, den Magdalena im Alter von sieben Jahren zum letztenmal gesehen und den sie, auf seinem Schoß sitzend, am Bart gezupft hatte, dieser Mann hatte, wie aus seinem Testament hervorging, sein gesamtes Vermögen der jüngsten Tochter seiner Schwester vermacht. Natürlich hätte auch ein anderer, beispielsweise einer von Magdalenas Brüdern, nach Stockholm reisen und auf eine vom Rat ausgestellte Vollmacht hin die Erbschaft in Empfang nehmen können. Balthasar aber hatte zunächst selbst mit ihr dorthin fahren wollen. Doch dann erkrankte Ostmann, und Balthasar war unabkömmlich. Magdalena träumte indessen so sehr von der größten Reise ihres Lebens. Da überlegten sie, warum nicht Balzer Reisegefährte, Stütze und Ritter seiner Stiefmutter sein sollte. Balzer hatte im vorigen Jahr die städtische Schule beendet und ging ins neunzehnte Jahr.

Er war ein schöner Jüngling mit einem sorgfältig gestutzten Flaumbart auf den Lippen. Mit der vom Vater ererbten Fähigkeit hatte er das Schwedische gleichsam nebenbei gelernt, es auf der Straße aufgeschnappt. Außerdem ließ sich die Reise nach Schweden mit einer anderen wichtigen Angelegenheit verbinden: Balzer sollte nach Uppsala reisen und in Erfahrung bringen, wie man in die dortige Universität eintreten konnte. Einen Empfehlungsbrief an den Adjunkten der Domkirche zu Uppsala, den Theologieprofessor Lilleus, gab der Vater ihm mit. Für den Fall, daß sich im fremden Land ein geeigneter Reisegefährte für die Heimfahrt der Stiefmutter fände, sollte Balzer nämlich den Herbst über in Schweden bleiben. So waren sie denn gefahren. Und nun, im

Spätherbst, doch beide gemeinsam wohlbehalten zurückgekehrt. Oben in Magdalenas kleiner Truhe mit dem blumenverzierten Deckel lag ein sämischledernes Säckchen mit vierhundert Staatstalern in Silber, und sie beabsichtigte, mit Balthasar ausführlich zu besprechen, wie man diese Taler am besten anlegen könne.

Sie berichteten von der Reise. Denn erst heute nachmittag hatte ihr Schiff in Reval angelegt. Magdalena erzählte von der wunderbaren, auf Felseninseln erbauten Stadt Stockholm und der ersten Einfahrt in diese Stadt – durch Meerengen hindurch, die die Tannenwälder dunkel und die kahlen Felsen rot schimmern ließen. Von den etwas steifen Stockholmer Damen und dem geselligen Wesen der Frauen aus dem Volke. Von den Männern, unter denen es, wie in Estland, sowohl Kavaliere als auch Flegel gab, von ersteren, hier wie dort, viel weniger als von letzteren. Magdalena berichtete auch vom täglichen Leben im Hause und in der Familie des deutschen Pastors Bretmann, wo Balzer und sie, dank des von Balthasar rechtzeitig abgesandten Briefes, freundlich aufgenommen worden waren. An staatswichtigen Neuigkeiten hatte Magdalena allerdings nicht viel mitzuteilen. Denn außer mit Bretmann und seiner Familie sowie deren Freunden war sie nur mit dem Notar näher in Berührung gekommen. Doch wovon ganz Stockholm sprach, darüber wußte sie natürlich Bescheid: Daß man die seinerzeit aus Reval ausgewiesenen und nach Schweden zurückgekehrten verdächtigten Staatsräte – es waren fünf oder sechs – angeblich bis heute auf ihren eigenen Gütern gefangenhielt. Und daß Karl Henrikson Horn (das ist doch derselbe, mit dem wir im Schloß in der Oberstadt zur Gedächtnisfeier von Frau Sophie zusammen waren – du liebe Güte, seitdem sind schon acht Jahre vergangen!) zum Tode verurteilt (weil er im vorigen Jahr die Schlösser Koporje und Jamma an die Moskowiter übergeben hat) und erst unmittelbar vor der Hinrichtung auf dem Marktplatz begnadigt worden war. Daß die Gattin des einen in Haft befindlichen Staatsrates den König um Begnadigung ihres Mannes gebeten hatte. Sie war im siebten Monat gewesen. Der König aber hatte, wie schon die ganze letzte Zeit, einen ungarischen Eisenknüppel in der Hand gehalten und damit so auf den Tisch geschlagen, daß der Tisch zerbrochen, die Frau aber in Ohnmacht gefallen war. Der König hatte geschrien: Ja-ja-ja, man wird ihn freilassen, wenn er mir meinen Sohn zurückgibt! Das heißt König Sigismund.

All das wußte Magdalena interessant und lebhaft zu berichten. Von der Seekrankheit, die ihr während der ganzen Überfahrt zu schaffen gemacht hatte, hatte sie sich, kaum wieder festen Boden unter den Füßen, sofort erholt und sah jetzt, den kürzlich erduldeten Leiden zum Trotz, frisch und munter aus. Balzer dagegen konnte oder wollte nicht viel von der Reise erzählen. Balthasar war noch nicht einmal dahintergekommen, warum der Junge nun doch nicht in Uppsala sein Studium aufgenommen hatte. Dabei hätte er das tun können, denn auf dem Schiff, mit dem sie zurückkehrten, war auch der Balthasar bekannte Revaler Ratsherr Claus Grambow mit Frau und Söhnen gewesen. Magdalena hätte also ohne weiteres in der Obhut dieser achtbaren Familie die Heimreise antreten dürfen. Balthasar nahm sich vor, noch ein ernstes Wörtchen mit Balzer zu reden, weil der dem Vater ungehorsam gewesen und nicht zum Studium in Schweden geblieben war. Die hilflose Einsilbigkeit des Jungen reizte ihn. Merkwürdig, den Mund kriegen sie nicht auf, aber über die Stränge schlagen sie, diese jungen Springer. Allerdings nicht alle. Ich selbst zum Beispiel, du liebe Güte, ich konnte mich mit Balzer nicht vergleichen, als ich in seinem Alter war. Ich lernte noch an der städtischen Schule, als ich bereits mit unseren Ratsherren, mit Herrn Horn und Herzog Johan verhandelte, und bin doch damit zu Rande gekommen. Dabei war ich natürlich ein rechter Bauerntölpel, mein Junge aber – er bedachte Balzer mit einem versöhnlichen, zufriedenen Blick – besitzt viel mehr Lebensart. Er hat Elsbeths mandelförmige Augen und ein schmales Gesicht. Und was für einen Schnurrbartansatz! Seine Schultern und Hände aber sind – unglücklicher- oder glücklicherweise – so sehr die des Vaters, daß man lachen könnte ...

Am dritten Tag nach Magdalenas und Balzers glücklicher Rückkehr – auf dem Rathaus blies man gerade die fünfte Nachmittagsstunde – schaute Balthasar aus dem Fenster der Sakristei in die regnerische Dämmerung, auf die feucht glänzenden Grabsteine inmitten des gelben Grases. Er sah, erst verwundert, dann erschrocken: Um die Kirchenecke, auf den mit Kies bestreuten Weg zwischen den Grabsteinen, bogen zwei Leute ein, die einen dritten schleppten. Die zwei hatten die Hände kreuzweise übereinandergelegt und trugen darauf jemanden, der von ihren Schritten hin und her geschaukelt wurde und den rechten Arm um den Hals des einen geschlungen hatte. Die jungen Leute, die ihn trugen, kannte Balthasar nicht, aber bestimmt war er ihnen schon in der Stadt begegnet, höchstwahrscheinlich bei den Schwarzenhäuptern. Der dritte, der, den sie trugen, war Balzer.

Balthasar warf seine in die Tinte getauchte Feder aufs Kirchenbuch und stürzte zum Friedhof, den Näherkommenden entgegen.

»Was ist geschehen?«

Der totenbleiche Balzer entgegnete mit gezwungenem Lächeln und ganz leise: »Nichts Besonderes. Beim Üben mit Schwertern kommt das vor ...«

Balthasar bemerkte, daß Balzers Hemd unter dem um die Schulter geworfenen grauen Wollrock an der rechten Achsel zerrissen war und sich ein handtellergroßer Blutfleck darauf ausbreitete. Und daß von diesem Fleck breite blutige Streifen bis zum Gürtel liefen.

»Was ist mit dir?«

»Nichts weiter«, erklärte einer der Träger. »Bis kurz vor der Großen Gilde ist er noch selber gegangen. Erst dort sind ihm die Knie eingeknickt.«

»Ich frage, was mit dir geschehen ist!« rief Balthasar aus – nun schon auf der Schwelle der Sakristei – und ließ alle drei eintreten.

»Bei den Schwarzenhäuptern ... beim Üben mit Schwertern ...«, murmelte Balzer dumpf.

»Ihr Verrückten mit euren Schwertern«, sagte Balthasar. »Legt ihn hier auf die Bank! Und wer hat dich so zugerichtet?«

»Was spielt das für eine Rolle …«, knurrte Balzer.

»Es spricht sich sowieso rum«, meinte einer der Träger – sie hatten Balzer auf die Bank gelegt und schickten sich nun an fortzugehen. »Kurt Grambow und er haben sich geschlagen …«

Balthasar dachte: Ich muß Magdalena saubere Lappen holen lassen … Muß ihr schonend – sonst erschrickt sie noch, ich kenne sie – beibringen, daß ihr Stiefsohn verwundet ist. Und ich muß gleich zu Burchard laufen. Er wird tun, was in seinen Kräften steht. Und den Mund halten. Wenn nötig … Doch schon im nächsten Moment fragte Balthasar besorgt und interessiert, und seiner Frage war die frevelhafte Eitelkeit anzumerken, die er nicht zu unterdrücken vermochte: »Wieviel hat denn dieser Kurt abbekommen?«

»Er liegt in unserem Keller«, entgegnete der Jüngere der Schwarzenhäupter, »ihn hat es noch schlimmer erwischt, er hat tiefe Wunden in der Brust. Unsere Leute haben den Barbier geholt.«

Die jungen Burschen standen in der Tür. Der Ältere bemerkte: »*Wir* halten die Zunge im Zaum, wenn so etwas in unserem Haus passiert.«

»Schön, schön«, sagte Balthasar hastig, »wir auch. Vielen Dank, daß ihr ihn heimgebracht habt.«

Die Schwarzenhäupter gingen. Balthasar riet: »Presse die Wunde vorsichtig mit der Schulter zusammen. Vielleicht hört die Blutung dann auf. Ich laufe und hole Burchard.«

Er wollte Magdalena nicht erschrecken und eilte darum über den Hof zur Apotheke. Gott sei Dank traf er Herrn Burchard an, so daß sie – Burchard mit Verbandmaterial in der Schatulle – kurze Zeit später in die Sakristei zurückkehrten. Balzer lag, noch bleicher als vorhin, auf der Holzbank. Burchard schnitt ihm das Hemd auf und zog es herunter, und Balthasar schloß die Augen. Der Junge hatte am äußeren Rand des rechten

Armmuskels eine tiefe blutende Wunde. Man mußte sogar fürchten, daß die Rippen ebenfalls verletzt waren, schlimmstenfalls auch die Lunge. Ins Hemd und hinter den Gürtel war gut und gern ein Pfund Blut geflossen. Als der Apotheker die Wunde mit Bernsteinöl einrieb und einen Verband anlegte, schaute Balzer zur Decke und biß sich auf die Lippen. Der Apotheker sagte: »Jetzt hilft nur Bettruhe. Blut hat der junge Mann nicht gespuckt? Gott sei Dank. Wir wollen beten, daß sich kein heftiges Fieber einstellt. Sollte er fiebern, gebt mir Bescheid. Wir werden versuchen, eine Arznei zu finden. Jetzt muß er jede Stunde Bernsteinöl mit Maiglöckchentee einnehmen.«

Burchard war ein neugieriger und stets gutunterrichteter Mann. Daneben besaß er jedoch auch Scharfsinn und stellte keine überflüssigen Fragen. Als er sich zum Gehen wandte, drückte Balthasar ihm einen Silbertaler in die Hand und sagte für alle Fälle: »Ich denke, Herr Burchard, den Gerichtsvogt dürfte diese Angelegenheit nicht interessieren!«

Burchard erwiderte, ebenso leichthin und ebenso deutlich: »Das denke ich auch. Sofern die gegnerische Seite gleichfalls dieser Meinung ist.«

Er ging, und Balthasar setzte sich neben den Sohn.

»Los, rede. Sprich leise. Ich höre.«

Balzer zuckte jungenhaft, wie einst der Vater, mit der linken Schulter. Das bereitete ihm jedoch solche Schmerzen, daß er aufstöhnte.

»Was gibt es da zu sagen ... Wir haben miteinander gefochten, und da sind wir wütend geworden, und ... da haben wir drauflosgehauen ...«

»Habt ihr Verrückten denn keine Holzklötzchen an den Schwertspitzen, wenn ihr dort übt?«

»Sonst schon. Diesmal nicht.«

»Und hast du ihn schwer verwundet?«

»Ich weiß nicht ... Ich hab ihm aus Wut einen Schlag versetzt – bestimmt in die Schultersehne ... Und das linke Ohr hab ich ihm, glaube ich, abgehauen ...«

»Gebe Gott, daß er am Leben bleibt«, sagte Balthasar

dumpf, »sonst kommst du selbst unters Schwert. Bedenke doch – der Sohn eines Ratsherrn.«

Der Junge schwieg, und Balthasar machten die eigenen düsteren Worte angst. Aber vielleicht war die Geschichte gar nicht so schlimm? Er forschte: »Was hat er dir Wüterich denn an den Kopf geworfen? Oder du ihm?«

Balzer zögerte mit der Antwort. »Na, daß ich nach Kuhmist stinke ... Du weißt ja selbst ...«

Jetzt war die Reihe zu schweigen am Vater. Natürlich, mit derartigen Sticheleien mußte Balzer jederzeit rechnen. Des Vaters wegen. Leider. Aber irgend etwas stimmte da nicht ... Denn der Grambowsche Junge war vielleicht ein bißchen schadenfroh und streitsüchtig, aber, wie man hörte, ganz und gar nicht eingebildet und hochnäsig.

»Das hat man dir in der Schule auch schon ein paarmal gesagt, aber dort hast du die Jungs nicht blutig geschlagen.«

Wieder antwortete Balzer nicht gleich. Dann meinte er matt: »Da hatte ich auch kein Schwert zur Hand.«

Balthasar fiel ein: Magdalena ist ja gar nicht zu Hause. Sie wollte doch zum Wulfartsturm, zur Mutter, nach der Rückkehr war sie noch nicht dort. Balthasar half dem Jungen, vorsichtig aufzustehen, durch die leere Diele zu gehen und die Stufen hinaufzusteigen. Als er ihn auf der Treppe stützte, spürte er, daß Balzer vor Schwäche taumelte. Er sagte: »Halt dich an meinem Hals fest.«

Und obwohl der Junge sich sträubte, nahm Balthasar ihn – den starkknochigen jungen Mann, der für seine Größe jedoch erstaunlich leicht war – auf die Arme, trug ihn ins Positivzimmer und legte ihn aufs Bett. Er half dem Sohn, das blutbefleckte Hemd auszuziehen und ein sauberes überzustreifen. Als der Junge schon in seinem Bett lag, meinte Balthasar: »Ich schicke Magdalena zu dir, sobald sie zurück ist. Sieh zu, daß sie nicht zu sehr erschrickt.«

Magdalena kam eine Stunde später. Balthasar sagte

ihr, absichtlich leichthin: »Balzer liegt oben in seinem Zimmer. Geh und sieh mal nach ihm. Er ist doch ein Luftikus. Hat bei den Schwarzenhäuptern gefochten und was abgekriegt. Nein, nein, es ist nicht weiter schlimm«, fügte er rasch hinzu, als er bemerkte, wie Magdalena erbleichte, »aber er soll Kurt Grambow noch übler zugerichtet haben.«

Magdalena stürmte die Treppe hinauf, und Balthasar folgte ihr. Er ging jedoch in sein Zimmer, schloß die Tür, stützte sich mit den Händen auf die steinerne Fensterbank, blickte auf die Dächer der Mönchsstraße hinab, ohne sie zu sehen, und sagte zu seinem Gott: Auch das weißt Du. Der Junge ist mir so lieb, daß ich mich fast schäme, für ihn bei Dir zu bitten ... Für einen Fremden zu bitten fiele mir viel leichter. Es ist Dir ja bekannt: Ich bilde mir nicht ein, Dir näherzustehen als andere Leute. Sonst wäre mein Flehen um etwas, was mich selbst angeht, Mißbrauch ... Oh, Du weißt es ja ... Möchtest Du doch Deine Hand über beide halten, diese Raufbolde und Einfaltspinsel, über meinen Jungen und den Grambowschen. Damit sie beide genesen und der Rat nicht einen von ihnen verurteilen muß. Damit sie, während sie nun in ihren Betten liegen, darüber nachdenken, was sie getan haben, und ihre Lehren daraus ziehen; damit sie schneller zur Vernunft kommen. – Und auf einmal entrang es sich Balthasar, in einer solchen Anwandlung von Aufrichtigkeit und Demut, wie er sie bei sich kaum für möglich gehalten hätte: Möchtest Du doch Deine Hand über sie halten! Was habe ich denn noch außer diesem Jungen (dem ich meine Liebe so selten gezeigt habe) und außer Magdalena natürlich (die doch wohl mehr als genug Liebesbeweise empfangen hat)? Was habe ich sonst noch? Auf alles andere könnte ich auch verzichten ... Selbst auf die Chronik, die meinem Herzen so teuer war, mit der ich so viele Qualen auf mich genommen habe. Selbst auf die Chronik könnte ich – weil so viele Lehmklumpen darauf liegen – fast verzichten. Nein, nein, nicht ganz, aber fast ... Wie dem auch sei, ich bitte Dich, Herr: Mache, daß Balzer wieder gesund wird! Und der andere auch, damit Balzer nicht wegen Mordes verurteilt wird und wir ihn nicht auf so schreckliche Weise verlieren ... Ich flehe Dich an.

Gott schien Balthasars Gebet auch wirklich erhört zu haben, denn das Fieber, das sich bei Balzer gegen Abend einstellte – trotz seiner Blässe begannen seine Wangen zu glühen, während die Hände schrecklich kalt blieben –, fiel nach einer Woche. Wer weiß, ob von allein oder ob Herrn Burchards Arzneien oder Balthasars Gebet das bewirkten. Nach Ablauf einer weiteren Woche war der Junge schon auf dem Wege der Genesung. Offensichtlich hatte er das auch Magdalena zu verdanken. Balthasar dachte erfreut: Nicht jede Mutter, längst nicht jede Mutter sorgt sich so um ihren leiblichen Sohn ...

Aber nicht nur in bezug auf Balzer, sondern auch auf den Grambowschen Jungen schien Gott Balthasars Gebet erhört zu haben. Das bestätigten die Berichte, die ihm sein »Kundschafter« brachte. Balthasar hatte Märten gebeten, auszuforschen, was sich im Hause des Ratsherrn Grambow tat. Denn erstens gab es in ganz Reval kein Kaufmannshaus, wo Märten nicht einen Bekannten hatte, sei es Diener, Hauswart, Stubenmädchen oder Knecht – oder sogar der Schreiber. Zweitens lebten im Siechenhaus genug alte Männer und Frauen, bei lebendigem Leibe verwesende Greise und Greisinnen mit scharfem Auge und sabberndem Mund, die sich mit ihrem Bettelsack in jedes Haus Einlaß zu verschaffen wußten. Und die aus den Hausgenossen oder doch wenigstens aus den Nachbarn, zusammen mit einer Schüssel Suppe, einem Brotkanten oder einem Schilling, alles Wissenswerte über das betreffende Haus, oft sogar mehr als das, herauszuholen verstanden. Im allgemeinen ging Märten ihnen lieber aus dem Weg, aber Pall zuliebe überwand er seine Abneigung und schaltete auch sie in sein Spiel ein ... Kurt Grambows wegen hatte sich Balthasar selbst zu Märten hinter die Mauer bemüht. Tags darauf war Märten im Pfarrhaus erschienen. Was er zu berichten wußte, war dies: Der junge Herr Grambow habe sich, kaum aus Schweden zurückgekehrt, gleich am nächsten oder übernächsten Tag im Auftrage seines Vaters nach Harrien, auf das dem Ratsherrn Grambow verpfändete Laitlaer Gut begeben. Auf dem Rückweg sei er – noch dazu in angeheitertem Zustand – im Dickicht von einem wilden Keiler angefallen und von dessen Hauern jämmerlich zugerichtet worden, nun aber, mit Gottes Hilfe, schon auf dem Wege der Genesung …

Einige Tage nach dieser tröstlichen Nachricht – tröstlich sowohl, weil es Kurt Grambow besserging, als auch, weil man seine Verletzungen im Hause seines Vaters so erklärte – saß Balthasar abends in der Sakristei über Geburtsregistern, Listen mit den Namen von Kirchensteuerschuldnern sowie Rechnungen für Abendmahlswein. In dem Raum war es naßkalt. Darum genehmigte er sich selbst einen Schluck dieses billigen Weines, für den die Rechnungen in der letzten Zeit immer bezahlt worden waren, wie es sich gehörte. In seinen Füßen, die in seehundfellgefütterten Filzschuhen steckten, saß die Unruhe. Er stand auf, blies die Kerze aus und ging aus der Sakristei. Während er in der eiskalten Dämmerung durch die leere Diele schritt, dachte er, sich dessen nur halb bewußt: Vielleicht rührt meine Unruhe daher, daß ich Abendmahlswein getrunken habe und er darum das schlechte Getränk geblieben ist, das er war. Daß ich es diesem Wein, indem ich ihn trank, unmöglich gemacht habe, seiner Bestimmung gemäß zum Blut Christi zu werden?

Balthasar stieg die Treppe hinauf, um Balzer zu besuchen, und fühlte: Die unbegreifliche Unruhe ging mit ihm, stieg mit ihm die Stufen empor. In der Mitte der Treppe blieb er stehen. Übelkeit und Schwäche hatten ihn ergriffen. Unsinn, dachte er, das kommt daher, daß ich auf derselben Stufe stehe, auf der der verwundete Balzer zu stürzen drohte. Er ging weiter, merkte aber, es fiel ihm schwerer als sonst, Stufe um Stufe zu erklimmen. Als ob ich immer noch Balzer auf den Armen trüge, schoß es ihm durch den Kopf ... Endlich hatte er das Ende des Treppenabsatzes erreicht, stieß die Tür zu Balzers Zimmer auf und trat ein.

Der Leuchter mit der brennenden Kerze war aus irgendeinem Grund vom Hocker am Kopfende des Bettes auf den Boden gestellt worden. Ach, natürlich, damit das Licht den Kranken nicht blendete. Magdalena saß auf dem Rand von Balzers Bett. Auf dem Schemel neben ihm stand ein irdener Krug mit Burchards nach Maiglöckchen riechender Medizin. Beide – Frau und Sohn – richteten die Augen auf ihn, in denen sich die Kerzenflamme spiegelte.

Balthasar blieb in der Tür stehen und – großer Gott! – spürte, wie er erstarrte, spürte, wie sich unaufhaltsam ein unsichtbarer Felsen auf ihn niedersenkte ... Allmächtiger, was hieß denn das? Warum? Woher kam dieses Gefühl? O Gott, sicher daher, daß er am selben Fleck, genau auf demselben Dielenbrett stand, auf dem er an jenem verhängnisvollen Frühlingsabend vor dreizehn Jahren gestanden, wo sich derselbe Felsen auf ihn herabgesenkt hatte, genau an diesem verfluchten Fleck ... Und daher, daß die Kerze, damals wie heute, auf dem Boden brannte und die Schatten, die die Schemelbeine warfen, jetzt genauso auf Magdalenas Gesicht lagen wie die der Tischbeine damals auf Elsbeths Antlitz ... Daher kam es, nur daher! Nicht daher, daß Balthasar gesehen hatte, wie sich bei seinem Eintritt Balzers und Magdalenas Hände voneinander lösten! Doch nicht von dieser ganz harmlosen Bewegung! Nicht daher, daß die beiden bei seinem Erscheinen – wie ihm dünkte – ein erschrockenes Gesicht machten und es so eigentümlich lange dauerte, bis sie sich rührten ... Denn *das* war ja unmöglich, widernatürlich, absurd ...

Balthasar fragte, und die eigene Stimme kam ihm fremd vor: »Nun ... wie geht es?«

»Der junge Mann ist auf dem Wege der Genesung«, sagte Magdalena – sagte sie es nicht mit übermäßiger, auffallender Lebhaftigkeit? – und stand auf. »Ich gehe und sehe zu, was ich zum Abendbrot für ihn auftreiben kann. Nach der Schlägerei auf dem Fechtboden tut ihm Stärkung not.«

Mit einem ihr früher nicht eigenen Selbstbewußtsein, ganz Herr der Situation, schritt Magdalena zum Ausgang, lächelte auf der Schwelle – ihrem Mann, ihrem Stiefsohn oder auch beiden zu, wer weiß – und schloß die Tür hinter sich.

Balthasar setzte sich zu Balzer aufs Bett. Durch die dünne Haushose hindurch spürte er die Wärme der Stelle, wo Magdalena gesessen hatte. Er bemühte sich, seine Gedanken zu ordnen, aber er fühlte das Blut in seinen Schläfen hämmern und begriff, er wiederholte im Rhythmus des Klopfens immerzu: Unmöglich! Widernatürlich! Absurd!

Balzer blickte kaum merklich an Balthasar vorbei. So unmerklich, daß man meinen konnte, er sehe den Vater an. Er schwieg. Und Balthasar brachte es nicht fertig, die Barriere des Schweigens in einem Anlauf zu überwinden. Weder durch eine nichtssagende Unterhaltung (Hat es weh getan, als Burchard deine Wunde mit Rosenöl und Wachs einrieb?) noch durch jene Frage, die er im Grunde genommen stellen wollte. Doch auf einmal erkannte er die Zweideutigkeit seiner bohrenden, seiner wichtigsten Frage, jener unmöglichen, widernatürlichen und absurden Frage. Und das riß ihn aus seiner Erstarrung und löste ihm die Zunge. Er fragte, und seine Stimme klang noch immer fremd: »Du ... liebst ... Magdalena?«

Und da geschah, was er gefürchtet und doch schon im voraus gewußt hatte: Der Sohn schaute ihn erschrocken an und gleich darauf zur Seite und rief mehr, als daß er sagte: »Nein! Nein!«

Doch wie der Junge, trotz seiner Blässe, unter dem Blick des Vaters langsam errötete – man sah es sogar bei Kerzenlicht –, war so eindeutig und klar, daß der Vater sich nicht enthalten konnte, ihn weiter auf die Probe zu stellen. Er fragte: »Wirklich nicht? Meiner Meinung nach findet man selten eine so fürsorgliche Stiefmutter. Warum liebst du sie dann nicht?«

Der Junge blickte den Vater wie gehetzt an, verwirrt und hilflos, dann schlug er die Augen nieder und heftete sie auf die graue wollene Bettdecke. Er sagte, zwar sehr unsicher, aber doch ziemlich deutlich: »Na ... das ist doch eher Achtung.« Und Balthasar hätte, trotz der unerträglichen Situation, beinahe geschmunzelt. Er dachte: In seiner zweifelhaften Lage wäre mir sicher auch keine bessere Antwort eingefallen ... Doch er unterdrückte das Schmunzeln, und sofort wurde ihm wieder seine eigene unmögliche Lage bewußt. Trotzdem – oder nun erst recht – wollte er nicht darauf verzichten, den Jungen weiter zu prüfen.

»Und ... wie steht sie zu dir? Achtet sie dich auch? Nur, daß es da wohl nicht viel zu achten gibt ... Oder liebt sie dich?«

»Ich weiß es nicht«, erwiderte der Junge kaum hörbar.

Balthasar aber mochte sich immer noch nicht zufriedengeben und forschte spöttisch: »Du hast dich nicht dafür interessiert? Hast sie nicht gefragt?«

Balzer preßte den Mund zu einem schmalen blutlosen Streifen zusammen und schloß die Augen. Schweigend schüttelte er den Kopf. Nun glühte nicht mehr sein ganzes Gesicht, nur auf den bleichen Wangen zeichneten sich rote Flecken ab. Rings um den zusammengekniffenen Mund aber war die Haut fast weiß. Der Vater schämte sich plötzlich, daß er den Sohn so quälte. Mit drei der harten Finger seiner rechten Hand klopfte er dem Jungen auf die linke Wange – er hätte selbst nicht sagen können, was diese Bewegung war: Ohrfeige für eine begangene Niederträchtigkeit oder Ausdruck der Erleichterung, daß der, der die Niederträchtigkeit begangen hatte, vom Tode errettet worden war, oder einfach Bekundung seiner Hilflosigkeit. Balthasar stand auf und ging schweigend aus dem Zimmer. Er machte die Tür zu und stand einen Augenblick auf dem dunklen Treppenabsatz. Balthasar schloß die Augen, wie er es gewöhnlich tat, wenn er den Unterschied zwischen dem, was in ihm, und dem, was draußen vorging, deutlicher spüren wollte. Magdalena kam ihm entgegen, mit einer brennenden Kerze, einem Tablett und einer Schüssel in Honig gekochter Pflaumen. Er ließ seine Frau vorbei und sagte: »Magdalena ...«

Ihm lag die Frage auf der Zunge, ob sie schon mit Balzer geschlafen habe, aber etwas hielt ihn zurück. Er begriff: Sprach er diese Frage aus, geschah zwischen ihm und seiner Frau etwas nicht Wiedergutzumachendes – falls es nicht schon geschehen war. So sagte er nur: »Ich muß noch in der Sakristei arbeiten.«

»Und das heißt?«

»Warte nicht auf mich. Falls du hättest warten *wollen.*«

Sie gingen aneinander vorbei. Balthasar trat in die dunkle Sakristei, tastete sich zu der langen Bank mit der Rückenlehne, derselben, auf der der verwundete Balzer gelegen hatte, und setzte sich.

Im Zimmer und auf der Straße herrschte völlige Ruhe. In dem schiefen schwarzen Himmelsdreieck, zwischen dem Zickzack des Kirchengiebels und dem Dach des Ruprecht, leuchtete ein einziger Stern. Balthasar dachte: In Wirklichkeit sind es viele Sterne, aber meine Augen sehen sie nicht. Wegen der trüben welligen Fensterscheibe. Vielleicht sind auch die Jahre schuld ... Obwohl mit den Jahren alles, was weit weg ist ... Wie groß mag wohl die Entfernung bis zu den Sternen sein? Zehntausend Meilen etwa, meint Brahe. Woher weiß er das? Aber, Herrgott, ich muß doch an die *naheliegenden* Dinge hier denken. An die absurden. Die schrecklichen, gleich nebenan. Ja, ja, hier, in diesem Haus. Und überall, wohin ich auch gehe ...

Auf dem Rathausturm begann der Trompeter Gert zehn Uhr zu blasen: Tut-tut-tut. Balthasar wartete, bis er fertig war, um weiter seinen Gedanken nachhängen zu können. Als die Trompete verstummte, erschrak er, als sei er an den Rand eines Abgrunds geraten; denn jetzt hätte er sich sagen müssen: Mein Sohn liebt also meine Frau. Er wartete, bis der Schmerz, den ihm diese klare Formulierung zufügte – so als habe man ihm einen Knüppel über den Kopf geschlagen –, nachließ, und fragte sich: Aber vielleicht ist das alles nur dumme Einbildung? *Was* habe ich denn dort gesehen oder gehört oder erfahren? Daß sie sich bei den Händen hielten? Ist es nicht lächerlich, dahinter weiß der Teufel was zu vermuten?

Er stand auf und trat in der Dunkelheit an den Eckschrank. In achtundzwanzig Jahren hatte er gelernt, sich hier, in der Sakristei, auch mit geschlossenen Augen zu bewegen und alles zu finden, was er wollte. Er öffnete die Tür, nahm einen großen Bleipokal vom Brett, schob ihn unter den Hahn des Fäßchens und ließ Abendmahlswein hineinrinnen. Nach dem Gehör, vom Rieselgeräusch ausgehend, drehte er den Hahn zu, bevor der Pokal überlaufen konnte. Im Stehen trank er mit langsamen Schlucken den sauren Wein, der seinen Mund zusammenzog, stellte den Pokal auf das Brett zurück, schloß die Schranktür und setzte sich auf seinen früheren Platz.

Aber angenommen, es ist wahr (das Leugnen des Jungen klang denn doch wie die deutlichste Bestätigung) – geht davon vielleicht die Welt unter? Er spürte, wie der Inhalt des Pokals durch seinen Körper floß und seine Schläfen heiß wurden. Ich kann mich im Moment auf keinen derartigen Fall besinnen, weder hier, in unserer Stadt, noch in der Heiligen Schrift oder in anderen Büchern. Die traurige Geschichte von Tristan und Isolde ist doch etwas ganz anderes. Undenkbar, daß sich zum erstenmal unter der Sonne ein solcher Milchbart in seine schöne Stiefmutter vergafft haben soll. Magdalena ist zehn Jahre älter als er. Er kann also schwerlich die Mutter in ihr sehen. Ich habe selbst Männer mit Frauen getraut, die zehn oder noch mehr Jahre älter waren, beispielsweise mit Witwen von Handwerksmeistern, denen nach dem Tod ihres Gatten Werkstatt und Gesellen verblieben. Aber, hol's der Teufel, wozu solche abseitigen Beispiele heranziehen ... Trotzdem, sich selbst gegenüber sollte man aufrichtig sein. Magdalena ist zehn Jahre älter als der Junge, das stimmt, aber schließlich bin ich fast dreißig Jahre älter als Magdalena. Der Junge und sie gehören schon eher derselben Generation an als sie und ich. Ja. Nur sind das alles Hirngespinste. Denn wichtig ist hier nicht, was mein Grünschnabel von Sohn empfindet. Was sich in allzu großer Nähe zu sehr erhitzt hat, kühlt in der Ferne im Handumdrehen ab. Wichtig ist, wie Magdalena zu alledem steht. Steht sie überhaupt irgendwie dazu? Ist es ihr aufgefallen? Vielleicht hat sie es gar nicht bemerkt. Und wenn doch, hält sie das nicht für Dankbarkeit des Jungen, für Achtung? Ho-ho-hoho! Ich wäre ganz und gar vertrottelt, würde ich das glauben. Ein *Mann* kann ein Tölpel sein und nicht bemerken, daß eine Frau von ihm gefesselt ist. Ein Mann bringt es fertig, das zu übersehen. Oder zu meinen, eine Frau achte ihn seines Verstandes wegen ... Eine Frau ist nie so blind. Eine Frau spürt – mit den Wimpern, den Nackenhärchen, ich weiß nicht, womit –, aber sie merkt es immer, wenn sie in einem Mann den Mann weckt! Magdalena muß es also gemerkt haben! Und viel früher als ich! Warum ist sie dann nicht gekommen und hat es mir gesagt? Gut, gut, der Junge hat keine ernsthafte Veranlassung dazu gegeben, und Magdalena wollte sich nicht über ihn beklagen. Weil sie mir auch früher schon manchmal vorgeworfen hat, ich geriete unbegründet in Wut. Und weil sie befürchtet hat, ich wäre zu Gott weiß was imstande ... und könnte meinen Grünschnabel von Sohn umbringen? Ha-ha-ha! Wäre das zu dem Zeitpunkt etwa nötig gewesen?

Nein, nein ... Magdalena hat also die Liebe des Jungen verschmäht oder seine Liebeserklärungen zurückgewiesen? Ach, wir wissen, wie Frauen solche Dinge zurückweisen, wenn sich ihnen ein Mann zu nähern sucht, der auch nur etwas taugt. Das ganze Zurückweisen ist in Wirklichkeit eine Aufforderung ... Aber sind *alle* Frauen so? Woher soll ich das wissen? Jeder kennt nur das, womit er selbst in Berührung gekommen ist. Und die Frauen, mit denen ich zu tun hatte ... Sollten sie wirklich so sein? Sagen wir, Epp? Oder Elsbeth? Nein, Elsbeth und Epp bestimmt nicht. Sie ganz gewiß nicht! Aber wie komme ich dann auf den schändlichen Gedanken, Magdalena könnte ...? Nein! Magdalena hat Balzer natürlich nicht ermutigt. Oder doch ... Vielleicht, ohne es selbst zu beabsichtigen, wie das bei Frauen ja vorkommen soll?

Wer weiß, wer weiß ...

Der Stern in dem Himmelsdreieck war verschwunden. Bestimmt hatten sich Wolken davorgeschoben, denn die Dunkelheit war noch undurchdringlicher geworden. Balthasar tastete sich zum Fäßchen hin und ließ einen zweiten Pokal voll Wein laufen. Einen weiteren Pokal, dem es nicht beschieden war, zum Blut Christi zu werden. Dann nahm er vom Kleiderrechen neben der Tür seinen alten Pelzmantel, rollte ihn zusammen, legte ihn unter den Kopf und streckte sich auf ebenjener Bank aus.

Im Morgengrauen wachte er auf, wie gelähmt von einem verworrenen, teilweise jedoch ganz klaren Traum. Päärn mit seinem rötlichen Borstenhaar, nein, Päärn mit dem roten Bart König Johans, ist in die Sakristei gekommen und hat gesagt, ein Drache sei auf den Heiligengeistkirchturm geflogen. – Ein Drache? Was für ein Unsinn? – Doch, rabenschwarz, schwarz wie ein Rock, schwarz wie der Ton, so eine Eidechse mit Fledermausflügeln. – Und aus seinen Nüstern kommt Feuer? Haha-ha-ha! – Kein Feuer! Nein! Der Gestank des Pferdestalls! Und all die vielen Menschen in der Kirche bitten Balthasar, den Drachen vom Turm zu jagen ... Balthasar nimmt das Schwert, das Holzschwert aus Balzers Knabenjahren, und steigt die Treppe zum Turm hinauf. Über die Schulter wirft er einen Blick auf seine Schäflein, die ihm den Choral singen: »Ein' feste Burg ist unser Gott«, lächelt ihnen gewollt tapfer zu und wendet sich dann ab. Er schaut nach oben, in die Dunkelheit der Treppe, und spürt, wie ihm die Knie einknicken ...

Zusammenschauernd vor Kälte, stand Balthasar auf, hängte den Pelz an den Kleiderrechen, trank auf nüchternen Magen einen halben Becher Wein und ging aus dem Haus. Der bewölkte Himmel über den bereiften Dächern in der sich lichtenden Dunkelheit wurde allmählich grau. Er wußte, zu so früher Stunde war das

Tor zwischen Pfarrhof und Siechenhaus noch verschlossen. Darum beschrieb er einen Bogen und trat von der Straße her durch das Haupttor des Siechenhauses. Er fand Märten und Madle in ihrem aus einem einzigen Zimmer bestehenden Häuschen beim Frühstück. Er segnete ihr Brot und sagte: »Märten, ich würde gern … mit dir unter vier Augen …«

Madle, schon kurz vor der Niederkunft stehend, wollte etwas über ihr altes graues Kleid werfen, um sich auf den Hof zu begeben und die Männer nicht zu stören.

»Bleib im Zimmer, Dummerchen«, meinte Balthasar, »auf den Hof soll gehen, wer keine Last zu tragen hat.« Und dachte, sicher nicht ohne Neid, vielleicht aber auch mit ein klein wenig Genugtuung, daß Gott ihm und Magdalena bisher keine Kinder geschenkt habe.

Märten und er traten in die mausgraue Morgendämmerung hinaus und schauten sich nach allen Seiten um. Der Hof war leer. Nur am Brunnen vor dem Dormitorium klirrten graue Gestalten mit Eimern und Ketten. Die Fenster waren dunkel – aus Sparsamkeit. Lediglich in den Küchenfenstern leuchtete eine Kerze: Die Köche, die die Morgensuppe kochten, hatten sie angezündet. Gleich hier, neben dem Holzstoß, setzten sie sich auf Klötze. Balthasar sagte: »Du hast die Sache mit Kurt Grambow geschickt ausgekundschaftet. Jetzt hätte ich noch ein Anliegen. Es geht immer noch um dieselbe Geschichte. Kennst du den Diener bei den Schwarzenhäuptern?«

»Klaus? Ein wenig.«

»Und den Hausverwalter? Er ist schließlich dein Amtsbruder. Ja, und den einen oder anderen von den Schwarzenhäuptern kennst du sicher auch, nicht wahr?«

»Nun, worum geht's?«

»Bring in Erfahrung, aber unauffällig, bei einem Krug Bier oder in der Sauna, wo du willst – nimm das, falls du Ausgaben hast.« Balthasar steckte Märten zehn Ferding zu. »Bring in Erfahrung, was der Grambowsche Junge gesagt haben kann, daß Balzer sich mit dem

Schwert auf ihn gestürzt hat. Dann komm und erzähl es mir. Ich muß es wissen. Wann kommst du also? Das kann ja nicht lange dauern. Morgen? Übermorgen?«

»Lange oder nicht, aber ich muß es ja erst mal einfädeln«, meinte Märten zögernd. »Was soll ich dir da sagen? Ich komme, sobald ich was erfahren habe.«

Märten ließ sich weder am nächsten noch am übernächsten Tag blicken. Balthasar wartete auch den dritten Tag ab, den Sonntag. In der Kirche suchte er Märten mit den Augen, um ihn nach dem Gottesdienst festzuhalten und auszufragen, konnte ihn jedoch nirgends entdecken. Er wartete auch noch den Abend ab. Am Montag aber trat er schon frühmorgens in die Kate des Siechenhausverwalters. Madle war nicht da, er traf Märten allein an.

»Nun? Was hast du herausgefunden?«

»Ach!« Märten winkte ab. »Gar nichts ...«

»Keine Ausflüchte! Rede!«

»Allen möglichen Blödsinn bloß ...«

Balthasar packte Märten beim Schlafittchen und schleppte ihn zum Fenster. »Rede!«

Er blickte seinem Märten ins Gesicht, um zu erkennen, was es ausdrückte, doch in der grauen Morgendämmerung sah er nur, wie milchig die vorstehenden Augen waren.

»Ich sag's nicht.«

Balthasar ließ Märten los und stand einen Augenblick hilflos vor dem alten Freund, der die Beine komisch gespreizt hatte, als er ihn schüttelte. Je mehr Märten sich sträubte, desto zwingender und bedrückender beschlich Balthasar jene erschreckende und untrügliche Vorahnung, mit der er aufgewacht war, als er den Traum vom Drachen hatte.

»Ich werde dir selbst sagen, Märten, was ihm der Grambowsche Junge an den Kopf geworfen hat. Stimmt es nicht, sagst du, daß ich mich irre. Habe ich recht, bestätigst du es.«

»Hör auf ...«

Balthasar hatte nicht damit gerechnet, daß Märten so

hartnäckig sein würde. Abermals packte er ihn beim Schlafittchen.

»Grambow hat gesagt, Balzer und Magdalena hätten was miteinander. In Schweden oder auf der Rückreise habe man das bemerkt.« Er drehte Märten gewaltsam mit dem Gesicht zum Fenster. »Na, war es so?«

Märten schaute aus dem Fenster und knurrte: »Na ja ... So was Ähnliches, wenn ich recht verstanden habe ... Zum Teufel ... Die sagen ja nichts.«

Balthasar ließ Märten vor der trüben Fensterscheibe stehen und trat hinaus. Vom Tor des Siechenhauses aus bog er in die Mönchsstraße ein und ging sie in raschem Schritt hinunter. Wer ihn beobachtete, mußte meinen, er unternehme einen schon lange geplanten Besuch. In Wirklichkeit hatte er sich, einer plötzlichen Eingebung folgend, erst in diesem Augenblick dazu entschlossen. Er ließ die Kleine Strandpforte hinter sich, überquerte die dröhnende Grabenbrücke und schwenkte nach links ab, auf gepflasterte, zum Hafen hinunterführende Straßen. Der Seewind blies ihm ins Gesicht, ziemlich frisch, und es war alles andere als drückend, doch seltsamerweise mußte er trotzdem nach Luft ringen, so schwer fiel ihm das Atmen.

Im Zollhaus zog er Erkundigungen ein, begab sich an Bord der mit drei, vier anderen Schiffen an der Anlegestelle schaukelnden »Florian«, eines Revaler Schiffes, und ging eine Viertelstunde später wieder an Land.

Als er ins Pfarrhaus zurückkehrte, saß die Familie beim Frühstück. Er rief Magdalena und Balzer, die mit dem Essen noch nicht fertig waren, vom Tisch weg und befahl ihnen, mit ins Positivzimmer zu kommen. In Gegenwart von Päärn und Kiido konnte er nicht mit ihnen reden. Er wollte nicht sehen, was die Gesichter von Frau und Sohn ausdrückten, ob sie Blicke wechselten und was für welche. Darum stieg er vor ihnen die Treppe hinauf und betrat vor ihnen das Zimmer. Sie folgten ihm, und Balzer, der offensichtlich etwas ahnte, schloß die Tür hinter sich.

Balthasar trat ans Fenster und wandte Frau und Sohn

sein Gesicht zu. Sie standen nebeneinander und sahen ihn an, zwei Fragende, leicht Erschrockene – seine schöne Frau mit den üppigen Hüften, der immer noch mädchenhaften Brust und dem schönen Hals und sein Sohn, dieser große, sympathische Dummkopf mit dem goldenen Flaum rings um den erstaunten Mund. So dicht standen sie beieinander, daß Balzers rechte Hand Magdalenas linke fast berührte. Balthasar fühlte: Es war schwer, fast unmöglich, ihnen Vorhaltungen zu machen, unmöglich, einen von ihnen zu rechtfertigen, den anderen aber zu verurteilen ... Er sah: Nein, bei den Händen hatten sie sich nicht gefaßt, aber Balzers Rechte und Magdalenas Linke näherten sich einander – ihnen selbst unbewußt – und berührten sich einen Moment lang. Das gab Balthasar die Stimme zurück. Er sagte, immer noch dumpf und deswegen lauter als beabsichtigt: »Ende nächster Woche reist Balzer ab. Er muß das Studium in Uppsala aufnehmen. Freitag oder Samstag lichtet das Schiff die Anker.«

Balzer schwieg. Magdalena aber rief (und sie faßte Balzer jetzt wirklich bei der Hand!): »Er ist doch noch gar nicht völlig genesen, Balthasar! Und erst den dritten Tag auf den Beinen! Ich verstehe nicht, warum ...?«

Balthasar konnte sich auf einmal nicht länger beherrschen. Er schämte sich seines Geschreis, bevor er überhaupt geschrien hatte. Trotzdem brüllte er los: »Ach, warum? Du fragst, warum? ... Damit man von euch beiden nicht noch mehr Schweinereien erzählt, als man es schon tut! Klar?«

Er ließ Frau und Sohn stehen, wie sie standen, polterte geräuschvoll an ihnen vorüber und aus dem Zimmer, verließ das Pfarrhaus und kehrte bis zum späten Abend nicht nach Hause zurück.

Um zehn Uhr, als Balthasar oben im Schlafzimmer – dort war es so naßkalt, daß sich sein Körper mit einer Gänsehaut bedeckte – die Kerze ausblies und seiner Frau unversöhnlich den Rücken zudrehte, kam Magdalena auf das leidige Thema ihrer Unterhaltung vom Morgen zurück.

»Balthasar, ich möchte trotzdem wissen, warum du Balzer auf diese Weise wegschickst.«

Balthasar wollte nicht wieder heftig werden wie am Morgen. Zudem hatte ihn die morgens getroffene Entscheidung tagsüber so geschmerzt, als sei die Balzer beigebrachte Verletzung ihm selbst zugefügt worden und nicht vor fünf Wochen, so daß sie fast schon vernarbt war, sondern erst heute morgen. Er brachte es fertig, ruhig zu fragen: »Du weißt nicht, weshalb er über Grambow hergefallen ist?«

»Nein.«

»Deshalb, weil der ihm gesagt hat, ihr – Balzer und du – hättet auf dem Schiff ein Techtelmechtel gehabt. Ja, ja. Und ich will nicht, daß der Junge, bevor er auf die Universität kommt, hier noch jemanden erschlägt. Ich will auch nicht, daß euer Geturtel andauert, verstehst du? Denn ich habe selbst gemerkt, daß etwas Wahres daran ist!«

Balthasar merkte, daß seine Stimme bei den letzten Worten wieder lauter wurde. Magdalena aber schwieg. Balthasar hatte Widerspruch erwartet, und das Schweigen seiner Frau entmutigte ihn so sehr, daß er fragte, mein Gott, natürlich nur, um sie auf die Probe zu stellen, aber trotzdem schreckerfüllt: »Sei ehrlich, du hast dich in ihn verguckt?«

Balthasar bemerkte trotz der Dunkelheit, daß Magdalena lächelte, und ihre Stimme kam ihm vor wie eine hochmütige, abweisende Herausforderung.

»Soll ich etwa *blind* sein? Habe ich nicht das Recht, zu sehen, daß dein Sohn ein schöner, männlicher Junge ist?«

»Ein schöner, männlicher Junge«, äffte Balthasar sie, mutlos geworden, nach. »Hättest du das gesagt wie eine Mutter, es hätte mir Freude bereitet, aber du – du mußt doch selbst merken, wie das bei dir klingt!«

»Wie eine Mutter!« Diesmal äffte Magdalena ihn nach. »Was bin ich ihm, ehrlich gesagt, schon für eine Mutter, wenn du mein Vater sein könntest. Und wenn ich mich all diese Jahre über eher wie seine ältere Schwester gefühlt habe.«

»Sieh mal an!« brummte Balthasar unerwartet fremd und wütend. Er glaubte ein seltsames, wie von Lachen herrührendes Prusten zu vernehmen, als Magdalena flüsterte: »Balthasar, du bist einfach ein schlechter ...«

Er vermeinte zu hören, wie Magdalena ihr seltsames Prusten unterdrückte. Aber natürlich hörte er nicht, wie Magdalena dachte: Nichts war zwischen Balzer und mir ... Nichts haben wir einander gestanden. Er hat mir wirklich nicht mehr gesagt als einmal in Stockholm, in Pastor Bretmanns Eßzimmer – wir waren dort nach dem Mittagessen allein geblieben –, jene wenigen, halb gestammelten Knabenworte: Magdalena, wie schön du bist, wie ein Gemälde! Ich habe ihm freilich nicht vorgehalten: Balzer, du darfst das nicht bemerken! Oder: Balzer, du darfst mir das nicht sagen! Aber, du liebe Güte, eingedenk meiner Stellung als Stiefmutter und der moralischen Sauberkeit, die mir so etwas verbietet, habe ich ihm schließlich auch nicht gesagt: Du bist ebenfalls schön, Balzer! Ja, ja, du hast für mich das Gesicht des goldenen St. Georg in der Kathedrale von Uppsala, den wir dort sahen, weißt du noch, als du mich auf meinen Wunsch dorthin mitnahmst. Warum hätte ich mir das nicht wünschen sollen? Wo ich die unbekannte Stadt und das Land doch so gern sehen wollte – bei diesem einzigen Mal, da ich das Glück hatte, in der Fremde zu sein. Und wo es doch so reizend ist, mit einem derart zuvorkommenden Jungen wie dir zu reisen ... In Bretmanns Eßzimmer habe ich Balzer kaum etwas erwidert. Aber ich hätte ihm die Antwort ja auch ganz schuldig bleiben können, als hätte ich seine Worte nicht gehört. Obwohl er sie so dicht an meinem Ohr sagte, daß ich seinen warmen Atem spüren konnte. Ich habe tief Luft geholt, weil ich fühlte, wie mein Hals rot anlief, ein tiefer Atemzug das Erröten jedoch verhinderte. Habe die Augen niedergeschlagen und geflüstert: Ich finde es nett, daß du so denkst. Aber das war ja auch die reine Wahrheit, was hätte ich ihm denn sonst antworten sollen?

Diese Erinnerungen, die Magdalena durch den Kopf

gingen, hörte Balthasar nicht, aber er merkte plötzlich, wie ihre heißen Lippen sein linkes Ohr streiften, an diesem entlang und oberhalb des Bartes über die Wange zu seinem widerspenstigen Mund wanderten ... Magdalenas Hände, erstaunlich weich trotz der Hausarbeit, berührten seine Schulter und stahlen sich dann unter den Kragen seines Nachthemds. Zart und warm glitten sie über seine erschauernde Haut, begannen ihn aus seiner strengen Reserviertheit herauszulocken und zu sich herüberzuziehen. Als Balthasar schon wußte, er werde nachgeben, sich aber immer noch sträubte, nahm Magdalena Fuß, Knie und Hüfte zu Hilfe, damit er sich auf den Rücken drehte. Und Balthasar fühlte, wie die liebkosende, bedrängende, küssende Begierde mit seiner Strenge, seinem Gekränktsein rang und sie besiegte, wie er seiner Frau nachgab und sich über sie warf. Aus dem Gefühl heraus, bezwungen worden zu sein, war er zu Magdalena leidenschaftlich wie schon lange nicht mehr.

Er erwachte morgens, als die bereits angekleidete Magdalena am Kopfende eine Kerze anzündete. Aus irgendeinem Grund ging sie auf den Treppenabsatz hinaus. Balthasar erhob sich, bespritzte am irdenen Waschbecken Brust und Gesicht kräftig mit kaltem Wasser, trocknete sich mit einem rauhen Lappen ab und zog sich, wie immer, rasch an. Als er fast fertig war, kehrte Magdalena mit der Bettdecke zurück, die sie ausgeschüttelt hatte. Sie breitete sie über das Bett und wollte wieder gehen. Doch auf der Schwelle – sie hatte Balthasar den Rücken zugedreht – blieb sie stehen und fragte: »Du schickst Balzer wirklich fort?«

Sie fragte das nicht sonderlich interessiert. Aber auch nicht so gleichgültig, daß es wie Verstellung hätte wirken können. Vielmehr ganz natürlich, mit der für eine Stiefmutter natürlichen Anteilnahme und Sorge. Trotzdem ließ ihre Frage Balthasars Herz erbeben. Er schloß die Schnallen an seinen Schuhen, richtete sich dann auf und sagte: »Unbedingt.«

Magdalena stand auf der Schwelle. Mit dem Rücken zu Balthasar. Er konnte ihr Gesicht nicht sehen. So stand sie drei, vier, fünf Herzschläge lang, dann ging sie fort, ohne sich umzudrehen oder ein Wort zu sagen.

Samstag mittag sollte Herrn Brakels »Florian« in See stechen. Obwohl Balthasar eigentlich klüger hatte sein wollen als König Johan, gab auch er seinem Sohn nicht das Geleit. Denn am Morgen dieses Tages hatte er Balzer in sein Arbeitszimmer gerufen, ihn mit dem Gesicht zum einfallenden grauen Morgenlicht inmitten des engen Steinwürfels stehen lassen und eindringlich gemustert: seine – beinahe des Vaters Größe erreichende – schlanke, fast hagere und doch breitschultrige Gestalt, seine großen, von Natur sehnigen, doch sauberen Hände, mit denen er jetzt nicht wußte wohin, seinen etwas eitlen Flaum anstelle des Schnurrbarts, sein schmales, bleiches, verschlossenes Gesicht und die Augen, die er auf den Boden geheftet hatte, um den Vater nicht ansehen zu müssen. Balthasar fragte: »Du weißt, warum ich dich nach Schweden schicke?«

Der Junge ließ ihn eine Weile auf Antwort warten, dann nickte er.

»Und warum?« drang Balthasar in ihn.

Wieder schwieg der Junge eine Zeitlang. Dann sagte er tonlos: »Damit man nicht über mich und die Stiefmutter redet. Und damit ich in die Universität eintrete.«

Balthasar dachte: Auch die Reihenfolge der Gründe für seine erzwungene Abreise hat er richtig begriffen. Aber dazu gehört auch nicht viel. Und er zeigt mir das ... Der Vater sagte, ebenso tonlos wie der Sohn: »Du wirst dort mindestens drei Jahre bleiben. Da« – er reichte dem Sohn eine schwere Lederbörse –, »das sind fünfhundert Mark. Bei genügsamem Lebenswandel kommst du damit aus.« Er drückte dem Jungen den Beutel in die Hand. »Denke daran: Vor drei Jahren brauchst du nicht zurückzukehren.« Gern hätte er gefragt: Und nach den drei Jahren, kommst du dann wieder? Aber er wagte es nicht. Er fürchtete, der Junge könnte antworten: Ich denke nicht daran! Dann würde das, wozu er sich jetzt mühsam zwang, völlig unmöglich werden. Er sagte: »Solltest du länger dortbleiben müssen und Geld brauchen, schreibe. So. Und mache dort weder dir noch deinem Vater Schande. Willst du dir Mühe geben?«

Wieder dauerte es eine Weile, bis der Junge sich rührte. Dann zuckte er schweigend mit der rechten Schulter. Oh, diese verfluchte trotzige, vertraute und geliebte Bewegung. Balthasar packte den Sohn bei den Unterarmen. Die hageren, doch kräftigen Arme gaben dem starken Griff des Vaters nicht nach.

»Willst du dir also Mühe geben, ein Junge zu sein, der Gott, seinem Vater und seiner Stiefmutter in die Augen sehen kann?«

Balthasar spürte, wie die rechte Schulter seines Sohnes unter seiner Pranke leicht zusammenzuckte, aber trotzdem nicht erschlaffte.

»Hm«, machte der Junge.

In diesem »Hm«, das weder Bejahung war noch Verneinung, lag so viel Trotz, daß Balthasar, nun schon herausfordernd, fragte, obwohl er im Grunde genommen weder Ausflüchte noch Ablehnung für möglich hielt: »Soll dein Vater dir vor der Reise seinen Segen geben?«

Abermals blieb der Junge einen Augenblick stumm. Dann erwiderte er matt, doch Gott sei Dank ganz deutlich: »Du sollst auch Herrn Pontus deinen Segen gegeben haben, bevor er aufbrach, um zu ertrinken ...«

Balthasar spürte, daß er tief Luft holte, um zu antworten, aber nicht antworten konnte. Spürte, daß der Junge und er auf verschiedenen Seiten einer in Wahrheit nicht vorhandenen und dennoch unüberwindlichen Kluft standen.

»Dann geh – ohne ...«, sagte Balthasar dumpf. Balzer drehte sich schweigend um und verließ das Zimmer.

So war es gekommen, daß Balthasar, ungeachtet des abschreckenden Beispiels König Johans, es nicht über sich brachte, seinem Sohn das Geleit zu geben. Er folgte ihm bloß mit den Blicken, und das auch nur über eine kurze Wegstrecke hinweg. Von oben aus dem Fenster des Positivzimmers, das heute noch das Zimmer des Jungen gewesen und plötzlich verwaist war. Dabei hielt er sich so sehr im Hintergrund des Raumes, möglichst weit entfernt von der trüben grünlichen Fensterscheibe, daß der Junge, sollte er zurückschauen, von außen sein Gesicht nicht sehen konnte. Aber der Junge blickte nicht zurück. Sicher deshalb nicht, weil das nur ganz kurze Zeit möglich war, nur solange er und Päärn das Tor des hinteren, auf die Heiligengeiststraße führenden Hofes noch nicht erreicht hatten. Päärn schob einen aus dem Siechenhaus geliehenen Karren vor sich her, darauf lag Balzers Kiste. Vom Schlafzimmerfenster aus war auch der Torweg einzusehen, und von dort aus hätte Balthasar dem fortgehenden Jungen länger nachsehen können. Aber er mochte nicht ins Schlafzimmer gehen. Denn er hatte das Gefühl, daß aus dem Schlafzimmerfenster Magdalena ihrem Stiefsohn nachschaute. Und kaum so weit von der Scheibe entfernt, daß ihr Gesicht von draußen nicht zu erkennen war ... Obwohl Balthasar doch sonst immer alles genau wissen wollte, schreckte ihn nun seltsamerweise schon die bloße Möglichkeit, in den Augen seiner Frau Tränen zu sehen.

Er hätte nicht sagen können, wieviel Zeit vergangen war, bis er die Schlafzimmertür knarren und Magdalena die Treppe hinuntersteigen hörte. Also war sie tatsächlich dort gewesen und hatte Balzer vom Fenster aus nachgeblickt. Doch Balthasar kam es plötzlich so vor, als betreffe ihn das nicht mehr. Er entdeckte, daß er, die Schläfe an die weißgetünchte Fensternische gepreßt, in seinem Arbeitszimmer am Fenster stand und mit leeren Augen in die nichts wissende klare Oktoberluft über den Kopfsteinen des Hofes starrte. Im Kopf aber gingen ihm Worte aus der Heiligen Schrift herum, Mosis Worte auf dem Berge Ebal, der Fluch: Söhne und Töchter wirst du zeugen und doch nicht haben ... In der Heiligen Schrift stand zwar: denn sie werden gefangen weggeführt werden, doch was machte es für einen Unterschied, daß die Töchter ihm die Pest genommen, den Sohn aber er selbst fortgejagt hatte, als sei dieser für ihn die Pest ... Er hatte plötzlich Essiggeschmack im Mund, und seiner bemächtigte sich das lähmende, unbegreifliche, unmenschliche Gefühl, ein Glied seines Körpers eingebüßt zu haben. Zum erstenmal verspürte er dieses Gefühl ... Wann? Richtig, als Fischermai abbrannte. Sicher auch sonst noch irgendwann ...

Auch nachdem Balzer in die Fremde geschickt worden war, herrschte im Pfarrhaus noch die gespannte Atmosphäre der Entfremdung. Balthasar hatte beschlossen, ein fürsorglicher Hausvater und mustergültiger Ehegatte zu werden. Doch der Vater, den die eigene Frau (sowie die Lästermäuler und bekanntlich auch der eigene leichtfertige Sohn) gezwungen hatte, seinen Sohn zu entfernen, war außerstande, jeden Augenblick seiner wehmütigen Stimmung Herr zu werden. Und die Stiefmutter, die man sich sehr wohl auf dem – gleich, ob erst betretenen oder schon zu weit gegangenen – Weg zu dem vorstellen konnte, was dem Stiefsohn Gottes Fluch eingebracht hätte (denn wie sagt Mose: Verflucht sei, wer bei seines Vaters Weibe liegt ...) – die Stiefmutter, seine Frau also, war gleichfalls nicht fähig, die Kränkung völlig zu vergessen und sie ertragbar zu machen. Schon deshalb nicht, weil Magdalena in ihrem Innern nur darum so hartnäckig leugnete, einen Schritt oder auch nur ein Schrittchen in jener widernatürlichen Richtung gemacht zu haben, hin zu der vielleicht doch bloß dem verstaubten Buchstaben der Schrift widersprechenden Tat – nur darum, weil die Bereitschaft zu sündigen wirklich bestanden hatte.

Und dann geschah dies. Am Nachmittag eines eiskalten, schneelosen Novembertages, als der gefrorene schwarze Boden unter den Füßen fest war wie die verhärteten Herzen der Nächsten füreinander. Als die heftigen Stöße des heulenden Winterwindes knirschenden Sand gegen die Fensterscheiben schleuderten und in der Diele das Feuer im Kamin mit seiner gierigen Zunge die Birkenscheite beleckte und einem die Finger versengte, hielt man sie, um sie zu erwärmen, an die dunkelblaue Flamme, weil man schon wenige Schritte davon entfernt eine Gänsehaut bekam.

Balthasar stand vor dem Kamin und starrte ins Feuer. Magdalena kam die Treppe herunter und setzte sich auf die Bank neben den Kamin. Sie schien an diesem Tag irgendwie gereizt zu sein, durch den Anblick der schwarzen Erde, durch die schneidende Kälte und das Heulen des Windes. Auch durch die, bisweilen geglückten, Versuche dieser Wochen, zueinander zurückzufinden, und die nach unbeschwerten Augenblicken aufs neue begonnenen Auseinandersetzungen.

Sie wechselten einige belanglose Worte. So belanglos, daß Balthasar sich später nicht mehr genau daran erinnern konnte. Jedenfalls war es etwas, was von beider gutem Willen zeugte. Und was gleichzeitig die Schwierigkeiten erahnen ließ, die dieser Weg des guten Willens barg. Vielleicht sagte Magdalena: »Ein tüchtiges Feuer hat Päärn heute angemacht, trotzdem ist es feuchtkalt.«

Worauf Balthasar vermutlich Erinnerungen nachhing: »Ich weiß noch, sechsundsiebzig, vor der letzten Belagerung, hatten wir auch so einen schneelosen, naßkalten, windigen November. Für Brennholz verlangte man, aus Angst vor dem Moskowiter, horrende Preise. In diesem Haus lebten wir damals nicht wie Kirchenherren, sondern eher wie Kirchenmäuse. Der Kamin wurde damals so gut wie gar nicht geheizt. Mir scheint aber ...« Auf einmal spürte er, sein Satz werde nicht den besten Abschluß haben, aber ihm fiel kein anderer ein, und so sagte er, da es ja stimmte: »Mir scheint aber, so feuchtkalt war es hier damals doch nicht.«

An Magdalenas Gesicht sah er, daß diese Worte sie verletzt hatten. Überhaupt schien ihr bleiches Antlitz in letzter Zeit noch bleicher geworden zu sein, und um ihre Mundwinkel spielte Bitterkeit. Balthasar tat seine Frau ein wenig leid, doch tief innen empfand er Schadenfreude über ihre Blässe in den letzten Wochen. Denn diese rührte zweifellos daher, daß sie sich grämte, weil ihr Stiefsohn weggeschickt worden war. Jaja, daher, daß sie ihrem Mann grollte. Daran gab es für ihn keinen Zweifel.

Balthasar starrte ins Feuer und schaute dann wieder Magdalena an. Denn während er ins Feuer starrte, war es ihm so vorgekommen, als sei mit seiner Frau eine Veränderung vorgegangen, als sei sie, obwohl noch immer auf der Kaminbank sitzend, näher zu ihm herangerückt ... Aufmerksam musterte er sie und sah: Der Gesichtsausdruck seiner Frau hatte plötzlich etwas Neues. Ihre Augen blickten versöhnlich. Auch die Farbe ihres Gesichtes, wenigstens soweit es vom Kaminfeuer erhellt wurde, war viel lebhafter geworden. Magdalena ergriff die Hand ihres Mannes.

»Laß uns alles vergessen, was in den letzten Monaten gewesen ist, Balthasar. Wir können es. Weil ... wir ein Kind haben werden.«

Hm. Das war eine gute Nachricht, zweifellos ... Die ihm von seiner Frau und Gott gewährte Versöhnung und Verzeihung ... Gut auch deshalb, weil Gott ihn, Balthasar, nicht geringer achtete als die alte Bohnenstange Märten, dessen Sohn nun schon den dritten Monat in der Wiege plärrte. Zweifellos. Balthasar fühlte, wie aus den Tiefen seines Wesens etwas in ihm aufstieg, etwas, was den Vorgeschmack von bitterer Süße hatte, das er, obwohl es seine Kehle noch nicht erreicht hatte, doch schon schmeckte. Vielleicht schoß ihm sogar der Gedanke durch den Kopf: Wollte ich in der Predigt davon sprechen, ich würde über den Geschmack von Waldhonig reden ... Trotzdem mischte sich in diese angenehme Empfindung auch etwas von der täglichen Bitterkeit. Trotzdem! Er *mußte* es aussprechen, bevor ...

Balthasar tat es. Er sagte: »Das hört man natürlich gern. Wenn ich nur wüßte, ob ich Vater werde oder Großvater.«

Er sprach diese Worte, während er ins Kaminfeuer starrte. Schon im nächsten Moment wollte er seiner Frau in die Augen schauen, mit etwas spöttischem, Verzeihung heischendem Blick vielleicht. Du siehst selbst, würde dieser Blick sagen, *jetzt* habe ich es mir von der Seele geredet, alles, was mich bedrückte, du weißt doch ... Seine Frau aber gab ihm keine Gelegenheit dazu. Sie ließ seine Hand los und stand auf. Und als Balthasar sich zu ihr umdrehte, sah er sie nur von der Seite – ihren halboffenen Mund und die – wie in dem Wunsch, nur nichts zu sehen – gesenkten Lider mit den langen gebogenen Wimpern ... Vielleicht dachte Balthasar: Trotzdem, was habe ich doch für eine reizende Frau. Ich würde ihr das gern sagen. Aber soll sie ruhig ein wenig leiden, ruhig ein bißchen zappeln, nur eine Weile, damit sie ihre Gedankenlosigkeit und kindliche Naivität ablegt, nur noch eine kleine Weile. Dann ...

Magdalena drehte Balthasar den Rücken zu (die schönen, etwas abfallenden Schultern und die mädchenhaft schmale Taille) und ging. Wortlos und zielstrebig, wie man gewöhnlich nicht durchs Haus geht. Sie durchquerte die Diele und verschwand hinter Kamin und Schornstein. Dem Echo ihrer entschlossenen Schritte nach zu urteilen, eilte sie in den Gang hinter der Küche, von dem aus Türen in Vorratskammer und Keller, auf den Hof und in Päärns und Kiidos Stübchen auf der anderen Seite des Hauses führten.

Nun, dachte Balthasar, meine Worte haben ihr Herz also überlaufen lassen? Ein stolzes Herz ... Na ja, immerhin das einer Adligen. Ich dagegen ...

Er wartete fünf, zehn, fünfzehn Minuten. Lauschte. Nichts, nirgends. In dem öden Haus herrschte plötzlich in der Tat völlige Leere. Er beschloß: Schön. Es ist nun einmal, wie es ist. Soll ich ihr jetzt vielleicht nachlaufen? Sie für einige Monate Bitterkeit und Wehmut um Verzeihung bitten? Nein, nein ... Schließlich ist sie meine Frau. Und folglich die Mutter meines Kindes, selbstverständlich meines Kindes. Aber dabei ist sie immer noch das zimperliche, unüberlegte kleine Mädchen.

Einen Augenblick lang schwankte Balthasar, dann ging er in die Sakristei, warf die mit Hundefell gefütterte kurze Schaube über, verriegelte die Tür von innen und ging durch Diele, Küche und Korridor in den Hof. In gewisser Weise war das auch ein Suchen nach Magdalena: Hätte er seine Frau irgendwo entdeckt, hinter der Tür der Sauna, im Stall oder vor dem Tor, er wäre nicht weggeritten. Aber Magdalena war nicht da. Balthasar begab sich in den Stall und sattelte das Pferd. Er hatte Pastor Mündrik von Fischermai versprochen, morgen zu ihm zu kommen. Nun kam er schon heute. Immerhin hatte man dort endlich, nach vielem Hin und Her und unter großer Mühe, anstelle der abgebrannten eine neue Kirche erbaut. Und irgendwo an der Küste von Kakkumägi auch ein altes Blockhaus aufgetrieben, über das Eis geschafft, für das Pastorat hergerichtet und jetzt sogar mit einem Ziegeldach versehen. Am Montag, als sie sich auf der Versammlung im Ministerium trafen, hatte Mündrik gesagt, er wolle Balthasar aufsuchen, er brauche Rat und Hilfe, um eine Schule zu unterhalten, in der in estnischer Sprache unterrichtet werden sollte. Diese hatte er bei sich, in Fischermai, mit Mühe und Not wieder in Gang gebracht, mit Revisionen zu Weihnachten und im Frühjahr, mit Verteilung von Semmeln und – an die gescheiteren Schüler – sogar Fibelhähnchen ... Balthasar hatte jedoch gesagt: Johann, ich komme selbst nach Fischermai. Ich habe sowieso ein Anliegen an dich. Und nun ritt er also statt morgen schon heute. Weil es sich so ergeben hatte. Bei dem Anliegen aber, das er immer wieder vergessen hatte und das ihm am Montag, als er Mündrik traf, gerade eingefallen war, handelte es sich um folgendes: Er wollte Mündrik zeigen, wo sich das Grab seines Vaters Siimon auf dem bereits mehr oder weniger von Bauschutt gesäuberten Stück Kirchengelände befand, und diesen Platz, falls nötig, kennzeichnen, damit der Grabstein, hatte der Sohn diese Schuld erst von seiner Seele, am richtigen Fleck aufgestellt wurde. Das sollte auch dann geschehen, falls Balthasar inzwischen starb.

Als er das Nonnentor hinter sich gelassen hatte, ritt er an den Vorstadthäusern jenseits des Walls vorüber und drehte das Maul des Braunen in Richtung Fischermai, quer zum starken Nordostwind. Er war sicher: Magdalena hat meine Worte übelgenommen und ist hinter dem Wulfartsturm zur Mutter gelaufen – wohin sollte sie sonst gehen. Abends, wenn ich zurück bin – vielleicht werde ich auch bis zum Dunkelwerden aufgehalten –, ist sie bestimmt zu Hause, und wir leeren dann zum Zeichen der Versöhnung, der großen Versöhnung, einen Becher Wein ... Nur, wer weiß, ob sie überhaupt trinkt, wenn sie in diesem Zustand ist.

An den Besuch bei Mündrik erinnerte sich Balthasar später nur undeutlich. Das Zimmer mit den unpersönlichen, schmutzigen Wänden. Der scheinbar mit übermäßigem Eifer abgekratzte Fußboden. Mündriks magere und überanstrengte, struppige Frau; der Bauch unter dem grauen Kleid zeugte davon, daß sie im achten Monat war (zwei Knirpse von fünf und sechs Jahren hatte im vorigen Jahr eine Krankheit dahingerafft). Und Johann Mündrik junior, selbst schon in die Jahre gekommen und, ehrlich gesagt, recht hinfällig: ein kränklicher rothaariger Brummbär. Bei Balthasars Eintreten füllte er sofort irdene Gläschen mit Abendmahlswein. Man sah, daß er diesem auch schon vor Balthasars Kommen fleißig zugesprochen hatte. (Du, Balthasar, bist ein kluger Mann, du verstehst doch, anders kann man es bei solchem Wind nicht aushalten – man spürt mit dem Rükken, wie zugig es im Zimmer ist. Wie sollte man das Leben hier auf Huntipäh, auf diesem verfluchten Wolfskopf, sonst ertragen? Gott dienen kann hier nur, wer sich vor lauter Zorn täglich von innen her mit Abendmahlswein anfeuchtet!) Er äußerte die Bitte, Balthasar möge Dubberch oder einem anderen sagen (was er, Mündrik, vorbringe, pralle an ihnen bloß ab), das Ministerium solle hier im Haus einen guten Ofen setzen und die Wände kalfatern lassen. Um der Schulkinder und auch um der Familie des Pastors willen. Balthasar sehe ja selbst, es werde noch ein Nachkömmling erwartet. Davon, daß sie helfen möchten, die Kirche fertigzubauen, spreche er gar nicht erst. Schön, schön. Balthasar wollte es ausrichten. Dann gingen sie zur Kirche. Beim Pfeifen des Windes, über den vereisten Boden, zwischen angekohlten Baumstümpfen hindurch. Die peitschenden Äste der Weiden vor dem violetten Himmel, das Rauschen des Meeres, das im Küsteneis erstickte. Dann war da dieser flache, kaum erkennbare, gefrorene Hügel, ein Dutzend Schritte von der nordwestlichen Kirchenecke entfernt. Wieder im Pfarrhaus, gab Balthasar Mündrik einen Taler.

»Laß dort morgen provisorisch ein Kreuz errichten. Bis ich den Stein habe machen lassen. Ich möchte – aus Eigensinn, wer weiß – einen besonders schönen aufstellen lassen. Ich habe mir gedacht: Vielleicht kann Arent Passer ...« Doch angesichts des ärmlichen Lebens von Mündrik schämte er sich der prahlerischen Pläne für den Grabstein des Vaters. Darauf folgten das von der Frau Pastor aufgetragene bescheidene Abendessen und abermals Gläschen mit Abendmahlswein. Balthasar haderte mit sich selbst: Wen trifft hier die Schuld? Dieser kränkliche Mündrik könnte doch auch würdevoller, konsequenter und achtunggebietender sein. Wäre er in seinen Forderungen nicht so kraftlos und schlaff, würde er weniger jammern und den Kopf einziehen, sondern selbstbewußt und unnachgiebig auftreten, mit tadellosen Manieren und glänzenden Argumenten – dann gäbe es im Pfarrhaus längst Öfen. Er könnte doch ... Und wenn er es nun nicht kann? Wenn er eben ist, wie er ist? Wenn man einem Esten nur dann erlaubt, ein solches Amt auszuüben, wenn er so ist wie Mündrik? Unsicher, inkonsequent, wankelmütig, in keiner Hinsicht bemerkenswert? Auf einmal, schon auf dem Rückweg, in der Dunkelheit, bei heulendem Wind auf dem fortwährend über gefrorene Schlammklumpen strauchelnden Pferd, dachte Balthasar: Oder wenn er so ist wie ich? Nein, nein, darüber muß ich ein andermal mit mir ins reine kommen, den heutigen Abend mit Magdalena – und dem, den sie und ich erwarten dürfen – will ich nicht mit dieser Überlegung verderben.

Als er in den Hof des Pfarrhauses eingeritten und aus dem Sattel gesprungen war, um den Pferdestall aufzusperren und den Braunen hineinzuführen, hörte er schnelle Schritte hinter seinem Rücken. Es war Kiido.

»Pastor! Reitet sofort ... zu Frau Geldern ... Magdalena ist dort ... O Gott!«

Balthasar sprang in den Sattel, den er noch nicht hatte abnehmen können.

Als er den Wulfartsturm erreichte und zu seiner Schwiegermutter hineinstürzte, lag Magdalena schon auf dem Tisch. Nur die Kerzen um sie herum hatte man noch nicht anzünden können. Unter all den erschrockenen, schweißbedeckten und verweinten Gesichtern wirkte ihr vor übergroßer Blässe zerbrechlich scheinendes Antlitz so ruhig, so abwesend, so fremd, so erleichtert, daß Balthasar unwillkürlich die Nägel in die Handballen preßte und sich fragte: Ist es wirklich wahr, was ich sehe, oder versucht Gott mich nur und läßt mich mit offenen Augen einen ungeheuerlichen Traum träumen?

Frau Geldern, der die Tränen über die eingefallenen gelblichen Wangen liefen, berichtete, während sie gleichzeitig den Mägden Anweisung gab, die Kerzen anzuzünden, die Lappen auszuspülen und die Fenster zu öffnen.

Gegen drei Uhr war Magdalena zu ihr gekommen (»nach Hause gekommen«, sagte die Schwiegermutter, offensichtlich verwirrt vor Kummer). Sie hatte erzählt, sie sei wohl schon von der Kanutigilde an gerannt. Der Mutter war nicht klargeworden, warum (»Närrische Einfälle eines dummen Mädchens ...«). An den Füßen hatte sie offene Schuhe mit hohen Absätzen getragen (»Gott weiß, weshalb sie keine warmen Stiefel angezogen hat, wenn sie schon bei dieser schneidenden Kälte zu mir laufen mußte ...«). Und irgendwo auf dem glatten Pflaster der Langstraße, in einem Schlagloch, war sie gestrauchelt und hingefallen. Nein, nein, äußere Verletzungen hatte sie sich nicht zugezogen, sich auf den vereisten Steinen nicht einmal Hände und Knie abgeschürft. Doch als sie ins Zimmer trat, hatte sie gesagt, ihr sei schlecht ... (»Nun, du wußtest ja von ihrem Zustand.«) Sie hatte sich gleich hingelegt, und schon hatten die Schmerzen eingesetzt, hatte die Blutung begonnen (»Oh, mein Gott ...«), und das Kindchen war herausgekommen, das arme Wurm. Man hatte sofort die Hebamme und Burchard geholt. »In meinen Armen ist sie verblutet und um sieben Uhr verschieden. Unser Schwiegersohn und Schwager, Joachim Walther von der Olaikirche, konnte ihr gerade noch die Sterbesakramente reichen. Und sage du mir jetzt, Balthasar, und möge der barmherzige Gott mir die Frage beantworten – warum mußte das geschehen?«

Der barmherzige Gott?

Es war schon um Mitternacht, als Balthasar, wach gehalten durch das offene Fenster und das eiskalte Zimmer im Geldernschen Hause, auf der Bank neben der Toten saß. Lange wehrte er sich gegen den Anblick: die regungslose bleiche Magdalena, die unbeweglichen, auf dem weißen Leintuch wie im Gebet verschränkten Hände. Von einer einzigen Kerze beleuchtet, wirkte sie ganz anders als sonst; drei Kerzen waren bereits heruntergebrannt und erloschen, die Flamme der vierten flakkerte vom Zugwind. Je munterer Balthasar wurde, desto schrecklicher quälten ihn Zweifel. Magdalena war tot, er konnte es nicht fassen, mußte es aber hinnehmen. Doch hatte sich auch alles so zugetragen, wie sie es der Mutter weismachen wollte? War sie wirklich durch die Langstraße *gerannt*? Und wenn sie es getan hatte (um schneller von ihrem schrecklichen Mann fortzukommen?) – war sie wirklich auf dem unglückseligen Holperpflaster dieser Straße hingefallen? Oder rührte alles daher – und nicht nur mittelbar, sondern auch unmittelbar und unbestreitbar –, daß er, Balthasar, in seiner Selbstsucht, seiner Unduldsamkeit seine Frau mit jenem niederträchtigen Wort tödlich verletzt hatte? Tödlich verletzt in dem Augenblick, als sie gekommen war, ihm das Geschenk der Versöhnung, den Segen zu Füßen zu legen? Und sie hatte den Sturz vielleicht nur erfunden und war mit einer Lüge auf den Lippen gestorben, damit Balthasar in den Augen der Welt schuldlos dastand?

Barmherziger Gott, Du hast meine Seele in den Staub getreten und gedemütigt. Wohin soll sie denn jetzt gehen? Wohin, wenn nicht zurück zu Dir? Aber wird sie auch Kraft genug haben? Gnädiger Gott! Kennst Du Barmherzigkeit, die ein Mensch Barmherzigkeit nennen kann (Herr, vergib mir dieses Aufbegehren gegen die Dornen des Jochs ...), kennst Du Barmherzigkeit, so martere mich im Brunnen dieser schrecklichen Zweifel. Aber laß mir die Hoffnung, daß Du mich nicht verdammst, bis ans Ende meiner Tage auf seinem Grund zu bleiben, sondern mir schließlich doch ein Brett zuwirfst und mir hilfst, an Dein Licht zurückzukehren ...

Balthasar erhob sich von der Bank und kniete vor Magdalena nieder. Er legte seine Hände auf die erschreckend kalten Finger seiner Frau und sprach mit ihr. Aber er vermochte nur ganz leise – kaum bewegte er die Lippen dabei – zu sagen: »Meine liebe Frau, du weißt jetzt alles ... nur ich weiß nichts ...«, und er spürte, wie die Reue jeden Gedanken in ihm erstickte.

Etwas später nahm er die Hände von denen seiner Frau. O Gott, er fühlte, daß diese Bewegung den Tod verdiente, aber ... aber er spürte, daß ihn sonst durch die Hände der Entschlafenen die letzte Lebenswärme verlassen hätte.

Er setzte sich wieder und versank allmählich in einen Halbschlaf, im Morgengrauen aber kam er zu sich. Und so mehrere Tage lang jeden Morgen aufs neue. Und nie drang er völlig in das Wesen der Dinge ein. Er gab Anweisungen, die den Sarg, das Ausheben des Grabes und Magdalenas Mitgift betrafen. Aber er gebot Ostmann, an seiner Statt das Beerdigungszeremoniell durchzuführen. Bei dem Begräbnis war er anwesend. Er stand über dem Grab, das Märten und Päärn, nahe der auf den Friedhof führenden Seitentür der Kirche, im kalksteinhaltigen Boden ausgehoben hatten. Er sah zu, wie man den Sarg hinabließ. Hörte, wie man das Grab zuschaufelte. Hörte die Kalksteinbrocken auf die dünnen Bretter des Sargdeckels niederprasseln – ein Geräusch, an das man sich nicht gewöhnen konnte. Auch zur Gedächtnisfeier im Hause seiner Schwiegermutter fand er sich ein und saß dort im Kreise seiner Schwäger und Schwägerinnen sowie der Herren vom Ministerium, die vollzählig mit Gattinnen erschienen waren. Nach einer Stunde aber ging er, allem Herkommen zum Trotz. Wie jeden Tag schritt er den Friedhofsweg entlang, immer noch wie benommen; vielleicht war ihm noch nicht einmal völlig bewußt, welchen Verlust er erlitten hatte. Einen Augenblick blieb er – und Schneeflocken sanken auf ihn herab – mitten auf dem Friedhof stehen, der kaum wiederzuerkennen war, so weiß und sauber sah er aus. Einen Schritt von ihm entfernt lag, unter frisch gefallenem Schnee, dieses neue Grab, zwanzig Schritt weiter rechts das andere, alte, in dem Elsbeth und die Mädchen ruhten.

Dann trat er ins Pfarrhaus, schloß die Tür hinter sich ab und lauschte der erschreckenden Leere in sich und in dem großen Haus.

ZWÖLFTES KAPITEL,

darinnen der am Flußufer lebende Mann, einfach aus alter Gewohnheit, die Auswechslung von Königen, Fürsten und anderen Machthabern, aber auch die von Kriegsvolk und gewöhnlichen unbewaffneten Sterblichen verfolgt, wobei vor dem Hintergrund dieser Auswechselbarkeit plötzlich unsittliche Erinnerungen an seine »wilden« Jahre wach werden, wollüstige Erinnerungen, und das, wo ihm schon die Zähne ausfallen, aber wir sehen dort auch Beete mit Heilkräutern und narkotischen Zwiebeln in einem Winkel des Gartens und im anderen ein Rosenbeet, das könnte, zum erstenmal seit einigen Jahren, erblühen, doch Schafe zertrampeln es

Zwei einsame Jahre waren ins Land gegangen. Schrecklich eintönig und bedrückend langsam, richtete man von diesen Jahren seinen Blick in die Zukunft. Schaute man aber zurück, schienen sie nutzlos verstrichen, als habe es sie gar nicht gegeben. Es war eine Zeit, da Balthasar bei der Vorbereitung seiner Predigten häufiger als bisher auf das Buch Hiob zurückgriff: »Siehe, du hast viele unterwiesen und lässige Hände gestärkt; deine Rede hat die Gefallenen aufgerichtet, und die bebenden Knie hast du gekräftigt. Nun es aber an dich kommt, wirst du weich; und nun es dich trifft, erschrickst du …« Er tat es so lange, bis er den Eindruck gewann, in der düsteren Stadt mit ihrem bleigrauen Herbst, ihrem stürmischen Winter, ihrem naßkalten Frühling und ihrem trüben Sommer seien so schmerzerfüllte Worte unangebracht. Sie klangen erst recht wie beabsichtigt, weil sie von der Kanzel herab durch einen Mann verkündet wurden, dessen eigenes Wesen so ganz dem spöttischen, argwöhnischen und gleichsam etwas stumpfsinnigen Charakter dieses Landes entsprach. Wie auch immer, er legte Hiob beiseite und tröstete sich eine Zeitlang wieder mit Mark Aurel. Doch die Hoffnungslosigkeit des gramvollen Römers war groß, sie bedrückte sein christlich-naives Herz. Nach einer Weile legte er auch Mark Aurel beiseite und vertiefte sich in das Buch des Ekklesiastikus. Und in das wehmütige, aber doch nicht gar so unerträglich schmerzliche Bekenntnis König Salomos, letztendlich sei alles auf der Welt ganz eitel …

Eitel die Scham, die Balthasar empfand, weil er so einflußreich und wohlhabend war. Die er empfand, wenn er Märten und seiner Madle für ihren kleinen Eevert zehn Taler zusteckte. Eitel auch der Hochmut, den er im Februar 1592 offenbarte, als er das ihm ins Haus getragene Ledersäckchen mit den tausend Mark, dem Tribut der Ritterschaft für die Chronik, nicht entgegennahm, sondern auf den Tisch der Sakristei zu legen befahl. Eitel die Hoffnung, ein gutes Werk getan zu haben, als er das Säckchen noch am selben Tag Johann Mündrik in die Fischermaier Kirche brachte: Von dem Geld sollten die Kronleuchter gekauft werden, aber unter der Bedingung, daß niemand erfuhr, woher es stammte. Eitel waren auch die Aufzeichnungen, die er an naßkalten Herbstabenden bei der im Winde flackernden Kerze auf den grauen Blättern machte; ja manchmal kritzelte er aus alter Gewohnheit hin, was er über die Geschehnisse in der Welt und in der Stadt hörte.

Die Zustände in unserem Land im Herbst 1592.

Die Lage im schwedisch-livländischen oder im estnischen Herzogtum ist erneut schwierig geworden. Denn ob dieses Land künftig dem schwedischen König untertan sein wird oder doch der polnischen Krone König Sigismunds, steht noch immer nicht fest, und die Aussichten, an Polen zu fallen, werden, Gerüchten zufolge, immer größer. Das aber wäre unserem, dem Augsburger Glauben anhängenden Volk gar nicht recht, was ich, als ein Diener dieses Glaubens, auf jeden Fall feststellen muß. Denn was die Menschen nach außen hin zeigen und was sie wirklich denken, weicht manchmal so sehr voneinander ab, daß wir vielleicht, im Glauben, auf einer festen Insel mitten im Sumpf zu stehen, schon bis an den Hals im Morast unserer Verirrungen versunken sind. Jedenfalls soll König Johan unseren estländischen Adel ob seiner zuverlässigen proschwedischen Gesinnung nicht genug loben können. Dabei hat er unseren früheren Statthalter, Herrn Banér, vor kurzem abgesetzt und in Stockholm Rechenschaft von ihm dafür gefordert, daß unser Adel unter seiner Regentschaft so polenfreundlich geworden sei. Was Reval betrifft, so hat die Stadt eine glänzende Erklärung dafür gefunden, daß sie sich den Polen zuneigt: Unsere echte und ewige

Treue Schweden gegenüber ist es, was uns zwingt, uns bei den Polen anzubiedern! Ja, ja! Denn ließen wir unsere wahre, freundschaftliche Ergebenheit für Schweden erkennen, so überfiele Herr Farensbach mit seinen polnischen Söldnern von Livland aus unverzüglich unser estnisches Herzogtum. Und da wir ihn schwerlich bezwingen könnten, auch wenn wir uns gern verteidigen möchten, würde, zeigten wir Schweden ein freundschaftliches Gesicht, das Schwedens Interessen in unserem Land sehr schaden und gleichbedeutend sein mit verräterischem Tun …

Ja, ehrlich gesagt, auch diese Aufzeichnungen waren eitel. Desgleichen jene etwas anders gearteten Randbemerkungen über Leben und Welt, die sich auf manchen Seiten bei ihm fanden. Und die ihn doppelt zweifeln ließen. Erstens, inwiefern gerade er berufen war, all das in Worte zu kleiden. Zweitens waren seine Gedanken schwerlich in irgendeiner Weise eigenständig, sondern, angefangen bei Jesus Sirach oder den alten Griechen und Römern, längst schon niedergeschrieben oder ausgesprochen worden. Zweifel verspürte er auch an jenem regnerischen Septemberabend, als er das nächste graue Blatt mit den ausgefransten Rändern vor sich hinlegte und, während er dem bald schwächer, bald stärker werdenden Rauschen des Regens und dem Knarren der Wetterfahne lauschte, schrieb: *Doch wer sich lange und ehrlich mit Großem beschäftigt hat …* Er hielt im Schreiben inne. Vielleicht benahm ihm die Unsicherheit sogar den Atem, die Unsicherheit, die ein Gedanke ausgelöst hatte, der ihm soeben gekommen war: Inwieweit habe ich mich ehrlich damit beschäftigt und wie lange? Habe ich nicht allzuoft an Unwesentliches gedacht – an Einnahmen und Verluste, an Erfolge und Mißerfolge, an Lob und Verleumdung, daran, wie ich die Aufmerksamkeit auf mich lenken oder im Schatten bleiben könnte? War nicht allzuoft Nebensächliches neben dem Großen – so oft, daß das Große klein wurde und dadurch kaum mehr zu erkennen war, fast im Staub verschwand, wie die Perle im Misthaufen (ich weiß nicht mehr, von wem dieser Vergleich stammt, sicher von Äsop, nur ist mir nicht klar, warum ich davon einen so abscheulichen Geschmack im Munde bekomme)? Und habe ich mich wirklich gar so lange damit beschäftigt? Fünfzehn Jahre, zwanzig Jahre – ist das eine hinreichend lange Zeit? Wo ich mich nun schon sechs oder sieben Jahre lang gar nicht mehr damit befaßt habe? Und verdient mein Werk überhaupt, groß genannt zu werden? Mein Gott, wenn unsere ganze Welt, wie das Mark Aurel zugibt, nur ein kleines Sandkorn im Universum ist – was kann dann das Schicksal einer einzigen kläglichen Provinz und das Erbeben der Herzen ihrer Bewohner bedeuten? Denn selbst Gold, handelt es sich nur um ein Körnchen, wiegt nichts und ist nichts wert ... Oder besteht zwischen Gold und Wahrheit vielleicht doch ein gravierender Unterschied? Würde die Wahrheit in unserer Arbeit Gewicht erlangen, wenn wir wenigstens das bißchen Wahrheit im Erbeben der Herzen dieser kläglichen Provinz begriffen? Vielleicht wirklich ... Von dieser Hoffnung erfüllt, schrieb Balthasar seine Sentenz zu Ende: *Doch wer ehrlich und lange nach Großem gestrebt hat, es aber nicht erreichen konnte, hat die Krone ebenso verdient wie der unter einem glücklichen Stern Geborene, dem die große Aufgabe von selbst in den Schoß fällt und dem die Krone von selbst die Stirn schmückt.* Aber in diesem Moment schlug draußen zornig der Wind gegen die Mauern, setzte Regen ein, und Balthasar, schweißüberströmt und froh, daß die Sentenz nun fertig war, fühlte sich erneut von Zweifel befallen, als rühre der vom Wind her, der durch die Fensterritzen pfiff. Er trat an den grünen Wandschrank, entnahm ihm die Elegien des Propertius in der Ausgabe Scaligers von 1577, ein Bändchen, das ihm neulich der Ratsherr Heinrich Lohn gegeben und zu lesen empfohlen hatte (nie im Leben hätte Balthasar vermutet, daß Herr Lohn römische Dichter las, noch dazu solche, die fast obszön waren, mitunter aber auch von bedeutungsvoller Weisheit). Balthasar schlug das Buch bei der dritten Elegie auf, blätterte ein wenig darin und las: »In magnis et voluisse sat est ...« Er legte den Propertius in den Schrank, kehrte ans Pult zurück, nahm das Erzeugnis seines eigenen Geistes in die Hand und zerknüllte es, verwirrt und enttäuscht. Unnützes Geschreibsel. Wer braucht das, wenn mein Gedanke schon vor *so* langer Zeit und *so* kurz und bündig ausgedrückt wurde …

Später hätte er schwören mögen, er sei nicht mehr dazu gekommen, seine zerknüllte Sentenz, diesen Vogel, der, kaum dem Ei entschlüpft, schon sterben mußte, auf den Boden zu werfen, er habe ihn in der Hand gehalten, als er hörte, wie mit dem Klopfer an die Haustür geschlagen wurde und Kiido kurz darauf an die Tür seines Arbeitszimmers pochte.

»Der Pastor bekommt Gäste.«

»Gäste? So spät noch? Bei diesem Wetter? Wer ist es denn?«

»Ich weiß nicht …«

Die beiden Besucher erkannte Balthasar, etwas erstaunt, schon auf der Treppe. Es waren Herr Lohn und seine hübsche Pflegetochter Anna. Der Ratsherr half ihr, den nassen Umhang von den Schultern zu nehmen, und schüttelte die Regentropfen aus ihren und seinen Überkleidern. Er stand auf der Treppe und sah den Hausherrn an. Mit rätselhaft verschmitztem Lachen rief er aus: »Guten Abend, wundere dich nicht! Ich habe Anna mitgebracht, damit ihr weniger Mühe habt mit uns. Du als Witwer lebst doch wie ein alter Junggeselle. Anna wird sich um uns kümmern, und du brauchst keine Magd zu rufen. Denn schau nur, welch unverhoffter Gast mitgekommen ist!« Er drehte sich zur Türöffnung um – dorthin reichte das Licht der Kerze nicht. »Na, komm schon rein!«

Aus dem Dunkel der Türöffnung trat ein Unbekannter ins Licht. Dieser war mittelgroß und etwas salopp gekleidet, trug jedoch einen teuren, mit Wieselfell gefütterten Pelzmantel. Er war durchnäßt, hatte ein wenig entzündete Augen und schien angeheitert. Der Unbekannte warf den Pelz von den Schultern, Anna über den Arm. Auf der Treppe zögerte er einen Augenblick, um dem Hausherrn Zeit zu lassen, ihn zu erkennen, dann kam er Balthasar mit ausgebreiteten Armen entgegen und rief: »Altes Haus! Confrater! Taxus estonicus! Du erkennst mich nicht? Offen gestanden, ich dich auch nicht. Aber du hast doch sonst immer alle erkannt! In Stettin, erinnerst du dich ...«

Erraten! Der völlig verdutzte Balthasar zuckte zusammen, vor Freude, daß er ihn nun doch erkannt hatte. Ist das wirklich dieser alte Halunke? War das möglich? Ja, ja, das ist er – der lustige Bursche mit dem losen Mundwerk. Du liebe Güte, er sieht zwar aus wie sein eigener Großvater, aber er ist es! Und Balthasar rief: »Hans Bade! Du alter Gauner! Du hast dich vielleicht verändert!«

»Ha-ha-ha-ha, glaubst du etwa, du nicht?« spöttelte Bade und schleppte Balthasar nach unten, in die Nähe der Kerze. »Laß sehen, was diese dreißig Jahre aus dir gemacht haben.« Er zog Balthasar ganz dicht an die Kerze heran und schob ihn dann, um ihn besser betrachten zu können, möglichst weit fort von seinen altersschwachen Augen. »Ach, du Herodot Livlands, du siehst so verteufelt würdevoll aus, daß man nicht weiß, ob es lohnt, sich mit dir einzulassen.«

»Ja, paß nur auf«, knurrte Balthasar, über Bades Auftauchen zu einem Drittel verärgert und gereizt, zu zwei Dritteln erfreut, »bevor du dich mit mir einläßt, wollen wir uns wenigstens an den Tisch setzen. Heinrich, Anna, kommt.«

Sie traten näher. Balthasar führte sie durch die Diele in die Stube, und sie setzten sich an den großen Eßtisch.

»Allmächtiger! Was ist das?«

»Krah, krah!« Zu Annas Erschrecken und zur Verwunderung der Männer kam von der Sitzstange im Korridor flügelschlagend Balthasars zahme Dohle zum Tisch geflogen. Im Frühjahr hatte Päärn sie, noch nicht flügge, auf dem Kirchturm gefunden und ins Haus gebracht, sie hatte sich hier eingewöhnt und schaute jetzt die Gäste mit schwarzen, von der Kerzenflamme glänzenden Augen an. Bade sagte: »Hört mal, Freunde, ich bin hier der Älteste. Sogar noch drei Jahre älter als dieser Mummelgreis da. Als unser Herodot. Schlimm, aber nicht zu ändern. Heinrich ist noch ein Milchbart – du bist ja noch nicht mal fünfzig, stimmt's? Anna ist noch ein Kind. Mit heißem Blut. Darum setze ich mich mit dem Rücken ans Feuer. Um mir das Kreuz zu wärmen. Und ihr drei nehmt gegenüber Platz. Dann habe ich euch alle im Auge.«

»Wenn du es warm haben möchtest ...« Balthasar stand auf, warf eine Handvoll trockener Borke auf die Kohlen im Herd, legte, als sie aufflammte, dünne Späne darüber und ganz obenauf Holzscheite. »So. Und jetzt: Kiido! Gieß uns den mittelgroßen Bleikrug voll, du weißt schon. Und bring Becher und etwas zu knabbern mit.«

»Nein, nein, nein! Den Wein spendieren wir!« rief Bade. »Anna, bring ihn her. Du wirst sehen, Taxus, was das für ein Tropfen ist!«

Anna, die auf der langen Bank zwischen Herrn Lohn und Balthasar saß, erhob sich, schlüpfte an Herrn Lohns Knien vorbei und holte das zusammen mit ihren nassen Sachen am Kleiderrechen hängende dickbauchige Lägel aus der Diele. Balthasar hätte gern gefragt: Wer von euch hat es übrigens hergetragen? Du? Oder Heinrich? Oder habt ihr, als echte Kavaliere, etwa Anna das Weinfaß schleppen lassen? Bade hätte er diese Frage natürlich gestellt. Aber Heinrich Lohn, den Ratsherrn, fragte Balthasar lieber nicht, auch wenn sie sich, auf Lohns Wunsch, schon eine Weile duzten. Mit kaum merklich zitternden Händen – darum verschüttete er etwas Wein auf den Tisch – füllte Bade die Becher. Der vom Kerzenlicht erhellte Weinstrahl war ziemlich trübe und grüngelb, doch von den Bechern stieg ein würziger Duft auf.

»Na, Taxus, schnupper mal! Und nun wollen wir trinken! Darauf, daß du und ich uns noch unter der Sonne rumtreiben. Erkennst du ihn wieder? Das ist der teuerste und stärkste Nürnberger Hippocras.«

»Einverstanden. Trinken wir«, murmelte Balthasar und probierte das eigenartige, durch und durch gehende und auf seine Weise interessante Getränk, das stark nach Lavendel und Salbei, Beifuß und Schafgarbe und

Gott weiß wonach sonst noch roch und dem er bis jetzt immer den schlichten trockenen und durchsichtigen Rheingauer vorgezogen hatte. Vielleicht hätte Balthasar der von Bade kredenzte Wein besser gemundet ohne den schadenfrohen Spitznamen Taxus, den dieser ihm anzuhängen versuchte und der ihm nicht nur komisch schien, sondern ihn auch ein wenig reizte.

Balthasar fiel auf: Bade trank den Wein gierig, Heinrich genüßlich, und Anna nahm einen Schluck, größer, als man von ihr, die ja noch ein junges Mädchen war, hätte erwarten sollen.

»Aber nun erzähle, Hans. Nein, nein, du und kein anderer. Ich hocke hier seit dreiundsechzig auf demselben Fleck. Du jedoch hast nichts anderes getan, als dich in der Welt herumgetrieben. Also leg schon los.«

Der junge, das heißt, der alte Bade ließ sich nicht lange bitten. Eine klare und zusammenhängende Erzählung brachte er freilich nicht zustande. Dabei hatte er dem Wein zwar fleißig zugesprochen, war aber noch nicht berauscht.

»Was? Ich? Ah ... Nun, nachdem du weggegangen warst, habe ich mich noch in Stettin abgeplagt. Als du die von Lupus geliehenen Taler« – er streifte Anna mit einem verlegenen Blick – »mit allen möglichen Hu... Huren verjuxt und Reißaus genommen hattest, ha-ha-ha-ha! Aber weißt du, nachdem du weg warst, wurde es im Stettiner Kollegium noch langweiliger als zu deiner Zeit. Einfach unerträglich langweilig wurde es in diesem Drecknest. O Teufel, wer soll sich heute noch so genau an alles erinnern ... Erst begab ich mich zu meinem Onkel nach Wismar. Du weißt doch, ich habe es dir bestimmt gesagt – ich besaß in jeder großen Handelsstadt an der Ostsee einen Onkel. Ein gesegnetes Geschlecht. Das von meinem alten Herrn. Sie waren sechs Brüder. Alle in Hafenstädten. Jeder mit seiner Schrulle. Und alle reich. Onkel Christian verwaltete in Lübeck für mich das Vermögen meines verstorbenen Alten. Mit der Ehrlichkeit einer Schildkröte. Er schickte mir immer freigebig Geld. Nach deiner Flucht fuhr ich also nach Wismar zu Onkel Andreas. Und als es mir auch dort zu langweilig wurde, beschloß ich, mich ein wenig in den westlichen Städten – Leyden, Köln und Paris – umzusehen. In den dortigen Mühlen der Weisheit. Den Universitäten, meine ich. In den Vergnügungsetablissements natürlich auch. Ha-ha-ha-ha! Ich kann mich nicht erinnern, aber in London war ich, glaube ich, ebenfalls. Keine Ahnung, in welchem Jahr und Monat. Weißt du, es ist überall das gleiche: Es gibt nur zwei Kategorien menschlicher Geschöpfe – die einen sind dumm vor Dummheit, die anderen schrullig vor lauter Weisheit.« Er schwieg eine Weile und sah Balthasar in die Augen. »Interessiert dich gar nicht, zu welcher Kategorie du gehörst? Ha-ha-ha! Prost!«

Die Männer tranken, auch Anna, die vom vorhergehenden Becher rote Wangen bekommen hatte. Lächelnd nahm sie kleine Schlucke und zerbröckelte auf dem Tisch eine Semmel für die Dohle. Bade philosophierte weiter.

»Selbst wenn du mich fragen würdest, ich wüßte nicht, wozu ich dich zählen sollte. Zu welcher dieser beiden Kategorien. Eine dritte Möglichkeit gibt es nicht. Davon habe ich mich überzeugt. Es muß sich also erst noch erweisen, was du bist.«

»Ich frage aber, zu welcher Kategorie du dich rechnest«, meinte Balthasar grinsend.

»He-he-he-he!« Bade brach in schallendes Gelächter aus. »Das ist die einzig richtige Frage. Und ich gebe dir darauf die einzig richtige Antwort: Selbst bildet man natürlich immer eine dritte Kategorie: Man ist vernünftig, scharfsinnig und den anderen um eine Nasenlänge voraus. Ja, ja. Die einen sind also, wie ich gesagt habe, unsympathisch wegen ihrer Habsucht, die anderen – widerwärtig wegen ihrer Armut. Und überhaupt, Herodot, glaubst du etwa, wir schmecken besser, weil wir das ›Lob der Torheit‹ auf griechisch auswendig wissen, und die Würmer bedankten sich dafür bei uns? Na ja ... Auch meine Onkel haben sich in Würmerfraß verwandelt. Als erster Onkel Gabriel in Barth. Er hat noch vor meiner großen Reise daran glauben müssen. Mitsamt seiner Familie. Bei einem Brand. Zweiundsechzig. Als dort die halbe Stadt abbrannte. Du warst zu dieser Zeit nicht mehr im Kollegium. Sein Silber hat man aus dem Aschehaufen geborgen. Geschmolzen zwar, aber sonst unversehrt. Und ich habe es geerbt. Einige Zeit darauf starb auch Onkel Friedrich. In Königsberg. Mit Frau und sämtlichen Kindern. An der Pest. Und wieder war ich der Erbe. Onkel Christian legte alles auf mein Konto in Lübeck. Und so weiter. Warum soll ich dir alle aufzählen! Dann bekam ich Lust, nach Reval zu fahren, um meinen teuren Onkel Laurentius wiederzusehen. Fuhr aber nicht. Weil sechsundachtzig Laurentius ebenfalls das Zeitliche gesegnet hatte. Und Heinrich seine Anna zu sich nahm, um sie großzuziehen. So daß ich dieses Kind erst vor einer Woche zu Gesicht bekommen habe – ein schönes, zärtliches Kind, und die Last seiner Erziehung …«

»Halt, halt!« rief Balthasar. »Anna ist also deine Base, du alter Halunke?«

»Stimmt, Taxus.« Der alte Bade kicherte. »Und ich habe sie weder verdorben noch erzogen. Weil ich mein Lebtag Mädchen lieber verdorben als erzogen habe. Dieser Beschäftigung, bei der du und ich uns einst verbrüdert haben, bin ich stets treu geblieben. Ja, ja: Ich bin noch immer ein Saulus. Aber du bist ja nun ein Paulus geworden und ein Herodot dazu – ha-ha-ha! Na, trinken wir!«

Die Männer tranken, Anna aber hielt den Becher nur an die Lippen. Balthasar sagte: »Anna, ich kann Euch versichern: Ihr hattet wirklich Glück. Schließlich hättet Ihr ja auch meinen alten Freund zum Pflegevater bekommen können. Aber Gott hat Euch davor bewahrt und Euch statt dessen Herrn Heinrich gegeben. Im Ernst. Denn meinen Freund Hans *kenne* ich.«

»Was für ein reizendes Bekenntnis!« Bade kicherte.

Anna führte wieder den Becher an die Lippen. Ihr Mund wurde so Balthasars Blicken entzogen, ihre grauen Augen aber kamen ihm auf einmal erschreckend dunkel vor. Herr Lohn bemerkte: »Vetter Hans hat mehr Witz versprüht als nötig. Für uns wird es Zeit, nach Hause zu gehen. Meine Frau kränkelt schon die ganze letzte Woche. Sie nimmt Burchards Pillen ein, aber die scheinen nichts zu nützen. Meine Gefühle als Gatte erlauben mir nicht, noch länger zu bleiben!« Etwas devot, wie um Verzeihung bittend, sah er Balthasar unter der glatten braunen, kreisförmig geschnittenen Haarbürste hervor an; sein vom Wein leicht gerötetes Gesicht wirkte noch ganz frisch. »Falls Vetter Hans noch unter vier Augen mit dir reden möchte, er findet die Badstubenstraße und mein Haus ja auch selbst, sogar wenn er das ganze Lägel Wein allein aussüffelt.«

»Ha-ha-ha! Keine Sorge, Heinrich, ich finde schon heim.« Bade feixte. Und Balthasar hörte sich, nicht allzu widerstrebend, sagen: »Schade, daß du gehen mußt. Aber ich sehe es ein. Falls Hans die Absicht hat, in Erinnerungen an unsere Studentenzeit zu schwelgen – für Mädchenohren sind diese wirklich nicht sehr geeignet. Und wir haben bestimmt noch einiges unter vier Augen zu besprechen. Immerhin sind dreißig Jahre vergangen.«

Balthasar begleitete Heinrich und Anna in die Diele. Er holte die Sturmlaterne aus der Sakristei, zündete sie an und gab sie Heinrich mit. Denn es war schon nach zehn, und draußen konnte man nicht die Hand vor Augen sehen. Später erinnerte er sich: Als Heinrich und Anna – der vollständige Name dieses Mädchens lautete also Anna Bade – zum Kleiderrechen gingen, um die Regenmäntel anzuziehen (Hans war am Tisch geblieben, um allein dem Wein zuzusprechen), kam er, Balthasar – zu seiner eigenen Überraschung –, Heinrich zuvor, nahm Annas Mantel vom Ständer und legte ihn ihr um die Schultern. Er tat das so (was man nur Bades Hippocras zuschreiben konnte), daß er dabei mit den Nasenflügeln den von Annas kastanienbraunen Locken aufsteigenden Kamillenduft wahrnahm und mit den Händen die sanfte Rundung ihrer Oberarme spürte.

Balthasar kehrte zu Bade zurück, setzte sich an den Tisch und wischte sich mit der Hand die Stirn ab – als er die Gäste auf die Straße begleitete, war ihm der Regen ins Gesicht geschlagen. Er schenkte sich einen Becher von diesem Hippocras ein und wollte – sei es auch nur, um sich zu belächeln – darüber nachgrübeln, wie merkwürdig er in Annas Gegenwart aufgelebt war. Aber er sollte nicht dazu kommen. Denn sein alter Freund heftete seine dreisten, unsteten, entzündeten Augen mit den verklebten rötlichen Wimpern auf ihn, verzog verächtlich den zu einem Strich zusammengekniffenen Mund und legte los. Wie Balthasar fast nicht anders erwartet hatte, begann er mit dummdreisten, seltsam klebrigen Frotzeleien. Mit hämischen, besserwisserischen Ausfällen gegen Balthasars Leben und seine Existenzgrundlagen. Mir nichts, dir nichts, geradeheraus und umschrieben, von rechts und von links, von einem Punkt zum anderen springend. Einfach aus Schadenfreude. Balthasar aber fühlte, daß dieser alte Geiferer, der Kamerad seiner Studentenjahre, ihn eher erheiterte als erzürnte, und so ertrug er seine verfluchten Spötteleien sogar geduldig, fast nachsichtig.

»Sag mir bloß, Taxus, warum du hier eigentlich schon dreißig Jahre hockst? Doch nicht wegen deiner Frauen? Wie ich hörte, hast du beide beerdigt. Die Töchter auch. Und der Sohn hat dich verlassen.«

»Was heißt hier verlassen?« schrie Balthasar auf und merkte, er hätte das viel leiser sagen müssen. So wiederholte er denn ganz ruhig: »Was heißt hier verlassen? Er studiert, in Uppsala, im fünften Semester.«

»Das auch, das auch.«

»Was heißt auch?«

»Warum ereiferst du dich deshalb? Du hast dich doch selbst bei Heinrich beklagt, daß dein Sohn dir nur einen einzigen Brief geschickt hat, und das auch nur, weil ihm das Geld ausgegangen war.«

»Als ob ein Studiosus oft an seinen Vater schreibt!« sagte Balthasar, nun schon mit eiserner Selbstbeherrschung. Und er freute sich so über diese Selbstbeherrschung, daß er mit überlegener Ironie fragte: »Hast du selbst vom Kollegium aus oft an deinen Vater geschrieben?« Etwas verwirrt fügte er dann freilich hinzu: »Ach, richtig, er war ja schon tot. Aber deinen fünf Onkeln, hast du denen viele Briefe geschickt?«

»Herrgott!« rief dieser Teufel aus. »Was bedeutet die Einsamkeit von fünf Onkelherzen im Vergleich zur Einsamkeit eines Vaterherzen?«

Balthasar wandte so schnell den Kopf, daß er in den Mundwinkeln seines Versuchers noch ein Fünkchen Spott gewahrte. Ziemlich kühl bemerkte er: »Weißt du, ich finde, ein vernünftiger Vater sollte von seinem Sohn, einem jungen Mann, der sein eigenes Leben lebt, keine übermäßige Aufmerksamkeit verlangen. Ich erwarte von meinem Sohn jedenfalls keinerlei Bekenntnisse.«

»So-so-so ...«

»Und außerdem«, setzte Balthasar hinzu und spürte, daß er trotzdem schon wieder nahe daran war, zu schreien, »verstehst du alter Hammel überhaupt nichts von solchen Dingen! Nun ja. Zum Heiraten hast du dich nicht entschließen können. Aus Angst, in eine Falle zu tappen. Ich erinnere mich, was du mir mal gesagt hast. Und von deinen Kindern, die möglicherweise irgendwo zwischen Stettin und Paris darben müssen, weißt du überhaupt nichts. So ist es doch!«

»Wahrhaftig, ich weiß nichts von ihnen. Aber ich mache mir auch keine Sorgen um sie. Denn ich meine, sollte ich welche haben, wird Gott schon für sie gesorgt haben. Zum Beispiel dadurch, daß dort auch Sprößlinge von dir leben. Und aus denen sind längst wackere Männer geworden – Schullehrer, Seelsorger und Samariter, sie werden sich schon meiner armen Schelme und Vagabunden annehmen. Oder glaubst du, Gott habe nur so dahergeredet, als er sagte: Sehet die Vögel unter dem Himmel: sie säen nicht ...?«

»Warum geiferst du?« sagte Balthasar, aber keinesfalls so vorwurfsvoll, wie es dieser alte Spötter verdient hätte. »Du weißt doch, was der Apostel Matthäus damit sagen will!«

»Wieso? Woher soll ich das wissen? Ich bin schließlich ein Luftikus, wenn ich auch dieses und jenes gelernt habe. Du aber bist ein Theologus doctissimus. Was also will Matthäus mit seinen Vögeln sagen?«

»Daß der Mensch seine Seele nicht in Futterkästen ersticken lassen soll. Daß seine Flügel für das Fliegen und sein Schnabel für das Singen frei sein sollen!«

»Ach, du Teufel, wie schön du redest!« Bade grinste. »Darauf genehmigen wir uns einen!«

Sie tranken. Der alte Spötter knabberte gesalzene Mandeln zum Wein. Er bemerkte: »Also gehörst du doch nicht ganz zu der Sorte Männer, zu der ich dich wegen deiner Frauen und Kinder und deines Schwarzrockernsts gerechnet habe.«

»Was für Männer sind das denn?« fragte Balthasar mit gespannter Aufmerksamkeit.

»Na, solche, die erst ganz brauchbare Jungs waren, bald aber Kinderscheiße lieber riechen als Senf. Und dann erklären, die Scheiße ihrer Söhne sei das Salz der Erde.«

Balthasar ahnte natürlich, an welche Männer Bade dabei dachte. An solche Großmäuler und Schreihälse (wie es Bade selbst, aber, Herr, erbarme Dich, auch er, Balthasar, gewesen war, soweit der Sohn eines Fuhrmanns das sein konnte), die in jungen Jahren krähten, später dann über die Ehrlichkeit des Handwerkers gakkerten und sich zu guter Letzt mit ihren mehr oder weniger vom rechten Weg abgekommenen Söhnen und Töchtern brüsteten. Wie etwa jener inzwischen verstorbene Münzmeister, der alte Schenkenberg, mit seinem Ivo, der am Galgen endete. Herr, vergib mir! Eingedenk meines eigenen Sohnes Balzer, dieses Dickkopfes, will ich ihn nicht verspotten, es ist mir nur so in den Sinn gekommen … Ja, Balthasar verstand, an was für eine Sorte Mann Bade dabei dachte, trotzdem schüttelte er den Kopf und erwiderte: »Ich habe keine Ahnung, wen du meinen könntest.«

Bade lachte spöttisch: »Ist auch nicht nötig. Konstatieren wir: Wegen der Familie bist du jedenfalls nicht hier hockengeblieben. Reden wir von etwas anderem.«

Balthasar machte sich die Gelegenheit zunutze. »Ich

wollte dich schon die ganze Zeit fragen, ob du eine Ahnung hast, was aus unseren anderen Freunden geworden ist. Ich weiß nur, daß der kleine Bagmiel vor zehn Jahren Pfarrer einer bettelarmen Gemeinde auf der Insel Rügen war.«

Bade wußte etwas mehr, und dieses Thema lieferte ihnen für eine gute Stunde Gesprächsstoff. Zastrow schien ein einflußreicher Mann am Hofe des Herzogs von Preußen geworden zu sein. Andreas Gluck war, wenigstens Bades Behauptung zufolge, an einer häßlichen Krankheit gestorben. Kümmel, der die Augen eines Wiesels hatte, gab den Fliegen im Stettiner Rathaus Tinte zu trinken. Und so weiter. Bis Bade plötzlich fragte: »Hör mal, kannst du dich noch an die kleine rothaarige Dirne in Lastadie erinnern, mit der du gleich am ersten Abend angebändelt hast, als Zastrow, Gluck und ich dich dorthin mitnahmen?«

Wie sollte er nicht? Natürlich erinnerte er sich an sie. An dieses Mädchen. An ihre schmutzige, erbärmliche und doch rührende, echte Leidenschaft. An jenem ersten Abend ebenso wie an den darauffolgenden. Er entsann sich auch deshalb ihrer, weil sie, dem unerforschlichen Ratschluß Gottes zufolge, die Schwester von Herrn Antonius, diesem Drachen, war und obendrein die Tochter der als Hexe verschrienen Schankwirtin ... Balthasar hätte am liebsten gleich ausgerufen: An Lada? Aber natürlich! Doch er zuckte nur die Achseln, sagte eine Weile gar nichts und dachte dabei: Das ist doch der Gipfel der Unanständigkeit, zu der mich dieser Abgesandte des Satans verführt! Der Pastor von Heiligengeist zählt mitten in der Nacht mit ihm die Liebchen seiner ausschweifenden Jahre auf? Aber sage mir, Herr, irre ich mich wirklich, wenn ich es für eine größere Sünde halte, das zu verheimlichen, als mich dessen zu entsinnen? Und nach einigem Zögern erklärte er laut und deutlich, fast triumphierend: »An die rothaarige Lada? Natürlich erinnere ich mich an sie.«

»Du erinnerst dich? Sieh mal an ... Weißt du, nachdem du dich heimlich aus dem Staub gemacht hattest –

nach Wittenberg, Livland oder Bremen, ich weiß nicht mehr, was man damals erzählte –, bin ich dort weiter ein und aus gegangen. Noch ein Jahr oder länger. Bis ich nach Wismar fuhr. Auch noch, nachdem ich aus Wismar zurück war. Aber zu anderen Mädchen. Denn in solchen Dingen bin ich wie Zastrow. Rothaarige mag ich nicht. Sogar diese Kleine, meine Base Anna, hat mir zu rote Haare. Aber jedesmal, wenn sie mich sah, die Lada meine ich, hat sie nach dir gefragt.« Bade versuchte, die vor dreißig Jahren gehörte klangvolle tiefe Stimme und die weiche Aussprache der melancholischen Dirne aus Stettin nachzuahmen: »Wo ist denn Euer Freund mit dem hellen Haar geblieben? – So ein stattlicher junger Herr? – Dieser starke Bursche aus Reval? – Kehrt er wirklich nicht nach Stettin zurück?«

Balthasar schwieg.

Mit zusammengekniffenen Augen starrte Bade ihn über seinen Becher hinweg an. Balthasar schwieg. Und Bade fragte mit heiserer, doch seltsam schallender Stimme (kam es daher, daß er den Becher an den Mund hielt, oder von der Ironie seiner Worte?): »Na, Taxus, sei ehrlich, gibt es etwas Besseres auf der Welt als die Treue?«

Noch immer sagte Balthasar nichts.

»Schöne Beispiele findest du dafür«, brummte er dann und fühlte, Gott werde ihn gewiß für diese Worte strafen. Bade aber spuckte kichernd eine bitter gewordene Mandel auf den Fußboden.

»Ist das Gold in einem Kehrichthaufen nicht goldener als zum Beispiel in der goldenen Schatulle der Kirchenkasse?«

Balthasar war des unnützen Geschwafels überdrüssig und widersprach darum nicht. Knurrte nur: »Vielleicht, mag sein.«

Als vom Rathausturm Mitternacht verkündet wurde und der Hippocras bis auf den letzten Tropfen ausgetrunken war, schickte sich Bade zum Gehen an. Und obwohl er nicht schwankte, vielmehr besonders forsch ausschritt, gab Balthasar ihm doch mit einer Laterne das Geleit.

Der Regen hatte glücklicherweise aufgehört, aber ein starker Wind wehte, und draußen war stockfinstere Nacht. Vor Herrn Lohns Haus in der Badstubenstraße blieben sie stehen. Bade grinste über irgend etwas – beim Schein der Laterne konnte man das deutlich sehen –, und Balthasar fühlte sich nicht verpflichtet, todernst zu bleiben, und grinste zurück. Um so mehr, als dieser aus der Vergangenheit aufgetauchte alte Galgenstrick etwas an sich hatte, das zwar nicht angenehm war, aber doch amüsant. Der alte Galgenstrick hatte schon nach dem Türklopfer gegriffen, als er plötzlich sagte: »Diesen Winter gehe ich vielleicht in Reval vor Anker. Es sieht ganz so aus, als hätte Onkel Laurentius mir auch hier etwas vermacht. Komm uns also mal besuchen. Herr Lohn spricht von dir mit der größten Hochachtung. Ich habe bis heute nicht kapiert, warum.«

In völliger Dunkelheit kehrte Balthasar nach Hause zurück. Er warf den Umhang auf den Kleiderrechen, stellte die brennende Laterne auf den großen Eßtisch und setzte sich vor den noch nicht fortgeräumten Bechern nieder.

Er versuchte nachzudenken, aber es wollte ihm nicht gelingen. Bades knarrendes Lachen, die unverhofften Erinnerungen, die nach Kamille duftende Anna. All das schwamm in den Schatten und auf den Wellen des würzigen dunkelroten Nürnberger Weines. Er öffnete die Laterne und blies die Kerze aus. Als würden die Gedanken, die das Licht scheuten, in der Dunkelheit eher zu ihm kommen. Schon hörte er viel deutlicher, wie der Wind ums Haus heulte. Die Gedanken aber tauchten nur kurz auf und entflohen ins Dunkel, sobald er versuchte, einen von ihnen zu erhaschen.

Also war es nicht die Familie, um derentwillen er hier dreißig Jahre ausgeharrt hatte? Schon möglich. Aber weshalb dann? Weil er seiner Gemeinde oder der Stadt die Treue halten wollte? Eine Treue, die jener Versucher daran maß, ob man sich an einige ausschweifende Nächte erinnerte oder sie vergessen hatte … Oder einfach um der eigenen Weisheit willen? Des Traums von der Chronik wegen? Oder vielleicht, weil er hoffte, über den Glauben der ewigen Seligkeit teilhaft zu werden? Es gab keinen, der das Himmelreich gesehen hatte. Keinen, außer Jenem Einzigen. Der es sowieso sah ... Mit dem Ellbogen schob er die Becher beiseite, legte die Hände auf den Tisch und ließ den vor lauter Fragen schweren Kopf darauf sinken. Wie kann ich hoffen, irgend etwas zu finden, dachte er, wenn Ekklesiastikus gesagt hat: Ich habe alle Dinge geschaut, die unter der Sonne geschehen, und alles ist nur Eitelkeit und Sehnsucht des Herzens. Und dann dachte er noch: Warum soll ich zu Lohn gehen? Ich weiß doch: Gegen Bade, den Versucher, kämpfen zu wollen ist vergebliche Liebesmüh. Annas wegen hingehen? Eitelkeit der Eitelkeiten ... Ich gehe nicht hin.

Und doch tat er es zwei Wochen später.

Allerdings war es ein völlig unerwarteter Anlaß, der ihn dorthin führte. Frau Gertrud Lohn, Heinrichs schon lange kränkelnde Gattin, war gestorben. Gestorben und durch Sunschein von der Nikolaikirche beerdigt worden, mit allen der Frau eines Ratsherrn zustehenden Ehren, gleich neben der Kirche, unter alten Linden, die, ihres Blattschmuckes beraubt, schwarz aussahen. Balthasar begab sich in das Haus des Ratsherrn, um an der Gedächtnisfeier für Frau Gertrud teilzunehmen. Aus einem solchen Anlaß wäre er natürlich sowieso hingegangen. Aber der Ratsherr hatte eigens seine Pflegetochter zu ihm geschickt. Anna kam, trotz des Schneeregens, nach der Beerdigung ins Heiligengeistpfarrhaus und sagte mit ihrer leisen, fast flüsternden Stimme: »Der Herr Ratsherr bittet um Verzeihung ... Er kann sich nicht erinnern, ob er Euch bei diesem ganzen Durcheinander zur Gedächtnisfeier eingeladen hat. Darum hat er mir aufgetragen, Euch seine Einladung zu übermitteln. Und nicht böse zu sein, sollte er Euch doch schon eingeladen haben.«

Sie standen in der Diele, einander dicht gegenüber. Balthasar fragte: »Wann soll ich mich einfinden?«

Und dann tat er auf einmal etwas, was er keineswegs

beabsichtigt hatte, er tat es derart spontan (wenn es wirklich so war), daß es nichts zu bedeuten hatte. Mit zwei Fingern nahm er Anna beim Kinn. Was war schon dabei – ein Pastor, der auf die Sechzig zuging, ein ernster, ja zur Übellaunigkeit neigender Mann, nahm dieses zwanzigjährige bisweilen energische, bisweilen aber auch erstaunlich schüchterne Mädchen beim Kinn, hob ihr Gesicht leicht empor und sah sie an.

Anna hatte klare, man kann schon sagen klassische Gesichtszüge, frische Farben, einen Mund, um den mitunter ein wehmütiges Lächeln spielte, hellbraune, etwas finster blickende Augen und eine sehr weiche rosige Haut mit einem leichten Stich ins Gelbliche. Balthasar sagte: »Und du, lädst du mich auch ein?« Fragte ganz unwillkürlich, ohne jeden Hintergedanken.

Anna schaute ihn an. Und Balthasar sah: Ihr schlanker kräftiger Hals wurde von einem kleinen Iltiskragen eingerahmt, auf dessen Härchen einige Schneeflocken funkelten, und ihre durch den Kragen betonte Pfirsichhaut im Gesicht und am Hals war von tiefem Rot übergossen. Anna gab keine Antwort. Sie starrte Balthasar nur mit seltsam bösen Augen an und rannte kopfschüttelnd aus der Diele.

Balthasar nahm sein kleines Brevier – um leichter die gewünschte Stelle der Heiligen Schrift finden zu können, sollte man dort Reden von ihm erwarten – und machte sich gegen drei Uhr auf den Weg zu Heinrich. Während der Gedächtnisfeier schien Anna Balthasar überhaupt nicht zu bemerken. Im Rahmen einer so großen Gesellschaft mochte das ganz natürlich sein. Das Haus des Ratsherrn war wirklich voller Menschen. Die ihm ihr Beileid bekundeten, seufzten, ihm die Hand drückten und passende Erinnerungen anführten. (»Wie liebenswürdig und gutherzig die Verstorbene doch war! Schließlich hat sie den Heiligengeistschülern jahrelang das ganze alte Schuhwerk zukommen lassen. Jaja ...«) Die Gäste saßen dichtgedrängt auf langen Bänken um einen großen Tisch herum und in der Nähe des in der Küche aufgestellten Bierfasses. Überall wimmelte es von

Menschen, in der Diele ebenso wie auf der ins obere Stockwerk führenden Treppe. Selbst vor dem Schlafgemach und dem Zimmer der Verstorbenen machten die Gäste nicht halt. Dort riefen sich Frau Gertruds Freundinnen und deren Töchter ins Gedächtnis, wie geschickt die Heimgegangene im Stricken, Kochen und Backen gewesen sei. Wo man vor fremden Ohren sicher sein konnte, vertraute wohl auch manch eine mitfühlende Busenfreundin der anderen an, was sie vom langjährigen Herzeleid der Entschlafenen wußte.

Daran aber, daß Balthasar Anna nur ein-, zweimal zu Gesicht bekam und auch bloß von weitem, war Bade schuld, der ihn, kaum daß alle am Tisch saßen, beiseite führte.

»Ich glaube nicht, daß du sonderliches Interesse an diesem leeren Geschwätz hast.«

Er schleppte Balthasar aus der Diele nach links in ein separates, leeres Zimmer und forderte ihn auf, ihm gegenüber auf der Bank in der Fensternische Platz zu nehmen. Bade hatte zwei mit Rheinwein gefüllte Becher mitgebracht. Er meinte: »Da, trink und höre, was ich dir sagen werde. Ich habe deine Chronik gelesen. Ich war der Meinung, du seist ihretwegen – wie ich neulich sagte – dreißig Jahre lang hier hockengeblieben. Aber, hol mich der Teufel, ihretwegen hast du's nicht getan.«

Siegesbewußt verstummte er, machte eine Pause und trank einen Schluck Wein.

»Und warum nicht?« fragte Balthasar, wider Willen in verräterisch erregtem Ton.

»Stellenweise führt einen die Chronik sogar irre, das heißt beinahe: Man glaubt fast, daß sie eine ernst zu nehmende Sache sei, in Wirklichkeit aber ist sie doch bloß Spielerei.«

»Wieso Spielerei?« forschte Balthasar und merkte, daß er die Frage fast im Flüsterton gestellt hatte.

Verschmitzt lächelnd, doch nicht uninteressiert meinte Bade: »Hättest du einer ernsthaften Arbeit etwa Pfauenfedern an den Sterz geklebt?«

»Ach, das ist es also …«

»Nun, ich habe das mit einigen Revaler Herren erörtert.« Bade sagte das so sachlich, als sei von Tranpreisen die Rede. »Schließlich sind ja oft alle möglichen Leute hier im Haus. Mit Heinrich selbst habe ich auch darüber gesprochen. Und ich habe begriffen ...«

»Was hast du begriffen?«

»Worauf du es abgesehen hattest.«

»Worauf denn?«

»Einfach auf Geld. Auf Geld und Ehrungen. Zunächst auf Ehrungen. Durch die erste Ausgabe. Auf die Loblieder von Chyträus und den anderen. Später dann war deine Devise: Federn am Sterz und Geld! Die tausend Mark, die man dir jedes Jahr zahlt. Raffiniert eingefädelt. Und menschlich verständlich. Abgeschmackt, aber klar.«

Balthasar trank langsam einen Schluck Wein und schwieg. Beim Eintreten hatte Bade die Tür geschlossen, und durch die festen Bretter drang jetzt, wie aus weiter Ferne, von der Stube die Stimme eines Kantors herüber. Er sang:

»Und so ersehn wir endlich nun,
Wie eitel jeglich irdisch Tun.«

Balthasar sagte: »Erstens vereinfachst du alles zu sehr. Zweitens ...« Bade ließ ihn nicht ausreden. Und wer sagt, ob Balthasar wußte, was er zweitens äußern wollte. Bade meinte: »Vereinfachen ist auch das einzige, was man machen kann. In Wirklichkeit ist alles so kompliziert, daß einem nichts weiter übrigbleibt, als entweder die Zunge ganz im Zaum zu halten – mag das tun, wer will – oder nach Möglichkeit zu vereinfachen.«

»Nun ja ... vielleicht ...«

Soll ich mit ihm streiten? Zwecklos ... Soll ich sagen: Du, Freund, vereinfachst in diesem Fall nicht nach Möglichkeit, sondern ganz unmöglich? Sagen: Du stehst meinem Leben und dem dieses Landes, von dem auch mein Dasein ein Teil ist, so fern, so unverschämt fern, und du nimmst, wie immer, zu allem eine so unbesonnene und leichtfertige Haltung ein, aber etwas anderes kann man von dir ja auch nicht erwarten? Sagen: Du

Bruder Leichtfuß, du Liebling des Beelzebub, du Versucher, was weißt du schon von mir, von meinen Nöten und Hoffnungen? Von meinen Frauen und Kindern oder von denen, denen ich treu war, oder denen, die ich verraten habe? Was weißt du davon, wie mein Herz an dieser Chronik hängt ... Du kannst nichts anderes als reden ... Soll ich es sagen? Nein, nein, nein! Ich werde lieber schweigen! Denn er würde doch nur kichern und mir entgegnen: Siehst du, du wirfst mir vor, ich könne nichts anderes als über dich reden, aber ich kenne dich ja auch wie meine Westentasche. Du selbst jedoch kannst nichts weiter als über die halbe Welt schreiben und hältst das für dein gutes Recht! So murmelte Balthasar nur: »Vielleicht hast du recht!« und stellte den leeren Becher neben sich auf die Steinbank.

»Du bist doch ein Teufel!« rief Bade theatralisch aus. »Wer so spricht, glaubt die Wahrheit trotzdem auf seiner Seite zu haben!«

»Mag sein«, meint Balthasar, jetzt schon spöttisch lächelnd. »Aber was kannst du dagegen machen? Gar nichts! Schon deshalb nicht, weil ich dieses Haus auf der Stelle verlasse. Grüße Heinrich von mir.« Doch da hält ein jämmerliches Teufelchen, Freund der Eitelkeit der Eitelkeiten und der Sehnsucht des Herzens, sein Schnäuzchen an Balthasars Ohr und flüstert ihm zu, was er noch sagen könnte. Und Balthasar sagt: »Wenn du mal nichts Besseres vorhast, schau auf einen Plausch bei mir vorbei.« Zum Kuckuck mit diesem Teufelchen, es flüstert: Sag noch: Und bring deine hübsche Base mit! Aber soweit gehorcht Balthasar dem Teufelchen denn doch nicht!

Im November ist es um sechs Uhr abends schon fast dunkel. Jedenfalls hier, in der Badstubenstraße. Hier, wo in dem schmalen Zwischenraum zwischen den Schutzdächern bei dem trüben Licht, das da und dort aus einem Fenster fällt, nasser Schnee auf die Löcher im Kopfsteinpflaster rieselt, auf die Misthaufen, in den Matsch und in das warme Schmutzwasser, das sich aus Kampferbecks Sauna plätschernd durch den Rinnstein ergießt … Also Ehrungen und Geld? Und keinesfalls, höchstens in allerletzter Linie, nur ganz beiläufig (wie das fromme Gesicht eines Räubers, das ihm rauben hilft), der Wunsch, die Wahrheit über die Geschehnisse herauszufinden? Und keinesfalls der Versuch, wo immer möglich, über das Volk zu sprechen, das man sonst totschweigt? Also ist alles nur Tauschware? Alles nur ein bißchen Gold und Silber, meist aber Kupfer, Blei, Schmutz und Dreck?

Er schwenkt in die Lehmstraße ein und schreitet über die nassen Kopfsteine in Richtung Rathaus, durch die vom Schnee etwas erhellte Dämmerung. Zu beiden Seiten der Straße – schwärzliche Häuserfronten, wie die gezackten Flügel eines großen kauernden Vogels, vor ihm in der verschneiten Dunkelheit – der Rathausturm, dem ausgestreckten Hals eines toten Vogels gleich.

Ein unwahrscheinlich, abscheulich langer und holpriger Weg … Plötzlich hört er: »Herr Balthasar! Herr Balthasar!« Das kommt irgendwoher vom Tor der Erben de la Gardies, obwohl er sich bereits dem Altmarkt nähert. Balthasar dreht sich um und schaut zurück. Er sieht, jemand eilt ihm durch die Lehmstraße nach. Trotz Dämmerung und Schneefall erkennt er die Laufende. Es ist Anna.

»Was ist geschehen, Anna?«

Anna hält etwas in der Hand. Und reicht es Balthasar. Ganz atemlos sagt sie: »Euer Brevier … Heinrich hat es auf dem Tisch liegen sehen und mir aufgetragen, Euch nachzulaufen.«

»Und du bist *gelaufen*. Danke.«

Sie stehen an der Ecke der Lehm- und der Mönchsstraße, ebenso dicht beieinander wie um zwei Uhr in Balthasars Diele, sogar noch näher. So nahe, daß Balthasar das Gesicht des zu ihm aufschauenden Mädchens und die Tropfen auf ihrem Pelzkragen nicht mehr sehen kann. Aber er spürt – oder scheint es ihm nur so? – mit dem Gesicht die Wärme ihres Antlitzes. Er meint: »Schau doch irgendwann einmal bei mir vorbei …« Einen Augenblick überlegt er, ob er nicht sagen soll:

Laß uns gleich gehen! Sofort! Komm mit! Aber dann denkt er: Nein, unmöglich! »Irgendwann. Bring Hans mit. Oder Heinrich. Wirst du kommen?«

Anna gibt keine Antwort. Sekundenlang stehen sie da, ohne sich zu rühren. Dann dreht sich Anna um und läuft zurück. Und als Balthasar sich seinerseits umwendet, um dem Mädchen nachzusehen, und dann weiterhastet, aufs Rathaus zu, hat er plötzlich das merkwürdige und ganz deutliche Gefühl, schon lange, lange durch diese Straßen, die Badstuben- und die Lehmstraße, gegangen zu sein – wie bei eisiger Kälte über den holprigen, glatten Grund eines zugefrorenen Flusses, der so seicht ist, daß er sich bücken muß, mit dem Nacken die untere, rauhe Seite der Eisdecke berührt und ihm die Luft knapp wird. Jetzt endlich hat er den Rand des Eises erreicht. Jetzt zwängt er Gesicht und Schultern unter dem Eis hervor. Jetzt kann er wieder frei atmen. Jetzt erwärmt er sich allmählich. Jetzt kehrt er zu den Menschen zurück.

Unter Menschen war Balthasar in den letzten Jahren ohnehin mehr gewesen, als ihm lieb sein konnte. Mindestens zwei Gottesdienste wöchentlich. Dann Hochzeiten, Taufen und dergleichen, mitunter drei-, viermal am Tag. Versammlungen im Ministerium, Einladungen zum Essen in die Häuser der Pfarrkinder, im Anschluß an die Taufe oder Hochzeit. Zeremonien in der Sakristei. Worte des Trostes. Ratschläge. Beichten. Von Tag zu Tag ermüdender und lästiger. Unterhaltungen, Klagen, Forderungen, die immer mehr zu nicht zu unterscheidendem Gemurmel verschmolzen. Gesichter, die allesamt zu grauem Nebel verschwammen, als befänden sie sich jenseits einer vom Regen überströmten Fensterscheibe ... Aber ehrlich gesagt hatte er Mitte dieses Winters seine Gemeinde gleichsam neu gewonnen.

Die Leute suchten ihn natürlich auch auf, wenn keine Hochzeit, Taufe oder Beerdigung war. In der zweiten Novemberhälfte und Anfang Dezember kam der freundliche Herr Heinrich mehrmals mit Anna zu ihm ins

Pfarrhaus. Beim erstenmal – Heinrich und er plauderten behaglich über die letzten Revaler Neuigkeiten (nebenbei gesagt auch darüber, daß König Johan erkrankt sei und Herzog Karl noch zu Johans Lebzeiten die Zügel der Regierung in seine Hand genommen habe) – tat Anna die ganze Zeit über nicht den Mund auf. Nur wenn Balthasar sie etwas fragte, antwortete sie, allerdings bloß mit Ja oder Nein. Überhaupt gewann Balthasar den Eindruck, daß Anna nicht so sehr auf eigenen als vielmehr auf Heinrichs Wunsch hergekommen war. Wenn Heinrich auch betonte, Anna habe nachsehen wollen, ob Balthasars Dohle, die beim letztenmal Brotkrumen aus ihrer Hand gepickt hatte, noch lebe. Jedenfalls war Anna sehr schweigsam, und alles, was einige passende Versuche, sie aufzuheitern, bewirkten, war ein verlegenes, flüchtiges Lächeln. Doch als die Gäste sich schon erhoben hatten, Anna ihre pelzgefütterte Schaube umgenommen und die Pelzkappe aufgesetzt hatte und nun hinausging, drehte sie sich plötzlich um und sah Balthasar über den Kopf ihres Pflegevaters hinweg an. Balthasar kam es so vor … O Teufel, Balthasar wunderte sich selbst, daß ein so alter Kerl wie er beim Blick eines Mädchens noch aus der Fassung geraten konnte. Trotzdem mochte er nicht auf das Vergnügen verzichten, das ihm das bereitete. Es kam ihm so vor (aber vielleicht bildete er sich das auch bloß ein), als wollte Anna ihm etwas sagen, als sei ihr Blick seltsam entschlossen, der Mund dagegen erstaunlich hilflos. Daß sie ihm etwas hatte sagen wollen, war Balthasar wichtig und im tiefsten Herzensgrunde angenehm – wie sollte es anders sein! Nur die Anwesenheit des Pflegevaters hatte Anna am Sprechen gehindert …

Als die Gäste fort waren, schickte Balthasar Kiido nach oben und befahl ihr, den Staub vom Positiv zu wischen. Er stellte zwei brennende Kerzen in einen Leuchter und versuchte alle drei Madrigale von Orlando vorzutragen, die er zu Elsbeths Zeiten für den Hausgebrauch gespielt hatte. Aber das Instrument war verstimmt, seine Hand nicht mehr an die Tasten gewöhnt. Auch gut. Er blies eine Kerze aus, mit der anderen ging er in sein Arbeitszimmer und schrieb auf ein graues Blättchen: *Est deus in nobis, agitante calescimus illo*, eine Zeile aus Ovid, die ihm plötzlich eingefallen war.

Doch am nächsten Morgen, als er sich im Schlafzimmer vor dem handtellergroßen Spiegel rasierte, musterte er sich eingehend: seinen etwas fahl gewordenen und an den Schläfen leicht ergrauten, aber immer noch rötlichen Haarschopf, die Stirn mit den zur Nasenwurzel verlaufenden Falten, die geraden Bürsten der Augenbrauen, dunkler als das Haar, die nur scheinbar noch scharfen grauen Augen, grau wie tiefes Wasser, das etwas großporige, vorspringende Dreieck – die Nase mit ihren klar hervortretenden Flügeln – und die tiefen Furchen, die von dort in den eisengrauen Bart führten, zu den Mundwinkeln, was den Lippen einen ganz undefinierbaren, manchmal unsinnig strengen, manchmal kindlich sanften, manchmal spielerischen Ausdruck verlieh. Obwohl seine rauh gewordene Gesichtshaut das nicht erkennen ließ, schien ihm, er sei errötet. Ihm war nämlich klargeworden, warum er sich so eingehend betrachtete – weil er sich die Frage beantworten wollte: Kann ich Anna gefallen? Um das Peinliche dieser so plötzlich aufgetauchten Frage zu überwinden, fragte er sich, während er am Spiegel vorbei aus dem Fenster, auf die zerzausten Schneewolken sah: Was ist eigentlich Besonderes daran, daß ich Anna Bade, Heinrich Lohns Pflegetochter, so Knall und Fall heiraten will?

Eine Woche lang überlegte er, ob dieser Schritt angebracht war (bin ich denn wirklich schon so alt, um verurteilt zu sein, einsam zu sterben?), wog das Pro und Kontra der Möglichkeit ab, daß Anna einwilligte. (Ein zwanzigjähriges Mädchen ist für Revaler Verhältnisse nicht mehr blutjung ...) Warum sollte es die Pflegetochter eines Ratsherrn verschmähen, den Platz einer Bischofstochter einzunehmen, sogar wenn sie – nehmen wir einmal an – nicht wüßte, daß der Bewerber um ihre Hand auch selbst etwas vorstellte (mochten einige auch der Meinung sein, er werde ewig nach Pferdestall riechen)? Natürlich überlegte er ebenfalls, ob Heinrich Lohn zustimmen würde. Er brach in lautes Lachen aus und kam zu dem Schluß: Sofern Heinrich seine Pflegetochter nicht selbst zur Frau nehmen will, wird er nichts gegen meine Werbung einzuwenden haben.

Für Samstag – den zweiten Weihnachtsfeiertag – sandte er ihnen durch Päärn eine Einladung: Anna, Heinrich und in Gottes Namen auch dem alten Bade. Er bat Märten, ihm Madle ins Haus zu schicken, damit der Tisch ordentlich gedeckt und genügend Semmeln gebacken werden konnten. Die Entscheidung, ob er seinen Heiratsantrag sofort machen oder damit noch warten solle, behielt er sich vor. Er wollte die Sache weder auf die lange Bank schieben noch überstürzen. Alles sollte ungezwungen vor sich gehen. Doch von Anfang an kam alles anders, als er dachte.

Sie schüttelten erst den Schnee von den Füßen – Balthasar half Anna, sich des Pelzmantels zu entledigen, und seine Nasenflügel streifte der wohlbekannte Kamillenduft ihres Haares –, da rief Bade schon: »Na, Taxus, vor allem wollen wir uns einen auf den Trauerfall genehmigen!«

»Was für ein Trauerfall?«

»Also weißt du noch nichts«, sagte Heinrich, während er den Pelzmantel an den Kleiderständer hängte und seine Halskrause zurechtrückte. »Herr Üxkyll ist heute, aus Porkkala kommend, in Reval eingetroffen – es soll eine sehr schwierige Reise gewesen sein –, ich war gerade im Rathaus. König Johan ist tot.«

»Wirklich?« murmelte Balthasar nach kurzem Schweigen (wie es immer bei der Nachricht vom Tode eines Königs eintritt, sofern es nicht von Jubelrufen übertönt wird). »Und weshalb hat man dann nicht befohlen, die Glocken zu läuten?«

»Deshalb nicht«, erläuterte Heinrich, »weil der König schon am siebzehnten November verstorben ist. Und Herr Boije fand, da wir das des Eises wegen erst einen Monat später erfahren haben, sei es unangebracht, heute die Glocken zu läuten. Morgen während des Frühgottesdienstes selbstverständlich …«

»Na ja, ich verstehe, daß dir das die Sprache verschlagen hat«, sagte Bade zu Balthasar, als sie schon am Tisch saßen, und Balthasar gewahrte in seinen Augen die wohlbekannten Spottfünkchen.

»Wie kommst du darauf, daß es gerade mir die Sprache verschlagen hat?«

»Immerhin warst du diesseits der Ostsee in gewissem Sinne König Johans Hofchronist.«

Balthasar schenkte den Gästen Wein ein und meinte: »Wir müssen Anna bitten, uns zu verzeihen, daß wir von so langweiligen Staatsangelegenheiten sprechen.«

»Sprecht nur, ich höre gern zu«, flüsterte Anna, vermied es jedoch, Balthasar anzusehen.

Balthasar fragte: »Und was hat sich in Schweden nach dem Tode des Königs getan?«

Heinrich erläuterte: »Herzog Karl ist sofort in Stockholm erschienen und hat angefangen zu schalten und zu walten. Üxkyll hat sowohl der Stadt als auch der Ritterschaft Briefe von ihm überbracht. Darin befiehlt Herzog Karl, jeden Wunsch König Sigismunds sofort nach Stockholm zu melden. Bevor nicht der Herzog seine Zustimmung gibt, dürfen wir keinen einzigen Befehl König Sigismunds erfüllen. Nicht einmal mit Erlaubnis des Statthalters. Du begreifst, in welche Zwickmühle wir da geraten sind! Ohne zu wissen, an wen wir schließlich fallen …«

»Na, trinken wir darauf!« Bade erhob den Becher.

Plötzlich fragte Anna mit ihrer leisen Stimme: »Man sagt, Ihr hättet König Johan persönlich gekannt, Herr Balthasar. Stimmt das?«

»Freilich«, rief Bade, »es sind alte Freunde. Nur ein wenig anders als er und ich. Mich knurrt er bloß an. Aber wie er über den König geschrieben hat: Ein erstes Lob für König Johan! Ein zweites Lob für König Johan! Ein drittes Lob für König Johan! Kapitelweise. Über Herzog Karl, nebenbei gesagt, nur halbe Sätze. Und über König Sigismund hat er kein Sterbenswörtchen verloren. Es ist also noch gar nicht raus, was jetzt aus ihm wird.«

»Was redest du da für Unsinn«, sagte Balthasar unzufrieden, drehte sich zu Anna um und sah sie an. Wer ihn dabei anblickte, mußte unfehlbar bemerken, wie besänftigt er auf einmal war und wie seine Augen leuchteten. Er begann zu erzählen, einfach aus dem Wunsch heraus, Eindruck auf das Mädchen zu machen, allen Gerüchen nach Pferdestall zum Trotz.

»Ja, mit König Johan bin ich zusammengetroffen. Das erstemal achtundfünfzig. Als er noch Herzog von Finnland war …« O Teufel, wie dumm! Seitdem sind mehr als dreißig Jahre vergangen! Das war vierzehn Jahre vor ihrer Geburt. Wozu muß ich in einer solchen Stunde daran erinnern, was für riesige Welten an Zeit und Erfahrung zwischen uns liegen … »Und das letztemal vor drei Jahren, als beide Könige nach Reval kamen!«

Bade sagte: »Damals hat Johan ihn zu sich eingeladen, mit seiner Gemahlin, einer geborenen von Geldern. Und vor allen Leuten seiner Frau einen Schmatz gegeben. Jaja. Frag, wen du willst. Alle Revaler Damen wissen es. Mir haben schon elf davon erzählt. So ein Mann ist er. Könige und Herzöge bitten ihn zu sich. Und seine Frauen erhalten Küsse von ihnen. Nur bei Sigismund und Karl muß er sich dafür erst noch abstrampeln. Hä-hä-hä!«

Balthasar entgegnete: »Hör zu, Hans, du bist dein Lebtag ein Tölpel gewesen. Aber heute gehst du entschieden zu weit.«

»Und du leidest darunter, Taxus? Wäre das möglich?« witzelte Bade, den Becher in der Hand. »Doch schließlich bringen Leiden den Menschen der ewigen Seligkeit näher, Taxus! Ist es nicht so? Weißt du noch, in Stettin, als ich bei ›De amore Dei universale‹ als dein Opponent auftrat? Zum Teufel, schließlich hast du nicht allein ein geniales Gedächtnis, andere sind auch keine Dummköpfe! Du hast mir schon damals widersprochen, als ich behauptete, daß beispielsweise die Pest ebenfalls ein Segen Gottes sei … Aber höre, Taxus …«

Er stellte den Becher hin und sah Balthasar herausfordernd und erregt an, mit weinbenebeltem Blick. »Glaubst du an Gott?«

Offen gestanden, die Furchtlosigkeit, die Unverfrorenheit der Frage ließ Balthasar leicht zusammenzucken. Auch die Tatsache, daß er sich dabei ertappte, wie er über diese Frage *nachzudenken* begann. Zusammenfahren ließ ihn auch, daß er, allerdings nur für einen Augenblick, zwischen Himmel und Erde die Falten des weißen Gewandes des alleinigen christlichen Gottes gewahrte, im Gras zu seinen Füßen aber einen undeutlich sichtbaren Schwarm von Heiligen und einen sich über das Gras erhebenden angekohlten Baumstamm. Irgendwo auf diesem Baumstamm mußte das Gesicht des Erdgottes sein, dessen Existenz Balthasar, wer weiß, warum, bis heute nicht endgültig verneint hatte. Freilich währte das alles nur einen Moment. Dann gab Balthasar, ganz ruhig und sicher, zur Antwort: »Ich glaube an Gott.« Er bemerkte, daß er seine Hand auf Annas Arm legte, während er antwortete.

»Dann erkläre mir folgendes!« Bade rückte seinen Schemel vom Tisch ab, daß es nur so knirschte, sprang sogar auf. Sein schmales, gelbliches Gesicht über der ein wenig verrutschten, an eine Schüssel erinnernden teuren holländischen Halskrause war aufrichtig besorgt, trotzdem zuckten seine feuchten Mundwinkel. Was sie zukken machte, war seine verflixte Ironie oder wer weiß was. Bade trommelte mit allen zehn Fingern (die übrigens kein einziger Ring schmückte) an seine magere Brust (der teure schwarze Rock wies dort Weinflecken auf) und schwadronierte seltsam hitzig: »Der Mensch namens Bade beißt früher oder später ins Gras. Nicht wahr? Seine unsterbliche Seele aber kommt entweder in den Himmel oder in die Hölle. Einen dritten Ort gibt es nicht. Doch von wem und wovon hängt es ab, wohin seine Seele kommt? Wie? Von ihm selbst. Wenn wir keine Kalvinisten sind. Er selbst hat Himmel oder Hölle gewählt. Führt er ein mehr oder weniger tugendhaftes Leben, bereut er seine Sünden, tut er gute Werke oder auch nicht, denn dieser ganze Unsinn hilft sowieso bloß den Katholiken, vor allem aber, betet und glaubt er, dann kommt er ins Paradies. Führt er dagegen ein sittenloses Leben, bereut er seine Sünden nicht, betet und glaubt er nicht, dann ist er zum Untergang verdammt. Stimmt's? Nein, du Paulus, du Herodot, grinse nicht! Wenn mir diese Gedanken manchmal nachts in den Sinn kommen, kriege ich vor Angst eine Gänsehaut davon.«

»Aber warum denn?« fragt Balthasar. »Bete, glaube und hoffe, daß du der ewigen Seligkeit teilhaftig wirst.«

»All das ist leeres Gerede und eitle Hoffnung!«

»Wieso?« forschte Balthasar, verwundert und entsetzt zugleich. Er sah dem alten Spötter ins Gesicht, mit einem Blick, als trage jener den Stempel des Verdammten auf der Stirn.

»Natürlich«, rief Bade fast im Falsett, »denn es gibt ja einen allwissenden Gott! Nicht wahr? Du hast doch selbst behauptet, an Seine Existenz zu glauben.«

»Es gibt ihn«, sagte Balthasar.

»Aber der allwissende Gott *weiß* doch«, schrie Bade, »er *weiß* doch schon, ob mir die ewige Seligkeit bestimmt ist oder die Verdammnis! Er hockt, genau wie deine Dohle dort, auf seiner Stange, schaut von oben auf mich herunter und *weiß* es schon. Und weil er es *weiß*, stehen mein Untergang oder meine Seligkeit schon lange vorher fest. Ist mein Untergang seit Erschaffung der Welt beschlossen, so sind meine Gebete sinnlos. Und umgekehrt hat mein ganzer tugendloser Lebenswandel nichts zu sagen, wenn mir die Seligkeit bestimmt ist! Mag ich auch noch so viele Morde auf dem Gewissen haben, im letzten Moment kommst du, Taxus, spendest mir die heiligen Sakramente und errettest mich. Solltest du dich aber sträuben, erscheint der Engel Gottes, streicht mit seinen Fittichen über meine Lippen, und alles Unanständige, was sie einst von sich gaben, ist spurlos verschwunden und mein Herz rein wie ein Lämmerschwanz. Ob ich wie ein Heiliger gelebt habe oder wie ein Lump, spielt keine Rolle. Welchen Sinn hat mein tugendhaftes Leben, wenn beschlossen ist, daß ich im letzten Moment der Verlockung des Satans erliege, auf Gott pfeife und zur Hölle fahre? Gib zu, Taxus, daß ich recht habe.« Er setzte sich wieder hin. »Erklär es mir anders, wenn du kannst!«

Etwas, was dieser Ratlosigkeit, die Bade jetzt hier, an dem mit Elchfleisch und Wein besetzten Tisch, erkennen ließ, vergleichbar war, hatte einst auch Balthasar selbst gequält. Es war zwar nicht in so klare Worte gekleidet gewesen, doch ebenso schwer lösbar. Und gewiß hatte Balthasar das Problem, gerade weil er fühlte, daß es unlösbar war, nicht weiter verfolgt und es einfach verdrängt. Nun aber hatte Bade es ihm vorgelegt. Nein, in so scharfer Form – verflucht sei sie! –, wie sich ihm das Problem jetzt stellte, konnte man es unmöglich mit Hunnius' und Melanchthons zurückhaltenden Auslegungen der Bedeutung des Willens neben dem Glauben bewältigen. O Gott, was soll ich ihm nur sagen? Nein, nicht, daß das nicht wesentlich sei! Aber wo liegt denn die *Wahrheit* in dieser Wirrnis?

Und da kam Gott Balthasar doch zu Hilfe. Heureka! Balthasar spürte, wie sich sein Gesicht aufhellte.

»Ich werde es erklären! Dein Fehler ist, daß du an einen allwissenden Gott glaubst oder zu glauben vorgibst.«

»Also ist er doch nicht allwissend?« fragte Bade triumphierend.

»Nicht nur allwissend«, erwiderte Balthasar. »Gott ist daneben auch allmächtig.«

»Und wie beantwortet das meine Frage?«

»Ist er allmächtig«, folgerte Balthasar, »kann er demnach auch im voraus wissen, wie du dich entschieden hast, und du bist weiterhin für dein Tun verantwortlich.«

Einen Augenblick lang hielt Bade den Becher unbeweglich in der Hand und starrte Balthasar halboffenen Mundes an. Dann stellte er den Becher auf den Tisch und brach in schallendes Gelächter aus.

»Ach du, hol dich der Teufel, was bist du doch für ein schlauer Sophist! Hast du gehört, Heinrich? Nichts daran zu deuteln! Wie schade, daß der alte Luther keinen eigenen Papst eingeführt hat. Oder wenigstens einen Kardinal! Bei Gott, die Bischofsmitra ist für deinen Schädel nicht groß genug! Anna, du siehst meinen alten Freund in letzter Zeit so zärtlich an – ich habe schließlich Augen im Kopf –, wenn du nun noch ahntest, was dieser Teufel für ein Köpfchen hat!«

Balthasar spürte, wie angenehmes Erstaunen ihm den Atem benahm. Was hatte dieser alte Spötter da gesagt: Anna sehe ihn, Balthasar, zärtlich an? Und das war kein Hohn? Das heißt, gehöhnt hatte Bade natürlich, aber nur über Balthasars sophistische Weisheit, nicht über das andere. Dem alten Spötter mit seinen entzündeten Augen war aufgefallen, daß es Anna zu Balthasar hinzog – also hatte er es sich in seiner Eitelkeit nicht bloß eingebildet.

Wenn das stimmte ... Balthasar leerte seinen Becher bis zum Grund. Er dachte: Eben erst habe ich den allmächtigen Gott aus dem Rachen dieses alten Versuchers errettet (natürlich hat Gott dabei mitgeholfen). Darum wird mir der Herr gewiß auch bei meinem persönlichen Vorhaben seine Hilfe nicht versagen ... Balthasar hatte zwar beschlossen, nichts zu überstürzen, das war richtig, aber ebenso, nicht zu lange zu zögern. So legte er denn seine Pranken mit den weit gespreizten Fingern auf den Tisch. Und sagte: »Anna! Heinrich! Freunde! Ich habe überlegt, an wen ich mich wenden, wem von euch ich das zuerst sagen soll – Anna oder Heinrich. Aber im einen wie im anderen Fall wäre das in gewisser Weise eine Verschwörung mit dem einen gegen den anderen. Am besten sage ich es euch also jetzt, beiden auf einmal, Hans soll Zeuge sein. Schließlich hat gerade er soeben behauptet, Anna habe mich in letzter Zeit zärtlich angeblickt. Der alte Schelm mit seinen Zerberusaugen hat das bemerkt. Etwas anderes aber übersehen. Wenigstens hat er nicht gesagt, daß es ihm aufgefallen sei. Daß nämlich auch ich schon lange ein Auge auf Anna geworfen habe. Ja, ich gebe es zu. Und mein Herz sagt mir, Anna ist das gleichfalls nicht entgangen. Ich habe mir diesen Schritt reiflich überlegt. Ich weiß, daß ich viel älter bin als Anna. Aber solange ich lebe, hätte sie es gut. Und nach meinem Tod – freilich ist Anna auch selbst nicht arm –, trotzdem, sie wäre doppelt versorgt. Darum klipp und klar: Ich bitte um Anna Bades Hand. Sie selbst und ihren Vormund und Pflegevater.«

Während Balthasar sprach, sah er Anna an. Er hatte erwartet, ihr liebreizendes, kindliches, gebräuntes Gesicht erröten zu sehen. Aber Anna wurde nicht rot. Sie erbleichte und schaute zu Boden. Balthasar gewahrte, daß ihre frischen, deutlich gezeichneten Lippen bebten. Natürlich, in einem Augenblick, der so überraschend kam und so viel bedeutete, wäre es recht affektiert gewesen, zu erröten … Anna schwieg. Balthasar fürchtete, Bade werde jetzt bestimmt sein Lästermaul aufreißen und alles ins Lächerliche ziehen. Doch der alte Spötter blieb stumm. Mit geschürzten Lippen lehnte er am Kamin, auf seinen mageren grauen Wangen waren zwei tiefe Höhlungen entstanden, und mit zusammengekniffenen Augen starrte er auf die drei vor sich. Balthasar dachte versöhnlich: Sogar dieser alte Schwätzer hat soviel Anstand, seine Zunge im Zaum zu halten …

Heinrich sah Balthasar mit verschmitztem Blick an, dem Blick des Freundes und des Verschwörers. Dann betrachtete er seine auf der Tischkante liegenden gepflegten Hände und sagte langsam: »Lieber Freund, du weißt ja selbst, dein Antrag kommt – hm – etwas überraschend für uns. Gar so überraschend – hm – allerdings auch wieder nicht. Jedenfalls nicht, was mich angeht. Ich habe schon eine ganze Weile bemerkt, daß Anna, dieses reizende Kind, richtig aufgelebt und, ich würde sagen, bereit ist. Schließlich ist sie ein erwachsenes Mädchen. Hm. Natürlich wird Anna dir selbst antworten. Sie kann das auch sofort tun.« Herr Lohn machte eine kurze Pause, doch da Anna die ihr gebotene Gelegenheit nicht wahrnahm, fuhr ihr Pflegevater fort: »Wir verstehen natürlich, wenn sie dich um Bedenkzeit bittet.« Er wandte sich zu Anna um: »Du möchtest also, daß man dir Zeit läßt?«

Anna biß sich auf die Lippen, schlug die Augen nieder und nickte. Heinrich aber sprach weiter. »Was mich als ihren Vormund betrifft, ich werde es selbstverständlich bedauern, wenn sie mein Haus verläßt. Anna ist für mich – hm – wie mein eigenes Kind. Aber ich werde ihr nichts in den Weg legen. Sofern sie sich entschließen sollte fortzugehen. Werde es um so weniger tun, mein lieber gelehrter Freund, als ein Heiratsantrag seitens eines Mannes wie du eine große Ehre ist, nicht nur für Anna, sondern auch für mich.«

Nach dieser so schmeichelhaften Rede wußte einen Augenblick lang niemand, was weiter zu geschehen hätte. Schon deshalb nicht, weil der alte Spötter Bade immer noch nicht den Mund aufmachte, sondern bloß durch die gespitzten Lippen pfiff. Nur mit sehr viel Phantasie konnte man erkennen, daß er den Choral pfiff: »Ein' feste Burg ist unser Gott ...« Und da sagte Anna: »Ich möchte nach Hause.«

Heinrich war einverstanden. Obwohl es ihm leid tue, das Haus des Freundes zu verlassen, meinte er, respektiere er selbstverständlich Annas Wunsch. Er hoffe, daß auch Balthasar bei seiner Menschenkenntnis die Aufregung des Mädchens begreifen werde. Er nehme an, Hans komme mit, nicht wahr?

Heinrich und Anna standen bereits auf, Bade aber lehnte, die Hände im Nacken verschränkt, noch immer am Kamin und pfiff weiter, als habe er Heinrichs Worte nicht gehört. Dann hörte er plötzlich auf zu pfeifen und erklärte: »Ich finde meinen Weg auch allein.«

Heinrich beharrte nicht länger. Er meinte bloß: »Meinetwegen. Selbstverständlich. Sieh nur zu, daß du nicht ... Ja?«

Worauf Bade wie eine böse Dohle erwiderte: »Jä-jä-jä-jäh!«

Balthasar dachte: Dieser alte Gauner kann es sich bei seinen Tausendern erlauben, dem Pflegevater seiner Base hier ein halbes Jahr oder weiß Gott wie lange auf der Pelle zu hocken und ihn obendrein ins Gesicht hinein nachzuäffen ...

Er steckte Anna für den Weg etwas Naschwerk zu –

eine Handvoll Süßigkeiten von Burchard, half ihr in den Pelzmantel und sagte: »Es tut mir leid, Anna, daß hier, in diesem öden Haus, nicht dein Jawort zurückbleibt. Es wäre hier gleich viel lebendiger geworden. Aber mich freut, daß du mir ebensowenig eisige Ablehnung in diesem Zimmer zurückläßt. Ich warte also auf deine Antwort. Und will das Beste hoffen.«

Er nahm beide Hände des Mädchens in die seinen und drückte sie: hübsche, feste, tüchtige, doch kalte Hände. Balthasar begleitete die Gäste hinaus, kehrte an den Tisch zurück und sah, ehrlich gesagt sogar mit neidischer Eifersucht: Die zahme Dohle saß auf Bades Schulter und pickte ein Stück Elchfleisch aus den Händen des alten Spötters. Balthasar fragte: »Warum hat sie sich Bedenkzeit erbeten, was meinst du?«

»Hast du geglaubt, sie müßte auf der Stelle zu dir ins Bett kriechen?« fragte Bade zurück.

Darauf zu antworten, hielt Balthasar nicht für nötig. Er meinte: »Vielleicht will sie doch nicht? Und hat sich bloß, wie Mädchen so sind, nicht getraut, es mir gleich einzugestehen? Vielleicht ist alles Unsinn, was ihr gesagt habt, Heinrich und du – daß sie mich zärtlich ansieht, aufgelebt und bereit ist und so weiter?«

»Meinst du nicht auch«, fragte Bade, »daß die Heirat eines alten Freundes ein zu tragisches Ereignis ist, um Unsinn zu reden?« Er wollte sich aus dem Zinnkrug Wein in den Becher gießen, aber der Krug war leer. Er reichte ihn Balthasar und sagte: »Geh und hol noch ein bißchen Wein. Warum sollen wir hier auf dem trockenen sitzen.«

Balthasar nahm den Krug und stieg, eine Kerze in der Hand, in den Keller hinab. Ihm fiel ein, wie er einmal vor sehr langer Zeit, auch um Wein zu holen, in den Keller gegangen war, Gott allein wußte, ob er das nur geträumt hatte oder ob es wirklich geschehen war. So sehr glich jener Gang in den Keller dem heutigen – die schwankenden Schatten an den Deckengewölben, die Schritte auf den Steinstufen, die Kühle und der Geruch der Fässer. Und doch war auch wieder alles ganz anders.

Allmächtiger, hier, ja, hier, dicht neben ihm, so daß er sie berühren konnte, hatte die nach Nelken duftende Katharina Friesner gestanden, nun aber war niemand da. Auf den Schultern hatte er nur die fünfunddreißig Jahre alte schwere Last, in den Fingern den Schreck über die unbegreiflich kalten Hände eines schweigsamen Mädchens ... Nein, nein, worin die beiden Male im einzelnen voneinander abwichen, war gleichgültig, es gab einen einzigen wirklichen Unterschied. Damals hatte er deutlich empfunden, er stand am Anfang, jetzt ahnte er: Er versuchte das Ende zu betrügen. Und empfand eine seltsame unheilkündende Furcht ...

Mit einem vollen Krug des herben Rheingauers, den er am liebsten trank, stieg er die Treppe hinauf. Er füllte dem pfeifenden Bade den Becher, füllte auch den eigenen.

»Los, rede schon. Warum bist du hier bei mir hocken geblieben?«

»Du hast mehr Grips als die Hälfte aller Bischöfe. Aber du bist ein alter Narr.« Schadenfroh wiederholte Bade: »Ein alter Narr, der an Gott glaubt und seinen Nächsten und sich selbst vertraut ... Sie ist meine Base. Wenn sie dich nimmt, kriegt sie einen alten Knorren. Nun, das ist ihre Sache. Freilich, ganz verraten und verkauft ist sie nicht. Doch das alles geht mich nichts an. Aber, du alter Einfaltspinsel, merkst du denn nicht, was man mit dir macht?«

»Was macht man mit mir?«

»Na, dieses ganze Einladen zu Gedächtnisfeiern, das Nachsenden von Brevieren, das Herkommen mit Anna und mir und dieses Gerede, Anna wolle nachschauen, ob deine zahme Dohle noch lebt – merkst du denn nicht, daß Heinrich sie dir andrehen will?«

»Das merke ich natürlich«, sagte Balthasar, obwohl er spürte, wie sich auf unbegreifliche Weise der Boden unter seinen Füßen auftat, »aber was ist dabei, wenn ich Anna nehmen, sie zu mir kommen will – du hast doch gesagt, daß sie das will – und wenn Heinrich heiraten möchte ...«

»Ach so, das weißt du!« rief Bade aus.

»Ja. Brigitte Kegeler. Und Heinrich begreift natürlich, daß seiner jungen Frau die Pflegetochter im Wege sein würde.«

»Idiot!« meinte Bade teilnahmsvoll und mit abgrundtiefer Verachtung. »Nicht die Pflegetochter. Die *Geliebte*.«

Balthasar ging, den Becher in der Hand, neben dem Tisch auf und ab. Er stellte den Becher auf den Tisch und blieb stehen.

»Ja-ja-ja!« beharrte Bade. »Ein Jahr lang war Anna Heinrichs Pflegetochter. Nun aber ist sie schon das fünfte Jahr seine Konkubine. Vier Jahre war sie es zu Lebzeiten der kränklichen Gertrud. Hinter ihrem Rükken oder offen, das weiß ich nicht. Dann auch noch nach ihrem Tode. Jetzt will Heinrich Anna loswerden. Und dreht sie dir an, als deine Frau.«

Balthasar setzte sich auf den Schemel an der Stirnseite des Tisches und schwieg. Die zahme Dohle flog geräuschvoll von Bades auf Balthasars Schulter, aber Balthasar bemerkte sie nicht. Bade fragte: »Und du, du alter Dummkopf, hast dieses Spiel nicht durchschaut?«

Balthasar war, vielleicht zum erstenmal in seinem Leben, zu niedergeschlagen, um seinen Ruf, ein scharfsinniger Mann zu sein, verteidigen zu können. Er schüttelte den Kopf, gab es zu. Und fragte, so wie ein ertrinkender Schiffbrüchiger nach einem rettenden Strohhalm greift: »Woher weißt du das?«

Bade nippte mit gespitzten Lippen am Wein, schluckte einen Teil hinunter, den Rest spuckte er auf den Boden.

»Was verlangst du, daß sie mir gebeichtet haben? Schließlich lebe ich den vierten Monat mit ihnen unter einem Dach. Und zufällig, aus Langeweile, weil ich der Versuchung nicht widerstehen konnte, wenn du so willst, habe ich mir die Frage gestellt: Da ist er – ein Kaufmann, der mit Weizen und Tran handelt, wie alle übrigen, und da ist sie – die Tochter meines Onkels

Laurentius, dieses Filous, und sie muß die Tochter ihres Vaters sein, wie alle übrigen. Sind ihre Beziehungen wirklich so tugendhaft, wie sie scheinen? Wenn sie unter solchen Verhältnissen leben? Überleg mal: Der wohlgenährte, im besten Mannesalter stehende Ratsherr mit seiner kranken Gemahlin, die ihm im Grunde genommen keine Frau ist, und meine taufrische Base – Tag für Tag, Stunde für Stunde, immer beieinander, gehen, flüstern, atmen sie ... Ein interessanter Kasus, sogar für den alten Teufel selbst. Ich habe angefangen, sie zu beobachten, ihre Blicke, ihre Bewegungen, ihren Gesichtsausdruck. Wie sie zum Frühstück kamen. Jeder aus seinem Zimmer. Wie sie einander nicht ansahen und wie ihr Geheimnis sie lächeln machte. Et cetera. Ich habe ihnen Fragen gestellt, scheinbar nebensächliche – beiden gleichzeitig und jedem einzeln. Um des Spiels willen. Das Mädchen ist offenherzig, mag es auch vorsichtig sein. Heinrich aber – obwohl Ratsherr und in Rostock gewesen – ist ein rechter Schwachkopf. Ich habe ihre gelegentlichen Antworten zusammengestellt. Verglichen. Sortiert. Die Widersprüche gruppiert. Und mein Verdacht wurde mir zur Gewißheit. Aber es war nur ein Verdacht. Und das reizte mich, ich weiß auch nicht, warum.« Bade genehmigte sich einen Schluck Wein und lachte schallend. »Vielleicht wirst du sagen, ich hätte selbst ein Auge auf meine Base geworfen. Wer weiß, obwohl mir hier schon eure Frau Kürbis vollauf reicht. Jedenfalls habe ich Heinrichs Diener bestochen und ihm so die Zunge gelöst. Diese war durch einige Dutzend Silbermark gebunden, ich aber habe ihm zweihundert geboten, das hat ihn zum Sprechen gebracht. Wie das so geht. Und es stellte sich raus – alles war genau so, wie ich mir gedacht hatte, genau wie immer! Verstehst du!« Bade wiederholte fast schreiend, als sei ihm das alles ungeheuer wichtig: »Verstehst du, du alter Höhlendachs, alles ist so wie immer!«

Balthasar fragte: »Und warum erzählst du mir das?«

Bade gab spöttisch zur Antwort: »In Anbetracht unserer alten Freundschaft wäre es schuftig, dich in der Patsche sitzenzulassen, in die du dich selbst gebracht hast, und nicht alles zu unternehmen, damit es dir wie Schuppen von den Augen fällt. Das zum ersten. Und zweitens – mich interessiert einfach, rein menschlich, was du jetzt tun wirst.«

»Hm. Trink deinen Becher aus und geh nach Hause. Ich aber werde nachdenken.«

Das war in einem solchen Ton gesagt, daß Bade gar nicht erst widersprach oder Witze riß. Er trank den Wein aus und zog seinen Pelzmantel an. Erst als er schon auf der Türschwelle stand und Balthasar auf ihn zutrat, um ihm die Tür aufzuschließen, konnte dieser alte Spötter sich nicht länger beherrschen. Lachend klopfte er Balthasar an die Stirn.

»Na, streng dein Köpfchen an! Vielleicht blüht dir ein Hochzeitskranz! Nein, einen Beerdigungskranz braucht ihr nicht. Weder Anna noch Heinrich, noch du. All das ist zu nichtig. Überhaupt ist alles nichtig, Taxus, das stimmt doch! Hä-hä-hä!«

Seine rüstigen Schritte waren im Schnee verhallt wie in Watte, seine Laterne hinter der hoch aufragenden, sich schwarz abhebenden Ecke des Laboratoriums verschwunden. Aber sein teuflisches Lachen war noch hier, auf der Außentreppe. Wie konnte in so kühler Dunkelheit, über so frischem Schnee solches Lachen erklingen? Und wie konnte es einen Grund für dieses Lachen geben?

Ich werde nachdenken, hatte Balthasar gesagt. Alle Pläne, die er in den letzten Monaten geschmiedet hatte, sein Versuch, das Ende zu betrügen, war von den Tatsachen zunichte gemacht und begraben worden. Jeder Versuch, wieder denselben Träumen nachzuhängen, wäre keine Äußerung des Lebens, sondern ein Ruck zum Tod hin. Leider …

Er trat ins Haus und ließ sich in einiger Entfernung von der Kerze, vor dem erloschenen Kamin, in einer fast völlig dunklen Ecke der Diele nieder.

Was sollte er tun? Warten? Und hoffen, daß Anna ihm einen Korb gab? Die Kränkung, die ihm eine Zurückweisung zufügen würde, in eine Waagschale legen, in die andere aber – die Befreiung? Sollte er der Befreiung mehr Gewicht beimessen als der Kränkung und dem Herrn dafür danken, daß sein, Balthasars, kläglicher Versuch, das Ende und damit auch Gott zu betrügen, durchschaut und für nichtig erkannt war?

Oder abwarten und in der Furcht leben, Anna könnte seinen Antrag annehmen? Und sie dann zurückstoßen? Undenkbar ... Oder dieser Möglichkeit zuvorkommen und ihr einen Brief schreiben? Ihr morgen einen Brief schreiben? Von Annas und Heinrichs Beziehungen mochten zwar nicht viele wissen, aber einige bestimmt. Wußte ein Diener im Hause davon, konnte man sicher sein, daß auch die anderen – Haushälterin, Stubenmädchen, womöglich auch Heinrichs Lagerschreiber – im Bilde waren. Bestimmt hatte auch Gertrud davon Kenntnis gehabt. Und sie mußte ihr Wissen nicht unbedingt mit ins Grab genommen haben ... Balthasar konnte also, wenn nicht heute, so doch morgen oder übermorgen schreiben: *Anna! In letzter Minute habe ich mit Gottes Hilfe etwas Verurteilungswürdiges über Dich erfahren.*

O nein, nicht mit Gottes Hilfe, eher umgekehrt. Was hatte es für einen Sinn, wenn da stand: *etwas Verurteilungswürdiges*? Welche Bedeutung konnte seine Verurteilung oder die eines anderen für Anna haben? Was würde das ändern? Was bewirken? Vielleicht sollte er lieber schreiben: *etwas Ärgerliches*? Aber mit seinem Ärger verhielt es sich ja ebenso. Wen interessierte er schon? Also einfach: *etwas, was mich zwingt, meinen Antrag zurückzuziehen.* Aber ging denn das, so ohne jede Begründung? Warum nicht? Sie würde es sicher verstehen. Schließlich gab es ja nicht mehrere Gründe, sie brauchte nicht erst zu überlegen: Warum eigentlich? Weil meine Mutter eine Hexe ist? Oder weil mein Vater Aussatz hat? Oder weil ich selbst eine Gestrauchelte bin? Hm. Sie würde es schon begreifen. Trotzdem, irgendwie war das grausam ... Sollte er Gründe anführen? Deine niederträchtigen, um nicht zu sagen schweinischen Beziehungen zu Heinrich, jahrelang, vor der kranken Gertrud verheimlicht oder, um sie zu quälen, unter ihren Augen? Nein. Abscheulich. Unmöglich. Also bloß: *Ich habe etwas erfahren, was mich zwingt …*

Mein Gott, mein Gott, warum hast du mich verlassen? Balthasar fühlte sein Herz sich erschrocken zusammenkrampfen, denn er hatte die Worte ausgestoßen, die der Heiland am Kreuze sprach. Entsetzen ergriff ihn, Entsetzen über das Unerlaubte, das er getan hatte. Wie bedrückend war die unterschiedliche Bedeutung dieser Worte: Dort ging es um Sühne für die Welt, hier um das zertretene kleine Ich eines einzigen alten Narren. Doch schon im nächsten Moment rechtfertigte er, daß er diese Worte gebraucht hatte. Fühlte sich ein Ertrinkender nicht immer gleich, in welcher Tiefe er auch ertrank? Balthasar sah sich nach allen Seiten um. Er lag irgendwo in der Dunkelheit und starrte nach oben, gleichfalls ins Dunkel. Er wußte nicht, wo er war. Balthasar tastete mit der Hand umher und stieß an das Kopfende seines Bettes. Er lag also in seinem Schlafzimmer, im Bett. Und da erinnerte er sich wieder an die ganze alltägliche Welt, die nicht zu retten war. Auch daran, daß er – vor zehn Minuten oder vor einer Stunde – unten auf dem Tisch die Kerze hatte brennen lassen.

In der Finsternis erhob er sich vom Bett. Fand die Tür und öffnete sie. Ja, unten war ein Lichtschein zu sehen. Er tappte über das dunkle Treppenpodest und begann die Stufen hinunterzusteigen. Flüchtig dachte er, daß nachts eigentlich keine Kerze brennen sollte. Weil das Verschwendung war. Und der Docht Funken versprühen konnte. Was mochte nicht alles passieren … Gleichzeitig ging es ihm auf jeder Stufe neu durch den Kopf: Dahin, dahin, dahin. Und plötzlich, dort, wo die Treppe einen Bogen beschrieb, dachte er, ganz bewußt: Gott sei Dank, daß Bade es mir gesagt hat. Es wäre schrecklich, mit Anna zusammenzuleben und dann zufällig in der Stadt oder gar nicht davon zu erfahren …

Balthasar hörte es klopfen.

Er stieg auch die letzten Stufen hinunter. Und bevor

er überhaupt die Haustür mit dem schweren Schlüssel aufgesperrt hatte, wußte er: Dort in der Dunkelheit, auf der von der Kerze erhellten verschneiten Außentreppe, steht Anna. Sie stand auch wirklich dort und flüsterte: »Ich hätte mir nicht erlaubt zu klopfen, hätte ich nicht Licht in Eurer Diele gesehen.«

Balthasar sagte nichts. Sie traten ins Haus.

Er hätte seine Auserkorene in die Arme schließen, hätte die Geliebte küssen müssen, küssen, ohne aufzuhören – nun, da sie nach seiner Brautwerbung zum erstenmal allein waren.

Balthasar tat es nicht. Und Anna bemerkte sein Versäumnis nicht. Ihr Gesicht war streng und bleich. Sie sah Balthasar an und sagte, immer noch im Flüsterton: »Ich bin gekommen, Euch die Antwort zu geben. Ich kann Euren Antrag nicht annehmen!«

»Setz dich«, befahl Balthasar.

Hierherzukommen und diese Worte zu sprechen hatte Anna offensichtlich so viel Kraft gekostet, daß sie nicht mehr stehen konnte. Sie machte ein paar Schritte, ging in eine Ecke der Diele und setzte sich, so wie sie war, im Pelzmantel, auf einen Schemel an der Wand.

»Warum nicht?« fragte Balthasar. Es wäre unnatürlich gewesen, hätte er das nicht gefragt.

Anna war schließlich nicht nur gekommen, um seinen Antrag abzulehnen, sondern auch, um zu erklären, warum sie das tat. Trotzdem antwortete sie nicht gleich. Und sah Balthasar nicht an, als sie flüsternd sagte: »Weil ich tugendlos bin. Und Ihr ein ehrlicher und unbescholtener Mann seid.«

Balthasar ließ sich auf einem anderen Schemel nieder. Sie saßen vier Schritt voneinander entfernt. Zwei große gebückte Schatten an der weißgetünchten Wand.

»Tugendlos, inwiefern?«

Die Frage war ganz leise gestellt. Nicht, um in das Mädchen zu dringen. Nur so, als Stütze, damit Annas Kraft reichte, den nächsten Schritt zu tun.

Ihre Kraft reichte. Mußte reichen. Sie begann zu reden, allerdings auch jetzt nur im Flüsterton: »Weil ich

Heinrichs heimliche Geliebte bin. Schon einige Jahre lang. Er hat mich verführt. Als ich ein Jahr in seinem Haus gelebt hatte. Ich war damals bereits fünfzehn. Ein fünfzehnjähriges Mädchen muß wissen, was mit ihm geschieht. Und ich habe es geschehen lassen. Ich habe mich nach Kräften bemüht, Frau Gertrud nichts merken zu lassen. Ob es mir gelungen ist, weiß ich nicht. Kranke und Sterbende haben einen erstaunlich scharfen Blick für gewisse Dinge. Aber sie hat mir nie ein Wort davon gesagt ... Ich weiß, das hat nichts zu bedeuten. Doch nach Euren Besuchen in Heinrichs Haus sind mir die Augen aufgegangen – über die Sünde, in der ich versunken war. Ich habe angefangen, nach etwas anderem zu verlangen. Aber es war schon zu spät ... O Gott, o Gott! Am Samstag abend vor einer Woche bin ich ans Meer gegangen. Zu der Stelle am Ufer, wo die zum Hafen führende Straße nach rechts abbiegt. Ihr kennt sie bestimmt. Dort sind Steine unter dem Schnee und dunkles Wasser. Eis war noch nicht darauf. Und keine Menschenseele ringsum. Ich war bereit. Und hatte mich schon von allen verabschiedet. War ganz bereit. Ich stieg ins Wasser und wollte es tun. Doch plötzlich dachte ich: Allmächtiger! Gehe ich jetzt ins Wasser, gibt es keine Rettung für mich! Versuche ich aber weiterzuleben, erbarmt sich Gott meiner vielleicht und findet eine Buße für mich ... Und das Wasser war so schrecklich kalt ... Als ich nach Hause kam, hatte mein Rock sich bis zu den Hüften mit Eis bedeckt. Auf den Straßen war es dunkel und Heinrich nicht daheim ... Kurzum, ich kann Euch nicht heiraten. Aber gefallene Mädchen sind ja auch früher zu Euch gekommen, um sich Rat und Hilfe zu erbitten, nicht wahr? Und ich bin die demütigste von ihnen. Sagt mir um Gottes willen, was soll ich tun?«

Balthasar fühlte, wie es ihn überkam. *Das*, was er im Grunde genommen fast immer empfand, wenn er Kranke, Sterbende, Waisen und Witwen, verlorene Söhne und Töchter, Väter solcher Kinder, Trauernde, Leidende, Verspottete belehren, tadeln oder trösten mußte. Auch jetzt überrollte sie ihn, die Welle blinden Mitgefühls. Aber er mußte sich dagegenstemmen, sei es auch nur aus Gewohnheit – er stand auf, damit die Welle ihm nicht den Blick trübte, ihn nicht mit sich fortriß. Anna flüsterte: »Ihr geht fort? Selbst Ihr wißt nicht, was ich tun soll?«

»Nein, ich gehe nicht fort!« rief Balthasar. »Und ich weiß auch, was du tun sollst. Ja! Ich weiß es!«

O Herr! Hätte er nicht rufen müssen: Nein, ich weiß es nicht! Nichts weiß ich! Ich weiß nicht, was wir sind und wohin wir gehen! Ich kann es mir nicht vorstellen. Und die Welle, die mir den Blick trübt – ich weiß nicht, ist es ihre Dunkelheit oder ihre Helle, was mich blendet. Ich verliere in dieser Welle das Gefühl dafür, was gut ist und was schlecht, was oben und was unten, was Fall ist und was Aufstieg. Ich weiß nicht, wie ich selbst sein soll. Wie kann ich da einem anderen raten?

Trotzdem rief er: »Ja! Ich weiß es! Du hast gesagt, du willst von allen die demütigste sein.« Er nahm Annas beide Hände, hilflose, leblose Hände, zwei tote Hände, wie Magdalena sie gehabt hatte, als er diese zum letztenmal hielt, und rief: »Ich weiß es! Nimm meinen Antrag an! Werde meine Frau. Und wir wollen gemeinsam demütig sein!«

Nie im Leben sollte Balthasar das vergessen. Auch jetzt, zwei Monate nach der Nacht, als er diese Worte gesprochen hatte, an einem heiteren Februarmorgen des Jahres 1593, bei klirrendem Frost, konnte er sich noch ganz genau daran erinnern.

Anna hatte ihm die Hände entzogen, ihn erstaunt angesehen, mit stummer Bewunderung und Verzweiflung, und die Hände vors Gesicht geschlagen. Dann war sie vom Schemel geglitten und, mit dem Gesicht zur Wand, in der Dunkelheit niedergekniet.

Balthasar hatte sie aufrichten wollen, sie aber hatte geflüstert: »Laßt mich so verweilen.«

Nach einer halben Stunde, als Anna sich von den Knien erhoben hatte und sich zum Gehen wandte, fragte Balthasar sie, wie denn ihre Antwort auf seinen Vorschlag laute. Anna erwiderte: »Ich muß erst meiner Furcht Herr werden.«

»Welcher Furcht?«

»Daß Gott mich mit einem Blitz erschlägt, wenn ich ja zu sagen wage.«

Sie war ihrer Furcht Herr geworden. Nach Neujahr hatte man dann Balthasar Rüssows und Anna Bades Verlobung bekanntgegeben. Jetzt aber wollte Balthasar ins Rathaus. Als er im Vorraum der Sakristei seine alte pelzgefütterte Schaube anzog, musterte er das abgetragene Hundefell und dachte, daß er zur Hochzeit eine neue bestellen müsse (der alte Gandersen hatte freilich schon das Zeitliche gesegnet, aber Peeter würde ihm die Schaube schon machen). Doch dann fiel ihm ein, daß er nach Himmelfahrt – dann sollte die Hochzeit stattfinden – keinen Pelzmantel mehr brauchte, und er hatte sich gefreut. Flüchtig dachte er: Ich habe überhaupt eine Vorliebe für alte Sachen, ganz wie ein alter Bauer. Und während er schon ging, fragte er sich: Steht nicht meine Liebe zu dem alten Pelz in irgendeinem wechselseitigen Zusammenhang mit meiner Liebe zu meiner neuen Frau? Er ließ die Frage indes unbeantwortet und trat auf die Straße. Weiße Dampfwölkchen in die blaue, eiskalte Luft ausstoßend, die bloßen Fäuste unter der Schaube vergraben, so stapfte er durch den knirschenden Schnee, ging über den Friedhof, durch den Weckengang auf den Rathausplatz und ins Rathaus. Er stieg die Treppe hinauf, passierte zwei leere Ratssäle, das Schatzamt und begab sich in den anstoßenden Raum.

»Ah, Herr Balthasar!« Die Bürgermeister Bretholt und Korbmacher begrüßten ihn mit Handschlag, erfreut und liebenswürdig.

»Ja«, meinte Korbmacher, »wie man hört, seid Ihr durch Kollegen Lohn bald mit unserem Rat verwandt. Na also ...«

»Nicht direkt«, widersprach Balthasar lebhaft, »höchstens um sieben Ecken. Der Vater meiner Braut war schließlich kein Mitglied des Revaler Rats. Herr Lohn aber ist nur ihr Pflegevater. Doch in gewisser Weise ... immerhin ...«

»Das meine ich auch, in gewisser Weise, immerhin«, konstatierte Herr Bretholt.

»Was mich zu Euch führt, hängt auch mit meiner bevorstehenden Eheschließung zusammen«, sagte Balthasar. Er trug sein Anliegen vor: In dem dafür vorgesehenen Ratsbuch möge sein Testament niedergeschrieben werden, das er im Hinblick auf seine Vermählung mache. Damit im Falle seines Ablebens die Vermögensverhältnisse zwischen seiner Witwe und seinem in der Fremde weilenden Sohn von vornherein klar seien. Damit sein Sohn an seiner, Balthasars Witwe, kein Unrecht begehen könne.

»Wäre so etwas denn denkbar?«

»Nein, nein. Aber dergleichen soll schon vorgekommen sein. So daß ... Und auch, damit meine Witwe ebensowenig meinem Sohn ein Unrecht zufügt ...«

Herr Bretholt legte das betreffende Ratsbuch mit den kupfernen Schließen vor Balthasar auf den Tisch. Nur habe leider der Schreiber, der schon im Ruhestand gewesene, dann aber auf seinen Posten zurückgerufene alte Topff, Balthasar kenne ihn ja, in Anbetracht seines vorgerückten Alters heute Erlaubnis, wegen des starken Frostes daheim zu bleiben. Ob Herr Balthasar darum nicht so freundlich sein und sich der Mühe unterziehen möchte, seinen Letzten Willen selbst zu Papier zu bringen? Schließlich wisse er selbst am besten, wie er über sein Vermögen verfügen wolle. Man finde ohnehin im ganzen Herzogtum keinen Mann mit einer gewandteren und spitzeren Feder. Eigenhändig legten sie die Schreibutensilien vor ihn auf den Tisch, und Balthasar schlug das Buch auf.

Wie fing man gemeinhin an?

Er begann: *Nachdem ich, Balthasar Rüssow, Pastor der Heiligengeistkirche, nun schon das dritte Jahr meines Lebens im beklagenswerten Witwerstande zugebracht habe und nicht länger in solchem Elend und solcher Betrübnis leben und schweben wollte, habe ich mich deshalb nach einer ehrlichen Person umgesehen, die bereit wäre, mir im Alter zur Seite zu stehen, und habe dem Willen Gottes gemäß …*

Ja, er wollte schreiben: »habe ich dafür Anna Bade erwählt und mich mit ihr verlobt«, aber plötzlich kam ihm vor, als fehle da irgend etwas … Richtig! In solchen Fällen schrieb man immer: »habe ich dafür die und die Jungfrau erwählt …« Formulieren wir es so! Er schrieb: … *habe ich dafür die* … und merkte, daß er bei dem Wort »Jungfrau« stockte. Er schloß die Augen und dachte: Warum nicht? Ich habe mich doch auch nicht gescheut, sonstwas alles in einem gedruckten Buch zu schreiben, damit Tausende es lesen. *Tapfere, rittermütige Männer*, während das doch meist rohe Söldner mit blutigen Pranken waren. *Hochlöblicher, gerechter König*, während das ein unglücklicher, wahnsinniger Mörder war oder ein boshafter Alter mit gefühllos gewordenem Herzen. *Treffliche königliche Wohltaten*, während man doch mit bloßem Auge sah, daß das Herrschsucht, Habgier, Gewalt war. Warum kann ich also hier nicht diese eine Lüge niederschreiben, wo ich doch spüre, daß sie meine anderen Lügen ein bißchen ehrlicher macht?

Er öffnete die Augen und schrieb – bereitwillig, energisch und deutlich: *Dem Willen Gottes gemäß die tugendsame Jungfrau Anna Bade erwählt und mich mit ihr verlobt.*

Worauf er für den Fall seines Ablebens seine bewegliche und unbewegliche Habe teilte, als da waren Häuser, Grundstücke, Gärten, Hofgebäude, Bargeld, Silber, Bücher, Hausgerät und Kleidung. Sein verschollener Sohn würde gleichfalls seinen Anteil erhalten. Seine Witwe Anna aber sollte die Haupterbin sein und von allem den Nießbrauch haben, solange sie seine, Balthasars, Witwe blieb.

Als alles seine Richtigkeit hatte, bekräftigte er mit seiner feierlichen Unterschrift die Tugendhaftigkeit der Jungfrau Anna vor den Ratsherren, vor sich und vor Gott.

Balthasar Rüssow

Im Februario 1593

DREIZEHNTES KAPITEL,

darinnen man auf der Schwelle des gerade erst geborenen und wie immer größten Jahrhunderts zurückblickt auf das – einst gleichfalls größte – vergangene (mit seinen wie immer unverwirklicht gebliebenen Möglichkeiten), zurückblickt auf sich entfernende, von Schmutz, Blut, Salzwasser, Eis, Feuer und Ruß streifige Heckwimpel, auf unvergeßliche und schon vergessene, sich dann aber umdreht, um in die Zukunft zu schauen, jedoch kaum mehr erkennt als Nebel, Finsternis und den Widerschein vorauszusehender Brände

Dubberch hatte die Mitglieder des Ministeriums für heute zu sich, ins alte Bischofshaus hinter der Domkirche, eingeladen. Nicht selten beorderte er die Pastoren in letzter Zeit zu den Versammlungen gerade hierhin. Möglicherweise deshalb, weil er, jedenfalls nachdem Herzog Karl mit seiner schwedisch-lutheranischen Denkweise nach Reval gekommen war, seine Stellung gestärkt sah, im Vergleich zu früher, als er diese laufenden Zusammenkünfte in der Großen Gilde oder einer geräumigen Sakristei durchgeführt hatte. Vielleicht tat er es aber auch nur, weil ihm immer stärker die Knie schmerzten.

Wie auch immer, sie saßen jetzt hier, im Eßzimmer der seligen Frau Geldern, dem Raum, den einst – davor noch – seine Magdalena bewohnt, der später Balthasars Bischof, dem verstorbenen Christian Agricola, als Arbeitszimmer gedient hatte und in dem er auch gestorben war. Saßen hier trotz des dämmerigen Novembermorgens – draußen ging Schneeregen nieder – bei schon gelöschten Kerzen, denn Dubberch war mit den Jahren knauserig geworden. In dem fahlen Licht erschienen alle Gesichter bleich; Balthasar musterte sie und dachte: *Fremde.*

Dieselben Menschen, die er jahrelang in der Stadt, auf den Kanzeln und bei den Versammlungen des Ministeriums gesehen hatte, wirkten an diesem Morgen plötzlich fremd – fremd vor Alter. Man brauchte nur Elard von der Michaeliskirche zu nehmen. Herr, erbarme Dich, was war er doch klapperig, ein Lufthauch – und er fiel um. Oder auch den ältesten Bruder seiner seligen Magdalena, Johann Geldern, den man auf Balthasars Fürsprache hin von der St.-Jürgens-Kirche nach Reval versetzt und ihm im vorvorigen Jahr als Adjunkten beigegeben hatte. Er war zwar wohlbeleibt, aber, aus der Nähe betrachtet, so verlebt, daß ... Nun ja, schließlich hatte auch er die Fünfzig bereits überschritten. Oder Johann Mündrik (der dem unerforschlichen Ratschluß Gottes und Balthasars Bemühungen zufolge jetzt an der Olaikirche und dort für die Landpfarren zuständig war). Gewiß, ungepflegter als in Fischermai sah er kaum aus, doch hatte er noch mehr rote Flecken im Gesicht bekommen und schien unsicherer denn je. Auch ihn machte das Alter fremd. Andere wirkten fremd, weil sie dem Ministerium noch nicht lange genug angehörten. Zum Beispiel Kemmerling, seit dem vorigen Jahr Unterpastor von Nikolai, mit seinem süßlichen Mündchen eines Mönches und seinen hinter runden Brillengläsern versteckten Augen. Besonders aber Sagittarius von der Olaikirche. Dieser Mann war dort schon das fünfte Jahr Pastor, und an und für sich hätte Balthasar an seinem erbitterten Kampf gegen Sittenlosigkeit keinen Anstoß genommen, doch Sagittarius kannte kein Maß! Sein ganzes Gezeter von der Kanzel herab – daß Ratsbeamte sich bestechen ließen oder Bürgertöchter sich in öffentlichen Badstuben mit ihren Liebsten träfen –, all das war größtenteils Spiegelfechterei. Nichts hatte er bis jetzt beweisen können. Die wulstigen Streithammelbrauen in seinem blauroten Gesicht und die stumpfsinnigen Augen eines im wilden Ritt Dahersprengenden gingen Balthasar auf die Nerven. Und als der unerträglich langweilige und eintönige Dubberch sie endlich entlassen wollte, fragte dieser häßliche Wallach von der Olaikirche doch: »Stimmt es, Balthasar, daß den Verwandten deiner Frau, den berüchtigten Bade, auf seinem jerwenschen Landgut der Schlag getroffen hat? Und er vielleicht schon abgekratzt ist?«

»Ja, einen Schlaganfall hatte er«, bestätigte Balthasar. »Nachricht, daß er tot wäre, habe ich nicht. Anna ist am Dienstag zu ihm gefahren.«

»Nun, wißt ihr«, meinte Sagittarius kampflustig, »ich mache mir die Gelegenheit zunutze, daß wir hier alle versammelt sind, und möchte folgendes vorschlagen: Ist dieser alte Lügenbold einmal tot, lehnen wir es in corpore ab, ihn zu beerdigen. Höchstens dann, wenn uns ein inordinierter Pastor bestätigt, daß der Alte seine Schändlichkeiten bereut und die Sakramente empfangen hat. Anderenfalls nicht! Geweihte Erde ist nicht für solche wie ihn! Ihr wißt doch, wie er in all diesen Jahren Gift und Galle verspritzt hat, an jeder Straßenecke und an jedem Biertisch? Daß die Pastoren Zecken seien, hat er gesagt, schlimmer noch als die Doktoren! Weil die Doktoren auf Kosten der körperlichen Gebresten des Menschen fett würden, die Pastoren jedoch auf Kosten seiner seelischen Leiden! Oder wie man beispielsweise von der Barmherzigkeit Gottes sprechen könne, wenn der zulasse, daß täglich Tausende und aber Tausende von Kindern auf die Welt kämen, die als Sprößlinge von Heiden dazu verdammt seien, ewig im Höllenfeuer zu braten! Von was für einer göttlichen Barmherzigkeit da die Rede sein könne – jaja, das hat Bade mich gefragt –, wo ihm schon übel werde, wenn er einen kochenden Krebs rot anlaufen sehe? Und wißt ihr, was dieser schamlose Mensch mir geantwortet hat, als ich ihn fragte, ob er an der Existenz Gottes zweifele? Solche Dinge frage ich immer geradeheraus! Bade hat wörtlich gesagt – Balthasar ist mein Zeuge, er war dabei: Hört mal, Herr Superintendent, ich bin ein zu kleines Licht, um mich mit dieser Frage abzustrampeln. Jedenfalls hat, soweit ich mich erinnere, Sokrates gezweifelt. – Ich aber frage: Wer war Sokrates? Und antworte: Ein Heide, der die Existenz der heidnischen Götter bezweifelt hat. Bade hat also den christlichen Gott ohne viel Federlesens mit den heidnischen Göttern auf eine Stufe gestellt! Und mein kategorischer Vorschlag lautet nun, diesem Alten ein christliches Begräbnis zu verweigern!«

Etliche Prediger nickten eifrig. So das Leckermaul Kemmerling mit seinem Kindermündchen, natürlich Giesebrecht Kriet, dieser nach Schweiß stinkende kleine

Glatzkopf, der hauptsächlich Sagittarius' Laufbursche war, und erstaunlicherweise einige der jüngsten Mitglieder des Ministeriums. Da aber sagte Dubberch, der mit Gottes Hilfe bei aller Weinerlichkeit ein besonnener, ausgeglichener Mann war, und hüstelte dabei wie immer: »Lieber Sagittarius, lassen wir den alten Mann doch erst sterben, kchm. Und gehen wir dann ans Beerdigen. Nicht früher. Wenn uns – kchm – eine entsprechende Nachricht vorliegt.«

Sie zogen ihre Pelzmäntel an und traten auf die Straße – nicht genug, daß nasser Schnee fiel, zwischen den hohen Mauern des Bischofshauses und der Domkirche wehte auch ein heftiger Wind. Sagittarius trat auf Balthasar zu: »Hör mal, du wirst doch nicht so dumm sein, die gekränkte Leberwurst zu spielen, weil ich das über deinen Verwandten gesagt habe. Du bist ja ein kluger Mann, du solltest über Familiäres erhaben sein. Dir bleibt gar nichts anderes übrig. Wenn wir die ganze Schamlosigkeit dieses Alten an den Tag bringen, wenn wir daraus eine *Frage* machen, wirst du uns sowieso beipflichten müssen. Laut beipflichten. Denn zu schweigen kannst du dir nicht leisten, das weißt du sehr gut.«

Sagittarius bleibt sich treu, dachte Balthasar. Erst scheinbar kollegial, scheinbar menschlich. Und gleichzeitig mit einer versteckten Drohung bei der Hand. Ach, in jungen Jahren hätte Balthasar ihm einfach gesagt: Scher dich zum Teufel!

Heute blickte er ihn unter seiner Kapuze von Hundefell hervor bloß vorwurfsvoll an, drehte ihm den Rücken zu und schritt, um nur fortzukommen, durch den Gang zwischen den Scheunen und Ställen des Bischofshauses nach links davon. Nach vielleicht hundert Schritten war er am Rand der Oberstadt angelangt. Wäre Sagittarius ihm hierher gefolgt, Balthasar hätte nicht gewußt, wohin, und die Gesellschaft des Superintendenten ertragen müssen. Vielleicht, schoß es ihm durch den Kopf, hätte ich ihn wirklich zum Teufel geschickt, unerachtet dessen, daß ich über mir den schweren grauen Himmel habe, hinter mir nasse Mauern und schwarz schimmernde Ställe und die Jugendzeit so hoffnungslos weit zurückliegt, als hätte es sie nie gegeben.

Er stand da, ganz allein, und bemühte sich, dem nassen Schnee zum Trotz, nicht zu blinzeln, bis er hinter den Dächern der Vorstadt und dem Hafen das erschrekkend schwarze Meer erblickte. Und bis ihm einfiel, vor vierzehn Jahren hatte er dem Bischof Agricola die Augen zugedrückt und dann hier oben, am selben Fleck, verweilt. Hier hatte er gemerkt, daß er halberfroren dastand, nachdem der »Bischof seiner Hoffnungen« gestorben war. Wenn es sich für einen so alten und so erfahrenen Menschen wie ihn schickte, jenes unbeschwerte Wort auf diesen Knaben (oder sonst jemanden) anzuwenden. Und überhaupt so naive Begriffe wie »meine Hoffnungen« in Worte zu kleiden. Doch warum sollte er das eigentlich nicht tun? Warum schickte es sich nicht? Wo diese Hoffnungen doch bis heute noch nicht endgültig begraben, wo sie doch wunderbarerweise wieder zum Leben erweckt worden waren. Auch wenn er selbst, ein verbitterter alter Mann, nicht so recht daran glauben konnte ... Schließlich war seine erste und größte Hoffnung in den Tagen Christian Agricolas eine Schule gewesen, in der Dorfkinder auf den Besuch der Universität vorbereitet wurden. Immerhin war es in diesem zu Ende gehenden Jahr, dem Jahr 1600, zu Ereignissen gekommen, die geradezu begeistern konnten. Zumindest *ein* Ereignis konnte es ganz gewiß ...

Daß Balthasar das nicht nur geträumt hatte, davon konnte er sich jetzt von hier aus überzeugen, als die Schneewolke weiter nach Südosten gewandert war. Nun sah man deutlich: Ein Drittel der Schiffe, mit denen der Herzog und sein neun- oder zehntausend Mann starkes Heer im August nach Reval gekommen waren, lag noch an der Reede. Das unerträglich unbeständige Leben, das sieben Jahre lang gewährt hatte, gehörte der Vergangenheit an.

Du liebe Güte, an das, was vor König Johans Tod gewesen war, durfte man nicht einmal denken. Aber auch *nach* seinem Tod hatte es Zeiten gegeben, wo es den

Gürtel enger schnallen hieß, Zeiten der Not und der Ungewißheit. Eine Dürre nach der anderen, die völlige Einstellung der Schiffahrt und nicht enden wollendes Gejammer über Proviantmangel, eine Einquartierung nach der anderen: bald schwedische, bald finnische, bald deutsche, bald holländische, bald schottische Söldner. Und all das, wo die Kornkammern der Bauern wie leer gefegt waren, wo man von den Hungersuppen aus Spreu krank und schwach wurde, wo es auf den Landgütern zu blutigen Gemetzeln kam und der Adel lautstark forderte, »dem Pöbel die langen Rohre abzunehmen«, das heißt die Hakenbüchsen, was allerdings bislang noch nicht geschehen war. Zu allem anderen Unglück entstanden urplötzlich bald hier, bald dort todbringende Krankheitsherde, die mit Gottes Hilfe bisher jedoch noch nicht zu einer übergreifenden Seuche geführt hatten … Und jahrelang herrschte allgemeine Furcht, betete man allerorten, es möge gelingen, einen dauerhaften Frieden mit dem Moskowiter zu schließen. Bis das Herrn Boije wider Erwarten im Mai 1595 in dem Dorfe Täyssinä bei Narva schließlich glückte, mochten Koporje, Jamma und Iwangorod auch verloren sein. Mochte Herr Boije auch fünfzehn Pfund abgenommen haben, soviel Schweiß hatten ihn die Verhandlungen gekostet! Zur Grenze hatte man, dessen unerachtet, die Narva erklärt, und der für ewige Zeiten von Zar Fjodors Gesandten abgeschlossene Frieden war einfach ein Geschenk Gottes … All das verminderte die äußere Spannung jedoch nur wenig. Denn die Frage, ob Estland bei Schweden verblieb oder an Polen fiel, hing weiterhin wie ein Damoklesschwert über der Provinz. Und Estland wurde zwischen König Sigismund und Herzog Karl ebenso, oder noch schlimmer, hin- und hergerissen wie in der ersten Zeit der seltsame Doppelstaat Warschau-Stockholm selbst. Zwar schien, als Sigismund, einen Monat nach Balthasars Hochzeit, in Uppsala zum König von Schweden gekrönt worden war, nach außen alles zum besten zu stehen. Im Lande selbst brach sofort die gesamtstaatliche »Krankheit« aus. Der Herzog begann seinen Erbstaat, das heißt Schweden, an sich zu ziehen, mit wachsender Verbissenheit, Provinz für Provinz, Schloß für Schloß, Stadt für Stadt. So lange, bis Onkel und Neffe sich regelrecht bekriegten und Karl Sigismund mitsamt seinem Heer und seinen Anhängern aus Schweden vertrieb, ganz Schweden und Finnland eroberte, im vorigen Jahr Stolpel befahl, dem propolnisch gesinnten Üxkyll Narva zu entreißen (denn Narva lehnte sich gegen Karls Herrschaft auf), und in Stockholm ein Dutzend Mitglieder des Staatsrates enthaupten ließ: Weil sie dem König die Treue gehalten und folglich Hochverrat begangen hatten. Zu guter Letzt schickte er den ganz klaren Befehl nach Reval, man möge ihn wissen lassen, wer hier zu seinen und wer zu Sigismunds Anhängern zu zählen sei!

Äußerlich waren es also Zeiten der Unbeständigkeit und der Angst. Innerlich aber, daheim in der Familie, herrschte eine Ruhe, die dazu in merkwürdigem Gegensatz stand. Balthasar schüttelte die schmelzenden und schon wieder halb gefrorenen Flocken von seinem Pelzmantel, stützte sich mit den Ellbogen auf die schneebedeckte Kalksteinmauer und schaute in die Ferne, zu den weißen Streifen der Inseln unter dem grauen Himmel, jenseits der herzoglichen Schiffe, dort, wo grauer Himmel und schwarzes Meer zusammenstießen. Ja, der häusliche Herd war diese sieben Jahre über wie ein von Gott geschenkter Hort und Trost gewesen, wie eine Insel inmitten all des anderen auf der Welt, das so gar kein Bollwerk hatte …

Das Ende zu betrügen war ihm (wie er mit plötzlicher Furcht dachte) dank Anna doch gelungen. Dank Annas wärmender, belebender, beinahe unmerklicher Gegenwart in seinem Alter, das ihm zwar noch keine Last, aber dennoch schon recht spürbar war. Tatsächlich, er konnte Anna nicht das geringste vorwerfen. Nicht einmal daran, daß sie in gewisser Weise den alten Bade in die Familie eingeführt hatte, nahm Balthasar Anstoß. Denn wenigstens in einer Beziehung erwies sich der Alte als zartfühlender, als man hätte vermuten sollen: Kein einziges Mal in all diesen sieben Jahren spielte er auch nur im entferntesten auf das an, was er Balthasar selbst erzählt hatte. Und Balthasar wußte bis heute nicht, ob der Alte das nur unterlassen hatte, weil es dabei um die Ehre seiner eigenen Base ging, oder ob er bei jeder anderen in dieser Lage befindlichen, von Balthasar erwählten Frau ebenso geschwiegen hätte. Wie auch immer, Sagittarius' Agitation gegen Bades Beerdigung war unverzeihlich. Nicht nur, weil es um einen Menschen ging, der vielleicht noch lebte, und weil Seelsorger über dergleichen gemeinhin nicht vor der Zeit sprachen. Nicht nur deshalb. Sondern auch, weil der Alte zu schweigen verstand. Freilich, er hielt seine Zunge nur in diesem einen Fall im Zaum, das stimmte. Man muß sagen, Balthasar ertrug seine dreisten Reden, etwa über die Pastoren, mit einer Duldsamkeit, die ihn selbst überraschte. Denn oft genug waren Pastoren »arm im Geiste«, obwohl man doch gerade bei ihnen etwas mehr Klugheit hätte vermuten sollen als bei anderen. Und hatte er, Balthasar, nicht etwa selbst seinerzeit in der Chronik dagegen gewettert? Weniger befreunden konnte sich Balthasar mit der Sophistik des Alten, wenn diese Eigenschaften und Pflichten Gottes, ja dessen Existenz betraf. Aber auch sie nahm er mehr oder weniger gelassen hin. Erstens wahrscheinlich deshalb, weil er das nicht allzuoft anzuhören brauchte: Nachdem Balthasar und Anna die Ehe eingegangen waren, hatte sich der Alte hinter Brockhausen ein Haus gekauft und lebte dort mit einem Diener, einer Magd und einem riesigen schwarzen Hund. Den Sommer aber pflegte er auf dem kleinen jerwenschen Gut, das er von Laurentius geerbt hatte, zu verbringen. Dorthin war jetzt, wo er krank darniederlag, Anna denn auch umgehend gefahren. Allzuoft hatte er sich also nicht im Heiligengeistpfarrhaus blicken lassen, um Balthasar mit seinem Philosophieren auf die Nerven zu fallen. Zweitens ertrug Balthasar sein Geschwätz bestimmt auch deshalb mit einer gewissen Langmut, weil es vor allem Bades streitsüchtiger, überlegener Ton war, der ihm mißfiel – ein Ton, der gleichsam eine Falle stellte und den Gegner darin fing. Der Sinn seiner Überlegungen aber war den Auffassungen, die Balthasar in seiner Jugend vertreten hatte, meistens gar nicht so unähnlich. Bei seinen Reden empfand Balthasar nicht nur Schreck und Betretenheit, sondern auch eine Art befremdliche Freude. Freude, daß er die Tunke kannte, die Bades lausbübischen geistigen Dünkel genießbar machte. Jemand *mußte* schließlich auch solche Gedanken aussprechen, damit der menschliche Geist von ihnen befreit wurde ... Oder wie Balthasar beim letztenmal zu Bade gesagt hatte: »Mit dir ist es wie mit dem Teufel. Ihr *müßt* existieren – der eine von großem, der andere von winzigem Format –, als Latrinenfuhrleute des Himmelreiches ...« Was aber Anna betraf, seine Frau der letzten Jahre ... Er kehrte dem Meer den Rücken zu – auf der Straße vor dem Bischofshaus war von seinen Amtsbrüdern längst nichts mehr zu sehen –, über seine Frau wollte er auf dem Heimweg nachdenken. Was Anna betraf, so hatte er ihr wirklich nichts vorzuwerfen. Sie war aufmerksam. Still. Sauber. Ihre Aufmerksamkeit ging so weit, daß sie ihm jeden Wunsch von den Augen ablas, was Elsbeth in diesem Maße nie verstanden und worum sich die verwöhntere, verzärteltere Magdalena überhaupt nicht bemüht hatte. Still war Anna. Ihr Tun, ihre Bewegungen waren die Unhörbarkeit selbst. Und zwischen Anna und ihm herrschte völliges Einvernehmen. (»Wenn du willst, Anna, fahren wir heute nach Kurgla und besuchen die Verwandten, die noch am Leben sind, Jürgens Söhne und ihre Familien, kehren zurück und gehen dann zum heiligen Abendmahl. Oder wollen wir morgen lieber bei Johann vorbeischauen und übermorgen nach Kurgla fahren?« – »Wir machen es so, wie du es für das Beste hältst, Balthasar.«) Und erst Annas Sauberkeit, die äußere und die innere. Nicht nur ihre eigene Wäsche und Kleidung, auch die ihres Mannes war stets sorgfältig gewaschen und gebügelt. Im Hause fand man kein Staubkörnchen, überall war gelüftet und aufgeräumt. Und sie gebrauchte nur die saubersten Worte. Bei jedem derben Ausdruck, und solche entfuhren Balthasar mit seiner Lebenserfahrung und der Schule Doktor Luthers – hm – noch häufiger als anderen, zuckte sie zusammen, erbleichte sie, jedenfalls in der ersten Zeit, als sie sich noch daran gewöhnen mußte. Und sauber war sie nicht nur in mehr oder weniger simplen Dingen, sondern auch in solchen, in denen ein Mann sogar zu sich selbst selten aufrichtig ist. Anna war ergeben, das stimmte, aber auch im Ehebett gehemmt. Das steigerte sich bis zu seltsamen, wie aus Furcht geborenen Krämpfen bei der Erfüllung. Sie schien immer noch zu fürchten, in solchen Augenblicken von Gottes Blitzstrahl getroffen zu werden. O ja, demütig war sie, und diese Demut – nicht so sehr den Menschen als Gott gegenüber – wollte Balthasar gern mit ihr teilen. An jenem Abend der Entscheidungen, den sie damit begannen, daß sie einen Becher auf das Andenken des verstorbenen Königs Johan leerten, war es das Gefühl gewesen, ein von der Verantwortung befreites Staubkörnchen zu sein ... Jetzt aber (nein, nein, das war beileibe kein Vorwurf!), jetzt schien es Balthasar manchmal, als sei Anna zu demütig. Nicht nur gegen Gott, auch gegen die Menschen. So sprach sie mit Päärns rothaariger Kiido nie im Befehlston, sondern leitete ihre Arbeit gleichsam durch Bitten. Nie hieß es: »Tu das!«, sondern stets: »Es wäre schön, wenn du das tun könntest!« War der Grund für Annas Eifer und Sanftmut nicht ein heimliches Schuldgefühl? Das Gefühl, stets, immer aufs neue, jeden Augenblick, auf Schritt und Tritt, ewig *büßen* zu müssen? Und wenn es so war, dann – *was* büßen? Ihre Sünde mit Heinrich? Nein, nein, das war kein Vorwurf, sondern nur eine besorgte Frage: Blieb Heinrich, dieser inzwischen Bürgermeister gewordene Lump, nicht auf verhängnisvolle Weise in Annas Leben? Nein, nein, das wäre wirklich ein Vorwurf! Und überhaupt, was hieß Lauterkeit? Doch nicht, daß ein Mensch keine Vergangenheit haben durfte, so als sei diese mit Acidum sulfuricum von ihm abgewaschen worden und er infolgedessen für immer verkrüppelt. Außerdem: Was konnte von der Vergangenheit bleiben und was galt es abzuwaschen, damit jemand rein war? Balthasar ging über den Langen Domberg hinab. Flüchtig dachte er: Jetzt bin ich schon zu alt, um wie damals, an einem Morgen vor siebzehn Jahren, über den Kurzen Domberg hinunterzuhüpfen. Und ehrlich gesagt, ich habe auch keine Eile ... Plötzlich kam die Sonne hinter den Schneewolken hervor, und durch die Öffnungen zwischen Dächern und Mauern fiel nasser Schnee, in blendendweißen oder grauschwarzen Streifen. Dieses Flimmern von Hell und Dunkel machte ihn ganz wirr im Kopf, und während er dahinschritt, spürte er geradezu physisch den Wechsel von Licht und Schatten ... »Ihr seid ein ehrlicher und unbescholtener Mann«, hatte Anna an jenem Abend zu Balthasar gesagt. O Gott, das war mit solchem Glauben gesprochen, einem Glauben an etwas, was es in Wirklichkeit nicht gab. Vielleicht hatte gerade das ihn in diesem Moment für sie, die das sagte und glaubte, eingenommen und ihn ebenso demütig gemacht wie sie ... Oh, wir wollen nicht von Ehrlichkeit sprechen, aber immerhin von einer gewissen Lauterkeit, jedenfalls vor Gott. Zugegeben, daß er Epp genommen und sie dann verlassen hatte ... Das lag so weit zurück, war so sehr in die Kindheit entrückt, daß es außerhalb der Unterscheidung zwischen Lauterkeit und Untugend stand. Und vergab es ihm nicht der Herr im Himmel, so tat es (jaja, immer noch kam ihm bisweilen dieser fast scherzhafte alte aufrührerische Gedanke) der Erdgott dort, in dem verkohlten Baum ... Doch gerade in jener Aprilwoche vor sieben Jahren, als Balthasar seine Hochzeit mit Anna feierte, und diesmal wie selbstverständlich in der Großen Gilde und nicht irgendwo sonst, waren einige Schwarzenhäupter auf dem Seewege von Riga nach Reval gekommen und hatten Rigaer Neuigkeiten erzählt. Daß der Dorpater Oldermann Carthausen dort ins Gefängnis geworfen worden war und man ihn bezichtigte, die Unzufriedenheit der Rigaer geschürt und sie zum Aufruhr gegen den Rat aufgewiegelt zu haben. Daß ihm die Todesstrafe drohte, die bald darauf auch vollstreckt worden war. Und dann sagten diese jungen Leute plötzlich – Balthasar schien es im nachhinein, als hätten sie es an seiner und Annas Hochzeitstafel gesagt –, vor einigen Wochen sei eine Witwe (also schon alte Schachtel, wie sie bemerkten), von der sich die alten Leute grinsend erzählten, sie sei einst die Geliebte des Herzogs von Kurland, des Königs von Polen und Gott weiß wessen Geliebte noch gewesen, vor einigen Wochen sei dieses Weibsbild, eine gewisse Frau Friesner, mit überraschend großen Ehren in der Rigaer Domkirche beigesetzt worden – geradezu wie eine livländische Kleopatra. Balthasar wußte noch, daß bei Tisch unter seinen Altersgenossen und den noch älteren Leuten Schadenfreude aufgekommen war. Jemand hatte ausgespuckt und an den Arschkriecher Friesner erinnert, ein anderer schallend gelacht. Der Name Herzog Johans war gefallen, auch der eines gewissen Herrn Horn (nur Herrn Gelderns Namen wagte niemand auszusprechen). Er, Balthasar, hatte am Tisch gesessen, Anna bei der Hand gehalten und gespürt, wie sein Herzschlag stockte, hatte gewartet, wann auch sein Name fiele ... Mit beklemmender Deutlichkeit erinnerte er sich jetzt, wie schlecht er sich damals gefühlt hatte – sicher war es wirklich an seiner eigenen Hochzeitstafel gewesen. Während er sich der Pforte am Langen Domberg näherte, dachte er: Ja, schlecht, obwohl ich mir wie ein auffliegendes junges Hähnchen vorkam, ein Gefühl, das ich bis heute bei Katharinas Namen empfinde. Doch das (mag es mit Katharina und ihresgleichen sein, wie es wolle) braucht ein getretenes Hühnchen wie Anna (falls ich mich in Frauen nur ein wenig auskenne) nicht unbedingt zu wissen.

Warum hatte Gott ihnen beiden das versagt, was jedem von ihnen in seinem Unglück geholfen hätte: Warum hatte er ihnen kein Kind geschenkt? Einen Sohn. Von dem Balthasar trotz seines Alters insgeheim träumte. Ein Kind hätte die Untreue des in Schweden verschollenen Balzer vergessen lassen. (In all diesen Jahren war der Junge nur ein einziges Mal nach Reval gekommen, im vorvorigen Jahr. Um seinen Anteil am Gandersenschen Erbe in Empfang zu nehmen. Höflich war er. Kühl. Wohlerzogen. Und unendlich fremd. Nein, er dachte gar nicht daran, nach Hause zurückzukehren. Er machte seinem Vater keine Schande und stieg nicht bei den Schwarzenhäuptern ab. Doch die Abende verbrachte er bei ihnen, seinen alten Freunden, und schon am elften Tag trat er die Rückreise nach Stockholm an. Hätte er sich wenigstens nach dem Tod seiner Stiefmutter erkundigt ... Balthasar wußte nicht, was er dem Sohn geantwortet hätte, aber fragen hätte Balzer müssen. Doch er hatte nicht gefragt.)

Ja, ein Sohn von Anna hätte Balthasar die Bürde der Erinnerung leichter ertragen lassen, hätte ihm das Gefühl genommen, verraten worden zu sein. Natürlich, nicht ganz. Aber doch ein wenig. Und Anna wäre das ein Zeichen gewesen, daß Gott ihr verziehen hatte. Das Betrüblichste und Schrecklichste aber war, daß Anna wirklich einen Sohn geboren hatte. An einem Samstag des Jahres 1594, am Abend vor dem Thomastag. Am Thomastag selbst jedoch starb der Kleine an einer seltsamen Atemnot. Der Vater konnte ihn gerade noch auf den Namen Thomas taufen, da war der Junge auch schon tot. Und sie beide fragten sich, jeder möglicherweise mit einem Hintergedanken und beide verzweifelt und stumm: Weshalb? Doch niemand gab eine Antwort darauf. Jeder von ihnen mußte sie selbst suchen. Anna fand sie sofort. Sie hatte von vornherein gewußt, schon als der Säugling noch gleichmäßig atmete, als sich die Anzeichen des Erstickens gerade erst bemerkbar machten: Die ungesühnte Schuld der Mutter hatte zum Tode des Kindes geführt. Doch Balthasar mit seiner naiven Halsstarrigkeit wollte nicht zugeben, daß das der Grund für die Strafe war. Wie denn? Hatte er etwa ein sündhaftes Leben hinter sich? Er hatte anständiger gelebt als so mancher andere! Ehrenwort! Warum mußte dann Gott gerade ihn durch den Tod seines Kindes strafen? O ja, weil er berufen war, Sünden stärker zu empfinden und sich besser darin auszukennen als andere. Das hatte man auch früher schon gesagt und gedacht. O Gott! Oder geschah das alles, weil er so hart zu Balzer gewesen war?

Was heißt hier hart ... Hätte er vor acht Jahren etwa zulassen sollen, daß sich die Revaler Klatschbasen die Mäuler über ihn zerrissen und ihn vor aller Welt zum Gespött machten? Und Magdalena obendrein? Und hatte er vielleicht nicht gehofft, Balzer werde als ehrlicher Mann nach Hause zurückkehren?

Ach – man dachte besser nicht an die eigenen Kinder, sondern an die anderer Leute! An das, was für diese fremden Kinder jetzt vielleicht bald Wirklichkeit wurde. Ja, lieber an fremde Kinder, wenn das auch so war, als benutze man statt seines Beins eine Krücke. Doch vor zwei Monaten hatte ihm immerhin ein fremder Sohn geschrieben, während der eigene schon jahrelang wie vom Erdboden verschluckt schien. Dieser Sohn eines anderen Mannes war gleichfalls jahrelang verschollen gewesen. Unwahrscheinlich lange. War sogar tot gewesen. Das heißt, er hatte für tot gegolten. Doch in dieser verrückten Zeit, wo Menschen, die eigentlich leben sollten, täglich zu Tausenden starben, konnte es schon geschehen, daß ein längst Totgeglaubter plötzlich von den Toten auferstand ... Dieser an den »hochwürdigen Pastor« adressierte erstaunliche Brief in estnischer Sprache hatte sich Balthasar genau eingeprägt. Und jener Bursche – o Gott, er war ja jetzt schon ein vierzigjähriger Mann – schrieb darin, die Wege des Herrn seien unerforschlich und er sei am Leben. Wenn der Herr Pastor sich noch erinnern könne ... Siebzehn Jahre lang sei er beim Moskowiter gewesen, erst in strenger Kerkerhaft, dann habe man ihn zu verschiedenen Arbeiten herangezogen, meist zum Eisengießen. So lange, bis es der Herzog und der Zar nach dem Frieden von Täyssinä für das beste gehalten hätten, die während des Krieges gemachten Gefangenen auszutauschen. Auf diese Weise sei er im Herbst 1597 mit einem Wagenzug Freigelassener nach Schweden gekommen. Allerdings arm wie eine Kirchenmaus. Doch man habe ihm in einer der dortigen Jârnabruket eine einträgliche Arbeit angeboten. Er sei dageblieben, um Geld zu verdienen, damit es später zu Hause niemand wagen sollte, ihn über die Achsel anzusehen ...

Und dann schrieb er noch, von seiner Mutter wisse er nur, daß sie eine Zeitlang auf Hogland, bei den Finnen gelebt habe. Er habe ihr mit einem finnischen Schiffskapitän Briefe geschickt, könne aber nicht sagen, ob diese in ihre Hände gelangt seien und ob sie überhaupt lebe. Dann bat er noch, der »hochwürdige Pastor« möge doch, wenn er den Aufenthaltsort seiner Mutter kenne oder diese, dem unerforschlichen Ratschluß Gottes zufolge, wieder in seinem Hause lebe, ihr mitteilen, was er über ihren Sohn erfahren habe. Und unter diesem erstaunlichen Brief, diesem Brief, der ihn aus vielerlei Gründen zusammenzucken ließ, stand, ein wenig unleserlich: Dietrich Pawelson aus dem ehemaligen Fähnlein Schenkenbergs.

Dieser fremde Bursche hatte ihm geschrieben. Balzer aber hielt es nicht für nötig. Natürlich freute er sich, daß dieser fremde Junge, Paavels und Epps Sohn, von den Toten auferstanden war. Freute sich um so mehr, als sein, Balthasars, Schuldgefühl im Ergebnis des jahrelang dauernden Kampfes zwar immer schwächer geworden, aber nie ganz verschwunden war ... Tiidrik lebte und machte Balthasar anscheinend durchaus nicht für sein trauriges und wechselvolles Schicksal verantwortlich. Trotzdem empfand Balthasar es eher als schmerzlich, daß er diesen Brief erhalten hatte.

Ach, schließlich hatte er sich vorgenommen, lieber an das zu denken, was, so unwahrscheinlich es sein mochte, für fremde Kinder bald Wirklichkeit wurde. Balthasar trat aus der Pforte am Langen Domberg auf die Langstraße. Während er über den festgetretenen Schnee ging, erinnerte er sich:

Herzog Karl war im August in Reval eingetroffen, genau einen Monat nachdem er dem Reichstag in Linköping befohlen hatte, ihn zum König zu wählen. So eilig hatte er es gehabt herzukommen, daß er keine Zeit mehr fand, sich krönen zu lassen. Das Ministerium in corpore war nicht zum Hafen befohlen worden, um den Herzog zu begrüßen. Balthasar aber wohnte seiner Ankunft bei. Die immer noch nicht ganz erloschene Neugier hatte ihn hergetrieben. Er sah zu, wie der Herzog, durch Salutschüsse von sieben Kanonen willkommen geheißen, an Land ging und sich durch Spaliere und Menschenmengen hindurch zur Oberstadt begab. Der Herzog war ein mittelgroßer beweglicher Herr mit weit aufgerissenen Augen und unzufriedener Miene, der, seinen Hut lüftend, nach rechts und links grüßte. Bei jedem Kopfnicken sah man auf seinem fast kahlen Schädel zwei dünne Haarsträhnen, die so gekämmt waren – die eine längs, die andere quer zum Scheitel –, daß ein Kreuz entstand. Das zeugte (nach Meinung der Leute) davon, *wie* unerschütterlich der Herzog dem rechten Glauben ergeben und den Jesuiten abhold war. Begleitet wurde er von seiner Gemahlin Christina, Tochter des Herzogs von Holstein, und zwei Knaben – Herzog Johan, dem zwölfjährigen Sohn des verstorbenen Königs Johan III., und Karls eigenem sechsjährigen Sohn Gustav Adolf, einem munteren Knirps mit gierigen, klugen Augen. Und einer Gruppe von Hofdamen. Die Geschenke des Adels und der Stadt für den Herzog – gemästete Bullen und Fässer mit Wein – waren kaum überreicht, da begannen im Schloß auch schon schwierige Verhandlungen, bei denen es hart auf hart ging. Aus alter Gewohnheit stattete Balthasar im August und September Winkler mehrere Besuche ab und erfuhr, über das hinaus, was er in der Stadt gehört hatte, interessante Einzelheiten über die Verhandlungen. Seltsam: Es hatte ganz den Anschein gehabt, als ergriffen in Estland die Städte und die Landbevölkerung mehr für den Herzog Partei, während Sigismund den Adel hinter sich zu haben schien. Nun aber stellte sich heraus, es verhielt sich genau umgekehrt. Das heißt relativ gesehen. Denn die Bauern kamen hierbei, als wirkender Faktor, nur de facto in Betracht, nicht aber de jure. Jedenfalls machten die Verhandlungen mit der Stadt kaum Fortschritte. Der Herzog verlangte die Ausweisung aller Ausländer. Die Ratsherren beriefen sich darauf, in Reval schon immer mit ihnen Handel getrieben zu haben. Der Herzog forderte die Einführung des schwedischen Rechts. Die

Ratsherren waren nicht gewillt, auf das lübische Recht zu verzichten. Der Herzog wünschte die Entsendung von Vertretern der Stadt in den schwedischen Reichstag, doch nicht einmal von dieser Ehre wollten die Ratsherren etwas wissen. Beharrlich erstrebten sie die Bestätigung, daß die alten Privilegien der Stadt auch fürderhin nicht angetastet würden. Auf den Zusammenkünften bediente sich der Herzog ihnen gegenüber, gelinde gesagt, heftiger Worte. Das heißt, er schrie sie an und nannte sie in seiner Wut Tranhändler und Tölpel (geradeso, als sei er bei dem alten Bade in die Lehre gegangen). Aber sie blieben eisern. Balthasar mußte zugeben, daß diese von alters her eingewurzelte Aufsässigkeit Respekt verdiente. Nach jedem Wutausbruch des Herzogs sagten sie gelassen (was der Herzog als den Gipfel der Unverschämtheit bezeichnete), jetzt bäten sie demütig um Gehör. Fiel ihnen kein anderer Vorwand mehr ein, so gebrauchten sie die Ausrede, sie müßten erst mit den anderen sprechen. Die Ratsherren berieten mit den Vertretern der Gilden, und die einhellige Ablehnung der Kaufleute und Handwerker bestärkte sie noch in ihrer trotzigen Haltung. Die Folge war, daß Herr Holthusen dem Herzog geradeheraus sagte, und diese Formulierung ist berühmt geworden: Besser, Ihr nehmt uns etwas mit Gewalt, als daß wir aus freien Stücken auf die Freiheit verzichten! Der Herzog konnte also der Stadt nicht beikommen und reiste Anfang September unverrichteterdinge ab, um Krieg gegen Polen zu führen. Der estländische Adel erwies sich als weit geschmeidiger. In gewisser Weise war diese Geschmeidigkeit natürlich infam. Aber wiederum auch bewunderungswürdig, bewies sie doch, daß der Adel die Zukunft vorausahnte. Aber darf man Kriecherei und Voraussicht künftigen Geschehens zu Klugheit erheben? Ist Unterwürfigkeit dem heutigen Machthaber gegenüber oder dem, der morgen, der in zehn oder in hundert Jahren an die Macht kommt, »richtig« oder »falsch«? Und wie weit muß man voraussehen, um vorsorglich zu sein? Oder vielleicht strebt man besser nicht danach, sondern nach ganz anderem? Woher sollte Balthasar das wissen, als er an jenem Morgen durch die verschneite Langstraße nach Heiligengeist ging? Als er bemerkte, nur noch ein paar Schritte, und er konnte sehen, was der goldene Zeiger auf dem feucht gewordenen Zifferblatt neben dem Eingang zeigte …

Jedenfalls brachten einige Herren der Ritterschaft, zum Zeichen ihrer Loyalität, ihre neugeborenen Kinder ins Schloß in der Oberstadt, um sie daselbst taufen zu lassen. Der von der Ritterschaft mit der Führung der Verhandlungen mit dem Herzog betraute Dietrich Stryk Männikõrvel bat um Erlaubnis, seinen gerade erst geborenen Sohn Karl nennen zu dürfen (als ob ihm das irgend jemand hätte verwehren können!), und ersuchte den Herzog und seine Gemahlin untertänigst, doch Taufpaten des Kindes sein zu wollen. Und der Adelsmarschall, Herr Maidel, dieser alte, abgefeimte Schurke Tönnis, der sich in den Jahren des Doppelstaates mehr als die anderen bald in Stockholm, bald in Warschau herumgetrieben hatte, machte einen Schachzug, vielleicht nicht nur für ein oder zehn Jahre, sondern für viele Jahrzehnte im voraus. Er wand sich ziemlich erfolgreich (wenn auch nicht ideal und nicht im selben Maße wie etwa Herr Boije) aus seiner hinlänglich bekannten propolnischen Orientierung heraus und verstand es, sich, wenn schon nicht unter die Lieblinge des Herzogs, so doch unter die von ihm Geduldeten einzureihen. Seine Frau aber, seine Margarethe mit ihrem rosa Marmorgesicht, die in dieser Zeit recht füllig geworden war, schob er, weiß der Teufel, wie, dem kleinen Gustav Adolf als Hofmeisterin unter.

Der Adel erfuhr also eine Bestätigung seiner Privilegien. Die Revision der Landgüter wurde allerdings fortgesetzt. Adligen, die als staatsfeindlich galten, wurden die Güter weggenommen. Die Abgaben und Einquartierungen waren drückend. Doch dem Vorhaben des Herzogs, den Gutsherren das Recht zu nehmen, die Bauern bestrafen zu dürfen, widersetzte sich der Adel. Die Folge war, daß er auch weiterhin ungeschoren in seinem zwar etwas gerupften, aber geretteten Privilegiennest bleiben konnte. Und da, ganz zum Schluß, am Vorabend seiner Abreise zum Kriegsschauplatz, legte der Herzog – wer weiß, aus was für einer Eingebung heraus – ein winziges, doch, wie einige meinten, nicht zu unterschätzendes Kuckucksei in dieses Nest! Am zweiten September rief er die Deputierten der Ritterschaft ins Schloß und sagte ihnen, wobei er befahl, seine Worte niederzuschreiben: »Eure Privilegien sollt ihr behalten. Ich bin einverstanden. Aber als Gegenleistung ...« Zugegeben, wir wissen nicht, warum er das verlangte und was er sich dabei dachte! »... meine Herren Ritter, erwarte ich dies: Ihr sollt in Reval eine Schule gründen. Hier in der Oberstadt. Irgendwo in der Nähe eurer Dom- und eurer Ritterschule. Eine komplette Lateinschule. Für die hiesigen Dorfkinder. Und sie auf Kosten der Ritterschaft unterhalten. Damit euch die Lust vergeht, euch davor zu drücken, bringe ich fünfzig Taler in die Kasse zur Finanzierung der Schulgründung ein.«

Fünfzig Taler – der Herzog meinte natürlich Staatstaler – bedeuteten dem jetzigen Kurs zufolge tausend Mark. Das war weit weniger als jene tausend Mark, die seinerzeit der selige Kimmelpenning geopfert hatte, um estnischen Kindern zu Bildung zu verhelfen. Nicht nur, weil die Mark im Kurs gefallen war. Auch, weil Kimmelpennings Schenkung ein Drittel seines Vermögens ausmachte, die des Herzogs jedoch höchstens den dreißigtausendsten Teil des Geldes, das ihm zur Verfügung stand. Andererseits aber wogen die Markstücke des Herzogs schwerer als die Kimmelpenningschen. Denn zu letzteren war von keiner Seite je etwas hinzugekommen. Doch zum Geld des Herzogs mußte der Adel etwas beisteuern! Gegenwärtig hielt sich der Herzog irgendwo zwischen Pernau und Fellin auf und kämpfte gegen Zamoyski und Farensbach. In den verflossenen drei Monaten aber hatte niemand dieses Kuckucksei Schule ausgebrütet. Das jedoch nicht zu tun war undenkbar! Während Balthasar schon vor Heiligengeist stand, konstatierte er bei sich: O weh, der goldene Uhrzeiger an der Mauer zeigt bald Viertel zwölf! Er dachte: Ich muß unbedingt herausfinden, welche Absichten man mit dieser Schule für Bauernkinder verbindet. Und meine Vorschläge zu Papier bringen. Gleichgültig, ob man danach fragt oder nicht. Wer soll eigentlich danach fragen? Und ich muß sie dem jungen Herrn Horn unterbreiten, sobald dieser aus dem Krieg kommt, um den Winter in Reval zu verbringen. Doch warum habe ich so ein merkwürdiges Gefühl, als hätte ich etwas zu tun verabsäumt? Was mag das nur sein? Nein, nein, mit der Schule hängt es nicht zusammen. Das, was ich unterlassen habe, sind Eintagsfliegen ... Nicht so wichtig wie die Schulfrage, aber immerhin ... Aha! Richtig! Er erinnerte sich. Dort oben, bei Dubberch, hatte er etwas verabsäumt. Und die ganze Zeit gefühlt, daß er das noch tun mußte. Wenn es auch unangenehm war. Und sicher hatte das – wie ihm aus unerfindlichen Gründen schien – in Gegenwart von Zeugen zu geschehen.

Aber vielleicht glaubte er das auch bloß, weil er in diesem Augenblick den alten Märten mit seinem Sprößling aus dem Tor des Siechenhauses auf die Heiligengeiststraße treten und auf ihn zusteuern sah.

Er wartete, bis sie heran waren. Mit der Hand nahm er den kleinen Eevert beim Hälschen. Dem schmächtigen warmen Hals unter dem dichten Blondhaar.

»Wohin wollen Vater und Sohn?«

»Semmeln zum Mittagessen kaufen«, erwiderte Märten, und Balthasar bemerkte, daß Eevert ein Körbchen aus Birkenrinde trug.

»Sieh an, was für Leckermäuler«, meinte Balthasar verwundert. Mit bitterem Lächeln dachte er: Märten ist auf seine alten Tage wunderlich geworden, geht zusammen mit dem Dreikäsehoch Semmeln kaufen ...

Er hob das schmale, an ein Wiesel erinnernde Gesichtchen des Jungen zu sich empor und sagte: »Hör mal, kannst du die Brötchen auch allein kaufen?«

»Kann ich.«

»Dann tu es. Aber vorher gehst du noch zu mir nach Hause und richtest Päärn oder Kiido oder wer sonst dort ist von mir aus: Sollte ich noch nicht zurück sein, wenn Pastor Jacoby von Jegelecht kommt – er hat versprochen, heute um zwölf vorbeizuschauen –, möchte er ein Weilchen in der Sakristei warten. Hast du alles verstanden?«

»Hab ich.«

»Na, dann lauf«, meinte Balthasar. »Dein Vater und ich aber haben etwas anderes zu erledigen.«

Der Junge trabte davon, und Märten fragte: »Was willst du von mir?«

»Nichts weiter«, knurrte Balthasar und führte Märten durch die Langstraße. »Ich möchte bloß, daß du meiner Unterhaltung mit einem gewissen Jemand beiwohnst.«

»Was für einer Unterhaltung und mit wem?«

»Das wirst du schon merken.«

Nebeneinander gingen sie, durch hohe Schneewehen, die Langstraße in Richtung Große Strandpforte hinunter. Balthasar beobachtete verstohlen den merkwürdig »wissenden«, entschlossenen Schritt seines alten Freundes, musterte sein mageres, gleichsam hölzern gewordenes Gesicht, das trotzdem noch ganz das alte war und jetzt komischerweise seinem schon vergessenen Abbild aus Birke mehr glich als dermaleinst ... Seinem Abbild, das noch irgendwo – Balthasar konnte sich nur nicht besinnen, wo genau – im Pfarrhaus liegen mußte. Er fragte: »Hör mal, hast du je darüber nachgedacht: Sind wir auch jetzt noch dieselben wie einst, als wir uns auf den Straßen zwischen Fischermai und Reval herumtrieben? Oder sind wir anders geworden?«

Märten blieb eine Weile stumm. Sie waren schon bei der Kanutigilde angelangt, da sagte er: »Ich hab auch darüber nachgedacht ...«

»Und?«

»Ich weiß nicht. Wir sind doch dieselben und auch wieder nicht. Kommt ganz auf die Betrachtungsweise an.«

»Richtig!« rief Balthasar aus, überraschend lebhaft. »Und weißt du was! Vor langer Zeit, als wir jung waren, freuten wir uns, wenn wir bemerkten, wie sehr wir uns verändert hatten, stimmt's? Jetzt aber tut es so gut, ist es geradezu die einzige Rettung, zu denken, wie sehr wir die alten geblieben sind.«

»Ich für mein Teil sehe nicht, daß ich mich allzusehr verändert hätte«, murmelte Märten, »du natürlich ...«

»Nun ja«, gab Balthasar zu, »ich tatsächlich ... Manchmal, wenn ich so zurückdenke ... Einfach unwahrscheinlich. Weißt du noch, wie wir bei dem Aufstand dabei waren? Wie wir gen Lode geritten sind – Ohm Jakob und die anderen, das Kellenmaul und du und ich?«

»Weshalb mußt du das jetzt auf der Straße ausposaunen«, sagte Märten griesgrämig.

Balthasar führte ihn von der Langstraße nach links um die Ecke zur Olaikirche und dachte auf dem Weg dorthin: Wir sind schon alt, und doch haben wir immer noch Angst, den Namen Lode laut auszusprechen ... Käme jetzt hier auf der Straße jemand auf mich zu, legte mir die Hand auf die Schulter und sagte: Aha, eben hast du zugegeben, daß du bei Lode dabei warst, ich habe es mit eigenen Ohren gehört! – vielleicht würde ich ihm doch lieber antworten: Du hast dich verhört! Ich habe von Davids Kampf gegen Goliath gesprochen. Und von der Kreuzigung zu Golgatha! Lode habe ich mit keinem Wort erwähnt. Ich weiß nicht einmal, wo das liegt ... Doch Balthasar untersuchte diese Frage nicht weiter. Weder laut noch für sich. Aber er senkte auch nicht die Stimme.

Balthasar fragt: »Hör mal, erinnerst du dich an das Kellenmaul?«

»Klar!« brummt Märten.

»Hast du gesehen, wie er starb? Wie er sich auf die Lanzen stürzte?«

»Nein. Ich bin kurz davor verschwunden.«

»Aber ich habe es gesehen«, sagt Balthasar. Er starrt vor sich in die Luft und *sieht* durch die grauen Mauern der Langstraße hindurch, wie dieser ungestüme Bursche seinem Pferd die Sporen gibt und mit erhobenem Schwert fluchend auf die Ritter zujagt. Seine grauen

Augen sind zusammengekniffen. Schaum steht ihm vor dem Mund. Balthasar hört wieder, wie die Schreie des Kellenmauls das Hufgetrappel des Ritterheers übertönen. Er sieht: Das Kellenmaul pariert den Stoß der ersten Lanze, mit beiden Händen schlägt er sein Schwert einem Ritter auf den eisernen Nacken und stößt den Eisenmann vom Pferd. Dann wird er selbst, von drei Lanzen durchbohrt, aus dem Sattel in die Luft geschleudert. Oh, oh …

»Bereust du es?« fragt Märten, und Balthasar zuckt zusammen, weil man es wagt, so zu bezeichnen, was er bei dieser Erinnerung empfindet. Er bereut doch nicht! Das wäre unsinnig! Trotzdem …

»Was?«

»Na, daß du damals ausgerissen bist? Sonst gäbe es die Chronik nicht.«

»Und du glaubst, daß …« Aber Balthasar fragt nicht weiter. *Zu* seltsam wäre es, wollte er fragen: Du glaubst also, meine Chronik ist es wert, daß ich mich damals aus dem Staub gemacht habe?

Durch den Weckengang gelangen sie zur Breitstraße und biegen dann nach rechts ab, zur Olaikirche. Nun gehen sie, Balthasar vornweg, Märten hinterdrein, durch den aus einer neuen Schneewolke hervorbrechenden Flockenwirbel hindurch ins Gotteshaus. Durch das unwahrscheinlich hohe Mittelschiff gelangen sie zum Altar und bleiben vor der zur Sakristei führenden Tür stehen. Balthasar klopft. »Herein!« wird ihnen geantwortet.

Ein langgestreckter Raum mit drei Fenstern und einer einfachen gewölbten Decke. Auf den Regalen Folianten, Becher und Gott weiß was für Gegenstände. In der Mitte der Schreibtisch des Pastors. Eine Sakristei wie jede andere. In den Jahren seines Predigeramtes ist Balthasar mehr als einmal hiergewesen. Und Märten gewiß nicht seltener. Balthasar aber war schon in dieser Sakristei, bevor er Pastor wurde. Einmal jedenfalls. Und aus einem sehr wichtigen Anlaß. Immer wenn ihn etwas hierherführt, erinnert er sich daran: Es war sein letztes Zusammentreffen mit Meus. Damals diktierte er dem

Mann seiner Schwester einen Brief an Rektor Wolff und begab sich, diesen Brief in der Tasche, am Morgen des folgenden Tages auf die Reise, mit der sozusagen sein Lebensweg begann.

Doch am Tisch sitzt jetzt nicht der besorgte, vor lauter Gutmütigkeit hilflose Meus, sondern der glatzköpfige Sagittarius mit seinem spärlichen graumelierten Haar und seinem roten, pockennarbigen Gesicht. Nun reißt er seine stechenden Augen eines Streithahns vom Papier los.

»Balthasar selbst! Balthasar in eigener Person? Und sogar zu zweit? Was ist geschehen?«

In fünf Jahren hat Balthasar nicht begreifen können, was für ein Mensch dieser Superintendent ist. Nur daß er ein unmögliches Großmaul ist und der Rat ihn, wenn auch widerwillig, aus unerfindlichen Gründen duldet. Das muß um so mehr verwundern, als man spürt, dem Rat reißt bald die Geduld. Warum, das liegt auf der Hand. Sagittarius' maßlose Schimpfkanonaden. Haben wir selbst, denkt Balthasar, denn nie zu dick aufgetragen, wenn es um die Sittenlosigkeit der Revaler ging, um die Bestechlichkeit des Rats, um die Tatsache, daß er die Kirchen beraubt (jedes Jahr streicht der Rat neunhundert Taler an Kircheneinnahmen ein) und dergleichen mehr? Über die Gründe für die unbegreifliche Langmut des Rats verlautet nur das eine: Enthöbe man Sagittarius seines Amtes, würde der sich spornstreichs in ein anderes Land begeben und Revals unglaubliche Schande dort an die große Glocke hängen …

Gestern oder vorgestern hätte Balthasar es vielleicht für nötig befunden, diesen Gerüchten in gewisser Weise Rechnung zu tragen. Jetzt steht er hier, mitten in der Sakristei, und nimmt sich vor: Mag dieser Trottel und Schurke tun, was er will, ich handele so, wie ich es für richtig halte. Er meint: »Wenn man uns Platz angeboten hat, sage ich, was geschehen ist« und setzt sich auf einen Schemel, noch bevor Sagittarius ausrufen kann: »Setzt euch, setzt euch, um Gottes willen!« Märten aber bleibt hinter Balthasar stehen.

Balthasar sagt: »Heute morgen bei Dubberch hast du uns aufgefordert, es abzulehnen, Bade zu beerdigen. Aber erstens wissen wir noch gar nicht, ob er tot ist. Vielleicht lebt er noch. Vielleicht wird er, auch gelähmt, noch zehn Jahre weiterleben. Und mich und dich überleben. Na schön. Angenommen, er ist tot. Trotzdem, ihm ein christliches Begräbnis verweigern ... das geht nicht!«

Sagittarius ruft: »Meinst du vielleicht, er sei dafür noch nicht schweinisch genug gewesen? *Du* bist sein Verwandter und kennst seine teuflischen Reden besser als irgendein anderer! Was heißt hier, das geht nicht? Wir stimmen ab, und schon geht es. Da bin ich ganz unbesorgt!«

»Ihr könnt beschließen, was ihr wollt«, sagt Balthasar, »mein Entschluß steht fest: Ich werde ihm ein christliches Begräbnis trotzdem nicht verweigern.«

»Du würdest es wagen, auch wenn wir in corpore etwas ganz anderes beschließen?« schreit Sagittarius und springt von seinem Stuhl auf.

»Wieso in corpore, wenn ich nicht einverstanden bin?« widerspricht Balthasar. »Du sagst, ich müsse seine teuflischen Reden besser kennen als irgendein anderer. Mag sein. Aber auch seine menschlichen Reden kenne ich besser als jeder andere. Ich weiß, ich selbst bin vielleicht keinen Deut besser als er! Jedenfalls weißt du nun, was ich tun werde!«

Darauf erwidert Sagittarius, und seine Stimme zischt seltsam höhnisch: »Ach so! Ach, du trittst also für den Geldsack deines Verwandten ein, mag der auch noch so ein Heide sein! Verwandtschaft und Reichtum! Ihnen hast du dein Leben lang gedient, die ganze Stadt weiß das! Deinen Verwandten – Bauern, Räubern, Heiden – unentgeltlich und aus Dummheit! Fremden auch aus Dummheit, aber für gutes Geld!«

Balthasar steht schon. Er sagt nichts. Er spürt, daß ihm die Luft knapp wird. Die Luft – und, Gott weiß es – vielleicht auch die *Wahrheit* ... Nicht die Wahrheit diesem pockennarbigen Lumpen, sondern dem Allmächtigen selbst gegenüber. Überhaupt, mußt du denn immer das letzte Wort behalten? Es tut manchmal gut, daneben zu stehen, wenn der Schlag der über dir geschwungenen Axt auf den Steinfußboden niedersaust, zwei Schritt davon entfernt zu stehen, unverletzt und frei zu sein, dir nichts anmerken zu lassen und zu fühlen, du bekommst wieder genügend Luft.

Balthasar macht Märten ein Zeichen, und sie verlassen die Sakristei.

Von der Sakristei aus gehen sie zurück durch die fast menschenleere Kirche. Auf dem Steinfußboden vor den Altarstufen knien ein paar Leute und beten. Ein paar Krüppel sind hereingekommen, um sich auszuruhen, und sitzen nun auf den Bänken neben der Tür, an deren äußerstem Ende. Märten und Balthasar begeben sich durch den unteren Stock des Turms in das Paradies. Dort links befindet sich eine kleine verschlossene Tür, durch die man auf die Turmtreppe gelangt. Aus dem Hauptportal treten sie hinaus in die graue Helle des tauenden Schnees. Und Balthasar schaut nach oben. Wie immer, wenn er hier ist. Wie auch vor einer Viertelstunde, als das Schneetreiben Turm und Himmel seinen Blicken entzogen hatte. Jetzt ist die einem Berg gleichende graue Schneewolke vom Gotteshaus zum Stolting gezogen, und, o Wunder, über dem Turm leuchtet ein Fetzen klaren graublauen Himmels. Und irgendwo dort, hinter diesen düsteren Schneebergen, muß die Sonne sein. Sie läßt sich nur ahnen. Aber die Turmluken sind geschlossen. Die oberste natürlich auch. Und weit und breit kein Wunderseil. Weder dort, wo der Fetzen klaren Himmels ist, noch im Westen, wo die Wolken sind. Es kann gar nicht dasein. Darf nicht. Denn war es je dort, so lebt es in denen, die es gesehen haben, ewig weiter. Wenn sie noch die sind, die sie waren. Lebt ewig weiter, ganz gleich, was jetzt mit dem Turm geschieht? Er wird höher und höher. Auf einmal ist er mitten im Himmel, so fern und doch so nah. Und nun nähert sich dem Turm … Was ist das? Ein Gesicht … Aha, das ist ja das aus Birke geschnitzte Abbild des alten

Freundes … wie heißt er doch gleich, dieser alte Freund? Aber es ist so riesig, fast halb so groß wie der Olaiturm, und vor dem klaren Himmelsfleckchen dunkel, fast schwarz. Sicher ist es das Gesicht des Erdgottes auf dem vom Blitzschlag versengten Baum, unter dem Frühlingshimmel …

VIERZEHNTES KAPITEL,

welches nichts mehr enthält als die Vorgeschichte der letzten Unterhaltung eines Mannes mit Gott oder, genauer gesagt, den Schluß dieser langen Vorgeschichte und die Unterhaltung selbst

Pastor Jacoby, klein und unansehnlich zwar, aber mit klaren Augen und einer kräftigen Stimme ausgestattet, ist trotz seiner Jugend schon einige Jahre Pfarrer an der Kirche von Jegelecht. Ebenso lange, soweit das die Angelegenheiten seiner eigentlichen Gemeinde, Wind, Eis und Seegang zulassen (und – Herr, vergib – soweit seine Kräfte und seine Gesundheit es erlauben), hält er auch in der kleinen Laurentiusgemeinde auf der Insel Wrangelsholm Gottesdienste ab. Und wenn alle Voraussetzungen gegeben sind: ein freier Sonntag, ruhige See oder festes Eis und der dafür nötige Eifer, was nicht immer zusammentrifft, fährt er zur Insel hinüber. Das aber kommt, ehrlich gesagt, recht selten vor. Einmal zu Beginn des Jahres, wenn er, so Gott will, zwischen Weihnachten, Neujahr und dem Dreikönigsfest einen Abstecher dorthin macht, ein- oder zweimal im Laufe des Sommers und gewöhnlich noch einmal im Herbst, wenn auf dem Festland die Feldarbeiten beendet sind und ihm scheint, auch hier, auf Wrangelsholm, müsse schon alles getan sein. Doch im Grunde genommen bemerkt er kaum, ob sie bei seinem Besuch im Herbst noch mit dem Sprottenfang beschäftigt sind oder nicht. Vor der Kirche von Jegelecht trifft er eine Abmachung mit einem Bootsführer und sticht dann mit ihm von Punakivi oder Ihasalu aus in See. Diesmal ist er vom Revaler Fischufer abgefahren, denn vorher wollte er in der Stadt noch einiges erledigen. Unter anderem hatte er vor, Rüssow von Heiligengeist einen Besuch abzustatten. Obwohl etwas griesgrämig, ist Jacoby doch eifrig und fleißig. Diesmal hätte er für sich und seine Gemeinde bei Balthasar gern Lieder des alten Hans Susi abgeschrieben.

Jacoby oder Peter (Rüssow von Heiligengeist redet ihn jedenfalls mit Vornamen an) hat nie so richtig begriffen, wie eigentlich die Einstellung dieses wichtigen, manchmal barschen Mannes zu ihm ist. Freundschaftlich, soviel steht fest. Natürlich nicht überschwenglich. Aber er ist immer hilfsbereit. Doch er gibt sich dabei ein wenig ironisch. Als wollte er sagen: Hat der Sohn eines Gildedieners nun schon mal die Kanzel erklommen, könnte man wenigstens ein bißchen mehr Schwung von ihm erwarten.

Jetzt steht Peter Jacoby hier, auf der knarrenden Kanzel in der winzigen, schief gewordenen Kirche, durch die der Seewind pfeift. Er hat bereits die gekürzte Variante seiner am vergangenen Sonntag in Jegelecht gehaltenen Predigt vorgetragen (ist das Gotteshaus kleiner, ist die Predigt es auch), und nun haben seine etwas schwerfälligen Zuhörer sich doch zu einem Choral bequemt. Was nichts anderes bedeutet, als daß er ihnen selbst Hans Susis Worte vorsingt:

»Ja, alle meine Sünden
Will gern bereuen ich ...«

Laut, mit glockenreiner Stimme, singt er ihnen diese Worte vor – die kleine Inselkirche besitzt keine Orgel –, einzelne Gemeindemitglieder fallen in den Gesang mit ein, so gut sie es verstehen.

Der Gottesdienst scheint beendet zu sein. Da aber faltet der Pastor die Hände zum Gebet und sagt: »Und nun, liebe Gemeindemitglieder, wollen wir gemeinsam für einen Mann beten, an den sich viele auf dieser Insel erinnern werden, denn er hat einige Male von dieser Kanzel gepredigt und, wie ich hörte, auch diese Kirche geweiht, als nach dem Brand der Turm wieder aufgebaut war. Beten wir für den Pastor der Revaler Heiligengeistkirche Balthasar Rüssow. Er ist gestern ganz plötzlich erkrankt. Wir bitten Dich, o Herr, steh Deinem langjährigen Diener bei in der Prüfung, die Du ihm auferlegt hast. Erhöre unser Gebet: Möge er entweder bald wieder gesunden oder ihm das Ende leicht werden. Doch nicht, wie wir wollen, sondern wie Du willst, möge es sein. Amen.«

Mit Schuhen, Stiefeln, Pasteln klappernd, polternd oder schlurfend, treten sie aus der Kirche hinaus in das Meeresrauschen des grauen Wintermorgens. Noch bedrückter als zuvor, obwohl nur wenige bis dahin von diesem Revaler Heiligengeistpastor gehört haben, dem eben erst ihr Gebet gegolten hat. Ehrerbietig haben sie dem Pastor den Vortritt gelassen, dann sind auch sie ins Freie geströmt. Sie kehren dem weißen Ufergeröll und dem schwarzen Meer den Rücken zu und stapfen zwischen den unter Schnee und Sand begrabenen Grabhügeln hindurch. Nun geht es durch den Tannenwald, wo der schmale Pfad die Menschenschar zwingt, ihren Weg, ob sie will oder nicht, in lang auseinandergezogener Kette, im Gänsemarsch, fortzusetzen. Mit den Schößen ihres Schafpelzes den Schnee von den Tannenzweigen fegend, überholt eine Frau die gemächlich dahintrottende Gemeinde und hastet auf den Seelsorger zu.

»Pastor ... Ihr habt ihn gestern gesehen? Was ist mit Balthasar ... mit Herrn Balthasar?«

Eine ältere Frau. Bestimmt sogar eine *alte* Frau. Wer weiß. Vielleicht hat sie der Pastor bei seinen früheren Besuchen unter den Einheimischen gesehen. Vielleicht auch nicht. Jedenfalls ist sie keine, die man gleich wieder vergißt. Wie eine Hiesige sieht sie nicht aus. Hochgewachsen ist sie, wie viele hier. Aber sie geht zu schnell und ist zu schlank, um eine von den einheimischen Frauen zu sein. Ihr Haar muß grau sein, den Strähnen nach zu urteilen, die unter dem Sonntagskopftuch hervorlugen. Und sie hat so prüfende graue Augen, daß man ihr schwerer etwas vormachen kann als anderen. Das kleine, schmächtige Antlitz dieser alten Frau wirkt beinahe mädchenhaft; rosa Apfelbäckchen hat sie.

»Woher kennst du ihn?«

»Ich war Dienstmagd bei ihm.«

»Aha. Ich habe ihn gestern nicht sprechen können. Als ich kam, brachte man ihn gerade nach Hause. Er hatte einen Schlaganfall erlitten. Der Doktor war da. Sie haben jetzt einen Doktor in Reval. Einen Herrn Wasmer. Der hat niemanden zu ihm gelassen. Man sagt, er habe die Sprache verloren, sei aber bei klarem Verstand. Mehr weiß ich nicht.«

Die Frau bedankt sich bei Pastor Jacoby, tritt zur Seite und läßt die hinter ihr Kommenden vorbei. Sie sagt etwas zu einem vorübergehenden Paar in spitzen finnischen Stiefeln, einem schon bejahrten Mann und seiner Frau. Die ganze kleine Pfarrgemeinde ist längst den Blicken entschwunden, sie aber steht noch immer am Rand des Kirchweges im Wald, hält sich an einem mit Schnee bepuderten Tannenzweig fest und denkt: Nicht umsonst hat es mich in diesen ganzen achtzehn Jahren nach Wrangelsholm getrieben. Wenn ich auch nur jedes Jahr einmal, mitunter auch bloß alle zwei Jahre einmal hierhergelangen konnte. Von Malos oder Ekholm oder Hogland aus. Immer im Spätherbst, gerade um die Zeit, wo er und ich damals nach Wrangelsholm fahren wollten, um hier zu leben. Nach Reval konnte ich nicht fahren. Aber nach Wrangelsholm. Wenn schon Schnee gefallen, das Meer aber noch offen war. Um in diese Kirche zu gehen. Und der Predigt zu lauschen. Um vielleicht irgend etwas über ihn zu erfahren ... Und siehe, der Herr hat es mich hören lassen. Jetzt muß ich zu ihm ...

Der Zufall will es, daß am nächsten Morgen Fischer von Wrangelsholm nach Reval segeln. Um sich bei den dortigen Seilern mit einem Wintervorrat an Werg für die Netze einzudecken. Im Morgengrauen des Montags fährt die Frau mit diesem Boot von der Muustakoopa-Bucht ab. Da sie den Nordostwind im Rücken haben, ist sie schon nachmittags in Reval.

Im Pfarrhaus sind weder der Doktor noch die Frau Pastor. In Annas Abwesenheit versieht die vorgestern ins Haus gekommene Schwester des Pastors, Frau Winkler, die Obliegenheiten der Hausfrau und Krankenpflegerin. Etwas verwundert mustert sie die Besucherin, dann erkennt sie sie.

»Ja. Es stimmt. Sprechen kann er nicht. Und sich bewegen ebensowenig. Ich fürchte, er liegt im Sterben.

Aber er ist bei klarem Verstand. Ihn besuchen? Warum nicht?«

Frau Annika steigt vor ihr die Treppe zum Schlafzimmer hinauf und geht zu dem Kranken hinein. Auf dem Treppenpodest kann Epp hören, wie sie sagt: »Pall, Epp von Neu-Pärtli aus Kurgla ist da, erinnerst du dich an sie? Sie möchte dich besuchen. Willst du sie sehen?«

Eine Antwort ist nicht zu vernehmen, aber Annika ruft sofort: »Komm rein, komm rein!« Epp tritt ins Zimmer. Und merkt erst einen Augenblick später, daß Annika hinausgegangen ist.

Lange gibt es in dem halbdunklen Raum nichts anderes als: für sie – das Gesicht des im Bett Liegenden, für ihn – das Gesicht der neben dem Bett Sitzenden. Zwei Gesichter sind da in dem aschgrauen Abendlicht, die man mehr ahnt als sieht. Zwei Leben, die so schnell verfliegen, daß es töricht wäre, zu sagen: Das eine dauert noch, das andere scheint zu erlöschen. Zwei vergängliche Leben, aneinander vorbeigelebt und doch sühnend in Berührung gekommen.

Vor dem Fenster – man schreibt Ende November – schweben Schneeflocken wie ein Schwarm winziger, langsamer Möwen. In das Halbdunkel dieses Zimmers des Geborenwerdens und Sterbens hinein sagt Epp: »Ich bin nach Wrangelsholm gefahren und dort in die Kirche gegangen. Um Pastor Jacoby zu hören. Er hat für dich gebetet. Von ihm habe ich es auch erfahren. Und gedacht: Das ist ein Fingerzeig Gottes, und jetzt muß ich zu dir. Denn unser Leben steht in Gottes Hand. Ich habe dir etwas zu sagen. Erinnerst du dich noch an Tiidrik? Meinen Sohn? Von dem wir glaubten, er sei bei der Belagerung gefallen? Du hast mich noch mit den Worten des Jeremia getröstet, ich aber wollte keinen Trost. Später hat es mir leid getan, daß ich mich dagegen sträubte!«

Offensichtlich begreift Epp, daß Balthasar genickt hat, denn sie fährt fort: »Weißt du, daß Gott ein Wunder hat geschehen lassen, daß Tiidrik lebt? Es ist gekommen, wie du sagtest, damals, als du mich an die Worte erinnert hast, die Jeremia zu Rahel sprach: Sie sollen wiederkommen aus dem Lande des Feindes ... Pall, du hörst doch, was ich dir erzähle? Tiidrik hat mir aus Schweden geschrieben. Vor anderthalb Monaten. Du mußt auch einen Brief von ihm erhalten haben.«

Balthasar scheint wieder zu nicken. Denn Epp spricht weiter.

»Aber, Pall« – sie nennt ihn Pall –, »du sollst nicht zu unserem Herrgott gehen, ohne daß du erfährst: Du hast dein Leben mit geschlossenen Augen gelebt und weißt nicht ...«

Plötzlich tut es Epp leid, daß sie es Balthasar so gesagt, daß sie es Pall an seinem Sterbelager so gesagt hat. Damit er begreift, daß es ihr leid tut, nimmt sie mit beiden Händen seine auf der Hundefelldecke liegende leblose, doch seltsam warme Hand.

»Weißt du noch, ich habe dich damals gebeten, Tiidrik zu taufen, damit er auch bestimmt getauft wäre. Ich habe dich deshalb gebeten, weil du ihn wenigstens taufen solltest. Denn du bist sein Vater. Er ist nicht Paavels Sohn. Er ist dein Sohn. Gezeugt unter den Birken von Lammassaar ...«

Lange betrachtet Balthasar das in der Dämmerung kindlich wirkende Antlitz dieser alten Frau und denkt: Unter den Birken von Lammassaar hat Gott mir die Hoffnung auf das ewige Leben auf Erden geschenkt, die Hoffnung, etwas sühnen zu können ... Er schließt die Augen. Das kann er noch. Und er tut es, um mit geschlossenen Augen sehend zu werden. Er sagt zu Gott: Vergib mir auf dem Sterbelager meine Sünden. Vergib mir, o Herr, Du weißt am besten, für welche meiner erbärmlichen Taten ich Dich um Vergebung bitten muß ... Für alles, alles! Um eines aber bitte ich Dich besonders. Denn ich fürchte, Du hältst es vielleicht nicht für nötig, mir zu vergeben, was ich jahrzehntelang mit allen Fasern meines Herzens als meine größte Sünde empfunden habe. Daß ich so blind war, so leichtsinnig, so sehr mit mir beschäftigt, daß ich in dieser schrecklichen Welt, in der Du mich hast leben lassen – inmitten von Blattern, Aussatz, Pest, Lustseuchen und Kriegen, inmitten von entsetzlicher Gewalt, Finsternis, Hunger, Feuer und Eis, inmitten zum Himmel schreiender Leiden, die Du meine Augen sehen ließest, auf daß sie sehend würden, jaja –, daß ich inmitten all dessen in manchen Augenblicken, so auch in diesem letzten, vermessen genug war, glücklich zu sein … Herr, vergib mir …

DANKSAGUNG

Der Roman des Balthasar Rüssow verdankt sein Entstehen drei Umständen, die mir die angenehme Pflicht auferlegen, dreimal meinen aufrichtigen Dank auszusprechen.

Erstens (und leider verspätet)

dem verstorbenen Professor Paul Johansen für die Entdeckung der Urkunden, die die estnische Abstammung Balthasar Rüssows bezeugen, wodurch dieser einen neuen, besonderen Rang unter den potentiellen Akteuren der estnischen historischen Belletristik erhielt;

zweitens

dem Akademiemitglied Hans Kruus, der mich auf diese Entdeckung und wohl auch auf deren möglichen literarischen Wert aufmerksam machte;

drittens

den Mitarbeitern der Rarissima- und Handschriftenabteilung der Estnischen Bibliothek der Akademie der Wissenschaften, vor allem Voldemar Miller und Kyra Robert, die mir bei der Durchsicht von allerlei Materialien halfen – eine Arbeit, die weit über ihre dienstlichen Obliegenheiten hinausging;

und endlich

den nahezu unzähligen Kollegen, besonders unter den Historikern, denen ich jahrelang wegen meines Balthasar mit den seltsamsten Fragen zugesetzt habe.

J. K.

ANMERKUNGEN

9 *Trivium* – Bezeichnung für die Revaler Stadtschule, wo Teile des Triviums (Grammatik, Rhetorik, Dialekt) gelehrt wurden.

10 *Salve, pater reverendissime!* – (lat.) Sei gegrüßt, allerhochwürdigster Vater!

panis quotidianus – (lat.) tägliches Brot.

die Augustana – Eigentlich: Confessio Augustana = (lat.) Augsburger Bekenntnis; von Melanchton für den Reichstag zu Augsburg (1530) verfaßte, grundlegende ev.-luth. Bekenntnisschrift

17 *Mähre* – Gemeint ist meraviglia = (ital.) Wunder.

19 *Va bene!* – (ital.) Einverstanden!

Pronto – (ital.) Fertig.

Bevi, che non caschi! – (ital.) Trink, damit du nicht stürzt!

24 *Mündrich* – Besitzer von Leichterkähnen, auch Zillenmann genannt.

29 *Marienland* – (estn.: Maarjama) Damalige Bezeichnung der Esten für ihr Land.

tempore lectionem – (lat.) während der Lektion.

32 *Gotteskasten* – Vermögen der evangelischen Kirche in Reval zum Unterhalt von städtischen Gotteshäusern, Schulen und Armenhäusern.

35 *Symbolum Athanasianum* – Aus dem 6. Jh. (?) stammendes, im Mittelalter auf den Bischof von Alexandria, Athanasius (um 295–373), zurückgeführtes christliches Glaubensbekenntnis.

37 *Küll täna vihmab!* – (estn., unkorrekt) Heute ist starker Regen!

Küll täna kallab! – (estn.) Es gießt heute!

38 *causa uriendi* – (lat.) aus dringendem Anlaß.

41 *Seelbuden* – Tranküchen, in denen Seehundsspeck verarbeitet wurde.

51 *Oldermann* – Gildenvorsteher.

O navis, referent in mare te novi [fluctus] – (lat.) Neuer Sturmwind, ach Schiff, treib auf die hohe See/dich zurück (Horaz, Oden, I, 14, 1f.; deutsch von Manfred Simon).

52 *Pistelmacher* – Riemer und Sattler, die zugleich Kramhandel trieben. Die Zunft bestand ausschließlich aus Esten und existierte bis zum Ende des 16. Jh.

Teen marka! – (niederdt.) zehn Mark, (estn.) Macht eine Mark; Wortspiel aus teen = (niederdt.) zehn, (estn.) macht.

53 *Quamvis Pontica pinus,/Silvae filia nobilis, [iactus]* – (lat.) Magst auch pontische Fichte,/magst des edelsten Waldes Sproß/du dich nennen (Horaz, Oden I, 14, 11f,; deutsch von Manfred Simon).

54 *Koell* – Johann Koell (gest. 1540?), 1532–1540 undeutscher Pastor der Heiliggeitskirche in Reval, übersetzte den Katechismus ins Estnische.

62 »Ab urbe condita« – (lat.) »Geschichte Roms seit Gründung der Stadt«.

77 Üxkyll – Johann Üxkyll, deutscher Adliger, der 1535 wegen Totschlags an einem estnische Bauern in Reval enthauptet wurde.

82 *Hakengehöft* – Hof des Hakenbauern oder Häkers (abgeleitet von Haken = vom Gutsbesitzer gepachteter, steuerpflichtiger Boden des Bauern). Die Hakenbauern verloren gegen Ende des 15. Jh. nach und nach ihre Freizügigkeit und gerieten in Schollenabhängigkeit und Erbuntertänigkeit.

86 *apostata* – (lat.) Abtrünniger (vom Glauben).

susi – (estn.) Wolf.

88 *Kurgala* – Abgeleitet von kurg = (estn.) Storch.

90 *Riegenstube* – Einziger heizbarer Raum im estnischen Bauernhaus, der als Wohnstube und Korndarre dient.

98 *Katergasse* – Halbdeutsche, Esten, heruntergekommene Deutsche, die am Stadtrand leben und überwiegend bei den Deutschen als Aufseher, Knechte oder Boten im Dienst standen; sie waren echt zweisprachig oder sprachen eine deutsch-estnische Mischsprache.

109 *Wartmann* – ursprünglich Ältester eines Dorfes oder Gebietes, später auch Gutsbeamter, der die Arbeiten überwachte und die Abgabenlieferung kontrollierte.

120 *Pastel* – Bauernsandale aus weißgegerbtem Leder.

125 *Kannel* – Altes estnisches Saiteninstrument.

128 *Magister utriusque medicinae* – (lat.) Magister beider Medizinen.

135 *»Hortus sanitatis«* – (lat.) »Garten der Gesundheit«.

»Liber pestilentialis« – (lat.) »Pestbuch«.

»Serratura« – (lat.) »Amputation«.

139 *Qui tacet, consentit.* – (lat.) Wer schweigt, ist einverstanden.

141 *Praemissum semper verum* – (lat.) Die Wahrheit immer vorausgeschickt.

142 *»De humani corporis fabrica«* – (lat.) »Über die Bildung des menschlichen Körpers«.

172 *Intersit tamen crux mea inter eos!* – (lat.) Dennoch sei mein Kreuz zwischen ihnen!

173 *Intellexistine haec quoque?* – (lat.) Hast du das auch verstanden?

Verba quidem, sed non sententiam! – (lat.) Die Worte ja, doch nicht den Sinn!

196 *Tu quoque* – (lat.) Du auch.

215 *Poeta quam primum animum* ... – (lat.) Als der Poet zuerst sein Augenmerk/Der Bühne zugewandt, da fiel er dies/Allein für sein Geschäft, daß seine Stücke/Dem Publikum gefielen. Doch sieht er... (»Andria« der Terenz, Prolog; deutsch von Johannes Herbst).

220 ... *aber wir sahen uns gezwungen* ... – Niederdeutscher Originaltext: ... aber wier seyn durch die grausam gewaltt, des feinst zu Ruicke weichen mussen dan es ist dier Feintt, den Morgen vngeferlich Am Anfange des Dages Ahn vnser wacht geruickt eynen ehrslagen den Andern gefangen In dem uns dat geschrey Im Lager eroffend, haben wir zur Stundt slacht ordnung gemachtt, vnd den alarm platz Ingenohmen, vnd ist Christoffer vhan Monnickhusen vnd Hinrich Vxkell, mit etzlichen die des kriegs gebrauchtt, mit 50 pferden vber die (beke) kegen den feinth

geruickett, zu bie sehnn (was etwan) kegen dem feinde fuirzunhemen where … Derbhoiff die schuitzen fanen vnnd … Bigerett, Indeme die zu Ihme (ge)zogen, hatt ehr die grosse machtt, und gewaltt des feindes Ahn drien hauffen, vorthruiken sehen Daraus verstanden, das mit vnser gantzer Wachtt, kegen dem feinde keine vfenthaltung schweig Abbruch geschehn kunde, vnd wie wol, der alarm platz nach kleinem vorteil, haben wir vn Angeshen desselben vnd des feindes grosse Macht vnd Antzall denselben, platz eine Raume Zeit (mit or)dnung ingehalten in Meynong ob sych Der Feindt myt seyner grossen Machtt vns Angriffen vnangesehen, Desselben Inhen dar zu erwarten Es hatt vns aber In dem (die Z)eitung angetroffen das hier feintt mit einer grossen Anzahl vom Neuenslohs vffgezogenn vnd hinder in vnserm alten Leger zu Sembruiken vor handen In Meynung vns van beyden Seyten so Ahn zu griffen, … Dieweil wir aber das(selbe allent)halben vornohmen haben wyr nicht a(nder)s dan zu Ruick In vnser furteil zu Wesenburgk zu Ruiken byradtslagett, … bis vf e. h. f. g. fernen boscheitt zuerhalten Weil sych aber der feiendtt, nichtt allene das Mall, sondern von eynen Dhage thom Andern (mi)tt seyner grossen Machtt, grosser ster(cke ansehe)n lasst, vnd als Mhan sagtt, etz eyngenhomen (h)aben noch In diesen Dagen etliche Bourhen vf die halbe des (Pu)rtzen becke zu sych gefuirett etliche myt gewaltt, vnd den Mehren teyll mit Liebe An sych zeuchtt, wir aber der kaume 500 pferde 200 Landtzknechte der grossen Machtt zu wydderstreben, geschwige Dasselbe zu werhenn viel zuschwach.

240 *Mithridat* – Im Mittelalter verbreitetes Universalheilmittel, aus 54 meist erhitzenden Ingredienzien hergestellt, genann: nach Mithridates VI. Eupator (132–63 v. u. Z.), König von Pontos.

249 *humanum corpus* – (lat.) menschlicher Körper.
humanum cor – (lat.) menschliches Herz.

253 *Simons* – Menno Simons (1492?–1559), Führer der später nach ihm Mennoniten genannten Täufergemeinschaft, die u. a. die Kindtaufe ablehnt.

256 *ex improviso* – (lat.) improvisiert.

266 *Gutta cavat lapidem* – (lat.) Steter Tropfen höhlt den Stein.

268 *in … eidgebundenen Dingen* – Angelegenheiten, die den Eid berührten, den die Revaler Bürger dem Ordensmeister geleistet hatten.

272 *exempli causa* – (lat.) des Beispiels wegen.

275 *Durchlauchtiger Hochgeborener Fürst* … – Niederdeutscher Originaltext: Durchleuchtiger Hochgeborener Fürst Gnedigster Her Euer F. D. sein mejne vntherthenige traue Dynst alle Zeit bereith Gnedigster her Ich weiß euer F. D. vntherthenige nicht zu bergen das der Her Coatiutor nach eroberung des hauses Ringen des 9 Dages dar nach den Russen Ihn seijnen grossen lesiger vbreitet Da ehr vber 12 000 stärck gelegen ynd Daraus geschlagen, vnd vber 3 meilen nach gegangen, Ihn der flucht vber 300 erschlagen vnd zwen Baijaren gefangen vnder welchen ejner von dem heren Coadiutor geschossen vnd von Ihm selbst gefangen, der

selbige kan guth Franczhosisch Italianisch und lateijn Ihn solcher maglung ist der Her Coatiutor mith eijnem Walachen Gestuerczt vnd auf der rechten seijten circa pudenda gebrochen welches warlich zubeklagen ist, Hat sich der vrsach halber den 22 Nouembris mit Raeth und willen Den Renter vnd Lanerknecht Ihn meijne Behausung vorfüget (da ehr den Icziger Zeit noch) gesundheit Zuerlangen, welches mit Gotlicher hulf Ihn 3 Wochen gescheen sal vorharret, Der 23 Nouembris hat ehr alle knecht vnt Renter beide Edel vnd vnedel so lifender geboren sindt beij vorlust, ehre, leibs vnd guths forderen lassen, das sy von dem vormeijnten Obersten des schlos Reual sollen abtreten vnd se seindt denselben Dagk vber hundert und funf gehorschamlich erschienen, Ehr hat auch allen Edlen, Amptleuten, und baueren bebiten lassen, dy nach dem schlos Reual gehoren das nijmandt Ihnen dijnst oder Zufur Thun sal, besonders alles auf sein haus vnd Schlos zu Vellin füren bis auf weiteren bescheidt, welches auch also geschieht was weiter vorlaufen wirdt will Ich euer F. D. schleunigst vnderdenigst vorstendigen …

Euer F. D. willigen vnterdaner
Mattheus Friesner

circa pudenta – (lat.) in der Leistengegend.

276 *in somno factitio* – (lat.) in einem unruhigem Traum.

293 *Heu me, qui dirrupta nobile femina bestiis obiectus* … – (lat.) Wehe mir, der ich den wilden Tieren vorgeworfen würde, wenn ich die vornehme Dame auseinandergerissen hätte (Apuleius, Metamorphosen [Der goldene Esel], X, 22, 1).

305 *Rectum* – Hier: Rektorat, Wortspiel aus rectum = (lat.) Dickdarm.

307 *A teraz ty přzideš wučič se kolo nas?* – (sorbisch) Und jetzt kommst du zu uns lernen?

315 *Ja Jumal ütles* … – (estn.) Und Gott sprach: Es werde Licht! Und es ward Licht. Und Gott sah, daß das Licht gut war. Da schied Gott das Licht von der Finsternis und nannte das Licht Tag und die Finsternis Nacht (1. Buch Mose, 1, 4).

Veni, sancte spiritus – (lat.) Komm, heiliger Geist.

318 *Der bonum vinum latinum* – (lat.) Der gute Latinerwein.

319 *Praeceptor Germaniae* – (lat.) der Lehrer Deutschlands; Melanchthons Ehrenname unter seinen Anhängern.

323 *Lectores publici* – (lat.) Staatlich bestallte Vorleser, angestellte Lektoren.

324 *»De amore Dei universale«* – (lat.) »Über die allumfassende Liebe Gottes.«

sufficit – (lat.) genügend.

325 *Pedereque praesumptuose porcorum* … – (lat.) … und sie mögen sich hüten, nach der Art der Schweine ungehemmt zu furzen.

327 *Regulae opponentis* – (lat.) Regeln des Opponierens.

328 *»De gentium septentrionalium veris moribus«* – (lat.) »Über die Sitten der nördlichen Völker«.

334 *onme animal … triste?* – Post coitum omne animal triste. (lat.)
Nach dem Koitus ist jedes Lebewesen traurig.

386 *Läuflinge* – Schollenpflichtige, erbuntertänige Bauern, die sich durch Flucht von ihrem Hof fem Gutsherrn zu entziehen suchten.
anders loses Volk – sog. freies Volk; Knechte und herumziehende Tagelöhner (sog. Lostreiber oder Freikerle), die nicht erbuntertänig waren.
406 *Einfüßling* – Kleinbauer, der wöchentlich einen Fußtag Fron auf dem Gut leisten mußte.
411 *Plattner* – Rüstungsschmied.
431 *aeterna mulier* – (lat.) das ewige Weib.
432 *Balthasarius perditus!* – (lat.) Balthasar, der Verlorene!
434 *Vox sanguinis* – (lat.) Die Stimme des Blutes.
436 *Gradatio* – (lat.) Steigerung.
Ergo: Remissum. – (lat.) Also: Remis.
453 *post factum* – (lat.) im nachhinein.
Si vox est, canta ... – (lat.) Hast du Stimme, so ging; sind die Arme geschmeidig, so tanze;/hast du Gaben noch sonst, um zu gefallen, so tut's (Ovid, Die Liebeskunst, I, 595 f., deutsch von W. Hertzberg).
462 *Datum ut supra* – (lat.) Obigen Datums.
Bräupfanne – Bezeichnung für die älteste Tochter eines Brauberechtigten, die die Braupfanne erbte; davon abgeleitet Bezeichnung für die reichen Bräute.
490 *in doctorem* ... – (lat.) um den Doktorgrad zu erwerben.
492 *In hoc loco requiescet* ... – (lat.) An diesem Ort ruht in Gottes Frieden Simon Rissa, Fuhrmann (oder Wagenlenker ...) aus Reval
500 *»Farrago sententiarum et caetera«* – (lat.) »Allerlei Meinungen usw.«
507 *vår unge Majestät* – (schwed.) unsere junge Majestät.
våra träffliga officerare – (schwed.) unsere trefflichen Offiziere.
530 *Begine* – Angehörige einer religiös-asketischen Frauengenossenschaft ohne bindendes Gelübde, in der zweiten Hälfte des 12. Jh. von dem Lütticher Priester Lambert le Beghe (gest. 1177) gestiftet.
532 *episcopus* – (lat.) Bischof.
535 *Hofleute* – Ordensstand unter dem Zeichen des heiligen Mauritius, dem deutsche Schloßvögte, Hofrichter, Burggraffen, Schreiber und Handwerker angehörten; im livländischen Krieg schlossen sie sich zu Banden zusammen.
568 *oculi amygdalae* – (lat.) mandelförmige Augen.
569 *Sumptio* – (lat.) Voraussetzung.
Confisio – (lat.) Vertrauen.
572 *Anno 1536, zu Lichtmeß* ... – Niederdeutscher Originaltext: Anno 1536. up Lichmissen ys Herman von Brüggeney tho Reuel yngerden, up welckerer tydt em tho Reuel ys gehüldiget worden, Unde alse de Meister up dem Radthuse tho gaste gewesen, hadde sick schyr ein groth unngelücke twisschen den vam Adel unde der Börgerschop thogedragen, Wente einer vam Adel unde ein Kopgeselle, de wolden dem Meister tho ehren ein Ronnespel up dem Marckede öuen, Unde alse de Kopgeselle den Eddelmann herunder stack, begunde ydt den andern vam Adel gantz sehr thourordreten, dat ein Kopman den pryß vor dem Landesförsten

unde anderen Stenden van der Bane fören schölde, hebben sick derwegen vordretlike Rede hören laten, daruth eine grote uneinichheit unde tumult twisschen dem Adel unde Börgern samt erem anhange dermaten entstahn ys, dat se van Ledder gerücket, unde men nichts anders denn ydel Mordtgeschrey gehöret hefft. De Meister up dem Rathaus, gebot frede mit hande und munde, warp synen Hodt vom Höuede dat Brodt vam Disscke manck dat rumorisch Volck, se darmede tho stillende, ydt halp auerst alles nicht. De Gildestauen unde Beerhüser worden ock hastisch thogeschlaten, up dat he yenigen so dar binnen weren, nicht udtkamen unde allerm sterken scholden, Endlick ys diese Uploep dorch Herr Thomas Fegesack Borgemeister, welcker ein ansehnlicker Man gewesen, gestillet worden. (Chronica der Prouintz Lyfflandt, Bart 1584, Nachdruck: Riga 1857, S. 35 bzw. Blatt 24b u. 25a; in den Anmerkungen nicht angeführte Zitate aus der Chronik sind fiktiv.)

573 *Anno 1564 im Dezember* … – Niederdeutscher Originaltext: Anno 1564. im Decembri, ys Christoffer, Marggraue tho Baden, mit seynem Gemale, Frowe Cecillia, des Köninges van Schweden Schwester, von Stockholm̧ tho Reuel angekamen, und alse se spade yegen de Nacht vor Reuel, up de reyde gekamen synt, hebben se sick in de Visschermaye tho Lande seten laten, unde dar by einem Visscher de nacht auer geherberget. (Chronica …, S. 71.)

591 *Absurdissime!* – (lat.) Ganz absurd!

595 *Sodalitas* – (lat.) Bruderschaft, Geheimbund.

596 *sacrum ministerium* – (lat.) geheiligte Dienerschaft.

597 *Finis sanctificat media* – (lat.) Der Zweck heiligt die Mittel.

598 *Was Wir, Magnus, von Gottes Gnaden* … – Niederdeutscher Originaltext: Wat wegen unser Magnussen van Gades gnaden, Köninges tho Lyfflandt, der Estisschen unde Lettischen Lande Heren, Eruen tho Norwegen, Hertogen tho Schleswyck, Holstein, Stormarn unde der Dethmarsschen, Grauen tho Oldenbroch unde Delmenhorst, Allen in der Stadt Reuel wanende, so der gemeine Christenheit nutz unde framen, des bedrangenden und vorrückenden Lyfflandes bestes, fryheit und wahrhafftige wolfart söken, eren unde aller erer Nakömelingen ewigen schaden, unheyl, vorderff, underganck, unde vele unschüldich Blodtvorgetent vorhölden willen, thouormelden: Na deme dyt bedöuede unde vorrükkede Lyffland von mannigerley Nationen erbarmlick tho reten, de beschwerde yngesetene unde arme Inwaner, mit hogem süchtende na einer düdeschen Christliken Auericheit, tho dem Allmechtigen geropen unde geschryen, So hebben wy, van anfange unser Regeringe gelicksfals, tho der güdicheit Gades, umme middel unde wege, dar dorch de armen Lande wedderüme to rechte mochten gebracht werden, hertlicken geschryen, fast vele middel vorsorcht unde vor de handt genamen, auerst dorch Gödtlike vorhenckenisse, desüluigen so vele Jar nicht gefunden, beth so lange de Keyser, Grothförste, unde Herrscher aller Rüssen, in diesem jtzigen Tage, sick mit gegeuenen Segelen unde Breuden, so wol alse mit gewönliker Bekrützküssinge jegen uns, uth ungegrypliker

Gades vorleninge, so gnedlichken erkleret, mit uns ock geschlaten, uns öuer alle de Lyfflande tho einem Köninge tho settende, wo denn E. K. May. uns daröuer öffentlik erkleret, disser gestalt: Dat de Grothförste uns alle de Lyfflande, entwedder dorch gewalt, edder transaction lefern, Demgliken mit dem hilligen Röm. Ryke, wedder den Törcken, unde alle Fiende der Christenheit, sick vorbinden will, Ouer Lyfflandt schal keine Auericheit hersschen unde regeren uthgenamen wy, unse Eruen, edder in mangelinge dersüluigen, de Krone tho Dennemarcken, edder ydt dem Lande tho Holstein ewichlik. Ydt schal ock kein Rüsse macht hebben in gantz Lyfflandt tho hersschen odder tho gebedende, alleine dat de Keyser unde Grothförste den namen eines Schutzheren hebben schal unde wil, welcker by demsüluigen Schutz syn gantz Keyserdohm, ya ock synen Keyserliken Lyf up the settende Bekrützküsset, daruör schölen unde willen wy em dem Keyser unde Grothförsten, ein gar geringes unde nicht danckwerdige erkenntenisse thostellen, wo solckes in Schriften vorfatet unde Bekrützküsset, Derwegen de Keyser unde Grothförste tho vollföringe der Bekrützküssinge, uns voraff mit byhebbendem Krygesvolcke affgeferdiget, den Schwedischen Fiendt uth Lyfflandt thouordryuende.

Dar nu de Stadt Reuel, wo solckes ock thouörne an einen Rath unde Gemeine, schriftlick under unser handt gelanget, sick in der güde uns, unsen Eruen, edder in mangelinge dersüluigen, der Krone tho Dennemarcken, edder dem Huse tho Holstein, undergeuen will, schal se nicht alleine by den olden Priuilegijs erholden, sundern tho Water unde tho Lande so wol mehr örden, mit herliken, thodrechliken, unde ewigen nutz unde erspretliken priuilegijs vormeret werden. (Chronica …, S. 88–89.)

599 *Im Falle aber Reval zu seinem …* – Niederdeutscher Originaltext: Im falle auerst Reuel tho erem ewigen schaden unde nadele, underganck, vorderff, Blodtuorgeten unde mordt, lust unde leue hefft, So sy en unuorborgen, dat de Keyser unde Grothförste syne gantze Keyserlike macht daran setten, se vorheren, vorwörsten, unde in ewige seruitut unde denstbarheit bringen werdt …

Dat auerst de Lögengeister uthgesprenget, ydt scholde disse Krych dem Grothförsten thom besten geschehen, ys lutter vorföringe, lögen unde bedregerye, daruör wy de Reuelschen willen Christliken gewarnet hebben, Und schölen ydt in korth de Lögengeister mit erem Blode betalen. Dar ock alle Christlike warninge nicht helpen scholen, willen wy uns alles künfftigen unheyls, vor dem leuen Gade unde der gantzen Christenheit, entschüldiget hebben … (Chronica …, S. 89.)

623 *Martinstag* – 11. November.

Opritschniki – (russ.) Angehörige des Heeres der Opritschnina, der von Iwan IV. in Hofverwaltung genommenen Landesteile Rußlands, aus denen er den dort ansässigen Hochadel aussiedelte.

631 *in octavio* – (lat.) in Oktavformat.

641 *Electuarium theriacum* – (lat.) Theriak; altes Universalheilmittel aus siebzig Bestandteilen, angeblich erfunden vom Leibarzt des Kaisers Nero.

643 *Pastor pestilentiarius* – (lat.) Pestpastor.
644 *Contagio* – (lat.) Ansteckung.
648 sub specie aeternitatis – (lat.) im Anblick der Ewigkeit.

Anno 1571, den 12. Januar ... – Niederdeutsche Originaltext: Anno 1571. den 12. Januarij ys noch ein hupe van Rüssen mit grotem Geschütte unde Füermösern angekamen, unde hebben den 13. Januarij gegen den nacht twisschen S. Johans, unde der Koppermölen in groter Külde geschantzet, unde desüluige nacht angefangen in de Stadt tho schetende, unde Kugeln von 16. und 25. ock von 6 punden henin geschaten, Auerst hebben nicht vele Lüde geschediget, sunder alleine einen Büssenschütten up dem walle, unde twe schamele Frowens, beide lyfflike Süsteren, in einem schöte up dem auen erschaten.

Den 16. Januarij, hefft de Rüsse eine andere Schantze vor der Lehmporten, up dem Bleeckberge geschlagen, daruth he Füerbelle unde Tümelers in de stadt geschaten, unde nicht ein huß edder einen minschen beschediget hefft.

Den 17. Januarij hefft de Rüsse dat herlike Spittal edder Pockenhuß, vor der groten stradtporten ingenamen, und etlicke geschüttete darin gebracht, unde sick darinne beschantzen willen, auerst de Reuelschen hebben em nicht lange frist gegeugen, sint stracks densüluigen dach mit gantzer macht uthgefallen, unde hebben sick mit den Vienden geschlagen, Auerst dewyle de Rüssen ein groth vordeel an den groten waningen, dar eine starcke Müer an der einen syden, unde ein starck Planckwerck an der andern syde ummeher ginck, inne hadden, daruth so grote wehre deden, unde vele Reuelschen beschedigeden, hebben de Reuelschen wedderümme in de Stadt wyken möten, unde einen gefangenen Düdeschen mit sick ingebracht, Alse se nu densüluigen examinieret, unde alle Kundtschop van em wech hadden, sint se stracks yegen den auendt alle bundes wise, thom andern male wedder uthgefallen, unde hebben datsüluige Pockenhuß geströmet, de Viende mit gewalt daruth geschlagen, unde erer vele ummegebracht, unde dat Huß angestickt unde schlicht gemaktet.

Den 30. Januarij, hebben de Reuelschen de Kercke in der Visschermaye affgebrandt unde destrueret, wowohl ane noedt.

Den 3. Februarij, hefft de Rüsse auer 2000 Schleden, mit Roeffgude wol geladen, uth dem Leger in Rüßlandt geschicket.

Den 22. Februarij hefft de Rüsse noch eine Schantze up de Reperbane, vor der groten strantporten geschlagen, daruth he grüwliker geschaten, unde mehr Tümelers unde Füerbelle in de Stadt geworpen hefft, alse vorhen, hefft auerst nenen sünderliken schaden gedan, sunder alleine einen Büssenschütten up S. Oleffs Torne, unde einen Schwedesschen Landesknecht, unde ock einen Haueknecht, up dem süster walle, erschaten, unde keinen Minschen mehr bescheidiget. (Chronica ..., S. 91–92.)

656 *credo, credo, credo, quia absurdum* – (lat.) ich glaube, glaube, glaube, weil es absurd ist.

Hic requiescit in pace ... – (lat.) Hier ruht im Frieden Gottes Märten Bergkam, der Küster (Glöckner) von Heiliggeist.

660 *Es hat während dieser Belagerung* ... – Niederdeutscher Originaltext: Des sint disse belegeringe auer vele mehr Schermützel geholden worden, insunderheit under S. Tonniesberge, by dem Gerichte, welckere alle tho beschriuende unnödich, dar de Krigeslüde, junge Gesellen, Hußknechte, unde Jungen, mit hen tho gelopen sint, alse thom dantze, unde effte wol solckes genochsam vorbaden was, so hebben se ydt doch nicht geachtet. (Chronica ..., S. 92.)

663 *Caique* – (span.) Leichtes Boot.

664 *Castillo* – (span.) Schloß.

Rebozillo – (span.) Kleines Umschlagtuch.

680 *Trinitarier* – Angehöriger des Dreifaltigkeitsordens, der Ordo Sanctae Trinitatis, der 1198 gestiftet wurde und die Befreiung gefangener Christen erstrebte.

690 *per partes* – (lat.) in Gruppen.

708 *In meyner bolen garten* ... – (niederdt.) In meiner Buhlen Garten, / da stehn drei Bäumelein. / Das eine, das trägt Muskatpflaumen, / das andere Nelkelein.

709 *generaliter* – (lat.) ganz allgemein.

711 *Da geschah ein unmäßiges Saufen* ... – Niederdeutscher Originaltext: Dar geschah ein unmetich Supent, ynsunderheit by der Ordensheren unde Eddellüde Denern, dar de eine dem anderen eine halue edder gantze Last der kleinen Beker mit Beer thosop in einem Druncke, unde helde den einen Bekern stetes vor dem Munde, unde gooth dat Beer uth den andern Bekern in den einen Beker, den he vor dem munde hadde, beth dat se alle in einem druncke uth weren ... Unde solck schwelgendt geschach ock nicht ane grote Beerspildinge, denn de Gildestauen Dele van dem gespildeden Beer so nadt wordt, dat men allewege How darup ströuwen müste, wolde men anderst darup stahn, gahn edder dantzen (Chronica ..., S. 41.)

717 *Ambrosiustag* – 4. April.

718 *Maigrafenfest* – Form des Maifestes, einer hauptsächlich in Nordwesteuropa verbreiteten, volkstümlichen Feier des neuerwachsenden Lebens der Natur.

719 *Olafstag* – 29. Juli

724 *In der Stadt Reval hat sich* ... – Niederdeutscher Originaltext: In der Stadt Reuel hefft sick desüluige Sucht, up der Apoteken, am aller ersten vormercken laten, und darnah sick in der gantzen Stadt uthgebreidet, daranne vele Lüde Junck unde Oldt gestoruen sint. Unde dewyle de Sucht der Pestilencie up der Apoteken, dar alle Lüde trost, hülpe unde remedia daryegen tho söken plegen, sick erstlick hefft vormercken laten, ys ane twyuel solckes, ane sünderlicke Gades vorhenckenisse, nicht geschehen. Wente Godt de almechtige hefft dardörch antögen willen, dat de remedia in den dren Höuetplagen, Nömlicken, Pestilence, Krich, unde düre tydt, dar Godt de ungehorsamen Lande unde Stede mede

plecht tho straffende, nichtes gelden, unde dat in solcken nöden keine betere remedia, vormöge Gödtlikes Wordes, gefunden werden, alse Bote unde beteringe, unde ein andechtlich Gebedt tho Gade dem Allmechtigen, ume linderinge solcker straffe. (Chronica ..., S. 94.)

772 *vetustate abolescendum* – (lat.) von der Zeit überholt.

773 *Denselben Herbst, als es so seltsam* ... – Niederdeutscher Originaltext: Densüluigen Heruest, alse ydt so seltzam im Lande tho stundt, hefft sick ock ein Allerm mit den Buren in Haarigen unde in der Wyck erhauen, Welcke gemelte Buren sick gegen dem Adel upgeworpen hebben, darümme dat se dem Adel groten Tinß und Schattinge geuen, und schwaren Hauedenst dohnt mösten, unde doch gar keine beschüttinge van en in der nodt dar jegen hadden ... (Chronica ..., S. 62.)

775 *Deshalb gedachten sie* ... – Niederdeutscher Originaltext. Derhaluen gedechten se dem Adel nicht mehr gehorsam tho syn, edder yennigen Haue denst tho leysten, sundern wolden des gantz fry unde auerhauen syn, edder den Adel gantz vordelgen unde uthraden. (Chronica ..., S. 62.)

776 *Und sind also in ihrem Vorsatz* ... – Niederdeutscher Originaltext. Unde sint also in erem vorsate forthgefaren, unde hebben etlicke Höue berönt, ock etlicke vam Adel, de se in dem Höuen tho huß fünden, erschlagen unde ummegebracht, nömlicken Jacob Uxel van Limandu ... (Chronica ..., S. 62

Und es haben die nämlichen Bauern ... – Niederdeutscher Originaltext: Ydt hebben ock desüluigen Buren ere Legaten an de Stadt Reuel geschicket, mit der Stadt fündschop unde frede tho makende ... (Chronica ..., S. 63.)

808 *Rosarum urbs* – (lat.) Stadt der Rosen.

810 *Nachdem die Russen* ... – Niederdeutscher Originaltext: Na deme de Rüssen unde Tatern ane underlat in Jeruen, in Harrigen unde vor Reuel wöteden daueden, unde vele gefangen wech föreden, unde ock offt unde dick by Dage unde Nacht einen Allerm vor der Stadt Reuel makeden, also dat de Stormklocke an der underlat gahn mußte, und vele Buren allenthaluen uth dem ganzen Lande mit erem Gesinde kaal unde blot na Reuel geweken weren, dat alle Garden, Schünen unde winckel der Buren gantz vul gewesen, unde de grote not unde hunger se begunde zu drücken, Do hebben die Schweddische Regenten, up dem Huse tho Reuel vor radtsam angesehen, dat men den Buren vorlöuede, einen Roff uth des Rüssen Landen in Lyfflandt allenthaluen, tho halende. Do wordt en tho einem Höuetman erwelet Iuo Schenckenberch, ein Münster Gesell ... (Chronica ..., S. 112–113.)

814 *Livrarius* – (lat.) Bücherschreiber.

818 *Ik spreke und rade in minen mud* ... – (niederdt.) Ich spreche und rate in meinem Mut: / Man kann zehn Übel leiden / um des einen Guten willen.

819 *Rickmaler* – (niederdt.) Stangenmacher, sie umzäunten und bewachten im Auftrage des Revaler Rats stadteigene Ländereien.

829 *»Miles gloriosus«* – (lat.) »Der prahlsüchtige Soldat«, Komödie von Plautus.

843 *Antoniustag* – 17. Januar

845 *Balthasarius minissimus* – (lat.) der winzige Balthasar.

851 *drei Gründlinge* – Maidel = (estn.) Gründling.

854 *in moribus* – (lat.) was die guten Sitten angeht.

856 *Formula Concordiae* – (lat.) Konkordienformel, Eintrachtsformel; letzte symbolische Bekenntnisschrift der lutherischen Kirche (1577), sollte die Zerwürfnisse beilegen, die nach dem Tode Luthers zwischen Melanchthonianern und strengen Lutheranhängern entstanden waren.

857 *bona opera* – (lat.) gute Taten.

inter alia – (lat.) unter anderem.

875 *Und da lagen auf allen Türmen* … – Niederdeutscher Originaltext: Do weren up allen Törnen, Wellen unde Rundelen de Büsschenschütten mit den grauen Stücken ferdich, unde branden dar manck, det men se mit lust hefft henfallen unde tümelnde gesehen. (Chronica …, S. 119.)

926 *Zum dritten hat der ehrbare Rat* … – Niederdeutscher Originaltext: Thom drüdden, hadde ock ein Erbar Radt eine Fane Harrischer Buren, auer 400. stark, stolte unuorzagede Kerls, unde meistpart Hakenschütten, mit geringer besoldige bestellet, welcker Buren Höuetman was Iuo Schenkenberch, eines Müntemeisters sön van Reuel, ein freidiger behertzter junger Man, den syn büresche Krygesvolck mit allerley befehlich unde empteren, na düdescher ordeninge und gebruke affgerichtet hadde, unde desüluigen buren, neuenst den düdeschen unde Schwedisschen Landesknechten, begerden nichts leueres, alse alle dage und nacht mit den Rüssen tho schermützelen, wo se denne ock offtmals den pryß erlanget hebben, derwegen Iuo Schenkenberch van synen mißgünstigen, Hannibal, unde syne Buren, Hannibals volck ys genömet worden. (Chronica …, S. 116.)

928 *Anno 1562 im November* … – Niederdeutscher Originaltext: Anno 1562. im Nouembri, ys Hertoch Johannes tho Finlandt, des Köninges an Schweden broder, samt synem Förstlikem Gemael, Frowe Catharina, Sigismundi Augusti, Köninges tho Polen Schwester, dorch Lyfflandt up Reuel angekamen, alse he kört thouörn thor Wilna in Littouwen, mit hochermelten Fröwlin Hochtydt geholden hadde, aunde alse het etlike dage tho Reuel stille gelegen, unde sick gerouwet hatte, is he den 4. Decembris, samt synem Gemahl, int schip getredenm unde nha Abo in Finlandt gesegelt. (Chronica …, S. 68.)

945 *Laudamus* – (lat.) Lobgesänge.

949 *»Eis heauton«* – (griech.) »Über sich selbst«; Marc Aurels berühmte autobiographisch-philosophische Aufzeichnungen.

951 *in hac re* – (lat.) in dieser Sache.

954 *Dansker* – Abortanlage in den Burgen des Deutschen Ordens, beste-hend aus einem Turm, zu dem ein auf Mauerbogen ruhender Gang führt.

963 *Daß aber die Russen in einer Feste* … – Niederdeutscher Originaltext: Dath auerst de Rüssen in einer Veste, so geweldige strydtbare Lüde sindt,

kümpt uht dissen Orsaken her. Erstlick, dat ydt ein arbeitsam Volck yß, unde in der nodt tho allerley gefarlikem unde schwarem arbeide dach unde nacht unuordraten, unde Godt bidden, dath se vor eren Hern salich steruen mögen.

Thom andern, yß ydt van jögedt up tho vastende, unde mit geringer Spyse sick kümmerlicken thobehelpende gewanet, wenn ydt man Water, Meel, Solt, unde gebrandten Wyn hefft, kan ydt sick dar lange genoch mede behelpen, Welckes ein Düdescher nicht dohn kan.

Thom drüdden, Wenn se eine Veste, se sy so geringe, alse se yümmer wil, mit willen upgeuen, döruen se nicht wol wedder in ehr Landt kamen, wente se werden alle mit grotem spotte ummegebracht, unde in fremden Landen können unde mögen se nicht bliuen, Derhaluen holden se sick beth up den lesten Man, unde laten sick leuer alle erwörgen, alse dat mit Geleide in ein frömmet Landt passeren scholden, Auerst einem Düdeschen yß ydt gelick vele, wor he sick vorholdt, wenn he men genoch tho fretende unde tho supende hefft. (Chronica …, S. 102.)

966 *specialiter* – (lat.) im besonderen.

969 *Civis Revaliensis* – (lat.) Revaler Bürger.

988 *Bei solchen Hochzeiten …* – Niederdeutscher Originaltext: Tho welckeren Kösten man keine geringe Hoffart van köstlichen Kleidern unde Geschmide geöuet hefft, Dann de vornehmsten ere Röcke mit Lossen, Luparden unde Marten, unde de gemeinen mit Wolffen unde Fössen gefodert, anhadden. (Chronica …, S. 45.)

996 *ex longinquo atque generaliter* – (lat.) lange und ganz allgemein.

1000 *Da Ivo Schenkenberg gefangen war …* – Niederdeutscher Originaltext: Do Iuo Schenckenberch gefangen was, ys dar solcke eine Fröwde unde frolockendt by allen Rüssen, so wol in Lyfflandt alse in Rüßlandt gewesen, alse wenn se einen Landesförsten gefangen hadden, Nicht lange darna, hebben se en mit dörtich andern gefangenen, na der Pleßkow tho dem Grothförsten geföret, dar he dre stadtlicke Muscowitissche gefangene Boiaren, edder Edlen vor sick loß thogeuen erbaden, Auerst ydt hefft nicht helpen willen, besundern ys mit sampt syner Geselschop jamerlikken ummegebracht worden, dar den Reuelschen kein gering leidt angeschah. (Chronica …, S. 137.)

1021 *Reservatio* – (lat.) Zurückhaltung.

1023 *sub fide pastorali* – (lat.) mit pfarramtlicher Treue.

1024 *Anno 1580, den 3. März …* – Niederdeutscher Originaltext: Anno 1580 den 3 marty wardt dat geleide besperret Runapois Jurg wegen eines dotschlages, so he ahnn Kurla Jurgen im dorpe tho Korlakulla, da he holdt gehouwen begangen Durch her Baltazar, pasto tho Hilligen Geist, und Gerdt Smit, Karman in der Bleckmaien, erworben und den presidenten her Johan Holthusen vergonnet.

Carolina – Abkürzung für Constitutio criminalis Caroli; Halsgerichtsordnung Karls V.

1039 *Sotnik* – (russ.) Kommandeur einer Hundertschaft, Hauptmann.

1046 *Leges und Institutiones* – (lat.) Gesetze und Verordnungen.

1047 *Exercitia styli* – (lat.) Stilübungen.

Wacke – ursprüngl. Maß oder Korb, dann auch Abgabe an den Herrn, die im Korb gebracht wurde.

1127 *Ick wyl my sulven trosten* … – (niederdt.) Ich will mich selbst trösten/und will wohl fröhlich sein./dem ich in diesem Jahr die Liebste war,/dem bin ich worden leid.

1130 *wie sich auch seine Unbedachtsamkeit* … – Niederdeutscher Originaltext: … wie dan auch ebenmessig seine unbedachtsamkeitt auß deme nicht wenig erscheinet, das er seine Landesleute und verwandten die Ehstensche pauren wan die bißweilen nur etzliche Moscowiter erschlagen, und die geraubten ochsen und kühe in die Stadt Reuel gebracht, so hoch erhebt und dagegen daß die selbigen zu etzlichen mahlen wieder ihre ordentliche Oberkeith rebelliret, deren etzliche Jammerlich ermordet Deß ihrigen beraubet und allerley auffruhr und schelmerey ihrer artt nach im Lande angerichtet, Nur schlechthin erzehlet und das Judiciren und Richten, (wie er sonsten in allen anderen dingen gethan) underwegen lesset und also seine Partheilichheitt und zu was ende die gantze Beschreibung seiner Chronicken furnemblich gerichtet (:Nemlich zu verachtung und Verkleinerung des Adelischen standes und erhebung seiner bluttsfreunde der Bauwren:) … Insonderheit haber (sic) ist hoch zöu verwundern, das er von der unmenschlichen Tyranney, so der Moscowiter Zur selben Zeit begangen, nicht was mehr und weittleufiger geschrieben, und muß ihm eintweder an rechtem Berichte, solcher greuwlich und erbermlichen geschichte, gemangelt, oder auß der Ursachen das ers villeicht nicht obers hertze bringen können den Moscowiter (welchem er vorhin in allen sachen so groß recht zugeheitet. Jeniger Tyranney oder das er der sachen zuviel gethan, zu beschuldigen).

(Vergangene irrthümliche und Fehler dess liefländischen Chronickenschreibers Balthasris Russouwens, abgedruckt aus einem Codex mixtus der Königlichen Bibliothek zu Stockholm: Misc. Manuscr. L. 14. fol. Bd. III., S. 437–467).

1147 *Lexica, Grammatica, Exceptiones* – (lat.) Lexik, Grammatik, Ausnahmen.

1149 *Amicus Plato, amicus Socrates!* – (lat.) Plato ist mir lieb, Socrates ist mir lieb!

Amicus rex … – (lat.) Der König ist mir lieb, Pontus ist mir lieb, aber die Wahrheit ist allem voranzustellen.

1153 *Hund Gottes* – Anspielung auf das Wappen des Dominikanerordens, auf dem ein Hund mit einer brennenden Fackel im Maul dargestellt ist.

1163 *in personam tertiam* – (lat.) in der dritten Person.

1164 *Disputatio* – (lat.) Öffentliches Streitgespräch.

1166 *Confrater* – (lat.) Mitbruder.

in corpore – (lat.) in eigener Person.

1167 *omnes senatores* – (lat.) alle Senatoren.

1197 *Te Deum laudamus* – (lat.) Dich, Gott, loben wir.

1204 *Conventi sumus? Nonne?* – (lat.) Wir sind uns schon begegnet, nicht wahr?

1208 *Pro veritate numquam melior solvere.* – (lat.) Für die Wahrheit bekommt man niemals besser bezahlt.

1241 *Vostre bon amy Henry* – (franz., ältere Form) Euer guter Frend Henri.

1242 *Eloquentia* – (lat.) Beredsamkeit.

1257 *Acceptabile* – (lat.) Annehmbar.

specialiter in laudo regis ducorumque Sueciae – (lat.) besonders zum Lobe des Königs und der Herzöge von Schweden.

Was die Gaben des Leibes … – Niederdeutscher Originaltext: Wat de Gauen des Lyues unde vorstandes belanget, hefft Godt de Almechtige an dissem Hochgedachten Köninge ock gar nichts vorgeten … Des hefft man ock kein Blodt, edder wrakegyricheit, an em grot vormercket … Tho dersüluigen tydt, ys ock eine Schwedissche krygesmacht dörch Wiborch in Rüßlandt gefallen, unde dar fast den gantzen Heruest gelegen, unde mit rouen morden unde bernen ock nicht gefyret … Hefft des Köninges tho Schweden Krygesuolck, neuenst einem geringen hupen der Palisschen, auer söß dusent der vornemsten und besten Krygeslüden des Muscowiters vor Wenden erschlagen … Hefft de Hochgemelte Johannes 3. Köninck tho Schweden, dem Muscowiter Keckesholm mit Gewalt affgewonnen, unde auer twe dusent Minschen darin erschlagen … Hefft dem Muscowiter de Stadt Narue mit störmender handt affgewonnen, unde außer 7000 Rüssen darin erschlagen … Derwegen he ock udt hertzlicker thouorsicht unde hapeninge tho Godt, den Rym allewege geföret hefft, Deus protector noster, welckeren he ock up alle syne Münte hefft schlahn laten … Welckere Löfflike Gubernatores sick der Hußsorge unde des Landes besten unde Wolfart wath beth angenamen, alse de vulen Ordenshern gedahn hebben … Unde also so tho Reuel offtmals vele dusent starck gelegen, unde erer alle Börger Hüser, Gildehüser so wol up dem Dohm, alse in der Stadt, dem gelicken alle Waninge unde Winckel ock buten der Stadt, vul weren, unde allen Reuelschen, Börgern unde Inwanern, ock offtmals tho mechtich gewesen, So hefft men dennoch kein unbillich Wordt vaken, ock keine gewaltsame dadt nicht gehöret edder gespöret … Unde de Lyfflendischen Lande bereydt by des Düdeschen Ordens tyden, mehrer deels dörch den Muscowiter vörheret unde vörwöstet gewesen. Dartho disse lanckwillige krych des Muscowiters wedder den Köninck tho Schweden ock nicht weinich geholpen hefft … Hefft men derhaluen ein unmetich Profiande alle Jahr den gantzen Krych auer udt Schweden, mit velen Schepen, nicht alleyne den Hüsern unde Vestingen, besundern ock allen Schwedisschen Krygeslüden thom besten in Lyfflandt geföret, unde so vele, dat alle de Buren so na den Hüsern gehören, unde alle de Fohrlüde der Stadt Reuel, unde ock alle Schlates Wagen unde Perde, yümmertho genoch daran thoförende gehat hebben. (Chronica …, S. 150–153.)

1258 *Deus protector noster* – (lat.) Gott ist unser Beschützer.

1265 *Georgentag* – 26. November

1268 *Reverendo & Clementissimi* ... – (lat.) Dem hochwürdigen und gnädigen Herrn Balthasar Rüssow, Doktor der Revaler Kirche, dem teuren Bruder.

Heu! Es collega Russovius ... – (lat.) Ach! Du bist der Kollege Rüssow, nicht wahr? Ich freue mich sehr!

1270 *De sententia mea* ... – (lat.) Nach meiner Auffassung ist alles so zu handhaben, daß der Schutz des Königs aufs beste gewährleistet ist.

1275 ... *daß ich des Hochlöblichen* ... – Niederdeutscher Originaltext: Dat ick des Hochlöfflicken unde wydtberömeden Johannis 3. Köninges tho Schweden treffliker hogen könincklikеn woldaden gegen Lyfflandt a hyr körtlick gedencke ... (Chronica ..., S. 148.)

1276 *Die Hochlöbliche Krone von Schweden* ... – Niederdeutscher Originaltext: De hochlöfflike Krone tho Schweden uth Christliker leue, sich der armen vorlatenen unde trostlosen Stadt Reuel erbarmet ... Dappern Riddermetigen Mennern unde Krygesauersten unde Krygeslüden ... Hefft de Hochlöfflike Köninck udt Vederliker vorsorge ... Riddermetigen Gubernatoren unde Krygeshelden ... Dörch ordentlike Middel unde hoge Konincklike dögede ... Dem Hochlöffliken Försten Carolo, Hertogen tho Sudermanlandt, des Hochgemelten Köninges Hern Broder ... der Schwedisschen Gubernatoren unde Regenten in Lyfflandt, möye arbeydt unde sorge (Chronica ..., S. 148, 149, 150, 151.)

1281 *Frater carissime* – (lat.) Teuerster Bruder.

1305 *Där som förr varit åker* ... – (schwed.) Wo früher Feld oder Wiese war, wächst jetzt dichter Wald, und wer ein verläßlicher Bauer war, streift heute mit Bettelstab und Bettelsack durchs Land.

1307 *Tempora mutantur* ... – (lat.) Die Zeiten ändern sich, und wir ändern uns mit ihnen.

1315 *Leve kung Johan de Tredje!* – (schwed.) Es lebe König Johan III.!

1326 *Et vincat affectum ratio.* – (lat.) Möge der Verstand die Leidenschaft besiegen.

Ekklesiastikus – Titel des Buches Jesus Sirach in den Apokryphen der Bibel

1361 *Fibelhähnchen* – Auf den estnischen Fibeln ist ein Hähnchen dargestellt.

1371 *In magnis et voluisse sat est.* – (lat.) In großen Dingen genügt es schon, gewollt zu haben. (Properz, Gedichte, II, 10,6.)

1373 *Confrater! Taxus estonicus!* – (lat.) Mitbruder! Estnische Eibe!

1376 *»Lob der Torheit«* – Satire des Erasmus von Rotterdam.

1393 *Est deus in nobis* ... – (lat.) Es ist ein Gott in uns, wenn er sich regt, geraten wir in Feuer. (Ovid, Festkalender, VI, 5.)

1414 *Nachdem ich, Balthasar Rüssow* ... – Niederdeutscher Originaltext: Nachdem Ick Balthasar Russow pastor thom Hilligen geyste Nhu In dat drudde Jahr myn Leuendt im bedroueden Wedewenstande thogebracht, vnd myne gelegenheit nicht syn wolde In solchem Ellende vnd bedroffnisse lenger tho leuen vnd tho schweuen, derwegen Ick nach eyner Ehrlichen person, de my In mynem older vnder ogen gahn muchte, my vmmegesehen, vnd mith der dogentsamen Jungfer Anna Bade dorch schickung Gottes my Ehlich vorspracken.

1425 *Acidum sulfucicum* – (lat.) Schwefelsäure.

1429 *Jårnabruket* – (schwed.) Schmelzhütte.

Inhalt